楚風補（第一冊）

（清）廖元度　輯
湖北省社會科學院文學研究所　校注

湖北省公益学术著作出版专项资金
Hubei Special Funds for Academic and Public-Interest Publications

荊楚全書·第一輯

長江出版傳媒
湖北人民出版社

圖書在版編目（CIP）數據

楚風補 / (清) 廖元度輯；湖北省社會科學院文學研究所校注. — 武漢：湖北人民出版社, 2023.12
ISBN 978-7-216-10592-7

Ⅰ. ①楚… Ⅱ. ①廖… ②湖… Ⅲ. ①古典詩歌－注釋－中國 Ⅳ. ①I222

中國國家版本館CIP數據核字（2023）第019318號

責任編輯：楊　猛
　　　　　高承秀
封面設計：劉舒揚
責任校對：范承勇
責任印製：肖迎軍

出版發行：湖北人民出版社	**地址**：武漢市雄楚大道268號
印刷：武漢郵科印務有限公司	**郵編**：430070
開本：787毫米×1092毫米　1/16	**印張**：175.25
字數：2938千字	**插頁**：6
版次：2023年12月第1版	**印次**：2023年12月第1次印刷
書號：ISBN 978-7-216-10592-7	**定價**：360.00元（全六册）

本社網址：http://www.hbpp.com.cn
本社旗艦店：http://hbrmcbs.tmall.com
讀者服務部電話：027-87679656
投訴舉報電話：027-87679757
（圖書如出現印裝質量問題，由本社負責調換）

代　序

清廖元度所編《楚風補》，是迄今僅傳的一部旨在盡收全楚古今之作的大型詩歌總集。廖氏廣徵博引，鈎隱搜遺，得楚地有關詩歌風謡五千多首，頗使人有“觀於海者難爲水”之嘆。是書問世三百年來，衹有乾隆十四年（1749）一種刻本，今存者甚少，故彌足珍貴。爲使此書免於湮滅，而於今日之古代文學研究特別是楚文學研究有所裨益，湖北省社會科學院文學研究所不憚煩重，對其書進行校注整理，由湖北人民出版社分册出版。這無疑是一項有意義的工作。

廖元度（1640—1707），長沙人，字次裴，號傭客，晚年號大隱，其事迹、著作見於吕肅高《乾隆長沙府志》、李元度《南岳志》等方志。《楚風補》參訂者之一高翔撰有《廖大隱傳》，言元度父輩皆仕於明季，其伯父廖孟符以直諫著名，官“黄門”，其父廖仲符爲國子生。元度自幼穎慧好學，“年十八，補弟子員，雅不事舉業……肆力於古”，而成爲一時名士。其前期著作如《雪蕉堂集》《秋思百韵》《岳游草》《湘山隨筆》《粤吟集》等，“大抵皆歌咏太平、抒情適性之類也”。康熙十二年（1673），吴三桂舉兵反清，後乃奄有湖南，攻陷長沙；清政府調兵遣將，至康熙十八年，長沙始告收復。戰火摧毁了廖元度的雪蕉堂舊居，他避亂於山寺，幾乎死於亂兵之中；回長沙後經營新居，繼續埋頭著述，直至去世。這期間他的著作有《覆巢餘筆》《猿嘯集》《息機園稿》等。《楚風補》便是他回長沙後開始纂輯的。康熙三十五年岳宏譽題序稱其“十易寒暑”而“編成是書”，《四庫全書總目》謂其成書於“康熙甲子（1684）、丙子（1696）之間”。

廖元度以爲《詩》有十五國風而無楚風，因網羅搜集而補之，故名其書曰《楚風補》。當時正是亂離之後、清統治者入主中原形勢大定之際，自清兵入關以來，全國各地四十餘年的反清鬥争已接近尾聲。在這種時候，廖氏不求仕進，遽爾發願纂輯楚詩，事非偶然而令人深思。清統治者以文字獄加强對文人思想的禁錮，是其武功大定之後的首要的文治。一些明末遺民的呼聲漸遠漸小，歌功頌德之作充斥文壇。很多有識有志之士，不得不深藏起亡國的悲哀，潛心著述而不問政治，著述之中微意存焉。韓愈《送孟東野序》云："楚，大國也；其亡也，以屈原鳴。"廖元度不得暢鳴其欲鳴，而假古人以鳴之，以輯詩之舉隱微道出了他的衷曲。在廖元度看來，清貴族乘我之弱，暴起邊隅，吞我土地，殺我人民，南北膻腥、神州陸沉，"聖教"所被，又蒙披髮左衽以事异俗之奇耻大辱。興亡之由、治亂之理，能不發人深思？試觀《楚風補》之收詩體例、詳略及廖元度之詩作，益信本書之纂輯確有微旨。"楚雖三户，亡秦必楚"之語能作爲楚詩入選，實見編者著書之意。所選明詩，竟多至三千餘首，非僅詳今略古，實是痛定思痛。"其匯輯之詳，唯嘉靖、萬曆、崇禎三朝爲最"。總結歷史教訓，激揚民族精華，其意甚爲明顯。正如本書校刊者譚之綱等"凡例"所云："勝國末造，狼烟滿地，龍宮覆天。忠憤之徒，嘵音並激，大抵皆《麥秀》《黍離》者類也。雖多海島之情，莫抑頑民之痛……綱常之例，所不廢也。謹次其詩，以爲千古效忠者勸。"這或許正是《楚風補》一書至廖元度死後四十年始得刊行的原因。經校刊者"摘其粗而存其精，網羅其散失而整其不齊"之後，本書不僅在學術質量上有所提高，恐怕在思想内容上也被砍削。但廖元度之著書動機並不因此被抹煞，而見之於他人的評論。康熙戊辰（1688）何天寵題序云："長沙廖子大隱，其文章詩賦，絶似《離騷》，而悲憤長歌，遭時憂憫，亦仿佛近之。"雖稱譽太過，而個中消息可知。廖元度景仰屈子、效法《楚辭》，憂國傷時之懷抱、不仕清廷之士節，於此略可窺見。廖元度所傳詩不多，其《望水陸寺》（見《乾隆長沙府志·藝文志》）詩曰：

天地軍麾後，何年一寺存。浮洲烟似島，泊岸水連村。橘柚空相憶，江楓已没痕。那堪風浪裏，鐘磬出黄昏。

是詩爲吴三桂之亂平後廖氏返長沙後作，詩中並無指摘吴三桂之意，却隱曲地道出故國之思。又如《古意》（見同上）云：

寧爲陌上桑，莫作路邊草。寧寄隴頭梅，莫啖東家棗。世態重浮雲，委棄如電掃。頃刻落嫌疑，喜怒任中道。所以十畝間，才大甘終老。漫謂春風來，繁華慎自保。

明顯傾吐了固窮守節的情操和對清王朝的所謂春風繁華的戒慎心理。

通觀《楚風補》全集，廖元度以選詩的形式表現了他對於祖國山川文物的深情，對於歷史興亡問題的思考，體現出一種正氣凛然的民族氣節，與中華民族根深柢固、千秋一貫的愛國主義傳統，自强不息的鬥争精神緊密相聯。無庸諱言，作爲一個封建文人，即使他的愛國主義也是以忠君爲前提的儒家的愛國主義，當所謂“天命攸歸”的滿族統治者君臨故國之後，也就難怪被利用“爲千古效忠者勸”了。

《楚風補》一書在廖元度生前便徵得當時名家題序六種（三種存見本書），刊行時又有夏之蓉、吕肅高、譚之綱等爲序。諸家舊序頗多溢美之辭，又曲意標榜“詩教”。《四庫全書總目》則不言其片善，而曰：

意主誇多，冗襍特甚又疏於考證，舛漏尤多。如神農因茶山之葬，而收其《蜡詞》，虞舜因蒼梧之巡，而收其《南風》詩；甚以楚爲高陽之苗裔，而收其《丹書》。假借牽附，不一而足。而羅含《湘中記》所載禹《玉牒詞》見《後漢書·郡國志》注者，乃遺而不載；沈諸梁、石乞諸口語，靡不濫入。而《楚詞》乃删削不完。至戴凱之《竹譜》之類，本非詩篇；漢高帝《鴻鵠歌》之類，無與楚事，亦牽率並登，殆不可解。又如劉跛子乃北宋人，而列於六朝之際；嚴羽乃昭武人，而引於三湘之間。蓋州縣志書率多附會先賢，借爲光耀，而元度乃據志書以爲之，宜其至於如是也。

這就因其眚而掩其德，完全否定了此書的纂輯意義，像對本書的思想内容評價一樣，難免有失公允。應該説，此書還是瑕瑜互見的。廖元度欲盡收一切反映“楚風”之韵語，而以個人之力進行這項浩大的工作。無論諸子百家、三教九流、野史筆記、道藏佛乘，衹要稍涉楚地，稍類詩歌，全都入選。他在康熙二十三年（1684）所寫《徵輯楚詩小引》中説：

> ……或忠臣孝子，隱逸漁樵；或節烈軍戎，緇流羽士，不拘當代歷朝，即付縹囊卷軸。大言小言，必有以也；我疆我里，當共寶之……伏念璨璨郵筒，肯問銅官舊渚；戔戔碎錦，都成石室新書。

竟向社會各界廣爲徵求，欲求無所不包，欲得人之未得，夥頤沉沉、卷帙浩繁之中，自然難免真僞雜糅，爬羅剔抉之功與牽湊附會之弊實皆有之。譚之綱等《校刊楚風補題詞》云：“大隱先生之輯是書也，上溯農、黄，下迄明季，凡詩歌辭賦箴頌及諺謡之類，言之有韵者，纖悉必備，可以稱吾楚之大觀矣。”琢其璞而求其玉，正是我們古代文學研究者的任務。

舉例説，先秦流傳下來的楚地之斷篇殘什，除《楚辭》外，本亦寥寥，廖氏所輯一百餘則，誠然包含着如《蜡辭》《丹書》《南風》《禹碑》等後人假托附會之作，但如《彈歌》《優孟歌》《滄浪歌》《接輿歌》等，却對於研究詩歌尤其是楚辭的起源具有參考價值。秦漢以下，傳詩漸多，典籍蕪雜，作僞之風也日盛；廖氏所録，如石刻、仙詩之類亦多雜後人僞托。至如唐人熊渠的《舜廟懷古》乃署漢人春陵侯劉熊渠，宋人王令的《於忽操》三章則繫於後漢龐德公，《鷄鳴歌》歸於劉邦，《贈中尉李彪》誤作韓延之作，如此種種，訛誤頗多。録詩不注出處，也降低了本書的使用價值。但廖氏多方鈎稽，確也發現了許多人所未知的材料。如唐李郃詩四首，即爲《全唐詩》漏收，今人王重民、孫望等《全唐詩外編》始補録之。還有一些詩，則連外編亦未收録。這對於我們繼續補《全唐詩》之缺仍不失爲必要的參考。宋、元詩也有類似情況值得注意。蓋廖氏著書之時所采典籍，今日已頗有不存者，這就使我們不得不重視此書的資料價值。

《楚風補》在廖元度生前未得刊布，死後原稿一度失落，“存者什七”（見本書校刊凡例）。這也是導致本書一些缺陷的一個重要原因。應該説，由於歷史背景和文化背景，廖氏之書在政治上不合時宜，在學術質量上亦未盡如人意，直至他死後四十年，即乾隆十一年（1746），吕肅高任長沙太守，“爲政一以《詩》教”，爲之大力鼓吹，并聚集了譚之綱等人進行校刊，此書始得印行，這就是我們今日所見之《楚風補》。原本四十四卷，經吕肅高等厘定爲四十八卷，附拾遺一卷（原書所收清初之詩别爲《楚詩紀》二十二卷）。《四庫全書總目》作“五十卷”者，舉其成數而言之。《乾隆長沙府志》作“六十卷”，恐誤。

在悠久燦爛的祖國文學史上，楚文化曾經丹霞耀彩，獨標勝韵。在詩歌發展史上，楚辭更是“軒翥詩人之後，奮飛辭家之前”，弘揚詩道，模範百世。南北文化交融之後，楚地方文學直至今日，仍具有繩繩繼繼之特色。見其微而知其著，發其輝而傳其薪，從大量素材裏找出楚地文學史發展中規律性的東西，這不僅是“繫一國之風”，因而對於我們今天研究地方文學史具有借鑒意義，而且實可“察四方之變”，因而對於建設社會主義精神文明具有參考價值。當然，《楚風補》對於研究楚地詩歌史還衹是蹣跚初步，這就更有待於我們去伐山開道，把這個領域的研究推向深入。

《楚風補校注》正是基於上述的出發點，整理《楚風補》這部卷帙繁多而幾乎失傳之著作，力求增加其參考價值。校注者付出了艱辛的勞動，自上古以迄明清，追踪並審查了原編者的足迹。换一個角度看，全書又是一套多卷的歷代楚詩選注，这种選注在今天也是饒有意義的。校注者多是中青年，又初次撰寫如此長編，限於原書體例及學術水平，校注本中尚存在一些問題。然而稽古察今，孜孜問學，確也表現了經過撥亂反正的新一代學者敏鋭的思考能力，從考證到注釋，頗有學兼新舊之勢。相信他們經過努力，會有更豐碩的學術成果問世。我們也期望，集體攻關解决更多的古代文學研究領域的難題。

馬茂元

一九八四年四月

前　言

我國是世界上文化發達最早的文明古國之一。距今大約七千年以前，黄河流域就已進入以農業生産和定居生活爲特徵的新石器時代。而當代學者的綜合研究也已證實，長江下游地區，大約六千年以前，已發展到很可觀的新石器時代文化；在中游地區，也發現相當於仰韶文化與龍山文化的原始社會文化；在三峽地區，則發現類似性質的大溪文化與屈家嶺文化。這些都表明，在長江中下游地區産生和發展的楚文化，同夏、商、周三代在黄河流域所孕育和傳播的中原文化，具有大體相近的悠久歷史，兩者淵源極深，互相吸收和影響，交流融合，共同創造偉大祖國的古代文明，一起奠定中華民族的文化傳統，從而推動着我國歷史和人類文化的前進。

楚文學是楚文化的重要組成部分。歸有光曾讚揚："荆楚自昔多文人，左氏之傳，荀卿之論，屈子之騷，莊周之篇，皆楚人也。"（《五岳山人前集序》）在楚文化的演進過程中，同時産生和發展着豐富多彩的楚文學。在楚文化與中原文化交流融合的過程中，楚文學與中原文學也同時展開着交流融合的過程。因此，對楚文學的研究，不可避免地成爲楚文化研究中的一項重要課題。研究楚文學的産生與發展、特點與風格，南北文學交流與互相推進的關係，楚文學在祖國文學發展中的地位和影響，等等，不僅是楚文學本身的研究課題，而且對楚文化的研究，對我國遠古文化與古典文學的研究，以至對楚史和我國古代史的研究，都具有重要的意義。

因此，楚文化與楚文學的繁榮昌盛，有其深刻而廣泛的歷史條件。楚人原是長江中游地區勢力最大的一個部族。約在商代後期就在被稱爲"荆楚"的地區，即今湖北西部的荆山一帶，"篳路藍縷，以處草莽"；

他們披荆斬棘，艱苦創業，開拓自己物質生活的基地，並建立楚國。早在周夷王時期（前894—前883），楚子熊渠就“甚得江漢間民和”。到楚文王遷都郢以後，楚人主要活動於江漢流域和兩湖平原。這裏是魚米之鄉，地大物博。以後楚軍事勢力不斷擴大，滅了許多小國。“漢陽諸姬，楚實盡之”，前後滅國六十餘。在楚的全盛時期（約前689—前228），幾乎統治全部南中國。就其歷史而言，陸游稱楚爲“遠接商周祚最長”。如果從楚在“殷時嘗爲侯伯”算起，到公元前223年秦滅楚爲止，時間跨度就在千年以上。所以，楚文化及其重要組成部分的楚文學，就從不同側面反映着這樣的歷史進程。

楚文學是祖國文學的珍貴遺產，而楚歌又是楚文學遺産中特别珍貴的瑰寶。近年來大量的考古發現證明，早在距今4305年至4085年前，楚的原始藝術，已經達到相當高的水平。在大體同時期或稍後産生與發展的口頭文學中，則詩歌的成就最爲突出。現傳文獻記載，在我國原始公社時代的所謂唐虞之世，在後來稱爲荆楚的南方，就已經出現“楚歌”的雛型。據傳爲虞舜所作的《南風歌》及《卿雲之歌》之類，都帶有楚歌的格調。此外，現傳箕子的《麥秀歌》，伯夷、叔齊兄弟的《采薇歌》，見於《論語》的《接輿歌》，孟軻口中的《孺子歌》，以及劉向《説苑》中所録的《越人歌》，等等，都顯示着不同於“風詩”的藝術特點，同時反映“楚歌”盛行的久遠和廣泛。

正是在源遠流長的楚文化所孕育的楚歌的悠久傳統的豐饒土壤上，産生了我國第一位偉大的愛國詩人屈原，造就在他的薰陶下成長的楚國詩人群，並形成以《離騷》爲代表的歷來被譽稱“楚辭”的楚國詩體。從此，“風”“騷”並稱，雙峰對峙，對我國古典文學，特别是詩賦的發展，有極深遠的影響。而“風”“騷”所開拓的詩歌傳統，又如黄河與長江一樣，南北雙流，一起匯成祖國詩歌的浩瀚海洋。

從“楚歌”的盛行到“楚辭體”的形成，是我國古代詩歌發展的重要里程碑。所謂“楚辭體”的詩歌，既能低吟慢唱，也可引吭高歌；既宜於長篇咏叙，也長於短章抒情；尤適宜於發抒深沉激昂的感情。從戰國到秦漢，許多動人心弦的慷慨悲歌，幾乎都是用“楚辭體”。像項羽的《垓下歌》，劉邦的《大風歌》，以及漢武帝劉徹的《秋風辭》與《瓠子歌》，以至烏孫公主的《悲愁歌》，李陵贈蘇武的《别歌》，等等，都是“楚聲”的流風餘韵，大有“四面楚歌”之概。詩人李白有句詩：“屈平詞賦懸日月，楚王臺榭空山丘。”這是表明，作爲一個政權單元的楚王朝，雖早已成爲歷史的陳迹；但以屈原作品爲代表的楚國詩歌，却永遠放射着燦爛的光輝，成爲我們祖國的驕傲。

所以，稱古楚國爲詩歌之國，也並不爲溢美。一般認爲，在我國古代文化發展最繁榮的春秋戰國時期，各主要地區，各放异彩。如謂齊魯之國爲經學，晋是史學發祥地，而楚則是文學藝術，其主要表現就是詩歌。這種傳統，可謂歷久不衰。但是，對這方面的資料收集和研究工作，歷來却未受到應有的重視。我國最早的詩歌總集《詩經》，關於這個地域的作品，幾乎是個空白。“孔子純取周《詩》，上采殷，下取魯”。（《漢書·藝文志》）但這種情況，恰好説明楚地詩歌有其獨特的藝術風格和鮮明的地區色彩。正如姜亮夫《屈原賦校注》中所指出：“三百篇中有十五國風，獨不及荊楚，必其歌樂之异於中夏也。”所以，“楚聲”在我國詩歌發展史上有其特殊重要的地位。在以後兩千多年的歷史和文學發展中，流風餘韵，綿延不斷；詩壇昌盛，騷人輩出。這在全國各地區中是頗突出的。

古來第一次全面而系統地匯輯楚地詩歌的典籍，是清初廖元度所編的《楚風補》四十九卷，在這個領域内提供了非常豐富的文獻資料，并且按歷史時代作了初步的整理：“上溯農、黄，下迄明季，凡詩歌辭賦箴頌及諺謡之類，言之有韵者，纖悉必備。可以稱吾楚之大觀矣。”（譚之綱《校刊楚風題詞》）其中收録清以前楚地的詩歌風謡作品五千多首，明代的這類作品占三千多首。這是我們目前所僅見的一部楚地詩歌總集。其時間跨度之長，包羅作者之廣，所輯作品之多，也是我國古代詩歌總集中所罕見的。

就對我國古典詩歌的鑒賞和研究而言，《楚風補》具有其可貴的優越性，足以縱橫馳目，一覽千里之勝概。從詩史的角度着眼，從中可窺見“風”“騷”交流匯入祖國詩歌長河的歷史淵源。如清夏之蓉撰此書序中所指出：“夫以三代而下，下而爲周，周之詩爲極盛；而楚之聲始踵其終；由宋、唐而上，上而爲漢，漢之詩亦極盛，而楚之聲實開其始。”故從此書所輯録的作品，可縱觀楚地歷代詩歌的演進軌迹，上起遠古至先秦，歷兩漢、魏、晋、南北朝，中經隋、唐、五代，下迄宋、元、明，直至清初，楚聲薈萃，古今一綜；雖非全豹，可見一斑。並能從某些側面瞭解我國古代詩歌南北融會、互相推進的發展全過程。

同時，《楚風補》所輯録的詩歌作者面也是很寬廣的，成爲本書的一個重要特色。在其所録作品的一千餘作者中，不僅有原籍楚地的，也有或寄寓於楚者，或仕宦於楚者，或旅遊於楚者，其中有著名的大詩人，更多的是名不稱於世的作者，還有不少無名氏。他們的身份地位、思想傾向、藝術流派、人生際遇，以及在歷史上所起的作用，等等，都是千差萬別，因而也具有極廣泛的代表性。這樣浩大的作者隊伍所創作的詩篇，其題材、其涉及的生活層、其内容所反映的歷史面，當然也非常廣泛。因此，對這些作者及其作品的瞭解與考釋，也有助於對楚文化與楚史的研究，並從不同側面直接或間接地提供這個廣大地域内幾千年來有關政治、經濟、社會、民情、習俗，以及山川形勢、風土物産、郡縣沿革、名勝古迹等方面的資料，故此書亦具有歷史文獻價值。

但是，此書自編成近三百年來，衹有乾隆十四年（1749）的一種刻本，現傳極少，如不及時整理，行將亡佚，實有重印的必要性與迫切性。同時，在此書的輯録工作上，確存在着如《四庫全書總目》所指出的“意主誇多，又疏於考證”的缺點。至於編輯者因階級與時代局限所導致的選擇標準與思想内容上的偏差，更是不可避免的。同時，因爲作品都屬古典詩歌，其中的題旨、語言、典故、音韵，以及作者小傳，古今地名等方面，也需要有所疏通闡釋，爲現代讀者提供方便。爲此，湖北省社會科學院文學研究所古代文學研究室集體擔任了校注任務，具體分工如下：蔡靖泉，前編、卷一、卷十五至卷十六、卷四十三至卷

四十八、末編；牟懷川，卷二至卷五、卷十至卷十二、卷二十九至卷三十；馬曉玲，卷六至卷七、卷十三至卷十四、卷三十九至卷四十二；毛慶，卷八至卷九、卷十九至卷二十四；何念龍，卷十七至卷十八、卷二十五至卷二十八；李家欣，卷三十四至卷三十八；宋大波，卷三十一至卷三十三。

吴丈蜀同志審閲了部分的稿子。牟懷川同志協助吴丈蜀同志完成了部分統稿工作。另外，副院長張正明同志、文學研究所前所長張嘯虎同志也參加過本書的部分審稿。由於全書篇幅浩大，原本體例龐雜，增加了整理的難度，數易其稿，畢竟難於劃一。各人擔任的部分雖已屢經改動，現仍文責自負。我們懇切希望得到專家、讀者批評指正。

張嘯虎

一九八六年十二月

校注説明

一、《楚風補》原書輯詩，體例雜亂，博涉廣取。我們除取校於相應有關的類書、總集以及現存的別集之外，亦不得不一一追根溯源。取校之書不便彙集成表；個别篇目未尋到出處者，衹好暫付闕如；有出處者，亦盡量取其時代最早者進行校勘。

二、舊式校勘，唯羅列各種异文，爲本書所不取。故原書版刻之誤，皆徑改不另出校文。原書爲正者，不列有誤异文。原書中原注"一作××"者，指出所據本。原文某字有誤者，指出應據某書作"某"，一般不正。凡古今字、通假字一般不另加校文。凡原詩已見精校之本者，則盡量汲取其成果。一般情況采取擇善而從或并存兩種方式，不做過多解釋。

三、原書意主誇多，或强爲摘取非詩有韵之文，或勉爲凑合古人之篇，依據傳聞，附會先賢；摭拾小説，以假亂真；尤其多襲用舊地方志，資料來源往往可疑，披沙揀金，費力尤巨。校注過程中爲免落前人窠臼，我們采取了詳略不同的方式，凡前人屢注之篇，凡非詩之文，凡附會之説，凡資料價值不高者，一般衹予簡注。

四、原本詩人小傳，或删録史傳，或摭拾舊聞，訛奪舛誤，層見迭出；或竄亂時代，或張冠李戴，或割裂拼凑，或完全空白。兹隨文就淺學所及，予以必要的注釋、考證、辨僞和補充。編排次第一依原貌。

五、原本歌謡諺語，及至神鬼仙怪類作者，散見雜書，難置作者名姓，往往衹標時代或後人附加的詩題，本來難爲作者小傳。爲求體例劃一，於無主名之詩歌今概冠以"無名氏"。原本每朝之末，正文遺漏或被認爲"不經"者，皆入"附存"之列，今亦仍其舊。

六、本書注釋範圍爲人名、地名、職官、逸事典故、詞語及必要的句解。對於詩歌之背景、内容等亦據情況作必要的題解。由於全書篇幅浩大，爲避免過多重複，以上注釋範圍中若干較易的注目如常見的人名、地名、典故等多從刪略，個別難解之處，則衹好存疑。

目　　録

（一册）

楚風補前編

楚風補卷之一

楚風補卷之二

楚風補卷之三

楚風補卷之四

（二册）

楚風補卷之五

楚風補卷之六

楚風補卷之七

楚風補卷之八

楚風補卷之九

楚風補卷之十

楚風補卷之十一

楚風補卷之十二

（三册）

楚風補卷之十三

楚風補卷之十四

楚風補卷之十五

楚風補卷之十六

楚風補卷之十七

楚風補卷之十八

楚風補卷之十九

楚風補卷之二十

楚風補卷之二十一

（四册）

楚風補卷之二十二

楚風補卷之二十三

楚風補卷之二十四

楚風補卷之二十五

楚風補卷之二十六

楚風補卷之二十七

楚風補卷之二十八

（五册）

楚風補卷之二十九

楚風補卷之三十

楚風補卷之三十一

楚風補卷之三十二

楚風補卷之三十三

楚風補卷之三十四

楚風補卷之三十五

楚風補卷之三十六

楚風補卷之三十七

楚風補卷之三十八

（六册）

楚風補卷之三十九

楚風補卷之四十

楚風補卷之四十一

楚風補卷之四十二

楚風補卷之四十三

楚風補卷之四十四

楚風補卷之四十五

楚風補卷之四十六

楚風補卷之四十七

楚風補卷之四十八

楚風補末編

序

古者有詩之名，而不立風之義；至周公時，太師所掌則有曰風者。而《大序》曰："一國之事，繫一人之本，則謂之風。"是"風"者，非統名也。漢、魏以後，樂漸淩夷，始則風雅不分，次則雅頌無别，而當時識者，猶能辨之。是風者，又非統名也。然《記》有云："命太史陳詩，以觀民風。"風亦可統乎！下言之，則風之義於是而後廣。楚故有風，《甘棠》《漢廣》其選也。孔子存詩而不存其國，非削之也，詩存則風存，風存則國亦存。且夫孔子之删《詩》也，采其温柔敦厚，不悖聖人之道者著之經。而其他如《河水》《祈招》諸詩，又未嘗不使人散見於天下。何則？聖人之删之者，所以準詩之常；而天下士君子之存之者，所以盡詩之變。則夫《詩》之删與天下之人之存之者，其意未嘗相悖也。

吕君南郇出守長沙，爲政一以《詩》教。政之暇，取楚人廖大隱所集《楚風補》一編，摘其粗而存其精，網羅其散失而整其不齊，綜神農氏以迄乎有明，夫亦極古今之觀矣！梓既行，屬余爲序。余觀夫楚之風，天下之風也，所以斡斯文盛衰之運，而維乎絶續之迹者也。何以明其然也？周之東遷，苕華之聲已終，大風之歌未起，四五百年間，天下之響蓋寥寥焉。而楚之屈原、宋玉、唐勒、景差出而振其聲，才力足以變古人之體，忠愛足以繼古人之志，使天下君子翕然從之。夫以三代而下，下而爲周，周之詩爲極盛，而楚之聲實踵其終；由宋、唐而上，上而爲漢，漢之詩亦極盛，而楚之聲實開其始。以盛三代之心盛之，則楚未免爲衰；以盛漢之心盛之，則楚固敻然莫及矣！謂非斯道一大關鍵與？况乎其後，一轉而爲陰、庾，再轉而爲孟、杜，炳炳烺烺成一家言者不下數十輩，舉一國之才，賅百代詩人之致，豈尚爲未備者乎！而吕君之欲序而傳之者，則又非獨存一國之音已也。古有曰：“維楚有材。”又曰：“風以動之。”夫以楚之多材而動之以“風”，則是邦之人尋其風化之原而歸之於正，是又呂君之志也夫！

乾隆十四年仲夏之月，提督湖南等處學政、翰林院檢討加三級、紀録五次高沙夏之蓉撰。

序

余自丙寅來守長沙，蒐輯郡志，得郡人廖大隱所彙次《楚風補》一書，上自禪通、疏仡以來，數千百年，凡楚人之言韵而可風者皆在焉。余嘉其業之慧，而惜其不得大力者吹嘘遍天下也。既釐定，授之梓，廼題其首簡曰：風何始乎？周以前無風也。《周禮·地官·誦訓》："掌道方志，以詔觀事。"故天子燕寢，則陳列國之詩。今所傳十五國風，蓋準孔子删定爲義耳。周道衰，孔子没，繼周而治者，峻堂廉，陋草野，上無太史輶軒之采，下各私其所學，陳詩之典闕焉。然則周以後亦無風也。前無風者，樸略之遺也；後無風者，矜尚之異也。今夫天地之氣，日趨於文，南方適當離明之位，故其風日以競。前此與世安，其樸略；後此與世開，其矜尚。衣冠俎豆，不祧先型，况駸駸乎江、漢之聲，早導其源哉！昔吴越無風，而其後《吴越春秋》《越絶書》之類既補外史。楚當春秋時，亦有觀射父能作"訓辭"，左史倚相能道"訓典"，恨其書無傳。屈子揚江漢之波，鏗鏗別調；中原承學之士，和者繼聲焉。其六義之終，而變聲之始乎！夫楚之風足以吹嘘天下也久矣！騷賦興而三百篇之響無能續者，且亦不復爲也。傳稱古《詩》三千餘篇，風，三之一耳。以成周封建之廣、歷年之遠，而裒輯不多；後世作者一人之身，動至數千篇。是集所存，局於方隅，猶纍纍若此，則以合之天下之言，其倍蓰又何如也！豈其陳之爲王朝之風則見少，秘之爲專家之業反見多耶！于此又可觀世變也。邵子云："自從删後更無詩。"以爲無詩，則凡其叶金石、感鬼神者，皆可廢矣！以爲猶有詩，三百篇以前，三百篇以後，宜亦有關世道人心者。則是書之補風，詎同束皙補經之例也哉！書凡若干卷，録自明止。其在國朝者，别爲《楚詩紀》云。

特授中憲大夫、知湖南長沙府事河南吕肅高南村氏撰。

凡例十則

一、是編人以地著，言以韵比。除前編以外，人皆楚産，而其言則首、二、三卷中，假借者多不皆韵語也。原本欲因言以紀人，節采傳記問答之語，未免割裂補凑。兹不没裒集苦心，各於卷末附存。其或爲有韵之篇而詞欠雅馴者，亦概從附存之例。

一、謡諺之類，原本不論名氏有無，兹並編入附存一例。其鄙倍不經者，注之亦略。按世次前後，以察時變。其一切鬼怪傳疑之句，類所不廢，然不敢以亂正，亦概從附存。

一、名次先後，原本未經校定，兹按年代編序。其閨秀、方外類，紀各朝卷尾。惟明詩卷帙繁多，不能總彙，即於各帝年號之末因時紀入。而凡附存之類，亦按世次録焉。

一、人物小傳，原本雜采彙纂，未免冗沓。兹並改正，務歸簡要。訛者訂之，略者補之。其本末著見者不詳，其履歷無考者仍闕。又或其人醇疵不一，則取其醇而略其疵，亦善善長、惡惡短之意云爾。

一、古歌之類，各書標題不同，如黄帝《兵法》爲《巾機銘》之類。又或有一辭而所隸之人不同，如神農《蜡辭》爲堯《蜡辭》之類。傳聞者異，各得一書爲據而已。要不獨上世爲然，辨之不勝辨也。自唐以下，古體近體並崇，其叙次則先古體後近體，一仿《全唐詩》法。

一、此編獨力蒐求，固多遺漏，而中間稿本又爲人攘去，廖氏追而録之，存者什七。故或有同時同地猶未及編入者，遑問其他。且亦有忠孝節義之夫，餘韵銷歇，不能臆而附之。夫古今賢達，其文章德業彪炳天壤，而不爲有韵之言者何限，豈以此重輕耶！既去之無庸去，亦增之不勝增。其各種體裁，俟有志者别彙輯之，以補《楚紀》《楚寶》三楚文獻之遺，不必强爲獵取。

一、明代之詩，其名次先後，除藩封外，一以鄉會科目爲準，次明經，次諸生，次蔭襲名途宦籍，次有里無爵，悉改原本次第，庶考世知人者便焉。其彙輯之詳，惟嘉靖、萬曆、崇禎三朝爲最。

一、勝國末造，狼烟滿地，龍宫覆天。忠憤之徒，嘵音並激，大抵皆《麥秀》《黍離》者類也。雖多海島之情，莫抑頑民之痛。昔比干有墓，封自寧王；韓通不生，褒榮藝祖。綱常之例，所不廢也。謹次其詩，以爲千古效忠者勸。

一、是書舊序諸名家，爲山陰何天寵，爲毘陵岳宏譽，爲梁溪季麒光，爲花源羅人琮，爲廣濟金德嘉，爲漢陽江蘩，共六首。今止録何公、岳公、金公三序，蓋大隱原有删存之意云。

一、自廖氏手輯成書，閱今多載，塵封櫝笥，雖經同志者數番徵費刊布，而道旁議築，三年不成。今得賢太守表彰文獻，大張楚風，二三同學，編次酌取，一一皆禀教令。間有臆附緒論者，則以"按"字及"參訂"字樣别之。其鏤板之貲，均出自湛開文奉憲檄飭存照。原書四十四卷，今析爲四十八卷，末附拾遺一編。其國朝《詩紀》，原本草創收輯，今並改訂，前後重繆，一仿序明詩次第，區爲二十二卷如左云。

長沙郡孫良貴、譚之綱、陳益、高翔謹識。

校刊楚風補題詞

大隱先生之輯是書也，上溯農、黄，下迄明季，凡詩歌辭賦箴頌及諺謡之類，言之有韵者，纖悉畢備，可以稱吾楚之大觀矣。其説以爲十五國有風，而楚無風，因爲網羅蒐輯以補之。夫楚詩之不列於經，是當時適無，非夫子删之也。藉謂"僭王猾夏"，以故不采於輶軒，此特周之末造耳！武、成、康、穆之世，列國有詩而楚獨無，又何也？風之補不補，無事深求也。第觀先生所輯，博收旁采，雖片語隻詞，兢兢罔敢失墜，亦足以明其敬恭桑梓而鼓吹風騷，其精勤有不可泯滅者。今先生往矣，是書之淹没已四十餘年，適吾郡太守河南吕公修輯郡志，搜羅及之，命綱等偕孫君鄰初校其篇次，並所輯國朝《詩紀》、自著《息機園》諸稿付之剞劂，使好古之士上下吾楚數千百年運會之遷移、文章之盛衰，洞若觀火。謂非闡發幽隱、嘉惠來學之盛心也哉！但卷帙浩繁，綱等不敏，頗有所未盡精核，晰疑正謬，願以俟博雅君子焉。

乾隆己巳孟夏之五日，茶陵後學譚之綱履常甫謹題。

舊　序

楚何以無風？楚之風，“江永漢廣”，《周南》已載之。楚何以無風？後儒以爲删《詩》不録楚風，非通論也。夫陜以東，周公主之；陜以西，召公主之。陜之東，自東而南也；陜之西，自西而南也，故曰“二南”。繫之以《周南》，則是櫽括乎東之南、西之南也。朱紫陽疏稱南國被化，化行及遠，是江漢乃化所遠及之地也。周公元子封魯，無風詩；召公封燕，亦無風詩。魯無風，則曰進乎頌矣；燕無風，豈召非周之小宗，退而不録耶？抑亦召伯《甘棠》“勿翦勿拜”，其人其地其風已輯於“二南”而無遺歟？然則楚何以無風？“江漢游女”“錯薪翹然”，楚風之洋洋盈耳，渢渢乎入人深者，自古在昔，而匪今斯今矣！余自丁未冠進賢，志在山水。庚戌過岳陽，訪包郡伯，登樓攬洞庭之勝，上溯三湘，謁岳麓書院，陟回雁峰，不禁作飄飄欲仙想，洵大國之風也哉！嗣遊閩粤，歷山川激湍之奇，遥與沅湘争流競秀，至今低徊不去於心。上下江湖，耳目覩記幾十載，興致亦復不淺，乃正襟束帶入都，叨擢銓曹。丁卯典試粤東，事竣，順道歸里。家弟隆吉任湖南武攸司馬，亦旋里。昔年昆季，風雨晦明，肄業及之，互相考訂；今策名聖朝，首以得人爲上務。屈指楚粤人文，各抒所見，而家弟極口長沙廖子大隱，其文章詩賦絶似《離騷》；而悲憤長歌，遭時憂憫，亦仿佛近之；於以肆情縱志，博極群書，尤精於詩律；且不憚鈎隱搜遺，歷有年所，上自皇初，下迄昭代，彙成《楚風補》一書若干卷，將以問世，并出其徵引尺牘，欲挽海内諸名士一序，以弁其首。余竊愛季弟能知人，而於詩文有磁鐵之孚、枹鼓之應也。不揣鄙俚，願贈言爲諸公倡。俯而思之，由繹其旨，所謂“補”者，乃補前人未經采輯之風，非補删《詩》不録之風，而同王者迹熄、詩亡之悼也。王者不省，方采風，故風不及楚。上溯黄、虞，巡歷九州，浮洞庭，泝衡湘，臨蒼梧，廣漠之野，忽焉没矣！陵寢猶存名山大川，厥靈式實憑之。是楚在帝世，巡行諮詢，察俗觀風所不廢，何以楚風不録於周詩而少之？倘或以是見少，豈鄭、衛淫風見録反足多耶？余故曰：删《詩》不録楚風，非通論也。其不録云者，猶史之闕文，闕而不存，非删之而不録也。嗟乎！詩文亦有遇有不遇焉！世無博物君子，往往散軼汗漫而無稽；抑又年湮曠渺，不可徵攷，名淹没而不彰者，可勝道哉！廖子其萃，楚山川之靈特鍾此一人，應期而起，困其身，老其才，專其研矻之力，振幽潛未發之光，創一代不朽之業。是集成，而楚國方城爲城、方池爲池，人文輩出，詳姓氏，誌行誼，風雅炳著天壤間，則楚之風詩嗣續不亡，而三百之風詩亦藉是表彰以不亡也。行矣！亟剞劂從事，懸之國門，都會定當紙貴。余知廖子將起屈父而問之水濱，聲應氣求，騷雅不墜，其在斯乎！其在斯乎！

時康熙戊辰，山陰何天寵昭侯氏題。

舊　序

《傳》不云乎？“維楚有材，晉實用之。”楚之有材，不自今始也。材不自今始，而《詩》三百篇獨無楚風，以其材足任軍國之遠猷，謀征會之大計，而非所謂詩歌吟咏之材也。孔子删《詩》，上自朝廟享祭，下至里巷委瑣，有備觀感者畢登。邶、鄘、曹、鄶，不以附庸小邦見遺，豈於洋洋雄楚而故逸之耶？且吴亦大國也，延陵季子觀樂，贊嘆抑揚盡致，孔子過墓三致意焉，而諧聲叶韵，未之前聞，吴亦無風也。衛蘧瑗、晉叔向、鄭國僑輩，夙稱賢大夫，倘其有詩，詎反不若桑間、河上、沮洳、芍藥諸篇乎？唐、衛、鄭雖有風，而瑗、僑、叔向輩仍無風也，蓋其時風會未開，韵學未廣，無詩則闕之，有詩則存之，可删則删之，因其詩非以其人也，取其詩非以其國也。而或者不察，乃以爲楚有他故，而故外之、擯之，是何異近今選家，競勢位，尚聲氣，趨騖結納，徼逐名利，而以意爲好惡取舍，豈大聖人之所用心也哉！屈、宋、唐、景，爲騷爲賦，詞章爛然，經國之才，漸次發越矣。然其意調舒長，情致反復，即生於孔子之時，亦當另置一格，而斷不可入於三百篇之列。何也？體不同也。踵比興爲樂府，變古風爲近體，代遞更而法愈備。晉、魏、唐、宋以來，家弦户誦，巷咏途歌，使孔子而生於今日，取而删之，去其俚俗，存其大雅，成一巨觀，將江、淮、吴、越、巴、蜀、滇、黔皆有風矣，而又何患乎楚之無風也？余奉命至楚，歷試兩湖，於山見衡岳、篸頂、九疑之高，於水見洞庭、瀟湘、沱潛之大且深。登高以思，臨流而嘆，古來賢豪，或生於楚，或仕於楚，或流寓於楚，代不乏人。九京如可作也，吾當起而問之，亦欲窮高極深，探幽測微，索古今之秘奥，發天地之靈奇。而三載之内，程限促迫，足迹難遍，卷帙缺如，每有志焉而未之逮。適星沙廖子大隱以經生家，嗜古好學，博稽廣覽，上自神農，以及昭代，蒐輯群書，編成百卷。凡十易寒暑，名曰《楚風補》，乞序於余。余受而讀之；學問有本，才識兼到，芟繁去靡，宗風正雅。其高華巨麗，如崇山峻嶺之峰巒突兀，烟雲萬狀而莫可端倪也；其沉鬱浩瀚，如長江大湖之縹緲汪洋，一望無際而莫可紀極也。美哉是集也！不特有補於風，而且有補於雅與頌；不特有補於楚風，而且有補於十五國之風；不特有補於前之作者，而且有補於後之學者。美哉是集也！豈但效虞卿之窮愁、仿束皙之補亡而已哉！

時康熙丙子，毘陵岳宏譽題。

舊　序

楚之先鬻熊爲文王師。《漢·藝文志》:《鬻子》二十二篇。唐貞元間，柳伯存所謂子書起於鬻子是也。三閭大夫忠君憂國，乃作《離騷》。太史公曰:“《國風》好色而不淫,《小雅》怨誹而不亂,《離騷》兼之矣。”宋玉、唐勒、景差，皆左徒弟子也；而玉之詞賦獨傳，是以屈、宋並稱於來世。昭武黄長睿有言:“屈、宋諸騷，若‘些’‘只’‘羌’‘誶’‘蹇’‘紛’‘侘傺’，楚語也；悲壯頓挫，或韵或否，楚聲也；沅、湘、江、澧、修門、夏首，楚地也；蘭、茝、荃、藥、蕙、若、蘋、蘅，楚物也。故謂之‘楚詞’云。”考亭朱文公《集注》之作,《離騷》名“經”，獨有千古;《詩》十五國風，當年如此者幾人哉！唐以詩取士，而杜審言、孟浩然、席豫、皮日休、李群玉、鮑防、薛據、綦毋潛、朱放、崔道融輩，或仕或隱，要皆弁冕藝林，鼓吹風雅。若工部以“詩史”稱，論者直謂三百篇後，一人而已。夫自淮北，沛、陳、汝南、南郡，史稱“西楚”；彭城以東，東海、吴廣陵，東楚；九江、江南、豫章、長沙，南楚；幅員廣，故代有聞人。即勝國昭代，内自三公九卿、翰苑臺諫，外中丞、藩、臬、郡縣大夫，下逮章縫彦士、巖壑隱人，操觚握槧，自名一家者，不可勝數。長沙廖傭客網羅楚詩，溯上古至近代，薈粹成編，屬胡康臣廣文涉湘逾漢，徵言以勒簡端。不佞承乏史官，與修《明史》《大清一統志》，蒐討人物，嘗嘆參衡江漢，蜿蟺孕結，炳炳鱗鱗。道州周子，遠紹魯鄒聖學，宸翰表彰，學達性天，昭垂濂溪書院。雲漢章天，有如此然，則楚人之可傳者，豈僅有韵之言乎？康臣書言，傭客承世父黄門家學，爲潭州知名士。楓窗篝火，覃心讐校；郵筒捃拾，幾至充棟。竊謂楚無“風”而以是補之。不佞復書曰：柱下、莊、列諸子，鬻子先之也；漢、魏、六朝、四唐人之詩賦,《離騷》先之也;横渠、二程、考亭諸先生之微言大義,《太極通書》先之也。楚人開疆啓宇,往往爲其難者,鬻子尚矣。藉令屈、宋二大夫,生當聖人之世,及聖人之門,《九歌》則祖風雅,《九辯》則祖三頌。受經請益,未知視卜子夏何如濂溪。仰觀俯察,推一理、二氣、五行之分合,立象盡意,悟超無言之先,而論徹萬物之始。若親炙無隱之誨,豈直聞夫子之文章已乎?天之生才不一時,人之立言不二轍,奈何以楚無風也而少之?是故上下數千載,人文輩出,繼繼繩繩,譬諸參衡之氣蒸爲雲霞,而江漢之水流行於地中也。當明世宗時,有學士廖公道南,著《楚紀》一編,人到於今稱之。是集也,剞劂告竣,知與道南《楚紀》後先輝映,同爲一家張楚之書。後之君子得毋望之而駭曰:此媧皇五色石也!小補云乎哉!

時康熙癸酉孟春,廣濟金德嘉蔚齋氏題。

原徵詩小引 康熙甲子

嘗聞石韞玉而山輝，水效珍而川媚。寶物如此，詩文宜然。然蠅非附驥，安有越都之才？劍不因人，枉負干霄之質。彼夫忠君愛國，吟老三湘；學佛謀仙，筆摇五岳；須知前賢有待於後生，始作亦需於繼述。吾楚江永漢廣，昔叨宣聖之删訂流連；沅芷澧蘭，續深靈均之悲歌怨慕。至若蘭臺、雲夢，素號雄風；衡岳、洞庭，代鍾間氣。悵公子兮未遠，思美人兮何堪！緬惟澤畔行吟，可惜江潭客去；近想郢中別調，未是巴曲聲希。孳孳寤寐，夢切連床；落落晨星，誰當知己？度也學愧淹通，地偏卑濕。丁年問字，忝竊雕蟲；辛苦論交，幾懷滅刺。詎意遭家不造，遇世多艱。翩翩乎鶯遷出谷，哀哀者雉罹於羅。倏爾覆巢，頃無完卵。嗣是雙林依倚，八載淹留。霜凄月訴，繞林而烏鵲難忘；吊古懷人，隔水而蒹葭宛在。所恨秦人一炬，空留卜筮之科；争看宋石三函，莫辯連城之璧。爾乃掩柴門而抱膝，藉楮墨以寫心。擬徵楚人之什，以補楚國之風。無如湖北湘南，江雲渭樹。竊意清新俊逸，寧無庾、鮑之章；老病端居，定有孟、杜之作。敬伸短引，遥達素心；諒在騷壇，必敦大雅。家傳帳秘幸簡，灰劫餘編，玉振金聲，毋忘瓊玖是報。或忠臣孝子，隱逸漁樵；或節烈軍戎，緇流羽士。不拘當代歷朝，即付縹囊卷軸。大言小言，必有以也；我疆我里，當共寶之。仰名山之大業，追惟學道之精；發潛德之幽光，敢曰稽古之力。伏冀璨璨郵筒，肯問銅官舊渚；戔戔碎錦，都成石室新書。俾得傳之。其人勿吝，惠而好我！

長沙後學廖元度謹啓。

舊　序

周先有采詩之典，十五國風皆諸侯采貢王朝，列於樂官，孔子删《詩》，録之以爲經者也。顧猶是詩耳，别之曰“風”，何哉？夫大塊噫而爲風，其在於人，則水土之氣生其間者，鍾爲性情，成爲音韵。志有所觸，山川、草木、鳥獸、蟲魚，悉以摭其見聞，抒其欣戚，扶輿清淑，醖釀於兹，以是爲一國吹噓，妙動物之能，神漸披之效，《記》所謂“以觀民風”，《序》所謂“以風天下”，非此義歟？楚之爲風，其貢與王朝與否，莫可知也。説者因録存之詩獨無楚國，於是有以“僭王猾夏”删之爲楚疑者，有以《漢廣》《江汜》統於“二南”爲楚辯者。而楚中之彦，肆好多風，則又以不得與“十五國”並録於“經”爲楚憾。遥遥千載，廖氏大隱始以文學，發憤搜羅，輯爲《楚風補》一編，泝自炎、虞，迄於明代，二廣之域，有韵之言，靡不畢登。太守吕君梓之行世，已越年矣！坊人以予八年南楚，歷臬而藩，實預此邦風教，乞爲加序，俾廣其行。予惟楚處荆山、歧陽，設望以來，其國非復藍縷之舊，彼接輿、孺子，歌且見述孔門，豈論次風詩？顧以其君僭猾並舉，其國風尚概使從删；即“江”“漢”二篇，風在文王之世，熊芈未國，亦豈得以山林後啓冒及其先？夫楚風之不録於經，大抵王朝之貢不入，是以樂府無傳，孔子闕之。蓋亦如《春秋》之例，赴告不及，則不書云爾。其有抱忠愛之忱，持敦厚之體，放厥辭於三湘七澤間者，固王者所弗禁而孔子所樂聞也。况維楚有材，屈、宋、唐、景、陰、庾、孟、杜，海内詞宗；其他郢曲千家，《陽春》《白雪》，餘韵悠然。以此嗣十五國之音，備貞淫而該正變，覘得失而考盛衰。誰謂删後無詩，使椒、桂、蓀、荃，反遜扶蘇、蔓草哉！且風詩之亡，非但由經闕也。漢魏六朝以詩唱和，李唐而後以詩制科，學者惟聲病是求，不復及乎治忽之本。胡必心懸君國，永嘆流連，如哀怨爲騷、博綜成史者，而後言婉思深，不失風人之致？廖氏之以風繫楚，爲國徵其實，亦爲詩挽其流也。然則是編之行，此都人士接響争鳴，當共振其水土之氣；而二三君子，有事陳觀，方城之雄、雲土之沃、茅蕝之肅、蘭佩之芳，厥風匪遥，揚之斯在。誦詩達政，何必泥在古經三百耶？爰書以授坊人而去。

乾隆十八年歲在癸酉秋九月，湖廣湖南等處承宣布政司布政使、紀録八次天津周人驥蓮峰甫撰。

廖大隱傳

大隱，長沙人，名元度，字次裴，一號傭客。大隱，其晚年號也。世父孟符黄門，以直諫名於明季。黄門弟仲符，國子生，即大隱父。生子三人，大隱其次。生而穎慧，稍長，偶詞屬對，應聲輒諧，孟、仲二公深器之。年十八，補弟子員，雅不事舉業，博聞强識，而肆力於古，尤喜拈弄四聲，紙窗驢背，戀戀不休，或行吟於市衢里巷，作月下推敲狀。觀者或笑以爲痴，而大隱咏歌自得，旁若無人也。一時名儒碩彦願與之游，如劉沙河、杜三、郭石村幼隗，皆其父行而與爲忘年交。歲丙午，營雪蕉堂於郡城，北枕大江，登臨寓目，廛郭之嘉憩也。遂有《雪蕉堂集》。此後復放迹於九嶷、衡岳、瀟湘、雲夢、嶺南，感時賦物，更唱迭和，所著有《秋思百韵》《岳游草》《湘山隨筆》《粤吟》諸編，大抵皆歌咏太平、抒情適性之所作也。歲丙辰，滇逆兵犯湖嶺，長沙苦之。大隱挈其家避本邑之清泰鄉，遇逆軍執之曰："若能爲吾任負乎？"曰："不能！""若所携有金幣乎？"曰："無有！"賊疑其詐也，解其裝，書册之外無長物。賊怒，投其稿於江。大隱赴流力護之，遂受重傷，奄奄一息，偃卧沙灘，自暮達旦。適繆齊公過其側，不知誰氏子，撿其書，乃所自著詩，因大呼曰："子非廖子次裴乎？"大隱從呻吟中作應聲。繆百計救甦，舁至其家。其子璞時年始十二，已爲逆軍擄去矣。是時，家室不保，賊勢愈熾，因飄泊於麻潭山之白雲蘭若。其所著《覆巢餘筆》《猿嘯集》，以歌當哭，皆羈寓寺中之所爲也。己未後，妖氛既除，長沙恢復，乃携其書册歸來。而向之第宅園林蕩然盡矣！經營數載，始卜築於郡城之東隅，署其園曰"息機"。至己巳，其子璞始踉蹌而歸，大隱年已五十矣。閉門著述，刻意覃思，以古作者自期，而得詩爲尤多，自題曰《息機園稿》。又手輯《楚風補》一編，起農、黄以迄明季。至國朝之詩，則曰《楚詩紀》。大湖南北，名臣碩儒，有韵之言咸在焉。大隱生於崇禎庚辰，而没於康熙之丁亥，没後其書爲他人所得，其子璞告哀於同人，郡人士同呈請於武進、宜興兩中丞，相繼追復之，時康熙四十七年也。至乾隆甲子，璞又没。生平著述湮没不彰，經今四十餘年矣！嗚呼，大隱其亟亟立言之士乎哉！方之古之作者無愧矣！迹其生平所爲，流離顛沛必於是而不違，其誠足以感天地、動鬼神，而又豈逆軍之所能滅、郭象之所能掩乎！人往風微，得賢太守表彰於數十年之後，豈偶然哉！

高　翔

搜稿姓氏

周應遇麓山	善化人	
李何煒緩山	沔陽人	
徐則論書平	景陵人	
羅人琮紫蘿	桃源人	
楊州彦宣樓	當陽人	
何良棟嘯菴	山陰人	
胡之太康臣	黄岡人	
胡問仁顔目	黄岡人	
李中素鶴山	麻城人	
趙又昂綏誕	善化人	
蔡來徵魏若	攸縣人	
郭金門黄瞻	善化人	
陳　梧鷺栖	攸縣人	
胡昺樞稺椒	孝感人	
李仙根友白	貴陽人	
曹之璜中玉	醴陵人	
陳五聚史占	攸縣人	
王禹書大夏	湘潭人	
王樹美務滋	長沙人	
胡虞繼其序	湘潭人	
舒逢吉康白	廣濟人	
彭　昕大采	栗陽人	
連　蘊豈玉	茶陵人	
余　俊公偉	善化人	
陳維國坦山	武陵人	
陳應元廷借	武陵人	
周　質亦尚	善化人	
釋心智自如	衡陽人	
釋明照則山	黄陂人	

楚風補前編

前　古

參　訂

洪荒以前，不可考矣！其時人物栖泊無定，且文教未興，故多不著。楚自神農氏葬於茶鄉，聲教早通，而世所傳《政典》及“八蜡”“圖説”，學者多稱之。黄帝張樂洞庭之野，崩荆山之陽，其《咸池》樂章雖亡而《兵法》具在。高陽氏實楚先祖，而周太師所陳《丹書》“敬勝”“義勝”之語以爲出於黄帝、顓頊，兹並采而列之，以論世焉。大抵中古以前文字簡略，其本末有繫於楚者則録之。所録者不必皆韵語，其人亦不皆楚人，且亦不必其人之當時果有是語也，惟以百家載籍所稱引者爲準而已。今自唐、虞以上統之曰“前古”，自唐、虞以下别爲世代云。

炎帝神農氏

姓伊耆[1]，名軌[2]，一曰石年[3]。生隨州之烈山。烈山者，厲山也，故又號厲山氏[4]。帝在位一百四十五載[5]，每歲率民蜡祭[6]，以報歲成。命邢天作《扶黎》之樂，制《豐年》之咏[7]。又削桐爲琴瑟[8]，以和民風焉。崩葬長沙之茶鄉，即今茶陵[9]。

【校注】

〔1〕《禮記·郊特牲》："伊耆氏始爲蜡。"鄭玄注："伊耆氏，古天子之號也。"孔穎達疏："伊耆氏，神農也。"

〔2〕軌，一作"魁"，一作"魁隗"。《太平御覽》卷七十八引《孝經鈎命訣》曰："任己感龍生帝魁。"注："魁，神農名。"李清《繹史補》引《潛夫論》："赤帝魁隗，身號炎帝，世號神農。"

〔3〕李清《繹史補》引《春秋命曆序》："有神人名石年……號皇神農。"

〔4〕中華書局1980年版《括地志輯校》卷四："厲山在隨州隨縣北百里。山東有石穴，［或］曰神農生於［此］，（厲鄉）所謂（列）［厲］山氏也。"

〔5〕馬驌《繹史·年表》："炎帝神農氏，姜姓，都陳，在位一百二十年，或云一百四十五年。"

〔6〕蜡祭：年終祭祀之名。

〔7〕《古今圖書集成·食貨典》引《孝經援神契》："神農耕桑，得利究年，受福究窮也。乃命邢天作《扶犁》之樂，制《豐年》之咏。"邢天，又作"刑天"，古神話中的神名。

〔8〕琴：許慎《説文解字》："琴，禁也，神農所作。"瑟：段玉裁《説文解字注》引馬融《笛賦》："神農造。"

〔9〕皇甫謐《帝王世紀》："（神農）在位百二十年，崩葬長沙。"

政　典[1]

士有當年不耕者，則天下或受其饑矣；女有當年不績者，則天下或受其寒矣。故夫必親耕，妻必親績，人恭生生，各食其力。

正天時，因地利，惟厚於民。民惟邦本，食惟民天。農不正，食不豐；民不正，業不專。惟民有數，惟食有節，惟農有教。林林生人，無亂政典。

君相信任惟正，相君脯位惟忠，相官統治惟公，官相代位惟勤，民官撫愛惟仁，官民事上惟業。父無不義，厥子惟孝；兄無不友，厥弟惟恭。

夫不遊，妻不淫；師不怠，教不失。刑者，形也，形爾身；道者，導也，導爾志；禮者，制也，制爾情；樂者，和也，和爾聲[2]；政者，正也，正其事。

按[3]：三則不必爲韵語，而可爲典要。

【校注】

〔1〕此録所謂“炎帝神農氏政典”三則，前一則見於《吕氏春秋》《淮南子·齊俗訓》及《文子》等書中稱引的“神農之教”“神農之法”，但文辭稍异。後二則乃録自《古三墳》中所謂“人皇神農氏政典”。據《四庫全書總目提要》辨證，《古三墳》當是北宋人僞作，而明人不察，刻入《漢魏叢書》，並題爲晋人阮咸注。

〔2〕《禮記·樂記》：“禮節民心，樂和民聲，政以行之。”

〔3〕按語爲原參訂者所加。下同。

蜡　辭[1]

土反其宅，水歸其壑，昆蟲毋作，草木歸其澤。豐年若土[2]，歲取千百。

【校注】

〔1〕《蜡辭》：相傳爲伊耆氏臘月祭神的祝辭。《禮記·郊特牲》僅記其前四句，蔡邕《獨斷》所録則缺第三句，增末兩句，此乃合而録之。

〔2〕文後有原注："末二句出蔡邕《獨斷》。"若：至。土，《漢魏叢書》本《獨斷》作"上"，是。

黄帝有熊氏

姓公孫，名荼，一曰軒，字玄律[1]，少典之子[2]。帝有聖德，戰榆罔阪泉[3]，戮蚩尤中冀[4]，得六相治天下[5]。乃命大容作《承雲樂》[6]，中陽之月[7]，乙卯之辰，日在奎而奏之[8]，弛張合施，動静麗節，命曰《咸池》[9]。先儒謂其世爲文明之漸云[10]。

【校注】

〔1〕《古今圖書集成·神仙部》："按《路史·後紀》：'黄帝有熊氏，姓公孫，名荼，一曰軒，軒之字曰玄律。'"

〔2〕少典：傳爲古有熊國君名。參見《史記·五帝本紀》。

〔3〕榆罔：傳説爲炎帝神農氏後代。《太平御覽》卷七十八引《帝王世紀》云，炎帝後七世爲帝榆罔。

〔4〕中冀：即冀中，古冀州中部，在今河北涿鹿縣東南一帶。

〔5〕《管子·五行》："黄帝得六相而天下治。"

〔6〕大容：傳説爲黄帝大臣。《承雲樂》：樂曲名，一説爲顓頊之樂。參見《吕氏春秋·古樂》。

〔7〕中陽之月：即陽春二月。

〔8〕日在奎：太陽運行至奎宿區域，古時謂即仲春時節。

〔9〕《咸池》：傳説爲黄帝的樂曲名。

〔10〕漸：開端。

兵　法[1]

征伐始於帝[2]。鍾伯敬云[3]："防微杜漸之語，却藏殺機。黄帝用先著，老氏用後著。"

日中不彗，是謂失時。操刀不割，失利之期。執斧不伐，賊人將來[4]。涓涓不塞，將爲江河。熒熒不救，炎炎奈何。兩葉不去，將用斧柯。爲虺弗摧，行將爲蛇。

【校注】

〔1〕此録所謂黄帝“兵法”，《新書·宗首》及《六韜·守土》中有所引述。明人楊慎以“賈子引黄帝語”輯録於《古今諺》中，編者當是從《古今諺》中抄録。

〔2〕見《史記·五帝本紀》。

〔3〕鍾伯敬：名惺，字伯敬，明代竟陵（今湖北天門）人，撰有評點先秦古籍的《周文歸》二十卷。

〔4〕來，原注：“叶離。”

顓頊高陽氏

楚先祖也[1]。帝母感瑤光貫月之祥[2]，生帝於若水[3]，遂以水德王[4]。

【校注】

〔1〕參見《史記》的《五帝本紀》和《楚世家》。

〔2〕《太平御覽》卷七十九引《河圖》："瑤光之星，如蜺貫月，正白，感女樞幽房之宫，生黑帝顓頊。"瑤光：又作"摇光"，北斗七星之第七星。

〔3〕《山海經·海内經》："黄帝妻雷祖，生昌意。昌意降處若水，生韓流。韓流……生帝顓頊。"《吕氏春秋·古樂》："帝顓頊生自若水。"若水：神話傳説中的水名。一説即今雅礱江。

〔4〕古人以金、木、水、火、土五行所代表的方位與色彩來配傳説中的五帝，認爲顓頊配水，居北，尚黑。

丹　書[1]

敬勝怠者吉，怠勝敬者滅；義勝欲者從，欲勝義者凶。凡事不强則枉，弗敬則不正。枉者滅廢，敬者萬世。

【校注】

〔1〕題下原注："見太公對武王語。"《丹書》：傳説爲顓頊所傳之書，見《大戴禮記·武王踐阼》載，實爲後人僞作。

廣成子[1]

隱居南陽崆峒山。考安定、臨洮皆有崆峒，而莊周述黄帝問道，言遊襄城、登具茨，放大隗，皆與南陽之崆峒接壤。山下有洞仰户，相傳洞中白犬常出遊，故號小冢爲玉狗峰。上有廣成廟及崆峒觀，下有廣成城。今據《南華》録所以答黄帝問道之語[2]。

【校注】

〔1〕廣成子：據《莊子》所述，爲黄帝時有道之隱者。一説即老子，舊題晋人葛洪撰《神仙傳·老子》稱其“黄帝時爲廣成子，顓頊時爲赤精子”。當爲傳説中的人物。

〔2〕《南華》：即《莊子》。據《舊唐書·玄宗本紀》載，天寶元年，詔號莊周爲南華真人，《莊子》爲《南華真經》。

道　要[1]

至道之精，窈窈冥冥；至道之極，昏昏默默。無視無聽，抱神以静，形將自正。必静必清，毋勞爾形[2]，毋摇爾精[3]，毋俾爾思慮營營[4]，乃可長生[5]。慎内閉外[6]，多智我敗[7]。

【校注】

〔1〕見《莊子·在宥》。題爲原編者所加。

〔2〕《莊子集釋》作“無勞女形”。

〔3〕同上書作“無摇女精”。

〔4〕《莊子·庚桑楚》中有“無使女思慮營營”。

〔5〕《莊子集釋》作“乃可以長生”。

〔6〕同上書作“慎女内，閉女外”，又在此句前有“目無所見，耳無所聞，心無所知，女神將守形，形乃長生”數句。

〔7〕同上書作“多知爲敗”，“知”同“智”。

唐

方　迴

仙人方迴歌[1]

王子年《拾遺記》曰：“舜葬蒼梧之野[2]，有鳥如雀，常遊丹海之際[3]，時來蒼梧之野，銜青砂珠，積成壟阜，名曰“珠丘”。冥珠輕細[4]，風吹如塵起，名曰“珠塵”。今蒼梧之外，山人采藥，時有青石圓潔如珠，服之不死。故方迴歌云。

珠塵圓潔輕且明，有道服者得長生。

按：高誘注[5]：方迴者，方回也，堯時人。本傳[6]載此辭爲蒼梧舜陵作。堯時，舜未陟方，豈遽有此辭？或前古有道者常數百歲，此辭作於夏時亦未可知。

【校注】

〔1〕見《拾遺記》卷一，即“仙人方迴《遊南岳七言讚》”。

〔2〕參見《史記·五帝本紀》。蒼梧：山名，又稱九疑（嶷）山，在今湖南寧遠縣南。

〔3〕丹海：神話中的海名。

〔4〕冥，應從中華書局 1981 年版齊治平校注《拾遺記》作“其”。

〔5〕高誘：東漢學者。

〔6〕本傳：當指《拾遺記》所載故事。

虞

帝　舜

《尚書》云："五月，南巡狩至於南岳。"注：南岳者，衡山也。世又傳，舜巡方，崩，葬蒼梧，二妃從之不及[1]。今永州九疑有舜陵，湘陰有黄陵廟云[2]。

【校注】

〔1〕《禮記·檀弓》："舜葬於蒼梧之野，蓋二妃未之從也。"《水經注·湘水》："大舜之陟方也，二妃從征，溺於湘江。"

〔2〕黄陵廟：在湘陰縣北黄陵山上，爲舜之二妃的祠廟。

南風之歌[1]

帝揮五弦之琴，作《南風》之曲。

南風之薰兮，可以解吾民之愠兮。南風之時兮，可以阜吾民之財兮[2]。

【校注】

〔1〕《禮記·樂記》："昔者舜作五弦之琴，以歌《南風》。"此歌辭見《尸子》及《孔子家語·辨樂》，當爲戰國時期的楚歌。

〔2〕財，原注："叶齊。"

善　卷〔1〕

世傳爲今武陵人〔2〕。舜以天下讓卷，卷入深山，不知其處。宋政和間，賜號“遯世高蹈先生”。今武陵德山有卷壇，辰溪有卷冢焉。兹據《莊子》録所以答舜者云。

余立於宇宙之中，冬日衣皮毛，夏日衣蘿薜〔3〕。春耕種，形足以勞動；秋收斂，身足以休食。日出而作，日入而息，逍遥人間〔4〕，而心意自得，吾何以天下爲哉！

按：被衣、許由皆楚人，其説皆衍於《南華》，如廣成、善卷之類云。

【校注】

〔1〕善卷：傳説爲遠古隱士，《莊子》中記有其言行。編者所作此傳又據舊志。參見舊《武陵縣志》。

〔2〕武陵：舊縣名，今爲湖南省常德市武陵區。

〔3〕蘿薜，《莊子集釋》作“葛絺”。

〔4〕同上書作“逍遥於天地之間”。

夏

帝　禹

《禹貢》[1]："荆及衡陽惟荆州。"禹導九江、沱、潜、雲夢[2]。登衡山，夢蒼水使者授金簡玉字之書[3]，勒石於岣嶁[4]，實開朱明文字之祖焉[5]。

【校注】

〔1〕即《尚書·禹貢》。

〔2〕參見《史記·夏本紀》。

〔3〕《太平御覽》卷三十九引《吴越春秋》載，禹傷父功不成，登衡山，據夢中蒼水使者的指點，發石得金簡玉字之書，由此而獲治水要領。參見《吴越春秋》卷六。

〔4〕岣嶁：衡山主峰名。峰頂曾有古碑，字形怪异難辨，傳説爲夏禹治水時來此所刻，後人稱作"禹碑"。

〔5〕朱明：此爲南方的代稱。《淮南子·天文訓》："南方火也，其帝炎帝，其佐朱明，執衡而治夏。"

禹　碑[1]

原碑在岣嶁。數千年無知者，韓愈、劉禹錫等披尋不見[2]。宋何子一因樵者引得見之，轉刻于長沙之岳麓。今其文蝌蚪古篆，譯者十數家，姑以楊升庵考定爲句讀云[3]。

承帝曰咨[4]，翼輔佐卿。洲渚與登，鳥獸之門。參身洪流，而明發爾興。久旅忘家，宿岳麓庭。智營形折，心罔弗辰[5]。往求平定，華岳泰衡。宗疏事裒，勞餘神禋[6]。鬱塞昏徙，南瀆衍亨[7]。衣制食備，萬國其寧，竄舞永奔[8]。

【校注】

〔1〕禹碑：又稱“岣嶁碑”，宋代前已有稱述。南宋何致（字子一）稱其在嘉定五年（1212）由樵夫引尋而獲，並摹刻於長沙岳麓書院。明、清時，摹刻已廣見於各地，爲之箋注者亦多。觀其碑文，實爲後人據夏禹治水的傳説而僞作。

〔2〕韓愈作有《岣嶁山詩》。劉禹錫在《寄吕衡州》一詩中提及此碑。

〔3〕楊升庵：名慎，字用修，號升庵，明代學者。所考《禹碑》，見其所著《金石古文》卷一。

〔4〕承帝：指秉承帝舜之命。咨：含敕令之意的感嘆詞。《尚書·舜典》：“帝（舜）曰：‘俞！咨禹！汝平水土，惟时懋哉！’”

〔5〕弗，《叢書集成初編》本《金石古文》作“不”。辰：或通“振”。

〔6〕神，《金石萃編》卷二作“伸”。

〔7〕南瀆：指長江。衍：長流。亨：暢通。

〔8〕句下原注：“共七十七字。”

鬻　熊〔1〕

楚之先，系出祝融〔2〕。年九十謁文王，王曰："嘻！老矣。"答曰："使臣策國事，則臣尚少。"王因立爲師。所著書二十二篇，名《鬻子》〔3〕。今節録《湯政篇》云。

天地闢而萬物生，萬物生而人爲政焉。無不能生而無殺也，唯天地之所以殺，人不能生。人化而爲善，獸化而爲惡，人而不善者謂之獸。有天然後有地，有地然後有别，有别然後有義〔4〕，有義然後有教，有教然後有道，有道然後有理，有理然後有數。日有冥有旦，有晝有夜，然後以爲數。月一盈一虧、月合月離以數紀。四者皆陳，以爲數治。政者衛也，始終之謂衛。

按：此亦不皆韵語，而實爲道要。

【校注】

〔1〕鬻熊：商末羋楚方國的君長。參見《史記·楚世家》及《鬻子序》。

〔2〕祝融：傳説爲帝嚳時的火官，因功高而被帝嚳命名，實爲原始社會末年依附華夏酋邦聯盟的酋邦首領、周代楚人的血親始祖。

〔3〕《漢書·藝文志》有著録，列於道家。今傳本《鬻子》，乃唐人逄行珪所獻並注，或疑爲僞作。

〔4〕義：指爲人行事的道德規範。逄行珪《鬻子》注："夫婦之義著，君臣之義彰也。"

按：上九則，存以論世，著風教之先聲而已。中間廣成、善卷，皆出《莊子》。而神農《政典》，或以爲後人所擬。即“仙人珠丘之辭”，又未知出陶唐方廻、李唐方廻也。其《兵法》《南風之歌》《禹碑》，係今參訂增入，以原本既録諸則，因類附之，亦通鑒前編之意云爾。

楚風補卷之一

周

參　訂

孔子删《書》，斷自唐、虞；删《詩》，則自商、周之際。蓋以有韵之言，前古所少。文王師鬻熊著書二十二篇，而聲詩之義闕如。惟南國化行，《江》《漢》數章，彬彬風始。朱子《詩傳》云："南方之國，即今興元、京西、湖北等路諸州是也。"緣其時，楚未受封，統於"二南"，其"風"雖周，其聲其辭儼然江、漢間野人女子之所作也。兹不敢忘聲教所自始，故以《江》《漢》諸詩首之。而尹吉甫佐宣王，中興文、武、成、康之業，《崧高》《烝民》二篇居然《大雅》，亦取次登焉。要非裂經以補稗野，實遵古以導末流也。數傳而後，嗣聲風雅，創開詞賦之宗，則有三閭大夫。繼此之詩、歌、箴、誦、諺、謡，凡原本六義而祖"風""騷"者，短咏微吟，因時並録。則由周而來，三楚之"風"或亦有可采歟!

無名氏

漢廣三章章八句

《詩傳》云[1]："漢水出興元府嶓冢山，至漢陽軍大别山入江[2]。江漢之俗，其女好遊，漢、魏以後猶然，如《大隄》之曲可見也[3]。""江水出永康軍岷山[4]，東流與漢水合，東北入海。"

南有喬木，不可休息[5]。漢有游女，不可求思。漢之廣矣，不可泳思。江之永矣，不可方思。

翹翹錯薪，言刈其楚。之子于歸。言秣其馬。漢之廣矣，不可泳思。江之永矣，不可方思。

翹翹錯薪，言刈其蔞。之子于歸，言秣其駒。漢之廣矣，不可泳思。江之永矣，不可方思。

【校注】

〔1〕《詩傳》：即朱熹《詩集傳》。

〔2〕興元府：治所在今陜西漢中市東。嶓冢山：在陜西寧强縣北。漢陽軍：治所在今湖北武漢市漢陽。大别山：即武漢之龜山。

〔3〕《大堤》：漢魏樂府名，出於《襄陽樂》，其内容多咏漢水邊女子。

〔4〕永康軍：治所在今四川都江堰市。

〔5〕息，《韓詩外傳》引作"思"，今注本多從之。

江有汜三章章五句

《詩傳》："水决復入爲汜，今江陵、漢陽、安復之間多有之。"

江有汜。之子歸，不我以。不我以，其後也悔！

江有渚。之子歸，不我與。不我與，其後也處？

江有沱。之子歸，不我過。不我過，其嘯也歌！

尹吉甫[1]

房陵人[2]，有文武才，相宣王伐玁狁、伐淮有功[3]，詩人美之[4]。

【校注】

〔1〕尹吉甫：周宣王大臣。

〔2〕房陵：古縣名，治所在今湖北房縣。此說乃本舊志，不可靠。

〔3〕玁狁：周代對北方游牧部族之稱，即戎狄族。

〔4〕見《詩經·小雅·六月》。

崧高八章章八句

宣王之舅申伯出封於謝，吉甫作詩送之。[1]

崧高維岳，駿極于天。維岳降神，生甫及申。維申及甫，維周之翰，四國于蕃，四方于宣。

亹亹申伯，王纘之事[2]，于邑于謝，南國是式。王命召伯[3]："定申伯之宅。登是南邦，世執其功。"

王命召伯[4]："式是南邦。因是謝人，以作爾庸。"王命召伯"徹申伯土田"。王命傅御[5]，"遷其私人"。

申伯之功，召伯是營。有俶其城，寢廟既成，既成藐藐。王錫申伯，四牡蹻蹻，鉤膺濯濯。

王遣申伯，路車乘馬。"我圖爾居，莫如南土。錫爾介圭，以作爾寶。往近王舅，南土是保。"

申伯信邁，王餞于郿[6]。申伯還南，謝于城歸[7]。王命召伯，徹申伯土疆，以峙其粻，式遄其行。

申伯番番，既入于謝。徒御嘽嘽，周邦咸喜，戎有良翰[8]。不顯申伯[9]，王之元舅，文武是憲。

申伯之德，柔惠且直。揉此萬邦，聞于四國。吉甫作誦，其詩孔碩，其風肆好，以贈申伯。

【校注】

〔1〕詩見《詩經·大雅》。題解録於朱熹《詩集傳》。謝：古邑名，舊址在今河南唐河縣南。

〔2〕王：指周宣王。

〔3〕召伯：即召穆公，名虎，周宣王的大臣。

〔4〕召，此處應爲“申”。

〔5〕傅御：周宣王的近臣。

〔6〕郿：古邑名，舊址在今陕西郿縣東北。

〔7〕城，《毛詩正義》《詩集傳》作“誠”，是。此句即爲“誠歸于謝”，因叶韵而倒文。

〔8〕戎：汝，指宣王。

〔9〕不：通“丕”，大。

烝民八章章八句

宣王命樊侯仲山甫築城於齊，吉甫作詩送之。〔1〕

天生烝民，有物有則。民之秉彝，好是懿德。天監有周，昭假于下。保兹天子，生仲山甫。

仲山甫之德，柔嘉維則。令儀令色，小心翼翼。古訓是式，威儀是力。天子是若，明命使賦。

王命仲山甫：“式是百辟，纘戎祖考，王躬是保。出納王命，王之喉舌。賦政于外，四方爰發。”

肅肅王命，仲山甫將之。邦國若否，仲山甫明之。既明且哲，以保其身。夙夜匪解，以事一人。

人亦有言：“柔則茹之，剛則吐之。”維仲山甫，柔亦不茹，剛亦不吐；不侮矜寡，不畏彊禦。

人亦有言："德輶如毛，民鮮克舉之。"我儀圖之，維仲山甫舉之，愛莫助之。袞職有闕，維仲山甫補之。

仲山甫出祖，四牡業業。征夫捷捷，每懷靡及。四牡彭彭，八鸞鏘鏘。王命仲山甫，城彼東方。

四牡騤騤，八鸞喈喈。仲山甫徂齊，式遄其歸。吉甫作誦，穆如清風。仲山甫永懷，以慰其心。

【校注】

〔1〕詩見《詩經·大雅》。題解録自《詩集傳》。仲山甫：周宣王大臣，封於樊（今陝西西安市長安區南），故亦稱樊侯、樊仲山甫等。

伯勞歌〔1〕

吉甫聽後妻之讒，殺孝子伯奇，旋悟。出遊於田，見鳥鳴於桑，其聲噭然。吉甫心動曰："伯奇乎？"鳥乃撫翼，其音尤切。吉甫乃顧云云。鳥尋聲而栖其蓋，歸入門，集於井幹之上，向室而號。吉甫假命後妻載弩射之，遂射殺後妻。

伯勞乎！是吾子，栖吾輿；非吾子，飛勿居。

【校注】

〔1〕見曹植《令禽惡鳥論》。伯勞：亦作"博勞"，鳥名。

尹伯奇

吉甫子。

履霜操[1]

伯奇事後母至孝。母忽取蜂去毒繫於衣上，伯奇前欲去之，吉甫見疑。伯奇乃集芰荷以爲衣，采楟花以爲食，晨朝履霜，自傷見放，於是援琴作操。

履朝霜兮采晨寒，考不明其心兮聽讒言[2]，孤息别離兮摧肺肝[3]。何辜皇天兮遭斯愆，痛殁不同兮恩有偏，誰能流顧兮知我冤[4]！

【校注】

〔1〕見《琴操》卷上及《樂府詩集》卷五十七等。此録本《詩紀》卷四。據逯欽立考證，“此操至早爲後漢時作品”（《先秦漢魏晋南北朝詩·漢詩》卷十一）。操：《樂府詩集》引《琴論》云：“憂愁而作，命之曰操，言窮者獨善其身而不失其操也。”

〔2〕聽，《昌黎集注》作“信”。

〔3〕息，《琴操》《樂府詩集》作“恩”。

〔4〕誰能流顧，《琴操》《樂府詩集》作“誰説顧”。

卞　和[1]

南漳人。

【校注】

〔1〕卞和：傳説爲春秋戰國時楚人，事迹見《韓非子·和氏》《新序·雜事》等記載。

退怨歌[1]

和遊荊山得璞玉，獻之楚武王、文王[2]，再獻而再刖[3]。成王立，復欲獻之，恐復見害，乃抱其玉而哭。人或哀之，和曰："予非泣斯刖也，予痛寶玉而名之以石、貞士而名之以詐耳！"遂抱璞之趙，哭於郊。趙靈王命玉人琢之[4]，果得美玉，名曰"和氏璧"。乃封和爲陽陵侯，和不就，作歌云。

悠悠沂水經荊山[5]，精氣鬱浹谷岩岩[6]。中有神寶灼明明[7]，穴山采玉難爲功[8]。如何獻之楚先王[9]，遇王暗昧信讒言[10]。斷截兩足離余身，俛仰嗟嘆心摧傷。紫之亂朱粉墨同[11]，空山歔欷涕龍鍾[12]。天鑒孔明竟以彰，沂水滂沛流於汶。進寶得刖足離分[13]，斷者不續豈不怨[14]！

【校注】

〔1〕見《琴操》卷下、《藝文類聚》卷八十三等。多題作《信立退怨歌》。先秦著作中只記有卞和獻玉之事，此歌當爲秦以後人據民間傳説而作。編者題解與《琴操》稍有不合。

〔2〕卞和究竟獻玉於哪三代楚王，則傳説不一，古籍記述也各不相同。此説本《淮南子·覽冥訓》。

〔3〕刖：古代一種斷足酷刑。

〔4〕趙靈王：即趙武靈王。據《史記·廉頗藺相如列傳》載，爲其子趙惠

文王“得楚和氏璧”。

〔5〕山，原注：“叶羶。”《琴操》於句末有“兮”字，下同。

〔6〕浹，《藝文類聚》作“泱”。岩，原注：“叶鹽。”岩岩，《琴操》作“岩中”。

〔7〕明，原注：“叶芒。”

〔8〕功，原注：“叶岡。”

〔9〕如何，《琴操》《藝文類聚》作“於何”。

〔10〕言，原注：“叶銀。”

〔11〕同，原注：“叶唐。”

〔12〕鍾，原注：“叶張。”

〔13〕刖，《琴操》《藝文類聚》作“刑”。《後漢書》注引此句後有“去封立信守休芸兮”句。

〔14〕怨，原注：“叶云。”《琴操》作“冤”。

優　孟

優孟歌〔1〕

按：《史記・滑稽傳》：楚相孫叔敖病且死〔2〕，屬其子："貧困往見優孟。"孟，故楚樂長也。居數年，其子負薪，逢優孟。孟即爲叔敖衣冠，抵掌談語。莊王見之，以爲叔敖復生也，欲以爲相。優孟曰："楚相不足爲也！孫叔敖爲相，盡忠爲廉，今其子貧困。必如叔敖，不如自殺。"因歌云云。

山居耕田苦，難以得食。起而爲吏，貪鄙者餘財〔3〕，不顧恥辱。身死家室富，又恐受贓枉法〔4〕，爲姦觸大罪，身死而家滅。貪吏安可爲也！念爲廉吏，奉法守職，竟死不敢爲非，廉吏安可爲也〔5〕！

【校注】

〔1〕優孟：春秋時楚國優人。司馬貞《史記索引》："案：優者，倡優也。孟，字也。"此録其歌，乃優孟裝扮成楚故相孫叔敖在楚莊王面前所唱。

〔2〕孫叔敖：楚莊王時爲令尹，任楚相三月，楚國大治，後佐莊王稱霸中原。見《史記・循吏列傳》。

〔3〕中華書局標點本《史記》作"身貪鄙者餘財"。

〔4〕贓，《史記》作"賕"。

〔5〕據《史記》，優孟"因歌曰"之辭，在此句後尚有辭云："楚相孫叔敖持廉至死，方今妻子窮困，負薪而食，不足爲也！"

忼慨歌〔1〕

即前歌。一作《楚商歌》，見《文章流别》云〔2〕。

貪吏而可爲而不可爲〔3〕，廉吏而可爲而不可爲。貪吏而不可爲者，當時有污名；而可爲者，子孫以家成。廉吏而可爲者，當時有清名；而不可爲者，子孫困窮被褐而負薪[4]。貪吏常苦富，廉吏常苦貧。獨不見楚相孫叔敖，廉潔不受錢!

【校注】

〔1〕《古文苑》卷十九所收《楚相孫叔敖碑》中載有此歌，碑文云：“優孟乃言孫君相楚之功，即慷慨高歌。”

〔2〕《文章流别》：即《文章流别集》，晋人摯虞編撰，早已亡佚。《全上古三代秦漢三國六朝文》中輯有佚文。

〔3〕《古詩源》卷一作“貪吏而不可爲而可爲”。

〔4〕負，《古文苑》作“賣”。

商　梁[1]

霹靂引[2]

《琴苑要録》曰[3]：《霹靂引》者，楚商梁之所作也。商梁出遊九皋之澤，覽漸水之臺[4]，引罘罝周於荆山，臨曲池而漁，疾風霣雹，雷電奄冥，大水四起，霹靂下臻，矍然而驚，梁乃返室，援琴而嘆，音韵激發，象霹靂之聲云。

疾雨盈河，霹靂下臻，洪水浩浩滔厥天[5]。鏗趪隆磈，隱隱闐闐，國將亡兮喪厥年[6]。

【校注】

〔1〕商梁：又稱商梁子，相傳爲周代楚人，生平不詳。

〔2〕《琴操》卷上載此曲辭及題解。

〔3〕《琴苑要録》：琴學古籍，有明代抄本傳世。

〔4〕漸水之臺：當指楚漸臺，舊址在今湖北江陵縣東。

〔5〕天，原注："叶汀。"

〔6〕年，原注："叶寧。"

俞　瑞[1]

字伯牙，荆州人。與鍾子期友善。伯牙鼓琴，子期善聽之。子期死，伯牙擗琴絶弦不復鼓，以爲世無知音者。

【校注】

〔1〕俞瑞：先秦諸書稱爲“伯牙”。傳説爲春秋時楚人，善彈琴。參見《吕氏春秋·本味》。

水仙操[1]

伯牙學琴於成連三年[2]。成連曰：“吾之學不能移人之情，吾師有方子春，在東海中。”乃齎糧從之。至蓬萊山，留伯牙曰：“吾將迎吾師。”刺船而去，旬時不返。伯牙心悲，延頸四望，但聞海水汩没，山林窅冥，群鳥悲號，仰天嘆曰：“先生將移我情。”乃援琴而作此歌。

繄洞湑兮流澌濩[3]，舟楫逝兮仙不還。移形素兮蓬萊山，歍欽傷宫仙石還[4]。

【校注】

〔1〕《水仙操》，傳説爲伯牙所作。《琴操》中有題解而無歌辭。《詩紀》卷四、《古詩源》卷一録有此歌辭及題解，並注明録自《琴苑要録》。

〔2〕成連：傳説爲古時善彈琴者。《樂府詩集》第五十七卷引梁元帝《纂要》：“自伏羲制作之後，有瓠巴、師文、師襄、成連、伯牙、方子春、鍾子期，皆善鼓琴。”

〔3〕洞：《説文解字》：“洞，疾流也。”湑：《文選·海賦》李善注：“湑，衆波之聲。”濩：水廣大貌。

〔4〕宫：指宫調，五聲之一。《漢書·樂志》：“宫，中也……爲四聲綱也。”石，《古詩源》作“不”，是。

李　耳[1]

一名聃，字伯陽，楚苦縣人也[2]。其母懷之八十一歲，乃剖其母左腋而出。出而白首，故名老子。生而能言，因指李樹以爲姓。仕周爲守藏吏，又爲柱下史。博古通今，孔子往問禮焉。後見周衰，乃西出函關。關尹喜求長生術，爲著《道德》五千言授之。有專集，爲諸子冠。今節録其各篇中韵語以知大略云，共十有三則[3]。

【校注】

〔1〕李耳：即老聃，著有《老子》。此處小傳乃編者據《史記·老子列傳》及葛洪《神仙傳·老子》拼凑而成。

〔2〕苦縣：春秋時楚置，舊治在今河南鹿邑縣東。

〔3〕編者此録十三則，乃據河上公注本，其中前九則録自《道篇》，後四則録自《德篇》。《老子》的校注本甚多，且編者又爲斷章節録，故此處不作校注。

虚其心，實其腹，弱其志，强其骨[1]。

【校注】

〔1〕所録此則後有原注（以下數則皆同）："出《安民》章。"

多言數窮，不如守中[1]。

【校注】

〔1〕原注："出《虚用》章。"

金玉滿堂，莫之能守；富貴而驕，自遺其咎[1]。

【校注】

〔1〕原注："出《運夷》章。"

載營魄抱一，能無離乎？專氣致柔，能如嬰兒乎？滌除玄覽，能無疵乎？愛民治國，能無爲乎？天門開闔，能無雌乎？明白四達，能無知乎[1]？

【校注】

〔1〕原注："出《能爲》章。"

迎之不見其首，隨之不見其後。執古之道，以御今之有[1]。

【校注】

〔1〕原注："出《贊玄》章。"

大道廢，有仁義。智慧出，有大僞[1]。

【校注】

〔1〕原注："出《俗薄》章。"

孔德之容，惟道是從。道之爲物，惟恍惟惚。惚兮恍兮，其中有象；恍兮惚兮，其中有物。窈兮冥兮，其中有精。其精甚真，其中有信[1]。

【校注】

〔1〕原注："出《虚心》章。"

知其雄，守其雌，爲天下溪。爲天下溪，常德不離，復歸於嬰兒〔1〕。

【校注】

〔1〕原注："出《反樸》章。"

不失其所者久，死而不亡者壽〔1〕。

【校注】

〔1〕原注："出《辨德》章。"

天得一以清，地得一以寧，神得一以靈，谷得一以盈。萬物得一以生，侯王得一以爲天下正〔1〕。

【校注】

〔1〕原注："出《法本》章。"

明道若昧，進道若退，夷道若纇。上德若谷，太白若辱，廣德若不足。建德若偷，質真若渝。大方無隅，大器晚成，大音希聲，大象無形〔1〕。

【校注】

〔1〕原注："出《同異》章。"

用其光，復歸其明〔1〕，無遺身殃，是謂習常〔2〕。

【校注】

〔1〕明，原注："叶芒。"

〔2〕原注："出《歸元》章。"

塞其兑，閉其門，挫其鋭，解其紛，和其光，同其塵[1]。

【校注】

〔1〕原注："出《玄德》章。"

楊　朱

楊朱歌〔1〕

楊朱之友曰季梁〔2〕，疾大漸，其子環而泣之，請醫。季梁謂楊朱曰："汝奚不爲我歌以曉之？"楊朱歌云云。

天其弗識〔3〕，人胡能覺？匪祐自天〔4〕，弗孽由人。我乎汝乎，其知之乎〔5〕！醫乎巫乎，其知之乎！

【校注】

〔1〕見《列子·力命》。《力命篇》叙楊朱爲曉喻友人季梁之子而唱此歌。楊朱：戰國初思想家。

〔2〕季梁：戰國時魏國賢臣。

〔3〕識，原注："叶灼。"

〔4〕天，原注："叶汀。"

〔5〕中華書局版《諸子集成》本《列子·力命》作"其弗知乎"。

庚桑楚[1]

一曰亢倉楚，與莊周同得老聃之道，撰《庚桑子》三卷[2]。嘗云："導筋骨則形全，剪情欲則神全，静言語則福全。"居畏壘之山[3]，畏壘之民相與尸而祝之、社而稷之。庚桑子聞之，南面而不釋然。南榮趎蹙然正坐曰："若趎之年者已長矣，將惡乎托業以及此言耶？"庚桑子答之云云。

全汝形，抱汝生，無使汝思慮營營。

按：此出《莊子》，蓋老、莊常有此言。

【校注】

〔1〕庚桑楚：或曰亢桑楚、亢桑子、亢倉子，據《莊子·庚桑楚》所述爲老聃弟子，實爲《莊子》虚構的人物。

〔2〕今傳本《亢桑子》（或名《亢倉子》），舊題周庚桑楚撰，實爲唐人王士元僞作。下面所引各句見《亢桑子·用道》。

〔3〕此句以下所録之文見《莊子·庚桑楚》。

超然歌[1]

爲齊捂子作[2]。齊有捂子者，材行孝謹，念居貧無以爲養，所如寡合，如是，負杖步足，問亢倉子。亢倉子俯而循衽，仰而譆歌云。

時之陽兮信義昌，時之默兮信義伏。陽與默，昌與伏，汩吾無誰私兮，羌忽不知其讀。

【校注】

〔1〕見《亢倉子·賢道》。

〔2〕齊捂子：當爲虚構之人。

莊　周[1]

字子休[2]，楚莊王支孫[3]。學本老子。楚威王遣使聘以爲相[4]，周嘆曰："子不見犧牛乎？衣以文繡，食以芻豆，及其入太廟，欲爲孤豚而不可得！"遂隱於曹州之南華山[5]，所著十餘萬言，名《南華經》。

【校注】

〔1〕莊周：戰國時蒙（今安徽蒙城）人，著名思想家。

〔2〕唐人陸德明《經典釋文序録·莊子》："太史公云，字子休。"

〔3〕《元和姓纂》卷五："嚴，羋姓，楚莊王支孫，以謚爲姓。楚有莊周……"

〔4〕其事見《史記·老子韓非列傳》。

〔5〕曹州：治所在今山東曹縣，舊有説莊周是此地人。

引聲歌[1]

天地之道，近在胸臆。呼噏精神，以養九德[2]。渴不求飲，飢不索食。處世守道[3]，志潔如玉[4]。卿相之位，難可卒當。岩岩之石，幽而清涼。枕塊寢處，樂在其央。寒涼回固[5]，可以久長。

【校注】

〔1〕《琴操》卷下題作《莊周獨處吟》，此從《詩紀》。此歌當爲後人僞作。

〔2〕九德：高深廣大之德。

〔3〕處，《琴操》作"避"。

〔4〕玉，原注："叶力。"

〔5〕回固，《琴操》作"固回"。

挽　　歌[1]

莊周婦死而歌云云。出蔣濟《萬機論》[2]。

通性命者，以卑及尊，死生不悼，周不可論也。夫象見子皮，無遠近必泣，周何忍哉!

按：莊子鼓盆而歌，未傳歌辭，後人擬托不一，玆因原本輯録仍之。

【校注】

〔1〕《莊子·至樂》："莊子妻死，惠子吊之，莊子則方箕踞鼓盆而歌。"但文中却未載歌辭。此録所謂"挽歌"見《初學記》卷二十九引《蔣子萬機論》。

〔2〕蔣濟：三國時魏人。所著《蔣子萬機論》，今已亡佚，《玉函山房輯佚書》和《全上古三代秦漢三國六朝文》均有輯録。

詩[1]

青青之麥，生于陵陂[2]。生不布施，死何含珠爲。

【校注】

〔1〕見《莊子·外物》引逸詩。

〔2〕《藝文類聚》卷八十四、八十五作"生陵之陂"。

承蜩丈人[1]

孔子適楚，出於林中，見痀瘻者承蜩，猶掇，謂之曰："子巧乎！有道耶？"丈人答云。

吾處身也，若厥株拘；吾執臂也，若槁木之枝。雖天地之大、萬物之多，而唯蜩翼之知。吾不反不側，不以萬物易蜩之翼，何爲而不得！

【校注】

〔1〕所録文後有原注："出《莊子》。"按，見《莊子·達生》。

百里奚妻[1]

奚，字井伯，南郡人。

【校注】

〔1〕百里奚：春秋人。原爲虞國大夫，虞亡後逃至楚，爲楚人所執。秦穆公聞其賢名，以五張羖羊皮贖出，拜爲大夫。事迹見《左傳》《史記》。

琴　歌[1]

奚爲秦相，其妻至秦，知之而未敢言。一日，奚坐堂上作樂，妻因援琴撫弦而歌者三。奚愕然問之，乃其故妻，遂還爲夫婦。

百里奚，五羊皮。憶别時，烹伏雌[2]，炊扊扅。今日富貴忘我爲？

百里奚，初娶我時五羊皮，臨當相别時烹乳鷄[3]。今適富貴忘我爲？

百里奚，百里奚！母已死，葬南溪。墳以瓦，覆以柴。舂黄藜[4]，搤伏鷄。西入秦，五羖皮。今日富貴捐我爲？

【校注】

〔1〕見《樂府詩集》卷六十。《顔氏家訓·書证》引《古樂府》録其首章。此歌當爲漢人根據傳説故事而編寫。

〔2〕雌，《古樂府》卷九作“鷄”。

〔3〕相，《樂府詩集》無。

〔4〕藜，或當借作“粱”。

楚昭王[1]

名珍，平王之子。嘗有疾，有赤雲如鳥，夾日而蜚。王問周太史，太史謂："可移禍於將相。"王弗聽。又卜，河爲祟，大夫請禱河，王曰："自吾先王受封，望不過江、漢，河非所獲罪也！"不許。孔子在陳，聞之，曰："楚昭王通大道矣，其不失國[2]，宜哉！"

【校注】

〔1〕楚昭王：春秋末期的楚國君王。編者所述其事蹟見《左傳》哀公六年及《史記·楚世家》。

〔2〕楚昭王十年（前506），吴國軍隊攻入郢都，昭王亡命在野，後在秦國幫助下終於復國。事見《左傳》定公四年及《史記·楚世家》。

哀貞姜[1]

姜，昭王夫人。王出遊，留夫人於漸臺[2]。忽聞江水至，使使者迎夫人。忘持符。夫人曰："王與宫人約：'召必以符。'今使者未持符，妾不敢從。"使者曰："今水方大至，還取符，則恐後矣！"夫人曰："妾聞之'貞女之義不犯約'，寧畏死乎？"於是，使者取符，而水大至，臺崩，夫人死。王聞而哀之，號曰"貞姜"。

守義死節，不爲苟生；處約持信，以成其貞。

【校注】

〔1〕見劉向《列女傳》卷四《楚昭貞姜》。

〔2〕漸臺：楚離宫名。

江上丈人

江上丈人歌[1]

渡伍員作[2]。

員，字子胥。《通志》載[3]：今監利人[4]。爲楚殺太子建[5]，奔吴。追者在後，至江，有丈人而漁者，子胥呼之渡，因歌焉。子胥止蘆之漪，又歌一闋。既渡，視子胥有飢色，曰："爲子取餉。"子胥疑之，乃潜葦中。已乃持麥飯、鮑魚羹、盎漿來[6]，因歌而呼之，凡三闋云。子胥出，飲食畢，解百金之劍以贈，不受。問其姓名，不答。子胥誡曰："掩子之盎漿，無令其露。"漁者許諾。俟胥行數步，覆船自沉於江。見《吴越春秋》。

日月昭昭乎寖已馳，與子期乎蘆之漪[7]。
日已夕兮予心憂悲，月已馳兮何不渡爲？事寖急兮將奈何[8]？
蘆中人！蘆中人！豈非窮士乎[9]？

【校注】

〔1〕事具見《吴越春秋》卷三及《越絶書》卷一，但兩書載録此歌的文字稍异。《史記·伍子胥列傳》叙有漁父渡伍員之事，却未載此歌。

〔2〕伍員：字子胥，春秋時楚人。

〔3〕《通志》：指清雍正十一年（1733）刊《湖廣通志》。

〔4〕《太平寰宇記》卷之一百四十六："伍員，監利人。"

〔5〕太子建：楚平王初立太子，名建，因平王聽信讒言而被迫亡命在外，後爲鄭人所殺。

〔6〕盎：一種腹大口小的容器。

〔7〕乎，原注："一作兮。"句下原注："《越絶書》載'漁父歌'云：'日昭昭侵以施，與子期甫蘆之碕。'"

〔8〕將，《吴越春秋》作"當"。

〔9〕窮士：此指伍員。句末有原注："合上章爲韵。"

楚狂接輿

楚狂接輿歌[1]

按：輿，即陸通。好養生，常游諸名山，高卧松間，以受霞氣。楚昭王聘，使三至。妻曰："先生少而尚義，豈老違之耶？門外車跡何深也！躬耕而食，親織而衣，樂亦足矣，不如去之。"遂偕妻，變姓名入蜀，隱峨眉山中。

本歌爲孔子作。一見《論語》，一見《莊子》，並録之。

鳳兮[2]！鳳兮！何德之衰？往者不可諫，來者猶可追。已而，已而，今之從政者殆而[3]！

鳳兮[4]！鳳兮！何如德之衰也？來世不可待，往世不可追也。天下有道，聖人成焉；天下無道，聖人生焉。方今之世，僅免刑焉！福輕乎羽，莫之知載；禍重乎地，莫之知避[5]。已乎！已乎！臨人以德[6]；殆乎！殆乎！畫地而趨[7]。迷陽迷陽[8]，無傷吾行！吾行卻曲[9]，無傷吾足[10]！

【校注】

〔1〕晋皇甫謐《高士傳》："陸通，字接輿，楚人也。"原"按"即本此傳。

〔2〕《論語·微子》："楚狂接輿歌而過孔子曰……"鳳：借喻孔子。

〔3〕原注："殆，叶養里切。"

〔4〕《莊子·人間世》："孔子適楚，楚狂接輿游其門曰……"

〔5〕避，原注："叶敗。"

〔6〕德，原注："叶篤。"

〔7〕趨，原注："古音促。"

〔8〕迷陽：一種多刺的小草名。

〔9〕《莊子集釋·校》："《闕誤》引張君房本，'吾行'作'卻曲'。"卻

曲：一種帶刺的小樹名。

〔10〕句末有原注："《困學紀聞》曰：胡明仲云，荆楚有草，叢生修條，野人呼爲'迷陽'，其膚多刺，故曰'無傷吾行，無傷吾足'云。"

扈　子

窮劫之曲[1]

《吴越春秋》曰：楚樂師扈子非荆王信讒佞，殺伍奢、白州犁而寇不絶於境[2]，又傷昭王困迫，乃援琴作《窮劫之曲》。

王耶王耶何乖劣[3]，不顧宗廟聽讒孽。任用無忌多所殺[4]，誅夷白氏族幾滅。二子東奔適吴越[5]，吴王哀痛助忉怛。垂涕舉兵將西伐，伍胥白喜孫武决[6]。三戰破郢王奔發[7]，留兵縱騎虜京闕[8]。楚荆骸骨遭掘發[9]，鞭辱腐屍耻難雪[10]。幾危宗廟社稷滅，莊王何罪國幾絶[11]。卿士淒愴民惻悷，吴軍雖去怖不歇。願王更隱撫忠節[12]，勿爲讒口能謗褻。

【校注】

〔1〕見《吴越春秋》卷四。據其所載，此曲是春秋末年楚國樂師扈子在楚昭王復國返郢後爲他而作。

〔2〕白州犁：據《吴越春秋》載，爲楚之左尹，因楚平王聽信讒言而被屈殺。但《左傳》《史記》的記載有异。

〔3〕劣，《吴越春秋》作“烈”。

〔4〕無忌，原注：“費無忌。”費無忌：亦作費無極，楚佞臣，讒害了伍奢等良臣，楚昭王即位後將其治罪誅之。

〔5〕二子，原注：“二子，伍員、白喜。”白喜乃白州犁之孫，《左傳》《史記》作“伯嚭”，後爲吴太宰。

〔6〕孫武：吴國將軍，傳有《孫子兵法》。决：决策。

〔7〕《史記·楚世家》：“五戰及郢。”

〔8〕京闕，指楚郢都。《吴越春秋》作“荆闕”。

〔9〕掘發，《吴越春秋》作“發掘”。

〔10〕《史記·吴太伯世家》："子胥、伯嚭鞭平王之屍，以報父仇。"

〔11〕莊王：春秋中期的楚王，春秋五霸之一。

〔12〕隱：怜憫。

陳　音

彈　歌[1]

越王欲謀復吴，范蠡進善射者陳音[2]。音，楚人也。越王請音而問曰："孤聞子善射，道何所生？"對曰：臣聞弩生於弓，弓生於彈，彈起於古之孝子。生不忍見父母爲禽獸所食，故作彈以守之。歌曰：

斷竹，續竹[3]。飛土，逐宍[4]。

【校注】

〔1〕見《吴越春秋》卷九。爲先秦南方楚地流傳的一首原始獵歌。

〔2〕范蠡：字少伯，春秋末年楚人，仕越爲大夫，佐勾踐興國滅吴，功成身退。

〔3〕續：連結，捆綁。

〔4〕宍，原注："宍，古肉字。"此處指禽獸。《吴越春秋》作"害"。

王　　詡[1]

詡，一名誗[2]。嘗入雲氣山采藥得道，顔如少童。居青溪之鬼谷[3]。蘇秦、張儀從之問道焉[4]。

本傳云：楚有青溪，在遠安縣下，深千仞，其水靈異。溪旁有寺，竹葉上多生符篆文，俗名“鬼谷符”。

高似孫曰[5]：“《隋書・經籍志》‘《鬼谷子》三卷’，列縱横家。皇甫謐注[6]：‘楚人。’”今節録其有韵之語，以知大略云，共六則。

【校注】

〔1〕王詡：相傳爲戰國時楚人，隱於鬼谷，因以爲號，生平事迹傳説不一。《隋書・經籍志》始著録《鬼谷子》三卷。今傳陶宏景注本《鬼谷子》，内容多述縱横捭闔、揣摩權謀之術及“知性寡累”“盛神養志”之道，經前人考證，實係後人依托之作。

〔2〕詡，一作“利”。《太平廣記》卷四《鬼谷先生》：“先生姓王名利。”《鬼谷子序》引《道藏目録》：“姓王名誗。”

〔3〕青溪之鬼谷：傳説在今湖北遠安縣西南。清同治五年刊《遠安縣志》：“鬼谷洞在縣西南五十里清溪寺。”

〔4〕見《史記》的《蘇秦列傳》及《張儀列傳》。

〔5〕高似孫：字續古，宋人，撰有《子略》。

〔6〕皇甫謐：字士安，晋史學家、醫學家。

變化無窮[1]，各有所歸。或陰或陽，或柔或剛，或開或閉，或弛或張。是故聖人一守，司其門户，審察其所先後。

【校注】

〔1〕所録文後有原注（下同）：“出《捭闔篇》。”

己欲平静[1]，以聽其辭，察其事，論萬物，别雄雌。雖非其事，見微知類。

【校注】

〔1〕原注："出《反應》篇。"《反應》："人言者，動也；己默者，静也。"

物有自然[1]，事有合離。有近而不可見，遠而可知[2]。

巇始有朕[3]，可抵而塞，可抵而卻，可抵而息，可抵而匿，可抵而得。

能因能循，爲天地守神。

【校注】

〔1〕原注："出《抵巇篇》。"

〔2〕此句後接："近而不可見者，不察其辭也；遠而可知者，反往以驗來也。"

〔3〕巇：間隙。朕：預兆。《抵巇》："聖人見萌芽巇罅則抵之以法。世可治則抵而塞之，不可治則抵而得之。"

世無常貴[1]，事無常師。聖人常爲無不爲，所聽無不聽。成於事而合於計謀。

【校注】

〔1〕原注："出《忤合篇》。"

聖人謀之於陰[1]，故曰神；成之於陽，故曰明。

謀莫難於固密[2]，説莫難於悉聽，事莫難於必成。

【校注】

〔1〕原注："出《摩篇》。"

〔2〕固密，四部叢刊本《鬼谷子》作"周密"。

説人主者[1]，必與之言奇；説人臣者，必與之言私。其身内，其言外者疏；其身外，其言深者危。

【校注】

〔1〕原注："出《謀篇》。"

鶡冠子[1]

楚人，莫知其名。隱於幽山，衣敝履穿，以鶡爲冠[2]，因以爲號。著書言道[3]，馮諼常師事之[4]。諼後顯於趙，遂與諼絶[5]。今節録其篇中語云。

芒乎芴乎[6]，中有物乎！窅乎冥乎，中有精乎！

【校注】

〔1〕鶡冠子：相傳爲戰國時楚隱士，生平無考。參見《藝文類聚》卷三十六。《漢書·藝文志》著録《鶡冠子》一篇。今傳北宋陸佃注本《鶡冠子》三卷十九篇，過去多疑爲後人依托之作，今有人根據 1973 年出土的長沙馬王堆漢墓帛書認爲確是戰國末年之作。此録爲《鶡冠子·夜行》中語，明顯爲鈔録於《老子》。

〔2〕鶡：鳥名，羽毛爲黄黑色。

〔3〕陸佃《〈鶡冠子〉序》："著書初本黄老而末流迪於刑名。"

〔4〕馮諼：未詳，或即史籍所載"彈鋏而歌"的齊孟嘗君門客。

〔5〕明黄姬水《貧士傳·鶡冠子》："鶡冠子懼其薦己也，乃與諼絶，終身不仕。"

〔6〕《鶡冠子·夜行》在此句前有"芴乎芒乎，中有象乎"句。芒芴：同"恍惚"。

屈　　原

名平，字正則，楚同姓[1]。爲懷王左徒，受讒見疏，沉汨羅以死。事詳本傳[2]。原辭專集行世，注者數十家。今録《九歌》中六篇以見大略云。

【校注】

〔1〕屈原《離騷》："皇覽揆余初度兮，肇錫余以嘉名。名余曰正則兮，字余曰靈均。"《史記·屈原列傳》："屈原者，名平，楚之同姓也。"屈原先祖屈瑕乃楚武王熊通之子，受封於屈（楚地名），因以爲氏。

〔2〕本傳：指《史記·屈原列傳》。

九　　歌[1]

昔楚國南郢之邑，沅、湘之間，其俗好鬼，每作歌舞以樂神。原竄伏其域，愁思怫鬱，見俗人祭祀歌舞之樂，其詞鄙陋，因爲作《九歌》之曲，上陳事神之敬，下以見己之冤結，托以諷諫焉。

【校注】

〔1〕自漢代以來，一般都認爲《九歌》是屈原在民間祭祀神鬼的樂歌基礎上修改、加工而成的一組樂歌。編者題解，乃本王逸《楚辭章句·九歌序》。

東皇太乙[1]

每篇之目皆楚神。太乙，星名。祠在楚東以配東帝，故云東皇。自此至《少司命》，皆寓意以神喻君、巫喻臣也。

吉日兮辰良，穆將愉兮上皇。撫長劍兮玉珥，璆鏘鳴兮琳琅。

瑶席兮玉瑱，盍將把兮瓊芳，蕙肴蒸兮蘭藉，奠桂酒兮椒漿。揚枹兮拊鼓，疏緩節兮安歌，陳竽瑟兮浩倡。

靈偃蹇兮姣服，芳菲菲兮滿堂。五音紛兮繁會，君欣欣兮樂康。

【校注】

〔1〕東皇太乙：亦作“東皇太一”，古今多認爲此歌是祭祀楚人心目中最高貴的天神的樂歌。編者的題解，本於王逸《楚辭章句》。

雲中君[1]

雲師，屏翳也[2]。

浴蘭湯兮沐芳，華采衣兮若英。

靈連蜷兮既留，爛昭昭兮未央。謇將憺兮壽宫[3]，與日月兮齊光。龍駕兮帝服，聊翱游兮周章。

靈皇皇兮既降，猋遠舉兮雲中。覽冀州兮有餘，横四海兮焉窮。

思夫君兮太息，極勞心兮忡忡。

【校注】

〔1〕雲中君：朱熹《楚辭集注》：“謂雲神也。”

〔2〕王逸《楚辭章句》：“雲神，豐隆也，一曰屏翳。”

〔3〕謇，《楚辭章句》作“蹇”。

湘　　君[1]

湘君，神，堯長女、舜正妃也。

君不行兮夷猶，蹇誰留兮中洲？美要眇兮宜修，沛吾乘兮桂舟。令沅湘兮無波，使江水兮安流！望夫君兮未來，吹參差兮誰思？

駕飛龍兮北征，邅吾道兮洞庭。薜荔柏兮蕙綢[2]，蓀橈兮蘭旌。望涔陽兮極浦[3]，横大江兮揚靈。揚靈兮未極，女嬋媛兮爲余太息。横流涕兮潺湲，隱思君兮陫側。

桂櫂兮蘭枻，斵冰兮積雪。采薜荔兮水中，搴芙蓉兮木末。心不同兮媒勞，恩不甚兮輕絶。石瀨兮淺淺，飛龍兮翩翩。交不忠兮怨長，期不信兮告余以不閑！

鼂騁騖兮江皋，夕弭節兮北渚。鳥次兮屋上，水周兮堂下。捐余玦兮江中，遺余佩兮澧浦。采芳洲兮杜若，將以遺兮下女。時不可兮再得，聊逍遥兮容與。

【校注】

〔1〕本篇與《湘夫人》是姊妹篇。舊説以爲二篇分寫娥皇、女英乃不足信，因爲它們明顯是描寫的一對配偶神。編者題解本朱熹《楚辭集注》。本篇是以湘夫人的語氣抒寫的。

〔2〕柏，"帕"之誤（據聞一多《楚辭校補》）。"帕"通"帛"。

〔3〕涔陽：指湖南涔水北岸，其地處洞庭湖與長江之間。

湘夫人

堯次女、舜次妃也。正妃稱君，故次妃降稱夫人。

帝子降兮北渚，目眇眇兮愁予。嫋嫋兮秋風，洞庭波兮木葉下。

白蘋兮騁望[1]，與佳期兮夕張。鳥何萃兮蘋中[2]，罾何爲兮木上？沅有芷兮澧有蘭，思公子兮未敢言。慌忽兮遠望，觀流水兮潺湲。

麋何爲兮庭中[3]？蛟何爲兮水裔？朝馳余馬兮江皋，夕濟兮西澨。聞佳人兮召予，將騰駕兮偕逝。

築室兮水中，葺之兮以荷蓋[4]。蓀壁兮紫壇，匊芳椒兮成堂。桂棟兮蘭橑，辛夷楣兮藥房。罔薜荔兮爲帷[5]，擗蕙櫋兮既張。白玉兮爲鎮，疏石蘭兮爲芳。芷葺兮荷屋，繚之兮杜衡。合百草兮實庭，建芳馨兮廡門。九疑繽兮並迎，靈之來兮如雲。

捐余袂兮江中，遺余褋兮澧浦。搴汀洲兮杜若，將以遺兮遠者。時不可兮驟得，聊逍遥兮容與。

【校注】

〔1〕蘋，《楚辭章句》作"薠"，又注："薠，或作蘋。一本此句上有'登'字，皆非也。"

〔2〕《楚辭章句》正文無“何”字。

〔3〕爲，《楚辭章句》作“食”。

〔4〕原注：“‘以荷蓋’句，一本無‘以’字。”《楚辭章句》《楚辭集注》的正文皆無“以”字。

〔5〕罔：通“網”。

少司命〔1〕

星名，主知生死。

秋蘭兮蘪蕪，羅生兮堂下。緑葉兮素華〔2〕，芳菲兮襲予〔3〕。夫人自有兮美子，蓀何爲兮愁苦〔4〕？

秋蘭兮青青，緑葉兮紫莖。滿堂兮美人，忽獨與步兮目成〔5〕。入不言兮出不辭，乘回風兮載雲旗。悲莫悲兮生列離，樂莫樂兮新相知。

荷衣兮蕙帶，倏而來兮忽而逝。夕宿兮帝郊，君誰須兮雲之際？

與汝游兮九河，衝飇起兮水揚波〔6〕。與汝沐兮咸池，晞汝髮兮陽之阿。望嬍人兮未來，臨風怳兮浩歌。

孔蓋兮翠旍，登九天兮撫彗星。竦長劍兮擁幼艾，蓀獨宜兮爲民正。

【校注】

〔1〕本篇是祭祀主宰人類生兒育女和兒童命運之神的樂歌。編者題解，録自《楚辭章句》。

〔2〕華，《楚辭章句》《楚辭集注》皆作“枝”。

〔3〕原注：“‘芳菲’句，一本作‘芳菲菲兮’。”

〔4〕蓀：代指少司命。爲，《楚辭章句》正文作“以”。

〔5〕步：《楚辭章句》《楚辭集注》皆作“余”。

〔6〕洪興祖《楚辭補注》云：“王逸無注，古本無此二句。……此二句，《河伯》章中語也。”其中“飇”作“風”，“起”作“至”。

山　鬼〔1〕

以上諸篇，皆人慕神之辭。此篇鬼陰而賤，不可以比君，故以人況君、以鬼喻己，而爲鬼媚人之辭也。

若有人兮山之阿，被薜荔兮帶女蘿。既含睇兮又宜笑，子慕予兮善窈窕。

乘赤豹兮從文貍，辛夷車兮結桂旗。被石蘭兮帶杜蘅，折芳馨兮遺所思。余處幽篁兮終不見天，路險難兮獨後來。

表獨立兮山之上，雲容容兮而在下。杳杳冥冥兮羌晝晦〔2〕，東風飄兮神靈雨。留靈修兮憺忘歸，歲既晏兮孰華予?

采三秀兮於山間，石磊磊兮葛蔓蔓。怨公子兮悵忘歸，君思我兮不得閑。

山中人兮芳杜若，飲石泉兮蔭松柏。君思我兮然疑作。雷填填兮雨冥冥，猿啾啾兮狖夜鳴。風颯颯兮木蕭蕭，思公子兮徒離憂。

【校注】

〔1〕本篇爲祭祀山神的樂歌。編者題解録自《楚辭集注》。

〔2〕原注："'杳杳冥冥'句，一本作'杳冥冥兮'。"《楚辭章句》《楚辭集注》皆作"杳冥冥兮"。

女　　嫛

女嫛詞[1]

屈原姊也。聞原放逐，來歸，喻令自寬全。原不聽，竟沉汨羅以死。鄉人因名其地曰“姊歸”[2]，後以爲縣。縣北有原故宅，宅東北有女嫛廟、擣衣石尚存。玆據《離騷篇》中，采其所以喻原者云。

鮌婞直以亡身兮，終然殀乎羽之野。汝何博謇而好修兮，紛獨有此姱節？薋菉葹以盈室兮，判獨離而不服。

按：此乃《離騷》中假借見意耳。原本欲見女嫛之名而無詞可采，故摘而録之。

【校注】

〔1〕此處所録乃《離騷》中叙述的女嫛勸告屈原應明哲保身的一段詩文。編者題解，本於王逸《楚辭章句》及洪興祖《楚辭補注》。

〔2〕姊歸：即“秭歸”。

詹　尹

詹尹對

詹尹，姓鄭，楚太卜。對屈原之語，見《楚辭·卜居篇》[1]。

尺有所短，寸有所長；物有所不足，智有所不明[2]；數有所不逮，神有所不通[3]。用君之心，行君之意，龜策誠不能知此事[4]！

按：此亦因欲見詹尹之名，故摘而録之。

【校注】

〔1〕《卜居》：楚辭名篇。古今流行説法爲“屈原之所作也”，經考證，應是戰國末年具有道家思想的楚國隱士“思念屈原，因叙其辭以相傳焉”之作。

〔2〕明，原注：“音茫。”

〔3〕通，原注：“音湯。”

〔4〕龜：龜殻。策：蓍草。古時卜用龜，筮用策。

莊　姬[1]

楚頃襄王夫人，縣邑之女。

【校注】

〔1〕莊姬：事見《古列女傳》卷六。

隱　語

劉向《列女傳》：頃襄王好臺榭，出入不時。行年四十，不立太子，諫者蔽塞。是時，莊姬年十二，以緹竿爲幟，伏南郊道旁。王車至，姬舉其幟。王使人問之，姬對曰："妾縣邑之女，欲言隱事於王，因以幟見。"王曰："子何以戒寡人？"姬對云云。王曰："不知也。"姬對曰："大魚失水者，王離國五百里也；有龍無尾者，年既四十無太子也；墻欲内崩而王不視者，禍亂且成而王不改也。"因爲陳三難五患[1]。王曰："善！"命後車載還，立爲夫人。

大魚失水，有龍無尾，墻欲内崩而王不視。

【校注】

〔1〕三難：即莊姬前所陳之辭。五患：《列女傳》卷六："姪曰：'宫室相望，城郭闊達，一患也；宫垣衣繡，民人無褐，二患也；奢侈無度，國且虛竭，三患也；百姓飢餓，馬有餘秣，四患也；邪臣在側，賢者不達，五患也。王有五患，故及三難。'"

楚王子完

思歸歌〔1〕

《怨録》：楚之王子質於秦作〔2〕。

洞庭兮木秋，涔陽兮草衰。去千乘之家國，作咸陽之布衣。

【校注】

〔1〕明人楊慎《風雅逸篇》中輯録此歌，題作“王子思歸歌”，亦註明録自《怨録》。

〔2〕王子：指楚頃襄王的太子熊完，曾質於秦多年，後逃歸繼位爲考烈王。事蹟見《史記》的《楚世家》和《春申君列傳》。

宋　玉[1]

荆州人。屈原弟子，爲楚大夫，以辭賦擅名。原死，作《招魂》《九辯》以哀之。常從襄王遊於蘭臺之宫、雲夢之浦[2]，作《神女》《高唐》諸賦以諷焉。

【校注】

〔1〕戰國晚期辭賦家，文學史上與屈原並稱“屈宋”。一般認爲，宋玉是楚國鄢郢（今湖北宜城）人。編者所作小傳，主要根據王逸《楚辭章句》和《文選》。

〔2〕襄王：楚頃襄王。蘭臺：楚離宫名，舊址傳説在今湖北鍾祥東。

招　魂[1]

古者人死，則以其服升屋而招之[2]。

此必原始死，而玉作辭以招之也。

【校注】

〔1〕今人多據《史記·屈原列傳》，認爲本篇乃屈原爲招楚懷王之魂而作。

〔2〕此二句録自朱熹《楚辭集注》。

朕幼清以廉潔兮，身服義而未沬。主此盛德兮，牽於俗而蕪穢。上無所考此盛德兮，長離殃而愁苦。

帝告巫陽曰：“有人在下，我欲輔之。魂魄離散，汝筮予之。”巫陽對曰：“掌夢，上帝其命難從[1]。若必筮予之，恐後之謝，不能復用巫陽焉。”

【校注】

〔1〕命，《楚辭章句》正文無。

乃下招曰："魂兮歸來！去君之恒幹，何爲乎四方些[1]？舍君之樂處，而離彼不祥些！

【校注】

〔1〕些：句尾語氣詞。據沈括《夢溪筆談》云，楚人舊俗凡禁咒句尾皆稱"些"。

"魂兮歸來，東方不可以托些！長人千仞[1]，惟魂是索些。十日代出，流金鑠石些。彼皆習之，魂往必釋些。歸來歸來[2]，不可以托些！

【校注】

〔1〕洪興祖《楚辭補注》引《山海經》云："東海之外，大荒之中，有大人之國。"

〔2〕《楚辭章句》正文作"歸來兮"，下同。

"魂兮歸來，南方不可以止些！雕題黑齒，得人肉以祀，以其骨爲醢些[1]。蝮蛇蓁蓁，封狐千里些。雄虺九首，往來儵忽，吞人以益其心些。歸來歸來，不可以久淫些！

【校注】

〔1〕醢：醬。朱熹《楚辭集注》："南人常食蠃蜯，得人之肉，則用以祭神，復以其骨爲醬而食之。今湖南、北有殺人祭鬼者，即其遺俗也。"

"魂兮歸來，西方之害，流沙千里些！旋入雷淵，爢散而不可止些。幸而得脱，其外曠宇些。赤蟻若象，玄蜂若壺些。五穀不生，藂菅是食些。其土爛人，求水無所得些。彷徉無所倚，廣大無所極些。歸來歸來，恐自遺賊些！

“魂兮歸來，北方不可以止些！增冰峩峩，飛雪千里些。歸來歸來，不可以久些！

“魂兮歸來，君無上天些！虎豹九關，啄害下人些。一夫九首，拔木九千些。豺狼從目，往來侁侁些。懸人以嬉，投之深淵些。致命於帝，然後得瞑些。歸來歸來，往恐危身些！

“魂兮歸來，君無下此幽都些！土伯九約[1]，其角觺觺些。敦脄血拇，逐人駓駓些。參目虎首，其身若牛些。此皆甘人。歸來歸來，恐自遺災些！

【校注】

〔1〕約:《楚辭章句》:“約，屈也。”“屈”通“曲”。

“魂兮歸來，入修門些[1]！工祝招君，君背行先些[2]。秦篝齊縷，鄭綿絡些。招具該備，永嘯呼些。魂兮歸來，反故居些！

【校注】

〔1〕修門：楚郢都南關三門之一。《楚辭補注》引《江陵記》:“南關三門，其一名龍門，一名修門。”

〔2〕君，諸本皆無，當爲衍字。

“天地四方，多賊姦些。像設君室，静閑安些。高堂邃宇，檻層軒些。層臺累榭，臨高山些。網户朱綴，刻方連些。冬有突厦，夏室寒些。川谷徑復，流潺湲些。光風轉蕙，氾崇蘭些。

“經堂入奥，朱塵筵些。砥室翠翹，挂曲瓊些。翡翠珠被，爛齊光些。蒻阿拂壁，羅幬張些。纂組綺縞，結琦璜些。

“室中之觀，多珍怪些。蘭膏明燭，華容備些。二八侍宿，射遞代些[1]。九侯淑女，多迅衆些。盛鬋不同制，實滿宫些。容態好比，順彌代些。弱顔固植，謇其有意些。姱容修態，絙洞房些[2]。蛾眉曼睩，目騰光些。靡顔膩理，遺視矊些。離榭修幕，侍君之閑些。

【校注】

〔1〕《楚辭章句》：“或曰‘夕遞代’。夕，暮也。”

〔2〕絙：《楚辭補注》：“絙，與‘亘’同。”

“翡幃翠幬[1]，飾高堂些。紅壁沙版，玄玉之梁些[2]。仰觀刻桷，畫龍蛇些。坐堂伏檻，臨曲池些。芙蓉始發，雜芰荷些。紫莖屏風，文緣波些。文異豹飾，侍陂陀些。軒輬既低，步騎羅些。蘭薄户樹，瓊木籬些。魂兮歸來，何遠爲些！

【校注】

〔1〕幃、幬，《楚辭章句》正文分别作“帷”與“帳”。

〔2〕之，《楚辭章句》正文無。

“室家遂宗[1]，食多方些。稻粢穱麥，挐黄粱些。大苦鹹酸，辛甘行些。肥牛之腱，臑若芳些。和酸若苦，陳吴羹些。胹鼈炮羔，有柘漿些。鵠酸臇鳧，煎鴻鶬些。露雞臛蠵，厲而不爽些。粔籹蜜餌，有餦餭些。瑶漿蜜勺[2]，實羽觴些。挫糟凍飲，酎清涼些。華酌既陳，有瓊漿些。歸反故室[3]，敬而無妨些。

【校注】

〔1〕宗：主，指尊歸來的魂魄爲主。

〔2〕勺:《楚辭章句》:“勺，沾也。”

〔3〕《楚辭章句》作“歸來反故室”。

“肴羞未通，女樂羅些。陳鐘按鼓，造新歌些。涉江采菱[1]，發揚荷些[2]。美人既醉，朱顏酡些。娭光眇視，目曾波些。被文服纖，麗而不奇些，長髮曼鬋，艷陸離些。二八齊容，起鄭舞些。衽若交竿[3]，撫案下些。竽瑟狂會，搷鳴鼓些。宫庭震驚，發激楚些[4]。吴歈蔡謳，奏大吕些。士女雜坐，亂而不分些。放陳組纓，班其相紛些。鄭衛妖玩，來雜陳些。激楚之結，獨秀先些。

【校注】

〔1〕涉江、采菱：楚歌名。

〔2〕揚荷：亦作“陽阿”，楚歌名。

〔3〕竽，《楚辭章句》作“竿”。交竿，《楚辭章句》：“言舞者回旋，衣衽掉摇，回轉相鈎，狀若交竹竿。

〔4〕激楚：歌舞曲名，曲調高亢凄清。

“箟蔽象棊，有六博些[1]。分曹并進，遒相迫些。成梟而牟[2]，呼五白些。晋制犀比，費白日些。鏗鐘摇簴，揳梓瑟些。娱酒不廢，沈日夜些。蘭膏明燭，華鐙錯些。結撰至思，蘭芳假些。人有所極，同心賦些。酎飲盡歡，樂先故些。魂兮歸來，反故居些！”

【校注】

〔1〕博，《楚辭章句》作“簙”。

〔2〕牟：《楚辭章句》：“倍勝爲牟。”

亂曰：獻歲發春兮，汩吾南征。菉蘋齊葉兮，白芷生。路貫廬江兮，左長薄[1]。倚沼畦瀛兮，遥望博。青驪結駟兮，齊千乘。懸火延起兮，玄顏烝。步及驟處兮，誘騁先。抑騖若通兮，引車右還。與王趨夢兮，課後先。君王親發兮，憚青兕。朱明承夜兮，時不可淹。皋蘭被徑兮，斯路漸。湛湛江水兮，上有楓。目極千里兮，傷春心。魂兮歸來，哀江南！

按：《招魂》《大招》二篇，或以爲皆屈原作，或以爲吊原者作，諸家紛紛，不一其旨。兹據原本，一隸宋玉，一隸景差云。

【校注】

〔1〕廬江：據《楚辭補注》引文，當在今安徽東南，或即今青弋江。

大　言〔1〕

襄王與唐勒、景差、宋玉游雲陽之臺〔2〕，王令各賦"大言"，唐勒、景差賦，不如王意。玉賦云。

方地爲輿〔3〕，天爲蓋〔4〕。彎弓挂扶桑〔5〕，長劍倚天外〔6〕。

【校注】

〔1〕見《古文苑》卷二所收宋玉《大言賦》，前人已謂其是僞作。"大言"，南宋章樵注："《中庸》曰：'君子語大，天下莫能載焉；語小，天下莫能破焉。'此'大言''小言'所由起也。"

〔2〕雲陽之臺，《古文苑》作"陽雲之臺"。章樵注："雲夢中高唐之臺，言其高出雲之陽也。"

〔3〕輿，《古文苑》作"車"。

〔4〕《古文苑》作"圓天爲蓋"。

〔5〕《古文苑》無此句。

〔6〕《古文苑》作"長劍耿耿倚天外"。

艷　　歌[1]

本賦叙云：宋玉休歸，唐勒讒於王曰："玉爲人，身體容冶，内多微辭[2]，出愛主人之女，入事大王，願王疏之。"王責玉，玉乃侈陳主人之女述其艷歌云。

歲將暮兮日已寒，中心亂兮勿多言。

【校注】

〔1〕見《古文苑》卷二所收宋玉《諷賦》。舊説以爲《諷賦》是宋玉爲諷諫楚頃襄王好色而作，但今人多認定其爲僞作。

〔2〕内，《古文苑》作"口"是。

又　　歌[1]

本賦云：玉復援琴爲《秋竹積雪》之曲[2]，主人女又歌云。

怵惕心兮徂玉床[3]，横自陳兮君之傍。君不御兮妾誰怨[4]，日將至兮下黄泉！

【校注】

〔1〕又歌：指《諷賦》所叙客舍主人之女對宋玉唱的又一首情歌。

〔2〕《秋竹積雪》：章樵注："曲名，取堅貞之節不爲物移以自況也。"

〔3〕《古文苑》作"内怵惕"。

〔4〕怨，原注："叶平聲。"

陽臺神女[1]

《一統志》：陽臺山，在漢川縣南三十里。據宋玉賦：楚王遊於雲夢之浦，望高唐之觀，其夜夢一婦人云[2]："我乃帝女，名瑶姬，未行而亡[3]，封於巫山之臺。”其辭云云。

巫山之陽，高丘之岨。朝爲行雲[4]，暮爲行雨。朝朝暮暮，陽臺之下。

【校注】

〔1〕見《文選》第十九卷所收宋玉《高唐賦》。陽臺神女，亦稱“高唐神女”“巫山神女”，爲民間傳説中的神女。参見宋玉《神女賦》。

〔2〕此叙“婦人云”數語，《高唐賦》不載。李善注引《襄陽耆舊傳》云：“赤帝女曰姚姬，未行而卒，葬於巫山之陽，故曰巫山之女。”

〔3〕行：出嫁。

〔4〕《文選》作“旦爲朝雲”。李善注：“朝雲、行雨，神女之美也。”

友　對[1]

宋玉因其友以見於楚襄王，襄王待之無以異，宋玉讓其友，其友答之。

夫薑桂因地而生，不因地而辛；婦人因媒而嫁，不因媒而親。

【校注】

〔1〕見劉向《新序》卷五。

唐　　勒[1]

南郡人，自三閭大夫死，勒與宋玉、景差之徒皆好辭而以賦見稱，然皆祖屈原之從容辭令，終莫敢直諫。其後，楚日以削，數十年竟爲秦所滅。

【校注】

〔1〕唐勒：戰國晚期辭賦家，在楚國郢都（故址在秦漢時的南郡，今時的荆州）侍奉頃襄王爲大夫。編者所作小傳本《史記·屈原列傳》。

大　　言[1]

見前。

壯士難兮絶天維[2]，北斗戾兮泰山夷。

【校注】

〔1〕見前宋玉“大言”注。此録所謂“大言”乃《大言賦》中叙唐勒之賦。

〔2〕難，當從《古文苑》作“憤”。

土　　論[1]

方城，古本“萬城”[2]。

我是楚也，世伯南土[3]，自越以至葉垂[4]，弘境萬里。

【校注】

〔1〕見《水經注·汝水》。

〔2〕《水經注·汝水》：“楚盛周衰，控霸南土，欲争强中國，多築列城於

北方以逼華夏，故號此城爲‘萬城’，或作‘方’字。”方城：楚國長城，北起今河南方城縣北，南至今河南泌陽縣東北。

〔3〕伯，《水經注》作“霸”，相通。

〔4〕越：春秋時諸侯國名，地處長江下游。此處指越地。葉：楚邑名，在今河南葉縣南。垂：當指垂沙邑，在今河南唐河縣西南。

景　差[1]

南郡人，與宋玉等以辭賦名。常至蒲騷見宋玉曰[2]："昨到夢澤，喜見楚山之碧，眼力頓明，不意重見故人，慰此去國戀戀之心。"

【校注】

〔1〕景差：戰國晚期辭賦家，在楚國郢都（故址在秦漢時的南郡，今時的荆州）侍奉頃襄王爲大夫。《史記·屈原列傳》略述及。編者所叙未知何據。

〔2〕蒲騷：古邑名，舊址在今湖北應城西北。

大　招[1]

三閭大夫死，差作《續騷·大招》一篇吊之。

【校注】

〔1〕王逸《楚辭章句》："《大招》者，屈原之所作也。或曰景差，疑不能明也。"編者題解本朱熹《楚辭集注》。

青春受謝，白日招只。春氣奮發，萬物遽只。冥凌浹行，魂無逃只。魂魄歸徠，無遠遥只！

魂乎歸徠！無東無西，無南無北只！

東有大海，弱水㴲㴲只。螭龍并流，上下悠悠只。霧雨淫淫，白皓膠只。魂乎無東，湯谷寂寥只[1]！

【校注】

〔1〕湯谷：亦作"暘谷"，神話中的東方日出之處。寥，《楚辭章句》正文無。

魂乎無南！南有炎火千里，蝮蛇蜒只。山林險隘，虎豹蜿只。鰅鱅短狐，王虺騫只。魂乎無南，蜮傷躬只！

魂乎無西！西方流沙，漭洋洋只。豕首縱目，被髮鬤只。長爪踞牙，誒笑狂只。魂乎無西，多害傷只！

魂乎無北！北有寒山，逴龍赩只。代水不可涉，深不可測只。天白顥顥，寒凝凝只。魂乎無往，盈北極只！

魂魄歸徠，閑以靜只！自恣荆楚，安以定只。逞志究欲，心意安只。窮身永樂，年壽延只。魂兮歸徠，樂不可言只！

五穀六仞，設菰粱只。鼎臑盈望，和致芳只。内鶬鴿鵠，味豺羹只。魂乎歸徠，恣所嘗只！

鮮蠵甘鷄，和楚酪只。醢豚苦狗，膾苴蓴只。吴酸蒿蔞，不沾薄只。魂兮歸徠，恣所擇只！

炙鴰烝鳧，煔鶉陳只。煎鰿脽雀，遽爽存只。魂乎歸徠，麗以先只！

四酎並孰，不澀嗌只。清馨凍飲，不歠役只。吴醴白蘗，和楚瀝只。魂乎歸徠，不遽惕只！

代秦鄭衛，鳴竽張只。伏戲駕辯[1]，楚勞商只[2]。謳和陽阿，趙簫倡只。魂乎歸徠，定空桑只[3]！

【校注】

〔1〕駕辯：傳説爲伏犧時代的樂曲名。

〔2〕勞商：楚國古樂曲名。

〔3〕空桑：琴瑟名，此處泛指演奏的樂曲。

二八接武，投詩賦只〔1〕。叩鐘調磬，娱人亂只〔2〕。四上競氣〔3〕，極聲變只。魂乎歸徠，聽歌譔只〔4〕！

【校注】

〔1〕投：合。詩賦：指雅樂，古時以琴瑟歌詩賦爲雅樂。

〔2〕娱人：樂人。亂：理。

〔3〕四上：指代、秦、鄭、衛的地方樂曲，因其曲高妙，故稱“四上”。競氣，競聲。

〔4〕譔：《楚辭章句》：“具也，言觀聽衆樂，無不具也。”

朱脣皓齒，嫭以姱只。比德好閑，習以都只。豐肉微骨，調以娱只。魂乎歸徠，安以舒只！

嫮目宜笑〔1〕，娥眉曼只。容則秀雅，穉朱顔只。魂乎歸徠，静以安只！

【校注】

〔1〕嫮：同“嫭”。嫮目：美目，倩目。

姱修滂浩，麗以佳只。曾頰倚耳，曲眉規只。滂心綽態，姣麗施只。小腰秀頸，若鮮卑只。魂乎歸徠，思怨移只！

易中利心〔1〕，以動作只。粉白黛黑，施芳澤只。長袂拂面，善留客只。魂乎歸徠，以娱昔只！

【校注】

〔1〕謂心中和易敏慧。

青色直眉，美目婳只。靨輔奇牙，宜笑嗎只。豐肉微骨，體便娟只。魂乎歸徠，恣所便只！

夏屋廣大，沙堂秀只。南房小壇〔1〕，觀絶流只〔2〕。曲屋步壛〔3〕，宜擾畜只。騰駕步遊，獵春囿只。瓊轂錯衡，英華假只。茝蘭桂樹，鬱彌路只。魂乎歸徠，恣志慮只！

【校注】

〔1〕壇：猶“堂”。

〔2〕觀：褸。流，《楚辭章句》作“雷”，屋宇。

〔3〕曲屋：周閣。步壛：同“步櫚”，走廊。

孔雀盈園，畜鸞皇只。鵾鴻群晨〔1〕，雜鶖鶬只。鴻鵠代遊，曼鸛鵜只。魂乎歸徠，鳳皇翔只！

【校注】

〔1〕鵾：鵾鷄。群晨：群鳥晨鳴。

曼澤怡面，血氣盛只。永宜厥身，保壽命只。室家盈庭，爵禄盛只。魂乎歸徠，居室定只！

接徑千里，出若雲只。三圭重侯〔1〕，聽類神只。察篤夭隱，孤寡存只。魂兮歸徠，正始昆只！

【校注】

〔1〕三圭：指公、侯、伯三種爵位的貴族。重侯，《楚辭章句》："子、男共一爵，故言'重侯'也。"

田邑千畛，人阜昌只。美冒衆流[1]，德澤章只。先威後文，善美明只。魂乎歸徠，賞罰當只！

【校注】

〔1〕美：指美政。冒：覆，惠及。衆流：指民衆百姓。

名聲若日[1]，照四海只。德譽配天，萬民理只。北至幽陵[2]，南交趾只[3]。西薄羊腸[4]，東窮海只。魂乎歸徠，尚賢士只！

【校注】

〔1〕名聲：指楚國的威望。

〔2〕《楚辭章句》："幽陵，猶幽州也。"

〔3〕交趾：泛指五嶺以南的地區。

〔4〕羊腸：山名，因曲如羊腸而得名，舊説在今太原西北。

發政獻行，禁苛暴只。舉杰壓陛，誅譏罷只[1]。直贏在位，近禹麾只。豪杰執政，流澤施只。魂乎歸徠，國家爲只！

【校注】

〔1〕誅：責而罷退。罷：通"疲"，指無能之臣。

雄雄赫赫，天德明只。三公穆穆[1]，登降堂只[2]。諸侯畢極，立九卿只。昭質既設[3]，大侯張只[4]。執弓挾矢，揖辭讓只。魂乎歸徠，尚三王只〔5〕！

【校注】

〔1〕三公：周代所設三個共同負責軍政事務的最高官職的合稱。此處指楚國的三公。

〔2〕降：《楚辭章句》："一作玉。"降堂：即"玉堂"，指君臣議政之處。

〔3〕昭質：《楚辭章句》："謂明旦也。"設：指設置射（射箭比武）場。

〔4〕侯：的，箭靶。

〔5〕三王：指夏禹、商湯、周文王。

附

按：凡謠諺之類附之，傳疑者附之，假借者附之，詞不雅馴者亦附之，後仿此。

國人歌[1]

爲令尹子文作[2]。鬭子文之族有干法者，廷理釋之。子文召廷理責之，廷理懼，遂刑其族。國人聞而歌之。

子文之族，犯國法程。廷理釋之，子文不聽[3]，恤顧怨萌，方正公平。

【校注】

〔1〕見《説苑》卷十四。

〔2〕子文：鬭氏，楚成王時爲令尹。

〔3〕聽，原注："平聲。"

楚莊王[1]

名侶，即位三載，不出號令，日夜爲樂，令國中："有敢諫者死！"伍舉入諫[2]，王左抱鄭姬，右抱越女，坐鐘鼓之間。舉曰："願有進隱。曰：'有鳥在於阜，三年不蜚不鳴，是何鳥也？'"王答之云。

三年不蜚，蜚將冲天[3]；三年不鳴，鳴將驚人。

【校注】

〔1〕楚莊王：春秋五霸之一。參見《史記·楚世家》。

〔2〕伍舉：楚賢臣，伍子胥的祖父。

〔3〕蜚：同"飛"。天，原注："叶汀。"

楚老父[1]

《説苑》：楚莊王以車迎孫叔敖爲相，一國吏民皆來賀。有一老父，衣粗衣，冠白冠，後來，吊之云。

身貴而驕人者，民亡之[2]；位高而擅權者[3]，君惡之；禄厚而不知足者[4]，患處之。

按：此非韵語，而可爲有位者之箴。

【校注】

〔1〕見《説苑》卷十。

〔2〕《説苑》作“身已貴而驕人者，民去之”。

〔3〕位高，《説苑》作“位已高”。

〔4〕禄厚，《説苑》作“禄已厚”。

國人歌[1]

爲諸御己作[2]。按《説苑》：楚莊王築層臺，延石千里，延壤百里，大臣諫者皆死。有諸御己者，違楚百里而耕，謂其耦曰：“吾將入諫。”其耦沮之[3]，諸御己不聽，遂入諫王。王解層臺而罷民，國人歌之。

薪乎萊乎[4]，無諸御己，訖無子乎？萊乎薪乎，無諸御己，訖無人乎？

【校注】

〔1〕見《説苑》卷九。

〔2〕諸御己：諸御，複姓；己，名。楚平民。

〔3〕沮：阻止。《説苑》：“其耦曰：‘以身乎？吾聞之，説人主者，皆閑

暇之人也，然且至而死矣。今子特草茅之人耳！’”

〔4〕薪、萊：皆草名。萊，原注：“叶取。”

沈諸梁

字子高，楚縣尹，僭稱公〔1〕，嘗定白公之亂〔2〕。今録其顧命語云〔3〕。

毋以嬖御人疾莊后〔4〕，毋以嬖御士疾莊士〔5〕。

【校注】

〔1〕《論語·述而》邢昺疏：“（葉公）名諸梁，字子高，爲葉縣尹。楚子僭稱王，故縣尹皆稱公也。”

〔2〕白公：名勝，楚平王之孫，太子建之子，曾居楚、吴邊境的白邑以備吴，故號“白公”，後起兵反楚，被葉公率軍圍攻，兵敗自殺。

〔3〕見《禮記·緇衣》。鄭玄注：“臨死遺書曰顧命。”

〔4〕據《禮記·緇衣》，此句前有“毋以小謀敗大作”句。后，原注：“后，叶後五反。”

〔5〕據《禮記·緇衣》，此句後接有“大夫、卿士”四字。

昭王時童謡〔1〕

楚昭王渡江，江中有物，大如斗，圓而赤，直觸王舟，舟人取之，王怪之，使使聘魯問孔子。孔子曰：“此萍實也，剖而食之，吉〔2〕。”使者反，王食之，果美。孔子以爲聞諸童謡云。事見《家語》。

楚王渡江得萍實，大如斗〔3〕，赤如日，剖而食之甜如蜜〔4〕。

【校注】

〔1〕見《説苑》卷十八、《孔子家語》卷二。

〔2〕《孔子家語》：“子曰：‘此所謂萍實者也，可剖而食之，吉祥也，唯

霸者爲能獲焉。'”

〔3〕斗,《説苑》作“拳”。

〔4〕甜,《説苑》作“美”。

老萊子〔1〕

荆州人，事親至孝。避亂蒙山之陽，莞葭爲墻，蓬蒿爲室，枝木爲床〔2〕，蓍杖爲席〔3〕，菹艾爲食〔4〕。楚王親至其門迎之，遂與其妻逃至江南。著書十五篇，言道家之用。嘗有弟子出薪，遇仲尼。萊子曰：“召而來。”既至，曰：“丘！去汝躬矜與汝容知，斯爲君子矣。”仲尼改容問曰：“業可進乎？”萊子云云。

相引以名，相結以隱。

附存

【校注】

〔1〕老萊子：傳爲春秋末楚國隱士，隱居今湖北荆門象山（原名蒙山）。《史記・老子列傳》：“或曰，老萊子，亦楚人也，著書十五篇，言道家之用，與孔子同時云。”編者所作小傳，雜取自《莊子》《史記》及《列仙傳》等書中的記叙。所録其語，則見《莊子・外物》。

〔2〕枝木,《史記正義》引《列仙傳》作“杖木”。

〔3〕蓍杖,《史記正義》引《列仙傳》作“蓍艾”，是。

〔4〕菹艾,《史記正義》引《列仙傳》作“菹芰”，是。菹：菹草；芰：菱角。皆生於水中，可食。

諺

見范蠡《遺大夫種書》〔1〕。

蠡，字少伯，楚三户人〔2〕。既破吴，乃裝其輕寶珠玉，乘舟浮海不反，後變姓名“鴟夷子皮”〔3〕，耕於海畔，父子致産數千金，號“陶朱公”〔4〕。

蜚鳥盡，良弓藏。狡兔死，走狗烹[5]。敵國破，謀臣亡。

【校注】

〔1〕載《史記·越王勾踐世家》。范蠡：春秋末爲越大夫，佐越王勾踐雪耻滅吴，功成身退。大夫種：即越大夫文種，楚人，與范蠡同佐越王，後被勾踐逼迫自殺。

〔2〕三户：地名，在今河南淅川縣，春秋時屬楚宛邑。

〔3〕鴟夷子皮，《史記索隱》："范蠡自謂也。蓋以吴王殺子胥而盛以鴟夷，今蠡自以有罪，故爲號也。"鴟夷：皮制口袋。

〔4〕參見《史記·貨殖列傳》。

〔5〕烹，原注："叶滂。"

讖[1]

見范蠡語。

天運歷紀[2]，千歲一至。黄帝之元，執辰破巳[3]。霸王之氣，見於地户[4]。

【校注】

〔1〕據《越絶書》卷七，此讖語爲范蠡邀文種入越時叙。

〔2〕《史記·天官書》："夫天運，三十歲一小變，百年中變，五百載大變，三大變一紀。"

〔3〕《吴越春秋》卷四："吴在辰，……越在巳地。"

〔4〕地户：《越絶書》卷七："蠡曰：'吴、越二邦，同氣共俗。地户之位，非吴則越。'"

石　乞[1]

葉公聞白公亂，率其國人攻之。白公亡走山中自殺。生拘石乞，問白公尸處，不言。曰："不言將烹！"石乞云云。

事克則卿，不克則烹。

按：此以二語偶韵取，附存。

【校注】

〔1〕石乞：春秋時楚國勇士，佐白公勝篡奪王位，失敗後被烹殺。事見《左傳·哀公十六年》。其語亦截取自《左傳》，略有出入。

申包胥歌[1]

包胥，楚人，與伍員友善。員父兄爲楚所殺，奔吴，曰："我必覆楚。"包胥曰："我必復之。"及子胥以吴兵伐楚入郢，昭王出奔，包胥乃如秦乞師，倚庭墻而哭，七日夜口不絶聲。哭已，歌云。

吴爲無道，封豕長蛇，以食上國，欲有天下。政從楚起[2]，寡君出在草澤，使來告急。

按：此非歌類，原本因其人録之，附存。

【校注】

〔1〕申包胥：楚大夫。《左傳·定公四年》載其如秦乞師一事，未載其歌。此録其歌見《吴越春秋》卷四。

〔2〕政：通"征"，征伐。

河上歌[1]

見伍子胥對被離所引。其時，子胥方勸吴用楚白喜以報楚也。

同病相憐，同憂相救。驚翔之鳥，相隨而集[2]。瀨下之水，因復俱流[3]。胡馬望北風而立，越燕向日而熙[4]。誰不愛其所近、悲其所思者乎！

【校注】

〔1〕見《吴越春秋》卷四。據其所叙，楚平王殺賢大夫白州犁，州犁孫白喜逃至吴國，伍子胥即向吴王薦爲大夫。吴大夫被離因而問之，伍子胥即引此歌作答。

〔2〕集，原注："叶就。"

〔3〕流，原注："去声。"

〔4〕熙：通"嬉"，嬉戲。

公子側[1]

字子反，楚卿也。郤至如楚聘[2]，且莅盟，楚子享之。子反相，爲地室而縣焉。郤至將登，金奏作於下，驚而走。尋入，卒事云。

日云暮矣，寡君須矣，吾子其入也！

附存

【校注】

〔1〕公子側：楚共王時爲司馬。此録其事其語，見《左傳·成公十二年》。

〔2〕郤至：晋國大夫。聘：通問修好。

薳啓疆[1]

薳啓疆，爲靈王太宰[2]。楚享魯昭公於新臺[3]，乃好以大屈[4]，既而悔之。薳啓疆聞之，見公拜賀云。

齊與晋、越欲此久矣，寡君無適與也，而傳諸君，君其備禦三鄰，慎守寶矣！

附存

【校注】

〔1〕薳啓彊：春秋時楚臣。此録其事其語，見《左傳·昭公七年》。

〔2〕靈王：熊虔。

〔3〕新臺：即章華臺，楚王離宫，遺址在今湖北潛江龍灣。

〔4〕大屈：寶弓名。

楚諺（一）〔1〕

見令尹子瑕所稱〔2〕。

怒於室，色於市〔3〕。

【校注】

〔1〕見《左傳·昭公十九年》。

〔2〕子瑕：一名陽丐，楚平王時爲令尹。

〔3〕《左傳》作“室於怒，市於色”。《太平御覽》卷一百七十四作“怒於室而色於市”。市，原注：“叶去聲。”

楚諺（二）〔1〕

見《楚策》。

見君之乘，下之〔2〕；見杖〔3〕，起之〔4〕。

【校注】

〔1〕見《戰國策·楚策四》。

〔2〕原注："下，叶後五反。"

〔3〕杖：指拄杖的老者。

〔4〕原注："起，叶區舉反。"

祝田辭[1]

見《説苑》淳于髡對楚王所引。

高得萬束，下得千斛。

【校注】

〔1〕見《藝文類聚》卷九十六引録《説苑》。四部叢刊本《説苑》未載。其所載齊辯士淳于髡對齊威王問時引有"祝田辭"（事又見《史記·滑稽列傳》），但文辭與此有异。

楚　箴[1]

見《左傳》，别見《玉海》。

民生在勤，勤則不匱。

附存

【校注】

〔1〕見《左傳》宣公十二年。

滄浪歌

《孟子》作《孺子歌》[1]，《楚詞》作《漁父歌》[2]。

滄浪之水清兮，可以濯我纓。滄浪之水濁兮，可以濯我足。

混混之水濁，可以濯吾足乎！泠泠之水清，可以濯吾纓乎[3]！

【校注】

〔1〕《孟子·離婁上》："有孺子歌曰……"

〔2〕《楚辭·漁父》："漁父莞爾而笑，鼓枻而去，歌曰……"

〔3〕歌辭後有原注："此歌見他本。"《藝文類聚》卷八："《文子》曰：'混混之水濁，可以濯吾足；青青之水清，可以濯吾纓。'"

諺

見莊辛對襄王所引[1]。

見兔而顧犬，未爲晚也；亡羊而補牢[2]，未爲遲也。

【校注】

〔1〕見《戰國策·楚策》"莊辛説楚頃襄王"所引。

〔2〕牢，原注："一本作籬，音同。"

莊辛語[1]

居不爲垣墻，人莫能毁傷。行不從周衛，人莫能暴害[2]。

【校注】

〔1〕見《説苑》卷五，爲莊辛答楚王問"君子之行奈何"的一段話。

〔2〕害，原注："叶假契反。"

田　　贊[1]

贊嘗衣儒衣見王，王曰："先生衣何惡也？"贊曰："有甚於此者。"

夫衣無惡於甲，冬則寒，夏則熱。苟慮害人，人必害之；苟慮危人，人必危之。

按：此近于諷諫，如唐谷那律"雨衣之對"[2]。

【校注】

〔1〕田贊：戰國時楚人。此録其語見劉向《新序》卷五。

〔2〕谷那律：唐初大臣。《舊唐書·谷那律傳》："嘗從太宗出獵，在途遇雨，因問：'油衣若爲得不漏？'那律曰：'能以瓦爲之，必不漏矣！'意欲太宗不爲畋獵。"

諺

出《鶡冠子》[1]。

中流失船[2]，一壺千金[3]。

【校注】

〔1〕見《鶡冠子·學問》。

〔2〕流，《鶡冠子》作"何"。船，原注："叶純。"

〔3〕壺：通"瓠"，即瓠瓜，又稱葫蘆，古時南方人用之繫於腰間涉水，謂爲"腰舟"。

湘中漁歌[1]

帆隨湘轉[2]，望衡九面[3]。

【校注】

〔1〕見《水經注》卷三十八。

〔2〕原注："轉，去聲。"

〔3〕《水經注》："衡山東南二面臨映湘川，自長沙至此，江湘七百里中，有九向九背。"

黄牛峽謡〔1〕

夷陵州西九十里〔2〕，即黄牛峽〔3〕。《水經注》曰："黄牛灘南岸，重嶺疊起，峭壁間〔4〕有石色如人負刀牽牛，人黑牛黄，成就分明。人迹所絶，莫得究焉。"

朝發黄牛，暮宿黄牛。三朝三暮，黄牛如故。

【校注】

〔1〕見《水經注》卷三十四。

〔2〕夷陵州：舊治在今湖北宜昌市。

〔3〕黄牛峽：在長江西陵峽内。

〔4〕四部叢刊本《水經注》作"最外高崖間"。

楚風補卷之二

秦

歌謡石刻題記

按：秦時文字衰息，無風可采。原本因係有韵之言，故輯録之。今俱附存，以備時代。

巴謡歌〔1〕

始皇三十一年九月庚子，茅盈高祖濛於華山之中駕鶴飛昇〔2〕。先是，有巴謡歌，始皇聞而問其故，父老具對曰："此仙人之謡歌，勸帝求長生之術。"於是始皇欣然有尋仙之志。因改臘曰嘉平。見《茅盈内傳》。〔3〕

神仙得者茅初成〔4〕，駕龍上昇入太清。時下玄洲戲赤城〔5〕，繼世而往在我盈〔6〕。帝若學之臘嘉平。

【校注】

〔1〕本歌及題解均見《史記·秦始皇本紀》："三十一年（前216）十二月更名臘曰嘉平"句裴駰《史記集解》，又見《三輔黄圖》卷三、《風雅逸篇》卷七（引《太玄真經》）、《太平御覽》卷三十三、《古謡諺》卷四。所謂"巴謡歌"，是原編者所據本有誤而造成；《史記集解》作"華陰邑人歌曰"，《三輔黄圖》作"先是邑人歌曰"，《古謡諺》則題之爲《嘉平歌》。原歌當係魏晋

人附會。

〔2〕高祖,《史記集解》作“曾祖”。茅濛、茅盈(與其弟茅衷、茅固合稱“三茅君”)之有關傳説見《茅盈内傳》;《全漢文》有漢元壽二年八月《茅君九錫文》。茅盈是道教茅山派祖師。

〔3〕《茅盈内傳》,《史記集解》作《太原真人茅盈内紀》。《太平御覽》(卷六百六十一)所引,道士李遵撰。參《神仙傳》《雲笈七籤》有關記載。

〔4〕茅初成:茅濛字初成。

〔5〕玄洲:據《十洲記》,是神仙居住之地。赤城:指茅盈所治仙山,《太平御覽》卷六百六十二引《太元真人東岳上卿司命真君傳》:“天皇大帝遣……治赤城山玉洞之府上。”

〔6〕盈,《太平御覽》作“嬴”,兩字相通。《風雅逸篇》作“我壽盈”。

桃源石刻〔1〕

建炎初〔2〕,有大石自洞中浮出〔3〕。闞禍公謂是秦時物〔4〕。其刻云云。載《桃源縣志》〔5〕。

無爲大道,天知人情。無爲窈冥,神見人形。心言意語,鬼聞人聲。犯禁滿盈,地收人魂。

【校注】

〔1〕見宋洪邁《夷堅志·丙志卷第四》,題作“桃源石文”。

〔2〕建炎初,《夷堅志》作“建炎三年四月”。

〔3〕《夷堅志》原文作:“鼎州桃源洞大水,巨石隨流而下。石間有文,似天書,而字畫皎然可識。凡三十二字”云云(引此詩)。

〔4〕闞禍公:明崇貞進士,本書卷三十一有傳。“秦時物”,不足據。

〔5〕見清羅行楷主修《桃源縣志》卷十四。

石人腹刻〔1〕

樊城西北有鄾城〔2〕。西百餘里有穀城，穀伯綏之國〔3〕。城門有石人，刊其腹。見《荆州記》。

摩兜鞬〔4〕，摩兜鞬，慎莫言〔5〕。

按：此有謹言之意，存之。

【校注】

〔1〕見《藝文類聚》卷六十三引盛弘之《荆州記》，又見段成式《酉陽雜俎》前集卷十一及《太平御覽》卷五十一。

〔2〕樊城：即周仲山甫所封樊國。鄾城：春秋鄧地名。

〔3〕穀伯綏：春秋谷國封爵爲伯，國君名綏。

〔4〕摩兜鞬：義不詳。《説文義證》謂兜鞬即韋革夾兜，也就是皮袋；則“摩兜鞬”似是“摸弓袋”之意。

〔5〕慎莫言，《酉陽雜俎》：“一作‘鞬慎言’。”非。此句下《酉陽雜俎》更有“疑此亦同太廟金人緘口銘”十一字。《藝文類聚》“同”作“周”，“銘”後還有“背之流也”四字，當從。《藝文類聚》卷十九有《周太廟金人銘》。

謡〔1〕

《韵府》：“相州澄陽縣有三户津〔2〕。楚南公，識興廢者〔3〕。知秦必亡於三户。其語爲後三户津破章邯之驗。”而《史記》又以爲楚懷王客死於秦，百姓哀之。其語云云。

楚雖三户，亡秦必楚〔4〕。

按：此語有關興亡之故，存之。

【校注】

〔1〕見《史記·項羽本紀》《漢書·項籍傳》及《風俗通義·王霸篇》。

〔2〕相州：在今河南安陽市，地鄰河北。澄陽：古縣名，在今河北磁縣附近，項羽曾率軍大破章邯於此。

〔3〕楚南公：據説是善言陰陽、識興廢的南方老人，《漢書·藝文志》著録《南公》三十一篇。

〔4〕三户：有幾種解釋。一、三户人家；二、特指楚大姓昭、屈、景；三、地名，即三户津；四、今更有劉、項、陳（涉）之説法；五、謂指三閭大夫屈原。

湘中記一則〔1〕

謂茶陵雲陽山也。

雲陽之墟，可以避世，可以隱居。

【校注】

〔1〕輯佚本晋羅含《湘中記》中未見題注文。《太平御覽》卷四十九“攸縣雲陽山”條引《遁甲經》云：“沙土之地，雲陽之墟，可以避時，可以隱居。”原文當本此。又見《湖南通志·山川志》。

題　石

載《武岡志·雲山》。〔1〕

按：秦時無近體絶句，此必後人僞托。然以其傳於楚志已久〔2〕，附存。

鼎上九還煴影宕，壇邊一埽竹痕新〔3〕。可知仙在雲深處，睨視塵中甲胄人〔4〕。

白雲青山何處無，采藥都梁意有餘〔5〕。更比靈均開醒眼，與君同避汨羅魚〔6〕。

【校注】

〔1〕此指康熙以前舊志，同治《湖南武岡州志·拾遺志》亦載。

〔2〕同治《武岡州志·疆域志》："昔盧、侯二生避秦來此……後同昇舉。"同書《拾遺志》云："舊志載，秦時盧、侯二生隱雲山，始皇遣陶、鄧二將軍追之至雲山，亦留不去，遺詩云。今有兩將軍廟。"盧、侯二生，秦時方士，見《史記·始皇本紀》。二詩無疑是後人僞托。

〔3〕九還：即九轉；轉，經過變化而還原。據説服九轉金丹三日便可飛升。壇：指雲山的掃竹壇。

〔4〕塵中甲胄人：指陶、鄧二將軍；據《武岡州志》，"陶鄧"是"逃遁"諧音。

〔5〕都梁：山名，在武岡縣東，據《水經注》："俗謂蘭爲都梁，山因以號。"山多蘭草。

〔6〕據《續齊諧記》，長沙歐回，白日忽見一人，自稱三閭大夫。對他説"常年所祭，並爲蛟龍所竊"云云。今"避汨羅魚"即用此事。

西　漢

高皇帝

姓劉，名邦，字季，楚之沛縣人。起布衣，破秦滅楚，以火德王[1]。建都長安。詳本紀。

【校注】

〔1〕火德：《漢書·高帝紀》："漢承堯運，協於火德。"是舊時王朝"五德相生"的歷史循環論觀點。

鷄鳴歌[1]

《漢書》曰："高帝圍項羽垓下，羽是夜聞漢軍四面皆楚歌。"[2]應劭曰："楚歌者，《鷄鳴歌》也。"[3]

按：《樂府廣題》[4]曰："漢有鷄鳴衛士，主鷄唱[5]。晝漏盡，夜漏起，分甲乙丙丁戊，爲五更。未明三刻，衛士起唱。《晋太康地記》[6]："後漢固始、鮦陽、公安、細陽四縣衛士習此曲，於闕下歌之。今《鷄鳴歌》是也。"[7]

東方欲明星爛爛，汝南晨鷄登壇喚[8]。曲終漏盡嚴具陳，月没星稀天下旦。千門萬户遞魚鑰，宫中城上飛烏鵲。

【校注】

〔1〕此歌及題解均引自《樂府詩集》卷八十三《雜歌謡辭》。當爲漢人作而經後人改易，此繫於劉邦名下，大謬。又題解亦節録。

〔2〕見《漢書·高帝紀第一下》。垓下，在今安徽靈璧縣東南。

〔3〕應劭語見《漢書》注引應劭《漢書注》。

〔4〕《樂府廣題》：唐沈建撰，見《宋史·藝文志》。

〔5〕《後漢書·百官志》注：“蔡質《漢儀》曰：‘不畜宮中鷄。汝南出鷄鳴。衛士候朱雀門外，專傳鷄鳴於宮中。”

〔6〕《晋太康地記》，舊名《太康三年地志》，又有多種名稱，撰人不詳。

〔7〕《樂府詩集》在此句後有“然則此歌蓋漢歌也”。

〔8〕參見注〔5〕，又漢衛宏《漢官儀》：“汝南出長鳴鷄。”

大風歌〔1〕

帝既定天下，還過沛，置酒，召諸父老子弟佐酒道舊。酒酣，帝擊筑自爲歌詩。詳見《本紀》。

大風起兮雲飛揚，威加海内兮歸故鄉〔2〕，安得猛士兮守四方。

【校注】

〔1〕一名《三侯之章》，見《史記·樂書》。《初學記》題作“大風”，《樂府詩集》作“大風起”。

〔2〕《初學記》《北堂書鈔》“海内”均作“四海”。

鴻鵠歌〔1〕

高帝欲廢太子，立戚夫人子趙王如意，大臣諫不聽。吕后用留侯計，請四皓從太子遊。會帝燕，四皓從之，帝問知其故，驚悟。燕畢，太子趨出，帝目送之。召戚夫人指示之曰：“我欲易之，彼四人輔之。羽翼成矣。吕后真而主矣。”戚夫人泣。帝曰：“爲我楚舞，吾爲若楚歌。”其歌云云。

鴻鵠高飛〔2〕，一舉千里。羽翮已就，横絶四海〔3〕。横絶四海，當可奈何〔4〕！雖有矰繳，尚安所施〔5〕！

【校注】

〔1〕見《史記·留侯世家》及《漢書·張良傳》。《漢書·藝文志》："高祖歌詩二篇。"無此題，應是後人取篇首二字；《樂府詩集》則取"爲若楚歌"之義，而名此篇爲《楚歌》。

〔2〕鵠，《史記》作"雁"。

〔3〕翮、已，《漢書》分别作"翼""以"。

〔4〕當可，《漢書》作"又可"。

〔5〕末八字，《白帖》作"雖有矰繳兮安所施"。

項　籍[1]

字羽，楚之下相人也[2]，先世世爲楚將。少學書不成，去；學劍又不成。季父梁乃教籍兵法。籍大喜，略知其意。身長八尺餘，力能扛鼎，才氣過人。二世元年，陳涉等起大澤中。籍收下縣[3]，得精兵八千人。渡江，斬宋義。引兵渡河，沉船破釜，遇秦軍，九戰大破之。自立爲西楚霸王。與高帝争衡，百戰百勝。後敗於垓下，作歌云。

【校注】

〔1〕此小傳本《史記·項羽本紀》。

〔2〕下相：秦縣名，在今江蘇宿遷縣西。

〔3〕下縣：郡治四周的郊縣。

力拔山操[1]

力拔山兮氣蓋世，時不利兮騅不逝。騅不逝兮可奈何，虞兮虞兮奈若何！

【校注】

〔1〕題從《樂府詩集》，又名“垓下歌”。

虞　姬[1]

楚之下相人，項王之美人也。常幸從。及軍敗垓下，諸侯兵圍之數重，夜聞四面皆楚歌。項王悲歌慷慨數闋，姬和之[2]。項王泣數行下，謂姬曰："善事漢王。"姬曰："妾聞'忠臣不二君，貞女不二夫'，請先君死。"項王拔劍，背而授之，姬遂自刎而死。今録其歌云。

【校注】

〔1〕虞姬:《項羽本紀》謂"有美人名虞",《漢書·項籍傳》作"姓虞氏"。此處小傳自"姬和之"以上本於《史記》,以下對話一節，未詳所本，恐不足據。

〔2〕《項羽本紀》"美人和之"句下，張守節《正義》據《楚漢春秋》録有虞姬之歌。此處即據以轉録。

漢兵已略地，四面楚歌聲[1]。大王意氣盡，賤妾何聊生。

【校注】

〔1〕面，或應作"方"；見丁福保《全上古先秦兩漢南北朝詩》引《史記正義》。此詩歷來於其真僞説法紛紜。今按,《史記》既載"美人和之"，當有詞；張守節《史記正義》所引，或可信。但其詞必經後人改易。

陸　賈[1]

楚人，以客從高祖定天下。因説佗有功[2]，拜爲大中大夫。常於帝前稱説《詩》《書》，帝謂賈曰："試爲我著秦所以失天下、吾所以得之者，及古成敗之國。"賈乃粗述存亡之徵，著十二篇。每奏一篇，帝未嘗不稱善，號其書曰《新語》。今節録六篇云。

【校注】

〔1〕《史記》《漢書》皆有傳，爲此小傳所本。

〔2〕佗：指當時的南越王趙佗。

新語六則

道　基[1]

張日月，列星辰。序四時，調陰陽。布氣治性，次置五行。春生夏長，秋收冬藏。陽生雷電，陰生雪霜。養育群生，一茂一亡。潤之以風雨，曝之以日光。温之以節氣，降之以殞霜。位之以衆星，制之以斗衡。包之以六合，羅之以紀綱。改之以灾變，告之以禎祥。動之以生殺，悟之以文章。故在天者可見，在地者可量。在物者可紀，在人者可相。

【校注】

〔1〕此篇節録《新語·道基第一》中韵語。下同。道基：謂大道之基。

術　事[1]

立事者不離道德，調絃者不失宫商。天道調四時，人道治五常。周公與堯舜合符瑞，二世與桀紂同禍殃[2]。文王生於東夷，大禹出於西羌[3]。

德薄者位危，去道者身亡。萬世不易法，古今同紀綱。故良馬非獨騏驥，利劍非惟干將。美女非獨西施，忠臣非獨吕望。

【校注】

〔1〕録自《新語·術事第二》。術事：言因世而權變的謀略。本爲二節，接而爲一。

〔2〕二世：指秦二世胡亥。

〔3〕二句中有誤。《孟子·離婁章句下》："舜生於諸馮……東夷之人也。文王生於岐周，西夷之人也。……得志行乎中國，若合符節。"又《藝文類聚》引《帝王世紀》曰："伯禹，夏后氏……長於西羌，西羌夷人也。"故二句當作"虞舜出於東夷，文王（伯禹）生於西羌"。

輔　政〔1〕

杖聖者帝，杖賢者王。杖仁者霸，杖義者强。杖讒者滅，杖賊者亡〔2〕。故懷剛者久而缺，持柔者久而長。

君子遠熒熒之色，放錚錚之聲；絶恬美之味，疏嗌嘔之情。天道以大制小，以重顛輕。以小制大，亂度干貞。讒夫似賢，美言似信。聽之者惑，觀之者冥。故蘇秦尊於諸侯，商鞅顯於西秦。世無賢知之君，孰能别其形。故堯放驩兠，仲尼誅少正卯〔3〕，甘言之所嘉，聖不爲之傾〔4〕。

【校注】

〔1〕録自《新語·輔政第三》。

〔2〕杖：通"仗"，依靠。賊：《孟子》："賊仁者謂之賊。"

〔3〕驩兠：傳説堯時惡人，被堯放至崇山。少正卯：春秋魯人，孔子稱其"心逆而險，行僻而堅，言僞而辯，記醜而博，順非而澤"，爲政時殺之。

〔4〕聖，四部叢刊本缺字，宋鳳翔校刊本作"靡"。

慎　微〔1〕

夫播布革〔2〕，亂毛髮，登高山，食木實，視之無優游之容，聽之無仁義之辭，忽忽若狂痴。推之不往，引之不來。當世不蒙其功，後代不見其才〔3〕。

【校注】

〔1〕録自《新語・慎微第六》。

〔2〕布革：代指人的衣裳鞋帽；播布革：猶言衣履不整。

〔3〕原文接："君傾而不扶，國危而不持。寂寞而無鄰，寥廓而獨寐。可謂避世，非謂懷道者也。"

資　執[1]

材器制斷，規矩度量。堅者補朽，短者續長。大者治罇，小者治觴。飾以丹漆，斁以明光[2]。上備大牢，春秋禮庠。褒以文采，立禮矜莊。冠帶正容，對酒行觴。卿士列位，布陳宮堂。望之者目眩，近之者鼻芳。

【校注】

〔1〕四部叢刊本《新語》（第七）題作"資質"，宋鳳翔校本則作"資賢"，且曰："賢，今本誤作執，依《玉海》及《漢藝文志》改。"

〔2〕斁，宋鳳翔校本注"與剫通"，剫：治木未成器者，此處引申爲潤飾意。

至　德[1]

君子之爲治也，塊然若無事[2]，寂然若無聲。官府若無吏，亭落若無民。閭里不訟於巷，老幼不愁於庭。近者無所議，遠者無所聽。郵驛無夜行之吏，鄉閭無夜行之征。犬不夜吠，烏不夜鳴[3]。

【校注】

〔1〕録自《新語・至德第八》。

〔2〕塊，《文選》卷二、《藝文類聚》卷五十二引《新語》作"混"；混然：純任自然。

〔3〕烏，宋鳳翔校本作"鷄"。

語陳平[1]

天下安，注意相。天下危，注意將。

【校注】

〔1〕見《史記》卷九十七、《漢書》卷四十三。陳平：漢初名臣，事劉邦，屢出奇策。

韋　孟[1]

楚之彭城人也。爲楚元王太傅。元王子孫荒淫不道[2]。孟作詩諷諫之。後去位，徙家於鄒。遞傳五世，爲鄒魯大儒。

【校注】

〔1〕《漢書》有傳，爲此小傳所本。

〔2〕元王子孫：指楚元王孫劉戊。

在鄒詩[1]

微微小子，既苟且陋[2]。豈不牽位，穢我王朝。王朝肅清，唯俊之庭。顧瞻余躬，懼穢此征[3]。我之退征，請於天子。天子我恤，矜我髮齒。赫赫天子，明哲且仁。縣車之義，以洎小臣。嗟我小子，豈不懷土。庶我王寤，越遷於魯。既去禰祖[4]，惟懷惟顧。祁祁我徒，戴負盈路。爰戾於鄒，鬋茅作堂。我從我環，築室於墻[5]。我既遷逝，心存我舊。夢我瀆上[6]，立于王朝。其夢如何，夢争王室。其争如何，夢我王弼[7]。寤其外邦，嘆其喟然。念我祖考，泣涕其漣。微微老夫，咨既遷絶。洋洋仲尼，視我遺烈[8]。濟濟鄒魯，禮義唯恭。誦習弦歌，異於他邦。我雖鄙耇，心其好而。或徒侃爾，樂亦在而。

【校注】

〔1〕《漢書·韋賢傳》："或曰其子孫好事，述先人之志而作是詩也。"

〔2〕苟，應從《漢書》作"耇"，師古曰："自言年老，材質鄙陋也。"

〔3〕二句説自慚老朽而去位。師古曰："此皆孟已去遜辭，不欲顯王之過錯也。"

〔4〕禰：父廟曰禰。

〔5〕於，或通"汙""污"，而原應作"圬"，則"圬墻"，即用泥鏝塗墻。

〔6〕瀆上：應劭曰："孟所居彭城東里名也。"

〔7〕弼：師古曰：“戾也。”即違而不聽。

〔8〕視：讀如“示”。

諷諫詩〔1〕

肅肅我祖，國自豕韋〔2〕。黼衣朱紱，四牡龍旂〔3〕。彤弓斯征，撫寧遐荒。總齊群邦，以翼大商。迭彼大彭，勛績惟光〔4〕。至於有周，歷世會同〔5〕。王赧聽譖，實絶我邦〔6〕。我邦既絶，厥政斯逸。賞罰之行，非繇王室。庶尹群后〔7〕，靡扶靡衛。五服崩離，宗周以墜。我祖斯微，遷於彭城。在予小子，勤誒厥生。阨此嫚秦，耒耜斯耕。悠悠嫚秦，上天不寧。乃眷南顧，授漢於京〔8〕。於赫有漢，四方是征。靡適不懷，萬國攸平〔9〕。乃命厥弟，建侯於楚。俾我小臣，惟傅是輔。矜矜元王〔10〕，恭儉静一。惠此黎民，納彼輔弼。享國漸世，垂烈於後〔11〕。迺及夷王〔12〕，克奉厥緒。咨命不永，惟王統祀。左右陪臣，斯惟皇士。如何我王，不思守保。不惟履冰，以繼祖考。邦事是廢，逸游是娱。犬馬悠悠，是放是驅。務此鳥獸，忽此稼苗。蒸民以匱〔13〕，我王以媮。所弘匪德，所親匪俊。唯囿是恢，唯諛是信。睮睮諂夫，諤諤黄髮〔14〕。如何我王，曾不是察。既藐下臣，追欲縱逸。嫚彼顯祖，輕此削黜。嗟嗟我王，漢之睦親。曾不夙夜，以休令聞。穆穆天子，照臨下土〔15〕。明明群司，執憲靡顧。正遐由近，殆其怙兹。嗟嗟我王，曷不斯思。匪思匪監〔16〕，嗣其罔則。彌彌其逸，岌岌其國〔17〕。致冰匪霜，致墜匪嫚〔18〕。瞻惟我王，時靡不練〔19〕。興國救顛，孰違悔過。追思黄髮，秦繆以霸〔20〕。歲月其徂，年其逮耇。於赫君子〔21〕，庶顯於後。我王如何，曾不斯覽。黄髮不近，胡不時鑒。

【校注】

〔1〕《漢書·韋賢傳》：“戊荒淫不遵道，孟作詩諷諫。”

〔2〕豕韋：本商諸侯名，武丁克之而代以劉累之後，豕韋始爲劉姓；亦韋姓之先。

〔3〕黼衣朱紱：指古代貴族禮服，上有黑白相間花紋。《左傳》襄公四年："四牡，所以勞使臣也。"《史記》："龍旂九斿，所以養信也。"

〔4〕"迭彼"二句：謂與商諸侯大彭氏共建勛績。

〔5〕會同：古代諸侯朝見天子的通稱。《周禮·春官·大宗伯》："時見曰會，殷見曰同。"

〔6〕王赧：指周赧王。按：二句所指之事未見記載。

〔7〕庶尹：百官之長；群后，衆諸侯。

〔8〕二句意據顔師古曰："高祖起在豐沛，於秦爲南。故曰南顧。言以秦之京邑，授於漢也。"

〔9〕懷：思（德）來（歸）之意。師古曰："漢兵所到之處，人皆思附而來，萬國所以平也。"

〔10〕矜矜，《漢書》作"兢兢"，意同，謹戒也。

〔11〕漸世：没世，即死。師古曰："元王立二十七年而薨（《漢書》本傳作"二十三年"），垂遺業於後世也。"

〔12〕夒王：即楚元王子劉郢客。

〔13〕蒸民，《漢書》作"烝民"，猶言百姓。

〔14〕睮，原注："音于。"睮睮：目媚貌。諤諤，《漢書》作"咢咢"，直言貌。黄髪：老人髮色黄，此處指老臣。

〔15〕照臨，《漢書》作"臨爾"，此從《文選》。

〔16〕監，《漢書》作"鑒"，字相通。

〔17〕彌彌：應劭曰："猶稍稍也，罪過滋甚也。"

〔18〕二句據《文選》晋灼曰："致冰無不先由微霜，致墜無不先由驕慢。"

〔19〕時，《漢書》作"昔"，因昔、旹（時）形近而誤。

〔20〕據《左傳》，秦穆公伐鄭，爲晋所敗，乃作《秦誓》曰："雖則員然，尚猶詢兹黄髪，則罔無衍。"

〔21〕於赫，當從《漢書》作"於昔"，見王念孫《讀書雜志》。

李鳳仙[1]

南岳仙人[2]，自幼不語。人問之，乃答云。

知白守黑[3]，道貴昏默[4]。

【校注】

〔1〕李鳳仙其人其語，見宋陳田夫《南岳總勝集》卷上："東蜀人，自幼不語。年十八，常欲寒栖以避臭，人問之曰云云。"

〔2〕《湖南通志》"仙人"作"女仙"。

〔3〕《老子》："知其白，守其黑，爲天下式。"

〔4〕《莊子·在宥》："至道之極，昏昏默默。"

戴　侯[1]

名熊渠。長沙定王發之子買，封於道州，爲春陵侯。自元朔中傳國至戴侯仁[2]，始徙南陽[3]。再傳至光武[4]。今寧遠縣北有春陵侯冢。後光武起兵，實由春陵至新野，由南陽至河朔，蓋中興於楚云。

【校注】

〔1〕戴侯：即舂陵侯劉熊渠，見《後漢書》卷十四。此處小傳多本舊志，不足據。又所録詩亦非劉熊渠作，見後。

〔2〕戴侯仁，據《後漢書》，應作“考侯仁”。

〔3〕同上書，“徙封南陽之白水鄉”。

〔4〕按，光武帝劉秀爲其庶支，未繼熊渠位。

虞舜廟[1]

游湘有餘怨，豈是聖人心[2]。行路猿啼苦，祠中蔓草深[3]。素風傳舊俗[4]，異蹟閉荒林。巡狩日不返，烟雲悲至今[5]。九疑天一畔，山盡海沉沉[6]。

【校注】

〔1〕《全唐詩》卷七百八十六録此作無名氏《永州舜廟詩》。《全唐詩續補遺》卷二十引《古今圖書集成・職方典・永州府部》作熊渠《虞廟懷古》。《全唐詩》題下注曰：“《輿地碑目》云：‘虞帝廟在州（指永州）學西。唐元結作《舜廟狀》及《舜祠表》，俱江華令瞿令問篆刻石上。’按志舊載謂‘漢載侯熊渠作’，不知何謂，詩乃唐人所作也。”《全唐詩續補遺》並録署名劉隋、張吉甫的兩首和熊渠原作的詩。《唐摭言》卷二載劉隋名於元和“等第罷舉”條下，由此或可推斷熊渠爲唐元和時人。以詩風論之，益信。

〔2〕傳説舜之南征，蓋出於禹之逼迫，參見《史通》就此所設“三疑”。

〔3〕行,《九疑山志》《寧遠縣志》作“竹”。苦，上引二書、《全唐詩》作“古”。中蔓,《全唐詩》作“宮夢”。

〔4〕素風：指舜時之民受其影響“耕者讓畔”的樸實民風。

〔5〕日、悲,《全唐詩》分别作“去”“愁”。

〔6〕畔,《全唐詩》作“半”。海：唐人習稱蠻荒之野。

黄　　敬[1]

字伯嚴，武陵人。少讀書，仕州爲部從事。後學道於霍山八十餘年[2]。復入中岳，服氣、吞吐、胎息、內視，至二百歲。道士王紫陽往見之，固求要言，敬告之云云。

【校注】

〔1〕事見《神仙傳》卷十。

〔2〕霍山：漢時衡山之别名。

丹　　訣[1]

大關之中有輔星[2]，想而見之翕習成[3]。赤童在焉指朱庭[4]，指而搖之煉身形。消遣三尸除死名[5]。審能守之可長生，失之不久淪幽冥。

【校注】

〔1〕《神仙傳》本無此題，疑係原編者所加。

〔2〕大關：道家稱泥丸爲天關、丹田爲地關、絳宫爲人關；據《黄庭經》："心爲絳宫。"此處參之下文，"大"應作"人"。輔星：當即"赤童"，見下。

〔3〕翕習：舒緩貌。《黄庭外經》："宅中有士常衣絳，子能見之可不病。"

〔4〕赤童：道家謂心之神。《黄庭内經》（卷六）："宅中有真常衣丹，審能見之無疾患。"張萱注："真，謂心神，即赤城童子也。"朱庭，即絳宫，亦即心宅。

〔5〕三尸：道家謂身體中之神，上尸、中尸、下尸分别居人頭、腹、足中。

王　　嬙[1]

字昭君，歸州人，元帝宫人也。帝令毛延壽等圖畫後宫，按圖召幸。宫人多賂畫工，昭君不與。及匈奴入朝，選宫人配之，昭君以貌醜當行。入辭，帝見之，悔恨不及，毛延壽等即同日棄市。

【校注】

〔1〕此小傳本於《西京雜記》卷二。又《漢書·元帝紀》《漢書·匈奴傳》皆載漢元帝以後宫良家子王嬙賜單于事。《藝文類聚》卷三十引《琴操》言昭君事與此頗異。

出塞詩[1]

秋木萋萋，其葉萎黄[2]。有鳥處山，集於苞桑[3]。養育毛羽，形容生光[4]。既得升雲，上遊曲房[5]。離宫絶曠，身體摧藏。志念抑沈，不得頡頏。雖得委食[6]，心有徊徨。我獨伊何，來往變常[7]。翩翩之燕，遠集西羌。高山峨峨，河水泱泱。父兮母兮，道里悠長。嗚呼哀哉，憂心惻傷[8]。

【校注】

〔1〕見《藝文類聚》卷三十引《琴操》、《樂府詩集》卷五十九，分别題作《怨曠思惟歌》與《昭君怨》。昭君之辭，未必即其人之作。

〔2〕萎，《北堂書鈔》作“黄”。

〔3〕處山，《琴操》作“爰止”。苞桑：桑之本榦。語出《易》：“其亡其亡，繫于苞桑。”疏曰：“凡物繫于桑之苞，本則牢固也。”

〔4〕形，原注：“一作議。”又《北堂書鈔》此二句下有“徘徊枝條，志意自得”二句。

〔5〕上遊，《琴操》作“獲幸”，《藝文類聚》所引則作“游倚”。曲，《琴操》作“帷”；曲房：即後宫、椒房。

〔6〕委,《琴操》作“餧”。餧食：即飼料。

〔7〕來，原注：“一作改。”《樂府詩集》作“改”。改往變常，指以宫人遠嫁異邦。

〔8〕惻，原注：“一作慘。”

附

鄉里爲季布諺[1]

《漢書》曰，季布爲任俠有名[2]，鄉里諺云。

得黄金百[3]，不如得季布諾[4]。

【校注】

〔1〕見《漢書·季布傳》曹丘生引楚諺。

〔2〕季布：楚人，曾爲項羽將，後事劉邦。

〔3〕百，原注："叶博。"《史記》"百"後有"斤"字。《太平御覽》引此諺"斤"或作"鎰"，"得"字或無。

〔4〕原注："近好善之意附存。"

彭城父老詞[1]

楚之隱人也。因漢室衰，隱居。年九十餘，值王莽徵故光禄大夫龔勝[2]，勝不食而死。莽使者及郡守以下會斂者數百人。有父老人哭甚悲，其詞云。

薰以香自燒，膏以明自銷[3]。

【校注】

〔1〕見《漢書·龔勝傳》《高士傳·彭城老父傳》。

〔2〕龔勝：漢彭城人，漢哀帝時爲光禄大夫；王莽强徵不起。

〔3〕《莊子·德充符》："山木，自寇也；膏火，自煎也。……人皆知有用之用，而莫知無用之用也。"

東　　漢

光武帝

姓劉名秀，長沙定王之裔。帝起兵於楚，同劉玄誅王莽[1]，中興漢室。事詳本紀。初，帝至長安，見執金吾車騎甚盛，因慕之。又南陽女子有陰麗華者[2]，帝聞其美，心悦之，因嘆美之。及即位，立爲后。史家載帝常有語云。

【校注】

〔1〕劉玄：劉秀族兄，以淮陽王稱帝，年號更始。

〔2〕事見《後漢書·陰皇后紀》。

語

仕宦當作執金吾，娶妻當得陰麗華[1]。

【校注】

〔1〕華，原注："叶符。"

無名氏

楚樵者歌〔1〕

李膺訪黄徵君於衡門〔2〕。時大雪，道遇郭泰〔3〕，問曰："子得見叔度耶？"曰："泰以布衣交，安得不見？子以軒冕交，亦軒冕者謁之耳。"膺有慚色，乃稅駕於野，與泰乘蹇驢而造焉。有樵者臨溪浣足而歌云。

叔度，汝南江夏人。

衡門之雪霏霏兮，有客緼袍。寒溪澹而無聲兮，木落遠皋。

【校注】

〔1〕見舊題黄憲著《外史》（收入《漢魏叢書》）卷三《交情》。

〔2〕李膺：字元禮，東漢襄城人。風裁峻整，爲天下楷模。士被容接者，號稱登龍門。黄徵君：即黄憲，字叔度，東漢慎陽人，以其受朝廷徵召不就而終，號徵君。皆見《後漢書》。

〔3〕郭泰：字林宗，東漢太原介休人。舉有道不應。蔡邕爲其作碑銘，稱爲郭有道。《後漢書》有傳。

胡　廣[1]

字伯始，荆州人[2]。少孤貧。安帝時[3]，舉孝廉第一。拜尚書郎，累遷司徒。定策有功，封侯，進司空，致仕。復拜大尉，遷太傅。練達事體，明解朝章，故京師諺云："萬事不理問伯始，天下中庸有胡公。"歷事六帝，卒謚文恭。

按：《堯山堂》載[4]，廣本黄姓，以五月五日生[5]，父母惡之，藏葫蘆中，棄於河岸。居人收養。及長，有盛名。父母欲取之。廣以背所生害義，背所養忘恩，兩無所歸；因仍葫蘆之意而姓胡名廣云。

【校注】

〔1〕見《後漢書》本傳。

〔2〕應爲南郡華容人。

〔3〕漢安帝劉祜，公元107—125年在位。

〔4〕《堯山堂》，指明蔣一揆《堯山堂外紀》。關於胡廣的有關傳説見《太平御覽》卷二十一、卷三百六十一引《世説》。

〔5〕五月五日：東漢以來俗謂是凶日。

吊夷齊[1]

遭亡辛之昏虐[2]，時繽紛以蕪穢。耻降志於汙君，溷雷同於榮勢。抗浮雲之妙志，遂蟬脱以偕逝。徼六軍於河渚，叩王馬而慮計[3]。雖忠情而指尤[4]，匪天命之所謂。慎尚父之戒慎，鎮左右而不害[5]。

【校注】

〔1〕見《藝文類聚》卷三十七；夷齊，即伯夷、叔齊。

〔2〕辛：紂王名。

〔3〕據《史記》，武王伐紂，於孟津渡黄河，夷、齊叩馬而諫。

〔4〕指尤：謂指出武王“以臣伐君”的過錯。

〔5〕據《史記》，夷、齊叩馬而諫時，周武王左右欲執之，姜尚謂其“義士”，而釋之。

徵士法高卿碑銘[1]

文曰：言滿天下，發成篇章；行充宇宙，動爲儀表。四海英儒，履義君子，企望來臻者，不可勝紀也。翻然鳳舉，匿耀遠遯。名不可得而聞，身難可得而睹[2]。爲堯舜所知，不飲洗耳之水[3]。超越青雲之上，德逾巢許之右[4]。所謂逃名而名我隨，避聲而聲我追者已[5]。揆君分量，輕寵傲俗，乃百世之師也。其銘曰：

邈玄德，膺懿資。弘聖典，研道機。彪童蒙[6]，作世師。辭皇命，確不移。亞洪崖[7]，超由夷。垂英聲，揚景暉。

【校注】

〔1〕見《藝文類聚》卷三十七。法高卿（100—188），東漢扶風郿人，名真，字高卿。見《後漢書·逸民列傳》。

〔2〕二語出《吕氏春秋》。不，據《後漢書》本傳及此處上下文，應作“雖”。

〔3〕《後漢書》：“帝虚心欲致，前後四徵。真曰：吾既不能遁形遠世，豈飲洗耳之水哉？”

〔4〕巢由：即巢父、許由；據説皆堯時隱者。

〔5〕所謂：指法高卿的友人郭正所説：“法真名可得而聞，身難得而見，逃名而名我隨，避名而名我追，可謂百世之師者矣。”

〔6〕彪童蒙：化童蒙爲明智，指廣收儒學門徒。

〔7〕洪崖：傳説黄帝時仙人名。

侍中箴〔1〕

皇矣聖上，神居天處。勤求俊良，是弼是輔。匪懈于位，庶王以叙〔2〕。昔在周文，創德西鄰〔3〕。勖聞上帝，賴兹四臣〔4〕。辛尹是訪，八虞是詢〔5〕。濟濟多士，乂用有勛。文公欽若〔6〕，越興周道。亦惟先正〔7〕，克慎左右。常伯常任〔8〕，實爲政首。降及厲王〔9〕，不祗不恪。暱彼榮夷，用肆其虐。惟敗天命，寇賊並作〔10〕。圮墜宗緒，寢廟靡托。無曰我賢，不選至親。無曰我任，妄用嬖人〔11〕。籍閎飾顔，穢我神武〔12〕。鄧通擅鑄，不終厥後〔13〕。中書竊命，石弘作禍〔14〕。高安斷袂，哀用無主〔15〕。侍中司中，敢告執矩。

【校注】

〔1〕見《古文苑》卷十六，且注曰："一作崔瑗。"據王應麟《玉海》卷五十九《漢百官箴》，"初揚雄依《虞箴》作十二州箴、二十五官箴，其九箴亡缺。其後涿郡崔駰及其子瑗又臨邑侯劉騊駼增補十六篇，太傅胡廣復繼作四篇，文甚典美，乃悉撰次首目，爲之解釋，名曰《百官箴》"。《太平御覽》卷五百八十八有胡廣《百官箴叙》。據《玉海》，《侍中箴》當係崔瑗作。

〔2〕叙，《古文苑》作"序"。庶王：百王之長，即皇帝。

〔3〕二句言周文王在岐周修德立業。

〔4〕《尚書·君奭》："迪見冒聞于上帝，惟時受有殷命哉。武王惟兹四人，尚迪有禄。……惟兹四人，昭武王，惟冒丕單稱德。"冒，孔穎達注："馬（按：指馬融注）作勗，勉也。"四人：指閎夭、散宜生、太顛、南宫括。

〔5〕《周語》："文王訪於辛、尹，詢於八虞。"注："辛甲、尹佚，皆周太史。八虞即《論語》所稱八士。"

〔6〕文公：周公旦謚曰"文敬"。

〔7〕先正：指周公，猶言先賢。

〔8〕常伯常任：語出《尚書·立政》，此言侍中官之職能。

〔9〕厲王：即周厲王姬胡，用榮夷公，行暴政，國人襲之，出奔於彘。

〔10〕賊,《古文苑》作“戎”。

〔11〕“無曰我賢”四句，事見《後漢書・佞幸傳》載石顯、馮逡事。嬖人：此處即指宦官石顯。

〔12〕籍：指籍孺，劉邦時人；閎：指閎孺，孝惠時人。二人都是“以婉媚貴幸”的佞臣，見《史記》《漢書》之《佞幸傳》。神武：指皇帝。

〔13〕見《漢書・佞幸傳》載鄧通事。

〔14〕石弘：指石顯、弘恭，都是由宦官而至顯職，見《後漢書・佞幸傳》。

〔15〕“高安”句：見《後漢書・佞幸傳》，載董賢事。“哀用”句：謂哀帝因而失去人主之儀。

陵令箴〔1〕

昔在皇業〔2〕，葬野衣薪。禮非極哀，不樹不封〔3〕。瓦棺塈周，虞夏攸增〔4〕。壞不毁瘞，奢不害生〔5〕。是謂皇極，百王此經。故厚不可始皇，薄不可王孫〔6〕。乃眷西漢，爰矩孝文〔7〕。陵臣司墓，敢告守人。

【校注】

〔1〕見《太平御覽》卷二百二十九，嚴可均《全上古三代秦漢六朝文》録之且按曰：“此箴有衍誤。”此處所録，又與《御覽》頗异，當係原編者已加校刊。

〔2〕皇業,《御覽》作“黄葉”，或指上古黄帝之世。

〔3〕禮非極哀,《御覽》作“執禮極哀”。《易・繫辭上》：“古之葬者，厚衣之以薪。葬之中野，不樹不封。喪期無數，後世聖人易之以棺槨。”樹：指植樹爲記；封：聚土爲墳。

〔4〕虞夏攸增,《御覽》作“聚夏攸謂”。《禮記・檀弓上》：“有虞氏瓦棺，夏后氏塈周。”鄭玄注：“始不用薪也，有虞氏始上陶。火熟曰塈，或謂之土周猶是也。”

〔5〕二句,《御覽》作“壤不毁膚，賄不害生”，較此爲近正。

〔6〕王孫：或指楊王孫,《漢書》本傳説他遺囑裸葬。

〔7〕漢,《御覽》作“顧”；矩，同上作“短”。孝文：即漢文帝,《漢書·文帝紀》説他死時有遺詔，尚薄葬。

劉　珍[1]

字秋孫，襄陽人。少好學。永初中爲謁者僕射。詔校定東觀五經、諸子傳記、百家藝術及作建武以來名臣傳。遷侍中，拜宗正，轉衛尉，卒。所著誄、頌、連珠凡七篇[2]，又撰《釋名》三十篇，以辨萬物之稱號云。

【校注】

〔1〕此小傳本於《後漢書·劉珍傳》。

〔2〕連珠：文體名。見《文選》卷五十五引傅玄語。

賈逵贊[1]

摛藻揚輝，如山如雲。世有令聞，以迄於君。

【校注】

〔1〕見《北堂書鈔》卷一百（《藝文·嘆賞第二十一》）引。賈逵（30—101），字景伯，當時“學者宗之，後世稱爲通儒”，多著述。

王　逸〔1〕

字叔師。宜城人。元初中官校書郎。順帝時爲侍中。著《楚辭章句》及賦、誄、雜文凡二十一篇，又作漢詩一百二十三篇。

【校注】

〔1〕此小傳本《後漢書・王逸傳》。

琴　思〔1〕

盛陰修夜何難曉，思念糾戾腸摧繞，時節晚莫年齒老。冬夏更運去若頹，寒來暑往難逐追，形容減少顔色虧。時忽晻晻若鶩馳，意中私喜施用爲。内無所恃失本義，志願不得心肝沸，憂懷感結重嘆噫。歲月已盡去奄忽，亡官失禄去家室。思想君命幸復位，久處無成卒放棄。

【校注】

〔1〕明馮惟訥《詩紀》卷十三題作《琴思楚歌》。《詩紀匡謬》謂此歌"亦《釋誨》末篇所繫，不得删入"。今檢《蔡中郎集・釋誨篇》及《後漢書・蔡邕傳》，未見此歌。

張　衡〔1〕

字平子，南郡西鄂人〔2〕。善屬文。爲太史令。作《二京賦》，十年乃成。精天文曆算，作渾天儀，復造候風地動儀，人服其妙。順帝陽嘉中遷侍中，宦官懼其毀己，讒之；乃作賦寄情，出爲河間王相〔3〕。

【校注】

〔1〕張衡（78—139），事見《後漢書·張衡列傳》。

〔2〕南郡，應從《後漢書》作“南陽”。西鄂：在今河南南陽市北。

〔3〕河間王：指漢和帝之孫河間惠王劉政。

同聲歌〔1〕

邂逅承際會，得充君後房〔2〕。情好新交接，恐慄若探湯〔3〕。不才勉自竭，賤妾職所當。綢繆主中饋，奉禮助烝嘗〔4〕。思爲苑蒻席〔5〕，在下蔽匡床。願爲羅衾幬，在上衛風霜。灑掃清枕席，鞮芬以狄香〔6〕。重户結金扃，高下華燈光。衣解巾粉御，列圖陳枕張〔7〕。素女爲我師〔8〕，儀態盈萬方。衆夫所希見，天老教軒皇〔9〕。樂莫斯夜樂〔10〕，没齒焉可忘。

【校注】

〔1〕見《玉臺新咏》卷一。《樂府詩集》卷七十六。所謂“同聲”本於《易·乾·文言》：“同聲相應，同氣相求。”借爲詩題，托女子口吻表達向往歡愛，“以喻臣子之事君也”。

〔2〕“得充”句，宋刻《玉臺新咏》作“遇得充後房”。

〔3〕探湯：語出《論語》：“見不善如探湯。”

〔4〕綢繆：語出《詩·鴟鴞》，引申爲事先準備或情意纏綿之意。中饋：語出《易·家人》，指婦女在家主持烹飪等内務，亦代稱妻室。烝嘗：秋祭叫

“嘗”，冬祭叫“烝”。

〔5〕苑，應從《古樂府》作“莞”。

〔6〕狄，原注：“一作秋”。宋刻《玉臺新咏》即作“狄”，作“秋”誤。

〔7〕“列圖”句，據《漢書》及《西京雜記》，漢元帝後宮既多，乃令畫工圖之，按圖召幸。

〔8〕素女：傳説神女名，善房中術。王充《論衡·命義》：“素女對黄帝陳五女之法。”

〔9〕天老：據《竹書紀年》，曾助黄帝得天賜圖書；《漢書·藝文志》房中八家有《天老雜子陰道》二十五卷。

〔10〕斯，《廣文選》作“思”。

怨　篇〔1〕

《文心雕龍》曰：張衡《怨篇》，清曲可誦。〔2〕

猗猗秋蘭，植彼中阿。有馥其芳，有黄其葩。雖曰幽深，厥美彌嘉。之子之遠，我勞如何〔2〕。

【校注】

〔1〕見《太平御覽》卷九百八十三、《困學紀聞》卷十八。《御覽》題作《怨詩》並附題序：“秋蘭，咏嘉人也；嘉而不獲用，故作是詩也。”

〔2〕語見《明詩第六》，蓋亦後人所附，然諸本皆有其語。

〔3〕第二個“之”字，原注：“一作云。”

定情歌〔1〕

大火流兮草蟲鳴，繁霜降兮草木零。秋爲期兮時已征，思美人兮愁屏營。

【校注】

〔1〕見《後漢書》本傳、《藝文類聚》卷十八、《古樂苑》卷三十二，歌繫賦後。

四愁詩[1] 並序

衡不樂久處機密[2]，陽嘉中[3]，出爲河間相。時國王驕奢，不遵法度，又多豪右兼并之家。衡下車，治威嚴，郡中大治[4]，獄無繫囚。時天下漸弊，鬱鬱不得志。爲《四愁詩》，效屈原以美人爲君子，以珍寶爲仁義，以水深雪雰爲小人；思以道術爲報，貽於時君，而懼讒邪不得以通。其辭曰：

一思曰：我所思兮在泰山，欲往從之梁父艱。側身東望涕沾翰。美人贈我金錯刀，何以報之英瓊瑶。路遠莫致倚逍遥，何爲懷憂心煩勞。

二思曰：我所思兮在桂林，欲往從之湘水深[5]。側身南望涕沾襟。美人贈我金琅玕[6]。何以報之雙玉盤[7]。路遠莫致倚惆悵，何爲懷憂心煩傷[8]。

三思曰：我所思兮在漢陽，欲往從之隴坂長[9]。側身西望涕沾裳。美人贈我貂襜褕，何以報之明月珠[10]。路遠莫致倚踟躕，何爲懷憂心煩紆。

四思曰：我所思兮在雁門[11]，欲往從之雪雰雰。側身北望涕沾巾。美人贈我錦繡段，何以報之青玉案。路遠莫致倚增嘆，何爲懷憂心煩惋。

【校注】

〔1〕見《玉臺新咏》卷九、《文選》卷二十九、《藝文類聚》卷三十五等。唯《文選》有序，非張衡本人所寫。此處序文有脱漏。

〔2〕機密：張衡時爲太史令，故稱。

〔3〕陽嘉中，應從本傳作“永和初”，李善注已辨其誤。

〔4〕河間之治，功未可盡歸張衡。《後漢書·章帝八王傳》亦載河間惠王

"政傲狠不遵法憲"，順帝派侍御史沈景爲河間相而致治。

〔5〕桂林：漢鬱林郡；與湘水，分别爲舜死與舜葬之境。

〔6〕金,《玉臺新咏》作"琴"。

〔7〕雙玉盤：應劭《漢官儀》："封禪壇有白玉盤。"

〔8〕悵：叶韵讀平聲。傷,《玉臺新咏》作"快"。

〔9〕漢陽：漢明帝改天水郡爲漢陽，在今甘肅。應劭曰："天水有大坂，名曰隴坂。"

〔10〕明月珠：據《淮南子》高誘注，即隨侯珠。

〔11〕雁門：漢郡名，在今陝西榆林一帶。

思玄詩〔1〕

詩繫《思玄賦》後，因賦長不能悉載。

天長地久歲不留，俟河之清祇懷憂〔2〕。願得遠度以自娱，上下無常窮六區〔3〕。超逾騰躍絶世俗，飄飄神舉逞所欲〔4〕。天不可階仙夫稀，柏舟悄悄吝不飛〔5〕。松喬高跱孰能離，結精遠遊使心攜〔6〕。廻志朅來從玄謀，獲我所求夫何思。

【校注】

〔1〕見《後漢書·張衡傳》。

〔2〕《左傳》引逸詩："俟河之清，人壽幾何！"

〔3〕自，從《後漢書》《文選》改，原作"舟"。六區：指上下四方。

〔4〕飄飄,《後漢書》作"飄摇"。

〔5〕《論語》："夫子之不可及，猶天之不可階而升。"柏舟：《詩·邶風》篇名，中有句云："憂心悄悄，愠于群小。""静言思之，不能奮飛。"鄭玄注："喻賢人不用，而與群小並列。"

〔6〕《後漢書》原注："松，赤松子也。喬，王子喬也。"又引《字林》曰："跱，踞也，謂得仙高踞也。離，附也。攜，離也。"

舞　歌

衡《觀舞賦》中云[1]：抗修袖以翳面，展清聲而長歌。歌曰：

驚雄遊兮孤雌翔[2]，臨歸風兮思故鄉[3]。

【校注】

〔1〕《觀舞賦》，見《古文苑》卷五；《藝文類聚》卷四十三，題作"舞賦"。

〔2〕遊，《藝文類聚》作"逝"。

〔3〕按，此處僅摘歌的首二句。

朱　穆[1]

字公叔，南郡人，暉之孫也。五歲以孝稱，既壯，耽學，舉孝廉。兼資文武，自樹忠清。禄仕數十年，家無餘資。蔡邕與門人輩，共謚爲文忠先生。事詳本傳。

【校注】

〔1〕事詳《後漢書·朱暉傳》。

與劉伯宗絶交詩[1]

北山有鴟，不潔其翼[2]。飛不正向，寢不定息。饑則木攬[3]，飽則泥伏。饕餮貪汚，臭腐是食[4]。填腸滿膆[5]，嗜欲無極。長鳴呼鳳，謂鳳無德[6]。鳳之所趨，與子異域。我從此訣[7]，各自努力。

【校注】

〔1〕見《後漢書》李賢注引。注中並引朱穆《絶交論》及《與劉伯宗絶交書》，大意謂劉伯宗實爲勢力小人，不足與交。

〔2〕潔，原誤作“潔”。

〔3〕木攬：語本《離騷》：“攬木根以結茝兮。”

〔4〕是，原作“足”，從《後漢書》改。

〔5〕膆，《後漢書》作“嗉”，字通用，指鳥類食道下裝食物的袋。

〔6〕鳳：朱穆自喻。二句指劉伯宗顯貴後對朱穆之無禮，詳見李賢注。

〔7〕我，應從《後漢書》作“永”。

王延壽[1]

字文孝[2]，宜城人，逸之子也。有俊才。遊魯國，作《靈光殿賦》[3]。後蔡邕擬造此賦，未成。及見延壽所爲，甚奇之，遂輟翰。又因有異夢，意甚惡之，乃作《夢賦》以自勵[4]。溺水死，時年二十餘。

【校注】

〔1〕此處小傳本於《後漢書·王逸傳》。

〔2〕孝，當從《後漢書》作“考”。又據《後漢書》注引張華《博物志》，王延壽另一字是“子山”。

〔3〕《靈光殿賦》：見《文選》卷十一及《藝文類聚》卷六十二等。

〔4〕《夢賦》：見《古文苑》卷六及《藝文類聚》卷九十七。

桐柏廟頌[1]

泫泫淮源，聖禹所導。湯湯其逝，唯海是造。疏穢濟遠，柔順其道。弱而能強，仁而能武。聖賢立式，明哲所取。定爲四瀆，與河合矩[2]。烈烈明府[3]，好古之則。虔恭禮祀，不愆其德。惟前廢弛，匪恭匪力。災眚以興，陰陽以忒。陟彼高岡[4]，臻兹廟側。肅肅其敬，靈祇降福。雍雍其和，民用悅服。穰穰其慶，年穀豐植。望君輿駕，扶老攜集。慕君塵軌，奔走忘食。懷君惠睨，思君罔極。于胥樂兮，傳於萬億。

【校注】

〔1〕見《古文苑》卷十八王延壽《桐柏廟碑》附。碑文第一句是：“延熹六年（163）正月八日乙酉南陽太守中山盧奴、張君處正，好禮尊神，敬祀。”桐柏廟：《尚書》記禹導淮至桐柏，後人建廟於此，在今河南桐柏縣。

〔2〕二句謂將淮定爲四瀆（江、淮、河、濟）之一，與黄河等合而爲四。

〔3〕明府：此指南陽太守。

〔4〕《詩·小雅·車舝》成句。

無名氏

湘江漁者歌[1]

周岑放於楚，遇漁者，與語，因仰笠而歌者三。岑憑而聽之曰："噫嘻乎，噫嘻乎！何楚聲之婉孌也！"

瀟湘秋兮水沄蒸，芙蓉落兮雁南賓。期美人兮江渚，歲暮兮蒼梧雲。

【校注】

〔1〕出處未詳。清陳宏謀《湖南通志》載此，注：出《楚風補》。

馬明生[1]

九疑人[2]。少遊桂林，至石潭側，遇仙人安期[3]，相從周遊天下。安期授以太清金液丹，乃入華陰山餌之。相傳後漢光和三年昇仙去。臨去著詩三章。

【校注】

〔1〕馬明生：本漢代人，後世道教相傳成仙而去。事見《神仙傳》卷二，又《雲笈七籤》卷一百六有《馬明生真人傳》此所謂“著詩三章”，當爲道士僞托。

〔2〕上引諸書及《真誥》皆云“臨淄人”。

〔3〕安期：即安期生，秦漢時方士，後世傳爲仙人。

太和何久長[1]，人命將不永。噏如朝露晞，奄忽睡覺頃[2]。生生世所悞[3]，傷生由莫静。我將尋真人，澄神挹容景[4]。盤桓昆陵宫，玄都可馳騁[5]。涓子牽我遊，太真來見省[6]。朝朝王母前，夕歸鍾岳嶺[7]。仰采瓊瑶葩，俯漱琳琅井。千齡猶一刻，萬紀如電頃[8]。

【校注】

〔1〕太和：山名，據《元和郡縣志》，武當山，“一曰太和山……陰長生於此得仙”。

〔2〕頃，《真仙體道通鑒》作“醒”。

〔3〕悞，《太平御覽》卷一百六作“悟”。

〔4〕挹容景：謂挹取年命，使永駐。

〔5〕昆陵宫：即昆崙宫，神話中衆仙聚集處。玄都：亦傳説的仙都。

〔6〕涓子：仙人名，見《列仙傳》。太真：亦仙人名，見《雲笈七籤》所引。

〔7〕朝朝：早晨朝見。鍾岳嶺：指昆崙山。《淮南子》高誘注：“鍾山，昆

崙也。”

〔8〕頃，原注：“重韵，疑作瞬。”

天地自有常，人命最險毳。年若驚弦發，時猶輕矢逝。雖有灼灼姿，玉爲塵土穢。林草無秋輝〔1〕，緑葉豈終歲。惜此繁茂摧，哀彼寒霜厲。有存理必亡，有興故有廢。真官戲玄津，與物無凝滯〔2〕：神冲紫霄内，形栖山水際。對虚忘有懷，遊目托容裔。風塵將何來，真道故可大。

【校注】

〔1〕輝，《太平御覽》作“耀”。

〔2〕“與物”句，語本楚辭《漁父》：“聖人不凝滯於物。”

濁塗諒爲歡，世樂豈足預？振褐掃塵瑕〔1〕，飄飄獨遠舉。寥寥岩岳際，蕭蕭縱萬慮。靈真與我遊，落景乘鴻御。朝乘雲輪來，夕駕扶摇去。嗷嘈天地中，囂聲安得附。

【校注】

〔1〕瑕，原誤作“遐”。

陰長生[1]

襄陽人，漢和帝后曾祖也[2]。隱居好道術。嘗求見馬明生於太和山中，執役二十年不懈，偕入青城山。馬以神丹授之。丹成，著書九篇，遂羽化。

黄庭堅書長生詩後曰：忠州丰都山仙都觀朝金殿西壁有天成四年人書陰真君詩三章[3]。

【校注】

〔1〕此處小傳本於《神仙傳》卷四及道藏本《神仙體道通鑒》的《陰長生傳》。又《雲笈七籤》卷一百六《陰真君傳》、《太平御覽》卷六百六十四《陰君自序》可參。《神仙得道通鑒》《雲笈七籤》及《太平廣記》録其"詩三章"，此録第一首。陰長生當爲東漢方士。

〔2〕漢和帝陰皇后，《後漢書》有傳。

〔3〕以上説明録自《詩紀》。據《神仙得道通鑒》，陰長生"入忠州平都山"而忠州是唐代始設之州名，由此推得《神仙得道通鑒》爲唐人所著書，故亦疑其詩爲唐人作。説詳逯欽立《先秦魏晋南北朝詩》。

維予之先，佐命唐虞[1]。爰逮漢世，紫艾重紆。予獨好道，而爲匹夫。高尚素志，不事王侯[2]。貪生得生，亦又何求？超迹蒼霄，乘飛駕浮。青要承翼，與我爲讐[3]。入火不灼，蹈波不濡[4]。逍遥太極[5]，何慮何憂。遊戲仙都，顧憫群愚。年命之逝，如彼波流。奄忽未幾，泥土爲儔。馳走索死，不肯暫休。

【校注】

〔1〕據《元和姓纂》，陰氏出於管氏，管氏出於周朝宗姓姬氏，姬氏祖先后羿。陰氏祖先佐命堯舜的説法不足信。

〔2〕《易·蠱》："不事王侯，高尚其事。"

〔3〕青要：仙女名。《山海經·中山經》："青要之山，實爲帝之密都。是山也，宜女子。有草焉，名曰荀草，服之美人色。"讐：讐偶，即配偶。

〔4〕二句語本《莊子·逍遥游》："之人也，大浸稽天而不溺，大旱金石流土山焦而不熱。"

〔5〕太極：《易·繫辭上》："易有太極，是生兩儀。"

蘇　　耽[1]

桂陽人，宋賜號冲素真人。少以孝稱。一日白母曰：“道果已圓，升舉有日。”母曰：“吾獨恃爾；爾去，吾何依？”耽乃留一櫃，封鑰甚固。告母曰：“若有所需，告之，如所願也。”又植橘鑿井。值郡人大疫，食橘葉，飲泉水，即愈。其後化爲一鶴，降郡屋久而不去。郡僚子弟彈之，鶴乃舉足畫屋若書字焉。其詞云：

【校注】

〔1〕有關蘇耽記載，見《神仙傳》《水經注》《洞仙傳》等書；人稱蘇仙公，傳謂後漢人。

鄉原一別，重來事非。甲子不記，陵谷遷移[1]。白骨蔽野，青山舊時。翹足高屋，下見群兒。我是蘇仙，彈我何爲。翻身雲外，却返吾居[2]。

【校注】

〔1〕語本《詩·小雅·十月之交》：“高岸爲谷，深谷爲陵。”

〔2〕《神仙傳》卷九其詞作：“城郭是，人民非。三百甲子一來歸。吾是蘇君彈何爲？”

附

更始時童謡[1]

《後漢書·五行志》曰：更始時，南陽有童謡云云[2]。是時更始在長安，世祖爲大司馬[3]，平定河北。後更始爲赤眉所殺[4]。是更始之不諧在赤眉也。世祖自河北興[5]。

諧不諧，在赤眉；得不得，在河北。

【校注】

〔1〕亦見《後漢書·光武帝紀》注，文字略異。

〔2〕南陽，《光武帝紀》注作“南方”。

〔3〕世祖：漢光武帝劉秀的廟號。

〔4〕《光武帝紀》：“建武元年十二月，赤眉殺更始。”

〔5〕《光武帝紀》此句作：“光武由河北興，是得之也。”

郭喬卿歌[1]

喬卿名賀，建武中爲尚書令，在職六年。拜荆州刺史，到官有異政。百姓歌之。見《後漢書》。

厥德仁明郭喬卿，中正朝廷上下平[2]。

【校注】

〔1〕郭喬卿事迹及此歌均見《後漢書·蔡戊傳》。

〔2〕中，《後漢書》《藝文類聚》均作“忠”。上下，原注：“一作天下。”

吴資歌[1]

太山吴資，字元約，孝順帝永建中爲巴郡太守。屢獲豐年，人歌之。及遷去，人咸思資，又歌之。得歌二章。

習習晨風動，澍雨潤禾苗。我后恤時務，我人以優饒。

遠望忽不見，惆悵當徘徊[2]。恩澤實難忘，悠悠心永懷[3]。

【校注】

〔1〕見常璩《華陽國志·巴志》、《太平御覽》卷二百六十二。《北堂書鈔》卷一百七十六只引第二首。

〔2〕當，《北堂書鈔》作“常”。

〔3〕“恩澤”二句，《北堂書鈔》作“想君恩澤深，難留誓永懷”。

劉君歌[1]

《後漢書》曰：劉陶，字子奇，潁川潁陰人。濟北貞王勃之後。桓帝時舉孝廉，除順陽長。縣多奸猾。陶到官，按發若神。以病免。吏民思而歌之。

南陽所屬，自春秋至唐，皆襄陽、荆州地。

悒然不樂，思我劉君。何時復來，安此下民。

【校注】

〔1〕見《後漢書·劉陶傳》。謝承《後漢書》以此歌屬之劉騊駼，爲《太平御覽》卷四百六十五所本。《水經注·淮水篇》題此篇爲《童謡歌》。又見《藝文類聚》卷十九、《樂府詩集》卷八十五。

胡公歌〔1〕

胡烈爲襄陽太守，有惠政，百姓歌之。

美哉明后，雋哲惟嶷〔2〕。陶廣乾坤，周孔是則。文武播暢，威振遐域。辟春之陽，如冬之日。耕者讓畔〔3〕，百姓豐溢。惟我胡公，恩惠難及。

【校注】

〔1〕胡烈事及此歌見《襄陽耆舊記》卷三、《水經注·沔水》。胡烈：字武賢，魏元帝曹焕咸熙元年爲荆州太守；事又見《晋書·胡奮傳》。又此歌自“辟春之陽”以下見《太平寰宇記》卷一百四十五。

〔2〕嶷，原注：“音逆。”

〔3〕讓畔：用《史記·五帝本紀》“舜耕歷山，歷山之民皆讓畔”事。

黃　香[1]

江夏安陸人，葉令况之子[2]。事親至孝，夏月扇枕席，冬則以身温被。長通經典，能文章。京師號曰："天下無雙，江夏黃香。"[3]初除郎中，肅宗詔詣東觀讀所未見書[4]。拜尚書郎，後遷魏郡太守。詳見本傳。

【校注】

〔1〕《後漢書》有傳，爲此小傳所本。

〔2〕葉令况：即葉縣縣令黃况。見《後漢書》注引謝承《後漢書》。

〔3〕《後漢書》"香"作"童"。《東觀漢記》"天"作"日"。

〔4〕肅宗：漢章帝廟號。

責髯奴辭[1]

黃有僕，多鬚，號髯奴。

我觀人鬚，長而復黑，冉弱而調。離離若緣坡之竹，鬱鬱若春田之苗。因風披靡，隨風飄颻[2]。爾乃附以豐頤，表以蛾眉，發以素顔，呈以妍姿。約之以紕綫，潤之以芳脂。莘莘翼翼，靡靡綏綏。振之發曖，黲若玄珪之垂[3]。於是搖鬚奮髭，則論説唐虞；鼓髻動鬣，則研覈否臧。内有瓌形，外闡宫商。相如以之閑都，顓孫以之堂堂[4]。豈若子髯，既亂且赭。枯槁禿瘁，勤勞辛苦。汗垢流離，污濊泥土。傖囁穰擩[5]，與塵爲侶。無素顔可依，無豐頤可怙。動則困於惚滅[6]，静則窘於囚虜。薄命爲髭，正著子頤。爲仁不能庇其四體，爲智不能飽其形骸。癩鬚瘦面，常如死灰[7]，曾不如犬羊之毛尾，狐狸之毫氂。爲子鬚者[8]，不亦難乎。

按：兹篇雖係韵語，而詞欠雅馴，故附存之。

【校注】

〔1〕見《古文苑》卷十七，並附評曰："寓辭髯奴以譏世之飾容貌，騰頰舌者。"

〔2〕飆，《古文苑》作"飄"。

〔3〕嘐，《古文苑》作"曜"。黔，《古文苑》作"黝"。

〔4〕閑都：風度瀟灑。《美人賦》："司馬相如美麗閑都。"顓孫：即顓孫師，字子張，孔子弟子。堂堂：相貌雄俊。《論語・子張》："堂堂乎張也，難與並爲仁矣。"

〔5〕檽，《古文苑》作"而"。

〔6〕憁，《古文苑》作"惣"。

〔7〕"常如死灰"四字，據《古文苑》補入。

〔8〕者，《古文苑》無。

黄琬語〔1〕

字子琰，安陸人。瓊之孫也，爲豫州牧，有聲。方建和初，正月日食，京師不見。時瓊爲郡守，以狀聞。詔問所食多少，瓊不能對。琬時七歲，在旁答之云。

日食之餘，如月之初。

附存。

【校注】

〔1〕黄琬及其祖黄瓊，《後漢書》皆有傳。

三　國

司馬徽[1]

字德操，襄陽人，性畏謹，善知人。有以人物問者，每輒言佳。婦曰：“人質疑於君，君俱言佳，豈咨君之意乎？”徽曰：“如君言亦復佳。”昭烈訪士於徽[2]，徽曰：“識時務者在俊杰，此間自有伏龍鳳雛。”因薦諸葛孔明、龐士元[3]。時龐德公亦善品藻，稱徽爲水鏡先生。隱居荆州。及荆州平，爲曹操所得，欲大用之，病卒。

【校注】

〔1〕司馬徽事迹參見《三國志·蜀書·龐統傳》、同書《蜀書·諸葛亮傳》、《世説新語》劉孝標注引《司馬徽别傳》及《襄陽耆舊記》。

〔2〕昭烈：蜀先主劉備謚曰昭烈皇帝。

〔3〕見《三國志·蜀書·諸葛亮傳》裴松之注引《襄陽記》。

運命曆數論[1]

黄旗紫蓋[2]，恒見東南[3]，終有天下者，荆揚之君[4]。

【校注】

〔1〕見《三國志·吴書·孫皓傳》注引《江表傳》、《文選》卷三十謝玄暉《始出尚書省》及卷五十六陸倕《石闕銘》李善注。《江表傳》：“丹陽刁玄使蜀，得司馬徽與劉廙論運命曆數事。玄詐增其文，以誑國人。”

〔2〕蓋，《石闕銘》注作“氣”。恒見，《江表傳》作“見於”。黄旗紫蓋：古代望氣者的説法，天空出現這樣的雲氣，其地要出皇帝。

〔3〕南，原注：“南，乃林切。”

〔4〕荆揚之君，《文選》作“揚州之君乎”。

諸葛亮[1]

字孔明，隱居南陽，時往來隆中。自比管、樂。先儒謂三代以下，一人而已。事詳本傳。今襄陽府城北下即隱居處隆中。山下有三顧門。

【校注】

〔1〕事詳《三國志》。

梁甫吟[1]

步出城東門，遥望蕩陰里[2]。里中有三墳，纍纍正相似。問是誰家墓，田疆古冶氏[3]。力能排南山，文能絶地紀[4]。一朝被讒言，二桃殺三士[5]。誰能爲此謀，相國齊晏子[6]。

按：孔明本琅玡人，以其隱居於楚，終爲楚人，故增入。

【校注】

〔1〕《諸葛亮傳》："亮躬耕隴畝，好爲《梁父吟》。"梁甫吟：據《樂府詩集》解題，並不起於諸葛亮，而是諸葛亮之前就有的古挽歌；又《三國志考證》謂今傳之詞非諸葛亮作。

〔2〕城東，《藝文類聚》卷十九、《樂府詩集》卷四十一並作"齊城"；齊城：指齊國都城臨淄。蕩陰里：在今山東臨淄東。

〔3〕墓，《藝文類聚》作"冢"。氏，同前作"子"，《樂府詩集》同。田疆古冶氏：田開疆、古冶子，還有公孫接，即所謂"三士"。

〔4〕紀，《藝文類聚》作"理"。

〔5〕"二桃殺三士"的故事，見《晏子春秋》。

〔6〕相國，《藝文類聚》《樂府詩集》皆作"國相"。

龐德公[1]

宇子魚，襄陽人，有重名，司馬徽兄事之。與郭有道交，稱心友。常稱孔明伏龍、士元鳳雛、德操冰鑒。居峴山南，未嘗入城府。荆州刺史劉表，數延請不出，乃就候之。龐公耕於隴上，妻饁於前，相敬如賓。表問："何以遺子孫？"公曰："人皆遺之以危，我獨遺之以安。"乃携妻子隱鹿門山，采藥不返。子焕，晋太康中拜牂牁太守。

【校注】

〔1〕事見《後漢書·逸民列傳》《襄陽耆舊傳》及《高士傳》等。

於忽操[1]

於忽乎！不可以爲其又奚爲？離婁之精[2]，夜何有於明？師曠之耳[3]，聾者亦有爾。束王良之手兮[4]，後車載之。前行險既以覆兮，後逐逐其猶來。雖目盻而心駭兮，顧其能之安施？委繩墨以聽人兮，雖班輸亦奚以爲？

於忽乎！不可以爲其又奚爲？椽櫨桷榱之累重，顧柱小之奈何？方風雨之晦陰[5]，行者艱而莫休，居者坐而笑歌。不知壓之忽然兮，其謂安何？

於忽乎！不可以爲其又奚爲？謂雞斯飛，誰得而羈？謂豕斯突，何取於縛？是皆以食而得之，吾於饑而後噫。雞兮豕兮，死以是兮。

【校注】

〔1〕丁福保《全漢三國晋南北朝詩·緒言》曰："《選詩拾遺》《詩紀》《八代詩選》等均載龐德公《於忽操》三章，此乃宋王令逢源之所作也。見《宋文鑒》卷一百二十九，宜删。"按，清馮舒《詩紀匡謬》對此早有辨正，此處三章見宋王令《廣陵先生集》卷一，是王令托之於古人而作。

〔2〕離婁：即離朱，古之明目者。《慎子》："離朱之明，察秋毫於百步之外。"

〔3〕師曠：春秋晉之樂師，能審音以占吉凶。見《左傳》。

〔4〕王良：春秋時晉之善御者。

〔5〕方風雨之晦陰：用《詩·風雨》"風雨如晦"意。

許　靖〔1〕

字文休，汝南南郡人。少與從兄劭俱有人倫臧否之稱。舉孝廉，除尚書郎，典選舉。尚書周毖與共謀議。董卓誅毖，靖走會稽，後徙交州。劉璋在蜀，招致爲巴郡太守。昭烈克蜀，以靖爲左將軍長史，屢進至太傅，爲司徒。

【校注】

〔1〕《三國志·蜀書·許靖傳》爲此處小傳所本。

上玉璽牋〔1〕

璽潛漢水，伏於淵泉〔2〕。暉景燭曜，靈光徹天。

出楊用修《古文韵語》，載壽亭侯關羽牋也。

按：《蜀志》：先主爲漢中王，太傅許靖等上言請即帝位，曰：前關羽圍樊，襄陽男子張嘉、王休獻玉璽，璽伏漢水云云。則此非羽牋也。不知用修所載何據。今依《書記洞詮》所辨録之，以俟博物君子。〔3〕

【校注】

〔1〕見《三國志·蜀書·先主傳》許靖等上言，並無牋文。又見《初學記》卷七。

〔2〕許靖等上言還説，黄龍見於武陽赤水，並引《孝經援神契》曰："德至，淵泉則黄龍見。"謂龍乃君象，勸劉備稱帝。

〔3〕關羽之文今僅存"超人才誰可比類"一句，見本傳及《全漢文》卷九十四，楊慎誤。又關羽曾封漢壽（地名）亭侯，不得稱爲"壽亭侯"。《書記洞詮》，明梅鼎祚撰。

費　禕[1]

字文偉，江夏鄳人。在漢後主時，官黄門侍郎，至尚書令。識悟過人，每省讀書記，舉目不忘。常以朝晡聽事，其間接納賓客，飲食博奕，盡人之歡事，亦不廢其功名。與董允、蔣琬比列[2]，武侯甚倚重之。嘗使吴，吴孫權逆敕群臣：使至，伏食勿起[3]。禕至，權爲輟食，群下不起，禕因調之云。

【校注】

〔1〕費禕：《三國志·蜀書》有傳，此處小傳及韵語又據《三國志·吴書·諸葛恪傳》。

〔2〕董允、蔣琬：皆蜀漢大臣，《蜀志》均有傳。

〔3〕“使至”之“至”字據《諸葛恪别傳》（見《諸葛恪傳》裴松之注引）及隋侯白《啓顔録》（見《太平廣記》卷三百四十五）補入。

語

鳳凰來翔，麒麟吐哺。驢騾無知，伏食如故[1]。

【校注】

〔1〕句下原注：“《諸葛恪别傳》。”今按，撰者不詳，其下接諸葛恪的回答：“爰植梧桐，以待鳳凰。有何燕雀，自稱來翔？何不彈射，使還故鄉。”

何　晏[1]

字平叔，南郡南陽人。尚魏公主[2]。少以才秀名。正始中，曹爽引爲散騎侍郎，遷侍中、尚書，主選舉，宿舊多所濟拔。賜爵列侯。與夏侯玄等競爲清談，士大夫慕之。

按：《名士傳》[3]：曹爽時輔政，識者慮有危機。晏與魏姻戚，雖懷憂而不得退。著五言詩以見志。

【校注】

〔1〕何晏（190—249），三國時著名玄學家，《三國志·曹真傳》附有其傳。

〔2〕尚，漢以後專指娶帝王之女。魏公主，指金鄉公主，見裴松之注引《魏末傳》。

〔3〕《名士傳》：晋袁宏撰。

擬　古[1]

雙鶴比翼遊[2]，群飛戲太清。常恐失網羅，憂禍一旦并[3]。豈若集五湖，順流唼浮萍[4]。逍遥放志意[5]，何爲怵惕驚。

【校注】

〔1〕見《世説新語·規箴》劉孝標注、《藝文類聚》卷十，原無詩題；劉注，言何晏因管輅之占卦，懼而賦詩。而據《曹真傳》，何晏事曹爽，時魏室衰，司馬氏伺機奪權，故處境甚危。

〔2〕雙鶴，原注：“《世説》作‘鴻鵠’。”喻曹爽一派的人。

〔3〕失，原注：“《世説》作‘入’。”王先謙校本《世説新語》作“大”，《藝文類聚》引作“天”。旦，《初學記》作“朝”。

〔4〕順，《世説新語》作“從”。

〔5〕原注：“《世説》作‘永寧曠中懷’。”

失　　題[1]

轉蓬去其根，流飄從風移。芒芒四海涂，悠悠焉可彌。願爲浮萍草，托身寄清池。且以樂今日，其後非所知。

【校注】

〔1〕見《初學記·寶器部·萍第十五》。

附

諺

《襄陽耆舊傳》[1]曰："黄承彦[2]，高爽開朗，爲沔南名士[3]，謂孔明曰：'聞君擇婦，身有醜女，黄髮黑面，才堪相配。'孔明心許，即載送之。鄉曲爲之諺云。"

莫作孔明擇婦，正得阿承醜女[4]。

按：鄙諺附存。

【校注】

〔1〕《襄陽耆舊傳》，晋習鑿齒撰。

〔2〕底本中"承彦"顛倒，應从《三國志》改。

〔3〕沔南：沔水之南。漢水上游亦稱沔水。

〔4〕阿承：指黄承彦。今按，其説可疑。

襄陽碑銘[1]

初平初，荀越勸劉表南據江陵[2]，北守襄陽，表從之。時襄陽有冠蓋亭，在冠蓋山下。靈帝末，有四郡守、七都尉、二卿、兩侍中、一黄門、二侍郎、三尚書、六刺史、二十長史。表以其豪盛，乃即其山道口刊石銘之云。

峨峨南岳，烈烈離明[3]。實繁俊乂[4]，君子以生。惟乂君子[5]，作漢之英。德爲龍光[6]，聲比鶴鳴[7]。

【校注】

〔1〕類似記載見《水經注·沔水》。又《太平御覽》卷一百六十八載其事謂"漢宣帝末"注作引盛弘之《荆州記》。《廣輿記》與《御覽》所引同。此處所

引，出處未詳。

〔2〕據《後漢書·劉表傳》“荀越”應作“蒯越”。

〔3〕離明：指南方之光明；離：卦位，指南方。

〔4〕繁，《水經注》作“敷”。

〔5〕乂，《水經注》作“此”。

〔6〕德爲龍光：語出《詩·小雅·蓼蕭》：“爲龍爲光。”言其德高爲皇帝增光。

〔7〕聲比鶴鳴：語出《詩·小雅·鶴鳴》，言其聲名爲皇帝知。

白鼉鳴童謡〔1〕

《晋書·五行志》曰：吴孫亮初〔2〕，公安有白鼉鳴童謡。按“南郡城中可長生”者〔3〕，有急，易以逃也。明年，諸葛恪敗〔4〕。弟融鎮公安，亦見襲。融刮金印龜服之而死〔5〕。蓋鼉有鱗介，甲兵之象也。

白鼉鳴，龜背平，南郡城中可長生，守死不去義無成。

【校注】

〔1〕見《晋書·五行志》《宋書·五行志》及《江表傳》。

〔2〕孫亮：繼孫權爲吴主，年號建興（252—253）。

〔3〕長，《太平御覽》卷九百三十二引《吴志》作“求”。

〔4〕諸葛恪：《吴志》有傳。

〔5〕金印龜：《漢官儀》云：“列侯印，黄金龜鈕，文曰印。”諸葛融刮下金印龜上之金，服之自殺。謡中“龜背平”指此。

諺〔1〕

馬良，字季常，宜城人，兄弟五人，並有才名，而良稱最良。眉中有白毫，鄉里諺云。

馬氏五常[2]，白眉最良。

【校注】

〔1〕見《三國志·蜀書·馬良傳》注引《襄陽耆舊傳》。

〔2〕五常：其兄弟五人之字皆有“常”字，故稱。

諺[1]

襄陽龐儉，少失父，隨母流蕩。後居鄉里，鑿井，得錢千萬。行求老蒼頭[2]，使主宰牛馬耕種。時有賓婚大會，奴在竈下竊言：“堂上母，我婦也。”婢即白其母，母使儉問之。奴曰：“我婦姓艾，字阿宏，足下有黑子，腋下有痣。”母曰：“是我翁也。”下堂相抱啼泣。儉及子歷二千石刺史七八人。時人爲之語云云。

鑿井得銅，買奴得翁。

詞雖鄙，然於骨肉之間紀异，附存。

【校注】

〔1〕出於應劭《風俗通義》，《太平御覽》卷一八九引載。但今本《風俗通義》無。又見《白氏六帖》卷三、卷四、卷六，亦引同書。

〔2〕蒼頭：指僕人、奴隸。《禮記疏》：“漢家僕隸謂蒼頭，以蒼巾爲飾，异於民也。後世亦沿稱之。”

鄧艾語[1]

字士載，棘陽人。少爲農人養犢，年十二，隨母至潁川。讀故太丘長碑文曰：“言爲世範，行爲士則。”遂名範，字士則。後宗族有同者，故改焉。每見高山大澤，輒規度指畫軍營處所，時人多笑焉，卒爲大將三十餘年。本傳稱艾爲人口吃，語稱“艾艾”。晋文王[2]戲之曰：“卿云艾艾，定是幾艾？”艾對云。

鳳兮鳳兮[3]，故是一鳳。

按：此原本録之，附存。

【校注】

〔1〕鄧艾事見《三國志》本傳及《世説新語·言語》、裴啓《語林》，爲此小傳所本。

〔2〕晋文王：指司馬昭。

〔3〕用《論語·微子》接輿歌語。

報後主書[1]

王綱失道，群英並起。龍戰虎争，終歸真主。

按：四語偶韵，附存。

【校注】

〔1〕見《三國志·蜀書·後主傳》注引王隱《蜀記》，後接“此蓋天命去就之道也”。

楚風補卷之三

晋

無名氏

玉砂石刻[1]

見《衡岳志》[2]，在衡山金簡峰。

玉砂之水，如乳甘香。人得一啜，地久天長。

【校注】

〔1〕見宋陳田夫《南岳總勝集》："昔黄帝受戒經於此，東有大禹岩，帝君授金簡玉書。有斷石，高可數丈而中斷。其石崖上有石刻字云。"

〔2〕《衡岳志》，當指舊本，清李元度《南岳志》亦載之。

巴東漁者

三峽歌二首[1]

《宜都山川記》："自黄牛灘東入西陵界至三峽口，一百里許，山水紆曲，林木高茂。猿鳴至清。山谷傳響。行者聞之，莫不懷土。故漁者歌之。一載酈道元《水經注》。

巴東三峽巫峽長，猿鳴三聲泪沾裳。

巴東三峽猿鳴悲，夜鳴三聲泪沾衣。

【校注】

〔1〕前一首見盛弘之《荆州記》，爲酈道元《水經注·江水篇》所本。後一首見袁山松《宜都山川記》。

見《水經注》[1]

灘頭白勃堅相持[2]，倏忽淪没别無期。

【校注】

〔1〕《水經注·江水篇》："江水又東徑流頭灘。"注："其水並峻激奔暴，魚鱉所不能游行者，常苦之，其歌云云。"

〔2〕白勃:《古詩箋》卷下謂"言白浪勃然而興起也"。

羅　含[1]

字君章，其先耒陽人，楚熊姓之後。啓土羅國，遂氏族焉。後寓湘境，故爲桂陽人。臨海太守彦曾孫、滎陽太守綏少子也。少晝卧，夢一鳥，文彩異常，飛入口中，自此藻思日進，謝尚目爲湘中琳瑯[2]。桓宣武辟爲别駕[3]，以官廨喧擾，於城西池小洲上立茅茨，伐木爲床，織葦爲席，布衣蔬食，晏若有餘。含自在官舍，有一白雀栖堂宇。及致仕還家，階庭忽蘭菊挺生，人咸云至行之徵。宣武常謂人曰："此自江左之秀，豈惟荆楚而已。"

【校注】

〔1〕此處小傳本於《晋書·羅含傳》及《世説新語·方正》劉孝標注引《羅府君别傳》。

〔2〕謝尚（308—357），字仁祖，《晋書》有傳。

〔3〕桓宣武（312—373），即桓温，字元子，晋權臣，《晋書》有傳。

湘中記

青崖若點黛，素湍如委練。

葛　洪[1]

字稚川，玄之從孫也[2]。楚人。少家貧，好學，究覽典籍。凡所著撰，精覈富贍。吴興太守顧秘檄洪爲將兵都尉，以功遷伏波將軍。元帝辟爲丞相掾。以平賊功賜爵關内侯。咸和初，選爲散騎常侍，不就。後求爲句漏令，以就丹砂，帝從之。遂入羅浮山優游閑養，著述不輟。

【校注】

〔1〕此小傳本《晋書·葛洪傳》。

〔2〕葛玄：據《葛洪傳》："吴時學道得仙，號曰葛仙公。"也是神仙家。

洗藥池[1]

在贛州興國縣。

洞陰泠泠，風珮清清。仙居永劫，花木常榮。

【校注】

〔1〕見《金陵玄觀志》及《詩紀》卷四十二，並有序曰："在贛州興國縣。洪過境，見山靈水秀，遂結廬築壇，鑿池洗藥，留四言詩一首。"

習鑿齒[1]

字彦威，襄陽人，博學洽聞，以文章著。桓温深器之，辟爲從事、主簿，轉治中、别駕。後因忤旨[2]，左遷户曹參軍，出爲衡陽太守。著《漢晋春秋》五十四卷。以脚疾廢。子辟疆，有父風。

【校注】

〔1〕習鑿齒，《晋書》有傳，爲此處小傳所本。

〔2〕忤旨：據《晋書》，實爲不遵桓温之意。

燈[1]

煌煌閑夜燈，修修樹間亮。燈隨風煒燁，風與燈升降。

【校注】

〔1〕見《藝文類聚》卷八十，無詩題。《詩紀》卷二十五亦用此題，且注："一作《咏燈籠》。"

諸葛武侯宅銘[1]

達人有作，振此頹風。彫簿蔚采[2]，鴟闌唯豐。義範蒼生，道格時雍[3]。自昔爰止，於焉盤桓[4]。躬耕西畝，永嘯東巒[5]。迹逸中林，神凝岩端。罔窺其奥，誰測斯歡。堂堂偉匠，婉翮揚朝。傾岩搜寶，高羅九霄。慶雲集矣，鸞駕亦招。

【校注】

〔1〕見《藝文類聚》卷六十四。據《水經注》卷二十八，"沔水又東徑隆中，歷孔明舊宅北。亮語劉禪云'先帝三顧臣於草廬之中，咨臣以當世之事'，即此宅也。車騎沛國劉季和之鎮襄陽也，與犍爲人李安共觀此宅，命安作銘云：'天子命我，於沔之陽，聽鼓鞞而永思，庶先哲之遺光。'後六十餘年，永平之

五年，習鑿齒又爲其宅銘焉”。考《晋書・劉弘傳》，劉弘（字季和）鎮襄陽在太安（302—304）中，則永平（只有一年：291）當爲“升平”之誤。升平五年即 361 年。

〔2〕彫薄：繪有漆彫的壁柱。

〔3〕雍，《藝文類聚》作“雄”。

〔4〕爰止：遷居而止於此。按《三國志・蜀書・諸葛亮傳》，亮本“瑯玡陽郡人，其從父諸葛玄携之投荆州劉表，而家於南陽隆中”。

〔5〕“躬耕”二句：本傳稱“亮躬耕隴畝，好爲梁甫吟”，又裴松之注引《魏略》：“亮獨觀其大畧，每晨夜從容常抱膝长嘯。”

杜　育[1]

字方叔，襄陽人[2]。杜襲之孫也[3]。幼號神童，及長，有才藻，時人爲之號曰杜聖。劉令言入洛[4]，見諸名士，嘆曰："周弘武巧於用短[5]，杜方叔拙於用長。"爲時品藻如此，累官國子祭酒。洛陽將没，爲賊所殺。

【校注】

〔1〕事見《世説新語·品藻》及劉孝標注引晋傅暢撰《晋諸公贊》。

〔2〕應作"襄城定陵人"。

〔3〕杜襲:《三國志·魏書》有傳。

〔4〕劉令言：名納，彭城人，見《世説新語》劉孝標注引《劉氏譜》。

〔5〕周弘武：名恢，見《世説新語》劉孝標注引王隱《晋書》。

贈摯仲治[1]

之子于歸，言秣其駒[2]。矧及斯人，乃邁乃徂。雖非顯甫，餞彼百壺[3]。雖非張仲，將膾河魚[4]。人亦有言，貴在同音。雖曰翻飛，曾未異林。顧戀同枝，增其慨心。望爾不遐，無金玉音。

【校注】

〔1〕見《藝文類聚》卷三十一。摯仲治,《晋書·摯虞傳》作"字仲洽"，即其人。

〔2〕二句用《詩·周南·漢廣》成句。

〔3〕《詩·大雅·韓奕》："顯父餞之，清酒百壺。"顯甫（父）：周之公卿。

〔4〕《詩·小雅·六月》："飲御諸友，炰鱉膾鯉。侯誰在矣，張仲孝友。"張仲，周宣王賢臣、尹吉甫之友。

戴凱之[1]

南昌人。

【校注】

〔1〕戴凱之：據晁公武《郡齋讀書志》，字慶預，南昌人。所著《竹譜》一卷，始著録於《隋書·經籍志》，然不著名氏。《舊唐書·經籍志》始載其名。左圭《百川學海》謂其爲晋人，認爲據《竹譜》所引之書，"足證爲唐以前書"。清南昌喻振聲校、馬湖盧秉鈞重校《竹譜》載王謨序，認爲戴凱之即鍾嶸《詩品》中所提到的宋參軍戴凱，亦見《宋書·鄧琬傳》："遣武昌戴凱之爲南康相。"云；並認爲《竹譜》即相南康時作，故所采竹族多在五嶺左右。

竹　譜[1]

植物之中，有名曰竹。不剛不柔，非草非木。小異空實，大同節目[2]。或茂沙水，或挺岩陸[3]。條暢紛敷，青翠森肅。質雖冬蒨，性忌殊寒。九河鮮育，五嶺實繁[4]。萌筍苞籜，夏多春鮮。根幹將枯，花複乃縣[5]，紆必六十，復亦六年[6]。籦龍之美，爰自昆崙[7]。員丘帝竹，一節爲船[8]。巨細已覽，形名未傳。桂實一族，同稱異源[9]。

【校注】

〔1〕本篇是用韵語寫成的植物志，原本有戴凱之自注。今先列"廖注"，次將原注依次補入，然後補注之。原注中之文字今不予注解。

〔2〕原注："夫竹之大體，多空中而時有實，十或一耳，故曰小异；然雖有空實之异，而未有竹之無節者，故曰大同。"

〔3〕原注："桃枝、篔簹多植水渚；篁篠之屬，必生高燥。"

〔4〕原注："九河即徒駭、太史、馬頰、覆釜、胡蘇、簡、絜、鈎盤、鬲津，禹所導也，在平原郡。五嶺之説，互有异同。余往交州，行路所見，兼訪舊老，考諸古志，則今南康、始安、臨賀爲北嶺，臨漳、寧浦爲南嶺。五都界

内，各有一嶺，以隔南北之水，俱通南越之地。南康、臨賀、始安三郡，通廣州。寧浦、臨漳二郡，在廣州西南，通交州，或趙佗所通，或馬援所併，厥迹在焉。故陸機謂‘伐鼓五嶺，表道九真’也。徐廣《雜記》，以剡、松陽、建安、康、樂爲五嶺，其謬遠矣。俞益期與韓康伯，以晋興所統南移、大營、九岡爲五嶺之數，又其謬也。九河鮮育，忌隆寒也；五嶺實繁，好殊温也。”

〔5〕“箙”下廖注：“音福，竹實。”原注：“竹生花實，其年便枯死。箙，竹實也。箙音福。”

〔6〕“篘”下廖注：“音紂，竹易根而枯。”原注：“竹六十年亦易根，易根輒結實而枯死。其實落土復生，六年遂成町。竹謂死爲篘，音紂。”

〔7〕原注：“籦籠，竹名。黄帝使伶倫伐之於昆崙之墟，吹以應律。《聲譜》云籦籠大竹，此言非大小之稱。《笛賦》云‘籦龍’，非也，自一竹之名耳。所生若是大竹，豈中律管與笛。”

〔8〕原注：“員丘，帝俊竹，一節爲船。郭注云，一節爲船，未詳其義。俊，即舜字，假借也。”

〔9〕原注：“桂竹高四五丈，大者二尺圍。闊節大葉，狀如甘竹而皮赤，南康以南所饒也。《山海經》云：靈原桂竹，傷人則死，是竹有二種，名同實异，其形未詳。”

簝尤勁薄，博矢之賢〔10〕。篁任篙笛，體特堅圓〔11〕。棘竹駢深，一叢爲林。根如推輪，節若束針。亦曰笆竹，城固是任。篾筍既食，鬚髮則侵〔12〕。單體虚長，各有所育〔13〕。苦實稱名，甘亦無目〔14〕。弓竹如藤，其節郄曲。生多卧土，立則依木。長幾百尋，狀若相續。質雖含文，須膏乃縟〔15〕。厥族之中，蘇麻特奇。修幹平節，大葉繁枝。凌群獨秀，蓊茸紛披〔16〕。篔簹射筒，箖箊桃枝。長爽纖葉，清肌薄皮。千百相軋，洪纖有差〔17〕。相繇既戮，厥土維腥。三堙斯沮，尋竹乃生。物尤世遠，略狀傳名〔18〕。般腸實中，與笆相類。於用寡宜，爲筍殊味〔19〕。筋竹爲矛，稱利海表。槿仍其幹，刃即其杪。生於日南，别名爲篻〔20〕。百葉參差，生自南垂。傷人則死，醫莫能治。亦曰篣竹，厥毒若斯。彼之同異，余所未知〔21〕。

【校注】

〔10〕原注："簕，細竹也，出《蜀志》。薄肌而勁中，三續射博箭。簕音衛，見《三倉》。"博矢即射博箭，"博塞"這種局戲中所用。

〔11〕原注："篁竹，堅而促節，體圓而質堅，皮白如霜粉。大者宜行船。細者爲笛。篁者皇，見《三倉》。"

〔12〕原注："棘竹，生交州諸郡，叢生，有數十莖。大者二尺圍，肉至厚，實中。土人破以爲弓，枝節皆有刺，狄人種以爲城，卒不可攻。萬震《异物志》'所種爲藩落，阻過層墉'者也。或卒崩根出，大如十石物。縱橫相承如繅車。一名笆竹，見《三倉》。筍味落人鬚髮。"駢深，謂深固地互相駢連盤結。

〔13〕原注："單竹大者如腓，虛細長爽。嶺南夷人取其筍未及竹者，灰煮績以爲布，其精者如縠焉。"

〔14〕原注："苦竹有白有紫而味苦，甘竹似篁而茂葉下節味甘，合湯用之。此處處亦有。"

〔15〕原注："弓竹出東垂諸山中，長數十丈，每節軓曲，既長且軟，不能自立。若遇木乃倚，質有文章。然要須膏塗火灼，然後出之。篾卧，竹上出也。"

〔16〕原注："蘇麻竹，長數丈；大者尺餘圍，概節多枝。叢生四枝，葉大如履，竹中可愛者也。此五嶺左右遍有之。"

〔17〕原注："數竹皮葉相似。箕簹最大，大者中甑，筍亦中射筒；薄肌而最長，節中貯箭，因以爲名。簶箊葉薄而廣，越女試劍竹是也。"桃枝，是其中最細者，並見方志、賦。桃枝皮赤，編之滑勁，可以爲席。《顧命篇》所謂篾席者也。《爾雅·釋草》云：'四寸一節爲桃枝'。郭注云：'竹四寸一節，爲桃技。'余之所見桃枝，竹節短者不兼寸，長者或逾尺；豫章遍有之，其驗不遠也。恐《爾雅》所載草族自别有桃枝，不必是竹。郭注加'竹'字取之，謬也。《山海經》云：'其木有桃枝、劍端。'又《廣志·層木篇》云：'桃枝出朱提

郡，曹爽所用者也。’詳察其形，寧近於木也。但未詳《爾雅》所云，復是何桃枝耳。《經》《雅》所説二族，决非作席者矣。《廣志》以藻爲竹，是誤。後生學者，往往有爲所誤者耳。”

〔18〕原注：“禹殺共工、相繇二匠。膏流爲水，其處腥臊，不植五穀。禹三堙皆沮，尋竹生焉。在昆崙之北，南岳之山。見《大荒北經》中。”

〔19〕原注：“般腸竹，生東郡緣海諸山中。其筍最美云。與笆竹相似，出閩中，並見沈《志》，其形未詳。”

〔20〕原注：“筋竹，長二丈許，圍數寸，至堅利，南土以爲云。其筍未成竹時，堪爲弩弦，見徐忠《南中奏》。劉淵林云：夷人以史葉竹爲矛；余之所聞，即是筋竹。豈非一物而二名者也？”杪，細枝。日南，漢置郡名，在今越南境内。

〔21〕原注：“百葉竹生南垂界，甚有毒，傷人必死。一枝百葉，因以爲名。沈《志》劉淵林云，篣竹有毒，夷人以刺虎豹，中之輙死。或一物二名，未詳其同异。”

簹與由衙，厥體俱洪。圍或累尺，簹實衙空。南越之居，梁柱是供〔22〕。竹之堪杖，莫尚於笻，磥砢不凡，狀若人功。豈必蜀埌，亦產餘邦。一曰扶老，名實縣同〔23〕。簕簩二族，亦甚相似。杞髮苦竹，促節薄齒。束物體柔，殆同麻枲〔24〕。篁竹所生，大抵江東。上密防露，下疏來風。連畝接町，竦散岡潭〔25〕。雞脛似篁，高而筍脆。稀葉梢杪，類記黃細〔26〕。狗竹有毛，出諸東裔。物類衆詭，千百不計〔27〕。有竹象蘆，因以爲名。東甌諸郡，緣海所生。肌理匀净，筠色潤貞。凡今之篪，匪兹不鳴〔28〕。會稽之箭，東南之美。古人嘉之，因以命矢〔29〕。箘簵載籍，貢名荆鄙〔30〕。篃亦箘徒，概節而短，江漢之間，謂之籤竹〔31〕。根深耐寒，茂彼淇苑〔32〕。簭篠蒼蒼，接町連篁。性不卑植，必也岩崗。逾矢稱大，出尋爲長。物各有用，桸之最良〔33〕。

【校注】

〔22〕原注："簹實厚肥，孔小，幾於實中。二竹皆大竹也。土人用爲梁柱。簹竹，安成以南有之，其味苦，俗號簹。由衙竹，《交州》《廣州志》云，亦有生於永昌郡，爲物叢生。《吴郡賦》（疑'郡'字應爲'都'）所謂由衙者，篁。簹音雹，性柔弱，見《三倉》。"

〔23〕原注："笻竹，高節，實中，狀若人刻爲杖之極。《廣志》云，出南廣邛都縣，然則邛是地名。猶高梁堇《張騫傳》云，於大夏見之，出身毒國。始感邛杖終開越雋，越雋則古身毒也。張孟陽云，邛竹出興古盤江縣。《山海經》謂之扶竹，生尋伏山，去洞庭西北一千一百二十里。《黄圖》云，華林園有扶老三株，如此則非一處。賦者不得專爲蜀地之生也。《禮記》曰：'五十杖於家，六十杖於鄉'者，扶老之器也。此竹實既固，杖又名扶老，故曰名實縣同也。"

〔24〕原注："簩篻二種，至似苦竹而細軟肌薄。簩筍亦無味，江漢間謂之苦簩，見沈《志》。簩音聊，篻音禮。齒有文理也。"

〔25〕原注："篕竹亦大，薄肌白色。生江南深谷山中，不聞人家植之。其族類動有頃畝。《典録·賀齊傳》云'討建安賊洪明於篕竹'，篕竹以名地，猶駿棗之名邑，豫章之名邦者類是也。"江東，指蕪湖以下的長江下游南岸地區。《四庫全書總目提要》謂"竦散岡潭"似應作"潭岡散竦"。

〔26〕原注："雞脛，篁竹之類，纖細，大者不過如指。疏葉黄皮，强肌無所堪施。筍美，青斑色緑，沿江山崗所饒也。"

〔27〕原注："狗竹生臨海山中，節間有毛，見沈《志》。"

〔28〕原注："此竹膚象蘆，出揚州東垂諸郡。浙江以東爲甌越，故曰東甌。蘇成公始作篪，似於今篪，故曰凡今之篪。"

〔29〕原注："箭竹，高者不過一丈，節間三尺，堅勁中矢。江南諸山皆有之，會稽所生最精好。故《爾雅》云：'東南之美者，有會稽之竹箭焉。'非總言也。大抵中矢者雖多，此箭爲最；古人美之，以首其目，見《方言》。是以楚俗（闕文）伯細箭五十跪加莊王之背，明非矢者也。"

〔30〕原注："箘簵二竹，亦皆中矢，皆出雲夢之澤；《禹貢篇》：出荆州。

《書》云‘底貢厥名’，言其有美名，故貢之也。大較固是會稽箭類耳。皮特黑澀，以此爲異。《吕氏春秋》云‘駱越之箘’，然則南越亦産，不但荆也。”

〔31〕“箹”下廖注：“音妹。”“篾”下廖注：“同籔。”原注：“《山海經》云：其竹名箹，生非一處，江南山谷所饒也，故是箭竹類。一尺數節，葉大如履，可以作篷，亦中作矢。其筍冬生。《廣志》云：魏時漢中太守王圖，每冬獻筍，俗謂之篾。篾，苦怪反。”

〔32〕原注：“北土寒冰，立冬地凍。竹根類淺，故不能植。唯篾根深，故能晚生。淇園，衛地，殷紂竹箭園也。見班彪《志》。《淮南子》曰‘烏號之弓，貫淇衛之箭’也。《毛詩》所謂‘瞻彼淇奥，緑竹猗猗’是也。”

〔33〕“掃”下廖注：“一作‘歸’。”今按，“歸”誤，應作“掃”。原注：“彗篠，中掃箒，細竹也；特异他條，見《廣志》。至大者不過如箭，長者不出一丈，根杪條等下節生。惟高陰，動有町畝，廬山所饒也。掃箒之選，尋陽人往往取下都貨焉。”

又有族類，爰挺嶧陽。懸根百仞，疏幹風生。簫笙之選，有聲四方。質清氣亮，衆管莫伉〔34〕。亦有海篠，生於島岑。節大盈尺，幹不滿尋。形枯若筋，色黄如金。徒爲一異，罔知所任〔35〕。赤白二竹，還取其色。白薄而曲，赤厚而直。沅澧所豐，餘邦鮮植〔36〕。肅肅箶䈽，旻旻攢攢。擢筍於秋，冬乃成竹。無大無小，千萬修直。篔幕内蒿，繡文外艳〔37〕。箛築誕節，内實外澤。作貢漢陽，以供輅策〔38〕。浮竹亞節，虚軟厚肉。臨溪覆潦，栖雲蔭木。洪筍滋肥，可爲旨蓄。厥性異宜，各有所育〔39〕。篃植於宛，箬生於蜀〔40〕。細篠大簜，竹之通目〔41〕。玄名統體，譬牛與犢。人之所知，事生軌躅〔42〕。赤縣之外，焉可詳録。臆之筆之，匪邁伊矚〔43〕。

【校注】

〔34〕原注：“魯郡鄒山有篠，形色不殊，質特堅潤，宜爲笙管，諸方莫及也。《笙賦》云所謂‘鄒山大竹，嶧陽孤桐’，此山竹特能貞絶也。”嶧陽，即

部山之陽。伉，匹配，匹敵。

〔35〕原注：“海中之山曰島山，有此篠。大者如筋，内實外堅，拔之不曲。生既危埔，海又多風，枝葉稀少，狀若枯筋。質雖小异，無所堪施。交州海石林中遍饒是也。”

〔36〕原注：“頗少也。俗曰：白虎竹亦可作簟，潯陽郡人呼爲白木竹。燥時皮肉皆赤，武陵溪中是所豐足也。”

〔37〕原注：“篃篛竹大如脚指，堅厚脩直。腹中白幕闌隔，狀如濕麵生衣。將成竹而筍皮未落，輒有細蟲囓之。隕籜之後，蟲囓處往往成赤文，頗似繡畫可愛。南康所生，見沈《志》也。”篃篛，亦作䈏篛。罳罳攢攢，四庫本等作“罳罳攢植”，义較高。“罳罳，猶言測測，堅利貌，攢攢，密集貌。薑幕，謂竹腹中一層似紙的白膜。

〔38〕原注：“篠簝竹生於漢陽，時獻以爲輅、馬策。見《南郡賦》。”

〔39〕原注：“浮竹長者六十尺，肉厚而虚軟，節闊而亞，生水次。彭蠡以南、大嶺以北遍有之。其筍未出時，掘取以甜槽藏之，極甘脆，南人所重。旨蓄，謂草萊甘美者，可蓄藏之以候冬。《詩》曰：‘我有旨蓄，可以禦冬。’”

〔40〕“篃”字、“箬”字下廖注皆作：“字無考。”原注：“篃竹見《南郡賦》，箬見《蜀都賦》。”宛，即宛丘，今河南淮陽縣。

〔41〕原注：“《書》云：‘篠簜既敷’，鄭玄云：篠，箭；簜，大竹也。”

〔42〕原注：“車迹曰軌，馬迹曰躅。”

〔43〕原注：“鄒子云，今四海謂之瀛海。四海之内謂之赤縣；四海之外如赤縣者復有八，故謂之九州。非《禹貢》所謂九州也。天地無邊，蒼生無量；人所聞見，因軌躅所及，然後知耳，蓋何足云。若耳目所不知，便斷以不然，豈非囿近之徒者耶？故孔子將聖，無意無必；莊生達邁，以人所知，不若所不知。豈非苞鑒無窮，師表群生之謂乎？”

李　充[1]

字弘度，江夏人。祖康、父矩皆有美名[2]。充初辟丞相王導掾[3]、記室參軍，常嘆不被遇。殷揚州知其家貧[4]，問："君能屈志百里否？"充答曰："北門之嘆[5]，久已上聞；窮猿奔林[6]，豈暇擇木？"遂授剡縣令。後爲大著作郎，累遷中書侍郎。時典籍混亂，充以類相從，仍分爲四部[7]。

【校注】

〔1〕此處小傳本《晋書·李充傳》、《世説新語·言語》及劉孝標注引劉宋何法盛《晋中興書》。

〔2〕見《晋書·李矩傳》。

〔3〕王導（276—339），字茂弘，晋元帝時爲丞相。

〔4〕殷揚州：指殷浩，簡文帝曾擢爲揚州刺史，《晋書》有傳；此處是據《世説新語》，《晋書》則作"征北將軍褚裒"。

〔5〕北門：《詩·邶風》篇名，言忠臣仕不得志，後常用喻懷才不遇。

〔6〕奔，《晋書》作"投"，此從《世説新語》。

〔7〕四部：指經、史、子、集，是李充在荀勖基礎上創立的經籍藝文分類法，後世沿用至今。

七月七日[1]

朗月垂玄景，洪漢截皓蒼。牽牛難牽牧，織女守空襄[2]，河廣尚可越，怨此漢無梁[3]。

【校注】

〔1〕見《藝文類聚》卷四、《古今歲時雜咏》卷二十五、《詩紀》卷三十二。

〔2〕襄，《古今歲時雜咏》《詩紀》均作"箱"。《詩·小雅·大東》："跂

彼織女，終日七襄。雖則七襄，不成報章。睆彼牽牛，不以服箱。”襄：鄭箋云：“駕也。”二句本此。

〔3〕《詩·衛風·河廣》：“誰謂河廣，一葦杭之。”又《周南·漢廣》：“漢之廣矣，不可泳思。江之水矣，不可方思。”

送許從詩〔1〕

來若迅風歡，逝如歸雲征。離合理之常，聚散安足驚？

【校注】

〔1〕見《初學記》卷十八、《詩紀》卷四十二。

嘲友人〔1〕

同好齊歡愛，纏綿一何深。子既識我情，我亦知子心。燕婉歷年歲，和樂如瑟琴。良辰不我俱，中闊似商參。爾隔北山陽，我分南川陰。嘉會罔克從，積思安可任。目想妍麗姿，耳存清媚音〔2〕。修晝興永念，遥夜獨悲吟。逝將尋行役，言別泣沾襟〔3〕。願爾降玉趾，一顧重千金。

【校注】

〔1〕見《玉臺新咏》卷三、《藝文類聚》卷六十二。此詩蓋以男女之情喻朋友之交，或是故變其題而晦其事的言情詩。

〔2〕陸雲《爲顧彦先贈婦》詩：“目想清慧姿，耳存淑媚音。”

〔3〕泣，《藝文類聚》作“涕”。

良弓銘〔1〕

弓矢之作，爰自曩時。鄉射載禮，招命在詩〔2〕。力稱顔高，功發由基〔3〕。不争之美，亦以詳疑〔4〕。

【校注】

〔1〕見《初學記》卷二十、《藝文類聚》卷六十、《太平御覽》卷三百四十七。應從《御覽》作李尤詩，作李充誤。

〔2〕“鄉射”二句：古者以射選士，行鄉射之禮；據《儀禮·鄉射禮篇》，樂正等合樂《周南》《召南》若干闋後，司射才“請射于賓”，“命弟子納射器”。

〔3〕顔高：魯人。《左傳》定公八年：“顔高之弓六鈞。”由基：即養由基，春秋楚之善射者。

〔4〕詳疑：指判別高下、選拔人才；《太平御覽》作“辦儀”。

學　箴[1]

夫極靈智之妙、總會通之和者，莫大乎聖人[2]。是以物必有宗，事必有主。見形者衆，及道者尠。逐迹愈篤，離本愈遠。遂使異端與薄俗俱興，妙緒與淳風並絶，將越禮棄學而希無爲之風矣。作《學箴》，詞曰：

茫茫太古，悠悠鴻荒。蚩蚩萬類，與道兼忘。聖迹未顯，賢名不彰。怡此鼓腹[3]，率我猖狂。資生既廣，群塗思通。闇實思明，匪予求蒙[4]。遺己濟物，而天下爲公[5]。大庭倡基，羲農弘贊[6]。六位時成，離暉大觀[7]。澤洽雨濡，化流風散。比物同塵，而人罔僭亂。爰及中古[8]，哲王胥承。質文代作，禮統迭興。事藉用以繁，化因阻而凝。動非性擾，静豈神澄。名之攸彰，道之攸廢；乃損所隆，乃崇所替。刑作由於德衰，三辟興於叔世[9]。既敦既誘，乃矯乃厲。敦亦既備，矯亦既深；彫琢生文，抑揚成音。群能騁技，衆巧竭心；野無陸馬，山無散林。風靡不動[10]，化罔不移；人之失德，反正作奇。乃縱欲以越禮，不知希競之爲病；違彼夷途，而遵此險徑。狡兔凌岡，游魚遁川。至迹深妙，大象幽玄。棄餌收罝，而責功蹄筌；失統喪歸，而寄旨忘言。考異徵詞[11]，拔本塞源。遁迹永日，尋響窮年。刻意離性，而失其常然。

世有險夷，運有通圮。損益適時，升降惟禮[12]。道不可以一日廢，亦不可以一朝擬。禮不可爲千載制，亦不可以當年止。非仁無以長物，非義無以齊耻。仁義固不可遠，去其害仁義者而已。方行猶懼不逮[13]，希企邈以遠矣。室有善言，應在千里[14]。況乎制行，復禮克己[15]。風人司箴，敬貽君子。

【校注】

〔1〕見《晋書·李充傳》，此處之序文是撮録原序之要而成。

〔2〕大，《晋書》作“尚”。

〔3〕怡，原作“迨”，從《晋書》改。《莊子·馬蹄》：“夫赫胥氏之時，民居不知所爲，行不知所之，含哺而熙，鼓腹而游。”

〔4〕思，似應從《晋書》作“師”。匪予求蒙：語本《易·蒙》：“匪我求童蒙，童蒙求我。”

〔5〕天下爲公：《周禮·禮運》：“大道之行也，天下爲公。”

〔6〕大庭：指大庭氏（見《莊子·胠篋》），與羲農（伏羲、神農），皆傳説中的古帝。

〔7〕六位時成：語出《易·乾》：“大明終始，六位時成。”六位：本指六爻之位，亦指君臣父子夫妻，因代指封建倫常秩序。離暉大觀，即《離》卦之象大放光采。《易·離》：“日月麗乎天，百谷草木麗乎土，重明以麗乎正，乃化成天下。”

〔8〕中古：晋人所稱中古指堯舜禹以降至春秋以前。

〔9〕三辟：夏商周三代之刑法，即夏之禹刑、商之湯刑、周之九刑。叔世：末世（相對於上古“盛世”而言，非某一朝代之末）。“三辟”句，語本《左傳》。興於，應從《晋書》作“興乎”。

〔10〕靡，《晋書》作“罔”。

〔11〕考，《晋書》作“政”。

〔12〕禮，《晋書》作“理”。

〔13〕方，《晋書》作“力”。

〔14〕“室有”二句：語本《易·繫辭上》：“居子居其室，出其言善，則千里之外應之。”

〔15〕制行,《晋書》作“行止”。復禮克己：語出《左傳》《論語》，謂克制自身以歸於禮。

李　　顒〔1〕

江夏人，充之子也。有文義，多述作。郡舉孝廉。

【校注】

〔1〕以上李顒小傳見《晉書・李充傳》附。

經渦路作〔1〕

言歸越東足〔2〕，逝將反上都。後洫填中路〔3〕，改轍修茲衢。旦發石亭境〔4〕，夕宿桑首墟。勁焱不興潤，零雨莫能濡。亢陽彌十旬，涓滴未暫舒。泉流成平陸，結駟可回車。肇允相忘鱗，翻爲涸池魚。跙步不能移，白日奄桑榆。

【校注】

〔1〕見《藝文類聚》卷一百。渦路：指沿渦河之路，渦河遺迹在河南扶溝縣東。

〔2〕越東足：或指浙江剡縣一帶，顒父充曾除剡縣令。

〔3〕填，《藝文類聚》作“慎”。

〔4〕石亭：或在今安徽潛山縣東北。

涉　　湖〔1〕

旋經義興境，弭棹石蘭渚〔2〕。震澤爲何在〔3〕，今唯太湖浦。圓徑縈五百，眇目緬無睹〔4〕。高天淼若岸，長津雜如縷。窈窕尋灣漪，迢遞望巒嶼。驚飈揚飛湍，浮霄薄懸岨〔5〕。輕禽翔雲漢，游鱗憩中滸。黯藹天時陰，岧嶤舟航舞〔6〕。憑河安可殉，静觀戒征旅。

【校注】

〔1〕《藝文類聚》卷三只載前八句，《初學記》卷七載全首。

〔2〕弭棹，停船；弭，原注：“《初學記》作‘頓’。”

〔3〕震澤：太湖的古名。

〔4〕圓徑句：《吴録》：“五湖者太湖之别名，以其周行五百餘里。”眇目緬，《初學記》作“盻目渺”。

〔5〕驚，《初學記》作“神”。

〔6〕藹，原注：“一作‘黤’。”

夏　日[1]

炎光爍南溟[2]，溽暑融三夏。霑霸重雲蔭，砰稜震雷叱[3]。

【校注】

〔1〕見《藝文類聚》卷三、《詩紀》卷四十三。

〔2〕爍，原注：“《藝文》作‘燦’。”

〔3〕句末原注：“以下闕。”

感冬篇[1]

高陽攬玄轡，太皞御冬始[2]。望舒游天策，曜靈協燕紀[3]。

【校注】

〔1〕見《初學記》卷三。

〔2〕“高陽”二句：謂冬帝巡行，以應節令。《禮記·月令》：“孟冬之月，其帝顓頊，其神玄冥。”下注曰：“此黑精之君，水官之臣。顓頊，高陽氏也。玄冥，少昊氏之子……”又：“孟春之月，其帝太皞。”太皞，指伏羲，亦寫作“太昊”，因與“少昊”互訛。

〔3〕句後原注：“以下闕。”

廬山諸道人[1]

時九江屬武昌。

【校注】

〔1〕廬山諸道人：指《游石門詩・序》中的“釋法師”及其“交徒三十餘人”，作者並不在内。據宋陳舜俞《廬山記》（吴宗慈校本），此處所選《游石門詩》並序原載晋慧遠《匡山集》（該書唐代已陸續散佚），疑即慧遠之輩作（楊慎《升庵詩話》載其鈔録慧遠《游石門詩》，未詳所本）。又《廬山記》載與慧遠同時人劉程之、王喬之、張野三首《奉和慧遠游廬山詩》，可爲旁證一。慧遠亦有《廬山記》散篇傳世，與此處詩序文風同，可爲旁證二。明張之象《古詩類苑》（卷一百二）始繫《游石門詩》並序於“廬山諸道人”，自《詩紀》以下各種選本皆沿其誤。

遊石門[1]並序

石門在精舍南十餘里[2]，一名障山；基連大嶺，體絶衆阜。闢三泉之會[3]，並立而開流；傾岩元映其上，蒙形表於自然，故因以爲名。此雖廬山之一隅，實斯地之奇觀。皆傳之於舊俗，而未睹者衆。將由懸瀨險峻，人獸迹絶；徑回曲阜，路阻行難，故罕經焉。釋法師以隆安四年仲夏之月，因咏山水，遂杖錫而遊於是。交徒三十餘人[4]，咸拂衣晨征，悵然增興。雖林壑幽邃，而開途競進，乘危履石[5]，並以所税爲安。乃援木尋葛，歷險窮崖，猿臂相引，僅乃造極[6]。於是擁勝倚岩，詳觀其下，知七嶺之美藴奇於此。雙闕對峙其前[7]，重岩映帶其後；巒阜周回以爲障，崇岩四營而開宇。其中則有石臺、石池、宫館之象，觸類之形，致可樂也。清泉流而合注，渌淵鏡凈於天池[8]。文石發彩，焕若披面；檉松芳草，蔚然光目。其爲神麗，亦已備矣。斯日也，衆情奔悦，矚覽無厭。遊觀未久而天氣屢變。霄霧塵集，則萬象隱形；流光回照，則衆山倒影。開闔之際，狀有靈焉，而不可測也。及其將登[9]，則翔禽拂翮，鳴猿厲響。

歸雲回駕，想羽人之來儀；哀聲相和，若元音之有寄。雖彷髴猶聞而神以之暢；雖樂不期歡而欣以永日。當其冲豫自得，信有味焉，而未易言也。退而尋之，夫崖谷之間，會物無主[10]，豈不以虛明朗其照，閑邃篤其情耶？並三復斯談，猶昧然未盡。俄而太陽告夕，所存已往。乃悟幽人之元覽，達恒物之大情，其爲神趣，豈山水而已哉！於是徘徊崇嶺，流目四矚，九江如帶，邱阜成垤。因此而推[11]，智亦宜然。乃喟然嘆宇宙雖遐，古今一契。靈鷲邈矣，荒途日隔。不有哲人，風迹誰存[12]？應深悟遠，慨焉長懷。各欣一遇之同歡，感良晨之難再。情發於中，遂共咏之云爾。

超興非有本，理感興自生。忽聞石門遊，奇唱發幽情。褰裳思雲駕，望崖想曾城。馳步乘長岩，不覺質自輕。矯首登靈闕，渺若凌太清。端坐運虛論，轉彼玄中經。神仙同物化，未若兩俱冥。

【校注】

〔1〕石門：在廬山北麓，因其峰有雙石高竦，其狀若門，故謂。

〔2〕精舍：指慧遠所居龍泉精舍。

〔3〕闢三泉之會：謂三個泉皆發源於此。

〔4〕《古詩類苑》、《詩紀》、《古詩源》、丁福保《全晋詩》諸本（以下簡稱“諸本”）“交徒”後有“同趣”二字。

〔5〕諸本“乘”前有“雖”字。

〔6〕諸本“乃”前有“及至”二字。

〔7〕雙闕：即搆成“石門”的鐵船峰、天池峰。

〔8〕天池：即天池峰，以其上有清泉不竭之石潭而得名。

〔9〕及，原作“乃”，從諸本改。

〔10〕“會物無主”後，諸本尚有“應不以情而開興，引人致深者若此”十三字。

〔11〕“因此而推”後，諸本有“形有巨細”四字。

〔12〕誰，諸本或作“雖”，或作“難”。

無名氏

懷夢草贊〔1〕

出《襄陽耆舊傳》〔2〕。

帝之季女，名曰瑶姬。精魂化草，實爲靈芝〔3〕。媚而服之，則與夢期。

【校注】

〔1〕此篇據傳説寫成，各書所記不一，全篇最初當見晋張方《楚國先賢傳》。舊題漢郭憲《洞冥記》："種火之山，有夢草，似蒲，色紅，晝縮入地，夜則出。亦名懷夢，懷其葉則夢之，吉凶立驗。"又《酉陽雜俎》："漢武時，异國獻夢草，似蒲，晝縮入地，夜若抽萌。懷其草，自知夢之善惡。帝思李夫人，懷之輒夢。"

〔2〕今本《襄陽耆舊傳》無此詩。《文選》江淹《别賦》李善注引宋玉《高唐賦》曰："帝之季女，名曰瑶姬，未行而亡，封於巫山之臺，精魂爲草，實曰靈芝。"而《高唐賦》注乃引《襄陽耆舊傳》曰"赤帝女曰姚姬，未行而卒，葬於巫山之陽"云云，並無此詩。

〔3〕瑶姬魂化靈芝（即懷夢草）之説，早見《山海經·中山經》："姑媱之山，帝女死焉，其名曰女尸，化爲䔄草。"又張華《博物志》云："右媱山，帝女化爲瑶草，其葉鬱茂，其華黄，實如豆，服者媚於人。"

漁父歌〔1〕

晋武帝太康初，孫緬爲尋陽太守〔2〕。薄暮，逍遥渚際，見一漁父，神韵蕭灑，垂綸長嘯。遂褰裳涉水，謂曰："竊觀先生，有道者也。"因動以黄金白璧、駟馬高蓋等語。漁父歌以謝之，鼓栧而去。

竹竿籊籊[3]，河水悠悠。相忘爲樂，貪餌吞鈎。非夷非惠[4]，聊以忘憂。

【校注】

〔1〕歌、序皆見《南史·漁父傳》，有誤。

〔2〕據《漁父傳》，孫緬爲宋明帝時太子僕興曾之子，乃河南太康人。此處原編者誤，應作“宋明帝時，太康孫緬爲尋陽太守”。

〔3〕竹竿籊籊：語本《詩·王風·竹竿》。籊籊：長而鋭。

〔4〕非夷非惠：揚雄《法言·淵騫》：“不夷不惠，可否之間。”

緑蘿山歌[1]

黄閔《武陵記》[2]曰：有緑蘿山，側岩垂水，懸蘿百里許。又有明月池[3]，碧潭鏡澈，百尺見底。素岩若雪，松如插琴。流風叩阿，有絲桐之韵。士人爲歌云。

仰兹山兮迢迢，層石構兮嵯峨。朝日麗兮陽岩，落景梁兮陰阿。障壑兮生音，吟籟兮相和。敷芳兮緑林，恬淡兮潤波。樂兹潭兮安流，緩爾棹兮咏歌[4]。

【校注】

〔1〕見《北堂書鈔》卷一百六、《太平御覽》五百七十二，原無此題。

〔2〕黄閔：南齊人。《武陵記》，已佚，《麓山精舍叢書》有清陳運溶輯佚本。

〔3〕又有，原作“得”，從《北堂書鈔》改。

〔4〕爾，《北堂書鈔》作“子”，《太平御覽》無。又《北堂書鈔》只載首尾各二句。

江陵女子歌[1]

雨從天上落，水從橋下流。拾得娘裙帶，同心結兩頭。

【校注】

〔1〕《續玉臺新咏》《樂府詩集》均作隋煬帝詩，題作《江陵女歌》，屬於吴聲歌曲。

三洲歌[1]

《古今樂録》曰[2]：“《三洲歌》者，客商數遊巴陵三江口往還[3]，因共作此歌。其舊詞云：‘啼將别共來。’梁武帝問法雲[4]：‘聞法師善解音律，此歌何如？’法雲曰：‘應歡會而有别離，啼將别可改爲歡將樂’[5]。故其歌和云：‘三洲斷江口，水從窈窕河傍流。歡將樂共來，長相思。’”[6]

送歡板橋灣，相待三山頭[7]。遥見千幅帆，知是逐風流。風流不暫停，三山隱行舟。願作比目魚[8]，隨歡千里遊。湘東醽醁酒，廣州龍頭鐺。玉樽金鏤椀，與郎雙杯行。

【校注】

〔1〕此歌及題解均見《樂府詩集》卷四十八。題解删改頗多。《新唐書·禮樂志》：“《三洲》，商人歌也。”

〔2〕《古今樂録》：陳釋智匠撰，今存清王謨等幾種輯佚書。

〔3〕巴陵：劉宋置郡名，治所在今湖南岳陽。三江：岷江、涪江、沱江，皆長江上游支流。

〔4〕法雲：據《樂府詩集》，是梁武帝時的“十大德法師”之一。

〔5〕啼將别：頗有歧義；據法雲解釋，或謂爲即將來臨的離别而啼哭，但法雲未改爲“歡將别”，而改爲“歡將樂”。且存疑。

〔6〕今從中華書局《樂府詩集》標點，但以下三曲及陳後主同題作皆爲五

言四句。

〔7〕歡：六朝民歌中常用以指情人。板橋：地名，謂送行處，當在“三山”附近；三山：又名護國山，在今南京市西南。

〔8〕比目魚：取《爾雅》“東方有比目魚，不比不行”之喻意。

附

衡岳記[1]

威神堂堂，陰蔭峨峨。宅藪神靈[2]，室宇仙羅。

【校注】

〔1〕見《初學記》（嚴陸校本）注引劉宋徐靈期《南岳記》。又見《白孔六帖》卷二。

〔2〕《初學記》在“宅藪”前有“是以”二字。宅藪：藏聚。《初學記》注“仙宇”：“衡山，赤帝館其嶺，祝融宅其陽。”

杜翁歌[1]

杜預都督荆州諸軍事，鎮襄陽，修立頖宫[2]，又修召信臣堰[3]。開揚口[4]，起夏水，達巴陵。内瀉長江之險，外通零、桂之漕。南土人歌之云。

後世無叛由杜翁[5]，孰識智名與勇功[6]。

【校注】

〔1〕見《襄陽耆舊傳》卷三、《晋書・杜預傳》。

〔2〕頖，當作“頖”，通“泮”；泮宫，即學宫，舊時州縣學校。

〔3〕召信臣：漢元帝時爲南陽太守，所修水渠稱“召渠”。

〔4〕揚口，當從《晋書》作“楊口”，即楊水入沔之口。

〔5〕《襄陽耆舊傳》只有此句。

〔6〕識，《太平御覽》卷四百六十五引王隱《晋書》作“争”。

山公歌[1]

《晋書》曰：山簡，字季倫。永嘉初，爲南征將軍，出鎮襄陽。時四方寇亂，朝野危懼。簡優游卒歲，惟酒是耽。諸習氏者，荆土豪族，有佳園池。簡每出嬉遊，多之池上。置酒輒醉，名曰高陽池[2]。時兒童歌之云。

山公出何許[3]，往至高陽池。日夕倒載歸，酩酊無所知。時時能騎馬，倒著白接䍦[4]。舉鞭向葛疆，何如并州兒[5]。

【校注】

〔1〕見《襄陽耆舊傳》卷三、《世説新語・任誕篇》、《晋書・山濤傳》。

〔2〕高陽池：據《史記》，酈生曾向劉邦使者自稱高陽酒徒。高陽：本地名，在今河南開封附近。

〔3〕出何許，《世説新語》《太平御覽》作“時一醉”，《水經注・沔水》作“出何去”。諸本小异甚多，兹不具録。

〔4〕“時時”句，《世説新語》作“復能乘駿馬”。䍦，同書作“籬”。接䍦：或通“睫攡”，爲帽上之白羽飾，似白鷺頭上之長羽。

〔5〕“舉鞭”句，據中華書局《晋書》校文，向，《世説新語・任誕篇》，《太平御覽》一六八、五七〇引俱作“問”。疆，宋本及《世説新語》，《湖北通志》一二二，《太平御覽》一六八、四六五、五七〇引俱作“彊”。葛疆，《晋書》：“疆家在并州，簡愛將也。”并州：今山西太原市，當時近北邊，故民多習武能戰。

應詹歌[1]

《晋書》曰：王澄於惠帝末爲荆州牧，假應詹督南平、天門、武陵三郡軍事。天下大亂，詹境獨全[2]。百姓歌之云。

亂離既普[3]，殆爲灰朽。僥倖之運，賴兹應后。歲寒不凋，孤境獨守。拯我塗炭[4]，惠隆丘阜。潤同江海，恩猶父母。

【校注】

〔1〕應詹（274—326），《晉書》有傳。原無歌題。

〔2〕據本傳，當時“天門、武陵溪蠻並反，詹討降之”，“召蠻酋，破銅券與盟，由是懷詹，數郡無虞”。

〔3〕普，《太平御覽》卷五百七十作“著”。

〔4〕拯，《太平御覽》作“萌”。

巷　　語[1]

王珣、郗超並有奇才[2]，爲大司馬所眷拔。珣爲主簿，超爲記室參軍。超爲人多鬚，珣狀短小。於時荆州人爲之語云。

髯參軍，短主簿。能令公喜，能令公怒[3]。

【校注】

〔1〕見《世説新語·寵禮》及《晉書·郗超傳》。以下解題本《世説新語》。

〔2〕王珣、郗超：都是桓温的幕賓。王珣：《晉書》亦有傳。

〔3〕公：指桓温。

荆州童謡[1]

載《晉書·五行志》，兆殷仲堪、桓玄子也[2]。

芒籠目，繩縛腹[3]。殷當敗，桓當復。

【校注】

〔1〕據《晉書·五行志》，殷仲堪在荆州，童謡云云。未幾而仲堪敗，桓

玄遂有荆州。

〔2〕殷仲堪：晉陳郡人，曾爲荆州刺史，牽制桓温，最後爲桓温子桓玄所殺。

〔3〕據《太平御覽》卷三百六十八引《續齊諧記》："東晋桓玄時朱雀門下，忽有兩小兒作《芒籠歌》：'芒籠茵，繩縛腹。車無軸，倚孤木。'……明年春而桓玄敗，言'車無軸，倚孤木'，'桓'字也。荆州送玄首，用敗籠茵包裹之，又以芒繩束縛其屍，沈諸江中，悉如童謡所言耳。"可見《芒籠歌》與此處童謡同源。目，是由"茵"字誤成"首"，再誤而成。

杜蘭香[1]

按：曹毗《别傳》[2]：杜蘭香，自稱南陽人。建興四年春，數詣張碩家。婢通言："阿母所生，遣授配君。"碩時年十七，呼女前視，可十八九。有婢子二人，大者萱枝，小者松枝，鈿車青牛，上飲食皆備。至其年八月旦來，先後贈張詩二首，一詳《墉城仙録》[3]。

【校注】

〔1〕杜蘭香：晋代盛傳的女仙，當爲女巫或女道士者流。《搜神記》卷一有《杜蘭香篇》。《北堂書鈔》《藝文類聚》《太平御覽》《太平廣記》皆引《(神女)杜蘭香(别)傳》。

〔2〕曹毗：《晋書》有傳。

〔3〕即《墉城集仙録》，唐杜光庭撰。

阿母處靈岳[1]，時遊青霄際。衆女侍羽儀，不出墉宫外[2]。飄輪送我來，豈復耻塵穢[3]。從我與福俱，嫌我與禍會。

逍遥雲霧間，呼吸發九疑[4]。游女不稽路，弱水何不之[5]。

【校注】

〔1〕"阿母"句，據《北堂書鈔》卷一百四十二引曹毗《神女杜蘭香傳》："自云家昔在青草湖，風溺，大小盡没。香時年三歲，西王母接養之於昆崙之山。"

〔2〕墉宫：即墉城之宫；墉城，據《水經注·河水》，是西王母所居。

〔3〕二句言杜蘭香乘雲車來就張碩俗緣。

〔4〕"逍遥"句後從《搜神記》分作第二首。

〔5〕游女，《搜神記》作"流汝"，《蜀中廣記》作"流沙"。弱水：源出昆崙山的古水名，此處即指仙境。原注："《晋書·曹毗傳》曰：'桂陽張碩爲神女杜蘭香所降，毗因以二篇詩嘲之，並續蘭香歌詩十首。"

魏夫人[1]

名華存，字賢安。晋司徒劇陽文康公舒之女[2]。幼好道，讀老、莊二傳，味真耽玄。二十四適太保掾南陽劉文，生二子。乃齋於別寢。後入南岳，得道飛昇。時年八十三，晋成帝咸和九年也。

【校注】

〔1〕魏夫人：亦晋代所謂女仙。事載陶弘景《真誥》，又見《集仙録》，《雲笈七籤》，《太平御覽》卷六七七《南岳魏夫人内傳》。唐顔真卿有《晋紫虚元君領上真聞命南岳魏夫人仙壇碑銘》。

〔2〕魏舒：字陽元，晋任城樊人。《晋書》有傳。

夜降楊羲家作[1]

玄感妙象外，和聲自相招。靈雲鬱紫晨[2]，蘭風扇緑軺。上真宴瓊臺，邈爲地仙標。所期貴遠邁，故能秀穎翘。翫彼八素翰[3]，道成初不遼。人事胡可預，使邇形氣銷。

【校注】

〔1〕陶弘景《真誥》題作“興寧四年丙寅四月二十七日夜降楊羲家作”。興寧（363—365），晋哀帝年號，唯三年。

〔2〕紫晨，指仙界，《真誥》作“紫袞”。

〔3〕八素翰：指一種仙筆。《太平御覽》卷六百七十引《登真要訣》：“八素之經，是聖君以白素之繒、八色之彩筆自書也。”

十二月一日夜作與許長史[1]

靈谷秀瀾縈，藏身栖岩京[2]。披褐均衮龍，帶素齊玉鳴[3]。形盤幽遼裡，擲神太霞庭。霄上有陛賢，空中有真聲。仰我曲晨飛，案此緑軒輧[4]。下觀八度内[5]，俛嘆風塵縈。解脱遺波浪，登此眇眇身[6]。憂竟三津竭[7]，奔馳割爾齡。

【校注】

〔1〕《真誥》："夫人以興寧中降楊羲家，又授許掾上經，自此數數來降也。許謐爲晋簡文帝護軍長史，後得道爲上清真人，故稱許掾，又曰許長安。"

〔2〕岩京：謂群山奔凑的仙都，此指南岳衡山。

〔3〕素，《真誥》作"索"。

〔4〕曲晨：道教用語，此處指"曲晨之蓋"，一種幻想的飛行器。《太平御覽》卷六百七十七引《太上飛行羽書》："中元老人，上元子迎以曲晨之蓋。"軿輧：一種婦女乘坐的有屏的車。

〔5〕八度：意同"八極""八垓"，均指塵世。

〔6〕身，《真誥》作"清"。

〔7〕憂竟，《真誥》作"優競"。三津：道教用語，指人體排泌的三種津液。

羅　郁[1]

晋簡文帝黄門郎羊欣之祖權好道術[2]，有仙女降其家云："我本姓楊，九嶷山中得道女羅郁也。以過謫人間。"因贈羊詩，并遺手巾、條脱等物，隱影化去，相傳在湘東山中。

【校注】

〔1〕羅郁：即萼麗華，有關神話見《真誥》及《雲笈七籤》《太平廣記》。

〔2〕羊欣：《南史》有傳，"祖權，官黄門侍郎"。

神岳排霄起[1]，飛峰鬱千尋。寥籠靈谷虚，瓊林蔚蕭森。羊生標美秀[2]，弱冠流清音。栖情莊惠津，超形象魏林[3]。揚彩朱門中，内有邁俗心。

我與夫子族，源胄同淵池[4]。宏宗分上葉[5]，於今各異枝。蘭金因好著[6]，三益方覺彌。

静尋欣斯會，雅綜彌齡祀[7]。誰云幽鑒難，得之方寸裹。翹想樊籠外，俱爲山岩士。無令騰虚翰，中隨驚風起。遷化雖由人，藩羊未易擬。所期豈朝華，歲暮於吾子。

【校注】

〔1〕神岳：指九疑山。

〔2〕羊生：當指羊欣，《真誥》説萼麗華降於其家。

〔3〕莊惠津：指濠上，《莊子・秋水》載莊子惠子在此辯論。象魏林：門闕林立處，猶言富貴鄉、名利叢。《莊子・讓王》："身在江海之上，心居乎魏闕之下。"此二句反用其意。

〔4〕按，羊姓出於周之同姓國、晋公族羊舌氏；而楊姓乃周宣王少子封於

楊而得姓，故謂“同淵池”。

〔5〕宏宗：指大宗，即姬周。

〔6〕蘭金：即銀燭，一種類蠟的可燃物，見《拾遺記》。

〔7〕雅綜：素舊相交。齡祀：猶言年歲。

宗　羨[1]

南郡人。

【校注】

〔1〕宗羨：是元伊世珍撰《瑯嬛記》中人物，《寄桑娣》詩及有關故事見同書。置於此甚爲荒謬。

寄桑娣

羨思桑娣不見，徘徊川上。見大魚浮於水面。戲囑曰："汝能爲某通一問於桑氏乎？"魚遂仰首奮鱗，開口作人語曰："諾。"羨出袖中詩一首，納其口中，魚若吞狀。是夜，桑娣聞扣闥聲。從門隙視之，見一小龍據其户，驚而入。達旦視之，見地上霞箋一幅，有詩云。

飄飄雲中鶴，遥遥慕其儔。蕭蕭獨處客，惙惙思好逑。愁心何當已，愁病何當瘳。誰謂數武地，化作萬里修。誰謂長河水，化作纖纖流。誰謂比翼鳥，化作各飛鷗。悲傷出門望，川廣無方舟。無繇謁余款，馳想托雲浮。

楚風補卷之四

宋

范　泰[1]

范曄之父[2]，字伯倫，南郡順陽人[3]。仕宋武帝。文帝時官中書郎、光禄大夫，繼領國子祭酒。少帝在位多失，泰上封事苦諫，遷侍中。元嘉五年卒，謚曰宣侯。撰《古今善言》二十四篇。

【校注】

〔1〕范泰（355—428）：《宋書》有傳。

〔2〕范曄（398—455）：《後漢書》作者，《宋書》有傳。

〔3〕南郡，當作“南陽”。《楚風補》屢誤。

經漢高廟[1]

嘯吒英豪萃，指揮五岳分。乘彼道消勢，遂廓宇宙氛。重瞳豈不偉，奮臂騰群雄。壯力拔高山，猛氣烈迅風。恃勇終必撓，道勝業自隆。

【校注】

〔1〕見《藝文類聚》卷九十八，《詩紀》卷五十三。

哀鸞[1]並序

昔罽賓王結罝峻卯之山[2]，獲一鸞鳥。王甚愛之，欲其鳴而不能致。乃飾以金樊，饗以珍羞，對之愈戚。三年不鳴。其夫人曰："嘗聞鳥見其類而後鳴，何不懸鏡以映之？"王從其意。鸞睹其形，悲鳴哀響，冲霄一奮而絶。嗟乎！兹禽何情之深！昔鍾子破琴於伯牙，匠石韜斤於郢人[3]。蓋悲妙賞之不存，慨神質於當年耳。矧乃一舉而殞其身者哉！悲夫！乃爲詩曰：

神鸞栖高梧，爰翔霄漢際。軒翼颺輕風，清響中天厲。外患難預謀，高羅掩逸勢。明鏡懸高堂，顧影悲同契。一激九霄音，響流形已斃。

【校注】

〔1〕《藝文類聚》卷九十題作"鸞鳥詩"。此詩並序又載《太平御覽》卷一百九十六，《詩紀》卷五十三。本序中事，又見宋劉敬叔《異苑》。

〔2〕罽賓：漢代西域國名，在今帕米爾一帶。峻卯山名，不詳。

〔3〕匠石運斤斫郢人鼻端之堊事，見《莊子·徐無鬼》。

嘆　老

《藝文》云梁范泰作；考梁無此名，並附於此。[1]

枉生竟何豫[2]？未云倏已老。華髮飄悴容，苦慮栖懷抱。疇昔少年時，皆以歸大造。

【校注】

〔1〕按，《藝文類聚》卷八十載此詩無詩題，《詩紀》卷五十三則題曰"咏老"。詩未可定是范伯倫之作。

〔2〕枉，《藝文類聚》作"在"。

宗　　炳[1]

字少文，荆州人[2]。祖承，宜都太守。父繇之，湘鄉令。炳居喪過禮，爲郡閭所稱。宋高祖辟主簿[3]，不就。善畫，常曰："吾將老矣，恐名山不能遍登。"乃畫行障以當卧遊。古有《金石弄》，爲諸桓所重。桓氏亡，音遂絶。惟少文傳焉。

【校注】

〔1〕宗炳（374—443），事見《宋書・隱逸傳》，即此小傳所本。

〔2〕《宋書》本傳謂"南陽涅陽人"。

〔3〕此指劉裕爲豫州刺史時辟宗炳主簿。

登白鳥山[1]

我徂白鳥山，因名感昔擬。仰升數百仞，俯覽眇千里。杲杲群木分，岌岌衆巒起。

【校注】

〔1〕見《藝文類聚》卷七、《詩紀》卷三十六。白鳥山：未詳其地及取名由來。《山海經》："金門之山有白鳥，青翼黄尾。"

登半石山[1]

清晨陟阻崖，氣志洞蕭灑。嶰谷崩地幽，窮石淩天委。長松列竦肅，萬樹巉岩詭。上施神農蘿，下凝堯時髓。

【校注】

〔1〕見《藝文類聚》卷七、《詩紀》卷三十六。半石山：在今河南偃師縣西南。

范　曄

字蔚宗，泰之子。仕文帝時，爲太子詹事。

樂遊應詔詩[1]

崇盛歸朝闕，虛寂在川岑。山梁協孔性，黄屋非堯心[2]。軒駕時未肅，文囿降照臨[3]。流雲起行蓋，晨風引鑾音[4]。原薄信平蔚，臺澗備曾深。蘭池清夏氣[5]，修帳含秋陰。遵渚攀蒙密，隨山上嶇嶔。睇目有極覽，遊情無近尋。聞道雖已積，年力互頹侵。探己謝丹黻，感事懷長林[6]。

【校注】

〔1〕見《文選》卷二十、《詩紀》卷五十三。樂遊：即樂游苑。南朝宋武帝劉裕所建，在今南京市北。

〔2〕"山梁"句：《論語·鄉黨》："（子）曰：'山梁雌雉，時哉，時哉！子路共之，三嗅而作。"

〔3〕未，五臣本《文選》作"來"。文囿：或謂文王之囿。《孟子》："齊宣王問曰：文王之囿，方七十里。"此即指樂游苑。二句意據《文選》李善注："言未戒軒駕而訪道，且降文囿而愛物也。"

〔4〕晨風：鳥名，鷂屬。鑾音：指皇帝車上之鈴聲。

〔5〕蘭池：蘭池觀，《三輔黄圖》："蘭池觀在（長安）城外。"此處用以美稱某一池沼。

〔6〕黻，原注："一作韍。"五臣本《文選》作"韍"。

臨終詩[1]

禍福本無兆，性命歸有極。必至定前期，誰能延一息。在生已可知，來緣憺無識。好醜共一丘，何足異枉直。豈論東陵上，寧辨首陽側[2]。雖無嵇生琴，庶同夏侯色[3]。寄言生存子，此路行復即。

【校注】

〔1〕見《南史》《宋書》本傳。元嘉二十二年（445），員外散騎侍郎孔熙先等密謀立宋文帝之弟彭城王劉義康爲帝，事敗，范曄受牽連入獄，不久遇害，此詩即死前作。

〔2〕東陵：據《史記》，秦故東陵侯召平亡國後爲布衣，種瓜長安城東。首陽：即首陽山，伯夷、叔齊不食周粟、采薇而餓死之處。

〔3〕嵇生琴：據《晋書·嵇康傳》，嵇康臨刑，索琴而彈《廣陵散》。夏侯色：據《三國志·魏書·夏侯玄傳》，夏侯玄參與謀殺司馬師，事敗被殺，臨刑顔色不變。

嚴　起[1]

攸縣有嚴仙山，離城八十里，一名嚴仙嶺。三峰如螺，下有七星岩，内有丹井，異魚隱見無時。劉宋元嘉中，嚴起兄弟於此修煉，後飛昇時，岩壁題詩云云。

【校注】

〔1〕嚴起的傳説未詳最早見於何書。《乾隆長沙府志·仙釋志》："嚴真人，不知何許人。相傳宋時攸縣雲陽山有道士兄弟二人，兄名起，弟名肅，俱精於醫。每登山采藥，常有紫雲覆之。丹成，每以濟人疾苦。元嘉中騎白鹿上昇。"

跨鹿昇仙去，遺踪四季寒。七星岩下隱，行滿已驂鸞。

衛敬瑜妻〔1〕

按：《南史》載，襄陽壩城王整之姊嫁爲衛敬瑜妻，年十六而敬瑜亡。父母、舅姑咸欲嫁之，不許，截耳置盤中爲誓。雍州刺史蕭藻嘉其節，旌表其門。世傳衛敬瑜妻名姚玉京，孀居時常有雙燕巢梁間。一爲鷙鳥所獲，其一孤飛悲鳴。至秋，徘徊玉京之臂，如告别然。玉京以紅縷繫其足曰："新春復來爲吾侣也。"明年，果至，因贈以詩。自是秋歸春來，歲以爲常。及玉京卒之明年，燕復來，極哀鳴，家人語之曰："玉京死矣，葬南郭。"燕遂至墳所，亦死。

【校注】

〔1〕事見《南史》卷七十四《孝義傳》，此處亦攙和傳聞記之。

孤燕詩

昔年無偶去，今春猶獨歸。故人恩義重，不忍更雙飛〔1〕。

【校注】

〔1〕義、更，《南史》分别作"既""復"。

無名氏

莫愁樂[1]

《唐書·樂志》曰："《莫愁樂》者，出於安陸石城西[2]。盧家有女名莫愁，善歌舞，嘗召入楚宫[3]。《石城樂》和中復有忘愁聲[4]，因有此歌。"《古今樂録》曰："《莫愁樂》，亦云蠻樂。"《樂府解題》曰："古歌亦有《莫愁》，乃洛陽女，與此不同[5]。"

莫愁在何處？莫愁石城西。艇子打兩槳，催送莫愁來。

聞歡下揚州，相送楚山頭。探手抱腰看，江水斷不流。

【校注】

〔1〕見《樂府詩集》卷四十八。此處所録解題略有删改。

〔2〕《舊唐書·音樂二》與《樂府詩集》均作"出於《石城樂》"。

〔3〕"盧家有女名莫愁"七字，"嘗召入楚宫"五字，爲《唐書·樂志》《樂府詩集》所無。

〔4〕和：和歌。忘，《舊唐書·音樂志》作"莫"。

〔5〕"乃洛陽女"四字，《樂府詩集》作"《洛陽女》"。古歌"與此不同"之莫愁，如梁武帝《河中之水歌》："洛陽女兒名莫愁。"

連理詩[1]

《南史》曰，貞女亡婿，種樹百株於墓前。柏樹忽成連理，一年許，還復分散。女乃爲詩云。

墓前一株柏，連根復並枝。妾心能感木，頽城何足奇[2]！

【校注】

〔1〕據《南史·孝義傳下》，此詩應屬之衛敬瑜妻，見前。

〔2〕頽城：用孟姜女哭長城故事，見劉向《列女傳》。

齊

蕭　總[1]

字彦先，江陵人。

【校注】

〔1〕蕭總：小説中人物。此處詩序及詩見《太平廣記》卷二百九十六引《八朝窮怪録·蕭總篇》，該篇謂其南齊太祖蕭道成兄瑰之子。

江陵舟中偶思神女

《八朝異怪録》曰[1]，總自建業歸江陵，值宋廢帝元徽中[2]，四方多難，因遊明月峽[3]，愛其風景，遂盤桓累歲。常於峽下枕石漱流。時春向晚，忽聞林下有人呼蕭卿者數聲，驚顧，去坐石四十餘步，有一女把花招總。總常知此有神女，異而從之。恍然行十餘里，乃見溪上有宫闕，臺殿甚嚴。侍女二十人，並神仙之質。其寢卧服玩之物，俱非世有。綢繆至曉，忽聞山鳥晨叫，岩泉韵清，出户臨軒，將窺舊路，見烟雲正重，殘月在西。神女執總謂曰："妾實此山之神，上帝三百年一易，不似人間之官，一易之後，遂生他處。今與郎契合，亦有因也。"因脱一玉指環贈總，曰："此妾嘗服玩，未曾離手，願郎穿指，慎勿忘。"總曰："幸見顧録，感恨徒深，執此懷中，終身是寶。"總乃拜辭，下數步，回顧宿處，宛見巫山神女之祠。他日，持玉環至建業，因話於張景山，景山驚曰："吾常遊巫峽，見神女乞后玉環，覺後告帝，帝遣使賜神女。吾親見在神女指上，今卿得之是矣！"總於齊太祖建元末方徵召[4]，未行，帝崩，世祖即位[5]，官制書御史，累遷中書舍人。

昔年岩下容，宛似成今古。徒思明月人，願濕巫山雨。

【校注】

〔1〕八朝異怪録,《太平廣記》作“八朝窮怪録”。八朝：當指漢魏六朝。

〔2〕元徽（473—477）：宋廢帝劉昱年號。

〔3〕明月峽：在四川巴縣境，李膺《益州記》：“峽首西岸壁高四十丈，其壁有圓孔，形若滿月，因以爲名。”

〔4〕太祖：齊高帝蕭道成廟號。

〔5〕世祖：齊武帝蕭賾廟號。

劉跛子〔1〕

【校注】

〔1〕《四庫全書總目提要》卷一九四《楚風補》條下謂:“劉跛子乃北宋人，而列於六朝之際。”清李調元《南岳志》謂劉跛子即瀟湘子，宋太平興國中人。

偶　　吟〔1〕

某丞相召自荆湖〔2〕，適劉跛子與客飲市橋。聞車騎過，甚都。起觀之，跛子挽丞相衣，使且共飲，因作詩云。

還客湖湘召赴京，車蹄迎迓一何榮。争如與子市橋飲，且免人間寵辱驚。

【校注】

〔1〕見《冷齋夜話》卷八。

〔2〕某丞相：指張天覺,《宋史》有傳。荆湖：宋代始置行政區劃“路”名。

梁

劉之遴[1]

字思直[2]，荆州人[3]，虬之子也。八歲能文，沈約、任昉異之，曰："荆州秀氣，果有奇才。"初除南郡太守，武帝曰："卿母年德俱高，故令卿衣錦衣還鄉，盡榮養之禮。"轉湘東太守。以弟之亨代之，荆土懷之[4]。後不復稱名，號"大南郡""小南郡"。以侯景亂[5]，遂爲僧，尋爲湘東王所酖[6]。所著有《春秋大意》十科，《左氏》十科，《三傳同意》十科。

【校注】

〔1〕劉之遴：《梁書》《南史》有傳，爲此小傳所本。小傳有舛誤。

〔2〕思直，《梁書》《南史》本傳作"思貞"。

〔3〕荆州，本傳作"南陽涅陽"。

〔4〕代之：代爲南郡太守；懷之：（之亨死而）荆土人懷念之亨。二句因删改義不明。

〔5〕侯景：南朝梁懷朔鎮人，初爲北魏將，附梁封爲河南王。後舉兵叛亂，史稱"侯景之亂"。

〔6〕湘東王：指梁元帝蕭繹；始封湘東王，後繼位爲帝。

酬江總詩[1]

上位居崇禮，寺署鄰栖息[2]。忌聞曉騶唱[3]，每畏晨光艶。高談意未窮，晤對賞無極。探志共遨遊，休沐忘退食[4]。曷用銷鄙吝，枉趾遘顔色[5]。上下數千載[6]，揚搉吐胸臆。

【校注】

〔1〕詩見《陳書·江總傳》及《詩紀》卷九十。江總：字總持，少年時曾頗得劉之遴推重。

〔2〕崇禮：闈闥之名，此處泛指；《蜀都賦》："宣化之闥，崇禮之闈。"寺署：猶言臺署。

〔3〕騶唱：引馬騎卒傳呼開道；曉騶唱：當指百官早朝。

〔4〕志，《陳書》作"急"。休沐：舊謂官吏休假；退食：語出《詩·羔羊》"退食自公"，謂公事畢，歸就餐。

〔5〕《世説新語·道行》："周子居常云：'吾時不見黄叔度，則鄙吝之心已復生矣。'"二句或本此。

〔6〕上下，《陳書》作"下上"。

范　雲[1]

字彦龍，襄陽舞陽人[2]，初仕南齊，爲景陵王子良文學[3]。入梁爲吏部尚書，封宵城侯，遷尚書左僕射。性機警，善屬文。居選部。寄任隆重。書牘盈案，賓客滿門；應答如流，無所壅滯。官曹文墨，發擿若神明。人服其明贍。

【校注】

〔1〕范雲（451—503）：《梁書》《南史》有傳，爲此處小傳所本。

〔2〕襄陽舞陽，《南史·范雲傳》作“南鄉舞陰”。

〔3〕景陵王，應從《南史》本傳作“竟陵王”。按，《楚風補》誤“竟”爲“景”。

巫山高[1]

巫山高不極，白日隱光輝。靄靄朝雲去，溟溟暮雨歸。岩懸獸無迹，林暗鳥疑飛。枕席竟誰薦？相望空依依。

【校注】

〔1〕原注：“以下三首同謝朓作。”同：以同題作和詩。此詩見《謝宣城集》卷二、《藝文類聚》卷四十二、《文苑英華》卷二百一。巫山高：漢鐃歌名，本詩咏巫山神女事。

有所思[1]

如何有所思，而無相見時[2]。宿昔夢顔色，階庭尋履綦。高張更何已，引滿終自持[3]。欲知憂能老[4]，爲視鏡中絲。

【校注】

〔1〕見《謝宣城集》卷二、《藝文類聚》卷四十一、《樂府詩集》卷十七，

皆作王融詩。作范雲非。有所思：漢鐃歌名，《樂府解題》引古詞謂係悲艷之詞。

〔2〕時，《藝文類聚》作“期”。

〔3〕張，《謝宣城集》作“歌”。持，《藝文類聚》作“欹”。

〔4〕能，《藝文類聚》作“里”。

當對酒〔1〕

對酒心自足，故人來共持。方悦羅衿解，誰念髮成絲。徇性良爲達〔2〕，求名本自欺。迨君當歌日，及我傾樽時。

【校注】

〔1〕見《謝宣城集》卷二、《樂府詩集》卷二十七、《文苑英華》卷一百九十五。當對酒，亦作對酒，樂府相和曲名，魏樂。

〔2〕徇性，《樂府詩集》作“狥性”，猶言任性、順性。

古意贈王中書〔1〕

攝官青瑣闥，遥望鳳凰池。誰云相去遠，脈脈阻光儀。岱山饒靈異，沂水富英奇。逸翮凌北海，摶飛出南皮〔2〕。遭逢聖明后，來栖桐樹枝。竹花何莫莫，桐葉何離離。可栖復可食，此外亦何爲。豈知鷦鷯者，一粒有餘貲〔3〕。

【校注】

〔1〕《古文苑》卷四作“學古贈王中書”、《初學記》卷十二作“與王中書詩”。原注：“融。”《文選》李善注：“五言，《集》曰覽（或作學）古贈王中書融。”王融，齊武帝時爲中書郎，《南史》《南齊書》有傳。

〔2〕《莊子·逍遥游》：“北溟有魚，其名爲鯤。化而爲鳥，其名爲鵬。是鳥也，海運則將徙於南溟。”又《文選》李善注曰：“徐幹居北海，吴質游南皮。二人皆蒙魏文恩幸，故言地以明之也。”

〔3〕張華《鷦鷯賦》："巢林不過一枝，每食不過數粒。"

贈張徐州謖[1]

田家采樵去[2]，薄暮方來歸。還聞稚子説，有客款柴扉。儐從皆珠玳，裘馬悉輕肥。軒蓋照墟落，傳瑞生光輝。疑是徐方牧，既是復疑非。思舊昔言有[3]，此道今已微。物情棄疵賤，何獨顧衡闈。恨不具鷄黍[4]，得與故人揮。懷情徒草草，淚下空霏霏。寄書雲間雁，爲我西北飛。

【校注】

〔1〕《文選》卷二十六李善注、《梁書》卷十六"張謖"均作"張稷"，應從。張稷：字公喬，齊明帝時爲北徐州刺史。

〔2〕采樵，《文選》作"樵采"。

〔3〕思，原注："一作懷。"

〔4〕鷄黍：殺鷄作黍，語出《後漢書》范式、張劭交往故事。

答句曲陶先生[1]

終朝吐祥霧[2]，薄晚孕奇烟。洞澗生芝草，重崖出醴泉。中有懷真士[3]，被褐守冲玄。石户栖千秘，金壇謁九仙[4]。乘鳧方履漢，轡鶴上騰天[5]。

【校注】

〔1〕原注："《廣文選》作'山中懷故人'。"《藝文類聚》卷三十六、《文苑英華》卷二百二十七同此。陶先生：指陶弘景，《南史·隱逸傳》載他於永明十年辭官修道於句曲山。

〔2〕終朝：《詩·采緑》：鄭箋："自旦及食時爲終朝。"

〔3〕真，《廣文選》作"貞"。

〔4〕千，《詩紀》外，諸本皆作"十"。金壇：《真誥·稽神樞篇》："大天

之内有地中之洞天三十六所，其第八是句曲山之洞，周回一百五十里，名曰金壇華陽之天。”

〔5〕履，《文苑英華》一作“屐”；上，原注：“一作且。”《文苑英華》正作“且”。

貽何秀才〔1〕

桂葉竟穿荷〔2〕，蒲心争出波。有鷺驚蘋芰，綿蠻弄藤羅。臨花空相望，對酒不能歌。聞君饒綺思，摛掞足爲多。布鼓誠自鄙〔3〕，何事絶經過。

【校注】

〔1〕見《何水部集》卷一、《詩紀》卷八十三。何秀才：即何遜，字仲言，詩文俱有名於時；弱冠舉秀才，當時極爲范雲所嘆賞，《南史》《梁書》有傳。

〔2〕荷，江昉本《何水部集》作“阿”，未詳孰是。

〔3〕布鼓：語出《漢書·王尊傳》：“毋持布鼓過雷門。”據説會稽城門（雷門）有大鼓，聲聞洛陽。

答何秀才〔1〕

少年射策罷，擢第雲臺中。已經淄水耋，復笑廣州翁〔2〕。麟閣佇讎校，虎觀遲才通〔3〕。方見雕篆合，誰與畋漁同〔4〕。待爾金閨北，予藝青門東。

【校注】

〔1〕見《何水部集》卷一、《詩紀》卷七十七。何有《酬范記室雲》酬范，復贈《落日前墟望贈范廣州雲》，范乃賦此作答。

〔2〕淄水：何遜是東海郯（今山東郯城縣西）人，故以淄水代其家鄉。廣州翁：范雲曾任廣州刺史。

〔3〕麟閣：即麒麟閣，漢代收藏圖書之處。虎觀：即白虎觀，漢章帝曾於

此會群儒，議五經同异。

〔4〕雕篆合：自謙拙詩已成，用“雕蟲篆刻”之意。畋漁：種地捕魚；何遜詩中有“高門盛游侶，誰肯進畋漁”，本自謙疏野，此用其語稱其人。

贈俊公道人〔1〕

秋蓬飄秋甸，寒藻泛寒池。風條振風響，霜葉斷霜枝。幸及清光滿，無使明月虧〔2〕。月虧君不來，相期竟悠哉〔3〕。

【校注】

〔1〕見《藝文類聚》卷三、《初學記》卷三。

〔2〕清光，《藝文類聚》作“清江”。

〔3〕相期，《初學記》卷三作“何時”。

别　詩〔1〕

孤烟起新豐，候雁出雲中〔2〕。草低金城霧，木下玉門風。别君河初滿，思君月屢空。折桂衡山北，摘蘭沅水東。蘭摘心焉寄，桂折意誰通？

【校注】

〔1〕見《藝文類聚》卷二十九、《文苑英華》卷二百六十六。此詩圍繞“别”字掇拾典藻，敷衍成篇。

〔2〕新豐：據《漢書》應劭注，劉邦爲其父築城以象豐邑，徙家鄉人民來居住，故名。雲中：傳説趙武侯築長城不就，改卜陰山河曲，晝見群鵠游於雲中，乃即其處築城。

渡黄河〔1〕

河流迅且濁，湯湯不可凌。檜楫難爲榜，松舟纔自勝。空庭偃舊木，荒疇餘故塍。不睹人行迹，但見狐兔興。寄言河上老，此水何當澄[2]。

【校注】

〔1〕見《藝文類聚》卷八、《文苑英華》卷一百六十三。

〔2〕河上老：據《神仙傳》："河上公者……漢文帝時結草爲庵於河之濱。""此水"句：《左傳》襄公八年："俟河之清，人壽幾何？"

效　古[1]

寒沙四面平，飛雪千里驚。風斷陰山樹，霧失交河城[2]。朝驅左賢陣，夜薄休屠營[3]。昔事前軍幕，今逐嫖姚兵[4]。失道刑既重，遲留法未輕[5]。所賴今天子，漢道日休明。

【校注】

〔1〕見《文選》卷三十一。

〔2〕陰山、交河城：泛言北方邊境。

〔3〕左賢：即左賢王，匈奴貴族封號；休屠：匈奴屬王之號。李廣曾率軍擊左賢王陣，霍去病曾戰勝休屠王，皆見《漢書》。

〔4〕前軍：李廣曾任前將軍。嫖姚：霍去病曾任嫖姚校尉。

〔5〕"失道"句：用李廣因軍隊迷路，獲罪自殺事。"遲留"句：用李廣利攻大宛未下，請求休整，漢武帝不准其入玉門關之典。

送沈記室夜别[1]

桂水澄夜氛，楚山清曉雲[2]。秋風兩鄉怨，秋月千里分。寒枝寧共采，霜猿行獨聞。捫蘿正憶我，折桂方思君。

【校注】

〔1〕見《藝文類聚》卷二十九、《文苑英華》卷二百六十六。沈記室：即沈

約，曾任安西外兵參軍記室。

〔2〕楚，《藝文類聚》作“桂”。

送　　别[1]

東風柳綫長，送郎上河梁。未盡樽前酒，妾泪已千行。不愁書難寄，但恐鬢將霜。望懷白首約，江上早歸航。

【校注】

〔1〕見明張之象《古詩類苑》卷七十五。

望織女[1]

《英華》作梁武帝，今從《藝文》《玉臺》作范雲。

盈盈一水邊，夜夜空自憐。不辭精衛苦，河流未可填。寸情百重結，一心萬處懸[2]。願作雙青鳥，共舒明鏡前。

【校注】

〔1〕《藝文類聚》卷四、《玉臺新咏》卷五作范雲詩。

〔2〕萬，應從《梁武帝集》作“兩”。

之零陵郡次新亭[1]

江干遠樹浮，天末孤烟起。江天自如合，烟樹還相似。滄流未可源，高飄去何已[2]。

【校注】

〔1〕見《藝文類聚》卷二十九。

〔2〕二句用《荆楚歲時記》“漢武帝令張騫使大夏尋河源”事。

閨　思[1]

春草醉春烟，深閨人獨眠。積恨顔將老，相思心欲然。幾回明月夜，飛夢到郎邊。

【校注】

〔1〕見《古詩類苑》卷九十五、《詩紀》卷七十七。

登城怨[1]

楚妃歌修竹，漢女奏幽蘭[2]。獨以閨中笑，豈知城上寒。

【校注】

〔1〕見《藝文類聚》卷三十。

〔2〕楚妃、幽蘭：皆樂府舊曲名；楚妃、漢女：泛言閨中之女。

自君之出矣[1]

自君之出矣，羅帳咽秋風。思君如蔓草，連延不可窮。

【校注】

〔1〕見《藝文類聚》卷三十二、《文苑英華》卷二百二。《樂府詩集》卷六十九載此題，屬雜曲歌辭，並附解題曰："漢徐幹有《室思詩》五章，其第三章曰：'自君之出矣，明鏡暗不治。思君如流水，無有窮已時。''自君之出矣'蓋出於此。"

柳　惲[1]

字文暢。其先河東解人。自後魏及劉宋多官荆、郢刺史，遂家襄陽。惲少有大志，以貴公子早擅名。工詩，善尺牘，嘗賦《搗衣詩》[2]云："亭皋木葉下，隴首秋雲飛[3]。"瑯玡王融見而嗟賞，因書齋壁及所執白團扇。齊竟陵王引爲法曹參軍[4]，累遷太子洗馬，試守鄱陽相。還，除驃騎從事中郎。武帝至京邑，惲候謁石頭，以爲冠軍將軍。征東府司馬[5]。天監初除長史，與沈約共定新律[6]。武帝每與宴，必詔惲賦詩。嘗和武帝《登景陽樓詩》[7]，當時咸共稱傳。帝嘗曰："柳惲可謂具美，分其才，足了十人。"累遷左民尚書、廣州刺史，徵爲秘書監，再爲吴興太守。爲政清静，吏民懷之。感疾卒。

【校注】

〔1〕柳惲（465—517）：《南史》《梁書》有傳。

〔2〕見《玉臺新咏》卷五等書。

〔3〕雲，《藝文類聚》所引作"蓬"。亭皋：水邊的平地。隴首：即隴頭，指北邊。

〔4〕齊竟陵王：即蕭子良，齊武帝第二子，《南齊書》有傳。

〔5〕東府：東晋、南朝時揚州刺史之治所。

〔6〕沈約（441—513）：南朝詩人，《宋書》《梁書》《南齊書》皆有傳。

〔7〕見《南史》本傳。

江南曲[1]

汀洲采白蘋，日暖江南春[2]。洞庭有歸客，瀟湘逢故人。故人何不返[3]，春花復應晚。不道新知樂，只言行路遠[4]。

【校注】

〔1〕見《玉臺新咏》卷一、《藝文類聚》卷四十二、《文苑英華》卷二百一。《樂府詩集》卷二十六引《樂府解題》曰："江南，古辭，蓋美芳晨麗景，嬉游得時。"屬相和歌辭。

〔2〕暖，上引諸本皆作"落"。

〔3〕何，《藝文類聚》作"久"。

〔4〕只，《藝文類聚》作"空"、《玉臺新咏》作"且"。

長門怨〔1〕

玉壺夜愔愔，應門重且深。秋風動桂樹，流月摇輕陰。綺檐清露溽〔2〕，綢户思蟲吟。嘆息下蘭閣，含愁奏雅琴〔3〕。何由鳴曉佩，復得抱宵衾。無復金屋念〔4〕，豈照長門心。

【校注】

〔1〕見《玉臺新咏》卷五、《樂府詩集》卷四十二。長門怨：樂府相和歌辭，咏漢武帝陳皇后事。

〔2〕溽，原注："一作滴。"係據《詩紀》。

〔3〕蘭閣：椒房的美稱。雅琴：樂器名。司馬相如《長門賦》："援雅琴以變調兮，奏愁思之不可長。"

〔4〕金屋念：漢武帝幼時曾言要以"金屋"貯阿嬌（即陳皇后），見《樂府詩集》解題。

度關山〔1〕

少長倡家女〔2〕，出入燕南垂。唯持德自美〔3〕，本以容見知。舊聞關山遠〔4〕，何事總金羈？妾心日已亂，秋風鳴細枝。

【校注】

〔1〕見《玉臺新咏》卷五、《樂府詩集》卷二十七。度關山：樂府相和曲辭

名，魏樂。

〔2〕少長，原注：“一作長安。”係據《詩紀》。

〔3〕唯，《樂府詩集》作“與”。

〔4〕遠，《樂府詩集》作“道”。

起夜來〔1〕

城南斷車騎〔2〕，閣道覆青埃。露華光翠網，月影入蘭臺。洞房且莫掩，應門或復開。颯颯秋桂響，非君起夜來。

【校注】

〔1〕見《玉臺新咏》卷五、《樂府詩集》卷二十七，屬雜曲歌辭。《樂府解題》曰：“《起夜來》，其辭意猶念疇昔，思君之來也。”

〔2〕車，《樂府詩集》作“兵”。

獨不見〔1〕

別島望雲臺，天淵臨水殿〔2〕。芳草生未積，春花落如霰。出從張公子，還過趙飛燕〔3〕。奉帚長信宮〔4〕，誰知獨不見。

【校注】

〔1〕見《玉臺新咏》卷五、《文苑英華》卷二百十一。獨不見：樂府雜曲歌辭名，《樂府解題》：“《獨不見》，傷思而不得見也。”

〔2〕風，《樂府詩集》作“雲”。雲臺：漢宮中高臺名。天淵：亦作天泉，在洛陽東，晋人游宴處。

〔3〕據《漢書·外戚傳》及《漢書·五行傳》，漢成帝微行，與張放（張公子）俱，過陽阿主家，見趙飛燕。

〔4〕“奉帚”句：趙飛燕擅寵，班婕妤恐久見危，求供養太后於長信宮，見《漢書·外戚傳》。

贈吴均[1]

寒雲晦滄洲，奔潮溢南浦。相思白露亭，永望秋風渚。心知别路長，誰謂若燕楚[2]。關候日遼絶，如何附行旅[3]。願作野飛鳥，飄然自輕舉。

遠遊濟伊洛，秣馬度清漳。邯鄲饒美女[4]，艷色含春芳。鼓瑟未成曲，踏屣復翱翔[5]。我本遊客子，情愛在淮陽。新知誰不樂，念舊苦人腸。

夕宿飛狐關[6]，晨登碛礫坂。形爲戎馬倦，思逐征旂遠。邊城秋霰來，寒鄉春風晚。始信隴雪輕，漸覺寒雲卷。徭役命所當，念子加餐飯[7]。

【校注】

〔1〕前二首見《藝文類聚》卷三十一，此三首又見《文苑英華》卷二百四十七。吴均（169—519）：字叔庠，梁吴興故鄣人，柳惲爲吴興太守時召補主簿；文體清拔有古氣，時號“吴均體”，見《南史》本傳。

〔2〕誰，原注：“一作不。”《文苑英華》作“不”。

〔3〕如何，原注：“一作向因。”

〔4〕《古詩》：“燕趙多美女”；邯鄲：戰國趙都。饒，原注：“一作有。”（從《詩紀》）

〔5〕踏屣，原注：“一作蹀履。”《藝文類聚》作“跕屣”，《文苑英華》作“踏履”。

〔6〕飛狐關：關隘名，在今河北淶源縣。

〔7〕子，《文苑英華》作“予”。《古詩》：“棄捐勿復道，努力加餐飯。”

咏薔薇[1]

當户種薔薇，枝葉太葳蕤。不摇香已亂，無風花自飛。春閨不能静，開匣理明妃[2]。曲池浮采采，斜岸列依依。或聞好音度，時見啣泥歸。且對清酤湛[3]，其餘任是非。

【校注】

〔1〕《玉臺新咏》卷五作江洪作。又見《藝文類聚》卷八十一。

〔2〕理，《玉臺新咏》作“對”。理明妃：即理《明妃》之曲，《樂府詩集·琴曲歌辭》有《昭君怨》。

〔3〕酤，《玉臺新咏》作“觴”。

擣　衣[1]

孤衾引思緒，獨枕愴憂端[2]。深庭秋草緑，高門白露寒。思君起清夜，促柱奏幽蘭[3]。不怨飛蓬苦，徒傷蕙草殘[4]。

行役滯風波，游人淹不歸。亭皋木葉下，隴首秋雲飛。寒園夕鳥集，思牖草蟲悲。嗟矣當春服，安見禦冬衣。

鶴鳴勞永嘆，采菉傷時暮[5]。念君方遠遊，望妾理紈素[6]。秋風吹緑潭，明月懸高樹。佳人飾凈容，招携從所務。

步欄杳不極[7]，離堂肅已扃。軒高夕杵散，氣爽夜碪鳴。瑶華隨步響，幽蘭逐袂生。踟躕理金翠，容與納宵清。

泛艶回烟彩，淵旋龜鶴文。凄凄合歡袖，冉冉蘭麝芬。不怨杼軸苦，所悲千里分。垂泣送行李，傾首遲歸雲。

【校注】

〔1〕見《玉臺新咏》卷五，並參柳惲小傳。

〔2〕原注：引，"一作紛"，愴，"一作悵"（按皆據《詩紀》卷七十九）。

〔3〕幽蘭：樂府琴曲歌辭名。

〔4〕飛蓬：用《詩·衛風·伯兮》："自伯之東，首如飛蓬。"言無心妝飾。蕙草殘：《離騷》："蘭芷變而不芳兮，荃蕙化而爲茅。"此處指青春漸老，容質銷殘。

〔5〕鶴鳴：用《詩·小雅·鶴鳴》題意，鄭玄注："誨宣王也。"采用《詩·小雅·采菉》題意，鄭玄注："刺怨曠也。"菉：通"緑"，即王芻，一種多年生草。

〔6〕望，原注："《藝文》作'賤'"。紈素：據《漢書》顔師古注，即冬衣。

〔7〕欄，《玉臺新咏》作"欄"，《楚風補》原從《詩紀》作"櫚"。步櫚或步欄，係一種供散步用的回廊或長廊式建築。

從武帝登景陽樓〔1〕

太液滄波起，長楊高樹秋〔2〕。翠華承漢遠，雕輦逐風流〔3〕。

《南史》曰：惲嘗和武帝登景陽樓篇，深見賞矣。

【校注】

〔1〕見《南史》《梁書》本傳。

〔2〕太液：漢武帝所建池沼名；長楊：漢行宫名。二句皆借漢言本朝。

〔3〕翠華：有翠羽爲飾的旗，爲皇帝儀仗，此代指皇帝。漢：雲漢。流，《南史》《梁書》本傳皆作"游"。句下原注："以下句闕。"

費　　昶[1]

江夏人，善爲樂府，嘗作鼓吹曲，武帝重之，敕曰："才意新拔，有足嘉異。昔柳惲博物，卞蘭巧辭[2]。束帛之賜[3]，實惟勸善，可賜絹十匹。"

【校注】

〔1〕費昶事見《南史·文學傳》。

〔2〕卞蘭：三國魏人，《藝文類聚》載曹丕《答卞蘭教》及卞蘭詩賦若干首，其他不詳。

〔3〕束帛：帛五匹爲束，古代用作聘問、饋贈等的禮物。

巫山高[1]

巫山光欲曉[2]，陽臺色依依。彼美岩之曲，寧知心是非[3]。朝雲觸石起，暮雨潤羅衣。願解千金珮，請逐大王歸[4]。

【校注】

〔1〕見《玉臺新咏》卷六、《樂府詩集》卷十六。巫山高：樂府古題，本寫遠遊思歸，本篇寫巫山神女。

〔2〕曉，原注："一作晚。"諸本作"晚"，《詩紀》云："一作曉。"

〔3〕彼美：指巫山神女。"寧知"句：用漢武帝《李夫人歌》"是邪？非邪？立而望之，偏何姍姍其來遲"詩意，見《漢書·外戚傳》。

〔4〕解千金珮：借用劉向《列仙傳》鄭交甫逢漢女解珮的故事。大王：指楚王。

芳　　樹[1]

幸被夕風吹，屢得朝光照。枝低疑欲舞[2]，花開似含笑。長夜路悠悠，所思不可召。行人早旋返，賤妾猶年少[3]。

【校注】

〔1〕見《文苑英華》卷二百八、《樂府詩集》卷十七。芳樹：樂府舊題，屬鼓吹曲辭。見《樂府詩集》引《樂府解題》。

〔2〕低，《樂府詩集》作“偃”。

〔3〕猶年少，《文苑英華》《樂府詩集》作“年猶少”。

有所思[1]

上林烏欲栖[2]，長門日行暮。所思鬱不見[3]，空想丹墀步。簾動意君來，雷聲似車度[4]。北方佳麗子，窈窕能回顧[5]。夫君自迷惑，非爲妾心妬[6]。

【校注】

〔1〕見《玉臺新咏》卷六、《文苑英華》卷二百二、《樂府詩集》卷十七。有所思：樂府鼓吹曲辭名。此篇托陳皇后語氣抒落寞之感。

〔2〕栖，《文苑英華》《樂府詩集》作“飛”。上林：指上林苑。

〔3〕見，《文苑英華》作“已”。

〔4〕意，《玉臺新咏》作“憶”。“雷聲”句：《長門賦》：“雷隱隱而響起，聲象君之車音。”

〔5〕“北方”二句：用李延年歌意，見《漢書·外戚傳》。

〔6〕據《漢書·外戚傳》，陳“擅寵驕貴十餘年而無子，聞衛子夫得幸，幾死者數焉”。

長門怨[1]

向夕千愁起，自悔何嗟及[2]。愁思且歸床，羅襦方掩泣。絳樹摇風軟，黄鳥弄聲急[3]。金屋貯嬌時，不言君不入。

【校注】

〔1〕見《藝文類聚》卷三十二、《樂府詩集》卷四十二,《玉臺新咏》卷六題作“長門后怨”。

〔2〕愁、自悔,《藝文類聚》作“悲”“百恨”。

〔3〕絳樹:仙樹名,此美稱宫苑中之樹;又,古歌女名。黄鳥:明指苑中鳥,暗有所寓。《詩·葛覃》:“黄鳥于飛”,鄭箋:“后妃之本也。”《詩·黄鳥》黄序:“黄鳥,刺宣王也。”二句暗喻陳皇后可悲可憐的處境。

采菱曲〔1〕

妾家五湖口,采菱五湖側。玉面不關妝,雙眉本翠色〔2〕。日斜天欲暮,風生浪未息。宛在水中央〔3〕,空作兩相憶。

【校注】

〔1〕見《玉臺新咏》卷六、《文苑英華》卷二百八、《樂府詩集》卷二十一。采菱曲:樂府清商曲辭名。

〔2〕“雙眉”句,《文苑英華》作“翠眉本青色”。

〔3〕“宛在”句,《詩·秦風·蒹葭》成句。

思公子〔1〕

公子才氣饒,凌雲自飄飄〔2〕。東出鬬鷄道,西登飲馬橋〔3〕。夕宴銀爲燭,朝燔桂作焦〔4〕。虞卿亦何命,窮極苦無聊〔5〕。

【校注】

〔1〕見《樂府詩集》卷七十四。思公子:樂府雜曲歌辭名,原用《楚辭·九歌》“思公子兮徒離憂”意。

〔2〕二句用司馬相如奏《大人賦》,天子大悦,“飄飄有凌雲之氣”。見《史記·司馬相如傳》。

〔3〕鬬鷄道、飲馬橋:皆長安近郊地名。郭緣生《述征記》:“(長安)廣

陽門北有鬬鷄臺。”

〔4〕銀爲燭：即用銀燭；《拾遺記》：“浮忻國貢蘭金之泥……百鑄，其色變白，有光如銀，即銀燭是也。”桂作焦：焦通“樵”，即用桂樹作柴，語本《戰國策》：“楚國食貴於玉，薪貴於桂。”

〔5〕虞卿：《史記》有傳，是貧寒的遊説之士，此藉以自指。

發白馬〔1〕

家本樓煩俗，召募羽林兒〔2〕。怖羌角觝戲，習戰昆明池〔3〕。弓弢不復挽，劍衣恒露鈹。一辭豹尾内，長别屬車垂〔4〕。白馬今雖發，黄河未結澌。寄言閨中婦，逢春心勿移。

【校注】

〔1〕見《文苑英華》卷二百九、《樂府詩集》卷七十四。原注：“白馬，津名。”按在今河南滑縣北。發白馬：樂府雜曲歌辭名。

〔2〕樓煩：古國名，遊牧，精騎射。羽林兒：即羽林孤兒，自漢武帝之後禁衛名。

〔3〕“習戰”句：漢武帝鑿昆明池，以習水戰。

〔4〕豹尾：皇帝屬車，最後一乘懸豹尾，由武士執之，見《獨斷》《後漢書·輿服志》。

行路難二首〔1〕

君不見長安客舍門，倡家少女名桃根〔2〕。貧窮夜紡無燈燭，何言一朝奉至尊。至尊離宫百餘處，千門萬户不知曙。唯聞啞啞城上烏，玉欄金井牽轆轤〔3〕。丹梁翠柱飛流蘇，香薪桂火炊雕胡〔4〕。當年翻覆無常定，薄命爲女何必麤〔5〕。

【校注】

〔1〕見《玉臺新咏》卷九、《文苑英華》卷二百、《樂府詩集》卷七十。前

一首《藝文類聚》卷三十及《文苑英華》均作吴均詩。原注："前一首《藝文》作吴均。"行路難：樂府雜曲歌辭名，備言世路艱難及離别感傷之意。

〔2〕桃根：晋王獻之妾桃葉之妹；此處另有所本。

〔3〕欄,《藝文類聚》作"蘭"。

〔4〕流蘇,《玉臺新咏》《樂府詩集》均作"屠蘇"，草名，常畫於梁柱；飛屠蘇，謂梁傾柱坍。香薪桂火：謂以桂爲薪。雕胡：原注："一作彫菰。"窮人所食的菰米。

〔5〕麤,《説文》："行超遠也，從三鹿。"何必麤,《藝文類聚》作"必已麤",《文苑英華》則作"心已麄"，注云：一作"必已麄"，一作"何必麄"，按當從《玉臺新咏》。

君不見人生百年如流電，心中塯壞君不見。我昔初入椒房時，詎減班姬與飛燕。朝逾金梯上鳳樓[1]，暮下瓊鈎息鸞殿。柏梁晝夜香，錦帳自飄颺[2]。笙歌棗下曲，琵琶陌上桑[3]。過蒙恩所賜[4]，餘光曲沾被。既逢陰后不自專，復值程姬有所避[5]。黄河千年始一清[6]，微軀再逢永無議。蛾眉偃月徒自妍[7]，傅粉施朱欲誰爲。不如天淵水中鳥，雙去雙飛長比翅[8]。

【校注】

〔1〕逾,《文苑英華》作"踏"。

〔2〕柏梁：即漢武帝時所建柏梁臺。二句暗指有人承寵。

〔3〕棗下曲,《玉臺新咏》作"郪上吹",《樂府詩集》作"膝上吹"。《樂府詩集·雜曲歌辭》有《棗下何纂纂》，取意於潘岳《笙賦》："歌棗下之纂纂"，"言榮謝各有時"。又《古今樂録》："《陌上桑》，歌瑟調。"言羅敷女忠於愛情。

〔4〕蒙,《文苑英華》作"叨"。

〔5〕"陰后"句：或用漢光武帝后陰麗華事，謂皇后雖在高位，不專寵驕貴。"程姬"句：《史記·五宗世家》："長沙定王發，發之母曰唐姬，故程姬

侍者。景帝召程姬，程姬有所避，不願進，而飾侍者唐兒使夜進。上醉不知，以爲程姬而幸之。”

〔6〕《左傳》襄公九年：“俟河之清，人壽幾何？”杜預注：“黄河水濁，一千年而一清。”

〔7〕偃月：偃，原作“掩”，據諸本校改；六朝時婦女於額施額黄作半月形者，謂之偃月。

〔8〕二句中淵、鳥、飛，《文苑英華》分别作“泉”“凫”“歸”。

華觀省中夜聞城外搗衣[1]

閶闔下重關[2]，丹墀吐明月。秋氣城中冷，秋砧城外發。浮聲繞雀臺，飄響度龍闕[3]。宛轉何藏摧，當從上路來。藏摧意未已，定自乘軒裏[4]。乘軒盡世家，佳麗似朝霞。圓璫耳上照，方繡領間斜。衣薰百和屑，鬢插九枝花。昨暮庭槐落，今朝羅綺薄。拂席捲鴛鴦，開縵舒龜鶴。金波正容與，玉步依砧杵。紅袖往還縈，素腕參差舉。徒聞不得見，獨夜空愁佇。獨夜何窮極，懷之在心惻[5]。階垂玉衡露，庭舞相風翼[6]。瀝滴流星輝，燦爛長河色。三冬誠足用，五日無糧食[7]。揚雲已寂寥，今君復弦直[8]。

【校注】

〔1〕見《玉臺新咏》卷六，分爲二首，至“獨夜空愁佇”爲第一首。華光，本作“華觀”，從《藝文類聚》改；六朝殿名。此詩由搗衣生發，抒寒士幽怨。

〔2〕閶闔，《藝文類聚》作“闔閶”；閶闔：宫之正門。

〔3〕龍闕：《後漢書·百官志》注：“洛陽宫門，名爲蒼龍闕門。”

〔4〕意，《藝文類聚》作“方”；裏，《玉臺新咏》作“里”。

〔5〕惻，《玉臺新咏》作“側”。

〔6〕玉衡露：指深秋之夜露；玉衡：本北斗第五星。相風：指相風銅烏，古代一種作烏形的測風器。

〔7〕“三冬”句：用《漢書·東方朔傳》事：“年十三學書，三冬文史足

用。”“五日”句:《玉臺新咏》吴兆宜注引謝承《後漢書》:“沈景爲河間太守，拜爲二千石，妻子不歷官舍，五日一炊。”

〔8〕“揚雲”句：據《漢書·揚雄傳》，當時京師爲之語曰：“惟寂寞，自投閣；爰清静，作符命。”“今君”句：據《後漢書·五行志》，太尉李固直言清河王當立，竟被免官坐罪死，暴屍道路；而對其事緘口不言的太尉胡廣等得封侯。時童謡云：“直如弦，死道邊。曲如鉤，反封侯。”

和蕭記室春旦有所思〔1〕

芳樹發春輝，蔡子望青衣〔2〕。水逐桃花去，春隨楊柳歸。楊柳何時歸，裊裊復依依〔3〕。已蔭章臺陌，復掃長門扉。獨知離心者，坐惜春光違。洛陽遠如日，何由見宓妃〔4〕。

【校注】

〔1〕見《玉臺新咏》卷六。

〔2〕蔡子：指蔡邕，其《青衣賦》曰：“嗷嗷青衣，我思遠逝，君思來追。”(《藝文類聚》卷三十五引)

〔3〕二句本《詩·小雅·采薇》：“昔我往矣，楊柳依依。”

〔4〕“洛陽”句：用晋明帝幼時言長安與日孰遠故事。宓妃：曹植《洛神賦》之洛水女神；又《離騷》云：“求宓妃之所在。”此處則藉求女喻思君意。

春郊見美人〔1〕

芳郊拾翠人，回袖捲芳春〔2〕。金輝起步摇，紅彩發吹綸〔3〕。陽陽蓋傾月〔4〕，飄飄馬足塵。薄暮高樓下，當知妾姓秦〔5〕。

【校注】

〔1〕見，原注：“一本見作望。”《玉臺新咏》卷六、《藝文類聚》卷十八題皆作“春郊望美人”。

〔2〕捲，《玉臺新咏》一作“掩”，《藝文類聚》作“採”。

〔3〕步摇：一種飾有垂珠的首飾，人步行則隨而摇動。吹綸：《後漢書·章帝紀》注："綸，似絮而細，吹者，言吹嘘可成；亦紗也。"

〔4〕陽陽，《玉臺新咏》作"湯湯"，一作"揚飀"。傾月，《玉臺新咏》作"頂（一作項）日"。

〔5〕古樂府《日出東南隅行》："秦氏有好女，自名爲羅敷。"此言"妾姓秦"，示不可狎近之意。

咏照鏡[1]

晨暉照杏梁，飛燕起朝妝。留心散廣黛，輕手約花黄。正釵時念影，拂絮且憐香。方嫌翠色故，乍道玉無光。城中皆半額，非妾畫眉長[2]。

【校注】

〔1〕見《玉臺新咏》卷六。

〔2〕《後漢書·馬廖傳》："城中好廣眉，四方高半額。"此謂眉樣入時。

和蕭洗馬屏風二首[1]

日静班姬門，風輕董賢館[2]。卷耳緣階出，反舌登牆唤[3]。蠶女桂枝鈎，遊童蘇合彈[4]。拂袖當留客，相逢莫相難[5]。

右陽春發和氣。

【校注】

〔1〕見《玉臺新咏》卷六。原注："蕭子範爲太子洗馬。"（按，係據《詩紀》）《玉臺新咏》吴兆宜注則以蕭洗馬爲蕭子顯。二詩末分别有舊注："右'陽春發和氣'"及"右'秋夜凉風起'"，當是蕭洗馬原二詩的首句。

〔2〕班姬：漢成帝妃班婕妤；董賢：漢哀帝之倖臣。皆借用其名。

〔3〕反舌：鳥名，鳴聲宛轉。

〔4〕"蠶女"句：《日出東南隅行》："桂枝爲籠鈎。"蘇合彈：以蘇合樹

膠所製香丸。

〔5〕逢,《玉臺新咏》一作“遲”。

佳人在河内，征夫鎮馬邑。零露一朝溥[1]，中夜兩垂泣。氣爽床帳冷，天寒針縷澀。紅顔本暫時，君還詎相及。

右秋夜涼風起。

【校注】

〔1〕“零露”句：本《詩·鄭風·野有蔓草》“零露團兮”。

咏入幌風[1]

經堂泛寶瑟[2]，乘隙動浮埃。鏘金驅響至，舉袂送芳來。能使蘭膏滅，乍見珠簾開。輕裾試一舉，令子暫遲回。

【校注】

〔1〕見《初學記》卷一,《文苑英華》卷一百五十六。

〔2〕原注：“堂，一作房。”按,《詩紀》作“房”，而《文苑英華》作“芳”。

宗　　夬[1]

字明㪍，南郡涅陽人[2]。世居江陵。少勤學，有局幹。舉州秀才，歷行參軍[3]。齊司徒竟陵王集學士於西邸，並見圖畫，夬亦預焉。尋管書記，歷遷郢州治中。以父老去官。南陽王引爲别駕[4]。義師起，遷西中郎[5]。高祖師發雍州[6]，遣使出揚口[7]，面奏經略，高祖甚禮重之。屢遷五兵尚書並參掌大選。

【校注】

〔1〕宗夬（456—504），《南史》《梁書》有傳。

〔2〕史作“南陽人”。

〔3〕《南史》作“仕齊爲驃騎行參軍”。

〔4〕南陽王，史作“南康王”。

〔5〕義師：指梁武帝滅齊之師。西中郎，史作“西中郎諮議參軍”。

〔6〕高祖：梁武帝廟號。

〔7〕揚口：古楊水入漢水之處。

別蕭諮議[1]

別酒正參差，乖情將陸離。帳焉臨桂苑[2]，憫默瞻華池。輕雲流惠采，時雨亂清漪。眇眇追蘭徑，悠悠結芳枝。眷言終何托，心寄方在斯。

【校注】

〔1〕見《古文苑》卷四、《藝文類聚》卷二十九、《文苑英華》卷二百八十六。原注：“衍。”蕭衍（464—549），字叔達，初爲竟陵王西邸的“八友”之一，曾爲齊隨王府諮議參軍，後代齊稱帝，即梁武帝。

〔2〕桂苑：當指竟陵王西邸；語本《漢書・成帝紀》，漢成帝爲太子時居桂宮，指皇（太）子所居（竟陵王爲齊武帝子）。

荆州樂[1]

迢遞樓雉懸，參差臺觀雜。城闕自相望，雲霞紛颯沓。

章華遊獵去，紀郢從禽歸[2]。溶溶紫烟合，鬱鬱紅塵飛。

朝發江津路，暮宿靈溪道[3]。平衢廣且直，長楊鬱裊裊。

【校注】

〔1〕第一首見《樂府詩集》卷七十二；第二、三首見《初學記》卷八。荆州樂：樂府舊題，出於《江陵樂》。

〔2〕章華：即章華臺，楚靈王建。紀郢：即紀南城，古楚都郢，故址在今江陵。

〔3〕江津：古城名，故址在今江陵南長江中沙洲上。靈溪：水名，未詳。

遥夜吟[1]

遥夜復遥夜，遥夜憂未歇。坐對風動帷，卧見雲間月[2]。

【校注】

〔1〕見《樂府詩集》卷七十六雜曲歌辭。

〔2〕間，《古詩鏡》作“開”。

曹景宗[1]

字子震，襄陽棘陽人[2]。以膽勇聞，頗愛書史。每讀穰苴[3]、樂毅傳，輒嘆息曰：大丈夫當如是。梁武帝表爲竟陵太守[4]。及帝起兵，聚衆從之，累功封湘西縣侯，除郢州刺史。天監六年，大敗魏於鍾離。進爵爲公，拜侍中、領軍將軍。卒謚曰壯。

【校注】

〔1〕曹景宗（456—508）：《南史》《梁書》有傳，爲此小傳所本。

〔2〕應從《梁書》本傳作"新野人"。

〔3〕穰苴：指司馬穰苴，春秋齊之名將，《史記》有傳。

〔4〕竟陵，《楚風補》原誤作"景陵"，從《南史》改。

華光殿侍宴賦競病韵[1]

《南史》曰，景宗累立軍功。天監初，徵爲右衛將軍。後破魏師凱旋，帝於華光殿宴飲聯句，令左僕射沈約賦韵。景宗啓求賦詩。帝曰："卿技能甚多，人才英拔，何必止在一詩？"景宗已醉，求作不已。時韵已盡，惟餘競、病二字。景宗便操筆而成。帝深嘆賞，朝賢驚嗟竟日。[2]

去時兒女悲，歸來笳鼓競[3]。借問行路人，何如霍去病？

【校注】

〔1〕華光殿，原底本作"光華殿"。

〔2〕見《南史》本傳。

〔3〕笳鼓：謂軍中凱旋之樂。

庾肩吾[1]

字子慎，襄陽人[2]。齊高士易之子，長曰黔婁，次即肩吾[3]。簡文初封晋安王，肩吾與劉孝威等十人在晋安邸抄撰衆集，號“高齋學士”。肩吾幼博學有才思，八歲能賦詩。仕梁爲太子洗馬，終鴻臚卿[4]，累官至太子率更令、中庶子，終義陽太守。後隱居天台，號“天台逸民”。

【校注】

〔1〕《南史》《梁書》皆有傳。與徐摛同爲梁簡文帝做太子時門下客，成爲主要的“宫體詩”詩人之一。此處小傳有舛誤。

〔2〕應從《本傳》作“新野人”。

〔3〕據《本傳》，庾易三子：黔婁、於陵、肩吾。

〔4〕爲太子洗馬、終鴻臚卿，是庾於陵仕履，此處竄入。

長安有狹斜行[1]

長安有曲陌，曲陌不容幰[2]。路逢雙綺襦，問君居近遠。我居臨御溝，可識不可求[3]。長子登麟閣，次子侍龍樓。少子無高位，聊從金馬遊[4]。三子俱來下，左右若川流；三子俱來入，高軒映彩旒；三子俱來宴，玉柱擊清甌。大婦襞雲裘，中婦卷羅幬，少婦多艷冶，花鈿繫石榴[5]。夫君且安坐，歡娱方未周。

【校注】

〔1〕見《藝文類聚》卷四十一、《樂府詩集》卷三十五。屬相和曲辭清調曲。

〔2〕有曲陌，《樂府詩集》作“曲陌坂”。曲陌，《樂府詩集》作“曲曲”。幰：車幔。

〔3〕不可求，《藝文類聚》作“不難求”。御溝：亦曰禁溝，引終南山水從

宫内過，故謂。

〔4〕金馬，似應從《藝文類聚》作“嚴駕”（父親）。

〔5〕艷冶，《藝文類聚》《樂府詩集》均作“妖艷”，此從《詩紀》。花鈿繫石榴，《藝文類聚》作“當鈿槧石榴”。

賦得有所思〔1〕

佳期竟不歸，春日坐芳菲〔2〕。拂匣看離鏡〔3〕，開箱見别衣。井梧生未合，宫槐卷復稀〔4〕。不及啣泥燕，從來相逐飛。

【校注】

〔1〕《玉臺新咏》卷八同此題，《藝文類聚》卷四十一作“賦得有所思行”，《文苑英華》卷二百二及《樂府詩集》卷十七作“有所思”。賦得：限題作。

〔2〕竟，《文苑英華》作“杳”。日，除《樂府詩集》外諸本作“物”。坐：空自、徒然。

〔3〕鏡，原注：“一作扇。”諸本皆作“扇”，唯《詩紀》作“鏡”。

〔4〕梧，《玉臺新咏》《文苑英華》作“桐”。“宫槐”句：《玉臺新咏》注引郭璞曰：“槐葉晝日聶合而夜炕布者名爲守宫槐。”《爾雅》曰：“守宫槐葉，晝聶宵炕。”

洛陽道〔1〕

徼道臨河曲，層城傍洛川。金門纔出柳，桐井半含泉。日起罘罳外〔2〕，車回雙闕前。潘生時未返，遥心徒眷然。

【校注】

〔1〕見《文苑英華》卷一百九十二，《樂府詩集》卷二十三，屬横吹曲辭。

〔2〕罘罳：據《酉陽雜俎》：“士林間多呼殿榱桷護雀網曰罘罳。”

賦得橫吹曲長安道[1]

桂宫連複道，黄山開廣路[2]。遠聽平陵鐘，遥識新豐樹[3]。合殿生光彩[4]，離宫起烟霧。日落歌吹還，塵飛車馬度[5]。

【校注】

〔1〕見《玉臺新咏》卷八，《藝文類聚》卷四十二作“長安路”，觀《文苑英華》卷一百九十二及《樂府詩集》卷二十三。

〔2〕黄山：此指黄麓山，在陕西興平市西北。

〔3〕平陵：縣名，因漢昭帝葬平陵設，在今陕西咸陽西北。新豐：在今潼關西北。

〔4〕合殿：或係漢之合歡殿的簡稱。

〔5〕歌吹，《藝文類聚》作“唱歌”。還，原注：“一作回。”《樂府詩集》作“回”。

侍宴餞湘州刺史張續[1]

洞庭資善政，層城送遠離。九歌揚妙曲，八桂動芳枝[2]。雨足飛春殿，雲峰入夏池。郢路方遼遠[3]，湘山轉蔽虧。何當好風日，極望長沙垂。

【校注】

〔1〕見《藝文類聚》卷二十九。張續：未詳，《梁書》記張纘大同九年任湘州刺史，或即此人。

〔2〕九歌：《楚辭》篇名，本是沅湘間民間祀神樂曲。八桂：語本《山海經·海内南經》：“桂林八樹，在番禺（今廣州一帶）東。”

〔3〕“郢路”句：用《楚辭·九章·涉江》“唯郢路之遼遠兮”意。

從皇太子出玄圃應令[1]

春光起麗譙，屣步陟山椒[2]。閣影臨飛蓋，鶯鳴入洞簫。水還登故渚，樹長蔭前橋[3]。緑荷生綺葉[4]，丹藤上細苗。顧循慚振藻[5]，何用擬瓊瑶。

【校注】

〔1〕見《藝文類聚》卷六十五、《初學記》卷二十四，題作《從皇太子出玄圃詩》，又見《文苑英華》卷一百七十九。皇太子：指蕭綱，即位爲簡文帝。玄圃：晋建宫名。

〔2〕麗譙：三國魏宫名，此借指玄圃。屣步，《藝文類聚》作“履步”。

〔3〕登，《文苑英華》作“澄”。蔭，《藝文類聚》作“今”。《初學記》《文苑英華》作“合”。

〔4〕綺，《藝文類聚》作“倚”。

〔5〕顧，《初學記》作“願”。慚，諸本皆作“斬”。振，《文苑英華》作“良”。

尋周處士弘讓[1]

試逐赤松遊，披林對一丘。梨紅大谷晚，桂白小山秋[2]。石鏡菱花發，桐門琴曲愁[3]。泉飛疑度雨，雲積似重樓。王孫若不去，山中定可留[4]。

【校注】

〔1〕《藝文類聚》卷三十六，《文苑英華》卷二百三十，作庾信詩，見《庾子山詩集》卷四。周弘讓：曾隱居茅山，故稱處士。

〔2〕《文選》潘岳《閑居賦》：“張公大谷之梨。”唐劉良注：“洛陽有張公居大谷，有夏梨，海内唯此一樹。”《楚辭・招隱士》王逸注稱“淮南小山之作”，篇中屢言桂樹。

〔3〕石鏡：謂山石如鏡。菱花：《爾雅·釋草》："舊説，鏡謂之菱花。"桐門琴曲：謂周處士林中彈琴；愁，原注："一作遒。"（係從《詩紀》）

〔4〕二句本《招隱士》："王孫兮歸來，山中不可以久留。"

賽漢高廟[1]

昔在唐山曲，今承紫貝壇[2]。寧知臨楚岸，非復望長安。野曠秋先動，林高葉早殘。塵飛遠騎没，日徙半峰寒。徒然仰成誦，終用試才難。

【校注】

〔1〕見《文苑英華》卷三百二十，《藝文類聚》引第一、二、四韵作《漢高廟詩》。按此詩題意似不相屬，待考。

〔2〕唐山曲：似指漢高祖唐山夫人《房中祠樂》。貝，《文苑英華》作"月"。

亂後經吴御亭[1]

御亭一回望，風塵千里昏。青袍異春草，白馬即吴門[2]。獯戎鯁伊洛，雜種亂轘轅[3]。輦道同關塞，王城似太原[4]。休明鼎尚重，秉禮國猶存[5]。殷牖爻雖賾，堯城吏轉尊[6]。泣血悲東走，横戈念北奔。方憑七廟略，誓雪五陵冤[7]。人事今如此，天道共誰論。

【校注】

〔1〕見《藝文類聚》卷三十四、《文苑英華》卷三百十五。原注（依《詩紀》）："御亭，吴大帝所建，在晋陵。今作'郵亭'，誤也。"亂：指侯景反梁，圍逼梁武帝於石頭城，見《南史》《梁書》。

〔2〕"青袍"句：《古詩》："青袍似春草。"又《梁書·侯景傳》："大同中童謡曰：'青絲（一作袍）白馬壽陽來。'後景果乘白馬，兵皆青衣。"又《孔子家語》："顔淵與孔子俱上泰山，東南望吴閶門外。孔子見白馬，引顔淵

指之曰：‘若見閶門乎？’顔淵曰：‘見之。有繫練之狀。’”

〔3〕鞕，《藝文類聚》作“鞭”。轘，《文苑英華》作“軒”，皆應從。獯戎、雜種：皆指侯景，侯本朔方人。

〔4〕太原：是西周與玁狁（即後世之匈奴）交鋒之地，謂邊塞。《詩·六月》：“薄伐玁狁，至于太原。”

〔5〕“休明”句：據《左傳》宣公三年，楚莊王問周鼎之輕重，王孫滿答道：“德之休明，雖小，重也；其奸回昏亂，雖大，輕也。”“秉禮”句：據《左傳》閔公元年，齊桓公問大夫仲孫湫：“魯可取乎？”仲孫答：“不可，猶秉周禮。”

〔6〕殷牖：殷代的羑里（牖，通“羑”）殷紂囚周文王之地。司馬遷《報任少卿書》：“文王拘而演周易。”堯城：堯也有被囚的傳説，見《竹書紀年》；此借指梁都。吏轉尊：此指侯景脅逼梁武帝。《史記·絳侯世家》“吾嘗將百萬軍，然安知獄吏之貴乎？”

〔7〕七廟：七世的宗廟；七廟略：指祖宗傳下的安社稷之計。五陵冤：指梁武帝、梁簡文帝先後爲侯景逼害死。

過建章故臺〔1〕

魯國觀遺殿，韓城想舊臺〔2〕。仲宣原隰滿，子建悲風來〔3〕。夏蓮猶反植，秋窗尚左開〔4〕。圖雲仍溜雨，畫水即生苔〔5〕。及君歡四望，知余念七哀〔6〕。

【校注】

〔1〕見《藝文類聚》卷六十二、《初學記》卷二十四、《文苑英華》卷三百十三。建章：漢武帝所建臺名。

〔2〕“魯國”句：用王延壽游魯作《靈光殿賦》事，見《後漢書·王逸傳》附。“韓城”句：《藝文類聚》卷六十二載晋孫楚《韓王臺賦》。

〔3〕仲宣：王粲字。原隰滿：《七哀》詩有句：“出門無所見，白骨蔽平原。”子建：曹植字。悲風來：《野田黄雀行》有句：“高樹多悲風，海水揚其

波。”

〔4〕左,《文苑英華》《詩紀》並云:“一作不。”反植:或指建章臺藻井上畫蓮。

〔5〕溜,《文苑英華》云:“《集》(指庾肩吾詩集)作洩。”畫水,《初學記》《文苑英華》作“書石”,且注云:“《集》作畫水。”

〔6〕歡,當從《文苑英華》作“觀”。念,《藝文類聚》作“悲”,《文苑英華》云:“《集》作咏。”

奉和春夜應令[1]

春牖對芳洲,珠簾新上鈎。燒香知夜漏,刻燭驗更籌。天禽下北閣,織女下西樓[2]。月皎疑非夜,林疏似更秋。水光懸蕩壁[3],山翠下添流。詎假西園宴,無勞飛蓋遊[4]。

【校注】

〔1〕見《文苑英華》卷一百七十九,《詩紀》卷八十。

〔2〕天禽,原注:“一作鷄。”《詩紀》作“天鷄”,神話中報曉的天鷄,見《初學記》引郭璞《玄中記》。北閣,《詩紀》作“北闕”,閣,原注:“一作闕。”本指大臣候朝或上書言事之地,此代指宫苑。“織女”句:謂星沉夜闌。

〔3〕壁,應從《詩紀》作“璧”。

〔4〕曹植《公宴詩》:“清夜游西園,冠蓋相追隨。”二句本此。

奉和太子納涼梧下應令[1]

北園涼氣早[2],步輦暫逍遥。避日交長扇,迎風列短簫。山帶彈琴曲,桐横栖鳳條。懸門開溜水,錦石鎮浮橋。黑米生菰葉[3],青花出稻苗。無因學仙藻,雲氣徒飄颻[4]。

【校注】

〔1〕見《藝文類聚》卷五、《文苑英華》卷一百七十九。原注:“和簡

文。”

〔2〕氣，《藝文類聚》作“風”。

〔3〕黑米：即菰米，茭白所結子。菰，《藝文類聚》作“葑”。

〔4〕徒，《文苑英華》作“從”。

道　館[1]

仙人白鹿上[2]，隱士潛溪邊。試取西山藥，來觀東海田[3]。

【校注】

〔1〕見《藝文類聚》卷七十八。

〔2〕白鹿：仙人的坐騎。葛洪《抱朴子》曰：“鹿兔皆壽千歲，滿五百歲則其毛色白。”

〔3〕西山：借夷齊所居首陽山之别名，指道者所居。東海田：用麻姑三見東海爲桑田故事。

咏美人[1]

絳樹及西施[2]，俱是好容儀。非關能結束，本自細腰肢。鏡前難並照，相將映渌池。看妝畏水動，斂袖避風吹。轉手齊裾亂，横簪歷鬢垂。曲中人未取，誰堪白日移？不分他相識，唯聽使君知。

【校注】

〔1〕《藝文類聚》卷十八作《咏美人看畫詩》，此同《詩紀》。

〔2〕絳樹：舞女名，《藝文類聚》卷四十三魏文帝《答繁欽〈與太子牋〉》：“今之妙舞，莫善於絳樹。”

贈周處士[1]

九丹開石室[2]，三徑没荒林。仙人翻可見，隱士更難尋。籬下黄花菊，丘中白雪琴。方欣松葉酒，自和遊山吟[3]。

【校注】

〔1〕見《藝文類聚》卷三十六、《文苑英華》卷二百三十。當從《庾子山集注》卷四作庾信詩。

〔2〕九丹：道家九種所謂仙藥。

〔3〕原注："李肖遠有《遊山九吟》。"山，《庾子山集注》作"仙"。李肖遠：即三國魏李康。

奉使江州舟中七夕[1]

九江逢七夕，初弦值早秋。天河來映水，織女欲攀舟。漢使俱爲客，星槎共逐流[2]。莫言相送浦，不及穿針樓[3]。

【校注】

〔1〕見《藝文類聚》卷四。侯景亂時矯詔遣庾肩吾出使江州，此詩即其時作。

〔2〕"漢使"二句：用晉張華《博物志》所載傳説：張騫奉漢武帝之命尋河源，至天河見牛宿。

〔3〕穿針：據宗懔《荆楚歲時記》，舊時七夕有結彩樓、穿針、乞巧的風俗。

咏美人看畫應令[1]

欲知畫能巧，喚取真來映。並出似分身，相看如照鏡[2]。安釵等疏密，著領俱周正。不解平城圍，誰與丹青競[3]？

【校注】

〔1〕見《玉臺新咏》卷八，題作"咏美人自看畫應令"，又見《藝文類聚》卷十六。原注："和簡文。"（當據《詩紀》）

〔2〕並、照,《玉臺新咏》分别一作“花”“對”。

〔3〕平城圍：劉邦在平城爲匈奴所圍，陳平獻秘計，贈單于美女，而通報閼氏（匈奴王后），閼氏懼美女將奪己寵，因使單于撤兵。見《漢書·高帝紀》注引應劭語。丹青：即指陳平獻給閼氏的美女畫像。二句涉梁武帝被圍臺城之事。

和徐主簿望月[1]

樓上徘徊月，窗中愁思人。照雪光偏冷，臨花色轉春。星流時入暈，桂長欲侵輪。願以重光曲，承君歌扇塵[2]。

【校注】

〔1〕見《藝文類聚》卷一、《初學記》卷一、《文苑英華》卷一百五十二。徐主簿：當即徐摛。

〔2〕重光曲：據崔豹《古今注·音樂》：“漢明帝爲太子，樂人作歌詩四章，以贊太子之德，一曰日重光。”君：指蕭綱。

歲盡應令[1]

歲序已云殫，春心不自安。聊開柏葉酒，試奠五辛盤[2]。金簿圖神燕，朱泥印鬼丸[3]。梅花應可折，倩爲雪中看[4]。

【校注】

〔1〕見《藝文類聚》卷三、《初學記》卷三、《古今歲時雜咏》卷十一、《太平御覽》卷十七。

〔2〕柏葉酒：舊俗以柏葉後凋，取其葉浸酒，元旦共飲以祝長壽。五辛盤：五種辛味菜（葱、薤、韮、蒜、興蕖）。

〔3〕簿、印，似應從《古今歲時雜咏》作“箔”“却”。二句言其時歲末習俗，待考；神燕：或即神荼，又作“荼與”，古代習稱的門神。

〔4〕倩,《初學記》《藝文類聚》作“惜”。

同蕭左丞咏摘梅花[1]

窗梅朝始發，庭雪晚初消。折花牽短樹，攀叢入細條[2]。垂冰溜玉手，含刺罥春腰[3]。遠道終難寄，馨香徒自饒。

【校注】

〔1〕見《初學記》卷二十八,《文苑英華》卷三百二十二。

〔2〕攀,《初學記》作“幽”。

〔3〕罥,《初學記》作“胃”。

和晋安王咏燕[1]

可憐幕上燕，差池弄羽衣[2]。夜夜同巢宿，朝朝相對飛[3]。啣泥瞻樂善，相賀奉英徽[4]。秋蟬行寂寞，戀此未辭歸。

【校注】

〔1〕見《藝文類聚》卷九十二、《文苑英華》卷三百二十九，題作《雙燕離》。《詩紀》卷八十解題：“簡文有《雙燕詩》,《樂府》題云《雙燕離》。”按：簡文帝天監六年時封晋安王。

〔2〕幕上燕：語本《左傳》襄公十九年：“夫子之在此也，猶燕之巢于幕上。”差池：《詩・邶風・燕燕》：“燕燕于飛，差池其羽。”

〔3〕對,《藝文類聚》《文苑英華》作“背”。

〔4〕樂善：據《後漢書・東平王蒼傳》，漢明帝遣使問東平王何事最樂，他説：“爲善最樂。”英徽：美好的音聲，舊常用來指皇王之德音。

檐　燕

雙燕集蘭閨，雙飛高復低。向户疑新箔，登巢識故泥。依櫚本相賀，近幕願同栖。

咏舞曲應令[1]

歌聲臨畫閣，舞袖出芳林。石城定若遠，前溪應幾深[2]。

【校注】

〔1〕見《玉臺新咏》卷十、《初學記》卷十。

〔2〕石城：指《石城樂》。定，《初學記》作“聽”。前溪：亦樂府舊題，與《石城》同爲舞曲。

冬　曉[1]

鄰鷄聲已傳，愁人竟不眠。月光侵曙後，霜明落曉前。縈鬟起照鏡，誰忍插花鈿[2]？

【校注】

〔1〕見《玉臺新咏》卷八、《藝文類聚》卷三十二，本爲《奉和湘東王應令》，一題二首（《春宵》和《冬曉》）。

〔2〕插，《藝文類聚》作“槧”，《玉臺新咏》一作“整”。

咏長信宫中草[1]

委翠似知節，含芳如有情。全由履迹少，併欲上階生。

【校注】

〔1〕見《玉臺新咏》卷十。

被執作詩一首[1]

髪與年俱暮，愁將罪共深。聊持轉風燭，暫映廣陵琴[2]。

【校注】

〔1〕見《南史》本傳、《太平御覽》卷六百。原注："宋子仙破會稽，購得肩吾。謂之曰：'聞汝能詩，今能作，當貫汝命。'肩吾操筆立成，宋乃釋之。"按：宋子仙乃當時侯景叛軍將領。原注亦據本傳。

〔2〕轉風燭：燭名。比喻風燭殘年、朝不保夕的生命。廣陵琴：嵇康臨刑索琴奏《廣陵散》，曲終嘆曰："《廣陵散》於今絶矣！"

燭　影〔1〕

垂焰垂花比芳樹，隨風隨水俱難駐。秦娥軟舞隙中來，李吾夜績光中度〔2〕。燭龍潛曜城烏啼〔3〕，陰陰叠鼓朝天去。

【校注】

〔1〕見《升庵詩話》卷九。又《藝文類聚》卷八十、《古今歲時雜咏》題作"三日侍宴咏曲水中燭影詩"，僅四句："垂焰垂花比芳樹，風吹水動俱難住。春枝拂岸影上來，還杯繞客光中度。"此詩可疑。

〔2〕李吾：據劉向《列女傳》，齊國貧女徐吾夜績無燭，乃與鄰人李吾合燭夜績。

〔3〕燭龍：據《山海經·大荒北經》所記乃"其瞑乃晦，其視乃明""燭照九陰"的神。城烏啼：亦指天將亮。

王臺卿[1]

襄陽人。梁南平王世子恪除雍州刺史[2]，賓客有江仲舉、蔡薳、王臺卿、庾仲容，四人俱被接遇。

按：臺卿詩多與簡文倡和。《廣弘明集》曰：州民前臣刑獄參軍王臺卿[3]。襄陽，於東晋時改置雍州，梁置南雍州。載《一統志》。

【校注】

〔1〕王臺卿：事見《南史·梁宗室傳》，爲此處小傳所本。

〔2〕南平王：蕭偉，簡文帝第八子。

〔3〕見《廣弘明集》卷三十。州民：雍州之民。

陌上桑[1]

鬱鬱陌上桑，盈盈道傍女。送君上河梁，拭泪不能語。

鬱鬱陌上桑，遥遥山下蹊。君去戍萬里，妾來守空閨。

鬱鬱陌上桑，裊裊機頭絲。君行亦宜返，今夕是何時？

【校注】

〔1〕見《玉臺新咏》卷十、《古詩類苑》卷一百二十五、《詩紀》卷九十三，本四首，此缺第三首："鬱鬱陌上桑，皎皎雲間月。非無巧笑姿，皓齒爲誰發？"陌上桑：樂府相和歌辭名。

雲　歌[1]

玉雲初度色，金風送影來。全生疑魄暗，半去月時開。欲知無去所，一爲上陽臺。

【校注】

〔1〕見《樂府詩集》卷八十六，屬雜曲歌辭。

和簡文帝賽漢高廟[1]

沐芳事椒醑，駕言遵壽宫[2]。瑶臺斜接岫，玉殿上凌空。樹出垂岩影，竹引帶山風。階長霧難歇，窗高雲易通。所悲樽俎撤，按歌曲未終。

【校注】

〔1〕見《藝文類聚》卷七十九。

〔2〕椒醑：《藝文類聚》作“椒糈”，本指祭神用的以椒香拌精米所製食物和美酒，此即指祭神。壽宫：神祠，此即指漢高廟。

奉和望同泰寺浮圖[1]

朝光正晃朗，涌塔標千丈。儀鳳異靈烏[2]，金盤代仙掌。積拱成雕桷[3]，高檐挂珠網。寶地若池沙，風鈴如樹響[4]。刻削生千變，丹青圖萬象。烟霞時出没，神仙乍來往。晨霧半層生，飛幡接雲上。遊蜺不敢息，翔鵾詎能仰[5]。讚善資哲人，流咏歸明兩[6]。願假舟航末，彼岸誰云廣[7]。

【校注】

〔1〕見《藝文類聚》卷七十六。原注：“和簡文，下同。”（按：係據《詩紀》）同泰寺：南朝梁代最大的佛寺，梁武帝建，並於此舍身，在今南京。

〔2〕靈烏，《藝文類聚》作“靈烏”。

〔3〕成，應從《廣弘明集》作“承”。

〔4〕樹，《廣弘明集》作“積”，注云：明本作“樹”。二句應作“寶積若池沙，風鈴如樹想”。寶積：佛家語，《智度論》：“以無漏、根力、覺道等法

寶集，名爲寶積。”池沙：用《涅槃經》故事：寶珠落池，衆人求之唯得池沙、瓦礫，而自以爲得珠。風鈴：本爲塔角所懸，此亦用佛典，據《景德傳燈録》，第十七祖僧伽難提問第十八祖伽耶舍多：“鈴鳴耶？風鳴耶？”答曰：“非風非鈴，我心鳴耳。”樹想：即佛家十六觀想之第四觀想，曰寶樹觀，見《無量壽經》。

〔5〕遊蜺：寒蟬的别名。鶂：一種似鶴的鳥。

〔6〕讚善：讚助善緣，謂修建佛塔。明兩：語出《易・離》：“明兩作離，大人以繼明照于四方。”後專指帝王，此指簡文帝。

〔7〕舟航：佛家謂渡過苦海的工具。彼岸：指佛家超脱生死的涅槃境界。又“彼岸”句兼用《詩・衛風・河廣》“誰謂河廣，一葦航之”意。

山池應令〔1〕

歷覽周仁智，登臨歡豫多。穿渠引金谷，闢道出銅駝〔2〕。長橋時跨水，曲閣乍臨波。岩風生竹樹，池香出芰荷。石幽銜細草，林末度横柯。

【校注】

〔1〕見《藝文類聚》卷九。原注：“和簡文。”

〔2〕金谷（澗）、銅駝（街）皆借用舊洛陽地名，後者見《初學記》卷八引華延之《洛陽記》。

咏　箏〔1〕

依歌時轉韵，按曲動花鈿。促調移輕柱，亂手度繁弦〔2〕。惟有高秋月，秦聲獨可憐〔3〕。

【校注】

〔1〕見《藝文類聚》卷四十四、《初學記》卷十六、《文苑英華》卷二百十二。

〔2〕亂手：曲終時的手法。

〔3〕原注："獨，一作未。"《藝文類聚》《文苑英華》正作"未"。秦聲：指箏。應劭《風俗通義·聲音篇》："箏，或曰秦蒙恬所造。"

同蕭治中十咏二首[1]

蕩婦高樓月[2]

空庭高樓月，非復三五圓[3]。何須照床裏，終是一人眠。

南浦別佳人

斂容送君別，一斂無開時。只應待相見，還將笑解眉。

【校注】

〔1〕題據《玉臺新咏》卷十補。

〔2〕此五字及下一首的"南浦別佳人"，當是蕭十咏中二首的首句。

〔3〕庭，《玉臺新咏》作"度"；三五圓，同上書作"三五年"。

孝元帝[1]

名繹，字世誠，武帝第七子也。初封湘東王，爲會稽太守。入爲侍中、丹陽尹，出爲使持節、都督、荆州刺史、鎮西將軍。侯景反逆武帝，太子綱爲簡文帝。未幾，弑之。帝與王僧辯、陳霸先討誅之[2]。僧辯等上表勸進，帝答曰："淮海長鯨，雖已授首；襄陽短狐，猶未革面。太平玉燭，爾乃議之。"[3]十一月，即位於江陵。帝好談玄，會西魏入寇，猶於龍光殿講《老子》，百官戎服以聽。巡城口占爲詩，群臣亦有和者。魏攻城急，帝乃焚古今圖書十四萬卷，以寶劍擊柱，折之。嘆曰："文武之道，今夜盡矣！"遂出降。帝性殘忍，且懲高帝寬縱之弊，故爲政尚嚴。或問帝何意焚書，帝曰："讀書萬卷，猶有今日，故焚之。"帝在幽逼，求酒飲，製詩四絶。後竟爲梁王詧所害[4]。

【校注】

〔1〕此小傳本於《南史·梁本紀下》及《梁書·元帝紀》。

〔2〕王僧辯、陳霸先：皆爲梁元帝之功臣兼權臣；陳霸先後即位爲陳武帝。

〔3〕淮海長鯨：指侯景，時已平伏。襄陽短狐，當指蕭詧，叛梁助魏，終未"授首"。玉燭：《爾雅·釋天》："四時和謂之玉燭。"

〔4〕梁王詧：蕭詧，蕭統第三子，太清中拒命不受代，稱藩於西魏，魏立爲梁王。

長歌行[1]

當壚擅旨酒，一巵堪十千。無勞蜀山鑄，扶受采金錢[2]。人生行樂爾，何處不留連。朝爲洛生咏，夕作據梧眠[3]。從兹忘物我[4]，優游得自然。

【校注】

〔1〕見《樂府詩集》卷三十。長歌行：樂府相和歌辭名。

〔2〕蜀山：指蜀地嚴道銅山，西漢時在其地鑄錢。扶受：指産金之地；《太平御覽》卷八百十一引《扶南傳》："毗騫國食器皆以金爲之。金如此山之石，露中山邊，無有限量。"可參。

〔3〕洛生咏：晉謝安有鼻疾而能咏，音濁，名士效之，謂之洛下書生咏；見《世説新語·雅量》注引宋明帝《文章志》。據梧：語本《莊子·齊物論》，謂忘機。

〔4〕從，《樂府詩集》作"忽"。

隴頭水[1]

銜悲别隴頭，關路漫悠悠。故鄉迷遠近，征人分去留。沙飛曉成幕，海氣旦如樓[2]。欲識秦川處，隴水向東流。

【校注】

〔1〕見《藝文類聚》卷四十二、《文苑英華》卷一百九十八、《樂府詩集》卷二十一。隴頭水：樂府漢横吹曲辭名。

〔2〕曉、旦，《文苑英華》作"晚""夜"。

折楊柳[1]

巫山巫峽長[2]，垂柳復垂楊。同心且同折[3]，故人懷故鄉。山似蓮花艷，流如明月光。寒夜猿聲徹，遊子泪沾裳。

【校注】

〔1〕見《藝文類聚》卷八十九，《文苑英華》卷二百八，《樂府詩集》卷二十二。折楊柳：樂府横吹曲辭名。

〔2〕巫山，《樂府詩集》作"山高"。

〔3〕且，《藝文類聚》作"宜"。

關山月[1]

朝望清波道，夜上白登臺[2]。月中含桂樹[3]，流影自徘徊。寒沙逐風起，春花犯雪開[4]。夜長無與晤[5]，衣單誰爲裁。

【校注】

〔1〕見《玉臺新咏》卷七、《藝文類聚》卷四十二、《文苑英華》卷一百九十八、《樂府詩集》卷二十三。原注："一作'傷别離'。"係據《詩紀》。關山月：樂府横吹曲辭名。

〔2〕清波道：《史記·陳涉世家》載黥布破秦於清波，未詳其地。白登臺：在今山西大同市東白登山上，匈奴曾圍劉邦於此。

〔3〕含，《文苑英華》作"有"。

〔4〕犯，《文苑英華》作"向"。

〔5〕晤，《玉臺新咏》作"語"。

飛來雙白鶴[1]

紫蓋學仙成，能令吴市傾[2]。逐舞隨疏節，聞琴應别聲[3]。集田遥赴影[4]，隔霧近相鳴。時從洛浦渡，飛向遼東城[5]。

【校注】

〔1〕見《文苑英華》卷二百六、《樂府詩集》卷三十九。飛來雙白鶴：樂府相和歌辭瑟調曲名。

〔2〕"紫蓋"句：據盛弘之《荆州記》，衡山紫蓋峰每見雙白鵠回翔其上。吴市傾：據《吴越春秋》，吴王闔閭痛小女自殺，乃舞白鶴於吴市之中，令萬民隨觀。

〔3〕"逐舞"句：據《詩義疏》，鶴至一定年齡可以"舞應節"。"聞琴"句：取《别鶴操》琴曲題意。

〔4〕集田：鮑照《舞鶴賦》："朝戲於芝田。"

〔5〕“時從”句：用曹植《洛神賦》：“於是洛神感焉……竦輕軀以鶴立，若將飛而未翔。”“飛向”句：用丁令威化鶴事。

班婕妤[1]

婕妤初選入，含媚向羅幃。何言飛燕寵，青苔生玉墀[2]。誰知同輦愛，遂作裂紈詩[3]。以兹自傷苦，終無長信悲[4]。

【校注】

〔1〕見《樂府詩集》卷四十三，屬相和歌楚調曲。

〔2〕飛燕：趙飛燕。

〔3〕同輦愛：指漢成帝曾欲與班婕妤同車載；裂紈詩：指班婕妤的《怨詩》，中有“新裂齊紈素”句。

〔4〕漢成帝之母王皇后居長信宫；趙飛燕擅寵時，班婕妤求退居於此；哀帝死，王太后詔有司廢趙后。末句本此。

采蓮曲[1]

碧玉小家女，來嫁汝南王[2]。蓮花亂臉色，荷葉雜衣香。因持薦君子，願襲芙蓉裳。

【校注】

〔1〕見《藝文類聚》卷八十二，作“采蓮賦歌”，又見《樂府詩集》卷五十；采蓮曲：樂府清商曲辭名，梁武帝所制《江南弄》七曲之三。

〔2〕碧玉：《樂府詩集》卷四十五《碧玉歌》解題：“《樂苑》曰：‘《碧玉歌》者，宋汝南王所作也。’碧玉，汝南王妾名，以寵愛之甚，所以歌之。”

燕歌行[1]

燕趙佳人本自多，遼東少婦學春歌。黄龍戍北花如錦，玄菟城前月似蛾[2]。如何此時别夫婿？金羈翠勒往交河[3]。還聞入漢去燕營，怨妾愁心百恨生。漫漫悠悠天未曉，遥遥夜夜聽寒更[4]。自從異縣同心别[5]，偏恨同時成異節。横波滿臉萬行啼，翠眉暫斂千重結[6]。並海連天合不開，那堪春日上春臺[7]。乍見遠舟如落葉[8]，復看遥舸似行杯。沙汀夜鶴嘯羈雌，妾心無趣坐傷離。翻嗟漢使音塵斷，空傷賤妾燕南陲。

【校注】

〔1〕見《藝文類聚》卷四十三、《文苑英華》卷一百九十六、《樂府詩集》卷三十二；樂府相和歌平調曲名。《樂府廣題》曰："燕，地名也，言良人從役於燕，而爲此曲。"

〔2〕黄龍戍：皆泛指燕地。前，原注："一作南。"《文苑英華》作"中"。

〔3〕翠勒，當從《藝文類聚》作"翠毦"，翠色的毛羽，飾於犬馬。

〔4〕寒，《文苑英華》作"嚴"。

〔5〕異縣：語本《飲馬長城窟》"他鄉各異縣"。

〔6〕暫，《文苑英華》作"漸"，《百三名家集》作"新"。

〔7〕堪，《文苑英華》《百三名家集》作"宜"。

〔8〕乍，各本均作"唯"。

烏栖曲四首[1]

樂府又有"帷中清酒""濃黛輕紅"二首亦作元帝，《玉臺》云，蕭子顯詩也。[2]

沙棠作船桂爲楫[3]，夜渡江南采蓮葉。復值西施新浣紗，共向江干眺月華[4]。

月華似璧星如珮[5]，流影澄明玉堂内。邯鄲九枝朝始成，金卮玉碗共君傾[6]。

交龍成錦鬭鳳紋，芙蓉爲帶石榴裙。日下城南兩相望，月没參横掩羅帳。

七彩隋珠九華玉，蛺蝶爲歌明星曲[7]。蘭房椒閣夜方開，那知步步香風逐。

【校注】

〔1〕見《玉臺新咏》卷九、《藝文類聚》卷四十二、《樂府詩集》卷四十八。烏栖曲：樂府清商曲辭西曲歌名。

〔2〕按：係據《詩紀》；其第二首《藝文類聚》亦作蕭子顯詩。

〔3〕沙棠：木名，其材宜造船。

〔4〕“共向”句下原注：“《玉臺新咏》作‘共泛江干瞻月華’。”

〔5〕璧，《玉臺新咏》作“碧”。

〔6〕九枝：謂一幹九枝的燭燈。亦泛指一幹多枝的燈。玉，《玉臺新咏》《藝文類聚》均作“銀”。

〔7〕“蛺蝶”句：義未詳；明星曲，或當作“明主曲”（樂府舊題，讚頌皇德）。

赴荆州泊三江口[1]

涉江望行旅，金鉦間彩斿[2]。水際含天色，虹光入浪浮。柳條恒拂岸，花氣盡薰舟。叢林多故社，單戍有危樓。叠鼓隨朱鷺，長簫應紫騮[3]。蓮舟夾羽氅，畫舸覆緹油[4]。榜歌殊未息，於此泛安流。

【校注】

〔1〕見《文苑英華》卷二百八十九、《藝文類聚》卷二十七。原注：“《藝文》作行經巴陵部伍。”

〔2〕斿：同“旒”，《藝文》作“游”；斿：旗之垂飾。金鉦：軍中發號令的樂器。

〔3〕朱鷺：指《朱鷺曲》，漢鼓吹鐃歌十八曲之一。紫騮：即《紫騮馬》，樂府横吹曲名。

〔4〕羽鷩，鳥羽裝飾的旌旗，《文苑英華》作“鶴鷩”。緹：粉紅色；緹油：指覆蓋在船上的油氈之屬。

藩難未静述懷[1]

玉節威雲夢，金鉦韵渚宫[2]。霜戈臨塹白，日羽映流紅。單醪結猛將[3]，芳餌引群雄。箭擁淇園竹，劍聚若溪銅[4]。亟覩周王駿，多逢鮑氏驄[5]。謀出河南賈，威寄隴西馮[6]。溪雲連陣合，却月半山空。樓前飄密柳，井上落疏桐。差營逢淫雨，立壘挂長虹。

【校注】

〔1〕見《藝文類聚》卷五十九。侯景作亂，梁宗室蕭正德、蕭譽、蕭詧皆叛，當時蕭繹率兵討伐。

〔2〕玉節：玉製符節，指自己掌兵權。雲夢、渚宫：指湖南、湖北一帶。

〔3〕《藝文類聚》引《黄石公記》：“昔者良將用兵，人有饋單醪者，使投之於河，令將士迎流而飲之。夫單醪不能味一河水，三軍思爲之死，非滋味及之也。”

〔4〕淇園：産竹名地。若溪：《吴越春秋》言其地之銅可鑄寶劍。

〔5〕鮑氏驄：典出《列异傳》。鮑子都路遇書生病，救之，書生竟死，乃葬之而行；路有驄馬隨之，借宿於一關内侯之家，侯識此馬屬其兄，鮑子都道其原委。乃薦鮑子都於朝。京師爲之歌曰：“鮑氏驄，三人司隸再入公。馬雖瘦，行步工。”

〔6〕河南賈：或指弦高，據《左傳》秦襲鄭，鄭商人弦高遇於途，乃僞稱奉命犒師，秦遂退兵。隴西馮：似指馮奉世，曾設計襲莎車國，傳其國王之首詣長安，威鎮西域，見《漢書》本傳。

登顔園故閣[1]

高樓三五夜，流影入丹墀。先時留上客，夫婿美容姿[2]。妝成理蟬鬢[3]，笑罷斂蛾眉。衣香知步近，釧動覺行遲。如何舞館樂，翻見歌梁悲[4]。猶懸北窗幌[5]，未卷南軒帷。寂寂空郊暮，非復少年時。

【校注】

〔1〕見《玉臺新咏》卷七。

〔2〕美容，《玉臺新咏》一作“芙蓉”。

〔3〕蟬鬢：魏文帝宮人莫瓊樹“始制爲蟬鬢，挈之飄渺如蟬翼”，見崔豹《古今注》。

〔4〕舞館樂：趙飛燕曾學舞陽阿公主家，因逢漢成帝。歌梁悲：用“餘音繞梁”、即韓娥賣歌故事。

〔5〕幌，《玉臺新咏》作“櫎”。

代舊姬有怨[1]

寧爲萬里隔[2]，乍作死生離。那堪眼前見，故愛逐新移。未展春花落，遽被凉風吹[3]。怨黛舒還斂，啼紅拭復垂[4]。誰能巧爲賦，黄金妾不貲[5]。

【校注】

〔1〕《玉臺新咏》卷七作邵陵王蕭綸詩。又見《藝文類聚》卷三十二。原注：“一作邵陵王蕭綸。”

〔2〕隔，《玉臺新咏》作“别”。

〔3〕凉，《玉臺新咏》作“秋”。

〔4〕復，《玉臺新咏》作“更”。啼紅：指婦女的眼泪，《拾遺記》載美人薛靈蕓，别父母而至京師，以玉唾壺承泪，“壺中泪凝如血”。

〔5〕不貲，原注：“一作自資。”

夕出通波閣下觀妓[1]

蛾月漸成光[2]，燕姬戲小堂。胡舞開春閣，鈴盤出步廊[3]。起龍調節奏[4]，却鳳點笙簧。樹交臨舞席，荷生夾妓航[5]。竹密無分影，花疏有異香。舉杯聊轉笑，歡茲樂未央[6]。

【校注】

〔1〕見《藝文類聚》卷四十二、《初學記》卷十五、《文苑英華》卷二百一十三。原注："一云《春夜看妓》。"即據《藝文類聚》。

〔2〕月，《藝文類聚》作"眉"。

〔3〕春，《初學記》作"齊"。開春閣，《文苑英華》作"間齊閣"。

〔4〕奏，原注："一作鼓。"

〔5〕航，應從《藝文類聚》作"行"。

〔6〕舉，《初學記》作"捉"；聊轉笑，同上作"時笑語"。舉杯聊轉笑，《文苑英華》作"提杯時笑語"。歡，《藝文類聚》作"嘆"。

望江中月影[1]

澄江涵皓月[2]，水影若浮天。風來如可泛，流急不成圓。秦鈎斷復接[3]，和璧碎還聯。裂紈依岸草[4]，斜桂逐行船。即此春江上，無俟百枝然[5]。

【校注】

〔1〕見《藝文類聚》卷一；《初學記》卷一作《江中月》、《文苑英華》卷一百五十二作梁簡文帝《望江中月》。原注："《文苑英華》作簡文帝，今從《藝文》《初學》作元帝。"係録《詩紀》注語。

〔2〕皓月，《初學記》《文苑英華》作"月影"。

〔3〕鈎，原注："一作鏡。"《初學記》《文苑英華》作"鏡"。秦鈎，謂月（據庾信《新月》詩"秦鈎本獨懸"句，清倪璠注）。

〔4〕裂紈：用班婕妤《怨歌行》："新裂齊紈素……團團似明月。"句意指月亮。

〔5〕春，《初學記》《文苑英華》並作"清"。然，同"燃"。

咏石榴〔1〕

塗林未應發〔2〕，春暮轉相催。然燈疑夜火，連珠勝早梅。西域移根至，南方釀酒來〔3〕。葉翠如新剪，花紅似故裁。還憶河陽縣，映水珊瑚開〔4〕。

【校注】

〔1〕見《藝文類聚》卷八十六、《初學記》卷二十八，題作"賦得石榴詩"，《文苑英華》卷三百二十六題作"石榴"。

〔2〕塗林：西域地名，産石榴；陸機《與弟雲書》："張騫爲漢使外國十八年，得塗林安石榴。"

〔3〕"南方"句：言南方獻石榴所釀酒，出典未詳。

〔4〕晉潘岳爲河陽守，有《河陽庭前安石榴賦》："似琉璃之栖鄧林，若珊瑚之映淥水。"二句本此。

看摘薔薇〔1〕

倡女卷春闈〔2〕，迎風戲玉除。近叢看影密，隔樹望釵疏。横枝斜綰袖，嫩葉下牽裾。牆高舉不及〔3〕，花新摘未舒。莫疑插鬢少，分人猶有餘。

【校注】

〔1〕見《藝文類聚》卷八十一。

〔2〕闈，《藝文類聚》作"裾"。

〔3〕舉，《藝文類聚》作"攀"。

晚栖烏[1]

日暮連翩翼，俱向上林栖。風多前烏駛[2]，雲暗後群迷。路遠聲難徹，飛斜行未齊。應從故鄉返，幾過入蘭閨。借問倡樓妾，何如蕩子妻？[3]

【校注】

〔1〕見《玉臺新咏》卷七、《藝文類聚》卷九十二、《文苑英華》卷二百六。原注："《文苑英華》作樂府。"《玉臺新咏》清吴兆宜注謂係"雜曲歌辭"。

〔2〕烏，《文苑英華》作"烏"。

〔3〕妻，《藝文類聚》作"啼"。《古詩・青青河畔草》："昔爲倡家女，今爲蕩子婦。"

登江州百花亭懷荆楚[1]

極目纔千里[2]，何由望楚津。落花灑行路，垂楊拂砌塵。柳絮飄晴雪[3]，荷珠漾水銀。試酌新春酒，遥勸陽臺人[4]。

【校注】

〔1〕見《藝文類聚》卷二十八；《文苑英華》題中無"江州"二字。

〔2〕極目，《藝文類聚》作"目極"。《楚辭・招魂》："目極千里兮傷春心。"

〔3〕晴，《藝文類聚》《文苑英華》作"春"。

〔4〕春，《藝文類聚》《文苑英華》作"新"。"遥勸"句：用高唐神女故事。

和劉上黄春日[1]

新鶯隱葉囀，新燕向窗飛。柳絮時依酒，梅花乍入衣[2]。王珂逐風度，金鞍暎日暉[3]。無令春色晚，獨望行人歸。

【校注】

〔1〕《玉臺新咏》卷七作“和劉上黄”,《初學記》卷三、《文苑英華》卷一百五十七並作“春日詩”。

〔2〕乍,《文苑英華》作“任”。

〔3〕逐,《文苑英華》作“隨”。暎,《初學記》《文苑英華》作“照”。

戲作艷詩[1]

入堂值小婦，出門逢故夫。含辭未及吐，絞袖且踟躕。摇兹扇似月[2]，掩此泪如珠。今懷固無已，故情今有餘。

【校注】

〔1〕見《玉臺新咏》卷七。

〔2〕“摇兹”句：暗用班婕妤《怨詩》詩意。

咏　風[1]

樓上試朝妝[2]，風花下砌傍。入鏡先飄粉[3]，翻衫好染香。度舞飛長袖，傳歌共繞梁[4]。欲因吹少女，還持拂大王[5]。

【校注】

〔1〕見《初學記》卷一、《藝文類聚》卷一。《文苑英華》卷一百五十六作沈約詩。原注：“《英華》作沈約，今從《藝文》《初學》作元帝。”

〔2〕試,《藝文類聚》《初學記》並作“起”。

〔3〕先,《文苑英華》作“光”。

〔4〕度,《文苑英華》作“逐”。“度舞”句：用“長袖善舞”意。“傳歌”句：用“餘音繞梁”事。

〔5〕少女：《初學記》卷一引《管公明别傳》曰：“公明言樹上已有少女微風。”大王：宋玉《風賦》把風分爲“大王之雄風”與“庶人之雌風”。

咏陽雲樓檐柳[1]

楊柳非花樹，依樓自覺春。枝邊通粉色，葉裏映紅巾[2]。帶日交簾影，因吹掃席塵[3]。拂檐應有意[4]，偏宜桃李人。

【校注】

〔1〕見《藝文類聚》卷八十九、《初學記》卷二十八、《文苑英華》卷三百二十三。

〔2〕葉,《初學記》《文苑英華》作“隙”。紅巾,《藝文類聚》作“吹論”。

〔3〕席,《初學記》《文苑英華》作“窗”。

〔4〕檐,《初學記》作“簾”。

古　　意[1]

妾在成都縣[2]，願作高唐雲。尊中石榴酒，機上葡萄紋[3]。停梭還斂色，何時勸使君?

【校注】

〔1〕見《藝文類聚》卷十八。

〔2〕“妾在”句：用卓文君夜奔相如，後同歸成都故事。

〔3〕紋，原注：“一作裙。”（係據《詩紀》）

寒　　閨[1]

烏鵲夜南飛[2]，良人行未歸。池水浮明月，寒風送擣衣。願織回文錦[3]，因君寄武威。

【校注】

〔1〕見《藝文類聚》卷三十二,《玉臺新咏》卷七作“寒宵三韵”。原注:

“《玉臺》作寒宵。”

〔2〕“烏鵲”句：曹操《短歌行》：“月明星稀，烏鵲南飛。”

〔3〕回文錦：晋竇滔妻蘇蕙，因其夫被徙，乃織錦爲回文旋圖詩贈之。見《晋書・竇滔傳》。

遺武陵王詩〔1〕

《南史》曰：武陵王紀稱帝於蜀，起兵内伐。元帝與之書，許其還蜀，專制岷方〔2〕。紀不從。帝又遺之詩。

圓正者，紀之子也。紀僭號，帝下圓正於獄。帝覽圓正詩而泣〔3〕。紀敗，圓正號哭絶食而死。

回首望荆門，驚浪且雷奔。四鳥嗟長别〔4〕，三聲悲夜猿。

【校注】

〔1〕此詩並序皆本《南史・武陵王紀傳》，其序則録自《詩紀》。武陵王蕭紀：梁武帝第八子。

〔2〕岷方：指蜀地。

〔3〕圓正詩曰：“水長二江急，雲生三峽昏。願貰淮南罪，思報阜陵恩。”

〔4〕四鳥：《初學記》引《孔子家語》，顔回聞哭聲，謂其聲非獨哀死，又悲生離。孔子問其因，對曰：“回聞恒山之鳥，生四子，羽翼既成，將分離，悲鳴以相送。哀聲有類於此。”後遂以“四鳥”指兄弟分離。

宜男草〔1〕

可愛宜男草，垂采映倡家。何時如此葉，結實復含花。

【校注】

〔1〕見《藝文類聚》卷八十一。宜男草：即萱草、忘憂草，《風土記》：“宜男草，一名鹿葱，宜懷妊婦人佩之，必生男。”

春別應令一首[1]

昆明夜月光如練，上林朝花色如霰。朝花夜月動春心，誰忍相思不相見[2]！

【校注】

〔1〕見《玉臺新咏》卷九。《藝文類聚》卷三十二作《別詩》，原四首，此選第一首。原注："和簡文。"

〔2〕朝花，《玉臺新咏》作"花朝"；不相，《藝文類聚》作"今不"。

庾成師[1]

女郎。

【校注】

〔1〕身世不詳。

憶　　別[1]

憶別春花飛，已見秋葉稀。泪粉羞明鏡，愁帶減寬衣。得書言未返[2]，夢見道應歸。坐使紅顏歇，獨掩青樓扉。

【校注】

〔1〕見《藝文類聚》卷五十三及《樂府詩集》卷十八，均題作“遠期篇”。

〔2〕返，《藝文類聚》作“及”。

陳

陰　鏗〔1〕

字子堅，南郡人〔2〕，爲湘東王法曹參軍。善五言詩，與何遜齊名，世稱"陰何"〔3〕。常與賓友燕飲，以酒炙授行觴者，衆皆笑。鏗曰："吾儕終日酣醉，執爵者不知其味，非人情也。"後遇侯景亂，被賊擒，或救免之，乃前行觴者。父子春，官梁州刺史。《一統志》載武威人。

【校注】

〔1〕陰鏗事見《南史》《陳書》本傳。

〔2〕《南史》本傳載，陰鏗父陰子春爲"武威姑臧人也。晋義熙末，曾祖襲隨宋武帝南遷，至南平，因家焉"。

〔3〕《梁書·何遜傳》："遜文章與劉孝綽並見重於世，世謂之'何劉'。"陰、何並稱，殆起於後世，杜甫《解悶》詩："頗學陰何苦用心。"

行經古墓〔1〕

偃松將古墓，年代理當深。表柱應堪燭，碑書欲有金〔2〕。回墳由路毁，荒隧受田侵。霏霏野霧合，昏昏隴日沉〔3〕。懸劍今何在，風楊空自吟〔4〕。

【校注】

〔1〕見《藝文類聚》卷四十、《初學記》卷十四、《文苑英華》卷三百六。

〔2〕"碑書"句：王隱《晋書》引《石瑞記》曰："永嘉初，陳國項縣賈逵石碑中生金。"

〔3〕霧，《初學記》作"田"，《文苑英華》作"露"。隴，應從《藝文類

聚》《文苑英華》作“壟”。

〔4〕懸劍：據《太平廣記》卷二百二十九引《世説》：“王子喬墓在京陵，戰國時有人盗發之。都無見，唯有一劍懸在壙中。”“風楊”句：本《古詩》：“白楊多悲風，蕭蕭愁殺人。”

廣陵岸送北使〔1〕

行人引去節，送客艤歸艫〔2〕。即是觀濤處，仍爲郊贈衢。汀洲浪已息，邗江路不紆〔3〕。亭嘶背櫪馬，檣轉向風烏。海上春雲雜，天際晚帆孤。離舟對零雨，别渚望飛鳧。定知能下泪，非但一楊朱〔4〕。

【校注】

〔1〕見《文苑英華》卷二百六十六（作“廣陵岸送遠使”）、《藝文類聚》卷二十九。

〔2〕艤，《藝文類聚》作“艤”。艤：移船就岸。

〔3〕邗江：水名，亦名邗溝。

〔4〕“定知”二句：《淮南子·説林訓》：“楊子見逵路而哭之，爲其可以南可以北。”

和登百花亭懷荆楚〔1〕

江陵一柱觀〔2〕，潯陽千里潮。風烟望似接，川路恨成遥〔3〕。落花輕未下，飛絲斷易飄〔4〕。藤長還依格，荷生不避橋〔5〕。陽臺可憶處，唯有暮將朝。

【校注】

〔1〕見《陰常侍集》、《藝文類聚》卷二十八，《文苑英華》卷三百一十五詩題前有“追”字。梁元帝有《登（江州）百花亭懷荆楚》詩。

〔2〕一柱觀：《初學記》卷二十四引張華《博物志》：“江陵有臺甚大而唯有一柱，衆梁皆共此柱。”據説是舊楚宫。

〔3〕似、恨,《本集》作“相”“限”。

〔4〕飛、易,《文苑英華》作“浮”“亦”。

〔5〕依格,《本集》作“格樹”,《文苑英華》云,“石本”作“格嶺”。

和傅郎歲暮還湘州〔1〕

蒼茫歲欲晚，辛苦客方行〔2〕。大江静猶浪，扁舟獨且征。棠枯絳葉盡〔3〕，蘆凍白花輕。戍人寒不望，沙禽回未驚。湘波各深淺，空軫念歸情〔4〕。

【校注】

〔1〕見《陰常侍集》、《藝文類聚》卷二十七、《文苑英華》卷二百八十九。傅郎，未詳。

〔2〕辛,《文苑英華》作“愁”。

〔3〕盡,《文苑英華》作“落”。

〔4〕各深淺、空軫,《文苑英華》分别作“若空淺”“輕棹”。

新成安樂宫〔1〕

新宫實壯哉，雲裹望樓臺。迢遥翔鵾仰，連翩賀雀來〔2〕。重檐寒露宿，丹井夏蓮開〔3〕。砌石披新錦，梁花畫早梅〔4〕。欲知安樂盛，歌管雜塵埃。

【校注】

〔1〕見《陰常侍集》、《初學記》卷二十四（題作“新成長安宫”)、《藝文類聚》卷六十二、《文苑英華》卷一百九十二、《樂府詩集》卷三十八。據《南史》本傳，此詩是陰鏗應陳文帝之命援筆而就的。

〔2〕賀雀:《淮南子·説林》:“大厦成而燕雀相賀。”

〔3〕重檐寒露,《樂府詩集》作“重寒露檐”；其中“檐”,《初學記》作“欄”,《本集》作“櫚”。丹井,《樂府詩集》《文苑英華》作“返景”；夏，本

集作“夜”。

〔4〕盡，當從諸本作“晝”。

庾仲容[1]

南郡人[2]，歷尚書左丞、諮議參軍，出爲黟縣令。太清之亂，容遊會稽，病卒。

【校注】

〔1〕庾仲容（475—548）：事見《南史·庾悅傳》

〔2〕《南史》謂“潁川鄢陵人”。

咏　柿[1]

發葉臨層檻，翻英糅花藥。風生樹影移，露重新枝弱。苑朱正葱翠，梁烏未銷鑠[2]。

【校注】

〔1〕見《藝文類聚》卷八十六。

〔2〕苑朱：王逸《荔枝賦》：“苑中朱柿。”因成柿之别名。原注：“以下闕。”

宗　懔[1]

字元懔，南郡涅陽人，居江陵。性至孝，遭母喪，哭泣嘔血。每有群烏數十下集於舍，候哭則鳴，哭止則去。元帝鎮荆州時，以爲記室；即位，累遷吏部尚書。及江陵平[2]，入關拜車騎大將軍、儀同三司。

【校注】

〔1〕見《梁書·宗懔傳》。

〔2〕指梁元帝承聖四年西魏攻陷江陵。

和歲首寒望[1]

旅騎出平原，鉦鐃遍野喧。接里開都邑，連車駐小門。稻車回故塢，獵馬轉新村。古碑空戴石，山龕未上旛。所言春不至，未有桃花源。

【校注】

〔1〕見《藝文類聚》卷二十八。

早　春[1]

昨暝春風起，今朝春氣來。鶯鳴一兩囀，花樹數重開。散粉成初蝶，剪彩作新梅。遊客傷千里，無暇上高臺。

【校注】

〔1〕見《初學記》卷二、《文苑英華》卷一百五十七。

春　望[1]

日暮春臺望[2]，徙倚愛餘光。都尉新移棗，司空始種楊[3]。一枝猶桂馥，十步有蘭香[4]。望望無萱草，忘憂竟不忘[5]。

【校注】

〔1〕見《初學記》卷三、《文苑英華》卷一百五十七。

〔2〕望，《初學記》作"傍"。

〔3〕《淮南子·時則訓》："正月官司空，其樹楊。"又曰："十一月官都尉，其樹棗。"

〔4〕"一枝"句：用晋郤詵"桂林一枝"事。"十步"句：本《説苑》："十步之内，必有芳蘭。"

〔5〕萱草：又名忘憂草，《詩·衛風·伯兮》："焉得萱草，言樹之背。"末二句或有思母之憂。

麟趾殿咏新井[1]

當爲醴泉出，先令浪井開[2]。銅新九龍殿，石勝凌雲臺[3]。

【校注】

〔1〕見《初學記》卷七。

〔2〕醴泉：《論衡·是應》："泉從地下出，其味甘若醴，故曰醴泉。"浪井：《南齊書·祥瑞志》引（庾温）《瑞應圖》："浪井不鑿自出，王者清净，則仙人主之。"

〔3〕九龍殿、凌雲臺：皆三國魏殿名。見《三國志·魏志》及《初學記》卷二十四引《世説》。

附

顧　總〔1〕

武昌小吏總，性昏戇，不任事，數爲縣令鞭朴。常鬱鬱懷憤，因逃墟墓之間，彷徨惆悵，不知所適。忽有二黄衣見，曰："劉君頗憶疇昔周旋否？"總曰："敝宗乃顧氏，先未曾面清顔，何有周旋之問？"二人曰："僕二人，王粲、徐幹也，足下前生是劉楨，爲坤明侍中〔2〕，以納賂金謫爲小吏，公今當不知矣。然公言辭歷歷，猶有記室音旨。"因出袖中五軸書示總，曰："此君集也，當諦視之。"總試省覽，乃了然明悟，便覺藻思泉涌。世傳其《死後詩》一章尤奇云。本傳載梁天監元年。

【校注】

〔1〕顧總故事出牛僧孺《玄怪録》，見《太平廣記》卷三百二十七引，小傳及以下的詩均引自《顧總篇》，詩無疑是唐人僞托。

〔2〕坤明：杜撰的地下國名。《玄怪録·顧總篇》中顧總問道："坤明是何國？"徐幹曰："魏武開國鄴地也，公昔爲其國侍中，劇忘耶？"

從駕遊幽厲宫，却憶平生西園文會，因寄修文府正郎蔡伯喈〔1〕

在漢絶綱紀〔2〕，溟瀆多騰湍。煌煌魏世祖〔3〕，拯溺静波瀾。天紀已垂定，邦人亦保完。大開相公府，掇拾盡幽蘭。始從衆君子，日侍賢主歡。文皇在春宫，蒸孝逾問安〔4〕。監撫多餘暇，園圃恣遊觀〔5〕。末臣載簪筆，翊聖從和鑾〔6〕。月出行殿凉，珍木清露團。天文信輝麗，鏗鏘振琅玕。披中仰微和，顧己誠所難〔7〕。弱質不自持，危脆朽萎殘。豈意十餘年，陵寢梧楸寒。今來坤明國，再顧簪蟬冠。侍遊於離宫，高躡浮雲端。却憶西園時[8]，生死暫悲酸。君昔漢公卿，未央冠群賢。倘若念平生，覽此同愴然。

【校注】

〔1〕幽厲宮、修文府,《太平廣記》作“幽麗宮”“地文府”。西園文會：指鄴中諸文士與曹丕的游宴；修文府正郎：杜撰的主管文事的官員；蔡伯喈：蔡邕字。

〔2〕絶綱紀,《太平廣記》作“繩綱緒”。

〔3〕世,《太平廣記》作“英”。魏祖：指曹操。

〔4〕文皇：指魏文帝曹丕。春宮：即東宫，太子所居，時曹丕爲太子。蒸孝：蒸謂蒸禋，古代一種祭祀；蒸孝，或謂祭祖時所表現的孝。問安：古代爲世子每日見其父王的禮節。《禮記》：“文王之爲世子，朝於王季，日三。”

〔5〕“園圃”句：即所謂“平生西園文會”，曹丕《芙蓉池作》：“乘輦夜行游，逍遥涉西園。”

〔6〕載,《太平廣記》作“戴”。和鑾，“鑾”同“鸞”；車鈴。《詩・小雅・蓼蕭》：“和鸞雝雝。”注：“在軾曰和，在鑣曰鸞。”

〔7〕披中仰微和,《太平廣記》作“被命仰爲和”，謂受任贊助。句中或有字誤。誠,《太平廣記》作“試”。

〔8〕憶,《太平廣記》作“想”。

張潤玉[1]

衡山女仙。

【校注】

〔1〕張潤玉:《太平廣記》卷三百二十六引唐佚名《異聞録·沈警篇》中女仙，爲“張女郎廟”的女神。以下幾篇皆從《沈警篇》摘出。

歌[1]

洞簫響兮風生流，清夜闌兮管絃遒。長相思兮衡山曲，心斷絶兮秦隴頭。

【校注】

〔1〕原注:“贈沈警也。”沈警:據《異聞録》，他“奉使秦隴，途過張女郎廟”，仕梁、北周，故原編者將這幾首詩濫繫於此。

以金合歡結贈沈警並歌[1]

結心纏萬縷，結縷幾千回。結怨無窮極，結心終不開。

【校注】

〔1〕這是《沈警篇》中，分别時張潤玉贈沈警。

寄　　書[1]

飛書報沈郎，尋已到衡陽。若存金石契，風月兩相忘[2]。

【校注】

〔1〕據《沈警篇》，此是沈警在廟中神座後所得碧箋上書。

〔2〕忘,《太平廣記》作“望”。

贈沈警[1]

隴上雲居不復居[2]，湘川斑竹泪沾餘。誰念衡山烟霧裏，空看雁足不傳書。

【校注】

〔1〕原補："補前，其二。"此即張潤玉初見沈時所贈第二詩。

〔2〕居，《太平廣記》作"車"。

陸法和[1]

隱於江陵百里洲，有道術，能先知禍福。侯景之亂，遣任約擊湘東王於江陵，法和率蠻兵敗約，擒之。帝以法和爲都督郢州刺史，封江乘縣公。慮梁室日衰，常大聚兵艦欲襲襄陽，元帝使止之。法和乃還州，堊其門，麻衣葦坐。及聞梁元敗滅，竟衰服終身，無疾卒。

【校注】

〔1〕陸法和：《北史》《北齊書》有傳，《南史·梁本紀》《梁書·元帝紀》亦略記其事。此小傳則據《太平廣記》卷八十二《陸法和》，出《渚宫舊事》，唐余知古撰。

讖詩二章[1]

《北史》本傳曰：法和書其所居屋壁而塗之，及剥落，有文二首。

十年天子爲尚可，百日天子急如火，週年天子迭代坐[2]。

一母生三天，兩天共五年[3]。

【校注】

〔1〕見《北齊書》《北史》本傳。

〔2〕原注："《隋書·五行志》曰：'時文宣帝享國十年而崩，廢帝嗣立百餘日用替厥位，孝昭帝即位一年而崩。此其效也。'"

〔3〕原注："婁太后生三天子，自孝昭即位至武成傳位後主，共五年。"

無名氏

始興王歌[1]

《南史》曰：梁始興忠武王憺爲都督荆州刺史，時天監初，軍旅之後，公私匱乏，憺厲精爲政，廣闢屯田，減省力役，供其困窮[2]，辭訟决於俄頃，曹無留事，下無滯獄。後徵還朝，民思歌之。

始興王，人之爹[3]。赴人急，如水火。何時復來哺乳我？

【校注】

〔1〕見《南史》及《梁書·始興忠武王傳》。又見《樂府詩集》卷八十六。

〔2〕《南史》作："存問兵死之家，供其困窮。"此處删簡而失原意。

〔3〕人，《南史》避李世民諱改，應從《梁書》作"民"。爹，《南史》注："徒我反。"原注："荆楚方言謂父爲爹。"亦據《南史》。

瞿塘行人歌[1]

按《南史》，庾子輿，南郡人，幼岐嶷。五歲讀《孝經》，手不釋卷。丁母憂，哀極輒嘔血。父域卒官巴西，子輿奉喪還鄉。巴東有淫預石，高出二十丈許，秋至水退纔見。次有瞿塘大灘，行旅忌之。子輿至此，水深猶不見石，撫心長叫。其夜五更水退，安流南下，及渡，水復舊。行人爲之歌云。

淫預如幞本不通，瞿塘水退爲庾公。

【校注】

〔1〕見《南史·庾子輿傳》。

江陵謡[1]

《南史》曰：侯景既誅，傳首至江陵。元帝命梟於市三日，然後煮而漆之，以付武庫。先是，江陵謡言云云。景首既至，元帝付李季長宅，宅東即苦竹町也。既加鼎鑊，即用市南水焉[2]。

苦竹町，市南有好井。荆州軍[3]，殺侯景。

【校注】

〔1〕見《南史·侯景傳》。

〔2〕市南水，應作“市南井水”。

〔3〕荆州軍：指梁元帝的軍隊，梁元帝就帝位於江陵，爲荆州治所。

岑之敬[1]

字思禮，棗陽人[2]。五歲通《孝經》，每焚香獨坐，親戚嘆異之。年十六，擢高第，累遷晋安王中記室。太建初，授東宫學士，轉南臺侍御史，征南府諮議參軍。博涉文史，性謙謹，時以篤行稱。

【校注】

〔1〕見《南史·岑之敬傳》。

〔2〕棗陽，誤。應從《南史》作“南陽棘陽”。

折楊柳[1]

將軍始見知，細柳繞營垂[2]。懸絲拂城轉，飛絮上宫吹。塞門交度葉，谷口暗横枝[3]。曲成攀折處，唯言怨别離。

【校注】

〔1〕見《文苑英華》卷二百八、《樂府詩集》卷二十二。

〔2〕“將軍”二句：借用周亞夫軍細柳營事。

〔3〕塞門：謂邊關；或應作“寒門”。谷口：漢縣名，其地又稱“寒門”。横，《樂府詩集》作“還”。

洛陽道[1]

喧喧洛水濱，鬱鬱小平津[2]。路傍桃李節，陌上采桑春[3]。聚車看衛玠，連手望安仁[4]。復有能留客，莫愁嬌態新[5]。

【校注】

〔1〕見《文苑英華》卷一百九十二、《樂府詩集》卷二十三。洛陽道：樂府横吹曲名。

〔2〕平津：漢公孫弘爲丞相，封平津侯，見《漢書·公孫弘傳》；後遂以“平津”稱公相。

〔3〕“陌上”句：兼用樂府《陌上桑》詩意。

〔4〕衛玠：據《晋書·衛玠傳》，以風姿秀異聞名，早卒，時人謂“看殺衛玠”。安仁：潘岳字，亦以美貌著名，婦人連手繞之，擲果滿車。

〔5〕莫愁：梁武帝《河中之水歌》：“洛陽女兒名莫愁。”

對　　酒〔1〕

色映臨池竹，香浮滿砌蘭。舒文泛玉盌，漾蟻溢金盤〔2〕。簫曲隨鸞易，笳聲出塞難〔3〕。唯有將軍酒，川上可除寒。

【校注】

〔1〕見《文苑英華》卷一百九十五、《樂府詩集》卷二十七。對酒：樂府相和歌辭名。

〔2〕漾蟻：指酒面上的浮沫。

〔3〕“簫曲”句：用《列仙傳》簫史與弄玉吹簫引鳳、一朝騎鸞而去的故事。“笳聲”句：用劉疇面對胡人，援笳吹《出塞》《入塞》之聲的故事，見《樂府詩集》引曹嘉之《晋書》。

烏栖曲〔1〕

驄馬直去没浮雲，河渡冰開兩岸分。烏藏日暗行人息，空栖隻影長相憶。

【校注】

〔1〕見《樂府詩集》卷四十八，比此處多兩句：“明月二八照花新，當壚十五晚留賓。”參見下一首《當壚曲》。

當壚曲[1]

明月二八照花新，當壚十五晚留賓。回眸百萬橫自陳[2]。

【校注】

〔1〕原注："(見)《詩話補遺》。" 按：明楊慎撰，今見《升庵詩話》卷一，此詩前二句恰爲上首後二句，未知何者是誤。當壚曲：據《樂府詩集》，即咏文君當壚事。

〔2〕橫自陳：宋玉《諷賦》："橫自陳兮君之傍。"

楚風補（第二册）

（清）廖元度 輯
湖北省社會科學院文學研究所 校注

湖北省公益学术著作出版专项资金
Hubei Special Funds for Academic and Public-interest Publications
荆楚全書·第一輯
長江出版傳媒
湖北人民出版社

楚風補卷之五

北　朝

韓延之[1]

字顯宗，南郡堵陽人。仕晋位平西府録事參軍[2]。劉裕伐司馬休之，密書招延之，延之報書，辭甚激厲。以裕名翹、字顯宗，於是己字顯宗，名子曰翹，示不臣劉氏也。後奔姚興[3]。明帝泰常二年入魏爲武牢鎮將[4]，賜爵魯陽侯。一云韓顯宗字茂親[5]。

【校注】

〔1〕《魏書》《北史》有傳，事又見《南史·宋本紀》《宋書·武帝紀中》，爲此小傳所本。但韓延之並非下面所録詩的作者，見注〔5〕。

〔2〕平西府：指晋安帝宗臣平西將軍司馬休之府邸。

〔3〕姚興（366—416）：東晋地方政權後秦國主。

〔4〕明帝：指北魏明元帝拓跋嗣，泰常（416—423）是其年號。武牢：即虎牢，此據《北史》避李淵父諱改。

〔5〕《楚風補》沿襲《詩紀》之誤，把韓延之（字顯宗），當成了韓顯宗（字茂親），以致張冠李戴。韓茂親：《魏書·韓麒麟傳》附載其事：北魏孝文帝時舉秀才，除著作佐郎；屢上書言事；北魏南伐，韓茂親爲右軍府長史、征虜將軍，因功升鎮南廣陽王諮議參軍。

贈中尉李彪〔1〕

賈生謫長沙，董儒詣臨江〔2〕。愧無若人迹，忽尋兩賢踪。追昔渠閣游〔3〕，策駑厠群龍。如何情顧奪，飄然獨遠從。痛哭去舊國，銜泪届新邦。哀哉無援民，嗷然失侣鴻。彼蒼我不聞〔4〕，千里告志同。

【校注】

〔1〕見《魏書》本傳。李彪：韓茂親同時人，《魏書》有傳。

〔2〕賈生：指賈誼。董儒：指董仲舒。《漢書・董仲舒傳》："天子以仲舒爲江都相"。臨江：南朝以烏江縣爲临江郡治，在漢時屬江都。

〔3〕渠閣：即石渠閣，漢蕭何造，專藏秘書。

〔4〕我不，《詩紀》作"不我"。

董　紹〔1〕

字興遠，南郡新蔡人〔2〕。起家四門博士，累遷洛陽刺史兼中書舍人，爲魏宣武所知。爾朱天光啓以爲行臺從事〔3〕。天光敗，賀拔岳復請爲開府諮議參軍〔4〕。孝武西遷〔5〕，除御史中丞。及周文登祚〔6〕，以議論朝廷賜死。

【校注】

〔1〕《魏書》《北史》有傳，爲此小傳所本。

〔2〕《魏書》《北史》俱作“新蔡鮦陽人”。

〔3〕爾朱天光：北魏權臣。

〔4〕賀拔岳：字阿斗泥，北魏權臣。

〔5〕孝武：指北魏末代君主孝武帝元修。

〔6〕周文：指宇文泰，其子受魏禪，是爲北周，後追尊宇文泰爲文皇帝。此處“周文登祚”，誤，當作“魏文登祚”；魏文：指西魏文帝元寶矩。

高平牧馬詩〔1〕

走馬山之阿，馬渴飲黄河。寧謂胡關下，復聞楚客歌〔2〕。

【校注】

〔1〕原注：“《北史》曰：紹爲賀拔岳諮議參軍。岳携紹於高平牧馬，紹悲而賦此詩。”見《魏書》《北史》本傳。

〔2〕楚客：董紹爲南人，故云。

宗　　羈[1]

南郡人[2]。

【校注】

〔1〕《藝文類聚》卷九、《初學記》卷七並謂“後周宗羈”。

〔2〕未詳所據。

登渭橋[1]

仲山朝飲馬，還坐渭橋中。南瞻臨别館，北望盡離宫。四面衣裾合，三條冠蓋通。蘭香想和季，雲起憶成公[2]。圯上相知早，鷄鳴幸共同[3]。

【校注】

〔1〕出處見上注〔1〕。渭橋：在長安。

〔2〕“蘭香”句：晋劉弘字季和，《襄陽記》云，劉季和性愛香，常如厠還，輒過香爐上；嘗學荀令君三日坐席生香。“雲起”句：晋成公綏有《雲賦》。

〔3〕原注：“圯，音夷，楚人謂橋爲圯。”《史記索隱》：“圯，橋也，東楚謂之圯。”二句用張良於下邳橋上遇黄石公，鷄鳴時前往，學太公兵法，因成王者師的故事，見《史記·留侯世家》。

釋亡名[1]

本姓宋，名闕，南郡人。弱齡遁世，吟嘯丘壑；長富才華，事梁元帝，深見禮待。梁亡，遠客岷蜀。會周氏跨有井絡[2]，齊王鎮蜀[3]，素加禮供。秩滿還雍，遂勒歸謁帝。朝省總議，將徵拔之。雅量卓然，曾無易節。多所著述。有集十卷行於世。

【校注】

〔1〕見《廣弘明集》卷三十。

〔2〕周氏：指北周王族宇文氏。井絡：星宿名，《河圖括地象》："岷山之精，上爲井絡"，在此處當即指其分野的岷蜀之地。

〔3〕齊王：指齊煬王宇文憲。

生　苦[1]

可患身爲患，生將憂共生[2]。心神恒獨苦，寵辱横相驚。朝光非久照，夜燭幾時明。終成一聚土，强覓千年名。

【校注】

〔1〕見《廣弘明集》卷三十。原注："《五苦詩》也。"五苦：佛家語：一生苦、二老苦、三病苦、四死苦、五犯罪枷鎖苦。

〔2〕將，《廣弘明集》作"時"。

老　苦

少日欣日益[1]，老至苦年侵。紅顔既罷艶，白髮寧久吟！階庭唯仰杖，朝府不勝簪。甘肥與妖麗，徒有壯時心。

【校注】

〔1〕少日，《廣弘明集》作"少時"。

病　　苦

拔劍平四海，橫戈却萬夫。一朝床枕上，回轉仰人扶。壯色隨肌減，呻吟與痛俱。綺羅雖滿目[1]，愁眉獨向隅。

【校注】

〔1〕目，《廣弘明集》作“口”。

死　　苦

可惜凌雲氣，忽隨朝露終。長辭白日下，獨入黄泉中。池臺既已没，墳隴向應空。唯當松柏裹，千年恒勁風[1]。

【校注】

〔1〕勁，《廣弘明集》作“動”，注云：“明本作勁。”

庾　信[1]

字子山，襄陽人[2]。幼而俊邁，博覽群書。父肩吾爲梁太子中庶子。東海徐摛爲左衛率，摛子陵及信並爲抄撰學士。父子東宫[3]，出入禁闥，詩文並綺艷，故世號徐庾體焉。信累遷通直散騎常侍，聘於東魏。文章詞令，甚爲鄴下所稱[4]。梁元帝稱制[5]，除御史中丞。及即位，轉右衛將軍，聘於西魏。屬大將軍南征[6]，被留長安。後周時爲洛州刺史。信雖位望通顯，常有鄉國之思。乃作《哀江南賦》以致意。所著有《枯樹》等賦及諸詩文。論者謂於陵之奇、肩吾之腴[7]，子山兼之。

【校注】

〔1〕庾信（513—581）：《北史》《周書》皆有傳，爲此小傳所本。

〔2〕襄陽人，《北史》《周書》作“南陽新野人”。

〔3〕應從，《周書》卷四十一作“父子在東宫”。

〔4〕鄴下：東魏孝静帝元善見於天平元年（534）冬十月北遷於鄴，故指東魏國都君臣上下。

〔5〕稱制：應作“承制”，秉承皇帝旨意。

〔6〕《北史》《周書》皆作“屬大軍南討”。

〔7〕於陵：即庾於陵，庾信父庾肩吾之兄，《南史》本傳謂其：“清警博學，有才思。”

對酒歌[1]

春水望桃花，春洲藉芳杜[2]。琴從緑珠借，酒就文君取[3]。牽馬向渭橋，日曝山頭脯[4]。山簡接羅倒，王戎如意舞[5]。筝鳴金谷園，笛韵平陽塢[6]。人生一百年，歡笑惟三五。何處覓錢刀，求爲洛陽賈。

【校注】

〔1〕庾信詩文,《隋書·經籍志》著録二十一卷，久已逸。今有清吴兆宜《庾開府集箋注》、倪璠《庾子山集注》(十六卷)，皆輯録類書、總集等而成。以下庾信詩不另列出處。

〔2〕芳杜:《九歌·湘君》:“采芳洲兮杜若。”

〔3〕從,《文苑英華》作“隨”。原注:“一作隨。”緑珠：晋石崇歌妓，美艷，善吹笛。文君：即卓文君，曾與司馬相如賣酒。

〔4〕馬，原注:“一作牛。”《文苑英華》作“牛”。向,《庾子山詩集》作“就”。曝，原注:“一作落。”

〔5〕“王戎”句：王戎善舞，見《世説新語·假譎》。

〔6〕金谷園：晋石崇别館。平陽塢：馬融吹笛處，見《文選·長笛賦序》。

昭君辭應詔[1]

斂眉光禄塞，還望夫人城[2]。片片紅顔落[3]，雙雙泪眼生。冰河牽馬渡，雪路抱鞍行。胡風入骨冷，夜月照心明。方調琴上曲，變入胡笳聲[4]。

【校注】

〔1〕昭君辭:《庾子山集注》卷五題注曰：石崇《王昭君辭序》曰:“昔公主嫁烏孫，令琵琶馬上作樂，以慰其道路之思。其送明君，亦必爾也。其造新曲，多哀怨之聲。”

〔2〕光禄塞、夫人城:《漢書·匈奴傳》:“單于自請願留居光禄塞下。”又曰:“漢軍乘勝追北，至范夫人城。”注引應劭曰:“本漢將築此城。將亡，其妻率餘衆完保之，因以爲名也。”還,《文苑英華》作“遥”。

〔3〕顔,《文苑英華》作“妝”。

〔4〕入，原注:“一作作。”入、胡,《文苑英華》作“作”“勁”。

王昭君[1]

拭啼辭戚里，回顧望昭陽[2]。鏡失菱花影，釵除却月梁[3]。圍腰無一尺[4]，垂泪有千行。緑衫承馬汗[5]，紅袖拂秋霜。别曲真多恨[6]，哀弦須更張。

【校注】

〔1〕《玉臺新咏》題作“昭君詞”。

〔2〕戚里：帝王姻戚所居。昭陽：漢宫名，成帝趙后居，見《三輔黄圖》。

〔3〕“釵除”句：龍輔《女紅餘志》：“燕昭王賜旋娟以金梁却月之釵。”

〔4〕《梁書·羊侃傳》云，其舞人張静琬，腰圍一尺六寸，時人咸推能掌上舞。

〔5〕緑衫，原注：“一作衫身。”《樂府詩集》作“衫身”。

〔6〕别曲：即所謂昭君馬上作琵琶之曲。

出自薊北門行[1]

薊門還北望，役役盡傷情。關山連漢月，隴水向秦城。笳寒蘆葉脆，弓凍紵絃鳴。梅林能止渴，複姓可防兵[2]。將軍朝挑戰，都護夜巡營。燕山猶有石，須勒幾人名[3]。

【校注】

〔1〕出自薊北門行，樂府雜曲歌辭名。曹植《艷歌行》有“出自薊北門”句；與《從軍行》同爲言征戰苦辛及燕薊風物之辭。

〔2〕“梅林”句：用“望梅止渴”故事，見《世説新語·假譎》。“複姓”句：當時武將多北人徙内或後周皇室賜姓者，如普屯、賀蘭、紇干等。

〔3〕用竇憲登燕然山勒石紀功故事。

結客少年場行[1]

結客少年場，春風滿路香。歌撩李都尉，果擲潘河陽[2]。隔花遥勸酒[3]，就水更移床。今年喜夫婿，新拜羽林郎。定知劉碧玉，偷嫁汝南王[4]。

【校注】

〔1〕結客少年場行：樂府雜曲歌辭名。取名亦自曹植詩，見《樂府詩集》解題。

〔2〕李都尉：李延年爲漢武帝協律都尉，“善歌，爲新變聲”，見《漢書·佞幸傳》。潘河陽：指潘岳。

〔3〕隔，原注：“一作折。”

〔4〕碧玉：劉宋汝南王妾。

烏夜啼[1]

促夜繁絃非子夜，歌聲舞態異前溪[2]。御史府中何處宿，洛陽城頭那得栖[3]！彈琴蜀郡卓家女，織錦秦川竇氏妻[4]。詎不自驚長泪落，到頭啼烏恒夜啼[5]。

【校注】

〔1〕烏夜啼：樂府清商曲辭名。

〔2〕子夜、前溪：皆樂府清商曲辭名。

〔3〕“御史”句：據《漢書·朱博傳》，朱博爲御史，府中柏樹常有野烏栖；此用其事。“洛陽”句：《後漢書》：“桓帝之初，京師童謡曰：‘城上烏，尾畢逋。’”後漢都洛陽，故云洛陽城頭。

〔4〕二句用卓文君、竇滔妻事。秦川竇氏妻，《文苑英華》作“城頭劉氏妻”。

〔5〕泪落、到頭、恒夜啼，《文苑英華》作“渡洛”“到處”“何處啼”。

楊柳歌〔1〕

河邊楊柳百丈枝，别有長條踠地垂〔2〕。河水衝激根株危，倏忽河中風浪吹。可憐巢裏鳳凰兒，無故當年生别離〔3〕。流槎一去上天池，織女支機當見隨〔4〕。誰言從來蔭數國，直用東南一小枝〔5〕。昔年公子出南皮，何處相尋玄武陂〔6〕。駿馬翩翩西北馳，左右彎弧仰月支〔7〕。連錢障泥渡水騎，白玉手板落盤螭〔8〕。君言丈夫無意氣，試問燕山那得碑〔9〕。鳳凰新管簫史吹，朱鳥春窗玉女窺〔10〕。銜雲酒杯赤瑪瑙，照日食螺紫琉璃。百年霜露奄離披，一旦功名不可爲〔11〕。定是懷王作計誤，無事翻復用張儀〔12〕。不如飲酒高陽池，日暮歸時倒接䍦。武昌城下誰見移，官渡營前那可知〔13〕。獨憶飛絮鵝毛下，非復青絲馬尾垂〔14〕。欲與梅花留一曲，共將長笛管中吹〔15〕。

【校注】

〔1〕樂府有《折楊柳》《楊柳枝》等題，此略變之，亦抒别離之怨。

〔2〕踠，《庾開府詩集》作“宛”。

〔3〕生，《文苑英華》作“老”。

〔4〕“流槎”二句：用張騫乘槎尋河源、遇織女給他支機石而還的故事（見《荆楚歲時記》），言自己留北後仍以文才受眷寵。當，《文苑英華》作“應”；原注：“一作將。”

〔5〕《齊王憲碑》：“若木一枝，旁蔭數國”（若木，《山海經》云，生在日入處之神木）。又《論衡》：“日，旦出扶桑，暮入細柳。”言，《文苑英華》作“信”。國，《楚風補》原誤爲“圍”。

〔6〕曹丕《與吴質書》：“每念昔日南皮之游。”又其《玄武陂詩》：“柳垂重陰緑，向我池邊生。”

〔7〕曹植《白馬篇》：“白馬飾金羈，連翩西北馳……控弦破左的，右發摧月支。”

〔8〕“連錢”句：言駿馬豪奢，用《世説新語·術解》王濟之馬惜障泥故

事。“白玉”句：用《郡國志》所記晋明帝爲太子時遊戲，將玉手板落入銅盤螭腹中故事，亦追昔游意。

〔9〕意、試、碑，《文苑英華》作“志”“爲”“知”。

〔10〕朱鳥：漢宫闕名，見張衡《西京賦》。又王延壽《魯靈光殿賦》：“玉女窺窗而下視。”

〔11〕奄離披：謂迅速離散。“一旦”句：本傳載，太清二年，簡文帝命庾信率宫中文武千餘人於朱雀航迎敵，庾信棄軍而走；亦可能指梁滅。

〔12〕二句用楚懷王被張儀欺騙的史事影射江陵失陷前後梁朝形勢。誤，《文苑英華》作“嫿”。

〔13〕《晋陽秋》記載陶侃課營種柳於武昌城門。後被盜移他處、仍能識之的故事（類似記載又見《晋中興書》）。曹丕《柳賦序》記其建安五年從征袁紹，戰於官渡時曾種柳，而今感物傷懷而爲賦。城下、誰見、那可，《文苑英華》作“南城”“誰可”“那得”；可，原注：“一作得。”

〔14〕獨、飛、非，《文苑英華》分别作“尚”“落”“無”。

〔15〕欲、將，《文苑英華》作“共”“在”。梅花：兼指《梅花落》之類笛曲。

和宇文内史春日遊山〔1〕

遊客值春輝，金鞍上翠微。風逆花迎面，山深雲濕衣。雁持一足倚，猿將兩臂飛。戍樓侵嶺路，山村落獵圍。道士封君達〔2〕，仙人丁令威。煮丹於此地，居然未肯歸。

【校注】

〔1〕宇文内史：即宇文昶，曾拜内史下大夫、内史中大夫，《周書》有傳。

〔2〕封君達：即封衡，號青牛道士，見《神仙傳》。

遊　　山[1]

聊登玄圃殿，更上增城山[2]。不知高幾里，低頭看世間。唱歌雲欲聚，彈琴鶴欲舞[3]。澗底百重花，山根一片雨。婉婉藤倒垂，亭亭松直竪。

【校注】

〔1〕原注："一作遊仙。"《詩紀》同。

〔2〕玄圃：即懸圃，與增城（亦作曾城、層城）皆傳説中昆侖山仙境。

〔3〕"唱歌"句：用秦青悲歌響遏行雲事，見《列子·湯問》。"彈琴"句：用晋平公强令師曠奏清徵，招來玄鶴飛舞典故，出《韓子》。

奉報窮秋寄隱士[1]

王倪逢齧缺，桀溺偶長沮[2]。藜床負日卧，麥隴帶經鋤[3]。自然曲木几，無名科斗書。聚花聊飼雀，穿池試養魚。小村治澀路[4]，低田補壞渠。秋水牽沙落，寒藤抱樹疏。空枉平原騎，來過仲蔚廬[5]。

【校注】

〔1〕《庾子山集注》題下注："以詩末二句觀之，當是報趙王也。"報：酬。

〔2〕王倪、齧缺：《莊子·齊物論》及《莊子·天地》提到的高人。桀溺、長沮：《論語·微子》："長沮、桀溺耦而耕。"

〔3〕"藜床"句：用管寧用一藜床積五十年故事，見《高士傳》。帶經鋤：《漢書·倪寬傳》："倪寬帶經而鋤。"

〔4〕村，《文苑英華》卷二百三十二作"徑"。

〔5〕平原：以戰國趙之平原君比趙王招（周宣帝子，爲庾信至交，《周書》有傳）。仲蔚：即所居蓬蒿没人的張仲蔚，見《高士傳》，此自比。

奉和趙王遊仙

藏山還采藥，有道得從師。京兆陳安世，成都李意期[1]。玉京傳相鶴，太乙授飛龜[2]。白石香新芋，青泥美熟芝[3]。山精逢照鏡，樵客值圍棋[4]。石紋如碎錦，藤苗似亂絲。蓬萊在何處，漢后欲遥祠[5]。

【校注】

〔1〕陳安世、李意期：皆《神仙傳》中人物，分别爲京兆人、蜀人。

〔2〕玉京：道教謂仙都。相鶴：《淮南八公相鶴經》曰："鶴，陽鳥也，而游於陰，蓋羽族之宗長，仙人之騏驥也。""太乙"句：據《抱朴子》，黄帝、老子皆奉事最尊貴的太乙真君，以受《要訣靈寶經》《飛龜》等仙術。

〔3〕"白石"句：據《神仙傳》，白石先生煮白石爲糧，又焦先煮白石分衆人，熟煮如芋，食之。青泥：《神仙傳》記王烈入太行山見青泥流出如髓，氣如粳米飯。

〔4〕"山精"句：謂山中精怪逢到仙人寶鏡映照，有關説法見《抱朴子》。"樵客"句：用王質入山見二童子對棋，局未終而斧柯已爛故事，見《述异記》。

〔5〕"蓬萊"二句：用漢武帝欲求蓬萊仙的典故，見《史記》。

擬咏懷[1]

步兵未飲酒，中散未彈琴。索索無真氣，昏昏有俗心[2]。涸鮒常思水，驚飛每失林[3]。風雲能變色，松竹且悲吟。由來不得意，何必往長岑[4]。

【校注】

〔1〕《庾子山集注·擬咏懷二十七首》題下注："昔阮步兵《咏懷》詩十七首，顔延年以爲在晋文代慮禍而發。子山擬斯而作二十七篇，皆在周鄉關之思，其辭旨與《哀江南賦》同矣。"此處選録十五首。

〔2〕索索,《藝文類聚》作“蕭索”;俗，同上書作“欲”。

〔3〕飛，原注:“一作羽。”

〔4〕長岑：地名，東漢崔駰不滿竇憲專權驕恣，出爲長岑長，“駰自以爲遠去不得意，遂不之官而歸”。見《後漢書》本傳。

楚材稱晋用，秦臣即趙冠[1]。離宫延子産，羈旅接陳完[2]。寓衛非所寓，安齊獨未安[3]。雪泣悲去魯，凄然憶相韓[4]。唯彼窮途慟，知余行路難[5]。

【校注】

〔1〕“秦臣”句:《後漢書·輿服志》:“武冠謂之趙惠文冠，秦滅趙，以其君冠賜近臣。”

〔2〕“離宫”句：據《左傳》襄公二十一年載，子産使晋，“使盡壞其館之垣而納車馬焉”，且曰:“銅鞮之宫數里，而諸侯舍於隸人，門不容車。”於是晋侯“乃築諸侯之館”。“羈旅”句:《左傳》莊公二十年曰:“陳公子完奔齊，齊使敬仲爲卿。辭曰:‘羈旅之臣。’”

〔3〕寓衛:《詩·邶風·式微序》:“《式微》，黎侯寓於衛，其臣勸以歸也。”安齊:《左傳》僖公二十七年:“晋公子重耳及齊，齊桓公妻之，有馬二十乘，公子安之。姜曰:‘行也，懷與安，實敗名。’”

〔4〕去魯：用孔子去魯遲遲其行之事，見《孟子·萬章下》。相韓：用張良五世相韓而爲韓報仇之典，見《史記》。

〔5〕窮途慟：用阮籍事，見《魏氏春秋》。行路難：借用樂府曲名言世路艱難及離别悲傷。

惟忠且惟孝，爲子復爲臣。一朝人事盡，身名不足親。吴起常辭魏，韓非遂入秦[1]。壯情已消歇，雄圖不復申。移住華陰下，終爲關外人[2]。

【校注】

〔1〕吴起：戰國衛人，曾仕魏，後遭忌奔楚。韓非：戰國韓公子，秦王見其所著書而急攻韓，韓王遣其使秦被留。

〔2〕華陰下：指華山之北，在潼關之西，故謂“關外人”。《漢書》載楊僕上書曰：“恥爲關外人。”

疇昔國士遇，生平知己恩〔1〕。直言珠可吐，寧知炭可吞〔2〕。一顧重尺璧〔3〕，千金輕一言。悲傷劉孺子，凄愴史皇孫〔4〕。無因同武騎，歸守灞陵園〔5〕。

【校注】

〔1〕“疇昔”二句：用豫讓感智伯知遇，“智伯國士遇我，我故國士報之”之典，參注〔2〕。

〔2〕第二句中，可，原注：“一作欲。”《藝文類聚》卷六十二作“欲”。珠可吐：用大蛇銜珠報隨侯故事。炭可吞：用豫讓“漆身爲厲，吞炭爲啞，使形狀不可知”，以尋機爲智伯報仇，以圖殺趙襄子事。（見《史記·刺客列傳》）

〔3〕“一顧”句：用藺相如“持璧睨柱”威懾秦王，使完璧歸趙事。

〔4〕劉孺子：漢宣帝玄孫劉嬰，平帝崩後立爲皇太子，後被廢爲安定公，見《漢書·王莽傳》。史皇孫：漢武帝戾太子之子，史良娣所生，戾太子遭巫蠱事，母子皆遇害，見《漢書·宣帝紀》。

〔5〕司馬相如曾爲武騎常侍、文園令。灞陵園：漢文帝陵園，即文園。

榆關斷音信，漢使絶經過。胡笳落泪曲，羌笛斷腸歌。纖腰减束素，别泪損横波。恨心終不歇，紅顔無復多。枯木期填海，青山望斷河。

白馬向清波，乘冰始渡河〔1〕。置兵須近水，移營喜竈多。長坂初垂翼，鴻溝遂倒戈。的顱於此去[2]，虞兮奈若何！空營衛青冢，徒聽田横歌[3]。

【校注】

〔1〕清波：楚地名，見《史記·陳涉世家》，此即指江陵。白馬：王者所乘，亦稱玉馬。《瑞應圖》："玉馬者，王者清明尊賢則至。""乘冰"句，用《後漢書·光武帝紀》事："帝至呼沱河，無船，適遇冰合，得過。"

〔2〕的顱：古凶馬名，見《相馬經》；劉備曾有馬名的顱，後逢凶化吉，見《三國志·蜀志·先主傳》注引《世語》。

〔3〕田横歌：據崔豹《古今注》，即田横門人傷其主而作的《薤露》《蒿里》送哀之歌。

悲歌渡燕水，弭節出陽關[1]。李陵從此去，荆卿不復還。故人形影滅，音書兩俱絶。遥看塞北雲，懸想關山雪。遊子河梁上，應將蘇武别[2]。

【校注】

〔1〕燕，原注："一作易。"

〔2〕《文選》李陵《與蘇武别》："携手上河梁，遊子暮何之？"

摇落秋爲氣，凄凉多怨情[1]。啼枯湘水竹，哭壞杞梁城。天亡遭憤戰，日蹙值愁兵。直虹朝映壘，長星夜落營[2]。楚歌饒恨曲，南風多死聲[3]。眼前一杯酒，誰論身後名[4]。

【校注】

〔1〕宋玉《九辯》："悲哉秋之爲氣也，蕭瑟兮草木摇落而變衰。"

〔2〕直虹："虹頭尾至地，流血之象"，見《晋書·天文志》。"長星"句：諸葛亮將死，"有長星赤而芒角，自東北西南投亮營"，見同上。

〔3〕楚歌：即用“四面楚歌”之意。“南風”句：《左傳》襄公十八年：“南風不競，多死聲，楚必無功。”

〔4〕末二句用晉張翰語：“使我有身後名，不如即時一杯酒。”

六國始咆哮，縱横未定交。欲競連城玉，翻徵縮酒茅〔1〕。析骸猶換子，登爨已懸巢〔2〕。壯冰初開地，盲風正折膠〔3〕。輕雲飄馬足，明月動弓弰。楚師正圍鞏，秦兵未下崤〔4〕。始知千載内，無復有申包〔5〕。

【校注】

〔1〕縮酒茅：古代祭祀沃酒於束茅，酒滲而下；《左傳》僖公四年：“爾貢包茅不入，王祭不共，無以縮酒，寡人是征。”

〔2〕《左傳》宣公十五年華元曰：“敝邑易子而食，析骸以爨。”“析骸”二句用此。

〔3〕“壯冰”二句：《禮記·月令》：“仲冬之月，冰益壯，地始坼。仲秋之月，盲風至。”鄭注：“盲風，疾風也。”《漢書·晁錯傳》：“欲立威者，始於折膠。”蘇林注：“秋氣至，膠可折，弓弩可用，匈奴常以爲候而出軍。”冰，原注：“一作水。”誤。

〔4〕《左傳》襄公二十六年有晋師克鞏，王子朝奔楚的記載，句變用其事。“秦兵”句：指西魏軍隊尚未南下。崤，亦作“殽”，《左傳》僖公三十二年記秦晋於崤大戰。

〔5〕申包：指申包胥，有痛哭秦庭、乞師救楚的故事，見《左傳》定公四年。

日晚荒城上，蒼茫餘落暉。都護樓蘭返，將軍疏勒歸〔1〕。馬有風塵氣，人多關塞衣。陣雲平不動，秋蓬卷欲飛。聞道樓船戰〔2〕，今年不解圍。

【校注】

〔1〕"都護"句：用《漢書·傅介子傳》傅介子殺樓蘭王持首詣闕的故事。"將軍"句：用《後漢書·耿恭傳》耿恭爲戊己校尉據疏勒城事。樓蘭、疏勒，皆借用漢西域國名。

〔2〕樓船戰：《漢書·楊僕傳》："南越反，拜爲樓船將軍。"

憒憒天公曉，精神殊乏少。一郡催曙鷄，數處驚眠鳥。其覺乃于于[1]，其憂惟悄悄。張儀稱行薄，管仲稱器小[2]。天下有情人，居然性靈夭。

【校注】

〔1〕"其覺"句：用《莊子·應帝王》："泰氏其卧徐徐，其覺于于。"

〔2〕《史記·張儀傳》："儀貧，無行。"《論語·八佾》："管仲之器小哉！"

鬬麟能食日，戰水定驚龍[1]。鼓鞞喧七萃，風塵亂九重[2]。鼎湖去無返，蒼梧悲不從[3]。徒勞銅雀妓，遥望西陵松[4]。

【校注】

〔1〕鬬麟，《博物志》："麒麟鬬而蝕日。"戰水：《國語》："靈王二十二年，穀、洛鬬……王室遂卑。"

〔2〕七萃：此泛指梁軍；《穆天子傳》："賜七萃之士戰。"二句謂三軍力戰不勝，元帝蒙塵。

〔3〕"鼎湖"句：用黄帝於鼎湖畔鑄鼎成而仙去故事，見《史記·封禪書》；"鼎湖龍去"遂爲皇帝死亡之典。"蒼梧"句："舜葬於蒼梧之野，二妃未之從"，見《禮記·檀弓》。

〔4〕曹操臨死時，謂婕妤諸人曰："汝等時時登銅雀臺，望吾西陵墓田。"見《三國志·魏志》。

無悶無不悶[1]，有待何可待。昏昏如坐霧，漫漫疑行海。千年水未清，一代人先改[2]。昔日東陵侯[3]，唯有瓜園在。

【校注】

〔1〕"無悶"句：用《易・乾》："遁世無悶。"

〔2〕《左傳》襄公八年引逸詩："俟河之清，人壽幾何？"

〔3〕昔日，《藝文類聚》作"昔説"。

懷抱獨惛惛，平生何所論。由來千種意，併是桃花源。穀皮兩書帙，壺盧一酒樽[1]。自知費天下，也復何足言。

【校注】

〔1〕穀：木名，即楮桑，皮可爲紙。壺盧：即葫蘆。

蕭條亭障遠，凄慘風塵多[1]。關門臨白狄[2]，城影入黄河。秋風别蘇武[3]，寒水送荆軻。誰言氣蓋世，晨起帳中歌[4]。

【校注】

〔1〕慘，《藝文類聚》作"愴"。

〔2〕白狄：古代少數民族名，狄的别種，即白部胡，住在今陝西東部黄河西岸。

〔3〕"秋風"句：用蘇武歸漢，李陵置酒送别事，見《漢書・蘇武傳》。

〔4〕二句用項羽"晨起，飲帳中"作"垓下歌"事。

幽居值春

山人久陸沉[1]，幽徑忽春臨。决渠移水碓，開園掃竹林。欹橋久半斷，崩岸始邪侵。短歌吹細笛，低聲泛古琴。錢刀不相及，耕種且須深。長門一紙賦，何處覓黄金。

【校注】

〔1〕陸沉：《莊子·則陽》："方且與世違，而心不屑與之俱，是陸沉者也。"

和王少保遥傷周處士[1]

冥漠爾遊岱，凄凉余向秦[2]。雖言異生死，同是不歸人。昔余仕冠蓋，值子避風塵。望氣求真隱，伺關待逸民[3]。忽聞泉石友，芝桂不防身。悵然張仲蔚，悲哉鄭子真[4]，三山猶有鶴，五柳更應春[5]。遂令從渭水，投吊往江濱[6]。

【校注】

〔1〕王少保：即王褒，字子淵，初與庾信同事梁，拜吏部尚書左僕射，梁滅時入西魏被留不返；後在北周官授太子少保。王褒與周弘讓相善，在北朝曾特蒙恩准與周弘讓互通音問。

〔2〕遊岱：魂遊泰山，指死。《博物志》："泰山有天孫，主招魂。"向秦：自謂留仕北朝。

〔3〕"望氣"二句：用《列异傳》故事：老子西游，關令尹喜見紫氣浮關，候其至，强求其爲己著書。

〔4〕張仲尉：隱士，見《三輔黄圖》。鄭子真：亦修身自保的隱士，居谷口，見《漢書》。

〔5〕猶有鶴：謂周弘讓應已成仙。五柳：陶淵明著《五柳先生傳》以自況。

〔6〕渭水：庾信居處附近。江濱：周弘讓死於江南。二句兼用賈誼投書吊屈原事。

送炅法師葬[1]

龍泉今日掩[2]，石洞即時封。玉匣摧談柄，懸河落辯鋒。香爐猶是柏，麈尾更成松。郭門未十里，山回已數重。尚聞香閣梵，猶聽竹林鐘。送客風烟擁，寒郊霜露濃。性靈如不滅，神理定何從。

【校注】

〔1〕炅，《文苑英華》作“靈”。

〔2〕龍泉：晋慧遠所居精舍名，代指法師生前居處；或指墓穴。

見遊春人

長安有狹斜，金穴盛豪華[1]。連杯勸上馬，亂果擲行車。深紅蓮子艷，細錦鳳凰花。那能學噀酒，無處似欒巴[2]。

【校注】

〔1〕首句取《長安有狹斜行》成句。金穴：用《後漢書·先武郭皇后傳》所記京師號郭况家爲金穴的典故。

〔2〕噀：噴。欒巴：據《神仙傳》，欒巴在朝中飲酒向西南噀之，自稱其本縣成都失火。

和趙王看妓

緑珠歌扇薄，飛燕舞衫長。琴曲隨流水，簫聲逐鳳凰。細縷纏鐘格，圓花釘鼓床[1]。懸知曲不誤，無事畏周郎[2]。

【校注】

〔1〕二句下原注：“一作‘膺風蟬鬢亂，映日鳳釵光。’”按，係據《庾子山詩集》。鐘格：懸鐘之木，圓花：有花紋的鼓釘。鼓床：鼓欄。

〔2〕畏，原注：“一作顧。”《三國志·吴書》：“時人謡云：曲有誤，周

郎顧。”

衛王贈桑落酒奉答[1]

愁人坐狹斜，喜得送流霞。跂窗催酒熟，停杯待菊花。霜風亂飄葉，寒水細澄沙。高陽今日晚，應有接䍦斜。

【校注】

〔1〕衛王：字文直，周文帝子。見《周書》本傳。桑落酒：美酒名，出《水經注·河水》。

答王司空餉酒[1]

今日小園中，桃花數樹紅。開君一壺酒，細酌對春風[2]。未能扶畢卓，猶足舞王戎[3]。仙人一捧露，判不及杯中[4]。

【校注】

〔1〕題下原注“褒”字，王司空即王褒，爲太子少保，後遷少司空。《庾子山詩集》題一作“答王褒餉酒”。

〔2〕細酌對春風，《詩集》作“細雨二春風”。

〔3〕畢卓嘗飲酒廢職，對人説：“得酒滿數百斛船……便足了一生。”見《晋中興書》、《晋書》本傳。扶，應從《詩集》作“浮”。王戎：晋人，善舞。據《世説新語·任誕》，王導見謝仁祖起舞，謂客曰：“使人思安豐（王戎爵安豐侯）。”

〔4〕“仙人”二句：謂但飲酒、不須求仙。用漢武立銅仙人舒掌承仙露事。

舟中望月

舟子夜離家，開舲望月華[1]。山明疑有雪，岸白不關沙。天漢看珠蚌[2]，星橋視桂花。灰飛重暈闕，蓂落獨輪斜[3]。

【校注】

〔1〕舲，小船，《初學記》作“船”。

〔2〕《吕氏春秋》曰：“月望，則蚌蛤實，群陰盈；月晦，則蚌蛤虛，群陰闕。”珠蚌：代指月。

〔3〕“灰飛”句：《淮南子》：“畫隨灰而月暈闕，”許慎注：“以蘆灰環，闕其一面，則月暈亦闕於上。”“蓂落”句：《帝王世紀》：“堯有草，夾階而生。每月朔生一莢，月半則生十五莢；自十六日一莢落，至月晦而盡……以爲瑞草，名爲蓂莢。”

咏春近餘雪應詔

送寒開小苑，迎春入上林。絲條變柳色，香氣動蘭心。待花將對酒[1]，留雪擬彈琴。陪遊愧並作，空見奉恩深。

【校注】

〔1〕將，原注：“一作思。”《庾子山詩集》作“留”。

咏畫屏風詩[1]

逍遥遊桂苑，寂寞到桃源[2]。狹石分花徑，長橋映水門。管聲驚百鳥，人衣香一園。定知歡未足，横琴坐石根[3]。

【校注】

〔1〕原共二十四首（見《庾子山集注》），此選三首。《文苑英華》卷一百五十七題作“咏春”。

〔2〕桂苑：言桂宫，漢成帝爲太子時所居，此處當指晋安王府。到，原注：“《藝文》作想。”桃源：此借用指桂苑之美。

〔3〕石根，《藝文類聚》《文苑英華》作“樹根”。

三危上鳳翼[1]，九坂度龍鱗。路高山裹樹，雲低馬上人。懸岩泉溜響，深谷鳥聲春。住馬來相問，應知有姓秦[2]。

【校注】

〔1〕上，《初學記》作“出”。

〔2〕姓秦：指美人，如秦羅敷者。

聊開鬱金屋，暫對芙蓉池。水光連岸動，花風合樹吹。春杯猶雜泛，細果尚連枝。不畏歌聲盡，先看筝柱欹。

寄徐陵

故人倘思我，及此生平時。莫待山陽路，空聞吹笛悲[1]。

【校注】

〔1〕據向秀《思舊賦》及序，向秀在嵇康被害後，經其山陽舊居，聞鄰人吹笛，感嘆悲傷。

寄王琳[1]

玉關道路遠，金陵信使疏[2]。獨下千行泪，開君萬里書。

【校注】

〔1〕王琳：《梁書》《南史》有傳；梁滅之際，曾努力復興，後兵敗被殺。

〔2〕玉關：此處泛指北地，己所居之處。金陵：即梁舊都建業，元帝死後，梁敬帝還都於此。

和劉儀同臻[1]

南登廣陵岸，回首落星城[2]。不言臨舊浦[3]，烽火照江明。

【校注】

〔1〕劉臻：字宣摯，梁元帝時中書舍人，後事隋文帝，進位儀同三司左僕射，見《隋書·文學傳》。

〔2〕二句脱自王粲《七哀詩》："南登灞陵岸，回首望長安。"亦寄故國之思。廣陵：即揚州，有運河。落星城：即落星樓，據《文選·吴都賦》："餉戎旅乎落星之樓。"劉淵林注："吴有落星樓，在建業東北十里。"

〔3〕臨，《庾子山詩集》作"登"。

和庾四〔1〕

離關一長望，别恨幾重愁。無妨對春日，懷抱只言秋。

【校注】

〔1〕庾四：《庾子山集注》以爲或即庾季才，與庾信八世同祖，隨例入長安。《北史》《隋書》有傳。

和侃法師〔1〕

秦關望楚路，灞岸想江潭〔2〕。幾人應落泪，看君馬向南。客遊經歲月，羈旅故情多。近學衡陽雁，秋分俱渡河。

【校注】

〔1〕《庾子山集注》題作"和侃法師三絶"，一作"和侃法師别詩"，《庾開府詩集》題作"和侃法師前後三絶"。此處僅録前二首。

〔2〕灞岸：灞水岸。江潭：指江陵。

奉和平鄴應詔〔1〕

天策引神兵，風飛掃鄴城。陣雲千里散，黄河一帶清〔2〕。

【校注】

〔1〕《周書·武帝紀》："建德六年（577），帝至鄴，率諸軍圍之。齊人拒守。諸軍奮擊，大破之，遂平鄴。"鄴：即鄴城，北齊所都。

〔2〕帶，諸本皆作"代"。

山　　齋

石影横臨水，山雲半繞峰。遥想山中店，懸知春酒濃。

暮秋野興賦得傾壺酒

劉伶正捉酒，中散欲彈琴。但使逢秋菊，何須就竹林。

塵　　鏡

明鏡如明月，恒常置匣中。何須照兩鬢，終是一秋蓬。

題結綫袋子

交絲結龍鳳，鏤彩織雲霞。一寸同心縷，千年長命花。

隋

柳　莊[1]

字思敬，襄陽人。博覽墳籍，有遠量。濟陽蔡大寶有重名於江右，時爲岳陽王蕭詧諮議，見莊嘆曰："襄陽水鏡復在於兹矣。"[2]以女妻之，辟爲參軍。歷吏部郎中。莊明習舊章，雅達政事，爲時所重。《樂府》作陳人。

【校注】

〔1〕見《隋書》本傳。

〔2〕襄陽水鏡：指司馬徽。《三國志·蜀志·龐統傳》注引《襄陽記》："司馬德操爲水鏡。"

劉　生[1]

座驚稱字孟[2]，豪雄道姓劉。廣陌通朱邸，大路起青樓。要賢驛已置，留賓轄且投[3]。光斜日下霧，庭陰月上鈎。

【校注】

〔1〕見《文苑英華》卷一百九十六，又《樂府詩集》卷二十四並附解題，屬漢橫吹曲辭。

〔2〕此句《文苑英華》作"四座驚稱字"。

〔3〕"要賢"句：用燕昭王築館師郭隗以招納天下賢人故事，見《戰國策》。"留賓"句：用《漢書·陳遵傳》陳取賓客車轄投井中使留飲的故事。

柳　䛒[1]

字顧言，襄陽人。初仕梁，梁亡入隋，爲晋王諮議參軍[2]。仁壽初，引爲東宫學士。䛒俊辯嗜酒，言雜俳偕，爲太子所親狎[3]。煬帝嗣位，拜秘書監，封漢南縣公。帝與嬪后對酒，時逢興會，輒遣命之。至與同榻共席，猶恨不能夜召。於是命匠刻木爲偶人，施機關，坐起拜伏，以像䛒。

【校注】

〔1〕柳䛒（542—610）:《隋書》有傳。䛒，本當作“䛒”，又訛作“䛒”。

〔2〕晋王：即隋煬帝楊廣，初封晋王。

〔3〕太子：亦指楊廣，時故太子楊勇已廢。

奉和晚日楊子江應制[1]

詰旦金鐃發，驂駕出城闉。鮮雲臨葆蓋，細草藉班輪。千里烟霞色，四望江山春。梅風吹落蕊，酒雨減輕塵。日斜歡未畢，睿想良非一。風生叠浪起，霧卷孤帆出。掞藻麗繁星，高論光朝日。空美鄒枚侣，終謝淵雲筆[2]。

【校注】

〔1〕見《文苑英華》卷一百七十九。制，作“教”。

〔2〕侣，原注：“一作舉。”鄒枚侣：指像漢代鄒陽和枚乘那樣的才辯之士。淵雲筆：像王褒（字子淵）、揚雄（字子雲）那樣的文筆。

奉和晚日楊子江應教[1]

大江都會所，長洲舊有名[2]。西流控岷蜀，東泛邇蓬瀛。未睹纖羅動，先聽遠濤聲。空濛雲色晦，浹叠浪華生。欲知暮雨歇，當觀飛旆輕。

【校注】

〔1〕見《初學記》卷六、《文苑英華》卷一百七十九。此詩亦從煬帝巡江都之作。

〔2〕都會所：指江都（今揚州），以遠統長江爲一都會而得名。長洲：春秋吴苑名，在今江蘇吴縣太湖北。

奉和春日臨渭水應令〔1〕

飲馬投錢岸，解釣剖璜津〔2〕。風絲曳香餌，覆杯懷昔人〔3〕。

【校注】

〔1〕見《初學記》卷六。

〔2〕投錢岸：指渭水之岸。趙岐《三輔决録》："安陵清者項仲仙，飲馬渭水，每投三錢而去。"剖璜津：亦謂渭水畔的渡口。據《尚書·大傳》，姜太公曾於磻溪釣得玉璜，佐姬周立業。

〔3〕"覆杯"句：謂傾掉杯中酒爲奠。據《荆楚歲時記》，三月三日士民出臨江渚池沼間，爲流杯曲水之飲。

陽春歌〔1〕

春鳥一囀有千聲，春花一叢千種名。旅人無語坐檐楹〔2〕，思鄉懷土志難平。唯當文共酒，暫與興相迎。

【校注】

〔1〕見《文苑英華》卷一百九十三。陽春歌：樂府清商曲辭名。

〔2〕坐，原注："一作出。"《文苑英華》作"出"。

庾　抱[1]

南郡人[2]，仕隋，爲元德太子學士[3]。唐高祖起兵，太子封隴西公，以抱爲記室[4]。文檄皆出其手。俄爲東宫學士。貞觀初，徙趙王友。

【校注】

〔1〕庾抱爲隋唐之間人，兩《唐書》有傳。此處小傳有誤。

〔2〕據《舊唐書·庾抱傳》，庾抱乃“潤州江寧人”。

〔3〕元德太子：指隋煬帝太子楊昭（584—606）。

〔4〕《舊唐書·庾抱傳》作：“義寧中，隱太子（李建成）引爲隴西公記室。”此處誤。

驄　馬[1]

櫪上浮雲驄，本出吴門中[2]。發迹來東道，長鳴起北風。回鞍拂桂白，赭汗類塵紅[3]。滅没徒留影，無因圖漢宫。

【校注】

〔1〕庾抱詩五首，載《全唐詩》卷三十九。《楚風補》録四。

〔2〕浮雲驄：漢文帝“九龍”之一曰“浮雲”。出吴門：《韓詩外傳》：“顔回望吴門馬，見一匹練。孔子曰：‘馬也。’”

〔3〕桂，原作“柱”，從《全唐詩》改。赭，《全唐詩》作“赬”，皆指紅色；謂“赭汗”，是因馬是汗血馬。

卧痾喜齋開扉望月簡宫内知友

秋雨移弦望，疲痾倦苦辛。忽對荆山璧，委照越吟人。高高侵地鏡，皎皎徹天津[1]。色麗班姬篋，光潤洛川神[2]。輪輝池上動，桂影隙中新。懷賢雖不見，忽似暫星辰。

【校注】

〔1〕天津：星名，此指箕斗之間的銀河。

〔2〕“色麗”句：謂月色使班婕妤之扇篋爲之生輝，語本《怨歌行》。洛川神：《文選》曹植《洛神賦》言洛神“雖潛處於太陰，長寄心於君王”，太陰：李善注：“衆神之所居。”庾抱或以其指月，故云。

别蔡參軍

人世多飄忽，溝水易西東〔1〕。今日歡娱盡，何年風月同。悲生萬里外，恨起一杯中。性靈如未失，南北有征鴻。

【校注】

〔1〕《古詩·皚如山上雪》：“今日斗酒會，明日溝水頭。躞蹀御溝上，溝水東西流。”溝水二句本此。

和樂記室憶江水

遥想觀濤處，猶憶采蓮歌〔1〕。無因關塞葉，共下洞庭波〔2〕。

【校注】

〔1〕采蓮歌：指故國歌謡，本屬樂府清商曲辭。

〔2〕造語本《九歌·湘夫人》，謂己在關塞，無因還鄉。

蔡允恭〔1〕

荆州江陵人。父大業，後梁左民尚書。允恭美姿容，工詩，仕爲起居舍人。煬帝有所賦，必令諷誦遣教宫人。允恭恥之，數稱疾。授内史舍人，俾入宫。固辭，由是疏斥。乃著《後梁春秋》。隋亡，入唐，累官至太子洗馬。

【校注】

〔1〕見《舊唐書》本傳，爲此小傳所本。

奉和出潁至淮應令〔1〕

久倦川塗曲，忽此望淮圻。波長泛淼淼，眺迥情依依〔2〕。稍覺金烏轉，漸見錦帆稀。欲知仁化洽，謳歌滿路歸。

【校注】

〔1〕見《初學記》卷六、《文苑英華》卷一百七十。此詩爲從煬帝巡江都之作。

〔2〕長、眺，《初學記》分别作“浪”“晚”。迥，《文苑英華》作“回”。

劉　斌[1]

荆州人，之遴之孫也。有詞藻。官至信都司功書佐。竇建德署爲中書舍人，後復爲劉黑闥中書侍郎。與黑闥亡歸突厥，不知所終。

【校注】

〔1〕劉斌：《舊唐書·竇建德傳》記有其爲中書舍人事，《劉黑闥傳》記有爲中書侍郎事。

和謁孔子廟[1]

性與雖天縱，主世乃無由。何言泰山毁，空驚逝水流[2]。及門思往烈，入室想前修[3]。寂寞荒階暮，摧殘古木秋。遺風曖如此，聊以慰蒸求[4]。

【校注】

〔1〕見《文苑英華》卷三百二十。

〔2〕泰山毁：《禮·檀弓上》：孔子"歌曰：'泰山其頹乎！梁木其壞乎！哲人其萎乎！'"表示將死。逝水：《論語·子罕》："子在川上曰：逝者如斯夫！不舍晝夜。"

〔3〕及門：《論語·先進》："子曰：從我於陳蔡者，皆不及於門也。"入室：同上："由（謂子路）也升堂矣，未入於室也。"此處仍取其本意。

〔4〕曖，《文苑英華》作"暖"，注云："疑作曖。"蒸，《文苑英華》云"一作蒙"，應從。

送劉員外同賦陳思王詩得好鳥鳴高枝[1]

春林已自好，時鳥復和鳴。枝交難奮翼，谷静易流聲。間關纔得性，繒繳劇相驚。安知背飛遠，拂霧獨晨征。

【校注】

〔1〕見《古詩類苑》卷二十三。陳思王：指曹植，封陳王，謚曰思。曹植《公讌詩》有“潛魚躍清波，好鳥鳴高枝”句。

咏　　山〔1〕

靈山峙千仞〔2〕，蔽日且嵯峨。紫蓋雲陰遠，香鑪烟氣多〔3〕。石梁高鳥路，瀑水近天河。欲知聞道里，别自有仙歌。

【校注】

〔1〕見《初學記》卷五。

〔2〕靈，《初學記》作“雪”。

〔3〕紫蓋：衡山峰名；香鑪：廬山峰名。皆非實指。

岑德潤[1]

棗陽人[2]。父之敬。博涉文史，雅有辭筆。德潤有父風。仕隋，位中軍吴興王記室。

【校注】

〔1〕見《南史·岑之敬傳》附。

〔2〕本傳謂“南陽棘陽人”。

鷄鳴篇[1]

鐘響應繁霜，晨鷄錦臆張。簾迥猶侵露[2]，枝高已映光。排空下朝榻[3]，奮翼上花場。雨晦思君子，關開脱孟嘗[4]。既得依雲外，安用集陳倉[5]。

【校注】

〔1〕《文苑英華》卷二百六作《賦鷄鳴篇》。

〔2〕迥，《文苑英華》作“回”。

〔3〕榻，原本誤作“揭”；榻，通“桀”，即小木樁，《詩·王風·君子于役》：“鷄栖于桀。”

〔4〕“雨晦”句：用《詩·鄭風·風雨》：“風雨如晦，鷄鳴不已。既見君子，云胡不喜。”“關開”句：用孟嘗君客作鷄鳴，使孟得以脱身出關事，見《史記》。

〔5〕依雲外：傳云淮南王得道“犬吠天上，鷄鳴雲中”，見《論衡》。集陳倉：“秦文公獲若石，云於陳倉北阪城祠之。其神……從東南來集於祠城，則若雄鷄……命曰陳寶。”見《史記·封禪書》。

賦得臨階危石[1]

當階聳危石，殊狀實難名[2]。帶山疑似獸，侵波或類鯨[3]。雲峰臨棟起，蓮影入檐生。楚人終不識，徒自藴連城。

【校注】

〔1〕見《初學記》卷五、《文苑英華》卷一百六十一。

〔2〕實,《初學記》作“宕”。

〔3〕侵,《文苑英華》作“浸”。

咏　灰〔1〕

圓規暈不缺，氣改律還虚〔2〕。欲燃愁獄吏，棄道畏刑書〔3〕。未得逢疆陣，輕舉欲焉如?

【校注】

〔1〕見《藝文類聚》卷八十。

〔2〕“圓規”句:謂滿月而月周圍的暈圈無缺。《淮南子》:“畫隨灰而月暈缺。”“氣改”句:《後漢書·律曆志》:“候氣之法，……加律其上，以葭莩灰抑其内端，氣至則灰去。”

〔3〕“欲燃”二句:《韓子》曰:“殷之法，棄灰於街者刑。”上句或另有出典。

咏　魚〔1〕

劍影侵波合，珠光帶水新。蓮東自可戲〔2〕，安用上龍津。

【校注】

〔1〕見《藝文類聚》卷九十六（題作“魚詩”）、《文苑英華》卷三百三十。

〔2〕“蓮東”句:《宋書》卷三《古辭·江南可采蓮》:“魚游蓮葉東。”

楚風補卷之六

唐

歐陽詢[1]

字信本，長沙人。頠之孫[2]。敏悟絶人，博貫經史。仕隋爲太常博士。高祖微時，數與游。即位，累擢給事中。書倣右軍，險勁過之。尺牘所傳，人以爲法，高麗常遣使求之。貞觀初，歷太子率更令、弘文館學士，封渤海男，年五十八卒[3]。常讀書長沙之臨湘，鄉有山名書堂山，山頂有洗筆池，池水常黑。

【校注】

〔1〕兩《唐書》有傳。

〔2〕歐陽頠：字靖世，南朝陳時仕至廣州刺史。

〔3〕歐陽詢享年，新、舊《唐書》分别作“八十五”“八十餘”，此處作“五十八”，誤。

嘲宋國公蕭瑀[1]

急風吹緩箭，弱手馭强弓。欲高翻覆下，應西還更東。十回俱着地，兩手並擎空。借問誰爲此，多應是宋公。

【校注】

〔1〕原注："時太宗賜射，瑀屢射不中。詢作詩嘲之。後帝見此詩，謂瑀曰：'此四十字章疏也。'瑀由是與詢有隙。"蕭瑀：字時文。仕隋，歷河池郡守。唐高祖入京師，瑀以郡自歸，封宋國公。

劉孝孫[1]

荆州人。弱冠知名，與虞世南[2]、蔡君和[3]、孔德紹[4]、庾抱[5]、庾自直[6]、劉斌[7]等登臨山水，結爲文會。武德初，歷虞州録事參軍。太宗起文學館，以杜如晦等十八人爲學士[8]。薛收卒[9]，孝孫補之。貞觀中，遷著作郎。後遷太子洗馬，未拜，卒。撰《古今詩苑》三十卷，與房德懋等著《事始》三卷[10]，見《藝文志》[11]。

【校注】

〔1〕《新唐書》有傳。

〔2〕虞世南（558—638）：字伯始，越州餘姚人。唐時歷任員外散騎侍郎、秘書監，以文詞、書翰知名於世。

〔3〕蔡君和：生平不詳。

〔4〕孔德紹（？—621）：會稽人。隋時任景城縣丞。後從竇建德，建德敗，被殺。

〔5〕庾抱：見本書卷五。

〔6〕庾自直（？—618）：潁川鄢陵人。歷仕陳、隋。長於五言詩。

〔7〕劉斌：見本書卷五。

〔8〕杜如晦（585—630）：字克明，京兆杜陵人。太宗時，曾任尚書右僕射，爲貞觀名相之一。

〔9〕薛收（592—624）：字伯褒。蒲州汾陰人。隋詩人薛道衡之子。曾任天策府記室參軍。

〔10〕房德懋：生平不詳。

〔11〕指《新唐書·藝文志》。《舊唐書·經籍志》也有記載。

冬日宴于庶子宅各賦一字得鮮[1]

解襟遊勝地，披雲促宴筵[2]。清文振筆妙，高論寫言泉。凍柳含風落，寒梅照日鮮。驪歌雖欲奏，歸駕且留連。

【校注】

〔1〕于庶子：指于志寧（588—665）。曾任太子左庶子。

〔2〕解襟：猶言披心。謂推誠相待。披雲：比喻參加宴會之人風神清朗。《世説新語》："衛伯玉（瓘）爲尚書令，見樂廣與中朝名士談議……曰：'此人，人之水鏡也，見之者若披雲霧，睹青天。'"

咏　　笛

凉秋夜笛鳴，流風韵九成〔1〕。調高時慷慨，曲變或凄清。征客懷離緒，鄰人思舊情〔2〕。幸以知音顧，千載有奇聲〔3〕。

【校注】

〔1〕韵，原注："一作咏。"《唐詩紀事》作"咏"。九成：《書·益稷》："簫韶九成。"疏："鄭玄曰：成，猶終也。每曲一終，必變更奏。"

〔2〕征客：行人、旅人。據馬融《長笛賦序》，融"獨卧郿平陽鄔中，有洛客舍逆旅，吹笛，爲《氣出》《精列》《相和》。融去京師逾年，暫聞，甚悲而樂之"。"鄰人"句：典出向秀《思舊賦序》。向秀路過嵇康山陽舊宅，"鄰人有吹笛者，發聲寥亮，追思曩昔游宴之好，感音而嘆"。

〔3〕奇，《唐詩紀事》作"高"。伏滔《蔡邕長笛賦序》："初邕避難江南，宿於柯亭。柯亭之館，以竹爲椽，仰而眄之曰：'良竹也。'取以爲笛，奇聲獨絶，歷代傳之。""幸以"二句，語或本此。

遊清都觀尋沈道士得仙字〔1〕

紛吾因暇豫，行樂極留連。尋真謁紫府，披霧覩青天。緬懷金闕外，遐想玉京前〔2〕。飛軒俯松柏，抗殿接雲烟〔3〕。滔滔清夏景〔4〕，嘒嘒早秋蟬。横琴對危石，酌醴臨寒泉。聊祛塵俗累，寧希龜鶴年。無勞生羽翼，自可狎神仙。

【校注】

〔1〕清都觀，《文苑英華》作“青都觀”。

〔2〕金闕、玉京：道書上所謂天帝所居之所。葛洪《枕中書》：“吾後千年之間，當招子登太上金闕，朝宴玉京也。”

〔3〕松柏，《文苑英華》作“松竹”。抗：通亢，高也。

〔4〕滔滔：和暖。屈原《九章·懷沙》：“滔滔孟夏兮草木莽莽。”

早發成皋望河〔1〕

清晨發岩邑，車馬走轘轅〔2〕。回瞰黄河上，惝恍屢飛魂。鴻流導積石，驚浪下龍門〔3〕。仙槎不辨處，沈璧想猶存〔4〕。遠近洲渚出，颯沓鳧雁喧。懷古空延佇，嘆逝將何言。

【校注】

〔1〕成皋：古邑名，故址在今河南滎陽汜水鎮。

〔2〕岩邑：險要的都邑。這里指成皋。轘轅：山名。在河南偃師縣東南，因山路有十二曲，盤旋往還而得名。

〔3〕鴻流：指黄河。積石：山名，在青海省東南部。龍門：指禹門口，在山西河津縣西北部。《書·禹貢》：“導河積石，至于龍門。”

〔4〕沈璧：皇甫謐《帝王世紀》：“堯與群臣沉璧于河。”

岑文本[1]

字景仁，江陵人[2]。年十四，詣司隸稱父冤，召對明辯，試令作《蓮花賦》，合臺嘆賞，父冤得雪。貞觀初，擢中書舍人，或急中草詔誥命，書僮六七人並寫，各盡其妙。時中書舍人顔師古以譴免[3]，太宗特舉爲侍郎，典機密。後拜中書令，有憂色。母問之，曰："非勛非舊，責重位高，所以憂也。"有來賀者，輒曰："今日受吊不受賀。"或勸治生産，嘆曰："吾漢南一布衣，以文墨位宰相，俸已過矣，尚欲殖産業耶！"太宗將伐遼，凡所籌度，一以委之。文本受委既深，神情頓竭。太宗見而憂之，謂左右曰："文本與我同行，恐不與我同返。"至幽州暴終。其夕，太宗聞嚴鼓之聲，曰："文本殞逝，夜警所不忍聞。"命停之。謚曰憲，有集六十卷行世云。

【校注】

〔1〕兩《唐書》有傳。

〔2〕岑文本祖籍鄧州棘陽，自祖父一代，遷居江陵。

〔3〕顔師古（581—645）：京兆萬年人。顔師古被免職時，任中書侍郎，此言中書舍人，誤。

奉述飛白書勢[1]

六文開玉篆，八體曜銀書[2]。飛毫列錦繡，拂素起龍魚[3]。鳳舉崩雲絶，鸞驚遊霧疏[4]。别有臨池草[5]，恩沾垂露餘。

【校注】

〔1〕飛白：一種特殊風格的書法。筆勢飛舉，筆劃中絲絲露白，相傳爲東漢蔡邕所首創。

〔2〕六文：即六書，也稱六體。漢王莽變八體書爲六體，即古文、奇字、

篆書、隸書、繆篆、蟲書。八體：秦代統一文字，定書體爲八種：大篆、小篆、蟲書、隸書、刻符、摹印、署書、殳書。

〔3〕起龍魚：形容飛白書勢如龍騰魚躍。晋索靖《書勢》："陵魚奮尾，駭龍反據，投空自竄，張設牙距。"

〔4〕"鳳舉"二句：形容飛白書氣勢矯健、飄逸。鮑照《飛白書勢銘》："輕如游霧，重似崩雲。"

〔5〕臨池：學習書法。《晋書·衛瓘傳》："漢興而有草書……弘農張伯英（芝）者因而轉精甚巧……臨池學書，池水盡黑。"

冬日宴于庶子宅各賦一字得平〔1〕

金蘭篤惠好〔2〕，樽酒暢平生。既欣投轄賞〔3〕，暫緩望鄉情。愛景含霜晦，落照帶風輕。於兹歡宴洽，寵辱詎相驚。

【校注】

〔1〕于庶子：見劉孝孫《冬日宴於庶子宅各賦一字得鮮》注〔1〕。

〔2〕金蘭：言交友契合。語出《易·繫辭》："二人同心，其利斷金；同心之言，其臭如蘭。"

〔3〕投轄：《漢書·陳遵傳》："遵嗜酒，每大飲，賓客滿堂，輒關門，取賓客車轄投井中，雖有急，終不得去。"

奉和正日臨朝

時雍表昌運，日正叶靈符。德兼三代禮，功包四海圖。逾沙紛在列〔1〕，執玉儼相趨。清蹕喧輦道，張樂駭天衢。拂蜺九旗映，儀鳳八音殊〔2〕。佳氣拂仙掌，薰風繞帝梧〔3〕。天文光七政，皇恩被九區。方陪瘞玉禮〔4〕，珥筆岱山隅。

【校注】

〔1〕沙：指沙道。唐宰相出行，用黄沙鋪道。

〔2〕九旗：圖象不同、等級不同的九種旗幟，即常、旂、旜、物、旗、旟、旐、旞、旌。儀鳳：語出《書・益稷》："簫韶九成，鳳凰來儀。"古代相傳以爲瑞應。八音：古代稱金（鐘）、石（磬）、絲（琴瑟）、竹（簫管）、匏（笙竽）、土（塤）、革（鼓）、木（柷敔）爲八音。

〔3〕佳氣：象徵祥瑞的光彩。班固《白虎通・封禪》："德至八方則祥風至，佳氣時喜。"仙掌：仙人掌。《漢書・郊祀志》注："仙人以手掌擎盤承甘露也。""薰風"句：用舜歌"南風"事，讚揚帝業。

〔4〕禮，原文作"體"，據《全唐詩》改。瘞玉：古代祭山時必埋玉。《漢書・武帝紀》："行幸泰山……還幸北地、祠常山，瘞玄玉。"

安德山池宴集[1]

甲第多清賞，芳辰命羽卮[2]。書帷通竹徑，琴臺枕槿籬。池疑夜壑徙，山似鬱洲移[3]。雕楹網蘿薜，激瀨合塤篪。鳥戲翻新葉，魚躍動清漪，自得淹留趣，寧勞攀桂枝[4]。

【校注】

〔1〕原注："楊師道封安德公。"楊師道（？—647）：字景猷，弘農華陰人。唐高祖時封安德郡公。

〔2〕羽卮：形如鳥雀的酒器。

〔3〕鬱洲：《山海經》："都洲在海中，一曰鬱洲。"

〔4〕"自得"二句：語本淮南小山《招隱士》："攀援桂枝兮聊淹留。"

劉　泊

字思道，江陵人。貞觀中，累拜給事中，封清苑男，後除散騎常侍。帝賜飛白御書。遷侍中。勸帝勿面詰人，以開言路。常與褚遂良不相能，遂良誣奏，乃賜死〔1〕。帝後悔之，詔復其官爵〔2〕。

【校注】

〔1〕褚遂良（596—658）：字登善，杭州錢塘人。博涉文史，工草隸。唐高宗時，曾任尚書右僕射。誣奏劉洎事，見《新唐書·劉洎傳》。

〔2〕劉洎死於太宗時。睿宗文明初年，詔復其官爵。

安德山池宴集

平陽擅歌舞，金谷盛招携。何如兼往烈，會賞叶幽栖。已均朝野致，還欣物我齊。春晚花方落，蘭深徑漸迷。蒲新節尚短，荷小蓋猶低。無勞拂長袖，直待夜烏啼。

韓思彦[1]

襄陽鄧州人。授監察御史，巡察劍南，益州高貲兄弟相訟累年，思彦敕厨宰飲以乳，二人泣請輟訟。後太白晝見，思彦勸帝修德[2]。帝責中書令李義府不言[3]，義府譖之，因免去。後復召爲御史。

【校注】

〔1〕《新唐書》有傳。

〔2〕帝：指唐高宗李治。

〔3〕李義府（614—666）：高宗時因贊立武則天爲后，累升至中書令，爲人柔而害人，時人謂之“笑中藏刀”。

酬賀遂亮[1]

古人一言重，嘗謂百年輕。今投歡會面，顧盼盡平生。簪裾非所托，琴酒冀相併。累日同遊處，通宵款素誠。霜飄如柳脆[2]，雪冒覺松貞。願言何所道，幸得歲寒名。

【校注】

〔1〕原注：“見《唐新語》。”《唐新語》：即《大唐新語》，唐劉肅撰。據該書記載，賀遂亮與韓思彦同在憲臺，欽韓之風韵，贈詩（見《全唐詩》卷四十四）。韓思彦此詩，即爲酬答賀遂亮而作。

〔2〕如，《全唐詩》作“知”，應從。

杜易簡〔1〕

襄陽人。晋征南將軍預之遠裔。九歲能屬文，及長，有高名。舉進士，累轉殿中侍御。咸亨中，爲考功員外郎。坐朋黨，左貶開州司馬，卒。有集二十卷行世。

【校注】

〔1〕兩《唐書》有傳。

湘川新曲二首〔1〕

昭潭深無底，橘洲淺而浮〔2〕。本欲凌波去，翻爲目送留〔3〕。願君稍弭楫，無令賤妾羞。

二八相招携，采菱渡前溪。弱腕隨橈起，纖腰向舸低。自解看花笑，憎聞染竹啼〔4〕。

【校注】

〔1〕湘川新曲：樂府曲名，《樂府詩集》歸入“新樂府辭”類。

〔2〕昭潭：在湖南長沙市南昭山下，爲湘水最深處。傳説周昭王南征，没於此潭，因以爲名。橘洲：即橘子洲，在長沙市湘江中。

〔3〕凌波：形容女子步履輕盈。語出《洛神賦》。目送：《樂府詩集》《全唐詩》作“目成”。目成：語出《九歌》：“滿堂兮美人，忽獨與余兮目成。”

〔4〕染竹啼：張華《博物志》：“舜死，二妃泪下，染竹即斑。”

張柬之[1]

字孟將，襄陽人。擢進士第，爲青城丞。永昌中，召賢良，對策第一，拜監察御史。長安中，歷官鳳閣侍郎[2]，知政事，時年七十餘。武后欲訪奇士，狄仁杰薦柬之宰相才[3]，即拜同平章事。與桓彦範誅張易之兄弟[4]。中宗即位，遷中書令，封漢陽郡王。表請歸襄陽，授本州刺史。尋爲武三思所構，貶新州司馬[5]，卒。

【校注】

〔1〕兩《唐書》有傳。

〔2〕據兩《唐書》本傳，張柬之任鳳閣侍郎，在拜同平章事之後，此處當爲秋官侍郎。

〔3〕狄仁杰（607—700）：字懷英。武則天時名相。舉薦張柬之事，見《舊唐書·狄仁杰傳》、《新唐書·張柬之傳》。

〔4〕桓彦範（653—706）：字士則。中宗時，任侍中。爲武三思所忌恨，矯詔殺之。

〔5〕新州：州名，治所在今廣東新興縣。

大堤曲[1]

南國多佳人，莫若大堤女。玉床翠羽帳，寶袜蓮花距[2]。魂處自目成，色授開心許。迢迢不可見，日暮空愁予。

【校注】

〔1〕大堤曲：樂府《清商曲辭》名，出於《襄陽樂》。

〔2〕袜，原注："音末，女人脇（褻）衣。"蓮花距，《樂府詩集》作"蓮花炬"，疑指蓮距燈燭。

東飛伯勞歌[1]

青田白鶴丹山鳳，婺女姮娥兩相送[2]。誰家絶世綺帳前，豔粉紅脂映寶鈿[3]。窈窕玉堂褰翠幕，參差繡户懸珠箔。絶世三五愛紅妝，冶袖長裾蘭麝香。春去花枝俄易改，可嘆年光不相待。

【校注】

〔1〕東飛伯勞歌：樂府古題，屬《雜曲歌辭》。

〔2〕青田白鶴：《永嘉郡記》："有洙沐溪，野青田九里中，有雙白鶴，年年生子，長大便去，只恒餘父母一雙在耳。精白可愛，多云神仙所養。"丹山鳳：陳張正見《賦得威鳳栖梧詩》："丹山下威鳳，來集帝梧中。"婺女：又名須女，二十八宿之一。借指爲女神。姮娥：即嫦娥。

〔3〕紅，《樂府詩集》作"芳"。

出　　塞[1]

俠客重恩光，驄馬飾金裝。瞥聞傳羽檄[2]，馳突救邊荒。歙野山川動[3]，囂天旌旆揚。吴鈎明似月，楚劍利如霜。電斷衝胡塞，風飛出洛陽。轉戰摩笄俗，横行戴斗鄉[4]。手擒郅支長，面縛谷蠡王[5]。將軍占太白，小婦怨流黄[6]。騕褭青絲騎，娉婷紅粉妝。三春鶯度曲，八月雁成行。誰堪坐愁思，羅袖拂空床[7]。

【校注】

〔1〕出塞：樂府古題，屬横吹曲辭。《樂府詩集》作張易之詩，無"歙野山川動"以下六句及"手擒郅支長，面縛谷蠡王"二句。

〔2〕瞥，《文苑英華》作"暫"。

〔3〕歙，通"翕"。歙野：此處謂兵聚於野。

〔4〕俗，通"谷"。《樂府詩集》作"地"。摩笄：山名，在今河北張家口市東南。戴斗：謂北方。

〔5〕郅支長：匈奴呼韓邪單于之兄，名呼圖吾斯，後自立爲郅支骨侯單于。漢元帝時，爲都護甘延壽發兵攻殺。谷蠡王：匈奴官名，分左右，由單于子弟擔任。

〔6〕流黄：指褐黄色絲織品。古樂府詩《三婦行》有“中婦織流黄”句。

〔7〕堪，原作“看”，據《文苑英華》等改。袖，《文苑英華》作“袂”。

與國賢良夜歌二首

柳臺臨新堰，樓堞相重複。窈窕鳳凰姝，傾城復傾國。

杏間花照灼，樓上月徘徊。帶嬌移玉柱，含笑捧金杯。

岑　義[1]

字伯華，江陵人。文本之孫。初爲金壇令，長安中，拜天官員外郎。神龍中，爲吏部侍郎。景雲中，歷户、刑二部尚書、門下三品。兄弟子侄在清要者數十人。義嘆曰："物極則反，可以懼矣。"後竟坐太平公主事云[2]。

【校注】

〔1〕《新唐書》有傳。

〔2〕太平公主：武則天女，以擁立中宗、睿宗有功，權震天下，後因謀廢太子李隆基，事敗，被賜死。詳見兩《唐書》本傳。

奉和九月九日登慈恩寺浮屠應制[1]

寶臺聳天外[2]，玉輦步雲端。日麗重陽景，風摇季月寒[3]。梵堂遥集雁[4]，帝樂近翔鸞[5]。願獻延齡酒[6]，長承湛露歡[7]。

【校注】

〔1〕《唐詩紀事》題作《慈恩寺九日應制》。慈恩寺：唐高宗李治爲太子時，就隋無漏寺舊址爲母后長孫氏所建，故名慈恩寺。

〔2〕寶臺：指慈恩寺塔，亦名大雁塔。

〔3〕季月：這裏指九月。

〔4〕遥集雁：據《慈恩寺三藏法師傳》記載：摩揭陀國有一僧寺，一日群雁飛過，一雁落地而死，僧人驚异，認爲雁即菩薩，埋雁建塔，以爲紀念。

〔5〕《抱朴子》："《昆崙圖》曰：'鸞鳥似鳳而白纓，聞樂則蹈節而舞，至則國寧。'"

〔6〕延齡酒：指菊花酒，俗謂菊花輕身益氣，服之可延壽，故菊花又名"延齡客"。

〔7〕湛露：《詩・小雅》篇名。《左傳》："昔諸侯朝正於王，王宴樂之，

於是乎賦《湛露》。”

餞唐州高使君[1]

蒼茫南塞地，明媚上春時。極目傷千里[2]，懷君不自持。征車別岐路，斜日下崦嵫[3]。一嘆軺軒阻，悠悠即所思。

【校注】

〔1〕《文苑英華》題作“餞唐州高使君赴任”。唐州：唐時治所在比陽（今河南泌陽縣）。高使君：生平不詳。沈佺期有《餞高唐州詢》詩，疑岑詩所説高使君即高詢。

〔2〕極目，《文苑英華》《全唐詩》作“目極”。此句語本《楚辭·招魂》：“目極千里兮傷春心。”

〔3〕斜日，原作“斜月”，據《文苑英華》《全唐詩》改。

奉和立春日内出彩花樹應制[1]

和風助律應韶年，清蹕乘高入望僊[2]。花笑鶯歌迎帝輦，雲披日霽俯皇川。南山近壓僊樓上，北斗平臨御扆前[3]。一奉恩榮同鎬宴，空知率舞聽熏弦[4]。

【校注】

〔1〕《唐詩紀事》題作“立春内出彩花應制”，《唐詩品彙》題作“和立春日出彩花樹”，《全唐詩》作“奉和春日幸望春宫應制”。

〔2〕望僊：漢宫殿名。此指望春宫。

〔3〕壓，原注：“一作獻。”《文苑英華》《唐詩紀事》作“獻”。樓，原注：“一作杯。”《文苑英華》《唐詩紀事》作“杯”。扆，原注：“一作座。”《唐詩紀事》作“座”。御扆，指君主的座位，《唐詩品彙》作“魏闕”。

〔4〕同鎬宴，原注：“一作歡在鎬。”《文苑英華》作“歡在鎬”。鎬宴：典出《詩·小雅·魚藻》：“王在在鎬，豈樂飲酒。”鄭玄箋：“天下平安，萬

物得其性。”謂天下太平，君臣同樂。率舞：據《尚書》記載，舜命夔典樂，夔曰：“於！予擊石拊石，百獸率舞。”熏弦：《禮記》：“舜作五弦之琴，以歌南風之詩。”其歌首句曰：“南風之熏兮。”

奉和幸安樂公主山莊應制[1]

銀榜重樓出霧開，金輿步輦向天來。泉聲迴入吹簫曲，山勢遥臨獻壽杯[2]。帝女含笑流飛電，乾文動色象昭回[3]。誠愿北極拱堯日，微臣抃舞咏康哉[4]。

【校注】

〔1〕《唐詩紀事》題作“安樂公主山莊”。安樂公主：唐中宗幼女。

〔2〕迴，《文苑英華》《唐詩紀事》作“回”。獻壽杯，《文苑英華》作“萬歲杯”。

〔3〕流飛電：謂帝女之笑。《神异經》：“東王公恒與一玉女投壺……脱誤不接者，天爲之笑。”注：“今天上不雨而有電光，是天笑也。”昭回：《詩·大雅·雲漢》：“倬彼雲漢，昭回于天。”

〔4〕北極：亦稱北辰。《論語·爲政》：“爲政以德，譬如北辰，居其所而衆星共（拱）之。”康哉：《書·益稷》載，舜君臣作歌，有“元首明哉，股肱良哉，庶事康哉”之語，後因以“康哉”爲讚頌時世安寧之辭。

夜宴安樂公主新宅

金榜重樓開夜扉，瓊筵愛客未言歸。銜歡不覺銀河曙，盡醉那知玉漏稀[1]。

【校注】

〔1〕曙，原注：“一作曉。”《唐詩品彙》作“曉”。漏稀，原注：“一作露稀。”《唐詩紀事》作“露晞”，應從。

杜審言[1]

字必簡，襄陽人。舉進士，爲隰城尉[2]。雅善五言詩，工書翰。恃才謇傲，爲世所嫉。嘗謂人曰：“吾文章合得屈宋作衙官，吾書迹合得王羲之北面。”則天召見，累遷膳部員外郎。神龍初，坐張易之事，流峰州[3]。入爲修文館直學士[4]，卒。時與李嶠、崔融、蘇味道爲文學四友[5]。有集十卷。

【校注】

〔1〕兩《唐書》有傳。

〔2〕隰城：縣名，在今山西汾陽縣。

〔3〕神龍元年，中宗復位，杜審言因與武則天内寵張易之、張昌宗兄弟有交往，被流放峰州。《楚風補》原作“絳州”，此據《新唐書》改。

〔4〕“直學士”原作“學士”，據兩《唐書》《唐會要》《唐才子傳》等書改。

〔5〕李嶠（644—713）：字巨山，趙州贊皇（在今河北省）人，官至中書令。崔融（653—706）：字安成，齊州全節（在今山東省）人。蘇味道（648—705）：趙州欒城（今屬河北）人。少與李嶠以文辭齊名，號“蘇李”。

南海亂石山作[1]

漲海積稽天[2]，群山高籞地。相傳稱亂石，圖典失其事。懸危悉可驚，大小都不類。乍將雲島極，還與星河次。上聳忽如飛，下臨仍欲墜。朝暾赩丹紫，夜魄炯青翠[3]。穹崇霧雨蓄，幽隱靈仙閟。萬尋挂鶴巢，千丈垂猿臂。昔去景風涉，今來姑洗至[4]。觀此得咏歌，長時想精異。

【校注】

〔1〕南海：唐郡名，治所在番禺（今廣州市）。亂石山：在廣州境内。

〔2〕漲海：指南海。《舊唐書・地理志》：“海豐縣南五十里，即漲海，渺

漫無際。”

〔3〕夜，原注：“一作交。”

〔4〕景風：夏至後暖和的風。姑洗：十二律之一。也用來指農曆三月。

送和西蕃使〔1〕

使出鳳凰池〔2〕，京師陽春晚。聖朝尚邊策，詔諭兵戈偃。拜手明光殿，搖心上林苑。種落逾青羌，關山度赤坂〔3〕。疆埸及無事，雅歌而餐飯。寧獨錫和戎，更當封定遠〔4〕。

【校注】

〔1〕《唐詩品彙》題爲“送和蕃使”。

〔2〕鳳凰池：指中書省。

〔3〕赤坂：即赤嶺，在青海湟源縣西。

〔4〕定遠：東漢班超平定西域有功，被封爲定遠侯。

蓬萊三殿侍宴奉敕咏終南山應制〔1〕

北斗挂城邊〔2〕，南山倚殿前。雲標金闕迥，樹杪玉堂懸。半嶺通佳氣，中峰繞瑞烟。小臣持獻壽，長此戴高天〔3〕。

【校注】

〔1〕蓬萊三殿：即唐長安大明宫（高宗時改爲蓬萊宫）麟德殿。《通鑒》注：“是殿有三面，亦曰三殿。”

〔2〕北斗：北斗星。長安古時稱“斗城”。《三輔黄圖》：“長安故城，城南爲南斗形，北爲北斗形，至今人呼漢京城爲斗城。”

〔3〕持獻壽：以終南山向皇帝祝壽。《詩·小雅·天保》：“如南山之壽。”高，原注：“一作堯。”《唐詩品彙》《全唐詩》作“堯”，應從。

望春亭侍遊應詔[1]

帝出明光殿，天臨太液池，蕘樽隨步輦[2]，舜樂繞行麾。萬壽禎祥獻，三春景物滋。小臣同酌海，歌頌答無爲。

【校注】

〔1〕望春亭：《雍録》："南望春亭、北望春亭，在禁苑東南高原之上。舊記多云望春宫。"望春宫爲隋文帝楊堅所建，故址在今陝西西安市長安區東。

〔2〕步輦，原作"日輦"，據《唐詩品彙》等改。

宿羽亭侍宴應制[1]

步輦千門出，離宫二月開。風光新柳報，宴賞落花催[2]。碧水摇空閣，青山繞吹臺。聖情留晚興，歌管送餘杯。

【校注】

〔1〕宿羽亭：據《通鑒·唐紀》注："宿羽臺在東都宿羽宫中，高宗調露元年所起。"

〔2〕落，《文苑英華》作"百"。

歲夜安樂公主滿月侍宴應制[1]

戚里生昌胤，天杯宴重臣。畫樓初滿月，香殿早迎春。睿作蕘君寶，孫謀梁國珍[2]。明朝元會日，萬壽樂章陳。

【校注】

〔1〕歲夜：即除夕。安樂公主：唐中宗女。滿月：指公主産男滿月。

〔2〕睿：《書·洪範》："思曰睿……睿作聖。"孫謀：《詩·大雅·文王有聲》："詒厥孫謀，以燕翼子。"鄭玄箋，以爲孫讀"遜"，意爲順應人心。朱熹認爲，孫謀意爲謀及子孫。梁國：即戰國七雄之一的魏國，《史記》載其國

有徑寸之珠十枚。安樂公主子乃武承嗣孫，武封魏王。

和韋承慶過義陽公主山池五首[1]

野興城中發，朝英物外求。情懸朱紱望，契動赤泉遊[2]。海燕巢書閣，山鷄舞畫樓。雨餘清晚夏，共坐北岩幽[3]。

徑轉危峰逼，橋回缺岸妨[4]。玉泉移酒味，石髓換粳香[5]。綰霧青絲弱[6]，牽風紫蔓長。猶言宴樂少[7]，别向後池塘。

携琴繞碧沙，摇筆弄青霞。杜若幽庭草，芙蓉曲沼花。宴遊成野客，形勝得山家[8]。往往留仙步，登攀日易斜。

攢石當軒倚，懸泉度牖飛。鹿麛銜妓席[9]，鶴子曳童衣。園果嘗難遍，池蓮摘未稀。卷簾唯待月[10]，應在醉中歸。

賞翫期他日[11]，高深愛此時。池分八水背，峰作九山疑[12]。池静魚偏逸[13]，人閑鳥欲欺。青溪留别興，更與白雲期[14]。

【校注】

〔1〕韋承慶：字延休。鄭州陽武（今河南原陽）人。武后時，官拜鳳閣侍郎、同平章事。義陽公主：高宗女，出嫁權毅。

〔2〕朱紱：即朱綬，古代繫珮玉或印章的紅色絲帶。此用以代指高官。赤泉：據《山海經》注，在神話傳説的員丘山上，飲之使人不老。赤泉，《唐詩紀事》作“赤城”。

〔3〕清晚夏，《唐詩品彙》作“清夏晚”。北，《唐詩品彙》《文苑英華》作“此”。

〔4〕危，原注：“一作孤。”《唐詩品彙》作“孤”。回，原注：“一作斜。”《唐詩紀事》作“斜”，《唐詩品彙》作“危”。

〔5〕梗，《唐詩紀事》作“花”。石髓：石鍾乳，道家謂食之可以長生。《晋書・嵇康傳》：“康又遇王烈，共入山，烈嘗得石髓如飴。”

〔6〕絲，《文苑英華》《唐詩紀事》作“條”。

〔7〕宴，原注：“一作行。”宴樂，《唐詩紀事》作“行樂”。

〔8〕山，《唐詩紀事》《全唐詩》作“仙”。

〔9〕銜，《唐詩紀事》《全唐詩》作“衝”。麛，小鹿。

〔10〕唯，《唐詩紀事》作“先”。

〔11〕期，原作“奇”，據《全唐詩》改。

〔12〕分，原注：“一作爲。”《唐詩紀事》作“爲”。八水：亦稱八川，古代關中地區八條河流。潘岳《關中記》：“涇、渭、灞、浐、豐、鎬、澇、潏，《上林賦》所謂‘八水分流’。”九山：九座名山。其名説法不一。《史記索隱》作汧、壺口、砥柱、太行、西傾、熊耳、嶓冢、内方、岐。又，九山或指九疑山。

〔13〕池，《全唐詩》作“地”。偏，《文苑英華》作“常”。

〔14〕更，《唐詩紀事》作“别”。

賦得妾薄命〔1〕

草緑長門掩，苔青永巷幽。寵移新愛奪，泪落故情留。啼鳥驚殘夢，飛花攪獨愁。自憐春色罷，團扇復迎秋〔2〕。

【校注】

〔1〕妾薄命：樂府古題，屬《雜曲歌辭》。

〔2〕團扇：圓扇，也叫宫扇。漢成帝妃班婕妤爲趙飛燕所譖，退居東宫。後人曾托其名作《團扇歌》：“……常恐秋節至，凉飇奪炎熱。棄捐篋笥中，恩情中道絶。”

和晉陵陸丞早春遊望[1]

獨有宦遊人，偏驚物候新。雲霞出海曙，梅柳渡江春。淑氣催黄鳥，晴光照緑蘋[2]。忽聞歌古調[3]，歸思欲沾巾。

【校注】

〔1〕晉陵：指唐毗陵郡晉陵縣（即今江蘇常州市）。此詩一作韋應物詩（載《全唐詩》卷一九五）。

〔2〕照，《全唐詩》《唐詩品彙》作“轉”。此句從江淹《咏美人春游》中“江南二月春，東風轉緑蘋”化出。

〔3〕古，《全唐詩》韋應物詩作“苦”。

秋夜宴臨津鄭明府宅[1]

行止皆無地，招尋獨有君。酒中堪累月，身外却浮雲。露白宵鐘徹[2]，風清曉漏聞。坐攜餘興往，還似未離群。

【校注】

〔1〕臨津：縣名，故城在今江蘇宜興西北。

〔2〕露，《唐詩品彙》《唐詩别裁》作“霜”。

和康五庭芝望月有懷[1]

明月高秋迥，愁人獨夜看。暫將弓並曲，翻與扇俱團。露濯清輝苦，風飄素影寒。羅衣一此鑒，頓使别離難[2]。

【校注】

〔1〕《唐詩品彙》題作“和康五望月有懷”。康庭芝：與杜審言同時，曾任河陰令、洛州士曹參軍。

〔2〕此句《文苑英華》作“頻使别情難”。

登襄陽城

旅客三秋至，層城四望開[1]。楚山横地出[2]，漢水接天回。冠蓋非新里[3]，章華即舊臺。習池風景異，歸路滿塵埃。

【校注】

〔1〕三秋：指農曆九月。層城：古＋代神話謂昆崙山有層城九重。這裏指襄陽城樓高峻。

〔2〕楚山：一名馬鞍山，在襄樊市西南。

〔3〕冠蓋：見本書卷二附《襄陽碑銘》。

旅寓安南[1]

交趾殊風候[2]，寒遲暖復催。仲冬山果熟，正月野花開。積雨生昏霧，輕霜下震雷。故鄉逾萬里，客思倍從來。

【校注】

〔1〕安南：今越南河内。

〔2〕交趾：古地區名，唐代指河内附近一帶。

春日懷歸

心是傷歸望，春歸異往年。河山覽魏闕[1]，桑梓憶秦川。花雜芳園鳥，風和緑野烟。更懷歡賞地，車馬洛城邊[2]。

【校注】

〔1〕覽，《唐詩品彙》《全唐詩》作“鑒”。

〔2〕城，《唐詩品彙》《全唐詩》作“橋”。

代張侍御傷美人〔1〕

二八泉扉掩〔2〕，帷屏寵愛空。泪痕銷夜燭，愁緒亂春風。巧笑人疑在〔3〕，新妝曲未終。應憐脂粉氣，猶著舞衣中〔4〕。

【校注】

〔1〕《文苑英華》題作“悼亡”。

〔2〕泉扉：指墳墓。

〔3〕巧笑：《詩·衛風·碩人》：“巧笑倩兮，美目盼兮。”

〔4〕猶，《全唐詩》作“留”。

送某郎中北使〔1〕

北狄願和親，東京發使臣。馬銜邊地雪，衣染異方塵。歲月催行旅，恩榮變苦辛。歌鐘期重錫〔2〕，拜手落花春。

【校注】

〔1〕《全唐詩》題作“送高郎中北使”。

〔2〕歌鐘：古樂器，即編鐘。錫：賜。此用魏絳事。魏絳爲春秋晋大夫。悼公時，山戎請和，絳力主與之結盟，晋於是無戎患，國勢漸强。晋悼公將鄭國贈送的歌鐘和女樂，分一半賞給魏絳。

都尉山亭

紫藤縈葛藟，緑刺冒薔薇。下釣看魚躍，探巢畏鳥飛。葉疏荷已晚，枝亞果新肥。勝迹都無限，只應伴月歸。

夏日過鄭七山宅〔1〕

共有樽中好，言尋谷口來〔2〕。薜蘿山徑入，荷芰水亭開。日氣含殘雨，雲陰送晚雷。洛陽鐘鼓至，車馬繫遲回。

【校注】

〔1〕鄭七：生平不詳。

〔2〕谷口：古地名，在今陝西涇陽縣西北。揚雄《法言》："谷口鄭子真不屈其志而耕於岩石之下，名震於京師。"此以谷口借指鄭七山宅。

送崔融〔1〕

君王行出將，書記遠從征。祖帳連河闕〔2〕，軍麾動洛城。旌旃朝朔氣，笳吹夜邊聲。坐覺烟塵掃，秋風古北平〔3〕。

【校注】

〔1〕崔融：據《舊唐書·則天皇后紀》和陳子昂《送著作郎崔融等從梁王東征詩序》載，武則天萬歲通天元年（696），契丹首領李盡忠反，武后遣將討伐，並任其侄梁王武三思爲安撫大使，著作員外郎崔融等參帷幕之賓，掌書記之任。

〔2〕祖帳：送行時於道旁設帳而飲。河闕：即伊闕，又名龍門，在洛陽市南。

〔3〕北平：古郡名，約當今河北東北部。

經行嵐州〔1〕

北地春光晚，邊城氣候寒〔2〕。往來花不發，新舊雪仍殘。水作琴中聽，山疑畫裏看。自驚牽遠役，艱險促征鞍。

【校注】

〔1〕嵐州：州名，故治在今山西嵐縣北。

〔2〕氣候，《文苑英華》作"風氣"。

重九日宴江陰[1]

蟋蟀期歸晚，茱萸節候新[2]。降霜青女月，送酒白衣人[3]。高興要長壽，卑栖隔近臣。龍沙即此地[4]，舊俗坐爲鄰。

【校注】

〔1〕《國秀集》題作“九日宴江陰”。

〔2〕“蟋蟀”句：《詩經·豳風·七月》：“（蟋蟀）七月在野，八月在宇，九月在户。”“茱萸”句：《風土記》：“俗於九月九日折茱萸以插頭，言辟邪惡。”

〔3〕青女：神話傳説中主霜雪之神。《淮南子·天文訓》：“青女乃出，以降霜雪。”一年二十四節氣中，霜降在農曆九月。白衣：指官府差役。《續晋陽秋》：“陶潜嘗九日無酒，坐宅邊東籬下菊叢中，摘菊盈把。未幾，望見白衣人至，乃刺史王弘送酒使也。”

〔4〕龍，《國秀集》作“新”。龍沙：古代指我國西部、西北部邊遠山地和沙漠地區。此句言遠離京師，卑處江陰，如同放逐於荒漠。

晦日宴遊[1]

日晦隨蓂莢，春情著杏花。解紳宜就水，張幕會連沙。歌管風輕度，池臺日半斜。更看金谷騎，争向石崇家。

【校注】

〔1〕晦日：農曆每月最後一日。《荆楚歲時記》：“元日至月晦，並爲酺聚飲食。”

七　夕

白露含明月，青霞斷絳河[1]。天街七襄轉，閣道二神過。袨服鏘環珮，香筵拂綺羅。年年今夜盡，機抒别情多。

【校注】

〔1〕青霞,《文苑英華》作“青雲”。絳河：即銀河。

大　酺[1]

毘陵震澤九州通[2]，士女歡娱萬國同。伐鼓撞鐘驚海上，新妝袨服照江東。梅花落處凝殘雪，柳葉開時任好風。火德雲官逢道泰，天長地久祝年豐[3]。

【校注】

〔1〕《樂府詩集》題作“大輔樂”。大酺：封建帝王爲表示歡慶特許民間舉行的大會飲。

〔2〕毘陵：唐郡名，治所在今江蘇常州。震澤：指太湖。

〔3〕火德：《史記·秦始皇紀》：“始皇推終始五德之傳，以爲周得火德。”武則天廢唐（土德）改國號爲周，亦謂得火德。雲官：古官名。傳黄帝以雲紀事，百官師長皆以雲爲名號。此以雲官借指朝中百官。祝,《全唐詩》《唐詩品彙》作“屬”。

春日京中有懷

今日遊寓獨遊秦，愁思看春不當春。上林苑裏花徒發，細柳營前葉漫新[1]。公子南橋應盡興，將軍西第幾留賓[2]。寄語洛城風日道，明年春色倍還人。

【校注】

〔1〕細柳：古地名，在今陝西咸陽市西南。漢周亞夫曾屯軍於此。

〔2〕南橋：指天津橋。在洛陽城南。西第：東漢時外戚梁冀在洛陽城西所起的别宅。此泛指達官貴人的府邸。

扈從出長安應制[1]

分野都畿列，時乘六御均[2]。京師舊西幸[3]，洛道此東巡。文物驅三統，聲明走百神[4]。龍旗縈漏夕，鳳輦拂鈎陳[5]。撫迹地靈古，游情皇鑒新。山追散馬日，水憶釣魚人[6]。禹食傳中使，堯樽遍下臣。省方稱國阜，問道識風淳。歲晚天行吉，年豐景從親。歡娱包歷代，宇宙忽疑春[7]。

【校注】

〔1〕《唐詩品彙》題作“扈從出長安”。

〔2〕乘，《唐詩品彙》作“逢”。六御：《易·乾》：“時乘六龍以御天。”

〔3〕京師：指長安。據《新唐書·后妃傳》載，武則天殺王皇后、蕭良娣，後來“頻見二人被髮瀝血爲厲，惡之……故多住東都。”武則天稱帝後，只有大足元年（701）至長安三年（703）是在長安度過。舊西幸：就是指大足元年由洛陽至長安。

〔4〕三統：指夏、商、周三代的正朔。此句謂唐代的禮樂、典章制度等可上追三代。聲明，《文苑英華》《全唐詩》作“聲名”，應從。

〔5〕龍旗，《唐詩品彙》作“龍媒”。鈎陳：星名。鈎亦作“勾”。《星律》：“勾陳六星在五帝下，爲後宫，大帝正妃。”此以指後宫。

〔6〕“山追”句：用周武王偃武修文，放馬華山事。“水憶”句：用吕尚垂釣渭濱遇文王事。

〔7〕忽疑春，《文苑英華》作“兩宜春”。

春日江津遊望[1]

旅客摇邊思，春江弄晚晴。烟銷垂柳弱，霧卷落花輕。飛棹乘空下，回流向日平。鳥啼移幾處，蝶舞亂相迎。忽嘆人皆濁，堤防水至清。谷王常不讓[2]，深可戒中盈。

【校注】

〔1〕江津：江津戍，一名奉城，故址在今湖北省江陵縣南。

〔2〕谷王：江海的别稱。常，《唐詩品彙》作“恒”。讓：辭讓。《淮南子》：“海不讓水，積以成其大。”

泛舟送鄭卿入京〔1〕

帝坐蓬萊殿〔2〕，恩追社稷臣。長安遥向日，宗伯正乘春〔3〕。相宅開基地，傾都送别人。行舟縈渌水，列戟滿紅塵〔4〕。酒助歡娱洽，風催景氣新，此時光乃命，誰爲惜無津。

【校注】

〔1〕鄭卿：不詳。

〔2〕蓬萊殿：即大明宫，也稱東内。自高宗後，皇帝常居此宫。

〔3〕“長安”句：用晋明帝言長安與日孰遠事（見《世説新語·夙惠》）。

〔4〕戟，《唐詩品彙》作“帳”。

度石門山〔1〕

石門千仞斷，迸水落遥空。道束懸崖半〔2〕，橋欹絶澗中。仰攀人屢息，直下騎纔通。泥擁奔虵徑，雲埋伏獸叢〔3〕。星躔牛斗北，地脈象牙東。開塞隨行變〔4〕，高深觸望同。江聲連驟雨，日氣抱殘虹。未改朱明律〔5〕，先含白露風。堅貞深不憚〔6〕，險澀諒難窮。有異登臨賞，徒爲造化功。

【校注】

〔1〕石門山：在浙江青田縣西。

〔2〕半，《唐詩品彙》作“北”。

〔3〕埋，《文苑英華》作“霾”。

〔4〕開塞，《唐詩品彙》作“關塞”。

〔5〕朱明律：指夏季。《爾雅·釋天》："夏爲朱明。"注："氣赤而光明。"

〔6〕深，《文苑英華》作"所"，《唐詩品彙》作"忻"。

贈崔融二十韵

十年俱薄宦，萬里各他方。雲天斷書札，風土異炎凉。太息幽蘭紫，勞歌奇樹黄。日疑懷叔度，夜似憶真長〔1〕。北使從江左〔2〕，東歸在洛陽。相逢慰疇昔，相對敘存亡。草深窮巷毁，竹盡故園荒。雅節君彌固，衰顔余自傷。人事盈虚改〔3〕，交游寵辱妨。雀羅争去翟，鶴氅競尋王〔4〕。思極歡娱至，朋情詎可忘。琴樽横宴席，岩谷卧詞場。連騎追佳賞，城中及路傍〔5〕。三川宿雨霽〔6〕，四月晚花芳。復此開懸榻，寧唯入後堂〔7〕。興酣鴝鵒舞，言洽鳳凰翔〔8〕。高選俄遷職，嚴程已飭裝。撫躬銜道義，携手戀輝光。玉振先推美，金銘舊所防〔9〕。勿嗟離别易，行役共時康。

【校注】

〔1〕叔度：東漢黄憲字。時人服其深遠，方之顔回。同郡陳蕃、周舉嘗謂："時月之間不見黄生，則鄙吝之萌復存乎心。"（見《後漢書·黄憲傳》）真長：東晋劉惔字。爲人淡泊寧静，孫綽謂其"居官無官官之事，處事無事事之心"（見《晋書·劉惔傳》）。

〔2〕左，原注："一作表。"《唐詩紀事》《全唐詩》作"表"。

〔3〕改，《唐詩紀事》作"故"。

〔4〕競，原注："一作更。"《唐詩紀事》作"更"。"雀羅"句：《史記·汲鄭列傳》："始翟公爲廷尉，賓客闐門；及廢，門外可設雀羅。""鶴氅"句：《世説新語·企羡》："孟昶未達時，家在京口。嘗見王恭乘高輿，被鶴氅裘……嘆曰：'此真神仙中人。'"

〔5〕谷，原注："一作沼。""琴樽"四句，《唐詩紀事》作："連騎追佳賞，城中及路旁，琴樽横宴席，岩沼卧詞場。"

〔6〕三川：指伊水、洛水、黄河。

〔7〕懸榻：東漢陳蕃爲郡守時，爲名士徐稚、周璆設置專榻，去則懸之。事見《後漢書》徐稚、陳蕃本傳。後因用作禮待賢士和留客住宿的典故。後堂，用張禹戴崇事。西漢張禹習知音聲，弟子戴崇最見親幸，“禹將崇入後堂飲食，婦女相對，優人管弦鏗鏘極樂，昏夜乃罷”（見《漢書·張禹傳》）。

〔8〕鴝鴿：一名寒皋，俗稱八哥。《晋書·謝尚傳》：“（王）導以其有勝會，謂曰：‘聞君能作鴝鴿舞，一坐傾想，寧有此理不？’尚曰：‘佳。’便著衣幘而舞。”鳳凰翔，疑用三國時費禕和諸葛恪互相嘲戲事。孫權設宴招待蜀使費禕，禕至，群臣伏食不起。禕嘲之曰：“鳳凰來翔，麒麟吐哺。驢騾無知，伏食如故。”諸葛恪乃反脣相譏。這裏藉以指朋友間置酒歡會，不拘形迹。

〔9〕玉振：謂擊磬，喻聲明之遠揚。金銘：此指周太廟之金人銘，銘文大意是戒人“無多言，無多事”。

贈蘇味道〔1〕

北地寒應苦，南庭戍未歸〔2〕。邊聲亂羌笛，朔氣卷戎衣。雨雪闗山暗，風霜草木稀。胡兵戰欲盡，漢卒尚重圍〔3〕。雲净妖星落，秋深塞馬肥〔4〕。據鞍雄劍動，摇筆羽書飛〔5〕。輿駕還京邑，朋遊滿帝畿，方期來獻凱，歌舞共春輝。

【校注】

〔1〕《搜玉小集》題作“贈蘇管記”。蘇味道，高宗調露元年（679），被裴行儉引爲管記，從征突厥。

〔2〕北地：古郡名。治所在義渠（在今甘肅慶陽市西南）。南庭：唐代乙毗沙钵羅葉護可汗建庭於雎合水北，謂之南庭。未，原注：“一作不。”

〔3〕“漢卒”句，《搜玉小集》《全唐詩》作“虜騎獵猶肥”。

〔4〕“雲净”二句，《搜玉小集》《全唐詩》作“雁塞何時入，龍城幾度圍”。雲，《唐詩紀事》作“雪”。深，《唐詩品彙》《唐詩别裁》作“高”。妖星：此指彗星，古代占星家認爲彗星“見則兵起”。

〔5〕搖，原注："一作插。"搖筆，《全唐詩》作"插筆"。

和李大夫嗣真奉使存撫河東[1]

六位乾坤動，三微歷數遷[2]。謳歌移火德，圖讖在金天[3]。子月開階統，房星受命年[4]。禎符龍馬出，寶籙篆鳳皇傳[5]。地即交風雨，都仍卜澗瀍[6]。明堂唯御極，清廟乃尊先[7]。不宰神功運，無爲大象懸[8]。八荒平物土，四海接人烟。已屬群生泰，猶言至道偏。璽書傍問俗，旌節近推賢。秩比司空位，官臨御史員[9]。推詞執刀筆[10]，直諫罷樓船。國有大臣器，朝加小會筵。將行備禮樂，送別仰神仙[11]。城闕周京轉，關河陝服連。稍觀汾水曲，俄指絳臺前[12]。姑射聊長望，平陽遂宛然[13]。舜耕餘草木，禹鑿舊山川[14]。昔出諸侯上，無何霸業全[15]。中軍歸戰敵，外府絶兵權[16]。隱隱帝鄉遠，瞻瞻肅命虔[17]。西河偃風俗，東壁挂星躔[18]。井邑枌榆社，陵園松柏田[19]。榮光晴掩代，佳氣曉侵燕[20]。雨沛鴻私滌，風行睿旨宣。煢嫠訪疾苦，屠釣采貞堅。人樂逢刑措，時康洽賞延。賜逾秦氏級，恩倍漢家錢[21]。擁傳咸翹首，稱觴競比肩[22]。拜迎彌道路，舞咏溢郊鄽。殺氣西横白，窮陰北暝玄[23]。飛霜遥渡海，殘月迴臨邊。緬邈朝廷問，周流朔塞旋。興來探馬策，俊發抱龍泉。學總八千卷[24]，文傾三百篇。澄清得使者，作頌有人焉。莫以崇班閡，而云勝托捐[25]。偉材何磊落，陋質幾翩翾。江海寧爲讓，巴渝轉自牽[26]。一聞歌聖道，助曲荷陶甄。

【校注】

〔1〕李嗣真（？—696）：字承胄。河北柏人（今河北省隆堯縣西）人。永昌初年，以御史中丞知大夫事，存撫河東。河東：唐道名，轄境相當今山西及河北西北部内外長城之間地。

〔2〕六位：《易》中重卦六劃，稱六爻，也稱六位。三微：即三正，指夏商周三代的正朔。

〔3〕圖讖：據《舊唐書·則天皇后紀》載，垂拱四年（688），武承嗣嘗僞

造“瑞石”，命人表稱獲之洛水，武則天號其石曰“寶圖”。“圖讖”句：指寶圖預言應驗，武后於秋天稱帝。

〔4〕子月：農曆十一月的别稱。周代以子月爲歲首。武則天於永昌元年（690）采用周正，改十一月爲載初元年正月。房星：《春秋·元命苞》：“商紂之時，五星聚房。房者，蒼神之精，周據而興。”

〔5〕龍馬：《禮記·禮運》：“河出馬圖。”孔穎達疏引《尚書中候·握河紀》：“伏羲氏有天下，龍馬負圖出河。”此借指垂拱四年洛水出“寶圖”事。籙：帝王自稱其所謂天賜的符命之書。鳳皇：《通鑒·唐紀》：“（天授元年）九月戊寅，群臣上言：有鳳皇自明堂飛入上陽宫，還集左右梧桐樹之上。”

〔6〕“地即”句：《唐語林》：“夫九州之地，洛陽爲土中，風雨之所交也。”卜澗瀍：指周公卜築洛邑事。《書·商誥》：“我乃卜澗水東，瀍水西。”武則天改東都洛陽爲神都。

〔7〕明堂：古代天子宣明政教之處。此指垂拱四年毁東都乾元殿所造之萬象神宫。御極：帝王登基。《舊唐書·則天皇后紀》（垂拱四年）十二月己酉……明堂成。永昌元年春正月，神皇親享明堂，大赦天下，改元，大酺七日。”清廟：朱熹《詩集傳》：“清廟祀文王焉。”亦爲宗廟的通稱。此句指武則天於天授元年追尊其父爲孝明皇帝，並立七廟，祭祀周文王及武氏祖先事。

〔8〕“不宰”二句：稱頌武則天無爲而治。《晋書·郭璞傳》：“夫無爲而爲之，不宰以宰之，固陛下之所體者也。”大象：大道。《老子》：“執大象，天下往。往而不害，安平泰。”爲，原注：“一作私。”

〔9〕時李嗣真以御史中丞知大夫事，故謂。

〔10〕推詞，《全唐詩》作“雄詞”，應從。罷，《唐詩紀事》作“下”。“雄詞”句是説李嗣真善於屬文。《新唐書·李嗣真傳》：“（賀蘭敏之）表嗣真直弘文館，與學士劉獻臣、徐昭皆少有名，號‘三少’。高宗東封還，詔贈孔子太師，命有司爲祝，司文郎中雷少穎文不稱職，更命嗣真，成不淹頃，帝覽稱善，詔加兩階。”

〔11〕神仙：此指李嗣真氣度不凡。據《新唐書》本傳記載，武則天嘆賞李嗣真的風度應對，命人畫圖並作贊。

〔12〕絳臺：即晋靈公臺，在絳州西北。

〔13〕姑射：山名。在山西臨汾縣西。平陽：縣名，治所在今山西臨汾西南。

〔14〕“舜耕”二句：意謂李嗣真出使的地方有舜、禹的遺迹。據《史記》記載，舜曾耕於歷山，禹曾治壺口山、梁山、岐山，以上各地，均在河東道境内。

〔15〕上，原注：“一作争。”《唐詩品彙》作“静”，《唐詩紀事》作“争”。

〔16〕歸，《唐詩紀事》《唐詩品彙》作“掃”。

〔17〕遠，《唐詩品彙》作“至”。命，《唐詩品彙》作“祀”。

〔18〕西河：郡名。轄境在今山西省。偃風俗：《論語·顔淵》：“君子之德風，小人之德草，草上之風必偃。”舊以“風行草偃”喻德教化民。東壁：星名，壁宿别名。

〔19〕枌榆社：在江蘇豐縣東北。《史記·封禪書》：“高帝初起，禱豐枌榆社。”此用以指武則天故鄉并州文水。陵園：此指武氏祖墓。

〔20〕晴，原注：“一作朝。”《唐詩紀事》作“朝”。曉，原注：“一作晚。”《唐詩品彙》作“晚”。代、燕，古國名。

〔21〕“賜逾”句：謂朝廷的封爵，超過秦朝。杜佑《通典》：“秦制爵二十等，以賞功勞二十徹。”“恩倍”句：謂朝廷的賞賜，超過漢朝。據《史記·衛將軍驃騎列傳》載，漢武帝賞賜衛青及同母昆弟，“數日間，累千金”。

〔22〕傳，《漢書·寧成傳》：“詐刻傳出關歸家。”顔師古注：“傳，所以出關之符也。”

〔23〕横，《全唐詩》作“衡”，應從。暝，原注：“一作土。”北暝，《唐詩紀事》作“北土”，《唐詩品彙》作“北陸”。

〔24〕八千卷，《唐詩紀事》作“三千卷”。

〔25〕莫，《唐詩紀事》作“末”，《唐詩品彙》作“夫”。崇班：指高位。閡，原注：“同礙。”《唐詩品彙》作“列”。

〔26〕轉，《唐詩紀事》作“輒”。巴渝：二水名，在四川境内。

贈蘇綰書記[1]

知君書記本翩翩[2]，爲許從戎赴朔邊。紅粉樓中應計日，燕支山下莫經年[3]！

【校注】

〔1〕蘇綰：曾任朔方軍幕，官至郎中。

〔2〕書記翩翩：此處指才思敏捷。曹丕《與吴質書》："元瑜（阮瑀）書記翩翩，致足樂也。"

〔3〕燕支山：亦稱焉支山、胭脂山。在甘肅省永昌縣西，在唐代爲西北邊地。

渡湘江[1]

遲日園林悲昔遊[2]，今春花鳥作邊愁。獨憐京國人南竄，不似湘江水北流。

【校注】

〔1〕沈德潛《唐詩别裁》注云："此遭貶峰州而作。"

〔2〕遲日：《詩・豳風・七月》："春日遲遲，采蘩祁祁。"

戲贈趙使君美人[1]

紅粉青娥映楚雲，桃花馬上石榴裙。羅敷獨向東方去，漫學他家作使君[2]。

【校注】

〔1〕此詩一作張謂詩，題作"贈趙使君美人"。（見《全唐詩》卷一九九）

〔2〕"羅敷"二句：本《陌上桑》中羅敷的答詞："使君自有婦，羅敷自有夫。東方千餘騎，夫婿居上頭。"

李　邕[1]

字泰和，江夏人[2]，善之子[3]。早歲見李嶠，願一覽秘書。長安初，拜左拾遺。開元中，爲左臺侍御史。累遭貶謫，以討賊功，歷括、淄、滑三州刺史。天寶中，出守北海。爲李林甫所忌[4]，借柳勣事，杖殺之。初，邕擅才名，長於碑頌，尤工書法，中朝衣冠之士，多賫金帛往求焉。盧藏用嘗謂[5]："邕如干將、鏌鋣，難與争鋒，但虞傷缺。"卒如其言。

【校注】

〔1〕兩《唐書》有傳。

〔2〕《楚風補》原按："《全唐詩》載邕爲江都人，未知何據。"兩《唐書》、《唐詩紀事》均謂李邕爲江都（今揚州市）人，杜甫詩及《廬山志》謂李邕爲江夏（今武昌）人，二説未詳孰是。

〔3〕李善：唐學者，曾注《文選》。

〔4〕李林甫（？—752）：玄宗時奸相，爲人陰險，世稱"口蜜腹劍"。李林甫杖殺李邕事，見兩《唐書》李林甫及李邕本傳。

〔5〕盧藏用（約664—713）：字子潛。仕至黄門侍郎兼昭文館學士。玄宗時，坐托附太平公主，流嶺外。

銅雀妓[1]

西陵望何及，弦管徒在兹。誰言死者樂[2]，但令生者悲。丈夫有餘志，兒女焉足私。擾擾多俗情，投迹互相師。直節豈感激，荒淫乃凄其。潁水有許由，西山有伯夷。頌聲何寥寥，唯聞銅雀詩。君舉良未易，永爲後代嗤。

【校注】

〔1〕銅雀妓：樂府相和歌詞。一名"銅雀臺"。《鄴都故事》：魏武帝遺命

諸子曰："吾死之後，葬於鄴之西崗上……餘香可分諸夫人，不命祭吾。妾與伎人，皆著銅雀臺……每月朝十五，輒向帳前作伎，汝等時登臺，望吾西陵墓田。"銅雀臺：在鄴城，建安十五年建，以樓顛有大銅雀，故名。

〔2〕樂，《唐詩品彙》作"苦"。

登歷下古城孫員外新亭〔1〕

吾宗固神秀，體物寫謀長。形制開古迹，曾冰延樂方〔2〕。太山雄地理，巨壑眇雲莊〔3〕。高興汨煩促〔4〕，永懷清典常。含弘知四大，出入見三光〔5〕。負郭喜秔稻，安時歌吉祥。

【校注】

〔1〕原注："亭對鵲河。時李之芳自尚書郎出爲齊州，製此亭。"《唐詩紀事》，《全唐詩》及《杜詩詳注》《杜詩鏡銓》附李邕詩題作"登歷下古城員外孫新亭"。《錢注杜詩》附李邕詩題作"登歷下古城員外新亭"。歷下：即今山東濟南市。員外：指李之芳，唐太宗子蔣王李惲的曾孫。開元末爲駕部員外郎。

〔2〕開古迹：謂開拓舊基。新亭在北魏年間所建亭之故址上。"曾冰"句：《杜詩詳注》："此言夏時置冰，乃引樂之方也。"

〔3〕巨壑：指鵲湖。

〔4〕汨：疏通，治理。《杜詩鏡銓》作"泊"，注曰："蠲也。"

〔5〕含弘，原文作"舍引"，舍，原注："一作含。"今據《錢注杜詩》等改。《易·坤》："含弘光大，品物咸亨。"四大，《老子》："道大、天大、地大、王亦大。域中有四大，而王居其一焉。"三光：指日、月、星。

奉和初春幸太平公主南莊應制

傳聞銀漢石支機〔1〕，復見金輿出紫微。織女橋邊烏鵲起，仙人樓上鳳皇飛〔2〕。流風入座飄歌扇，瀑水侵階濺舞衣。今日還同犯牛斗，乘槎共逐海潮歸〔3〕。

按：《全唐詩》載邕爲江都人，未知何據。

【校注】

〔1〕石支機，《全唐詩》《唐詩品彙》作“支機石”。此用劉義慶《集林》所載某人至天河得織女支機石故事。

〔2〕仙人樓：指鳳臺、鳳樓。據《列仙傳》記載，秦穆公女弄玉之婿簫史，教弄玉吹簫，鳳凰來至其屋。

〔3〕逐，《唐詩品彙》作“泛”。

楚風補卷之七

唐

張子容[1]

襄陽人。先天二年進士。官樂城尉，與孟浩然友善。

先天一作開元[2]。

【校注】

〔1〕《唐詩紀事》《全唐詩》有傳。

〔2〕唐玄宗即位，改元先天，翌年改元開元。《新唐書》以此年爲開元元年，《舊唐書》則以此年作先天二年。

春江花月夜二首[1]

林花發岸口，氣色動江新。此夜江中月，流光花上春。分明石潭裏，宜照浣紗人。

交甫憐瑶珮，仙妃難重期[2]。沈沈緑紅晚，惆悵碧雲姿。初逢花上月，言是弄珠時[3]。

【校注】

〔1〕春江花月夜：樂府詩題，屬清商曲辭吴聲歌曲。

〔2〕交甫：指鄭交甫。《列仙傳》："江妃二女，游於江濱，逢鄭交甫，遂解佩與之。交甫受佩而去，數十步，懷中無佩，女亦不見。"

〔3〕弄珠：《韓詩外傳》："鄭交甫將南適楚，遵彼漢皋臺下，乃遇二女，佩兩珠，大如荆鷄之卵。"

雲陽驛陪崔使君邵道士夜宴〔1〕

一尉東南遠，誰知此夜歡。諸侯傾皂蓋〔2〕，仙客整黄冠。染翰燈花滿，飛觴雲氣寒。欣承國士遇，更借美人看。

【校注】

〔1〕雲陽：唐縣名，故城在今陜西涇縣西北。

〔2〕傾皂蓋：語本《孔叢子·雜訓》："孔子與程子相遇於途，傾蓋而語。"

除夜樂城逢孟浩然〔1〕

遠客襄陽郡，來過海岸家〔2〕。樽開柏葉酒，燈發九枝花。妙曲逢盧女，高才得孟嘉〔3〕。東山行樂意，非是競繁華〔4〕。

【校注】

〔1〕《唐詩紀事》題作"除夜樂城簡孟浩然"，據詩意，應以"逢"爲是。孟浩然詩《歲除夜會樂城張少府宅》可作印證。

〔2〕海岸，《國秀集》《唐詩紀事》《唐詩品彙》作"海畔"。

〔3〕盧女：曹操宫女，善操琴。詩文常用以指善操琴的女子。孟嘉：字萬年。陶潜之外祖父。少有才名。此以孟嘉喻孟浩然。《唐詩紀事》作"孟家"。

〔4〕繁，《國秀集》作"奢"。東山：在浙江紹興，晋謝安嘗隱居於此。孟浩然隱居襄陽鹿門山。此以謝安喻孟浩然。

送蘇倩遊天台[1]

靈異尋滄海[2]，笙歌訪翠微。江鷗迎共狎，雲鶴待將飛[3]。琪樹嘗仙果[4]，瓊樓試羽衣。遥知神女問，獨怪阮郎歸[5]。

【校注】

〔1〕天台：山名，在浙江省東部。

〔2〕滄海：神話中的海島名。《海中十洲記》："滄海島在北海中……水皆蒼色，仙人謂之滄海也。"

〔3〕共，原注："一作近。"《文苑英華》作"近"。此句暗用《列子》所載海上之人從鷗鳥游事。雲鶴：用仙人乘鶴典。

〔4〕嘗，《文苑英華》作"攀"。

〔5〕"遥知"二句：用劉、阮天台遇仙事。詳見劉義慶《幽明録》。

泛永嘉江日暮回舟[1]

無雲天欲暮，輕鷁大江清[2]。歸路烟中遠，回舟月上行。傍潭窺竹暗[3]，出嶼見沙明。更值微風起，乘流絲管聲。

【校注】

〔1〕永嘉江：即甌江，經永嘉（今浙江省温州市）入東海。

〔2〕輕，原注："一作轉。"《文苑英華》作"轉"。

〔3〕潭：指龍潭川。今不存。

永嘉即事寄贛縣袁少府瓘

山繞樓臺出，溪通里閈斜。曾爲謝客郡，多有逐臣家[1]。海氣朝成雨，江天晚作霞。題書報賈誼，此濕似長沙[2]。

【校注】

〔1〕謝客：指謝靈運。謝在晋時襲爵康樂公，宋時降爵爲侯，出爲永嘉太守。又，顔延之也曾因觸怒權貴，出爲永嘉太守。

〔2〕賈誼曾被貶爲長沙王太傅，"既辭往行，聞長沙卑濕，自以壽不得長，又以謫去，意不自得"（《史記·屈原賈誼列傳》）。

永嘉作

拙宦從江左，投荒更海邊。山將孤嶼近，水共惡溪連〔1〕。地濕梅多雨，潭蒸竹起烟。未應悲晚鬓，炎瘴苦華年。

【校注】

〔1〕惡溪：源出浙江縉雲縣，注入大溪，大溪即永嘉江上源。

送孟浩然歸襄陽〔1〕

東越相逢地〔2〕，西亭送别津。風濤看解纜，雲海去愁人〔3〕。鄉在桃林岸，山連楓樹春〔4〕。因懷故園意〔5〕，歸與孟家鄰。

【校注】

〔1〕《文苑英華》題作"送孟八歸襄陽"，《全唐詩》作"送孟八浩然歸襄陽二首"，此爲第一首。送别之地，當在永嘉，孟浩然有《永嘉别張子容》詩。

〔2〕東越：温州及浙南地區的别稱。

〔3〕風濤，《文苑英華》《全唐詩》作"風潮"。雲海，《文苑英華》作"雲雨"。

〔4〕山，原注："一作江。"《文苑英華》作"江"。"鄉在"二句：寫襄陽風光。沈約《襄陽白銅鞮歌》："分手桃林岸，送别峴山頭。"《襄陽圖經》："襄陽縣南有桃林館，是餞行送歸之所也。"

〔5〕因，《文苑英華》作"長"。

送孟六歸襄陽[1]

杜門不欲出[2]，久與世情疏。以此爲長策[3]，勸君歸舊廬。醉歌田舍酒，笑讀古人書。好是一生事，無勞獻《子虛》。

【校注】

〔1〕《全唐詩》題作“送孟八浩然歸襄陽二首”，此爲第二首，詩後注：“此篇一作王維詩。”（見《全唐詩》卷一二六、《文苑英華》卷二六八）署名王維詩題作“送孟六歸襄陽”。岑仲勉《唐人行第録》謂“八”乃“六”之訛。

〔2〕欲，《全唐詩》王維詩作“復”。

〔3〕長，《全唐詩》王維詩作“良”。

貶樂城尉日作

竄謫邊窮海，川原近惡溪。有時聞虎嘯，無夜不猿啼。地暖花長發[1]，岩高日易低。故鄉可憶處，遥指斗牛西。

【校注】

〔1〕長，《唐詩紀事》作“常”。

自樂城赴永嘉，枉路泛白湖，寄松陽李少府[1]

西行礙淺石，北轉入溪橋。樹色烟輕重，湖光風動摇。百花亂飛雪，萬嶺疊青霄。猿挂臨潭篠，鷗迎出浦橈。惟應賞心客，兹路不言遥。

【校注】

〔1〕松陽：唐縣名，即今浙江遂昌縣。

九日陪潤州邵使君登北固山[1]

五馬向西椒[2]，重陽坐麗譙。徐州帶緑水[3]，楚國在青霄。張幕連江樹，開筵接海潮。凌雲詞客語，回雪舞人嬌[4]。梅福慚仙吏，羊公賞下僚[5]。新豐酒舊美，况是菊花朝。

【校注】

〔1〕潤州：唐州名，治所在丹徒（今鎮江市）。北固山：亦作“北顧山”，在鎮江市東北。

〔2〕西椒，《唐詩紀事》作“山椒”。

〔3〕徐州：指鎮江一帶。東晉、劉宋時鎮江曾爲徐州、南徐州治所。

〔4〕“凌雲”句：形容文士筆力矯健。《史記·司馬相如傳》：“相如既奏《大人》之頌，天子大悦，飄飄然有凌雲之氣，似游天地之間意。”“回雪”句：形容舞女舞姿婀娜。張衡《舞賦》：“裾似飛燕，袖如回雪。”嬌，原注：“一作腰。”

〔5〕梅福：字子真，九江壽春（今安徽壽縣）人。曾任南昌尉，王莽時棄家出走，傳説成仙而去。這裏作者是説自己職同梅福，但自愧弗如。羊公：指晋羊祜。曾都督荆州，閑暇時常和僚屬登峴山，“置酒言咏，終日不倦”（見《晋書·羊祜傳》），此以“羊公”喻邵使君。

璧池望秋月[1]

凉夜窺清沼，池空水月秋。滿輪沉玉鏡，半魄落銀鈎。蟾影摇輕浪，菱花渡淺流。漏移光漸潔，雲斂色偏浮。似璧悲三獻，疑珠怯再投[2]。能持千里意，來照楚鄉愁。

【校注】

〔1〕此詩爲省試詩（亦稱試帖詩，即應進士試的試卷）。璧池：學宫半圜形的水池，也稱泮池。《新唐書·歸崇敬傳》：“古天子學曰辟雍。以制言之，壅

水環繞如璧然……故前世或曰璧池，或曰璧沼。”

〔2〕“疑珠”句：語本《史記·鄒陽傳》：“臣聞明月之珠，夜光之璧，以暗投人於道路，人無不按劍而眄者，何則？無因而至前也。”

長安早春〔1〕

開國維東井，城池起北辰〔2〕。咸歌太平日，共樂建寅春。雪盡黄山樹，冰開黑水津〔3〕。草迎金埒馬，花伴玉樓人〔4〕。鴻漸看無數，鶯歌聽轉頻〔5〕。何當桂枝擢，還及柳條新〔6〕。

【校注】

〔1〕原注：“又作孟浩然詩。”《全唐詩》孟浩然、張子容名下均收有此詩。

〔2〕開國，《全唐詩》署名孟浩然詩作“關戍”。維，《文苑英華》《唐詩品彙》作“移”。起，《文苑英華》《唐詩品彙》作“對”。

〔3〕津，原注：“一作濱。”黄、津，《全唐詩》孟浩然詩作“青”“濱”。黄山：在陝西武功縣北。黑水：古水名。《書·禹貢》：“華陽黑水惟梁州……黑水西河唯雍州。”

〔4〕伴，《唐詩品彙》作“醉”。金埒馬：極言馬之貴重。埒：矮墻。《晋書·王濟傳》：“時洛京地甚貴，濟買地爲馬埒，編錢滿之，時人謂爲金溝。”

〔5〕歌，《唐詩紀事》作“聲”，《唐詩品彙》《文苑英華》作“遷”。轉，上述諸書及《全唐詩》均作“欲”。鴻漸：《易·漸》：“鴻漸于干。”本謂鴻雁進到岸上，後多用以喻仕進。鶯歌：鶯鳴。《詩·小雅·伐木》有“鳥鳴嚶嚶，出自幽谷，遷于喬木”語，唐以來常以鶯遷喻升擢。

〔6〕還，《唐詩紀事》作“歸”。

水調歌第一疊〔1〕

平沙落日大荒西，隴上明星高復低。孤山幾度看烽火〔2〕，戰士連營候鼓鼙。

【校注】

〔1〕原注:“樂府。”此詩與《梁州歌第二叠》《水鼓子第一曲》未作説明接排於張子容《長安早春》詩後。然非張詩。《樂府詩集》《全唐詩》收有這三首詩,係無名氏作品。水調歌:樂府古題。相傳隋煬帝開汴河時曾制水調歌,唐人演爲大曲,凡十一叠,前五叠爲歌,後六叠爲入破。

〔2〕幾度,《唐詩品彙》《樂府詩集》《全唐詩》均作“幾處”。

梁州歌第二叠[1]

朔風吹葉雁門秋,萬里烟塵昏戍樓。征馬常思青海上[2],胡笳夜聽隴山頭。

【校注】

〔1〕《全唐詩》題作“凉州歌第二”,《唐詩别裁》作“凉州歌”。凉州歌,樂府詩題。《樂府詩集》解題:“《樂苑》曰:‘《凉州》,宫調曲。開元中,西凉府都督郭知運進。’”

〔2〕思,《唐詩别裁》作“嘶”。上,《樂府詩集》等書作“北”。

水鼓子第一曲[1]

雕弓白羽獵初回,薄暮牛羊復下來[2]。夢水河邊青草合[3],黑山峰外陣雲開。

【校注】

〔1〕水鼓子:樂府詩題,屬近代曲辭。

〔2〕薄暮,《唐詩品彙》《樂府詩集》等作“薄夜”。此句由《詩·王風·君子于役》“日之夕矣,羊牛下來”化出。

〔3〕青,《樂府詩集》《全唐詩》作“秋”。

席　豫[1]

字建侯，襄陽人。進士及第。舉賢良方正，韓休舉以自代[2]。累官考功員外郎，至吏部尚書[3]。典選六年，拔寒俊多至臺閣，號知人。改尚書左丞、檢校禮部尚書[4]。封襄陽縣子。性謹畏，與子弟、屬吏書，不作草字。玄宗嘗登朝元閣賦詩，群臣屬和，以豫爲詩人冠冕。卒，謚曰文。

【校注】

〔1〕兩《唐書》有傳。

〔2〕韓休（673—740）：京兆長安人。曾任黄門侍郎。

〔3〕據兩《唐書》，應爲吏部侍郎。

〔4〕原文誤作“禮部中書”。

奉和敕賜公主鏡

令節頒龍鏡，仙輝下鳳臺。含靈萬象入，寫照百花開。色與皇明散，光隨聖澤來。妍媸冰鑒裏，從此愧非才。

江行紀事二首

飄摇任舟楫，回合傍江津。後浦情猶在，前山賞更新。樹深烟羃羃[1]，灘淺石磷磷。川路南行遠[2]，淹留惜此辰。

江泛春風勢，山樓曙月輝。猿攀紫岩飲，鳥拂清潭飛。古樹崩沙岸，新苔覆石磯。津途賞無限，征客暫忘歸。

【校注】

〔1〕羃羃，原注：“一作漠漠。”《文苑英華》作“漠漠”。

〔2〕南，《文苑英華》作“難”。川路：水路。

渡漢水[1]

蕭蕭蘆荻花，郢客獨離家。遠棹依山響，危檣轉浦斜。水寒澄淺石，潮落漲虚沙。莫與征途望，鄉園去漸賒。

【校注】

〔1〕原注："一作漢江送客。"按，此詩乃晚唐詩人許渾的《送客江行》，誤收席豫名下。

奉和聖製答張説南出雀鼠谷[1]

嗚鑾初幸代，旋蓋欲横汾[2]。山盡千旗直，郊平五校分[3]。前林已暄景，後壑尚寒氛[4]。風吹簫韶曲，花迎黼黻文[5]。鹽梅推上宰[6]，禮樂統中軍。獻賦紆天札，飄摇飛白雲[7]。

【校注】

〔1〕《唐詩紀事》題作"奉和明皇答張説南出雀鼠谷"。《唐詩品彙》以此詩爲崔翹詩，題作"奉和明皇答張洗南出雀鼠谷"，而以《文苑英華》《全唐詩》署名崔翹的同題詩作爲席詩。張説（667—730）：字道濟，一字説之。玄宗時，任中書令，封燕國公。擅長文辭，與許國公蘇頲並稱爲"燕許大手筆"。雀鼠谷：在山西介休縣西南。開元十一年，玄宗巡幸并州，張説等扈從，雀鼠谷爲此行所經之地。張説寫有《扈從南出雀鼠谷》詩，玄宗寫了《答張説南出雀鼠谷》詩，席豫等人因作"奉和聖製"詩。

〔2〕代：指代州。汾：指汾州。轄境均在今山西省内。

〔3〕山，《唐詩品彙》作"嶺"。直，原注："一作出。"《文苑英華》等作"出"。五校：《後漢書·順帝紀》："調五營弩師，郡舉五人，令教習騎射。"注："五營，五校也。謂長水、步兵、射聲、胡騎、車騎等五校尉也。"

〔4〕尚，原文誤作"向"，據《文苑英華》等書改。

〔5〕吹，《文苑英華》《唐詩紀事》作"送"。迎，原注："一作鋪。"《唐

詩紀事》作“鋪”。簫韶：舜樂。《書·益稷》：“簫韶九成，鳳凰來儀。”

〔6〕鹽梅：鹽咸梅酸，爲調味品。《書·説命》：“若作和羹，爾惟鹽梅。”爾，指殷相傅説。後因用鹽梅爲稱美相業之辭。

〔7〕札，原文作“禮”，據《文苑英華》等改。天札：指玄宗所寫《答張説南出雀鼠谷》詩。賦：指作者的“奉和聖製”詩。紆：縈。飄摇，《唐詩品彙》作“飄飄”。飛白雲：《漢武故事》載，武帝行幸河東，作《秋風辭》，其辭有“秋風起兮白雲飛”。

奉和聖製送張説巡邊〔1〕

聖主重兵權，分符屬大賢〔2〕。中軍仍執政〔3〕，丞相復巡邊。翕習戎裝動，張皇廟略宣。朝榮承睿札，野餞轉行旃。亭障東緣海，沙場北際天。春冬見岩雪〔4〕，朝夕候烽烟。已勒封山記〔5〕，猶聞遣戍篇。五營將月合，八陣與雲連。經略圖方遠〔6〕，懷柔道更全。歸來畫麟閣，藹藹武功傳〔7〕。

【校注】

〔1〕《唐詩紀事》《文苑英華》題作“奉和聖製送張尚書巡邊”。《唐詩品彙》誤作宋璟詩，題作“奉和聖製送張説赴朔方軍”。《新唐書·玄宗本紀》：“（開元十年）四月己亥，張説持節朔方節度大使……閏月壬申，張説巡邊。”玄宗賜詩一首，題爲“送張説巡邊”。

〔2〕聖主，《文苑英華》《唐詩紀事》作“聖帝”。符，原注：“一作麾。”《文苑英華》作“麾”。

〔3〕執政，《文苑英華》《唐詩品彙》作“執節”。

〔4〕岩，原注：“一作巖。”《唐詩紀事》作“巖”。

〔5〕封，原注：“一作燕。”《唐詩紀事》作“燕”。記，原注：“一作頌。”《唐詩紀事》作“頌”。

〔6〕經略，《文苑英華》《全唐詩》作“經絡”。

〔7〕藹藹，《唐詩品彙》作“後代”。

綦毋潛〔1〕

字季通〔2〕，荆州人。開元十四年舉進士。由宜壽尉入爲集賢待制，遷右拾遺，終著作郎。有集一卷。

【校注】

〔1〕《唐詩紀事》等書有傳。

〔2〕《新唐書·藝文志注》《唐詩紀事》云：潛字孝通。

冬夜寓居寄儲太祝〔1〕

自爲洛陽客，夫子吾知音。盡義能下士〔2〕，時人無此心。奈何離居夜，巢鳥悲空林〔3〕。愁坐至月上，復聞南鄰砧。

【校注】

〔1〕原注："又作薛據詩。"《河岳英靈集》《唐詩品彙》作薛詩。儲太祝：指儲光羲，曾任太祝（掌祝辭祈禱之事）。

〔2〕盡，原注："一作愛。"《河岳英靈集》《唐詩品彙》作"愛"。

〔3〕悲，原注："一作飛。"《河岳英靈集》《唐詩品彙》作"飛"。

春泛若耶溪〔1〕

幽意無斷絶，此去隨所偶。晚風吹行舟，花路入溪口〔2〕。際夜轉西壑，隔山望南斗〔3〕。潭烟飛溶溶，林月低向後。生事且瀰漫，願爲持竿叟。

【校注】

〔1〕《河岳英靈集》《唐詩品彙》作"春泛若耶"。若耶溪：又名浣紗溪，在浙江省。

〔2〕晚，原注："一作好。"《文苑英華》作"好"。花路，《文苑英華》作

“落花”。

〔3〕南斗:《越絶書》:“越故治,今大越山陰,南斗也。”

題栖霞寺〔1〕

南山勢回合,靈境依此住。殿轉雲崖陰,僧探石泉度。龍蛇争翕習,神鬼皆密護。萬壑奔道場,群峰向雙樹。天花飛不著,水月白成路〔2〕。今日觀身我〔3〕,歸心復何處。

【校注】

〔1〕栖霞寺:在江蘇栖霞山,創建於南齊永明年間。

〔2〕著,原注:“一作盡。”天花:《維摩詰經·觀衆生品》:“時維摩詰室有一天女,見諸大人聞所説法,便現其身,即以天華散諸菩薩、大弟子上,華至諸菩薩即皆墮落,至大弟子便著不墮。”水月:《智度論》:“解了諸法,如幻如焰,如水中月。”

〔3〕身我,《文苑英華》作“我身”。

送儲十二還莊成〔1〕

西坂何繚繞,青林問子家。天寒噪野雀,日晚渡城鴉。寂歷道旁樹,曈曨原上霞。兹情不可説,長恨隱淪賒。

【校注】

〔1〕儲十二:指儲光羲。

送章彝下第〔1〕

長安渭橋路〔2〕,行客别時心。獻賦温泉畢〔3〕,無媒魏闕深。黄鶯啼就馬,白日暗歸林。三十名未立,君還惜寸陰。

【校注】

〔1〕章彝：生平不詳。《舊唐書·嚴武傳》："梓州刺史章彝初爲武判官，及是小不副意，赴成都杖殺之。"疑即此人。

〔2〕渭，原注："一作灞。"

〔3〕温泉：指驪山温泉宫，後改名華清宫。獻賦：唐代有獻書拜官之例，類如制舉。

送崔員外黔中監選[1]

持衡出帝畿，星指夜郎飛。神女雲迎馬，荆門雨濕衣。聽猿收泪罷，繫雁待書稀[2]。蠻貊雖殊俗，知君肝膽微。

【校注】

〔1〕黔中：道名，治所在黔州（今四川彭水縣）。監選：謂監察選舉。《新唐書·選舉制》："高宗上元二年，以嶺南五管、黔中都督府得即任土人。而官或非其才，乃選郎官、御史爲選補使，謂之南選。"

〔2〕"聽猿"句：酈道元《水經注》："故漁者歌曰：'巴東三峽巫峽長，猿鳴三聲泪沾裳。'"繫雁：《漢書·蘇建傳》："教使者謂單于，言天子射上林中，得雁，足有繫帛書，言武等在某澤中。"

送賈恒明府兼寄温張二司户

越客新安别，秦人舊國情[1]。舟乘晚風便，月帶上潮平。花路西施石，雲峰句踐城[2]。明州報兩掾[3]，相憶二毛生。

【校注】

〔1〕新安：故城在今河南澠池東。《史記·項羽本紀》："項羽到新安，坑秦卒二十餘萬人新安城南。"

〔2〕西施石：《寰宇記》："會稽縣東，有西施浣紗石。"句踐城：指會稽（今浙江紹興），附近有會稽山。

〔3〕明州：治所在今浙江寧波市。

送宋秀才[1]

冠古積榮盛[2]，當時數戟門。舊交丞相子，繼世五侯孫。長劍倚天外[3]，短書盈萬言。秋風一送別，江上黯消魂。

【校注】

〔1〕秀才：王定保《唐摭言》載，唐代應進士試者，“通稱謂之秀才”。

〔2〕積，《文苑英華》作“稱”。

〔3〕長劍倚天外，語本相傳爲宋玉所作之《大言賦》：“長劍耿介，倚乎天外。”

送鄭務拜伯父

名公作逐臣，驅馬拂行塵。舊國問鄖子，勞歌過郢人[1]。一川花送客，二月柳宜春。幸料竹林興，寬懷此別晨。

【校注】

〔1〕過，《文苑英華》作“向”。舊國：指鄖，古國名，約今湖北安陸（一説鄖縣）一帶。

題招隱寺絢公房[1]

開士度人久，空岩花霧深[2]。徒知燕坐處，不見有爲心。蘭若門對壑，田家路隔林。還言證法性，歸去比黄金[3]。

【校注】

〔1〕招隱寺：在今江蘇省鎮江市南招隱山中。晋、宋間隱士戴顒曾隱居山中，死後其宅舍爲佛寺，稱爲招隱寺。絢公：招隱寺僧，生平不詳。絢，《文苑

英華》作“恂”。

〔2〕開士：本稱菩薩，前秦苻堅稱僧人有德者曰開士，故開士亦爲和尚之尊稱。岩，原注：“一作山。”《河岳英靈集》《文苑英華》作“山”。

〔3〕證，原注：“一作澄。”《河岳英靈集》《唐詩品彙》《文苑英華》作“澄”。黄金：指佛。《後漢書》云西方有神曰佛，其形長丈六尺而黄金色。

宿太平觀

夕到玉京寢[1]，窅冥雲漢低。魂交仙室蝶，曙聽羽人鷄[2]。滴瀝花上露，清泠松下溪。明堂訪真隱[3]，揮手入無倪。

【校注】

〔1〕玉京：天闕。道家稱爲三十二帝之都，在無爲之天。此用以指太平觀。

〔2〕羽人鷄：天鷄。傳説桃都山中有天鷄，日出照木，天鷄即鳴，天下鷄皆鳴。見郭璞《玄中記》。

〔3〕明堂，《文苑英華》等書作“明當”。

題靈隱寺山頂禪院[1]

招提此山頂[2]，下界不相聞。塔影挂清漢，鐘聲和白雲[3]。觀空静室掩，行道衆香焚[4]。且駐西來駕，人天日未曛[5]。

【校注】

〔1〕《文苑英華》題作“題净林寺山頂禪院”。靈隱寺：在杭州市北靈隱山麓。

〔2〕招提：指靈隱寺。

〔3〕和，《文苑英華》作“扣”。

〔4〕行道：即行香、傳香。禮佛儀式。

〔5〕《景德傳燈録》謂達摩祖師自天竺來，有二僧問曰：“如何是祖師西來

意？”人天：佛家語，此即指天。

若耶溪逢孔九

相逢此溪曲，勝托在烟霞。潭影竹間動，岩陰檐外斜[1]。人言上皇代，犬吠武陵家[2]。借問淹留日，春風滿若耶[3]。

【校注】

〔1〕“潭影”句，《河岳英靈集》作“潭影竹裹動”，《唐詩紀事》作“潭裹竹影動”。外，《河岳英靈集》作“際”。

〔2〕言，原注：“一作生。”《唐詩紀事》作“生”。

〔3〕“春風”句，《唐詩紀事》作“春深歸若耶”。

宿龍興寺[1]

香刹夜忘歸，松清古殿扉。燈明方丈室，珠繫比丘衣[2]。白月傳心静[3]，青蓮喻法微。天花落不盡，處處鳥銜飛。

【校注】

〔1〕唐時諸州均建有龍興寺，此詩所指，未詳處所。

〔2〕佛教傳説，佛祖以牟尼珠繫比丘之衣。

〔3〕心静，應從《文苑英華》作“心净”。《維摩經・佛國品》：“若菩薩欲得静土，當净其心，隨其心净，則佛土净。”

題沈東美員外山池[1]

仙郎偏好道，鑿沼象瀛洲[2]。魚樂隨情性，船行任去留[3]。秦人辨鷄犬，堯日識巢由。歸客衡門外，仍憐返景幽。

【校注】

〔1〕沈東美：沈佺期之子，曾任膳部員外郎。

〔2〕沼，原作“治”，據《文苑英華》等改。

〔3〕船，《唐詩品彙》作“舟”。

茅山洞口[1]

華陽仙洞口[2]，半嶺拂雲看。窈窕穿苔壁，差池對石壇。方隨地脉轉，稍覺水晶寒。未果變金骨，歸來兹路難。

【校注】

〔1〕茅山：在江蘇句容、金壇兩縣間。相傳西漢時茅盈、茅固、茅衷三兄弟在此修道成仙，故名茅山。道家稱第八洞天。

〔2〕華陽洞：茅山著名溶洞，道教用作社壇。

經陸補闕隱居

不敢要君徵亦起，致君全得似唐虞。讜言昨嘆離天聽，新象今聞入縣圖。琴鎖壞窗風自響，鶴歸喬木隱難呼。學書弟子何人在，點檢猶存諫草無。

满公房

世界蓮花藏[1]，行人香火緣。燈王照不盡[2]，中夜寂相傳。

【校注】

〔1〕《華嚴經》稱净土爲“蓮花藏世界”。

〔2〕燈王：即法燈，喻佛法如燈，普照幽暗。《維摩詰經》：“譬一燈燃千百燈，冥者皆明，明終不盡。”

過融上人蘭若〔1〕

山頭禪室挂僧衣，窗外無人溪鳥飛〔2〕。黄昏半在下山路，却聽鐘聲連翠微〔3〕。

【校注】

〔1〕原注："一作孟浩然詩。"《河岳英靈集》作孟浩然詩，題作"過上人蘭若"。《唐詩紀事》題作"過禪居"。《唐詩品彙》《文苑英華》題作"過上人蘭若"。《全唐詩》綦毋潛、孟浩然名下都收有此詩。融上人：襄州景空寺高僧。

〔2〕溪，原注："一作水，又作越。"《全唐詩》孟浩然詩作"水"，《河岳英靈集》作"越"。飛，《唐詩紀事》作"啼"。

〔3〕下山，《文苑英華》《唐詩品彙》作"山下"。鐘聲連，原注："一作泉聲戀。"《全唐詩》孟浩然詩作"泉聲戀"。鐘，《唐詩紀事》作"松"。

李　玭[1]

黄梅人。

【校注】

〔1〕李玭：蘄州黄梅（在今湖北省）人。開元中，因撰廬山使者廟碑文稱旨，詔舉博學弘詞科，不赴。並云："世所謂詞學，何如張九齡、裴耀卿賢？今概以相李林甫罷去，余安能保克終？"築室東山麻林窪，自稱衡門居士，隱居以終。李玭，或作李泚。見宋陳舜俞《廬山記》。

廬山九天使者廟碑銘[1]

道秘重冥，神幽福庭。三景運極，五岳栖靈[2]。其真有物，厥妙無形。理則恍惚，功惟泰寧。於赫皇極，照融亭造。睿握玄珠，祥丕大寶[3]。蒼垠集貺，紫雲宗道。致享百神，探因五老[4]。乃睠崇山，岳靈之秘。三象浮精[5]，十華仙使。威澮雲雨，神存天地。法象昭凝，真圖炳粹。幸明德之嘉運，降幽祠之寵章。扆仙儀兮肅肅，燁瑞彩兮煌煌[6]。爍琳宫之夕照，拂琪木之神光。雕輝兮翠輦，玉釜兮調香[7]。擷五芝于秀嶱，褰八桂於飛梁[8]。龍吟鳳舞天路長，青雲衣兮白霓裳。節空歌於瑶磬，臻羽旆於瓊漿。冥激兮福宇，飄眇兮神極。牽匹水之布流，睨烟爐之奇色[9]。留鶴語於千載[10]，翥鸞裝兮一息。絳河真母將易逢，碧海仙姑淼難測。恭至道於三五[11]，奉休符兮萬億。紀真石於名山，壯洪規於帝力[12]。

【校注】

〔1〕原注："宋臨川守王阮《録奇事實》云：'開元中，明皇夢神人稱廬山使者，求立廟。詔刺史獨孤正（按：正，《全唐文》作"禎"）營建。下諸州，令所在學士製使者碑文。凡作者六百八十一人，獨玭文入用，詔召不赴。'"宋陳舜俞《廬山記》載有九天使者廟沿革："自太乙觀至雲溪，凡佛老之居人，同

在蓮花峰下。由雲溪二里，亦至太平觀。唐號九天使者真君廟，南唐昇元元年，賜名通玄府，本朝興國二年，賜今名。”

〔2〕三景：即日、月、星。五岳栖靈：洪芻《奉安玉册記》：“開元中天台司馬子徽謂五岳皆有上清真人降任其職，因敕五岳各立真君祠。”

〔3〕玄，《全唐文》作“元”，蓋因清代避康熙（玄燁）諱。玄珠：道家以玄珠喻道的本體。丕，奉。大寶：《易·繫辭》：“聖人之大寶曰位。”後用以指帝位。

〔4〕五老：神話傳説中的五星之精。《寰宇記》：“今河東縣東北有五老山，堯升首山，觀河渚、五老人流星上入昴。”“又廬山有五老峰，因其象河東五老山，故名。”

〔5〕三象，原作“三衆”，據《全唐文》改。三象：謂日、月、星。

〔6〕燁，《全唐文》作“煜”。

〔7〕玉釜：玉製的烹飪器具。《十洲記》：“聚窟洲，在西海中，上有大樹，與楓木相似而材芳，花葉香聞數百里……伐其根心，玉釜中煮，取汁，更微火熟煎之，如飴，令可丸，名曰驚精香。”

〔8〕五芝：指靈芝。《本草經》謂芝有赤、黄、白、黑、紫五色。八桂：《山海經·海内南經》：“桂林八樹，在番禺東。”八樹成林，形容其大。又，《廬山記》：“山有三石梁，廣不盈尺，俯盼杳然無底，吴猛將弟子過山梁。見老翁坐桂樹下，以玉杯承甘露與猛。”

〔9〕烟爐，《全唐文》作“香爐”，指廬山香爐峰。奇，《全唐文》作“綺”。

〔10〕“鶴語”句：語或本《搜神記》：“遼東城門有華表柱，忽有一白鶴集柱頭，時有少年，舉弓欲射之，鶴乃飛，徘徊空中而言曰：‘有鳥有鳥丁令威，去家千歲今來歸，城郭如故人民非，何不學仙冢壘壘。’遂高上衝天。”

〔11〕於，《全唐文》作“兮”。三五：謂三皇五帝。

〔12〕真石，《全唐文》作“貞石”。帝力：《録异記》云：“唐開元十九年八月二十一日，玄宗夢神仙羽衛千乘萬騎集於空中。有一人朱衣金冠，乘車而下，謁帝曰：‘我九天采訪，巡糾人間，欲於廬山西北置下宫，木石基址素具，但須上力耳。’”

薛　據

荆南人[1]。天寶間與弟播、摠相繼登科。據骨鯁有氣魄，爲文亦卓犖不群。嘗著《古興詩》見志，殷璠極稱之[2]。歷官至太子司議郎。

【校注】

〔1〕荆南：唐方鎮名。唐肅宗至德二年（767）置。治所在荆州。《全唐詩》云薛據爲河中寶鼎（在今山西萬榮縣西南）人。

〔2〕殷璠：丹陽人。所編選《河岳英靈集》稱薛據“爲人骨骾，兼有氣魄，其文亦爾”。

懷哉行

明時無廢人，廣厦無棄材。良工不我顧，有用寧自媒。懷策望君門，歲晏空遲回。秦城多車馬，日夕飛塵埃。伐鼓千門啓，鳴珂雙闕來。我聞雷雨施，天澤罔不該[1]。何意斯人徒，棄之如死灰。主好臣必效，時禁權不開[2]。俗流實驕矜，得志輕草萊。文王賴多士，漢帝資群才。一言並拜相，片善咸居台。夫君何不遇，爲泣黄金臺[3]。

【校注】

〔1〕澤，原注：“一作下。”

〔2〕不，原注：“一作必。”

〔3〕黄金臺：《六帖》：“燕昭王置千金於臺上，以延天下士，謂之黄金臺。”

古　興

日中望雙闕[1]，軒蓋揚飛塵。鳴珮初罷朝，自言皆近臣。光華滿道路，意氣安可親。歸來宴高堂，廣筵羅八珍[2]，僕妾盡綺紈，歌舞夜達晨。四時固相代[3]，誰能久要津。已看覆前車，未見易後輪[4]。丈夫須兼濟，豈能樂一身[5]。君今皆得志，肯顧憔悴人？

【校注】

〔1〕闕，《河岳英靈集》作“仙”。

〔2〕八珍：古代八種烹飪法。《周禮·天官·膳夫》：“珍用八物。”注：“珍謂淳熬、淳母、炮豚、炮牂、擣珍、漬、肝膋也。”後用以泛指珍貴食物。

〔3〕固，《唐詩紀事》作“自”。

〔4〕劉向《説苑》引《周書》：“前車覆，後車戒。”“已看”二句語或本此。

〔5〕能，原注：“一作得。”《唐詩紀事》《文苑英華》作“得”。

登秦望山[1]

南登秦望山，目極大海空。朝陽半蕩漾，晃朗天水紅。溪壑争噴薄，江湖遞交通。而多漁商客，不悟歲月窮。振緡迎早潮，弭棹候長風[2]。予本萍泛者，乘流任西東，茫茫天際帆，栖泊何時同。將尋會稽迹，從此訪任公[3]。

【校注】

〔1〕秦望山：在浙江紹興縣東南。《水經注》：“秦望山在州城正南，爲衆峰之杰，涉境便見。秦始皇登之以望南海。”

〔2〕風，原注：“一作遠。”《河岳英靈集》作“遠”。

〔3〕“將尋”二句：典出《莊子·外物》：“任公子爲大鈎巨緇，五十犗（犍牛）以爲餌，蹲乎會稽，投竿東海。”後詩文中多以“任公”“任父”指超世之高士。

西陵口觀海[1]

長江漫湯湯[2]，近海勢彌廣。在昔坯混凝，融爲百川泱[3]。地形失端倪，天色瀇滉瀁[4]。東南際萬里，極目遠萬象。山影乍浮沉，潮波忽來往。孤帆或不見，棹歌猶想像。日暮長風起，客心空振蕩。浦口霞未收[5]，潭心月初上。林嶼幾邅回，亭皋時偃仰。歲晏訪蓬瀛，真遊非外獎。

【校注】

〔1〕西陵口：在浙江省蕭山縣西。

〔2〕長江，《唐詩紀事》作“浙江”，《文苑英華》作“漸河”，應從。浙江一名漸江、漸河。

〔3〕坯混，原注：“一作胚腪。”指世界開闢前的狀態。泱，原注：“一作長。”《唐詩紀事》《文苑英華》作“長”。百川泱：指大海。

〔4〕瀇，《唐詩紀事》《文苑英華》作“潜”。

〔5〕霞，《文苑英華》作“雲”。

初去郡齋書懷[1]

肅徒辭汝潁[2]，懷古獨凄然。尚想文王化，猶思巢父賢。時移多譏巧，大道竟誰傳[3]。况是疾風起[4]，悠悠旌旆懸。征鳥無返翼[5]，歸流不停川。已經霜雪下，乃驗松柏堅[6]。回首望城邑，迢迢間雲烟。志士不傷物，小人皆自妍。感時惟責己，在道非怨天。從此適樂土，東歸知幾年[7]。

【校注】

〔1〕《唐詩紀事》題作“初去郡書情”，《河岳英靈集》作“初去郡齋書情”。

〔2〕汝潁：汝水和潁水。均在今河南省。

〔3〕大道:《禮記·禮運》:“大道之行也,天下爲公。”鄭玄注:“大道,謂五帝時也。”

〔4〕是,原注:“一作見。”《河岳英靈集》作“見”。

〔5〕鳥,原注:“一作鴻。”《河岳英靈集》作“鴻”。

〔6〕霜雪,《唐詩紀事》作“霜露”。乃,原注:“一作仍。”《河岳英靈集》作“仍”。

〔7〕知,原注:“一作得。”《河岳英靈集》作“得”。

出青門往南山下別業〔1〕

舊居在南山,夙駕自城闕〔2〕。榛莽相蔽虧,去爾漸超乎。散漫餘雪晴,蒼茫季冬月。寒風吹長林,白日原上没。懷抱曠莫伸,相知阻胡越。弱年好栖隱,鍊藥在岩窟。及此離垢氛,興來亦因物。末路期赤松,斯言庶不伐。

【校注】

〔1〕青門:長安城東南城門。本名霸城門,因門色青,故稱青門。

〔2〕城闕,原作“伊闕”,據《河岳英靈集》《唐詩紀事》改。

泊震澤口

日落草木陰,舟徒泊江汜。蒼茫萬象開,合沓聞風水。洄沿值漁翁,窈窱逢樵子〔1〕。雲開天宇静,月明照萬里〔2〕。早雁湖上飛,晨鐘海邊起。獨坐嗟遠遊,登岸望孤舟〔3〕。零落星欲盡〔4〕,朣朧氣漸收。行藏空自秉,智識仍未周。伍胥既仗劍,范蠡亦乘流〔5〕。歌竟鼓楫去,三江多客愁。

【校注】

〔1〕窈窱,原注:“一作嗷嘯。”幽遠深邃貌。

〔2〕月明,原作“明月”,據《河岳英靈集》等改。

〔3〕孤舟,《文苑英華》作“長洲”。

〔4〕零落,《文苑英華》作“寥落”。

〔5〕仗劍,《文苑英華》《河岳英靈集》作“伏劍”。

宿大通和尚塔，敬贈如闍黎廣心長孫錡二山人〔1〕

支公已寂滅，塔影山上古〔2〕。更有真僧來，道場救諸苦〔3〕。一承微妙法，寓宿清净土〔4〕。身心能自新〔5〕，色相了無取。森森松映月，漠漠雲近户。嶺外飛電明，夜來前山雨。燃燈見棲鴿，作禮聞信鼓。曉霽南軒開，秋華净天宇。願言常出世，謝爾及申甫〔6〕。

【校注】

〔1〕應從《唐詩品彙》《文苑英華》《全唐詩》作崔曙詩。崔曙：宋州（治所在今河南商丘市南）人。開元年間中進士，與薛據友善。《全唐詩》題作“宿大通和尚塔贈如上人兼呈常孫二山人”,《文苑英華》題作“宿大和尚塔贈如上人兼呈常孫二山人”,《唐詩品彙》題作“宿大通和尚塔敬贈如闍黎廣心長孫錡二山人”。太通和尚，即大通和尚：指唐高僧神秀，謚號大通禪師。如闍黎：即如上人。闍黎：梵語“阿闍黎”之省稱，高僧可爲僧衆規範者稱闍黎。

〔2〕支公：指晋高僧支遁。本姓關，字道林，世稱支公、林公。後以之泛指高僧。此指大通禪師。塔：此指塔屋，安葬和尚的建築物。

〔3〕“真僧”原作“真孫”，據《文苑英華》《唐詩品彙》等改。真僧：指如闍黎。道場:《佛教統記》：“隋大業九年，詔改天下寺曰道場。”

〔4〕清净土：佛教傳説佛所居世界。

〔5〕自新,《文苑英華》《唐詩品彙》《全唐詩》作“自觀”。

〔6〕常出世,《全唐詩》作“出塵世”。“謝爾”句,《文苑英華》《全唐詩》作“謝爾申及甫”。《詩・大雅・崧高》：“崧高維岳，峻極于天。維岳降神，生甫及申。”

古　興

投珠恐見疑，抱玉但垂泣。道在君不舉，功成嘆何及。

早發上東門[1]

十五能文西入秦[2]，三十無家作路人。時命不將明主合，布衣空惹洛陽塵[3]。

【校注】

〔1〕《河岳英靈集》《唐詩品彙》作薛據詩，題作"落第後口號"。《文苑英華》作綦毋潛詩，題作"早發上東門"。《全唐詩》綦毋、薛二人名下均收此詩。

〔2〕文，《文苑英華》《全唐詩》綦毋潛詩作"行"。

〔3〕布，原注："一作素。"惹，原注："一作染。"《文苑英華》《全唐詩》綦毋潛詩作"染"。

岑　參[1]

棗陽人[2]，文本曾孫。少孤，及長，博覽能文。天寶中舉進士。至德二載，試大理評事。攝監察御史[3]。歷左補闕[4]，改太子中允兼侍御史。出爲嘉州刺史[5]。宰相杜鴻漸表爲職方郎中[6]。乃退居杜陵山[7]。時中原多故，因著《感舊賦》自叙[8]。卒於蜀，有集八卷。

【校注】

〔1〕《唐詩紀事》《全唐詩》有傳。

〔2〕棗陽，應作“棘陽”。岑參先世居棘陽（今河南新野縣東北），南朝梁時徙江陵。

〔3〕岑參《優鉢羅花歌》序曰：“天寶景申（即天寶十五載，是年肅宗即位，改元至德），參忝大理評事、攝監察御史。”據此可知岑參任大理評事在至德元載，《楚風補》作“二載”，誤。

〔4〕左補闕，當爲“右補闕”，杜確《岑嘉州詩集序》：“入爲右補闕。”

〔5〕岑參在代宗永泰元年（765）被任爲嘉州刺史，因蜀中亂，行至梁州而返。後隨杜鴻漸入蜀，至代宗大曆二年（767）纔赴任。

〔6〕杜鴻漸：字之巽。代宗永泰元年，崔旰殺成都節度使郭英乂，蜀中大亂。杜鴻漸以宰相兼成都尹等職，往鎮撫之，並表岑參爲職方郎中。

〔7〕按，岑參入蜀後，卒於成都客舍。此言“退居杜陵山”，應在入蜀前。

〔8〕岑參《感舊賦》曰：“參行年三十，未及一命，昔一何榮矣（按，岑門曾出三相），今一何悴矣。”其時尚未出仕，“退居”以下幾句，行文有舛誤。

秋夜宿仙遊寺南涼堂呈謙道人[1]

太乙連太白，兩山知幾重。路盤石門窄，匹馬行纔通。日西到山寺，林下逢支公。昨夜山北時，星星聞此鐘。秦女去已久，仙臺在中峰。簫聲不可聞，此地留遺踪。石潭積黛色，每歲投金龍[2]。亂流争迅湍，噴薄如雷風[3]。夜來聞清磬，月出蒼山空。空山滿清光，水樹相玲瓏。回廊映密竹，秋殿隱深松。燈影落前溪，夜宿水聲中。愛兹林巒好，結宇向溪東。相識惟山僧，鄰家一釣翁。林晚栗初拆，枝寒梨已紅。物幽興易愜，事勝趣彌濃。願謝區中緣，永依金人宫。寄報乘輦客，簪裾爾何容。

【校注】

〔1〕《全唐詩》題作“冬夜宿仙遊寺南凉堂呈謙道人”。仙遊寺：在陝西周至縣。道人：此指僧人，《石林燕語》：“晋、宋間佛教初行，未有僧稱，通曰道人。”

〔2〕石潭：即仙遊潭。《陝西名勝志》：“仙遊潭……號五龍潭。唐時每歲降中使投金龍於此。”

〔3〕如雷風，明沈恩蜀中刊本（以下簡稱明蜀本）注：“一作來如風。”

梁州對雨懷麴二秀才，便呈麴大判官，時疾，贈余新詩[1]

江上雲氣黑，㟞山昨夜雷[2]。水惡平明飛，雨從嶓冢來[3]。濛濛隨風過，蕭颯鳴庭槐。隔簾濕衣巾，當暑凉幽齋。麴生住相近，言語阻且乖。卧疾不見人，午時門始開。終日看本草[4]，藥苗滿前階。兄弟早有名，甲科皆秀才。二人事慈母，不弱古老萊。昨嘆携手遲，未盡平生懷。愛君有佳句，一日吟幾回。

【校注】

〔1〕梁州：州名，故治在今陝西南鄭縣東。秀才：唐時稱進士爲秀才。

〔2〕江：指漢水。㟞山：即旱山，在今陝西漢中市西南。

〔3〕嶓冢：亦名嶓山，在陝西勉縣西南。

〔4〕本草：本名《神農本草經》，唐時修訂有《唐本草》。

送費子歸武昌[1]

漢陽歸客悲秋草，旅舍葉飛愁不掃。秋水倍憶武昌魚，夢覺只在巴陵道[2]。曾隨上將過祁連，離家十年常在邊。劍鋒可惜虛用盡，馬蹄無事今已穿。知君閑館痺愛客，樗蒲百金每一擲[3]。平生有錢將與人，江上故園空四壁。吾觀費子毛骨奇，廣眉大口仍赤髭。看君失路尚如此，人生貴賤那得知。高秋八月歸南楚，東門一壺聊出祖[4]。路指鳳皇山北雲[5]，衣沾鸚鵡洲邊雨。勿嘆蹉跎白髮新[6]，應須守道勿羞貧。男兒何必戀妻子，莫向江村老却人。

【校注】

〔1〕武昌：唐縣名，即今湖北鄂州。

〔2〕水，應從明蜀本、《全唐詩》作“來”。覺，明蜀本、《全唐詩》作“着”。

〔3〕閑，明蜀本、《全唐詩》作“開”。痺，《全唐詩》作“常”。樗蒲：古代博戲，以擲骰決勝負。

〔4〕出祖：指餞行。古時於出行前祭祀路神，稱祖道。

〔5〕鳳皇山：在武漢市武昌北。

〔6〕勿嘆，明蜀本作“莫嘆”。

登古鄴城[1]

下馬登鄴城，城空復何見。東風吹野火[2]，暮入飛雲殿。城隅南對望陵臺[3]，漳水東流不復回。武帝宫中人去盡，年年春色爲誰來。

【校注】

〔1〕鄴城：古都邑名，故城在今河北臨漳縣一帶。建安十八年（213），曹操爲魏王，定都於此。

〔2〕野火：燐火。

〔3〕望陵臺：即銅雀臺。因曹操遺命諸子“時登臺，望吾西陵墓田”，故亦稱望陵臺。

韋員外家花樹歌

今年花似去年好，去年人到今年老。始知人老不如花，可惜落花君莫掃。君家兄弟不可當，列卿御史尚書郎。朝回花底恒會客，花撲玉缸春酒香。

太白胡僧歌

太白中峰絶頂有胡僧，不知幾百歲。眉長數寸，身不製繒帛，衣以草葉。恒持《楞伽經》〔1〕。雲壁迥絶，人迹罕到。嘗東峰有鬬虎，弱者將死，僧杖而解之；西湫有毒龍，久而爲患，僧器而貯之。商山趙叟〔2〕，前年采茯苓，深入太白，偶值此僧。訪我而説。余恒有獨往之意〔3〕，聞而悦之，乃爲歌曰：

聞有胡僧在太白，蘭若去天三百尺。一持楞伽入中峰，世人難見但聞鐘。窗邊錫杖解兩虎，床下鉢盂藏一龍。單衣不針復不綫，兩耳垂肩眉覆面。此僧年紀那得知，手種青松今十圍。心將流水同清浄，身與浮雲無是非。商山老人已曾識，願一見之何由得。山中有僧人不知，城裏看山空黛色。

【校注】

〔1〕楞伽經：佛教經名。全稱《楞伽阿跋多羅寶經》。

〔2〕商山：又名地肺山、楚山，在陝西商縣東南。

〔3〕余恒有，《唐詩品彙》作“余嘗有”。

白雪歌送武判官歸京[1]

北風卷地白草折，胡天八月即飛雪。忽如一夜春風來[2]，千樹萬樹梨花開。散入珠簾濕羅幕，狐裘不暖錦衾薄。將軍角弓不得控，都護鐵衣冷難著[3]。瀚海闌干百丈冰[4]，愁雲慘淡萬里凝。中軍置酒飲歸客，胡琴琵琶與羌笛。紛紛薄雪下轅門[5]，風掣紅旗動不翻。輪臺東門送君去[6]，去時雪滿天山路。山回路轉不見君，雪上空留馬行處。

【校注】

〔1〕《唐詩紀事》作“白雪歌送武判官”。天寶十三年（754）岑參任伊西、北庭節度判官，這詩是他在輪臺幕府時，送一位姓武的判官歸京之作。

〔2〕忽如，《唐詩紀事》《全唐詩》作“忽然”。

〔3〕角，《唐詩紀事》作“雕”。

〔4〕百丈，明蜀本作“百尺”，《唐詩紀事》作“千尺”。

〔5〕薄，《全唐詩》作“暮”。

〔6〕輪臺：唐代屬庭州，隸北庭都護府，在今新疆維吾爾自治區米泉縣境内。

長門怨[1]

君王嫌妾妒，閉妾在長門。舞袖垂新寵，愁眉結舊恩。緑錢侵履迹[2]，紅粉濕啼痕。羞被桃花笑[3]，看春獨不言。

【校注】

〔1〕長門怨：樂府古題，屬相和歌辭。

〔2〕侵，明蜀本作“生”。緑錢：苔蘚的別稱。晋崔豹《古今注》：“空室中無人行則生苔蘚，或紫或青，名曰圓蘚，又曰緑蘚，亦曰緑錢。”

〔3〕桃花，《全唐詩》作“夭桃”。

澧頭送蔣侯[1]

君住澧水北，我家澧水西。兩村辨喬木，五里聞鳴鷄。飲酒溪雨過，彈棋山月低[2]。徒聞蔣生徑[3]，爾去誰相携。

【校注】

〔1〕澧頭：即澧水頭，在今河南省。一説澧水當作灃水（在今陝西省境内）。

〔2〕彈棋：漢魏時博戲。

〔3〕聞，《唐詩品彙》作“開”。蔣生：蔣詡，字元卿。漢哀帝時兖州刺史。王莽代漢後，托病辭歸，足不出户，惟於房前竹下開三徑，同故人羊仲、求仲往來。詳見嵇康《高士傳》。

寄東山嚴許二山人[1]

雲送關西雨，風傳渭北秋。孤燈燃客夢，寒杵搗鄉愁。灘上思嚴子[2]，山中憶許由。蒼生今有望，飛詔下林丘。

【校注】

〔1〕《全唐詩》題作“宿關西客舍寄東山嚴許二山人時天寶初七月初三日在内學見有高道舉徵”。

〔2〕嚴子：指嚴光。光武帝時隱於富春山。後人稱其隱居地爲嚴陵灘。

送崔全被放歸都覲省

夫子不自炫，世人知者稀。來傾阮氏酒，去看老萊衣。渭北草新出，關東花欲飛。楚王猶自惑，宋玉且將歸。

寄左省杜拾遺[1]

聯步趨丹陛，分曹限紫微[2]。曉隨天仗入，暮惹御香歸。白髮悲花落，青雲羡鳥飛。聖朝無闕事，自覺諫書稀。

【校注】

〔1〕左省：即門下省。杜拾遺：指杜甫。

〔2〕丹陛：古時宮殿前的石階以紅色塗飾，故稱丹陛。分曹：謂分部治事。紫微：謂帝王宮殿。當時朝會在宣政殿，杜甫所在的門下省在殿東，岑参所在的中書省在殿西。

送胡象落第歸王屋别業〔1〕

看君尚少年，不第莫凄然。可即疲獻賦，山村歸種田。野花迎短褐，河柳拂長鞭。置酒聊相送，青門一醉眠。

【校注】

〔1〕王屋：山名，主峰在今河南省濟源縣西。

還高冠潭口留别舍弟〔1〕

昨日山有信，秪今耕種時。遥傳杜陵叟，怪我還山遲。獨向潭上酌，無人林下棋。東溪憶汝處，閑卧對鸕鷀。

【校注】

〔1〕高冠潭：在陝西户縣東南高冠谷内。岑曾隱於高冠谷。

送張子尉南海〔1〕

不擇南州尉，高堂有老親。樓臺重蜃氣，邑里雜鮫人。海暗三山雨，花明五嶺春〔2〕。此鄉多寶玉，慎莫厭清貧〔3〕。

【校注】

〔1〕《文苑英華》《全唐詩》作“送楊瑗尉南海”。南海：縣名，在今廣東省。

〔2〕山，應從明蜀本作“江”。三江：西江、北江、東江，均在廣東境内。五嶺：指大庾嶺、騎田嶺、都龐嶺、萌渚嶺、越城嶺。

〔3〕鄉，《文苑英華》作“方”。莫，《唐詩品彙》作“勿”。

奉送李太保兼御史大夫充渭北節度使〔1〕

詔出未央宫，登壇近總戎。上公周太保，副相漢司空。弓抱關西月，旗翻渭北風。弟兄皆許國，天地荷成功。

【校注】

〔1〕李太保：即李光進。據《舊唐書·李光弼傳》載：“代宗還京二年正月……以光進爲太子太保兼御史大夫、凉國公、渭北節度使。”

題山寺僧房

窗影摇群木，墻陰載一峰。野爐風自熱〔1〕，山碓水能舂。勤學翻知誤，爲官好欲慵。高僧暝不見，月出但聞鐘。

【校注】

〔1〕熱，應從《全唐詩》作“爇”。

初授官題高冠草堂

三十始一命，宦情多欲闌。自憐無舊業，不敢恥微官。澗水吞樵路，山花醉藥欄。秪緣五斗米，辜負一漁竿。

題虢州西樓[1]

錯料一生事，蹉跎今白頭。縱横皆失計，妻子也堪羞[2]。明主雖然棄，丹心亦未休。愁來無去處，秖上郡西樓。

【校注】

〔1〕虢：地名，故城在今河南靈寶縣南。

〔2〕此二句暗用蘇秦未遇，遭到哥嫂妻妾譏笑事（見《史記·蘇秦列傳》）。

江上春嘆

臘月江上暖，南樓新柳枝[1]。春風觸處到，憶得故園時。終日不如意，出門何所之。從人覓顔色，自是弱男兒[2]。

【校注】

〔1〕樓，《全唐詩》作“橋”。

〔2〕是，《全唐詩》作“笑”。

夜過盤豆，隔河望永樂，寄閨中效齊梁體[1]

盈盈一水隔，寂寂二更初。波上思羅襪，魚邊憶素書[2]。月如眉已畫，雲似鬟新梳。春物知人意，桃花笑索居[3]。

【校注】

〔1〕盤豆，原作“盤石”，據《全唐詩》等書改。盤豆：即今河南靈寶縣西盤豆鎮。永樂：縣名，故地在今山西芮城縣永樂鎮。

〔2〕“波上”句：語本曹植《洛神賦》“陵波微步，羅襪生塵”。“魚邊”句：語本古詩“遺我雙鯉魚……中有尺素書”。

〔3〕南朝宋鮑令暉《寄行人》有“是時君不歸，春風徒笑妾”句，“春物”

二句，蓋由此化出。

與鮮于庶子泛漢江[1]

急管更須吹，金杯莫遣遲[2]。酒光紅琥珀，江色碧琉璃。日影浮歸棹，蘆花罥釣絲。山公醉不醉，問取葛强知。

【校注】

〔1〕鮮于庶子：指鮮于晉，字叔明，唐新政人。曾任太子左庶子。

〔2〕金杯，明蜀本、《全唐詩》作“杯行”。

送裴侍御赴詔入京[1]

羡他驄馬郎[2]，元日謁明光。立處聞天語，朝回惹御香。臺寒柏樹緑[3]，江暖柳條黄。惜别津亭暮，揮戈憶魯陽[4]。

【校注】

〔1〕《文苑英華》作“送裴侍御趁歲赴京”。

〔2〕驄馬郎：指裴侍御。這裏暗用“驄馬御史”的典故。東漢桓典任侍御史，執政無所回避，常乘驄馬，人稱“驄馬御史”，見《東觀漢記·桓典傳》。

〔3〕臺：指御史臺。據《漢書·朱博傳》載，漢御史府列植柏樹，有野烏數千宿其上，後因稱御史臺爲柏臺。

〔4〕“揮戈”句：《淮南子·覽冥訓》：“魯陽公與韓搆難，戰酣，日暮，援戈而揮之，日爲之反三舍。”

登總持閣[1]

高閣逼諸天，登臨近日邊。晴開萬井樹，愁看五陵烟。檻外低秦嶺，窗中小渭川。早知清净理，常願奉金仙。

【校注】

〔1〕《唐詩品彙》題作“登總持寺”。總持閣：長安總持寺之閣。

虢州送天平何丞入京市馬[1]

關樹晚蒼蒼，長安近夕陽。回風醒別酒，細雨濕行裝。習戰邊城黑[2]，防秋塞草黄。知君市駿馬，不是學燕王。

【校注】

〔1〕天平：即虢州湖城縣（今河南靈寳縣閿鄉鎮東）。

〔2〕城，《全唐詩》作“塵”。

滻水東店送唐子歸嵩陽[1]

野店臨官路，重城壓御堤。山開灞水北，雨過杜陵西。歸夢愁能作，鄉書醉懶題。橋回忽不見，征馬尚聞嘶。

【校注】

〔1〕滻水：源出陕西藍田西南秦嶺山中，北流至西安市東入灞水。嵩陽：即今河南省登封縣。

送懷州吴別駕[1]

灞上柳枝黄，壚頭酒正香。春流飲去馬，暮雨濕行裝。驛路通函谷，州城接太行。覃懷人總喜，別駕得王祥[2]。

【校注】

〔1〕懷州：治所在今河南沁陽縣。

〔2〕覃懷：古地名，當指懷州（今河南沁陽）一帶地方。王祥：漢末琅邪臨沂人，字休徵。曾被徐州刺史檄爲別駕，受到時人的讚頌：“海沂之康，實賴

王祥；邦國不空，別駕之功。”這裏以王祥喻吴別駕。

高冠谷口招鄭鄠[1]

谷口來相訪，空齋不見君。澗花然暮雨，潭樹暖春雲。門徑稀人迹，檐峰下鹿群。衣裳與枕席，山靄碧氛氲[2]。

【校注】

〔1〕《文苑英華》題作“高冠谷口贈鄭鄠”。

〔2〕碧，《文苑英華》作“緑”。

晚發五溪[1]

客厭巴南地，鄉臨劍北天。江村片雨外，野寺夕陽邊。芋葉藏山徑，蘆花間渚田[2]。舟行未可住，乘月且須牽。

【校注】

〔1〕《全唐詩》題作《晚發五渡》。五溪：指五渡溪。在四川青神縣東。

〔2〕間，明蜀本，《全唐詩》作“雜”。

武威春暮聞宇文判官西使還已到晋昌[1]

片雨過城頭[2]，黄鸝上戍樓。塞花飄客泪，邊柳挂鄉愁[3]。白髮悲明鏡，青春换敝裘。君從萬里使，聞已到瓜州[4]。

【校注】

〔1〕《文苑英華》題作“武城春寒聞宇文判官西使還已到晋昌”。晋昌：郡名，治所在今甘肅安西縣東南。

〔2〕片，《全唐詩》作“岸”。

〔3〕柳，明蜀本作“樹”。

〔4〕瓜州：即晋昌。唐初置瓜州郡，天寶、至德年間，改爲晋昌郡。

酬崔十三侍御登玉壘山，思故園見寄〔1〕

玉壘天晴望，諸峰盡覺低。故園江樹北，斜日嶺雲西。曠野看人小，長空共鳥齊。山高徒仰止〔2〕，不得日攀躋。

【校注】

〔1〕玉壘山：在四川理縣東南。

〔2〕“山高”句：語本《詩·小雅·車舝》：“高山仰止，景行行止。”

夏初醴泉南樓送太康顔少府〔1〕

何地堪相餞，南樓出萬家。可憐高處送，遠見故人車。野果新成子，庭槐欲作花。愛君兄弟好，書向潁中誇〔2〕。

【校注】

〔1〕醴泉：唐縣名，故城在陝西醴泉縣東北。太康：在今河南省。

〔2〕潁中：約指今河南許昌一帶。

送四鎮薛侍御東歸〔1〕

相送泪沾衣，天涯獨未歸。將軍初得罪，門客復何依〔2〕。夢去湖山闊，書停隴雁稀。園林幸接近，一爲到柴扉。

【校注】

〔1〕四鎮：指安西四鎮：龜兹、焉耆、于闐、疏勒。

〔2〕將軍：指封常清。封曾兼任安西、北庭節度使。初得罪：是指天寶十四載，玄宗命封討安禄山，兵敗，被削除官爵，旋即處死。門客：指薛侍御。

陝州月城樓送辛判官入奏[1]

送客飛鳥外，城頭樓最高。尊前遇風雨，窗裏動波濤。謁帝向金殿，隨身惟寶刀。相思灞陵月[2]，秖有夢偏勞。

【校注】

〔1〕陝州：唐州名，治所在今河南陝縣。月城：古時城外用來屏蔽城門的半圓形小城。

〔2〕月，明蜀本作“後”。

巴南舟中夜書事[1]

渡口欲黄昏，歸人争渡喧。近鐘清野寺，遠火點江村。見雁思鄉信，聞猿積泪痕。孤舟萬里外[2]，秋月不堪論。

【校注】

〔1〕《全唐詩》題作“巴南舟中夜市”。

〔2〕外，《唐詩品彙》、《文苑英華》、明蜀本作“夜”。

送襄州任别駕[1]

别乘向襄州[2]，蕭條楚地秋。江聲官舍裏，山色郡城頭。莫羡黄公蓋，須乘彦伯舟[3]。高陽諸醉客，唯見古時丘。

【校注】

〔1〕襄州：治所在今湖北襄陽市。

〔2〕别乘：即指别駕。

〔3〕黄公蓋：代指高官厚禄。《漢書・黄霸傳》載，宣帝任命黄霸爲潁川太守，秩比二千石，居官賜車蓋，特高一丈，以示表彰。彦伯舟：代指幽情雅趣。《晋書・袁宏傳》載，袁宏（彦伯）曾爲咏史詩，在舫中吟咏，會牛渚守謝尚微

服泛江，甚賞識，即迎升舟，與之談論達旦。

和賈舍人早朝大明宮[1]

鷄鳴紫陌曙光寒，鶯囀皇州春色闌。金闕曉鐘開萬户，玉階仙仗擁千官。花迎劍佩星初落，柳拂旌旗露未乾。獨有鳳凰池上客，陽春一曲和皆難。

【校注】

〔1〕《文苑英華》題作“和早朝大明宮”，《唐詩品彙》題作“和賈至舍人早朝大明宮之作”，明蜀本題作“奉和中書賈至舍人早朝大明宮”。賈至（718—772）：字幼鄰，洛陽人，曾任中書舍人。大明宮：亦曰蓬萊宮。唐宮殿。

和祠部王員外雪後早朝即事[1]

長安雪後似春歸，積素凝華連曙輝。色借玉珂迷曉騎，光添銀燭晃朝衣。西山落月臨天仗[2]，北闕晴雲捧禁闈。聞道仙郎歌白雪，由來此曲和人稀。

【校注】

〔1〕王員外：謂王紞。王維之弟，官至太常少卿。

〔2〕月，原作“日”，據明蜀本、《全唐詩》改。

西掖省即事

西掖重雲開曙暉，北山疏雨點朝衣[1]。千門柳色連青瑣，三殿花香入紫微[2]。平明端笏陪鵷列，薄暮垂鞭信馬歸。官拙自悲頭白盡，不如岩下掩荆扉[3]。

【校注】

〔1〕北山：指龍首山，又名龍首原。唐大明宮所在地。

〔2〕三殿：指大明宮内麟德殿，此殿有三面，故名。

〔3〕掩，明蜀本、《唐詩品彙》、《全唐詩》作"偃"。

首春渭西郊行呈藍田張二主簿

回風度雨渭城西，細草新花踏作泥，秦女峰頭雪未盡，胡公陂上日初低〔1〕。愁窺白髪羞微禄，悔别青山憶舊溪。聞道輞川多勝事，玉壺春酒正堪携。

【校注】

〔1〕秦女峰：在陝西渭南縣。胡公陂：疑指渼陂，在户縣西南，爲終南山諸谷水及胡公泉流匯而成。

暮春虢州東亭送李司馬歸扶風别廬〔1〕

柳亸鶯嬌花復殷，紅亭緑酒送君還。到來函谷愁中月，歸去磻溪夢裏山〔2〕。簾前春色應須惜，世上浮名好是閑。西望鄉關腸欲斷，對君衫袖淚痕斑。

【校注】

〔1〕扶風：唐郡名。治所在天興（今陝西鳳翔縣）。

〔2〕磻溪：在陝西寶鷄市東南，源出南山兹谷，北流入渭河。

送嚴維下第還江東〔1〕

勿嘆今不第，似君殊未遲。且歸滄州去，相送青門時。望鳥指鄉遠，問人愁路疑。敝裘沾暮雪，歸棹帶流澌。嚴子灘復在，謝公文可追〔2〕。江皋如有信，莫不寄新詩。

【校注】

〔1〕嚴維：字正文。初隱居桐廬。至德二載進士及第，歷任餘姚令、右補闕等職。

〔2〕嚴陵灘：在浙江富春江，東漢嚴光（子陵）曾隱居於此。謝公：指謝靈運。曾隱居會稽，並作《山居賦》以明志。

早秋與諸子登虢州西亭觀眺[1]

亭高出鳥外，客到與雲齊。樹點千家小，天圍萬嶺低。殘虹挂陝北，急雨過關西。酒榼緣青壁，瓜田傍緑溪。微官何足道，愛客且相携。唯有鄉園處，依依望不迷。

【校注】

〔1〕西亭：在虢州城西山上。

送郭僕射節制劍南[1]

鐵馬擐紅纓，幡旂出禁城。明王親授鉞，丞相欲專征。玉饌天厨送，金杯御酒傾。劍門乘嶮過，閣道踏空行。山鳥驚吹笛，江猿看洗兵。曉雲隨去陣，夜月逐行營。南仲今時往[2]，西戎計日平。將心感知己，萬里寄懸旌。

【校注】

〔1〕郭僕射：指郭英乂。《新唐書·郭英乂傳》："英乂字元武，以武勇有名河隴間……召拜尚書右僕射。……未幾，嚴武死成都，乃拜劍南節度使。"

〔2〕南仲：周文王時大臣，曾率兵伐西戎。

醉裏送裴子赴鎮西[1]

醉後未能别，待醒方送君。看君走馬去，直上天山雲[2]。

【校注】

〔1〕鎮西：指安西都護府。肅宗至德以後，改稱鎮西都護府。

〔2〕天山：唐時稱伊州（今新疆哈密縣）、西州（今吐魯番東南）以北一帶山脈爲天山。

題井陘雙溪李道士所居[1]

五粒松花酒[2]，雙溪道士家。唯求縮却地[3]，鄉路莫教賒。

【校注】

〔1〕井陘：唐縣名，故治在今河北井陘縣北。

〔2〕五粒松：即五鬣松，又稱五鬚松，因每簇五針，故名。《本草》："蕭炳云：'五粒松，一叢五葉，如釵。道家服食，絶粒。子如巴豆，新羅往往進之。'"

〔3〕縮地：舊指術士化遠爲近之法術。

日没賀延磧作[1]

沙上見日出，沙上見日没。悔向萬里來，功名是何物。

【校注】

〔1〕賀延磧：即莫賀延沙磧。在今新疆哈密縣東南。

省中即事[1]

華省謬爲郎，蹉跎鬢已蒼。到來還襆被，隨例且含香[2]。竹影遮窗暗，花陰拂簟凉。君王新賜筆，草奏向明光。

【校注】

〔1〕《楚風補》無後四句，此據《全唐詩》補。

〔2〕還，《全唐詩》作“恒”。襆被，以包袱包裹衣被。《晋書·魏舒傳》：“入爲尚書郎。時沙汰郎官，非其才者罷之。舒曰：‘吾即其人也。’襆被而出。”含香：漢時三省故事，郎官日含鷄舌香（即丁香），欲使奏事對答，氣味芬芳。

行軍九日思長安故園

强欲登高去，無人送酒來〔1〕。遥憐故園菊，應傍戰場開。

【校注】

〔1〕送酒：用晋江州刺使王弘給陶潜送酒事，詳見《續晋陽秋》。

逢入京使

故園東望路漫漫，雙袖龍鍾泪不乾。馬上相逢無紙筆，憑君傳語報平安。

春　　夢〔1〕

洞房昨夜春風起，遥憶美人隔湘水〔2〕。枕上片時春夢中，行盡江南數千里。

【校注】

〔1〕《文苑英華》題作“春夜所思”。

〔2〕洞房，《河岳英靈集》作“洞庭”。隔湘水，《河岳英靈集》作“湘江水”。

獻封大夫破播仙凱歌六首[1] 録二

漢將承恩西破戎，捷書先奏未央宫。天子預開麟閣待，秪今誰數貳師功[2]。

日落轅門鼓角鳴，千群面縛出番城。洗兵魚海雲迎陣，秣馬龍堆月照營[3]。

【校注】

〔1〕封大夫：指封常清。封於天寶十三載（754）出任北庭、伊西節度使，瀚海軍使。播仙：唐安西都護府所轄部族。播仙城在今新疆維吾爾自治區具末縣内。

〔2〕麟閣：即麒麟閣，在未央宫内，漢宣帝時，嘗圖畫功臣於此。貳師：指貳師將軍李廣利。貳師本大宛國名，該地有善馬，漢武帝乃拜李廣利爲貳師將軍，征之，獲良馬三千餘匹。

〔3〕魚海：寧夏境内有魚海，此泛指湖泊。龍堆：新疆有白龍堆，此泛指沙漠。

玉關寄長安李主簿[1]

東去長安萬里餘，故人那惜一行書[2]。玉關西望堪腸斷，况復明朝是歲除。

【校注】

〔1〕玉關：即玉門關。

〔2〕那，明蜀本作“何”。

磧中作

走馬西來欲到天，辭家見月兩回圓。今夜不知何處宿，平沙萬里絶人烟。

虢州後亭送李判官使赴晋絳得秋字〔1〕

西原驛路挂城頭，客散江亭雨未休〔2〕。君去試看汾水上，白雲猶似漢時秋〔3〕。

【校注】

〔1〕晋絳：晋州、絳州。治所在今山西臨汾縣、新絳縣。

〔2〕江，《全唐詩》作“紅”。休，《全唐詩》作“收”。

〔3〕“白雲”句：據《漢武故事》載：漢武帝行幸河東，嘗作《秋風辭》，其辭有“秋風起兮白雲飛”之句。

送人還京〔1〕

匹馬西從天外歸，揚鞭只共鳥争飛。送君九月交河北〔2〕，雪裏題詩泪滿衣。

【校注】

〔1〕《全唐詩》題作“送崔子還京”。

〔2〕交河：在交河城北。交河城：故址在今新疆吐魯番縣西北。

赴北庭度隴思家〔1〕

西向輪臺萬里餘〔2〕，也知鄉信日應疏。隴山鸚鵡能言語〔3〕，爲報家人數寄書。

【校注】

〔1〕《全唐詩》卷二十七《雜曲歌辭》及卷二百岑參名下均收有此詩。前者無作者姓名，題作“簇拍陸州”。北庭：唐方鎮名。

〔2〕輪臺：縣名，屬北庭大都護府。治所當在今新疆米泉縣境。

〔3〕“鸜鵒”句：《禽經》：“鸜鵒摩背而喑。”注：“鸜鵒出隴西，能言。”

山房春事[1]

梁園日暮亂飛鴉[2]，極目蕭條三兩家。庭樹不知人去盡[3]，春來還發舊時花。

【校注】

〔1〕《全唐詩》作“山房春事二首”，此爲第二首。

〔2〕梁園：園囿名，在河南開封市東南。漢梁孝王所建。

〔3〕去，《全唐詩》作“死”。

庾敬休[1]

棗陽人[2]，擢進士第，又中宏詞科。拜起居舍人，累遷尚書左丞。性夷澹。不邇聲色。弟簡休，官至工部郎。

【校注】

〔1〕兩《唐書》有傳。

〔2〕兩《唐書》、《全唐詩》均作新野。

春雪映蚤梅

清晨凝雪彩，新候變庭梅。樹愛春榮遍，窗驚曙色催，寒光添粉壁，積潤履青苔。分明六出瑞，隱映幾枝開。聞笛花疑落，揮琴興轉來。曲成非寡和，長使思悠哉。

楚風補卷之八

唐

孟浩然

以字行[1]，襄陽人。年四十乃遊京師，因“不才明主棄”之句[2]，失意玄宗，放還。韓會嘗約日引謁，浩然適赴故人飲，後約，曰：“業已飲矣，遑恤其他。”隱鹿門山。張九齡爲荆州，辟置府幕。開元末，病疽背卒。王維過郢州，畫浩然像於刺史亭，因曰浩然亭。鄭誠更署曰孟亭[3]。

【校注】

〔1〕據兩《唐書·孟浩然傳》、《孟浩然集·王士源序》，孟浩然字浩然。

〔2〕見《新唐書·文藝傳下》及《唐摭言》卷十“無官受黜”條，説各异。

〔3〕鄭誠：唐會昌（841—846）年間進士。累官國子司業，善爲文。

晚春卧病寄張八[1]

南陌春將晚，北窗猶卧病。林園久不遊，草木一何盛！狹徑花障迷[2]，閑庭竹掃净。翠羽戲蘭苕，頳鱗動荷柄。念我平生好，江鄉遠從政。雲山阻夢思，衾枕勞歌咏。歌咏復何爲[3]，同心恨别離！世途皆自媚，流俗寡相知。賈誼才空逸，安仁鬢欲絲[4]。遥情每東注，奔晷復西馳。常恐填溝壑，無由振羽儀。窮通若有命，欲向論中推[5]。

【校注】

〔1〕孟浩然詩以《四部叢刊》和宋本《孟浩然集》校刊，《四部叢刊》多“子容”二字，在“張八”後。

〔2〕障迷，《四部叢刊》作“將盡”。

〔3〕兩句中“歌”字，《四部叢刊》均作“感”。

〔4〕安仁：潘岳字，其在《秋興賦》裏曾感嘆自己鬢髮已見斑白而功名無成。絲，原注：“一作垂。”

〔5〕據《魏書·劉芳傳》，劉芳窮窘守志而著《窮通論》。

大堤行寄萬七[1]

大堤行樂處，車馬相馳突。歲歲青草生，踏青二三月[2]。王孫挾珠彈，遊女矜羅襪。携手今莫同，江花爲誰發？

【校注】

〔1〕萬七，宋本作“黄七”。大堤行：樂府清商曲辭名，出《襄陽樂》。

〔2〕二三月，宋本作“三兩日”。

夏日南亭懷辛大[1]

山光忽西落，池月漸東上。散髮乘夕涼，開軒卧閑敞。荷風送香氣，竹露滴清響。欲取鳴琴彈，恨無知音賞。感此懷故人，中宵勞夢想。

【校注】

〔1〕南亭：在襄陽。辛大：即辛諤。

秋宵月下有懷

秋空明月懸，光彩露沾濕。驚鵲栖未定，飛螢卷簾入。庭槐寒影疏，鄰杵夜聲急。佳期曠何許，望望空佇立。

將適天台留別臨安李主簿〔1〕

枳棘君尚栖，匏瓜吾豈繫〔2〕？念離當夏首，漂泊指炎裔〔3〕。江海非墮遊〔4〕，田園失歸計。定山既早發，漁浦亦宵濟〔5〕。泛泛隨波瀾，行行任艫枻。故林日已遠，群木坐成翳〔6〕。羽人在丹丘，吾亦從此逝。

【校注】

〔1〕天台：今浙江天台縣。臨安：這裏指臨安縣，在今杭州附近。

〔2〕匏瓜：即匏子，《論語·陽貨》："吾豈匏瓜也哉，焉能繫而不食？"

〔3〕念離當夏首，宋本作"誰念離當夏"。漂，宋本作"淡"。

〔4〕墮，原注："一作惰。"宋本作"隳"。

〔5〕"定山"句：定，宋本作"空"。定山：在臨安附近。漁浦：水名，在今浙江富陽縣東南。

〔6〕群，《四部叢刊》作"郡"。成，宋本作"咸"。

送丁大鳳進士赴舉呈張九齡〔1〕

吾觀《鷦鷯賦》〔2〕，君負王佐才。惜無金張援，十上空歸來〔3〕。棄置鄉園老，翻飛羽翼摧。故人今在位，岐路莫遲回。

【校注】

〔1〕張九齡：歷任朝廷要職，官至丞相。宋本題作"送丁大鳳進士舉"。

〔2〕《鷦鷯賦》：晋張華作。

〔3〕金張：指金日磾、張安世，漢宣帝時人，歷世顯宦。十上：典出《戰國策·秦策》："（蘇秦）説秦王，書十上而説不行。"

適越留别譙縣張主簿申屠少府[1]

朝乘汴河流[2]，夕次譙縣界[3]。幸值西風吹[4]，得與故人會。君學梅福隱，余從伯鸞邁[5]。别後能相思，浮雲在吴會[6]。

【校注】

〔1〕譙縣：此處當指今安徽亳縣。

〔2〕流，原注："一作去。"

〔3〕汴河：唐時稱通濟渠中間河南滎陽至開封的一段。流，原注："一作去。"夕，宋本作"返"。

〔4〕值，原注："一作因。"

〔5〕梅福：西漢壽春人，曾爲南昌尉，王莽篡漢後，棄妻子而去。伯鸞：即梁鴻，東漢高士。事見《後漢書·梁鴻傳》。

〔6〕東漢時分會稽郡爲吴、會二郡，合稱吴會。

尋香山湛上人[1]

朝遊訪名山，山遠在空翠。氛氲亘百里，日入行始至[2]。杖策尋故人，解鞍暫停騎。石門殊豁險，篁徑轉深邃[3]。法侣欣相逢，清談曉不寐。平生慕真隱，累日求奇異[4]。野老朝入田[5]，山僧暮歸寺。松泉多逸響[6]，苔壁饒古意。谷口聞鐘聲，林端識香氣[7]。願言投此山，身世永相棄[8]。

【校注】

〔1〕香山：此指今河南洛陽龍門山之東的香山。

〔2〕《四部叢刊》在這句後有"谷口聞鐘聲，林端識香氣"兩句。

〔3〕深，原注："一作森。"

〔4〕求，原注："一作探。"奇，原注："一作靈，一作多。"

〔5〕田，原注："一作雲。"

〔6〕逸，原注："一作清。"《四部叢刊》作"清"。

〔7〕原注："近本二句在前第四句下。"

〔8〕永，原注："一作兩。"

雲門寺西六七里聞符公蘭若最幽與薛八同往〔1〕

謂予獨迷方，逢子亦在野。結交指松柏，問法尋蘭若。小溪劣容舟，怪石屢驚馬。所居最幽絶，所住皆静者。雲簇與座隅，天空落階下〔2〕。上人亦何聞〔3〕，塵念俱已捨。四禪合真如〔4〕，一切是虚假。願承甘露潤，喜得惠風灑。依止此山門，誰能效北也〔5〕。

【校注】

〔1〕雲門寺：在今浙江紹興縣南雲門山（亦名東山）。

〔2〕原注："此二句一本作'密篠夾路傍，清泉流舍下'。"

〔3〕聞，原注："一作閑。"

〔4〕四禪：佛家用語，佛學把色界諸天分爲四禪。真如：佛家用語，意即真正的永世不變的真理。

〔5〕此，原注："一作托。"北也，原注："三字疑誤。"北，《四部叢刊》作"丘"。按，"丘也"即"孔丘"，儒道之意，作"丘"是。

題終南翠微寺空上人房〔1〕

翠微終南裏，雨後宜返照。閉關久沈冥，策杖一登眺〔2〕。遂造幽人室，始知静者妙。儒道雖異門，雲林頗同調。兩心相喜得，畢景共談笑。暝還高窗眠〔3〕，時見遠山燒。緬懷赤城標，更憶臨海嶠〔4〕。風泉有清音，何必蘇門嘯〔5〕。

【校注】

〔1〕《四部叢刊》題作"縮終南翠微寺"。翠微寺：唐貞觀年間的翠微宫，後改爲佛寺，在終南山。

〔2〕策杖，宋本、《四部叢刊》、《全唐詩》作“杖策”。

〔3〕暝，《全唐詩》作“還”。眠，原注：“一作昏。”宋本作“昏”。

〔4〕赤城標：指赤城山，在今浙江天台縣北。語出孫綽《游天台山賦》：“赤城霞起而建標。”

〔5〕蘇門嘯：昔孫登居蘇門山（今河南輝縣西北），善長嘯，阮籍曾於此遇之（見《晋書·阮籍傳》）。

初春漢中漾舟〔1〕

羊公峴山下，神女漢皋曲〔2〕。雪罷冰復開，春潭千丈緑。輕舟恣來往，探翫無厭足〔3〕。波影摇妓釵，沙光逐人目。傾杯魚鳥醉，聯句鶯花續。良會難再逢〔4〕，日入須秉燭。〔5〕

【校注】

〔1〕《四部叢刊》題作“春初漢中漾舟”。漢中：郡名，秦置，治所在今陝西漢中市東面。

〔2〕“羊公”句，原注：“宋版作‘漾舟逗何處’。”羊公：指羊祜，西晋武帝時鎮守襄陽。峴山：在襄陽城南。神女：指漢皋神女，見《韓詩外傳》。

〔3〕“輕舟”二句，原注：“宋版無此二句。”宋本同。

〔4〕“良會”二句，原注：“二句宋版無。”宋本同。

〔5〕按，宋本全詩與此差别很大，故附録如下：漾舟逗何處，神女漢皋曲。雪罷冰復開，春潭千丈緑。傾杯漁鳥醉，得句鶯花續。波影摇伎釵，沙光動人目。

登鹿門山〔1〕

清曉因興來，乘流越江峴。沙禽近方識，浦樹遥莫辨〔2〕。漸至鹿門山〔3〕，山明翠微淺。岩潭多屈曲，舟楫屢回轉。昔聞龐德公〔4〕，采藥遂不返。金澗餌芝術〔5〕，石床卧苔蘚。紛吾感耆舊，結纜事攀践。隱迹今尚存，高風邈已遠。白雲何時去，丹桂空偃蹇。探討意未窮，回艇夕陽晚〔6〕。

【校注】

〔1〕詩題，宋本作“題鹿門山”，《四部叢刊》作“登鹿門山懷古”。

〔2〕方，原注：“一作初，又作□。”遥，原注：“一作遠。”

〔3〕至，《四部叢刊》作“到”。

〔4〕聞，宋本作“門”。龐德公：東漢末隱士，采藥鹿門山（見《襄陽耆舊傳》）。

〔5〕餌，原注：“一作餐。”《四部叢刊》作“養”。

〔6〕艇，原注：“一作艫。”

登望楚山最高頂〔1〕

山水觀形勝，襄陽美會稽。最高唯望楚，曾未一攀躋。石壁疑削成，衆山比全低。晴朗試登陟，目極無端倪〔2〕。雲夢掌中小，武陵花處迷。暝還歸騎下，蘿月映深溪〔3〕。

【校注】

〔1〕望楚山：在今湖北襄陽市西南，又名楚山。

〔2〕端倪：此作邊際解。

〔3〕映，原注：“一作在。”

與黄侍御北津泛舟〔1〕

津無蛟龍患，日夕常安流〔2〕。本欲避驄馬〔3〕，何如同鷁舟。豈伊今日幸，曾是昔年遊。莫奏琴中鶴，且隨波上鷗〔4〕。隄緣九里郭，山面百城樓〔5〕。自顧躬耕者，才非管樂儔〔6〕。聞君薦草澤，從此泛滄洲〔7〕。

【校注】

〔1〕北津：在今四川南充縣，此地還有北津鎮，鎮有北津樓，爲當地名勝。

〔2〕夕，宋本作“久”。

〔3〕避驄馬：用桓典爲御史的典故（《後漢書·桓典傳》）。

〔4〕琴中鶴：指琴曲《别鶴操》，比喻夫妻分離。波上鷗：用《列子·黄帝篇》海鷗的故事。

〔5〕百城樓：未詳。疑“城”爲“層”之誤，因此地有北津樓。

〔6〕躬耕者：本指諸葛亮。（見《三國志·蜀志·諸葛亮傳》）。此處反用其意，自謂非經世之才。

〔7〕滄，宋本作“芳”。

采樵作

采樵入深山，山深樹重叠[1]。橋崩卧槎擁，路險垂藤接。日落伴將稀，山風拂蘿衣。長歌負輕策，平望野烟歸[2]。

【校注】

〔1〕樹，《四部叢刊》作“水”。

〔2〕“平望”句，宋本、《四部叢刊》、《全唐詩》作“平野望烟歸”。

早發漁浦潭[1]

東旭早光芒，渚禽已驚聒。卧聞漁浦口，橈聲暗相撥。日出氣象分，始知江湖闊[2]。美人常晏起，照影弄流沫。飲水畏驚猿，祭魚時見獺[3]。舟行自無悶，况值晴景豁。

【校注】

〔1〕漁浦潭：在今浙江富陽縣。宋本詩題作“漁浦潭”。

〔2〕湖，宋本、《四部叢刊》作“路”。

〔3〕驚猿，宋本作“猿驚”。祭魚：據説水獺常捕捉許多魚擺在身邊，就像祭祀時陳列祭品一樣。語出《禮記・月令》“獺祭魚”。

經七里灘[1]

予奉垂堂誡，千金非所輕[2]。爲多山水樂，頻作泛舟行。五岳追向子，三湘吊屈平[3]。湖經洞庭闊，江入新安清[4]。復聞嚴陵瀨，乃在兹湍路[5]。叠嶂數百里，沿洄非一趣。彩翠相氛氳，别流亂奔注。釣磯平可坐，苔磴滑難步。猿飲石下潭，鳥還日邊樹。觀奇恨來晚，倚棹惜將暮。揮手弄潺湲，從兹洗塵慮。

【校注】

〔1〕七里灘：又名七里瀨，在浙江桐廬縣嚴陵山西。

〔2〕垂堂誡：語出司馬相如《上書諫武帝》：“鄙諺曰：家累千金，坐不垂堂。”

〔3〕向子：向長，字子平，東漢人，隱居不仕。兒女婚嫁後，他與北海禽慶游五岳名山，不知所終（見《後漢書・逸民傳》）。

〔4〕新安：新安江，在浙江省。

〔5〕嚴陵瀨：在浙江桐廬縣南，亦稱嚴瀨，有嚴子陵釣磯。兹湍，原注：“一作此行。”

南歸阻雪[1]

我行滯宛許，日夕望京豫[2]。曠野莽茫茫，鄉山在何處？孤烟村際起，歸雁天邊去。積雪覆平皋，饑鷹捉寒兔。少年弄文墨，屬意在章句。十上耻還家，徘徊守歸路。

【校注】

〔1〕《四部叢刊》題作“南陽北阻雪”。此詩作於開元十七年。

〔2〕宛：指宛丘，今河南淮陽縣。許：許昌，今河南許昌縣。京豫：指今

河南西南部平原；京：指東京洛陽。

聽鄭五愔彈琴[1]

阮籍推名飲，清風滿竹林。半酣下衫袖，拂拭龍鬠琴[2]。一杯彈一曲，不覺夕陽沉。予意在山水[3]，聞之諧夙心。

【校注】

〔1〕鄭五愔：不詳。岑仲勉《唐人行第録》中認爲是鄭愔，但《唐詩紀事》卷十一，記此人行爲卑劣，恐非其人。

〔2〕鬠，《全唐詩》作“唇”。龍唇琴：據《古琴疏》，荀季和有古琴名龍唇，後來化成一條黑龍。

〔3〕予，原注：“一作余。”

同張明府清鏡嘆[1]

妾有盤龍鏡，清光常晝發。自從生塵埃，有若霧中月。愁來試取照，坐嘆生白髮。寄語邊塞人，如何久離别?

【校注】

〔1〕張明府：疑即張子容。

和盧明府送鄭十三還京兼寄之什[1]

昔時風景登臨地，今日衣冠送别筵。醉坐自傾彭澤酒[2]，思歸長望白雲天。洞庭一葉驚秋早，濩落空嗟滯江島[3]。寄語朝廷當世人，何時重見長安道!

【校注】

〔1〕盧明府：約爲盧象。詩題，《四部叢刊》無“什”字。

〔2〕醉坐,《四部叢刊》作“閑卧”。

〔3〕濩,宋本作“漠”。

高陽池送朱二〔1〕

當昔襄陽雄盛時,山公常醉習家池〔2〕。池邊釣女日相隨〔3〕,妝成照影競來窺。澄波澹澹芙蓉發,緑岸毵毵楊柳垂〔4〕。一朝物變人亦非,四面荒凉人徑稀〔5〕。意氣豪華何處在,空餘草露濕羅衣〔6〕。此地朝來餞行者,翻向此中牧征馬。征馬分飛日漸斜,見此空爲人所嗟。殷勤爲訪桃源路,予亦歸來松子家。

【校注】

〔1〕高陽池:即習家池,在襄陽。朱二:不詳,孟浩然有《峴山送朱大去非游巴東》,朱二可能是其弟。

〔2〕常,宋本作“恒”。

〔3〕日,原注:“一作自。”宋本亦作“自”。

〔4〕毵毵,宋本作“杉杉”。

〔5〕徑,原注:“一作住。”《四部叢刊》亦作“住”。

〔6〕在,宋本作“去”。羅,宋本作“征”。

鸚鵡洲送王九之江左〔1〕

昔登江上黄鶴樓,遥愛江中鸚鵡洲。洲勢逶迤環碧流,鴛鴦鸂鶒滿灘頭〔2〕。灘頭日落砂磧長,金沙熠熠動飆光〔3〕。舟人牽錦纜,浣女結羅裳。月明全見蘆花白,風起遥聞杜若香,君行采采莫相忘。

【校注】

〔1〕王九:王迥,號“白雲先生”。

〔2〕環,原注:“一作繞。”《全唐詩》亦作“繞”。灘,原注:“一作沙。”

〔3〕熠熠，原注：“一作耀耀。”

送王七尉松滋得陽臺雲[1]

君不見巫山神女作行雲，霏紅沓翠曉氛氲[2]。嬋娟流入楚王夢[3]，倏忽還隨零雨分。空中飛去復飛來，朝朝暮暮下陽臺。愁君此去爲仙尉[4]，便逐行雲去不回。

【校注】

〔1〕松滋：縣名，故城在今湖北松滋縣西南。得陽臺雲：謂分題作詩。

〔2〕紅，宋本作“虹”。

〔3〕楚，《四部叢刊》作“襄”。

〔4〕仙尉：漢梅福曾爲南昌縣尉，王莽時棄家不知所終，《神仙傳》謂其成仙而去。

夜歸鹿門歌

山寺鳴鐘晝已昏，漁陽渡頭爭渡喧[1]。人隨沙路向江村[2]，余亦乘舟歸鹿門。鹿門月照開烟樹，忽到龐公栖隱處[3]。岩扉松徑長寂寥，惟有幽人夜來去[4]。

【校注】

〔1〕陽，應從《全唐詩》作“梁”。漁梁：洲名，在襄陽峴山附近漢水邊。

〔2〕路，《四部叢刊》作“岸”。

〔3〕龐公：即龐德公。

〔4〕岩扉松徑，原注：“一作樵徑非遥。”夜，《四部叢刊》作“自”。

江上别流人

以我越鄉客[1]，逢君謫居者。分飛黄鶴樓，流落蒼梧野[2]。驛使乘雲去，征帆沿溜下。不知從此分，還袂何時把？

【校注】

〔1〕客，原注："一作里。"

〔2〕落，原注："一作岩。"非是。

宿業師山房待丁公不至〔1〕

夕陽度西嶺，群壑倏已暝。松月生夜涼，風泉滿清聽。樵人歸欲盡，烟鳥栖初定。之子期宿來，孤琴候蘿徑。

【校注】

〔1〕《四部叢刊》題作"宿來公山房期丁大不至"，《全唐詩》作"宿業師山房期丁大不至"。業師：業禪師的簡稱。丁公：即丁鳳，作者的同鄉友人。

耶溪泛舟〔1〕

落景餘清輝，輕橈弄溪渚〔2〕。澄明愛水物，臨泛何容與。白首垂釣翁，新妝浣紗女。相看似相識，脈脈不得語〔3〕。

【校注】

〔1〕耶溪：即若耶溪，在今浙江紹興城南若耶山下。

〔2〕橈，原注："一作棹。"宋本作"棹"。

〔3〕相看，原注："一作看看。"宋本同。似，宋本、《四部叢刊》作"未"。

歲暮海上作

仲尼既云歿，余亦浮于海〔1〕。昏見斗柄回，方知歲星改。虚舟任所適，垂釣非有待。爲問乘槎人，滄洲復誰在〔2〕？

【校注】

〔1〕二句語出《論語·公冶長》："道不行，乘桴浮於海。"歿，原注："一作已。"

〔2〕人，宋本作"久"。洲，原注："一作浪。"誰，原注："一作何。"

登總持寺塔〔1〕

半空躋寶塔，晴望盡京華〔2〕。竹繞渭川遍，山連上苑斜。四門開帝宅，千陌俯人家〔3〕。累劫從初地，爲童憶聚沙〔4〕。

【校注】

〔1〕詩題，宋本、《全唐詩》均作"登總持寺浮圖"。總持寺：在長安附近。

〔2〕晴，宋本作"時"。

〔3〕門，宋本作"郊"。"千陌"句，宋本作"行陌逗人家"。

〔4〕劫：佛家謂天地從生成到毀滅爲一劫。初地：佛經術語，"十地"的第一地。聚沙：佛家稱兒童時代爲聚沙之年，語出《法華經》。此句後，《四部叢刊》和《全唐詩》還有四句："一窺功德見，彌益道心加。坐覺諸天近，空香送落花。"

舟中曉望〔1〕

挂席東南望，青山水國遥。舳艫争利涉，來往任風潮〔2〕。問我今何適，天台訪石橋〔3〕。坐看霞色曉〔4〕，疑是赤城標。

【校注】

〔1〕《四部叢刊》題作"舟中晚望"。

〔2〕任，宋本作"接"。

〔3〕適，宋本作"去"。石橋：在天台山北，高架兩崖間。

〔4〕霞色曉，宋本作“烟霞晚”。曉，《四部叢刊》作“晚”。

與王昌齡宴王道士房[1]

歸來卧青山，常夢遊清都[2]。漆園有傲吏，惠好在招呼[3]。書幌神仙箓，畫屏山海圖。酌霞復對此，宛似入蓬壺[4]。

【校注】

〔1〕王道士，宋本、《四部叢刊》作“王十一”，其事迹不詳。

〔2〕“常夢”句，宋本作“嘗魂在清都”。清都：傳説天帝所居的地方（見《列子》）。

〔3〕好，宋本作“縣”，《四部叢刊》作“我”。惠好：語出《詩經·邶風·北風》：“惠而好我。”

〔4〕這兩句宋本爲：“酌霞後對此，苑似入蓬壺。”

尋梅道士[1]

彭澤先生柳，山陰道士鵝[2]。我來從所好，停策夏陰多[3]。重以觀魚樂[4]，因之鼓枻歌。崔徐迹未朽[5]，千載揖清波。

【校注】

〔1〕宋本題作“尋悔道士張逸人”。

〔2〕“山陰”句：典出王羲之“書成换白鵝”的故事（見《晋書·王羲之傳》）。

〔3〕所，宋本作“此”。夏，宋本、《全唐詩》作“漢”。陰，《四部叢刊》作“雲”。

〔4〕觀，宋本作“窺”。

〔5〕崔：指崔州平；徐：指徐元直。見《蜀志·諸葛亮傳》。

峴潭作[1]

石潭傍隈隩，沙岸曉夤緣[2]。試垂竹竿釣，果得槎頭鯿[3]。美人騁金錯，纖手膾紅鮮。因謝陸内史，蒓羹何足傳[4]。

【校注】

〔1〕潭，原注："一作山。"係據宋本。峴潭：在湖北襄陽峴山。

〔2〕岸，原注："一作挎。"宋本同。

〔3〕槎，《四部叢刊》作"查"。

〔4〕陸内史：此處借用晋陸機事，陸機作過平原内史，曾向王濟誇吴中的蒓羹菜（見《晋書·陸機傳》)。

宿永嘉江寄崔少府[1]

我行窮水國，君使入京華。相去日千里，孤帆天一涯。卧聞海潮至，起視江月斜。借問同舟客，何時到永嘉[2]？

【校注】

〔1〕宋本題作"寄山陰崔少府國輔"。崔少府，《四部叢刊》《全唐詩》均作"山陰崔少府國輔"。崔國輔：山陰著名詩人。永嘉江：在永嘉郡。

〔2〕永嘉：郡名，郡治在今浙江温州市。

萬山潭作[1]

垂釣坐盤石，水清心亦閑[2]。魚行潭樹下，猿挂島藤間[3]。游女昔解佩，傳聞於此山。求之不可得，沿月棹歌還。

【校注】

〔1〕宋本題作"山潭"。萬山潭：在今湖北襄陽萬山下。

〔2〕亦，宋本作"益"。

〔3〕挂，原注：“一作卧。”藤，原注：“一作蘿。”從宋本。

和張二自穰縣還途中遇雪〔1〕

風吹沙海雪，漸作柳園春〔2〕。宛轉隨香騎，輕盈伴玉人。歌疑郢中客〔3〕，態比洛川神。今日南歸楚，雙飛似入秦〔4〕。

【校注】

〔1〕張二，《四部叢刊》作“張三”。穰縣：今河南鄧縣。

〔2〕漸，原注：“一作來。”沙海：地名，大約在鄧縣。

〔3〕郢中客：善歌者，見宋玉《對楚王問》。

〔4〕飛，宋本作“花”。

望洞庭湖贈張丞相〔1〕

八月湖水平，涵虛混太清。氣蒸雲夢澤，波撼岳陽城〔2〕。欲濟無舟楫，端居耻聖明。坐觀垂釣者，空有羡魚情〔3〕。

【校注】

〔1〕望洞庭湖，原注：“一作臨洞庭。”與《四部叢刊》同，宋本作“岳陽樓”。張丞相：一般認爲指張九齡，今人譚優學謂指張説（見《唐詩人行年考》）。

〔2〕撼，原注：“一作動。”同宋本。

〔3〕空，原注：“一作徒。”

贈道士參寥〔1〕

蜀琴久不弄，玉匣細塵生。絲脆弦將斷，金徽色尚榮。知音徒自惜，聾俗本相輕。不遇鍾期聽，誰知鸞鳳聲！

【校注】

〔1〕参寥：不詳。李白有《贈参廖子》詩。

京還贈張維〔1〕

拂衣何處去〔2〕，高枕南山南。欲尋五斗禄，其如七不堪。早朝非晚起，束帶異抽簪〔3〕。因向智者説，遊魚思舊潭。

【校注】

〔1〕張維，按宋本作“張准”。

〔2〕“拂衣”句，《四部叢刊》作“拂衣去何處”。

〔3〕晚，原注：“一作晏。”《四部叢刊》同。束帶：爲官。《宋書·陶潜傳》：“郡遣督郵至縣，吏白：‘應束帶見之。’”抽簪：抽掉連冠之髮簪，謂棄官引退。

九日龍沙作寄劉大眘虚〔1〕

龍沙豫章北，九日挂帆過〔2〕。風俗因時見，湖山發興多。客中誰送酒〔3〕？棹裏自成歌。歌竟乘流去，滔滔任夕波。

【校注】

〔1〕宋本題作“九日龍沙作寄劉”。九日：即重陽節。龍沙：在江西南昌北。劉大眘虚：劉眘虚，孟浩然的至交，吴中四友之一。

〔2〕豫章：今江西南昌一帶。

〔3〕用江州刺史王弘於重陽節送酒給陶淵明的典故（見《宋書·陶潜傳》）。

洞庭湖寄閻九〔1〕

洞庭正秋闊〔2〕，余欲泛歸船。莫辨荆吴地，唯餘水共天。渺瀰江樹没，合沓海潮連[3]。遲爾爲舟楫，相將濟巨川。

【校注】

〔1〕閻九：即閻防，開元年間進士及第，此時在長沙貶所。

〔2〕正秋，《四部叢刊》《全唐詩》均作“秋正”。

〔3〕潮，原注：“一作湖。”同《四部叢刊》。

秦中感秋寄遠上人

一丘常欲卧，三徑苦無資[1]。北土非吾願，東林懷我師[2]。黄金燃桂盡[3]，壯志逐年衰。日夕凉風至，聞蟬但益悲[4]。

【校注】

〔1〕一丘，語出《晋書·謝鯤傳》。三徑，語出《三輔决録》。

〔2〕土，原注：“一作上。”東林，廬山東林寺（見《高僧傳》）。

〔3〕“黄金”句：《戰國策·楚策》：“楚國之食貴於玉，薪貴於桂。”

〔4〕益，宋本作“欲”。

上巳洛中寄王九迥[1]

卜洛成周地[2]，浮杯上巳筵。鬬鶏寒食下，走馬射堂前。垂柳金堤合，平沙翠幕連。不知王逸少[3]，何處會群賢。

【校注】

〔1〕宋本題作“上巳日洛中寄黄九”。上巳：上巳節。王九迥：即王迥。《四部叢刊》作“迥十九”。

〔2〕卜洛：原指於洛陽卜地建宅，此指居於洛陽的代稱（見《尚書·召誥》）。成周：亦指洛陽，周都城，在今河南洛陽附近。

〔3〕逸少：王羲之字。

聞裴侍御朏自襄州司户除豫州司户因以投寄[1]

故人荆府掾，尚有柏臺威。移職自樊衍，芳聲聞帝畿[2]。昔余卧林巷，載酒過柴扉。松菊無時賞，鄉園欲懶歸[3]。

【校注】

〔1〕詩題，後半部分宋本作“除豫州以投寄”。裴朏：浩然好友。襄州：故治在今湖北襄陽。豫州：州名，此約指河南洛陽附近一帶。

〔2〕衍，原注：“一作沔。”作“沔”較確。

〔3〕時、欲懶，《四部叢刊》分别作“君”“懶欲”。

夜泊廬江聞故人在東寺以詩寄之[1]

江路經廬阜，松門入虎溪[2]。聞君尋寂樂，清夜宿招提。石鏡山精怯，禪枝怖鴿栖[3]。一燈如悟道，爲照客心迷[4]。

【校注】

〔1〕廬江：在今安徽省。東寺，應從《四部叢刊》作“東林寺”。

〔2〕松門：松門山，在今江西南昌市新建區，北臨大江及鄱陽湖口。虎溪：在廬山東林寺旁。

〔3〕石鏡：松門山有崖石如鏡，光可照人，人稱石鏡。山精：山魈，山中的一種猴類動物，古人認爲屬於妖類。怖鴿：驚懼之鴿，佛經曰：“佛光所被，怖鴿得安。”（見《涅槃經》）下句中“枝”，原注：“一作林。”

〔4〕一燈：以一燈的明亮比喻智慧破迷暗，語出《華嚴經》。

宿桐廬江寄廣陵舊遊[1]

山暝聞猿愁[2]，滄江急夜流。風鳴兩岸葉，月照一孤舟。建德非吾土，維揚憶舊遊[3]。還將兩行泪，遥寄海西頭[4]。

【校注】

〔1〕桐廬江：在今浙江省。廣陵：指揚州。

〔2〕聞，原注："一作聽。"

〔3〕建德：今浙江建德縣梅城鎮。維揚：揚州。

〔4〕兩，原注："一作數。"海西頭：仍指揚州。

東陂遇雨率爾貽謝南池[1]

田家春事起，丁壯就東陂。殷殷雷聲作，森森雨足垂。海虹晴始見，河柳潤初移。予意在耕鑿，因君問土宜[2]。

【校注】

〔1〕謝南池，宋本作"謝甫池"，生平不詳。

〔2〕鑿，《四部叢刊》作"稼"。"因君"句，原注："一作'問君田事宜'。"與宋本同。

寄天台道士

海上求仙客，三山望幾時。焚香宿華頂，裛露采靈芝。屢躡莓苔滑，將尋汗漫期[1]。倘因松子去，長與世人辭。

【校注】

〔1〕躡，《四部叢刊》作"踐"。汗漫：仙人別名，《淮南子·道應》："吾與汗漫期於九垓之外。"

澗南即事貽皎上人[1]

蔽廬在郭外，素產惟田園。左右林野曠，不聞朝市喧[2]。釣竿垂北澗，樵唱入南軒。書取幽棲事，將尋靜者論[3]。

【校注】

〔1〕澗南：即澗南園，孟浩然家，在襄陽城外。

〔2〕朝，原注："一作城。"

〔3〕論，原注："一作言。"

九日懷襄陽〔1〕

去國似如昨，倏然經杪秋〔2〕。峴山不可見〔3〕，風景令人愁。誰采籬下菊，應閑池上樓〔4〕。宜城多美酒，歸與葛彊遊〔5〕。

【校注】

〔1〕宋本題作"途中九日懷襄陽"。

〔2〕似，原注："一作已。"然，原注："一作焉。"

〔3〕不可，原注："一作望不。"峴山：在襄陽。

〔4〕池上樓：南朝謝靈運有《登池上樓》詩。

〔5〕宜城：原爲楚國鄢地，即今湖北宜城縣南。葛彊：晋時鎮守襄陽山簡的愛將。

初出關旅亭夜坐懷王大校書〔1〕

向夕槐烟起，葱蘢池館曛。客中無偶坐，關外惜離群。燭至螢光滅，荷枯雨滴聞。永懷芸閣友，寂寞滯楊雲〔2〕。

【校注】

〔1〕宋本題作"初出關懷王大校書"。王大校書：即王昌齡。

〔2〕芸閣：漢時爲國家藏秘書之室。楊雲：即楊雄，字子雲，曾校書芸閣，時有"惟寂寞，自投閣；爰清静，作符命"之民謡（見《漢書·揚雄傳》）。

閑園懷蘇子

林園雖少事，幽獨自多違。向夕開簾坐，庭陰落景微[1]。鳥過烟樹宿[2]，螢傍水軒飛。感念同懷子，京華去不歸。

【校注】

〔1〕落景，《四部叢刊》作“葉落”。

〔2〕過，原注：“一作從。”

同盧明府餞張郎中除義王府司馬就張園作[1]

上園星河列，賢王甲第開[2]。故人分職去，潘令寵行來[3]。冠蓋趨梁苑，江山失楚材[4]。豫愁軒騎動，賓客散池臺。

【校注】

〔1〕盧明府：盧象。張郎中：張子容。義王：李玼，玄宗第二十四子。張園，《四部叢刊》《全唐詩》均作“海園”，按，張子容在襄陽故居園林名“海園”，以“海園”爲確。

〔2〕星，原注：“一作山。”列，原注：“一作裂。”按，“園星”，《四部叢刊》《全唐詩》均作“國山”。甲，原注：“一作邸。”山河裂：裂土分封，此指義王重封，開府置官之事。

〔3〕故人：指張子容。潘令：疑指西晋潘岳，此爲對盧明府之譽詞。

〔4〕梁苑：即漢梁孝王之梁園，此用以比義王府。“江山”句，語出“唯楚有材，晋實用之”（《左傳》襄公二十六年），此處贊譽張子容。山，原注：“一作湘。”

送吴宣從事[1]

才有幕中士，寧無塞上勛[2]。漢兵將滅寇，王粲始從軍[3]。旌旗邊庭去，山川地脈分。平生一匕首，感激贈夫君[4]。

【校注】

〔1〕宋本題作“送王宣從軍”。

〔2〕士，原注：“一作畫。”寧，原注：“一作而。”

〔3〕寇，《四部叢刊》《全唐詩》均作“虜”。

〔4〕此句疑用延陵季子繫劍徐君墓樹之事（見《説苑》）。

送桓子之郢成禮〔1〕

問君馳彩騎，躞蹀指南荆〔2〕。爲結潘楊好，言過鄢郢城〔3〕。摽梅詩有贈，羔雁禮將行〔4〕。今夜神仙女，應來感夢情〔5〕。

【校注】

〔1〕郢：今湖北江陵。成禮：成婚姻之禮。

〔2〕南荆，原注：“一作荆衡。”

〔3〕潘楊好：指晋潘岳和楊仲武的姻親關係，兩家爲世交，而潘妻又是楊姑（見《文選·楊仲武誄》）。鄢郢：今湖北宜城。

〔4〕摽梅：指《詩經·摽有梅篇》。羔雁：《禮記·曲禮下》：“凡摯……卿羔，大夫雁。”古時便用來指禮聘。

〔5〕應，宋本作“往”。

留别王侍御維〔1〕

寂寂竟何待，朝朝空自歸。欲尋芳草去〔2〕，惜與故人違。當路誰相假，知音世所稀。秖應守索寞〔3〕，還掩故園扉。

【校注】

〔1〕王侍御維：即王維。

〔2〕語出《離騷》：“何所獨無芳草兮，爾何懷乎故宇？”意爲要還鄉隱居。

〔3〕索，原注："一作寂。"

早春潤州送從弟還鄉[1]

兄弟遊吴國，庭闈戀楚關。已多新歲感，更餞白眉還[2]。歸泛西江水，離筵北固山[3]。鄉園欲有贈，梅柳著先攀[4]。

【校注】

〔1〕潤州：故治在今江蘇鎮江市。

〔2〕感，原注："一作改。"白眉，用馬良事。見《三國志·蜀志·馬良傳》。

〔3〕北固山：在潤州。

〔4〕著，宋本作"看"。

峴亭贈房琯崔宗之[1]

貴賤平生隔[2]，軒車是日來。青陽一覯止，雲路豁然開[3]。祖道衣冠列，分亭驛騎催。方期九日聚，還待二星回。

【校注】

〔1〕峴亭，《四部叢刊》《全唐詩》均作"峴山"。房琯，宋本作"房璋"。房琯：開元年間著名文人，曾官至宰相。崔宗之：開元年間的著名人士，杜甫《飲中八仙歌》的八仙之一。

〔2〕平，宋本作"年"。

〔3〕路，《四部叢刊》作"霧"。

送元公之鄂渚尋觀主張驂鸞[1]

桃花春水漲，之子忽乘流。峴下離蛟浦，江中問鶴樓[2]。贈君青竹杖，送爾白蘋洲。應是神仙子，相逢汗漫遊[3]。

【校注】

〔1〕鄂渚：指今湖北鄂州。

〔2〕下離，原注："一作首辭。"《四部叢刊》《全唐詩》作"首離"，似以"首離"爲確。中，原注："一作邊。"作"邊"較確。蛟浦：在峴山下。

〔3〕子，原注："一作輩。"逢，原注："一作期。"據詩意，以"期"爲確。"相逢"句：謂相約同游於方外，用《淮南子·道應訓》語。

送袁十嶺南尋弟〔1〕

早聞牛渚咏，今見鶺鴒心〔2〕。羽翼嗟零落，悲鳴别故林。蒼梧白雲遠，空水洞庭深〔3〕。萬里獨飛去，南風遲爾音。

【校注】

〔1〕宋本題作"送袁十三南尋舍弟"。嶺南：唐時道名，以在五嶺之南而得名，治所在今廣州市。

〔2〕牛渚：山名，在安徽當塗西北長江邊。牛渚咏：見《晋書·袁宏傳》。鶺鴒心：指兄弟互相關切的心意，出《詩經·小雅·常棣》。

〔3〕空，原注："一作烟。"蒼梧：今廣西悟州市、蒼梧縣一帶。

東京留别諸公〔1〕

吾道昧所適，驅車還向東。主人開舊館，留客醉新豐〔2〕。樹繞温泉緑，塵遮晚日紅。拂衣從此去，高步躡華嵩。

【校注】

〔1〕原注："一題作京還留别新豐諸友。"東京：指洛陽。

〔2〕新豐：漢置縣，在今陝西臨潼，以産酒著名。

送袁太祝尉豫章

何幸遇休明，觀光來上京。相逢武陵客，獨送豫章行[1]。隨牒牽黄綬，離群會墨卿[2]。江南佳麗地，山水舊難名[3]。

【校注】

〔1〕豫章行：兼用樂府相和歌清調曲名，嘆生傷離之作。

〔2〕黄綬：黄色綬帶。《漢書·朱博傳》注：丞尉職卑皆黄綬。墨卿：指持墨綬印組之官，即縣令，《漢官儀》："邑宰銅章墨綬，秩六百石。"

〔3〕"江南"句：謝朓《入朝曲》："江南佳麗地，金陵帝王州。"

送洗然弟進士舉[1]

獻策金門去，承歡彩服違。以吾一日長，念爾聚星稀[2]。昏定須温席，寒多未授衣。桂枝如已擢，早逐雁南飛。

【校注】

〔1〕洗然：孟洗然，孟浩然的從弟。

〔2〕"以吾"句：語出《論語·先進》："子曰：'以吾一日長乎爾，毋吾以也。'"聚星：謂兄弟賢人相聚，見《異苑·卷四》

崔明府宅夜觀妓

白日既云暮，朱顔亦已酡。畫堂初點燭，金幌半垂羅。長袖平陽曲，新聲子夜歌[1]。從來慣留客，兹夕爲誰多?

【校注】

〔1〕平陽曲：典出《漢書·外戚傳》。子夜歌：屬於樂府的吴聲曲詞。

宴榮二山池[1]

甲第開金穴，榮期樂自多[2]。櫪嘶支遁馬，池養右軍鵝。竹引携琴入，花邀載酒過[3]。山公來取醉，時唱接䍦歌[4]。

【校注】

〔1〕原注：“一作宴榮山人池亭。”

〔2〕開金穴，原注：“一作金張宅。”甲第：古人稱極好的房屋住宅爲甲第。金穴：漢光武帝郭后之弟郭況，官大鴻臚。皇帝常往其家，賞賜金錢無數，人稱其家爲“金穴”。見《後漢書·郭皇后紀》。

〔3〕携，原注：“一作嵇。”載酒，原注：“一作戴客。”

〔4〕來，《四部叢刊》作“時”。時，《四部叢刊》作“來”。

夏日與崔二十一同集衛明府宅[1]

言避一時暑，池亭五月開。喜逢金馬客，同飲玉人杯。舞鶴乘軒至[2]，遊魚擁釣來。座中殊未起，簫管莫相催。

【校注】

〔1〕《四部叢刊》題作“宴衛明府宅”。崔二十一：疑是《崔明府宅夜觀妓》中的崔明府。

〔2〕舞鶴乘軒：借用“衛懿公好鶴，鶴有乘軒者”故事（見《左傳》閔公二年）。

清明日宴梅道士房[1]

林卧愁春盡[2]，開軒覽物華。忽逢青鳥使，邀我赤松家[3]。金竈初開火，仙桃正落花[4]。童顔若可駐，何惜醉流霞[5]。

【校注】

〔1〕梅道士，孟浩然多有詩相酬。

〔2〕卧,《四部叢刊》作“下”。

〔3〕我,《全唐詩》作“人”。

〔4〕金,《四部叢刊》作“丹”。落，原注：“一作發。”

〔5〕流霞：仙酒名（見《抱朴子·祛惑》)。

寒夜張明府宅宴〔1〕

瑞雪初盈尺，閑宵始半更〔2〕。列筵邀酒伴，刻燭限詩成〔3〕。香炭金爐暖，嬌弦玉指清。醉來方欲卧，不覺曉鷄鳴。

【校注】

〔1〕詩題,《四部叢刊》誤作“寒食夜宴張明府宅”，宋本同，但無“夜”字。張明府：即張子容。

〔2〕閑，原注：“閑，一作寒。”

〔3〕原注：“二句一作‘厭厭不覺醉，歸路曉霞生’。”

與諸子登峴山作〔1〕

人事有代謝，往來成古今。江山留勝迹，我輩復登臨。水落魚梁淺〔2〕，天寒夢澤深。羊公碑字在，讀罷泪沾襟〔3〕。

【校注】

〔1〕詩題,《四部叢刊》無“作”字。

〔2〕漁梁：洲名，在襄陽峴山附近漢水邊。

〔3〕字，原注：“一作尚。”羊公：即羊祜，死後，襄陽百姓建碑於山，見者墮泪。《晉書》有傳。

與杭州薛司户登梓亭樓作〔1〕

水樓一登眺，半出青林高。帝幕英僚敞〔2〕，芳筵下客叨。山藏伯禹穴，城壓伍胥濤〔3〕。今日觀溟漲，垂綸學釣鼇〔4〕。

【校注】

〔1〕梓亭樓，原注：“一作樟亭驛。”梓亭，《四部叢刊》《全唐詩》作“樟亭”，當據改。

〔2〕敞，《四部叢刊》作“散”。

〔3〕伯禹穴：即禹穴，有幾處，這裏指相傳在浙江紹興縣南宛委山的禹穴。伍胥濤：據《吴越春秋》，伍子胥被吴王夫差賜死，屍體投入錢塘江中，激起海潮。此指錢塘潮。

〔4〕學，原注：“一作欲。”釣鼇，典出《列子·湯問》。

尋天台山〔1〕

吾友太乙子〔2〕，餐霞卧赤城。欲尋華頂去〔3〕，不憚惡溪名。歇馬憑雲宿〔4〕，揚帆截海行。高高翠微裏，遥見石梁横。

【校注】

〔1〕詩題，《四部叢刊》爲“尋天台山作”。

〔2〕乙，《四部叢刊》作“一”。

〔3〕華頂：天台山的主峰，登之可以東望滄海。

〔4〕雲，宋本作“君”。

武陵泛舟

武陵川路狹，前棹入花林。莫測幽源裏，仙家信幾深。水回青嶂合，雲渡緑溪陰。坐聽閑猿嘯，彌清塵外心。

姚開府山池[1]

主人新邸第，相國舊池臺。館是招賢闢[2]，樓因教舞開。軒車人已散，簫管鳳初來[3]。今日龍門下，誰知文舉才[4]。

【校注】

〔1〕姚開府：當指開元名相姚崇。

〔2〕此句用漢武帝時丞相公孫弘開東閣以招賢的典故（見《史記·公孫弘傳》）。

〔3〕此句夾用簫史、弄玉吹簫的故事（見《列仙傳》）。

〔4〕文舉：孔融字。

游鳳林寺西嶺[1]

共喜年華好，來遊水石間。烟容開遠樹，春色滿幽山。壺酒朋情洽，琴歌野興閑。莫愁歸路暝，招月伴人還。

【校注】

〔1〕鳳林：在今湖北襄陽市。

秋日陪李侍御渡松滋江[1]

南紀西江闊，皇華御史雄[2]。截流寧假楫，挂席自生風。寮寀争攀鷁，魚龍亦避驄。坐聽白雪唱[3]，翻入棹歌中。

【校注】

〔1〕《四部叢刊》題作“和李侍御渡松滋江”。松滋江：指今湖北松滋縣一帶的長江。

〔2〕南紀：指江漢一帶。《詩經·小雅·四月》：“滔滔江漢，南國之紀。”皇華：語出《詩·小雅·皇皇者華》，詩序謂君遣使臣之作，後便指使

臣，此指李侍御。

〔3〕聽，《四部叢刊》作“聞”。

臨涣裴明府席遇張十一房六[1]

河縣柳林邊，河橋晚泊船[2]。文叨才子會，官喜故人連。笑語同今昔，輕肥異往年。晨風理歸棹[3]，吴楚各依然。

【校注】

〔1〕臨涣：舊縣名，在今安徽宿縣西南。

〔2〕船，宋本作“舡”。

〔3〕歸，原注：“一作征。”

梅道士水亭

傲吏非凡吏，名流即道流。隱居不可見，高論莫能酬。水接仙源近，山藏鬼谷幽。再來迷處所，花下問漁舟。

遊景空寺蘭若[1]

龍象經行處，山腰度石關。屢迷青嶂合，時愛緑蘿閑。宴息花林下，高談竹嶼間。寥寥隔塵事，疑是入鷄山[2]。

【校注】

〔1〕空，原注：“一作光。”景空寺：在襄州。

〔2〕鷄山：在印度，傳説爲迦葉尊者入寂處（見《西域記》）。

遊精思觀回王白雲在後[1]

出谷未停午，至家日已曛[2]。回瞻下山路，但見牛羊群。樵子暗相失，草蟲寒不聞。衡門猶未掩，佇立望夫君[3]。

【校注】

〔1〕精思觀：道觀名，在襄陽附近。王白雲：即王迥，號白雲，家住鹿門山，爲孟浩然的同鄉友人。

〔2〕已曛，原注："集作已夕。"

〔3〕望，原注："一作待。"

夏日辨玉法師茅齋

夏日茅齋裏，無風坐亦凉。竹林深笋穊，藤架引稍長[1]。燕覓巢窠處，蜂來造蜜房。物華皆可玩，花蕊四時芳。

【校注】

〔1〕深，原注："一作新。"穊，原注："一作掘。"

與張折衝遊耆闍寺[1]

釋子彌天秀，將軍武庫才[2]。横行塞北盡，獨步漢南來。貝葉傳金口，山樓作賦開[3]。因君振嘉藻，江楚氣雄哉。

【校注】

〔1〕張折衝：不詳。折衝，武官名，即折衝都尉。耆闍寺；所在地點不詳。

〔2〕《晋書·習鑿齒傳》："道安曰：'彌天釋道安。'鑿齒曰：'四海習鑿齒。'"武庫：一般説指杜預，因被人稱爲"杜武庫"（《晋書·杜預傳》）。

〔3〕樓，《四部叢刊》作"樓"。

宿立公房

支遁初求道，深公笑買山[1]。何如石岩趣，自入户庭間。苔澗春泉滿，蘿軒夜月閑。能令許玄度[2]，吟卧不知還。

【校注】

〔1〕深公：南朝僧人。支遁曾向其買山，見《世説新語·排調》。

〔2〕許玄度：即許元度，晋名士許詢。

陪姚使君題惠上人房[1]

帶雪梅初暖，含烟柳尚青。來窺童子偈[2]，得聽法王經。會理知無我，觀空厭有形。迷心應覺悟，客思未遑寧。

【校注】

〔1〕《四部叢刊》本詩題後有“得青字”三字。

〔2〕來，宋本作“平”。

題大禹寺義公房[1]

義公習禪處，結構依空林[2]。户外一峰秀，階前群壑深[3]。夕陽連雨足[4]，空翠落庭陰。看取蓮花净，應知不染心[5]。

【校注】

〔1〕《全唐詩》題作“題大禹寺義公禪房”。大禹寺：在今浙江紹興縣會稽山。

〔2〕處，《四部叢刊》作“寂”。構，《四部叢刊》作“宇”。

〔3〕群，原注：“一作衆。”

〔4〕連，原注：“一作照。”

〔5〕應，原注：“一作方。”

過景空寺故融公蘭若〔1〕

池上青蓮宇，林間白馬泉。故人成異物，過客獨潸然〔2〕。既禮新松塔，還尋舊石筵。平生竹如意，猶挂草堂前。

【校注】

〔1〕原注：“一題作‘過潛上人舊房’。”《四部叢刊》題無“景空寺”三字。

〔2〕客，原注：“一作憩。”

題張野人園廬〔1〕

與君園廬並，微尚頗亦同。耕釣方自逸，壺觴趣不空。門無俗士駕〔2〕，人有上皇風。何處先賢傳〔3〕，惟稱龐德公。

【校注】

〔1〕詩題，宋本作“憶張野人”。題，原注：“一作憶。”

〔2〕俗士駕：語出孔稚圭《北山移文》“請回俗士駕”。

〔3〕處，原注：“一作必。”

裴司士員司户見尋〔1〕

府僚能枉駕，家醖復新開〔2〕。落日池上酌，清風松下來。厨人具鷄黍，稚子摘楊梅。誰道山公醉，猶能騎馬回。

【校注】

〔1〕詩題，《四部叢刊》作“裴司士見訪”。士，原注：“一作功。”户，原注：“一作士。”

〔2〕家，宋本作“喜”。

春日喜王九相尋[1]

二月湖水清，家家春鳥鳴。林花掃更落，徑草踏還生。酒伴來相命，開樽共解酲。當杯已入手，歌妓莫停聲。

【校注】

〔1〕原注："一題作'晚春'。"王九：即王迥。

李氏園卧病[1]

我愛陶家趣，園林無俗情。春雷百卉坼[2]，寒食四鄰清。伏枕嗟公幹，歸山羨子平[3]。年年白社客[4]，空滯洛陽城。

【校注】

〔1〕《四部叢刊》題作"李氏園卧疾"，《全唐詩》題作"李氏園林卧疾"。

〔2〕卉坼，宋本作"果坼"。

〔3〕山，《四部叢刊》作"田"。公幹：劉楨字，建安七子之一，曾於詩（《贈五官中郎將之二》）中感嘆自己身染沉痾。子平：向子平。

〔4〕白社客：用晉人董京披髮行乞住白社故事（《晉書·董京傳》）。

過故人莊

故人具鷄黍，邀我至田家。緑樹村邊合，青山郭外斜。開筵面場圃[1]，把酒話桑麻。待到重陽日，還家就菊花。[2]

【校注】

〔1〕原注："筵，一作軒。"

〔2〕家，宋本《四部叢刊》《全唐詩》均作"來"，"家"顯誤，宜改。

歲暮歸南山〔1〕

北闕休上書〔2〕，南山歸敝廬。不才明主棄，多病故人疏〔3〕。白髮催年老，青陽逼歲除。永懷愁不寐，松月夜窗虛〔4〕。

【校注】

〔1〕原注："一題作'歸故園作'。"南山：當指襄陽峴山。

〔2〕北闕：建於皇宮北面的闕觀。漢代尚書奏事、謁見皆往北闕。

〔3〕這兩句詳見孟浩然小傳注。

〔4〕窗，原注："一作堂。"

南山下與老圃期種瓜〔1〕

樵牧南山近〔2〕，林閭北郭賒。先人留素業〔3〕，老圃作鄰家。不種千株橘，惟資五色瓜〔4〕。邵平能就我，開徑剪蓬麻〔5〕。

【校注】

〔1〕詩題，宋本作"南山與卜老圃種瓜"。

〔2〕牧，《四部叢刊》作"木"。

〔3〕素，宋本作"舊"。

〔4〕千株橘：用吴丹陽太守李衡事，見《三國志・吴志・孫休傳》。資，宋本作"田"。

〔5〕剪，原注："一作有。"宋本同。

泝江至武昌〔1〕

家本洞湖上〔2〕，歲時歸思催。客心徒欲速，江路苦邅回。殘凍因風解，新正度臘開〔3〕。行看武昌柳，髣髴映樓臺〔4〕。

【校注】

〔1〕武昌：今湖北鄂州市。

〔2〕湖，原注："一作庭。"

〔3〕正度，原注："一作梅變。"

〔4〕樓，宋本作"陽"。武昌柳：晋陶侃鎮守武昌時，曾令軍士種柳（見《晋書·陶侃傳》）。

途中晴[1]

已失巴陵雨，猶逢蜀坂泥。天開斜景遍，山出晚雲低。餘濕猶沾草，殘流尚入溪。今宵有明月，鄉思遠凄凄。

【校注】

〔1〕應從《四部叢刊》《全唐詩》題作"途中遇晴"。

他鄉七夕

他鄉逢七夕，旅館益羈愁[1]。不見穿針婦[2]，空懷故國樓。緒風初減熱，新月始臨秋[3]。誰忍窺河漢，迢迢問斗牛[4]。

【校注】

〔1〕益，《四部叢刊》作"亦"。

〔2〕穿針：古時有七夕婦女結彩樓、穿七孔針之俗，名爲向織女乞巧（《荆楚歲時記》）。

〔3〕臨，原注："一作登。"

〔4〕問，原注："一作望。"

夜渡湘水

客舟貪利涉，闇裏渡湘川[1]。露氣聞芳杜，歌聲識采蓮[2]。榜人投岸火，漁子宿潭烟。行侶時相問，潯陽何處邊[3]？

【校注】

〔1〕舟，《四部叢刊》作“行”。闇，原注：“一作夜。”

〔2〕采蓮：即《采蓮曲》，又名《江南》，爲漢樂府相和歌曲。

〔3〕潯，《全唐詩》注爲“一作涔”，作涔近是。涔陽在今湖南澧縣。

歲除有懷[1]

迢遞三巴路，羈危萬里身。亂山殘雪夜，孤燭異鄉人。漸與骨肉遠，轉於僮僕親。那堪正飄泊，來日歲華新。

【校注】

〔1〕《全唐詩》題作“歲除夜有懷”。《全唐詩》一作崔涂作。

途次望鄉[1]

客行愁落日，鄉思重相催。況在他山外，天寒夕鳥來。雪深迷郢路，雲暗失陽臺[2]。可嘆凄惶子，高歌誰爲媒[3]？

【校注】

〔1〕《四部叢刊》題作“落日望鄉”。

〔2〕郢：原楚都，在今湖北江陵。陽臺：陽臺山，在漢水之南，山形如臺，後誤傳在巫峽中（見《太平寰宇記》）。

〔3〕高，原注：“一作狂，又作勞。”《四部叢刊》作“勞”。

永嘉上浦館逢張八子容[1]

逆旅相逢處，江村日暮時。衆山遥對酒，孤嶼共題詩[2]。廨宇鄰蛟室，人烟接島夷[3]。鄉園萬餘里，失路一相悲[4]。

【校注】

〔1〕宋本題作“送張子容”。

〔2〕孤嶼：孤山，在温州北面江中。

〔3〕廨宇：衙門。蛟室：《述異記》：“南海中有鮫人室。水居如魚，不廢機織，其眼泣則出珠。”島夷：指當時住在海島上的少數民族。

〔4〕失路：指張子容當時貶樂城（今浙江樂清縣）縣尉，孟浩然應舉落第。

歲除夜會樂城張少府宅〔1〕

疇昔通家好，相知無間然。續明催畫燭，守歲接長筵。舊曲梅花唱，新正柏酒傳。客行隨處樂，不見度年年。

【校注】

〔1〕樂城：今浙江樂清縣。張少府：即張子容。

寒　夜

閨户綺窗閉，佳人罷縫衣。理琴開寶匣，就枕卧重幃。夜久燈花落，薰籠香氣微。錦衾重自暖，遮莫曉霜飛〔1〕。

【校注】

〔1〕遮莫：唐人口語，這裏作“不論”解。

賦得盈盈樓上女〔1〕

夫婿久離别，青樓空望歸。妝成卷簾坐，愁思懶縫衣。燕子家家入，楊花處處飛。空床難獨守，誰爲報金徽〔2〕。

【校注】

〔1〕盈盈樓上女：《古詩·青青河畔草》成句。

〔2〕報，原注："一作解。""空床"句，《古詩·青青河畔草》尾句。金徽：亦名金微，山名，即今阿爾泰山，唐時曾置金微都督府。

閨　　情

一別隔炎涼，君衣忘短長。裁縫無處等，以意忖情量。畏瘦宜傷窘[1]，防寒更厚裝。半啼封裹了，知欲寄誰將？

【校注】

〔1〕宜，原注："一作疑。"窘，原注："一作窄。"

美人分香

艷色本傾城，分香更有情。髻鬟垂欲解，眉黛拂能輕。舞學平陽態，歌翻子夜聲。春風狹斜道，含笑待逢迎。

傷峴山雲表觀主

少小學書劍，秦吳多歲年。歸來一登眺，陵谷尚依然。豈意餐霞客，溘隨朝露先[1]。因之問閭里，把臂幾人全？

【校注】

〔1〕溘，原注："一作忽。"

除夜有懷

五更鐘漏欲相催，四氣推遷往復回。帳裏殘燈纔去焰[1]，爐中香氣盡成灰。漸看春逼芙蓉枕，頓覺寒銷竹葉杯。守歲家家應未卧，相思那得夢魂來。

【校注】

〔1〕纔去，原注：“一作猶有。”

春　情

青樓曉日珠簾映[1]，紅粉春妝寶鏡催。已厭交歡憐枕席，相將遊戲繞池臺。坐時衣帶縈纖草，行即裙裾掃落梅。更道明朝不當作，相期共鬬管弦來。

【校注】

〔1〕日，原注：“一作色。”

陪張丞相自松滋江東泊渚宮[1]

放溜下松滋，登舟命楫師。詎忘經濟日[2]，不憚沍寒時。洗幘豈獨古，濯纓良在兹。政成人自理，機息鳥無疑。雲物凝孤嶼，江山辨四維。晚來風稍急[3]，冬至日行遲。獵響驚雲夢，漁歌激楚辭。渚宮何處是？川暝欲安之[4]。

【校注】

〔1〕宋本題作“陪張丞相登當陽城樓”。張丞相：指張説，此時他被貶徙岳州後，又遷爲荆州長史。渚宮：故址在今湖北江陵，本春秋楚王别宮。

〔2〕詎，原注：“一作寧。”

〔3〕急，原注：“一作緊。”

〔4〕之，原注：“一作坻。”宋本作“抵”。

冬至後過吴張二子檀溪别業[1]

卜築因自然，檀溪更不穿[2]。園廬二友接[3]，水竹數家連。真與南山對，非關選地偏[4]。草堂時偃曝，蘭枻日周旋。外事情都遠，中流性所便。閑垂太公釣，興發子猷船。余亦幽栖者，經過竊慕焉。梅花殘臘月[5]，柳色半春天。鳥泊隨陽雁，魚藏縮項鯿。停杯問山簡，何以習池邊？

【校注】

〔1〕檀溪：在今湖北襄陽市西南。

〔2〕因，《四部叢刊》作"依"。更不，《四部叢刊》《全唐詩》作"不更"。

〔3〕廬，《四部叢刊》作"林"。

〔4〕原注："近本此下有'卜鄰依孟母，共井讓王宣。曾是歌三樂，仍聞咏五篇'四句。"與，原注："一作取。"真與，《全唐詩》作"直與"。二句本陶淵明《飲酒二十首》第五。

〔5〕月，原注："一作日。"

來闍黎新亭外[1]

八解禪林秀，三明給苑才。地偏香界遠，心净水亭開。傍險山查立，尋幽石徑回。瑞花長自下，靈藥豈須栽。碧網交紅樹，清泉盡緑苔。戲魚聞法聚，閑鳥誦經來。棄象玄應悟，忘言理必該。静中何所得，吟咏也徒哉。

【校注】

〔1〕詩題中"外"，《全唐詩》作"作"。

西山尋辛諤

漾舟尋水便[1]，因訪故人居。落日晴川裏[2]，誰言獨羡魚。石潭窺洞徹，沙岸歷紆徐。竹嶼見垂釣，茅齋聞讀書。款言忘景夕，清興屬涼初。回也一瓢飲，賢哉常晏如。

【校注】

〔1〕尋，原注：“一作乘。”

〔2〕晴，宋本《全唐詩》作“清”。

夜泊宣城界〔1〕

西塞沿江島，南陵問驛樓〔2〕。湖平津濟闊，風止客帆收。去去懷前事〔3〕，茫茫泛夕流。石逢羅剎礙，山泊敬亭幽〔4〕。火識梅根冶，烟迷楊葉洲〔5〕。離家復水宿，相伴賴沙鷗。

【校注】

〔1〕宣城：郡名，故治在今安徽宣城。

〔2〕西塞：西塞山，在今湖北省黄石市附近。南陵：縣名，即今安徽南陵縣。

〔3〕事，原注：“一作浦。”從下句看，似應作“浦”。

〔4〕羅剎礙：即羅剎洲，又名羅剎磯，在安徽貴池縣西六十里。敬亭：即敬亭山，在今安徽宣城北。

〔5〕識，原注：“一作熾。”“識”爲確。梅，原注：“一作海。”梅根冶：又名梅根監，在安徽貴池縣東，自六朝以來，就是冶鑄業發達的地方，楊葉洲：在安徽貴池縣西北大江中，形狀像楊葉。

醉後贈馬四〔1〕

四海重然諾，吾嘗聞白眉。秦城遊俠窟〔2〕，相得半酣時。

【校注】

〔1〕馬，原注：“一作高。”

〔2〕窟，原注：“一作客。”

送朱大入秦[1]

遊人五陵去，寶劍值千金。分手脱相贈，平生一片心。

【校注】

〔1〕宋本題作“送朱入秦”。朱大：即朱去非，孟浩然的友人。

送友人之京

君登青雲去，予望青山歸。雲山從此别，泪濕薜蘿衣。

春　　曉[1]

春眠不覺曉，處處聞啼鳥。夜來風雨聲，花落知多少[2]！

【校注】

〔1〕宋本題作“春晚絶句”。

〔2〕原注：“一作‘欲知昨夜風，花落無多少’。”

洛中訪袁拾遺不遇

洛陽訪才子，江嶺作流人。聞説梅花蚤，何如北地春[1]。

【校注】

〔1〕北，原注：“一作此。”

同儲十二洛陽道中作[1]

珠彈繁華子，金羈遊俠人。酒酣白日暮，走馬入紅塵。

【校注】

〔1〕詩題，宋本無“中作”二字。

宿建德江[1]

移舟泊烟渚，日暮客愁新。野曠天低樹，江清月近人。

【校注】

〔1〕詩題，宋本作“建德江宿”。建德：今浙江建德縣梅城鎮。

凉州詞[1]

渾成紫檀金屑文，作得琵琶聲入雲。胡地迢迢三萬里，那堪馬上送明君。

【校注】

〔1〕凉州詞：樂府近代曲辭名。

異方之樂令人悲，羌笛胡笳不用吹。坐看今夜關山月[1]，思殺邊城遊俠兒。

【校注】

〔1〕關山：在陝西隴縣西，爲古來邊塞要隘之地。

送杜十四之江南[1]

荆吴相接水爲鄉[2]，君去春江正淼茫。日暮征帆何處泊[3]？天涯一望斷人腸！

【校注】

〔1〕原注：“一題作‘送杜晃進士之東吴’。”《四部叢刊》作“送杜十四”。

〔2〕爲，宋本作“鳥”。

〔3〕原注：“一作泊何處。”

渡浙江問舟中人[1]

潮落江平未有風，扁舟共濟與君同[2]。時時引領望天末，何處青山是越中？

【校注】

〔1〕宋本題作“濟江問舟人”。一作崔國輔作，不確。

〔2〕扁，《四部叢刊》作“輕”。

李　質

字公幹，襄陽人[1]。

【校注】

〔1〕見《全唐詩》李質小傳。《新唐書》《舊唐書》韓弘傳後略有記載。

得日觀[1]

曾入桃原路，桃源信少雙[2]。洞霞標素練[3]，蘚壁畫陰窗。古木疑撐月[4]，危峰欲墮江。自吟空向寂，誰與倒秋缸[5]。

【校注】

〔1〕原注："在寧州旌陽山下。"《全唐詩》題作"宿日觀東房詩"。

〔2〕原，應作"源"，《全唐詩》作"溪"。桃，《全唐詩》作"仙"。

〔3〕標，《全唐詩》作"飄"。

〔4〕疑，《全唐詩》作"愁"。

〔5〕與，《全唐詩》作"共"。

史　　青

零陵人，博學强記。開元初上書自薦云："臣聞曹子建七步成章，陛下若試臣，五步之内可塞明詔。"試《昭君怨》及《除夕》詩，玄宗賞之〔1〕。

【校注】

〔1〕據《全唐詩》"史青"條，玄宗同時還詔試了上元、竹火籠等詩，授史青左監門衛將軍。

應詔賦得除夕〔1〕

今歲今宵盡，明年明日催。寒隨一夜去，春逐五更來。氣色空中改，容顏暗裏回。風光人不覺，已著後庭梅〔2〕。

【校注】

〔1〕《全唐詩》題爲"應詔賦得除夜"。

〔2〕著，原注："一作入。"庭，原注："一作園。"

席　　夔

襄陽人[1]

【校注】

〔1〕見《全唐詩》席夔小傳,《登科記考·貞元十年》席夔條。

霜　　菊

時令忽已變，行看被霜菊。可憐後時秀，當此凜霜肅[1]。淅瀝翠枝翻，凄清金蕊馥。凝姿節堪重，澄艷景非淑。寧祛青女威，願盈君子掬。特來泛樽酒，永以照幽獨。

【校注】

〔1〕霜,《全唐詩》作“風”。

孟雲卿

武昌人，第進士，官校書郎[1]，與杜甫元結最善。一載雲卿爲平昌人。按：元結《送孟校書往南海》詩序云，雲卿與次山同州里，以辭學相友善。又袁郊《甘澤謠》云：陶峴開元中與樊口進士孟雲卿奏清商曲於江湖，號水仙。是雲卿非平昌人也。

【校注】

〔1〕見《全唐詩》孟雲卿小傳。元結《送孟校書往南海》詩序。

古別離

明日上高臺[1]，離人怨秋草。但見萬里天，不見萬里道。君行本迢遠，苦樂良難保[2]。宿昔夢同衾，憂心嘗傾倒[3]。含酸欲誰訴，展轉傷懷抱。結髮年已遲，征行去何早？寒暄有時謝，憔悴難再好。人皆算年壽，死者何曾老？少壯無見期，水深風浩浩。

【校注】

〔1〕明，《全唐詩》作“朝”。

〔2〕迢，原注：“一作遥。”良，原注：“一作誠。”

〔3〕傾，原注：“一作顛。”

今別離

結髮生別離，相思復相保。如何日已久，五變中庭草[1]。渺渺大海途，悠悠吴江島[2]。但恐不出門，出門無遠道。遠道行既難，家貧衣復單[3]。嚴風吹積雪，晨起鼻何酸！人生各有志，豈不懷所安。分明天上日，生死願同歡。

【校注】

〔1〕中庭，《全唐詩》作"庭中"。

〔2〕吴江：即吴淞江，又名蘇州河。

〔3〕復，原注："一作裳。"

悲哉行

孤兒去慈親，遠客喪主人。莫吟苦辛曲，此曲誰忍聞！可聞不可説，去去無期别。行人念前程，不待參辰没。朝亦常苦饑，暮亦常苦饑。飄飄萬餘里，貧賤多是非。少年莫遠遊，遠遊多不歸。

行行且遊獵篇[1]

少年多武力，勇氣冠幽州。何以縱心賞，馬蹄春草頭。遲遲平原上，狐兔奔林丘。猛火忽前逝，俊鷹連下韝。俯身逐南北，輕捷固難儔。所發無不中，失之如我讐[2]。豈唯務馳騁，猗爾暴田疇。殘殺非不痛，古來良有由。

【校注】

〔1〕行行且遊獵篇：樂府雜曲歌辭。

〔2〕讐，原本作"儔"，《全唐詩》作"讐"，作"讐"爲是。

古挽歌

草草閭巷喧，塗車儼成位[1]。冥冥何所須[2]，盡我生人意。北邙路非遠[3]，此别終天地。臨穴頻撫棺，至哀反無淚。爾形未衰老，爾息纔童稚[4]。骨肉安可離，皇天若容易。房帷即靈帳，庭宇爲哀次。薤露歌若斯[5]，人生盡如寄。

【校注】

〔1〕閒，原注："一作門。"

〔2〕第二字"冥"，原注："一作寂。"

〔3〕北邙：即北邙山，洛陽北部，東漢以來爲葬死人之地。

〔4〕息：子。

〔5〕薤露歌：古樂府中喪歌的一種。

放歌行

吾觀天地圖，世界亦何小〔1〕！落落大海中，飄浮數洲島。賢愚與蟻虱，一種同草草。地脈日夜流，天衣有時掃。東山謁居士，了我生死道。目見難噬臍，心通可親腦。軒皇竟磨滅，周孔亦衰老。永謝當時人，吾將寶非寶。

【校注】

〔1〕何，《全唐詩》作"可"。

傷懷贈故人

稍稍晨鳥翔，淅淅草上霜。人生早罹苦，壽命恐不長。二十學已成，三十名不彰。豈無同門友，貴賤易中腸。驅馬行萬里，悠悠過帝鄉。幸因弦歌末，得上君子堂。衆樂互喧奏，獨子備笙簧。坐中無知音，安得神揚揚。願因高風起，上感白日光。

鄴城懷古〔1〕

朝發淇水南〔2〕，將尋北燕路。魏家舊城闕，寥落無人住。伊昔天地屯，曹公獨中據。群臣將北面，白日忽西暮。三臺竟寂寞〔3〕，萬事良難固。雄豪安在哉〔4〕，衰草沾霜露。崔巍長河北，尚見應劉墓〔5〕。古樹藏龍蛇，荒茅伏狐兔。永懷故池館，數子連章句。逸興驅山河，雄詞變雲霧。我行睹遺迹，精爽如可遇[6]。斗酒將酬君[7]，悲風白楊樹。

【校注】

〔1〕鄴城：建安中曹操爲魏王時定都之處，魏代漢後，鄴城仍爲五都之一，故址在今河北臨漳縣西南鄴鎮。

〔2〕淇水：在河南北部。

〔3〕寞，原注："一作寥。"三臺：指鄴城中的冰井、銅爵、金虎三臺。

〔4〕豪，原注："一作圖。"

〔5〕應劉：應瑒、劉楨。

〔6〕可，原注："一作相。"

〔7〕酬，《全唐詩》作"酹"。

傷　情

爲長心易憂，早孤意常傷。出門先躊躇，入户亦彷徨。此生亦何苦，前事安可忘。兄弟先我没，孤幼盈我傍。舊居近東南，河水新爲梁。松柏今在兹，安忍思故鄉。四時與日月，萬物各有常。秋風已一起，草木無不霜。行行當自勉[1]，不忍再思量。

【校注】

〔1〕自勉，原注："一作勉栴。"

田園觀雨兼晴後作

貧賤少情欲，借荒種南陂[1]。我非老農圃，安得良土宜。秋成不廉儉，歲餘多餒饑。顧視倉廪間，有糧不成炊。晨登南園上，暮歇清蟬悲。早苗既芃芃，晚田尚離離。五行孰堪廢，萬物當及時。賢哉數夫子，開翅慎勿遲。

【校注】

〔1〕借，原注："一作惜。"

汴河阻風

清晨自梁宋，挂席之楚荆。出浦風漸惡，傍溪舟欲横[1]。大河噴東注，群動皆窅冥[2]。白霧魚龍氣，黑雲牛馬形。蒼茫迷所適，安危懼暫寧[3]。信此天地内，孰爲身命輕。丈夫苟未達，所向須存誠。前路舍舟去，東南仍曉晴[4]。

【校注】

〔1〕溪，《全唐詩》作"灘"。

〔2〕窅，原注："一作昏。"

〔3〕安危，《全唐詩》作"危安"。

〔4〕仍，原注："一作應。"

行路難

君不見高山萬仞連蒼旻，天長地久成埃塵。君不見長松百尺多勁節，狂風暴雨終摧折。古今何世無聖賢，吾愛伯陽真乃天。金堂玉闕朝群仙，拍手東海成桑田。海中之水慎勿枯，烏鳶啄蚌傷明珠。行路難，艱險莫踟躕。

途中寄友人

昔時聞遠路，謂是等閑行。及到求人地，始知爲客情。事將公道背，塵繞馬蹄生。倘使長如此，便堪休去程。

新安江上寄處士[1]

深潭與淺灘，萬轉出新安。人遠禽魚静，山空水木寒。嘯起青蘋末[2]，吟矚白雲端。即事遂幽賞，何必挂儒冠。

【校注】

〔1〕新安江：指浙江省的富春江上游一段。

〔2〕“嘯起”句：語本宋玉《風賦》“夫風，生於地，起於青蘋之末”。

寒　食

二月江南花滿枝，他鄉寒食遠堪悲。貧居往往無烟火，不獨明朝爲子推[1]。

【校注】

〔1〕子推：即介子推。

元　結

字次山，襄陽人[1]。少不羈，年十七始折節向學，天寶中舉進士。蘇源明薦於肅宗，上時議，凡三篇。攝監察御史，發宛葉軍屯泌陽，全十五城，帝善之。代宗時，侍親歸樊上，後拜道州刺史，作《舂陵行》，撰《大唐中興頌》，刻於浯溪。進容管經略使，民樂其教。結始著書，稱元子避亂入猗玗洞，稱猗玗子，後徙家瀼，稱浪士。大曆初，拜御史中丞，呼漫郎客，樊上更爲聱叟，又稱漫叟。

【校注】

〔1〕關於元結的籍貫，《全唐詩》小傳作河南人。《新唐書・元結傳》載其《自釋》："河南，元氏望也……少居商餘山，著《元子》十篇，故以元子爲稱。天下兵興，逃亂入猗玗洞，始稱猗玗子。後家瀼濱，乃自稱浪士。"可知河南是元結的郡望，並非元結生長之地。所謂商餘山，查有關資料，河南地區並無此山名，疑爲商於山，在今河南淅川縣以西，緊接湖北邊界，唐時屬於襄陽郡。廖元度説元結爲襄陽人，是就其生長地而言。

網　罟

《網罟》，伏羲氏之樂歌也。其義蓋稱伏羲能易人取禽獸之勞。凡二章，章四句。

吾人苦兮，水深深。網罟設兮，水不深。

吾人苦兮，山幽幽。網罟設兮，山不幽。

思太古

東南三千里，沅湘爲太湖。湖上山谷深，有人多似愚[1]。嬰孩寄樹顛，就水捕鮋鱸。所歡同鳥獸，身意復何拘！吾行遍九州，此風皆已無。吁嗟聖賢教，不覺久踟躕。

【校注】

〔1〕二句用“愚公谷”故事。齊桓公逐豬入山谷之中，見一老公而問地名，老公謂是愚公谷（劉向《説苑》）。

賤士吟

南風發天和，和氣天下流。能使萬物榮，不能變羈愁。爲愁亦何爾？自請説此由。諂競實多路，苟邪皆共求。嘗聞古君子[1]，指以爲深羞。正方終莫可，江海有滄洲。

【校注】

〔1〕嘗，《四部叢刊》作“常”。

貧婦詞

誰知苦貧夫，家有愁怨妻。請君聽其詞，能不爲酸凄[1]。所憐抱中兒，不如山下麑。空念庭前地，化爲人吏蹊。出門望山澤，回頭心復迷[2]。何時見府主，長跪向之啼。

【校注】

〔1〕凄，原本作“栖”，《四部叢刊》作“嘶”，《全唐詩》作“凄”。作“栖”顯誤，從《全唐詩》。

〔2〕頭，《四部叢刊》作“顧”。

去鄉悲

踟躕古塞關，悲歌爲誰長？日行見孤老，羸弱相提將。聞其呼怨聲，聞聲問其方。乃言無患苦，豈棄父母鄉！非不見其心，仁惠誠所望。念之何可説，獨立爲凄傷。

壽翁興

借問多壽翁，何方自修育？惟云順所然，忘情學草木。始知世上術，勞苦化金玉[1]。不見充所求，空聞肆耽欲[2]。清和存王母，潛濩無亂黷。誰正好長生，此言堪佩服。

【校注】

〔1〕化，原注："一作分。"

〔2〕肆，《四部叢刊》作"恣"。

春陵行[1]並序

癸卯歲，漫叟授道州刺史[2]。道州舊四萬餘户，經賊已來[3]，不滿四千，大半不勝賦税。到官未五十日，承諸使徵求符牒二百餘封，皆曰：失其限者，罪至貶削。於戲！若悉應其命，則州縣破亂，刺史欲焉逃罪！若不應命，又即獲罪戾，必不免也！吾將守官，静以安人，待罪而已。此州是春陵故地，故作《春陵行》以達下情。

軍國多所需[4]，切責在有司。有司臨郡縣，刑法競欲施。供給豈不憂，徵斂又可悲。州小經亂亡，遺人實困疲。大鄉無十家，大族命單羸。朝餐是草根，暮食仍木皮[5]。出言氣欲絶，意速行步遲[6]。追呼尚不忍，况乃鞭撲之。郵亭傳急符，來往迹相追。更無寬大恩，但有迫促期。欲令鬻兒女，言發恐亂隨。悉使索其家，而又無生資。聽彼道路言，怨傷誰復知。去冬山賊來，殺奪幾無遺。所願見王官，撫養以惠慈。奈何重驅逐，不使存活爲。安人天子命，符節我所持。州縣忽亂亡，得罪復是誰！逋緩違詔令，蒙責固其宜[7]。前賢重守分，惡以禍福移。亦云貴守官，不愛能適時。顧惟孱弱者，正直當不虧。何人采國風，吾欲獻此辭。

【校注】

〔1〕春陵：漢代侯國名，長沙定王子買封於此，故址在今湖南省寧遠縣附近。

〔2〕癸卯歲：指唐代宗廣德元年（763）。漫叟：元結自號。道州：州治在今湖南道縣。春陵唐時屬道州轄境。

〔3〕賊，即“西原蠻”，詳見下首《賊退示官吏》注。

〔4〕需，《四部叢刊》作“須”。

〔5〕仍，《四部叢刊》作“是”。

〔6〕意，《四部叢刊》作“言”。

〔7〕其，《四部叢刊》作“所”。

賊退示官吏並序

癸卯歲，西原賊入道州〔1〕，焚燒殺掠幾盡而去。明年賊又攻永破邵〔2〕，不犯此州邊鄙而退。豈力能制敵歟？蓋蒙其傷憐而已。諸使何爲忍苦徵斂？故作詩一篇，以示官吏。

昔年逢太平，山林二十年。泉源在庭户，洞壑當門前。井税有常期，日宴猶得眠。忽然遭世變，數歲親戎旃。今來典斯郡，山夷又紛然。城小賊不屠，人貧傷可憐。是以陷鄰境，此州獨見全。使臣將王命，豈不如賊焉！今彼徵斂者，迫之如火煎。誰能絶人命，以作時世賢。思欲委符節，引竿自刺船。將家就魚麥，歸老江湖邊。

【校注】

〔1〕西原賊：指當時被稱爲“西原蠻”的少數民族。西原：即西原州，在今廣西西南部，唐時爲羈縻州。

〔2〕永：即永州，治所在今湖南零陵。邵：即邵州，治所在今湖南邵陽市。

與黨評事並序

大理評事黨曄，好閑自退，元子愛之，作詩贈焉。

自顧無功勞，一歲官再遷。跼身班次中，嘗竊愧耻焉[1]。加以久荒浪，惛愚性頗全。未知在冠冕，不合無拘牽。勤强所不及，於人或未然。豈忘惠君子，恕之識見偏。且欲因我心，順爲理化先。彼云萬物情，有願隨所便。愛君得自遂，令我空淵禪。

【校注】

〔1〕嘗，《四部叢刊》作“常”。

與瀼溪鄰里有序

乾元元年，元子將家自全於瀼溪。上元二年，領荆南之兵鎮於九江[1]，方在軍旅，與瀼溪鄰里不得如往時相見遊。又知瀼溪之人日轉窮困，故作詩與之。

昔年苦逆亂，舉族來南奔。日行幾十里，愛君此山村。峰谷互回映，誰家無泉源。修竹多夾路，扁舟皆到門。瀼溪中曲濱，其陽有閑園。鄰里昔贈我，許之及子孫。我嘗有匱乏，鄰里能相分。我嘗有不安，鄰里能相存。斯人轉貧弱，力役非無冤。終以瀼濱訟，無之天下論[2]。

【校注】

〔1〕九江：即潯陽郡，治所在今江西九江。

〔2〕之，應依《全唐詩》作“令”。

招孟武昌〔1〕並序

漫叟作退谷銘，指曰：干進之客，不能遊之〔2〕。作杯湖銘，指曰：爲人厭者，勿泛杯湖。孟士源嘗黜官，無情干進，在武昌不爲人厭，可遊退谷，可泛杯湖，故作詩招之。

風霜枯萬物，退谷如春時。窮冬涸江海，杯湖澄清漪。湖盡到谷口，單船近階墀。湖中更何好，坐見大江水。攲石爲水涯，半山在湖裏。谷口更何好，絶壑流寒泉。松桂蔭茅舍，白雲生坐邊。武昌不干進，武昌人不厭。退谷正可遊，杯湖任來泛。湖上有水鳥，見人不飛鳴。谷口有山獸，往往隨人行。莫將車馬來，令我鳥獸驚。

【校注】

〔1〕孟武昌：即孟彦深，字士源。

〔2〕能，《四部叢刊》作“得”。

喻瀼溪鄉舊遊

往年在瀼濱，瀼人皆忘情。今來遊瀼鄉，瀼人見我驚。我心與瀼人，豈有辱與榮。瀼人異其心，應爲我冠纓。昔賢惡如此，所以辭公卿。貧窮老鄉里，自休還力耕。況曾經逆亂，日厭聞戰争。尤愛一溪水，而能存瀼名〔1〕。終當來其濱，飲啄全此生。

【校注】

〔1〕瀼，《四部叢刊》《全唐詩》均作“讓”，作“瀼”誤，宜改。

喻舊部曲

漫遊樊水陰〔1〕，忽見舊部曲。尚言軍中好，猶望有所屬。故令争者心，至死終不足。與之一杯酒，喻使燒戎服。兵興向十年，所見堪嘆哭。相逢是遺人，當合識榮辱。勸汝學全生，隨我畬退谷[2]。

【校注】

〔1〕樊水：在今湖北鄂城縣。

〔2〕退谷：在湖北鄂州市樊山、郎亭二山之間，孟彦深命名爲退谷，元結作退谷銘。

送孟校書往南海[1] 並序

平昌孟雲卿，與元次山同州里[2]，以詞學相友幾二十年。次山今罷守春陵，雲卿始典校芸閣。於戲！材業，次山不如雲卿；詞賦，次山不如雲卿；通和，次山不如雲卿。在次山又詡然求進者也。誰言時命，吾欲聽之。次山今且未老，雲卿少次山六七歲。雲卿聲名滿天下，知己在朝廷，及次山之年，雲卿何事不可至。勿隨長風乘興蹈海，勿愛羅浮往而不歸[3]。南海幕府有樂安任鴻，與次山最舊，請任公爲次山一白府主，趣資裝雲卿使北歸，慎勿令徘徊海上。諸公第作歌送之。

吾聞近南海，乃是鰮魅鄉。忽見孟夫子，歡然遊此方。忽喜海風來，海帆又欲張。漂漂隨所去，不念歸路長。君有失母兒，愛之似阿陽。始解隨人行，不欲離君傍。相勸早旋歸，此言慎勿忘！

【校注】

〔1〕詩題，《四部叢刊》作“别孟校書”，無序。孟校書：即孟雲卿，官校書郎。南海：郡名，唐時治所在番禺（即今廣州市）。

〔2〕同州里，原文作“春州里”，《全唐詩》作“同州里”，作“春”顯誤，據改。

〔3〕羅浮：山名，在廣東增城。

夜宴石魚湖作[1]

風霜雖慘然，出遊熙天正。登臨日暮歸，置酒湖上亭。高燭照泉深，光華溢軒楹。如見海底日，曈曈始欲生。夜寒閉窗户，石溜何清泠。若在深洞中，半崖聞水聲。醉人疑舫影，呼指遞相驚。何故有雙魚，隨吾酒舫行？醉昏能誕語，勸醉能忘情。坐無拘忌人，勿限醉與醒。

【校注】

〔1〕石魚湖：在今湖南道縣。元結有《石魚湖上作》詩並序可參。

劉侍御月夜宴會[1] 並序

兵興以來[2]，十一年矣！獲與同志歡醉達旦，咏歌取適，無一二焉。乙巳歲，彭城劉靈源在衡陽逢故人或有在者，日昔相會，第歡遠遊[3]。始與諸公待月而笑語，竟與諸公愛月而歡醉。咏歌夜久，賦詩言懷。於戲！文章道喪蓋久矣[4]，時之作者，煩雜過多，歌兒舞女，且相喜愛，系之風雅，誰道是耶？諸公嘗欲變時俗之淫靡爲後生之規範，今夕豈不能道達性情，成一時之美乎！

我從蒼梧來，將耕舊山田。踟躕爲故人，且復停歸船。日夕得相從，轉覺和樂全。愚愛涼風來，明月正滿天。河漢望不見，幾星猶粲然。中夜興欲酣，改坐臨清川。未醉恐天旦，更歌促繁弦。歡娱不可逢，請君莫言旋。

【校注】

〔1〕《四部叢刊》無詩序。

〔2〕兵興：指安史之亂。

〔3〕乙巳歲：即唐代宗永泰元年（765）。彭城：今江蘇徐州市一帶。

〔4〕文章道喪：陳子昂《東方左史虬修竹篇》序：“文章道弊五百年矣！”

指晉宋以來的駢麗文風。

瀌陽亭作並序

初得瀌泉〔1〕，則爲亭於泉上，因開檐溜，又得石渠。泉渠相宜，亭更加好，以亭在泉北，故名之曰“瀌陽亭”〔2〕。

問吾嘗宴息，泉上何處好？獨有瀌陽亭，令人可終老。前軒臨瀌泉，憑几漱清流。外物自相擾，淵淵還復休。有時出東户，更欲檐下坐。非我意不行，石渠能留我。峰石若鱗次，敧垂復旋回。爲我引瀌泉，泠泠檐下來。天寒宜泉温，泉寒宜天暑。誰到瀌陽亭，其心肯思去。

【校注】

〔1〕瀌泉：在今湖南道縣。

〔2〕名，《四部叢刊》《全唐詩》均作“命”。

説洄溪招退者〔1〕

長松亭亭滿四山，山間乳竇流清泉。洄溪正在此山裏，乳水松膏常灌田。松膏乳水田肥良，稻苗如蒲米粒長。糜色如珈玉液酒〔2〕，酒熟猶聞松節香。溪邊老翁年幾許，長男頭白孫嫁女。問言只食松田米，無藥無方向人語。浯溪石下多泉源〔3〕，盛暑大寒冬大温。屠蘇宜在水中石，洄溪一曲自當門。吾今欲作洄溪翁，誰能住我舍西東。勿憚山深與地僻，羅浮尚有葛仙翁。

【校注】

〔1〕洄溪：在今湖南江華縣。

〔2〕糜，應從《全唐詩》作“穈”。穈爲黍中的一種，常用來做酒。

〔3〕浯溪：在今湖南祁陽縣。其名爲元結所命。

石魚湖上醉歌並序

漫叟以公田米釀酒，因休暇則載酒於湖上，時取一醉。歡醉中，據湖岸，引臂向魚取酒，使舫載之，遍飲坐者。意疑倚巴丘，酌於君山之上[1]，諸子環洞庭而坐，酒舫泛泛然觸波濤而往來者，乃作歌以長之。

石魚湖，似洞庭，夏水欲滿君山青。山爲樽，水爲沼[2]，酒徒歷歷坐洲島。長風連日作大浪，不能廢人運酒舫。我持長瓢坐巴丘，酌飲四坐以散愁。

【校注】

〔1〕巴丘：山名，在今湖南岳陽。君山：在洞庭湖中。

〔2〕水，原本作“酒”，從《四部叢刊》《全唐詩》改。

橘　　井[1]

靈橘無根井有泉，世間如夢更千年[2]。鄉園不見重歸鶴，姓字今爲第幾仙？風冷露壇人悄悄，地閑荒徑草綿綿。如何蹑得蘇君迹，白日霓旌擁上天。

【校注】

〔1〕橘井：在今湖南郴縣東，得名於蘇仙公事。

〔2〕更，《全唐詩》作“又”。

欸乃曲五首[1]録二　並序

大曆丁未中，漫叟以軍事詣都使[2]，還州逢春水，舟行不進。作《欸乃五首》，舟子唱之，蓋欲取適於道路耳[3]。

湘江二月春水平，滿月和風宜夜行。唱橈欲過平陽戍[4]，守吏相呼問姓名。

【校注】

〔1〕原五首，這裏録第二、五兩首。

〔2〕起句以下，《全唐詩》爲："漫叟結爲道州刺史，以軍事詣都使。"大曆丁未：唐代宗大曆二年（767）。

〔3〕"作欸乃五首"，首，《四部叢刊》作"曲"。舟子唱之，《全唐詩》作"命舟子唱之"。"蓋欲取適干道路耳"，耳，《四部叢刊》作"云"，全句《全唐詩》爲："蓋以欲取適於道路耳，詞曰……"

〔4〕平陽：縣名，今湖南桂陽縣。

下瀧船似入深淵，上瀧船似欲昇天。瀧南始到九疑郡[1]，應絶高人乘興船。

【校注】

〔1〕九疑郡：指九疑山所在之郡。

孟彦深

字士源。天寶初登進士，官武昌令，遂卜居樊山[1]。山下有湖，命曰“杯湖”。元次山爲之銘，指曰：爲人厭者，勿泛杯湖。其《退谷銘》曰：干進之客，不能遊之[2]。

【校注】

〔1〕據《全唐詩》孟彦深小傳，《唐詩紀事》卷二十四，孟彦深於天寶二年（743）中進士。元結居樊山時，爲其作《杯湖銘》和《退谷銘》。

〔2〕以上參見前元結《招孟武昌》詩序。

元次山居武昌之樊昌，新春大雪，以詩問之[1]

江山十日雪，雪深江霧濃。起來望樊山[2]，但見群玉峰。林鶯却不語，野獸翻有踪。山中應大寒，短褐何以完[3]？皓氣凝書帳，清著釣魚竿。懷君欲進謁，溪滑渡舟難。

【校注】

〔1〕元次山：元結。武昌：今湖北鄂州市。樊昌：亦在鄂州市。

〔2〕樊山：在今湖北鄂州市。

〔3〕完，原注：“一作安。”

楚風補卷之九

杜　　甫

字子美，襄陽人，審言之孫。天寶中，舉進士不第。因遊長安，奏賦三篇，帝奇之，授京兆府兵曹參軍。禄山亂，避走三川。肅宗立，奔謁行在，拜右拾遺〔1〕。房琯罷相，上疏言琯不宜免，帝怒，出爲華州司功參軍。時嚴武節度劍南，表爲參謀、檢校工部員外郎。武卒，崔旰等亂，往來梓夔間。大曆中，客耒陽。游岳祠，大水遽至，涉旬不得食，縣令具舟迎還。饋牛炙白酒，大醉，一夕卒。年五十九。有集六十卷行世。詳見本傳〔2〕。

【校注】

〔1〕右，誤，當爲"左"。

〔2〕本傳：即新、舊《唐書·杜甫傳》。

前出塞〔1〕

出門日已遠，不受徒旅欺。骨肉恩豈斷〔2〕，男兒死無時。走馬脱轡頭，手中挑青絲。捷下萬仞崗，俯身試搴旗。

【校注】

〔1〕出塞：屬樂府古題。杜甫此題之詩共九首，這裏録二、四、六共三首。

〔2〕豈，原本作"無"，顯誤。現據《續古逸叢書》的影宋本《杜工部集》（以下簡稱影宋本）和《古逸叢書》影印《杜工部草堂詩箋》（以下簡稱草堂本）

改正。

送徒既有長，遠戍亦有身。生死向前去，不勞吏怒嗔。路逢相識人，附書與六親。哀哉兩决絶，不復同苦辛。

挽弓當挽强，用箭當用長。射人先射馬，擒賊先擒王。殺人亦有限，立國自有疆。苟能制侵陵，豈在多殺傷。

後出塞〔1〕

朝進東門營，暮上河陽橋〔2〕。落日照大旗，馬鳴風蕭蕭。平沙列萬幕，部伍各見招。中天懸明月，令嚴夜寂寥。悲笳數聲動，壯士慘不驕。借問大將誰，恐是霍嫖姚。

【校注】

〔1〕《後出塞》共五首，此處録第二、五兩首。

〔2〕洛陽有“上東門”，軍營駐紮在東面，故稱“東門營”。河陽橋：在河南孟津縣，爲横跨黄河的浮橋。

我本良家子，出師亦多門。將驕益愁思，身貴不足論。躍馬二十年，恐辜明主恩〔1〕。坐見幽州騎，長驅河洛昏。中夜間道歸，故里但空村。惡名倖脱免，窮老無兒孫。

【校注】

〔1〕辜，影宋本、草堂本作“孤”，作“孤”似較確。

新婚别

菟絲附蓬麻，引蔓故不長。嫁女與征夫，不如棄路傍。結髮爲君妻[1]，席不暖君床。暮婚晨告别，無乃太匆忙。君行雖不遠，守邊赴河陽。妾身未分明，何以拜姑嫜。父母養我時，日夜令我藏。生女有所歸，鷄犬亦得將。君今往死地，沈痛迫中腸！誓欲隨君去，形勢轉蒼黄。勿爲新婚念，努力事戎行。婦人在軍中，兵氣恐不揚。自嗟貧家女，久致羅襦裳。羅襦不復施，對君洗紅妝。仰視百鳥飛，大小必雙翔。人事多錯迕，與君永相望。

【校注】

〔1〕君妻，影宋本、草堂本作“妻子”。

垂老别

四郊未寧静，垂老不得安。子孫陣亡盡，焉用身獨完！投杖出門去，同行爲辛酸。幸有牙齒存，所悲骨髓乾。男兒既介胄，長揖别上官。老妻卧路啼，歲暮衣裳單。孰知是死别，且復傷其寒。此去必不歸，還聞勸加餐。土門壁甚堅，杏園度亦難[1]。勢異鄴城下，縱死時猶寬。人生有離合，豈擇盛衰端[2]。憶昔少壯日，遲回竟長嘆。萬國盡征戍，烽火被岡巒。積屍草木腥，流血川原丹。何鄉爲樂土，安敢尚盤桓！棄絶蓬室居，塌然摧肺肝！

【校注】

〔1〕土門：即土門關，故址在今河北井陘北井陘山上。杏園：即杏園鎮，故址在今河南汲縣。

〔2〕盛衰，影宋本、草堂本作“衰老”。

無家别

寂寞天寶後，園廬但蒿藜。我里百餘家，世亂各東西。存者無消息，死者爲塵泥。賤子因陣敗[1]，歸來尋舊蹊。久行見空巷，日瘦氣慘凄。但對狐與狸，竪毛怒我啼。四鄰何所有，一二老寡妻。宿鳥戀本枝，安辭且窮栖！方春獨荷鋤，日暮還灌畦。縣吏知我至，召令習鼓鞞。雖從本州役，内顧無所携。近行止一身，遠去終轉迷。家鄉既蕩盡，遠近理亦齊。永痛長病母，五年委溝溪[2]！生我不得力，終身兩酸嘶。人生無家别，何以爲蒸黎！

【校注】

〔1〕陣敗：指九節度使鄴城戰敗。

〔2〕五年：指從天寶十四載安禄山叛亂到乾元二年。

有懷台州鄭十八司户虔[1]

天台隔三江[2]，風浪無晨暮。鄭公縱得歸，老病不識路。昔如水上鷗，今爲罝中兔。性命由他人，悲辛但狂顧。山鬼獨一脚，蝮蛇長如樹[3]。呼號傍孤城，歲月誰與度。從來禦魑魅，多爲才名誤。夫子嵇阮流，更被時俗惡。海隅微小吏，眼暗髮垂素。黄帽映青袍[4]，非供折腰具。平生一杯酒，見我故人遇。相望無所成，乾坤莽回互。

【校注】

〔1〕詩題，原注：“自注云虔時坐污，貶台州司户。”台州：唐代州名，治所在臨海。鄭十八：即鄭虔，杜甫的好友。

〔2〕天台：指天台山，在當時台州境内。三江：《爾雅》注爲岷江、浙江、松江。《杜詩詳注》注爲長江、浙江、曹娥江。

〔3〕蝮蛇：一種大蛇。《山海經》：“蝮蛇色如綬紋，大者百餘斤，一名反鼻蛇。”

〔4〕“黄帽映青袍”句，影宋本作“鳩杖近青袍”。

示從孫濟[1]

平明跨驢出，未知適誰門。權門多噂沓[2]，且復尋諸孫。諸孫貧無事，宅舍如荒村。堂前自生竹，堂後自生萱。萱草秋已死，竹枝霜不蕃[3]。淘米少汲水，汲多井水混[4]。刈葵莫放手，放手傷葵根。阿翁懶惰久，覺兒行步奔。所來爲宗族，亦不爲盤飧。小人利口實，薄俗難具論。勿受外嫌猜，同姓古所敦。

【校注】

〔1〕從孫：昆弟之孫。濟：杜濟，字應物。據《新唐書·宰相世系表》，杜濟爲杜預十四代孫，杜甫爲杜預十三代孫。據此，表恐誤。

〔2〕噂沓，原本作“蹲沓”，影宋本、草堂本作“噂沓”。按“噂沓”出自《詩經·十月之交》“噂沓背憎”，作“蹲沓”顯誤。噂沓：衆口紛紜。

〔3〕竹枝，原本作“竹根”，據草堂本、影宋本改。

〔4〕汲多，原本作“汲水”，據草堂本、影宋本改。

夢李白二首[1]

死别已吞聲，生别常惻惻。江南瘴癘地，逐客無消息。故人入我夢，明我常相憶。恐非平生路，道遠不可測。魂來楓林清，魂返關塞黑。君今在羅網，何以有羽翼？落月滿屋梁，猶疑照顔色。水深波浪闊，無使蛟龍得。

【校注】

〔1〕至德二載（757），李白因參預永王璘的軍事行動而被告犯有謀反罪。乾元元年（758）被流放夜郎（今貴州境内），乾元二年遇赦。然而杜甫一直不知李白遇赦消息。此詩大約作於杜甫流寓秦州時。

浮雲終日行，遊子久不至。三夜頻夢君，情親見君意。告歸常局促，苦道來不易。江湖多風波，舟楫恐失墜。出門搔白首，苦負平生志[1]。冠蓋滿京華，斯人獨憔悴。孰云網恢恢，將老身反累。千秋萬歲名，寂寞身後事[2]。

【校注】

〔1〕苦，影宋本、草堂本作“若”。

〔2〕此二句事本《晉書・文苑傳》：“張翰任心自適，不求當世。或謂之曰：‘卿乃可縱適一時，獨不爲身後名耶？’答曰：‘使我有身後名，不如即時一杯酒。’”

遊龍門奉先寺[1]

已從招提遊[2]，更宿招提境。陰壑生虚籟，月林散清影。天闕象緯逼[3]，雲卧衣裳冷。欲覺聞晨鐘，令人發深省。

【校注】

〔1〕龍門：古關名，在今河南洛陽市南伊闕山上。

〔2〕招提：泛指寺廟。

〔3〕天闕：即指龍門。韋述《東都記》：“龍門號雙闕，與大内對峙，若天闕然。”象緯：天空星象之經緯的簡稱。

望　　岳[1]

岱宗夫如何？齊魯青未了[2]。造化鍾神秀，陰陽割昏曉。蕩胸生層雲，决眥入歸鳥。何當凌絶頂[3]，一覽衆山小。

【校注】

〔1〕岳：指東岳泰山。

〔2〕岱宗：指泰山。

〔3〕何當，影宋本、草堂本作“會當”，似以“會當”爲確。

雨過蘇端[1]

鷄鳴風雨交[2]，久旱雨亦好。杖藜入春泥，無食起我早。諸家憶所歷，一飯迹便掃[3]。蘇侯得數過，歡喜每傾倒。也復可憐人，呼兒具梨棗。濁醪必在眼，盡醉攄懷抱。紅稠屋角花，碧委墻隅草。親賓縱談謔，喧鬧慰衰老。况蒙沛澤垂，糧粒或自保。妻孥隔軍壘，播棄不擬道[4]。

【校注】

〔1〕詩題，原注：“自注云端置酒。”蘇端：代宗時爲比部郎中，具體事迹不詳。《新唐書·楊綰傳》記其爲“儉人”。

〔2〕此句語本《詩經·鄭風·風雨》：“風雨如晦，鷄鳴不已。”

〔3〕便，原注：“一作更。”

〔4〕播，影宋本、草堂本作“撥”，作“撥”爲確。

夏日李公見訪[1]

遠林暑氣薄，公子過我遊。貧居類村塢，僻近城南樓。傍舍頗淳朴，所願亦易求[2]。隔屋喚西家，借問有酒不？墻頭過濁醪，展席俯長流。清風左右至，客意已驚秋。巢多衆鳥鬬[3]，葉密鳴蟬稠。苦遭此物聒，孰謂吾廬幽。水花晚色静[4]，庶足充淹留。豫恐樽中盡，更起爲君謀。

【校注】

〔1〕詩題，原注：“自注云李時爲太子家令。”影宋本、草堂本均無自注。李公，李炎。

〔2〕願，影宋本、草堂本作“須”。

〔3〕鬬，原注：“一作喧。”

〔4〕水花：即荷花。

蘇大侍御訪江浦八韵記異[1]並序

蘇大侍御涣，静者也。旅於江側，不交州府之客，人事都絶久矣。肩輿江浦，忽訪老夫舟楫，已而茶酒内[2]，余請誦近詩，肯吟數首，才力素壯，詞句動人。接對明日，憶其涌思雷出，書篋几杖之外，殷殷留金石聲。賦八韵記異，亦記老夫傾倒於蘇至矣。

龐公不浪出，蘇氏今有之。耳聞誦新作[3]，突過黄初詩。乾坤幾反復，楊馬宜同時。今晨清鏡中，勝食齋房芝[4]。余髪喜却變，白間生黑絲。昨夜舟火滅，湘娥簾外悲。百靈未敢散，風波寒江遲。

【校注】

〔1〕蘇大侍御：即蘇涣，四川人，官侍御。大曆八年（773），蘇涣在廣州與哥舒晃造反，經過二年戰争，唐王朝纔把這次造反鎮壓下去。此詩記載的是大曆四年（769），蘇涣於舟中訪問杜甫，並誦自己的新作一事。

〔2〕已而，原本作“而已”，《杜詩詳注》《杜詩鏡銓》引閻若璩的話：“當作已而，誤刊而已。”

〔3〕耳，影宋本、草堂本作“再”。

〔4〕“今晨”兩句，影宋本將下面的“白間”句接於第一句下，而將第二句“勝食”挪到“余髪”句後。

羌村三首[1]

峥嶸赤雲西，日脚下平地。柴門鳥鵲噪，歸客千里至。妻孥怪我在，驚定還拭泪。世亂遭飄蕩，生還偶然遂。鄰人滿墻頭，感嘆亦歔欷。夜闌更秉燭，相對如夢寐。

【校注】

〔1〕詩題，原注：“在鄜州。”杜甫於至德二載（757），從安禄山叛軍控

制的長安隻身逃出，奔赴鳳翔，肅宗任爲左拾遺，八月份命其回鄜州羌村去探望家小。此詩即寫此事。

歲晚迫偷生，還家少歡趣。嬌兒不離膝，畏我復却去。憶昔好追凉，故繞池邊樹。蕭蕭北風勁，撫事煎百慮。賴知禾黍收，已覺糟床注。如今足斟酌，且用慰遲暮。

群鷄正亂叫，客至鷄鬭争。驅鷄上樹木，始聞叩柴荆。父老四五人，問我久遠行。手中各有携，傾榼濁復清。苦辭酒味薄，黍地無人耕。兵革既未息，兒童盡東征。請爲父老歌，艱難愧深情。歌罷仰天嘆，四座泪縱横。

述　懷〔1〕

去年潼關破，妻子隔絶久。今夏草木長，脱身得西走。麻鞋見天子，衣袖露兩肘〔2〕。朝廷慜生還，親故傷老醜。涕泪受拾遺，流離主恩厚。柴門雖得去，未忍即開口。寄書問三川，不知家在否。比聞同罹禍，殺戮到鷄狗。山中漏茅屋，誰復依户牖。摧頽松柏根，地冷骨未朽。幾人全性命，盡室豈相偶。嶔崟猛虎場，鬱結回我首。自寄一封書，今已十月後。反畏消息來，寸心亦何有。漢運初中興，生平老耽酒。沈思歡會處，恐作窮獨叟。

【校注】

〔1〕此爲杜甫從叛軍控制的長安逃歸鳳翔後，思念妻子、兒女所作。

〔2〕露，影宋本草堂本作“見”。

佳　人

絶代有佳人，幽居在空谷。自云良家子，零落依草木。關中昔喪敗[1]，兄弟遭殺戮。官高何足論，不得收骨肉。世情惡衰歇，萬事隨轉燭。夫婿輕薄兒，新人美如玉[2]。合昏尚知時，鴛鴦不獨宿。但見新人笑，那聞舊人哭！在山泉水清，出山泉水濁[3]。侍婢賣珠回，牽蘿補茅屋。摘花不插髮，采柏動盈掬。天寒翠袖薄，日暮倚修竹。

【校注】

〔1〕敗，原注："一作亂。"影宋本、草堂本作"亂"。

〔2〕美，原注："一作已。"

〔3〕這二句仇兆鰲認爲是指"守貞節清而改節濁"，近是。

信行遠修水筒[1]

汝性不茹葷，清凈僕夫内。秉心識本源，於事少滯礙。雲端水筒坼，林表山石碎。觸熱藉子修，通流與厨會。往來四十里，荒險崖谷大[2]。日曛驚未食[3]，貌赤愧相對。浮瓜供老病，裂餅嘗所愛。於斯答恭謹，足以殊殿最。詎要方士符，何假將軍蓋[4]。行諸直如筆，用意崎嶇外。

【校注】

〔1〕題下有杜甫自注："引泉筒也。"信行：杜甫的家僕。

〔2〕谷，原注："一作石。"

〔3〕食，原注："一作餐。"

〔4〕蓋，影宋本、草堂本作"佩"，作"蓋"近是。

草　堂[1]

昔我去草堂，蠻夷塞成都。今我歸草堂，成都適無虞。請陳初亂時，反覆乃須臾。大將赴朝廷，群小起異圖[2]。中宵斬白馬，盟歃氣已粗。西取邛南兵，北斷劍閣隅。布衣數十人，亦擁專城居。其勢不兩大，始聞蕃漢殊。西卒却倒戈，賊臣互相誅[3]。焉知肘腋禍，自及梟獍徒[4]。義士皆痛憤，紀綱亂相逾。一國實三公，萬人欲爲魚。唱和作威福，孰肯辨無辜[5]。眼前列杻械[6]，背後吹笙竽。談笑行殺戮，濺血滿長衢。到今用鉞地，風雨聞號呼。鬼妾與鬼馬，色悲充爾娱。國家法令在，此又足驚吁。賤子且奔走，三年望東吴[7]。弧矢暗江海，難爲遊五湖。不忍竟舍此，復來薙榛蕪。入門四松在，步屧萬竹疏[8]。舊犬喜我歸，低徊入衣裾。鄰里喜我歸[9]，沽酒攜胡蘆。大官喜我來[10]，遣騎問所須。城郭喜我來，賓客隘村墟。天下尚未寧，健兒勝腐儒。飄飄風塵際[11]，何地置老夫。於時見疣贅，骨髓幸未枯。飲啄愧殘生，食薇不敢餘。

【校注】

〔1〕廣德二年（764），嚴武再爲成都尹兼劍南節度使，寫信邀請正携家前往閬州的杜甫，杜甫欣然應邀，此詩即其歸成都作。

〔2〕大將：指嚴武。群小：指徐知道等。

〔3〕據史料，徐知道統轄漢兵，又誘逼羌夷造反，後發生分裂。

〔4〕肘腋禍：指徐知道被部將李忠厚所殺一事。梟：梟鳥。獍，原注："一本作鏡。"破獍，亦作破鏡。《漢書·郊祀志》："梟，鳥名，食母。破鏡，獸名，食父。"

〔5〕肯，原注："一作能。"

〔6〕杻械：即刑具。《爾雅》："杻謂之梏，械謂之桎。"

〔7〕從762年至764年，杜甫曾想赴吴越，但一直未能實現。

〔8〕屧，原本作"堞"。

〔9〕里，原注："一作舍。"

〔10〕大官：指嚴武。

〔11〕第二个飄，原注："一作飖。"

哀王孫[1]

長安城頭頭白烏，夜飛延秋門上呼[2]。又向人家啄大屋，屋底達官走避胡。金鞭斷折九馬死[3]，骨肉不待同馳驅。腰下寶玦青珊瑚，可憐王孫泣路隅。問之不肯道姓名，但道困苦乞爲奴。已經百日竄荆棘，身上無有完肌膚。高帝子孫盡隆準[4]，龍種自與常人殊。豺狼在邑龍在野，王孫善保千金軀。不敢長語臨交衢，且爲王孫立斯須。昨夜東風吹血腥[5]，東來橐駝滿舊都。朔方健兒好身手，昔何勇鋭今何愚[6]。竊聞天子已傳位，聖德北服南單于[7]。花門剺面請雪恥[8]，慎勿出口他人狙！哀哉王孫慎勿疏，五陵佳氣無時無。

【校注】

〔1〕原注：“時禄山驚潼關，玄宗倉卒西幸。諸嗣王及公主之在外者，皆不及從其後，多爲禄山所屠，此詩記而哀之。”杜甫此時正困陷於長安。

〔2〕頭白烏：即白頭烏，《杜詩詳注》注：“楊慎曰：《三國典略》：‘侯景篡位，令飾朱雀門，其日有白頭烏萬計，集於門樓。童謡曰：“白頭烏，拂朱雀，還與吴。”’”這裏以南朝梁侯景比喻安禄山。延秋門：長安苑西門，玄宗帶着楊貴妃等從這裏逃向四川。

〔3〕九馬：典出《西京雜記》：“（漢）文帝自代來，有良馬九匹。”這裏作御馬的代稱。

〔4〕隆準：《史記·高祖紀》：“高祖爲人，隆準而龍顔。”

〔5〕東，原注：“一作春。”

〔6〕朔方：唐時方鎮名，治所在靈州（今寧夏寧武西南）。朔方健兒：指哥舒翰所率領的部隊。哥舒翰率領河隴，朔方兵馬守潼關，由於昏憒的玄宗再三催戰，致使哥舒翰戰敗。杜甫當時不知内情，故説“昔何勇鋭今何愚”。

〔7〕天寶十五載八月，玄宗傳位給太子，即肅宗。南單于，指回紇，肅宗九月遣使往回紇和親，回紇首領入朝，同意出兵助唐。

〔8〕花門：據《唐書·地理志》：“居延海又北三百里，有花門山堡，又

東北千里，至回紇衙帳。”這裏以花門代指回紇。

百憂集行

憶年十五心尚孩，健如黄犢走復來。庭前八月梨棗熟，一日上樹能千回。即今倏忽已五十，坐卧只多少行立。强將笑語供主人，悲見生涯百憂集。入門依舊四壁空，老妻睹我顔色同。痴兒不知父子禮，叫怒索飯啼門東。

韋諷録事宅觀曹將軍畫馬圖引〔1〕

國初已來畫鞍馬，神妙獨數江都王〔2〕。將軍得名三十載，人間又見真乘黄〔3〕。曾貌先帝照夜白，龍池十日飛霹靂〔4〕。内府殷紅瑪瑙盤，婕妤傳詔才人索。盤賜將軍拜舞歸〔5〕，輕紈細綺相追飛。貴戚權門得筆迹，始覺屏障生光輝。昔日太宗拳毛騧，近時郭家獅子花〔6〕。今之新圖有二馬，復令識者久嘆嗟。此皆騎戰一敵萬，縞素漠漠開風沙。其餘七疋亦殊絶，迥若寒空動烟雪〔7〕。霜蹄蹴踏長楸間，馬官厮養森成列。可憐九馬争神駿，顧視清高氣深穩。借問苦心愛者誰，後有韋諷前支遁。憶昔巡幸新豐宫，翠華拂天來向東〔8〕。騰驤磊落三萬匹，皆與此圖筋骨同。自從獻寶朝河宗，無復射蛟江水中〔9〕。君不見金粟堆前松柏裏〔10〕，龍媒去盡鳥呼風。

【校注】

〔1〕曹將軍：指曹霸，開元中以畫馬著名，官至左武衛將軍。引：琴曲名，亦用於古詩題。

〔2〕江都王：指李緒，霍王元軌之子。多才藝，善書畫。

〔3〕乘黄：傳説的一種神馬，《竹書紀年》：“帝舜元年，出乘黄之馬。”

〔4〕照夜白，原注：“玄宗馬名。”龍池：在宫廷的南薰殿北、躍龍門南，原是平地，後漸積雨成池，傳説有黄龍出現，所以稱龍池。

〔5〕盤，原注：“一作碗。”

〔6〕拳毛騧：太宗所騎的六馬之一，黄馬黑喙。獅子花：疑即九花虬，唐代宗賜給郭子儀的坐騎。（見《杜陽雜編》）

〔7〕迥，原本作“遇”，據影宋本、草堂本改。

〔8〕“憶昔”句：指玄宗到新豐宫遊玩。新豐宫：玄宗的行宫，在長安驪山脚下。

〔9〕獻寶朝河宗：典出《穆天子傳》：“天子西征至陽紆之山，河陽馮夷之所都居，是惟河宗氏，天子沉璧禮焉。河伯乃按圖視典，用觀天子之寶器。”《玉海》引《水經注》：“玉果、璿璣、燭銀、金音等物，皆河圖所載，河伯所獻，穆王視圖，乃導以西邁矣。”傳説周穆王從此升天，這裏是用此典故暗喻玄宗已死。下句無復射蛟江水中，典出《漢武帝紀》：“（元封）五年冬……自潯陽浮江，親射蛟江中，獲之。”

〔10〕金粟堆：唐玄宗死後所安葬的地方，故址在今陝西蒲城縣金粟山。

丹青引贈曹將軍霸

將軍魏武之子孫，於今爲庶爲清門。英雄割據今已矣，文采風流今尚存[1]。學書初學衛夫人[2]，但恨無過王右軍。丹青不知老將至，富貴於我如浮雲。開元之中常引見，承恩數上南薰殿[3]。凌烟功臣少顔色[4]，將軍下筆開生面。良相頭上進賢冠，猛將腰間大羽箭。褒公鄂公毛髮動，英姿颯爽來酣戰[5]。先帝天馬玉花驄[6]，畫工如山貌不同。是日牽來赤墀下，迥立閶闔生長風[7]。詔謂將軍拂絹素，意匠慘澹經營中。斯須九重真龍出，一洗萬古凡馬空。玉花却在御榻上，榻上庭前屹相向。至尊含笑催賜金，圉人太僕皆惆悵。弟子韓幹早入室[8]，亦能畫馬窮殊相。幹惟畫肉不畫骨，忍使驊騮氣凋喪。將軍畫善蓋有神，必逢佳士亦寫真[9]。即今飄泊干戈際，屢貌尋常行路人。途窮反遭俗眼白，世上未有如公貧。但看古來盛名下，終日坎壈纏其身。

【校注】

〔1〕今，影宋本、草堂本作“雖”，作“雖”爲是。尚，原注：“一作猶。”

〔2〕衛夫人：晋時人，名鑠，字茂猗。

〔3〕常，原本作“甞”，顯誤，現據影宋本、草堂本改。南薰殿：在唐宫興慶宫中。

〔4〕“凌烟”句：唐太宗於貞觀十七年（643），命閻立本畫功臣二十四人於凌烟閣，此閣在唐宫西内三清殿側。

〔5〕褒公，原注：“段志玄。”鄂公，原注：“尉遲敬德。”二人都是開國功臣。來，原注：“一作猶。”

〔6〕先帝：指玄宗。

〔7〕迥，原本作“回”，顯誤，據影宋本、草堂本改。

〔8〕韓幹：《歷代名畫記》：“韓幹，大梁人。善寫貌人物，尤工鞍馬。初師曹霸，後自獨擅，遂爲古今獨步。”

〔9〕畫，原注：“一作盡。”必，影宋本、草堂本作“偶”。

曲江三章章五句〔1〕録一

自斷此生休問天！杜曲幸有桑麻田〔2〕，故將移住南山邊。短衣疋馬隨李廣，看射猛虎終殘年。

【校注】

〔1〕曲江：唐開元時風景區，遊覽勝地。這裏録第三章。

〔2〕杜曲：地名，在長安南。

風雨看舟前落花戲爲新句〔1〕

江上人家桃李枝〔2〕，春寒細雨出疏籬。影遭碧水潜勾引，風妒紅花却倒吹。吹花困懶傍舟楫〔3〕，水光風力俱相怯。赤憎輕薄遮人懷〔4〕，珍重分明不來接。濕久飛遲半欲高，縈沙惹草細於毛。蜜蜂蝴蝶生情性〔5〕，偷眼蜻蜓避百勞。

【校注】

〔1〕此詩作於大曆五年（770），其時杜甫在潭州（治所在今湖南省長沙市）。

〔2〕李，影宋本、草堂本作“樹”。

〔3〕傍，原本作“旁”，誤，據影宋本、草堂本改。

〔4〕赤憎：方言，生憎的意思。人，影宋本、草堂本作“入”，作“入”近是。

〔5〕性，原注：“一作注。”

乾元中寓居同谷縣作歌七首〔1〕

有客有客字子美，白頭亂髮垂兩耳〔2〕。歲拾橡栗隨狙公〔3〕，天寒日暮山谷裹。中原無書歸不得，手脚凍皴皮肉死。嗚呼一歌兮歌已哀，悲風爲我從天來。

【校注】

〔1〕同谷縣：古縣名，治所在今甘肅成縣。

〔2〕兩，影宋本、草堂本作“過”。

〔3〕狙，原本作“徂”，誤，據影宋本、草堂本改。

長鑱長鑱白木柄，我生托子以爲命。黄精無苗山雪盛，短衣數挽不掩脛。此時與子空歸來，男呻女吟四壁静。嗚呼二歌兮歌始放，鄰里爲我色惆悵〔1〕！

【校注】

〔1〕鄰，原注：“一作閭。”與《四部叢刊》《杜詩詳注》《讀杜心解》同。

有弟有弟在遠方，三人各瘦何人彊〔1〕！生别展轉不相見，胡塵暗天道路長〔2〕。東飛駕鵝後鶖鶬，安得送我置汝傍。嗚呼三歌兮歌三發，汝歸何處收兄骨！

【校注】

〔1〕杜甫有四個弟弟：杜潁、杜觀、杜豐、杜占，這時只有杜占在杜甫身邊。

〔2〕胡，原本作“邊”，據影宋本、草堂本改。

有妹有妹在鍾離〔1〕，良人早殁諸孤痴。長淮浪高蛟龍怒，十年不見來何時？扁舟欲往箭滿眼，杳杳南國多旌旗。嗚呼四歌兮歌四奏，林猿爲我啼清晝！

【校注】

〔1〕鍾離：今安徽鳳陽縣。

四山多風溪水急，寒雨颯颯枯樹濕。黄蒿古城雲不開，白狐跳梁黄狐立。我生何爲在窮谷，中夜起坐萬感集。嗚呼五歌兮歌正長，魂招不來歸故鄉。

南有龍兮在山湫，古木巃嵸枝相樛。木葉黄落龍正蟄，蝮蛇東來水上遊〔1〕。我行怪此安敢出，拔劍欲斬且復休。嗚呼六歌兮歌思遲，溪壑爲我回春姿。

【校注】

〔1〕來，原注：“一作方。”

男兒生不成名身已老，三年饑走荒山道〔1〕。長安卿相多少年，富貴應須致身早。山中儒生舊相識，但話夙昔傷懷抱〔2〕。嗚呼七歌兮悄終曲，仰視皇天白日速。

【校注】

〔1〕三年：從至德二載到乾元二年（757—759）。

〔2〕夙，影宋本、草堂本作“宿”。

登岳陽樓

昔聞洞庭水，今上岳陽樓。吴楚東南坼，乾坤日夜浮。親朋無一字，老病有孤舟〔1〕。戎馬關山北〔2〕，憑軒涕泗流。

【校注】

〔1〕老病：杜甫這年大約五十七歲，身染肺病、瘧疾、風痹等多種病。

〔2〕戎馬：吐蕃此時經常入侵内地。見《通鑒》卷二百二十四。關山：在陜西隴縣西八十里。

端午日賜衣〔1〕

宫衣亦有名，端午被恩榮。細葛含風軟，香羅疊雪輕。自天題處濕，當暑著來清。意内稱長短，終身荷聖情。

【校注】

〔1〕此詩爲乾元元年（758）作，五月，杜甫正做左拾遺。

贈高式顔〔1〕

昔别是何處？相逢皆老夫。故人還寂寞，削迹共艱虞。自失論文友，空知賣酒壚〔2〕。平生飛動意，見爾不能無。

【校注】

〔1〕高式顔：高適的族侄，高適有《宋中送族侄式顔》。

〔2〕杜甫曾有《遣懷》詩：“昔與高李輩，論文入酒爐。”《世説新語》：“晋王戎過黄公壚，謂後車客曰：‘吾昔與嵇叔夜、阮嗣宗酣飲於此爐，自嵇阮既云亡以來，便爲時所羈紲。今視此雖近，邈若山河。’”

奉贈王中允維〔1〕

中允聲名久，如今契闊深。共傳收庾信，不比得陳琳〔2〕。一病緣明主，三年獨此心〔3〕。窮愁應有作，試誦《白頭吟》〔4〕。

【校注】

〔1〕王中允維：即王維，他曾陷於安禄山叛軍中，受僞職，叛亂平後，責授太子中允。

〔2〕收庾信：《梁書·庾於陵傳》：“侯景之亂，簡文帝使庾信營於朱雀航。景至，信以衆奔江陵。元帝承制，除信御史中丞。”得陳琳：《三國志·魏志·王粲傳》：“陳琳避難冀州，袁紹使典文章。袁氏敗，琳歸太祖。”

〔3〕一病：指王維陷賊中時，詐病之事。三年：從天寶十四載至乾元元年（755—758）。

〔4〕《白頭吟》：相傳司馬相如晚年將納妾，卓文君作《白頭吟》。

天末懷李白

凉風起天末，君子意如何？鴻雁幾時到，江湖秋水多。文章憎命達，魑魅喜人過。應共冤魂語，投詩贈汨羅。

月夜憶舍弟

戍鼓斷人行，邊秋一雁聲。露從今夜白，月是故鄉明。有弟皆分散，無家問死生。寄書長不達，况乃未休兵。

舍弟占歸草堂檢校聊示此詩[1]

久客應吾道，相隨獨爾來。熟知江路近，頻爲草堂回。鵝鴨宜長數，柴荆莫浪開。東林竹影薄，臘月更須栽。

【校注】

〔1〕此詩大約作於杜甫避亂梓州、閬州時。舍弟占即杜占。草堂：杜甫在成都所營住所。檢校：檢點整理。

熟食日示宗文宗武[1]

消渴遊江漢，羈栖尚甲兵[2]。幾年逢熟食，萬里逼清明。松柏邙山路，風花白帝城[3]。汝曹催我老，回首泪縱横。

【校注】

〔1〕題下原注："秦人呼寒食爲熟食。"宗文、宗武，杜甫的兩個兒子。

〔2〕消渴：消渴疾，即今天所説的糖尿病。

〔3〕邙，原本作"印"，從《全唐詩》《杜詩詳注》。邙山：即北邙山。花，原注："一作光。"

又示兩兒

令節成吾老[1]，他時見汝心。浮生看物變，爲恨與年深。長葛書難得，江州涕不禁[2]。團圓思弟妹，行坐白頭吟。

【校注】

〔1〕令節：指寒食節，唐代以中和、上巳、九日爲三令節。

〔2〕長葛：唐時屬許州，即今河南省長葛縣。杜甫有弟弟在那裏。江州：即今江西九江，杜甫有妹妹在鍾離，鍾離與江州相近。

送　遠〔1〕

帶甲滿天地，胡爲君遠行？親朋盡一哭，鞍馬去孤城〔2〕。草木歲月晚，關河霜雪清。别離已昨日〔3〕，因見古人情。

【校注】

〔1〕此詩大約作於乾元二年（759），杜甫自華州去秦州。所謂“送遠”，實爲自己送自己。

〔2〕孤，原注：“一作邊。”

〔3〕昨，原注：“一作近。”

贈别鄭錬赴襄陽〔1〕

戎馬交馳際，柴門老病身。把君詩過日〔2〕，念此别驚神。地闊峨眉晚，天高峴首春〔3〕。爲於耆舊内，試覓姓龐人〔4〕。

【校注】

〔1〕此詩大約作於寶應元年（762）。作者在成都浣花溪。

〔2〕日，原本作“目”，並注：“一作日。”按，作“日”較合詩意，因據此改。

〔3〕晚，原注：“一作曉。”峴首：即峴山，在湖北襄陽市南。

〔4〕“爲於”二句：用《襄陽耆舊傳》所載龐德公故事，杜甫也是襄陽人，故云。

陪鄭廣文遊何將軍山林十首〔1〕録三

不識南塘路，今知第五橋〔2〕。名園依緑水，野竹上青霄。谷口舊相得，濠梁同見招〔3〕。平生爲幽興，未惜馬蹄遥。

【校注】

〔1〕鄭廣文：即鄭虔，字弱齊，時官廣文館博士。何將軍山林：在唐長安少陵原。全詩共十首，這裏録第一、五、九共三首。

〔2〕塘，原注："一作唐。"南塘：地名，唐時在長安韋曲附近。第五橋：在韋曲附近。

〔3〕谷口：地名，在今陝西涇陽縣西北。據《揚子法言》："谷口鄭子真耕於岩石之下，名著京師。"濠梁：地名，在今安徽鳳陽縣東北面。《莊子》："莊子與惠子，同游濠梁之上。"

剩水滄江破，殘山碣石開〔1〕。緑垂風折笋，紅綻雨肥梅。銀甲彈箏用〔2〕，金魚换酒來。興移無灑掃，隨意坐莓苔〔3〕。

【校注】

〔1〕碣石：山名，在今河北昌黎北面，山南近渤海。

〔2〕原注："楊用修云，'用'字誤，舊本作'卸'。"

〔3〕原注："莓，一作蒼。"

床上書連屋，階前樹拂雲。將軍不好武，稚子總能文。醒酒微風入，聽詩静夜分。緇衣挂蘿薜〔1〕，凉月白紛紛。

【校注】

〔1〕緇，影宋本、草堂本作"絺"。作"絺"爲確。

重過何氏五首〔1〕録一

山雨樽仍在，沙沈榻未移。犬迎曾宿客，鴉護落巢兒。雲薄翠微寺，天清黄子陂〔2〕。向來幽興極，步屧過東籬。

【校注】

〔1〕何氏：即何將軍，事迹不詳。此詩爲重游何將軍園林所作。此爲第二首。

〔2〕翠微寺：原名太和宫，後改名翠微宫，再後改爲翠微寺。清，原注：“一作青。”黄子陂：《杜詩詳注》引《十道志》：“秦葬皇子，起冢陂北原上，故名皇子陂。”

陪王使君晦日泛江就黄家亭子〔1〕

山豁何時斷〔2〕？江平不肯流。稍知花改岸，始驗鳥隨舟。結束多紅粉，歡娱恨白頭。非君愛人客，晦日更添愁。

【校注】

〔1〕王使君：閬州太守。原一題二首，此詩爲第一首。

〔2〕山豁：謂山有斷處，以往注家謂指閬州鋸山關。

江　　亭

坦腹江亭暖〔1〕，長吟野望時。水流心不競，雲在意俱遲。寂寂春將晚，欣欣物自私。故園歸來得，排悶强裁詩。

【校注】

〔1〕坦腹：借用晋王羲之東床坦腹的典故。此處是實指。

山　　寺〔1〕

野寺殘僧少，山園細路高。麝香眠石竹，鸚鵡啄金桃。亂水通人過，懸崖置屋牢。上方重閣晚，百里見纖毫〔2〕。

【校注】

〔1〕此詩作於秦州。

〔2〕纖，影宋本、草堂本作“秋”。

九月一日過孟十二倉曹十四主簿兄弟

藜杖侵寒露，蓬門啓曙烟〔1〕。力稀經樹歇，老困撥書眠。秋覺追隨盡，來因孝友偏。清談見滋味，爾輩可忘年。

【校注】

〔1〕啓，影宋本、草堂本作“起”。

不　見〔1〕

不見李生久，佯狂真可哀。世人皆欲殺，吾意獨憐才〔2〕。敏捷詩千首，飄零酒一杯。匡山讀書處，頭白好歸來〔3〕。

【校注】

〔1〕原注：“自注云，近無李白消息。”

〔2〕李白757年因永王璘一事被關在潯陽監獄，大概當時有處決李白之議，故杜甫如此説。

〔3〕匡山：説法不一，當指李白少時讀書的大匡山，在四川江油市。

得舍弟觀書，自中都已達江陵，今兹暮春月末，合行到夔州。悲喜相兼，團圓可待，賦詩即事，情見乎辭〔1〕

爾到江陵府，何時到峽州〔2〕。亂離生有别，聚集病應瘳。颯颯開啼眼，朝朝上水樓。老身須付托，白骨更何憂。

【校注】

〔1〕杜甫在夔州作。“暮春月末合行到夔州”，影宋本、草堂本作“行李合到夔州”，當以此爲準。

〔2〕峽州：即今湖北省宜昌市。

發潭州[1]

夜醉長沙酒，曉行湘水春。岸花飛送客，檣燕語留人。賈傅才何有，褚公書絶倫[2]。名高前後事，回首一傷神。

【校注】

〔1〕此詩爲杜甫從潭州出發往衡陽時作。潭州，今湖南長沙市。

〔2〕何，原注："一作未。"賈傅：指賈誼。褚公：指褚遂良，初唐大書法家。高宗時，曾被貶作潭州都督。

漫成二首[1] 録一

江皋已仲春，花下復清晨。仰面貪看鳥，回頭錯應人。讀書難字過[2]，貰酒滿壺頻。近識峨眉老[3]，知余懶是真。

【校注】

〔1〕此詩在成都作。

〔2〕"讀書"句：歷來注家解釋不一。一般多認爲"難字"即難以訓釋之字。

〔3〕峨眉老，原注："自注云，東山隱者。"

倚　杖[1]

看花雖郭外[2]，倚杖即溪邊。山縣早休市，江橋春聚船。狎鷗輕白浪，歸雁喜青天。物色兼生意，淒凉憶去年。

【校注】

〔1〕詩題下有杜甫原注："鹽亭縣作。"此處漏應補。

〔2〕外，影宋本、草堂本作"内"。

秋野五首[1] 録二

禮樂攻吾短，山林引興長。掉頭紗帽側，曝背竹書光。風落收松子，天寒割蜜房。稀疏小紅翠，駐屐近微香。

【校注】

〔1〕時杜甫在夔州瀼西。

遠岸秋沙白，連山晚照紅。潛鱗輸駭浪，歸翼會高風。砧響家家發，樵聲箇箇同。飛霜任青女，賜被隔南宮[1]。

【校注】

〔1〕賜被：據《漢官儀》：尚書郎給青縑白綾被，或錦被。南宮：朝廷尚書省。此處代指官場。

放　船[1]

送客蒼溪縣，山寒雨不開[2]。直愁騎馬滑，故作泛船廻[3]。青惜峰巒過，黄知橘柚來。江流大自在[4]，坐穩興悠哉。

【校注】

〔1〕此詩作於閬州。

〔2〕蒼溪縣：在閬州西北。王嗣奭《杜臆》："《地志》：蒼溪於閬中爲上游，臨嘉陵江，今有放船亭，因杜詩得名。"

〔3〕船，原注："一作舟。"影宋本、草堂本作"舟"。

〔4〕大，原注："一作翠。"

課小竪鉏斫舍北果林枝蔓荒穢净訖移床三首[1] 録一

籬弱門何向，沙虚岸只摧。日斜魚更食，客散鳥還來。寒水光難定，秋山響易哀。天涯稍曛黑，倚杖更徘徊。

【校注】

〔1〕此詩在瀼西所作。此爲第三首。

喜達行在所三首〔1〕録二

西憶岐陽信〔2〕，無人遂却回。眼穿當落日，心死著寒灰。霧樹行相引，蓮峰望或開〔3〕。所親驚老瘦，辛苦賊中來。

【校注】

〔1〕至德二載（757）四月，杜甫從長安逃出，奔赴肅宗鳳翔（行在所），詩記此事。影宋本、草堂本在詩題後有“原注：自京竄至鳳翔”，《杜詩詳注》將此六字加在詩題裏，爲《自京竄至鳳翔喜達行在所》。此處録第一、二兩首。

〔2〕岐陽：即鳳翔，今陝西鳳翔縣。

〔3〕或，原注：“一作忽。”蓮峰，影宋本、草堂本作“連山”按“蓮峰”一般認爲是指華州蓮花峰，但杜甫從金光門出，西奔鳳翔，不會走華陰道，似以作“連山”較確。

愁思胡笳夕，凄凉漢苑春。生還今日事，間道暫時人。司隸章初睹，南陽氣已新〔1〕。喜心翻倒極，嗚咽淚沾巾。

【校注】

〔1〕兩句用漢光武帝劉秀的典故，劉秀曾任司隸校尉。《漢書・光武帝紀》：“及見司隸僚屬皆歡喜不自勝。老吏或垂涕曰：‘不圖今日復見漢官威儀。’”南陽，指劉秀起兵的地方。據《漢書・光武帝紀》，望氣者到南陽，遥望舂陵（今湖北棗陽），嘆道：“氣佳哉，鬱鬱葱葱！”

船下夔州郭宿雨濕不得上岸别王十二判官〔1〕

依沙宿舸船，石瀨月娟娟。風起春燈亂，江鳴夜雨懸。晨鐘雲外濕，勝地石堂偏〔2〕。柔櫓輕鷗外，含凄覺汝賢〔3〕。

【校注】

〔1〕此詩作於從雲安遷居夔州時。夔州：治所在今重慶奉節縣。

〔2〕偏，影宋本、草堂本作“烟”。

〔3〕凄，原注：“一作情。”

移居公安山館

南國晝多霧，北風天正寒。路危行木杪，身遠宿雲端。山鬼吹燈滅，厨人語夜闌。鷄鳴問前館，世亂敢求安！

禹　　廟〔1〕

禹廟空山裏，秋風落日斜。荒庭垂橘柚，古屋畫龍蛇。雲氣生虚壁，江聲走白沙。早知乘四載，疏鑿控三巴。

【校注】

〔1〕據《方輿勝覽》：“禹祠在忠州臨江縣，南過岷江二里。”

祠南夕望〔1〕

百丈牽江色〔2〕，孤舟泛日斜。興來猶杖屨，目斷更雲沙。山鬼迷春竹，湘娥倚暮花。湖南清絶地，萬古一長嗟。

【校注】

〔1〕杜甫從岳州到湘陰，憑吊湘夫人祠寫此詩。

〔2〕百丈，有杜甫自注：“牽船索也。”

過故斛斯校書莊二首[1]

此老已云殁，鄰人嗟未休[2]。竟無宣室召，徒有茂陵求[3]。妻子寄他室，園林非昔遊。空餘繐帷在，淅淅野風秋。

【校注】

〔1〕詩題下有注：“自注：老儒艱難，病於庸蜀，嘆其殁後，方授一官。”斛斯校書：杜甫在成都草堂居住時的鄰居。姓斛斯，名融。

〔2〕嗟未，原注：“一作嘆亦。”

〔3〕宣室：西漢未央宫前正室，此處用賈誼受召的典故（《史記・屈原賈生列傳》）。茂陵求：用司馬相如的典故，《漢書・司馬相如傳》：“家居茂陵，天子曰：‘司馬相如病甚，可往。’……所忠往，而相如已死。問其妻……（得）其遺札書言封禪事。”

燕入非傍舍，鷗歸秖故池。斷橋無復板，卧柳自生枝。遂有山陽作，多慚鮑叔知[1]。素交零落盡，白首泪雙垂。

【校注】

〔1〕山陽作：指晋向秀作《思舊賦》（《晋書・向秀傳》）。鮑叔知：指春秋時鮑叔牙向齊桓公推薦管仲。

觀安西兵過赴關中待命二首[1] 録一

奇兵不在衆，萬馬救中原。談笑無河北[2]，心肝奉至尊。孤雲隨殺氣，飛鳥避轅門。竟日留歡樂，城池未覺喧。

【校注】

〔1〕據《資治通鑒》：“乾元元年六月，李嗣業爲懷州刺史，充鎮西北庭行營節度使。八月，同郭子儀等將步騎二十萬討安慶緒。”安西：指安西都護

府，在新疆吐魯蕃一帶。

〔2〕河北：指河北道，這時安慶緒占有據相州、己州。

搗衣

亦知戍不返，秋至拭清砧。已近苦寒月，况經長別心。寧辭搗衣倦，一寄塞垣深。用盡閨中力，君聽空外音。

秦州雜詩[1]録四

滿目悲生事，因人作遠遊。遲回度隴怯，浩蕩及關愁[2]。水落魚龍夜，山空鳥鼠秋[3]。西征問烽火，心折此淹留。

【校注】

〔1〕乾元二年（759），杜甫由華州棄官到秦州，作秦州雜詩二十首。這裏選録第一、七、十八、十九共四首。秦州：今甘肅天水市。

〔2〕隴：隴山，也叫隴阪。關：指安戎關，在隴山，原名大震關。

〔3〕魚龍：水名；鳥鼠：山名。地點都在秦州。

莽莽萬重山，孤城山谷間[1]。無風雲出塞，不夜月臨關。屬國歸何晚，樓蘭斬未還[2]。烟塵一長望[3]，衰颯正摧顔。

【校注】

〔1〕山，《杜詩評注》等本亦作“石”。

〔2〕“屬國”句：用蘇武事，蘇武使匈奴被留，持漢節牧羊十九年，歸拜典屬國。樓蘭：漢時西域國名。《漢書·傅介子傳》：“傅介子持節至樓蘭，斬其王，持首還，詔封爲義陽侯。”

〔3〕一，原注：“一作獨。”

地僻秋將盡，山高客未歸。塞雲多斷續，邊日少光輝。警急峰常報，傳聲檄屢飛〔1〕。西戎外甥國，何得迕天威〔2〕？

【校注】

〔1〕聲，原注："一作聞。"影宋本、草堂本作"聞"。

〔2〕唐時與吐蕃和親。顧炎武《日知録》："《册府元龜》載吐蕃言皆自稱外甥，稱上爲皇帝舅。"迕，原本作"近"，據影宋本、草堂本改。

鳳林戈未息，魚海路常難〔1〕。候火雲峰峻，懸軍幕井乾。風連西極動，月過北庭寒〔2〕。故老思飛將，何時議築壇？

【校注】

〔1〕鳳林：地名，故城在今甘肅臨夏。因有鳳林關而得名。魚海：地名，《元和郡縣志》稱爲白亭海，蒙古人稱爲哈拉鄂模。

〔2〕北庭：指北庭大都護府，府治在今新疆吉木薩爾北破城子。

春日江村五首〔1〕録二

農務村村急，春流岸岸深。乾坤萬里眼，時序百年心。茅屋還堪賦，桃源自可尋。艱難昧生理，飄泊到如今。

【校注】

〔1〕江村：指成都浣花溪。這裏選録的二首，爲第一、二兩首。

迢遞來三蜀，蹉跎又六年〔1〕。客身逢故舊，發興自林泉。過懶從衣結，頻遊任履穿。藩籬頗無限〔2〕，恣意向江天。

【校注】

〔1〕六年：杜甫乾元二年十二月入蜀，到寫此詩時的永泰元年，共六年。

〔2〕頗無限，原注：“一作無限景。”

春　望

國破山河在，城春草木深〔1〕。感時花濺泪，恨別鳥驚心。烽火連三月〔2〕，家書抵萬金。白頭搔更短，渾欲不勝簪。

【校注】

〔1〕春，原注：“一作荒。”

〔2〕火，原本作“花”，顯誤，據諸本改。

西閣夜〔1〕

恍惚寒山暮〔2〕，逶迤白霧昏。山虛風落石，樓靜月侵門。擊柝可憐子，無衣何處村？時危關百慮，盗賊爾猶存。

【校注】

〔1〕此詩作於夔州。西閣：即夔州西閣。

〔2〕山，影宋本、草堂本皆作“江”。

草　閣〔1〕

草閣臨無地，柴扉永不關。魚龍回夜水，星月動秋山。久露晴初濕〔2〕，高雲薄未還。泛舟憐小婦〔3〕，飄泊損紅顔。

【校注】

〔1〕此詩作於夔州。

〔2〕晴，原注：“一作清。”

〔3〕憐，原注：“一作慚。”

江　　漢[1]

江漢思歸客，乾坤一腐儒。片雲天共遠，永夜月同孤。落日心猶壯，秋風病欲蘇。古來存老馬，不必取長途。

【校注】

〔1〕此詩應是杜甫飄泊於湖北江陵、公安時作。

客　　夜[1]

客睡何曾著，秋天不肯明。入簾殘月影[2]，高枕遠江聲。計拙無衣食，途窮仗友生。老妻書數紙，應悉未歸情。

【校注】

〔1〕此詩作於杜甫流落梓州（今四川省三臺）時，但家眷還在成都。

〔2〕入，原注："一作卷。"

朝二首[1]録一

清旭楚宫南，霜空萬嶺含。野人時獨往，雲木曉相參。俊鶻無聲過，饑烏下食貪。病身終不動，摇落任江潭。

【校注】

〔1〕此詩作於夔州。原二首，録第一首。

春夜喜雨

好雨知時節，當春乃發生。隨風潛入夜，潤物細無聲。野徑雲俱黑，江船火獨明。曉看紅濕處[1]，花重錦官城。

【校注】

〔1〕紅，原注："一作經。"

對　雪〔1〕

戰哭多新鬼，愁吟獨老翁。亂雲低薄暮，急雪舞回風。瓢棄樽無緑，爐存火似紅。數州消息斷，愁坐正書空〔2〕。

【校注】

〔1〕杜甫當時正陷於叛軍占領的長安，聽説宰相房琯在陳陶斜大敗，而作此詩。

〔2〕書空：典出《世説新語》："殷浩坐廢，終日書空，作'咄咄怪事'四字。"

月　夜〔1〕

今夜鄜州月〔2〕，閨中只獨看。遥憐小兒女，未解憶長安。香霧雲鬟濕，清輝玉臂寒。何時倚虚幌，雙照泪痕乾。

【校注】

〔1〕此詩作於杜甫陷長安時。

〔2〕鄜，原注："音孚。"鄜州：今陝西富縣。

天　河〔1〕

常時任顯晦，秋至最分明。縱被微雲掩，終能永夜清。含星動雙闕，伴月落邊城。牛女年年渡，何曾風浪生。

【校注】

〔1〕此詩作於秦州。

房兵曹胡馬

胡馬大宛名，鋒稜瘦骨成。竹批雙耳峻〔1〕，風入四蹄輕。所向無空闊，真堪托死生。驍騰有如此，萬里可橫行。

【校注】

〔1〕竹批：形容馬耳像刀削的竹筒。《齊民要術》："馬耳欲小而鋭，狀如斬竹筒。"

病　馬

乘爾亦已久，天寒關塞深。塵中老盡力，歲晚病傷心。毛骨豈殊衆，馴良猶至今。物微意不淺，感動一沈吟。

鸂　鶒〔1〕

故使籠寬織〔2〕，須知動損毛。看雲莫悵望，失水任呼號。六翮曾經剪，孤飛卒未高。且無鷹隼慮，留滯莫辭勞。

【校注】

〔1〕鸂鶒：一種水鳥，形狀象鴨，羽毛五彩而多紫色，故又叫紫鴛鴦。

〔2〕籠寬，原本作"寬籠"，影宋本、草堂本作"籠寬"，據改。

孤　雁

孤雁不飲啄，飛鳴聲念群。誰憐一片影，相失萬重雲。望盡似猶見，哀多如更聞。野鴉無意緒，鳴噪自紛紛。

促　織

促織甚微細，哀音何動人。草根吟不穩，床下夜相親。久客得無泪，故妻難及晨。悲絲與急管，感激异天真〔1〕。

【校注】

〔1〕异，原本作“見”，影宋本、草堂本作“异”，據改。

螢　火

幸因腐草出，敢近太陽飛。未足臨書卷，時能點客衣。隨風隔幔小，帶雨傍林微。十月清霜重，飄零何處歸？

歸　燕

不獨避霜雪，其如儔侶稀。四時無失序，八月自知歸。春色豈相訪，衆雛還識機。故巢倘未毀，會傍主人飛。

猿

裊裊啼虚壁，蕭蕭挂冷枝。艱難人不免，隱見爾如知。慣習元從衆，全生或用奇。前林騰每及，父子莫相離。

鸚　鵡

鸚鵡含愁思，聰明憶别離。翠衿渾短盡，紅嘴謾多知。未有開籠日，空殘宿舊枝。世人憐復損，何用羽毛奇。

歸　雁[1]

聞道今春雁，南歸自廣州。見花辭瘴海，避雪到羅浮[2]。是物關兵氣，何時免客愁。年年霜露隔，不過五湖秋[3]。

【校注】

〔1〕此詩作於夔州。歸雁：指當時雁過嶺南之事（詳見《唐會要》）。

〔2〕瘴海：指南方海域。羅浮：即羅浮山，位於廣東增城東。

〔3〕過，原注："一作遇。" 五湖：此處指洞庭。

銅　瓶

亂後碧井廢，時清瑶殿深。銅瓶未失水，百丈有哀音。側想美人意，應悲寒甃沈。蛟龍半缺落，猶得折黄金。

奉陪鄭駙馬韋曲二首[1]

韋曲花无賴，家家惱殺人。緑樽須盡日，白髮好禁春[2]。石角鈎衣破，藤梢刺眼新[3]。何時占叢竹，頭戴小烏巾。

【校注】

〔1〕鄭駙馬：鄭潛耀，娶臨晋公主。韋曲：在長安城南。

〔2〕禁，原注："一作傷。"

〔3〕梢，原注："一作枝，又作蘿。"

野寺垂楊裹，春畦亂水間。美花多映竹，好鳥不歸山。城郭終何事，風塵豈駐顔。誰能共公子[1]，薄暮欲俱還。

【校注】

〔1〕共，影宋本作"與"。

一　室[1]

一室他鄉遠，空林暮景懸。正愁聞塞笛，獨立見江船。巴蜀來多病，荆蠻去幾年。應同王粲宅，留井峴山前[2]。

【校注】

〔1〕此詩作於成都。一室：指草堂。

〔2〕井，原本作“并”，誤，據草堂本、影宋本改。《襄沔記》：“王粲宅在襄陽縣西二十里峴山坡下，宅前有井，人呼爲仲宣井。”杜甫祖籍在襄陽，所以有這種想法。

屏　　迹[1]

晚起家何事，無營地轉幽。竹光團野色，舍影漾江流。失學從兒懶，長貧任婦愁。百年渾得醉，一月不梳頭。

【校注】

〔1〕此詩作於成都。此詩共三首，此録第三首。

空　　囊

翠柏苦猶食，明霞高可餐[1]。世人共鹵莽，吾道屬艱難。不爨井晨凍，無衣床夜寒。囊空恐羞澀，留得一錢看。

【校注】

〔1〕高，原注：“一作朝。”食柏餐霞。《列仙傳》：“赤松子好食柏實，齒落復生。”司馬相如《大人賦》：“呼吸沆瀣餐明霞。”

春日憶李白[1]

白也詩無敵[2]，飄然思不群。清新庾開府，俊逸鮑參軍[3]。渭北春天樹，江東日暮雲。何時一樽酒，重與細論文。

【校注】

〔1〕此詩爲杜甫到長安不久時作。李白於天寶三載賜金還山，旅遊吴越。

〔2〕敵，原注：“舊本作數。”

〔3〕庾開府：指北朝詩人庾信。鮑參軍：指南朝詩人鮑照。

題張氏隱居[1]

春山無伴獨相求，伐木丁丁山更幽。澗道餘寒歷冰雪，石門斜日到林丘。不貪夜識金銀氣，遠害朝看麋鹿遊。乘興杳然迷出處，對君疑是泛虛舟。

【校注】

〔1〕此詩大約作於開元二十四年後，當時杜甫與李白同游於齊趙。此詩有二首，這是第一首。

賓　至[1]

幽栖地僻經過少，老病人扶再拜難。豈有文章驚海内，謾勞車馬駐江干。竟日淹留佳客坐，百年粗糲腐儒餐。不嫌野外無供給[2]，乘興還來看藥欄。

【校注】

〔1〕詩題原注："一題作有客。"此詩爲杜甫居於成都草堂時作。

〔2〕不，原注："一作莫。"

野　老[1]

野老籬前江岸回，柴門不正逐江開。漁人網集澄潭下，賈客船隨返照來。長路關心悲劍閣，片雲何意傍琴臺[2]。王師未報收東郡，城闕秋生畫角哀[3]。

【校注】

〔1〕此詩作於成都草堂。

〔2〕片雲何意，原注："一作行雲幾處。"琴臺：現成都有遺址，在浣花溪北，傳説爲司馬相如與卓文君賣酒處。

〔3〕句末有原注："自注云：'得稱城闕。' 按：趙次公云：時成都陞爲南京，故公自注'得稱城闕'也。" 東郡：指東京（洛陽）和周圍諸郡，當時還在叛軍手裏。

和裴迪登蜀州東亭，送客逢早梅，相憶見寄[1]

東閣官梅動詩興，還如何遜在揚州[2]。此時對雪遥相憶，送客逢花可自由[3]。幸不折來傷歲暮，若爲看去亂春愁[4]。江邊一樹垂垂發，朝夕催人自白頭。

【校注】

〔1〕裴迪：唐詩人。蜀州：今四川崇慶縣一帶。

〔2〕何遜：南朝詩人。

〔3〕花，原注："今本作春。"

〔4〕春，原注："今本作鄉。"

客　至[1]

舍南舍北皆春水，但見群鷗日日來[2]。花徑不曾緣客掃，蓬門今始爲君開。盤餐市遠無兼味，樽酒家貧只舊醅。肯與鄰翁相對飲，隔籬呼取盡餘杯。

【校注】

〔1〕詩題下原注："自注云，喜崔明府相過。"

〔2〕見，原注："一作看。"

將赴成都草堂途中有作，先寄嚴鄭公五首[1] 録二

得歸茅屋赴成都，直爲文翁再剖符[2]。但使閭閻還揖讓，敢論松菊久荒蕪[3]。魚知丙穴由來美，酒憶郫筒不用沽[4]。五馬舊曾諳小徑，幾回書札待潛夫[5]。

【校注】

〔1〕嚴鄭公：即嚴武，當時被封作鄭國公，故稱。原一題五首，這裏録第一、三兩首。

〔2〕直，原本作“真”，影宋本、草堂本作“直”。文翁：漢代治蜀有成就的蜀郡太守（見《漢書·文翁傳》）。

〔3〕菊，草堂本、影宋本作“竹”。

〔4〕丙穴：生産佳魚的石穴，這裏約指邛州丙穴。郫筒：郫縣産的美酒。郫縣在成都西，出美酒，以竹筒裝之，所以稱郫筒。

〔5〕五馬：太守的别稱，指嚴武。潛夫：東漢王符曾作《潛夫論》，此藉以自指。

竹寒沙碧浣花溪，橘刺藤梢咫尺迷〔1〕。過客徑須愁出入，居人不自解東西。書籤藥裹封蛛網，野店山橋送馬蹄。肯藉荒亭春草色，先拚一飲醉如泥〔2〕。

【校注】

〔1〕橘，原注：“一作菱。”

〔2〕拚，原本作“拌”，影宋本作“拚”，草堂等本作“判”，按，“判”“拚”此處意同，據改。

登　樓〔1〕

花近高樓傷客心，萬方多難此登臨。錦江春色來天地〔2〕，玉壘浮雲變古今。北極朝廷終不改，西山寇盜莫相侵。可憐後主還祠廟，日暮聊爲梁甫吟。

【校注】

〔1〕此詩作於杜甫在成都時。

〔2〕錦江：又名流江、汶江，岷江支流之一，在今四川省成都平原。

堂　成[1]

背郭堂成蔭白茅，緣江路熟俯青郊。榿林礙日吟風葉[2]，籠竹和烟滴露梢。暫止飛烏將數子，頻來語燕定新巢。旁人錯比揚雄宅，懶惰無心作解嘲[3]。

【校注】

〔1〕此詩應作於成都草堂剛蓋成時。

〔2〕句末有原注："自注云：'榿木名不材，可充薪而已，惟蜀地最宜種。'"

〔3〕揚雄宅：西漢揚雄，成都人，成都有其住宅。他曾作《解嘲》。

江　村

清江一曲抱村流，長夏江村事事幽。自去自來梁上燕，相親相近水中鷗。老妻畫紙爲棋局，稚子敲針作釣鈎。多病所須惟藥物[1]，微軀此外復何求！

【校注】

〔1〕"多病"句，《杜詩詳注》等本作"但有故人供禄米"。

蜀　相[1]

丞相祠堂何處尋[2]？錦官城外柏森森。映階碧草自春色，隔葉黄鸝空好音。三顧頻繁天下計，兩朝開濟老臣心。出師未捷身先死[3]，長使英雄泪滿襟。

【校注】

〔1〕蜀相：指諸葛亮。

〔2〕丞相祠堂：即現在的武侯祠，在成都南郊。

〔3〕出師未捷：指 234 年諸葛亮出兵北伐，與司馬懿軍對抗相持百餘日，病死於五丈原軍中。

送韓十四江東覲省

兵戈不見老萊衣，嘆息人間萬事非。我已無家尋弟妹，君今何處訪庭闈？黄牛峽静灘聲轉，白馬江寒樹影稀[1]。此别還須各努力[2]，故鄉猶恐未同歸。

【校注】

〔1〕黄牛峽：在湖北宜昌市西。白馬江：在四川崇州市東北十里。

〔2〕還，原注："一作應。"

九日藍田崔氏莊[1]

老去悲秋强自寬，興來今日盡君歡。羞將短髪還吹帽，笑倩傍人爲正冠[2]。藍水遠從千澗落，玉山高並兩峰寒[3]。明年此會知誰健，醉把茱萸仔細看[4]。

【校注】

〔1〕此詩爲杜甫在長安時作。藍田：縣名，在長安東南。有輞川、湯谷温泉等名勝，並以産玉著名。

〔2〕王隱《晋書》："孟嘉爲桓温參軍，九日游龍山，參僚畢集，時風至，吹嘉帽墮落，温命孫盛爲文嘲之。"

〔3〕藍水：即灞水，流經藍田。玉山：在藍田，産美玉。

〔4〕醉，原注："一作再。"

曲江陪鄭八丈南史飲

雀啄江頭黄柳花，鵁鶄鸂鶒滿晴沙。自知白髪非春事，且盡芳樽戀物華。近侍即今難浪迹，此身那得更無家。丈人才力猶强健[1]，豈傍青門學種瓜。

【校注】

〔1〕才，原注："一作文。"

曲江對酒

苑外江頭坐不歸，水精春殿轉霏微[1]。桃花細逐楊花落，黄鳥時兼白鳥飛。縱飲久拌人共棄[2]，懶朝真與世相違。吏情更覺滄州遠[3]，老大徒傷未拂衣。

【校注】

〔1〕春，原注："一作宫。"

〔2〕拌，通"判"，與"拼"同。揚雄《方言》："楚人凡揮棄物謂之判。"

〔3〕吏，原注："一作舍。"

行次古城店泛江作，不揆鄙拙，奉呈江陵幕府諸公[1]

老年常道路，遲日復山川。白日花開裏，孤城麥秀邊。濟江元自闊，下水不勞牽。風蝶勤依槳，春鷗懶避船。王門高德業[2]，幕府盛材賢。行色兼多病，蒼茫泛愛前。

【校注】

〔1〕此詩作於杜甫從夔州沿江東下時。

〔2〕"王門"句後，原注："自注云：時陽城郡王衛伯玉爲江陵節度使。"

舟中出江陵南浦奉寄鄭少尹審[1]

更欲投何處，飄然出此都。形骸元土木，舟楫復江湖。社稷纏妖氣，干戈送老儒。百年同棄物[2]，萬國盡窮途。雨洗平沙净，天銜闊岸紆。鳴螿隨泛梗，别燕赴秋菰[3]。栖托難高卧，饑寒迫向隅。寂寥相煦沫，浩蕩報恩珠[4]。溟漲鯨波動，衡陽雁影徂。南征問懸榻，東逝想乘桴。濫竊商歌聽，時憂卞泣誅[5]。經過憶鄭驛，斟酌旅情孤。

【校注】

〔1〕此詩作於杜甫從江陵移居公安縣時。鄭少尹審：即鄭審。

〔2〕棄物：語本《老子》："聖人嘗善救人，故無棄物。"

〔3〕鳴螿：又名寒蜩，象蟬而稍小，泛梗，用蘇秦勸孟嘗君事，喻行踪飄泊無定（《戰國策·齊策》）。赴，原注："一作起。"

〔4〕報恩珠：即隋侯之珠。

〔5〕上句用寧戚飯牛事（《吕氏春秋》）。下句用卞和獻玉事（《韓非子》）。

送許八拾遺歸江寧覲省。甫昔時嘗客遊此縣，於許生處乞瓦棺寺維摩圖樣志諸篇末[1]

詔許辭中禁，慈顔赴北堂[2]。聖朝新孝理[3]，祖席倍輝光。内帛擎偏重[4]，宫衣著更香。淮陰清夜驛，京口渡江航[5]。春隔鷄人晝，秋期燕子凉[6]。賜書誇父老，壽酒樂城隍[7]。看畫曾饑渴，追踪恨淼茫。虎頭金粟影[8]，神妙獨難忘。

【校注】

〔1〕江寧：府名，治所在今南京市。瓦棺寺：晋武帝時所建。維摩：維摩詰，佛教有名居士。

〔2〕詔許，原注："一作天語。"中禁：指代皇宫。慈顔赴，原注："一作家榮到。"北堂：母親的代稱。

〔3〕聖朝：指肅宗。

〔4〕内，原注："一作贈。"

〔5〕淮陰：縣名，在今江蘇省。清，原注："一作新。"京口：古城名，故址在今江蘇鎮江市。

〔6〕句末有原注："一作'竹引趨庭曙，山添扇枕凉'。"

〔7〕句末有原注："一作'十年過父老，幾日賽城隍'。"

〔8〕虎頭：指東晋名畫家顧愷之，曾在瓦棺寺畫維摩詰像，據説"光耀月餘"。金粟影：金粟，即維摩詰；影，指畫像。

傷春五首〔1〕録二

日月還相鬬，星辰屢合圍〔2〕。不成誅執法，焉得變危機〔3〕。大角纏兵氣，鈎陳出帝畿〔4〕。烟塵昏御道，耆舊把天衣。行在諸軍闕，來朝大將稀。賢多隱屠釣，王肯載同歸？

【校注】

〔1〕題下有注："自注云：巴閬僻遠，傷春罷，始知春前已收宫闕。"原一題共五首，這裏録第三、四兩首。

〔2〕日月相鬬：古人認爲日月相鬬，天下會大戰。星辰合圍：古人認爲星辰合圍，天子就有被圍的危險。

〔3〕兩句意謂不誅宦官程元振，改變不了天下危機的局勢。《石氏星經》："執法四星，在太陽首西北。主刑餘之人，内常侍官也。"

〔4〕大角：天上星名，古人認爲它代表帝王之象。勾陳：天上的六顆星，古人認爲它代表天子的六軍。

再有朝廷亂，難知消息真。近傳王在洛，復道使歸秦〔1〕。奪馬悲公主，登車泣貴嬪〔2〕。蕭關迷北上，滄海欲東巡〔3〕。敢料安危體，猶多老大臣。豈無嵇紹血，霑灑屬車塵〔4〕。

【校注】

〔1〕傳，原注："一作聞。"代宗到陝後程元振曾勸他遷都洛陽。

〔2〕上句用魏高歡奪馬之事（見《通鑒·梁武帝中大通二年》）。下句本《晋書·成帝紀》："（蘇）峻逼遷天子於石頭（城），帝哀泣升車，宫中慟哭。"

〔3〕蕭關：在今寧夏回族自治區固原市東南。下句：典出《史記·秦始皇本紀》"始皇遂東游海上……"

〔4〕《晋書·惠帝紀》："惠帝北征，王師敗績於蕩陰。百官及侍衛莫不潰散，唯（嵇）紹"儼然端冕，以身捍衛，兵交御輦，紹遂被害，血濺御服。"

春　歸〔1〕

苔徑臨江竹，茅檐覆地花。别來頻甲子，歸到忽春華。倚杖看孤石，傾壺就淺沙。遠鷗浮水静，輕燕受風斜。世路雖多梗，吾生亦有涯。此身醒復醉，乘興即歸家。

【校注】

〔1〕此詩爲杜甫重歸草堂後作。

八陣圖〔1〕

功蓋三分國，名成八陣圖。江流石不轉，遺恨失吞吴〔2〕。

【校注】

〔1〕八陣圖：指在夔州附近江邊用石頭壘成的陣圖。據説爲諸葛亮所布。

〔2〕上句是説八陣圖不爲江水所動（見《劉賓客嘉話録》）。下句解釋，聚訟紛紜，有的説是失於未能吞掉吴國，有的説是失於未能阻止劉備伐吴，有的説是失於劉備伐吴，有的説是失於劉備不懂此陣圖而敗於東吴。

絶句三首[1]

江碧鳥逾白，山青花欲燃。今春看又過，何日是歸年？

【校注】

〔1〕這裏選者有誤。第一首本《絶句二首》的第二首。而後二首，則爲《絶句三首》的第一、三兩首。

聞道巴山裏[1]，春船正好行。都將百年興，一望九江城[2]。

【校注】

〔1〕巴山：此處指川鄂交界的山脈。

〔2〕九江：謂荆州，今湖北的江陵縣。

謾道春來好，狂風大放顛。吹花隨水去，翻却釣魚船。

歸　　雁

春來萬里客[1]，亂定幾年歸。腸斷江城雁，高高向北飛[2]。

【校注】

〔1〕春，原注："一作東。"

〔2〕向，原注："一作正。"

少年行

馬上誰家白面郎，臨階下馬坐人床。不通姓字粗豪甚[1]，指點銀瓶索酒嘗。

【校注】

〔1〕字，原本作“名”，誤，據影宋本、草堂本改。

少年行[1]

莫笑田家老瓦盆，自從盛酒長兒孫。傾銀注玉驚人眼，共醉終同卧竹根。

【校注】

〔1〕原詩爲二首，這裏選第一首。

贈花卿[1]

錦城絲管日紛紛，半入江風半入雲。此曲秖應天上有，人間能得幾回聞。

【校注】

〔1〕花卿：指花敬定，崔旰的部將，成都戰亂期間，曾斬梓州叛亂刺史段子璋，後恃功自傲。

奉和嚴武軍城早秋

秋風嫋嫋動高旌，玉帳分弓射虜營。已收滴博雲間戍，欲奪蓬婆雪外城[1]。

【校注】

〔1〕滴博：也作的博，山名，在四川理番縣東南。蓬婆：吐蕃城名，故址在四川松潘縣南叠溪營附近。

中丞嚴公雨中垂寄見憶一絶奉答二絶〔1〕

何日雨晴雲出溪，白沙青石洗無泥〔2〕。只須伐竹開荒徑，拄杖穿花聽馬嘶。

【校注】

〔1〕中丞嚴公：指嚴武。此詩是第二首。

〔2〕洗，原注："一作光。"

春水生二絶〔1〕録一

二月六夜春水生，門前小灘渾欲平。鸕鷀鸂鶒莫謾喜，吾與汝曹俱眼明。

【校注】

〔1〕此詩在成都草堂作。此詩爲第一首。

江畔獨步尋花〔1〕

稠花亂蕊裹江濱，行步欹危實怕春。詩酒尚堪驅使在，未須料理白頭人。

【校注】

〔1〕全詩爲七首絶句，此是第二首。

虢國夫人〔1〕

虢國夫人承主恩，平明騎馬入宫門。却嫌脂粉涴顔色〔2〕，淡掃蛾眉朝至尊。

【校注】

〔1〕此詩一作張祜詩。虢國夫人：楊貴妃三姐。

〔2〕涴，原注："涴，一作污。"

江南逢李龜年〔1〕

岐王宅裏尋常見，崔九堂前幾度聞〔2〕。正是江南好風景，落花時節又逢君。

【校注】

〔1〕此詩作於大曆五年（770），杜甫在世的最後一年，此詩是他最後的一首絶句，當時詩人在長沙。李龜年：乐工，在開元、天寶年間享有盛名。杜甫嘗贈詩。

〔2〕岐王：玄宗之弟李範，被封爲岐王。此句後有原注："自注云：崔九即殿中監崔滌，中書令湜之子。"查《舊唐書》，崔滌爲崔湜之弟，而諸本均作"弟"，作"子"顯誤，宜改。

承聞河北諸道節度入朝歡喜口號絶句〔1〕

英雄見事若通神，聖哲爲心小一身〔2〕。燕趙休矜出佳麗，宮闈不擬選才人。

【校注】

〔1〕此詩大約作於夔州。據唐史，没有河北節度使入朝事，可能是杜甫在夔州所聽傳聞不確切。原詩爲十二首，這裏録第六、十二兩首。

〔2〕英雄：可能指常衮（見《新唐書·常衮傳》)）。聖哲：指天子。

十二年來多戰場〔1〕，天威已息陣堂堂。神靈漢代中興主，功業汾陽異姓王〔2〕。

【校注】

〔1〕十二年，指從天寶十四載（755）“安史之亂”起到大曆元年（766）。

〔2〕“神靈”句：指唐代宗“中興”。“功業”句：指郭子儀被封汾陽王。

存殁口號二首〔1〕

席謙不見近彈棋，畢曜仍傳舊小詩〔2〕。玉局他年無限笑，白楊今日幾人悲。

【校注】

〔1〕題下有原注：“自注云：四子皆游於藝，故甫志之。”存殁，詩中所寫四位善於遊藝之人，二生二死，所以説存殁。

〔2〕原注：“自注云：道士席謙，吴人，善彈棋，畢曜善爲小詩。”彈棋：漢唐時代的一種遊戲。畢曜：曾作過監察御史，後來被貶黔中，死於貶所。

鄭公粉繪隨長夜〔1〕，曹霸丹青已白頭〔2〕。天下何曾有山水，人間不解重驊騮。

【校注】

〔1〕鄭公：即鄭虔。

〔1〕原注：“自注云：高士滎陽鄭虔善畫山水；曹霸，魏曹髦之後，善畫馬。”

解　　悶〔1〕

一辭故國十經秋，每見秋瓜憶故丘〔2〕。今日南湖采薇蕨，何人爲覓鄭瓜州〔3〕？

【校注】

〔1〕此詩作於夔州。原題十二首，此處選第三、五、六、十共四首。

〔2〕故國：故都，指長安。十經秋：從乾元元年至大曆元年（758—766），將近十個年頭。故丘：在長安附近，長安青門出好瓜。

〔3〕南，原注："一作東。" 鄭瓜州：故丘有瓜州，與鄭莊很近，故以鄭瓜州指代鄭審。"何人"句後有原注："自注云：今鄭秘書審。" 按諸本均爲"今秘監審"，宜據此改。

憶過瀘戎摘荔枝，青楓隱映石逶迤〔1〕。京華應見無顔色〔2〕，紅顆酸甜只自知。

【校注】

〔1〕杜甫頭年曾過戎州，在《宴戎州楊使君東樓》詩中有"輕紅擘荔枝"的句子。

〔2〕華，原注："一作中。" 無，原注："一作君。"

李陵蘇武足吾師，孟子論文更不疑〔1〕。一飯未嘗留俗客〔2〕，數篇今見古人詩。

【校注】

〔1〕李陵、蘇武：《玉臺新咏》《文選》中載其贈答詩，唐人認爲他們是五言詩之祖。今人已基本考定爲後人的僞作。"孟子"句，孟子，原注："自注云：校書孟雲卿。"

〔2〕留，原注："一作延。"

復憶襄陽孟浩然，清詩句句盡堪傳。即今耆舊無新語，謾釣槎頭縮項鯿。

絶句漫興[1]

眼見客愁愁不醒，無賴春色到江亭。即遣花開深造次，便教鶯語太丁寧。

【校注】

〔1〕原詩共九首，這裏録一、三、五共三首。

手栽桃李非無主[1]，野老墻低還是家。恰似春風相欺得，夜來吹折數枝花。

【校注】

〔1〕栽，影宋本、草堂本作“種”。

腸斷春江欲盡頭，杖藜徐步立芳洲。顛狂柳絮隨風舞[1]，輕薄桃花逐水流。

【校注】

〔1〕舞，原注：“一作去。”

戲爲六絶[1] 録三

庾信文章老更成，凌雲健筆意縱横。今人嗤點流傳賦，不覺前賢畏後生。

【校注】

〔1〕這裏録一、三、五共三首。

王楊盧駱當時體[1]，輕薄爲文哂未休。爾曹身與名俱滅，不廢江河萬古流。

【校注】

〔1〕王楊，原注："一作楊王。"

不薄今人愛古人，清詞麗句必爲鄰。竊攀屈宋宜方駕，恐與齊梁作後塵。

楚風補卷之十

唐

元　融[1]

字季川，襄陽人[2]，次山之弟也[3]。其詩見《篋中集》[4]。

【校注】

〔1〕事見《唐詩紀事》《唐才子傳》。

〔2〕史載元結爲河南人，此言其弟元融爲襄陽人，無確證。

〔3〕次山：元結字。

〔4〕《篋中集》：元結編，收沈千運、王季友、于逖、孟雲卿、張彪、趙微明、元融七人詩凡二十四首。

泉上雨後作

風雨蕩繁暑，雷息佳霽初。衆峰帶雲色，秋氣入我廬[1]。颯颯凉飆來，窺臨愜所圖[2]。緑蘿長新蔓，褭褭垂坐隅。流水復檐下，丹砂發清蕖[3]。養葛爲我衣，種芋爲我蔬。誰是畹與畦[4]，彌漫連野蕪。

【校注】

〔1〕秋，原注："一作清。"《篋中集》作"衆峰帶雲雨，清氣入吾廬"。

〔2〕窺臨，《篋中集》作"臨窺"。

〔3〕蕖，原注：“一作渠。”《篋中集》正作“渠”。丹砂：即朱砂，用以指代紅花。

〔4〕畹與畦：指農田。畹：十二畝或三十畝；畦：五十畝。

登雲中[1]

灌田東山下，取樂在爾休[2]。清興相引行，日日三四周。白鷗與我心，不厭此中遊[3]。窮覽頗有適，不極趣無幽[4]。憀然歌采薇，曲盡心悠悠。

【校注】

〔1〕雲中：指雲中山，上有雲中城；山在今山西忻縣西北，多産藥草。

〔2〕樂，《篋中集》作“藥”。在爾，或同“在而”。韋孟《諷諫詩》：“我徒侃爾，樂亦在而。”休：句末語助詞。

〔3〕“白鷗”二句，用《列子》“海上之人好鷗”的故事，自言忘機。

〔4〕“不極”句，意謂不遠行則無美可觀。

山中晚興[1]

河漢降玄霜[2]，昨來節物殊。愧無神仙姿，豈有陰陽俱[3]。靈鳥望不見，慨然悲高梧[4]。華葉隨風揚，珍條雜榛蕪。爲君寒谷吟[5]，嘆息知何如。

【校注】

〔1〕《篋中集》題作“山中曉興”，是。

〔2〕玄霜：仙藥名，此即指霜。

〔3〕陰陽俱：即調合陰陽、超脱生死之意。

〔4〕靈鳥：謂鳳凰，舊説以爲非梧不栖。二句隱含不遇之感。

〔5〕寒谷：劉向《别録》：“鄒衍在燕，有谷寒，不生五穀。鄒子吹律而温至，生黍也。”

張　繼[1]

字懿孫，襄陽人[2]。大曆末檢校祠部員外郎，掌財賦於洪州。詩一卷，見《唐·藝文志》。

【校注】

〔1〕事見《唐詩紀事》《唐才子傳》等書。參見傅璇琮《唐代詩人叢考·張繼考》。

〔2〕應作“南陽人”。

洛陽作[1]

洛陽天子縣，金谷石崇鄉[2]。草色侵官道，花枝出苑墻。書成休逐客，賦罷遂爲郎[3]。貧賤非吾事，西遊思自强[4]。

【校注】

〔1〕《全唐詩》卷二百四十二此詩題下注“一作初出徽安門”（見《文苑英華》卷二百九十二）。

〔2〕天子縣：洛陽爲許多王朝建都處，亦爲唐代東都。金谷：即石崇所建金谷園。

〔3〕“書成”句：秦宗室大臣“請一切逐客”，李斯有《諫逐客書》。見《史記·李斯傳》。“賦罷”句：《史記·司馬相如傳》：“賦奏，天子以爲郎。”

〔4〕二句用終軍棄繻故事。見《漢書》本傳。

江上送客遊廬山

楚客自相送，沾裳春水邊。晚來風信好，併發上江船。花映新林岸，雲開瀑布泉。愜心應在此，佳句向誰傳。

會稽郡樓雪霽〔1〕

江城昨夜雪如花，郢客登樓望霽華。夏禹壇前仍聚玉，西施浦上更飛紗〔2〕。簾櫳向晚寒風度，睥睨初晴落景斜〔3〕。數處微明銷不盡，湖山青映越人家。

【校注】

〔1〕《全唐詩》題作“望雪”。

〔2〕夏禹壇：當指浙江紹興稽山門外大禹陵之祭壇。西施浦：傳説西施浣紗之處。聚玉、飛紗：皆狀雪之貌。

〔3〕睥睨，同“埤堄”，城上短墻。

送郄紹充河南租庸判官〔1〕

齊魯傷心地〔2〕，頻年此用兵。女停襄邑杼，農廢汶陽耕〔3〕。使者乘軺去，諸侯擁節迎〔4〕。深仁佐君子，薄賦卹黎甿〔5〕。火燎原猶熱，波摇海未平〔6〕。應將否泰理，一問魯諸生〔7〕。

【校注】

〔1〕《全唐詩》題作“送鄒判官往陳留”，下注“一作‘洪州送郄紹充河南租庸判官’”。此詩題應從後者，但其中“郄紹充”三字應作“鄒紹先”。

〔2〕魯，《全唐詩》作“宋”，是。傷心，《中興間氣集》作“分巡”。齊宋指今山東、河南一帶。

〔3〕襄邑：今河南開封，代“宋”；汶陽：今山東寧陽縣北，代“齊”。

〔4〕使者，《全唐詩》作“國使”，即指鄒紹先。諸侯，《中興間氣集》作“諸藩”。

〔5〕佐，《全唐詩》作“荷”，又作“賴”。

〔6〕波，《中興間氣集》作“風”。

〔7〕否泰：此言治亂。魯諸生：指儒生，語本《漢書・叔孫通傳》“臣願

徵魯諸生”。

感　　懷[1]

調與時人背，心將静者論[2]。終年帝城裏，不識五侯門。

【校注】

〔1〕《全唐詩》題下注：“一作陸沉詩，題作‘上禮部楊侍郎’。”陸沉，不詳。

〔2〕静者：指高蹈避時、與世無争之人。

楓橋夜泊[1]

月落烏啼霜滿天，江村漁火對愁眠[2]。姑蘇城外寒山寺，夜半鐘聲到客船。

【校注】

〔1〕《全唐詩》題下注：“一作夜泊楓江。”《中興間氣集》題爲“松江夜泊”。《清一統志》：“楓橋在蘇州府城南七里。”

〔2〕村，《全唐詩》作“楓”。

戎　　昱〔1〕

荆州人，登進士第。衛伯玉鎮荆南〔2〕，辟爲從事。德宗建中中，爲辰、虔二州刺吏，京兆尹。

【校注】

〔1〕此處小傳本於《新唐書·藝文志》，有所更改。

〔2〕衛伯玉：兩《唐書》有傳。衛鎮荆南始於代宗廣德元年（763）冬。

苦哉行〔1〕

妾家清河邊，七葉承貂蟬〔2〕。身爲最小女，偏得渾家憐〔3〕。親戚不相識，幽閨十五年。有時最遠出，衹到中堂前。前年狂虜來〔4〕，懼死翻生全。今秋官軍至，豈意遭戈鋋〔5〕。羯夷爲先鋒〔6〕，長鼻黄髮拳。彎弓獵生人，百步牛羊羶。脱身落虎口，不及歸黄泉。苦哉難重陳，暗哭蒼蒼天。

【校注】

〔1〕《全唐詩》題下原注："寶應中過滑州、洛陽後同王季友作。"原共五首，此處選第四首。苦哉行：樂府相和歌平調曲名，多言征戰之苦。

〔2〕清河：唐清河郡有水名清河，清河崔氏爲唐代士族。貂蟬：貂尾和一種薄如蟬翼的繒帛，用作高官冠飾。《漢官儀》："侍中左貂右蟬。"

〔3〕渾家：全家。

〔4〕狂虜：指安禄山叛軍。

〔5〕戈鋋：猶言刀兵。鋋：兵器名，似矛而小。

〔6〕羯夷：此處指回紇。據兩《唐書》，寶應元年，借回紇兵攻史朝義，回紇兵再入洛陽，燒劫一空。

從軍行

昔從李都尉，雙韃照馬蹄[1]。擒生黑山北[2]，殺敵黄雲西。太白沈胡地[3]，邊草復萋萋。歸來邯鄲市[4]，百尺青樓梯。感激然諾重，平生膽力齊。芳筵暮歌發，艷粉輕鬟低。半酣秋風起，鐵騎前門嘶。遠戍報烽火，孤城嚴鼓鼙[5]。揮鞭望塵土，少婦莫含啼。

【校注】

〔1〕李都尉：李陵官封騎都尉。此代指邊將。韃：馬上盛弓之器。

〔2〕黑山：在今陝西榆林縣北，黑水出其下。是匈奴南侵駐兵之地。

〔3〕太白：即金星，古星象家以爲主兵。

〔4〕邯鄲：戰國趙都，其地多出豪俠士。

〔5〕嚴鼓鼙：緊催戰鼓。指戰事復緊。

塞上曲二首[1]

慘慘寒日没，北風卷蓬根。將軍領疲兵，却入古塞門。回首指陰山，殺氣成黄雲。

樓上晝角哀[2]，即知兵心苦。試問左右人，無言泪如雨。何意休明時，終年事鼙鼓。

【校注】

〔1〕《全唐詩》一題六首，此爲第一、第五首。題又作“塞下曲”。

〔2〕樓，《全唐詩》作“城”。

晚次荆州[1]

孤舟大江水，水涉無昏曙[2]。雨暗迷津時，雲生望鄉處。漁翁閑自樂，樵客紛多慮。秋色湖上山，歸心日邊樹。徒稱竹箭美[3]，未得楓林趣。向夕垂釣還，吾從落潮去。

【校注】

〔1〕《全唐詩》題作“晚次荆江”。

〔2〕水涉：即水流、津渡意。

〔3〕竹箭美：語本《爾雅》“東南之美者，會稽之竹箭焉”。

長安秋夕[1]

八月更漏長，愁人起常早。閉門寂無事，滿院生秋草。昨宵北窗夢，夢入荆南道[2]。遠客歸去來，在家貧亦好。

【校注】

〔1〕《全唐詩》題一作“中秋感懷”。

〔2〕荆南道：唐方鎮名，治所在荆州，即戎昱家鄉。

送張秀才之長沙

君向長沙去，長沙僕舊諳。雖之桂嶺北，終是闕庭南[1]。山靄生朝雨，江烟作夕嵐。松醪能醉客，慎勿滯湘潭。

【校注】

〔1〕之、闕，《全唐詩》一作“云”“洞”。桂嶺：在今廣西賀縣東北。闕庭：朝廷。

衡陽春日遊僧院

會共劉諮議，同時事道林[1]。與君相掩泪，來客豈知心。階雪凌春積，爐烟向暝深。依然舊童子，相送出花林。

【校注】

〔1〕會：曾經。諮議：即諮議參軍。劉諮議：未詳。道林：東晋名僧支遁字道林，借指僧院主人。

成都暮秋雨

九月錦城暮〔1〕，愁人閉草堂。地卑多雨潤，天暖少秋霜。縱欲傾新酒，其如憶故鄉。不知更漏意，唯向客邊長〔2〕。

【校注】

〔1〕錦城，《全唐詩》作“龜城”，皆指成都。據《元和郡縣志》：“（張儀）初築城時屢頹不立。忽有大龜周行旋走，巫言依龜行處築之，城得建立。”

〔2〕客邊，《全唐詩》一作“枕邊”。

再赴桂州先寄李大夫〔1〕

玷玉甘長棄，朱門喜再遊〔2〕。過因讒後重，恩合死前酬。養驥須憐瘦，栽松莫厭秋。今朝兩行泪，一半血和流。

【校注】

〔1〕《全唐詩》“先寄”一作“先上”。李大夫：指桂州刺史、桂管觀察使李昌巎，在任時銜御史大夫。

〔2〕玷玉：詩人自喻。朱門：此指李家。戎、昱曾爲李之幕賓。

閨　怨〔1〕

女伴朝來説，知君欲棄捐。懶梳明鏡下，羞到畫堂前。有泪沾脂粉，無情理管弦。不知將巧笑，更遣向誰憐。

【校注】

〔1〕《全唐詩》題作“古意”。形式上擬古，實則托兒女之情，寄君臣之事。

羅江客舍[1]

山縣秋雲闇，茅亭暮雨寒。自傷庭葉下，誰問客衣單。有興時添酒，無聊懶整冠。近來鄉國夢，夜夜到長安。

【校注】

〔1〕羅江：唐代縣名，在今四川綿陽西南。

聞　笛[1]

入夜思歸切，笛聲清更哀[2]。愁人不願聽，自到枕邊來[3]。風起塞雲斷，夜深關月開。平明獨惆悵，飛盡一庭梅[4]。

【校注】

〔1〕《全唐詩》題下注：“一作李益詩。”《李尚書集》題作“夜上受降城聞笛”。

〔2〕《全唐詩》“清”一作“寒”。

〔3〕《全唐詩》“邊”一作“前”。

〔4〕《樂府詩集》：“《梅花落》，本笛中曲也。”

雲夢故城秋望[1]

故國遺墟在，登臨想舊遊。一朝人事變[2]，千載水空流。夢渚鴻聲晚[3]，荆門樹色秋。片雲凝不散，遥想望鄉愁。

【校注】

〔1〕雲夢故城：指楚郢都，在今湖北江陵縣北。

〔2〕人事變：指楚國滅亡。

〔3〕《全唐詩》“鴻聲”一作“鷗飛”。

漢上題韋氏莊

結茅同楚客，卜築漢江邊[1]。日落數歸鳥，夜深聞扣舷[2]。水痕侵岸柳，山翠借厨烟。調笑提筐婦，春來蠶幾眠。

【校注】

〔1〕楚客：指屈原。卜築：定居。

〔2〕扣舷：指敲擊船舷爲歌節或警魚。

和李尹種葛[1]

弱質人皆棄，惟君手自栽。蕾含霜後竹，香惹臘前梅。擬托凌雲勢，須憑接引材。緑陰如可惜，黃鳥定飛來[2]。

【校注】

〔1〕李尹：當指李昌巙，時爲桂州刺史、桂管觀察使。種葛：樂府舊題，魏雜曲歌謡。

〔2〕緑，《全唐詩》作“清”。黃鳥：取義於《詩·周南·葛覃》：“黃鳥于飛，集于灌木。”鄭玄注：“飛集叢木，興女有嫁于君子之道。”二句隱謂自己被知遇，則更開賢路。

宮　情[1]

側聽宮官説，知君寵尚存。未能開笑頰，先欲换愁魂。寶鏡窺妝影，紅衫裛泪痕。昭陽今再入，寧敢恨長門[2]。

【校注】

〔1〕《全唐詩》題作“閨情”。此詩暗喻仕途榮辱事。

〔2〕昭陽：漢宫殿名，漢成帝后趙飛燕曾居之，遂用代指得寵后妃居處。長門：即長門宫，漢武帝陳皇后失寵後所居。

成都送嚴十五之江東〔1〕

江東萬里外，别後幾淒淒。峽路花應發，津亭柳正齊。酒傾遲日暮，川闊遠天低。心繫征帆上，隨君到剡溪〔2〕。

【校注】

〔1〕嚴十五：不詳。

〔2〕剡溪：在今浙江嵊縣曹娥江上游。

題招提寺〔1〕

招提精舍好，石壁向江開。山影水中盡，鳥聲天上來。一燈傳歲月，深院長莓苔。日暮雙林磬，玲玲送客回〔2〕。

【校注】

〔1〕招提：梵語，此處即指僧人。

〔2〕雙林：即娑羅雙樹，代指佛地。玲玲，《全唐詩》作“泠泠”，玉鳴聲。

桂州臘夜〔1〕

坐到三更盡，歸仍萬里賒。雪聲偏傍竹，寒夢不離家。曉角分殘漏〔2〕，孤燈落碎花〔3〕。兩年隨驃騎，辛苦向天涯〔4〕。

【校注】

〔1〕《才調集》題作“冬夜懷歸”。

〔2〕分,《又玄集》作“催”。

〔3〕落碎花,《又玄集》作“碎落花”。

〔4〕驃騎：漢霍去病曾封驃騎將軍。向,《又玄集》作“在”。

秋夜梁十三廳事〔1〕

今來秋已暮，還恐未成歸。夢裏家仍遠，愁中葉又飛。竹聲風度急，燈影月來微。得見梁夫子，心源有所依〔2〕。

【校注】

〔1〕《全唐詩》“秋夜”下注：“一本有‘宿’字。”廳事：本官府辦公的地方，也可指私宅的客廳。梁十三：未詳。

〔2〕心源：佛家以心爲萬法之本源，故稱；此處即“心”的意思。

塞下曲〔1〕

北風凋白草，胡馬日駸駸〔2〕。夜後戍樓月，秋來邊將心。鐵衣霜雪重〔3〕，戰馬歲年深。自有盧龍塞〔4〕，烟塵飛至今。

【校注】

〔1〕原六首，此爲第六首。

〔2〕駸駸：馬行疾速貌。

〔3〕雪:《全唐詩》作“露”。

〔4〕盧龍塞：在今河北喜峰口附近，是古來軍事要地。

送嚴十五之長安〔1〕

送客身爲客，思家愴别家。暫收雙眼泪，遥想五陵花。路遠征車迴，山回劍閣斜。長安君到日，春色未應賒。

【校注】

〔1〕《全唐詩》“十五”下有“郎”字。

和　蕃〔1〕

漢家青史上，計拙是和親〔2〕。社稷依明主，安危托婦人。豈能將玉貌，便擬静烟塵。地下千年骨，誰爲輔佐臣。

【校注】

〔1〕《全唐詩》題作“咏史”。據《雲溪友議》卷八、《唐詩紀事》卷二、《全唐詩話》卷二等載，憲宗朝，北狄頻寇邊，大臣議和親。憲宗吟此詩而稱之，遂罷和戎之論。

〔2〕和親：將宗室之女嫁給外族首領以求得兩國關係的和睦。

辰州聞大駕還宫〔1〕

聞道鑾輿歸魏闕，望雲西拜喜成悲。寧知隴水烟銷日，再有園林秋薦時。渭水戰添亡虜血，秦人生睹舊朝儀〔2〕。自慚出守辰州畔，不得親隨日月旗。

【校注】

〔1〕建中四年（783），朱泚爲亂，唐德宗出奔奉天。興元元年（784）五月，李晟等收復長安；七月，德宗返朝。時戎昱爲辰州刺史。

〔2〕渭水戰：指李晟於東渭橋大破叛軍一役。秦人：謂長安百姓。

觀衛尚書九日對中使射破的〔1〕

盛宴傾黄菊，殊恩降紫泥〔2〕。月營開射圃，霜旆拂晴霓〔3〕。出將三朝貴，彎弓五善齊[4]。腕回金鏃滿，的破緑弦低。勇氣干牛斗，歡聲震鼓鼙。忠臣思報國，更欲取關西[5]。

【校注】

〔1〕衛尚書：指衛伯玉，衛鎮荆州時，加檢校工部尚書。中使：宮中派出的使節，中晚唐時多以宦官充任。

〔2〕恩，《全唐詩》作“私”。黄菊：指重陽節所飲的菊花酒。紫泥：代指詔書，因詔書以紫泥封口，故稱。

〔3〕月營：設於大營旁之小營。霜旆：銀白色的旌旗。

〔4〕三朝貴：指衛伯玉在玄宗、肅宗、代宗三朝累建軍功。五善：語出《左傳》襄公元年："叔孫穆叔如晉……曰：'臣獲五善，敢不重拜。'"杜預注："五善謂咨、詢、度、諏、謀。"

〔5〕取關西：當時關西之地盡陷於吐蕃，故言。

涇州觀元戎出師[1]

寒日征西將，蕭蕭萬里叢。吹笳覆樓雪，祝纛滿旗風。遮虜黄雲斷，燒羌白草空。金鐃肅天外[2]，玉帳静霜中。朔野長城閉，河源舊路通[3]。衛青師自老，魏絳賞何功[4]。槍壘依沙迴，轅門壓塞雄。燕然如可勒[5]，萬里願從公。

【校注】

〔1〕元戎：即總領兵馬大元帥，此指郭子儀。代宗永泰元年（765），郭自涇陽進兵涇州，與回紇合兵大破吐蕃。

〔2〕金鐃：即銅鉦。鳴鐃以止鼓，遠近一片肅静，故言“肅天外”。

〔3〕河源：唐屬隴右道。安史亂中被叛軍占領，此戰中又收復，故謂“舊路通”。

〔4〕衛青：西漢名將，曾與霍去病共擊匈奴。魏絳：春秋晉大夫，佐晉悼公外和戎狄，内修民事，雖無征戰之功而受賞賜。

〔5〕“燕然”句：用東漢竇憲勒石紀功事。

移家别湖上亭[1]

好是春風湖上亭[2]，柳條藤蔓繫離情。黄鶯久住渾相識，欲别頻啼四五聲[3]。

【校注】

〔1〕題下編者原注：“一載：韓滉鎮浙，有妓善歌，與戎厚，戎贈此詩。滉聞之，即以歸戎。”按，此説出孟棨《本事詩》，未爲信實。

〔2〕是，《全唐詩》一作“去”。

〔3〕四，《全唐詩》一作“三”。

戲贈張使君[1]

數載蹉跎罷縉紳，五湖乘興轉迷津。如今野客無家第，醉處尋常是主人。

【校注】

〔1〕張使君：當指當時河南尹張元賞。

早　梅

一樹寒梅白玉條，迥臨村路傍溪橋。應緣近水花先發[1]，疑是經春雪未消[2]。

【校注】

〔1〕應緣，《全唐詩》一作“不知”。

〔2〕春，《全唐詩》一作“冬”。

塞上曲[1]

漢將歸來敵塞空[2]，旌旗初下玉關東。高蹄戰馬三千匹，落日平原秋草中。

【校注】

〔1〕《全唐詩》題作“塞下曲”。

〔2〕敵，《全唐詩》作“虜”。

出　　軍

龍繞旌竿獸滿旗，翻營乍似雪中移[1]。中軍一隊三千騎，盡是并州遊俠兒。

【校注】

〔1〕雪中移，《全唐詩》作“雪山移”。

殘　　雪[1]

風卷寒雲暮雪晴[2]，江烟洗盡柳條輕[3]。檐前數片無人掃，又得書窗一夜明[4]。

【校注】

〔1〕《全唐詩》題作“霽雪”，一作“韓舍人書窗殘雪”。

〔2〕寒雲，《全唐詩》一作“長空”。

〔3〕條，《全唐詩》一作“枝”。輕，原注：“一作青。”

〔4〕《文選》李善注任昉《爲蕭揚州薦士表》引《孫氏世録》：“孫康家貧，常映雪讀書。”

征人歸鄉

二月江城柳絮飛〔1〕，五年遊客送人歸。故將别泪和鄉泪，今日闌干濕汝衣〔2〕。

【校注】

〔1〕二,《全唐詩》作“三”。

〔2〕闌干：涕泪縱横貌。

寄許鍊師〔1〕

掃石焚香禮碧空，露華偏濕蕊珠宫〔2〕。如何説得天壇上〔3〕，萬里無雲月正中。

【校注】

〔1〕《全唐詩》題下注：“一作李益詩。”鍊師：道行高深的道士。

〔2〕蕊珠宫：道教上清境宫闕名。

〔3〕天壇：即祭壇。

鮑　防[1]

字子慎。襄陽人，少孤窶。彊學，舉進士第。歷太原節度行軍司馬，俄擢留後兼太原尹、節度使。詔圖形别殿，晋爲御史大夫。從德宗奉天，進禮部侍郎，策賢良方正，得穆質、費度、柳公綽等。初，防與御史竇参有隙[2]。参相，防尹京兆，迫防致仕。授工部尚書，卒謚宣。防於詩有所感發，譏切世弊。與中書舍人謝良弼友善，時號“鮑謝”。

【校注】

〔1〕鮑防（722—790）：兩《唐書》有傳，爲此小傳所本。

〔2〕竇参：德宗時曾任宰相，兩《唐書》有傳。

雜　感[1]

漢家海内承平久，萬國戎王皆稽首。天馬常銜苜蓿花，胡人歲獻葡萄酒[2]。五月茘枝初破顔，朝辭象郡夕函關[3]。雁飛不度桂陽嶺，馬走先過林邑山[4]。甘泉御果垂仙閣，日暮無風香自落[5]。遠物皆重近皆輕，鷄雖有德不如鶴[6]。

【校注】

〔1〕此詩即鮑防“譏切世弊”之作，諷刺玄宗寵楊妃而不及於安史之亂，當作於天寶初。

〔2〕《史記·大宛傳》：“得烏孫馬，名曰天馬。”“大宛俗嗜酒，馬嗜苜蓿。漢使取其實來，於是天子始種苜蓿。”又《漢書·西域傳》：“大宛左右，以葡萄爲酒……漢使采苜蓿種歸。天子以天馬多，又外國使來衆，益種葡萄、苜蓿離宫館旁，極望焉。”

〔3〕破顔：指果實成熟。象郡：秦置郡名，跨今兩廣及越南境；函關：即函谷關，距長安不遠。《新唐書·楊貴妃傳》：“妃嗜茘支，必欲生致之。乃置

騎傳送，走數千里，味未變已至京師。”

〔4〕桂陽嶺：即桂嶺，在今廣西賀縣。林邑山：林邑境内之山，秦置林邑郡，在今越南境内。

〔5〕甘泉：秦宫名，亦漢武帝避暑處。此代指唐宫。

〔6〕《韓詩外傳》："君不見夫鷄乎？頭戴冠者，文也；足搏距者，武也；敵在前敢鬥者，勇也；見食相呼者，仁也；守夜不失時者，信也。鷄雖有五德，君猶曰瀹而食之者，何也？以其所從來近。夫鵠一舉千里，止君園池，食君魚鱉，啄食黍粱，無此五德者，君猶貴之，以其所從來者遠也。”

人日陪宣州范中丞傳正與范侍郎傳真宴東峰亭〔1〕

人日春風綻早梅，謝家兄弟看花來〔2〕。吴姬對酒歌千曲〔3〕，秦女留人酒百杯。絲柳向空輕婉轉〔4〕，玉山看日漸徘徊〔5〕。流光易去歡難得，莫厭頻頻上此臺。

【校注】

〔1〕《全唐詩》題下注："一作鮑溶詩。"按，鮑溶、范傳真是憲宗元和時進士，范傳正亦貞元八年進士，故此詩當係鮑溶作，與鮑防不相及。據《舊唐書·范傳正傳》及《憲宗紀》，范任宣城在元和七年八月與十一年底之間，此詩即其時作。題中"侍郎"應據鮑溶詩改爲"侍御"。人日：即正月初七。

〔2〕謝家兄弟：謝靈運與其族弟謝惠連皆以詩名。此譬范氏兄弟。

〔3〕酒，鮑溶詩卷作"客"。

〔4〕輕，鮑防詩一作"初"。

〔5〕玉山：《世説新語·容止》："嵇叔夜……其醉也，傀俄若玉山之將頹。"

送薛補闕入朝〔1〕

平原門下十餘人，獨受恩多未殺身〔2〕。每嘆漢家兄弟少〔3〕，更憐楊氏子孫貧〔4〕。柴門豈斷施行馬〔5〕，魯酒那堪醉近臣〔6〕。賴有軍中遺令在，猶將談笑對風塵〔7〕。

【校注】

〔1〕《全唐詩》一作鮑溶詩,《文苑英華》仍作鮑防，疑未能辨。薛補闕：未詳。

〔2〕十,《全唐詩》一作“千”。平原：指戰國時趙有平原君。兩句用平原君使楚約盟，拟携文武全備者二十人，只得十九人，後毛遂自薦，最終成行，并賴以盟成。毛遂謂餘下十九人曰：“君等碌碌，所謂因人而成事者也。”此處鮑防用以自況。

〔3〕漢,《全唐詩》作“陸”。

〔4〕楊氏子孫貧：漢平通侯楊惲爲宣帝所殺；又楊震因忤逆權貴免官自殺，或用此類典實。

〔5〕豈,《全唐詩》一作“已”。“柴門”句：用陳平事。陳平早年雖貧，門前總有長者車轍。施：逶迤前進。

〔6〕堪,《全唐詩》一作“能”。魯酒：薄酒。《莊子・胠篋》：“魯酒薄而邯鄲圍。”

〔7〕“賴有”二句：用謝安談笑自若而破苻堅事。軍中,《文苑英華》一作“將軍”。對,《全唐詩》一作“静”。

庾光先[1]

【校注】

〔1〕原書無傳。據《舊唐書》《全唐詩》《全唐文》小傳，知其爲鄧州新野人，官御史，遷吏部員外郎。嘗陷安禄山，不受僞署，遁去。後事肅宗，官至吏部侍郎。

奉和劉采訪縉雲南嶺作[1]

百越城池枕海圻，永嘉山水復相依[2]。懸蘿弱篠垂清淺[3]，宿雨朝暾和翠微。鳥訝山經傳不盡，花隨月令數仍稀。幸陪謝客題詩句[4]，誰與王孫此地歸[5]。

【校注】

〔1〕采訪：官名，即采訪處置使。劉采訪：不詳。縉雲：唐婺州縣名。

〔2〕百越：自五嶺以南至浙江紹興，古稱百越，此處即指浙江。圻：岸。永嘉：晋郡名，唐温州地。

〔3〕篠：細竹。清淺：語本《古詩》"河漢清且淺"。

〔4〕謝客：謝靈運小字。靈運曾爲永嘉太守。此處指代劉。

〔5〕"誰與"句：《楚辭·九歌》："王孫游兮不歸，春草生兮萋萋。"

朱　放[1]

字長通。襄州人[2]。隱越之剡溪。貞元初召爲拾遺，不就[3]。有詩一卷。

【校注】

〔1〕此處小傳本於《極玄集》及《新唐書·藝文志》。

〔2〕《唐才子傳》謂“南陽人”。

〔3〕《唐才子傳》：“貞元二年，詔舉韜晦奇才。詔下，聘拜左拾遺，不就。”

剡溪行却寄新別者

潺湲寒溪上，自此成離別。回首望歸人，移舟逢暮雪。頻行識草樹，漸老傷年髮。唯有白雲心，爲向東山月[1]。

【校注】

〔1〕東山：即會稽東山。晋謝安栖息之地，多用代指隱居。

九日陪劉中丞宴送客[1]

獨坐三臺妙[2]，重陽百越間。水心觀遠俗，霜氣入秋山。不棄遺簪舊[3]，寧辭落帽還[4]。仍聞西上客，咫尺謁天顔。

【校注】

〔1〕《全唐詩》題作“九日陪劉中丞宴昌樂寺送梁廷評”。

〔2〕獨坐：御史中丞的别稱。《容齋隨筆·四筆》引《東觀漢記》：“宣秉建武元年拜御史中丞。上特詔御史中丞與司隸校尉、尚書令會同並專席而坐，故京師號曰三獨坐。”三臺：在唐指中書省、門下省和御史臺。

〔3〕遺簪：《韓詩外傳》載，有婦人刈蓍薪而失簪，哭於澤中。人問其故，

曰："非傷亡簪，所以悲者，不忘故也。"

〔4〕落帽：用晋孟嘉九日登龍山風吹帽落之事。見《世説新語》。

經故賀賓客鏡湖道觀〔1〕

已得歸鄉里，逍遥一外臣〔2〕。却隨流水去〔3〕，不待鏡湖春。雪裹登山屐，林間漉酒巾〔4〕。空餘道士觀，誰是學仙人。

【校注】

〔1〕賀賓客：即賀知章，曾官太子賓客。《新唐書·賀知章傳》載，賀於天寶初請還鄉爲道士。詔許以宅爲千秋觀而居，且賜鏡湖剡川一曲。

〔2〕外臣：賀知章還鄉後自號"秘書外監"，故稱"外臣"。

〔3〕却，《全唐詩》作"那"。

〔4〕登山屐：即謝公屐。漉酒巾：陶潛在家，郡將候潛。值其酒熟，取頭上葛巾漉酒。漉酒畢，復還著之。

雲門寺贈靈一上人〔1〕

所思勞旦夕〔2〕，惆悵去湘東〔3〕。禪客知何在，春山幾處同。獨行殘雪裹，相見暮雲中。請住東林寺，彌年事遠公〔4〕。

【校注】

〔1〕雲門寺：在浙江紹興南雲門山。靈一：僧人，以詩名，居餘杭宜豐寺，禪誦之暇，與朱放、張繼、皇甫曾等爲塵外友。

〔2〕旦，《全唐詩》一作"日"。

〔3〕湘，《全唐詩》一作"湖"。

〔4〕東林寺：晋江州刺史桓伊爲釋慧遠所建，在廬山。遠公：即慧遠，净土宗初祖。彌，《全唐詩》作"窮"。

早發龍且館舟中寄東海李司倉鄭司户[1]

沙禽相呼曙色分，漁浦鳴榔十里聞[2]。正當秋風度楚水[3]，更值遠道傷離群。津頭却望後湖岸，别處已隔東山雲[4]。停艫目送北歸翼，惜無瑶華持寄君[5]。

【校注】

〔1〕《全唐詩》及《全唐詩外編》朱放詩皆未收，出處待考。龍且館：相傳是項羽屬將龍且所築，在今江蘇東海縣南。東海：天寶至德時改海州爲東海郡，在今江蘇。

〔2〕鳴榔：漁人敲響木棒以驅魚或爲歌節，猶“扣舷”。

〔3〕“正當”句：晋張翰見秋風起，因思吴中鱸魚蒓菜美味，遂命駕歸。

〔4〕後湖：即今南京玄武湖。東山：指隱居處。

〔5〕瑶華：《楚辭·九歌·大司令》：“折疏麻兮瑶華，將以遺兮離居。”

題竹林寺[1]

歲月人間促，烟霞此地多。殷勤竹林寺，更得幾回過[2]。

【校注】

〔1〕《全唐詩》題一作“題鶴林寺”。《輿圖備考》：“鎮江黄鶴山鶴林寺，舊名竹林寺。”

〔2〕更，《全唐詩》作“能”，下注“一作更”。

毘陵留别[1]

别離非一處，此處最傷情。白髮將青草，相隨日日生。

【校注】

〔1〕毘陵：本晋郡名，唐時爲常州晋陵郡，今屬江蘇常州。

銅雀妓[1]

悵唱歌聲咽，愁翻舞袖遲。西陵日欲暮，是妾斷腸時。

【校注】

〔1〕又名“銅雀臺”，樂府平調曲名。據《樂府詩集》解題，曹操臨死遺令其諸姬妾都住銅雀臺，每月按時向帳表演。諸子等時時登銅雀臺，望其西陵墓田。

送温台[1]

渺渺天涯君去時，浮雲流水自相隨。人生一世長如客，何必今朝是別離。

【校注】

〔1〕温台：未詳。

九日與楊凝崔淑期登江山有故不往[1]

欲從攜手登高處，一到門前意已無。那得更將頭上髮，學他年少插茱萸。

【校注】

〔1〕《全唐詩》此題作“九日與楊凝崔淑期登江上山會有故不得往因贈之”。楊凝：字茂功，《新唐書》有傳，《全唐詩》卷二百九十録其詩一卷。崔淑：未詳。

遊石澗寺

聞道幽深石澗寺，不逢流水亦難知。莫道山僧無伴侣，獼猴常在古松枝[1]。

【校注】

〔1〕獮猴，《全唐詩》一作“猴猿”。

鄭德璘[1]

長沙人。貞元中，往江夏省親表[2]。將還，有鹽賈韋生乘巨舟，同離鄂渚[3]，至洞庭湖畔同泊。韋氏女於水窗中垂釣，璘以紅綃詩投之，女收得之。及明，順風揚帆而去。將暮，漁人曰："賈人巨舟，没於洞庭。"德璘悲怨，又爲吊江姝詩，酹而投之江，竟達水府。府君曰："德璘異日吾邑明宰。"召主者送韋氏於璘。璘夜半覺有物觸舟，拯之，乃韋女，遂納爲室。後數年，果爲巴陵令[4]。至洞庭，有老叟曰："昔日水府，活爾性命。"韋謝曰："父母在水府，可省覲否？"叟曰："可。"須臾舟没，無所苦。見父母居止，與世人無異，但無火化，所食惟菱芡耳。俄船出湖畔。

【校注】

〔1〕鄭德璘：唐人小説中人物。見《太平廣記》卷一百五十二。汪辟疆校録《唐人小説》中有《鄭德璘》，稱佚名撰。《類説》卷三十二引則注"出唐裴鉶撰《傳奇》"。

〔2〕親表：唐人習語，指長輩親戚。

〔3〕鄂渚：在今湖北武昌西江中。

〔4〕巴陵：唐縣名，即今湖南岳陽市。

題　綃[1]

縴手承鈎對水窗，紅蕖秋色艷長江[2]。既能解佩投交甫，更有明珠乞一雙[3]。

【校注】

〔1〕綃：生絲織成的薄絹。

〔2〕紅蕖：即荷花，此處以花喻人。

〔3〕"既能"二句用鄭交甫漢濱遇神女的故事，見《韓詩外傳》。

吊江姝

湖面征風且莫吹，浪花初綻月光微。沉潛暗想橫波泪，得共鮫人相對垂[1]。

洞庭風軟荻花秋，新没青娥細浪收。泪滴白蘋君不見，月明江上有輕鷗。

【校注】

〔1〕鮫人：傳説中的人魚，此即指沉水的女子。

崔希周[1]

楚文學。

【校注】

〔1〕崔希周：《鄭德璘傳》中人物，即江中秀才。

江上夜拾得芙蕖[1]

物觸輕舟心自知，風恬浪静月光微。夜深江上解愁思，拾得紅蕖香惹衣。

【校注】

〔1〕《鄭德璘傳》以此詩爲伏綫，暗示鄭與韋氏乃“前定”之結合。

陸　羽〔1〕

字鴻漸，沔陽人〔2〕。相傳僧史積至西湖堤〔3〕，見鴻雁集西坡，覆小兒於下，因拾得之。育三歲，乃筮，得《蹇》之《漸》曰："鴻漸於陸，其羽可用爲儀，吉。"乃以定姓字〔4〕。郡守李齊物識羽於僧舍中〔5〕，勸之學，遂負書於天門山〔6〕，從鄒夫子學〔7〕。授南海帥從事，又除太子文學，皆不就。初隱居覆釜洲，後隱苕溪，自稱桑苧翁。雅性高潔，嗜茶，善品泉味。闔户著書，有《茶經》三篇。李季卿刺潤州〔8〕，至維揚，逢之。李曰："陸君善茶，命使挈揚子南零水以贈。"〔9〕陸曰："非南零者。"傾之至半，陸劇曰："自此南零者矣。"使大駭曰："某自南零賫至岸，舟蕩覆半，挹岸水增之。"李與賓從者皆大駭愕。李因問歷處之水。陸曰："楚水第一，晋水最下。"李乃命筆次第之。其生平或獨行擊木，或慟哭窮途，時謂之今接輿〔10〕。

【校注】

〔1〕事見《新唐書》本傳、《陸文學自傳》、張又新《煎茶水記》、趙璘《因話録》及《唐詩紀事》《唐才子傳》等。

〔2〕《新唐書》作"復州竟陵人"。

〔3〕史積，即積公，《天門縣志》作"智積"。《陸文學自傳》："始三歲，育乎大師積公之禪院。"

〔4〕趙璘《因話録》："陸文學鴻漸，名羽，其先不知何許人。竟陵龍蓋寺僧姓陸，於堤上得一初生兒，收育之，遂以陸爲氏。"其説較可信。

〔5〕據《新唐書·李齊物傳》，李爲竟陵太守在天寶五載。

〔6〕天門山，據《陸羽傳》，應作"火門山"，在天門縣。傳説劉秀軍隊夜舉火過，故名。

〔7〕《陸文學自傳》作"負書火門山鄒夫子墅"。鄒夫子：不詳其人。

〔8〕李季卿：兩《唐書》有傳。

〔9〕揚子：即揚子江。唐代自揚子津渡江至京口，此段長江稱揚子江，南零在此段長江中。相傳陸羽品評煎茶用水，以揚子南零水爲第七。見張又新《煎茶水記》。

〔10〕接輿：春秋楚人，佯狂避世，因接孔子之車而歌，故稱接輿。見《高士傳》。

六羨歌〔1〕

不羨黄金罍，不羨白玉杯。不羨朝入省，不羨暮入臺。千羨萬羨西江水，曾向竟陵城下來。

【校注】

〔1〕《因話録》卷三："余幼年尚記識一復州老僧，是陸僧弟子，常諷其歌云云。"《全唐詩》及題注即據此。"六羨"者，因歌中有六個"羨"字。

劉虛白[1]

竟陵人。少擢進士第。性嗜酒，常有詩云：“知道醉鄉無户税，任他荒却下丹田。”出《北夢瑣言》。

【校注】

〔1〕事見《唐摭言》《唐詩紀事》及《北夢瑣言》。

呈裴令公[1]

虛白昔與令公同硯席。及裴主文，虛白猶是舉子。試雜文日，因簾前獻一絶云。或作《呈盧坦》。

二十年前此夜中，一般燈火一般風。不知歲月能多少，猶著麻衣待至公[2]。

【校注】

〔1〕《全唐詩》題作“獻主文”，下注：“一本有盧坦二字。虛白與盧坦交友，坦主文，虛白於簾前獻一絶云。”按作盧坦誤，作裴令公裴度亦誤。主文者應是大中十三年（859）知貢舉的中書舍人裴坦。

〔2〕麻衣：猶言布衣或白衣，未第舉子所服。至公：謂知貢舉的裁决。

段洪古[1]

安鄉人[2]，剛峭寡合，不事産業，不交非義，以故五十不能禄。後卒於桂之逆旅，歸葬黄山[3]。柳宗元爲誌其墓，并祭以文。

【校注】

〔1〕或作段弘古（約760—814），事見《唐詩紀事》，參見柳宗元《祭段弘古文》及《處士段弘古墓誌》。

〔2〕安鄉：唐澧州縣名。

〔3〕黄山：澧州安鄉縣黄山南麓。

秋　懷[1]

野闊平收潦水香，園林恰似鄭公鄉[2]。懶雲未許寒風卷，落葉從他零露傷。夜静猿聲添客泪，朝聞雁字引詩狂。生涯不共秋光老，濁酒丹經一釣航。

【校注】

〔1〕《全唐詩》及《全唐詩外編》段弘古詩未收，出處待考。

〔2〕鄭公鄉：《後漢書·鄭玄傳》載：孔融敬鄭玄，告高密縣爲鄭玄特立一鄉。

孤　竹[1]

亭亭骨屹短墻顛，摇曳空明漾素妍。帶雨微添寒鶴泪，凌霜不受野雲憐。老松立地同高節，芳草何心吊謫仙。抱此孤根滋九畹[2]，青山一道送流泉。

【校注】

〔1〕《全唐詩》及《外編》未收。

〔2〕九畹：語本《離騷》："余既滋蘭之九畹兮。"

樓上看花[1]

時吕温守道州[2]，洪古客焉。一夕，同於樓上把火看花，洪古賦詩云云。

城上芳園花滿枝，城頭太守夜看時。爲報林中高舉燭[3]，感人情思欲題詩。

【校注】

〔1〕《全唐詩》題作"奉陪吕使君（下注：一作郎中）樓上夜（下注：一本下有'把火'二字）看花"。

〔2〕吕温：字和叔，"永貞革新"八司馬之一。兩《唐書》有傳。

〔3〕《全唐詩》"爲"作"與"。

劉棗彊[1]

《楚寶》云[2]：劉棗彊，襄陽人[3]，名言史，曾辟棗彊令。善爲詩，與李賀齊名。嘗觀王武俊射鴨於蒲稗間[4]，賦《射鴨歌》。武俊喜甚，表授以官，固辭。後卒。郡人劉永高述其事[5]，以告皮日休，爲撰墓碑。

【校注】

〔1〕劉棗彊：劉言史，曾爲棗彊縣令，故稱。事見《唐詩紀事》及《唐才子傳》。此小傳本於《皮子文藪》卷四《劉棗彊碑》。《全唐詩》小傳同。

〔2〕《楚寶》：明周聖楷撰。

〔3〕《劉棗彊碑》："不詳其鄉里。"

〔4〕王武俊（735—801）：中唐鎮冀方鎮。兩《唐書》有傳。

〔5〕《劉棗彊碑》作："郡人劉永，高士也，嘗述先生之道業，嘗咏先生之歌詩。"

與孟郊洛北野泉上煎茶

粉細越笋芽，野煎寒溪濱。恐乖靈草性，觸事皆手親。敲石取鮮火，撇泉避腥鱗。熒熒爨風鐺，拾得墜巢薪。潔色既爽别，浮氲亦殷勤。以兹委曲静，求得正味真。宛如摘山時，自啜指下春。湘瓷泛輕花，滌盡昏渴神。此遊愜醒趣，可以話高人。

竹裹梅

竹裹梅花相並枝[1]，梅花正發竹枝垂。風吹總向竹枝上，直似王家雪下時[2]。

【校注】

〔1〕裹，《全唐詩》作"與"。

〔2〕“王家”句：王凝之之妻謝道韞曾形容落雪“未若柳絮因風起”，見《世説新語》。

張　祐[1]

字承吉，性狷介。知南海，罷[2]，但載羅浮石歸[3]。後僑居丹陽，愛曲阿山水幽勝[4]，遂築室居焉。

【校注】

〔1〕張祜：中晚唐詩人。《唐詩紀事》謂其清河人，是指郡望。《唐才子傳》稱“南陽人”，則爲其出生地。

〔2〕《唐詩紀事》作“從南海間罷從事”。

〔3〕羅浮：在廣東東江北岸，其山瑰奇靈秀，多産奇石。

〔4〕曲阿：唐丹陽郡縣名。

宫　詞

故國三千里，深宫二十年。一聲河滿子[1]，雙泪落君前。自倚能歌曲[2]，先皇掌上憐。新聲何處唱，腸斷李延年[3]。

【校注】

〔1〕河滿子：亦作何滿子，唐代樂府曲名。據説唐玄宗時滄州歌者何滿子臨刑進此曲以贖死，竟不得免。參見《樂府詩集》解題及《唐音癸籤》卷十三。

〔2〕曲，《全唐詩》、南宋蜀刻大字本《張承吉文集》皆作“日”。

〔3〕李延年：漢武帝寵愛的樂官，協律都尉，善歌，能造新聲。

嘲妓李端端[1]

黄昏不語不知行，鼻似烟窗耳似鐺。愛把象牙梳掠鬢[2]，昆崙頂上月初生[3]。

【校注】

〔1〕《全唐詩》題作“嘲李端端”，乃崔涯詩，此處誤。詳見本書卷十一崔涯小傳注。李端端：當是揚州妓女。

〔2〕愛，《雲溪友議》及《全唐詩》均作“獨”。

〔3〕昆崙頂：形容高髻。月：喻象牙梳。

獻徐州節度使〔1〕

十年受命鎮方隅〔2〕，漢節忠規兩有餘〔3〕。誰信將壇嘉政外，李陵章句右軍書。

【校注】

〔1〕見《唐詩紀事》卷五十四“王智興”條下引。又見《劇談録》卷上，題作“即席爲詩獻徐州節度王智興”，詩曰：“古來英杰動寰區，武德文經未有餘。王氏柱天勛業外，李陵章句右軍書。”王智興（758—836）：兩《唐書》有傳。

〔2〕“十年”句：謂王智興鎮徐州十年。據《唐方鎮年表》，自長慶二年（822）至大和六年（832），王智興爲武寧節度使，駐節徐州。

〔3〕漢，《唐詩紀事》作“孝”。

吊孟才人〔1〕

偶因歌態咏嬌嚬〔2〕，傳唱宫中二十春〔3〕。却爲一聲河滿子〔4〕，下泉須吊舊才人〔5〕。

【校注】

〔1〕南宋蜀刻本《張承吉文集》題作“孟才人嘆一首”，《全唐詩》作“孟才人嘆”。序曰：“武宗皇帝疾篤，遷便殿。孟才人，以歌笙獲寵者，密侍其右。上目之曰：‘吾當不諱，爾何爲哉？’指笙囊泣曰：‘請以此就縊。’上憫然。復曰：‘妾嘗藝歌，請對上歌一曲以泄其憤。’上以懇許之。乃歌一聲河滿子，

氣亟，立殞。上令醫候之。曰：‘脈尚温而腸已絶。’及帝崩，柩重不可举，議者曰：‘非俟才人乎？’爰命其櫬，櫬至乃舉。嗟乎！才人以誠死，上以誠命，雖古之義激無以過也。進士高璩登第年宴，傳於禁伶。明年秋，貢士文多以爲之目。大中三年，遇高於由拳，哀話於余。聊爲興嘆。”才人：宫中女官。

〔2〕此句《全唐詩》一作“偶因清唱奏歌頻”。

〔3〕二十,《全唐詩》作“十二”,《張承吉文集》同。

〔4〕却爲,《全唐詩》一作“絶後”。

〔5〕下泉,《全唐詩》一作“九原”。

雨淋鈴〔1〕

雨淋鈴夜却歸秦，猶是張徽一曲新〔2〕。長説上皇垂泪教〔3〕，月明南内更無人〔4〕。

【校注】

〔1〕《張承吉文集》《全唐詩》題皆作“雨霖鈴”。《唐音癸籤·樂通》：“帝幸蜀，入斜谷棧道，屬霖雨彌旬，聞鈴聲與山相應，悼念貴妃，因采其聲爲《雨霖鈴曲》以寄恨。時獨梨園善觱篥樂工張徽從至蜀都，以其曲授之。洎至德中，復幸華清宫，從官嬪御，皆非其人，帝於望京樓令徽奏此曲，不覺凄愴流涕。後入法部，有大曲。”張祜此詩便以玄宗事爲題材。後來《雨霖鈴》更成了詞牌名。

〔2〕是,《全唐詩》作“見”。

〔3〕垂,《張承吉文集》《全唐詩》作“和”。上皇：即唐玄宗。天寶十五載（755）七月，李亨即皇帝位於靈武，是爲肅宗，尊玄宗爲“上皇天帝”。

〔4〕南内：即興慶宫，唐玄宗爲藩王時故宅，玄宗自蜀返回長安爲太上皇時又居之。

張又新[1]

字孔昭。

【校注】

〔1〕張又新：深州陸澤（今河北深縣）人。元和九年及第，歷左右補闕。坐李逢吉黨，貶江州刺史。後附李訓。訓死，又新尋亦貶卒。兩《唐書》皆有傳。

贈　妓[1]

雲雨分飛二十年，當時求夢不曾眠[2]。今來頭白重相見，還上襄陽玳瑁筵[3]。

【校注】

〔1〕《全唐詩》卷四七九題作“贈廣陵妓”。張賦此詩事見《本事詩》及《唐詩紀事》。大意謂張又新作廣陵從事時與一妓有情，二十年後罷官重過廣陵，在李紳設的筵上與妓重遇，因以指染酒，題盤上爲詩。下首詩出處同。

〔2〕“當時求夢”句：反用楚王巫山神女故事。

〔3〕襄陽，《本事詩》作“襄王”。

戲答楊虔州[1]

牡丹一朵值千金，將謂從來色最深。今日滿欄開似雪，一生辜負看花心。

【校注】

〔1〕《全唐詩》題作“牡丹”，下注：“一作‘成婚’。”《本事詩》及《唐詩紀事》，張又新與楊虔州善，楊妻李有德無容，又新求婚於楊，欲得美室，終得醜室，既成婚而爲此詩。

何　　參[1]

夷陵人[2]，博學孝義，隱居當陽，稱處士云。

【校注】

〔1〕據《輿地紀勝》，宋之夷陵有名何參者，博學好義，不求聞達。歐陽修守夷陵時曾與之游。未聞唐有此人。此處所録詩三首，見《法苑珠林》（唐初釋道世撰）、《廣弘明集》（唐初釋道宣撰），本署作者爲"陳從事""何處士"。明馮惟訥《詩紀》署爲"陳從事"。丁福保《全陳詩》作"陳從事""何處士"。逯欽立《先秦漢魏南北朝詩》則作"何處士"。逯皆將此詩繫於蕭陳之時。《楚風補》徑以何處士爲唐人且名之爲何參，顯誤。

〔2〕夷陵：宋代縣名，今湖北宜昌市。

通士人篇[1]

龍宫既入道，鳳闕且辭榮。禪龕八想净，義窟四塵輕[2]。香蓋法雲起，花燈慧火明[3]。自然忘有著，非止悟無生[4]。

【校注】

〔1〕通士人：學識淹通之士人，此處指奉佛而悟其道者。

〔2〕八想：佛家語，即八妄想。義窟：經義所集，此指佛門。四塵：佛家語，指色、香、味、觸四種感覺。

〔3〕法雲：佛家語，喻佛法之涵蓋一切。慧火：佛家語，謂能使衆生脱離障礙苦而皆得具足的智慧之火。

〔4〕有著：同有執，佛家語，意謂執迷於本非實在的"有"而不能覺悟。無生：佛家語，指不生不滅的一種境界。

别才法師於湘還郢北

乘杯事將遠[1]，捧袂忽無聊。南楚長沙狹，西浮郢路遥。離庭花已散，别戍馬新驕。明日分千里，相思非一條。

【校注】

〔1〕乘杯：《太平廣記》卷九十《异僧第四·杯渡》引《高僧傳》：“杯渡者，不知姓名，常乘木杯渡水，因以爲號。”

春日從將軍遊山寺

蘭庭厭俗賞，荼苑矚年華。始入香山路[1]，仍逢火宅車[2]。慈門數片葉[3]，道樹一林花[4]。雖悟危藤鼠，終悲在篋蛇。

【校注】

〔1〕香山：據佛經説，在須彌山以北，即喜馬拉雅山，本净土極樂之境。此即指佛寺所在之山。

〔2〕火宅：佛家語，謂世界如宅，生老病死等苦難如火充斥其間。火宅車，或即指世欲車乘。

〔3〕慈門：即謂佛門。

〔4〕道樹：生長於靈境中有佛性的樹。

李 郃[1]

字子玄，寧遠人[2]。太和元年舉賢良方正第一[3]。時劉蕡以策詆宦官落第。郃嘆曰："劉蕡下第，我輩登科，能不厚顔。"乃上疏，其略云："陛下以直言召天下，蕡以直言副陛下。臣所對不及蕡遠甚，乞回臣所授以旌蕡直。"疏奏不納。衆服其公。近臣忌之。由河南參軍出知賀州[4]。卒祠鄉賢。

【校注】

〔1〕李郃：事略見兩《唐書·劉蕡傳》。又明周聖楷《楚寶》引《廣西名勝志》："李郃爲賀州刺史，留意吏事，甚得人心。州有甑山高千餘丈，舊名幽山，郃更名曰丹甑。一至改丹甑曰瑞雲，以永其思。"

〔2〕《楚寶》及《全唐詩續補遺》皆謂郃"延唐人"。按唐之延唐縣，屬道州江華郡，即清代湖南寧遠縣。清曾鈺《寧遠縣志》謂郃爲寧遠縣仙政鄉沐塘人。

〔3〕太和：亦作"大和"（827—853），唐文宗年號。元年《新唐書》作"二年"。

〔4〕賀州：唐代州名，今屬廣西賀州。

賀州思九疑作[1]

我世家九疑，山在宅之陽。林叢倚虛壁，峭拔絶坤方[2]。卓植斗杓南，序列儼成行。烟嵐緲相接，午影常中堂。去留如有期，勝覽誇新妝。少懷不羈思，那能繫空桑[3]。對此疑山高，目眩幾成尫[4]。飄風微我蕩，此興頎然長。幸隨長者車，身便神亦爽。詎仍手中扶，扶摇上翱翔。雲開躋巒頂，萬丈誠孤亢。俯瞷總群植[5]，纖纖若毫芒。上與汗漫期[6]，倒景徹罔浪[7]。璇璣盤胸次，燦爛皆文章。清風時掀髯，世慮渾相忘。稱手叩玄關[8]，閶闔鳴琅琅[9]。九垓若可極，縱身托穹蒼。四眺憑空忽，興盡思弓藏。樊然下其肩[10]，稽首來帝旁。有嚴淑多士，登造皆賢良。探懷攄忠藎，吾亦傾吾囊。鋒鋩避英鋭，鉛鑱費揮張[11]。臚傳動天閽，顔厚何可當[12]。騰章控多遜，遺珠映奎光。蔽賢吾焉敢[13]，亦將勵名芳。維皇怒斯赫[14]，投檄並炎荒。恨望九峰雲[15]，母遠在蓮塘[16]。夜分緝餘緒，旦期俾衮裳[17]。美人弗可見[18]，此心中忙忙[19]。朝哦甑嶺松[20]，夕把流霞觴[21]。何當解羈紲，量移慰凄愴[22]。嫱作盧敖遊，願爲曼都狂[23]。長揖别臨賀[24]，策馬指延唐。時携二三子[25]，葺彼山阿房。覓覓迹其故，餘復奚所望。

【校注】

〔1〕九疑：即九疑山，在湖南寧遠縣南。此詩見《全唐詩續補遺》卷九引《古今圖書集成·山川典·九疑山部》《寧遠縣志》等。

〔2〕坤方：指大地或西南方。

〔3〕空桑：據《吕氏春秋》《春秋孔演圖》，伊尹、孔子皆生於空桑之中。此處自負將濟天下而不肯久居桑梓。

〔4〕眩，《全唐詩續補遺》作“懸”。尫：瘠病，病者突胸、仰面。

〔5〕瞯：窺視。

〔6〕“上與”句：語本《淮南子·道應訓》：“吾於汗漫期於九垓之上。”汗漫，仙人名。

〔7〕罔浪，原作“岡浪”，從《全唐詩續補遺》改。即“罔兩”“魍魎”，謂影子外的陰影，見《莊子集釋·齊物論》。

〔8〕稱，《全唐詩續補遺》作“伸”。

〔9〕琅琅，《全唐詩續補遺》作“金琅”。

〔10〕樊然，《全唐詩續補遺》作“翩然”；《藝文類聚》引《淮南子》作“翻然”；高誘注本《淮南子》作“慢然”，且注曰：“慢然，止舞也。”肩，諸本作“臂”。《淮南子·道應訓》：“盧敖游乎北海，經乎太陰，入乎玄闕，至蒙谷之上。”遇見若士“方迎風而舞，顧見盧敖，慢然下其臂”而遁去。

〔11〕鑱，《全唐詩續補遺》作“槧”。“鉛鑱”句：謂苦心經營文章寫法。

〔12〕當，原作“常”，從《全唐詩續補遺》改。“顔厚”句：即“劉蕡下

第，吾輩登科，能不厚顏”之意，亦寓刺宦官。

〔13〕敢，《全唐詩續補遺》作“取”。

〔14〕“維皇”句：句本《詩·大雅·皇矣》：“王赫斯怒。”

〔15〕九峰：即九疑山。

〔16〕母，似應作“某”。蓮塘：地名，在廣西荔浦縣西南，唐屬賀州。

〔17〕俾，《全唐詩續補遺》作“裨”。裨：補也。《詩·大雅·烝民》：“袞職有闕，維仲山甫補之。”

〔18〕“美人”句：《楚辭·九章·懷沙》：“思美人兮攬涕而佇眙。媒絶路阻兮言不可結而詒。”

〔19〕忙忙：心緒愁悶不止。

〔20〕甑嶺：賀州山名，本名甑山，郤更名爲丹甑。

〔21〕流霞：仙酒名。王充《論衡》謂仙人項曼都曾飲。

〔22〕量移：唐時官吏得罪貶竄遠方，遇赦時改近地安置，謂之量移。

〔23〕曼都，《全唐詩續補遺》作“曼倩”。

〔24〕臨賀：漢縣名，即唐之賀州。

〔25〕二三子：幾位同道。語出《論語·陽貨》。

遊黄庭觀〔1〕

靈峰標舜境〔2〕，神府枕疑川。玉殿斜臨漢，金堂迴架烟。斷風疏晚竹，流水切寒弦。別有月帔上，空懷騎鶴仙〔3〕。

【校注】

〔1〕《全唐詩續補遺》題作“游九疑黄庭觀”，下注：“《全唐詩》七八作駱賓王《游靈公觀》，詩中字句多有异同。”按，此詩當爲駱賓王詩，但經後人改動。黄庭觀：即道觀。

〔2〕舜境：舜游江南葬於九疑，故謂。

〔3〕空，《全唐詩續補遺》作“寄”。

舜廟古杉〔1〕

總負億年質，高臨千仞峰。貞心欺晚桂，勁節掩寒松。任彼風飆折，挺然霜雪衝。莖凌霄漢表，根蟠龍窟中。仙客頻栖舞，良工何渺逢。枝頭連理翠，擁護聖神宮。

【校注】

〔1〕《全唐詩續補遺》題作“咏舜廟古杉”。

過九疑山有懷

晚度疑山道，依然想重華〔1〕。雲飄上苑葉，雪映御溝花。行嘆戍麾遠，坐令衣帶賒〔2〕。交河通絶徼〔3〕，弱水浸流沙〔4〕。旅思徒漂梗，歸期未及瓜。兩階干羽絶〔5〕，夜夜泣胡笳。

【校注】

〔1〕重華：舜之名。

〔2〕“坐令”句：化用《古詩》“相去日已遠，衣帶日已賒”意。

〔3〕交河：漢代西域河名。

〔4〕“弱水”句：《尚書·禹貢》：“導弱水，至于合黎，餘波入于流沙。”

〔5〕《尚書·大禹謨》：“帝乃誕敷文德，舞干羽于兩階。”

田　澄〔1〕

【校注】

〔1〕《楚風補》原無小傳。事見《唐詩紀事》,《全唐詩》引作小傳曰:“天寶時官獻納使、起居舍人。杜甫嘗有詩贈之。詩一首。”按,杜甫詩見《杜詩詳注》卷三《贈獻納使起居舍人澄》,該詩作於天寶十三載。又,澄,《全唐詩》一作“登”。

客成都〔1〕

蜀郡將知遠〔2〕,城南萬里橋。衣緣鄉泪濕,貌以客愁銷。地富魚爲米,山芳桂是樵。旅遊唯得酒,今日過明朝。

【校注】

〔1〕《全唐詩》題作“成都爲客作”。

〔2〕知,《全唐詩》作“之”。

曹　唐[1]

字堯賓，湘州人[2]。初爲道士，太和中舉進士[3]，累爲諸府從事[4]。後卒於江陵[5]。

【校注】

〔1〕事見《唐詩紀事》卷五十八、《唐才子傳》卷八。

〔2〕湘州，上引二書及晁公武《郡齋讀書志》均作“桂州”。

〔3〕曹唐及第事僅見於明蔣冕《二曹詩跋》。

〔4〕《全唐詩》小傳謂曹唐爲諸府從事在咸通中。

〔5〕《唐詩紀事》謂曹唐卒於咸通中。

夏夜有寄[1]

月上簟如水，軒高簾在鈎。竹聲寒不夏，蛩思静先秋。偶得清宵興，方知白日愁。所思何處遠，斜漢欲低流。

【校注】

〔1〕《全唐詩》及《全唐詩外編》曹唐詩未録此首，出處待查。

買　劍[1]

將軍溢價買吴鈎，要與中原斬寇讐[2]。試挂窗前驚電轉，略抛床下怕泉流[3]。青天露拔雲霓泣，黑地潛驚鬼魅愁[4]。見説夜深星斗畔，等閑期尅月支頭[5]。

【校注】

〔1〕《全唐詩》卷六百四十題作《和周侍御買劍》。

〔2〕斬，《全唐詩》作“静”。

〔3〕“試挂”二句：據《豫章記》《雷煥别傳》及《晋書·張華傳》，張華

觀劍氣射於牛斗之間而令雷焕於豐城掘得龍泉、太阿寶劍，“焕若電發”，後二劍隨水化龍而去。

〔4〕“青天”二句：後漢孫端《劍銘》：“剖山竭川，虹蜺消亡。”《拾遺記》載：越王勾踐鑄八寶劍，“六曰滅魂，挾之以夜行，不遇魑魅；七曰却邪，有妖魅見之則止”。

〔5〕“等閑”句：《漢書·匈奴傳》：“元帝與匈奴盟，以老上單于所破月氏王頭爲飲器者，共飲血盟。”《搜神記》：“顓頊高陽氏，有畫影劍，騰空劍，若四方有兵，則飛赴，指其方則克。”

萼緑華將歸九嶷留別許真〔1〕

九點秋烟黛色空，緑華歸思頗無窮。每悲馭鶴身難住〔2〕，長恨臨霞語未終。河影暗吹雲夢月，花聲閑落洞庭風。藍絲重勒金條脱，留與人間許侍中。

【校注】

〔1〕此詩爲《大遊仙》十七首之一。《全唐詩》“真”下有“人”字。萼緑華：據《真誥》，是九疑山得道女。許真：指許長史，魏夫人曾“授許掾上經”。

〔2〕住，《全唐詩》作“任”。

哭陷邊許兵馬使〔1〕

北風裂地暗邊霜，戰敗桑乾日色黄。故國暗回殘士卒，新墳空葬舊衣裳。散牽細馬嘶青草，任去佳人吊白楊〔2〕。除却陰符與兵法，更無一物在儀床〔3〕。

【校注】

〔1〕兵馬使：唐代藩鎮所設統領軍隊的武官。

〔2〕吊白楊：《白虎通》：“庶人無墳，樹以楊柳。”

〔3〕一:《全唐詩》作“异”。

病馬呈鄭校書五首[1] 録三

騄駬何年别渥洼[2]，病來顔色半泥沙[3]。四蹄不鑿金砧裂[4]，雙眼慵開玉筯斜[5]。墮月兔毫乾觳觫[6]，失雲龍骨瘦槎枒[7]。平原好牧無人放[8]，嘶向秋風苜蓿花。

空被秋風吹病毛，無因濯浪刷洪濤。卧來總怪龍蹄跙[9]，瘦盡誰驚虎口高。追電有心猶款段[10]，逢人相骨彊嘶號。欲將鬃鬣重裁剪[11]，乞借新城利鉸刀[12]。

【校注】

〔1〕原注:“録二。”《全唐詩》題作《病馬五首呈鄭校書章三吴十五先輩》。此處録第一、第四首。

〔2〕騄駬、别,《全唐詩》分别一作“緑耳”“到”。

〔3〕泥,《全唐詩》一作“塵”。

〔4〕金,《全唐詩》一作“銀”。金砧:馬掌鐵的美稱。

〔5〕筯,《全唐詩》一作“燭”。玉筯:馬面上的淚溝。

〔6〕毫、乾觳觫,《全唐詩》分别一作“毛”“輕斛蔌”。

〔7〕槎枒,《全唐詩》一作“牙槎”。

〔8〕牧,《全唐詩》作“放”，一作“牧”。

〔9〕跙，原注:“同趄。”《全唐詩》一作“阻”。

〔10〕款段:馬行遲緩貌。

〔11〕鬃,《全唐詩》作“鬐”。

〔12〕新城利鉸刀:即并州剪。新城:唐代縣名，屬并州。鉸:原注:“音教。”

漢武帝思李夫人[1]

惆悵朱顏不復歸[2]，晚秋黄葉滿天飛。迎風細荇傳香粉，隔水殘霞見畫衣。白玉帳寒鴛夢絶，紫陽宫遠雁書稀。夜深池上蘭橈歇，斷續歌聲接太微[3]。

【校注】

〔1〕此亦《大遊仙詩》十七首之一。據《漢書·外戚傳》，漢武帝思李夫人，齊方士少翁言能致其神，乃夜設帳張燈，使武帝居他帳，遥見好女如李夫人貌，然不得就視。

〔2〕朱，《全唐詩》作“冰”，一作“朱”。

〔3〕接，《全唐詩》作“徹”，一作“接”。《拾遺記》：“漢武帝思懷往昔李夫人。……時穿昆靈（明）之池，泛翔禽之舟，帝自造歌曲，使女伶歌之。時日已西傾，凉風激水，女伶歌聲甚遒。”

玉女杜蘭香下嫁於張碩[1]

天上人間兩渺茫，不知誰嫁杜蘭香[2]。來經玉樹三山遠，去隔銀河一水長。怨入清塵愁錦瑟，酒傾玄露醉瑶觴。遺情更説何珍重，擘破雲鬟金鳳凰。

【校注】

〔1〕杜蘭香：晋曹毗《神女杜蘭香傳》主人公。參見本書卷三“杜蘭香”詩注。

〔2〕嫁，《全唐詩》作“識”。

送劉尊師祇詔闕庭[1]

仙老閑眠碧草堂，詔書徵入白雲鄉[2]。龜臺欲署長生籍[3]，鸞殿邀論不死方。紅露想傾延命酒，素烟思爇降真香。五千言外無文字[4]，更有何詞贈武皇。

【校注】

〔1〕《全唐詩》一題三首，此選第三首。

〔2〕詔，《全唐書》作“帝”。

〔3〕龜臺：西王母居處。據《茅君傳》，“紫微元靈白玉龜臺太真元君，即西王母也”。

〔4〕五千言：指《老子》。

王遠宴麻姑蔡經宅[1]

好風吹樹杏花香，花下真人道姓王。大篆龍蛇隨筆札[2]，小天星斗滿衣裳。閑抛南極歸期晚，笑指東溟飲興長。要唤麻姑同一醉，使人沽酒下餘杭[3]。

【校注】

〔1〕此爲《大遊仙詩》十七首之一。事見《神仙傳·王遠》。

〔2〕“大篆”句：《神仙傳》：“王君亦有書與陳尉，多是篆文，或真書字，廓落而大。”

〔3〕下，《全唐詩》作“向”。《神仙傳·王遠》：遠“以千餘錢與餘杭姥乞沽酒。須臾信還，得一油囊酒，五斗許”。

劉晨阮肇遊天台

樹入天台石路新，細雲和雨動無塵[1]。烟霞不是生前事[2]，水木空疑夢後身[3]。往往鷄鳴岩下月，時時犬吠洞中春。不知何地歸依處[4]，須就桃源問主人。

【校注】

〔1〕細雲和雨動無塵，《全唐詩》作“雲和草静迥無塵”，一作同此。

〔2〕是，《全唐詩》作“省”，一作“是”。

〔3〕後，《全唐詩》一作“裏”。

〔4〕何，《全唐詩》作“此”，一作“何”。依，《全唐詩》作“何”，一作“依”。

仙子洞中有懷劉郎

不將清瑟理《霓裳》，塵夢那知鶴夢長。洞裏有天春寂寂，人間無路月茫茫[1]。玉沙瑶草連溪碧，流水桃花滿澗香。曉露風燈零落盡，此生無處訪劉郎。

【校注】

〔1〕“洞裏”二句實寓詩人從道士到儒生之命運的感慨。《唐詩紀事》謂此二句乃曹唐之死的詩讖，因謂之“鬼詩”。

奉送嚴大夫再領容府[1]

海風卷樹凍嵐消，憂國寧辭嶺外遥。自顧勤勞甘百戰，不將功業負三朝。劍澄黑水曾芟虎，箭劈黄雲慣射雕。代北天南盡成事[2]，肯將心許霍嫖姚。

【校注】

〔1〕《全唐詩》一題二首，此選其一。嚴大夫：待考。容府：即容州府，治今廣西容縣。

〔2〕代，原注：“應作地。”

贈南岳馮處士[1]

寥寥深木閉烟霞，洞裏相知有幾家。笑看潭魚吹水沫[2]，醉嗔溪鹿吃蕉花。穿厨歷歷泉聲細，繞屋悠悠樹影斜。夜静著灰封釜竈，自添文武養丹砂〔3〕。

【校注】

〔1〕《全唐詩》一題二首，此選其二。

〔2〕沬，原誤作“沫”，從《全唐詩》改。

〔3〕文武：指火勢的大小或佐劑的柔猛。

南　　遊〔1〕

盡興南遊卒未回〔2〕，水工舟子不須催。政思碧樹闕心句〔3〕，難放紅螺蘸甲杯〔4〕。漲海潮生陰火滅，蒼梧風暖瘴雲開。蘆花寂寂月如練，何處笛聲江上來〔5〕。

【校注】

〔1〕《隋書·煬帝紀》載，隋煬帝於大業年間三次巡幸江都，窮奢極侈，耗盡民力。本詩咏其事，借古諷今。

〔2〕隋煬帝第三次游江都時被宇文化及所弑，故云“卒未回”。

〔3〕碧樹：按《隋書·音樂志》有《需雅》八首，其三首二句曰：“九州上腴非一族，玄芝碧樹壽華木。”據同書：“食舉，奏《需雅》，取《易》‘雲上於天，需，君子以飲食宴樂’也”。此句意指宴樂。

〔4〕蘸甲：《猗覺寮雜記》：“酒斟滿捧觴，必蘸指甲。”

〔5〕“何處”句：據《大業拾遺記》：“帝自達廣陵，每睡，歌吹齊發，方就一夢。”此言煬帝既死，江上笛聲無須再爲煬帝催眠。

秋日經别墅〔1〕

别墅蕭條海上村，偶期蘭菊與琴樽。檐横碧嶂秋光近，樹帶寒潮晚色昏。幸有白雲眠楚客，不勞芳草思王孫〔2〕。北山移去前文在，無復教人嘆曉猿〔3〕。

【校注】

〔1〕《全唐詩》卷六百八十七作吴融詩,《楚風補》誤繫於曹唐。

〔2〕思,原注:"應作怨。"《楚辭·招隱士》:"王孫游兮不歸,春草生兮萋萋。"

〔3〕"北山"句:孔雅圭《北山移文》譴責周顒背約而出仕,其文曰:"蕙帳空兮夜鶴怨,山人去兮曉猿驚。"二句謂己既還山,當不像周顒那樣離去,故人們也不必慨嘆了。

即　事[1]

抵鵲山前雲掩扉[2],更甘終老脱朝衣。曉窺青鏡千峰入,暮倚長松獨鶴歸。雲裹引來泉脈細,雨中移得藥苗肥。何須一筯鱸魚鱠,始挂孤帆問釣磯。

【校注】

〔1〕《全唐詩》卷六百八十七作吴融詩。

〔2〕抵鵲:謂璞玉。《鹽鐵論》:"中國所鮮,外國賤之。昆山之旁,以玉璞抵鳥鵲。"吴融晚年客閿鄉,近藍田産玉之地。

漢武帝將候西王母下降[1]

昆崙疑想最高峰[2],王母來尋五色龍[3]。歌聽紫鸞猶縹緲,語來青鳥許從容。風回水緑三清月,漏苦霜傳五夜鐘。樹影悠悠花悄悄,若聞簫管是行踪。

【校注】

〔1〕此爲《大遊仙詩》十七首之一。

〔2〕疑,《全唐詩》作"凝"。

〔3〕尋,《全唐詩》作"乘"。五色龍:《太平御覽》引《尚書帝驗期》、

《太平廣記》引《漢武内傳》作“九色（斑）龍”。

武陵洞〔1〕

此生終使此身閑，不是春時又要還〔2〕。努力桃花與流水，莫辭相送到人間。

溪口回舟日已昏，却聽鷄犬隔前村。殷勤重與秦人别，莫使桃花閉洞門。

却恐重來路不通，殷勤回首謝東風。白鷄黄犬不將去，且寄桃花深洞中。

渡水傍山尋絶壁，白雲飛去洞天開。仙人來往行無迹，石徑春風長緑苔。

【校注】

〔1〕《全唐詩》題作“題武陵洞五首”，此處未録第四首。武陵洞：即桃源洞。

〔2〕又，《全唐詩》作“且”。

小遊仙二十一首〔1〕

玉簫金瑟發商聲，桑葉枯乾海水清。净掃蓬萊山上地〔2〕，略邀王母話長生。

風滿塗山玉蕊稀〔3〕，赤龍閑卧鶴東飛〔4〕。紫梨爛盡無人吃，何事韓君去不歸〔5〕。

騎龍重過玉溪頭[6]，紅葉還春碧水流。省得壺中見天地，壺中天地不曾秋[7]。

真王未許久從容，立在花前别甯封[8]。手把玉簫頭不舉，似愁如醉倚黄龍。

【校注】

〔1〕原注："録二十。"《全唐詩》有《小遊仙》九十八首，此二十一首録自《唐音》。《小遊仙》與《大遊仙》之别在於前者爲七絶，後者爲七律。

〔2〕上地，《全唐詩》作"下路"，一作"上地"。

〔3〕蕊，《全唐詩》一作"葉"。《洞冥記》："塗山之背，梨大如升，色紫，千年一花，亦曰紫輕梨。"

〔4〕東，《全唐詩》一作"閑"。

〔5〕韓，《全唐詩》一作"蘇"。韓君指韓衆，秦時方士。《洞冥記》有韓衆食玉葉李之事。

〔6〕"騎龍"句：《後漢書·方術列傳》載，汝南費長房從壺公學道，後騎一仙杖化龍而還。

〔7〕《神仙傳》載，一賣藥者懸壺屋上，暮入壺中。費長房師之，入壺而見仙家世界。

〔8〕真王：即天真九王。《神仙傳》稱爲第一上仙。甯封：《列仙傳》中仙人，爲黄帝時陶正，掌火出五色烟，曾積火自燒，隨烟上下。

玄洲草木不知黄，甲子初開浩刼長。無限萬年年少女，手攀紅樹滿殘陽。

焚香獨自上天壇，桂樹風吹玉簡寒。長怕嵇康乏仙骨，與將仙籍再尋看[1]。

玉詔新除沈侍郎〔2〕，便分茅土鎮東方。不知今夕遊何處，侍從皆騎白鳳凰〔3〕。

饑即餐霞悶即行，一聲長嘯萬山清〔4〕。穿花渡水來相訪，珍重多才阮步兵〔5〕。

【校注】

〔1〕《神仙傳·王烈》載，烈於山中發現兩卷素書，不識其字，歸問嵇康，康盡識之。乃與康復入山尋其書，失其所在。烈竊語弟子："叔夜不應得道故也。"

〔2〕"玉詔"句：據《神仙傳》，沈羲爲民治病，功德感天，得授白玉簡等物而仙去。又，明廖用賢《尚友録》載，羲於齊永明間歸訪舊里，呼諸孫曰："上帝授我以白玉簡，爲碧落侍郎。"《北夢瑣言》卷五載，唐沈詢侍郎"制除山北節旄"時，此詩在長安被傳誦。

〔3〕白鳳凰：《漢書·郊祀志》謂三山之中"其物禽獸皆白"。

〔4〕"一聲"句：據《藝文類聚》引《孫登别傳》載，登善嘯，其嘯"若數部鼓吹"，"妙響動林壑"。

〔5〕《孫登别傳》："阮嗣宗聞登而往造焉。……嗣宗乃嘲嘈長嘯，與鼓琴音諧會雍雍然。登乃逌爾而笑，因嘯和之。"

鶴不西飛龍不行，露乾雲破洞簫清。少年仙子説閑事，遥隔彩雲聞笑聲。

天上邀來不肯來，人間雙鶴又空回。秦皇漢武死何處，海畔紅桑花自開。

叔卿覽遍九天春〔1〕，不見人間故舊人。怪得蓬萊山下水，半成沙土半成塵〔2〕。

碧海靈童夜到時[3]，徒勞相喚上瑶池。因循天子渾閑事，縱與青龍不解騎[4]。

【校注】

〔1〕叔卿：即衛叔卿。見《神仙傳》。

〔2〕《神仙傳》載，王方平語麻姑曰："聖人皆言海中復揚塵也。"

〔3〕碧海靈童：《漢武内傳》載，王母告漢武："爾師是青童小君。"

〔4〕青龍：即歲星。據《洞冥記》《東方朔别傳》，朔死後，武帝問太王公諸星在否，答曰獨不見歲星十八年。帝仰天嘆曰："東方朔在朕旁十八年而不知是歲星哉！"

且欲留君飲桂漿，九天無事莫推忙。青龍舉步行千里，休道蓬萊歸路長。

萬歲蛾眉不解愁，旋彈清瑟旋閑遊。忽聞下界笙簫曲，斜倚紅鸞笑不休。

去住樓臺一任風，十三天洞暗相通。行厨侍女炊何物，滿竈無烟玉炭紅。

一百年中是一春，不教日月輒移輪。金鰲頭上蓬萊殿[1]，惟有人間鍊骨人。

【校注】

〔1〕《列仙傳》："有巨靈之鰲，背負蓬萊之山而抃舞戲滄海之中。"

紫微深鎖敞丹軒，大帝親談不死門。從此百寮俱拜後，走龍鞭虎下昆崙。

洞裏月明瓊樹風，晝簾青室影朦朧。香殘酒冷玉妃睡[1]，不覺七真歸海中[2]。

東溟兩度作塵飛，一萬年來會面稀。千樹梨花百壺酒，共君論飲莫論詩。

溪影沉沙樹影清，人家皆踏五音行。可憐三十六天路，星月滿空瓊草青。

【校注】

〔1〕玉妃：仙女名。《靈寶赤書經》："元始登命，太真案筆，玉妃拂筵。"

〔2〕七真：陸龜蒙《和江南道中懷茅山廣文南陽博士》詩"望三峰拜七真堂"句下自注："三茅、二許、一楊、一郭。"按三茅指茅盈、茅固、茅衷，二許指許旌陽、許長史，一楊指楊羲，一郭指郭璞，道教尊之爲仙真。

周　墀〔1〕

字德升。其先汝南人，自褒城侯靈超徙居黄岡〔2〕，歷梁隋皆顯仕。墀少孤，事母孝。舉進士，屬辭高古，文宗雅重之。累遷至義成節度使，封汝南縣男，以兵部侍郎召判度支，同中書門下平章事，遷中書侍郎。抑王宰平章之請〔3〕，斥韋讓京兆之求〔4〕。會議河湟事〔5〕，不合旨，罷爲歙南東川節度使〔6〕。鄭顥〔7〕言於帝曰："墀以直言相，亦以直言免。"帝悟，加檢校尚書右僕射。

【校注】

〔1〕兩《唐書》有傳。

〔2〕褒城侯靈超：事見《新唐書·宰相世系四下》。

〔3〕王宰：唐宣宗時河東節度使，曾請求挂同平章事銜領宣武，宣宗納周墀之言而不準。

〔4〕韋讓：時爲駙馬都尉，求爲京兆，周墀不予。

〔5〕河湟事：指宣宗大中四年（850）議復河湟之事。

〔6〕歙，兩《唐書》作"劍"。

〔7〕鄭顥：時爲駙馬都尉。兩《唐書》有傳。

酬李常侍立秋日奉紹祭岳見寄〔1〕

秋祠靈岳奉樽罍，風過深林古柏開。蓮掌月高珪幣列，金天雨露鬼神陪〔2〕。質明三獻雖終禮〔3〕，祈壽千年別上杯。豈是瑣才能祀事，弘農太守主張來。

【校注】

〔1〕《唐詩紀事》卷五十五録此詩，後注："常侍，李景遜也，亦曾知華州。"《全唐詩》題中"常侍"下注："景讓。"同卷録李景讓《寄華州周侍郎墀立秋日奉詔祭岳詩》。李景讓，兩《唐書》有傳。

〔2〕蓮掌：指華山蓮花峰。珪幣：謂玉帛，大祭所用。金天：秋天；又華山爲西岳，五行配金。

〔3〕質明：《禮記・禮器》："質明而始行事，晏朝而退。"三獻：祭儀分初獻、亞獻、終獻。

贈王僕射起[1]

文場三化魯儒生[2]，二十餘年振重名。曾忝木鷄誇羽翼，又陪金馬入蓬瀛[3]。雖欣月桂居先折，更羡春蘭最後榮。欲到龍門看風雨，關防不許暫離營[4]。

【校注】

〔1〕《全唐詩》題作"賀王僕射放榜"。詩作於會昌三年（843）。王起（760—847）：兩《唐書》有傳。

〔2〕"文場"句：王起於長慶元年、二年和會昌三年三次知貢舉。

〔3〕《全唐詩》此二句下有作者自注："墀初年《木鷄賦》及第，常陪僕射守職内庭。"按周墀於長慶二年及第。《舊唐書・周墀傳》："開成二年冬，以本官知制誥，尋充翰林學士。……四年十月，正拜中書舍人。"

〔4〕"關防"句：言身爲節度不得脱身。《舊唐書・周墀傳》："武宗即位，出爲華州刺史，鎮國軍潼關防禦等使。"

崔道融[1]

荆州人。官永嘉令[2]。依王審知，自稱東甌散人，時蓋避亂於永嘉云。有《中唐詩》三卷[3]。

【校注】

〔1〕事見《唐才子傳》《十國春秋》等。

〔2〕《全唐詩》小傳載其“累官右補闕”，事見《新唐書·宰相世系表》。

〔3〕中唐詩，《新唐書·藝文志》作“申唐詩”。

咏　　梅[1]

數萼初含雪，孤標畫本難。香中别有韵，清極不知寒。横笛和愁聽[2]，斜枝倚病看。朔風如解意，容易莫摧殘。

【校注】

〔1〕題下原注：“楊升庵曰：此詩楊誠齋極愛之。”《全唐詩》題作“梅花”。

〔2〕“横笛”句：笛中有《梅花落》曲，本漢代横吹曲名。

春　　題[1]

滿眼桃李花，愁人如不見。别有惜花人，東風莫吹散。

【校注】

〔1〕《全唐詩》一題二首，此録其二。

班婕妤[1]

寵極辭同輦[2]，恩深棄後宫。自題秋扇後，不敢怨春風[3]。

【校注】

〔1〕班婕妤：樂府相和歌曲名，見《樂府詩集》解題。

〔2〕漢成帝曾邀班婕妤同輦，被正色拒絕，認爲不合禮。見《漢書·外戚傳》。

〔3〕用班婕妤《怨歌行》詩意。

歸　燕

海燕頻來去，羈人獨滯留〔1〕。天邊又相送，腸斷故園秋。

【校注】

〔1〕羈，《全唐詩》作“西”。

夜泊九江

夜泊江門外，歡聲月下樓〔1〕。明朝歸去路，猶隔洞庭秋。

【校注】

〔1〕下，《全唐詩》作“裏”。

春　閨

寒食清明雨〔1〕，落花香滿泥。佳人持錦字，無雁寄遼西。

欲剪宜春字〔2〕，春寒入剪刀。遼陽在何處，莫望寄征袍。

【校注】

〔1〕清，《全唐詩》作“月”。

〔2〕宜春字：即宜春帖。《荆楚歲時記》：“立春日寫‘宜春’二字貼於門庭楣柱。”

晨　　鷄[1]

買得晨鷄共鷄語，常時不用等閑鳴。深山月黑風雨夜，欲近曉天啼一聲。

【校注】

〔1〕《全唐詩》題爲“鷄”。

楚懷王[1]

宫花一朵掌中開，緩頰翻爲敵國媒[2]。六里青山天下笑，張儀容易去還來[3]。

【校注】

〔1〕楚懷王信讒人，疏賢臣，卒中張儀之計而客死秦中。事見《史記·楚世家》。

〔2〕“宫花”二句：鄭袖受懷王寵愛，與靳尚庇護張儀，致使秦國削楚之計得逞。

〔3〕“六里”二句：張儀説懷王絶齊而許以商於之地六百里，計成，卒與六里，懷王悔未殺之。然張儀再使楚時，利用鄭袖、靳尚的關係使計又成。

天台陳逸人

絶粒空山秋復春[1]，欲看滄海化成塵。近抛三井更深去，不怕虎狼惟怕人。

【校注】

〔1〕絶粒：又稱辟穀，道教修煉之法。

悲李拾遺[1]

天涯時有北來塵，因話他人及故人。也是先皇能罪己，殿前頻得觸龍鱗。

【校注】

〔1〕《全唐詩》一題二首，此爲其二。

長門怨[1]

長門花泣一枝春，争奈君恩別處新。錯把黄金買詞賦，相如自是薄情人[2]。

【校注】

〔1〕咏漢武帝陳皇后事。

〔2〕據《文選・長門賦序》，陳皇后失寵，曾以千金買司馬相如爲賦欲以感動武帝。又，《西京雜記》："司馬相如將聘茂陵人女爲妾，卓文君作《白頭吟》以自絶，相如乃止。"

楚風補卷之十一

唐

許　渾[1]

字用晦，安陸人[2]。許圉師之後。太和六年進士，爲當塗、太平二令，以病免，起潤州司馬。大中三年爲監察御史，歷虞部員外，睦、郢二州刺史。嘗分司於朱方[3]。丁卯間自編所著，因以爲名。一云所居之地有丁卯橋，故云。

【校注】

〔1〕事見《唐詩紀事》《唐才子傳》等書，此小傳據明周聖楷《楚寶》。

〔2〕許渾籍貫未能確定。此言安陸人，是因其先祖許圉師居安陸。《唐詩紀事》謂“睦州人”。《全唐詩》小傳言“丹陽人”。

〔3〕朱方：春秋吴地，唐時屬潤州，即今江蘇鎮江丹徒區。分司：以侍御史之職監察一地政事。

早　行

失枕驚先起，人家半夢中。聞鷄憑早晏，占斗認西東。轡濕知行露，衣單覺曉風。秋陽弄光影，忽吐半林紅。

秋日早朝〔1〕

宵衣應待絶更籌，環珮鏘鏘月下樓〔2〕。井轉轆轤千樹曉，鎖開閶闔萬山秋。龍旂盡引趨金殿〔3〕，雉扇纔分拜玉旒〔4〕。虛帶鐵冠無事日，滄江歸去老漁舟〔5〕。

【校注】

〔1〕題下原注："《鼓吹》作'秋日候扇'。"按，《鼓吹》指元好問《唐詩鼓吹》。

〔2〕鏘鏘，原注："一作珊珊。"《全唐詩》同。

〔3〕旂，原注："集作旗。"引，原注："集作列。"

〔4〕"雉扇"句：《全唐詩》注曰："《唐·百官志》：尚輦局，大朝會祭祀，皆扇一百五十六，既事而藏之。常朝則去扇，左右留者止三扇耳。"

〔5〕事日，原注："集作一事。""滄江"句，原注："一作'滄浪歸老釣魚舟'。"

凌熇臺〔1〕

宋祖凌熇樂未回〔2〕，三千歌舞宿層臺。湘潭雲盡暮烟出〔3〕，巴蜀雪消春水來。行殿有基荒薺合，寢園無主野棠開。百年便作萬年計〔4〕，岩畔古碑空緑苔〔5〕。

【校注】

〔1〕題下原注："當塗縣西，宋高祖築。"《全唐詩》題下注："臺在當塗縣北，宋高祖所築。"宋高祖：指劉裕。

〔2〕凌熇，《全唐詩》一作"功高"，一作"高臺"。

〔3〕烟：原注："一作山。"《全唐詩》正作"山"。胡震亨《唐音癸籤》卷十三以爲"湘"乃"江"字之誤，江潭即牛渚磯。

〔4〕便，原注："作應。"

〔5〕畔古,《全唐詩》一作“上石”。詩末原注:“楊慎云:此宋祖乃劉裕也。《南史》稱宋祖清簡寡欲,儉於布素,嬪御至少。嘗得姚興從女,有盛寵,頗廢事,謝晦微諫,即時遣出。安得有三千歌舞之事也?審如此,則是石勒之節宫、煬帝之江都矣。”説見楊慎《升庵詩話》卷一。

咸陽城東樓〔1〕

獨上高城萬里愁〔2〕,蒹葭楊柳似汀洲。溪雲初起日沉閣,山雨欲來風滿樓〔3〕。鳥下緑蕪秦苑夕,蟬鳴黄葉漢宫秋。行人莫問當年事〔4〕,故國東來渭水流〔5〕。

【校注】

〔1〕原注:“一作‘咸陽城西門晚眺’。”《全唐詩》題下注略同,唯“西門”作“城西”,又題“一作‘西門’”。

〔2〕獨,原注:“諸本俱作一。”

〔3〕“溪雲”二句,《全唐詩》原注:“南近磻溪,西對慈福閣。”

〔4〕當年,原注:“一作前朝。”

〔5〕“故國”句,原注:“一作‘渭水寒聲晝夜流’。”《全唐詩》同,並注:“聲,一作光。”

贈茅山高拾遺〔1〕

諫獵歸來綺季歌〔2〕,大茅峰影滿秋波。山齋留客掃紅葉,野艇送僧披緑莎。長覆舊圖棋勢盡,遍添新品藥名多。雲中黄鵠日千里,自宿自飛無網羅。

【校注】

〔1〕茅山:在今江蘇句容。

〔2〕諫獵:《史記·司馬相如傳》:“常從上至長楊獵。是時天子方好自獵熊羆,馳逐野獸。相如上疏諫之。”綺季歌:即四皓歌。綺季即四皓之一的綺

里季。

登故雒陽城[1]

禾黍離離半野蒿[2]，昔人城此豈知勞。水聲東去市朝變，山勢北來宮殿高。鴉噪暮雲歸古堞，雁迷寒雨下空壕。可憐緱嶺登仙子，猶自吹笙醉碧桃[3]。

【校注】

〔1〕《全唐詩》題作“故雒城”，一作同此。

〔2〕“禾黍”句：語本《詩·王風·黍離》。

〔3〕二句下原注：“焦竑云：‘裴秀《冀州記》：‘緱氏仙人廟者，昔王僑爲柏人令，于此登仙。’許渾詩‘王子求仙月滿臺’，又‘可憐緱嶺登仙子’，則誤以王僑爲王子喬矣。”按王喬、王子喬傳説已久，早已相混。

晚自朝臺至韋隱君郊園[1]

秋來鳧雁下方塘，繫馬朝臺步夕陽。村徑繞山松葉暗，柴門臨水稻花香。雲多海氣琴書潤，風帶潮聲枕簟凉。西去磻溪猶萬里，可能垂白待文王[2]。

【校注】

〔1〕臺，原注：“《鼓吹》有‘津’字。”《全唐詩》正有“津”字。

〔2〕“西去”二句：姜太公垂釣磻溪，年老遇文王。見《史記·齊世家》。

寓居開元精舍酬薛秀才見貽[1]

知己蕭條信陸沉[2]，茂陵扶病卧西林[3]。芰荷風起客堂静，松桂月高僧院深。清露下時傷旅鬢，白雲歸處寄鄉心。勞君詩句猶相憶[4]，題在空齋夜夜吟[5]。

【校注】

〔1〕開元精舍：唐玄宗敕各郡皆建之寺院名。此開元精舍所在地不詳。

〔2〕陸沉：指隱姓埋名，如無水而沉，語本《莊子》。

〔3〕茂陵扶病：用司馬相如病免家居茂陵事。西林：晋慧永居廬山西林寺，此即指開元精舍。

〔4〕勞，原注：“一作憐。”

〔5〕在、夜夜，原注分别“一作向”“一作日日”。

别劉秀才〔1〕

三獻無功玉有瑕〔2〕，更携書劍客天涯。孤帆夜别瀟湘雨，廣陌春期鄠杜花〔3〕。燈照水螢千點滅，棹驚灘雁一行斜。關河萬里秋風急〔4〕，望見鄉山不到家。

【校注】

〔1〕《全唐詩》題一作“留别裴秀才”。

〔2〕“三獻”句：用卞和獻玉故事。

〔3〕瀟湘泛指湖南，鄠杜則是當時京畿屬縣。二句謂由湖南到長安去。

〔4〕關河，原注：“一作迢遞。”《全唐詩》注同。

早發天台中岩寺度關嶺次天姥岑

來往天台天姥間，欲求真訣駐衰顔。星河半落岩前寺，雲霧初開嶺上關〔1〕。丹壑樹多風浩浩〔2〕，碧溪苔淺水潺潺。可知劉阮逢人處，行盡深山又是山。

【校注】

〔1〕上，原注：“一作外。”《全唐詩》注同。

〔2〕多，《全唐詩》作“高”。

題靈山寺行堅師院

西岩一徑不通樵，八十持杯未覺遥[1]。龍卧石潭聞夜雨，雁移沙渚見秋潮。經函露濕文多暗[2]，香印風吹字半銷[3]。應笑東歸又南去，越山無路水迢迢。

【校注】

〔1〕持杯：杯渡和尚能持木杯過河。見《高僧傳》。

〔2〕多：原注："一作皆。"

〔3〕半：原注："一作欲。"

乘月棹舟送曆寺靈聰上人不及

萬峰秋盡百泉清，舊鎖禪扉在赤城[1]。楓浦客來烟未散，竹窗僧去月猶明。杯浮野渡魚龍遠，錫響空山虎豹驚。一字不留何足訝，白雲無路水無情。

【校注】

〔1〕赤城：赤城山，在浙江天台縣北。

朝臺送客[1]

趙陀西拜已登壇，馬援南征土宇寬[2]。越國舊無唐印綬，蠻鄉今有漢衣冠。江雲帶日秋偏熱，海雨隨風夏亦寒。嶺北歸人莫回首，蓼花楓葉萬重灘。

【校注】

〔1〕《全唐詩》題作"朝臺送客有懷"。

〔2〕馬援：東漢初茂陵人，曾拜伏波將軍，南征交趾，立銅柱以表功。

贈鄭處士

道傍年少莫矜誇，心在重霄鬢未華。楊子可曾過北里〔1〕，魯人何必敬東家〔2〕。寒雲曉散千峰雪，暖雨晴開一徑花。且賣湖田釀春酒，與君書劍是天涯。

【校注】

〔1〕“楊子”句：楊子即楊雄。據《法言・吾子》：“中正則雅，多哇則鄭。”可見他反對淫聲。北里：據《史記・殷本紀》：“使師涓作新淫聲，北里之舞，靡靡之樂。”

〔2〕“魯人”句：據《孔子家語》：“魯人不識孔丘聖人，乃云：‘我東家丘者，吾知之矣。’”

晨起白雲樓寄龍興江準上人兼呈竇秀才〔1〕

玆樓今是望鄉臺，鄉信全稀曉雁哀。山翠萬重當檻出，水光千里抱城來。東岩月在僧初定〔2〕，南浦花殘客未回〔3〕。欲吊靈均能賦否，秋風還有木蘭開。

【校注】

〔1〕題下原注：“秀才方自天門回。”《全唐詩》題下原注：“秀才方自竟陵回。”

〔2〕定，《全唐詩》一作“起”。

〔3〕未，《全唐詩》一作“已”。

金陵懷古

玉樹歌殘王氣終〔1〕，景陽兵合戍樓空〔2〕。楸梧遠近千官冢〔3〕，禾黍高低六代宮。石燕拂雲晴亦雨〔4〕，江豚吹浪夜還風。英雄一去豪華盡，唯有青山似雒中。

【校注】

〔1〕殘,《全唐詩》一作“愁”。玉樹：指陳後主所制《玉樹後庭花》曲。王氣終：庾信《哀江南賦》：“將非江表王氣，終於三百年乎？”

〔2〕戍,《全唐詩》一作“畫”。

〔3〕楸梧，原注：“集作松楸。”《全唐詩》同。

〔4〕石燕：庾仲雍《湘州記》：“零陵山有石燕，遇雨則飛，雨止還化爲石。”

姑蘇懷古〔1〕

宫館餘基倚棹過〔2〕，黍苗無限獨悲歌。荒臺麋鹿争新草〔3〕，空苑鳧鷖占淺莎。吴岫雨來虚檻冷〔4〕，楚江風急遠帆多〔5〕。可憐國破忠臣死，日日江流生白波〔6〕。

【校注】

〔1〕姑蘇：即姑蘇臺，據説是吴王闔閭（或夫差）所建，舊址在今蘇州。

〔2〕倚,《全唐詩》作“輟”。

〔3〕荒臺麋鹿：《史記·淮南衡山列傳》：“臣聞子胥諫吴王，吴王不用，乃曰：‘臣今見麋鹿游姑蘇之臺也。’”

〔4〕吴岫,《全唐詩》一作“江上”。

〔5〕楚江,《全唐詩》一作“海邊”。

〔6〕“可憐”二句：吴王不聽子胥忠言，迫其自殺，國終爲越所滅。據《吴越春秋》，伍子胥死而爲濤神。白波即所謂“胥濤”。

驪　山〔1〕

聞説先皇醉碧桃，日華浮動鬱金袍〔2〕。風隨玉輦笙歌迴，雲卷珠簾劍佩高。鳳駕北歸山寂寂，龍輿西幸水滔滔。蛾眉没後巡遊少〔3〕，瓦落空墻見野蒿。

【校注】

〔1〕題下原注："一作'望華清宫感事'，一作'途經驪山'。"《全唐詩》題注與此略同。

〔2〕動，《全唐詩》一作"艷"。

〔3〕蛾眉，《全唐詩》作"貴妃"，下注："一作蛾眉。"

姑熟官舍〔1〕

草生官舍似閑居，雪照南窗滿素書。貧後始知爲吏拙，病來還喜識人疏。青雲豈有窺梁燕，濁水應無避釣魚。不待秋風便歸去，紫陽山下是吾廬。

【校注】

〔1〕姑熟：唐太平縣，許渾曾在此爲縣令。

送嶺南盧判官罷職歸華陰山居〔1〕

曾事劉琨雁塞空，十年書劍似飄蓬〔2〕。東堂舊屈移山志〔3〕，南國新留煮海功。還挂一帆青草上，更開三徑碧蓮中。關西舊友應相問〔4〕，已許滄浪伴釣翁。

【校注】

〔1〕山居，《全唐詩》一作"别墅"。

〔2〕劉琨：西晋末名將。雁塞：當指雁門關。似，原注："一作任。"

〔3〕東堂：古時習射之處。《尚書·顧命》："一人冕，執劉，立於東堂。"屈，原注："一作有。"

〔4〕舊，原注："一作親。"應，原注："一作如。"

南庭夜坐貽開元禪定二道者[1]

莫莫焚香何處宿[2]，西岩一室映疏藤。光陰難駐迹如客，寒暑不驚心是僧[3]。高樹有風聞夜磬，遠山無月見秋燈。身閑境静日爲樂，若問其餘非我能。

【校注】

〔1〕庭，《全唐詩》作“亭”，一作“庭”。

〔2〕莫莫，《全唐詩》作“暮暮”，通。

〔3〕是，《全唐詩》作“似”，一作“是”。

滄浪峽

纓帶流塵髮半霜，獨尋殘月下滄浪。一聲溪鳥暗雲散，萬片野花流水香。昔日未知方外樂，暮年初信夢中忙。紅蝦青鯽紫芹脆，歸去不辭來路長。

南海府罷南康阻淺行侣稍稍登陸主人宴餞至頻暮宿東溪[1]

晴灘水落漲虛沙[2]，灘去秦吴萬里賒[3]。馬上折殘江北柳，舟中開盡嶺南花。離歌不斷如留客[4]，歸夢初驚似到家[5]。山鳥一聲人未起[6]，半床春月在天涯[7]。

【校注】

〔1〕南海：唐代郡名，治所在今廣州。南康：約當今江西贛縣一帶。

〔2〕晴，《全唐詩》作“暗”，一作“晴”。

〔3〕賒，原注：“一作斜。”《全唐詩》同。

〔4〕不斷，《全唐詩》一作“漸怨”。

〔5〕歸，《全唐詩》一作“鄉”。到，原注：“一作别。”《全唐詩》同。

〔6〕起，《全唐詩》一作“覺”。

〔7〕春：《全唐詩》一作“風”。

秋晚雲陽驛西亭蓮池[1]

心憶蘭塘秉燭遊[2]，葉殘花敗尚維舟。烟開翠扇清風曉，水泛紅衣白露秋[3]。神女暫來雲易散，仙娥初去月難留。空懷遠道無持贈[4]，醉倚欄干盡日愁[5]。

【校注】

〔1〕雲陽：即今江蘇丹陽。

〔2〕心，原注：“一作爲。”《全唐詩》同。蘭塘：《全唐詩》作“蓮池”，一作“蓮塘”。按，當作蘭塘。《維揚志略》：“蘭塘浦東接得勝湖，西接海陵溪，中植蓮藕菱芡，唐時爲勝游處。”秉獨遊：用《古詩》“晝斷苦夜長，何不秉燭游”意。

〔3〕泛，《全唐詩》作“泥”，一作“泛”。

〔4〕“空懷”句：化用《古詩》“涉江采芙蓉，蘭澤多芳草。采之欲遺誰，所思在遠道”。無，原注：“一作難。”

〔5〕欄干，原注：“一作西闌。”《全唐詩》同。原注：“按：楊慎《詩品》云：‘詩至許渾，淺陋極矣，而楊仲弘、高棅、郝天挺之徒以爲警策。唯此詩乃《許丁卯集》中第一詩，爲晚唐絶唱。’”見《升庵詩話》卷九及卷十一，有删改。

懷舊居

兵書一篋老無功，故國郊扉在夢中[1]。藤蔓覆梨張谷暗[2]，草芃侵菊庾園空[3]。朱門迹忝登龍客，白屋心期失馬翁。楚水吴山何處是，北窗殘月照屏風。

【校注】

〔1〕郊，原注：“一作荆。”《全唐詩》同。

〔2〕暗，原注："一作静。"《全唐詩》同。張谷，原注："潘岳賦云：張公大谷之梨。"按，見《閑居賦》。

〔3〕芃，《全唐詩》作"花"，一作"芃"。菊，原注："一作杏。"庾園：庾信有《小園賦》。

移攝太平寄前李明府

病移岩邑稱閑身[1]，何處風光貰酒頻。溪柳繞門彭澤令，野花連洞武陵人。嬌歌自駐壺中景，艷舞長留海上春。早晚高臺更同醉，緑蘿如帳草如茵。

【校注】

〔1〕移，原注："一作多。"《全唐詩》同。

題韋長史山居[1]

一官唯買晝公堂[2]，但得身閑日自長。琴曲少聲重斟譜，藥丸多忌更尋方[3]。溪浮箬葉添醅緑[4]，泉繞松根助茗香。明日鱖魚何處釣，門前春水似滄浪。

【校注】

〔1〕《全唐詩》題作"湖州韋長史山居"，題下注："即皎然舊宅。"

〔2〕一官：《莊子·逍遥游》："智效一官。"晝公：僧皎然字清晝，中唐詩僧。

〔3〕忌，《全唐詩》作"忘"。

〔4〕添醅，原作"杯添"，據《全唐詩》改；《全唐詩》一作"添杯"。

重遊練湖懷舊[1]

余嘗與故宋補闕次都秋夕游練湖亭[2]，今復登賞，愴然有感，因賦是詩。

西風渺渺月連天，同醉蘭舟未十年。鵩鳥賦成人已没，嘉魚詩在世空傳[3]。榮枯盡寄浮雲外[4]，哀樂猶驚逝水前[5]。日暮長堤更回首，一聲蟬續舊山川[6]。

【校注】

〔1〕練湖：即練塘，在今江蘇丹陽西北。

〔2〕游練湖亭，《全唐詩》作“游永泰寺後湖亭”，一作同此。

〔3〕《鵩鳥賦》：漢賈誼謫長沙時自傷之作。嘉魚詩：《詩・小雅・南有嘉魚》篇名省稱。

〔4〕浮雲：《論語・述而》：“不義而富且貴，于我如浮雲。”

〔5〕逝水：《論語・子罕》：“子在川上曰：逝者如斯夫，不舍晝夜。”

〔6〕“一聲”句，《全唐詩》作“一聲鄰笛舊山川”，一作“一聲蟬續一聲蟬”。

村　舍

自剪青莎織雨衣，南峰烟火是柴扉[1]。萊妻早報蒸藜熟[2]，童子遥迎種豆歸。魚下碧潭當鏡躍，鳥還青山拂屏飛。花時未免人來往，欲買嚴光舊釣磯。

尚平多累自歸難[3]，一日身閑一日安[4]。山徑有雲收獵網[5]，水門無月挂漁竿[6]。花間酒氣春日暖[7]，竹裏棋聲夜雨寒[8]。三頃水田秋更熟[9]，北窗誰拂舊塵冠。

【校注】

〔1〕峰，原注：“一作村。”南峰，《全唐詩》一作“村南”。

〔2〕萊，原注：“一作山。”報，原注：“一作起。”

〔3〕歸，原注：“一作休。”《全唐詩》同。尚平多累：用漢尚子平兒女婚

嫁未畢暫不能歸隱事，見《高士傳》。

〔4〕身閑，原注："一作深居。"

〔5〕有，原注："一作曉。"《全唐詩》正作"曉"，一作"有"。

〔6〕門，原注："一作庭。"無，原注："一作凉。"《全唐詩》正作"凉"，一作"無"。

〔7〕暖，原注："一作遠。"《全唐詩》同。

〔8〕夜，《全唐詩》作"暮"，一作"夜"。

〔9〕水，《全唐詩》一作"湖"。

題衛將軍廟

將軍名遬，陽羨人〔1〕。少習《詩》，學弓劍，有武略。二十七遊并、汾間，遇神堯皇帝始建義旂〔2〕，遬以勇藝進備行列。洎擒竇建德，遬時挾鎗劍前突後翼，太宗顧而奇之。天下既定，録其功，拜將軍宿衛。以母老病，且乞歸侍殘年，詞旨哀激。詔許之。既而以孝敬睦閨門，以然信居鄉里。及卒，邑人懷其賢，廟宇荆溪之湄〔3〕，以平生弓甲懸東西廡下。歲時祠祭，頗福其土焉。文士王敖撰碑，辭實詳備。惜乎國史闕書其人，因題是詩於廟壁。

武牢關下護龍旂〔4〕，挾槊彎弓馬上飛〔5〕。漢業未興王霸在〔6〕，秦軍纔散魯連歸〔7〕。墳穿大澤埋金劍，廟枕長溪挂鐵衣。欲奠忠魂何處問，葦花楓葉雨霏霏。

【校注】

〔1〕陽羨：縣名，故城在今江蘇宜興市南。

〔2〕神堯皇帝：唐高祖李淵謚號。

〔3〕荆溪：在江蘇宜興縣南。

〔4〕武牢關：即虎牢關，唐人避李淵父李虎諱改。

〔5〕槊，原注："一作戟。"《全唐詩》同。弓，《全唐詩》作"弧"，下注："一作弓。"

〔6〕王霸：後漢光武帝劉秀之將。

〔7〕魯連：即魯仲連，義不帝秦，多助諸侯排解危厄，功成身退。

送前東陽于明府由鄂渚歸故林[1]

結束征車換黑貂[2]，灞西風雨正瀟瀟。茂陵久病書千卷[3]，彭澤初歸酒一瓢[4]。帆背夕陽湓水闊[5]，棹經滄海甑山遥[6]。殷勤爲謝南溪客，白首螢窗未見招[7]。

【校注】

〔1〕鄂渚：在今湖北武昌西江中，泛指江漢一帶。

〔2〕黑貂：即黑貂裘。《戰國策》："李兑送蘇子（蘇秦）黑貂之裘。"

〔3〕"茂陵"句：《史記·司馬相如傳》："相如既病免，家居茂陵……家無書。"此處反用其事。

〔4〕初，《全唐詩》一作"先"。

〔5〕背，《全唐詩》一作"帶"。

〔6〕滄海，《全唐詩》一作"秋月"。

〔7〕螢窗未見招，原注："一作'蓽門誰見招'。"《全唐詩》同。

韶州韶陽樓夜宴[1]

待月西樓卷翠羅[2]，玉杯瑶瑟近星河。簾前碧樹窮秋密，窗外青山薄暮多[3]。鸜鴿未知狂客醉[4]，鷓鴣先讓美人歌[5]。使君莫惜通宵飲[6]，刀筆初從馬伏波。

【校注】

〔1〕《全唐詩》題一作"題韶州驛樓"。

〔2〕西，《全唐詩》作"江"。

〔3〕暮，《全唐詩》一作"霧"。

〔4〕醉，《全唐詩》一作"舞"。

〔5〕鷓鴣歌：唐曲有《山鷓鴣》。

〔6〕莫、飲，《全唐詩》分别一作“不”“醉”。

哭楊攀處士

先生憂道樂清貧，白髮終爲不仕身。嵇阮别來無酒客[1]，應劉亡後少詩人。山前月照孤墳曉[2]，溪上花開舊宅春。昨夜回舟更惆悵，至今鐘磬滿南鄰[3]。

【校注】

〔1〕别，《全唐詩》作“没”。

〔2〕孤，《全唐詩》作“荒”。

〔3〕鄰，《全唐詩》作“陵”。

經故丁補闕郊居

死酬知己道終全，波暖孤冰且自堅。鵩上承塵纔一日[1]，鶴歸華表已千年。風吹藥蔓迷樵徑，雨暗蘆花失釣船[2]。四尺孤墳何處是，闔閭城外草連天[3]。

【校注】

〔1〕鵩上承塵：賈誼《鵩鳥賦》序：“有鵩鳥飛入誼舍，止於坐隅。”謂不祥之兆。原注：“《説文》云：承塵，壁衣也。”

〔2〕雨，《全唐詩》一作“水”。

〔3〕闔閭城：即蘇州城，吴王闔閭所築。

留别趙端公

余行次鍾陵[1]，府中諸公餞趙端公。曉赴郡齋，宿約余來[2]，且整棹，因留别。

海門征棹越龍瀧[3]，暫寄華筵倒玉缸。簫鼓散時逢夜雨，綺羅分處下秋江。孤帆已過滕王閣[4]，高榻留眠謝守窗。却願烟波阻風雪，待君同拜碧油幢。

【校注】

〔1〕鍾陵：唐洪州縣名。

〔2〕宿，《全唐詩》作“一”。

〔3〕越，《全唐詩》作“赴”，一作“越”。

〔4〕滕王閣：唐滕王李元嬰建，舊址在今江西南昌新建區西章江門上，西臨大江。

元處士自雒歸宛陵山居見示詹事相公餞行之什，因贈

紫霄峰下絶韋編，舊隱相如結襪前[1]。月落尚留東閣醉，風高還憶北窗眠。江城夜别瀟瀟雨，山檻晴歸漠漠烟。一頃豆花三頃竹，想因抛却釣魚船[2]。

【校注】

〔1〕原注：“元君舊隱廬山學《易》，當爲相國師服。”

〔2〕因，《全唐詩》作“應”，一作同此。

長慶寺遇常州阮秀才

高閣晴軒對一峰，毘陵書客此相逢。晚收紅葉題詩遍，秋待黄花釀酒濃。山館日斜喧鳥雀，石潭波動戲魚龍。上方有路應知處，疏磬寒蟬樹幾重。

郊居春日有懷府中諸公并柬王兵曹

欲學漁翁釣艇新，濯纓猶惜九衢塵。花前更謝依劉客，雪後空懷訪戴人。僧舍覆棋消白日，市樓賒酒過青春。一山桃杏同時發[1]，誰似東風不厭貧。

【校注】

〔1〕杏，《全唐詩》作“李”。

聽吹鷓鴣[1]

金谷歌傳第一流，鷓鴣清怨碧雲愁。夜來省得曾聞處，萬里月明湘水流。

【校注】

〔1〕李白有《聽山鷓鴣曲》詩，其曲效鷓鴣之聲。此處“鷓鴣”即指《山鷓鴣曲》。

三十六灣[1]

縹緲臨風思美人，荻花楓葉帶離聲。夜深吹笛移船去，三十六灣秋月明。

【校注】

〔1〕三十六灣：《佩文韵府》“三十六灣”條引許渾此詩後二句及其自注：“在湘陰縣。”

劉　復[1]

【校注】

〔1〕《楚風補》原無小傳。據《唐詩紀事》卷二十九："復登大曆進士第，嘗爲水部員外郎，爲石洪父墓碑。"《全唐詩》小傳本此。

寺居清晨

高枕對曉月，衣巾清且涼。露華朝未曦，滴瀝含虚光。隔竹聞汲井，開扉見焚香。幽心感衰病，結念依法王[1]。青冥早雲飛，杳靄空鳥翔[2]。此情皆有釋[3]，悠然知所忘。

【校注】

〔1〕法王：即佛。

〔2〕靄，《全唐詩》一作"渺"。

〔3〕釋，《全唐詩》一作"適"。

送汪倫[1]

春江日未曛，楚客酣送君。翩翩孤黄鶴[2]，萬里滄洲雲。四方各有志[3]，豈得常顧群。山連巴湘遠，水與荆吴分。清光日修阻，尺素安可論。相思寄夢寐，瑶草空氛氲[4]。

【校注】

〔1〕汪，《全唐詩》作"王"，一作"汪"。

〔2〕孤黄鶴：《古詩》："黄鶴一遠别，千里顧徘徊。"

〔3〕志，《全唐詩》一作"心"。

〔4〕"相思"二句：《楚國先賢傳》："帝之季女名曰瑶姬，精魂爲草，實曰靈芝，服而媚之，則與夢期。"

章孝標[1]

《紀事》云：太和中山南東道從事，試大理評事。《全唐詩話》云：孝標元和十三年下第，時輩多爲詩以刺主司，獨孝標爲《歸燕》詩留獻云[2]：“舊壘危巢泥已落，今年故向社前歸。連雲大厦無栖處，更繞誰家門户飛。”及孝標及第，除正字，東歸，《題杭州樟亭驛》尾句云“紅花還似白頭人”。且曰：“我將老，成名似我，芳艷詎能久乎？”及還鄉而逝。有詩一卷。

【校注】

〔1〕事又見《唐摭言》《雲溪友議》《唐才子傳》等。

〔2〕《歸燕》：《全唐詩》題作“歸燕詞辭工部侍郎”，一作“下第獻主司”。

長安秋夜[1]

田家無五行，水旱卜蛙聲。牛犢乘春放，兒孫候暖耕。池塘烟未起，桑柘雨初晴。歲晚香醪熟，村村自送迎。

【校注】

〔1〕《全唐詩》題一作“田家”。

蜀中上王尚書詩

梓桐花幕碧雲浮，天許文星寄上頭。武略劍峰環相府，詩情錦浪浴仙州。丁香風裏飛殘草，邛竹烟中動酒鈎。自古名高閑不得，肯容王粲賦登樓。

和滕邁先輩傷馬[1]

浮雲變化失龍兒，始憶嘶風噴沫時。蹄想塵中翻碧玉，尾休烟裏掉青絲。曾同客舍吞饑渴，久共名場踏嶮巇。今日櫪前興一嘆，不關行李乏金羈。

【校注】

〔1〕滕邁：唐憲宗元和中進士，官吉州太守。先輩：唐時中舉者互稱先輩。

柘　　枝[1]

柘枝初出鼓聲招，花鈿羅衫聳細腰。移步錦靴空綽約，迎風繡帽動飄颻。亞身踏節鸞形轉，背面羞人鳳影嬌。祇恐相公看未足，便隨風雨上青霄。

【校注】

〔1〕柘枝：舞曲名。《樂府詩集》解題曰："此舞因曲而名。用二女童，帽施金鈴，抃轉有聲。其來也，於二蓮花中藏，花坼而後見。對舞相占，實舞中雅妙者也。"

覽楊校書文卷

跪伸霜素剖琅玕，身墮瑶池魄暗寒。紅錦晚開雲母殿，白珠秋寫水精盤。情高鶴立昆崙峭，思壯鯨跳渤海寬。誰有軒轅古銅片[1]，爲持相並照妖看。

【校注】

〔1〕軒轅：黄帝軒轅氏。古銅片：古鏡。《太平廣記》卷二百三十《古鏡記》："昔者吾聞黄帝鑄十五鏡……此第八鏡也。"

少年行[1]

平明小獵出中軍，異國名香滿袖熏。畫榼倒懸鸚鵡嘴[2]，花衫對舞鳳凰文。手擡白馬嘶春雪，臂竦青骹入暮雲[3]。落日胡姬樓上飲，風吹簫管滿城聞。

【校注】

〔1〕少年行：樂府雜曲歌辭名。

〔2〕畫榼：有圖飾的酒具。

〔3〕骹，原注："當作鶻。"

鷹

星眸未放瞥秋毫，頻掣金鈴試雪毛。會使老拳供口腹，莫辭親手啖腥臊。穿雲自怪身如電，殺兔誰知吻勝刀[1]。可惜忍饑寒日暮，向人啄斷碧絲縧[2]。

【校注】

〔1〕殺，《全唐詩》作"煞"。

〔2〕啄，《全唐詩》作"鵮"，注作"知咸切"；一作"爪"。

騏驥長鳴[1]

有馬骨堪驚，無人眼暫明。力窮吴坂峻，嘶苦朔風生。逐逐懷良御，蕭蕭顧樂鳴。瑶池期弄影，天路擬飛聲。皎月誰知種，浮雲莫問程。鹽車今願脱，千里爲君行。

【校注】

〔1〕《全唐詩》題作"省試騏驥長鳴"。

小　松

爪葉鱗條龍不盤，梳風幕翠一庭寒。莫言只似人長短，須作浮雲向上看。

章　碣[1]

襄陽人[2]。孝標之子。

【校注】

〔1〕事略見《唐詩紀事》《唐才子傳》。

〔2〕此説無證。

觀錫宴[1]

傾朝朱紫正駢闐[2]，細杏青莎映廣筵。不道樓臺無錦繡，只愁塵土撲神仙。魚銜嫩草浮池面，蝶趁飛花到酒邊。日暮驊騮相擁去，幾人沉醉失金鞭。

【校注】

〔1〕錫：通“賜”。

〔2〕朱紫：唐三品以上官服色紫，五品以上官服色朱，此代指高官。駢闐：聚集，絡繹不絶。

張　　復[1]

灃州隱者。有《條山集》三十卷，論世外事。

【校注】

〔1〕韓愈《張徹墓誌銘》："君弟復，亦進士。"《五百家注》引孫注："元和元年復中進士。"《幽閑鼓吹》："元稹在鄂州，張復爲從事。稹常賦詩，命院中屬和，復對之云云。"又《龍城録》云："灃州人，性飽學，作《條山集》三十卷，論世外事，兼得鬼神趣。"

出山雲[1]

山静雲初吐，霏微觸石新。無心離碧岫，有意占青春。散類如虹氣，輕同不讓塵。凌空還似翼，映潤欲成鱗。異起臨汾鼎[2]，凝隨出峽神。爲霖終濟旱，非獨降賢人。

【校注】

〔1〕題下原注："元和元年試。"《全唐詩》及《全唐詩外編》未載。

〔2〕汾鼎：漢武帝元鼎元年在汾水所得寶鼎。《史記·封禪書》："迎鼎至甘泉，從行，上薦之。至中山，曣𥁕，有黄雲蓋焉。"

李群玉

字文山，澧陽人[1]。大中間宰相裴休進其詩[2]，以處士除弘文館校書郎。好吹笙，善急就章，喜食鵝。盧肇送詩有“妙吹應諧鳳，工書定得鵝”之句。後歸涔陽，死於洪井[3]。有詩三卷，後集五卷。

【校注】

〔1〕澧陽：《唐詩紀事》《全唐詩》皆作“澧州”。

〔2〕裴休：字公美，兩《唐書》有傳。據《唐詩紀事》：“裴休觀察湖南，厚延致之。”《全唐文》卷七百五十九令狐綯有《薦處士李群玉狀》。

〔3〕涔陽：亦作“岑陽”，浦名，在洞庭湖與長江之間。洪井：即洪崖井，在今南昌。

瀘溪道上[1]

曉發潺湲亭，夜宿潺湲水。風篁掃石瀨[2]，琴聲九十里。光滿覺來眼[3]，寒落夢中耳。曾向三峽行，巴江亦如此。

【校注】

〔1〕瀘溪：水名，源出江西資溪縣。《全唐詩》題作“瀘溪道中”。

〔2〕掃，《全唐詩》一作“拂”。

〔3〕滿，《全唐詩》作“奔”。

傷　思

八月白露濃，芙蓉抱香死。紅枯金粉墮，寥落寒塘水。西風團葉下，疊縠參差起。不見棹歌人，空垂綠房子。

廣州重別方處士之封川，又約同遊羅浮，期素秋而行[1]

楚國傲名客，九州遍芳聲[2]。白衣謝簪紱，雲卧重岩扃。長波飛素舸，五月下南溟。大笑相逢日，天邊作酒星[3]。

【校注】

〔1〕《全唐詩》題中“又”作“久”；自“久”以下皆作題下自注。

〔2〕聲，《全唐詩》一作“馨”。

〔3〕酒星：即酒旗星，指稱善飲者。

登章華樓

楚子故宫地，蒼然雲水幽。我來覽後事，薄景空生愁。霸業没荆棘，雄圖成古丘。沉吟問鼎语，但見波東流。征鴻引鄉心，一去何悠悠。晴湖碧雲晚，暝色澄高秋。迢遞超遠嶠，微茫入孤舟。空路不堪望，西風自露流。

孫權故城下懷古兼送友人歸建業[1]

雄圖争割據，神器終不守。上下武昌城，長江竟何有。古來壯臺榭，事往悲陵阜。寥落幾人家，猶依數株柳。威靈絶想像，蕪没空林藪。野徑春草中，郊扉夕陽後。逢君從此去，背楚方東走。烟際指金陵，潮明過湓口。行人已何在，臨水空揮手。惆悵不能歸，孤帆没雲久。

【校注】

〔1〕《全唐詩》及《全唐詩外編》未收此詩。孫權故城：指孫吴舊都武昌。

洞庭遇秋[1]

涼風西海來，直渡洞庭水。翛翛木葉下[2]，白浪連天起。蘅蘭委皓雪，百草一時死。摧殘負志人，感嘆何窮已。

【校注】

〔1〕《全唐詩》載此詩爲《湖中古愁》三首之第一首，另有《洞庭遇秋》詩，與此詩完全不同。

〔2〕翛翛：通“蕭蕭”。

洞庭驛樓雪夜燕集奉贈張員外[1]

昔與張湘州，閑登岳陽樓。目窮衡巫表，興盡荆吴秋。擲筆落郢曲，巴人不能酬。是時簪裾會，景物窮冥搜。誤忝玳筵秀，得陪文苑遊。幾年雲楣上[2]，風雨沉銀鈎[3]。

【校注】

〔1〕《全唐詩》題中“張員外”前有“前湘州”三字。

〔2〕年，《全唐詩》作“篇”。

〔3〕銀鈎：草書。《晋書・索靖傳》：“蓋草書之爲狀也，婉若銀鈎，飄若驚鸞。”按《全唐詩》此句下尚有“□□□□□，□□□滄洲”二句及“童兒待郭伋”等十八句，後注：“一本自‘童兒’以下另爲一首，題作‘滄洲’。”

湘中古怨[1]

南雲哭重華，水死悲二女。天邊猶點黛[2]，白骨遺處所[3]。朦朧波上瑟，清夜降北渚[4]。萬古一雙魂，飄飄在烟雨。

【校注】

〔1〕《全唐詩》題作“湖中古愁”，共三首，此爲第三首。

〔2〕猶,《全唐詩》作“九”。

〔3〕遺,《全唐詩》作“迷”。

〔4〕《楚辭·遠游》:“使湘靈鼓瑟兮。”又《九歌·湘夫人》:“帝子降兮北渚。”

經費拾遺故居[1]

雲卧竟不起,少微空損光[2]。惟應孔北海,爲立鄭公鄉[3]。舊館苔蘇合[4],幽齋松竹荒[5]。空餘書帶草[6],日日上階長。

【校注】

〔1〕《全唐詩》題作“經費拾遺所居呈封員外”。

〔2〕損,《全唐詩》作“隕”。少微:星名,一名處士星。

〔3〕東漢孔融爲北海相時,曾囑高密縣爲碩儒鄭玄特立一鄉,曰鄭公鄉。見《後漢書·鄭玄傳》。

〔4〕蘇,《全唐詩》作“蘚”。

〔5〕竹,《全唐詩》作“菊”。

〔6〕書帶草:即沿階草。相傳鄭玄弟子取以束書,故名。見《後漢書·郡國志四》注引晋伏深《三齊記》。

失　鶴

瑶臺烟霧外,一去不回心[1]。清海蓬萊遠[2],秋風碧落深[3]。隳翎留片雪[4],雅操入孤琴[5]。豈是籠中物[6],雲羅莫更尋[7]。

【校注】

〔1〕“一去”句,《全唐詩》一作“一去没還心”,又一作“從昔有遐心”。

〔2〕清,《全唐詩》一作“暗”。萊,《全唐詩》作“壺”。

〔3〕碧落:《度人經注》:“東方第一天有碧霞遍滿,是云碧落。”

〔4〕隳,《全唐詩》作“墮”。

〔5〕雅操入孤琴：樂府有《别鶴操》。

〔6〕豈，《全唐詩》一作“不”。

〔7〕莫更，《全唐詩》一作“更莫”。

遊玉芝觀

尋仙向玉清[1]，獨倚雪初晴。木落寒郊迥，烟開叠嶂明。片雲盤鶴影，孤磬雜松聲。且共探玄理，歸途月未生。

【校注】

〔1〕玉清：道家所謂三清之一。

廣陵驛餞筵留别[1]

别筵欲盡秋，一醉海西樓。夜雨寒潮水，孤燈萬里舟。酒飛鸚鵡重，歌送鷓鴣愁。惆悵三年客，難期此處遊。

【校注】

〔1〕《全唐詩》及《全唐詩外編》未載此詩。

雲　　安[1]

灘惡黄牛吼[2]，城孤白帝秋[3]。水寒巴字急[4]，歌迴竹枝愁。樹倚荆王館[5]，雲昏蜀客舟。瑶姬不可見[6]，行雨在高丘。

【校注】

〔1〕雲安：縣名，唐屬夔州，故城在今重慶雲陽縣東北。

〔2〕黄牛：指黄牛灘，在湖北宜昌黄牛峽下。

〔3〕白帝：即白帝城，在今重慶奉節縣瞿塘峽口。

〔4〕巴字：指巴江。

〔5〕倚，《全唐詩》作“暗”，一作“倚”。荊王館：指楚懷王所建朝雲之館。

〔6〕瑶姬：即巫山神女。《文選·高唐賦序》注引《襄陽耆舊集》：“赤帝女瑶姬，未行而亡，葬於巫山之陽，故曰巫山神女。”

湖　闊[1]

楚色籠青草[2]，秋風洗洞庭[3]。夕霏生水寺，初月净雲汀[4]。棹響來空闊，漁歌發杳冥[5]。欲浮闌下艇，一到斗牛津。

【校注】

〔1〕《全唐詩》題一作“湖閣”。

〔2〕青草：即青草湖，在湖南境内。

〔3〕風，《全唐詩》一作“光”。

〔4〕净，《全唐詩》作“盡”，一作“落”。

〔5〕發，《全唐詩》一作“去”。

送秦鍊師[1]

紫府静沉沉，松軒思别吟[2]。水流寧有意，雲泛本無心。錦洞桃花遠，青山竹葉深。不因時賣藥，何路更相尋。

【校注】

〔1〕鍊師：道士的敬稱。

〔2〕吟，《全唐詩》作“琴”。

登蒲澗寺後二岩[1]

行盡崎嶇路，驚從汗漫遊[2]。青天豁眼快[3]，碧海醒心秋。便欲尋河漢，因之泛斗牛。九霄身自到，何必遇浮丘[4]。

【校注】

〔1〕《全唐詩》一題三首，此爲其二。

〔2〕汗漫：仙人名。《淮南子·道應訓》："吾與汗漫期於九垓之外。"

〔3〕快，《全唐詩》一作"客"。

〔4〕"九霄"二句：到，《全唐詩》作"致"。遇，《全唐詩》一作"問"。此二句《全唐詩》又一作"揚帆赴飛鳥，一濟日邊舟"。

杜　門

且咏《閑居賦》[1]，飛翔去未能。春風花嶼酒，秋雨竹溪燈。世路變陵谷[2]，時情驗友朋。《達生》書一卷[3]，名利付春冰。

【校注】

〔1〕《閑居賦》：晋潘岳作，剖白高情。

〔2〕陵谷：《詩·小雅·十月之交》："高岸爲谷，深谷爲陵。"

〔3〕《達生》：《莊子》篇名。

岳陽春晚

不覺春物老，塊然湖上樓[1]。雲沙鷓鴣啼[2]，風日沅湘愁。去翼滅雲夢，來帆指昭丘。所嗟芳杜晚[3]，寂寞對汀洲。

【校注】

〔1〕塊然：獨處貌。

〔2〕啼，《全唐詩》作"思"。

〔3〕杜，《全唐詩》作"桂"。

湖寺清明夜遣懷

柳暗花香愁不眠，獨凭危檻思凄然。野雲將雨度微月，沙鳥帶聲飛遠天。久向饑寒抛弟妹，每因時節憶團圓。餳餐冷酒明年在[1]，未定萍蓬何處邊。

【校注】

〔1〕餳餐：舊俗自寒食日始禁火三天，食粥，加麥芽糖謂之“餳粥”，亦即“餳餐”。見宗懍《荆楚歲時記》。

黄陵廟

小孤洲北浦雲邊[1]，二女明妝共儼然[2]。野廟向江春寂寂，古碑無字草芊芊。東風日暮吹芳芷[3]，落日山深哭杜鵑[4]。猶似含顰望巡狩，九嶷愁黛隔湘川。

【校注】

〔1〕孤，《全唐詩》作“姑”，一作“孤”，又一作“袁”。

〔2〕明妝，《全唐詩》作“容華”，一作“啼妝”，一作“明妝”。共，《全唐詩》作“自”，一作“共”。《唐詩紀事》作“玉”。

〔3〕東風日暮，《全唐詩》作“風回近暮”。

〔4〕落日，《全唐詩》一作“月落”。

杜丞相悰筵中贈美人[1]

裙拖六幅瀟湘水[2]，鬟聳巫山一朵雲[3]。貌態祇應天上有[4]，歌聲豈合世間聞。胸前瑞雪燈斜照，眼底桃花酒半醺。不是相如憐賦客[5]，肯教容易見文君[6]。

【校注】

〔1〕《全唐詩》作“同鄭相並歌姬小飲戲贈”，一作同此。杜悰：杜佑之孫，唐憲宗之婿，歷顯職。唐武宗會昌中曾以淮南節度使同中書門下平章事。

〔2〕瀟湘，《全唐詩》作“湘江”。

〔3〕一朵，《全唐詩》作“一段”，一作“千朵”。《唐詩紀事》作“十朵”。

〔4〕貌態，《全唐詩》作“風格”，一作“貌態”。

〔5〕如，《唐詩紀事》作“知”。

〔6〕肯，《全唐詩》作“争”，一作“肯”。

湘陰江亭寄友人〔1〕

湘岸初晴淑景遲，風光正是客愁時。幽花暮落騷人水〔2〕，芳草春深帝子祠。往事隔年如過夢，舊遊回首謾勞思〔3〕。烟波自此扁舟去，酌酒聯文杳未期〔4〕。

【校注】

〔1〕《全唐詩》題中“寄”前有“却”字。

〔2〕水，《全唐詩》作“浦”。

〔3〕勞，《全唐詩》一作“追”。

〔4〕酌酒聯文，《全唐詩》作“小酌文園”，一作同此。

秣陵懷古〔1〕

野花黄葉舊吴宫，六代豪華燭散風。龍虎勢衰佳氣歇，鳳凰名在故臺空。市朝遷變秋蕪緑，墳冢高低落照紅。霸業鼎圖人去盡，獨來惆悵水雲中。

【校注】

〔1〕秣陵：今江蘇南京江寧區地。

望月寄人[1]

浮雲卷盡看朧朧[2]，直出滄溟上碧空。盈手水光寒不濕[3]，流天素彩静無風[4]。酒花蕩漾金樽裏，棹影飄颻玉浪中。川路正長難可越，美人千里思何窮。

【校注】

〔1〕《全唐詩》題作“望月懷友”，一作同此。

〔2〕看，《全唐詩》作“月”。

〔3〕水，《全唐詩》一作“冰”。盈手：形容月光可掬。陸機詩：“安寢北堂上，明月入我牖。照之有餘輝，攬之不盈手。”

〔4〕彩，《全唐詩》一作“影”。

送秦鍊師歸岑公山[1]

仙翁歸卧翠微岑，一葉西風月峽深[2]。松徑定知芳草合，玉書應念素塵侵[3]。閑雲不繫東西影，野鶴寧知去住心[4]。蘭渚蒼蒼春欲暮[5]，落花流水怨離琴[6]。

【校注】

〔1〕題下原注：“在萬州。”《全唐詩》題前有“奉和張舍人”五字。

〔2〕葉，《全唐詩》作“夜”，下注：“一作葉。”

〔3〕書，《全唐詩》一作“澗”。

〔4〕知，《全唐詩》一作“傷”。

〔5〕渚，《全唐詩》一作“浦”。

〔6〕怨、琴，《全唐詩》分别一作“思”“襟”。

玉貞觀[1]

高情帝女慕乘鸞，紺髪初簪玉葉冠[2]。秋月無雲生碧落，素蕖含露出清瀾[3]。層城烟霧將歸遠[4]，浮世塵埃久住難。一自簫聲飛去後，洞宫深掩碧瑶壇。

【校注】

〔1〕貞,《全唐詩》作“真”。玉真觀：唐睿宗景雲二年置，爲公主人道修養處。

〔2〕《全唐詩》句下自注：“公主玉葉冠，時人莫計其價。”

〔3〕含,《全唐詩》作“寒”，一作“含”。

〔4〕層城：古代神話傳説謂昆崙山有層城九重，此指仙境。

寄張祜[1]

越水吴山任興行，五湖雲月挂高情。不遊都邑稱平子，只向江東作步兵[2]。昔歲芳聲到童稚，老來佳句遍公卿[3]。如君氣力波瀾地[4]，留取陰何沈范名[5]。

【校注】

〔1〕《全唐詩》題下有原注：“祜亦未面，頻寄聲相聞。”張祜字承吉，中晚唐之際著名詩人。

〔2〕平子：張衡字。《後漢書》本傳稱其“才高於世”，“不好交接俗人”。步兵：指阮籍。據《晋書》本傳，籍聞步兵厨營人善釀，乃求爲步兵校尉，因稱阮步兵。

〔3〕“昔歲”二句：張祜早年即以“樂府艷發之詞”得詩名，後來遍干公卿，杜牧稱之爲“誰人得似張公子，千首詩輕萬户侯”。

〔4〕如,《全唐詩》一作“知”。

〔5〕陰何沈范：指陰鏗、何遜、沈約、范雲，皆南朝著名詩人。

古　詞

一合相思泪，臨江灑素秋。碧波如會意，却與向西流。

夜雨呈長官[1]

遠客坐長夜，雨聲孤寺秋。請量東海水，看取淺深愁。

【校注】

〔1〕《全唐詩》題作“雨夜呈長官”，全詩共十六句，此處所録爲首四句。

寄韋秀才

荆臺蘭渚客，寥落共含情。空館相思夜，孤燈照雨聲。

南莊春晚[1]

草暖長沙望去舟[2]，微茫烟浪向巴丘。沅湘寂寂春歸盡[3]，水緑蘋香人自愁。

【校注】

〔1〕《全唐詩》一題二首，此爲其二。

〔2〕長沙，《全唐詩》作“沙長”。

〔3〕沅湘，《全唐詩》作“沅江”，一作“沅湘”。

黄陵廟[1]

黄陵廟前春已空，子規啼血滴松風。不知精爽歸何處，疑是行雲秋色中。

【校注】

〔1〕《全唐詩》作“題二妃廟”。《唐詩紀事》曰：“群玉疑‘春空’遂至

‘秋色’，欲易之；恍若有物，告以二年之兆。時尋陽太守段成式志其事。二年後果死於洪井。”殆將此詩當成李群玉將死之詩讖。

湘妃廟〔1〕

少將風月怨平湖，見盡扶桑水到枯。相約杏花壇上去，畫欄紅紫鬭樗蒲。

【校注】

〔1〕題下原注：“按：題恐誤。”詩意無關乎湘妃。

紫極宫〔1〕

紫府空歌碧落寒，曉星寥亮月光殘。一群白鶴高飛上〔2〕，唯有松風吹石壇。

【校注】

〔1〕題下原注：“在澧州治西北，唐建。”《全唐詩》作“紫極宫齋後”。

〔2〕上，《全唐詩》一作“散”。

太白樓〔1〕

江上層樓翠靄間〔2〕，滿簾春水滿簾山。青楓緑草將愁去，遠入吴雲暝不還。

【校注】

〔1〕《全唐詩》題作“漢陽太白樓”。

〔2〕層，《全唐詩》一作“晴”。

段成式[1]

字柯古。其先臨淄人[2]。父文昌[3]，官荆州，因徙居宜城[4]。大中間任處州刺史[5]。境内惡溪多水怪，潛去，民謂之“好溪”[6]。歷官至太常寺少卿。居木香村[7]，撰《楊柳》宮詞[8]。復隱小酉山[9]，撰《酉陽雜俎》。與李商隱、温庭筠三人皆行十六，詩號“三十六體”[10]。

【校注】

〔1〕段成式（803？—863）：兩《唐書》有傳。

〔2〕此指段成式六世祖段志玄。

〔3〕段文昌（773—835）：字墨卿，歷官卿相，兩《唐書》有傳。

〔4〕據兩《唐書》，段文昌已“世居荆州”，後爲官鎮荆州。此處所記與兩《唐書》不合。

〔5〕據段成式《好道廟記》：“予大中九年到郡。”

〔6〕事見《新唐書・地理志》及《輿地廣志》等。

〔7〕木香村：在宜城。《太平寰宇記》：“木香村，段成式别業於此村。”

〔8〕段成式有《折楊柳》七首，見《全唐詩》。段在木香村作《楊柳》宮詞，見明周聖楷《楚寶》。

〔9〕小酉山：在今湖南沅陵縣西北。段並未在此隱居。

〔10〕見王應麟《小學紺珠》。

賀盧員外賜緋[1]

雲雨軒懸鶯語新[2]，一篇佳句占陽春。銀黄少年偏欺酒，金紫風流不讓人。連璧坐中斜日滿，貫珠歌裏落花頻。莫辭倒戴吟歸去[3]，明月東山又吐茵[4]。

【校注】

〔1〕《全唐詩》題作“和徐商賀盧員外賜緋”，一作“和徐相公賀襄陽徐副使加章服”。徐商：字秋卿，兩《唐書》有傳，大中十年（856）後鎮襄陽。段此詩當作於大中十三年。

〔2〕軒懸：《周禮·春官·小胥》：“王宮懸，諸侯軒懸。”注：“宮懸四面懸，軒懸去其一面。”本指諸侯三面懸挂樂器。

〔3〕倒戴：《全唐詩》作“倒載”。晋山簡鎮襄陽，喜豪飲，時人爲之歌：“日暮倒載歸”，“倒著白接䍦”。歸去：晋陶潛有《歸去來兮辭》。

〔4〕東山：晋謝安憩息處。吐茵：茵，座墊。據《漢書·丙吉傳》，丙吉馭吏醉酒，嘔吐於丞相車乘的座墊上。

折楊柳〔1〕

枝枝交影鎖長門，嫩色曾沾雨露恩。鳳輦不來春欲盡，空留鶯語到黄昏〔2〕。

水殿年年占早芳，柔條偏惹御爐香。而今萬乘多巡狩，輦路無陰緑草長。

嫩葉初齊不耐寒，和風時拂玉欄干〔3〕。君王去日曾攀折，泣雨傷春翠黛殘。

玉樓烟薄不勝芳，金屋寒輕翠带長。公子驊騮往何處，緑陰堪繫紫遊韁。

微黄纔綻未成陰，繡户珠簾相映深。長恨早梅無賴極，先將春色出前林。

【校注】

〔1〕《全唐詩》一題七首，此處選其前五首，三、四兩首順序顛倒。

〔2〕《全唐詩》注："此篇一作王貞白詩。"第二、三首注同。

〔3〕和風，《全唐詩》作"風和"。

題谷隱蘭若〔1〕

風帶巢熊拗樹聲，老僧相引入雲行。半坡新路畬纔了，一谷寒烟燒不成〔2〕。

【校注】

〔1〕《全唐詩》一作温庭筠詩。《温飛卿詩集箋注》明曾益注："見段成式《絶句辨體》。集以爲庭筠詩，似誤。"《全唐詩·段成式詩》一題三首，此爲其三。谷隱：寺名，在今湖北襄陽南峴山。蘭若：即寺院。

〔2〕路：通"落"。四周以繩圍繞之田稱作"落"。

哭李群玉

酒裹詩中三十年〔1〕，縱横唐突世喧喧。明時不作禰衡死〔2〕，傲盡公卿歸九泉。

【校注】

〔1〕李群玉自唐文宗大和初至唐宣宗大中後期，以詩酒著名凡三十年。

〔2〕禰衡：字正平，漢末名士，有"裸衣駡曹"之舉，後被黄祖殺。

襄陽中堂與妓人賞花戲語嘲之〔1〕

鶯裹花前選孟光，東山逋客酒初狂。素娥畢竟難防備〔2〕，燒得河車莫遣嘗〔3〕。

【校注】

〔1〕《全唐詩》題作“嘲元中丞”，一作“襄陽中堂看花爲憲與妓人戲語嘲之”。按《唐詩紀事》：“襄陽中堂賞花，(繇)與妓人戲語，成式嘲之。”

〔2〕素娥：即素女，古神女名，善房中術。此處指代妓女。

〔3〕河車：道家煉丹術語，稱北方正氣爲河車，稱汞爲姹女，二者陰陽相和，始能成丹。

嘲飛卿〔1〕

醉袂幾侵魚子纈〔2〕，飄纓長罥鳳凰釵。知君欲作《閑情賦》，應願將身作錦鞵〔3〕。

【校注】

〔1〕《全唐詩》一題七首，此爲其二。飛卿：温庭筠字。

〔2〕魚子纈：用染花絲織物做的束髮帶。

〔3〕《閑情賦》：晋陶潜作，賦云：“願在絲而爲履，附素足以周旋。”又温庭筠《錦鞋賦》云：“願綢繆於芳趾。”

桃源僧舍看花

前年帝里探春時〔1〕，寺寺名花我盡知。今日長安滿禾黍，忍能南國對芳枝〔2〕。

【校注】

〔1〕前年：指會昌五年段成式爲京官時。

〔2〕“今日”句：唐武宗會昌五年，敕毁全國佛寺。佛教徒謂之“會昌法難”。禾黍：用《詩·王風·黍離》意。

習　　詔[1]

【校注】

〔1〕《楚風補》原無小傳。詔乃明初人，洪武（1368—1398）中任長樂知縣，有善政，官至兵部郎中。由於編次混亂，錯置唐代。下録二詩未詳出處。

越王臺

峨峨越王臺，上有青松樹。秋草寒不芳，美人化黄土。飄風東南來，山鳥時相語。猶憐蒼石崖，曾灑長安雨。長歌擊唾壺[1]，短舌將誰吐。六合亦已寬，凌風擬高步。

【校注】

〔1〕擊唾壺：晋王敦酒後輒吟曹操《短歌行》："老驥伏櫪，志在千里。烈士暮年，壯心不已。"並以如意擊唾壺爲節，壺口盡缺。見《晋書》。

羅浮山

羅浮山下江天碧，琪樹夜寒秋露滴。銀河倒瀉斗柄横，畫舶獨眠看月色。聞道山中多羽人，藥爐丹竈隨朝曛。截得籠葱紫玉管，碧桃花下吹晴雲。桃花落地蒼苔紫，蕊珠宫前暮烟起。王母雲旗海上來，鶴背松風浩如水。嗟予自是放浪徒，瑶池青鳥應招呼[1]。何當結屋薜蘿上，净掃朱霞觀玉書。

【校注】

〔1〕青鳥：《山海經・大荒西經》："沃之野有三青鳥。"注："皆西王母所使也。"

朱景玄〔1〕

【校注】

〔1〕原無小傳。《全唐詩》小傳載："會昌時人，官至太子諭德。"

半山亭〔1〕

中峰上翠微，窗曉早霞飛。幾引登山屐，春風踏雪歸。

【校注】

〔1〕《全唐詩》未録。

柳　淡[1]

【校注】

〔1〕原誤作“柳談”。即柳中庸，以字行。《新唐書·文藝傳》稍提及，爲蕭穎士之婿。又據《唐詩紀事》及《全唐詩》小傳，淡乃河東人，柳宗元之族，仕爲洪州府曹。

江　行

繁陰乍隱洲，落葉初飛浦。蕭蕭楚客帆[1]，暮入寒江雨[2]。

【校注】

〔1〕蕭蕭，《全唐詩》一作“瀟湘”。

〔2〕“暮入”句，《全唐詩》一作“日暮秋江雨”。

劉　蜕[1]

字復愚，長沙人。唐懿宗咸通間進士[2]。官左拾遺。帝嘗欲以令狐滈爲蜕同官[3]，蜕不可，貶蜕爲山陽令[4]。後寓居潼川。

【校注】

〔1〕劉蜕：兩《唐書·令狐楚傳》附其事迹。有《文泉子》傳世。

〔2〕據《唐摭言》卷二，劉蜕及第在大中四年（850），而非咸通年間（860—874）。

〔3〕令狐滈：唐宣宗時權相令狐綯之子，大中十三年及第，咸通二年遷右拾遺。

〔4〕兩《唐書》記載“貶蜕爲華陰令”。

文冢銘[1]

文冢者，長沙劉蜕復愚爲文，不忍棄其草，聚而封之也。蜕愚而不鋭於用，百工之技，天不工蜕也，而獨文蜕焉。故飲食不忘於文，晦冥不忘於文，悲戚、怨憤、疾病、嬉游、群居、行役，未嘗不以文爲懷也。適當無事而天下將以文爲號，文明代生植明晦皆效文用[2]。故日月星辰，文乎？旂常[3]、昆蟲、鳥獸，文乎？彝器、徐方之土[4]，文於侯社；夏翟之羽[5]，文於旌旄。登龍於章，升玉於藻，百工婦人，雕礱涂湅[6]，以供宗廟祭祀之文，豈獨蜕也。生知效用，不及時文哉！然而意常獲助於天，而不獲助於人，故其雖窮，無恨也[7]。當勤意之時，不敢睫，不敢咳，不敢唾，不敢跛倚[8]；嗜欲躁競，忘之於心。其祇祇畏畏，如臨上帝。故有燦如星光，如貝氣，如蛟宫[9]，如春陽，如華川；逶逶迤迤，則有如海運，如震怒動蕩之水；又有黯如屯雲，如久陰，如枯腐熬燥之色，種種怪異[10]。夫十爲文不得十如意，少如意則豈非天助乎？當欲使天下聞之而必行[11]，觀之而必蹈[12]，散之茫洋以爲道，演之浸淫以及物。然後爲農，文之使風雨以時；兵，文之使戎狄以順[13]。文於野，文於市，使其所隱之士以出[14]。口者使之言，財者使之用[15]。然而自振者無力，終知者甚稀。豈非不獲人助乎！嗚乎！十五年矣，實得二千一百八十紙[16]。有塗者、乙者，有注偕者，有覆背者[17]，有朱墨圈者。於是以《周易》筮之，遇復之同人☰[18]。筮者曰："嗚於地，殷殷隆隆，七日而復，復來而天下昭融乎。"他日更召龜而合，將聽襲吉[19]。卜於火，如秦兆，惟曰不吉；卜於水，不成乎河洛兆，則亦惟曰不吉；卜於木而悶悶；土，協吉[20]。纍纍爲冢，則汲之兆乎[21]？峭峭爲壁，則魯之兆乎[22]？且其占曰：土之文，爲山河，爲華英，不崩不竭，爲滋味而傳乎？結爲丘陵，爲其設險乎？融爲川瀆，率其朝宗乎？華爲百穀，以潔祭祀之粢盛乎[23]？化爲塗泥，爲陶甄以作器乎？將塊爲五色而茅社分封乎[24]？流於樂爲土鼓，爲竹桴以洩其和聲乎[25]？平爲都邑，以興宫廟乎[26]？坎爲洿池，以澤生殖乎？祀爲壇竈乎？穿爲井墓乎？吾皆不得而知也。當既不爲吾用，惟速化爲百工之用。慎無朽爲芝菌，以怪人自媚；慎無堅爲金鐵，以作貨起争；慎無滴爲醴泉[27]，以味乎讒口[28]；慎無禱爲城社，以狐鼠憑妖；慎無聳爲良材，以雕斲斫傷性；慎無萌爲蘭藻[29]，以佩服見褻[30]。嗚乎！介而爲石，使之能言；舒而爲螾，使之飲泉。既而他年遊魂之未返者，亦命巫師而吊，三召之號曰：在天闕而來歸兮[31]，掩爲塵垢[32]。在耳目而來則兮[33]，忘視汝醜[34]。在口吻而來歸兮，譽不汝久。意筆絶之年而麟見祟[35]，文其無祟乎？含非珠玉，斂無裙襦。後世《詩》《禮》之儒，無驚吾之幽墟。其冢也，在莽蒼之野，大塊之丘。時有唐大中丁卯而戊辰之秋[36]。銘曰：

文乎文乎，有鬼神乎？風水惟貞，將利其子孫乎？

【校注】

〔1〕《全唐文》卷七百八十七題作"梓州兜率宫文冢銘"。

〔2〕植，《全唐文》作"殖"。

〔3〕旂常：古代諸侯用於紀功授勛儀制之旗名。

〔4〕彝器：古代青銅祭器的通稱。徐方：《詩·大雅·常武》："四方既平，徐方來庭。"

〔5〕夏翟：五色謂夏，長毛野鷄謂翟。

〔6〕涂湅，《全唐文》作“染練”。

〔7〕此句《全唐文》作“故其窮，雖窮無憾矣”。

〔8〕跛倚：偏倚，坐立不正。

〔9〕《全唐文》“蛟宫”下有“之水”二字。

〔10〕“如春陽”至“種種怪異”數句，《全唐文》作“又有暗如屯雲，如久陰，如枯腐熬躁之色；則有如春陽，如華川；逶逶迤迤，則有如海運，如震怒動蕩怪异”。

〔11〕當，《全唐文》作“帝”。

〔12〕覿，《全唐文》作“睹”。

〔13〕戎狄，《全唐文》作“戎虜”。

〔14〕此句《全唐文》作“使得其所，幽隱之士以出”。

〔15〕財，《全唐文》作“材”。

〔16〕《全唐文》作“二千七百八十紙”。

〔17〕注偕，注釋與正文串在一起，《全唐文》誤作“注楷”。“覆背”，《全唐文》此二字前有“有”字。

〔18〕《全唐文》此句無卦象。

〔19〕合，《全唐文》作“令之”。襲吉：指龜紋合成的吉象；襲：合也。

〔20〕《全唐文》作“卜於土而闞之，叶吉”。

〔21〕汲：汲冢，晋汲郡人不準發戰國魏襄王墓，内有竹書數車。見《晋書·束晳傳》。

〔22〕魯壁：指山東曲阜孔子故宅之壁。漢孔安國《尚書傳》云，魯共王壞孔子舊宅，於壁中得先人所藏古書。

〔23〕粢盛：指盛在祭器内的黍稷等穀類祭品。《全唐文》此下尚有：“不然，使其速腐爲墟壤，生刍藁以食牛羊乎？”

〔24〕五色：《尚書·禹貢》：“厥貢惟土五色。”

〔25〕竹桴，《全唐文》作“塊桴”。

〔26〕《全唐文》“平”作“夷”，無“乎”字。

〔27〕滴,《全唐文》作“潏”。潏:涌也。

〔28〕讒,《全唐文》作“諂”。

〔29〕藻,《全唐文》作“莅”。

〔30〕褻,《楚風補》原作“藝”,從《全唐文》改。

〔31〕天,《全唐文》作“幾”。

〔32〕掩,《全唐文》作“奄”。

〔33〕則,《全唐文》作“歸”。

〔34〕忘視,《全唐文》作“奄視聽”。

〔35〕意,《全唐文》作“噫”。筆絶:孔子作《春秋》“絶筆于獲麟”,見《左傳》哀公十四年及杜預注。

〔36〕大中丁卯:唐宣宗大中元年(847)。戊辰:大中二年。而:至。

吊屈原詞[1]

招湘靈兮澄瀾渚,雲蔽烟沉兮明月之浦。唱宵歌兮撫雲鐺,擊鳴榔兮薦清醑。鸞去鳳飛兮雲不歸,九疑叠翠兮横湘[2],潔桂席兮紉蘭芳[3]。霞爲裳兮瓊爲珮,舉雲旗兮持風旛。若有來兮窸窣,撤懸珂兮珊珊[4]。

【校注】

〔1〕《全唐文》卷七百八十九題作“吊屈原辭”,共三章並序。此章題爲“招帝子”,此録多改删。

〔2〕《全唐文》“横湘”後有“雨”字,下接“颯輕飀兮揚微波,激楚怨兮下湘娥,緝荷蘭兮集雲壇”。

〔3〕紉蘭芳,《全唐文》作“紉芳蘭”,一作“奠椒蘭”。

〔4〕撤,《全唐文》作“敲”。句末原注:“以下句闕。”

胡　曾

邵陽人[1]。天復間應舉不第[2]。高駢鎮四川[3]，乃置門下，自是箋奏皆出曾手。著有《安定集》及《咏史詩》[4]。

【校注】

〔1〕《楚寶》引《寶慶縣志》謂“邵陽秋田鄉人”。

〔2〕此處言胡曾“天復間應舉不第”，誤。《直齋書録解題》《唐詩紀事》《唐才子傳》《楚寶》皆云“咸通中舉進士不第”。

〔3〕高駢：兩《唐書》有傳。其鎮蜀在乾符初。

〔4〕《新唐書・藝文志》：“《安定集》十卷。”《直齋書録解題》：“唐邵陽胡曾《咏史詩》三卷，凡一百五十首。”

寒食都門[1]

二年寒食住京華，寓目春風萬萬家。金絡馬銜原上草，玉釵人折路傍花[2]。軒車競出紅塵合，冠蓋争回白日斜。誰念都門兩行泪，故園寥落在長沙。

【校注】

〔1〕《全唐詩》題作“寒食都門作”。

〔2〕釵，《全唐詩》作“顔”，一作“釵”。

交河塞下曲

交河冰薄日遲遲，漢將思家感别離。塞北草生蘇武泣，隴西雲起李陵悲。曉侵埤堄烏先覺，春入關山雁獨知。何處疲兵心最苦，夕陽樓上笛聲時。

獨不見

玉關一自有氛埃，年少從軍竟未回。門外塵凝張樂榭，水邊香滅按歌臺。窗殘夜月人何處，簾卷春風燕復來。萬里寂寥音信絶[1]，寸心争忍不成灰。

【校注】

〔1〕絶，《全唐詩》一作“斷”。

薄命妾[1]

阿嬌初失漢皇恩，舊賜羅衣亦罷熏。倚枕夜悲金屋雨，卷簾朝泣玉樓雲。宫前葉落鴛鴦瓦，架上塵生翡翠裙。龍騎不巡時漸久，長門空掩緑苔紋[2]。

【校注】

〔1〕即《妾薄命》，樂府雜曲歌辭名，多寫怨女棄婦。

〔2〕空，《全唐詩》一作“長”。

石　　城[1]

古郢雲開白雪樓，漢江還繞石城流。何人知道寥天月，曾向朱門送莫愁[2]。

【校注】

〔1〕題下原注：“在安陸府城西北。以下皆咏史。”

〔2〕《唐書·樂志》：“《莫愁樂》者，出於《石城樂》。石城有女子名莫愁，善歌謡。”

居　延[1]

漢漠平沙際碧天，問人云此是居延。停驂一顧猶魂斷，蘇武争禁十九年[2]。

【校注】

〔1〕居延：在今内蒙古自治區額濟納旗西北。

〔2〕争禁，《楚風補》原作“曾經”，從《全唐詩》改。

沛　宫

漢高辛苦事干戈，帝業興隆俊杰多。猶恨四方無壯士，還鄉悲唱大風歌。

宜　昌[1]

夷陵城闕倚朝雲[2]，戰敗秦師縱火焚。何事三千珠履客，不能西禦武安君[3]。

【校注】

〔1〕《全唐詩》題作“夷陵”。宜昌爲楚先王夷陵墓地舊址。楚頃襄王三十一年，秦將白起攻敗楚軍，燒夷陵。

〔2〕朝雲：即朝雲觀，傳説楚王夢神女而建。

〔3〕三千珠履客：楚春申君養客三千餘人，其上客皆躡珠履。見《史記·春申君傳》。武安君：秦將白起的封號。

東　晋

石頭城下浪崔巍，風起聲疑出地雷。何事苻堅太相小，欲投鞭策過江來[1]。

【校注】

〔1〕"何事"二句：《晋書·苻堅紀下》："堅曰：以吾之衆旅，投鞭於江，足斷其流。"

李陵臺

北入單于萬里疆，五千兵敗滯窮荒。英雄不分蠻夷死，更築高臺望故鄉。

漢　宫

明妃遠嫁泣西風〔1〕，玉筯雙垂出漢宫〔2〕。何事將軍封萬户，却教紅粉爲和戎。

【校注】

〔1〕明妃：即昭君，姓王名嬙，漢元帝宫人，嫁匈奴呼韓邪單于以和親。

〔2〕玉筯：代指兩行眼泪。

滹沱河〔1〕

光武經營業未興，王朗兵革正憑陵。須知後漢功臣力，不及滹沱一片冰。

【校注】

〔1〕《後漢書·光武帝紀上》載，更始二年（24）正月，光武帝劉秀以王朗新盛，乃北循薊。王朗移檄購光武十萬户。光武陷於饒陽城中，後逃出，蒙犯霜雪。至滹沱河，無船，適遇冰合，乃得過。未畢而數車陷。

軒轅臺〔1〕

五月扁舟過洞庭，魚龍吹浪水雲腥。軒轅黄帝今何在，回首巴山蘆葉青。

【校注】

〔1〕題下原注："在君山。" 傳爲黄帝遺迹。《全唐詩》題作"洞庭"。

章華臺〔1〕

茫茫衰草没章華，因笑靈王昔好奢。臺土未乾簫管絶，可憐身入野人家。

【校注】

〔1〕題下原注："在荆州府。" 章華臺：楚靈王造。靈王爲政昏殘，國人苦役。終至衆叛親離，逃至山中，自縊於芋尹申亥家。

薛　濤〔1〕

萬里樓臺女校書〔2〕，琵琶花下閉門居。掃眉才子知多少，管領春風總不如。

【校注】

〔1〕《全唐詩》題作"贈薛濤"，注："一作王建詩。" 按應作王建詩，見《王仲初集》，題作"寄蜀中薛濤校書"。薛濤（770—832）：中唐著名女詩人，幼隨父宦遊於成都，居於浣花溪。與當時文人多有唱和。

〔2〕樓臺，《全唐詩》作"橋邊"。

高陽池〔1〕

古人未遇即啣杯，所貴愁腸得酒開。何事山公持玉節，等閑深入醉鄉來。

【校注】

〔1〕高陽池：晋山簡鎮襄陽，每臨習家池，置酒輒醉，謂“此是我高陽池也”。

淚鶴亭〔1〕

陸機西没洛陽城，吴國春風草又青。惆悵月中千歲鶴，夜深猶自唳華亭。

【校注】

〔1〕原注：“在松江府城西。”《全唐詩》題作“華亭”。《世説新語·尤悔》：“陸平原河橋敗，爲盧志所讒，被誅。臨刑嘆曰：‘華亭鶴唳，可復得乎？’”華亭：在今浙江嘉興。

嗚咽泉〔1〕

舉國賢良盡泪垂，扶蘇屈死樹邊時。至今谷口泉嗚咽，猶似當時恨李斯〔2〕。

【校注】

〔1〕《全唐詩》題作“殺子谷”。原注：“在綏德州，秦扶蘇死處。”

〔2〕當時,《全唐詩》作“秦人”，一作“當時”。

西　園〔1〕

月滿西園夜未央，金風不動鄴天凉。高情父子多秋興，更領詩人入醉鄉。

【校注】

〔1〕原注：“在鄴縣。”西園：曹操所建，在鄴都（今河北臨漳縣北）。

箕　　山[1]

寂寂箕山春復秋，更無人到此溪頭。棄瓢岩畔中宵月，千載空聞屬許由。

【校注】

〔1〕箕山：相傳爲堯時許由避世隱居處。見嵇康《高士傳》。

蒼　　梧

有虞龍駕不須還[1]，空委簫韶洞府間[2]。無記得知陵寢處，愁雲常滿九疑山。

【校注】

〔1〕不須，《全唐詩》作“不西”。

〔2〕洞府，《全唐詩》作“洞壑”。

東　　海

東巡玉輦委泉臺[1]，徐福樓船尚未回[2]。自是祖龍先下世，不關無路到蓬萊[3]。

【校注】

〔1〕東巡：秦始皇二十八年，始皇東行郡縣。

〔2〕徐福：秦時方士，上書秦始皇，言海中有三仙山，因入海求仙不返。

〔3〕祖龍：指秦始皇。

汾　　州[1]

千里長河一旦開，亡隋波浪九天來。錦帆未落干戈起，惆悵龍舟更不回。

【校注】

〔1〕《全唐詩》題作“汴水”。

李　沆[1]

字東濟，江夏人。鄘之孫[2]，磎之子也[3]。有俊才[4]。

【校注】

〔1〕見兩《唐書·李鄘傳》附。

〔2〕李鄘：唐憲宗時丞相。李沆爲其曾孫。

〔3〕李磎：唐昭宗乾寧初爲相，尋爲王行瑜所殺。李沆同時被害。

〔4〕《全唐詩》李沆小傳："行瑜敗，贈禮部員外郎。"

秋霖歌

西方龍兒口猶乳，初解驅雲學行雨。縱恣群陰駕老虬，勺水蹄涔盡奔注。葉破苔黄未休滴，膩光透長庭莎色[1]。恨無長劍一千仞，割斷頑雲看晴碧[2]。

【校注】

〔1〕庭，《全唐詩》作"狂"。

〔2〕割，《全唐詩》作"劃"。

曹　松[1]

字夢徵，衡陽人[2]。天復初進士[3]，官校書郎。初學賈島爲詩。有集三卷[4]。

【校注】

〔1〕事見《唐詩紀事》《唐才子傳》。

〔2〕《唐詩紀事》謂“舒州人”。

〔3〕《唐詩紀事》曰：“天復初，杜德祥主文，放松……等及第，年皆七十餘，時號五老榜。”

〔4〕《新唐書·藝文志下》：“曹松詩集三卷。”

青龍寺贈雲顥法師

紫檀衣且香，春殿日尤長。此地開新講，何人鎖舊房。僧名喧北闕，祖印續南方[1]。莫惜青蓮喻，秦人聽未忘。

【校注】

〔1〕祖：《全唐詩》作“師”下注“一作祖”。“祖印”句：用六祖慧能傳五祖弘忍衣鉢，在南方韶州曹溪廣果寺成爲“南宗”故事，見《景德傳燈録》，贊雲顥法師承南宗傳經布道。

山　中

此地似商嶺[1]，雲霞空往還。衰條難定鳥，缺月易依山。野色耕不盡，溪容釣自閑。分因多卧退，百計少相關。

【校注】

〔1〕商嶺：即商山。

金陵道中寄友人[1]

忍苦待知音，無時省廢吟。始爲分路客，莫問向隅心。嶠翠藏幽瀑，枝風下曉禽。憶君秋欲盡，馬上秣陵砧。

【校注】

〔1〕《全唐詩》題作“金陵道中寄”。

送左協律京西從事[1]

辟書來幾日，遂喜就嘉招[2]。猶向風沙淺，非干甸服遥[3]。時平無探騎，秋盡見盤鵰[4]。若遣關中使，煩君問寂寥。

【校注】

〔1〕協律：協律都尉或協律郎的簡稱，掌管音樂的官員。

〔2〕遂喜，《全唐詩》一作“逐意”。

〔3〕甸眼：古代王畿外圍分爲五服。此指邊遠處。

〔4〕盡，《全唐詩》作“静”。

貽住山僧

罷講巡岩塢，無窮得野情。臘高猶伴鹿，夏滿不歸城。雲朵緣崖發，峰陰截水清。自然雙洗耳，唯任白毫生[1]。

【校注】

〔1〕白毫：《法華經句解一序品》：“佛眉間白毫放光。”白毫生即得道成佛之意。

與胡汾坐月期貫休上人不至[1]

掃庭秋漏滴，接話貴忘眠。静夜人相語，低枝鳥暗遷。星圍南極定，月照斷河連。後會花宫子[2]，應開石上禪。

【校注】

〔1〕胡汾，《全唐詩》作“胡玢”，一作“胡汾”；《唐詩紀事》簡載其事。貫休（832—913）：唐詩僧，蘭溪人，俗姓姜，字德隱，號禪月大師，工詩、書、畫。

〔2〕花宫子，《佩文韵府》所引作“花官子”。

古　冢

代遠已難問，纍纍次古城。民田侵不盡，客路踏還平。作穴蛇分蟄，依岡鹿繞行。惟應風雨夕，鬼火出林明。

立　春[1]

春日一杯酒，便吟春日詩[2]。木梢寒未覺，地脈暖先知。鳥囀星沉後，山分雪薄時。寧無剪花手，贈與最芳枝[3]。

【校注】

〔1〕《全唐詩》題作“立春日”。

〔2〕日，《全唐詩》作“飲”，一作同此。

〔3〕“寧無”二句，《全唐詩》作“賞心無處説，悵望曲江池”。一作同此。

商山夜聞泉

瀉月聲未斷，坐來心益閑。無人知落處，萬木冷空山。遠憶雲容外，幽疑石縫間。那辭通曙聽，明日度藍關。

贈衡山麋明府

爲縣瀟湘水[1]，門前樹配苔。晚吟公籍少[2]，春醉積林開。滌硯松香起，擎茶岳影來。任官當此境，更莫夢天台。

【校注】

〔1〕爲縣：作縣官。

〔2〕公籍：官務、簿籍之事。

岳麓寺[1]

海雲山上寺，每到每開襟。萬木長不住，細泉聽更深。蜩沾高雨斷，鳥過夕陽沉[2]。此地良宵月，長懷隔楚砧。

【校注】

〔1〕《全唐詩》題作“題湖南岳麓寺”。

〔2〕過，《全唐詩》作“遇”。

喜友人歸上元别業

一檣千里外，隱者興宜孤。落日長邊海，秋風滿故都。掩關苔色老，盤徑葉聲枯。匡岳來時過，遲回絶頂無。

哭陳陶處士[1]

園裏先生冢，鳥啼春更傷。空餘八封樹，尚對一茅堂。白日埋杜甫，皇天無耒陽[2]。如何稽古力，報答甚茫茫。

【校注】

〔1〕陳陶：字嵩伯，晚唐詩人，生卒年不詳，大中間遊學長安。

〔2〕耒陽：在湖南。杜甫避亂往郴州依舅氏崔偉，行至耒陽卒。

陪湖南李中丞宴隱溪[1]

竹林啼鳥不知秋[2]，羅列飛橋水亂流。飄散柳絲回玉勒[3]，約開蓮葉上蘭舟。酒邊舊侶真何遜，歌裏新聲是莫愁。若值主人嫌晝短，應陪秉燭夜深遊。

【校注】

〔1〕李中丞，《全唐詩》題下注“璋”字。李璋：曾兼御史中丞銜任湖南觀察使。兩《唐書》有傳。

〔2〕秋，《全唐詩》作“休”，一作“秋”。

〔3〕飄，《全唐詩》作“觸”，一作“飄”。

江西逢僧省文[1]

高僧不負雪峰期[2]，却伴青霞入翠微。七葉岩前霜欲降[3]，九枝松上鶴初歸。風生碧澗魚龍躍，威振金樓燕雀飛[4]。想得白蓮花上月，滿山猶帶舊光輝。

【校注】

〔1〕《全唐詩》一題二首，此爲其二。省文：閩僧。

〔2〕雪峰（823—909）：字義存，唐懿宗咸通間在福州雪峰山創禪院，廣開法席。見《景德傳燈録》。

〔3〕七，《全唐詩》作“百”，一作“七”。

〔4〕威，《全唐詩》一作“錫”。

南海旅次

憶歸休上越王臺，歸思臨高不易裁。爲客正當無雁處[1]，故園誰道有書來。城頭早角吹霜盡，郭外殘潮帶月回[2]。心似百花開未得，年年争發被春催。

【校注】

〔1〕當,《全唐詩》一作"逢"。

〔2〕帶,《全唐詩》作"蕩",一作"帶"。

晨　起

曉色教不睡，卷簾清氣中。林殘數枝月，髮冷一梳風[1]。

【校注】

〔1〕《全唐詩》此後尚有四句:"並鳥含（一作聞）鐘語，倚荷隔霧空。莫疑（一作徒）營白日，道路本無窮。"

春　草

不獨滿池塘[1]，夢中佳句香[2]。春風有餘力，引上古城墻。

【校注】

〔1〕謝靈運《登池上樓》:"池塘生春草，園柳變鳴禽。"爲此句所本。

〔2〕據《詩品》引《謝氏家録》，謝靈運因夢見謝惠連而得"池塘"佳句。

己亥歲[1]

澤國江山入戰圖，生民何計樂樵蘇[2]。憑君莫話封侯事，一將功成萬骨枯。

【校注】

〔1〕《全唐詩》一題二首，此爲第一首。題下注"僖宗廣明元年"。是年唐朝廷正忙於調集兵將鎮壓黄巢起義。

〔2〕蘇,《全唐詩》一作“漁”。

贈廣宣大師

憶昔同遊紫閣雲，別來三十二回春。白頭相見雙林下[1]，猶是清朝未退人。

【校注】

〔1〕雙林：即娑羅雙樹，爲釋迦牟尼入滅處，此稱佛地。

皮日休[1]

字襲美[2]，襄陽人。以詩文著。隱鹿門山中，自號間氣布衣[3]。性耽酒，自稱醉士，又曰酒民。咸通中射策不第[4]，退歸次其文，名《文藪》。作《憂賦》《河橋》《霍山》《桃花》諸賦，《九諷》《十原》《補周禮》《九憂》《春秋决疑》[5]《鹿門隱書》十篇及《松陵唱和》諸集[6]。後爲黄巢所殺[7]。

【校注】

〔1〕此處小傳主要據《皮子文藪》，並雜采諸書。

〔2〕一字逸少。

〔3〕間氣：讖緯術語。《春秋演孔圖》："正氣爲帝，間氣爲臣。"

〔4〕事見《皮子文藪·序》。

〔5〕以上皆見《皮子文藪》，唯《九憂》作《九夏歌》。

〔6〕《鹿門隱書》：《新唐書·藝文志》作《皮氏鹿門家鈔》。《松陵唱和集》：爲皮日休與陸龜蒙唱和集。

〔7〕皮日休死因無定考。一説黄巢義軍入長安，以皮日休爲翰林學士，後以譏刺被殺。一説巢敗後皮被誅。此處從前説。

入林屋洞[1]

齋心已三日[2]，筋骨如烟輕。腰下佩金獸，手中持火鈴。幽塘四百里，中有日月精。連亘三十六，各各爲玉京。自非心至誠，必被神物烹。顧余慕大道，不能惜微生。遂招放曠侶，同作幽憂行。其門纔函丈，初若盤薄硎。洞氣黑昳肮[3]，苔髮紅鬡鬇[4]。試足植坎窞[5]，低頭避峥嶸。攀緣不知倦，怪異焉敢驚。匍匐一百步，稍稍策可横。忽然白蝙蝠，來撲松炬明。人語散澒洞，石響高玲玎。脚底龍蛇氣，頭上波浪聲。有時若服匿[6]，偪仄如見繃。俄爾造平澹，豁然逢光晶。金堂似鑄出[7]，玉座如琢成。前有方丈沼，凝碧融人情。雲漿湛不動，璚露涵而馨。漱之悲減算〔8〕，酌之必延齡。愁爲三官責，不敢携一甎。昔云夏后氏，於此藏真經〔9〕。刻之以紫琳，秘之以丹瓊。期之以萬祀，守之以百靈。焉得彼丈人〔10〕，竊之不加刑。石匱一以出，左柙俄不扃〔11〕。禹書既云得，吴國由是傾〔12〕。薜縫纔半尺，中有怪物腥。欲去既嘍嘈，將回又伶俜。却遵舊時道，半日出杳冥。屨泥惹石髓，衣濕沾雲英。玄籙乏仙骨，青文無絳名〔13〕。雖然入陰宫，不得朝上清。對彼神仙窟，目厭溺俗形。却憎造物者，遣我騎文星。

【校注】

〔1〕林屋洞：在江蘇蘇州洞庭西山（古稱包山），周回四百里。道教列爲十大洞天之九，名左神幽墟之天。此詩屬《太湖詩》二十首之一。

〔2〕齋心：清心寡欲。

〔3〕昳、眏：原注："音叱。""音玦。"昳眏，謂黑暗，看不清貌。

〔4〕鬖鬖：毛髮紛亂貌。

〔5〕植，《全唐詩》作"值"。

〔6〕服匿：古時盛酒酪的器具，小口大腹方底。此以喻洞穴。

〔7〕鑄，《全唐詩》作"鐫"。

〔8〕悲，《全唐詩》作"恐"。減算：縮短壽命。

〔9〕"昔云"二句：夏后氏：指禹。據《抱朴子》，吴王伐石治宫室，得紫文金簡書，問於孔子，曰："此乃靈寶之方，長生之法，禹之所服，隱在水邦。"

〔10〕丈人：即龍威丈人，詳下。

〔11〕柙，《全唐詩》作"神"。誤。

〔12〕"禹書"二句：《詩紀》引《靈寶要略》曰："吴王出遊觀震湖，龍威丈人名隱居。北上包山入靈墟，乃造洞庭竊玉書。天帝大文不可舒，此文長傳六百初，今强取出喪國廬。"言吴王得禹書而亡國。又楊慎《古今風謡》："禹得金簡玉字書，藏洞庭包山湖。"

〔13〕玄籙、青文：均指仙人簿籍。絳名：指仙名。古稱神仙府爲絳府。

遊西霞寺

不見明居士，空山但寂寥。白蓮吟次缺，香靄坐來銷。泉冷無三伏，松枯有六朝。何時石上月，相對論逍遥。

奉和送羊振文先輩往桂陽歸覲

桂陽新命下丹墀[1]，彩服行當欲雪時。登第已聞傳禰賦，問安猶聽講韓詩。竹人臨水迎符節[2]，風母穿雲避信旗[3]。無限湘中悼騷恨，憑君此去謝江蘺。

【校注】

〔1〕丹墀，《全唐詩》作“彤墀”，意同。

〔2〕《全唐詩》“竹人”下注：“曹昆《湘中賦》云‘篔簹中實，内有實，狀如人也’。”

〔3〕《全唐詩》“風母”句下注：“桂陽山中有風波獸，擊殺，見風輒活。”

寄瓊州楊舍人[1]

德星芝彩瘴天涯[2]，酒樹堪消謫宦嗟[3]。行遇竹王因設奠[4]，居逢木客又遷家[5]。清齋净溲桄榔麵[6]，遠信閑封荳蔻花。親切會須歸有日[7]，莫貪句漏足丹砂[8]。

【校注】

〔1〕瓊州：唐代州名，在今海南島。

〔2〕芝，《全唐詩》作“芒”。德星：《异苑》：“陳仲弓從諸子侄造荀季和父子，於時德星聚。太史奏五百里内有賢人聚。”

〔3〕酒樹：即椰樹，其花汁可製酒。

〔4〕竹王：漢時夜郎王。據《异苑》載，有一女子浣於水濱，大竹流入足

間，内有兒啼聲，取而養大，遂稱雄夷狄，夜郎人尊爲竹王。

〔5〕木客：傳爲山中怪獸，形頗似人，爪如鉤。見《太平御覽》卷八八四引晋鄧德明《南康記》。又據《初學記》引《異物志》，木客可化爲鳥，“大如鵲，千百爲群，不與衆鳥相廁”。

〔6〕溲：浸，調合。桄榔麵：用桄榔樹莖浸取的澱粉狀物。

〔7〕親，《全唐詩》作“清”。

〔8〕句漏：山名，在今廣西北流，晋葛洪聞其地多丹砂，乃求爲句漏令。

重玄寺元達年逾八十，好種名藥，凡所植至自天台、四明、包山、句曲，叢萃紛揉，各可指名。余奇而訪之，因題二章[1]

雨滌烟鋤傴僂齎[2]，紺牙紅甲兩三畦。藥名却笑桐君少[3]，年紀翻嫌竹祖低。白石静敲蒸術火，清泉閑洗種花泥。怪來昨日休持鉢，一尺雕胡似掌齊。

香蔓蒙蘢覆昔邪[4]，檜烟杉露濕袈裟。石盆換水撈松葉，竹徑還床避筍芽。藜杖移時挑細藥，銅瓶盡日灌幽花。支公謾道憐神駿[5]，不及今人種一麻。

【校注】

〔1〕《全唐詩》題中“凡所植”下有“者多”二字；“紛揉”作“紛糅”。

〔2〕傴僂齎：《全唐詩》一作“偃破籬”。

〔3〕桐君：黄帝時醫師，相傳曾結廬於浙江桐廬縣東山桐樹下，識草木金石之性。

〔4〕昔邪：即烏韭，生於舊屋頂上的一種苔類。

〔5〕支公：即支遁（314—366）：字道林，東晋高僧，《世説新語》載其好馬、好鶴事。

重送圓載上人歸日本國[1]

雲濤萬里最東頭，射馬臺邊玉署秋[2]。無限屬城爲躶國[3]，幾多分界是亶州[4]。取經海底開龍藏，誦咒空中散蜃樓。不奈此時貧且病，乘桴直欲伴師遊。

【校注】

〔1〕《全唐詩》有《送圓載上人歸日本國》及《重送》，此即後者。

〔2〕射馬臺：《全唐詩》句下原注："射馬臺即今王城也。"

〔3〕躶國：本指南方蠻夷之國，有躶身之俗。此處指日本，當時其俗無冠，跣足。

〔4〕亶州：據《史記正義》引《括地志》，徐福帶童男女數千人入海求仙，止於亶州，即今之日本。《全唐詩》原注："州在會稽海外，傳是徐福之裔。"

鴛　鴦[1]

雙絲絹上爲新樣，連理枝頭是故園。翠浪萬回全過影，玉沙千處共栖痕。若非足恨佳人魄，即是多情年少魂。應念孤飛争别宿，蘆花蕭颯雨昏昏。

鈿鎞雕鏤費深功，舞妓衣邊繡莫窮。無日不來湘渚上，有時還在鏡湖中。烟濃共拂芭蕉雨，浪細雙遊菡萏風。應笑豪家鸚鵡伴，年年徒被鎖金籠。

【校注】

〔1〕《全唐詩》題作"鴛鴦二首"。

送從弟皮崇歸復州[1]

羡爾優游正少年，竟陵風月似吴天[2]。車螯近岸無妨取，舴艋隨風不費牽。處處路傍千頃稻，家家門外一渠蓮。殷勤莫笑襄陽住，爲愛南溪縮項鯿[3]。

【校注】

〔1〕《全唐詩》“皮”字下注“一本無此字”。

〔2〕風，《全唐詩》作“烟”，下注“一作風”。

〔3〕縮項鯿：一種肉肥味美的魚。《襄陽耆舊傳》：“漢中鯿魚甚美，常禁人捕，以槎斷水，因謂之槎頭縮項鯿。”

習池晨起[1]

清樹蕭森載酒來，凉風相引繞亭臺。數聲翡翠背人去，一沼芙蓉含日開[2]。菱葉深深埋釣艇，魚兒漾漾逐流杯。竹屏風下登山屐，十宿高陽忘却回。

【校注】

〔1〕習池：又稱高陽池，漢侍中習鬱所建，爲襄陽勝景。

〔2〕沼，《全唐詩》作“番”，下注“一作朵”。

病孔雀

烟花難媚思沉冥[1]，猶自擡頭護翠翎。强聽紫簫如欲舞[2]，困眠紅樹似依屏。因思桂蠹傷肌骨[3]，爲憶松鵝換性靈[4]。盡日春風吹不起，鈿毫金縷一星星。

【校注】

〔1〕難，《全唐詩》作“雖”。

〔2〕“强聽”句：《神仙傳》：“簫史吹簫，常致孔雀。”

〔3〕桂蠹：東方朔《七諫》王逸注：“桂蠹，以喻食禄之臣也。”

〔4〕换，《全唐詩》作“損”，下注“一作换”。

西塞山泊漁家

白綸巾下髮如絲，静倚楓根坐釣磯。中婦桑村挑葉去，小兒沙市買簑歸。雨來蒓菜流船滑，春後鱸魚墜釣肥。西塞山前終日客，隔波相羡盡依依。

襄州春遊

信馬騰騰觸處行，春風相引與詩情。等閑遇事成歌咏，取次衝筵隱姓名[1]。映竹認人多錯誤[2]，透花窺鳥最分明。岑牟單絞何曾著，莫道猖狂似禰衡[3]。

【校注】

〔1〕取次：任意。

〔2〕映竹，《全唐詩》作“映柳”，一作同此。

〔3〕岑牟：絹制帽，鼓角吏所戴。單絞：蒼黄色單衣。禰衡曾如此裝束。見《後漢書》本傳引《文士傳》。

寄題羅浮軒轅先生所居

亂峰四百三十二[1]，欲問徵君何處尋[2]。紅翠數聲瑶室響[3]，真檀一炷石樓深。山都遣負沽來酒，樵客容看化後金。從此謁師知不遠，求官先有葛洪心[4]。

【校注】

〔1〕四百三十二，原注：“羅浮山峰數。”

〔2〕徵君：對不就朝廷徵召者的敬稱。

〔3〕紅翠，《全唐詩》原注：“山鳥名。”瑶室，《全唐詩》原注：“山有璇房瑶室七十有二。”

〔4〕葛洪心：葛洪聞勾漏有丹砂，因求爲勾漏令，見《晋書》本傳。

秋晚自洞庭湖别業寄穆秀才

破村寥落過重陽，獨自攖寧葺草房。風撦紅蕉仍换葉，雨霖黄菊不成香。野猿偷栗重窺户，落雁疑人更繞塘。他日若修耆舊傳，爲予添取此書堂。

夏景冲澹偶然作[1]

一室無喧事事幽，還如貞白在高樓。天台畫得千回看，湖目芳來百度遊[2]。無限世機吟處息，幾多身計釣前休。他年謁帝言何事，請贈劉伶作醉侯。

【校注】

〔1〕《全唐詩》一題二首，此爲第二首。

〔2〕湖目，原注："蓮子也。"《全唐詩》注同。

夏景無事因懷章來二上人[1]

佳樹盤珊枕草堂[2]，此中隨分亦閑忙。平鋪風簟尋琴譜，静掃烟窗著藥方。幽鳥見貧留好語，白蓮知卧送清香。從今有計消閑日，更爲支公置一牀[3]。

【校注】

〔1〕《全唐詩》一題二首，此第二首。

〔2〕盤珊：婆娑貌。

〔3〕支公：晋高僧支遁。

題潼關蘭若[1]

潼關罷警有招提[2]，近百年無戰馬嘶。壯士不言三尺劍[3]，謀臣休道一丸泥[4]。昔時馳道洪波上，今日宸居紫氣西[5]。關吏不勞重借問，棄繻生擬入耶溪[6]。

【校注】

〔1〕蘭若：梵文“阿蘭若”的略語，即寺廟。

〔2〕招提：梵語，借稱寺廟。

〔3〕三尺劍：《史記·高祖本紀》：“吾以布衣提三尺劍取天下。”

〔4〕一丸泥：《東觀漢記》：“囂將王元説囂曰：元請以一丸泥爲大王東封函谷關。”

〔5〕紫氣西：《列仙傳》：“老子西游，關令尹喜望見有紫氣浮關，而老子果乘青牛而過也。”

〔6〕棄繻：用終軍事，見前。耶溪：即若耶溪，在浙江紹興若耶山下。

諫議以罷郡將歸，以六韵賜示，因佇酬獻

欲下持衡詔，先容解印歸。露濃春後澤，霜薄霽來威。舊化堪治疾，餘恩可療饑。隔花攀去棹，穿柳挽行衣。佐理能無取，酬知力甚微。空將千感泪，異日拜黄扉[1]。

【校注】

〔1〕黄扉：宰相官署。

春夕酒醒

四弦纔罷醉蠻奴，醽醁餘香在翠爐[1]。夜半醒來紅蠟短，一枝寒泪作珊瑚。

【校注】

〔1〕醽醁，《全唐詩》作“酃渌”。

崔　涯[1]

楚之狂生[2]。涯妻雍氏，雍秘校之女[3]。夫婦相歡，而涯不禮其妻父。妻父不平，奪其女爲尼。涯不得已，爲詩留别其妻[4]。少與張祜齊名，嘗嘲妓李端端[5]。李再拜戰惕曰："妾祇候三郎、六郎[6]，伏望哀之。"因而重贈一絶句[7]，於是大賈居豪競臻其户。或戲之曰："李家娘子，纔出墨池，便登雪嶺。"又雜嘲二首云[8]。

【校注】

〔1〕此處小傳根據《雲溪友議》和《唐詩紀事》合成。

〔2〕《雲溪友議》作"吴楚狂士也"。

〔3〕四部叢刊本《唐詩紀事》作"乃惣校之女"。

〔4〕以上見《唐詩紀事》。留别詩即下《别妻》。

〔5〕《雲溪友議》云："每題詩於倡肆，無不誦之於衢路。譽之則車馬繼來，毁之則杯盤失措。"《嘲李端端》詩，本書原誤置於卷十張祜名下。

〔6〕三郎、六郎：指張祜、崔涯。

〔7〕重贈一絶句：據《雲溪友議》，詩爲："覓得黄騮鞁繡鞍，善和坊裏取端端。揚州近日渾成差，一朵能行白牡丹。"

〔8〕雜嘲二首：亦見《雲溪友議》。《全唐詩》另載二首。

咏春風

動地經天物不傷，高情逸韵住何方。扶持燕雀連天去，斷送楊花盡日狂。繞樹月明過萬户[1]，弄帆晴晚渡三湘。孤雲雖是無心物，借便吹教到帝鄉。

【校注】

〔1〕繞樹，《全唐詩》作"繞桂"。

竹

領得溪風不放回，傍窗緣砌遍庭栽。須招野客爲鄰住，看引山禽入郭來。幽院獨驚秋氣早，小門深向緑陰開。誰憐翠色兼寒影，静落茶甌與酒杯。

别　　妻〔1〕

隴上泉流隴下分，斷腸嗚咽不堪聞〔2〕。嫦娥一入月中去，巫峽千秋空白雲。

【校注】

〔1〕《唐詩紀事》載此詩，並注："或謂崔膺之作。"

〔2〕《樂府詩集·隴頭歌辭》："隴頭流水，流離山下。念吾一身，飄然曠野。"又一解曰："隴頭流水，鳴聲嗚咽。遥望秦川，心肝斷絶。"

嘲　　妓〔1〕

二年不到宋家東〔2〕，阿母深居僻巷中。含泪向人羞不語，琵琶弦斷倚屏風。

日暮追來畫閣中，百年心事一宵同。寒鷄鼓翼紗窗外，已覺恩情逐曉風。

【校注】

〔1〕《全唐詩》題作"雜嘲二首"。

〔2〕宋家東：據《文選·登徒子好色賦》，宋玉東鄰有美女，登墻偷看宋玉三年而未被宋玉聘娶。

俠　士[1]

太行嶺上三尺雪，崔涯袖中三尺鐵。一朝若遇有心人，出門便與妻兒別。

【校注】

〔1〕《全唐詩》題作“俠士詩”。《唐詩紀事》：“涯與張祜失意遊俠江淮，此詩往往傳於人口。”

厲　玄[1]

【校注】

〔1〕《楚風補》原無小傳。《唐詩紀事》云："元大和二年（828）進士，終於侍御史。有子自南登中和進士第。"又見《嚴州圖經》。

元日觀朝

玉座臨新歲，朝盈萬國人。火連雙闕曉，仗列五門春[1]。瑞雪銷鴛瓦，祥光在日輪。天顔不敢視，稱慶拜空頻。

【校注】

〔1〕《周禮·天官·閽人》注疏，古代天子有五門，自内而外爲路門、應門、皋門、雉門、庫門。

緱山月夜聞王子晉吹笙[1]

緱山明月夜，岑寂隔塵氛。紫府參差曲，清宵次第聞。韵流多入洞，聲度半和雲。拂竹鸞驚侶，經松鶴舞群[2]。蟾光聽處合，仙路望中分。坐惜千岩曙，遺音過汝墳[3]。

【校注】

〔1〕王子晉：即王子喬。據《列仙傳》，王子喬好吹笙作鳳鳴，後成仙，轉告家人七月七日待之於緱氏山頭。

〔2〕舞，《全唐詩》作"對"，一作"舞"。

〔3〕汝墳：《詩·周南》篇名。汝：河南境内淮水支流。墳：指堤防。

周　　樸[1]

慈利人，隱居天門山[2]。屢徵不就。唐末寓閩中僧寺，假居丈室。諸僧晨粥卯食，樸亦携巾盂厠其下，畢食而退，率以爲常。豪貴施僧錢，樸亦丐一錢。有溢數者，樸止受一。得千錢以備茶藥。將盡，復然。僧徒亦未嘗厭也。爲詩多尚苦澀。黄巢至福州，求得樸，問曰："能從我乎？"答曰："我尚不仕天子，安能從賊！"巢怒，斬之。所著有《雲泉集》二卷[3]。

【校注】

〔1〕《全唐詩》小傳曰："字太樸，吴興人。避地福州，寄食烏石山僧寺。黄巢寇閩，欲降之，樸不從，遂見害。"此處小傳主要依據《唐詩紀事》。

〔2〕天門山：又名嵩梁山，在湖南張家界南。樸爲慈利人一説不詳此本。

〔3〕《新唐書·藝文志》："周樸詩二卷。"注曰："樸稱處士。"

董嶺水

湖州安吉縣，門與白雲齊。禹力不到處，河流聲向西。去衙山色遠，近水月光低。中有高人在，沙中曳杖藜。

宿玉泉寺二首[1]録一

野寺度殘夏，空房欲暮時[2]。夜聽猿不睡，秋思客先知。竹迴烟生薄，山高月上遲。又登塵路去，難與老僧期。

【校注】

〔1〕《全唐詩》則只有《宿玉泉寺》一首，另有《玉泉寺》一首。

〔2〕暮，《全唐詩》一作"卧"。

秋夜不寐寄崔温進士

愁多難得寐，展轉讀書床。不是旅人病，豈知秋夜長。歸鄉無遠夢[1]，無夢更思鄉。枕上移窗月，分明是泪光。

【校注】

〔1〕無，《全唐詩》作“憑”。

次梧州却寄永州使君

隨風身不定[1]，今夜在蒼梧。客泪有時有，猿聲無處無。潮添瘴海闊，烟拂粤山孤。却憶零陵住，吟詩在玉壺[2]。

【校注】

〔1〕風，《全唐詩》一作“雲”。

〔2〕王昌齡詩：“一片冰心在玉壺。”

春日秦國懷古[1]

荒郊一望欲消魂，涇水縈紆傍遠村。牛馬放多春草盡，原田耕破古碑存。雲和積雪蒼山晚，烟伴殘陽緑樹昏。數里黄沙行路客[2]，不堪回首思秦原。

【校注】

〔1〕秦國：即今陝西一帶。

〔2〕路客，《全唐詩》作“客路”。

南　　樓[1]

看山到處喜相從，又是天門十六峰。翠壁深深回鸖鶴，青峰矗矗隱芙蓉。乍疑日出同吴觀，只少金泥擬漢封[2]。願借仙人九節杖[3]，臨風直欲舞雙龍。

徙倚高樓夜色殘，故人聊得罄交歡。千林日落晴偏雨，五月雲深暑亦寒。詰曲斷岩飛鳥度，參差倒影過江看。慚予浪着登山屐，酒罷豪吟興未闌。

【校注】

〔1〕《全唐詩》未録。

〔2〕"只少"句：據《漢書・武帝紀》孟康注，漢封泰山，"刻石紀號，有金策、石函、金泥、玉檢之封焉"。

〔3〕九節杖：《神仙傳》："王遥遇雨，使弟子以九節杖擔篋，不沾濕。"

桐柏觀

東南一境清心目，有此千峰插翠微。人在下方衝月上，鶴從高處破烟飛。岩深水落寒侵骨，門静花開色照衣。欲識蓬萊今便是，更於何處學忘機。

哭李端〔1〕

三年翦拂感知音，哭向青山永夜心。竹在曉烟孤鳳去，劍荒秋水一龍沉〔2〕。新墳日落松聲小，舊宅春殘草色深。不及此時親執紼，石門遥想泪沾襟。

【校注】

〔1〕原注："高棅云此詩疑非周樸之作。"李端：字正己，大曆五年（770）進士，爲大曆十才子之一。周樸與李端時代不相屬，因疑有誤。或此李端爲另一人。

〔2〕"劍荒"句：晋張華曾得豐城寶劍，後張華死，劍亦化龍沉入水中。

登福州南澗寺

萬里重山繞福州，南横一道見溪流。天邊飛鳥東西没，塵裏行人早晚休。曉日青山當大海[1]，連雲古塹對高樓。那堪望斷他鄉目[2]，只此蕭條自白頭。

【校注】

〔1〕青，《全唐詩》一作“春”。

〔2〕目，《全唐詩》一作“外”，一作“客”。

吊李群玉[1]

群玉才名冠晚唐，投詩换得校書郎[2]。吟魂醉魄知何處，空有幽蘭隔岸香。

【校注】

〔1〕題原作“讀書臺”，從《全唐詩》改。

〔2〕事見本書卷十李群玉小傳。

猿[1]

生在巫山更向西，不知何事到巴溪。中宵爲有秋雲伴，遥隔朱門向月啼。

【校注】

〔1〕《全唐詩》題作“咏猿”。

衡山舟子[1]

《唐語林》：衡山五峰下，其人多文詞[2]，至於樵夫，往往能詩。嘗有廣州幕府[3]，夜聞舟子吟詩云云。

【校注】

〔1〕《全唐詩》作“衡州舟子”。

〔2〕《全唐詩》引作“衡州人多文詞”。

〔3〕《全唐詩》引作“嘗有人赴廣州幕府”。

野鶴灘西一棹孤[1]，月光遥接洞庭湖。堪憎回雁峰頭過，望斷家山一字無。

【校注】

〔1〕鶴,《全唐詩》作“鵲”。

袁氏少年[1]

【校注】

〔1〕見《全唐詩》卷八百六十七。《全唐詩話》謂："少年，猿精也。嘗作南岳廟詩云。"

南岳廟

峰巒多秀色，松桂足清聲。自有山林趣，全忘城闕情。

江陵士子[1]

失其姓名。有美姬。將遠遊，戒其姬曰：“我若五年不歸，任爾改適。”後五年未歸，遂爲刺史所納。明年，士子歸，乃爲詩寄之。刺史見詩，遂給妝資遣還。今録其所寄之詩云。

【校注】

〔1〕此處小傳及以下所引詩，見《太平御覽》卷一百六十八引《盧氏雜説》。

陰雲漠漠下陽臺[1]，惹著襄王更不回。五度看花空有泪，一心如結不曾開。纖蘿自合依芳樹，覆水寧思返舊杯。惆悵高麗坡底宅[2]，春光無復下山來。

【校注】

〔1〕漠漠，《全唐詩》作“冪冪”。

〔2〕高麗坡底宅，原注：“刺史納姬處。”按，見《盧氏雜説》。

無名氏

三閭廟[1]

在岳州。唐末有洪州衙前軍將統隊卒過岳陽，曾于三閭廟題一絶云云。其里次姓字俱逸。

蒼藤古木幾經春，舊日祠堂湘水濱。行客漫陳三酹酒，大夫原是獨醒人[2]。

【校注】

〔1〕《全唐詩》卷七百八十四載此詩題爲“題屈原祠”。

〔2〕《楚辭·漁父》：“衆人皆醉，而我獨醒。”

題冲退醉石[1]

《衡岳志》載：水簾洞石方平，可坐可眠，隱見於水中，上刻“冲退醉石”四大字。

水簾洞前一片石，留與仙人醉後眠。珍重何人書四字，風雲重護鬼神憐。

斯人胸次闊如海，石上留書便出塵。只恐風清明月夜，此間真有醉仙人。

【校注】

〔1〕北宋成都章詧，神宗時賜號冲退處士。居南岳時刻“冲退醉石”四字，後人因題二絶。見《南岳總勝集》及《南岳志》。

白龜泉[1]

在南岳九真觀。其泉自崖竇迸出，清泚甘冽，其色早晚兩變。飲之，無疾而壽。中有白龜，其大如錢，其白如玉。遇之者吉祥。傳云龜去仙來，龜來仙去。

太極分形狀若壇，白雲深鎖路孱岩。兀然萬古含春色，光照吾皇祝壽山。

【校注】

〔1〕白龜泉：在衡山九真觀北壽仙亭下。此詩及詩序刻石立於光天觀，二者並不在一處。見《南岳總勝集》卷中。

湘妃廟[1]

碧杜紅蘅縹緲香，冰絲彈月弄新凉[2]。峰巒向曉凝青黛[3]，九處堪疑九斷腸。

【校注】

〔1〕見《全唐詩》卷八百六十四《湘妃詩四首》，此爲第二首。題一作“女仙題湘妃廟詩”。

〔2〕弄，《全唐詩》一作“夢”。

〔3〕“峰巒”句，《全唐詩》一作“峰巒一一俱相似”。

蟾　石[1]

月宫曾折桂，遺影玉蟾邊。人既收仙籍，岩應係洞天。有名終不古，無物勝長年。妙得琴中趣，此聲非指傳。

【校注】

〔1〕原注：“在南岳安上峰下。”《南岳志》卷十五：“安上峰……石間多

石刻，其可識者曰琴臺，曰蟾石。有題蟾石詩。”

長沙石碣篆[1]

唐末劉建峰定長沙[2]，遣馬殷領衆浚城壕[3]，得石碣，有古策十八字，其文云。

龍舉頭，豭掉尾[4]。羊爲兄，猴爲弟。羊歸穴，猴離次。[5]

【校注】

〔1〕見《九國志》及《十國春秋》注引《青箱雜記》。

〔2〕劉建峰：唐末藩鎮，唐昭宗乾寧三年（896）被部下殺死。《新唐書》有傳。

〔3〕馬殷（855—933）：劉建峰部將，後代劉自立。入五代，歷梁、唐，爲楚地割據勢力。

〔4〕豭：公猪。

〔5〕原注：“解者以殷乾寧三年丙辰代立，乃‘龍舉頭’；至乾祐辛亥國亡，乃‘豭作尾’；殷子希範己未生，以開運丁未薨，乃‘羊歸穴’；子希崇壬申生，後爲江南所俘，乃‘猴離次’也。”按：原注亦出《青箱雜記》。馬殷於唐昭宗乾寧三年代劉建峰自立，其亡國之年爲南唐元宗保大九年辛亥（951），非乾祐年。馬希崇爲南唐將領邊鎬俘虜，故稱“爲江南所俘”。

洞真觀[1]

玉洞瑶壇長冷落，真嘘岩竇色常新。可憐城裏悠悠者，不識瀟湘四季春。

【校注】

〔1〕原注：“在岳麓。”《南岳總勝集》卷上：“靈麓峰，即岳麓也。潭州湘水之西，係二十洞真福地，故詩云。”

武昌妓[1]

韋蟾去武昌[2]，賓僚盛陳祖席。蟾首書《文選》句云："悲莫悲兮生別離，登山臨水送將歸。"[3]以授賓徒，請續其句。有妓起應曰："某不才，不敢染翰，欲口占二句。"韋大驚異，令隨口寫之，座客無不嘉羡。

【校注】

〔1〕此處所録事及詩見《太平廣記》卷二百七十三《武昌妓》，引自《抒情詩》，有節略。

〔2〕韋蟾，原誤作"韋瞻"。字隱珪，下杜人，唐宣宗時進士，官終尚書左丞。《舊唐書》有傳。

〔3〕二句分別見《楚辭·九歌·少司命》及《楚辭·九辯》。不見於今《文選》。

楊柳枝[1]

悲莫悲兮生別離，登山臨水送將歸。武昌無限新栽柳，不見楊花撲面飛。

【校注】

〔1〕《太平廣記》引《抒情詩》："韋令唱作《楊柳枝》詞，極歡而散。"

瀶口女郎[1]

感　懷

衡門連洞庭，每去三千里。十載一歸來，辛苦瀟湘水。

【校注】

〔1〕瀶口：指湖南衡陽東的瀶湖口。

襄陽妓[1]

賈郎中與武補闕至峴山，遇一妓同飲，妓自稱襄陽人。

【校注】

〔1〕見《全唐詩》卷八百二。

送武補闕

弄珠灘上欲消魂[1]，獨把離懷寄酒尊。無限烟花不留意，忍教芳草怨王孫[2]。

【校注】

〔1〕弄珠：用《詩·漢廣》游女事。張衡《南都賦》亦有句云："游女弄珠於漢皋之曲。"

〔2〕《楚辭·招隱士》："王孫游兮不歸，春草生兮萋萋。"

譚意歌[1]

長沙妓。時汝川張正宇爲潭茶使[2]，與意相得歡甚，意乃歸之。後張調官，意餞别曰："子本名家，我乃娼類。今之分袂，决無後期。腹有君之息數月矣，君宜念之。"後三年，張妻謝世，張乃如長沙。意不肯見，曰："子已有室，無浼我。"張曰："吾妻已亡矣。"乃行六禮[3]，挈歸京師。其子以進士登第。今録其寄張詩云。

【校注】

〔1〕見宋劉斧《青瑣高議》别集卷二。

〔2〕張正宇，《楚風補》原誤作"張正字"。潭茶使：即潭州榷茶使。

〔3〕六禮：舊時婚制的納采、問名、納吉、納徵、請期、親迎等六種禮儀。見《儀禮·士昏禮》。

瀟湘江上探春回，消盡寒冰落盡梅。願得兒夫似春色，一年一度一歸來。

楚風補卷之十二

唐

六　　祖〔1〕

【校注】

〔1〕原注："以下方外、雜流，亦按年代。"六祖即禪宗六祖慧能。按：本卷又立"釋慧能"一目，與"六祖"實爲一人。《楚風補》原刻如此，今校注者不予更動。

無相頌〔1〕

說通及心通，如日處虚空〔2〕。爲傳見性法〔3〕，出世破邪宗。法即無頓漸〔4〕，迷悟有遲疾。只此見性聞，愚人不可悉。說即雖萬般，合理還歸一〔5〕。煩惱暗宅中，常須生慧日。邪來煩惱至，正來煩惱除。邪正俱不用，清静至無餘。菩提本自性，起心即是妄〔6〕。净心在妄中，但正無三障〔7〕。世人若修道，一切盡不妨。常自見無過，與道即相當。色類自有道〔8〕，各不相妨惱。離道便覓道，終身不見道。波波度一生，到頭還自懊。欲得見真道，行正即是道。自若無道心，闇行不見道〔9〕。若真修道人，不見世間過。若見他人非，自非却是左。他非我不非，我非自有過。但自却非心，打除煩惱破。憎愛不關心，長伸兩脚卧〔10〕。欲擬化他人，自便有方便。勿令彼有疑，即是自性現〔11〕。佛法在世間，不離世間覺[12]。離世覓菩提，恰如求兔角[13]。正見名出世，邪見是世間。邪正盡打却，菩提性宛然。此頌是頓教，亦名大法船。迷聞經累刼，悟則剎那間。

【校注】

〔1〕見法海《法寶壇經》(亦稱《壇經》)。是編録慧能法語而成。無相：佛家語，有淺深二義。其淺義謂諸法皆空，無影無形；其深義謂一相之中具有衆相而無一相。

〔2〕虚空：佛家語，此指無形質、無障礙、無處不在、隨物賦形的空間，被當成一切諸法的本原。二句言禪宗不立文字、頓悟成佛之宗旨，無論是形之於言還是會之於心，若達到徹悟境界，便如日經天，超越無礙。

〔3〕見性法：禪宗的修行方法，即徹見自心之佛性。達摩《悟性論》云："直指人心，見性成佛。"黄檗《傳心法要》云："達磨從西天來，唯傳一法，直指一切衆生本來是佛，不假修行。"

〔4〕頓漸：佛教有頓悟和漸悟兩種修行方法。禪宗之南宗主頓悟，北宗主漸悟。後來北宗衰微，南宗獨行，乃兼收二法。唐宗密《圓覺經略疏》："既頓漸俱收，則遲速皆益。"也就是"法即無頓漸"之意。

〔5〕一：即禪宗之要旨，或謂一如、真如。

〔6〕菩提：梵語，佛家稱道之極致和悟道之至覺。二句亦言禪宗即心見佛的道理，謂佛性乃在本性之中，如果有意去尋求它，便是妄念。亦即黄檗《傳心法要》所云："當體便是，動念即乖。"

〔7〕三障：佛家謂障正道、害善心者有三，一曰煩惱障，二曰業障，三曰報障。又一説爲：一皮煩惱障，二肉煩惱障，三内煩惱障。

〔8〕色類：有形萬物之總稱。

〔9〕"自若"二句：禪宗以爲，"唯此一心即是佛，佛與衆生更無异"(《傳心法要》)，因此"自然而然，不用修學"(《心燈録》)。

〔10〕"憎愛"二句：《傳心法要》曰："'如何用功？'師曰：'飢來喫飯，困來即眠。'"又曰："若欲得成佛，一切佛法總不用學，唯學無求無著。無求

即心不生，無著即心不滅。不生不滅即是佛。”

〔11〕自性：此處即佛家所謂“三寶”：佛者，自性之覺；法者，自性之正；僧者，自性之净。佛家説，諸法各有不變不改之性，爲萬有之生因，名自性。

〔12〕“佛法”二句：佛家説，佛與世間衆生“唯是一心，更無別法”，而“我”與“我之心”爲一體，心即是佛，佛即是法，“此能照之心，人人皆具，非今衰古盛，智有愚無”。所以世間衆生只要“覺”，便可成佛。

〔13〕兔角：《楞嚴經》：“無則同於龜毛兔角。”二句謂禪宗不離世而覺悟的道理。

釋明瓚[1]

天寶初爲衡岳寺僧，性懶食殘，因號懶殘。李泌讀書衡山時[2]，中夜往謁，師正撥牛糞火，出芋自啖，以半授泌，曰：“領取，十年作宰相。”郡中常有虎患。師曰：“爲衆驅除。”出門，一虎啣師去，虎亦自此絶迹。

【校注】

〔1〕《太平廣記》卷九十六有《懶殘篇》，出唐袁郊《甘澤謡》，爲此處小傳所節引。懶殘法號明瓚，見《宋高僧傳》卷十九《南岳釋明瓚傳》。以上小傳亦參引《鄴侯外傳》。

〔2〕李泌（722—789）：歷仕玄、肅、代、德四朝，位至宰相，以圖謀畫策見重。

題　象[1]

携笻小步踏蒼苔，遥指青山雲正開。澗水松風聽不絶，又教童子抱琴來。

【校注】

〔1〕清李調元《南岳志》卷十五録此詩及《辭召》詩。

辭　召

三十年來獨掩關，使符那得到青山。休將瑣末人間事，换我一生林下閑。

釋懷素[1]

字藏真，姓錢，零陵人。善草書。適吴，睹二王真迹及二張草書，學之。嘗漆盤三面作書，盤俱穴。性疏放不拘，酒酣興發，遇寺壁、里墻、衣裳、器皿，靡不書之。贈之以歌者三十九人，顔真卿作序[2]。後歸零陵，築室名緑天庵。貧無紙，歲種芭蕉萬株，以供揮灑。有塔在城東五里，素嘗於此作草書，墨池、筆冢在其側。

【校注】

〔1〕懷素（725—785）：唐代僧人。此處小傳本《宣和畫譜》卷十九及《宋高僧傳》卷十四。

〔2〕顔真卿序載《全唐文》卷九百十二。又《唐文拾遺》卷四十九載懷素《自叙帖》，可參。

寄衡岳僧[1]

祝融高坐對寒峰[2]，雲水昭丘幾萬重[3]。五月衲衣猶近火，起來白鶴冷青松。

【校注】

〔1〕見《全唐詩》卷八百八。

〔2〕祝融：衡山主峰名。

〔3〕昭丘：春秋楚昭王墓，在湖北當陽東南。

題醉僧圖[1]

人人送酒不曾沽，終日松間挂一壺。草聖欲成狂便發，真堪畫作醉僧圖。

【校注】

〔1〕《全唐詩》題作“題張繇醉僧圖”。

釋雲表[1]

襄陽人。孟浩然有《傷峴山雲表上人》詩[2]。

【校注】

〔1〕《全唐詩》小傳曰："唐末於豫章講法華慈恩大疏，法席稱盛。"

〔2〕《全唐詩》題作"傷峴山雲表觀主"。按由年代可知，孟詩中之"雲表"當爲另一人。

寒　食[1]

寒食悲看郭外春，野田無處不傷神。平原壘壘傷新冢[2]，半是去年來哭人[3]。

【校注】

〔1〕《全唐詩》卷八百二十五題作"寒食日"。

〔2〕傷，原注："一作皆。"《全唐詩》作"添"。

〔3〕半，《全唐詩》一作"總"。

隱山僧〔1〕

隱山在湘潭，原名龍王山，離縣西南一百一十里。

【校注】

〔1〕參見《湖南通志》卷二百四十一引《清一統志》。又見《光緒湘潭縣志》。

題　壁

《一統志》載，開元時有僧密師伯經此山，見浮萊隨澗水出。沿流入山，有茅庵，老僧居焉。參問久之，僧不答，夜半火其庵去，留詩於石壁云。

三間茅屋從來住，一道神光萬境閑。莫把是非來辨我，平生穿鑿不相關。

一池荷葉衣無數，滿地松花食有餘。剛被世人知住處，又移茅屋入深居。

釋夷齊

少從長沙雲蓋智禪師出家，執事首座。座一日秉拂罷，齊問曰："某聞首座所説，莫曉其義，伏望指示。"座諄諄誘之，使究無著説[1]、這个法[2]。逾二日，遂有省，座駭然。後遍參至石門印契。

【校注】

〔1〕無著説：佛教術語，謂無執著於事物之念。

〔2〕這个法：佛教術語，即視事物即此即彼、非此非彼的認識和覺悟之法。

示　寂

昨夜三更過急灘，灘頭雲霧黑漫漫。一條拄杖爲知己，擊碎千山與萬山。

釋白崖[1]

薪州高溪寺僧。有人願從其教，師云："汝凡胎也。"引入山澗，刳滌五臟。途人驚往視之，惟見一石齒刺山麓，儼然白崖形像，其下有石刻詩云。

【校注】

〔1〕事及詩見《湖北通志》卷一百六十九引《黄州府志》。

金殿重重鈴動風，有龍飛入碧雲中。晚來落盡前山雨，人借僧房鶴借松。

釋道初

為五祖侍者有年。住龍華寺。機辯峻捷，門人罔知造詣。一日對衆偶吟其詞云云。

昨日離城市，白雲空往還。松風清兩耳，端的勝人間。

釋法常[1]

襄陽人，俗姓鄭。幼從師玉泉。初参大寂，問："如何是佛？"寂曰："即心是佛。"常大悟。遂之四明梅子真舊隱，縛茅以居[2]。貞元中鹽官會下有僧迷路，至庵所問："和尚在此多少時？"常曰："秖見四山青又黄。"又問："出山路向甚麽處去？"曰："隨流去。"僧歸，舉似鹽官[3]。官曰："我在江西時曾見一僧如此。"遂令招之。嘗答偈。一日謂其徒曰："來莫可抑，往莫可追。"須臾，聞鼯鼠聲，乃曰："即故物，非他物。吾今逝矣。"

【校注】

〔1〕事見《景德傳燈録》卷七，《宋高僧傳》卷十一。

〔2〕此事《景德傳燈録》繫於"貞元中"，《宋高僧傳》則繫於"貞元十二年"。梅子真：漢梅福，字子真，曾爲南昌尉，後棄妻子變姓名爲吴市門卒。傳説成仙，稱仙尉。其舊隱處在餘姚南七十里。

〔3〕舉似：謂將尊者之言告於别人。《臨濟録》："樂普回，舉似師。"

辭　召

摧殘枯木倚寒林，幾度逢春不變心。樵客遇之猶不顧，郢人那得苦追尋。

軒轅彌明[1]

衡山道士[2]。

【校注】

〔1〕《韓昌黎詩繫年集釋》卷八有《石鼎聯句》詩並序，實是韓愈作。然自韓没後，千載以來，關於此詩作者聚訟紛紜，莫衷一是。陸以湉《冷廬雜識》認爲，韓愈有所譏刺，有所寄托，但又畏人言，故假托軒轅彌明以傳其詩。

〔2〕所謂“衡山道士”，亦據韓愈詩序。《楚風補》編者據此選入《石鼎聯句》詩。

石鼎聯句[1]

韓愈序云：元和七年十二月四日，衡山道士軒轅彌明自衡山來[2]。舊與劉師服進士衡湘中相識，將過太白，知師服在京，夜抵其居宿。有校書郎侯喜新有詩聲[3]，夜與劉説詩。彌明在側，貌極醜，白頭黑面，長頸而高結，喉中又作楚語。視之若無人[4]。彌明忽軒衣張眉，指爐中石鼎謂喜曰：“子亦能與我賦此乎？”[5]劉往見衡湘間人説云，年九十餘矣，解捕逐鬼物，拘囚蛟螭虎豹，然不知其實能否也[6]。見其老，頗貌敬之[7]，不知其有文也。聞此説，大喜，即援筆而題其首兩句，次傳於喜。喜踊躍，即綴其下云云。道士啞然笑曰：“子詩如是而已乎！”即袖手竦肩，倚北墻謂劉曰[8]：“吾不能世俗書[9]，弟子爲我書吾句。”[10]因高吟曰：“龍頭縮菌蠢，豕腹脹膨脝。”初不似經意，詩旨有如譏喜。二子相顧慚駭，欲以多窮之。即又爲而傳喜[11]。喜思益苦，務欲壓道士。每營度欲出口吻，聲鳴益悲。操筆欲書，將下復止，竟亦不能奇也。畢，即傳道士。道士即高踞大唱曰“劉把筆，吾詩”云云[12]。其不用意而工益奇，不可附説，語皆侵劉、侯。喜益忌之。劉與侯皆已賦十餘韵，彌明應之如響，皆穎脱含譏諷[13]。夜盡三更，二子思竭不能續，因起謝曰：“尊師非世人[14]，某伏矣，願爲弟子，不敢更論詩。”道士奮髯曰：“不然，章不可以不成也。”又謂劉曰：“把筆來。”[15]即又唱出四十字，爲八句。書訖，使讀。讀畢，謂二子曰："章已就乎？"[16]二子齊應曰："就矣。"道士曰："此皆不足與語，此寧爲文耶？吾就子所能而作耳，非吾之所學於師而能者也。吾所能者，子皆不足以聞也。獨文乎哉？吾語亦不當聞矣，吾閉口矣。"二子大懼，皆起立床下拜曰："不敢他有問也，願聞一言而已[17]。"累問不應。二子不自得而退就坐[18]。道士倚墻睡[19]，鼻息如雷鳴。二子怛然失色，不敢喘。斯須，曙鼓冬冬，二子亦困睡[20]。及覺，日已出[21]。驚顧覓道士不見，即問其童奴[22]，奴曰："天且明，道士起出門，若將便旋[23]。奴怪久不返，即出覓之，無有見矣[24]。"二子驚惋自責，若有失者。遂詣余言[25]，不能識其何道士也[26]。常聞有隱君子彌明，豈其人耶[27]？

【校注】

〔1〕見《韓昌黎詩繫年集釋》（以下簡稱《集釋》）卷八、《全唐詩》卷七百九十一、《唐詩紀事》卷四十一、《太平廣記》卷五十五《軒轅彌明篇》引《仙傳拾遺》。錢仲聯《集釋》題下注曰："《舉正》（按指方崧卿《韓集舉正》）曰：'杭（按指宋大中祥符杭州刻本韓詩）、蜀（按指宋嘉祐蜀刻本）皆出此題，今潮本尚然，閣本（按指秘閣本）本無此篇。'"觀其詩序，此本與《全唐詩》同，與《仙傳拾遺》小有异。石鼎：陳沆《詩比興箋》曰："夫鼎象三公，玉鉉金質，今而石之，刺何待問。"

〔2〕自衡山來，《全唐詩》《集釋》作"自衡下來"。

〔3〕《全唐詩》《集釋》作"新有能詩聲"。

〔4〕《全唐詩》《集釋》"視"前有"喜"字。

〔5〕《全唐詩》《集釋》作"子云能詩，能與我賦此乎"。

〔6〕《全唐詩》《集釋》句中無"然"字。

〔7〕《集釋》句中"頗貌"二字乙作"貌頗"。

〔8〕《全唐詩》《集釋》"墻"字後有"坐"字，《集釋》"倚"字後有"其"字。

〔9〕《全唐詩》《集釋》句中"能"字作"解"。

〔10〕《全唐詩》《集釋》句中無"弟"字及"吾句"二字。

〔11〕《全唐詩》《集釋》"傳"後有"之"字。

〔12〕《全唐詩》《集釋》句中無“即”字。

〔13〕《全唐詩》“穎脱”乙作“脱穎”。

〔14〕《全唐詩》《集釋》句後有“也”字。

〔15〕《集釋》句後無“來”字,《全唐詩》《集釋》句後有“吾與汝就之”五字。

〔16〕《全唐詩》《集釋》“已”前有“不”字。

〔17〕《全唐詩》《集釋》此句後尚有“‘先生稱“吾不解人間書”，敢問解何書？請聞此而已’。道士寂然，若無聞也”。

〔18〕《全唐詩》《集釋》句中“而”作“即”。

〔19〕《集釋》句末無“睡”字。

〔20〕《全唐詩》《集釋》作“遂坐睡”。

〔21〕《全唐詩》《集釋》“出”作“上”。

〔22〕《全唐詩》《集釋》句中無“其”字。

〔23〕《全唐詩》《集釋》句末有“然”字。

〔24〕《全唐詩》《集釋》作“即出到門，覓無有也”。

〔25〕《全唐詩》《集釋》“遂”字前有“問”字。

〔26〕《全唐詩》《集釋》此句前有“余”字。

〔27〕《全唐詩》《集釋》文末有“韓愈序”三字。又《全唐詩》在此詩前署劉師服，侯喜、軒轅彌明三人名。前二人名下各有注曰：“進士”，“登貞元進士第，官終國子主簿”。軒轅名下則無注。朱熹《韓文考异》以爲“軒轅”反切近“韓”字,“彌”字之義與“愈”字相類，則暗寓“韓愈”之名。何焯《義門讀書記》曰：“按王肅《易・賁・六五》注云：‘失位無應，隱處丘園，蓋蒙暗之人，道德彌明。’”此説可以解釋韓愈取此名的原因。陳沆《詩比興箋》曰：“意者侯、劉二人先有石鼎詩，公乃取其未用之韵，别成此章，謬稱聯句，與相錯雜，以自掩其迹耶？”可以説明作詩原委。

巧匠斲山骨〔1〕，刳中事煎烹。師服。直柄未當權，塞口且吞聲〔2〕。喜。龍頭縮菌蠢，豕腹脹膨脝〔3〕。彌明。外包乾蘚文，中有暗浪驚。師服。在冷安自足，遭焚意彌真〔4〕。喜。謬當鼎鼐間，妄使水火争。彌明。大似烈士膽，圓如戰馬纓。師服。上比香爐尖，下與鏡面平[5]。喜。秋瓜未落蒂，凍芋彊抽萌。彌明。一塊元氣閉，細泉幽竇傾[6]。師服。不值輸瀉處，焉知懷抱清[7]。喜。方當洪爐燃，益見小器盈[8]。彌明。皖皖無刃迹，團團類天成。師服。遥疑龜負圖[9]，出曝曉正晴。喜。旁有雙耳穿，上爲孤髻撑。彌明。或訝短尾銚，又似無足鐺[10]。師服。可惜寒食毬，擲在路傍坑[11]。喜。何當出灰灺，無計離瓶罌。彌明。陋質荷斟酌，狹中貴提擎[12]。師。服豈能煮仙藥，但未污羊羹[13]。喜。形模婦人笑，度量兒童輕。彌明。徒爾堅貞性，不過升合盛。師服。仍似廢轂仰，側見折軸横[14]。喜。時於蚯蚓竅，微作蒼蠅鳴。彌明。以兹翻溢愆，實負任使誠[15]。師服。常居顧盼地，敢有漏泄情[16]。喜。寧依暖熱弊，不與寒凉並。彌明區區徒自效，瑣瑣不足呈。師服。回旋但兀兀，開合惟鏗鏗[17]。全勝瑚璉貴[18]，空有口傳名。豈比俎豆古，不爲手所撜[19]。磨礱去圭角，浸潤著光明[20]。願君莫嘲誚，此物方施行。彌明。

【校注】

〔1〕山骨：即岩石。

〔2〕方世舉《韓昌黎詩編年箋注》謂二句隱指憲宗時直臣李絳與時相李吉甫争論於帝前之事。當權：《集釋》曰："祝本、魏本注曰：'一作嘗卷。'"

〔3〕膨脝，《全唐詩》《集釋》作"彭亨"，腹大脹滿貌。

〔4〕安自足，《集釋》《全唐詩》作"足自安"。此處與《唐詩紀事》《杭蜀文粹》同。真，《集釋》《全唐詩》作"貞"，《唐詩紀事》誤作"亨"。

〔5〕"大似烈士……鏡面平"四句原脱，據《全唐詩》補。烈士膽：《三國志·蜀志·姜維傳》注："(維)死時見剖，膽如斗大。"

〔6〕"細泉"句：方世舉謂亦刺李吉甫與樞密使梁守謙相結。

〔7〕清，一作"情"，見魏懷忠《新刊五百家注音辨昌黎先生文集》。

〔8〕方世舉注引《三國志·魏志·陳琳傳》："鼓洪爐以燎毛髮。"蔣抱玄注引《後漢書·馬援傳》："朱勃小器速成，智盡此耳。"

〔9〕龜負圖：《熊氏瑞應圖》曰："蒼頡與黄帝南巡狩……靈龜負圖，丹甲

青文以授之。”

〔10〕似，一作“驚”。

〔11〕寒食毬:《荆楚歲時記》:“寒食爲打球之戲。”路旁,《集釋》《全唐詩》皆作“傍路”。

〔12〕貴，諸本皆作“愧”。此處同《唐詩紀事》。

〔13〕羊羹：方世舉注引《中山國策》:“羊羹不遍，司馬子期怒。”

〔14〕仍,《集釋》《全唐詩》作“傍”。

〔15〕以兹,《集釋》作“忽罹”。㦖,《全唐詩》《集釋》作“愆”，通。

〔16〕漏泄情:《唐六典》:“中書舍人職，其禁有四：一曰漏泄。”

〔17〕《集釋》《全唐詩》二句下注“師服”。

〔18〕勝,《集釋》引舊注以爲當作“無”。

〔19〕撜,《集釋》作“振”，觸物曰振。

〔20〕光明,《集釋》《全唐詩》作“光精”。

龐　蘊[1]

字道玄，襄陽人[2]。侍父任衡州，遂家焉。性嗜浮圖，與丹霞禪師爲友。初謁石頭，後參馬祖[3]，於言下頓悟。元和中北遊襄漢。有女名靈照，常鬻竹漉籬以供朝夕。蘊嘗云："難難難，十石油麻樹上攤。"[4]其妻云："易易易，百草頭邊祖師意。"[5]其女云："也不難，也不易，飢來吃飯倦來睡。"[6]又云："易易易，即此五蘊有真智[7]。十方世界一乘同[8]，無相法身豈有二[9]。若舍煩惱入菩提，不知何方有佛地。"蘊將入滅，謂女曰："視日早晚。"及午。女曰："已中矣，而有蝕也。"蘊出户觀，女即登父座合掌坐亡。蘊笑曰："我女機鋒，捷於吾矣。"於是更延七日。州牧于公頔問疾[10]，蘊謂之曰："但願空諸所有，慎勿實諸所無。好住世間，皆如影響。"言訖，枕于公膝而化。有詩三百餘篇傳世[11]。

【校注】

〔1〕事見《唐詩紀事》卷四十九，《景德傳燈録》卷八。此處小傳主要依據後者。

〔2〕諸書皆作"衡陽人"，因其"元和中北游襄漢"，故居襄陽。

〔3〕丹霞禪師、石頭、馬祖：皆當時名僧。石頭即希遷（700—790），馬祖即道一（709—788）。

〔4〕此偈言執迷者之覺悟障礙極多。按此偈並下二偈《傳燈録》均不載，未詳出處。

〔5〕此偈謂佛性無所不在，一旦頓悟，則佛意易明。

〔6〕此偈謂禪宗修行之方，一切任其自然。

〔7〕五蘊：佛教語，即色（形相）、受（情慾）、想（意念）、行（行爲）、識（心靈）。

〔8〕十方世界：佛教稱東、西、南、北、東南、西北、西南、東北、上、

下爲十方。十方有情世界，無量無邊，謂之十方世界。一乘：佛教語，即一乘法、一乘顯性教。

〔9〕無相：見《無相頌》注。法身：佛教稱佛陀真身。

〔10〕于公頔：即于頔，中唐時期官僚，歷任數州刺史。兩《唐書》有傳。

〔11〕《新唐書·藝文志》："龐蘊《詩偈》三卷。"注："字道玄，衡州衡陽人，貞元初人。三百餘篇。"

偈〔1〕

世人重珍寶，我則不如然。名聞即知足，富貴心不緣。惟樂簞瓢飲，無求澡鏡銓。饑食西山稻，渴飲本源泉。寒披無相服，熱來松下眠。知身無究竟，任運了殘年。

中人樂寂静，下士好威儀〔2〕。菩薩心無礙〔3〕，同凡凡不知。佛是無相體，何須有相持。但令心了事，遮莫外人疑〔4〕。如人渴飲水，冷暖心自知。

【校注】

〔1〕《唐詩紀事》載龐蘊詩七首，《全唐詩》照録而無此二偈。

〔2〕《瑜伽論》："無自利利他行者名下士，有自利無利他者名中士。"

〔3〕菩薩：梵語菩提薩埵之省稱，本意爲勇猛求道求大覺之人。又譯作開士、大士等。

〔4〕遮莫：此處爲"不論""不問"之意。

釋守安〔1〕

衡岳南臺僧。

【校注】

〔1〕《景德傳燈録》卷二十四載唐僧守安事。《南岳志》卷十五載釋守安事及下詩。

示僧頌

南臺静坐一爐香，終日凝然萬慮亡。不是息心除妄想，都緣無事可思量。

張白醪〔1〕

辟穀衡山雲隱峰，日飲深醉，不知何處得酒。後不知所終。

【校注】

〔1〕《南岳總勝集》卷上："靈隱峰下有伏虎嶺。舊記云：廣明末有野人張白醪辟穀，日飲渾酒未嘗醒。時來往於衡陽。晝卧石鼓洞，夜歸岩中，人數見之。虎卧岩前，無敢近者。或詢之來往，答云：'拂地來，拂地去。'頭上插野花，每念歌云。"張白醪原誤作張白膠。

偶　歌

山花頭上插，酒向口中斟。醉眼看醒漢，茫茫盡喪真〔1〕。

【校注】

〔1〕茫茫，《南岳總勝集》作"忙忙"。

南岳仙

金牛石壁[1]

手持黄鶴來，脚踏金牛背。塵世無人知，白雲久相待。

【校注】

〔1〕題下原注："南岳。"

洞靈源[1]

洞靈源接洞陽天，疲壑危峰吐絳烟。曾踏落花聽玉笛[2]，赤松壇畔鶴鳴泉[3]。

【校注】

〔1〕題下原注："出朱陵洞。"《南岳總勝集》卷中載此詩謂"古詩"。洞靈源：南岳二十五福地之一，相傳東晋末鄧欲之在此遇魏夫人傳法而得道。

〔2〕笛，《南岳總勝集》作"籟"。

〔3〕赤松壇、鶴鳴泉：都是南岳名勝。

釋慧能〔1〕

姓盧氏，安陸人〔2〕。得法於黄梅五祖忍大師〔3〕，得其衣鉢。後歸曹溪，大興佛法。今南華寺即其道場。宋熙寧十年，賜號真空大鑒禪師〔4〕，即曹溪六祖也。

【校注】

〔1〕見《宋高僧傳》卷八，《景德傳燈録》卷五。

〔2〕據上書，慧能先世居河北范陽（今涿州），其父謫居嶺南新州（今廣東新興縣東），故慧能爲廣東新州人。

〔3〕五祖：指弘忍（601—674），在黄梅馮茂山建道場，時稱其學爲東山法門。

〔4〕慧能在唐憲宗元和年間已被謚爲大鑒禪師。

喻　　心〔1〕

菩提本無樹，明鏡亦非臺。何勞勤拂拭，自不染塵埃。

【校注】

〔1〕見《壇經》，又見《嘉慶廣東通志》卷三二八《釋老傳》引《指月録》。據説慧能師兄神秀呈一偈云："身如菩提樹，心如明鏡臺。時時勤拂拭，勿使惹塵埃。"慧能不識字，乃爲偈請人書其側。

示法達持法華經〔1〕

心迷法華轉，心悟轉法華〔2〕。誦久不明己，與人作仇家。

無念念即正，有念念成邪。有無俱不計，長御白牛車〔3〕。

【校注】

〔1〕法華經：爲《妙法蓮華經》之略名，佛教法華宗奉爲教典，以爲“此《法華經》，諸佛如來秘密之藏，於諸經中最在其上”。

〔2〕法華轉、轉法華：佛教有轉讀《法華經》之法，本是爲求消災。此處借喻，前句謂不明經義而爲經義所迷，後句謂既悟之後能運用自如。

〔3〕白牛：《法華經》所説羊鹿牛三獸之一。白牛車喻一乘法，即《法華經》之妙諦。

釋齊己[1]

名得生，寧鄉胡氏子。唐昭宗時出家大潙山寺[2]。項有癭瘤，時號“詩囊”。樂山水，不事請謁。與鄭谷、沈彬相友[3]。著有《霏雪集》《白蓮集》。

【校注】

〔1〕事見《宋高僧傳》卷三十,《唐詩紀事》卷七十五。

〔2〕大潙山：在湖南寧鄉西，爲禪宗五家之一潙仰宗的發源地。按齊己出家早於唐昭宗時，其與司空圖、方干唱和詩可證。

〔3〕鄭谷：字守愚，晚唐詩人，以《鷓鴣》詩著名，人稱鄭鷓鴣。沈彬：唐末浪迹湖湘，嘗與僧虛中、齊己等爲詩友。見陸游《南唐書》、陶岳《史補》。

湘妃廟

湘烟濛濛湘水急，汀露凝紅裛蓮濕。蒼梧雲叠九疑深，二女魂飛江上立。相携泣，鳳蓋龍輿追不及[1]。廟荒杉朽啼飛鼪[2]，笋鞭迸出階基傾。黄昏一片陰雲起[3]，新月如眉生闊水。

【校注】

〔1〕詩末原注：“古本‘相携泣’上重有‘江上立’。”

〔2〕鼪,《全唐詩》作“猩”。

〔3〕一片陰雲起,《全唐詩》作“一岸陰風起”。

寓居岳麓謝進士沈彬再訪

去歲來尋我，留題在蘚痕。又因風雪夜，重宿古松門。玉有疑休泣，詩無主且言。明朝此相送，被褐入桃源。

早　梅

萬木凍欲折，孤根暖獨回。前村深雪裏，昨夜一枝開。風遞幽香去[1]，禽隨冷艷來[2]。明年還應律[3]，先發映春臺。

【校注】

〔1〕去，《全唐詩》一作“出”。

〔2〕冷，《全唐詩》作“素”。

〔3〕還，《全唐詩》作“如”，一作“猶”。

寄鏡湖方干處士[1]

賀監舊山川[2]，空來近百年。聞君與琴鶴，終日在漁船。島露深秋石，湖澄半夜天。雲門幾回去，題遍好林泉。

【校注】

〔1〕《全唐詩》題一作“寄方干處士鑑湖舊居”。方干：字雄飛，晚唐詩人，浙江桐廬人，大中時舉進士不第，後隱居會稽鏡湖。

〔2〕賀監：賀知章，仕終秘書監，天寶初敕賜鏡湖，後終於其地。

夜　坐

百蟲聲裏坐，夜色共冥冥。遠憶諸峰頂，曾栖此性靈。月華澄有象，詩思在無形。徹曙都忘寢，虚窗日照經。

聞　雁

何處人驚起，飛來過草堂。丹心勞避弋，萬里念隨陽。影斷楓天月，聲孤荻岸霜。明年趁春去，江上别鴛鴦。

劍　客

拔劍繞殘樽，歌終便出門。西風滿天雪，何處報人恩。勇死尋常事，輕讐不足論。翻嫌易水上，細碎動離魂。

過陳陶處士舊居〔1〕

一室貯琴樽，詩皆大雅言。夜過秋竹寺，醉倚老僧門。遠燒來籬下，寒蔬簇石根。閑庭除鶴迹，半是杖頭痕。

【校注】

〔1〕陳陶：晚唐詩人，嘗舉進士不第，遂恣游山水，自稱三教布衣。大中中避時入洪州西山學道，不知所終。

江行早發

舟子相呼起，長江未五更。幾程星月在〔1〕，猶載夢魂行〔2〕。鳥亂村林迥，人喧水栅横。蒼茫平野外，漸認遠峰名〔3〕。

【校注】

〔1〕程，《全唐詩》作“看”，一作“程”。

〔2〕載，《全唐詩》作“帶”，一作“載”。

〔3〕漸認，《全唐詩》一作“慚愧”。

秋夜聽業上人彈琴

萬物都寂寂，堪聞彈正聲。人心盡如此，天下自和平。湘水瀉秋碧，古風吹太清。往年廬岳奏，今夕更分明。

酬元員外

清洛碧嵩根，寒流白照門。園林經難別，桃李幾株存。衰老江南日，凄涼海上村。閑來曬朱紱，泪滴舊朝恩。

送幽禪師

霜繁野葉飛，長老卷行衣。浮世不知處，白雲想待歸。磬和天籟響，禪動岳神威。莫便言長往，勞生待發機。

聽　泉

落石幾萬仞，遠聲飄冷空〔1〕。高秋初雨後，半夜亂山中。只有照壁月，更無吹葉風。昔曾廬岳聽〔2〕，到曉與僧同。

【校注】

〔1〕遠聲飄冷空，《全唐詩》作“冷聲飄遠空”，一作同此。

〔2〕昔，《全唐詩》作“幾”，一作“昔”。

登祝融峰

猿鳥共不到，我來身欲浮。四邊空碧落，絶頂正清秋。宇宙知何極，華夷見細流。壇西獨立久，白日轉神州。

匡山寓居栖公〔1〕

物外盡已悟，閑行亦自由〔2〕。好山逢過夏，無事住經秋。樹影殘陽寺，茶香古石樓。何時定休講，歸漱虎溪流〔3〕。

【校注】

〔1〕栖公：即栖蟾，詩僧，與齊己、尚顔爲詩友。

〔2〕行，《全唐詩》作“游”。

〔3〕虎溪：水名，在廬山下。傳説晋僧慧遠居廬山東林寺，送客不過溪，一日與陶潛、陸静修共話，不覺過溪，虎乃驟鳴。

登大林寺觀白太傅題版[1]

九叠蒼崖裏[2]，禪家鑿翠開。清時誰夢到，白傅獨尋來。怪石和僧定，閑雲共鶴回。任兹休去者，心是不燃灰。

【校注】

〔1〕大林寺：在廬山。白太傅：指白居易。題版：白居易有《東林寺經藏西廊記》及有關詩篇。

〔2〕九叠：廬山有九叠屏，此即指廬山。

東林寄金陵知己[1]

十八真賢象[2]，時來拂蘚看。已知前事遠，更結後人難。泉滴勝清磬，松香掩白檀。憑君聽朝貴，誰欲厭簪冠。

【校注】

〔1〕東林：即廬山東林寺，晋江州刺史桓伊爲慧遠所建。

〔2〕慧遠、慧永、劉遺民、雷次宗等十八人同修净土之法，共結白蓮社，被稱爲“十八真賢”。

雲[1]

倚峰觸石濕苔錢[2]，便逐高風離瀑泉。深處卧來真隱逸，上頭行去是神仙。千尋有影滄江底，萬里無踪碧落邊。長憶舊山青壁裏，繞庵閑伴老僧禪。

【校注】

〔1〕《全唐詩》題作“看雲”。

〔2〕倚，《全唐詩》誤作“何”。

送泰禪師歸衡岳〔1〕

石龕閑鎖白猿邊，歸去程途半在船〔2〕。林簇曉霜離水寺，路穿新徑入山泉〔3〕。已尋嵐壁臨空盡，却看星辰向地懸。有興寄題紅葉上，不妨收拾别爲編。

【校注】

〔1〕泰禪師：即齊己詩友釋玄泰。

〔2〕程途，《全唐詩》一作“途程”。

〔3〕徑，《全唐詩》作“燒”。

送李秀才歸湘中

詞客携文訪病夫，因吟送别憶湘湖。寒消溆浦催鴻雁〔1〕，暖入溪山聽鷓鴣〔2〕。僧向月中尋岳麓，雲從城上去蒼梧。君歸爲問峰前寺，舊住松房鎖在無。

【校注】

〔1〕溆浦，《全唐詩》一作“浦溆”。

〔2〕聽，《全唐詩》作“養”。

早　鶯

何處經年絶好音〔1〕，暖風催出囀喬林。羽毛新刷陶潛菊，喉舌初調叔夜琴。藏雨並栖紅杏密〔2〕，避人雙入緑楊深。曉來枝上千般語，應共桃花説舊心〔3〕。

【校注】

〔1〕處，《全唐詩》一作“事”。絶，《全唐詩》作“閟”，一作“絶”。

〔2〕藏，《全唐詩》一作“怕”。

〔3〕應、説,《全唐詩》分别一作“似”“苦”。

寄廬岳僧

一聞飛錫别區中，深入西南瀑布峰。天際雪埋千片石，洞前冰折幾株松[1]。烟霞明媚栖心地，苔蘚縈紆出世踪。莫問江邊舊居寺，火燒兵劫斷秋鐘。

【校注】

〔1〕前,《全唐詩》作“門”，一作“前”。

寄萍鄉唐禀正字[1]

新詩聲價滿皇都[2]，高卧林中更起無。春興酒香薰肺腑，夜吟雲氣湿髭鬚。同登水閣僧皆别，共上漁船鶴亦孤。長憶前年送行處，洞門殘日照菖蒲。

【校注】

〔1〕唐禀：萍鄉人，乾寧元年（894）進士，官秘書正字。

〔2〕詩,《全唐詩》作“書”。

聞尚顔上人創居有寄[1]

麓山南面橘洲西，别構新齋與竹齊。野客已聞將鶴贈，江僧未説有詩題。窗臨杳靄雲千嶂[2]，枕遍潺湲月一溪。可想乍移吟榻處[3]，松陰冷濕壁新泥。

【校注】

〔1〕尚顔：齊己詩友，字茂聖，俗姓薛。

〔2〕杳,《楚風補》原作“香”，從《全唐詩》改。雲,《全唐詩》作

“寒”。

〔3〕吟,《全唐詩》作“禪”，一作“吟”。

送人入蜀

何必閑吟蜀道難〔1〕，知君心出險巇間。尋常秋泛江陵去，容易春浮錦水還。兩面碧懸神女峽，幾重青出丈人山。文君酒市逢初雪，滿貰新沽洗旅顏。

【校注】

〔1〕蜀道難：樂府相和歌辭名，多咏蜀地山川之險以戒行人。

竹裏作六韵

偶來深處坐〔1〕，剩覺有吟思。忽似瀟湘岸，欲生風雨時。冷烟濛古屋，乾籜墮秋墀。徑熟因頻入，身閑得遍敧。踏多鞭節損，題亂粉痕隳。猶見前山叠，微茫隔短籬。

【校注】

〔1〕偶,《全唐詩》作“我”。

偶作寄王秘書

七絲湘水秋深夜，五字河邊日暮時〔1〕。借問秘書郎此意，静彈高咏有誰知。

【校注】

〔1〕河邊,《全唐詩》作“河橋”。

寄南岳清溪道者[1]

萬重千叠紅霞障，夜燭朝香白石龕。常寄溪窗凭危檻，看經影落古龍潭。

【校注】

〔1〕《全唐詩》題作“寄清溪道者”。清溪：南岳九溪之一。

釋玄泰[1]

南岳僧。沉静寡言，未常衣帛，時謂之泰布衲。與貫休、齊己友。居金剛臺[2]。時衡山多被山民斬伐燒畬，爲害滋甚，乃作畬山謡，遠近傳播，達於九重，詔禁止之。後示滅闍維[3]，收其舍利[4]，建塔於迎雲亭之側[5]。

【校注】

〔1〕見《景德傳燈録》卷十六,《宋高僧傳》卷十七。

〔2〕《傳燈録》:“所居蘭若在衡山之東，號七寶臺。”

〔3〕闍維：僧死而火化。

〔4〕舍利：佛教所稱高僧骨灰。

〔5〕《傳燈録》:“收舍利於堅固禪師塔左。”

畬山謡[1]

畬山兒，無所知，年年斫斷青山嵋。就中最好衡岳色，杉松利斧摧貞枝。靈禽野鶴無因依，白雲回避青烟飛。猿猱路絶岩岸出，芝樹失根茅草肥。年年斫罷仍再鉏，千秋終是難復初。又道今年種不多，來年更斫當陽坡。國家壽岳尚如此，不知此理如之何。

【校注】

〔1〕《南岳總勝集》僅載此詩末四句。

釋虛中[1]

與齊己爲詩友，住湘西漂成寺。

【校注】

〔1〕《全唐詩》卷八百四十八："宜春人，客於馬氏。住湘西粟城寺。與齊己、尚顏、栖蟾爲詩友。"粟城寺當即漂成寺。

寄華山司空圖[1]

門徑放莎垂，往來投刺稀。有時開御札，特地挂朝衣。岳信僧傳去，天香鶴帶歸[2]。他年周召化[3]，無復更衰微。

【校注】

〔1〕《全唐詩》一題二首，此爲第一首。司空圖：字表聖，懿宗咸通十一年（870）進士，唐亡，絶食而死。事見《唐書·文苑傳》。

〔2〕天香，《全唐詩》作"仙香"。

〔3〕周召，《全唐詩》作"二南"。化，《全唐詩》一作"旨"。

桃源仙[1]

中秋月唱和詩

陳純至桃源，愛其山水秀絶，乃裹糧沿溪而行。凡九日，至萬仞絶壁下，夜聞石壁間人語。純糧盡困卧，聞有美香，流巨花十餘片，其去甚急。純速取得一花，面滿尺，五萼，乃食之。渴甚，飲溪水數斗。下利三日，行步愈疾。有青衣采蘋岸下曰："此桃源三夫人之地。上府玉源，中府靈源，下府桃源。後夜中秋，三仙將會於此。"其夕，水際樓閣相望。有童曰："玉源夫人坐絳殿中。"衆樂並作。玉源謂純曰："近世中秋月詩，可舉一二句。"純曰："莫辭終夕看，動是隔年期。"桃源曰："意思雖佳，但七月十五日夜，月亦可矣。"玉源乃首倡二句云。

玉兔步虚碧，冰輪輾太清。玉源。不是月華别，都緣秋氣平。靈源。

九秋今又半，萬里一輪懸。桃源。秋静夜方静，月圓人更圓。純和。

【校注】

〔1〕見《青瑣高議·補遺》、《歲時廣記》卷三十二、《類説》四十六、《詩話總龜》前集四十五。乃小説家言。

藍采和[1]

唐末逸士。楚大夫藍尹亹之後[2]。常飲於鍾離市橋酒樓，乘雲仙去[3]。

【校注】

〔1〕《太平廣記》卷二十二有《藍采和篇》，出沈汾《續神仙傳》。又見《雲笈七籤》卷一百十三。相傳爲八仙之一。

〔2〕藍尹亹：楚大夫。見《左傳》定公五年。

〔3〕《續神仙傳》作“後踏歌於濠梁間酒樓，乘醉，有雲鶴笙簫聲。忽然輕舉於雲中，擲下靴衫腰帶拍板，冉冉而去”。

踏踏歌[1]

踏踏歌，藍采和[2]，人生能幾何。紅顔三春樹，流光一擲梭。古人混混去不返，今人紛紛來更多。朝騎龍鳳到碧落，暮看桑田生白波。長景凝暉在烟際[3]，金銀宫闕高嵯峨。

【校注】

〔1〕踏踏歌：踏節而歌。按此處所録不全，“歌詞極多，率皆仙意”。

〔2〕《續神仙傳》作“踏歌踏歌藍采和”。

〔3〕烟，《雲笈七籤》作“空”。

尚　顔

長沙僧。按《紀事》[1]，上人與陸龜蒙、方干、陳陶唱和，亦唐末名僧也。齊己有《寄尚顔上人創居》詩云："麓山南面橘州西。"

【校注】

〔1〕《紀事》：即宋計有功《唐詩紀事》，該書卷七十五載尚顔與陸龜蒙、方干、陳陶唱和之詩。

贈南岳去秦禪師[1]

曹溪入室人[2]，終老甚難尋。四十餘年内，青山與白雲。松和巢鶴看，果共野猿分。海外僧來説，名高自小聞。

【校注】

〔1〕《全唐詩》卷八百四十八作栖蟾詩，題爲"贈南岳玄泰布衲"。按，"去秦"即"玄泰"之誤。

〔2〕曹溪：水名，在廣東曲江縣東南雙峰山下。禪宗六祖慧能曾在曹溪寶林寺演法，"曹溪"因成禪宗别號。入室：比喻深得某種學問之精髓。語出《論語·先進》："由也，升堂也，未入于室也。"

居南岳懷沈彬

石房閑竹徑，茗外獨支頤。萬木還無葉，百年能幾時。隔雲聞狖過，截雨見虹垂。因憶岳南客，晏眠吟好詩。

峽中酬荊南鄭準[1]

山齋西向蜀江濆，四載安居復有群。風雁勢高猶可見，雪猿聲苦不堪聞。新詩寫出難勝寶，破衲行時欲類雲[2]。每喜泝流賓客説，元瑜刀筆潤雄軍[3]。

【校注】

〔1〕鄭準：字不欺，唐昭宗乾寧進士，後爲荆州判官。

〔2〕行時欲,《全唐詩》作“披行却”。

〔3〕元瑜：三國魏阮瑀字。瑀嘗官曹操司空軍謀祭酒，軍國書檄多出其手，曹操每不能增損其文。

贈村公

紬衣木突此鄉尊，白盡鬚眉眼未昏。醉舞神筵隨鼓笛，閑歌聖代和兒孫。黍苗一頃垂秋日[1]，茅棟三間映古原。也笑長安名利處，紅塵半是馬蹄翻。

【校注】

〔1〕頃,《楚風補》原作“頓”，從《全唐詩》改。

附

古樂府木蘭詞〔1〕

木蘭，黄陂女子〔2〕。代父戍邊十二年，人不知其爲女子。後歸，不受爵賞。時人於木蘭山立廟祀之。本縣志載，有木蘭將軍墓。明時有盗發者，爲風雷衛，止。

促織何唧唧〔3〕，木蘭當户織。不聞機杼聲，唯聞女嘆息〔4〕。問女何所思，問女何所憶。女亦無所思，女亦無所憶。昨夜見軍帖〔5〕，可汗大點兵。兵書十二卷〔6〕，卷卷有爺名〔7〕。阿爺無大兒〔8〕，木蘭無長兄。願爲買鞍馬，從此替爺征。東市買駿馬，西市買鞍韉。南市買轡頭，北市買長鞭。旦辭爺娘去〔9〕，暮宿黄河邊。不聞爺娘唤女聲，但聞黄河流水鳴濺濺〔10〕。旦辭黄河去，暮宿黑山頭〔11〕。不聞爺娘唤女聲，但聞燕山邊騎聲啾啾〔12〕。千里赴戎機〔13〕，關山渡若飛。朔氣傳金柝〔14〕，寒光照鐵衣。將軍百戰死，壯士十年歸。歸來見天子，天子坐明堂。策勛十二轉，賞賜百千强〔15〕。可汗問所欲〔16〕，木蘭不用尚書郎〔17〕。願賜明駝千里足〔18〕，送兒還故鄉。爺娘聞女來，出郭相扶將。阿姊聞妹來，當户理紅妝。小弟聞姊來，磨刀霍霍向猪羊。開我東閣門，坐我西間床。脱我戰時袍〔19〕，著我舊時裳。當窗理雲鬢〔20〕，照鏡貼花黄〔21〕。出門見火伴〔22〕，火伴皆驚忙〔23〕。同行十二年，不知木蘭是女郎。雄兔脚撲槊〔24〕，雌兔眼迷離。兩兔並地走，安能辨我是雄雌〔25〕。

原按：此古樂府詞，非木蘭自作，然木蘭實黄陂女子。十五國所采之風原不必盡出其地之人，故集中凡如此類，仍而不删。

【校注】

〔1〕木蘭詞：載於《古樂府》《文苑英華》《古文苑》《樂府詩集》。九卷本《古文苑》（孫洙、韓元吉纂）《木蘭詞》題注曰："不知名。浙江西道觀察使

兼御史中丞韋元甫聞，續，附入。”二十一卷本《古文苑》（章樵纂）題下注“附”字，且在目録中標明是“唐人木蘭詩”。則歷來認爲《木蘭詞》是北朝作品之説爲可疑。就内容而言，確是關於北朝的，而詩中的名物、詞語等則頗有唐詩迹象。應是北朝民間流傳至唐而終於定型的作品。

〔2〕黄陂：在湖北省。木蘭本爲傳説人物，此處所載其籍貫不足信。

〔3〕“促織”句，原注：“一作唧唧復唧唧。”《文苑英華》作“唧唧何力力”，《樂府詩集》作“唧唧復唧唧”。

〔4〕唯，曾慥《類説》引《古樂府》作“但”。

〔5〕軍，《古樂府》作“兵”。

〔6〕兵，《文苑英華》《古文苑》《樂府詩集》皆作“軍”。

〔7〕卷卷，《古樂府》作“卷中”。

〔8〕阿爺，《古樂府》作“我爺”。

〔9〕旦，《古文苑》作“朝”。

〔10〕《古樂府》此句無“流水”二字。

〔11〕宿，《文苑英華》作“至”。黑山，《古樂府》作“燕山”。

〔12〕此句《古樂府》作“但聞胡馬鳴啾啾”，《古文苑》無“燕山”二字。

〔13〕千，《樂府詩集》作“萬”。

〔14〕柝，《古樂府》作“甲”。

〔15〕賞賜，《古樂府》作“賜物”。

〔16〕“可汗”句，《文苑英華》作“可汗欲與木蘭官”，一作同此；《樂府詩集》一作“欲與木蘭賞”。

〔17〕“木蘭”句，《文苑英華》《樂府詩集》均無“木蘭”二字。用，《古樂府》作“願”。

〔18〕“願賜”句，《古樂府》《古文苑》均作“願馳千里足”；《文苑英華》作“願得鳴（一作明）駝千里足”。《樂府詩集》句下注曰：“段成式《酉陽雜俎》云：願借明駝千里足。”《酉陽雜俎》前集卷十六謂，駝卧時，腹不貼地，屈足漏明，則行千里。

〔19〕戰,《古樂府》作“征”。

〔20〕鬢,《文苑英華》作“髮”。

〔21〕照,《古樂府》作“對”,《文苑英華》作“桂”,《古文苑》《樂府詩集》作“挂”。

〔22〕見,《古樂府》作“逢”,其他諸本皆作“看”。

〔23〕“火伴”句,《古樂府》作“伴伴皆驚忙”;《文苑英華》作“火伴驚忙忙”,一作“火伴始驚忙”,又作“火伴皆驚忙”。

〔24〕撲㮤,《文苑英華》作“撲握”,一作“撲朔”。

〔25〕“安能”句,《古樂府》作“烏能知我是雄雌”。

左公歌〔1〕

左震爲黄州刺史。時有女巫從數少年,所至爲虐。震曳巫斬之,悉囚所從少年,籍其贓數十萬,具以狀聞。黄人歌之。

我欲避鄉里,我欲去墳墓。左公今既來,誰忍舍之去。吾鄉有鬼巫,惑人人不知。天子尚尊信,左公能殺之。

【校注】

〔1〕左公:即左震,兩《唐書·王璵傳》附載其事,但未載其歌,出處待檢。王璵爲唐肅宗宰相,因肅宗病而卜云“祟在山川”,故遣女巫分行天下。震殺巫,以所得贓錢代貧民租税,肅宗不能詰。

邵陵甘雨歌

晋咸康中,文斤爲高平令。後隱於邵陽之文仙山,得道羽化。山有石床長一丈四尺,叢竹蒙密,隨風飄揚,委於床側。每遇亢旱,祈禱有應。洎唐貞元十年大旱,州伯太原王公、縣宰昌黎韓公祈請降雨,刻石紀事。元和三年旱又甚,州伯濟陽丁公、縣宰馮翊莊公啓告,甘雨又降,野老荷簑笠歌云。

我聖君兮德巍巍，擇良牧兮治邊陲。感神功兮雲雨施，稼穡如粱兮又如茨[1]。無階答天真兮，咸願立乎豐碑。

【校注】

〔1〕“稼穡”句:《詩・小雅・甫田》:“曾孫之稼，如茨如粱。”

乳穴謡[1]

零陵産石鍾乳最良，後告匱者五載矣。刺史崔公至，逾月，穴人以乳復告。邦人悦之。雜然謡云。見《柳子厚集》。

甿之熙熙，崔公之來[2]。公化所徹，土石蒙烈。以爲不信，起視乳穴。

【校注】

〔1〕見柳宗元《河東先生集》卷二十八《零陵郡復乳穴記》，宋刻世采堂本題作“連山郡復乳穴記”。

〔2〕來：原注：“鄰溪切。”

段公謡[1]

段文昌，字墨卿，其先臨淄人，徙居宜城。疏爽任節，不矜細行。穆宗即位，召顧問，授西州節度使，遷兵部尚書。大和四年，徙帥荆南[2]，荆南之人謡云。

旱不苦，禱而雨。雨不愁，公出游[3]。

【校注】

〔1〕見《唐語林》及《新唐書・段志玄傳》附。段公：指段文昌，參見段

成式小傳。

〔2〕徙，原作“從”，從《新唐書》本傳改。

〔3〕本傳云：“州或旱，禬解必雨；或久雨，遇出遊必霽。”

岳陽水仙歌〔1〕

垂拱中，駕在上陽宫。太學進士鄭生，晨發銅駝里〔2〕。乘曉月，度洛橋，橋下有哭聲甚哀。生下馬察之，見一艷女蒙袂，生遂載之以歸，號曰汜人。能誦楚詞《九歌》《招魂》《九辯》之書，亦嘗擬詞賦爲怨歌，其詞艷麗。生居貧，汜人嘗出輕繒一端賣之。有胡人酬以千金。歲餘，生將游長安。是夕謂生曰：“我，湖中蛟室之姝，謫而從君。今歲滿，當與君訣。”留之不得。去後十餘年，生兄爲岳州刺史。會上巳日，與家徒登岳陽樓望鄂渚，張宴樂，生愁思，吟曰：“情無限兮蕩洋洋，懷佳期兮屬三湘。”聲未終，有畫舫浮漾而來，中爲彩樓，高百尺，其上帷帳籠籠，彈弦鼓吹。内有一女起舞，含嚬怨慕，形似汜人。其歌云云。

訴青春兮江之隅〔3〕，拖湖波兮褭緑裾。荷拳拳兮情未舒，匪同歸兮將焉如。

【校注】

〔1〕唐沈亞之《湘中怨》(《全唐詩》卷四百九十三)、《太平廣記》卷二百九十八引《异聞集·太學鄭生》與此處歌並序全同。《湘中怨序》云：“湘中怨者，事本怪媚。爲學者不當有述。然而淫溺之人，往往不寤。今欲概其所論，以著誠而已。從事韋敖善撰樂府，故牽而廣之，以應其咏。”歌下注：“汜人歌。”後附“亞之自撰解”。

〔2〕銅駝里：唐洛陽里陌名。陸機《洛陽記》：“漢鑄銅駝二枚，在宫之南四會道，夾路相對。”

〔3〕訴，《全唐詩》《太平廣記》均作“泝”。青春，《全唐詩》作“青山”。

洞庭君

水神也。

贈柳毅[1]

大天蒼蒼兮大地茫茫，人各有志兮何可思量。狐神鼠聖兮薄社依墻[2]，雷霆一發兮其孰敢當。荷貞人兮信義長，令骨肉兮返故鄉，永言慚愧兮何時忘[3]。

【校注】

〔1〕洞庭君：唐李朝威《柳毅傳》中人物。以下錢塘君、柳毅均出此傳奇。柳毅傳書，終救龍女，此乃龍君謝詞。

〔2〕聖，原作“怪”，依《太平廣記》改。

〔3〕永，《太平廣記》作“齊”。

錢塘君

亦水神，洞庭君之弟。

贈柳毅

上天配合兮生死有途，此不當婦兮彼不當夫。腹心辛苦兮涇水之隅，鬢鬢風霜兮雨雪羅襦[1]。賴明公兮引素書，令骨肉兮家如初，永言珍重兮無時無。

【校注】

〔1〕《太平廣記》作“風霜滿鬢”。

柳　毅

郴州人，唐中宗時下第。歸至涇陽，見一婦牧羊，曰："洞庭君小女也。"因爲寄書。後再娶盧氏，貌美。曰："予即洞庭君女。涇上之辱，君能救之。兹奉閨房，永以爲好。"後歸洞庭，不知所終。〔1〕

酬贈洞庭錢塘二君

碧雲悠悠兮涇水東流，傷嗟美人兮雨泣花愁。尺書遠達兮以解君憂，哀冤果雪兮還處其休。荷君和雅兮盛甘羞，山家寂寞兮難久留，欲得辭去兮悲綢繆。

【校注】

〔1〕此據《太平廣記》。

夷陵女子歌〔1〕

按：文明中〔2〕，竟陵掾劉諷夜投夷陵空館，見月明下忽有四女郎自西軒至，彈琴擊筑，更唱迭和。歌竟，已是四更。諷因大聲連咳。視庭中無復一物。明旦，諦視之，拾得翠釵數隻，今録其歌云。

明月清風，良宵會同。星河易翻，歡娱不終。緑樽翠杓，爲君斟酌。今夕不飲，何時歡樂。

楊柳楊柳，裊裊隨風急。西樓美人春夢中，繡簾斜卷千條入。

玉户金缸，願陪君王。邯鄲宫中，金石絲簧。衛女秦娥，左右成行。紈縞繽紛，翠眉紅妝。玉顔顧盼〔3〕，爲王歌舞。願得君歡，常無灾苦。

【校注】

〔1〕此處歌及按語皆出唐牛僧孺《玄怪録》。《太平廣記》卷三百二十九引。亦見《全唐詩》卷八百六十六。

〔2〕文明中,《玄怪録》作“文明年”。文明(684)爲唐睿宗年號，時僅數月。

〔3〕玉顔,《玄怪録》《全唐詩》皆作“王懽”。盼,《玄怪録》作“眄”,《全唐詩》作“盼”。

洞庭二妃歌

開寶中[1]，賈知微遇曾城夫人及二妃於洞庭，其歌云[2]。

黄陵廟前青草春[3]，黄陵女兒茜裙新。輕舟短楫唱歌好[4]，水遠山長愁殺人。

【校注】

〔1〕開寶(968—976)：宋太祖年號。此處或因誤爲“開元、天寶”之中，故置於唐。

〔2〕此處所録之詩一作李遠詩，見《全唐詩》卷五百十九；一作李群玉詩，見《全唐詩》卷五百七十。

〔3〕青草,《全唐詩》李遠、李群玉卷均作“莎草”。

〔4〕楫、好,《全唐詩》李群玉卷作“棹”“去”，且注“短一作小”,“棹一作楫”,“唱一作隨”；李遠卷此句則作“輕舟小楫唱歌去”。

君山父老詩

《廣異記》：戴吕夜泊君山[1]。忽一舟至，有老人自吟詩。吕異其詩，就之，忽不見。按《一統志》載，王雲卿嘗遇老人於君山。索酒數行，歌之。蘇東坡云，此詩詞殆是李謫仙輩。老人蓋真遁世者。

湘中老人讀黄老，手把紫蕌坐碧草[2]。春至不知湘水深，日暮忘却巴陵道。

【校注】

〔1〕《湖南通志》卷二百四十一引《博异記》謂“賈客邵雲卿夜泊君山”云云。

〔2〕手把，《湖南通志》引作“手援”，《長沙府志》作“手披”。

白衣人詩[1]

馬植除黔南，殊不得意[2]。維舟峽中，月夜有白衣人緩步吟堤上。隨遣人邀問，不見。後自黔南入爲大理卿，拜相。今録其詩云。

裁竹爲筒作笛吹，鳳凰池上鳳凰飛。勞君更向黔南去，即是陶鈞萬類時。

【校注】

〔1〕此詩及故事見唐孟棨《本事詩·徵异第五》，《太平廣記》所引題作“馬植”。《全唐詩》卷八百六十六引此詩署爲“峽中白衣”。此處摘引《本事詩》不全。

〔2〕此句《本事詩》作“唐丞相馬植罷安南都護，與時宰不通，又除黔南，殊不得意”。馬植：字存之，唐宣宗大中年間曾爲相，兩《唐書》有傳，與《本事詩》异。

江驛女子詞[1]

劉元方抵巴陵[2]，夜宿江岸館中。西有一廳，尚扃鎖。二更後月色滿庭，江水間寂。俄有女子歌者。歌音清細，不可辨明。旦視之，東柱上有詩一首，墨色尚新，其詞云云。

爺娘送我青楓根，不記青楓幾回落[3]。當時手刺衣上花，今日成灰不堪著。

【校注】

〔1〕此故事及詩見《太平廣記》卷三百四十五《劉方玄篇》引《博異記》。多有删削。《全唐詩》卷八百六十六作"巴陵館鬼《柱上詩》"。

〔2〕劉元方，《太平廣記》作"山人劉方玄"。

〔3〕青楓：《楚辭·招魂》："湛湛江水兮上有楓。"後因多以楓與死、招魂相聯繫。

樊夫人[1]

名雲英。一説樊夫人乃劉綱妻，曾飛劍斬君山白鼉雪城。

答裴航

唐長慶中，有裴航秀才，因不第游鄂渚，傭舟於襄漢。同舟樊夫人，國色也。航賂婢裊烟，以詩達之。夫人曰："妾亦有夫在漢南，幸無以諧謔爲意。與郎君小有因緣，他日必偕姻誼。"乃答以詩。後航與雲英竟成姻好，同入玉峰洞中，超爲上仙。

一飲瓊漿百感生，玄霜搗尺見雲英。藍橋便是神仙窟，何必崎嶇上玉京[2]。

【校注】

〔1〕樊夫人：唐裴鉶《傳奇》中人物，載《貞元遺事》。參見《太平廣記》卷五十《裴航篇》、卷六十《女仙傳》。此詩是對裴航後來經歷的預言。

〔2〕崎嶇，《楚風補》原作"嶇嶇"，從《太平廣記》改。據《裴航篇》，船至襄漢，樊夫人不辭而去。航遍訪之，至藍橋驛，渴就老嫗求漿。嫗呼其女雲英飲之以瓊漿。航欲娶雲英，嫗令其尋玉杵臼搗藥。航遍歷辛苦，傾其所有，求得玉杵臼。雲英又令其搗藥百日，方議姻好。

羅襪仙子

貞觀中，一士人於慈恩寺召仙。有仙自稱羅襪仙子，下壇降詩，且云：名登桂籍，家住桃源；塵緣未斷，還到人間。又云：妾有遊清詞，可記憶也。

乩　詩

隔簾燒燭爛如銀，隱映繁星出絳濱。獨韵三山鶴背笛，吹殘人世幾紅塵。

遊清詞

青裙卸却下瑶臺，一卷瑯函手自裁。何事白雲封不住，夜深飛墮碧龕來。

青霓自剪舊時衣，一路寒山夢不迷。堪笑釵頭雙纈子[1]，人間還作鳳凰飛。

松門斜徑鎖烟霞，舊是嬌龍小鳳家。近日麻姑書信至，青童遍掃石床花。

移過雙櫺白玉錢，夢回明月墮香鈿。窗間一寸眉痕裹，常戴烟霞小有天。

【校注】

〔1〕纈子：婦人結髮的繒。晋干寶《搜神記》："晋時，婦人結髮者既成，以繒急束其環，名曰纈子髻。"

洞庭水神

書韋氏巾[1]

昔日江頭菱芡人，蒙君數飲松醪春。活君家室以爲報，珍重長沙鄭德璘。[2]

【校注】

〔1〕參見本書卷十《鄭德璘傳》及詩注。

〔2〕詩末原按："事見《鄭德璘傳》。"

襄陽才士

贈别[1]

唐于頔鎮襄陽[2]。時選人劉某入京，逢一舉人，同行數里，意相得。舉人指歧徑曰："某敝止從此數里，能左顧乎？"劉辭焉。舉人因賦詩贈别。至明年[3]，劉歸襄陽，因尋訪，惟有殯宫存。

流水涓涓芹努牙，織烏雙飛客還家[4]。荒村無人作寒食[5]，殯宫空對棠梨花。

【校注】

〔1〕《全唐詩》卷八百六十五作"襄陽旅殯舉人"，出自《太平廣記》卷三百四十四《襄陽選人篇》引《酉陽雜俎》。

〔2〕于頔：中唐人，兩《唐書》有傳。

〔3〕《太平廣記》無"年"字。

〔4〕織鳥：應作"織烏"。據《侯鯖録》所引，蘇東坡不解"織烏"義，有博學少年王性之乃云："織烏，日也。往來如梭之織。"

〔5〕荒，《侯鯖録》作"深"。

湘驛女子

題玉泉溪[1]

番禺鄭僕射[2]嘗遊湘中，宿驛樓，夜遇女子誦此詩，頃刻不見。

紅樹醋秋色，碧溪彈夜絃。佳期不可再，風雨杳如年。

【校注】

〔1〕《全唐詩》卷八百六十六題作“驛樓誦詩”。

〔2〕《全唐詩》作“鄭僕射愚”。鄭愚：晚唐人。

圓澤後身

沙門圓澤，寓洛陽慧林寺，與李源善。一日相率遊峨眉。源欲自荆州遡峽往，澤欲由長安斜谷。源以久絶人事，不欲復入京師，澤不能强。遂發荆州。舟次南浦，見婦人錦襠負罌而汲。澤望而泣曰："所以不欲由此者，爲是也。"源驚問故，僧曰："婦人孕三稔矣。遲吾爲子，今見之，無可逃者。三日浴兒，願公臨顧，以一笑爲信。後十三年，杭州天竺寺當與公相見。"至暮果亡。婦乳三日，源往視之。兒相客，即軒渠而笑。李後如期赴約於天竺寺。葛洪井畔，聞牧童扣牛角而歌二闋。歌畢，遂隱不見。[1]

三生石上舊精魂[2]，賞月吟風莫要論。慚愧情人遠相訪，此身雖異性常存。

身前身後事茫茫，欲話因緣恐斷腸。吴越江山尋已遍，好回烟棹上瞿塘。

【校注】

〔1〕按，圓澤應作"圓觀"，見《太平廣記》卷三百八十七引袁郊《甘澤謡·圓觀》。此處所録乃删略該篇而成。

〔2〕三生石：傳説在杭州天竺寺後山上。

無名氏

芒　　鞋[1]

舊傳武陵太守偶出行道中，見一人鬻草履於市，甚異之，命市以歸。將躡之，爲家人所止。投之地，即化白鶴飛去。後復見之山中。其人乃口誦一絶云。

芒鞋織得甚堅牢，萬兩黄金價不高。當時不聽妻兒語，跟我蓬萊走一遭。

【校注】

〔1〕《湖南通志》卷二百四十一記芒鞋道人事，與此處小傳同本於舊縣志，其詩出處不詳。

湖北省公益学术著作出版专项资金
Hubei Special Funds for Academic and Public-interest Publications

荆楚全書·第一輯

楚風補

（第三册）

（清）廖元度 輯
湖北省社會科學院文學研究所 校注

長江出版傳媒
湖北人民出版社

楚風補卷之十三

後五代

王　周[1]

漢陽人。按：《文獻通考》載入唐人集目中[2]。今考《峽船詩·序》引陸魯望《茶具詩》[3]，蓋在魯望之後。而自注地名漢陽軍[4]，其爲後五代無疑。有詩一卷，其地里氏次，尚俟後之博識君子詳焉。

【校注】

〔1〕《全唐詩》《宋詩紀事》有傳。

〔2〕此按語據胡震亨語，《全唐詩》《宋詩紀事》有引文。

〔3〕陸魯望：唐文學家陸龜蒙，字魯望。茶具詩，《全唐詩》題作"奉和襲美茶具十咏"。

〔4〕地名，原文無"地"字，參《全唐詩》改。漢陽軍：五代後周及宋所置，治所在今湖北漢陽。

誌峽船具詩[1]

序云：峽山之船，與下之船，大抵觀浮葉而爲之，其狀一也。執而爲用者，或狀殊而用一，或狀同而名異，皆有謂也。下之船有檣、有五兩[2]、有帆，所以使風也；尾有舵，傍有棚。上者以其山曲水急，下有石，皆不可用也。狀直如櫓、前後各一者，謂之梢[3]；船之斜正欹側，爲船之司命者。梢類舵，其狀殊，而船之便於事者，悉不如梢，作《梢》詩。櫓、槳、橈、棹、拔，使其進而無退，利涉川澤，爲船之陳力者。櫓，幾槳類[4]，其狀同而異名也，在船有力，悉不如槽，作《櫓》詩。峽水湍峻，激石忽發者，謂之瀆[5]。沱洑而漩者[6]，謂之腦。岸石壁立，瀆之忽作，篙力難制，以其木之堅韌竿直，戟其首，以竹納護之者，謂之戙。竹爲捻而勾其戙者[7]，謂之納。爲船之良輔者，戙與篙，狀殊而用一也。在船獨出，悉不如戙，作《戙》詩。崖石如齒，非麻枲紉繩之爲前牽，取竹之筋者，破而用枲爲韌以續之，以備其牽者，謂之百丈[8]。繫其船首者，謂之陽紐。牽之者擊鼓以號令之。人聲灘亂，無以相接，所以節動止進退。牽之妨礙者，謂之下綽。濟其不通，爲船之先進者。枲與竹，狀殊而用一也。在船先容，悉不如百丈，作《百丈》詩。噫！古人觀物，因事爲誌者甚多也。予祗命憲司[9]，沿泝巴賨[10]，抵瞿塘，耳目熟於長年三老輩矣[11]，船具之於船有力者，作詩以稱之，庶幾魯望《茶具》者也[12]。俾系其末。

【校注】

〔1〕詩共四首：《梢》《櫓》《戙》《百丈》。《楚風補》選録《梢》《戙》二首。

〔2〕五兩：古代測風器，用鷄毛五兩（或八兩）結在高竿頂上以測風向。

〔3〕梢：通艄。船舵之尾。

〔4〕原文無“類”字，據《全唐詩》《全五代詩》補正。

〔5〕原文無“謂”字，據《全唐詩》補正。

〔6〕原文多一“漩”字，據《全唐詩》改。沱洑：水流回旋處。

〔7〕捻：捻子。此指用破開之竹搓成的竹繩。戙：船板木，駕船用具。

〔8〕百丈：挽舟的竹索。

〔9〕憲司，《全唐詩》作“憲局”。宋各路提點刑獄司的簡稱，負責本路司法刑獄、巡察賊盜等事。

〔10〕巴賨：即指巴人、巴地。

〔11〕長年三老：均指船工，使篙者稱長年，使舵者稱三老。

〔12〕茶具，《楚風補》及《全唐詩》均作"茶經"，誤。今據《文獻通考》改。

艄

制之居首尾，俾之辨斜正。首動尾聿隨，斜取正爲定。有如提吏筆，有如執時柄。有如秉師律，有如宣命令。守彼方與直，得其剛且勁。既能濟險艱[1]，何畏涉遠敻[2]。招招俾作主[3]，汎汎實司命。風烏愧斟酌[4]，畫鷁空輝映。古人存豐規，猗歟聊引證。

【校注】

〔1〕險，《全唐詩》作"難"。

〔2〕遠，《全唐詩》《全五代詩》作"遼"。

〔3〕招招：《詩·邶風·匏有苦葉》："招招舟子，人涉卬否。"《傳》："招招，號召之貌。"聞一多《詩經通義》謂"招招"與"調調""刁刁"聲同，指船夫撐船時身體屈伸動摇之貌。

〔4〕風烏：即相風烏，古代測風向的器具。

䑭

箭飛峽中水，鋸立峽中石，峽與水爲隘，水與峽相擊[1]。濆爲生險艱，聲發甚霹靂。三老航一葉，百丈空千尺。蒼黄徒爾爲，倏忽何可測。篙之小難制，䑭之獨有力。猗嗟䑭之爲，彬彬堅且直。有如用武人，森森矗戈戟。有如敢言士，落落吐胸臆。拯危居坦夷，濟險免兢惕。誌彼哲匠心，俾其求者識[2]。

【校注】

〔1〕峽，《全唐詩》作"石"。

〔2〕求，《全唐詩》作"來"。

宿疏帔驛〔1〕

秋染棠梨葉半紅，荊州東望草平空。誰知孤宦天涯意，微雨瀟瀟古驛中。

【校注】

〔1〕疏帔驛,《全唐詩》作“疏陂驛”。

梁　震[1]

江陵人，梁開平進士[2]。一説本蜀依政人[3]。歸過江陵，高季昌愛其才[4]，欲署爲判官。震耻之，請以白衣侍樽俎，終身稱前進士。晚年退居，築室於土洲，披鶴氅，自稱荆臺處士[5]。詳載《通志》。

【校注】

〔1〕事見《舊五代史》《十國春秋》《全唐詩》。

〔2〕開平（907—910）：後梁太祖朱温年號。據《十國春秋》，梁震初名靄，爲唐末進士。

〔3〕依政：縣名，故城在今四川省邛崍市東。

〔4〕高季昌：後更名季興。梁開平中拜荆南節度使，後唐莊宗時封南平王，後又臣於吴，册爲秦王。爲五代十國之荆南（南平）國創始人，在位二十二年，卒謚武信。

〔5〕荆臺：在湖北監利縣北。

題院中壁[1]

桑田一變賦歸來，爵禄焉能浼我哉。黄犢依然花竹外，清風萬古凛荆臺。

【校注】

〔1〕《全唐詩》題作“荆臺道院”。

孟賓于[1]

字國儀，桂陽連州人[2]。晋天福九年登進士。仕湖南、江南[3]，歷水部郎中。少聰慧，力學不倦。爲詩有盛唐風格。工部侍郎李若虚觀察沅湘時，賓于以《金鼇集》詩數百篇獻之，大見稱賞，因拔其尤，播之朝中，聲譽益著。後隱玉笥山[4]，年八十七卒。平生以詩名，尤喜奬拔後進，故士林多之。

【校注】

〔1〕事見《十國春秋》《全唐詩》。

〔2〕連州：州名，治所在桂陽，即今廣東連州市。

〔3〕仕湖南、江南：孟賓于曾被楚王馬希範辟爲零陵從事，又曾仕南唐爲豐城簿、塗陽令等職。

〔4〕玉笥山：有數處。此當指江西永新縣之玉笥山（亦名群玉峰）。《十國春秋》載孟自號“群玉峰叟”。

獻主司[1]

那堪雨後更鳴蟬[2]，溪隔重湖路七千。憶昔故國楊柳岸，全家送上渡頭船。

【校注】

〔1〕主司：主考官。《五代詩話》《全五代詩》謂此詩爲孟賓于及第後所作。《全唐詩》詩後有注：“主司得詩，自謂得賓于之晚。後賓于致仕歸連上，過廬陵，吉守贈詩，有‘今日還家莫惆悵，不同初上渡頭船’”句。

〔2〕鳴，《五代詩話》作“聞”。

李　皋〔1〕

長沙人，楚王馬希範天策府中十八學士之一〔2〕。

【校注】

〔1〕李皋，《五代詩話》《全唐詩》《十國春秋》作“李宏皋”或“李弘皋”。《全五代詩》云：“李宏皋，一名皋。”

〔2〕馬希範：字寶規。楚王馬殷之四子。兄希聲死，以次立爲楚王，在位十六年（932—947）。據《舊五代史》，馬希範於晋天福中，授江南諸道都統，加天策上將軍。《五代史補》謂其“嗣位未幾，乞依故事置天策府僚屬。於是擢從事有才行者，有若……都統掌書記李皋、江南觀察判官廖圖、昭順軍觀察判官徐仲雅、容管節度推官劉昭禹等十八人，並爲學士”。

銅柱銘〔1〕

蓋聞牂牁接境〔2〕，五溪遺風〔3〕，上古以之要服〔4〕，中世漸爾羈縻〔5〕。帥號精夫〔6〕，相名姎徒〔7〕。漢則宋均肅肇靖溪山〔8〕，唐則楊興師遂開扆境〔9〕。邇來豪右，時恣陸梁，去就在心，否臧由己。溪州彭仕然世傳郡印〔10〕，家總州兵，布惠立威，識恩知勸，故能歷三四代〔11〕，長百萬夫〔12〕，非德教之所加，豈簡書而可服〔13〕！亦無辜於大國，必不虐於小民〔14〕，多自生知，因而善處〔15〕。無何忽承間隙，俄至動摇。王每示含弘〔16〕，常加姑息，漸爲邊患，深入郊圻，擾掠耕桑〔17〕，侵暴辰澧。疆吏告逼〔18〕，郡人失寧。非萌作僞之心〔19〕，偶昧戢兵之法。焉知縱火，果至自焚〔20〕。時晋天子大創丕基〔21〕，倚注雄德，以文皇帝之徽號〔22〕，繼武穆王之令謨〔23〕，策命吾王開天策府〔24〕。天人降止，備物在庭。方振聲名，又當昭泰；眷言僻陋，可俟綏懷。而邊鄙上言，各請效命〔25〕。王乃以静江軍指揮使劉勍率諸部將士，付以偏師〔26〕。鉦鼓之聲，震動溪谷。彼乃棄州保崄〔27〕，結阻憑高〔28〕，惟有鳥飛，謂無人到。而劉勍虔遵廟算，密運神機，跨壑披崖，臨危下瞰。梯衝既合，水泉無汲引之門；樵采莫通，糧糗乏轉輸之路。固甘衿甲〔29〕，豈暇投戈〔30〕。彭師暠爲父輸誠[31]，束身納款。我王憫其通變，爰降招携。崇虎感德以歸周[32]，孟獲畏威而事蜀[33]。王曰："古者叛而伐之，服而柔之，不奪其財，不貪其土。前王典故，後代蓍龜[34]。吾伐叛懷柔，敢無師古，奪財貪地，實所不爲。"乃依前奏，授彭仕然溪州刺史，加檢校太保；諸子將吏，咸復職員，錫賚有差[35]，俾安其土。仍頒廪粟，大賑貧民。乃遷州城，下於平岸。溪之將佐，銜恩嚮化，請立柱以誓焉。於戲！王者之師，貴謀賤戰。兵不染鍔，士無告勞。肅清五溪，震讋百越；居平疆理，保乂邦家。爾宜無擾耕桑，無焚廬舍，無害樵牧，無阻川塗。勿矜激瀨流湍[36]，勿恃懸崖絶壁。苟君親之厚德[37]，我不徵求；感天地之至仁，爾懷寧撫。苟違誡誓[38]，是昧神祇。垂予子孫，庇爾族類。鐵碑可立，敢忘賢哲之蹤[39]；銅柱堪銘，願奉祖宗之德[40]。弘臯仰遵王命，謹作頌焉，其辭曰：

昭靈鑄柱垂英烈[41]，手執干戈征百越。誕今鑄柱庇黔黎[42]，指畫風雷開五溪。五溪之險不足恃，我旅争登若平地[43]。五溪之衆不足憑[44]，我師輕躡如春冰。溪人畏威思納貢[45]，棄污歸明求立誓[46]。誓山川兮告鬼神，保子孫兮千萬春[47]。

【校注】

〔1〕《楚風補》原注："時希範平五溪，命皋作銘。"銅柱銘文是五代後晋天福五年（940）楚王馬希範與溪州刺史彭仕然（一作仕愁）的戰後罷兵盟約。"以銅五千斤鑄柱""柱高丈二尺，入地六尺"（《十國春秋》）。柱上銘刻《溪州銅柱記》二千餘字。銅柱原在湖南永順縣野鷄坨下，一九七一年因修建水庫，遷至王村花果山。

〔2〕牂牁：古郡名。治所在今貴州黄平西北。

〔3〕五溪，《池北偶談》作"盤瓠"。此句後尚有"因六子以分居，入五溪而聚族"二句。盤瓠：傳説爲帝高辛氏之犬。帝募天下能得犬戎吴將軍頭者，妻以女。盤瓠銜吴將軍頭來，帝如約以女妻之。後生子女各六人，自配爲夫妻，子孫繁衍，分布於西南各地。五溪：指雄溪、滿溪、無溪、酉溪、辰溪，在今湘西黔東一帶。

〔4〕以,《池北偶談》作“謂”。要服：古五服（一說爲九服）之一，此泛指邊遠地區。

〔5〕世,《池北偶談》作“古”。

〔6〕帥，原作“師”，據《池北偶談》改。精夫，原作“狷夫”,《十國春秋》作“滑夫”,《池北偶談》作“精天”，皆誤。精夫乃漢代南方少數民族對渠帥的稱呼。見《後漢書·南蠻傳》。

〔7〕姎徒，原文作“婡氏”，注曰：“音脅，此字疑誤。”今據《後漢書·南蠻傳》改。漢代南方少數民族稱相爲姎徒。

〔8〕此處《池北偶談》作“漢則宋均置吏，稍静溪山”。宋均：東漢人。馬援征五溪時，均爲監軍。援卒於師，均矯詔平服五溪。光武帝嘉其功，賜以金帛。

〔9〕此處《池北偶談》作“唐則楊思興師，遂開辰錦”。楊思：疑指楊思勗。楊少爲宦者，開元年間嘗征五溪。累官驃騎大將軍。扆境,《十國春秋》作“展境”。應從《池北偶談》作“辰錦”。辰、錦：二州名，故治在今湖南省。

〔10〕溪州：古州名，今屬湘西土家族苗族自治州。彭仕然,《宋書·蠻夷志》《一統志》《舊五代史》《新五代史》皆作“彭士愁”。

〔11〕原文作“二三四代”，據《十國春秋》改。

〔12〕原文作“長百千萬夫”，據《十國春秋》改。

〔13〕服,《十國春秋》作“畏”。

〔14〕必,《池北偶談》作“亦”。

〔15〕處，原文作“無”，據《十國春秋》《池北偶談》改。

〔16〕含弘：《易·坤》：“含弘光大，品物咸亨。”

〔17〕擾,《池北偶談》作“剽”。

〔18〕原文作“殭吏齊逼”，殭，原注：“音姜。”據《十國春秋》《池北偶談》改。

〔19〕僞,《池北偶談》作“孽”。

〔20〕《左傳》：“夫兵，猶火也，弗戢，將自焚也。”“戢兵”“自焚”句本於此。

〔21〕大創,《池北偶談》作“肇造”。晋天子：指後晋高祖石敬瑭。石敬瑭爲後唐明宗婿，清泰三年（936）引契丹兵滅後唐，受契丹册封爲大晋皇帝，改元天福。

〔22〕文皇帝：指唐太宗李世民。

〔23〕武穆王：指楚王馬殷，五代十國之楚國創建者，卒謚武穆。

〔24〕《十國春秋》：“天福四年夏四月，晋加王天策上將軍……又效唐太宗天策府文學館，立學士員。”

〔25〕此句原文作“而邊鄙上言各效命”,《十國春秋》作“而邊鄙上言各效命士”。今據《池北偶談》改。

〔26〕諸部將士,《池北偶談》作“諸部將”。付以偏師：原文無“付”字，據《池北偶談》補。静江軍：治所在今廣西桂林市。指揮使：本唐方鎮軍校之名稱，五代因之。劉勍：史失其里籍，因平五溪之功，升錦州刺史。

〔27〕原文無“彼”字，據《十國春秋》《池北偶談》補。

〔28〕阻,《池北偶談》作“砦”。

〔29〕原文作“因甘矜恤”，今據《池北偶談》改。

〔30〕原文無此句，據《池北偶談》補。

〔31〕彭師暠：彭仕然之子，廢王馬希廣時任辰州刺史，後歸南唐。

〔32〕崇虎,《池北偶談》作“崇侯”。崇虎即崇侯虎，曾在紂王面前譖西伯（周文王），紂王因囚西伯。後西伯伐崇侯虎，滅崇國。

〔33〕孟獲：三國蜀漢建寧郡人，諸葛亮南征，曾七擒七縱，獲乃降服，並説：“公天威也，南人不復反矣。”

〔34〕代，原文誤作“伐”，據《十國春秋》改。

〔35〕賫,《池北偶談》作“命”。

〔36〕流,《池北偶談》作“飛”。

〔37〕德,《池北偶談》作“施”。

〔38〕誡,《十國春秋》作“誠”。

〔39〕敢,《池北偶談》作“可”。

〔40〕據《十國春秋·武穆王世家》，楚國馬氏自云爲東漢伏波將軍馬援之

後，故言“願奉祖宗之德”。

〔41〕昭靈：指馬援。楚國以馬援爲昭靈王，其境内立有昭靈廟。

〔42〕誕今,《池北偶談》作“我王”。

〔43〕登,《池北偶談》作“先”。

〔44〕憑，原文作“平”，據《池北偶談》改。

〔45〕思納貢,《五代詩話》《名山記》《池北偶談》皆作“乃感惠”,《全唐詩》《十國春秋》作“思納質”。

〔46〕棄污歸明,《五代詩話》作“納質歸名”,《池北偶談》作“納質歸明”,《十國春秋》作“棄污歸朝”,《名山記》作“納質歸朝”。求,《名山記》作“永”。

〔47〕原文作“子孫保兮”，據《全五代詩》《全唐詩》《十國春秋》《池北偶談》改。

徐仲雅[1]

字東野。關中人，徙居長沙。年十八，馬希範辟爲學士。時造九龍殿，制度奢僭，仲雅引典故以規正之，不從。邊鎬入長沙[2]，仲雅辭去。後周行逢入長沙[3]，欲用爲節度[4]，兩以疾辭。行逢固召，面受文牒，終不就，行逢怒，放之邵州。

【校注】

〔1〕徐仲雅:《十國春秋》有傳。《舊五代史》引陶岳《五代史補》作“徐中雅”。

〔2〕邊鎬：南唐將領。楚王馬希範卒，其弟希廣繼立。後希廣爲其庶兄希萼所殺，希萼又爲其弟希崇所囚，楚國大亂。南唐乘機遣袁州刺史邊鎬攻占長沙。

〔3〕周行逢：馬希範部將，後周廣順二年（952）攻襲長沙，驅逐邊鎬，遂占有湖南之地。

〔4〕此説誤。據《十國春秋》，時周行逢爲節度使，欲署徐仲雅爲“節度判官”。

暇日咏棕櫚[1]

葉似新蒲緑，身如亂錦纏，任君千度剥，意氣自衝天。

【校注】

〔1〕《全五代詩》題作“咏棕樹”。《十國春秋·徐仲雅傳》云：“仲雅結廬山寺，暇日睹群僧剥棕樹，咏以見志。”

宫　詞

内人曉起怯春寒，輕揭珠簾看牡丹。一把柳絲收不得[1]，和風搭在玉闌干[2]。

【校注】

〔1〕得,《五代詩話》作“盡”。

〔2〕搭，原作“拾”，據《全唐詩》《全五代詩》《五代詩話》改。

江處士

馬希範天策府中諸生。工詩，多麗句。

失　　題[1]

門在松陰裏，山僧幾度過。藥靈丸不大[2]，棋妙子無多。薄霧籠寒徑，殘風戀緑蘿。金烏兼玉兔，年幾奈君何[3]。

【校注】

〔1〕《全唐詩》《全五代詩》均作徐仲雅詩，題作“贈江處士”。《五代詩話》引《玉壺清話》亦云爲徐仲雅詩，題作“貽汪處士”。

〔2〕丸，《五代詩話》作“圓”。

〔3〕幾，《全唐詩》注：“一作紀。”《五代詩話》作“歲”。君，《全唐詩》作“公”。

廖匡圖[1]

字贊禹，關中籍長沙人[2]。《百川學海》載衡山人[3]。文學博贍，爲時所稱。時馬希範襲爵楚王，好學善詩賦。匡圖與徐仲雅、李弘皋等俱辟幕下，奏天策府學士。以文藻知名，有《廖氏家集》一卷，見《藝文志》[4]。"匡"，《唐書》作"光"。

【校注】

〔1〕廖匡圖，《五代史補》《五代詩話》《唐才子傳》《全五代詩》均作"廖圖"，《新五代史》作"廖光圖"。

〔2〕一云虔州虔化（今江西贛縣）人。參下廖偃小傳注〔2〕。

〔3〕《百川學海》：叢書名，宋左圭輯。衡山：在今湖南省。據《五代史補》記載，廖氏奔楚，馬殷"乃賜莊宅於衡山"。

〔4〕指《宋史·藝文志》。

九日陪董内召登高

祝融峰下逢高節[1]，相對那能不愴神。烟裏共尋幽磵菊，樽前俱是異鄉人。遥山帶日應連越，孤雁來時想别秦。自古登高盡惆悵，茱萸休笑泪盈巾。

【校注】

〔1〕高節，《五代詩》作"佳節"。祝融峰：南岳衡山之最高峰，在湖南衡山縣西北。

廖偃

桂陽韶陽人[1]，光圖之子[2]。自韶陽叛，舉族奔長沙。殷將拒不納[3]，或諫曰："廖者'料'也，馬得料必肥。"遂命光圖爲永州刺史。後其子遊零陵，於民間見父題壁，感而成詩云[4]。

【校注】

〔1〕此處疑有誤。《十國春秋》云廖氏本虔州虔化（今江西贛縣）人。偃先人爽授韶州刺史，武穆王時爲廣南（南漢）所攻，舉族奔楚。此處所説"韶陽"疑即韶州（治所在今廣東韶關地區）之誤。但韶州不屬桂陽管轄。

〔2〕《十國春秋》云："廖偃一名仁勇，天策學士匡圖之子。"《五代史補》則云："廖氏，虔州虔化人。有子三人，伯曰圖，仲曰偃，季曰凝。"按鄧顯鶴《楚寶增輯》云："廖氏一門見於《五代史》《通鑒》及《九國志》《三楚新録》《五代史補》《十國春秋》《楚紀》諸書……所載世系互异。……廖凝一作匡凝，爲匡圖之弟。廖偃爲匡圖之子，又有謂偃爲匡圖之弟，凝之兄者。五季之亂，史氏失職，野乘傳聞，疑不能明也。"

〔3〕殷：指楚王馬殷。

〔4〕此處所説題壁詩，《五代詩話》《宋詩紀事》均作廖齊詩。注云："廖齊父爽直，嘗爲永州刺史。齊後游零陵，於民舍見父題壁，感而成詩。"

即事[1]

下馬連聲扣竹門，主人何事感遺恩。回頭泣向兒童道，重見甘棠舊子孫[2]。

【校注】

〔1〕《宋詩紀事》題作"永州有感"。

〔2〕甘棠：即棠梨。《詩·召南》有《甘棠篇》。傳説周武王時，召公（姬奭）巡行南方，曾憩甘棠樹下，後人感其德，作《甘棠》詩。後以"甘棠"作爲稱頌官吏政績之辭。

劉昭禹[1]

字休明，桂陽人[2]。一載婺州人[3]。仕湖南，署天策府學士，嚴州刺史[4]。有集一卷。

【校注】

〔1〕劉昭禹，《十國春秋》有傳。

〔2〕桂陽：約當今湖南郴州地區。

〔3〕婺州：治所在今浙江金華。

〔4〕嚴州，治所在今浙江建德。原文誤作“巖州”，據《十國春秋》改。

冬日報國寺留題[1]

天台山下寺，冬莫景如屏。樹密風長在，年深像有靈。高鐘疑到月，遠燒欲連星。因共真僧話，心中萬慮寧。

【校注】

〔1〕《全唐詩》《全五代詩》題作“冬日暮國清寺留題”。國清寺：在今浙江天台縣天台山麓，本名天台寺。

送休公歸衡岳[1]

草屨初登南岳船，銅瓶猶貯北山泉。衡陽舊寺春歸晚，門鎖寒烟幾樹蟬[2]。

【校注】

〔1〕《全五代詩》《全唐詩》題作“送休公歸衡”，《五代詩話》題作“送休上人之衡岳”。

〔2〕烟，《全五代詩》《全唐詩》作“潭”。

歐陽彬

衡山人。博學能文。先携所著詣馬氏〔1〕，不遂。復以《九州歌》授妓瑞卿，歌以動武穆王〔2〕，又不用。乃走入蜀，見蜀王〔3〕，獻《獨鯉朝天賦》〔4〕，王大悦，擢居清要〔5〕。其後官至尚書左丞相〔6〕，出爲夔州使〔7〕。

【校注】

〔1〕馬氏：指楚王馬殷。見李皋《銅柱銘》注〔25〕。

〔2〕武穆王：亦指馬殷。其謚號武穆。

〔3〕蜀王：指王衍。衍爲王建之子，史稱後主。後唐莊宗同光三年（925）遣將伐蜀，衍降。

〔4〕《十國春秋》作《萬里朝天賦》。

〔5〕清要：謂政事清簡而又掌握樞要的官職。據《十國春秋》載："（彬）獻《萬里朝天賦》，前蜀後主大悦，擢爲翰林學士。"

〔6〕《五代史補》所載官職同此，《十國春秋》《全五代詩》作"尚書左丞"。按尚書左丞相爲宋南渡後所置官，五代時不當有。故應從《十國春秋》等。尚書左丞爲尚書省屬官，位在尚書令、左右僕射之下。

〔7〕《五代史補》謂爲"夔州節度使"，《十國春秋》謂爲"寧江軍節度使"。夔州：治所在今重慶奉節，歸寧江軍節度。歐陽彬任尚書左丞和節度使，時在後蜀孟知祥朝。

夜　宴

調生查子〔1〕。

竟日晝堂歡〔2〕，入夜重開宴。剪燭蠟烟香，促席花光顫。待得月華來〔3〕，滿院如鋪練。門外簇驊騮，直待更深散。

【校注】

〔1〕《全五代詩》題作“生查曲”,《全唐詩》題作“生查子”。生查子：本唐教坊曲名，後用作詞牌名。

〔2〕日，原文誤作“入”，據《全唐詩》《全五代詩》改。

〔3〕《全五代詩》作“待月得華來”。

廖　凝[1]

字熙績，衡陽人[2]。南唐李景聘爲彭澤令[3]，慕陶元亮高風，嘗作詩曰："風清竹閣留僧住，雨潤莎亭放吏衙。"[4]未幾，嘆曰："淵明不爲五斗米折腰，吾何久爲人役，惻愴若轅下駒耶！"遂解印歸，隱居南岳。

【校注】

〔1〕《五代史補》《全五代詩》《全唐詩》謂廖凝即廖匡圖之弟。《十國春秋·廖凝傳》謂"一云凝即匡圖弟，楚亡還金陵"。

〔2〕《十國春秋》云其爲衡山人，《五代史補》云其爲虔州贛縣人，後奔楚，武穆王賜莊宅於衡山。

〔3〕李景（916—961）：字伯玉，初名景通，後改爲璟，史稱南唐中主。彭澤：縣名，故城在今江西省湖口縣東。

〔4〕《五代詩話》《全五代詩》作"風清竹閣留僧宿，雨濕莎庭放吏衙"。

中秋咏月[1]

九十日秋色，今宵已半分。孤光吞列宿[2]，四面絶微雲[3]。衆木排疏影，寒流叠細紋。遥遥望丹桂，心緒正紛紛。

【校注】

〔1〕《全五代詩》《五代詩話》題作"中秋月"。

〔2〕吞，《全唐詩》《全五代詩》《五代詩話》作"含"。

〔3〕微，《全五代詩》《全唐詩》作"纖"。

聞　蟬

一聲初應候，萬木已西風。偏感異鄉客，先於離塞鴻。日斜金谷静，雨過石城空。此處不堪聽[1]，蕭條千古同。

【校注】

〔1〕處,《五代詩話》作“號”。

題修江寺壁〔1〕

五斗徒勞自折腰〔2〕,三年兩鬢爲誰焦。今朝官滿吟歸去〔3〕,還挈來時舊酒瓢。

【校注】

〔1〕《全唐詩》題作“彭澤解印”。

〔2〕自,《全唐詩》《五代詩話》作“漫”。

〔3〕吟,《全唐詩》《五代詩話》作“重”。

廖　融

字元素。衡陽人[1]，凝之弟也。與潘若冲更唱迭和[2]，爲詩家勍敵。至宋，太宗以策論取士。融笑曰："豈知今日之詩，竟似大市裏賣平天冠耶！"[3]後隱居南岳。忽作詩云："雲穿搗藥屋，雪壓釣魚船。"自注："屋破雲穿，其中無人也；船爲雪壓，無舟也。"後六十日遂卒。刺史何承矩葬之[4]，進士鄭鉉志其墓。

【校注】

〔1〕《宋詩紀事補遺》云其爲"潭州衡山人"。

〔2〕潘若冲：宋太平興國中曾官桂林守，《宋詩紀事》載其《寄南岳廖融》一詩。

〔3〕平天冠：也叫通天冠、平頂冠。古代帝王祭祀時所帶。

〔4〕何承矩：字正則，歷仕太祖、太宗、真宗三朝。太宗時，嘗知潭州（治所在今湖南長沙）。葬廖融事當在此時。

贈天台逸士[1]

移檜托禪子，携家上赤城[2]。拂琴天籟寂[3]，欹枕海濤生[4]。雪白寒峰晚[5]，鳥歌春谷晴。又聞求桂楫[6]，載月十洲行[7]。

【校注】

〔1〕《全五代詩》《五代詩話》題作"贈天台逸人"。

〔2〕赤城：山名，在浙江省天台縣北，爲道教名山。

〔3〕寂，《五代詩話》作"濤"。

〔4〕濤，《宋詩紀事補遺》作"潮"。

〔5〕雪，《全唐詩》《全五代詩》作"雲"。

〔6〕求，《宋詩紀事補遺》作"乘"。

〔7〕十洲，原作"入舟"。據《全唐詩》《全五代詩》《宋詩紀事補遺》改。

夢　仙[1]

琪木扶疏係辟邪，麻姑夜宴紫皇家[2]。銀河旗節搖波影，珠閣笙簫吸月華。翠鳳引遊三島路，赤龍齊駕五雲車[3]。星移猶倚虹橋立[4]，擬就張騫搭漢槎[5]。

【校注】

〔1〕《全唐詩》《全五代詩》《五代詩話》題作“夢仙謠”。

〔2〕麻姑：傳説中女仙。紫皇：道家傳説中神仙，《太平御覽·秘要經》：“太清九宮，皆有僚屬，其最高者稱天皇、紫皇、玉皇。”

〔3〕駕，《五代詩話》作“到”。

〔4〕移，《全唐詩》《五代詩話》作“稀”。

〔5〕張華《博物志》載有乘槎泛天河事，乘槎人未有姓名，晋以後遂將此人附會爲張騫。張騫：西漢漢中城固人，曾兩次出使西域，開闢了漢朝通往西域的道路。

退宫妓

神仙風格本難儔，曾侍前皇翠輦遊[1]。紅躑躅繁金殿暖[2]，碧芙蓉笑水宫秋。寶車鈿剥陰塵覆[3]，錦帳香銷畫燭愁[4]。一旦色衰歸故里，月明猶夢按梁州[5]。

【校注】

〔1〕侍，《全唐詩》《全五代詩》《五代詩話》作“從”。

〔2〕紅躑躅：即紅杜鵑花。

〔3〕寶車，《全唐詩》作“寶箏”。

〔4〕愁，《全唐詩》《五代詩話》作“幽”。

〔5〕梁州：指《梁州令》，也稱《凉州令》，唐教坊曲名。

梁意娘〔1〕

瀟湘梁公女。

【校注】

〔1〕羅燁《醉翁談録》有《梁意娘與李生詩曲引》，記梁意娘事甚詳，兹録於後："梁意娘者，五代周時人也，乃儒家之女，年十五，能詩筆，而又體態輕盈。與李生爲兩姨之親，時節講問不疏。一日，意娘因父母赴南鄰吉席，輒與李生通焉。亦以平時屬意之久，迨此亦天作之合也。自後情愛相牽，形於顔色，爲家人所覺，遂至一年絶交。意娘密以詩柬傳音，又爲家人知之。一日，意娘之父母自相謂曰：'天地交而萬物生，人道交而功勛成。男女居室，人之大欲存焉。與其不義以絶恩愛，孰若因而妻之，以塞外議。若然，則非唯順天者存，亦以爲劉范、朱陳、秦晋之盛事也，不亦可乎？'卒與爲姻，而成眷屬焉。人皆曰：'賢哉之父母也，美哉意娘詩筆之力也。'今但録意娘之所作於右，以表婦人女子有此之技能也。"

寄李生〔1〕

花花葉葉落紛紛〔2〕，終日思君不見君〔3〕。腸欲斷兮腸欲斷，泪珠痕上更添痕〔4〕。我有一寸心〔5〕，無人共我説〔6〕。願風吹散雲，訴與天邊月〔7〕。携琴上高樓，樓高月華滿〔8〕。相思彈未終，泪滴琴弦斷〔9〕。人道湘江深〔10〕，未抵相思半。江深終有底〔11〕，相思無邊岸。君在湘江頭，妾在湘江尾〔12〕。相思不相見，同飲湘江水〔13〕。夢魂飛不到，所欠惟一死。入我相思門〔14〕，知我相思苦。長相思兮長相憶，短相思兮無盡極〔15〕。早知如此挂人心〔16〕，悔不當初莫相識。

【校注】

〔1〕原注："意娘與李生爲姑表親，因中秋玩月有約。舅覺之，由是阻隔三霜。意娘以歌寄之，李生得歌悲咽，因托人進公曰：'令愛才華，賢甥文藻，

天生佳偶，不若妻之。’公乃許焉。”《醉翁談録》題作“意娘與李生相思歌”。

〔2〕花花葉葉，《古今圖書集成·閨媛典·閨藻部·梁意娘本傳》（下簡稱《本傳》）、《醉翁談録》作“落花落葉”。落紛紛，《醉翁談録》作“竟紛紛”。

〔3〕終，《醉翁談録》作“盡”。

〔4〕《醉翁談録》此句下尚有“一片白雲青山内，一片白雲青山外。青山内外有白雲，白雲飛散青山散”四句。

〔5〕寸，《醉翁談録》作“片”。

〔6〕共我説，《醉翁談録》作“向我説”，《本傳》作“對君説”。

〔7〕訴與，《醉翁談録》作“頂對”。

〔8〕華，《醉翁談録》作“空”。

〔9〕此二句，《醉翁談録》作“彈得相思曲，滴人弦琴斷”。《本傳》作“相思彈未終，泪滴冰弦斷”。

〔10〕湘江，《醉翁談録》作“海水”。

〔11〕終，《醉翁談録》作“尚”。

〔12〕妾，《醉翁談録》作“兒”。

〔13〕同，《醉翁談録》《本傳》作“共”。宋李之儀有《卜算子》：“我住長江頭，君住長江尾。日日思君不見君，共飲長江水。”與此四句語意相近。

〔14〕以上三句，《醉翁談録》作“出我相思門，入我相思户，不見相思人”。

〔15〕盡，《醉翁談録》作“窮”。

〔16〕此句，《醉翁談録》作“早知相思欲斷腸”，《本傳》作“早知如此絆人心”。

述　懷

蹤迹萍浮落五湖[1]，一番相別一番孤[2]。不知此去從何處[3]，還許春風得見無。

【校注】

〔1〕萍浮,《宋詩紀事》作“浮萍”。

〔2〕孤，原注：“一作疏。”《醉翁談録》作“疏”。

〔3〕處,《醉翁談録》作“去”。

道吾和尚

道吾山在瀏陽縣[1]。唐太和初開。

【校注】

〔1〕道吾山在瀏陽縣北十里。《名山志》："道吾山列七十二峰，東連寶蓋，西連洞陽，狀若蓮花，又名蓮花峰。"

一鉢歌

無可離，無可著，何處更求無病藥。藥是病，病是藥，到頭兩字須拈却。亦無藥，亦無病，正是真如靈覺性[1]。

【校注】

〔1〕真如：佛家語。《唯識論》："真謂真實，顯非虚妄；如謂如常，表無變易。謂此真實於一切法，常如其性，故曰真如。"

釋貫休

姓姜氏，字德隱。蘭溪人[1]。在唐時與齊己同師石霜[2]。歷五代。苦節峻行。著有《西岳集》二十餘卷[3]。

【校注】

〔1〕蘭溪：即今浙江省蘭溪市。《郡閣雅談》云貫休爲鍾陵（故城在江西進賢縣西北）人。

〔2〕齊己：唐代詩僧，本姓胡，名得生。石霜：唐代高僧，本姓陳，名慶諸。

〔3〕門人曇域尋檢舊稿及記憶所得，爲之刻印，更名曰《禪月集》。

酷吏詞[1]

霰雨灂灂[2]，風吼如斸[3]。有叟有叟，暮投我宿。吁嘆自語，云太苛酷[4]，如何如何，掠脂斡肉。吴姬唱一曲，等閑破紅束；韓娥唱一曲，錦緞鮮照屋。寧知一曲兩曲歌，曾使千人萬人哭。不惟哭，亦白其頭饑其族。所以祥風不來[5]，和風不復。蝗兮蠈兮[6]，東西南北。

【校注】

〔1〕原注："時避地渚宫，荆帥高氏優待之，館於龍興寺，有感而作此詞。"渚宫：春秋時楚别宫，故址在湖北江陵縣城。此以渚宫代指江陵。高氏：指高季昌。見梁震小傳注〔4〕。

〔2〕灂灂：雨聲。

〔3〕斸：大鋤。引申爲斫。

〔4〕苛，《禪月集》《全唐詩》《全五代詩》作"守"；《五代詩話》作"奇"。

〔5〕風，《禪月集》《全唐詩》作"氣"。

〔6〕兮，《禪月集》《全唐詩》作"乎"。蠈，《全五代詩》作"蝨"。

《詩・大雅・大田》："去其螟螣，及其蟊賊。"傳："食心曰螟，食葉曰螣，食根曰蟊，食節曰賊。"

呈吴越王[1]

貴逼身來不自由[2]，龍驤鳳翥勢難收[3]。滿堂花醉三千客，一劍霜寒十四州[4]。萊子衣裳宫錦窄[5]，謝公篇咏綺霞羞[6]。他年名上凌烟閣[7]，豈羨當時萬户侯[8]。

【校注】

〔1〕《禪月集》《全唐詩》《全五代詩》題作《獻錢尚父》。吴越王、錢尚父，指錢鏐（852—932），吴越國開國主。據《十國春秋》載，貫休此詩作於唐乾寧（894—897）中，時錢鏐爲彭城郡王。唐亡，後梁太祖（朱温）封其爲吴越王，至其子朱友珪（郢王），朱友貞（末帝）始册尊錢鏐爲"尚父"。據此，詩題當爲後人所加。詩末原注："王愛其詩，諭改十四州爲四十州。貫休喟然曰：'州亦難添，詩也難改。閑雲孤鶴，何天不可飛耶！'遂杖錫去。"

〔2〕身來，《禪月集》《全唐詩》《全五代詩》作"人來"，《古今詩話》作"身心"。

〔3〕此句《古今詩話》作"幾年勤苦踏林丘"。

〔4〕十四州：指錢鏐當時所轄地盤。《舊五代史》言其所轄止一十三州。

〔5〕"萊子"以下四句，《禪月集》《全唐詩》《全五代詩》作"鼓角揭天嘉氣冷，風濤動地海山秋。東南永作金天柱，誰羨當時萬户侯"。衣裳，《五代詩話》作"彩裳"。萊子：即老萊子，春秋時楚隱士。相傳其年近七十，常身穿彩衣，以博取父母歡顔。舊時因用"老萊衣"表示孝敬父母。據《十國春秋》載，錢鏐"事母至孝，常游後庭層樓，太夫人春秋高，不能上，王親負而登焉"。

〔6〕謝公：指南朝齊代著名詩人謝朓。謝朓山水詩清俊秀麗，其《晚登三山還望京邑》中"餘霞散成綺，澄江静如練"是膾炙人口的名句。

〔7〕他年，《五代詩話》作"他時"。

〔8〕當時，《五代詩話》作"當年"。

呈蜀王[1]

河北河南處處灾[2]，惟聞全蜀少塵埃[3]。一瓶一缽垂垂老，千水千山得得來[4]。秦苑幽栖多勝景[5]，巴歈陳貢愧非才[6]。自慚林藪龍鍾者，亦得親登郭隗臺。

【校注】

〔1〕《禪月集》《全唐詩》《全五代詩》題作“陳情呈蜀皇帝”。蜀王、蜀皇帝：指王建，五代前蜀國創建者。詩末原注：“王遇之甚厚，常呼爲‘得得和尚’。”

〔2〕河南，《禪月集》《全唐詩》《全五代詩》作“江東”。

〔3〕少，《禪月集》《全唐詩》《全五代詩》作“勿”。

〔4〕得得：特特，特地。

〔5〕秦苑，《禪月集》《全唐詩》作“奈苑”。

〔6〕巴歈，《五代詩話》作“漢廷”。

沈　璘[1]

字廷瑞。學道玉笥山[2]。常衣單褐，風雪不易。嗜酒工詩，時呼爲沈道者。

【校注】

〔1〕沈璘：沈彬之子。事迹附見《十國春秋·沈彬傳》。《全唐詩》《宋詩紀事》等收録其詩，並附有小傳，均署名“沈廷瑞”。《五代詩話》謂其初名有鄰，學道後易名廷瑞。

〔2〕玉笥山：舊名群玉峰，在今江西省。

寄故人陳智周[1]

名山相别後[2]，此去會難期[3]。金鼎消紅液，丹田老紫芝。訪君雖有路，懷我豈無詩。休羨繁華事，百年能幾時。

【校注】

〔1〕《全唐詩》題作“寄袁州陳智周”，注云：“廷瑞與智周相善。化後數年，有人於江�路次見廷瑞，共語久之，令將詩寄智周。智周得詩甚訝，馳出門，求送詩者，已不知所在。”陳智周：袁州（治所在今江西宜春縣）人。端拱二年（989）登第，曾任衡陽尉。

〔2〕名山，《五代詩話》作“名士”。

〔3〕此去，《全唐詩》《五代詩話》作“别後”。

吴涵虚

字合靈[1]，隱居衡山華蓋峰。終日沉湎，無烟火具，俗呼爲吴猱。素不攻文，一日化去，作《上昇歌》云云。時清泰二年某日也[2]。

【校注】

〔1〕《全唐詩》作“含靈”。

〔2〕清泰（934—935），後唐末帝李從珂年號。

上升歌

玉皇有詔登仙職，龍吐雲兮鳳着力[1]。眼前驀地見樓臺，異草奇花不可識。我向大羅觀世界[2]，世界只如指掌大[3]。當時不爲上昇忙，一時提向瀛洲賣。

【校注】

〔1〕鳳，原作“風”，從《全唐詩》《全五代詩》《五代詩話》改。

〔2〕大羅：即大羅天，道家諸天之名。

〔3〕只如，《全五代詩》《全唐詩》作“即如”。

楚風補卷之十四

宋

徐蘭皋〔1〕

【校注】

〔1〕生平不詳。

流杯池〔1〕

梵王宮闕馬王宮〔2〕，惟有江山帶舊風〔3〕。渚鳥不知興廢事〔4〕，雙雙飛入藕花叢。

【校注】

〔1〕原注：“在長沙城北。五代馬希範鑿，爲上巳祓禊地。”

〔2〕梵王：大梵天王之簡稱，佛教設想一切世界爲欲界、色界、無色界三界。大梵天是色界諸天第三天，其王稱大梵天王。梵王宮闕本指梵天宮殿，後泛指佛寺。

〔3〕江山，《宋詩紀事》作“樓臺”。

〔4〕渚鳥，《宋詩紀事》作“屬玉”。屬玉：水鳥名。興廢事，《宋詩紀事》作“人事改”。

周　　渭〔1〕

字得臣，桂陽人。幼孤。長力學，工詩。時州隸長沙，楚與南漢相持，渭爲廣人俘獲，妻子流離昭州〔2〕，遂爲恭城人。劉鋹政煩賦重〔3〕，渭率鄉人避於零陵。未至，賊起，斷道絶糧，脱身北上。建隆初至京師，爲薛居正所知〔4〕。上書言時務，召試，賜同進士出身。解褐白馬主簿，罷右贊善大夫。乾德中，通判興州，遷知棣州〔5〕，轉遷殿中丞，加監察御史。居六年，徙知揚州。累遷職方員外、益州轉運使〔6〕。所至誅奸暴，折强貴，服畔逆。真宗聞其清節，召還，未赴，卒。貧不克葬，上賻錢十萬，召以其子建中爲乘氏薄。

【校注】

〔1〕《宋史》《十國春秋》有傳。

〔2〕昭州，《楚風補》作“韶州”，據《宋史》《宋詩紀事》改。昭州轄平樂、立山、龍平、恭城四縣。

〔3〕劉鋹：南漢王，史稱後主，在位十三年（958—971），後降宋。

〔4〕薛居正（912—981）：字子平，開封浚儀（今河南開封市）人。官至同平章事，曾監修《五代史》（今稱《舊五代史》）。

〔5〕原文作“遷知隸州殿直”。按，《宋史・周渭傳》作“遷知棣州。殿直傳延翰爲監軍，謀作亂，走契丹”。棣州：治所在今山東惠民縣。

〔6〕《宋史・周渭傳》謂“加職方員外郎，爲益州轉運使”。職方員外：即職方員外郎，兵部屬官。益州：州名，治所在今四川成都市。轉運使：掌一路或數路軍需。南宋時兼軍事、刑名、巡視地方之職。

賦得花發上林〔1〕

灼灼花凝雪，春來發上林。向風初散蕊，垂葉欲成陰。人過香隨遠，烟晴色自深。净時空結霧，疏處未藏禽。奉葺何年植〔2〕，間關幾日吟。一枝如可冀，不負折芳心。

【校注】

〔1〕上林：苑名。西漢、東漢、南朝梁均有上林苑，分别在今西安、洛陽、南京。

〔2〕菶茸：茂密貌。

孫　僅[1]

字鄰幾，何之弟[2]。其先世汝陽人，徙居荊門[3]，因家焉。性端慤，勤學，有時名。舉進士。詔舉賢良方正，擢右正言，知制誥。真宗知其循良，嘗親書僅名示宰相，命知永興。尋知河中，復進給事中。有集五十卷。

【校注】

〔1〕《宋史》有傳。

〔2〕孫何（961—1004）：字漢公，篤學嗜古。歷官兩浙轉運使，知制誥。

〔3〕荊門：五代、宋有荊門軍，治所先在荊門縣，後徙當陽。

勘　書

儒生無外事[1]，招客勘書編[2]。筆墨東西置[3]，朱黃次第研。頻憂傷點竄，恒恐誤流傳[4]。改易文詞正[5]，增加字數全。目因繁處倦，心向注中專[6]。端坐窮今古，披襟見聖賢。疲勞時舉白，遊息或談玄[7]。得興忘昏旭[8]，題名記歲年。揮毫思確論[9]，廢卷恨亡篇[10]。魚魯皆刊定[11]，誰人敢間然。

【校注】

〔1〕儒生，《宋詩紀事》作“儒官”。

〔2〕書編，《宋詩紀事》《宋文鑒》作“青編”。

〔3〕置，《楚風補》作“直”，據《宋詩紀事》《宋文鑒》改。

〔4〕恒，《宋詩紀事》《宋文鑒》作“細”。

〔5〕易，《宋詩紀事》作“是”。

〔6〕《宋詩紀事》無“目因”二句。

〔7〕《宋詩紀事》無“疲勞”二句。

〔8〕旭，《宋詩紀事》作“曉”。

〔9〕揮,《宋文鑒》作“栖”。

〔10〕此句《宋詩紀事》作“廢卷爲忘篇”。

〔11〕刊定,《宋詩紀事》作“删定”。魚魯: 指文字傳鈔因形近而産生的訛誤。《抱朴子·遐覽》:“書三寫,魚成魯,帝成虎。”

張士遜[1]

字順之，光化人。淳化中進士，調鄖縣主簿。累官同中書門下平章事。請老，就拜太傅，進封鄧國公，致仕。宰相自陳謝事由士遜始。爲人寬厚。就第十年，自號退傅，卒年八十六，謚文懿。曾迭更轉運使之職，權榷無私，務持大體。還鄉時，值范仲淹出守鄧州，彼此置酒高會，揮金甚盛，時人榮之。子友直，累官工部郎中，知越州；友正，以書名，神宗評其草書爲當時第一。

【校注】

〔1〕《宋史》有傳。

卓錫泉[1]

靈踪遺幾載，卓錫在高岑。妙法歸何地[2]，清泉流至今。苔花生細細，雲葉映沈沈。桂魄照清夜[3]，分明六祖心[4]。

【校注】

〔1〕原注："在大庾嶺。"卓錫泉在廣東南雄縣東北大庾嶺，一名霹靂泉。相傳僧慧能路過此地，渴甚，以杖點石，遂涌清泉。卓：植立；錫：錫杖。卓錫謂僧人居止。

〔2〕妙法，《宋詩紀事補遺》作"如法"。

〔3〕照，《宋詩紀事補遺》作"皎"。

〔4〕六祖：慧能（638—713），唐代僧人，禪宗六祖。師事五祖弘忍禪師，弘忍死後，慧能住曹溪廣果寺，倡"頓悟"成佛説，成禪宗的南宗，傳承甚廣，後爲禪宗正宗。

雲封寺

百越回轅度翠微，全家還憩白雲飛。白雲知我帝鄉去[1]，旋拂征鞍也要歸。

【校注】

〔1〕帝鄉：《莊子・天地》："乘彼白雲，至於帝鄉。" 原指天帝所居之所，此指京城。

致政後寄文惠公〔1〕

赭案當年並命時〔2〕，蒹葭衰颯倚瓊枝〔3〕。皇恩乞與桑榆老〔4〕，鴻入高冥鳳在池〔5〕。

【校注】

〔1〕《宋詩紀事》題作"寄陳希元"。文惠公：指陳堯佐，字希元，官至同中書門下平章事，卒謚文惠。另據《談淵》云，此詩爲張士遜贈章得象詩。章得象：字希言，曾拜同中書門下平章事，封郇國公，謚文憲，後改謚文簡。致政：即致仕，辭官歸居。

〔2〕當年，《談淵》作"當衙"。

〔3〕颯，《談淵》作"朽"。蒹葭：蘆荻，喻微賤；瓊枝：玉樹之枝，喻美好的人物。《世説新語・容止》："魏明帝使后弟毛曾與夏侯玄共坐，時人謂蒹葭倚玉樹。"

〔4〕此句《談淵》作"如今我得休官去"。

〔5〕入，《宋詩紀事》作"自"。高，《談淵》作"青"。池：指鳳凰池，禁苑中池沼。魏晉時中書省在禁苑，故稱中書省爲鳳凰池。唐宋詩文中多以指宰相。

書　牌〔1〕

閑遊靈沼送春回〔2〕，關吏何須苦見猜，八十衰翁無品秩，昔曾三到鳳池來〔3〕。

【校注】

〔1〕《宋詩紀事》題作“晚春游金明抵暮入宜秋門閽兵捧門牌請官位因書一闋”。

〔2〕靈沼：指金明池，在北宋京城開封西鄭門西北，周回九里。

〔3〕鳳池：指宰相之位。張士遜曾在仁宗天聖六年（1028）、明道元年（1032）、寶元元年（1038）三次拜同中書門下平章事，故曰“三到鳳池”。

朱　　昂[1]

字舉之，荊州人[2]。好學，有清節。先是有朱遵度者[3]，好讀書，人號爲“朱萬卷”，因目昂爲“小萬卷”。太宗時，初爲衡州録事參軍，後累官翰林院學士。乞歸，以工部侍郎致仕。真宗寵詔，留俟秋凉。所著有《資理論》三卷。弟協以純謹著，仕至主客郎中、雍王府翊善[4]。昂以書招之，亦告老歸。兄弟皆年八十，時人號“渚宫二疏”[5]。

方昂歸，比行，錫宴玉津園[6]。奉詔作詩一篇，語多逸，今憶録兩句云。

【校注】

〔1〕《宋史》有傳。

〔2〕按，《宋史・朱昂傳》謂昂“其先京兆人，世家渼陂。唐天復末徙家南陽。梁祖篡唐，父葆光，與唐舊臣顔蕘、李濤數輩挈家南渡，寓潭州”。後朱昂致仕，宋真宗“命其子正辭知公安縣，以便侍養，許歸江陵”。

〔3〕朱遵度：青州（故治在今山東省）人，避耶律德光之召，挈家奔楚，後徙居金陵。朱家多藏書，當時推爲博學，稱曰“朱萬卷”“幕府書厨”。

〔4〕雍王：太宗第四子元份（後改名元俊），初封商王，真宗即位後改封雍王。翊善：東宫及諸王府屬官。

〔5〕渚宫：春秋時楚之别宫，故址在今湖北江陵縣城内，此處代指江陵。二疏：指漢代疏廣、疏受叔侄。宣帝時，立皇太子，廣爲太傅，受爲少傅。五年後，俱上書乞歸。

〔6〕玉津園：故址在今河南省開封市南。周顯德（954—960）年間置，宋諸帝常幸此。

斷　　句[1]

清朝納禄猶强健，白首還家正太平。

【校注】

〔1〕詩題係注者所加。按，《澠水燕談》載，朱昂告老歸，“比行，錫宴玉津園，侍臣皆赴。坐中，内侍傳詔各賦詩餞行，凡四十八篇。獨李翰長維詩最奇絶，云：‘清朝納禄猶强健，白首還家正太平。’”據此可知《楚風補》所録斷句係李翰所作，而誤收於朱昂名下。

畢田[1]

長沙人。真宗時，以吏部兼侍講[2]，居經筵[3]，值天寒，奏蠲臨湘七都科調。里人德之，因廟祀焉。

【校注】

〔1〕畢田事迹《宋詩紀事》有記載。

〔2〕侍講：官名。唐設侍講學士，掌講論文史。宋沿置，由博學官員兼任。

〔3〕經筵：古代帝王爲研讀經史而設之御前講席。宋時，侍讀、侍講、崇政殿説書等皆爲經筵官。

黄陵廟[1]

玉輦南巡去不還[2]，翠娥望斷楚雲間。波寒剩寫哀弦怨[3]，露冷偏滋泪篠斑[4]。一水盈盈傷遠目，九峰屹屹慘愁顔[5]。荒洲千古凄凉地，半掩空祠上暮山[6]。

【校注】

〔1〕《宋詩紀事補遺》題作“大哀洲”。黄陵廟：在湖南湘陰縣北。《水經注·湘水》：“湖水西流經二妃廟南，世謂之黄陵廟也。言大舜之陟方也，二妃從征，溺於湘江。……故民爲之立祠於水側焉。”

〔2〕《史記·五帝本紀》：“（舜）踐帝位三十九年，南巡狩，崩於蒼梧。”

〔3〕哀弦，《五代詩話》《宋詩紀事補遺》作“湘弦”。

〔4〕篠：小竹。《博物志》：“堯之二女，舜之二妃，曰湘夫人。舜崩，二妃啼，以涕揮竹，竹盡斑。”

〔5〕九峰：指九疑山。《史記·五帝本紀》：“（舜）崩於蒼梧之野，葬於江南九疑。”

〔6〕上,《五代詩話》《宋詩紀事補遺》作“向”。

朱陵洞水簾[1]

洞門千尺挂飛流，玉碎珠簾冷噴秋[2]。今古不知誰卷得，緑蘿爲帶月爲鈎。

【校注】

〔1〕朱陵洞：道家洞天名。此指衡山紫蓋峰下水簾洞，爲南岳四絶之一。

〔2〕簾,《五代詩話》《全五代詩》作“聯”。

資聖寺題壁[1]

玉趾分明貽絶巔[2]，藥成仙去幾千年。深藏寶鼎今方出，合有丹經與世傳[3]。

【校注】

〔1〕《宋詩紀事補遺》題爲“神鼎山”，注曰：“在湘陰東北，絶頂有丹井，上有巨人迹。”《五代詩話》注同。

〔2〕貽,《五代詩話》《宋詩紀事補遺》作“印”。

〔3〕有,《五代詩話》《宋詩紀事補遺》作“得”。經,《宋詩紀事補遺》作“金”。

夔元圃

湘潭人。咸平間進士[1]，官三臺御史。

【校注】

〔1〕咸平（998—1003）：宋真宗趙恒年號。《宋詩紀事補遺》謂夔爲度宗咸淳四年（1268）進士。

過錦灣岳亭[1]

十載重來一凭欄，光陰不改舊江山。亭高下瞷龍藏室，天遠遥觀虎拜班。耕釣每懷生處樂，馳驅未許老來閑。雄風入座披襟好，静看漁舟上錦灣。

【校注】

〔1〕《宋詩紀事補遺》題作“過錦灣望岳亭”。

楊梅州别墅[1]

枯桑敗葉集寒鴉，籬落芙蓉晚見花。有客歸來新作主，釣魚灣處是生涯。

【校注】

〔1〕州，《宋詩紀事補遺》作“洲”。

唐　介

字子方，江陵人。天聖八年進士[1]。秉性剛正，素有直聲。仁宗時，上親擢爲御史中丞[2]。以論文彦博[3]，貶英州别駕[4]。後以彦博薦參知政事[5]。與王安石論事不合，憤恨成疾而卒。謚質肅。

【校注】

〔1〕天聖（1023—1031）：宋仁宗趙禎年號。

〔2〕御史中丞：本爲御史大夫之佐貳。宋時，御史大夫不除正員，止爲加官，故中丞實際爲御史臺長官。按，唐介於治平元年（1064）爲英宗親擢爲御史中丞，此處云爲仁宗所擢，誤。

〔3〕文彦博（1006—1097）：字寬夫，宋汾州介休（今山西介休縣）人。歷仕仁宗、英宗、神宗、哲宗四朝，出將入相五十年，封潞國公。唐介論文彦博事，詳見《宋史・唐介傳》。

〔4〕英州：治所在今廣東英德縣，《宋詩紀事》作"春州"。按，《宋史・唐介傳》云其"貶春州别駕，王舉正言以爲太重，帝旋悟，明日取其疏入，改置英州"。别駕：漢時爲州郡刺史的佐吏。宋時置諸州通判，以職守相同，故通判亦稱别駕。

〔5〕文彦博薦唐介事在仁宗朝，唐介任參知政事在神宗朝，此處疑有脱漏。

碧落洞[1]

余生本孤拙，所志在雲石。薄宦偶纏鎖，未遂林泉適。邇來備臺選[2]，幸一當言責。狂愚抵罪辜，遽從邊徼謫。區區數千里，車馬倦行役。湞陽頗善地[3]，解轡喜安席。官散無所事，度日多閑隙。太守蘇宣甫，邀我訪奇迹。西山有石室[4]，疑是靈仙宅[5]。儵然烟徑入，訝若天門闢。中瀉一溪清，傍映千峰碧。萬穴滴瑶乳，兩崖張翠幕[6]。爽氣來先秋〔7〕，昏嵐生末夕。不知造化意，何爲置窮僻。周生説到難〔8〕，斯文不虚摭。怪容誠莫狀，勝踐今始獲。暫已瑩耳目，久覺生虚白〔9〕。拂拭纓上塵，回頭謝朝客。雖非吾土樂，聊以慰奇隻〔10〕。聖恩未放還，屢遊君莫惜。

【校注】

〔1〕碧落洞：在廣東英德縣南，前後兩洞口相互貫通，溪水穿流洞底。

〔2〕備臺選：指擔任湅官。唐介貶謫前，任殿中侍御史，爲御史臺屬官。

〔3〕湞陽：縣名，故治在今廣東英德縣東。

〔4〕西山：指碧落岩。石室：指碧落洞。洞中上懸石乳，如霓旌羽蓋；下有清泉一泓，景物幽麗。

〔5〕宅，《宋詩紀事》《湖北詩徵傳略》作“窟”。

〔6〕幕，《宋詩紀事》作“帟”，帟：小帳幕，也稱承塵。

〔7〕先秋，《宋詩紀事補遺》作“秋先”。

〔8〕周生：指唐朝周夔，其《到難篇》爲碧落洞著名石刻。

〔9〕虚白：語出《莊子·人間世》，常用以形容清净之心境。

〔10〕奇隻，《宋詩紀事本末》作“奇癖”。奇隻：命途多舛，形隻影單。

渡　淮〔1〕

聖宋非狂楚，清淮異汨羅。平生仗忠直，今日任風波。舟楫顛危甚，魚龍出没多〔2〕。斜陽幸無事，沽酒聽漁歌。

【校注】

〔1〕《宋詩紀事》題作“謫官後渡淮風欲覆舟而作”。

〔2〕魚龍，《宋詩紀事》作“黿鼉”。

宋　庠

字公序，初名郊。其先雍丘人[1]。父杞，官應山令[2]，遂家焉。初舉進士第。寶元中，以右諫議大夫得參知政事。與彝簡不合[3]，出知揚州，徙鄆州。慶曆中，范仲淹去位，復詔爲參知政事。帝嘗於資政殿召二府策以時事[4]。庠曰："兩漢對策，延求岩穴[5]。今備位政府而比諸生，非所以尊朝廷。"論者以爲知體。後以檢校太尉、同平章事充樞密使。封莒國公，改封鄭國公。以司空致仕。卒贈太尉，謚元獻。子克國克繼其志。

【校注】

〔1〕雍丘：縣名，故城在河南杞縣。

〔2〕杞，當從宋祁《景文集》、王珪《華陽集》作"玘"。應山：縣名，在今湖北省。按，《宋史·宋庠傳》，庠爲"安州安陸人，後徙開封之雍丘"。

〔3〕彝簡：姓吕，字坦夫。仁宗時官至同平章事，爲人多智數，封許國公，卒謚文靖。

〔4〕二府：指樞密院和中書省，分别掌軍、政大權。

〔5〕《宋史·宋庠傳》："延求岩穴草萊之士。"

莊惠皇后挽歌應制二首[1] 録一

昔帝惟嬪則[2]，吾君賴母慈[3]。陪陵漢家葬，異室閟宫祠[4]。霧暗星軒隱[5]，天愁月御移[6]。翟車參享路[7]，無復廟中期。

【校注】

〔1〕《宋詩紀事》題爲"莊惠后挽詞"。莊惠后：真宗妃楊氏。真宗后劉氏遺誥尊楊氏爲皇太后。仁宗景祐三年（1036），楊太后崩，謚莊惠。

〔2〕惟，《宋詩紀事》作"推"。昔帝：指宋真宗。嬪則：指楊氏堪爲嬪御的楷模。

〔3〕吾君：指宋仁宗。據《宋史·后妃傳》載，真宗李宸妃，初爲劉皇后侍兒，後生仁宗，劉后養爲己子，命楊淑妃護視。楊“凡飲食起居飲食必與之居，所以護佑扶持，恩意勤備”。

〔4〕“陪陵”二句：謂莊惠后陪葬真宗永定陵，但神主未附於真宗廟室。

〔5〕星軒：指軒轅星。古星象家以軒轅星爲女主的徵象。星軒隱：喻莊惠太后去世。

〔6〕月御：月的運行。古時以日喻君，以月喻后。月御移：喻皇后逝世。

〔7〕翟：長尾的山鷄。翟車：古代貴族婦女所乘之車，飾以翟羽，故名。

莊獻明肅太后挽詞應制〔1〕

寶慈垂母訓，一紀御璿除〔2〕。地有占沙舊，天仍補石餘。軒星淪夕緯，翟輅去宸居。異日金滕啓，方知復辟書〔3〕。

旰昃身無憚〔4〕，寒暑疾有加〔5〕。灾生織女柰〔6〕，魂斷濯龍車〔7〕。廞翣浮晨旭〔8〕，邊簫咽暝霞。唯留長樂注，刊美在皇家〔9〕。

【校注】

〔1〕《宋詩紀事》《湖北詩徵傳略》題爲“莊獻太后挽詞”。莊獻明肅太后即宋真宗后劉氏，仁宗明道二年（1033）崩，初謚莊獻明肅，後改謚章獻明肅。

〔2〕寶慈：對他人母親的尊稱。此指章獻明肅劉太后。劉太后以李宸妃之子爲己子，是爲仁宗。仁宗即位時尚年幼，劉后垂簾决事，稱制凡十一年，故曰“一紀御璿除”。

〔3〕自注：“太后上仙後，於巾箱中得復辟詔草。”金滕：《史記》集解：“孔安國曰：藏之於匱，緘之以金，不欲人開也。”復辟：帝王恢復王位，掌握政權。

〔4〕旰昃：天晚。喻勤於政事。

〔5〕暑，《宋詩紀事》作“暄”。

〔6〕柰：林檎的一種，也稱沙果、花紅。織女柰：典出《晋書・成恭杜皇后傳》。晋成帝時，三吴女子相與簪白花，望之如白柰，傳言天公織女死，爲之著服。俄而杜后死，其言遂驗。後用織女柰、白柰作爲悼帝后的故事。

〔7〕濯龍：漢代園林名。《後漢書・馬皇后紀》："前過濯龍，門上見外家問起居者，車如流水，馬如游龍。"此處代指宋朝宫苑。

〔8〕廞翣：陳設的棺飾。翣：棺飾，扇形，畫雲氣等圖案。在路使人持之以障車，入椁則以障柩。

〔9〕長樂：漢宫名，故址在今陜西西安市長安區西北。漢初爲朝會之所，其後爲太后所居。長樂注：據《後漢書・皇后紀》記載，元初五年（118），平望侯劉毅以鄧太后多德政，上書安帝，請"令史官著《長樂宫注》《聖德頌》，以敷宣景耀，勒勛金石，懸之日月，攄之罔極"。此用漢代故事稱美劉太后。

二月花柳將盛忽有風雨絶寒戲呈東甫

二月尋芳已有期，横來風雨固難知。潤添水榭千波漲，寒勒林花十日遲。曉匣氣昏鸞不舞[1]，寳弦聲縱雁頻移[2]。傷春遣恨君須會，重暖山爐酹玉卮。

【校注】

〔1〕"曉匣"句：言飾有鸞鳥圖案的妝鏡因陰雨而顯得昏暗不明。鸞鳥舞鏡典出《异苑》："罽賓王有鸞，三年不鳴。夫人曰：'聞鸞見影則鳴。'乃懸鏡照之，冲霄一奮而絶。"

〔2〕雁：指箏柱。箏柱斜列如雁行，故名。

寄子京[1]

八年三郡駕朱輪[2]，更忝鴻樞對國均[3]。老去師丹多忘事[4]，少年之武不如人[5]。車中顧馬空能數[6]，海上逢鷗想見親[7]。惟有弟兄歸隱去[8]，共將耕鑿報堯仁[9]。

【校注】

〔1〕宋庠《元憲集》題注："爲郡八年，榮願已息。朝恩念舊，復假相印、筦内樞。然思歸之心，日以忉怛矣。"

〔2〕朱輪：指古代高官所乘之車。此句言宋庠八年中轉徙三郡。據《宋史·宋庠傳》《續資治通鑑長編》記載宋庠在皇祐三年至嘉祐三年之中（除皇祐五年、至和二年以外），八年間先後知河南府、許昌郡、河陽軍。

〔3〕鴻樞：謂首要關鍵之職。國均：《詩·小雅·節南山》："尹氏大師，維國之氐，秉國之均，四方之維。"均通鈞，陶輪，言主持國政猶陶匠掌鈞制器。後因以國鈞指國家重臣。據《續資治通鑒長編》載，嘉祐三年六月，宋庠任樞密使、同平章事。

〔4〕師丹：字仲公，西漢人，官至大司空。《漢書·師丹傳》載："會有上書言古者以龜貝爲貨，今以錢易之，民以故貧，宜可改幣。上（按指哀帝）以問丹，丹對言可改。章下有司議，皆以爲行錢以來久，難卒變易。丹，老人，忘其前語，後從公卿語。"

〔5〕少年，《宋文鑑》《元憲集》作"少來"。之武：燭之武，春秋鄭大夫。《左傳》僖公三十年："臣（之武）之壯也，猶不如人，今老矣，無能爲也已。"

〔6〕《史記·萬石張叔列傳》："萬石君少子慶爲太僕。御出，上問：'車中幾馬？'慶以策數馬畢，舉手曰：'六馬。'慶於諸子中最爲簡易矣，然猶如此。"

〔7〕《列子·黄帝篇》："海上之人有好鷗鳥者，每旦之海上從鷗鳥游，鷗鳥之至者百，住而不止。其父曰：'吾聞鷗鳥皆從汝游，汝取來吾玩之。'明日至海上，鷗鳥舞而不下也。"

〔8〕去，《宋文鑑》《元憲集》作"志"。

〔9〕堯仁：《史記·五帝本紀》："帝堯者，其仁如天。"

落　　花

一夜東風拂苑墻[1]，晚來何處甚淒凉[2]。漢皋珮冷臨江去[3]，金谷樓危到地香[4]。泪臉補痕勞獺髓[5]，舞臺收影費鸞腸。南朝樂府休賡曲，桃葉桃根盡可傷[6]。

【校注】

〔1〕一夜，《湖北詩徵傳略》作“昨夜”。東風，《宋詩紀事》《元憲集》作“春風”。苑墻，《湖北詩徵傳略》作“院墻”。

〔2〕晚來何處，《湖北詩徵傳略》作“歸來何事”。甚，《宋詩紀事》《元憲集》《湖北詩徵傳略》作“剩”。

〔3〕去，《宋詩紀事》《元憲集》《湖北詩徵傳略》作“失”。漢皋：山名，一名萬山，在湖北襄陽市西北。相傳周代鄭交甫於漢皋臺下遇二女解佩相贈。去數十步，空懷無佩，二女亦不見。此以二女喻花落渺難尋。

〔4〕金谷：晋石崇别墅，故址在今河南洛陽。樓危到地香：指石崇愛妓緑珠爲孫秀所逼墮樓事，此喻花落。

〔5〕勞，《宋詩紀事》作“煩”。此句用三國東吴孫和與鄧夫人故事。孫和醉舞如意杖而誤傷鄧頰，太醫用白獺髓、玉屑、琥珀屑合藥敷之，愈後益嬌艷。此句言花雖殘，紅色尚未退盡。

〔6〕桃葉：晋王獻之妾。桃根：桃葉妹。南朝陳時，江南盛歌王獻之《桃葉》詞，其詞曰：“桃葉復桃葉，桃葉連桃根。相憐兩樂事，獨使我纏綿。桃葉復桃葉，渡江不用楫。但渡無所苦，我自楫迎汝。”

重展西湖[1]

緑鴨東陂已可憐，更因雲竇注西田[2]。鑿開魚鳥忘情地，展盡江湖極目天[3]。向夕舊灘都浸月[4]，過寒新樹便留烟[5]。使君直欲稱漁叟，願賜閑州不計年[6]。

【校注】

〔1〕《宋詩紀事》題爲“展江亭成留題”。《元憲集》收二首，此爲第一首。西湖：又名小西湖，在河南許昌市。

〔2〕西田，《宋詩紀事》《湖北詩徵傳略》作“新泉”。

〔3〕江湖，《元憲集》作“江河”。

〔4〕舊灘，《湖北詩徵傳略》作“舊泉”。

〔5〕過寒，《宋詩紀事》《湖北詩徵傳略》作“遏空”。

〔6〕賜，《宋詩紀事》作“得”。

答葉道卿〔1〕

紙尾勤勤問姓名，禁林依舊玷華纓〔2〕。莫驚書録題臣向，便是當時劉更生〔3〕。

【校注】

〔1〕原注：“公在翰林，時有指公姓名傳以他説者，公因請更名。嘗移書道卿，目爲同年。葉戲答云：‘清臣，宋郊榜第六人登第，遍閲小録，無宋庠者，不知何許人。’公答之以詩。”葉道卿：即葉清臣，道卿爲其字。蘇州長洲（今江蘇吴縣）人。歷仕翰林侍讀學士、權三司使。與宋庠相友善。

〔2〕禁林：翰林院的别稱。

〔3〕“莫驚”句，《湖北詩徵傳略》作“欲知七略稱臣向”。向：指劉向，原名更生，字子政。漢高祖弟楚元王劉交四世孫。成帝時更名向。書録：指劉向所撰《别録》。此處宋庠以劉向自比。據《類苑》記載：“宋鄭公初名郊，字伯庠。有忌其先進者譖之，謂其姓符國號，名應郊天。又曰：‘郊音交，交者，替代之名也。宋交，其言不祥。’仁宗命改之，乃改名庠，字公序。”

宋　　祁[1]

字子京，庠之弟也。成進士，與兄並官翰林學士。知成都，帶《唐書》千本[2]，任意刪削。媵妾和墨伸紙，望之如仙。上《新唐書》[3]。歷任工部尚書，謚景文。

【校注】

〔1〕《宋史》有傳。

〔2〕此指劉昫監修的《舊唐書》。

〔3〕《新唐書》：歐陽修、宋祁等撰。

城隅晚意

寥寥天意晚，稍覺井閭閑。水落呈全嶼，雲生失半山。牛羊樵路暗，燈火客舟還。瞑思輸鳧鵠[1]，歸飛沆漭間。

【校注】

〔1〕輸，《湖北詩徵傳略》作“一”。

夏日陪陸提刑彭學士登周宣王故城[1]

聊隨漢使者，一止周王城[2]。片雨北郊晦，殘陽西嶺明。野禽呼自別，香草問無名。誰復黍離咏[3]，但多箕潁情[4]。

【校注】

〔1〕周宣王，當從《景文集》作“周襄王”。周襄王名姬鄭，其後母惠后生子叔帶，“惠后欲立王子帶，故以黨開翟人，翟人遂入周。襄王出奔鄭，鄭居王於氾”（《史記・周本紀》)。《括地志》云：“故氾城在許州襄城縣一里。”

〔2〕止，《景文集》作“上”。

〔3〕黍離咏，《景文集》作“歌黍離”。《詩・王風》有《黍離篇》。據云，

東周初年，王朝大夫到鎬京（西周都城），見故宗廟宫室均已毁壞，廢址上長滿禾黍，不勝感慨，因作《黍離》之詩。後用以爲感慨亡國之詞。

〔4〕但多，《景文集》作“唯興”。箕潁：箕山、潁水。傳説堯欲讓天下於許由，許由遂遁耕箕山。堯又欲召爲九州長，由洗耳潁水濱。後以箕潁爲退隱的典故。

過惠崇舊居〔1〕

雖昧平生契，懷賢要可傷。生涯與薪盡〔2〕，法意共燈長〔3〕。遺書空觀貌〔4〕，殘詩孰補亡。神期通一語，無乃困津梁。

【校注】

〔1〕惠崇：宋初僧人，能詩善畫。

〔2〕薪盡：喻去世。

〔3〕法意：佛理。燈：法燈，喻佛法。此句意即法燈永傳，勝因長久。

〔4〕書，《瀛奎律髓刊誤》《唐宋元明詩録》作“畫”。

僑　居

公宇静寥寥，居然俗意銷。屐閑誰記齒〔1〕，帶適自忘腰〔2〕。畝首秋殘穫，城西日暮樵。比來行樂慣，隨意渡溪橋。

【校注】

〔1〕反用“謝公屐”典，謂很少登山臨水。

〔2〕“帶適”句：典出《梁書·沈約傳》：“百日數旬，革帶常應移孔。以手握臂，率計月小半分。以此推算，豈能支久？”此處亦反其意而用之，喻作者無病無憂。

落　花

墜素翻紅各自傷，青樓烟雨忍相忘。將飛更作回風舞〔1〕，已落猶成半面妝〔2〕。滄海客歸珠迸泪〔3〕，章臺人去骨遺香〔4〕。可能無意傳雙蝶，盡付芳心與蜜房〔5〕。

【校注】

〔1〕將，《侯鯖録》作“欲”。回風舞：據《洞冥記》，漢武帝宫人麗娟在芝生殿唱《回風曲》，庭中花皆飛落。

〔2〕半面妝：《南史·梁元帝徐妃傳》：“妃以帝眇一目，每知帝將至，必爲半面妝以俟。”此句喻花已殘缺。

〔3〕“滄海”句：以鮫人落泪喻落花。張華《博物志》：“南海水有鮫人，水居有魚，不廢織績，其眼能泣珠。”又“鮫人從水中出，寓人家積日，賣絹將去，從主人索一器，泣而成珠滿盤，以與主人”。

〔4〕“章臺”句：喻花落而香猶存。章臺本戰國時秦宫廷内建築，漢代成爲長安街名。唐韓翃愛姬柳氏因戰亂爲人所奪，後經種種曲折復歸韓翃。韓曾寫有《章臺柳》詩贈柳氏。

〔5〕付，《景文集》作“委”。

把　酒

歌管嘈嘈月露前，且將身世付酡然。謾誇鼷鼠機頭箭〔1〕，不識醯鷄甕外天〔2〕。青史有人譏巧宦〔3〕，黄金無術治流年〔4〕。君看醉趣兼醒趣，始覺靈均更可憐〔5〕。

【校注】

〔1〕鼷鼠：一種小鼠。《三國志·魏書·杜襲傳》：“臣聞千鈞之弩，不爲鼷鼠發機。”

〔2〕醯鷄：即蠛蠓，俗稱蠓子。《莊子·田子方》：“丘之於道也，其猶醯

鷄與。”注：“醯鷄者，甕中之蠛蠓。”

〔3〕巧宦：長於鑽營的官吏。《史記·汲鄭列傳》：“（司馬安）文深巧善宦，官四至九卿。”

〔4〕黄金：此指道家煉丹術。道家稱服丹可以延年。

〔5〕靈均：屈原字。《楚辭·漁父》云：“屈原曰：‘舉世皆濁我獨清，衆人皆醉我獨醒。’”

寒食假中作

九門烟樹蔽春廛〔1〕，小雨初晴潑火前〔2〕。草色引開盤馬地，簫聲催暖賣餳天〔3〕。縈絲早絮輕無著，弄袖和風細可憐。鰲署侍臣貪出沐〔4〕，珉糜珠餡愧頒宣。

【校注】

〔1〕九門：古制天子所居有九門，此用以指帝畿。廛：古代一夫之田，方百畝。此泛指田野。

〔2〕潑火，原文作“撥火”，據《宋詩紀事》《宋詩别裁》《景文集》改。潑火：指寒食節。

〔3〕餳：飴糖類食物，用麥芽或穀芽熬成。《荆楚歲時記》：“寒食，禁火三日，造餳大麥粥。”

〔4〕鰲署：掌文翰之官署，即翰林院。宋祁曾任翰林學士、翰林學士承旨。

余昔遊雲臺觀，謁希夷先生陳摶祠堂，緬想其人，今追作此詩〔1〕

仙館三峰下〔2〕，年華百歲中。夢休孤蝶往〔3〕，蜕在一蟬空〔4〕。蕊笈微言秘〔5〕，霄晨浩氣通。丹遺舐後鼎〔6〕，林遣御餘風〔7〕。布霧沉荒白，餐霞委暗紅〔8〕。峨眉有歸約〔9〕，飛步與誰同。

【校注】

〔1〕《宋詩紀事》《華岳集》題作“希夷峽”。雲臺觀：在陝西華陰縣南。據《華陰縣志》記載：“雲臺觀以雲臺峰名，有二，其一爲北周道士焦道廣建；其一宋建隆二年爲陳摶建。”此指後者。陳摶（約906—989），字圖南，後唐長興中舉進士不第，隱居武當山凡二十餘年。後移居華山。宋太宗賜號希夷先生。宋太宗端拱初卒。

〔2〕三峰：指華山三主峰，南峰落雁，東峰朝陽，西峰蓮花。

〔3〕《景文集》注：“世言先生善睡，一寢輒逾月。”此句化用“莊生夢蝶”典，謂人生一夢休止，遂化蝶逝去，以喻去世。

〔4〕《景文集》注：“有冢在華山下。”蜕：蟬殻。道家以蟬退殻喻有道之人尸解成仙。

〔5〕蕊笈：道經。

〔6〕“丹遺”句：典出《神仙傳·劉安》：“餘藥器置在中庭，鷄犬舐啄之，盡得昇天。”

〔7〕御風：乘風而行。《莊子·逍遥游》：“夫列子御風而行，泠然善也。”

〔8〕餐霞：傳説道家服食日霞，爲修身養性之術。

〔9〕《景文集》注：“先生化去前三日，語弟子云：‘吾將游峨眉。’弟子訝不辯。候至期而終。”

咏　蛙〔1〕

越國車前矜勇甚〔2〕，子陽井底太驕生〔3〕。乘時不羡雲溟樂，口作儀同鼓吹聲〔4〕。

【校注】

〔1〕《景文集》題作“池蛙”，《宋詩紀事》題作“蛙”。

〔2〕“越國”句：典出《韓非子·内儲説·七術》：“越王慮伐吴，欲人之

輕死也，出見怒蛙而爲之式。御者曰：‘何爲式？’王曰：‘蛙有氣如此，可無爲式乎？’”

〔3〕子陽：東漢公孫述字。《後漢書·馬援傳》：“（援）謂（隗）囂曰：‘子陽，井底蛙耳，而妄自尊大。’”

〔4〕原注：“齊張狗兒將拜儀同日，自口作鼓吹聲。”儀同：開府儀同三司的簡稱。鼓吹：儀仗隊所奏樂聲，此喻蛙鳴。南齊孔稚珪居處蛙聲噪鬧，嘗曰：“我以此當兩部鼓吹。”

吴中復

字仲庶。興國人[1]。與兄幾復、弟嗣復同登第。初知峨眉，毀淫祠，有廉聲。孫抃薦爲監察御史[2]。請詔還唐介。風節峻厲，仁宗飛白書"鐵御史"賜之[3]。子立禮爲御史，有父風。孫擇仁知太康縣[4]，得罪中貴，徽宗遣宋喬年往鞫[5]，抉剔隱微。喬年曰："所來爲察君罪，乃得一奇士，吾今薦君矣。"召直秘閣。

【校注】

〔1〕興國：軍名。治所在永興縣（今湖北陽新縣）。

〔2〕孫抃：眉山（屬今四川省）人，字夢得，官至參知政事。

〔3〕飛白書：書法之一種，其特點是筆劃中絲絲露白。

〔4〕據《宋史·吴中復傳》載，擇仁爲吴中復從孫。太康，縣名，在今河南省，原文誤作"大鹿"，據《宋史》改。

〔5〕宋喬年：字仙民，宋庠之孫。

賞堯夫學士西園海棠[1]

靚妝濃淡蕊蒙茸，高下池臺細細風。却恨韶華偏蜀土，更無顏色似川紅。尋芳只恐三春暮[2]，把酒欣逢一笑同。子美詩才猶閣筆，至今寂寞錦城中[3]。

【校注】

〔1〕《宋詩紀事》題作"江左謂海棠爲川紅"。堯夫：范純仁（1027—1101），字堯夫，范仲淹之子。歷仕吏部尚書，尚書右僕射等。《宋詩紀事》載有范純仁《和吴仲庶龍圖西園海棠詩》。

〔2〕芳，《宋詩記事》作"香"。

〔3〕唐薛能《海棠新序》："蜀海棠有聞而詩無聞，杜子美於斯，興象不出，没而有懷。"又《古今詩話》云："杜子美母名海棠，子美諱之，故杜集中

絶無海棠詩。”

齊　山[1]

當時齊映爲州日[2]，從此山因姓得名。却自牧之賦詩後，每逢秋至菊含情[3]。

【校注】

〔1〕齊山：在安徽貴池南。祝穆《方輿勝覽》："山謂唐刺史齊映得名，本於吴中復詩，周必大記。考映傳，未嘗刺池州。世系表有齊照爲池州，蓋因之而訛也。"

〔2〕齊映，一作齊暎。歷桂管、江西觀察使。善畫山水。

〔3〕牧之：唐杜牧字。杜曾任池州刺史，其《九日齊山登高詩》有"菊花須插滿頭歸"句。

鄭　獬[1]

字毅夫，安陸人。少負俊才，以文章著。仁宗廷試時，焚香祝天曰："願得忠孝狀元。"已而獬登第。立朝正直敢言。家徒四壁，晏如也。嘗於病中夢化龍浴於池内，池上人呼曰："白龍翁來！"今大洪山南有白龍池[2]，即其地。

【校注】

〔1〕《宋史》有傳。

〔2〕大洪山：一名鄖山，在湖北隨縣西南。

采葧茈[1]

朝携一筐出，暮携一筐歸。十指欲流血，且急眼前饑。官倉豈無粟，粒粒藏珠璣。一粒不出倉，倉中群鼠肥。

【校注】

〔1〕葧茈：即荸薺，又名地栗、馬蹄。

寒　泉[1]

百尺青梧桐，下有寒泉井。分明古鏡中，照見梧桐影。朝汲水花清，暮汲水花冷。願得沆瀣杯，遠寄蓬山頂。

【校注】

〔1〕鄭獬《鄖溪集》題爲"古井"。

石　榴

高枝重欲折，霜老析丹膚[1]。試剖紫金碗，滿堆紅玉珠。根雖傳大夏[2]，種必近仙都。題作江南信，人應賤橘奴[3]。

【校注】

〔1〕析,《鄖溪集》作“裂”。

〔2〕大夏：古國名。在今阿富汗北部一帶。

〔3〕橘奴：也稱“木奴”。三國吴丹陽太守李衡於宅邊種橘千株，臨死謂其子曰：“吾州里有千頭木奴，不責汝衣食，歲上一匹絹，亦可足用。”見《三國志・吴書・孫休傳》注引《襄陽記》。

早　朝

花鬛斑虬駕早朝，玉欄宫殿壓雲濤。九州畫地中原壯，萬象横天紫極高〔1〕。日月輝明留闕角，龍蛇蟠結動旌旄。群仙遥望蓬萊拜，五色霏烟繞赭袍。

【校注】

〔1〕紫極：古人認爲紫微垣爲皇極之地，因亦稱帝王宫殿爲紫極。

垂虹橋〔1〕

三百欄干鎖畫橋，行人波上踏瓊瑶〔2〕。插天螮蝀玉腰闊〔3〕，跨海鯨鯢金背高。路直鑿開元氣白〔4〕，影寒壓破大江豪。此中自是銀河接，不必仙槎八月濤〔5〕。

【校注】

〔1〕《宋詩紀事》題作“題垂虹橋寄同年叔椒秘校”。詩題下注：“劉孜字叔椒，原父（按劉敞字）之弟，時爲吴江尉。”垂虹橋：在江蘇蘇州松陵鎮，因橋“環如半月，長若垂虹”而得名。俗名長橋。

〔2〕瓊瑶,《鄖溪集》《宋詩紀事》作“靈鼇”。

〔3〕螮蝀：虹的别名。

〔4〕路直鑿開,《鄖溪集》作“路險截開”。

〔5〕是,《鄖溪集》《宋詩紀事》作“與”。此二句典出張華《博物志》:“天河與海通，近世有人居海渚者，年年八月有浮槎來去不失期。”《荆楚歲時記》引此，謂居海渚者即張騫。

避　　暑

避暑恨無雙白翰，銀河亦恐浪花乾。坐來已倦還臨水，卧去無眠復倚闌。擬截白雲鋪玉簟，好收明月貯金盤。如何一見張公子[1]，清論如冰灑座寒。

【校注】

〔1〕張公子:《漢書》:“成帝時童謡曰:‘燕燕尾涎涎，張公子，時相見。’其後帝爲微行出遊，常與富平侯張放俱。張公子謂富平侯也。”後詩文中常以張公子喻貴胄公子。

静照堂[1]

招提去山遠，只似在山家[2]。晚日惟歸鳥，春風自落花。空談銷劍火，醉墨灑天葩。更欲拏舟去，清溪月正華[3]。

【校注】

〔1〕《鄖溪集》題作“題招提院静照堂”。

〔2〕只,《鄖溪集》作“還”。招提：寺院的别稱。

〔3〕《楚風補》僅録前四句,“空談”以下四句據《鄖溪集》補。

田　　家[1]

田家汩汩水流渾[2]，一樹高花明遠村。雲意不知殘照好[3]，却將微雨送黄昏。

【校注】

〔1〕《宋詩紀事》題作“絶句”。

〔2〕此句《鄖溪集》作“數畝低田水流渾”。

〔3〕此句《鄖溪集》作“雲陰拂暑風光好”。

上翰林〔1〕

中使傳宣内翰家〔2〕，君王令草侍中麻〔3〕。紫泥金印封題了〔4〕，銀燭纔燒一寸花〔5〕。

【校注】

〔1〕《鄖溪集》題作“翰林夜直”，題下注：“詔草富丞相制。”翰林：指翰林學士院。

〔2〕内翰，《鄖溪集》作“學士”。唐宋稱翰林學士爲内翰。

〔3〕侍中：門下省長官，爲宰相之職。麻：指詔書，因用黄白麻紙書寫，故稱。唐宋制度，拜相令翰林學士起草詔書，用白麻謄寫。

〔4〕封題了，《鄖溪集》作“才封了”。

〔5〕銀燭才燒，《鄖溪集》作“蓮燭燃殘”。

探　　春

雪後清風特地斜，柳條疏瘦未藏鴉。與君試出探春信，看到梅梢第幾花。

浮雲樓〔1〕

樓在浮雲縹緲間，浮雲破處見朱闌。山光對入鄖城紫〔2〕，溪影横飛夢澤寒。

【校注】

〔1〕浮雲樓：在湖北安陸。

〔2〕對入，《湖北詩徵傳略》作“射入”。鄖城：春秋鄖國都城，故地在今湖北安陸一帶。

送吴中復鎮長沙[1]

初登西漢文章府，便領吴王第一州[2]。繞郭白雲衡岳近，滿帆明月洞庭秋。

【校注】

〔1〕《宋詩紀事》署名郭獬，題作“送吴中復守長沙”。

〔2〕此二句以賈誼喻吴中復。賈誼爲漢初文章大家，曾任長沙王太傅。

蠡　　口[1]

千重越甲夜成圍[2]，戰罷君王醉不知[3]。若論破吴功第一，黄金只合鑄西施[4]。

【校注】

〔1〕《鄖溪集》題作“嘲范蠡”。《宋詩紀事》題作“蠡口絶句”。蠡口：在江蘇蘇州北，傳説范蠡助越王勾踐完成滅吴大業後，携西施由此乘舟泛五湖而去。

〔2〕成，《宋詩紀事》作“城”。

〔3〕戰，《鄖溪集》作“宴”。

〔4〕二句言西施使吴王夫差沉湎酒色，不理國政，遂致敗亡，因此破吴之功，西施應數第一。據《國語》載，越既破吴，范蠡辭官隱退，莫知所終。勾踐以黄金鑄蠡像而禮之。

陶　弼[1]

字商翁，祁陽人[2]。嘗學兵法。慶曆中，楊畋討邊瑶[3]，授以兵，大破之。辟爲參軍，同平儂智高[4]。知邕州，預備水患，城得全。郭逵與征交州[5]，州降，弼殿其軍，逵得善還。留知順州，交人不敢復犯。建中靖國編次勛臣，弼與焉。嘗知欽州，治城濬濠，興學造士，仁宗下璽書褒之。及遷去，攀留者至截橋塞巷，四境立陶父碑。

【校注】

〔1〕《宋史》有傳。

〔2〕祁陽：縣名，故城在今湖南祁陽縣東南。按：《宋史》《楚寶》云其爲永州（今湖南零陵）人。

〔3〕楊畋：字樂道。慶曆三年，湖南瑶民唐和起事，楊被提昇爲殿中丞，提點本路刑獄，征唐和。

〔4〕儂智高：廣源州蠻人。嘗據廣南，攻邕州，建南天國，稱仁惠皇帝。後爲狄青所敗。

〔5〕郭逵：字仲通，以戰功累遷簽書樞密院事。後征交州無功，左遷右衛將軍。

昆崙臺[1]

落照古城隅，邊風動隼旟[2]。久閑忘戰略，多病熟醫書。老髮隨年短[3]，新晴與世疏。桃花春水暖[4]，誰釣舊溪魚[5]。

【校注】

〔1〕陶弼《邕州小集》《宋詩紀事》皆題作“登昆崙臺”。昆崙臺：在廣西昆崙山昆崙關上，今已廢。

〔2〕隼旟：繪有隼形的旐旗，多用爲地方長官的象徵。

〔3〕老,《邑州小集》《宋詩紀事》作“白”。

〔4〕暖,《邕州小集》《宋詩紀事》作“起”。

〔5〕誰,《邕州小集》《宋詩紀事》作“還”。

永平寨道中〔1〕

疊嶂深千里，窮邊今一隅。北風家信息，南斗客程途。嶺勢頻開合，猿聲乍有無。過溪人語笑，隔岸戍烟孤。

【校注】

〔1〕永平寨：故址在今廣西壯族自治區。

石　江〔1〕

昔年觀地志，此水出牂牁〔2〕。斷岸深無底，平流暗起波。感恩來客少，射影短狐多〔3〕。未老諸蠻在，樓船恐再過。

【校注】

〔1〕《邕州小集》題作“那霸泉”。

〔2〕牂牁：古郡名，境内有牂牁江。

〔3〕短狐：即蜮，傳説中的毒蟲，能含沙射影，所中者頭疼發熱，劇者至死。

羅秀山〔1〕

尋山入羅秀，旋結草堂居。花露生瓶水，松風落架書。聞猿得句後，見月出行初。此夕雲林下，無因夢使車。

【校注】

〔1〕原注：“在南寧府。”南寧：宋時稱邕州路，治所在宣化（今廣西南

寧市)。

明江夜泊[1]

幾年來瘴外，此夜宿溪中。照枕殘鷄月，吹燈落葉風。盧循猶僞國[2]，楊僕已衰翁[3]。起載寒星去，前村燒影紅。

【校注】

〔1〕《邕州小集》題作“過思明”。明江：源出廣西分茅嶺，南北分流。北支流經上思、寧明等縣入左江；南支流經龍州等縣入北部灣。

〔2〕盧循：東晋末年農民起義領袖孫恩之妹夫。恩亡，盧取得領導權，割據南方，後爲劉裕所敗。此以盧循指代儂智高。

〔3〕楊僕：漢武帝時人。南越相吕嘉反，攻殺其王趙興及太后。僕拜爲樓船將軍，擊南越。此以楊僕自喻。

南城臺[1]

江國音書斷[2]，他鄉寒草生[3]。無人來遠渡，盡日上高城。落照懸魚市，孤烟起戍營。東園故籬菊，又向酒中傾。

【校注】

〔1〕《邕州小集》題作“秋日登南城臺”。

〔2〕音書斷,《邕州小集》作“家書少”。

〔3〕他鄉,《邕州小集》作“秋臺”。

昆崙關[1]

關路下昆崙，蠻封迤邐分。春光偏著草，雨意不離雲。俗異君修德，時平將用文。臨溪照緑水，老鬢雪紛紛。

【校注】

〔1〕昆崙關：在廣西邕寧和賓陽兩縣交界的昆崙山上，素稱天險。

黄陵廟

溪上龍蛇屋，蕭條帝子祠。竹痕當日泪[1]，山色後人疑[2]。仙服霞留綺，新妝月印眉。楚民亡水旱，簫鼓謝神禧。

【校注】

〔1〕張華《博物志》："舜死，二妃泪下，染竹即斑。"

〔2〕舜葬於九疑山。《水經注·湘水》："蟠基蒼梧之野，峰秀數郡之間，羅岩九舉，各導一溪；岫壑負阻，异嶺同勢。游者疑焉，故曰九疑山。"

瑞蓮池

五月紅蓮繁盛時，隼旟同賞郡南池。額名舊載零陵志，碑字新鎸子厚詩[1]。采葉唧杯愁滿滿[2]，折花行令笑遲遲。明年歲熟歌聲穩，伴醉清香客是誰。

【校注】

〔1〕子厚：唐柳宗元字。柳曾參加王叔文變法，失敗後被貶爲永州（治所在今湖南零陵）司馬。

〔2〕采葉唧杯：謂以荷葉作酒杯，古人稱之荷葉杯。明田藝蘅《留青日札摘鈔》："荷葉杯……刺葉心而飲其莖也。"

田州道中[1]

路下牂牁水石間，三分纔過二分山。年光欲盡家猶遠，嵐氣雖疏鬢已斑。賓從笑談譏獨進，兒曹音信喜生還。南風一夜吹鄉夢，數刻飛過五嶺關[2]。

【校注】

〔1〕田州：治所在都救（今廣西田陽東南）。

〔2〕五嶺：山名。一説指大庾、騎田、都龐、萌渚、越城五嶺；一説指大庾、始安、臨賀、桂陽、揭陽五嶺。

閲武堂〔1〕

南嶠風雲久肅清〔2〕，坏溝殘壘號昇平〔3〕。官曹惟識簿書字，民俗不知金鼓聲。往歲忽傳南詔檄〔4〕，近時方築伏波營〔5〕。安城太守深邊計〔6〕，菡萏花開閲水兵〔7〕。

【校注】

〔1〕原注："在賓州。"《宋詩紀事》題爲"賓州作"，凡二首。其一："金鼓聲闌劍戟收，使君回上雅歌樓。樽前一闋清商曲，消盡窮邊萬里愁。"其二即《閲武堂》後四句。《邕州小集》題作《安城即事二首》，以"往歲忽傳南詔檄"四句爲第一首；"金鼓聲闌劍戟收"四句爲第二首。

〔2〕南嶠：猶嶠南，指嶺南。《後漢書・馬援傳》："嶠南悉平。"注："嶠，嶺嶠也。"

〔3〕坏，通"坯"，原注："佩，平聲，以土封罅隙也。"

〔4〕忽傳：《邕州小集》《宋詩紀事》作"傳聞"。南詔：唐時西南地區有六詔，蒙舍詔在最南，稱"南詔"。後六詔爲南詔所統一。五代時南詔爲段氏所據，改稱"大理國"，幾與兩宋相始終。

〔5〕營，《邕州小集》《宋詩紀事》作"城"。伏波：漢將軍稱號。漢武帝時伏波將軍路博德、漢光武帝時伏波將軍馬援曾分别出征南越、交趾。此以伏波營喻宋朝駐防南疆的部隊。

〔6〕深，《邕州小集》《宋詩紀事》作"知"。安城：賓州的古稱。

〔7〕開，《邕州小集》《宋詩紀事》作"中"。

登淪漪閣

談笑淪漪閣，藤花竹葉閑。易醒江上酒，難畫雨中山。

長沙碧湘門[1]

城中烟樹緑漫漫[2]，幾萬樓臺樹影間。天闊鳥行疑没草，地卑江勢欲沉山。

【校注】

〔1〕《邕州小集》題作“碧湘門”。碧湘門：宋時長沙府城西門。

〔2〕緑漫漫，《邕州小集》作“緑波漫”。

祝融峰[1]

曾到祝融峰頂上，步隨明月宿禪關。夜深一陣打窗雨，卧聽風雷在半山。

【校注】

〔1〕祝融峰：南岳衡山最高峰，在湖南衡山縣西北。相傳上古祝融氏葬此，故名。

對花有感

得意忻忻失意悲，古今人事若花枝。桃紅李白薔薇紫，問著春風自不知[1]。

【校注】

〔1〕自，《邕州小集》作“總”。

鼓角樓[1]

去歲同登畫角城，諸蠻未滅夜論兵。五更將吏知人意，吹得梅花塞外聲[2]。

【校注】

〔1〕《邕州小集》題作“鬱林鼓角樓”。原注：“在鬱林州。”鬱林州：宋時治所在南流（今廣西玉林市）。

〔2〕得，《邕州小集》作“作”。梅花：漢樂府横吹曲《梅花落》。

思柳亭[1]

羅池刺史寡塵緣，畫戟城頭築望仙。黄鶴與誰同一去，碧桃無主又千年。

【校注】

〔1〕原注：“在柳州。”

芙蓉亭

邊柝無聲獄訟疏，芙蓉池上避金烏。民收懶實充田賦，匠寫空花入縣圖。

天涯亭

霧雨昏昏風益驕[1]，天涯亭上覺魂消。一家生意付秋瘴，萬里歸心隨暮潮。兵送遠人還海界，吏申遷客入津橋。山公對此聊酣飲，怕見醒來兩鬢凋[2]。

【校注】

〔1〕此句《邕州小集》《宋詩紀事》作“雨色絲絲風色驕”。

〔2〕以上四句據《邕州小集》補。

侯友章[1]

字夢符，衡山人。皇祐元年進士[2]。任臨武尉，擢桂林縣丞。居官廉慎，不欺小節。

【校注】

〔1〕《宋詩紀事補遺》作“侯友彰”。

〔2〕《宋詩紀事補遺》：“慶曆（一作皇祐）六年丙戌進士。”皇祐、慶曆，均爲仁宗趙禎年號。

示　子

老去官仍舊，貧來口亦添。舉杯瓶易罄，下箸味難兼。吾祖從來儉，痴兒莫謾嫌。萬錢終有命，遺汝不如廉。

馮　京[1]

字當世，江夏人，式之子，宰相富弼之婿也[2]。皇祐間，鄉、會、廷對俱第一[3]，知制誥。時韓琦爲相[4]，京數月不一見。琦謂其傲，以語動弼，使往見之。京曰："公爲宰相，而京不妄詣，所以重公也。"歷官太子少師。卒，贈司徒，謚文簡。

【校注】

〔1〕《宋史》有傳。

〔2〕富弼：字彦國，洛陽人。仁宗時與韓琦同主政，後與文彦博並相。神宗時，因與王安石議事不合，稱疾求退。

〔3〕鄉：鄉試。會：會試。廷對：廷試。三試皆第一，謂之"連中三元"。

〔4〕韓琦：字稚圭。仁宗嘉祐年間迭任樞密使、宰相。

寄賀長沙倅南宫誠[1]

嘗思鵬海隔飛翻[2]，曾得天風送羽翰。恩比丘山何以戴[3]，心同金石欲移難。經年嘆息音書絶[4]，千里長思道義寬[5]。每向江陵訪遺迹，邑人猶指縣題看[6]。

【校注】

〔1〕《宋詩紀事》題作"謝鄂倅南宫誠"。原注："馮秋試，主司堅欲黜落，綴之榜末。時鄂倅南宫誠監試，當拆封，大不平，力主持之，遂至魁選。明年廷試第一，除荆州倅。誠遷長沙，以詩賀之。"倅：古時地方佐貳之官。

〔2〕嘗，《湖北詩徵傳略》作"當"，《楚寶》作"常"。

〔3〕戴，《湖北詩徵傳略》作"報"。

〔4〕嘆息，《楚寶》《宋詩紀事》《湖北詩徵傳略》作"空嘆"。音書，《湘山野録》作"音題"。

〔5〕長思，《湖北詩徵傳略》作"相思"，《楚寶》作"長懷"。寬，《宋詩

紀事》《湘山野録》作“歡”。

〔6〕訪遺迹，《宋詩紀事》作“試遺治”，《湘山野録》作“訪遺治”。“邑人”句，《湖北詩徵傳略》作“人猶指點縣題看”。《楚風補》原注：“江陵縣額，誠所書也。”《湘山野録》：“江陵縣額，即君臨治時親墨也。”

寓寺題壁〔1〕

韓信栖遲項羽窮，手提長劍喝西風〔2〕。吁嗟天下蒼生眼〔3〕，不識男兒未濟中。

【校注】

〔1〕方勺《泊宅編》：“馮當世未第時，客餘杭縣，爲官逋拘窘，計無所出，悶題一詩於所寓寺壁。一胥魁范生見之，爲白餘杭縣令云：‘馮秀才甚貧，但見所留詩，他日必貴顯。’因誦其詩，令遽釋之。”

〔2〕西風，《湖北詩徵傳略》作“秋風”。

〔3〕吁嗟天下，《湖北詩徵傳略》《泊宅編》作“可憐四海”。

蔣　緯[1]

零陵人。

【校注】

〔1〕《楚寶》作“蔣湋”，云：“蔣湋，零陵人。少辭家入太學，既不遇，去而歸隱。與黄庭堅相友善，庭堅謫宜州，士大夫畏禍不敢往還，獨湋日陪杖履。庭堅疾革，子弟無一人在側，湋往見之，大喜握手曰：‘身後事委君矣。’及卒，湋爲棺殮，具舟送歸。鄒浩謫永，湋從之游。浩有昭州之行，湋又爲經紀其家。”

澹山岩[1]

風生崖木響，靄散洞門寬。幽徑盤危入，青天一面看。三冬僧定暖，五月客遊寒。縱有通神筆，亦應圖出難。

【校注】

〔1〕詩題下注：“有後序。”序云：“昔郡守王公世則遊是岩，讀此詩至‘青天一面看’，輒嘆曰：‘岩中奇處，此句道盡。’遂相與爲詩友。士大夫雖傳誦此詩，至今終不知其因。今復易新刻，拜叙其事，以示觀者。建中靖國改元中春望日四世孫務敏謹識。”澹山岩：在湖南零陵县南，亦稱澹岩。

歐陽程[1]

道州人。少貧，爲郡傭書[2]。郡後有池，嘗淬鐵爲庸器[3]，名鐵作池。植亭其旁。一日太守於吏牘間得副紙，紀池亭之勝，問知爲程語，大驚異之，與之金，使歸力學。後登進士，累官屯田員外郎。

【校注】

〔1〕歐陽程事迹,《湖廣通志》有記載。

〔2〕傭書：受雇傭爲人鈔寫。

〔3〕庸器：日常所用器具。

題鐵作池上亭[1]

鑿開幽境泛流萍，回合波間小洞庭。寒影倒吞凌漢樹，冷光高浴半天星。魚翻錦鬣波紋皺，鷺洗霜翎水氣腥。昨夜蛟龍忽飛去，滿天風雨震雷霆[2]。

【校注】

〔1〕《宋詩紀事》題作“咏池亭”。

〔2〕滿天,《宋詩紀事》作“滿軒”。

周敦頤[1]

字茂叔，道州人。以舅龍圖閣學士鄭向恩補官[2]。歷桂陽令，知南康。所至洗冤澤物，多治聲。自少性穎異，不由師傳，默契道體。二程子從之受學[3]。著《通書》《太極圖説》[4]。程子每謂："周茂叔吟風弄月，有吾與點也之意。"[5]黄魯直謂："胸次瀟灑，如光風霽月。"世稱濂溪先生。

【校注】

〔1〕《宋史》有傳。

〔2〕原文作"以舅龍圖閣學士鄭自思補官"。《宋史·周敦頤傳》云"以舅龍圖閣學士鄭向任爲分寧主簿"。《宋詩紀事》亦作"鄭向"。龍圖閣：宋宫閣名，閣内奉太宗御書、典籍、圖畫等，置學士、直學士、待制等，俱以他官兼領，表示恩寵。

〔3〕二程：指程顥、程頤兄弟。二程爲洛陽人，受學於周敦頤，同爲北宋理學創立者。

〔4〕據《宋史·周敦頤傳》，周敦頤取《易》象數之説作《太極圖》，又爲《説》一卷，"明天理之根源，究萬物之終始"。别著《通書》四十卷，"發明太極之含藴"。

〔5〕《宋史·周敦頤傳》云："故顥之言曰：'自再見周茂叔後，吟風弄月以歸，有吾與點也之意。'"吾與點也：孔子之言，語出《論語·先進》。

静思篇[1]

静思歸舊隱，日出半山晴。醉榻雲籠潤，吟窗瀑瀉清。得閑方達士，失計只勞生[2]。朝市誰鬢白[3]，車輪未曉鳴。

【校注】

〔1〕《濂溪集》題作"静思舊隱"。

〔2〕此二句《濂溪集》作“閑方爲達士，忙只是勞生”。

〔3〕鬚，《宋詩紀事》作“頭”。

贈譚虞部致仕[1]

清時望郎貴，白首故鄉歸。有子紆藍綬，將孫著彩衣。松喬新道院，鶴老舊漁磯。知止自高德，寧爲遯者肥[2]。

【校注】

〔1〕《濂溪集》題作“贈虞部員外郎譚公昉致仕”。

〔2〕遯者肥：即肥遯者，指隱居避世之人。《易·遯》：“上九，肥遯，無不利。”疏：“肥，饒裕也。……最在外極，無應於内，心無疑顧，是遯之最優，故曰肥遯。”

宿崇聖院[1]

公程無暇日[2]，暫得宿清幽。始覺空門客，不生浮世愁。温泉喧古洞，晚磬度危樓。徹曉都忘寐，心疑在沃洲[3]。

【校注】

〔1〕《宋詩紀事》謂此詩爲彭應求作。

〔2〕公程，原文作“八程”，據《宋詩紀事》改。公程指公文。

〔3〕沃洲：山名，在浙江新昌縣東，相傳晋高僧支遁（道林）曾居此。

題寇順之道院壁

一日復一日，一杯復一杯。青山無限好，俗客不曾來。往事已如此，朱顔安在哉。寄與地上友[1]，歷亂竟誰摧。

【校注】

〔1〕友，《濂溪集》作“客”。

同宋復古遊山巔至大林寺[1]

三月山方暖[2]，林花互照明。路盤層頂上，人在半空行。水色雲含白，禽聲谷應清。天風拂布袂[3]，縹緲覺身輕。

【校注】

〔1〕《濂溪集》題作“治平乙巳暮春十四日同宋復古游山顛至大林寺書四十字”，《宋詩紀事》題作“同宋復古游大林寺”，《宋詩別裁》作“游大林”。

〔2〕此句《宋詩紀事》作“三月僧房暖”，《宋詩別裁》作“三月山房暖”。

〔3〕布袂，《宋文鑑》作“巾袂”，《濂溪集》《宋詩別裁》作“襟袂”，《宋詩紀事》作“襟袖”。

香林別趙侍御閲道[1]

公暇頻陪塵外遊，朝天仍得送行舟。軒車更共入山脚，旌旆且從留渡頭。精舍泉聲清瀌瀌，高林雲色淡悠悠。談終道奥愁言去，明日瞻思上郡樓[2]。

【校注】

〔1〕《濂溪集》題爲“萬安香城寺別虔守趙公”，詩後注曰：“别本云，清獻（按趙閲道之謚號）自虔州赴召。舟至造口，同游香林寺，石刻可考。《大成集》以爲萬安香城寺，非也。”趙閲道：趙抃，宋衢州西安（今浙江衢縣）人，曾任殿中侍御史。

〔2〕瞻思：《詩·邶風·雄雉》：“瞻彼日月，悠悠我思。”

春　　晚[1]

花落柴門掩夕暉，昏鴉數點傍林飛。吟餘小立闌干外[2]，遥見樵漁一路歸。

【校注】

〔1〕《宋詩紀事》題爲“題春晚”。

〔2〕吟餘,《楚風補》誤作“今余”，據《宋詩紀事》改。

江上別石郎中

落葉蟬聲古渡頭，沙灘人擁欲行舟〔1〕。別離情似長江水，遠亦隨君日夜流〔2〕。

【校注】

〔1〕沙灘,《濂溪集》作“渡頭”。

〔2〕君,《濂溪集》作“公”。

桂如虎

興國人[1]，進士，官道州郡丞。

【校注】

〔1〕興國：軍名，治所在今湖北陽新縣。

陽華岩[1]

天作高山勢已空，地開岩竇巧玲瓏。卷成翠幄垂瓊珮，擘破蒼崖漱玉虹。雲氣擁時來座上，塵埃飛不到亭中[2]。品題自有元郎句[3]，我輩聊書一笑同。

【校注】

〔1〕《宋詩紀事》題爲“華陽岩”，誤。陽華岩在今湖南江華瑶族自治縣城東南。《永州府志》載：“江華復嶺重岡，地遠而險，其山之秀异者，自古稱陽華岩。”

〔2〕“雲氣”二句，《湖北詩徵傳略》作“雲氣有時迷洞口，塵埃飛不到胸中”。

〔3〕元郎：指元結（719—772），字次山，唐代文學家，曾任道州刺史，作銘刻陽華岩，並寫有《陽華岩銘有序》詩。

陳　起[1]

沅江人。舉進士[2]。官秭歸令時，疏鑿新灘[3]，以便舟楫，歐陽文忠公銘其功德不朽[4]。

【校注】

〔1〕《宋詩紀事補遺》云陳起字輔聖，終永州通判。

〔2〕《宋詩紀事補遺》《湖南通志》謂其爲宋仁宗景祐元年（1034）進士。

〔3〕新灘：一名青灘，爲長江險灘之一。

〔4〕歐陽文忠公：歐陽修。曾任夷陵（今湖北宜昌）令，後官至參知政事，卒謚文忠。

迎　月

尊酒貪迎月，人生醉後佳。夜來窗不掩，吹落一瓶花。

柳應辰

其先青州人。五季時避地荆楚，遂爲武陵人。熙寧間登進士[1]，通判永州。傳聞除浯溪石怪及潭岩水怪，民甚德之。

【校注】

〔1〕熙寧（1068—1076）：宋神宗趙頊年號。據洪邁《容齋五筆》載，柳登進士在宋仁宗寶元元年（1038）。

紀　石[1]

浯溪石怪大江邊[2]，心記閑將此處鎸[3]。向後有人來屈指，四千六百甲寅年[4]。

【校注】

〔1〕《宋詩紀事》題作“刻浯溪石上”。《楚風補》注：“公判永州，維舟浯溪。夜有水怪登舟，公書一夬字於其手。詰旦，字見崖端，因紀詩云。”

〔2〕怪，《宋詩紀事》作“上”，《容齋五筆》作“在”。

〔3〕處，《宋詩紀事》《容齋五筆》作“地”。

〔4〕向後有人，《容齋五筆》作“自有後人”。《容齋五筆》載：“今浯溪石上有大押字，題云：‘押字起於心，心之所記，人不能知。大宋熙寧七年甲寅歲刻，尚書都官員外郎武陵柳應辰，時爲永州通判。’仍有詩云……。有閬中陳思者跋云：‘右柳都官欲以怪取名，所至留押字盈丈，莫知其何爲。押字古人書名之草者，施於文記間，以自别識耳。今應辰鎸刻廣博如許，已怪矣。好事者從而謂之説，謂能祛逐不祥，真大可笑。’”

米　　芾[1]

字元章，太原人，一載吴人。徙家襄陽，每自稱襄陽米芾。書畫雙絶，爲世珍寶，奉召爲書畫學博士。晚號海岳外史。有潔癖。作書畫船，用唐衣冠，風神俊逸。所至，人聚觀之。嗜好殊俗，知無爲軍時[2]，入署，見一石頗奇，輒下拜，故又號米顛。東坡云："元章奔逸絶塵之氣，超妙入神之字，清新絶俗之文，相知二十年，恨不能盡。"著有《山林集》十卷。子友仁亦工書法，世以大、小米别之。宣和中爲大名少尹[3]。所作山水，風度神彩，克肖其父。

【校注】

〔1〕《宋史》有傳。

〔2〕無爲軍：治所在今安徽無爲縣。

〔3〕大名：府名，治所在今河北大名縣東，宋時爲陪都，建號北京。

題多景樓[1]

欲雨氣不透，庭梧亘栖烟[2]。回首望北固，雲藏净名天[3]。呼僮治籃輿[4]，憑高覽山川。隱見豈不好，開霽景固全。須臾江風流[5]，湛湛清露園。歸途知有伴，華月上丹淵[6]。

【校注】

〔1〕《宋詩紀事》《湖北詩徵傳略》題作"甘露作呈夷曠"。多景樓：在今江蘇鎮江市北固山甘露寺内。米芾《甘露寺》詩序云："多景樓背山面江，爲天下甲觀，五城十二樓不過也。"

〔2〕亘，《宋詩紀事補遺》作"有"。

〔3〕净名，原作"净石"，據《宋詩紀事》《湖北詩徵傳略》改。净名爲佛家語，譯曰無垢。

〔4〕治籃輿，《宋詩紀事》《宋詩紀事補遺》作"速具輿"。

〔5〕江風,《宋詩紀事》作“剛風”,《湖北詩徵傳略》作“剛氣”。

〔6〕丹淵：神話中地名。阮籍《采薪者歌》：“日没不周西，月出丹淵中。”

貞娘墓歌[1]

何不學仙冢纍纍[2]，白楊西郭陰風悲[3]。虎丘一扣貞娘墓，薜荔援墻委蘭露。千歲蒙茸幾樹花，夜飄鬼火晚啼鴉[4]。向憐挾瑟彈清月，猶憶吹簫乘彩霞。吴閶少年往來道[5]，黛蛾釵燕誰能好。酒滴春雲夢不消，泉聲幽咽鐘聲老。陌上行遊緩緩歸，昨日紅顔今日非。東望闔閭穿葬處，玉鳧欲化湛盧飛[6]。

【校注】

〔1〕貞娘墓：又作真娘墓，在今江蘇省蘇州市虎丘山。貞娘：唐代妓女。陸廣微《吴地記》：“虎丘山……有貞娘墓，吴國之佳麗也。行客才子多題詩墓上。”

〔2〕《搜神記》：“遼東城門有華表柱。鶴集於柱頭，少年射之，乃飛，徘徊空中而言曰：‘有鳥有鳥丁令威，去家千歲今來歸。城郭如故人民非，何不學仙冢纍纍。’”

〔3〕《古詩十九首》：“白楊多悲風，蕭蕭愁殺人。”

〔4〕晚啼鴉,《宋詩紀事補遺》《湖北詩徵傳略》作“曉啼鴉”。

〔5〕閶：閶門，蘇州西城門。

〔6〕闔閭：春秋時吴王。闔閭墓在虎丘山下。當時徵調十萬民工穿土鑿池，積壤爲丘，傾水銀爲池，黄金珍玉爲鳧雁，並以三千寶劍殉葬。湛盧：寶劍名。相傳爲春秋時歐冶子所造。

清話而已復借書劉李周三姓[1]

好懶難辭友，知窮豈念通。貧非理生拙，病覺養心功。小圃能留客，青冥不厭鴻。秋帆尋賀老，載酒過江東[2]。

【校注】

〔1〕《宋詩紀事補遺》題作“余居半載諸公載酒不輟而余以疾每約置瞻清話而已復借書劉李周三姓”。

〔2〕此處化用李白《重憶》詩句：“欲向江東去，定將誰舉杯。稽山無賀老，却掉酒船回。”賀老：賀知章，唐越州永興（故址在今浙江蕭山縣西）人，曾任太子賓客、秘書監，天寶初請爲道士，敕賜鏡湖，無幾老終。

開先寺龍潭〔1〕

度峽捫青玉〔2〕，臨深坐緑苔。水從雙劍下〔3〕，山挾兩龍來〔4〕。春暖花驚雪，林空石迸雷。塵纓聊此濯，欲去首重回。

【校注】

〔1〕《宋詩紀事》《湖北詩徵傳略》題作“開先寺觀瀑布”。開先寺：在廬山秀峰。南唐中主李璟嘗於此築臺讀書，即位後以書臺舊址爲寺，取名開先寺。清代改名秀峰寺。

〔2〕青玉：青玉峽。

〔3〕雙劍：雙劍峰。

〔4〕兩龍：指馬尾瀑和廬山瀑。馬尾瀑自雙劍、文殊兩峰流出，廬山瀑自鶴鳴、行包兩峰流出。兩瀑匯合，流出青玉峽谷，瀉入龍潭。

甘露寺〔1〕

六代蕭蕭木葉稀，樓高北固落殘暉〔2〕。兩州城郭青烟起，千里江山白鷺飛。海近雲濤驚夜夢，天低月露濕秋衣。使君肯負時平樂，長倒金鐘盡醉歸。

【校注】

〔1〕甘露寺：在江蘇鎮江市北固山後峰上。相傳建於三國東吴甘露元年（265）。

〔2〕樓：指多景樓。

望海樓

雲間鐵甕近青天〔1〕，縹緲飛樓百尺連。三峽江聲流筆下〔2〕，六朝山影落尊前〔3〕。幾番畫角催紅日，無事滄州起白烟〔4〕。忽憶賞心何處在〔5〕，春風秋月兩茫然。

【校注】

〔1〕鐵甕：指鐵甕城，爲古代鎮江子城，故址在北固山前峰下。《鎮江府志》："子城，吴大帝所築，内外甃以甓，號鐵甕城。"

〔2〕下，《宋詩紀事補遺》《湖北詩徵傳略》作"底"。

〔3〕山，《宋詩紀事補遺》《湖北詩徵傳略》作"帆"。

〔4〕滄州：當作滄洲，指濱水之地。

〔5〕在，《宋詩紀事補遺》《湖北詩徵傳略》作"是"。

除書學博士初朝謁呈時宰〔1〕

半生湖海看青山，慣佩笭箵攬轡艱〔2〕。曉起初馳朱雀路〔3〕，霜華慚綴紫宸班〔4〕。百寮早處瞻丹陛〔5〕，五色光中望玉顔。浪説書名落人世，非公那解徹天關。

【校注】

〔1〕書學博士：學官名，以書學教授學生。

〔2〕笭箵：裝魚的竹籠，也作爲漁具的總稱。

〔3〕朱雀路：唐代長安街名，此代指宋汴京街名。

〔4〕紫宸：殿名。唐、宋時爲皇帝接見群臣和來使的内朝正殿。

〔5〕早，《宋詩紀事》《湖北詩徵傳略》作"卑"。

郎官湖[1]有序

按李白詩序云[2]：乾元歲流夜郎，遇故人尚書郎張謂使夏口[3]，沔州杜太守、漢陽王令觴於江城之南湖[4]。張公四望超然，請白標之嘉名。白因號之郎官湖。席上文士輔翼、岑靖以爲知言[5]。今所謂郎官湖者，古郡城之北，東於兩山間，縱廣百許步，固不足四望而超然也。已知其非是。且郡南瀕江之人，持南唐時地券，尚指郎官湖爲鄰。蓋湖爲江水所吞，而去城里餘，猶有淵渚隱然未泯，乃湖之故防也。余丙子五月舟次沔陽[6]，求訪遺老，始得其詳，賦此詩志之。

當年賢守令，載酒沔陽遊。涼月呈新霽，明湖涵素秋。郎官夏口使，仙客夜郎囚。促膝青螭舫，連觴紫綺裘。高歡隨聚散，餘躅想風流[7]。芳草失青履，滄波浮白鷗。江吞百頃盡，石刻一篇留。宜有沈碑者，前懷陵谷憂[8]。

【校注】

〔1〕郎官湖：故址在今武漢市，明以後已涸竭。

〔2〕李白詩：指《泛沔州城南郎官湖》。

〔3〕張謂：字正言，大曆（766—779）間爲禮部侍郎。

〔4〕沔州、漢陽：《舊唐書·地理志》："武德四年平朱粲，分沔陽郡立沔州，治漢陽縣。"

〔5〕岑靖，李白詩序作"岑靜"。

〔6〕米芾生於仁宗皇祐三年（1051），卒於徽宗大觀元年（1107），據此可知序中所説丙子年當爲哲宗紹聖三年（1096）。

〔7〕餘躅：遺留的事迹。躅：足迹。

〔8〕陵谷：《詩·小雅·十月之交》："高岸爲谷，深谷爲陵。"原指地形變化，後多用以指世事變遷。

嶢　山

信美此山高，穹窿遠朝市。岩木結蒼陰，飛泉落晴翠。

瀟湘八景圖詩[1]

瀟水出道州，湘水出泉州，至永州而合流焉。自湖而南，皆二水所經。至湘陰始與沅之水會，又至洞庭與巴江之水合，故湖之南皆可以瀟湘名水。若湖之北，則漢沔湯湯，不得謂之瀟湘。瀟湘之水可得聞乎？洞庭南來，浩淼沉碧；叠章層岩，綿衍千里。際以天宇之虚碧，雜以烟霞之吞吐。風帆沙鳥，水竹雲林，致不一也。圖具大觀，景開自昔，僅係詩八章云。

瀟湘夜雨

大王長嘯起雄風[2]，又逐雲行入夢中。想像瑶臺環佩濕，令人腸斷楚江東。

山市晴嵐

亂峰空翠晴還濕，山市嵐昏近覺遥。正值微寒堪索醉，酒旗從此不須招。

遠浦歸帆

漢江遊女石榴裙，一道菱歌兩岸聞。賈客歸帆休悵望，閨中紅粉正思君[3]。

烟寺晚鐘

絶頂高僧未易逢，禪床長被白雲封。殘鐘已罷寥天遠，杖錫時歌紫蓋峰[4]。

漁村夕照

曬網柴門返照新，桃花流水認前津。買魚沽酒湘江去，遠吊懷沙作賦人。

洞庭秋月

李白曾移月下仙[5]，烟波秋醉洞庭船。我來更欲騎黄鶴，直向高樓一醉眠。

平沙落雁

陣斷衡陽暫此回[6]，沙明水碧岸莓苔。相呼正喜無矰繳，又被孤城畫角催。

江天暮雪

蓑笠無踪失釣船，彤雲黯淡混江天。湘妃獨對君山老，鏡裹修眉已皓然。

【校注】

〔1〕據《寄園寄所寄》《夢溪筆談》等書記載，北宋畫家宋迪以瀟湘風景寫平遠山水八幅，時人稱爲“瀟湘八景”。後人遂以此作爲詩畫題材。

〔2〕“大王”句：語本宋玉《風賦》：“楚襄王游於蘭臺之宫……有風颯然而至，王乃披襟而當之曰：‘快哉此風，寡人所與庶人共者邪？’宋玉對曰：‘此獨大王之風耳，庶人安得而共之？’”

〔3〕紅粉，原作“紅紛”，誤。

〔4〕紫蓋峰：衡山七十二峰之一。

〔5〕李白《陪族叔刑部侍郎曄及中書賈舍人至游洞庭五首》有“元禮同舟月下仙”句。

〔6〕衡山有回雁峰，相傳秋雁至衡陽而止，遇春北歸。

壯觀亭

邀賓壯觀不辭寒，玉立風神氣上干。欲識謝公清興處，千山萬嶺雪漫漫[1]。

【校注】

〔1〕千山萬嶺，《宋詩鈔補》作“千重岩嶺”。

八仙臺

山徑重重鎖緑苔，松花曾見幾番開。神仙費盡招呼力，那得仙官一個來。

垂虹亭[1]

斷雲一葉洞庭帆[2]，玉破鱸魚霜破柑[3]。好作新詩寄桑苧[4]，垂虹秋色滿東南。

【校注】

〔1〕《宋詩紀事》題作“吴江垂虹亭作”。《中國通史》所刊米芾墨迹（以下簡稱“墨迹”）亦作“吴江垂虹亭作”。詩二首，此爲其一。詩後注：“時爲湖州之行。”垂虹亭：在江蘇吴縣垂虹橋（一名長橋）上。

〔2〕葉，“墨迹”、《宋詩紀事》均作“片”。洞庭：山名，在太湖中，此處即以指代太湖。

〔3〕霜，《宋詩紀事》作“金”。

〔4〕寄，《楚風補》作“繼”，據《宋詩紀事》改。

張　　問〔1〕

字昌言，襄陽人。舉進士，通判大名。時有司按籍括群牧地，毁廬發墓，問以聞，神宗嘉之，立罷其役〔2〕。徙江東、淮南轉運使〔3〕。會河再决，問贊計有功。熙寧末，知滄州，不阿新法〔4〕。歲饑，建議免常平、助賑〔5〕，甚切直。累官正議大夫，提舉崇福宫。處己廉潔，嘗與种世衡善〔6〕。問父喪，世衡遺汝州田十頃，辭弗受。世衡卒，其子古用父治命〔7〕，亦不納田，蕪者三十年。朝廷命反諸种氏。

【校注】

〔1〕《宋史》有傳。

〔2〕群牧地：宋時飼養國馬的地方。按《宋史·張問傳》謂爲仁宗嘉之，與此小傳异。

〔3〕江東：即江南東路，約當今江西北部、安徽南部和江蘇南京一帶。淮南：指淮南路，約當今江蘇、安徽兩省長江以北、淮河以南地區。

〔4〕新法：指王安石所推行的農田水利、均輸、青苗、保甲、常平、方田等法。

〔5〕助賑：疑爲"助役"之誤。《宋史·張問傳》："歲饑，爲帝言苟免常平、助役之苦，反以得流亡爲幸。語切直驚人。"

〔6〕种世衡：字仲平，洛陽人，歷任將作監主簿、鄜州簽書判官、知環州兼環慶路鈐轄。

〔7〕种古：一作种詁，字大質，世衡長子，與弟諤、診皆有將才，號稱"三种"。治命：合理的遺命，多指父親臨終遺言。

伏承留守太尉相公集士大夫老而賢者凡十有二人於韓公之第，買酒相樂，爲耆年之會，承命賦詩，謹録上呈，伏惟采覽〔1〕

槐庭二老樂堯仁〔2〕，盛集高年洛水濱。華衮具瞻雖禮絶，白頭序齒却情親。清閑几席同禪院，山野巾裘似隱淪。尊酒椒香纔過節[3]，池塘草色已催春。白公酣暢吟哦内[4]，衛武康强笑語頻。豈獨丹青傳不朽，潜欣風俗欲還淳。芝田鶴戲調神健[5]，蓮葉龜游納息匀[6]。商皓寂寥拘小隱[7]，漢疏局蹙止家人。莫因氣貌疑丹竈，自有光陰寄大椿[8]。復得兼謨爲重客，恐遺元爽在編民[9]。神仙可學今方信，道術相忘久益真。滿座交歡祝眉壽，群生五福托鴻鈞[10]。

【校注】

〔1〕《宋詩紀事》《湖北詩徵傳略》題作“耆英會”。留守太尉相公：指文彦博，字寬夫，介休人，歷樞密副使、參知政事、同中書門下平章事，封潞國公。韓公：指富弼，字彦國，河南人。至和二年（1055）拜同中書門下平章事，與文彦博並相，時稱“富文”。初封祁國公、鄭國公，終封韓國公。據《宋史》《澠水燕談》記載，元豐五年（1082），文彦博留守西京（洛陽）時，慕白居易“九老會”，悉聚洛中大夫賢而老者十二人，於富弼宅置酒賦詩相樂，時人稱爲“洛陽耆英會”。這十二人爲富弼、文彦博、席汝言、王尚恭、趙丙、劉几、馮行己、楚建中、王慎言、張問、張燾、司馬光。是時王拱辰留守大名，貽書文、富，請予其數，凡十三人。

〔2〕槐庭：宋時學士院庭名。沈括《夢溪筆談》：“學士院第三庭學士閣子當前有一巨槐，素號槐庭。舊傳據此閣者，多至入相。”二老指文彦博、富弼。

〔3〕“尊酒”句：古俗，子孫於元旦以椒實浸製的酒向家長祝壽。

〔4〕白公：指白居易。白居易曾在洛陽同胡杲等人舉行“九老會”，賦詩紀事，並繪圖書各人姓名、年齡，題爲“九老圖”。此以白公代指“洛陽耆英會”的發起人文彦博。

〔5〕神，《宋詩紀事》《湖北詩徵傳略》作“形”。

〔6〕葉，《湖北詩徵傳略》作“沼”。

〔7〕隱，《楚風補》作“引”，據《宋詩紀事》《湖北詩徵傳略》改。

〔8〕大椿：《莊子・逍遥游》：“上古有大椿者，以八千歲爲春，八千歲爲

秋。”

〔9〕自注：“時司馬光未七十。”兼謨：狄兼謨。《新唐書·白居易傳》謂爲九老會與會者之一。《香山集補遺》謂狄兼謨因年未滿七十，雖與會而未列九老之中。此以狄兼謨喻司馬光，司馬光時年六十四歲。元爽：李元爽，《唐詩紀事》《香山集補遺》謂爲白居易“九老會”成員。

〔10〕五福：《書·洪範》：“五福：一曰壽，二曰富，三曰康寧，四曰攸好德，五曰考終命。”

廖正一

字明略，衡山人[1]。元豐二年進士，授華陰司理，累官至端明殿學士[2]。出知常州，有異政。蘇軾得其策，擊節嘆賞，每以密雲龍茶飲之[3]。後入黨籍[4]。自號竹林居士。所著有《白雲集》。

【校注】

〔1〕《宋詩紀事》《楚寶》謂其爲安陸人。

〔2〕端明殿學士，原文作"端明殿大學士"，據《楚寶》改。

〔3〕密雲龍：茶名。葉夢得《石林燕語》："熙寧中，賈青爲福建轉運使，又取小團之精者，爲密雲龍。以二十餅爲斤，而雙袋謂之雙角團茶。"

〔4〕黨籍：指元祐黨籍。宋哲宗元祐年間，用司馬光爲相，盡廢王安石新法。哲宗紹聖元年，章惇繼爲相，復新法，斥司馬光等爲"奸黨"。徽宗崇寧年間，蔡京爲相，乃籍元祐反新法諸臣及新黨曾布、章惇凡三百零九人，刻石刊布於京師及各州縣。

和李主簿

李侯持尺璧，十五城不換[1]。倦飛偶栖棘，孤鳴異巢鸛[2]。淮海一俊乂，博洽識理亂[3]。國論匪與聞，偷將經術斷。君家文多豪，陵嶠賀白觀[4]。

【校注】

〔1〕尺璧：喻李主薄才學。《史記·廉藺列傳》載，趙惠文王得楚和氏璧，秦昭王詐稱願以十五城换之。藺相如奉璧入秦，見秦王食言，遂設計復取璧歸趙。

〔2〕倦飛：謂厭仕。陶潛《歸去來兮辭》："鳥倦飛而知還。"鸛：水鳥。鄭玄《毛詩箋》謂鸛"將陰雨而鳴"。

〔3〕理亂：偏義複詞，即治理之意。

〔4〕陵嶠賀白觀：指漢李陵，唐李嶠、李賀、李白、李觀。

潘大臨

字邠老，黄岡人。與弟大觀皆有詩名〔1〕。與蘇軾、黄庭堅、張耒遊〔2〕。《冷齋夜話》云〔3〕："黄州潘邠老，工詩，有佳句，然甚貧。東坡、山谷尤喜之。"

【校注】

〔1〕大觀：潘大臨次弟，字仲達，江西派詩人。

〔2〕黄庭堅（1045—1105）：北宋詩人，書法家。字魯直，號山谷道人、涪翁。分寧（今江西修水）人。張耒（1054—1114）：北宋詩人。字文潛，號柯山。淮陰（今屬江蘇）人。二人與秦觀、晁補之合稱"蘇門四學士"。

〔3〕《冷齋夜話》：北宋僧惠洪撰，記述當時文壇情況。

讀中興頌碑〔1〕

公泛浯溪春水船，繫帆啼鳥青崖邊〔2〕。次山作頌今幾年，當時治亂春風前。明皇聰明真晚謬，乾坤付與歌奴手〔3〕。骨肉何傷九廟焚，蜀山騎驢不回首〔4〕。天下寧知再有唐，皇帝紫袍迎上皇〔5〕。神器倉忙吾敢惜，兒不終孝聽五郎〔6〕。父子幾何不豺虎，君臣寧能責胡虜。南内淒涼誰得知，人間稱家作端午〔7〕。平生不識顏真卿，去年不答高將軍〔8〕。老來讀碑泪横臆〔9〕，公詩與碑當並行〔10〕。不賞邊功寧有許〔11〕，不殺奉章猶未語〔12〕。雨霖日灸字未訛，千秋萬歲所監多。

【校注】

〔1〕《宋詩紀事》題作"浯溪中興頌"。碑在今湖南祁陽縣城西南浯溪邊。唐元結（次山）寓居浯溪時撰《大唐中興頌》，顏真卿楷書，摩刻於江邊崖石上。

〔2〕帆，《宋詩紀事》作"船"。

〔3〕歌奴：李林甫小字，玄宗朝權奸。

〔4〕驢,《宋詩紀事》作“騾”。

〔5〕《資治通鑑·唐紀》:“十二月丙午,上皇至咸陽。……上釋黄袍,著紫袍,望樓下馬,趨進,拜舞於樓下。”

〔6〕神器倉忙,《宋詩紀事》作“神氣倉皇”。終孝,《楚風補》作“忠孝”,據《宋詩紀事》《宋文鑑》改。五郎:指宦官李輔國。玄宗在危急之中傳位於太子李亨,是爲肅宗。肅宗寵信輔國,“宦官不敢斥其官,皆謂之五郎”,“上皇謂高力士曰:‘吾兒爲輔國所惑,不得終孝矣。’”(《資治通鑑·唐紀》)

〔7〕南内:指唐興慶宫。玄宗初居南内,後李輔國譖言玄宗與外人交通,遂迫其遷西内(太極宫)。家:即大家,宫中侍臣對帝、后的稱呼。端午:農曆初五日。唐玄宗八月初五日生,以其日爲千秋節。

〔8〕顔真卿:字清臣,唐京兆萬年人。安禄山反,河北郡縣官吏紛紛投降,顔以平原太守起兵拒之。玄宗感嘆説:“朕不識顔真卿作何狀,乃能如是!”(見《資治通鑑·唐紀》)高將軍:指高力士,高官封驃騎大將軍。天寶十三載秋大雨,玄宗問政於高力士,高曰:“自陛下以權假宰相,法令不行,陰陽失度,天下事庸可復安?”帝不答。翌年,安禄山反。(見《新唐書·宦者傳》)

〔9〕横,《宋詩紀事》作“沾”。

〔10〕並,《宋文鑑》作“共”。

〔11〕許,《宋詩紀事》作“計”。

〔12〕奉章,《宋詩紀事》作“奏章”,《宋文鑑》作“奏皇”。未,《宋文鑑》作“敢”。

春日書懷

舟楫凌漳水[1],風濤接蠡湖[2]。龍媒成跬步[3],驪頷脱微軀[4]。樂土供游戲,深文苦縶拘。胸中雖磈磊,墻外或歌呼。老去嵇生懶[5],歸來寧子愚[6]。千鍾真臭腐,十畝借膏腴。春雨何曾密,園花竟自都。小橋藏細柳,方沼生新蒲。酒熟拈巾漉,芹荒帶雨鋤[7]。行盤隨所有,坐客幾時無。日轉槐陰暮,門通鳥徑迂[8]。仰頭看餔觳,引手挹將雛[9]。撫事丝繅繭,勞生户轉樞。形骸浮大塊,毛髪燎洪爐[10]。世論幾膠柱，人心盡好竽。屠龍非至計[11]，射雉屈良圖[12]。借箸方隆漢[13]，推枰已滅吴[14]。從渠畫麟閣，吾自著潛夫[15]。

【校注】

〔1〕凌,《湖北詩徵傳略》作“臨”。漳水：源出湖北南漳縣，東經江陵縣入長江。

〔2〕蠡湖：在江蘇無錫東南，是太湖的一部分。

〔3〕成,《宋詩紀事》作“戒”。龍媒：指駿馬。

〔4〕驪頷:《莊子·列禦寇》：“夫千金之珠，必在九重之淵，而驪龍頷下。”

〔5〕嵇生,《宋詩紀事》《宋文鑑》作“嵇康”。嵇康《與山巨源絶交書》：“性復疏懶，筋駑肉緩，頭面常一月十五日不洗，不大悶癢，不能沐也。”

〔6〕寧子,《楚風補》作“谷子”，據《宋詩紀事》《宋文鑑》改。或指西漢酷吏寧成。武帝時，寧“抵罪髡鉗……出關歸家。稱曰：‘仕不至二千石，賈不千萬，安可比人乎？’”乃買田千餘頃。後其家爲另一酷吏義縱所破。

〔7〕芹荒,《宋詩紀事》《宋文鑑》作“經傳”。

〔8〕徑,《宋詩紀事》作“迹”。

〔9〕挹,《宋詩紀事》《宋文鑑》《湖北詩徵傳略》作“亦”。

〔10〕《宋文鑑》“毛髮”句下尚有“借問青宮犢，何如濁水凫。士衡甘食酪，張翰合思鱸”四句。洪,《宋文鑑》作“紅”。

〔11〕屠龍：比喻技藝高超但無實用價值。《莊子·列禦寇》：“朱泙漫學屠龍於支離益，殫千金之家，三年技成，而無所用其巧。”

〔12〕“射雉”句：典出《江表傳》，孫權數出射雉，潘浚進諫曰：“天下未定，萬機務多，射雉非急，弦絶括破，皆能爲害。”權遂不復射雉。

〔13〕“借箸”句:《史記·留侯世家》：“張良對曰：‘臣請借前箸爲大王籌之。’”

〔14〕“推枰”句：事見《晉書·杜預傳》。晉武帝有滅吴之計，朝議多違，唯杜預、羊祜、張華與帝意合。後杜預上表，請求早日伐吴，帝適與張華圍棋，

預表至，張華推枰斂手，表示贊同。預奉旨伐吴，吴遂滅。

〔15〕潛夫：指《潛夫論》，東漢王符撰。符字節信，性耿直，不合於世，乃隱居著書，不欲顯名，以“潛夫”爲名。

漢陽渡〔1〕

人争漢口渡，日落陽臺阪。鼓吹隔岸聞，樓觀歸雲晚。

【校注】

〔1〕漢陽渡：《一統志》：“漢陽渡在漢陽府城東。”

唐　　績

字公懋，零陵人。少警敏嗜學。時范祖禹謫永州[1]，績從問讀書作文之法。登元符庚辰進士，歷潭州司户，遷衡山令，轉鼎州通判。會沅州猺叛[2]，荊南帥劉亞夫檄績應援，賊平。桃源縣方田吏倚法爲市[3]，民不堪命，相率爲亂。績往温言慰勞之，鬭者忻然棄杖去。擢福州運判[4]。績天姿修潔，莅事有方，接人以義，士論多之。

【校注】

〔1〕范祖禹：字淳夫，一字夢得。哲宗時因力沮章惇，復爲論者所誣，遂謫永州。後卒於謫所。

〔2〕猺：舊時對我國瑤族的侮辱性稱謂。

〔3〕方田：方田均税法之簡稱。

〔4〕福州，應從《宋詩紀事補遺》作“福建路”。

靈岩寺呈鋭公禪師[1]

一水穿岩走碧沙，沿溪樛木卧龍蛇。分明便是桃源路，不見溪頭流落花。

【校注】

〔1〕原注：“詩刻於桃源靈岩洞左側方磚，後書政和某年月日。見《桃源邑志》。”

彭天益

攸縣人。元祐三年舉於鄉。崇寧爲國子監博士。以議論不合，出爲湖南提舉。大觀初，上疏力抵權奸。年五十致仕，居司空山[1]。著有《瑞麟集》。

【校注】

〔1〕司空山：原名麒麟山，在湖南攸縣境内。南齊司空張岊棄官修道，隱居於此，後人遂更名爲司空山。彭天益作有《司空山記》。按《攸縣志》載彭天益隱居於鶴嶺。

聞子規[1]

深夜入清冥[2]，遊人何處聽。花殘斑竹廟[3]，雨歇峴山亭[4]。樹罅月初落，窗間睡正醒。衆禽方在夢，誰念爾勞形。

【校注】

〔1〕《攸縣志》録此詩，題作“過大别山聞子規”。

〔2〕深、清，《攸縣志》作“後”“杳”。

〔3〕斑竹廟：即黄陵廟。

〔4〕峴山亭：在湖北襄陽市峴山上。晋羊祜鎮襄陽，常登臨峴山。祜卒，後人建亭立碑，望之悲啼。

蘇　庠

字養直，澧州人。父伯固從東坡遊[1]。庠以詩鳴，亦見賞於東坡，每呼爲“吾家養直”。紹興間，與徐師川同召[2]，庠不起，乃徙居京口。二公平日奕局，徐高於蘇。師川赴京，便道過庠，留飲對奕，庠拈一子笑曰：“今日須讓老夫下此一着。”師川有慚色。後秦檜當國，欲召之。庠曰：“吾老矣，不忍販賣雲壑。”年八十餘卒，號後湖居士。著有文集行世。

【校注】

〔1〕伯固：蘇堅字。堅任職杭州時參與修浚西湖，與蘇軾唱和甚多。

〔2〕師川（？—1140）：徐俯字，黄庭堅甥，官至參知政事。

清江曲[1]

屬玉雙飛水滿塘[2]，菰蒲深處浴鴛鴦。白蘋滿棹歸來晚，秋著蘆花兩岸霜。扁舟繋岸依林樾，蕭蕭兩鬢吹華髮。萬事不理醉復醒[3]，長占烟波弄明月。

【校注】

〔1〕據《苕溪漁隱叢話》，東坡激賞此詩，謂“若置在太白集中，誰復疑其非也”。

〔2〕屬玉：水鳥名，又名鸀鳿。

〔3〕萬事不理：語本《後漢書·胡廣傳》：“萬事不理問伯始，天下中庸有胡公。”按，胡廣字伯始。

臞閣浮天閣[1]

玉蟾飛入水晶宫，萬頃琉璃碎晚風。詩就雲歸不知處，斷山零落有無中。

【校注】

〔1〕《宋詩紀事》題作“浮天閣”，凡二首，此爲其一。《中吴紀聞》載：“吴江王份，字文孺，自號臞庵，嘗築圃於松江之側……見買葑作址，計三百萬錢。圃成，極東南之盛。後湖蘇養直嘗賦詩云云。”據此知詩題當爲“臞庵浮天閣”。

譚　綸

茶陵人，政和五年特奏名進士。

太華山

樓閣憑天起，山門傍斗開。香烟凝碧落，瑞氣壓蒼苔。古殿藏金屋，仙人卧玉隈。泉飛千澗雪，風送萬峰雷。星辰光滿袖，疑是法燈來[1]。

【校注】

〔1〕原注："按：句上恐失一聯。"

周光岳〔1〕

永州人。

【校注】

〔1〕生平不詳。

長　沙

江上南風起白蘋，長沙城郭異咸秦。故鄉猶自嫌卑濕，何況當時賦鵩人〔1〕。

【校注】

〔1〕賦鵩人：指賈誼。《史記·屈原賈生列傳》："賈生爲長沙王太傅……長沙卑濕，自以爲壽不得長，傷悼之，乃爲賦以自廣。"賦名《鵩鳥賦》。鵩鳥即猫頭鷹。

李　韶

郴州人[1]。

【校注】

〔1〕郴州：州名，治在今湖南郴州市。按，此處所載李韶爲唐末五代時人。《五代詩話》云："李韶，郴州人。苦吟固窮，《題司空山觀》云……識者謂韶必無名，果如其言。王元悼之云：'韶也命何奇，生前與世違。貧棲古梵刹，終著舊麻衣。雅句僧抄遍，孤墳客吊稀。故園今孰在，應見夢中歸。'"《全唐詩》記載與此同。

遊司空山[1]

鶴馭凌空入紫微[2]，水盤山繞五雲飛[3]。杉松老盡無消息[4]，猶得千年一度歸。

【校注】

〔1〕《全五代詩》《五代詩話》《全唐詩》題作"題司空山觀"，《攸縣志》題作"司空山"。

〔2〕此句，《全五代詩》《五代詩話》《全唐詩》均作"梁代真人上紫微"。

〔3〕繞，《全五代詩》《五代詩話》《全唐詩》作"脚"。

〔4〕杉松，《全唐詩》作"松杉"。

趙汝州[1]

字君牧，襄陽樊城人。

【校注】

〔1〕《宋詩紀事補遺》《湖北詩徵傳略》載："趙汝州，字君牧，太宗八世孫。少有才名。"

紅梨花[1]

换却冰肌玉骨胎，丹心吐出異香來。武陵溪畔人休説，只恐夭桃不敢開。

【校注】

〔1〕《湖北詩徵傳略》載："（趙）過訪詩妓謝金蓮，見庭中紅梨花開，因賦詩。"《情史類略》載趙訪謝素秋不遇，題詩於壁，後經種種曲折，終與謝結爲夫妻。元張壽卿雜劇《謝金蓮詩酒紅梨花》、明徐復祚傳奇《紅梨記》，均敷演其事。

嚴　羽

字儀卿[1]，號滄浪。樵川人。好爲詩家月旦[2]，凡所品騭皆當，藝林重之。

【校注】

〔1〕《宋詩紀事》云："字丹丘，一字儀卿。"

〔2〕月旦：指品評人物。《後漢書·許劭傳》："劭與（從兄）靖俱有高名，好共核論鄉黨人物，每月輒更其品題。故汝南俗有'月旦評'焉。"

悠悠我行邁

悠悠我行邁[1]，邈在天一方。道里無終極[2]，時節異炎涼。路逢故里親，揮淚問我鄉[3]。妻子别離久[4]，不知今存亡。中原多白骨，城邑聚豺狼。遠去無僮僕[5]，思還絶餱糧。寄語家中人，遠行良可傷。

【校注】

〔1〕《古詩十九首》："回車駕言邁，悠悠涉長道。"陸機"悠悠行邁遠"，當爲此句所本。

〔2〕里，嚴羽《滄浪吟集》作"路"。

〔3〕淚，《滄浪吟集》作"泣"。

〔4〕别離，《滄浪吟集》作"離别"。

〔5〕遠，《宋詩鈔補》作"退"。

古懊儂歌[1]

郎去無見期，妾死那瞑目。郎歸認妾墳，應有相思木[2]。

朝亦出門啼，暮亦出門啼。蛛網挂風裏，遥思無定時。

【校注】

〔1〕懊儂歌：亦作“懊惱歌”，屬吴聲歌曲。《滄浪吟集》共六首，此爲其三、其五。

〔2〕相思木：任昉《述异記》：“昔戰國時，魏國苦秦之難。有以民從征戍秦久不返，妻思而卒。既葬，冢上生木，枝葉皆向夫所在而傾，因名相思木。”

夢遊廬山謡示同志

昨夜日落西窗陰〔1〕，倦推素琴憑石枕〔2〕。身居紅塵不自覺，夢入廬山深復深。廬山深處在何許，五老仙人邀我語〔3〕。眉如秀雪顔桃花，酌酒相酣坐箕踞〔4〕。明河九派倒西來，石梁巉絶古道開〔5〕。五公握手向我笑，不見劫火揚塵灰〔6〕。獨騎一鹿窮縈回〔7〕，窅然醉踏青錦苔。松風號嘈何清哀，湍飛瀑卷萬壑雷。忽然驚起迷所向，四座已失黄崔嵬。披衣仿佛還太息，我於世途何所屑。亂世茫茫飛蠓蠛，囊中别有金膏訣。須君之行當何時，共向丹崖卧松雪。

【校注】

〔1〕日，《滄浪吟集》作“月”。

〔2〕“倦推”句，《楚風補》作“倦推素枕憑石琴”，今據《滄浪吟集》改。

〔3〕五老仙人：《太平御覽》引《潯陽記》：“廬山北有五老峰，於廬山最爲峻極。横隱蒼穹積石巉岩，迴壓彭蠡。其形勢如河中虞鄉縣五老之形，故名。”

〔4〕箕踞：《商丘漫話》：“（五老峰）軒軒然如人箕踞而窺重湖，又如五雲翩翩欲飛。”

〔5〕石梁，《楚風補》原作“石輿”，據《滄浪吟集》改。

〔6〕不見，《滄浪吟集》作“下見”。

〔7〕縈回，《楚風補》作“蒙回”，據《滄浪吟集》改。

思歸引[1]

海上之草緑芊芊，洞門一閉今幾年。仙驥去時留紫鞭，挂壁見之心惘然。欲歸即歸亦由我，不待功成何不可。堯舜未能屈巢由，自餘王侯何足遊[2]。武陵春水緑蕭蕭[3]，就中亦有桑麻郊。近聞秦人笑相語，待我東溪種碧桃。

【校注】

〔1〕思歸引：樂府詩題。一作“離拘操”，屬琴曲歌辭。

〔2〕“堯舜”二句，《滄浪吟集》作“堯舜不能屈由巢，自餘王侯何足交”。

〔3〕蕭蕭，《滄浪吟集》作“堪染”。

避亂途中

回首兵戈地，遺黎見幾人。他鄉空白髮，故國又青春。多難堪長客，偷生愧此身。本無匡濟略，嘆息漫傷神。

樟樹鎮醉後題[1]

吾憐樟樹好，取醉欲無還。酒壓鵝兒色[2]，辭歌雉子班[3]。朱樓當碧水，紅日下青山。興罷揚鞭去，蒼蒼烟霧間。

【校注】

〔1〕樟樹鎮：在今江西清江縣，亦名清江鎮。

〔2〕鵝兒色：淡黄色。杜甫《舟前小鵝兒》：“鵝兒黄似酒，對酒愛新鵝。”

〔3〕雉子班：漢樂府鐃歌名。

送友人[1]

黯黯離筵夕照收，江城羌笛起邊愁。念君此去三千里，何處關山是楚州。

【校注】

〔1〕《滄浪吟集》題作“送友人之楚州”。

聞　笛

江上誰家吹笛聲，月明霜白不堪聽。孤舟萬里瀟湘客，一夜歸心滿洞庭。

師　　嚴[1]

【校注】

〔1〕《宋詩紀事》："嚴字道立，襄陽人。讀書識大義。善槊射。自圍中拔身走行在所，上書論事，不報，拂衣去。客死武陵。"《湖北詩徵傳略》云師嚴字大立。

渡　　江

鹿門山人滄浪客，灑泪已枯眼見骨。風塵峥嶸萬里空，不知何處營三窟。城中性命湯火近，路窮援斷無消息[1]。鼠竊狗盜何足憂，都將十指漫天日。大言闊步好公卿，三百年餘涵養成[2]。已聞鄭五但搔首[3]，復道龐涓竪子名[4]。平時肉食誇果决，誰信臨危跋疐行。白頭面皺牙齒落，萬事已矣秋風生。

【校注】

〔1〕"城中"二句：當指度宗咸淳四年（1268）開始的宋元襄樊之戰。時忽必烈派阿術與宋降將劉整率軍圍兩城，宋夏貴、李庭芝、范文虎先後赴援，均敗。咸淳九年（1273），圍城勢孤援絶，守將吕文焕降，遂失守。

〔2〕宋元襄樊之戰開始於咸淳四年（1268），時距建隆元年（960）宋朝開國已三百零八年。

〔3〕鄭五：指鄭綮，字藴成，排行第五，唐滎陽人。善詩，語多詼諧，人稱"歇後鄭五"。唐昭宗時拜中書門下平章事。詔下，搔首曰："歇後鄭五作宰相，事可知矣。"

〔4〕龐涓：戰國魏人。與齊人孫臏同學兵法，因妒忌孫臏才能，設計對孫施以臏刑。後孫濱爲齊帥，擊殺龐涓。

庚午三月五日朱尚書席上醉歌[1]

天風浩蕩何處來，荆南府中好春酒。我公此日盛賓佐，但飲無勞問升斗。座中十萬無下箸[2]，烏帽朱衣馬牛走[3]。妙舞清歌如有神，翠爛金明各回首。人生行樂須壯年，小人再拜爲主壽。滿堂泪落起挽鬚，臨饋三嘆成鬱紆。干戈未定郡國破，亂臣賊子何代無。主憂臣辱坐感激，忍對花鳥調歡娱。近聞士卒願一戰，猛氣正倚風塵粗。丈夫行事動千古，快意一飽非雄圖。

【校注】

〔1〕庚午：度宗咸淳六年（1270）。

〔2〕此句典出《晋書·何曾傳》："然性奢豪，務在華侈。……食日萬錢，猶曰無下箸處。"

〔3〕馬牛走：即牛馬走。《文選》司馬遷《報任少卿書》注："走，猶僕也，言己爲太史公掌牛馬之僕，自謙之辭也。"

藺五見訪

漢陰美人青兕裘，獨騎瘦馬尋荒丘。花前馬下迎一笑[1]，珠玉在側形骸羞[2]。酒酣散髮箕踞坐，錦帶爛熳懸吴鈎[3]。斬蛟刻虎好身手[4]，碧瞳如水涵清秋。惜哉科目大脱略，壯士豈爲章句囚。中原格鬭困不已，江波木落寒悠悠。

【校注】

〔1〕馬下，《宋詩紀事》《湖北詩徵傳略》作"下馬"。

〔2〕"珠玉"句：《世説新語·容止》："驃騎王武子（濟）是衛玠之舅，俊爽有風姿。見玠，輒嘆曰：'珠玉在側，覺我形穢。'"

〔3〕爛熳，《宋詩紀事》作"爛爛"。

〔4〕斬，《宋詩紀事》作"剸"。

李　　燾

瀏陽人〔1〕。舉進士，官潼川路轉運判官，劾守令不職者四人，定一路財賦額。歷任敷文閣待制，同修國史。卒謚文簡。

【校注】

〔1〕按，《宋史》《宋詩紀事》均謂李燾爲眉州丹陵（今四川丹棱縣）人。

停雲岩〔1〕

路轉層岡二里餘，武陵傳者亦難如。昔年煉藥仙人室，今日餐霞道士居。洞外蟠桃開錦繡，岩前丹溜漱瓊琚。猗歟靈氣爲時雨，可惜圖經闕不書。

【校注】

〔1〕《宋詩紀事補遺》題作“題南部停雲岩”。

馮　杞

漢陽人。

南紀樓[1]

豈忍輕離江漢州，去思日夜逐東流。可憐南紀樓前路，常與邦人憶蔡侯。

【校注】

〔1〕原注："在漢陽府，宋蔡純臣常重修。今改建爲南紀門。"

王廷筠〔1〕

南岳黄華觀隱者〔2〕，號黄華老人〔3〕。

【校注】

〔1〕王庭筠：字子端，金遼東人。大定十六年（1176）進士。調恩州軍事判官，有政聲。章宗時罷歸，買田隆慮（今河南林縣），讀書黄華山寺，因以自號。後復出仕，累官翰林修撰。工書善畫，晚年詩律深嚴。《金史・藝文志》有傳。

〔2〕黄華觀：在河南林縣西黄華山上，原爲佛寺，後爲道觀，已廢。《楚風補》謂“南岳黄華觀”，不知何據。

〔3〕元好問《遺山集》稱“黄華山主”。

黄華觀四首〔1〕

帝遣名山護此邦，千家琴瑟嵌西窗。山僧乞與山前地，招客先開四十雙〔2〕。

挂鏡臺西挂玉龍，半天飛雪舞天風〔3〕。寒雲直上三千尺，人道高歡避暑宫〔4〕。

手拄一條青竹杖，真成日挂百錢遊〔5〕，夕陽欲下山猶好〔6〕，深樹無人不可留〔7〕。

王母祠東古佛堂，人傳棟宇自隋唐。年深寺廢無僧住，滿谷西風栗葉黄。

【校注】

〔1〕《金詩紀事》題作“黄華亭五首”，實僅此四首。

〔2〕雙：南詔謂地五畝爲雙。又陶宗儀《輟耕録》："嘗讀金黄華老人詩，有'招客先開四十雙'之句，殊不可曉。近讀《雲南雜志》曰，夷有田皆種稻，其佃作三人使二牛，前牽中壓而後驅之，犁一日爲一雙……約有中原四畝地。"

〔3〕半天，《金詩紀事》作"半山"。

〔4〕高歡：南北朝時渤海蓨人，一名賀六渾。仕魏，執政十六年。後其子高洋建立北齊王朝，追尊高歡爲獻武皇帝。避暑宫：據《彰德府志》載，在黄華山插天峰上。

〔5〕百錢遊：《晋書·阮修傳》載，阮出行，常以百錢挂杖頭，遇酒店，酣飲而歸。

〔6〕猶，《金詩紀事》作"更"。

〔7〕深樹，《金詩紀事》作"空林"。

魏　鵬[1]

字寓言，襄陽人，舉進士。

【校注】

〔1〕明李昌祺《剪燈餘話·賈雲華還魂記》記魏鵬、賈雲華生死之情意。謂鵬生於元延祐初年，仕至兵部尚書，年八十三終。又周清原話本《灑雪堂巧結良緣》、梅孝己戲曲《灑雪堂傳奇》均敷寫魏、賈情事。

閨　情[1]

春閨曉起泪痕多，倦理青絲髮一窩。十八雲鬟梳掠過，更將鸞鏡照秋波[2]。

侍女新傾盥水湯，輕裝雪腕立牙床。都將隔宿殘脂粉，洗在金盆徹底香。

紅綾拭鏡照窗紗，畫就雙眉八字斜。蓮步輕移何處去，階前笑折石榴花。

薰風無路入珠簾，三尺冰綃怕汗粘。低喚小鬟推繡户[3]，雙彎自濯玉纖纖。

【校注】

〔1〕《賈雲華還魂記》載夏景閨情十首。《楚風補》所録爲其一、二、三、五首。

〔2〕鸞鏡，《宋詩紀事補遺》《湖北詩徵傳略》作“鴛鏡”。

〔3〕推，《賈雲華還魂記》作“扃”。

康與之[1]

【校注】

〔1〕字伯可，又字叔聞，滑州（今河南滑縣）人。據《鶴林玉露》載："建炎中，大駕駐維揚，伯可上中興十策，名聲甚著。後秦檜當國，乃附會求進，擢爲臺郎。值慈寧歸養，兩宮燕樂，伯可專應制，爲歌辭，諛艷粉飾，於是聲名掃地，世但以比柳耆卿輩矣。檜死，伯可亦貶五羊。"

鶴舒臺

白雲深處路崎嶇，鶴去臺空景物殊。山展翠屏連紫幕，泉分清溜滴明珠。道人祇問丹砂井，隱客猶尋九節蒲。試問葛仙仙去後[1]，至今遺蹟事何如。

【校注】

〔1〕葛仙：葛玄，字孝先，三國吴琅邪人。嘗遍游天台、赤城、羅浮等山，相傳得到煉丹之法，成仙而去，號"葛仙公"。玄從孫葛洪也嘗於羅浮山煉丹，相傳尸解成仙而去。

楚風補卷之十五

宋

王之望[1]

襄陽人。紹興中進士。有文藝，多幹略，累官參知政事兼同知樞密院事。乾道中，以資政殿大學士出知温州。後寓居台州。

【校注】

〔1〕王之望：字瞻叔，宋襄陽穀城（今屬湖北）人。《宋史》有傳。有《漢濱集》。

過石城[1]

江上危樓思黯然[2]，追遊陳迹又經年[3]。別來西望應相憶，郢樹荆門共一川。

【校注】

〔1〕石城：舊址在今湖北鍾祥，其城因山爲固，下臨漢水。《漢濱集》卷二："郢守喬民瞻寄《襄陽雪中三絶》，因追述前過石城杯酒登臨之勝爲和。"

〔2〕樓，《漢濱集》《宋詩紀事》卷四十五作"亭"。

〔3〕又，《漢濱集》作"已"。

林敏修[1]

蘄州人。與其兄敏功杜門賦詩[2]，屢辟不起，世號“二林”。

【校注】

〔1〕林敏修：字子來，宋代隱士，以詩名聞於時。《尚友録》述其事迹。

〔2〕敏功：字子仁，事迹亦見《尚友録》。

咏張牧之竹溪詩[1]

幽閑古城陰，結屋清溪曲。溪流堪回映，上有清清竹。漫郎欣得之[2]，緑髪咏空谷。高風及前修，勝趣隨遠矚。惡客徒擾人，立談非我欲。麾去寧汝嗔，真意聊自足。或言不當耳，往往相謗讟。答云豈無私[3]，恐非林泉辱[4]。源流别涇渭，臭味同草木。肯當百事勝，容此一物俗。獨餘嵇阮輩，蕩槳戒臣僕。濁醪澆古胸，日没還秉燭。僕忝瓜葛後，意氣頗相屬。平生幾兩屐，共老三徑菊。行年事無定，此計諾已宿。徑須買牛衣，見亦荷書簏[5]。從子竹間遊，溪魚剁寒玉。

【校注】

〔1〕張牧之：宋代隱士，生平不詳。《宋文鑑》卷二十、《宋詩紀事》卷三十三收録此詩並序，其序云：“張牧之隱於竹溪，不喜與世接。客來，蔽竹窺之，或韵人佳士，則呼船載之，或自刺船與語。俗子十反不一見，怒罵相踵，弗顧也。人或以少漫郎，余獨喜與古人意合，乃作《竹溪詩》。”

〔2〕漫郎：唐元結自號。後常用以稱放浪不羈之士。

〔3〕無，《宋文鑑》《宋詩紀事》作“吾”，是。

〔4〕非，《宋文鑑》《宋詩紀事》作“作”，是。

〔5〕見，《宋文鑑》《宋詩紀事》作“兒”。

陳　詵

湘南人。官岳州[1]。學博，有才名，荆湖制置使陸雲西薦於朝。

【校注】

〔1〕隆慶《岳州府志》卷三："官岳州教授。"

贈别岳州妓江柳[1]

鬢邊一點似飛鴉，休把翠鈿遮。一年三載[2]，千闌百就[3]，今日天涯。　楊花又逐東風去，隨分入人家。要不思量，除非醉酒[4]，休照菱花。

【校注】

〔1〕《全宋詞》題作"眼兒媚·餞别"，注出《山房隨筆》。按曰："《貴耳集》卷下以此首爲與楊萬里同時之某教授作，與陳詵時代不同而同爲教授。"據明隆慶《岳州府志》卷十八（下簡稱"明志"）載，岳州妓女江柳因與陳詵相好，被知府孟之經以"陳詵"二字刺於眉鬢而押隸辰州。陳詵乃與之餞别並作此詞以贈。

〔2〕一年，《全宋詞》作"二年"。

〔3〕千闌百就，"明志"作"情千萬就"。

〔4〕醉酒，"明志"作"酒醒"。

李長庚[1]

字子西[2]，寧遠人。登紹興進士。歷官朝請大夫。入仕五十年，廉潔有守，惟蓄書數千卷，築室號“冰壺”。後徙居江華，年八十六卒。所著有《冰壺集》。祀鄉賢。子大光、大言皆特科進士，負詩名。

【校注】

〔1〕李長庚事迹見《尚友録》及《明一統志》卷六十五、清光緒《湖南通志》卷一百六十三。此處所録詩作皆爲刻於今湖南江華瑶族自治縣城東南陽華岩上的題咏，清陸增祥《金石補正》卷一百六收入。

〔2〕此誤。“子西”爲南宋末年新昌（今屬浙江）人李長庚之字，與此處李長庚非一人。

懷陳士淳鄧伯元[1]

陽華近千里[2]，不到十餘年。乃知聲名鎖，能障山水緣。今日與鄉曲，勝遊追溆川[3]。瘦藤穿犖角[4]，一葉弄潺湲。岩扃隱翠門，梵字浮青蓮[5]。一笑躡飛虹，毛骨清欲仙。娑娑寶纓珞，放浪玉壺天。曲肱卧盤石，滌耳聽流泉。片雲飛雨來，更覺秋凛然。酒盡合歸去[6]，千林昏暝烟。

【校注】

〔1〕《金石補正》録此詩題注云：“長庚紹興十九年七月十九日嘗游陽華，後十有二年，復以是月是日，從鄉曲諸公再到岩下，感今追昔，因成十韵。”陳士淳：江華縣主簿。鄧伯元：應爲“鄧伯允”，江華縣尉。

〔2〕千里，《金石補正》作“七里”，是。

〔3〕溆川，《金石補正》作“斜川”。

〔4〕犖角：即“犖确”，山多大石貌。

〔5〕浮,《金石補正》作“净”。

〔6〕合,《金石補正》作“與”。

清明約鄧致道遊陽華[1]

我來挈挈倦塵沙，下馬無心更憶家。不願客中逢熟食，只知醉裏是生涯。花邊頓覺春光老，柳外還驚日脚斜。甚欲與君尋勝去，何妨策杖到陽華[2]。

【校注】

〔1〕《金石補正》録此詩題注云：“丁卯清明約鄧致道游陽華。”陸增祥考證此詩作於紹興丁卯（1147）年。鄧致道：江華縣紳士。

〔2〕策杖,《金石補正》作“着脚”。

同令尹張濟之遊獅子岩，晚飲陽華，乘月泛舟而歸三首[1] 録二

到此令人憶漫郎，筆端妙語發天藏。泉聲漱玉生秋思，不減湖中五月凉。

雨餘山色媚晴暉，無事孤雲自在飛。坐到黄昏猶不惡，載將明月滿船歸。

【校注】

〔1〕《金石補正》録此詩題注云：“紹熙甲寅（1194）五月十七日，從令尹張濟之早飯獅子岩，晚飲陽華岩，夜闌，乘月泛舟而歸。”張濟之：名康，字濟之，江華縣令。獅子岩：又名奇獸岩，在江華縣南五里。

謝用賓[1]

祁陽人，紹興五年進士。嘗閲張南軒先生《希顔録》[2]，因往求一言終身之訣。南軒曰："其敬乎！"遂書諸紳。後中登極榜，補文學。尋隱去，號"雲山野客"，時稱"白雲先生"。

【校注】

〔1〕謝用賓事迹參見清康熙《湖廣通志》卷五十六、光緒《湖南通志》卷一百六十三。

〔2〕張南軒：名栻，字敬夫，號南軒，南宋學者，有《南軒集》。《宋史·張栻傳》："(栻)以古聖賢自期，作《希顔録》。"《希顔録》：爲孔子弟子顔淵的言行集録。

澹　　岩[1]

雲山野客，家在浯溪[2]。乘風而來，泛月而歸。

【校注】

〔1〕《沅湘耆舊集前編》卷二十一亦收録。澹岩：一名澹山岩，在湖南零陵縣城南二十五里。

〔2〕浯溪：在湖南祁陽縣城西南，爲唐元結寓居溪畔時命名。

范宗尹[1]

字覺民。襄陽鄧城人[2]。舉直言科，有才智。高宗時，累官尚書右僕射，時年方逾三十。當北敵肆衝，毅然自任，欲革除崇、觀以來濫賞之弊。出知温州，退居天台卒。

【校注】

〔1〕范宗尹：《宋史》有傳。

〔2〕鄧城：古縣名，故治在今湖北襄陽市北。

雁蕩山[1]

一徑入幽谷，隨山幾縈盤。雲樹深蓊蔚，石溪響潺湲。我來春色曉[2]，山花亦何繁。好鳥不知名，向人自關關。龍湫信奇絶[3]，飛泉落雲間。快瀉萬斛珠，濺沫霜雪寒。尊者所經行，草木不可删[4]。敢將塵土足，濯此清冷灣。晚投野僧家，山作碧玉環。高堂極虚明，可寄須臾閑[5]。明朝驅車去，依然隨塵寰。勝處未易忘，神遊清夜闌。

【校注】

〔1〕天一閣藏明代《樂清縣志》卷二收録此詩。雁蕩山：此指北雁蕩山，在浙江樂清縣境，爲山水奇秀的風景勝地。

〔2〕曉，《樂清縣志》作“晚”，是。

〔3〕龍湫：雁蕩山有大小兩龍湫，其中大龍湫瀑布落差達一百九十餘公尺，爲雁蕩山三絶景之一。

〔4〕删，應從《樂清縣志》作“芟”。

〔5〕《樂清縣志》載同詩此句後尚有“此行端爲山，山窮我當還”兩句。

范　浚[1]

字茂明，澧州人[2]。紹興中舉賢良方正。昆弟多膴仕[3]。以秦檜當國，抗節不起，隱於香溪[4]，稱“香溪先生”，著書明道。

【校注】

〔1〕范浚：南宋初學者，有《香溪集》。

〔2〕澧州：治所在今湖南澧縣東南。《范香溪先生文集序》《宋詩鈔》及《宋詩紀事》均載范浚爲婺州蘭溪（今浙江蘭溪）人，是。

〔3〕膴仕：高官厚禄。

〔4〕香溪：范浚故里地名。

心　銘[1]

茫茫堪輿，俯仰無垠。人於其間，眇然有身。是身之微，太倉稊米。參爲三才，曰惟心耳。往古來今，孰無此心。心爲形役，乃獸乃禽。惟口耳目，手足動静。投間抵隙，爲厥心病。一心之微，衆欲攻之。其與存者，嗚呼幾希。君子存誠，克念克敬。天君泰然[2]，百體從令。

【校注】

〔1〕《范香溪先生文集》題爲“心箴”。據《宋詩鈔·香溪集鈔》等記載，朱熹偶讀此文，擊節讚嘆不已，並附載於所著《孟子集注》中，此文因而大顯於世。

〔2〕天君：指心。《荀子·天論》：“心居中虚，以治五官，夫是之謂天君。”

次韵茂永兄首夏新晴[1]

燕落雨知節，鳩鳴天欲晴。行雲飛斷碧，斜日漏微明。筍上竹三徑，苗肥田一成。野人知得飽，索酒坐班荆。

【校注】

〔1〕《范香溪先生文集》卷十題爲“次韵六兄茂永首夏新晴”。

王　質[1]

字景文，號雪齋，興國人[2]。博學能文，著《樸論》五十篇，言歷代君臣治亂。紹興中舉進士。孝宗時，上書言和戰守之計，後爲樞密院編修官。虞允文薦其勁節不回[3]，可爲正言。時中貴陰阻，遂奉祠山居，絶意禄仕。

【校注】

〔1〕王質：《宋史》有傳。

〔2〕興國：今江西興國縣。《宋史·王質傳》："其先鄆州人，後徙興國。"

〔3〕虞允文：宋孝宗時出任宰相，爲抗金派代表。

何處難忘酒[1] 效白樂天

何處難忘酒，蠻夷大不庭[2]。有心扶白日，無力洗滄溟。豪杰將斑白，功名未汗青。此時無一盞，壯氣激雷霆。

何處難忘酒，姦邪大陸梁[3]。腐儒空有酈[4]，好漢總無張[5]。曹趙扶開寶[6]，王徐賣靖康[7]。此時無一盞，泪與海茫茫[8]。

何處難忘酒，英雄太屈蟠。時違聊置畚[9]，運至即登壇[10]。梁甫吟聲苦[11]，干將寶氣寒[12]。此時無一盞，拍碎石闌干。

何處難忘酒，生民太困窮。百無一人飽，十有九家空。人説天方解，時和歲自豐。此時無一盞，入地訴英雄。

【校注】

〔1〕唐代白居易有《何處難忘酒》七首，王質仿之而作。

〔2〕不庭：不直，無道。《國語·周語》："以待不庭、不虞之患。"

〔3〕陸梁：囂張，跋扈。

〔4〕空，《貴耳集》卷中作"還"。酈：指酈食其，秦漢儒生，歸劉邦，爲劉邦説齊王田廣歸漢。時韓信乘機襲齊，田廣以爲被酈出賣而將其烹殺。

〔5〕張：指張良，戰國末年韓國貴族子弟，後歸劉邦，佐其建立漢朝。

〔6〕曹趙：指宋初名將曹彬與名相趙普，二人對宋朝的建立與巩固均有殊功。開寶：宋太祖年號。寶，《貴耳集》作"國"。

〔7〕王：指北宋末年奸相王黼。王投降賣國，倒行逆施，加速了北宋王朝的滅亡。徐：指宋欽宗時宰相徐處仁。徐不用种師道禦金之謀，致使金人長驅直入，攻陷京師，時人指爲奸細。靖康：宋欽宗年號。

〔8〕與，《貴耳集》作"滴"。

〔9〕置畚：謂廢棄不用。

〔10〕登壇：拜官委任。

〔11〕梁甫吟：樂府相和歌楚調曲名，後人多借此題以抒發個人悲憤之情。

〔12〕干將：傳説中的寶劍名。

劉　過[1]

字改之，襄陽人。舉淳熙甲午科，登進士。調金門教授[2]。

【校注】

〔1〕劉過：南宋愛國詩人，有《龍洲集》《龍洲詞》傳世。據岳珂《桯史》等書記載，劉過爲吉州太和（今江西泰和縣）人，宋光宗時伏闕上疏，力主抗金北伐，但終生未見用，浪迹江湖至死。他以詩詞名於時，與陸游、辛棄疾、陳亮友善。此處小傳有誤。

〔2〕金門：縣名，即今河南汲縣。

多景樓[1]

金焦兩山相對起[2]，不盡中流大江水[3]。一雙坐斷天中央[4]，收拾淮南數千里。西風把酒閑來遊，木葉盡脱人間秋[5]。關河景物翼南北[6]，神京不見兩溪流[7]。君不見王勃詞華能蓋世[8]，當時未遇庸人耳。翩然落拓豫章遊[9]，滕王閣中悲帝子。又不見李白才思真入天[10]，時人不省爲謫仙。一朝放迹金陵去[11]，鳳凰臺上望長安。我今四海遊將遍[12]，東歷蘇杭西蜀漢[13]。第一江山最上頭[14]，天地無人獨登覽[15]。樓高意遠愁緒多[16]，樓乎樓乎奈爾何[17]。安得李白與王勃，名與此樓長兀突[18]。

【校注】

〔1〕《宋元詩會》卷四十五題爲“過京口放歌”。多景樓：在江蘇鎮江北固山甘露寺内，北臨長江。此詩乃作者在開禧乙丑（1205）年路過鎮江時與友人同游多景樓所作，當時便爲人所重，原準備刻於多景樓上，後因戰事陡起作罷。（見岳珂《桯史》）

〔2〕《龍洲集》卷二作“金山焦山相對起”。

〔3〕不，《龍洲集》作“挹”。中，《龍洲集》作“東”。

〔4〕雙,《桯史·劉改之詩詞》、《龍洲集》、《宋詩紀事》卷五十八皆作“樓”，是。天,《龍洲集》作“水”。

〔5〕盡，以上諸本作“漸”。

〔6〕翼,《桯史》《宋詩紀事》作“异”。《龍洲集》此句作“烟塵茫茫路渺渺”。

〔7〕兩溪，以上諸本作“雙泪”，是。

〔8〕詞華能蓋世,《龍洲集》作“才名今蓋世”。

〔9〕此句《龍洲集》作“琴書落魄豫章城”。

〔10〕入天,《桯史》《宋詩紀事》作“天人”,《龍洲集》作“天然”。

〔11〕放迹,《龍洲集》作“放浪”。

〔12〕遊,《龍洲集》作“行”。

〔13〕蜀漢，以上諸本作“漢沔”。

〔14〕第一江山：指北固山。相傳梁武帝駕幸北固山，寫了“天下第一江山”六字刻於山門。

〔15〕天地,《龍洲集》作“天下”。

〔16〕意,《龍洲集》作“思”。

〔17〕爾,《龍洲集》作“汝”。

〔18〕兀突，以上諸本作“突兀”。

舟　　中

扁舟上灘風怒惡〔1〕，舟入深溪雪花落。我行無事有底忙，且向荻花深處著。鄰船乞火炮蛤蜊，樽中濁醪把一卮。陶陶萬事不復理，凍口且吐酸寒詩〔2〕。

【校注】

〔1〕上灘,《龍洲集》卷二作“去門”。

〔2〕酸寒詩,《龍洲集》作“寒酸詩”。

和劉叔擬[1]

不醉何勞飲，無詩秖自吟[2]。百年爲客老，一念愛鄉深。草露青原泪，烟波白鷺心。班超歸未得，想見舊家林。

【校注】

〔1〕《龍洲集》卷七題作“贈劉叔擬招山”。劉叔擬：舊鈔本注云：“劉仙倫字叔擬，與改之齊名，著作有《招山集》。”

〔2〕秖自吟，《龍洲集》作“底用吟”。

遊石山[1]

信步作幽計[2]，有庵如此深。佛燈明老屋，秋日淡疏林。柏樹祖師意[3]，松楸老子心。十年棄鄉井[4]，灑泪一悲吟。

【校注】

〔1〕《龍洲集》卷七題作“游古山”。

〔2〕計，《龍洲集》作“討”，是。

〔3〕《五燈會元·趙州章》：“僧問：‘如何是祖師西來意？’州云：‘庭前柏樹子。’”

〔4〕鄉井，《龍洲集》作“墳墓”。

李　撰[1]

瀏陽人。乾道丙戌孝廉。授寧遠縣尉，獲盗數十。或曰："可用，賞脱選。"[2]撰曰："殺人以階榮，吾不爲也！"後陞上高令，訟簡庭空，有"太平官府元無事，聊放蓑翁半日閑"之句。累官至中書舍人。

【校注】

〔1〕參見《明一統志》卷六十三、清同治《瀏陽縣志》卷十八。此處所録二詩乃撰任上高（今屬江西）令時所作。

〔2〕脱，原書作"挽"，據清同治《瀏陽縣志》改。脱選：免銓選直接授官。

勸　農[1]

園林二月春纔半，朝日曈朧天氣暖。東風放盡柳梢青，已有黄鸝嬌睍睆。波翻嫩麥緑連坡，露入夭桃紅滿眼。筍輿乘興入招提，苾蒭留我炊香飯。山泉煮茗更味長[2]，又得禪林半朝款。兀突豐碑三百年，古人事迹今苔蘚。臨風抖擻簿書塵，倚杖須臾歸已晚。耕夫夾道看長官，百錢贈汝聊旌勸。從容後騎毋疾驅，要數山前蒼翠點[3]。

【校注】

〔1〕《宋詩紀事補遺》卷五十一題作"行鄉"。

〔2〕更味長，《宋詩紀事補遺》作"味更長"。

〔3〕山前，《宋詩紀事補遺》作"前山"。

元夕值雨

任上高作。

山縣逢元夕，東風雨濺燈。漁篝臨遠浦，鬼火附寒藤。酒市可羅雀，官僚皆曲肱。狂歌吾老矣，猶記舊時能。

易　　祓〔1〕

字彦祥，一字彦偉，别號"山齋"。寧鄉人。弱冠游太學，淳熙乙巳釋褐，有旨依殿試第一人恩例初筮文林郎，累官至禮部尚書兼翰林院直學士。後謫融州，移全州、衡州，得旨自便。家居三十年，尋復原官，轉朝議大夫，賜紫金魚袋〔2〕，封寧鄉開國男，食邑三百户。所著有《周禮總義》《周易總義》《易學》《禹貢强理記》《漢南北軍制》諸書。

【校注】

〔1〕易祓：南宋學者，事迹參見《明一統志》卷六十三、《大清統志》卷二百七十七。據《四庫全書總目》引《館閣續録》，其字彦章。易祓詩僅存數首，《沅湘耆舊集前編》卷二十二集録五首。

〔2〕紫金魚袋：宋代四品以上官員的服飾。

磨崖碑〔1〕

湘江東南直浯溪〔2〕，上有十丈中興碑。誰鑿豐碑鎮山曲，溪邊美人美如玉。想當歌頌大業時，胸蟠星斗光陸離。蠶頭蠆尾更清勁，凛凛襟懷冰雪瑩。水部之文魯公書〔3〕，兩翁寥寂千載餘〔4〕。後來更有黄太史〔5〕，健筆題詩起翁死〔6〕。一派清流徹底清〔7〕，溪邊鏡石堅而明。我思古人不可見，水石猶作瓊瑰聲。偶來真仙訪遺迹〔8〕，烟雨淒迷山路濕。野叟蒙頭看打碑〔9〕，君其問諸水邊石。

【校注】

〔1〕磨崖碑：在湖南祁陽縣城南浯溪。唐元結居浯溪時撰寫《大唐中興頌》，請書法家顔真卿揩書後摩刻於崖上，故稱之爲"磨崖碑"，又名"中興碑"。此詩又題作"游浯溪""浯溪中興頌"，刻於浯溪磨崖碑右下。見《寰宇訪碑録》卷九、《金石補正》卷九十二。

〔2〕南,《金石補正》、《宋詩紀事》卷五十八均作“西”。元結《大唐中興頌》：“湘江東西，中直浯溪。”

〔3〕水部：元結曾任水部員外郎。魯公：顔真卿曾受封爲魯郡公。

〔4〕寥寂,《金石補正》作“寥寥”。

〔5〕黄太史：黄庭堅，北宋著名文學家、書法家，曾任國史編修官。

〔6〕黄庭堅游浯溪，題詩刻於崖上，被後人視爲“小磨崖碑”。起翁死：謂猶若使元顔二人起死回生。

〔7〕清流,《金石補正》《宋詩紀事》均作“溪流”。

〔8〕偶來真仙,《金石補正》作“朅來名山”，是。

〔9〕打碑：拓碑文。

懸鐘石

不今不古不朝昏，只與南山伴白雲。我既無聲亦無相[1]，衆生當以不聞聞。

【校注】

〔1〕相,《沅湘耆舊集前編》卷二十二作“臭”。

識山樓[1]

山外如何便識山，白雲出岫鳥知還。更看面目知端的，却在先生几格間。

【校注】

〔1〕見易袚《識山樓記》。易袚晚年歸居寧鄉，感蘇軾《題西林壁》詩意，乃逮樓於潙山之外，欲每日從山外求識山雲高致以曠胸襟，因作記明志，並附此詩。

示從侄

萬事皆從忙處錯，寂然不動乃能通。君看開濟規模事，却屬南陽高卧翁[1]。

【校注】

〔1〕南陽高卧翁：指諸葛亮。杜甫《蜀相》："三顧頻繁天下計，兩朝開濟老臣心。"此用其意。

賀德英[1]

湘鄉人。七歲能文。淳祐丙戌[2]，年十二，父以訟繫獄，乃詣縣自乞廷試以贖父罪。令問所習，對以通《毛詩》《春秋》《語》《孟》及策論、詩賦。令各出一題，援筆立就，遂薦於朝。與金起岩等同試，德英第一。至年十四，一日作詩云："只因誤上天孫表，謫向人間十四齡。"遂擲筆而卒。

【校注】

〔1〕賀德英事迹參見《明一統志》卷六十三、清康熙《湖廣通志》卷六十三、清光緒《湖南通志》卷一百六十二。

〔2〕淳祐（1241—1252）：宋理宗年號。按：淳祐無丙戌年。舊志作"淳熙十年"，然淳熙乃宋孝宗年號，與舊志所叙宋理宗面試賀德英之説不合。存疑。

賦　雪[1]

誰剪銀河水，飛花出漢霾。月明人競往，踏破水晶街。

【校注】

〔1〕《沅湘耆舊集前編》卷二十三亦收録。

樂雷發[1]

字聲遠，寧遠人。自少穎敏好學，累舉不第。門人姚勉登科[2]，以讓第疏上。理宗詔親試，賜特科狀元。因數議時政，不用。歸隱雪磯，自號“雪磯先生”。後理宗悔，賜狀元樓於縣治，賜田八百畝於新田界内，以嘉其德。孫斗之、曾孫仲謙皆登第。

【校注】

〔1〕樂雷發：南宋詩人，有《雪磯叢稿》。事迹參見清康熙《湖廣通志》卷五十、光緒《湖南通志》卷一百六十三。

〔2〕姚勉：字述之，一字成一。寶祐元年登科，授校書郎兼太子舍人。

遊紫霞洞歌[1]

猗歟奇哉！紫霞之洞真天開。千變萬化不可述，恍若幻出蓬壺來[2]。湘妃兩妹不敢到，悵望蒼梧雲縹緲。邇來三千三百年，班龍空卧金花草[3]。我采姹女江華濱[4]，是爲三十六帝之外臣。右提緑玉枝[5]，左携紫金經。長歌天上謡，一呼開仙扃。列炬照深窈，懸身事幽討。群仙喜我來，驚笑欲絶倒。何侯撫我項[6]，偉遠拍我肩[7]。緑華贈我金緌脱[8]，安期分我虹景丹[9]。借問此何地，指言太虚天[10]。翠霞紫雲張寶幄，懸璃結緣盤瓔珞。萬叠蒼苔荒石田，誰呼青龍耕紫烟[11]。虎岳銅墻未遍識，擬開寶藏紅雲笈。嗟我水際披蓑翁，應是鑱鏗釣神龍[12]。仙人仙人何多事，驚眩世俗變靈異。或跣巨足垂天雲，或叩短趾留沙潯。或見姑射處子身[13]，粉霞紅綬藕絲裙。或見普陀大士形[14]，或簪揚柳垂寶瓔。或插縷象管[15]，或結火齊珍[16]。或琢玄圃玉[17]，或布祇園金[18]。洞中之深不知幾百里，但見縈紆曲折一里一澗水。人言有路通桂林，乘興欲尋日華君。吾聞洞中大小洞天三十六，帝遣列真分治局。上界官司應更多，定知此處應誰屬。猗歟奇哉！紫霞之洞真天開。我上會稽探禹穴[19]，復浮滄海登天台[20]。岩谷豈無奇，視此何塵埃。摩娑崖石題惡句，記我杖屨敲雲來。黄涪翁[21]，元漫叟[22]，目力一生空宇宙。澹嵒陽華有何奇[23]，枉費詩篇刻石竇。

【校注】

〔1〕見《宋詩紀事》卷六十七引録《九疑山志》。紫霞洞：在湖南寧遠縣南九嶷山（一名蒼梧山）上。

〔2〕《宋詩紀事》作“恍如幻出方壺與蓬萊”。

〔3〕班龍：即“斑龍”，傳爲太上老君所牧之五色神龍。見《抱朴子》。

〔4〕姹女：指丹汞（水銀），道教用以煉丹。江華：縣名，舊治在今湖南江華瑶族自治縣東南陽華岩的湘江南岸。

〔5〕緑玉枝，應以《宋詩紀事》作“緑玉杖”，傳説爲仙人所用的手杖。

〔6〕何侯，傳爲堯時隱者，隱居九嶷山中，求長生之術。見《古今圖書集成·神异典》卷二百二十四。

〔7〕偉遠，《古今圖書集成·神异典》卷二百二十四作“高遠”。傳爲堯時隱於九嶷山的仙人。

〔8〕緑華：萼緑華，傳爲秦代居於九嶷山的女仙。《古今圖書集成·神异典》卷二百三十七：“（萼緑華贈）金玉絛脱各一件。絛脱似指環而大，异常精好。”

〔9〕安期：即安期生，傳説中的仙人，隱入東海蓬萊山。

〔10〕太虚天：極清虚之天地。《莊子·知北游》：“是以不過乎昆崙，不游乎太虚。”

〔11〕李賀《天上謡》：“王子吹笙鵝管長，呼龍耕烟種瑶草。”

〔12〕籛鏗：即彭祖，古代神話傳説中的人物。據《神仙傳》載，彭祖答采女問説，得道成仙者，可“駕龍乘雲，上造天階”。

〔13〕《莊子·逍遥游》：“藐姑射之山，有神人居焉，肌膚若冰雪，淖約若處子。”

〔14〕普陀大士：指佛教中的觀音菩薩。

〔15〕縷，《宋詩紀事》作“鏤”，是。

〔16〕火齊珍：又名火齊珠，一種玫瑰色珠石。

〔17〕玄圃：傳説在昆崙山上，其地多玉。見《水經注》卷一及《文選·東京賦》李善注。

〔18〕祇園金：傳説古印度的給孤獨長者須達爲買祇陀太子的園林給如來建精舍，乃傾家布金遍地。

〔19〕會稽：山名，在今浙江省中部，相傳因夏禹在此大會諸侯、計功封爵而得名。禹穴：在今紹興稽山門外，傳爲夏禹之陵。

〔20〕天台：神話中的山名，相傳即今浙江天台縣北的天台山。

〔21〕黄涪翁：即黄庭堅，字魯直，號山谷道人、涪翁。

〔22〕漫叟：元結自號漫郎、聱叟。

〔23〕澹岩：在湖南零陵縣城南二十五里。黄庭堅曾題詩刻於岩上，稱“閬州城南果何似，永州澹岩天下稀”。陽華：陽華岩。元結作有《陽華岩銘》刻於岩上，稱“九嶷萬峰，不如陽華”。

寄姚雪蓬使君〔1〕

湘鱗六六寄相思〔2〕，疏柳殘蟬想别時〔3〕。今夜各聽三楚雁，西風又老一年詩。梅花且補離騷闕〔4〕，薏苡應爲史筆知〔5〕。剪竹疑峰新製笛，待衡霜月訪桓伊〔6〕。

【校注】

〔1〕姚雪蓬：即姚鏞，字希聲，號雪蓬，又號敬庵，嘉定十年（1217）進士，後因遷守赣州時忤帥臣而遭貶衡州，有《雪蓬集》。

〔2〕湘鱗六六：指沿湘水捎寄的書信。古人將書信夾於鯉魚形的木封中捎寄。六六：鯉魚的代稱。《埤雅》：“鯉三十六鱗，具六六之數。”

〔3〕殘蟬，《宋詩紀事》卷六十七録《雪磯叢稿》作“新蟬”。

〔4〕屈原《離騷》語及許多芳草，但缺梅花。

〔5〕薏苡：俗稱“藥玉米”，長於南方，可食並可入藥。據《後漢書·馬援傳》載，馬援率軍自交趾還，因愛南方薏苡的果實大，欲以爲種，故滿載一

車而歸。謗者誣爲載明珠一車。

〔6〕桓伊：字叔夏，晋人，官至右將軍、護軍將軍。善音樂，工吹笛，曾得蔡邕柯亭笛吹之，聞名江左。

梅應春[1]

自號雪樵，廣濟人。寶祐丙辰進士，初授餘干令，再遷瀘州安撫使。當國事多艱之日，盡忠竭智，不貳其心。累官禮部尚書。有《寓瀘遺稿》。

【校注】

〔1〕參見《萬姓統譜》卷十六、《明一統志》卷六十一等。

復瀘凱歌[1]

重壁山前瑞色開，浮環夜渡捷騎來。一旗金鼓轅門曉，喚得滿城生意回。

休訝朝家奏報遲，平生忠孝鬼神知。但留一片丹心在，會有天回地轉時。

【校注】

〔1〕據史籍載，宋理宗景定二年（1261），瀘州宋將劉整率部降元，第二年纔得以收復。這兩首詩或因此而作。

趙　葵[1]

字南仲，衡山人。方之子[2]。以功累官知滁州。時李全寇揚州[3]，葵率衆敗之，全走新塘死。復淮安，晋淮東制置使。因建守據河關、收復三京之議[4]，朝臣獨鄭清之力主其説[5]。後詔措置邊事。淳祐二年，同知樞密院事。七年，以樞密使督江、淮、京、湖軍馬。九年，晋右丞相兼樞密使，封魯國公。言者論葵非由科目進，且曰宰相須用讀書人。葵表辭有云："霍光不學無術，每思張咏之語以自慚[6]；后稷所讀何書，敢以趙抃之言而自解。"[7]帝不得已，授醴泉觀使兼侍讀。復固辭，乃以觀文殿大學士判潭州。葵有雄武才，累立大勛，朝庭倚重者二十年。卒贈太傅，謚"忠靖"。

【校注】

〔1〕趙葵：南宋著名愛國將領。《宋史》有傳，爲此處小傳所本。

〔2〕趙方：字彦直，南宋著名抗金將領。

〔3〕李全：初爲民間抗金首領，後降元，成爲元軍南侵的先鋒，1230年發兵犯揚州，次年敗亡。

〔4〕河關：淮河關口，指淮安。三京：指東京（今開封）、西京（今洛陽）、北京（舊址在今河北大名縣東）。

〔5〕鄭清之：字德源，宋理宗時任宰相。

〔6〕據《宋史·寇準傳》載，張咏曾説寇準像霍光一樣不學無術。張咏：字復之，宋真宗時官至刑部侍郎、樞密直學士。寇準：字平仲，北宋宰相。霍光：字子孟，西漢大臣。

〔7〕據《宋名臣言行録》後集卷五引《邵氏後録》，趙抃曾針對王安石謂反對新法者"坐不讀書"之語而駁之曰："君言失矣，如皋、夔、稷、契之時，何書可讀？"趙抃：字閲道，神宗時官至參知政事。

秋浦樓〔1〕

麗譙岧嶢壯城闕，萬里關河歸目睫。雨餘漁釣玉奩開，烟外芙蓉翠屏列。吴頭楚尾二十秋，滿耳絃歌聲未絶。不才濫綴鴛鷺行，夜夢時還許歸謁。蕭晨振策來翠微，母憐吾兒倍怡悦。昔偕汝父居是邦，舊事辛苦爲兒説。星星鶴髮簪霞冠，笑看朱衣擁金節。一門和氣皆君恩，恩與天同酬未得。生平區區忠孝心，歲晚願爲松與柏〔2〕。可堪清賞屬登臨，風景不殊人事別。徘徊徙倚十二闌，角聲吹上梅梢月。

【校注】

〔1〕《沅湘耆舊集前編》卷二十二亦收録。秋浦樓：舊址在池州州治（今安徽池州貴池區）城東的秋浦河岸，北臨長江，宋末廢。

〔2〕《論語·子罕》："歲寒，然後知松柏之後凋也。"

過慧山寺〔1〕

古木森森映緑苔〔2〕，嵯峨樓閣倚天開。山僧不問朝天客，自注冰泉浸野梅〔3〕。

【校注】

〔1〕慧山寺：即惠山寺，在今江蘇無錫西郊惠山上。

〔2〕緑，《宋詩紀事》卷六十五作"碧"。

〔3〕浸，《宋藝圃集》卷十八作"插"。

汪　涯[1]

字萬頃，漢陽人。賈似道爲宣撫時[2]，請涯爲客。元世祖圍武昌，似道乞和，師退，欲作露布獻功，涯瞋目曰："人以利而退其師，又兒弄主上，何露布爲？"似道怒，搗殺之。其母聞之曰："汝以直死，我則不辱，可以下報先君矣！"亦自沉。

【校注】

〔1〕汪涯：宋末人，事迹見《谷音》卷上，參見清康熙《湖廣通志》卷六十、光緒《湖北通志》卷一百五十五。

〔2〕賈似道：字師憲，南宋奸臣。

江　帆[1]

江帆去去可腸斷，千古萬古越王臺。掃空黄葉晚風定，飛盡碧天晴鳥回[2]。半生無成坐筆硯，萬事不理問樽罍。年年看梅今白首，已矣英雄留七哀[3]。

【校注】

〔1〕見《谷音》卷上及《宋詩紀事》卷七十七、《宋元詩會》卷五十六。

〔2〕《宋詩紀事》作"飛盡碧鳥青天回"。

〔3〕七哀：樂府古題，多藉以抒寫悲傷哀痛之情。

尹謙孫〔1〕

字希吕，一字虚心，茶陵人。宋末以《禮記》魁鄉薦。屬國勢不競，謙孫曰："揖遜之水尚污牛腹〔2〕，篡弑之粟豈飽夷、齊之口哉！"遂隱居，與其弟復孫肆力經術，湘中人士奉爲山斗。武昌張山翁稱其文類賈傅〔3〕。王夢應言其以朱、張心胸行韓、柳筆墨〔4〕。劉須溪亦取其詩列之詩宗〔5〕。蓋其忠義之氣，結而自舒云。

【校注】

〔1〕參見《萬姓統譜》卷八十、清光緒《湖南通志》卷一百六十二。

〔2〕清光緒《湖南通志》此句作"揖讓之言尚污許由之耳"。

〔3〕張山翁：字君壽，宋末官鄂州。元軍陷鄂州後，志不降元，隱居黄鵠山（今武昌蛇山）聚徒講學以終。

〔4〕王夢應：宋末進士，調廬陵縣尉，響應文天祥而起兵抗元，後兵敗身亡。朱：朱熹。張：張載。韓：韓愈。柳：柳宗元。

〔5〕劉須溪：劉辰翁，字會孟，號須溪，南宋詞人。

福濟廟銘〔1〕

漢長沙定王子昕封茶陵侯〔2〕，元鼎元年薨，吏民追思，請崇廟以祀。宋寶祐十一年〔3〕，屢封曰"孚佑、昭應、英惠、廣澤"，賜額曰"福濟"。

皇上晝壄〔4〕，紀綱人極。周建親親，秦顛孤立。先漢鑒秦，爰立輔臣。大開九國，跨築連城。賈生肇用，主父攸式。侯王之禮，支庶作邑。帝曰咨衆，疇彰雲城〔5〕。長沙之子，陽陵之孫〔6〕。克張克弛，克比於軌。繄民父母，洵仁且美〔7〕。生爲仁侯，死爲神明。捍患禦災，洋洋厥靈。於穆皇王，於乃丕績。昭錫崇號，以彰厥德。有泓其水，有峙其陵。實歌實祀，不湮不崩。

【校注】

〔1〕《沅湘耆舊集前編》卷二十七亦收録。福濟廟：舊址在茶陵城北。據清同治《茶陵州志》載，宋寶祐末年，尹謙孫爲此廟作碑記並賦詩。

〔2〕定王：名發，漢景帝之子，封於長沙。

〔3〕應作“宋寶祐末年”。

〔4〕壄，原注：“古文野字。”

〔5〕《沅湘耆舊集》作“疇予屏藩”。

〔6〕陽陵：指漢景帝劉啓。景帝五年築陽陵。

〔7〕《詩・鄭風・叔于田》：“洵美且仁。”

侯彭老〔1〕

耒陽人。隱居縣西三十里獅子岩，其岩一名“侯公岩”。

【校注】

〔1〕據清光緒《湖南通志》卷一百六十二引《清波雜志》卷十二記述，侯爲北宋長沙人，建中靖國元年（1101）爲太學生時，因上書而獲罪，被遣歸原籍，後得旨免罪並登進士第。參見清康熙《湖廣通志》卷十一。

人日立春〔1〕

朝來煮菜往鞭牛，已覺江邊雪意休。習習東風收雨脚，暄暄曉日綻雲頭。尊前未放梅花老，鬢上先看柳帶柔。及取春盤時一醉〔2〕，莫教沉瘦更清秋。

【校注】

〔1〕《宋詩紀事》卷三十七題爲“立春”，注明引録《合璧事類前集》。

〔2〕盤，《宋詩紀事》作“花”。

陳子全[1]

攸縣人。與同邑王夢應、吴希奭起兵勤王[2]。子全復萍鄉。元將遣來萬户争之，戰於明府嶺，北兵敗走，子全中流矢而死。

【校注】

〔1〕陳子全：南宋末爲廬陵縣丞，響應文天祥起兵抗元。鄧光薦《督府忠義傳》載其事迹。

〔2〕王夢應：見前尹謙孫注。吴希奭：南宋末年爲廬陵縣主簿，起兵抗元，後敗亡。事見《督府忠義傳》。

軍中寄内

一望瀟湘遍露迷，胡笳吹月夜凄凄。回天無力心難死，矢日同讐志應齊。但使首陽存漢地，不教陰塞牧羌羝。聲名一墮誰能贖，珍重雌雄劍化蜺。

王南美[1]

字乙道，號原在居士。安化人[2]。以兵亂隱伊溪之桂岩[3]。博洽經史，旁及釋老。置義莊以養族屬之孤，所居有耕雲堂、釣月樓。時稱“仙隱”。

【校注】

〔1〕參見清康熙《湖廣通志》卷五十八、光緒《湖南通志》卷一百六十二引《一統志》。

〔2〕《萬姓統譜》卷四十四：“王南美，新化人，宋开國勛舊王溥之後。”

〔3〕伊溪：一名油溪，出黄伯界山新化、安化分界地。

釣月樓[1]

居士作層樓，不愛風花雪。待得野雲收，只釣溪邊月。

【校注】

〔1〕《沅湘耆舊集前編》卷二十七亦收録，並注明作者僅存此詩。

梅國淳[1]

號作所，廣濟人。工詩賦。宋亡，武昌程平章薦之，屢聘不起。

【校注】

〔1〕據清光緒《湖北通志》卷一百五十四引清雍正《湖廣志》載，梅字作所，乃梅應春之子。參見清康熙《湖廣通志》卷五十八。

却　　聘[1]

野人不慣服冠裳，散髮披襟興味長。他日麒麟應有楦[2]，願留蘇武牧羝羊。

【校注】

〔1〕《湖北詩徵傳略》卷二十亦收録。

〔2〕《雲仙雜記》卷九引《朝野僉載》云，唐楊炯每呼無德朝士爲麒麟楦。

梁　棟〔1〕

字隆吉，武昌人〔2〕。居鎮江。登進士，選錢塘、仁和尉，有盛名。宋亡，入茅山。遭詩禍，名益著，江東人士從者甚衆。乙巳，無疾而卒。所著多無存稿，北宋遺民也。

【校注】

〔1〕梁棟：宋末元初詩人，有《梁隆吉詩鈔》。（見《宋詩鈔》）

〔2〕據《梁隆吉詩鈔》、《宋詩紀事》卷七十五載，梁生於武昌，其先爲湘州人。

四禽言〔1〕

不如歸去〔2〕，錦官宫殿迷烟樹〔3〕。天津橋上一兩聲〔4〕，叫破中原無往處〔5〕。不如歸去。

行不得也哥哥〔6〕，湖南湖北春水多〔7〕。九疑山前叫虞舜，奈此乾坤無路何。行不得也哥哥。

脱却布袴〔8〕，貧家能有幾尺布。寒機織盡無得裁〔9〕，可人不來廉叔度〔10〕。脱却布袴。

提壺蘆〔11〕，提壺蘆，今年酒賤頻頻沽〔12〕。衆人皆醉我亦醉，哀哉誰問醒三閭。提壺蘆，提壺蘆。

【校注】

〔1〕《元詩體要》卷七、《宋元詩會》卷五十四、《宋詩鈔·梁隆吉詩鈔》、《宋詩紀事》卷七十五所録四首與此四首的先後次序不同。

〔2〕此爲模擬杜鵑之鳴。

〔3〕錦官：即錦官城，今成都市的别稱，古爲蜀地。相傳杜鵑出於蜀，爲古蜀帝杜宇所化。

〔4〕一兩聲：《宋詩紀事》作“兩三聲”。天津橋：古浮橋名，故址在今河南洛陽市舊城西南。

〔5〕中原，《元音》卷一作“汴京”。往，《元音》《元詩體要》《宋元詩會》《宋詩紀事》作“住”。

〔6〕此乃模擬鷓鴣之鳴。

〔7〕春水，《宋詩紀事》作“秋水”。

〔8〕此乃模擬布穀鳥之鳴。

〔9〕寒機織盡，《元音》作“閑機織盡”，《元詩體要》、《石倉歷代詩選》卷二百八十、《宋元詩會》、《宋詩鈔》作“織盡寒機”，《宋詩紀事》作“寒機剪盡”。得，《宋詩紀事》作“可”。

〔10〕廉叔度：廉範，字叔度，東漢人，曾爲雲中太守，大敗匈奴，使之不敢再犯。

〔11〕此乃模擬提壺鳥之鳴。《元詩體要》《宋元詩會》《宋詩鈔》《宋詩紀事》在詩的首尾均只有一句“提壺蘆”。

〔12〕今年，《元詩體要》《宋元詩會》《宋詩鈔》作“年來”。

白鷺亭〔1〕

荻花蘆葉老風烟，獨上秋城思渺然。白鷺不知如許事，赤烏又隔幾何年。六朝往事秦淮水，一笛晚風江浦船。我輩人今竟誰許，只堪漁艇夕陽邊〔2〕。

【校注】

〔1〕此詩又收入方岳《秋崖集》卷七。白鷺亭：舊址在今江蘇南京市城西三里江中的古白鷺洲上。

〔2〕邊，《湖北詩佩》卷一作“還”。

雨花臺[1]

孤雲落日倚西風，歷歷興亡望眼中。山入六朝青未了，江浮五馬恨無窮[2]。客愁已付蒲萄緑[3]，徑雨空餘瑪瑙紅。我亦欲談當世事，無人喚醒紫髯翁[4]。

【校注】

〔1〕此詩又收入方岳《秋崖集》卷七。雨花臺：在今南京市中華門外。

〔2〕江浮五馬：《晋書·元帝紀》："太安之際，童謡云：'五馬渡江，一馬化爲龍。'及永嘉中，帝與西陽、汝南、南頓、彭城五王獲濟，而帝竟登大位焉。"

〔3〕蒲萄緑：指美酒。

〔4〕紫髯翁：指孫權，三國吴的開國君主。史稱其碧眼紫髯。

贈嘉興徐同年

憶昔青龍在戊辰[1]，馬蹄同踏杏園春[2]。歸田令尹空書晋[3]，執戟郎君盡美新[4]。萬事不醒中酒聖[5]，一貧無奈訟錢神。相逢莫效窮途泣[6]，自古求仁要得仁[7]。

【校注】

〔1〕青龍：即太歲星。《後漢書·律曆志》："青龍移辰，謂之歲。"青龍在戊辰：指宋度宗趙禥咸淳戊辰（1268）年。

〔2〕杏園：在唐代京城長安，爲新進士游宴之地。後因以入杏園喻進士及第。

〔3〕陶淵明曾爲彭澤令，後歸隱。舊説他在晋亡後因懷念晋朝而在詩文中不題宋甲子。

〔4〕東漢揚雄作《劇秦美新》以美化王莽新朝，並受王莽之封爲執戟郎。

〔5〕《三國志·徐邈傳》載，曹操禁酒甚嚴，時人諱説酒字。尚書郎徐邈私飲沉醉，對人稱"中聖人"，後因以之爲喝醉酒的代稱。

〔6〕窮途泣：用阮籍窮途痛哭事，見《世説新語·栖逸》注引《魏氏春秋》。

〔7〕《論語·述而》："求仁而得仁，又何怨？"

登鎮海樓聞角[1]

聽徹哀吟獨倚樓，碧天無際思悠悠。誰知盡是中原恨，吹到東南第一州。[2]

【校注】

〔1〕《元文類》卷八、《元詩體要》卷十四題爲"杭州聞角"，《宋元詩會》卷五十四題爲"登鎮海樓聞角聲"。鎮海樓：在浙江杭州市吴山東麓。

〔2〕東南，《元文類》《元詩體要》作"江南"。

登大茅峰題壁[1]

大龍上天寶劍化[2]，小龍入海明珠沉[3]。安得長松撑日月，華陽世界收層陰。

按：隆吉以其弟中砥爲黄冠，受業三茅山，常往還，或終歲焉。恃才藐衆，一黄冠與隙，訴此詩於句容縣，以爲謗訕朝廷、有思宋之心。繫獄久，得釋還江南。

【校注】

〔1〕《山房隨筆》、《宋詩鈔·梁隆吉詩鈔》、《宋詩紀事》卷七十五録有《登大茅峰》全詩，凡九韵，此處所録爲其中第三、第八韵。大茅峰：茅山主峰，上有華陽洞，傳爲三茅君得道處。

〔2〕大龍：《宋詩紀事》作"大君"。此指宋度宗趙禥。度宗亡後，元軍即大舉伐宋，兩年後攻取南宋都城臨安。

〔3〕小龍：此指南宋末帝趙昺。臨安失陷後，文天祥、陸秀夫等先後擁立趙昰、趙昺轉戰於東南沿海以抗元。1279年崖山兵敗，陸秀夫負趙昺蹈海而亡。

唐人鑑[1]

字德明，零陵人，居瀟崖。好學能文，楊誠齋始至，即與納交。一日，誠齋問卜，人鑑以小詩柬之云云。

【校注】

〔1〕唐人鑑：南宋儒士，與詩人楊萬里交善。楊解任後即寓其齋舍，並作有《玉立齋記》（見《誠齋集》卷七十一）。參見《萬姓統譜》卷四十八、清康熙《湖廣通志》卷五十七。

答誠齋問卜[1]

聞爇爐香要决疑[2]，不疑何用卜蓍龜。聖人自有韋編在，進退存亡豈不知。

【校注】

〔1〕編者録此詩無題，此題據《沅湘耆舊集前編》卷二十三補。

〔2〕爇：點燃，焚燒。《周禮・春官》："凡卜，以明火爇燋。"

瀟湘漁父歌[1]

見古碑文。

乾淳老人氣岳岳，破冠穿履行帶索。撐腸拄肚書萬卷，臨風欲言牙齒落。

【校注】

〔1〕《谷音》卷下“古碑文”序：“揭大中云：‘或漁於潭，得片石，字十數行，率磨没，僅識得二十八字。意幽人憤世之作，不合於時，故沉之以俟知音。’”《宋詩紀事》卷九十六題爲“古碑文詩”。

洞庭老人〔1〕

卓彥恭嘗過洞庭，月下有漁舟棹其旁。卓問：“有魚否？”答曰：“無魚，有詩。”乃鼓枻而歌云云。

八十滄浪一老翁，蘆花江上水連空。世間多少乘除事，良夜月明收釣筒。

【校注】

〔1〕《明一統志》卷六十三、《御選宋金元明四朝詩》卷一百十六、《明詩綜》卷九十六等均録此詩。《湖廣通志》引録《小草齋詩話》。

瀟湘漁父

高　枕[1]

高枕形骸外，空江何限情。落葉不成調，半夜起秋聲。

【校注】

〔1〕《谷音》卷下“瀟湘漁父”序：“崔璆晚泊湘江，淡烟微月，有客歌而過之。追問居與名。置其釣竿，長嘯而去。”《御選宋金元明四朝詩》卷六十三題爲“湘江月夜詩”。《宋詩紀事》卷九十六題爲“絶句”。

謝童子[1]

蘄州人。少僎愞[2]。十歲不能言，父母怪之，多苦焉，令牧牛。一日，作《牧牛謠》云。

【校注】

〔1〕參見《佩文齋書畫譜》卷三十六、清康熙《湖廣通志》卷一百二十。

〔2〕僎愞：孱弱。

牧牛謠

可若何，遠遠騎牛下淺坡。長笛一聲嗚也，清歌一曲無多。

劉跛子[1]

【校注】

〔1〕據《冷齋夜話》卷八，劉跛子爲北宋青州（今山東青州）人，浪迹於荆湖地區，不詳其名。

與客飲市橋[1]

張天覺召自荆湖[2]。適劉跛子與客飲市橋，聞車騎過，甚都，起觀之。跛子挽丞相衣，使共飲，因作詩云云。

遷客湖湘召赴京[3]，車騎迎迓一何榮[4]。争如與子市橋飲，且免人間寵辱驚。

按：原本已見第四卷，當以此爲正。

【校注】

〔1〕《冷齋夜話》卷八、《山堂肆考》卷一百十六、《宋稗類鈔》卷十五所録此詩無題，據《御選宋金元明四朝詩》卷七十五、《宋詩紀事》卷九十補。

〔2〕張天覺：張商英，字天覺，宋徽宗時爲丞相。

〔3〕湖，《宋詩紀事》作“南”。

〔4〕車騎，《冷齋夜話》《山堂肆考》《宋稗類鈔》作“車蹄”，《御選宋金元明四朝詩》作“車輪”，《兩宋名賢小集》卷一百六、《詩話總龜》卷四十五、《宋詩紀事》作“輪蹄”。

無名氏

峽中吟[1]

建隆中，有人泊舟巴峽，夜聞峽中有此吟。出《通志》。

秋徑填黄葉，懸崖露草根。猿聲一叫斷，客淚數重痕[2]。

【校注】

〔1〕《全唐詩》卷八百六十五録此詩，署名“巴峽鬼”題作“夜吟”。《宋詩紀事》卷九十九引《詩話總龜》録此詩，題作“絶句”。

〔2〕淚、痕，《宋詩紀事》分别作“旅”“魂”。

文昭園故址[1]

五代馬殷建[2]。

馬家公子好樓臺，鑿破青山碧沼開。啼鳥不知人世變，數聲猶傍水邊來。

【校注】

〔1〕《宋詩紀事》卷四録此詩，題作“文昭園聞提壺有感”。文昭園：故址在今湖南長沙市小西門外。

〔2〕馬殷：五代十國楚的建立者，907—930年在位，都長沙。見新、舊《五代史》本傳。

善卷壇[1]

山擁翠屏千叠秀，澗拖輕練一條深。堯時高士烟霞洞，依舊丹爐鎖桂林。

【校注】

〔1〕宋李燾《善卷祠記》引録此詩。善卷：傳爲上古高士，隱居今湖南常德市德山中，山中有其講壇。参見晋皇甫謐《高士傳》。

易祓妻

寧鄉人。祓常久旅不歸，其妻作《一剪梅》詞寄懷[1]，世多傳之，兹不録。

【校注】

〔1〕詞見《全宋詞》引録《古杭雜記》。

對　雪[1]

紛紛瑞雪壓山河，特出新奇和郢歌[2]。樂道幽人方閉户，高歌漁父正披蓑。自嗟老景光陰速，誰使佳時感愴多。更念鰥居憔悴客，映書無寐奈愁何。

【校注】

〔1〕《沅湘耆舊集前編》卷二十八、《御選宋詩》卷五十六、《宋詩紀事補遺》卷九十四亦收録。

〔2〕郢歌：指“陽春”“白雪”。

趙信庵姬[1]

【校注】

〔1〕趙信庵姬：即趙葵妾，生平不詳。

絶　句[1]

宋淳佑間，趙葵官同知樞密院。朝罷歸私第而諸姬不見。葵往訪之，乃群聚摘青梅。有一姬善詩，葵責令賦詩云云。

柝聲默報早朝回，滿院春風繡户開。怪得無人理絲竹，綠陰深處摘青梅。

【校注】

〔1〕原詩無題，據《御選宋詩》卷七十五、《宋詩紀事》卷八十七補。

徐君寶妻〔1〕

岳州人。爲元兵所擄〔2〕。自岳至杭，主者數迫之，乃題《滿庭芳》詞一闋於壁，投池中以死。

【校注】

〔1〕徐君寶妻事迹及其《滿庭芳》詞載《輟耕録》《東園客談》等。

〔2〕元兵於宋度宗咸淳十年（1274）從襄陽沿漢水南下，次年初攻破岳州。

自　　决〔1〕

漢上繁華，江南人物，尚遺宣教風流〔2〕。緑窗朱户，十里爛銀鈎。一旦刀兵齊舉，旌旗擁、百萬貔貅。長驅入，歌樓舞榭，風卷落花愁。

清平三百載，典章文物〔3〕，掃地俱休〔4〕。幸此身未北，猶客南州。破鑑徐郎何在〔5〕？空惆悵、相見無由。從今後，斷魂千里，夜夜岳陽樓！

【校注】

〔1〕《詞綜》卷二十五、《全宋詞》引《東園客談》亦録此篇。

〔2〕宣教，應從《詞綜》《全宋詞》作“宣政”。宣政：宣和、政和，皆宋徽宗趙佶年號。

〔3〕文物，《詞綜》《全宋詞》皆作“人物”。

〔4〕俱，《詞綜》《全宋詞》皆作“都”。

〔5〕“破鑒”句：典出《本事詩》。南朝陳末徐德言與其妻樂昌公主因兵亂别離時，破一鏡而各執其半，約以後日合鏡爲信。

韓　氏[1]

名希孟，巴陵人[2]。嫁爲襄陽賈尚書子瓊婦。蒙古太弟忽必烈圍岳、鄂，希孟年十八，在俘中，裂練裳書詩以見志，乘間赴水死。越三日，屍浮出，得其詩於衣帶上。後三十年，托夢趙松雪爲書其詩云[3]。

【校注】

〔1〕此傳本《宋史·列女傳》及《輟耕録》。

〔2〕巴陵：郡名，治所在今湖南岳陽市。

〔3〕趙松雪：趙孟頫，元書畫家，字子昂，號松雪道人。

書衣帛詩[1]

宋未有天下，堅正臣禮秉。開國百戰功，每陣惟雄整。及侍周幼主[2]，臣心常炯炯。帝曰卿百伐[3]，山戎今有警[4]。死狗莫擊尾，此行當繫頸。即日辭陛下，盡敵心欲逞。陳橋忽兵變，不得守箕潁[5]。禪讓法堯舜，民物普安静。有國三百年，仁義道馳騁。未改祖宗法，天胡肆大眚。細思天地理，中有幸不幸。天果喪中原，大似裂冠袵。君誠不獨活，臣實無魏丙[6]。失人焉得人，垂戒嘗耿耿。江南無謝安[7]，塞北有王猛。所以戎馬來，飛渡以陵境[8]。大江限南北，今此一舴艋。本期固封疆，誰謂如畫餅。烈火燎昆岡[9]，不辨金玉礦。妾本良家子，性僻守孤梗。嫁與尚書兒，銜署紫蘭省。直以才德合，不棄宿瘤癭。初結合歡帶，誓比日月昞。鴛鴦會雙飛，比目願常並。豈期金石堅，化作桑榆景。旄頭勢正然[10]，蚩尤氣先屏[11]。不意風馬牛，復及此燕郢。一方遭劫虜，六族死俄頃。退鷁落迅風[12]，孤鸞吊空影。簪堅折白玉，瓶沉斷青綆。一死空冥府[13]，憂心長炳炳[14]。意堅志不移，改邑不改井。我本瑚璉器，安肯作溺皿。志節匪轉石[15]，氣噎如吞鯁。不作爝火燃[16]，願爲死灰冷。貪生念蝼蛾，乞憐羞虎穽。借此清江水，葬我全首領。皇天如有知，定作血面請。願魂化精衛，填海使成嶺。

【校注】

〔1〕此詩見《輟耕録》卷三，與《宋史》所載不同。

〔2〕周幼主：後周恭帝柴宗訓，七歲即位。

〔3〕百，《宋詩紀事》卷八十七作“北”。

〔4〕山戎：指遼軍。建隆元年（960）元旦，鎮、定二州謊報遼軍與北漢兵南下，後周朝廷派趙匡胤領禁軍前往抵禦。

〔5〕陳橋：在今河南開封市東北四十五里的陳橋鎮，趙匡胤率軍至此發動兵變，黄袍加身，做了皇帝。

〔6〕魏：魏相，漢宣帝朝賢相。丙：丙吉，西漢丞相，曾救護皇曾孫後又力主迎立爲宣帝。

〔7〕江南，《宋詩紀事》作“江左”。

〔8〕以，《宋詩紀事》作“巴”。

〔9〕《尚書·胤征》：“火炎昆岡，玉石俱焚。”

〔10〕勢，《輟耕録》《宋詩紀事》均作“熱”。

〔11〕蚩尤：即蚩尤旗，星名。《史記·天官書》：“蚩尤之旗，類彗而後曲，象旗，見則王者征伐四方。”

〔12〕退，明隆慶《岳州府志》卷十六作“六”。《左傳》僖公十六年：“六鷁遇迅風而退飛。”

〔13〕冥府，《岳州府志》作“冥冥”。

〔14〕長，《岳州府志》作“正”。

〔15〕《詩經·邶風·柏舟》：“我心匪石，不可轉也。”

〔16〕作，《宋詩紀事》作“敢”。

練裙帶中詩〔1〕

我質本瑚璉，宗廟供蘋蘩。一朝嬰禍難，失身戎馬間。寧當血刃死，不作衽席完。漢上有王猛，江南無謝安。長號赴洪流，激烈摧心肝。

【校注】

〔1〕此詩載於《宋史·列女傳》。

謝金蓮[1]

襄陽名妓。趙汝舟[2]過訪其門時，見庭中紅梨花盛開，因賦詩以贈。金蓮見詩感慕，乃和答，後遂委身焉。

【校注】

〔1〕謝金蓮故事流傳甚廣，元人張壽卿以此爲題材寫有《謝金蓮詩酒紅梨花》雜劇。

〔2〕趙汝舟：即趙汝州，字君牧，襄陽才子。

答趙生咏紅梨花[1]

本分天然白雪香，誰知今日却濃妝。鞦韆院落溶溶月[2]，羞覩胭脂睡海棠[3]。

【校注】

〔1〕《御選宋詩》卷七十五題爲“答趙生紅梨花詩”。《宋詩紀事》卷九十七收録此詩，注明録自《彤管遺編》。参見卷十四趙汝州《紅梨花》詩。

〔2〕院，《御選宋詩》作“夜”。

〔3〕胭，《御選宋詩》作“紅”。

跛　　仙[1]

宋太平興國中，有跛仙者，遇吕洞賓於君山，後隱岳麓抱黄洞，自號"瀟湘子"。

【校注】

〔1〕此傳本明彭簪《衡岳志》。

偶　　吟[1]

我愛瀟湘境，紅塵隔岸除。南山七十二[2]，惟喜洞真虚[3]。

【校注】

〔1〕見《衡岳志》。《沅湘耆舊集前編》卷三十一亦收録。

〔2〕南山：指南岳衡山，有七十二峰。

〔3〕洞真虚，或作"洞真墟"，道教所謂二十洞真墟福地之一，見宋陳田夫《南岳總勝集》。

邵 琥[1]

湘陰人。少與兄玘、弟珪遊太學，琥歸住粤中都嶠山[2]。元符三年，東坡被命北歸[3]，訪之，爲寫《醉翁操》《玉川子》數篇，又《藤州城下對月》並《送歸都嶠詩》。大觀三年，歸故第，忽失所在。後在峨眉山結庵修煉。一日閉門，衆不知其處，有詩題壁云云。

【校注】

〔1〕邵琥：北宋道士，與蘇軾交善，蘇軾有多篇詩文贈答。參見清康熙《湖廣通志》卷七十五。

〔2〕都嶠山：在今廣西容縣南二十里，爲道教勝地。

〔3〕蘇軾於哲宗朝被貶儋州（今海南儋縣），元符三年徽宗繼位後，獲赦北歸。

留壁詩[1]

往往來來三十年，更無踪迹在西川。功成行滿昇天去，回首山頭月正圓。

【校注】

〔1〕原詩無題，據《沅湘耆舊集前編》卷三十一補。又《宋詩紀事補遺》卷九十五亦收録。

羅道成[1]

郴州仙人。

【校注】

〔1〕《宋詩紀事》卷九十引《古今詩話》述其事迹。

遊　　岳[1]

慶曆中遊南岳。鄉人傳有真人乘白騾行石上，其迹至今存焉。事載《萬姓統譜》[2]。

白騾代步若奔雲，人間所至留詩迹[3]。欲知名姓問源流，請看郴陽山下石。

【校注】

〔1〕《宋詩紀事》卷九十録羅道成《游岳》二首，此爲其二。

〔2〕《萬姓統譜》：明凌迪知撰，分姓輯録歷代名人生平事迹。

〔3〕人間，《氏族大全》卷七、《詩話總龜》卷四十五、《宋詩紀事》作“閑人”。

張虛白[1]

襄陽鄧州人[2]。留心太乙、六壬、丹竈之術。徽宗聞其名，召管太乙宫，官太虚大夫、金門羽客。出入禁中，無一言及時事，金人以爲神仙。嘗辟穀遊武陵，有崔婆飲以酒。後去武陵，余安遇於揚州，因寄崔婆詩云云。

【校注】

〔1〕張虛白：宋代道士，受徽宗趙佶恩寵，重和年間封稱“通元冲妙先生”。其事迹見《宋史》《續資治通鑑》等。

〔2〕襄陽，當爲“南陽”。《續文獻通考》、《續資治通鑒》卷九十三皆載爲“南陽人”。

寄崔婆詩[1]

武陵溪畔崔婆酒，天上應無地下有。南來道人飲數斗[2]，醉卧白雲深洞口。

【校注】

〔1〕《宋詩紀事》卷九十題爲“遺崔母”。

〔2〕人、數，清康熙《湖廣通志》卷七十五和七十九、《山堂肆考》卷二十五、《宋詩紀事》分别作“士”“一”。

釋景岑[1]

任持鹿苑[2]，時謂之“長沙和尚”。太宗至道三年示寂。

【校注】

〔1〕釋景岑：號招賢禪師，爲唐代池州南泉山普願禪師之法嗣。見《景德傳燈録》《五燈會元》。

〔2〕鹿苑：寺名。舊址在今湖南長沙市。

色空偈[1]

礙處非墻壁，通處没虚空。若人如是解，心色本來同。

【校注】

〔1〕《沅湘耆舊集前編》卷十亦收録。

釋仲殊[1]

德安人[2]。性嗜蜜，自稱“殊蜜”。所著有《寳月集》。

【校注】

〔1〕釋仲殊：字師利，北宋僧人，居蘇州承天寺、杭州寳月寺等處。據《中吴紀聞》卷四載，釋仲殊俗姓張，名揮，進士出身，因家庭不睦而出家。善作詩詞，與蘇軾交往甚厚。

〔2〕德安：府名，治所在今湖北安陸。

題姑蘇臺[1]

天長地久大悠悠[2]，你既無心我亦休[3]。浪迹姑蘇人不管，春風吹笛酒家樓。

【校注】

〔1〕此詩見《古今圖書集成·神异典》卷一百七十九引《德安府志》,《湖北詩徵傳略》卷二十一亦收録。

〔2〕大,《湖北詩徵傳略》作“任”。

〔3〕既,《湖北詩徵傳略》作“若”。

潤　　州[1]

北固樓前一笛風，斷雲飛出建昌宫[2]。江南二月多芳草，春在濛濛細雨中[3]。

【校注】

〔1〕見《詩話總龜》卷二十二、《侯鯖録》卷一、《説郛》卷十八上和卷二十九下等。潤州：治所在今江蘇鎮江市。《御選宋詩》卷七十四題爲“北固樓”。

〔2〕斷雲飛出，《説郛》卷二十九下作“碧雲飛盡”。建昌，《詩話總龜》、《説郛》卷二十九下作“建康”，《宋藝圃集》卷二十二、《御選宋詩》、《宋詩紀事》卷九十一作“建章”。

〔3〕細，《説郛》卷二十九下作“烟”。

釋懷志[1]

居南岳石頭庵。後參洞山謁真净禪師[2]。崇寧元年冬，遍辭山中之人，曳杖竟去。

【校注】

〔1〕釋懷志：俗姓吴，婺州（今浙江金華）人。宋釋惠洪《林間録》、宋釋普濟《五燈會元》均載其事迹。

〔2〕洞山：在江西宜豐縣境，爲佛教洞山宗的發源地。真净禪師：《五燈會元》載其事迹。

偶　吟[1]

萬機休罷付痴憨[2]，踪迹時容野鹿參[3]。不脱麻衣拳作枕，幾生夢在緑蘿庵。

【校注】

〔1〕《古今禪藻集》卷二十、《御選宋詩》卷七十四題爲“山居”。《宋詩紀事》卷九十二引題爲“答覺範問住山”（其二）。《古今圖書集成・神异典》卷一百八十一引録此詩，題爲“偈詩”。

〔2〕休，《宋詩紀事》作“俱”。

〔3〕時，《宋詩紀事》作“常”。

釋無夢[1]

武昌人。嘗遊畿輔村落，手持木牌，上書二偈云云。

【校注】

〔1〕釋無夢：事迹見《墨客揮犀》卷七。

書木牌詩[1]

身爲車兮心爲軾，車動軾隨何計息[2]。交梨火棗是誰無[3]，自是不除荆與棘[4]。

身爲客兮心爲主，主人平和客安堵[5]。若還主客不安寧[6]，精神管定辭君去[7]。

【校注】

〔1〕見《詩話總龜》卷三十、《墨客揮犀》卷七等。原詩無題，據《宋詩紀事》卷九十一補。

〔2〕此句，《事實類苑》卷四十六作“隨何所往無休息”。何，《遵生八箋》卷二、《宋詩紀事》作“無”。計，《詩話總龜》作“意”。

〔3〕交梨、火棗：傳説爲仙果名，食之可得道昇天。陶弘景《真誥》：“玉醴金漿，交梨火棗，此則騰飛之藥。”

〔4〕除，《詩話總龜》作“为”。

〔5〕堵，《遵生八箋》作“處”。

〔6〕安，《詩話總龜》《墨客揮犀》《事實類苑》作“康”。

〔7〕管，《詩話總龜》作“必”。

釋惠崇[1]

【校注】

〔1〕惠崇：北宋僧人，事迹見《湘山野録》。

寇萊公池亭分韵，探得池上鷺明字[1]

雨歇方塘溢[2]，遲回不復驚。暴翎沙日暖，引步島風清。照水千尋迥，栖烟一點明。主人池上鳳，見爾憶蓬瀛。

【校注】

〔1〕見《湘山野録》卷中，《詩話總龜》卷十一、《詩人玉屑》卷七、《宋詩紀事》卷九十一等引録。寇萊公：即宋真宗朝宰相寇準，封爲“萊國公”。

〔2〕歇，《宋藝圃集》卷二十二、《宋詩紀事》作“絶”。

釋仲珠

按：仲珠疑即仲殊，而詞本別作仲珠，俟考。

和大通禪師[1] 調南歌子

解舞清平樂[2]，而今説向誰。紅爐片雪上鉗椎[3]，打就金毛獅子也堪疑。　已信身如夢，何知眼共眉[4]。蟠桃因甚結花遲[5]，不向風前一笑待何時[6]。

【校注】

〔1〕據《詩話總龜》卷四十、《苕溪漁隱叢話前集》卷五十七引《冷齋夜話》載，蘇軾出守錢塘，携妓謁大通禪師。禪師愠怒，蘇軾乃作《南歌子》詞戲之。後釋仲殊有聞，便作此詞以和蘇詞。大通禪師：宋高僧，《五燈會元》載其事迹。

〔2〕樂，《詩話總龜》作"曲"。

〔3〕椎，《詩話總龜》作"搥"。

〔4〕知，《詩話總龜》作"須"。此二句《苕溪漁隱叢話》作"木女明開眼，泥人暗皺眉"。

〔5〕因甚，《詩話總龜》《苕溪漁隱叢話》作"已是"。

〔6〕風前，《苕溪漁隱叢話》作"春風"。

造郡見庭下有婦人投牒立雨中，郡守命賦[1] 調踏莎行

濃潤侵衣，暗香飄砌，雨中春色添憔悴[2]。枇杷樹下立多時，不言不語厭厭地[3]。　眉上新愁，手中文字，因何不倩鱗鴻寄。想伊只訴薄情人，官中誰管閑公事。

【校注】

〔1〕見《中吴紀聞》卷四。

〔2〕春色,《中吴紀聞》作“花色”。

〔3〕據《中吴紀聞》載,此二句原爲“鳳鞋濕透立多時,不言不語厭厭地”,後釋仲殊自經於枇杷樹下,輕薄公子戲而更之。

釋祖可[1]

澧州人[2]。蘇伯固之子，養直之弟[3]。爲僧，常住廬山。善詩文。以身被惡疾，號“癩可”。

【校注】

〔1〕釋祖可：宋高僧，以詩名聞於時。詩入“江西詩派”，著有《東溪集》《瀑泉集》。

〔2〕澧州：治所在今湖南澧縣。據《沅湘耆舊集前編》本傳，釋祖可幼從其父居丹陽（今江蘇丹陽），故又爲丹陽人。

〔3〕蘇伯固：名堅，字伯固，博學能詩，與蘇軾友善。蘇養直：名庠，字養直，工詩文，隱居不起，號“後湖居士”，傳有《後湖詞》。

題畫梅[1]

手開玉匣心希有，乃得横烟冰雪枝。枯木當前安用此[2]，適堪病眼發新詩。

【校注】

〔1〕《聲畫集》卷五題爲“求初老墨梅”。

〔2〕此句，《聲畫集》作“枯木堂中安用許”。

春　閨

雪晴梅破發幽香，鶯作春聲入畫堂。多少玉人魂夢斷，不勝情況恨更長。

附

鄂州謡[1]

開禧二年，時權臣開邊。鄂爲宣撫使置司，多辟親故，幕賓聚城南酣縱，故時人謡云。

塞上將軍少，城南從事多。宣威不可問，恢復竟如何。

【校注】

〔1〕見《文獻通考》卷三百九、清康熙《湖廣通志》卷一百二十。

王公歌[1]

王豊爲穀城令[2]，治民有法，咸歌之。一日，豊印墮地，損其鼻鈕。越日，視之則覆斗也。豊異之，問功曹張齊。齊曰："自昔君印多用覆斗，以臣料之，君當封乎！"後果封中山君。

天厚穀城生王公，爲宰三月恩澤通，室如懸罄今擊鐘[3]。

【校注】

〔1〕見《説郛》卷三十一下。清光緒《湖北通志》卷一百七十二録此歌，注明録自賈子《説林》。

〔2〕王豊：生平不詳。

〔3〕罄，《説郛》作"磬"，是。

慈幼局歌[1]

邵陽之俗，民貧棄子。長沙趙侯粤出守[2]，求訪民隱，議以全活。建局曰"慈幼"，提點刑獄高功以錢千緡佐費。其後富川桂侯謌來監州事[3]，益廣其惠。邦人喜而歌之。

漢黄潁川[4]，唐陽道州[5]。惠政利溥，孰如兩侯。我民自今，載生載育。無大夭閼，左餐右粥。

【校注】

〔1〕清道光《寶慶府志》卷一百五載。

〔2〕趙粵：長沙人，宋理宗時官寶慶府知府。

〔3〕據《寶慶府志》載，趙粵建慈幼局的規劃粗定，不幸遽亡，後桂鍔以寶慶府通判之職全權代理，繼續建成慈幼局。歲餘，民間棄子之風便息。

〔4〕黄潁川：黄霸，漢宣帝時任潁川太守，後遷丞相。爲政外寬内明，後世尊爲"循吏"。

〔5〕陽道州：陽城，唐德宗時任道州刺史，治民寬仁，爲後世稱頌。

真西山頌[1]

真西山帥湖南，潭人爲立生祠[2]。一夕，有題於壁云。

舉世知公不愛名，湘人苦欲置丹青。西方又出一生佛[3]，南極今添兩壽星[4]。幾百年方鍾間氣[5]，八千春願祝修齡。不須更作生祠記，四海蒼生口是銘。

【校注】

〔1〕見《鶴林玉露》卷十。《宋詩紀事》卷九十六引録此詩，題爲《書真西山生祠壁》。真西山：名德秀，字希元，南宋大臣、學者，時人稱"西山先生"，有《西山文集》。

〔2〕潭：指潭州，治所在今湖南長沙市。生祠：爲活人建的祠廟。

〔3〕方、生，《鶴林玉露》《宋詩紀事》均分别作"天""活"。

〔4〕今添，《鶴林玉露》作"添成"，《宋詩紀事》作"今成"。

〔5〕間,《氏族大全》卷四作“秀”。

潭州女子詩〔1〕

潭州有清净覺地〔2〕，宋咸淳間遊士胡天俊寓焉。月夜撫琴梅樹下，遥見美女迤邐近前，胡迎揖之。女曰：“聲雖和而哀怨多，有所欲不能遂耶？後夜月明，當赴子約。”翌日，胡入城遊飲兩宿，大悔失期。亟歸於樹下，得白羅帕上題詩云云。

蕭蕭風起月痕斜，露重雲鬟壓玉珈。望斷行雲凝立久，手彈珠淚湔梅花〔3〕。

【校注】

〔1〕見《异聞總録》卷一。

〔2〕清净覺地：指僧徒修行之處。

〔3〕湔,《宋詩紀事》卷九十九作“溼”。

趙淮降筆詩〔1〕

生居四代將門家，不幸遭逢被虜拿〔2〕。死在瓜州無葬地，幽魂夜夜到長沙。

【校注】

〔1〕見《山房隨筆》、《説郛》卷四十下等。趙淮：趙葵之侄,《宋史》有傳。據《楚風補》小傳載：“字静齋，衡山人。歷官江東轉運判官。李全之叛，屢立戰功，後被執於溧陽豊登莊。自誓一死，至瓜州遇害，無有收其屍者。有寵姬被獲在焦僉省處，泣訴於焦，望欲收屍焚化，焦允之；復懇以燼骨投江，亦允之。姬乃以裙包骨至江邊，大慟，抱骨投江而死。後其孫享祭，静齋降筆得詩云云。”

〔2〕虜,《山房隨筆》《説郛》作“敵”。

楚風補卷之十六

元

龍仁夫[1]

字觀復，永新人。以道自任，爲時矜式。官湖廣儒學提舉，徙居黄州。著《周易集傳》，其他文章尤奇麗，學者稱“麟洲先生”。

【校注】

〔1〕龍仁夫：《元史》有傳。

萬杉寺[1]

修蛇一徑繞深松，飛閣華鯨杳靄中[2]。祖納廢場蒼蘚亂[3]，昭陵遺汗彩雲空。人間今古荒崖瀑，老子悲歡破帽風。共喜隔峰青峽近，更携瘦竹度長虹。

【校注】

〔1〕《湖北詩徵傳略》卷十五收録。萬杉寺：在江西星子縣慶雲峰下，唐時名慶雲院，因宋僧大超在此手植萬杉而改名。

〔2〕華鯨：華鐘與刻作鯨魚形的撞鐘之杵。班固《兩都賦》：“於是發鯨魚，鏗華鐘。”

〔3〕祖納：字士言，東晋人，名將祖逖之兄，累官光禄大夫，後閑居以披

閲文史自適，傳説其曾居萬杉寺。

遊潯陽琵琶亭[1]

時吕文焕遊潯陽，令賦詩[2]。

老大蛾眉負所天[3]，忍將離怨付哀絃[4]。江心正好看明月[5]，又抱琵琶過别船[6]。

【校注】

〔1〕《元音》卷七、《元詩體要》卷十三題爲“陳平章席上題琵琶亭”，《宋元詩會》卷六十八題爲“琵琶亭”，《元詩紀事》卷七引録《隱居通議》題爲“題琵琶亭”。琵琶亭：舊址在今江西九江市西江濱，傳説白居易送客於此聞琵琶聲而作《琵琶行》。

〔2〕原注：“詩意譏其負宋也，吕見詩大慚。”吕文焕：南宋將領，守襄陽，城破後降元，又爲元軍招降江州，並引導元軍東下。

〔3〕譏吕年歲已大，受南宋皇恩亦重，却背負宋朝。

〔4〕《隱居通議》《元詩紀事》作“尚留餘韵入哀弦”。怨，《元音》《元詩體要》作“恨”。

〔5〕江心，《元音》《元詩紀事》引《詩藪》作“夜深”。

〔6〕又，《隱居通議》《元音》《元詩體要》作“却”。

酬憲府宴[1]

麟洲過福建，憲府設宴，命官妓小玉帶佐觴。酒半，憲使舉杯請曰：“今日之歡，皆玉帶爲也，願先生酬以詩。”時麟洲負海内重名，雅畏清議，然不能違憲使之命也。

菡萏池邊風滿衣，木樨亭下雨霏霏。老夫記得坡仙語[2]，病體難禁玉帶圍。

【校注】

〔1〕見《元詩紀事》卷七引録《輟耕録》、《全閩詩話》卷十。《御選宋金元明四朝詩·御選元詩》卷七十三題爲“席上作”，《宋元詩會》卷六十八題爲“應小玉带索詩”。憲府：朝廷委命駐於行省的高級官吏。

〔2〕《東坡志林》卷一載東坡養生語：“東坡居士自今以往，不過一爵一肉。有尊客盛饌，則三之可損不可增。”

醉　石[1]

净社歸來倒石床[2]，醒餘肝膽濕松香。行人只賞陶公醉，誰識悲凉述酒章[3]。

【校注】

〔1〕《湖北詩徵傳略》卷十五收録。

〔2〕净社：即佛寺。

〔3〕陶公：陶淵明。陶淵明喜飲酒，其故鄉栗里有一大石，人稱“醉石”，傳説即陶淵明醉眠處。陶淵明並作有《飲酒》二十首，抒寫了晋宋禪替的悲凉之感。

程鉅夫〔1〕

其先自徽徙郢京山。世祖時授千户，旋命應奉翰林文字，累遷集賢直學士。至元中，乞遣使江南，搜訪遺逸，薦趙孟頫等二十人。時桑哥專政〔2〕，法令苛急，四方騷動。鉅夫疏請“清尚書之政，損行省之權，罷言利之官，行恤民之事”。桑哥怒，出爲閩海道肅政廉訪使，轉江南湖北道肅政廉訪使。會星變，陳弭災之策，忤時宰意。然上眷甚篤，詔偕平章政事，與許師敬議行貢舉，主宗程、朱傳注，剔革唐、宋文弊。卒贈司徒，封楚國公，謚“文憲”。

【校注】

〔1〕此處小傳本《元史》。據《元史·程鉅夫傳》載，其名文海，字鉅夫，因避元武宗廟諱，故以字行。有《雪樓集》。

〔2〕桑哥：元初任平章政事，爲政苛暴，又貪污受賄，後被處死。

題李宗師所藏李仲實、李雪庵、趙子昂墨竹〔1〕

李侯遊戲竹三昧，葉葉枝枝分向背。却憶王猷徑造時〔2〕，一點清風驚百代。雪庵筆力老且堅，神藏氣密如枯禪。繁霜凋林雪積野，虚空宴坐方寂然。最後數竿更森竦，高節猶含老龍種〔3〕。一枝欲費百金求，松雪道人世所重。二君一朝得三絶，五月對之若冰雪。我但從君覓竹栽，滿植中庭貯秋月。

【校注】

〔1〕《雪樓集》卷三十、《宋元詩會》卷七十一、《湖北詩徵傳略》卷二十六收録。李宗師：生平不詳。李仲實：名充，字仲實，北宋元祐進士，累官奉議郎，後隱居以終，以詩書名於時。李雪庵：元僧，俗姓李，字元暉，號雪庵，僧名普光，特封昭文館大學士，賜號玄悟大師，工詩琴書畫。趙子昂：即元書

畫家趙孟頫，號松雪道人。

〔2〕王猷：王徽之，字子猷。據《世説新語·簡傲》載，王酷愛竹，過吴中時，徑造一士大夫家的竹園，吟嘯良久。

〔3〕老龍種：傳説竹製之笛聲似龍鳴，故又稱竹爲龍種。

漁村夕照〔1〕

釣艇收晚罾，歸鴉集疏柳。天風吹宿伴，明滅映江口。

【校注】

〔1〕《雪樓集》卷二十七收有《題仲經家藏江貫道瀟湘八景圖》八首，其中有《漁村夕照》一首，與此處所録全异。

烟寺晚鐘〔1〕

僧定鐘聲緩，依稀聽不真。渡頭風正急，唤醒未歸人。

【校注】

〔1〕見《雪樓集》卷二十七。

平沙落雁〔1〕

翩翩數行下，灘磧俯蒼波。此處稻粱好，人間繒繳多。

【校注】

〔1〕見《雪樓集》卷二十七。

歐陽玄[1]

字元功[2]，號圭齋，瀏陽人。幼岐嶷，母李氏親授《孝經》、《論語》、小學諸書。八歲能文。十歲，有黄冠師入里，視曰：“神氣凝遠，目光射人，異日當以文章冠世。”言訖而去。部使者行縣[3]，玄以諸生見。命賦梅花詩，立成十首，晚歸增至百首，見者駭異。年十四，益從宋故老習爲詞章，每試輒占高等。延祐初舉進士，授岳州路平江府同知，調太平路蕪湖縣尹，撫安峒賊[4]。歷國子祭酒，入翰林，三拜承旨修《實録》、《大典》、“三史”[5]。文章道德，卓然名世。卒封楚國公，謚曰“文”。所著有《圭齋文集》。

【校注】

〔1〕歐陽玄：《元史》有傳。

〔2〕《元史·歐陽玄傳》作“字原功”。

〔3〕部使者：指禮部遣外官員。

〔4〕據《元史》載，歐陽玄改任武岡縣尹時，安撫了縣境内的少數民族。

〔5〕《實録》：指遼、金、宋、元四朝實録。《大典》：指《經世大典》。“三史”：指遼、金、宋三史。按《實録》《大典》今不存。今傳“三史”之發凡起例以至論贊表奏等主要都出自歐陽玄手筆。

洞庭廟[1]

白沙隱隱現金鰲，殿宇憑虚結構牢[2]。天水混融浮太極[3]，神人幽顯隔秋毫。龍宫深鎖靈栖冷[4]，象緯低回客枕高[5]。欲作廟中迎送曲[6]，汀蘭岸芷盡離騷[7]。

【校注】

〔1〕《圭齋文集》卷二收録《過洞庭》二首，此詩乃其二。

〔2〕宇，《圭齋文集》作“閣”。

〔3〕混,《圭齋文集》作“渾”。

〔4〕宫、鎖,《圭齋文集》分别作“堂”“闥”。

〔5〕回,《圭齋文集》作“垂”。

〔6〕中,《圭齋文集》作“堂”。

〔7〕汀蘭岸芷,《圭齋文集》作“杜紅蘅碧”。

至正壬午仲冬祭,始遷祖墓於防里村心。是日,春洲先生有古律四首紀其事,玄用韵奉答[1] 録一

與公俱乏濟時具,舊日相思不得過。南國寄書川路永,西樓剪燭雨聲多。池邊黄鵠有人賦[2],門外驪駒先客歌[3]。但得第齋相伴處[4],臨風遥想玉爲珂。

【校注】

〔1〕見《圭齋文集》卷二。仲冬:《圭齋文集》題明爲“十一月十三日”。

〔2〕據《西京雜記》載,有黄鵠下太液池,漢昭帝因賦《黄鵠歌》,歌中有云:“自顧菲薄,愧爾嘉祥。”

〔3〕先,《圭齋文集》作“無”。據《漢書·王式傳》顔師古注,古逸詩《驪駒》云:“驪駒在門,僕夫具存。驪駒在路,僕夫整駕。”爲客人告辭時所歌之詩。

〔4〕第,《圭齋文集》作“茅”。

登岳陽樓

江出夷陵西復西,東陵城上倚天梯。月生巫峽尋常見,雪壓君山一字低。岩客朗吟歸鶴遠,巴童清夢曉猿啼。如何偉絶東南觀,不遣謫仙蘇二題。

八景臺

山幾層兮水幾重，晴嵐夕照有歸鴻。瀟湘八景丹青畫，盡在高臺指顧中。

紀　　事[1]

昔被仁皇雨露恩，三朝五度策臨軒。小臣報國無他伎，館下新添兩狀元。

禁院層層桃李開，天街繡轂轉晴雷。銀袍飛蓋人争看，兩兩龍頭入學來。

淡墨題名二十年，一官獨自擁寒氊。居然國子先生館[2]，三五魁躔拜座前。

【校注】

〔1〕《圭齋文集》卷三收録《喜門生中狀元》絶句四首，此處所録爲其中三首。

〔2〕國子先生：作者自謂。其時作者任國子祭酒。

許有壬[1]

長沙人。能詩。少有聲譽。官至中書省丞。於本郡櫛梨市建東岡書院，以居學者。

按：《一統志》載：湯陰人許熙載，著《東岡小稿》[2]。生四子，其次爲有壬，延祐中舉進士，累官集賢大學士，改樞密副使，拜中書左丞，歷仕七朝，善筆工詞，所著有《至正集》。三有儀，經筵檢討。今未知兩人姓名之偶同耶，抑一人而誤載之耶？并存之以俟參考。

【校注】

〔1〕許有壬：字可用，元後期重臣。其先世居於潁（治所在今安徽阜陽），後徙湯陰（今河南湯陰縣）。其父仕於長沙。《元史》有傳。

〔2〕《元史·許有壬傳》："有壬之父熙載仕長沙日，設義學，訓諸生。既歿而諸生思之，爲立東岡書院。朝庭賜額設官，以爲育才之地。"據此可知此處小傳不確。

九日陪闔臺諸公登石頭城[1]

一江環抱四山圍，酬節追歡剩費詩。雁影不移雲盡處[2]，秋光都在雨晴時。當年玉樹人空嘆，明日黄花蝶豈知[3]。便駐高騈拚醉倒[4]，絶勝無酒繞東籬。

【校注】

〔1〕《至正集》卷十五收録此詩並序。序中詳細記載了至治壬戌（1322）重陽作者與同僚登石頭城飲宴賦詩的始末。其時作者任江南行臺監察御史。

〔2〕移，《至正集》作"隨"。

〔3〕蘇軾《南鄉子·重九輝樓呈徐君猷》："萬事到頭都是夢，休休，明日黄花蝶也愁。"此用其意。

〔4〕馯，原注："音翰，馬突也。"

登岳陽樓寫懷[1]

半空輪奐壯巴丘，消得騷人一繫舟。雲氣遠携湘雨至，湖光寒入蜀江流。江山信美非吾土[2]，天地無窮有此樓。三十四年如夢過，可憐華髮賦重遊。

【校注】

〔1〕《至正集》卷十九收録此詩。

〔2〕江山，《元詩選·圭塘小稿》作"山川"。

越王臺[1]

問俗來南海[2]，休期上越臺。際天迷蒼莽[3]，拔地起崔嵬[4]。五管衣冠府[5]，連城錦繡堆。勢吞蒲澗遠[6]，氣壓海珠摧[7]。嶺嶠横卷石，滄溟瞰一杯。人驚塵世隘，鳥盡碧天回。霧列蕃中國，雲摩舶上桅。黑風鯨浪立，紅氣蜃樓開[8]。市貨煩重譯[9]，蠻琛盡九垓[10]。緬思椎髻子[11]，徒困島夷財。下瀨纔分節[12]，雕甍又劫灰[13]。秋宵猿狖泣[14]，春草鷓鴣來。形勝渾如夢[15]，興亡不暇哀。我行求古迹，天遣度詩材。誰慰襟懷惡，多慚繡斧陪[16]。薄寒收毒癘，微雨静浮埃。蒟醬宜椰肉，頻婆薦荔醅[17]。簿書聊棄置，風景屬徘徊。長嘯魚龍駭[18]，遄歸鼓角催。遠遊心未已[19]，東北是蓬萊。

【校注】

〔1〕《至正集》卷十四題作"登越臺"。越王臺故址在今廣州市北越秀山上，爲漢初南越王趙佗所建。

〔2〕南海：邵名，秦漢置，故治在今廣州市。

〔3〕蒼莽，《至正集》作"莽蒼"。

〔4〕起，《至正集》作"出"。

〔5〕五管：指廣州府（今廣州市）。唐永徽後分嶺南道爲廣州、桂州、容州、邕州、交州五都督府，由廣州府都督統攝，總稱“嶺南五管”。

〔6〕蒲澗：寺名。據《明一統志》載，該寺舊址在廣州府菖蒲澗側。

〔7〕海珠：廣州市南珠江中舊有石堆涌出，形如海上浮珠，因稱之。

〔8〕氣，《至正集》作“日”。

〔9〕重譯：輾轉翻譯。

〔10〕蠻琛：指海外珍寶。

〔11〕椎髻子：指南越王趙佗。《漢書·陸賈傳》：“高祖使賈賜佗印，爲南越王。賈至，尉佗魋結箕踞見賈。”“魋結”同“椎髻”。

〔12〕下瀨：漢將軍名號。據史籍載，南越王相吕嘉造反，漢武帝遣下瀨將軍南征。

〔13〕雕薨，應作“雕甍”。

〔14〕宵，《至正集》作“郊”。

〔15〕夢，《至正集》作“昔”。

〔16〕繡斧：皇帝特遣執法大臣的别稱。漢武帝遣使者衣繡衣、杖斧出外執法捕盜，故後人以“繡斧”代稱之。

〔17〕荔，《至正集》作“麝”。頻婆：亦作“蘋婆”，産於廣東的一種梧桐科植物，果實可食，味如栗，俗稱鳳眼果。

〔18〕嘯，《至正集》作“笑”。

〔19〕遠，《至正集》作“壯”。

定王臺〔1〕

黄葉紛飛弄蚤寒，楚山湘水隔長安。荒臺蔓草凝晴露，猶似思親泪未乾。

【校注】

〔1〕定王臺：舊址在今湖南長沙市，傳爲漢代長沙定王劉發所築。

李邦彦〔1〕

醴陵人。延祐丁巳孝廉。

【校注】

〔1〕李邦彦生平参見《沅湘耆舊集前編》卷三十九引舊志。

黄陵廟

蒼梧杳靄迷霞躅，晚雲愁入修眉緑。熏風不動五絃空，清血斑斑在山竹。

馮福可[1]

醴陵人。延祐戊午進士，官至中奉大夫、江西儒學提舉。歷任清慎，士庶稱之。

【校注】

〔1〕參見清光緒《湖南通志》卷一百六十四引舊志。

七星關[1]

在四川烏撒府[2]。

點蒼何蒼蒼[3]，環以西洱河[4]。百年雨露恩[5]，詎敢煩天戈。轅門振烏撒，衣帶逾牂牱[6]。巨險久已彝[7]，故關尚坡陀。云胡七星名，亦復垂不磨[8]。

【校注】

〔1〕《蜀中廣記》卷三十六、清康熙《貴州通志》卷三十七和四十四、《沅湘耆舊集前編》卷三十九等收録。七星關在貴州畢節七星山上，當川、雲、貴三省交通要衝。諸葛亮南征時曾在此祭旗。

〔2〕烏撒府：本爲土司名，元置烏撒路，屬四川行中書省，治所在今貴州威寧彝族回族苗族自治縣。

〔3〕點蒼：山名，在雲南大理州西，洱海與漾濞江之間。

〔4〕西洱河：即洱海，在雲南大理州和洱源縣之間，點蒼山以東。

〔5〕忽必烈於1253年滅大理，建雲南行省。大理國王段氏被任爲世襲總管，原軍政官員多受封爲雲南各地土司。作者寫此詩時，事去約百年，故謂之。

〔6〕牂牱：郡名，舊治在今貴州貴陽市附近。

〔7〕彝，通“夷”。

〔8〕垂，《貴州通志》作“重”。

鞠志元[1]

巴陵人。至順癸酉會試中書省，試《蒲輪賦》[2]。至元後爲宜都令。

【校注】

〔1〕參見清康熙《湖廣通志》卷五十七。

〔2〕《蒲輪賦》，天一閣藏明《岳州府志》卷十五題作“蒲輪車賦”。

青龍橋[1]

百尺青龍跨碧湍，鐵犀光映玉闌干。馬蹄踏月三湘曉，人影沉波六月寒。城古不知遼鶴遠，潭深惟有老龍蟠。歸期若問巴陵道，驛路梅花帶雪看。

【校注】

〔1〕《湖廣通志》卷八十八題爲“邵陵青龍橋”。

登岳陽樓

城繞晴江醉眼醒，夕陽反照過松亭。烟生岸芷浮空碧，雲過蒼梧削亂青。鶴已有田隨闊水，鷗能無侶伴寒汀。已將小隱容疏放，日對湖山問蝘蜓。

馮子振[1]

字海粟，攸縣人。官承事郎、集賢院待制、宣撫使。性豪俊，於書無所不記。其爲文，酒酣耳熱，令侍吏二三人潤筆以俟，據案疾書，隨紙多寡，頃刻輒盡。

【校注】

〔1〕馮子振：自號怪怪道人，晚稱海粟老人，有《海粟集》及《梅花百咏》。《元史》有傳。

楊妃病齒圖[1]

華清宫[2]，一齒痛。馬嵬坡[3]，一身痛。漁陽鼙鼓動地來[4]，天下痛。

【校注】

〔1〕參見《輟耕録》卷五。楊妃：唐玄宗李隆基的貴妃楊太真，小字玉環。

〔2〕華清宫：唐行宫名，在陝西西安臨潼區驪山上，内有温泉多處，爲玄宗與楊貴妃常住之所。

〔3〕馬嵬坡：安史之亂時楊貴妃被縊死處，在今陝西興平市西。

〔4〕用白居易《長恨歌》成句。漁陽：唐代郡名，治所在今天津薊縣，爲安禄山叛軍的根據地。

穀雨雜咏[1]

一從結綬侍青闈[2]，幾度吹簫月下歸。吴殿風薰宫鴨暖，漢臺霜蚤野鷹飛。帆開弱水蓬洲隔，局覆商山橘坐非。莫咏離騷閑草木，湘汀杜若正芳菲。

賦罷靈烏却妬鵶，石淙小柱賈長沙。梅天帖潤來禽李，穀雨杯腥送蝎茶。白髮流年真去國，青春逐客更還家。湘東門外園堪賞[3]，荷鍤相從學種瓜。

買閑得地暫時情，愁似春陰不放輕。巷僻出門迂馬足，雨多入夜沸蛙聲。蔬應漸識葷腥却，茶豈能澆磈磊平。且結故山櫻笋社，啼烟擘劃杜鵑鳴。

【校注】

〔1〕清乾隆《長沙府志》卷四十八録此詩題作“穀雨星沙雜咏”。

〔2〕結綬：指出仕做官。青闈：即青瑣闈，宮門的代稱。

〔3〕庾信初仕梁朝，爲湘東王蕭繹賓客。梁亡，庾信滯留西魏，因作《小園賦》以抒亡國之痛。湘東：舊郡名，治所在今湖南衡陽市。

塔　燈[1]

擎天一柱礙雲低，破暗功同日月齊。半夜火龍蟠地軸，八方星象下天梯。光摇灎瀩沿珠蚌，影落滄溟照水犀[2]。文燄逼人高萬丈，倒提鐵筆向空題。

【校注】

〔1〕見《元音》卷三、《元詩選·海粟集》等。

〔2〕劉敬叔《异苑》載，晋人温嶠至牛渚磯，燃犀角而照水，以觀水底怪物。

鶴骨笛[1]

胎仙脱脛寄飛瓊[2]，换羽移宮學鳳鳴。噴月未醒千載夢，徹雲猶帶九皐聲[3]。管含芝露吹香遠，調引松風入髓清。莫向山頭吹暮雪，籠中媒老正關情[4]。

【校注】

〔1〕見《元詩選·海粟集》。

〔2〕胎仙：鶴的别稱。飛瓊：許飛瓊，傳説中善彈奏樂器的仙女。

〔3〕九皋聲：《詩經·小雅·鶴鳴》："鶴鳴九皋，聲聞於天。"

〔4〕籠中媒老：古人以經過訓練的鳥置於籠中，靠其鳴唤而引捕外鳥，故稱之爲"籠中媒老"。

野　梅

乃梅花百韵也[1]。

花落花開春不管，清風明月自綢繆。天然一種孤高性，真是花中隱逸流。

【校注】

〔1〕梅花百韵：即《梅花百咏》。

夢　梅

何處仙遊睡覺遲[1]，羅浮山下赴幽期[2]。一聲吹徹霜天角，政是參横斗轉時[3]。

【校注】

〔1〕仙遊，《梅花百咏》作"遊仙"。睡，《梅花百咏》作"夢"。

〔2〕幽，《梅花百咏》作"春"。舊題柳宗元《龍城録》載，隋人趙師雄遷居羅浮山，日暮在松林酒肆旁遇一美人，於是邀入酒肆共飲，盡醉而寢，醒後視己則在梅花樹下，只見月落參横，但聞翠鳥交鳴，因此惆悵不已。

〔3〕政：通"正"。

落　梅

誰家吹笛苦悲凉，斷却瓊妃鐵石腸[1]。回首淚珠看不得[2]，離情分付返魂香[3]。

【校注】

〔1〕瓊妃,《梅花百咏》作“佳人”。

〔2〕珠,《梅花百咏》作“痕”。

〔3〕韓偓《湖南梅花一冬再發偶題於花援》:“玉爲通體依稀見，香號返魂容易回。”

青　梅[1]

青子初肥色半傳[2]，緑陰深處壓枝懸。晝長幾陣廉纖雨[3]，正是江南四月天。

【校注】

〔1〕《梅花百咏》題爲“黄梅”。

〔2〕傳,《梅花百咏》作“鮮”。

〔3〕晝,《梅花百咏》作“日”。

緑萼梅

蘂珠宫裡小仙娃，暫别椒房柳翠華。底事塵緣猶未斷，謫來人世列名花[1]。

【校注】

〔1〕列,《梅花百咏》作“作”。

胭脂梅

搗碎東風紅守宫[1]，花房春信一時通[2]。漢庭佳麗三千隊[3]，艷抹濃妝覺也同[4]。

【校注】

〔1〕守宫：本謂壁虎。因壁虎好守伏宫墻捕食，故名之。此句以紅守宫喻胭脂梅，謂梅苞被東風吹開。

〔2〕春，《梅花百咏》作“芳”。

〔3〕隊，《梅花百咏》作“女”。

〔4〕此句，《梅花百咏》作“艷抹濃妝總是同”。覺，《沅湘耆舊集前編》卷三十四作“却”。

孤山梅

林君老去句空傳[1]，寂寞荒墳起暮烟[2]。惟有塋前花似玉[3]，自開自落度流年[4]。

【校注】

〔1〕林君《梅花百咏》作“逋翁”。宋代林逋隱居杭州西湖畔孤山養鶴賞梅，其咏梅名句爲“疏影横斜水清淺，暗香浮動月黄昏”。

〔2〕荒墳，《梅花百咏》作“林丘”。

〔3〕此句，《梅花百咏》作“惟有亭前數株玉”。

〔4〕此句，《梅花百咏》作“自將開落度流年”。

照冰梅[1]

玉樹臨流作雪堆[2]，寒光疏影自徘徊[3]。多情最是黄昏月，配合東風不用媒[4]。

【校注】

〔1〕《梅花百咏》、《沅湘耆舊集前編》卷三十四題作“照水梅”。

〔2〕作雪堆,《梅花百咏》作“雪作堆”。

〔3〕自,《梅花百咏》作“共”。

〔4〕東,《梅花百咏》作“春”。

黄　梅[1]

洗却鉛膏飾道妝[2]，檀心涉露紫香囊[3]。從今宫額翻新様[4]，變作眉間一點黄。

【校注】

〔1〕《梅花百咏》題爲“蠟梅”。

〔2〕此句,《梅花百咏》作“洗却鉛華扮道裝”。

〔3〕涉,《梅花百咏》作“淺”。

〔4〕宫額：六朝至唐時，宫女塗黄色於額爲飾，謂之“額黄”。

羅浮梅

憶昔山前花滿村，月明曾扣酒家門。青禽一去無消息，冷落三生石上魂。

余　闕[1]

字廷心，羅田人[2]。至順間舉進士[3]，官淮西宣慰副使，歷安慶路總管。議屯田，嚴守備，號令嚴而信，與下同甘苦。時寇兵環布四外，闕屢却之，屹然爲江淮保障。後陳友諒大會兵攻之，凡三月。友諒决水灌城，闕自刎，墮清水塘中。妻子皆赴井死。明太祖旌其忠，追贈光禄大夫、太子太保、豳國公，謚“忠宣”，諭葬安慶，建廟，春秋祀之。

【校注】

〔1〕余闕：《元史》有傳，著有《青陽集》。

〔2〕據《元史·余闕傳》，其先世乃唐兀人，居河西武威，因其父官廬州（今安徽合肥），遂爲廬州人。

〔3〕據《元史》，余闕爲元統元年（1333）進士。

大龍山[1]

皖公揭楚甸[2]，玆嶺孕奇形。積翠樅江滸[3]，崇冠吕蒙城[4]。戒途入中林，平岡駐我旌。延望失來術，周覽多所經。峨峨石窗矗，窅窅岩岫冥[5]。離離雲朝隮，粲粲樹敷榮。關弓射鳴雁[6]，群谷振絃聲。仰憐山人居，俯悦洞下耕。蒼龍啓春候[7]，金虎收光晶[8]。權家既非學，農用或可明。願言同載者，爲爾鑄阿兵。

【校注】

〔1〕《青陽集》卷一題作“自集賢嶺入大龍山”。大龍山：在安徽懷寧縣東北，山高峰多，雄峙長江，被稱爲皖封鎮山。

〔2〕揭，《青陽集》作“標”。皖公：皖公山，又名皖山、潛山，在安徽潛山西北。

〔3〕積翠，《青陽集》作“翠積”。樅江：指安徽樅陽縣境内的一段長江。

〔4〕吕蒙城：在江蘇丹陽縣東，相傳爲三國東吴吕蒙所築。

〔5〕冥，原本作“真”，據《青陽集》改。

〔6〕關弓，原本作“關局”，據《青陽集》改。

〔7〕蒼龍：《史記·天官書》：“東宫蒼龍。”主春。

〔8〕金虎：《淮南子·天文訓》：“西方，金也。……其神爲太白，其獸白虎。”

龍丘萇吟贈程子正[1]

龍戰起新室[2]，群鳥亦翩翩。偉哉龍丘生，抱琴歸故山。仰視天際鴻，俯弄席上弦[3]。清音發疏越[4]，逸響遺澗泉。悠悠鳳翔漢，婉婉蛇媚川[5]。清風自千古，何用能草玄。

【校注】

〔1〕見《青陽集》卷一。龍丘萇：東漢末年隱士，避亂隱居龍丘山（今浙江南部），因以爲姓。見《後漢書·任廷傳》注引《東陽記》。

〔2〕龍戰，《青陽集》作“戰龍”。《易》：“龍戰于野。”

〔3〕嵇康《贈秀才入軍》：“目送歸鴻，手揮五弦。”

〔4〕疏越：《禮記·樂記》：“清廟之瑟，朱弦而疏越，一倡而三嘆，有遺音者矣。”

〔5〕蛇，《青陽集》作“虬”。

送李伯寔下第還江西

之子不得意，南行無怨辭。官河人杳杳[1]，客路雨絲絲。古木淮陰市，春城孺子祠[2]。凄然千里别，爲賦小星詩[3]。

【校注】

〔1〕官河：此指大運河。

〔2〕孺子祠：舊址在今江西南昌市，爲東漢人徐穉（字孺子）之祠。

〔3〕《詩經・召南・小星》："嘒彼小星，三五在東。肅肅宵征，夙夜在公，實命不同。"

長安陌

浩浩長安陌，璚樓夾廣廛。鴛鴦御溝上，芍藥吹樓前。駿馬追韓嫣〔1〕，金尊約鄭虔〔2〕。功名有時有，且得樂當年。

【校注】

〔1〕韓嫣：西漢人，爲武帝寵倖，官至上大夫，出外乘高車駿馬，顯貴一時。

〔2〕鄭虔：唐人，工詩、書、畫，有"鄭虔三絶"之譽。愛飲宴，與李白、杜甫以詩酒交。

登太平寺次董憲副韵〔1〕

蕭寺行春望下方，城中雲物變淒凉。野人籬落通灊口，賈客帆檣出漢陽。多難漸平堪對酒，一尊未盡更焚香。憑將使者陽春曲，消盡征人鬢上霜。

【校注】

〔1〕太平寺：舊址在今湖南岳陽市。

題光禄主事虎仲桓海棠圖

沉香羯鼓打春寒，纔見開時又見闌。争似君家屏障裏，年年歲歲有花看。

贈澄上人

壞色衣裳護七條〔1〕，手持經卷意蕭蕭。頭陀寺裏相逢後，又向天台訪石橋。

【校注】

〔1〕壞色衣裳：指僧人所穿袈裟。僧衣避青紅黄白黑五種正色，而以其他不正之色印染，故稱壞色。七條：僧人内穿之上衣，因其横截爲七條，故稱。

南歸偶書

帝城南下望江城，此去鄉關半月程。同向春風折楊柳，一般離别兩般情。

二月不歸三月歸，已將行篋换征衣[1]。殷勤爲報家園樹[2]，緩緩開花緩緩飛。

【校注】

〔1〕换，《青陽集》卷一作“卷”。

〔2〕爲，《青陽集》卷一作“未”。

别樊執敬[1]

光禄橋西惜解携，春星欲傍露盤低。自來宫樹多離思[2]，更着城烏在上啼。

【校注】

〔1〕《青陽集》卷一題作“别樊時中廉使”。樊執敬：字時中，濟寧鄆城人，官至江浙行省參知政事，《元史》有傳。

〔2〕宫樹，《元詩選·青陽集》作“官柳”。

楊　輈[1]

字梓夫，慈利人。居彌勒山[2]。讀書通經史。天曆間舉進士，初任茶陵州同知，遷保寧總管[3]。撫字周悉，勸學興禮。後晉翰林待制。所著有《鷄肋集》。

【校注】

〔1〕一作“楊舟”。參見天一閣藏明《慈利縣志》卷十五、《大清一統志》卷二百八十七等。

〔2〕彌勒山：在今湖南茶陵縣城南。

〔3〕保寧：府名，舊治在今四川閬中。

九度仙樓[1]

誰斷巨鰲足，連山分一股。誰跨海上鵬，壓作參差羽。應是女媧輩，化工揮巧斧。掀翻煮石雲，大塊將天補。渣滓至今存，縣瓴分注乳。磊落擲遐荒，齟齬不合土。忙驚日月過，晃漾空中舞。哀益問巨靈，谽谺礙臂武[2]。塞罅制逆流，努力迹駢拇。神禹四載仆，九年梗作雨[3]。紆回殺拗匾，澎湃亂飛舞[4]。漫下祖龍鞭[5]，六丁護丹府。漫發熊繹矢，非石又非虎。數狹不能制，伊誰可再侮。曾把蓬萊輪，難將此物賭。羅浮亦可移，此物不可取。筋斗出盤山，麄能踞地主。芝田第九層，最上蕙生圃。

【校注】

〔1〕《沅湘耆舊集前編》卷三十九亦收録。九度仙樓：慈利縣西九度山上有巨石似樓，人稱“仙人石樓”。

〔2〕谽谺：同“峆岈”，山深貌。

〔3〕據《淮南子》，夏禹治水，四載而平治水土；《史記》則載夏禹歷十三年方疏通江河。

〔4〕舞，原本作“鼓”，據《沅湘耆舊集》改。

〔5〕祖龍鞭：傳説秦始皇作石橋欲渡海觀日出處，時有神人驅石下海，石去不速輒鞭之。見《太平寰宇記》卷二十引《三齊略記》。

天門峰[1]

臨空有仙子，白日醉雲闌。不貯金漿冷，曾傾玉露寒。摩崖看倒影，陟巘已酡顔。夜見銀河色，晴虹貫斗間[2]。

【校注】

〔1〕天門峰：即天門山，在慈利縣城西南，山有十六峰環列聳立，作者曾一一爲其命名，並分別題詩。參見天一閣藏明《慈利縣志》卷四。

〔2〕斗間，《御選元詩》卷三十八作“岩闕”。

玉壺峰[1]

仙署何人到，雲樓百仞高。窺觀臨石壁，登陟屬吾曹。治世多儀鳳[2]，巍基跨巨鰲[3]。天顔常自在，揮翰不辭勞。

【校注】

〔1〕玉壺峰：天門山十六峰之一。

〔2〕儀鳳：即“鳳儀”。《尚書・益稷》：“簫韶九成，鳳凰來儀。”

〔3〕巨鰲：據《列子・湯問》載，東海中有五山常隨波流動，天帝乃命禺疆以十五頭巨鰲背負之，五山因此峙立不動。

漆園峰[1]

南華未歷此，何以得斯名。應有石髹出，可憐瘡樹生。周官征有算，武庫籍成兵。一上巔崖望，如雲蔭室明。

【校注】

〔1〕漆園峰：天門山十六峰之一。

仙人峰〔1〕

一自洪濛剖，尋幽水石間。琪花開滿樹，白鶴過他山。出洞龍駒濕，循阿鹿子斑。逍遥太清裏，冠珮倚雲端。

【校注】

〔1〕仙人峰：天門山十六峰之一。

彌勒峰〔1〕

鶴立山椒望，天低萬里沙。過雲遮豕腹，飛錫護晨霞。猿獻崖前果，鳥啼風外花。不須新梵宇，此景屬山家。

【校注】

〔1〕彌勒峰：天門山十六峰之一。

高遠峰〔1〕

太始奠鰲極，英標接彼蒼。三辰森在下，萬國遠彌昌。南岳秋容小，中天月色凉。何當脱塵鞅，來近白雲鄉。

【校注】

〔1〕高遠峰：天門山十六峰之一。

道士峰〔1〕

似厭人間世，清都汗漫遊。崖關栖白鶴，雲氣接丹丘。下睨三千界〔2〕，中連十二樓〔3〕。步虛聲嫋嫋，風輪轉不休。

【校注】

〔1〕道士峰：天門山十六峰之一。

〔2〕三千界：佛教所謂的三千大千世界。

〔3〕十二樓：即五城十二樓，傳説神仙居處。

偕王天祥登瓊雲山〔1〕

瓊山高至極，佳樹鬱相臨。虎迹層岩上，龍吟古徑陰。琳宫溪溜繞，楓陛石苔侵〔2〕。結構何迢遞，窺探最廣深〔3〕。庭參新舞鶴，鐘送暝來禽〔4〕。水圃風宜細〔5〕，芝田雨急淫〔6〕。優游仙境日，瀟散古人心〔7〕。采藥冲芳徑〔8〕，吹笙過茂林。兩君俱俊彦，並馬陟崎嶔〔9〕。童子陪幽賞，空齋接晦音。隨行溪百折，迴眺巘千尋。暑少傭揮扇，興餘促解襟〔10〕。雲深思返駕〔11〕，斟遠欲鳴琴〔12〕。安得遺軒冕，從兹方一岑〔13〕。

【校注】

〔1〕瓊雲山：在慈利縣東。

〔2〕楓，天一閣藏明《慈利縣志》卷四（下簡稱“明志”）作“仙”。

〔3〕探、最，“明志”作“觀”“極”。

〔4〕來，“明志”作“歸”。

〔5〕宜，“明志”作“便”。

〔6〕急，“明志”作“忌”。

〔7〕古，“明志”作“昔”。

〔8〕徑，“明志”作“霧”。

〔9〕崎嶔，“明志”作“嶔崟”。

〔10〕興，“明志”作“斟”。

〔11〕雲，“明志”作“興”。

〔12〕斟，“明志”作“意”。

〔13〕方、岑，“明志”分别作“訪”“嶺”。

張　　灝[1]

當陽人。至順中[2]以才德舉，歷官江西道廉訪使，振揚風紀，有名於時。

【校注】

〔1〕參見清同治《當陽縣志》卷十二。

〔2〕清《當陽縣志》載爲“至正中”。

畫　　梅[1]

逸少池邊發興新，管城別作一家春[2]。臨風玉笛無人會，鬒髮空歸想太真[3]。

筆端喚醒玉梅魂，滿袖春風不見痕。未許卷簾新月上，却教烟雨惱黄昏。

【校注】

〔1〕《聲畫集》卷五收録《墨梅三絶》含此二首。《湖北詩徵傳略》卷三十收録。

〔2〕管城：毛筆的别稱。

〔3〕鬒髮：黑髮，此指唐玄宗之梅妃。梅妃性喜梅，初爲唐玄宗所幸，後玄宗寵愛楊貴妃，梅妃即受逼被遷。太真：楊貴妃之號。

江存禮

蒲圻人。試《大別山賦》[1]，才名甚著。

【校注】

〔1〕《歷代賦彙》卷二十收録。據《湖北詩徵傳略》卷四載，江存禮在泰定三年（1326）作此賦舉於鄉。

赤松井[1]

紫微峰畔赤松壇[2]，路入仙源杳靄間。塵世不堪思往事，白雲長是繞孤山[3]。炎陵幾度塵飛海[4]，漢代何年客度關。欲掃蒼苔書歲月，高山千仞水潺潺。

【校注】

〔1〕《湖北詩徵傳略》卷四收録。赤松井：又稱赤松丹井，舊址在湖南茶陵縣西的雲陽山上，傳説爲仙人赤松子煉丹處。

〔2〕紫微峰：雲陽山之高峰。

〔3〕是，清同治《茶陵州志》卷二十三作“在”。

〔4〕炎陵：炎帝陵廟，在今雲陽山附近的炎陵縣城西。

炎帝廟[1]

昔日神光耀九垠，何年來葬楚江濱。斷碑獨載前朝墓[2]，喬木猶懸太古春。南極海波同浩渺，蒼梧雲氣共璘珣。後來金碧輝煌盛，來酌寒泉有幾人。

【校注】

〔1〕參見清同治《茶陵州志》卷二十三。

〔2〕墓，舊《茶陵州志》作“夢”。

嚴士貞[1]

字正卿，號寄庵。崇陽隱士。著有《桃溪百韵》。

【校注】

〔1〕參見《楚紀》及清康熙《湖廣通志》卷五十八、《宋元詩會》卷八十八等。

羅漢岩[1]

谷邃山深雲作堆，水源窮處梵宫開。煨岩石藏何年轉[2]，飛錫高僧近日回。翠竹黄花皆佛事，斷橋流水小天台。超然步出松關外，塵事紛紛付劫灰。

【校注】

〔1〕羅漢岩：在崇陽縣龍窖山前。

〔2〕煨，《石倉歷代詩選》卷二百七十八、《宋元詩會》作“隈”。

塵外亭

瞰郭千山列翠屏，朝霞如綺翳林扃。鈎簾静看人間世，散策閑登物外亭。雨後長松時落子，風前孤鶴自梳翎。却憐汩没無知者，終日紛紛幾醉醒。

净刹禪院[1]

瓣香來禮大唐僧，劈箭機鋒愧未能。露地古碑封紫蘚，參天老木蔓蒼藤。粟藏世界三千闊[2]，烟鎖樓臺十二層[3]。見説老禪無一事，猶披破衲讀傳燈[4]。

【校注】

〔1〕净刹禪院：一名灌溪寺，在崇陽縣灌溪山，唐代元和年間敕賜爲圓通禪師忘閑之道場。

〔2〕佛教謂一粟之中亦有三千世界。

〔3〕傳説神仙居處有五城十二樓。

〔4〕傳燈：指《傳燈録》，宋僧道源編，敘禪宗師徒相傳的語録及事迹。

春草亭

金猊烟滿紫檀香，徙倚危欄萬慮忘。夜雨池蛙生細草[3]，春風亭館暗垂楊。王孫信斷家千里，楚客魂銷天一方。移向濂溪窗外看，無邊意思自悠長。

【校注】

〔1〕蛙，《石倉歷代詩選》作“塘”。

楊子春[1]

龍陽人[2]。舉孝廉。

【校注】

〔1〕參見《沅湘耆舊集前編》卷三十九引舊志。

〔2〕龍陽：舊縣名，今爲湖南漢壽縣。

會仙岩[1]

在潯州白石山[2]，乃葛洪煉丹之處，今尚有煉丹竈及八仙石存焉。

曉斞沆瀣夕餐霞[3]，更挽天漿咽月華。日午道人猶未起，香風吹老古松花。

【校注】

〔1〕《粵西詩載》卷二十四題爲“潯州白石山”。《沅湘耆舊集前編》卷三十九收録。

〔2〕潯州：治所在今廣西桂平。白石山：在桂平縣南，因石色潔白而得名，爲道教勝地。

〔3〕斞，原注：“音居，挹也。”司馬相如《大人賦》：“呼吸沆瀣兮餐朝霞。”

余　　觀[1]

【校注】

〔1〕原本無小傳。據清嘉慶《平江縣志》卷十七載，余觀爲平江人，至順三年（1332）進士，歷官太常禮儀院，學問文章，一時推重。

注玉泉[1]

雲蒸昆山液，月浸藍田英。臨風咽沆瀣，滿腹珠璣鳴。

【校注】

〔1〕清同治《藤縣志》卷二十題作“玉泉井”。玉泉井：舊址在藤縣（今屬廣西）城西南。

桂山泉[1]

寒蟾窺玉甃，老兔遺香酴[2]。化爲銀河水，一沃炎梅枯。

【校注】

〔1〕桂山泉：又名桂山井，舊址在藤縣城東。

〔2〕《粵西詩載》卷二十一作“酥”。

光華亭

在藤縣。宋秦觀常遊此[1]，後人刻其像與文於石。

霞來海天曙，月出東山白[2]。不是憑闌人，誰能當秋色[3]。

【校注】

〔1〕秦觀：字少游，北宋文學家。

〔2〕來、出，清同治《藤縣志》卷二十分别作“通”“來”。

〔3〕不、能,《藤縣志》分别作“共”“足”。

江月樓〔1〕

在藤縣治。宋蘇軾南遷過此，有《江月》詩〔2〕。

仙翁看月三百秋，江波日去月不流。肯因炎塵溟空闊，直與江月同清幽。

【校注】

〔1〕江月樓：在藤縣城東。明、清時爲城東門樓，俯臨潯陽。

〔2〕《江月》詩：即《藤州江上夜起對月贈邵道士》，見《蘇軾詩集》。《粤西詩載》卷六、清雍正《廣西通志》卷一百二十一收録《江月樓》詩七言八句，署名秦觀。此處所録，爲其前四句。

姚楚山[1]

廣濟人[2]。明爽有智略，屏迹山林，日事吟咏，過其廬者皆稱“白雲處士”家。

【校注】

〔1〕姚楚山：《湖北詩徵傳略》《湖北詩佩》皆載其事迹。

〔2〕廣濟：今武穴市。

石　牛[1]

一卷怪石老山巔，頭角峥嶸幾百年。毛長蒼苔春夜雨，頭昂芳草夕陽天。終宵見月何曾喘[2]，盡日和烟自在眠。惱殺牧童鞭不起，一聲長笛思悠然。

【校注】

〔1〕清康熙《湖廣通志》卷七十七：“石牛，在（廣濟）縣西二十里，元姚楚山有詩。”此詩亦收入《湖北詩徵傳略》卷二十、《湖北詩佩》卷四。

〔2〕《太平御覽》卷四引《風俗通》：“吴牛望見月則喘。彼之苦於日，見月怖喘矣。”

衛應宸[1]

當陽處士。

【校注】

〔1〕據《湖北詩徵傳略》卷三十載，衛自號“臨沮散人”，工吟咏，善屬文，以隱居自樂，名重一時。

次張曲江遊紫蓋山還經玉泉寺韵[1]

先賢碑碣在，遠寓白雲岑。閲歷干戈久，消磨歲月深[2]。時欣逢泰運，誰挽過崎嶔[3]。寺復追前世，人今嗣好音。宏辭傳自昔，美事見於今。殊迹幾磨滅，高人重討尋。重新誠盛德[4]，廢舊是何心。麗藻輝禪刹，神機邁少林。斯文無泯絶，萬事有升沉。屹立招提境，尤勝布地金[5]。

【校注】

〔1〕《湖北詩徵傳略》（下簡稱《傳略》）卷三十題作“重鎸玉泉碑次張曲江韵”。張曲江：即張九齡，唐代大臣，詩人。因其爲韶州曲江人，因稱之。有《曲江文集》。張曲江原詩見《曲江文集》卷二。紫蓋山：在當陽縣南，傳説葛洪曾於此穿井煉丹，爲道教勝地。玉泉寺：在當陽縣玉泉山。

〔2〕月，《傳略》作“序”。

〔3〕此二句《傳略》作“時風回刼運，山月昭禪心”。

〔4〕“重新誠盛德”以下四句，《傳略》無。

〔5〕尤，《傳略》作“堪”。

劉　　巽[1]

字公敏，當陽明經[2]。

【校注】

〔1〕參見清光緒《湖北通志》卷一百二十三。

〔2〕明經：即貢生。

四賢堂[1]

父子康侯朱弟兄[2]，象山輩出號明經[3]。直言抗疏燈籠錦[4]，諸老遺風尚典刑[5]。

【校注】

〔1〕四賢堂：舊址在當陽縣西北玉陽山上，又名玉陽書院，爲祭祀宋儒唐介、胡安國、朱震、陸九淵四人而建。

〔2〕父子，疑爲"子方"之誤。唐介字子方，曾客居當陽讀書，後爲北宋宰相。康侯：胡安國，字康侯，北宋時官湖南提舉，因受蔡京排擠而退居當陽漳水之濱。朱弟兄：指朱震、朱巽兄弟，曾流寓當陽讀書。

〔3〕象山：陸九淵，學者稱"象山先生"，曾官奉議郎知荆門軍。

〔4〕此句贊唐介直言上疏彈劾宰相文彦博，因以忠直聞名天下，終遷宰相。見《宋史》本傳。燈籠錦：宋時一種華貴的織綿名，爲富貴者所服。

〔5〕刑：同"型"。《詩經·大雅·蕩》："雖無老成人，尚有典型。"

白　　社[1]

易貌凝鉛妙出神，玉津不夜枕長春。漉巾花氈林泉隱，千載高風白社人。

【校注】

〔1〕白社：白蓮社。清同治《當陽縣志》卷二：“白蓮池在清溪寺右。晋遠公至此掬水浴，白蓮生水面，因名。又名白蓮社。”

黄　　庚[1]

常寧人，舉孝廉。

【校注】

〔1〕據《元詩選甲集·月屋漫稿》及清光緒《浙江通志》卷一百八十一載，黄庚字星甫，天台人，號“天台山人”，生活於宋末元初，著有《月屋漫稿》，詩文中多發遺民之哀。本書所録黄庚詩十二首，皆見《月屋漫稿》及元張觀光《屏岩小稿》。

鶴林仙壇寺[1]

古壇歸鶴杳，野鹿自成群。嵐氣浮清曉，鐘聲出白雲。樹穿僧屋老，水到寺門分。人世無窮事，山中了不聞。

【校注】

〔1〕宋林景熙《霽山文集》卷一、《宋藝圃集》卷十九收録署名嚴羽的《仙壇寺西林》，與此詩僅有个别文字不同。仙壇寺：舊址在浙江平陽縣城東，建於唐懿宗咸通（860—874）年間。

夜坐即事

對景坐清夜，蕭然鬢已華。詩慳難就稿，燈暗不成花。易醉愁邊酒，頻歸夢裏家。何時營舊圃[1]，學種邵平瓜。

【校注】

〔1〕營，《月屋漫稿》《屏岩小稿》作“鋤”。

幽　　居

幽居少塵事，贏得一身閑。竹屋無人到，柴門盡日關。斜陽明晚浦，落葉瘦秋山。隔水雙飛鷺，忘機日往還。

登寶林佛閣次韵[1]

曳杖陟高閣，登臨思渺然。閑身空歲月，老眼幾山川。落照明秋浦，飛流濕暮烟。倚闌悵今昔，餘恨付吟篇。

【校注】

〔1〕寶林佛閣：舊址在今浙江義烏雲黄山下。

秋夕和吕講師韵

誰彈招隱操，雲外伴清幽。午夜山林月，一花天地秋。經臺凉影淡[1]，禪榻古香浮。不作蟾宫夢，凄然憶舊遊。

【校注】

〔1〕臺，《月屋漫稿》《屏岩小稿》作“窗”。

夜　坐

世事等輕雲，蘧廬寄此身。青燈少年夢，白髮異鄉人。按劍驚山鬼，吞丹養谷神。黄庭重讀罷，吾得葆吾真。

西州即事[1]

一雨洗空碧，江城獨倚樓。山吞幾日没，水接斷雲流[2]。燈影深村夜，鐘聲古寺秋。西州舊遊地，十載此淹留。

【校注】

〔1〕西州，原書誤作“白州”，據《月屋漫稿》改。

〔2〕幾、接，《月屋漫稿》《屏岩小稿》作“殘”“挾”。

采　菊

籬東閑采菊，三徑碧苔深。曉露冷雙屐，秋風香一襟。餐英供小酌，嗅芷伴清吟。會得幽然處[1]，方知靖節心。

【校注】

〔1〕幽，《月屋漫稿》《屏岩小稿》作“悠”。

春　日

春色濃於酒，何須醉玉觴。柳疏鶯占影，花雜蝶分香。往事隨流水，閑愁付夕陽。吟邊自歌舞，猶學少年狂。

修竹宴客東園[1]

二月韶光潑眼濃，携樽宴客小亭東。酒當半醉半醒處，春在輕寒輕暖中。拂檻柳添吟鬢緑，壓闌花妒舞衣紅。晚來聽唱梁州曲[2]，聲繞吴姬扇底風。

【校注】

〔1〕修竹：王英孫之號。英孫會稽人，父子皆爲宋臣，家産巨富。宋亡後，其歸隱鄉里，延致四方名士賦咏相娱，作者即其座上常客。

〔2〕梁州曲：元曲牌名，分南北曲。

小　酌

小酌園林酒半醺，落紅影裏惜餘春。插花歸去蜂隨帽，傍柳行來鳥避人[1]。白髮尚爲千里客，黄金難鑄百年身。何時歸賦滄浪水，浣我征衣萬斛塵。

【校注】

〔1〕鳥，《月屋漫稿》《屏岩小稿》作"鶯"。

月夜登樓

玉宇澄清暮靄收[1]，吟邊怕倚仲宣樓[2]。寒蟾千里夜如晝，新雁一聲天欲秋。湖海誰青豪杰眼，風霜易白少年頭。更殘忽聽荒城角，吹老梅花總是愁。

【校注】

〔1〕宇，原本誤作"守"，據《月屋漫稿》改。

〔2〕仲宣樓：舊址在今湖北當陽城東南，王粲（字仲宣）曾登此樓作《登樓賦》。

陳　泰[1]

字志同，茶陵人。

【校注】

〔1〕陳泰：元仁宗延祐二年（1315）進士。栖遲薄宦，唯以吟咏自適，詩名甚著。別號"所安"，有《所安遺集》（見《四庫全書總目》卷一百六十七）。

洞庭迎送神辭四章[1]

我歲晏兮北行，蹇舟維兮洞庭[2]。詣靈均兮神囷[3]，女巫進兮告情。擊鼓兮坎坎，心馳兮日短[4]。靈惝恍兮有無，思我虔兮毋遠。

脩門兮延佇[5]，靈將動兮松語[6]。群龍兮吹靈[7]，森夭矯兮樹羽。擊鼓兮咽咽，靈飈兮建旂[8]。爵爵玉珥兮佽服[9]，映佽紈兮華轂[10]。紛進拜兮王臣[11]，心夷猶兮平陸。

我所悦兮霞觴，假將進兮翺翔[12]。盼靈光兮怵惕，靈慰我兮清揚。釃酒兮苾椒，荃蕙兮爲殽。靈飲此兮宜壽，配南箕兮參北斗。介下土兮景福，荷皇風兮永久[13]。

蹇既醉兮日暮[14]，絲烟生兮南浦。靈之回兮影翔[15]，紛遺女兮螭章[16]。幽欞兮閉夕，窈窕兮望不極。雲冉冉兮靈辭[17]，羌勞汝兮余思。湖之濱兮有芷[18]，候南風兮來歸。

【校注】

〔1〕《元詩體要》卷一題爲"洞庭迎送神"。清光緒六年重刊譚麟輯《所安遺集·補録》詩下注曰："此四詩見《元詩體要》，又見《湖廣通志》。"

〔2〕蹇舟維,《元詩體要》作“黯維舟”。

〔3〕圉,《元詩體要》作“宇”。

〔4〕日,《元詩體要》作“目”。

〔5〕脩門:楚郢都南關三門之一。

〔6〕松,《元詩體要》作“私”。

〔7〕靈,《元詩體要》作“雲”。

〔8〕建旂,《元詩體要》作“飛旋”。

〔9〕爵爵,《元詩體要》作“垂”。

〔10〕倇紈,《元詩體要》作“紘綖”。

〔11〕王,《元詩體要》作“主”。

〔12〕假,《元詩體要》作“儼”。

〔13〕荷,《元詩體要》作“侑”。

〔14〕蹇,《元詩體要》作“靈”。

〔15〕影翔,《元詩體要》作“彤裳”。

〔16〕紛遺女,《元詩體要》作“蜼爲文”。

〔17〕雲冉冉,《元詩體要》作“湘”。

〔18〕湖,《元詩體要》作“湘”。

薛　漢[1]

蘄水人。舉孝廉，官博士。

【校注】

〔1〕據《宗海集》作者小傳，薛漢字宗海，永嘉（今屬浙江）人，博學多才，泰定元年（1324）選爲國子監助教。下録薛漢諸詩見《元詩選·宗海集》。

湖　上

一舸泛霜晴，湖波寒更清。平堤連野色，遠市合春聲。塵土浪終日，山林負半生。回頭夕陽外，烟渚白鷗輕。

寄余希聲[1]

寄語中林友，相思又幾朝。書雖爲路阻，夢不怕山遥。風定落花漫[2]，雨深青草驕。人情諒難必，不似往來潮。

【校注】

〔1〕余希聲：元詩人，浙江青田人，《元詩選》有傳。

〔2〕漫，《宋元詩會》卷七十六作“慢”。

枉　渚[1]

枉渚倚孤棹，意行隨杖藜。鷗邊漁艇小，牛後牧童低。秋色多因樹，寒聲半是溪。何當買茅屋，此地卜幽栖。

【校注】

〔1〕枉渚：枉水入沅水處，在湖南常德市南。

和馬伯庸御史效義山無題[1]

良人執戟侍明光[2]，誰與金爐共夕香。妝鏡曉寒疑蝶粉[3]，舞衣春暖卸鶯黄。渡江桃葉應憐我[4]，照水荷花似見郎[5]。太息蹇修無復理[6]，空思摻手爲縫裳[7]。

乘槎準擬逐秋潮，却訪成都萬里橋[8]。滄海有山皆縹緲，青山無路不迢遥[9]。閑居潘岳驚斑鬢[10]，歸去陶潛懶折腰[11]。後夜相期明月上，露臺高處弄笙簫[12]。

卷簾春色上苔衣，新水相看近竹扉。風動樹枝鳴宿鳥，雲收山崦放晴暉。舉杯竹葉歸愁去[13]，欹枕楊花約夢飛。腸斷碧苔溪上路，暖風晴日釣魚磯。

【校注】

〔1〕《元音》卷七收録《和太子贊善馬祖常無題韵四首》,《元詩體要》卷九收録《和伯庸無題》四首,《元詩選・宗海集》收録同題詩四首，其中第二、三首與此録第一、二首同。此録第三首,《御選宋金元明四朝詩》卷四十六、《宋元詩會》卷七十六、《宗海集》另題爲“睡起”。馬伯庸：即元文學家馬祖常，字伯庸。

〔2〕張籍《節婦吟寄東平李司空師道》：“良人執戟明光裏。”

〔3〕疑,《谷音》《元詩體要》作“凝”。

〔4〕桃葉：王獻之妾名。王獻之《桃葉歌》：“桃葉復桃葉，渡江不用楫。但渡無所苦，我自迎接汝。”

〔5〕似,《宋元詩會》作“宛”。

〔6〕屈原《離騷》：“吾令蹇修以爲理。”

〔7〕《詩經・魏風・葛屨》：“摻摻女手，可以縫裳。”

〔8〕萬里橋：在今成都市杜甫草堂西。

〔9〕山,《元音》《元詩體要》《宗海集》作“雲”。

〔10〕潘岳：西晋文學家，因仕官不達而作《閑居賦》；其《秋興賦》云："斑鬢髟以承弁兮，素髮颯以垂領。"

〔11〕陶潜歸隱時作有《歸去來兮辭》。《晋書·陶潛傳》引其語曰："吾不能爲五斗米折腰向鄉里小兒。"

〔12〕據《列仙傳》載，蕭史與弄玉居鳳臺，一夕吹蕭引鳳，騎鳳升天仙去。同書又載仙人王子喬好吹笙作鳳鳴。

〔13〕歸，《御選元詩》《宗海集》作"掃"。

胡天游[1]

名乘龍，以字行。平江人。七歲能詩，博學高志。元季亂，不仕。所著有《傲軒集》。

【校注】

〔1〕胡天游：元末詩人，號松竹主人，又號傲軒。見《傲軒吟稿》。

題法興寺[1]

寺在平江縣，內藏有錢鏐王草書《般若心經》並黄山谷、蘇東坡墨迹。天游七歲遊其寺。

山色摇光入袖涼，松陰十丈印回廊。老僧讀罷楞嚴咒，一殿神風柏子香。

【校注】

〔1〕《傲軒吟稿》題爲“七歲游法興寺”。

李　祁[1]

字一初，號希蘧，一號危行翁，又號不二老人。茶陵人。元統癸酉廷試，授文林郎，應奉翰林文字。以母老就養江南，改婺源同知，遷浙江儒學副提舉。以母憂還鄉。值元末大亂，不復出。廣西憲臣薦任湖南僉憲，以道梗未赴。暨國將亡，每欲效一障以死[2]。入明，徵辟不起，隱居永新山中，沈憤以終。所著有《雲陽集》。

【校注】

〔1〕參見《四庫全書總目》卷一百六十八《雲陽集》提要。

〔2〕李祁《青陽先生文集序》："予以母憂，竄伏鄉里，深恨不得乘一障以效死。"

同孫彦能遊山庵[1]

緣崖涉清泚，披草得幽徑。蕭條雙檜間，獨立一松勁。入門聽微鐘，心垢一時浄。向來飽干戈，棟宇兀偏正。空庭鳥雀喧，壞壁龍蛇瞑[2]。徒能起咨嗟，無復聳觀敬。三嘆復出門，乾坤幾時定。

【校注】

〔1〕見《雲陽集》卷一。

〔2〕蛇，《雲陽集》作"虎"。

昭君出塞圖

朔風吹沙天冥冥，愁雲壓塞邊風腥[1]。胡兒執麾背人立[2]，傳道單于令行急。蒙茸狐帽貂鼠裘[3]，誰言宫袍泪痕濕[4]。漢家恩深幸不蚤，此身終向胡中老[5]。此身倘負漢宫恩，殺盡青青原上草。

【校注】

〔1〕邊風腥,《雲陽集》卷一作“馬嘶鳴”。

〔2〕胡兒,《雲陽集》作“圉人”。

〔3〕狐,《雲陽集》作“大”,《元詩紀事》卷十八作“胡”。

〔4〕言,《雲陽集》《元詩紀事》作“信”。

〔5〕胡中,《雲陽集》作“邊方”。

題朱澤民先生畫山水圖〔1〕

洞庭之南湘水東，青山奕奕蟠蒼龍。雲陽峰高七十一〔2〕，欲與衡岳争爲雄。我家近在雲陽下，來往看山如看畫。十年塵土走西風，每憶雲陽動悲咤。吴中勝士朱隱君，筆精墨妙天下聞。畫圖畫出湘江水，青山上有雲陽雲。雲陽山高湘水緑，十年不見勞心目。只今看畫似看山，萬里歸情寄鴻鵠。

【校注】

〔1〕《雲陽集》卷一題爲“奉題朱澤民先生畫山水圖”。朱澤民：名德潤，字澤民，昆山人，工詩文書畫，官翰林院編修，事迹載於《萬姓統譜》及舊志。

〔2〕雲陽：山名，在湖南茶陵縣西，有七十一峰。

題王與齡畦樂〔1〕

有客依南浦，長年學種畦。才高宜世用，性僻愛幽栖。菜甲侵腰長，桑枝刺眼低。不因來往熟，那得自成蹊〔2〕。

【校注】

〔1〕王與齡：名延，字與齡，廬陵人，卜居豫章（今南昌市）東湖上，荷鍤經營，治畦種菜，欣然自樂。事迹見清光緒《江西通志》卷一百四十六引宋濂《翰苑别集》。

〔2〕《史記·李將軍列傳贊》："諺曰：'桃李不言，下自成蹊。'"

題梅坡〔1〕

迢遞城東路，梅花繞慢坡。步隨山雪遍，興入野雲多。顧影頭常側，憐香手屢挼。爲君題作畫，短句不成歌。

【校注】

〔1〕原本題作"題梅破"，據《雲陽集》改。

和王子讓席上韵〔1〕

衰年愁對酒，壯志憶題橋〔2〕。遇事難開口，逢人愧折腰。樂傳天上譜，心逐暮歸樵。宴罷驪歌發，蹉跎又一朝。

【校注】

〔1〕王子讓：名禮，廬陵人，與作者同年進士。元亡，隱居不仕。乃作者摯友。事迹見清光緒《江西通志》卷一百四十六引《志林》。

〔2〕題橋：司馬相如初赴長安時，曾於成都題橋述志曰："不乘赤車駟馬，不過汝下也。"見《華陽國志》。

和王子讓韵〔1〕

老泪縱横憶舊京，夢中歧路欠分明。天涯自信甘流落，海内誰堪托死生。短策未容還故里，片帆只欲駕滄瀛。他年便作芙蓉主，慚愧當時石曼卿〔2〕。

城郭人民事事非，空餘塵土滿征衣。君猶有道堪流俗，我已無家不念歸。天地晦冥龍去遠，江湖寥落雁來稀。極知此後還相憶，愁見青山映夕暉。

【校注】

〔1〕《雲陽集》卷二題爲“次王子讓韵”（二首）。《懷麓堂詩話》：“族祖雲陽先生以詩名……此洪武初寓永新時作也。”

〔2〕石曼卿：即北宋文學家石延年，字曼卿。傳説曼卿死後成爲仙人所居的芙蓉城主。

送非空、晦之二上人歸青原〔1〕

青原山氣鬱盤紆，去郭連村十里餘。洗鉢水香晨粥後，讀書燈爐曉鐘初。晴天小閣收摩衲，暖日輕雲護苾蒭〔2〕。願得明年筋力健，經尋溪路訪深居〔3〕。

【校注】

〔1〕非空：俗姓王，永新人，善詩歌，工書法，有《翠微集》，事迹見清光緒《江西通志》卷一百四十六。晦之：生平不詳。青原：山名，在江西吉安市東南，上有净居寺，唐高僧行思曾居此。

〔2〕苾蒭，原注：“天竺香草名。”

〔3〕經，《雲陽集》卷二作“徑”。

和鍾德恭見寄

江湖風浪日蕭蕭，鰍蟹魚蝦亂躑跳。諸葛有才終復漢，管寧無計謾依遼〔1〕。烟消故國川原净，秋入空山草木凋。猶恨歸來相見晚，暮雲春樹碧天遥。

【校注】

〔1〕管寧：字伯安，東漢末避亂居遼東三十餘年，魏文帝、明帝兩度徵聘，皆固辭不就。

和王子讓二首[1] 録一

我逐郊原鹿豕踪，君如鷹隼挾秋風。近聞鐵網連山海，不信人間有卧龍。

【校注】

〔1〕《雲陽集》卷二收録《和王子讓》三首。

彭子家[1]

茶陵人。因元末亂，隱居不仕。喜吟，里中相和。杯酒蔬笋之外，不復餘味。望其閭者，指爲“山林風雅”。

【校注】

〔1〕彭子家事迹參見清光緒《湖南通志》卷一百六十四。

挽烈女曹氏[1]

《志》載：于承慶之妻，至正兵起，庚子六月十一日茶陵陷，氏自刎死。

曹家養子于家婦，家法綱常有賢父。中年不幸遭亂離，骨肉相看不能顧。一朝城陷如崩山，鉦聲動地心膽寒。蜂屯蟻聚肆荼毒，俘馘染污須臾間。婦人生來重貞節，倘若失身更何説。舍生取義頃刻餘，一朵秋花劍光血。

【校注】

〔1〕清同治《茶陵州志》卷十九、二十三載曹氏事迹及此詩，但詩中文字多有差异。

寄陳南賓[1]

秦淮月冷鄉關夢，湘楚雲深故舊書。羈靮暫淹沙苑馬[2]，幽栖莫憶武昌魚。

【校注】

〔1〕陳南賓：初名光禄，茶陵人，至正年間進士，明初官國子助教。事迹參見清同治《茶陵州志》卷十八。

〔2〕沙苑：地名，在陝西大荔縣洛、謂二水之間，地多沙草，古時盛産良馬。

王　　蒙[1]

字叔明，元季高士。相傳洪武初隱黄鶴山，號“黄鶴山樵”，以畫名。

【校注】

〔1〕王蒙：字一作“叔銘”，自稱“香光居士”，吴興（今屬浙江湖州）人。元末明初書畫家。元末棄官隱居臨平（今屬浙江杭州）黄鶴山。《明史》有傳。編者將王蒙收入《楚風補》，乃因誤將黄鶴山當作武昌之蛇山。

閑　　適[1]

緑楊堪繫五湖舟，袖拂東風上小樓。晴樹遠浮青嶂出，春江曉帶白雲流。古今我愛陶元亮，鄉里人稱馬少游[2]。不負生平一杯酒[3]，相逢花下醉時休。

【校注】

〔1〕《列朝詩集前編》卷八、《明詩綜》卷十四等收録。

〔2〕馬少游：東漢人，嘗勸其堂兄馬援曰：“士生一世，但取衣食裁足，乘下澤車，御款段馬，爲郡掾史，守墳墓，鄉里稱善人，斯可矣。”

〔3〕生平，《列朝詩集前編》《明詩綜》作“平生”。

宫　　詞

南風吹斷采蓮歌，夜雨新添太液波。水殿雲廊三十六，不知何處月明多。

附

柳公頌[1]

柳不華爲武岡路總管[2]。元之亂，不華率義兵屯戍同保山[3]，控制蠻獠幾二十年[4]。卒，郡民嘗頌之云。

前有公綽[5]，武岡父母。今之郡侯，無乃其後。足我衣食，安我田畝。我子我孫，與侯同久。

【校注】

〔1〕柳公：清康熙《湖廣通志》引《明一統志》載爲“柳巴哈”。此録頌詞及柳公事迹皆參見《湖廣通志》、《沅湘耆舊集前編》卷三十九。

〔2〕武岡路：治所在今湖南武岡。據舊《武岡州志》卷二十載，柳不華於至正中爲武岡路總管。

〔3〕同保山：在武岡縣城東南，一名武岡山。

〔4〕蠻獠：當時統治階級對湘西南少數民族的蔑稱。

〔5〕公綽：柳公綽，唐代人，曾爲湖南觀察使，率兵屯守武岡。

葉侯頌

零陵守也。

疇昔之時，蹇陊弗支。我士民咸瞻望以咨。葉侯來守，邦百事用治[1]。下弗浚民，上弗取於公。贖杖積緡，鳩材召工，既樂閎且崇。啓我朝昏，節我作息。澤我無窮，伊侯之功。

【校注】

〔1〕治，原注：“平聲。”

無名氏〔1〕

長沙有朝士某者還鄉，意氣盈滿，賓至鼓吹喧闐。里中有執友來訪，朝士曰："翁素好誦詩，近日誦得何詩？"執友曰："近日誦得孫鳳洲贈歐陽圭齋詩〔2〕，甚有味。"乃朗誦云云。朝士聞之，有赧色。明日賓至，門庭寂然。

圭齋還是舊圭齋，不帶些兒官樣回〔3〕。若使他人居二品〔4〕，門前簫鼓鬧如雷。

【校注】

〔1〕參見《歷代詩話》卷六十九"圭齋"、清乾隆《長沙縣志》卷三十六及《沅湘耆舊集前編》卷三十九。

〔2〕孫鳳洲，《沅湘耆舊集前編》作"無名氏"。歐陽圭齋：即歐陽玄。

〔3〕回，《沅湘耆舊集前編》作"來"。

〔4〕使，《沅湘耆舊集前編》作"是"。居二品，《長沙縣志》作"能到此"。

盤塘神女

贈揭曼碩〔1〕

揭未達時，多游湖湘間。一日，泊舟江涘，攬衣露坐。忽中流一櫂逼舟側，中有女子，容儀甚雅。揭與談論，皆世外恍惚事，且云："妾與君有夙緣，非同人間淫奔者。"迨曉，謂揭曰："君大富貴人，宜自重。"因留詩。明日，揭舟阻風盤塘鎮，行數步，見一水仙祠〔2〕，所設像與夜中女子無異。後揭官至翰林侍講學士云。

盤塘江上是儂家〔3〕，郎若閑時來吃茶。黄土作墻茅蓋屋〔4〕，庭前一樹紫荆花。

【校注】

〔1〕見《輟耕録》卷四。揭曼碩：即元文學家揭傒斯，字曼碩，有《揭文安公全集》。《御選元詩》卷二十二、《元詩選》初集卷六十六題爲"湖州竹枝詞"。

〔2〕《輟耕録》"見一水仙祠"下尚有"墻垣皆黄土，中庭紫荆芬然。及登殿"數句。

〔3〕儂，《輟耕録》作"奴"。此句，《御選元詩》《元詩選》作"臨湖門外吴儂家"。

〔4〕作，《輟耕録》《御選元詩》《元詩選》作"築"。

楚風補卷之十七

明

張　兑[1]

慈利人，元至正間進士。入明，官翰林院編修，博學，善屬文。

【校注】

〔1〕明萬曆《慈利縣志》卷十五“人物”有傳。

天門山圖[1]

我家三世居山國，寢食嬉遊見山色。去年前作京華行，萬里平原載車轍[2]。荆山嵯峨鎮南紀[3]，華岳金精照秋水。太行綿延墜馬首[4]，北望居庸雪巾峙[5]。歸來泛舟淮與江[6]，匡廬相接高崆峒[7]。南過瀟湘望衡岳，九疑蒼梧羅烟幢[8]。此生倦遊歷艱險，故山屼嵂聊遊衍。今年直上天門峰，始覺從前興猶淺。天門洞開雲氣通，江東峨眉皆下風[9]。低昂二八若昆季，意氣相傾争長雄。清猿夜唬霜竹折，猛虎晝號山石裂。風來往往神聽聞[10]，日上時時天帚揭[11]。烟蘿敷紛薜枝垂，細禽飛來如棗肥。六月仙原溪水漲[12]，中有洞府藏蛟螭。可憐宜都周内史，古冢壘壘在山址。感時撫景亦愴然，周朴短篇焉足擬[13]。玆山冠絶平生遊，安得雲梯登上頭。左携赤松右浮丘，下睎八極塵埃浮[14]。楊侯此圖誰爲寫[15]，天下名山無似者。他日功成期早歸，相與爲鄰住山下[16]。

【校注】

〔1〕題下原注："爲楊梓人作。"《沅湘耆舊集》(以下簡稱《沅湘》)載此，題爲"天門山圖爲楊梓人作"。天門山有數處，此當指湖北鍾祥天門山。楊梓人：不詳。

〔2〕載，《沅湘》作"遍"。

〔3〕荆山：在鄂西武當山東南，漢江西岸。南紀：江漢一帶。《詩經·小雅·四月》："滔滔江漢，南國之紀。"

〔4〕首，《沅湘》作"眺"。

〔5〕望、巾，《沅湘》分别作"眺""中"。

〔6〕淮與江，《沅湘》作"江西東"。

〔7〕相接高，《沅湘》作"咫尺凌"。

〔8〕蒼梧，《沅湘》作"五嶺"。

〔9〕江東，《沅湘》作"天目"。

〔10〕聽聞，《沅湘》作"馭飈"。

〔11〕天帚：《荆州記》載，天門山角上特生一竹，倒垂拂拭，謂之天帚。

〔12〕原，當從《沅湘》作"源"。

〔13〕周朴：字大朴，唐末福州人，黄巢起義軍徵其爲官，不從，被殺。《沅湘》在此句後注云："按周朴《天門靈泉院》詩云：'華亭參後最幽玄，一句能教萬古傳。猿抱子歸青嶂後，鳥銜落花碧崖前。雖知物理無窮際，却恐滄溟有盡年。爲報五湖雲外客，何妨來此老林泉。'次聯唐中和間僧傳明語也。傳明即善會，自鶴林入夾山。有僧問：'如何是夾山境？'答以云云。朴蓋用其語也，即兑詩所云'周朴短篇焉足擬'也。"

〔14〕眎：古"視"字。

〔15〕楊侯：即指楊梓人。

〔16〕爲，《沅湘》作"結"。

周南老[1]

字正道，其先道州人，徙吴。元末，以薦補信州永豐教諭，又檄爲吴縣主簿，詣闕陳時政六事，進淮南省照磨。明初，徵赴太常，議郊祀禮，禮成，發臨濠居住[2]。

【校注】

〔1〕錢謙益《列朝詩集小傳》載其事，稱爲“周徵士南老”。

〔2〕臨濠：府名，治所在鍾離（今安徽鳳陽東）。

吴桓王墓[1]

城南桓王墓，高冢何穹崇。昔爲盗所發，冢開寶氣空。孱然一髫孺，揮箠定江東。闢地餘千里，義勇日已雄。萬歲期永藏，誰能錮幽宫。英雄昔所在，燕麥摇春風。

【校注】

〔1〕《沅湘》載此詩。吴桓王：即三國吴孫策。孫權稱帝後，追謚策爲長沙桓王。

魏　觀[1]

字杞山，蒲圻人，元末隱居蒲山。太祖下武昌，授平江州學正，遷國子助教，進浙東西道僉事，兩浙都轉鹽運使[2]。入爲起居注[3]，進太常卿、翰林侍讀學士，侍皇太子及秦、晋、楚諸王，授經筵、國子祭酒。以老乞歸，賜參政俸。既行復召還，與詹同、宋濂賜宴奉天門[4]，命各賦詩紀其事。五年，命知蘇州府，坐誣死，詔命有司歸葬。宋景濂常稱爲孝敬人。

【校注】

〔1〕魏觀:《明史》卷一百四十有傳。

〔2〕按,《明史》魏觀曾爲兩淮都轉運使。此説爲“兩浙都轉鹽運使”不知何據。

〔3〕起居注：記録皇帝的言行。

〔4〕詹同：字同文，婺源人，官至吏部尚書，翰林學士,《明史》有傳。宋濂：金華潛溪人，字景濂，號潛溪，累官至翰林學士，爲明開國名臣。善屬文，有《宋學士全集》。《明史》有傳。

建德縣三十韵[1]

乘舟至建德，頗愛山水清。山水雖可愛，人烟苦凋零。種麥當縣前，迂徑入縣庭。瓦礫存故基，小小纔有廳。父老匍匐來，形影何伶仃。再拜泣且言，敝邑頻遭兵。大則吴楚交[2]，小則侯許征[3]。逆彼族必夷，順此身必刑。逃者凍餒連，竄者疾疫并。所剩無幾家，家户無全丁。爰從甲辰秋，始見官府明。令簿來撫綏，曲盡父母誠。流離漸懷歸，沉疴漸蘇醒。田萊固多荒，未充賦役徵。里長紛並緣，科需取餘贏。語意殊可憐，推言慰其情。去歲郡守朝，綸音細叮嚀[4]，民爲邦之本，本固邦則寧，今而重傷殘，救恤誠在卿。譬猶澗中魚，魚樂澗欲盈。又如水載舟，水激舟必傾。此道垂昭昭，卿等當力行。軍乏捐冗條，力役止繕營。治則待以寬，罰則裁以輕。耕稼勗有時，教養資有成。苟爲負所期[5]，憲度亟爾懲。懇懇數百言，官庶曾共聽。矧是半月餘，捷音下三城，疆土益廣遠，禮樂愈足興[6]。於叟宜勉旃，行將慶昇平。

【校注】

〔1〕建德：舊縣名，在浙江省。

〔2〕此句下原注："陳畢張。"義不詳，或爲三敵將之姓。

〔3〕此句下原注："阻兵者二人。"

〔4〕綸音：天子詔書。《禮記》："王言如絲，其出如綸。"

〔5〕爲，《明詩綜》作"或"。

〔6〕足，《明詩綜》作"作"。

逢仙嶺[1]

逢仙之嶺皆懸崖，下有溪水青於苔。丹楓吹過水西去，白鳥飛上崖邊來。行道一翁心甚急，石磴磽磝行不及。前臨絶壑後深岩，欲避前呵無處立。

【校注】

〔1〕題下自注："處州松陽縣山也。"處州：府名，轄境相當今浙江麗水、縉雲、青田、遂昌、龍泉、雲和等縣。松陽：舊縣名，今並入遂昌。

次韵陳廉使見寄[1]

三月雰雰雨，曾無兩日晴。旅懷常寂寞，佳節負清明。野樹暮雲合，山溪春水平。彭郎有音信[2]，處處避回兵。

【校注】

〔1〕見《明詩綜》。廉使：明清時期提刑案察司的簡稱，掌各省司法刑獄事

務。

〔2〕彭郎：本是“澎浪磯”之諧音，磯在江西彭澤縣大江畔，旁有小孤山。因“孤”諧音爲“姑”，故文人多有“小姑（孤）嫁彭郎（澎浪）”之語。後多以彭郎作男子代稱。蘇軾《李思訓畫長江絶島圖》：“舟中估客莫漫狂，小姑前年嫁彭郎。”

寧國溪上〔1〕

轇轕山環水，沿洄水繞山。鳥啼山翠裏，人語水聲間。茅屋連溪塢，松舟繫淺灣。村翁驅犢處，溪女得魚還。

【校注】

〔1〕此題共四首。見《明詩綜》。寧國：舊縣名，屬安徽省。

青山如舊識，迢遞送行舟。故里一丘樂，歸心千叠愁。樹腰紅日轉，沙尾白雲流。李郭多仙氣〔1〕，飄飄思並遊。

【校注】

〔1〕李郭：即東漢名士李膺與郭泰，嘗同舟共濟，風度翩翩如仙，爲人所羨，舊稱“李郭”。見《後漢書·郭泰傳》與《世説新語》。

石髮連芳草，溪花映碧苔。肅霜千里思，明月一舟開。鼎沸茶初煮，爐香栗自煨。忽添詩興好，細雨白鷗回。

野老歌仍和，篙師去復留。水花凝鶴渚，山翠落魚舟。竹徑歸黄犢，柴門度白鷗。二劉多好況〔1〕，杯酒共綢繆。

【校注】

〔1〕二劉，句下自注：“宗起、子珍。”

都昌懷舊隱〔1〕

江霧仍爲雨，山花故作容。秋風餘鼠雀，寒水落魚龍。慷慨心雖壯，羈栖力已慵。白雲蒓浦上，悵望最高峰。

【校注】

〔1〕《明詩別裁》《明詩綜》均載此詩。都昌：縣名，屬江西省。

次韵蒲察少府出入韵〔1〕

白雲花影外，堂上一簾春。細雨溪橋路，孤烟古木村。有魚供醉客，無犬吠行人。把酒同遊處，梅花滿縣門。

【校注】

〔1〕《湖北詩徵傳略》收此詩，題中無“出入”二字。蒲察：複姓。

遂安舟中〔1〕

溪徑斜斜入，柴門側側開。一牛臨水立，雙鴨避舟回。病眼青山豁，歸心白髪催。何因蒓浦上，野老共傳杯。

【校注】

〔1〕見《明詩綜》。遂安：舊縣名，屬浙江。

夜宿新河口〔1〕

舟人勞暫息，艤棹近柴扉。月過漁舟回，星流鶴渚微。愁心千緒集，歸計十年違。只有貧如故，深秋尚葛衣。

【校注】

〔1〕此題共兩首。新河：水名，在江蘇江寧縣西南。

舟定詢兒女，徐行却在前。析歸真偶爾，異處復凄然。裙幔穿篷繫，篝燈插竹懸。夜深猶不寐，枕上計年年。

午門闕上[1]

旌旗旖旎集中衢，日下金橋劍佩趨。雙闕雲中開鳳扇，六王天上捧龍輿。成均被命仍敷教[2]，大本承恩復説書[3]。殊渥無涯嗟未報，幾回退食重踟蹰。

【校注】

〔1〕見《湖北詩徵》。

〔2〕成均：《周禮·春官·宗伯》："大司樂掌成均之法，以治建國之學政，而合國之子弟焉。"鄭玄注："董仲舒云：'成均，五帝之學。'"後爲官辦學校之泛稱。

〔3〕大本：《漢書·孔光傳》："恩澤加於百姓，誠爲政之大本。"

大將軍徐丞相平定中原，振旅還朝。上御龍江亭，命儒臣賦詩迎之，應制一首[1]

白旄黄鉞兩京平，甘雨和風四海清。師出萬全非用武，將資三杰在推誠。蒼龍挾雨迎車騎，彩鳳穿雲送旆旌。獻頌偶蒙天一笑，行看作樂著功成。

【校注】

〔1〕《湖北詩徵》録此詩，題中"還朝"作"還京"。徐丞相：即徐達，明開國功臣，朱元璋在南京即位，徐達率兵北定中原，入燕京滅元。累官中書右丞相。龍江亭：在江蘇江寧城（今南京市）外。

鄭國公常茂等授經大本堂〔1〕

鄭國鄺侯弟子群，儲闈時得奉殷勤。宮花細浥研朱露，禁柳微濺灑墨雲。御氣日從雙闕望，書聲時徹九重聞。楚王可是推仁愛，臨帖常容半席分。

【校注】

〔1〕常茂：明初名將常遇春之子，封鄭國公。大本堂：明代設，爲講經授徒處。

到三山馬汝舟家在常德欲托附書與李泰適安〔1〕

蕭蕭驄馬憩三山，遊子相逢一破顔。楊柳春風官舍静，桃花流水釣舟閑。棘端最險猴猶立〔2〕，華表雖遥鶴欲還〔3〕。早晚寫書來附汝，鼎城千里寄柴關〔4〕。

【校注】

〔1〕詩題應爲“到三山”，以下爲自注。

〔2〕“棘端”句：戰國時，有一宋人請爲燕王在棘刺尖刻母猴，因其虚妄，結果被殺。(見《韓非子・外儲説》)

〔3〕用丁令威化鶴事，見《搜神後記》。

〔4〕鼎城：或即鼎州，即今湖南常德。

戊申九月九日定子静李從義諸公邀予登閣飲酒，各賦一首〔1〕

平生見説滕王閣，今日登臨慰所思。千古聲名王勃序，四時圖畫邵庵詩〔2〕。傷心宇宙成飄泊，倚日江山送別離。迢遞衡陽初見雁，故人何處數歸期。

【校注】

〔1〕戊申：洪武元年（1368）。

〔2〕邵：元著名文學家虞集，世稱邵庵先生。

吴　　徹[1]

字文通，江夏人。家貧落魄，好奇節。陳友諒遣偵太祖，爲所獲。賦《天閑百馬圖》，太祖擊節而恨其爲友諒所用，刺“詭譎秀才”四字於面，遣還。徹棹舟遁去。後太祖攻武昌，將屠之，徹忽求見；復命題《西山夜雨》詩，太祖見詩，遂班師還建康。後屢下詔物色之，徹曰：“吾面目可憎。”竟辭不出。

【校注】

〔1〕吴徹事見《江夏志》卷六“人物·隱淪”。

天閑百馬圖[1]

問渠何日渡江來[2]，百騎如雲叠鼓催。九十九中皆汗血，當頭一箇是龍媒[3]。

【校注】

〔1〕見《湖北詩徵》。

〔2〕渡江：用晋室“五馬渡江”的童遥，見《晋書·元帝紀》。

〔3〕龍媒：《漢書·禮樂志》載武帝《天馬歌》：“天馬徠兮龍之媒。”

西山夜雨[1]

莫厭西山夜雨多，也應添起洞庭波。東風肯與周郎便，直上金陵奏凱歌。

【校注】

〔1〕見《湖北詩徵》。

韓守益[1]

字仲修，號樗壽，石首人。以儒士攝教宜都，膺賢良文學聘。擢廣西僉事，補河南道御史。因直言補重慶太守，調繁臨江。坐貢舉事貶安慶府判，復取爲御史。嘗以諫激上怒，命力士用鐵鎚擊卧地，怒平，命太醫調治，限三日入朝，改春坊中允[2]。會有疾，懇辭，旋卒。上召大學士楊溥曰[3]："卿同鄉韓中允死矣。天奪之速，千百人中無此人也。"

【校注】

〔1〕見《湖北詩徵》，又見《荆州府志》卷四十九引《施志》。

〔2〕春坊：魏晋以來太子宫稱春坊。中允：太子官屬。

〔3〕楊溥：明初石首人，官至武英殿大學士。《明史》有傳。

過采石有懷李白及過彭澤有懷陶令[1]

制作隆中古，寥寥大雅音[2]。文章關有道，天地豈無心。白也才何逸，時哉陸易沉。蛾眉亭外月[3]，還照大江潯[4]。

【校注】

〔1〕《湖北詩徵》只載其一。采石磯：原名牛渚磯，在今安徽馬鞍山市長江東岸。彭澤：故城在今江西湖口縣東。

〔2〕大雅：《詩經》有《大雅》《小雅》。李白《古風·其一》有"《大雅》久不作"之句。

〔3〕蛾眉亭：在采石磯上。

〔4〕潯，《湖北詩徵》作"濱"。

擾擾元熙事，相將晋鼎移。豫州歸宋日[1]，陶令棄官時。嘉遯非干譽，高風不易追。如何弔形迹，長使後人疑。

【校注】

〔1〕豫州：九州之一。義熙九年（413）劉裕爲鎮西將軍、豫州刺史，自此勢力更大，後建立劉宋政權。

宜都一覽樓〔1〕

層臺飛構壯宜都〔2〕，雲影天光入畫圖。千里鶯花連隴蜀，一江風月接荊吴。烟霏山色時濃淡，雨雜灘聲自有無。幾度憑欄倍惆悵〔3〕，白雲飛去寸心孤。

【校注】

〔1〕《湖北詩徵》題作“登一覽亭”。

〔2〕壯宜都：《湖北詩徵》作“啓雄都”。

〔3〕幾度，《湖北詩徵》作“落日”。

吴　琳[1]

字朝錫，黄岡人[2]，西山先生應澍之子[3]，以薦辟召爲博士。歷浙江按察僉事，入爲起居注。洪武三年，晋吏部尚書，出知黄州，後以年老致仕。

【校注】

〔1〕吴琳:《明史》有傳。

〔2〕《湖北詩徵》作“黄安人”。

〔3〕應澍：吴應澍，元末人。曾獲御書“西山”二字，故人稱“西山先生”。

烟波亭[1]

漢水連天闊，江雲護曉寒。青青山數點，最好倚闌看。

【校注】

〔1〕烟波亭：舊址在漢陽縣東北三十里。

藍以權[1]

字世衡，襄陽人。洪武初，以才能授中書省照磨，時廣西寇生，特遣安撫，宣布德威，陞禮部員外郎，終應天府尹[2]。

【校注】

〔1〕錢謙益《列朝詩集小傳》有傳。

〔2〕應天府：朱元璋定都南京，升南京爲應天府。

延石上人

村深無客到，今日喜公來。卓錫當松徑，談禪坐石臺。晴看江鷺浴，暖愛野梅開。休笑無清供，溪頭水一杯。

任亨泰[1]

字古雍，襄陽人。年十三即賦《朝天》詩。洪武戊申廷試，亨泰條對詳切，太祖親擢第，授修撰，歷陞禮部尚書。甲午[2]，命與監察御史嚴震直使安南[3]。所著有《使交集》。

【校注】

〔1〕任亨泰：《明史》有傳。

〔2〕甲午：按洪武無甲午年，此説似誤。

〔3〕嚴震直：《明史》有傳。

舟次匡廬寄同朝諸公[1]

翰墨同時集禁闈，恩榮寧謂及寒微。舍人舊掌絲綸誥，御史新裁錦繡衣。天上鴛鴻還接武，江邊鷗鷺已忘機。他年行部如相覓，秋水蘆花是釣磯。

【校注】

〔1〕見《湖北詩徵》。

奉使安南過岳州[1]

十二危闌架泬寥，楚雲巴樹隱周遭。洞庭春闊烟浮海，巫峽天低雪漲濤。杜甫有情詩思苦，回仙無影月輪高[2]。登臨已極江湖量，未許元龍氣獨豪[3]。

【校注】

〔1〕見《湖北詩徵》。

〔2〕“杜甫”二句：《湖北詩徵》作：“秋士悲深騷怨古，大江浪涌月輪高。”

〔3〕元龍：漢末陳登，字元龍，志向高邁。許汜曾去見陳，陳不把許放在眼中，獨睡大床，讓許睡下床。許汜曾對劉備説："陳元龍湖海之士，豪氣不除。"詳見《三國志·魏書·陳登傳》。

高麗貢使還〔1〕

交軌初同泰運開，藩邦傳令動風雷。三韓舊控玄菟險〔2〕，重譯今隨白雉來〔3〕。使節秋風辭殿陛，樓船春水泛蓬萊。金章珠翟承殊渥，專對從來得俊才。

【校注】

〔1〕《湖北詩徵》此首題後多一"國"字。

〔2〕三韓：漢時朝鮮南部分爲馬韓、辰韓、弁辰三國；晋時又稱弁辰爲弁韓，合稱三韓，後即用以指代朝鮮。玄菟：古郡名，漢武帝置，包括今遼寧東部、吉林南部和朝鮮咸鏡道。

〔3〕白雉：《孝經·援神契》載，周成王時，越裳獻白雉。此句言偏遠之地亦來歸附。

彭友信[1]

攸縣明經。洪武初至京，帝微行，友信遇焉。帝見虹霓，口占云："誰把青紅綫兩條，和雲和雨繫天腰。"信應聲曰："玉皇昨夜鑾輿出，萬里長空駕彩橋。"帝大悦，約明晨候于行橋。及見，命爲北平布政使司。

【校注】

〔1〕彭友信事迹見《沅湘》《攸縣志·人物·宦業》。

和周元大遊北仙觀[1]

柴門一徑小，春水兩池寬。劍化泉空滿[2]，山回勢若蟠。白花分北觀，紫氣靄瑶壇。道士晨經罷，珊然解珮環。

【校注】

〔1〕《攸縣志·藝文》題爲"北仙觀"。北仙觀在攸縣東四十里，唐廣德間建。據説齊梁時張岊仙隱於此，後飛升。

〔2〕劍化：據《攸縣志》載，張岊仙隱時，曾插劍涌泉。北仙觀前有插劍泉。

遊陽升觀憶司空仙迹[1]

江左多崇佛，南雲獨隱仙。修真存石屋，插劍涌地泉。丹就身應舉，功成月正圓。未因癲甕酒，一飲便昇天。

【校注】

〔1〕《沅湘》載此詩題作"南雲張岊自拔宅上升之歲迄今八百七十六年矣遺址尚存因過其地偶成二律"。陽升觀：在攸縣東四十五里。據《攸縣志·仙釋傳》載，南朝齊張岊，明帝朝官至司空。後東昏侯失政，岊挂冠東門，携家入

攸縣紫麟山修煉。梁天監二年，闔家八十餘口飛升，後人即在此立觀。

緱嶺鶴飛日〔1〕，鼎湖龍去秋〔2〕。風雲連宅起，鷄犬盡仙遊〔3〕。舊地今存址，歷年已及周〔4〕。至今冲舉處，猶覺異香浮。

【校注】

〔1〕緱嶺：在河南偃師縣。傳説仙人王子喬語桓良於七月七日在緱氏山相見。

〔2〕傳説黄帝鑄鼎於荆山，後乘龍升仙。

〔3〕傳説淮南王劉安得道成仙，其鷄犬也因食藥而飛升。見葛洪《神仙傳》。

〔4〕及，《沅湘》作“過”。

陳性順[1]

字南崖，攸縣人，明初貢士，官光禄寺丞。性慷慨好施。嘗受學甘泉湛公[2]，隨至廣南一載[3]。甘泉作《壯哉行》以嘉其志。及卒，甘泉讃其像，鄒東廓爲之銘[4]。所著有《天關居學録》《南崖摘稿》

【校注】

〔1〕陳性順：《沅湘》與《攸縣志·人物·儒林》均作"陳惟順"。

〔2〕甘泉湛公：即湛若水，時人稱爲"甘泉先生"，《明史》有傳。

〔3〕廣南：今雲南廣南縣。

〔4〕鄒東廓：即鄒守益，字謙之，安福人，官南京祭酒。

再遊方廣[1]

泉流百折澗，雲擁萬重山。虎吼風生地[2]，烏啼月滿關。蕙蘭吹嶺氣，杖履失愁顔。天縱山人興，葛巾任往還[3]。

【校注】

〔1〕《沅湘》題作"再同甘泉先生遊方廣"。方廣：山名。

〔2〕虎、地，《沅湘》分别作"石""瀑"。

〔3〕任，《沅湘》作"隨"。

陽昇仙隱[1]

石鼎黄茅事已成[2]，雲開騎鶴一身輕[3]。吾儒亦有尋真路，不向桃花溪上行。

【校注】

〔1〕《沅湘》題作“觀陽昇觀仙隱迹”。

〔2〕黄茅,《沅湘》作“黄芽”。黄芽即道家煉丹所用之鉛華。

〔3〕開,《沅湘》作“間”。

紫麟夜月[1]

雲净峰頭月色新，羅浮花發更精神[2]。千年未續春秋筆，獨倚山窗憶紫麟。

【校注】

〔1〕紫麟：即攸縣紫麟山，傳説爲南朝齊張岊仙隱飛升處。

〔2〕羅浮：山名，在廣東，相傳東晋葛洪得仙術於此。

茹　瑺[1]

衡山人。洪武初入監。上夢一神人伏階下曰："臣南岳神也，來輔陛下。"次日上臨太學，見瑺貌類夢中所見者，詢之，對曰："臣衡山人。"上異之，擢承敕郎，時年十六。陞通政使，進副都御史，後轉兵部尚書，定文武官封贈之典及武官庶子襲職，例如太子太保。建文時修《高廟實録》，以瑺爲副總裁。書成，進吏部尚書。文皇即位[2]，封瑺忠誠伯。後以不送謁藩王，逮獄卒。

【校注】

〔1〕茹瑺：《明史》有傳。

〔2〕文皇：即明成祖朱棣。

静居寺[1]

静居岩畔古溪傍，風日清和景異常。刳竹引泉爲曲水，移床近石飲流觴。右軍記在聲名重[2]，刺史文留光焰長[3]。今古情懷同一致，諸公何以咏時康。

【校注】

〔1〕静居寺：舊址在江夏，爲唐李邕舊宅。唐時名"修静寺"。李白《題江夏修静寺》："我家北海宅，作寺南江濱。"即此。

〔2〕右軍：即王羲之。羲之曾任右將軍，作《蘭亭集序》，記叙曲水流觴之樂，文、書並爲世珍。

〔3〕刺史：指李邕。邕曾任刺史之職，以文著稱，有《李北海集》。

送陳琳司訓歸衡山[1]

兄今去國三千里，我亦辭家二十年。白髮又從江上别，丹心常在日邊懸。文章氣焰光韓愈，圖畫風清入董先。南望衡雲歸老日，珍藏留與後人傳。

【校注】

〔1〕見《沅湘》。

劉如孫[1]

字三吾，以字行，茶陵人。洪武中，茹瑺薦之，授左贊善，上眷日篤。集漢、唐以來災異之應，名《省躬録》，詔頒行，遷翰林學士同知制誥；國家禮儀，多所參定。懿文太子[2]薨，上屬意燕王[3]，公正色對曰："陛下欲立燕王，置秦、晋二王於何地？"[4]議遂寢。公爲人慷慨坦夷，不設城府，自號坦翁；至於大節，則屹乎不可奪。著有《坦齋集》。

【校注】

〔1〕劉如孫：《列朝詩集小傳》作"三吾，字如孫。"《明史》亦作"劉三吾"。

〔2〕懿文太子：朱元璋長子，名標。

〔3〕燕王：朱元璋第四子，名棣，即明成祖。

〔4〕秦王：朱元璋第二子，名樉。晋王：朱元璋第三子，名㭎。

代衆餞王克莊從軍三首[1] 録二

從軍出江夏，揚帆泝瀟湘。瀟湘居上游，咫尺衡之陽。百年此生聚，一旦異興亡。欲吊元次山[2]，烟水但微茫。欲吊柳仲塗[3]，樹林空青蒼。臨風立躊躇，日落下牛羊。何處來長笛，一聲空斷腸。

【校注】

〔1〕《坦齋集》《沅湘》均載此詩。

〔2〕元次山：唐詩人元結，字次山，曾任湖南道州刺史。

〔3〕柳仲塗：宋詞人柳開，字仲塗。

從軍出衡陽[1]，遥望桂城堅。其壘以白石，其塹以巨川。豈無張巡守[2]，亦有孝寬賢。力窮天不與，前功爲棄捐。遼鶴唳華表，碣石淪海壖。人事有代謝，何物能千年。惟有獨秀峰，長青在目前。

【校注】

〔1〕衡陽，《坦齋集》《沅湘》均作“洮陽”。

〔2〕張巡：唐真源縣令。安史亂起，與許遠合兵堅守睢陽，援盡糧絶，城破被執，慷慨就義。

欽和賜八百僧版

參禪各有門，德山門最陡[1]。一棒一叉來，有口不容口。云何富屋者，甘作貧兒走。唤醒從前迷，蒲牢一聲吼[2]。

【校注】

〔1〕德山：在湖南常德。唐宣鑒禪師修行於此。宣鑒以棒打爲教，因得“德山棒喝”之號。參見《景德傳燈録》。

〔2〕蒲牢：獸名，生長海邊，見鯨則懼而大吼。古人爲使鐘聲宏亮，常鑄蒲牢於其上。

題松石圖[1]

商公山水近代無[2]，曾爲眉山春曉圖。中涵一段大行氣[3]，識此者誰惟其徒。括蒼陳公最後出，腕指所到秋模糊。雲根拔地碧苔蘚[4]，海蛟噴雨蒼髯鬚。九原可作兩翁起[5]，知是張璪是德符。張君得之衡岳麓，使我一見思故都。恍然坐我風雩下，秋聲萬壑來笙竽。便當同出桂林去，與子結屋雙樹隅[6]。子在東頭我西屋[7]，日歌匪風以自娱。功名萬事勿問我，我已希夷希夷吾。

【校注】

〔1〕詩見《坦齋集》《沅湘》。

〔2〕商公：商琦，元代畫家，字德符，擅長山水。

〔3〕大,《沅湘》作“太”。

〔4〕碧,《沅湘》作“皴”。

〔5〕九原,《坦齋集》作“九京”。

〔6〕雙樹,《沅湘》作“湘山”。

〔7〕《沅湘》無此下四句。

寓攸縣贈偉器〔1〕

扁舟繫處柳陰陰，盡日黄鸝惱客心。霜膾登盤紅玉細，錦箋題字緑雲深。精神潤潔何郎偉〔2〕，詩思清新杜老吟〔3〕。咫尺江頭渾似遠，無由朝暮一相尋。

【校注】

〔1〕《沅湘》載此詩題中元“縣”字。《坦齋集》題作“寓攸邑贈鄧偉器”。

〔2〕何郎：何晏，三國魏人，美儀容，好修飾。

〔3〕杜老：即杜甫。

次蔡元禮過洞庭韵〔1〕

翠瀾渺渺共天寬〔2〕，過客登臨足解顔。兵後已非前殿閣，望中仍是舊江山。白雲隱映波光裏，畫棟參差樹杪間。欲向黄陵懷帝子，鷓鴣啼處雨斑斑。

【校注】

〔1〕見《坦齋集》《沅湘》。此題共兩首，《沅湘》只載其一，題作“過洞庭次蔡元禮韵”。

〔2〕翠瀾,《沅湘》作“重湖”。

樓宇年深已不堅，尚餘神物至今傳[1]。波濤洶涌豚吹浪，雲樹模糊雁叫烟。無復翠華來帝子，空餘廣樂奏鈞天。夜深環珮淒清處，半是乘風閬苑仙。

【校注】

〔1〕尚,《坦齋集》作“向”。

次蔡元禮漢陽見贈韵以寄意[1]

鱸膾携來漢沔秋，客途得侶足忘憂。春風北渚時游賞，夜月南樓每唱酬。宣室未承前席問，桂叢且賦小山幽。鳳城三月花如錦，好趁明時展壯猷。

【校注】

〔1〕《坦齋集》題作“次蔡元禮見贈韵”,《沅湘》無“以寄意”三字。

哭從兄與吾同知[1]

鴒原相望久相疏[2]，儒服從戎十載餘。桂嶺使還猶有信，杉關路斷竟無書。生前有恨臺城死，身後無家故國虚。欲作招魂渺何許，愁雲暗結楚三閭。

【校注】

〔1〕見《坦齋集》。

〔2〕鴒原：喻兄弟。《詩經・小雅・常棣》：“脊令在原，兄弟急難。”

御製賜僧清濬詩欽和十三首[1] 録一

天風吹錫過名山，山在東頭紫翠間。禪定香隨梅影到，谷虚音答鼓聲寒。年華似水長流去，心境和雲一共閑。送客回頭能幾遠，便分塵世與禪關。

【校注】

〔1〕《坦齋集》題作“欽和御製賜僧清濬詩十三首”。此處録一。

慶静江知府俞子雋上任[1]

五嶺雲開下使車，西風木落洞庭初。静江舊是諸侯府，上國新膺五馬除。寶氣秋騰雷焕劍，虹光夜貫米家書。公餘更有親庭樂，水竹園林奉板輿[2]。

【校注】

〔1〕見《坦齋集》。静江：今廣西桂林。

〔2〕板輿：原指古時老人之代步工具，後借稱父母。

再用韵爲舜元湘中紀行[1]

詔使乘驄賦北征[2]，洮陽畢事更前行[3]。山連寶武尊衡岳，江合瀟湘爲郡城。流水帶花鷗上下，暖風行麥雉飛鳴。不知南國春深淺，柳外黄鸝三四聲。

【校注】

〔1〕《坦齋集》中題爲“再用前韵爲舜元湘中紀行五首”，此選四首。

〔2〕乘驄：東漢桓典爲侍御史，乘聰出使，詳見《後漢書》本傳。賦北征：東漢初，班彪避難凉州，從長安至安定途中作《北征賦》。

〔3〕洮陽：古縣名，今廣西全州縣地。

寬條大布正新年，妙契東皇化育權[1]。雄楚客懷傷杜宇，鳳城春事憶鞦韆。鶯花無奈淋漓雨，鷗鷺都迷遠近川。欲看次山崖石頌[2]，想因榛莽不能前。

【校注】

〔1〕東皇：司春之神。

〔2〕次山：唐元結字。崖石頌：即元結撰《大唐中興頌》，碑在祁陽浯溪石崖上。

山川行至永州窮，比及南還二月中。燕子泥香社前雨，荼蘼信到夜來風。乘驄曾攬桓彝轡[1]，射虎能彎李廣弓。聖主渴聞咨訪事，好因前席策奇功。

【校注】

〔1〕曾，《坦齋集》作“會”。桓彝：晉譙國人，桓溫父，以蘇峻亂遇害。《晉書》有傳。

柳子祠前山幾重[1]，棘叢交處路全封。幸餘蘚壁藤檐在，亦載椒漿桂酒從[2]。流水石梁迷故宇，夕陽烟樹出疏鐘。高山仰止知何極[3]，三嘆臨風起肅雍。

【校注】

〔1〕柳子：唐代柳宗元，曾任柳州刺史，有善政，卒於任所，後人立祠紀念。

〔2〕椒漿桂酒：語出《九歌·東皇太一》。此言以椒漿桂酒祭奠。

〔3〕高山仰止：語出《詩經·小雅·甫車》。表示對德高者的景慕。

久候舜元不至[1]

北門車馬載駸駸，尚憶分携酒滿斟。去日江山春事淺，歸來風雨燕泥深。故人梅伴三冬意[2]，使者天涯寸草心。傳語鶯花姑少候，桂林城上待登臨。

【校注】

〔1〕《坦齋集》載此詩題後多“二首”二字。

〔2〕伴，《沅湘》作“嶺”。冬，《坦齋集》作“秋”。

使者湖南一月留，想應無處不追遊。離騷賦就三閭怨，鼓瑟詩成二女愁。湘郡城頭兵耀武，故人亭下客登舟。文臺相候梅邊久，日夜惟瞻紫氣浮。

陳所安還居鐵關村〔1〕

十年一見喜何如，話及鄉邦泪與俱。辛苦賊中憐子美〔2〕，依栖江左賴夷吾〔3〕。夕陽忍聽烏衣説〔4〕，寒食愁聞杜宇呼。幸有親朋足知己〔5〕，且將詩酒日嬉娱。

【校注】

〔1〕見《坦齋集》《沅湘》。

〔2〕“辛苦”句：杜甫於唐肅宗至德二年四月從長安金光門逃出，抵鳳翔肅宗駐地，有《喜達行在所三首》詩，其中有“所親驚老叟，辛苦賊中來”句。

〔3〕“依栖”句：東晋王導有才略，爲丞相，被人稱爲“江東管仲”。夷吾：管仲字。

〔4〕“夕陽”句：唐劉禹錫《烏衣巷》詩有“烏衣巷口夕陽斜”句。

〔5〕足，《沅湘》《坦齋集》均作“是”。

李　　裕[1]

字半村，湘潭人。其叔湘、洙皆文武才[2]，裕獨嘯傲山水。所與游皆方外勝流，尋幽探邃，無迹不到，人稱隱君子云。

【校注】

〔1〕李裕事迹見清乾隆重修《湘潭縣志·人物·淳行》。

〔2〕李湘事見《湘潭縣志·人物·文學》；李洙事見《湘潭縣志·人物·忠義》。

栖真觀懷彭何二仙[1]

彭何古道場，丹竈猶在山。松風與蘿月，往昔曾躋攀。趙陳諸故友，想列清都班。恍惚珮與裙，飄飄烟雲間。去年曾經過，三五巾青綸。今年少思憩，幽禽徒飛鷴。道士何所之，端居愁空頑。村蘿新酒香，相與酡枯顔。谷神要不死，此事諒所難。雌雄與黑白，誰識玄玄關[2]。嘆息晚始歸，殘螢照霜菅。欲紀仙迹實，草腹誰爲删[3]

【校注】

〔1〕《湘潭縣志·藝文》載此詩題中無“懷彭何二仙”五字。栖真觀在湘潭縣南一百二十里處，據縣志載，爲晋彭、何二仙煉藥之所。

〔2〕玄玄，《湘潭縣志·藝文》作“元元”，乃避清康熙諱而改。指道家理義，語出《老子》。

〔3〕《湘潭縣志》此句下尚有八句：“和風上短衣，拂拂來芳鬱。頓令塵慮消，便覺素懷足。何用慕丹丘，采真任僕僕。徘徊忽輕遣，長嘯振岩谷。”

劉聲遠[1]

字茂實，湘鄉人。洪武中進士[2]，官梁山令[3]，歷户部郎中。永樂中陞交趾右參政，轉山東左參政。所至多能聲。

【校注】

〔1〕事見《湘鄉縣志·人物·宦業》及《沅湘》。

〔2〕據《湘鄉縣志》，劉爲建文元年舉人，未中進士。此處所説不知何據。

〔3〕梁山：舊縣名，今重慶梁平。

雪中過龍興寺留宿方丈[1]

雪卷籃輿入翠微，憑闌頓覺故心非。珠浮缽面人猶卧，月上松枝鶴未歸。樓殿玲瓏雲外迴，烟霞縹緲望中飛。老僧課罷殘經後[2]，坐對孤燈補衲衣。

【校注】

〔1〕見《沅湘》。

〔2〕經，《沅湘》作“鐘”。

于子仁[1]

字伯安，武岡人。洪武乙丑進士。幼穎異，郡守邀入署與子同學。一日，守省耕，謂仁曰："稻草縛秧翁抱子。"仁即應曰："竹籃載笋母携兒。"守益奇之。初授參軍府庶吉士。至山東，登州知府學士劉三吾爲序送行。所著有《登泰山歌》等篇。卒祀鄉賢。

【校注】

〔1〕《武岡州志·人物》載其事頗詳。《明史·循吏傳》載其受朱元璋獎擢事。

海門賦[1]

海門無風波浪寬，海氣溟漠蛟龍蟠。六鰲載山不敢動，平地獻出玻璃盤。是時神仙懷大丹，携笻直謁天門關。君心遥遥我心切，脱身幸不生風翰[2]。開元太平民始安[3]，上方神遊凌廣寒。天風環珮來珊珊，我今追隨誰可攀，便當握手凌雲端。君騎長鯨我騎鶴，一聲長嘯非人間。

【校注】

〔1〕《沅湘》作"海門行"。

〔2〕風翰：陸機《擬古·擬青青陵上柏》："冉冉高陵蘋，習習隨風翰。"

〔3〕始，《沅湘》作"治"。

李白把酒問月圖[1]

烏帽黄冠白鹿裘，山中甲子不知秋[2]。呼童檢點門前柳，莫放飛花過石頭。

【校注】

〔1〕《沅湘》所載同題之作與此録大异，其詩曰："酒一斗，詩百篇，夜披

錦袍宫錦鮮。停杯問月當青天，如何天上有酒星，如何地下有酒泉。胡爲窮達皆好酒，胡爲明月難長圓。勸月月不飲，問月月不言。酒在手，月在前，蛾眉當空江可憐。酌我以舒州不死之勺，乘我以天子呼不上之船。但令對月常對酒，那用今古虚名傳。君不見獨醒空沉汨羅水，何如日日爛醉長安眠。”

〔2〕“山中”句：唐人詩句：“山僧不解數甲子，一葉落知天下秋。”見宋唐庚《唐子西語録》。

張庭蘭〔1〕

灃州人，洪武乙丑進士。官審刑司詳儀，陞大理寺少卿，晋左都御史，以勤敏稱。

【校注】

〔1〕見《灃州志·人物·宦業》及《沅湘》。

龍門山〔1〕

何年鑿此混沌胎，赤鯉躍出龍門開。千尺高崖宿牛斗，一泓碧水藏風雷。歊陽六月焦下土，河伯飛來共龍語。願將一滴瀉天瓢，明日人間三尺雨。

【校注】

〔1〕見《沅湘》。

朱志先[1]

字湄溪，通山人。洪武戊辰以薦辟賜進士，歷官山東右布政使。

【校注】

〔1〕事見《湖北詩徵傳略》《通山縣志·人物·鄉賢》。

梁父吟[1]

南陽有處士，抱膝吟梁父。偏業未大成，志猶光今古。居然伊吕勛，而豈孫曹輔。英豪論志趣，廢興安足數。書生掄斑管，謂與何人伍。

【校注】

〔1〕梁父吟：也作“梁甫吟”，樂府楚調曲名。據《三國志》注引《魏略》，諸葛亮好爲梁甫吟。

塞上歌[1]

征人千萬里，不耐草青蒼。觀星近太白，雲氣没天黄。如何逢此地，關山獨杳茫。

【校注】

〔1〕見《湖北詩徵》。塞上歌：樂府曲名，也作“塞上曲”。

子夜歌[1]

新絲製裳服，舊絲以苴屣。此衣昔爲新，更到何時止。

池水照儂容，容思與儂比。曾解掩明鏡，何爲常臨水。

【校注】

〔1〕子夜歌：樂府曲調名，相傳爲晋時女子子夜所作。

春小行

拾翠南橋側，多花不共香。興難隨水逝，情且與琴商。遠塢飛烟冷，小園舞蝶藏。只言春色好，誰意有寒光。

感鳴蟬

玉宇高清象，團陰伏亦驚[1]。不曾乘晚噪，而乃作寒鳴。葵赤朝先對，螢紅夜自行。昧時全未解，窗側苦聯聲。

【校注】

〔1〕團陰：即樹陰。唐李復《題盧仝烹茶圖詩》："老屋頹垣洛城裏，緑樹團陰照窗几。"

楚江送張汝爲之浙中

故人秋發棹，行色照江東。浦遠芙蕖岸，蘆深落雁叢。酒情難似月，遊趣盡如風。對面行帆遠，相看萬里空。

村中遇黄肖山酒談

野店溪塘口，邀君樹下觥。偶逢懷去路，長話近愁城。舊意今還是，幽期昔已傾。五陵曾見否[1]，猶自博華聲。

【校注】

〔1〕五陵：漢代皇帝每立陵墓，輒將四方富家豪族和外戚遷至陵墓附近居住，以長陵、安陵、陽陵、茂陵、平陵五陵最爲著稱。後來詩文常以五陵指代豪門貴族聚居之地。

坐小園

肆情觀大地，還想入微區。日月櫨中見，河山硯上圖。綠蒼浮石髮，紅碧點花鬚。鶴夢歸空否，魚思到底無。水依松作蓋，亭借草爲鋪。景狀書生拙，奇從別墅孤。素心蒿徑老，疏意圃田俱。星漢窺書牖，仍分廣狹殊。

秋宮怨

萬鵲橋邊情跼蹐，雙星漢上影徘徊。宮階想象空中語，疑似鑾輿動地來。

春　水

小溪飛瀨一聲催，帶送飄花遠下洄。岸上餘花香半樹，東風數日未曾來。

夏原吉[1]

字惟喆[2]，湘陰人。洪武庚午貢士，初任户部主事，遷左右侍郎，尋陞户部尚書。永樂初，浙西大水，奉命往治。發民兵數萬疏决壅滯，水患乃息。又奏發廪三十餘萬石賑飢。少師姚廣孝還自浙[3]，上首詢原吉之政，廣孝對曰："原吉温而不弛，威而不猛，古之遺愛也。"歷事四朝，裁决大政，卒贈太師，謚忠靖。有集行世[4]。

【校注】

〔1〕夏原吉：《明史》有傳。

〔2〕惟喆，《明史》作"維喆"。

〔3〕姚廣孝：長洲人，本爲和尚，後助燕王朱棣有功，贈榮國公。

〔4〕今有《夏忠靖公集》行世。

諭饑烏[1]

饑烏來屋頭，軒然振雙翼。啞啞向我啼，其意欲得食。我行顧我厨，餘糗頗云集。粲粲白如銀，瑩瑩燥如炙。足可療烏饑，盡與非所惜。緣以目前人，困乏動千億。賑恤未有方，夙夜慨中赤。况此所餘糗，粒粒出民力。我食尚懷愧，飼烏寧不惕。饑烏勿此啼，山林有榛栗。

【校注】

〔1〕見《夏忠靖公集》（以下簡稱《夏集》）。

冬日聞蛙[1]

蓐收已回轅[2]，玄冥正司令[3]。草木盡黄落，蟄蟲俯而静。爾蛙何從來，怳焉失初性。凌寒發狂聲，聒聒莫知竟。捕之良可矜，聆之顧非正。願爾深自默，毋爲駭時聽。

【校注】

〔1〕見《夏集》。

〔2〕蓐收：《禮記·月令》："孟秋之月……其帝少昊，其神蓐收。"

〔3〕玄冥：《禮記·月令》："孟冬之月，其神玄冥。"

泉州次吴中書韵〔1〕

區區南閩來，蓂莢屢更易〔2〕。鞍馬厭道途，風霜改絺綌。豈無林淵思，民痍未痊革。引睇桐城樓〔3〕，寒雲萬山白。

【校注】

〔1〕詩見《夏集》。泉州：明代府名，治在晋江縣（今福建泉州市）。

〔2〕蓂莢：舊説爲一種瑞草。每月朔生一莢，月半生十五莢；自十六日一莢落，至月晦而盡；月小則餘一莢，滿而不落。

〔3〕桐城：福建泉州别名。

贈琴士李忠禮〔1〕

偉哉太白孫，英英越中士。來作湘江遊，光風燁蘭芷〔2〕。抱琴爲余彈，清音驚俗耳。雝雝鳳鸞聲，悠悠聖賢理。他日遇鍾期，無慚奏流水。

【校注】

〔1〕見《夏集》。

〔2〕燁，《阮湘》作"照"。

題頤庵胡祭酒先生玉笥白雲圖卷〔1〕

頤庵先生古君子，德行文章當世美。晨携玉笥白雲圖，訪我金臺官署裏。自言先世多遺德，卜居遠在金川側。金川何處最清奇，玉笥岧嶤插天極。雲收萬朵芙蓉青，雨餘百道銀潢傾。陰岩月冷玉龍蟄，陽坡春暖金牛耕。蕭家峽口尤奇麗，狀若飛鵝舞空際。泥江更抱伏虎形，瓦橋重展游蛇勢。祖宗體魄此地藏，松楸桑梓森相望。子孫奕奕藉餘蔭，讀書食禄門庭光。偶因海宇風塵迫，遂向洪都問田宅。緬懷玉笥不可親，但見遥空雲白白。雲飛白白其奈何，先塋正在山之阿。林烏泣雨下喬木，野嘯〔2〕叫月懸春蘿。矧惟宦轍方驅涉，未暇栖栖理家牒。聊憑縑素寄遐思，用詔兒孫知祖業。君其爲我爲歌詩，大書圖尾君毋辭。他年得遂懸車樂，展圖一玩舒心思。我聞此言聲欲咽，復觀此圖腸爲熱。水木本源人共知，誰似先生孝心切。願言移孝忠吾皇，致時熙皞超虞唐。白頭稽首謝丹闕，清風一棹歸故鄉。金川玉笥重登眺，西山南浦閑耕釣。此時此樂誰能如，丘壠州閭總榮耀。顧予薄劣無長才，鄙詩不足開幽懷。還君圖畫三嘆息，好風颯颯從天來。

【校注】

〔1〕見《夏集》。頤庵：明胡儼號，胡儼，南昌人，官國子祭酒。《明史》有傳。玉笥：山名，在江西峽江縣東南四十里，爲絶勝之處。

〔2〕嘯，《夏集》作“猨”，即“猿”俗字。

戲贈净慈寺僧怡静卷〔1〕

我從前日辭蓬萊，飄飄飛上姑蘇臺。臺前桂魄照秋水，一碧萬頃無纖埃。喜來即發看山興〔2〕，擬度錢塘覽奇勝。片帆若爲天風留〔3〕，一上雲居聽鐘磬。雲居瀟灑雲飛飛，中峰去後渺莫追。就中忽遇老禪客，自云近日來净慈。眉峰修修散晴雪，性海澄澄湛秋月。煮茶揮麈共我談，四座霏霏飛玉屑。我觀此僧無俗情，叢林當代應馳名〔4〕。何當携取廬岳去[5]，相尋修静重締盟，坐看五老香爐青。

【校注】

〔1〕見《夏集》。

〔2〕喜,《沅湘》作“朝”。

〔3〕若,《夏集》《沅湘》均作“苦”。

〔4〕馳,《沅湘》作“知”。

〔5〕取,《沅湘》作“手”。

舟行值雨[1]

江風浩浩吹江柳，碧流如瀉翻瓊玖[2]。扁舟一葉勢欲飛，南岸青山入雲走。雨聲滴滴敲篷鳴，我居篷底誰爲情。呼童洗盞酌新酒，自歌自酌攻愁城。愁城既破我亦醉，謾擁輕衾欹枕睡。夢回拭目推篷看，烟水茫茫不知處。

【校注】

〔1〕見《夏集》。

〔2〕玖：質次於玉的黑色美石。

小江漁釣[1]

小江江水緑如酒，兩岸春風舞垂柳。老漁落魄一事無，三尺綸竿長在手。有時釣得縮項鯿，隨緣沾酒供餘年[2]。不圖星辰動天闕[3]，醉來即藉羊裘眠。

【校注】

〔1〕見《夏集》。

〔2〕沾,《夏集》《沅湘》均作“沽”。

〔3〕“不圖”句：據《後漢書・嚴光傳》，劉秀與嚴光共卧，嚴光脚放在劉

秀腹部。次日太史奏，有客星犯御座。

錢塘江[1]

浩渺惟天闊，茫洋與海通[2]。赭龕分左右[3]，吴越界西東。鷗弄潮頭雪，龍吟水面風。鴟夷在何處[4]，試問打魚翁。

【校注】

〔1〕見《夏集》。

〔2〕茫，《沅湘》作“汪”。

〔3〕赭龕，原注：“二山名。”

〔4〕鴟夷：即鴟夷子皮，春秋越大夫范蠡之號。范蠡佐越王勾踐滅吴後，功成身退，變姓名，浮五湖。

經姑蘇

客路尚悠悠，蘇臺暫繫舟。酒旂迷柳岸[1]，商舶隘江流。三讓祠何古[2]，千人石更幽[3]。可憐城下水，莫洗館娃秋[4]。

【校注】

〔1〕旂，《夏集》作“旗”。旂爲旗類總稱。

〔2〕三讓祠：《論語·泰伯》：“泰伯其可謂至德也已矣，三以天下讓。”泰伯爲吴國始祖。

〔3〕千人石：亦稱千人坐，在今江蘇蘇州虎丘山劍池旁。

〔4〕館娃：吴王夫差對越美女西施的稱呼。

憶别四首[1] 録二

憶别金陵日，那勝手足情。泪懸棠棣雨，腸斷鶺鴒聲[2]。姜被清宵冷[3]，潘輿何日迎[4]。願言知此意，蚤促北來程。

【校注】

〔1〕見《夏集》。

〔2〕棠棣、鶺鴒：均喻兄弟友愛。語出《詩經・小雅・常棣》

〔3〕姜被：漢姜肱與弟相友愛，常同被而眠。見《後漢書・姜肱傳》注。

〔4〕潘輿：指奉養父母。語出潘岳《閑居賦》。

憶別金陵日，吾兒歲始三。見人容嶷嶷，學語舌喃喃[1]。雖乏麒麟譽[2]，應無豚犬慚[3]。行當還帝里，爲爾説周南。

【校注】

〔1〕喃喃，《沅湘》作"訥訥"。

〔2〕麒麟譽：舊稱小兒之穎异者爲麒麟兒。見《陳書・徐陵傳》。

〔3〕豚犬：三國時曹操對劉表兒子之譏嘲，見《三國志・吴志・孫權傳》裴注引《吴歷》。

寓雲居庵次韵答聯上人[1]

誰闢雲居境，依稀古化城[2]。獅柑霜過熟[3]，鳳竹雨來青。石悟禪中語[4]，鐘收飯後聲。我來臨絶頂，一覽小蓬瀛。

【校注】

〔1〕見《夏集》。

〔2〕化城：佛教語，指佛寺。

〔3〕獅柑：即獅頭柑，狀如獅頭而色黄，其味最甜。

〔4〕石悟：晋道生入虎丘山，聚石爲徒講經，群石皆點頭。見《蓮社高賢傳》。

登范公亭[1]

偶上范公亭，亭幽感慨生。竹添今歲笋，塵掩昔年檠。老蠹隨人化，孤禽向客鳴。欄傾不堪倚，惆悵下階行。

【校注】

〔1〕見《夏集》。

扈從之北京臨淮道中口占[1]

邊塵不起海波澄，萬乘時巡出帝京。燕子風清仙仗肅，杏花日暖繡旗明。高王首謁均頒帛，良史郊迎屢問名。鑾馭行將駐何處，黄金臺畔舊王城。

【校注】

〔1〕見《夏集》。

扈從獵龍山同蹇尚書諸公遊牛首山佛窟寺[1]

獵罷龍山日未斜，更從佛窟訪烟霞。半岩寒瀑如飛雪，幾樹霜楓似著花。茶熟地爐抽榾柮，雲留禪榻護袈裟[2]。盤桓不盡登臨興，並轡歸來浥露華。

【校注】

〔1〕《夏集》此題共三首，此處選二。蹇尚書：即蹇義，《明史》有傳。

〔2〕留，《沅湘》作“流”。

曉從獵騎過禪關，蘿磴縈紆取次攀[1]。兜率岩深千古在，辟支佛去幾時還[2]。風幡影動空濛外，雲磬聲聞紫翠間。借問清修林下士，六時禮罷有餘閑[3]。

【校注】

〔1〕縈紆,《沅湘》作“迂回”。

〔2〕《夏集》自注:“山中有兜率岩,乃辟支佛修道之處。”

〔3〕六時:佛教將一晝夜劃分爲晨朝、日中、日没、初夜、中夜、後夜六段,稱六時。

送御史蔣遲乞假歸省金臺諸友詩圖贈餞

客裏頻傳送客鐘,豈知孱質已成翁。狂歌强作江南調,薄餞聊隨薊北風。柑熟洞庭人定到,月明湘水夢誰同。凌雲健翮須時奮,去去毋淹枳棘叢。

寄謝友人惠冬笋〔1〕

帶雪抽來犢角長,筠筐封惠自瀟湘。錦綳乍剥稜稜瘦,玉版輕批片片香。孝子〔2〕不勞林下覓,老親深喜客中嘗。明年此際應仍有,還肯相思寄遠方。

【校注】

〔1〕見《夏集》。

〔2〕“孝子”句:用三國吴孟宗哭冬笋事。見《三國志·吴書·孫皓傳》注引《楚國先賢傳》。

送教諭李素改除浙江就禄養親〔1〕

羅湘振鐸十餘年〔2〕,今又携書上浙船。梅玉一枝天上贈,蒲帆半幅月中懸。好披彩服同萊子,莫訝寒氈老鄭虔〔3〕。他日彤廷重考績,春風臺閣擬超遷。

【校注】

〔1〕見《夏集》。

〔2〕羅：春秋羅國，在今湖南平江縣南。振鐸：古時宣布政教法令者摇動鐸鈴以警衆，後用以指代從事教職之人。

〔3〕鄭虔：唐滎陽人，以書、畫、詩著名，玄宗稱爲“三絶”，然平生拮據潦倒。

海上次吴中書韵〔1〕

總角常思海上游，乘風今日得周流。一泓夜浴驪珠火〔2〕，五色朝浮蜃氣樓。遼水只今無鶴語，蓬壺千古戴鼇頭。寄言漢使張公子，肯借靈槎泛斗牛。

【校注】

〔1〕見《夏集》。

〔2〕驪珠：《莊子》：“千金之珠，必在九重之淵，而驪龍頷下。”

吴中書見示張真人所贈詩步韵奉酬〔1〕

偉哉江右老儒宗，講帳曾看設絳紅〔2〕。内史詩才存古意，大師書法冠時雄。寒氈懶坐清江雪，雲錦新裁翰苑風。我欲踏花登鳳沼，陽春一曲愧難同。

【校注】

〔1〕步韵奉酬，《夏集》作“就步韵奉還”。

〔2〕“講帳”句：後漢馬融常坐高堂，施絳紗帳，教授生徒。

次韵答虎石道人〔1〕

爲愛叢林老辯才，片帆歸去又還來。囊中珠玉清人骨，麈尾風雲障俗埃。蓮社未知容我否〔2〕，酒眉且自向師開。三吴早晚徵輪足〔3〕，重看天花雨法臺〔4〕。

【校注】

〔1〕《夏集》此題共三首，此處録一。虎石：《沅湘》作“石虎”。

〔2〕蓮社：東晋僧慧遠居廬山，與劉遺民等結成白蓮社。

〔3〕三吴：一般指吴興、吴郡、會稽。

〔4〕天花：佛教傳説，佛祖説法，感動天神，諸天雨各色香花於虚空中繽紛亂墜。又南朝梁雲光法師有講經天花墜落如雨故事，見《永樂大典》卷二六〇三引《建康志》。

次俞都御史韵與虎石道人〔1〕

紛紛車馬走黄埃，此地誰能日日來。獨有豸冠因酒病〔2〕，時尋虎石扣門開。山中風月初相識，江上烟波又促回。今我登臨亦何興，謾看嘯鶴舞徘徊〔3〕。

【校注】

〔1〕《夏集》此題共二首。俞都御史：即俞士吉，《明史》卷一百四十九有傳。

〔2〕豸冠：即獬豸冠，執法者所戴。

〔3〕嘯，《夏集》作“猿”，即“猿”之俗字。

道人净掃上方埃，瀹茗焚香待我來。風舞葛巾荷已老，露凝金盞菊初開。心淹公事偷閑坐，話到真機忘却回。戍角一聲催上馬，滿階清影月徘徊。

登吴興道場山〔1〕

肩輿一上道場山，游覽都忘陟頓艱。泉迸石渠存虎迹〔2〕，峰名金蓋擁螺鬟。木魚催飯鳴松杪〔3〕，野鶴窺巢過竹間。安得從今脱塵鞅，此中相伴老僧閑。

【校注】

〔1〕見《夏集》。吴興：縣名，明時爲湖州府。道場山：在吴興縣西南十二里。

〔2〕“泉迸”句：道場山上有掬泉、虎跑泉、伏虎岩。

〔3〕飲，《夏集》作“飯”。

過吴江泗州寺訪僧留宿〔1〕

行盡吴江興尚濃，却從寺裏訪瑄公。未論石上三生約〔2〕，且喜山中一宿同。詩句新題蕉葉雨，茶香熟送藕花風。明當百八蒲牢吼，重整雲帆向五茸〔3〕。

【校注】

〔1〕見《夏集》。

〔2〕三生約：唐袁郊《甘澤謡・園觀》載李源與園觀之後身於三生石上相見。

〔3〕五茸：地名，在今上海松江區南華亭谷東。

洞庭秋月〔1〕

萬籟無聲玉宇清，君山推出一輪明。嬋娟倒蘸寒波底，驚起魚龍夢不成。

【校注】

〔1〕見《夏集》。

題徽宗所畫墨竹[1]

寶殿無心論治安，碧窗著意寫琅玕。枝枝葉葉真瀟灑，争奈金人不愛看。

【校注】

〔1〕見《夏集》。徽宗：即宋徽宗趙佶，善書法、繪畫，然治國無術，終被金人所擄。

江上即事[1]

江上何人學遠游，揚帆鼓浪去無休。那知久歷風濤者，緑柳陰中穩繫舟。

【校注】

〔1〕見《夏集》。

漁　　牧[1]

數口團欒舟作屋，四時温飽水爲田。人來或問行藏事[2]，不説桐江與渭川[3]。

【校注】

〔1〕《夏集》此題共二首。

〔2〕行藏：《論語·述而》："用之則行，舍之則藏。"

〔3〕嚴子陵隱桐江，姜子牙釣渭川。

寒傍陽坡暖浴河，悶吹蘆管倦眠蓑。寧生當日何爲者，車底區區扣角歌[1]。

【校注】

〔1〕“寧生”二句：相傳春秋衛人寧戚家貧，適齊，飯牛車下，適遇桓公，因擊牛角而歌。桓公聽後即命管仲迎之，拜爲上卿。

懷故園竹〔1〕

蕭蕭窗底多情竹，别後兒孫長若干〔2〕。寄語家僮好看護，莫嫌日日報平安。

【校注】

〔1〕見《夏集》。

〔2〕兒孫：指竹枝。蘇軾詩自注：“海南勒竹每節生枝如竹竿大，蓋竹孫也。”

李思聰[1]

字仲謀，桂陽人。洪武甲戌進士，官行人，奉使和緬[2]，著《百夷傳》[3]，賦《卻金詩》進，上特旨嘉之，賜衣一襲。明年，陞江右參議，卒於任。

【校注】

〔1〕《桂陽州志・人物志・列傳》載其事頗詳贍。又見《沅湘》。

〔2〕《明史・列傳・雲南土司傳二》載此事。

〔3〕《百夷傳》:《明史・藝文志・二》存目。

緬人迎於怒江[1]

路入西南萬五千，怒江愁盡水如天。百夷犀象迎星使[2]，一陣皇風掃瘴烟。

【校注】

〔1〕見《沅湘》。

〔2〕星使：古時以爲天節八星主使臣持節，宣威四方，因稱皇帝使者爲星使。

釋勝學[1]

號無念，姓陳，應山人。幼不識字，往參荆州無聞和尚[2]，豁然有悟。洪武中，楚昭王迎至洪山[3]，尋還九峰。奏聞召見，優賜還山。

【校注】

〔1〕明嘉靖《應山縣志·人物·方外》有傳。

〔2〕《應山縣志》作“無極師”。

〔3〕楚昭王：即朱元璋第六子朱楨。

偶　　吟

數載東山昏霧濛，凭闌終日待晴空。夜來忽睹霜天月，萬物全彰一鏡中[1]。

【校注】

〔1〕彰，《湖北詩徵》作“埽”。

楊　溥〔1〕

字弘濟。石首人。建文庚辰進士，授編修。靖難後〔2〕轉太子洗馬。宣德元年，以太常卿兼學士直内閣，歷官至少保、武英殿大學士。溥謙謹小心，吏卒不敢慢。嘗曰："士君子一言一行，幽明無愧，方無負父母生成之恩。"時稱"南楊"〔3〕。正統十一年卒，謚文定。

【校注】

〔1〕楊溥：《明史》有傳。

〔2〕靖難：指燕王朱棣以清君側之名帶兵攻入南京事。

〔3〕南楊：當時内閣有三楊，即楊士奇、楊榮、楊溥。溥自署郡望爲南郡，因號"南楊"。

宣德丙午扈駕巡邊途中感興〔1〕

膏車度重關，重關路漫漫。兩厢既充軔，四牡何盤桓。翹首望前軌，迢迢不可攀。任重難爲力，臨岐發長嘆。

策馬登崇岡，一覽洞八荒。山川限南北，華夷有定疆。猗歟商周盛，以德爲保障。秦隋勤遠略，禍亂起蕭墻。

【校注】

〔1〕此題共二首，《湖北詩徵》只載後一首，且題中無"宣德丙午"四字。

東　征〔1〕

欃槍耀齊分〔2〕，龍御勤六師。出門馳馬去，不暇告妻兒。親友送我行，欲語難爲辭。死生豈不恤，國事身以之。

【校注】

〔1〕見《湖北詩徵》。

〔2〕欃槍：彗星的别名，主兆兵事。

翟石門師相巡行九邊

從來經略者，分閫各西東。何似籌邊相，全收出將功。九霄雙赤舄，萬里一彤弓。回首松亭嶺，還看海日紅。

過儀真[1]

維揚風雨曉開晴，南去金陵半日程。萬里波光隨海去，半篷山色逐船行。垂楊夾道人家集，芳草連溪水鳥鳴。獨倚危檣望鄉國，塞鴻飛處暮雲横。

【校注】

〔1〕見《湖北詩徵》。儀真：明代縣名，清改爲儀徵，屬揚州府，即今江蘇儀徵市。

送清紀郎張伯原[1]

湖海星霜入鬢絲，九重優詔許歸時。甘盤學術商規範[2]，甪里衣冠漢表儀[3]。玉珮聲閑山月曉，松濤夢覺晝陰遲。江鄉秋到飛鴻早，天際停雲正爾思。

【校注】

〔1〕《湖北詩徵》無“清紀郎”三字。

〔2〕甘盤：商王武丁之賢臣，傳説與傅説輔佐武丁中興。

〔3〕甪里，《湖北先賢詩佩》作“角里”。甪里先生爲漢初隱士，商山四皓之一。

廬　　山[1]

少年曾泛九江船，江上廬山在眼前。一片陰雲浮絶頂，千尋瀑布挂長川。東吴渺渺晴虹外，西蜀迢迢落日邊。披玩遺踪想疇昔，獨憐遊宦雪盈巔。

【校注】

〔1〕見《廬山志·藝文·詩類》。

楚風補卷之十八

明

楊遇春[1]

巴東人，永樂壬午孝廉[2]，官司諫。

【校注】

〔1〕《湖北詩徵》《巴東縣志·選舉表》均載其事。

〔2〕據《巴東縣志·選舉表》，楊爲明太祖洪武二十三年舉人。

巴東寺踏青[1]

春晴踏翠過清溪，茂樹輕風幽鳥啼[2]。弱柳幾絲臨淺水[3]，落花數片點香泥。莓苔曲徑逢僧話，寺壁浮埃待客題。興廢不知山簡醉[4]，夕陽歸馬小橋西。

【校注】

〔1〕《湖北詩徵》題爲“野寺踏青”。

〔2〕輕風，《湖北詩徵》作“風輕”。

〔3〕幾絲，《湖北詩徵》作“幾株”。

〔4〕興廢不知，《湖北詩徵》作“倒著接籬”。

鄺　埜[1]

字孟質，宜章人。永樂辛卯進士，由監察御史陞按察副使，擢應天府尹，廉明並著。常以俸易一袗寄父[2]，父以其不義，貽書責之。埜迎父受教，益勵清操，累官兵部尚書。以扈從北征，死土木之難[3]。贈少保，録一子。

【校注】

〔1〕鄺埜：《明史》有傳。

〔2〕袗：華美的衣服。

〔3〕土木之難：明英宗正統十四年率師擊瓦剌，兵敗土木堡（今河北懷來縣東），被虜，史稱“土木之難”。

登衡岳[1]

千丈芙蓉帶露看，紫雲丹壑并巑岏。烟光洞有雙珠坼[2]，岳色秋臨九塞寒。歧路車塵行較老[3]，瑶臺石髓待誰餐。驅馳莫道無靈氣，天柱西風好挂冠[4]。

【校注】

〔1〕見《沅湘》。

〔2〕“烟光”句，《沅湘》作“烟光影落三湘迴”。

〔3〕較，《沅湘》作“欲”。

〔4〕天柱：衡山峰名。

何　　忠[1]

字延陳[2]，江陵人。永樂辛卯進士，拜監察御史，讜直。出爲政平州知州[3]。宣德元年，交趾叛，圍鎮城，藩臬大臣謂忠有膽智，使告於朝乞師。忠縋城出，遇伏被執。諸酋喜曰："何知州聞名久矣。"共舉酒酌忠，忠大怒唾地，奮杯擲中賊面，遂遇害。事聞，敕旌其門，賜謚曰"忠節"。

【校注】

〔1〕何忠事見《明史·陳洽傳》附。

〔2〕延陳，《明史》作"延臣"。

〔3〕按，《明史》此句作"出爲政平知州"。

絶命詩[1]

萬里孤城久困時[2]，腹中懷奏請王師。紅塵失路風霜苦，白日懸心天地知[3]。死向南方終有日[4]，生還北闕定無期[5]。英魂不逐西風散，願助天朝殄叛夷。

【校注】

〔1〕《湖北詩徵》題作"臨亂寄藩鎮諸公"。

〔2〕孤城，《湖北詩徵》作"邊城"。

〔3〕懸心，《湖北詩徵》作"心懸"。

〔4〕南方終有日，《湖北詩徵》作"南荒應有日"。

〔5〕定，《湖北詩徵》作"恐"。

楊　昺[1]

字文昭，崇陽人。永樂壬辰進士，授廣西道御史，調福建道，後任山東道，免坐死者三百餘人。彈劾不避權勢。宣德四年，擢浙江僉事，分按浙西，部内肅然。時百丈山蘆弄洞賊頻擾金衢[2]，昺夜夢神人送詩云："影入菱花秋月裏，人如枯草洛陽邊。"乃識曰："賊在吾口中矣。"明旦捕之，金衢以安。考滿，以疾歸。正統二年，少傅楊士奇、少保楊溥薦昺可大用。及引見，以鄉音擢廣東按察使。士奇曰："何爲猶土音耶？"對曰："昺世楚人，奈何效齊語媚時。"至廣東，大雪，人以爲異。三載復致仕。卒年八十六，祀鄉賢。

【校注】

〔1〕《崇陽縣志·選舉志》《湖北詩徵》均載其事。

〔2〕百丈山：在浙江昌化（今屬杭州臨安區）。

瀛潭秋月

碧天如水晚生寒，一片秋光水底看。冷浸鱗鱗雲影澹，清涵點點曙光殘。雁鳴霄漢金風蚤，鴉噪楓林玉露摶。幾度倚闌多興趣，恍疑身在五雲端。

黃　裳[1]

字文中，武岡人。永樂丁酉舉人，官經歷。

【校注】

〔1〕《武岡州志・選舉表》及《沅湘》均載其事。

再游寶方[1]

石室渺無人，白雲常自亂。不聞鷄犬聲，安有桑麻畔[2]。怪墉接青天，鳴泉呼野鸛。懷哉栖道真，笑指樓臺换。

【校注】

〔1〕《沅湘》題爲“再至寶方山”。

〔2〕安有桑麻畔，《沅湘》作“時有芻蕘伴”。

周　中[1]

永明人[2]，永樂庚子舉人。

【校注】

〔1〕《永州府志·選舉志·舉人》及《沅湘》均載其事。按《湖北先賢詩佩》載："周中，字鷄峰，蘄水人，神宗年間貢生，著有《若雅集》。"與此周中似爲另一人。

〔2〕永明：縣名，明屬道州，在今湖南。

九日過清泉寺

九日登高侣[1]，扶笻破野烟。欲酬黄菊酒，漸入白蓮禪[2]。望遠雲依樹[3]，歸遲月過川。疏鐘兼暮角[4]，同到客愁邊。

【校注】

〔1〕"九日"句，《沅湘》作"一徑入寒翠"。

〔2〕漸，《沅湘》作"同"。

〔3〕"望遠"句，《沅湘》作"坐久雲還岫"。

〔4〕角，《沅湘》作"雨"。

郭永清[1]

巴陵人。永樂辛丑進士，歷官工科給事中。出使外國，不屈而死。有逸才，著有《黄源稿》。

【校注】

〔1〕《湖廣通志》《巴陵縣志·人物》《沅湘》均載其事。

登　樓[1]

危樓插天起[2]，形勢沉江底。浪聲午後風[3]，山色夜來雨[4]。詩成錦霧中[5]，人在青霄裏[6]。拍手倚闌干，恨殺鱘魚嘴[7]。

【校注】

〔1〕《沅湘》此詩題作“登岳陽樓”。

〔2〕插天起，《沅湘》作“濱大湖”。

〔3〕“浪聲”句，《沅湘》作“狂飇動地來”。

〔4〕“山色”句，《沅湘》作“高浪掀天起”。

〔5〕錦霧，《沅湘》作“磬欬”。

〔6〕青霄，《沅湘》作“空濛”。

〔7〕“恨殺”句，《沅湘》作“憂樂情何已”。

唐　寅[1]

醴陵人。永樂癸卯舉人。學問該博，操行至孝。父伯遜喪嘉魚，寅奔柩，經洞庭，烈風驟至，旋止。初訓光山學[2]，以師道自勵，士多化之。九載，陞岷府教授。鎮南王嘉其才，日聽啓沃，時有河間君臣之謡[3]。尋丁艱。服闋，倡道蘆州[4]。所著有《史學提要》。

【校注】

〔1〕事見《醴陵縣志·人物志·儒林》及《沅湘》。按，此唐寅並非明中葉吴中四才子之一唐寅（伯虎）。

〔2〕光山：縣名，屬河南省。

〔3〕河間君臣：西漢河間王劉德雅好儒學，廣延學士，君臣頗爲相得。

〔4〕“倡道”句，《醴陵縣志》作“倡道蘆州，士類信從”。

洞庭秋月[1]

洞庭湖山岳陽樓，檻外波光接素秋。數點征帆天際落，不知誰是五湖舟。

【校注】

〔1〕《沅湘》此詩題作“巴陵”，首二句作“巴陵城西湖上樓，樓前波影涵清秋”。《長沙府志·藝文·七絶》題作“遠浦歸帆”。

瀟湘夜雨[1]

魚龍出没吼江濤，墨染烟雲不斷飄。喬口橘洲何處是[2]，滿江蘆荻夜蕭蕭。

【校注】

〔1〕見《長沙府志·藝文志·七絶》。

〔2〕喬口：湖南長沙縣西北喬江口。橘洲：長沙市湘江中橘子洲。

漁村夕照[1]

鷓鴣啼斷雨初晴，渡口風來水氣腥。溪北村南齊曬網，釣船閑在夕陽汀。

【校注】

〔1〕《沅湘》題作“湘江即目”。又見《長沙府志·藝文·七絶》。

山市晴嵐[1]

一帶晴嵐入畫來，山雲寂静水光開。千門盡掩紅塵隔，莫把長安古道猜。

【校注】

〔1〕見《長沙府志·藝文·七絶》。

夏　瑄[1]

字藴輝，忠靖先生子[2]，少穎敏。嘗竊觀忠靖奏草，心默喜之。仁宗常顧問忠靖，欲以近侍官其子。忠靖曰："臣子幼稚，非食禄時。"宣德五年，忠靖薨，宣廟震悼[3]，即日遣中官致命於家，拜瑄尚寳司司丞。明日瑄與叔父原禮入謝，時年甫十三，進退有度，特賜冠帶衣服。瑄强記過人，太師張公輔呼爲小友[4]。少師蹇公義以下[5]，多瑄父執，禮重之。正統中卒。上遣官諭祭南京。其生平所著有《東軒雜咏》。

【校注】

〔1〕夏瑄：夏原吉之子，《明史》載其事於《夏原吉傳》後。

〔2〕忠靖：夏原吉謚號。

〔3〕宣廟：明宣宗朱瞻基廟號。

〔4〕張公輔：即張輔，字文弼，歷仕四朝，死土木之難，追封定興王。事見《明史》本傳。

〔5〕蹇公義：即蹇義。

登岳陽樓

丹梯飛上岳陽樓，簾卷君山宿霧收。仙去石枰虚皓月[1]，龍移雷雨暗靈湫。風濤夜吼鼉鼉窟[2]，烟草秋迷雁鶩洲。北望長安何處是，心隨波水去悠悠。

【校注】

〔1〕石枰，《沅湘》作"石壇"。

〔2〕風濤，《沅湘》作"濤聲"。

王　偉[1]

字桐山[2]，攸縣籍，世居長沙，隨父參政公靈戍宣府[3]。年十四，宣廟北巡，獻《安邊頌》，命補安州學。正統丙辰進士，授翰林，改户部主事，遷兵部職方郎。有文武才，少保于謙專任之[4]，擢兵部右侍郎。視邊至陽和城[5]，誘殺鄉導小田兒，疆埸無擾。天順中，石亨誣榜與謙逆[6]，㗋歸。復召原官，陳言二事，上嘉納之。五年以病歸，至濟寧卒。賜祭葬宅第於郡城北。

【校注】

〔1〕王偉:《明史》有傳。

〔2〕桐山,《明史》《四庫全書總目》《沅湘》均作“士英”。《四庫集部存目》載王偉所著《桐山詩集》十卷。

〔3〕宣府：地名，在今河北張家口宣化區。

〔4〕于謙：字廷益，永樂進士，土木之變後，擁立英宗弟爲景帝。英宗復位，于謙被誣殺，後追謚“忠肅”。《明史》有傳。

〔5〕陽和城：明置邊邑，在今山西陽高縣。

〔6〕石亨：明渭南人，因迎英宗復位有功，進爵爲公。其誣殺于謙事詳見《明史》于謙、石亨傳。

同杜侯遊陽昇觀[1]

浮雲卷盡露仙山，石磴層層手倦攀。千尺老藤懸峭壁，一灣流水繞玄關。重遊預作明年約，縱飲聊娱此日閑。服藥不須期碧落，十洲三島在人間。

【校注】

〔1〕此題共三首,《沅湘》選載其二。

名山福地世應稀，樓觀嵬峨倚翠微。古洞雲閑龍化去，老松烟暝鶴飛歸。自從上相登仙品[1]，更有何人悟道機。遊賞喜陪賢太尹[2]，壺觴連日醉芳菲。

【校注】

〔1〕上相：對宰相的尊稱，此指張昷。

〔2〕太尹，《沅湘》作“大尹”。

殿堂輪奂萬山中[1]，重叠峰巒似覆鐘。遺迹至今存藥碾，碧空何處覓仙踪。幽窗有客聽啼鳥，古洞無人識卧龍。聞説真仙來會此，不知鶴馭幾時逢。

【校注】

〔1〕輪奂：高大華美。《禮記·檀弓》："美哉輪焉，美哉奂焉。"

起司馬職於岳麓留别錢太守

北近嵩山南遠衡，愧居靈麓此中生。雲心只可閑林下，岳色何當贈遠行。湘浦一尊孤棹夢，燕然萬里故人情。堪持嵐氣留衣袂，反覺淩烟未許清。

仙人岩

仙客何時出洞天，羽衣披拂尚依然。聚中便是希夷子[1]，高卧烟霞不記年。

【校注】

〔1〕希夷：《老子》："視之不見名曰夷，聽之不聞名曰希。"希夷子指清静虚寂之人。

李　鑑[1]

字明遠，安化人。正統壬戌進士，歷官行人，出知惠州府。才識爲時所重。所著有《慎庵集》。

【校注】

〔1〕見《長沙府志·人物》及《沅湘》。

無題和劉工部[1]

倦倚闌干思有餘，夜深空想好樓居。明妃朔漠愁相似，賈誼長沙恨未如。孤枕不思雲雨夢，遥天久絶雁鴻書。麻姑肯授偷生訣，擬别長門學步虚。

【校注】

〔1〕此題共二首。《沅湘》亦載。

舊賜宫衣百不存，羞看形影在金盆。蛾眉蹙損香螺色，獺髓難填泪雨痕[1]。桂殿霓裳娱月姊，銀河烏鵲度天孫。此身自恨無雙翼，一度相思一斷魂。

【校注】

〔1〕"獺髓"句：相傳以獺髓與玉屑琥珀相和塗膚，可以滅瘢痕。

瀴洲漁唱[1]

醉擊烹魚釜，放歌烟渚中。怪來聽漸近，滿面荻花風。

【校注】

〔1〕見《長沙府志·藝文·五絶》。

報恩寺[1]

當年老樹栖孤鶴，傍水垂楊哭杜鵑。非色非空芳草夢，半晴半雨落花天。

【校注】

〔1〕《沅湘》此詩共八句，此處所録爲其中二、三兩聯，其首尾兩聯是“此地歌游憶昔年，重來不見趙州禪”，“吟餘無限傷心處，徒倚欄干思惘然”。

李廷玠[1]

字悟軒，安化人。七歲夢黄衣人咒曰："汝本逍遥天上客，親隨玉帝掌玄機。只因下閲瓊花會，流落人間不得歸。"晨起告父。鑑曰[2]："汝當爲仙籍中人。"及長，好學善吟，不干仕進。著有《寤軒詩集》。

【校注】

〔1〕見《湘陰縣志·人物·仙釋》，亦見《長沙府志·人物》。

〔2〕鑑：李鑑。

裴亭雲樹[1]

昔人已云没，遺臺江上岑。何當披翠靄，掃石坐松陰。

【校注】

〔1〕見《長沙府志·藝文·五絶》。

楊昌朝[1]

號雲懶，臨湘人。正統時明經[2]，官濟南府通判[3]。

【校注】

〔1〕見《臨湘縣志·選舉志·貢生》及《沅湘》。

〔2〕明經，《沅湘》作"貢生"。

〔3〕據《臨湘縣志》，楊爲貴州廣順知州，未任濟南通判。

風雨憶君山

洞庭風雨暗漁燈，一點君山數箇僧[1]。拋却青巒勞夢思[2]，何時尊酒願携藤[3]。干求名禄都無味，販買松雲我不能[4]。新笋而今掘欲了，歸湖一棹及秋乘。

【校注】

〔1〕數，《沅湘》作"幾"。

〔2〕"拋却"句，《沅湘》作"十載行吟孤澤畔"。

〔3〕願携藤，《沅湘》作"話巴陵"。

〔4〕松，《沅湘》作"烟"。

顔公輔[1]

字秉鈞，巴陵人。景泰丙子舉人。

【校注】

〔1〕見明隆慶《岳州府志·鄉賢》及《巴陵縣志·選舉》。

登岳陽樓和魏嘉州韵

家近高樓日每登，望中常見五雲層。欲凌縹緲三秋漢，敢借扶摇萬里鵬。吟倚紫簫追换酒[1]，飲邀明月不須燈[2]。茫茫俯仰情何限[3]，忠孝深慚兩未能[4]。

【校注】

〔1〕倚，《沅湘》作“罷”。追换酒，《沅湘》作“天在水”。

〔2〕“飲邀”句，《沅湘》作“飲酣清夜月爲朋”。

〔3〕俯仰，《沅湘》作“憂樂”。

〔4〕忠孝深慚，《沅湘》作“廊廟江湖”。

彭　澤[1]

字民望，攸縣人。景泰丙子舉人，官應天府通判，常與李西涯唱和[2]，有聯句百餘首。自著有《老葵集》。

【校注】

〔1〕見《攸縣志·人物·儒林》及《沅湘》。

〔2〕李西涯：李東陽，號西涯。

答李西涯[1]

長安重交遊，車馬相縈回。義氣干白日，綈袍雲錦裁[2]。揚雄雖識字，見人口不開。終日飲美酒，窮達不自猜[3]。舉世盡如醉，誰復憐其才。啞彼失路人[4]，臨歧悲且哀。感君瓊瑶篇，讀之令徘徊。

【校注】

〔1〕見《沅湘》。

〔2〕綈袍：以厚實、平滑而有光澤之絲織品製成的袍子。喻故舊之情，見《史記·范雎傳》。

〔3〕《漢書·揚雄傳》："雄少而好學……口吃不能劇談，默而好深湛之思，清静無爲……不汲汲於富貴，不戚戚於貧賤。"

〔4〕啞：同"嗤"，譏笑。

酬西涯二首録一

京國青春好[1]，羈人萬里愁。宦情楊子渡[2]，鄉夢岳陽樓。沈約腰全瘦，楊朱泪不收。百年吾道在，此外更何求[3]。

【校注】

〔1〕春，《沅湘》作"雲"。

〔2〕楊,《沅湘》作“揚”。

〔3〕更,《沅湘》作“復”。

咏淵明

歸來三徑已秋風，籬下依然菊滿叢[1]。五斗折腰羞作縣，百年多難早成翁。義熙人物羲皇上[2]，典午山河甲子中[3]。恨殺潯陽江上水[4]，隨潮還過石頭東[5]。

【校注】

〔1〕“歸來”二句：化用陶淵明《歸去來辭》“三徑就荒，松菊猶存”語意。

〔2〕義熙：東晋安帝年號。羲皇：傳説上古帝王名。陶淵明曾自稱“羲皇上人”。

〔3〕典午：典爲司理之義，午配馬，故典午指晋司馬氏。

〔4〕恨,《沅湘》作“怪”。

〔5〕還,《沅湘》作“流”。

南　浦

長河風逆浪花回[1]，隔岸驚沙雜雨來。歲月如流猶是客，天涯無伴懶啣杯。四愁不獨張衡有[2]，十漸真成魏相猜[3]。日暮離人最惆悵，浮雲如霧草如苔。

【校注】

〔1〕逆,《沅湘》作“送”。

〔2〕“四愁”句：東漢張衡出爲河間相，鬱鬱不得志，作《四愁詩》以自解。

〔3〕“十漸”句：唐魏徵曾向太宗上《十漸不克終疏》，徵亡後，此疏頗爲人毁短。詳見《新唐書·魏徵傳》。

獨　步

夕陽隱隱下山岑，樹靄山烟向晚沉[1]。狡兔自營三窟穩，驚鳥須藉一枝深。喧騰別巷漁陽操，徙倚閑庭梁甫吟。萬里風塵雄劍在，肯教辜負百年心。

【校注】

〔1〕山,《沅湘》作“殘”。

泊岳陽樓

平湖空闊水浮烟，孤嶼依微樹接天。歲月有期陵谷變[1]，神仙多事古今傳。城樓吹笛風回市，沙浦鳴榔月滿船[2]。細讀屈騷并賈賦，淒涼遺恨使人憐[3]。

【校注】

〔1〕陵谷：喻世事變遷。《詩經・小雅・十月之交》：“高岸爲谷，深谷爲陵。”

〔2〕榔：漁人驅魚的用具。

〔3〕遺恨,《沅湘》作“遺憾”。

歌風臺[1]

豨破鯨奔幾戰爭[2]，親于此地駐旄旌。荒臺曾見高歌日，小縣猶存古沛名。幾載艱難天下業，千秋魂魄故鄉情。危亭寂寞山河裏，剥落殘碑野草生。

【校注】

〔1〕見《沅湘》。歌風臺：相傳爲漢高祖劉邦作《大風歌》處，故址在今江蘇沛縣東泗水西岸。

〔2〕豨：陳豨。劉邦統一天下後，陳豨爲陽夏侯，後與王黄等人勾結造反，自稱代王，爲樊噲所殺。鯨：指黥布。劉邦稱帝後，黥布爲淮南王，見劉邦殺戮功臣，十分疑懼，終於叛亂，不久即兵敗被殺。

淮口阻風〔1〕

淮河波浪接雲長，浦口人家住渺茫。桃葉有歌空悵望〔2〕，柳花無賴正顛狂〔3〕。高原舉目風塵暗〔4〕，孤刹題詩落日黄。欲把靈龜問詹尹，好風何日送帆檣。

【校注】

〔1〕見《沅湘》。淮口：淮水入洪澤湖處。

〔2〕桃葉：東晋王獻之之愛妾名，獻之曾作《桃葉歌》，江南盛傳，遂成樂府吴聲曲名。

〔3〕"柳花"句：杜甫《絶句漫興九首》"顛狂柳絮隨風舞"。

〔4〕風，《沅湘》作"浮"。

金陵雨後登樓〔1〕

醉倚危闌看雨收，分明遠樹見晴洲。千年壯麗山爲郭，十里人家水繞樓。燕子近來誰是主〔2〕，鳳凰已去有遺丘〔3〕。如何東晋諸名士，却上新亭雙泪流。

【校注】

〔1〕見《沅湘》。

〔2〕"燕子"句：用劉禹錫"舊時王謝堂前燕，飛入尋常百姓家"詩意。"燕子"又兼指南京長江邊燕子磯。

〔3〕"鳳凰"句：金陵（今南京市）南有鳳凰臺，唐李白曾有《登金陵鳳凰臺》詩。

感興四首[1] 録二

岧嶤仙掌捧晴空，别駕樓船過海東。閣老新居深隱月，錦衣諸從動生風。青雲落第劉蕡拙[2]，南國無家杜甫窮。諸將總知茅土貴[3]，只今胡馬遍秦中。

【校注】

〔1〕見《沅湘》。

〔2〕劉蕡：唐昌平人，文宗大和二年應賢良對策，極言宦官禍國，考官恐得罪宦官，不敢録取。

〔3〕茅土：古代王者封五色土爲社，封諸侯時則割其方面之土，墊以白茅而與之，謂之茅土。

西山蒼翠接空壇，側壁飛泉白日寒。朱草露深無鶴到，瑶花風暖只鸞看。霓裳譜自蟾宫得[1]，絳雪丹和石髓飡。我欲奮飛淩絶頂，下呼仙子采琅玕。

【校注】

〔1〕霓裳譜：即《霓裳羽衣曲》。據唐代小説家言，此曲乃唐玄宗游月宫時所聞，後傳至人間。見《廣德初異録》。

和元人馬伯庸無題四首[1] 録三

飆車曾見駐晴矼[2]，兩兩蘭旗導羽幢。仙譜不知名第幾，别情空受珮成雙。輕盈水上冰蘿襪[3]，縹緲雲間霧綺窗。酒醒忽然聞暮雨，孤舟蕭索宿清江[4]。

【校注】

〔1〕《沅湘》此題在“無題”後多一“詩”字。馬伯庸：馬祖常，字伯庸，

元代文學家，有《石田集》。

〔2〕矼：石橋。

〔3〕蘿，《沅湘》作“羅”。

〔4〕宿清江，《沅湘》作“卧寒江”。

收拾長竿逐晚潮，望中雙柱識天橋〔1〕。孤槎星斗尋源到，歸髩風濤覺路遥。仙子緑鬟雲壓耳，天孫珠帶露垂腰。始知樓觀諸天上，亦有人吹白玉簫。

【校注】

〔1〕天橋：琅王星其狀如橋，故名。

曲几香爐手自垂，微軀休用八瓊醫〔1〕。阿嬌買賦酬金夜，班女逢秋泣扇時。風静下階占犬吠〔2〕，日高刻石紀花移。君王只在昭陽殿，歌舞何人獻壽巵。

【校注】

〔1〕八瓊：道家煉丹的八種石質原料。

〔2〕占犬吠：憑犬吠聲卜休咎。

追和唐人李商隱無題五首〔1〕録三

翡翠簾輕不受風，夜深歌吹隔墻東。長疑閬苑書來晚，始信蓬萊路未通。玉露望分仙掌白，硃砂空注守宫紅〔2〕。此心摇蕩渾無定，亦似狂飆逐亂蓬。

【校注】

〔1〕《沅湘》此題無“李商隱”三字。此首和李商隱“昨夜星辰昨夜風”一首。

〔2〕守宫：蟲名，蜥蜴類。舊説以朱砂養蜥蜴，體盡赤，所食滿七斤，搗以爲藥，塗於婦女肢體，終不滅，如有房事則滅。

滚滚車輪去復來，閑門愁聽響如雷。瑶琴曲度聲相應，石鼎香殘影倒回。宋玉無心終有賦，崔徽多病實憐才[1]。人生行止須關數，欲覓山僧坐畫灰[2]。

【校注】

〔1〕崔徽：唐歌伎，與裴敬中相戀。相别後，崔徽托畫家丘夏繪肖像寄裴，不久抱恨病死。元稹有《崔徽歌》詩。

〔2〕畫灰：宋陸游《南唐書·宋齊丘傳》："烈祖與宋齊丘議事，率至夜分，置灰爐而不設火，兩人終日擁爐，畫灰爲字。"此首和李商隱"颯颯東風細雨來"一首。

心事渾如不繫舟，强來花下立夷猶。襄王巫峡原應夢，阮肇天台只暫留。月裏嫦娥應不老，人間蒲柳最先秋。相如苦被才情誤，却笑文君賦白頭[1]。

【校注】

〔1〕却笑，《沅湘》作"惹得"。此首和李商隱"萬里風波一葉舟"一首。

春寒和賓之韵[1]

急雪輕寒燕不歸，客窗高坐憶重衣。孤村晚食青藜拌，甲第春筵翠袖圍。烽火邊城書未捷，郊原花柳意俱微。瀟湘舊宅梅應放[2]，短屐相尋意久違[3]。

【校注】

〔1〕賓之：李東陽字賓之。

〔2〕梅應放,《沅湘》作“今何似”。

〔3〕意,《沅湘》作“願”。

北園踏雪

雪擁平園路欲無〔1〕，短笻雙屐細縈紆。身隨野鶴行應遠，詩到梅花興轉孤。灞上他年憐鄭老〔2〕，湖西無地著林逋。便當喚取徐盟手〔3〕，寫作寒天一老圖。

【校注】

〔1〕欲,《沅湘》作“有”。

〔2〕鄭老,《沅湘》作“鄭綮”。然按詩意不應是鄭綮，而應是鄭虔。鄭虔亦滎陽人，玄宗時爲博士，以書、畫、詩名於世。在官貧約，曾兩次遭貶。

〔3〕徐盟,《沅湘》作“徐黄”，當從。徐：徐熙，黄：黄筌，均爲五代時著名畫家。

明月橋〔1〕

橋上明月多，橋底波光静。波光與明月，蕩漾魚龍冷〔2〕。

【校注】

〔1〕見《沅湘》。明月橋在攸縣，南宋寶慶時建。

〔2〕冷,《沅湘》作“影”。

南　　山〔1〕

南山近爲鄰，雨過更幽寂。開牖對鳴琴，翠色長在壁。

【校注】

〔1〕見《攸縣志・藝文・五言絶》。

古　　意[1]

妾心池中蓮，郎心池中水。池水東西流，蓮花抱香死。

【校注】

〔1〕見《沅湘》。

春　　思

二月東風吹柳條，低回著地裊輕腰。芳菲易逐年華盡，只有離人恨未銷。

感　　秋

絡緯淒涼户牖秋，月明韋曲昔曾遊[1]。世人年少輕别離，安得浮生盡黑頭[2]。

【校注】

〔1〕韋曲：地名，在陝西西安市長安區南，唐時爲韋姓大族世居地，乃樊川第一名勝。

〔2〕黑，《沅湘》作“白”。

少年行[1]

青螺蹴地不聞聲，越苧齊紈著體輕。姊氏掖庭三十載，一家通籍在承明[2]。

【校注】

〔1〕少年行：樂府雜曲歌詞，本出於《結客少年場行》，多咏少年輕生重義、任俠游樂之事。

〔2〕承明：漢代宮殿名。

雨　　中〔1〕

客裹窮愁苦不禁，卷簾風雨正涔涔。來蜂去蝶翻飛急，細柳高槐自在深。

【校注】

〔1〕此題共二首。此首見《沅湘》。

其　　二

天際青山望裹孤，暗雲浮動樹全無。滄洲杜芷迢迢遠，近路蘼蕪却更腴。

黎　淳[1]

字太樸，華容人。天順丁丑狀元。性耿介。門生尹華亭以雲布寄淳[2]，淳責之曰："古之爲令，拔葵植桑[3]；今之爲令，織布添花，吾不用妖服。"初，晋修撰，預修《一統志》。純皇即位[4]，充經筵講官。成化丁亥修《睿皇實録》[5]，陞左庶子。丁酉修《續資治通鑑綱目》[6]，陞詹事。戊戌陞吏部右侍郎，九載改南禮部尚書。辛亥以疾致仕歸。卒謚文僖。

【校注】

〔1〕黎淳事見《明史·高瑶傳》附。

〔2〕雲布：一種繪有文采的細質布。

〔3〕拔葵：《漢書·董仲舒傳》："公儀子相魯，之其家見織帛，怒而出其妻；食於舍而茹葵，愠而拔其葵。曰：'吾已食禄，又奪園夫紅女利乎？'"

〔4〕純皇：明憲宗朱見深。

〔5〕《睿皇實録》：記載明英宗生平事迹之史書。

〔6〕《續資治通鑑綱目》：明商輅等撰。

賦得秋江漁唱[1]

欸乃長歌起碧湍，水鄉秋思浩漫漫。響窮絶島嵐光暝，聲入蒹葭雁影寒。鼓枻迥從雲外度，鳴榔空向日中殘。湖山處士多佳致，吟罷西風倚畫闌。

【校注】

〔1〕見《沅湘》。

擬敕借岐王九成宫避暑[1]

鸞輿遥幸醴泉宫，深入烟蘿翠幾重。雲掩畫屏迎舞袖，風清水殿動歌鐘。飛花香度樓前幕，高柳凉生仗外峰。自是此中多勝概，群仙何處更相逢。

【校注】

〔1〕見《沅湘》。岐王：朱祐檜，明憲宗第五子。

登岳陽樓〔1〕

獨立烟波萬頃間，信知勝景隔塵寰。天當盡處疑無地，水到中心却有山。孤棹風雲來遠域，層城鼓角壯雄關。諸侯事業如今古，不見仙人跨鶴還。

【校注】

〔1〕見《沅湘》。

劉　端[1]

字本正，寧鄉人。天順己卯舉人。性篤孝。銓授同知，聞父病趨歸，居喪毀瘠，廬墓。服闋，改授西安府。比至，詢民瘼，修涇陽之廣惠渠，溉涇陽、醴泉、三原、高陵、臨潼田七千頃。又輯修關中古帝王陵寢，咸復舊觀。時商州流民數萬，招徠編集一萬一千户有奇。秩滿還，囊橐蕭然。事繼母段[2]，尤老而愈謹云。弘治初賜旌表[3]。

【校注】

〔1〕事見《寧鄉縣志·人物·孝行》，又見《沅湘》。

〔2〕段，原爲“叚”，據《寧鄉縣志》改。

〔3〕《明史》卷二百九十六《孝義》及《寧鄉縣志》載此事。

天馬山[1]

有山插天外，如馬騰蒼空。矯矯峻坂疾，揚鬣嘶長風。意氣青霄上，不與鹽車同[2]。汗血良難羈，行當化爲龍[3]。

【校注】

〔1〕見《長沙府志·藝文·五古》，題爲“天馬翔空”。據《寧鄉縣志·地理·山水》，此山在縣東三十里，兩峰高聳入雲，如二馬驤首，故名。

〔2〕鹽車：《戰國策·楚策》：“夫驥之齒至矣，服鹽車而上太行……中阪遷延，負轅不能上。”此處變用原典，指服鹽車的駑馬。

〔3〕“行當”句：《禮記·周官》：“馬八尺以上爲龍。”又《晋書·元帝紀》載童謡：“五馬浮渡江，一馬化爲龍。”

樓臺山[1]

山勢聳樓臺，清曙色常好。東方日曈曨，簾箔尚青杳。仿佛驪山宫，依稀蓬萊島。有酒當躋攀，何須問五老[2]。

【校注】

〔1〕樓臺山：在寧鄉縣南五里。

〔2〕五老：《竹書紀年》載，堯率舜升首山，沿河渚，有五老人於此，爲五星之精。

楊廷芳[1]

邵陽人。天順庚辰進士，授大理評事，多所平反。遷貴州僉事，以疾歸。講學於邑之東山，學者稱東山先生。年幾百齡。學長三絶。卒祀鄉賢。

【校注】

〔1〕見《邵陽鄉土志·歷史·耆舊》，又見《沅湘》。

遊雙清亭[1]

幽亭高聳鎮丹崖，崖下悠悠二水來。兩岸山光摇劍戟，一潭波影浸樓臺[2]。望窮青草湖邊景[3]，隔斷黄茅嶺外埃。乘興幾回登絶頂，恍疑身已在蓬萊。

【校注】

〔1〕《沅湘》題爲“雙清亭二首”，此處録一。雙清亭：在湖南邵陽市北，始建於宋，今尚存。

〔2〕“兩岸”二句：語本温庭筠《河中陪帥游亭》：“滿座山光摇劍戟，繞城波色動樓臺。”

〔3〕青草湖：在湖南湘陰縣北一百里，南接湘水，北通洞庭，湖多青草，故名。

李東陽[1]

字賓之，號西涯，茶陵人，以戍籍隸燕京。甫四歲，奇穎能作大字，景帝召見。後八歲復召。中天順甲申進士，授編修。屢遷禮部侍郎，大拜[2]，晋吏部尚書。歷相兩朝，三主會試。始事孝宗持國，是參大謀，裁定會典廟制，釋諍臣之獄，止三清之祀。海内昇平，稱賢宰相。及受顧命輔武宗，逆瑾專擅[3]，狎視公卿，微東陽存國體、全善類，則士大夫之禍有不可勝言者。瑾雖中銜而心折其公，莫之敢犯。瑾尋伏誅，皆東陽力也。所著《懷麓堂集》百餘卷，詩文冠絶當代，樂府超漢魏一格。卒謚文正，贈太師。

【校注】

〔1〕李東陽：明中葉著名文學家，“茶陵派”宗主，主張學習杜甫，開前、後七子復古之先。《明史》卷一百八十一有傳。今有《懷麓堂集》行世。

〔2〕大拜：本指任命爲宰相，此指入閣。據《明史》本傳，李東陽爲禮部侍郎兼侍讀學士，並入内閣專典誥敕。

〔3〕逆瑾：劉瑾，明宦官。武宗登位後，瑾專朝政，與宦官馬永咸等八人結黨營私，殘害异己，屢興冤獄，貪污受賄，刻剥百姓，時稱“八虎”。正德五年以謀反罪被處死。《明史》有傳。

綿山怨[1]《左傳》

晋文公反國，賞不及介之推也。

五蛇上天一蛇蟄[2]，綿山經月火不滅。君王恩重翻爲讐，不如放作山中囚。君王有臣一非少，貪天之徒但自保[3]。臣心見母不見君，誰言母死非君恩。今辰何辰夕何夕，留與千秋作寒食。

【校注】

〔1〕見《懷麓堂集》(以下簡稱“本集”)。李東陽有《擬樂府》詩百首,每首正題下注明所咏之事出處,並有題解。據《左傳》僖公二十四年載,晋文公回國,賞賜流亡時隨從,忘記介之推,介即與其母隱居綿山。後文公欲其出山,介堅不從。文公命人放火燒山,以迫使介出山,但介仍然不出,結果被燒死。

〔2〕“五蛇”句:介之推未受賞,其從者憐之,在宫門上懸書曰:“龍欲上天,五蛇爲輔。龍已昇雲,四蛇各入其宇。一蛇獨怨,終不見處所。”蟄,原注:“叶。”

〔3〕貪天之徒:指自以爲隨從文公有功而受賞者。介之推曾對其母説二三子以爲己力,不亦誣乎?……況貪天之功以爲己力乎?”

樹中餓〔1〕《烈士傳》

燕左、羊同入楚,遇雨雪,併衣與哀,桃餓樹中死也。

山深雪寒路坎坷,兩死何如一生可。桃才自信不如哀,君若有功何必我。楚王好士得燕才,燕家未築黄金臺,當時周室何爲哉,吁嗟乎,樹中餓死安足惜,何似西山采薇食。

【校注】

〔1〕此篇咏羊角哀、左伯桃事。羊、左均燕人,結爲生死之交,同往楚求仕,途中雨雪,飢寒不能俱生,伯桃並衣糧與角哀,自坐枯樹下死。角哀得以至楚,爲楚平王所重用。

漸臺水〔1〕《烈女傳》

楚夫人貞姜,王出游留夫人於漸臺,江水至,使者遺王符,夫人未敢行,水壯臺傾,夫人流而死也。

漸臺水，深幾許。使者來，誰道汝[2]。不見君王符，空傳君王語。漸臺水，行宫不可度，妾死猶首丘，君王在何處。平生委質身爲君，此時重信輕妾身。君不還，妾當死，臺高高，水瀰瀰。

【校注】

〔1〕本詩所咏事見《列女傳四·楚昭貞姜》。

〔2〕道，"本集"作"遣"。

牧羝曲[1] 《漢書》

漢蘇武使匈奴，衛律説之降[2]，武引刀不屈，單于怒，使牧羝海上也。

嗟汝陵[3]，咄汝律，羝可乳，節不可屈。咄汝律，嗟汝陵，寧爲我死，不作汝曹生。生入朝，身已老，有泪猶沾茂陵草。天遣生還入畫圖，不然誰識冰霜貌。

【校注】

〔1〕此首咏蘇武牧羊故事，見《漢書·蘇武傳》。

〔2〕衛律：本漢人，後投降匈奴，被封爲丁零王。

〔3〕陵：李陵，本漢將軍，兵敗投降匈奴，被封爲王。

五斗粟[1] 《晋書》

晋陶潛爲彭澤令。歲終，會郡遣督郵至縣。吏議以束帶見，潛嘆曰："吾豈能爲五斗米折腰。"遂解綬去也。

五斗粟，不屈人。五株柳，不出門。舉世不容我[2]，上作羲皇民。羲皇夢不見，一枕三千春。

【校注】

〔1〕此首咏陶淵明事。詳見《晋書·陶潛傳》。

〔2〕不容我，“本集”作“不我容”。

太白行[1]《唐書》

唐太史令傅奕奏：“太白見秦分，秦王當有天下。”高祖以狀示秦王。王伏兵玄武門，射殺太子建成、齊王元吉[2]，王遂得位也。

太白經天照城闕，甲光侵肌冷如鐵，秦王袍沾息王血[3]。龍攀鳳附不自繇，何乃棄君來事讐，危言逆耳誰爲謀。古來天子不觀史，飾詞佞筆徒爲耳，胡不自修爲謗弭。

【校注】

〔1〕此詩咏李世民殺其兄建成而奪帝位事。詳見兩《唐書·太宗紀》及《通鑑》“高祖武德九年”記載。

〔2〕建成：李淵長子。元吉：李淵第三子，封齊王。

〔3〕息王：高祖武德九年，追封故太子建成爲息王。

青岩山[1]《唐書》

唐安禄山反，甄濟隱青岩山。禄遣使封刀迫濟以僞命。濟引首受刀，竟得免也。

青岩山，甄郎風高不可攀[2]，禄山使者封刀還。入東京，見黄蓋，帝敕僞官階下拜。鄭虔貶死王維生[3]，故人獨有蘇源明[4]。君不見舞象悲啼樂工哭，賊砍工屍分象肉[5]。

【校注】

〔1〕此詩咏甄濟事。甄濟：唐定州無極人，居青岩山十年。安禄山反，派蔡希德封刀召濟，不從則殺頭。濟寧死不從，終免。後亂平，得到肅宗表彰，並命受賊官者向濟列拜；授秘書郎、侍御史等職。詳見兩《唐書·甄濟傳》及《資治通鑑·唐紀三十六》。

〔2〕風高，"本集"作"高風"。

〔3〕鄭虔在安禄山陷長安時受僞官。兩京收復後，鄭以三等罪貶爲台州司户，不久即逝。王維因受安禄山僞官遭貶，但因其弟願以己之官爵爲兄贖罪，因而減罪。

〔4〕蘇源明：唐東平太守，國子司業。安禄山陷京師，源明不受僞署。兩京復，升考功郎、知事誥。

〔5〕"君不見"二句：據載，安禄山破長安後，命搜捕樂工，運載樂器、舞衣、舞馬、犀象詣洛陽。安禄山在凝碧池設宴，命奏樂，不少原爲玄宗奏樂之樂工歔欷泣下。有樂工雷海清不勝悲憤，擲樂器於地，西向慟哭。安禄山大怒，將雷縛於試馬殿前肢解。事見《通鑑·唐紀》三十四。砍，"本集"作"研"。

王凝妻〔1〕《五代史》

五代王凝爲鄆州司户參軍，卒於官，妻李氏負骸歸。天暮投宿，店主者拒之，引其臂使出。李氏慟曰："我婦人而手爲人執。"遂引斧斷臂。惡其辱於人也。

妾生愛身如愛玉，玉可玷，身不可辱。生不逢魯男子〔2〕，彼氓何知妾爲恥。揮刀斷臂不自謀，已看此臂爲妾仇。不恨妾身生無主〔3〕，但恨妾身爲婦女〔4〕。君不見中原將相誇男兒，朝梁暮周皆逆旅。

【校注】

〔1〕所咏事詳見《新五代史·雜傳第四十二》。

〔2〕魯男子：指柳下惠，春秋魯國人。據載柳下惠夜宿郭門，遇一無處投宿女子，恐其受凍，便衣裹女子抱坐一夜，始終無非禮舉動。詳見《荀子·大略》。

〔3〕恨、生，"本集"分别作"憾""出"。

〔4〕恨，"本集"作"憾"。

冬青行[1]《宋史》

宋景炎三年，元西僧楊璉貞枷發宋諸陵及大臣冢墓凡一百一所[2]。會稽人唐珏痛憤其事[3]，具酒食，召里中少年，夜取諸遺骸葬蘭亭山。後移宋故宫冬青樹植其上，以識焉。

高家陵，孝家陵[4]，鱗骨盡蜕龍無靈。唐義士，林義士[5]，野史傳疑竟誰是。玉魚金粟俱塵沙，何須更問冬青花。徽欽不歸梓宫復，二百年來空朽木。穆陵遺骼君莫怨[6]，得葬江南一抔足。

【校注】

〔1〕此篇所咏事詳見《續資治通鑑》卷一百八十四。

〔2〕楊璉貞枷：元代僧人，作惡多端，詳見《元史·釋老傳》。

〔3〕唐珏：宋末人，字玉潛。少孤苦勤學，聚徒教授。羅有開撰《唐義士傳》記其事迹。

〔4〕高家陵，孝家陵：指南宋高宗、孝宗的陵墓。

〔5〕林義士：即林景熙，字德陽，南宋末詩人。歷泉川教授，宋亡不仕。林亦曾收拾被元人發掘的宋陵遺骸葬於蘭亭山。鄭元佑撰《林義士事迹》記其事。

〔6〕穆陵：南宋理宗葬於會稽之永穆陵，後人多以穆陵稱之。

題陶知州所藏萱花圖[1]

歲晏風雪至，叢萱不能芳。餘馨不盈把，繫在羅襦裳。縈回寸草心，婉孌愛日光。豈不念舊鄉，關山各異方。少壯遠遊子，此憂安可忘。

【校注】

〔1〕萱花：俗名忘憂草，又名宜男。葉似菖蒲而柔狹，花稍類百合，有紅黄等色。《詩經·衛風·伯兮》有“焉得萱草，言樹之背”句，《傳》：“背，北堂，古爲母所居。”後因以表示對母親之懷念。

竹岡别業

崇風何逶迤，叢竹蔚交翠。下有幽人居，蕭然絶蕪穢。繁陰坐層巘，落葉時一墜。緬懷塵外遊，及此林下醉。從來泉石性，不愛軒冕貴。呼酒酬此君，與子終晚歲。媚哉東園華，寂寞有餘愧。平生貞晦情，兹物乃其類。欲爲招隱歌，羞爲宦途説。因君憶林壑，未免形骸累。炎天增鬱蒸，中夜不得寐。遠睇天東南，凉秋起遐吹。

深宫美人圖

秦宫丘墟漢宫圮，望仙銅雀參差起[1]。隋唐去後花綺空，流落誰家畫圖裏。桂殿椒堂十里香，繡襦寶帶鬬成妝。前庭歌聲後庭舞，鳳輦不來深夜長。玉甌犀筋凉風發，團扇空悲舊時月。不見千門萬户時，衹今何處埋香骨。馬家大練長作裙，沈香錦襪隨風塵。君看掩鼻工讒者[2]，何似辭恩下輦人[3]。

【校注】

〔1〕望仙：漢武帝所建臺觀名。銅雀：漢末曹操所築臺名。

〔2〕掩鼻工讒：楚懷王寵姬鄭袖設計陷害魏美人，至使其被割鼻。詳見

《戰國策·楚策四》。

〔3〕辭恩下輦：班姬初爲成帝寵幸，嘗欲與之同輦載，班姬以禮辭之。事見《漢書·外戚傳》。

送武昌徐翁南歸〔1〕

黄鶴磯頭秋草色，高樓四面青山碧。我來君去兩浮萍，忽漫相逢更南北。君家舊在江城居，白頭紗帽隨巾車。作客聊同薊門雁，還家應憶武昌魚。蘭橈桂棹日將晚，斗酒放歌情未疏。杜甫不堪垂老别，嵇康曾著絶交書。徐卿有子吾所羡，騎馬題詩曲江宴。賦詩奏入明光宫〔2〕，詔成捧下麒麟殿。青雲與我最交親，况復山川是舊鄰。送君此去情無限，緑樹猿啼湘水春。

【校注】

〔1〕題下自注："翁，行人鏞之父也。"徐鏞：明成化時人，曾任御史、知府，右副都使等職。

〔2〕詩，"本集"作"終"。

題畫送昌陵楊處士〔1〕

洞庭湖西芳草新，武陵溪南花滿津。山深水曲不知處，燕語鶯啼春復春。紅塵晝斷車馬迹，時有松風掃白石。三尺孤琴一老翁，布衣芒屩無人識。君來遠作長安遊，君去還歸溪水頭。山林鐘鼎各有分，俯仰乾坤安所求。

【校注】

〔1〕昌陵，"本集"作"武陵"。

賞花夜歸圖

江南三月花滿城，城南城北堪遊行。馬蹄衝曉踏春去，日暮歸來空復情。溪橋繫馬紆春步，緑遍蒼苔舊時路。醉眼低迷楊柳烟，春衣坐濕薔薇露〔1〕。重門曲檻花陰陰，李徑桃蹊深復深。手持紅燭候歸路，應有兒童知賞心。賞心自少今已老，每憶花枝被花惱。寄語高林宿鳥知，明朝莫更催歸早。

【校注】

〔1〕坐，“本集”作“半”。

畫　　馬〔1〕

前馬奔騰後馬逐，沙苑東來曲江曲〔2〕。相遭意氣兩不平，踏盡長堤春草緑。奚官一騎高如山，金鐶玉勒聲珊珊。會呼群駿出雲霧，同立春風十二闌。

【校注】

〔1〕“本集”題作“畫馬二首”，此爲其二。

〔2〕沙苑：地名，在陝西大荔縣南洛渭之間，唐時爲養馬之地。

哭舍弟東川〔1〕

樹好連枝折，危身半臂存。乾坤幾時夢，骨肉一生恩。寂寞空殘話〔2〕，蒼茫有斷魂。哀鳴時自觸，痛極本無言。

【校注】

〔1〕“本集”此題共五首，此處選四。

〔2〕話，“本集”作“語”。

慈母嗟何及，三人瘦汝强。提携成老大，辛苦竟摧傷。世事翻今昔，悲歌遞短長。向來門户托，回首意凄凉。

坐客嗟王濟[1]，諸兄愛孔融[2]。科名須爾輩，孝友是吾宗。弄筆時揮灑，論經或異同。羽毛看漸舉，摧折向天風。

【校注】

〔1〕王濟：晋人，性豪奢，有俊才，能言善辯，爲時人推服。《晋書》有傳。

〔2〕孔融：漢末建安人，幼聰穎。兄弟七人，融第六，曾有讓梨之舉，宗族奇愛之。《後漢書》有傳。

束卷朝仍出，移燈暮始歸。病餘心力在，路隔死生違。南國諸生去，西鄰舊主非。向來車馬地，一過一沾衣。

次韵寄沈亞參時陽并柬戴憲副廷珍[1]

聞道南臺鳳[2]，西飛共一林。舊遊經歲改，别恨入江深。迢遞秦關路，驅馳魏闕心。兩鄉書到日，燈火共開襟。

【校注】

〔1〕“本集”題末有“二首”二字，且“陽”作“暘”。

〔2〕南臺：御史臺，因在宫闕西南，故稱。

二月無花柳，春寒尚滿林。倦看書屢廢，愁酌酒須深。廊廟賢臣業，關河壯士心。故人俱在遠，誰與豁吾襟。

種　竹

剩買城中地，多應爲此君。凉生别院雨，緑滿後溪雲。秋至不改色，夢醒時一聞。廛居或未免，聊爾洗塵氛。

哭張行人暉吉

十載同年泪，因君更滿襟。辭家萬里遠，憂國二毛侵〔1〕。病減郎官俸，貧揮使者金。平生冰雪操，絃絶爲知音。

【校注】

〔1〕二毛：人垂老時頭髮呈斑、白二色。語見《左傳》僖公二年。

雪中懷張亨父

寥落城西生事微，朔風吹雪灑人衣。園林黯澹花將盡，海國飄零雁未歸。防病秖須知藥餌，忍寒仍自闔柴扉。無因得見滄洲子，獨坐燈前夜話稀。

竹林别墅

竹林茅屋兩三間〔1〕，大阮風流尚可攀〔2〕。林暝參差隨落照，野凉蕭瑟動秋山。騷人載酒春相過，稚子分泉夜獨還。從此不經州縣路，滿城桃李爲誰顔。

【校注】

〔1〕林，“本集”作“根”。

〔2〕大阮：阮籍，爲“竹林七賢”之一。因其侄阮咸與之同調，故時人稱爲“大、小阮”。

送周梁石知廣德州[1]

州居地僻簡逢迎，作宦從前懶近名。盡日鳴琴清里訟[2]，一春騎馬看村耕。曲江芳草年年路，南國甘棠樹樹情[3]。人説中朝官總好，我今無補愧昇平。

【校注】

〔1〕廣德：明代州名，今屬安徽省。

〔2〕“盡日”句：《説苑》載，宓子賤宰單父，鳴琴而治。

〔3〕南國甘棠：《詩經・召南・甘棠》咏召公南行化民之德，後以“甘棠”頌揚官吏政績。

泰陵忌辰[1]

秘殿深嚴聖語温，十年前是一乾坤。孤臣林壑餘生在，帝里金湯舊業存。舜殿南風難解愠[2]，漢陵西望欲消魂。年年此日無窮恨，風雨瀟瀟獨閉門。

【校注】

〔1〕泰陵：明孝宗朱祐樘陵墓，在北京昌平筆架山東南。

〔2〕南風：相傳虞舜作五弦琴，歌《南風》云：“南風之薰兮，可以解吾民之愠兮。”

送秦武昌廷韶

鳳凰臺上題詩去[1]，鸚鵡洲前建節行[2]。萬里山川佳麗地[3]，六年江漢别離情。悠悠曉夢塵隨馬，漠漠春寒雨帶城。好種甘棠三百樹，他時留咏漢公卿。

【校注】

〔1〕鳳凰臺：在今江蘇南京市南。

〔2〕鸚鵡洲：在今武漢市西南長江中。

〔3〕佳麗地：南朝謝朓《入朝曲》："江南佳麗地，金陵帝王州。"

宿海子西涯舊鄰

匹馬沿溪却度橋，蓽門疏樹影蕭蕭。東陵舊路原相接，北郭幽期豈待招。滿地月明如白晝，一燈人語共清宵。悠悠二十年前事，都向春風夢裏消。

送徐生下第歸

誤落多才與世譏，暫將幽寂掩光輝。草玄亭上侯芭在[1]，白璧山中卞氏歸。江雁過雲寒雨暝，渚花飛雪晚風稀。庭闈别有三公養，未必華簪勝彩衣。

【校注】

〔1〕此句下自注："亨父門人也。"亨父：即張亨父。草玄亭：楊雄起草《太玄經》之處。侯芭：漢鉅鹿人，從楊雄居，受《太玄》《法言》。

送吴江陳知縣

曾踏長橋望太湖，至今夢魂繞東吴[1]。波濤歲久魚龍化，雲霧天空島嶼孤，千里風塵長送客，幾人冠蓋此分符。賢勞未有登臨興[2]，不道官閑一事無。

【校注】

〔1〕夢魂，"本集"作"魂夢"。

〔2〕賢勞：《孟子·萬章》："我獨賢勞也。"

周原己席上賦十月菊

布袍蕭索不勝凉，坐愛芳心共日光。何用門前看五柳，始知秋後有重陽。故園栽處田應熟[1]，小市開時藥正香。自古交期須歲晚，相過不敢避風霜。

【校注】

〔1〕此句後自注："原己尊翁號菊處，原己號菊田。"

夜窗聽雨

瀟瀟殘雨入深更，半灑疏窗半拂楹。芳草池塘應有夢，落花庭院不勝情。聽疑野寺昏鐘遠，望憶江船夜火明。明日曉晴須出郭，葛衣藜杖一時輕。

次韵答愧齋先生[1]

歷歷星霜歲屢移，病來雙鬢幾莖絲。故人别久翻疑夢，往事心勞尚有期。天上浮雲初變日，江南芳草未青時。秖應千里神交地，不識人間是路歧。

【校注】

〔1〕愧齋：即陳音，字師召，莆田人，天順進士，通經術，多門人。

立春日車駕詣南郊

暖香和露繞蓬萊[1]，彩仗迎春曉殿開。北斗舊杓依歲轉，南郊佳氣隔城來。雲行複道龍隨輦，霧散仙壇日滿臺。不似漢家還五時，甘泉誰羡校書才。

【校注】

〔1〕暖香和露，“本集”作“暖香和霧”。

重謁孝陵[1]

龍虎諸山會，車書萬國同。星躔還斗極，王氣繞江東。地涌神宮出，橋分御水通。丹爐晨隱霧，石馬夜嘶風。日月無私照，乾坤仰聖功。十年瞻望處，雲樹鬱葱葱。

【校注】

〔1〕孝陵：朱元璋陵墓，在今南京市中華門外鍾山下。

題趙仲穆挾彈圖[1]

東風挾彈小城春，遊騎飛韁不動塵。道上相逢休錯問[2]，衛家兄弟霍家親。

〔1〕此詩“本集”凡二首，此爲其一。趙仲穆：即趙雍，趙孟頫之子，元代著名畫家，尤善畫人馬竹石。

〔2〕錯，“本集”作“借”。

春　鶯[1]

柳花如雪滿春城，始聽東風第一聲。夢裏江南舊時路，隔溪烟雨未分明。

【校注】

〔1〕“本集”題作“黄鶯”。

燕

繡户朱簾有路歧，别時嫌早到嫌遲。主家只解憐毛羽，涴盡雕梁不自知。

畫竹

漢皋亭上起秋風，夜逐湘靈下楚宫。曉入碧雲看不見，墮釵遺珮各西東。

茶陵竹枝詞[1]

溪南溪北路縈回，洞裏桃花幾度開。楓子鬼來天作雨[2]，雲陽仙去水鳴雷[3]。

【校注】

〔1〕此題凡五首，見《茶陵州志》而不見於“本集”。

〔2〕楓子鬼：楓樹瘿瘤，如人面形，雨後驟長，稱“楓人”，亦稱“楓子鬼”。

〔3〕雲陽：傳説的木精。《抱朴子》：“山中大樹有能語者，其精名曰雲陽，呼之則吉。”

前題

緑鬟荆釵雙髻螺，青裙高繫小紅靴。阿婆舊是茶陵女，教得娃兒能楚歌。

儂飽蒸藜郎插田，勸郎休上販茶船。郎在田中暮相見，郎乘船去是何年。

春盡田家郎未歸，小池涼雨濕絺衣。園桑緑罷蠶初熟，野麥青時雉始飛。

白紙黄墳野草生，柳烟榆火照清明[1]。楚娥不識鞦韆戲，兩兩沙頭接臂行。

【校注】

〔1〕榆火：以榆木取火。《周禮·夏官·司爟》："四時變國火，以救時疾。"鄭玄注曰："春取榆柳之火。"

劉大夏[1]

字時雍，華容人。天順己卯鄉試第一，甲申進士，官選改兵部。時中官獻取交南策以中旨，索永樂時兵數甚急，大夏故匿其籍，事遂寢。朝鮮使請改貢道，中官有爲朝鮮地者，大夏不從，事亦寢。陞廣東布政，調浙江左布政。會河决張秋，委大夏以都御史往治，五旬告績，進户部侍郎兼僉都御史，尋督兩廣軍務，進兵部尚書。時上勵精圖治，任大夏如左右手。毅皇立[2]，數乞致仕，進太子太保，賜璽書乘傳歸家。劉瑾素嗛大夏，摭他事捕繫獄，謫戍肅州[3]。瑾誅，赦還。卒謚忠宣，諭祭葬。許宗魯曰："公明識治體，如賈太傅；通達國事，如陸敬輿[4]；質直不阿，如汲長孺[5]；廉潔不枉，如包希仁[6]；忠誠懇切，如司馬君實[7]。"蓋實録云。

【校注】

〔1〕《明史》卷一百八十二有傳。

〔2〕毅皇：明武宗朱厚照。

〔3〕肅州：地名，今甘肅酒泉。

〔4〕陸敬輿：唐陸贄，官至宰相。

〔5〕汲長儒：漢汲黯，武帝時官至主爵都尉，以鯁直見稱。

〔6〕包希仁：包拯，爲人剛正嚴峻，執法如山。

〔7〕司馬君實：宋司馬光，曾任宰相。

贈謝御史[1]

手持鐵簡氣如雷[2]，獨立當前不可回。三疏忠貞卑泰華，九天雨露隔蓬萊。孤帆半落吴江樹，疋馬還瞻郭隗臺。莫道此行身便了，百年事業待重來。

【校注】

〔1〕見《沅湘》。

〔2〕鐵簡：御史所持的手版。御史應鐵面無私，故名鐵簡。

予三渡君山，皆爲風雨阻。今夏渡湖北上，忽南風大作，將予舟竟送君山，泊而登覽，喜賦〔1〕

青螺十二出没間〔2〕，幾度來遊空往還。風雨昔年皆偶爾〔3〕，亭泉今日應躋攀。勝遊纔了平生願，浮世欣逢一日閑。看遍江南花共柳，何如福地聽潺湲。

【校注】

〔1〕《劉宣公遺集·詩·卷二》載此詩，但文字出入較多，今附於下："君山在洞庭湖中。予三度擬游，因風雨不克登。偶因北上渡湖中，舟爲南風所送，晚泊君山，纔得一登，以償夙願，口占一律云：'洞庭好景説君山，幾度令人興盡還。清風有情催我棹，白雲無意到禪關。勝游纔了十年約，浮世欣逢半日閑。看遍江南多少景，何如此地出塵寰。'"

〔2〕青螺十二：形容君山如十二青螺髻。宋黄庭堅《雨中登岳陽樓望君山》有"館結湘娥十二鬟"句。

〔3〕年，《沅湘》作"時"。

李兆先[1]

字徵伯，西涯先生子。十餘歲能爲歌詩古文，驚其長老。以蔭爲國子生。年二十七卒，天子致賻。

【校注】

〔1〕事見李東陽撰《子兆先墓誌銘》。

送　人[1]

南國騷人憶薜蘿，每逢尊酒一酣歌。隔年鄉信春前至，入夜歸心夢裏過。舊路漸隨燕樹遠，故山偏傍越溪多。陽和到處流澌盡，時送東風與碧波。

【校注】

〔1〕見《沅湘》。

送李士綸南還[1]

碧水長衫映黑頭，歸時還及洞庭秋。家山別後無鄉信，霄漢從來有壯遊。慚我屋廬占上國，送君魂夢繞中洲。東園甘旨堪供養，正值西風白稻收。

【校注】

〔1〕見《沅湘》。

漫　興

小園散步暫徘徊，黯靄陰雲去復來。深樹欲秋黄落葉，斷階經雨碧生苔。頻搔短髮和愁亂，静掩蓬門待客開。無限悠懷酣睡裏，日華亭午夢初回。

春日答所知

草堂無事起常遲，閑愛逢春静愛詩。十日濃陰常帶雨，一池空碧漫生漪。青回院柳鶯猶澀，開到園花蝶未知。三尺短墻君共我，韶光如此合分誰。

絶　句

酒家高樓臨水邊，門前柳枝好繫船。北人過來醉一晌，南人住此又經年。

行人折柳寄相思，又見春風换故枝。若問無情閑歲月，恰是新條未出時。

秋來賈客泪沾巾，路草墻花各自春。莫向中流歌楚調，舟中多是贛州人。

楚風補卷之十九

明

楚憲王

諱瞻善[1]。永樂間封國長沙，改襄陽。成化十四年卒。謚憲。

【校注】

〔1〕清同治《長沙縣志·職官·歷代封建考》載，楚憲王名瞻墡，仁宗第五子，永樂二十二年封。《明史》有傳。

憶南岳

衡岳高峨峨[1]，根盤幾百里。危峰仰層霄[2]，巨岳奠南紀。空中紫蓋停[3]，雲外芙蓉峙[4]。我嘗欲神遊，乘風振霞舉[5]。一覽洞庭秋，瀟湘在眼底[6]。

【校注】

〔1〕岳，《明詩綜》作“山”。

〔2〕仰，《明詩綜》作“插”。

〔3〕停，《明詩綜》作“峰”。

〔4〕雲外、峙，《明詩綜》分别作“有若”“蕊”。

〔5〕“我嘗”二句，《明詩綜》無。

〔6〕“一覽”二句，《明詩綜》作“欲泛洞庭舟，瀟湘正秋水”。

吴　　維[1]

衡山人。成化辛卯舉人。官縣令。

【校注】

〔1〕清光緒《衡山縣志·人物·宦業》載，吴維曾知靖安縣，爲吴紀之弟。

同陳督學遊岳

衡山高聳洞庭南，天引和風息瘴嵐。陵谷不遷黄鵠洞，風雷長護赤龍潭。林間幽興蘭爲佩，塵宇浮雲馬在驂。却憶昔賢栖隱處，萬山烟樹一雲庵。

華　清〔1〕

字廉夫，應城人。成化壬辰進士，授蘇州推官，以直免。歸，杜門自適。温文爾雅，兼工書畫。所著有《西山集》。

【校注】

〔1〕清光緒《應城縣志·人物》有傳。

櫟林新市

茅茨翳林麓，舟檣蔽沙嘴。春風吹酒旗，人烟二三里。昔爲桑麻村，今爲魚鹽市。争利日營營，有如慕羶蟻。太樸不可復，習俗成澆詭。吁嗟理固然，西園亦開邸。

鄧　　庠[1]

字宗周，宜章人。成化壬辰進士，授行人，使諸藩，餽遺無所受。拜御史，疏八事，上皆嘉納。巡按陝西，録囚多所平。及丙午，貴州守臣奏都勾苗賊爲患，上命公往。公直詣賊巢，諭以禍福，降之。遷河南副使，歷陞都察院右副都御史，巡撫河南，疏参太監廖堂。辛未，晋户部右侍郎，乞歸。結屋臨清溪，因以東溪自號。甲戌，復起以都察院左都御史，巡撫蘇松[2]。陞南京户部尚書，力辭還鄉。卒，賜祭，崇祀鄉賢。

【校注】

〔1〕清嘉慶《郴州縣志·人物·宦業》有傳。《沅湘耆舊集》有鄧庠《東溪草堂詩集》十七卷存目。《四庫全書》有《東溪稿》十卷存目。《郴州縣志》録其詩九首，《沅湘耆舊集》録其詩五十一首，但均無《楚風補》所録兩首。

〔2〕蘇松：蘇州、松江。

登衡岳

蕭颯西風夏亦寒，琮琤泉溜灑飛湍。一杯滄海寰中見，九點齊州頂上觀。蘭苣著花香馥郁，峰巒新雨翠巑岏。菖陽石髓堪延壽，相伴丹霞向晚飡。

蒙　　岩

路入仙宫半日留，尋源渾似武陵游。鶴巢松老雲岩暖，泉噴花香玉井幽。芝草每依奇石秀，玄猿時向茂林投。爐烟縹渺南窗下，閑借黄庭一校讐。

王守貞[1]

字乾亨，崇陽人。成化丁酉舉人。性剛直，敦孝友。知廣安州八載，乞終養。歸，田宅盡以讓兄。鄉人義之，蜀祀名宦，本邑祀鄉賢。

【校注】

〔1〕清同治《崇陽縣志·選舉志》有記載。

東流寺

雨雨風風柳入秋，歐家陂上一横舟。石橋茅屋依山静，古剎禪房傍水幽。多士文章今去國，幾人車馬此來遊。老僧不盡殷勤意，茗碗香浮爲我留。

黄廷臣〔1〕

字良弼，寧鄉人。成化丁酉舉人，官衢州府通判。

【校注】

〔1〕清嘉慶《寧鄉縣志·選舉志》有記載。

樓臺山

郭外青山絶點埃，層巒叠嶂晃樓臺。雖無百尺榱題巧，疑有雙飛燕雀來〔1〕。曙色漸開烟樹杪，廉隅高聳碧蘿隈。白雲縹渺閑來往，舒卷悠悠日幾回。

【校注】

〔1〕《淮南子·説林》："大厦成而燕雀相賀。"

吴　紀[1]

衡山人。成化戊戌進士，官郎中[2]，以忤瑾出爲浙江參政[3]。逾年致政歸，行李蕭然。居家角巾自適，絶迹公府，産不滿中人。日與南臺無礙僧爲方外交，自號五峰道人。所著有《貽清軒漫稿》。

【校注】

〔1〕清同治《衡山縣志·人物·宦業》載，吴紀字理之。

〔2〕《衡山縣志》記爲“授兵部主事歷員外郎中”。

〔3〕《衡山縣志》此句後記曰：“曾遣賑陝西西安各部，活饑民六百餘萬”，“捐俸二千餘兩儲庫以備賑濟”。瑾：劉瑾，明武宗時宦官，受寵一時，爲司禮監。網羅奸佞，排斥正士，專權誤國，後被誅。

祝融峰

巍巍衡岳插晴空，第一高峰是祝融。萬里山河歸指顧，兩輪日月累西東。聖燈夜照朱陵洞，瑞氣光連紫極宫。安得此身超物外，手招黄鶴駕天風。

羅應衡[1]

字鳳山，益陽人。父貢入京，舟溺月子河。母哭喪明。公幼養母，家貧，爲人傭書。或有過，輒以杖授瞽母手，俯身受責。從叔憲長公學。成化庚子舉於鄉，初通判淮安，陞金州知州。

【校注】

〔1〕清嘉慶《益陽縣志·人物·孝友》有傳。

浾溪帆落[1]

舟從江上來，帆向溪中落。自緣灘石危，不是風波惡。

【校注】

〔1〕溪：在湖南益陽縣西南。

朱伯驥[1]

通山人。成化癸卯舉人。築室溪南，專精理學。後任廣州推官，從白沙陳獻章遊[2]，浩然有歸志。已而上書論古今人才不相及，白沙以爲知言。遂棄官歸，講學到老。

【校注】

〔1〕清同治《通山縣志·人物·鄉賢》有傳。

〔2〕白沙：今廣東江門新會區東。陳獻章：明朝名士，初被薦作翰林院檢討，不久乞歸，隱居於白沙，世稱白沙先生。

賦得聞道神仙不可接

始皇眼底有蓬萊，鼉鼓翠旂海上回。九候丹黄昏夢影[1]，龍樓應向鼎湖開。

【校注】

〔1〕九候丹：即九轉丹。

黄　　寶

字廷用，號東岡，善化人[1]。成化甲辰進士，官吏部文選郎。風節凛然，有“黄寶不愛寶”之謡。遷太常卿，擢都御史，巡撫陝西潼關，近邊城，堡多圮廢，羽檄旁午。公多設方略，虜莫敢犯。逆瑾柄國，歸。瑾敗復起，巡撫雲南，不逾月以疾卒。賜祭葬。著有《東岡集》。

【校注】

〔1〕據清同治《長沙縣志·人物一·黄寶籍貫考异》，黄寶應爲長沙縣人。善化：縣名，一九一二年併入長沙縣。

感　　秋

黄蘆瑟瑟雁南飛，摇落秋聲冷襲衣。天地風霜吾輩老，江湖烟雨釣船歸。幽情更不關寒暑，塵世休須論是非。十載林巒甘寂寞，從來官罷友朋稀。

程　温[1]

字德和，祁陽人。成化甲辰進士，授南京吏部主事，陞南通政司參議。才望重一時。會劉瑾用事，焦芳秉銓[2]，舊輔劉健、謝遷並罷。公毅然曰："君子退，小人進，非所以保太平之業也。"草疏將上，忽内批致仕，遂拂衣歸里。家藏書頗多，盡以儲學中。

【校注】

〔1〕清同治《祁陽縣志·人物·政績》有傳。

〔2〕焦芳：明天順進士，正德年間擢吏部尚書，與劉瑾狼狽爲奸。

浯溪讀中興碑[1]

我家屋後十丈石，當年刻作中興碑。火燔角觸不損滅，自有鬼神嚴護持。中興事業不足尚，太師書法蟠蛟螭。已知忠義真踪迹[2]，定與天地同終期。詞希風雅漫郎頌[3]，意學春秋山谷詩[4]。囂囂更勞幾機杼[5]，窮幽發伏争呈奇。我生愛書來不厭，懶聽誰家談是非。

【校注】

〔1〕浯溪：源出湖南祁陽西南松山。中興碑：即《大唐中興頌》，刻於浯溪畔崖石上。其文爲唐元結所撰，叙述安史之亂、肅宗平叛、大唐中興等事。由書法家顔真卿書寫。

〔2〕顔真卿爲人忠義剛直，奉德宗詔招降叛將李希烈，不爲希烈百般籠絡所動，遂遇害。

〔3〕漫郎：元結的别號。

〔4〕山谷：即黄庭堅，號山谷道人，有《浯溪圖》詩。

〔5〕機杼：《魏書·祖瑩傳》："文章須自成機杼，成一家風骨。"

李　顯〔1〕

字榮宗，桃源人。成化甲辰進士，官户部主事，監課崇文門及督京倉，清慎著聞。補南康知府，以惠愛稱。未幾，乞休居鄉。剛介不污，而樂於汲引，非時不見。有司祀南康名宦。太史廖道南《楚紀》載，公守南康，倣朱文公白鹿洞規興學勸士。贊曰："有官守者，孰曰盡職？有言責者，孰曰盡忠？程李趙羅，明試以庸。"李即公也。

【校注】

〔1〕《桃源縣志·人物·吏材》有傳，記其號南坡。

桃源洞

仙源迤邐萬山圍，不見漁郎舊釣磯。流水落花春自老，石田茅屋昔人非。崖門重掩疑無路，嵐氣生寒欲濕衣。應與塵寰杳相隔，斷橋芳草自菲菲。

李承箕[1]

字世卿，嘉魚人。幼有大志，不喜爲舉子業，好爲古詩文。入大崖山讀書[2]，非禮不動。赴成化庚子鄉試，考官桑悦首選其卷，監臨者不從。悦上書政府論薦。丙午舉於鄉，丁未一試禮闈而歸。聞嶺南陳獻章講學，徒步往師之。不求仕進，乃築釣臺黄公山[3]，與兄承芳貧約奉母，怡愉一堂。及母喪，苫塊不離[4]。爲人寡言笑，終日端坐，人莫窺其所存。爲詩文，下筆立就。工草書。所著有《大崖集》[5]。

【校注】

〔1〕清乾隆《嘉魚縣志·人物·賢達》有傳，記其號“大崖”。《明史·陳獻章傳》附載其事。

〔2〕大崖山：即大壓山，在湖北嘉魚縣南。

〔3〕黄公山：在嘉魚縣。

〔4〕苫：草墊；塊：土塊。古時居喪，草墊作席，土塊作枕。

〔5〕《大崖集》：《四庫全書》存目。

次韵石翁寄容一之圭峰[1]

清秋望不極，楚客思無邊。得句雲歸岫，開尊月上弦。坐平臨海石，飲足在山泉。歸面垂崖壁，從頭又幾年。

【校注】

〔1〕石翁：陳獻章，號石齋，人或稱石翁。圭峰：在廣東新會縣北，又名玉臺山，山中有“白沙講堂”。

用茂卿兄韵呈定山先生[1]

紛紛歧路竟何之，我且東行住少時。春好一年留酒國，花殘兩度見辛夷。夢隨莊叟迷蝴蝶，醉過山翁倒接䍦。何日杖藜期度嶺，江門無地不宜詩[2]。

【校注】

〔1〕茂卿：胡松，字茂卿，正德進士，官至工部尚書。定山：莊㫤，成化進士，後隱居定山二十多年，學者稱爲定山先生。

〔2〕江門：在廣東新會縣北，因西江由此入海，故稱。

次韵羅服周見懷

錢落叉頭酒漫支，半醒半醉獨吟時。詩科案月何曾負，交分投君不自知。白苧舞殘楊柳月，青筇拄遍芰荷陂。漁歌又續前溪響，驚起水禽鳴夜池。

吴廷舉[1]

字獻臣，嘉魚人。成化丁未進士，授順德令，歷陞僉事。忤逆瑾，詔獄，謫戍雁門。瑾誅復職，仕至南京工部尚書。初令順德，時督府欲爲内臣營家廟，公弗聽，氣節稜稜，若秋霜烈日。筮仕四十年，無以恤其身家。萬曆中，謚清惠。

【校注】

〔1〕清乾隆《嘉魚縣志·人物·賢達》有傳，《明史》亦有傳。所著《西巡類稿》，《四庫全書》存目。

登岳陽樓

廊廟江湖憂樂兼，岳陽形勝范公添。客逢好酒休辭醉，人取虚名忌過廉。澤國遺風思郢士，家宗事業愧吴潛[1]。渚蘭汀芷吟邊滿，欲嗅幽香信手拈。

【校注】

〔1〕吴潛：宋人，嘉定十年（1217）舉進士第一，歷官至江東安撫留守。

題魯振之已有園

夢野臺前内翰家，周遭活水四時花。水經花譜編摩就，不管人間有歲華。

陳廷璲[1]

字邦器，攸縣人。性至孝。母彭氏卒，哀毁廬墓，有靈芝、烏鵲之異。弘治改元。應懷才抱德聘，未官而卒。著有《廬墓詩》《天峰樵唱》。

【校注】

〔1〕清同治《攸縣志》録其《望陽升觀諸山》一詩。

望陽升觀諸山

悵望仙山何處是，白雲天際見蓬萊[1]。尋常有路從頭問[2]，七十一峰當面來[3]。流水浮花歸洞口，清風隨客上天台。松間若有盧瓊出[4]，不惜殷勤送酒杯。

【校注】

〔1〕見，《攸縣志》作“聳”。

〔2〕有，縣志作“一”。

〔3〕七十一，縣志作“三十六”。

〔4〕出，縣志作“在”。

劉　績[1]

字用熙，江夏人。弘治庚戌進士。淹貫群籍，撰述根極理要。歷官吏部員外，補鎮江知府。所著有《禮記正訓》《蘆泉詩文集》[2]。

【校注】

〔1〕清同治《江夏縣志·人物·藝文》有傳。

〔2〕《四庫全書》載《禮記正訓》等三種文集目録，但無《蘆泉詩文集》。

望洞庭

飛樓縹渺枕城陴，俯鑒湖山便覺奇。龍女出宫纔露髻，鯨魚聽樂久揚鬐。周遭作准平千里，上下含光合兩儀。荆楚衆流咸吐納，古今似欠禹王祠。

李　敷[1]

寧遠人。弘治庚戌進士，授工部主事，遷廣東雷州知府。二年，以老乞休，歸林下十餘年。足不履公庭，鄉里高其節。

【校注】

〔1〕《寧遠縣志·選舉》有記載。

懷九疑永福寺[1]

俗遠風塵隔，春還初服遲。林栖疑嶺地，人似舜皇時。芳杜湘君曲，幽蘭楚客詞。忘憂草長在，惠我慰相思[2]。

【校注】

〔1〕九疑：即九疑山，在今湖南寧遠縣。

〔2〕惠我：《詩經·周頌·烈文》："惠我無疆。"

袁宗皋[1]

字仲德，石首人。廣東左藩公愷之子，與弟宗夔舉於鄉，時稱“三鳳”。登弘治庚戌進士。興邸分封安陸，選充長史。興獻帝[2]嘗曰：“袁長史厚内方外，盛德長者。”肅宗入繼大統[3]，扈蹕肅儀，人以周昌目之[4]。及即位，輔翊益勤，陞吏部左侍郎，旋遷禮部尚書兼文淵閣大學士。卒贈太子太保，謚榮襄。

【校注】

〔1〕清同治《石首縣志・人物・鄉賢》有傳。

〔2〕興獻帝：即興獻王朱祐杬，封於安陸，後爲其子明世宗朱厚熜追贈爲興獻帝。

〔3〕肅宗：明世宗朱厚熜。

〔4〕周昌，縣志作“宋昌”。

石城暮雨

幾登石城上，雨打梧桐秋。不堪鄉思重，直北是神州[1]。

【校注】

〔1〕直，《湖北詩徵傳略》作“此”。

龍山曉鐘[1]

山深野寺幽，月落鐘聲早。遠度寒城來，驚殘清夢曉。

【校注】

〔1〕見《湖北詩徵傳略》。

顔頤壽[1]

字天和，巴陵人。弘治庚戌進士，授寶坻令[2]，調淇縣[3]，民立生祠。官都御史[4]。正德己卯，宸濠謀不軌[5]，事覺，頤壽往勘。未至而反狀著，頤壽急奏之，因留軍中紀功。事竣，遷刑部侍郎。嘉靖初，進南禮、户二部尚書。嘗奏留諸道歲漕數十萬石。改北京都御史，未幾改刑部尚書，坐失獄[6]，免。性温厚，美豐髯。居鄉雅重，未嘗以勢位淩人。隆慶初追復官爵，加太子少保。

【校注】

〔1〕清光緒《巴陵縣志·人物》有傳。

〔2〕寶坻：今天津寶坻區。按縣志記爲河南寶豐縣令。查《河南通志·名宦》，縣志所載是。

〔3〕淇縣：今河南淇縣。

〔4〕按，縣志此句前有"昇光禄少卿轉大理"句。

〔5〕宸濠：朱宸濠，弘治中爲寧王，正德時謀反，被王守仁擊破，誅於通州。

〔6〕據縣志載，顔頤壽因議山東反賊李福達而忤上，下獄。《明史·世宗本紀》記載略同。

題岳陽樓

吴楚樓臺此大觀，丹梯百尺入雲端。乾坤俯仰俱陳迹，今古江山一倚闌。柳樹和風黄鳥語，蘭汀細雨白鷗寒。卷簾更覺塵氛遠，身世渾疑跨紫鸞。

王　　甸[1]

字易之，崇陽人。弘治壬子舉人，官大庾令[2]。清介自持。免梅嶺夫役，以能調萬載[3]。壯年致政歸。卒祀鄉賢。

【校注】

〔1〕清同治《崇陽縣志·選舉》載其事。

〔2〕大庾：大庾縣，在今江西省。

〔3〕萬載：縣名，今江西萬載縣。

普惠院

與客携筇訪净扉，東流人渡一舟微。雲開老鶴頻依錫[1]，雨壓殘花易濕衣。荒徑繞林松葉滑，午風清坐鳥聲稀。鋳躇欲盡無邊興，更出山僧幾局棋。

【校注】

〔1〕錫，《湖北詩徵傳略》作“杖”。

何孟春[1]

字子元，郴州人。弘治癸丑進士，授兵部職方主事。歷郎中，補河南參政，入爲太僕卿，以僉都御史巡撫雲南，召爲吏部右侍郎。世廟即位[2]，以議尊親禮[3]，左遷南京工部右侍郎，旋削籍屏居。著述有《餘冬敘録》行世[4]。穆廟初[5]，追贈禮部尚書，賜謚文簡。

【校注】

〔1〕《郴州縣志·人物·宦業》有傳，《明史》亦有傳。

〔2〕世廟：明世宗。

〔3〕議尊親禮：指明世宗與衆大臣争議其母尊號之事。

〔4〕《餘冬敘録》：屬《何燕泉三種》之一。《四庫全書》載《何燕泉詩》四卷。

〔5〕穆廟：明穆宗。

蘇仙嶺[1]

馬嶺古佛地，蘇仙此爲宫。靈異其如何，巨石有遺踪。我時得清暇，雲外窺洪濛。猶見前輩人，葆蓋紛相從。往返雙黄鵠，神光映晴空。有心願執鞭，遨遊東海東。飡霞契元化，煉氣入無窮。羽翼如可生，蓬瀛駕剛風。

【校注】

〔1〕蘇仙嶺：在湖南郴縣東北五里。傳説本縣人蘇耽曾在此成仙，後有人見其乘白馬回山中，百姓遂立祠，故又稱馬嶺。

雲崖書屋[1]

雲陽山下千人軍，將軍劍掃山陽雲。何山復有雲飛揚，猛士才堪守四方。山崖倚天高半壁，上可磨碑九千尺。有時雲來翻墨汁，我當重續燕然銘。千金一字酬山靈，山回老眼崖常青。

【校注】

〔1〕原注："在茶陵。"

桃源圖

昔我遊武陵，坐石窺花源。岸隔丹洞閟，風回緑蘿翻。崩岩奔古月，踏障響哀猿。行車亦已過，始知人境暄。真陽先令欲南往，手持新畫來相訪。武陵山水多不睹，今晨置我高堂上。岩穴如聞鷄犬聲，村墟但見桑麻長。髣髴潭水濱，點綴桃花春。山川似晋代，衣冠猶秦人。回首茫然一烟霧，尋源往復知真處。投簪福地終有期，畫中先認花源樹。

洮岷道中〔1〕

景色來西徼，蕭條信遠方。水分羌部落〔2〕，山絶漢封疆〔3〕。幾處青稞熟〔4〕，深憂白雨傷〔5〕。荒城誰爲守，十室九逋亡。

【校注】

〔1〕洮：洮州，在今甘肅臨潭縣；岷：岷州，今甘肅岷縣。兩地都曾於唐代陷於吐蕃。

〔2〕此句下原注："洮河以南即蕃地。"

〔3〕此句下原注："駝羅納郎諸嶺與番有定界。"

〔4〕此句下原注："青稞類大麥。地不生五穀，土人所食惟此。"

〔5〕此句下原注："夏秋恒雹，土人謂之白雨。"

鎮彝道中

不謂來沙磧，還當渡黑河〔1〕。時平疆埸廣，地重戍兵多。禹迹誰修復〔2〕，天城鬼護呵。居延遥可望，無奈合黎何〔3〕。

【校注】

〔1〕黑河：甘州河，在河西走廊，爲弱水支流之一。

〔2〕禹迹：《尚書·禹貢》："導弱水，至于合黎。""導黑水，至于三危。"

〔3〕合黎：兼指合黎山與合黎水。山在今甘肅張掖、酒泉等北面，水所由出。

送菊涯翁

山徑曾陪九日遊，數枝還爲一尊留。買從遠市聊供節，栽向名園合擅秋。漸老有人憐鶴瘦，乍寒無客替蜂愁〔1〕。多情不用防吹帽，短髮猶禁插滿頭。

【校注】

〔1〕蜂，《沅湘耆舊集》作"花"。

雜　畫

莫道春風好，春風易白頭。君看花裏鳥，亦有世間愁。

楊志學[1]

字遜夫，長沙人。繫籍彭城衛[2]。登弘治癸丑進士，任主事。歷官都御史、巡撫。大同邊卒桀驁，屢戕主帥。公感以至誠。召擢户部侍郎，進尚書，扈世廟巡幸興都[3]，督餉免租，民蒙其澤。卒贈太子太保，謚康惠，祀鄉賢。

【校注】

〔1〕清同治《長沙縣志·人物》有傳。

〔2〕彭城：治在今江蘇徐州。

〔3〕興都：明世宗所置承天府，在今湖北鍾祥。

次胡可泉望岳

天上仙人自不群，龍書裊裊太玄文。秦皇臺上雨初霽，漢帝壇西日未曛。鬱鬱古松停鶴馭，岩岩峭壁繡苔紋。羽童兩兩垂青髻，曉起山頭禮白雲。

李永敷[1]

永興人[2]。弘治丙辰進士，官兵部郎中。

【校注】

〔1〕清光緒《永興縣志·人物·理學》有傳，載其字貽教，號鶴山，有《鶴山集》《石屏文稿》。

〔2〕永興：今屬湖南郴州。

問仙洞

野興撩人轉覺繁，問仙落日更移尊。寒江衝緑回漁艇，晚岫分青到石門。宿鳥已看争覓樹，遊人却笑尚尋源。新詞歌徹杯傾倒，歸去林梢月一痕。

楊　褫[1]

字介福，武陵人。弘治丙辰進士，選翰林學士，歷官太僕寺。奏免常德衛孳生馬匹，與鄧巡撫賑荒一書[2]，全楚賴之。

【校注】

〔1〕清同治《武陵縣志·人物·仕迹》有傳。

〔2〕鄧，縣志作“黄”。

桃　川[1]

平川臨古邑，野舫隔烟岑。人代有秦晋，風光無古今。静餘鳴鳥獨，坐久落花深。蓬鬢駸成雪，支筇且漫吟。

【校注】

〔1〕桃川：在湖南永明縣西南。

德　山[1]

家近滄江復面山，青螺斜枕緑楊灣。斷崖瀑挂虹千尺，絶頂僧分雲半間。鳥逐風斜迂閣度，猿窺果熟隔枝攀。梵鐘縱報諸天暝，漁笛徐吹釣月還。

【校注】

〔1〕德山：在湖南常德縣東南，爲道、佛二教名山。

陳洪謨[1]

字宗禹，武陵人。弘治丙辰進士，初授刑部主事，累官至都察院副都御史，再起復兵部左右侍郎，歷見清操，以老乞休歸，築高吾書院，纂輯郡志，極其詳博。卒贈兵部尚書，賜祭葬，祀鄉賢。

【校注】

〔1〕清同治《武陵縣志·人物·仕迹》有傳。所著《静芳亭摘稿》,《四庫全書》存目。

滕王閣新成兼祀二忠[1]

公暇高樓倚晚晴，箇中風物自分明。西山爽氣雙螺迴，南浦澄波一鏡平。沙鳥風帆非適興，江湖廊廟總關情。平生事業孤忠在，仰止前猷感愧並。

【校注】

〔1〕滕王閣：故址在今江西南昌市贛江邊，爲唐高祖之子滕王李元嬰任洪州都督時所建。二忠：據《武陵縣志》，爲文天祥、謝枋得。

登岳陽樓

城頭飛構自何年，作鎮南州勢不偏。停舫秋風聊佇望，幾行征雁去翩翩。

胡文璧[1]

字石亭，耒陽人。弘治己未進士，授户部主事，歷員外郎。正德中，改浙江監察御史，擢太常寺少卿。以戇直出守鳳陽[2]。歲餘，調保定，陞天津兵備副使[3]。尋以禁革皇莊，下錦衣衛獄，謫延安府檢校[4]。世宗踐祚，起爲四川按察使。所著有《文會録》《耒陽遺記》。

【校注】

〔1〕清光緒《耒陽縣志·人物·宦業》有傳，記其字汝重，號石亭。《明史·張文明傳》附載其事。

〔2〕鳳陽：府名，治在今安徽鳳陽縣東。

〔3〕保定：府名，治在今河北保定。天津：天津衛，故城在今天津市三汊口附近。兵備副使：駐軍副長官。

〔4〕延安府：治在今陝西延安。

鹿岐晚嶂

鹿岐上下晚烟凝，野色溪光次第升。沙嘴喚船歸渡客，樹頭持鉢入雲僧。城樓隔岸傳昏柝，漁艇連江起暮燈。嶺外一時新月上，泠泠冰玉洗稜層。

西湖蓮舶

西郊清景説西湖，水色山光勝畫圖。風卷笙歌盈翠袖，香飄荷芰雜青蒲。虚傳佛界天花雨，不説仙壇露掌珠。二十年前遊賞地，多情猶憶酒家壚。

高岡芳草

極目春郊草色多，石橋西帶五層波。暖香撲翠敷茵繡，斜日留紅散綺羅。趁野牛羊歸晚隊，朝天車馬聽晨珂。萋萋正屬王孫怨[1]，莫把陽關向此歌[2]。

【校注】

〔1〕《楚辭·招隱士》："王孫游兮不歸，春草生兮萋萋。"

〔2〕陽關：故址在今甘肅敦煌市西。王維《渭城曲》中有"西出陽關無故人"句，唐時便被之管弦，廣爲吟唱，稱爲"陽關三叠"。

柳尚義[1]

字宗正，臨湘人。弘治己未進士，累官僉都御史，以忤逆瑾除名。瑾敗復起。

【校注】

〔1〕清同治《臨湘縣志·人物·宦業》有傳。

九日登合盤寺

天開新景近重陽，有客登高驄馬行。謫迹久輸陶令隱，病懷無復孟嘉狂[1]。石林兩歇雲藏竇，野寺鳴鐘客到堂。如是山靈應有待，桂花重九尚餘香。

【校注】

〔1〕孟嘉：東晋名士，陶淵明外祖。

陳　警[1]

字得山，攸縣人。弘治辛酉舉人，官綦江令[2]。著有《老鴉集》。

【校注】

〔1〕清同治《攸縣志·選舉》有記載，但無傳。

〔2〕綦江：今重慶綦江區。

送友歸[1]

曉日都門道，輕車一劍横。乾坤俱是客，桑梓總關情。木落千山瘦，霜高兩鬢清。鉏鋙元有用[2]，莫負歲寒盟。

【校注】

〔1〕《攸縣志》此題作“送友”。

〔2〕元，縣志作“原”。

幽花和龍道亨韵

抱素閑田地，孤根久負奇。春風自生意，造物獨心知。態遠忘言境[1]，腸空泣路時[2]。晚來還載酒，清賞未應遲。

【校注】

〔1〕忘言境：《莊子·外物》：“言者所以在意也，得意而忘言。”

〔2〕泣路：《淮南子·說林訓》：“楊子見逵路而哭之，爲其可以南，可以北。”

除　夕

忽忽一年盡，星星兩鬢添。造途思驥逸，出谷看鶯遷。憔悴賈生策，蹉跎王子氈[1]。屠蘇新人手，謾爾問青天。

【校注】

〔1〕王子氈：疑用東晋王獻之事。據《晋書》李傳載，王獻之夜卧齋中，而有偷人入其室，盗物都盡。獻之徐曰："偷兒，青氈我家舊物，可特置之。"群偷驚走。

和范大尹澹泉過訪花園四首録一

園自公遊後，蕭條數日過。嚲枝經雨重，斜燕受風多。泉細暗流韵，鶯嬌巧按歌。嗔兒閑不掃，蛛網漸成窩。

半村兄迓岳翁衡山吴理之大參，會於青陽觀。先，道士王慕松誦白玉蟾留武功詩，時參伯有竹和贈道士，亦得二首録一

疑爾前身河上翁[1]，蒼髯古貌將無同。上天下天白鶴在，出山入山青牛通[2]。纔看蓑笠蓬島外，旋復屨杖挾桑東。醉餘高歌石欲裂，斧柯已爛棋枰中。

【校注】

〔1〕河上翁：即河上公，曾授漢文帝《老子》一書。《神仙傳》載其傳説。

〔2〕青牛：傳説老子騎青牛西游。見《列仙傳》。

别來庠表弟賀有九六首録二

青青路傍柳，悠悠送子情。馬頭無限路，珍重自家行。

日映柳條黄，風吹柳花香。鶯聲落杯酒，容易斷人腸。

魯　鐸[1]

字振之，景陵人。弘治壬戌進士第一，官編修。使安南，歷司業、祭酒。請告家居。嘉靖初屢推卿佐，不起。卒贈禮部侍郎，謚文恪。所著有《蓮北使交東廂》諸集[2]。

【校注】

〔1〕清乾隆《天門縣志·儒林列傳》有傳，《明史》亦有傳。

〔2〕魯鐸尚存有《魯文恪公集》，收入《崇雅堂叢書初編》。

讀李詩

天地獨長久，謂亦終銷镕。朝菌同一盡，何必論喬松。誰云李太白，曠達擅高踪。有酒不自飲，乃勸羲和龍。麻姑既霜鬢，誰能駐顔容。

送友人歸武功

庭皋鳴落木，游人感秋風。援琴起中夜，鮮復襟期同。寒蛩響檐側，高雁翔雲中。鷄鳴戒行李，微日東窗紅。游從集盤榼，酒盡情未終。行人難久留，矯首成西東。願言尺素書，歲歲常相通[1]。

【校注】

〔1〕常，《魯文恪公集》作“嘗”。

雜感三首[1] 録二

孟冬天氣肅，朝霜被蕪萊。寒泉細無聲，鶗鴂鳴何哀。遲遲歲華晚，芳意忽已摧。撫景生感傷，幽思何能裁。

城居苦塵事[2]，去作邳上遊。驅車未及半，且復泛輕舟。峨峨五華山[3]，杳杳三澨流[4]。山水清且閑，俯仰見沈浮。愧無經世才，空有杞人憂。潦倒終宇宙，道廢何能酬。

【校注】

〔1〕三首，《魯文恪公集》作“二十首”，此處所録爲第十三、十五兩首。

〔2〕“城居苦塵事”以下四句，《魯文恪公集》作第十五首。

〔3〕五華山：在湖北天門市東面，一名五花山。

〔4〕三澨：水名。發源於湖北京山縣潼泉山，南流經天門，又東流至漢川入漢水。

池上即事

娟娟雙翠鳥，攖我蓮池魚。的的弄毛羽，暉映紅芙蕖。魚亦我所欲[1]，鳥亦我所愉。得失頗相當，物類况有須[2]。兒童無驚斥，且復供嬉娱。

【校注】

〔1〕欲，《魯文恪公集》作“惜”。《孟子·告子》：“魚我所欲也，熊掌亦我所欲也。”

〔2〕况，《魯文恪公集》作“矧”。

景伯時吕仲木同過雨酌西堂[1]

詞林二妙至，下馬堂西陲。凉飈遂轥轢，流雲蔭門畿。浪浪急雨下，煩囂倏何之。主歡客復樂，披襟對階墀。僮僕得新水，中厨營午炊。盤餐但鷄黍[2]，醪醴隨觴匜。一觴還一咏，主斟客弗辭。游從靡新故，所貴中相知。主人向雨笑，留宿豈復疑。方床近東壁，翠簟開青帷。客起謝主人，明當肅朝儀。高秋取休暇，重來詎無期。歸途曳餘輿，那能問淋漓。

【校注】

〔1〕《魯文恪公集》此題尚有“分韵得知字”五字。

〔2〕餐,《魯文恪公集》作“盂”。

西堂會得友字〔1〕

辛未十月日己丑〔2〕，一尊偶熟西堂酒。八公異路同時來，鐸也迎之適成九。熊峰才望郎曼卿〔3〕，何幸從渠托僚友。希道子冲才不羈，笑談時發文章藪。宗易夢弼雙謫仙，民懷大雅争先後。前身欽之或鼎臣，子淵自是機雲手〔4〕。魯生若復獨尋常，如此高人能致否。傍人數作舜廷官，未老敢比香山叟〔5〕。杯行直欲手不停，殽核雖疏賴三韭〔6〕。歡如平子絶倒時〔7〕，誰數莊生僅開口〔8〕。初筵愛日若春温，好月歸時懸馬首〔9〕。

【校注】

〔1〕《魯文恪公集》此題作“西堂雅集分韵得友字”。

〔2〕辛未十月日己丑：當公元1511年11月13日。

〔3〕郎,《魯文恪公集》作“即”。曼卿：宋石延年字，延年豪爽有才氣。

〔4〕以上熊峰、希道、子冲、宗易、夢弼、民懷、大雅、子淵即爲八公。大雅即俞得儒，永樂間進士。子淵即陸深，弘治進士。

〔5〕香山叟：白居易曾在河南洛陽香山築園，自號香山居士。

〔6〕三韭：韭白、韭黄、韭菁。

〔7〕平子：西晋王澄。《晋書·衛瓘傳》：“琅邪王澄有高名，少所推服，每聞玠言，輒嘆息絶倒。故時人爲之語曰：‘衛玠談道，平子絶倒。’”

〔8〕《魯文恪公集》此句後尚有“階前僕隸亦歡羨，人事天時今不偶”二句。

〔9〕《魯文恪公集》此句後尚有“相期作詩仍作圖，此會人間豈常有”二句。

李在山水行

高秋爽氣生林末，山色朝來如黛潑。西風洗天無閑雲[1]，萬里天心正開豁。群峰盡處見平原，漠漠寬閑水上村[2]。村西返照界斜影，千尋石壁當溪翻。隔溪誰子愛林麓，直傍陰崖結茅屋。墻支亂石就回岩，門向清流只横木。水禽護水飛仍低，小舟渡晚蒼波迷。行人趁渡半不及，夜來應借山家栖。何物李在善摹寫，欲與造化混真假。安得此境置吾人，一時突兀千萬厦。沃壤連溪山復深，安居粒食生林林。眼前寒士皆大庇，杜陵千載同吾心[3]。

【校注】

〔1〕閑，《魯文恪公集》作“片”。

〔2〕閑，《魯文恪公集》作“間”。

〔3〕杜甫《茅屋爲秋風所破歌》：“安得廣厦千萬間，大庇天下寒士盡歡顔。”

漁　父[1]

桃柳穠纖含曉濕，蓬背晴曦曬蓑笠。汀洲草芳鳧雁飛，江風撲岸吹烟急。中湖布網却伊誰？作意包羅意恐遲。春深欲勸同休息，正是魚龍孕子時。

【校注】

〔1〕《魯文恪公集》中無此詩。

出郭次爾錫韵宗易同和

城外韶光好，相將二月過。暖宜鴨乳早，春被柳争多。籠燭防村暝，簪花感鬢皤。詩須陶謝賦，吾爲楚聲歌。

清河次類庵韵

西望群山合，東來一水長。抱村行緩帶[1]，激石動清商。畦潤人操瓮，橋喧客護裝。晴波繞花柳，延佇未爲妨。

【校注】

〔1〕行，《魯文恪公集》爲“紆”。

宿昌平次爾錫見憶韵

薄暮到山城，神疲耳欲鳴。抛書從頁亂，惜燭任花生。寶鋏寒留影，陶瓶細作聲。懷人不成寐，聽徹短長更。

閑　居

遲日閑眠起，徐呼蠟屐來。徑從池上過，還繞屋頭廻。科斗隨魚戲，薔薇冒竹開。兒童更多事，從叟一登臺。

義臺爲婿郭廷貴作次舊韵

林巷仍逃俗，結茅池上臺。果花從牖入，巢鳥隔江回。徑僻苔全合，風徐萍半開。偶嗔雙舞鶴，曉踐菊藤頹。

雙　鶴

近日烟霞友，籠盛兩鶴來。鳴憂霜竹裂，舞襯石苔回。應夢三山遠，休悲六翮摧。湖田堪給汝，生事亦悠哉。

西江别業贈同游曾廷哲

清秋游别墅，小舫溯西江[1]。水落洲全出，霜來葉預降。汀漁入野鱠，風笛度村腔。最荷鄰莊友，追陪載玉缸。

【校注】

〔1〕句後自注："即陸羽《六羡歌》中所云。" 陸羽：《魯文恪公集》作"鴻漸"，鴻漸爲陸羽字。按陸羽《六羡歌》末二句爲"千羡萬羡西江水，曾向竟陵城下來"。

零陵道中[1]

曉出零陵道，烟光滿薜蘿。寒溪泉脉細，霜樹葉聲多。楚國山將盡，交州路幾何[2]。肩輿坐未倦，殘日下岩阿。

【校注】

〔1〕零陵：郡名，轄境相當今湖南邵陽以南及廣西桂林以東一帶。

〔2〕交州：州名，轄境相當今越南河内一帶。

昆崙關[1]

路出昆崙上，中林不見天。巢卑幽鳥護，樹老怪藤纏。空翠疑成滴，陰崖戒近邊。前驅知不遠，斴筞隔蒼烟。

【校注】

〔1〕昆崙關：在廣西邕寧縣東北昆崙山上。

次鍾歸州韵，時鍾歸自外簾[1]

有美歸州牧，乘秋訪釣灘。函開青桂籍[2]，舟艤白蘋灣。且復臨岐醉，休歌行路難。衰遲幸相慰，時遣素書還。

【校注】

〔1〕歸州：州名，轄境相當今秭歸、巴東、興山等地。

〔2〕青桂籍：科舉登第者名籍。

次韵民懷，時盜平後家書不至[1]

遠信長延佇，層軒不散愁。疏才寧濟世，短髪又逢秋。酒欲從今學，書還似舊收。偶來黄菊畔，遥憶白蘋洲。

【校注】

〔1〕民懷：作者友人。見《西堂會得友字》。

芙　蓉

池館芙蓉放，開軒忽眼明。向人渾欲語，照水不勝情。塵土無由涴，風霜秪助清。假令蜂蝶見，應恨負平生。

次韵徐原忠

蓬門未款鶴先知，己有園深出應遲。松徑路晞行藥後，藕汀風動納凉時。夜仍秉燭翻疑夢[1]，春許看花更作期。休倚清時催病客，新文容有北山移[2]。

【校注】

〔1〕杜甫《羌村三首》："夜闌更秉燭，相對如夢寐。"

〔2〕句後原注："己有公園名。"《魯文恪公集》無此注。北山移：南齊孔稚珪所作《北山移文》。

九日東莊

丹楓零落白雲飛，别墅風長酒力微。坐待池菱炊飯出，行逢野菊戴花歸。沙鷗貪看臨秋水，林鵲從教亂夕暉。朝市久違疏散性，欲從漁父問荷衣[1]。

【校注】

〔1〕荷衣：屈原《離騷》："製芰荷以爲衣兮，集芙蓉以爲裳。"

暮春城西即事用少陵韵

春去春來失送迎，送春今歲到春明〔1〕。絮辭官柳欲迷路，花戀御溝還出城。携榼未能燕釀薄〔2〕，試衣渾愛越羅輕。蠶眠麥秀西原暮，記得農桑爲此行。

【校注】

〔1〕春明：唐長安東面有三門，中門曰春明。後以春明爲京都代稱。

〔2〕能，《魯文恪公集》作"論"。

遊牛首並獻花岩〔1〕

清塵曉雨乍霏微，落絮遊絲總不飛。絶巘路通行委曲，大江帆遠見依稀。雲中絳閣初疑畫，洞口青苔欲上衣。擬借岩房留信宿，隔林啼鳥謾催歸。

【校注】

〔1〕《魯文恪公集》題中無"並"字。牛首：山名，在江蘇江寧縣。獻花岩：在牛首山。

送彭中丞獻俘後西征

東南京觀已岧嶤〔1〕，西蜀仍傳破膽謡。匣底青萍應再試〔2〕，手中白羽未全凋。材官用命思探虎〔3〕，天子臨寒欲賜貂〔4〕。從此功高誰比並，漢家麟閣在雲霄。

【校注】

〔1〕京觀：古代戰爭勝利者爲炫耀武功，收集敵屍封土成高冢，稱爲京

觀。

〔2〕試,《魯文恪公集》作“拭”。

〔3〕材官：西漢有材官將軍。此指才能卓越的武官。

〔4〕寒,《魯文恪公集》作“軒”。貂：貂蟬，古代王公貴官冠上飾物。

野　望

東風吹雨宿塵輕，膴膴村原正曉晴。遠樹有花皆辨色，好峰無數不知名[1]。雲開雁鶩横長塞，草緑牛羊上廢城。欲向燕山還極目，夕陽時候更分明。

【校注】

〔1〕峰,《魯文恪公集》作“山”。

何潮東先生約社有作[1]

長安多病憶松筠，詔許還家感聖神。草閣枕書常謝客，花溪行藥或逢人。吟當未穩仍侵夜，飲但微醺不負春。慚愧耆英招入社[2]，重裁野服芰荷新。

【校注】

〔1〕《魯文恪公集》題中尚有“次韵”二字。

〔2〕耆英：年高德劭者。北宋文彦博曾舉辦“耆英會”。

次韵白學士先生讀離騷[1]

是非千古有公評，一讀離騷一愴情。邑犬祗應遭靳尚[2]，江魚争忍負先生[3]。重華何處言詞盡[4]，列傳誰云興可輕[5]。試向沅湘看正氣，春來風浪幾時平。

【校注】

〔1〕《魯文恪公集》題中無“先生”二字。

〔2〕靳尚：戰國楚懷王臣子，與秦張儀有私交，常出賣楚國利益。

〔3〕傳説屈原自沉後，有神魚將其遺體馱回家鄉。

〔4〕重華：即帝舜。《離騷》：“濟沅湘以南征兮，就重華而陳辭。”

〔5〕列傳：指《史記·屈原賈生列傳》。輿，皇輿，原刻本作“與”。常作國君、國家的代稱。《離騷》：“恐皇輿之敗績。”

柳塘聞鶯

小塘纖柳隔烟低，兩兩黄鸝盡意啼。何處新聲在雲裹，誰家幽夢到遼西〔1〕。千林萬壑疑親歷，斗酒雙柑欲自携。一掬清波還洗耳，梧岡聞有鳳雛栖。

【校注】

〔1〕唐金昌緒《春怨》：“打起黄鶯兒，莫教枝上啼。啼時驚妾夢，不得到遼西。”

椰子冠用東坡韵〔1〕

年來雙鬢已成絲，椰實裁冠足令儀。野朴堪爲麋鹿友，清真終異羽流師。衣成荷芰殊同調，杖配桄榔即故知〔2〕。仍把一尊携固有，巢居人醉葛天時〔3〕。

【校注】

〔1〕椰子冠：用椰殻做的冠。蘇東坡有《椰子冠》詩，見《蘇軾詩集》卷四十一。

〔2〕桄榔：一種常緑喬木，生於南方，果實名桄榔子。

〔3〕巢居：傳説上古有巢氏時代，人巢居於樹上。葛天：葛天氏，傳説爲上古帝王，治世不言而信，不化而行。

送澤州陳指揮[1]

轉戰功多舊有聲，暮年歸計入昇平。紫髯兒已傳韜略，青海人猶畏姓名。卧裹弓刀閑愛惜，夢中行陣或縱横。近聞邊報催烽火，還覺當年意氣生。

【校注】

〔1〕澤州：治在今山西晋城。陳指揮：陳九疇，弘治進士，以勇武著名。世宗時曾巡撫山西、甘肅一帶，有外族犯肅州，被其率兵擊敗。

丙戌元日[1]

生平事業秖迂疏[2]，世路憂虞已破除。老去虚名清苦在，閑來真味黑甜餘[3]。床書連屋衣藏蠹，田水通湖食有魚。重向太平逢丙戌，前番憶是六齡初[4]。

【校注】

〔1〕丙戌：指嘉靖丙戌（1526）。

〔2〕秖，《魯文恪公集》作“總”。

〔3〕黑甜：指酣睡，又指白天睡覺。見《青箱雜記》。

〔4〕前番：指前一個丙戌年，爲成化二年（1466）。

次韵秦鳳山中丞留題

前驅駐馬問林塘，遥望褰幃見繡裳。松徑畫輪重有轍，草亭詩刻舊凝香。官階秖任歸青簡，民隱還應入皂囊[1]。慚愧山人疏懶慣，旋求巾舄爲君忙。

【校注】

〔1〕皂囊：黑色的袋子，用以封裝臣下向皇上呈奏的密折。見《後漢

書·蔡邕傳》。

潛江縣阻雨[1]

連日南雲足雨聲[2]，朝來猶未見朱明[3]。親闈引首才三舍[4]，王事驚心第一程。文錦被寒回短夢，素琴絃澀負長清。客懷自與愁相值，曉鐘真堪白髮生。

【校注】

〔1〕潛江縣：即今湖北潛江市。

〔2〕雲，《魯文恪公集》作“榮”。

〔3〕朱明：指太陽。

〔4〕三舍：九十里。古制一舍三十里。

衡陽值家君誕日寫懷

秋槎乘便過庭闈，天府程期可暫違。壽日又逢仍是别，故園只似未曾歸。初鷄聲裏聞寒雨，回雁峰頭送落暉。家遠書遲心緒亂，篋中慚愧老萊衣。

盆桃初放，佳甚，恐開速，詩以勒之

盆裏緋桃烈火新，湘江舟次值芳辰。一抔多土幾何地[1]，徑寸重花無限春。比擬誰堪將醉頰，護持吾欲倚花神[2]。故園親舊須同賞，好爲含章更浹旬[3]。

【校注】

〔1〕抔，《魯文恪公集》作“坏”。

〔2〕倚，《魯文恪公集》作“倩”。

〔3〕含章：包含内美。浹旬：十天。

看　雲

片雲起山頂，如氣生甑中。相看莫相玩，霖雨是誰功。

散　步

細草緣蹊軟，晴朗步履遲[1]。往來深樹裏，啼鳥不曾知。

【校注】

〔1〕履,《魯文恪公集》作“屧”。

秋日讀書，西禪湖漲，久未出。新霽月明，浩然放舟，聊短吟

西風湖水漾秋痕，短褐殘編月閉門。忽見江城上明月，野船村酒弄黃昏。

春日書院二首録一

門巷青苔隔路蹊，小桃開滿磬池西。枕書眠著無人到[1]，花裏東風百鳥啼[2]。

【校注】

〔1〕到,《魯文恪公集》作“喚”。

〔2〕鳥，原注：“一作舌。”

渡漳河[1]

銅雀臺邊濁浪浮[2]，漢人餘恨未應休。誰將赤壁磯頭水[3]，一洗漳河萬里流[4]。

【校注】

〔1〕漳河：衛河支流，源出山西東南部，流經河北河南兩省邊境。曹魏鄴都即北臨漳水。

〔2〕銅雀臺：曹操所築，在鄴都。

〔3〕赤壁磯：三國孫劉聯軍大敗曹操處。

〔4〕里，《魯文恪公集》爲“古”。

纏枝牡丹

牡丹譜系獨稱王，野蔓閑花詎比方。忽記古人因大笑，崇韜曾拜郭汾陽〔1〕。

【校注】

〔1〕崇韜：即郭崇韜，後唐人，仕慶宗有大功。郭汾陽：郭子儀，唐大將，平安史之亂有功，封汾陽王。郭崇韜自認是郭子儀四世孫，於征蜀時曾拜郭子儀墓，見《舊五代史·唐書·郭崇韜傳》。

易舒誥〔1〕

字欽之，號西泉，攸縣人。弘治乙丑進士，授檢討。正德初，逆瑾擅權，誥不屈，改南户部主事。瑾戮，復入翰林。聲譽日起，以親老歸養。家居十四年，杜門却軌，唯事吟咏。所著有《西泉集》〔2〕。

【校注】

〔1〕《攸縣志·人物·宦業》有傳。

〔2〕縣志記其集爲《浯池文集》。

宿開雲堂

古路引松杉，到此開雲堂。周覽日已暮，懷賢意何長。邪穢既逢時，忠信罹禍殃。瀚海非人居，瀟湘留耿光。山川不改色，古來傷我腸。徘徊三四宿，岳氣飛清霜。

書張公萬竹庭卷

張公種竹漢塘東，種滿萬箇廬其中。緬想我公愛竹意，風韵與竹將無同。此君長對令人清，彼愛珠玉爲何人。如今見卷不見竹，見竹何如見卷親。國初去今時未久，詞翰不類今人手。公有孫攸知所寶，避寇間關挾之走。張公高情邈不嗣，學士文章世罕有。我今展卷一長歌，萬頃瀟湘在窗牖。

别院中竹

使我忘羈思，庭邊翠竹叢。映窗常瑣碎，著雨更玲瓏。太史明朝别，此君誰與同。春風各有意，寄入楚湘中。

偶　　書

檐雨亦何意，愁人自上心。十年同蠖屈，一室類蝸吟。恨苦懷難釋，居憂氣轉深。山公聞有疏，何以報知音。

御河烟柳〔1〕

青烟迷玉柳，隱隱近漣漪。密處藏千縷，疏時露半眉〔2〕。魚無驚戲影〔3〕。鴉失舊栖枝。腸斷前川客〔4〕，臨風歸去遲。

【校注】

〔1〕題後原注："選入翰林題。"《攸縣志》題作"御河烟柳應制"。御河：即北京玉泉，又名玉河。源出玉泉山，流經皇城，入大通河。

〔2〕疏，縣志作"輕"。

〔3〕戲，縣志作"係"。

〔4〕腸，縣志作"魂"。

還　　山

四月居城市，喧豗漸與忘。還山依稻熟，出谷取溪凉。地濕莓苔遍，墻頹沼岸妨。比鄰因久别，相見轉情長。

南　　村

吾愛南村好，頻過處士家。白雲留客住，濁酒隔墻賒。陰壑藏春雪，清溪洗暮霞。自今來往慣，薇蕨早抽芽。

曾經濟至京未得家書叠韵

凉色初驚眼，秋風易上心。一床吟後稿，三尺膝前琴。旅夢頻歸楚，吾家舊傍林。高堂知健否，難問故人音。

無　題

逐敵金陵道，一上單于臺[1]。關門秋色斷，羌笛夜聲哀。少婦龍沙夢[2]，長安鶴使回。秖今青海月，流影碧天來。

雄劍委龍鳴，關門白髮生。功成百戰後，老去一身輕。夜月桓伊笛[3]，秋風驃騎營[4]。燕歌何處寫，曲罷有餘情。

【校注】

〔1〕單于臺：在今内蒙古呼和浩特市西。

〔2〕龍沙：指塞外。《後漢書・班超傳贊》："坦步葱雪，咫尺龍沙。"

〔3〕桓伊：東晋人，曾與謝玄共破苻堅於淝水。

〔4〕驃騎：漢武帝時名將霍去病，曾大破匈奴。

得陸太史子淵見懷之作遂和[1]

高才自是朝陽鳳，同輩齊懸學士魚[2]。溪上最憐愁杜甫[3]，園中還有病相如[4]。三年楚國懷人夢，一紙吴門隔歲書。讀罷風前重展看，不知西日轉階除。

【校注】

〔1〕《攸縣志》題作"陸子淵太史見懷作"。

〔2〕學士魚：《宋史・蒲宗孟傳》："舊制，學士唯服金帶，宗孟入謝……乃加佩魚，遂著爲令。"

〔3〕溪：指成都浣花溪，杜甫客蜀時居於溪畔草堂。

〔4〕園：指漢梁孝王梁園，司馬相如爲梁園常客。李商隱《寄令狐郎中》："休問梁園舊賓客，茂陵秋雨病相如。"

述　懷

芳芷一江君子意，春花萬樹野人居。山林踪迹同麋鹿，文字生涯似蠹魚。得意欲忘弦上調，養生惟愛枕中書[1]。極知懶拙隨年甚，不是交遊向晚疏。

【校注】

〔1〕枕中書：書名，舊題晋葛洪撰，記神仙方術之事。

無　題

夜合花香野客愁，淹淹十日懶梳頭。無情不似多情苦，得見争如未見休。興逐浮雲歸楚峽，夢隨寒月到秦樓。於今往事渾難省，付與清湘月夜流。

重登李老先生西涯[1]

入春三日一來過，柳未回青水未波。斷石有痕曾繫馬，舊堂無客爲籠鵝。東風北渚寒猶在，爽氣西山晚更多。因與故人談往事，相看不覺鬢如皤。

【校注】

〔1〕李西涯：明李東陽，號西涯，爲茶陵派領袖。

浯池漫興

四山圍合樹交加，一徑穿雲曲似蛇。占得風烟三畝地，買將春雨一溪花。園多鮮果朝常摘，市近香醪夜可賒。料想他年歸老計，定於此處送生涯。

泉源寺用韵[1]

偶借禪林半日仙，因悲塵世住多年[2]。尋僧漸熟崖邊路，煮茗新分石上泉。屋後鳥聲隨梵應，鉢間龍影托燈傳。蒲團合打趺跏坐[3]，合殿爐烟繞佛旋[4]。

【校注】

〔1〕《攸縣志》題作“泉源寺”。

〔2〕此句縣志作“却忘城市已多年”。

〔3〕合，縣志作“學”。

〔4〕此句縣志作“縹緲金猊栢子烟”。

時正德己卯歲

今朝四十五年客，去矣青春將奈予。晚節正濃營壑興，薄寒將及授衣餘[1]。羸軀但覓延年術，病眼常求大字書。北望京華悲阻絶，到門時或有雙魚。

【校注】

〔1〕授衣：《詩經·豳風·七月》：“七月流火，九月授衣。”

沙河道中

漠漠黄沙路，天寒尚薄氛。鳥飛烟隴没，水到石橋分。矮屋全依樹，危峰半入雲。夷歌清有調，村語樸無文。邊戍愁聞檄，關河舊洗軍。前朝詢故老，凄惻對斜曛。

舒詰於憂悲憤亂中覺人世不可以居，浩然有慕於神遊汗漫之事，作懷仙詞四首[1]録三

羅襪凌波裊素壁[2]，香風不動彩雲輕。真仙一去何時返，江上數峰

秋月明。

【校注】

〔1〕汗漫：《淮南子·道應訓》："吾與汗漫期於九垓之外，吾不可以久駐。"後往往以汗漫作爲仙人的别名。

〔2〕凌波：曹植《洛神賦》："凌波微步，羅襪生塵。"

洞門深鎖萬桃花，中有仙人醉紫霞[1]。待得過橋飡石髓，與君同上紫雲車。

【校注】

〔1〕紫霞：即流霞。《抱朴子·祛惑》："河東蒲坂有項曼都者，與一子入山學仙，十年而歸家。家人問其故，曼曰：'……仙人但以流霞一杯，與我飲之，輒不飢渴。'"

黄庭芝草應難遇[1]，碧海浪玕不易餐[2]。養就一雙珠頂鶴，有時騎上白雲端。

【校注】

〔1〕黄庭：《黄庭經》，道家典籍。

〔2〕浪玕：即"琅玕"，石之似玉者。

題便面[1]

一日長風動千里，片帆高挂春江水。莫作尋常賈客看，或有高人在篷裏。

【校注】

〔1〕便面：即扇面。《漢書·張敞傳》顔注："便面，所以障面，蓋扇之類

也。”

題畫十二首録十

細雨濛濛樹萬重，繞村溪路紫苔封。松崖定有幽人住，知在秋山第幾峰。

淺紅深緑半殘時，出郭尋春不道遲。猶有桐花尚堪把，一尊相對雨絲絲。

攤書草閣林鶯囀，隱几茅檐燕羽翻。不爲西山有懸瀑，杖藜容易過南原。

縱横籬落茅齋小，委曲江干草樹空。一葉孤舟向何處，半帆斜日半帆風。

欲向南村訪薜蘿，風生洲渚起寒波。沙頭恰有垂楊樹，且繫蘭舟莫渡河。

豆花梧葉沿山閣，蟲語秋泉雜梵聲。坐到四更江月起，不孤乘興寺中行。

騎馬看山路轉奢，草橋南畔日西斜。倦來且坐溪邊石，先遣長鬚問酒家[1]。

積雪連朝三尺屯，梅花千樹繞西村。平原莫怪無人迹，僵卧袁安不出門[2]。

曉起尋春一水遥，夜來中酒未全消。陰崖説有桃花片，一路鶯聲送過橋。

寒溪夜漲桃花雨，春岸晴多楊柳風。爲寄函書下揚子，故人多在石頭東。

【校注】

〔1〕長鬚：男僕的代稱。見《古文苑十七·王褒·僮約》。

〔2〕袁安：東漢人，其未仕時，家貧，居洛陽。會天大雪，貧家多乞食，安獨僵卧不出，洛陽令見之以爲賢，遂舉爲孝廉。

胥文相〔1〕

字士衡，巴陵人。少穎異。弘治乙丑進士，授漳浦知縣〔2〕。邑濱海，多盗，增堡練卒，民恃以安。又疏罷銀坑之税。閹瑾擅權，遣中貴按閩帑藏，羅織守令罪。漳守懼，索金賂之，文相弗應。遷南户部郎，監税淮關，羨餘悉輸公帑〔3〕。流賊近淮，文相閉關守禦，全活甚衆。旋監漕江西，遷汀州知府〔4〕，省楂糕之貢，辨中林之屍，徙長汀學，創太平橋〔5〕。憂歸，闋補柳州。增長新學，葺柳子厚祠。家居不事生産，不謁郡邑官長，環堵蕭然。性喜讀書，耄猶楷鈔累帙。重刻宋文丞相同年録〔6〕，以包孝肅遺像訪還裔孫〔7〕。所編有"岳陽""洞庭"諸集〔8〕。自著有《品泉稿》〔9〕。子焯，官鄱陽知縣，世稱"七澤先生"。

【校注】

〔1〕清光緒《巴陵縣志·人物》有傳。

〔2〕漳浦：今福建障浦縣。

〔3〕羨餘：賦税的盈餘。

〔4〕汀州：府名，治在今福建長汀縣。

〔5〕《汀州府志·名宦》："郡東太平橋久廢，民多病涉，文相捐俸倡造，民建利涉亭以祀之。"

〔6〕宋文丞相：文天祥。

〔7〕包孝肅：包拯，卒謚孝肅。

〔8〕"岳陽"：《岳陽樓集》，《巴陵縣志》保存全集。"洞庭"：《洞庭君山集》，《四庫全書》存目。

〔9〕《品泉稿》：《沅湘耆舊集》收入。

秋日登岳陽樓

徙倚闌干望眼娱，杪秋風景未應疏〔1〕。半空雲捧樓臺出，四面天開水墨圖。夢澤有時吞別渚，君山亘古壓重湖。方輿不復長江恨[2]，莫更登樓問楚吴。

【校注】

〔1〕杪秋：秋末。

〔2〕方輿：大地，版圖。

無名氏

黄鶴樓集古八首[1]

昔人已乘白雲去[2]，江海茫茫何處尋。芳草連天迷遠望[3]，薄雲籠日弄輕陰。一春魚雁無消息[4]，萬里江山自古今。百尺朱樓閑倚遍，洞庭猶憶在前林[5]。

【校注】

〔1〕《集古八首》不知録於何處。每首依次以崔顥《黄鶴樓》詩中一句開篇。所集古詩句非有唐一代之作，且作者有竄改或杜撰之處。

〔2〕白雲，諸本多作"黄鶴"。

〔3〕唐長卿《和樊使君登潤州城樓》作"春草連天隨北望"。

〔4〕宋秦觀《鷓鴣天》作"一春魚鳥無消息"。

〔5〕句出唐劉滄《和友人憶洞庭舊居》。

此地空餘黄鶴樓，成仙人去幾千秋。雲飛兩散知何處[1]，葉落猿啼傍客舟[2]。天水混融浮太極，野烟踪迹似東周[3]。此時悵望人多少[4]，仙鶴空成萬古愁[5]。

【校注】

〔1〕句出唐温庭筠《湘東宴曲》。

〔2〕句出唐劉長卿《將赴嶺外留題蕭寺遠公院》。

〔3〕句出五代韋莊《咸陽懷古》。

〔4〕唐趙嘏《曲江春望懷江南故人》作"此時愁望情多少"。

〔5〕句出唐曹唐《張碩重寄杜蘭香》。

黄鶴一去不復返，白雲長在水潺潺。如何一諷神仙事，却望千門草色閑[1]。城下烟波春拍岸，湖中西日倒銜山[2]。征帆去掉殘春裏[3]，飛鳥空慚倦未還[4]。

【校注】

〔1〕句出唐盧綸《長安春望》。

〔2〕句出唐崔鈺《岳陽樓晚望》。

〔3〕宋王安石《桂枝香》作“征帆去棹殘陽裏”。

〔4〕句出唐崔櫓《春晚岳陽言懷二首》其二。

白雲千載空悠悠，物換星移幾度秋[1]。縱酒欲謀良夜醉[2]，放歌曾作昔年游[3]。長安北望三千里[4]，天府南來第一州。前後登臨思無盡，思歸時亦賦登樓。

【校注】

〔1〕句出唐王勃《滕王閣詩》。

〔2〕句出唐杜甫《臘日》。

〔3〕句出唐杜牧《潤州二首》其一。

〔4〕句出唐劉禹錫《采菱行》。

晴川歷歷漢陽樹，却惹空山舊曉烟。樓上北風斜卷席[1]，洞庭秋水遠連天[2]。公車未結王生襪[3]，壯志仍輸祖逖鞭[4]。黄鶴樓中吹玉笛[5]，水寒烟淡落花前。

【校注】

〔1〕句出唐崔鈺《岳陽樓晚望》。

〔2〕句出自劉長卿《自夏口至鸚鵡洲望岳陽寄元中丞》，賈至《洞庭送李十二赴零陵》亦有此句。

〔3〕句出唐薛逢《上吏部崔相公》。

〔4〕句出唐張泌《長安道中早行》。

〔5〕句出唐李白《與史郎中欽聽黄鶴樓上吹笛》。

芳草凄凄鸚鵡洲，謝公此地昔曾游[1]。鳥啼花發人何在[2]，仙去臺空迹尚留。知愛魯連歸海上[3]，共嗟王粲滯荆州。高樓惆悵憑欄久，惟見長江天際流[4]。

【校注】

〔1〕唐賈島《早秋寄題天竺靈隱寺》作“謝公此地昔年游”。

〔2〕唐崔鈺《哭李商隱》作“鳥啼花落人何在”。

〔3〕句出唐楊巨源《贈張將軍》。

〔4〕句出唐李白《黄鶴樓送孟浩然之廣陵》。

日暮鄉關何處是，杜陵遠客不勝思[1]。終期直道扶元化，敢負吾君作楚詞[2]。北極朝廷終不改[3]，楚天雲雨盡堪疑[4]。酒酣往事多興念，黄鶴樓前吹笛時[5]。

【校注】

〔1〕唐杜甫《立春》作“杜陵遠客不勝悲”。

〔2〕句出唐薛能《下第后夷門乘舟至永城驛題》。

〔3〕句出唐杜甫《登樓》。

〔4〕句出唐李商隱《有感》。

〔5〕句出唐吕岩《題黄鶴樓石照》。

烟波江上使人愁，幾度高吟寄水流[1]。花界三千春渺渺[2]，銀河一帶水悠悠[3]。仙人有待乘黄鶴[4]，身外無機任白頭[5]。遥望洞庭山水色[6]，春風一夜帶歸舟[7]。

【校注】

〔1〕句出唐譚用之《月夜懷寄友人》。

〔2〕句出唐胡宿《憶薦福寺牡丹》。

〔3〕句出唐曹唐《織女懷牽牛》。

〔4〕句出唐李白《江上吟》。

〔5〕句出唐胡曾《贈漁者》。

〔6〕唐劉禹錫《望洞庭》作"遥望洞庭山水翠"。

〔7〕唐劉長卿《初聞貶謫續喜量移登千越亭贈鄭校書》作"春風日夜待歸舟"。

楚風補卷之二十

明

譚　　縉[1]

號觀瀾，攸縣人。正德丁卯舉人。官永豐令[2]，有善政，擢工部員外郎，督臨清廠[3]。自疏歸。

【校注】

〔1〕清同治《攸縣志·選舉》有記載。

〔2〕永豐：縣名，即今江西上饒廣豐區。

〔3〕清，縣志作“窑”。

宿北仙觀

十里山行斜日曛，田家道院兩歧分。半生踪迹多塵土，此日形骸寄水雲。臺殿已無玄鶴守，聲名應似落花紛。微茫仙迹難追步，徹夜燒香讀典墳。

王　　曍[1]

字叙之，號石洲，崇陽人。幼慧不群。三歲失母，哀毁若成人。事繼母尤謹。從楊月湖遊[2]，所得益邃。正德戊辰成進士，授南京大理評事，陞江西僉事，以四川副使致政。性方正，耻干有司，嘗作《廢鐘亭説》，以見己志。著有《石洲文集》[3]。

【校注】

〔1〕清同治《崇陽縣志·藝文》有傳，記其爲王守貞次子。

〔2〕楊月湖：楊廉，官至尚書，人稱“月湖先生”。

〔3〕《石洲文集》：縣志記其已佚。

龍泉寺

晚乘晴旭上高林，向午寒陰過别岑。狐兔未潜青野合，魚龍初静碧潭深。紺園樓閣相虧蔽，墨沼烟雲自古今。擬把世紛歸澹泊，一襟秋水共禪心。

周　叙[1]

字子厚，九溪衛人[2]。生有異才，猿臂善射。正德辛未進士，官大理寺卿。以諫止巡遊，廷杖謫丞。嘉靖時，以大學士張孚敬題，起爲韶州知府[3]，歷遷至工部尚書。

【校注】

〔1〕清嘉慶《息縣志·仕賢列傳》有傳。

〔2〕九溪衛：今河南息縣。

〔3〕韶州：故治在今廣東龍關曲江區。

夏日過净居寺飲流杯池

巾紫峰南净居寺，僧房遥倚半岩陰。徑連叢篠迷珠樹，澗引飛泉漱玉琴。説法壇空丹壑窅，流觴池在緑苔深。勝遊雖乏蘭亭會，幸有諸賢此盍簪。

仙侣洞[1]

挂壁虬龍路可援，石扉斜處恍通軒。不須鄂渚招黄鶴[2]，自有西湖喚白猿[3]。三楚古來多福地，九溪應即是仙源[4]。欲尋漁父滄浪處，幾度問山山不言。

【校注】

〔1〕仙侣洞：在湖北鶴峰縣。

〔2〕鄂渚：今湖北武昌一帶。

〔3〕喚白猿：據《西湖佳話》卷四載，靈隱寺後山有一白猿洞，内有千歲白猿，僧呼之即出。

〔4〕九溪：九溪河，源出湖北鶴峰縣，東南流經湖南慈利縣，注入澧水。

崖傍溪城東復東，層雲絶壁探虛空。乾坤老矣新秋月，草木悠悠暮雨風。坐石烟花空有迹，入爐丹藥竟何功。分明一枕遊仙夢，移向山溪指顧中。

失　石

野磴巑岏楚望賒[1]，涉江還約訪仙家。衝泥漫踏溪邊草，掃雪重看石上花。三島寒光浮玉液，五城春色競瑶華。桃源咫尺南征路，莫以簫韶答塞笳。

【校注】

〔1〕楚望：《輿地紀勝·荆湖北路》卷六十四："在（武昌府城外）寸金堤首，祀江漢沮漳之地。"

周廷用[1]

字子賢，華容人。正德辛未進士，知宣城縣[2]。遷監察御史。性倜儻，獨下意名流。巡按貴州，後補福建參議[3]。與尚書林俊論道於壺山，學益進。兵備四川，征芒部有功[4]。攝試科舉，絶請囑。入覲，都御史汪鋐讁黜之，歸卒。著有《八崖集》[5]、古文賦、樂府及五七言詩。子槐，領鄉薦。

【校注】

〔1〕清光緒《華容縣志·邑賢》有傳。

〔2〕宣城縣：即今安徽宣城。

〔3〕據縣志載，周廷用“外補福建布政司右參議”。

〔4〕芒部：在今雲南鎮雄縣，爲彝族居住區。

〔5〕《八崖集》：《四庫全書》存目。

春晚事隙偶作

吏道謝迫束，凝神悦閑敞。縱步緣階除，流目睇林莽。荃蕙吐芳蕤，山泉發幽響。風聲褰閑帷，月華洞虚幌。伊予奉王命，閲歲居邊壤。簪筆忝所荷，鼎食規厚享。英達久睽携，謭薄俞迷惘。且自飫丹經，聊以遂偃仰。

閑　咏

寂寂抱空虚，暇日阻遊豫。散帙散餘清，汎瑟銷遺慮。纖榮吐芳辰，弱華裛清曙。丹葩曜春曦，白楊號日暮。層空眘歸雲，修岑暖行霧。引領洞庭涯，徘徊不能去。借問此何爲，嬰以世網故。柱下徒栖栖，功業未由樹。悵哉攬轡途，漠爾埋輪路。休浣循予躬[1]，且誦閑居賦。

【校注】

〔1〕休澣：唐制，官吏十天休息洗沐一次，稱休澣。

過倒馬坡

未識埋輪路，重經倒馬坡。赤霄開棧道，白日蔽雲蘿。古蹟羊腸繞，飛泉鳥背過。張生銘劍閣[1]，千古仰嵯峨。

【校注】

〔1〕張生：西晋張載，撰有《劍閣銘》。

至徐州[1]

遠戍收宵柝，高風動雪車。三年同旅雁，一飯厭河魚。赤葉寒林曉，黄茅野市虚。因思溪水上，在昔卧深廬。

【校注】

〔1〕徐州：州名，明時治所在今銅山。

次水峽驛

隔岸長風吹白波，蜀江千里暮愁多。啼猿每聽三聲下[1]，飛雁難逢一字過。滿眼黄塵馳羽檄，幾時滄海問漁蓑。夜深月上灘聲静，時有巴渝發棹歌。

【校注】

〔1〕酈道元《水經注·江水》："巴東三峽巫峽長，猿啼三聲泪沾裳。"

登岳陽樓步朱凌谿韵

獨坐高樓望洞庭，樓前波浪晝冥冥。雨來湘漢兼天黑，雲去衡巫擁地青。仙子傳書孤鶴下，山人吹笛老龍聽。蒹葭零落芙蓉冷，誰采香蘭吊屈靈。

汪文盛[1]

字希周，崇陽人。正德辛未進士，授饒州推官[2]，以宗藩構誣逮繫[3]，日從狴犴中誦《春秋》三傳。卒賴廷論，白其枉，釋還治。適桃源寇起，蹂躪德興[4]。公單騎規畫，多中機宜，召入武選主事。值錢寧江彬蠱惑毅皇南征[5]。公諫沮，械杖於廷，瀕死者再。世廟繼統[6]，出守福州，以憂歸。後起浙江提學副使，復補陝西督學，甫較士西安。其時交人内訌[7]，特晋公爲僉都御史，保釐南詔[8]。於是莫登庸之黨阮璟、范正毅等投降恐後[9]。上遣兵部尚書毛伯温受其降[10]。璽書褒奬，賜以金綺。乃陟爲大理。遘疾歸。卒賜祭葬。所著有《白泉文集》[11]。祀鄉賢。

【校注】

〔1〕清同治《崇陽縣志·選舉》有傳。《明史·毛伯温傳》附載其事。

〔2〕饒州：府名，治在今江西鄱陽縣。

〔3〕據《明史》載："有顧嵩者，挾刃入淮王祐棨府，被執。誣文盛使刺王。下獄訊治。久之得白，還官。"

〔4〕德興：今江西德興。

〔5〕毅皇：即明武宗朱厚照。正德十四年，寧王朱宸濠反。武宗於八月親自率軍征討。

〔6〕世廟：明世宗朱厚熜。

〔7〕交：交趾，在今越南北部地區。

〔8〕南詔：古國名，在今雲南大理一帶。

〔9〕莫登庸：當時被明朝承認的交趾地方首領。

〔10〕毛伯温：吉水人，字汝厲，正德進士，曾官至刑部尚書。

〔11〕《白泉文集》，《湖北詩徵傳略》作《白泉集》。

歲暮供事奉天門

千里宸遊幸舊畿，金陵長見五雲飛。隔年旌旆開玄武，永夜星辰動紫微。天苑塵隨司僕馭，御營花映后宮衣。荒村處處催夫役，悵望軍門消息稀。

西　苑[1]

萬年枝上露華清，百子池邊月色明。宮草經秋猶自碧，君王御輦不曾行。

【校注】

〔1〕《湖北詩徵傳略》題作"擬古"。《崇陽縣志·藝文》："今考此集（按指《節愛汪府君詩集》），實爲《擬古八首》之一。"

昭陽歌舞正淹留，羌女新來勝莫愁。曲盡胡笳十八拍，争扶玉輦下瓊樓。

曹　珪[1]

字廷獻，黄岡人。正德辛未進士，官桐盧令[2]。以才調海寧[3]，召拜御史，按廣西。平猺獞有功[4]，尋按陜西。時武宗遣中官迎指揮韶鳳妻過陜[5]，珪遮留疏諭之，竟得已。歷官有餘俸，不置私産，悉與異母弟共之。著有《南坡奏議》。

【校注】

〔1〕《黄岡縣志·人物·宦迹》有傳。

〔2〕桐廬：今浙江桐廬縣。

〔3〕海寧：今浙江海寧市。

〔4〕猺獞：封建統治階級對瑶族和壯族的侮辱性稱呼（下文出現不另注）。

〔5〕韶鳳：章恪之字，歷官廣東按察，官終大理卿。

浯溪吊古[1]

名公讀書處，隱者卧龍岡。路繞隨盤谷，橋平渡野芳。崖頭半間屋，江上幾浮航。石面鏡流火[2]，臼心藥作香。苔侵刺史宅[3]，雲掩太師堂[4]。蕭草半腰上，松蘿百丈長。參軍亭望遠，方伯墓殘荒。古樹依懸壁，秋蟬度夕陽。山花如有待，野馬若無繮。携酒客呼渡，鳴鐘僧下床[5]。少留諸病改，一醉百憂忘。日暮下山去。主僧笑我忙。

【校注】

〔1〕浯溪：在湖南祁陽縣。唐時元結曾居於此。

〔2〕石面鏡：即鏡石，在浯溪峿臺下石壁間。火：星名，即心宿二。該星農曆六月黄昏在正南，七月始向下傾斜，稱作“流火”。《詩經·豳風·七月》：“七月流火。”

〔3〕刺史：即元結。元結居浯溪時官居道州刺史。

〔4〕太師：指唐顔真卿，曾作太子太師。

〔5〕浯溪原有中宫寺。

廖道南[1]

字鳴吾，蒲圻人。正德辛未進士，授編修，至侍講學士。上命修大禮，侍經筵，多直言。日食，陳《洪範》，又上郊廟大禮，請撤姚廣孝配享[2]，建辟雍，立帝王廟，申明大禘[3]，議皆嘉納，賜賚加於同列中。遭柄臣忌[4]，謫徽州推官[5]，數月召入。卒以忌免。所著有文章《大訓箴》《殿閣詞林記》《楚紀》及文集[6]。

【校注】

〔1〕清道光《蒲圻縣志·人物》有傳。

〔2〕姚廣孝：長洲人，年十四爲僧，後勸燕王朱棣反，立功，賜名廣孝，配享。

〔3〕大禘：古代天子祭祀先祖的專門禮儀。

〔4〕柄臣：權臣。縣志記爲汪鋐。

〔5〕徽州：治在今安徽歙縣。

〔6〕《叢書綜録》載《殿閣詞林記》，但其中並無廖道南詩。《楚紀》，《四庫全書》《縣志》均存目。

景　陵[1]

玄丘聳佳麗，白日流光景。玉露秋已肅，金精夜猶耿。鳳翣瞻陽阿[2]，龍輴惻陰井[3]。霜垂萬水落，月出千岩静。藴藻真芬苾，環珮空淒冷。松壑聞幽泉，潸然泪如綆。

【校注】

〔1〕景陵：明宣宗陵墓，在今北京十三陵。

〔2〕翣：棺飾，扇形。鳳翣：皇帝的棺飾。

〔3〕龍輴：皇帝的喪車。

集岳陽樓用顔延年韵[1]

緊予錫嘉名[2]，自幼好奇服[3]。興懷慨鬻熊[4]，馳情追力牧[5]。改歲辭朔易，兹晨趨南陸。崇樓俯江險，杰構屯雲複。張樂臨夢野[6]，開筵敞靈囿。鉅浸日月暝，層濤天地澳。飛雨從塵氛，奔景蕩心目。淵龍倏隱見，沙鳥時回復。恍疑玉華宫[7]，良覿金蛾淑。贈我屈子蘭，貽之湘妃竹。

【校注】

〔1〕顔延年：晋末宋初詩人。此詩用顔延年《應詔宴曲水作詩》中五、八兩章之韵。

〔2〕屈原《離騷》："肇錫余以嘉名。"

〔3〕屈原《涉江》："余幼好此奇服兮。"

〔4〕鬻熊：楚先祖，曾跟隨周文王。後周成王封其子熊繹於楚，遂立國。見《史記·楚世家》。

〔5〕力牧：黄帝時人，曾做黄帝之相。見《史記·黄帝本紀》。

〔6〕張樂：奏樂。《莊子·天運》載，黄帝張樂於洞庭之野。夢野：雲夢之野。

〔7〕玉華宫：在今陝西宜君縣西南，爲唐太宗宫殿，後改作玉華寺，令玄奘在此譯經。此處泛指。

龍江篇贈伍司馬[1]

龍江浩渺玄雲生，龍城迢遞靈飈鳴[2]。中丞大節動天地[3]，勛華翕赫輝瑶京。緊昔寧藩亂天紀[4]，章江八月腥風起[5]。電掣霆驅倏忽移，百萬義兵同救死。赤纛雙懸虎豹旗，黄麾四掃蛟龍馳。睢陽城裏孤忠壯[6]，武穆湖邊廟算奇。八陣魚麗列蛇鳥[7]，六韜熊軾連腰裹。彭蠡飛濤萬壑秋，匡廬吐霧千峰曉。焚鬚不顧氣懸虹，怒髮森然力倒空。拔劍已看經百戰，折衝應自屈群雄。梟獍潜踪授身首[8]，鯤鮞聯膺聚淵藪。堅持玉節重如山，立取金印大如斗。捷書夜報明光宫[9]，天門閶闔扶桑紅。鳷鵲樓前歌寶册[10]，麒麟閣上賜琱弓。湛露瀼瀼沾碧草[11]，溡雲冉冉興蒼昊。漢武樓船下晋汾[12]，周家鼖鼓陳雍鎬[13]。轅門威烈擁貔貅，將幄神光動斗牛。諸葛有懷曾報主，衛青無意却封侯。金陵自是開基地，絳闕煌煌鬱葱翠。牛首遥連天界庵[14]，鷄鳴迴接江心寺[15]。舳艫綿渺練舟師，師貞丈人今是誰[16]。中丞方叔與召虎[17]，萬古千古同一揆。我時奉使過江左，璇册瑶蕤照青瑣。中丞義氣薄星躔，巨艦凌潮鼓鰲柁。紫山華燕閲江樓[18]，芳樹平瞻白鷺洲[19]。擊楫澄清從此别[20]，新亭何必泪交流[21]。

【校注】

〔1〕龍江：此指江西境内錦江，下游稱瑞河，注入贛江。伍司馬：伍文定，弘治進士，當時知吉安府，與王守仁平定寧王朱宸濠叛亂有功，累官至尚書。

〔2〕龍城：縣治在今江西彭澤縣西，隋置，後廢。

〔3〕中丞：此指江彬、許泰。見《明史·宸濠傳》。

〔4〕寧藩：即指寧王朱宸濠。

〔5〕章江：贛江源頭之一。

〔6〕睢陽：故城在今河南商丘南。唐安史之亂時，張巡、許遠曾固守此城，城陷，二人就義。

〔7〕八陣、魚麗：均爲古代戰陣名。

〔8〕梟獍：亦作梟鏡。傳説梟食母，獍食父，故用以比喻忘恩負義之徒。

〔9〕明光宫：漢宫名。此處指代明朝皇宫。

〔10〕鳷鵲樓：漢武帝時所建，在甘泉宫中。寶册：寶璽、册書，爲皇帝封賞臣下的信物。

〔11〕湛露：《詩經·小雅》篇名，爲天子宴諸侯的詩。

〔12〕漢武帝《秋風辭》："汎樓船兮濟汾河，横中流兮揚素波。"

〔13〕鼖：軍中的大鼓。雍：古九州之一，當今陝西、甘肅一帶。鎬：西周國都，故址在今陝西西安市西。

〔14〕牛首：牛首山，又名牛頭山，在今江蘇南京江寧區。

〔15〕鷄鳴：鷄鳴山，在今南京市西北，山上原有觀象臺。

〔16〕師貞：《易·師》："師，衆也；貞，正也。"師貞丈人：即治理衆軍之人。

〔17〕方叔：周宣王時卿士，受命北伐玁狁，南征荆楚，有大功。召虎：召公奭的後代，周宣王曾令他出征淮夷。

〔18〕紫山：紫金山，在江蘇南京市郊。

〔19〕白鷺洲：在南京市水西門外長江中。

〔20〕《晋書·祖逖傳》載，祖逖北伐，擊楫而誓。

〔21〕新亭流淚典出《世説新語·言語》。

羊樓洞〔1〕

萬嶂入羊樓，雙溪繞鳳丘。天開珠洞曉，月傍石潭秋。翠入梧桐秀，香來蕙若幽。登臨一長嘯，日夕紫烟浮。

【校注】

〔1〕羊樓洞：在湖北蒲圻縣。

登赤壁亭

亭傍石岩開，風鳴萬樹哀。人間不知去，鳥倦忽飛來。江勢平吞閣，山形曲抱臺。雲林秋色霽，真自可幽懷。

岳　廟〔1〕

南岳崔嵬天上開，亂峰層叠小蓬萊。兩間淑氣鍾炎德〔2〕，萬古虹光照碧苔。玄圃松陰卿月度〔3〕，紫宫花發使星來〔4〕。山靈似識皇華節〔5〕，鸞鶴仙童出洞臺。

【校注】

〔1〕岳廟：即南岳廟。

〔2〕兩間：天地之間。炎德：即火德，於五行中配屬南方。

〔3〕“卿”字下原注：“當作鄉。”

〔4〕紫宫：據《神异經》，青丘山上有紫宫仙女多游於此。

〔5〕皇華：稱頌使臣之語，語出《詩經·小雅·皇皇者華》。

雙清亭〔1〕

雙清亭枕邵陵阿，使節南來喜再過。白石沙陰雲影没，青龍橋古雨聲多。百年世事空樓閣，三月春光長薜蘿。何處樵風送長笛，分明酬唱谷音歌。

【校注】

〔1〕雙清亭：在湖南邵陽市北，資水、邵水會於此，故名。此亭初建於宋代，歷經整修。

孫繼芳[1]

宇世其，華容人。正德辛未進士，授刑部主事。時東廠誣人爲盗，繼芳鞫知其冤，即白出。旋因疏救御史張璞、劉天和、王廷相不報，即謝病歸。起職方司。毅皇將南巡，繼芳與同列切諫，受廷杖，不死。後出爲雲南提學[2]，黜歸。所傳詩名《東山集》[3]。

【校注】

〔1〕清光緒《華容縣志·邑賢》有傳。

〔2〕此句縣志記爲"雲南提學副使"。

〔3〕縣志記其有《石磯集》《王明山言行録》，未記其《東山集》。

送徐太史使遼府

節重天王使，情親帝子家。雲霄三殿詔，波浪九江槎。庾亮樓前月[1]，湘妃廟口花[2]。金尊高宴畢，須擬吊長沙。

【校注】

〔1〕庾亮樓：又名南樓、白雲樓，在武昌府城黄鶴山頂。見《湖廣通志·武昌府》。

〔2〕湘妃廟：在湖南岳陽洞庭湖中君山上。

嵩明次韵

海畔青山山上城，野橋村巷接昆明[1]。峰開林木千章秀，水抱沙田十頃平。蠻井夜深人未定，炎州霜後瘴還生。飄飄萬里西南路，莫采芙蓉愴獨行。

【校注】

〔1〕昆明：明代雲南省治，即今雲南昆明。

新添次韵

仙源溯盡水頭西，欲采汀花賦遠遊。岩徑曲盤千嶂入，野橋斜渡一溪流。明星擁旆連宵發，暗雨回車信宿留。望斷遥空征雁没，片云何處是江州。

還朝凱歌

羌兒誰犯屬車塵，聖主西巡秋復春。毳幕欲知酣戰苦，六宵金甲未離身。

牙旗寶蓋耀星文，犄鹿牽羊總百群。二十四通催羯鼓，帳前稱賀大將軍。

上卿捧榼貳卿持，主將開筵副將隨。酒盡燕京雙琥珀，天顔如醉映花枝。

汪必東[1]

字希會，崇陽人。正德辛未進士，官禮曹[2]。議大禮，廷杖瀕死。尋出爲廣西少參，進雲南大參。表楚莊蹻開滇功[3]。蹻之歷久得祠，自公始。著有《南儁集》《易問大旨》[4]。《楚紀》云，文學優贍，書法逼真羲、獻，海内相傳珍翫。常著《望海賦》，名聞天下。

【校注】

〔1〕清同治《崇陽縣志·藝文》有傳。

〔2〕縣志記爲“授户部郎中，出任天津户部分司，轉禮部祠祭郎”。

〔3〕莊蹻：戰國楚人，楚威王的將軍，爲曾略定黔中至滇池。

〔4〕《南儁集》：《明史·藝文志》收録。

望仙寺

一徑松陰半畝苔，望仙山色似蓬萊。靈鴉翻樹時三匝，鳴鶴歸巢日幾回。緣圃有花多是藥，循墻無處不栽梅。却憐道士遊何許，輸與高僧卓錫來。

登岳陽樓書懷

洞庭波撼岳陽樓[1]，樓上驚波地欲浮。倒浸乾坤渠窟穴，渾吞巴漢此襟喉。浪花細雨來千里，木葉輕風下九秋。廊廟近聞方有喜，江湖那得獨無憂[2]。

【校注】

〔1〕孟浩然《望洞庭湖贈張丞相》：“波撼岳陽城。”

〔2〕范仲淹《岳陽樓記》：“處江湖之遠則憂其君。”

陳　能[1]

字大用，華容人。正德甲戌進士，官延平知府[2]。有平賊功，陞廣西參政。性坦率，與鄉里處，無勢位。口不言人過，蓋長者云。

【校注】

〔1〕清光緒《華容縣志·宦業》有傳。

〔2〕延平：府名，治在今福建南平。按縣志此句前有“授刑部主事進員外郎”一句。

己公庵

山深雲作雨，石淺水生花。琪樹欺霜霰，僧耆閲歲華。浪遊多過客，幽隱是誰家。擬約浮丘伯，同來咽紫霞。

雪霽堂[1]

古寺聲殘八百鐘，夢回齋館慨塵踪。晴光入户窺殘雪，曉色開簾見遠峰。歧路勞形分野馬，山林勝事仰人龍[2]。芒鞋布襪吾先辦，直上祝融望九重[3]。

【校注】

〔1〕雪霽堂：在南岳衡山。

〔2〕人龍：即人中龍。《晋書·宋纖傳》：“吾而今而後知先生人中之龍也。”

〔3〕祝融：即祝融峰，爲衡山七十二峰的最高峰。

朱　　衮[1]

字子文，號石北，永州衛人。正德甲戌進士，官庶常。少穎悟絶人，以闡明正學爲己任，大學士李東陽器之。遷南京御史[2]，陞雲南左參政。居官剛介，風猷凛然。所著有《白房集》《續郡十三志》。祀鄉賢。

【校注】

〔1〕清光緒《零陵縣志·人物·仕迹》有傳。

〔2〕按，縣志此句後記曰，衮因忤劉瑾而被謫爲縣丞，後復起。但《明史》記爲瑾被誅後，衮因附瑾而謫外。

五馬橋銘[1]

達哉道路，實微而鉅。或闕中廢，匪作曷備。斯民熙攘，惟梁也濟。悠悠楚甿，游習粤鄉。其往也强，郵亭中央。澗走而長，流焉湯湯，病涉可傷。五嶺雲開，往來輻輻。梁斯泰階[2]，行人孔懷。奈何子來，石未奏功。乃見我公，攬轡春容。諮諏西東，作者雲從，不霽而虹[3]。土丘馬行，水間而亭。居石以成，五馬之乘。曷五馬臨，自華之陰。五馬觀風，緑野融融，擊壤聲同[4]。五馬萃止，塗耄笑語，孺子進履。五馬輝光，士滋向方，題柱揚揚[5]。五馬齊齊，石龍載驅。邦人瞻依，澤流無涯。

【校注】

〔1〕五馬橋：《輿地紀勝·荆湖北路》："在澧陽縣（按今湖南澧縣）西十五里。昔時太守行春於此。"《澧州志》："在州西十五里。"

〔2〕泰階：星名，即三台星。三星相遞斜上，象階梯一樣。古陰陽家認爲，泰階平則天下風調雨順。

〔3〕杜牧《阿房宫賦》："不霽何虹。"

〔4〕擊壤：傳説爲堯時老農所唱歌名。

〔5〕題柱：《漢書·司馬相如傳》載司馬相如曾題昇仙橋柱。

丁　淑[1]

醴陵人，正德丙子舉人，官麟遊令[2]。

【校注】

〔1〕清同治《醴陵縣志·人物·儒林》有傳，記其字師孟，號會山。

〔2〕麟遊：縣名，故城在今陜西麟遊縣西。

丁仙觀[1]

洞天杳杳白雲深，踏遍松風十里陰。酒向村沽防市遠[2]，句隨樵響過江尋。步虛聲繞花邊斗，流水春生月下琴。回首畫橋人影散，銀床深掩漏沉沉。

【校注】

〔1〕《醴陵縣志·藝文》題作“登丁仙觀”。

〔2〕沽、防，縣志作“呼”“妨”。

徐一鳴[1]

醴陵人。正德丁丑進士，授吏部司封[2]，堅執不阿。補江西督學。以降秩休致。擢南刑部郎，不起。有《渌江集》。

【校注】

〔1〕清同治《醴陵縣志·人物》載，徐一鳴字伯和，晚年自號“緑江迂人”。其事迹附於《明史·何孟春傳》中。

〔2〕按縣志記其爲“吏部驗封司員外郎”。

秋懷八首[1] 録六

日落空庭映晚霞，井梧籬菊競年華。天涯歲事催寒杵，客裏鄉心急暮笳。郭隗臺荒悲薊野[2]，賈生祠古憶長沙。漢京冠蓋豪遊地，快馬輕車意自賒。

【校注】

〔1〕據《明史·何孟春傳》載，徐一鳴因“哭宫事件”而“志意蘊憤，作秋懷詩八首以見其意”。

〔2〕郭隗：戰國燕人，燕昭王延以爲師，築黄金臺以居之。天下才士見之而紛紛奔燕。(見《史記·燕召公世家》)。

岳陽樓倚洞庭湖，湖上風烟晝有無。不見吹簫來碧落，尚聞飛錫到玄都。江濤影動黿鼉宅，岸荻聲回雁鶩呼。腸斷十年臨眺處，向來歸夢落秋蕪。

長楊宫館禁城西[1]，先帝宸遊路不迷。金殿晝閑扃虎豹，玉池春静浴鳧鷖。風雲尚想冠裳入，日月曾瞻簇仗齊。千載翠華那更見，五陵秋色益凄凄。

【校注】

〔1〕長楊宫：在今陝西周至縣東南。本是秦朝舊宫，漢代加以修葺以備天子行幸。

白石清沙動碧虚，秋風江上憶吾廬。門開列岫丹青見，徑隱千花錦繡舒。晴嶠烟霞違杖屨，夜闌星斗静琴書。不知身世風塵裹，猶向他鄉問卜居。

考皇弓劍杳難攀[1]，報祀曾趨寢殿班。豈有金鐙朝地下，尚餘玉燭照人間。風生瀚海蛟龍泣，日落空林鳥雀還。最是宫庭更蕭索，凄風殘月對愁顔。

【校注】

〔1〕考皇：《逸周書·謚法解》："大慮行節曰考。"此指已故的明武宗朱厚照。弓劍：據《水經注·河水篇》："陽周縣橋上山有黄帝冢。帝崩，惟弓劍存焉。"

憶昨衣冠哭帝庭[1]，忽看白日下雷霆。鴛鷺静影明星晢，狴犴陰生曉霧冥。被執鄒陽終遇主[2]，抗言劉向本傳經[3]。牽裾折檻千年事[4]，吟對秋山幾涕零。

【校注】

〔1〕此句指明嘉靖三年發生的哭宫事件。當時，由旁系繼承皇位的朱厚熜爲了把自己列入正統，要把他母親尊號"本生聖母章聖皇太后"中的"本生"二字去掉。衆大臣認爲不妥，除書諫外，還集合在左順門前哭諫。嘉靖皇帝下令將這些大臣關進監獄，共拷訊了二百多人。這些人中停俸、削籍、充軍、廷杖者皆有，並有十七人死於杖下。

〔2〕鄒陽：西漢人，爲梁孝王客。梁王聽信讒言，將鄒陽下獄並欲處死。鄒陽在獄中寫書上梁王自辯，梁王見書後立即釋放了他，並待作上客。

〔3〕據《漢書·劉向傳》載，劉向曾幾次上疏諫救蕭望之、周堪，因此爲宦官弘恭、石顯和外戚所忌，兩次被下獄。傳經：《漢書》本傳："(成帝即位)詔向領校中五經秘書。"

〔4〕牽裾：《三國志·魏志·辛毗傳》："帝（文帝）欲徙冀州士家十萬户實河南。毗曰：'陛下欲徙士家，其計安出？'帝曰：'卿謂我徙之非邪？'毗曰：'誠以爲非也！'……帝不答，起入内。毗隨而引其裾，帝奮衣不還。良久乃出，曰：'佐治（辛毗字）！卿持我何太急邪！'"折檻：據《漢書·朱雲傳》載，朱雲作槐里令，曾上書請斬安昌侯張禹。成帝大怒，要斬朱雲。御史將其拿下時，朱雲攀住殿檻，殿檻折。

雪次坡韵

城上寒光噪宿鵶，城中飛雪駐行車。層臺喜溢金莖露，上苑驚看玉樹花。甲盾誰憐諸將壘，歌鐘獨醉五侯家。天涯旅客還無賴，漫倚蛩吟憶八叉。

東華城土絶毫纖，朔望凝寒大作嚴。地比昆岡初破玉，境非淮海欲生鹽。輕盈有態頻穿户，崒突無能忽墮檐。最是畫圖堪望處，白雲堆裏露山尖。

張龍湖宫諭賫東宫詔賚於諸藩還贈送二首録一

江城晴日動征橈，詞客乘春返使軺。金殿蚤承金馬詔，玉樓新品玉鸞簫。相如才隽應光寵，杜甫愁多漫寂寥。京國故人如問訊，爲言生計有漁樵[1]。

【校注】

〔1〕句後原注："張是時有婚事。"

夜夢至一公署觀吾師甬川先生壁間詩紀述一首[1]

秋夜離思攪客眠，覺來塵迹尚依然。書疑逸少臨池日[2]，詩異坡翁過嶺年[3]。几杖每憑魂夢到，文章應共姓名傳。青宮紫殿逶迤地，遥望雲霄霽景懸。

【校注】

〔1〕甬川先生：張邦奇，號甬川，弘治進士。

〔2〕句後原注："夢中觀公書，疑若不類，旁一人云：'兹公新筆也。'"逸少：王羲之字。

〔3〕坡翁過嶺年：蘇東坡晚年曾貶居嶺南。

約齊副憲書來聞辱撫臺謬薦感述

野外驚傳一騎來，向人懷抱幾時開。多情憲使能憐我，濟世中丞解愛才。敢擬文章希屈宋，尚慚風節薄鄒枚。極知爲國群公在，潦倒真登郭隗臺。

雪再次坡韵四首録一

漫空瓊屑舞仙鶴，一道流光玉女車。竹壓翠梢猶辨葉，梅沾疏蕊總疑花。扶筇頗耐先生履，煮茗偏宜學士家。忽憶扁舟江上客，路迷何處把漁叉。

春夜柬唐達溪

春來池館夜偏寒，偶把新詩續舊歡。塵世苦逢知己少，閑身猶荷聖恩寬。窮愁阮籍嬉游簡，歸去陶潛應接難。三徑肯拌過二仲[1]，朱弦還擬爲君彈。

【校注】

〔1〕據《三輔决録》載，蔣詡在舍中開三徑，唯與求仲、羊仲來往。見《文選・歸去來兮辭》李善注。

聞東潭涂侍御年兄於滕王閣旁構一樓曰覽勝，因感舊游，奉寄三首録二

畫棟朱甍倚碧空，元龍豪氣此從容〔1〕。窗開南浦蒼波涌，簾卷西山翠黛重。繡户笙歌喧鸛鶴，瑶檯燈火托魚龍。羡君珠履樓頭客，似少山翁一短筇。

【校注】

〔1〕元龍豪氣：《三國志・陳登傳》："許汜與劉備共在荆州牧劉表坐。表與備共論天下人。汜曰：'陳元龍湖海之士，豪氣不除。'"

千年遺迹至今留，錦席瑶觴記昔游。歌咏總輸王子賦〔1〕，登臨曾抱范公憂〔2〕。久從南國瞻高士，誰向東陵識故侯。俯仰因君成慨嘆，夢魂長共水東流。

【校注】

〔1〕王子賦：即王勃《滕王閣序》。

〔2〕范公：即范仲淹。

春日感興

滿座雲山列翠屏，華胥國裏夢初醒〔1〕。桃花日暖添江色，蘭芷風清薦渚馨。霄漢曾瞻仙掌露，江湖今作老人星。行吟澤畔誰相和，醉裏漁歌爛漫聽。

【校注】

〔1〕華胥國：傳説中的國名。《列子·黄帝》："(黄帝)晝寢而夢遊於華胥之國。"後遂作夢境代稱。

王廷陳

字稚欽，黄岡人[1]。少好狎游、粘竿、風鳶諸童子樂。父母撲之，則争曰："奈何虐待海内名士！"正德丁卯成進士，官庶常，意不可一世，僅推何景明[2]。時登院署中樹，窺學士過，故作聲相驚，學士大恚。外補裕川守[3]。既不屑，益驕甚，監司過川不出迎，於是削秩歸家[4]，益自放。達官貴人來購文者，稚欽多蓬首垢足囚服應之。間衣紅紵窄衫，跨馬或騎牛嘯歌，田野間人多望而避之。晚節詩律尤精，好縱倡樂，嘗有書答人云："綺席屢改，伎俩雜陳。絲肉競奏，宫徵暗和。羲和既逝，蘭膏嗣輝。逸興狎從，干霄薄雲。禮廢罰弛，履遺纓絶。"俱妙極形容，可謂才子矣。所著有《夢澤集》[5]。

【校注】

〔1〕清乾隆《黄岡縣志·儒林》、《明史·文苑》均有傳。

〔2〕何景明：明代著名文人，"前七子"之一。

〔3〕裕川：當爲裕州。《明史》本傳："乃出爲裕州知州。"

〔4〕《明史》本傳："搏擊巡按御史喻茂堅……又被告以不法事，下獄，削籍歸。"

〔5〕《夢澤集》：《四庫全書》收録，《叢書綜録》亦有載。

放歌行

竊鈎者誅，竊國者王[1]。仁義資亂，道豈不臧。一解代秦者吕[2]，襲楚者黄[3]。巍巍國君，大盜在傍。二解謂尺何短，謂寸則長。此不可度，彼胡可量[4]。三解獸殪罟裂，鳥盡弓藏。智勇既殫，軀乃見殃。四解讒巧爲忠，直夫稱狂。出門異趨，毁譽何常[5]。五解樂不可極，憂來無方。游心冲虚，以保壽康。六解

【校注】

〔1〕《莊子·胠篋》："彼竊鉤者誅，竊國者爲諸侯。"

〔2〕據《史記·吕不韋列傳》載，吕不韋把與自己交往已懷有身孕的舞姬獻給子楚（後爲秦莊襄王），子楚所生之子就是後來的秦始皇。

〔3〕據《史記·春申君列傳》載，李園曾把自己的妹妹獻給春申君黄歇，待其懷孕後又獻給楚王，生下的兒子以後作了楚幽王。

〔4〕胡，《明詩綜》作"何"。

〔5〕何，《明詩綜》《夢澤集》均作"曷"。

艷歌行〔1〕

青樓臨廣陌，楊柳當窗垂。飛來雙白鵠，一步一徘徊。一解今日樂相樂，置酒臨前池。下有菡萏花，上有松柏枝。二解與君初結婚，不意當乖違。讒言使親疏，兩心當自知。三解君爲東流水，出門不顧歸。妾爲北辰星，終日無轉移。四解君當萬里行，妾當守中閨。生歸重合歡，死與黄泉期。五解

【校注】

〔1〕艷歌行：樂府瑟調曲名。

閨　情〔1〕

種木期息陰，結交期得心。與君初婚時，安坐調瑟琴〔2〕。繫我大秦珠〔3〕，貽我玳瑁簪。携手同車遊，徘徊步春林。俯拾並蒂花，仰聽和鳴禽。折芳交贈持，言誓一何深。寧期被讒妒，棄我忽如沈。曠歲不一接，塵埃生錦衾。明月入空幃，中夜坐悲吟。發篋理故物，泪下誰能禁〔4〕。

【校注】

〔1〕《夢澤集》此題凡二首，此爲其一。

〔2〕調琴瑟：喻夫妻恩愛和諧。《詩經·關雎》："窈窕淑女，琴瑟友之。"

〔3〕大秦：中國古代對羅馬帝國的稱呼。

〔4〕《夢澤集》此句後還有"故物猶光彩，故心人安在。疇知恩愛移，不俟顔色改"四句。

少年行[1]

長安本俠窟，烈士多英風。殺人帝輦側，射獸上林中。金羈及狡兔，珠彈落高鴻。歸就博徒飲，酣歌意難窮。

【校注】

〔1〕少年行：樂府雜曲歌辭。《夢澤集》此題共六首，此爲其三。

咏　　懷[1]

昔聞有游女，逍遥翔碧潯。交甫下請佩，解贈情亦深。可遇不可持，變化愁予心。影滅佩亦失，漢廣無由尋。眄睇絶髣髴[2]，徘徊逮夕陰。青鳥忽來過，遺我金石音。憂思耿難忘，寫意於鳴琴。自傷非儔類，感激長悲吟。

【校注】

〔1〕《夢澤集》此題共三十四首，此爲第二十六首。

〔2〕髣髴：女子首飾。

别張子言[1]

我友駕言邁，去去之朔方。晨起趨中厨[2]，爲我具酒漿。長别在須臾，且願盡杯觴。昔爲骨肉親，比翼雲中翔。今當承乖違[3]，邈若參與商。出門異鄉縣，居世如朝霜。世途轉傾側，良會安可常。羸馬感人情，哀鳴衢路傍。悲風振喬林，琴瑟傷肝腸[4]。執手不能辭，泪下沾衣裳。恨無凌風翰，送子還故鄉。

馳景不少待，客子何可留。相送不覺遠，行行至河洲。中有雙黄鵠，飛鳴諧匹儔。驚風揚洪波，散失焉能求。雌雄相背飛，影響日以遒。鳧鶩豈不多，嗟哉非我仇。願言樹萱草，以解心煩憂。

煩憂動我神，悲歌仍躑躅。鬱鬱道傍柳，垂蔭昔何緑。嚴霜日夜寒，枝葉不復屬。四時相催斥，變化一何速。俗子鶩聲華，世儒矜結束。立身多所乖，年命傷局促。子其愛景光，抱道在白屋〔5〕。

【校注】

〔1〕《夢澤集》此題共四首，此爲第一、三、四首。

〔2〕趨，《明詩綜》作"促"，《夢澤集》作"趣"。

〔3〕承，《明詩綜》《夢澤集》均作"永"。

〔4〕此句《明詩綜》作"颯颯催中腸"。

〔5〕白屋：《漢書・吾丘壽王傳》顔師古注："白屋，以白茅覆屋也。"後指未得官職的讀書人所居之屋。

歲暮雜興〔1〕

昔唯樂游衍，今已識耕耨。連畛東陵瓜，一頃南畝豆〔2〕。坐久林壑暝，歸晚妻孥候。倚樹見墟烟，就枕聞山溜〔3〕。

景曜一何速，志業百未酬。所願則學孔，吾衰不夢周。智愚各有營，貴賤孰無憂。松子久我欺，萱草爲誰求。

【校注】

〔1〕《夢澤集》此題共十首，此處爲第六、十兩首。

〔2〕畝，《夢澤集》作"山"。

〔3〕《夢澤集》此句以下爲第十首。

白紵辭

高堂邃宇施翠帷，蘭膏明燭散朱輝。二八接武步舒遲，被服姣麗光陸離。彈筝鳴瑟商羽移，喜溢歡恣不自持。轉盼含嬉屬所私，累觴勸君君自知。主人既醉客不辭，燭滅纓絶珠履遺。

朝露未晞夜霜零，衆芳凋歇題鴂鳴。逝者如斯不復停，人生百年命忽傾。爲君秉燭縱遊行，三星在户參差明。騰觚飛爵何縱横，垂羅映縠耀朱纓。衆中不言懷隱情，色授神馳流目成。士女雜坐交和歌，斗轉參横奈夜何[1]。

【校注】

〔1〕斗，《夢澤集》作“河”。

投君漢濱之玉珮，獻君洛浦之明璫。感君提携祝壽昌，舜日堯年樂未央。爲君楚舞紈袖揚，乍開乍合低復昂。矯若白鵠雲中翔，雕楹綺閣回素光。竽瑟會節間笙簧，樂極悲來起徬徨。共指皎日輸肝腸，烏白馬角誓不忘。

吴歈蔡謳調不同，衆伶合作如一宫。流鄭激楚溯回風，姱姿修態紛追從。人聲絲竹各競工，燕趙齊秦射代供[1]。曜靈西藏曲未終，繁燈列炬亘筵紅，皎如初日輝簾櫳。

【校注】

〔1〕射代：輪换。《楚辭·招魂》：“二八侍宿，射遞代些。”

娱酒沉歌費白日[1]，絶代佳人何可失。若戀似矜態非一，持觴遞進嬌相迫。左推右引俠氣溢，簪珥墮落寧復索。文窗朱綴開洞房，錦衾瑶席施象床。五色雜組繫流黄，複帳中薰百和香。層軒曲檻俯回塘，鴛鴦鸂鶒羅成行。生丁盛世福運昌，四時爲樂允無疆。

【校注】

〔1〕費白日：《楚辭·招魂》："晋制犀比，費白日些。"

行路難〔1〕

北風蕭蕭雨雪滂，辭我親友之朔方。中閨少婦走徬徨，勸君斗酒牽衣裳。道路縱横多虎狼，歲暮天寒百草黄。結髮本期不下堂，君獨何爲慕他鄉。東流之下不西歸〔2〕，宛轉蛾眉能幾時。人生富貴亦有命，辛苦馳奔空爾爲。縱令鼎食有别離〔3〕，賤妾但願共餔糜。

【校注】

〔1〕行路難：樂府雜曲歌詞。《夢澤集》此題共五首，此處選四。

〔2〕下，《夢澤集》作"水"。

〔3〕"縱令"二句，《明詩綜》無。

磁石引鐵金不連，餌可得魚龍不吞。蠟戟雖妍不可刺，明珠雖貴不可餐〔1〕。水中之車何殊陸地之石盤〔2〕。玉卮無當不以注，白刃倒持安用銛。手中雖有丈八矛，試之井底難回旋。輕輿駕良駟〔3〕，途窮日暮安能前。丈夫雖有磊落才，生不逢時終蒿萊。

【校注】

〔1〕餐，《夢澤集》作"飧"。

〔2〕盤，《夢澤集》作"船"。

〔3〕《夢澤集》此句前有"雖有"二字。

面不同兮心亦殊，執一求之君何愚。星有好風或好雨，世人豈得均所圖。孔贊韶兮墨非樂[1]，遵叱馭兮陽問車[2]。林中亦有嗜腐鳥，海上猶聞逐臭夫。此欲前分彼則却，彼所吐兮此復餔。促席接襟議靡愜，異域殊疆志或投。達人曠視任自然，小儒曲士競區區。

【校注】

〔1〕孔贊韶：《論語·述而》："子在齊聞韶，三月不知肉味，曰：'不圖爲樂之至於斯也。'"墨非樂：《墨子》有《非樂篇》。

〔2〕陽：即伯樂孫陽，古之善相馬者。據《戰國策·楚策》載，一千里馬拖鹽車上太行，遭叱鞭打，伯樂識而惜之。

忠言不獲顯，衆人害其上。世事風波紛蕩漾，變化無方何可狀。公旦金滕功罔刊[1]，伏波銅柱師何壯[2]。周王漢帝豈不明，讒言入耳心不諒。骨肉天親尚有疑，他人豈得無遷放。生命飄蓬隨所向，繁華誰保不凋喪。四座且莫喧，聽我促節歌路難。我今四十迫衰殘，盛年一去何當還。昔斥爲遭絳灌怒[3]，今來豈受金張憐[4]。泰山可移志不徙，寒燼從知無再然。但願長隨擊壤民，優游鼓腹歌堯年。

【校注】

〔1〕公旦：周公姬旦。金滕：《尚書》篇名。

〔2〕伏波：東漢伏波將軍馬援。曾率兵平定越南，立銅柱以作漢之極界。見《後漢書·馬援傳》。

〔3〕絳灌：絳侯周勃與潁陽侯灌嬰，二人皆輔佐漢高祖有大功。

〔4〕金張：金日磾、張安世，漢宣帝時人，皆蔭居高位。

楚岸吟寄牟子

楚岸長楊垂至地，百鳥嬌啼春自醉。晴絲冉冉墮碧空，風光頗爲遊人媚。我家黄子國[1]，君住鄂王城[2]。大江東下雲霧接，滔滔應瀉故人情。憶初同領南宮宴，白馬青袍花映面。本期霄漢並翱翔，寧知世路多更變。我歸十年前，君歸十年後。榮華顛倒若夢中，人情翻覆無不有。安能顧墮甑[3]，自令心不開。陰岩積古雪，白日何當來。我將振衣從子遊，請君灑掃鸚鵡洲。遲日經行桃竹杖，烟波摇漾木蘭舟。須令漢水變春酒，更遣大别爲糟丘。蛟龍自吟鶴自舞，仙人鐵笛沈高樓。留連坐待明月上，翠娥勸飲來沙頭。竹林諸賢真瑣瑣[4]，高陽酒徒安足儔[5]。吁嗟此會難即得，使我悵望無時休。君不見楚宫寂寞臺殿荒，歲歲東風開野棠。三閭憔悴行吟處[6]，千古猶傳杜若香。丈夫眼底安足計，君行采采莫相忘。

【校注】

〔1〕黄子國：今湖北黄岡，春秋時爲黄國。

〔2〕鄂王城：今屬湖北鄂州。

〔3〕顧墮甑：《後漢書·郭太傳》載，孟敏客居太原，荷甑墮地，不顧而去。郭太（林宗）見而問其意。對曰："甑已破矣，視之何益？"

〔4〕竹林諸賢：曹魏正始時期阮籍、嵇康等七位名士。

〔5〕高陽酒徒：酈食其，曾以高陽酒徒身份謁見劉邦。見《史記·酈生陸賈列傳》。

〔6〕三閭：屈原，曾爲楚三閭大夫。

豪士吟贈王氏

君家高樓臨漢水，落日悲風白雲起。門垂長柳千萬株，長條直拂洪波裏。我來繫舟古楊下，秋深岸束蒹葭靡。此時歸思正鬱陶，偶爾逢君行且止。邀我置酒開綺筵，庖子擊肥兼割鮮。海榴新擘寶房碎，湘橘旋摘金子圓。翠袖成行獻歌舞，授色知心次第前。堂中食客多且賢，寶刀錦帶光接聯。持觴遞進勸我酒，四座爲壽俱萬年。平原十日飲未足[1]，白首酣歌凌紫烟。自矜膂力莫與我[2]，俠氣翩翩尤擅武。角弓十斛左右張，蛇矛丈八盤旋舞。櫪上生駒六駁姿，猛士如林不敢騎。控鬣鳴鞭一躍上，疾馳緩步衆稱宜。男兒身手有如此，壯節奇功皆可爲。君不見道阻天寒行旅苦，水有毒蛟山有虎。請君殺蛟兼射虎，惡少紛紛安足數。

【校注】

〔1〕平原：曹植，建安十六年被封爲平原侯。

〔2〕我，《夢澤集》作“伍”。

楚　眺

眺迴臨高閣，江湘萬里餘。草邊雲夢獵，花下武陵漁。白日山川氣，清秋水竹居。仙踪同霸業，消歇總愁予。

山莊雜興〔1〕

避人開石户，覽物坐山堂。湘柚寒增色，江蘺晚更香。卜居悲楚客，招隱憶淮王。寂寞吾甘守，浮沉念總忘。

計拙堪時棄，謀生托野人。鶯花與約束〔2〕，木石有比鄰。溪上思龍蟄，林間學鳥伸。逢人無一面，語契即相親〔3〕。

圃坐晴逾麗，畦行晚更宜。客以蘿徑入，自笑葛巾攲。果熟山禽戀，林馴野鹿隨。憑闌契物理，衛足頗欽葵。

葉減山争出，林秋景故偏。候蟲喧冷砌，過雁影晴川。月酌沾松露，風吟襍澗泉〔4〕。何人會幽興，寂寂白鳴弦〔5〕。

【校注】

〔1〕《夢澤集》此題共十首，此爲第三、四、六、八首。

〔2〕與，《夢澤集》作“無”。

〔3〕相，《夢澤集》作“情”。

〔4〕風，《夢澤集》作“執”。

〔5〕白,《夢澤集》作“自”。

九日同田子宴武昌西山〔1〕

令節樊山宴〔2〕，深秋楚客哀。雲長一雁往，江遠片帆來。倦倚丹楓憩，回看蒼渚開。登高復能賦，知爾大夫才〔3〕。

【校注】

〔1〕武昌西山：今湖北鄂州市西山。

〔2〕樊山：即西山，因在樊口附近，故有此名。

〔3〕《漢書·藝文志》：“登高能賦，可以爲大夫。”

江上言懷〔1〕

岸束濤聲急，軒凝草色重〔2〕。山懸神女雨，江進楚王風。舟楫争先涉，村墟急暮舂〔3〕。平生壯遊興，潦倒對魚龍。

【校注】

〔1〕《夢澤集》此題共四首，此爲第二首。

〔2〕草，《夢澤集》作“野”。

〔3〕《夢澤集》此句作“閭閻急暮舂”。

登武昌西山〔1〕

昔望徒懷積〔2〕，今登氣益雄。壺觴飛鳥外，几杖入雲中。地引江湖盡，天寒澗壑空。壯心殊未已，清嘯寄長風〔3〕。

【校注】

〔1〕《夢澤集》題作“登武昌西山絶頂”，共二首，此爲其一。

〔2〕徒懷，《夢澤集》作“懷徒”。

〔3〕清、寄,《夢澤集》作“浩”“倚”。

溪邊晚興

萬井皆秋色，千岩盡落輝。谷喧鄰牧散，溪響夕漁歸。初月懸楓岸，餘霞戀竹扉。坐來憐夜永，霜露入人衣。

春　盡

春盡人將老，庭閑晷獨遲。絮飄兼鶴毳，花落罥蛛絲。石溜依琴瀉，雲陰入户移。幽懷偏水竹，晚步故臨池。

春日山居即事[1]

草動三江色，林占萬壑晴。籬邊春水至，檐際暖雲生。溪犬迎船吠，鄰鷄上樹鳴。鹿門何必去[2]，此地可躬耕。

【校注】

〔1〕《夢澤集》此題共五首，此爲其一。

〔2〕鹿門：鹿門山，在今湖北襄陽郊外。後漢高士龐德公、唐代詩人孟浩然都曾隱居於此。

夜　坐

生事日蹉跎，將如落景何。馬蹄持自誦[1]，牛角扣仍歌[2]。把燭秋蛾集，開簾夕鳥過。長風自寥闊，颯颯振庭柯。

【校注】

〔1〕馬蹄:《莊子》篇名。

〔2〕《吕氏春秋・舉難》載，寧戚扣牛角而歌以干齊桓公。

陳　叟[1]

生事緣儒誤[2]，傷心近老貧。一飡資子弟[3]，數口仰交親。身屬工詩病，鄰譏貰酒頻[4]。時瞻户外屨，多是問奇人[5]。

【校注】

〔1〕《夢澤集》此題共二首，此爲其二。

〔2〕儒誤：杜甫《奉贈韋左丞丈二十二韵》："紈袴不餓死，儒冠多誤身。"

〔3〕子弟，《夢澤集》作"弟子"。

〔4〕鄰，《夢澤集》作"人"。

〔5〕人，《夢澤集》作"賓"。

閑　步

卜築蒼岩畔，爲園碧水涯。浴童依淺瀨，浣女散晴沙。中散林惟竹，東陵圃是瓜。村頭歸欲暮，巾服映殘霞。

宴魏子園亭[1]

池館名江國，賓朋實楚材[2]。屏間烟霧濕，鏡裏芰荷開。鶴似吹笙下[3]，魚因鼓瑟來。盡歡須秉燭，歌伎莫相催[4]。

【校注】

〔1〕《夢澤集》此題共二首，此爲其一。

〔2〕楚材：《左傳》襄公二十六年："唯楚有材，晋實用之。"

〔3〕似，《夢澤集》作"以"。

〔4〕相，《夢澤集》作"頻"。

哭江景夫[1]

子已先朝露，文章失鳳毛。人皆惜年少，天亦厭才高。學草餘池墨，流芳托楚騷。因之念朋侶，寥落半蓬蒿。

【校注】

〔1〕《夢澤集》此題共二首，此爲第二首。夫，《夢澤集》作“孚”。

贈鄰叟

屈曲溪回谷，青蒼樹隱村。深山無甲子，老境有兒孫。畏吏栖鄉井，逢人問國門。漁舟花下入，還似武陵源。

夏日山居即事[1]

相過嫌俗駕[2]，自贍愛貧家。陶令門前柳，秦人洞口花。試暄看野鳥，占曙聽林鴉。耕稼誰云苦，吾生幸有涯。

寂寞翻爲樂，漁樵更可親。林皋無俗物，草澤有閑人。衹欲全疏拙，非關慕隱淪。偶然隨稚子，驅犢古江濱。

【校注】

〔1〕《夢澤集》此題共六首，此爲其四、其六。

〔2〕俗駕：孔稚珪《北山移文》：“請回俗士駕，爲君謝逋客。”

在館即事[1]

長日稀朝謁，兼之簿領無。閉門人伴鶴，染翰吏兼儒。風砌翻紅藥，晴軒映碧梧。雖云栖省署，瀟散即蓬壺。

【校注】

〔1〕《夢澤集》此題共二首，此爲其一。

訪童内方太史於漢口舟中〔1〕

每憶朝端舊，寧期漢上逢。舉杯酹鸚䳐〔2〕，吹笛擁魚龍。天遠江俱盡，楓回渚自重。知君欲解纜，爲我且從容。

【校注】

〔1〕《夢澤集》此題共二首，此爲其二。

〔2〕䳐，《夢澤集》作“鵡”。

喜廖子過訪〔1〕

未暇泛湘水，徒然卧楚雲。神龍那可繫，野鶴故離群。世路誰知己，交情獨有君。懸知今夜别，劍氣斗間分。

【校注】

〔1〕《夢澤集》此題於“訪”字後尚有“席上奉贈”四字，共八首，此爲其四。

病　　起

經旬伏枕艷陽天，病起藤蘿繞户縣。少日親交魂夢裏，一春花鳥泪痕邊。緣溪力薄依人步，課圃情多驚竪眠〔1〕。天遣此生無俗累，書籤藥裹任年年。

【校注】

〔1〕驚，《夢澤集》作“警”。

遣　悶

病起衰顔聊自媚，春深笑口向誰開。五男不學從渠懶[1]，三徑俱荒阻客來[2]。日展琴書娱潦倒，兩抛巾舄漬莓苔。交游物化今餘幾，倚杖看花首重回。

【校注】

〔1〕“五男”句：陶淵明有五子，俱疏懶不好學習。見陶詩《責子》。

〔2〕三徑：陶淵明《歸去來辭》：“三徑就荒，松菊猶存。”

夏日宴集宋寶山别墅留贈[1]

先生堪擬葛天民，築室郊原遠市塵。客款閑門驚稚子，自分餘酌到農人。朱華冒日明棋局，翠竹含風撼角巾。不睹少微雲霧裏[2]，楚江誰信有垂綸。

【校注】

〔1〕《夢澤集》此題共三首，此爲其一。

〔2〕少微：星名，一名處士星，指代隱士。見《史記・天官書》。

宴集楚藩樓上作

别館張筵臨水上，危樓改席向天中。窗含江漢澄流盡，檻俯衡巫遠勢通。鳴珮忽沾神女雨，披襟時拂大王風。梁國勝事今非異，楚國文儒古亦同。

春　歌[1]

初華錦繡舒，千林望如一。懷春廢機杼，縑素難成匹。

【校注】

〔1〕《夢澤集》此題共三首，此爲其二。

楚風補卷之二十一

明

蕭一中[1]

字執夫，華容人。正德丁丑進士。授新城令，擢御史。疏援馬禄，逮繫獄，貶廣西照磨。後起用，至南刑部郎，復以任新城事，再貶饒州通判[2]。以霍韜薦，升平樂知府。累官至都御史，巡撫四川。公剛直廉介，所在著名，居鄉弗廣田宅，識者高之。

【校注】

〔1〕《華容縣志·人物志·宦業》（光緒本）有傳。

〔2〕按縣志記此事爲："復以在新城時劾夏良勝大禮疏草，再貶饒州府通判。"

偶題岳陽樓壁

飛閣凌空起，孤城水面開。大江流日夜，層樓接奎台[1]。往事懷先哲，時難屬异才。登臨不盡意，對景且銜杯。

【校注】

〔1〕上句爲南朝謝朓《暫使下都夜發新林至京邑贈西府同僚》一詩中成句。奎台：即奎宿，二十八宿中白虎七宿之首宿。

張　治[1]

字文邦，號龍湖，茶陵人。五歲能揮毫作大字，知州董豫奇之，申補州學生。正德庚辰進士第一。入翰林，纂修大典。兩主南畿試，又兩主會試，稱得人，爲銓貳。薦用不拘資格。進南冢宰，入閣預機務。在直嬰疾，强起，加太子太保，卒。上震悼，賜祭葬，贈少保。初謚文隱，隆慶初改謚文毅。

【校注】

〔1〕《茶陵縣志·選舉志》(同治本)、《明史》有記載。

出　郭[1]

曉出城南門，霧深暗江渡。稍稍曙光開[2]，微茫見蒼樹。驅車村巷中，野老偶相遇。問予何所之，笑指白雲處。

【校注】

〔1〕《茶陵縣志》《沅湘耆舊集》記此詩爲《靈岩八首》之第一首。

〔2〕光，《茶陵縣志》作"色"。

入　山[1]

山水諧夙心，林行豈云遠。草深溪谷幽，石出寒流淺。秋風吹白雲，千峰净如捲。塵事寧足勞，初衣念將返[2]。

【校注】

〔1〕《茶陵縣志》《沅湘耆舊集》記此詩爲《靈岩八首》之第二首。

〔2〕初衣：本指作官前所穿衣服，此處代指辭官。

靈　岩[1]

岧嶢入丹壑，石室開群峰。壁色照萬古，雲霧流其中。山僧傍岩宿，下馬聞疏鐘。欲訪仙人迹，雲車駕白虹。

【校注】

〔1〕《茶陵縣志》《沅湘耆舊集》記此詩爲《靈岩八首》之第四首。靈岩：在茶陵縣。

出　山[1]

貪奇事攀躋，丘壑自成趣。鐘聲滿寒松，日落萬峰暮。流泉不出山，歸雲還依樹。雲水何瀠洄[2]，遊人獨歸去。

【校注】

〔1〕《茶陵縣志》《沅湘耆舊集》記此詩爲《靈岩八首》之第七首。

〔2〕瀠洄，《茶陵縣志》作"洄沿"。

夜過洞庭

曉發吴昌門，夕渡黄陵址[1]。日暮江帆遲，洞庭三百里[2]。微風澹無波，明月照天水。隱隱見君山，鐘聲翠雲裏。樓船坐中流，長歌白波起。

【校注】

〔1〕吴昌門：即吴縣縣門，故城在今湖南平江縣東。黄陵址：在湖南湘陰縣北，此處有娥皇、女英二妃祠。

〔2〕三，《沅湘耆舊集》作"八"。

秋日登城樓用南田韵〔1〕

城臨孤壁迴，樓出萬峰開。地勢銜天闊〔2〕，江形抱楚回。野風吹日落，霜雁切雲哀。直北長安道，憑軒首獨回。

【校注】

〔1〕南田：劉廷佩，字公器，號南田。

〔2〕地，《沅湘耆舊集》作“嶺”。

清溪阻雨〔1〕

客愁已若此，況聽雨聲多。潮氣連滄海，江光涌白波。瞑雲低野度，濕雨掠船過〔2〕。咫尺齊山色，蕭蕭鎖薜蘿。

【校注】

〔1〕清溪：有多處，不詳此處何指。

〔2〕雨，《沅湘耆舊集》作“鳥”。

江　宿

移舟初極浦，倚岸即斜曛。澹澹月臨水，微微星出雲。流螢散高影，暗水聚寒紋〔1〕。山雨夜深至〔2〕，凄然不可聞。

【校注】

〔1〕紋，《沅湘耆舊集》作“蚊”。

〔2〕夜深，《沅湘耆舊集》作“中宵”。

秋廓小寺

短髮行秋廓，塵沙記舊禪。長天依片鳥，遠樹入孤烟。野曠寒沙外，江深細雨前。馬蹄憐暮色，藤月自娟娟。

遊定林寺[1]

下馬秋山寺，雲林第幾重。碧寒臨近水，青遠見孤峰。短徑荒苔合，空檐古木封。舜山有佳興[2]，吾意亦從容。

【校注】

〔1〕詩題，《沅湘耆舊集》作“定林寺次易舜山韵”。定林寺：有多處，此處約指江蘇江寧縣之定林寺。

〔2〕據《沅湘耆舊集》，舜山當爲某人，其事迹不詳。然也可實指山，在江蘇無錫西北。

天霽閣[1]

朱陵洞口秋雲開[2]，杖藜宿雨猶蒼苔。松林迴翔鳥邊路，浮圖徒倚天中台。鳴琴一澗流泉度，錦綉千峰返照來。瑶草瓊芝緑可折，西風欲寄長安臺。

【校注】

〔1〕天霽閣：在湖南衡山。

〔2〕朱陵洞：即朱陵洞天，在湖南衡山。

南　　臺[1]

祝融高傍青天開，我來踏破山中苔。僧房鐘磬出萬樹，仙人樓閣凌三台[2]。東西日月尊前度，吴楚江湖席下來。七十二峰看不盡，夜深燈火宿南臺。

【校注】

〔1〕詩題後有自注：“用前韵。”即用《天霽閣》詩韵。南臺：在南岳衡山。

〔2〕三台：星名，由上台、中台、下台組成，共六星，兩兩相比，亦稱三階或泰階。

雜咏二首〔1〕録一

望湖亭下水如天，曾是天皇賜幸年〔2〕。玉輦不來鳧雁冷，一湖楊柳鎖春烟。

【校注】

〔1〕詩題，《沅湘耆舊集》作“雜興六首”，此詩爲第六首。

〔2〕上句：蘇軾《六月二十七日望湖樓醉書》有“望湖樓下水如天”句。下句“天”，《沅湘耆舊集》作“宣”。

登石鐘山望廬山〔1〕

廬頂亭亭翠萬重〔2〕，懸泉千尺挂飛龍。石鐘山下江如鏡，映出青天五老峰〔3〕。

【校注】

〔1〕此題《沅湘耆舊集》有詩三首，此爲第三首。石鐘山：在今江西省湖口縣鄱陽湖畔。

〔2〕頂，《沅湘耆舊集》作“岳”。

〔3〕五老峰：在廬山。

朱　　衣〔1〕

字子宜，武昌籍，漢陽人。正德庚辰進士。授監察御史。時方爭大禮，世宗召群臣議闕下，衣直言，與張孚敬忤，遂罷。

【校注】

〔1〕《武昌縣志·鄉賢》有傳。《明史》有記載。

挽江節婦

不嫁公姑怨，不死無歸路。妾死日月昏，不見漢陽樹。

童承叙[1]

字士疇，一字漢臣，沔陽人。有异質，弱冠以文名。正德庚辰進士[2]。授編修，晋國子司業，與司成吕柟訓士以實學，校《寶訓實録》《會典》諸書，進左庶子兼侍讀。主順天鄉試。所著有《沔陽志》及文集[3]。

【校注】

〔1〕《宜城縣志·人物》有傳，《明史》有記載。

〔2〕庚辰，按縣志記爲“辛巳”，《明清進士題名碑閣索引》記爲“辛巳”，此誤，當改。

〔3〕《沔陽志》今存。文集：即《童内方先生集》，今亦存。

平南雅上中丞秦公[1]

明明我公，有撻其武。憬彼郴彝，來歸亡侮[2]。矢此王旅，式辟裔土[3]。蕞彼郴彝，徼於南邦。既酗而醒，嚚狡毁常。肆其大憝，瀆於天章。彼凶負固，實鼯其居。有石嶄岩，有山崎嶇。緩之則驕，急之則逋[4]。赫赫帝怒，乃眷南越。誰其正之，迺授公鉞。往行予罰，郴彝是忽。公拜稽首，天子是訓。既類既禡，唯師旅是鞠[5]。公拜稽首，曷敢弗遨[6]。公醜攸行[7]，濟於沅湘。旟旐斯揚，烝徒皇皇。有萬其航，唯水湯湯[8]。公服斯煌，葱珩有鶬。我公涖止，陳於南郊。腰褱且閑，巾車孔膠。虎士如虓，聿修厥矛。弗吴以敖，郴彝且咆[9]。郴彝唯喙，來享來王。式吪爾狂，南土允荒。唯郴之民，拜舞於疆[10]。唯郴之士，於焉徜徉。郴功告成，唯義之正。亡煩於兵。自昔周公，荊舒是平。顯允方叔[11]，征伐蠻荊，曰公與京。明明我公，經營四域。昔在中夏，矢其文德[12]。耆定膚功，作屏王國。於皇遐哉，文武維則。公之歸兮，嗟挽其衣兮。山川平夷，厥功巍巍兮。帝錫公圭，錦衣孔輝兮。天子聖神，四方來威兮。於萬斯年，唯公功是依兮。

【校注】

〔1〕平南：武宗正德年間，廣西、貴州苗、僮少數民族多次攻入内地，此詩所記爲正德十一年（1516）明王朝的一次鎮壓行動。據《郴州總志·事紀》："十一年，湖廣都御史秦金、南贛巡撫王守仁擒崗賊，討平之（時宜章莽山、西山、牛頭崗賊首龔福全、李斌等結連粤寇，劫掠州縣，上命秦與王調廣漢兵討之。破其寨栅九十，擒福全、李斌等，俘馘三千餘人）。"按《明史》《明紀》亦有文字記載。秦公：即秦金，字國聲，弘治進士，官終南京兵部尚書。

〔2〕彝、亡，《童内方先生集》（明萬曆本）分别作"夷""無"，均可通。郴彝：郴州一帶的壯族、苗族。

〔3〕旅，《童内方先生集》作"猷"。矢：陳，陳列。式辟：開闢，《詩經·大雅·江漢》："式辟四方，徹我疆土。"

〔4〕急，《童内方先生集》作"殛"。

〔5〕類、禡：古代在軍隊到達的地方舉行祭祀。具體説法不一，《毛詩》："於内曰類，於野曰禡"；傳疏："或類、禡皆祭天神及日月山川之神"；還有説祭軍法創造者的，等等。鞫：通"鞠"，告誡。

〔6〕"曷"字前，《童内方先生集》有"臣"字。

〔7〕公，《童内方先生集》作"戎"。

〔8〕唯，《童内方先生集》作"淮"。

〔9〕且，《童内方先生集》作"則"。

〔10〕拜舞，《童内方先生集》作"於理"。

〔11〕顯允：誠實、可信，《詩經·小雅·湛露》："顯允君子，莫不令德。"方叔：周宣王的名臣，征伐玁狁有功。

〔12〕矢：施行，《詩經·大雅·江漢》："矢其文德。"

同參知江公納言劉公都護余公漢江泛舟

臨襄樊兮城嵯峨，俯漢沔兮江逶迤。滉瀁兮流汰，縹緲兮岩阿。集冠蓋兮枉渚[1]，泛樓船兮盤渦。張芳筵兮膾鮮鯉，擊鼉鼓兮鳴鐃歌。風飄揚兮烟樹渺，鷗鸛兮紛駕鵝。瀨齒齒兮激石，岸蒙茸兮披蘿。眺鹿門兮慕真隱[2]，瞻隆中兮頌勛華。思銷憂兮騁望，悲哀郢兮懷沙。嗟世罔兮羈束，淹時序兮蹉跎。奉明恩兮休朝，忽臨睨兮灊沱[3]。群公兮枉駕[4]，斞瓊斝兮顔酡。雲靄靄兮翳日，飆儵儵兮增波。感兹遊兮容與，撫淑景兮惠和。矢永保兮修姱，托勝迹兮弗磨[5]。

【校注】

〔1〕枉渚：本指枉水上的一個小灣，在今湖南常德，屈原《九章・涉江》："朝發枉渚兮，夕宿辰陽。"此指漢江的某個彎曲處。

〔2〕真，《童内方先生集》作"貞"。

〔3〕朝，《童内方先生集》作"澣"，作"澣"較確。臨，《童内方先生集》作"睥"。灊，原注"音潜"，《童内方先生集》作"潜"。灊沱：據《漢書・地理志》，爲二古水名，流入長江爲沱，流入漢江的爲灊。

〔4〕枉駕，《童内方先生集》作"嘉招"。

〔5〕托，《童内方先生集》作"記"，作"記"較確。

太岳遊覽[1]

靈峰標奥區，周覽振遐迹。眷兹平生懷，結我同心客。理檝濟洪川，驅轂遵廣陌。豐林散葱蒨，叠嶂排岃崱。幽禽出谷遥，穠華傍岩寂。修晷開清妍，麗景照顔色。相將愜勝遊，况乃諧良覿。面當擥藤蘿，一嘯楚雲碧[2]。

岧嶢望靈岫，逶迤度仙關。松蘿自虧蔽，澗壑相潺湲。石徑迷復通，出入蒼翠間。鸞鵠時翺翔，杳靄非人寰。雲霞回霽色，群藹何斑斑[3]。山祇豁朗照[4]，爲我開心顔。

瓊宇忽璀璨，結秀在攢峰。稜稜紫霄間，渺渺玄圃中。玉闌透参差[5]，瑶臺淩九重。鷄犬喧上界，鐘磬鳴層空。雲窗連霧牖，曲曲藤蘿封。桃川豈不邃，兹境仍巃嵸。安得隨禦寇[6]，清泠駕長風。

天門何鬱盤，石級懸萬丈。攀躋轉欹傾[7]，憭慄不可上。攝衣既逡巡，躡屐復踉蹌[8]。俯視培塿青，江河類杯盎。豈惟雲蕩胸，日月宛相向。凌競非所辭，庶用覽昭曠。陟險思乘危，慎矣履高亢。

太岳標瓊峰，天柱擁金殿[9]。香爐烟霏微，玉笋氣璀璨[10]。巑岏七十二[11]，俯伏周八面。盤旋萬里餘，一一羅簪弁。中天蕩雲霞，下界激雷電。仰瞻玄極尊[12]，彷彿靈光絢。列宿軫翼分[13]，元精虚危煥。時維霽色新，森爽秋毫辨。西挹太華崇，南顧衡峰現。乾維接异都，坤軸開楚甸。望秩往代嚴，丹垩今獨冠。耿余幼冲襟[14]，追遊踢層霰。夜卧翠微巔，不寐遲清旦。展禮乘初暾，環睇逼清漢。寥泬疑馭風，飄飖訝生翰。太和藉凝虚，靈禧丐垂眷。敷衽陳孤悰[15]，宗社願終奠。

弱齡志孤迥，薄遊事揮霍。攬結匡廬秀，采掇九華萼。至今江湖間，彷彿空翠落。祝融與泰岱，經行眄雲壑。山祇仍相招[16]，夢寐見鸞鶴。偶來道襄樊，結侶登太岳。靈境諧夙心，玄覽申曩約。宮殿鬱孤稜，壇宇互聯絡。玉虚浮金銀，紫霄凌峼崿[17]。玉龍盤烟巒，南岩架林壑。晶熒太和宮，天柱倚碧落。蚴蟉螭龍基[18]，的皪芙蓉削。萬里結英精，千崖照髹臒。茫茫化人踪，煌煌文祖略[19]。洞天誠有無，兹山信焜爚。白日馭赤虯[20]，青旻正寥廓。

【校注】

〔1〕詩題，《童内方先生集》多“十首”二字。太岳：指武當山。

〔2〕“掔”字後有原注：“音愆牽，去也。”一，《童内方先生集》作“長”。

〔3〕“蘤”字後有原注：“音委，又音婆，又通花。”

〔4〕祇：不合詩意，當爲“坻”，山中的小渚。

〔5〕透,《童内方先生集》作“遞”。

〔6〕禦寇：即列子，名禦寇，戰國鄭人,《莊子·逍遥游》中説他能御風而行。

〔7〕攀躋,《童内方先生集》作“躋攀”。

〔8〕屐,《童内方先生集》作“屣”。蹌,《童内方先生集》作“蹡”，按“踉蹌”與“踉蹡”意同。

〔9〕天柱：指天柱峰。

〔10〕香爐：指香爐峰。玉笋：指玉笋峰。

〔11〕七十二：指武當七十二峰。

〔12〕玄,《童内方先生集》作“元”。

〔13〕軫翼,《童内方先生集》作“翼軫”。

〔14〕幼,《童内方先生集》作“切”，作“切”較確。

〔15〕悰,《童内方先生集》作“衷”。

〔16〕仍,《童内方先生集》作“似”，“似”較確。

〔17〕武當有玉虚宫、紫宵宫。

〔18〕基,《童内方先生集》作“騫”。“騫”較確。

〔19〕化人：會幻術變化之人。文祖：明成祖。

〔20〕蚪,《童内方先生集》作“虯”，虯：傳説中的無角龍，故作“虯”較確。

雨中送駕和研崗二首

春祀瞻陵廟，宸遊出帝城。豐隆扶翠輦，屏翳抗龍旌。柳色迎鑾鈿，鶯歌向蹕清。寢園佳氣合，馳道瑞烟平。沙軟千官擁，泥香萬騎鳴。精禋勞聖主，數傍碧山行。

法駕開雲幕，慈闈擁萬城。社烟隨彩仗，谷雨落青旌。春豫流鮮澤，皇游覽太清。沾衣知寵渥，潤物感升平。山繞鑾輿净，泉當帳殿鳴，傳宣威龍舸，還汎玉湖行。

宮　詞[1]

曉向君王賜賞還，長街一字珮珊珊。白頭宮監呼名姓，换入迎春第幾班[2]。

不眠常問夜如何，殿角風鈴響漸多。記得一聲河滿子，低低燈下學人歌[3]。

蛾眉掃罷去朝天，正值官家例散鮮。見説羊車隨意到，不教中使口宣傳[4]。

三三兩兩不知愁，結束羅裙學打毬。傍晚忽聞天樂近，分明只在殿東頭[5]。

【校注】

〔1〕詩題，《童内方先生集》爲“擬宫詞二十首”。

〔2〕按，以上爲第四首。

〔3〕按，以上爲第六首。

〔4〕羊車：用晋武帝乘羊車往宫妃處典（《晋書·胡貴嬪傳》）。按，以上爲第八首。

〔5〕按，此詩《童内方先生集》爲《秋日再擬宫詞十首》之第五，與前三首并不同爲一組詩。

曉渡玉河橋[1]

百尺飛梁烟霧生，雕闌玉竇綺羅行。御溝月露生秋興，駐馬垂鞭聽水聲。

【校注】

〔1〕詩題，《童内方先生集》多“四首”二字，此詩爲第四首。玉河：出自北京市西北玉泉山下，環繞紫禁城，亦名御河。

江漢歌[1]

荆山郢樹照南洲，江漢滔滔天際流。神女不來雲雨暮，騷人一去蕙蘭秋。

清江抱村村樹齊，水風不動浦雲低。嬌女刺船深巷裏，聞歌只在芰荷西。

【校注】

〔1〕詩題，《童内方先生集》多“十首”二字，此處爲第一、第五兩首。

登廬山[1]

十里松杉總鬱盤，攬衣飛步翠雲端。山深野寺人稀到，萬壑千峰一徑寒。

【校注】

〔1〕《童内方先生集》無此詩。

世宗肅皇帝[1]

興獻王子。自興邸入繼大統，以壬午改元嘉靖，因改安陸州爲承天府。上穎敏絶人，大學士楊一清進呈元宵詩，有“愛看冰輪清似鏡”之句[2]，上以爲類中秋詩，改云“愛看金蓮明似月”[3]，嘗與閣臣費宏等賡唱，張桂以爲雕蟲小技，不足勞聖慮也。

【校注】

〔1〕《明史》有本紀。

〔2〕愛，原稿無，據《元明事類鈔》補。

〔3〕該句詩，《元明事類鈔》作“愛看六街燈似月”。

秋日即事詩三首賜元輔張羅山録一

拂暑金風動衮裳，滿天商吹迓新涼。農家萬寶收成後，十里遥聞禾黍香。

陳　東[1]

字南塘，零陵人。嘉靖壬午舉人。官井研令，復改龍泉[2]。博極群書，問字者屨滿户外，居官務以德化民云。

【校注】

〔1〕《零陵縣志·人物·仕迹》（同治本）有傳，《明史》多處有記載。

〔2〕龍泉，縣志記爲改任浙江龍泉令。

黄葉渡[1]

黄葉渡頭風，愚溪橋下水[2]。日斜晚涼生，漁歌數聲起。

【校注】

〔1〕黄葉渡：在湖南零陵縣。

〔2〕愚溪：在零陵縣。據縣志載，名由柳宗元始。

馮世雍[1]

字子利，號三石，江夏人。嘉靖癸未進士。歷官吏部郎中，出爲杭州知府，調徽州。學博，棄官歸。工書及詩、古文、詞，所著有《三石文集》《吕梁志》[2]。

【校注】

〔1〕《江夏縣志·人物·政績》(同治本)有傳,《明史》有記載。

〔2〕二書今佚。

拜和靖墓[1]

白鶴雲霄上，丹邱石浪邊。死無封禪字，生有野梅緣[2]。結社寧違俗，餐霞不種田。四時歌舞地，恐礙水仙眠。

【校注】

〔1〕和靖：指林逋，宋錢塘人，仁宗賜謚和靖先生。生前結廬西湖孤山，自爲墓於廬側。

〔2〕封禪字：此句用司馬相如留遺書言封禪事典故。借以言林逋賫志隱居，不乐仕進，生平未似相如榮顯。野梅緣：林逋不娶無子，所居植梅養鶴，人謂梅妻鶴子。

赴滇南道中[1]

碧樹千峰合[2]，黄茆一徑開。馬從危石渡，人向亂山來[3]。樹暝溪光濕，雲寒雁陣哀[4]。漫停湘浦駕，遥望漢江臺[5]。

【校注】

〔1〕《湖北先賢詩佩》作“赴滇南烟莊道中”。

〔2〕樹,《湖北先賢詩佩》作“嶂”。

〔3〕向,《湖北先賢詩佩》作“自”。

〔4〕兩句《湖北先賢詩佩》作“暝樹青溪濕，寒雲白雁哀”。

〔5〕江,《湖北先賢詩佩》作“宫”。漢江臺：即漢皋臺，暗用鄭交甫臺下遇神女典（見《韓詩内傳》）。

過洞庭

楚客驅車過洞庭，天風颯颯吹湘靈。斜陽欲盡亂山碧，別浦遠望飛烟青。南荒征旆倚明月，東郭草堂虚翠屏。浮查萬里泛牛斗，劍光白日空秋冥。

望君山

遠客倚棹且東歸，登樓望山魂欲飛。仙人高閣渺烟霧，江浦洞簫吹夕暉。樹色倒涵日月影，波光下照星辰輝。拏舟直泛水雲窟，遥峰冥浪情依依。

登岳陽樓

澤國雲蒸水滿湖，茫茫烟浪混虚無。波心明月撼將墮，海上浮邱閑可呼。巴客錦帆飛鳥盡，湘靈瑶瑟暮峰孤。蘭汀蕙渚空相戀，恐有魚龍夜泣珠[1]。

【校注】

〔1〕泣珠：疑用“鮫人泣珠”典（見晉張華《博物志》）。

朱廷立[1]

字子禮[2]，通山人。嘉靖癸未進士。官至禮部侍郎。質任渾樸，好惡不形，隆然長者之望[3]。

【校注】

〔1〕《通山縣志·人物志·鄉賢》（同治本）有傳，《明史》有記載。

〔2〕縣志記其號“兩崖”。兩崖：兩崖山，在通山縣。

〔3〕縣志、《湖北先賢詩佩》均記其有《兩崖集》，《四庫全書》存目。

東鄰女[1]

東鄰有女子，老大聘不至。家貧難自支，織機以爲食。機織成彩雯，縷縷見心事。受值入豪門，裁爲合歡被。

【校注】

〔1〕據《縣志·藝文》："朱出自姚江（王守仁）門，而擠之者亦出姚江門，故東鄰女、四鄰婦有所托諷。"

南岑

家在北山麓，陟彼南溪岑[1]。上有碧玉泉，下有素樹林。林下歃清泉，可以滌煩襟。狂飈自西來，短髮不勝簪。一笑舍之去，迴瞻思不禁。

【校注】

〔1〕北山：在通山縣北。南溪：亦在通山縣。南溪岑：即南岑。

招遊

回風散晴畈，旭日麗春羅。有鳥鳴高陵，喃喃似人哦。我乃發清商，所思在崇阿。問訊城南山，山中多女蘿。上有蝌斗文，亦有仙人窩。仙人解愛才，延佇日已多。待余青精飯，授之金丹歌。聞時即攬衣，美人曾不過。與子事奇游，游矣覺蹉跎。身寄宦旅間，逐逐終如何。

結　屋

謝迹南宮官，結屋北山曲〔1〕。一身自容與，何得言跼促。農牧日以親，棗葵近頗足。新水池魚歡，晴溪山鳥浴。物意自好潔，天空從所欲。

【校注】

〔1〕南宮：古本指尚書省，後禮部亦稱南宮，朱曾作禮部侍郎，故此處當指禮部。

饑民謡

官倉穀少饑民多，張口嗷嗷將奈何。縣堂點名辨菜色，胥卒從旁多怒訶。中有低垂羞不出，前年猶能作殷實。吁嗟爾曹尚如此，何況饑寒自平日。郡官揚鞭自西來，傳呼明日官倉開。老翁呼兒荷擔走，且携舊釜揮塵埃。須臾都臺降定則，十夫向前九不得。吁嗟不得只須回，號泣郊原盡匍匐。君不見公門使費何處補，豪家取息猛如虎。又不見向來呼兒携釜翁，夜來已矣茆屋空。

夜宿崖居

池館依鄰樹，茶爐遠俗驂。襟懷秋更淡，農圃晚初諳。鼠響嗔猫懶，魚稀惡獺貪。村杯有釀熟，對月且須銜。

翠屏寺登眺〔1〕

寶地多幽勝，登遊思欲飄。山横餘萬竹，路盡得雙橋。雲濕衣裳潤，林芳鳥雀嬌。況有樓居好，瑶琴自可調。

【校注】

〔1〕翠屏寺：在通山縣縣治，清代已不存。

順慶行院次戴龍山韵〔1〕

性懶多餘静，臨風欲振衣。數花紅半在，愛竹翠重圍。含雨雲將斂，通池水漸微。鄉關東望極，鴻雁不西飛。

【校注】

〔1〕行院：雜劇、藝人、女伎聚居之處，亦指妓院。戴龍山：不詳。

栖樂寺用前韵

冒雨來栖樂，岩花映我衣。山窮雙水抱，寺古萬松圍。石羽仙源迥，禪房僧語微。長天寄遠眺，奇興氣雲飛。

長壽山館〔1〕

長虹收急雨，虚閣失餘暄。鵝鴨歡新水，牛羊識舊垣。撥悶詩章細，還家松菊存。遥憐城市衆，常日醉王孫。

【校注】

〔1〕長壽山：約在通山縣。

飲許處士宅

歸踏崖坑路，因過處士家。橋通山徑曲，水抱女墻斜。聯席開霜橘，幽香報晚花。對君多道氣，疑泛斗牛槎。

朱赤崖夏少航夜過山齋

暮夜來雙隱，山翁興自嘉。坐饑傳棗栗，話久但桑麻。花氣飄窗暗，星光向客斜。明朝是春社，携酒集田家。

龍崖寺月下偶成

明月清和夜，携僧見性靈。窗虚梅滿白，山近樹交青。尋洞歸龍護，談僧倦鳥聽。詩成多逸興，短袂舞中庭。

叠前韵

共約花間卧，言詩竹裏成。問漁過北澗，得醉倚東榮。曉浦濛霖歇，春田野水生。谷中諸事净，幽賞不勝情。

憩王氏山居

周道曉驅車，田家憩午餘。炊烟浮樹杪，野雀集庭除。山近樵歸早，雲深客到疏。明農吾已久，臨發一躊躇。

遊雲梯寺和林焦涯韵三首〔1〕録二

登覽原無約，山僧何處歸。村醅呼可得，禪榻坐生輝。野水圍雲鑒，寒花繪石衣〔2〕。諸君有佳思，揮灑迅如飛。

【校注】

〔1〕雲梯寺：即雲梯庵，在今北京房山縣西南上方山。下有近二百級石磴道，名雲梯，寺因以名。

〔2〕鑒，字後有原注："一作澗。"似以"澗"爲確。石衣：水綿，一種水中所浮青綿狀藻類植物，亦生於石上。

晴天群客集，落日一僧歸。舊雨宵曾聽，空山冷自輝。醉矣頻依樹，狂來欲振衣。忘機憐野鳥，故故向人飛。

村中偶成用舊韵

芳辰半雨晴，獨吟還獨行。雲來不見樹，聲囀但聞鶯。鷄黍村翁約，池塘春草情〔1〕。酒餘花徑裏，笑作醉先生〔2〕。

【校注】

〔1〕鷄黍：《論語·微子》："止子路宿，殺鷄爲黍而食之。"後用以指招待人情意真誠。下句出劉宋謝靈運《登池上樓》："池塘生春草，園柳變鳴禽。"

〔2〕醉先生：唐白居易曾作《醉吟先生傳》以自況，皮日休亦自號醉吟先生。

山　行

山轉路迢遥，行行興未消。秋霜凋密葉，鳥雀點疏條。石壑寒雲蔽，牛羊晚牧招。此中觀物理，吾合老耕樵。

夜酌山寺

到寺日將落，徘徊晚興饒。交遊懷舊日，情洽獨今宵。竹葉橋邊問，梅花笛裏飄〔1〕。會中有公瑾〔2〕，一醉未能消。

【校注】

〔1〕竹葉：酒名。梅花：指笛曲名《梅花落》。

〔2〕公瑾：未詳，疑指明代章瑾。

至懶谷

懶谷多幽勝，山人性頗耽。張衡愁自遣，阮籍醉何堪。兩出皆成拙，重來獨覺慚。不當精力健，猶可督耕蠶。

過溪翁兄墓〔1〕

溪水流如舊，溪翁去不迴。雲深棠樹寂，天遠旅鴻哀。獨憶當時坐，誰銜此日杯。辭邀到村叟，衝暑出山隈。

【校注】

〔1〕溪翁：大約爲陳柏，湖北沔陽人，字子堅，一字憲卿，嘉靖進士，曾居溪山。

池亭獨眺

法臺嚴邃覺蕭森〔1〕，亭枕方池詩可尋。新笋日侵官舍路，斷雲時動故園心。刊溝近落帆檣影，院樹高將鳥雀音。國計古來勤煮海〔2〕，會須使逐答恩深。

【校注】

〔1〕法臺：演説佛法之高臺。

〔2〕煮海：即煮海爲鹽，指古來鹽鐵官營而解决國家經濟困難。《漢書·晁錯傳》："上曰：'吴王即山鑄錢，煮海爲鹽，誘天下豪杰，白頭舉事。'"

寓善果寺用舊韵〔1〕

侵曉西山過雨時〔2〕，餘芳小艷故垂垂。雙槐陰邃人初到，獨院凉生鳥起遲。蒼狗白衣何足計〔3〕，碧天紅日自相知。多愁楚客還多賦，惆悵風前有所思。

【校注】

〔1〕善果寺：疑即今湖北鄂州市西山佛寺。

〔2〕疑即湖北鄂州市西山。

〔3〕蒼狗白衣：杜甫《可嘆》："天上浮雲如白衣，斯須改變如蒼狗。"後以喻世事變幻無常。

威州得報〔1〕

邊徼忽傳歸去報，圖書漫卷更何言。一寒豈是封侯骨，萬死寧忘養士恩。孀髮便看回彩戲，柴門不假報黄昏。莫愁租税兼供給，蓑笠躬耕隱水村。

【校注】

〔1〕威州：有多處，此指唐時所置威州，在今甘肅中衛。

城山有序

城山獨聳雲漢，中間平曠，可耕可居；周圍絶壁隆然而起，抱之如城，故名。山有四門，乃通人迹，天固有意設耶？此真寰宇絶勝！昔人常避兵其上，今人犁鋤每得劍戟諸兵器云。

縱目城山愜舊聞，琪花瑶草自成文。豈應塵外高僧占，須與溪南野客分。海内如今無戰騎，石門終古有停雲。他年結屋峰巒裏，白髮青藜鹿豕群。

懶谷三首録二

抱養歸來懶谷間，鷄鳴猶憶紫宸班。朝宗清夢隨江漢，俯仰微軀愧斗山。霜意欲來楓葉報，水波不動野鷗閑。細求真性還冲淡，竹徑松窗一解顔。

拂衣長嘯離琅琊，懶吏風情入孟嘉。鄉國不曾嗔皓首，使君何至戀烏紗。乘舟更醉三湘醽，灌菊相期九日花。漁唱村歌將日暮，歸途燈火借鄰家。

返舟大泉洞

尋詩名壤羡名賢，絶壁丹楓秋可憐。啼鳥似嘲山客醉，飛霞如送野航旋。石泉水落潭心見，古寺峰回洞口懸。翻憶舊遊楊伯起，日斜惆悵蓼花前。

雲屏邀飲多寶寺，時翟魯湖還江夏，分韵得濃字

出廓共留江夏騎，尋山偶借老僧筇。路斜修竹籠虚閣，日落歸雲補斷峰。學士俸錢緣酒盡，郎官吟興爲花濃。相逢且向尊前醉，明發風烟知幾重。

宴吴一崖新居

喬木爲章山自文，主人高卧謝繽紛。門前碧澗雙流水，天際丹崖獨住雲。枕簟晝移憐客懶，酒杯明發向誰分。從來此地多佳趣，倦翼遊鱗得與群。

古意九首録四

長日停針綉，宫花照眼紅。君王不好獵，寂寞想當熊〔1〕。

【校注】

〔1〕當熊：據《漢書·外戚傳》，漢元帝與妃嬪觀獸門，一熊攀欄欲上殿，妃嬪皆逃，獨馮婕妤當熊而立，左右得格殺熊。

雨霽遥山外，凉風水殿多。不須問當御，已識聖躬和。

月色明如畫，花陰護翠鬟。無勞問牛女，天上亦人間。

流年宫裏轉，雲鬢鏡中蒼。莫唱來時曲，新聲滿教坊。

言　別

別君東入吴，西望愁不展。雙泪灑秋江，江流何可轉。

村　老

村隱先生手抱孫，衣冠從古静無喧。閑身只在桑麻裏，垂老何曾識縣門。

西　澗

有客乘舸天氣秋，蕙花潭畔蓼花洲。前村燈火中宵起，照見魚船猶未休。

立秋前一日

江干避暑獨遲迴，行傍松筠亦快哉。楊柳但隨風亂舞，不知明日是秋來。

山樓短述四首録一

縱横劇盜幾年餘，百戰艱難未破除。何事衣冠自攻擊，紛紛猶上定邊書。

王　格[1]

字汝化，號少泉，京山人。與兄橋同榜進士[2]。選庶常，劇負才名，館閣體爲一變。時楊文襄、張文忠不相能，而諸吉士私議大禮，常左文忠，坐是出知永興縣[3]，尋擢南户部主事，轉員外，補河南僉事，分巡河北。世宗南巡至衛輝，行宫火，逮杖[4]。歸田後以巡撫顧華玉聘，同隨州顔惟喬、黄岡王稚欽修《興都志》。穆宗初，授太僕寺少卿，致仕，里居五十餘年，著述百卷。嘗遊峨眉，遇道人韓飛霞，授吐納服食之術。晚年鬚髯如戟，腰帶倍人，奉詔存問者再，年九十有四卒。

【校注】

〔1〕《京山縣志·人物·宦迹》有傳，《明史》有記載。

〔2〕縣志記爲嘉靖丙戌進士。

〔3〕永興，縣志記爲“永新”。

〔4〕按，此事縣志記爲“火自内發，與外無預”。

病居遣興

負杖出衡門，登城望絶巘。林疏鳥未繁，山寒草猶淺。去水有來舟，故原見新墾。牧笛誰家村，樵唱春風阪。忽聞雁度初，因念客行遠。緩步歸茅廬，惆悵不能飯。

邊　客

六郡良家子，三年大漠行。捐軀思報主，辭賞不邀名。白草霜連劍，黄沙雪作城。秋來南雁度，莫寄玉關情[1]。

【校注】

〔1〕寄，《湖北先賢詩佩》作“倚”。

驪山温泉

咸闕無雕輦[1]，驪山尚浴泉。湯池同野壑[2]，水殿祇寒烟。月冷新豐路，沙沉渭浦田。行人謾投足，誰識濯龍年[3]。

【校注】

〔1〕咸闕：本指戰國秦都城咸陽，此實指長安唐故城。

〔2〕壑，《湖北先賢詩佩》作“鶴”。

〔3〕濯龍：本漢代園林和池名，此處當意爲皇帝洗浴，疑指唐玄宗驪山游樂之事。

和杜工部蜀中悲秋[1]

天畔凉風起，秋來愁恨新。萬方猶有戰，一室總依人。落日催黄髮，寒江老白蘋。安危至尊在，吾道豈終貧[2]。

【校注】

〔1〕此爲和杜甫《悲秋》詩，該詩作於蜀中。

〔2〕下句反用孔子“吾道窮矣”句意（見《春秋公羊傳》哀公十四年）。

館試秋夜聞砧[1]

蕭瑟秋風散晚凉，誰家清夜擣衣裳。丁丁遥應疏鐘響，數數還如落葉忙。明月有情留小院，征鴻無數挾輕霜。不堪客夢湘雲遠，獨對寒燈思渺茫。

【校注】

〔1〕《湖北先賢詩佩》作“秋夜聞砧館試”。館試：館閣之試，明翰林院亦稱館閣。

紫霄宫〔1〕

山上青宫切紫霄，我來仙氣捧雲軺。白頭自喜身能健，絳節應知路不遥。石磴斜盤千樹合，金闕晴啓萬靈朝。尚平何日無婚嫁，乞與中峰種玉苗〔2〕。

【校注】

〔1〕紫宵宫：當爲道家宫觀，何處不詳。

〔2〕此句反用“向平願了”的典故（見《後漢書・逸民傳》），意爲長治久安之年子女隨時皆可婚嫁，自己現時就想隱居求道。

趙横寺〔1〕

偶逐樵夫度遠峰，金宫一簇萬芙蓉。香林宿霧閑巢鶴，古洞腥風冷卧龍〔2〕。雲壑遍尋前代碣，石樓遥聽夕陽鐘。山僧琴酒能娱客，開門長廊雪滿松〔3〕。

【校注】

〔1〕趙横寺：在湖北京山縣。

〔2〕閑巢，縣志作“巢栖”。冷卧，縣志作“卧蟄”。

〔3〕門，縣志作“户”。

漢宫人

秋入披香玉露濃，晚妝初罷鳳樓鐘。恃恩醉却昭陽酒〔1〕，誤把紅繩戲睡龍。

【校注】

〔1〕酒，《湖北先賢詩佩》作“殿”。

南巡歌

寶馬金輿光燭天，花鋪錦綉鳥調弦。君王一日行千里，不見江南十八年。

興郢謡

莫愁花月郢門西，舞罷春風翠袖迷。悔向盧家鬥妝粉，鴛鴦飛上五陵啼。

張守約[1]

字彦博，華容人。嘉靖丙戌進士。官至淮安知府。淮素稱難治，守約聞命即遣妻子歸，攜二家僮抵任。闢園植蔬，自奉儉約，常俸貯之公帑，出以賑困。竟死於僮僕之手[2]，所遺惟書數册、敝裘數襲而已。比子一龍至，正虞真容剥落，忽有人出所繪而祀者，善政之得民如此。

【校注】

〔1〕《華容縣志·人物·邑賢》（光緒本）有傳。《明史》有記載。

〔2〕按，此事縣志記載有异，爲："麥粥鶉衣，闢園蔬以自給，家奴苦其清儉，思逸去。比卒，官殮弗能備。"

七女峰[1]

一水瀠千曲，雙門鎖二峰。蒼虬盤古木，紫電掣高楓。洞壑藤蘿隔[2]，烟霞歲月通。避人吾志在，長嘯且龍宫[3]。

【校注】

〔1〕峰在湖南華容縣。

〔2〕壑，縣志作"澗"。

〔3〕且：通"徂"，往意。

大雲寺

山峻岩藏寺，江虚石動雲。翠龕懸鳳落，溜竇瀉龍紋[1]。嵐氣千年變[2]，松聲十里聞。何人爲地主，卜築許平分[3]。

【校注】

〔1〕溜，《沅湘耆舊集》爲"雪"。溜：指屋檐下流之水；溜竇：屋上引水下

流之溝竇。

〔2〕千年，《沅湘耆舊集》作“終朝”。

〔3〕卜築，《沅湘耆舊集》作“烟景”。

陳仲録〔1〕

字子載，武陵人。嘉靖丙戌進士〔2〕。官新城令。民間有兄弟争訟十年未决者，録取手足共械，出入與俱，閲月兄弟情好如初。葬暴骨數百棺。歷官山東按察使〔3〕。

【校注】

〔1〕《武陵縣志·人物·仕迹》（同治本）有傳。《明史》無載。

〔2〕丙戌，縣志作“癸未”，查《明清進士碑題名録》，縣志確。

〔3〕按察使，縣志記爲“按察副使”。

東林禪房〔1〕

吟遍三千洞，來眠四大床〔2〕。白雲鐘鼓外，翻笑老僧忙。

【校注】

〔1〕東林：廬山東林寺。

〔2〕四大：佛家以地、水、火、風爲四大。此指作佛家代稱。

觀音岩〔1〕

七十二峰天外天，四大偶來同老禪〔2〕。五更鐘磬峰頭急，我獨和衣抱月眠。

【校注】

〔1〕觀音岩：在湖南衡山。

〔2〕“四大”句，《沅湘耆舊集》爲“偶來四大問僧禪”。

唐愈賢〔1〕

字子充，號萬陽，沅陵人。嘉靖丙戌進士。聞陽明之學，往從之。既歸，充然有得，修業桃溪山中。初任海寧令，士民德之，爲祠祀焉。後爲廣東御史，劾奸黨，抗言時政，遂丐養歸〔2〕。一日，與門人論學，召親友環坐中堂，對食盡歡，自歌而逝。入祀鄉賢。

【校注】

〔1〕《沅陵縣志·人物》（同治本）有傳。《明史》有記載。

〔2〕丐，縣志作“乞”。

岳武穆祠〔1〕

武穆祠堂楚水涯，短墻殘草映疏花。奸諛何代無秦相，忠孝誰人似岳家。風静魚龍吹細浪，月明鷗鷺宿平沙。遥憐古墓空山上，萬樹南枝日欲斜。

【校注】

〔1〕岳武穆：岳飛。祠在湖南沅陵縣。

伏波祠〔1〕

千古英雄絶可憐，雲臺無用説蟬聯〔2〕。蒼藤古木撑晴日〔3〕，斷牖殘楹鎖暮烟。萬里音書嚴畫虎，滿天風雪墮飛鳶〔4〕。而今矍鑠翁何在，獨立秋壇一惘然〔5〕。

【校注】

〔1〕伏波：指後漢馬援。祠在湖南沅陵縣。

〔2〕此二句《沅湘耆舊集》爲“千古勛名徼外天，殘碑猶記中興年”。雲臺：漢宫中高臺（在南宫），東漢明帝畫鄧禹等二十八將於其上，後顯宗亦追念

功臣，畫二十八將於南宮雲臺。

〔3〕撑晴日,《沅湘耆舊集》爲“生寒籟”。

〔4〕嚴,《沅湘耆舊集》作“規”，當以“規”爲確。按，此句用馬援爲漢光武帝謀劃滅隗囂，并寄書囂將楊廣故事。“滿天”句,《沅湘耆舊集》爲“五溪風景墮飛鳶”。按，馬援平定交阯封新息侯後，曾言：“當吾在浪泊、西里間，虜未滅之時，下潦上霧，毒氣熏蒸，仰視飛鳶跕跕墮水中……”故“滿天風雪”不類，當從《沅湘耆舊集》改之。(以上均見《後漢書・馬援傳》)

〔5〕矍鑠翁:《後漢書・馬援傳》:“時年六十二，帝愍其老，未許之。援自請曰：‘臣尚能被甲上馬。’帝令試之。援據鞍顧眄，以示可用。帝笑曰：‘矍鑠哉是翁也！’”下句,《沅湘耆舊集》作“迴首壺關一惘然”。按,“壺關”用馬援征五溪，軍困壺頭而病卒之事，似更確。

酈宗舜[1]

醴陵人[2]。少聰穎，負才名，甘貧篤學，中嘉靖戊子鄉試第一。事親孝，定省外，即閉户讀書[3]。太守潘鎰常造廬諮焉[4]，見書卷盈几，乃二十一史，叩之如宿記[5]。著有《渌江漫集》《芝封批評二十一史》[6]。

【校注】

〔1〕《醴陵縣志·人物·文苑》（同治本）有傳。《明史》無載。

〔2〕縣志記其“字芝封”。

〔3〕縣志記此爲“事親孝，不忍遠離，定省畢，即閉户讀書”。

〔4〕按，“常”字誤，縣志爲“嘗”，確。

〔5〕縣志此處記爲：“俱丹黄，叩之如響。”

〔6〕《渌江漫集》《批評二十一史》佚。

醴　泉[1]

瘦藤出郭來時路[2]，花外春光柳外庵。靈勝不憑今日眼，風流應負昔人譚[3]。一泓暗動浮尊蟻，千載誰投僻地驂[4]。獨坐沙茵傾酌罷，洗心偏不洗吟憨[5]。

【校注】

〔1〕詩題，縣志作“春日尋觀醴泉”。醴泉：在湖南醴陵縣。

〔2〕此句，《沅湘耆舊集》作“杖藜出郭頻迴首”。

〔3〕按，縣志“（酈宗舜）登金山作賦，一時才人盡爲傾倒”。

〔4〕投，《沅湘耆舊集》作“停”。

〔5〕沙，縣志作“莎”。洗心，《沅湘耆舊集》作“空明”。

孫　宜[1]

字仲可，别號洞庭漁人。嘉靖戊子孝廉。華容世其先生子也[2]。五歲知學，長遊京師，侍何、李兩公。爲詩舉鄉貢，屢試禮部不售，年三十八卜隱洞庭，著《七遊》見志。闢園於居左，攀蘿捫竹，臨風放歌。爲舉子三十年，足不履公室。博奥淹貫，著有《洞庭漁人集》五十卷行世[3]。其《日鈔》《明初略》《洞玄志》《宋元史論》《遯言》《天文書》《永言録》《國朝事迹》藏家。

【校注】

〔1〕《華容縣志·人物·宦業》(同治本)有傳。《明史》有記載。

〔2〕世其：即前《楚風補》卷二十之孫繼芳。

〔3〕《洞庭漁人集》縣志記其"六十九"卷，今不存，部分收入《巴陵縣志·洞庭集上》中。

洞　庭

洞庭控南服[1]，浩渺若滄海。緒風激迴濤，冥雨散孤靄。七澤勢互淪[2]，萬古流不改。島嶼既嵂嶫，江漢復瀯匯[3]。圓波就石齒[4]，高浪蹴山嵓。瞰回衆象山[5]，魄墮頽瀾委。艤楫隨混茫，經湍怯崔嵬。阽危賈客疑，坎夕行人悔[6]。日險迺足嘆[7]，際平亦堪待。搴芷懷若遊[8]，采蘭愴誰在。

【校注】

〔1〕南服：南方。

〔2〕七澤：指古時楚地諸湖泊。司馬相如《子虚賦》："臣聞楚有七澤，嘗見其一，未睹其餘也。"

〔3〕瀯，《沅湘耆舊集》作"瀠"。

〔4〕就，縣志、《沅湘耆舊集》均作"濺"，作"濺"較確。

〔5〕“山”字後有原注：“疑作衆山明”，《沅湘耆舊集》作“衆山明”。按“衆山明”較確，“衆象山”不詳何意。山，縣志作“出”。

〔6〕坎夕，縣志作“次且”，按，“次且”同“趑趄”，“坎夕”不詳何意，作“次且”較確。

〔7〕日，縣志作“冒”。

〔8〕若，縣志作“昔”。

君　山

高山峙平湖，巨澤淪廣陸。峥嶸島嶼環，逶邐岩嶂續。石壁鑒澄流，烟蘿蔭回伏[1]。沙寒吞浪接，水落崇崖縮。攢樹浮遠空，鳴山答虚谷。飄颻梵宇嚴，敞赫湘靈伏。雨葉灑叢蘭，風篁振修竹。秦灰慨燒存[2]，楚望瞻形肅。夷猶帝降疑，杳漠君行速。寧當滯遠踪，誓此探玄窟。

【校注】

〔1〕伏，縣志、《沅湘耆舊集》均作“洑”，作“洑”較確。

〔2〕存，《沅湘耆舊集》作“劫”。

岳陽樓

行客滯修軫，擊舸眺危城。城高已足展，樓古復斯名。曠達豁紫霄，天矯凌太清。崇闌互環接，曲磴裊峥嶸。旁睇既洞徹，俯矚亦虚明。湖風灑檻側，山影倒城陰[1]。邅迴閲吴艇，欸乃聆楚聲。檐樹晚墮葉，墻菊秋敷榮。塵車謝既遠，俗抱渺以澄。停觴慨餘興，高咏慰平生。

【校注】

〔1〕陰，《沅湘耆舊集》爲“閎”。

湖上雜興

地遠山圍宅，城孤市繞村。菰蒲侵草閣，鷗鷺浴柴門。野霧峰全暝，湖烟渚半昏。坐憐漁父過，隨意倒芳尊。

方啓參[1]

字少岳，巴陵人。嘉靖戊子舉人。官河東都轉運使，歷任至山東右參政。性敏達廉慎，嘉靖末疏歸，閉門著述。隆慶初再召用，逾年，連疏復歸。

【校注】

〔1〕《巴陵縣志·人物》（光緒本）有傳。《明史》無載。

登岳陽樓

南紀危樓擅岳名，遠涵湘水俯山城。湖疑派遣銀河見，山似飛來島嶼明。萬里波流常晝夜，四時雲氣遞陰晴。登臨盱目凴欄眺，笑倚青蛇紫氣生[1]。

【校注】

〔1〕青蛇：此喻劍，郭震《古劍篇》："精光黯黯青蛇色，文章片片緑龜鱗。"按，青蛇、龜文皆古之名劍。

李　徵〔1〕

字誠之，桃源人。嘉靖壬辰進士。歷官禮科給事中，轉江西按察司副使，升浙江布政司參政。公内歷四科，多所建白；外宦兩省，俱有惠政。卒之日，囊無遺金。所著有《玄光詩稿》二卷，文稿四卷，《間間亭録》一卷〔2〕。

【校注】

〔1〕《桃源縣志·人物考》（同治本）有傳。《明史》無載。

〔2〕間間，縣志爲“閑閑”，形近而訛，當作“閑”。諸稿今不存。

渌蘿山〔1〕

我聞仙源之峰皆可計尋丈，渌蘿直在諸峰上〔2〕。倒臨潭水摩蒼旻〔3〕，秋空雙削芙蓉嶂。流丹結翠一萬古，雲濤雪瀑那能狀。渌蘿仙人歸幾時，釣竿百尺潭之湄。手招黄鶴歌白石〔4〕，天邊明月來何遲。崖巔往往風雷急〔5〕，潛蛟起舞山鬼泣。漁郎漁郎莫謾入，從來福地神所楫〔6〕。

【校注】

〔1〕渌蘿山：在湖南桃源縣。

〔2〕皆可計，《沅湘耆舊集》作“聳千丈”，且無後“尋丈”二字。直，《沅湘耆舊集》作“更”。

〔3〕旻，《沅湘耆舊集》作“雯”。

〔4〕白石：約指白石道人歌。

〔5〕崖，縣志作“岩”。

〔6〕“楫”字後有原注：“音集，聚也。”楫，縣志、《沅湘耆舊集》作“秘”。

雨中登岳陽樓

梓里三千客，蘭江八月舟[1]。遥因洞庭雨，還上岳陽樓[2]。補袞慚無術，乘槎豈壯遊[3]。浮雲勞悵望，天地是神州。

【校注】

〔1〕蘭，《沅湘耆舊集》作“沿”。

〔2〕遥因，《沅湘耆舊集》作“蒼茫”。還，《沅湘耆舊集》作“獨”。

〔3〕豈，《沅湘耆舊集》作“憶”。補袞：彌補天子的過失，《詩經·大雅·烝民》：“袞職有缺，維仲山甫補之。”乘槎：此處用典，喻奉使出巡爲官。

靈岩寺[1]

群峰回繞一溪深，秋老禪林紫翠沉[2]。掃石可能分半榻，欲從風雨聽龍吟。

【校注】

〔1〕靈岩寺：在湖南茶陵縣境内。

〔2〕下句，《沅湘耆舊集》作“秋老寒潭夜氣沉”。翠，縣志亦作“氣”。

秋夜雨花堂對月[1]

月色中天風滿林[2]，雨花杯酒夜堂深。猗蘭欲鼓當年操，誰識人間韶濩音[3]。

秋月禪心相對清，露花飛墮葛衣輕。爐熏茗椀烟初歇，坐聽遥空雙鶴鳴。

【校注】

〔1〕縣志題後多“二首”二字。

〔2〕風,《沅湘香舊集》作“花”。

〔3〕猗蘭：即猗蘭操，相傳孔子自衛返魯，見隱谷中之蘭而傷自己不遇，感嘆而作（見《樂府詩集·猗蘭操》引《琴操》)。韶濩：古樂名，一説湯樂，一説舜樂與湯樂。

廖希顔[1]

字叔愚[2]，茶陵人。嘉靖壬辰進士。知高安，有异政，升工部主事，扈駕承天，上常嘆廖希顔才識精敏。擢山西提學，教育人才，有河汾之譽[3]。時海賊熾，御史檄公剿捕，殲厥渠魁，進浙江廉使[4]，旋卒。所至俱入名宦。

【校注】

〔1〕《茶陵縣志·人物·宦迹》（同治本）有傳。《明史》無載。

〔2〕縣志記其“號東雩”。

〔3〕此處縣志記爲“講業河汾書院，人以仲淹目之”。河汾之譽，用隋末王通授業河汾典。

〔4〕廉使，縣志作“廉憲”。

題《南山卷》二首[1]

上黨諸峰紫氣通[2]，迤南山色繞王宫。關城萬井黄河壯[3]，臺閣三秋白露中。長日琴尊歌有杞，往時圭璧憶分桐[4]。最憐深谷岩前桂，信拂賢王殿上風[5]。

【校注】

〔1〕詩題，《沅湘耆舊集》於“首”字後有“應潞邸教”四字。《南山卷》，不詳何集。南山：從詩意看當指終南山，即秦嶺。

〔2〕上黨：指上黨郡，治所在今山西長治市，轄境最大時相當於今山西和順、榆社以南，沁水流域以東地，終南山不屬上黨諸峰，作者有誤。

〔3〕關城：指潼關。

〔4〕有杞：即《杞梁妻》曲，相傳春秋時齊大夫杞梁戰死，其妻迎喪哀哭，妻妹悲其事而作。下句用“桐圭”典：《史記·晋世家》：“成王與叔虞戲，削桐葉爲珪以與叔虞曰：‘以此封若！’……於是遂封叔虞於唐。”

〔5〕信,《沅湘耆舊集》作“亦”，作“亦”較確。

三年爲客尚并州，兩見南山屬暮秋[1]。宋玉多愁應有賦，梁王高興幾登樓。爐烟孔雀新屏上，花氣芙蓉别殿頭。今日賡歌尊酒裏，瑶華豈少報應劉[2]。

【校注】

〔1〕尚,《沅湘耆舊集》作“向”。并州，即今山西太原。

〔2〕賡歌：作歌唱和。應劉：當指建安七子之應玚、劉楨，曹丕曾與他們作詩唱和。

岱宗諫議謫鎮遠[1]

明堂再續周王禮，宣室能容賈誼狂。亢世有人還諫草，清時憐汝獨遐荒。龍吟鎮澤千峰雨[2]，雁度偏橋八月霜。去住天涯各有意[3]，長星猶在太微旁。

【校注】

〔1〕詩題後有自注：“時有星變。”岱宗諫議：不詳何人。鎮遠：鎮遠司，在今湖北宣恩縣一帶。又縣名，在今貴州省鎮遠縣。

〔2〕澤,《沅湘耆舊集》作“宅”。

〔3〕有,《沅湘耆舊集》作“何”。

送李約齋戴前峰二諫議謫象郡[1]

客風吹雨送蕭森，行盡江南是桂林[2]。萬死投荒明主惠，一封排闥杞人心[3]。城臨曲斗桄榔出，花暗春山瘴癘深。彈劍長歌倍憐汝，許身吾亦愛南金[4]。

【校注】

〔1〕象郡：郡名，秦漢時置，治所在今廣西崇左。李約齋：李逢，字邦吉，號約齋。嘉靖進士，曾任吏科給事中，仕終德安知府。戴前峰：戴嘉猷，字獻之，號前峰。嘉靖進士，曾任烏程知縣，仕終湖廣左參政。

〔2〕江，《沅湘耆舊集》作“湘”。

〔3〕萬死投荒：語出黄庭堅《雨中登岳陽樓望君山》：“投荒萬死鬢毛斑。”排闥：用樊噲“排闥直入”典（《史記·樊噲傳》）。

〔4〕南金：本指南方出産的銅或南方杰出人物，此作南方之代稱。

送方兵備赴蜀兼懷楊芳洲座主〔1〕

西路元戎看仗節，南宫詞賦起明經〔2〕。天門初日餘殘雪，江國浮雲伴使星〔3〕。乘興還移浣溪棹，幾時同過草玄亭〔4〕。生憎楊柳催春發，故向愁邊却盡青。

【校注】

〔1〕方兵備、楊芳洲：均不詳。

〔2〕南宫：指尚書省。

〔3〕使星：朝廷派出的使者，典出《後漢書·李郃傳》。

〔4〕浣溪：指杜甫曾在此結廬居住的成都浣花溪。草玄亭：亦在成都，爲紀念揚雄而立，揚雄曾著《太玄經》。

雁門紀行〔1〕

驚濤初卸海門舟〔2〕，覽勝還尋上界遊。秋老白雲迷雁蕩，霜深紅葉暗龍湫〔3〕。諸天路繞三千部，雙劍芒寒七十州〔4〕。悵望仙橋人鮮遇，西風黄鵠兩悠悠。

【校注】

〔1〕雁門：此指雁蕩山之雁門。山在浙江省樂清、平陽二縣。

〔2〕海門：海門鎮，在今浙江臨海縣東南，三面環水，與海相通。

〔3〕雁蕩：雁蕩山頂有大湖，春天雁歸於此，故名。龍湫：雁蕩山有大小龍湫，均爲百丈飛瀑。

〔4〕雙劍：疑指雙龍劍，即晋張華派雷煥豐城取劍事（《晋書·張華傳》）。

蔣　信[1]

字道林[2]，武陵人。嘉靖壬辰進士。歷官貴州提學副使。受理學於陽明，有桃崗書院、瀘洲書院講義。

【校注】

〔1〕《武陵縣志·人物·仕迹》(同治本)有傳。《明史》有傳，另兩處有記載。

〔2〕縣志記爲"字鄉實，晚號道林"，《沅湘耆舊集》記爲"字卿實，一字道林"，《明史》爲"字卿實"。按，縣志"鄉"乃"卿"形近之誤，考蔣信生平，"晚號道林"爲確。

桃　源

初穿草徑荒，漸歷林巒好。深烟昏洞門，紫蔓纏丹竈。鳥下各爲群，麋遊別成道[1]。誰傳真隱心，與世清煩燥。

【校注】

〔1〕麋：麋鹿，即四不象。按，此句有隱居避害之意，杜甫《題張氏隱居二首》有"遠害朝看麋鹿游"之句。

南　臺[1]

此是人間幾洞天，憐予今夜共君眠。諸江翠練供雙眼，萬樹蒼虬對老仙。吟就新詩招皓月，呼將禿筆掃濃烟。醉餘豪興傾衡岳，欲駕飛來石上船[2]。

【校注】

〔1〕南臺：南臺寺，在湖南衡山。

〔2〕石上船：南臺寺前有一石船。

屬纊前作[1]

歸住青山十六年，歌遊多在萬桃前。萬桃於我浮雲耳，請借西風吹上天。

吾儒傳信即傳神，豈向風塵滯此身。分付萬桃崗上月[2]，要須今夜一齊明。

【校注】

〔1〕前，《沅湘耆舊集》作“時”。屬纊：纊，新絲棉，遇氣即動；古時人之將死，在口鼻上放絲棉，以觀察有無呼吸。後稱病重將死爲屬纊。

〔2〕萬桃崗：在武陵縣。

次朱張韵

一片秋雲伴遠程，山山啼鳥傍遊人。夜來七十峰頭遍，不省閑身是我身。

次東廓

鞭鶴同誰出薜蘿，石泉雲外和予歌[1]。太清清處堪同住[2]，不用青錢買竹窩。

【校注】

〔1〕鞭鶴：即乘鶴意。石泉：即泉，因泉水多自石罅中出，故名。

〔2〕太清：道家所謂三清之一，葛洪《抱朴子·雜應》：“上升四十里，名爲太清，太清之中，其氣甚剛，能勝人也。”

李春熙[1]

字沅南，桃源人。嘉靖甲午舉人。官萬縣令。幼稱神童，年十六已中式，以一縣四李抑之，年十九復獲雋[2]。所著有《屈亭稿》《道聽録》[3]，尤長於四六。

【校注】

〔1〕《桃源縣志·人物考》（同治本）有傳。《明史》無載。

〔2〕中式、獲雋：皆指科舉考試得中，中式特指中舉。大約前次因“一縣四李”雖中未取，十九歲方真正考取。

〔3〕《道聽録》，縣志記“聽”爲“德”，并明言出自《楚風補》，但《楚風補》兩版均作“聽”，大約形近而訛。兩書今皆不存。

餘仙訪於獻夫二首[1]

江上烟消圖畫開，蒲帆蘭槳溯流來。相逢已擬同傾倒，肯似王猷興盡回[2]。

【校注】

〔1〕餘仙：在桃源縣。縣志於此詩後注爲：“漁仙寺相傳漁郎問津後得道於此。獻夫卜隱。有李徵詩一首，其題曰：此改爲餘仙，謂有餘仙也，遂自號方外餘仙。”於獻夫：即於文徵，獻夫爲其字，武陵人，歷官睢州知府。

〔2〕肯，縣志作“空”。王猷，《沅湘耆舊集》作“山陰”。王猷：即王子猷，此句用王子猷訪戴安道事。

馬石溪頭烟樹連，白雲山下望餘仙。兒童笑指牙檣影，莫是元章書畫船[1]。

【校注】

〔1〕莫，縣志作“知”，《沅湘耆舊集》作“疑”。牙檣：飾以象牙的帆檣。元章：王冕，字元章，號煮石山農，善畫梅。

北上代姬人贈別[1]

寶馬金鞭白玉鞍，虆砧明日上長安。夜深幾點傷心泪[2]，滴入紅爐火亦寒。

【校注】

〔1〕據江進之《雪濤詩話》(《沅湘耆舊集》録)：“余邑李沅南風情特勝，赴公車別所愛姬，代爲題詩曰……沅南托於他人，不欲自著。”

〔2〕幾，《雪濤詩話》作“一”。

汪宗凱[1]

字子才，崇陽人。嘉靖乙未進士。性聰穎，究覽群籍，歷官尚寶卿。歸田以著述爲事，嶔崎歷落，每伸楮揮毫數百言，所著有《棠溪》等集。

【校注】

〔1〕《崇陽縣志・選舉志》（同治本）有傳。《明史》無載。

人日同傅山人宿灌溪寺[1]

人日珠林集，春懷此暫開。松雲盤古殿，蘿月映莓苔。地即諸天上，人傳二妙來。十年同覽眺，徙倚雪峰隈[2]。

【校注】

〔1〕傅山人：即傅汝舟，字虛木，號丁戊山人。善養生之術，晚慕仙家服食之術，好遨游山水。

〔2〕徙，疑當作“徒”。

季秋同王二子修四弟子翰遊龍泉寺[1]

鞠月征鴻度，花宫并馬遊。惠連重夢草[2]，王粲共登樓。秋色諸天净，泉花萬象幽。覺來悲幻境，長嘯趁滄洲。

【校注】

〔1〕王子修：即王天爵，字子修，號古庵。嘉靖進士，歷官雲南按察使。龍泉寺，有多處，不詳此何指。

〔2〕惠連：即謝惠連，南朝劉宋人，謝靈運族弟。靈運自稱曾於永嘉西堂思詩，竟日不就，忽夢見惠連，即得“池堂生春草”之句（見《宋書・謝靈運傳》）。

小　岩〔1〕

千仞岩高俯翠微，晴嵐裊裊静朝暉。衡門皂帽何爲者，白首看山興不違。

【校注】

〔1〕小岩：當在崇陽，但不詳何指。

楚風補

（第四冊）

（清）廖元度　輯
湖北省社會科學院文學研究所　校注

湖北省公益学术著作出版专项资金
Hubei Special Funds for Academic and Public-interest Publications

荆楚全書·第一輯

長江出版傳媒
湖北人民出版社

楚風補卷之二十二

明

汪如璧[1]

字子白，崇陽人。嘉靖丁酉舉人。官璧山令，有愷悌聲。所著有《入蜀》《出蜀》《夢南》諸稿[2]。

【校注】

〔1〕《崇陽縣志·選舉志》(同治本)有傳。《明史》無載。

〔2〕縣志《藝文志》記有《入蜀集》《出蜀集》《夢南集》，佚。

季冬蘇伊山招予登岳陽樓即席有述

岳陽樓上望湘陵，風雨凭闌酒半醺。雀舫暮連青草瘴，釣竿朝拂洞庭雲。思迷錦瑟孤峰小，目渺秋波落葉紛。慚愧江湖尚牢落，登高空憶范希文。

汪宗伊[1]

字子衡，崇陽人。嘉靖戊戌進士。官浮梁令，陟武選郎，糾劾分宜[2]，閑住。隆慶四年，起南文選郎，歷尚寶太常光禄京兆大理，清慎勤敏，以南户部侍郎續蔭子。尋升掌院，總督倉場，北户部尚書改南吏部尚書，疏乞致仕，温旨。老成端亮，林居二十餘載，壽七十九卒。賜祭葬，謚恭惠，祀鄉賢。所著有《表忠録》《應天志》《上元等縣賦役册》《臆説注疏》《傳家録》《存稿奏議》諸刻[3]。

【校注】

〔1〕《崇陽縣志·選舉志》(同治本)有傳。《明史》有傳，另有記載。

〔2〕分宜：即嚴嵩。

〔3〕以上諸書均佚。按,《存稿奏議》縣志爲“《尚書奏議》”，縣志較確。另有《南京吏部志》入《明史·藝文志》,《四庫全書》存目。

過白石港[1]

青山長隱霧，白水自生波。魚躍舟中异，鶯啼野外多。懸岩看亂石，驟雨濕輕蘿。鼓作長年數[2]，凄風起暮歌。

【校注】

〔1〕白石港：在湖南湘潭縣東，湘江之北。

〔2〕長年：指船工。

李廷東[1]

字文達[2]，興寧人。嘉靖庚子舉人，屢上公車不第。纂修邑志，論斷詳贍。

【校注】

〔1〕《興寧縣志·人物·文苑》（光緒本）有傳。《明史》有記載。

〔2〕縣志記其"號作山"。

再入梵安寺

兩入梵安寺，霏談浩莫涯。松陰歸倦鶴，池草入鳴蛙。客厭空山雨，僧烹近午茶。蕭然淹至味，何事更乘槎。

經廣教廢寺

廣教過斜日，經臺靡孑存。陰雲蒸野水，衰草結荒村。有鳥能啼樹，無僧可與論。江寒烟暝合，漁笛自黄昏。

康正宗[1]

字賓峰，邵陽人。中嘉靖庚子科。其《遊覽興邸》詩有“龍去北臺新紫氣，燕來南國舊烏衣”之句，爲人傳誦，授廣吕知縣，卒。所著有《游涉集》《廣騷》《蘭閨綉譜》[2]。

【校注】

〔1〕《邵陽縣志·人物》（光緒本）有傳。《明史》無載。

〔2〕所著均佚。

雙清亭[1]

塵世汗流大莫支，皋亭何幸對漣漪[2]。兩江資邵澄清處，萬古夷齊媿美時[3]。到海黄河終齒辱，長空明月是心知。寒光午夜侵毛骨[4]，未許貪夫一妄窺。

【校注】

〔1〕詩題，《沅湘耆舊集》作“雙清亭有感”。雙清亭：在今湖南省邵陽市。按，《沅湘耆舊集》説此詩“其詞似有所諷，殆當於分宜當國之時”。

〔2〕幸，《沅湘耆舊集》作“獨”。

〔3〕媿，《沅湘耆舊集》作“媲”。資邵：即資水、邵水。

〔4〕午、侵，《沅湘耆舊集》作“五”“清”。

何　　遷[1]

字懋益，德安人。嘉靖辛丑進士。歷官刑部右侍郎。記聞淵溥[2]，多所超詣，喜談性命之學。爲文章奥邃可傳，詩有中唐風，所著《吉陽集》三十卷[3]、《友問》四卷。

【校注】

〔1〕《安陸縣志·人物》（道光本）有傳。《明史》有傳。

〔2〕溥，恐誤，當爲“博”。

〔3〕縣志記此爲“嘗創書院吉陽山下，人稱吉陽先生”，并記有“吉陽山房稿百卷”。

遊太和山[1]

撥悶轂城夕，披觀石華樓[2]。霜空藹澄霽，麗日開芳陬。始至青微陽，遂與岩嶢謀。仙關乃自兹，絶景迥非疇。高天净垢氛，暄吹疑清秋。籃輿行徙倚，石磴危以修。龍湫隱曲折，鳥道因沉浮。蜿蜒坐城郭，藻霧索回留。前巒起嵯峨，回瞻渺陵邱。泠泠飛泉鳴，倏忽地底流。萬壑各有止，千峰來未休。感兹發孤嘯，林莽紛夷猶。恍焉浮翠間，栖息蓬瀛洲。長揖謝百靈，使我離幽憂。

五老下迎人，扶搖入崆峒[3]。登遐望參嶺[4]，上與河漢通。松杉倒景流，香霧瓊瑶封。岩巒發神理，殿閣迥天工[5]。焜煌散何許，幽奇渺來逢。鬱峨矯南崖，岏峒栖神龍。玉虚接芝田[6]，紅泉洩融融。猿猱起玄雲，虎豹吟悲風。蕭森信所遇，紛披交歡空。願依風雲翔，去之青蒼中。周覽不可極，虚無游八紘。壯哉萬物表，永以覺吾衷。

長風吹我衣，流雲生我傍。飄飄臨廣都[7]，總轡挹朝陽。天柱若爲鄰[8]，炎宇騰朱光。峥嶸凌六虚，顧眺惟青蒼。回來幽怪踪，羅列浮滄浪。太微啓中居，河漢斷西荒。雙蜺左右出[9]，渥露沾衣裳。彗星垂爲帶，北斗墮爲璜。五岳當束脯，四海充一觴。縱横白蜃來，洪濤越扶桑。丹霞親宓妃，若木傳芬芳。幼華忽成佩，萬里從徜徉。

【校注】

〔1〕太和山：即武當山，在湖北均縣南。

〔2〕穀城：在湖北均縣一帶，具體位置不詳。石華樓：在武當山麓。

〔3〕五老：神話傳説中的五星之精。武當山有五老峰。扶摇：龍捲風。崆峒：古人認爲北極星居天之中，斗極之下爲崆峒。

〔4〕參嶺：即参嶺，武當山中央山峰。

〔5〕殿閣：即天柱峰之銅殿，爲著名古建築。

〔6〕玉虚：武當山有玉虚宫。

〔7〕廣都：傳説爲后稷葬地，有説原野名，有説山名（見《山海經·海内經》）。

〔8〕天柱：武當山天柱峰。

〔9〕雙蜺：蜺，此指虹，雙蜺爲古説的雌雄雙虹。《爾雅·釋天》疏："《音義》云：'虹雙出，色鮮盛者爲雄，雄曰虹；暗者爲雌，雌曰蜺。'"

夏日飲環碧亭〔1〕

十丈孤亭烟水中，菰蒲深處白鷗通。墨花香暖玻璃潤，竹葉杯浮琥珀濃。潦倒可堪金谷飲，風流還許習池同。謝家兄弟多才俊，瓊樹無勞紫玉籠。

【校注】

〔1〕環碧亭：在金陵，即今南京市。

贈秦婁江赴楚憲僉二十韵〔1〕

楚甸孤烟覆漢旌，滇皋千騎擁仙卿〔2〕。沙邊龍角三湘渺，日下雕戈七澤横〔3〕。司馬崖亭長墮泪，范公祠廟故含情〔4〕。花繁溠瀙分秋色，雨過潛沱報晚晴〔5〕。但使風流開列國，不妨禮樂閉專城。章臺節迴終羊祜，夏口才危失禰衡。露冕褰帷看俶儻，洞庭雲夢喜逢迎。沅溪瘴浄朱旂繞，岳麓霜飛綉幰行。馬援江南非盛業，寇恂河内本朝英[6]。文章早歲馳東斗，諫浄當今重洛京。氣掩權璫回彗曜[7]，名高誠讜出承明。十年扈蹕燕宫壯，一夕投荒浙水清。誰遣賈生身獨遠，詎知宓子教還成[8]。天台踪迹疑逃越，栗里行藏更適荆。經笲朅來秦博士，褒衣仍坐魯諸生[9]。陸離我抱依劉嘆，感激君懸惠夢評[10]。只擬荒途紉秀茝[11]，敢期華屋攬青萍。紫金閣静春呼酒，白兆林空夜聽鶯。邂逅正憐移席暮，跟蹌何意别筵輕。鵷斑鳳翥他時事，極目岩廊望傅霖[12]。

【校注】

〔1〕秦婁江：即秦金，正德年間任湖廣都御史，嘉靖中累擢至户部尚書。

〔2〕"溳"字後有原注："音雲，水名。"溳水源出湖北大洪山，經隨縣再經安陸分爲二水，東南入於漢江，西入沔者稱溳口。

〔3〕龍角：星宿名；龍爲四象之一，即蒼龍，含七宿，角宿爲其一。日下：指京都。七澤：指代楚地。

〔4〕司馬崖亭：疑指峴山墮泪碑，羊祜雖任大都督，但對峙者陸抗任大司馬，故言。范公：范仲淹。

〔5〕溠：溠水，在湖北隨縣西北。㵐：㵐水，又名魯城河，源出湖北隨縣北。潜：潜水，漢水支流，即今湖北省潜江蘆洑河。沱：沱水，江水的别流，有人認爲就是湖北的夏水。

〔6〕寇恂：東漢人，曾拜河内太守，政績卓著（《後漢書·寇恂》）。

〔7〕權璫：即魏璫，秉權多年，朝政日頽。

〔8〕宓子：即宓不齊，春秋時魯人。孔子學生，曾爲單父宰，相傳其身不下堂，鳴琴而治。

〔9〕經笲：裝經書的箱子，比喻通經博學之人。朅來：去來，此作偏義複詞，即來。秦博士：指叔孫通，漢高祖拜爲博士，改編秦儀法。褒衣：寬衣，儒家服式。魯諸生：魯儒；叔孫通曾去魯地爲漢王召儒生，儒生不應，叔孫通罵他們不識時務。

〔10〕依劉：指東漢末年王粲往荆州依附劉表。惠夢評：即謝靈運的“惠連夢草”典。

〔11〕蓰，《湖北先賢詩佩》作“苣”。

〔12〕傅霖：宋青州人，少與張咏同學，隱居不仕。咏顯貴後，求霖三十年不可得。

文殊臺觀佛燈〔1〕

獨立千峰杪，神燈五夜懸。望深山靄合，疑在斗牛邊。

【校注】

〔1〕文殊臺：原在廬山天池文殊院。佛燈：即聖燈，一種山谷間出現的冷光。

浮翠亭〔1〕

天畔孤亭背郭開，楚宫風日此登臺〔2〕。千山秀色江中見，一郡浮烟霽後來。

【校注】

〔1〕浮翠亭：在湖北黄岡。

〔2〕日，《黄岡縣志》作“思”。

白鹿書院〔1〕

白鹿山中放鶴遊，匡廬風日古尼邱〔2〕。三泉倒吸長江水，五老峰飛彭蠡秋。

【校注】

〔1〕白鹿書院：在廬山白鹿洞，南宋朱熹曾在此設院講學。

〔2〕尼邱：即尼丘，亦名尼山，在山東曲阜縣東南。據傳叔梁紇與顏氏禱於尼丘而生孔子。

方逢時〔1〕

字行之，號㮷野〔2〕，嘉魚人。嘉靖辛丑進士。歷官廣東兵備，駐節惠州，平白馬窯賊、花腰蜂等〔3〕。遷巡撫，歷升兵部侍郎，子蔭。神宗初，起督宣大，晋兵部尚書、太子少保，乞歸。御書“盡忠”二字及“丹心葵向日，勁節竹敲風”一聯賜之。年七十四卒。

【校注】

〔1〕《嘉魚縣志·人物》（乾隆本）有傳。《明史》有傳，另外多處有記載。

〔2〕縣志記其“號金湖”。

〔3〕縣志僅記爲“山賊花腰蜂”，無“白馬窯賊”。

送曹僉憲赴成都

天寒碣石斷飛鴻，擊筑歌殘惜去踪〔1〕。持節何須悲蜀道，剖符今復見文翁〔2〕。江銜落日金沙遠，山擁晴雲玉壘雄〔3〕。訪古時過楊子宅，草玄亭上野花紅〔4〕。

【校注】

〔1〕碣石：在河北昌黎縣西北。擊筑：筑，古樂器；戰國時荆軻離燕赴秦刺秦王，在易水分别時，高漸離擊筑，荆軻和而歌（見《戰國策·燕策》）。

〔2〕文翁：漢景帝時，文翁爲蜀郡太守，造學宫廣育人才，使蜀地日漸開化（見《漢書·循吏傳》）。

〔3〕金沙：金沙江。玉壘：玉壘山，在今四川都江堰。

〔4〕楊子：楊雄。草玄亭：在成都。

鄭中丞出塞還邀宴於閲武堂夜中别去賦贈

明廷稽顙見呼韓，九塞無塵斥堠閑。按部龍沙秋欲盡，論兵虎帳夜將闌。干旌曉拂青山影，笳鼓晴翻白海瀾[1]。千古金湯須上策，期君談笑築填顔。

【校注】

〔1〕青山：在甘肅環縣西。白海：湖名，在甘肅古浪縣東北。

江上春懷

漠漠春陰黯不開，江干獨上思徘徊。楚宫樓閣浮雲净，鄂浦烟波落日催。去國王孫空有賦，憂時遷客漫多才[1]。閑情欲和滄浪曲，澧芷香蘭盡可哀。

【校注】

〔1〕王孫：指屈原。《楚辭·招隱士》："王孫游兮不歸，春草生兮萋萋。"五臣注：原與楚同姓，故云王孫。遷客：指賈誼。

赤　　壁

危磯巀嵲倚高崗[1]，人道曹劉舊戰場。往事已隨寒浪滅，遺堂惟有暮山長[2]。雲霞尚帶當年赤，蘆荻空餘落日黄。欲吊英雄千古恨，漁歌蕭瑟弄斜陽[3]。

【校注】

〔1〕高崗，縣志作"清江"。

〔2〕堂，縣志作"踪"。

〔3〕蕭瑟、弄，縣志分别作"聲裏""又"。

劉景韶[1]

宇子成，崇陽人。嘉靖甲辰進士。授潮陽令，升刑部主事，進職方郎，尋爲貴州僉事，撫諸苗，擢參議。會倭犯淮陽，晋海防副使，卒成淮海之捷，淮人築京觀，立生祠。晋撫鳳陽，以内艱歸。始爲郎，聲聞七子間，晚益好學，著《疏議》《燕臺》《秋蛩》《太白原稿》[2]，卒祀鄉賢。

【校注】

〔1〕《崇陽縣志·選舉志》（同治本）有傳。

〔2〕據縣志《藝文志》，《燕臺集》《秋蛩集》《上雋去思卷》，皆爲劉景韶任縣署時鄧之松編，疑《疏議》爲《上雋去思卷》。《太白原稿》爲劉景韶親著，王世貞有序。

贈熊子崇歸武昌

匹馬下并州，蕭然一敝裘[1]。楚雲迷水國，烟樹隱江樓。世難誰青眼，愁深自白頭。山中有叢桂，惟共爾淹留。

【校注】

〔1〕敝裘：用蘇秦首次干秦失敗典（見《戰國策》）。

北峰亭望臺山寄柳應和[1]

北峰懷子厚[2]，西望落臺山。大地清秋色，遥天倦鳥還。洞庭霜染菊，匡阜月臨關[3]。耿切惟瓊樹，何時一解顔。

【校注】

〔1〕北峰亭：不詳何處，大約在湖南洞庭一帶。臺山：在浙江省宣平縣北。柳應和，不詳。

〔2〕子厚：柳宗元，暗喻柳應和。

〔3〕匡阜：約指浙江省龍泉縣之匡山。

秋盡還白泉別業

秋從天界迥，望極五湖清。山外哀蟬斷，雲邊字雁鳴。林深貯霜氣，崖轉送秋聲。沮溺今千載[1]，躬耕雅趁情。

【校注】

〔1〕沮溺：即長沮、桀溺（見《論語・微子》）。

九日同劉將軍迷閣登高[1]

蓬萊閣上劍歌豪，縱酒聊舒百戰勞。漠北關河歸雁斷，塞南銅柱拂雲高[2]。尊前霜菊浮隋苑，亂後秋砧雜海濤。却笑牛山空墮泪[3]，風塵天地屬吾曹。

【校注】

〔1〕迷閣：即迷樓，隋煬帝所造，故址在今江蘇揚州江都區西北。

〔2〕銅柱：用馬援平交阯故事（《後漢書・馬援傳》）。

〔3〕該句用齊景公登牛山而流泪典（見《晏子春秋》）。

姜廷頤[1]

字以正，號蒙泉，巴陵人。嘉靖甲辰進士。授餘干令，擢御史，庚戌按通州。時京城告警，德勝門距通州四十里，廷頤與都御史王忬乘城以傳呼[2]，倥偬破喉失聲，終其身。遷淮陽海防兵備副使，是時取民無制，廷頤約計郡邑公費歲若干，籍記之，按籍征輸，爲條編之法，百年以來稱善政。累官至兵部侍郎[3]，引疾歸，年七十終。萬曆甲寅祀於鄉。

【校注】

〔1〕《巴陵縣志·人物》（光緒本）有傳。《明史》有記載。

〔2〕縣志此處記爲“京城德勝門距通州三十里”。下句，“乘城”後有“三日，疏七上”。

〔3〕縣志於“兵”字前多“南京”二字。

過君山值雨

十二青螺寺作家[1]，曉尋詩句乞僧茶。秋風過樹落紅葉，夜雨湖聲送白沙。

【校注】

〔1〕洞庭君山形似青螺，有十二個起伏，又像古代女子的十二個髮髻，故言。

劉　璣[1]

桃源人。以歲貢中嘉靖丙午順天鄉試。官嘉興府通判，有治聲，卒於任。

【校注】

〔1〕《桃源縣志·人物志》（同治本）有傳。《明史》有記載。

秦人洞[1]

采芝深入白雲皋，幾樹桃花覆短茅。欲覓仙人問遺事，一溪流水隔危橋。

【校注】

〔1〕洞在桃源縣。

張居正〔1〕

字太岳〔2〕，號禹齋，江陵人。嘉靖丁未進士。由編修歷任至太師左柱國，吏部尚書，中極殿大學士。萬曆壬午，卒於任，謚文忠。在穆宗朝，上條議六事，尋夾輔幼主，不負師保之稱。居首輔十年，開中明太平之景，雖以權爲衆所忌，然一朝救時宰相，厥功難泯。

海忠介〔3〕云“居正工於謀國，拙於謀身”，諒哉！

【校注】

〔1〕《江陵縣志·人物·賢達》（乾隆本）有傳。《明史》有傳。

〔2〕縣志記爲“字叔大，一字太岳”。

〔3〕海忠介：海瑞。

衡山道中〔1〕

江南佳麗地〔2〕，靈境信隈隩。連峰造天闕，石笋插雲足。我前擁烟霞，我後映松竹。飛竇灑征衣，山光蕩人目。朝采碧澗藻，夕息清湘曲〔3〕。側想素心人，浩歌渺空谷。逸駕如可以，吾當謝簪紱。

【校注】

〔1〕詩題，明萬曆本《張太岳文集》爲“瀟湘道中”。

〔2〕此句爲南齊謝朓《入朝曲》首句。

〔3〕二句從晋陸機《招隱詩》“朝采南澗藻，夕息西山足”化出。

暮宿田家

暝投谷田港，野日沉荒岡。行子昧所知〔1〕，假息墟里旁。野老喜客至，開門下嚴裝。坐我茅檐下，飯我新炊粱。兒童四五輩，趨走行壺漿。篅笹有餘粒，傍舍繞叢篁。攘袂再三起，向我誇耕桑。體貌雖村愚，言語多慨慷。世儒貴苛禮，文縟意則凉。太羹不俟和[2]，素質本無章。感此薄流俗，側想歌皇唐。

【校注】

〔1〕知，《張太岳文集》作“如”。

〔2〕太羹，《張太岳文集》作“大美”。

謁晦翁南軒祠示諸同志[1]

兩賢异鄉域，千里還相求。衹爲戀徒侶，能忘路阻修。我行躡遺迹，仰見祠屋幽。高山近可仰，嘉會亦綢繆[2]。俯首念疇昔，戚戚懷殷憂。能抱遺俗心，賦質闇且柔。贔屓負喬岳[3]，有志力不遒。願我同心侶，景行希令猷[4]。涓流匯滄海，一簣成山邱。欲騁萬里途，中道安可留。各勉日新志，毋貽白首羞。

【校注】

〔1〕晦翁：南宋朱熹，因字元晦，故稱。南軒：指南宋張栻，抗金名臣張浚之子，學者稱之南軒先生。祠在湖南省衡山。

〔2〕“綢繆”後《張太岳文集》有自注：“祠前堂名嘉會。”“高山”句：用《詩經·小雅·車舝》“高山仰止，景行行止”之意。綢繆：此處謂情意深厚。

〔3〕贔，應爲“贔”，贔屓：傳説中的一種動物，龜類，好負重。

〔4〕令猷：善謀，嘉策。

漢江古意

漢江東流風揚波，南船北船愁經過。舟師縮手抱雙槳，對客唱公無渡河[1]。

襄陽渡頭春可憐，襄陽城北柳含烟[2]。大堤高樓酒初熟，歡今且住木蘭船。

【校注】

〔1〕公無渡河：一名《箜篌引》，樂府古曲名。

〔2〕柳，《張太岳文集》作“花”。

恭題文皇四駿圖四首録二

龍　駒[1]

天馬徠[2]，翼飛龍。蹄削玉，耳垂筒。碧月懸雙頰，明星貫兩瞳。文皇將士盡羆虎[3]，復有龍駒助神武。流矢當胸戰不休，汗溝血點桃花雨。壩上摧鋒第一功[4]，策勛何必減元戎。君不見虎士標形麟閣裏[5]，龍駒亦入畫圖中。

【校注】

〔1〕《張太岳文集》作第一首。按，題後有自注：“鄭材壩大戰，胸膛著一箭，都指揮醜醜拔箭。”

〔2〕徠：通“來”，《漢書·禮樂志·郊祀歌》：“天馬徠，從西極。”

〔3〕文皇：指明成祖。

〔4〕壩上：指鄭材壩。

〔5〕麟閣：即漢武帝所建麒麟閣。

棗　騮[1]

紫騮馬，金絡月。朝刷燕，晡秣越。俶儻精權奇[2]，超驤走滅没。當年萬馬盡騰空，就中紫騮尤最雄。戰罷不知身著箭，飛來衹覺足生風。北風獵獵吹原野，長河水澌血流赭。誰言百萬倒戈中，猶有彎弧射鈎者[3]。

【校注】

〔1〕詩題後有自注：“小河大戰，胸膛一箭，後兩曲池一箭。安順侯脱火

赤拔箭。”

〔2〕句出《漢書・禮樂志・郊祀歌・天馬》:“志俶儻,精權奇。”

〔3〕射鈎:用齊管仲輔公子糾射中齊桓公衣帶之鈎典(《史記・齊世家》),此處以喻倒戈者中願效力明成祖的英才。按,此戰指“靖難之變”。

暮投方廣宿〔1〕

白雲處處滿,行子暮何棲。不辨幽林色,惟聞歸鳥啼。虛岩映靈籟,人語隔前溪。夜宿莊嚴境,明珠照客迷。

【校注】

〔1〕《張太岳集》題作“半山亭”,於題後有自注:“亭去祝融、岳廟各十五里,居山之半。”詩共兩首,此爲第二首。方廣:方廣寺,在衡山祝融峰。

别方廣寺〔1〕

偶來何見去何聞,耳畔清泉眼畔雲。山色有情能念客,竹間相别却憐君〔2〕。瘦筇又逐孤鴻遠,浪迹還如落葉紛〔3〕。塵土無心留姓字,碧紗休護壁間文〔4〕。

【校注】

〔1〕别,《張太岳集》作“出”。

〔2〕相,《張太岳集》作“將”。

〔3〕紛,《張太岳集》作“分”。

〔4〕此句兼用兩典。唐王播少孤貧時曾客居揚州惠昭寺,諸僧待之無禮,後顯貴重游舊地,見昔日題在寺壁上之詩已用碧沙蓋護(見《唐摭言・起自寒苦》)。又宋魏野曾從寇準游陝府僧舍,各有題詩,後二人重游,寇詩已用碧紗籠蓋護,而野詩塵昏滿壁(見《清箱雜記》六)。

失　題[1]

茂林同病復何如[2]，强半秋來未有書。豈爲浮雲愁墮甑[3]，須知世路可翻車。青霄結綬誰相引，白首論交獨共予。世事繽紛那足問，碧江東畔有鱸魚[4]。

【校注】

〔1〕詩題，《張太岳文集》作“應城訪李義河給諫宿古城寺”。《文集》是，應從。

〔2〕茂林，當爲“茂陵”。因此句用漢司馬相如患病被免除孝文園令，而居茂陵事。唐李商隱《寄令狐郎中》詩有“茂陵秋雨病相如”句。

〔3〕浮雲：約指小人堵塞諫路，李白《登金陵鳳凰臺》有“總爲浮雲能蔽日，長安不見使人愁”句。墮甑：用孟敏置墮甑而不顧事（見《後漢書·郭太傳》），意爲事已過去，不必介意。

〔4〕碧，《張太岳文集》作“隔”。鱸魚：用張翰因秋風思鱸魚膾、蓴羹典（見《晋書·張翰傳》）。

潜江憫澇[1]

水齧平堤沙岸迴，野田空見荻花開。江濤挾雨秋仍壯，雁鶩衝寒暮獨來[2]。歲晚風霜欹客杖，夜深燈火傍漁臺。悲時已有江南賦，愁聽荒城晝角哀[3]。

【校注】

〔1〕潜江：在湖北潜江。

〔2〕雁鶩，《張太岳文集》作“燕雁”。

〔3〕已、晝，《張太岳文集》分别作“亦”“鼓”。江南賦：指庾信《哀江南賦》。

舟泊漢江望黄鶴樓〔1〕

楓霜蘆雪净江烟，錦石遊鱗盡可憐〔2〕。賈客帆檣雲裏見，仙人樓閣鏡中懸。九秋槎影横清漢，一邃梅花落遠天。無限滄洲漁父意，夜深高咏獨鳴舷。

【校注】

〔1〕詩題，《張太岳文集》無“舟”字。

〔2〕雪、盡，《張太岳文集》分别作“橘”“清”。

送陳兩峰歸宜昌〔1〕

清時甫上太平書，何事還思江上居。驛路風花隨處好，河橋烟柳望中疏。白雲親舍思多少，青草池塘夢有諸〔2〕。自是錦堂宜獻壽〔3〕，歸來端不爲鱸魚。

【校注】

〔1〕《張太岳文集》無此詩。宜昌，縣志作“彝陵”。

〔2〕諸，縣志作“無”。青草池塘：謝靈運夢見謝惠連得“池塘生青草”句（《宋書・謝靈運傳》）。

〔3〕宜獻，縣志作“宜介”。

贈沈山人〔1〕

蘇耽控鶴歸來日，李泌藏書不仕年〔2〕。滄海獨憐龍劍隱，碧宵空見客心懸〔3〕。此時結侶烟霞外，他日懷人紫翠巔。鼓棹湘江成遠别，萬峰回首一凄然。

【校注】

〔1〕詩題，《張太岳文集》作“贈沈山人次李義河韵”。沈山人：疑即沈祐，

字天用，號紫硤山人，常與“苕溪五隱”之一孫一元相酬唱。

〔2〕蘇耽：傳説成仙後曾化鶴歸故里（見葛洪《神仙傳》九）。李泌：唐朝人，歷仕玄、肅、代、德四朝，位至宰相，爲避陷害，屢次退隱（新舊《唐書·李泌傳》）。

〔3〕龍劍：約用雙劍化龍之典（見《晋書·張華傳》）。客心，《張太岳文集》作“客星”，按，客星爲忽隱忽現之星，《後漢書·嚴光傳》：“光以足加（光武）帝腹上，明日太史奏，客星犯御座甚急。帝笑曰：‘朕故人嚴子陵共卧耳。’”故以客星爲確。

楚王孫園題竹〔1〕

緑遍瀟湘外，疏林玉露寒。鳳毛叢勁節〔2〕，直上盡頭竿。

【校注】

〔1〕詩題，《張太岳文集》爲“題竹”，題後有自注：“十三歲應試作於楚王孫園。”

〔2〕勁，《張太岳文集》作“徑”。

自兜率往南臺〔1〕

祝融兜率接南臺〔2〕，十里烟雲總未開。咫尺前峰看不見，劉郎何路出天台〔3〕。

【校注】

〔1〕詩題，《張太岳文集》於“臺”字後還有“行空霧中”四字。兜率：衡山兜率宫。南臺：衡山南臺寺。

〔2〕融，《張太岳文集》作“仙”。

〔3〕劉郎：劉晨，傳説漢時劉晨、阮肇進天台山采藥，遇二仙女，留半年後求歸，回家已過七世（《太平御覽》四一）。

蕭禹臣〔1〕

字子益，長沙人。嘉靖丁未進士。官遂寧令，作息訟辨，民俗還醇。轉膳部員外郎，修皇殿，有勤勞，世宗每膳必撤以賜，旋以疾卒，人共悼焉。著有《度山文集》。

【校注】

〔1〕《長沙縣志·人物》（嘉慶本）有傳。《明史》無載。

羅洋山房即事五首〔1〕 録一

江峰雲影日依依〔2〕，回首春山藹翠微。静裏獨聽啼鳥怨，閑來時見落花飛〔3〕。簾垂細草香還碧〔4〕，門掩深苔客到稀。惆悵西風何以慰，謾將尊酒破愁圍。

【校注】

〔1〕詩題，《沅湘耆舊集》無“五首”二字。羅洋山，在湖南省長沙縣，又名大富山。

〔2〕峰，《張太岳文集》作“空”。

〔3〕聽、閑，《沅湘耆舊集》分别作“聞”“坐”。

〔4〕此句《沅湘耆舊集》爲“窗留返照簾垂晚”。

王一麟[1]

字景仁，漢陽人。嘉靖己酉舉人。官台州同知兼司海防，進知鎮遠府[2]。

【校注】

〔1〕《漢陽縣志・人物》（同治本）有傳。《明史》有記載。

〔2〕進，縣志作“晋”。

過方遜志先生宅[1]

寒鴉西日問漁樵，指點遺墟恨未消。碧海魚龍秋寂寞，空山猿鶴夜悲號。忠魂想共田横客，怒氣時乘羅刹濤[2]。欲奠蘋蘩無正隴，止將清泪灑荒郊[3]。

【校注】

〔1〕方遜志：即明方孝孺，著有《遜志齋集》。燕王朱棣攻入南京，命其草即位詔，因不從被殺，親友連坐死者，達八百四十七人（見《明史・方孝孺傳》）。

〔2〕田横：即秦末壯士田横，不從劉邦所召而自殺，其所從五百人亦自殺（《史記・田儋傳》）。羅刹：羅刹江，即浙江，因風波險惡，故名。

〔3〕按，《楚風補》該詩後有原按：“公在台州時録方氏子孫，人多稱之。”

程鳳金〔1〕

黄岡人。嘉靖己酉舉人。官彭澤令，士民生祠之，有禱輒應。時直指按部〔2〕，金上謁獨後，直指諷之曰："相度不當如是耶！"金出曰："御史所以有權者，能去人之官也，吾官自去，御史何權！"乃爲詩，懸門挂冠歸。直指旋悔，遣牙官追之，竟不返。

【校注】

〔1〕《黄岡縣志·人物·宦迹》（乾隆本）有傳。《明史》無載。

〔2〕縣志記此爲"值御史按部"，未記"直指"。

解印題縣門

一生惟拙天知我，三載無能我愧官。今日銓衡方論定，好歸舊隱理魚竿。

魏　　裳[1]

字潤甫，蒲圻人。嘉靖庚戌進士。爲人質直，親喪盡哀。以刑部郎出守濟南，除淄萊盜，均章邱賦，濟人德之，晋山西副使，罷歸。杜門著書，有《雲山草堂集》，《湖廣通志》七十一傳。時有某者，亦爲楚史，俱上之，當事有言二史當合者，裳曰：五色可合，緇白不可合也。裳於書無不精究，擬作古則成一家言。

【校注】

〔1〕《蒲圻縣志·文苑》（同治本）有傳。

送高伯宗還楚

文園多病轉相親，摇落秋風白髪新[1]。寂寞潘輿傷往賦，淒涼郢調倦遊人。雨聲萬壑懸江樹，暝色孤帆落漢濱。此去烽烟開北極，側身天地更沾巾。

【校注】

〔1〕文園：漢司馬相如爲梁孝文園令，後人稱相如爲文園。多病：司馬相如晚年得消渴病。摇落秋風：用宋玉《九辯》句。

萬章甫兵憲滇南[1]

仙郎擁傳出燕關，開府西南控百蠻。萬里烟濤青雀舫，千秋詞賦碧鷄山[2]。主恩題柱雲霄上[3]，時難論兵天地間。春到昆明懷漢苑，幾回鳴玉共朝班。

【校注】

〔1〕萬章甫：萬衣，潯陽人，明嘉靖年間進士，官至河南布政使。

〔2〕碧鷄山：在雲南昆明縣西南，山北有碧鷄關，爲西南門户。

〔3〕題柱：用漢靈帝觀田鳳而題柱典（見《三輔決録》），又疑用漢司馬相如赴長安題柱升仙橋典（見《華陽國志・蜀志》）。

懷子與[1]

頻年烽火近長安，關塞蕭條行路難[2]。亂後客心愁裏折，别來書札夢中看。玄經草罷時名左，白石歌成夜色寒[3]。明月五湖堪欲滿[4]，懷人千里正凭闌。

【校注】

〔1〕子與：徐中行，字子與，明嘉靖進士，後七子之一。

〔2〕下句爲杜甫《宿府》原句。

〔3〕玄經：即《太玄經》，漢揚雄作，摹擬《易經》，故言與時名相左。白石：南宋詞人姜夔，號白石道人，著有《白石道人歌曲》。

〔4〕堪，《湖北先賢詩佩》作"看"。

送孫大宗伯之金陵

仙掌高寒曙色開，尚書曳履下蓬萊。望懸北斗時名重，地入金陵王氣迴。獻納久傳三殿疏，風流真羡兩都才。已知門下侯芭遠，問字何人載酒來[1]。

【校注】

〔1〕侯芭：西漢人，崇拜揚雄，曾向揚雄學習《太玄》《法言》。雄死後，芭居喪三年（見《漢書・揚雄傳贊》）。問字：劉棻曾向揚雄請教奇字。

夏夜于鱗山樓[1]

濁酒高樓暑自清，凌雲詞筆意峥嶸[2]。星辰倒挂青萍色，山水凉生緑綺聲。賦入甘泉通御氣，人傳河朔見交情[3]。知君庾亮多幽興，長嘯胡床坐月明[4]。

【校注】

〔1〕于鱗：李攀龍，字于鱗，明後七子之一。

〔2〕肇，《湖北先賢詩佩》作“賦”。

〔3〕甘泉：漢有甘泉宫，揚雄曾作《甘泉賦》。河朔：即“河朔飲”，漢末時光禄大夫劉松與袁紹子弟晝夜酣飲，云以避一時之暑。後因以作酣飲避暑之典（見《初學記·典論》）。

〔4〕二句用晋庾亮與僚吏殷浩、王胡之等登武昌南樓賞月事（見《晋書·庾亮傳》）。

春夜與于鱗宿龍洞山賦[1]

握手千山意獨親，飛揚不似在風塵。彩毫自照驪珠色，緑酒還傾郢雪春。芝草舊傳安漢客[2]，桃花猶識避秦人。途窮且莫悲車轍，一醉能令萬象新。

【校注】

〔1〕龍洞山：有兩處，此當指山東歷城之龍洞山。

〔2〕安漢客：用周勃安西漢劉氏王朝典故（見《史記·高祖本紀》）。

白雪樓[1]

郢調凄凉思轉幽，卜居還倚鮑山邱[2]。乍疑海氣能爲屋[3]，不道仙人獨有樓。乘興好看明月上，登高長嘯白雲秋。琴心自在誰堪識，且聽巴人下里謳。

【校注】

〔1〕詩題，《明詩綜》前多一“題”字。白雪樓：在山東歷城縣鮑山。

〔2〕“邱”字後有自注：“山在華不注、鮑山之間。”

〔3〕乍、爲屋，《明詩綜》分别作“初”“成市”。

寄元美[1]

朱弦一絕少知音，白雪難酬國士心。腰下青萍君所贈，至今風雨作龍吟。

【校注】

〔1〕元美：王世貞，字元美，明後七子之一。

高　岱[1]

字伯宗，京山人。嘉靖庚戌進士。歷刑部郎中，衣敝垢，同舍郎多誚之。會董傳策、張翀、吴時來疏嚴嵩父子不法狀，將置重典，岱請大司寇鄭曉輕之，獄上戍邊[2]。岱復爲資裝，微服送之。嵩父子銜之。會景王封，諷銓曹，出爲長史。岱好讀先秦古文，爲唐人詩，多論著。性戇，好面折人過。著《鴻猷録》《樵論》《楚漢餘談》[3]。弟峃，嘉靖丙辰進士；岦，鄉薦，皆有才名[4]。

【校注】

〔1〕《京山縣志·人物·宦迹》（光緒本）有傳。《明史》有傳。

〔2〕此句縣志記爲“止得戍邊”。

〔3〕《鴻猷録》《樵論》《楚漢餘談》今均不存。其所著《西曹集》入《明史·藝文志》。

〔4〕此處縣志記爲：“當時稱三高，比三蘇云。”

宋之問咏笛[1]

横笛夜初鳴，長風度曲清。誰家明月下，無限玉關情。春去梅猶落，愁中柳盡生。不堪動鄉思，嗚咽斷腸聲。

【校注】

〔1〕此擬宋之問《咏笛》詩。

出　塞

十年金鎖甲，萬里玉關程。雪暗旌旗色，風塵鼓角聲。塞鴻乘月度，邊馬向人鳴。隴水流無盡，憑誰洗漢兵。

寄懷李師孟水曹

別署秋光滿，千帆霽色開。海風吹月上，江雨帶潮來。名著山公啓，詩傳水部才[1]。不知登眺處，誰與共銜杯。

君爲滄水使，子卧白雲林[2]。古色青萍劍，希聲緑綺琴。尺書明月夜，千里故人心。愁絶兵戈滿，孤鴻楚塞深。

【校注】

〔1〕山公：晋山簡。水部：唐張籍，唐朱慶餘有《近試上張水部》詩。

〔2〕“滄”字後有原注：“應作蒼。”子，《湖北先賢詩佩》作“予”。

關山月[1]

青天一片月，萬里獨相依。風急刀環望，霜寒玉鏡飛。隴河浮夜色，羌笛怨清輝。愁絶閨中婦，高城正擣衣。

【校注】

〔1〕關山月：樂府古題。

吴明卿再謫睢陽[1]

謫去君何恨，栖遲今古同。名從遷客重，賦以遠遊工。駿骨傾燕市，蛾眉出漢宫[2]。黄金臺下柳[3]，折贈意無窮。

【校注】

〔1〕吴明卿：即吴國倫，見本卷作者小傳。睢陽：故城在今河南商丘南。

〔2〕上句用郭槐勸燕昭王以五百金買駿馬骨事（見《戰國策・燕策》)。下句指王昭君。

〔3〕黄金臺：即燕昭王所置之黄金臺，故址在今河北易縣東南北易水南

(《史記·燕召公世家》)。

登　　臺

薊北收兵未，長安無使來。風塵連朔漠，雨雪暗蓬萊。去鳥爲誰急，寒花何意開。孤臣頭白盡，倚杖獨登臺。

擬岑參晚發〔1〕

劍北空迢遞，巴南苦滯留。雲山牽客夢，江草喚鄉愁。烟暝荒村樹，風凄古驛樓。王程未可緩，乘月挽行舟。

【校注】

〔1〕所擬爲岑參《晚發五渡》。

折楊柳〔1〕

折柳送君别，君行何日歸。腸隨枝欲斷，魂與絮俱飛。春色空妍黛，霜寒自鐵衣。獨憐關塞月，萬里共清輝。

【校注】

〔1〕折楊柳：古横吹曲名。

秋　　意

幽徑蘚苔合，微風枕簟凉。雨將秋色至，夜與客愁長。時事頻看劍，鄉心一舉觴。如何未摇落，蓬鬢已經霜。

立春夜集李伯承宅

鳷鵲猶殘雪，晴光動上林〔1〕。寒隨宫漏盡，春入酒杯深。身世堪長嘯，乾坤但苦吟。百年能幾醉，萍迹任浮沉。

【校注】

〔1〕鳷鵲：鳷鵲觀，在漢甘泉宫。上林：漢上林苑。二處在詩中皆作宫殿代稱。

塞　上

狐塞烽烟合[1]，龍庭道路開。月明飛羽度，雲暗射鵰來[2]。邊草秋先白，胡笳夜轉哀。匈奴今未滅，莫上望鄉臺。

【校注】

〔1〕狐，《湖北先賢詩佩》作“孤”，當從改。

〔2〕射鵰：射技高超者。

再别董元漢

暫握天南手，初嚴薊北程。一封排闥入，萬里負戈行。遠别憐消渴，生還冀聖明。白雲樓上月，無限憶君情。

送元美奉使江南

海内二三子，天涯去住情。片帆江月冷，孤劍使星明[1]。塞北猶烽燧，江南更甲兵。感時知有賦，還擬寄同聲。

【校注】

〔1〕使星：猶使者（見《後漢書·李郃傳》）。

贈伯承[1]

李生負高格，瀟灑净塵襟。抗俗榮名薄，論交道氣深。一尊聊北海，隻字可南金[2]。玄草看克楝[3]，無人識此心。

【校注】

〔1〕伯承：即高岱《立春夜集李伯承宅》（見本卷）之李伯承。

〔2〕北海：東漢孔融、唐李邕，俱名冠一世，此兼有二意。南金：貴重之金。

〔3〕玄草：即草玄，用揚雄研《易》草《太玄經》典。克棟：作國之棟梁。

春　　愁

作客長無了，春愁正不禁。苦吟增白髮，貰酒盡黄金。笛裏思鄉泪，笳邊出塞心。十年驚一夢，空自愧朝簪。

素　　屏

雲母誰家麗〔1〕，孤屏素轉幽。净摇庭樹影，寒颯井梧秋。背月憐瑶席〔2〕，當風障玉樓。美人歌舞罷，斜倚不勝愁。

【校注】

〔1〕雲母：雲母石。

〔2〕憐，《湖北先賢詩佩》作“聯”。

秋夜省中吏隱園獨坐

窗竹含烟重〔1〕，庭梧下吹輕。月高河影澹，天近露華清。暝入盆魚色，秋疏塞雁聲。官曹真似水，吏隱不虛名。

【校注】

〔1〕窗竹，《湖北先賢詩佩》作“竹窗”。

高致中[1]

號南洲，安陸人。正德間入棘闈，碎巾麻履，簇簇群衆中，憤然曰："比蓬首對三木□國家待士之薄如此！"即擲筆研出，脱諸生籍，放浪山水。何司寇還予告歸里，榜分宜郊餞詩幅於堂，一日過之，題其上曰[2]：

椒山已死洪塘謫，天下何人是介翁[3]。今日登堂覽詩草，始知公度實能容。

【校注】

〔1〕《安陸縣志》《明史》無記載。

〔2〕按此事《湖北先賢詩佩》記爲："何司寇歸里，懸嚴分宜詩於室。先生一日過之，何未及出，題絶句於上以示風議，其剛直如此。"其詩《詩佩》亦有詩題，爲"題嚴介溪贈何司寇"。

〔3〕椒山：楊繼盛，曾任刑部員外郎。彈劾嚴嵩十大罪狀，後被嚴嵩害死。洪塘：何人不詳，疑有誤。介翁：歐陽哲，永樂進士，歷官四十年，以清介著稱。

吴國倫〔1〕

字明卿，興國人。嘉靖庚戌進士。官給事中。時嚴嵩柄政，稔知其才，會楊繼盛疏斥嵩，下詔獄，臨刑倫與世貞往哭，嵩聞惡之，遂謫白鹿洞知事。歷任高州府，禦島寇有功，遷貴州提學，轉河南參政歸，園居樂道，有《甔甀洞正續稿》數十卷傳世〔2〕。

【校注】

〔1〕《永興縣志·人物》(同治本)有傳,《明史》有傳。

〔2〕今存有《甔甀洞稿》。

前溪歌〔1〕

迎歡東武亭，送歡獨桑路。安得大海水，盡向前溪注，使歡不得渡。

【校注】

〔1〕詩題，明萬曆本《甔甀洞稿》(以下均以此本校核)題後有“三首”二字，此爲第三首。

有所思答鄒少南〔1〕

攘袖適中陌，皓腕朝霞明。徘徊歷修渚，言采蘭與蘅。美人日以遐，欲致渺無音。故歡豈能續，信誓良所欽。但得聞馨香，不願同衣衾。道逢涉江女，顧盼亦何親。遺之雙雜珮，用以寧予心。各言有所思，泪下不能任。

【校注】

〔1〕詩題,《甔甀洞稿》無“有所思”三字。有所思：漢《鐃歌十八曲》之一。

捉搦歌[1]

雨雪雖寒尚可裘，江漢雖廣亦可舟。男兒賭命博封侯，老女不嫁常低頭。

金針巧刺鴛鴦綫，寶匣雙韜轆轤劍[2]。花間男女一識面，脉脉還家兩相怨。

【校注】

〔1〕詩題，《甑甄洞稿》多“三首”二字。此爲第一、第二兩首。捉搦歌：南朝樂府。

〔2〕轆轤，《甑甄洞稿》作“鹿盧”，按，二詞雖相通，仍以後者爲宜。轆轤劍：劍柄端作轆轤（一種起重滑車）形的名劍。

舟泊漢口司馬陳公載酒渡江爲長夜之飲賦謝

蒲衣竹笠滄浪叟[1]，玩弄烟波忘白首。短棹乘春泝大江，東風送之過漢口。漢水西來高接天，洪濤猛蹴群山走。落日全昏鵲渚磯，停舟且繫晴川柳[2]。隔江簫鼓何殷殷，樓船如屋旗如雲[3]。戈艦儼開魚麗陣，旐鐙疑勒水犀軍。中流小隊傳呼急，夾岸材官次第分。爲道總戎能載酒，招尋野客來江濆。大別山頭月未午[4]，江光千里明如組。錦纜牙檣動列星，金尊綺席臨芳浦。禮數先從入座寬，中懷并借銜杯吐。登歌不采大堤謳[5]，擊劍何煩長袖舞。憶自君侯鎮荆服，彎貂插羽無亡鏃。坐使蠻夷欵自輸，衹今江漢平如陸。百年此席會偏奇，絳燭屢更歡未足。君不見郎官湖上鷗不驚，處士洲前草增緑[6]。

【校注】

〔1〕滄浪叟：滄浪，水名，有幾説，此處指漢水；滄浪叟，用屈原《漁父》意，爲隱居之人。

〔2〕鵠渚磯：即黄鵠磯，故址在武昌江邊。晴川：晴川閣，在漢陽江畔。

〔3〕船、旗，《甑甄洞稿》作“舡”“旌”。

〔4〕大别山：有多處，此處指武漢之龜山。

〔5〕大堤謳：樂府有《大堤曲》。

〔6〕郎官湖：疑指漢陽月湖。處士洲：疑即鸚鵡洲，因東漢建安時禰衡被殺葬在鸚鵡洲。

次奢香驛因咏其事

我聞水西奢香氏，奉詔曾謁高皇宫。承恩一諾九驛通，鑿山刊木穿蒙茸。至今承平二百載，牂牁僰道猶同風。西溪東流石齒齒，嗚咽猶哀奢香死。中州男兒忍巾幗，何物老嫗亦青史。君不見蜀道之闢五丁神，犍爲萬卒迷無津。帳中坐叱山川走，誰道奢香一婦人。

暮秋感懷[1]

將相交歡日，應分聖主憂。民勞歌赬尾[2]，客策下焦頭。鼓角嚴深夜，山川慘暮秋。當年賈生泪，不爲感淹留。

湖海驚飛檄，朝廷議積薪[3]。登臺圖騕褭，虚閣畫麒麟[4]。急難徵兵遠，瘡痍轉餉頻。共愁車馬地，歌管自平津[5]。

【校注】

〔1〕詩題，多“八首”二字，此録實爲第六、第七兩首。

〔2〕歌，《甑甄洞稿》作“過”。赬尾：《詩・周南・汝墳》：“魴魚赬尾，王室如毁。”魚勞則尾赤，後用來比喻勞動人民困於虐政。

〔3〕按，自“湖海”以下爲另一首。積，《甑甄洞稿》爲“徙”，積薪，出《史記・汲黯傳》：“陛下用群臣如積薪耳，後來者居上。”

〔4〕畫，《甑甄洞稿》作“待”。下句用漢宣帝畫功臣於麒麟閣事。

〔5〕平津：地名，故地在河北鹽山縣南，漢公孫弘爲宰相，封爲平津侯。

秋日匡山[1]

采采涉江去，芙蓉秋水寒。如何雜佩色，難共美人看。灑泪題雲錦，含情東素紈。不知鼓蠡雁，曾得到長安[2]。

【校注】

〔1〕詩題,《甑甗洞稿》多“七首”二字，此爲第六首。匡山：廬山。

〔2〕彭蠡：鄱陽湖。

宿順昌[1]

三舍朝陽道，其如風雨何。白雲春望合，芳草暮寒多。造次停車騎，蕭疏向薜蘿。山城更漏永，欹枕問明河。

【校注】

〔1〕順昌：今福建省順昌縣。

蘄春江上謁禹廟[1]

山繞鴻沙曲，城憑鳳嶺孤[2]。古祠銜絶筆[3]，飛浪灑平蕪。萬里來江漢，千門過軸轤。可知神禹迹，浩蕩古來無。

【校注】

〔1〕蘄春江：發源於今湖北蘄春縣。禹廟：大禹廟。

〔2〕鴻沙、鳳嶺：均在蘄春縣。

〔3〕筆,《甑甗洞稿》作“磴”，作“磴”爲確。

王使君子薦招飲范氏池亭[1]

闢圃黄花曲[2]，招遊藉使君。山形飛不定，花氣鬱難分。石上揮殘雨，波間醉白雲。閩南多戰鼓，莫令此中聞。

【校注】

〔1〕詩題,《甂甈洞稿》多“二首”二字，此第二首。王子薦：即王一鶚，字子薦，嘉靖進士，歷官至太子少保兵部尚書。

〔2〕花,《甂甈洞稿》作“華”。

奉送龐中丞巡行五路屯鹽〔1〕

群牧非虚讓，天王已借籌〔2〕。便宜搜粟令，清切負薪憂〔3〕。萬馬鳴秦塞，雙熊歷禹州〔4〕。歸來慰宵旴〔5〕，不齒富民侯。

【校注】

〔1〕詩題,《甂甈洞稿》多“三首”二字，此第三首。龐中丞：龐尚鵬，字少南，嘉靖進士，曾任右僉都御史。

〔2〕牧：知州。借籌：即借箸,《漢書・張良傳》：“臣請借前箸爲大王籌之。”

〔3〕搜粟令：即搜粟都尉，漢桑弘羊曾爲此官，故以之喻龐中丞。負薪：士自稱有疾,《禮・曲禮下》：“君使士射，不能，則辭以疾。言曰：‘某有負薪之憂。’”

〔4〕雙熊：指配有熊軾之車，代指公卿及地方長官。禹州：即禹縣，古夏禹國，今爲河南省禹縣。

〔5〕旴,《甂甈洞稿》作“旰”，作“旰”是。

自横浦度大庾嶺寄謝馮汝言方伯〔1〕

横浦窮江界，中原入望孤。罪應投絶域，身漸老泥途。馬首蠻雲合，崖間越鳥呼。寄情章貢水〔2〕，千折下彭湖。

【校注】

〔1〕此詩《甂甈洞稿》無。横浦：横浦水，在廣東南雄縣西，源出大庾嶺。

馮汝言：馮惟訥，字汝言，嘉靖進士，由宜興令累擢江西布政使。方伯：明清時對布政使的别稱。

〔2〕章貢水：即贛江，因章水、貢水在江西省贛縣合流，故名。

得元乘書

已道還江縣，猶然滯海門〔1〕。别來新鬼哭，書至故人存。萬死懸兵力，孤忠藉主恩〔2〕。豈無排難意，畏路不堪論。

【校注】

〔1〕江縣：疑指江門，即今廣東江門新會區。海門：在今廣東汕头潮陽區東南，明置守禦千户所，又設詔興營於此。

〔2〕大約倭寇曾入侵海門。

病中答曹有卿參政〔1〕

自失中原路，夷猶瘴海邊。病依山鬼卧，窮得故人憐。白髮親蠻俗，丹心老戍烟。南征有銅柱，誰記伏波賢〔2〕。

【校注】

〔1〕詩題，《甑甄洞稿》多“二首”二字，此爲第二首。

〔2〕記，《甑甄洞稿》作“紀”。銅柱：用馬援征交阯立銅柱以記功事（《後漢書·馬援傳》。伏波：馬援。

由漢口入郢〔1〕

漢水幾千曲，飛流自隴西。到來雲夢闊，翻覺楚雲低。積潦平江縣，垂楊匝古堤。踏春遊女出，髣髴浣紗溪。

【校注】

〔1〕詩題，《甑甄洞稿》多“雜咏十首”四字，此爲第三首。郢：今湖北省

江陵縣。

題浮玉亭〔1〕

石阸中流險，亭當一柱支。河山懸震蕩，日月莽推移。崖樹微茫出，風帆上下馳。望中吴楚盡，秋色最堪詩。

【校注】

〔1〕此詩《甂甌洞稿》無。

卜　居〔1〕

畏途何日定，歸卧且江邊。選地差容膝，爲墻但及肩。客携問字酒，兒乞作碑錢〔2〕。入夜長安月，新從枕畔懸。

【校注】

〔1〕詩題，《甂甌洞稿》多“五首”二字，此第一首。

〔2〕問字：漢時劉棻曾向揚雄問奇字（《漢書・揚雄傳》），後作向人請教之代稱。作碑錢：爲人代寫碑文所得之潤筆。

汴中值雪〔1〕

三日夷門雪〔2〕，天寒雁未歸。却驚新旅鬢，重攬舊宫衣。河水懸如立，城雲凍不飛。梁園客已散，風景獨依依。

【校注】

〔1〕此詩《甂甌洞稿》無。汴：指汴京（今河南省開封市）。

〔2〕夷門：汴京的東城門。

泊獨流河[1]

萬里南浮客，愁心逐逝波[2]。地將燕趙盡，天入鼓鼙多。急榜驚鷗鷺，深村掩薜蘿。片帆何處落，風雨獨流河。

【校注】

〔1〕獨流河：在今天津静海區西北。

〔2〕逐，《甂甌洞稿》作“與”。

柬于鱗子與[1]

世情驚一謬，斯道屬群猜。雙璧虞卿至[2]，千金郭隗來。眼中猶二子，海内足真才。欲問藏身地，何如濁酒杯。

【校注】

〔1〕此詩《甂甌洞稿》無。于鱗：李攀龍之字；子與：徐中行之字；二人均爲“後七子”。

〔2〕雙璧：出《史記·虞卿傳》：“一見，（趙孝成王）賜黄金百鎰，白璧一雙；再見，爲趙上卿，故號爲虞卿。”

柬子相[1]

文章千古事，不向世情看。饑飽從囊粟，飛垂各羽翰。衆中結襪易，身後執鞭難[2]。爾若疑山水，朱弦何處彈。

【校注】

〔1〕子相：宗臣字，爲“後七子”之一。

〔2〕結襪：用漢張釋之爲王生結襪事（《漢書·張釋之傳》）。執鞭：表示對某人的敬仰，《史記·管晏傳贊》：“假令晏子而在，余雖爲之執鞭，所忻慕焉。”

與黄給事中[1]

落魄無勞嘆，惟慚負聖明。小臣宜得罪，古道不成名。爾去招梅福[2]，予歸吊屈平。舊來鷹隼意[3]，敢復向人鳴。

【校注】

〔1〕詩題，《甑甄洞稿》作“柬黄享夫給事”。

〔2〕梅福：西漢人，曾作南昌尉，傳説後來成仙（《漢書·梅福傳》）。

〔3〕舊，《甑甄洞稿》作“向”。

秋日匡山二首[1]

倚伏誰能測，千秋合自盟。大名非我有，往事亦人情。月借銜杯色，江懸伏枕聲。豈應遷客夢，容易到神京。

【校注】

〔1〕二，《甑甄洞稿》作“七”。此爲第四首。

閉閣營何事[1]，群書枕北窗。星辰占戀闕，風雨助哀江。應馬心初定[2]，雕龍意未降。蹉跎問歸計，端愧鹿門龐。

【校注】

〔1〕按，此爲第五首。

〔2〕應馬：應圖求馬，此指構思已能達到要求（見曹植《獻文帝馬表》）。

答于鱗元美見慰之作二首[1]

投荒吾自取，二子念何深。并牘驚人語，三年逐客心。星河遥起立[2]，風雨暗行吟。已似長沙吊，慚非汨水沉[3]。

【校注】

〔1〕詩題,《甑甀洞稿》爲“初還山中于鱗元美自青齊遣使見慰賦答四首”。此第二首。

〔2〕遥、立,《甑甀洞稿》分别作“摇”“視”。按,“遥”當爲“摇”,《方言》:“摇,疾也。”屈原《九章·惜誦》:“願摇起而横奔兮。”

〔3〕二句指賈誼過湘水作《吊屈原賦》事。

五老忽相失[1],秋風歸去來。頗無遷客態,猶使故人哀。白雪開詩卷,浮雲度酒杯[2]。岱宗高不極,東望日徘徊。

【校注】

〔1〕按,此爲第四首。

〔2〕詩卷、度,《甑甀洞稿》分别作“書札”“過”。

歸德作[1]

所經席未暖,朝野自孤踪。多病微官好,無能長吏容。夢中誰是蝶,塵外客猶龍。二子如堪作,吾將曳履從[2]。

【校注】

〔1〕詩題,《甑甀洞稿》爲“至歸德二首”。此第二首。歸德:此指歸德府,故治在今河南商丘市。

〔2〕按,《甑甀洞稿》於詩後有原注:“郡之蒙城即莊周本邑;李耳生於苦縣,今鹿邑其故墟也,詩用其事。”

春懷三首[1]

竊禄微無補,憂時劇不禁。江山懸帝力,宫闕見天心。曲突猶非晚,前籌合更深。萬方眉可察,那得不沾襟。

【校注】

〔1〕三,《甑甎洞稿》爲“六”。此第三首。

物意自難合，故人殊可憐。望風疑赤幟，掩耳問朱弦。血染吴江水，躬耕歷下田[1]。庭枝囀黄鳥，相憶獨潸然。

【校注】

〔1〕“田”字後有原注：“吴江歷下懷元美于鱗。”吴江：吴淞江。歷下：今山東濟南歷城區西。

漸朽淮陽骨，難招嶺外魂[1]。看詩論伯仲，將泪問兒孫。白馬何人至，黄泉此意存。綿綿總長夜，抔土任乾坤[2]。

【校注】

〔1〕“魂”字後有原注：“淮陽嶺外吊宗梁也。”淮,《甑甎洞稿》作“維”。

〔2〕抔，原作“坏”，據《甑甎洞稿》改。

登岳陽樓

高閣層城四望開，洞庭秋色正徘徊。湖吞九水浮天闊，地擁三巴入境來[1]。赤甲雲生神女過[2]，黄陵日落帝妃哀。尋源不必乘槎去，直取君山作渡杯[3]。

【校注】

〔1〕境,《甑甎洞稿》作“鏡”。

〔2〕赤甲：赤甲山，在今重庆市奉節縣東。

〔3〕渡杯：傳説南朝高僧不知姓名者，常乘木杯渡水（見《高僧傳》卷十）。

德州徐憲使汝思招飲[1]

岐路巾車避客過，平原春色奈君何。論文豈敢咻齊傅[2]，對酒聊能縱楚歌。風起雁聲寒出塞，沙蒸日氣暝黄河。不辭永夜呼盧醉[3]，此會乾坤總未多。

【校注】

〔1〕此詩《甂甌洞稿》無。德州：今山東省陵縣。

〔2〕咻齊傅：出自《孟子·滕文公下》："一齊人傅之，衆楚人咻之。"咻：此爲喧嘩意。

〔3〕呼盧：即呼盧喝雉，指擲骰賭博之游戲。

寄王元美塞上[1]

王郎别我未消魂，六傳飛揚出薊門。鼓角秋聲迴地軸，佩刀寒色照天閽。馬肥苜蓿黄金勒，客醉葡萄白玉尊。回首中原風雨過，不知揮泪向誰論[2]。

【校注】

〔1〕詩題，《甂甌洞稿》無"王"字。王元美：即王世貞，字元美，明後七子之一。

〔2〕泪，《甂甌洞稿》作"涕"。

于信夫邀餞潮音閣

萬里秋風動五溪[1]，空王臺殿白雲齊。客來蓮葉舟堪繫，仙去桃花渡已迷。握手故人非少壯，携尊落日更攀躋。憑欄醉問黔陽道，悵指蠻烟楚塞西。

【校注】

〔1〕五溪：雄溪、樠溪、酉溪、無溪、辰溪，在今湖南西部和貴州東部。

川上樓〔1〕

古臺官閣迴岧嶢，浪涌天低水郭遥。故國儘容舒覽眺，此身兼已屬魚樵。日高雲氣千山净，風起烟光萬井飄。空外杳然聞玉笛，仙人黄鶴坐堪招。

【校注】

〔1〕詩題，《甔甀洞稿》爲“川上樓新成登眺二首”。

過鄴吊謝茂秦山人〔1〕

幾度漳河不見君，半生消息旅中聞。談詩夢老燕山月，鼓鋏歌寒雁塞雲。四壁琴書留慘澹，諸王恩禮罷殷勤。誰移一片韓陵石〔2〕，爲汝重題處士墳。

【校注】

〔1〕鄴：鄴城，在今河北省臨漳縣。謝茂秦：謝榛，字茂秦，號四溟山人。

〔2〕韓陵石：指北魏温子昇所撰韓陵山寺碑。張鷟《朝野僉載·六》：“南人問（庾）信曰：‘北方文士何如？’信曰：‘唯有韓陵山一片石堪共語。’”

與子相飲遲元美〔1〕

春事忽雲暮，浮生宜醉中。鳴珂燕市滿，看劍薊門雄。策足慚吾蹇，揮毫見爾工〔2〕。鬢知何日白，花自上陽紅〔3〕。樹擁飛觴月，天回岸幘風。登樓有奇思，未與仲宣同。

【校注】

〔1〕詩題,《甑甀洞稿》爲“與子相夜酌遲元美不至”，後者確。子相：宗臣；元美：王世貞，與吴國倫同爲後七子。

〔2〕兩句《甑甀洞稿》爲“策足吾仍蹇，揮毫爾漸工”。

〔3〕陽字後有字注：“一作林。”兩句《甑甀洞稿》爲“何才堪市駿，斯道僅冥鴻”。

冬日述懷示元美〔1〕

偃蹇誰青眼，飛揚獨素毫。途窮群態見，物役此身勞。趨走偏鶏舌，聲華忝鳳毛。异時難遽料，清世敢言逃。楚璧甘人棄，齊竽耻自操。詎能栖枳棘，只合卧蓬蒿。多事容欹枕，孤懷且濁醪。閉門惟藥裹，扶杖即蘭皋。郎署還持戟，名家有佩刀。寸心歸鮑子，尺牘謝山濤。生死交期在，風霜病骨高。斯文未應喪，天豈厭吾曹。

【校注】

〔1〕詩題,《甑甀洞稿》爲“冬日述懷問元美病”。按，其詩與《楚風補》所録差别頗大，故全録如下：偃蹇逢青眼，參差秃素毫。乾坤俱失馬，歲月但持螯。漸改潘生鬢，仍寒范叔袍。依人群態見，閲世五兵勞。北戍猶千壘，南征忽萬艘。海雲連斥堠，邊雪毁旌旄。楚璧甘人棄，吴鈎祇自韜。銷魂燕市筑，入夢武溪桃。奈爾常消渴，令予轉鬱陶。閉門捜藥裹，扶杖憶蘭皋。亂後偏哀郢，愁深更反騷。寸心歸鮑叔，尺牘謝山濤。生死交期遠，風霜病骨高。斯文未應喪，天豈厭吾曹。

落梅嘆〔1〕

忽忽春無力，梅花作雪飛。誰能萬里外，聞笛不思歸。

【校注】

〔1〕詩題,《甑甀洞稿》多“二首”二字。

郢中雜咏[1]

萬户依南郭，倡家與酒家。東風吹不歇，愁殺竟陵花[2]。

【校注】

〔1〕詩題，《甑甀洞稿》爲“郢中雜咏十二首”。此爲第十一首。郢中：指楚郢都，故址在今湖北省江陵縣。

〔2〕竟陵：在今湖北省天門市西北。

上新河雜咏二首[1]

花濃白板橋，處處綺羅嬌。玉樹非新曲[2]，遺風似六朝。

【校注】

〔1〕詩題“二”，《甑甀洞稿》作“八”，此爲第八首。上新河：在江蘇省江寧縣西，有上新河鎮。

〔2〕玉樹：指南朝陳後主所制《玉樹後庭花》曲。

莫問前朝事[1]，但看江上臺。平明拾翠去，薄暮踏歌回。

【校注】

〔1〕按，此爲第七首。

紫霄峰[1]

紫氣崚嶒碧漢斜，好憑飛杖立烟霞。臨風一夜吹長笛，落盡江南楊柳花。

【校注】

〔1〕紫霄峰：在江西省廬山，一名上霄峰。

聞張助甫擢御史中丞開府寧夏寄贈[1]

青銅峽口古靈州，黑水河穿紫塞流。一夜羌人吹笛過，千山明月總邊愁。

【校注】

〔1〕詩題，《甑甀洞稿》多“六首”二字。此爲第五首。張助甫：張九一，字助甫，嘉靖進士，官至右僉都御史。

寄遠曲[1]

章臺楊柳緑如雲，憶折南枝早贈君。一夜東風人萬里，可憐飛絮已紛紛。

【校注】

〔1〕詩題，《甑甀洞稿》多“二首”二字。此爲第一首。

北園餞别黄行甫梅泰符醉成[1]

落梅沾石錦成文，修竹當軒翠拂雲。痛飲不知誰是客，醉中携手夢中分。

【校注】

〔1〕此詩《甑甀洞稿》無。

送于鱗還郡[1]

千門楊柳暗燕關，不繫邢州五馬還[2]。寂寞孤城君更卧，白雲愁殺太行山。

【校注】

〔1〕詩題,《甑甀洞稿》多“二首”二字。

〔2〕邢州：州名，故治在今河北邢臺。五馬：太守的代稱。

秋夜懷子與〔1〕

扁舟自去浮湘水，倦客常懷卧茂陵〔2〕。秋湛漢宫金掌露，月明滄海玉壺冰〔3〕。

【校注】

〔1〕此詩《甑甀洞稿》無。

〔2〕下句用漢司馬相如晚年病卧茂林事（《漢書・司馬相如傳》）。

〔3〕金掌露：用漢宫銅人事。月明滄海：用李商隱《錦瑟》詩“滄海月明珠有泪”句。玉壺冰：用鮑照《白頭吟》“清如玉壺冰”句。

九日同于鱗賦〔1〕

秋深木落雁南飛，客裏風霜欲授衣〔2〕。燕市酒酣聊共賦，龍山家在未能歸〔3〕。

【校注】

〔1〕詩題,《甑甀洞稿》爲“九日同于鱗子與賦”。

〔2〕欲,《甑甀洞稿》爲“又”。

〔3〕龍山：有多處，此指山東歷城縣之龍山，因李攀龍爲山東歷城人。

再寄于鱗〔1〕

日日東山望裏春，却驅羸馬向風塵〔2〕。誰將馬上春雲色，一寄山中抱膝人〔3〕。

【校注】

〔1〕詩題，《甑甄洞稿》作“汶上道中寄于鱗”。

〔2〕日日、裹春、却，《甑甄洞稿》分别爲“幾日”“未真”“只”。

〔3〕抱膝人：《三國志・蜀志・諸葛亮傳》：“與亮友善”注引《魏略》：“（亮）每晨夜從容，常抱膝長嘯。”

香爐峰〔1〕

山烟細細五雲盤〔2〕，散入春陰楚甸寒。我欲峰頭瞻北極，香爐不似殿中看。

【校注】

〔1〕香爐峰：在江西廬山。

〔2〕五雲盤，《甑甄洞稿》作“鬱林端”。

石鏡峰〔1〕

萬仞峰頭石鏡懸，平臨日月倒垂天。滄江夜色寒相照，下有驪龍不敢眠。

【校注】

〔1〕石鏡峰：在江西廬山，有大石面平如鏡。

羅　　瑶[1]

巴陵人。嘉靖庚戌進士。歷官至都御史。

【校注】

〔1〕《巴陵縣志·選舉志》(光緒本)有載,《明史》無載。

望君山

逍遥湖上樓，水天真一色。白浪捲風濤，隱却君山碧。

彭良臣〔1〕

字時卿，號玉吾，衡陽人。少卓犖有大志，中嘉靖壬子科，乙丑授廣東歸善令。善數被寇，水旱頻仍，公約己節用，務在休養，民甚德之。尋調去，士民攀號如失怙恃，建祠樹碑。公歸，絶意仕進，居八年卒。公嘗師事蔣道林，所著有《太極答問》《射禮纂》〔2〕諸書，白石蔡公稱其發明理學有功云。

【校注】

〔1〕《衡陽縣志・人物》（同治本）有傳，《明史》有記載。

〔2〕二書今不存。

登祝融峰

衡峰七十二，縱目孰爲快。直上祝融峰，撑天無限界。崚嶒奠遐荒，尊嚴壓纖芥。百越山如環，九江流似塊。翼軫星垂芒，暘谷日輪曬。隱隱耀神靈，幽幽生奇怪。秩禮自前朝，昭代更宿戒。箇中色相忘，眼底乾坤隘。

楚風補卷之二十三

明

劉　侃[1]

字正言，京山人。嘉靖癸丑進士。官至方伯。

【校注】

〔1〕《京山縣志·人物·宦迹》（光緒本）有傳。

階州甘泉館[1]

風斂長空宿靄消，千山極目思迢迢。滄江雨色收楓葉，銀漢秋聲入柳條。古洞殷雷還吐霧，閑雲擁日故回潮。坐來一酌甘泉水，欲借山人五石瓢。

【校注】

〔1〕階州：故治在今甘肅武都。甘泉館：在原州治，今不存。

過水下口

山樹參差石徑斜，雨餘飛瀑過桑麻。山翁放罷村前犢，倚杖溪頭護稻花。

都城元夕

一夕春從天上回，六街火樹徹明開。叮嚀莫似吹蘆管，纔報梅開又落梅。

春　莫[1]

風吹山色度簾櫳，指點荼蘼半已空[2]。二十四番花信過[3]，獨留芳草送殘紅。

【校注】

〔1〕莫，《湖北先賢詩佩》作“暮”。

〔2〕蘼，《湖北先賢詩佩》爲“蘼”。當據改。

〔3〕花信：即花期，有兩説：一説自小寒至穀雨一百二十日，每五日爲一候，計二十四候，每候應一種花信；另一説爲一月有兩番花信，一年有二十四期。

劉堯誨[1]

字君納，號凝齋，臨武人。嘉靖癸丑進士。由新喻令累官至南京兵部尚書，卒賜葬祭。後寧夏軍譟，得公先年兩廣積貯銀三十八萬兩給之，加贈太子太保。

【校注】

〔1〕《臨武縣志·人物》有傳。

朱陵洞[1]

慣熟山前路，行吟人不疑。磵迴青嶂合，雲涌碧簾垂。石髓浮春酌[2]，金光動曉曦。玄虚不可覓[3]，欹枕問希夷。

【校注】

〔1〕朱陵洞：即朱陵洞天，在湖南衡山。

〔2〕石髓：石鐘乳，古時方士們用它入藥。

〔3〕玄，《沅湘耆舊集》作“元”，係該字避諱。

望　岳

曾愛頭陀記[1]，秋風此日身。夢回蒼水使，書絶魏夫人[2]。白石山中飯，黄芽世外春。金門須大隱，歸志豈尋蒓[3]。

【校注】

〔1〕頭陀：梵語稱僧人爲頭陀，行脚乞食僧人亦稱頭陀。記：標記。

〔2〕魏，誤，當爲“衛”。蒼水使：傳説大禹登衡山，夢見赤綉衣男子，自稱玄夷蒼水使者，幫助禹得到金簡之書（見《吴越春秋·越王無餘外傳》）。衛夫人：古代著名女書法家。

〔3〕上句用東方朔事（見《漢書·東方朔傳》）。下句用張翰思蒓羹、鱸魚

膾而歸隱事（《晋書·張翰傳》）。

題太學周二水湘上草堂

郭外尋幽望不迷，城闉曲曲度湘湄。晴霞色借蓉塘曉，湛露香添蘭畹滋。散帙微風吟竹韵，下帷深影落松枝。不須結社群英内，此日林泉慰所思。

遊武夷

六六峰頭明月多，美人隔水奏雲和〔1〕。相逢即是人間路，翠黛芙蓉奈爾何。

【校注】

〔1〕六六峰頭，《沅湘耆舊集》爲“三十六峰”。按，“六六”即“三十六”之意，武夷山有“三十六峰”之景。雲和：本爲名琴名，此泛指古琴。

李廷龍[1]

字麓南[2]，湘陰人。嘉靖癸丑進士。由徽州司李歷任直隸閩蜀監察御史至江西廉使。居官愛民課士，入大梁名宦，崇祀鄉賢。所著有《公餘漫稿》《還朴約》《三巡疏議》[3]。

【校注】

〔1〕《湘陰縣志·人物》（光緒本）有傳，《明史》無載。

〔2〕字麓南，縣志記此爲“字近麓”。

〔3〕所著今佚。

謁三閭祠[1]

新祠再拜古宗臣[2]，生氣於今尚凛人。屬草本圖安社稷，行吟非是怨君親。楚襄獨醉生何益，湘水膏魚死亦仁[3]。却憶武關成往事，可憐漂泊在西秦[4]。

【校注】

〔1〕據縣志，祠在湘陰縣，嘉靖時尚存，後廢圮，光緒前復建。

〔2〕宗臣：與君主同宗之臣，又謂人所宗仰的大臣，此處兼有二意。

〔3〕楚襄：楚襄王。下句：《漁父》有“寧赴湘流，葬於魚腹之中”句。

〔4〕二句指楚懷王誤信秦國，入武關，被秦扣留要挾割地事（見《史記·屈原列傳》）。

劉　穩[1]

字朝重，號仁山，酃縣人。嘉靖丙辰進士。由南京兵部郎晋廣東僉事，兵備南韶。時獞賊負固，公單騎叩壘諭之，諸獞感泣。又計擒山寇馬五等，晋副使，仍治兵南韶，殺盗魁官祖政於黄峒，城英德以扼賊吭[2]，粤民歡呼，肖公像祀焉。尋以病告歸，構精舍於雁峰之麓，中丞趙公賢題曰"龍雁書院"，因自稱"龍雁山樵"。後起粤西副使，分部桂林，時古田寇初平，公能善後，除粤宗室悍黨，齊民安堵[3]。會廣東海道缺，以公調補，職典番市，立法簡易，商舶便之。尋轉参政，仍理海務，以府江之捷晋南京太僕寺少卿，疾作，卒於行署，年五十七。公貌不勝衣，而器度宏遠，嘗經吉州謁羅文恭，又之安成謁鄒文莊，商訂學旨，所著有《山房漫稿》《家訓》《粤中政紀》《猺訓》《二南漫稿》《易經折衷》[4]等集。

【校注】

〔1〕《酃縣縣志・人物》（同治本）有傳，但《衡陽縣志・列傳》（同治本）亦有傳，且《衡陽縣志》與此大致相同，《酃縣縣志》傳文頗异。

〔2〕縣志此處記爲"乃城英德以扼賊吭"。

〔3〕按，《衡陽縣志》記爲："聞藩府宗人漁奪齊民，一用法繩之。"《酃縣縣志》記爲"粤宗室多鷙悍，漁奪齊民，芥視公府"。

〔4〕諸本多佚。

方廣謁二賢祠次先師念庵韵[1]

清晨度翠微，傍晚叩禪扉。月下蓮花頂，雲侵薜荔衣。古祠荒草合，高樹暮禽歸。爲憶經行處，紛然岐路非。

【校注】

〔1〕詩題，自“次”字後，縣志爲“羅念庵師韵”，《沅湘耆舊集》爲“羅念庵先生韵”。但縣志與《沅湘耆舊集》所録詩均爲：“畢生懷仰止，今日慰心期。賴有斯文在，能無絶學悲。雲山迢遞路，風雪唱酬時。此意憑誰會，悠悠歸去遲。”羅念庵原詩爲“支”韵，而《楚風補》所録詩爲“微”韵，顯然不合，當以縣志、《沅湘耆舊集》爲是。附羅念庵原詩《岳廟》：“坐石忽忘去，買山無後期。不憐生是寄，翻以愛爲悲。門憶曾題處，松看初長時。千年風與月，來者自栖遲。”方廣：指方廣寺，在今湖南湘潭南，衡山蓮花峰下。二賢祠：祀朱熹、張栻的祠，因二人曾游歷於此。羅念庵：羅洪先，字達夫，號念庵，曾舉嘉靖進士第一，授修撰，後隱居。

卜移能仁寺〔1〕

浮杯吹向舊花林，棟宇岧嶢敞碧岑。曲徑斜穿珠樹入，飛泉遥瀉玉溪深。水田漠漠連青靄，庭院沉沉滿緑陰。七十二峰曾遍歷，無如此地愜幽尋。

【校注】

〔1〕卜移，《沅湘耆舊集》作“移寓”。能仁寺：似指浙江紹興縣南之能仁寺，晋許詢舍宅修建。

能仁寺酬九峰過訪〔1〕

禪床遥借上方幽，散髮高眠得自由。洣水故人成遠夢，剡溪交誼見孤舟〔2〕。百年萍梗驚難定，一徑松蘿喜暫留。分手依然雲樹杳，春山何日更相求〔3〕。

【校注】

〔1〕九峰：疑爲徐霖，字子仁，號九峰道人，徙居金陵，精篆法，善畫。

〔2〕洣水，《沅湘耆舊集》爲“豈謂”。下句，《沅湘耆舊集》爲“依然天際

見孤舟”，交誼見，縣志爲“高士有”。洣水：即茶陵江，源出湖南酃縣之屏水山。剡溪：在浙江省曹娥江之上游。

〔3〕依然，《沅湘耆舊集》作“莫辭”。春山，縣志作“鳴鶯”。

遊栖霞寺〔1〕

夢入名山已十年，登臨今日興悠然。層巒秀結青蓮芷，曲水斜通白鹿泉〔2〕。柏影蕭疏含晚照，岩陰迴合淡秋烟。禪房聽説無生話，愧向長安索米錢。

【校注】

〔1〕栖霞寺：在江蘇江寧縣之栖霞山。

〔2〕芷，縣志作“蕊”。鹿，縣志作“虎”。

耿定向[1]

字楚侗，號天臺[2]，黄安人。嘉靖丙辰進士。由行人遷御史，疏列太宰吴鵬六事，土爲斥鵬[3]。巡按甘肅，改南督學，開“宗正書院”，以明道彰教爲己任。晋大理寺丞，與高新鄭忤，謫判横州。新鄭去，遷都察院協理院事，公素重江陵[4]，以其瑱規不入[5]，疏之。會丁内艱，起爲閩撫。時廣寇訌海上，公計約遲羅等討擒之，累官户部尚書，總督倉場，九疏乞歸。居天台山，講文成之學，屏斥曲説。卒賜葬祭，贈太子太保，謚恭簡。

【校注】

〔1〕《黄安縣志・人物》（道光本）有傳。《明史》有傳。

〔2〕此處《湖北先賢詩佩》記爲“一字天臺”。

〔3〕土：當爲“士”之誤。

〔4〕江陵：張居正。

〔5〕規：疑當爲“圭”。

題天臺别意圖贈李士龍[1]

層岩萃嵂與雲平，一望關門紫氣横。地坼東西分汝漢[2]，天連南北見嵩衡。丹丘幾度虚遊子，白髮孤征念友生。此去秣陵江萬里[3]，臨流應憶濯長纓。

【校注】

〔1〕此圖當爲虚構，從詩中“分汝漢”來看，當以陝西麟游縣的天臺爲原型。

〔2〕汝漢：汝水、漢水。汝水：又名北汝河，出河南嵩縣西南天息山。

〔3〕秣陵：有幾處，此指江蘇省江寧縣。

胡　定[1]

字正叔，崇陽人。嘉靖丙辰進士。自少以古文名，初令德清，繼任滑縣，俱有廉能聲。入爲禮部郎，督學山西、福建，倡復古文詞，士習一變。轉參議，計擒巨盜趙天智，散礦聚數千人，不煩一兵，關中以安。參政浙江，按察四川，風裁如一。升廣西左布政使，致仕。杜門著述，藹然稱孝友焉。

【校注】

〔1〕《崇陽縣志·人物》（同治本）有傳。《明史》無載。

王邑侯去思歌四章

皇帝臨照，視我勞人。誰寧汝好，帝之天覆。簡序南邦，而公來造。

君侯來思，其道光明。素絲委蛇，其政恢恢。既濩育之，又綱維之。人曰邑艱，乃公易治，奏刀砉然。人曰邑頑，而公子之[1]。

弗格匪姦，人劇我邑。公治以簡，鳴琴衎衎。

既衎崇墉，其德翔暢。偃然風從，皇帝念功。遂徼中牟[2]，尊德殫忠。耕夫綴耒，婦嘆于室。走告兒童，曰我長老，民之父母。始覯自公，公之去矣，邦胥賴矣，畜我不終。我作歌詞，甘棠之思。以繼國風，千萬斯年。式我侯度，永遵於中。

【校注】

〔1〕以下疑有缺文，但無從出校。

〔2〕中牟：中牟縣，今河南中牟縣東。

龍德孚[1]

字伯貞，武陵人。嘉靖戊午舉人。官寧波府丞，清白多惠政，轉户部郎中，督榷淮南[2]，謝事歸里。工詩文書法，所著有《對湘樓集》[3]。

【校注】

〔1〕《武陵縣志·人物·仕迹》（同治本）有傳。《明史》無載。

〔2〕縣志記此處爲“督淮南板閘，榷湔除利”。

〔3〕該集今不存。

桃川空心杉[1]

仙子心空已辭去，翠雲還覆空心樹。海天一鶴夜飛來，濤撼風林不知處。

【校注】

〔1〕桃川：在今湖南桃源縣。

洛伽山[1]

望來鼇柱渺無涯，海上孤懸小白華[2]。説法臺高開寶藏，潮音洞迴涌金沙[3]。扶桑夜沸三竿日，祇樹光生五色霞。我亦有冠慚未挂，梅岑何處覓丹砂[4]。

【校注】

〔1〕洛伽山：即今浙江舟山市普陀區普陀山。

〔2〕鼇柱：古代神話共工氏怒觸不周山，天柱折，地維缺，女媧氏斷鼇足以立地之四極（見《淮南子·覽冥》）。小白華：即小白花，因普陀又稱“補陀落迦”，爲梵文音譯，意爲小白花山。

〔3〕説法臺、潮音洞均在普陀山。

〔4〕梅岑：亦指普陀，傳説漢梅福曾煉丹於此。

劉一儒[1]

字孟真[2]，彝陵人。嘉靖己未進士。累官至南京工部尚書。初爲刑部主事，太宰楊博愛其才[3]，調吏部郎，故與張江陵連姻[4]，却奩不視，江陵之敗，公獨不染。以病歸，卒謚莊介。

【校注】

〔1〕《湖北先賢詩佩》記其爲東湖人，今《東湖縣志·人物》有傳，當信。

〔2〕縣志記爲："字孟真，一字小魯。"

〔3〕博，縣志作"溥"，確，當改。

〔4〕張江陵：張居正。

秋日遊玉泉[1]

秋色禪關净，登臨興獨清。古祠流石髓，别殿隱鐘聲。栖鳥如窺客，幽花不辨名。相將詢老衲，何以學無生。

【校注】

〔1〕玉泉：據縣志，此指玉泉寺，在今湖北當陽之玉泉山。

趙中丞邀尋三遊洞葛仙峰因懷曾中丞主銀臺[1]

江天新雨浪花浮，錦纜徐牽過石洲。洞口瑶華誰共采，林間鳴鳥自相求。行歌到處風生席，簫鼓中流月映樓。開府清新誰得似，看君幽意狎群鷗[2]。

【校注】

〔1〕三遊洞：在今湖北省宜昌市附近西陵峽口，唐白居易及其弟與元稹曾遊於此，後宋歐陽修、蘇軾、蘇轍皆有三遊洞詩。葛仙峰：在西陵峽。曾中丞：

見本卷《懷曾中丞詩》。銀臺：宋有銀臺司，掌受天下奏狀案牘，明通政院職能與此相同，亦稱銀臺。

〔2〕開府：指北朝詩人庾信。狎群鷗：用《列子·黄帝篇》海鷗與人相狎的典故。

秋日尋三遊洞分賦〔1〕

群峰斜枕郡城樓〔2〕，石洞高懸最上頭。秀削芙蓉天外出，清連雲樹鏡中浮。濤聲東注翻巫峽，雨色西行暗楚邱。鷗鳥狎人閑自舞，亦知吾意已虚舟。

【校注】

〔1〕詩題，縣志爲“秋日同熊憲使韓憲使張助甫藩參何國珍水部吴約卿侍御尋三遊洞分賦四首”。《湖北先賢詩佩》無“分賦”二字。

〔2〕郡城樓，《湖北先賢詩佩》作“黄金藏”。

懷曾中丞〔1〕

環江幽谷曉烟清，伐木丁丁聽鳥聲〔2〕。吏部文章傳啓事，中朝人物藉持衡。王孫芳草三春夢，剡水輕帆萬里情。勝地招尋應憶汝，還從直北望金莖〔3〕。

【校注】

〔1〕曾中丞：疑即曾翀，字習之，嘉靖進士，曾任御史中丞，因抗疏攻汪鋐，廷杖死。

〔2〕此句化《詩經·小雅·伐木》：“伐木丁丁，鳥鳴嚶嚶。”暗示曾中丞與作者曾爲友人。

〔3〕金莖：指漢宫中承接露盤的銅柱，此指代京城。

劉崇文[1]

字洞衡[2]，澧州人。嘉靖辛酉舉人。

【校注】

〔1〕《澧州志·人物·文苑》（同治本）有傳。《明史》無載。

〔2〕州志記此爲“字汝質，號洞衡”。

登岳陽樓

湖上高樓倚碧空，樓中客子嘯秋風。水消水長山常在，帆去帆來江自東。暝暝蒼梧橫一劍，蕭蕭斑竹泣重瞳。凭欄不盡悲歌意，欲拂綸竿釣卧龍。

陳文燭[1]

字玉叔，沔陽人。嘉靖乙丑進士。授大理寺評事。時七子有詩名，文燭雁行其間，不少讓。出爲淮安府，以治行轉四川學使，轉參澧，事遷大理卿[2]，致政歸。建"五岳山房"，日率親故飲酒賦詩，所撰有《二酉園全集》數百卷[3]。

【校注】

〔1〕《沔陽州志·人物·文苑》(光緒本)有傳。《明史》有記載。

〔2〕州志記此爲"轉參澧，事薦遷布政使，遷大理卿"。按，何事何人薦遷均不詳。

〔3〕《二酉園全集》:《四庫全書》存目。

靈福觀

浩劫何年造，先朝不可窮。丹懸龍杖外，春老兔絲中。泉古消長日，溪幽度晚風。他年見湖曲，吾意只黄蓬。

巴東雨

山閣吹秋雨，鄉心此倍生。百泉飛樹杪，一夜走江聲。歷盡石門險[1]，傳聞前路平。明朝叱馭去，繚繞望新晴。

【校注】

〔1〕石門：在四川巴中縣北三十里，左右盡峭壁，地勢險峻。

送楊惟喬侍御北上[1]

驛路飛新雨，荒亭落晚風。賜環霄漢上，擊楫大江中[2]。此地曾留犢，都人尚避驄[3]。春華今又半，尊酒幾時同。

【校注】

〔1〕疑有誤，當爲楊時喬，與詩人同時中進士，累官至吏部左侍郎，有清譽。

〔2〕楫，《湖北先賢詩佩》作"節"。賜環：《荀子·大略》："絶人以玦，反絶以環。"唐楊倞注："古者臣有罪，待放於境，三年不敢去，與之環則還，與之玦則絶，皆所以見意也。"後稱被放逐之臣赦罪召還爲賜環。擊楫：用祖逖北伐擊楫大江之典。

〔3〕留犢：據《三國志·魏·常林傳》注，時苗爲壽春縣令，駕黄牸牛就任，後牛生犢，離任時將犢留下。又《晋書·羊祜傳》："有私牛於官舍産犢，及還而留之。"後以留犢喻爲官清廉。避驄：《後漢書·桓榮傳附桓典》載，桓典拜侍御史，是時宦官秉權，曲執政嚴明。常乘驄馬，京師畏憚，語曰："行行且止，避驄馬御史。"

玉泉寺憩玉莽上人舍〔1〕

石林依静宇，絶頂玉堪憐。鉢洗珠泉裏，燈明鐵塔前。僧能談上界，我亦指西天。蒸暑仍行役，聊爲半日眠。

【校注】

〔1〕玉泉寺：據縣志，此寺在沔陽縣。

夕佳樓

春深莫問夜何其，况上危樓景更奇。星帶山光浮碧漢，月隨帆影倒清卮。桃花浪涌滕王閣，芳草烟迷孺子祠。今夕正佳人正好，倚闌沉醉斗杓移。

雨中登滕王閣

飛閣濛濛雨氣凉，開尊風送百花香。春深草色同鸚鵡，江遠濤聲到鳳皇〔1〕。帝子豪華流水逝，昔人麗藻落霞長〔2〕。誰言勝地逢難再，喜得高朋數舉觴〔3〕。

【校注】

〔1〕鸚鵡：鸚鵡洲。鳳皇：鳳凰山，在湖北大冶縣。

〔2〕帝子：指滕王李元嬰，爲唐高祖李淵之子。昔人：指王勃；麗藻：指《滕王閣序》，其中有“落霞與孤鶩齊飛，秋水共長天一色”之句。

〔3〕此二句反用《滕王閣序》“勝地不常，盛筵難再”之意。

寄懷家叔時官黎平〔1〕

音書南望暮雲低，官舍蕭蕭對五溪〔2〕。衡雁北來飛又盡，不知曾過夜郎西〔3〕。

【校注】

〔1〕黎平：今貴州省黎平縣。

〔2〕五溪：指湖南西部和貴州東部的五條溪流，一般認爲是雄溪、樠溪、酉溪、無溪、辰溪。

〔3〕夜郎：在今貴州桐梓縣境內。按此詩仿李白詩《聞王昌齡左遷龍標遥有此寄》。

附

王秋英〔1〕

嘉靖甲子，福清諸生韓夢雲授經於邑之蘭田，過石湖山，見遺骼，哀而掩之。是夕，宿蘭田書舍，有麗人來，謝掩骼之事。問其家世，曰："妾楚人也，姓王名秋英，字澹容，父德育。元至正間，以兵曹參軍入閩，妾從任，遇寇石湖山，投崖而死。今與公遇，夙緣也。"遂薦枕席，作詩贈生。生還家，英復遣童子遺詩。明年寒食，生携鷄黍奠英墓上，少頃英至，藉草痛飲。謂生曰："妾懷君之子，將免身矣，請從君歸。"乙丑四月産一子，復謂："生兒爲鬼子，恐不便於君，妾當歸楚，寄兒楚人，後十八年圖相見也。"萬曆壬午遺生書曰："兒寄湘陰朱黄橋，亟往覓。"生往，如其言，有白布裹及血書可驗。兒名鶴算，爲朱氏第三子，父子抱持慟哭，遂更韓姓，仍留楚，就昏於易氏。將發，英復至，偕歸閩。逾年别生，與家人曰："緣盡矣。"揮泪而去，舉家號慟，立主祠之。

【校注】

〔1〕王秋英故事及其後之鬼詩，縣志均無載，不知何處輯得，疑爲好事者仿唐人傳奇爲之。

冬日寄韓生於玉融

朔風振撼似瀟湘，滿樹歸鴉噪夕陽。不見王孫停驄馬，惟聞牧豎唤牛羊。荒山野水悲長夜，懶鬢疏容怯凍霜。漠漠陰雲愁黯黯，幾時相對一爐香。

歸楚留別

兩年歡會夢魂中，聚散人間似轉蓬。歲月無情催去燕，關河有信寄來鴻。劍沉延浦光終合，瑟鼓湘靈調自工〔1〕。他日扁舟尋舊約，夕陽疏影楚雲東。

【校注】

〔1〕上句，用西晋張華、雷焕豐城取雙龍劍典（見《晋書·張華傳》）。下句用唐錢起賦試帖詩《省試湘靈鼓瑟》典。

憶　生

洞裏仙人路不遥，洞庭烟雨晝瀟瀟。莫教吹笛城頭閣，尚有銷魂烏鵲橋〔1〕。

莫訝鴛鴦會有緣，桃花結子已千年。塵心不釋藍橋路〔2〕，信是蓬萊有謫仙。

朝暮雲驂閬楚關，青鸞信不斷塵寰。乍逢仙侣抛桃打，笑我清波照霧鬟。

【校注】

〔1〕烏鵲橋：指七月七日烏鵲搭橋讓牛郎織女相會的傳説。

〔2〕藍橋：在今陝西藍田縣，世傳其地有仙窟。

邱齊雲[1]

字謙之，麻城人。隆慶戊辰進士[2]。官民部郎，出守粤東。

【校注】

〔1〕《麻城縣志·選舉志》（光緒本）有記載，《明史》無載。

王伯固邀遊赤壁

移尊尋徑迹[1]，鼓棹破江烟。感此浮雲事[2]，焉知赤壁年。渚風吹水立，山月入窗懸。一片凄凉色，無人不可憐。

【校注】

〔1〕徑，《黄岡縣志》作“往”。

〔2〕此，《湖北先賢詩佩》作“嘆”。

暮行西山道中

出郭尋蕭寺，偏緣芳草行。溪深雲欲雨，山遠樹爲城。一徑一花色，無時無鳥聲。不知湖上月，飛向馬頭明。

登洪光寺

路入千林外，孤僧破瞑迎。檻前青嶂合，衣上白雲生。湖遠兼天色，山空應鳥聲。如何案牘裏，短髮繫微名[1]。

【校注】

〔1〕髮，同“髪”字。

文如留館中賦别

回思往事怨蹉跎，復有新愁奈若何。清夢不緣神女苦，小詞難得雪兒歌[1]。隔窗雨逐流蘇墮，落葉飛隨翠篳多。若問此時留別意，雙星七夕在銀河。

【校注】

〔1〕上句，用宋玉《高唐賦》楚襄王夢神女事。下句，疑用謝道藴咏雪事（《世説新語·言語》），或指謝惠連《雪賦》。

李維楨〔1〕

字本寧，京山人。隆慶戊辰進士。選庶常，除編修，進修撰，出爲陝西參議，浮沉外僚幾三十年，以南京禮部尚書致仕。

【校注】

〔1〕《京山縣志·人物·宦迹》（光緒本）有傳。《明史》有傳。

太和雜題〔1〕

文祖初封岳〔2〕，經營十二年。景光如有見〔3〕，議禮不相沿。畚鍤三軍舉，泉刀九府捐。龍髯垂過膝，象帝髮鬖然〔4〕。

肅帝覈玄玄，增封上配天〔5〕。端居長禮斗，秘祝總祈年〔6〕。皂纛宫娥綉，青辭國史編。星冠南向拜，鶴蓋繞龍涎〔7〕。

【校注】

〔1〕太和：太和山，武當山的别名。

〔2〕文祖：明成祖。封岳：明成祖尊真武帝，封武當山爲太岳。

〔3〕景光：傳説武當封岳以後，天上有五彩祥光出現，真武大帝顯形。

〔4〕傳説塑真武帝像是以明成祖爲模特的，成祖長髯過膝，故言龍髯。

〔5〕肅帝：明世宗。嘉靖中，武當山又一次加封，其地位遠高於五岳。

〔6〕按，明世宗《重修太和山敕》，言如任廟毁損，“（則）何以栖真妥神，祝釐保國”，二句本此。

〔7〕按，武當山有星冠峰、鶴蓋峰。

玉泉寺〔1〕

策馬不能去，徘徊雙樹間。地偏芳草合，天迴白雲間。開徑惟聞鳥，閉門猶見山。長松挂明月，一鶴夜深還。

【校注】

〔1〕玉泉寺：有多處，此約指廬山玉泉寺。

贈湯都督賜告歸

萬國趨王會，秋風戰馬閑。功成不受賞，身退轉難攀。鱸膾三江去，鴟夷一舸還〔1〕。何如班定遠，空望玉門關〔2〕。

【校注】

〔1〕上句：用張翰因秋風起思鱸魚膾而歸隱事（《晋書·張翰傳》）。下句：用范蠡輔越王勾踐，功成身退，至齊經商，自號鴟夷子皮事（《史記·貨殖列傳》）。

〔2〕班定遠：班超，封定遠侯，年老曾求回歸，言只願進玉門關，未獲准。後其妹班昭爲之上書乞歸，方得迴歸洛陽（見《後漢書·班超傳》）。

贈别楊元素

才情奕奕少年場，家在河南舊帝鄉〔1〕。緑樹三山通御苑，青樓十里帶横塘〔2〕。銀光紙養芙蓉粉，金縷衣熏荳蔻香。羡爾紅顔生羽翼，仙人曾授枕中方〔3〕。

【校注】

〔1〕帝鄉：京城，此指南京。

〔2〕横塘：地名，在南京市西南。

〔3〕枕中方：孫思邈撰，載行氣養生之法。

鄘城春望〔1〕

西來山勢劇縱横，殘雪流澌試火耕。一徑寒烟通古戍，幾枝衰柳帶春城。彎弓月倚闌干上，結陣雲扶睥睨行。怪殺黄蛇鄜衍口[2]，餘腥猶染曼胡纓。

【校注】

〔1〕鄜城：鄜州城，在今陝西黄陵縣南。

〔2〕黄蛇：《史記·封禪書》載：秦文公夢黄蛇自天而下，其口止於鄜衍，問之史敦，敦答曰上帝之徵，君其祠之。後秦文公作祠以祀。鄜衍：衍，山陵間稱衍；鄜衍爲文公祀黄蛇處。

立秋日九龍溝觀蓮

徑僻山深事事幽，塵情如洗坐夷猶。相看菡萏千花色，不受梧桐一葉秋。帶雨香從衣上惹，凌波影入酒中浮。宜人少女風微扇，無數紅裙蕩小舟。

南都二首[1] 録一

旌旗劍佩擁椒除，尚想戎衣革命初。緑草不侵雕輦路，紅雲常護紫宸居。金銀宫闕三山外，烟雨樓臺六代餘。誰謂長江天作塹，八荒今日共車書。

【校注】

〔1〕二首，《湖北先賢詩佩》作“三首”，此爲第三首。南都：南京。

文昌祠晚眺[1]

振錫岧嶢俯大荒[2]，垂檐列宿見文昌。雙流江漢含春水，萬井烟花媚夕陽。楚客行吟蘭芷岸，湘靈鼓瑟水雲鄉[3]。從知絶調無人和，且醉登樓酒一觴。

【校注】

〔1〕文昌：斗魁上六星的總稱。文昌祠：在漢陽。

〔2〕振錫：僧人出行爲振錫。

〔3〕湘靈鼓瑟：用唐錢起試帖詩《省試湘靈鼓瑟》意。

廬　山

芙蓉三十六峰齊[1]，駘蕩春光夜不迷。劍氣平臨南斗外[2]，潮聲迴却大江西。樹成瓔珞風霜古，山吐爐烟日月低[3]。在昔圖經稱佐命，銷沉何處問金泥[4]。

【校注】

〔1〕廬山有芙蓉峰。

〔2〕劍氣：指廬山的雙劍峰。

〔3〕爐烟：廬山有香爐峰，峰有霧氣，故云爐烟。

〔4〕圖經：文字外附有圖畫的書籍。金泥：用水銀和金粉爲泥，以之來封印玉牒、玉檢、詔書等，多用作封禪。

遊玉泉寺僧談征調供億之苦[1]

徑曲泉能繞，山迴寺忽逢。舟誰藏大壑，玉自削群峰。翠壁蒼苔净，丹崖紫氣重。登高窮下界，選勝擬南宗[2]。梵宇隋唐構，伊蒲楚蜀供。嵐沉不辨塔，風定一聞鐘。樹古曾栖鶴，溪深向卧龍[3]。殿陰寒薜荔，檐際墮芙蓉。蘚剥生金碣，藤牽化石松。天花春已樹，雲碓夜猶舂。藻井纏蟲網，珠林過虎踪。傳燈遥乞火[4]，伐木近支筇。問道無開士[5]，耘深亦老農。飯牛依磬鉢，牧豕辦租庸。酥酪清齋少，袈裟俗禮恭。歲當饑饉後，地扼往來衝。上客頻傳食，空王豈素封[6]。攢眉今夕酒，蓮社暫相容[7]。

【校注】

〔1〕玉泉寺：在廬山。

〔2〕南宗：佛教禪宗分爲南北兩宗。

〔3〕向，《湖北先賢詩佩》作“尚”，作“尚”是。

〔4〕傳燈：即傳法，佛家用語。

〔5〕開士：菩薩的别名。

〔6〕空王：佛的别稱，佛説一切皆空，故稱空王。

〔7〕蓮社：東晉僧人慧遠居廬山時與劉遺民同修净土，中有白蓮池，故號蓮社。

謁志公塔二首〔1〕

野草生烟日暮時，六朝陵墓轉凄其。家緣解道鳩偏巧〔2〕，但取枯柴一兩枝。

【校注】

〔1〕志公：即南朝梁釋寶志，金陵人。《南史·隱逸傳》言其“雖剃鬚髮而常冠帽，下裙納袍，故俗呼爲‘志公’”。

〔2〕家緣：猶言俗緣，明《一統志》：“一根兩根柴，便是家緣了。”

鐘聲停苦事何如，今日東南物力虚。倘憶金陵鄉國否？遺民願北膾殘魚〔1〕。

【校注】

〔1〕寶志生於南朝金陵，故如此説。

李留守挹漢亭〔1〕

石城城下漢江流，雙槳遲遲送莫愁〔2〕。鼓吹盡翻新樂府，當筵醉殺冠軍侯〔3〕。

【校注】

〔1〕挹漢亭：在今湖北鍾祥。

〔2〕石城：今湖北鍾祥治，晉羊祜鎮荆江時立。莫愁：古女子名，石城人。《舊唐書·音樂志二》："莫愁樂，出於石城樂。石城有女子名莫愁，善歌謠。……故歌云：'莫愁在何處，莫愁石城西。艇子打兩槳，催送莫愁來。'"

〔3〕冠軍侯：漢大將軍霍去病，封爲冠軍侯。

贈顧生

廉吏無家子食貧，天涯風雪夢中身。不知何處逢優孟[1]，雙泪時時向故人。

【校注】

〔1〕優孟：用"優孟衣冠"故事（見《史記·滑稽列傳》）。

劉伯燮[1]

字元甫，别號小鶴[2]，安陸人。少就塾師，適何司寇遷經館中，諸童子皆惶避，伯燮獨危坐自若，遷曰："此公輔器，吾弟有女，相宜貴，選婿無逾此者。"隆慶戊辰成進士，官給事中，遇事敢言，不避津要。請復故督胡宗憲官[3]，物論快之。新鄭江陵政府水火[4]，因伯燮楚人，出爲廣東按察使，以母老不赴，築金泉别墅，著有《鶴鳴集》[5]。

【校注】

〔1〕《安陸縣志·人物》(道光本)有傳。《明史》有記載。

〔2〕縣志記爲"字小鶴"。

〔3〕此處縣志記爲："言故總督曾銑、胡宗憲皆立功之臣，竟以罪死，宜加恤，并報可。"

〔4〕此事縣志無記，故不詳。

〔5〕集已佚，現存《鶴鳴集》爲清桐城方績著。

印臺書院[1]

香生芳沼風來後，清映疏櫺月上初。落葉繞前皆蹴字，遊魚出聽亦聞書。

【校注】

〔1〕印臺書院：在湖北安陸。

徐成位[1]

字惟得，號中庵，景陵人。生六歲，乃能行，既就外傅[2]，警敏特异，後隨父金華訓導任，從胡公泉先生受《易》。隆慶戊辰成進士，初授舒城令，調寶應，卓异，擢禮部郎，出守徽州，轉山東憲副，以父艱歸。讀《禮》之餘，垂念桑梓，欲爲興利除害，築邑東西堤，至今賴之。起復山東登萊兵備，以討倭賑飢有方，晋秩參藩，遷蜀右轄。公謝病歸里，三年再起滇撫，命方及門，而公告終。所著有《冲漠館集》[3]。

【校注】

〔1〕《天門縣志·人物·宦迹》（乾隆本）有傳。《明史》無載。

〔2〕縣志記此爲"就傅絶出儕輩"。

〔3〕《冲漠館集》今佚。

燃燈寺[1]

野曠依蕭寺，空齋衹短檠。微風生殿閣，疏雨到柴荆。仙梵白雲和，樵歌緑樹丁。逍遥江色暮，隱几聽秋聲。

寂寞龍宫外，迢遥一水茫。寒蛩吟緑草，狡兔隱黄粱。濤送風飛雨，沙明月照霜。浮生原不定，隨意釣滄浪。

【校注】

〔1〕燃燈寺：據縣志，在湖北天門，陶溪潭北岸。

留駕河[1]

明河斂秋色，鼓枻興悠悠。遠嶼雲中盡，孤村水上浮。風凋丞相嶺[2]，波涌帝王洲。懷古翻蕭索，閑吟斷白鷗。

【校注】

〔1〕留駕河：在今湖北天門南，傳説當年劉備敗於長坂，敗逃中與關羽船隊會於此，得救而留在此地。

〔2〕丞相嶺：在安陸，又稱諸葛嶺。

劉紹恤〔1〕

安陸人。隆慶戊辰進士。

【校注】

〔1〕《安陸縣志・人物》（道光本）有傳。

白兆山房〔1〕

猗猗谷中蘭，馥馥日以芬。亭亭山上松，鬱鬱日以清〔2〕。高高望何極〔3〕，荒草相侵尋。雲卧人已往，獨留身後名。感兹長太息，陶陶自沉冥。

【校注】

〔1〕《湖北先賢詩佩》此詩有四首，本詩爲第四首。白兆山：在湖北安陸。白兆山房當在此。

〔2〕清，《湖北先賢詩佩》作“青”。

〔3〕高，《湖北先賢詩佩》作“臺”。

何道求〔1〕

號六岳，衡山人，元狀元克明十一世孫。隆慶庚午舉人。性剛介，官上高令，潔己愛民，歷任九月，即投簪歸，茹貧自守。

【校注】

〔1〕《衡山縣志·人物·宦業》（同治本）有傳。《明史》無載。

雨霽登岳

山靈久已待登遊，遵路忻逢雨乍收。雲霽祝融堪策杖〔1〕，軒然觀日東海頭。

【校注】

〔1〕祝融：衡山有祝融峰。

劉　珠[1]

公安人。隆慶辛未進士，授主事。

【校注】

〔1〕《公安縣志·選舉志》（同治本）有載。《明史》無載。

過襄陽

高城百尺倚雲霞，夾道垂楊盡宿鴉。春雨緑添習池水，晚風紅落大堤花。橋横畫舫明江岸，人唱銅鞮過酒家[1]。景物不殊鄉土近，高堂猶自憶京華。

【校注】

〔1〕銅鞮：《白銅鞮》，亦名《襄陽白銅鞮》，曲名。

謝師啓[1]

蒲圻人[2]，師彦之弟。隆慶辛未進士。

【校注】

〔1〕《蒲圻縣志·人物·卓行》（同治本）有傳。《明史》無載。

〔2〕縣志記爲："字叔篆，號衡衢。"

五岳觀[1]

千山回合漲清溪，落盡桃花路不迷。笙鶴不知何處去[2]，春風只聽子規啼。

【校注】

〔1〕五岳觀：原在湖北省蒲圻縣金疊山。

〔2〕《蒲圻縣志》録《通志》云宋端平曾在此向道士問道。

周嘉謨[1]

字明卿，景陵人[2]。隆慶辛未進士。由户部主事出守韶州，備兵瀘州，累司藩臬，巡撫滇，總督兩粤。所至弭畔盜，减礦税，戢璫威。轉南司農、北司空，晋掌銓衡。光宗崩，與楊漣等受顧命當選侍，移宫議起[3]，逆璫借端誣陷，楊、左諸賢幾及於禍。懷宗立，誅群奸，起公南冢宰[4]，旋請老歸，年八十四卒，賜祭葬，贈少保。

【校注】

〔1〕《天門縣志・人物・宦迹》（乾隆本）有傳。《明史》有傳。

〔2〕縣志記爲："庠籍漢川，世居天門。"

〔3〕據縣志，此乃鄭貴妃移宫邀封事。

〔4〕縣志未記作南冢宰。

還鄉途次感懷[1]

手披漢史羡疏公，祖帳都門事頗同。十五封章天聽轉，三千驛路主恩隆。梅花鬥雪清香遠，松幹凌霜勁節崇。歸去故園春色好，時時回首未央宫。

連章得請賦來歸，丹陛陳情淚濕衣。自信心長緣髮短，敢云昨是覺今非。兼驅猛獸無長策，閑伴浮鷗有息機。獨念至尊勞旰食，難將寸草答春暉。

【校注】

〔1〕詩題後有"時忤魏璫"四字。

伍　讓[1]

字子謙，號益齋，衡陽人。隆慶辛未進士，授中書舍人，公爲江陵門人[2]，以耿介不得歷臺省，尋遷刑部員外郎。丁父憂，起補膳部郎，升雲南僉事，督學貴州，後轉南贛道，因疾致政歸。著有《鏡湘館集》[3]。

【校注】

〔1〕《衡陽縣志·人物》（同治本）有傳。《明史》無載。

〔2〕江陵：張居正。

〔3〕集今佚。

望日亭[1]

策杖臨丹巘，捫參出半空。露凝仙掌白，霞泛海門紅。秋色三山外，陽輝萬島中。應須擎紫蓋，飛向若華東。

【校注】

〔1〕望日亭：在今江蘇省連雲港市附近雲臺山望日峰上。

上封事[1]

憑虛直躡最高峰，野鳥啼烟紫翠重。瀑布晝飛千嶂雨，秋聲夜動半山鐘。珠林有路通仙界，玉檢何年自上封。便欲餐霞生羽翼，山林應恐笑塵踪。

【校注】

〔1〕事，《沅湘耆舊集》作“寺”，作“寺”確。按，上封寺在湖南衡山祝融峰上。

遊水簾洞[1]

躋險捫蘿入洞天，翠微深處見靈泉。銀河倒瀉蛟龍窟，珠箔高垂日月邊。清響和雲鳴杖底，飛花帶雨落尊前。坐來已覺塵緣盡，方外何須更覓仙。

【校注】

〔1〕水簾洞：有多處，此約爲衡山紫蓋峰之水簾洞。

秋日登魏夫人黄庭觀[1]

與客尋真到翠微，山花寂歷映秋衣。石壇舊隱丹爐在，仙子凌空白日飛。古殿半欹芳草路，寒雲獨掩薜蘿扉。玄都自有逍遥境[2]，華表千年鶴未歸。

【校注】

〔1〕魏夫人：晋人，名華存，字賢安。幼即好道，慕神仙，曾栖衡山，傳説後來托劍化形而去。黄庭觀：在湖南衡山。

〔2〕玄都：傳説神仙所居之地。

贈濟上人

深公不用買青山[1]，飛錫烟霞此閉關。香閣栴檀諸品浄，人天鐘磬老僧閑。眼看分竹成龍種，手自栽松有鶴還。借問禪心何所似，白雲無繫水潺湲。

【校注】

〔1〕深公：南朝劉宋時僧人，曾買山而居，精於醫道。

衡山道中

肩輿出郭正春晴[1]，縹緲衡雲入望清。日暖迴塘飛振鷺[2]，風恬芳樹度新鶯。漸看碧落親遊客[3]，已覺青山不世情。杖屨重來尋舊迹，却疑身世入蓬瀛。

【校注】

〔1〕肩輿：轎子。

〔2〕振，《沅湘耆舊集》作“白”。

〔3〕碧落：道家稱天空爲碧落。

向日紅[1]

字葵卿，號懷蓋[2]，大冶人。隆慶時以薦舉官清河令，聲績甚著，受知於江陵[3]，行取雲南道御史，以劾馮保外轉陝西鞏昌道僉事。還里修輯邑乘，詩學法吴明卿，所著有《白雲草》[4]。

【校注】

〔1〕《大冶縣志·人物·德業》（同治本）有傳。《明史》無載。

〔2〕縣志記爲“字蔡卿”。

〔3〕江陵：張居正。

〔4〕集今佚。

白雉山[1]

翠微深處白雲幽，曲徑紆迴到上頭。北望燕城關塞月，西來風雨洞庭秋。星河曉傍疏鐘落，雁影斜連古塔浮。怪底仙人騎白雉，却緣此地一丹邱[2]。

【校注】

〔1〕白雉山：在今湖北大冶。傳説有仙人騎白雉出現，故名。

〔2〕丹邱：道家傳説的海外神仙地。

周弘禴[1]

字元孚，麻城人。萬曆甲戌進士。

【校注】

〔1〕《麻城縣志·耆舊志·名賢》（光緒本）有傳。《明史》無載。

擬登太華山不果悵然賦此[1]

雲迷仙掌聽鳴鐘，路向青柯樹幾重[2]。紫簡玄符迎白帝，黄裳碧眼駕斑龍[3]。石羊避俗如相失，玉女遊春似可逢[4]。待取菖蒲生羽翰，他年飛上最高峰。

【校注】

〔1〕太華山：即華山。

〔2〕仙掌：華山東峰又稱仙人掌峰。青柯：青柯坪。

〔3〕白帝：五帝之一，古人以西方爲白帝。碧眼：此指仙人。

〔4〕石羊：用修羊公石之傳説。修羊公常卧石上，石榻盡穿陷，常不食，漢景帝臨問，公不答，化石羊，其背有“修羊公謝天子”句，後石羊不知去向。玉女：華山有玉女祠、玉女洗頭盆等（均見《華陰縣志》）。

李宗魯〔1〕

字學仲，漢陽人。敦名節，萬曆甲戌進士，在中秘五年，定諸大典，改兵垣〔2〕，考察無所狥。忤執政，出僉浙江，爲政嚴明，民歌思之。壬午浙兵變，縛直指，宗魯諭利害，亂以定〔3〕。調廣西兵備，遂挂冠歸。創義田，設塾學，賑貧乏，托友孤，皆可爲世法，卒祀鄉賢。

【校注】

〔1〕《漢陽縣志·鄉賢》（同治本）有傳。《明史》無載。

〔2〕縣志記此爲“擢兵科給事中”。

〔3〕按，此事記載有誤，據縣志：“嗣新督府至監司例謁，會浙復民變，縛直指，辱藩臬，宗魯趨救，諸亂民望旗幟舍戈呼曰：‘李青天救我！’徐徐諭以利害，直指乃得釋。”

過峴山懷長安故人〔1〕

當年仗劍漫相期，誰是延津會合時〔2〕。桃李孤根春去早，漢湘萬里雁來遲。思君每下陵陽泪〔3〕，對客休題出塞詩。倚遍習家池上月，浮雲翳盡昔人碑〔4〕。

【校注】

〔1〕峴山：在今湖北襄陽南。

〔2〕延津：縣名，屬河南省。

〔3〕陵陽：此指陵陽山，在今安徽宣城，相傳爲陵陽子明得仙處。

〔4〕昔人碑：即墮泪碑。

曹一夔[1]

字子詔，號雙華，武岡人。萬曆甲戌進士，由行人任浙江道御史，巡察長蘆、山東等處鹽法，再巡四川，轉浙江嘉湖兵備僉事，洗冤釐弊，民多賴之。罷歸二十六年，里論推重，丙午進階朝議大夫，卒祀鄉賢。所著有《虚白堂集》。

【校注】

〔1〕《武岡縣志·人物》（同治本）有傳。《明史》有記載。

登威溪山三十六韵[1]

選勝來百里，威溪山景僻[2]。大塊迭層巒[3]，嵚嶇石磴窄。兩足披浮雲，所扶青筇策[4]。瀑水濺衣凉，溪瀠成帶索。沿溪入凹峭，蔥青雲竇劃[5]。壁削龍門高，路環鳥道繹[6]。蜿蜒界山阿，梯級開阡陌。頂矗青螺堆，長亘蒼龍脊。蹲趾躡茅稂，一步復一却。回顧半天影，恍惚褫神魄。前忻峻坂夷，轉盼溪痕坼。度坂怡素心，施折跨疲屐。喘汗吸流泉，盤躃坐沙磧。踟蹰行且止[7]，恨不翔雙翮。遐舉翠微寒，清風生雨腋。奈此躋勝資[8]，難脱塵寰迹。逡巡苦巑岏，空憶王喬舄[9]。杳窅嘯狐猿，揶揄山鬼赫[10]。欲趺盤石安[11]，險虞虎豹迫。匍匐歷嶕嶢，豈甘中道擲。山上復有山，奄忽青天夕。攬衣結翠深，秀把芙蓉摘。堯封指顧問[12]，八荒歸几席。搔首發狂歌[13]，蒼昊驚咫尺。一釋向平愁，寧爲兒女役[14]。嵯峨琢天手，白日雷霆劈。吼雲黯素秋，萬峰雙掌拍。塊然土木骸，今作青雲客。上有避秦人，鷄犬猶仍昔[15]。燒鼎煉還丹[16]，并注遊仙籍。手把黄庭篇，口叱神羊石[17]。谷神永不化[18]，玄服黄金液。逍遥日月偏，馭控雙龍適[19]。飄飆御沆瀣，仿佛來姑射。愜此擔簦遊，陶然岸白幘。豈應夙世緣，或更紫霄謫。所以幻世軀，乃見神仙宅。

【校注】

〔1〕詩題,《沅湘耆舊集》無“三十六韵”四字。

〔2〕景,《沅湘耆舊集》作“境”。

〔3〕巒,《沅湘耆舊集》作“巘”。

〔4〕扶,《沅湘耆舊集》作“恃”。

〔5〕入、嶆、青,《沅湘耆舊集》分别作“歷”“凸”“菁”。

〔6〕高、環,《沅湘耆舊集》分别作“險”“還”。

〔7〕踟躕,《沅湘耆舊集》作“躊躇”。

〔8〕資,《沅湘耆舊集》作“具”。

〔9〕王喬舄：王喬，後漢明帝時爲葉縣令，傳説每初一、十五自縣詣朝，不乘車騎，太史伺其臨至，見有雙鳧從東南飛來，於是舉網張之，得一舄，視之則所賜尚書官屬履(《後漢書·王喬傳》)。

〔10〕杳、窅、狐、赫,《沅湘耆舊集》分别作“窗”“冥”“孤”“嚇”。

〔11〕趺,《沅湘耆舊集》作“扶”。

〔12〕堯封：古史説舜受堯禪，每州表封一山，其地則仍堯之舊，故以之稱中國的疆域。

〔13〕歌,《沅湘耆舊集》作“嘯”。

〔14〕按，二句用向平之典。

〔15〕猶、仍,《沅湘耆舊集》分别作“亦”“猶”。

〔16〕還丹：道家煉丹，稱循環變化爲還，循環一次謂一還，或稱一轉，有大還丹、小還丹等。

〔17〕黄庭篇：道家經典。神羊：即獬豸，傳説中的獨角獸，能分辨是非曲直。神羊石：不詳，大約威溪山有似神羊之石。

〔18〕谷神：此處指腹中的元神。

〔19〕偏、控,《沅湘耆舊集》分别作“旁”“空”。

常居敬[1]

字惟一，江夏人。萬曆甲戌進士，由南昌司李遷户科給事，尋掌工部[2]，以督漕河功遷太僕卿。巡撫浙江，時倭寇披猖，自募兵三千討之，復以千人助攻寧夏，上嘉其忠。

【校注】

〔1〕《江夏縣志·人物志·政迹》（同治本）有傳。《明史》有記載。

〔2〕李：通“理”，即司理，爲掌獄論之官。

補陀僧真語應詔入京受賜還山謁予鄂渚兼致緯真議部書賦此爲贈[1]

椷書忽爾破愁顔，杖錫何由逗楚關[2]。天語向爲龍藏譯，帝城應許鶴飛還[3]。赤霞海色迎宫錦，白雪秋吟到鬢斑。乍覺寒濤江上發，丹楓吹遍洛伽山[4]。

【校注】

〔1〕詩題，《湖北先賢詩佩》爲“補陀僧真語奉詔還山謁余鄂渚兼致緯真屠議部書賦此爲贈”。補陀：即普陀山。真：僧人名，事迹不詳。屠議部：屠隆，字緯真，一字長卿，萬曆進士，曾任禮部主事，後罷歸。有异才，落筆數千言立就。

〔2〕椷，《湖北先賢詩佩》作“緘”。

〔3〕天語：帝王之語。龍藏：龍藏寺，在河北正定縣東門内。鶴飛還：用丁令威化鶴的傳説。

〔4〕洛伽：即補陀洛迦，普陀山的别名。

張文耀[1]

字芝陽，沅陵人。萬曆丁丑進士，官四川布政[2]，平貴州銅仁司，壽八十，卒祀鄉賢，著有《二西洞草》[3]。

【校注】

〔1〕《沅陵縣志·人物》（同治本）有傳。《明史》無載。

〔2〕縣志記此爲“進四川左布政使”。

〔3〕西，《沅湘耆舊集》作“酉”，作“酉”確。按，此書今不存。

夏日同客集崇興禪閣[1]

青山曲曲抱孤城，山外晴嵐倚檻生。別後風塵堪一笑，重來邱壑倍多情。天連遠水浮雲盡，寺擁長林落照明[2]。我自十年稱吏隱，對君何惜放歌聲。

【校注】

〔1〕詩題，《沅湘耆舊集》《沅陵縣志》多“北郊”二字。崇興禪閣：在沅陵縣。

〔2〕擁，《沅陵縣志》作“繞”。

憑虛樓[1]

送臘江梅玉滿枝[2]，逍遥聊訂歲寒期。壯懷無計媿青史，吏治多虞愧素絲[3]。相命且傳鸚鵡盞，同胞應念鶺鴒詩[4]。諸君雅意存桑梓，好以訏猷慰所思[5]。

【校注】

〔1〕詩題後有原按：“詩中有‘同胞’‘諸君’之句，則題當爲‘憑虛樓小集’。”《沅湘耆舊集》作“憑虛樓小集”，憑虛樓：在湖南醴陵縣。

〔2〕玉,《沅湘耆舊集》作“花”。

〔3〕媲,《沅湘耆舊集》作“留”。素絲：即素絲羔羊,《詩經·召南·羔羊》:“羔羊之皮，素絲五紽，退食自公，委蛇委蛇。”後以之喻正直廉潔的官吏。

〔4〕鸚鵡盞：即海螺盞。鶺鴒詩：《詩經·小雅·常棣》:“鶺鴒在原，兄弟急難。”後以鶺鴒喻兄弟。

〔5〕訏猷：大謀。

曾朝節[1]

字直卿，號植齋，衡陽人。萬曆丁丑進士及第，授編修，直史館三載，遷侍讀。辛卯典試南畿，進祭酒，尋改禮部侍郎，協理詹事府，侍經筵，戊戌辛丑兩副總裁教習庶吉士，晋資政大夫，終禮部尚書，賜祭葬，贈太子太保，謚文恪。著有《紫園草》《南園草》《易測》《經書正旨》《古文評解》[2]。

【校注】

〔1〕《衡陽縣志·人物》及《選舉志》均無載，《臨武縣志·人物》（同治本）有傳，《明清進士題名碑閣索引》記“湖廣臨武”人。當據改。

〔2〕各本今均佚。《紫園草》入《明史·藝文志》。

空亭夜月

坐愛亭虛敞，月來山静孤。樹梢推玉鏡，人影漾冰壺。不寐聞仙杵，長吟倚素都[1]。秋來白如練，更覺片雲無。

【校注】

〔1〕仙杵：用唐傳奇《裴航》中玉兔擣藥故事。素都：此約指月中宫殿。

跏趺清籟[1]

共結蒲團坐，澄澄俗慮消。荒村群動寂，净土萬靈朝。響入疑空梵，聽餘轉泬寥。定知車馬客，終不耐塵囂。

【校注】

〔1〕詩題，《明詩綜》《沅湘耆舊集》作“共結蒲團坐”。

賀皇太子百日

百日欣逢睿節新，群臣朝賀屬芳辰。雲中鳳輦來王母，日表龍顏識聖人。瑞氣正浮三殿曉，歡聲齊動六宫春。願將多壽多男祝，歲歲年年獻紫宸。

張嗣修〔1〕

江陵人。萬曆丁丑進士及第，官編修。

【校注】

〔1〕《江陵縣志·選舉志》（乾隆本）有載。《明史》有記載。

登仲宣樓〔1〕

仲宣曾此賦登樓，誰復登臨續舊遊。千載詞華争麗日，四鄰砧杵動清秋。消憂有地身多病，報國無緣志未休。回首長安都不見，風塵滿目迥生愁。

【校注】

〔1〕仲宣：王粲字。王粲曾寫有《登樓賦》，今湖北當陽、襄陽和江陵均有仲宣樓，以當陽之樓較可信。

蔡承植〔1〕

號槐庭〔2〕，攸縣人。萬曆庚辰進士，署池州府教授，升建寧府推官，歷户、禮二部郎中，出守嘉興，轉南京太僕寺少卿。持身清約，守嘉數年，垂橐如故，家居布袍蔬食，進退隨時。神宗時，海内有四君子之目，公其一云〔3〕。

【校注】

〔1〕《攸縣縣志·藝文》（同治本）有傳。《明史》無記載。

〔2〕縣志記爲“字槐庭”。

〔3〕縣志記此爲：“當時兩浙郡守有四君子之稱，公其一也。”

登洗藥池〔1〕

一枝藤有大因緣，挂到山巔别有天。古樹千章圍薜荔，懸岩半壁立雲烟。纔遊白日飛身處，又到司空洗藥泉〔2〕。屈指宋唐千載後，宰官惟爾是神仙〔3〕。

【校注】

〔1〕詩題，《沅湘耆舊集》作“登司空山洗藥池”。洗藥池在司空山，山在今湖北省南漳縣西北。

〔2〕二句，《沅湘耆舊集》作“誰言白日飛升處，尚剩司空洗藥泉”。

〔3〕上句，《沅湘耆舊集》作“歷劫茫茫陵谷變”；下句“惟”字，《沅湘耆舊集》作“偏”。按，宋咸淳年間蒙古族伯顔率兵南侵經此地，後司空山地區人民曾起兵反蒙，上句暗用此事。

山中謝客

結社祝融峰，蓮花觀想濃。隔山多古木，一任白雲封。

龍　膺[1]

字君御，武陵人。年十九登萬曆庚辰進士。官户部郎，晋太常卿，清廉放達，才名冠一時，所著有《九芝堂集》[2]。

【校注】

〔1〕《武陵縣志·人物》(同治本)有傳。《明史》無記載。

〔2〕縣志記爲《九芝集》。今佚。

鍊丹臺

高吾最高頂，呼吸九關通。烟樹依丹竈，林花覆芷宫。刀圭餐絳雪[1]，鐵笛唱迴風。忽憶坡仙記[2]，瞿塘或此童。

【校注】

〔1〕絳雪：丹名，爲道家所謂上等藥物。

〔2〕坡仙：即蘇東坡。

補陀山[1]

洞口曇花夜不昏，多羅舍利萬年存[2]。魚龍跋浪連林屋，鐘磬和雲出灌門。色界豈知天下大，香臺惟見世中尊。更憐末法誰梁棟，惟有生公石可論[3]。

【校注】

〔1〕補陀山：即普陀山。

〔2〕多羅：多羅樹，産於印度，葉長大光亮，常用來寫經。舍利：佛骨。

〔3〕生公：梁朝的高僧，傳説他曾講經於虎丘寺，聚石爲徒，頑石皆點頭。補陀山有生公石。

讀江伯通買山説爲余得倒水岩漁仙洞志快也喜而賦答[1]

倒水屏環百二峰，中撑天柱削芙蓉。石穿雲竇猶傳馬，溪繞烟村舊屬龍[2]。三徑無資需賣賦，十洲有籍乞移封[3]。江郎挾得生花管[4]，特爲山靈勒鼎鐘。

【校注】

〔1〕詩題後有自注："洞名漁仙，爲馬伏波避暑地，下有石如梁名馬，石左有溪曰龍家溪。"詩題，《沅湘耆舊集》無"志快也"三字，於答字後多"之"字。漁仙洞：在湖南省桃源縣。

〔2〕據縣志，漁仙洞爲馬伏波（援）避暑地，洞内有石如梁，名馬石，石左有溪，稱龍家溪。

〔3〕三徑：用漢蔣詡隱居開三徑典。十洲：傳説神仙所居，在八方大海之中，漢東方朔有《十洲記》。

〔4〕用江淹夢筆生花典。

漁仙洞選勝二首

福地由來護百靈，蓮花岩崿插青冥[1]。誰驅仙島移群玉，更借神工劈五丁[2]。蒼石猶留龍象迹[3]，赤霞疑刷鳳凰翎。優游枕漱從吾好，選勝山巔卓一亭。

【校注】

〔1〕此地有蓮花峰。

〔2〕五丁：用《華陽國志·蜀志》五丁拉蛇開蜀道説。

〔3〕龍象：佛家語，羅漢中最勇猛有力者。

洞天原是神仙宅，岩壑今爲處士居。謾道姓名藏石室，豈緣骨相列星書[1]。垂蘿不愛東山屐，芳草時迎下澤車[2]。新息壺頭成底事[3]，何如生計武陵漁。

【校注】

〔1〕此指馬援。星書：以星象算命之書。

〔2〕東山屐：用東晉謝安隱居東山典。下澤車：一種短轂車，便於在澤地馳行。馬援曾說："人生一世，但取衣食裁足，乘下澤車……"（《後漢書·馬援傳》）

〔3〕新息：縣名，故城在今河南省息縣東，馬援封新息侯。壺頭：山名，在今湖南桃源縣西，馬援征五溪時卒於此地。

蕭良有[1]

字以占，號漢冲，漢陽人。年十五舉嘉靖甲子科，萬曆庚辰會試第一，臚傳第二。丁内艱，服闋，晋修撰，充經筵講官，後領國子祭酒，慨然以北李南陳爲可[2]，繼杜干請，嚴考課，定京省取士法。戊子甲午典試燕趙[4]，丙戌己丑分校禮闈，孫太保承宗、朱少保國楨、孫太保慎行、陳司馬道亨皆出其門。乞終養歸，居八年卒。天啓初贈禮部右侍郎。

【校注】

〔1〕《漢陽縣志·鄉賢》（同治本）有傳。《明史》無記載。

〔2〕此處縣志記爲："慨然曰：'北李南陳，遺規可也。'"

〔3〕燕趙，縣志作"燕浙"。

望黄鶴樓用太岳韵[1]

黄鶴樓頭擁暮烟，白雲深處動人憐。雙江送浪波光涌，萬井浮空塔影懸。芳草千年鸚鵡賦[2]，落梅五月鷓鴣天。浮沉謾問人間世，回首西風獨扣舷。

【校注】

〔1〕太岳：張居正，字太岳。其詩爲《泊漢江望黄鶴樓》。

〔2〕鸚鵡賦：禰衡有《鸚鵡賦》。

鄧啓愈[1]

淑浦人。萬曆庚辰進士。

【校注】

〔1〕《漵浦縣志·仕宦》(同治本)有傳,名"鄧啓愚"。《明史》無載。

招屈亭[1]

楚國孤臣戀舊遊[2],楚天今古一亭幽。儃徊正是消魂地,摇落堪悲何處秋[3]。夜雨常懸湘水恨,寒雲不斷武關愁[4]。搴予欲續離騷賦,岸芷汀蘭慘未收。

【校注】

〔1〕題下自注:"在漵浦。"招屈亭:在湖南省漵浦縣。

〔2〕戀舊,《沅湘耆舊集》分別作"舊""此"。

〔3〕儃徊:屈賦《涉江》有"入漵浦余儃徊兮,迷不知吾所如"句。下句,用宋玉《九辯》"悲哉秋之爲氣也,蕭瑟兮草木摇落而變衰"句意。

〔4〕恨,《沅湘耆舊集》作"憾"。武關:楚懷王與秦昭王相會,入武關被秦扣留(《史記·屈原列傳》)。

壚峰懷古[1]

鳥道猿聲第幾重,半天藜杖夕陽峰。陶唐難起烟霞癖,荆楚時遺石甃踪[2]。碧水一池秋侵月,緑蘿千尺曉凌松。蒓鱸不待西風起,洗耳懸瓢尚可從[3]。

【校注】

〔1〕詩題後有自注:"在漵浦,世傳唐善卷隱處。"按,《沅湘耆舊集》於"唐"字後有"虞"字,善卷爲唐虞時人,當據補。

〔2〕石,《沅湘耆舊集》作“邱”。

〔3〕蒓鱸：用晋張翰“秋風蒓鱸”典（《晋書·張翰傳》）。洗耳：用許由洗耳典（《高士傳》）。懸瓢：相傳許由飲水無杯，人贈以瓢，由飲畢，懸瓢樹上。

石昆玉[1]

字楚陽，黄梅人。萬曆庚辰進士。以文行著。守蘇州，執法不阿，後擢鹺使及節鉞雲中，皆寬嚴有法。

【校注】

〔1〕《黄梅縣志·人物·宦迹》（光緒本）有傳。《明史》無載。

赤　壁

樓憑丹嶂起，浪作彩虹浮。烟斷三朝堠，風回二客舟[1]。江潭龍門日[2]，山静鶴横秋。今夕非壬戌[3]，何人載酒遊。

【校注】

〔1〕二客：《前赤壁賦》："蘇子與客泛舟，游於赤壁之下。"二客疑指蘇軾與客。

〔2〕潭，《黄岡縣志》作"渾"。

〔3〕《前赤壁賦》："壬戌之秋，七月既望。"壬戌指此。

題馮慕岡報德祠[1]

烟塵靉靆暗長沙，誰作卿雲捧鬱華[2]。借劍天關驚虎豹，燃犀鄂渚走龍蛇[3]。九重春到三家市，五兩風輕百賈鹺[4]。多少瘡痍魂未定，歸來長護野棠花。

【校注】

〔1〕馮慕岡：馮應京，字可大，號慕崗，萬曆進士，官至湖廣僉事，有政績。報德祠：舊址在今湖南省長沙市。

〔2〕卿雲：又作"慶雲""景雲"，一種似烟非烟，若雲非雲的氣團，古人以爲祥瑞。

〔3〕下句用晋温嶠在牛渚磯燃犀照水怪之典（劉敬叔《异苑》七）。

〔4〕鹺：鹽。石昆玉曾作鹺使。

古　　意

忽帶邊霜至，焉知解戍繇[1]。客顏微帶喜，莫是已封侯。

【校注】

〔1〕戍繇：即繇戍，爲戍邊之役。

青　　冢[1]

久無封樹杳難憑，草色依稀翠黛凝。如此蛾眉終朔漠，何人堪附漢元陵[2]。

【校注】

〔1〕青冢：指王昭君墓，因其墓上草常青，故言。

〔2〕朔漠：杜甫有“一去紫臺連朔漠，獨留青冢向黄昏”詩句（《咏懷古迹》）。元陵：即漢元帝之陵墓。

表舊館人石處士墓

聊鐫片石問遺魂，可記傳經屢到門。隔隴似無人絮酒，生前原不飯王孫。

鄒觀光[1]

字孚如，雲夢人。萬曆庚辰進士，歷官太僕正卿，性穎敏，篤孝，丁父憂，廬墓三年。尤雅意作人，藏書數千卷，於學宫建“尚行書院”，學者稱“大澤先生”。是時，道風甚暢，如周海門、鄒南皋、顧涇陽、高景逸、蕭漢冲諸先輩，風動海内，大澤與相切劘，尤與南皋契，海内有“二鄒”之稱，所著有《孚如集》[2]。

【校注】

〔1〕《雲夢縣志・人物・儒林》（道光本）有傳。《明史》無載。

〔2〕孚如集，《四庫全書》作“鄒孚如集”，存目。

何仁仲甘露園[1]

司寇談經處，風流重可尋。入門即山水，近市得雲林。文露凝喬木，標霞覆遠岑。遺書分二酉[2]，終古托知音。

【校注】

〔1〕何仁仲：即何遷，曾任司寇。

〔2〕二酉：大酉、小酉二山，在湖南沅陵縣西北，因二山之洞中曾藏古書千卷，後以此作藏書宏富之地的代稱。

楚風補卷之二十四

明

梅國楨[1]

字克生，麻城人。萬曆癸未進士。官固安令，晋御史。寧夏鎮將哱拜子、承恩等據城叛，楨監李如松軍往討，竪受降旗城南，縱如松等破其外援，賊食盡援絶，願見梅監軍，面陳歸順。時有總兵牛秉中者，年七十，賈勇上城，楨緣梯大呼曰："老將軍先登矣！"乃畢登城，賊無固志，獲承恩以獻。督府葉自靈州馳至[2]，云：曾賜劍，不殺無以爲功。楨止之不得，即日幞被就道，而朝廷首功葉，升楨大理少卿，蔭一子，錦衣百户。明年，晋僉都御史，巡撫大同。又五年，升兵部右侍郎，總督三鎮，以父喪歸，卒。

【校注】

〔1〕《麻城縣志·耆舊志·名賢》（光緒本）有傳。《明史》有傳。

〔2〕督府葉：據縣志，爲巡撫葉夢熊。

感　懷[1]

一望江天色，蘼蕪幾度新。吟來終憶越，裘敝莫干秦[2]。短髮愁中世，浮踪夢裹身。此身難自料，何况眼前人。

【校注】

〔1〕詩題,《麻城縣志》爲“感懷十首”，此爲第五首。

〔2〕上句用“莊舄越吟”典。下句用蘇秦説秦不成，裘敝金盡之故事。

邱謙之園亭[1]

小苑斜連驛道傍，酒旗歌吹繞垂楊[2]。科頭盡日無迎送[3]，醉踏飛花溪水長。

【校注】

〔1〕據《麻城縣志》，邱謙之爲麻城人，詩人同鄉。

〔2〕垂,《麻城縣志》作“重”。

〔3〕科頭：結髮不戴冠。

郭正域[1]

字明龍[2]，江夏人。萬曆癸未進士。官庶常。

【校注】

〔1〕《江夏縣志·人物志·政迹》(同治本)有傳。《明史》有傳。

〔2〕縣志記其爲："字美命，號明龍。"

黄鶴樓

樓閣重重上女墻，昔人曾此醉爲鄉。烟横巫峽千山遠，雨過瀟湘一水長。依舊空中雲盡白，不聞市上鶴曾黄。從教玉笛頻吹徹[1]，只恐神仙亦渺茫。

【校注】

〔1〕李白有"黄鶴樓中吹玉笛，江城五月落梅花"詩句(《與史郎中欽聽黄鶴樓上吹笛》)。

黄鶴高飛去不留，丹梯縹緲鎖丹邱。遥連瀛海三千界，似接神仙十二樓。滿眼帆檣飛漠漠，一天烟樹晚悠悠。却嫌李白少情思，不肯題詩在上頭[1]。

【校注】

〔1〕相傳李白登黄鶴樓，見崔顥《黄鶴樓》詩，爲之斂手，説"眼前有景道不得，崔顥題詩在上頭"(《唐才子傳》)。

送鄒汝光太史使衡[1]

詔乘六傳下衡陽，簡命分茅過帝鄉[2]。紫蓋朱陵迎使節，衮衣綉黼拜藩王。西江橈轉趨庭日[3]，南斗星輝獻壽觴。自昔國風無楚調，一憑太史問瀟湘。

【校注】

〔1〕衡，《湖北先賢詩佩》作“楚”。鄒汝光：鄒德溥，字汝光，號四山，萬曆進士，曾任司經局洗馬。

〔2〕分茅：古代分封諸侯時，用白茅裹着泥土授予被封者，象徵授予土地和權力。

〔3〕趨庭：用孔鯉趨庭過孔子典（見《論語·季氏》）。

登天柱峰[1]

千岩萬壑費攀援，躡盡丹梯禮至尊[2]。似駕群龍朝絳闕，真看九豹守關門。諸天此去高多隱，北斗原來近可捫。混沌乾坤只一氣，雲車風馬滿中原。

【校注】

〔1〕天柱峰：山東泰山，湖北武當山，湖南衡山均有天柱峰，此約指武當天柱峰。

〔2〕至尊：當指真武帝。

鐵鎖横騫七十峰，高峰獨起插鴻濛[1]。平瞻帝座黄金屋，俯拾仙橋白玉虹[2]。只見風雷還下界，不聞鷄犬過雲中[3]。一聲禮佛林巒震，恍惚元君在碧空[4]。

【校注】

〔1〕鴻濛：自然元氣。

〔2〕黄金屋：約指武當的金頂廟。白玉虹：約指武當山中之橋。

〔3〕用淮南王劉安得道，鷄犬升天之典（見《論衡·道虚》）。

〔4〕元君：道家説法，當爲仙者，男爲真人，女爲元君。

木蘭寺[1]

丹梯翠殿俯穹蒼，萬仞千盤接渺茫。山勢欲凌碧落近，香烟直與紫霄長。南瞻鄂渚通王氣，北顧中原鎖帝鄉。爲憶木蘭當日事，眼前誰是鐵衣郎。

【校注】

〔1〕木蘭寺：當爲木蘭廟，在湖北黄陂木蘭山。

邱謙之自衡山來辱枉新詩并遺萬年松三株衡山石一片報謝[1]

五岳壯遊偏，陽春大雁存[2]。紅顔謝冕黼，白眼向琴尊[3]。紫袖朱弦動，清歌玉露繁。雄心付兩屐，彩筆問三源[4]。江漢風仍在，岣嶁碣可捫。玄夷迷曉夢[5]，寶洞駐征轅。練景飛雙鶴，仙岩聞夜猿。不知曾眺咏，何以遂孤騫。江介迴仙舫，光風到蓽門。三株披石秀，一片動雲根[6]。麗藻來相訊，瑶華不足論。有懷操杖履，未暇效盤飧。似接芙蓉面，如聞金簡言。憂思慚阮籍，痛恨負平原[7]。意氣誰投轄，文章已斲輪[8]。索居吾豈敢，還擬賦高軒[9]。

【校注】

〔1〕詩題，《湖北先賢詩佩》爲“邱謙之自衡山來贈松三株石一片詩以謝之”。邱謙之：麻城人。

〔2〕雁，《湖北先賢詩佩》作“雅”，“雅”是，當據改。

〔3〕琴尊：當爲琴樽，指文士的宴會。

〔4〕三源：疑即三河。

〔5〕玄夷：東夷九種之一。

〔6〕雲根：古人認爲氣觸石而生雲，故謂石爲雲根。

〔7〕平原：指晋陸機，他曾任平原令，因兵敗被小人譖毁而被殺。

〔8〕投轄：《漢書·陳遵傳》："遵嗜酒，每大飲，賓客滿堂輒關門，取賓客車轄投井中，雖有急，終不得去。"斲輪：用輪扁斲輪典（見《莊子·天運》）。

〔9〕高軒：尊稱他人之車；賦高軒：據《唐摭言》，李賀七歲時，名動京師，韓愈、皇甫湜詣其門，李賀賦《高軒過》。按，其時李賀已弱冠。

曾鳳儀[1]

字舜徽，號金簡，耒陽人。萬曆癸未進士。歷禮部儀制司郎中，因東宫未立，同岳元聲等面誥首輔王錫爵於朝房[2]，光廟正儲，實與有力焉。致政，從張陽和太史究主静之學。訂《朱子摘編》，倡同志者建“集賢書院”於衡，祀昌黎、鄴侯、清獻、濂溪四君子，捐貲購田以資講肄。先是方廣有晦菴、南軒祠，毁於火，公迎兩立合祀其中[3]，又與司成曾朝節置會館於長安，爲湖南士大夫邸舍，至今賴之。

【校注】

〔1〕《耒陽縣志·人物·儒林》（道光本）有傳。《明史》有記載。

〔2〕誥，縣志作“詰”，確，當改。

〔3〕立，《沅湘耆舊集·曾鳳儀》傳作“主”，確，當改。

入方廣閲藏[1]

獨上招提静掩扉，青蓮朵朵漾晴輝。齋分香積和雲供，步引金繩夾日飛[2]。澗水時清居士耳[3]，溪霞巧映定僧衣。少林傳得空王印[4]，印著空山第一機。

【校注】

〔1〕方廣：方廣寺，在南岳衡山。閲藏：閲藏經，即佛家經典。

〔2〕金繩：佛家語，謂離垢國道路以黄金爲繩作界。

〔3〕暗用許由洗耳典。

〔4〕方廣寺爲達摩禪派寺院，故言少林。空王：指達摩祖師。印：佛家語，即心印。

訪鶉居藏六上人[1]

暫停車馬訪鶉居，地遠塵氛氣象舒。雲挾青山當法座，月將碧澗入茅廬。遊蜂輕逐蓮花漏，啼鳥斜窺貝葉書[2]。見説華林傳勝事，好携二虎話真如[3]。

【校注】

〔1〕鶉居：謂野處或居無定所。藏六上人：不詳。

〔2〕貝葉書：寫在貝葉上的佛經。

〔3〕華林：華林園，佛教的園林，彌勒成道後説法之園。真如：佛教指永恒常在的實體、實性。

胡應辰[1]

字汝拱，號對薇，大冶人。萬曆癸未進士。授户部主事，出榷江州，後轉餉蘭州，設疑兵退賊，顯皇爲賜白金、文綺。旋擢憲副，兵備川東，屬有播亂，公獨上直指張公“平蠻七略”，張即屬公監軍進剿[2]，擒賊前鋒李旭焉。公生平自傷幼孤，終身孺慕[3]，而于周親之無告者，九爲之營婚嫁、助徭役不恡云。

吴梅村曰[4]：公生平經世撥亂之才，未試其萬一，惜也。然在朝在野無不以民物爲念者，古之名臣，公不愧矣。

【校注】

〔1〕《大冶縣志·人物·德業》（同治本）有傳，《明史》無載。

〔2〕兩處縣志記爲：“辰謂招撫非策，獨上直指張公。”“張囑辰監軍進剿。”

〔3〕孺，縣志作“儒”。

〔4〕按，縣志此傳爲吴偉業所撰，吴偉業即吴梅村。

新修杜拾遺祠并鎸秋興八首於石感附一律

杜子曾爲供奉侶，當年流落在夔多[1]。烟花不減青春恨，暮雨翻疑白帝過[2]。千古雲霄歸雅賦，一生疏放任兵戈。我來池上瞻遺像，剩水殘山隱薜蘿[3]。

【校注】

〔1〕夔：即夔州，治所在今重慶市奉節縣。

〔2〕白帝：白帝城，亦在今重慶市奉節縣。

〔3〕杜甫有“剩水滄江破，殘山碣石開”詩句（見《陪鄭廣文游何將軍山林十首》）。

袁宗道[1]

字伯修，公安人。萬曆丙戌進士第一。授編修，歷春坊中允至右庶子，年四十有二卒[2]。以光廟東宫舊學贈禮部侍郎。公與黄昭素爲詩文友，於唐好香山，於宋好眉山，名其齋曰白蘇[3]，蓋公安詩文派實自宗道發之。

【校注】

〔1〕《公安縣志·人物》(乾隆本)有傳。《明史》有傳。

〔2〕縣志記此爲:“丁酉充東宫講官，庚子秋以病卒。”

〔3〕有《白蘇齋類集》，今存。

和東坡岐亭戒殺詩[1]

三日不飲酒，無异蝸亡汁。一日不食肉，有似魚離濕。放箸倏已空，一飽竟何得。口腹我所緩，性命彼甚急。渾沌笑蚶蝺[2]，闇弱欺鷄鴨。血色鐲刀碪，腥烟蒸帷幕。不思味報至，鐵網火洞赤[3]。一念懺積僁，黑業立化白[4]。譬如遇赦囚，鉗鈦换冠幘[5]。戒刀殞虚空，魔王盡哭泣。世典不戒殺，竺書縫其缺[6]。采毛可薦神，烹葵堪邀客[7]。斷殺從此始，無令寃垢集。

【校注】

〔1〕岐亭戒殺詩，指蘇東坡《岐亭五首》之二。

〔2〕蚶蝺：蚶，軟體動物，肉可食；蝺，蜘蛛之一種。此處爲偏義複詞，指蚶類動物。

〔3〕此二句談佛教的陰間報應。

〔4〕黑業：佛家語，即惡業。《大智度論》九四：“黑業者，是不善業果報地獄等受苦惱處，是中衆生，以大苦惱悶極，故名爲黑。”白：白業，佛家語，謂善業。

〔5〕“鈦”字後有原注：“音第，脚鉗也。”

〔6〕世典：人世、凡世的典籍。竺書：竺經，即佛經，古印度稱天竺國。

〔7〕毛：此指五穀。葵：葵菜。

咏懷效李白

人各有一適，汝性何獨偏。愛閑亦愛官，諱譏亦諱錢。一心持兩端，一身期萬全。顧此而失彼，憂愁傷肺肝。人生朝露促，世福誰能兼。裴相豈不達，髮白方壯年[1]。北窗高卧人，垂老缺朝飧。良無丘壑貴，安有火食仙。陵谷且難平，稊米寧不然[2]。一毛附馬體，安問缺與完。角者奪其齒，飛者不能潛。鵬飛不笑鷽，夔行不愛蚿[3]。爾莫信爾意，兩粥擁衾眠。

【校注】

〔1〕裴相：當指唐裴度，多次拜相，年高尚輔政。

〔2〕稊米：此用《莊子·秋水》之意：“計中國之在海内，不似稊米之在太倉乎？”

〔3〕上句出《莊子·逍遥游》，意爲大鵬“水擊三千里，摶扶摇而上者九萬里”，但不必笑鷽鳩“决起而飛，搶榆枋而止”。下句用《莊子·秋水》“夔憐蚿，蚿憐蛇”之意。

夏日小齋雜咏

最憐山氣爽，徒榻傍窗紗。徑僻能全草，簾疏不障花。無痾常伏枕，小穴爲煎茶。堪嘆東陵客，休官始種瓜。

同惟長舅讀唐詩有感[1]

數卷陳言逐字新，眼前君是賞音人。家家櫝玉誰知贋，處處描龍總忌真。再捨肉騣居易句，重捐金鑄閬仙身[2]。一從馬糞卮言出[3]，難洗詩家入骨塵。

【校注】

〔1〕惟長舅：龔仲慶，字惟長，號壽亭，萬曆八年進士。

〔2〕居易：白居易。閬仙：明陳天台之字。

〔3〕馬糞卮言：馬糞，馬糞巷，指南朝王志，歷仕宋齊兩朝，家居建康禁中里馬糞巷。志爲政清静、待人敦厚，兄弟子姪皆篤實謙和。卮言，《莊子·寓言》："卮言日出。"一釋爲支離破碎之言，一釋爲無心之言。這裏大約指王志説自己官不能超過謝莊之言（見《南史·王志傳》）。

雪中共惟長舅氏飲

盆梅香裏倒清卮，閑聽群鳥噪凍枝。飽後茶勛真易策，雪中酒戒最難持。爐心香燼灰成字，紙尾書慵筆任欹。共話當年騎竹事，如今雙鬓共成絲。

王一鳴[1]

字子聲，一字伯固，黄岡人。稚欽從孫[2]。萬曆丙戌進士。授太湖令，調臨漳，負才自放，在官不得志，鬱鬱而卒。

【校注】

〔1〕《黄岡縣志·人物·宦迹》(乾隆本)有傳,《明史》有記載。

〔2〕稚欽：即見本書卷二十王廷陳小傳。

渡河至大梁[1]

隴净林争出，壕紆岸果通。日增秋草澹，風閃石花紅。獵騎歸梁苑[2]，沙人牧宋宫。憑高一俯仰[3]，來往慚冥鴻。

【校注】

〔1〕大梁：今河南省開封市。

〔2〕梁苑：梁孝王園林。

〔3〕憑,《湖北先賢詩佩》作"懸"。

五月未旬皖中作[1]

細細生青靄，娟娟動緑筠。晚凉風入座，簾捲月隨人。天寶唐中葉，長沙漢遠臣[2]。雙龍空在匣[3]，何地出風塵。

寺僻諸天近，人忙五月殘。書淫長不治，藥裹近相寬[4]。菜熟共賓話[5]，墻低借樹看。豈應聊住此，吾甚夢魚竿。

【校注】

〔1〕未,《湖北先賢詩佩》作"末"，從下"人忙五月殘"看，當作"末"。詩題,《湖北先賢詩佩》後有"二首"二字。

〔2〕下句指賈誼。

〔3〕雙龍：寶劍。

〔4〕書淫：晋皇甫謐嗜書如命，人稱“書淫”。藥裹：藥袋。杜甫《寄以孫崇簡》“近身藥裹酒長携”。

〔5〕共，《湖北先賢詩佩》作“供”。

便民倉是縣漕米入江處時方憂旱

修竹迴斜徑，高蟬噪夕陽。數行遷客泪，一灑便民倉。剜肉知何補，勞心或自傷。驕雷蟠赤日，念爾稼登場。

白蓮峰再别阮太乙張若愚[1]

草澤悲將隱，蓮峰慰獨留。因君三日住，贈我萬山秋。芋粟供僧飯[2]，滄浪隱釣舟。諸天念離别，鐘磬晚悠悠。

【校注】

〔1〕白蓮峰：有多處，不詳此何指。阮太乙：阮以鼎，字太乙，號盛唐，萬曆進士，曾任河南參政。

〔2〕粟，《湖北先賢詩佩》作“栗”。

泊九江[1]

澤畔吟遷客，雲邊認郡名。天扶驚浪轉，秋共放船青。山密無勞問，江長不肯平。柁樓城下泊，旅飯月初生。

【校注】

〔1〕九江：即今江西省九江市。

夏日雜詩

天入層層樹，山迴片片雲。乾坤輪獨立，江漢正平分。久計行藏熟[1]，深悲治亂聞。林深時見鹿[2]，异類得同群。

【校注】

〔1〕行藏：《論語·述而》："子謂顔淵曰：'用之則行，舍之則藏，唯我與爾有是夫！'"意爲出仕實行所學之道，不仕則藏道以待時機。

〔2〕時見，《湖北先賢詩佩》作"見麞"。按，李白《訪戴天山道士不遇》爲"樹深時見鹿"。

馬　當[1]

早發鱘魚嘴[2]，西風過馬當。日連波皛皛，天入樹荒荒。遠岫能相遲，歸鴻不計行。禹功疏瀹苦，今古戒垂堂[3]。

【校注】

〔1〕馬當：馬當山，在今江西省彭澤縣東和安徽東至縣西，山形似馬，横枕大江。

〔2〕鱘魚嘴：在馬當山附近。

〔3〕戒垂堂：即垂堂戒，《史記·司馬相如傳》："故鄙諺曰：'家累千金，坐不垂堂。'"

十月三十日夜[1]

十月餘今夕，孤城哭此身。雲墻喧柝重，霜月捲簾真。鳴雁悲千古，懸魚負衆人[2]。北風時引領，燕趙接風塵。

【校注】

〔1〕詩題，《湖北先賢詩佩》多"二首"二字，此爲第一首。

〔2〕懸魚：此指佩帶魚符，意爲做官。

可　　嘆

可嘆羈栖地，誰高簿領名。醉鄉有天地，大事問公卿。江縮龍堪蟄，山深虎自耕。十年路傍月[1]，猶照逐臣纓。

【校注】

〔1〕傍，《湖北先賢詩佩》作"旁"。

十　　載

十載猶遷客，孤踪愧俗人。長緘存後舌，乍保爨餘身[1]。楚澤雲千里，春城月半輪。潛夫潛未得[2]，飄泊損天真。

【校注】

〔1〕爨，《湖北先賢詩佩》作"夢"。

〔2〕潛夫：隱居著書者，不欲顯名。東漢王符有《潛夫論》。

旅　　舍

旅舍清淇側，經過有底忙[1]。樹圍春堡碧，沙漲午風黄。萬事看雲哭，三年躍馬長。敞車生耳地，僮僕笑行藏[2]。

【校注】

〔1〕有底："如許"或"爲甚"意。

〔2〕敞，《湖北先賢詩佩》作"敝"。行藏：此處爲居處、出處意。

述懷寄達邢太僕子願先生[1]

白簡騰三府，黄州住二年[2]。早從新穀貸，寒想叠衣眠。簡出山川貴，深耕性命全。優游開萬卷，事事信皇天。

鵲山寒吹老[3]，雁泊暝烟深。杳杳登臨眼，紛紛離合心。報書扶病寫，好句背人吟。亦有三臺酒[4]，秋軒想共斟。

【校注】

〔1〕詩題，《湖北先賢詩佩》多“二首”二字。邢子願：邢侗，字子願，萬曆進士，官終陝西太僕卿。能詩善畫，與董其昌、朱萬鍾、張端齊名。

〔2〕白簡：據《晋書·傅玄傳》，傅玄爲御史中丞，每有奏劾，或值日暮，捧白簡，整簪帶，坐而待旦。於是貴游懾伏，臺閣生風。古代御史寫彈劾之文用白簡，後便稱所有彈劾之章爲白簡。三府：漢代太尉、司徒、司空設立的府署，合稱三府。

〔3〕鵲山：在今山東濟南歷城區北。

〔4〕三臺：有多義，三星，三公稱三臺，四川亦有縣稱三臺，不詳此何義。

江上望飛雲洞

咫尺飛雲洞，巉岩不可登。江風吹落日，時見出山僧。

雷叔聞[1]

字實先，江陵人。萬曆戊子舉人。初官長沙教諭，升蜀縣令。少負雋才，淹通經史，及登賢，書學益博。仕蜀尚風厲，豪右屏迹。改江南司理，升景東府丞，挂冠歸。與雷何思諸人賦詩飲酒，讀書城東別墅。

【校注】

〔1〕《江陵縣志·人物·文苑》（乾隆本）有傳，《明史》有記載。

憶長沙梅樹

江館長吟日，梅花開不稀。已憐清到骨，猶覺冷侵衣。側想美人怨，其如斜月輝。誰能吹短笛，招得玉魂歸。

峽中作

積雨洪波急，高天翠壁齊。巫雲峰十二，巴峽瀼東西。伐鼓催朝櫓，烹魚宿晚溪。荆門看欲近，回首聽猿啼。

石橋驛[1]

石橋經雨斷，驛路入烟蘿。白髮侵春出，青山傍晚過。荆襄重險隔，漢沔别流多。望望鄉關近，歸心奈夜何。

【校注】

〔1〕石橋驛：似在河北省保定市石橋河一帶。

任家相[1]

字白可，一字心葵，江夏人。爲諸生，與郭美命齊名[2]。萬曆戊子舉京闈，鄉試同王衡等，覆試第二。授婺源諭，刻紫陽諸書及節孝傳藏學宫，遷翰林待詔，充福王講官，上《勸學箴》，朝論韙焉。終工部司務，所著有《雲龍集》[3]。

【校注】

〔1〕《江夏縣志·人物志·文苑》（同治本）有傳。《明史》無載。

〔2〕郭美命：見本卷郭正域小傳。

〔3〕縣志作《雲龍閣集》。

過恨者關[1]

楚塞諸山盡，巑岏鳥道還。關頭停馭客，不爲路行難。

【校注】

〔1〕恨者關：即恨這關，在古信陽州西南，州治在今河南省信陽市南。

觀　日

爲愛閑雲倦卧遲，新晴鐘鼓上方知。乍醒蘿月三更夢，已挂扶桑第一枝。

海氣茫茫對霧霏，六鰲初捧火輪歸[1]。謾傳金翅烏三足，實有神光燭九微[2]。

【校注】

〔1〕六鰲：據《列子》，先帝使十五鰲馱海外仙山，龍伯國之大人一釣而連六鰲。此處借用該神話。

〔2〕烏三足：即三足烏，古神話中居於太陽裏的神鳥。九微：一種燈名。

莊天合[1]

字冲虚[2]，長沙人。萬曆己丑進士。授編修，侍經筵，輔導東宫，以端謹稱。庚子主試南都，壬辰甲辰分校[3]，所録多名士。家居孝友，不怙權勢，卒祀鄉賢[4]。

【校注】

〔1〕《長沙縣志・人物》（嘉慶本）有傳。《明史》無載。

〔2〕縣志記其爲“字德全，號冲虚”。

〔3〕縣志記此爲“甲辰再分考會圍”。

〔4〕《沅湘耆舊集》記“有莊學士集”。

病起懷故園

歲序駛如電，疾疢空相尋。春華坐衰歇，庭柯散清陰。感此不自持，悠哉懷故林。湘月淡疏竹，衡雲低素琴。結茅流水間，意與澄波深。如何久離别，負此濠上心[1]。薰風昨夜至，爽韵生衣襟。耿耿向天末，能無莊舄吟[2]。

【校注】

〔1〕濠上心：語出《莊子・秋水》，原爲莊子與惠施在濠上論魚是否知樂，後爲逍遥閑散之心的代稱。

〔2〕用“莊舄越吟”典（見《史記・陳軫傳》）。

偕邦大夫飲叢桂園[1]

偶從冠蓋後，長嘯狎名園。五馬如龍過，三春負日暄。酒香花自媚，歌細鳥無言。醉眼雙横白，都忘郡牧尊。

【校注】

〔1〕邦，《沅湘耆舊集》作“郡”。

園中雜咏

瑟瑟風千里，盈盈水一灣。自天移碧漢，擁地入青山。蜃氣岑樓外〔1〕，蟬聲古樹間。何如彭澤令，醉卧北窗間〔2〕。

高棟方移午，城陰半復墻。不知雲漠漠，更覺樹蒼蒼。斗逼銀河下，秋空玉宇凉。倩誰携美酒，邀月據胡床。

白日移輕棹，沿溪引興長。岸花明錦纜，林雀下牙檣。浦逗蒹葭亂，洲回橘柚香。自諳漁父意，鼓枻咏滄浪。

【校注】

〔1〕蜃氣：古人認爲蜃爲蛟龍之屬，吐氣變成樓臺。

〔2〕間，《沅湘耆舊集》作“閑”。彭澤令：陶淵明。

落花詩十二首 録三

深心盡付子規啼，狼藉歸來路轉迷。紅粉墻頭人已遠，緑陰庭畔日初低。悔從遊子争顔色，賴有詩人入品題。多少豪華同寂寞，不妨人世判雲泥。

虚負臨軒羯鼓催，一時紅雨亂飛埃。似隨羅襪凌波去，肯幻巫雲入夢來。九陌風陰連道路，千門霧靄鎖樓臺。自緣金屋多招妒，憔悴無言祇自猜。

見説逢春又惜春，芳姿能得幾時新。即看鸞鏡空分影，縱畫蛾眉亦讓人。雲薄旋消脂粉色，月明如浣綺羅塵[1]。可知聚散渾閑事，漫向人間作醉茵。

【校注】

〔1〕浣，《沅湘耆舊集》作“澣”。

三月十六日款陸津陽太守於瞿園[1]

竹裏行厨晚更移，樓船簫鼓御馮夷[2]。拍堤春水浮烟棹，夾岸桃花映酒卮。河上仙人看並渡，武陵漁父笑相期[3]。湖南亦有山堪賞，誰道風流是習池[4]。

【校注】

〔1〕太守，《長沙縣志》作“公祖”。縣志原詩有兩首，此爲第二首。

〔2〕馮夷：傳説的水神。

〔3〕河上仙人：即河上公。據《神仙傳》，漢文帝曾向其請教《老子》經義。武陵漁父，即陶淵明《桃花源記》中之漁父。

〔4〕堪，《長沙縣志》作“翁”。習池：習家池，在湖北襄陽。

十一日趙兩同昆季携酒偕瞿養所共酌雨至有述[1]

爲愛幽栖足晝眠，美人相問出華筵。由來趙氏稱雙璧[2]，况有瞿童是列仙。樹影流雲沾席上，溪回鳴雨過尊前。酒酣一曲清平調，散作秋聲滿洞天。

【校注】

〔1〕詩題，《長沙縣志》“述”後有“作”字。

〔2〕雙璧：譽兄弟才行并美。北魏陸暐與弟恭之并有時譽，洛陽令賈禎見而嘆曰：“僕以老年，更睹雙璧。”（《魏書·陸俟傳附陸凱》）又《元史》亦有同樣記載。

夜　泛

燭散平臺酒半曛，池心泛月滿全分。波含秋氣清如水，風捲歌聲響入雲。客似山陰乘夜色，槎疑海上動天文。相携枕藉忘歸去，遮莫鄰鷄醉裏聞。

春閨怨

可憐楊柳花，隨風低復起。飄泊落誰家，莫向深閨裏。等閑見花開，等閑見花落。閑却紫羅衫，春來不曾著。

贈郭恭岡致政山中〔1〕

容易浮名解悞身，羡君真作漢陰人〔2〕。門前我亦饒湘水，何日從君乞釣綸。

【校注】

〔1〕致政：退隱。

〔2〕漢陰人：即漢陰丈人，宋時杜淦隱居於此，躬耕十五年致富。漢陰：漢陰山，在今湖北武漢市漢陽城區西。

塞下曲

地敞龍荒殺氣高，旌旗夜夜指臨洮〔1〕。前軍半盡黄河水，月慘沙場風怒號。

【校注】

〔1〕臨洮：今甘肅省岷縣一帶，古長城西邊的起點。

遊南岳登祝融峰〔1〕

萬丈丹梯手自攀，仙家如在五雲間。秋清靈籟空中度，疑是元君笙鶴還[2]。

五嶺迷茫紫氣重，三湘迴合散芙蓉。丹霞片片生虚壁，應護當年玉檢封[3]。

【校注】

〔1〕詩題，《沅湘耆舊集》無“游南岳”三字。

〔2〕元，《沅湘耆舊集》作“玄”，玄、元義同。元君：道家稱女子成仙者。

〔3〕玉檢：玉製的書函蓋，《漢書·武帝紀》“上還，登封泰山”注引孟康：“王者功成治定，告成功於天。……刻石紀號，有金策石函金泥玉檢之封焉。”

龔朝典[1]

字慎鄉，臨湘人。舉萬曆辛卯科。官漳州同知。

【校注】

〔1〕《臨湘縣志·選舉志》（同治本）有載。

洞庭棹歌

一葉浮湘風雪暄，遊人争上洞庭船。平湖八百添新漲，野艇知萍坐入天。烟波渺渺蕩青草，回視君山若蓬島。醉吟仙子不可呼，鼓瑟湘靈但微討。翠黛雲鬟明磊落，欸乃輕風過鹿角[1]。千山招雨蔽江來，夾岸連雲似烏合。湘陰酒美尚堪沽，江魚换得趁新餔。篷底靠窗歌八咏，嗔無筆寫雨烟圖。危亭隱隱藏湖曲，雨打風横灣六六。閑看漁父哺鸕鷀，上下船頭任飛宿。和雨和烟泊喬口[2]，登樓一望飛帆走。少陵詩句在其中[3]，岸樹江風爲吊古。

【校注】

〔1〕鹿角：鹿角鎮，在湖南岳陽縣南洞庭湖濱。

〔2〕喬口：喬口鎮，在湖南長沙縣西北，傍喬口河。

〔3〕杜甫有《入喬口》詩。

李騰芳[1]

字湘州[2]，湘潭人。萬曆壬辰進士。入秘閣掌制誥，詞翰卓絶。時有以黨議搆顧天埈者[3]，公疏救不報，遂拂袖歸。語其父曰："天下將有事，而舉朝但争閑是非，不爲國家久遠計，奈何！"詔起少宗伯，晋大宗伯、太子少保。值京師戒嚴，公調置捍禦，隱然以一身爲長城。卒贈太子太保，賜祭，遣中書行人護櫬歸葬，蓋异數云。所著有《孫子》《説印》《玉衡集》《峋嶁父集》《説莊》《備鑒録》《金剛解》《批選王陽明文集》[4]。

【校注】

〔1〕《湘潭縣志·人物·鄉賢》（乾隆本）有傳，《明史》有傳。

〔2〕縣志記此爲"字子實，號湘州"。

〔3〕埈，縣志作"峻"。

〔4〕諸集多佚。

亭中即事

亭下水泱泱，亭上秋月光。亭中一尊酒，四面菊花香。

姜　性[1]

字幼蒙，巴陵人。廷頤長子。年十二著《下帷賦》，萬曆壬午舉於鄉。讀書君山，壬辰成進士，授鉅野令，設保赤倉十二，建義塾七。擢户部主事，考司刑垣。是時天子尚寬大，吏民因緣爲奸，性時奏舉不法，前後疏凡百餘上[2]，皆切當時之要，丁巳册奉趙藩歸里，年六十一卒。性鯁直，冰蘖自持，清苦如寒士，出入禁闥無貴倨色，朝野稱之。

【校注】

〔1〕《巴陵縣志·人物》（光緒本）有傳。《明史》有記載。

〔2〕餘，縣志爲“人”。

岳陽樓集飲

秋氣搖江白，魚龍半隱淪。遠山青入骨，霜樹醉如人。岸芷依沙净，汀蘭冒露新。同群增敬勉，笑語引情真。

登岳陽樓

削出君山水面横，湖光烟景逼山城。誰能收却樓頭趣，千古風流一子京[1]。

【校注】

〔1〕子京：即宋時重修岳陽樓之滕子京。

袁宏道〔1〕

字中郎，號石公，一號六休，公安人。萬曆壬辰進士。授吴縣令，以豪放罷官，縱遊西湖、天目、五泄、天台、雁宕諸山。丁酉補授國學，庚子升禮部主事，奉使出。復縱遊匡廬、武夷、嵩雒、蘇門、百泉、華山、五臺諸名勝，所至有詩，至會稽訪陶文簡，見徐文長初集，篝燈夜讀，一字一叫絶，稱爲當代人文第一，文長名由是益重。辛丑養病歸，丁未補驗封司主事，調文選，升考功員外郎，庚戌晋驗封司郎中，卒。

虞德園曰〔2〕：東坡爲天西奎宿，自天墜地，分身爲四：一爲元美，身得其斗背；一爲若士，身得其燦眉；一爲文長，身得其韵之風流、命之磨蝎〔3〕；中郎晚降，得其滑稽之口，借光璧府、散緯布室而已，識者以爲知言。所著有《蒲碧堂全集》及《廣莊》《瓶史》《觴政》《署談》《狂言》十集〔4〕。

【校注】

〔1〕《公安縣志·人物》（乾隆本）有傳。《明史》有傳。

〔2〕虞德園：虞淳熙，字長孺，號德園，萬曆十一年進士。

〔3〕元美：王世貞，字元美。若士：湯顯祖，號若士。文長：徐渭，字文長。

〔4〕按，此處所録諸集不全，且有誤。查明刊本《袁中郎先生十集》爲：《廣莊》《敝篋集》《破研齋集》《廣陵集》《桃源咏》《華嵩游草》《瓶史》《觴政》《狂言》《狂言别集》。今以此本和梨雲館欽定《續袁中郎全集》校之。

飲馬長城窟行〔1〕

長城水嗚咽，夜夜作秦語。問子何代人，防胡舊軍旅。冤魄滯孤魂，不得歸鄉土。白水洗白骨，瘢盡水酸楚。洗多成黑流，水性毒如蠱。立馬古戰場，長嘶待天雨。

【校注】

〔1〕詩題爲樂府古題，屬《相和歌瑟調曲》。

結客少年場行〔1〕

結客遍四海〔2〕，鄉人無半識。耻納無意儒，寧結有心賊。白手一布衣，喜怒關通塞。將相每在門，望氣如望幟。易卜天昏晴，難候君顔色。頭顱可擲人，一顧不可得。

【校注】

〔1〕詩題爲樂府古題，屬《雜曲歌》辭。

〔2〕客，《袁中郎全集》（明萬曆本）作“交”。

妾薄命〔1〕

落花去故條，尚有根可依。婦人失夫心，含情欲告誰。燈光不到明，寵極心還變。只此雙蛾眉，供得幾回盼。看多自成故，未必真衰老。辟彼數開花，不若初生草。織髮爲君衣，君看不如紙。割腹爲君餐，君咽不如水。舊人百宛順，不若新人罵。死若可回君，待君以長夜。

【校注】

〔1〕詩題爲樂府古題，屬《雜曲歌》辭。

漂母祠〔1〕

劉宗火冷寒灰滅〔2〕，浣衣墩上蘋花熱。一飯王孫值許錢，消得鸞刀幾回血。荒街日夜走黄塵，西風酸斷石麒麟。笑他白手女天子〔3〕，不及沙頭愚婦人。

【校注】

〔1〕漂母：即曾給韓信飯吃的漂母（《史記·淮陰侯列傳》）。

〔2〕劉宗：指西漢王朝。

〔3〕女天子：指呂后，韓信爲其所殺。

淮陰侯祠[1]

秋郊兔盡韓盧窘[2]，三尺青蛇捲鋒穎。到手山河擲與人，却向雌鷄納腰領[3]。英雄桎足歸羅網，辯士舌端空來往[4]。本欲衣飯蓄王孫，未許肝腸敵亭長[5]。一局殘棋了項秦，五湖西子白綸巾[6]。貪他一顆真王印，賣却淮陰胯下人[7]。

【校注】

〔1〕《袁中郎全集》題後有小字：“解衣衣我，推食食我。”淮陰侯：韓信。

〔2〕韓盧：名獵犬。韓信被高祖所執時曾叫：“高鳥盡，良弓藏；狡兔死，獵狗烹。”

〔3〕腰領：複詞偏義，指頸。

〔4〕辯士：指蒯通，他曾勸韓信擁兵自立。

〔5〕欲：《袁中郎全集》作“將”。下句，蒯通勸韓信擁兵自立，韓信因劉邦對他恩深不忍拒絕。亭長：指劉邦。

〔6〕二句寫張良。下句用范蠡帶西施離開勾踐比類張良離開劉邦。

〔7〕真王印：用劉邦封韓信爲齊王事。胯下人：用韓信胯下受辱事。

夜入桃源縣月中

深村杞菊香，壁影拂船涼。和月和烟市，全山全水鄉。高雲排鶴路，怒沫響魚梁。若箇垂綸客，溪頭舊姓黃。

題桃源縣

鬧處雲常至，僮來鳥亦隨。仙人成邑里，烟水作城池。山有容空地，溪無不怒時。偶然嵐翠起，一縣緑離離。

乞歸不得[1]

不放陶潛去，空陳李密情[2]。有懷慚狗馬，無路達神明。竹影交愁字，鶯啼作怨聲。但憑因果在，隕血誓來生。

【校注】

〔1〕此詩作於任吴縣知縣時，曾具文辭職，未獲准。

〔2〕李密：三國時蜀漢人，曾向晋武帝上陳情表。

夜　　起

凉月穿紗見，微風响樹來。夜蟲親火語，窗鼠避明迴[1]。坐卧憑書遣，行藏作謎猜。終宵眠不得，無計緩愁哀。

【校注】

〔1〕避，《袁中郎全集》作“觸”。

苦　　雨

轉覺雲沉重，翻疑天苦辛。横將無厭雨，淹殺有情春。山作龍鍾貌，花如失意人。百錢一斗米，誰與貸官貧。

宿惠山僧房[1]

排遣何曾達，思惟亦是塵。病翻爲樂果，髮在是愁因。松老皆成佛，花清亦避人。禪栖如竇許，色色可怡神。

【校注】

〔1〕詩題,《袁中郎全集》多“二首”二字，此爲第二首。惠山：惠山寺，在江蘇無錫縣惠山第一峰之白石場。

拜長耳和尚肉身〔1〕

輪相居然足〔2〕，漆光與鑒新。神魂知也未，爪齒幻耶真。一箇莊嚴佛，千年骨董人〔3〕。饒他銅與鐵，到此亦成塵。

【校注】

〔1〕長耳和尚：五代僧人，號法真，耳長九寸，居定光院。既寂，以院爲寺。肉身：即漆胎，僧人死後用漆刷身防腐。

〔2〕足,《袁中郎全集》作“定”。

〔3〕骨董：同“古董”。

美人臨鏡〔1〕

百看百如意，隨他作笑顰。回釵生溜影，分耀及旁人。睡少眉添重〔2〕，思多理注頻。面光滑似水，脂粉不如塵。

【校注】

〔1〕此詩共四首，此爲第四首。

〔2〕眉添,《袁中郎全集》作“添自”。

和王以明山居韵〔1〕

蠟屐先春試，新詩倍日吟。爲花常駐馬，有字即題襟。竹老雲辭去，廊空月到深。將何伴幽冷，水響與柯音。

【校注】

〔1〕王以明：王輅，字以明，由監生除鳳翔府通判。

登平山閣同江浦諸友論文[1]

石路突寒松，柔嵐被遠封。白波千里舶，青靄六朝鐘。雲老蛟還窟，窗晴雨洗峰。文心喻烟水，吞吐幾重重。

【校注】

〔1〕平山閣，從詩題中“江浦諸友”看，似應爲“平山堂”，在江蘇揚州西北，爲名勝，歐陽修所建。

花朝月下泛舟限四韵

練水拍平橋，流連暮復朝。都將花歲月，收入酒科條[1]。溪閣千場笑，風柯十里腰。玲瓏歌莫止，面上怕紅消。

【校注】

〔1〕酒科：戲謔語，以酒爲一科目。

燈下觀菊花影同社中諸友賦[1]

一片籬花譜，吴綃墨未成。何人工點染，添我作淵明。月浪沉沉路，風香淡淡情。騷魂多念汝，夢裏屈先生。

只與屏添艷，全憑幻寫真。光光能取影，葉葉解分身。蘿月思前世，松風夢故人。黄筌信好手[2]，没骨有精神。

變體初從墨，名家但姓黄。空花新女弟，烏有舊兒郎。函作仙人謎，和成羽客方。浮生虚妄等，一倍感歡場。

【校注】

〔1〕此詩《袁中郎全集》共八首，此爲第二、第三、第八首。

〔2〕黄筌：字家叔，宋人，以善畫聞名。

鄴城道[1]

何處魏離宫，荒烟斷葦中。獵蹄晴捲雪，高隼怒盤風。苑古梧桐秃，墻崩枸杞紅。空臺與流水，想象舊簾櫳[2]。

白日悲難駐，英雄誰不然。魚膏焚地底[3]，蛾黛哭生前。南國香成霧，西山石化烟。人間絶快事，天子作神仙。

且勿度前村，白楊路漸昏。一邱文字鬼，千古戰争魂。曆數孫曹閏，風流魏晋繁。成蹊人自省，桃李不須言。

【校注】

〔1〕鄴城道，此詩有十首，此録第一、二、八首。

〔2〕《袁中郎全集》後有自注："梧桐秃出自白香山。"

〔3〕魚膏：即人魚油，君王陵墓以魚膏爲燭，企圖不滅。《史記·秦始皇本紀》："以人魚膏爲燭。"人魚：傳説爲一種人形之魚。

憶　弟[1]

東去交多少，南詢與有無[2]。高天鴻鵠舉，世路馬中呼。騷雅命難達，江湖迹易孤。步兵雖嗜酒，倘亦恨窮途。

【校注】

〔1〕弟：指袁中道。

〔2〕與，《袁中郎全集》作"興"。

岳陽舟中同諸上人語

槵子碧絲繩[1]，官程亦伴僧。每聞静者語，似飲熱中冰。隙月銜簾幌，高雲謝繳矰。七番經過地[2]，話盡一窗燈。

【校注】

〔1〕槵：一種高大的落葉喬木，果實之子堅實黑圓，僧人常穿之作念珠。

〔2〕七番：即七番真言，佛教術語。

中秋偕諸衲泛舟洞庭[1]

市地雲銷盡[2]，平湖絶點青。琉璃天子月，香水海王城。怒蛤排帆立，神魚掣練行。山僧精觀忍，一倍發光明。

【校注】

〔1〕衲，《袁中郎全集》作“老宿”。

〔2〕市，《袁中郎先生十集》（明萬曆本）作“幣”，《袁中郎先生全集》作“匝”，“市”誤，當改。

登焦山[1]

海門一帶霧初收，碧樹丹岩小十洲[2]。山雜雲帆浮水上，江盤螺髻出潮頭。經堂晝寂眠蒼兕[3]，石壁晴空挂野猴。白首閉關僧自苦，花開花落也春秋。

【校注】

〔1〕焦山：在江蘇鎮江市東北，屹立江中，與金山對峙。相傳漢末隱士焦先隱此，故名。

〔2〕十洲：祖州、瀛州、玄州等十洲，傳説在八方大海之中，爲神仙所居。

〔3〕蒼兕：水獸名，善奔突，能覆舟。

踏堤曲四首[1] 録三

濃緑疏黄總占新，六橋風日更精神[2]。柳腰似欲争遊妓，鶯舌分明唤醉人。暖谷争香疑作雨，芳蹊吹汗不沾塵。洛妃謾欲凌波出，曹植荒唐恐未真。

【校注】

〔1〕踏堤曲：樂府古題。

〔2〕六橋："映波""鎖瀾"等六座小橋，在杭州西湖蘇堤上，爲東坡所建。

畫閣層層出曉波，東風湖面軟如羅。佳人穠李山花髻，蕩子垂楊水調歌。蝴蝶意閑隨夢去，鴛鴦情熱奈春何。蘇公雅亦稱相識，浪比西施愧已多[1]。

【校注】

〔1〕指蘇軾《飲湖上初晴後雨》詩。

桃葉成蹊柳作行，東風吹熱少年場。趙家姊妹皆端正，謝族兒郎有短長。陌上口聲多汴語，爐頭結束盡唐裝。吴歌越舞顛如夢，不是湖山也斷腸。

送黄貞父令進賢[1]

撇却孤山舊葛巾[2]，暫時朱紫縛閑身。高才正不須違俗，七尺何妨也拜人。花裏課書分小吏，山中留偈謝高僧。直將數斗西湖水，一洗南州案牘塵。

【校注】

〔1〕黄貞父：黄汝亨，字貞父，萬曆進士，官至江西布政司參議。進賢：縣名，屬江西省。

〔2〕孤山：此指浙江杭州西湖之孤山。

久雪忽晴喜而有作

殘花殘木總精神，纔見寅年一日春。柳態美如新櫛髮，山容親似遠歸人。閑追老衲三餘輩，更踏冰池五六巡。江郭早須騎馬出，旋呼稚子覓頭巾。

新買得畫舫將以爲菴因作舟居詩十首[1] 録三

囊中隨意貯青蚨[2]，歌吹雖喧不可無。隱逸也須添故事，江山真合點狂夫。隨身恰似天宫殿，寓目皆披水畫圖。甲子不須頒鳳曆[3]，但看蓮發與蓮枯。

【校注】

〔1〕此處録第二、第三、第九首。

〔2〕青蚨：本昆蟲名，後作錢之代稱（見干寶《搜神記》十三）。

〔3〕鳳曆：曆書之别名。

五湖不是學玄真，且喜素衣不上塵。家移碧纈綾中住，身是屏風畫裏人。閑追船子咨行脚，老倩中峰作近鄰。一衲蒙頭萬事已，無懷民與葛天民。

全家相次入烟雲，老鶴雛鷗共一群[1]。便與青山堅作誓，免勞白水更移文。澄江夜月連天泛，古澗寒聲徹歲聞。欲把姓名通遠嶠，函書先達武夷君。

【校注】

〔1〕雛,《袁中郎全集》作“稚”。

托龍君超爲覓仙源隱居詩以寄之[1]

雲石村中且卜廬，憑君爲買一峰餘。全裁芝菊爲疆界，盡寫雲嵐入券書。門對仙童澆藥地，巷通毛女浣花渠[2]。閑中每愛天台去，好與劉晨問屋居。

【校注】

〔1〕龍君超：龍襄，字君超，龍膺之弟，萬曆舉人。

〔2〕毛女：仙女，傳説爲秦始皇宫人，流亡入華陰山，食松葉，形體生毛(《列仙傳·毛女》)。

雁　字[1]

瘦畫娟娟半欲欹，分如釵股絡如絲。千行寫盡黄姑練，一字題成碧落碑[2]。南浦逆風文破碎，西江披雨墨淋漓。斜騫蔓引黄沙去，譜出胡笳出塞詩。

篆烟劃月過瀟湘，流麗森疏綴幾行。禪客辨來知半滿，儒生記去識邊傍。回波影出雙鈎搨，暮雨催成急就章。鳳鳥不來河洛隱[3]，年年編録爲誰忙。

【校注】

〔1〕共十首，此録第五、第六兩首。

〔2〕黄姑：星名，即牽牛星，此喻織女。碧落碑：唐碑，原在絳州龍興宫，刻於天尊像後。傳説像成後有二道士飛來刻字，字成後化白鶴飛去（見歐陽修《六一題跋》)。

〔3〕鳳鳥：指鳳鳥獻曆。河洛：指河出圖，洛出書。

送焦弱侯老師使梁因之楚訪李宏甫先生〔1〕

丹書早發鳳凰樓，楊柳青陰滿陌頭。征馬晚嘶梁苑月，孤帆晴指洞庭秋。蓮開白社來陶令〔2〕，瓜熟青門謁故侯。自笑兩家爲弟子〔3〕，空於湖海望仙舟。

【校注】

〔1〕焦弱侯：焦竑，字弱侯，一字從吾，江寧人，學識淵博，曾爲袁宏道老師。使梁：朝廷封周王藩府，焦作副使。李宏甫：李贄。

〔2〕白社：即白蓮社，用慧遠居廬山時典。

〔3〕袁宏道自稱爲李贄之弟子，因焦竑與李贄爲知己。

送君御憲僉治兵甘州〔1〕

寶劍犀弓大羽囊，軍中聊作健兒裝。一函雲捲天驕檄，十里風吹侍史香。朗月澄江真快士，修髯白面舊仙郎。也知陶侃無高韵，謝却樗蒲與老莊〔2〕。

【校注】

〔1〕君御：即龍膺，見前卷二十三龍膺小傳。甘州：府名，故治在今甘肅省張掖市。

〔2〕陶侃：東晋大將，不許將吏賭博，曾將下屬樗蒲投江中，亦不好老莊（《晋書·陶侃傳》）。

劉元定齋中别諸社友余時有内人之戚〔1〕

一竿直出帝城烟，馬首飛塵僅一年。倦烏早辭燕樹雪，閑花又上武溪船。伯鸞未得偕妻隱，和靖終當伴鶴眠〔2〕。白盡頭顱應不返，青溪山下有鳴泉。

【校注】

〔1〕余時,《袁中郎全集》作“時余”。劉元定：劉戡之，字元定，夷陵人，張居正婿。按，袁宏道妻李氏當年秋季去世。

〔2〕伯鸞：梁鴻之字，與妻子同隱居，此反用其意（《後漢書·梁鴻傳》）。和靖：林逋，謚和靖先生，不娶妻，以梅鶴爲伴（《宋史·林逋傳》）。

小婦別詩四首録三

弱柳輕帆快送人，巫山原是女兒神。願隨潑火清明雨，洗却錢塘十里塵。

輕寒輕熱養花天，箇日錢塘更可憐。驄馬欲嘶嘶不得，白公堤畔柳如鞭〔1〕。

涌金門外柳條絲，岳有新祠白有碑〔2〕。一句叮嚀君記取，西陵莫作小蘇詩〔3〕。

【校注】

〔1〕白公堤：在杭州西湖。

〔2〕涌金門：在西湖。岳：岳飛，西湖有岳公祠。白：白居易；碑：刻有白居易詩的碑。

〔3〕西陵：在錢塘江之西，附近有名妓蘇小小墓。小蘇：指蘇小小，南朝《蘇小小歌》有“何處結同心，西陵松柏下”句。

峴首山觀羊叔子墮泪碑〔1〕

欲知叔子恩多少，但看龜趺碧淺深〔2〕。銅雀臺中歌舞妓〔3〕，那能揮泪到如今。

【校注】

〔1〕羊叔子：晋大將羊祜。

〔2〕龜趺：刻着龜形的碑座，其實爲贔屓。

〔3〕銅雀臺：指曹操所建之銅雀臺。

蘇潛夫侍御買燕姬爲賦合歡詩〔1〕

西臺御史氣如雲〔2〕，白簡霜飛海外聞。歸去海棠花下語，却妨鸚鵡作彈文〔3〕。

【校注】

〔1〕此詩有四首，此其第四首。蘇潛夫：蘇惟霖，字雲浦，號潛夫，萬曆進士。

〔2〕西臺：指御史臺。蘇潛夫曾作監察御史，故言。

〔3〕朱慶餘《宫中詞》："含情欲説宫中事，鸚鵡前頭不敢言。"

送醫者黄生謁東諸侯

橘老柑黄不奈何，飄然艇子出烟波。而今海上單方少〔1〕，王不留行一味多。

【校注】

〔1〕少，《袁中郎全集》作"幾"。

擬作内詞〔1〕

一般春色有枯榮，十樹櫻桃九樹生。拾得青梅如彈子，護花鈴下打流鶯。

【校注】

〔1〕此詩有八首，此第八首。

桃花流水引十首[1]録三

華陽巾子碧絛環[2]，紫府簾前舊押班。阿母筵頭争一擲[3]，醉中輸却小蓬山。

路逢簫史不回身，風裊芙蓉綉領巾。雲裏自然清格少，但憑閨艷作仙人。

夜深仙犬吠花關，私過雲英與玉環[4]。天上看來偷律重，玉桃一顆謫人間。

【校注】

〔1〕詩題下有自注："花源棹返，幽思縈懷，枕上夢中，如有所得，命曰桃花流水引十首，亦仙家竹枝詞也。"此録第一、第三、第四首。

〔2〕還，《袁中郎全集》作"環"，確，當據改。華陽巾子：秦昭王立其太子愛姬爲華陽夫人，傳説後成仙。

〔3〕阿母：指西王母。

〔4〕雲英：月宫仙女，見唐傳奇《裴航》。玉環：楊玉環。

經下邳[1]

諸儒坑盡一身餘，始覺秦家網目疏。枉把六經灰火裏，橋邊猶有未燒書。

【校注】

〔1〕下邳：張良逢黄石公之地（《史記·留侯世家》）。

江盈科[1]

字進之，號箓蘿[2]，桃源人。萬曆壬辰進士。恤刑雲南時，獄中半係逋課者。公惻然曰："予奉命欽恤，將死者生之，豈此生者忍視其死耶！"典四川試，仕終督學道。袁中郎評其詩曰："江闊無澄浪，林深有墜枝。"評其文曰："嘉隆以來，諸大家未見其比。"又曰："進之死，天下豈復有此人哉！"所著有《雪濤閣》諸集[3]。

【校注】

〔1〕《桃源縣志·人物·吏材》有傳。《明史》有記載。

〔2〕箓，縣志作"渌"，江盈科號渌蘿山人，渌蘿山在桃源縣，當作"渌"。

〔3〕《雪濤閣集》：又作《雪濤集》，今存，袁宏道有序。

壽王百穀

王君崛起東南區，手握徑寸驪龍珠。光華燭天耀日月，人寰快睹争懽趨。少年仗劍遊燕邸，片語落筆傾京都。一遇憐才袁相國[1]，便許作賦爲大夫。龍性矯矯不受縶，飄然拂袂還句吴[2]。交遊豪俊遍四海，進履結襪俱名儒[3]。求題户外屨常滿，留客尊中酒不虚。俠節直薄夷門監，執轡時枉信陵車[4]。握瑾懷瑜不肯試，俛首著論稱潛夫。即今行年已六十，骨節堅勁髭鬚烏。安車蒲輪會應至，魯連莫遂逃海隅[5]。君不見平津侯棘津居[6]，往往見奇當桑榆。

【校注】

〔1〕袁相國：疑指袁宏道，他官終稽勛郎中。

〔2〕句吴：即吴國；句：吴語的發聲詞。

〔3〕進履：用張良給黄石公進履典（《史記·留侯世家》）。結襪：用張釋

之爲王生結襪典（《漢書·張釋之傳》）。

〔4〕二句用信陵君求訪大梁守門人侯嬴故事（《史記·魏公子列傳》）。

〔5〕安車蒲輪：古代徵聘隱士用，以示尊敬。《漢書·武帝紀》建元元年："遣使者安車蒲輪，束帛加璧，徵魯申公。"魯連：魯仲連，齊隱士，幫田單攻下聊城，田單欲授官，魯仲連逃隱海上（《史記·魯仲連鄒陽列傳》）。

〔6〕平津侯：漢名相公孫弘的封號，曾開閣招納賢士。棘津屠：指姜子牙，李白《梁甫吟》："君不見朝歌屠叟辭棘津，八十西來釣渭濱。"

將遊君山阻風〔1〕

君山劃破洞庭水，修蛾隱隱鏡中起。岳陽樓頭一望見，秀色落人眉睫裏。十年夢想希一登，風帆來去如飛騰。譬猶走馬見美女，欲與握臂其安能。此番艤棹巴陵道，咫尺君山容易造。無奈顛風日夜吹，雪浪橫拖天浩浩。英皇祠，柳毅廟〔2〕，百舌啼殘春欲老。軒轅鑄鼎然未然，龍女遺書或浪傳〔3〕。擬向山僧訪端的，檣傾檝折那能前。況好披雲斲方竹，茶嘴兼收雨前緑〔4〕。倦時坐卧酒香亭，鼻醉陶然如枕麯。惜哉欲遊不得遊，境與心拂徒夷猶。名山躋陟亦有分，何況通津與要區〔5〕。興酣且酌酒一斗，醉後攬山山在手。卧遊之言至理存〔6〕，堪與拘士脱枷杻。秦皇枉號英雄人，伐樹赭山留惡名〔7〕。李白但言剗却好〔8〕，一語便足垂千春。嗚呼！文章富貴誰能伸〔9〕。

【校注】

〔1〕君山：在湖南洞庭湖中。

〔2〕英皇祠：即娥皇、女英祠。柳毅廟：在洞庭湖邊。柳毅：唐傳奇《柳毅傳》之主人公。

〔3〕上句：傳説黄帝曾鑄成神鼎於鼎江，鼎江在湖南常德北。龍女：即唐傳奇《柳毅傳》中之龍女。

〔4〕嘴，《巴陵縣志·君山集》作"觜"。

〔5〕區，《巴陵縣志·君山集》作"途"。

〔6〕卧遊：指欣賞山水畫以代親歷遊覽。《宋書·宗炳傳》："有疾還江陵。嘆曰：老疾俱至，名山恐難遍睹，唯當澄懷觀道，卧以遊之。凡所游履，皆圖之於室。"

〔7〕《史記·秦始皇本紀》："浮江，至湘山祠。逢大風，幾不得渡。上問博士曰：'湘君何神？'博士對曰：'聞之，堯女，舜之妻，而葬此。'於是始皇大怒，使刑徒三千人皆伐湘山樹，赭其山。"

〔8〕指李白《陪侍郎叔游洞庭醉後》，頭二句爲"剗却君山好，平鋪湘水流"。

〔9〕能，《巴陵縣志·君山集》作"屈"。

武穆祠鐵鑄秦檜〔1〕

天地自大爐，鑄成活秦檜。甘殺忠良背君父，論刑便合虀與膾。怡然富貴歸重泉，善惡果報然未然。後世欲誅誅不得，頑鐵鑄像人人鞭。我願大爐與大冶，莫鑄奸雄如檜者。死後鞭屍且不知，頑鐵吃虧誰痛也。吾鄉才子龍伯真，詩中諧語殊清新。解道不須重鑄像，生前原已是金人。

【校注】

〔1〕武穆祠：即岳飛祠，在杭州西湖。武穆：岳飛的謚號。

澧陽道〔1〕

驅車澧陽道，漸次望荆門〔2〕。雲薄微含雨，溪斜曲抱村。漁舠時近遠，農鼓自朝昏。感此愜幽意，令人思灌園。

【校注】

〔1〕澧陽：郡、縣名，治所在今湖南省澧縣。

〔2〕荆門：即今湖北荆門一帶。

卧龍岡

龍出當炎燼[1]，岡樑留與世俱。生惟知討賊，死不負遺孤。高枕分天地，笑談籌魏吴。到頭看三國，數語括雄圖。

【校注】

〔1〕龍：指諸葛亮。炎燼：即漢朝盡，漢在五行中配火，故稱炎漢。

袁中郎邀集劉宫監水軒大雨適至二首[1] 録一

亭廠雲爲蔽[2]，崖虧石作坡。雨山披米畫，烟水叠胡羅[3]。鸛起銜人去，蟬鳴答客歌。倦來呼枕睡，清夢入漁艖。

【校注】

〔1〕袁中郎：袁宏道。

〔2〕廠：屋無壁爲廠。

〔3〕米畫：宋米芾的山水畫。胡羅：胡地出産的一種輕軟而有疏孔的絲織物。

悶　　坐

静知官是贅，閑與鶴爲鄰。有藥難驅老，無方可療貧。夢嫌僧叫破，愁仗酒調匀。坐隱烏皮几，科頭懶著巾。

大理署中登樓

客裏登樓眼倍明，點蒼流黛瀉虚楹。霏微海氣成雲氣，滴瀝泉聲作雨聲。籬菊瘦來如賈島，池魚樂處比莊生。清齋眺覽堪遺世，跨馬何須更出城。

辰陽舟中[1]

簫鼓中流泛畫船，烟波一望碧纖纖。桐花落盡春風老，到處青山急杜鵑。

【校注】

〔1〕詩題，《桃源縣志》多“二首”二字，此爲第一首。辰陽：縣名，治所在今湖南省辰溪縣西。

臨湘驛夜雨[1]

山館支床夢未成，芭蕉葉上可憐聲。圖中愛玩瀟湘雨[2]，偏是今宵不忍聽。

【校注】

〔1〕臨湘：縣名，治所在今湖南省長沙市。

〔2〕此句《沅湘耆舊集》作“居人争繪瀟湘景”。

賈太傅

過秦一讀一咨嗟，千古人人服大家。總爲少年饒盛氣，不關明主薄長沙。

李膺墓[1]

郭舟荀御枉推宗[2]，亂世甘心惹敵鋒。牛背從來無禍福，始知阿祖道猶龍。

【校注】

〔1〕李膺：東漢桓帝時爲司隸校尉，被推爲清流領袖，後因“黨錮之禍”被殺。

〔2〕郭舟：郭太，字林宗，後漢清流領袖，推宗李膺，從京師歸鄉里時，諸儒數千乘相送，獨與膺同舟濟（《後漢書·高士傳》）。苟御：郭太獨與李膺共乘簿笨車（竹車）上大槐坂，觀者數千人（同上）。推宗：指推李膺爲宗。

明　妃[1]

毛君妬筆苦相侵，能改形容不改心[2]。莫説青青墳上草[3]，琵琶千古自南音。

【校注】

〔1〕明妃：王昭君。

〔2〕毛君：毛延壽。二句用畫工毛延壽醜化昭君像故事（見《西京雜記》）。

〔3〕傳説昭君墳上草常青（見《太平寰宇記》）。

行棧道[1]

逶迤棧道繞溪斜，槿户茆堂幾處家[2]。籬落荒凉荆棘裏，蜜蜂飛上野藤花。

【校注】

〔1〕詩題，《沅湘耆舊集》無“行”字。

〔2〕幾處，《沅湘耆舊集》作“見幾”。

爲曾太史如姬悼亡

銀河只在枕衾邊，塵掩蛾眉鏡掩鈿。似學朝雲先證果，不憐寂寞病坡仙。

劉　泉[1]

字本蒙[2]，攸縣人。萬曆癸巳舉明經。初授四川廣元令，抑礦使，革常例，再任四川彭水，釋冤囚七人，卒爲上官所忌，解組歸奉其父。結廬北郭，自稱放翁，果園樹前，沼圃築後，通賓客，喜文酒，壽九十終。著有《閑老遺編》《放園文集》[3]。

【校注】

〔1〕《攸縣志・選舉》（同治本）有載。《明史》有載。

〔2〕縣志記其爲“又字逢原”。

〔3〕二集今不存。

閑居柬我成年丈[1]

老狂真愛浣花居，時事匆匆嘆忽諸[2]。惜往心情仍似屈，知非歲月欲爲蘧[3]。綠莎徑遠屠蘇屋，紅樹門懸薄笨車。穩卧江頭身更懶，閑翻晴雨課農書。

【校注】

〔1〕題意不詳。

〔2〕忽諸：突然斷絶，忽然滅亡。

〔3〕惜往：指屈原的《惜往日》。蘧：春秋衛人蘧瑗，字伯玉，孔子在衛國時嘗住其家，年五十而知四十九年之非（《淮南子・原道訓》）。

劉芳節[1]

字聖達[2]，宜都人。萬曆丁酉舉人。常從袁小修及錢穆齋遊，有《閨情集句》三十二首，最工，小修序之[3]。

【校注】

〔1〕《宜都縣志·人物·獻徵》（康熙本）有傳。《明史》無載。

〔2〕縣志記爲"字元度"。

〔3〕小修：袁中道。按，《湖北先賢詩佩》記其一夕集成唐詩百首，張居正令子允修等師之。

閨情集句

緑慘雙蛾不自持，曉庭和露折殘枝[1]。長疑好事皆虚事，莫遣佳期竟後期[2]。舊曲聽來猶有恨，柔腸結盡轉相思。遥知更有難忘處，射雉春風得意時。

【校注】

〔1〕上句出步非烟《答趙子》。下句出鄭谷《十日菊》，鄭詩"和露"作"還繞"。

〔2〕上句出李山甫《寓懷》詩。下句出李商隱《一片》，李詩"竟"作"更"。

纖纖初月上鵶黄，不把雙眉鬥畫長[1]。素奈忽開西子面，芙蓉不及美人妝[2]。對題錦字添新恨，閑對幽花識舊香[3]。欲説春心無所似，池邊顧步兩鴛鴦[4]。

【校注】

〔1〕上句出盧照鄰《長安古意》。下句出秦韜玉《貧女》。

〔2〕上句出姚合《題梁國公主池亭》，姚詩“忽”作“花”。下句出王昌齡《西宮秋怨》。

〔3〕上句出曹唐《織女懷牽牛》，曹詩“對”“添”作“封”“凝”。

〔4〕上句出李賀《石城曉》。下句出劉希夷《公子行》。

擘破雲鬟金鳳凰[1]，夢回餘念屬瀟湘。徒勞掩袂傷鉛粉，但惜流塵暗洞房[2]。兩臉酒醺紅杏妒，一叢高髻緑雲光[3]。妝成衹是薰香坐，欲捲珠簾春恨長[4]。

【校注】

〔1〕句出曹唐《玉女杜蘭香下嫁於張碩》。

〔2〕上句出喬知之《緑珠篇》。下句出李商隱《昨夜》，李詩“洞”作“燭”。

〔3〕上句出李洞《贈龐煉師》。下句出王涯《宮詞三十首》，王詩“髻”作“鬟”。

〔4〕此句出自王昌齡《西宮春怨》。

舊事淒涼不可聽，含紅怨緑影亭亭。琴聲斷續愁兼恨，杯酒流連醉復醒。新睡起來思舊夢[1]，夜香燒罷掩重扃。緑窗璧月移花影，銀燭秋光冷畫屏[2]。

【校注】

〔1〕此句出自王涯《宮詞三十首》。

〔2〕此句出自杜牧《秋夕》。

同徐上舍陪雷太史宿紫蓋寺[1]

衡岳飛來第一峰，峰形如蓋紫蒙茸。樵山舊侶迎徐孺，蓮社新盟得次宗[2]。百丈倒窺丹井碧，一龕深照佛燈紅。松篁也解賡禪韵[3]，却共檐鈴話夜風。

【校注】

〔1〕紫蓋寺：在衡山。

〔2〕徐孺：即徐孺子，徐穉。東漢陳蕃做豫章太守時，專設一榻接待徐穉。此處是以徐上舍相比。蓮社：東晋時高僧慧遠居廬山東林寺，同劉遺民、雷次宗等同修净土，結白蓮社。此處以雷次宗比雷太史。

〔3〕賡：接續、和答意。

熊廷弼[1]

字芝岡[2]，江夏人。夙負經濟，狀貌魁梧，有膂力，能左右射，萬曆丁酉領解額[3]，戊戌成進士，授保定推官，理冤疏滯，有能聲，攝府事二載，考績爲天下第一。除御史，督學江南，衡鑒精敏，屢斥要津子弟，中蜚語歸。郡邑苦巨浸，請當事督江、咸、嘉、蒲四邑民築堤二百餘里，至今賴之。己未起大理寺兵部侍郎，巡撫遼東，爲姚宗文等劾，罷。辛酉復起兵部尚書，經略遼東，守禦備至，與巡撫王化貞不合，張鶴鳴等誣陷論死，天下冤之。後以韓爌疏其存遼功，謚襄愍[4]。

【校注】

〔1〕《江夏縣志·人物志·忠臣》（同治本）有傳。《明史》有傳。

〔2〕縣志記其爲“字非百，一字芝岡”。

〔3〕解額，縣志作“鄉解”。

〔4〕《湖北先賢詩佩》記其有《性氣先生集》，今亦有《熊襄愍公集》。

過恨者關[1]

兩年關上路，三度病中過。衰爲沙場早，愁緣世網多。逐臣甘糞土，舉國騖風波[2]。涕泣三朝事，馳驅敢惜他[3]。

【校注】

〔1〕詩題，《熊襄愍公集》題後有序：“己未春，予起宣慰代遼東經略，年餘被勘迴籍。”恨者關：即恨這關。

〔2〕騖，《熊襄愍公集》爲“誤”。

〔3〕泣、惜他，《熊襄愍公集》分别爲“泪”“息它”。按，《熊襄愍公集》詩後有自注：“病鬱侵尋。辛未春，遼陽陷，蒙璽書召還，念三朝厚恩，義不忍辭。然兩年病中三渡此關，亦足傷矣。泫然賦此，立志感嘆。”

閲冰城〔1〕

崇墉環四面，危砌儼千層。落日浮銀練，寒芒動玉繩〔2〕。山河渾未改，睥睨若爲增。莫恃長城險，吾心正飲冰。

【校注】

〔1〕《熊襄愍公集》無此詩。

〔2〕芒,《湖北先賢詩佩》作“光”。

張文光[1]

字公覲，江夏人。萬曆戊戌進士。官檢討，以論楚藩事忤沈相[2]，久之遷尚寶丞，卒[3]。

【校注】

〔1〕《江夏縣志·人物》（同治本）有傳。《明史》無載。

〔2〕據縣志，沈相即沈一貫。

〔3〕按縣志記爲“尋遷少卿，乞差南巡卒”。

衡岳雜咏

放舟行湘中，注目衡山上。舟移景亦移，千里各異狀。奔峭涌逝波，層巒開叠嶂。疑塞忽開通，一背復一向。巍峩插青冥，幽深極遼曠。林木色蓊蔚，流泉瀉蕩漾。猿猱嘯夜月，虎豹浮雲抗。他岳或奔圮，兹山獨無恙。鄴侯曾隱居，旋拜真宰相[1]。高僧習禪觀，屢得法眼藏。興雲泄霧雨，沛澤何流宕。舜廟可瞻依，禹碑擬搜訪[2]。婚嫁了世緣，岩栖托微尚[3]。

【校注】

〔1〕鄴侯：唐李泌，被封鄴侯，幾次拜相。

〔2〕舜廟：在衡山，傳説舜南巡至此。禹碑：大禹治水記功之碑，衡山禹碑純屬傳説。

〔3〕二句用“向平願了”之典（見《後漢書·逸民傳》）。

甘　　籌[1]

德安人[2]。萬曆庚子舉人。

【校注】

〔1〕《安陸縣志・人物》(道光本)有傳。《明史》無載。

〔2〕縣志記爲"字大衡"。

碧霞臺送楊掌院漣赴司寇[1]

破帽青衫賦北征[2],一天風雨暗山城。得全忠孝原無死,漫比龍逢浪擲生[3]。唐相笑談藏利器,漢家黨錮坐虛名[4]。傷心不爲孤臣別,念到同文泣五更。

【校注】

〔1〕詩題,《湖北先賢詩佩》無"碧霞臺"三字。楊漣:字子孺,號大洪,萬曆進士,累遷兵科給事中。曾上疏揭魏忠賢二十四大罪狀,被削職歸。後魏忠賢令奸黨誣他受熊廷弼賄,與左光斗黨同伐异、招權納賄,又派緹騎逮入詔獄。此詩即作於他被捉赴京之時。碧霞臺:在安陸,有道士曾在此煉丹。

〔2〕北征:杜甫著名叙事長詩。

〔3〕龍逢:殷直臣,因正直敢言被紂王斬首。

〔4〕唐相:指李泌,他在宦官秉權的情况下,既能處理好政事,又善於保全自己。黨錮:指東漢黨錮之禍。

曾可前[1]

字退如[2]，石首人。萬曆辛丑進士及第。官編修，甲辰分考，所收多名士，以父老假歸。三年，父强之出，未幾即歸。友愛諸弟，悉讓遺産。邑多水患，捐築隄防，全活梓里。其門生爲鄉邑令，歲時餽遺謝絶。父卒，以哀毁過亦卒。子鳴世，戊午登賢書。所著有《石柟館集》。

【校注】

〔1〕《石首縣志·人物·文翰》（同治本）有傳。《明史》無載。

〔2〕縣志記其“號長石”。

贈封御史陳廷策歸衡山

豈是鄉心爲雁聞[1]，歸與欲傍懶殘群。餐錢中秘時能繼，桐酒黄封好共醺[2]。去去便携龐德婦，望望那忍狄公雲[3]。丹砂煉處雙尊緑，爲愛仙禽五色文。

【校注】

〔1〕衡山有四雁峰。

〔2〕中秘：中書、秘書二省合稱，此指代京官。黄封：官酒稱爲黄封。

〔3〕龐德：即漢末隱居襄陽的龐德公。狄公：狄仁杰，唐名宦，善斷案。狄公雲：《新唐書·狄仁杰傳》：“仁杰登太行山，反顧，見雲孤飛，謂左右曰：‘吾親舍其下。’瞻悵久之，雲移乃得去。”

邱　坦[1]

字長孺，麻城人。少慕古，通緯略，社中屢爲避席。忽投筆從軍，用射策奪解[2]，旋中武甲科，充副朝鮮使，以才望服其君臣。尋推轂營帥，出鎮遼左，領偏師備邊。莅位九日，即奏六洲河之捷。歷事六年，凡七疏，始解閫寄歸，抵淮陽，梓其《度遼集》，友人潘景升爲之序。後卜居金陵，以詩酒自娱，卒。

【校注】

〔1〕《麻城縣志·耆舊志·文學》（光緒本）有傳。《明史》無載。

〔2〕解：疑即解元。

白塔寺[1]

古塔無歲月，問僧皆不知。或言阿育王[2]，或言唐高麗。據此結搆工，大抵元人爲。六面佛象餰[3]，九層檐鐸虧。但有烏鵲巢，略無香火施。翻從剥落後，想其初建時。胡爲乎窮荒，對此獨生悲。

【校注】

〔1〕白塔寺：有多處，不詳何指。

〔2〕阿育王：印度王名，推奉佛教。

〔3〕餰：本義爲粥，此爲剥蝕意。

閲武值雪

綉旗銜曉雪，羯鼓引鳴笳。鹵部兼胡漢，風雲護纛牙。箭同飛白羽，槍共舞梨花。望入天山外，茫茫殆一家。

八憶詩録三 有引

半生爲客，一麾度遼，雖舟車可至之鄉，實輿圖已盡之地。荒凉忒甚，孤陋無聞，班生之筆未酬，措大之帚久敝。妄想薰心，向也志大而言大；遭逢不偶，方知命奇而數奇。枉爾勞神，已見大意。猿鶴移文見誚，招余歸去來兮；燕雀巢幕可危，聞他作者七矣。富貴浮雲，况乃刀頭餂蜜；人生若夢，譬如石火騰光。聊因邊地之所無，一發鬱衷之欲吐。馳神江漢，托興蒓鱸。用寫積懷，何論工拙。

憶　酒

壘塊横胸臆，半生游酒人。步兵舊吾黨，吏部向比鄰〔1〕。魯酒古來薄〔2〕，邊民近更貧。每逢山水勝，腸斷玉壺春。

【校注】

〔1〕步兵：晋阮籍，曾任步兵校尉，人稱阮步兵。吏部：指唐蘇晋，曾爲户、吏兩部侍郎，杜甫《飲中八仙歌》中八仙之一。

〔2〕魯酒：魯國酒薄，因稱薄酒爲魯酒。《莊子·胠篋》：“魯酒薄而邯鄲圍。”

憶　茶

齊王謂茗飲，不中酪作奴〔1〕。賤之則不至，寧獨惟茶乎。鬱積腸多結，塵勞氣未蘇。此時思七盌，一滴勝醍醐〔2〕。

【校注】

〔1〕齊王：指南齊臨沂人王肅。王肅仕南朝時，喜茗飲蒓羹。後仕北魏，又喜食羊肉酪漿。有人問茗比酪何爲佳，肅曰茗不堪與酪爲奴。

〔2〕七盌：茶具。醍醐：酪之精者。

憶　花

江南和暖地，四季有花開。處處携尊去，朝朝取醉回。十年離水國，昨歲出金臺〔1〕。若向沙場望，連天但草萊。

【校注】

〔1〕金臺：疑指黄金臺，在今河北易縣東南。

癸丑初度[1]

今年尚且未知非，半百猶然不見幾[2]。頻舉一隅終不反，雖全六翮詎能飛。栖栖爲佞吾何敢，碌碌因人志已違。何日雄心化冰雪，可憐原不爲輕肥。

【校注】

〔1〕詩題後有自注："時四十九歲。"

〔2〕幾：通"機"。

感懷謝諸知己

秃盡南山千兔毫，唇焦口敝衆時髦。鐵牛海底終難拔[1]，俊鶻籠中正伏絛。半世已過心漸冷，三隅不反意徒勞[2]。龍蛇鵬鷃吾今解[3]，擬削顛毛泛海濤。

【校注】

〔1〕鐵牛：古時鑄鐵牛以爲可以鎮橋、鎮河、鎮海。

〔2〕三隅不反：即不能"舉一反三"意,《論語·述而》："舉一隅不以三隅反，則不復也。"

〔3〕此用《莊子·逍遥游》意。

長至夜飲竇靖宇署中賦贈[1]

瓦上堦前一寸霜，曉寒怪底沁衣裳。滿墀積雪明庭燎，一派荒鷄出塞墻。晝角聲殘星月下，竹爐火暖瓮醅香。故人長至天涯酒，只覺今宵夜不長。

【校注】

〔1〕長至：夏至之別稱。

咏野燒

三月燒山始務農，暮春塞外尚如冬。暖生寒谷非關律，報入甘泉不是烽。映水半分星月影，望鄉錯認祝融峰。年來芝艾同灰燼，獨羨青青幽壑松。

鳳凰山閑咏[1]

雲山縹緲將心遠，水石幽深引興賒。朱喙金衣公子鳥，檀心紅面女兒花。手删惡木通遥瀑，自汲新泉煮貢茶。絶塞四年愁病裏，今朝不覺在天涯。

【校注】

〔1〕鳳凰山：有多處，此爲甘肅成縣東南之鳳凰山，山腰有瀑布。

山中午日

萬壑千峰過雨青，空山伐木響丁丁。已諳藥性收盈袖，不識名花插滿瓶。貰酒乍教酬令節，思鄉遠望上高亭。楚人不是偏多怨，今古從來忌獨醒。

度遼留别京邑諸知己

世事何時不可爲，盤根錯節豈難支。獨憐近日邊疆事，築室搏沙無米炊。

與其枯骨裹羅紈，何事沙場綉箭瘢。自得先師等死説[1]，不勞馬革與桐棺。

生平知己盡賢豪，推轂勤渠屬望勞[2]。此别無成應永别，不能長負九方皋[3]。

【校注】

〔1〕等死説：用《莊子》"等貴賤，齊死生"之義。

〔2〕推轂：比喻助人成事（幫人推車轂使動）。勤渠：即勤劬，勤勞之意。

〔3〕九方皋：春秋秦人，善於相馬，伯樂曾薦給秦穆公（《列子·説符》）。

閑　　咏

羽檄軍書盡夜馳，可憐文法密如絲。中才不了趨承事，何用龍韜豹略爲。

贈陳東溟[1]

滿山紅葉滿溪花，邱壑逶迤路轉賒。一帶黄茅數間屋，無人知是故侯家。

【校注】

〔1〕題下自注："東溟兩任遊擊將軍矣，而貧不改其常。今以數金買得清河荒山一段，誅茅其中，余慕而訪之不值。家徒四壁耳，遂留題其壁。"

無　　題

亂山深處且停驂，村酒雖渾亦共酣。日落棠梨花樹下，一聲布穀似江南。

楚風補卷之二十五

明

雷思霈[1]

字何思，彝陵人。萬曆辛丑進士。選庶常，授簡討。庚戌會試分考，以告歸。與三袁友善。鍾惺、鄒之麟輩皆出其門。所著有詩文等集。

【校注】

〔1〕傳參見清同治重修《東湖縣志》，亦見《列朝詩集小傳·丁集》。

登玉泉來青閣[1]

石磴幾千級，滃勃夾長柏。奔泉泠山骨，卧聽知水脉。夕陽空翠生，滿身變衣色。倏鼓豐隆怒，四顧疑雲黑[2]。驚起老蛟精，倒捲銀河瀉。一朝天開霽[3]，亭檻俯石壁。乍聞深澗濤，吼山山欲劈。峰饒林木音[4]，溪藉沙路白。我家萬山中，終日對山碧。別來已四載，見此欣有得。塵土污緇衣，城中車馬客。

【校注】

〔1〕《詩佩》題作"來青亭"。玉泉：玉泉寺，湖北當陽縣名寺。

〔2〕疑，《詩徵》作"集"；《當陽縣志·藝文》作"膚"。

〔3〕一,《詩徵》作“素”；開,《詩徵》作“霽”。

〔4〕音,《詩徵》作“青”。

天　　門〔1〕

天門陡絶惟一路，鐵馬鋃鐺石爲柱。窅然深澗疑無底，下視滃滃但雲霧。狂歌欲扣九關門，天妃玉女儼相顧〔2〕。

【校注】

〔1〕天門：山名，有多處，此不知確指。查《東湖縣志》無此山名。或指湖北竟陵之天門山。

〔2〕末二句暗寓君門九重而不通意。九關門：即九重門，神話傳説天門有九道。李白《梁甫吟》：“閶闔九門不可通，以額扣關閽者怒。”

七十二峰圖〔1〕

楚塞秋空白練膩，丹青畫出峰峰翠。我欲南登南岳山，其峰亦是七十二。瀑布飛泉或讓之，群峭摩空真絶异。他時爲寫兩山圖，有峰一百四十四。

【校注】

〔1〕七十二峰：此指湖北武當山七十二峰。

漢宫引

少年宫女那曾愁，相送琵琶學泪流。姊妹大來閑話舊，才人多少怨箜篌。明妃塞上已青冢〔1〕，我輩宫中也白頭。

【校注】

〔1〕明妃青冢：在今内蒙古呼和浩特市南九公里大黑河南岸。

雁　至[1]

去燕新辭主，來鴻舊作賓。江空今夜月，家遠隔年身。結伴多依水，將書只寫人。如何白翎雀，歲歲北山春[2]。

【校注】

〔1〕詩亦見《詩佩》。

〔2〕白翎雀：即百靈鳥。生於北方，即使嚴寒大凍，亦不易地。

黄牛寺[1]

舊説黄牛路，今聞碧瀾鐘[2]。水無不怒石，山有别高峰。竹裏穿雙井，林間出老松。野花開處處，遊興借春穠。

【校注】

〔1〕清乾隆《東湖縣志・藝文》載此首，題爲“宿黄牛寺”。《詩佩》亦同縣志。黄牛寺：在宜昌市西四十五公里之黄牛山上，即在長江三峽内黄牛峽之山上。

〔2〕瀾,《東湖縣志》作“澗”，當從。

爲雲爲雨峽，三朝三暮山[1]。禹書空屨鑿，宋勑錦猶斑[2]。初月流江外，晴霞落照間。汲泉深澗入，烹茗覺僧閑[3]。

【校注】

〔1〕上句,《詩佩》爲：“爲雨爲雲峽”，暗用宋玉《高唐賦》語。下句：黄牛山下水勢縈迴，故古民諺曰：“朝發黄牛，暮宿黄牛，三朝三暮，黄牛如故。”

〔2〕上句：舊俗説黄牛峽爲大禹治水時鑿開。下句：據《東湖縣志・古迹》載：“宋封嘉應保安侯，稱靈感神，又洛川神。”

〔3〕據陸羽《茶經》，在黃牛峽下南岸碚尾山有泉，水色清碧，其味甘美，宜烹茗，故陸羽稱譽天下第四。後因名“天下第四泉”。

送楊一鵬之成都[1]

汝到成都府，知生錦水春。楊雄原楚姓，蜀帝本荆人[2]。驛路梅花早，官銜柏葉親。文翁兼好武[3]，拔劍擊江神。

【校注】

〔1〕楊一鵬：見本卷後小傳。

〔2〕蜀帝：即望帝杜宇，詳見《華陽國志》。但言其爲荆人，所據不詳。庾信《奉和趙王喜雨》有“猶言祀蜀帝，即似望荆臺”句。

〔3〕文翁：漢景帝、武帝時人，曾爲蜀郡守，善以風教化民。詳見《漢書》卷八十九。但“好武”“拔劍擊江神”事不見於《漢書》。此借以譽楊一鵬。

九日宿東山寺[1]

九日東山寺，無花却有歌。峰巒朝雨變[2]，鈴鐸晚風多。峽口生秋水，湖心老芰荷。舊時遊息地，竹樹已婆娑。

【校注】

〔1〕《東湖縣志·藝文》載此題共四首，此其一。

〔2〕變，《詩徵》及《東湖縣志·藝文》均作“後”。

春　興[1]

信是彝陵春色好，高堂倏盡見虛空。秦灰漢壘千年迹，白糝紅酣兩岸風。天外晴山朝霧裏，城頭水閣夕陽中。畫船直向南津口，釣艇時來西塞東[2]。

【校注】

〔1〕詩亦見《東湖縣志·藝文·七律》及《明詩紀事》。

〔2〕南津口：即宜昌三峽入口處南津關。西塞：山名，在湖北黄石市東。

消得天厨書幾緘〔1〕，朝朝騎馬看烟嵐。三年半在香山寺，十月曾探滴水岩〔2〕。滿井北遊春澹澹，潭河西上石巉巉〔3〕。松風獨愛陶貞白，官是蓬萊最後銜〔4〕。

【校注】

〔1〕天厨：本星名，因方位近百官厨，後多指美食所出之所。此句恐指食後作書。

〔2〕香山寺：觀下句“滴水岩”則知此爲京兆宛平縣香山寺。滴水岩：在京兆宛平縣西四十里，懸岩千仞，泉布石面。

〔3〕滿井：地名，在今遼寧昌圖東。潭，《明詩紀事》作“渾”。潭河不詳。渾河：即桑乾河，源於山西省。

〔4〕陶貞白：即南朝梁陶弘景，《梁書》《南史》均有傳。蓬萊：漢代有蓬萊館，爲文人校書著述之所。作者曾爲翰林庶吉士，故借以自況。

臨懷素墨迹〔1〕

鷗群鶴侶道人閑，只住青葱竹柏間。欲買小莊先問水，但逢佳客勸登山。深林不放雲輕出，野艇常邀月共還。家有懷公顛墨在〔2〕，臨時多染醉毫斑。

【校注】

〔1〕懷素：唐代僧人，善書法，以狂草著名，詳見《宣和書譜·唐釋懷素》。

〔2〕顛墨：指懷素顛狂飛舞之草書。懷素與唐代另一著名草書家張旭齊名，風格均奔放浪漫，奇异變幻，人稱“顛張醉素”。

和曾退如見懷[1]

入朝歸野不同時，薊北江南總繫思。郭有青山看竹好，門臨流水得魚遲。君遊何處多題句，我到懸崖半寫碑。終日借書兼借畫，莫將甁字讀成癡[2]。

【校注】

〔1〕曾退如：作者詩友，曾爲太史，與公安三袁多唱和詩歌。

〔2〕甁：盛酒器。據《聞見録》，古語有“借書一甁，還書一甁”。後人訛爲“借書與人爲一癡，還書爲一癡”。

清溪龍女洞[1]

欲買青溪溪上田，絶憐龍女住寒泉。須知成佛文殊後，莫更投書柳毅前[2]。嶺外獮猴閑出定，洞中蝙蝠解安禪。茅庵結得經行久，應向人間作水仙。

【校注】

〔1〕據《東湖縣志・山川》載，青溪在天峰鋪與遠安界，去城東九十里有青溪，雷思霈另有“百里青溪千仞秋”之詩句。龍女洞在青溪不遠處，傳説洞爲龍女聽法處。

〔2〕此句借用柳毅傳書故事，詳見唐李朝威《柳毅傳》。

北郊鷹房[1]

遼城金壘古鷹房[2]，羊角風沙接大荒。野窟舊無狐兔迹，小池今有芰荷香。黄鸝獨語遮深柳，粉蝶叢飛戀短墻。千古幽州還禹甸，卜年開統憶先皇[3]。

【校注】

〔1〕詩亦見《明詩綜》。

〔2〕遼城：在今遼陽附近。

〔3〕禹甸：古稱九州之地爲禹甸，語出《詩經·小雅·信南山》。卜年：即卜世。以占卜預測享國的年數和傳國的世數。先皇：指明太祖朱元璋。

春日過枝江

楚宫舊是丹陽地[1]，春草低迷春雨饒。沙岸微微穿荻笋，釣舟隱隱繫楊條。山分吴峽千峰繞，江合沮漳二水潮[2]。九十九洲從此始，欲同高士寄漁樵。

【校注】

〔1〕丹陽：春秋楚丹陽有二，此爲楚文王徙都地，在今湖北枝江東沮、漳二水匯流處。

〔2〕吴，清同治《枝江縣志·學校志中·藝文》作“巫”。繞，《枝江縣志》作“色”。潮，《枝江縣志》作“遥”。

再和中郎玉泉韵[1]

平却龍湫建刹年，如浮大海涌樓船。嶺盤猿狖忽無地，路出沮漳别有天[2]。衣讓一師知法幻，裩輸古佛著身眠。茶經此後添仙掌，水注旁搜少二泉[3]。

【校注】

〔1〕中郎：即袁宏道。玉泉韵：指袁咏當陽《玉泉寺》詩。

〔2〕沮漳：即沮水、漳水，流經當陽合流而爲沮漳河。

〔3〕仙掌：此指新茶名。袁《玉泉寺》有“摘將仙掌試清泉”句。

有所思[1]

何用遺君玳瑁簪[2]，雙珠明月照同心。原來得自鮫人室[3]，説到相思淚不禁。

【校注】

〔1〕有所思：漢樂府舊題，以首句名篇。

〔2〕此句用樂府舊作意："何用問遺君，雙珠玳瑁簪。"

〔3〕鮫人室：傳説中海底怪人所居之處。據説鮫人其眼能泣珠，詳見晋張華《博物志》。

傅淑訓[1]

字啓昧，孝感人，新昌令偉之子。弱冠登萬曆辛丑進士，知山東濮州。濮巨憨藪盗怙勢，莫敢詰，以計擒之。歷任太僕少卿。坐與楊漣姻[2]，削籍。崇禎戊辰，召補順天府尹，累官户部尚書，羽檄旁午，帑藏空虚，公多方措辦，帝有佐計勤練之褒。予告，卒於家。所著有《澤州志》《督餉疏草》《白雲山房詩文》。子如金、如圭。

【校注】

〔1〕傳參見清光緒八年重修《孝感縣志·臣林》,《詩徵》有傳,《明史》有記載。

〔2〕楊漣：人名，詳見本卷後。

晴川閣野眺

江上風烟望武昌，臨江高閣曉蒼蒼。濤聲八月蛟龍吼，霸氣千秋草樹荒。幾點青山浮大别[1]，一聲殘笛弄滄浪。自經崔顥題詩後[2]，别是人間翰墨場。

【校注】

〔1〕大别：山名，即今武漢市漢陽龜山（見《漢陽縣志》)。

〔2〕崔顥題詩：事見《唐才子傳》卷一。崔顥《登黄鶴樓》詩中有“晴川歷歷漢陽樹”之句，故後以爲閣名。

袁子讓[1]

郴州人。萬曆辛丑進士。官主事[2]。

【校注】

〔1〕傳參見嘉慶《郴州總志·選舉》《沅湘耆舊集》。

〔2〕《郴洲總志》作“官兵部職方司員外郎”。

衡山夜眺[1]

雲散攀躋最上峰，杖頭七十二芙蓉[2]。盤紆洞受穿林月，屈曲烟隨引道松[3]。仙在尚留歸洞鶴[4]，壑深疑有聽經龍。夜來花雨登壇後[5]，風静天空寺寺鐘。

【校注】

〔1〕《沅湘耆舊集》此題有兩首，此其一。

〔2〕杖頭：即手杖。七十二芙蓉：衡山有七十二峰，芙蓉峰爲其中之一。

〔3〕洞，《沅湘耆舊集》作“經”。屈曲，《沅湘耆舊集》作“冪歷”，覆蓋分布。

〔4〕在，《沅湘耆舊集》作“去”。

〔5〕花雨登壇：指演説佛經，借用梁武帝時雲光法師講經而天花紛撒事（見《高僧傳》）。

余玉節[1]

字振衡[2]，大冶人。十齡應童子試，以答策見稱於有司。萬曆辛丑成進士，授户部主事。摧臨清關[3]，惠商束胥，處脂弗潤。歷刑部郎，出守吉州，講求馬驛、漕艘之法，以蘇民困。時所在祠魏忠賢，且廢天下書院。吉有白鷺洲書院，節力庇之而却祠璫之請[4]。又嘗設方略、剿妖賊。兩臺奏留參藩[5]，尋擢南贛巡撫，以勞瘁卒。子文明、際明、謨明、浚明、順明、允明，皆知名士。

【校注】

〔1〕傳參見清同治丁卯修《大冶縣志·人物·德業》，亦見《詩徵》。

〔2〕《大冶縣志》作“字聲子，號振衡”。

〔3〕摧，《大冶縣志》作“榷”。

〔4〕璫：宦官代稱。此指魏忠賢。

〔5〕兩臺：指明代北、南兩都察院（即内臺、南臺）。

登沼山寺[1]

灰徑扶筇破滑苔[2]，層雲冉冉蕩胸來。周遭一水瀠空翠，廓落群峰護古臺[3]。鈴鐸風傳清籟響，松杉日轉法輪回。登臨欲探千年勝，碑板寥寥猿鶴哀。

【校注】

〔1〕沼山寺：據《大冶縣志》寺在縣西六十里，四山環繞，中峰聳雲，有泉如沼，故名。

〔2〕灰，《詩徵》及《縣志》均作“仄”，當從。筇：竹名，此指竹杖。

〔3〕廓落，《詩徵》及《縣志》均作“却略”。

斷崖如臼隱蓮宮，樹杪樓臺積翠中。雨過瀑泉摇素練，巒生烟靄接蒼穹[1]。馬封已逐蓬科轉[2]，雁塔都隨劫爐空。徙倚夕陽凌絶頂，鄂城燈火半輪紅[3]。

【校注】

〔1〕巒生，《大冶縣志》作“山浮”。巒，疑作“巒”。

〔2〕馬封：爲“馬鬣封”之省稱，爲墳墓上封土的一種形狀。此句言墳上生滿蓬草。

〔3〕鄂城：地名，舊屬湖北武昌縣。今爲鄂州市。

陳宗契〔1〕

字祼生，號景玄，衡陽人。萬曆辛丑進士。授福建道監察御史，遣視漕運，尋奉詔按浙，因父疾請假歸。尋補畿輔學政，不赴。熹宗踐祚，刷卷南都〔2〕，晋通政司參議。甲子拜北通政司左通政，丙寅升太常寺正卿。時以逆璫擅政，三疏乞終養。崇禎三年，詔起兵部右侍郎，未聞命卒。著有詩文《醒耳吹》共二十卷，門人徐開禧爲之序。

【校注】

〔1〕傳參見同治十三年重修《衡陽縣志·人物列傳十五》，事頗詳。亦見《沅湘耆舊集》。

〔2〕刷卷：古法律用語，指官吏查看文書或復審案件。

石鼓書院〔1〕

未討金科迹，先探石鼓文。千峰杯外落，二水檻前分。古碣餘秦篆，荒臺滯楚雲。西窗青一帶，岳色遠氤氳。

【校注】

〔1〕詩亦見《沅湘耆舊集》。石鼓書院：在衡陽縣北二里，唐李寬建，宋朱熹有記。

祝融峰〔1〕

拔地芙蓉月下看，蕭森落木萬峰寒。幽岩煮石和雲咽，絶澗鳴泉帶雲彈〔2〕。夜榻只緣搔背好〔3〕，秋風非爲折腰難。生來不具平章骨〔4〕，半夜何心問懶殘。

【校注】

〔1〕《沅湘耆舊集》題作“宿祝融峰”。祝融峰：爲衡山著名主峰之一。

〔2〕雲,《沅湘耆舊集》作“雪”，較切。

〔3〕搔背：後漢袁安曾令人搔背，曰：“甚快人意。”詳見《後漢書・袁安傳》。

〔4〕平章骨：聯繫下句，此指作高官之骨相。平章：官名，位頗重，唐宋時均爲宰臣。

登回雁峰懷趙揚州〔1〕

青天七十二芙蓉，回雁南來第一峰。雲破月生湘浦棹，鷺歸雪點寺門松。峰前共羡人騎鶴，斗下誰看劍化龍〔2〕。愁絶梅花千萬樹，相思共聽隔江鐘。

【校注】

〔1〕詩亦見《沅湘耆舊集》。回雁峰：爲衡山名峰之一。

〔2〕此句用“腰纏十萬貫，騎鶴上揚州”故事，詳見南朝梁代殷藝《小説》。劍化龍：用《晋書・張華傳》事。

新聞北督學之命寄祝融君〔1〕

護法虚疑是宰官，住山新著竹皮冠〔2〕。鷄栖不署囊中草，蝶化誰稱夢裏蘭。一卷經殘僧下榻，數聲鐘罷客憑欄。步蟾便踏芙蓉頂，半夜無人獨自看。

【校注】

〔1〕北督學：明代設御史兼提督學校官員，兩京各一人，分爲北、南督學。

〔2〕竹皮冠：創於漢劉邦，又稱劉氏冠，詳見《史記》《漢書》之《高祖本紀》。後多於宗廟祭祀時用之。

五年夢斷紫宸斑[1]，學道雲林早閉關。湖海未教除姓字[2]，風塵寧爲老容顔。自應采藥來三島，莫漫移文到北山[3]。指點祝融閑出處，虬松千尺鶴飛還。

【校注】

〔1〕斑，《沅湘耆舊集》作“班”，當從。

〔2〕此句用東漢末名士陳登事。

〔3〕此句用南朝齊代孔稚圭撰《北山移文》事，詳見《文選》。

朱陵後洞[1]

一自羅浮去路長，藤花天棘覆雲床[2]。仙人獨下葳蕤鎖，猶有金膏祕禹糧[3]。

【校注】

〔1〕據明弘治《衡山志》載，有“朱陵洞在紫蓋鄉第八都，石上刻‘朱陵太虛’四大字，道家三十六洞天中之第三洞也”。又《六帖》云：“衡山者，朱陵之靈臺，太虛之寶洞。”（本書卷二十三有劉堯海《朱陵洞》詩，可參看）

〔2〕天棘：植物名，説法不一。有人以爲出自佛書，即青棘香。雲床：指仙人居處。

〔3〕葳蕤鎖：鎖名，其以金縷相連，可屈伸。禹糧：即禹餘糧，岩石名，傳説禹治水時棄其餘糧而化爲石，故名。此借用。

蕭丁泰[1]

字吉南[2]，漢陽人，良有長子[3]。少從父讀書京師，爲顧端文憲成所賞[4]。萬曆辛丑成進士，授行人，擢兵部主事，典陝西壬子試，歷陝西左布政使。時魏璫柄政，羅織清流，謝官歸。崇禎初起用，累遷貴州左布政使。立身清苦，折節下士，歷四省六任藩伯，豐財節用，支給邊儲，無不得其要領。晚入黔，值水西叛亂[5]，與總督朱燮元調兵食[6]、議剿撫，燮元仗爲右臂，以勞瘁終，燮元特爲請恤。

【校注】

〔1〕傳參見清光緒九年重修《漢陽縣志·人物》及《詩徵》。

〔2〕南,《縣志》作“甫”。

〔3〕蕭良有：丁泰之父，萬曆八年首選，殿試第一。

〔4〕顧憲成:《明史》有傳，文憲爲其謚號。

〔5〕水西：地名，今貴州黔西。此指明天啓末安邦彦叛亂（詳見《明史·朱燮元傳》)。

〔6〕朱燮元:《明史》有傳，曾平息水西之亂。

江城夜泊

舍楫傍高城，殘燈欲二更。深杯不成醉，獨坐有餘清[1]。水落魚龍没[2]，沙寒雁鶩驚。隔江何處寺，隱隱度鐘聲。

【校注】

〔1〕清：寒、凉。

〔2〕没,《明詩紀事》作“蟄”。杜甫《秦州雜詩》有“水落魚龍夜”句。

劉　葵[1]

身長六尺，因號六長[2]，攸縣人。萬曆甲辰武進士。官廣東虎頭衛守備。膂力過人，兼精書翰，嫉惡甚嚴。爲讐仇所中，解組歸。治扁舟，載茶鐺、筆床，經旬不返，與緇徒布衣爲侶，貴遊罕得與狎。肆力吟咏，詩近萬篇，當時名士若陳徵君繼儒輩[3]，咸傾慕之。

【校注】

〔1〕傳參見清道光《攸縣志·人物·宦業》，亦見《沅湘耆舊集》。

〔2〕號，《沅湘耆舊集》作“字”，誤。《攸縣志》：“字明卿。”

〔3〕陳繼儒：字仲醇，華亭人，當時著名隱士，《明史》有傳。

遊司空山[1]

卸却朱弁厭世氛[2]，山頭選石禮元君。星冠頂上三花色，羽服身懸五岳文[3]。冲舉已傳當日事，尋真猶憩舊時雲。飛來瀑布灣灣水，別有芝田鳥代耘。

【校注】

〔1〕司空山：詳見卷十七彭友信《游陽升觀憶司空仙迹》詩注。

〔2〕弁，《攸縣志·藝文·七律》作“纓”。

〔3〕此句指道冠形色。參見《神仙傳》衛叔卿事。五岳文：即《五岳真形圖》，道家所佩帶的一種符箓。

舟　居[1]

春日春晴看采薇，纖纖菜甲到春肥。山花有艷人經眼，世事無情柳染衣。一枕鴛鴦酣復醒，三更蝴蝶是耶非。青松隔岸年來種，種不多時已數圍。

【校注】

〔1〕題下原有廖注："春夏秋冬上下平一百二十首，今録數章。"

湖上尋僧往復回，舟中絶不到塵埃。花因惹蝶隨風至，客爲探春送酒來。或是多情憐水鳥，便同小飲坐莓苔。分題限韵尋常事，刻燭無詩酒一杯[1]。

【校注】

〔1〕刻燭：南齊竟陵王蕭子良曾夜集學士作詩，刻燭計時，後喻詩才敏捷。事見《南史·王僧孺傳》。

一棹悠悠湖上亭，平湖兩岸柳青青。但當咏草搜佳句[1]，不必懷沙賦獨醒。長嘯自慚非越石，前身浪擬是劉伶[2]。舟中長物無非酒，對客傳盃手不停[3]。

【校注】

〔1〕咏草搜佳句，《沅湘耆舊集》作"把釣尋高隱"。

〔2〕越石，《沅湘耆舊集》作"祖逖"。越石：劉琨字。祖逖、劉琨均東晋初名將，相友善，志在恢復北方。《晋書》均有傳。劉伶：西晋初人，"竹林七賢"之一，《晋書》有傳。

〔3〕傳杯手不停，《沅湘耆舊集》作"傳杯不暫停"。

曉起看雲半點無，桃花落盡水平湖。數聲悠意鳩催雨，一片閑心燕乳雛。懶向市朝稱傲吏，且抛生計學狂奴[1]。綸竿已識閑人趣，岸柳江楓自可呼。

【校注】

〔1〕傲吏：舊多稱莊子。晋郭璞《游仙詩》："漆園有傲吏。"此借以自況。狂奴：即狂士，用東漢嚴光事，詳見《後漢書·嚴光傳》。

野徑黄花尚有餘，西風眨眼又冬初。清霜白雁疑相約，紅葉丹楓畫不如。江上招來雲是客，舟中結得酒爲徒。有時斸藥朱陵洞，更欲親探宛委書〔1〕。

【校注】

〔1〕朱陵洞：見前卷二十三劉堯海《朱陵洞》詩注。宛委書：傳説夏禹登宛委山，得金簡玉字之書，見《吴越春秋》六《越王無余外傳》引《黄帝中經曆》。

東　事〔1〕

蓮花飛雪又飛霜，玉匣時時出上方〔2〕。殿上新恩都著錦，絶無人説復遼陽〔3〕。

【校注】

〔1〕此題共五首，均見《沅湘耆舊集》。

〔2〕蓮花：劍名，語源《越絶書》。玉匣：指劍鞘。李白《門有車馬客》："雄劍藏玉匣。"

〔3〕遼陽：今遼寧遼陽市附近，時已爲滿族統轄。

白沙磧裏行人少，苜蓿峰頭白骨多。撤去狼兵三十萬〔1〕，生生不肯渡黄河。

【校注】

〔1〕狼兵：明時稱西南諸土司之兵爲狼兵。

漢家新典重詞臣，緋袋金魚數十人[1]。勅賜一時俱拜相[2]，又傳黄閣畫麒麟。

【校注】

〔1〕數十，《沅湘耆舊集》作“歲幾”。

〔2〕拜相，《沅湘耆舊集》作“异數”。

鐵騎横行疾若風，漢家飛將遠從戎。擒生射死都不賞[1]，只數蕭何第一功。

【校注】

〔1〕賞，《沅湘耆舊集》作“管”。

狼兵檄去救遼陽，路上殺人不可當。及到陰山不耐冷，自言並未慣風霜。

楊　鶴[1]

字修齡，常德衛人。萬曆甲辰進士。初任陝西雒南令，抑礦使，除土豪。巡鹽兩浙，寬商恤竈，事訖，命一倅舟載圖書、太湖石以歸[2]，洞庭遇賊，從容長揖。賊訝曰："狹路相逢，何不動聲色乃爾。"發覆見書石，大笑而去。尋奉差巡視十庫，轉按黔中，單騎窮大方九驛，奏割蜀之烏撒隸黔以分其勢。時鎮雄匿印，永寧被兵，勘局十年不了，公一旦悉爲結証，按事之餘，立龍媒社造士[3]。丁外艱歸[4]。起大理寺丞，轉翰林院，提督四裔館[5]，升南贛巡撫。忤魏璫，削籍。崇禎改元，起田間，升左副都御史。扈從郊天，幸學召對平臺，賜坐聽講。未幾，督陝西，以邊功加太子少保，賜飛魚一襲，蔭一孫錦衣千户。以撫賊被誣，下廷尉。子嗣昌請以身代[6]，得謫戍袁州，放歸。所著詩文散佚，嗣昌搜刊其僅存者曰《文字拈》，刊行世。

【校注】

〔1〕《明史》有傳，詳卷二百六十。

〔2〕倅：副。倅舟：副舟，即隨從之舟。

〔3〕此事《明史》傳中載頗詳。

〔4〕丁外艱：指父喪。

〔5〕四裔館：疑即四方館，掌四方邊遠事務。

〔6〕嗣昌：即楊嗣昌，傳詳後。

過東湖樵夫廟[1]

叩馬知何濟[2]，勤王已浪然。楚宫餘建業，周鼎在燕然[3]。一死酬明主，江潭效昔賢。蓋棺終嘿嘿，青史畏人傳。

【校注】

〔1〕此題下有自注："樵夫不知何許人，靖難時嘗負薪過東湖，聞人言新天子即位，知爲成祖，乃棄薪自沉於湖。湖在臨海縣。"查康熙《臨海縣志》，有東湖，在崇和門外，湖畔有樵夫祠，事同。但此詩不見諸志。

〔2〕叩馬：用伯夷、叔齊叩馬而諫事，見《史記·伯夷傳》。

〔3〕燕然：即燕然山。

岳　頂

谷静千岩曉，雲深六月寒。清凉正國土，直作雪山看。

潛水橋〔1〕

源出靈泉汩汩流，又分清瀝繞橋頭。洞庭九水此爲一〔2〕，常帶湖光只欲秋。

【校注】

〔1〕據《常德府志》，潛水橋在府北十五里。

〔2〕九水：指流入洞庭湖的九條河水，即沅、漸、元、辰、叙、酉、澧、資、湘。

歸思雜咏〔1〕

山牛歸卧武陵春，倦鳥閑雲自在身〔2〕。静裏閉門惟打睡，起來還作灌園人〔3〕。

【校注】

〔1〕詩亦見《沅湘耆舊集》。

〔2〕倦鳥閑雲：用陶淵明《歸去來辭》"雲無心以出岫，鳥倦飛而知還"語意。

〔3〕灌園：指退隱家居，典出《史記·商君傳》。

入枉山〔1〕

自笑鬚眉白盡顛，秋航又泊枉山邊。雖云古塔高三寸，若果再來不值錢。

【校注】

〔1〕枉山：在湖南常德東南十五里，又名枉人山。

黄彦士[1]

字抑美，號武皋，黄陂人。萬曆甲辰進士。授行人，晋御史。會孝定太后崩[2]，贊神宗行三年喪，上曰："黄御史真君子。"及按茶馬[3]，再考牧政，條利害十款上之。光宗踐祚，復條上十款，俱切中時事。熹宗立，上《講學疏》。按中州，未發，杖潞藩税監數人。久之，以亢直左遷。歸作甘露書院，年六十卒。

【校注】

〔1〕傳參見清同治重修《黄陂縣志・鄉賢傳》,《明史》有記載。

〔2〕孝定太后：即孝定李太后,《明史》有傳。

〔3〕茶馬：即茶馬司，官署名。

遊木蘭寺[1]

寺閣浮空起，春遊翠可憐。山僧茶作供，野客酒爲禪。日晃動危磴，雲輕出遠天。故留絶頂在，不使妄攀緣。

【校注】

〔1〕木蘭寺：在湖北黄陂縣北六十里之木蘭山上。

谷底深於地，峰頭高壓雲。衆山皆北向，一水自西沄。佛號春秋集，鐘聲旦暮聞。自今幽興愜，長憶鹿麋群。

使事畢將歸甘露喜賦[1]

簡命慚乘使者車[2]，楚天北望見吾廬。驅馳异俗經三月，采摭方言著五書。匹馬背看栖越鳥，孤帆閑伴晚江漁。山中蘿薜還無恙，古寺清泉賦遂初[3]。

【校注】

〔1〕詩亦見《詩徵》《黄陂縣志》。甘露：山名，在黄陂縣東十五里，峰巒迭出，林木蔚然，上有甘露寺。

〔2〕簡命：即簡任，選拔任用。

〔3〕遂初：西漢劉歆爲五原太守，頗不得意作《遂初賦》。後謂去官隱居，得遂其初願爲“遂初”。

重過甘露訪友〔1〕

郊原平起鬱嵯峨，匹馬重來訪薜蘿〔2〕。城郭遠連流水出，林泉晴入翠微多。美人自愛匡廬社，野寺翻成安樂窩〔3〕。深省不須清梵發，欲從絶頂一高歌。

【校注】

〔1〕詩亦見《詩徵》。

〔2〕薜蘿：此指隱者。用《楚辭・九歌・山鬼》語。

〔3〕美人：此指雅士。匡廬社：指東晋末廬山僧慧遠結“白蓮社”事（見《高僧傳》）。安樂窩：宋邵雍自稱安樂先生，稱其宅爲安樂窩。

卜居甘露〔1〕

結社幽栖已十年，買山近得郭東偏。青牛定識來人氣，白鹿應開住客田〔2〕。不問狐狸藏野穴，郤教神物護清泉。當時牛耳誰盟主，回首韶華信惘然〔3〕。

【校注】

〔1〕詩亦見同治《黄陂縣志・藝文》。

〔2〕此句用老子乘青牛過關事（見《列仙傳》）。古隱者居山中常養白鹿爲伴，如晋陶淡。此句當有典，不詳。

〔3〕牛耳：古時諸侯結盟，割牛耳取血，由主盟者執盤讓與盟者分嘗。此

二句或因“甘露”之名，聯想三國時孫、劉的英雄事業，有慨嘆意（舊傳劉備甘露寺招親乃在江蘇鎮江）。

傅學美[1]

醴陵人。萬曆丙午舉人。官廣東定安令。

【校注】

〔1〕傅參見同治九年重修《醴陵縣志·人物·文苑》，事頗詳。

靖興寺集古[1]

行徑從初地，松清古殿扉[2]。水光浮日出，山意共僧歸[3]。夏木蔭溪路，江風透葛衣[4]。寥寥人境外，還見五雲飛[5]。

【校注】

〔1〕詩亦見《醴陵縣志》。靖興寺：據《縣志》在西城隔江靖興山，唐代建。

〔2〕上句見王維《登辯覺寺》。行，王維詩作“竹”。下句見唐綦毋潛《宿龍興寺》詩。

〔3〕上句見唐張均《岳陽晚景》。下句見唐孟貫《寄故園兄弟》。

〔4〕上句見唐孟貫《山中夏日》詩。下句見白居易《湖亭晚歸》詩。

〔5〕上句見唐祖咏《蘇氏別業》詩。下句見杜甫《重經昭陵》詩。

楊　漣[1]

字文孺，號大洪，應山人。少與陳愚交[2]，落拓自喜，里中呼爲狂生。萬曆丁未成進士，授常熟令，奏考清官第一，遷兵科都諫，軍國大計，多所論定。光宗不豫，特召見，承顧命。時熹宗勢處孤危，漣倡議先移宫，後登極，直宿宫門，伺察非常，六日鬚髮盡白。群小忌之，疏請歸里。癸亥起禮科都諫，尋以太常卿赴闕，歷都御史。目擊魏璫客氏專擅無忌[3]，慨然草二十四罪疏上之，忠賢驚怖累日。首輔葉向高意在調停[4]，忠賢手封墨勑，不由閣票，竟削籍。坐故經略熊廷弼贜誣陷[5]，又借汪文言重興大獄[6]，遂被逮下。鎮撫司許顯純异刑毒拷[7]，未幾，片紙下報：漣死矣。畢命之夕，白氣貫北斗。崇禎初，贈右都御史、太子太保，謚忠烈，蔭一子。

【校注】

〔1〕《明史》有傳，詳卷二百四十四。

〔2〕陳愚：字元樸，康熙《應山縣志·人物·孝子》有傳。

〔3〕客氏：明熹宗乳母，與魏忠賢通，相與爲惡，曾封“奉聖夫人”。

〔4〕葉向高：《明史》有傳，詳卷二百四十。

〔5〕熊廷弼：《明史》有傳，詳卷二百五十九。

〔6〕汪文言：歙縣人，曾爲内閣中書。

〔7〕許顯純：《明史》有傳，詳卷三百零六。

宿漢口回龍寺[1]

江上一拳石，環以數株樹。精舍隱老僧，問年不知數。黄鶴舞對江，芳洲水東注[2]。清磬發閑情，風檣任流泝。試問在舟人，能得高眠固。老僧笑不言[3]，江月澹超悟。

【校注】

〔1〕回龍寺：舊址在今武漢市江漢臨江處，明永樂二年建，初名塞口寺。明世宗幸臨，賜名回龍寺。

〔2〕芳，《詩徵》作“鸚”。芳洲：即鸚鵡洲。

〔3〕老僧，清同治《應山縣志·藝文·詩》此題後有“爲恒空上人作”。

柏子園青雲閣〔1〕

官閣凌空汶水深〔2〕，金飈初動客登臨。浮雲易改三山色，落葉先驚萬里心。江上美人遺褋佩，城南少婦試清砧〔3〕。繁臺兔苑今禾黍〔4〕，日暮凭闌思不禁。

【校注】

〔1〕雲，《明詩綜》作“蕓”。

〔2〕汶水：在山東。

〔3〕試，《詩徵》作“拭”。

〔4〕繁臺：在河南開封縣，即漢梁孝王增築之平臺。兔苑：即梁孝王兔園，亦稱梁園。繁臺、梁園均爲梁孝王享樂及招納賓客之所。

遊北固山望金焦〔1〕

危亭平俯大江流，烟色維舟一片浮〔2〕。眼底六朝人物盡，獨憐拳石自千秋。

【校注】

〔1〕《詩徵》此題有三首，《楚風補》所選爲一、三。清同治《應山縣志·藝文·詩》題後有“紀事十首”，并稱“今遺其六”，載四首。北固山：在江蘇鎮江市北。金焦：即鎮江之金山、焦山。

〔2〕舟，《詩徵》及《詩佩》均作“揚”。

巑岏古洞幾經春，穠李夭桃色自新。半壁老藤深抱月，却疑中有避秦人[1]。

【校注】

〔1〕避秦人：用陶潛《桃花源詩序》中語意。

張斗樞[1]

字天都，遠安人。少有鴻才，讀書不輟寒暑。萬曆丁未成進士[2]，令魯山[3]，地多奥草，公買犢給墾。調永城[4]，尤勤課士，擢天下廉幹第一，遷南銓部[5]，請假歸，卒。

【校注】

〔1〕傳參見清同治修《遠安縣志·行業》及《詩徵》。

〔2〕《詩徵》爲“萬曆舉人”。《遠安縣志》作“萬曆癸卯亞魁，登丁未黄士俊榜”。

〔3〕魯山：縣名，在河南省。

〔4〕永城：縣名，在河南省。

〔5〕南銓部：明代設在南京之吏部。

登魯姑洞感賦[1]

倦來小試登山脚，古柏蒼蒼蔭欲移。興到不須頻索筆，碧紗换盡幾人詩[2]。

【校注】

〔1〕詩亦見《詩徵》《遠安縣志·藝文》。

〔2〕碧紗句：唐王播、宋寇準有碧紗籠詩之故事，詳見王定保《唐摭言》、宋吴處厚《清箱雜記》。

孫　　穀[1]

字子畬，華容人，號畬齋，一號長公。羽侯長子[2]，雲夢山人孫[3]，洞庭漁人曾孫[4]。登萬曆丁未進士，授杭州司李[5]，歷官至遼東巡撫。

【校注】

〔1〕傳參見光緒八年重修《華容縣志·文苑》《沅湘耆舊集》。

〔2〕《華容縣志》作“齋羽侯長子”。齋羽侯：即孫穀父孫羽侯。

〔3〕雲夢山人：即孫斯億，詳見卷二十七。

〔4〕洞庭漁人：即孫宜。據《沅湘耆舊集》載，孫氏自宜至子穡（畬），五世皆以文學顯。

〔5〕司李，據《華容縣志》傳爲“推官”。

君山雨後漫興[1]

昨日障春霧，兹晨吼岸風。繫舟停水際，著屐出山巃。旋汲龍王井，頻來帝子宫[2]。寒烟留野刹，細雨濕簾櫳。徑散桃花色，墟黄斑竹叢。問仙尋鶴迹，吊古覓遺踪。谷應空中鼓，沙明水上�。行歌猶未已，瑶瑟遠崆峒。

【校注】

〔1〕詩亦見《巴陵縣志·君山集》上編、《沅湘耆舊集》，但《沅湘耆舊集》與之文字出入較大，現録以參考：“連日橈挑霧，兹晨舶�風。扁舟停水際，蠟屐響山巃。肅瑟軒轅鼎，荒蕪帝子宫。寒烟留野刹，細雨濕簾櫳。茗泛波痕緑，篁餘泪點紅。寥天孤鶴影，滿地一漁翁。剗却平鋪好，迴瀾砥柱功。行歌誰户答，瑶瑟有無中。”

〔2〕龍王井：當指君山上柳毅井，舊説此井通龍宫。帝子宫：指娥皇、女英居處，舊説舜帝二妃居君山上。

孫　　彀[1]

字子雙，華容人。萬曆丁未進士[2]。

【校注】

〔1〕傳參見清光緒八年重修《華容縣志·文苑》和《沅湘耆舊集》。彀，乃前孫穀弟。

〔2〕《沅湘耆舊集》《華容縣志》均未言其登第事，此恐誤。

讀　　史

出門生慷慨，閉户傷幽獨。展轉閱良史，聊用舒心曲。豈知古人書，含茹多局促。金張漢代賢，王謝晉室禄[1]。紛有獨行者，嘿嘿隱玄樸。文字或浪傳，傳聞多實録。當日佚厥真，後禩曠誰續[2]。所以繁華子，赫弈誇人目。稷禼坐可期[3]，何論顔曾躅。

【校注】

〔1〕漢代賢，《沅湘耆舊集》作“侈漢爵”。晉室，《沅湘耆舊集》作“縻晉”。金張：即漢金日磾、張湯，均世代富貴顯宦。王謝：即東晉王導、謝安兩大家族。

〔2〕禩，《明詩紀事》作“禩”，即“祀”。

〔3〕稷禼：后稷和殷始祖。

孟　登[1]

字誕先，武昌人。舉萬曆己酉科。讀書强識，倜儻負奇氣，官藤越知州[2]。有賊假官軍裝入州者，啗以酒食，悉擒殺之。上官疑非實，坐落職。登喜古文詞，與艾南英、劉侗、譚元春諸人才名相埒[3]。所著有《詩經廣説》《史綱要語》《壯心草》《老斲園》諸集[4]。

【校注】

〔1〕傳參見清康熙《湖廣通志》、光緒十一年重修《武昌縣志·仕迹》及《詩徵》。

〔2〕藤越,《武昌縣志》作“騰越”，屬雲南。

〔3〕艾南英：明江西東鄉人,《明史》有傳。劉侗：湖北麻城人，崇禎時進士。譚元春：明竟陵人,《明史》有傳，見卷二百八十八。

〔4〕據《武昌縣志·藝文志》，著有《詩經匡説》《史綱韵語》《吴游草》等。

擬讀曲歌[1]十二章

仰天看牛女，兩處星相繫。不如彼流星，銀河容易濟。
掀帳促歡寢，吹滅床前燈，嫌他别添影。
相迎不下階，送亦不上路。知歡意戀儂，自去還自住。
莫輕許，抱柱信不存[2]，人謂汝誑語。
呼人錯呼郎，聞者遽變色，嗔儂没心腸。
儂身似瓜子[3]，雖遭輕薄常挂齒。心中只一仁，寧甘作浪蓝。
從歡索輕綃，剪裁以爲祖[4]。近體雖云親，割裂不成匹。
芙蕖結緑房，應有鴛鴦宿。歡莫作鳧雛，但依菱芡伏。
郎過鏡臺邊，窺影發一笑。儂見誤生嗔，不知自己身相照。
儂心似蠶絲，纏綿抱煎憂。不若蜘蛛巧，腹絲自牽還自收。

柑橘皆在盤，歡索只與橘；欲令剖，儂腹裏酸。

見歡在圓社[5]，毬欲沾身反抛打；博得氣填膺，蹴踏皆瀟灑。

【校注】

〔1〕讀曲歌：古樂府清商曲吴聲歌曲。詳見《宋書·樂志》《樂府詩集·清商曲辭》。

〔2〕抱柱信：用《莊子·盗跖》記尾生與一女子相約梁下，女子不來，水漲，尾生抱柱而死之故事。

〔3〕瓜子，《詩佩》作“杏子”。

〔4〕衵，《楚風補》中原有注：“音日，親身衣也。”按，衵，此當讀 nì。

〔5〕圓社：宋時球戲組織。

訪鄒滿字不值

豈必雲一壑，豈必水一方。高者矜市隱，亦云隱朝堂。鄒子俱不屑，斗室自鋤荒。軒前纔數武，徑取曲而篁。小閣藤蘿護，短籬侵野塘。荷香襲柳蔭，宛然城南莊。東鄰接僧舍，清梵沁肺腸。此間洵有异，高尚卧羲皇。琢門稚子啓，聲影疑在床。呼之竟不出，得無驚以翔。躑躅桃源路，再問津或忘。

大兵南征官司掠船過洞庭[1]

天風獵獵黄塵起，南征傳檄若飛矢。我行出湖棹且還，聞道前旌臨我里。先聲赫赫動江沱，舳艫絡繹翻鯨波。步兵十萬半乘馬，特駕浮梁馳渡河。渡河直指岳陽城，氣呑雲夢陣雲横。蒼兕總衆具舟楫[2]，無具焉能假木罌。官司惶懼下軍牒，搜索江湖如弋獵。獸窮猶藉解網仁，舟藏力負等胠篋[3]。伍員入楚教船軍[4]，當車大小翼攸分。更賴公輸鈎拒法，倉皇驅率可能聞。洞庭風濤不可測，江漢篙師應失色。武穆曾此破楊么[5]，盍持敬戒惠南國。嗚呼率土悉臣無所逃，一隅墨守秪徒勞。談笑兵銷民樂業，樊湖鄂渚縱輕舠。

【校注】

〔1〕詩亦見《巴陵縣志·洞庭集》上編。

〔2〕蒼兕：本水獸名，善奔突，能覆舟。後以指職掌舟楫的官。《史記·齊太公世家》有"蒼兕蒼兕，總爾衆庶，與爾舟楫，後至者斬"之誓。

〔3〕解網：喻寬宥，仁德。語出《史記·殷紀》。舟藏力負：語出《莊子·大宗師》。胠篋：用《莊子·胠篋篇》語意。

〔4〕伍子胥入楚教船軍事見《越絶書·伍子胥水戰兵法内經》(今本《越絶書》無)。

〔5〕武穆：即岳飛。楊么：宋高宗時曾據洞庭聚義，後爲岳飛擒斬。

壽譚友夏初度五十〔1〕

記予五十羈蘭陽〔2〕，腰折心違業未荒。遥寄一詩慰淪落，楚録披覽喜戴匡。君今及艾予見放〔3〕，世俗賤老君謙讓。舟過寒溪必枉存，每從吟嘯欽才壯。昨隨蠟屐上九峰，門榻依然信宿同〔4〕。雲去海天花半謝，獨餘蒼禿俯虬龍。素交耐久亦若是，我作釣叟君蓑士。有弟能官身幸閑，采芝把臂入南山。

【校注】

〔1〕譚友夏：即譚元春。

〔2〕蘭陽：舊縣名，在今河南蘭考縣西南。

〔3〕艾：《禮記·曲禮》："五十曰艾。"

〔4〕信宿：連宿兩夜。

聞元亮一生招同友人湖泛，因遊净寺嚮時讀書處，見柱聯猶未漫滅，老僧塵先能記余名、言往事，感賦〔1〕

憶昔來遊歲壬子，奄忽三十有八祀。湖光山色舊顔容，積衰得白吾老矣。當年小築擅詞場，今惟雛鳳相翱翔。臨泛輕舠紓勝引，青蒼入眼半凋傷。竦望南屏曾寄托，猶記藕塘與竹閣。艤櫂登岸徑未迷，獅座莊嚴尚如昨。方將稽首禮金姿，柱留墨迹語雙垂。净慈寺攝色空泯，明聖湖涵濃澹宜[2]。二語曩時殊草草，陳迹何緣得不掃。題評自我我亦忘，視其欵識方絶倒。將無龍華默蔭之[3]，風雨無侵拜佛慈。塵世浮華亦如是，存亡久暫難可期。宣髮耆臘偶然遇，能道姓名悉前度。追念同時少壯人，别來主客俱遲暮。爲問居停僧在無，息假多年餘聽徒[4]。到門相揖不相識，三生石上空招呼。禪室更新仍故土，香積厨基變蔬圃[5]。雨華閣聳魯靈光[6]，人到於今事成古。篔簹千畝守靈根，挺立森森長子孫。臺邊梅放前未有，冷艷暗香牽客魂。魂牽徙倚不忍去，情緒難吐還自茹。五百星龕一往參，眉軒袂聳各欲語。霜皮松柏皆老朋，垂枝接引秀堪捫。願言新故同遊侶，幽茂英蕤映古藤。

【校注】

〔1〕净寺：觀詩中句應爲“净慈寺”。查《武昌縣志·寺觀》未載，其址不詳。

〔2〕原注：“二語柱聯。”

〔3〕龍華：佛語，樹名。

〔4〕息假：指死亡。梁簡文帝《智蒨法師墓銘》：“薪盡火滅，歸真息假。”

〔5〕香積厨：指寺厨。詳見《維摩詰經·香積品》。

〔6〕魯靈光：宫殿名，漢魯恭王建，故址在山東曲阜。此借指宫殿。

維楊訪胡山公值其被謗[1]

帳别何其久，艱難迹易疏。恩酬先代史[2]，誼繫故人書。宦况空乘鶴，鄉心切食魚。樊湖雲壑裏，好就漫郎居[3]。

【校注】

〔1〕維楊：當作“維揚”。

〔2〕此句下有自注：“山公著《明史列傳》。”

〔3〕樊湖：在湖北武昌。據《武昌縣志》樊湖即鄂渚。漫郎：唐人稱元結爲漫郎，因其“將家瀼濱，乃自稱浪士”（見顔真卿《元次山表墓碑銘序》）。此借指胡山公。

碧雲寺〔1〕

埋荷斬竹彩雙亭，殿佛山靈唯唯聽。地遍金錢僧尚説〔2〕，碑高尋丈客無銘。隧穿深欲窮泉壤，髹畫光寧讓日星。海子未收冤骨在，何人爲請此中停。

【校注】

〔1〕碧雲寺：據《武昌縣志・寺觀》，在縣神山鄉白滸山頂，宋代建。

〔2〕地遍金錢：用古印度給孤獨長者須達買園林故事。須達在王舍城聽佛講法，十分敬慕，回去後欲買祇陀太子園林建精舍獻佛，太子戲言布金滿地，厚敷五寸方賣。須達於是傾家布金（見《大涅槃經》卷二十九）。

試劍石〔1〕

割據提雄劍，雙痕勒石邊。每從樵牧往，摩蘚話桑田。

【校注】

〔1〕詩亦見清光緒重修《武昌縣志・古迹》。試劍石：在今湖北鄂州市西山上，相傳爲東吴孫權試劍處。

秋夜聽促織

號寒無力可持窮，賣盡新絲秪急公〔1〕。俯聽中宵吟絡緯〔2〕，却疑征斂及昆蟲。

【校注】

〔1〕持,《詩徵》作“醫”。唐聶夷中《咏田家》有“二月賣新絲”句。

〔2〕絡緯：蟲名，俗稱紡織娘。此以絡緯聲擬促織聲。

擬岳陽樓寄嘲黄鶴〔1〕

洞庭東繞出岑樓，華岳飛仙倚醉遊。寄語江城休弄笛，梅花落處鶴生愁。

【校注】

〔1〕詩亦見《巴陵縣志·洞庭集》上編。

楊一鵬〔1〕

字昆岑，臨湘人。萬曆庚戌進士。授成都府推官，著《兵木議》以甦民困。壬子鄉試分校，得王應熊〔2〕，即以宰相期之。歷遷吏部驗封司郎中，轉大理寺丞。忤璫，削奪。懷宗登極，詔復原官，管尚寶司丞事〔3〕。陛見言：“文官不可太重，武臣不可偏輕，門户不可私立。”上嘉納之，遷太常寺少卿，轉兵部左侍郎，署尚書。屢疏參襄城伯李守錡〔4〕，遷總漕、户部尚書，巡撫鳳陽。當寇氛煽虐，上疏乞於鳳陽專設撫臣以固陵寢，不聽。後爲忌者所中，以冤死，帝念其忠，賜復原官。所著有《陽春閣疏稿》《運事摘要》《燼草》。

【校注】

〔1〕《明史》有傳。詳卷二百六十。

〔2〕王應熊：巴縣人，《明史》有傳。

〔3〕尚寶司丞：明代官名，即前代符寶郎官屬，掌皇帝八寶及國之符節。

〔4〕李守錡：明初襄城伯李濬七世孫。萬曆三十八年襲爵，崇禎初爲京營總管。

君山夜望

湘山奇絶處，夜色静娟娟。老蚌含明月，青螺吐暮烟〔1〕。難分星與火，莫辨水連天。欸乃歌何樂，遥知是刺船〔2〕。

【校注】

〔1〕上句，《沅湘耆舊集》作“遠浦將殘月”。下句，《沅湘耆舊集》作“澄波欲曙烟”。明月：指珍珠。

〔2〕刺船：撑船。《莊子・漁父》：“客曰：‘……吾去子矣！’乃刺船而去。”

同邱毛伯御史登岳陽樓次韵[1]

三江貯春水，九畹滋芳蘭。望盡渾無際，浮來賸有山。肅瞻飛翥像，猶是醉時顔。紫氣潛相引，爲君一啓關[2]。

【校注】

〔1〕詩亦見《巴陵縣志·洞庭集》上編。

〔2〕此二句化用老子西游，紫氣浮關，令尹開關事。

登軒轅臺，秦樹半赭，仙酒餘香，上下千古，神與同遊[1]

憶昔攀髯盡聖臣，只今空有石磷磷[2]。已來風月無邊地，自謂羲皇以上人[3]。亭接酒香猶頌漢，樹雖灰冷不歸秦[4]。何須更説人間世，戴髮爲僧亦道民。

【校注】

〔1〕軒轅臺：在河南靈寶縣南，舊説黄帝曾在此之荆山采銅鑄鼎，後有龍垂鬍髯迎黄帝，群臣與后宫從者七十餘人。詳見《史記·封禪書》。又君山上有軒轅臺，此詩所咏即此，但與詩者二句不切。

〔2〕聖，《沅湘耆舊集》作“帝”。磷磷，《沅湘耆舊集》作“嶙峋”。

〔3〕已，《沅湘耆舊集》作“重”。自謂，《沅湘耆舊集》作“相對”。羲皇以上人：遠古淳樸之民。晋陶淵明常自稱“羲皇上人”（見《與子儼等疏》）。

〔4〕上句，《沅湘耆舊集》作“濁酒不分清與聖”。古人稱酒清者爲聖人，濁者爲賢人（見《三國志·徐邈傳》）。下句，《沅湘耆舊集》作“冷灰難辨漢還秦”。

望南岳

舟上遥望岳，疑是天上雲。幾度穿雲出，高峰迥不群。

我有碧玉瓶，白雲恣意貯。開瓶莫示人，未審雲來處。

湘君祠觀古松[1]

望斷蒼梧恨莫從[2]，深山寂寂點秋容。獨憐萬古湖心月，猶照荒祠百尺松。

【校注】

〔1〕湘君：此指舜二妃娥皇、女英。

〔2〕恨,《沅湘耆舊集》作“憾”。

鍾　惺[1]

字伯敬，號退菴，景陵人。性坦易，不與世俗接，人多忌之。年十八受知於督學張彦吉。萬曆庚戌登進士，授行人，改工部主事。與其友譚友夏商定古人詩[2]，命曰《詩歸》。後疏請改南，轉南儀部[3]，遷祠祭司郎中。作《史懷》[4]，旁精《楞嚴》[5]，著《如説》十卷。督學閩中，丁父憂去，服闋家居，三年而卒。公待友接士，一以誠，薦人惟恐其知，故往往多所成就。所著有《隱秀軒集》。

【校注】

〔1〕《明史·文苑傳》有傳，詳卷二百八十八。

〔2〕譚友夏：即譚元春，字友夏。

〔3〕據《明史》本傳，即爲南京禮部。

〔4〕《史懷》：據《明史》本傳，爲《讀史札記》。

〔5〕《楞嚴》：佛經名，全稱《大佛頂如來密因修證了義諸菩薩萬行首楞嚴經》。

題茂之所書劉眘虚詩册[1]

每見古人終身於詩，究其所存，不過一帙，或至數章，則心甚畏之，貴裁也。精於裁，必審於作，慎於示人，乃其高於自處。此予所謂選而後作，勿作而聽人選者也。甲寅早春，舟中閲唐人全詩，畏杜審言之少，而眘虚止十四首，其嚴冷之意尤肅，如不可犯。篋中有高麗紗繭八紙，將索茂之小楷，偶閲此，遂以授之，其紙不浮於字，意似皆有所裁，記之以詩。

只兹十四章，鍊已成液。如何平生勤，一字勿苟益。陶公坐高秋[2]，俗士不敢入。不受人去取，孤意自先立。何以莊嚴之，紗繭與良筆。何以展對之，新柳及初日。所貴如其詩，意皆存簡寂。

【校注】

〔1〕詩見《鍾伯敬全集》(以下簡稱《鍾集》)。茂之：即林古度，字茂之，作者詩友。劉昚虚：唐開元時代名詩人，《全唐詩》存其詩十五首。

〔2〕陶公：陶淵明。劉昚虚詩境清淡，此或以陶比之。

到　　家[1]

舟行起秋末，到家維夏初。雖未遂林壑，暫喜見里閭。嚴親暮遠適，入門悵焉如。弟姪守園徑，猶未甚荒蕪。場鹿識故主，籠鶴欣新廬。開篋檢故帙，如獲未讀書。故人驚顔面，不與新知殊。携幼慰幽獨，尊酒適有餘。

【校注】

〔1〕詩見《鍾集》，有兩首，此其一。

壬子四月六日送春於野[1]

百日春光亦已倦，來時不迎去却餞。前者寒食一月前，郊行才識春風面。鶯花就人人避之，遠余將之空戀戀。送春不必送花鳥，首夏鶯花正繚繞。二月花時空復名，風雨如秋寒悄悄。從玆不作閉門人，青山無日無春曉。辟彼黄花説重陽，重陽曾見幾花黄?

【校注】

〔1〕詩見《鍾集》。

鄴中歌[1]

城則鄴城水漳水，定有异人從此起。雄謀韵事與文心，君臣兄弟而父子。英雄未有俗胸中，出没豈隨人眼底！功首罪魁非兩人，遺臭流芳本一身。文章有神霸有氣，豈能苟爾化爲塵。橫流築臺拒太行[2]，氣與理勢相低昂。安有斯人不作逆，小不爲霸大不王。霸王降作兒女鳴，無可奈何中不平。向帳明知非有益，分香未可謂無情[3]。嗚呼！古人作事無鉅細，寂寞豪華皆有意。書生輕議冢中人，冢中笑爾書生氣。

【校注】

〔1〕詩見《鍾集》。鄴中：即鄴城，爲曹操封地，在今河北臨漳縣西。此詩咏曹操事。

〔2〕曹操曾在鄴城築銅雀臺。

〔3〕分香：曹操臨死有遺令："餘香可分與諸夫人。諸舍中無所爲，學作組履賣也。"（見《文選》陸機《吊魏武帝文序》引）

贈熊生[1]

家破猶存舌，身餘幾剥膚[2]。解驂慚越石，彈雀慎隋珠[3]。鴻豈能因熱[4]，烏今且集枯。少年多畏路，就宿好躊躇。

【校注】

〔1〕詩見《鍾集》。熊生：即熊宗望，景陵人，字子牙，以布衣行誼著於鄉，交天下名士。

〔2〕存舌：用戰國張儀故事，見《史記·張儀列傳》。剥膚：本指傷害及皮膚，後指人遭受災害。語出《易經·剥》。

〔3〕"解驂"句：春秋時齊國越石父有賢名，被縶獄中，晏嬰脱左驂贖之，引爲上賓，詳見《晏子春秋》。後稱以財物救人濟困爲解驂。"彈雀"句：用《莊子·讓王》："今且有人於此，以隋侯之珠，彈千仞之雀，世必笑之，是何也？則其所用者重，而所要者輕也。"隋珠：即隨侯之珠。

〔4〕"鴻豈"句：據《禮記》"孟春之月，鴻雁來；季秋之月，鴻雁來賓"，則鴻不趨炎熱，或以此比熊生。

春日課僮編籬訖成句[1]

事到山中減，春偏雨後濃。縛柴成虎落，澆竹汰龍鍾[2]。新旭山山意，遥烟岸岸容。植援功不細，減米餉諸傭[3]。

【校注】

〔1〕詩見《鍾集》。

〔2〕虎落：遮護房屋的籬笆。龍鍾：竹名。

〔3〕此句言已減米以餉諸僮僕。杜甫《解憂》："減米散同舟，路難思共濟。"

三月三日雨中登雨花臺[1]

去年當上巳，記集寇家亭[2]。今昔公陰霽，悲歡异醉醒。可憐三月草，未了六朝青。花作殘春雨，春歸不肯停。

【校注】

〔1〕雨花臺：在江蘇南京市。據傳南朝梁武帝時雲光法師講經於此，天花墜落如雨，故名。

〔2〕記，《詩徵》作"托"。

烏龍潭吴太學林亭[1]

城午亭先晚，園春水欲秋。蜂狂花約束，鷺過柳遮留。雲氣生香石[2]，湖陰半壓舟。良辰多下鑰[3]，閑殺此林丘。

【校注】

〔1〕詩見《鍾集》《詩徵》。

〔2〕生，《詩徵》作"能"。

〔3〕下鑰：下鎖。《唐書·楊貴妃傳》："高力士知帝旨，是夕請召妃還，

下鑰安興坊門馳入。”

五月三日秦淮即事[1]

踴貴絲兼肉[2]，争先步與輪。半簾虧蔽面，一舫去來身。密葦驚翹袖，飛花到葛巾。含情相目處，橋外閣中人。

【校注】

〔1〕詩見《鍾集》，此題兩首，此其一。

〔2〕踴貴：此指物價昂貴。絲兼肉：春秋時晏嬰相齊景公，食不重肉，妾不衣絲（《漢書・公孫弘傳》）。此句意指時俗豪奢。

微　　雨[1]

定欲重陽雨，方成此歲秋。雖疏終助冷，非久亦生愁。出户纔能見，經枝似不留。少焉如昨夜，片月已墻頭。

【校注】

〔1〕詩見《鍾集》。

玉泉謁關祠[1]

義勇歸何處，凄然向此中。始知真佛子，即是大英雄。邱壑延神理，機鋒豁怨衷。厭聞懷古者，祠下説孤忠。

【校注】

〔1〕詩見《鍾集》。玉泉：即玉泉山。在湖北當陽。關祠：即關羽祠。據載關羽被東吴殺後屍骸葬於當陽，并立祠於玉泉山。

讀林茂之所藏陳白雲五言律七百首追贈

翁諱昂，字雲仲，莆田人，避亂楚蜀，窮死金陵。聞人誦其詩，輒從傍哭[1]。

落落含毫際，縈縈織屨翁[2]。一生窮老裏，五字險夷中。玅矣置心眼[3]，淵然具化工。似聞君痛哭，屢讀不能終。

【校注】

〔1〕詩見《鍾集》，自"翁諱"以下爲注，當從。陳昂：字爾瞻，一字雲仲，自號白雲先生，莆田（在今福建）人，一生流寓窮困，曾居江陵，賣詩文度日。

〔2〕陳昂曾織草履自給。

〔3〕玅：當作"眇"，高遠。

春日集韋氏郊園

時同吴伯霖、方孟旋、張紹和李長蘅、商孟和、聞子將。[1]

城中諸所見，到此已皆非。時至花難後，烟深柳肯稀。禽魚太無事，水石自爲機。遊興方今起，殘春未可歸。

【校注】

〔1〕詩見《鍾集》，共二首。吴伯霖等均作者友人。

閑時誠不易，抑亦在其人。地有何常主，花非無故春。琴尊皆勝友，山水况佳辰。物候參差好，重來想更新。

寄友夏書[1]

作客居家趣，俱從朋友生。知君遠遊念，即我欲歸情。玄岳須相待[2]，金陵莫便行。文章山水事，去住不宜輕。

【校注】

〔1〕詩見《鍾集》，共二首，此其二。亦見《詩佩》。

〔2〕玄岳：此指武當山，非北岳恒山。

代愛妾换馬[1]

功名仗驥足，志節略蛾眉。不貴此時意，難於無後悲。疆埸方有事，閨閣亦何爲。忍向時平日，明珠買侍兒。

【校注】

〔1〕詩見《鍾集》。愛妾换馬，樂府雜曲歌詞名。换馬故事頗多，較早有三國魏曹彰（見唐李冗《獨异志》）。

晝　　泊[1]

岸曲風難順，消寒日易昏。樹無黄一葉，雲有白孤村。酒脯遠趨市，漁樵閑閉門。晴天有如此，雨雪不須論。

【校注】

〔1〕詩見《鍾集》。

有所示[1]

僅僅知文字，時時自晦沈。全身群婢口，事主五湖心。筆札師予便，箕裘托爾深[2]。肅征安厥命[3]，且莫怨裯衾。

【校注】

〔1〕詩見《鍾集》。

〔2〕箕裘:《禮記·學記》:"良冶之子,必學爲裘;良弓之子,必學爲箕。"後即以箕裘指子能承父業。

〔3〕肅征:《詩·召南·小星》:"肅肅宵征,抱衾與裯。"原有怨憤不平意。此反其意而用之,言安於其命,不必怨天尤人。

經聊城魯連射書處〔1〕

火牛難再出,嵎虎已垂窮〔2〕。危矣强弓末,微哉一矢中。城亡終去殺,將死亦成忠。所以爲排難,非他策士同。

【校注】

〔1〕詩見《鍾集》。聊城:今山東聊城。魯連:即魯仲連,戰國齊人。其以一書下聊城事見《史記·魯仲連鄒陽列傳》。

〔2〕火牛:齊將田單曾在即墨以火牛大敗燕軍。此句言齊田單攻聊城不下。嵎虎,《孟子·盡心下》:"虎負嵎,莫之敢攖。"

經下邳圯上受書處〔1〕

未托素交,先呼孺子,以僕役而加國士,若子弟之應父兄,亦倨亦親,非真非戲,蓋語盡於投書之後者淺,意藏於受履之先者深,行徑頓殊,機鋒相逗,業已道存於目擊,豈惟氣折而心開。乃云强忍相從,初尚愕然欲毆,夫乃以市中年少之腹,而窺圯上英雄之心乎?淺哉太史之言,未免文人之見。經途感事,懷人賦詩,用抒斯衷,兼訂昔惑云爾。

警蹕秦皇帝,溪橋老秃翁。奮椎群力外,進履衆人中。智勇皆何往,天人有所通。英雄關運數,授受不相同。

【校注】

〔1〕張良在下邳（今江蘇宿遷）圯上受書事詳見《史記·留侯世家》。

選蔡敬夫詩訖寄示三律[1]

去取了無忌，惟君知我誠。匪徒文字理，要自友朋情。藏亦何妨出，多當不易精。留兹嚴冷意，事事與相成。

【校注】

〔1〕詩見《鍾集》，共三首，此其三。蔡敬夫：作者詩友，常相唱和。

問茂之病[1]

君病年年事，尋常見不憂。神明安可恃，朋友代相謀。藥價貧偏貴，花時好未酬。因思南郭外，不易是同遊。

【校注】

〔1〕詩見《鍾集》。

過王永啓小閣同友夏時永啓病後[1]

亦自登斯閣，今朝懷共開。鶯花當病起，風日有朋來。如入城中舫，兼臨江上臺。佳情原未廢，户内可徘徊。

【校注】

〔1〕詩見《鍾集》。王永啓：閩人，作者詩友。

贈程彦之[1]

歲歲君如此，相憐何日休。置身時地少，失職友朋羞。窮豈皆詩罪，饑仍爲醉謀。贈錢聊儉用，前路不堪遊。

【校注】

〔1〕詩見《鍾集》。

十五夜同林茂之過俞仲茅步月[1]

每有佳期共亦艱，屢邀真自見君閑。孤光多在烟霜後，積氣如行天水間。是夜於秋偏易好，何人與月最相關。殘砧步步不知處，能帶寒聲隨我還。

【校注】

〔1〕詩見《鍾集》。

九月五日天津舟泊和茂之見岸女簪菊之作[1]

常時九日上旬前，未必寒花在酒邊。插鬢想他開已久，驚心羡爾見能先。數枝紅似沾霜氣，一路香應照水天。買置舟中伴蠻素，欲成三婦各嫣然[2]。

【校注】

〔1〕詩見《鍾集》。

〔2〕三婦：大婦、中婦、小婦，見古詩《長安有狹斜行》。

泊頭逢虞伯醇孝廉同康虞茂之過飲常充符孝廉水樓留贈[1]

偶爾停舟道姓名，遊栖事事若先成。主賓玅在無因合，歌舞初非有意生。月與水烟秋一魄，花添樓榭夜多情。知君别後思今夕，愁見他帆烟外行。

【校注】

〔1〕詩見《鍾集》。過飲：拜訪留飲。

九日携姪昭夏登雨花臺

節物登高雨未成，閉門聊復愛其名。客邊難見重陽好，郭外剛傳此日晴。子姪漸親知老至[1]，江山無故覺情生。悲秋欲問秋何處，絲肉叢中一雁聲。

【校注】

〔1〕見，《鍾集》《詩佩》均作“漸”，當是。

送龍君御觀察再之湟中[1]

戎馬湟中地，如君往詎宜。從來要害處，特用老成爲。天欲優文士，途方喙屬夷。輕車原熟路，緩帶且荒陲。簡練屯田議，悲涼出塞詩。朝廷倚充國[2]，枕席過王師。

【校注】

〔1〕詩見《鍾集》。龍君御：作者詩友，曾爲憲僉，與袁宏道亦有詩交。湟中：地名，在今青海省東北，湟水流經其中。

〔2〕充國：即趙充國，武帝時名將。宣帝時封侯。善營邊事，破敵屯田，屢建功勞。《漢書》有傳。此以充國喻龍君御。

溪　晚

浩渺秋難望，平林但遠烟。小楓紅隔寺[1]，溪水碧迎船。寒犬喧疏店，栖鴉亂晚天[2]。僧歸殘雨外，笛散夕陽邊。幽思宜孤往，高情多所捐[3]。不知吟眺後，何事亦茫然[4]。

【校注】

〔1〕小,《鍾集》作“山”，可從。

〔2〕栖,《鍾集》作“驚”。

〔3〕捐：舍棄。

〔4〕茫,《鍾集》作“凄”。

送南大司馬黄公移督戎政[1]

治極思軍旅，才難見老成。主憂臣子辱，師吉丈人貞[2]。箸在前籌借，車從後路輕[3]。據鞍今壯志，横槊舊閑情。堪豈仍言讓，聞宜即戒行。臨秋方肅殺，會日可清明。戎以何爲政，京徒尚有榮[4]。守攻須早計，調募忍相争。體國寧推命[5]，安邊耻得名。勇謀疆吏事，廟算仗精誠。

【校注】

〔1〕《鍾集》此題後尚有“時遼警”三字。

〔2〕“主憂”句:《史記·范雎列傳》:“秦昭王臨朝嘆息，應侯進曰:‘臣聞主憂臣辱，主辱臣死。’”“師吉”句:《易》卷二《師貞》:“師貞，丈人吉，无咎。”《正義》:“師，衆也；貞，正也。丈人，謂嚴莊尊重之人。”此丈人指大司馬黄公。

〔3〕上句，借,《鍾集》作“近”，用張良借箸典故，詳見《史記·留侯世家》。下句，後,《鍾集》作“熟”。

〔4〕榮,《鍾集》作“營”。

〔5〕體國：經營治理國家。

前懊曲[1]

畏君知儂心，復畏知君意。兩不關情人，無復傷心事。

【校注】

〔1〕詩見《鍾集》，原三首，此其二。樂府舊題無《前懊曲》，疑爲地方曲調。

秋日舟中題胡彭舉秋江卷補遺〔1〕

澹遠寫秋江，秋意無起止〔2〕。烟中過寒山，江净正如此〔3〕。空色有無間，身在秋江裏。

【校注】

〔1〕《鍾集》此題無“補遺”二字，但題下有序：“己酉秋，予將由金陵還楚，胡彭舉爲予寫秋江卷爲别。衰柳寒汀，遠山細浦，而孤舟片帆，泛泛其景，於空青遥碧之間，隱見滅没。初不見水，覺紙上筆墨所不到處無非水者，使人常作水想。越數日，舟過三山，天末積水，殘嶼如烟，予指其蒙遠净者，示弟快曰：‘是非彭舉卷中所餘一片間紙乎？’卷首‘孤帆遠影碧空盡，惟見長江天際流’爲焦弱侯太史書。彭舉自書七言一律於後。彭舉名宗仁，金陵人。八月晦日，秦淮歸人鍾惺書於采石舟中，仍繫以古詩八句，其詩曰……”

〔2〕《鍾集》在此句後有“何曾見寸波，竟紙皆秋水”二句，觀詩序，《楚風補》有遺漏。

〔3〕正如此，《鍾集》作“翻如紙”。

楊嗣昌[1]

字文弱，常德衛人，鶴之子。萬曆庚戌進士。初就杭州教授，升户部郎中。天啓二年告病歸。崇禎元年起補河南汝州副使，歷總督。丁父艱即起大司馬，三辭，不允，以墨縗就道[2]。任事一載，晋東閣大學士，仍管兵部事。己卯督師剿賊，賜尚方劍，御製詩以送之。公督剿斬獲數萬計，上屢勅奬慰，賜斗牛衣、金根扇、鞍馬、金帛，加太子少保。公料賊困於蜀，必乘虛反楚，檄平賊將軍左良玉亟趨夔、巫[3]，而良玉欲養寇自固，十九調不應。獻賊果以千騎夜襲，陷襄陽。公時病，由蜀急抵荆州，卒。子山松歷訴遺忠，奉旨賜祭一壇，地方官護柩回籍。後叙臨、藍捷功，贈太子太傅[4]。癸未獻賊破常，懸賞購楊氏子孫，掘墓，改葬桃源縣之漁溪。所著有《地官集》并詩文奏疏若干集。

【校注】

〔1〕《明史》有傳，詳卷二百五十二。

〔2〕墨縗：喪服。

〔3〕左良玉：《明史》有傳，詳卷二百七十三。

〔4〕《明史》作“論臨、藍平盗功，進太子太傅”。但“臨、藍平盗”事，《明史》本傳不詳。

遊靈岩[1]

皇帝萬曆春，四十又一年。我遊靈岩寺，寺在靈岩谽[2]。板扉若貧家，石池漫蝸涎。陰塵冀古佛，老殿牛屋羶。僧來土瓦中，見客脚自跧[3]。頭須一寸禿，臭若豕鬣鬈。導客出大門，避影並流泉[4]。泉流發何許，洞穴藏神淵。洞門何所有，奇礓猛而蹎[5]。森然虎豹怒，呀哮九關前。洞中何所見，窈窕穹窿穿。百人受高舍，五丈吞曲旃[6]。仰視額角上，忽若撞青天。媧皇巧鍛煉，窾劚無一全。九烏射日落，萬户修月弦。又如拔厚地，倒壓空濛烟。邱陵俯轡確[7]，草樹欹綿芊。千凹與萬凸，磊砢何不平。鬼髓盡滴瀝，神精瀉涓涓。有若千佛母[8]，撒乳千佛咽。一乳五百道，兩乳千道懸。欻若風扣絲，呋若冰泮田[9]。鐘鼓或間作，餘籟浮空傳。嚕呟而窾坎，銅銅以鬻鬻。凝成萬物象，尠出陶氏埏[10]。朝榮或如菌，夜舒或如蓮。三年或如刻，頃刻或如仙。奇葩不可識，海外來張騫。白齒粲河鯨，簡珠爛淮濱[11]。老蛟脱鱗死，點羚挂角眠。怪狀杳難述，腭若禹鼎鐫[12]。异骨每欲泐，數尺妥如椽[13]。又如載防風，一節車可耑[14]。矗剖姜維膽，老築李陽拳[15]。却後青琅玕，層秀色亦妍。貌之不可得，載立不舍焉。忽思大秦人，欲挂珊瑚積[16]。鐵網一萬目，鑿鑿海底聯[17]。笑指此石是，何時出塵筌。咄此未爲絶，後洞乃争先。洞門如廣厦，石理如清漣。笨藤若修蛇，百尺如蜿蜒。蝙蝠如燭銀，厥壽歲一千。舍旃入洞腹，古壁瘦且堅。鳳髓自蕩蕩，龍泓碧澶澶。勇猛一丈夫，相好何精研。面容詎狹長，滿月足光圓。衣紋數毫髮，朱綉徒戔戔。天風一以飇，脱壁如飛仙。海水渡澒涌，假楫非舟船。前瞻行願王[18]，一者來翩翩。左袖拖修雲，偏袒供右肩。七寶飾瓔珞，果玉與珠璿。六牙轡香象，舉體如細氈。四壁净一色，離堆兜羅綿[19]。我疑三大士，出世爲因緣。乘獅偶然後，瞠乎其不鞭。若人把炬火，直入窮幽玄。應復觀文殊，莊嚴若普賢。繄誰造此像，微妙浩無邊。鬼斧不敢鑿，真宰因其然。萬古智燈矚，六時香雨湔[20]。昔聞顧虎頭[21]，擬畫維摩禪。一軀點兩眼，驟享百萬錢。裴旻拔劍起，道子揮毫顛[22]。老筆刷如鐵，醉墨争奇鮮。彼一手腕力，蹊徑猶可沿。又如衆生類，嚴飾諸佛袄[23]。涂以膠漆布，範以鐵錫鉛。燃以白梅檀，布以黄金甎。巧匠紛刻鏤，多財能自捐。何如一片石，生長無煩擩。窪窿拊弱浪，膩澤擎驚鱣。以兹凝濁姿，幻出清且嫣。安知耆闍窟[24]，忽現桃花川。昔時聞一峰，東來飛似翾。墮彼靈隱側[25]，硜爾纔一卷。胡然浪得名，藉正東南偏。我欲乘風飄，擲之使西還。嗟此澗中石，徒衆累萬員。吾將要生公[26]，振錫來敷宣。妙諦悦衆心，天花飛八埏。時時坐聽法，念得成佛便。而今且奚適，桃花洞連連。花開不可見，水脉流潺湲。轉側窺石竇，獨去不可騈。窅然一鏡徹，缺月張空拳。安得有竫人[27]，出入恣翩躚。怒抉洞中石，尋源泝濺濺。折麻持作楫，剖竹持作舷。鑿開混沌入，夢破華胥旋[28]。不然遣漁郎，狡獪往復遄。爲我言其中，桑麻閒市廛。衣冠古時製，男女多嬋娟。其初定何許，避世到此權。浸假不復出，世代忽以遷。我始爲嘆惋，聽已心嗎嗎。行將率妻子，耕鑿遊獵畋。傳與好事人，搜之入奇編。棄置且歸去，空山號杜鵑。

【校注】

〔1〕靈岩：山名，在湖南桃源縣北七十里，山下有靈岩寺。

〔2〕谸：山谷青色。

〔3〕踡：蜷伏、蜷縮。

〔4〕避影：不使水中映出身影。《酉陽雜俎》："人影不欲照水、照井，及浴盆中，古人避影亦爲此。"

〔5〕礓：小石。蹎：此處意爲僕倒狀。

〔6〕曲旃：廟中用整幅帛製成的曲柄旌幡。

〔7〕鬱確：盛大堅實貌。

〔8〕千佛母：《法華玄義》："摩耶是千佛之母。"摩耶本釋迦牟尼生母。此借指。

〔9〕吷：小聲，《莊子·則陽》："吹劍首者，吷而已矣。"泮：融入，溶解。

〔10〕陶氏埏：即陶埏。語出《荀子·性惡》。埏：以水合土。此句言音樂美妙和諧，如陶人調土製作一般匀和渾融。

〔11〕濱，《沅湘耆舊集》作"蠙"，當從。據《尚書·禹貢》"淮夷蠙珠"，則知此句"簡珠"乃指大的蚌珠。蠙，蚌之别名，此蚌出珠，故亦名蠙珠。

〔12〕禹鼎：《史記·武帝紀》："禹收九牧之金，鑄九鼎，象九州。"此句言廟中圖畫文字，若九鼎之上鐫刻，使人驚异。

〔13〕泐：石頭按脉理而散裂。掾：當作"椽"。

〔14〕防風：古部落酋長名。此二句用《國語·魯語》事："昔禹致群神於會稽之山，防風氏後至，禹殺而戮之，其骨節專車。"此當指寺中神像之大。

〔15〕姜維膽：《三國志·蜀書·姜維傳》："姜伯約甚敏於軍事，既有膽義，深解兵意。"李陽拳：《晋書·載記·石勒》："'李陽，壯士也'……乃使召陽。既至，勒與酣謔，引陽臂笑曰：'孤往日厭卿老拳，卿亦飽孤毒手。'"按：李陽乃石勒同鄉，幼時曾因争漚麻相毆鬥。

〔16〕稹，《沅湘耆舊集》作"秈"，當從，俗稱粳稻。

〔17〕以上四句用《新唐書·西域·拂菻》事："海中有珊瑚州，海人乘大舶，墮鐵網水底。珊瑚初生磐石上，白如菌……鐵發其根，繫網舶上，絞而出之，失時不取即腐。"

〔18〕行願王：此指壁畫中僧人。行願：佛語謂身之行與心之願二者相資而成。

〔19〕離堆：山名，在四川灌縣，此借以泛指。兜羅錦：佛經中稱草木花絮。

〔20〕矚：照。六時：佛教分一晝夜爲六時：晨朝、日中、日没、初夜、中夜、後夜。湔：灑落。

〔21〕顧虎頭：即顧愷之，小名虎頭。

〔22〕裴旻：盛唐時人，以善舞劍聞名。道子：即唐著名大畫家吴道子。

〔23〕祆：波斯拜火教神名，此借指諸佛神。

〔24〕耆闍：梵文音譯，義爲"鷲"。耆闍亦爲"耆闍崛"之省稱，山名，其頂如鷲形，相傳爲釋迦牟尼説法處。

〔25〕靈隱：即杭州靈隱寺。此處用靈隱寺飛來峰故事。東晋咸和時，天竺僧慧理曾説杭州西湖前之靈鷲峰乃是從天竺國靈鷲山飛來，詳見《咸淳臨安志》。

〔26〕生公：即南朝梁僧竺道生。據傳其曾在蘇州虎丘講經，使石皆點頭（見梁慧皎《高僧傳》）。此用其事。

〔27〕竫人：《山海經·大荒東經》："有小人國，名竫人。"據《列子·湯問》："竫人長九寸。"

〔28〕華胥：古人夢中的理想之國。此句用《列子・黄帝》中黄帝晝寢夢游華胥國故事。

龍陽縣[1]

僦船牽岸住[2]，燈火向城孤。井邑黄龍置[3]，圖經白杏湖。隔溪連理度，殘夜竹枝無。不測巴邱水，皇皇衆所趨。

【校注】

〔1〕詩亦見《沅湘耆舊集》，龍陽縣：今屬湖南漢壽縣。

〔2〕僦：租賃。

〔3〕黄龍：三國吴孫權年號。龍陽縣乃三國吴時從漢壽縣分置。

彝望山[1]

每愛昌黎語，青羅綰碧簪[2]。所矜吾土美[3]，遥獲古人心。四壁信孤影，五溪懷衆音[4]。冬春兩携策，稍不昧高深。

【校注】

〔1〕詩亦見《沅湘耆舊集》，彝，作"夷"。夷望山在湖南桃源西南百二十里沅江中，今名水心崖。

〔2〕韓愈《送桂州嚴大夫》有："江作青羅帶，山如碧玉簪。"

〔3〕此句反用王粲《登樓賦》"雖信美而非吾土兮"語意。

〔4〕五溪：據《水經注》，武陵有五溪，爲雄溪、樠溪、西溪、無溪、辰溪，爲少數民族所居。

關下山[1]

衆峰相倚媚，烟草惑巫山。每向桃源説，如同蜀道間[2]。仙家藏定密，水意折從關。妙盡支川理，蟲魚注可删[3]。

【校注】

〔1〕《桃源縣志·藝文·五律》載此詩，題下有注："沅水又東闞下山，今仙人溪西。……"

〔2〕同，《沅湘耆舊集》作"經"。

〔3〕蟲魚注：指箋注之學，有輕視意。韓愈《讀皇甫湜公園池詩書其後》："爾雅注蟲魚，定非磊落人。"

白碧灣[1]

此山疑漢史，穿鑿豈無痕。烟水營兹窟，華彝限若門[2]。笛寒飛鳥跕[3]，燈遠釣魚村。賴作嬉遊思，篙師已悸魂。

【校注】

〔1〕白碧灣，《桃源縣志·藝文·五律》此詩題爲"白璧灣"下注曰："沅水又東歷臨沅縣，西爲明月池、白璧灣，灣狀半月……"

〔2〕彝，《沅湘耆舊集》作"夷"。

〔3〕跕，《沅湘耆舊集》作"路"。

三石澗[1]

號石宜爲萬，稱尊適可三[2]。中仍寫寒澗，名久蝕精藍[3]。伏谷虎晨去，隔沙漁夜談。霜林與霞壁，襯取夕陽酣。

【校注】

〔1〕三石澗：據《桃源縣志·藝文·五律》此詩題下注，澗在沅水，有三石鼎足均峙。

〔2〕"號石"二句，《明詩紀事》《沅湘耆舊集》均爲"選勝就三石，周遭衆木參"。

〔3〕寫：同"瀉"。精藍：同"精蘭"，即佛寺。

綠蘿山[1]

一生看不足，疑此弱烟凝。静覺蛾輕斂[2]，虚惟影自憑。飛濤沾雁字，寒葉點魚罾。坐撥孤琴冷，清音寫未能。

【校注】

〔1〕詩亦見《沅湘耆舊集》。綠蘿山：在湖南桃源縣南十五里。

〔2〕蛾，《沅湘耆舊集》作“娥”。

平　山[1]

信矣堪栖托，高真迹可尋。泉仍渫山井，磬未隱空林。魚鳥供人足，田廬隔世深。能來漢陰客[2]，吾與息機心。

【校注】

〔1〕詩亦見《沅湘耆舊集》。平山：在湖南常德縣西二十里。

〔2〕漢陰客：指隱者。此處用《莊子・天地篇》漢陰丈人與子貢語事。

臨沅縣[1]

萬里牂牁水[2]，春城幾共臨。劃沙烟作帶，吹岸雪爲音。花閲秦年曙，烽纏漢塞陰。不知招隱地，荒草尚堪尋。

【校注】

〔1〕詩亦見《沅湘耆舊集》。臨沅：舊縣名，今湖南常德。

〔2〕牂牁：水名，在今貴州省。此疑指沅江上游發源處。

枉人山[1]

溪山良自昔，復此足幽篁。網户留遷客，僧寮割讓王。掠沙晴雪過，觸石古雲香。願結清娱地，生生墮勿忘。

【校注】

〔1〕詩亦見《沅湘耆舊集》，枉人山，山名，在湖南常德縣東南。

漸　　水[1]

氿泉寒裂石[2]，誰遣故名湮。地祕陽山奥[3]，城荒漢壽春。辯餘稽古力，閑作問津人。去入江南夢，朝宗道所遵[4]。

【校注】

〔1〕詩亦見《沅湘耆舊集》。漸水：水名，在今湖南常德北，經漢壽縣流入沅水。詩題後有自注："一名澹水。"

〔2〕氿，原有自注："音軌，水旁出也。"

〔3〕陽山：在湖南常德縣北三十里，漸水源此。

〔4〕朝宗：指百川歸海。《尚書·禹貢》："江漢朝宗於海。"

氾　　洲[1]

野水寒無外[2]，柑名絹不忘。寧期彼傭語，相助我思長。宦莫資三徑[3]，生當植衆香。漫勞田舍女，解事學襄陽。

【校注】

〔1〕詩亦見《沅湘耆舊集》。據《沅湘耆舊集》，此題後載："按已上諸詩弱翁原序云：'乙丑冬日舟游，携《水經注》證沅水所經地，得十一詩，每題下徵引酈注及方志諸書加以論斷，極詳且辨。'"氾州"下注云：'間歲游行，市兒取一柑餉客，曰：絹柑也。擘之，香霧芬美，有异常柑，因觸絹字之義，曰歲上一匹絹，其是物哉！'"氾洲：在湖南漢壽境。據傳三國吴丹陽太守李衡在洲上種柑千株，柑成，歲得絹數千匹。

〔2〕寒無，疑當爲"寒蕪"。

〔3〕三徑：用東漢蔣詡歸鄉典，指家園。此句言爲宦不足資家。

舟遊桃源即事次友人韵[1]

不離眠食事，所至納清幽。戴笠聳烟影，攤書濺瀑流。静言魚忽上，孤響雁相酬。半月灣前石，吾兹勒五遊。

【校注】

〔1〕詩亦見《沅湘耆舊集》。桃源：即今湖南桃源縣。

沙羅夜泊聞灘聲[1]

片霞初月蓋疏蓬，驟雨驚雷入夜風。不爲榜人催蚤起[2]，争知欹枕半灘中。

【校注】

〔1〕詩亦見《沅湘耆舊集》。

〔2〕榜人：船工。

歸舟桃川宫風雨阻遊寄題四絶句[1] 録三

卧聞疏雨滴寒江，自到明來不啓窗。分付仙人休却掃，誰抛屐齒一雙雙。

【校注】

〔1〕詩亦見《桃源縣志·藝文·七絶》。桃川宫：道觀名。據《桃源縣志》，其址在縣西南三十五里，舊名桃花觀。

驚風昨夜斂晴霞[1]，楚雨巫雲暗一家。不向漁郎詢去處。情知别洞有胡麻[2]。

【校注】

〔1〕驚風：急風。曹植《贈徐幹》："驚風飄白日，忽然歸西山。"

〔2〕胡麻：植物名。據傳由漢張騫從西域得種引入，故名。

輕舟來去覓仙庭，鎖却雲房一抹青。二十五年纔六過，可能幽怨不惺惺。

游士任[1]

字肩生，世爲嘉魚人，徙江夏。萬曆庚戌進士，官長興令[2]，擢廣西道御史。熹宗初，魏璫附客氏以蠱上心，慨然曰："此亂本也。"會差山東巡按監軍，陛辭先一日疏參客、魏。璫矯旨殺楊漣並逮士任下獄，拷掠不死，謫戍安慶。崇禎改元，乃詔釋之，還其冠服。

【校注】

〔1〕傳參見清同治重修《江夏縣志·人物》及《詩徵》，《明史》有記載。

〔2〕長興：縣名，在浙江省。

涌月臺[1]

登臺一長嘯，鶴驚雲欲徙。極目盡太虚，太虚正如洗。光浮石骨寒，沫噴金沙起。蕭然見短碣，錐畫副籀史[2]。蒼蘚食斷紋，古香從荒圮[3]。依稀聞鐵笛，梅花落其裏。北下豁古洞，可有青泥髓[4]。

【校注】

〔1〕涌月臺：舊址在武昌黄鶴樓側。

〔2〕錐畫：此指岩石上雕刻的字迹。籀史：本爲宋翟耆年撰編的金石遺文，多爲篆籀。此處言石上字迹通似古籀。

〔3〕圮，《詩徵》作"屺"。

〔4〕青泥髓：《神仙傳》："王烈嘗入太行，見山破石裂數百丈，兩畔皆青石，石中一穴，有青泥，流出如髓。烈取泥試丸之，隨手堅凝，氣如粳米，嚼之亦然。"此借用其事。

劉弘化[1]

號衡麓，攸縣人，萬曆庚戌進士。兩令山西，以循良稱，轉刑科給事[2]，隨典試山東。值魏璫亂政，置王安、楊漣、熊廷弼大辟[3]，具疏力争，擢吏科都給事。忌者坐受熊賄萬金[4]，不能措。懷宗御極，特昭雪之，起兵科給事，晋光禄卿，轉南大理卿，以疾歸，猶惓惓念地方貧苦，如郡，賦甲全楚泒銀五千餘兩[5]，至今賴免。與魏光國、鍾惺、熊廷弼皆以詩文名[6]，同登甲榜，人號“天下四俊”。著有《三台家訓》《衡麓秘録》《後樂集》等書。兩朝旌表，崇祀郡邑忠義祠。

【校注】

〔1〕傳參見清道光增續《攸縣志·藝文》，載事較詳。《明史》有記載。

〔2〕行科給事，《沅湘耆舊集》傳作“刑科給事中”。

〔3〕王安：雄縣人，曾爲司禮秉筆太監，性剛直，後爲魏忠賢構陷殺害。

〔4〕坐受，《攸縣志》傳爲“復誣以亦坐受”。

〔5〕如郡……五千餘兩，《攸縣志》傳作“如爲大理時奏免長郡額外派徵”。

〔6〕魏光國：《明史》卷二百三十六提及，官稱“行人”。

元日早朝

紫殿春開帶曉寒，趨蹌萬歲共騰歡[1]。説經臣獻椒花頌，祈穀恩頒柏葉盤[2]。侍坐龍顔星乍落，拜歸天語酒傳乾[3]。多慚聖寵思無補，心地惟餘一點丹[4]。

【校注】

〔1〕萬歲共騰歡，《沅湘耆舊集》作“萬國肅衣冠”。

〔2〕上句，説經，《沅湘耆舊集》作“經筵”。椒花頌：晋劉臻妻陳氏曾在

正月初一獻《椒花頌》(見《晋書·列女傳》),後以之爲新年祝詞典故。下句,祈穀,《沅湘耆舊集》作“御府”。此句後原有自注:“時賜坐宴飲。”柏葉盤:盛柏酒之盤。古以柏葉後凋而耐久,故以其葉浸酒,元旦共飲,以祝長壽。

〔3〕上句,侍坐,《沅湘耆舊集》作“坐侍”,《攸縣志·藝文》作“肅侍”。下句,拜歸,《攸縣志·藝文》作“温傳”。此句後有自注:“傳旨飲乾。”

〔4〕上句,《沅湘耆舊集》作“聖朝雨露思無補”。下句,《沅湘耆舊集》作“捧日心傳一寸丹”。

扈從郊祀喜晴

聖主郊天祀事虔,千官扈蹕共聯翩〔1〕。晴薰帳殿香風靄,氣接星壇日月懸〔2〕。五色雲開霄漢錦〔3〕,百靈環繞御爐烟。微臣瞻仰龍光近,長奏升恒嘉樂篇〔4〕。

【校注】

〔1〕上句《沅湘耆舊集》作“聖主南郊重禮天”。共聯翩,《沅湘耆舊集》作“泰壇前”。泰壇:古代祭天處,在南郊。

〔2〕帳殿,《沅湘耆舊集》作“玉帳”。壇,《沅湘耆舊集》作“垣”。日月,《沅湘耆舊集》作“曉日”。

〔3〕雲,《沅湘耆舊集》作“縵”。

〔4〕升恒:語出《詩經·小雅·天保》:“如月之恒,如日之升。”後以升恒稱頌事業發展興旺。

辛酉典試山東鹿鳴宴後有作〔1〕

年少曾徼宴鹿鳴,東闈今日忝司衡。不才明主翻邀顧〔2〕,捧命賢書得細評。敢謂文章真妙選,喜逢英俊盡登名。賓筵既醉食君德,稽首堦前頌聖明。

【校注】

〔1〕鹿鳴宴：科舉時代試後舉行之宴會，由試官及中考諸生參加。鹿鳴，取《詩經·小雅·鹿鳴篇》意。

〔2〕不才：自指。孟浩然《歸故園作》“不才明主棄”，此反用其意。

楚風補卷之二十六

明

李　　雲〔1〕

字衡岳，彝陵人。萬曆壬子舉人，官武功令〔2〕，升潁川刺史，民皆祀之。居恒言笑不苟。知國祚將移，大書“名義至重，鬼神難欺”八字於牖。崇禎癸未，賊執不屈，逼至荆州石套子，不食卒。

【校注】

〔1〕《明史·忠義列傳》載其事，又傳參見同治重修《東湖縣志·人物》。

〔2〕武功：縣名，在陝西省。

三遊洞和石上韵

呼兒暖酒待詩成〔1〕，静裹秋光分外明。五客重尋三友約〔2〕，四山回合一溪鳴。碑殘苔護驚人句，樹老猿啼出峽聲。日暮拂衣還徙倚，懶於石上自題名。

【校注】

〔1〕暖，《詩徵》作“酌”。

〔2〕約，《詩徵》作“洞”。五客：指此次同游者爲五人。

王鼎彦〔1〕

字隨菴，蒲圻人。敏慧不羈，兄台彦屢戒之，鼎曰："兄狷弟狂，不相悖也。"萬曆壬子舉於鄉，再任縣令，遷刑部郎中。崇禎間爲榆林兵備〔2〕。有大帥張天禮帳下卒結楊光明等叛〔3〕，公以計擒殺之，復招流寇賀弘啓等。時邊兵皆食草實，幾爲變。公行邊見盂中餘飯，色深碧，嘗之，幾吐，旋噱餐，曰："殊佳。"市數斗以還。餞卒稍安。遷桂林參議，以寇變未就。

【校注】

〔1〕傳參見清道光重修《蒲圻縣志·人物·文苑傳》,《詩徵》亦載。

〔2〕榆林：衛、府名，明成化間置，爲長城綫上軍事重鎮。

〔3〕張天禮：見於《明史》卷三百零九。

荆泉洞〔1〕

翠壁丹崖鳥道通，飛梁奇似玉玲瓏。祠官歲請潭龍雨，山叟時占石燕風〔2〕。何代仙人棋迹古，前朝遊客字痕蒙。分明指點尋源路，流水桃花向此中。

【校注】

〔1〕詩亦見《詩佩》《蒲圻縣志·鄉里·荆沙》。荆泉洞：據《縣志》洞在城南十餘里。

〔2〕石燕：形狀如燕之石，出湖南零陵。舊説此石遇風雨即作燕飛，雨止復化爲石，事見《初學記》引庾仲雍《湘州記》。

羅喻義[1]

字萸江[2]，益陽人。萬曆癸丑進士，官翰林。喜經濟書，不留意詞翰。居官嚴冷，常杜門謝客。壬戌分較禮闈，任北雍司業[3]。時諸生陸萬齡請爲魏忠賢立祠太學右，公厲色呵止之。璫怒，削籍。崇禎初，起復宮端[4]，晋禮部左侍郎，充日講官。上稱“先生”而不名。會邊警，條上國計，爲异己者沮。乞歸著書，宗黨罕見其面。

【校注】

〔1〕《明史》有傳，詳卷二百一十九。

〔2〕《沅湘耆舊集》作“字禹鐘，一字湘中，號萸江”。《明史》亦作“字湘中”。

〔3〕北雍司業：明北京國子監官屬，低於國子祭酒。

〔4〕起復：降官後復職。宮端：即太子詹事。

金臺行[1]

君不見吴王姑胥楚章華[2]，朝遊麋鹿暮栖鴉；又不見銅臺舊處迷烟柳，魏武雄風復何有[3]。古人無地不堪哀，今人偏説黄金臺。燕昭閑館春風静，郭隗離宫夕照開[4]。築宫擁篲忘軒冕，豪俊一時皆妙選。武略争推昌國君，文儒亦有談天衍[5]。一從衍律吹數聲[6]，昔日金臺今帝城。開第沈沈規碣石，飛甍矗矗跨元英[7]。千金市駿駿千里，無復鹽車垂兩耳[8]。我亦辭家北向燕，尊禮遂擬從隗始。憑高一眺仍淹留，景色依然發旅愁。易水悲風疑送客，燕山暑月似逢秋。含情佇立心悄悄，那堪落日懸樹杪。三萬六千急景催[9]，八十一分神州小。吁嗟乎，昭王君臣安在哉，千秋霸氣留高臺，雁門龍塞同崔嵬[10]。

【校注】

〔1〕金臺：即戰國時燕昭王所築黄金臺。故址在今河北易縣東南北易水南。

〔2〕姑胥：即吴國姑蘇臺。章華：即楚國章華臺。

〔3〕銅臺：即東漢末曹操所築銅雀臺。下句，魏武,《沅湘耆舊集》"阿瞞"。

〔4〕燕昭王築黄金臺尊郭隗事詳見《戰國策・燕策一》和《史記・燕召公世家》。

〔5〕昌國君：即戰國燕名將樂毅。談天衍：即鄒衍，善陰陽五行。燕昭王曾築碣石宫師事之。

〔6〕衍律：據説北方寒冷，五穀不生，鄒衍吹律暖之而禾黍滋生，事見《列子・湯問》注。

〔7〕元英：燕宫名。

〔8〕駿馬服鹽車：舊喻埋没人才。

〔9〕三萬六千：指人生不過百年。李白《襄陽歌》："百年三萬六千日，一日須傾三百杯。"

〔10〕雁門：古要塞，在山西代縣西北；龍塞：古要塞，爲龍沙之塞。

禁林春望〔1〕

城闕鬱崔嵬，蒼茫御苑開。年光花外迴，春色雨中催。細草侵馳道，垂楊拂露臺。上林殊可賦，愧乏長卿才〔2〕。

【校注】

〔1〕詩亦見《沅湘耆舊集》。

〔2〕此用司馬相如寫《上林賦》事。

太乙轉東皇，寒輕解鷫鷞。早春鶯路澀，遲日漏聲長。雙闕花間出，千門柳畔藏。遥知聖情豫，蒼佩御青陽。

胡　恒[1]

字公占，竟陵人。萬曆乙卯舉人[2]，官户部郎中，升川南道。甲申賊陷成都，公自雅州遣偏將救之[3]，而雅州吏王國臣反兵劫公，不屈死。子之華聞變，率家屬投端公河。兄懷由鄉薦，歷官户部郎，後亦殉節。

【校注】

〔1〕傳參見清道光修《天門縣志·人物·忠義》及《詩徵》。

〔2〕《詩徵》作“崇禎舉人”。

〔3〕雅州：舊縣名，今四川雅安。

感　事

宫中有聖人，博奥作元后[1]。甲夜觀群書，乙夜覽衆奏。反令諸常侍，近聖耻固陋。經史與子集，往往從市購。重幣聘老儒，點勘窮清晝。金閨籍易通，土質音難扣[2]。名世務致身，無徒死章句。

【校注】

〔1〕元后：天子。《尚書·大禹謨》：“汝終涉元后。”

〔2〕金閨：即金馬門之别稱，此指宫廷。“土質”句：意指農事不可輕視，爲政當務本。古有“以音律省土風，風氣和則土氣養”之説法（見《國語·周語上》之注）。

贈别黄霍邱木之[1]

復州與竟陵[2]，雲水氣猶一。快士生其間，安得不相暱。與子歷崎嶇，多於公車日。握手戊午冬，綢繆自壬戌。郢雪明林皋，朔風吹觱篥。馬首與驢背，寒事談難悉[3]。是時儕輩中，覺子温而栗。爲文選衆妍，甜於花釀蜜。弟畜一狂夫，軟語清謔密。淹抑十四年，子神益充實。春燈亂禮闈，群動如蟣蝨。暗中識語音，呼我亦何疾。生伙促老兵[4]，簾凍各枕膝。茗粥餉深更，妙義始成七[5]。子才難再留，楚士果首出。已逢甫田年，奄觀嘉禾銍[6]。而我未輟耕，豈忍定甲乙。蹋地兼喚天，晚嫁能自必。子薰令君香[7]，我懷高秋橘。江淮憶舊遊，烟村接秔秫。中有霍叔封[8]，云藏萬家室。則知清慎勤，宜與先正匹[9]。此外一加餐，縣譜無他術。努力崇經濟，宿好敦無失。

【校注】

〔1〕黄霍、邱木之：均作者友人。

〔2〕復州：舊州名，舊治在今湖北仙桃市。

〔3〕寒事：本指禦寒過冬之事，此泛指世事。

〔4〕伙：據詩義當爲“火”。

〔5〕七：爲一種文體。如《七發》《七辯》。成七，指文章完成。以上八句寫二人應試時情狀。

〔6〕甫田：大田。《詩經·小雅·甫田》：“倬彼甫田，歲取十千。”甫田年：當指年齡已大。銍：割莊稼所用鐮刀，或説爲短，或説爲長。《詩經·周頌·臣工》：“奄觀銍艾。”

〔7〕令君：即尚書令。令君香：《襄陽記》：“荀令君至人家坐，暮三日香氣不歇。”

〔8〕霍叔：周武王之弟，封於霍。但霍在今山西，此用此典恐有誤。

〔9〕先正：先代之臣。後多指前代賢人。

聽　雨

春光容易去，遂傍雨聲終。虚堂坐深夜，檐溜滴難窮。昨者水未生，衆心實忡忡。寇騎躪山邑，我里幸未蒙。豈不云澤國，亂後褰裳通。殘流塞港口，蓄之可禦冬。故知城守議，輸此板築功。登陴乏長策，猿檻而鳥籠。矧乃貯蚊蚋，啾啾一器中。防河眺新漲，允矣天塹同。大浸寧稽天，久雨寧妨農。側聞閭里間，嗷嗷集哀鴻。誰肯艱難際，誅求莫匆匆。

秋晴同王予安游鏡湖[1]

一鏡將身入，晴暉盡日臨。垞南皆輞口，道上果山陰。秔稻皆霞脚，林巒照霽心。萬方飛羽檄，此地著孤吟。

【校注】

〔1〕鏡湖：在浙江紹興會稽山。

登巋山禮王右軍像[1]

山光如水涌，亂欲潑人衣[2]。始覺千岩秀[3]，能將一郡圍。磬聲秋寺冷，墨氣古池微。逸少風流在，清真照夕扉[4]。

【校注】

〔1〕《詩徵》題無“王”字，且“禮”作“拜”。巋山：在浙江永嘉。

〔2〕欲，《詩徵》作“後”。

〔3〕千岩秀：用東晋顧愷之語，見《世説新語·言語》。

〔4〕清真：指王羲之繪像。

木猶龍歌[1]

非木兼非石，輪囷强置評。勢拏危磴久，痕食古烟成。具體風雷氣，拂塵爪甲聲。秦碑周鼓在，欹案隱囊争。駭浪曾刳腹，飛花莫點睛。近堪同鶴玩，寂欲憩僧清。蜃市移來幻，驪頷睡去攖。盤根學仙李，柱下錫嘉名。

【校注】

〔1〕木猶龍：雕木爲龍，指龍首拐杖。又，木龍，木名；又，護堤之木欄亦名木龍。

羅其綸[1]

字洪山[2]，茶陵人。萬曆乙卯舉人，官瓊州司李[3]，時黎亂延二十年，綸單騎至，宣諭威信。曾理嶺東北獄，釋冤繫八十三人，擢户部主事[4]，晋員外，乞養歸。所著有《海上吟》《北歸録》。

【校注】

〔1〕傳參見清同治九年重修《茶陵縣志·人物·宦迹》。綸，《沅湘耆舊集》小傳作“倫”。

〔2〕《茶陵縣志》《沅湘耆舊集》均爲“字彝伯，一字洪山，别號凡谷”。

〔3〕《茶陵縣志》《沅湘耆舊集》均爲“瓊州推官”。

〔4〕主事，《沅湘耆舊集》作“郎中”。

送譚茂才北上

六翮培風久，三鬉剪霧長。榆枋從爾笑，歷塊問誰良[1]。舊劍春横斗，單車夜宿霜。子雲饒述作，慎莫賦《長楊》[2]。

【校注】

〔1〕塊：本指小土塊。《漢書·王褒傳·聖主得賢臣頌》：“過都越國，蹶如歷塊。”後遂“歷塊”以喻疾速，或指良馬。

〔2〕西漢末揚雄字子雲，有《長楊賦》。

會仙山[1]

石磴層層踏彩虹，東南半壁獨稱雄。盈盈一水銀河落，杳杳諸天金界通。搗藥尚餘丹竈在，栽花獨長紫芝叢。登高忽憶十年事，納履空懷圯上翁[2]。

【校注】

〔1〕《沅湘耆舊集》題作:《瓊島》并附注:“俗名會仙山。”《茶陵縣志》詩題有自注:“昔年讀書山下,暮有偉衣冠者招綸登山,未至,墮履而返。”又據志載,茶陵州東二十里有會仙峰。

〔2〕此句借用張良爲老翁納履故事(見《史記·留侯世家》)。

袁中道[1]

字小修，公安人，中郎之弟。萬曆丙辰進士，官徽州教授[2]，遷國子博士。乞南，得禮部儀制，歷官郎中，旋乞休。公十歲作《黄山》《雪》二賦五千餘言。長而通脱，遍游燕、趙、齊、魯、吴、越間。著有《珂雪齋集》。卒金陵天界寺，年五十四。

【校注】

〔1〕《明史·文苑傳》有傳，見卷二百八十八。亦見《列朝詩集小傳》、清同治修《公安縣志》。

〔2〕徽州：在今安徽，治所在歙縣。

郢中遊春曲[1]

總以堂堂去，何妨緩緩歸[2]。隔溪鶯對語，掠水雙燕飛。野草香沾屐，修篁翠濕衣。山花一樹好，遊女采來稀[3]。

【校注】

〔1〕詩見《珂雪齋前集》，原題四首，此選其一、二。郢：今湖北江陵西北，春秋楚都城。遊，《詩徵》《明詩綜》均作“送”。

〔2〕妨，《詩徵》《明詩綜》均作“容”。

〔3〕采，《詩徵》《明詩綜》均作“摘”。

春在畫橋頭，殷紅照碧流。幾回看去馬，一笑蕩輕舟。夜月梨花夢，春風燕子愁。願爲原上草，歲歲藉芳遊。

美人臨鏡[1]

薤葉依稀印[2]，香繩取次鬆。睡眸猶少力，酒暈不銷濃。髻就山争出，眉成月又重。若非形與影，未必肯相容。

【校注】

〔1〕詩亦見《珂雪齋前集》，原四首，此其二。

〔2〕薤葉：指鏡。劉禹錫《送蘄州李郎中赴任》詩："薤葉照人呈夏簟，松花滿碗試新茶。"

高梁橋

覓寺休辭遠，逢僧不厭多。一泓春水疾，十里柳風和。香霧迷車騎，花枝耀綺羅。半生塵土胃，滌浣賴清波〔1〕。

【校注】

〔1〕上句，生，《明詩紀事》作"年"。塵土胃：喻世俗之意念。下句，浣，《明詩紀事》作"洗"。

西　　遊〔1〕

灣環窮野徑，忽到水中央。唼雨魚兒集〔2〕，捎波燕子忙。馬來沙耀雪，人坐草粘香。爲愛溪流急，移尊向石梁。

【校注】

〔1〕《珂雪齋前集》題爲"再游"。

〔2〕唼，《珂雪齋前集》作"聽"。集，《珂雪齋前集》作"慧"。

别顧太史開雍時册封周藩取道回吴〔1〕

細雨沾長道，垂條濕去旌。時平天使貴，官冷客裝輕。泛月來沙海，踏花渡柳城〔2〕。風塵還著眼，亦自有侯嬴〔3〕。

【校注】

〔1〕詩亦見《珂雪齋前集》。周藩：指藩國。

〔2〕沙海、柳城：均古地名，沙海在今河南開封，柳城在今河南西華縣。

〔3〕侯嬴：戰國時魏隱士。此以自比。

入　村[1]

出郭方知霧，登舟始辨風。水生蝦眼赤[2]，霞過雁翎紅。浣渚喧遊女，蘆洲息釣翁。人家蒼翠裡，鮮艷一枝楓。

【校注】

〔1〕詩亦見《珂雪齋前集》。

〔2〕原詩後自注："漁人云，蝦眼赤則水漲。"

九日登中郎沙市宅上三層樓[1]

滿眼傷心處，誰能上此樓。林烟迷蜀道，帆影識吴舟。峴北人何在[2]，江南草又秋。茱萸空到手，欲插泪先流。

【校注】

〔1〕詩亦見《明詩綜》。《珂雪齋近集》載此題共兩首，此其一。中郎：即其兄宏道。

〔2〕峴北：峴山之北。此句用晋羊祜登襄陽峴山之典故（見《晋書·羊祜傳》）。

鄴城懷古[1]

只作詞場看，何人不可傳。霸圖無永歲，文字有長年。甄女蒲陳怨，何郎粉唱玄[2]。至今臺上瓦，和墨尚生妍。

【校注】

〔1〕《詩佩》題作"鄴城道中"，《珂雪齋近集》同《詩佩》，共十首，此其三。鄴城：舊都名，在今河北臨漳西南，曹魏定都於此。

〔2〕甄女：本袁紹子袁熙妻，後爲曹丕占有。曹丕稱帝後，寵郭后，甄失意有怨言，爲曹丕賜死。何郎：即三國時魏何晏，美儀姿，面至白如敷粉，或説何喜敷粉，人稱“傅粉何郎”。

武昌坐李龍潭邸中〔1〕

比來三食武昌魚，今日重留静者居。我有弟兄皆慕道，君多任俠獨憐予。尊前鸚䳇人如在，樓上元龍傲不除〔2〕。芳草封天波似雪，捲簾對雨讀新書。

【校注】

〔1〕詩亦見《詩徵》。

〔2〕此句暗用三國禰衡典，以禰衡比李。元龍：即徐元龍。

綉林阻風遠望〔1〕

雨中新柳净江頭，燕子穿花立釣舟。東去湖湘多大澤，春來天地少安流。南平驛路何時盡，北渚風烟渺自愁〔2〕。石壁沉沉收落日，一痕漁火動沙洲。

【校注】

〔1〕綉林，據清同治修《石首縣志》，縣西有綉林山，臨江。

〔2〕渺，《石首縣志》作“滿”。

阻風登晴川閣予兩度遊此皆以不第歸〔1〕

苦向白頭浪裏行，青山也識舊書生。相逢誰勝黄江夏〔2〕，不死差强禰正平。天外雲山金口驛〔3〕，雨中楊柳武昌城。漢濱父老今安在，只合依他隱姓名。

【校注】

〔1〕詩亦見《詩徵》。晴川閣：在今武漢市漢陽區，明代知府范之箴建。

〔2〕黄江夏：指東漢末江夏太守黄祖，禰衡爲其所殺。

〔3〕金口：此指今湖北武漢市江夏區江邊不遠金口鎮。

小竹林贈别傅叔睿〔1〕

鹿床深處且從容，吾子風流不易逢。張緒通身如嫩柳，謝郎五子似芙蓉〔2〕。月來池上花光净，雨過園林竹露濃。若使前生非大士，如何一見問空宗。

【校注】

〔1〕詩亦見《珂雪齋前集》。小竹林：舊址在公安縣平樂村，爲袁中郎師王輅鄉居。

〔2〕張緒：南朝齊吴郡人，美風姿。齊武帝曾贊殿前楊柳："此楊柳風流可愛，似張緒當年。"《南齊書》有傳。"謝郎"句，用南朝宋謝莊事。莊五子颺、朏、顥、岤、瀹，皆有才藻，世謂"風、月、景、山、水"(《宋書·謝莊傳》)。

西陵别慎軒居士還蜀〔1〕

霜風如雨灑征衣，勝侣而今會漸稀〔2〕。帝子已安仙客去，鶴群無主道人歸。灣灣水學鼉頭法，片片雲呈麈尾機。不是倚門親在舍〔3〕，西陵那忍遽分飛。

【校注】

〔1〕詩亦見《珂雪齋前集》卷三、清同治重修《東湖縣志·藝文·七律》。西陵：此指宜昌西陵峽。慎軒居士：袁中道詩友，多相與唱和，蜀人。

〔2〕風，《縣志》作"楓"。灑，《縣志》作"濕"。而，《縣志》作"於"。

〔3〕倚門親：指老母。語出《戰國策·齊策》。

七夕同彭長卿郎中〔1〕

清談閑送可憐宵，竹户斜通宛轉橋。白水青林秋澹澹，好風凉月夜蕭蕭。貧來冶客傷時序〔2〕，老去詩人怨寂寥。驚鳥不鳴更漏静，如聞銀海弄輕潮〔3〕。

【校注】

〔1〕彭長卿：作者詩友，多相與唱和。

〔2〕冶，《詩徵》《明詩綜》均作“野”。當從。

〔3〕海，《詩徵》《明詩綜》均作“浦”。銀浦：即天河。銀海：義亦同。

别陳孝廉〔1〕

同是蕭條易水年，兩人幕府共床眠。山游且學鄒從事，米價難支白樂天〔2〕。杯裹楊花毡地雪，夢中芳草錦城烟〔3〕。陸郎已上斑騅去，帶草離離伴鄭玄〔4〕。

【校注】

〔1〕詩亦見《珂雪齋前集》。

〔2〕鄒從事：即晋代鄒湛，曾從羊祜游峴山（見《晋書·羊祜傳》）。“米價”句，用白居易見顧况，顧戲之曰“長安米貴，居不大易”故事（宋·尤袤《全唐詩話》）。

〔3〕“杯裹”二句：當指二人間詩酒生活。“楊花”暗用北魏胡太后《楊白花》詩意（見《梁書·楊華傳》）。“夢中芳草”暗用謝靈運夢見族弟謝惠連得“池塘生春草”句事（見《南史·謝方明傳附惠連傳》）。

〔4〕陸郎：一般指三國吴陸績。鄭玄：東漢著名經學大師，《後漢書》有傳。此二句用典未詳。

漢陽感舊[1]

拍天白浪净無塵，惟有孤巒塞去津。芳草偏憐衡處士，桃花不夢息夫人[2]。江頭鼓枻機全息，漢上題襟迹已陳。屈指光陰今二紀，無情痴泪漫沾巾。

【校注】

〔1〕詩亦見《詩徵》。

〔2〕息夫人，此詩後有注："《志》載漢陽有桃花夫人廟，即息夫人也。"息夫人爲春秋時息侯夫人，楚文王滅息，以其爲婦，終不與王言笑，事見《左傳》莊公十四年。劉向《烈女傳》説法略不同。

再遊黄鶴樓[1]

買看山水興猶清，閑逐兒童樓上行。窗外鐘聲大别寺[2]，杯中堞影漢陽城。峰連建業何曾斷，浪接瀟湘總未平。小艇犯濤如履地，果然水戰利南兵。

【校注】

〔1〕中道在此前曾有《黄鶴樓》五律詩。

〔2〕大别：山名，即今武漢漢陽之龜山。

襄中懷先兄中郎[1]

五岳同遊誓未忘，一藤獨往泪千行。青山到處悲王粲，明月曾經照謝莊[2]。蘇嶺雲開濃似黛[3]，湘江春漲沸如湯。尋思舊日經行處，鳥語花飛總斷腸。

【校注】

〔1〕詩見《珂雪齋近集·卷四》。《楚風補》在此詩後載有注："王仲宣樓

并謝公岩皆襄中佳處。”

〔2〕謝莊：字希逸，南朝宋人，有《月賦》頗爲著名（見《文選》）。

〔3〕蘇嶺：襄陽鹿門山舊名。

病中漫興〔1〕

緑琴入匣任塵封，老去逃人興轉濃。馬氏由來譏畫虎，葉公原不愛真龍。閑聽谷口懸雷瀑，細數山南破墨峰〔2〕。知己可憐凋喪盡，盤桓空對一株松。

【校注】

〔1〕詩亦見《珂雪齋近集·卷四》，原有八首，此其七。

〔2〕破墨：本爲國畫水墨畫技法，以不同墨色，濃淡相間，使物象界綫輪廓更爲生動。破墨峰：當指山峰色澤深淺不同，如水墨山水圖。

別須水部日華還朝〔1〕

移沙取石貯輕舟，清冷何曾似宦遊。春雪歌成辭郢里，梅花落盡別揚州。東風自護桓公樹，明月誰登庾信樓〔2〕。兄弟調殘知己別，枇杷門外泪交流〔3〕。

【校注】

〔1〕詩亦見《詩徵》。

〔2〕桓公樹：用桓温事，見《世説新語·言語》。庾信：南北朝時著名文學家，由梁入北周。庾信樓：當爲庾信在江陵之舊宅，其址在城北三里。

〔3〕枇杷門：舊江陵縣内城故東門（據清光緒六年重修《荆州府志》引《方輿紀要》）。

渡黄河[1]

如雪寒沙千里平，猛風雖静浪猶驚。草經青女全無色[2]，雁過黄河别有聲。騎馬久無浮宅夢[3]，倚篷忽動蕩舟情。可憐廣武山常在，寂寞誰知豎子名[4]。

【校注】

〔1〕詩亦見《詩徵》。

〔2〕青女：神話中霜雪之神，見《淮南子·天文》。

〔3〕浮宅：指浮舟江湖以之爲家，隱用唐張志和典，詳見《新唐書·張志和傳》。

〔4〕此二句用阮籍登廣武戰場嗤笑劉邦事，見《晋書·阮籍傳》。

暮春長安郊遊[1]

水亭箕坐兩三人，湖面晶晶柳帶新。夜色遠來休道去，忍將白水换紅塵？

【校注】

〔1〕詩亦見《珂雪齋前集》，原題二首，此其二。

徐應選[1]

字青仲，號止菴，益陽人，萬曆戊午舉人。性孝謹，長喜任俠。癸未獻賊犯境，倡義拒之，未幾卒。所著有《檀欒舊業》[2]。

【校注】

〔1〕傳參見清同治《益陽縣志・人物・忠義》。亦見《沅湘耆舊集》。

〔2〕檀欒舊業,《縣志》爲"擅欒舊業舊稿"。

題碧照樓畫山水圖[1]

幾年欲入深山裏，入山未深勤洗耳。今意入山何必山，偶向丹青得其理。乾坤一幅大圖畫，人域其中忘爾爾[2]。岳浪何天不可飛[3]，點我奇觀摹素紙。叠嶂層巒滿壁間，居然置我滄洲山[4]。樵夫終歲擔不去，野店經年門不關。若有人兮來往途[5]，主人醉裏欲招呼。深山有閣何人住，小市有酒何人沽[6]。一似武陵種桃客[7]，漁郎去後知有無。眼前世界盡子虚，畫裏江山渾不啻[8]。君不見桑田滄海幾更移，往過來續身如寄[9]。毫端咫尺萬里形，歲歲年年不曾易[10]。無多邱壑懸斯樓，任予取携在胸次[11]。岳自峙兮水自流，一室之中天地位[12]。

【校注】

〔1〕《沅湘耆舊集》題爲"僧岳浪爲余畫碧照樓山水"。

〔2〕爾爾,《沅湘耆舊集》作'我爾"。

〔3〕岳浪，原有注："即畫僧。"

〔4〕居,《沅湘耆舊集》作"恭"。滄洲,《沅湘耆舊集》作"富春"。

〔5〕來往途,《沅湘耆舊集》作"隔溪居"。

〔6〕二句,《沅湘耆舊集》作"撑空危閣出松櫟，傍岸小艇摇菰蒲"。

〔7〕一似,《沅湘耆舊集》作"何似"。

〔8〕啻,《沅湘耆舊集》作"如"。

〔9〕往過來續，《沅湘耆舊集》作“蒼茫一粟”。

〔10〕上句，形，《沅湘耆舊集》作“來”。當從。下句，不曾易，《沅湘耆舊集》作“涌寒翠”。

〔11〕上句，無多，《沅湘耆舊集》作“無端”。下句，《沅湘耆舊集》作“斗室直欲藏九州”。

〔12〕二句，《沅湘耆舊集》作“眼前有景且孤負，焉論萬世與千秋”。

蔣向榮〔1〕

字澹心，零陵人，萬曆己未進士。文湘公仲子〔2〕。文湘爲汝寧博士，致政歸，囊槖蕭然。公色養備至，爲孝廉時躬爲父濯足。宰大名〔3〕，調繁南樂。有民侯華逆母，母訟之，公閉閤自思，欲解印去。邑人恐，咸責華。華因痛自悔責。邑人乃代華請公，乃坐母於庭，杖華，母子相抱大哭。華卒以孝稱。後升吏部郎中。魏璫專政，公歸。璫誅，起公，公辭不出。

【校注】

〔1〕傳參見光緒元年重修《零陵縣志·人物·仕迹》，事較詳。亦見《沅湘耆舊集》。

〔2〕文湘公：即蔣遇春，字文湘，曾爲汝寧教授，《零陵縣志·儒林》有傳。

〔3〕大名：縣名，在今河北省。

紫霞下岩〔1〕

高岩錮洞府，地底又樓臺。香案數重立，仙經幾卷開。雲芽垂菡萏〔2〕，石果拾楊梅。聞道探奇者，中從百粵來〔3〕。

【校注】

〔1〕《沅湘耆舊集》載《紫霞上岩》詩一首。"下岩"未詳。

〔2〕雲芽：即雲母。陳子昂《卧疾家園》："還丹奔日御，却老餌雲芽。"

〔3〕百粵：同"百越"，地名，泛指江浙閩粵之地。

姚明恭[1]

字昆斗，蘄水人。萬曆己未進士。官檢討，遷左遮子，再遷詹事翰林、掌院學士、禮部右侍郎、東宫侍班。己卯升東閣大學士兼禮部尚書，加太子少保。先是，蘄水漕米從蘄州兑軍，州去會城遠[2]，軍旗科派，里甲苦之。公言於當路，改兑會城，民甚賴焉。

【校注】

〔1〕《明史》有傳，附《程國祥傳》後，見卷二百五十三。

〔2〕會城：指州府所在地。

太乙閣詩[1]

太乙閣下江之水，蒼茫海腹昆崙起。寰中日月發天奇，箇裏鴻濛吹浩髓。問道何年説古今，閑雲片片飛山陰。收作藜光照夜半，風聲雨聲驚不散。投簪結搆此江干，願擷烟霞煑作餐。萬禩千秋峙碧落[2]，寧羨白雲與黄鶴。

【校注】

〔1〕詩亦見《詩佩》。太乙閣：舊址在縣西七十里巴河鎮。據《黄州府治》載，爲姚明恭所建。

〔2〕禩，《蘄水縣志·藝文志》作“億”。

魯文斐[1]

桃源人。明經[2]。官閬清訓導。

【校注】

〔1〕傳參見光緒重修《桃源縣志·人物·選舉·歲貢》。魯崇道子。

〔2〕明經,《桃源縣志》《沅湘耆舊集》均作“萬曆時貢生”。

晚眺桃川宮[1]

種桃道士歸何處[2]，曾種溪桃作主來。今日有桃君不見，桃開依舊是君回[3]。

【校注】

〔1〕《沅湘耆舊集》題作“吊桃川宮種桃道士”。《楚風補》題下有注：“道士曾種桃。”桃川宮：據《桃源縣志》在縣西南三十五里，舊名桃花觀。

〔2〕此句全用唐劉禹錫《再游玄都觀》詩第三句。

〔3〕據《沅湘耆舊集》引江進之《雪濤詩評》：桃川宮舊有道士，姓曾，號種桃，其人抱元修。比其歿也，邑中魯博士文斐以詩吊之云云。博士平日無詩名，乃此章則何減“人面桃花”之句。

劉膳生[1]

攸縣人。萬曆間貢生。任武岡州學正。

【校注】

〔1〕傳參見清道光增續《攸縣志·選舉》。

遊石蓮洞

不信桃源尚有津[1]，洞中難覓避秦人。未終棋局曾留字，欲瘦梅花擬卜鄰[2]。破壁寒更蛩有約，孤峰露冷樹長春[3]。胡麻非是人間無，願向溪邊飲數巡[4]。

【校注】

〔1〕桃，《攸縣志·藝文》作“仙”。《沅湘耆舊集》作“花”。

〔2〕上句，字，《縣志》作“子”。《沅湘耆舊集》作“語”。下句，《沅湘耆舊集》作“擬種桃花更愴神”。《縣志》爲“行傍桃花擬卜鄰”。

〔3〕上句，寒更，《沅湘耆舊集》作“燈寒”。下句，露冷樹長春，《沅湘耆舊集》作“樹冷鶴爲鄰”。長，《縣志》作“無”。

〔4〕上句，無，《縣志》作“物”，下句，願，《沅湘耆舊集》作“枉”。飲，《沅湘耆舊集》作“曰”。

李可蕃[1]

字瞻麓。桃源明經。績溪令麓南公長子[2]。江進之先生《雪濤詩評》云[3]："瞻麓少負美才，善談吐，所爲詩未必成家，然自有詩趣。余恨不獲見其全稿，惜哉！"

【校注】

〔1〕傳參見《桃源縣志·人物》及《沅湘耆舊集》。

〔2〕績溪：縣名，在安徽省，舊屬徽州府。

〔3〕江進之：即江盈科，桃源人，明萬曆時進士。

秦人洞

生是桃花源，不識桃源路[1]。仙人杳何之，悵望桃花樹。

【校注】

〔1〕上句，是，《沅湘耆舊集》作"長"。下句，源，《沅湘耆舊集》作"花"。

王之屏[1]

衡陽人。萬曆時以東宮恩選授萍鄉教諭。

【校注】

〔1〕傳參見清同治《衡陽縣志·選舉·恩拔》。《沅湘耆舊集》作"黄之屏"，事均同，恐誤。

登南臺訪舊僧聽琴有感[1]

偶停塵外策，忽聽隔窗琴。在世能超劫，移徽解證心[2]。餘生歸鹿苑[3]，大道隱珠林。鏗爾高臺上[4]，躊躇戀夕陰。

【校注】

〔1〕詩亦見《沅湘耆舊集》。南臺：衡山南臺寺。

〔2〕徽：琴徽。移徽：即調琴。

〔3〕鹿苑：即鹿野苑，釋伽牟尼説法之所。

〔4〕鏗爾：形容琴聲。《論語·先進》："鼓瑟希，鏗爾。"

上封憑欄[1]

佇望南山土一抔[2]，振衣千仞此高臺。五松寒抱蒼虬卧，片石晴飛玉女來。回合乾坤天外静，變遷雲物望中猜[3]。皇封帝秩楸梧泣，入夜猶疑靈氣回。

【校注】

〔1〕上封：即上封寺，在衡山祝融峰上。

〔2〕此句《沅湘耆舊集》作"眼底南山衆皺堆"。

〔3〕上句，回合，《沅湘耆舊集》作"納納"。静，《沅湘耆舊集》作"立"。下句，變遷，《沅湘耆舊集》作"迢迢"。猜，《沅湘耆舊集》作"開"。

陶顯位[1]

字仁仲，寧鄉人。萬曆間貢士。官桃源訓導，升潞安府教授[2]。年八十卒，祀鄉賢。

【校注】

〔1〕傳參見清同治《寧鄉縣志·人物·仕宦》，事頗詳。

〔2〕潞安府：明嘉靖時設，府治在今山西長治市。

獅顧山[1]

何處驅來青狻猊[2]，爪中香乳滴招提。衹緣大力嘘雲氣，潭有乖龍不敢栖。

【校注】

〔1〕獅顧山：據同治《寧鄉縣志》，山在縣東北三里，"如獅蹲伏，睥睨江濱"。

〔2〕狻猊：即獅子。

吴道升[1]

號聚垣[2]，善化人。通經史，工古文詞。家貧，盡色養，篤友愛。郡守羅公旌其門曰"孝友文章"[3]，督學梁溪高公采其行載《三楚文獻録》。及門百餘人[4]，多知名士。所著有《管窺草》《見聞筆記》《易義臆解》。

【校注】

〔1〕傳參見光緒重修《善化縣志·人物》《沅湘耆舊集》。

〔2〕號聚垣，《沅湘耆舊集》作"一字聚垣"。

〔3〕羅公：據縣志爲羅緄，嘉定人，萬曆中爲長沙太守。

〔4〕及門：言在其門下。

岳頂偕祁陽張子、隨州王子同遊[1]

天南名勝枕江開，孤賞相酬把臂來。博物張華原上客，能詩王粲自奇才。白雲縹緲層峰合，碧水潺湲曲澗回。身世共疑游汗漫，不妨豪舉醉霞杯。

【校注】

〔1〕祁陽：縣名，在湖南省，明代時屬永州府。隨州：今湖北隨州市。

吴道行[1]

字見可。先世自醴陵徙善化，居城南古渡。公生七歲，聞長者指談岳麓及先賢講學舊事，即審聽焉；塾師説《通鑒》至宗澤、岳飛渡河諸狀，輒喜躍。稍長，補諸生，有聲。神宗初，張太史陽和講道麓山[2]，公陳發良知孝弟之旨。後郡守吴公修"惜陰書院"，聘公主教事，人稱嶁山先生。癸未獻賊至郡，公决志山栖。迨甲申聞變[3]，擊案不自得。一日趨吉藩，望闕展拜，輿歸山莊卒。

【校注】

〔1〕傳參見清光緒重修《善化縣志·人物》《沅湘耆舊集》。

〔2〕張陽和：即張元汴，明浙江山陰人，號陽和，官翰林侍讀，學崇王守仁。《明史》卷二百八十三有傳。

〔3〕甲申：即指1644年，是年李自成攻入北京，明朝覆滅。

洞庭秋月[1]

清光舒素練，濯濯簟紋柔。朗吟誰是者，共醉洞庭秋。

【校注】

〔1〕《善化縣志》同題之作爲："露白金波净，空青玉鏡行。君山最縹緲，看作片雲生。"此當爲另一首。

漁村夕照[1]

繫舟楊柳岸，醉眠楊柳烟。朦朧新月起，五色晚霞天[2]。

【校注】

〔1〕《沅湘耆舊集》和《善化縣志》均題爲"宿麓山二首"。

〔2〕新月起，《沅湘耆舊集》《善化縣志》均作"看新月"。五色，《沅湘耆

舊集》《善化縣志》均作“疑是”。

烟寺晚鐘〔1〕

聽月到樓頭〔2〕，搔首重延佇。疏鐘何處來，露滿道林樹。

【校注】

〔1〕此首《沅湘耆舊集》爲前題之其二。

〔2〕頭，《沅湘耆舊集》作“前”。

江天暮雪

朔雲千里平，捲鈎嵌岸下。醉起推篷窗，江城渾不夜。

向日丹[1]

字懷赤，大冶人。萬曆時明經[2]。初授四川營川令[3]，時土司楊應龍蠢動[4]，公以才調繁廣元[5]，與擒應龍，有功，升雲南阿迷州知州[6]。時母郭就養任所，公曰："剿賊靖亂可以報朝廷矣，吾安能以八旬有二之母去家萬里而再臨不測哉？"遂辭定省。七年母没，廬墓服闋。築亭學宫之左，詩酒自娱。所著有《灌園集》[7]。鄉賢名宦，兩崇祀焉。

【校注】

〔1〕傳參見清同治《大冶縣志·人物·德業》及《詩徵》。

〔2〕萬曆明經，《詩徵》作："天啓拔貢，官知縣。"

〔3〕川，《縣志》作"山"。營山：今四川省縣名。

〔4〕楊應龍：《明史》屢提及。曾爲四川播州宣慰使，後結苗人叛，終敗亡，闔室自焚。

〔5〕廣元：縣名，在四川省，明初曾爲府、州。繁廣元，此句中疑有脱誤。

〔6〕阿迷：明代州名，屬雲南臨安府。

〔7〕《灌園集》，《詩徵》作《灌園亭詩》。

舟回青龍堤小飲[1]

野漲回孤艇，山城起暮烟。浪花吹岸坼，荇帶夾風旋。樹密雲常合，亭欹月故懸。清歌懽轉劇，那得酒如泉。

【校注】

〔1〕詩亦見《大冶縣志·藝文》。青龍堤：在大冶東青龍山下。

同諸友飲青龍閣[1]

登樓呼酒醉榴花，豪客連翩興未涯。十里湖光晴灩好，八窗雲氣晚涼賒。風蘋細漾滄波亂，石壁欹臨古閣斜。縱飲遲回天欲暮，隔林疏火傍漁家。

【校注】

〔1〕詩亦見《大冶縣志·藝文》。

米雲卿[1]

字君夢，楚人[2]。少有才名，薄遊南北，拓落不偶。移家金華[3]，卒吴興旅舍[4]。有《山居》《秋柳》諸詩，金陵人多傳寫之。

【校注】

〔1〕傳參見《列朝詩集小傳》《明詩綜》《沅湘耆舊集》《詩徵》。

〔2〕《沅湘耆舊集》據米之《瀫水移家》詩，以爲米乃湘鄉縣人，然“瀫”當爲“瀫”。其他諸傳均言“楚人”，爵里無考。或説爲米芾後裔（《潛庵筆記》）。

〔3〕金華：縣名，在浙江。

〔4〕吴興：舊郡名，治所在今浙江吴興南。

楊柳歌送唐仲秩[1]

江南二月時，楊柳緑華滋。高臺不知數，臺邊千萬樹。縈堤夾岸相映新，摇曳朱門翳美人。翠縷絲絲争媚日，黄鸝樹樹學啼春。啼春不住高下飛，金梭亂擲流黄機。又如織女機初斷[2]，千絲萬絲分歷亂。旋作車郊一片陰，雨中淺淺烟中深。迤逦青綃合步障，纏綿縷帶結同心。青綃步障大道傍，同心縷帶春風香。佳人玉笛青樓遠，公子金羈白日長。旗亭百座空中曉，嫩葉柔枝亘繚繞[3]。碧玉蛾眉乍鬥妍，小蠻腰肢徒裊裊[4]。君不見楚王宫裏花盈盈，千容萬態學未成。春心不死怨猶在，只今盡逐東風生。灞陵橋，章臺路，异代風流那得顧。章臺舊日花如雪，灞陵古來多送别。眼前景物不得將，何以贈君天一方。好向枝頭惜春色，莫待傷心秋草黄。

【校注】

〔1〕唐仲秩：作者友人。

〔2〕機,《明詩紀事》作“織”。

〔3〕亘,《沅湘耆舊集》和《明詩紀事》均作“互”。

〔4〕乍,《明詩紀事》作“怎”。小蠻:唐白居易女侍,此泛指女子。

秋　柳[1]

離亭當日唱離歌,秖爲柔條傍渭河。恨不任他攀折盡,衰來徒自惋傷多。百年秋思愁中斷,千古春情夢裏過。縱是王孫金勒馬,也應相向嘆蹉跎。

【校注】

〔1〕此題五首,《沅湘耆舊集》載此。

一夜西風耐更凋[1],他鄉何處不蕭蕭。依稀有葉還無葉,摇落長條復短條。難忘折來情脉脉,更愁看去路迢迢。經過若問傷心地,凉雨寒烟鎖灞橋。

【校注】

〔1〕耐更,《明詩綜》《詩徵》均作“那便”。

何處相逢最有情,平康曲轉大堤横[1]。回眸不忍枝頭望,携手真愁樹底行。近泪幾絲渾欲斷,牽情千縷苦相縈。自經委謝無窮憶,應悔風花忒煞輕。

【校注】

〔1〕平康:唐代長安有平康坊,爲妓女聚居所。此當借指。

寶馬香車滿路塵,相看能得幾時新。飄將墮地皆成土,悲自傷心敢怨人。緑謝枉遮千里目[1],青歸難借一絲春。蕭條隨分黄泥岸,羞把繁華問水濱〔2〕。

【校注】

〔1〕謝,《沅湘耆舊集》作“樹”。

〔2〕後二句有自甘零落，不慕榮利意。問水濱：隱用文王訪姜子牙於渭水之濱故事。

名擅章臺第一家〔1〕，忍將憔悴送年華。容銷已失如眉葉，才盡難迴比雪花〔2〕。纔見高樓堪繫馬，俄同寒樹與栖鴉。榮枯只是尋常事，忽漫逢時莫自誇。

【校注】

〔1〕章臺：宮門名。此句隱用唐韓翃與柳氏故事，見《太平廣記》所引許堯佐《柳氏傳》。

〔2〕此句反用謝道蘊以柳絮比雪故事，見《世説新語・言語》。

瀔水移家〔1〕

移家東郭十年前，東郭移家又十年。盡割烟蘿還地主，遥驅鷄犬下江船〔2〕。生非弱草何須土，行若高雲不繫天〔3〕。已斷因緣去來想，浮踪那得受人憐〔4〕。

【校注】

〔1〕瀔水：在浙江，即今衢江。

〔2〕盡,《詩佩》作“忍”；還,《沅湘耆舊集》作“歸”。遥,《明詩綜》《詩佩》均作“笑”。

〔3〕《沅湘耆舊集》《詩佩》此二句均作“鶺鴒原上風偏急，烏鵲枝頭月正圓”。

〔4〕《沅湘耆舊集》此二句作“臨發不禁回首望，并州桑梓自堪憐”。并州

桑梓：用賈島《渡桑乾》“却望并州是故鄉”意。

贈張慎伯居士[1]

梅竹蕭蕭舊隱居，却依雙樹結精廬[2]。方酬南岳高僧偈，未得東山太傅書[3]。賓館有田多種秫，紫門臨水不爲漁。春風日日閑花落，三徑無人自掃除[4]。

【校注】

〔1〕詩亦見《沅湘耆舊集》。

〔2〕雙樹：此乃指佛家清静之地（雙樹本爲佛入滅之處）。

〔3〕東山太傅：即東晋謝安，此借比。

〔4〕三徑：用漢蔣詡辭官歸里辟三徑唯與求仲、羊仲往來事，詳見《三輔决録・逃名》。

有　　感[1]

極目浮雲與逝波，百年哀樂盡經過。交疏紙上寒暄少，名在人間毁譽多。衰髩晚秋臨白草，歸心長路阻黄河。自知身隱誠難事，因笑佯狂作楚歌。

【校注】

〔1〕詩亦見《沅湘耆舊集》。

冬夜懷歸[1]

寒風颯颯夜蒼蒼，臘月江城卧雪霜。秪爲食魚常作客[2]，偶因聞雁又沾裳。青山夢裏行難到，白髪愁中鑷更長。不見北堂萱草色[3]，憂來那得蹔相忘。

【校注】

〔1〕詩亦見《沅湘耆舊集》。

〔2〕食魚作客：用馮諼客孟嘗君事（見《戰國策·齊策》）。

〔3〕北堂萱草：語出《詩經·衛風》，爲思母之代稱。

撥　悶[1]

十年湖上社，雙屐泖東山[2]。有子癡難教，無家老不還。

【校注】

〔1〕詩亦見《沅湘耆舊集》《詩徵》《明詩綜》。

〔2〕泖：湖塘，此作動詞用，有“渡越”意。雙屐、東山：隱用謝靈運、謝安事，指己隱居。

廖孔説[1]

字傅生，衡州人。從父宦遊南京，遂爲應天諸生。少博學强記，跅弛縱酒；晚年戒飲持律。臨終，舉佛號數聲。後人或見之於茅山[2]，以爲尸解云。

【校注】

〔1〕傳參見《列朝詩集小傳》，清同治重修《衡陽縣志·列傳·方伎》。《明詩紀事》作“廖孔悦”。

〔2〕茅山：在江蘇句容縣東南，漢茅盈、茅固、茅衷三兄弟得道於此，故名。

贈　友[1]

甌粟猶堪炱，經時可閉關。老愁看落葉，貧不厭青山。薄簟酬秋水，孤燈管夜閑。簪冠文有意，爲稱髩邊斑。

【校注】

〔1〕詩亦見《沅湘耆舊集》。

客　至

不向紅塵去，閑眠日幾回。餘花山槿落，小卉海棠開。制解僧初出[1]，凉生客漸來。共言西磵水，經夏起林埃[2]。

【校注】

〔1〕制解：謂坐夏制滿，我國佛徒於農曆四月十六日至七月十五日安居戒出，時正值夏季，故爲坐夏，制滿始可外出。

〔2〕林，《沅湘耆舊集》作“枯”。

懷匡廬二首[1]

九叠晴巒好掩扉[2]，泉聲處處抱斜暉。高窗樹影澄江小，遠岫人踪雪寺微。溪净飲猿連臂下，松深巢鶴掠衣飛。荒凉石徑空延佇，逋客而今歸未歸[3]。

【校注】

〔1〕詩亦見《沅湘耆舊集》。

〔2〕九叠，言廬山叠嶂九層。或説指廬山九叠屏，均通。李白《廬山謠》："屏風九叠雲錦張。"

〔3〕逋客：隱士或無官失意者，語出南齊孔稚圭《北山移文》。

聞説幽蹊静者多，石門景物近如何[1]。春茶雨後猿狙摘，晚食風前鳥雀過。楚客斷筇留磵石，吴僧破笠挂岩阿。遠公已去憨公往[2]，惆悵生臺長薜蘿。

【校注】

〔1〕石門：《廬山記》："西南中石門前，有雙闕壁立千餘仞，而瀑布流焉。"

〔2〕遠公：即晋高僧慧遠，居廬山東林寺。憨公：明代詩僧，曾往憩廬山，鍾惺曾有題畫詩寄之。

采　　藥

采藥秋山萬木疏，霜吹瘦骨倦鋤餘[1]。雲多忽訝寒峰失，僧少常遲古屋虚[2]。扣石杖聲驚睡鹿，臨溪笠影亂遊魚。翠微十里無人到，時過菴西聞讀書。

【校注】

〔1〕骨，《沅湘耆舊集》作“石”。

〔2〕遲，《沅湘耆舊集》作“疑”，當從。又《衡陽縣志·列傳·方伎》所附詩中此句“常疑”作“嘗逢”，可參。

秋　鶯〔1〕

喈喈秋老曙河斜，嫩麴輕塵浸露華〔2〕。黄葉誤求空谷友〔3〕，丹楓虚擬上陽花。蒹葭漠漠逢歸燕，楊柳蕭蕭伴暮鴉。珠箔玉樓弦管日，金衣誰料尚天涯〔4〕。

【校注】

〔1〕詩亦見《沅湘耆舊集》。

〔2〕麴塵：淡黄色，見《周禮·天官·内司服》鄭玄注。此嫩麴輕塵，當指鶯淡黄之羽毛。

〔3〕空谷友：用《詩經·小雅·伐木》“嚶其鳴矣，求其友聲”義。

〔4〕金衣：據《天寶遺事》，唐明皇於禁苑中見黄鶯呼爲“金衣公子”。

雨中送春二首〔1〕

迢遥館驛欲何之，地角天涯總别離。霧濕提壺催祖道〔2〕，寒烟杜宇促歸期。徘徊柳岸鞦韆處，惆悵蘭香祓禊時〔3〕。此約再來須隔歲，潘郎那不鬢如絲〔4〕。

【校注】

〔1〕詩亦見《沅湘耆舊集》。

〔2〕祖道：即餞行。

〔3〕祓禊：古民俗於三月上巳日到水濱洗濯，去滌宿垢，稱祓禊。

〔4〕潘郎：即潘岳。其《秋興賦》：“斑鬢髟以承弁兮，素髮颯以垂領。”

緑陰和水草和烟，今夕明朝頓爽然。纔到楝花飄暮雨，已看榕葉似秋天。乍添吟鬢剛三月，暗減歸心又一年。不信古人癡似我，曉鐘欲盡轉難眠。

華陽雜咏[1]

林間風靄日氤氲，乍露孤峰半未分。一夜雷聲在山下，始知身外萬重雲。

【校注】

〔1〕詩亦見《沅湘耆舊集》。華陽：指華陽洞，在江蘇句容縣。據《列朝詩集小傳》，廖孔説與許同生偕隱於此。

聞　鐘[1]

華陽百里一孤鐘，地闊天空山萬重。颸沓烟霜悠颺月，依微隨鶴繞三峰。

【校注】

〔1〕詩亦見《沅湘耆舊集》。

懷子晝次其韵[1]

花滿揚州月滿櫳，相尋最苦夢難同。悶來細把蕪城賦[2]，讀向凄凄暮雨中。

【校注】

〔1〕詩亦見《沅湘耆舊集》。

〔2〕蕪城賦：南朝宋鮑照作。蕪城：古名城，舊址在今江蘇揚州市江都區境。

石　　門[1]

石門酒薄客愁寬，誰念霜溪曉被寒。偶見鄰舟説紅葉，五更疏雨夢長干[2]。

【校注】

〔1〕詩亦見《沅湘耆舊集》。石門：地名，有多處。結合廖生平看，其址當在江蘇。

〔2〕長干：地名，在江蘇江寧縣。夢長干：用南朝梁時離石縣胡人劉薩何夢觀音而寤，後見長干里故事，詳見《南史·扶南傳》。

偶　　集[1]

陰雨霏霏濕酒巵[2]，滿堂紅燭對彈碁。主人先醉非無意，愁見更闌客散時。

【校注】

〔1〕據《衡陽縣志·列傳·方伎》載："嘗與諸名士飲酒賦韵，孔説詩先成，云：……一坐客嘆服，謂其超悟悲歡，有引身物外之志。"

〔2〕陰，《明詩紀事》《衡陽縣志》均作"春"。

不　　似[1]

秋樹猶啼乳小鶯，秋花亦占海棠名。一般聲艷堪惆悵，不似春風解管情。

【校注】

〔1〕詩亦見《沅湘耆舊集》。

訪道士

露草烟林斷客行，竹扉晝掩對高城。道人不愛人天供[1]，消受秋空鶴一聲。

【校注】

〔1〕愛，《沅湘耆舊集》作“要”，《明詩紀事》仍作“愛”。

西　湖[1]

水中樹影樹中山，山自無心水自閑。明月兩堤人不見[2]，小舟獨向斷橋還。

【校注】

〔1〕詩亦見《沅湘耆舊集》。西湖：即杭州西湖。

〔2〕兩堤：即白堤、蘇堤。

胡克敬[1]

字孟常，江陵人。嘗言：“學者立身當從踐履上著脚跟，立言當從經史中討本領，尊德性、道問學二者不可偏廢[2]。”故於考亭學多所發明[3]，孝友義方，爲世推服。所著有《韓詩外傳》《尚書析疑》等書[4]。

【校注】

〔1〕傳參見光緒三年重修《江陵縣志·人物·仕進》。

〔2〕尊德性、道問學，疑有脱誤舛訛。或指以德性爲尊，以學問爲道。

〔3〕考亭學：指朱子之學。考亭本福建地名，南宋朱熹晚年居此，建竹林精舍講學。宋理宗詔立書院，親書“考亭書院”四字匾其門。

〔4〕《韓詩外傳》，《江陵縣志·藝文志》作《韓詩外傳注》，當從。

九日登落帽臺[1]

九日同登落帽臺，金飈蓬鬢一徘徊。虬螭碑碣千秋外，貔虎旌旗十載來。竹杖誰人能避地，白衣是處且銜盃。良辰勝迹年年事，莫放菊花開復開。

【校注】

〔1〕《詩徵》《江陵縣志·藝文》題均無“九日”二字。落帽臺：據縣志，臺在城西北十五里龍山後，落帽乃孟嘉故事。

劉養微[1]

字敬伯，號康谷，廣濟人。性澹樸，工詩，得意成篇，放聲吟咏，淵淵若金石。

【校注】

〔1〕傳參見清乾隆《廣濟縣志·人物·文苑》，事較詳。亦見《詩徵》。

打藤曲[1]

日出湖上山，山頭草篷千萬間。相呼相喚打茇藤，衝風撇波船上人[2]。翁嫗在家兒女泣，打得茇藤日將入。掐葉抽藤煮藤食，生飼猪牛哺鵝鴨。啃我人民何不烹猪宰牛食鴨鵝？官租未輸奈若何！

【校注】

〔1〕打藤曲：爲民間打茇藤時所唱之歌謡。

〔2〕衝、人，《廣濟縣志·藝文·樂府》作“鬥”“天”。

遊龍廟[1]

大樹晚陰陰，長歌入翠林。石連樓閣起，雲隱洞門深。澗水流開闢，山花雜古今。振衣登絶巘，潭底卧龍吟。

【校注】

〔1〕詩亦見《詩徵》。龍廟：據《廣濟縣志》，在馬口湖北有龍山寺，爲漢高祖擒黥布過處，或即此。

屬纊前作[1]

辛苦人間百未休，今朝忽作反真遊。玉樓作記非吾事[2]，一枕空山明月秋。

【校注】

〔1〕詩亦見《詩徵》，并載："臨卒賦絶句云：……"屬纊：指病重將死。

〔2〕玉樓作記：用唐李賀事。賀將死，晝見緋衣人駕赤虬，召賀上天爲天帝之玉樓作記，見李商隱《李賀小傳》。

羅朝岳[1]

字盤雲[2]。茶陵明經。

【校注】

〔1〕傳參見清同治九年重修《茶陵縣志·選舉志》，亦見《沅湘耆舊集》。

〔2〕《縣志》作“字子鐘”。

洣　江[1]

大江東來幾百折，城頭月出寒潭深。道人結屋傍江水，夜静時聞龍一吟。

【校注】

〔1〕詩亦見《沅湘耆舊集》。洣江：據《茶陵縣志》引《水經》：“洣泉出茶陵上鄉西北，過其縣西……入於湘。”

鍾　　悛[1]

字叔静，竟陵人。伯敬之弟。

【校注】

〔1〕傳參見清道光《天門縣志·人物·文苑》，亦見《詩徵》。清王士禛《香祖筆記》有評。

秋深明月詞同友夏襄陽路中[1]

孤光覆老僧，共兹松影下。佛燈冷然在，其明不相借。夜深亦未寒，只覺非春夏。

【校注】

〔1〕友夏：即譚元春。"同友夏襄陽路中"疑爲自注。

寒食公祭

存亡此際心，吁嗟同與獨。几筵集子姓，燈光照齊遬。祖功與宗德，親灸而私淑[1]。諸父勤教戒，深情在敦復。翼翼主祭人，間以爲迂木。牲牷僅具體，簠簋多約樸。醵錢成祀典，群力有盈縮。平氣式體度，躁心消俯伏。但愧對祖妣，猶然耻儒服。

【校注】

〔1〕灸：當作"炙"。親炙：指親承教化。私淑：《孟子·離婁》："予未得爲孔子徒也，予私淑諸人也。"後遂以未得身受其教而仰其人爲私淑。

予以病戒飲者三年，至丁巳三月欲開不能，因作禁酒詩四章以自廣，且以自勉焉録二

舉杯欲勸客，予恐客言醉。淺深諒有度，何至爲所累。潦倒盡一

座，就中雜真僞。間有不飲人，笑我爲同類。

携壺看春山，山烟晴欲破。或以余之故，不欲爲久坐。嘿嘿魚鳥間，豈遂爲頑懦。當其遊覽時，庶幾余可佐。

打冰咏

打冰如打城，城破恣屠戮。網罟代干戈，性命急水族。我愛蓑笠清，魚視爲鬼伯。解凍定有時，不能待晴燠。衛身亦已堅，群暴猶追逐。殺趣遍波瀾，刀俎載衆舳。魚自不貪餌，突廹無可伏。竭澤鱗遺憾，橈歌返茅屋。

丙辰八月逢寶珠上人於寒河，上人即從友夏遊南岳者也，歌以贈之〔1〕

南岳之雲寒河水，往來心目何所止。登山若作山雲看，臨河定以水視水。上人胸中殊不然，岳雲河水相後先。昔日看雲雲不厭，自宜今朝置水邊。百端想像終難確，吾友定之以慧朴。相對無言静簾影，光深真如玉在璞。身意冷然鳥不驚，正值隔溪鐘有聲。寒秋想爾乘舟去，秋水隨之到山城，山山雲當爲爾生。

【校注】

〔1〕寒河：據《天門縣志》，寒河在縣西南二十五里，漢北小河，其北有寒土嶺。

插戴詞和伯兄〔1〕

深閨女兒出拜人，欲前不前疑有因。如如身影尚未真，耳目專凝步履純。嬌羞更在見人後，爺娘闗口何其驟。今朝不必識姓名，明日插戴即婚媾。妝成自顧誰爲偶，勉近郎手不復走。平常男兒難在目，豈意郎指著儂首。但得郎心如指頭，無復對影求好醜。

【校注】

〔1〕插戴詞：咏議婚事。宋代相親，男女及雙方父母相見，若中意，則男方以金釵插戴於女方冠髻中，詳見《東京夢華録·娶婦》。伯兄：即鍾惺。

寄伯兄秦淮[1]

曰歸未歸在秦淮，友朋相守兄弟乖。幾年不見作何想，胸中誠恐多荆柴。先後作詩幾十首，急欲面訂是與否。刻意讀書與下人，踟躕亦難著心手。兄弟之中求友朋，古人今人多未能。一鄉一國並天下，不如爾我自薰蒸。君是士衡子瞻流，謂我士龍與子由[2]。士龍子由何敢必，常恐暴棄爲君憂。邇來益覺詩書好，自視視人難草草。

【校注】

〔1〕詩亦見《詩徵》。

〔2〕士衡：陸機。子瞻：蘇軾。士龍：陸雲。子由：蘇轍。

三月三日出郊飲文叔草堂[1]

草堂三里内，不覺是人家。席外即春草，山中有暮花。晴烟參午旭，積水斂殘霞。輿馬皆先返，言歸定日斜。

【校注】

〔1〕文叔：吴涣字，明萬曆進士，曾爲四川道監察御史。

晴

擁被依窗旭，晴帆去有光。此時懷往路，未暇怨他鄉。暖氣專亭午，淒風附夕陽。水天冬易靄，未晚已蒼蒼。

欲　泊

人語半欲歇，鐘聲翻似晨。漁船閑自晚，崖户閉何因。暝色圓天地，凄風吹渾淪。不知烟雨外，燈火向誰親。

將　泊

冥延終日路，返照暖斯須。餘雪依山老，千帆借水孤。岸隨潮出没，人與夜虚無。頽倚沈吟際，安知客思枯。

泊　舟

沽酒舟師便，孤凄崖户親。聲音鄉土别，烟火路途真。結伴多緣夜，聯舟當買鄰。潛潭相對處，俱是歲寒人。

月〔1〕

有月何妨夜，孤情多所憐。江低光欲落，人寂影無邊。雪積餘清厚，鳥飛寒照牽。嚴霜難獨立，静野自凄妍。

【校注】

〔1〕詩亦見《詩徵》。

贈胡彭舉〔1〕

户庭能幾步，竹石占其多。七十君顔好，三春余病過。茗香生計久，朋友性情和。遠影燈微照，相看奈夜何。

【校注】

〔1〕詩亦見《詩徵》。胡彭舉：見二十五卷鍾惺詩《秋日舟中題胡彭舉秋江卷補遺》注。

清福因人异，寬然以待之。似君安草莽，自爾到希夷。俯仰求無愧，機緣不畏遲。兒孫陪笑語，見在有如斯。

【校注】

〔1〕詩亦見《詩徵》。

贈林茂之〔1〕

不惜頻將過，交情病裏深。桐新春盡葉，竹正午時陰。筆墨延余坐，冰霜識子心。支床憐弱骨，藥餌互相欽。

【校注】

〔1〕詩亦見《詩徵》《明詩紀事》。

露　坐〔1〕

菴遠鐘難即，堦蟲語漸生。暗村遥夜氣，晚木易秋聲。野去烟先永，花深露未乾。餘凉經腠理，寒欲到殘更。

【校注】

〔1〕詩亦見《詩徵》。

生月齋夜坐〔1〕

出門即野氣，河水夜光横。帆影從烟去，桐陰賴月成。氤氲花待旦，含蓄鳥無聲。茗椀相傳處，良朋語嘿情。

【校注】

〔1〕詩亦見《詩徵》。

贈程中道二首[1]

緑盡門前路，柴扉與水灣。友朋相過少，父子自爲閑。直道仍衣食[2]，人情自險艱。共君談頃刻，已覺是深山。

【校注】

〔1〕詩亦見《詩徵》。

〔2〕直道：正直之道。《論語·衛靈公》："斯民也，三代之所以直道而行也。"

筆墨爲尊養，親心亦自安。布衣聊任運，白髪好加餐。草色看柔厚，鐘聲去廣寒。伐檀情已定，豈曰樂河干。

曉[1]

晨鐘人語集朝烟，各有營營各欲前。帆響客心隨水去[2]，夢餘寒被與霜連。鳥争晴氣飛從日，門擁晨光開向天。此際曉眠誰最穩，披衣愧在衆人先。

【校注】

〔1〕詩亦見《詩徵》。

〔2〕客心隨水去：李白《聽蜀僧濬彈琴》："客心洗流水。"此化用其句。

初秋在聖修中孚齋中[1]

新秋十日易爲凉，風遍閑樓只一床。堦疊蘚文緣集雨，菊存花事待重陽。話深兄弟相需夜，機息禽魚各有鄉。遠水長堤疏密柳，鐘聲落處見蒼茫。

【校注】

〔1〕詩亦見《明詩紀事》。中孚：《易經》中卦名，此乃爲聖修之字。

深秋示聖修中孚

朝朝湖上問芙蓉，對客那知俯仰慵。平野空濛烟有著，小亭蕭寂竹相從。河流不斷門前柳，霜動先寒遠寺鐘[1]。共語連床秋一月，看來曾是舊心胸。

【校注】

〔1〕動，《詩徵》作“勁”。

飲江閣得濤字

江勢從風閣有濤，濤翻日影使江高。遥飛小艇輕嘗險，孑立孤峰不近囂。雲樹定遷非一致，水天上下若相遭。凭欄便作登臨想，無極山川事理勞。

楚風補卷之二十七

明

鄢　韵[1]

字谷音，號怍菴，竟陵人。文學。所著有《紫渡吟》《泛凫草》《二吹草》《鄢子綴草》。

【校注】

〔1〕傳參見清乾隆《天門縣志·人物·隱逸》，亦見《詩徵》。

咏　竹[1]

羞同草木，徑遂直上。驚颯其秋，不川而浪。鬱確其天，不山而嶂。森疏有節，空洞無妄。斜壓寒雲，與相摩蕩。

【校注】

〔1〕詩亦見《詩徵》。

接　樹

勁脆不同性，花蕚不同時。賤貴不同品，紅白不同姿。但經彌縫手，鼎革頗相宜。一株種類别，母不識子誰。人事真無歉，天地聽所爲。縹緲繞林壑，雲烟得新知。踟躇吘亭閣，翔鳥失故枝。新故得失間，勿爲發喜悲。

除　草〔1〕

惡葉欺蘭蕙，頑根侮松竹。滋蔓戒難圖，忍使大其族。家園隔湖望，芒刺如在目。葺理責有歸，隄防應嚴肅。秋冬不能需，剪滅貴神速。水火不必更，芟耜只翻覆。後弱而先彊，去穢以存馥。智勇通變常，廼可行殺戮。消長有妙理，達者自旁燭。

【校注】

〔1〕詩題下原有自注："西灣旅館遺信催晢兒作。"

坐恬智閣上〔1〕

歸存因敝陋，即此悟身家。聾瞽才人托，聰明大道嗟。雲飛天際艇，鳥弄樹巔花。昨日青蚨了〔2〕，多蒙酒肆賒。

【校注】

〔1〕恬智閣：查《天門縣志》無，其址未詳。

〔2〕青蚨：本昆蟲名，舊説以其母血塗錢，或以其子血塗錢，無論先用何種，皆復飛歸，後因此以青蚨爲錢代稱，詳見《搜神記》十三。

宿劉公慶易春堂〔1〕

户向旭東闢，茅因柳古誅。溪聲香几榻，野色媚庖厨。風月盈園有，秋冬此地無。醉酣難灑掃，豈與界休殊〔2〕。

【校注】

〔1〕題下原有自注："同沈雲士彝士龔仔鴻。"《天門縣志·人物》有沈倫，字彝士，清順治時中進士。

〔2〕界休：指佛家清静優雅之境。

踏青燃燈寺[1]

何村無草木，遇賞始生姿。春色頻來報，幽尋不貴私。佛能寬我飲，醉更與禪宜。紅色休多取，貪婪自此窺。

【校注】

〔1〕題下原有自注："同詹卓爾同仁帶如樊季方錫兹元玉。"按，疑有誤。燃燈寺：據乾隆《天門縣志·建置·寺觀》，此寺在縣東南三十里，明嘉靖中邑紳戴度加修。

婦　病[1]

畏我添愁緒，呻吟莫使知。仍然操井臼，亦復理瓶甀[2]。偕隱寧言命[3]，安貧不問醫。取凉殊自苦，奉倩亦何癡[4]。

【校注】

〔1〕詩亦見《詩徵》。

〔2〕甀：盛酒器。

〔3〕偕隱：此指夫婦共同隱居，用東漢鮑宣桓少君夫婦事，見《後漢書·鮑宣妻傳》。

〔4〕奉倩：侍奉丈夫。倩：夫婿。

雨　燈

焰微翻却冷，初照似殘光。射霧林增墨，侵烟點變黄。急聲都入眼，遠陣覺争旸。剪韭遭今夜，篝籠正好張。

舟　燈

所以荻花汀，不能辨水螢。浪翻他岸火，風撲泛家櫺。槳急光難定，歌揺影可聽。一航紅出隙，散作滿江星。

王鶴岩令武邑李子固令如皋同日遺餉酒貲賦感[1]

知我動詩興，必須醉酒杯。饋分南北遠，書不後先來。娱母購新緑[2]，邀賓看放梅。入囊緣手盡，只似未通財[3]。

【校注】

〔1〕詩亦見於清道光時編《竟陵詩選》。然查清同治《武邑縣志·秩官志》，明縣令中無王鶴岩，查乾隆《如皋縣志·秩官表》明縣令中無李子固。

〔2〕緑，《竟陵詩選》作“彩”。

〔3〕通財：共享財物，班固《白虎通·文質》：“朋友之際，五常之道，有通財之義、振窮救急之意。”

賣　劍[1]

吼夜如騰虎，躍津恐變龍[2]。家貧沽自穩，世亂價纔逢。却落英雄手，休爲盜賊鋒。文人留不住，十載枉相從。

【校注】

〔1〕詩亦見《詩徵》。

〔2〕吼夜：舊多有“劍夜鳴”之説，如陸游《長歌行》有“匣中寶劍夜有聲”之句。躍津：用晋張華、雷焕劍化龍故事。

賣　衣[1]

徒知堪禦凍，那想更支饑。肘見裁荷補，身寒買酒隨。故新慚桁減[2]，長短任人規。念我經心製，願他著體宜。

【校注】

〔1〕詩亦見《詩徵》。

〔2〕桁：衣架，古詩《東門行》："盎中無斗儲，還視桁上無懸衣。"

贈僧露山〔1〕

羇孤全賴汝，晨夕漸相深。性静非關默，詩佳不肯吟。漫遊雲許袖，高卧鳥來尋。悲喜多無故，吾能見此心。

【校注】

〔1〕露山：當爲法名，但《竟陵縣志·仙釋》未載。

爲　園

對此荒隤嘆昔時，藤蘿烟霧借爲籬。門偏勿用陶潛閑，路轉多生阮籍悲。不許名花飛別墅，却教好月集前池。諸窮可受難窮酒，下物萱菘且自移。

章于野老師新搆衙齋，顏曰小隱林，唱和賦詩，廣誌其勝。時師已治沔陽三載，韵曾辱文字之知，今始相見於此，留飲日暮，刻燭成章〔1〕

非徒官廨可羅禽，竟是漁翁兩隱林。湫地壑巒雙砌涌，晴天烟雨一窗深。吴航載米堪餐鶴，海浪迎船似響琴。干進人難遊退谷，三年不枉豈無心。

【校注】

〔1〕章于野：據《沔陽州志·秩官表》爲章曠，華亭人，崇禎末爲沔陽知州，《明史》有傳。衙齋：官衙中的齋舍。顏：匾額。刻燭：用南朝齊代竟陵王蕭子良與學士夜集，刻燭計時，限韵作詩的故事（詳見《南史·王僧孺傳》）。

早　　起

噩夢終宵遣不開，感深好鳥榻邊催。風吹野哭山河動，霧隱天顔魍魎來。匪爲當時聊督灌，無從起舞自憎才。陰寒彌望單衣濕，出扣誰門得酒杯。

九　　日

臺徑荒隤尚未修，良辰不許緩期遊。無延壽客楓堪肅，有辟邪翁酒始幽〔1〕。孤雁叫醒盈坐醉，輕風吹落一天愁。初寒如故貧如故，寂寞年年莫自羞。

【校注】

〔1〕延壽客：菊花。辟邪翁：此指异香名，重陽節燃香以避邪除穢。

送小宋遊南岳〔1〕

興動凌寒不待春，僧香馝馞可温身。雪飛雲海胸彌蕩，霜滌峋峰眼更新。壯志冷投燒芋火〔2〕，酤貲斷問賣薑人。子平五岳今纔始，笑我遄歸囑付頻。

【校注】

〔1〕原題下有自注："同僧三學德純。"

〔2〕芋火：煨芋之火，唐代衡岳寺明瓚禪師曾半夜撥火取出煨芋給李泌食，并對李言："愼勿多言，領取十年宰相。"後李泌果爲宰臣，封鄴侯（事見《鄴侯外傳》）。此用其事以慰宋某。

宜溝驛謁端木子貢祠〔1〕

漢唐遺像好丰姿，遥憶當年束帛時。不戰惟將言保國〔2〕，所過輒以聖揚師。騰空野馬如連駟，汎嶺濤松似説詩。貨殖夢魂能授我，何勞千里乞捐貲[3]。

【校注】

〔1〕宜溝驛：在今河南湯陰宜溝。端木子貢：即端木賜，春秋時衛國人，孔子弟子，才智過人，善言語，善經商，《史記·仲尼弟子列傳》載其事。

〔2〕子貢曾以言説吴出師敵齊以存魯，强晋而霸越（詳見《史記·仲尼弟子列傳》）。

〔3〕此句下有自注："時應刺史幕賓之招。"

四兒旨試週[1]

雲烟滿席豈全貧，多愧充閭况好賓。汝父幽居無曆日[2]，桃花放遍是生辰。

【校注】

〔1〕試週：即俗稱小兒年滿一歲時之"抓週"。

〔2〕曆日：即曆本，日曆，唐隱者《答人》詩："山中無曆日，寒盡不知年。"

久雪初霽

日出園林蟲鳥驚，今朝春色始生情。南榮淅滴殊無歇，曝坐晴天聽雨聲[1]。

【校注】

〔1〕南榮：房屋南檐。司馬相如《上林賦》："偓佺（古仙人名）之倫，暴（同曝）於南榮。"二句用此意。

龍夢先鍾居易劉厚存同飲酒肆〔1〕

纔得相逢故舊如，便將肝膈醉蘧廬。傷懷誓莫交新友，奇士風流豈可除。

【校注】

〔1〕龍夢先、鍾居易、劉厚存：均爲鄢韵友人。

哭次兒簪

悔我鞭催不放休，詩書何處問松楸〔1〕。呼行呼字呼難出，佳婦狂言往渡頭〔2〕。

【校注】

〔1〕松楸：指墳地，因古代墓地多植松楸。

〔2〕佳婦：此疑指媳婦，舊時常“佳兒佳婦”并稱。

楊　　誌[1]

字石父。當陽布衣。

【校注】

〔1〕傳參見清同治五年《當陽縣志·人物·隱逸》《明詩紀事》及《詩徵》，事較詳。

天心湖書示舍弟[1]

地塌諸峰盡，湖長一水通。平生不到處，此夕更愁風。暴俗向誰問，驚心與弟同。孤舟那可住，乘月隱蘆中。

【校注】

〔1〕天心湖：據《當陽縣志》，爲天津湖。

遊玉泉寺[1]

鐘磬門初啓，松蘿道半遮。泉清堪洗耳，地勝欲移家。客指前朝鼎，僧傳乳窟茶[2]。未須求證果，生滅在聞鴉。

【校注】

〔1〕玉泉寺：當陽名寺，據縣志在治西三十里。

〔2〕窟，《明詩紀事》《詩徵》均作“鉢”。

湖　　泊[1]

沅湘飄泊已無家，客裏深杯鬥歲華。日落江聲春到岸，風吹月色蕩平沙。五湖霜冷初飛葉，三徑秋遲欲作花[2]。此夕壯心將折盡，疏林啼殺未栖鴉。

【校注】

〔1〕詩亦見《詩徵》。

〔2〕三徑秋遲：指尚未歸居田園。

答度門誨公〔1〕

共坐梅花甕底春〔2〕，山中風景幾經新。卓來錐子已無地，敝盡貂裘患有身〔3〕。嗜酒耻尋元亮社，賦詩欲就己公鄰〔4〕。開門日向堆藍望〔5〕，玉色璁瓏見卧輪。

【校注】

〔1〕度門：寺名，在湖北當陽玉泉山東，唐武則天爲釋神秀建。誨公：明僧人，字正誨，號無迹，當陽人，閉關静修於度門寺。

〔2〕甕底春：疑爲“甕頭春”，初熟酒。

〔3〕“卓來”句，據《當陽縣志》載，正誨自都歸省，訪度門於玉泉東七里，見古寺荒凉，榛棘滿目，慨然修復，遂老度門。敝盡貂裘：用《戰國策·秦策》蘇秦故事。

〔4〕元亮社：用晋慧遠、陶淵明等高人逸士結白蓮社事（見《釋氏要覽》《廬山記》）。己公：齊己，唐末詩僧，往來玉泉寺題吟甚多，此借指正誨。

〔5〕堆藍：據《當陽縣志》載，玉泉山高九百丈，上時有异氣，非烟非霧，亦名堆藍山。

向文寧[1]

沅州人[2]。勤學好問，躬耕養母，不干勢利，縉紳重之，有《南溪詩文集》。

【校注】

〔1〕傳參見清同治重修《沅州府志・人物》上。

〔2〕沅州，《沅湘耆舊集》作"芷江"，實同。

報恩寺[1]

屹若天寧第一峰[2]，參差金碧梵王宫。栖禪敢謂留坡老，結社惟應得遠公[3]。疏雨暝浮湘竹翠，澹烟晴映海榴紅。坐聽法奥忘塵想，五色花飛滿太空[4]。

【校注】

〔1〕報恩寺：據《沅州府志・寺觀》，寺在城内西南隅，宋寧熙二年始建。

〔2〕天寧第一峰：廣東海康縣有天寧寺，舊名報恩寺，蘇東坡曾書"萬山第一"四字；此乃以之比沅州報國寺。

〔3〕坡老：即蘇東坡。遠公：即晋釋慧遠。

〔4〕奥，《沅湘耆舊集》作"唄"。五色花飛：用佛説法天花亂墜事。

羅　懋[1]

字敬德，茶陵人。讀書好古，不樂進仕。有盜犯其家數四，一夕捕得之，懋諭之曰："此非可養生也。"乃厚賫遺之[2]。其人愧受而去。懋亦終身不言其姓名。

【校注】

〔1〕傳參見清同治九年《茶陵縣志·人物·義舉》。

〔2〕遺，《縣志》作"遣"。

一經堂歌送尹時夫令臨海[1]

昔聞武穆追曹成，提兵遠駐雲陽城[2]。雲陽山人尹彦德，走入轅門氣超逸。搥牛釃酒享三軍，豪聲鼓動旌旗色。武穆題贈一經堂，銀鈎鐵畫生輝光[3]。山人從此知經史，兒孫奕世皆金紫[4]。五百餘年舊澤存，斗菴之後復見汝[5]。文章早歲登青雲，風骨况又如外祖。朅來足躡雙飛鳧，赤城竹馬争歡呼[6]。能以一經爲世用，滿籯豈必黄金圖[7]。

【校注】

〔1〕《茶陵縣志·藝文·七古》載此詩，但作者署爲"明少保張治"。接下又有譚詔琬《一經堂歌次張少保韵》。據此則《楚風補》署爲羅懋或誤。張治：嘉靖時曾爲禮部尚書。一經堂：據《茶陵縣志·古迹》："宋岳忠武討賀賊曹成，道經茶陵，尹彦德勞其師。忠武曰：'君長者也，當以一經教子。'楊誠齋爲大書'一經堂'三字，後爲'明經書院'。"

〔2〕武穆，《縣志》作"忠武"，岳飛死後，孝宗時謚"武穆"，後改謚"忠武"。雲陽：按《縣志》，此雲陽當指茶陵。

〔3〕銀鈎鐵畫，《縣志》作"誠齋墨迹"。

〔4〕據《縣志》，尹彦德孫伯正、仲正俱成進士。

〔5〕斗菴：明韓鼎，號斗菴，成化時進士。但非茶陵人，故此斗菴恐另有

所指。

〔6〕飛舄：用東漢王喬乘雙舄飛行往返於葉縣城和京都之間故事，見《後漢書·王喬傳》。赤城：本山名，在浙江。此代指詩題中臨海，因臨海離赤城不遠。竹馬：稱頌地方官吏的用語，用東漢郭汲爲郡守，有兒童數百騎竹馬道迎事，見《後漢書·郭汲傳》。

〔7〕籯：筐籠類竹器，《漢書·韋賢傳》："遺子黃金滿籯，不如一經。"此用其意。

許子廉[1]

字簡可，崇陽隱士。其先歙縣[2]，以汪桂兄弟交避亂崇之石屋山[3]，遂家焉。性清潔，蓄名琴、古畫，知交傾一時。陳名夏楚游時題其事[4]，有“几案如名山”之句，沈韵爲之作《市隱》詩[5]。

【校注】

〔1〕傳參見清同治《崇陽縣志·人物·僑寓》。

〔2〕歙縣：今安徽歙縣。

〔3〕汪桂：見《楚風補》卷二十九。

〔4〕陳名夏：明末清初人，崇禎進士，官修撰，曾附李自成，後降清，累官秘書院大學士。

〔5〕沈韵：據《崇陽縣志》，爲江夏人。

登紫龜寺訪林若和尚[1]

住静偏求僻，探幽險不勞。山叢俯地窄，路仄仰天高。洞老禪歸石，泉聲樹送濤。忘機羡羽族，自得在林皋。

【校注】

〔1〕紫龜寺：據同治《崇陽縣志》，寺在鏡面山紫龜岩畔。

題美人

翻笥理舊辭，反復燈前視。不忍讀《離騷》，傷心者兩字。

鍾岳靈〔1〕

均州人。萬曆明經〔2〕。

【校注】

〔1〕傳參見清光緒重修《均州縣志·人物·懿行》，事頗詳。

〔2〕明經，《詩徵》《均州縣志》均作“貢生”。

登憑虛亭〔1〕

高處復登高，軒翔若羽毛。乾坤無四壁，霄漢有層皋。長發蘇門嘯〔2〕，狂歌楚客騷。一朝風景别，清興屬誰曹。

【校注】

〔1〕憑虛亭：據《均州縣志》，亭在縣東北三里滄浪亭上方。

〔2〕蘇門嘯：晉孫登隱於蘇門山，善長嘯，曾與阮籍互相長嘯（事見《三國志·魏志·王粲傳》裴注引《魏氏春秋》和《世説新語·栖逸》)。

成　　己[1]

字七洲[2]，公安逸士。少負奇氣，家貧力學。神宗時游京師，江陵相秉政[3]，七洲以詩賦遇，客席不讓坐，當事者叱折，不顧，時人高其氣骨。所著有《七洲詩集》。

【校注】

〔1〕傳參見清同治《公安縣志·人物·逸事》。

〔2〕《詩徵》《公安縣志》均作"字仁卿"。《縣志》又載："號七洲。"

〔3〕江陵相：即張居正。

竹林祠[1]

江上遺來寇相祠[2]，旋將舊竹插新枝。北門鎖鑰偏遺恨[3]，南國蘋蘩重所思。自昔樓臺無地起，於今梁棟有人支。春回精爽荒烟裏，爲借鄒陽玉律吹[4]。

【校注】

〔1〕《公安縣志·藝文》題作"寇公祠餞江編修還蜀"。

〔2〕寇相祠：據《縣志》在斗堤上，原名"竹林寇公祠"。

〔3〕北門鎖鑰：喻北方重鎮。寇準鎮大名府，以爲大名乃"北門鎖鑰，非準不可"。見宋王君玉《國老談苑》二。

〔4〕鄒陽：當爲"鄒衍"，鄒衍玉律吹，見前注。

寇學海[1]

字巨源，廣濟山人。好讀書，多才淹貫[2]，年老乏嗣。所著有《二餘齋稿》[3]，散佚無傳。

【校注】

〔1〕傳參見清乾隆《廣濟縣志·人物·文苑》，事頗詳。

〔2〕淹貫：淵博而貫通。

〔3〕《二餘齋稿》，《詩徵》小傳中作《二餘堂詩稿》，《明詩紀事》言，有《寇山人遺稿》。

晚登黄鶴樓[1]

滚滚長江帶夕暉[2]，仙人樓閣轉霏微。雲横大澤漁歌斷，沙冷晴川雁字稀。檻外鳳凰銜日出[3]，洲前鸚鵡挾濤飛。莫言黄祖難容物，辭賦而今有是非[4]。

【校注】

〔1〕乾隆《廣濟縣志·藝文志》題前有“冬日”二字，詩共兩首，此其一。

〔2〕夕，《縣志》作“落”。

〔3〕日，《縣志》作“月”。按，題“晚登”，則月爲妥。

〔4〕而，《縣志》作“於”。後二句用黄祖殺禰衡事。

過淮陰祠題壁[1]

蒼山古廟謁淮陰，風雨蕭蕭感慨深。漢法豈能憐百戰，貧交猶自重千金[2]。苔碑剥落中郎字，蘿月孤懸國士心[3]。此日中原狐兔盡，誰驅狗馬過霜林。

【校注】

〔1〕淮陰：古郡名，在今江蘇清江市、淮陰、洪澤、盱眙縣一帶。漢韓信後貶爲淮陰侯。

〔2〕韓信富貴後曾以千金酬謝其貧賤時給他飯充飢之漂母，事見《史記·淮陰侯列傳》。

〔3〕中郎：當爲"郎中"，韓信在項羽軍爲郎中。國士：指韓信，蕭何曾説："諸將易得耳。至如信者，國士無雙。"（見《史記·淮陰侯列傳》）

蔡復賞[1]

巴陵人。萬曆明經[2]。

【校注】

〔1〕傳參見清光緒重修《巴陵縣志・選舉志》。

〔2〕萬曆明經,《縣志》作“崇禎時歲貢”。

題岳陽樓

楚殿吴宫草色秋，三湘形勝只斯樓。乾坤逆旅還仍舊，蓬島仙人去莫留。晴日照開殘雨恨，好風吹破暮雲愁。凭闌空闊開人眼[1]，看盡東南最盡頭。

【校注】

〔1〕此句《巴陵縣志・岳陽樓集・下集》作：“倚闌聊拭塵氛眼。”

朱原紀〔1〕

字肅躬，通山人。官姚州吏目。

【校注】

〔1〕傳參見清同治《通山縣志·選舉志·選貢》。

送友人黄玉和遊中州

酌酒君行急，無難到中州。平原如此野，長河如此流。陌上行車馬，高騎出上頭。我曾京洛客，十年敝舊裘。三叠陽關曲，憶憶不勝愁。在家相對貧，古人爲我憂。尊中酒難盡，脯乾君且收。

朱原璁[1]

字田隱，通山人。

【校注】

〔1〕傳参見清同治《通山縣志·人物·封典》。

送友人子徐若孺阻九宫之行[1]

馬來山館宿，何意問耕鉏。竹盌今年酒，土盤舊日蔬。滿床皆藝種，盈篋少奇書。君去從原路，前途半險嶇。

【校注】

〔1〕九宫：即九宫山，在湖北通山縣南。

孫斯億〔1〕

字兆孺，華容人，宜之子。七歲能賦詩，十四補弟子員。久之，冠華陽巾〔2〕，號雲夢山人，足迹徧天下，所至長嘯高歌，王元美、汪伯玉諸公靡不倒屣〔3〕。山人傲然無所屈，嘗自言曰："五十年來，所歷天下郡國十之五，所探名山水十之七，所交賢豪士大夫十之九，今其休乎？"遂歸里，入玄石山中〔4〕。生平不入狹邪，事祖母以孝聞。當分宜秉國時〔5〕，楊忠愍、沈經歷遇害〔6〕，山人著《直言論》以洩不平；江陵居首輔〔7〕，貽書艾和甫諸公〔8〕，有田晝責鄒浩之意〔9〕。所著有《雲夢園居》《鳴鋏》諸集、《浮湘南岳》《中州北游》諸稿。

【校注】

〔1〕傳參見清光緒八年重修《華容縣志·人物·隱逸》。

〔2〕華陽巾：道士所佩之巾冠。

〔3〕王元美：即王世貞；汪伯玉：即汪道昆。《明史》均有傳。

〔4〕玄石山：據明隆慶《岳州府志》，山在華容縣東四十里，又名"墨山"。

〔5〕分宜：即嚴嵩，其爲分宜人。

〔6〕楊忠愍：即楊繼盛，《明史》有傳。沈經歷：即沈煉，《明史》有傳。

〔7〕江陵：指張居正。

〔8〕艾和甫：即艾穆，《明史》有傳。

〔9〕田晝：當爲田晝。鄒浩：字志完，均宋人，以氣節相激勵。鄒曾爲諫官，田晝曾責其未盡言官之責，詳見《宋史·田晝傳》。

諸葛郡公送予登舟自岳陽樓趨君山

紆組枉維縶，被褐樂逍遥。携尊感相送，艤棹春渚遥。巴邱含雨意，岳樓出霞標〔1〕。蕩槳邁城郭，轉帆過山椒。雁陣下南浦，漁罾纓桂橈。香靄吕亭盼，虚無燕閣超[2]。南津鬱沆漭[3]，西埠示崇高。艑山眺嶇嶔[4]，洞庭冒烟濤。稍焉違廣隰，倏爾泊近皋[5]。莫迓黄昏候，著屣譜招邀。

【校注】

〔1〕岳,《沅湘耆舊集》作“高”。

〔2〕吕亭：即吕仙亭。據《巴陵縣志·勝迹》，亭在府城南三里，吕洞賓曾憩於此。燕閣：據《巴陵縣志》應爲燕公樓，唐張説曾爲州刺史，後封燕國公，邑人建此樓。

〔3〕南津：據《巴陵縣志》當爲南津港。

〔4〕艑山：在岳陽縣南洞庭湖中。

〔5〕近,《沅湘耆舊集》作“四”。

王啓茂[1]

字天庚[2]，石首人。王子荆序其詩云[3]："王子以言語詩文妙天下可五十年，其博物似雅、輕財似俠、善謔似諧、好辯似放、樂善似厚、泛愛似通、久游似浪、屏迹似寂，其無營而不憂似達。趺坐七日，朗吟而逝，似有所得。不善飲而有飲致，不學琴而有琴心，不佞佛而日與禪僧爲侣。自士紳以至一介兒童迎送無不歡喜，漢之大北海，宋之小東坡歟[4]？"所著有《渚宫集》。

【校注】

〔1〕傳參見清同治《石首縣志·人物·文翰》，亦見《詩徵》。

〔2〕天庚，《縣志》作"天根"。

〔3〕王子荆，《石首縣志》作"嚴首昇"，華容人，字平子，有《瀨園詩文集》。

〔4〕北海：指漢之孔融。東坡：指蘇軾。

門有車馬客行[1]

門有車馬客，見余多怒嗔。非爲禮數簡，亦知肝膽真。祇慚饋贈少，未能療客貧。余貧客所見，徒免甑中塵。結交二十載，典鬻奉佳賓。西鄰豈不富，叩户何曾應。願客早富貴，爲余作主人。輕財若埃沫，致賄如邱陵。門下三千客，各賜千黄金[2]。人人無惡聲，薄俗庶乃敦。

【校注】

〔1〕詩亦見《詩徵》。門有車馬客：爲古樂府舊題。

〔2〕此二句隱用戰國孟嘗君事。

秋夜聽楊姬彈琴

酒醒夜向寂，香清月微明。美人劇秋思，意與絲桐親。薄妝映華燭，回袖拂龍唇。金徽逗玉指，光射寒熒熒。沈吟弄冰弦，彈作秋鴻音。娟娟仙靈態，悠悠雲石心。坐客聽轉默，澹然消冶情。寧知道者氣，却在女郎身。

初發白洋潭〔1〕

兒女阻幽興，出門春向闌。漾舟風日好，翻覺江湖安。烟裝但書琴，雲侶惟綸竿。水生篙櫓滑，千里不爲難。時時趣榜人，乘月度湘沅。客心何所急，洞口桃花殘。

【校注】

〔1〕詩亦見《詩佩》《石首縣志·藝文》。白洋潭，《縣志》作“白楊潭”，據志載，縣中名景有“白楊龍潭”。

題酒家壁

春江柳多萬户烟，吐綿吹作十里氊。客心如海正蕩漾，濃媚况及春歸天。出門雙眼開不得，浩歌踏地疑狂顛。沙頭酒家橫索錢，板橋西直汪倫賢〔1〕。花枝亂插玉壺邊，當壚女兒似神仙〔2〕。斜門昳江人到少，我與二客長留連。問客爾能飲幾斗，吾橐猶有數十千。呼童解橐恣客飲，晝長吾且爐頭眠〔3〕。眠未醒，客已去，起來身在武陵溪，明日重尋豈知處。

【校注】

〔1〕汪倫賢：用李白《贈汪倫》詩意，此用以比所碰到的友人。

〔2〕當壚女兒：指賣酒女。

〔3〕爐，仍當作“壚”。此句暗用晋阮籍醉眠酒壚事。

搗衣曲[1]

城中萬户隨秋風，家家搗衣聲不同。東鄰搗練西鄰布，一種辛勤有貧富。富家墻高聲隱隱，貧家凄凄霜露冷。富家衣篋長高閣，貧家搗衣待衣著。

【校注】

〔1〕詩亦見《詩徵》。搗衣曲：爲古樂府曲名。

西施嘆[1]

洞房屈戍黄金鍍[2]，碧紗曉色如烟霧。房中慵卧最嬌人，曾在越溪茆屋住。珊瑚枕上夢歸寧[3]，猶見溪邊梓花樹。舊鄰女伴朱顔同，别日悲啼送登路。一入深宫便上天，人間那得通情愫。有姿無命亦徒耳，知向何村作新婦。

【校注】

〔1〕詩亦見《詩徵》。

〔2〕屈戍：門窗上之環紐、搭扣。

〔3〕歸寧：嫁出女子回娘家探視父母親人。

送道人入山采藥

去去雲山遠，餐霞不裹糧。荷鋤千嶂曉，洗藥一溪香。夜月閑丹竈，春風暖藥房。何時還市肆，吾已識韓康[1]。

【校注】

〔1〕韓康：東漢隱士，曾在長安賣藥三十餘年，口不二價，《後漢書》有傳。

對湘樓即事[1]

客裏仍多事，高樓暫閉關。春隨飛絮盡，心與落花閑。樹外遥見水，月中猶看山。武陵溪上住，已似隔人間。

【校注】

〔1〕詩亦見《詩徵》。湘樓：據清同治《武陵縣志》，樓在德山。

月夜同四弟陳季升[1]

積陰稀見月，今夕對清輝。留客竹風細，近人螢火微。話長移樹影，露下濕苔衣。箕坐俱高逸，何當拂玉徽[2]。

【校注】

〔1〕詩亦見《詩徵》，但題中無“陳季升”三字。

〔2〕玉徽：玉製的琴徽，此指琴。

夜

白晝攖群動，幽閑與夜期。銅壺秋漸永，竹屋雨偏宜。快讀愁書盡[1]，孤眠滅燭遲。蕭疏寒夢裏，仿佛聽風枝。

【校注】

〔1〕“快讀”句：宋陳師道《絶句》：“書當快意讀易盡。”

過袁中郎捲雪樓感舊[1]

庾信羅含宅尚垂[2]，小樓回首更凄其。澄江曾入驚人句，華屋堪增過客悲。千載後知聞笛處[3]，十年前記倚闌時。文章不盡風流盡，盼盼於今屬阿誰[4]。

【校注】

〔1〕詩亦見《詩徵》。捲雪樓：據《荆州府志·古迹》，在沙市，爲袁宏道别業，臨江聳立，風起濤涌，恍如捲雪，故名。

〔2〕羅含：晋人，曾在江夏立茅屋，伐木爲材，織葦席而居，桓温稱之爲“江左之秀”，後爲長沙相。杜甫《舍弟觀赴蘭田……》：“庾信羅含俱有宅。”

〔3〕聞笛：用向秀經山陽嵇康舊居，聞鄰人笛聲作《思舊賦》事（見《文選》）。

〔4〕盼盼：即關盼盼，據傳爲張愔家妓，居燕子樓（見白居易《燕子樓詩三首·序》）。此用其事。

與袁田祖别二年矣偶同其勤王孫於武陵相值話舊感賦時有遼左黔蜀之警[1]

江湖何地不風塵，漁父扁舟避世身。沅水泛時爲野客，澧蘭香處遇佳人[2]。中宵情話交非淺，早歲歡場迹漸陳。秦代桃花崔姥酒[3]，共君又送一年春。

【校注】

〔1〕袁田祖：即袁祁年，字田祖，公安人。其勤王孫：指袁祁年之參與勤王隊伍的後輩。遼左：指遼東（今遼寧與河北毗鄰處）。

〔2〕沅水、澧蘭：此均指武陵相值處。

〔3〕崔姥酒：酒名，後漢崔寔《四民月令》載：“正月且，進椒酒，降神畢，各舉椒酒於其家長。”（《藝文類聚·食物部》）或指此。

客天皇山王子荆過晤次來韵[1]

雅於人外趣能深，冉冉雙旌度遠林。琴硯已拌隨梵夾，烟蘿何意枉朝簪。清齋坐翫空香晚，野望行穿古樹陰。侯吏莫催車馬色，上方器鉢未聲沉。

【校注】

〔1〕天皇山：據《荆州府志·山川》江陵縣有天皇山，以天皇寺得名。

拜江陵相國遺像[1]

袍笏巍巍舊宅殘，到門敢不肅衣冠。半生憂國眉常鎖，一詔旌忠骨已寒。恩怨盡時方論定，邊疆危日見才難。眼前國事君知否，拜手猶疑拭目看[2]。

【校注】

〔1〕詩亦見《詩佩》，題作"謁張太岳遺像"。張太岳：即張居正，事詳《明史》本傳。

〔2〕拜手猶疑，《詩佩》作"拜起還宜"。

懊儂曲十首[1] 録四

揚州冶容多，江陵倘不惡。若道江陵惡，是郎昔時錯。

【校注】

〔1〕原題下有詩序："陳姬，江陵名姝，偃蹇金夫，颦笑千萬，卒以身歸袁郎，歡相得也。袁郎一夕語其友王子將買妾廣陵，王子聞而悲之，懼姬之爲前魚焉，亟止之。袁郎曰：'子富才，能爲姬作詩歌如《長門賦》者，吾聽子。'王子遂爲作十曲，曲成而讀之，凄厲宛切乃過於《長門》，袁郎其果聽我矣。"懊儂曲：樂府歌曲名，多抒寫男女愛情受挫之情（見《樂府詩集》卷四十六）。

郎昔初見儂，道儂媚無比。不信揚州姝，未見使郎喜。

郎愛揚州語，或愛揚州妝。齒髮亮不殊，待儂學維揚。

郎言猶可吞，儂苦不堪茹。棄置分自當，莫向揚州去。

擬讀曲歌二首[1]

園中雙樹梅，是郎趁儂處。經旬未見郎，不復梅邊去。

【校注】

〔1〕讀曲歌：樂府歌曲名。

苦殺蓮子心，獨絲不成藕[1]。儂自無一言，但聽旁人口。

【校注】

〔1〕絲：諧思。藕：諧偶。

聞都下以中元日追薦遼兵陣亡者[1]

遺骸三萬暴邊城，奉勑宣恩更點名。説與路人聽不得，寡妻慈母若爲情。

【校注】

〔1〕中元：時節名，道家以農曆七月十五爲中元節，并於這一天作齋醮。

身亡猶得荷皇恩[1]，新鬼何緣近國門。多少人家秋雨裏，紙旛江上哭招魂。

【校注】

〔1〕詩亦見《詩徵》。

青詞唱畢鼓喧闐[1]，上徹清霄下徹泉。將士近年無賞賚，好來都下受冥錢。

【校注】

〔1〕詩亦見《詩徵》。

江邊曲代徐姬别止卿王孫

郎在江邊送妾舟，妾看郎面立船頭。故將羅扇遮雙鬢，怕有旁人見泪流。

看女郎作畫〔1〕

玉纖呵凍未曾閑，意在烟林水石間。袖裹一丸螺子黛，雙蛾不畫畫青山。

【校注】

〔1〕詩亦見《詩徵》。

西園旅懷〔1〕

弱柳初花故國遥，山窗誰記剪蒲苗。客心如酒春如夢，風雨閑園又一朝。

【校注】

〔1〕詩亦見《詩徵》。

旅　　思〔1〕

連宵客夢有誰知，篷雨蕭蕭就枕遲。花片打窗蕉葉響，尋常香閣點燈時。

【校注】

〔1〕詩亦見《詩徵》。

聞雁簡陳季叔[1]

孤燈寒雨二更天，塞雁初聞思悄然。便好乘風向南去，西齋愁客正無眠。

【校注】

〔1〕詩亦見《詩徵》。陳季叔：作者詩友。

無名氏

阻　風[1]

卜得上峽口，秋來風雨多。江陵一夜雨，腸斷木蘭歌[2]。

【校注】

〔1〕原題下有題解："有士子於漢江峽石阻風，吟詩二句，久未之續，空中忽聞有人續之，竟成一首。"

〔2〕木蘭歌：此指划船歌。木蘭：木名，多用以造船作槳。李白《江上吟》："木蘭之枻沙棠舟。"

董　氏[1]

小字少玉，麻城人，周弘禴繼室也[2]。弘禴元配汪生子五女一[3]，少玉撫之如己出。弘禴兩遭貶謫，間關萬里，少玉皆共之。年二十九卒，弘禴屬馮開之立傳[4]，輯其遺稿[5]，王元美爲之序。

【校注】

〔1〕傳參見《明詩綜》《詩徵》《列朝詩集小傳》。

〔2〕周弘禴：麻城人，字元孚，明萬曆進士。《明史》有傳。

〔3〕“汪”字後疑缺漏一“氏”字。

〔4〕馮開之：即馮夢楨，明秀水人，萬曆會試第一。

〔5〕《明史·藝文志》載有詩一卷，光緒《麻城縣志·藝文》載《少玉詩》一卷。

雨　望

睡起憑欄望，殘雲晚較多。雨删花織錦，風熨草鋪羅。嫩筱平穿閣，垂楊半近河。蕩舟儂豈敢，莫唱采蓮歌。

題西施浣紗圖

白石澄流水，春來坐浣紗。青揚愁隱鳳[1]，玄髮亂飛鴉。倚玉渾無色[2]，傳神賴有花。蛾眉如淡掃，不在野人家。

【校注】

〔1〕青揚，當爲“青楊”，又稱“梧桐青楊”，舊説爲鳳所栖。

〔2〕倚玉：爲“蒹葭倚玉樹”之簡稱，相形見絀意。三國時魏明帝使皇后弟毛曾與夏侯玄共坐，時人謂蒹葭倚玉樹（見《世説新語·容止》）。

塞上晚春憶家[1]

新草滿長堤，思鄉望月遲。露桃深中酒，烟柳淡塗眉。秋塞關難掩，春江棹可移。此身同越鳥，夜夜想南枝[2]。

【校注】

〔1〕詩亦見《詩佩》。

〔2〕古樂府詩有“胡馬依北風，越鳥巢南枝”。此用其語。

送別三首[1]

相看疑是夢，別恨好誰知。驛路花將發，離亭柳漫垂。淺渚孤舟泊，深山疋馬遲。凭欄無箇事，日日數歸期。

【校注】

〔1〕此首亦見《詩佩》。

飛盡楊花別[1]，相看不自由。征人望絶塞，少婦倚空樓。易换春前色，難聽角裏愁。無情江上水，日日送行舟。

【校注】

〔1〕此首亦見《詩徵》。

紉蘭輕解珮[1]，萬里別南征。岐路雲山合，深閨歲月驚。朱顔愁裏變，白髮夢中生。日暮天涯遠，行人隔幾程。

【校注】

〔1〕紉蘭：以蘭草捻成繩。《楚辭·離騷》：“紉秋蘭以爲佩。”解珮：贈別意，用《列仙傳·江妃二女》解珮贈鄭交甫事。

中秋感懷

晴光萬里遍長城，玉鏡高懸處處明。故國登樓魚鳥近，他鄉作客夢魂驚。浮雲絶塞征人意，落日深閨少婦情[1]。莫倚朱顏還易老，年年白髮伴愁生。

【校注】

〔1〕“浮雲”二句：化用李白《送友人》：“浮雲游子意，落日故人情。”

子夜歌[1]

涼風吹北窗，槐陰深幾許[2]。帶露摘荷花，笑共鴛鴦語[3]。

【校注】

〔1〕詩亦見《詩徵》。子夜歌：古樂府曲名。

〔2〕上句，涼，《詩徵》作“曉”。下句《詩徵》作“涼意池邊送”。

〔3〕此句《詩徵》作“驚散鴛鴦夢”。

采蓮曲[1]

看山望湖南，乘風望湖北。綽約蕩輕舟，荷花減顏色。

【校注】

〔1〕詩亦見《詩徵》。

楊柳遮大堤，游女往行處[1]。雲破棹歌寒[2]，鴛鴦時飛去。

【校注】

〔1〕往，《詩徵》作“徑”。

〔2〕此句《詩徵》作“濃陰不見人”。

憶　別[1]

憶别河橋柳，青青送馬蹄。妾心與羌笛，無日不遼西[2]。

【校注】

〔1〕詩亦見《明詩綜》《詩徵》，均爲二首，此其一。

〔2〕遼西：舊郡名，今河北遷西、樂亭一帶。

七月寄衣

雁鴻何處飛鳴，滿目蕭條黄草。書來先寄寒衣，風雨太原秋早。

裁　衣[1]

芙蓉江北雁飛飛，燕子磯邊人未歸。只怕沈郎腰已瘦[2]，遲回難寄舊時衣。

【校注】

〔1〕詩亦見《詩徵》。

〔2〕沈郎：即沈約，此借指未歸人。腰瘦：沈約與徐勉信中有“百日數旬，革帶常應移孔”言腰圍減損（語見《梁書·沈約傳》）。

海棠花

小樓風定月初斜，紫玉新枝綰落霞。睡起不堪重秉燭，春來愁殺海棠花。

宫詞二首[1]

晝鎖深宫鶴夢遲[2]，御堦花木接瑶池。月明獨照長生殿[3]，無復尊前捧玉卮。

【校注】

〔1〕詩亦見《詩佩》。

〔2〕鶴夢：此言夢見如鶴自由高翔。唐盧綸《和王倉少尹暇日言懷》："劍飛終上漢，鶴夢不離雲。"

〔3〕長生殿：唐宫殿名，爲帝王寢處。白居易《長恨歌》："七月七日長生殿，夜半無人私語時。"

西飛紫燕落花多，歲歲惟愁老去何。别却昭陽人更遠，經年翠輦不曾過[1]。

【校注】

〔1〕過：讀平聲。

呼文如〔1〕

小字祖，江夏營妓。善琴，能寫蘭，與其姊舉齊名。歲丙子，西陵有邱生謙之者，以民部郎出守粵，過黄州，遇文如於客座，將携之以東。生父不許，乃爲書謝之，文如刺血寫詩以報。後生需次赴京訪文如於武昌，相見喜甚，飲安石榴下〔2〕，賦詩呈生，視其圖識鎸曰："邱家文如。"瀝酒樹下，誓不歸生者如此石。將别，泣而請曰："觀君性氣非老於宦海者，君散髮、我結髮，當不遠矣。"生調知閬州，罷歸，文如數貽書訂于歸之約，不果。壬午冬大雪，生登樓念文如前期未决，彷徨凝望。俄聞櫓聲咿啞，一小艇抵樓下，推篷而起，則文如也。驚喜問之，曰："父利賈人金，將賣妾，事急矣。妾自陽邏以金釵市馬，至亭州，易舟以行，稍遲，落賈人手。"相與持哭。明日生以書報父，委禽成禮〔3〕，生罷官，無長物，携文如遍遊名山，彈琴賦詩終其身。追憶往事，附以贈言，次其編曰《遥集》。

【校注】

〔1〕傳參見《列朝詩集小傳》《詩徵》。

〔2〕安石榴：石榴别名。

〔3〕委禽：致送聘定之禮物。

别後舟中風雨却寄

不堪風雨夕，憔悴在孤舟。泪與波聲濕，燈縈暝色秋。夢猶疑赤壁〔1〕，目已斷黄州。此際君知否，湘妃自可求。

【校注】

〔1〕赤壁：在長江有數處，此指黄州赤壁。

訂邱生前約二首[1]

流水郎車馬，垂楊妾鬢絲。春江他自好，一一入相思。

【校注】

〔1〕邱生：即邱謙之，見呼文如小傳。

時時可問花，處處堪沽酒。風波君不知，愁殺樓中婦。

黄林野送邱生北上二首[1]

雪中送君君莫辭，長風吹妾妾自知。一從刻臂盟公子，肯惜寒雲上鬢絲。

【校注】

〔1〕黄林野：此爲送別之處。

送君北上黄林隅，路傍争問誰家姝。胡姬自言今羅敷，千騎中央夫婿殊[1]。

【校注】

〔1〕“千騎”句：古樂府《陌上桑》：“東方千餘騎，夫婿居上頭……坐中數千人，皆言夫婿殊。”

送生後還李樓

莫問天台落日愁，桃花片片水悠悠。寒窗一閉秦簫月，惹得人呼燕子樓[1]。

【校注】

〔1〕秦簫：春秋時蕭史善吹簫，秦穆公以女弄玉妻之，此用其典，指代歌樂。句謂從此寒窗獨守，罷歌歇舞。燕子樓：用唐張愔之妾關盼盼事。

刺血寄生詩[1]

長門當日嘆浮沉，一賦翻令帝寵深。豈是黄金能買客，相如曾見《白頭吟》。

【校注】

〔1〕詩亦見《詩徵》《詩佩》。

得生詩寄怨

人間自是語便便，不是春風不肯憐。爲寄一聲河滿子[1]，相思今日盡君前。

【校注】

〔1〕河滿子：即何滿子，唐舞曲名，調凄婉。

寄邱生東粤

郎馬無憑似喜蛛，也有游絲在路途。儂心好似春蠶繭，鎮日牽絲不出廬。

題亭中安石榴呈生[1]

安石孤根托謝庭，合歡枝上日青青。懸知雨露深如許，結子明朝似小星。

【校注】

〔1〕《明詩綜》題作“咏庭中安石榴呈丘生”。

至武昌寄生

孤舟别後兩相望，霜露凄凄落葉黄。黄鵠磯頭天萬里[1]，知君何日度瀟湘。

【校注】

〔1〕黄鵠磯：舊址在武漢武昌蛇山下濱江處。

别　後[1]

别後江頭夜雨涼，可憐憔悴謝紅妝。腹中不有郎行路，那得車輪日轉腸[2]。

【校注】

〔1〕詩亦見《詩佩》。

〔2〕樂府《古歌》："心思不能言，腸中車輪轉。"

毛　　氏[1]

名鈺龍，麻城人，侍御鳳詔之女[2]。適劉莊襄孫守蒙[3]，蒙卒，忍死事姑，居小樓，誓不逾閾[4]。侍御病，劇呼之，終不歸。零丁孤苦，六十餘年。鄉人以“文貞”稱之。據邱坦撰略云[5]：夫人過目輒誦，老而爲詩益工。年七十有九，目不見字，猶日夜使甥輩讀書卧聽之。其爲詩抽心裂肝，不忍再讀。今皆不得見其全什，而世所流傳數章又非其佳者，惜哉！

【校注】

〔1〕傳參見《列朝詩集小傳》《明詩綜》。

〔2〕毛鳳詔：字端成，正德進士，曾爲監察御史。

〔3〕劉莊襄：即劉天和，《明史》有傳。

〔4〕閾：門檻。

〔5〕丘坦：麻城人。見本卷劉氏傳注。

鏡[1]

樣出秦宫製，團團寶月回。虚空開物像，心迹遠塵埃。影覆香羅帕，光生碧玉臺。綉囊鴛鳥並，珍重嫁時裁。

【校注】

〔1〕詩亦見《明詩綜》《詩徵》《詩佩》。

冬　　夜[1]

玉井無聲户已扃，一庭霜月冷如凝。誰憐寂寞書窗下，凍影梅花伴夜燈。

【校注】

〔1〕詩亦見《詩徵》《詩佩》。

紙

家住稽山剡水頭，陳玄毛穎憶同游[1]。榮封楮國金符在，尺素修成五鳳樓[2]。

【校注】

〔1〕稽山：即會稽山，在今浙江紹興縣東南。剡水：即剡溪，在浙江嵊縣，其水製紙甚佳，古代以產藤紙、竹紙著名，唐皮日休《二游詩》有“剡紙光於月”之譽。陳玄：指墨；毛穎：指筆，均見韓愈《毛穎傳》。

〔2〕“榮封”句：謂紙得到封號。楮木皮可造紙，故有人附會：有楮知白者，獻紙於天子，封“好畤侯”（畤與紙音近）。或說有楮藤，會稽剡溪人，封待制之職，詳見宋蘇易簡《文房四譜·紙》及《廣群芳譜·木·楮》引明代閔文振《楮待制傳》。五鳳樓：本樓名，借喻能文者爲造五鳳樓手。

梅　　生[1]

麻城士人周世遴之妻。世遴方應省試，得詩即歸[2]。

【校注】

〔1〕傳參見《列朝詩集小傳》《明詩綜》。

〔2〕事亦見《靜志居詩話》。

寄　　外[1]

落葉滿庭堦，秋風吹復起。遥憶别離人，寂寞何堪此。

【校注】

〔1〕詩亦見《明詩綜》《詩徵》。

陳　素[1]

字素君，荆府宫人，所著有《秋顔草》。

【校注】

〔1〕傳參見《詩徵》。

病　起

今朝病微可，扶起看游鱗。自恨形如竹，蕭蕭付此春[1]。群鴉屯晚樹，一鶴瘦湘濱。步屧知何日，空堦草綉茵。

【校注】

〔1〕付，《詩徵》作“負”。

劉　氏[1]

麻城人，兵部尚書劉天和孫女[2]，邱長孺妻[3]。集唐最工。

【校注】

〔1〕傳參見《詩徵》。

〔2〕劉天和:《明史》有傳。

〔3〕邱長孺：即邱坦，麻城人，萬曆丙午鄉試第一，官至海州參將，善詩工書。

悼亡夫[1]

江流曲似九迴腸，愁思非春亦自傷[2]。明月不知人世變[3]，夜來依舊下西厢。

【校注】

〔1〕詩亦見《詩徵》。

〔2〕上句見柳宗元《登柳州城樓寄漳汀封連四州》詩。下句疑作者誤用唐李益《同崔邠登鸛雀樓》詩中“遠目非春亦自傷”句。

〔3〕此句疑作者誤用白居易《送蘇州李使君赴郡二絶句》其二中“風月不知人世變”句。

鶯聲不散柳含烟，寒食家家送紙錢[1]。心折此時無一寸，杏花零落寺門前[2]。

【校注】

〔1〕“鶯聲”句見唐包何《和陳員外春日東郊即事》詩。“寒食”句見唐張籍《北邙行》。

〔2〕“心折”句見杜甫《冬至》。“杏花”句見張籍《哭孟寂》。

追懷亡兄金吾延伯歌姬散盡有感集句[1]

殘花惆悵近人開，南國佳人去不回[2]。回首可憐歌舞地，年年春色爲誰來[3]。

【校注】

〔1〕詩亦見《詩徵》。金吾：即執金吾，官名，掌治安長官。

〔2〕上句見杜甫《又送》詩。下句見唐包何《同閻伯均宿道士觀有述》詩。

〔3〕上句見杜甫《秋興》詩其五。下句見唐岑參《登古鄴城》詩。

濕雲如夢雨如塵，自有春愁正斷魂[1]。人面不知何處去，空留鶯語到黄昏[2]。

【校注】

〔1〕"濕雲"句見崔櫓《華清宫四首》（其四）。"自有"句見韋莊《春愁》。

〔2〕"人面"句見崔護《題都城南莊》。"空留"句見段成式《折楊柳七首》（其一）。

千山萬水玉人遥，人事音書謾寂寥[1]。惆悵一年春又去，更無消息到今朝[2]。

【校注】

〔1〕"千山"句：見張喬《寄維揚故人》。"人事"句見杜甫《閣夜》。

〔2〕"惆悵"句：見韋莊《殘花二首》（其二）。"更無"句見劉禹錫《楊柳詞》。更，或作"恨"。

誰家玉笛暗飛聲，總是鄉關離別情[1]。妾夢不離江上水，夜來還到洛陽城[2]。

【校注】

〔1〕“誰家”句見李白《春夜洛城聞笛》。“總是”句見王昌齡《從軍行七首》（其二）。

〔2〕“妾夢”句見唐張潮《江南行》。“夜來”句見唐戎昱《旅次寄湖南張郎中》。

桃源方士[1]

萬曆甲申，楚中有方士寓桃源西禪寺，題詩寺壁，自稱“三休”，又稱“玉堂逐客”。每讀《秦誓》前半段[2]。後不知其所之。

【校注】

〔1〕傳參見清同治《桃源縣志·人物·方外》，事略同，載名爲“三休”。

〔2〕《秦誓》:《尚書·周書》中篇名。

題　壁[1]

隔江人唱浪淘沙，月上梧桐影未斜。客到潯陽談往事，青衫無泪濕琵琶[2]。

【校注】

〔1〕詩亦見《沅湘耆舊集》。

〔2〕後二句反用白居易《琵琶行》“江州司馬青衫濕”語意。

釋古淵[1]

字慧深，黄梅人。

【校注】

〔1〕傳參見《詩佩·方外》《詩徵》。

題松雪山水[1]

雪後潮痕上釣磯，江南天水一絲微。萋萋芳草迷禾黍，何事王孫尚不歸[2]。

【校注】

〔1〕詩亦見《詩徵》《詩佩·方外》。松雪：元趙孟頫、熊夢祥均號松雪道人，且均善山水，此不知確指題何人之畫。

〔2〕末二句用淮南小山《招隱士》："王孫游兮不歸，春草生兮萋萋。"

釋如愚[1]

字藴璞，江夏人。少爲書生，跅弛負俗[2]，後落髮居衡山石頭庵，至金陵居石頭城南碧雲寺，遂號石頭和尚。自負才藻，思冠巾入俗，已復爲雪浪受法弟子[3]。入燕京，居七指庵卒。曹能始叙其詩[4]。

【校注】

〔1〕傳參見《列朝詩集小傳》《明詩綜》。

〔2〕跅弛：放蕩不羈。

〔3〕雪浪：即洪恩，明僧人，字三懷，一字雪浪，後講經雪浪山中。

〔4〕曹能始：即曹學佺，《明史》有傳。

同諸開士過天界南菴分賦

亂石幽人徑[1]，深林道者家。海棠開遍葉，山藥未生芽。雲薄如春服，僧多似晚鴉。竹中烟一縷，趺坐寂無譁。

【校注】

〔1〕亂，《詩佩》作“乳”。

冬日潯陽道中[1]

殘冬人在路，朔氣重愁顔。落日下寒郭，亂雲生晚山。短松懸獵網，高岸護漁關。試問同行客，匡廬何處還。

【校注】

〔1〕詩亦見《詩徵》《詩佩》。

春日龍潭菴對雨[1]

苔蘚空門外，烟蘿夾徑陰。春流一澗急，寒雨數峰深。鳥倦還山翼，雲遲過客心[2]。望中燈火起，人語出遥岑。

【校注】

〔1〕詩亦見《明詩綜》《詩徵》《詩佩》。

〔2〕此二句用陶淵明《歸去來辭》"雲無心以出岫，鳥倦飛而知還"語意。

五老峰贈百川師[1]

何年五老峰，尊宿隱高蹤。片石留僧住，微糧待客舂。殘霞開暮景，積雪肅玄冬。歷歷寒暄外，經聲萬壑松。

【校注】

〔1〕五老峰：即江西廬山五老峰。

歲除匡山道上迷路

兹宵年欲盡，客路尚迷源。不辨雲中寺，空聞嶺外猿。孤村寒爆竹，遺火夜燎原。始信亡羊者，難禁岐泪繁。

虞僧孺辟穀靈隱山賦寄[1]

不飯凡僧飯聖僧，苦爲辟穀碧山層。洞雲溪水皆相食，却道人間飽愛憎。

【校注】

〔1〕詩亦見《詩徵》。辟穀：指修行者不食五穀以求長生之術。靈隱山：山名，在杭州西湖西北。

錢塘江上樓晚眺有感[1]

錢塘江上總樓臺，無數帆墻望裏開。蒙古當年分駐處，杭人空想夜潮來[2]。

【校注】

〔1〕詩亦見《詩佩》。

〔2〕據《續資治通鑒·宋紀一百八十二》載："元兵屯錢塘江沙上，臨安人方幸，波濤大作，一洗空之，而潮三日不至。"

釋無涯[1]

始入廬山二十年，萬曆中至京師，以戒律聞，賜紫衣，歸武岡雲山，静參二十年。悟道廣訓，勤息接引[2]，緇素坐化，有塔月華峰上。

【校注】

〔1〕傳參見清同治《武岡州志·人物》。

〔2〕勤息：佛語。謂勤行衆善，止息諸惡。接引：佛語，謂引導衆生入西方净土。

悟道偈

適性因求静，無懷謝是非。大都日用事[1]，俱在目前機。雲月嘗相與[2]，溪山足指歸。八風吹不動，真宰本無依[3]。

【校注】

〔1〕用，《武岡州志》作“月”。

〔2〕嘗，《沅湘耆舊集》作“常”。

〔3〕八風：佛教稱利、衰、毁、譽、稱、譏、苦、樂爲八風。真宰：指上天。

釋正誨[1]

字無迹[2]，當陽人。卓錫玉泉寺。

【校注】

〔1〕傳參見清同治五年《當陽縣志·人物·釋仙》。

〔2〕迹,《詩徵》作“聞”。

寄楊石父[1]

水有源頭便是泉，人無私欲那非天。買山支遁十分俗[2]，閑户揚雄一味玄。世眼直看金面佛，阿誰肯問石頭禪[3]。知君亦知攢眉者，和尚開池自種蓮。

【校注】

〔1〕詩亦見《詩徵》。楊石父：即楊志，見本卷小傳。

〔2〕支遁：晋名僧，俗姓關，字道林。據《世説新語·排調》，支遁有欲買印山隱居事。

〔3〕石頭禪：指石頭禪師，唐天寶初高僧。

尋響水泉二首[1]

到處名山杖策行，歸來還愛玉泉清[2]。乞錢買得溪三畝，流水聲中過一生。

【校注】

〔1〕詩亦見《詩徵》。

〔2〕玉泉：在當陽縣玉泉山。

斷崖曲水石磷磷，好向茅廬寄此身。緑樹不翻紅葉雨[1]，青山還照白頭人。

【校注】

〔1〕翻,《詩徵》作“迷”。雨,《詩徵》作“徑”。

釋顯萬〔1〕

【校注】

〔1〕《楚風補》無作者小傳。查諸志未詳。

義帝陵〔1〕

祖龍智昏日月蝕，南公力欲麒麟鬥〔2〕。楚雖三户能亡秦，盛德宜然有其後。魯公違約火咸陽〔3〕，咄嗟聲出郡誰右。豆分瓜剖聽指揮，忍使黔徒賊孤幼〔4〕。籍也狐狸爪搰之〔5〕，項伯寧不爲家寇。真人如龍翔灞上，縞袒長風起襟袖〔6〕。終據皇圖豈力爲，推張赤幟皆天授。可憐郴北東土墳，恨碧淒紅春不茂。

【校注】

〔1〕詩亦見明萬曆《郴州志·古迹》。據此志，義帝陵在州儒學後，冢大而圓。

〔2〕祖龍：指秦始皇。南公：楚人，善陰陽，曾言："楚雖三户，亡秦必楚。"（見《史記·項羽本紀》）

〔3〕魯公：即項羽，懷王曾封其爲長安侯，號魯公。火咸陽事見《史記·項羽本紀》。

〔4〕黔，《縣志》作"黥"。黥徒：指英布，其受命項羽殺義帝於郴江。

〔5〕搰：掘出。古諺有"狐埋之，而狐搰之"（見《國語·吴語》），言事不成功。

〔6〕縞袒：據《史記·高祖本紀》，劉邦聞義帝死，"袒而大哭"，并爲之發喪，要"諸侯皆縞素"。

附

負版猺

寧遠縣猺人。凡官長謁舜祠，各峝猺長率男女百餘人伏道旁，丈夫帕首擊長腰鼓，吹笙舞跳而導。女辮髮纏三小竹於髮爲椽，又或戴黑油笠，衣花裙襯衫，跣其足，和而歌，爲靡曼之聲，譯其語云云：

蜜蜂飛來千丈高，槃王子孫在山好。（闕）

楚風補卷之二十八

明

黄裳吉[1]

原名焜[2]，字叔闇，長沙人，舉天啓辛酉科。官兵部主事，升密雲兵備道。

【校注】

〔1〕傳參見清光緒《善化縣志·人物》，亦見《沅湘耆舊集》。

〔2〕據《善化縣志·選舉志》，崇禎時召獻五策，欽賜進士，更名裳吉。

拜岳石[1]

蓊蔚靄芳叢，攀磴幾迴曲[2]。怪石似飛來，嵯峨削寒玉。微風動琅玕，衣裾染新緑。俯臨百仞蹊，虚危不任足[3]。箕踞坐長松，六月肌告粟[4]。掃石且餐霞，擬看陽初旭[5]。

【校注】

〔1〕《沅湘耆舊集》題作"登岳麓"。

〔2〕幾迴，《沅湘耆舊集》作"歷深"。

〔3〕上句，《沅湘耆舊集》作"深溪俯百仞"。下句，《沅湘耆舊集》作"乘危駭旁矚"。

〔4〕坐長松，《沅湘耆舊集》作“長松下”。下句，《沅湘耆舊集》作“清陰散煩溽”。

〔5〕且餐，《沅湘耆舊集》作“餐飛”。下句，《沅湘耆舊集》作“長歌出幽谷”。

車萬合[1]

字造父，號蓼湘，邵陽人。五歲失怙，隨大父任兩浙[2]，所閲奏記一覽輒記。九歲即受知學使董玄宰[3]。事庶母以孝聞。天啓辛酉鄉試第一，年甫逾冠。主試者爲太史繆當時[4]，嘗云："足下今之子固，歐陽取士不以蘇軾先之，吾亦類此[5]。"未幾卒，士林惋惜。

【校注】

〔1〕傳參見清光緒二年重修《邵陽縣志・人物・政學》。

〔2〕大父：祖父，即車大任。明萬曆進士。

〔3〕董玄宰：即董其昌，《明史》有傳。

〔4〕繆當時：即繆昌期，《明史》有傳。

〔5〕宋嘉祐二年，歐陽修知貢舉，因疑《刑賞忠厚之至論》之作者爲曾鞏（實際是蘇軾），爲避同鄉門生之嫌，便置爲第二名（事見《宋史・蘇軾傳》）。

夜宿無念閣呈耑公[1]

一片清凉地，况逢雨乍收。樹疏新月滿，溪近晚花流。佛不隨時好，僧唯事遠遊。前期未可卜，半榻爲君留。

【校注】

〔1〕詩亦見《沅湘耆舊集》。

郭都賢[1]

字天門，益陽人。天啓壬戌進士，官兵部侍郎，出爲江西巡撫，歷都御史。恬退謙冲而聲望屹如山岳。内閣史可法，公門人也。公見南都政事濁亂，知勢不可爲，乃焚冠帶，祝髮居廬山[2]。順治壬辰客回雁峰，數月飄笠杖屨，蕭然自如，人莫知爲先朝遺老。一夕，獨留詩寄郡人鄒統魯、王夫之等，遂泛棹去，棲真於玉沙湖，種菊自娱，額其堂曰"補山"，著有《補山堂詩集》，同遊者惟尹公民興、馬子學衣[3]。

【校注】

〔1〕傳參見清同治《益陽縣志·人物·宦業》，事頗詳。

〔2〕祝髮：斷髮，指削髮爲僧。

〔3〕據《益陽縣志》載："初依熊開元、尹民興於嘉魚，寓梅熟庵。已流寓沔陽，築'補山堂'……客死於江陵之承天寺。"

鹿門懷古[1]

堤上襄陽歌，曲裏銅鞮戲[2]。裘帶泪未乾，接䍦倒已醉[3]。風流饒晋人，冠蓋延漢第。俊杰貴識時，舂陵先識氣[4]。鞠躬徒爾爲，龍雛亦浪出[5]。塞耳盈虚聲，長古鹿門地[6]。

【校注】

〔1〕詩亦見《沅湘耆舊集》。鹿門：即湖北襄陽鹿門山。

〔2〕襄陽歌：樂府舊歌名，咏襄陽風物。銅鞮戲：即《白銅鞮》，舊曲名。

〔3〕接䍦：帽名。詩前四句用晋山簡事。"裘帶"句又暗用羊祜墮泪碑事。詳見《晋書·山簡傳》和《晋書·羊祜傳》。亦見《世説新語·任誕》。

〔4〕舂陵氣：帝王之氣，用東漢劉秀事，詳見《後漢書·光武紀》。

〔5〕龍雛：此當指卧龍（孔明）、鳳雛（龐統）。

〔6〕古，《沅湘耆舊集》作“占”。

胡之菴過訪歸山堂〔1〕

歸山老翁如壞隔，掩關卧病長謝客。閽者忽報之菴來，跳起床頭倒不借〔2〕。沙灣相望野航輕，十六年來慣送迎。大湖南北闊如許，一葉初驚破膽行。入門下拜悲且喜，老泪盈盈不能起。先後新詩讀再過，清絶湖南差足擬。自春徂夏幾何日，頑也七十君五十。勞君一千三百言，愧我祝君難下筆。長吟短偈且拋却〔3〕，别來懷抱奄奄惡。得傾栲栳一肚皮〔4〕，坐忘細雨燈花落。世出世間各有事，匪但加餐須努力。彭城風雨宛同床，醒時莫被夢時失。半月伊蒲苦不留〔5〕，赤沙青草滿湖秋。物色不分收拾盡，莫云相訪直言遊。瀟湘之水日夜流，天心人事頗悠悠。八十行脚古趙州〔6〕，遲我數載沙灣頭。

【校注】

〔1〕歸山堂：其址未詳。觀詩首二句當爲作者所居處。

〔2〕此句《沅湘耆舊集》作“急起不暇呼巾幘”。

〔3〕偈，《沅湘耆舊集》作“咏”。

〔4〕栲栳，《沅湘耆舊集》作“塊壘”。栲栳：以柳條或竹篾編成之盛物器具。

〔5〕伊蒲：即伊蒲塞，梵語音譯，不出家的男性佛徒。此或指佛徒之生活。

〔6〕行脚：指雲游各地。趙州：古州名，今河北趙縣。

逋　　鶴〔1〕

必至有今日，其於放鶴同。坐中如喪我，湖上若逋翁。去去天何闊，疏疏羽未豐。虞羅隨地滿，得失楚人弓〔2〕。

【校注】

〔1〕詩亦見《沅湘耆舊集》。

〔2〕此句後原有自注："後聞爲弋者所獲而傷。"虞羅：指羅網。虞：即虞人，古代掌管山澤苑囿、田獵之官。得失楚弓：用楚共王出獵失弓故事（見《説苑·至公》），意謂我失之，人得之，不必計較。

萬里非無意，孤雲亦有鄉。不堪家作蓄，寧爲飽斯颺[1]。塞自翁先失，牢從補後亡。宗文鷄柵好，無益是禽荒[2]。

【校注】

〔1〕蓄，《沅湘耆舊集》作"畜"。飽斯颺：飽即高飛（見《晋書·慕容垂載記》）。

〔2〕杜甫有《催宗文樹鷄柵》詩。宗文：杜甫長子。禽荒：沉迷於田獵，此指迷於養禽。

鬻　鶴[1]

不肯雙飛去，争教入賈胡。癡心頭並碎，軟語玉同沽。影射深於弩，神通慣是蚨。荒濱非海市，興販到林逋[2]。

【校注】

〔1〕詩亦見《沅湘耆舊集》。

〔2〕林逋：宋錢塘人，隱居孤山，種梅養鶴，卒謚和靖先生。

高士原無價，奇毛亦不祥。匹夫懷璧似，侍婢賣珠常[1]。縻爵分官俸，隨琴伴夜香。凌霄承寵好，送爾勝雲將[2]。

【校注】

〔1〕懷璧：喻有才而遭嫉。《左傳》桓公十年："匹夫無罪，懷璧其

罪。”“侍婢”句，杜甫《佳人》：“侍婢賣珠迴。”此指因窮而賣鶴。

〔2〕雲將：即雲，乃爲擬人化之名。《莊子·在宥》：“雲將東游，過扶搖之枝，而適遭鴻蒙。”

武當山過周府報國菴〔1〕

空劫昆明盡，毗耶魯殿存〔2〕。此中呵護力，疇昔灌培根。日月光難遍，松杉氣尚温。勞勞勤接待，塵剎報何恩。

【校注】

〔1〕詩亦見《沅湘耆舊集》。

〔2〕“空劫”句，《高僧傳·竺法蘭》載：漢武帝穿昆明池底，得黑灰，問東方朔，朔要問西域僧人。後西域僧法蘭至，人問之，答云：“世界終盡，劫火洞燒，此灰是也。”此處借用言報國庵如劫後餘灰。毗耶：佛教地名，相傳爲釋迦牟尼逝世地。亦有平整莊嚴意。魯殿：即魯靈光殿。此借指報國庵，有風物獨存意。

過洞庭西湖〔1〕

澤國胡爲號，全身汗漫遊。高天無立地，老客有行舟。今古浮沉裏，雲山出沒頭。朗吟如在目，吾道復何求。

【校注】

〔1〕詩亦見《沅湘耆舊集》《詩佩》。

風力雄如許〔1〕，帆開不自由。戒心頻轉脚，習膽强蒙頭。子午南車僨，參商肉食繆〔2〕。長年矜破浪，指顧尚優游。

【校注】

〔1〕此首亦見《巴陵縣志·洞庭集》上編。

〔2〕子午：猶言南北（子爲北，午爲南），詳見《漢書·王莽傳》顔師古《注》。參商：星名，參在西，商在東，此言東西。肉食：指當官食禄者。繆：通“謬”，但此仍讀 mòu。

雨暴雷如怒[1]，風往浪遂顛。危疑倉卒事，遷次杳茫天。漏重從添繖，裝輕早壓磚。渡湖容易好，留滯也忻然。

【校注】

〔1〕此首亦見《巴陵縣志·洞庭集》上編。

不識湖西路[1]，同舟結伴當。汉因多口誤，心著兩頭忙。惡浪催奔岸，罡風落下場。急流謀勇退，此意戒垂堂。

【校注】

〔1〕此首亦見《巴陵縣志·洞庭集》上編。

此歲夏秋，洪水爲患，沔漢數百里，幾無寸壤。五方雜聚之衆，舟居與茭牌鱗次相望。其力鮮克舉者，鋪架門片，坐立眠餐其上，名曰水閣。魚蝦小民，等於巢居。余亦窮猿，何能擇木？伏處四旬，始奠舊址，得三十章[1] 録十

舉室東高閣，鷗眠與雁嗷。稽天雲不土，畫地水爲牢。泥佛何能渡，英雄可盡淘。從來魚腹子，莫即是琴高[2]。

【校注】

〔1〕此十首均見《資江耆舊集》。

〔2〕琴高：傳説爲古代仙人，曾入涿水取龍子，乘赤鯉而出，能往來水中，後亦借指鯉魚。

澤國尋常氾，流人偏與逢。燕巢分鳥雀，人夢雜魚龍。后土乾何日，名山願未從。小奚長出負，自笑得蛩蛩[1]。

【校注】

〔1〕蛩蛩：獸名，狀如馬。此句有喜得足力，頗自慰意。

十載顛連盡，刀兵水火兼。魂飛重爛額，巢破更封檐。郭泰舟何濟，張融陸已淹[1]。一葵猶衛足，七尺爾何廉[2]。

【校注】

〔1〕郭泰：東漢名士，曾與李膺同舟共濟，爲衆人羡慕，詳見《後漢書·郭太（同泰）傳》。張融：南朝齊代人，官司徒右長史，一次齊武帝問他住在何處，融答："陸處無屋，舟居非水。"（見《南齊書·張融傳》）

〔2〕"一葵"句：舊説葵葉能蔽其根，故稱葵可衛足，詳見《左傳》成公十七年杜預注。七尺：七尺之軀，自指。

坐卧新秋月，床頭烟水光。千群家雁鶩，萬户野鴛鴦。良夜人何怨，凶年客亦忘。此中消受處，心目入荒唐。

火雲蒸水氣，任運且安之。藥裹需無力，園丁摘有辭[1]。貧來留客簡，老去待兒慈。牛脯艱難日，尊生幸在兹[2]。

【校注】

〔1〕摘有辭：謂園中無有可摘之物。

〔2〕"牛脯"二句：隱用杜甫晚年飄泊江湘，食牛肉而卒事，謂較之於杜甫，自己尚能存活。尊生：猶養生。

七澤不自保[1]，連爲大洞庭。稻粱鴻失計，桑梓柳餘青。比屋皆懸榻，維舟直到廳。披蓑誰見月，兒語舊曾聽[2]。

【校注】

〔1〕七澤：古説楚有七個大湖泊，雲夢澤爲其中之一，司馬相如《子虛賦》："臣聞楚有七澤，嘗見其一，未睹其餘也。"

〔2〕語，《資江耆舊集》作"女"。

風景消磨盡，愁吟《秋水篇》。縹囊經鼠竄[1]，素壁上蝸涎。有腹從隆晒，無腸學佛湔[2]。紙窗穿竹屋，燈火又熒然。

【校注】

〔1〕縹囊：即書囊，以淡青色絲帛製成。

〔2〕隆：郝隆，晋人。《世説新語·排調》："郝隆七月七日，出日中仰卧，人問其故，答曰：'我曬書。'"此用其事。湔：洗滌。湔腸，有洗除舊惡，革新從善意。

風急天將肅[1]，江深地始皋。蟲心安苦蓼，鳥計得寒號。剪雨亭雲闊，孤篘雙槳勞。生涯長閉户，痛飲讀《離騷》[2]。

【校注】

〔1〕急，《資江耆舊集》作"景"。

〔2〕此句用《世説新語·任誕》王恭語意："名士不必須奇才，但使常得無事，痛飲酒，熟讀《離騷》，便可稱名士。"

事到貧時減，情生客日多。挈瓶誰指困，補屋絶牽蘿[1]。草碧肥思馬，峰青瘦入駝。西風如不度，明月奈愁何！

【校注】

〔1〕指囷：喻慷慨資助朋友，三國時周瑜曾向魯肅求助資糧，魯肅指家中一囷米相濟，事見《三國志·吴書·魯肅傳》。囷：圓形糧倉。牽蘿補屋：形容貧困，杜甫《佳人》詩："侍婢賣珠回，牽蘿補茅屋。"

老去春無色，花飛有底忙[1]。相逢楊柳岸，仍是少年場。落魄同流浪，還魂儼舊妝。去來今一瞬，此意是滄桑。

【校注】

〔1〕有底忙：爲何而忙，杜甫《寄邛州崔録事》："久待無消息，終朝有底忙？"

舟　發[1]

白浪推江走，寒林逐鳥投。移情之海嶠，選夢到羅浮[2]。有骨仍題駿，無心自下鷗[3]。不妨衰草色，隨意點行舟。

【校注】

〔1〕詩見《沅湘耆舊集》。題下有自注："壬午閏冬。"

〔2〕羅浮：山名，在廣東增城等縣間。

〔3〕上句用《戰國策·燕策》黄金買駿馬故事。下句用《列子·黄帝》海客戲鷗故事。

赴盧子瞻席[1]

折柬尋常事[2]，稀逢七十顔。棄官陶宅柳，餉客米家山。所在風烟裏，其人晋魏間。接䍦寧倒著，不醉去須還。

【校注】

〔1〕此題二首，均見《資江耆舊集》。

〔2〕柬：通“簡”，古代書簡，即竹簡，單執一札爲簡。折簡，即折半之簡，意指隨便，禮輕。

百畝方塘土〔1〕，漚園不愧名。世情同泡影，君意狃鷗盟〔2〕。下榻簪裙滿〔3〕，忘年杖履輕。閑來生計外，花鳥費經營。

【校注】

〔1〕土，《資江耆舊集》作“上”。

〔2〕狃，《資江耆舊集》作“狎”，當是。鷗盟：與鷗鳥爲友，指隱者生活。

〔3〕簪裙：顯貴者服飾。

過洞庭湖

片片飛飄影，函空一鏡平〔1〕。魚龍成霸國，江漢托狂名。滅没歸鴻倦，欹斜使馬輕。由來張樂地，不分聽鐃鉦〔2〕。

【校注】

〔1〕上句，飄，《沅湘耆舊集》作“帆”。下句，函，《沅湘耆舊集》作“涵”。

〔2〕張樂地：傳説黄帝曾張樂洞庭之野，此指洞庭湖一帶，謝朓《新亭渚别范零陵》：“洞庭張樂地，瀟湘帝子游。”鐃鉦：古代敲擊樂器。

鶴天寓〔1〕

荒老菰烟碧一灣，十洲聲息冷漁蠻。何期淮海三千里，來賁邱園八九間。繞徑不妨傳蝶檄，觸藩長怨破松關〔2〕。沙蟲化盡猿空泪〔3〕，咄咄南遊駿未還。

【校注】

〔1〕詩見《沅湘耆舊集》。天寓：寓居天宇，言其自在，不受拘束。

〔2〕觸藩：喻受阻礙。《易經・大壯》："羝羊觸藩，羸其角。"松關：即松亭關，在河北平泉縣南。

〔3〕泪，《沅湘耆舊集》作"唳"。該句用典，見《抱朴子》："周穆王南征，久而不歸，一軍皆化，君子爲猿鶴，小人爲沙蟲。"

骯髒聲容肯受憐[1]，羨他孤立作高眠。謀身不借枝之一[2]，閲世長聞歲已千。乳玉奪胎知有種，鋤芝充俸笑無田[3]。嘹嘹霄壤胡爲者，縻得虚聲好爵傳。

【校注】

〔1〕骯髒：剛直倔强貌。

〔2〕枝之一：用《莊子・逍遥游》"鷦鷯巢於深林，不過一枝"語。

〔3〕鋤芝：言爲芝田除草，此當指種植仙（藥）草（用《抱朴子》中蔡誕入山故事）。

蕭疏門巷雀堪羅，渡海仙仙幻碧蓑。矰繳較施洲渚少，稻粱謀學雁鴻多。羽儀濯濯人雙璧，風月茸茸雪一窠。三徑不須頻却掃，莓苔深處舞婆娑。

丁丁猶是感同聲，况復仙禽托友生。蹈瀨羽毛誰欲假，告天心事爾能鳴。玉音寡和惟將子，雲族多儀此况兄。目送高鴻弦未絶，商陵一曲不堪賡[1]。

【校注】

〔1〕上句用嵇康《贈秀才入軍》"目送歸鴻，手揮五弦"語意。商陵：古

琴曲名。賡：續。

夢繞黄鐘空復庭，橫姿延頸指滄溟。渚宫無復重來澤[1]，石室不知何代經。巧奪毛生飛粉本[2]，小輸花樣綉霜翎。相思落落殊矜貴，古月藤蘿炤舊廳。

【校注】

〔1〕渚宫：春秋時楚宫名，故址在湖北江陵。

〔2〕粉本：畫稿，古人於墨稿上，加描粉筆，用時撲入縑素，依粉痕落墨，故名。

鬣風高挂謫仙帆[1]，剖鯉呼僮報鳥函[2]。不信羽流能絶粒，若爲毛女偶臨凡[3]。枯桐爨底琴何泣[4]，豐草林邊鹿太饞。一步一隨看一啄，願同飢渴慰冰銜[5]。

【校注】

〔1〕"鬣"後原有自注："音候。"

〔2〕剖鯉呼僮：古樂府《飲馬長城窟行》："呼兒烹鯉魚，中有尺素書。"鳥函：書信。

〔3〕羽流：道徒。毛女：傳説古代仙女，自言爲秦時宫人，流亡入山，食松葉。

〔4〕枯桐爨底：據《搜神記》載："吴人有燒桐以爨者，蔡邕聞其爆聲，曰'此良桐也'。因請之，削以爲燒。"桐本爲製琴之木，以桐爲爨，故琴泣。

〔5〕冰銜：指清貴的官職，此聯繫自身而言。

除夕有懷繼起堂頭及堯峰長蘆不知度歲於岳山之上下[1]

難消一點豈根塵，此夕云除意轉頻。南岳峰前經幾度，大唐國裏恰三人。情深卒歲如懷別，老到忘年不送貧。雲岫白時欸乃緑[2]，浮湘添滿洞庭春。

【校注】

〔1〕疑詩題有訛誤。“除夕有懷”恐是正題，以下或爲題注。

〔2〕欸乃緑：柳宗元《漁父》“欸乃一聲山水緑”。

落　花[1]

石床侵滿坐遲遲，起看香泥掠燕兒[2]。繞徑蜂聲昨日在，踏青人影箇中思。茵承小鳳初生步[3]，彩剪深宫再上枝。百舌自藏鶯自囀，啼紅到血意何爲。

【校注】

〔1〕此詩亦見《詩佩》。

〔2〕香泥：指落瓣。

〔3〕小鳳：以模壓成鳳紋的茶，此借指落花。

龍口渠通谷已堙[1]，迴風扶起可憐春。依然點額驚鈴日，轉憶啼妝墮馬人[2]。辭樹似歸將芍藥，粘泥如絮亦芳塵。阿房粉褪脂兼掃，摇曳飄然是嫁辰。

【校注】

〔1〕堙，《詩佩》作“湮”，義同。龍口渠：渠名美稱，《金鑾密記》：“翰林有龍口渠，通内苑，大雨後必飄諸花蕊百種香色。”

〔2〕“依然”句：用南朝宋武帝女壽陽公主事。據載，壽陽公主於人日（正月初七）卧於含章殿檐下，有梅花落於公主額上，成五出之花，拂之不去，遂有梅花妝（見唐韓鄂《歲華記麗——人日梅花妝》）。“轉憶”句：用東漢梁冀妻孫壽事，壽色美而善作妖態，爲愁眉、啼妝、墮馬髻，冀敗後，壽自殺（見

《太平御覽》三八〇卷引晋華橋《後漢書》)。

底事全消濁酒杯，柔悰難繫彩繩灰[1]。芳洲草緑啼鸚鵡，連理枝殘笑馬嵬。風月玉人從看殺[2]，文章水面不沉埋。栖尋四序吾將遍，鄭重秋英莫浪猜。

【校注】

〔1〕詩亦見《資江耆舊集》。悰：歡樂。彩繩灰：用《晋書·鳩摩羅什傳》中故事。中書監張資病，有外國道人羅叉誑詐能治愈。羅什識其僞，乃勸資以五色絲作繩，燒爲灰末，投水中卜之。灰若出水還成繩者，則病不可愈。後果灰聚浮出，復爲繩。羅叉治療果無效，資數日而亡。全句謂心境佳時不作無益占卜之事。

〔2〕風月玉人：此以美人比落花。唐元稹《鶯鶯傳》："待月西厢下，迎風户半開。隔墻花影動，疑是玉人來。"

陰陰日丽鳥何求[1]，忍見雲沉與浪浮。不信飄零成世界，儘教輕薄學風流。岸容送客飛還未，天雨驚僧著也不。擊目繁華春事盡，羊欣如在許同遊[2]。

【校注】

〔1〕詩亦見《資江耆舊集》。

〔2〕羊欣：晋、宋間人，早年爲王獻之賞識，後爲新安太守，前後十三年，游玩山水，適性自得，《宋書》《南史》均有傳。

慘澹空華百合沉，鴛鴦譜上薛娘針[1]。宫飛明月玄都樹[2]，院冷朝雲無影林。六幅湘波猶在眼，一枝穠艷不經心[3]。括香御史渾閑事[4]，拂遍雕闌惜更深。

【校注】

〔1〕薛娘針：未詳。疑與魏文帝妃薛靈芸有關。薛擅針工（裁縫之事），此借指落花殘藉。

〔2〕"明月"後原有自注："宫人入道者名。"玄都：道教中所言神仙居處。

〔3〕六幅湘波：唐李群玉《歌姬詩》："裙拖六幅湘江水，鬟聳巫山一段雲。"一枝穠艷：此寫花。李白《清平調詞》："一枝紅艷露凝香，雲雨巫山枉斷腸。"

〔4〕括，《資江耆舊集》作"拈"。括香御史：即"惜春御史"，官名。唐穆宗惜花，每宫中花開則設頂帳欄檻保護，并置御史掌管，號曰括香。

歸山五首〔1〕録二

白首荒濱願亦違，緑林驅迫返荊扉。家同百姓銜泥入，人比孫山落第歸。齒髮衣冠方外别，田園廬墓眼中非。莫言狐首菟裘晚〔2〕，十六年來破衲衣。

【校注】

〔1〕詩亦見《沅湘耆舊集》《詩佩》。

〔2〕狐首：即狐死首丘意，指故鄉之思。菟裘：指告老退隱之居處，典出《左傳》隱公十一年。

生還不用大招篇〔1〕，收拾驚魂又播遷。雲覲石門風木拱，江深桃谷雨花鮮〔2〕。兒孫計口支衰户，骸骨埋名保暮年。咄咄遠離顛倒是，夢中昨上志和船〔3〕。

【校注】

〔1〕詩亦見《沅湘耆舊集》《益陽縣志》。

〔2〕石門：地名。此當泛指。桃谷，原有自注："菴名。"

〔3〕志和：即唐張志和，被貶後隱居江湖，自稱“烟波釣徒”。

梅花前十首録四

鐵橋飛渡辟寒香，古壁吹開綉道妝。氣接重陰澆魄冷，英蜚絶漠破龍荒。鳴泉宛轉疑三弄，落月參横悵一方[1]。二十四番花細作，遮先偷息媚春王[2]。

【校注】

〔1〕三弄：即《梅花三弄》，古琴曲名。參横，《資江耆舊集》作“凄清”。

〔2〕細，《資江耆舊集》作“信”。二十四番花：泛指春花。古代認爲從小寒到穀雨，每五日爲一候，每一候有一種花開，共稱“二十四番花信風”，其中以梅花居最先。遮，《資江耆舊集》作“莫”。

交枝南北久模糊[1]，丈室深深影益孤。日月有華私玉曆，肝腸無鐵寫冰膚。緑衣卧帖寒争雀，紅葉聲乾野聽狐。莫道春風裁一半，早輸羌笛落蘼蕪。

【校注】

〔1〕詩亦見《資江耆舊集》。

非無結綺漫雰雰[1]，呵轉霜毫潑凍雲。柳骨掃空飛白體，范寒除夕送窮文[2]。嶺先十月江五月，雪去三分塵二分。獨是暗香争不得，海南亭北總輸君。

【校注】

〔1〕詩亦見《資江耆舊集》。

〔2〕柳骨：唐柳公權書法健勁瘦媚，有“柳骨”之稱。飛白體：漢字書體，

筆劃露白，故名。范寒：即范叔寒。范雎爲秦相，故意著破衣見前來秦國的魏大夫須賈。賈憐其寒，以一綈袍爲贈。詳見《史記·范雎列傳》。送窮文：文章名，唐韓愈撰。

十年樹木嘆遷陵，手澤名留漢臘仍〔1〕。疇父山中忘甲子，木公花裏奉高曾〔2〕。巡檐忽笑幾於道，冷喝無聲舉似僧〔3〕。翠羽沉沉蜂蝶肅，林間賀客舊青蠅〔4〕。

【校注】

〔1〕此首亦見《沅湘耆舊集》，題爲“梅花”。手澤：先人或前輩遺墨、遺物（見《禮記·玉藻》）。漢臘：漢代祭祀名。“臘”通“獵”，指田獵取獸以祭祀先祖。

〔2〕疇父：即疇人，通曆算的人。曾，《沅湘耆舊集》作“僧”，誤。高曾：指祖輩。《舊唐書·禮儀志》：“上當不及高曾未盡之親，下有忍臣子恩義之道。”木公：仙人名，也稱東王公或東王父。

〔3〕喝，《沅湘耆舊集》作“偈”。

〔4〕青蠅：即“青蠅吊客”意，謂死後無人聞問，唯青蠅附身（見《三國志·吴書·虞翻傳》裴注）。觀全詩，此雖咏梅，實有自嘲意。

梅花後十首〔1〕録二

挂向陰山捲介衣，南枝戰勝不言肥。葭吹百五銜枚出，露布三千帶甲飛〔2〕。大樹軍容黄石貌，美人步帳白登圍〔3〕。參横不識梅林路〔4〕，道是花卿雪夜歸。

【校注】

〔1〕《沅湘耆舊集》題爲“梅花後四首”。

〔2〕葭吹：與“葭律”相關。葭吹百五：言節候已至。露布：本指不緘封之文書。此以“露布三千”形容梅花繁盛。

〔3〕大樹軍容：東漢馮异被稱爲“大樹將軍”，見《後漢書·馮异傳》。黄石：疑指漢黄石公。見《史記·留侯世家》。白登：山名，在山西大同市東，漢高祖曾被匈奴圍困於此，見《史記·韓王信傳》。

〔4〕參横，《沅湘耆舊集》作“蒼茫”。

稜稜屈鐵負離奇，霜飽冰枯一肚皮。秃節玉關瀰朔漠，綺園皓首静威儀〔1〕。翻憐風月何多故，始極乾坤此一時。繞屋漫誇三十樹，西冷立墓眼如箕〔2〕。

【校注】

〔1〕綺園：指商山四皓。此句用以形容梅花在雪中的静穆端莊。

〔2〕西冷：當作“西泠”，橋名，在杭州西湖孤山下。立墓：山名，在江蘇吴縣西南。此以杭州西湖之梅作比。

喜劉樸先見訪次周宜一韵〔1〕

八公何處是長林，三匝無枝倦鳥心〔2〕。未就卜居騷且讀，若爲逋客鶴能尋〔3〕。風雷大澤雙龍合，霜月高秋一棹深。歲歲蒹葭勞夢寐，謾言虚往始從今〔4〕。

【校注】

〔1〕詩亦見《沅湘耆舊集》。清道光《攸縣志·藝文志》詩題中無“次周宜一韵”數字。

〔2〕八公：魏晋後用稱神仙一流人物，此借指。長林：指隱居地。嵇康《與山巨源書》：“雖飾以金鑣，饗以嘉肴，愈思長林而志在豐草也。”下句用曹操《短歌行》“月明星稀，烏鵲南飛。繞樹三匝，何枝可依”語。

〔3〕逋客：即北宋隱士林逋。

〔4〕謾，《沅湘耆舊集》作“漫”。

九日讌别章門[1]

勝藉吹花舞别筵，黄華争鬥紫茱鮮[2]。拈來杜老他鄉句[3]，占斷龍沙舊日天。霜露半縑兄弟被[4]，風塵一道馬牛肩。相思賸有芙蓉采，已隔寒梅庾嶺邊[5]。

【校注】

〔1〕詩亦見《資江耆舊集》。題下原有自注："時移守北。"

〔2〕勝藉：不詳，或爲"勝槩"（美景、佳境）之誤。黄華：指菊花。紫茱：即茱萸。

〔3〕杜老他鄉句，按，杜詩中有"他鄉"句者達十四篇之多，然無直接與重陽有關句，此不知確指何句（參見《杜詩引得》）。

〔4〕兄弟被：用後漢姜肱兄弟友愛，同被而眠故事，見《後漢書·姜肱傳》注引謝承《後漢書》。

〔5〕庾嶺：即大庾嶺，爲五嶺之一，亦名梅嶺。

漸老秋容兩度吴，餐英楚客久成逋[1]。花留冷艷欺青女，賦送天才想大夫[2]。嶺嶠雁高憐影瘦，江潭風急斷雲孤。不關摇落摧情思，短别長歌悵有無[3]。

【校注】

〔1〕《楚辭·離騷》："夕餐秋菊之落英。"逋：此有"逋客"意。

〔2〕青女：神話中主霜雪之神。大夫：指三閭大夫屈原。

〔3〕悵，《資江耆舊集》作"恨"。

華長人都閫貽惠端硯[1]

早從横槊識將軍，磨盾風生掣海雲。射虎岩前因落石[2]，遊魚湘岸儼逢君。光含鴝鵒梅花白，露滴羚羊熨斗文[3]。覓得新詩作瑶報，夢中春草向池分。

【校注】

〔1〕詩共二首，均見《資江耆舊集》，但題中無“貽”字。華長：此指籍貫。都閫：官名，亦稱都司。

〔2〕“射虎”句：隱用漢李廣以石爲虎，張弓而射，矢没石中故事，詳見《史記·李將軍列傳》。

〔3〕鴝鵒：即鴝鵒眼，此指硯上圓形的斑點。宋蘇易簡《文房四譜·硯譜》：“其貯水處有白、赤、黄色點者，世謂之鴝鵒眼。”熨斗：指硯，宋代時端州有寶硯，名熨斗焦，如黑龍奮迅之狀。

毛錐無用愧終軍[1]，墨海飛來一片雲。可是石交堪置我[2]，如逢端士益思君。雕蟲刻肺勞穿地，下馬磨崖羡屬文[3]。珍重華陰同拂拭，匣中光氣忽驚分。

【校注】

〔1〕毛錐：即毛筆。終軍：漢武帝時人，曾自請纓繫南越王於闕下。按，從全句意看，應是用班超投筆從戎故事，疑作者誤用。

〔2〕石交：交情牢不可破的朋友。

〔3〕磨崖：唐碑名，爲顔真卿書，字奇偉。

大忠祠三首[1] 録二

長從讀史靖康還，慟絶崖門萬死艱[2]。濤怒自隨朝日夜，祠荒猶認趙河山。忍教塊肉魚爲葬[3]，歌罷丹心血尚斑。欲賦《大招》何處是，蒼茫行殿障雲蠻。

【校注】

〔1〕所録二首均見《資江耆舊集》。題下有原注：“祀文天祥、陸秀夫、張

世杰。”

〔2〕靖康：宋欽宗年號（1126—1127），此指徽欽二帝被擄，宋室南遷。崖門：地名，在廣東新會縣南，爲潭江出海口。南宋末張世杰兵敗於此，陸秀夫負帝趙昺沉海自殺。

〔3〕塊肉：據《宋史・瀛國公傳》載，陸秀夫負趙昺投海後，楊太后聞昺死，大哭曰：“我忍死艱關至此者，正爲趙氏一塊肉爾，今無望矣！”遂投海死。

仙羊去後越王塵〔1〕，甲馬來時荔子新。海市有宮啼望帝，慈元無殿委波臣〔2〕。風遺穗石悲離黍，露采花田薦白蘋〔3〕。嘉樹夕陽芳沼曲，感時懷古一沾巾。

【校注】

〔1〕仙羊：用廣州五仙羊故事。此事説法不一，或曰南海人高固爲楚相，有五羊銜穗出現於楚庭（見《太平御覽》七〇四卷裴淵《廣州記》）；或云古時有五仙人乘五色羊執六穗秬到廣州（見《太平寰宇記・廣州》引《續南越志》）。越王：當指西漢時南越王趙佗。

〔2〕啼望帝：化用蜀帝杜宇故事，此指宋帝趙昺。慈元：宋宮殿名，在都城臨安（今杭州）。

〔3〕穗石：即穗石洞，在廣東南海縣仙山之南。花田：地名，在廣州市西南郊。其地皆種素馨花，相傳南漢宮人多葬於此。

自兵燹流離，避居以後〔1〕，走嘉魚，依熊尹初，寓梅熟菴，再寓八斗角，三遷西滋之張家坊。後始轉徙於新堤〔2〕，前後十有九載。當仲夏驚暴客〔3〕，俯仰無告。兒輩强迎歸里，補山堂非我有矣。今年二月〔4〕，聞沔守朱君爲予勒石其地，亦從來流寓之僅事也。賦謝抒感，且志愧焉

竹鏁梅横柳挂絲，伊人宛在復何之。朅來老唱還鄉曲〔5〕，浪得生題

有道碑。掃宿慣經忘逆旅，登樓無計慰流離。山顛水底茫茫日[6]，寂寞千秋仗子期。

【校注】

〔1〕避居,《益陽縣志》作“庚寅”。

〔2〕始,《沅湘耆舊集》作“又”。於,《沅湘耆舊集》無此字。

〔3〕當仲夏,《益陽縣志》作“戊申夏”。

〔4〕今年,《益陽縣志》作“庚戌”。

〔5〕鄉,《沅湘耆舊集》作“山”。

〔6〕底,《益陽縣志》作“上”。

菴園主人枉顧江北，携去秋海棠一盆，予笑遣茉莉爲海棠催妝，得三十首[1] 録十

草衣初换薄羅裳，嫁入瓊宮澹掃妝。早是廣南陪侍輦，春風無恨到西昌[2]。

【校注】

〔1〕庵園主人：疑指詩人曾寓居之梅熟庵之主人。催妝：舊婚俗，新婦出嫁，要多次催促，方梳妝啓行。

〔2〕廣南：兩廣一帶。西昌：縣名，在四川省。

軟茵羅襪濕蒼苔，薄縠絲絲作幔裁。早被素馨呼伴出[1]，曉鬟不用羯奴催。

【校注】

〔1〕素馨：植物名。花白色，香氣芳冽。

碎剪滕王蛺蝶圖[1]，淺殷深碧兩模糊。夜來馥馥風生枕，我見猶憐

况老奴[2]。

【校注】

〔1〕滕王蛺蝶圖：唐滕王李元嬰所繪《蛺蝶圖》。滕王善繪畫，尤工蜂蝶。

〔2〕老奴：此疑指花匠。

閨閣亭臺舊識名，漫同梅雪與春争。輕綃粉汗香多少，婢作夫人亦有情[1]。

【校注】

〔1〕婢作夫人：南朝梁袁昂《古今書評》論晋羊欣書法："如大家婢爲夫人，雖處其位，而舉止羞澀，終不似真。"（見唐張彦遠《書法要録》卷三引）後便以刻意摹仿而不能得其神者爲婢作夫人。此用以喻爲海棠催妝之茉莉。

妝成風雨帶啼痕，拾翠佳人玉且温。最是香心愁墮馬，迴風扶起麗娘魂[1]。

【校注】

〔1〕墮馬：指墮馬髻，古代婦女的一種髮髻名。"迴風"句，疑用古代女子離魂故事以喻花魂。但離魂故事僅《太平廣記》便有數則，如《離魂記》《龐阿》《鄭生》等。明代傳奇《牡丹亭》亦有杜麗娘還魂故事。

么鳳翩翩冠玉才，笑他梅額與梨腮[1]。村妝不識宫花樣，道是前身姊妹胎。

【校注】

〔1〕么鳳：鳥名，形狀如傳説中之鳳而體型較小，故名。梅額：用南朝宋武帝女壽陽公主梅花落其額故事。梨腮：形容女子面頰。疑用宋胡銓貶謫十年

後北歸，飲於湘潭胡氏園題詩："君恩許歸此一醉，傍有梨頰生微渦。"（見宋羅大經《鶴林玉露》卷十二）

碧海瑶堦夜夜心[1]，流螢照處暗沾襟。紉蘭公子遥思贈，短髮爲憐不勝簪[2]。

【校注】

〔1〕"碧海"句：用唐李商隱《嫦娥》"碧海青天夜夜心"語意。

〔2〕紉蘭：以紉茅絲爲索將秋蘭連起爲珮飾。《楚辭·離騷》"紉秋蘭以爲佩"。"短髮"句：用杜甫《春望》"白頭搔更短，渾欲不勝簪"語。

全身媚骨半成妖，唾盡丹鉛只白描。夕秀朝華如極代[1]，不偷靈藥也香飄。

【校注】

〔1〕夕秀朝華：陸機《文賦》："謝朝華於已披，啓夕秀於未振。"此當用其本意，指夕秀朝華，各擅一時，互相更替。

草木青青不作林，吉光片羽敵來禽[1]。夏蟲不解冰蠶化[2]，點點珠聯作淚尋。

【校注】

〔1〕吉光：古代傳説中之神獸。吉光片羽：喻極珍貴之物。此喻花。來禽：果名，亦稱花紅，因此果味甘，果林能招衆禽，故名。此處若指飛來禽鳥亦通。

〔2〕冰蠶：古代傳説中的一種蠶，長七寸，黑色，有角有鱗，以霜雪覆之，然後作繭。詳見舊題晋王嘉《拾遺記·員嶠山》。

半隨雲挽半風流，連袂秋娘載一舟。底事采蓮歸作曲，素心不換錦纏頭[1]。

【校注】

〔1〕錦纏頭：本指古代藝人表演時以錦裹纏頭部，演畢，客以羅帛爲贈，稱纏頭。後來爲贈送妓女財物之通稱。此句用以映襯，形容花之素雅高潔。

舟中初度三首録二

一枕邯鄲二十年，桑弧空負四方緣[1]。楚弓謾自誇繁弱，不射天狼射站鳶[2]。

【校注】

〔1〕“一枕”句：用唐沈既濟《枕中記》故事。桑弧：即桑弧蓬矢，指男子之遠大志嚮，語出《禮記·内則》。

〔2〕繁弱：大弓名，也作良弓通稱，語出《左傳》定公四年。天狼：星名。《楚辭·九歌》：“舉長矢兮射天狼。”

一葉如身舉體輕，瀟湘泛宅與同清。楚江春早蘭先茁，恰好靈均賦始生。

石萬程[1]

字仲升，號軫餘，湘潭人。天啓壬戌進士，授户部廣東司主事，出管九江抽分[2]，尋轉本部雲南司員外郎，再轉江西司郎中，出知杭州。所著有《藕花居文集》《詩禪》《談古初》[3]。

【校注】

〔1〕傳参見清嘉慶《湘潭縣志·人物·鄉賢》。

〔2〕抽分：明代設抽分廠，科收竹木柴薪税。

〔3〕《談古初》，《沅湘耆舊集》《湘潭縣志》均作"《談古初刻》"。

畸人歌[1]

直道不可行，曲徑實難走。市法既狂疏，椎質又確守。林壑未全枯，軒冕薄如帚。澀囊幾許錢，寶山仍空手[2]。倩妝鈍弗能，村婦偏喬醜。南標厭莫收，北幟嫌其莽。事事罕直人，舉步多坎臼。滿擬作酣歌，血嗽不勝酒。賴逢方外客，密以無生授。熟聽轉茫然，誰尾亦誰首。還以問若何，指言箇中取。火裏伏寒冰，青蓮淤泥茂。念我衰病侵，嚬呼學岩叟。世艷等空花，降心曾定否。真藥不留方，幻前即劫後。畸人憨憨答，合速還南畝。

【校注】

〔1〕畸人：奇异之人。《莊子·大宗師》："畸人者，畸於人而侔於天。"觀全詩，所咏乃隱者之流。

〔2〕"澀囊"句：晋阮孚持一皂囊游會稽，人問囊中何物，阮曰，但有一錢守囊，恐其羞澀。詳見宋陰時夫《韵府群玉·陽韵》。"寶山"句：語出佛書《大智度論》一："復次經中説信如手，如人有手，入寶山中，自在取寶。"

訪何無咎道長山居和韵

有郊近城郭，步步入青幽。曠滿團平野，曲折吐溪流。海色蒸山麓，温風滿穡疇。問艇穿茸岸，藤枝刺眼樛。仙翁何年住，得從天際遊。扣門惟菉竹，枕坐有晴洲。素几堆鴻簡，疏林隱小樓。主賓忘禮數，逸興遄來酬。活水瀠堦下，蒼蘚砌墻頭。占此最高步，寧須萬户侯。心目饒古意，身世恍虚舟。談玄如狎鹿，忘機已近鷗。西日馳誰速，解帶欲淹留。願乞東君秘，年年春復秋。

胯久軟又苦腰墜甚矣吾衰感而賦此

心動身仍静，身心不相應。始知傀儡雕，提索亦爲剩。主人當念車，風雨成蹭蹬〔1〕。奔馳盛壯年，此日自衰興。消息一常然，二相幻誰定〔2〕。安得證無生，悠悠隨墮甑〔3〕。

【校注】

〔1〕蹭蹬：本指海水近陸，水勢漸弱貌，後喻人困頓失意。

〔2〕消息：指一消一長，互爲更替。二相：指動静，《楞嚴經》："所入既寂，動静二相，了然不生。"

〔3〕墮甑：用後漢孟敏事。敏客居太原，荷甑墮地，不顧而去。人問其意，答曰："甑已破矣，視之何益。"詳見《後漢書·郭太傳附孟敏》。

清明後一日遊萬樓〔1〕

晝永無所適，憑高接混茫。樓窗吞遠景，竹几動微凉。人足静中趣，爐餘爇後香。開函經一卷，假寐到羲皇。

【校注】

〔1〕萬樓：《湘潭縣志》未見，其址不詳。

天柱道中[1]

覽勝追高侶，肩輿闢野叢。泥油千坂上，濛雨萬山中。樹密藏人影，溪多濕馬鬃。蠻歌聽一曲，差想夜郎雄。

【校注】

〔1〕天柱：觀詩末二句，當指今貴州天柱縣，明時置天柱千户所，苗轄於所。

丁丑季春赴杭任江行有感[1]

數載南山曲，仍驅名利間[2]。舟行何擾擾，岸草自閑閑。啼盡子規血，難移仕客顔[3]。嚴灘今欲上[4]，高節不須攀。

【校注】

〔1〕《沅湘耆舊集》詩題“杭”字下多“州守”二字。

〔2〕名利，《沅湘耆舊集》作“世網”。

〔3〕“啼盡”句，《沅湘耆舊集》作“費盡啼鵑血”。仕，《沅湘耆舊集》作“俗”。

〔4〕嚴灘：用嚴子陵釣灘事，見《後漢書·隱逸傳》。

過嚴子陵釣臺偶賦[1]

既有劉文叔[2]，何須嚴子陵。神龍不並見，威鳳自孤騰。天下事已定，客星誰與競[3]。羊裘闊無幅[4]，肯落漢家繒？

【校注】

〔1〕嚴子陵釣臺：在浙江桐廬縣富春山，爲東漢嚴光隱居處。

〔2〕劉文叔：即漢光武劉秀，字文叔。

〔3〕競，《沅湘耆舊集》作“應”。客星：用嚴子陵“客星犯御座”故事，

詳見《後漢書》本傳。

〔4〕羊裘：嚴子陵曾披羊裘釣澤中。

清節高千古[1]，如公亦偶然。遐情横海表[2]，微緒托岩巔。當日不平事，故人先著鞭[3]。補天無兩手，收拾付魚筌。

【校注】

〔1〕詩亦見《沅湘耆舊集》。

〔2〕遐情：高遠之情操。

〔3〕故人：此指劉秀。

將赴杭府任

邱園閑已久，何事賦驅馳[1]。南郡行將適，北山寧免移[2]。十年甘不調，三命切殊知[3]。惟負鷗盟甚，梳翎笑我癡[4]。

【校注】

〔1〕賦驅馳：用《詩經·鄘風·載馳》"載馳載驅"語意，指宦游辛勞。

〔2〕"北山"句，用南朝齊孔稚圭《北山移文》意，謂難免受到北山山靈的嘲笑。

〔3〕三命：指壽命，人壽分上中下三等，《文選》李善注引《養生經》："黄帝曰：'上壽百二十，中壽百年，下壽八十。'"

〔4〕梳翎：本指鳥以嘴梳理羽毛。唐鄭顥《續夢中十韵》："日斜鳥斂翼，風動鶴飄翎。"此疑指梳理頭髮，或言鳥梳翎笑人。

偶　成

自顧真無事，吁嗟一欠伸。山中希隱士，世上少真人。出處誰磨鈍，昏朝苦積塵。目前成底事，老大作勞薪[1]。

【校注】

〔1〕勞薪：車脚（輪）。按車運載時，車脚最勞，析以爲薪，故稱“勞薪”。語出《世説新語·術解》。

山　行

頹老風塵客，驅車走道周。水鳴看下碓[1]，山静聽鞭牛。异鳥聲多碎，野花香更幽。稀疏幾茅舍，烟火自相求。

【校注】

〔1〕“水鳴”句：指以水力舂米之碓，相傳爲晋杜預所創。

辛未長安乞歸賦得歸字

匆匆擾擾欲何依，海岸風烟入望微。駑馬骨高猶策駕，杜鵑聲老未知歸。椎妝少與時流合，鈍子偏於禿筆違[1]。一喙一飛何大小，投簪仍乞釣魚磯。

【校注】

〔1〕子，《沅湘耆舊集》作“漢”。

和登鳳凰山覽故宋遺墟[1]

海天一望曙光開，宋闕如何變草萊。沙岸不知移舊主，江聲猶自撼荒臺。鳳凰落羽冥冥去，士女看潮歲歲來。好向山頭尋古事，墮釵遺珥正堪哀。

【校注】

〔1〕鳳凰山：在今浙江杭州市東南，宋時建行宫於其上。

遊三岩寺聽雨軒[1]

劈面三岩壓小庭，方池一注碧泠泠。瞑然趺坐誰凄耳，雨打青天實可聽。

【校注】

〔1〕三岩寺：《湘潭縣志》未載，其址不詳。

雁山杜鵑花最盛[1]

清明已過事繁華，雁蕩留寒閉晚蛙。陽鳥不來春莫語[2]，滿山惟發杜鵑花。

【校注】

〔1〕雁山：即雁蕩山，在浙江平陽、樂清二縣境。

〔2〕陽鳥：鴻雁一類的候鳥，據説此鳥九月而南，正月而北，其南北與日相進退，隨陽之鳥，故名（見《尚書·禹貢》孔穎達疏）。

王應斗[1]

字天帿，崇陽人。天啓壬戌進士。授鄱陽令。愷悌廉明，兩舉卓异。崇禎戊辰，考選雲南道監察御史。時疆埸多故，屢疏直言，上嘉納之。及邊事敗，權臣借封疆以陷言官[2]，遂下於理[3]，後釋歸。科道、督撫交薦，以巡撫起用。公雅量容人。甲申後家居，事親教子，清貧自如。所著有《湛輝閣集》《淩滄草》《怡雲草》。

【校注】

〔1〕傳參見清同治《崇陽縣志·選舉·進士》《詩徵》。

〔2〕封疆：即封疆大吏。以陷言官，指責王應斗擅越言官之職。言官：指王應斗。

〔3〕理：當指大理寺。

君山歌[1]

洞庭八月秋風吼，鯨波十丈高於阜。扁舟初發岳陽城，飛蓬已過三江口。君山一點大如拳，遥矚在前忽在後。破浪中流且放歌，幾時得住山之右。湖光八百静風烟，青螺十二營半畝[2]。不愛方竹截爲笻，不羡明珠大如斗。但願一上軒轅臺，春日聞香尋美酒。相傳美酒佐遐齡，一啜令人天地久。竊笑不獻君王前，酩酊竊飲東方叟[3]。

【校注】

〔1〕詩亦見《巴陵縣志·君山集》上編。

〔2〕青螺十二：舊説君山形狀似十二髮髻，黄庭堅《雨中登岳陽樓望君山》："綰結湘娥十二鬟。"

〔3〕東方叟：用東方朔求漢武帝賜酒故事，見《史記·滑稽列傳》。

遊龍頭石洞閲真人堂紀事[1]

石壁啓丹扉，蒼霞護徑微。苔封仙子骨，翠濕道人衣。漸入川原迴，翻疑天地非。神龍不易狎，所貴在忘機。

【校注】

〔1〕詩亦見《崇陽縣志·疆域·山》，原有二首，此其一。龍頭：即龍頭岩山，據《崇陽縣志》在邑東二十里，有石類龍首卧波間，故名。

登岳陽樓[1]

破浪初寧魄，憑高一送眸。江聲凄獨况[2]，天氣老深秋。未必純陽酒，能消范氏憂[3]。且隨風雨道，去去付沙鷗。

【校注】

〔1〕詩亦見《詩徵》。

〔2〕獨况：孤獨的情狀。

〔3〕純陽：爲吕洞賓之號。范氏：即范仲淹。

次郭些菴歸山堂五首[1] 録一

逍遥雲水踏空行，澹苦長年太瘦生。玉麈揮來千葉動，布帆揚處百花迎。名山遍謁多知識，故里相詢舊老更。煩惱即爲歡樂界，群魔伏盡道緣成。

【校注】

〔1〕郭些菴：見本卷郭都賢小傳。

落　　花

翩翩霞綺曲闌東，轉瞬披華墮徑中。香國有魂隨去馬，芳城無語泣離鴻。徒教蝶影迷隋苑，空比蛾眉老漢宮。千載枯榮成底事，莫將摇落怨春風。

凄風吹雨下芳叢，銷盡繁柯萬朵濃。國色飄來同碎玉，曉妝啼罷付殘鐘。偷香巧鳥銜新片，惜别狂蜂憶舊逢。遊女不知春去早，紛紛南陌逗行踪。

枝頭紅紫燦華缸，沐月梳風對影雙。夕吹偶來群葉亂，春情闌入五更降。流霞隕地香鋪席，絳雪凌波錦作江。惟有靈根不受折，尚餘疏幹點虚窗。

飄摇無用苦撑持，夕秀朝華總一時。春色那禁千日醉，艷妝難綴萬年枝。只憐布彩陽和使，不敵宣驕風雨師。好把閑愁訴真宰，就中顛倒屬伊誰。

疊砌堆闌未忍除[1]，自矜零落也相如。經殘夜雨相催後，識破車風未嫁初。飄泊難逢西隴使，頳紅不寫御溝書[2]。返魂亦是人間樹，借問重芳事有諸。

【校注】

〔1〕此首亦見《詩徵》。

〔2〕西隴使：反用南朝陸凱《贈范曄》“折花逢驛使，寄與隴頭人”語意。下句用唐人紅葉題詩故事，見范攄《雲溪友議》、劉斧《青瑣高議》等。

錦衙香吏賦歸休，無復殘芳點樹頭。香性恒存三徑古，冶情先付百川流。拖烟似帶長門泣，捲雨如含出塞愁。春老色衰同一退，共君試看五湖舟。

墮塹淪溪不自禁，誰從凋後起芳林。狂披錦浪鷗群逐，細入香泥燕子尋。同作幻亡神女夢，獨驚摇落楚臣心。堪知勝會須乘早，莫厭紅亭載酒深。

春光携賞日流連，無那飄零在眼前。把酒自澆分手恨，放歌重寫斷腸篇。琵琶去後悲鸚鵡，閬苑歸時想杜鵑[1]。倘悟寒香終不死，招來一笑已通禪。

【校注】

〔1〕“閬苑”句：用《續仙傳》中殷七七使杜鵑開花故事。唐代道士殷七七能開非時花，有人試之，要其於重九使杜鵑開花。有司花女神告殷，言此花將歸閬苑。後重九日花果開，爛漫如春。但不久花樹即遭火焚，人言歸閬苑矣。此用以言落花堪惜。

五日飲文昌道院[1]

細管輕橈據上游，況憑飛閣俯丹邱[2]。良朋似醉非關酒，雅興雖多不在舟。江鼓迭催寒雨急，院鐘孤帶白雲幽。烟濤隔浦分喧寂，仝際端陽各自酬。

【校注】

〔1〕五日：指五月五日端陽節。文昌道院：據《崇陽縣志·寺觀》，文昌道院在西城外朱紫臺上。

〔2〕丹邱：舊説神仙之地，晝夜長明。此借指。

岳陽樓遇長沙别駕量移岳丞有贈[1]

夜深宣室詔長沙[2]，趨走河西莫問家。碧合君山江笛晚，君從何處聽梅花。

【校注】

〔1〕量移：唐宋時，被貶遠地的官員遇赦移近稱量移。

〔2〕“夜深”句：用漢賈誼貶謫長沙復又被文帝召回事（詳見《史記·屈原賈生列傳》）。

將軍石〔1〕

屹立孤岑萬仞迢，幾番風雨任飄摇。雲臺烟閣俱塵土，何似將軍骨未銷。

【校注】

〔1〕將軍石：《崇陽縣志》未載。湖南新寧有將軍石，又湖南澧縣、益陽均有將軍山，未知指此否。

登岳陽樓贈司閽道士〔1〕

箇箇揮金看洞天〔2〕，湖山爲汝作良田。可知仙客長耽飲，故遣閽人乞酒錢。

【校注】

〔1〕詩亦見清同治《巴陵縣志·詩文》。司閽：守門者。

〔2〕洞天：本道家指仙人所居之處，此或雙關，亦指洞庭湖景觀。

望君山

浪裏孤岑咫尺迷，强將敲句當攀躋。异時再度巴邱水，却指君山作舊題。

二喬墓〔1〕

戰火當年蔽楚天，東風赢得美人全〔1〕。如今只有雙鬟冢，鐵瓮銅臺總未堅〔2〕。

【校注】

〔1〕詩亦見清同治《巴陵縣志·詩文》。詩題下原有注："在府治北。"據《巴陵縣志》，此府治當指巴陵。

〔2〕"東風"句：用杜牧《赤壁》詩"東風不與周郎便，銅雀春深鎖二喬"句意。

〔3〕鐵瓮銅臺：即指銅雀臺。

唐紹堯[1]

字二華，武陵人。天啓壬戌進士。官高陽令。時魏璫擅權，高陽乃其湯沐[2]，生祠極麗，日奏樂上食。紹堯下車，禁之；又璫姪冉世魁與叔争官貲相屠，籍其家充餉。璫恨，逮紹堯於獄，坐贜三萬，幾斃杖下。懷宗嗣統[3]，出之，升兵部武選郎，守開封，歷信陽、秦中、嘉湖参政兼廉使。值廣西靖江叛[4]，紹堯監軍，有功，升户部右侍郎，告歸。

【校注】

〔1〕傳參見清同治《武陵縣志·人物·宦迹》。

〔2〕湯沐：即湯沐邑，此以其賦税供魏璫湯沐之用。

〔3〕懷宗：即明思宗。

〔4〕靖江，《武陵縣志》作“靖江王”。

過洞庭

浪涌波寬水勢雄，指南全恃一篙工。占風午夜先晨起，計日揚帆晚宿同。望遠不分雲水白，歌樯難辨野花紅[1]。大觀在目思無限[2]，巘巇驚心興亦窮。

【校注】

〔1〕歌，清同治《巴陵縣志·詩文》作“欹”，當從。

〔2〕大觀：景物盛大壯觀。范仲淹《岳陽樓記》：“巴陵勝狀，在洞庭一湖，銜遠山，吞長江……此則岳陽樓之大觀也。”

洪周禄[1]

字半石，黄岡人。天啓壬戌進士。授户部主事，出知常州府，解綬歸里。急難好施，年七十餘卒。公行、草書玅絶一時，曾爲董思白所賞[2]。

【校注】

〔1〕傳參見清光緒《黄岡縣志·人物·隱逸》《詩徵》。

〔2〕董思白,《詩徵》作“董元宰”，即董其昌，明代著名畫家,《明史》有傳。

烟水亭歌[1]

澄湖如鏡秋痕澹，雀舫聲移驚瀲灔。淺苔雲靓漲疏霜，堤柳歸鴉飛片片。禪天龍護走奔虹，仙徑烟霏盤紫電。江帆日落星湔流，夕陽小橋人影亂。匡峰亘面削芙蓉，時有白雲層鎖斷。山恣湖貌足幽尋，晴好雨奇恣汗漫。野燐忽復劃漁燈，罾影長空抱素練。把酒誰堪問主賓，寶月芳汀花雨散。笙歌元草醉宗風，千年事業湖山半。

【校注】

〔1〕詩亦見《詩徵》《詩佩》。烟水亭：在江西九江市，爲宋周敦頤之子築建。

題雲水圖[1]

劍氣散瓊華[2]，朗然知海曙。不隨孤鶩飛，時與禪心住。

【校注】

〔1〕詩亦見《詩徵》。

〔2〕劍氣：用《晋書》張華、雷焕事。瓊華：仙境中瓊樹之花，此指雲霞。

袁祈年〔1〕

字田祖，別號未央，公安人。父南銓公命嗣太史宗道公後〔2〕。年十五補邑茂才，能詩、古文辭。喜施與，嘗賫婚葬之無力者。有一典史之蜀任，舟行遇盜，憑文俱失。公給資斧，爲請於上，齎印文往具道其情。嘗往南都省吏部公，時弟海年方夭，公禱於青光寺，願祈一弟以慰親。已而吏部公卒，事嗣母、生母、諸庶母以孝聞。光宗立，公爲太史，請邺典以蔭入監。天啓甲子舉北闈，卒，年四十九，鄉人私謚文孝先生，祀鄉賢。所著有《梅花奥集》《南游草》共二十八卷。

【校注】

〔1〕傳參見清同治《公安縣志·人物·列傳》。

〔2〕南銓公：即袁中道，下“吏部公”亦同一人。

裂帛湖〔1〕

蠕蠕泉脉動，太古無停時。蟲魚莫能托，非但寒不宜。聽如驟雨急，觀如沸鼎吹。水性怒自得，物性擾已虧。去此渠暇裕〔2〕，魚游蟲亦孳。

【校注】

〔1〕裂帛湖：湖名，《公安縣志》未載，其址不詳。

〔2〕渠暇裕：不詳。暇裕，疑爲“暇豫”，閑逸、閑樂意。

贈胡問欶老師

荆州無形勝，古人何以争。其土夷且濕，其俗窕而輕。將無平原地，沃饒田可耕。乘船與騎射，出入可縱横。南北分裂日，貪便起戰征。亂世荆難治，難在守孤城。天下太平久，商賈競奇贏。江漢日來往，子孫半集荆。智誘與利餌，客氓勝主氓。四方氣習雜，亂髪偏鬑鬑。一自梁州亂[1]，虚耗到我甿。加以剪桐至[2]，苦税如苦兵。治世荆難治，難在調民情。何緣遇安國[3]，神貞而才宏。寧澹如諸葛，萬事寸心縈。繁楚金牛失，三湘怪鳥清[4]。痌瘝片時起[5]，枯岩菌芝榮。以此悟名士，何事不有成。

【校注】

〔1〕梁州亂：指六朝梁時侯景之亂，蕭繹即位江陵，後爲北魏攻掠。

〔2〕剪桐：帝王分封臣下之意，典出周成王以桐葉爲珪封唐叔虞（詳見《吕氏春秋·重言》）。

〔3〕安國：晋孫盛，字安國，博學善言。陶侃、庾亮、桓温等在荆州，并引參軍事。此以比胡問歈。

〔4〕“三湘”句：孫盛與桓温箋，辭旨放蕩，稱州遣從事觀采風聲爲“徘徊湘川，將爲怪鳥”。此反其意而用之。

〔5〕痌瘝：同“恫瘝”，恫敝、疾苦。

水心崖[1]

怪石貯盂作清供，何异夷望繞岩側[2]。清濁二流映山明，五色之外更有色。旦起細雨滴舸艚[3]，溪流可望不可即。舍溪升岩路欹仄，燕騰鵠涌失喘息。以縑繫身始能行，以手爲足始能陟。船入軫星十度中[4]，升顛更與軫星逼。俯望前水與前山，一如蟻垤一溝洫。聲光所得亦已深，漫勞長年簡石墨[5]。下舟老僧痛戒予，命輕鴻毛搜奇特。

【校注】

〔1〕詩亦見《詩徵》。水心崖：即夷望山。

〔2〕夷望：溪名，在湖南桃源西南。

〔3〕舸艚：小舟。

〔4〕船：吴地稱船爲船。

〔5〕石墨，原有自注："岩下有石墨。"

琵琶亭子[1]

亭前匡廬秀可憐，篇終絶未道其妍[2]。莫是燈火杳冥裏，四顧茫茫障秋烟。不爾江頭見綉峙，楓葉荻花豈所先[3]。乃嘆古人點綴刻，青崖無因亦棄捐。眼前勝致足揮灑，何用名岳相附牽。一身一影私自語，亭宇慘澹悵無侶。時有静姝立水邊，將無當年京城女[4]。

【校注】

〔1〕琵琶亭子：即江西九江烟水亭，爲唐白居易江邊夜晚送客作《琵琶行》處。

〔2〕篇：此指白居易《琵琶行》詩。

〔3〕楓葉荻花：《琵琶行》："楓葉荻花秋瑟瑟。"

〔4〕京城女：《琵琶行》："自言本是京城女。"

齊雲岩[1]

山變四時光，細瞻應接忙。濃陰連永夜，積素敵斜陽。闔户同遊覽，端居亦渺茫[2]。始知物外事，智慧較難藏[3]。

【校注】

〔1〕齊雲岩：《公安縣志》未載，其址不詳。

〔2〕端居：平居。

〔3〕智慧：此指佛教中能破除迷惑證實真理之識力。

送僧歸廬山時予亦思南遊[1]

杖履曉雲寒[2]，擔頭雪萬盤。幽岩今未見，擬作一僧看。

【校注】

〔1〕詩亦見《珂雪齋近集》附《小袁幼稿》，原四首，此其二。

〔2〕杖履：此指持杖而行。杜甫《祠南夕望》："興來猶杖履，目斷更雲沙。"

讀孝烈傳〔1〕

血色朱殷染馬帳〔2〕，劍鋩落處轉酸辛。手提賊首焚香祭，始信曾參果殺人〔3〕。

【校注】

〔1〕前趙時有陝婦人寡居，事叔姑甚謹。後叔姑病死，有女誣爲婦所殺，有司不能辨而殺婦。其境經年不雨。呼延謨至郡，明其冤，斬誣告之女，并設祭婦墓，謚爲"孝烈"。其日乃大雨。然此詩所咏事恐另有所指。

〔2〕帳：馬兜，馬囊。

〔3〕曾參殺人：春秋時有與曾參同姓名者殺人，三次有人告訴曾母，終使曾母相信而投杼而逃。事見《戰國策·秦策二》。後喻流言可畏。

倦還亭〔1〕

遥看萬竹擁精廬，静享聲光步步徐。古樹下蟲如下雨，涸湖飛鳥不飛魚〔2〕。

【校注】

〔1〕倦還亭：據《荆州府志·古迹》，亭在公安縣，距城三里白蓮莊内，明公安人鄒文盛所築。

〔2〕據《府志》載，"數十里皆湖"。

寄　人[1]

胎骨生來實木叉[2]，道人披毳懶餐霞。他時兜率閑揮麈，勑斷天娥莫散花[3]。

【校注】

〔1〕詩亦見《詩徵》。觀全詩，所寄者爲僧道之流。

〔2〕木又：當爲木叉，即錫杖，其中間一段爲木。此句意指生來便與常人不同，具有佛骨之相。

〔3〕兜率：妙足、知足意，佛語有兜率天，爲欲界六天中第四天。天娥散花：即天女散花，爲佛經故事。本以散花着身與否，驗證向道之心。詳見《維摩詰經·觀衆生品》。

夏雲鼎[1]

字四雲，石首人。天啓甲子舉人。爲人脱落無繩尺，下筆數千言立就。嘗試地動解，引漢儒洪範五行及歷代災异不爽。困公車，乞新野教職[2]，臺使者奇其才。升涪州守卒。

【校注】

〔1〕傳參見清同治重修《石首縣志·人物·文翰》。

〔2〕此二句《石首縣志》作："屢困公車，乃乞假新野教諭。"

冬日登仲宣樓望峴山羊叔子碑放歌行[1]

仲宣樓頭江嶺分，仲宣樓下流寒雲。雲流廣漢瀉海日，千山萬山樹中出。君不見昭華宫，晨鐘暮鼓響禪叢；又不見龍山臺[2]，朔風黄葉下蒿萊。何如羊公一片石，孤光遠映山之隈[3]。泪亦不必墮，心亦不必哀。滄海爲田生茂草，伊人如在襄陽道。峴首蕭蕭猿夜啼，榮名不共青山老。嗚呼！羊公既去誰與歸，江山徒是風景非。吾寧爲卧龍躍起投明主[4]，安能爲仲宣鬱鬱向人依。

【校注】

〔1〕《詩徵》題無"冬日"二字。仲宣樓：東漢末王粲所登之樓，舊説多認爲在當陽。觀此詩則用在襄陽説。峴山：山名，在襄陽。羊叔子碑：即羊祜墮泪碑。

〔2〕龍山：當爲荆州江陵龍山。

〔3〕孤光遠映，《詩徵》作"嵚崎磊落"。

〔4〕卧龍：即諸葛亮。

咏　蓮

花工也自偏，點染立江烟。夜月朱華動，晴光緑水鮮。石函香作舌，玉井藕如船[1]。奇服流英采，誰移太液邊[2]。

【校注】

〔1〕石函、玉井：是蓮池邊用以攔護的石雕玉砌之美稱。

〔2〕太液：即太液池，漢、唐時宮内均有。白居易《長恨歌》："太液芙蓉未央柳。"

新秋禱雨四首

澤國當陽節序遷，一天流火鑠山川。秋風不散青燐氣[1]，曉日空生赤地烟。壺水貯龍方士遠，星符入井雨師懸[2]。勿云上帝封河漢，爲望桑林復霈然[3]。

【校注】

〔1〕青燐氣：此指炎熱之氣。燐：磷火。

〔2〕"壺水"二句：言請方士祈雨施法均無用。

〔3〕桑林：古地名。傳説商湯時，七年大旱，湯以五事自責，親自到桑林祈禱，見《淮南子·主術》。

聞道齊邦金石流，蜚蠪誰令入南州[1]。三湘水國豐穰少，七月荒田賦斂稠。甕虎敲殘閉息壤，方龍舞罷讓神邱[2]。即令蕭颯隨桐葉，野水鳧茨尚可休。

【校注】

〔1〕"聞道"句：指齊地大旱。據《孔子家語》《晏子》諸書載，齊國曾大旱（見《藝文類聚·灾异》)。蜚蠪：傳説中的神蛇名，六足四翼，出現則天下大旱（見《藝文類聚·灾异》引《山海經》)。

〔2〕息壤：舊説爲能生長不已之土壤。《山海經·海内經》："洪水滔天，鯀竊帝之息壤，以堙洪水。"神邱：即社壇。《莊子·應帝王》："鼷鼠深穴乎

神邱之下。”

千里平疇接遠峰，可憐秋色委芰葑。白龍泉北荒烟合，陰石山南紫霧重。江郭飛蝗疑是雨，田家驅犢怨爲農。中朝旦夕聞新政，霡霂猶看到楚封。

原野春陰祝有年，初秋衰草正淒然。龜文歷歷生蓷谷[1]，蚌蒲蕭蕭死鷀川。天上貫雲銜赤日，樹頭少女舞青烟。瀟湘莫令蛟龍卧，一爲蒼黎雨八埏。

【校注】

〔1〕龜文：龜背紋理。此疑指土乾之裂縫。蓷谷：草名，又名益母。《詩經·王風·中谷有蓷》："中谷有蓷，暵其乾矣。"

冬日登仲宣樓望峴山羊叔子碑

詞客樓中坐不歸，徘徊前代倚晴暉。江津水落平沙闊，峴首山高木葉稀。楚國關河空滿目，晉時人物獨沾衣。而今天下碑銘盛，幾處蒼生更泪揮。

純忠堂[1]

稽首陳詞闕一杯，似公仙杖復歸來。衣冠不惜傳孫叔，竹柏原能永寇萊[2]。洗日聲名流海澨，憂天魂氣剩泉臺。含沙鬼盡君臣在，况有金貂作賦才[3]。

【校注】

〔1〕純忠堂：不見《石首縣志》，其址未詳，所咏事待考。

〔2〕孫叔：疑指宋孫叔謹，知潮州曾以餘錢二萬緡代民役，邦人感其德，祀於廟。寇萊：即北宋寇準，曾封萊國公。

〔3〕金貂：漢官飾。晋阮孚爲人閑雅不羈，曾以金貂换酒，《晋書》有傳。

張楚偉〔1〕

廣濟人。舉天啓甲子科。

【校注】

〔1〕傳參見清乾隆《廣濟縣志·人物·宦迹》，頗詳。

經余玠墓〔1〕

客從東南來，遥指菁蒿路。山氣鬱不舒，云是余公墓。夜雨亂馬蹄〔2〕，夕陽走狐兔。昏黑古樹陰，仿佛精魂聚。靈旗驟往來，悲風乍驚遻〔3〕。先生信英杰，儒臣儼韎鞈〔4〕。西蜀賴旄麾〔5〕，一抔費拱護。碑碣忽而堙，牛羊下無數。我生公同里，喪亂飽新故。揮手謝客言，蒼凉悲日暮。

【校注】

〔1〕詩題，《詩徵》作"過余玠墓"。余玠：宋人，《宋史》有傳。據《廣濟縣志》余玠墓在縣東余公山。

〔2〕亂馬蹄，《詩徵》作"啼寒蛩"。

〔3〕靈旗：繪有日、月、北、斗、龍等圖形的旗。遻，原注："音誤，遇也。"

〔4〕韎鞈：皮製戎服，色赤皮柔。

〔5〕西蜀句：余玠曾爲四川安撫制置使，頗有政績。

楚風補

（第五冊）

（清）廖元度 輯
湖北省社會科學院文學研究所 校注

荊楚全書·第一輯

長江出版傳媒
湖北人民出版社

楚風補卷之二十九

明

劉在朝

字廣乘〔1〕，監利人。天啓乙丑進士。官福清令，擢户部，升保定府憲副。備兵易州，解任歸。以文章傳子孫。所著有《蘭心堂》《唤蝶齋》諸集〔2〕。

【校注】

〔1〕《湖北先賢詩佩》卷九、《湖北先賢詩徵傳略》卷三十三、《國朝詩的》卷五、同治《湖北監利縣志》卷十有傳。

〔2〕《蘭心堂》《唤蝶齋》二集均未見著録；《縣志》作《采隱樓集》，亦不傳。

桐際聞蟬〔1〕

聽蟬覓蟬栖，乃在桐葉下。物苟秉至潔，寄托不易假〔2〕。桐風揚遠清，響益疏以雅。何言一葉落，玉露遲高瀉。

【校注】

〔1〕本詩見《湖北先賢詩徵傳略》（後均簡作《傳略》）。題下作者自注：“是日立秋。”

〔2〕易假：更換美嘉之所，喻指慎於委身。

童子爲余拔白，云有長白者，予笑謂："畏友也，那得去。"因戲柬長白〔1〕

久雨逗霜信，參差吐於鬠。不忍獨不死，我友分身來。九尺鬚眉蒼，滄海生珠胎。飄然雪我頤，肯使玄心猜。臨風一將笑，白首獲追陪。

【校注】

〔1〕題下自注："鄧長白兄，社中尊宿也。"長白：當係鄧之字號，生平不詳；與作者之"長白"（頭髮）雙關。

寒露展墓書郭有感〔1〕

兹歲節候殊，十月如秋仲。深林晚翠稠，朝光歡鳥哢。新霜雖未成，微寒頗能中。愀然歲序心，郭外奔群動。輕舠載楮錢，影與素波弄。吾家老宗子，相慰倒村瓮。九齡仍與三，帝將錫嘉夢〔2〕。共悲塵中侶〔3〕，疇免北邙送。遠心對白楊，翻增後死慟。埋憂及生前，頽軫猶可控〔4〕。

【校注】

〔1〕展墓：省視墳墓。

〔2〕句下自注："時觀家叔祖年八十七矣。"二句引《禮記·文王世子》："文王問武王曰：'女何夢矣？'武王對曰：'夢帝與我九齡。'……文王曰：'……我百，爾九十。吾與爾三焉。'文王九十七乃終，武王九十三而終。"借以言其叔祖賴上天之祐、祖宗之靈，更當延壽。

〔3〕塵中侶：塵世中的舊友、伙伴。

〔4〕頽軫：破車，猶"頽年"，自喻。

花朝風雨[1]

花事雙星妒，飄蕭夜達晨。箅梅芳一歲[2]，約鳥補深春。徑少銜泥看，僮猶繞檻巡。澆愁有藍尾[3]，遲老種花身。

【校注】

〔1〕《國朝詩的》卷五有載。

〔2〕箅梅：整培、調治梅花。

〔3〕藍尾：又稱“婪尾”。唐代宴飲，酒巡至末座，謂之藍尾酒。

月下調鶴

娟秀逢佳月，仍憐庭鶴清。舞翻堦影亂，凝立馨烟生。俯仰舒纖縞，低徊愛一鳴。滄洲空濶夢，何處月華明。

春　　愁[1]

積雨銷園綺，春愁未有涯。瓶空翻畏客[2]，麥盡敢憂花。纔喜鶯初喚，旋看雲更遮。重陰有如此，不獨念桑麻。

【校注】

〔1〕此詩見《詩徵傳略》卷三十二。

〔2〕瓶空：喻家中糧盡。見《詩・小雅・蓼莪》：“瓶之罄矣，維罍之恥。”

六月晦日夜看星作

雨洗群星出，清光疑可邀。偏明無月夜，延爽向秋朝。歷歷如青李，紛紛趁暮潮。因思江上棹，燈火漫相摇。

冬首薄游小莊

懷凛秋冬際，郊原時一游。畦風疏晚菽，野渡澀寒流。林歉楓還醉，籬荒花愈幽。人家近湖水，葦際半維舟。

聞鷄有懷[1]

鐘澀知霜滿，鷄頻省曙分。人天開夜旦，佛業現聲聞。落葉掃殘夢，寒衾思早曛。不知湖上覺，猶戀幾峰雲。

【校注】

〔1〕此詩《明詩紀事》辛籤卷十八有載。

雨　　坐[1]

雨雖妨夏耨，幽事檻軒多。几静凉籤軸，蛙闐濕鼓歌。江新添岸白，草長與蜂和。閑裏尋思少，看雲檐際過。

【校注】

〔1〕題下自注："六月二十日。"

湖泛二首

層折入澄湖[1]，河身共我癯。鴨隨舟作隊，草與岸爲郛。浦柳低堪折，漁罾近可呼。茆茨泄烟處，鷄犬未能無。

【校注】

〔1〕澄湖：乾隆《天門縣志》卷一："一作沉湖，縣東九十里，在乾灘鎮南岸，交沔陽境。"

瀲灔鶩湖日[1]，亭亭近小篷。采乘晨露爽，摘亂渚花紅。湖碧時疑雨，林秋每易風。那堪菱唱裏，著此白頭翁。

【校注】

〔1〕湖目，自注："蓮子名湖目。"

客　去[1]

客去自成睡，村幽天屢陰。湖風吹夢闊，茆屋受秋深。裝薄居頻换，衣單寒轉侵。故人在天末，槭槭想遥音。

【校注】

〔1〕此詩見《詩徵傳略》卷三十二、《明詩紀事》辛籤卷十八。

愁　雨

欲雨暮鴻天，嵐深檐際懸。闇來竹屋小，凉重野花鮮。禾耳悲田父，蔬腸稱夜禪[1]。幸看雲日漏，留照客籬邊。

【校注】

〔1〕禾耳："禾生耳"的略説，指莊稼因雨澇而生黑穗病，見《東坡文集事略》卷二《秋陽賦》。

懋彝姪頃作回向文[1]，欲盡閲大藏諸品，賦此志勖

愛爾遐心早，當機發念真[2]。少營生慧福，多難失根塵。誓竭如來義，還除有漏因。髫年已如此，長護不凡身。

【校注】

〔1〕懋彝姪：劉在朝弟劉在京之子，同治《監利縣志》卷十有傳。佛家語。回向：即將自己所修功德轉使衆生歸於佛道。回向文多爲佛經末的偈頌，佛會之終由一人頌而衆人和。

〔2〕當機：佛語。以佛之説法，契當衆生之根機。此指聞佛理之意。

高卉長昆季招過村莊，兼望遠湖緑荷之勝

船頭方解纜，船尾已過門。小港驚秋漲，掀髯見弟昆。畦連青不斷，荷老緑猶存。欲就鷗波宿，欣兹未隔村。

村居風雨，畏壘先生老病遠顧，留宿祇園賦贈〔1〕

茆屋雨聲近，中宵風更號。愁君同瘦鶴，無友贈綈袍〔2〕。梵唄了今夕〔3〕，瘖聾薄雅騷。蕭然禪榻畔，塵夢付霜毫。

【校注】

〔1〕此詩《明詩紀事·辛籤》卷十八有載，“風雨”作“風雪”。畏壘先生：名錢世莊，號畏壘，嵊縣人。《明畫録》卷五有傳。祇園：祇樹給孤獨園之略稱，佛家言釋迦牟尼往舍衛國説法時的停居之所。

〔2〕贈綈袍：喻恤念故舊之情。用須賈贈范雎質厚絲袍故事，見《史記·范雎蔡澤列傳》。

〔3〕“梵唄”句下自注：“先生向修净土。”

移　舟〔1〕

草茇已頻改〔2〕，舟居亦屢遷。月圓仍兩夜，僮懶類三眠〔3〕。醒妒村雞晏，寒驚舫雪先。因憐化鳧叟〔4〕，黄鵠感當年。

【校注】

〔1〕題下自注：“十月十六日。”

〔2〕草茇：亦稱“草宿”，指以茅草搭蓋之簡陋住所。

〔3〕三眠：本指蠶成蛹過程中的三次休眠，此謔指童僕不想動彈。

〔4〕化鳧叟：疑用王喬故事。《後漢書·王喬傳》：“爲葉令，喬有神術，每月朔望，常自縣詣臺朝。帝怪其來數，而不見車騎，密令太史伺望之。言其

臨至，輒有雙鳧從東南飛來。於是候鳧至，舉網張之，但得一雙舄焉，乃詔尚方詠視，則四年中所賜尚書官屬履也。"

花朝日有感[1]

花事負朝旭，那因典舊衫。柳風春不度[2]，浦霧午猶銜。久客慚歸鳥，閑行數去帆。無家栖燕子，沙際語呢喃。

【校注】

〔1〕此詩《明詩紀事·辛籤》卷十八有載。

〔2〕"柳風"句，下有自注："是日寒甚。"

賦得花落夢無聊

樹上紅難駐，夢中情更深。酒醒春欲去，鳥度柳初陰。無限園林思，都歸烟水心。花源岑寂後，枕畔失幽尋。

秋日雨宿山莊

茆屋蓬窗似，淙淙亂水聲。夕烟留舫住，秋漲與籬争。散迹親農事，閑心閱物情。從來摇落意，不慣野人生。

村　居

村居纔二載，已似久爲農。種樹循風土，謀生屑釜鐘。華林蔬膹碧，雲砌野能峰。更復生秋艇，溪頭閑短筇。

移海棠

忍令荒城没，移來伴野棠。墟烟憐錦幄，霜蕊借寒香。銀燭誰留夜，紅樓久罷妝[1]。春風吹縷朵，倩爾綴華陽。

【校注】

〔1〕"銀燭"二句：借蘇軾《海棠》"只恐夜深花睡去，故燒高燭照新妝"意，言此海棠無人夜燭賞玩。

治　　圃

歲艱珍菜甲〔1〕，萬緑飽饞螟。絶我元修侶，空聞五種腥〔2〕。鋤看風掃葉，净見竹依亭。應識春籬畔，長條撥舊青。

【校注】

〔1〕菜甲：菜之嫩葉，見杜甫《賓至》詩。

〔2〕元修侶：嗜愛的菜蔬。蘇軾《元修菜》詩序："菜之美者，有吾鄉之巢。故人巢元修嗜之，余亦嗜之。元修云：'使孔北海見，當復云吾家菜耶？'因謂之元修菜。"五種腥：指五種辛味的菜，亦稱"五葷"或"五辛"，見《本草綱目·菜部》。

臘月初四夜看新月

晚歲憐衰序，霜娥還少容〔1〕。眉新嫌譜熟，鈎淺怯裘重。梅訝星星白，冰窺的的溶。似矜垂額意〔2〕，重别一年冬。

【校注】

〔1〕霜娥：即飛蛾，見《事物异名録·昆蟲·蛾》。此代指月。

〔2〕垂額意：指新月如少女的意態，因唐以前女子額間塗黄成新月爲飾，故謂。

寒　　月

寒月誠難對，其如光滿何。開扉如覿客，倚樹欲侵柯。静意村眠洽，奇光鳥受多。應憐中夜照，定向草菴過。

甲申除日[1]

詎忍言除日，君親諱所臨。色開鐘阜迴，泪灑鼎湖深[2]。一壑謀昕夕[3]，三朝愧履簪。祝年同野老，敢後草臣心。

【校注】

〔1〕此詩見《詩佩》卷九、《明詩紀事·辛籤》卷十八。

〔2〕鼎湖：舊傳黄帝鑄鼎荆山下，其處稱鼎湖，後黄帝於其處乘龍上天，見《史記·封禪書》。

〔3〕一壑："一丘一壑"之省文，謂隱居。昕夕：猶朝暮。

早春見水次新柳垂影，因賦

春氣初噓柳，柔條近浦抽。畏扳先照水，學舞早臨流。影短難隨浪，情含欲綰舟。莫隨春日長，嫩碧正堪留。

秋英正繁，連宵雨浥，悵然賦之

陶令秋懷仗晚妍，可堪風雨重花眠。當軒遮護愁深夕，雨夜摧頽便隔年。歌立檻邊人中酒[1]，寒依潭面鳥藏烟。直須捲盡層陰去，瞥見南山與坐連。

【校注】

〔1〕中酒：酒過量而醉。

落　　花

燦燦春花正滿園，等閑泥土瘞芳蓀。折來空有幽人惜[1]，歸去難聽山鳥言。肯爲管弦延晚黛，若教膏火鍊清魂[2]。經年一看還新眼，猶勝漁郎失舊源。

【校注】

〔1〕幽人：避世隱居之人，見《後漢書·李陳龐陳橋傳論》。此作者自指。

〔2〕清魂：言儲養精神，冀神垂恩，見《文選》、揚雄《甘泉賦》李善注。

閑坐小軒，涼颸忽至，快而賦此

涼風到處若私儂，吹我微微別有悰。來似高人非折柬，動如好月自依鐘。與花伴至薰何別，送鳥聲隨聽轉慵。自掃匡床延爽客，肯將幽吹餉塵容。

苦雨有懷十湖高隱

苦逢天漏坐菰蘆，積素如披高士圖。蝶趁濕栖知客少，鳥同溜語憶君孤。湖烟漲艇魚香未，田水侵籬釜熟無。但得赤虹橫截雨〔1〕，濁醪猶可醉潛夫。

【校注】

〔1〕“但得”句：古謂虹爲純陽之氣，能攻陰截雨。

八月早梅和胡山公作〔1〕

春風一夜發江梅〔2〕，花信非時歷亂開。驛使乍驚淩雁到，江妃先已犯濤來〔3〕。葳蕤似欲争時輩，冰雪憑誰守舊荄〔4〕。寄語籬東甘晚嫁，好留寒蕊待霜催。

【校注】

〔1〕胡山公：名江，字山公，孝感人，《國朝詩的》卷五有傳。

〔2〕江梅：梅之一種，野生，花小而香，實小而硬，俗稱野梅。

〔3〕江妃：亦作“江斐”，傳説江上之仙女，事見《列仙傳》。

〔4〕舊荄：老根。

次韵答謝李孟陬九日見懷之作[1]

晚香忍憶故園隤[2]，好友尊前眼暫開。日月依辰仍表俗，湖山無恙即登臺。歡隨龐叟頻相聚，泣少秦庭敢漫哀[3]。葭露一方君自遠，糕吟險澁不堪裁。

【校注】

〔1〕李孟陬：作者友人，不詳生平。

〔2〕晚香：亭名。《名勝志》載：晚香亭在大名府城（今河北大名縣）西府治之後園，以宋韓琦《九日水閣》詩“且看黄花晚節香”之“晚香”得名。

〔3〕龐叟：疑以東漢末年之龐德公故事借比李孟陬。龐德公事見《尚友録》卷一。泣少秦庭：用申包胥痛哭秦廷爲楚借兵拒吴典故，事見《戰國策·楚一》、《史記》之《楚世家》等。“泣少”句後自注：“時邑城未復。”

掃　墓

松楸一别兩年俱，荷鍤親開丙舍蕪[1]。斷竹歸來驚暮雨[2]，繞林尋遍愧啼烏。時危地上多狐兔，霜滿塘邊念髪膚[3]。壯歲别親今老至，相逢夢寐轉躊躇。

【校注】

〔1〕丙舍：暫停靈柩的處所。

〔2〕斷竹：斬斫之竹。

〔3〕狐兔：對故土的思念。《淮南子·説林訓》：“鳥飛反鄉，兔走歸窟，狐死首丘，寒將翔水，各哀其所生。”髪膚：此喻故世之父母，見《孝經·開宗明義章》。

晚秋喜庚先弟見過兼懷公蕃姪[1]

日暖霜遲秋未遐，瓜籬全學野人家。漫圖遮眼資新句，差可開顏賴晚花〔2〕。亂後池塘春草在，談深霜月暮鐘斜。阿咸猶隔盈盈水，不共烏皮話有涯〔3〕。

【校注】

〔1〕詩見《詩佩》卷九、《國朝詩的》卷五。庚先：作者從弟劉仕朝字。公蕃：劉仕朝子懋夏，字公蕃。見同治《監利縣志》卷十。

〔2〕開顏，《詩佩》作“開懷”。

〔3〕阿咸：子姪。晋阮咸爲阮籍之姪，有才名，世因稱之，此指公蕃。烏皮：疑指“烏皮几”之省，即覆黑色皮之几案。見杜甫《將赴成都草堂途中有作先寄嚴鄭公》之五。

秋　蝶〔1〕

西園無復舊芳菲，鳳子誰教更欵扉〔2〕。欲嗅餘香隨葉墮，幾番清夢挾霜飛。疏林月白穿何見，團扇風凉撲亦稀〔3〕。荏苒籬邊鷩粉退，沈娘秋老不堪依〔4〕。

【校注】

〔1〕詩亦載《詩徵》卷三十三。

〔2〕西園：漢上林苑之别名，曹操於鄴都建園亦以此名。此疑隱指故朝園林。鳳子：一稱鳳車，爲蛺蝶之大者，見《古今注》。

〔3〕團扇：亦稱宫扇。此句寓物過時則見棄，詩見《樂府詩集·相和歌辭·怨歌行》。

〔4〕沈娘：大蝶之俗稱。

文殊畫像前爇沈水作供像爲松雪真迹〔1〕

亦知塵累乍難齊，且向空王誓肉妻〔2〕。一幅古縑生滿月，半函蒼雨濕青猊〔3〕。水田痕動沈烟細，苔石寒侵橘供低。誰是傳神稱紗手，鷗波人在梵王西〔4〕。

【校注】

〔1〕松雪：即松雪道人，元趙孟頫之號，其名子昂，元湖洲人。

〔2〕肉妻：猶凡俗之妻。

〔3〕青猊：黑獅子，爲文殊坐騎。

〔4〕“鷗波”句下自注：“松雪一稱鷗波亭主人。”

寄答邱德如年丈[1]

京洛彌年别，冥冥匪避繒。抱關隨老馬，免胄耻冬蠅。一誤投林墅，全家事隴塍。耕桑郊頗近，窮達戀相仍。霄漢非無侣，冰霜故有朋。玄霏勞往屑，縞帶愧長絙[2]。忘爾綸扉貴[3]，矜予邱壑能。憂時闌樺燭，懷友憶湖燈。屢衄誰張楚[4]，粗安幸長藤。圃花荒歲發，溪杖夕嵐憑。静理野泉脉，徐開快閣縢。願言偕子住，敢曰自公升。好問高鴻伴，居然一髮僧。

【校注】

〔1〕邱德如：作者友人，生平不詳。

〔2〕縞帶：猶“縞紵”，喻友人之饋贈，見《左傳》襄公二十九年。

〔3〕綸扉：綸閣之門。綸閣，爲擬撰拟制誥之所。

〔4〕張楚：秦末陳勝所用國號，取張大楚國之義，見《史記·陳涉世家》。

賦得檐際冰鈎成十二韵[1]

檐雪日沄沄，鈎懸玉尺分。瓴澌難到地，幌近欲留雰。將泮高還結，同垂瑩不群。懷真嫌絮舞，護潔耻畦耘。朝鏡明簪綴，虚床倒笏紋。折釵供草聖，借箸策甌勛。晶散墟烟濕，光添嵐岫雯。茅堦驚短瀑，瑶柱想微醺。似欲緘山屐，相邀滴几芸。竹寒翻玉板，鶴下墮緗裙。乍霽鮫人泣，微風雜珮聞。怪來梁苑客，只解賦繁雲。

【校注】

〔1〕題下自注："甲申十一月廿二。"

山居蛙聲聒夜，作此惱之

愛爾青蒲裏[1]，塘幽夢好長。怪同姑惡鳥，從小結蘇張[2]。

【校注】

〔1〕青蒲：一稱伏青蒲諫。本謂天子内庭以蒲青覆地之禁區，此謂塘堰水濕之地。

〔2〕姑惡鳥：鳥名。以其聲近姑惡而得名，見蘇軾《五禽言·咏姑惡》自注。蘇張：蘇秦、張儀。

園坐見香色蝶閑賦

鳳子何年香入衣，榴花未謝菊花肥。好風習習吹殘暑，夢向旃檀國裏歸。

舟行看月

空濛水際照閑身，贏得居停兩月親[1]。到岸只如船上宿[2]，入門依舊月邊人。

【校注】

〔1〕居停：寄寓之所。

〔2〕到岸：佛語，到彼岸之省詞，梵語波羅蜜之譯語，謂越生死海到涅槃之正道，見《維摩經·佛國品》。

旅次移居鄰宅

不須尋徑覓漁磯，聊傍蘧廬别啓扉。蘿月荻花凉客夢，一宵蝴蝶隔籬飛。

秋　　泛[1]

蓼花兩岸映波紅，短葦輕橈夕照中。不信緑楊憔悴畔，便無顏色領春風。

【校注】

〔1〕此詩載《明詩紀事·辛籤》卷十八、《國朝詩的》卷五。

除日成木香架口占[1]

村村撾鼓迓年新，尚爾扶藤貼架匀。花放春深應遍插，可曾還念種香人。

【校注】

〔1〕木香：植物名，分木、草二種，此指荼蘼，一作“酴醾”，爲薔薇科落葉灌木。

熊開元〔1〕

字魚山，嘉魚人。天啓乙丑進士。令吴江六年，有善政。舉最守省垣，以前任事謫外。久之，補行人副。一日獨對德政殿，劾閣臣周〔2〕，上不許。次日補牘，上震怒，下鎮撫獄，都御史劉宗周論救不聽〔3〕，逾年始出。尋遁迹緇流〔4〕，釋名正志。

【校注】

〔1〕《明史》卷二百五十八、《湖廣通志》卷三十二、《湖北通志》卷一百三十五、乾隆《嘉魚縣志》卷四、《詩佩》卷一、《詩徵傳略》卷三、《明詩紀事·辛籤》卷十八均有傳。

〔2〕閣臣周：閣臣，明制，大學士入閣辦事之稱謂；周，指周延儒，字玉繩，宜興人，崇禎二年拜禮部尚書兼東閣大學士參機務，《明史》卷三〇八有傳。

〔3〕劉宗周：字起東，山陰人，《明史》卷二百五十五有傳。

〔4〕緇流：佛語，謂僧徒。

答同志〔1〕

南山豹隱久無文〔2〕，噫氣横封萬里雲。振鐸剛留吾舌在，談經幸得石頭聞〔3〕。相看入市魚成貫，幾見摩空鶴一群。近日錢塘江上望，銷魂不獨岳家墳〔4〕。

【校注】

〔1〕詩亦見《詩佩》卷一、《詩徵》卷三、《國朝詩的》卷二。

〔2〕豹隱：喻隱居伏處，愛惜其身而有所不爲，見《列女傳》卷二《陶荅子妻》。

〔3〕“談經”句：據《湖北通志》引《休寧志》：“（熊）僧俗禮謁，隨人提撕，或禪悦，或忠孝，或經史文藝，率人人愜心。”

〔4〕岳家墳：即岳墳，在今浙江杭州市西湖西北栖霞嶺岳王廟右。《明史》本傳載周延儒被削職處死，熊亦“遣戍杭州”。

鄭友玄〔1〕

字滄石，一字元韋〔2〕，京山人。天啓乙丑進士。官青蒲令，調華亭，尋拜御史，疏論奄寺、變置軍政等事，嚴旨降調，尋被逮謫戍。公性孤刻，爲文別闢蹊徑；詩語高寒，比孟貞曜云〔3〕。

【校注】

〔1〕《湖廣通志》卷三十三、《湖北通志》卷一百三十七、《詩徵傳略》卷二十六等有傳。

〔2〕《詩徵傳略》謂："字元韋，號滄石。"

〔3〕孟貞曜：孟郊，字東野，唐時湖州武康人。貞曜爲其友張籍、韓愈之私謚。

過眉公佘山草堂賦贈〔1〕

山亦何必高，水亦何必深。一峰一澗裏，瀠泓養清音〔2〕。清音響太古，伊人此幽尋。閑梅照巾裙，無營亦無禁。朝飯城中友，暮艇向孤岑。住世即出世，初非小隱心。文章道如此，自然不崎嶔。開徑想厥始，冥烟入孤禽。園館日以麗，誅茅示規箴。物力關文質，挽回急在今。朝野同經濟，如衣之於衾。邱壑相置小，眉宇鑒森沉。

【校注】

〔1〕眉公：陳繼儒，字仲醇，號眉公，松江華亭人，《明史》卷二百九十八有傳。佘山：又名西霞山，在今上海市松江區。

〔2〕《明史》本傳載："(陳繼儒)年甫二十九，取儒衣冠焚棄之。隱居昆山之陽，構廟祀二陸，草堂數椽，焚香晏坐，意豁如也。"

酬周勒西諸子桂詩萍篇之寄〔1〕

字抱車攻愛石經，床頭夜夜有乾螢〔2〕。耻尋晚調吟花露，遠托深情探桂萍。草木風人多興比，蘭籬處士厭清醒[3]。豈無新句投江葉，知向泖邊停未停[4]。

【校注】

〔1〕周勒西：作者友人，事迹不詳。

〔2〕字抱車攻：言好學不倦、嗜文成癖。乾螢：疑"乾死讀書螢"之省詞，見杜甫《題贈鄭虔》，意指貧而夜讀不綴。

〔3〕蘭籬處士：疑爲作者自號或自指。

〔4〕泖邊：泖湖岸。泖湖，在松江西，分上泖、中泖、下泖，故亦稱三泖。

寄余正公[1]

赤鑄山南艇自拏[2]，騎潮别子日初斜。謝翺未飲登峰泪，范粲終乘寢地車[3]。和女倡予雲夢澗，文心晝理歲時加。松門緑净新詩待，倘肯重來看種瓜[4]。

【校注】

〔1〕余正公：作者友人，生平不詳。

〔2〕赤鑄山：疑指赤山，在湖南沅江縣東北五十里洞庭湖邊，見《讀史方輿紀要・湖廣・常德府・沅江縣》載。

〔3〕謝翺：字皋羽，自號晞髪子，南宋長溪人。曾爲文天祥諮事參軍。天祥不屈死後，翺悲慟不已，行浙水東，登西臺祭奠號泣，作有《西臺慟哭記》，《宋史》本傳有載。范粲：字永明，三國魏外黄人。司馬師廢魏曹芳，粲素服拜送，哀動左右。後司馬師特詔爲侍中，佯狂不言，寢於所乘車中，足不踐地，卒年八十四，不言者三十六年，見《晋書・隱逸傳》。

〔4〕種瓜：春天種瓜時。又秦之東陵侯召平於秦亡後爲民，種瓜於長安城東。其瓜甜美，俗稱東陵瓜，事見《史記・蕭相國世家》。

汪　　桂[1]

字伯楨，號僊友，崇陽人。天啓乙丑進士，授行人，升兵部主事。辛未主武闈，尋賜閑住。丙子，起補光禄署正。丁丑遷户部主事。戊寅摧關潯陽[2]，升建寧知府。公恬澹不耐仕進，好山水。西窮箭括、峨嵋[3]，東南歷淮揚、武夷諸勝。嘗野服一杖登換骨岩絶頂[4]，如行脚道人。偶有所得，歸即叫笑，伸紙潑墨。恒自言與方外；動操匡廬，便有此物外翛然之感。生平寡言笑，常自呼卧雪居士，卒於燕，藏稿至富。

【校注】

〔1〕《詩徵傳略》卷三、《詩佩》卷一、《湖廣通志》卷三十二等有傳。

〔2〕摧：通“榷”，“專”義。潯陽：郡名，治所在今江西九江市，摧關潯陽即潯陽税政之官。

〔3〕箭括：括，一作“筈”。山名，即岐山，位於陝西岐山縣東北，最高處名箭括嶺。

〔4〕换骨岩：地在福建崇安縣武夷山幔亭峰北壁高處，道家爲學仙須至此换骨，故名。

宿玉泉寺[1]

入谷何淙淙，奔流嚙白石。萬木匝地蒼，郡削刺天碧[2]。細莎媚遊屐，樹苔殊鳥迹。凉飀透疏欞，山月似同席。洗却塵土腸，醫得幽奇癖。遥憐後夜旅，念此遂成昔。

【校注】

〔1〕詩亦見《詩佩》卷一。玉泉寺：在湖北當陽縣西玉泉山下。

〔2〕郡削，《詩佩》作“群削”，似應從。

華嚴菴落梅

妖梨狂絮戀餘春，獨汝先春不繫身。抗雪凛如同患友，違温貞似急流臣。香魂漠漠羅浮遠[1]，疏影蒼蒼紙帳真。妝額墮胎隨所適[2]，總無榮辱到花神。

【校注】

〔1〕羅浮：山名。據《太平御覽·地·羅浮山》載，在廣東增城、博羅等縣。相傳羅山之西有浮山，爲蓬萊一阜，浮海而至，與羅山并體，故名。

〔2〕妝額：疑即“梅花妝”，言婦女額上貼梅花以爲妝扮，見《初學記》。

陳來學[1]

字桂林[2]，攸縣人。舉天啓丁卯科。崇禎丁丑，死於臨藍賊[3]。錢牧齋爲作傳誌[4]。

【校注】

〔1〕《沅湘耆舊集》卷二十四、乾隆《長沙府志》卷二十九等有傳可參。

〔2〕《沅湘耆舊集》曰："字開之。"

〔3〕臨藍賊：據同治《寧鄉縣志》卷三載：崇禎十年丁丑冬旱，湘鄉天王寺李高峰、魏龍宇首亂，兵憲高斗樞討之不克，李魏聯合臨武、藍田諸礦攻郡城。

〔4〕錢牧齋：錢謙益之號，字受之，晚號矇叟，明末清初常熟人，《清史稿》卷四百八十四有傳。

舟　夜[1]

卧聽灘聲雜雨聲，中宵無限苦途情[2]。若教移向漁舟聽，别是篷窗一段清。

【校注】

〔1〕此詩《沅湘耆舊集》卷二十四有載。

〔2〕"中宵"句，《沅湘耆舊集》作"中宵覊客不勝情"。

譚元春[1]

字友夏，竟陵人。少與鍾伯敬同學[2]，互相倡和，有鍾譚之稱。神宗甲寅乙卯間評定《詩歸》。天啓丁卯舉湖廣第一人。時主試者爲南昌李太虛[3]，嘗曰："友夏累試累屈，幾沉岱淵，余以射覆元之，亦可謝天下士矣。"戊辰辛未，再上公車不第；癸酉以計偕卒於途次[4]。公居鄉推引後輩，操觚家得其一言重於連城[5]，嘉魚金正希有聲黌序，公揚之也[6]。然終以《詩歸》爲小儒所病。張宗子《石匱書》論之曰："今人喜鍾、譚則詆王、李，喜王、李則詆鍾、譚，亦厭故喜新之習。"人以爲知言[7]。

【校注】

〔1〕《詩徵》卷二十八、《詩佩》卷六、《明史》卷二百八十八、《湖北通志》卷一百五十一、乾隆《天門縣志》卷三十六等均有傳。今存《譚友夏合集》。

〔2〕鍾伯敬：鍾惺之字，竟陵人。《明史》《湖北通志》《縣志》均與譚元春傳同卷。

〔3〕李太虛：名明睿，南昌人。

〔4〕計偕：本稱應徵召之人與計吏（考察官吏的官員）同行，此指舉人赴會試。

〔5〕操觚家：觚，通"觚"，古人書寫所用之木簡。操觚家，即文人學士。

〔6〕金正希：金聲之字，詳見本書卷三十。

〔7〕王、李：明嘉靖時的重要流派，爲"後七子"的主將王世貞、李攀龍，《明史》卷二百八十七、《明詩別裁集》卷四等有傳。

擬讀曲歌[1]

纏綿半生心，分張一事錯。竹籬語琉屏，我疏汝脆薄。

儂家禁儂往，歡家斷歡行。本鐘與土鼓[2]，爾我兩無音。

伸玉臂，持酒與歡飲，亦不令歡醉。

【校注】

〔1〕詩見明貝葉山房張氏（澤）版《譚友夏合集》卷十四。後均簡稱《合集》。

〔2〕本，應係譌字，當爲“木”。木鐘：古稱大木爲章，音訛爲鐘。即大木。土鼓：古樂器，以瓦爲框，蒙革兩面敲打而合樂。

贈孟誕先來寒河見訪，約入九峰山讀書[1]

退谷與杯湖，元孟分主客[2]。不爲人所厭，至今人嘆息。幸而子想念，使我如古昔。

終日學古人，負子九峰約。慚感子重訂，萬松如有托。松影近何如，往見樵僧縛。

【校注】

〔1〕孟誕先：孟登之字，武昌人，《湖廣通志》卷三十二有傳。寒河：據乾隆《天門縣志》卷一載，在縣城西南，河北有寒土嶺。九峰山：《湖廣通志》卷五記：“在武昌府治東南六十里，明洪武初高僧無念栖此。”

〔2〕退谷：地名，在湖北武昌縣西樊山與郎亭二山間。唐元結游於此，作《退谷銘》，孟士源因之命名爲退谷。主客：本謂主賓，此引申作輕重。

劉濟甫指余看黄鶴樓旁石上涌月臺三字[1]

月情欲涌出，山作海夜觀。要知夏日裏，亦有月光寒。何人通此意，下筆静而安[2]。土花瘞一字[3]，隱顯高臺端。與君立榛蕪，能使石不殘。

【校注】

〔1〕劉濟甫：劉敷仁之字，江夏人，《湖北通志》卷一百五十一有傳可參。涌月臺：在江夏城西黄鶴樓側。此詩《合集》不載。

〔2〕《清一統志》載：宋黄清老游黄鶴樓，書“涌月”二字於石壁，後人即摹刻，而續以“臺”字。

〔3〕土花：苔蘚。

抵白下尋林茂之〔1〕

露蓋蔣陵天〔2〕，先尋古巷邊。寄書非晤後，拜母在交前〔3〕。地闊狂名小，人歸幽事傳。高齋殘雪竹，相見一欣然〔4〕。

【校注】

〔1〕此詩亦見《詩佩》卷六、《合集》卷十九。林茂之：作者友人，生平不詳。

〔2〕露，《詩佩》《合集》均作“霧”。蔣陵：在南京鍾山南麓。見《初學記》卷八《丹陽記》。此指鍾山，又名紫金山。

〔3〕拜母：即“升堂拜母”，言古時交誼深厚的人相訪時，常以進入後堂拜候對方母親的禮節。

〔4〕一，《詩佩》作“亦”。

瓶　　梅〔1〕

入瓶過十日，愁落幸開遲。不借春風發，全無夜雨欺。香來清净裏，韵在寂寥時。絶勝山中樹，遊人或未知。

【校注】

〔1〕《合集》未載此詩。

彭舉茂之過談[1]

有客頻來問，流雲到眼邊。以君心並篤，致我意相牽。静愛山僧出，幽生院竹連。莫言長守寂，忍失後湖邊[2]。

【校注】

〔1〕此詩《合集》不載。

〔2〕後湖：湖名。在天門西。

送周明卿中丞撫兩廣[1]

中外情同仰，東西粤可知。入疆無雪處，過嶺有梅時[2]。海闊鮫人静，樓明象迹奇[3]。不須珠玉柢，元考亦何私。

【校注】

〔1〕周明卿：名嘉謨，明卿爲其字，庠籍漢川。隆慶辛未進士，崇禎元年起南京吏部尚書，加太子太保。

〔2〕嶺：大庾嶺，在江西廣東交界處，爲古通粤要道。有梅時：唐張九齡督所屬鑿開新路，多植梅樹，故大庾嶺又有梅嶺之稱。

〔3〕象迹：象行走之足迹。柳宗元《嶺南江行》："山腹雨晴添象迹，潭心日暖長蛟涎。"

憶諸弟[1]

伯氏南還後，始知兄弟馴。全家皆可友，閉户豈無人。明月花棚夜，長河柳岸春。時傳慈母語，勿得遠遊頻。

【校注】

〔1〕諸弟：作者有弟多人；譚元聲、譚元亮、譚元禮、譚元方，皆以詩文名於時。

晴夕宿華嚴菴[1]

高山新月就，敢不及時看。漸夜天如去，方晴天未寒。行常隨襆被，眠亦爲峰巒。待曉披衣出，烟鐘且莫殘。

【校注】

〔1〕詩見《合集》卷十九。

雨中舟進[1]

新晴娱上巳，過此又如前。港氣知花正，雷聲入水圓。湖窮仍兩岸，舟迴只高天。意已無卑濕，孤懷春悄然。

【校注】

〔1〕詩見《合集》卷十九。

贈同行僧[1]

可憐顔倍臘[2]，心力佛前枯。放出禽魚外，從行笠鉢無。入舟添爾静，因伴吾身孤。相倚五峰上，虎狼來亦俱。

【校注】

〔1〕詩見《合集》卷十九。

〔2〕倍臘：出家爲僧受戒兩年。《景德傳燈録》卷四《智岩禪師》載："壽七十有八，臘三十有九。"指明僧受戒每度一年則曰"臘"。

齋僕詩爲懷刺持戒作[1]

肯向舟僧學，江聲共木魚。身微歸果報，山返動清虚。可見佛兼愛，深慚主不如。此中無异理，恭謹但當初。

【校注】

〔1〕詩見《合集》卷十九。

洞　　庭[1]

夏浸湖心伏[2]，不分天水分。新帆隨數點，好鳥擇邊飛。日月光難遍，江湖氣盡歸[3]。客舟來此泛，孤似岳僧扉。

【校注】

〔1〕《合集》卷十九題作“洞庭湖”。

〔2〕夏浸，《合集》作“夏淺”。夏浸：猶夏潦，即夏日大水。

〔3〕江湖：洞庭湖在湖南有湘、資、沅、澧四水匯聚，在岳陽城陵磯與長江交通。

君　　山[1]

白環無際水，青逼有窮山。客到風波小，僧耕烟草閑。端倪高處覓，渾沌井邊還。日照岳陽動，孤亭飛素鷴[2]。

【校注】

〔1〕君山：在湖南岳陽西南洞庭湖中，又名湘山、洞庭山，古亦稱編山。

〔2〕素鷴：鳥名，又名白雉、銀雉，似山鷄而白色，見《西京雜記》卷四。

南京與伯敬相見[1]

與汝同鄉里，思之必遠行。友朋惟故物，經史是平生[2]。勞不全從衆，閑當一出城。昨宵非有月，淮水坐來明[3]。

【校注】

〔1〕詩見《合集》卷十九。

〔2〕經史：經與史。取《隸釋》卷五《漢城陽令唐扶頌》“耽經史兮履仁義”之意。

〔3〕淮水：此處應指南京西之秦淮河。

訪郭聖僕同伯敬〔1〕

齋心閑日夜〔2〕，亦未理桑麻。世上瓜俱老，庭前豆易花〔3〕。六時經課女〔4〕，三代器爲家。所急非人急，吾知念物華。

【校注】

〔1〕詩見《合集》卷十九。郭聖僕：郭天中之字，《列朝詩集小傳·丁集·中》有傳可參。

〔2〕齋心：心志專一，見《列子·黃帝》。

〔3〕瓜俱老：有瓜熟蒂落之意，即時至自成。豆易花：豆之花。《齊民要術》：“豆花憎見日，見日則黃爛而根焦。”

〔4〕六時：一晝夜。課女：教女。據《列朝詩集小傳》載郭無子。

偶出寺，伯敬坐至暮留三詩於壁而去〔1〕

雖出仍留户，知君必午來。居然書是主，自可榻無猜。磯濕吟方去，舟陰棹未回。高天如此向，何肯惜風雷。

【校注】

〔1〕詩見《合集》卷二十。

舟夜寄伯敬〔1〕

世事每同見，知交已半生。記予商飲啄〔2〕，約爾杜柴荆。此會秋花發，纔離寒雁聲。毗陵江泊夜〔3〕，燈雨不求明。

【校注】

〔1〕《合集》卷二十題作“舟成寄伯敬”。

〔2〕飲啄：“一飲一啄”之省詞，指鳥類隨心飲食，自由自在，見《莊子·養生主》。

〔3〕毗陵：古縣名，治所在今江蘇常州市。

鍾伯敬作家傳，每傳成令童子越村二十里送觀，觀已復持去。予因感嘆題其傳後〔1〕

亦覺君家傳，宜君此際成。文章攢後死，花果結前生。天在淵中寫，聲從影外驚〔2〕。桑林霜雨内〔3〕，相念至殘更。

【校注】

〔1〕見《合集》卷二十。其題“每傳”中有“一”字。

〔2〕“聲從”句：猶“影駭響震”，即使見聞者震駭，見《文選》班固《答賓戲》。

〔3〕桑林霜雨：疑爲桑林禱雨之典，取先人德澤深廣之義。《搜神記》載：湯既克夏，大旱七年，湯於桑林剪髮祈天帝降雨。誠動天帝而雨，於是四海和樂。

除　竹〔1〕

萬竹須臾盡，其如客舍何。山從此際見，月比舊時多。影斷寒塘水，虚通隔嶺歌。要知終悵望，無處避人過。

【校注】

〔1〕此詩載《合集》卷十九。

將移往幽處留示同志[1]

招摇多在板橋邊，寶鴨銀筝十五前[2]。野水乍生船弄月，諸峰不動柳殘烟。繁華事作寂寥想，今古人如新舊年。將欲掩關心未了，一留詩問到諸賢。

【校注】

〔1〕詩見《合集》卷二十一。

〔2〕招摇：摇動貌。寶鴨銀錚,《合集》作"銀筝"。寶鴨：香爐名，以作鴨形，故稱。銀筝：銀製之鑼。筝，見《文獻通考》卷一百三十四《樂》卷七《鼓吹》。

伯敬將還朝，始同孟和、茂之往湖上[1]

匹馬輕裝不計遥，來如驟雨去如潮。齋前竹樹昔時共[2]，山外陰晴寒裏消。我所思兮人已去[3]，子將行矣客當邀。村家酒是重陽熟，興逐溪禽過野橋。

【校注】

〔1〕詩見《合集》卷二十一。孟和、茂之：作者友人，生平不詳。茂之，疑爲前詩之林茂之。

〔2〕昔,《合集》作"閑"。

〔3〕去,《合集》作"驅"。

庭前冬草同諸子咏[1]

冬氣先從湖上冥，草根何幸托閑庭。茸茸一任林霜落，寂寂長無野火經。袖手人誰分欵坐，驚心客似在離亭。别將幽澹開天地，節候翻如向此停。

【校注】

〔1〕詩見《合集》卷二十一。

馬巽父書至，以《湖山草》《元白集》見寄，感而有懷[1]

談兵下筆肯誰如，近往江南何處居？寄我湖山三歲草，損君元白一函書。顛須從衆嘲難止，貧不依人餓有餘。記在東園綉球發[2]，精神落落到門初。

【校注】

〔1〕詩見《合集》卷二十一。

〔2〕東園：園名。《嘉慶一統志》卷九十七《揚州府》卷二載：在今江蘇儀徵東。綉球，一作"綉毬"，又稱八仙花、紫陽花。

尋葛更生不遇[1]

長安寄語未相聞，舟過江城自問君[2]。信步不知何處往，遠心猶肯與誰群[3]。閉門全有山中意，向客欲分衣上雲[4]。素侶從來無幾見，因思世法太紛紛[5]。

【校注】

〔1〕詩見《合集》卷二十一。

〔2〕江城：本江濱之城市。或言江夏，見李白《與史郎中欽聽黄鶴樓上吹笛》；或言白帝城，見杜甫《上白帝城》等。

〔3〕遠心：思慮深遠之心，見《文選》夏侯諶《東方朔畫贊》。

〔4〕向客：傾仰友朋，見《正字通》釋"向"。

〔5〕世法：佛語，亦稱世間法。《華嚴經》云"佛觀世法如光影"，意謂生滅無常。

岳　路[1]

冥然遠近不知分[2]，清盡閑遊舊見聞。鶯外松聲有時默，鹿邊花氣自相薰[3]。田蒿野路過蒼水[4]，岳露旁峰破白雲。漸覺驅車人物外，世間亭午即斜曛。

【校注】

〔1〕詩見《合集》卷二十一。

〔2〕冥然：幽闇貌，見《淮南子·道應訓》。

〔3〕鹿：通“麓”，見《穀梁傳》僖公十四年。

〔4〕蒿，《合集》作“高”。

出方廣路[1]

溶溶水木澹多思，長嘆聲如良友離。素蝶黄花春盡日，暗泉深樹雨來時。將横石上過馴虎，欲濕橋邊立子規。去住飄然吾夙夕，白雲生滿下山遲。

【校注】

〔1〕詩載《合集》卷二十一。方廣路：疑爲方廣寺，寺在湖南湘潭縣南蓮花峰下，寺旁有祀朱熹、張栻的“二賢祠”。

哭西安徐無疾[1]

雖然賴有鍾期在，頗解餘音是此人[2]。還越遂爲青草冢，悲君只似落花晨。情纏往日朋儔事，夢繞他鄉祖父身。識盡人間無一味，再來何可踏秋塵[3]。

【校注】

〔1〕詩載《合集》卷二十一，共二首，此爲其二。題下自注：“子卿先生

長公也。”

〔2〕餘音：前代所遺留之詩歌，見《文選》潘岳《寡婦賦》：“覽寒泉之遺嘆兮，咏蓼莪之餘音。”

〔3〕秋塵：秋日之塵埃，見鮑照《代陳思王京洛篇》。

伯敬閩歸，屢至寒河，别去江夏寄贈二詩，乃有此和[1]

欣然坐處是荒疇，竹木沿緣漸可遊。常易亭名頻客問，每窺菴火愛僧休。月明岸水皆如路，年熟瓜芋各有邱。我設柴車兼木榻，君來尚治一輕舟。

【校注】

〔1〕詩載《合集》卷二十一，共二首。此爲第二首。閩歸：鍾惺任福建提學不久，以丁父憂去職。見《湖廣通志》卷三十四。

坐雲中勸僧[1]

投户輕雲共遠心，老僧依火怯春陰[2]。山雲出入艱難際，莫便關門此念深。

【校注】

〔1〕見《合集》卷二十一。雲中：言所處位高，李咸用《暮春途中》：“細雨如塵散暖空，數峰春色在雲中。”

〔2〕依火：助火，即張大火勢。依釋助，見《玉篇》。

畫蘭詩爲伯敬姬人作[1]

學蘭未已學篔簹[2]，亦愛天然竹氣香。願寫楚詞蘭數種，便從畫裹斫青光[3]。

【校注】

〔1〕此詩《合集》不載。伯敬姬人，據其卷二十《得伯敬南中書作三詩記其新事》之二自注：吴孟子，伯敬姬人也，書來稱其事佛。詩有“蔬笋藏餘艷，蘭筠吐一貞。將身依净城，爲爾懺高名”可參。

〔2〕篔簹：大竹名。其皮薄、節長而竿高。漢楊孚《异物志》載：“篔簹生水邊，長數丈，圍一尺五六寸，一節相去六七尺，或相去一丈。廬陵界有之。”

〔3〕青光：青色之光。據《洞冥記》載：“東方朔游鴻蒙之澤，有黄眉翁。語曰：吾却食吞氣，已九十餘年。目中瞳子皆有青光，能見幽隱之物。”

馮一第〔1〕

字棍公，善化人。天啓丁卯舉人。少負雋才，聲名藉甚，所交皆天下士。癸未張獻忠陷長沙，公變姓名匿湘鄉山中。賊下令大索；出見，罵賊並辱附賊者，遂剸肘死。

【校注】

〔1〕《明史》卷二百九十四《蔡道憲》附傳、《沅湘耆舊集》卷二有傳可參。

九江謡〔1〕

黄鱗作貢，水衡攸司〔2〕。衆不維魚〔3〕，天實爲之。垂我竿，守河饑。

虎豹在山，蛟龍在天。嗟我漁父，空夜敲船。

【校注】

〔1〕詩見《介烈馮公遺集》（後簡稱《遺集》）卷二，載有三章，本書所輯爲一、二；輯録題下有“二章”字樣，疑係編者所加。九江：疑指長江水系之九河，或疑指今江西九江市，各説不一。

〔2〕黄鱗：猶“黄榜”，即皇帝之敕命。水衡：官名。《通典·職官·都水使者》稱：“掌林麓、川澤之禁。”攸司：管理。

〔3〕維魚：猶“維網”，即織網捕魚。

昭　　山〔1〕

匯流二湘，參江一峙〔2〕。列峰磅曲，仰抱湘水。回帆無門，瀦波不駛〔3〕。烟銷閣出，山滅江起。如岳半峰，如雲層累。西岩漁父，九嶷帝子。永懷來遊，空山月喜。

【校注】

〔1〕《遺集》不載，乾隆《湘潭縣志》僅録前五句。昭山：山名。在今湖南長沙南、湘潭北交界處，又名馬山。

〔2〕參江：參通“三”，指長江、湘水、沅水。見《小學紺珠·地理類·三湘》《文選》注。

〔3〕瀦波：疑指昭潭之波濤。其潭又名湘州潭。《初學記》卷八、《水經注》卷三十八《湘水》載：其爲湘水最深處，又稱周時昭王南没於此，故名。

客金陵無題〔1〕

芹草清人志，蒿笋淡人味。念古藜藿心，作我客中愾。魚米傲僮僕，旅樓念簡貴。堦砌時賢訪，遲出理巾舄。

四月河不漲，秦淮水亦息。畫舫守橋梁，遊女踪迹匿。但見櫻桃紅〔2〕，姊妹争一得。招邀飲酒屋，莫虛白門陟。終然無殊興，豈能逞胸臆。

【校注】

〔1〕《遺集》題作：“客金陵無題五首”，此爲其四、五；《沅湘耆舊集》題中無“無題”二字。

〔2〕“但見”二句，《沅湘耆舊集》卷二無。

尋歡曲〔1〕

尋歡生懊惱，各自有顔色。儂但存此心，未必郎相得。

寧饑不可食，寧寒不可依。寧月不可明，不可獨掩扉。

【校注】

〔1〕《遺集》卷二題作“尋歡曲四首”，此載爲其一、其四；《沅湘耆舊集》同此題，爲其二。

咏　蘭〔1〕

帷幄原有術，風角所由寓〔2〕。看劍本有情，天下資一顧〔3〕。諸感懷難已，將相何可誤。君子心如蘭，索居恣坦步。觸物表靈區〔4〕，覽景酬晨暮。

【校注】

〔1〕題下自注：“陶靖節先生《飲酒》諸詩，寄托甚遠，非獨咏酒也。予倣其意，作《咏蘭》五首，聊以言念時事云。”編次者注：“録一。”

〔2〕風角：古占候之術，察四方四隅之風以占吉凶。

〔3〕“看劍”二句：劍，疑指劍葉蘭，一稱建蘭，爲蘭之一種。借此伸發，或指《韵府》引《世説》“王子喬墓在京陵，戰國時人有盗發之，無所見，惟有一劍。欲進取之，劍作龍鳴虎吼，遂不敢進。俄而徑飛上天”之故實。

〔4〕靈區：神聖之境域，猶靈地。蘇軾《葉待制求先墳永慕亭詩》：“靈區有异産，化國無潜珍。”

同夢代姬人作〔1〕

山水隔南國，乃作帳中思。人言無同夢，自是人不知。繞繞蝴蝶花，切切芙蓉池。郎抱身後影，即儂伴追隨。此境在郎意，此意爲儂私。

【校注】

〔1〕此詩《遺集》、他集未見。

講經臺閣上坐月和仲調韵[1]

秋山入夕佳，雲峰不改夏。明河學飛泉，直向懷間瀉。西岩月未還，鐘聲落其下。獨與素心人，領奇受清夜。

【校注】

〔1〕詩見《遺集》卷二、《沅湘耆舊集》。仲調：陶汝鼐之字，生平見本書卷三十一。

訪周伯孔湖岳堂，喜劉篤生、易大愚皆至，快談抵夕，予遂别歸，伯孔隨買舟同過長沙[1]

湘天蕩漾水爲姿，亦有君扉領略奇。魚鳥能窺嬉笑性，江花時送坐眠詩。慚將著作攻予短，話向聲名念世違[2]。明日兩舟前後影，悠然深想聚如斯。

【校注】

〔1〕本詩題前“訪”字，《遺集》卷二及《沅湘耆舊集》卷四十二均作“泊登”。周伯孔：名聖楷，明湖廣湘潭人，《沅湘耆舊集》卷四十二有傳可參。湖岳堂：爲周之居所名，《陶密庵遺集·年譜》載：“天啓元年，周聖楷不應舉，年四十歸作湖岳堂。”劉篤生：名培泰，傳見本書卷之三十及乾隆《長沙府志》卷二十九。

〔2〕世違，《遺集》作“世危”。

袁伯瓛[1]

字稚圭，郴州人。以明經官宿遷令[2]。

【校注】

〔1〕嘉慶《郴州總志》《沅湘耆舊集》卷三十九有傳。

〔2〕宿遷：縣名，今屬江蘇省，在銅山縣東南，西北瀕駱馬湖。秦爲下相縣地，明治今址。

宿上封[1]

竹杖來方廣，繩床宿上封[2]。高低黄葉路，隱見白雲峰[3]。月度歸林錫[4]，風吟隔寺鐘。登時塵想寂，箕踞坐長松。

【校注】

〔1〕詩見《沅湘耆舊集》卷三十九。上封：即上封寺，在湖南衡山縣西北，祝融峰上，見《方輿勝覽》。

〔2〕方廣：方廣寺，在湖南湘潭縣南，衡山蓮花峰下。繩床：有靠背的坐具，亦稱交椅、交床，見唐代義净《南海亭歸内法傳》卷一《食坐小床》及《説郛》卷五十七。

〔3〕白雲峰：山名，在湖南寶慶縣東南，爲衡岳七十二峰之一，下有白雲洞，見《衡岳志》。

〔4〕歸林錫：回返寺廟之僧。

岳　游[1]

千古鴻濛此斷開[2]，寶花爲座玉爲臺。青山頓换塵凡骨，丹鼎長沉浩劫灰。金石袖中窺海岳，烟雲杖底接蓬萊。强顔歸路娟娟月，立馬峰前首重回。

【校注】

〔1〕此詩《沅湘耆舊集》卷三十九題作“岳廟”。

〔2〕“千古”句,《沅湘耆舊集》作“千里鴻濛一徑開”。

汪　柱[1]

字東一，崇陽明經[2]，官嘉魚教諭[3]。

【校注】

〔1〕生平鮮見。

〔2〕崇陽：縣名，漢爲長沙郡下雋縣，明爲湖廣武昌府之隸縣，見《讀史方輿紀要·湖廣·武昌府》。

〔3〕嘉魚：縣名，原隸蒲圻縣，五代時置縣，以其地有魚岳山，取《詩》“南有嘉魚”之義爲名，明清均隸湖廣武昌府，見《讀史方輿紀要》卷七十六《武昌府》、乾隆《嘉魚縣志》卷一。

紗帽山[1]

家在峰前幾歲寒，掉頭無影亦相安[2]。林無捷徑驚邁嘯[3]，山不移文笑籜冠。暮冒嵐堆風韵集，風吹烟落酒筵彈。涌青樓上添清興，只作名園畫軸看。

【校注】

〔1〕紗帽山：山名，據光緒《荆州府志》卷三載：“在宜都縣南三里。”同治《寧鄉縣志》卷五載：“在縣南四十里土橋廟前。”疑汪氏所指爲後者。

〔2〕掉頭：轉頭，示不顧而去，疑用杜甫《送孔巢父謝病歸游江東兼呈李白》“巢父掉頭不肯住，東將入海隨烟霧”之義。

〔3〕邁嘯：隱居者高聲呼叫，見清雷學淇《介庵經説》卷三《詩説·兹古寓字》。

夏君憲[1]

以字行，湘潭文學。少負才性，有詩名。與周伯孔友善。著作甚多，爲兵火散失。

【校注】

〔1〕《沅湘耆舊集》卷四十二載："湘潭縣學生。少負才名，與同縣周伯孔友善。著作甚多，燼於兵燹。僅存樂府古體五首，哀惻凄惋，裛楚詩人之遺也。當鍾、譚盛行時，伯孔輩争相附和，君憲斷斷自异，獨不染其習氣，而詩稿散佚，併姓名不見方志，可深慨哉！"

棄婦詞[1]

墜露百草先，是夕山川换。檐際一螢飛，炤見星歷亂。妾心妾自知，君行君不疑。君疑不棄妾，未必妾顔色。好鳥下高枝[2]，徘徊枝上翼。

【校注】

〔1〕詩見《沅湘耆舊集》卷四十二。

〔2〕好鳥：和好愛戀之鳥。《詩·鄭風·女曰鷄鳴》"知子之好之"，箋釋"好"："謂與己和好。"

野雀詞[1]

野雀卑栖炯心目，踽踽野田啄野粟。虞羅坐對川原肅，烏鳶盤空伺腐肉[2]。有鳥有鳥生後先，氣飽志决與周旋。鳳皇不下我安適，相教二蟲慎羽翮。

【校注】

〔1〕見《沅湘耆舊集》卷四十二。

〔2〕虞羅：虞官張網。虞，掌山林水澤之官；烏鳶：烏鴉與黑耳鳶，意反《莊子·列禦寇》："在上爲烏鳶食，在下爲螻蟻食，奪彼與此，何其偏也。"

孤桐行〔1〕

秋葉落不息〔2〕，出逢孤桐相與立。蟲號其旁，雲冥水激〔3〕。孤桐孤桐，爾何矯矯生百尺〔4〕？讀書不讀經，志士終夜心。生平幾踟躕，坐使白髮侵。悲風兮蕭蕭，日暮兮無聊。撫長劍兮欲發，期所思兮遥遥。或告予曰〔5〕："行行慎所止。虎噬人，神之喜；汝懦不得操弓矢。"

【校注】

〔1〕見《沅湘耆舊集》卷四十二。

〔2〕不息,《沅湘耆舊集》作"已急"。

〔3〕雲冥水激,《沅湘耆舊集》作"雲水泣"。

〔4〕"爾何"句,《沅湘耆舊集》作"爾何爲矯矯百尺生原隰"。

〔5〕"或告"句，自此及終篇,《沅湘耆舊集》均無。

早　　發〔1〕

鷄唱行人起，墮葉復寒霧。嗟此去來心，昨迷今豈悟。揮袂易前期，登頓煩屢顧。羈禽難爲群，徒旅競奔騖。凉風飄素髮，徙倚臨岐路。方來野寺鐘，幸接遠峰樹〔2〕。日出萬象閑，樵牧保貞素。晴雲石上生，暮雨溪聲度。荆扉亦早開，杖藜得暫住。勞生愧世情，即事窮幽趣。江流澹容與，汎汎徇所務。

【校注】

〔1〕見《沅湘耆舊集》卷四十二。

〔2〕遠,《沅湘耆舊集》作"遥"。

到　城[1]

一丘一壑人[2]，又踏城南路。十室九室非，惝怳成一步。憶昨賊再入，隄防豈無素。所謀必冠蓋，指畫傾百慮。走馬環追呼，聞鷄勒部署。健鬥未盡非，提綱失所據。陰風生白骨，白月凄舊戌[3]。日流江水深，遥愛夕陽樹。人恒戒有初，天行殺則豫。城高賦斂繁，歲歉舟航聚。良苗没巨浸，兵戈同一懼。兵戈可奈何，衣食我之務。猶勤廟堂詔，恩重不待吐。是物仰春榮[4]，四時以回互。遺氓顧封疆，静聽窮今故。賤子走蹬蹬，泥塗誰肯顧。昏妄記所識，欲揖翻恐誤[5]。旅食秋夜長，浹辰風雨度[6]。仰視雲間鶴，嗟此罝中兔。群生各性命，得不忍朝暮。默思水與賊，曾未三日住。

【校注】

〔1〕見《沅湘耆舊集》卷四十二。

〔2〕“一丘”句，《沅湘耆舊集》作“平生丘壑人”。

〔3〕白月：亦稱白分，印度曆法，即月盈至滿爲白分，稱白月，見《大唐西域記》卷二《濫波國》。舊戌：舊有的矜恤感情。戌，恤也，見《説文通訓定聲》。

〔4〕是，《沅湘耆舊集》作“百”。

〔5〕翻：翻覆，即不定。

〔6〕浹辰：十二日。《左傳》成公九年疏曰：“浹爲周匝也。從甲至癸爲十日，從子至亥爲十二辰。”

黄可久[1]

字柳溪，蘄水諸生[2]。甘貧力學，與妻偕隱胭脂山下[3]。嗜丹經、内典，倦則瞑目坐，自號出塵道人。年九十無疾卒。子正色，舉崇禎丙子孝廉[4]。

【校注】

〔1〕康熙《湖廣通志》卷四十、《詩徵傳略》卷十八、乾隆《蘄水縣志》卷十三復刻本有傳可參。

〔2〕蘄水：縣名，今湖北浠水縣。

〔3〕胭脂山：《湖廣通志》卷五載："在武昌府治南。"

〔4〕正色：即黄正色，傳見本書卷三十二。

行[1]

行行行，踢翻宇宙清風生[2]。毫毛柱杖挑明月，到處雲山考弟兄。

【校注】

〔1〕此詩及後列三詩，均見《湖廣通志》卷四十及《詩徵傳略》卷十八。

〔2〕清風：或稱内外俱有之美化，或稱同於天德之清惠之風，見《文選》潘岳《夏侯常侍誄》及阮籍《咏懷》。又稱清微之風。

住

住住住，有家却在雲深處。洞門深鎖幾株桃，花落花開不知數。

坐

坐坐坐，石上蒲團鋪一箇。一卷楞嚴一炷香，任他車馬門前過。

卧

卧卧卧，珊瑚枕子驚夢破。晝長日午打三更，海底泥牛銜月過。

楚風補卷之三十

明

尹民興[1]

字宣子，號洞庭，嘉魚人。崇禎戊辰進士。授寧國令，調涇縣，有神明之譽。考最，就徵，以憂歸。服闋，入都，上十四策，上嘉納之，召對平臺，面陳兵務。歷職方郎，清望凜然。召對文華殿，賜茶，賜羹。每疏奏，上輒稱善。有重務，則問輔臣職方云。嘗劾罷不職督撫四人，風裁峻厲，升太僕寺少卿。後削髮爲僧，著書藝圃，有《菴園》《竹簡》諸集。

【校注】

〔1〕參見《明史·丘德祖傳》《湖北通志》卷一百三十五、《湖北先賢詩徵傳略》卷三、《湖廣詩的》卷二。

兔耳山歌六首[1]

左袂覆目，不見楠楹[2]。百鬼滿堂，指曰友生。

【校注】

〔1〕兔耳山：在河北撫寧縣西，雙峰尖聳如兔耳，故名。

〔2〕楠楹：斗拱和廳前柱，泛言梁柱。

有口出斧，翜翜班班。捕風斯割，遇金而頑。

心散在瓜，指畫靡昆。迷入貙家，噛爾腥臀。

使羊牧豚，相盗稼穡。爾羊既飽，指豚作賊。

下田捕鼠，向天請斧。天高不聞，衆星讁讁。一發可五[1]，憚罹罪罟。徯天之言，鼠化爲虎。

【校注】

〔1〕《詩·召南·騶虞》："彼茁者葭，一發五豝。"二句本此。

群螘扶扶，見雀而泣。雀狠不顧，如啖甘粒。群螘相吊，何用勞劬。肥而不有，滋雀之腴。

藥　圃

攝生遏衰命，植芝尊人造。文武競厥能，君臣治以道。解紛師連智，疏瀹祖禹導[1]。自子阜余圃，鬼伯上壟懊。

【校注】

〔1〕"解紛"句：謂排難解紛效法魯仲連的智慧。疏瀹：疏導、治理。祖禹導：以大禹治水爲榜樣。

删　樹

木氣盛滿洩繁枝，佚縱佚橫葉離離。下有纖柯反側出，卑栖綿閔若嬰兒。老幹直視爲眷屬，嘘氣哺膏不復疑。時方恃幹如慈母，非是曷繇長膚肌。其肌權輿及壯茁[1]，崛强不肯相追隨。明與老幹裂疆土，割據陰雨自肥肥。有叟執斧删且盡，一樹清肅不移時。殺者生之，藥只專生兮長寇虐；需者事之[2]，灾君能斷兮萬福來。

【校注】

〔1〕權輿：萌芽、起始。

〔2〕需者事之：謂把柔弱的枝條去掉。需，古“懦”字；事，通“剚”，殺，刺入。

題郭些菴補山堂[1]

獨天何以孕百族？三合沓來用不觳[2]。九陰曹闇烏徯鞠？修虬口燎運照昱[3]。汩鴻稽天師鹿鹿[4]，帝授元子究勤勠[5]。九阬維墳蓄金穀[6]，癸辛淫處暴娱戮[7]。誰爲捧盎救焚僑[8]，二后獻功夷膚肉[9]。門大刀虚怒以目[10]，轉灑墨華代鈹簇[11]。豪臣嗥咷悲不樂[12]，幽照何曾仍舒縮[13]。賓友造化不臣僕[14]，驅光策智百神役[15]。山儉于公公不服[16]，揮毫峰峰起公屋。天爲輪兮地爲轂，轉輠卒聽其所逐[17]。我騰而上問司禄[18]，下土方爲君亭毒[19]。人在其中施補續，君毋勞勞助天梏[20]。對曰玄鼇虚無屬[21]，世民顛隕椓厥穀[22]。思代不得斧生木，思璧不得石生轂[23]。皇賦六鑿胡不足[24]，補哉補哉造百福[25]。猗歟乎，公從萬吏操轣轆[26]。

【校注】

〔1〕郭些菴：即郭都賢，號些菴，有《補山堂詩集》，見本書卷二十八。補山堂，是其書齋名。

〔2〕“獨天”句下作者自注：“《穀梁子》曰：‘獨天不生。’”二句當皆用《春秋穀梁傳》卷五語：“獨陰不生，獨陽不生，獨天不生，三合然後生。”用不觳：謂（百族）因此而繁盛，觳，本讀què，枯瘠之意，此處因押韵讀其又音hú。

〔3〕九陰：極北、陰暗之地，燭龍所照；《山海經・大荒北經》：“西北海

之外，赤水之北，有章尾山，有神人面蛇身而赤，直目正乘，其瞑乃晦，其視乃明……是燭九陰，是謂燭龍。”瞢闇：昏暗閉塞；《天問》：“冥昭瞢暗，誰能極之？”烏傒鞫：何待乎詰問，本於《天對》：“烏傒繫維？”運照昱：掌管照明。

〔4〕“汩鴻”句：言鯀治水無功。汩鴻：治理洪水；《天問》：“不任汩鴻，師何以尚之？”稽天：至天，稽，至也；謂洪水齊天。師，衆也；鹿鹿，通“碌碌”。

〔5〕“帝授”句：謂堯殺死鯀後命鯀之子伯禹繼續努力治水。元子：指禹；《天對》：“方陟元子，以胤功定地。”究勤劚：謂盡其辛勤努力。

〔6〕“九坑”句：言極多低凹之處都填高了，茂盛生長着金色的莊稼。

〔7〕癸辛：據《史記·夏本紀》，夏桀名履癸；據《史記·殷本紀》，商紂名辛，故癸辛指末代之暴君。淫處暴娛：謂生活淫蕩、玩樂無度，語亦出《天對》：“淫處暴娛，以啓厥伐。”

〔8〕“誰爲”句：謂誰能救帝王於烈火之中。捧盎：雙手持着盎，救火之意。焚儵：被焚之危君，當指明之末代皇帝；儵，通“倏”，《莊子·應帝王》曰：“南海之帝曰儵，北海之帝曰忽。”故用爲帝王的代稱，《天問》：“倏忽安在？”《天對》：“倏忽之居，帝南北海。”

〔9〕“二后”句：指明滅亡之際，南明小王朝二帝也被俘，遭刀斧之禍。據《明史》，南明福王朱由崧，唐王朱聿鍵、桂王朱由榔，先後都被俘而遭殺。

〔10〕門大刀虚：門庭寬大、刀光閃爍。

〔11〕墨華：本是墨漬硯臺所成花紋；灑墨華，當即揮灑書寫之意。代鈹簇：代替劍尖。按此句似是行文令皇帝自殺意。

〔12〕檠，字下注：“叶。”豪臣：謂奸臣；嘷咷：同“號啕”，大叫也。連上二句，有關史實待考。

〔13〕幽照：謂幽冥之中的觀照，猶言天眼。

〔14〕“賓友”句：謂獨往獨來、與山川風月爲友、不事王侯。郭都賢在崇禎時官兵部侍郎，後見南明政事濁亂，知勢不可爲，乃斷髮隱居。

〔15〕驅光策智：謂調動各種物質和精神的手段。百神役：百神爲之役使。

郭都賢詩文書畫俱佳，此句當指其畫。

〔16〕儉：吝惜而不多給與。

〔17〕轂：車輪中間穿車軸的圓木。轉輠：轉動貌；《天對》："轉輠渾淪。"以上二句言以天地爲車輪，任其所之。

〔18〕"司禄"二字下注："文昌六星。"按《史記·天官書》："文昌宫……六曰司禄。"據《史記索隱》，司禄掌賞功。

〔19〕亭毒：化育、養育。

〔20〕施補續：謂進行補衰續亡之事。勞勞：惆悵憂傷貌。助天梏：助長蒼天攪亂天下。

〔21〕玄釐：玄者，天也，釐者，福也。

〔22〕椓：古代對男子用宫刑謂之椓，割也；縠：童子。

〔23〕思代：疑應作"思化"；斧生木：比喻不可能之事。瑴：通"珏"，雙玉。

〔24〕皇：用遑；閑暇。六鑿：指喜、怒、哀、樂、愛、惡六種情。《莊子·外物》："心無天游，則六鑿相攘。"

〔25〕補哉：對郭都賢的補山堂而言，望有補於世。

〔26〕轣轆：指轣轆車，即繅車，一種紡絲的工具；操轣轆：指從事文字的編織著書立説。

落　　花

肯將奇藻賤如疵[1]，何事迎風勇擲之。告老元功宜遜果，税枯秋橐只懸眉[2]。期將早隱開荒遯，耻到衰天受晚黎[3]。樵悴竹松傲得否，霏霏雨雪正相欺[4]。

【校注】

〔1〕疵：草名，亦指荸薺花。

〔2〕税枯：謂抽取殆盡。橐：盛物的袋，此處當喻花苞。懸眉：喻花瓣飛落。

〔3〕受晚黎：猶言享受晚年；黎：老也。

〔4〕竹松：當喻先已隱退之節士。

斑然而揭靈機薄，閉矣如冥姱醜齊[1]。一自舜華經聚斂，八區婁目渾蒸藜[2]。文當侈日駘難割，天秉健行斷以剌。循省剩香何所在，東風騰去未留溪。

【校注】

〔1〕姱醜齊：猶言美醜同歸。

〔2〕舜華：即木槿花，此泛指鮮花。聚斂：謂落花被風吹。八區：即八方。婁目：未詳其義。蒸藜：煮藜。又蒸，細柴，藜，野菜。

趍然辭樹覓幽尋，謂女能幽作女箴[1]。玄迹長埋千種照，韜光不許一句淫[2]。裘之絇釣溪成巷，薇以宣歌侈到今[3]。仰想昔鸞何以鎩[4]，只因龍性不深深。

【校注】

〔1〕趍，後有自注："音透，自投下也。"女：同"汝"，指落花；女箴：舊時勸戒婦女的一種文辭，此借用。

〔2〕"玄迹"二句：言將千種風姿都埋掉，收斂光輝而自守其貞，蓋咏花兼自咏。

〔3〕"裘之"句：或用嚴光"披羊裘釣澤中"事，見《後漢書》；此或謂隱逸者亦自有高名。"薇以"句，本《詩·小雅·采薇》："采薇，遣戍役也。……故歌采薇以遣之。"

〔4〕顔延之《五君咏》咏嵇康："鸞翮有時鎩，龍性誰能馴。"此變用其語。

天喜造無而滅有，伐人之愛毒如鋣。生乘殺氣纔堪用，質庫文章始到嘉[1]。一樹功名期結子，幾番風雨類耕畬。應知物理尊傾覆，荼寥青青莫浪誇。

【校注】

〔1〕“生乘”句：謂生之爲用，須借殺氣。“質庫”句：謂文章之嘉，需憑搜括；《舊唐書·德宗紀》：“建中三年四月，詔京兆尹、長安萬年令大索京畿富商，搜括既畢，其所得纔八十萬貫；少尹韋禎又取僦櫃質庫法拷索之，纔及二百萬。”“質庫”語本此。

唯我寧無愾在茲，昭英何所迫顛吹。重華已没靈根薄[1]，雲漢無光文種衰。攷德自知芳且峻，衡才亦復姱而奇。背膺遑惜交離痛，索索天窮正可悲[2]。

【校注】

〔1〕重華：謂花之光彩，又歲星名，《史記·天官書》：“歲星一曰重華。”

〔2〕索索：恐懼不安貌，《易·震》：“震索索。”天窮：謂天道無知或國朝滅亡。

月盈而毁木消山，元化相斟一髮慳。書貢九州惟戒滿，詩成三百只宜删。已歸寂寞天猶妬，纔入高華鬼便環。我欲明權從去住，商邱岡上老株頑[1]。

【校注】

〔1〕商邱岡：指商山四皓所居。老株頑：自喻。

贈補山堂主人移居

比屋連檣密似篨，虚懷對此即幽居。淄水難污知守黑，天雲失護豈爲魚[1]。道因百折彌光固，人到三遷證永譽。要是上公存國寶，飄摇風雨莫躊躇。

【校注】

〔1〕黑後有自注："新堤有濁河一道。"知守黑：語本《老子》："知其白，守其黑，爲天下式。"淄，黑也，故云。豈爲魚：暗言"爲在"，謂皇帝失位。

何必清灘倣釣嚴，古之膠鬲在魚鹽[1]。華能入火纔稱聖，學到同塵豈避黔。天不愛玄雲尚絅，月嘗肥遯魄爲潛[2]。惟予處處驚魚鳥，只挂雙輪在額尖。

【校注】

〔1〕"何必"句：謂不必模仿嚴光之隱居。"古之"句，本《孟子·告子下》："膠鬲舉於魚鹽之中。"

〔2〕愛玄：依詩意似應作"愛炫"。尚絅：語本《禮記·中庸》："《詩》曰：'衣錦尚絅。'惡其文之著也。"肥遯：隱居避世意，此謂潛藏。

金　　聲[1]

字正希，一字子駿，嘉魚人。崇禎戊辰進士。讀書中秘。旋參佐申甫，出關練兵防禦。庚午，請使朝鮮，擢監察御史。以病在告。癸酉，起補修歷。己亥，升山東驛傳，道疾作歸，後卜居新安不仕。國變殉節，追謚文毅。公沉毅有爲，喜談兵，雖屏處萬山中而常爲當事者借箸。其生平撰述甚富，今古文冠絶一時。出羅萸江先生門。所著有《燕詒堂初集》《尚志堂集》。

【校注】

〔1〕參見《湖北通志》卷一百四十一、《詩徵》卷三、《詩佩》卷一小傳，又《明史》亦有傳。

金臺行[1]

相馬不當考驪黄，唯曰其神良。買馬不暇問死生，亦曰其類貞。骨亦駿骨以駿收，不駿雖生吾何求。世人欲速見小利，但言凡馬堪銜轡。取而駕之任馳驅，馳驅前路立顛躓。伙大乾坤定多才，求之弗得致之來。騏驥不來駕虺隤[2]，鞭撾轡首奚益哉。即今誰識良與駘，所願涓人眼早開。燕昭燕丹同發憤，先何得勢後何灾。

【校注】

〔1〕見《詩徵》卷三。金臺：即黄金臺，相傳戰國時燕昭王所築，置千金其上，以延請天下士，有千金買駿骨的故事。

〔2〕虺隤：疲病。《詩・周南・卷耳》："陟彼崔嵬，我馬虺隤。"

賦得拊髀思頗牧[1]

郎吏道已雜，買官牧牛羊。爵禄雖武功，買官入疆場。壯士負材氣，百戰裹千瘡。大杰覿時務，隱身自迴翔。天子難得見，當路重篚筐。莫有念亂人，覆謂將才荒。孰肯蹈死地，反傾橐中裝。孰敢擲平生，付人論短長。衛霍絶大漠〔2〕，漢廷無鼓簧。惟願天子出，停車式螳螂。郭開言一入，廉李氣不蒼〔3〕。諫罷隨拊節，古今快馮唐〔4〕。誰秉國成者，搜才應多方。明主可忠言，何哉尚括囊〔5〕。

按：此係增入。

【校注】

〔1〕詩後有原參訂者按："此係增入。"拊髀：以手拍股側，示振奮。頗、牧：廉頗、李牧，《漢書·馮唐傳》："上既聞廉頗、李牧爲人，良説。乃拊髀曰：'嗟乎！吾獨不得廉頗、李牧爲將，豈憂匈奴哉！'"

〔2〕衛霍：指衛青、霍去病，漢武帝時名將，皆有征匈奴之功。

〔3〕郭開：趙國讒臣，曾説趙王使其不用廉頗；又進讒言，使趙王殺李牧，遂使趙亡。見《史記·廉頗藺相如列傳》。

〔4〕拊節：擊節稱賞。據《史記》《漢書》本傳，馮唐對漢文帝言用將之道，漢文帝悦而納諫。

〔5〕括囊：閉束袋口，比喻緘口不言。《易·坤》："括囊，無咎無譽。"

王一翥[1]

字子雲，黄岡貴公子。父追皋，靖節黔中，賜祭蔭。子雲不屑屑任子。天啓時負才游京師，魏璫屬趙鳴陽邀爲記室，乃從間道歸。崇禎庚午舉於鄉，於時科名仕籍糞壤充帷，子雲遂拂衣隱廬山。尋爲綠林所鬨，籯篋典籍無遺者。還寓巴江，家益貧，學益富。文宗西漢，詩本風騷，天下莫不知有王子雲也。與人寤笑多危苦之言，君子知其忠孝憤懣。庶母老且瞽，菽水必誠。屬纊之日，郡邑賵賻，道路垂涕而絸。墓在巴江里許。詩文散逸。

【校注】

〔1〕參見《湖北通志》卷一百五十四、《詩徵》卷十三、《詩佩》卷三。

寄兩女[1]

斯地有古澗，坐者不欲倦。短草不上裾，長草自成茜[2]。山窮缺衣裳，摘雲梭白練。故鄉五百里，澄空隨寶鈿。風箏激遥響，碎篆萃零片。上言今别離，下述昔歡宴。恍悦海島間，豈有長生院。蘿泉已閣香，石門自開扇。歸路不可指，盈掬心千轉[3]。要知百年光，只當鶯一囀。

【校注】

〔1〕題下自注："長蘊玄，末叔岐。"

〔2〕茜：茜草，根可作大紅色染料。

〔3〕盈掬：出杜甫《佳人》詩："摘花不插髮，采柏動盈掬。"此即指其二女。

入桃源二首[1]

蒼徑攀藤枝，深碧隱斜月。但餘洞中水，細細流如髮。飲水坐復嘆，塵世勞誰歇。岑寂遇仙橋[2]，踪迹春草没。輕雲飄仙衣，斷石豈仙骨。鱗鱗馬頭人，托言懷魏闕。岩壑好容顔，鮮能安婦拙。

【校注】

〔1〕見《詩佩》卷三。

〔2〕遇仙橋：桃源古迹。

傷心何年洞，此洞非十洲[1]。仙藏恐不深，絳桃空樹頭。住世一世忙，來山萬山幽。駒鳴草間去，暮雀聲啁啾。老農説田水，聊如讀莊周。事業渺白日，聚散逐河流。道路苦四體，别離盈雙眸。惟餘一寸心，世外相綢繆。春悲我行速，我念山應秋。青山可藏骨，生死握一籌。西去復西去，往哲多殷憂。

【校注】

〔1〕十洲：舊題東方朔《十洲記》所描寫的仙洲，指神仙居。

江上行

夜息荒江上，紫沙凍雁紛。黄荆蒙短樹，戰場鬼所鄰。聲從敗瓦出，有婦哭夫君。婉調灑清切，臚記事有因。我思天下事，返觀愧未真。寧爲妻所哭，莫作哭妻人。昔者杞梁婦，爲夫傳令名。華顔一朝盡，缺月難重明。回考安樂時，誰不負初因。咄哉天地改，烈火斷黄金。無人可相負，無事可尋盟。盟隨身化草，心待草萌春。春不爲冬忙，草不爲心青。借問昔時事，何如今日心。

贈　別[1]

冬影蟾明夜，籬光雨後天。樊湖空翠樹，秋浦緑雲泉。投宿疏簾燭，深盟古寺烟。嵇康無著述，何事里人憐。

【校注】

〔1〕見《詩佩》卷三。

七夕簡悔人[1]

瓶罄寧前願[2]，椒漿無復清。人間同穴恨，天上异鄉情。片月知難寄，寒螿且自鳴。幽潜溝壑志，歌罷笑平生。

【校注】

〔1〕悔人：觀詩意當指其妻。蓋“貞”與“悔”分别是《易經》内卦、外卦名，本應以貞人指其妻，今以“悔人”稱之，有諧謔之意。

〔2〕瓶罄：謂貧無餘食。《詩·小雅·蓼莪》：“瓶之罄矣，維罍之耻。”

石馬山飲中與永皇

地以人爲重，愁非酒可寬。玉鈎溪上挂，石馬鏡中看。忠孝留茅屋，兵戈集禁鑾。豈容高枕士，永夜止長嘆。

大禹廟寄翟象陸方伯[1]

重登禹廟望三湘，憶挽龍門砥柱狂[2]。楚國雲旗新薜荔，晋時簫鼓舊衣裳。春陰滿院池生草，夜雨空山石化羊[3]。夷皓不堪頻寄語，恐將遺恨付斜陽。

【校注】

〔1〕大禹廟：或在岳麓山。

〔2〕“憶挽”句：謂懷念大禹治水鑿開龍門的業績。《尚書·禹貢》：“導河積石，至於龍門。”

〔3〕石化羊：用《神仙傳》皇初平故事：皇初平牧羊，其兄尋之，但見白石不見羊；初平叱之，白石皆起，成羊數萬頭。

過西塞山[1]

烟波釣叟北風吹，去國何遲愧子思[2]。傳有七人皆避世，事乖六義莫吟詩。劉郎浦上騎牛笛，魯肅灣頭賣酒旗[3]。日落亭山沙際泊，西歸腸斷小峨眉[4]。

【校注】

〔1〕見《詩徵》卷三。西塞山應即張志和賦《漁父歌》處。

〔2〕烟波釣叟：張志和隱退後自號烟波釣徒。子思：孔子弟子原憲字，原憲安貧自樂，見《史記・孔子弟子列傳》。

〔3〕劉郎浦：三國劉備納孫權妹處，今湖北石首沙步據説即其地。魯肅灣，當亦在湖北。

〔4〕亭山：在浙江紹興市南。小蛾眉山：在河南郟縣。

因風寄懷夏振叔兼督逋遊

素浦銀橋雨洗塵，方輿變换百憂身。鷄聲催夢新泉落，馬迹投烟古店淪。空約緬消十二載，高談驚散幾多人。宋弘道以糟糠喻，炙酒西鄰事不倫。

初夏提筐紫蝶飛，葛藟斜濕野薔薇。友行夢劍重鎸跋[1]，僧老留燈不掩扉。十幾年辜三寸鬢，數千劫積一書幃。竹潭黛石湖光射，酌彼金罍歸未歸[2]。

【校注】

〔1〕鎸跋：指劍身上的銘文。

〔2〕《詩・周南・卷耳》："我姑酌彼金罍，維以不永懷。"

菩薩泉[1]

鮑照英華李白才，金門辭去不歸來。錦衣書戟人難識，何處香泉長緑苔。

【校注】

〔1〕菩薩泉：據蘇軾《菩薩泉銘叙》，武昌寒溪西有泉出，泉水色白而甘，號菩薩泉；不知是否指此。

浠川昭化寺有懷[1]

南歸原有十三琴，何事城頭怨女碪。洞口誰能歌舊曲，秦關漢月未消沉。

【校注】

〔1〕見《詩佩》。

元宵對雪

路滑柴門風自開，竹肥藤瘦粉妝苔。凍時袖手躊躕立，斟酌千秋笛管材。

梅插荆釵緑玉嬌，小樓沽酒去村遥。燕然山不如茅屋，天樣雄文共雪消[1]。

【校注】

〔1〕燕然山：東漢竇憲勒石紀功處。天樣雄文：似雙關《封燕然山銘》與雪花。

獅子林別人[1]

松響柴扉月色新，韋陀樓下水空鳴[2]。英雄是泪關生死，何必秋風獨送行。

【校注】

〔1〕獅子林：地名，有多處；此疑指安徽黃山獅子峰下的獅子林古剎。

〔2〕韋陀：又作韋馱，佛教護法神名，四天王之一；韋陀樓：當指佛寺。

萬憤詞

何處香燈何處村，偶來亦自有柴門。尋師又隔桃花夢，滿枕秋聲月下猿。

劉培泰

字篤生，湘潭人。舉崇禎庚午科。

韶山女仙庵

一山拱户起，侵曙静寒軒。出没人占候，蒼黄草换痕。帶烟籠雁翮，緣澗吐雲根。身外求身者，霞深不可援。

祝融峰

洗烟灝氣絶儀型，秀出丹臺眼欲青〔1〕。最後遷神家孰是，不須船泛到滄溟。

【校注】

〔1〕句下作者自注："司馬承禎望祝融有秀异氣，决寓高仙，後果遇何尊師。"

九仙觀石壇〔1〕

片石多仙跨碧虹，於今夏子又歌風〔2〕。樵陽八百翀霄氣，盡起雲根橐籥中〔3〕。

【校注】

〔1〕九仙觀：在衡山。

〔2〕句下自注："北極夫人有'夏子仙宗'句。"

〔3〕橐籥：古代鼓風吹火的冶煉裝備，類風箱；"盡起"句：謂山氣浩渺盡是峰巒吞吐。

王文南[1]

字季豹，江陵人。舉崇禎庚午第一。

【校注】

〔1〕參見《詩徵》卷三十二、《詩佩》卷八小傳。

觀雲水圖真寄詩有賦[1]

鴟夷五湖水瀰瀰，圯上赤松雲纚纚[2]。古之帝霸待其人，一日逍遥蜕若屣[3]。最是扶天不媚天，與天分别任機緣。縱我驅馳堪鐵馬，錮吾蓑笠即書田。此義擬論子霞子[4]，穎脱當年端有以。一朝崇替寤天心，巢父掉頭百不理[5]。邱壑豈謂宜斯人，猶將大義懟君親。須知出處雪鴻迹，饑溺文章别有神[6]。以是周遊類太史[7]，胸眼蒼茫對無始。虔粵閩越汴陳心，入楚親逢玄夷使[8]。導江導漢爾何人，載橇乘舟此應頻[9]。胡爲承帝咨嗟意，只貯岳南湘水濱[10]。補天不得地可補，涌月高臺無足數[11]。聊從雲樹憶仙人，歷歷晴川莽回互。翩然策杖入荆州，風流真到龍山頭[12]。章華題遍老梅活，貝葉書就千金酬。我亦靡靡行如此，著書一寸遲梨梓[13]。相見叢蘭意自深，庾信劉虬看不止[14]。於今雲漢望青雯[15]，帝之息壤在南闉。鯀堙禹鑿斧猶新[16]。願君再幻岣嶁身[17]，一鋤鴻文翻雨盆。禹德全如君夢魂，淡焉還是水雲痕。

【校注】

〔1〕見《詩佩》卷八。

〔2〕鴟夷：春秋越國範蠡，佐勾踐滅吴後，變姓名，游江湖，自號鴟夷子皮。圯上：漢張良遇异人處，得授兵書一卷，乃爲帝王師；赤松：仙人名，傳説張良功成身退乃從之游。纚纚：群行貌、長貌。

〔3〕蜕若屣：謂蟬蜕於污濁，如脱鞋。

〔4〕論，《詩佩》作“議”。

〔5〕崇替：終盡、廢滅，指朝代滅亡。寤：同“悟”。巢父：堯時隱士，杜甫詩：“巢父掉頭不肯住。”

〔6〕雪鴻迹：如雪上鴻爪之迹；蘇軾《和子由澠池懷舊》：“人生到處知何似，應似飛鴻踏雪泥。泥上偶然留指爪，鴻飛那復計東西。”“饑溺”句：即“窮而後工”意；杜甫詩：“但覺高歌有鬼神，誰知餓死填溝壑。”

〔7〕太史：指太史公司馬遷，曾周游國内。

〔8〕虔：疑指江西省，舊有虔州；粵：廣東；閩：福建；越：浙江；汴：汴州（今開封）；陳：春秋國名，在今安徽亳縣、河南淮陽一帶。“入楚”句，據《史記正義》引《吴越春秋》：“禹乃東巡登衡山，血白馬以祭。禹乃登山，仰天而笑，忽然而卧，夢見綉衣男子自稱玄夷倉水使者……禹乃登宛委之山，發石乃得金簡玉字。”

〔9〕導江導漢：指大禹疏通長江、漢水。《史記·夏本紀》“江、漢朝宗於海”，又謂大禹治水“陸行乘車，水行乘船，泥行乘橇，山行乘檋”。

〔10〕岳南湘水濱：當指洞庭湖。《尚書·舜典》：“帝曰：俞，咨禹，汝平水土，唯時茂哉。”《史記·夏本紀》：“舜曰：‘嗟，然！’命禹：‘汝平水土，維是勉之。’”

〔11〕涌月臺：指黄鶴樓；譚元春詩有《劉濟甫指余看黄鶴樓旁石上涌月臺三字》。

〔12〕真，《詩佩》作“直”。龍山：在湖北江陵縣西，傳爲孟嘉落帽處，事見《世説新語·識鑒》劉孝標注引《孟嘉别傳》。

〔13〕梨梓：用梨木製版，指刻書流通。

〔14〕庾信、劉虬：皆南朝齊人江陵人，喻己及同鄉友。

〔15〕“於今”句下自注：“時荆苦旱。”

〔16〕鯀堙禹鑿：這裏是雲水圖墨迹的比喻。本指鯀治水用堵的方法，禹用疏導的方法。

〔17〕岣嶁身：傳説禹在衡山岣嶁峰得金簡玉書。

贈恒河上人

別後經千劫，君如歷劫仙。初逢樓水上，一話玉泉緣[1]。仁至馴神虎，松高閲歲年。翛然復來往，何處見鷹鸇。

【校注】

〔1〕玉泉緣：當指自己歸依空門的緣分；玉泉，佛教天台宗别名玉泉宗。

方鱗時[1]

字粟其，荆門人。舉崇禎庚午科。

【校注】

〔1〕參見《詩佩》卷五小傳。

江　行[1]

古廟立山壁，蒼然裂水靈。參差秋樹路，離亂野花汀。夕照頹垣赤，宵風聚火青。移家西岸好，穩否尚須經。

【校注】

〔1〕題下作者自注："自陽邏以下，居人苦兵寇，盡移西岸，一望蕭然，傷之爲賦。"

歲杪余正公見過小酌即席拈韵

道心昨夜尚欽庚[1]，芳約來歡感復生。世外萍踪一二士，客中蔬酌兩三觥。烟寒渡口龍菴夕，日照磯頭雁序明。耐得雪水孤冷意，各珍歌嘯寄風程。

【校注】

〔1〕欽庚：未詳確義；《山海經》："欽山有獸如豚，名當庚，其名自呼，見則大水。"

劉　康[1]

字瞿若，孝感人。舉崇禎庚午。才力高邁，凡所作，情兼雅怨，讀者流連。中年隱居匡山智林村。所著有《智林村稿》[2]。

【校注】

〔1〕參見《湖北通志》卷一百四十二、《詩徵》卷十二、《詩佩》卷二、同治《孝感縣志》卷十八劉康小傳。

〔2〕自"才力高邁"至此處，《詩徵》認爲："與邑志所載迴异，未知大隱（本書原編者）何本，姑並録之。"

爲高處厚畫[1]

吾觀群象前，大地净如紙。爲山爲雲烟，氣勢相遭爾。玆意良不歇，蠢蠢聽驅使。以玆化工心，告我黄筌理[2]。所以一毫端，元氣裹於裹。有時瞑雙目，象披鴻濛始。良懷相待發，動闢勞五指。不敢昧剛柔，深光從此起[3]。斑斑者寒石，瀊瀊者秋水。岸荻與陵柯，隨意受生死。瑟風掃黄茆，蒼凉動萬里。肅清筆墨功，不爲熱情喜。逢世道則拙，吾以養吾耻。

【校注】

〔1〕見《詩徵》卷十二、《詩佩》卷二。

〔2〕黄筌理：指畫家體物寫意之妙旨；黄筌：五代前蜀成都人，名畫家，山水、花鳥、人物無不精妙。

〔3〕深光，應從《詩佩》作"聲光"，指生動的形象。

宿焚餘孤村

雲生陰壑起蒼顔，徑入斜林暮鳥還。一夜冰霜寒到枕，幾年烽火赤成山。深宫狐穴依殘竈，冷插人烟傍古灣。萬里徵求勤羽檄，草茆何以賦閑閑。

徐養心

字松濤，江陵人。崇禎辛未進士。任當塗，有治聲。分較江南，所得士呂宫、王行儉、堵映錫皆著名。丁丑，授監察御史，忤權璫，又疏論錦衣馬直，尋巡江右，威惠並著。

題郭些菴補山堂〔1〕

洞庭投鞭白日暮，衡岳列峰祝融怒。道人放棹沱潛江，少文湖上失徐孺〔2〕。澤國桑麻變棘枳，魚勞尼赬潛蛟徙〔3〕。以兹小築沙一灣，草堂宛在中央水〔4〕。畫丁胸中邱壑奇，巨靈驅山到水湄。山静人間似太古，履道坦坦得吾師。邈焉寡儔漫求聲，溯洄從之可移情。對宇望衡悠悠思，仿佛山陰道上行〔5〕。吁嗟落廓一身累，倦飛擇木向誰是。蹐地難寫卧遊圖，惟餘填膺五岳起。

【校注】

〔1〕郭些菴：即郭都賢，參本卷尹民興同題詩及卷二十八郭都賢小傳。

〔2〕少文：南朝宋代宗炳字，栖隱三十年，酷好山水；年老歸江陵，乃將游迹所至，皆圖之於室，謂之卧游；見《宋書·宗炳傳》。少文湖：當是爲紀念宗炳而名。徐孺：徐穉，字孺子，東漢名士，屢徵不仕，見《後漢書·徐穉傳》。

〔3〕尼：阻止。赬：通“赬”，赬尾的簡稱。《詩·周南·汝墳》：“魴魚赬尾，王室如燬。”注：“赬，赤色，魚勞則尾赤。”

〔4〕宛在中央水：用《詩·蒹葭》語：“所謂伊人，在水一方。溯洄從之，宛在水中央。”

〔5〕《世説新語·言語》：“從山陰道上行，山川自相映發，使人應接不暇。”

譚元禮[1]

字服膺，號柘皋，竟陵人。友夏弟。崇禎辛未進士，初授德清令，端潔方正。以奏最升户部雲南司主事，至維揚卒。

【校注】

〔1〕參見《湖北通志》卷一百五十一譚元春傳及《詩徵》卷二十八譚元春傳。

賣　衣[1]

已解綈袍去，愧非脱贈情[2]。臨尊謀醉易，向僕喜裝輕。袖貯餘香永，書添半篋平。要知歸信在，寒不耐凄清。

【校注】

〔1〕見《詩徵》卷二十八。

〔2〕用須賈贈綈袍給范雎事，見《史記·范雎傳》，意謂自己是賣綈袍而非贈人。

楚風補卷之三十一

明

陶汝鼐[1]

字仲調，號密菴，又號菊延，國變後稱忍頭陀，寧鄉人[2]。少博學，領崇禎癸酉鄉薦。薄游二京[3]，聲名籍甚。初就廣東新會教諭，時天下大亂，奉母避居香山[4]。被薦授翰林院待詔，晋檢討。尋隱處溈山[5]，絶意仕進，詩、古文力挽頽靡。負性恬澹，富貴勢利泊如也草。書似米襄陽，年八十餘卒[6]。所著有《嚏古集》三卷、《榮木堂集》十卷，并集陶諸刻行世[7]。

【校注】

〔1〕《清史稿》卷五百零一、《沅湘耆舊集》卷三十一、《資江耆舊集》卷八、《明詩紀事·辛籤》卷十九、《湖廣通志》卷四十、乾隆《長沙府志》卷二十九、《國朝詩的》卷一、同治《寧鄉縣志》卷三十一均有傳。

〔2〕國變：此指明朝覆亡。寧鄉：縣名。在湖南東北部，宋置，明清均湖南長沙府。見《太平寰宇記》卷一百一十四及《府志》《縣志》。

〔3〕薄游：以薄禄而仕宦。

〔4〕"時天下"二句：據《陶密庵遺集·年譜》載，時爲明唐王（朱聿鍵）元年，清順治二年，即1645年。香山：今廣東中山市。

〔5〕溈山：《湖廣通志》卷五載：在湖南寧鄉縣南百五十里。

〔6〕據《陶密庵遺集·年譜》載：陶死於康熙二十二年，終年八十三歲。

〔7〕其集均不見，僅見《陶密庵先生遺集·詩集》（後均稱《遺集》）。

秋熱喜雨〔1〕

日日望涼颸，宵來暫入帷。瞥然來曉雨，頓欲爽詩脾。獨鶴梳還浴，高篁著漸欹〔2〕。莫教雲葉散，更向草堂垂。

【校注】

〔1〕見《遺集》卷五。

〔2〕著，《遺集》作“看”。

長橋感懷和南軒張先生韵〔1〕

此地增悲慨，何人咏石橋。南軒誰繼起，北宋久飄摇。今古雲過鳥，山河月影樵。豈知千嶂裏，蓮社有嘉招〔2〕。

【校注】

〔1〕見《遺集》卷五。長橋：《縣志》卷九載：有長橋詩碑古迹一處，其地在縣西九十里，橋側有石刻先儒張栻詩，詩有“書堂何寂寂，芳草亦芊芊”句。南軒張先生：張栻，字敬夫，號南軒，南宋漢州綿竹（今四川綿竹）人，與朱熹、吕祖謙并稱“東南三賢”。

〔2〕蓮社：也稱“白蓮社”，爲東晋釋慧遠與慧永、劉遺民、雷池宗等十八人於廬山東林寺所結之社，同修净土之法，見宋陳舜俞《廬山記》卷二。嘉招：美好的目標。

宿潙山塔院〔1〕

投策香林晚，空山异見聞。峰窺臺上月，竹掃塔邊雲〔2〕。絶壑鳴騶響，殘碑瘗雁文〔3〕。不知霜氣冷，茶話到宵分。

【校注】

〔1〕詩見《遺集》卷五，題後有“同蔣侯陳王二年丈”字，又注：“戊戌。”塔院：即塔廟、佛寺。

〔2〕塔邊雲，《遺集》作“塔前雲”。

〔3〕瘞雁文，《遺集》作“瘞鶴文”。《遺集·年譜》載：“仲冬游溈山密印寺。密印寺，明末毀於兵火，至是重修，先生爲作碑。”

八月晦日入村居，宿浯溪寺小雨〔1〕

半歲不出閣，秋深始入山。比雲投寺宿，似鳥到林間。梵唄心皈地〔2〕，溪聲舌本閑。未須愁夜雨，正待浣松顔。

【校注】

〔1〕見《遺集》卷五。浯溪寺：《縣志》卷八載：在縣西三十里袁家河浯溪。

〔2〕皈地：同歸地，即心死之意，見《晋書·馮跋載記》“人之亡也，精魂上歸於天，骨肉下歸於地”。

九月八日登黄蘗峰夕陽矣，及暝而還〔1〕

最喜絶人境，空山一振衣〔2〕。雲泉俱在下，山殿迥無依。俯瞷横秋翠，平臨落日暉。今年霜氣晚，木葉未曾飛。

半日損躋攀，逢僧一笑閑。此峰真拔地，無客數登山。負汲青冥上〔3〕，懸燈碧落間。欲留恐風雨，乘月尚須還。

【校注】

〔1〕《遺集》卷五、《縣志》卷四十三均無“夕陽矣”三字。《遺集》題下有“三首”字樣，本卷録爲其二、其三；《縣志》録爲其一。黄蘗峰：在今江西宜豐縣西北，一名鷲峰，傳唐宣宗同僧黄蘗觀瀑於此，見《嘉慶一統志》卷

三百二十五《瑞州府》。

〔2〕境，《遺集》作“景”；山，《遺集》作“中”。

〔3〕冥，《遺集》作“溟”。

冬霽偕劉杜三諸子遊靈龜峰[1]

泊舟峰亦霽，人響集高欞。山髻浮當閣，河身曲向亭。風霜窺蠟屐[2]，鐘磬報歸舲。步步松間露，飛來衣上青。

【校注】

〔1〕《遺集》卷五同題共三首，此爲其一；同治《攸縣志》卷四十九録此詩，題中無“冬霽”二字。劉杜三：名友光，原名自曄，杜三爲其字，攸縣人，《國朝詩的》卷二有傳。靈龜峰：《攸縣志》載中，在“縣東三里。其山如龜出穴，踞水上游”。

〔2〕蠟屐：以蠟所塗抹之木屐。《世説新語·雅量》：“或有詣（阮）孚，見自吹大蠟屐。”

清净寺曉尋譚擬陶[1]

爲君揮寤寐，破曉問霜林。一縷城烟白，孤園楓葉吟。世情難暖席，客思易寒砧。茗粥聊相對[2]，誰知道味深。

【校注】

〔1〕《遺集》卷五有載。清净寺：《湖廣通志》卷二十六《附》記：“在武昌府城南。”譚擬陶：譚元亮字，傳見本書卷三十。

〔2〕聊，《遺集》作“遥”。茗粥：燒煮的茶。楊華《膳夫經手録》載：“茶，古不聞食之。近晋宋以降，吴人采其葉煮，是爲茗粥。”

觀雲栖寺功課[1]

諸天夕陽静，一磬梵音規。海上燈留影，宗門唱入槌。空王存禮樂[2]，選佛具威儀。總被聲聞攝，觀心到大悲[3]。

【校注】

〔1〕此詩《遺集》不載。

〔2〕空王：即佛之尊稱。《諸經集要》一《三寶》引《觀佛三寶經》載：“有佛出世，號曰空王。”

〔3〕觀心：觀察心性。《十不二門指要抄·上》：“佛以心爲萬法之體，無一事在心外，故觀心能究明一切事理。”

陸文蔚招同楊龍友管待菴郊園看荷[1]

爲看荷花出，欣然似入山。徑添新竹小，亭到古柯閑。白袷薰風受，青尊水氣環。是誰能載酒，二陸舊雲間[2]。

【校注】

〔1〕《遺集》卷五題下注：“二首録一。”陸文蔚：陸在新之字，江南長洲（今江蘇吴縣）人，《清史稿》卷四百七十六有傳。楊龍友：楊文驄之字，貴陽人，《明史》卷二百七十七有傳。

〔2〕雲間：地名，江蘇松江縣之古稱，亦稱華亭。二陸爲華亭人。

月夜集孫堤小飲[1]

何處涼風正，慵呼載酒船。柳邊橋上坐，莎裹月中眠。水闊更求静，山親方可憐。最宜人度曲，縹緲在非烟[2]。

【校注】

〔1〕《遺集》不見。

〔2〕非烟：祥瑞之彩雲，見《史記·天官書》。

蘭溪月夜[1]

月薄不寒水，烟匀竟入沙。豈無清思發，感此故人遐。樹杪數聲雁，蘆邊幾寸花。未明今夜夢，何處碧雲遮[2]。

【校注】

〔1〕《遺集》卷五、《國朝詩的》卷一均載此詩。蘭溪：同治《桃源縣志》卷一載："黄石河至黄石街，有黎家峪、貴家蓬、馬橋水前後注之。又南流，有孫家河自西南來，通名'蘭溪'。"《遺集·年譜》："壬申（1632年）春客武陵，游枉山，遍歷龍潭塔院。"故疑指此蘭溪。

〔2〕碧雲：本指翠緑之雲，因江淹《休上人怨别》"日暮碧雲合，佳人殊未來"句，而以爲别僧之辭。

舟　夜[1]

幽意在孤舫，眇予愁一人。風高寒雁背，月落數魚鱗。橘柚霜前色，蒹葭水往因。釣徒俱醉卧，醒者獨傷神。

【校注】

〔1〕《遺集》不載。

秋　螢[1]

偶逐繁星落，誰云腐草餘[2]。輝能增静樹，密亦助幽居。寂寂吹寒火，便便想晒書[3]。十年秋夜伴[4]，不獨繞衣裾。

歷歷林塘上，秋光著爾微。破荒山鬼泣，燒尾蠹魚飛[5]。秉燭夜遊去，乘潮雨送歸。只應閑視草，夢寐得交揮。

【校注】

〔1〕《遺集》不見。

〔2〕腐草餘：古人以爲螢火蟲爲腐草所化，《禮記·月令》載："腐草爲螢。"

〔3〕便便：肚肥滿貌，反用邊韶晝日假臥故實，見《後漢書》卷八十《邊韶傳》。

〔4〕"十年"句：言己長年苦讀，用晋車胤家貧囊螢讀書故事。

〔5〕破荒：破天荒之省詞，似用唐劉蜕以荆解及第、刺史崔鉉給賞故事，以言己之辛酸意。劉、崔故事見《唐摭言》卷二、《北夢瑣言》卷四。燒尾：借螢火蟲尾部發光，喻人之顯達、辛勞之意。見許渾《晚登龍門驛樓》"風雲有路皆燒尾，波浪無程盡曝腮"句。

都門八月既望與諸子復集吕園看月〔1〕

不能廢昨夜，翻使得今宵。桂露團人氣，花光壓酒瓢。坐同秋水净，歌對玉山驕。只恐驚天上，移尊過石橋。

【校注】

〔1〕《遺集》卷五載同。

客中逢燕〔1〕

剪剪穿楹出，翩翩拂水過。傍花嬌語小，移壘落香多。漢殿深珠箔，春閨薄綺羅。可憐今歲見，冀北有干戈。

【校注】

〔1〕《遺集》不載。

德山八方亭看雨[1]

沾衣上烟路，江氣到孤亭。急雨響山緑，濕雲投寺青。徑留冬在葉，峰送夜歸欞[2]。明月但能霽[3]，遊情更窈冥。

【校注】

〔1〕詩見《遺集》卷五和《國朝詩的》卷一。德山：亦稱善德山、枉山。在今湖南常德縣。八方亭：在府城南，見《湖廣通志》卷二十六。

〔2〕歸欞：猶歸宿，即目的地。

〔3〕月，《遺集》《國朝詩的》均作“日”。

贈會稽柟林宗兄遊岑兼懷徐亮生老師[1]

本是山陰客，兼探禹穴奇[2]。鼻能通止觀[3]，腹不碍時宜。待雪去看岳，餐英來杖藜。誰知彭澤後，千載共風期。相對一玄暢[4]，宗風貫道流。微言清似晋，高性澹如秋。徵士柴桑屋，仙人蓮葉舟。吾師真管樂，心迹莫同幽。

【校注】

〔1〕《遺集》不見。柟林宗：生平不詳。徐亮生：名人龍，亮生爲其字，浙江上虞人，見《遺集·年譜》：“天啓癸亥，讀書鳳山，以文受知於督學徐人龍。”

〔2〕禹穴：在紹興縣之會稽山，傳説爲禹之葬地，見《史記·太史公自序》之《集解》；《嘉慶一統志》卷二百九十四《紹興府·古迹》稱爲禹藏書之處。

〔3〕止觀：佛家天台宗創始人智顗謂入涅槃的主要途徑。止：止息、寂静；觀：明察萬物，此二途爲修行方法，見隋智顗《修習止觀坐禪法要》。

〔4〕玄暢：高僧名。一爲梁齊時之慧智，河西金城人，玄高弟子，曾爲《華嚴》著疏，存《訶梨跋摩傳》一篇。一爲宋懿宗賜號法寶者，俗名陳中之，宣城人，著有《歷代帝王録》《顯正記》等，見《梁高僧傳》及《宋高僧傳》卷

十七。此疑指稱楠的學識。

山　居[1]

山居自然寂，所懷良夜多。天高澮星漢，月轉礙藤蘿。禮磬青峰隔[2]，敲門黃葉過。床頭尊酒在，拔劍與誰歌？

【校注】

〔1〕見《遺集》卷五。《年譜》載："康熙三年春結茅縣郭之西溪顔，其廬曰'榮木堂'。"

〔2〕禮磬：佛寺匯聚禮拜的鳴器敲擊聲。《遺集》載：其廬在香山寺左。

秋夜同尹洞庭諸子索觀楚王孫伎劇，即席戲爲艷體[1]

小山叢桂裏，一對錦鴛鴦。欺雪花俱艷，回波曲自長。清微湘女瑟，蹀躞洛神璫[2]。慣與王孫見，新妝但夕陽。

朱邸何明艷，平生夢亦稀。歌能迷竹肉，想不定雲衣。群玉山皆見，水晶簾自微。座中儂更醉，花蝶繞飛緋[3]。

主人客徑造，入座不停杯。妙物空韋曲[4]，新名競玉臺。静令秋響細，紛似月光來。爲問霓裳舞，人間見幾回[5]。

【校注】

〔1〕《遺集》卷五題作"秋夜同尹洞庭、汪涵夫諸子索觀楚王孫伎劇，即席戲爲艷體三首"；《資江耆舊集》卷八題同本題；《沅湘耆舊集》卷一亦同上題，而"戲"前多一"約"字；《明詩紀事·辛籤》卷十九僅録其一。尹洞庭：即尹民興之號，見本書卷三十小傳。楚王孫伎劇，演唱楚王之孫或後代故事之歌舞劇。艷體：亦稱艷體詩。元稹《叙詩寄樂天書》云："近世婦人，暈淡眉目，綰約頭鬢，衣服修廣之度及匹配色澤，尤劇怪艷。因爲艷詩百餘首。"後

世即稱抒寫男女愛情的香艷詩爲艷體。

〔2〕湘女瑟：疑謂湘水女神鼓瑟，即唐錢起作《湘靈鼓瑟》詩。事見《唐詩紀事・錢起》。洛神：洛水之神，即伏羲之女溺死洛水而爲神。或謂曹植與甄后故事。見《文選》卷十九《洛神賦》李善注。

〔3〕飛緋，《遺集》《沅湘耆舊集》《資江耆舊集》均作“緋緋”。

〔4〕韋曲：地名。在陝西長安縣，爲樊川第一名勝地。

〔5〕見，《資江耆舊集》作“能”。

高郵舟中逢蔡劍冲偕二僧同泛〔1〕

曾作神仙吏，翛然事遠公〔2〕。鳧鷗群自迴，龍象意難通〔3〕。斷酒蓮中社，題琴爨後桐〔4〕。與君交世外，聊得共孤蓬。

【校注】

〔1〕見《遺集》卷五，其題中“蔡劍冲”後有“居士”字樣。蔡劍冲：作者友人，生平不詳。

〔2〕遠公：泛指有道行之僧人。

〔3〕龍象：佛語，稱諸阿羅漢中修行勇猛有最大力者，後以名高僧。

〔4〕爨後桐：即“爨桐”，以桐木爲炊，事見《後漢書・蔡邕傳》：“吴人有燒桐以爨者，聞其爆聲，曰：‘良材也。’”

惠山同馮棍公、史林宗作〔1〕

春風不掩袂，飄袖下松根。目到平蕪盡，雲過震澤昏。落花縈澗蘚，疊石接蘿門。天地欲蕭索，飲泉聊一論。

【校注】

〔1〕見《遺集》卷五。惠山：地名，一稱慧山、惠泉山，在江蘇無錫西郊，以泉水著稱。馮棍公：馮一第之字，傳見本書卷二十九。

新晴偕雪上人探梅光福寺[1]

落日扁舟裏，群山積翠遥[2]。墟烟分綉谷，松色合危橋。撥櫂回看靄，登樓已傍霄。照人星月滿，寂寂古僧寮。

【校注】

〔1〕見《遺集》卷五。詩題前有“春六日”三字。雪上人：生平不詳，疑爲光福寺僧。光福寺：在江蘇吴縣西南七十里之鄧尉山。其山亦名袁墓山、玄墓山、萬峰山，見《嘉慶一統志》卷七十七《蘇州府》。據《遺集·年譜》載：“崇禎十六年癸未正月六日探梅鄧尉山。”

〔2〕積翠：狀青山叢翠之色。王維《送李太守赴上洛》：“商山包楚鄧，積翠靄沉沉。”

至西湖聞楊修翁訃公按淅有惠政[1]

數月前書問，公言病有瘳[2]。梵園頻不到，秋舫偶能浮[3]。忍憶乘箕尾，真成望女牛[4]。西湖今夜泪，不獨故人流。

【校注】

〔1〕《遺集》未收。其題下自注：“松梵，公别墅；秋舫，公遊具也。”至西湖：《遺集·年譜》載，“崇禎八年乙亥”“十二月遊西湖”。楊修翁：楊鶴，字修齡，武陵人，《明史》卷二百六十有傳，於（崇禎）八年冬卒於戍所（袁州）。按淅：視治淅川（今河南内鄉一部）。

〔2〕瘳：病愈。

〔3〕梵園：松梵園之省，爲楊鶴武陵之園。秋舫：《遺集·年譜》記：“（崇禎五年）楊鶴被劾發還，重理松梵園，秋日召汝鼒泛溪，并集西樓看五陵紅樹。”

〔4〕乘箕尾：亦言騎箕尾，謂國家重臣之死。楊鶴於崇禎間官兵部尚書，太子少保。望女牛：謂可憶不可及的生死之恨。女牛：指牛郎、織女二星。

送楊海門應試南雍，寄訊文鐵菴祭酒、周巢軒司業〔1〕

去檝鶯花滿，明湖一鏡開。載書天禄閣，更賦鳳凰臺〔2〕。雲氣緣衣動，天風送櫂來。愛君生羽翰，寄意向蓬萊。

【校注】

〔1〕《遺集》不載。楊海門：楊浚英之字，寧鄉人，《國朝詩的》卷五有傳。南雍：也稱南監。明初設於南京的國子監，意爲南京之辟雍。文鐵菴：名安之，字汝止，鐵庵爲其號，夷陵人，《明史》卷二百七十七有傳。

〔2〕天禄閣：本漢收藏典籍、薈萃賢才之殿閣。此謂楊海門將大展宏圖。鳳凰臺：南京之臺名，因晋、宋傳其地有鳥集於此，文彩如孔雀，時人傳爲鳳凰起臺因名。

中秋客武昌，集董文籜半雲亭限韵〔1〕

擎出金莖露，分來玉井蓮。高談驚碧落，古調出朱弦〔2〕。已到羲皇上，安知靈運前〔3〕。更須烹雪乳，香露白寥天〔4〕。

【校注】

〔1〕《遺集》卷五有載，其題後有“二首”字。此詩爲其一；除首二句同外，《遺集》後六句爲：“凉宜過半夜，光只似初弦。亭在桂花上，燈懸柏子前。山川俱繞席，應得向青天。”董文籜：作者詩友，生平不詳。半雲亭：在江夏縣東南。

〔2〕朱弦：本指樂器上之紅色絲弦，此含《劉夢得集》外集之《彭陽唱和集引》“鏘然如朱弦玉磬，故名聞於世間”之意。

〔3〕靈運前：過晋謝靈運之前。《南史·謝靈運傳》載：“太守孟顗事佛精懇。靈運謂曰：‘得道須慧業，文人生天當在靈運前，成佛必在靈運後。’”

〔4〕寥天：太虚之境。李白《大庭庫》：“我來尋梓慎，觀化入寥天。”

十月既望邀湘潭周五同十二弟登蘚花岩看月[1]

是歲十月望[2]，月高人正閑。孤亭臨木末，清梵出烟闤。星野隨高矚，江楓比醉顔。陶然今夜酒，誰是踏歌還。

【校注】

〔1〕《遺集》卷五載有二首，此爲第一首。周五：周聖楷，字伯孔，湘潭人，《國朝詩的》卷三有傳。十二弟：即作者之弟陶汝鼐。蘚花岩：《寧鄉縣志》卷八載："在縣東一里玉潭江岸，俗稱蝦蟆石。"

〔2〕是歲：據《年譜》載：崇禎六年癸酉年。

送金季真歸武林寄張幼青[1]

曾作南屏客[2]，相忘何可云。念君歸鷲嶺，之子抱龍文[3]。笛裏梅花曲，胸中五岳墳[4]。奚囊如未滿，寄得洞庭雲。

【校注】

〔1〕《遺集》卷五有是詩。武林：本爲杭州西之山名，後爲杭州别稱。

〔2〕南屏：又名南屏山，在杭州城西三里，西湖之南。

〔3〕鷲嶺：靈鷲山之略。亦稱鷲山、靈山，佛教視其爲佛説法之地。龍文：喻才華出衆之子弟，見《北史·裴延儁傳附裴宣明》。

〔4〕五岳墳：言知識或氣勢豐滿、盛壯。

秋水較書至自朗州[1]

美人似明月，縹緲度秋河。一夜幽輝滿，三年離恨多。洛疑還舊佩[2]，湘復染輕羅。話到烏啼曙，悲歡奈汝何？

風霜憐今夕，凄清雨乍寒。博爐初愛火[3]，小浴尚煎蘭。酒重欹紅玉，輕歌度紫鸞[4]。别來吟更瘦，莫不惜幽歡。

【校注】

〔1〕朗州：州名，治所在武陵縣，即今湖南常德市。

〔2〕舊佩：舊日飾物，見《三國志·魏志·王粲傳》注："侍中王粲識舊佩。"

〔3〕博爐：亦稱博山爐，即香爐名。

〔4〕紫鸞：紫色鸞鳥，見李商隱《海上謡》："紫鸞不肯舞，滿翅蓬山雪。"

惜别江上〔1〕

不分秋雲散，扁舟似一龕。展茵眠未穩，擁髻泪俱含。幽夢離兼合，傷心語更慚。古今魂斷處，方信在江南。

是離皆有怨，不敢道情深。欲比鶼雙翼，定持蓮寸心〔2〕。桃無煩緑綺，貯豈辨黄金。腸斷誰能見，秋花聞苦吟。

【校注】

〔1〕《遺集》不載。

〔2〕蓮寸心：猶蓮心，即藕上所生之新芽，含《宋讀曲歌》"殺荷不斷藕，蓮心已復生"之意。

松火二首〔1〕

不分喬松節，相投作夜光。紡車聲外雨，映雪夢中香〔2〕。古道難辭剪，屯膏柢自傷〔3〕。未須論密燭，滴滴寫寒蒼。

久不驚樵眼，何由映草堂。幾時成琥珀，永夜熠流黄。龍電生焚甲，龜靈夢剖腸〔4〕。村兒幸相恕，留取鬥風霜。

【校注】

〔1〕見《遺集》卷六。

〔2〕映雪,《遺集》作"禪榻"。

〔3〕屯膏：吝於施與和恩澤，見《易·屯》及疏。

〔4〕"龍電"句：喻英雄得志亦有小損。龜靈：龜之精靈。其句含白居易《放言》"龜靈未免刳腸患，馬失應無折足憂"意。

石見五貽書分資分所贈金[1]

不見石郎久，驚將寸楮書[2]。聲如留斷雁，意不盡雙魚。知我貧非泛[3]，分金事大殊。高情徵愧色，貰酒尚踟躕。

【校注】

〔1〕詩載《遺集》卷六。石見五：名開雲，湘潭人，石萬程庶子。萬程爲作者同學，見《遺集·年譜》。

〔2〕寸楮：書信，又稱名刺、短箋，見《蒿庵閑話》。

〔3〕泛,《遺集》作"病"。泛：猶泛泛，充滿之象，見《素問·脉要精微論》。

獄　夜[1]

不逐冥鴻去，生將入網羅。赴湯心似藺，轉燭命如蛾。易下南冠泪，難聽北怨歌[2]。古今忠孝子[3]，歷歷感胸窩。

【校注】

〔1〕見《遺集》卷六。獄夜：《遺集·年譜》載：癸巳（順治十年）二月，因郡胥潘正先叛變，與百餘人謀恢復罪被逮繫郡獄。歷時兩年餘，經部覆，洪承疇斬誣者於市，始還作者紳籍歸家。

〔2〕"難聽"句,《遺集》於句下自注："獄東爲某弁宅。"

〔3〕子,《遺集》作"事"。

長沙久雨[1]

愁緒非爲客，時因久雨生。截雲冠岳足，捲地組江鳴。鶯燕情如失，魚龍怒未平。昏昏隨雀尾，坐聽屋檐聲。

【校注】

〔1〕《遺集》不見。

郢中再得長兒書勸歸皆自潭城發二首[1]

郡裏數行來，僧扉兩度開。湘魚趨漢疾，山鶴怨人哀[2]。况説秋宜秫，兼爲野種梅。應知能養志，忍不副南陔[3]。

湖南今漸適，念汝復歸思。且得寬于役，猶能貧自怡。陶潛黄菊徑，束晳白華詩[4]。莫負秋山潔，看雲醉倚兒。

【校注】

〔1〕此詩《沅湘耆舊集》《資江耆舊集》均載；《遺集》不見。郢中：據《遺集·年譜》載：作者自順治十二年十月至順治十四年四月泊新堤，游潛江，赴竟陵。長兒：陶之典，作者長子，《國朝詩的》卷三有傳。潭城：即今湖南長沙市。

〔2〕湘魚：故鄉的書信。山鶴：山中之鶴，見蘇軾《游道場山何山》："高人讀書夜達旦，至今山鶴鳴夜半。"

〔3〕副南陔：滿足孝子的願望。南陔：古笙詩篇名，今本《詩》有目無辭。《詩·小序》曰："南陔，孝子相戒以養也。"後引用爲人子侍養父母之意。

〔4〕黄菊徑，《沅湘耆舊集》《資江耆舊集》均作"黄竹徑"。束晳：字廣微，西晋著名作家，陽平元城人。白華詩：因《詩·小雅》有笙詩六篇，有其聲而無其辭，束晳曾補作《南陔》《白華》等篇，稱《補亡詩》。

洞庭秋泛[1]

秋半看湖湖始全，空青涵映混中邊。水無盡藏難爲海，日有容光乃辨天。檣似馬來時出隊，雲隨鴉懶共投船。快風過眼迷前後，何處君山翠一拳。

【校注】

〔1〕《遺集》卷七載，題下自注“甲子”，即天啓三年。《國朝詩的》卷一亦載。

七月十六夜，楊仲修、李懷明携酒過江園看月即事[1]

無懷看月亦傷神，今夕秋輝意乍親。既望適當秋七月，揮杯兼得影三人。蓮中貯酒沾紅粉，竹下酣歌叩碧筠。漸到曉烟醒酒力，妙高峰磬下璘璘[2]。

【校注】

〔1〕見《遺集》卷七，題下自注“乙丑”；《年譜》謂：“意先生是歲客游長沙或讀書麓山。”李懷明、楊仲修：均作者友人，生平不詳。

〔2〕妙高峰：湖南長沙市城南之山名。

夏日陶雪凡長史招飲衙齋即事[1]

圖史茶香事事芬[2]，蕭疏朱邸稱秋雯。人猶龍性官兼隱，主自鷗閑客不群。半日催詩亭上雨，一家持贈嶺頭雲[3]。移尊更就南山緑，光影孤高得似君。

【校注】

〔1〕《遺集》卷七題前無“夏日”二字。陶雪凡：陶涵中，字雪凡，嘉興人。

〔2〕芬,《遺集》作“紛”。

〔3〕持贈嶺頭雲：由陶弘景《詔問山中何所有賦詩以答》化，其曰：“山中何所有，嶺上多白雲。只可自怡悦，不堪持贈君。”謂無所贈與。

壽大宗伯李湘洲老師[1]

亭亭如岳長山川，鐘鼎精神閲大年[2]。竪手自將天作眼[3]，全身誰與佛齊肩。皋夔人係虞之際[4]，經史功深宋以前。中外衹今頻繫望，見龍占應在情田[5]。

【校注】

〔1〕大宗伯：禮部尚書之别稱，輔佐天子掌宗室之事。李湘洲：名騰芳，字子實，湘洲爲其號，湘潭人,《明史》卷二百一十六有傳。本詩《遺集》不載；其詩題下注曰：“先是公以忤璫削籍，日惟纂注内典。時崇禎登極召用，兼爲勸駕。”

〔2〕鐘鼎精神：精神將如鐘鼎遺傳後世。取《墨子・魯問》“以爲銘於鐘鼎，傳遺後世子孫”意。大年：大有年之省，即大豐收年，見《公羊傳》桓公三年。

〔3〕竪手：牢固立持。天作眼：即天眼，佛家謂之五眼之一。《智度論》云：“於眼得色界四大造清净色，是名天眼。”

〔4〕皋夔：傳説中古帝虞舜兩個賢臣，此喻李湘洲輔佐之功。

〔5〕見龍：龍顯現，言有才德之人出潛離隱，見《易・乾九二》。

武昌别王子雲，時以尊公殉貴陽請恤不報[1]

三月鶯花楚甸晴，王郎唱罷即舟行。交惟古道難今日，腹與時宜料此生。鸜鵒緑深悲作客，鯨鯢誅後尚論兵[2]。把君長劍傷君别，寧問誰人事不平。

【校注】

〔1〕詩見《遺集》卷七。王子雲：生平不詳，爲作者友人。尊公：指王子雲父，其事迹不詳。

〔2〕綠，《遺集》作"春"。鸚鵡：或指鸚鵡洲，其地在今湖北漢陽縣西南大江中；或謂酒器名，即鸚鵡杯。見梁簡文帝《答張纘謝示集書》："車渠屢酌，鸚鵡驟傾。"鯨鯢：本大魚名，見《左傳》宣公十二年疏引裴淵《廣州記》；此言無罪而受戮者。

逢杜于皇出其詩喜而有贈〔1〕

看君闊步向詞場，年少何人得頡頏。麈尾玉浮無礙辨〔2〕，等身書逗自然香。交能澹我如秋水，遊不依人只野航。相望十年成老杜，時時題寄上瀟湘。

【校注】

〔1〕《遺集》卷七有載，題下注有"戊辰"；《國朝詩的》卷一亦載此詩。杜于皇：杜濬之字，本書卷三十三有傳可參。

〔2〕玉浮：即玉蛆，據宋陶穀《清异録·酒漿·玉浮梁》載："舊聞李太白好飲玉浮梁，不知其果何物。余得吴婢，使釀酒，因促其功。答曰：'尚未熟，但浮梁耳。'試取一盞至，則浮蛆酒脂也，乃悟太白所飲蓋此耳。"等身書逗：以唐郝玭和宋賈黄中之等身金與等身書之故實，謂時光的美好。郝、賈故實見《舊唐書·郝玭傳》及《宋史·賈黄中傳》或《升庵集》。

渡黄河北望〔1〕

春深峰色渡河昏，遮斷秦關作孟門〔2〕。自此有山青到闕，不能無柳綠成村。晴烟漠漠吹沙氣，孤鳥翻翻破野痕。極目太行燕趙接，聽瑶疑有國風存。

【校注】

〔1〕見《遺集》卷七及《國朝詩的》卷一。據《遺集·年譜》載此詩作於崇禎二年春入京師時。

〔2〕孟門：古關隘名，其地在今河南輝市西之白陘，見《左傳》襄公二十三年及注。

七夕立秋〔1〕

新月臨河好照眉，一分凉氣正相宜。橋成巧度人間節，梭冷初虚機上絲。鵲子夜還行有露〔2〕，牛郎秋到以爲期。不知誰作催妝賦，桐葉先題第一枝。

【校注】

〔1〕見《遺集》卷七，題下自注："己巳和諸公館課。"

〔2〕鵲子：鵲雛。

送楊修翁謫戍兼觀於匡廬〔1〕

桃花開後一騎歸，天與高閑性弗違〔2〕。刀劍已成音樂樹，薜蘿初返水田衣。客先秋色長沙近，廬不炎人瀑布飛。此去應探雲霧窟，上方時聽捷師淝〔3〕。

【校注】

〔1〕載《遺集》卷七，題下自注："時文弱先生奉命撫薊遼。"楊修翁：注見本卷《至西湖聞楊修翁訃公按浙有惠政》注。

〔2〕高閑：《剪燈餘話·洞天花燭記》："高閑孰是可作對，震澤尊居百川長。"

〔3〕去，《遺集》作"處"。捷師淝：如東晋謝玄等於淝水盡潰苻堅，使之逃返故地的勝利消息。

蔣象岩先生流寓沙頭，年逾七十而書法遒古，其人翛然仙也；公之好我作詩呈贈[1]

渚宮春雪隱仙槎[2]，鐘鼎人間盡墨華。豈爲二王聊踐迹，幾同老杜亦無家。興酣於劍觀公舞[3]，神静如圭見我瑕。因悟細書能益壽，黄庭原可敵胡麻[4]。

【校注】

〔1〕載《遺集》卷七，題中無“公之好我”四字。沙頭：即沙市，《讀史方輿紀要·湖廣·荆州府·江陵縣》載：沙市城，府東南十五里，相傳楚故城，亦謂之沙頭市。

〔2〕渚宮：臨水之宫殿。白居易《中秋夜禁中獨直對月》：“渚宮東面烟波冷，浴殿西頭鐘漏深。”

〔3〕於，《遺集》作“拔”。

〔4〕細書：寫小字，見《淮南子·説林訓》：“明月之光，可以遠望，而不可以細書。”黄庭：黄庭經的簡稱，爲道家名經，講養生修煉之道。似含王羲之曾書黄庭經换取白鵝故事。胡麻：疑指胡麻飯之省稱，即以胡麻煮成之飯食。寓東漢劉晨、阮肇采藥遇仙女故實，事見《續齊諧記》。

冬日依雪閣懷劉元定先生[1]

松濤聲裏緑無遮，一閣流丹貯晚霞[2]。坐向芳洲傷杜若，折來寒蕊亂桃花。鳳凰去後臺猶在，江鶴歸遲月已華。鄰笛漫吹霜露下[3]，古梅清怨亦横斜。

【校注】

〔1〕詩見《遺集》卷七。劉元定：作者友人。

〔2〕無遮：佛家言佛寬容廣大而無遮礙，此借指自然，見《楞嚴經一》：

“如來開闢無遮，度諸疑謗。”一閣流丹：滿閣白色。流丹：爲流丹白毫之省。《事物异名録·眼飾·粉》：“《石藥爾雅》：粉，一名流丹白毫。”

〔3〕鄰笛：借喻指追昔懷舊意。《文選》載晋向子期《思舊賦序》：“鄰人有吹笛者，發音寥亮，追思曩昔游宴之好，感音而嘆。”

春雨同謝仲玉周宜一集和仲香海居〔1〕

一片瀟湘入城雨，是君垂柳讀書堂。深烟歷歷動寒玉，散帙離離吹古香。畫舸接亭雲不岸，青尊臨水夜如霜。春燈漸逼浮槎上〔2〕，但有人光似月光。

【校注】

〔1〕見《遺集》卷七。謝仲玉：作者友人，生平不詳。周宜一：周侯，攸縣人，曾任攸縣教諭，見同治《攸縣志》。

〔2〕浮槎：浮筏。《博物志·雜説下》：“舊説云：天河與海通，近世有人居海渚者，年年八月有浮槎去來，不失期。”

李翔雲新築維岳臺邀予春眺〔1〕

纔放桃花一日晴，登臺覓路百香生。人從邱壑觀明澹，地與衡湘接性情〔2〕。春欲亭亭緣緑上，月將皎皎下空横。林風澹蕩不知醉，謬擬流雲學水聲。

【校注】

〔1〕詩見《遺集》卷七。李翔雲：作者友人。

〔2〕衡湘：指衡山和湘水。寓韓愈《柳子厚墓志銘》：“衡湘以南爲進士者，皆以子厚爲師。”

涔河曉發念與諸子别兼寄家弟〔1〕

霜晴爲雨變晨陰，松樹霏霏濕遠岑。寒重翠微昏一色，凍留紅葉響多林。梅時應歷湖南北，雪意漸回冬淺深。始悔江樓人盡別，孤鴻何夜不關心。

【校注】

〔1〕此詩《遺集》，他集未見。題下注："時在武陵。"家弟：作者之弟陶汝鼒。

秋日吉王弟天植招飲書堂應教〔1〕

朱邸開時黄菊開，回旋小有讀書臺。觀濤客偶隨槎至，洛浦神將乞賦來。習習凉飔生殿閣，垂垂蟠李見條枚〔2〕。芳年睿藻深陪罪，銀箭雖嚴且未催〔3〕。

【校注】

〔1〕詩見《遺集》卷七。吉王："吉簡王"之省，始封王名朱見浚，爲明英宗第七子，於成化十三年就藩長沙，死於嘉靖六年。以《遺集·年譜》推算，此時襲王當爲見浚後之第六代王朱由棟，見《明史》卷一〇四及一一九。應教：應太子、諸王之令而作詩文常擬的標題。

〔2〕條枚：枝幹，見《詩·周南·汝墳》傳。

〔3〕睿藻：帝王所作的詩文。見柳宗元《爲京兆府請復尊號等三表》："宸翰動於三光，睿藻窮於六義。"銀箭：銀製的漏箭。漏爲古計時器，裝以漏箭測定時刻，見李賀《十月樂詞》："玉壺銀箭稍難傾，缸花夜笑凝幽明。"

淥江逢萬長生别予上零陵〔1〕

同遊能令水山深，今日逢君理素琴。阮籍閱人聊白眼，莊周齊物似多心。澹緣久自超窮達，危論方期破古今〔2〕。一醉蒼梧知近遠〔3〕，梅邊雪裏莫孤吟。

【校注】

〔1〕淥江：據《遺集・文集》卷五《重建淥江橋記》："萍江水東於群峰，泙渫而入醴陵……繞治而出，放於湘潭，獨稱淥江。"此以水名指湘潭縣名。

〔2〕此句下自注："萬生方擬上書。"危論：猶危言，即不畏危難而直言，見《後漢書・黨錮傳序》之注。

〔3〕蒼梧：山名，又稱九疑山，在今湖南寧遠縣。

沈梅石明府來視予病，邀酌烟雨樓〔1〕

豈肯凄然對故人，病餘開酌爲殘春。樓從烟雨圖中見，水是鴛鴦夢裏因〔2〕。强醉已逢花事盡，苦吟嘗與藥爐親。使君更話瀟湘舊，不獨思家易損神。

【校注】

〔1〕詩載《遺集》卷七，題後注"丙子"二字。沈梅石：名國，梅石爲其字，浙江崇德人，曾官寧鄉知縣，後以艱歸。烟雨樓：在浙江嘉興。據《年譜》載："崇禎九年（丙子）卧病嘉興，莫春……强起飲烟雨樓。"

〔2〕鴛鴦：本湖名，以鳥諧對。據《明一統志》載：鴛鴦湖，在嘉興府城南三里，一名南湖。湖中多鴛鴦；或云以其東西兩湖相接如鴛鴦，故名。

佛鏡紅梅影〔1〕

空香定水照横斜，螺髻峰頭一半遮。非日月燈偏寫影，是桃梅杏不分花。璃璃國裏探春使〔2〕，冰雪山中轉法華。近聽羅浮重説偈，美人沉醉换袈裟。

【校注】

〔1〕詩見《遺集》卷七，題後自注："酬禾城諸衲作。"共二首，此爲第一首。

〔2〕璃璃：即琉璃，梵語謂之七寶之一，爲青色寶玉，見《漢書・西域傳》

孟康古注。璃：《正字通》云："璃，琉璃，《西域傳》作'流離'。"

別蓮芳上人[1]

病裏傷春復送春，相依唯結比邱鄰。虚亭伴竹有棋子，蕩槳看花無酒人。佛印燒猪偏見待，支公畜駿自多神[2]。別懷共指雙梅樹，幾夜談詩繞數巡。

【校注】

〔1〕見《遺集》卷七。

〔2〕待，《遺集》作"得"。佛印：名了元，字覺老，宋代廬山雲居寺僧。蘇軾謫居黄州，曾相與酬作詩文。蘇有《戲答佛印》"遠公沽酒飲陶潛，佛印燒猪待子瞻"句，見《續傳燈録》。支公：即支道林，名遁，東晋高僧，以字行，與謝安、王羲之等交善，爲般若學六大家之一。

贈長洲吴廣城[1]

蕭疏常有野人風，小隱春山花霧中。收拾遺書留諫草，補苴茆屋桂焦桐[2]。幾行白紵詞初好，半幅溪藤畫不窮[3]。翰墨致貧今大抵，可能焚筆事猿公[4]。

【校注】

〔1〕見《遺集》卷七，題下注曰："其先爲給諫。"長洲：故縣名，地在今江蘇。吴廣城：作者友人。

〔2〕焦桐：琴名，因後漢蔡邕以燒焦之桐木造琴而名。

〔3〕白紵：白紵歌之省。先爲吴地民歌，後采入樂府。溪藤：浙江省曹娥江上游剡溪之水宜造紙，又以附近所産之藤爲製紙原料，因稱溪藤紙。

〔4〕焚筆：猶焚硯，即自愧文不如人而毁其文具示不再爲文意。見《晋書・陸機傳》。猿公：傳説歐冶子爲越王取若耶之鋋以鑄劍。時越有處女善劍，越王聘之，道逢一翁稱袁公，與之試劍，試畢飛上樹爲白猿而去。參《吴越春

秋・勾踐陰謀外傳》。

送霜輪尊者往迎天童密和尚[1]

獨步人間覓象王[2]，衲衣無縫護珠光。十年南岳夜煨芋[3]，八月洞庭風滿航。博地凡夫新法器，古來選佛舊期場[4]。因師拄杖能擔荷，處處名山秋樹黄[5]。

【校注】

〔1〕詩見《遺集》卷七、《資江耆舊集》卷七及《沅湘耆舊集》卷三十一。霜輪尊者：作者僧友，疑爲釋慧山，因《遺集》列載有《送慧山謁天童木陳和尚》。天童：山寺名。在浙江寧波東，爲天童山景德禪寺，省稱天童寺，見《嘉慶一統志》卷二百九十二《寧波府》卷二。

〔2〕象王：佛語，以象之最大者喻佛。

〔3〕煨芋：寓唐僧明瓚非凡，以火煨熟山芋請李泌食故事，讚頌霜輪，見《類説》卷二及《宋高僧傳》卷十九《唐南岳山明瓚傳》。

〔4〕選佛舊期場：選佛場。佛家稱開堂設戒之所，如禪堂、僧堂，見《景德傳燈録》卷十四《天然禪師》。

〔5〕秋，《資江耆舊集》作“新”。

送文台仙給諫分司洱海[1]

雨後秋荷衆宿低，褰帷萬里入雲霓[2]。夕郎舊望高青瑣，漢主雄圖重碧鷄[3]。通海自能聯象緯[4]，倚天寧用截鯨鯢。期君旦晚還樞密，明月隨車下五溪[5]。

【校注】

〔1〕見《遺集》卷七。文台仙：文士昂之字，攸縣人。乾隆《長沙府志》卷二九《人物》有傳。洱海：湖名，在雲南大理州東，古名葉榆澤。

〔2〕褰帷：張桂帷幕。曹植《棄婦篇》：“褰帷更攝帶，撫弦彈鳴箏。”

〔3〕夕郎舊望：稱頌文人之才幹、人望。夕郎：漢時黄門侍郎之稱謂。見宋之問《和姚給事》："清論滿朝陽，高才拜夕郎。"碧鷄：金馬碧鷄之省。金、碧爲二神，或稱山名，在雲南昆明之東者爲金馬山，西南處爲碧鷄山。且寓漢宣帝使諫大夫王褒祀金馬碧鷄故實。參《讀史方輿紀要》卷一百一十四《雲南府·昆明縣》及《漢書·郊祀志下》。

〔4〕象緯：指日月五星，見《拾遺記》卷二《殷湯》。

〔5〕五溪：地名，在今湖南西、貴州東一帶，見《水經注》卷三十七《沅水》及《後漢書·馬援傳》。

江北道中初春〔1〕

關山明月曉隨人，行過淮河猶未春。亂後野田空有雪，燒殘茅屋更爲燐。春陵行裏看豐鎬，雲漢詩中繪小民〔2〕。聞道棘門新赴戰〔3〕，江南愁絶羽書塵。

【校注】

〔1〕見《遺集》卷七，題下注："庚辰"字。

〔2〕春陵：古地名，在今湖北棗陽縣東，參見《嘉慶一統志》卷三百四十七《襄陽府》二《春陵故城》。雲漢：謂天河。因《詩·大雅》中《棫樸》及《雲漢篇》裏有"倬彼雲漢"之句，舊説前詩爲文王郊祭領兵伐崇之詩；後詩爲宣王求神祈雨之詩，後以雲漢爲旱暑之喻。

〔3〕棘門：故地名，在今陝西咸陽市東北。

清秋報蔡江門司李〔1〕

希聲久已托枯桐〔2〕，傳説逢人問孔融。黄石應難忘孺子〔3〕，青山未免笑愚公。登臺客許從隗始〔4〕，奏雅予慚在曲終。此事古來關氣運，剖懷聊得向春風〔5〕。

【校注】

〔1〕詩見《沅湘耆舊集》卷三十一、《資江耆舊集》卷八、《遺集》卷七。《遺集》題後有“二首”字，此爲其二。蔡江門：《長沙府志》卷二十一傳載：蔡道憲，字元百，號江門，晋江人。曾任長沙推官，崇禎十六年張獻忠破長沙被殺。《明史》卷二百九十四亦有傳可參。

〔2〕希聲：極細微的聲響。《老子》：“大器晚成，大音希聲。”

〔3〕黄石：即秦末隱士黄石公之省。孺子，指漢初張良，見《史記·留侯世家》。

〔4〕隗：戰國時郭隗。其以千金市骨故事説燕昭王求賢圖强，燕昭王爲之築宫且師事，見《戰國策·燕策一》。

〔5〕聊，《沅湘耆舊集》《資江耆舊集》均作“那”；《遺集》同本詩。

酒香亭放歌〔1〕

有湖如海山如島，此處堪舒界外瞪。漢武數升勞使者，秦皇六合笑書生〔2〕。春來谷口人皆醉，老去糟邱吾欲營〔3〕。莫望蒼梧望巫峽，西南豹虎正關情〔4〕。

【校注】

〔1〕見《遺集》卷七。題下亦注“君山”字樣。酒香亭：在湖南岳陽洞庭湖君山。

〔2〕“漢武”句：指元朔中衛青將三萬騎出高闕，擒獲右賢裨王十餘人，武帝曾親往陣中拜衛青爲大將軍，且侯其三子，參《史記·衛將軍驃騎列傳》。六合：指天地四方，寓反李白《古風（三）》“秦王掃六合，虎視何雄哉”意。

〔3〕糟邱：釀酒所餘之糟堆積成山，喻沉溺於酒。參見《北堂書鈔》卷一百四十六《六韜》。

〔4〕豹，《遺集》作“豺”。

雄州逢吉藩中使，凄然話舊；時吉王在殯、世子居廬，求返國未有日〔1〕

故國經年天地荒，逢君百粵泪沾裳。寒梅度嶺香猶細，孤雁離雲影自傷。悵望楚宫虚夜月，心期帝子下瀟湘。春來蘭雪堂前鳥，解向枝頭憶舊王〔2〕。

【校注】

〔1〕見《沅湘耆舊集》卷三十、《資江耆舊集》卷七、《遺集》卷七。《資江耆舊集》題中無“求”字；他集有。雄州：地在今廣東南雄縣，參《太平寰宇記》卷一百六十《南雄州》、《文獻通考》卷三百二十三《輿地》九。吉王：注見本卷《秋日吉王弟天植招飲書堂應教》。

〔2〕詩末句後自注：“蘭雪堂，王新作也，有睿製詩刻。”

黎君選先生早棄縣印，工詩畫篆隸，年七十矣，時同客攬溪賦贈〔1〕

風雅連宵竟未眠，座中吾子雪盈顛。一官久已閑彭澤，三絶嘗聞老鄭虔〔2〕。小醉尚親藜杖下，新詩多在藕花前。蓬萊不識真清淺〔3〕，欲傍先生看海田。

【校注】

〔1〕《遺集》卷八有載。黎君選：作者友人。

〔2〕鄭虔：字弱齋，唐代滎陽人，工書畫，曾以自寫詩并畫獻玄宗，帝署其尾曰：“鄭虔三絶。”

〔3〕蓬萊：蓬蒿草萊之省，即草莽間。清淺：本指水清且淺，此喻高風亮節。

羊城逢方密之夜話[1]

高歌不放自悲秋，一夕天涯泪盡流。未上樓船疑迫脅，獨函心史信埋憂[2]。吴門漸欲藏梅福，酒肆何堪向馬周[3]。忍死有爲今不恨[4]，對君吾已賦同仇。

【校注】

〔1〕詩見《沅湘耆舊集》卷三十一、《資江耆舊集》卷七、《遺集》卷八。羊城：廣州市之别稱，亦别稱之五羊、穗垣。方密之：方以智之字，桐城人，崇禎時授翰林檢討，鼎革後爲僧，名弘智。

〔2〕迫，《遺集》作“近”。心史：書名，宋鄭思肖撰，七卷，多載宋亡時雜事，舊無傳本，明崇禎十一年於蘇州承天寺浚井時發現，故稱《井中心史》；因爲鐵函封緘，内題“大宋孤臣鄭思肖百拜封”，故亦稱《鐵函心史》。參顧炎武《亭林詩集》卷五《井中心史歌・序》。

〔3〕梅福：字子真，漢九江壽春人，《漢書》卷六十七有傳可參。馬周：字賓王，唐清河茌平人，《唐書》卷七十四及《新唐書》卷九十八本傳可參。

〔4〕忍死有爲：臨死前勉力從事，見《三國志・魏・明帝紀》注引《魏氏春秋》。

挽廖母何孺人[1]

晚來陟屺尚餘悲，怨子靈蘐早去帷[2]。彤管已成賢母傳，蓼莪應廢感人詩[3]。七襄笥剩天孫織[4]，三樹珠聯月窟枝。自是城頭饒白鶴，拭看華表照尊彝。

【校注】

〔1〕此詩不見他集，不詳所指。

〔2〕陟屺：喻思親，《詩・魏風・陟岵》：“陟彼屺兮，瞻望母兮。”靈蘐：已逝之母。

〔3〕蓼莪：本《詩·小雅》之篇名，《小序》稱此詩爲孝子追念父母而作，後以之對亡親的悼念。

〔4〕七襄：古以卯至酉爲晝，共七辰，每辰更移一次，稱七襄。天孫：織女星，《漢書·天文志》載："織女，天帝孫也。"

壬午秋，讀書袚園，承吉王殿下遣賜手書，頒送蘭雪堂新刻，兼致中金扇幣法酒，賚問老母恭謝[1]

叢桂想高寒[2]，茅齋隔海瀾。漫傳中貴使，來饋腐儒餐。盥袚開雲錦[3]，題湘壓綺紈。何當稱賈傅，初不事劉安[4]。梁苑芬珂雪，王香扇紫蘭[5]。枉金酬駿骨，賜酒沃驊肝。擬托雄風賦，應忘秋雨嘆。陳思才大藻，枚乘和真難。幸免操齊瑟，無殊飲漢盤。王前光古道，錫類及承歡[6]。拜首彰君賜，矜持奉母看。祇疑丹九轉[7]，鷄犬亦生翰。

【校注】

〔1〕此詩他集不載。袚園：地在長沙府城，見《遺集·年譜》。

〔2〕叢桂：叢生之桂，見庾信《枯樹賦》："小山則叢桂留人。"

〔3〕雲錦：雲錦字之省語，敬稱他人之書簡。

〔4〕劉安：漢文帝弟淮南厲王劉長之長子，後襲封爲淮南王，好文學，招致賓客數千人，編寫《鴻烈》，即今傳《淮南子》，參見《史記·淮南衡山列傳》。

〔5〕紫蘭：仙宫名。《漢武内傳》載：帝閑居承華殿，東方朔在側，忽見一女子著青衣，美麗非常。帝問東方朔："此何人？"朔曰："是西王母紫蘭宫玉女，常傳使命。"

〔6〕錫類：以善施及於衆。《詩·大雅·既醉》："孝子不匱，永錫爾類。"錫：同賜。

〔7〕丹九轉：道家言將長生不老之丹藥精煉九次，見《洞冥記》："春碎以和九轉之丹。"

岡州仲夏招姚轉運、鄧裹海晚集何郎中園亭驟雨〔1〕

海天翻紫水，梅雨暗黄雲〔2〕。坐見飛花滿，時聞漉酒芬。客遲清淺度，凉勸碧筒醺〔3〕。水部吟詩閣，滁州喜雨文。且能分虎竹，翻欲寫羊裙〔4〕。一尺瀾侵案，三更柏再焚。席中文武露，今夜洗炎氛。

【校注】

〔1〕不見他集。姚轉運、鄧裹海：作者友人。

〔2〕黄雲，後自注："山名。"

〔3〕碧筒：捲荷葉爲筒以飲酒。見《正字通》："筒，唐人《碧筒杯》詩，言捲荷葉爲筒，飲酒也。"

〔4〕虎竹：兵符。虎，虎符；竹，竹使符，皆古時調兵之信物。羊裙：疑指羊腸裙之省詞。後漢時敦煌婦人作裙，攣縮有如羊腸，故稱羊腸裙，見《海録碎事·衣冠服用·衣服》。

瀟湘八景〔1〕有序

瀟湘八景者，潭勝也。《水經》云：巴陵郡南麽湘浦〔2〕；又云：湘水至巴邱，入於江水，色青异，稱瀟湘云。古有八景臺〔3〕，海内咸稱之，轉相效擬，益若甲天下。然獨稱瀟湘者，以二水合注於潭，與洞庭接羅子而下三百里，皆古長沙地。江湖吞吐，氣象殊絶，故八景獨著，沿潭水也。前人詩歌傳者不少，如近代李崆峒詩、王威寧詞，並膾炙人口，而非生長其地，琉璃合眼，尚隔一塵。予厭此熟題，亦不復作。偶於雪夜擁爐，小孫從師授威寧句，記憶有闕，輒相問訊。予亦多忘之，因爲絶句示其意，亦如柳州作朱陵以上記〔4〕、老杜作三峽以上詩，但數家珍，較爲親切耳。不然，無故弄此筆墨，近於戲矣。仲春日記。

【校注】

〔1〕序及後詩均見《遺集》卷十二。

〔2〕劈：分，見《類篇》。

〔3〕八景臺：據乾隆《長沙府志》卷十二載：其在驛步門外，宋嘉祐中築，宋迪作八景圖，僧惠洪賦詩，更名八境。陳傅良復舊名，益建二亭。

〔4〕柳州：即唐柳宗元，字子厚，因任柳州刺史稱。朱陵：指湖南衡山縣地。

山市晴嵐

墟烟旭彩氣相涵，天近岣嶁最蔚藍〔1〕。海市何須幻樓閣，古來清絶在湖南。

【校注】

〔1〕岣嶁：即岣嶁山，一名衡山，爲衡山七十二峰之主峰，位於湖南衡陽市北。

瀟湘夜雨

鼓殘靈瑟暗江濱，帝子仙衣濕似塵。不是此天偏夜雨，曉來誰爲染湘筠。

烟寺晚鐘

響隨晴雨落隨風，兩岸霜鐘聽不同〔1〕。最是夕陽雲外寺，度江聲在白雲中。

【校注】

〔1〕霜鐘：冬曉之鐘聲。李白《聽彈琴》："客心洗流水，餘響入霜鐘。"

洞庭秋月

風净湖雲露净波，楚天連漢復連河。岳陽無限烟霜月，不及秋蟾氣象多。

遠浦歸帆

湘妃祠下白雲磯〔1〕，極目江空入翠微。三十六灣帆轉盡〔2〕，北風飛送幾船歸。

【校注】

〔1〕湘妃祠：據《史記·秦始皇本紀》《正義》引《括地志》云：在岳州湘陰縣北五十七里黄陵廟；二妃冢在湘陰北一百六十里青草山上。盛弘之《荆州記》稱：青草山，即湘山。山近湘水，廟在山南，故言湘山祠。

〔2〕三十六灣：言水灣之多。壽春濤《岐阜竹枝》："香魚欲上桃花落，三十六灣春水來。"

漁村夕照

一村蓑笠護漁梁[1]，萬井樓臺背夕陽。落日過江相對影，不須漁火辨滄浪[2]。

【校注】

〔1〕漁梁：圍水捕魚的魚場。

〔2〕滄浪：水名，亦作蒼浪，即漢水。

平沙落雁

沙嶼清寒少荻蘆，雲田闊處近南湖。分明雁宕天邊影，畫入長沙落照圖。

江天暮雪

空江香雪畫難成[1]，暮靄瑶光并作明。誰道君山須劃却[2]，夜來群玉爲鋪平。

【校注】

〔1〕香雪：本指湖墅三勝地西溪之梅，見《事物异名録·花卉·梅》，此借指梅樹。

〔2〕誰道句：《史記·秦始皇本紀》載：始皇二十八年浮江至湘山（即君山），逢大風，幾不得渡。始皇大怒，命刑徒三千人伐湘山樹。

樂蔬園落花二首[1]

送春猶自耐春寒，留得群花最後看。昨夜麻姑特相戲[2]，丹砂抛擲滿闌干。

【校注】

〔1〕詩見《遺集》卷十二。本書題下有“按”，云：“樂蔬爲陳東卿園”；《遺集》不載。

〔2〕麻姑：傳説中之女仙名，參《神仙傳·麻姑》。

幾日新晴便落花，春風翻似厭繁華。客來欲作平原飲，更與東皇乞絳紗[1]。

【校注】

〔1〕平原飲：疑指以戰國平原君趙勝喜賓客縱楚拒秦存趙故實，事見《史記·平原君虞卿列傳》。東皇：謂春神。《尚書·緯》：“春爲東皇，又爲春帝。”絳紗：紅色紗，見《後漢書·馬融傳》。

吴應台[1]

字伯能，湘陰人。崇禎甲戌進士。官浦江令。時金華、義烏不時寇警；團練有法，賊相戒不敢入。浦俗多停葬，廣置義冢。邑有二大冤獄，平反立雪。以外艱歸，卒祀鄉賢。

【校注】

〔1〕《沅湘耆舊集》卷二十三、《資江耆舊集》卷十、《國朝詩的》卷二、乾隆《長沙府志》卷二十八有傳可參。

吊蔡忠烈公[1]

翠柏森森映碧渠[2]，孤臣遺祀古城墟。哭將賈傅同遺策，揖就靈均共卜居。香骨不埋卑濕壤[3]，丹心長照汗青書。男兒幾箇真忠死，一笑風前竟自如。

【校注】

〔1〕詩見《沅湘耆舊集》卷二十三、《資江耆舊集》卷十、《國朝詩的》卷二。蔡忠烈公：即蔡道憲，崇禎十六年以長沙推官職與張獻忠軍戰，被俘而死，謚忠烈。祠在長沙府治碧湘街，墓在南郊醴陵坡。

〔2〕翠，《資江耆舊集》作“翼”。

〔3〕不、壤，《沅湘耆舊集》《資江耆舊集》均分别作“縱”“地”；《國朝詩的》則同此句之字。

闞士琦〔1〕

字禍公，桃源人。崇禎甲戌進士。授南安令〔2〕。甫數月丁内艱，遂絶仕進。明末題授翰林院編修，未任卒〔3〕。

【校注】

〔1〕《沅湘耆舊集》卷二十三、《國朝詩的》卷二、《明詩紀事·辛籤》卷二十、乾隆《桃源縣志》卷十二有傳可參。

〔2〕南安：縣名，屬福建省，見《讀史方輿紀要·福建·泉州》。

〔3〕未任：《縣志》卷十二《人物考》載：丁内艱，服闋赴京。方抵維揚，遇悍兵强易其舟，嘆曰："時事如此，尚復何爲！"遂歸。

大蠟洞〔1〕

靈運開山遍，朋遊携更招。摩肩求怪石，張膽渡幽橋〔2〕。萬户蜂房密，千形鬼斧勞〔3〕。治平須异術，金簡莫相韜。

【校注】

〔1〕見《沅湘耆舊集》卷二十三、《國朝詩的》卷二、《縣志》卷十八。大蠟洞，《縣志》不載。

〔2〕幽，《縣志》作"危"。

〔3〕千，《縣志》作"一"。

丫柱山〔1〕

一里十回渡，甍飛碧落烟。鐘流無蓄韵，溪激有勞泉。僧出雲中後〔2〕，人歸鳥道先。捫參兼歷井〔3〕，吾已在高天。

【校注】

〔1〕見《沅湘耆舊集》卷二十三，《國朝詩的》卷二，均題作"柱山"；

《縣志》卷十八題同。丫柱山，《縣志》云："在縣南四十里，曰丫柱之山。廣圓數里，上有兩峰對峙，有虎豹，一曰小元山。"

〔2〕後，《縣志》作"上"。

〔3〕參，《縣志》作"蘿"。

答勿岐僧見示遊秦人洞之作次其韵〔1〕

萬壑垂流界暝陰，偶同眠石得清音。人間游戲成天地，花外尋常換古今。鶴本無家猶畏路，杉如聞道也空心〔2〕。閑中聊一舉相似，與爾同參第一碪〔3〕。

【校注】

〔1〕見《沅湘耆舊集》卷二十三。秦人洞：《縣志》卷二：在桃川萬壽宫旁。其"山川"條載，一曰武陵山，石壁峭立，縱横丈餘，鎸有"秦人古洞"四大字。

〔2〕"杉如"句：《沅湘耆舊集》詩末注，桃川有空心杉；《縣志》卷二"桃川内八景"之"空心杉"載，桃川宫前，修然百尺，圍三丈，中空可容數十人，不知所始。

〔3〕碪，《沅湘耆舊集》作"箴"。

望萬陽山寺〔1〕

碧嶂青天樹杪紛，時回孤影亂蒼文〔2〕。旁峰不復争寒翠，積雪初疑是白雲。仙響半天風雨接，懸流到處水泉分〔3〕。高真語笑宜清麗，似共松風下界聞〔4〕。

【校注】

〔1〕見《沅湘耆舊集》卷二十三、《國朝詩的》卷二、《縣志》卷十九。

〔2〕"碧嶂"句，《縣志》作"嶂聳晴霄净曙氛"。"時回"句，《縣志》作"吟眸雙舉極蒼旻"。

〔3〕“仙響”句,《縣志》作“刹影盤空知徑險”。“懸流”句,《縣志》作“泉聲吼壁觸岩分”。

〔4〕“高真”句，宜清麗,《縣志》作“知何處”。“似共”句,《縣志》作“下界松濤入夜聞”。

鐘鼓洞〔1〕

百丈潭連石壁懸，遊人攀陟此摩肩。洞寒未閉千年室，山裂俄開一綫天。烟落烟升城市事，聲生聲滅鼓鐘緣。此中石髓應無算，疑待嵇康山樹巔〔2〕。

【校注】

〔1〕見《沅湘耆舊集》卷二十三、《縣志》卷十九，與本詩題下均注：“洞見城市”字樣。鐘鼓洞:《縣志》卷二載：東二里曰穿心岩。山腹洞穿，望見山外之天。是濱於花溪，俗呼菲溪、芬溪。循洞口入，東西透光，朗朗可行，中有石乳成鐘鼓之形。行十餘丈，豁然開朗，有良田數十畝，田水皆從洞中流出，亦有居民。

〔2〕“疑待”句：言嵇康好鍛故實,《晋書》本傳稱嵇“性絶巧好鍛，宅中有一柳樹，甚茂，乃激水圜之。每夏月居其下以鍛”。

桃溪懷古七首〔1〕有引

屐齒所周，每聞往哲。撫事悼遺，雖風异馬牛而理齊顯晦，要之，物外之高踪也。咏取心耳，所涉而止，他未遑焉。

【校注】

〔1〕七詩均見《縣志》卷十九，引言不載。桃溪:《縣志》卷二“山川”載：“東至後洞出，爲桃花溪，北注於沅。晋陶淵明記云：‘晋太元中，武陵人捕魚爲業。緣溪行，忘路之遠近，忽逢桃花林。夾岸數百步，中無雜樹，芳草鮮美，落英繽紛。漁人甚异之，復前行，欲窮其林。’相傳即此水也。”疑指

此水。

馬伏波[1]

貴當可貧賤[2]，公如學道人。五溪銅柱蝕，猶自嘆餘勛。

【校注】

〔1〕《縣志》題後載有"將軍"二字。馬伏波：東漢將軍，《縣志》卷二引《九域志·桃源·欽山》："有馬援所鑿避暑二石室，即所謂伏波洞也。"

〔2〕當，《縣志》作"富"。

袁寄生[1]

將軍有逸客，寄生千載人。笛聲吹不盡，洞外石泉鳴。

【校注】

〔1〕袁寄生：東漢人，善吹笛。據《縣志》卷十八引崔豹《古今注》云：馬援南征，袁寄生善吹笛。援作歌，令寄生吹笛和之。又按《後漢書》：武陵五溪蠻反，援爲伏波將軍，請擊之。歌疑屯兵壺頭失利，乃穿石望遠時作："滔滔武溪一何深。飛鳥不度獸不臨。吁嗟哉！武陵多毒淫。"

劉子驥[1]

名士耽奇僻，桃花信有無。白雲丹竈古，莫問武陵漁。

【校注】

〔1〕劉子驥：名騎之，晋南陽人，見《晋書·隱逸傳》本傳。

瞿　童[1]

鶴子解乘月，松枝已沸泉[2]。嬰兒大如許，忙却老籛鏗[3]。

【校注】

〔1〕瞿童：《縣志》卷十二引舊志：霍童，名柏庭，唐大曆時辰溪人。入

桃師事黄洞源，群兒侮嫚，傲然不屑。常漫游忘歸，自雲洞中觀弈；洞源不信，猶呵責之。一旦致辭曰："仙期已近，請謝去，後歲當來省視。"言畢飛升，觀者相驚失次，追尋紛紛。日暮山窮，逢修蛇目光激射，衆不敢前。

〔2〕松枝：《縣志》言"摩頂松，即其飛升之樹也"。

〔3〕籛鏗，《縣志》作"彭鏗"。相傳古之長壽者，見《世本》《論語·述而》。

黄道真〔1〕

麟州不死藥〔2〕，食之毛羽青。因君三洗髓，莫羡洞門深〔3〕。

【校注】

〔1〕黄道真：《縣志》卷十二載：漁郎，世傳即黄道真，晋太元時人。問津後得道欽山，故欽山下名漁仙洞。

〔2〕麟州：故地在今陕西神木一帶，参《太平寰宇記》卷三十八《麟州》、《嘉慶一統志》卷二百三十九《榆林府·神木縣》。

〔3〕洞門：洞口。劉禹錫《桃源行》："洞門蒼黑烟霧生，暗行數步逢虚陰。"

張虚白〔1〕

鼎沸玄黄世，先生正黑甜〔2〕。夢中何處路，山碧水潺湲。

【校注】

〔1〕張虚白：宋代南陽人，通太乙六壬之術，遇真人，得秘訣，終日論道，無一言及時事。金人以爲神仙，見《尚友録》卷八；《縣志》卷十二："張虚白，宋舉進不第，辟穀游武桃間。"

〔2〕玄黄：本黑色與黄色。《易·坤》："夫玄黄者，天地之雜也，天玄而地黄。"後因指天地。黑甜：酣睡。蘇軾《發廣州》："三杯軟飽後，一枕黑甜餘。"

崔　婆[1]

天風環珮杳，何處度霓裳。石髓無須吸，崔家泉自香[2]。

【校注】

〔1〕崔婆：傳説中宋時善製酒之仙婦。《縣志》卷十二引《一統志》云：張虚白不第，游桃時，崔婆嘗飲以醇酒，後虚白仙去。郡人余安遇虚白於揚州，有《寄崔婆》詩，曰："武陵溪畔崔婆酒，天上應無地下有。南來道士飲一斗，醉卧白雲深洞口。"

〔2〕崔家泉：疑指崔婆井。《縣志》卷二載：在縣南七里武陵山阿卓刀泉旁。旁有一洞，爲張虚白醉卧處。另《湖廣通志》卷二十六《常德府》"崔婆井"條曰：在府西三十里武山下有崔婆宅。人傳宋時道士張虚白常索酒於姥家，姥待之厚。白將舍傍地掘爲井，水味如酒，人争市之。今井猶存，非昔味矣。

題　畫[1]

溪橋無處無，終是無人渡。怪池烟翠深，不似長安路[2]。

【校注】

〔1〕見《沅湘耆舊集》卷二十三。

〔2〕長安路：仕宦顯達之途。見王建《塞上梅》："此花若近長安路，九衢年少無攀處。"

桃花溪[1]

無花猶自有桑麻，籬落依然綴數家[2]。但使柴門無怒吏[3]，也應勝却種桃花。

【校注】

〔1〕見《沅湘耆舊集》卷二十四、《縣志》卷十九。

〔2〕綴,《沅湘耆舊集》作“住”,《縣志》作“護”。

〔3〕吏,《沅湘耆舊集》作“到”。

歸鶴峰〔1〕

黄庭讀罷謫人間，只爲丹砂卜一巒。日上山頭望皎月，鶴將放去又招還。

【校注】

〔1〕見《縣志》卷十九。歸鶴峰：據《縣志》載：“秦人洞東南歷石級里許爲歸鶴峰。峰高可望數百里。相傳唐黄洞源修真處也。”

穿　石〔1〕

平沙細貼草烟柔，飛嶂嵌空忽斷流。身在溪南望溪北，人家似隔一窗幽。

【校注】

〔1〕《縣志》卷十九題作二首，此爲其二。穿石：《縣志》載邑景有“穿石繚青”條，曰：“穿石山水，如在鏡中，繚青縈白，千里一規，誠花源一尤物。”

和羅紫蘿七夕〔1〕

月明盈野露横枝，角枕鴛衾此一時〔2〕。天上未如人世樂，年年贏得短長思〔3〕。

【校注】

〔1〕羅紫蘿：羅人琮，字紫蘿，桃源人，《國朝詩的》卷五有傳可參。

〔2〕角枕：角製或以角飾之枕，《詩・唐風・葛生》："角枕粲兮，錦衣爛兮。"

〔3〕短長思：死生之情思，見《尚書・盤庚上》："矧予制乃短長之命。"

劉　侗[1]

字同人[2]，麻城人。爲諸生，見賞於督學葛屺瞻[3]，旋入成均。中崇禎癸酉北闈，甲戌捷南宫。客都門，著《帝京景物略》八卷，擢令吴縣，卒維揚舟次。公爲人千秋自命，不苟合流俗，其略具見詩文集中。

【校注】

〔1〕《詩佩》卷四、《詩徵傳略》卷十九、《明詩綜》卷六十八、《明詩紀事·辛籤》卷二十、《湖廣通志》卷三十三、光緒《麻城縣志》卷二十均有傳可參。

〔2〕《詩佩》《通志》《縣志》均言“一字格庵”。

〔3〕葛屺瞻：名寅亮，屺瞻爲其字，錢塘人。萬曆辛丑進士，督楚學政。見《通志》卷二十八。

瘞梳銘[1]

今者斷梳，梳於余也十七年。爪痕髮澤，宛焉玄裳；以尺掠爲梳，從誼乃臣僕。梳斷不斷，哆然而存其法殉。

粤斷厥木，斷爾則梳。梳復爾斷，其斷也餘。視彼平原[2]，何土不鋤？或出餘斷，委歟焚歟。梳時爲士，如未斷初。

【校注】

〔1〕題後自注：“岐亭道中。”

〔2〕平原：疑用“平原獨無”故實申旨，見《後漢書·史弼傳》。

望岱三章

望岱萬年，如傲來何[1]。我望傲來，謂岱之阿。尊不絶趨，歸斯孔多。日所出處，班如網羅。

【校注】

〔1〕傲來：山名。泰山之一峰，岳頂在西南，前有鷄籠峰、招軍嶺；麓有東西百丈岩。

維岳斯五，岱者其宗。維海斯四，歸者其東。嗟我勞人，晨鷄暮蟲。

彼濟之人，努力事春。朝夕岳色，或老弗臻。行爾忘瘁，居爾忘貧。爾生懋哉，日月照身。

妾薄命

妾貌不如花，妾命不如草。草無過天莖，花無過旬好。春草愁牧，秋草愁樵。根是去年根，苗是前日苗。可憐蟲抱我，竟夕悲忡忡。

賽社詞[1]

春社典春衣，秋食饜粱肉[2]。婦子且莫嬉："場熟廩不熟。遼陽方警邊[3]，農助官家穀。遼租十增三，官租三增六。"里長登門催，斛半量一斛。益以鼠耗除[4]，陪數准完數[5]。賽社謝年豐[6]，社神聽我祝。但願遼患平[7]，强於倉滿蓄[8]。神保太息言[9]，遼平爾何福。糧隨遼餉加[10]，不隨遼餉復。播州幾月兵[11]，至今農啖粥。

【校注】

〔1〕詩見《沅湘耆舊集》卷四、《詩徵傳略》卷十九、《縣志》卷三十五。

〔2〕食，《詩徵》作"社"。

〔3〕警邊，《詩佩》作"告警"。

〔4〕鼠耗，《詩佩》作"雀鼠耗"。

〔5〕“陪數”句,《詩佩》作“完數恒不足”。

〔6〕謝,《詩佩》作“報”。

〔7〕遼,《詩佩》作“邊”。

〔8〕滿,《詩佩》作“儲”。

〔9〕神保：神之嘉稱。《詩・小雅・楚茨》：“先祖是皇，神保是饗。”《集傳》：“神保，蓋尸之嘉號，楚辭所謂靈保，亦以巫降神之稱也。”

〔10〕糧隨,《詩佩》作“粻隨”。遼餉：明神宗萬曆四十六年，以對遼左用兵加徵田賦銀三百萬兩，謂遼餉。此後連年增加，至崇禎時歲至九百萬兩，爲明末大弊之一，見《明史・食貨志》卷二、《神宗紀》二。

〔11〕播州：即今貴州遵義市，參《嘉慶一統志》卷五百一十一《遵義府》。

初至寒河〔1〕

林泉有古道，不苟别居民。夏潦秋水至，溝塍自作鄰。古道本嚴慈，根株超有因。諸季各一林，翻令昏旦親。各和蓮與芡，各課柳與筠。宅先新一閣，或以鶴司晨。標户拒見客，静乃復邀人。我負七年約，娟娟至兹辰。窺門一笑出，自然忘主賓。家人驚客熟，茗酒無逡巡〔2〕。披君篋中編，修君池上鱗〔3〕。戒書爲我書〔4〕，殘舟爲我新。月中雨中夜，來時送時津。因我歸不懌，霜雪遠人身〔5〕。

【校注】

〔1〕寒河：據乾隆《天門縣志》卷一載：在天門縣南。其城南二十五里有譚友夏所構“紅濕亭”。

〔2〕逡巡：頃刻。陸游《除夜》：“相看更覺光陰速，笑語逡巡即隔年。”

〔3〕池上鱗：池水之中的魚類。疑有“池魚呼名”之趣，據《山堂肆考》載：盧渡世隱居盧陵，所居前有池養魚以名呼之，次第來取食，食已即去。

〔4〕戒書：自我警戒之文字，見《大戴禮・武王踐祚》注。

〔5〕霜雪：喻心地潔白。《後漢書・禰衡傳》：“忠果正直，志懷霜雪。”

長安雪社第一期因賦五言古叶成字

在家恒苦飢，爲是詩所成。出門恒苦寒，又苦詆訶聲。客席不得寐，竟夕聞腸鳴。以詩作刺投，霍霍揖公卿。門外列車馬，門者何嶒嶸。却詩懷袖間，自前通姓名。座上幾朝士，顧我一笑轟。書生無氣色，耳熱頰生赬。饑寒所得句，而與朝貴評。返矣朝未餐，米少薄作羹。此道自有朋，饑寒自有情。饑來難獨住，斂錢爲詩盟[1]。

【校注】

〔1〕斂錢：聚財。似寓“王敦斂錢”故實，見《晋書·阮修傳》載：修居貧，年四十餘未有室。王敦等斂錢爲婚，皆名士也。時慕之者求入錢而不得。

與黄存悔聞蟬

初蟬嘶長日，暑聞心已秋。客聽此鄉音，久此客何求？客聽此鄉音，客家白蘋洲。客行三入秋，昨緝行時裘。旅舍獨楚歌，托響失其儔。坐久下一葉，蟬音客音收。

廐丁何索索

廐丁何索索，廐馬何肥肥。萁秆不得燎，豆熟何輝輝。賤若錦綉韉，貴若結綻衣。控馬立中堂，耳後生寒威。謹事此堂下，叱咤無日稀。今朝又日色，早起除東扉。

報國寺松歌

報國寺松高於人，引臂傍行遠作摩空意。時時掣臂却復舒，兩松欲語相頷如將至。日月照影舞態粗，風雨不休鼓聲恚。別立兩松嵯峨十丈高，自恨格卑膽薄未狂肆。踉蹌松邊趨不前，一一詩人絶詩思。仰視周視但一驚，遲而又久生愛畏。我家楚山達松旨，枝幹以根爲義類。上窮蒼旻、下畢黄泉厥初志，或觸頑石而横行地。枝上學之狀其悖，不然空際何引避，小枝交叉此因耳，因聽梵音結梵字。

看趵突泉上李于鱗白雪樓[1]

泉閲雪樓翻雪樹，雪花下集池千步。花乳滿地走未收，慵水著泉靈所惡。立水至丈非水性，一動甲子今無數。殷雷疾雨熟鼾聲，當年不撼痴龍寤[2]。瞻聽莫暇作思維，承取雪珠啜其聚。雪樓中人對古泉，樓中人古泉如故。泉聲呼古古弗聞，泱泱生我古人句。

【校注】

〔1〕趵突泉：泉名，在山東濟南舊城西門外，見《山東通志》卷二十八《疆域》三。

〔2〕痴龍：據《北夢瑣言》載："洛中有洞穴。有人誤墜穴中，見有大羊，羊髯有珠，取而食之。後出以問張華，華曰：'此痴龍也。'"

石鐙菴放生

知味應知痛，將無觀我生[1]。豈望魚鳥報，難遠見聞情。飛穩如人意，鳴悲作佛聲。老僧相爲切，汲汲晚堂羹。

【校注】

〔1〕我生：生我者。見《後漢書·崔駰傳》引崔篆《慰志賦》"豈無熊僚之微介兮，悼我生之殲夷"注。

久遊復至鄂得家信將别黄宗之[1]

出門未暑秋仍滯，十度曾登送别舟。久客畏聞家有信，逢人俱道邑無收。衣糧不耻因良友，僮僕多言惡漫遊[2]。夜夜酒同鄉夢醒，舍邊鷄與渚邊鷗。

【校注】

〔1〕見《詩佩》卷四、《詩徵傳略》卷十九。《詩佩》如本題；《詩徵傳略》題作“鄂城得家書將别黄宗之”。黄宗之：作者友人。

〔2〕糧,《詩佩》作“粻”。惡,《詩佩》作“怨”。

客杞示秦子茂相〔1〕

北鄉程程不較春，緑齊紅老馬間塵。楊花盡日無留處，遊道深時恕主人。歌舞隙中身去就，緘書觀後意疏親〔2〕。從余有友新爲客，如喜如嗔問正頻。

【校注】

〔1〕杞：縣名，在今河南杞縣。相傳周武王封夏之後裔東樓公於此，見《寰宇通志》卷八十三《開封府》上《杞縣》。

〔2〕緘書：封書。韋應物《答崔都水》：“緘書當夏時，開緘時已度。”

丁丑孟春哭譚子友夏於細柳道中〔1〕

燕市春頭約可知，相疑别此獨難離。兩舟開處雪初霽，一櫬遥歸柳未絲〔2〕。細囑删詩今治命，數來徵夢亦平時。是歟非也車尋尺〔3〕，哭不聞聲路過岐。

【校注】

〔1〕題下自注：“用其淮陰留别原韵”。譚友夏：作者友人，傳見本書卷二十九。

〔2〕一櫬：一副棺木。

〔3〕尋尺：尋常。《國語・晋語八》：“能行諸侯之賄，而無尋尺之禄。”

飛花荏苒不相知，慣見興遷輕别離。好友漸隨雲片片，幾人能到鬢絲絲。身爲筵散貪觴客〔1〕，景似霜多媚葉時。豈有遠行心未歇，意南意北泣于岐。

【校注】

〔1〕觴客：饗宴賓客。《史記·天官書》："張素爲厨，主觴客。"

雁　字[1]

數行斜入嶺雲舒[2]，人倚危闌二月初。久客江南鄉思亂，寄來多是不全書。

【校注】

〔1〕詩見《詩徵傳略》卷十九。

〔2〕嶺雲：峰巔上之雲。李商隱《思歸》："嶺雲春沮洳，江月夜晴明。"

燈市竹枝詞[1]

貂裘胡馬象裝車[2]，不是勛家是戚家。笑上街樓簾盡捲[3]，遊人團定候琵琶。

【校注】

〔1〕見《詩佩》卷四，題後有"四首"字樣，此爲其一；《明詩紀事·辛籤》卷二十同此題。竹枝詞：樂府近代曲名。

〔2〕貂裘胡馬，《詩佩》作"貂裝韃馬"。

〔3〕上，《詩佩》作"笑"。

楚風補卷之三十二

明

馮之圖[1]

字書先，一字密菴，興國人[2]。崇禎甲戌進士。以户部郎任漳南參議[3]，風節矯矯。歸里，講學於武黄之間，坐卧一小菴，丹鉛輯録，几案墻壁皆滿。屢經薦舉不起，自號鹿耳山老樵。尤邃於《易》，有《易老堂集》，卒年八十四。

【校注】

〔1〕《詩佩》卷一、《國朝詩的》卷二、《湖廣通志》卷三十二、宣統《湖北通志》卷一百三十五、光緒《興國州志》卷十一有傳可參。

〔2〕興國：地名，即今湖北陽新縣。宋置興國軍，元升爲興國路，明初爲府，後降爲州，清因之，屬武昌府，參《嘉慶一統志》卷三百三十五《武昌府》。

〔3〕漳南：疑指福建漳州。《讀史方輿紀要·福建》："漳州府，《禹貢》揚州地，周閩越地，秦屬閩中郡，漢屬會稽郡，後漢因之，晋屬晋安郡，宋齊仍舊，梁屬南安郡，隋屬泉州，大業中屬建安郡，唐初仍屬泉州，垂拱二年始置漳州，天寶初曰漳浦郡，乾元初復爲漳州。五代晋開運三年，南唐改曰南州。宋仍曰漳州，元曰漳州路，明初曰漳州府，今領縣十。"

賦得悠然見南山

菊自陶公友，采摘相往還。豈必商山芝[1]，移置籬落間。霜寒澹微妍，榮華感悴顔[2]。孤雲閑似我，多是愛秋山。

【校注】

〔1〕商山：山名。在今陝西商縣東，亦名商嶺、商坂、南山，相傳秦末漢初東園公、綺里季、夏黄公、角里先生曾隱居於此山。

〔2〕悴顔：憔悴之容顔。劉伶《北芒客舍》："陳醴發悴顔，色歓暢真心。"

春　　感[1]

老慮未撥遣，躑躅感春陽。市陌各趨新，風柳何飄揚。豈少智士懷，壯慧耀扶桑[2]。人生一世間，晷影貴自量。乘時未及早，濁昏神夭傷[3]。桃李餞晴日，乳燕旅華堂。路修嗔風雨，四顧連中央。十畝豈閑原，雅道有榛荒。願得同心侶，頓轡息陽岡[4]。俯汲古澗泉，仰視浮雲翔。

【校注】

〔1〕詩見《詩佩》卷一、《國朝詩的》卷二，均題作"春感二首"。

〔2〕扶桑：神木名，相傳日出其下。《淮南子·天文訓》："日出於暘谷，浴於咸池，拂於扶桑，是謂晨明。"

〔3〕夭傷：殀折傷害。《戰國策·秦策》："萬物各得其所，生命壽長，終其年而不夭傷。"

〔4〕頓轡：整轡，振轡。陸機《赴洛道中作》："頓轡倚高岩，側聽悲風響。"

山居匪不幽，蟪蛄聲在耳。市居匪不喧，南郭方隱几[1]。春氣隨風翔，晴陰無恒軌。蟲卉含性情，萌動殊嗔喜。所貴靈萬物，安得爲形使。芳蘭避當門，戲魚忘盆水。披帷日東旭，燦户星北指。寢室媚幽獨，淵藏根厥美。况復聽風雷，弱羽駭鶤徙〔2〕。整襟望古人，獲心室則邇。

【校注】

〔1〕南郭：城郭南之地方。似寓王僧祐自賞故實。據《南史·宋·王僧祐傳》載：僧祐"雅爲從兄儉所重"，"謝病不與公卿游"。"贈儉詩云：'汝家在市門，我家在南郭。汝家饒賓侶，我家多鳥雀。'儉時聲高一代，僧祐不爲之屈，時人嘉之。"

〔2〕駭鶤：使鶤鷄震驚。鶤：鳥名，一作昆鷄。見洪興祖《楚辭補注》之宋玉《九辯》"鶤鷄啁哳而悲鳴"。

寄懷衡州司李劉茗柯年丈

木石亦同壇，芝草罕爲瑞。蓬麻亦相依，喬松絶其類。氣誼是何物，俶詭難言議。譬岳瞰大湖，元化自爲媚〔1〕。予此願依劉〔2〕，蘭言夙所契。雪濤曾語余〔3〕，吾弟未有二。維柱既折裂，龍蛇紛徙避。往者不可追，來者當代匱〔4〕。搴裳嗤小儒，長夜沉熟寐。側聞古呰繇，彼都免顣頞。荆棘覆蘭洲，肅清攬其轡〔5〕。渺渺懷斯人，再拜魚腹字〔6〕。悵昔浮洞庭，望岳而不至。平生勇讓人，百爲中道躓。清夢路不疑，五峰來無次〔7〕。勞禋大禹碑〔8〕，衣白長源誌。亦傳古仙佛，奔走百靈治。丈夫貴一身，高覽豁心意。踽踽阡陌間〔9〕，焉知中無累。黄葉抱籬根〔10〕，冰霜門外地。堅峙望岳心，緘之遥贈寄。

【校注】

〔1〕元化：造化，大自然之發展變化。陳子昂《感遇》之六："古之得仙道，信與元化并。"

〔2〕依劉：投靠與人爲幕僚，典見《三國志·魏·王粲傳》。

〔3〕雪濤：白色浪花。胡曾《五湖》："東上高山望五湖，雪濤烟浪起天隅。"

〔4〕代匱：平日積蓄，以備乏用。《左傳》成公九年引逸《詩》曰："雖有絲麻，無棄菅蒯；雖有姬姜，無棄蕉萃；凡百君子，莫不代匱。"

〔5〕肅清：削平。《文選》孫子荆《爲石仲容與孫皓書》："師不逾時，梁益肅清。"

〔6〕魚腹字：猶魚腹書。《史記·陳涉世家》："陳勝吴廣喜念鬼曰：'此教我先威衆耳！'乃丹書帛曰：'陳勝王。'置人所罾魚腹中，卒買魚烹食，得魚腹中書，固以怪之矣。"

〔7〕五峰：疑指山名，山在江西宜豐縣西北，因歸雲、積翠、羅漢、月桂、拂岩五峰而名。

〔8〕大禹碑：一稱岣嶁碑，在湖南衡山雲密峰。據傳爲禹治水所書，或云僞造，見《琅琊代醉編·禹碑》。

〔9〕踽踽：孤獨貌，見《詩·唐風·杕杜》"獨行踽踽，豈無他人"傳。

〔10〕籬根：作籬近地處。高適《宋中遇陳二》："籬根長花草，井上生莓苔。"

贈別郭觀察同門一章〔1〕

湖岳亦楚疆，遊覽亦夢想。文章亦足迹，日月亦云往。領部靚使君〔2〕，導余木蘭槳。葉落洞庭秋，波光散空朗。身外乾坤浮，孤心中俯仰。悲風千里來，帝妃遺哀響。帆止謁君門，憂時方痌癢〔3〕。招之語卧内，衷言念今曩。心同利斷金，奚數十千鏹〔4〕。比歸即報書，遊既愜心賞。自兹賦幽居，敝帚悔誤享。豈不懷四方，出門多榛莽。詣君黄鵠月〔5〕，别君江漢上。晨星各在天，長歌慨以慷。

【校注】

〔1〕題下自注："時觀察候命漢上，予將登客舟。"郭同門：作者友人。

〔2〕句下自注："郭駐長沙兵憲。"

〔3〕疴癢：如病癢之苦。《禮記・内則》："疾痛苛癢，而敬抑搔之。"

〔4〕鏹：錢貫，引申爲錢。

〔5〕黄鵠：山名，在湖北武昌縣西。《水經・江水注》："船官浦東，即黄鵠山……山下謂之黄鵠岸。"

病足自嘲

足似箴余過，知還應自今。扶筇舒遠目，寂坐澹多心。爰止於誰屋，奔車或陸沉[1]。王駘倘許友[2]，形外與微吟。

【校注】

〔1〕爰止：即停落。爰：語詞。《詩・小雅・正月》："瞻烏爰止，于誰之屋。""爰止"句由此化出。奔車：本指狂奔之車，此似寓"奔車之上無仲尼"，喻危亂之國，聖智者皆去國不留意，見《韓非子・安危》。

〔2〕王駘：春秋魯之受刖刑之人，見《莊子・德充符》。

賣麈杯詩以別之

相隨嶺海久，醉醒自分明。屢空私佳客[1]，持盈警衆情。滄洲興不淺[2]，酒國老無成。爾去笙簧宴，沉冥笑步兵[3]。

【校注】

〔1〕屢空：經常貧窮，無所有。《論語・先進》："回也其庶乎，屢空。"

〔2〕滄洲：濱水之地，也指隱者所居處。《文選》謝朓《之宣城出新林浦向板橋》："既歡懷禄情，復協滄洲趣。"

〔3〕笙簧：笙之簧，見《禮記・明堂位》"女媧之笙簧"注。沉冥：沉冥之人之省，即隱士。《世説新語・栖逸》："阮光禄（裕）在東山，蕭然無事，常内足於懷。有人以問王右軍，右軍曰：'此君近不驚寵辱，雖古之沉冥，何以過此。'"

雪後凌晨出北郭門二里，送亡友右王尹孝廉葬，即從其令子未若之請，題主竣事，乃返冰枝。寒聲凄同哀笛，有感今昔，率爾成章[1]

閣迥仙曾過，新題處士墳。交情寒素雪，介氣鬱眠雲[2]。入地君臣面，悲天夜旦分。何堪丹竈側，騷怨問遺文。

【校注】

〔1〕題中自注："孝廉自號長餓楚臣。"

〔2〕眠雲：指山居。劉禹錫《西山蘭若試茶歌》："欲知花乳清泠味，須是眠雲卧石人。"

積雪晨鷄路，山陽笛裹聞。草光寒淰淰[1]，湖氣白紛紛。大藥誰扶老[2]，仙才不懺文。碎琴今日事，衰暮見離群。

【校注】

〔1〕淰淰：猶陣陣。杜甫《放船》："江市戎戎暗，山雲淰淰寒。"仇兆鼇《杜詩詳注》："董斯張云：'淰淰者，狀雲物散而不定。'"

〔2〕大藥：珍貴之藥。《枕中方》："凡服金丹大藥，雖未去世，百邪不敢近人。若服草木小藥，餌八石，適可除病延年，不足禱外禍。"

八月望前客舟見雁

應候來何晚[1]，况從客裹看。稻粱漂澤國，弓矢警呼韓。破霧明高影，斜陽下漸磐[2]。無弦彈夜月，爲爾助秋寒。

【校注】

〔1〕應候：應合氣節。陸雲《寒蟬賦序》："處不巢居則其儉也，應候守節則其信也。"

〔2〕漸磐：高峻之大石，化用《詩·小雅·漸漸之石》“漸漸之石，維其高矣”句。

雨渡洞庭

洞庭天水合，霧雨雜空青[1]。帆葉遲雲影，星槎寄梗萍[2]。魚龍秋氣落，劍佩夜光冥[3]。帝子諸何在，漁蓑悵獨醒。

【校注】

〔1〕霧雨：細雨。温庭筠《陽春曲》：“霏霏霧雨杏花天，簾外春威著羅幕。”

〔2〕星槎：一作“星河搓”，喻貴賓駕臨，本傳説有人乘槎至天河，與牛郎織女遇之故實，見《博物志》卷三。

〔3〕劍佩：言帶劍垂佩。杜甫《短歌行贈王郎司直》：“鯨魚跋浪滄溟開，且脱劍佩休徘徊。”

中秋抵星沙劉子于周小飲無月[1]

泊到念風力，良宵正客鄉。門深書緩上，友好飲相忘。草砌啼蟲切，寒城角漏長。難同歌勝賞，學月隱孤光。

【校注】

〔1〕星沙：長沙之别名，見《八瓊室金石補正》卷九十三。

避寇打石硔[1]

削迹隨山願[2]，傷心憂覆巢。龍蛇霧裏没，虎鼠榻前交[3]。夢亂尋家怯，謀多出卜殺。無知誰竹樹，翠綠自林梢。

【校注】

〔1〕打石硔：地名。硔：通“砻”。

〔2〕削迹：本爲消除車轍之痕，引作匿迹、隱居。《莊子·盗跖》："子自謂才士聖人邪？則再逐於魯，削迹於衛，窮於齊，圍於陳蔡，不容身於天下。"

〔3〕虎鼠：疑爲"虎變鼠"之省，喻君權喪失，見李白《遠别離》："君失臣兮龍爲魚，權歸臣兮虎變鼠。"

除　夕

六十待除夕，窮年老易家〔1〕。心雖隨壯盡，髪不借春華。酒語謾兒女，燈寒矚莫鄒。勞生怪造物〔2〕，棄智更無涯。

【校注】

〔1〕易家：研究《易經》之學人。《後漢書·洼丹傳》："易家宗之，稱爲大儒。"

〔2〕勞生：勞苦之生活。《莊子·大宗師》："夫大塊載我以形，勞我以生，佚我以老，息我以死。"

除　夕

六十餘年始，微躬一代遺〔1〕。家貧輕過節，性懶重違時。内景從新讀〔2〕，門庭慎所之。檐梅春索笑，寒意與君知。

【校注】

〔1〕微躬：猶賤軀。張九齡《酬趙二侍御使西軍贈兩省舊僚之作》："明時獨匪報，常欲退微躬。"

〔2〕内景：《黄庭内景經》之省，爲《黄庭經》之義疏。《六一題跋》："《黄庭經》，今道藏别有三十六章，曰《黄庭内景》。所謂内景者，乃此經之義疏也。"

初秋同友人維弱方丈看秋水

水氣澄秋岸，閑情野望奢。蒹葭人宛在，藪澤爾無涯。却扇延風爽，凭闌到日斜。長吟叢桂樹，別院正初花。

遺　鑰〔1〕

舊物多堪念，緘縢托爾私〔2〕。歲深甘敝簏，緣墮委荒岐。鎖鑰吾無職，氍毹世已知〔3〕。亡簪勤古意〔4〕，揮手憶前時。

【校注】

〔1〕題下自注："歲荒課僮拔蔓菁。"

〔2〕緘縢：封存。《後漢書·陽球傳》："諸奢飾之物，皆各緘縢，不敢陳設。"

〔3〕氍毹：毛或毛麻混織的毛布、毛毯之類。《玉臺新咏》卷一《古樂府詩·隴西行》："請客北堂上，坐客氈氍毹。"

〔4〕亡簪：丢失插定髮髻或冠之長針。疑用《韓非子·内儲説上》"周主亡玉簪，令吏求之，三日不能得也"故實。

社日客舟雨進江口

可惜春殘半，客心倦雨舟。草柔垂岸碧，鳥濕喙烟稠。著屐生能幾，投竿老未休〔1〕。聞今村社飲，花氣醉林邱。

【校注】

〔1〕投竿：猶垂釣。《莊子·外物》："投竿東海，旦旦而釣。"

高彙旃學憲以再得草廬索詩，次其來韵却寄〔1〕

避喧寂寂已墻東，花霧春愁亂草叢〔2〕。莫遣移文驅俗駕〔3〕，閑從處士愛門風。晴開孤蕙猶香色，氣轉鳴禽各羽宫。一室圖書尚舊物，當時留恨自無窮。

【校注】

〔1〕題後注："高忠憲講學地、楊龜山倡道舊址遭璫禍鬻去，彙旃贖之，乃云'再得草廬'，忠憲爲公伯也。"高彙旃：名世泰，彙旃爲其字，無錫人。崇禎間任湖廣提學，《湖廣通志》卷二十八有傳。

〔2〕花霧：迷蒙之狀。儲光羲《至嵩陽觀》："花霧生玉井，霓裳晝列仙。"

〔3〕移文：古之文體類名，旨在宣述己旨、曉喻對方。此似用《文選》吕向《注》南齊周顒和孔稚圭初隱鍾山，周後應詔出仕，期滿返京途過鍾山；孔作《北山移文》譏周違棄前約，熱衷利禄故實。俗駕，鄙俗之士所乘之車。孔稚圭《北山移文》："請回俗士駕，爲君謝逋客。"

發願當年不苟隨，文將墜地欲何師。輶軒古道經行處，字句天心入夢時[1]。屋後山容留翠緑，南來堂奥孰藩籬。祠前不斷傳衣者，魯壁秦灰最可思[2]。

【校注】

〔1〕"輶軒"句後自注："分監漳南道經龜山里門。"經行：佛徒因養生除却悶鬱而往返回旋於一地之稱，見唐釋義净《南海寄歸内法傳》："五天之地，道俗多作經行，直去直來，唯遵一路，隨時適性，勿居鬧處，一則痊痾，二能銷食。""字句"句後自注："先一夜，夢人告語：無將字句薄天心；次日，一孝廉以《龜山文集》見貽。"

〔2〕傳衣者：承繼師業之人。李商隱《謝書》："自蒙半夜傳衣後，不羨王祥得佩刀。"魯壁：孔子故宅之壁，以在魯之曲阜故稱。孔安國《尚書序》："至魯共王好治宫室，壞孔子舊宅，以廣其居，於壁中得先人所藏古文虞夏商周之書及傳、《論語》《孝經》，皆科斗文字。"

卧隱龍岡自澹寧[1]，風烟猶識舊臺亭。推門客到時携衲，聽竹心閑亦注經。止水尋源承世學[2]，懸岩投杖托山靈。何年得踏窗前草，三徑烟蘿笑啓扃[3]。

【校注】

〔1〕龍岡：疑爲龍山之异名。《州志》卷一載："龍山，在州西南。"

〔2〕止水：静止不流之水。《莊子·德充符》："人莫鑒於流水，而鑒於止水。"

〔3〕三徑：據晋趙岐《三輔决録》載：漢末王莽專權，兗州刺史蔣詡辭官隱居鄉里，於院中辟三徑，唯與求仲、羊仲往來。後詞家常借指家園。

喜晤石長陶明府

朝士陶公運甓時[1]，蒹葭望滿正秋遲。誰當劍氣津初合[2]，各有騷懷俗不宜。蹈海身餘唯皂帽，征蠻路過總殘碑[3]。鐘殘聽徹鴻聲急，賒醉江州倒菊巵。

【校注】

〔1〕運甓：搬運磚塊以自勵，見《晋書·陶侃傳》。

〔2〕劍氣：此喻人之聲望才華。見宋華岳《呈番易趙及甫》："筆鋒帶怒摇山岳，劍氣銜冤射斗牛。"

〔3〕蹈海：投身於海，見《史記·魯仲連鄒陽列傳》之魯仲連事。"征蠻"句後注："補官滇南，聞憂還楚。"殘碑：斷缺或文字漫漶之碑碣。王禹偁《黄陵廟》："剥盡殘碑無可問，春山唯有鷓鴣啼。"

伏暑盪小舟省兩先人墓[1]

伏暑經旬老病侵，思來風樹隔湖岑[2]。村茅接水拖烟碧，野艇通溪透柳陰。借客題碑誰信史，無官誓墓彼何心[3]。情知化去能安土，聽壑依松晚自吟。

【校注】

〔1〕題後自注："夏六月水大漲。" 詩見《詩佩》卷一、《國朝詩的》卷二。二本題後均有"二首"字，且注"丙申夏六月水大漲"。

〔2〕風樹：《韓詩外傳》卷九："樹欲静而風不止，子欲養而親不待也。"

〔3〕誓墓：去官歸隱之稱。據《晋書·王羲之傳》載：羲之與王述（字懷祖）情好不協。羲之爲會稽内史，述察檢會稽；羲之深耻之，遂稱病去郡，於父母墓前自誓不復出仕。

孤行藉草坐幽森，檜柏親栽見夏陰[1]。抔土兩朝臣子泪，夜臺一聚死生心[2]。村連牧豎山南去，阪夾漁磯浦曲深。杖履寧辭三伏暑，容舒老眼只荒岑。

【校注】

〔1〕行，《詩佩》作"笻"。檜柏，常緑灌木，俗稱子孫柏。見《爾雅翼》卷九。

〔2〕夜臺：墳墓。李白《哭宣城善釀紀叟》："夜臺無曉日，沽酒與何人。"

翁孝廉藏若談明經長益，重九日過訪余，禹王閣即留小酌，次扇頭韵同作九日詩

同心大半折鸞釵，九日朋簪聚水涯[1]。句漏詞源摇禹閣，茱萸酒債壓茅柴[2]。花能向客容先老，衲似疑人名未埋[3]。聽説浮湘遊岳去[4]，遥心但與素雲偕。

【校注】

〔1〕朋簪：朋友之别稱，見《易·豫》疏。

〔2〕句漏：山名，也作"勾漏""岣嵝"，在今廣西北流市，見《讀史方輿

紀要·廣西·名山》。茅柴：吴聿《觀林詩話》："東坡'幾思壓茅柴，禁網日夜急'，蓋世號市沽爲茅柴，以其易著易過。"

〔3〕疑人：束草爲人。《墨子·雜守》："有要有害，必爲疑人。"

〔4〕"聽説"句後自注："時翁談將遊南岳。"

次韵答曹石霞

桑户往還誰更勤〔1〕，蓬門翠掩鹿山雲。亂離泪盡眼餘骨，藥命丹遲腸化筋。嘆甚嵇狂用鍛老，朅來郢曲渡江聞〔2〕。徉狂可是心灰盡，博浪當年欲似君。

【校注】

〔1〕桑户：古隱士名，亦作"桑扈""桑雽"，見《莊子》之《大宗師》及《山木》，屈原《九章·涉江》。

〔2〕朅來：猶爾來。柳宗元《韋道安》："朅來事儒術，十載所能逞。"郢曲：楚歌之泛稱，以郢爲楚地。鮑照《玩月西門廨中》："蜀琴抽白雪，郢曲發陽春。"

還自九真留漢上，同程房倩、姚山期衲居易社集〔1〕

拂拭牙琴悵調孤，臨江不渡顧吾徒。携尋岸芷春將晚，坐聽菴鐘夜易徂。酒借詞名高社譜，人從市隱重菰蘆。中原滿目多岐路，便是無鄰莫浪呼。

【校注】

〔1〕題後自注："思愚公先生。"九真：山名，在湖北漢陽縣西南。《輿地紀勝》載：縣有五藏山，唐改名仙潛山，俗呼爲九真山。相傳有九仙女煉丹於此。

送三弟問及全兒介兒歸

歸時卜得是秋期，跋履山川孰爾師[1]。累月書聲娱判押[2]，五旬祝語動杯巵。荒庭到後重開徑，世路深來早問岐。小艇輕裝無不可，寒江氣色許相宜。

【校注】

〔1〕跋履：猶跋涉，登山涉水。《左傳》成公十三年："(晋)文公躬擐甲冑，跋履山川，逾越險阻，征東之諸侯。"

〔2〕判押：亦稱"簽押"。朱熹《答黄直卿書》："致仕文字爲衆楚所咻，費了無限口頰，今方得州府判押。"

雨中望湖上文昌閣[1]

積雨平湖萬緑渾，堤楊岸草欲消魂。閑僧不管春歸去[2]，亭午烟收出閣門。

【校注】

〔1〕詩見《詩佩》，題如上；《州志》卷三題作"雨中望金湖文昌閣"，題下注："即在兹閣。"《州志》卷三載："閣在東門外城隍廟左，原名文在閣，董其昌書額易名在兹閣。"

〔2〕閑僧，《州志》作"僧閑"。

題朱君坦壽卷

疏梅纔放領花風，好鳥聲和石一叢。誰寫早春寒色裏[1]，高人韵格在其中。

【校注】

〔1〕寒色：令人感到清寒冷落之自然景色。唐李頎《望秦川》："秋聲萬

户竹，寒色五陵松。”

題　　畫

何處平疇水滿陂，烽烟世外尚鋤犂。忘機應笑漢陰叟[1]，姓字知他復是誰。

【校注】

〔1〕忘機：指自甘恬淡與世無争。李白《下終南山過斛斯山人宿置酒》："我醉君復樂，陶然共忘機。"

胡承諾[1]

字君信[2]，竟陵人。舉崇禎丙子。敦行寡言，望而知爲盛德君子。鄉居[3]，手一編弗釋，著有《青玉軒》《頤志堂》《菊佳軒》諸集[4]。晚年學益力，著《繹志》六十一篇，成一家言。卒年七十五。

【校注】

〔1〕《詩佩》卷六、《詩徵》卷二十八、《縣志》十六、《湖北通志》卷一百五十二、《湖廣通志》卷三十四、《清史稿》卷四百八十四等，均有傳可參。

〔2〕《詩佩》《縣志》載“號石莊”。

〔3〕《縣志》《清史稿》載：“明亡後隱居不仕，卧天門巾柘間”，“康熙五年檄徵入都，六年至京師，未幾告歸，構石莊於西村”。

〔4〕《詩徵》云有《石莊詩集》，下列諸詩多據《石莊先生詩集》（丙辰三月沈觀齋校），後簡稱《石莊詩集》。

答萬師二秋晚頤莊見懷六首[1] 録二

名譽相因依[2]，舉世沉甘醴。緬懷杵臼間[3]，千載得二士。知我勝自知，秋山惠音旨。駑馬雖十駕，良驥詎可擬。耦俱惜離群[4]，長鳴思寒水。

【校注】

〔1〕見《石莊詩集·菊佳軒詩》卷一，題中無“六首”字，此爲其二、其四。

〔2〕因依：即依倚，依靠。《文選》阮籍《咏懷》：“迴風吹四壁，寒鳥相因依。”

〔3〕杵臼：杵臼交之省文，即不計身份而結交的朋友。《東觀漢記·吴祐

傳》："公沙穆游太學，無資糧，乃變服客傭，爲祐賃舂。祐與語，大驚。遂共訂交於杵臼之間。"

〔4〕耦俱：猶"耦俱無猜"之省，言彼此均無疑忌。《左傳》僖公九年："送往事居，耦俱無猜，貞也。"

高張無和聲，古曲鮮近調。心賞偶不諧，忘情付長嘯[1]。君藏太古琴，沈審入精眇[2]。有時匣不彈，獨對天機笑。豈無繁會音，繁音世所好。

【校注】

〔1〕忘情：《世説新語·傷逝》載王戎喪兒，悲不自勝，有人相勸，戎曰："聖人忘情，最下不及情。情之所鍾，正在我輩。"

〔2〕沈審：深沉明審。《北齊書·北平王貞傳》："沈審寬恕。帝常曰：'此兒得我鳳毛。'"

古　　意[1]

楊柳托禁烟，婀娜不自持。零露下白草[2]，晨夕非故枝。飄英依宿壤，槁葉抱前枝。一朝蒙采掇，長與根株辭。質美必榮遇，既榮苦易衰。後此棄置機，即在握手時。霜雪亦天功[3]，胡令群芳萎。自是繁華子，歲暮爽所期。清泉映白石，終古不相離。

【校注】

〔1〕見《明詩紀事·辛籤》卷十五、《石莊詩集·頤志堂集》。

〔2〕零露：即露。舊疏言"零"爲"限落"，見《詩·鄭風·野有蔓草》"野有蔓草，零露清兮"疏。

〔3〕天功：大功。《書·舜典》："欽哉！惟時亮天功。"

楊花曲[1]

楊白花千樹，含蕊待春晴。徘徊綺窗外，無風亦自輕。綠水值楊花，根蒂從此生。變爲浮萍草，圓葉覆纖莖。微質不相棄，助君池館清[2]。

【校注】

〔1〕詩載《石莊詩集·頤志堂集》。

〔2〕池館：臨池之館。杜甫《過郭代公故宅》："我行得遺迹，池館皆疏鑿。"

藥盌吟[1]

石折市里中，鵩集承塵上[2]。達人固知命，是以解惆悵。病軀自弱冠，草木香衣桁。至今七十三，藥盌隨所向。如聞肺腑語，免教醫師誑。極知減俗累，志趣得疏放。譬若馳輕車，轉丸下叠嶂[3]。懼以慎疾心，誤墮貪生障。何日排冥筌[4]，無藥亦無妄。

【校注】

〔1〕詩見《明詩紀事·辛籤》卷十五下、《石莊詩集·己未草》。

〔2〕鵩集，《己未草》作"鵬集"。山鴞（俗稱猫頭鷹）歇落。承塵：亦名簾，懸挂於床上承接塵土的帳幕。《西京雜記》卷五載："賈誼在長沙，鵩鳥集其承塵。長沙俗以鵩鳥至人家，主人死。"

〔3〕轉丸：喻容易流暢。杜甫《送從弟亞赴安西判官》："應對如轉丸，疏通略文字。"

〔4〕冥，《己未草》作"宴"，訛。言抽象道理與具體實迹，見《文選》江淹《雜體詩》"一時排冥筌，冷然空中賞"李周翰注。

俠客行[1]

俠客雄劍色如銀，紫髯碧眼膚龍鱗。銜恩不解道姓字，但逢危難思致身[2]。人生以死何容易[3]，此客以死酬衆志。事雖未成人已驚，身餘一擲情猶愧。搏擊能空九世仇，赤丸夜出貪夫憂。漢家方重褒衣士[4]，此客年少今白頭。

【校注】

〔1〕見《詩徵傳略》卷三十八、《明詩紀事·辛籤》卷十五下、《石莊詩集·青玉軒》卷二。

〔2〕致身：獻身爲仕。杜甫《乾元中寓居同谷縣作歌》七："長安卿相多少年，富貴應須致身早。"

〔3〕以，《詩徵》作"一"。

〔4〕褒衣："褒衣博帶"之省詞，即寬衣大帶，爲古代儒生之服式。《淮南子·氾論》："古者有鍪而綣領以王天下者矣……豈必褒衣博帶，句襟委章甫哉？"

漁父詞[1]

湖天清照一漁叟，手把漁竿立最久。潭烟乍起迷家林，遥指寒罾是溪口[2]。船頭得魚船尾賣，東家屬網西家晒。窮年耕作在風波，一生勞力更瀟灑。

【校注】

〔1〕見《石莊詩集·青玉軒》卷二。

〔2〕寒罾：停歇之罾。寒：歇也。見《左傳》哀公十二年"亦可寒也"注。

鞦韆行[1]

道上春光二月天，道上女兒戲鞦韆。已嗟弱質摇難定，更憐嫮貌清且妍[2]。俄頃倒投誇行客，碧天爲幬雲爲席。玉釵墮地懶更收，羅裳小開亦不惜。陌上嬌羞常掩扇，却挽長繩凌空轉。縱軀最喜不自由，衆中那避多人見。須臾百擲猶未已，癡絶賭向樂中死[3]。别苑香颸出墻來，大笑落花飛不起。

【校注】

〔1〕見《詩徵》及《石莊詩集·菊佳軒詩》卷二。

〔2〕嫮貌：即美貌。《漢書·禮樂志》："衆嫮并，綽奇麗。"

〔3〕癡絶：陸游《舟中戲書》："英雄到底是痴絶，富貴但能妨醉眠。"

高冠山行[1]

高冠山上石子路，昔日葱蘢千章樹[2]。秋風落葉滿城飛，月明林中起烟霧。是時君王苑囿深，小輦不到晝陰森。護門草生禽出入，守宫槐暗薜侵淫。只今縱横成午道，曾無一木支山曉[3]。馬踏碎石響琤琤，長嘶落日戀烟草。大宗盤石一朝傾，海内此山知多少。

【校注】

〔1〕見《石莊詩集·菊佳軒詩》卷二。高冠山：又名高觀山、蛇山，在武昌，見《讀史方輿紀要》卷七十六《武昌府·江夏縣·黄鵠山》。

〔2〕千章樹：千株大樹木。杜甫《何將軍山林》："百頃風潭上，千章夏木清。"

〔3〕午道：縱横四通之大路。《戰國策·趙策二》："韓守成皋，魏塞午道。"支山：疑指高冠山，據《讀史方輿紀要》卷七十六《武昌府·江夏縣·黄鵠山》載，高冠山爲黄鶴山支阜。元末陳友諒屯駐於此，後爲朱元璋之將傅友德攻占，遂下武昌。

藤杖吟〔1〕

截取壽藤作杖植，百尺蜿蜒留正直。柔滑不帶苔蘚痕，堅剛頗識松筠力。葛陂倒景躡穹蒼〔2〕，三山白鶴皆飛翔。何如拂拭長者前，敬君若敬丈人行。別有异質晞千曙，偉哉神功非凡庶。其杖扶世不扶身，世免顛危身熙豫〔3〕。

【校注】

〔1〕見《石莊詩集·頤志堂詩》。

〔2〕葛陂：湖名，在今河南新蔡縣北。道家傳説東漢汝南人費長房投杖於此，杖化爲龍，見《後漢書》卷八十二《費長房傳》。

〔3〕顛危：《三國志·魏志·夏侯玄傳》："將以傾覆京室，顛危社稷。"

湘中吟〔1〕

楚客多悲音，更爲湘浦吟。湘浦蕭條空延佇，日暮停舟懷沙渚。狂風震蕩洞庭湖，屈氏忠魂無處所。吁嗟乎！君無輔兮車軸折，臣失主兮菁華絶，所以申狄蹈河、萇弘化血〔2〕！纍臣一去不可攀，含悲飲泣愬天關〔3〕。乍凝神思若有見，倏爾孤帆没雲山。

【校注】

〔1〕見《詩佩》卷六、《石莊詩集·青玉軒》卷二。

〔2〕申狄：即申徒狄，一説殷末人。相傳其不忍見紂亂，抱石投河而死。屈原《九章·悲迴風》："望大河之洲渚兮，悲申徒之抗迹。"申徒，爲複姓。

〔3〕纍臣：本古代被拘囚於异國的官吏對所在國的自稱；此指屈原。宋方夔《重午》："纍臣水底沉魚冢，玉女釵頭綴虎符。"天關：星名。或言角星，或言北辰，或言斗宿，或言奎星。見《史記·天官書》《天宮星占》《太公金匱》等。

送王山長還湘潭六首[1]録二

馬上揖歸鞭，玆行路幾千。白雲湘水外，青簡嶁峰前[2]。川末含餘霽，花中宿暮烟。洞庭猶記憶，遠夢可周旋。

【校注】

〔1〕見《石莊詩集·青玉軒》卷三；《明詩紀事·辛籤》卷十五下僅録其二。王山長：名岱，字山長，號了庵，湘潭人。《國朝詩的》卷三有傳可參。

〔2〕嶁峰：岣嶁峰之省詞。《讀史方輿紀要·湖廣·衡州府·衡陽縣》載：岣嶁峰，府北五十二里，衡山主峰也，故衡山亦兼岣嶁之名。

湘水孤帆轉，衡山深淺看。聽歌來遠枻[1]，弄影狎危灘。照日青林縟，飈風極浦寬。撫心眇徑寸，送子越層瀾。

【校注】

〔1〕遠枻：猶遠帆。枻：短槳。《史記·司馬相如列傳》："揚桂枻。"裴駰《集解》引韋昭曰："泄，楫也。"

答友人見懷[1]

天寒復曠野，而我在汀洲。塍影横茅屋[2]，河光上小邱。陰池含凍早，晚徑入雲稠。尚有芳蘭訊，無爲嘆藪幽[3]。

【校注】

〔1〕見《詩徵傳略》卷三十八及《石莊詩集·青玉軒》卷三。

〔2〕塍影：堤影。塍，《廣雅·釋室》："塍，堤也。"

〔3〕藪幽：大湖之幽深處。屈原《九章·惜往日》："君無度而弗察兮，使芳草爲藪幽。"

吴既閑移家相近喜而贈之[1]

之子來何晚，山中木落時。清談連夢寐，月色在堦墀。汀草吾將刈[2]，舊遊君莫思。寒宵兩客鳥[3]，共對一霜枝。

【校注】

〔1〕詩載《詩徵傳略》卷三十八、《明詩紀事·辛籤》卷十五下、《石莊詩集·青玉軒》卷三。吴既閑：名驥，亦稱三驥，竟陵人。《國朝詩的》卷二、《縣志》卷十六等均有傳。

〔2〕汀，《明詩紀事》作"江"。

〔3〕客鳥：喻旅人。《海録碎事·人事·干謁》："賈氏譚録顧況《謝李鄴侯詩》云：'萬里飛來爲客鳥，曾蒙丹鳳借枝柯。'"

春日訪熊子牙李子固二首[1]

此日真乘興，他時只閉關。春流纔没渚，輕棹隨遠山。岸曲風難正，沙虚日更閑。素交三十載，無計廢追攀[2]。

【校注】

〔1〕見《石莊詩集·青玉軒》卷三。熊子牙：生平不詳。李子固：名楧，竟陵人，《縣志》卷十四有傳。

〔2〕追攀：追隨攀援。杜甫《遣興》："昔在洛陽時，親友相追攀。"

野岸停舄舫，人家指鵲巢。誦詩懷伐木，卜宅見誅茅[1]。宿霧消芳沚，晴雲度遠郊。春山非一狀，悵望共林梢。

【校注】

〔1〕伐木：《詩·小雅》之篇名。其篇《序》："伐木，燕朋友故舊也。"後喻友情深摯。卜宅：即擇地定居之意。杜甫《爲農》："卜宅從兹老，爲農去

國賒。”

韋南安年丈枉過敝廬因之潛江訪柯明府[1]

秋陰澄一壑，君至訪高卿[2]。涼葉疏寒徑，幽花照晚晴。浩歌白雲曲，款語谷風情[3]。彼美韋家後，能詩舊有名。

【校注】

〔1〕詩見《石莊詩集·青玉軒》卷三，題後自注：“柯於韋爲門人。”此爲其一。

〔2〕“君至”句下注：“王僧孺詩云：倘過北山北，聊訪法高卿。”

〔3〕款語：懇談。《酉陽雜俎》前集五《怪術》：“（普）寂云：‘方有小事，未暇款語，且請遲回休憩也。’”

雨　　後[1]

秋雨晚雲合，籬邊菊自開。野人行樂返[2]，寒鳥下山來。落照明諸嶺，殘烟斷遠隈。園林有餘興，容與踏蒼苔。

【校注】

〔1〕見《石莊詩集·青玉軒》卷三。

〔2〕樂，《青玉軒》作“藥”。

田家偶步[1]

拜揖非吾性，田家少送迎[2]。偶嘗園果味，遂聽野禽聲。古墓虬松偃，叢祠灌木榮[3]。玄黄方在野，詎許得忘情[4]。

【校注】

〔1〕見《詩佩》卷六、《國朝詩的》卷二、《石莊詩集·青玉軒》卷三。

〔2〕少,《國朝詩的》作“無”。

〔3〕叢祠：鄉野林間之神祠。《史記・陳涉世家》：“又間令吳廣之次近所旁叢祠中，夜篝火，狐鳴，呼曰：‘大楚興，陳勝王。’”

〔4〕“詎許”句,《詩佩》及《國朝詩的》均作“能使客驚心”；《青玉軒》與本篇同。

和友人登壽春城〔1〕

古堞平蕪上，天清樓櫓間〔2〕。登臨逢落木，指點遍他山。白塔看無際，長淮去不還〔3〕。羡君懷舊迹，獨嘯矗雲間。

【校注】

〔1〕見《石莊詩集・菊佳軒》卷三。壽春：舊縣名。治所在今安徽壽縣。見《讀史方輿紀要・江南・鳳陽府・壽州》。

〔2〕樓櫓：本古軍中用以瞭望敵軍之無蓋高臺，此言城墻上之望樓。《後漢書・南匈奴傳》：“初，帝造戰車，可駕數牛，上作樓櫓，置於塞上以拒匈奴。”

〔3〕淮：淮水。《明史・地理志》：“(壽州)北濱淮，淮水經山硤中，謂之硤石山，有西肥水來合焉。”

暝投西塔寺〔1〕

披榛愜晚尋，暝色近潭心。老樹樓臺正，歸僧菡萏深。竹房鄰夜榜〔2〕，桐雨滴清琴。龍象留灰劫，十年忽至今。

【校注】

〔1〕見《石莊詩集・菊佳軒》卷三。西塔寺：《縣志》卷二載：在城西二里覆釜洲，原名龍蓋，唐積公化形甃塔因名。

〔2〕夜榜：夜間劃舟。蘇軾《至秀州贈錢端公安道兼寄其弟惠山山人》：“鴛鴦湖邊月如水，孤舟夜榜鴛鴦起。”

潛江僧舍逢陶仲調[1]

相憶共興悲，詎聞相見期。繫寬偶語法，魂返汨羅祠。寒水浮蒼舳，閑房接翠枝。此生重執手，更似樂新知。

【校注】

〔1〕詩載《石莊詩集·菊佳軒》卷三。陶仲調：即陶汝鼐，傳見本書卷三十一。

西　　郊[1]

西郊初解凍，風軟愛徐行。獻歲邱中賞[2]，當年物外情。鏡機有公子[3]，浪迹豈先生。自訂閑遊約，花飛聽早鶯。

【校注】

〔1〕見《石莊詩集·菊佳軒》卷三。

〔2〕獻歲：一年之開頭。鮑照《代春日行》："獻歲發，吾將行，春山茂，春日明。"

〔3〕鏡機：照微。鄭曼季《答陸士龍》："沈仁育物，元聰鏡機。"

春　　夜[1]

稍白堦前月，蒼然夜色來。如何天宇曠，若向野籬開。隱几一星正[2]，步檐群鳥回。中春寒自遣[3]，花事不須催。

【校注】

〔1〕見《石莊詩集·菊佳軒》卷三。

〔2〕隱几：倚着几案。《莊子·徐無鬼》："南伯子綦隱几而坐，仰天而噓。"

〔3〕中春：農曆二月十五爲春季正中，故稱。唐徐凝《二月望日》："長

短一年相似夜，中秋未必勝中春。”

又　雨[1]

日午東風甚，平皋雨復來。睡鄉鄰麴糵[2]，塾舍繞莓苔。去雁飛翔亟，栖鳥次第回。閑心觀羽族，留逝兩無猜。

【校注】

〔1〕見《石莊詩集·菊佳軒》卷三。

〔2〕麴糵：酒。杜甫《歸來》：“憑誰給麴糵，細酌老江干。”

初　夏[1]

柳陰百章下[2]，草屋數楹中。無俟辟輕暑[3]，有時來快風。低飛從燕雀，欻化感沙蟲[4]。惆悵人間世，生成理不同。

【校注】

〔1〕見《石莊詩集·菊佳軒》卷三。

〔2〕章，《菊佳軒》作“草”。章同“樟”；百章：即衆樟樹。司馬相如《子虛賦》：“其北則有陰林巨樹，楩楠豫章。”

〔3〕辟，字下注：“必益切”，即“避”。

〔4〕“欻化”句下自注：“時二方用兵。”沙蟲：即沙蝨，水邊草地之小蟲，能入皮膚害人。唐李德裕《謫仙嶺南道中作》：“愁衝毒霧逢蛇草，畏落沙蟲避燕泥。”據自注，似暗用周穆王南征，一軍皆化，君子爲猿鶴，小人爲蟲沙典。

過村中舊居[1]

不到舊居久，年光若逝波。時尋草芽短，頃見葉紅多。水落鳴沙雁，窗虚蜕野蛾。幸殊江令宅[2]，蕭散喜重過。

【校注】

〔1〕見《石莊詩集·菊佳軒》卷三。其二刻卷六《小引》載："戊申營石莊於縣西北二十五里，草堂二楹，頹垣未葺。有老樹三株，高皆四五丈，距彼處十五六里即可望見。申酉之間，時挾策以往，此後亦反鎖耳。"

〔2〕江令：南朝梁江淹曾爲東武令，陳江總，官至尚書令，均有文名，後代墨客稱二人爲"江令"。此處疑指江淹，因江淹曾作《别賦》，内有"視喬木兮故里，决北梁兮永辭"句。

答黄慈雲〔1〕

我友相思久，訊予谷口深。欲爲車馬客，恐負薜蘿陰〔2〕。衰白容閑放，栖遲任苦吟〔3〕。來章高北卧，先識野人心〔4〕。

【校注】

〔1〕黄慈雲：即本卷黄正色，據《詩佩》卷四小傳載，慈雲爲黄正色之號。

〔2〕薜蘿：隱士之居所。劉長卿《過元八所居》："薜蘿誠可戀。"

〔3〕栖遲：淹流，隱遁。《後漢書·馮衍傳》："久栖遲於小官，不得舒其所懷。"

〔4〕句末自注："君詩云：'還能高北卧，且復更南圖。'"

新　　凉

秋色在庭蕪，新凉洽病軀。減餐當石髓，熟睡美酡酥〔1〕。橘裂霜前齒〔2〕，茄香露下跗。園人勤小摘，何必憶蒓鱸。

【校注】

〔1〕石髓：本石鍾乳，古人信之入藥。《晋書·嵇康傳》："康又遇王烈，共入山，烈嘗得石髓如飴，即自服半，餘半與康。"酡酥：即酥酡，傳説印度之美食，以乳酪曲作成，見《法苑珠林》。又《山家清供》載："蘇東坡與子由

飲，槌蘆菔爛煮，不用他料，只研白米爲糝，食之。忽放箸撫几曰：'若非天竺酥酡，人間决無此味。'"

〔2〕橘裂：疑指橘叟，即橘中之老者。據《幽怪録》載：巴邛橘園中，霜後見橘如缶，剖開中有二老叟象戲，言橘中之樂，不減商山，但不得深根固蒂耳。

月下雜咏十首〔1〕録一

幾許征人婦，愁心怯杜鵑。巫雲隨夢駛，隴月近樓圓。嗚咽文姬拍，淒清素女弦〔2〕。殷勤爲搗練，寄遠可能憐。

【校注】

〔1〕詩見《石莊詩集·頤志堂詩》，題無"十首"二字，此詩爲其三。

〔2〕素女：傳説中之神女名，善音樂，與黄帝同時，見《史記·封禪書》、揚雄《太玄賦》等。

閑咏八首〔1〕録二

鵲户避干支，草生惡蒺藜。蝸牛縈壞壁，螢網絡疏枝〔2〕。暮節風閶闔，南窗日扊扅〔3〕。素書勤委説，義取析群疑。

【校注】

〔1〕見《石莊詩集·頤志堂詩》丙辰卷，無"八首"字樣，此爲其二、其五。

〔2〕螢網：斑螢結網。螢，《本草·斑螢》：時珍曰："斑，言其色；螢，刺，言其毒如矛刺。"

〔3〕風閶闔：閶闔風，省作"閶風"，即秋風。張衡《東京賦》："俟閶風而西退。"扊扅：亦作"剡移"，門栓。陸游《苦貧戲作》："兒能解事甘藜藿，婢苦無心晲扊扅。"

老學歲彌荒，問年恧杖鄉[1]。恒求明目訣，熟試養花方。爍釜炊烝栗，登盤瀹脆蔣[2]。餘甘分稚孺，皓首得先嘗。

【校注】

〔1〕恧：慚愧。

〔2〕烝栗：烝熟之栗；烝同“蒸”，喻栗黄色，見《急就篇》二注。瀹，《説文通訓定聲》：“瀹，假借爲鬻，通俗文，以湯煮物曰瀹。”脆蔣：細嫩之茭白。蔣：《史記·司馬相如列傳》“蔣芧青薠”《集解》引《漢書音義》：“蔣，菰也。”

秋日閑咏[1]

誰遣豐年玉[2]，勞勞敝此生。貧非因酒債，老倍忸人情。體瘦衣裳冷，神虚夢寐驚。所期安井渫[3]，猶及俟河清。

【校注】

〔1〕見《石莊詩集·頤志堂詩》，有二首，此爲其二。

〔2〕豐年玉：喻太平盛世之人才，見《世説新語·賞譽》：“世稱庾文康（亮）爲豐年玉，稚恭爲荒年穀。”

〔3〕井渫：比喻潔身自持，不爲人知，見《易·井》：“井渫不食，爲我心惻。”

老人嘆[1]

馮唐非皓首，顔駟豈龐眉。老有徐來日，窮無送去時。游絲牽落絮[2]，候鳥匿深枝。病骨年年换，俞跗自我爲[3]。

【校注】

〔1〕見《明詩紀事·辛籤》卷十五下、《石莊詩集·頤志堂詩·戊午草卷》。

〔2〕游絲：蟲類所吐之絲飛揚於空中者。沈約《會圃臨春風》：“游絲暖

如烟，落花雰如霧。”

〔3〕俞跗：亦作“俞拊”“俞附”等。傳説黄帝時之良醫，理病不用湯藥，僅予病者割皮解肌，洗滌内臟，見《史記·扁鵲傳》。

不寐[1]

太息思前事，人間歲月忙。滯情猶愛鶴，特趣喜焚香。兵氣纏餘齒，病軀擾睡鄉。曉燈明耿耿[2]，翳目却蒼蒼。

【校注】

〔1〕見《石莊詩集·頤志堂詩·己未草》。

〔2〕耿耿：明貌。韓愈《利劍》：“利劍光耿耿，佩之使我無邪心。”

自浮梁赴饒州[1]

百里餘干積翠來[2]，晴江水暖暗生苔。晚猿初起船纔繫，春鳥能言花盡開。洞口澆泉留客賞，雲邊買酒唤僮回[3]。曲中暴謔嫌餘俗[4]，一夜微停畫角哀。

【校注】

〔1〕詩見《詩徵》卷三十八、《明詩紀事·辛籤》卷十五下、《石莊詩集·青玉軒》卷四。

〔2〕餘干：縣名，在江西餘干縣，明清屬饒州府。

〔3〕雲,《詩徵》《石莊詩集》均作“村”。

〔4〕“曲中”句,《詩徵》作“曲聲啁哳無須恨”。

三山舟中懷陶仲調、胡孝緒、鄧奭侯、吴既閑、劉杜三諸子[1]

三山頭上望京邑[2]，白鷺洲前送早春。歸客獨尋芳草步，勝游並聚落花晨[3]。西鄰候火驚中甸，南國儲胥問水濱[4]。爲念長江帆影内，幾番回首是何人。

【校注】

〔1〕見《石莊詩集·青玉軒》卷四。陶仲調、吴既閑、劉杜三，見前各卷注；胡孝緒，名統虞，號此庵，武陵人《國朝詩的》卷一有傳；鄧奭侯，作者友人，生平不詳。

〔2〕三山：山名，一名護國山。在南京市西南，長江東岸，突出於江中，爲江防要地。見《太平寰宇記》卷九十《昇州》。

〔3〕勝游：快意之游覽。劉禹錫《奉和裴侍中將赴漢南留别座上諸公》："管弦席上留高韵，山水途中入勝游。"

〔4〕候火：烽火。杜甫《秦中雜詩》："候火雲峰峻，懸軍幕井乾。"中甸：京畿之内。王融《三月三日曲水詩序》："日夕於中甸"，李周翰注："使朝夕盈於畿甸之中。"儲胥：御苑，宫闕。歐陽修《景雲朝謁從駕還宫》："自慚白首追時彦，行近儲胥忝侍臣。"

贈寒碧上人〔1〕

往事曾隨鮑謝遊，碧雲高唱滿吴洲。烟埋宿草縈香閣，葉下繩床倚石樓。種智自能觀小劫，客塵爲我洗寒流〔2〕。東林欲别還凝望〔3〕，斷燒平蕪不勝秋。

【校注】

〔1〕題下注："上人住白龍寺，在友夏、遠韵、服膺墓左，亂後一至其處。"見《石莊詩集·青玉軒》卷四、《明詩紀事》辛籤卷十五下。寺，據《縣志》卷二載："在縣北五華山，離城七十里。"

〔2〕種智："一切種智"之省，即佛事。《大智度論》卷二十七："一切智，是聲聞、辟支佛事；道智，是諸菩薩事；一切種智，是佛事。"小劫：佛教稱人壽十歲增至八萬歲，又從八萬歲減至十歲之二十往返時間單位。見《法苑珠林》卷三《時節》。《智度論》卷三十八《釋往生品》："時節歲數，名爲小

劫。”客塵：意指塵世煩惱。《摩維經·問疾品》：“菩薩斷除客塵煩惱而起大悲。”注：“心遇外緣，煩惱横起，故曰客塵。”

〔3〕東林：東方之林。江淹《效阮公》：“孤雲出北山，宿鳥驚東林。”

曉　　起〔1〕

布穀五更啼至曉，披衣行到野人家。昨宵殘露猶沾草，何處輕風更落花。初夏懶梳頭上髮，舊痾知禁卯時茶。開門自怪身將老，不類兒童卧日斜。

【校注】

〔1〕見《明詩紀事·辛籤》卷十五下。

題朱方寧秫莊〔1〕

滮池脉散野田分〔2〕，候鳥鳴蟲愜所聞。樵箬不欺朱隱士〔3〕，石岩猶畫顧將軍。晚鋤藥圃香芝术，春浣漁磯濺水雲。晨正來傾上時酒〔4〕，杏花菖葉看紛紛。

【校注】

〔1〕見《石莊詩集·青玉軒》卷四。朱方寧：據《縣志》卷一載：名泰寧，生平不詳。秫莊：《縣志》卷一載：“朱泰寧所居，在縣東楊林河。下種竹繞屋，嘉魚鮮笋，秫田菜畦，不待買而足。”

〔2〕滮池：水名，本在陝西西安市西北，見《詩·小雅·白華》“滮池北流”。脉散：溝渠分流。《文選》左思《蜀都賦》：“溝洫脉散，疆理綺錯。”

〔3〕樵箬：猶“樵牧”，采樵人與牧人。

〔4〕晨正：立春之日，見《國語·周語上》“農祥晨正，日月底於天廟，土乃脉發”注。上時酒：猶應時之美酒。

視家姪元闢殯斂事訖呈熊子牙[1]

驚聞撤瑟自沾裳，楮幕玄棺祇土喪[2]。醉客雙尊餘緑蟻[3]，倚天一劍失秋霜。誰能伏枕終遥夜，最覺牽車感路傍[4]。澤畔柔風同佇立，蒲生幾節類回腸。

【校注】

〔1〕見《詩徵》卷三十八、《石莊詩集·青玉軒》卷四。

〔2〕撤瑟：死亡。《文選》任彦昇（昉）《出郡傳舍哭范僕射》："寧知安歌日，非君撤瑟晨。"楮幕，《青玉軒》作"褚幕"，猶"楮祭"，即燒紙錢爲祭。

〔3〕緑蟻：酒面漂浮之緑色泡沫。白居易《雪夜對酒招客》："帳小青氈暖，杯香緑蟻新。"

〔4〕牽車：引水之車，即水車。《福惠全書·教養部·修水利》："若夫山壟之田，於下流築大壩，寸寸而壅之，引以牽車，使不傷於大旱。"

送劉翁之江陵訪舊[1]

知君量屐意瀟瀟[2]，洱水滇雲路不遥。萬物一身藏小易[3]，秘方千首出滄潮。寒花客去戀巾拂，細凌人行聽杖敲。更入深山尋舊侶，幾家鷄犬在烟霄[4]。

【校注】

〔1〕見《石莊詩集·菊佳軒詩》卷四。

〔2〕瀟瀟：暴疾貌。《詩·鄭風·風雨》："風雨瀟瀟，鷄鳴膠膠。"

〔3〕句末自注："王履事見葛哲《溯洄集序》。"

〔4〕烟霄：指高空。唐武元衡《歸燕》："敢望烟霄達，多慚羽翮微。"

信陽別劉杜三時期至竟陵不果[1]

路近江鄉思自殷，驪駒忽向坐中分[2]。只愁細雨淹行李，何事長風送斷雲。子去日滋芳草色，子歸無誚北山文[3]。極知別後同衰暮，芍藥新詞不願聞[4]。

【校注】

〔1〕見《石莊詩集·檄激草》卷一。此題原有四首，此爲其一、其二。劉杜三：劉友光字，見本書卷三十一注。

〔2〕江鄉：猶水鄉，水國。孟浩然《晚春卧病寄張八》："念我平生好，江鄉遠從政。"驪駒：本逸《詩》告别之歌，此借指揖别。文同《寄題密州蘇學士快哉亭……》："主人自醒客已醉，門外落日驪駒催。"

〔3〕北山文：《北山移文》之省。南齊孔稚珪作此文以譏刺周顒違約而仕宦，見《文選》五臣注。

〔4〕芍藥：花名。《埤雅·芍藥》："韓詩曰：'芍藥，離草也。'"

曾許相隨谷口真[1]，嶺烟湖月似湘濱。蘭橈不肯留公子，竹徑從茲笑主人。老寄尺書難盡意，閑吟高唱亦傷神。暫游仍阻白沙曲，寧輟桃花一問津。

【校注】

〔1〕谷口：山之出入口。王維《酬虞部蘇員外過藍田别業》："貧居依谷口，喬木帶荒村。"

入村八首[1]録一

常多旱潦世方艱，不測輿圖有觸蠻。烏鵲春孳巢未補[2]，風雷晝晦雨猶慳。客談朝事閑停杖，門掩僧房學閉關。三十年前曾此地，深衣綦屨出林間。

【校注】

〔1〕詩載《明詩紀事·辛籤》卷十五、《石莊詩集·頤志堂詩》甲寅卷，均題作“八村”，此首爲其八。

〔2〕鳥鵲，《頤志堂詩》同；《明詩紀事》作“烏鵲”。

雜　　興〔1〕

飯稻觀花足此生，心光内照息無聲〔2〕。駐顔莫被丹砂誤，搔背難逢指爪輕。坐近匡床時假寐，閑吟翠嶂任徐行。何須更住雲泉側〔3〕，滌盡塵昏氣自清。

【校注】

〔1〕見《明詩紀事·辛籤》卷十五下、《石莊詩集·頤志堂詩》甲寅卷。

〔2〕心光：佛家語，言佛之慈悲心所照射的光明。《觀念法門》：“但有專念阿彌陀佛衆生，彼佛心光常照，是人攝取不舍，總不論照攝餘雜業行者。”

〔3〕雲泉：疑指泉名，即“雲母泉”之省。泉在湖南華容縣東南墨山下。李華《雲母泉詩序》：“洞庭湖西玄石山俗謂之墨山。山南有佛寺，寺倚松嶺，松嶺下有雲母泉，泉出石中……自墨山西北至石門，東南至東陵廣輪二十里，盡生雲母……井泉溪澗，色皆純白，鄉人多壽考。”

冬日柬友人〔1〕

鹿皮茵上曉光催，檞葉爐邊夢屢回。飯已將身扶杖出，窗虚擬客抱琴來。蒼崖映雪寒皴手，翠笱張魚晚貫鰓〔2〕。爲報城中芳訊早，傍檐頃放數枝梅。

【校注】

〔1〕見《石莊詩集·頤志堂詩》甲寅卷。

〔2〕翠笱：翠色竹製捕魚器物。笱，《淮南子·兵略》“道發笱門”《注》：

“竹笱，所以捕魚，其門可入而不得出。”

始葺小園〔1〕

亭午全無事，葺園廢卷餘。據梧南郭隱〔2〕，老圃漢陰居。未睹句萌長〔3〕，先宜翳薈除。觀花從鳥啄，摘葉委蟲書〔4〕。雨過霏微久，雲移偃曝如〔5〕。春風芳草色，吾亦遂吾初。

【校注】

〔1〕見《石莊詩集·菊佳軒》卷五。小園：疑指“蕞園”。《縣志》卷一“融皋”載：“胡承諾所居，在縣東七里泛，公始構蕞園移家焉。”

〔2〕南郭隱：隱居於城郭之南。《宋書·袁粲傳》：“居負南郭，時杖策獨游，素寡往來，門無雜客。”

〔3〕句萌：草木出土貌。彎曰句，直曰萌，《禮·月令》：“句者畢出，萌者盡達。”

〔4〕蟲書：言蟲蛀樹葉，痕迹曲折，如人之書字，故稱。唐喬知之《長信宮中樹》：“餘花鳥弄盡，新葉蟲書遍。”

〔5〕偃曝：伏身曝背於日。王僧達《答顔延年》：“寒榮共偃曝，春醖特獻斟。”

嘆　　歌〔1〕

一嘆白一髪，聲盡頭如絲。曉起視江月，不同昨夜時。

【校注】

〔1〕見《石莊詩集·青玉軒》卷六。

避賊湖上作〔1〕

暑雨不遑舍，寒風瘃我膚。此身疑水鳥，引子入菰蘆。

【校注】

〔1〕見《石莊詩集·青玉軒》卷六。避賊：賊，對義軍之蔑稱。《縣志》卷七“五行”載：崇禎九年八月大水決東堤入城，冬十二月義軍犯西關厢；十二年義軍踞邑拒官兵。

澄湖雜咏十八首〔1〕録四

西鄰有歸客，落葉滿黄昏。岐路無相識，殘陽送到門。

【校注】

〔1〕《詩徵》卷三十八題同，只録本詩之一、三；《明詩紀事·辛籤》卷十五下題作“澄湖”，僅録之一；《石莊詩集·青玉軒》卷六，題作“澄湖雜咏”。澄湖：注見本書卷二十九劉在朝之詩。

愛逐輕風去，不知遠近家。偶逢南浦客，閑摘小園花。

人静夜還坐〔1〕，鳥鳴林更寂。但聞花下露〔2〕，時向月中滴。

【校注】

〔1〕坐，《青玉軒》作“空”。

〔2〕聞，《青玉軒》作“開”。

此中二頃田，清流日回激。不知顔與閔〔1〕，何如沮與溺〔2〕。

【校注】

〔1〕顔：顔回，春秋時魯人，在孔門中以德行著稱。閔：閔損，春秋時魯人，亦居孔門德行科。

〔2〕沮：長沮；溺：桀溺，二人皆春秋孔子時之隱者，見《論語·微子》。

送人還山[1]

桂子松花盡擬檐，掉頭捉鼻定難兼[2]。酒泉南嶂宜堅卧，莫羨徵書到宋纖[3]。

【校注】

〔1〕見《明詩紀事・辛籤》卷十五下。《石莊詩集・頤志堂》丁巳卷。《頤志堂》共五首，本詩爲其五。

〔2〕擬，《頤志堂》作“礙”。捉鼻：不屑貌。《世説新語・排調》：“初，謝安在東山居布衣時，兄弟已有富貴者，翕集家門，傾動人物。劉夫人戲謂安曰：‘大丈夫不當如此乎？’謝乃捉鼻曰：‘但恐不免耳。’”

〔3〕宋纖：字令艾，一作令文，晋敦煌人，謚玄虚先生，隱居酒泉之南山。見《晋書》卷九十四。

江上望九華山[1]

山上石如指爪生，晴江一望擬花林。歸僧半入中峰路，不測中峰更幾深。

【校注】

〔1〕見《石莊詩集・青玉軒》卷七。九華山：在安徽青陽縣西南。《太平寰宇記》：“舊名九子山，李白以有九峰如蓮花削成，改爲九華山……今山有李白書堂基址存焉。”《青陽縣志》：“山在縣西南四十里，峰之得名者四十有八、岩十四、洞五、嶺十一、泉十七、源二，其餘臺石池澗溪潭之屬，以奇勝名者不一。”

湘陰阻風[1]

西上喜聞欸乃曲，南遊畏見摩崖碑[2]。湘流解送欲歸客，何事天風却倒吹。

【校注】

〔1〕載《詩徵》卷三十八、《明詩紀事·辛籤》卷十五下、《石莊詩集·青玉軒》卷七。湘陰：縣名，屬湖南。南朝宋置縣，以其地在湘江之陰而名，明清屬長沙府，參《寰宇通志》卷五十五《長沙府》。

〔2〕摩崖碑：唐碑名，在湖南祁陽浯㵢石崖上，爲元結撰。文名《大唐中興頌》，顏真卿書，字奇偉，見歐陽修《文忠集》卷一百四十《集古·録跋尾》七《唐中興頌》。

與謝階生夜別湖上〔1〕

家住微茫認水雲，漁歌中斷却相聞。扁舟漸近空村月，望盡湖烟不見君。

【校注】

〔1〕見《明詩紀事·辛籤》卷十五下、《石莊詩集·青玉軒》卷七。

黄正色[1]

字美中[2]，蘄水人。舉崇禎丙子。官縣令[3]。

【校注】

〔1〕黄正色：《詩佩》卷四、《詩徵》卷十六、《湖北通志》卷一百五十一、乾隆《蘄水縣志》卷六等有傳可參。

〔2〕《詩佩》卷四、《詩徵》卷十八均載號慈雲。

〔3〕《詩佩》載："官江南蕪湖知縣。"

崇禎甲戌五月答前邑令李衡嶠自燕邸以書見及[1]

循良既已往，世亂誰可倚。豐沃舊郊原，一旦兵戈始。寇盜萬里來，安行類床第。一賊馬十乘，千旗障空綺。孤城急閉門，死生判從此。夫妻荷擔奔，父子安能倚[2]。只道露沾衣，不知泪爲水。且行妾所之，徐到高雲裏[3]。藤刺默藏身，兒啼安可止。與君兩不活，捫口寧兒死。寇至何所爲，一炬數千里[4]。場稼躪爲泥，兇烽染天紫。收金已滿囊，屠人類屠豕。鬼録一朝克[5]，人間减生齒。村村血有餘，飲馬須于是。關門守慘凄，庚癸呼四鄙[6]。郊遂已如斯，執戈空爾爾。春秋兩度殘，賊去全無理。郡道急點兵，深慈拯人始[7]。太息兵來時，賊行不相竢[8]。左次幾回遲[9]，目送千營尾。跪愬官兵前，念我尚饑餒。鷄豚賊所遺，相餉誰云悔。兵賊暴仁殊，妻孥幸無醢。憶公無事年，警備如多壘。更樓點點明，村鼓聲聲邇。政令隱藏兵，伏戎不能起[10]。士隱卧深山，人遊醉清市。日月曾幾何，泰亨遂爲否。公今在鳳梧，願以告夫子。

【校注】

〔1〕見《縣志》卷十八，題後尚有"賦詩答之時蘄黄之寇深矣"十一字。李衡嶠，據《縣志》卷六載："李汝燦，字衡嶠，南昌進士，崇禎二年知縣，擢

刑科給事去。”

〔2〕父子,《縣志》作“子父”。倚,《縣志》作“俟”。

〔3〕妾,《縣志》作“安”。徐,《縣志》作“除”。

〔4〕千,《縣志》作“十”。

〔5〕鬼録：死者之名册。陶潛《擬挽歌辭》之一：“昨暮同爲人，今旦在鬼録。”

〔6〕庚癸：向人告貸。據《左傳》哀公十三年傳、注載春秋時吴王夫差與鄭魯等國會盟，吴大夫申叔儀向魯大夫公孫有山氏乞糧。其答曰：“粱則無矣，粗則有之，若登首山以呼，曰：‘庚癸乎？’則諾。”因軍中缺糧，故用隱語乞糧。庚爲西方，主糧；癸爲北方，主水。

〔7〕始,《縣志》作“殆”。

〔8〕竢,《縣志》作“待”。

〔9〕左次：兵法語，言宿山之左側。《易・師》：“六四，師左次。”《疏》：“故師在高險之左以次止，則無兇咎也。行師之法，欲右背高者，此兵法也。”

〔10〕伏戎：兵法語，伏兵。《易・同人》：“伏戎於莽，升其高陵，三歲不興。”

王將軍園居詩〔1〕

往見林塘處，三年百務修〔2〕。病將高隱藥，才借水雲收。靈境常招月，方床易受秋。异書排甲乙，坐與古人遊。

【校注】

〔1〕見《詩徵》卷十六，僅録其一、其二。

〔2〕百務：庶政。《三略・上略》：“察衆心，施百務。”

不病何能静，高人善自將。舞留雙鶴影，坐繞百花香。往事辭宵夢，新情納晝長。叩門千里客，分得小池凉。

竹林株株性，因時布置安。天臨深樹小，鶴度短垣寬。世事棋枰盡，才猷水石看。念君無別累，曲禮見人難[1]。

【校注】

〔1〕曲禮：猶事禮。《儀禮·士冠禮》疏："且儀禮亦名曲禮。故《禮器》云：經禮三百，曲禮三千。"鄭注云："曲，猶事也。事禮謂今禮也。"

西湖譚遠韵賦詩贈答[1]

水邊樓閣舫邊雲，千里依然楚語聞。鄉射隊中勤飲我[2]，湖天行處更逢君。烟從林斷寒成迹，月爲橋閑静與群。共灑客心横萬壑，孤山寶石兩紛紛[3]。

【校注】

〔1〕譚遠韵：譚元聲之字，其爲譚友夏之弟。

〔2〕鄉射：古以射選士之禮。其一爲州長於春秋二季會民，射之於州學；二爲鄉大夫三年大比時，獻賢能之書於王，行鄉射之禮。獻禮前皆先行鄉飲酒禮。

〔3〕孤山：在杭州西湖裏外二湖之間，一山聳立，旁無聯附，林逋曾隱居於此。見《咸淳臨安志》。寶石：山名，在杭州西湖之北。《咸淳臨安志》一作巨石山、石甑山，山有保俶塔，吴越號此山爲寶石山，後改爲巨石山。

金卜公邱景庭過訪山居留詩賦答[1]

輕輿分破曉烟堆，一酌池亭牖自開。世事長材猶窘躓，山林清晝亦徘徊[2]。兒童見客初能揖，桃杏成花欲更栽。不是好留君共話，蓽門曾有幾人來。

【校注】

〔1〕金卜公:《縣志》卷九載:“金甌,字卜公,崇禎壬午舉人,與黄正色及同郡王一翥、劉侗輩以文章道義相期許,久困諸生中,晚始一遇,出蔡道憲之門。”邱景庭:作者友人,生平不詳。

〔2〕清晝:晴晝。王維《同盧拾遺過章給事東山别業》:“是時陽和節,清晝猶未暄。”

王意菴招飲西湖風雨相值

非關良月舉頭遲[1],一度湖光一見奇。入座秋還因静聽,藏舟深處只雲移[2]。白期鶴影烟難得,紅綉山情樹漸宜。談笑幾多幽韵在,夜闌惟共六橋知[3]。

【校注】

〔1〕良月:農曆十月。《左傳》莊公十六年:“公父定叔出奔衛,(鄭伯)三年而復之……使以十月入,曰:‘良月也,就盈數焉。’”

〔2〕藏舟:本指隱舟,喻事物生變,不得困守。駱賓王《大夫挽歌》之二:“居然得物化,何處欲藏舟。”

〔3〕六橋:在西湖。一爲蘇軾始建,名映波、鎖瀾、望山、壓堤、東浦、跨虹,見蘇軾《分類東坡詩》卷八《軾在潁州與趙德麟同治西湖……》;一爲明楊孟瑛建,在西湖裹湖,名環璧、流金、卧龍、隱秀、景行、浚源,見《西湖游覽志》卷二《孤山三堤勝迹》。

白下送含澤上人還浠[1]

溪山影裹自藏真,鐘磬朝昏懶見人。忽使一帆凌萬頃,到來千里訝孤身。憐師老去池蓮小,揖我西歸岸柳春。涉罷風塵應結伴,蘆花清月釣漁綸[2]。

【校注】

〔1〕含澤上人：作者僧友。浠：浠水縣名之省稱，屬湖北省。

〔2〕風塵：喻世俗之擾攘。郭璞《游仙詩》之一："高蹈風塵外，長揖謝夷齊。"釣漁綸：疑"釣綸"，即釣絲。杜甫《贈王侍御》："錦裹殘丹竈，花溪得釣綸。"

如是菴雜咏〔1〕

遠引巒雲壑氣歸，優花寶樹鶴朝飛〔2〕。清機獨許人間會，四望青旻自合圍〔3〕。

【校注】

〔1〕詩見《詩徵》，引其三。如是菴：《縣志》卷末"寺觀"載"如是菴，太常卿官應震爲高僧無空建"，在"邑崇山"。

〔2〕優花：佛語，疑"優曇花""優曇婆羅花"之省，即曇花。《法華文句》四上："優曇花者，此言靈瑞，三千年一現，現則金輪王出。"寶樹：指西天净土之草木。《妙法蓮花經》卷五《如來壽量品》："寶樹多花果，衆生所游樂。"

〔3〕青旻：即蒼穹。

深深淺淺襯莓苔，歷歷蒼蒼坐幾回。水晝夜流山骨出，樹春秋長石頭開〔1〕。

【校注】

〔1〕山骨：山之真髓。元夏文彦《繪圖寶鑒》卷三《宋》："范寬，字中立……卜居終南太華，遍觀奇勝，落筆雄偉老硬，真得山骨，而與關（同）、李（成）并馳方駕也。"石頭開：猶"石點頭"，喻説理力强，感化力大。《蓮社高賢傳・道生法師》："師被擯南還，入虎丘山，聚石爲徒，講《涅槃經》……群石皆爲點頭。"

席箄攜持趁夕暉，帶烟和月晚還扉。傍人笑問君何事，石上菖蒲自采歸〔1〕。

【校注】

〔1〕石上菖蒲：疑指“石菖蒲”，植物名。《本草·菖蒲》集解：時珍曰：“水菖蒲，溪蓀也。生於水石之間。葉有劍脊，瘦根密節，高尺餘者，石菖蒲也。人家以砂栽之一年，至春剪洗，愈剪愈細，高四五寸。葉如韭，根如匙柄，粗者亦石菖蒲也。”

送熊漁山給諫偕問和尚掩關南岳期聞道而歸〔1〕

屐齒斑斑印岳顛，萬重雲裏共高賢。也知抛却孤筇處，不是松邊是鶴邊〔2〕。

【校注】

〔1〕詩見《詩徵》，題無“期聞道而歸”五字。熊漁山：即熊開元，見本書卷二十九。

〔2〕是，《詩徵》作“即”。

魏晋封[1]

字賞延，漢陽人。舉崇禎丙子科。性豪俠，癸未，獻賊陷武昌，作《戰城南》《哀江南》等詞，又草檄，思圖起義，熊太史伯龍見而賞之[2]。年三十二卒。

【校注】

〔1〕《詩徵》卷五、《沅湘耆舊集》卷二十四、《湖廣通志》卷三十二、《漢陽府志》、《漢陽縣志》均有傳。

〔2〕熊伯龍：字次侯，號鍾陵，《湖廣通志》《漢陽府志》《漢陽縣志》均有傳。

哀江南詞[1]

歲在協洽[2]，律中應鐘[3]，魏子吊乎鄂渚。水咽林號，風酸霧苦。晝見宵磷，人聞鬼語。餘息百一，游魂十五。黯然疾懷，泣其寢處[4]。乃作《哀江南》之辭。辭曰：

嗚呼悲夫！白星次野，黑雲壓城。湖沸漁沕[5]，山裂鳥驚。心懷折旗[6]，膽落飛弸。劍焉其光半已，敗者之鼓無聲。骨相屬而藉狽，血各染以啼猩。濁流既投兮魚鱉見，腐肉不去兮烏鳶争。爾則金虎摧頹，銅駝揮斥[7]。文武道盡，全灰禮部之書；仁義學成，誰揀相公之檗。長史志一劍以答恩，將軍斷雙手而何惜？承華檐而毁芳貞，窺宫井而牽明嫿。蹇朱顔之冤幽，奚魯辱之弗擇？

嗚呼悲夫！楚之覯禍於斯極也！方其席熙恬、履盛泰、表南服[8]、雄吴會，景陳同建斿之黨言[9]，聽孫郎怒鐘之未艾。詎號澤於樊襄，恃長江之如帶。迺其君之疑謫，俗之已怯[10]，豢豕獄繁，王孫亡賴。蓋天道之必讐，豈人爲之可丐？是以鐘拂然而莫索，缶自起而窺簾。巨人之頭，在淵者五；塒鷄之卵，僅晨而三。黄鶴踐乎妖夢，白雲出其兵占者矣。

方今大寇鬱確，官軍丁零。矢一加而不敢，風千里以猶腥。魂兮恍惚，生者竛竮。冀剪此而後朝食，或鄙辭之動神聽。豈比辛於吊古之文，齊悲於思奮之銘者乎〔11〕！

【校注】

〔1〕詩見《漢陽魏氏遺書二種》（清周貞亮撰）之《竹中記》。

〔2〕協洽：地支未之别名。《爾雅·釋天》："太歲……在未曰協洽。"

〔3〕應鐘：十月。古人以古樂十二律應十二月，應鐘應十月。參《漢書·律曆志上》、沈括《夢溪筆談》卷五《樂律》一。

〔4〕泣，《竹中記》作"泫"。

〔5〕漁沕：漁人潛藏。

〔6〕懷，《竹中記》作"懔"。

〔7〕銅駝：銅鑄之駱駝。《晋書·索靖傳》："靖有先識遠量，知天下將亂，指洛陽宫門銅駝，嘆曰：'會見汝在荆棘中耳！'"

〔8〕南服：南方。周制，以土地距國都遠近分爲五服，南方稱南服。《文選》顔延之《始安郡還都與張湘州登巴陵城樓作》："江漢分楚望，衡巫典南服。"

〔9〕黨言：善言，正直之言。晋夏侯湛《張平子碑》："爰登侍中，則黨言允諧。"

〔10〕怯，《竹中記》作"汰"。

〔11〕奮，《竹中記》作"舊"。

戰城南〔1〕

戰城南，轉城東。城頭射東角，官船問東風。東風仗火湖水熱，城東城南燎天紅。欲戰不戰客兵笑〔2〕，客兵自有主人翁。謂司鼓，莫辭烘，吾儕母妻幼兒在城中。鼓聲死，砲聲放，主人翁，駐河上。

【校注】

〔1〕見《魏氏遺書二種》。題下自注："癸未六月，楚省之變，有逃而示予以狀者，遂歌之。"戰城南：漢鐃歌曲名，以抒寫戰争傷亡景象，哀悼陣亡士卒，見《樂府詩集》卷十六《漢鐃歌》上。

〔2〕客兵：配合主軍作戰之外來部隊。此指王揚基之部隊。據《魏氏遺書二種·戰城南》前叙："時（癸未）監軍王揚基已膺巡撫湖北之命，爲藩府紳士所留。兵巡道李乾德擢鄖陽總制，取路荆岳往赴，而王鐨代兵巡職，坐鎮壽昌。五月五日兵巡樓領觀龍舟，舟忽登岸，大噪殺人，即獻賊也。兵巡隨難民遠竄；賊入縣城，報至省城戒嚴。北撫以南非信地，辭欲西渡江，楚藩及賀相公以下屢勉留之。至二十八日，北撫堅辭。賀相公流泣長跪不可得，乃聽登舟，而賊以二十九日五鼓攻大東門矣。……北撫屯江干，而所借鄖標牟参將等營，俱犀鋭利速戰。北撫戒之曰：'爾等皆我資以鎮江北者！士馬物故，余不任其辜。'於是諸軍逍遥。"

誤中副車[1]咏史

始皇若死此日，扶蘇必不暇以冤死，斯、高何由亡秦哉？中副車故也，非誤也。

蛇未殞，狐未鳴，有力如虎，袖其魄英。空中神手，小戎分空中[2]。謂勇士：勇士爾胡不紓，吾將付之轀輬車！

【校注】

〔1〕此詩不見《魏氏遺書二種》。

〔2〕小戎：古兵車之一種。見《詩·秦風·小戎》"小戎伐收"傳。

王　前[1]

世人以顔蠋、魯仲連戰國二高士[2]，然遺燕將書，何强與人國事也？於連不無遺議焉[3]。

食無肉，出無輿[4]，生王頭上將焉如？奈何將欲蹈東海[5]，教人不忠一紙書。

【校注】

〔1〕詩見《魏氏遺書二種》之《西除集》。王前：指顔斶呼齊宣王上前。見《戰國策・齊策四・齊宣王見顔斶》；《吕氏春秋》作“顔燭”。

〔2〕世人以，《西除集》無此三字。顔蠋：戰國時齊隱士，見《戰國策・齊策》《尚友録》卷五。魯仲連：亦稱魯連，戰國齊人。高蹈不仕，齊王欲爵之，魯連逃隱於海上。見《史記・魯仲連鄒陽列傳》。

〔3〕於連不無遺議焉，《西除集》作“吾於連有遺議焉”。

〔4〕食無肉，出無輿：齊宣王許顔斶富貴，曰：“食必太牢，出必乘車，妻子衣服麗都。”斶辭曰：“斶願得歸，晚食以當肉，安步以當車，無罪以當歸，清静貞正以自虞。”遂辭隱，見《戰國策・齊策四》。

〔5〕蹈東海：秦圍趙之邯鄲，魏王使客將軍辛垣衍令趙帝秦。魯連適游趙，與辛垣衍論辯帝秦時曰：“彼即肆然而爲帝，過而遂正於天下，則連有蹈東海而死耳，吾不忍爲之民也！”見《戰國策・趙策三》《史記・魯仲連鄒陽列傳》。

易水寒[1]

荆卿待客俱之秦，而爲太子丹所激發，此與兒戲何异！吾以卿近舍高漸離而待他客[2]，後離爲燕報[3]，而他客罔聞，卿不足云智也。

田光死早，漸離死遲，合以從荆事可爲[4]。光既老，武陽少，高郎筑聲天下竗。豎子往不返，雙瞳一矐筑聲短。矐雙瞳，燕臺空。

【校注】

〔1〕見《魏氏遺書二種》之《西除集》。易水寒：猶《易水歌》，見《戰國策・燕策三》《史記・刺客列傳》。

〔2〕高漸離：戰國末燕人，善擊筑，與荆軻爲友。軻刺秦王未遂而身死，漸離變姓名爲人庸保，秦王物色得之，矐其目，仍使擊筑。漸離乃以鉛置筑内，乘隙撲擊秦王不中，被殺。見《史記·刺客列傳》。

〔3〕報，《西除集》後有一“仇”字。

〔4〕可爲，《西除集》作“可必”。

叫天歌[1]

朝見麥禾生，暮見麥成塵。莫問麥死生，問麥騎怒嗔。一解擔担遇騎馬，和担避溝下。騎踏左拇指，叩頭謝萬死。二解大家買告身[2]，中家買小艇。貧女難自匿，破壁見花影。右手持刀入，左手捉斜領[3]。三解醉謂漢口客，不久當飲漢口酒，聞知量珠不用斗。賊若犯樊城，我來保漢口。四解

【校注】

〔1〕見《魏氏遺書二種》之《竹中記》，題下自注：“壬午過樊城作，時左良玉在樊。”

〔2〕告身：委任官職之憑證。《北齊書·傅伏傳》：“周克并州，遣韋孝寬與其子世寬來招伏……授上大將軍武鄉郡開國公，即給告身。”南朝稱除身。唐中葉以後，官爵冗濫，有空白告身可隨時填寫授職，參《資治通鑑》卷二百一十七唐至德元載載。

〔3〕斜領，《竹中記》作“科領”。

劉三英[1]

字豈庸，號龍橋，攸縣人。崇禎丙子孝廉。積學篤行，事繼祖母、繼母以孝稱。後杜門教授，名士多出其門。環堵蕭然，晏如也。業師永新劉叔豹卒於邑[2]，爲經紀其喪，祔葬先塋[3]，人咸義之。著有《龍橋詩文集》。

【校注】

〔1〕同治《攸縣志》卷三十九有傳。

〔2〕永新：縣名，屬江西省，明清皆屬吉安府，參《讀史方輿紀要》卷八十七《吉安府》。

〔3〕祔葬：言葬於祖墳之旁。

贈别康小范孝廉[1]

經年重閉户，寂寞與誰鄰。遥瞻天下士，疇是有心人。傷懷憂與樂，感念古先民。往哲不可作，今始覯其倫。坐聽揮麈談，清風披一身。仙舟多元禮，衆望林宗巾[2]。兩地均相憶，吴山楚水濱。離亭不必悵，素心共夕晨。

【校注】

〔1〕康小范：作者友人。

〔2〕仙舟：同畫舫。元禮：東漢李膺之字。《後漢書·黨錮傳序》："天下模楷李元禮。"林宗巾：東漢郭太，字林宗，品學爲時人所重。其外出遇雨，頭巾一角陷下，人争效之，故折頭巾一角，稱林宗巾，見《後漢書·郭太傳》。

胡繩祖〔1〕

字畏思，號賸崖，大冶人。舉崇禎丙子。官潛山令〔2〕。甲申後家居教子，絶糧不愠。著《讀史論略》《史記評略》《晚箴録》《歸農雜撰》諸書。

【校注】

〔1〕《詩徵》卷五，同治《大冶縣志》卷二十九有傳。

〔2〕潛山：縣名，屬安徽省。漢皖縣地，屬廬江郡，元改潛山縣，明清均屬安慶府。

秋日同遊文起閣〔1〕

構雲昔號小瀛洲，勝友招尋次第游〔2〕。疏杵幾家沙岸晚，輕烟一片石林秋〔3〕。人分野色渾依檻，月合波聲共入流〔4〕。乘興不知身老去，夜深挹袂到歸州〔5〕。

【校注】

〔1〕詩見《詩徵》，《縣志》卷五亦載。《詩徵》題作“秋日召友游文起閣”。文起閣，《縣志》載“在縣北”。

〔2〕構雲：猶雲構，喻大厦，此指閣。“勝友”句，《詩徵》作“裙屐仙山詡勝游”。

〔3〕晚，《詩徵》作“外”。石林秋，《詩徵》作“柳枝頭”。

〔4〕月合，《詩徵》作“月涌”；入流作“入樓”。

〔5〕身老去，《詩徵》作“風露冷”。挹袂到歸州，《詩徵》作“忘却在扁舟”。

楚風補卷之三十三

明

廖國遴[1]

字孟符，長沙衛人。崇禎丁丑進士。初任揚州司理，已彰直聲。再調保定，修城拯饑，備嘗勞瘁，擢户科給事中。薦起名臣劉宗周、鄭三俊，物論翕然。未竟其業而卒。

【校注】

〔1〕廖國遴：《明史》有傳，是本書編者廖元度之伯父，參見《沅湘耆舊集》小傳。廖國遴生平無其他著述留傳，下録詩似是廖元度托名作；又頗多費解之句，今姑存疑而注之。

送熊魚山給諫出獄[1]

問天天去難問矣※，篤生費道供幽庳[2]。苦黄載面衣沾骨，心入君民常若疻。十年轇轕没霜林，學道無多挹其指。翻然痛哭辭山水※，手挈亂絲金篦理※[3]。奸相鼓塵看不得，袖入春風吹殿圯※[4]。天子三傳促席前※，鏗鏘敷奏披精髓※。上顔嘉悦宰相怒※，面遊五色戰難已。脂言拳曲裂胡繩，鷄肋愁嘗鹵莽捶[5]。我聞繞席時時嘆，身隨嘆送波心裹[6]。高位相公怒勢厚，忍使芳蘅盡衰燬※。金吾鞭畢復廷賜※，通國同憂先生死※[7]。誰知雷霆出聖恩※，勑論幽明存國是※。是時小弟未得罪※〔8〕，茫茫衆霧逐風旨※。虚空縣勒黨人碑※〔9〕，割裂山河陳壁壘※。虜來漢來惑眼色，爲龍爲蛇勞比擬。方山謝足豈不怨，携斧相望登彼屺〔10〕。獨有大力可憐人，方山柱地冰山毁。可奏原傳自上心，慨爲天下討姦宄。執法僉壬心自亡，天子一笑棄東市。左个乘時運幽溷〔11〕，彈指看君君千里。哀哉昔日熱場客，登堂曲躬稱國士。哀哉昔時當道狼※，白骨餘羶叢虮螘※。賢奸一日分千古※，鬚眉男子當何似※。鞭策長風入河漢※，矯若飛龍昂若騏〔12〕。護惜不經天與人※，吾皇好生鬼神耻※。大春草木應飯遍※，恭惟晝日清狐豕※。長安官人不慣愁※，妄嘆惟予二三子※。貫城日月分光少〔13〕，憂喜隔門成彼此※。安能携取洗冤泉※，一灑四天公兹水※。白雲流兮恣翱翔，飛鳥鳴兮任行止。有情無情善生動，幽獨自媚吾其否。先生仙矣其行矣，余安療饑剖君鯉〔14〕。

【校注】

〔1〕《沅湘耆舊集》卷二十三載此詩謂“頗不入格，爲删存之”，删去較多。爲省篇幅，謹在《沅湘耆舊集》留存之句後各標上“※”號，順序不變。熊魚山，熊開元字，見本書卷二十九注。

〔2〕問天：語本《楚辭·天問》。篤生：謂生而不凡，猶得天獨厚；《詩·大雅·大明》：“長子維行，篤生武王。”費道：當是費心求道之所在。幽庳：猶言幽賤；庳：低下。

〔3〕金篦：佛家謂醫者以金篦刮目療目疾，比喻爲醒世、度人的良方。

〔4〕奸相：指周延儒，參本書卷二十九熊開元小傳注。殿戺：即殿階間；戺：堂前階石的兩端。句謂熊開元上殿論奏。

〔5〕胡繩：香草名，《楚辭·離騷》“矯菌桂以紉蕙兮，索胡繩之纚纚”，喻君子。據《明史》本傳，熊開元“欲論延儒，次日即請見。帝召入文昭閣，開元請密論軍事。帝屏左右，獨輔臣在，開元不敢言，但奏軍事。……帝乃廷杖開元，繫獄”。“鶏肋”句：當即指熊開元受杖責之事。

〔6〕波心：疑喻風波的中心，但確實“頗不入格”。唐太宗《小池賦》：

“涌菱花於岸腹，劈蓮影於波心。”

〔7〕二句言熊開元受杖責之後，皇帝又廷賜周延儒，以至舉國上下都憂慮熊開元難免一死。金吾：帝王之儀仗棒。據《沅湘耆舊集》所載廖國遴小傳，熊開元下獄後，“衆方疑疏出孟符手”，皇帝大怒，下密旨要將熊“潜斃獄中”。

〔8〕“是時”句，《沅湘耆舊集》作“是時蒙亦憂得罪”。小弟：自指，廖國遴爲諫官曾參與疏救熊開元。

〔9〕黨人碑：北宋王安石變法，後蔡京爲相，乃將反對新法的元祐黨人三百餘刻於碑，被叫作黨人碑；繼後形勢已變，黨人子孫乃以刻於碑爲榮。此處“黨人”指明代末葉的東林黨，是反對大宦官魏忠賢的士人，在萬曆、天啓二朝一直受到迫害，直至崇禎繼位，魏失勢自殺，黨禁始解。據《沅湘耆舊集》小傳，廖國遴“蓋亦黨人之有聲者”。

〔10〕方山：義未詳，或即方岳，謂地方官。熊開元在周延儒被罷後經諫官論救，“遣戍杭州”，貶爲地方官。登彼屺：語本《詩・陟岵》“陟彼屺兮，瞻望母兮”，寓有思母之意。

〔11〕左个：左側的偏室；據《禮記・月令》注，天子在春夏秋冬第一個月分别居於青陽、明堂、總章、玄堂的左个，以順時令。“左个乘時”，指皇帝臨治天下。

〔12〕人，《沅湘耆舊集》作“御”。“矯若”句，《沅湘耆舊集》作“駕若飛龍驂赤駬”。

〔13〕貫城：據《天文要集》：“貫索，刑星名，故刑官所居曰貫城。”

〔14〕剖君鯉：謂讀您的書信。古詩：“客從遠方來，遺我雙鯉魚。呼兒烹鯉魚，中有尺素書。”

許承欽[1]

字漱石，漢陽人。崇禎丁丑進士[2]。官主事[3]。

【校注】

〔1〕《詩徵》卷六、《詩佩》卷二、《清詩别裁》卷二有小傳可參。《詩徵》言其詩“家法丁卯（許渾）”“得唐賢三昧”。

〔2〕《清詩别裁》卷二：“字欽哉，湖廣漢陽人，崇禎丁丑進士。”

〔3〕《詩佩》卷二：“官户部主事。”

劉邋遢[1]

先生未羽化，佯狂混徒隸。萬象容偃蹇，迹屈道彌厲。腰間豁落圖[2]，舒卷如蟬翼。破裘不著領，隱隱蛟龍衛。懸解在屎溺[3]，魂魄生根蒂。語嘿達機兆，群目見佁儗。攘袂談清賞，外華中則穢。雅俗久相非，況乃仙凡异。流輩自齷齪，儔復識通蔽。一朝鐵柱骨，脱屣人間世。觀化入無窮，蒼蒼已天際。始悟糞屋中，塵垢紛蘭蕙。太息望矞雲[4]，潛光猶照砌。唯應仙棗亭，千秋留鶴毳[5]。

【校注】

〔1〕詩未見别本。劉邋遢：事見《同治湖北天門縣志》卷二十三《仙釋列傳》。

〔2〕豁落圖：仙人的一種裝飾；李白詩：“身佩豁落圖，腰垂虎盤囊。”《靈書》：“紫文二十四事，有神虎、金虎、消魔、豁落、流金之章。豁落者，所謂豁落斗也。”

〔3〕懸解：語出《莊子・大宗師》：“安時而處順，哀樂不能入也，此古之所謂懸解也。”此謂得道。

〔4〕矞雲：彩色瑞雲。董仲舒《雨雹對》：“雲則五色而爲慶，三色而成矞。”

〔5〕仙棗亭：當指劉邈過“成仙”之地。鶴毳：鶴的細毛，舊謂成仙者乘鶴，故云。

上虞山絶頂清風亭[1]

振衣臨倒影，飛步望滄溟。蜃市玄雲合，鯷人古霧腥[2]。怒濤驅地軸，陰火亂天星。唯有蜉蝣島，蒸烟不斷青。

【校注】

〔1〕見《詩佩》卷二。虞山：在今江蘇常熟市西北。

〔2〕鯷人：古代東海上東鯷國之人。《漢書·地理志》：“會稽海外有東鯷人。”

德州渡浮梁[1]

古驛紆山左，長川抱海西[2]。土風兼漢魏，河勢割燕齊。鹿角關前樹[3]，平原嶺外鷄。轉漕疲萬里[4]，雨雪看輪蹄。

【校注】

〔1〕見《詩佩》卷二。浮梁：把船聯起來而成的浮橋。

〔2〕古驛：指德州。山：指太行山。

〔3〕鹿角：樹籬，插樹爲籬。

〔4〕轉漕：漕運，即經水路轉運糧米入京，這裏指將糧食運到明都北京。作者當任職漕司。

黄鶴樓望大江[1]

大澤風高更倚闌，江山如畫帶愁看。西連庸蜀烽烟直[2]，北枕滄溟海氣寒。廟社有時歸草昧，乾坤何處不波瀾。徘徊試取柯亭笛，吹落梅花滿玉壇[3]。

【校注】

〔1〕見《詩徵》卷六。

〔2〕庸：古國名，地在今湖北竹山縣。

〔3〕柯亭笛：相傳東漢蔡邕經會稽柯亭，見屋東十六椽竹，取以製笛，能發妙聲。梅花：漢樂府有梅花落，本笛子曲。李白詩："黄鶴樓中吹玉笛，江城五月落梅花。"

薄暮望徐州諸山

日在西山第五峰，斷雲奔樹護山容。岩邊積氣知巢鶴，洞口餘寒應伏龍。指顧中原横要害，紆回大澤鎖提封[1]。獨憐戲馬臺邊水，不爲彭城奠鼓鐘[2]。

【校注】

〔1〕二句言徐州位當要衝，爲中原要塞、兵家必争之地。大澤：指安徽宿遷縣大澤鄉，陳涉起義處，在舊徐州境。提封：管轄的疆土。

〔2〕戲馬臺：即項羽掠馬臺，在江蘇徐州市南。彭城：故址在今江蘇徐州，項羽建都於此。

秋日登晴川閣[1]

飛閣凌空抱漢城，危磯絶壁枕江聲。風烟浩蕩蛟龍舞，雲樹參差雁鶩横。鐵鎖穴深垂斷綆，桃花祠廢冷銀筝。洪濤噴薄無今古，尚似英雄氣未平。

【校注】

〔1〕晴川閣：在今武漢龜山東麓，明朝時建。

漢口別友人

楊柳絲絲綰別愁，烟波灣畔繫扁舟。再來只恐君飛去，獨自長歌上酒樓。

釀　　泉

立馬聽泉日已斜，泉聲字字咽梅花。春寒不管遊人醉，流到城南賣酒家。

黄耳鼎[1]

字以實，號澹巖，蘄水人。家貧好學。崇禎丙子，應順天鄉試，以棘圍火，再試得登賢書；丁丑，會試第三，授中書，秩滿，召對稱旨，授廣西道御史，彈劾不避權貴。巡按陜西，終江南安撫察院。公嘗遊荆，見鬻子媳者，贖之。又嘗於偕計道中見老人鬻女者，贖之。其拯危濟弱如此。

【校注】

〔1〕參見《詩徵》卷十八、《詩佩》卷四。《詩徵》言其才贍興豪，詩離奇排奡，頗爲當時艷稱。

園鶴行[1]

冬仲同諸友及大堤女自襄陽送友夏至漣泗洪屈氏二仲宅[2]。次日遊龍渦，得奇石，友夏同諸子下拜，載與俱歸。是夜，大堤女慨然以終身托之。前此於山水間，同遊而已。友夏因易其字，字石曰剪，以從群石中剪之而去；而大堤女剪剪乃字之"飛來"，曰："吾家飛來峰也。"余奇其事，作園鶴行，并以紀夢。

園鶴發君夢絶奇，朱頂劃出雙鈴兒[3]。群童走報驚未有，白母母笑如平時。婢言鶴頂三日響，鈴中有印光陸離。玉篆姚籛字分明，振衣嬉子何纍纍[4]。乃占姚者兆麗人[5]，生男當以籛呼之。側聞漢上佩珠女[6]，求之不得勞所思。懷此欲向廣陵去，停舟暫倚高陽池[7]。有姬剪剪遠送客，籃輿漠漠匪前期[8]。别者拂手留者遲，躡履登舟無低回。銜風喧笑浪頭高，暖酒清歌徐舉巵。古河跨蹇不知夜[9]，一曲輕霜衣上吹。主人高燭久延佇，竟夕譃狎終無私。龍渦有石嵌空立，如珠九曲山九疑[10]。又如奇士在空谷，精光到天星芒垂。相邀訪石争下拜，石亦欣欣樂新知。我友輦置朱花側，賀石得偶出幽涯。麗人感此有深念，是夕殷勤初致辭。妾心自比磷磷石，並托君邊長弗移。願得君同拜石心，謳聲與石生漣漪。我友自稱老蕩子，一語終身兩不疑。我省君夢爲君歌，如此波瀾天所爲。他日叩石前一揖，鳴鶴引子依石立。

【校注】

〔1〕見《詩徵》卷十八。《詩徵》且謂“七古《園鶴行》紀大堤女剪剪從友夏事，瑰瑋恣肆，字字由六朝樂府中來”云云。

〔2〕友夏：譚元春字。屈氏：指屈原，其宅傳説在湖北秭歸。二仲：漢代羊仲、裘仲二人。

〔3〕二句説譚元春作了一個怪夢，夢到其園中之鶴的丹頂分成兩個鈴狀物。

〔4〕句後自注：“以上述友夏夢。”蟢子：一種蜘蛛，舊以爲見蟢子則家有喜慶事。

〔5〕姚：美好貌；又據《左傳》哀公元年，夏少康失國，有虞氏妻之以二姚；故言“姚者兆麗人”。

〔6〕漢上佩珠女：用《列仙傳》所記鄭交甫在漢上遇江妃二女事。

〔7〕廣陵：今揚州。高陽池：晋山簡自比漢“高陽酒徒”酈食其，爲襄陽太守時稱之爲高陽池。

〔8〕籃輿：竹轎。匪前期：謂不期而遇。

〔9〕跨蹇：指騎驢。陸游《小雪》詩：“跨蹇雖堪喜，孤舟似更奇。”

〔10〕珠九曲：據《説苑》，有得九曲寶珠者，穿之不得；孔子教以涂脂於綫，使蟻通之。九疑：指九疑山。

劉　增

字聲玉，潛江人。舉崇禎乙卯科。

和坦上人法雲社成志喜

靜禱齋魂何所思，荷花檐葡散經時。無煩名勝尋高寺，賴有閑僧即上師。莊謔雅能存古昔，神膚清不礙鬚眉。千秋一榻陶家社，願向蓮公辦佛資〔1〕。

【校注】

〔1〕陶家社：晋釋慧遠與陶淵明等十八人結社於廬山東林寺，同修净土之法，建白蓮社，此指法雲社。

梅念般[1]

字瘦横，麻城人。舉崇禎乙卯。少負才，性喜作詩。晚乃失意，遯迹緇流，爲怨家羅織，死獄中。

【校注】

〔1〕參見《詩徵》卷十九。

别　友

落日上高天，寒風下岩樹。篙工不渡人，君獨何處去。

梅花嘆[1]

桃花三月盛，二月梅花老。同住春風中，胡爲零落早。

屋角壓高枝，使汝傍芍藥。花開會有時，安得相輕薄。

【校注】

〔1〕見《詩徵》卷十九。

劉鍾蓉〔1〕

字集裳，麻城人。舉崇禎己卯。才思高騫，性行淳至。癸未，死於亂。所著有《何處溪詩集》。

【校注】

〔1〕參見《詩徵》卷十九小傳。

哭劉同人〔1〕

盧孟多才自不羈〔2〕，奇思尚鬼與人離。空潭雁度身千仞，野藺蛾成命一絲。楚璧出沽皆泣日，西施未嫁是顰時。高天廖闊憑誰問，忍對疏簾細雨垂。

【校注】

〔1〕劉同人：即劉侗，字同人，見本書卷三十一。

〔2〕盧、孟：唐代詩人盧仝、孟郊，喻劉侗。

陳　震〔1〕

字東卿，一字長公，號�圃，益陽人。舉崇禎己卯武科。雅意文史，闢樂蔬園。池亭之勝，甲於郡邑，名士皆觴咏其中。流賊過境，相戒毋犯，里人賴以全活。

【校注】

〔1〕詩及小傳皆見《資江耆舊集》卷十一、《沅湘耆舊集》卷四十，詩爲《山居暮春》五首，本書録三首，爲原第一、第四、第五首。

山居暮春

行過前邨蒲徑花，晚風吹椏幾枝斜。池塘雨後蛙聲急，燕子尋巢入舊家。

爲惜春歸載酒遊，野花何處不清幽。遠山看盡行應倦，坐聽枝頭唤雨鳩。

雨後蘼蕪緑漸生，羅衣初試覺身輕。夜來春色撩人思，開盡梨花月正明。

陳五鼎[1]

字耳臣，攸縣人。以崇禎己卯貢官耒陽教諭。生平清苦自甘，乏嗣，晚年隱處深山，有林和靖之風[2]。

【校注】

〔1〕參見《沅湘耆舊集》卷三十六小傳。

〔2〕《沅湘耆舊集》小傳曰："亂後隱居深山不出，與王船山先生交好，一通音問而已。詩清婉深秀，煉不傷氣，亦遺老中不可多得者。"林和靖：指宋代詩人林逋。

采　　桑[1]

好鳥鳴春日，桑葉已榮滋。携筐向南陌，行行若有思。惠風盈襟袖，力弱不勝吹。林阿花正飛，塍流聲逶迤[2]。憶昔艷陽時，歡娱多所怡。及今追夙愛，一見無前期。景物今不异，離憂近何爲。徙倚緑陰下，柔條方低垂。引手欲攀摘，含意復遲遲。

【校注】

〔1〕見《沅湘耆舊集》卷三十六。

〔2〕聲，《沅湘耆舊集》作"隨"。

答周宜一書問

去秋自别漢陽路，晚泊寒江偶宿鷺。鄉閭漸遠翻畏人，猶愛玄亭私一顧。值君病起曝書間，咄嗟盤餐隨意具。争嘆高文未送窮[1]，憔悴巾衫綻如故。欲托鼓瑟訴湘靈[2]，夜深恐觸蛟龍怒。載牽我舫泛霜行，咫尺浮羅嵐光聚。還家未定更移家，霜壓梅花春一圃。有客囊書及柴扉，字字霜函緘幽愫。嘉君勸勉省君言，曉立松風過殘雨。

【校注】

〔1〕韓愈有《送窮文》。

〔2〕《楚辭·遠游》："使湘靈鼓瑟兮。"

寒蜂采菊蕊

向午下庭除，東籬色漸舒。殿花開歲晚，似蝶趁香初。颯颯霜吹急，飛飛砌影徐。空階秋正老，依戀意何如。

催　　租

風雨重陽後，催租正到門。持符喧虎落[1]，攤税及漁村。窮巷鷄豚盡，公庭胥吏尊。花源何處是，吾欲住雲根[2]。

【校注】

〔1〕虎落：此指農家周圍的籬笆。

〔2〕花源：指《桃花源記》所記地方，無收租税者。雲根：山岩，此即指隱居之山。

還山作

叢桂誰招隱[1]，頹垣冒雨斜。撥雲尋廢井，漉酒對寒花。問俗愁山鬼，逃名憶海槎[2]。林荒無腐鼠[3]，或不集饑鴉。

【校注】

〔1〕語本《楚辭·招隱士》："桂樹叢生兮山之幽。"

〔2〕"問俗"句：謂當地風俗獷野，語言難辨。山鬼：借用《楚辭》篇名。"逃名"句：謂隱居逃名而思古賢人，如魯仲連。

〔3〕腐鼠：兼喻濁名惡利；《莊子·秋水》記鴟得腐鼠，鵷鶵過之，鴟怕其腐鼠被奪走。

魄香柚

采采盈筐緑[1]，爲園計未疏。移來雲夢澤，分植野人廬。種豈同江浦，貢曾列禹書[2]。芳菲應自愛，持贈意何如。

【校注】

〔1〕《詩・卷耳》："采采卷耳，不盈頃筐。"

〔2〕《尚書・禹貢》："淮海維揚州，厥包橘柚錫貢。"

優曇恒川兩上人過訪

春雨遍郊原，春風昨夜喧。呼童尋藥砌，信步入芳園。花得平安信，竹留懽喜孫。即時催客到，共爲濯雲根。

春日放春晴，山遊載酒行。岩欹松倒出，石壓笋偏生。欲吐花含笑，初歸燕有聲。開尊閑藉草，自可浣塵情。

次韵答毓旨[1]

分明劈面是胡腮，何用當機更唤裴。杖活如龍常獨拄，身原似佛喜重來。野狐聚坐方成隊，瓦缶逢場漸若雷[2]。惟有法王威猛烈，優曇花樹一時開[3]。

【校注】

〔1〕見《沅湘耆舊集》卷三十六。

〔2〕"野狐"句：謂很多人正講着野狐禪；佛家稱外道异端爲野狐禪。"瓦缶"句：謂庸下的説教者對聽衆大放厥詞；《楚辭・卜居》："黄鐘毁棄，瓦釜雷鳴。"

〔3〕法王：佛教對釋迦牟尼的尊稱。優曇花樹：梵語又稱優曇鉢，又譯爲瑞應，或祥瑞花，是一種無花果樹。

無題十首録四

愛他楊柳稱纖腰，顰笑無端總是嬌。一自鏡分留别日[1]，至今人憶可憐宵。將闌春色飛黄蝶，辜負閑情種緑蕉。南浦清波寒杳杳，誰傳消息似江潮。

【校注】

〔1〕鏡分：謂離别；用“破鏡重圓”故事，見唐孟棨《本事詩》。

如海侯門今幾春[1]，曩曾携手惜芳晨。殷勤留佩江臯女，容易消魂洛浦神[2]。柳色章臺猶戲馬，桃花洞口已迷津[3]。尊前是處絲兼管，誰似當年待月人。

【校注】

〔1〕如海侯門：指女方陷入權貴人家與自己完全隔絶。唐崔郊戀其姑婢，婢被賣於連帥，郊路遇之，有詩：“侯門一入深如海，從此蕭郎是路人。”

〔2〕“殷勤”句：用鄭交甫在漢江邊遇神女事，見《韓詩外傳》。洛浦神：指洛水女神宓妃；曹植有《洛神賦》。

〔3〕“柳色”句：用唐韓翃與其姬柳氏的離合故事，韓曾寄柳氏詩曰：“章臺柳，章臺柳，昔日青青今在否？”見孟棨《本事詩》。“桃花”句：用《桃花源記》武陵漁人再度尋仙源時迷路事。

驀地相逢魂已消，金釵十二遜妖嬈[1]。每因掠鬢探纖手，愛結同心綰細腰。剩有雨聲連夜夜，誰云花好得朝朝。别來自爾無消息，莫憶當年舊坂橋。

【校注】

〔1〕金釵十二：謂衆多美女；據《南史》，齊高帝爲賞周盤龍破魏之功，

送金釵十二枚與其妾杜氏；後遂以“金釵十二”指華貴飾品，乃至喻婦女。

遠檐風雨夜淒清，正憶新妝照眼明。多是夢回潛有恨，每驚春去倍關情。影同落葉秋添瘦，眉學長條畫不成。破鏡未圓鶯又老，隔窗愁聽賣花聲。

山居雜咏〔1〕

當檐赤日氣如焚，散髮真宜對此君。過虎頻驚深夜犬，開軒時望遠山雲。天高莫問惟謀醉〔2〕，身隱無他恥用文。山水清音雖寂寞，華筵絲竹幾堪聞。

【校注】

〔1〕見《沅湘耆舊集》卷三十六。

〔2〕天高莫問：杜甫詩“天意高難問”。

匡床一卷晚凉天，顧影疑同枯木禪。擬撤溪橋回客騎，祇疏石梘接山泉。窗臨疏竹朝烟淡，稻熟平田暮景鮮〔1〕。若著清池方一畝，向門添植數枝蓮〔2〕。

【校注】

〔1〕淡，《沅湘耆舊集》作“外”。暮景鮮，《沅湘耆舊集》作“暮靄前”。

〔2〕二句暗用白蓮社故事，東晋慧遠等“十八賢”同修静土，中有白蓮池。

石溪花覆釣魚臺，散木爲生自不才。爲訪真僧迷路入，閑呼小艇渡江來。竹林繞屋人嘗静〔1〕，草閣連雲晝未開。剩有冶情因病減，幾回無夢到天台。

【校注】

〔1〕嘗,《沅湘耆舊集》作“常”。

疏樹成陰引徑斜，沿溪人住兩三家。入簾山遠時飛翠，隔岸荷殘尚有花。已縱狂歌安采藿，晚將閑步看栖鴉。閉門寂寂無銀鹿[1]，自折松枝試煮茶。

【校注】

〔1〕銀鹿：指僕人；本是唐顔真卿僕人名，事顔終生不避禍患。

次韵答劉杜三[1]

西風颯颯動高牙，四面歌吹集暮笳。看折黄花傷歲晚，誰留青鬢傲霜華。秋燈摇夢醒爲客，明月愁人醉憶家。寂寂杜陵祠下土，但餘衰柳噪寒鴉。

【校注】

〔1〕劉杜三：劉友光，字杜三，攸縣人,《沅湘耆舊集》卷四十五有傳。

上張兹翁司李[1]

寧須雕鶚遠搏空，鸞鳳光儀自不同。約仍三章存漢法，吟成五字本唐風。才名漫説媒金馬[2]，生事終宜老釣筒。吏議只今輕士賤，方思吐哺是元公。

【校注】

〔1〕司李：即司理，明代俗稱推官爲司李，管刑獄。

〔2〕媒金馬：成爲升官的媒介；金馬：指漢武帝時金馬門，代指榮宦。

移居次答劉杜三

偶營樞户仍桑蓬，獨卧深山鳥雀空。鼠穴神邱聊免患，堯謀雕俎豈云工。笋香野饌加餐易，花長春陰蒔雨同。數乘殘書携未得，衹將閑坐伴松風。

咏鶴次韵

矰繳彌天正未開，擬收雲翮步蒼苔。饑伺夜釣加餐便，凉愛松風引夢回。好伴仙人閑弄篴，曾依處士獨栖梅。前村舞罷歸嘗晚，倚杖頻遲霜影來。

頗弗見招未赴

一時選佛喜逢場，突地招邀到草堂。自笑陶潜猶戀酒，漫勞悦老預焚香。向人懶乞山中芋[1]，著語還添鬢上霜。覿面應無禪可説，庭前柏子樹青蒼[2]。

【校注】

〔1〕用懶殘、李泌故事；懶殘曾煨芋給李泌吃，并説："慎勿多言，領取十年宰相。"見《宋高僧傳》。

〔2〕"庭前柏樹子"是禪家悟道著名的答對，見《五燈會元》"趙州"條。

秋日過輞菴次韵答杜三[1]

把茅人境自離群，一水依然荇藻紋。興到行吟仝澤畔，秋當落日憶湘君。芙蓉裳好真堪製，鶗鴂聲多不可聞。得趣此中閑便足，何須怡悦問山雲。

【校注】

〔1〕輞菴：劉杜三居舍之名，亦其自號。

突地曾參柏子禪，芒鞋到處可隨緣。寂寥耻作閑居賦，慷慨猶吟寶劍篇[1]。護日松陰常滿坐，蹲檐橘露欲垂肩。紫英遲爾歸來健，頭白青山莫問年。

【校注】

〔1〕閑居賦：晋潘岳有作；寶劍篇：魏曹植有作；二者分别代指避世和用世。

吴中癲隱師將訊南岳，便道以詩見訪，時聞野鷄潭爲予小構兼呈昧和尚

欲向山中却市囂，遠公况復屢相招[1]。東林原有蓮花酒，彭澤偏多世外交[2]。每憶虎溪因嘯過[3]，寧煩雁足繫書遥。叮嚀净掃溪邊石，便我跏趺便墜腰。

【校注】

〔1〕遠公：晋名僧慧遠；此代指癲、昧。

〔2〕彭澤：指陶潜，曾與慧遠等人共建白蓮社。

〔3〕虎溪：廬山溪名，傳説慧遠送客至此，聞虎嘯乃止不過。

催　　妝

衛夫人自解臨池，羞拂鸞箋向侍兒。昨愛郎言紈扇好，笑來一寫合歡詞。

輞菴晤劉安于

二十年前劈面機，中間滄海幾塵飛[1]。於今只合瓢兼衲，次第名山踏翠微。

【校注】

〔1〕劈面：迎面、當面。滄海幾塵飛：用《神仙傳》麻姑言，此謂已經滄桑巨變，江山易主。

過萬峰菴

潺潺一徑入深松，千折瀑流萬仞峰。見説瓜蔬隨地種，等閑豹虎絶行踪。

絶無一法向人傳，柏子庭前意迥然。山色自青泉自活，閑來酣枕白雲眠。

吕希周

常寧人。以崇禎己卯貢考授州同，未任。

超然亭〔1〕

綉壁懸千丈，超然見此亭。江燈山外起，鐵笛坐中聽。醉眼憐行屐，高歌倚石屏。飄飄忘去住，明月且須停。

【校注】

〔1〕題下自注："在南岳。"

杜　濬[1]

字于皇[2]，號茶村，黄岡人。原名詔先。性簡傲，立名譽。嘗謂文體壞於范陳[3]、詩體壞於元白。其所著作，力挽頽風。崇禎己卯，中副車[4]。後隱江南鍾山。名公巨儒不識茶村之面者自以爲赧。遭時之變，忠孝灌灌[5]，不形於色。所著詩文，多有傳之者。

【校注】

〔1〕杜濬（1611—1687）：明末清初著名詩人，詩學杜甫，獨樹一幟，爲時所重。因避亂僑居江蘇南京；多結名士。著述甚富，達四十七本之多。死後被讎家購其文稿而焚之，所遺者爲其鄉人搜輯在《變雅堂文集》及《變雅堂詩集》(見《黄岡二處士集》)。該書有汪士瀹《茶村先生年譜》并附録各種傳、序材料。《補遺》二卷中所補之詩則正引《楚風補》本卷中不見其他出處者，於此等處尤見《楚風補》之資料價值。

〔2〕據李放皇《清書史》：杜濬，字逢源；原名紹先，字于皇。

〔3〕范、陳：分指《後漢書》《三國志》的作者范曄、陳壽。

〔4〕副車：鄉試的副榜貢生。

〔5〕灌灌：同“款款”，懇切貌。

戰洛南[1]

戰洛南，戰何狀？狀即不得知，請説從前悲。自從賊起函關西，麾城撕邑如下梯[2]。武功太白南，蹂踐成淤泥。司豫而近，邛僰而遥[3]，行人斷絶，千里不知誰聞鳥雀啼。朝廷軍書十二卷，與賊聞名不相見。頭上鐵兜鍪，腰間大羽箭。乍可相逢狹路間，詎可用此戰。千人疾走一人嘻，一人不走賊至特附益之。乃知王師有不戰，戰則必勝，不然請看戰洛南。始是我軍初一戰，賊顱高與嶕嶢參。

【校注】

〔1〕見《變雅堂詩文集補遺》。樂府舊題有《戰城南》。全詩從反面立場反映了明末農民起義初起時的情勢。

〔2〕揈字后有自注："音衫，擊也。"

〔3〕司、豫、邛、僰：皆舊州名。

答方密之送將歸歌〔1〕

送將歸，當送誰？君坐玉堂送布衣。與君同庚復同志，誓佐中興衣錦醉。君當三十先登壇，青絲白馬官長安。結交貧賤信何益，頻遭擯落勞君嘆。君吟詩，復作書，送余歸傍吴專諸〔2〕。余今寂寞已如此，不愛專諸愛西子。必待功成遊五湖，世上今無范大夫〔3〕。

【校注】

〔1〕《變雅堂詩集》卷二題作"送將歸歌答方密之"。方密之：杜濬在南京交的朋友、府主。將歸：自指將返故鄉。

〔2〕專諸：春秋吴人，爲吴公子光（後爲吴王闔閭）刺殺吴王僚，事成身亦死。

〔3〕范大夫：范蠡，春秋越大夫，輔勾踐滅吴，功成，泛五湖而去。

感　　遇〔1〕

屏居寂無營，抗意酌元始〔2〕。開闢何年月，直下捷如矢。叔季固難名〔3〕，但聽多瑕呰。細人競不慚，烈士務有耻。鳥喧孤鳳鳴，雲滅神龍尾。大賢經緯心，嘗恐失其旨。所以李伯陽，著書就尹喜〔4〕。

【校注】

〔1〕見《變雅堂詩集》卷一，原共十二首，此處録其一、其三二首。

〔2〕屏居：隱居。抗意：高尚其志的意思。酌元始：謂參酌造物的玄機，即悟道之意。

〔3〕叔季：叔世和季世的合稱，衰世、末世。

〔4〕李伯陽：即老子，據《史記·老子傳》及《史記正義》，老子姓李名耳字伯陽。老子見周之衰，乃去之。關令尹喜曰："子將隱矣，强爲我著書。""於是老子乃著書上下篇，言道德之意五千言而去。"

山中有一士，妙嘆氣若雲。一嘆翔落木，再嘆静飛塵〔1〕。三嘆與四嘆，悲感泣四鄰。饑者忘其餐，樵者忘其薪〔2〕。借問何爲爾，嘆嘆豈足論。

【校注】

〔1〕翔落木：落葉飛翔，比喻亂世。静飛塵：謂平靖戰亂。

〔2〕二句言人聞其嘆皆悲感而忘其所事。造語似本於《陌上桑》："耕者忘其犁，樵者忘其鋤。"

贈陳寒山社長〔1〕

昔文敝隋季，漂流逮初唐〔2〕。太宗英雄人，厥調亦披猖〔3〕。才多不起衰，盧駱與王楊〔4〕。咄咄蜀梓童，挺生陳子昂〔5〕。健筆斡元化，真聲挾風霜〔6〕。著文百軸餘，碎琴大道旁〔7〕。沈宋既杰出，李杜始翱翔〔8〕。後此垂千年，吾復睹寒光〔9〕。其人陳寒山，天骨森開張〔10〕。狐鼠徑盡掃，鸞鳳音獨倡〔11〕。吁嗟我有明〔12〕，作者羅詞場。小輩不足言，大者誰却藏〔13〕。崆峒不入室，喧呼隔宫墻〔14〕。指爪誠不輕，搔處自木僵〔15〕。文長習雕艷，真宰散茫茫〔16〕。中郎特好弄，脱手忽如忘〔17〕。伯敬貴幽思，譬如玄酒槳〔18〕。五味皆不和〔19〕，冷暖秪自嘗。淡極反成腐，慧淫良已狂〔20〕。此皆涸水鱗，腹濡鬣不藏〔21〕。何况二三子，一望茅葦黄〔22〕。退筆已成冢〔23〕，觀書未盈箱。豈無食古愚〔24〕，作字不成行。安得跋浪鯨〔25〕，天風振琅琅。既清亦以厚，盡變還復莊。讀者如飲醇，意圓志則方。儒生會大旨，才士取斷章。標异釋從鄭，解頤説任匡〔26〕。要令一代史，與此爲紀綱。寒山實如是，把帙心清凉。昔者客金陵，每以語錢郎[27]。浮踪久自疑，孤陋虛方剛。雲安有杜宇，成都無草堂[28]。已驚楚塞遠，更覺燕雲長。愁來一斗酒，白飲澆迴腸。却顧四海人，隨風皆飄颺。伊人維岳如[29]，縹緲千仞岡。限此衣帶水，何能不裹糧。挂海向天流，神氣始一昌[30]。應多篋中秘，願言授子房[31]。

【校注】

〔1〕見《變雅堂詩集》卷一，題作“贈陳寒山社長四十韵”。

〔2〕二句言文章道敝自六朝至隋，頹風一直延至初唐，是一種傳統的説法。

〔3〕二句指唐太宗一世之雄，亦因流風所被，難免寫些格調不高的宫體詩之類。披猖：指文風放蕩不正。

〔4〕二句謂初唐四杰（王勃、楊炯、盧照鄰、駱賓王）等人雖富才藻，不能振文風之衰。

〔5〕童，《變雅堂詩集》作“潼”。四川梓潼，陳子昂的家鄉。

〔6〕真，《變雅堂》作“直”。元化：造化，謂自然的大化。

〔7〕陳子昂初入京師，爲了贏得注意，重價買琴而在當衢稠人廣衆之中碎之，事見《唐詩紀事》。

〔8〕沈宋：指沈佺期、宋之問。

〔9〕垂千年：指自李、杜之時到明末近九百年時間。寒光：指所謂正聲的凛然光輝。

〔10〕“天骨”句，謂其詩以自然的骨格森然展開。此化杜甫《天育驃騎歌》“卓立天骨森開張”句。

〔11〕狐鼠徑：謂旁門邪道的作詩法。按杜濬於竟陵派風靡之時，獨崇杜詩家法而黜衆家，實不免評騭過當。鸞鳳音：謂杰出的詩篇。

〔12〕我，《變雅堂詩集》作“在”。

〔13〕却藏：退縮，此處是謙退意。

〔14〕崆峒：應作“空同”，指明前七子之一李夢陽，號空同子，倡言“文必秦漢，詩必盛唐”，徒尚擬古而難免優孟衣冠，故被杜濬譏爲“不入室”。入

室：用《論語・先進》語，謂學藝精深。“喧呼”句：謂徒事鼓噪，而離正聲尚隔一層。

〔15〕“指爪”二句：用《神仙傳》故事：仙人王遠降於蔡經家，招麻姑至，蔡經見麻姑手指纖細似鳥爪，自念：“背大癢時，得此爪以爬背當佳。”杜牧詩“杜詩韓筆閑來讀，似倩麻姑癢處搔”即用其事。二句謂李夢陽等人學古不化，其詩晦澀不能動人。

〔16〕文長：徐渭，字文長，明後葉著名雜劇家，兼擅詩文書畫。習雕艷：指作詩講習雕琢、艷麗。真宰：本指天爲萬物的主宰，此處指自然的法則。杜甫《遣興》詩：“吞聲勿復道，真宰意茫茫。”

〔17〕中郎：指袁中郎，即袁宏道，與其兄袁宗道、弟袁中道皆明公安人，時稱“三袁”，爲公安派領袖，反對前後七子擬古風氣，標榜性靈説。二句譏公安派也有故弄玄虚、文不達意之病。

〔18〕伯敬：即鍾惺，字伯敬，明末葉竟陵人，與同里譚元春齊名，亦提倡抒寫性靈，反對前後七子，其詩幽峭古奥，號竟陵體。玄酒槳：上古祭祠用水謂之玄酒，引申爲薄酒。《禮・禮運》：“玄酒明水之尚貴，五味之本也。”《新唐書・文藝傳》：“韓休之文，如太羹玄酒，有典則、薄滋味。”

〔19〕五味：指各種滋味，説不同，據《周禮・天官・疾醫》，指酸、苦、甘、辛、咸。

〔20〕慧淫：疑應作“慧因”，按佛家説，慧因即指人的智能、理智。二句譏竟陵派詩求淡泊而成陳腐，失其本性。

〔21〕涸水鱗：即涸轍之鮒，用《莊子・外物》寓言，比喻詩法貧窘。“腹濡”句，謂魚腹沾濕而魚鰭暴露，鬣，魚腮旁小鬐。

〔22〕二、三子：此處指以上提到的李夢陽、徐渭、袁宏道、鍾惺諸人。“一望”句：謂一眼望去呈一片衰敗景象。

〔23〕退筆：用秃的毛筆頭。《書斷》云，僧智永有秃筆頭十瓮，瘞之，號爲退筆冢。

〔24〕食古愚：謂一味學古人讀古書的蠢勁。

〔25〕跋浪鯨：喻指有大才而力挽狂瀾的詩人，杜甫詩：“鯨魚跋浪滄溟

開。”

〔26〕標异：指《毛詩鄭箋》漢時獨標一幟。鄭：鄭玄，據《後漢書》本傳，玄注諸經稱注，獨於《詩》稱箋；又《後漢書·衛宏傳》：“馬融（鄭玄的老師）作《毛詩傳》，鄭玄作《毛詩箋》。”解頤：《漢書·匡衡傳》：“諸儒語曰：無説《詩》，匡鼎來；匡説《詩》，解人頤。”

〔27〕錢郎，《變雅堂》在此二字下有作者自注：“開少。”錢開少：杜濬在南京所交友。

〔28〕雲安：唐屬夔州，杜甫晚年曾流寓之地。成都草堂：杜甫客蜀時在成都浣花里所建栖息之處。二句自言流寓無定，徒然思歸；自比杜甫。

〔29〕伊人：指陳寒山。維岳如：像泰山那樣。《詩·大雅·崧高》：“崧高維岳，駿極於天；維岳降神，生甫及申。”

〔30〕挂海：挂帆浮海，指乘船。向天流：本“乘槎”故事，據《博物志》卷三，海與天河通，有人曾乘槎由海邊到達天河；此處喻臻於詩的至境。昌：指激勵發揚。

〔31〕篋中秘：指秘藏的珍術、方略；篋：藏物的小竹箱。授子房：據《史記·留侯世家》，張良游下邳圯上，遇一老父，授《太公兵法》一册，曰：“讀此則爲王者師矣。”

題霜菊卷〔1〕

殺氣凝不流，驚風吹大荒。云胡此花色，澹定發潭光。霜實使之然，誰名爲拒霜。

【校注】

〔1〕見《變雅堂詩集》卷一。共四首。

用盡老圃力，不肯居暄風。九月登草堂，十月絶鳴蟲〔1〕。寥寥四五枝，突兀天地中。

【校注】

〔1〕二句造語本於《詩·豳風·七月》“九月叔苴”“九月築場圃，十月納禾稼”“十月蟋蟀入我床下”。

植根清涼地，恐是花中僧[1]。以霜爲飲食，恒事何足矜。亦如春風吹，不數桃李能。

【校注】

〔1〕清涼地：本指菊花在秋天清涼之時扎根地；又清涼山爲五臺山别名，傳説是文殊師利菩薩講法處。故下句謂菊是“花中僧”，即得清涼之三昧，而斷一切愛憎之念。

閑齋對獨樹，落景聞栖鴉。座有四方客，各無千里家。夜寒催酒看，年貌不如花。

寺寓窗前秋海棠一本嬌淡可愛偶咏及之[1]

月炤復露滴，吐此娟娟花。輕姿乍若無，濃艷乃莫加。緑葉間紫莖，如波散餘霞[2]。影静寺鐘曉，愁隨寒日斜。紅葉當官堦，芙蓉生水涯。遂性各有處，盆罌何足誇。

【校注】

〔1〕見《變雅堂詩集》卷一。

〔2〕間、餘，《變雅堂詩集》分别作“開”“綺”。《楚辭·九歌·少司命》：“秋蘭兮青青，緑葉兮紫莖。”謝朓《登三山還望京邑》：“餘霞散成綺，澄江静如練。”

夏夜聽公允彈洞庭秋思〔1〕

空館橙花香，氣清如雨歇。幽懷始相向，言笑情未竭。取琴爲我彈，湖波漲林樾〔1〕。其夕匪三五，頓使燈如月。

【校注】

〔1〕見《變雅堂詩集》卷一，共四首，此處録第一首。

〔2〕林樾：猶言樹林；《玉篇》："楚謂兩樹交陰之下曰樾。"

張居正〔1〕

世宗執魁柄，戎馬自飆至〔2〕。中復誅權奸，閣臣苟具位〔3〕。張公抱冲聖，對越有天地〔4〕。許身一齏粉，强直以自遂。伊霍固不倫，管商亦殊勢〔5〕。相門中夜開，披衣畫邊事。

【校注】

〔1〕見《變雅堂詩文集補遺》。張居正（1525—1582）：明後葉名相，鋭意革新，整頓吏治、加强國防、清丈土地、浚治河淮，勇於任事，頗有政績。

〔2〕世宗：舉世宗之、全國擁戴之意。執魁柄：謂爲宰相。飆至：如風疾速而來。

〔3〕閣臣：明代大學士入閣辦事，稱爲閣臣。苟具位：謂近於全在其位。

〔4〕冲聖：年幼的皇帝。對越：語出《詩·周頌·清廟》："對越在天，駿奔走在廟。"鄭箋："對，配；越，於也。"後即成爲帝王的代用語，取配於天地之意。

〔5〕伊霍：伊尹、霍光的合稱。伊尹是商大臣，曾放逐太甲，霍光受遺詔輔政，曾廢黜昌邑王。管商：指管仲、商鞅，皆春秋名臣。

歸不得行〔1〕

杜陵老翁歸不得〔2〕，黄河之水聞嘆息。赫蹏乞米長厚顔〔3〕，艱難轉不憂無食。獨傷百口栖荒寺[4]，凉燠循環豈終極。初來北郭喚催耕，臨去西堂鳴促織。中間毒熱不可當，五月披裘心自惻。典盡寒衣縫葛裳，漫向人前炫要襋[5]。青氈鐵研今何在[6]，買薪賣到書與墨。老僧日日問我行，使我低頭唯默塞。積逋凌雜難具陳，豈第少渠僑賃值。况復無端忤俗兒，窮途苦澀添荆棘。不知忍耻復誰待，平生故人萬夫特。嘗將松柏比君心，嘗將山岳方君德。疥癩爲灾衹妒余[7]，咫尺不得見顔色。昨日緘書汗流頰，今日題詩泪霑臆。老翁他事休再論，歸飛願借扶摇力。

【校注】

〔1〕見《變雅堂詩集》卷二。

〔2〕杜陵老翁：杜濬以杜甫自比。

〔3〕赫蹏：西漢末流行的一種小幅薄紙，此處用作書信的代稱。

〔4〕百口，《變雅堂》作“百日”。

〔5〕葛裳：以多年生草葛之纖維織的葛布（俗稱夏布）所作衣裳。要襋：衣腰與衣領，代指葛裳。《詩·魏風·葛屨》：“要之襋之，好人服之。”傳：“要，褸也；襋，領也。”

〔6〕青氈鐵研：謂家傳舊珍。《晋書·王獻之傳》載，有偷兒夜入其室盗物都盡，王獻之徐徐地説：“偷兒，青氈我家舊物，可特置之。”鐵研：即鐵硯臺，據《拾遺記》，張華成《博物志》獻上之後，晋武帝賜以青鐵硯。

〔7〕疥癩，《變雅堂》作“癬疥”。

留髠行[1]

滿堂苦暗主人喜，送客殷勤如倒屣。當筵直立淳于生[2]，美人暗笑金屏裏。先時歌舞亦散去，里耳巴音難久預。颯颯風來捲地衣，竽筑紛紛不知處[3]。罷亞一聲雙户開，華燈欲晝青春回。吴妖越艷各四五，更簡奇姿傍絶才。彈箏度曲雖芳滑，按板停聲不輕發。杯深肯聽幾人辭，妙令難教四坐罰。相看殊自覺醒醒，忽然爾我忘其形[4]。襯出臉霞輕映白，望來眉黛近看青。真珠簾外天如霧，桃花李花皆有露。酒暖春衫嬌汗微，願貼香肌作紈素。香來脉脉酒悠悠，留髡此際更須留。始知酒是傷情物，不醉歡娛只醉秋。

【校注】

〔1〕見《變雅堂詩文集補遺》。留髡行：是作者根據《史記·滑稽列傳》淳于髡故事自撰的歌行題目。

〔2〕淳于生：即淳于髡。

〔3〕竽、筑：皆樂器名，分别爲管樂和打擊樂器。

〔4〕"忽然"句：謂很快就不拘形迹而互相親昵。杜甫《醉時歌》："忘形到爾汝。"

公允屢招擊時鮮戲爲歌〔1〕

劉郎得鮮即相招〔2〕，佐以肥笋開香醪。我來談笑恣飲啖，往往醉飽無所逃。咫尺夜禁十二重，每歸脱帽長呼號。脣焦舌敝不解悔，來夕復至如晚潮。爲口奔波吾不惜，第恐慣習成腥饕。我其結綱學爲漁，日得此物充我庖。劉郎笑我計太左，古來漁子皆徒勞。何况今日事復殊，思鱸步兵豈得高〔3〕。横流浩浩昔所嘆，公無渡河古所謡〔4〕。此物初出價千錢，綱者不足食者饒。比君綱成時已過，山東李白空釣鰲〔5〕。不如明日還過我，腹腴勸爾何其豪。

【校注】

〔1〕見《變雅堂詩集》卷二。擊時鮮：本指吃時新鮮味、美肴，此處指吃鮮魚。

〔2〕劉郎：即指公允。

〔3〕思鱸：用晋張翰思故鄉鱸魚膾而辭官歸吴故事，見《晋書》本傳。步兵：阮籍。

〔4〕横流浩浩：比喻時世動亂，此暗指明王朝之覆滅。公無渡河：漢樂府

瑟調曲名，據崔豹《古今注》，有一白首狂夫，披髮提壺，亂流而渡，其妻追止之，不及，老夫墮河而死，其妻作《公無渡河》之曲，曲終亦自投河死。

〔5〕山東李白：李白寓家山東多年，故杜甫詩與元稹文皆稱其爲“山東李白”，《舊唐書·文苑傳》亦然。釣鰲：李白釣鰲的傳説見宋趙德麟《侯鯖録》六：“李白開元中謁宰相，封一版，上題曰：‘海上釣鰲客李白。’相問曰：‘先生臨滄海釣巨鰲，以何物爲釣綫？’白曰：‘以風浪逸其情，乾坤縱其志；以虹霓爲絲，明月爲鈎。’又曰：‘何物爲餌？’曰：‘以天下無義氣丈夫爲餌。’時相悚然。”

樵青歌爲黄仙裳作〔1〕

當時同學十數人，兩人引頸先朝露。一人萬里足重繭，一人入海隨烟霧。三人滅迹逃空門，四人墻東長閉户〔2〕。一人賣藥不二價〔3〕，一人佯狂以自汙。黄生計劃無復之，門前便是青山路。昆吾寶劍千金直，改鑄腰鐮應有數。黄生終日無踪迹，上山清晨下山暮。有時昏黑猶在山，痛哭身當猛虎步。不知爲樵定何意，黄生安肯言其故。但聞有一海陵樵，時時偷訪鍾山樹〔4〕。

【校注】

〔1〕見《變雅堂詩集》卷三。

〔2〕滅迹逃空門：謂泯滅塵迹、出家爲僧。墻東長閉户：指隱居不出。後漢王君公，避世而居、儈牛謀生，時人爲之語曰：“避世墻東王君公。”見《後漢書·逢萌傳》。

〔3〕賣藥不二價：亦指隱姓埋名、成爲异人。《後漢書·韓康傳》：“嘗采藥名山，賣於長安市，口不二價，三十餘年。”

〔4〕海陵：郡縣名，屬揚州府，當是黄仙裳家鄉。鍾山樹：明孝陵在鍾山脚下，此即代指孝陵。二句寫黄對明王朝的緬懷。

今歲仲夏，天章忽自淮陰遠訪，薙髮而僧，喜餘有感成詩〔1〕

怪有高僧訪，登堂是故人。三年添夢幻，一笑釋冤親。命薄翻聞道，情多轉離塵。先公方屬望，出世且逡巡。

【校注】

〔1〕見《變雅堂詩集》卷三，題中“今歲”作“己酉”。

送友西湖結夏〔1〕

清和將盡月〔2〕，簡易束遊裝。風在湖心寺，知君此去涼。眼中西子秀，夢裏武夷蒼。况復携詩友，幽吟日幾章。

【校注】

〔1〕《變雅堂詩集》卷三題作“送魏惟度偕吴星若西湖結夏”。

〔2〕清和：農曆四月的别稱。

酬鄭肯崖二首即次原韵〔1〕

不辦君王事，丁年負黑頭〔2〕。感翁來客舍，勸我上歸舟。偏宕孔文舉，高明陳太邱〔3〕。終須同洛社〔4〕，未可各滄洲。

【校注】

〔1〕《變雅堂詩集》卷三題作“仲春肯崖再枉草堂小酌承示佳篇依韵二首”。

〔2〕黑頭：喻青壯年爲官。句下作者自注：“早年棄兩貢一官。”

〔3〕“偏宕”句：以孔融之偏激放宕自譬。據《後漢書·孔融傳》：孔融“發辭偏宕，多所乖忤”。“高明”句：似以陳寔傳喻鄭肯崖。據《後漢書·陳寔傳》，陳寔字仲弓，曾官太丘長，修德清静，能以德服人，荷天下重名。

〔4〕洛社：亦稱白社，多用稱隱士結社之處。《抱朴子·雜應》：“洛陽有

道士董威輦常止白社中。”

爲喜鄉相見[1]，因留客與俱。御風迎列子，逐日笑夸夫[2]。巴酒釀堪嚼，劉天老畏呼[3]。本應愁拇戰，不過倒雙壺[4]。

【校注】

〔1〕作者自注：“鄉相見爲五禮之一。”

〔2〕“列子”下作者自注：“列子居鄭圃，故云。”見《列子·天瑞》。御風：乘風而行；《莊子·逍遥游》：“夫列子御風而行，泠然善也。”夸夫：即夸父，古代神話人物，與日逐走，入日，渴死，見《山海經·海外北經》，此處借以自指。

〔3〕巴酒：巴地所釀的酒。“劉天”句下作者自注：“天姓劉雖戲語，見正史。”

〔4〕拇戰：即猜拳。末句下作者自注：“雙，即雙。”雙壺：或指雙方的酒壺。又《儀禮·鄉飲酒禮》：“尊兩壺於房户間。”

登金山橋[1]

薄暮難爲狀，空中别有聞。懸燈江海合，望月水天分。寥廓身何往，飄零與不群。向來峰頂色，看作下方雲。

【校注】

〔1〕《變雅堂詩集》卷六題作“登金山塔”；原共六首，此録第六首。金山：在江蘇鎮江市西北。

花時貰緼袍[1]

江南傷水潦，城北自花開。憂時非吾事，爲歡在不才。袍如春雁去，酒似晚潮來。正使平成奏[2]，於人何與哉。

【校注】

〔1〕見《變雅堂詩集》卷六，原共二首，此録第二首。

〔2〕平成奏：或當作“平城奏”，劉邦被匈奴圍於平城，陳平獻秘計而解圍：獻美人給單于，匈奴王后懼失寵，因撤圍去。

王于一過訪

頻遷不離北，悠遠費君尋。夜雨泥偏厚，春風草又深。百憂俱在眼，一笑是何心。茶罷無他設，盤餐也陸沉。

古杏花村尋友人居〔1〕

野夫不識路，逐步問君家。但見新荆棘，曾無古杏花。風傳林杪磬，烟起竹間茶。始到幽栖地，行遲漸日斜。

【校注】

〔1〕《變雅堂詩集》題作“古杏花村訪友”，僅録第一首，而在《補遺》中據本書補入第二首。

朋輩多分散，烟光也倖存。最憐新柳色，不改舊柴門。海石蒼三徑，鄰機響一村。彈丸詩脱手〔1〕，況復酒盈尊。

【校注】

〔1〕彈丸詩：圓美流轉的好詩。《南史·王筠傳》：“謝朓語曰：‘好詩圓美流轉如彈丸。’”

冬夜同梅石三飲再彭虞山寓齋〔1〕

處世真無策，扶吾獨有筇〔2〕。亂疑千古夜，愁覺四時冬。客子傷貧梗，家人計釜鍾〔3〕。幸兹攀吕駕，不待溯洄從〔4〕。

【校注】

〔1〕見《變雅堂詩文集補遺》。

〔2〕筇：筇竹手杖。

〔3〕貧梗：貧病；梗：病、灾禍。釜鍾：釜、鍾皆古量器；猶言升斗。

〔4〕攀吕：是攀結高友的意思。晋向秀攀交嵇康、吕安，見《晋書·向秀傳》；顔延之詩："交吕既鴻軒，攀嵇亦鳳舉。"溯洄從：語本《詩·秦風·蒹葭》："溯洄從之，道阻且長。"

贈王鐵山中丞〔1〕

濬自前年冬，以偶然樸樕小作〔2〕，受知於鐵山先生，深矣，奇矣。今茲庚兩更〔3〕，再逢先生於廣陵，則蒙殷然相勞苦，急濬之窮，重嗁知己之恩焉。於先生之返秦郵〔4〕，爰賦五字二章，以志不忘。

一代王夫子，相逢值道窮〔5〕。交深形迹外，泪盡笑談中。材大稱霖雨，詩成變國風。年荒且康濟，運甓似陶公〔6〕。

【校注】

〔1〕見《變雅堂詩文集補遺》。

〔2〕樸樕：本指小木，比喻才能淺陋平常。

〔3〕庚兩更：言已歷兩年，即自前年冬至今年。

〔4〕秦郵：指陝西一帶（古秦）的田舍。

〔5〕道窮：謂道統淪亡，實暗指明之將滅。《左傳》哀公十四年："西狩獲麟，孔子曰：吾道窮矣。"

〔6〕運甓：搬運磚瓦。《晋書·陶侃傳》："侃在荆州無事，輒朝運百甓於齋外，暮運於齋内。人問其故。答曰：'吾方致力中原，過爾優逸，恐不堪事。'"

在耳寧如目，忘言衹問心。數篇何足道，三嘆乃知音。戰地猶鳴鼓，屠門不好琴[1]。向公陳古道，滄海至今深。

【校注】

〔1〕屠門：當暗喻殺戮成性的清統治者。琴：此處喻詩人的歌唱，含有所謂“古道”之意。據《吕氏春秋·察賢》，宓子賤治單父，鳴琴而治。

周貞栖載酒賦春歸四首[1]

旅亭三載酒，此度值春歸。過雨花無賴，驚雷笋正肥。爲歡無草草，寄想入非非。笑問窮三户[2]，誰家有葛衣。

【校注】

〔1〕見《變雅堂詩文集補遺》。

〔2〕三户：《史記·項羽本紀》：“楚雖三户，亡秦必楚。”此處指明之遺民。

豈有終朝計，回看過一春。百年俱四十，久客此三人[1]。尺半魚偏美，尋常酒乍醇[2]。仰天天有意，今日愛遺民。

【校注】

〔1〕此三人：杜濬、周貞萋，另一人不詳。

〔2〕尋常：平常，普通；本乃數量詞，《左傳》成公十二年注：“八尺曰尋，倍尋曰常。”杜甫《曲江》詩：“酒債尋常行處有，人生七十古來稀。”

老被鶯聲誤，愁從燕語猜。但教風雨去，不厭子規來。漢節何妨禿[1]，江船莫謾開。聞人歌折柳，還欲過章臺[2]。

【校注】

〔1〕漢節：用蘇武出使匈奴、持漢節牧羊十九年、不辱使命事，見《漢

書·蘇武傳》。

〔2〕折柳：即樂府横吹曲《折楊柳》。章臺：戰國時宫名，此處用來代指舊都。

生事今春异，淹留道固非〔1〕。大都難一飽，不醉即長饑。蘭葉光蓬蓽，桃花笑葛衣。東君輕此别〔2〕，來歲與依依。

【校注】

〔1〕道固非：自謂處世謀生之道不對。用《史記·孔子世家》孔子“吾道非耶”語意。

〔2〕東君：司春天之神。

于一過訪因圃同韓臣前民作〔1〕

扣關人未散，意外得今宵。落葉初經雨，邗江又上潮〔2〕。忘言媚幽獨，回首任飄摇。何處增凄切，侯門午夜簫。

【校注】

〔1〕《變雅堂詩集》卷四衹録第二首，在《補遺》中據本書補入第一首。

〔2〕邗江：水名，即江蘇揚州西北至淮安縣北入淮的運河。

老我窺天意〔1〕，歡常與戚謀。不知今夕聚，又得幾時愁。孝婦何關雨〔2〕，騷人自怕秋。漁樵相視處，心事獨悠悠。

【校注】

〔1〕“老我”句：化用杜甫詩：“天意高難問，人情老易悲。”謂漸老而知天命所歸。

〔2〕“孝婦”句：言固守忠孝之節并不能感動上天。據《漢書·于定國傳》，東海有孝婦，事婆母甚孝；婆母不願牽累她，乃自經死；其女告婦殺母，

太守定其死罪；結果郡中三年大旱，于定國勸太守自祭孝婦之家，天乃大雨。

行園有懷餘菴先生〔1〕

楚客經秋懶，行園嘆此身。無才宜亂世，有耻笑忙人。砧動髪堪白，桂香心所親。扁舟荷知己，非不念吾貧。

【校注】

〔1〕見《變雅堂詩集》卷四。

哭邢孟貞〔1〕

偶過城南去，驚聞老友亡。湖陰風雨散，石白水雲荒。一卷詩辛苦，三生路杳茫〔2〕。遺文早收拾，吾代孟襄陽〔3〕。

【校注】

〔1〕《變雅堂詩集》卷四僅録第一首，而在《補遺》中據本書補第二首。

〔2〕三生：佛教語，指前生、今生、來生。三生路：猶言黄泉路。

〔3〕孟襄陽：即唐代詩人孟浩然，襄陽人。孟浩然卒後，王士源編録其詩，即今傳《孟浩然集》。這二句説自己要爲邢孟貞整理詩集。

二十年來長，兩三人裏交。江山知契闊，風雨雜推敲。賣酒貧翻累，生兒晚未教。應齎磨鏡具，不日訪衡茅〔1〕。

【校注】

〔1〕二句自言雖貧，亦將往訪亡友家。磨鏡具：《北堂書鈔》引《海内士品》："徐孺子常事江夏黄公，黄公薨，往會其葬，家貧無以自資，以磨鏡具自隨，每至所在，賃磨取資，然後能達。"衡茅：衡門茅屋，貧者所居。

宫詹吴梅村先生有事白門枉駕寓廬贈詩[1]

海内吴詹事，文章白雪高。詩吟梁父曲，樂比鬱輪袍[2]。幕府來偏晚，扁舟去自豪。平生五畝宅[3]，未可厭蓬蒿。

【校注】

〔1〕見《變雅堂詩文集補遺》。吴梅村：即吴偉業，號梅村，明亡後家居，康熙時出仕清朝，曾任國子監祭酒宫詹事等職；爲清初大詩人。杜濬與吴交識，在崇禎十五年（1642），時杜將以貢生入京，與在南京國子監供職的吴有師生之誼。白門：南朝宋都城建康城西門，因西方屬金、氣爲白故稱白門，爲南京别稱。

〔2〕梁父曲：即梁甫吟，古挽歌辭名，後人亦用此題抒世路不平的怨憤，見《樂府詩集》題解。鬱輪袍：曲名，唐薛用弱《集异記》云，王維弱冠有文名，岐王引王維至安樂公主第，進新曲號“鬱輪袍”。

〔3〕五畝宅：指聊以生息的産業。《孟子・梁惠王上》：“五畝之宅，樹之以桑。五十者可以衣帛矣。”

戊子春間事[1]，居然耻過情。解衣湯鼎沸，出匣寶刀鳴。談笑宜長往，窮愁悔再生。還蒙垂問及，野老久吞聲[2]。

【校注】

〔1〕戊子：指 1648 年。

〔2〕杜甫《哀江頭》：“杜陵野老吞聲哭。”

金山曉陰懷亡友王雪蕉[1]

夜潮喧達曙，漠漠散春陰。海氣昏南北，鐘聲變古今。轉看鄉思减，何故客愁新。嘆息鍾期去，空餘山水音。

【校注】

〔1〕見《變雅堂詩集》卷六，題中“王雪蕉”作“王二雪蕉”。

妙高臺無月正月十七日初度同軫石前民作〔1〕

連宵皆好月，此日特登臺。何意東峰雨，旋從北固來〔2〕。江聲催白髮，天影落空杯。一霽偏相吝，蛟龍永夜哀。

【校注】

〔1〕見《變雅堂詩集》卷六，題作“妙高臺無月”，題下作者自注：“正月十七日逢初度同軫石、前民作。”妙高臺在江蘇鎮江金山的最高峰妙高峰上。

〔2〕北固：山名，在鎮江西北。

登金山〔1〕

憑闌專眺聽，指點忽悲歌。歲月荒龍窟，乾坤此鸛河。愁雲天畔起，烟草潤州多。遑復悲身事，飛霜滿薜蘿。

【校注】

〔1〕見《變雅堂詩集》卷六題作“登金山塔”，爲六首之第四首。

北固山徑同軫石作〔1〕

郭外空山妙，途窮此徑存。長懷金粟影，高坐白雲根〔2〕。水落添沙嶼，烟消見海門。忍看春草色，的的憶王孫〔3〕。

【校注】

〔1〕見《變雅堂詩集》卷六，共二首，此録第一首。

〔2〕金粟影：佛家謂維摩詰之前身爲金粟如來，晋顧愷之在金陵瓦官寺畫維摩詰像，稱爲金粟影；此處指金粟影所在地明舊都南京。白雲根：山石。雲根：山上雲起之處。

〔3〕《楚辭·招隱士》“春草生兮萋萋，王孫游兮不歸”，二句本此。的的：明白、昭著。

焦　山[1]

觸處迷人代，兹山尚姓焦。上頭仍棟宇，到眼忽雲霄。樹色南徐近[2]，江聲北岸遥。衣冠留洞壑，不必訪松寥[3]。

【校注】

〔1〕《變雅堂詩集》卷六一題六首，此録第一、第四兩首。焦山：在江蘇鎮江東北江中，本名樵山，相傳漢末處士焦先隱於此，故名焦山。

〔2〕南徐：東晋僑置徐州於京口，後稱南徐，即宋元之後的鎮江。

〔3〕松寥，《明詩别裁》卷十二作“松寮”，古高士名。

出郭來差遠[1]，憑高望獨深。江分神禹迹，海見魯連心[2]。密竹藏金像，回流灌石林[3]。擬尋幽絶處，却誦白頭吟[4]。

【校注】

〔1〕差：次第、逐漸。

〔2〕神禹迹：大禹治水的痕迹；因焦山立於水中，故云。魯連心：謂如魯仲連避世逃名之心。

〔3〕金像：指佛像。石林：指江中山石嶙峋處。

〔4〕白頭吟：借用樂府楚調曲名。

前民生日[1]

三十今過幾，詩名孟浩齊[2]。道寧同我拙，顔肯向誰低。白髮循資到，青錢取次携。飲場行處好，二月草萋萋。

【校注】

〔1〕《變雅堂詩集》卷六一題四首，此録第二首。

〔2〕孟浩齊：即齊孟浩然。

又聽畛石琴時予將別去〔1〕

已失招提路，誰傳鍾磬聲。多君臨水思，深我入山情。屈子游偏遠，江淹恨不平〔2〕。所聞今异昔，感極道心生。

【校注】

〔1〕《變雅堂詩集》卷六題作“再聽王子琴時余將別去”，本詩爲原二首之二。

〔2〕二句用屈原寫《遠游》，江淹寫《恨賦》事，自言飄零四方、不滿現實的牢騷。

九日晚集因圃同韓臣作〔1〕

弦後添明月，霜前作好秋。石闌分送酒，林杪一登樓。白雁初傳耗，黄花豈共愁。歸心涉江水，清絶正東流〔2〕。

【校注】

〔1〕《變雅堂詩集》一題四首，此爲第一首。

〔2〕杜濬家在湖北，自南京歸當沿江西上，但江水却是東流。

晴〔1〕

海角收殘雨，樓前散夕陽。行吟原草澤，醉卧即沙場〔2〕。騎馬人如戲，呼鷹俗故狂。白頭蘇屬國，只合看牛羊〔3〕。

【校注】

〔1〕見《變雅堂詩集》卷六。

〔2〕《楚辭·漁父》："屈原既放，游於江潭，行吟澤畔。"唐王翰《凉州詞》："醉卧沙場君莫笑。"

〔3〕蘇屬國：漢蘇武留胡牧羊十九年，歸封典屬國。

别梅石三兼勸其歸響山〔1〕

世事灰心後，時人在眼中。聞君有五畝〔2〕，何苦逐霜風。臘酒姑埋照，梅花與固窮〔3〕。還山山更好，春信暗相通。

【校注】

〔1〕《變雅堂詩集》卷六詩題多"并懷次尾伯宗兩亡友"九字，此爲原二首之第一首。響山：在安徽宣城縣南。

〔2〕五畝：指五畝之宅，可以自資，語出《孟子·梁惠王上》。

〔3〕埋照：埋頭、韜光隱晦；顔延之《五君咏·阮步兵》"沉醉似埋照"。固窮：語本《論語·衛靈公》："君子固窮。"

别　興〔1〕

别興者何，送蔣子前民也。蔣子以十月二十日同兩王子、蔣叔子、杜子解維而上〔2〕。以二十三日過白門。以十一月四日自承恩蘭若移襆被、書策〔3〕，過杜子城北之寓齋。齋在鷄鳴山尾之右〔4〕，所謂十廟西門者，京城近日之極遠僻處也。風沙苦惡，氣象昏昏，居然龍荒窮朔無少异〔5〕。凡四方有事來白門者，例不至；或爲杜子至者，北走十餘里。雖嚴冬，常流汗氣息喘不止。入門坐未定，必首尤杜子何乃居於是。徐仰視梁柱攲腐，有落勢；墻壁皆傾倚，如巨人欲磬折將俯及客頂者。客色然恐其壓己也。坐不正，足跕跕欲外曳。又門外車馬彭彭，馬蹄蹴蹴。然日落風生，杜子急起導客曰："君真可以去矣。"送及門，踪影滅。他日逢人更傳語：杜子奈何居於彼？不知杜子力不能遷，且亦陰利客之不能至焉耳。乃蔣子何爲者，事在城南，饑不及餐，顧獨得得然肯來共杜子數晨夕；反指城南爲遠僻地。每一枉過，輒尤城南之人，如向之人尤杜子。歸則與杜子啞然而笑，時復相與想見古人嚙雪吞氊，庶幾彷彿此地况味。且幸杜子無牛羊可盜，往往以爲談柄。壯哉遊悰！如是者不覺二十日，蔣子一旦辭杜子去。嗟乎！彼數子者皆零星先去久矣。蔣子爲我獨留，我以慨於心也。計此二十日内，奔走與端居約略將半，笑嬉與愁寂情事非一。而杜子於其行也，目送口吟，趁筆直寫。其間或可以詩、或可以無詩，或盡於詩、或不盡於詩，或似詩、或不似詩，莊嫚雜陳，頽然自放。自非張禄先生所云寒心者大略具是矣[6]。總得若干首命之曰《别興》。少陵云："乃不知興之所至而爲詩。"知言哉！蔣子第藏之，自非忘言味道度外之士，彼將徒以是爲詩而求一觀其工拙。蔣子謹謝之，勿出也。

半間傾倒屋，亦號讀書堂。不厭千回掃，纔焚一瓣香。晝吟分研席，夜卧共匡床。戎馬猶鄰近，真依避世墻。

【校注】

〔1〕詩序見《變雅堂文集》卷二。《别興》詩共三十首，見《變雅堂詩集》卷六，此處所録五首分别爲原第三、第四、第九、第十七、第二十一首。

〔2〕解維：解纜。

〔3〕承恩蘭若：當是南京當時寺院名。

〔4〕鷄鳴山：在南京市西北。

〔5〕龍荒：匈奴祭天處在龍城，邊域荒服，故舊以我國北部荒漠爲龍荒。

〔6〕張禄先生：指范雎，戰國魏人。初事魏中大夫須賈，入秦，改名張禄，秦昭王拜其爲相；當時須賈出使秦國，范雎乃微行見須賈，自言爲人傭作；須賈憐之，曰："范叔一寒如此哉！"且贈以綈袍；范雎乃爲須賈駕車入相府，然後整衣出見，見《史記》本傳。

貧居偏覺遠，况在北城隈。落日中原外，悲風萬里來。近冬真嚙雪，過嶺誤尋梅。不是冰天伴，多應早早回。

屢入亭侯廟，長吟老杜詩[1]。公孫躍馬日，丞相出師時[2]。正許禽魚共，而非神鬼知。江樓如抱膝[3]，此地最相思。

【校注】

〔1〕亭侯廟：即關羽廟。老杜詩：指杜甫忠君愛國的詩。

〔2〕公孫：指公孫述，兩漢之交，據有益州，自號蜀王，後稱帝，後十餘年爲漢軍所敗，被殺。左思《蜀都賦》"公孫躍馬而稱帝"即用此事。丞相出師：謂諸葛亮曾六出祁山。本於杜甫《閣夜》詩："卧龍躍馬終黄土，人事音書漫寂寥。"

〔3〕抱膝：手抱膝而坐。《三國志·諸葛亮傳》注引《魏略》："（亮）每晨夜從容，常抱膝長吟。"

苦在飢寒外，知君念我深。幸開終古眼，不愧百年心。腐爛浮生夢，支離澤畔吟。昔人何太淺，恨恨到於今。

修竹蕲王廟，幽栖屢訂予[1]。江天無俗物[2]，臘日讀殘書。顧此憂晨夕，何由樂歲除。行行還聽命，造化妬樵漁。

【校注】

〔1〕予，《變雅堂》作"余"。

〔2〕俗物：指庸俗不堪的人，語出《世説新語·排調》："俗物已復來，敗人意。"

孔雀菴初度又申置酒與治剩公過談[1]

襆被依僧舍，殘梅弄曉晴。百年元瞬息，一刻反平生[2]。坐醉侯芭酒，來歡支許盟[3]。不知明日事，端的覺身輕。

【校注】

〔1〕見《變雅堂詩集》卷三。

〔2〕反,《變雅堂詩集》作“亦”。

〔3〕侯芭:漢鉅鹿人,嘗從揚雄受《太玄》《法言》,揚雄死,爲起墳,心中難過三年,見《漢書·揚雄傳》。支許:支遁與許詢。按二句前句似有悲其先生之死的意思;後句中“支”當指治剩公,其人實爲僧。

聽公允琴〔1〕

牙期難再得,斯好不曾無。是器皆堪和,如君恐太孤。遠松臨水籟,獨雁破霜呼〔2〕。於此徒然悟,高閑未到吾。

【校注】

〔1〕見《變雅堂詩集》卷三,原四首,此爲第三首。

〔2〕“臨水”“破霜”,《變雅堂》分別作“微有”“任長”。

楚社秦淮泛〔1〕

淮水悠悠六代情,端居相與昧平生。晚凉路許通歌板,深夏朋初集雨聲。懶僻衹堪遥入社,羈栖疑有舊題名〔2〕。相期不負滄江意,月落船歸笛正横。

【校注】

〔1〕見《變雅堂詩集》卷七。楚社:當指杜濬在南京與朋友們結成的詩社。

〔2〕衹,《變雅堂》作“那”。疑,《變雅堂》作“終”。

香奩社集〔1〕

夕佳天氣水雲鄉,名士邀歡即草堂〔2〕。行並蠻腰憐拂舞〔3〕,坐親脂口近微香。畫蘭欲畢圍題字,掠鬢初閑促舉觴。爲問眼波何處注,就中私詫幾人狂。

【校注】

〔1〕見《變雅堂詩文集補遺》。香奩社：當是作者參加過的一個詩社；專寫婦女瑣事的詩稱爲香奩體。

〔2〕草堂：杜濬效法杜甫，自稱其住宅。

〔3〕蠻腰：唐白居易有女妓樊素善歌、小蠻善舞，故有詩曰“櫻桃樊素口，楊柳小蠻腰”，見白居易《不能忘情吟序》。拂舞：雜舞名，以拂子爲舞器，起於江左，亦名吴舞，見《晋書·樂志》。

張　巡〔1〕

觀士觀其敗，觀玉觀其碎。玉碎必有光，士敗必有氣。

【校注】

〔1〕見《變雅堂詩集》卷八，總題爲《和懷古》，題下注：“覽金子《村居懷古》作，遠想慨然，各繫五字十二，溢至十四止。”此爲第八首。張巡：安禄山叛亂時著名唐將，與許遠合守睢陽，卒因糧盡無援，城陷後被叛軍殺。

再客戲柬鈍人〔1〕

再客淮南事益非，長河冰凍隔南歸。一窗寒日營何事，老眼穿針補破衣。

【校注】

〔1〕《變雅堂詩集》卷九一題二首，此爲其第二首。柬：寄。鈍人：當指其老妻。

千佛岩〔1〕

石骨參差本絶奇，最宜殘照與初曦。如來恨殺風癲漢，多少山瘡不可醫〔2〕。

【校注】

〔1〕見《變雅堂詩集》卷十。此詩及以下《白鹿泉》《佛殿》《伽藍》，皆屬《攝山游詩》，總題下原有小引："余客金陵，游栖霞次日事也。遲至廿年，晚矣。賴天氣晴和，游侶不雜，生平遭遇，以此爲幸。顧以悼念仲兒，心創未復，不耐營度作記，又不耐深思作五言古詩，唯七言絶句差可任意拈弄。往返得如干首，挂漏眇小，不足以辱山靈。蓋聊記時地而已。其游以戊戌（按指1658年）十一月初六日往，以初九日返，何其速歟，抑有説歟！同游爲王子于一、蔣子前民兄弟、周子貞栖、家兄方朔、兒子世農，共七人。"題下作者自注："岩石遍琢龕像，可恨。"千佛岩：此指江蘇江寧縣東北攝山之千佛岩。

〔2〕山瘡：指山上遍琢的龕像，猶如麻瘋病漢生的瘡。

王嬙故里〔1〕

亦復當時戚里親，花枝偏惱漢宫春〔2〕。莫讐延壽讐婁敬〔1〕，渠是和戎作俑人。

【校注】

〔1〕見《變雅堂詩集》卷九，題四首，此處録第一、二、四首。

〔2〕戚里：帝王姻戚居住之處。偏惱，《變雅堂》作"偏老"。

〔3〕延壽：即毛延壽，漢元帝時畫師，事見《西京雜記》。婁敬：西漢初人，因匈奴兵强，乃建和親之策，見《史記》《漢書》本傳。

武皇遺策服單于，願婿何心擇彼姝〔1〕。猶自浪抛傾國去，前人伶俐後人愚。

【校注】

〔1〕武皇：指漢武帝。遺策：傳留下來的政策，指對外用武力征服。彼姝：語出《詩・干旄》，此處即美女意。

毛生漫負丹青責，炎季空淪禍水波[1]。若寫趙家雙姊妹，畫師功已敵蕭何[2]。

【校注】

〔1〕炎季：此處特指西漢末；禍水：舊稱得寵而敗壞國家的女人，語出《飛燕外傳》。

〔2〕趙家雙姊妹：指趙飛燕與其妹，漢成帝時入宫，兩人專寵十餘年。蕭何：漢初名臣，佐劉邦建漢朝；天下既定，論功第一。

白鹿泉[1]

萬壑枯時獨此泉，支筇能不愛涓涓[2]。夜深一綫流孤月，落石穿林去杳然。

【校注】

〔1〕見《變雅堂詩集》卷九。題下編者原注："攝山也。"

〔2〕支筇：謂停步拄杖。

京師竹枝詞[1]

茅檐灰壁挂琵琶，皮袴高盤炕上撾。却説客來休見怪，近無新蒜點香茶[2]。

【校注】

〔1〕見《變雅堂詩集》卷九。原共十八首，此録第十首。總題下原有小序："余客京師八十日，棘闈以前既匆匆無暇晷，榜後報罷，益用慨然。懷刺騎馬，殆非吾事，反鎖衡門守環堵時多耳。唯一二知己，頓者答之，招者赴之；時則一出，就吾身之所至，目之所觸，戲成俚語；如干私用，破涕爲笑，舉一漏百，吾知不免。大概不能言其所不知，又其大者，臣未敢言也。"按，此詩是杜濬二十九歲時（1639 年）入京應考期間所作。

〔2〕近,《變雅堂》作“竟”。

莒　　州[1]

鳴鞭早過莒城西，平野霜花剪更齊。却笑寒鷄當曉默，日高空補數聲啼。

【校注】

〔1〕見《變雅堂詩集》卷九。鮑叔爲齊桓公奉酒，希其無忘出而在莒，後終於復國，見劉向《新序》，此題隱含其意。

吴園次署中與諸同人夜集觀劇園次索贈兩女郎率賦[1]

年少當場秋思深[2]，座中楚客最知音。一般西子能歌舞，何似虞姬不負心[3]。

【校注】

〔1〕見《變雅堂詩集》卷九，題作“龔宗伯座中贈優人扮虞姬絶句”。據《考田詩話》,“杜于皇流寓白門，龔芝麓宗伯招飲，演項羽故事，扮虞姬者固楚伶，坐客曰：‘楚人演楚事，先生楚人，請以一語贈之。’……語關名教，不以罵座少之。”

〔2〕思,《變雅堂》作“夜”。

〔3〕二句,《變雅堂》作“八千子弟封侯去，唯有虞兮不負心”。

佛　　殿[1]

大樹風多葉盡飄，莊嚴猶自見前朝。墨頭江冷殘碑在，不記君王舊姓蕭[2]。

【校注】

〔1〕見《變雅堂詩集》卷十，題下編者原注曰：“攝山遊也。”

〔2〕墨頭江冷,《變雅堂》作“黑頭江令”,杜甫《晚行口號》:“遠愧梁江總,還家尚黑頭。”黑頭:謂年方盛壯。江令:指南朝江總。君王舊姓蕭:南朝齊梁兩代都是蕭姓皇帝。

伽　藍[1]

金繩覺地市塵遥[2],步屧何因意未消。聞道伽藍收靳尚,世尊應不讀離騷。

【校注】

〔1〕見《變雅堂詩集》卷十。伽藍:是寺院、佛堂的護法神。

〔2〕金繩:當是伽藍手中所執,象徵佛法。《法華經》:“黄金爲繩,以界八道。”覺地:覺悟之地,猶言佛境。

楚風補卷之三十四

明

黃周星[1]

字景虞，號九烟，湘潭人。讀書南雍[2]。崇禎庚辰進士[3]。授主事。初從周姓，復姓黃，甲申後移家江寧[4]。

【校注】

〔1〕傳見光緒十五年刻本《湘潭縣志·列傳》。

〔2〕南雍：即南雍州。

〔3〕庚辰：明崇禎庚辰年，公元1640年。

〔4〕甲申：明崇禎甲申年，公元1644年。

擬謝康樂南樓中望所遲客[1]

匡坐意不樂[2]，慨然登南樓。南樓何所見，蒼莽送平疇。終古忽興感，浩浩千里愁。春容豈不媚，獨立如高秋。穆然營四海，鵷麟寡匹儔。我友皇虞人，擁卷悦林丘。皎駒信非邈，冥鴻不可求[3]。侘傺闌干熱[4]，抗懷揚清謳。瓊瑶如五岳，桃李愧虚投。下視輕薄兒，蠕蠕方群遊。

【校注】

〔1〕謝康樂：即南朝謝靈運，因襲封康樂公，故稱。

〔2〕匡坐：正坐。《莊子·讓王》："匡坐而弦歌。"

〔3〕冥鴻：高飛的鴻雁。揚雄《法言·問明》："鴻飛冥冥，弋人何篡焉。"後比喻避世隱居之人。

〔4〕熱，《沅湘耆舊集》作"間"。

姑山草堂歌〔1〕

大丈夫何不驂龍鸞，騎蝃蝀〔2〕，東臨滄海坐蓬壺；又何不走蜚廉，鞭列缺，西陟昆崙瞰桃都〔3〕。安能蝸蹐眼前十笏斗大室，獨抱蠹簡窮年兀坐如囚拘。世間難遊盡者好山與好水，難見盡者异人與异書。百年鼎鼎菌蟪耳，積蘇累塊空雄圖〔4〕。且莫言五岳遠，且莫言九州殊。即如宛陵近在家山咫尺地，敬亭華陽諸勝安得驅之枕案供人耳目娱〔5〕？謝朓李白空叫絶，愚公移山豈是今之愚？忽有徐子笑而起，曰吾學得少文法〔6〕，能使千峰萬壑晨夕繞吾廬。吾家近在姑山麓，父老兒孫山與吾。衆峰羅立紛拱揖，蒼者如吏翠如姝。白雲五里或十里，長松千株更萬株。鸞飄鳳泊虎豹蹲，好女狀貌神仙居。玆山雖小頗靈閟，岣嶁宛委似不如。草堂數椽無堊雘，青山滿屋泉流渠。風雨欲來惟窅靄，雲霧將去還踟躕。徐子高卧恣觴咏，醉呼懷葛嘲黄虞〔7〕。朱輪絳幘那敢到籬下，下叱五侯七貴皆群奴。盧鴻終南神智槁〔8〕，杜甫花溪形影癯。何如徐子岩澗樂，可遊退谷泛杯湖〔9〕。我更對君發浩想，天下名山非一區。峨嵋匡廬競雄灝，台蕩九子奇秀俱〔10〕。君何不結廬於巨靈之掌、誇娥之趺、象王之鼻、玉女之顱〔11〕，雲海蕩其胸魄，簾瀑滌其神膚。何但規規家山一片石，直欲跨嵩轢岱吞衡巫。徐子大笑公莫迂，姑山草堂天下無。噫吁嘻，誠如君言，姑山草堂天下無。

【校注】

〔1〕姑山：山名。

〔2〕《沅湘耆舊集》作“丈夫何不驂龍鸞”。螮蝀：虹。

〔3〕蜚廉：風神。列缺：閃電。桃都：《玄中記》載：“東南有桃都山，上有大樹，名曰桃都。”

〔4〕積蘇累塊：堆積的柴草和重叠的土塊。《列子·周穆王》：“帝之所居，王俯而視之，其宮榭若累塊積蘇焉。”

〔5〕宛陵：漢縣名，即今安徽省宣城市。敬亭、華陽：均爲宛陵名勝。

〔6〕《沅湘耆舊集》作“吾學得少文法”。少文：即南朝劉宋宗炳。炳字少文，嘗遍游名山。晚年以疾還江陵，凡所游履，皆圖之於室，謂人曰：“撫琴動操，欲令衆山皆響。”

〔7〕懷葛：即無懷氏、葛天氏，均爲傳説中遠古帝王。《路史·禪通記》載，無懷氏之民，“甘其食，樂其俗，安其居而重其生意，形有動作，心無好惡，老死不相往來”。葛天氏之治，“不言而自信，不化而自行”。是古人認爲理想中的自然、淳樸之世。黄虞：即黄帝、虞舜。

〔8〕盧鴻：唐朝人，善篆籀，畫山水樹石，隱嵩山。

〔9〕退谷：在湖北鄂城西，唐元結曾居此。

〔10〕台蕩：台山在浙江宣平縣北，雁蕩山在浙江樂清、平陽境；九子：即九華山，在安徽省青陽縣西南，皆奇秀無比。

〔11〕巨靈、誇娥、象王、玉女：皆神名。趺：脚背。

廣陵梵公僧舍同諸子坐雨得十五咸〔1〕

英雄皆抱膝，相顧濕青衫。夏正訛羲歷，商霖誤傅岩〔2〕。驕人蛙閣閣，説鬼燕喃喃〔3〕。怪事當窗見，林蕉類遠帆。

【校注】

〔1〕詩亦見《沅湘耆舊集》。梵公：梵琦，字楚石，明高僧，居海鹽天寧寺，建法會於蔣山。十五咸：下平十五“咸”部韵。

〔2〕商霖：頌揚大吏之詞。商王武丁稱贊宰相傅説：“若歲大旱，用汝作霖雨。”傅岩：傳爲傅説版築處。

〔3〕驕人：得志的小人。《詩・小雅・巷伯》："驕人好好，勞人草草。"説鬼：《避暑録》載："子瞻在黄州及嶺表……所與游者亦不盡擇，各隨其人高下，談諧放蕩，不復爲畛畦。有不能談者，則强之説鬼。"

社題修禊[1]

曲水千年事[2]，平山此日觴。群賢猶竹影，一國自蘭香。姓字元無垢，詩書詎不祥。共誰争沐浴，日月照滄浪。

【校注】

〔1〕修禊：古俗三月上巳於水邊嬉游采蘭，以驅不祥，稱爲修禊。

〔2〕曲水：即流觴曲水，參閲王羲之《蘭亭集序》。

贈孫霄客生孫次陳階六同年韵[1]

笑我方求子，看君已抱孫。高陽文若里，通德小同門[2]。萬事足還足，一堂尊更尊。可知麟鳳種，容易見雲昆[3]。

【校注】

〔1〕孫霄客、陳階六：皆作者友人。

〔2〕高陽文若里：東漢荀淑有八子，并有名於時。潁陰令苑康以爲昔高陽氏有才子八人，淑亦如是，乃名所居里爲高陽里，參閲《後漢書・荀淑傳》。文若：荀淑之孫荀彧，字文若，爲曹操謀士。通德小同門：後漢孔融爲北海相，深敬鄭玄，命高密縣爲玄特立鄭公鄉，廣其門閭，號爲通德門。小同：鄭玄之孫鄭小同，名重當時。二句亦稱孫霄客祖孫。

〔3〕雲昆：對其孫之贊辭。昆：後嗣、子孫。

香花甲和施佩宜[1]

不識香花甲，因君始得名。采芳分杜若，益壽比青精[2]。酒許淵明釀，泉宜陸羽烹。從今添本草，芝术有難兄[3]。

【校注】

〔1〕香花甲：植物名。施佩宜：作者友人。

〔2〕青精：即青精飯。采南燭枝葉，以其汁浸米，蒸飯曝乾，色青碧。道家謂久服可延年益壽。

〔3〕篇末自注："其種出洞庭山中。"

遊南岳丹霞寺

只從天半領精神，自古名山一待人〔1〕。五岳今纔遊一角，百年吾已歷三旬。收回南北東西眼，閲盡羲農虞夏春。他日山僧應問訊，溪光雲影記閑身〔2〕。

【校注】

〔1〕領、一，《沅湘耆舊集》分别作"嶺""亦"。

〔2〕影，《沅湘耆舊集》作"響"。

僦　居

天空海闊竟何如，此日英雄且僦居〔1〕。擊筑市中誰進酒，賃舂廡下自鈔書〔2〕。一春風雨牛衣老，十載江湖馬肆虚。輸却雲門行脚漢〔3〕，竹烟松月總精廬。

【校注】

〔1〕英雄，《沅湘耆舊集》作"高人"。

〔2〕《後漢書·梁鴻傳》："居廡下，爲人賃舂。"賃舂：受雇爲人舂米。

〔3〕雲門：山名。上有雲門寺，五代高僧雲門禪師所建。此泛指。

余自五年前有選詩之咏，忽忽又將忘矣。至今歲之春，館於岑山程子齋中，因從事斯役，於是先成《唐詩快》十六卷，復笑咏四首識之録二

天人鬼物豈相同，同屬情田性海中。草木禽魚情可化，日星河岳性皆通。盛衰理一非關理，正變風殊總是風。解得别才兼别趣，唐詩終古在虚空。

生來誦法素王編〔1〕，寢食葩壇七十年。敦厚温柔皆似此，興觀群怨豈徒然。風流合讓唐人占，忠孝還從魯國傳。説到移人無不有，何須問鬼復呵天。

【校注】

〔1〕素王：指孔子。漢王充《論衡·定賢》："孔子不王，素王之業在《春秋》。"後儒家專以素王稱孔子。素王編：指《詩經》。

平山春望

春風萬里客登臺，平楚蒼然霽色開。百雉似連孤塔涌，群峰欲渡大江來。生前富貴揚馬笑〔1〕，亂後文章庾信哀。滿眼烟花今古夢〔2〕，天荒地老獨徘徊。

【校注】

〔1〕揚馬笑，《沅湘耆舊集》作"盧生夢"。揚馬：漢代著名文學家揚雄、司馬相如。盧生夢：即黄粱夢，參閲唐沈既濟《枕中記》。

〔2〕今古夢，《沅湘耆舊集》作"閲今古"。

客中過西湖見吴岩子卞玄文詩步韵寫懷〔1〕

繇來絳灌本無文〔2〕，雙掌休誇將相紋。騷壘螯弧容我建〔3〕，醉鄉茅土許誰分。齋前合置支離叟，宅畔何妨冥漠君〔4〕。歷遍九州芳草緑，

卜居詹尹竟何云[5]。

【校注】

〔1〕吴岩子：疑爲吴山，吴江人，明正德進士。

〔2〕絳灌：西漢絳侯周勃與潁陰侯灌嬰。二人皆佐高祖，累立軍功，爲一時名將。《晋書·劉元海載記》："吾每觀書傳，常鄙隨陸無武，絳灌無文。"

〔3〕蝥弧：春秋時諸侯建旗，鄭伯之旗名蝥弧。

〔4〕支離叟：即支離疏。《莊子》寓言中所説的形體不全的怪人，參閲《莊子·人間世》。冥漠君：疑即冥伯。《莊子·至樂》："支離叔與滑介叔觀於冥伯之丘，昆崙之墟。"

〔5〕詹尹：古代占筮之官，《楚辭·卜居》："心煩慮亂，不知所從，乃往見太卜鄭詹尹。"

再和前韻

辛苦傭書更鬻文，雲雷心熱博山紋[1]。恩讐國士憑三尺，長短鄰姝較一分[2]。觱篥歌殘呼朔客[3]，琵琶弦斷咽明君。花前慟哭林間嘯，此日吞聲不復云。

【校注】

〔1〕雲雷：古代酒器上所刻紋飾。博山：器物表面雕刻作重叠山形的裝飾。南朝宋鮑照《擬行路難》："洛陽名工鑄爲金博山，千斫復萬鏤。"

〔2〕此句化用宋玉《登徒子好色賦》。

〔3〕觱篥歌：唐李賀《申胡子觱篥歌》："朔客騎白馬，劍弝懸蘭纓。"

荒寺愁坐同允康賦[1]

黄金紅粉未銷愁，野寺相逢只敝裘。舉目河山千古泪，對床風雨兩人秋[2]。時危家破憐張儉，地老天荒笑馬周[3]。赤白紅崖齊拍手[4]，誰人客帳夢封侯。

【校注】

〔1〕允康：萬日吉，字允康，湖北黄岡人，崇禎庚辰進士。

〔2〕對床：對床共語，謂兄弟朋友聚會。白居易《雨中招張司業宿》："能來同宿否，聽雨對床眠。"

〔3〕張儉：東漢桓帝時人，嘗劾中常侍侯覽罪惡，請誅之。覽乃誣儉私結朋黨，儉被迫亡命，望門投止。人重其名行，往往破家相容。馬周：唐人，嘗客中郎將何常家。貞觀五年上詔百官言時政得失，周乃替何條陳二十餘事，遂爲太宗賞識，官至中書令。

〔4〕白，《沅湘耆舊集》作"壁"。

有　感〔1〕

此身何故落瀟湘，悶對長天泪幾行。山水無緣供酒椀，文章多病惱詩囊。人情只向黄金熱，世法誰容白眼狂。明日扁舟吴越去，從渠自作夜郎王。

【校注】

〔1〕詩又見於《沅湘耆舊集》。

和吴中鬻婦趙雪華

遺墨郵亭泪血頻，好從句裏唁真真〔1〕。文人無貌猶慳福，何况文人是美人。

【校注】

〔1〕真真：畫中美女。唐杜荀鶴《松窗雜記》載，唐進士趙顔於畫工處得一軟障，上繪婦人甚麗。畫工謂此女名真真，呼其名百日必應，再以百家彩灰酒灌之則活。顔如其言，女果下障與顔狎，終歲生一子。後顔疑女爲妖，真真即携子復上軟障而没。

羅其鼎[1]

字耳臣，號月江，桃源人。崇禎庚午不爲學使者所録，督餉唐公暉、方伯杜公詩聞其名[2]，薦之入闈。值號舍盈滿，伏地構藝，遂入彀，唐杜二公爲序其事。庚辰成進士，授行人。性篤孝，母喪，值鄉試，不預斂含，終身不食甘重帛。歲儉，募粟施粥，全活甚衆。卒，門人私謚貞易先生。所著有《月江集》，前著《草行藏稿》《仙掌草》等書。康熙辛酉入祀鄉賢。

【校注】

〔1〕參見清同治本《桃源縣志·人物考·史材》。

〔2〕唐暉、杜詩：皆鄉賢。

周山人以畫竹見餉[1]

子猷性迕俗[2]，雅與此君宜。寥寥千載後，周子托新知。腕底數枝發，紛披歷落奇。因風鳴天籟，帶雨逗嬌姿。匪徒筆墨肖，惟其胸有之。置子竹林中，知畫者爲誰。

【校注】

〔1〕周山人：作者友人。

〔2〕子猷：晋王徽之，字子猷。性卓犖不羈，酷愛竹。

印雪浪過訪，云郡務繁甚，金焦當前未獲遊覽，賦以嘲之[1]

日對金焦未解巡[2]，忍將七尺作勞薪。匪云勝具吾何有，莫是名山生未辰。琴鶴也憐清白吏，水雲應笑簿書身。空餘一副恫瘝泪，博得謳歌滿潤濱。

【校注】

〔1〕印雪浪：印司奇，字易庵，號雪浪，湘潭人，崇禎辛未進士。金焦：指金、焦二山，在江蘇鎮江東北。

〔2〕該句《沅湘耆舊集》作“咫尺金焦望不到”。

登焦山次陳交甫年兄韵

三詔争傳處士踪[1]，偶來勝地若躬逢。古人自取性情便[2]，世眼何嫌禮法慵。水静還隨風百折，雲行不隔嶺千重。登臨極目寒暉遠，聽送黄昏閣裏鐘。

【校注】

〔1〕此句末原注：“漢焦光隱此。”焦光疑爲焦先之誤，焦先爲漢末隱士，事見《三國志·魏志·管寧傳》注。

〔2〕性情，《沅湘耆舊集》作“情懷”。

寇　警

二百餘年不被兵，於今草木怯風聲。寇旗到處平沙赤，烽火明時旅魄驚。授閫何人當虎探[1]，出關有客善鷄鳴。澄清自是吾儕事，肯讓終生獨請纓。

【校注】

〔1〕授閫：即授予將帥之職。虎探：即虎拜。春秋時，召公虎奉周宣王命征伐，有功，宣王賞予土地禮器，召公稽首拜謝。後因稱大將拜君爲虎拜。

避兵詩十六首録二

行李紛紛就道狂，斜風細雨暗前岡。半裁名士風流慣，新减佳人粉澤香。沅水溪頭舟子傲，桃花渡裏酒家忙。濟川知得何人楫，有客牽來洞口檣。

此中儘可著疏狂，叠嶂層巒宅後岡[1]。時有鄰舟同鼓枻，偶於佛閣一拈香[2]。月明漳水烟波静，雲暗江城羽檄忙[3]。危亂忍忘君父耻，挽舟逆水幾人檣[4]。

【校注】

〔1〕二句《沅湘耆舊集》作“此中劣可著疏狂，迭嶂都圍大佛場”。

〔2〕鄰舟，《沅湘耆舊集》作“漁舟”。佛閣，《沅湘耆舊集》作“禪院”。

〔3〕漳水，《沅湘耆舊集》作“溪渡”。漳水：水名。春秋時楚有漳水，在今湖北境内。江城，《沅湘耆舊集》作“山城”。

〔4〕二句《沅湘耆舊集》作“危急那能忘共濟，冲流逆水幾風檣”。

溪　　雲[1]

閑情不逐湍流狂，著脚何須岫與岡。攀附山嵐賒色澹，微霑水氣入聞香。偶同放鶴溪邊卧，竊笑醯鷄甕裏忙[2]。似我野心無繫累，往來時上便風檣。

【校注】

〔1〕題下自注：“仍用前韵。”

〔2〕醯鷄：小蟲。《莊子・田子方》注：“醯鷄者，瓮中之蠛蠓。”

暮眺歸鶴峰聞警[1]

洞壑陰森磴道斜，茂林深處貯丹霞。雲將别去猶依岫，鶴欲歸來未有家。塵想都從禪剎斷，客心聊對此君遐[2]。夜分草木頻聞警，漁火濤聲隱暮笳。

【校注】

〔1〕詩又見於《沅湘耆舊集》。

〔2〕此君：指歸鶴峰。

秦人洞桃放尋覽陶碑[1]

夾岸繽紛世外栽，嫣然一笑向誰開。曉妝自著深紅色，不是佳人醉裏來。

【校注】

〔1〕秦人洞：湖南桃源縣桃源山有秦人古洞。陶：指陶淵明。

五柳庭前手自栽[1]，桃花相識此中開。白雲頻向碑間卧，爲愛先生歸去來[2]。

【校注】

〔1〕五柳：陶淵明自稱五柳先生，有《五柳先生傳》。

〔2〕歸去來：陶淵明有《歸去來辭》。

淥蘿晚眺[1]

一葉衝流藉晚風，解衣盤薄躡危峰[2]。寒江初照清秋月，天水希夷夜色中[3]。

【校注】

〔1〕淥蘿：湖南桃源縣南十里有淥蘿山。

〔2〕盤薄：據持牢固貌。

〔3〕希夷：《老子》："視之不見名曰夷，聽之不聞名曰希。"希夷形容虚寂微妙。

萬日吉[1]

字允康，黄岡人。崇禎庚辰進士。歷官駕部郎。

【校注】

〔1〕萬日吉：傳見清乾隆五十四年本《黄岡縣志·文苑》。

道士洑[1]

山威鬱鬼神，晴霽亦雷雨。垂垂壁危傾，群鳥無勁羽。樵父狎其巔，漁父習其滸。我獨整衣冠，孤舟傴且僂。

【校注】

〔1〕道士洑：在湖北大冶縣東九十里，即西塞。

雪山暮雨

茫茫碧空際，垂垂天欲來。有物如乘氣，虚無縹緲回。黑雲挾雷雨，寒威鬱徘徊。荒陰幕今古，咫尺蒙未開。常恐遂混沌，泠泠心魂催。

述漕事[1]

維歲在辛巳，丑月余筮仕[2]。参謁越浹旬，厥職先糧峙。維昆實疲國，奇荒絶耘耔。以余巡倉儲，千倉千空耳。余乃朝夕斯，所未解衣履。口不絶勸諭，手豈愛鞭箠。父老泣語余，剥膚將及髓。伊余無人心，天威不違咫。大僚又頻來，催檄下如矢。主者尊如帝，從者如虎兕。朋比庇驕弁，倡和作姦宄。帝貽之稻粱，棄之爲糠粃。貪壑不遽盈，饕食非常比。余不畏强禦[3]，畀矜予赤子。訟余於大僚，治余於三褫。余實不樂生，而謂余畏死。於時有大人，御下以綱紀。大聲疾呼之，遽應曰唯唯。得罪在安民，子功政如此。子其益勉旃，古人重知己。吉也實不才，亦嘗觀古史。碌碌取尊官，烈烈罹大否。二者皆天命，在此不在彼。吉也實不才，棄官如敝屣。

【校注】

〔1〕漕事：水道運糧之事。

〔2〕辛巳：明崇禎辛巳年（1642）。丑月：農曆十二月。筮仕：古人將出仕，先占吉凶，謂之筮仕。

〔3〕强禦：强暴逞勢者。《詩經·大雅·烝民》："不侮矜寡，不畏强禦。"

旅　感〔1〕

上院疏鐘曉，閑堦積雨殘。澤中鴻未集，天下士宜寒。種種數莖髮〔2〕，勞勞一片肝。窮途惟仗友，應作古人看。

【校注】

〔1〕詩亦見於《詩佩》和清光緒十年本《黄州府志·藝文》。

〔2〕種種：髮短貌。《左傳》昭公三年："余髮如此種種，余奚能爲。"

送我無上人還廬山〔1〕

萬里秋聲急，青楓古渡平。潯陽潮自落，楚岸月孤明。破衲饑寒去，芒鞋雨雪行。爐峰遥在望，惠遠定相迎。

【校注】

〔1〕詩亦見《明詩綜》。

野　望

俯仰高岡古木平，荒山橡栗寄殘生。萬家烟火三家市〔1〕，百里榛蕪五里營。穴虎縱横風雨夕，山魈啼笑寂寥城。寧知曠代神仙地，今日蕭蕭戰馬鳴。

【校注】

〔1〕三家市：謂人烟稀少之村落。

僕　逃

家殘徒旅幸猶存，離亂常懷僕妾恩。游子途窮傷故國，庖人刀冷過屠門。少陵報酒汝當念，穎士觀書我弗倫[1]。滿眼干戈迷出處，不知何處覓饔飧。

【校注】

〔1〕少陵：即杜甫。杜甫一生嗜酒，故言。穎士：唐代詩人蕭穎士，博覽群書，名播天下。有奴因愛其才，事之十年而不去。

任弘震[1]

字淡公，號雪柯，嘉魚人。崇禎庚辰進士。八歲咏梅詩，有"殘雪休競艷，看君和鼎時"之句。官户部郎。所著有《青鳳軒集》。

【校注】

〔1〕參見清同治五年本《嘉魚縣志·人物·賢達》。

再遊寶方[1]

藹藹宣晴暉，澹澹撑遠嶠[2]。借郊舒好懷，不是期遊眺[3]。楓徑凝寒霜，僻門隱幽奥。接足禮慈容[4]，慧燈長光耀。移履之荒岩，看樹蔂蘿蔦。便可與休陰，木石資談笑。披蘚讀古碑，凉風發岩竅。亦各吐胸笥，玄意勝狂叫[5]。奇賞戀踟躕，夕霞明高燎。野田生暮烟，遠水射殘照。

【校注】

〔1〕清光緒本《武岡縣志·藝文》題作"寶方山"。寶方山：在湖南武岡東南八里處。

〔2〕遠嶠：通往遠處的山路。

〔3〕遊，清光緒《武岡縣志》作"登"。

〔4〕接足：佛教敬禮。仰兩手捧接尊者的足。

〔5〕《武岡縣志》此句作"無意任狂叫"。

蔡溶如[1]

字伯雪，初字玄度，號蓼菴，漢陽人。家世以吏事顯。公當神廟末，古學自任，九試九黜於有司。崇禎庚辰始得以序貢於朝，授湘陰司訓，稱得人。學使者高公世泰大加賞异，升别駕。華亭章公曠方推轂，以軍事不果。卒年六十有七，著述無傳，獨歸田詩數篇存。

【校注】

〔1〕清乾隆《漢陽府志·文苑》本傳云："字元度，以貢任湘陰教諭。"傳亦見清嘉慶二十三年本《漢陽縣志·文苑》。

九日贈妓

獨有悲秋客，能憐掌上身[1]。雲當歌處駐[2]，老似妬柬真。佳節曾多暇，重來定幾人。檀槽將進酒[3]，莫負菊花晨。

【校注】

〔1〕掌上身：傳説漢成帝后趙飛燕能在手掌上舞蹈，極言其體態輕盈。此借指妓。

〔2〕此句借秦青悲歌、響遏行雲典指妓之歌喉。

〔3〕檀槽：檀木製作的弦樂器上的架弦格子。此指弦樂。

賣　　書

與你周旋久，因之感愧并。借猶同不孝，别亦戀深情。亂後勤鳩集，饑來巧作成。饋糧真煮字，窮賤失峥嵘。

殘　　書

壁中金石慰情痴，餘燼纔收喜更疑。大旨觀書嫌草草，斷章引義笑規規。補亡未續冬官逸，保缺應煩博士移[1]。莫遣六丁重攝取[2]，藜光猶得照山茨。

【校注】

〔1〕補亡：《周禮》六篇，缺《冬官》一篇，漢人以《考工記》補之，故也名《冬官考工記》。它是春秋末齊國人記録手工業技術的官書。“保缺”句：漢劉歆《移太常博士書》有：“信口説而背傳記，是末師而非往古……猶欲保殘守缺。”參閱《漢書·劉歆傳》。

〔2〕六丁：道教神名。

借　書

一瓻先饋避豪華[1]，好事相從次道家。莫以貧兒但數寶，倘逢明眼或披沙[2]。鑒藏完好寧辭嬾，較閲精嚴耻尚奢。疑義奇文能共否，素心晨夕幾人遐[3]。

【校注】

〔1〕瓻：古代盛酒器。常用來借書、盛酒。

〔2〕披沙：披沙簡金，比喻多中取精。梁鍾嶸《詩品》：“陸（機）文如披沙簡金，往往見寶。”

〔3〕素心晨夕：晋陶淵明《移居》詩：“聞多素心人，樂與數晨夕。”素心：意爲心地純潔。

和李雲田薪米交盡詩八首[1] 録二

釜魚育育突無烟[2]，國士長饑肯自憐。口腹累人慚茂宰，樵蘇不爨愧周旋[3]。渡江漫立心無義，蝕字空疑脉望仙[4]。消得窮愁寧作我，歌聲金石爲君傳。

【校注】

〔1〕李雲田：李以篤，字雲田，明季漢陽貢生，爲人放蕩潦倒，自號老蕩子。

〔2〕育育：活潑自如貌。《管子·小問》引逸詩："浩浩者水，育育者魚。"

〔3〕"口腹"句下自注："雲田善漢川令，客之不得。"二句又見於清乾隆《漢陽府志·文苑》。茂宰：賢能的縣官。

〔4〕脉望仙：傳説爲蠹魚所化之物。唐段成式《酉陽雜俎》續集二《支諾皋》："據《仙經》曰：蠹魚三食神仙字，則化爲此物，名曰脉望。"蝕字：即食字。

楝花風後又新烟，如此長饑我亦憐。因熱幾家分火去，拙言何處扣門旋。豹文得霧偏能澤[1]，蜩翼臨風已欲仙。捫腹一歌一自笑，古來肉食幾人傳。

【校注】

〔1〕豹文：《列女傳·陶答子妻》："妾聞南山有玄豹，霧雨七日而不下食者，何也？欲以澤其毛而成文章也。"此借爲曠達語。

秋雨嘆五首録二

浮雲結秋色，山茨晝長掩[1]。草也逐愁生，雨後不可剪。

【校注】

〔1〕山茨：山間茅屋。

濕薪煑漏釜，釜亦爲薪泣。嗟我涕無從，若助薪太息。

管嗣裘[1]

字冶仲，衡陽人。舉崇禎壬午。時賊陷衡，匿安仁山中[2]。丁亥後間關嶺外桂藩，授中書舍人，以亢直不容，流寓粤西。衣敗絮，居蝸廬，與猺獞雜[3]，終日披草悲吟。後轉入永安山中卒[4]。所著述皆不傳。

【校注】

〔1〕參見清同治十一年本《衡陽縣志·列傳》。

〔2〕安仁山：在湖南衡陽縣。

〔3〕猺獞：舊時對我國瑶族侮辱性稱謂。

〔4〕永安：在湖南瀏陽西八十里。

爲家大夫恭禱南岳醮余望赤帝峰書懷[1]

彤日蕩秋旻，峰精散虚沉。渺然感兹生，孤寄如蜎孑。納之崔嵬中，高天浮片雪。震動有夙懷[2]，長養自芽茁。嚴霜不相避，稚弱誠衰竭。恭聞粲炎精，迪逆如眉列[3]。廉吏不可爲，清剛無乃輟。寢邱有餘蔭[4]，生理無吝劣。鐘笙載此生，冀與昭爽徹。回瞻雙鶴飛，遺音覫康耋。

【校注】

〔1〕《沅湘耆舊集》題爲“望赤帝峰抒懷”，篇末自注：“時爲家君恭禱南岳設醮。”醮：祭祀。赤帝峰：即祝融峰，衡山最高峰。

〔2〕夙懷，《沅湘耆舊集》作“夙緣”。

〔3〕炎精：指火德，赤帝即火神祝融氏。迪逆：迪：有順道之意。迪逆：不詳。

〔4〕寢邱：楚令尹孫叔敖臨死誡其子勿受楚王所封美地，而請封於比較貧瘠的寢丘，以長保不失，事見《吕氏春秋·异寶》。

王介之[1]

衡陽人。舉崇禎壬午科。

【校注】

〔1〕參見清同治十一年本《衡陽縣志·列傳》。

洗衲池[1]

樹静雲初合，泉高水自瀠。寒花凝白乳，落葉隱流聲。苔影百年寺，霜空一磵情。遥知洗衲意，夕磬出林清。

【校注】

〔1〕詩又見於《沅湘耆舊集》。

李國相[1]

字芋岩[2]，衡陽人。舉崇禎壬午科。癸未張賊陷衡，强以僞職，國相引刀破面免。後徙深山，築小室，垂三十年，植桃數株，稱桃塢先生。著《逸齋費辭》兩卷。

【校注】

〔1〕清同治十一年本《衡陽縣志·列傳》有傳。

〔2〕同治縣志載："字敬公，其先貴州人。"

桃花園[1]

嘗聞此地邃，爰入古松圍。不惜閑中屐，來窺静者機。山花隨意放，谷鳥趁人飛。坐看爐烟細，微茫何處歸。

【校注】

〔1〕詩又見於《沅湘耆舊集》。

王夫之[1]

字而農，衡陽人。舉崇禎壬午科。

【校注】

〔1〕參見《清史稿·列傳》卷四百八十及清同治十一年《衡陽縣志·列傳》。

霜度岳徑[1]

墜葉滿行衣，徑草試霜色。何知山川想，足敵風塵力。初暾紫峰搖，浮空夾蒼植。似可就奇光，問之求羽翼。

【校注】

〔1〕詩又見於《沅湘耆舊集》。

曉同夏叔直出寺，讀米菊水司寇所鎸譚友夏記[1]

登徑驚林泉，知有高人址。昨宵話霜月，寒河固盈耳。星光問吟嘯，松根想屐齒。是日青天高，一石映綠峙。朝暾不敢惜，白光滿蘋芷。夏子發笑言，循池屢經此。似有神護蔽[2]，珍重以索子。遥秀豈敢蒙，道孤無出美。勉以答古人，雙影戀流水。

【校注】

〔1〕夏叔直：夏汝弼，字叔直，衡陽人，明季諸生，與王船山甚摯。米菊水：不詳。譚友夏：即譚元春，字友夏，竟陵人。

〔2〕蔽，《沅湘耆舊集》作“庇”。

感遇六首效曲江體[1] 録二

漢南嬋娟子[2]，臨歧憂清露。羅襪惜已微，中心良有故。美人去我遥，思之若晨暮。枕簟抱餘寒，肅肅驚宵寤[3]。

【校注】

〔1〕《沅湘耆舊集》題作“感遇”。曲江：即唐張九龄，曲江人，人稱曲江公，有《感遇》諸詩，高淡冲遠。

〔2〕嬋娟子，《沅湘耆舊集》作“嬋媛子”。

〔3〕上句《沅湘耆舊集》作“莞簟有餘清”。下句，驚，《沅湘耆舊集》作“警”。

浮雲起岱陰，蕭屑積空微。翕合非一氣，靈雨千里飛[1]。如何彼姝子，孤愛俄頃輝。光影交相報[2]，寸心先已違。歧路勿相問，行行各是非。

【校注】

〔1〕靈雨：好雨。《詩·鄘風·定之方中》：“靈雨既零。”箋：“靈，善也。”

〔2〕交，《沅湘耆舊集》作“或”。

玉門望獅子峰[1]

屢望高難到，前冬一杖時。分明霜雪苦，逼側虎狼欺。芒履仍慳水，石函尚小詩。只今腸可斷，翻笑昔情癡。

【校注】

〔1〕詩又見於《沅湘耆舊集》。玉門：地名，不詳所指。獅子峰：安徽黄山有獅子峰。

早　春〔1〕

不覺故心移，年華冉冉知。晴窗熏午睡，暄步愛芳吹。幸緩西園夢〔2〕，還留朔雪悲。含情方幾日，誰道鬢添絲。

【校注】

〔1〕詩又見於《沅湘耆舊集》。

〔2〕西園：漢上林苑亦稱西園。漢張衡《東京賦》："歲維仲冬，大閲西園。"

十二月八夜看月〔1〕

寒月静不回，中天白靄分。烟空含樹色，星淺入冰紋。夢覺踪無定，凄清受已勤。遥情誰寄托，千里一氤氲。

【校注】

〔1〕看月，《沅湘耆舊集》作"望月"。

同歐子直劉庶先登小雲山〔1〕

青天下鏡倒晴空，戰壘仙壇碧萬叢。終遣屈平疑邃古〔2〕，誰從阮籍哭英雄。大荒落日懸疏檻，五嶺孤烟帶遠虹。獨坐上方鐘磬裏，消沉無泪灑羊公〔3〕。

【校注】

〔1〕劉庶先，《沅湘耆舊集》作"劉庶仙"。歐子直、劉庶先皆作者友人。

〔2〕疑邃古：邃，同"遂"；屈原《天問》："遂古之初，誰傳道之。"遂古，往古，上古。

〔3〕羊公：晋羊祜。羊祜死後，杜預在峴山爲之建碑立廟，人見碑而落泪，命名"墮泪碑"。此用其典。

遠帆閣岩示唐須竹[1]

昨日初收梅雨天，青空四幕碧光圓。微風引袂分溪草，斷嶂當眉露岳蓮[2]。片石偶然留太古，㝱心無待問他年。斜暉已長青松影，尚昔苔茸映緑烟。

【校注】

〔1〕《沅湘耆舊集》題作“同唐須竹游帆閣岩”。唐須竹：唐端笏，字須竹，衡陽人，師事王夫之。帆閣岩：不詳所在。

〔2〕岳蓮：西岳華山的蓮花。道家傳説華山山頂池中生千葉蓮，服食即成仙。

儘覺當年不易談[1]，披雲躡石意猶貪。袖圖有迹傳河笈，血字無心錮并函。白日只今元不損，青山向後定誰堪。知君欲訪匡廬瀑，摘去青蓮池上參。

【校注】

〔1〕詩亦見於《沅湘耆舊集》。

重過蓮花峰爲夏叔直讀書處[1]

山陽吹笛不成音[2]，凄斷登臨舊碧岑。雲急步廊春袖濕，燈寒殘酒夜鐘深。河山撼折延陵劍[3]，風雨長迷海上琴。聞道九峰通赤帝，松杉鶴羽待招尋。

【校注】

〔1〕詩又見於《沅湘耆舊集》。夏叔直：即夏汝弼，衡陽人，明季諸生，與王船山甚摯。蓮花峰：在湖南衡山縣，爲衡山之一峰。

〔2〕“山陽”句：魏晉時，向秀過友人嵇康、吕安山陽舊居，聞鄰笛，感

亡友，作《思舊賦》，後以山陽笛表示懷念舊友之情，參閲《晋書·向秀傳》。

〔3〕延陵劍：春秋吴季札封於延陵，號延陵季子。過徐，徐君好其劍，口不敢言，季札心知之，爲使上國而未獻。及還徐，徐君已死，乃解劍繫徐君冢樹而去，參閲《史記·吴太伯世家》。

寄懷陳耳臣兼懷安福陳二止〔1〕

侯山月榭夢中秋〔2〕，疏雨湘波一寄愁。老大乾坤添戲局，蕭條風月識中流。維摩香飯聊長飽，魯壁哀弦未易酬。爲訪華山酣睡客，可容長笑指神州。

【校注】

〔1〕陳耳臣：陳五鼎，字耳臣，攸縣人，以貢生官萊陽教諭。陳二止：陳靚，字二止，江西安福人，崇禎舉人。

〔2〕侯山：在湖南攸縣。《沅湘耆舊集》作“緱山”。

山居效皮陸體

夭桃十樹柳千條，詛雨迎晴意兩消。活影玻瓈沉曲沼〔1〕，吹香䔧䔧糝平橋。游龍依蘚紅鱗密，魚虎分波翠暈摇。莫厭溪聲喧午夢〔2〕，乘流初好泛詩瓢。

【校注】

〔1〕活影，《沅湘耆舊集》作“活飲”。

〔2〕午夢，《沅湘耆舊集》作“午睡”。

小樓雨枕

長鑱斸木自生涯，短棹衝寒有獨知。偶測天心容杖屨，不從人事整鬚眉。孤心琴外傳昭氏，病眼花前待子規。閑坐小樓清澈澈，垣衣緑潤帶烟垂。

春山雜興[1]

丹霞白雨夾分霄，浴鷺栖鴉各自饒。夕爽清吹分水影，晴光弱引動山椒。青鞵躡迹違珠露，紫笋分明剥玉苗。假借春容安病客，不妨詩思滿唐瓢。

【校注】

〔1〕《沅湘耆舊集》題作“春山漫興”。

千心一病總消除，隨處中原且卜居。餘草舜耕堪藥裹，安流禹治付蒼書。枕函帶夢花陰徙，釣竹過春筱尾餘[1]。霧眼能留臨曲沼，桃花雖謝長芙蕖。

【校注】

〔1〕筱尾餘，《沅湘耆舊集》作“筱尾舒”。

東海何能釣玉璜[1]，岳音從昔咀金薑。刀圭鼎鼎千春日，蓑笠悠悠一雨航。棋劫屢翻知晝永，琴心自寡到春忘。東方笑爾詼諧極，浪借金門作隱鄉。

【校注】

〔1〕何能，《沅湘耆舊集》作“無能”。此句用太公望（姜尚）釣玉璜典。《宋書・符瑞志》：“望釣得玉璜，其文要曰：‘姬受命，昌來提，撰爾雒鈐報在齊。’”玉璜：半圓之璧。

包世美[1]

字乃蔚，衡陽人。舉崇禎壬午科。

【校注】

〔1〕參見清同治十一年本《衡陽縣志·夏郭列傳》。

長樂山居[1]

炎蒸向晚歇，寂坐倚檐楹。風覺意先解，月當村忽明。瓜陰涼展葉，禾氣水疏莖。近卜學田術，邀鄰怡素情[2]。

【校注】

〔1〕長樂：福建閩侯縣有長樂山，疑即此。

〔2〕《沅湘耆舊集》此二句作："近覺山居好，聊娱物外情。"

李太白祠

遠謫何曾异，才名如可投。荒碑聞信宿[1]，結社指山邱。羽翼驚時網，文章得自由。不知采石月，能勝夜郎不[2]。

【校注】

〔1〕信宿：連宿兩夜。《詩經·豳風·九罭》："公歸不復，於女信宿。"

〔2〕采石月：據説李白月夜死於安徽當涂采石磯江上。夜郎：在今貴州東部，李白晚年曾流放於此。

郭鳳躚[1]

字季林，衡陽人。舉崇禎壬午科。

【校注】

〔1〕參見清同治十一年本《衡陽縣志·列傳》。

咏甘菊有序

衡陽産甘菊，聞之往籍，爾土人不知何所從，始而竟置之不植。余既屏居石仙嶺下，小開荻徑，從莽蕪中得一本，遂喜志之。

甘菊閲自昔[1]，采之非時榮。偶憐廢圃色，益嘆寒花英。移植當窗下，浮香入袂清。所知感不早，况忍故相輕[2]。

【校注】

〔1〕閲，《沅湘耆舊集》作“聞”。

〔2〕忍，《沅湘耆舊集》作“忽”。

涉園夜坐

藐兹天宇闊，遥矚數星流。頹放亦何似[1]，栖遲未有儔。蛙聲習處静，竹影乍來幽。此際空多感，沉懷已自悠。

【校注】

〔1〕放，《沅湘耆舊集》作“敗”。

陽　鎮[1]

字山公，湘鄉人。舉崇禎壬午。練博通雅，尤工行草書。戊子死於亂，遺稿散佚。

【校注】

〔1〕參見清同治十三年本《湘鄉縣志・人物》。

薌泉菴[1]

泉聲磬韵戛絲桐[2]，坐久披襟挹道風。咫尺一流清隔處，俯看刹影挂霓虹[3]。

【校注】

〔1〕薌泉菴：在湖南湘鄉縣南。

〔2〕磬韵，《沅湘耆舊集》作"歷歷"。絲桐：即琴，古多以桐木製琴，故稱。

〔3〕此句《沅湘耆舊集》作"扶杖頻來坐晚風"。

龍孔蒸[1]

字季霞，湘鄉人。幼穎悟，長精詞賦，工行草，中崇禎壬午鄉試。丁亥長沙兵潰，殺掠過湘鄉，蒸扶母避兵石板橋山中，亂兵躪入遇害。著有《類吟》，自删存草。

【校注】

〔1〕參見清同治十三年《湘鄉縣志·人物·忠節》。

約遊望南菴不果[1]

興寄不覺遠，遂思陟南山[2]。流采杜若香[3]，飄舉蒼崖間。白蝙亂幅巾，長松瀉鳴湲[4]。金仙倘見招[5]，相與講大還。豈知玉女盆，倒洗五老鬢[6]。餘飛奔暗雷，陰嘯失追板[7]。始悟萬事變，一步良亦艱。山水有時孤，高興有時閑。

【校注】

〔1〕望南菴：在湖南湘鄉浮湘亭側。

〔2〕南山：陶淵明《飲酒》有“采菊東籬下，悠然見南山”句。此處泛指。

〔3〕流采：即采摘。《詩經·周南·關雎》：“參差荇菜，左右流之。”“參差荇菜，左右采之。”

〔4〕鳴，《沅湘耆舊集》作“潺”。

〔5〕金仙：《新唐書·公主傳》：“睿宗女金仙公主太極元年與玉真公主皆爲道士，築觀京師。”此借指。

〔6〕玉女盆：即玉女洗頭盆。《集仙録》載：“明星玉女，居華山，服玉漿，白日升天。祠前有五石臼，號玉女洗頭盆。其水碧緑澄徹，雨不加溢，旱不減耗。”杜甫《望岳》有“安得仙人九節杖，柱到玉女洗頭盆”句。五老：傳説中的五星之精。

〔7〕板,《沅湘耆舊集》作“攀”

石嶺菴

山下鳥飛村落夕，山上苔埋古今碧。孤茅泄烟吐一菴，險似客舫湖中宅。上天好奇石紛甤，怪石偏許僧托迹。我過其間一飽眠，身纏耿光悟宿昔。空筇短暉歸路遲，魂度渌水石先知。

劉象賢[1]

字若啓，湘鄉人。舉崇禎壬午科。後隱居深山，著書以終。

【校注】

〔1〕參見清同治十三年本《湘鄉縣志·人物志·儒林》。

過長沙王祠遺址[1]

大横中炎興[2]，再葉啓雲裔。德馨爲菁茅，幅小安舞袂。廣胤衍南垂，原寢分漣溰[3]。代謝雖靡常，明禋終不替。眇眇念孤榮，幽微有趺蒂。敬因千載心，思酌山中桂。如何悼荒邱，寒雲凄薜荔。事守非所堪，流光誠有繫。惆悵佇寒郊，白雲空迢遞。

【校注】

〔1〕《沅湘耆舊集》載此詩缺首四句。《資江耆舊集》亦載此詩。題下自注："寒宗爲王子安成侯後裔。"長沙王：漢景帝子劉發，封於長沙。

〔2〕大横：卦名。《史記·孝文紀》："卜之龜，卦兆得大横。占曰：'大横庚庚，余爲天王，夏啓以光。'"炎興：指漢室興盛。漢自稱以火德王，故有炎劉之稱。

〔3〕胤：嗣，後代。《資江耆舊集》作"允"。垂：即陲。原寢：指陵墓。漣溰：二水名，漣水在湖南，溰水在湖北。

虎塘秋月[1]

清秋如水萬頃涼，池水如月金波光。月天去地三萬里，欻爾玉影入銀塘[2]。荷花盈盈浮月上，月中噴出荷花香。挐舟就月月不流，今我不樂空白頭。嫦娥徘徊四天下，胡爲爲我回清眸。虎邱之邱虎林湖，邀月者誰韋與蘇[3]。太液波寒定昆圯[4]，不識宫娥及帝子。有池有月當清秋，誰擬牙檣泛錦水。鳳笙參差清不喧，月華在水飛紫烟。停輝不西兩相憐，世間何有騎鯨仙[5]。持觴與月相周旋[6]，誰問三山駕鐵船。

【校注】

〔1〕虎塘：作者隱居地。

〔2〕玉，《資江耆舊集》作“弄”。欻爾：忽然。

〔3〕虎邱：一名海涌山，在江蘇蘇州。虎林：即武林山，在浙江杭州。韋與蘇：疑指唐韋應物與宋蘇舜欽，二人均與蘇州有關。

〔4〕太液：太液池，漢、唐宮中皆有太液池，此借指虎塘。昆圯：橋。

〔5〕騎鯨仙：指李白，李白自稱海上騎鯨客。

〔6〕相，《資江耆舊集》作“同”

岐石酌年友宋文起[1]

片石欹江流，江波向石柔。苔深争水碧，雲上帶烟浮。湘漢疑分土，乾坤剩一邱。逍遥隨緑渚，把酒問沙鷗。

【校注】

〔1〕《資江耆舊集》題爲“岐石酌宋文起”。

浮湘亭侍座主大中丞傅公飲[1]

湘烟浮白掠亭飛，謖謖寒松萬緑肥[2]。江漢暮雲摇靉靆[3]，青齊海色入霏微。傳經欲覓藏書穴[4]，酹酒難忘把釣磯。擬勒峴山碑一座[5]，他年重待鶴來歸。

【校注】

〔1〕詩又見於《資江耆舊集》。浮湘亭：在湖南湘鄉望南庵側，明郭都賢就漣水東岸萬松間構築。傅公：不詳其人。

〔2〕肥，清同治十三年《湘鄉縣志·地理》引此詩作“圍”。

〔3〕暮雲，《湘鄉縣志·地理》引作“春雲”。

〔4〕藏書穴：禹穴，相傳爲禹藏書處。此泛指。

〔5〕碑一座，《湘鄉縣志・地理》引作“石一片”。峴山碑：立於湖北襄陽峴山上，爲紀念晋羊祜鎮守襄陽而建，一名墮泪碑。

泛小艇送王薑齋、劉庶先泊永豐觀音閣片石對月[1]

總因無計奈情何，危坐清宵掬玉波。玄石共拋千日醉，伯通舊識五噫歌[2]。雲分月媚摇丹袂[3]，影弄山魂幻素螺。明月歸舟南望杳[4]，黄龍片碧鎖烟蘿。

【校注】

〔1〕王薑齋：王夫之。劉庶先，《沅湘耆舊集》作“劉庶仙”。永豐：永豐鋪，在湖南湘鄉縣西南。

〔2〕五噫歌：東漢梁鴻曾作五噫歌。伯通：皋伯通，梁鴻至吴曾依之，見《後漢書・梁鴻傳》。

〔3〕袂，《資江耆舊集》作“袖”。

〔4〕月，《資江耆舊集》作“發”。

雨中登小雲山

不知骨肉化靈飛，遂透高烟出翠微。乞我山靈三日雨，釀成新緑十分肥。雲尖小露諸峰淺，晴隙初逢片鳥歸[1]。欲借鳳笙吹宿霧[2]，空青極目碧天圍。

【校注】

〔1〕片，《資江耆舊集》作“一”。

〔2〕鳳笙：即笙，因笙象鳳之身，故稱。

遊岳麓懷古追次蔡白石先生韵[1]

靈巒夢授笈文幽，滁滁川原指冀州。金簡問天先八載，玄圭檄禹亦千秋。芙蓉丹嶂垂仙乳，杜若香汀護碧流。北渚雲中元咫尺，左徒何事遠爲遊。

【校注】

〔1〕蔡白石：蔡汝楠，字子木，號白石，德清人，明嘉靖進士，曾知衡州。

望梅龍同張一荀、周必餘[1]

青螺簇簇小亭看，碧霧霏微度澗寒。袖取徑歸湘水好，絲絲飛上暮雲灘。

【校注】

〔1〕梅龍：梅龍山，在湖南湘鄉西南八十里。張一荀、周必餘：皆作者朋友。

鄒統魯[1]

字近野，鄖人。舉崇禎壬午科。

【校注】

〔1〕清同治十二年本《鄖縣志·文苑》本傳云："字大系，一字近野，號良崖。有至性，舉動奇偉。"

咏　懷[1]

中宵蟲語静，翻然思海山。安期聞有約，盧敖何日還[2]。陋彼秦皇才，金璧空斑斕[3]。至今阜鄉裏，委影在白菅。猶惜遺玉舄，狼藉履戎間。何如王次仲[4]，冥冥不可攀。泰華松千尺，抗聲帶鶴閑。長江一片月，水寂雲潺潺。

【校注】

〔1〕詩亦見於《沅湘耆舊集》。

〔2〕安期：安期生，道家仙人，詳下注。盧敖：秦人，始皇使求神仙，亡而不返。李白《涇川送族弟錞》有"問我何事來，盧敖結幽期"句。

〔3〕金璧：秦始皇東游，遇琅邪阜鄉千歲翁安期生，與語三日三夜，以金璧數千萬賜之，安期生皆置之阜鄉亭，只留赤玉舄一雙爲報，留言曰："後千歲求我於蓬萊山。"事見劉向《列仙傳》。琅邪阜鄉在今山東諸城。

〔4〕王次仲：秦上谷人，居山中，潛心習書，變篆籀之體爲隸書，始創"八分書"，秦始皇徵之不至，化大鳥振翼飛去，參見《水經注》卷十三。

黄虞遠安適[1]，伊吕良管庫。豈爲墨灰中，能著葛兩屨。鼓角起陰風，薄蝕變旦暮。白雲指帝鄉，清埃愜懽素。仙尉棄青組[2]，散髮投江路。華陽解金籠，吹笙卧松霧。火生不用光，土窟自忘怒。漠漠落蒯山，力政焉能顧[3]。

【校注】

〔1〕詩亦見於《沅湘耆舊集》。

〔2〕應璩《報燕中尉樊彦皇書》："化銀龜以爲黄，變青組以爲紫。"青組：青色印帶，漢制御史大夫位上卿，銀印青綬。

〔3〕力，《鄜縣志·藝文》引作"臨"。

梧桂哀白露，蘭芷惜春暉。姑射有瑶草，薅收不能腓。下有雲母蟠，上有玉液霏。藉藉水土中，群類䵷蠙衣[1]。生死渾無間，出入盗一機[2]。壤蟲笑黄鵠，坐待麈成圍[3]。

【校注】

〔1〕䵷蠙衣：即水苔。《莊子·至樂》："得水土之際則爲䵷蠙之衣。"

〔2〕此句用《莊子·至樂》"萬物皆出於機，皆入於機"句意。機：指事物變化之所由。

〔3〕上句，《淮南子·道應》："吾比夫子，猶黄鵠與壤蟲也。"壤蟲：幼蟲。下句，麈，《沅湘耆舊集》作"鹿"。

題漂母祠[1]

丈夫皆有急，生策非所論。零落無鄉社，容易爲黍豚。嗟昔淮陰市，懸簿多高門。寥寥獨窮嫗，負俠在王孫。龍自具雲雨，富貴奚足言。須知齊楚封，不及一壺飧[2]。眇哉千金報[3]，徒作魯連煩。何與千載下，寒士盡知恩。

【校注】

〔1〕漂母：韓信少貧，釣於城下，有漂母見信饑，與飯食。後信爲楚王，召漂母，賜以千金。事見《史記·淮陰侯列傳》。

〔2〕飧，《沅湘耆舊集》作"餐"。

〔3〕眇，《沅湘耆舊集》作“渺”。

大雲山莊居雜感[1]

偶出初非謝，歸來不擬陶[2]。和雲植稼莽，繫月釣江漻。

【校注】

〔1〕《沅湘耆舊集》將此詩并下詩合爲一首，共八句。大雲山：山名，在湖南衡陽縣。

〔2〕謝：指謝靈運，南朝宋人，好山水，喜遨游，參見《宋書·謝靈運傳》。陶：即陶淵明。

紙筆隨兒好，蕪菁信客招[1]。莫教簿吏至，風雨詩蕭蕭[2]。

【校注】

〔1〕《沅湘耆舊集》此詩并上詩合爲一首。蕪菁：蔬菜名，即大頭菜。

〔2〕宋潘大臨秋日即興題詩，得“滿城風雨近重陽”句，忽催税人至，遂敗意，事見惠洪《冷齋夜話》。

哀集幾千户[1]，徵符已萬封。江湘愁漫叟，壠陌笑貧傭。黄犢凉颸散，白扉暗草濃。可憐梁伯子[2]，累宿不聞春。

【校注】

〔1〕户，《沅湘耆舊集》作“秋”。

〔2〕梁伯：泛指公侯。梁：公侯冠上横脊。《後漢書·輿服志》：“公侯三梁，中二千石以下至博士兩梁。”

古道仗誰履，孤邨青自憐[1]。稻梁逐野鶴，車笠闊長天[2]。月影尋阿曲，蟲鳴藉草圓。蘭蕭無一是，閉户索筵莛[3]。

【校注】

〔1〕此句《沅湘耆舊集》作“孤忖意自憐”。

〔2〕鶴,《沅湘耆舊集》作“雀”。車笠：指不因貴賤而變心的好友。晋周處《風土記》：“越俗性率樸，初與人交有禮，封土壇，祭以鷄犬，祝曰：‘君雖乘車我戴笠，後日相逢下車揖。我步行，君乘馬，他日相逢君當下。’”

〔3〕筳莛：楚人用靈草編結在斷竹枝上，用以占卜，名曰：“筳莛。”莛：小竹枝。

長沙郡中西樓

覽勝登高嶺〔1〕，乘危俯大川。泉聲懸夜雨，石氣散朝烟。好日遊人屐，長風估客船。故人詩句滿，流水應朱弦。

【校注】

〔1〕登,《沅湘耆舊集》作“憑”。

謁三閭祠〔1〕有序

古今人跼蹐人倫，則托乘方外，同情也。三閭不以《遠游》終，而以《懷沙》終，忠孝性至，仙佛固不足與易也。斯爲獨奇已然，則違仁以生而駕言遠游，雖踵王子之清塵〔2〕，亦不得齊野蔌於稻粱而稱同氣矣。乃若墨客夜人〔3〕，風流澌盡，猶俯仰乎《騷》而一唱三嘆，竊草木之臭味，何哉？雪菴而後〔4〕，堪讀《騷》者鮮矣。鬚眉肝血字，豈落巾幗脂黛中？迹其唱嘆，謂甚於靳尚之讒口可也〔5〕。漫叟退谷尚絶競進〔6〕，濯濯靈均能不一扼其吭乎？因謁而有請焉。

含辛獨拜大夫平〔7〕，風草栖栖茝自勍。豈少玉英尋正氣，翻懷沙石應嘉名。春秋欲絶全騷繫，江上長滔一汨横〔8〕。些只今沉絲竹裏，南天招有杜鵑聲。

【校注】

〔1〕三閭：指屈原。原曾爲楚三閭大夫。

〔2〕王子，《沅湘耆舊集》作“期握”。王子即王子喬，傳説古仙人。《列仙傳》載：“王子喬者，太子晋也，道人浮丘公接以上嵩高山。”

〔3〕夜人，《沅湘耆舊集》作“詞人”。

〔4〕雪菴：明葉希賢，靖難之變後削髮爲僧，號雪菴和尚。

〔5〕靳尚：楚上官大夫。曾參與讒毁屈原。

〔6〕退谷：明鍾惺號退谷。

〔7〕此句《沅湘耆舊集》作“大夫高潔聖之清”。

〔8〕江上，《沅湘耆舊集》作“江漢”。

臺山九日次韵答何去盈蕭一聲〔1〕

楚騷讀破未酬韓，江海揺揺一布冠〔2〕。月落蕉陰殘夢盡，雲横葵影悄心單。自餘白髮間冲放〔3〕，何處蒼生急謝安。便理糟邱相傍老，黄花莫更作春看。

【校注】

〔1〕臺山：浙江宣平縣北有臺山。何去盈、蕭一聲：皆作者友人。

〔2〕冠，《沅湘耆舊集》作“觀”。

〔3〕冲，《沅湘耆舊集》作“種”。

耶薑山寓齋秋夜〔1〕

夢到家山殘未成，遠情多解爲秋縈。月沉半榻書無影，霜落三更葉有聲。白髮生還悲宋玉，黄金盡日笑虞卿〔2〕。横天赤羽燐連火，莫怪銜蘆雁數驚〔3〕。

【校注】

〔1〕詩又見於《沅湘耆舊集》。清同治十二年本《酃縣志·藝文》題作“齋居秋夜”。耶薑山：在湖南衡陽縣，又名黄帝嶺。

〔2〕虞卿：戰國游説之士，參見《史記·平原君虞卿列傳》。

〔3〕銜蘆：雁銜蘆草以自衛。《尸子》：“雁銜蘆而捍網，牛結陣以却虎。”

再入邵陽山中簡寧六擎〔1〕

朔風一夜變蒼雲，三月鄉關酒未醺〔2〕。亡命誰開北海壁〔3〕，還山漫寄草堂文。冰花有意逐人合，橡子何情傍鳥分〔4〕。旌箭不須愁滿眼，荆州樓色繫前軍。

【校注】

〔1〕邵陽：在今湖南寶慶。寧六擎：寧朝柱，字六擎，邵陽人。

〔2〕醺，《沅湘耆舊集》作“醺”。

〔3〕北海壁：孔融曾爲北海相。張儉逃亡，融曾延納。

〔4〕傍，《沅湘耆舊集》作“偕”。

夏　　煒[1]

字振叔，孝感人。舉崇禎壬午科。

【校注】

〔1〕傳見清光緒八年《孝感縣志·人物·文苑》《湖北通志》及《詩佩》。《縣志》云："自號借山人。"

雜　　詩

雲迫其天，雲徂乎方。老農呼笠，婦取於床。導雨歸塘。

白雲如水，浮樹沉邱。有狡者兔，迷號其仇。卑伏睨望，不敢言憂。

岱欒渤酒，奉伎行觴。千秋萬歲，樂我君王。敵人覘國，潛入未央。

有以夢覺事叩余者詩以答之

覺笑夢所爲，夢與覺不异。苦樂彈指間，端然具歡悴。或云是有因，或云想所寄。當其未分時，誰復辨真僞。因馬以及車，因車以及位。牧夫夢君公，想亦因所至。念念互相根，紛若猿引臂。有時忘夢中，更述夢中事。譬彼影重燈，淺深凡數累。恭聞秦皇時，偶遭天之醉。咸陽三月火，是帝醒所致。以此推物理，應有大覺寐。當日俠少年，走馬當豐泗。吐心許報仇，酌酒弄妖妓。雄名冠三河，趙李相奔莅。目前信可懷，不知西夕墜。一旦歸北阡，夜臺無觴觶。跛羊牧秦陵，疲漁枕漢隧。今日狐兔宫，昔人歌舞地。夢覺是耶非，了難判所自。雨點結圓紋，聚散當無意。

八峰雜咏

日落千山動，雲生六月凉。齋鐘隔嶺斷，村禱看僧忙。選樹頻移榻，尋蟬欲過塘。空門人事少，樵坐頗相忘。

澹雲初到地，古木老前灣。戲蝶雙眉聳，孤僧一榻閑。人歸逢夜雨，籬壞見秋山。處處松聲滿，鄉思夢欲還。

課隸開三徑，評流到幾泉。竹宜新雨後，山媚夕陽前。怪鳥呼如嘯，枯僧懶欲眠。千峰共待我，野性自能堅。

秋　　興〔1〕

山川烽燧外，歲月夢魂中。苔色侵碑緑，蓼花入照紅。壞檐吞落日，大谷倒晴空。莫放壺觴涸，中原仗數公。

【校注】

〔1〕詩又見於《詩徵》。

夜泣誰家月，人看何處濤。至今秦帝火，不斷楚臣騷。饑獺眠空澤，老漁伺暮舠。阮懷殊未達，灑泪向窮皋。

戲題焦光祠〔1〕

真皇日日事天書，靈貺紛紜集帝廬。却怪辭榮焦處士，也來夢裏曳雲裾。

【校注】

〔1〕焦光，疑爲“焦先”之誤。焦先：三國時魏隱士，漢末嘗於河邊結草廬獨居，參見《三國志・魏・管寧傳》注引晋皇甫謐《高士傳》。

西湖竹枝詞

四面空波捲笑聲，湖容今日最分明。舟人莫定遊何處，只望鴛鴦睡處行[1]。

【校注】

〔1〕望，《詩徵》作"向"。詩又見於清光緒八年《孝感縣志·藝文》。

平湖竟日只溟濛，不信韶光在此中。笑拾楊花裝半臂，恐郎到晚怯春風。

行觴次第到湖灣[1]，不許鶯花半刻閑。眼看誰家金絡馬，日馱春色向孤山。

【校注】

〔1〕詩又見於《詩徵》及清光緒八年《孝感縣志·藝文》

劉敷仁[1]

字濟甫，江夏人。與譚元春以文行相砥礪，凌茗柯與林可任嘗曰[2]："劉先生門無雜賓，勿以僕御溷高士之廬也。"崇禎壬午舉京闈。甲申南歸，築室餘荷塘學《易》[3]，著《添學草》《悟山草》等集。

【校注】

〔1〕參見清同治八年《江夏縣志·人物·文苑》。

〔2〕凌茗柯、林可任，《縣志》載作"凌給諫茗柯，林太史可任"。

〔3〕《湖廣通志》卷五十七載："築室於河塘，晚而學《易》。"

過任澹公旅寺分得居字[1]

秋中共向湖光好，旅潔惟思梵唄居。病後月前深淺悟，朋來僧去静喧餘。偶成良聚超諸夜，同想寒芒慎一初。舉盞聽鴻兼聽句，逢人冰雪意何疏。

【校注】

〔1〕任澹公：任弘震，字澹公，湖北嘉魚人，崇禎庚辰進士。分得居字：即用"居"字韵。

桑日昇[1]

字本生，零陵人。崇禎壬午舉人。父愈高，醇行厚德，日昇一稟其訓，嘗焚券以甦貧者，重爲蔡江門先生所知[2]。值世亂，不求仕進，一意著述，有《易注漫稿》若干卷。

【校注】

〔1〕參見清光緒元年《零陵縣志·薦舉》。

〔2〕蔡江門先生：蔡道憲，字元白，號江門，明崇禎年間爲長沙司理。後爲張獻忠部所殺。

過司李署有感

客至徒瞻司李衙，人人猶説蔡長沙[1]。雲連忠魂埋青草，日遠風規隔絳紗[2]。萬里慈顔歸旅夢，一庭孤月冷秋花。徘徊岐路愁無盡，怕數荒城幾點鴉。

【校注】

〔1〕蔡長沙：即蔡道憲。

〔2〕風規：風教，成規。絳紗：晋武帝追求聲色，民女有姿色者以絳紗繫臂，强拉入宫。

入　瀧[1]

危峰曾向昔年過，今日入瀧興倍多[2]。老至始知遊漸好，年深更覺路無蹉[3]。雲移岫影山如水，風激林聲樹亦波。爲問春陵遥幾許[4]，身飛叠翠出岩阿。

【校注】

〔1〕瀧：即瀧水，源出湖南臨武縣。

〔2〕向、入,《沅湘耆舊集》分别作“記”“過”。

〔3〕蹉,《沅湘耆舊集》作“頗”。

〔4〕春陵：在湖南寧遠縣西北。

遊月岩晚歸遇雨獨宿饅頭砦[1]

老矣遊山尚可登，半程秋色到春陵[2]。薄烟遠没前村樹，積霧寒生隔岸燈[3]。閑記山川入短夢[4]，好將泉石代良朋。千岩秋雨颯然至，流出溪聲第幾層[5]。

【校注】

〔1〕饅頭砦,《沅湘耆舊集》作“山砦”。

〔2〕上句,《沅湘耆舊集》作“行脚逢山尚可登”。下句，半程,《沅湘耆舊集》作“帶將”。

〔3〕霧,《沅湘耆舊集》作“雨”。

〔4〕入,《沅湘耆舊集》作“勞”。

〔5〕二句,《沅湘耆舊集》作“正愁獨宿無人迹，恰有溪聲一一應”。

春陵道中望九疑懷古[1]

群峰天表出南荒，虞帝當年萬歲鄉[2]。玉輦乘雲春自老，銅碑無字草生香。半程霧入庳林静[3]，一水風來湘瑟凉。安得依依青嶂裏，細看竹隕泪千行[4]。

【校注】

〔1〕此首《沅湘耆舊集》題作“春陵道中望九疑”。

〔2〕傳説舜葬於九疑山，參見《史記・五帝本紀》。

〔3〕庳林：低矮的樹林。

〔4〕竹隕泪：傳説舜死，二妃泪下，染竹即斑。參見《初學記・竹》。

九悲歌譩九疑峰，萬里臣心怨莫從[1]。楚雨那歸汾水曲，嶺雲别向洞天封。祠官秋老哀回雁[2]，寢苑春寒響夜松。待向寒來携玉琯，月明吹徹幾芙蓉。

【校注】

〔1〕噫，《沅湘耆舊集》作"咽"。臣心，《沅湘耆舊集》作"孤臣"。

〔2〕祠官，《沅湘耆舊集》作"祠宫"。

登陽明山[1]

仰面遥看天際平，山回絶壑怒濤生。風高六月吹寒屐，疑是霜林晚照晴。

【校注】

〔1〕詩亦見於清光緒元年《零陵縣志·地輿》。陽明山：在湖南零陵縣東。

唐　訪[1]

字周之，號汲庵，武陵人。二華先生子。才思奔逸，倚馬千言，聲名冠一時。崇禎壬午寄籍廣西，爲粵中榜首。

【校注】

〔1〕參見清同治本《武陵縣志·人物·仕迹》及《沅湘耆舊集》。

贈毛子霞[1]

論心何事兩嗟吁，相對兼兼各有鬚。弟已中空無一物，兄猶雄視屈千夫[2]。青山不厭年年到，碧海何妨夜夜孤。助我湘雲三萬字，袖中知有壺公壺[3]。

【校注】

〔1〕毛子霞：毛會建，字子霞，僑居武昌。

〔2〕弟，《沅湘耆舊集》作‘我”。兄，《沅湘耆舊集》作“君”。

〔3〕壺公：傳説中仙人名，嘗於市中賣藥，懸壺於座，市罷，跳入壺内，事見《後漢書·費長房傳》。

卜居洞庭西汊四首

我亦能來湖上住，自稱湖上湖邊人。歲三百六十朝夕，家魴鯉鱸鯿比鄰[1]。致祭靈均兼少伯[2]，射書海若與河神。荒唐自擬同開地，水國如雲叙族姻[3]。

【校注】

〔1〕二句《沅湘耆舊集》作“潮消潮息成終古，漁弟漁兄作比鄰”。

〔2〕靈均：即屈原。少伯：即范蠡。

〔3〕叙，《沅湘耆舊集》作“聚”。

北水東流不到海，中橫大澤受汪洋。有如五霸分王運，獨向諸州割一方。何可無人當此際，後先爲烈迹無荒[1]。湖人白首傳遺事，要說當年漢與唐。

【校注】

〔1〕此句《沅湘耆舊集》作“誰能出手奠洪荒”。

人間耳目尋常過，物外見聞誰得逢。野鳥能言黄帝樂，遊魚解學湘君容。浮天便促千山月，布網横遮百尺龍[1]。湖棹湖歌紛雜踏，閑同吴語唤歡儂。

【校注】

〔1〕千，《沅湘耆舊集》作“萬”。百，《沅湘耆舊集》作“千”。

編蘆爲壁茅爲蓋[1]，鹽蚌作調魚作羹。群鶩乍鳴凫入伴，老牛片白犢無騂。缺薪細束青蕃草，數夜時支鼻息更。敢謂官租如髮密，征徭重處且逃輕。

【校注】

〔1〕詩亦見於清同治刊本《武陵縣志·藝文志》。

傅作霖〔1〕

字潤生，武陵人。舉崇禎壬午。官至兵部尚書。寓武岡，丁亥八月殉節，其臨刑有詩一章云。

【校注】

〔1〕參見清同治本《武陵縣志·人物·忠烈》。

决絶詞

天乎人事本難留，眉鎖湘江水不流。煉石有心嗟一木，凌霜無計慰三洲〔1〕。河山奮憫風悲角〔2〕，冠冕懷人雨溢秋。盡瘁未能時已逝，年年鵑血染宗周。

【校注】

〔1〕煉石，《沅湘耆舊集》作"支厦"。"凌霜"句，《沅湘耆舊集》作"驂鸞無計到三洲"。三洲：《詩經·小雅·鼓鐘》："淮有三洲。"

〔2〕奮憫，《沅湘耆舊集》作"戀闕"。

楚風補卷之三十五

明

王嗣翰〔1〕

字侍臣，邵陽人。早讀書白門〔2〕，往來金閶〔3〕，所與遊多名士，所著《六聲亭草》，徐波序之。崇禎時舉孝廉，嗣省安成祖墓，閉户著書，有《延喜堂集》《石崖硯莊》諸稿，并輯選古今詩文，尤善臨池，求書者户常滿。一日啜茗，端坐而逝。

【校注】

〔1〕參見清光緒二年《邵陽縣志·人物·政學》。

〔2〕白門：南朝宋都城建康城西門爲白門，後遂稱金陵爲白門。

〔3〕金閶：江蘇吴縣閶門内，古有閶門亭，後因以金閶爲蘇州的别名。

避兵西嶺〔1〕

戎衣忍作數年殘，卷迹雲中笑鷃冠。寇至翻能隨地隱，兵來殊苦置身難。草堂仍借溪聲住，落葉曾同秋色看。不盡傷心橋上立，重穿岩雪領高寒。

【校注】

〔1〕原題下有注：“袁王兩鎮焚殺之慘，自冬至夏，從來官兵之虐莫苦於此。”詩又見於《沅湘耆舊集》。

周　損[1]

字遠害，麻城人。崇禎癸未副榜。官饒州司李，後薙髮爲僧。

【校注】

〔1〕參見清光緒十年本《黄州府志·宦迹》。民國本《麻城縣志·耆舊·文學》本傳云："字遠害，號迂叔，少與劉侗善，共硯席者十餘年。侗入北雍，損從之游，共著《帝京景物略》。有《遺梅堂詩》四卷。"

獨處愁

獨處愁，盈箱篋。杏子落衫紅，羅裙剪秋葉。城南卜盡釵黄金，鯉魚不至江水深[1]。夜香燒罷重門閉，玉環在臂雙垂泪。泪如霰，何人見。清風入户動冰弦，床前月光妾獨眠。

【校注】

〔1〕鯉魚：借指書信。漢蔡邕《飲馬長城窟行》："客從遠方來，遺我雙鯉魚，呼兒烹鯉魚，中有尺素書。"

秋中喜寄王乾維洎水上隱居[1]

芝山昔小草[2]，儼然臨大節。視事樂安江[3]，兼代南州缺。但知不愛錢，腰佩秋蘭潔。如何郡邑材，足撑天柱裂。螳螂雖兩臂，一奮輒一折。朝廷到海岸，遂以司喉舌。張口罵闖茸[4]，授鉞出東淛。此時將軍逃，故以書生説。説者市死駿，豈謂生駿竭。逍遥河上人，蹀躞越女血。不能瞻翠華，徒自悲裾絶。乞食歸鄉里，一身冤不雪。芝山有止水，君看至今冽。不死云有待，當非志士訣。

【校注】

〔1〕王乾：明臨海人，字一清，號藏春，又號天峰。

〔2〕芝山：在江西鄱陽縣。宋江萬里罷相後，聞襄樊陷於元兵，乃於芝山鑿池，名其亭曰“止水”，及饒州城破，萬里投池死。

〔3〕樂安江：在江西樂平縣南。

〔4〕闒茸：駑弱，卑賤。劉向《九嘆·憂苦》：“同駑贏與椉駔兮，雜斑駮與闒茸。”賈誼《吊屈原賦》：“闒茸尊顯兮，讒諛得志。”

有所思

流雲不歸郎馬馳，日月冉冉長別離。春光過眼郎不見，多謝東園桃李枝。桃李作花猶未晚，二十四風參差吹[1]。塵埋寶鑒雙蛾澀，錦衾綉枕怨阿誰？妾家北山麓，郎築西山湄。山色凝寒水東逝，蚤晚幽夢郎安知。鬢雲憔悴儂欲死，折斷珊瑚寄相思。樓上春缸厭闌夕，桂花泣露紗窗碧。

【校注】

〔1〕二十四風：指二十四番花信風，是古人認爲應花期而來的風。

黄鵠樓邊别魏溟一、龍朗伯諸子

云到江邊别，不知江已秋。諸君堪遠望，此處有高樓。出巷漁家接，沿籬菊事收。西風古柳店，吹起十年愁。

芭　蕉

種紙僧之課，吾園尚可林。題詩人幾至，啓事日何音。舊響窗前雨，新涼屋角陰。一身畏霰雪，幻夢夜沉沉。

月夜送客過惠上人故廬[1]

經年過爾梵，猶爲送人來。山下月無恙，林中磬莫哀。松存支岸骨，竹養出籬胎。寂寂繩床外，一枝燈自開。

【校注】

〔1〕詩亦見於《明詩紀事》。惠上人：或即惠遠。

蘇州沈二文以内人所書畫大士咒像見貽賦答[1]

文人佛眷屬，縹緲太湖陰。印入莊嚴海，書齊功德林。行行疏雨點，筆筆曉秋臨。醜拙吾家婦，爲生見相心。

【校注】

〔1〕沈二文：人名，事迹不詳。大士：佛教菩薩通稱大士。貽：贈送。

秋園雜詩五首録二

瓦屋秋山下，攤書與白雲。小叢花晚序，閑砌蝶新群。酒得客巾漉，柑從兒手分。隔林有砧杵，入夜最先聞。

雙柏自連理，纏綿作我門。林分秋種種，池裹月痕痕。凉雁兼梧葉，吟蛩通竹根。芙蓉紅未斷，霧露卧黄昏。

西菴日晏同蕭九次田即事

野寺秋邊際，藤花棚下扉。夕林紅急急，霜磬白微微。影愛行時偶，幽憐過日稀。端然棋數局，倚樹待僧歸。

聞蕭七叔熙與賊鬭死之哭於江

諸生而死賊，事亦屬朝廷。鬼籙存鐘鼎[1]，吾儕失典刑。無端沙聚塔，有分井羸瓶[2]。日日沿江哭，東風堡樹青。

【校注】

〔1〕鬼籙：陰司的簿籍。《三國志·吴志·孫策傳》："今此子已在鬼箓，勿復費紙筆也。"

〔2〕井羸瓶：《易·井》："羸其瓶，是以凶也。"疏："汲水未出而覆，喻修德未成而止，所以致凶也。"羸：毁壞。

又聞焚殺易熙侯〔1〕

易生同日死，駡賊死其傳。今古腐儒血，荒唐厲鬼淵。灾應連草木，仇豈問烏鳶。我欲歸家去，躊躇楊柳邊。

【校注】

〔1〕易熙侯：易道暹，字熙侯，湖北黄岡人，事見《明史》《詩徵》。

滁州路中〔1〕

去去殺燒處，一亭支一村。土墩鐘守路，山戍雪關門。日望春如友，宵依火是魂。隨人諳宿食，老衲送吾言。

【校注】

〔1〕滁州：在安徽省。

行數日猶見西山因示既閑〔1〕

日日見西爽，班如聽馬鳴〔2〕。嵐光從晋割〔3〕，地勢到河平。頗怪春風嶺，無窮烟水城。秋尋私告友，先至枉先生。

【校注】

〔1〕西山：以西山爲名之山甚多，此不詳所指。既閑：作者友人。

〔2〕班如：盤旋不進貌。《易·屯》："乘馬班如。"

〔3〕晋：今山西一帶。

汝上别既閑彝士〔1〕

從此始岐路，催歸故故啼。廬存漢首尾，别指汝東西。白水閑桑宅，黄天秋麥畦。差池泥燕子〔2〕，門户柳邊迷。

【校注】

〔1〕汝：即汝水，源出河南魯山。

〔2〕差池：不齊貌。《詩經·邶風·燕燕》："燕燕于飛，差池其羽。"

九日婺源山中和史趾祥〔1〕

隨我歇亭皋，當風帽子牢〔2〕。一拳求偶隱〔3〕，十口欲全逃。世或未知漢，官真可姓陶〔4〕。菊花應惱客，來不爲登高。

【校注】

〔1〕婺源：故城在今安徽婺源縣北二十五里。史趾祥：作者友人。

〔2〕帽子牢：用晋孟嘉九月九日游山落帽之典，參閲《晋書·孟嘉傳》。

〔3〕一拳：一拳之地。謂所居之窄小。

〔4〕陶：指陶淵明。

析綿貽趾祥

一縑猶故物，分暖到君身。絮敗應嗟季，桑紅莫問人。其袍還可戀，是熱不曾因。携手雁同去，梅花嶺上春。

送胡品山歸里將移家浙西入閩

寒雨灑城草，三衢送子時。天涯同病肺，江上各低眉。官散隨鷗鳥，親移就荔枝。故園人肯問，猶説漢威儀。

十一月二十五日復至蟠龍[1]

何事廢焉返，紆盤山幾重。商量還有話，來去不無踪。客土新培竹，僧衣遍挂松。栴檀客作禮，慚愧到聞鐘。

【校注】

〔1〕蟠龍：名蟠龍者有數處，舉其著者，一在河南確山，一在江西宜春，一在湖南永順。此處不詳所指。

朝雨嘆

山霧積朝雨，林光不在林。稠人中溷迹，一字裡關心。壚氣薰高唄，盆花伴苦吟。齋廊有施飯，野鳥下天陰。

柳溪雜詩二首

野水各籬笆，田家乞士家。香茅營祓禊[1]，苦蘖治袈裟。踪迹鳥三足，乾坤象六牙[2]。小橋時獨坐，紅殺杜鵑花。

【校注】

〔1〕祓禊：舊俗，三月上巳日到水濱洗濯，洗去宿垢，稱祓禊。

〔2〕鳥三足：《南史·梁武帝紀》："沙門智泉鐵鈎挂體以然千燈，一日一夜端坐不動。開講日有三足鳥集殿之東户，自户適於西南縣楣，三飛三集。"象六牙：六牙白象，佛教謂菩薩降胎時乘六牙白象或自化白象而入摩耶夫人之胎。

十日閑風雨，多羅了一經[1]。聊持香火佛，遥答草堂靈。憂國頭先白，看山眼獨青。老僧鐘度夜，椎手不曾停。

【校注】

〔1〕多羅：梵語樹名，其葉可供書寫；亦作眼瞳，以觀音菩薩爲如來眼生，故稱多羅菩薩。此泛言佛經。

過道吾山見衡陽守孔君削髮爲僧，作務甚勤，詩以别之。先是道吾爲某築壘，今降敵撤去，詩二首[1] 録一

行遍傷心路，優曇一遇花[2]。報恩誠草率，媚佛亦波查[3]。古月凉隨客，殘山翠到家。臨岐猶吊屈，相對哭長沙。

【校注】

〔1〕道吾山：在湖南瀏陽縣北十里，狀若蓮花，故又名蓮花峰。

〔2〕優曇：優曇鉢，梵語，無花果樹的一種，爲祥瑞花。

〔3〕波查：梵語，困苦、危害之意。此作苦難、折磨解。

飲侯處士家

菴邊處士宅，高棟桂蒼蒼。老種千年秋，新嘗一甕香。手傳荷葉暖，頂露菊花凉[1]。醉矣尋僧去，吟詩到夕陽。

【校注】

〔1〕荷葉：即荷葉杯。荷葉中心凹處連莖，刺破後可作酒杯。菊花：指菊花酒。

夏廛咏懷[1]

市上有凶吉，一朝占一爻。寒温酒伴語，貴賤菜傭交。江彩徒悲老，楊玄莫解嘲[2]。種成瓜日蔓，蓋覆我檐茅。

【校注】

〔1〕廛：市内百姓所居。

〔2〕江彩：南朝江淹曾夢神人授五彩筆，遂文思大進。晚年又夢其人索還其筆，自後作詩再無佳句。楊玄：即楊雄，曾作《太玄》。解嘲：亦楊雄賦名。

寄李大山中

江夏無苛政，陂湖恒宴如。有人家野艇，許我訪秋蕖。減慮親加飯，開顔兒弄書[1]。報君山上月，南望莫欷歔。

【校注】

〔1〕弄，《詩徵》作“誦”。

過李月川隱居

忽見籬疏竹，中爲學稼田。白雲東野屋，黄犢上流泉。异地草鶯粟，有時花杜鵑。一峰奇似我，迢遞到門前。

耿公府園

片片城東石，受君之野心。雜花低結屋，一水細穿林。鳥立紅橋雨，人迷緑徑陰。十年忘出處，兵燹敢相侵。

和固菴滁泉詩

乳泉雖谷口，荒亦似蘭溪[1]。石髓出新雨，芹根守舊泥。千瓢雲共棄，一罐月同携。試或全無味，何庸陸羽題。

【校注】

〔1〕乳泉：廣東儋縣有乳泉。谷口：陝西涇陽有谷口，疑非指此二處。蘭溪：浙江、湖北均有蘭溪。此指湖北蘄水之蘭溪。陸羽《茶經》以爲天下第三泉。

榴華齋看耿子維篆石[1]

齋冷酒無力，對床通曉風[2]。新桐支瓦緑，小杏立墻紅。胸不到冰炭[3]，手能爲鳥蟲。從君覓古法，一月住城中。

【校注】

〔1〕詩又見於《詩徵》。榴華齋，《詩徵》作“擢花齋”。

〔2〕對床：言朋友聚會之樂。白居易《雨中招張司業宿》有“能來同宿否，對床聽雨眠”句。

〔3〕冰炭：喻水火相濟。《淮南子·説山》：“天下莫相憎於膠漆，而莫相愛於冰炭；膠漆相賊，冰炭相息也。”

客過有序

今年慕兒八齡[1]，恭兒六齡矣，予即爲别廬析箸[2]，暫喜其隨意策蹇作客過也，作客過詩。

暫喜兩家爨，人情重苟安。鷄豚非細務，婚冠且徐看。龍井茶泉乳，魚梁麥雨乾。入門真是客，語不略暄寒。

【校注】

〔1〕八齡：疑此言十八歲。

〔2〕别廬析箸：意爲另立門户。

月夜片石菴獨宿寄須上人

濯出潭邊影，月明不可當。野篁成鹿徑，檜柏守僧行。有榻同秋净，無人獨夜凉。開門收落葉，燒得一厨香。

人　　日[1]

人日清齋雨，寒生窗上紗。開園候種檟[2]，借樹約巢鴉。歲月本無缺，顛狂近有加。老顔憑帶酒，百遍嗅梅花。

【校注】

〔1〕人日：農曆正月初七日。

〔2〕檟：木名，即楸，古人常以做棺椁或植墓前。又，茶樹亦稱作檟。

附須上人歸舟訪栖賢江舟即事

二月遊人出，東流盡是烟。菜花西塞路[1]，稻米九江船。詩寄僧瓢内，茶擎客枕邊。此來羞一事，白首過栖賢。

【校注】

〔1〕西塞：西塞山，在湖北。

春日同虎邱僧如琳自龍湖訪陳鴻山香雪廬，集曾季沅喻無功周嘯雯諸子，得寒字二首[1]

客欲呼龍出，湖中廬已安。筆床留别墅，釣艇待前灘。時事從人説，鄰山要我看。夜來霜尚落，將護小梅寒。

【校注】

〔1〕虎邱：在江蘇吴縣西北，上有浮屠。龍湖：在福建省晋江縣。題中諸人均作者友人，事迹不詳。得寒字：即分得寒字韵。

以此因緣集，方袍物外寬[1]。小堂開窈窕，高閣出檀欒[2]。擊竹同心滿，删梅各手寒[3]。主人生計足，日日有盤餐。

【校注】

〔1〕方袍：指僧衣。

〔2〕檀欒：秀美貌，形容竹。

〔3〕删梅：指作畫。

和施尚白山曉樓詩[1]

雲屋乃天構，香吹何處風。吏稱仙亦可，客攬勝皆同。獨鳥江光裏，千家秋色中。青原有嘉遯[2]，倚檻意無窮。

【校注】

〔1〕施尚：不詳。白山：江蘇江寧縣、浙江於潜縣均有白山。

〔2〕嘉遯：合乎正道的退隱。《易·遁》："嘉遁貞吉。"

過南州陳伯璣[1]

蒼穹嗔瘦骨，尚未徹君貧。韵篴笛蘆中士[2]，詩筒江上人。旅猶家數口，鄉是客孤身。謬事南州篆[3]，言之泪滿巾。

【校注】

〔1〕南州：在今四川萬縣西。陳伯璣：不詳。

〔2〕蘆中士：春秋時伍子胥自楚奔吴，至江，漁父渡之，見其有饑色，曰："爲子取餉。"子胥疑，潜身蘆中。漁父持食來，呼之曰："蘆中人，蘆中人，豈非窮士乎？"此以伍子胥言陳伯璣。

〔3〕謬事：當指陳伯璣南州罷禍事，事不詳。篆：指官印。

山閣集霰示秦茂相

蛟龍窟宅隼林邱，兜率天宫水盡頭[1]。倚樹蓋茅安井竈，沿波改路達松楸。寒僧不語磬千壑，古佛無鄰燈一樓。雪意枝梧春幾日，高鴻過已小梅收。

【校注】

〔1〕兜率天宫：佛家以爲欲界六天中的第四天爲兜率天。有知足之意。

崇禎乙亥春同家四兄若臨從子仲龍携家避賊武昌之葛山四首[1] 録二

焚盡鄉園夢已曾，過江來者説相仍。良朋先天生何仗，老母猶存死不能[2]。清酒滿村無我酌，好山到處讓人登。典衣日日憂風雨，閑殺漁家柳下罾。

【校注】

〔1〕葛山：在湖北武昌縣東。

〔2〕先天，《明詩紀事》作“先失”。不能，《明詩紀事》作“未能”。

退谷曾傳紗隱名[1]，悠悠雙泪望山城。米川魚肆恒饑往，柳汊花田獨病行。一笠蘧廬僧信宿，幾家風雨客清明。懷安不敢謀龜草，江北江南朝暮情。

【校注】

〔1〕退谷：明鍾惺，號退谷。

章于野先生招飲城西華嚴菴留寄梅虚乳致謝

静院焚香絲竹愁，蒹葭五月望成秋。官栖沔渚孤如鶴，客望荆門喘似牛。白飯青芻真信信，閉門高枕絶優優。此行尚有全家累，君到休談萬户侯。

移　家

及送歸人夜上船，嚴城刁斗太凄然。老親只問還家路，勞吏惟瞻厭亂天。飴近蔗林嘗雨後，錦來橘圃看霜前。驚秋十口如鴻雁，到處嘵嘵北地弦[1]。

【校注】

〔1〕嘵嘵：恐懼聲。《詩經·豳風·鴟鴞》："予室翹翹，風雨所漂搖，予維音嘵嘵。"

别參軍黄屏石

萬事傷心詎忍聞，清秋紅葉泪紛紛。鑾輿海上瞻天遠，萱草山中恐日曛。漫説藏身鵝鸛陣[1]，翻思對面虎狼群。且看我戴黄冠去，蘇李當從此地分[2]。

【校注】

〔1〕鵝鸛陣：鵝陣、鸛陣，皆軍陣名。

〔2〕黄冠：道士之冠。蘇李：蘇武、李陵，二人友善，以詩文相互酬答著稱。

剃落宿龍井步壁間韵[1]

家國迢迢道路賒，青囊破綻是烟霞[2]。小心也到蛟龍窟，初學聊乘羊鹿車[3]。堪以行踪隨白鳥，羞將時事語黄花。堂前一宿低頭走，怕有人來駡釋迦。

【校注】

〔1〕詩又見於清光緒十年《黄州府志·藝文志》。龍井：在浙江杭縣風篁嶺。

〔2〕青囊：卜者盛書的袋子，借指卜筮之術。

〔3〕羊鹿車：佛教以車乘喻佛法，羊車爲小乘，即聲聞乘；鹿車爲中乘，即緣覺乘；牛車爲大乘，即菩薩乘，參見《法華經·譬喻品》。

洞庭月色尚堪賒，萬里孤心趁落霞。瓶鉢偶然投古殿，衣冠何處見高車。來偏辜負淵明菊，去亦羞慚夢得花[1]。有事如天不可問，須彌作禮禮文迦[2]。

【校注】

〔1〕夢得：唐劉禹錫，字夢得，因事遭貶，再度回京師，因題詩《元和十年自郎州至京戲贈看花諸君子》，被指爲譏刺，復又外放。

〔2〕須彌：佛教傳説山名。意譯爲妙高、妙光。文迦：疑指佛教中文殊、釋迦。文殊侍釋迦左。

初至曹山示觀老人[1]

竹杖芒鞵閩海來，乾坤日月尚陰霾。離鴻片影生相失，驚鹿殘心總未回。賈島詩寒元有泪，江淹筆秃老無才。不知春爲誰家到，開士山中也放梅[2]。

【校注】

〔1〕曹山：在江西省宜黄縣北三十里，亦名梅山。

〔2〕開士：菩薩的异名。以能自開覺、又可開他人生信心，故稱開士。後作爲對僧人的敬稱。

信宿龍堂僦裝前途留别主人兼訂秋期

殘山剩水帶斜暉，行脚湘東五月饑。何日能消香積飯，百年配享首陽薇[1]。不求白傘蓋中住[2]，便向黄梅路上歸。憑仗秋風書報汝，落英相待莫相違。

【校注】

〔1〕香積飯：僧寺的飯食。首陽薇：用伯夷、叔齊隱首陽山、采薇而食之典，參見《孟子·萬章》。

〔2〕白傘蓋：爲佛之净德覆一切之義。

繫皖除夕憶劉雲密舟發〔1〕

覊囚人語接霜鴉，獄吏峥嶸亦歲華。黄面白頭吾舊物，青鋒碧血古生涯〔2〕。得稱僧臘猶慚愧〔3〕，莫數王春動嘆嗟。昨夜良明舟似鳥，羡他不聽皖城笳。

【校注】

〔1〕詩亦見於《明詩紀事》。

〔2〕古，《明詩紀事》作“世”。

〔3〕僧臘：和尚受戒後的年歲。

草花二首

石圃秋風掃塔陰，草花千種種成林。根莖是處同憔悴，顔色今年偶淺深。不謂澆培開士力〔1〕，乃傷老大野人心。頻頻須報菊消息，尚擬臺邊一放吟。

【校注】

〔1〕開士：對和尚的敬稱。

種得閑花隔野橋，晝僧心手護香苗。風前昨夜釵釵玉，月下誰家剪剪綃。仙客小裝騎緑鳳，美人半面掩紅蕉。檀欒繞屋兒孫長，許我鄰時折束招。

魚梁漫賦[1]

舊業猶存濠濮間[2]，行年五十恰知還。灰心不畏滿頭雪，善病堪看四面山。破屋先生兼笑笑[3]，長渠明月自潺潺。麥秋可冀桑林釀，會使浮雲對醉顔。

【校注】

〔1〕魚梁：在今江西萬安縣南。

〔2〕濠濮：相傳莊子與惠施曾游於濠梁之上，後因以濠濮謂高人寄身閑居之所。

〔3〕破屋先生：作者戲指自己。

渠成三月灌侵垚，正愛陂塘清且謬。安得一墻紅女樹，偏宜十畝野人莜。榮臨小杏今朝面，奢想垂楊明歲條。獨立橋邊待暮雨，畫圖丹翠在山腰。

同須識上人岡上待月兼答贈

林巒月吐濕雲收，面目逢君未免羞。好手特來銘退谷，傷心不爲話江州[1]。永嘉葉後僧虚席，天寶年間人白頭[2]。片石携從峰五老[3]，皈依袍笏尚風流。

【校注】

〔1〕退谷：明鍾惺，號退谷。江州：唐白居易，曾貶江州司馬。

〔2〕永嘉：晋懷帝年號（307—312）。其時玄言詩勃興。鍾嶸《詩品》：“永嘉時，貴黄老，稍尚虚談。”天寶：唐玄宗年號（742—756）。其時玄宗專寵楊貴妃，宫女多白頭難見君面。

〔3〕峰五老：即五老峰。江西廬山峰名。

卞又銘幕中贈汪中安

楚尾吴頭客一亭，鄉思俱在夢初醒。浸城蠡水辭春白[1]，插檻廬峰過雨青。千里藏名雲鳥陣，十年補注酒茶經[2]。花間小隊君同出，携手升虚看將星[3]。

【校注】

〔1〕蠡水：蠡湖，在江蘇無錫東南，相傳爲春秋越國范蠡伐吴時開挖。

〔2〕酒茶經：《酒經》《茶經》，皆書名。《宋史·藝文志》載，無求之《酒經》一卷，大隱翁《酒經》一卷。蘇軾有《東坡酒經》。《茶經》爲宋陸羽撰。明清皆有人補注酒茶經。

〔3〕升虚：登上土丘。《詩經·鄘風·定之方中》："升彼虚矣，以望楚矣。"

秋垌有贈

竹墟蓮卷掩秋屏，朵朵芙蓉對鏡青。衛女臨池大手筆，馬卿負郭小園亭[1]。海田無數人間事，朝暮一雙天上星。昨夜侍兒偏乞巧[2]，紅絲縛定睡蜻蜓。

【校注】

〔1〕衛女：衛夫人（272—349），名鑠，工書，尤善隸，王羲之少時曾從之學。馬卿：司馬相如，字長卿，後人或簡稱馬卿。

〔2〕乞巧：舊俗農曆七月初七夜，天上牛郎織女相會，婦女於當晚穿針，稱爲乞巧。

桃枝菴霜月簡禪客

石磴松垣别一村，侵門霜月不關門。欲探梅信身何仗，學誦蓮花舌尚存[1]。禮佛深深温到頂，懷人恰恰寂無言。眼青世外因緣想，頭白天涯知己恩。豈肯爲君歌下里，何當共我築高原。堂堂鐘鼓寒鴻末，惆悵心香積旦昏〔2〕。

【校注】

〔1〕蓮花：即蓮臺。佛教中，諸佛俱坐蓮臺上。或作蓮華經，佛教以蓮花喻妙法，故稱妙法蓮華經。

〔2〕心香：佛教語。比喻虔誠的心意，如供佛之焚香。

擬子夜四首録一

秋叢花紅白，背郎不敢愛。頭上竹根釵，郎削與儂戴。

折牡丹

手折牡丹花，闌邊坐太息。洛陽三月塵，過盡春風力。

安石榴

纖手發榴房，顆顆真珠子。儂在掌中時，顔色定如此。

送心生涉江

青青漢之南，青青漢之北。記子涉江來，幾日楊柳色。

南康郡晤周生聞王潛室孝廉治圃蒔薑簡寄〔1〕

蘇樧淮南種〔2〕，吾知性亦薑。君研於本草，一味作醫王。

【校注】

〔1〕南康郡：江西於都縣東北。蒔薑：栽種生薑。

〔2〕蘇：草名，即紫蘇，莖葉及果皆入藥。樧：木名，或即茱萸。漢張衡《南都賦》有“蘇蔱紫薑”。“蔱”即“樧”。

幽窗清情名詞[1]

白雪紅蘭春露清，也無人見倚闌情。東風不敢吹花落，多事鸎歌喚小名。

【校注】

〔1〕《詩徵》題作“幽窗”。清情名詞：韵脚爲“清、情、名”，故稱。

入武陵溪口

客遵沅澧出江潭，柏葉蘆花淺漲藍。爲問焦溪紅袖女[1]，盡隨春水去湖南。

【校注】

〔1〕焦溪：焦山河，長江支流，經焦山流入湖南華容縣境，注洞庭湖。

巴陵汊汊夜漁清[1]，碧罶黄罛水底明。過處自知官税薄，更因秋漲減鸕丁。

【校注】

〔1〕巴陵：即岳陽。

三月五日初入鄘邑

此是還鄉第一朝，雨餘柳色認山橋。中原冠蓋今南楚，添箇僧吹乞食簫。

繫皖寄任克家范小范方爾止依上下平韵爲絶句三十首[1]録三

長官庭内肉如泥，殿望無生路轉迷[2]。肯信烏頭爲我白，世間亦乳子卿羝[3]。

【校注】

〔1〕題中諸人事迹均無考。

〔2〕殿望：或言微末的指望。

〔3〕子卿羝：蘇武，字子卿。《漢書·蘇武傳》："（匈奴）乃徙武北海上無人處，使牧羝，羝乳乃得歸。"羝乳，即公羊産乳，比喻不可能的事。

纍纍四不出斯亭，鵠面相看俱眼青。自有五方同土木，更無一字怨朝廷。

困辱都無不可堪，泪封落葉寄江潭〔1〕。有人臘底堂堂去，呼起三閭伴作三〔2〕。

【校注】

〔1〕江潭：此指湖南家鄉。

〔2〕三閭：即屈原，曾爲楚三閭大夫。

擬竹枝詞五首録二

雕鞍華轂驟紅塵，記得春風嶺上春。幾樹梅花零落盡，也須憐取看花人。

書生老却又從戎，上馬隨人學挽弓。未省舞衫歌板地，阿誰醉揭綉簾櫳。

萬六休菴爲僧畫卷，似予疇昔秋所走之寒山道也，感而題之

自斷芒鞋愛卧遊，剡藤一幅乞滄洲〔1〕。誰知醉墨如瓶瀉，是我寒山道上秋。

【校注】

〔1〕臥遊：謂欣賞山水畫以代遊覽。剡藤：剡溪出産的古藤，用以造紙，有盛名，因稱名紙爲剡藤。

龍井荷花二首有序

龍井種荷，去年花時，家十一兄正平來嘗酒。今年花盛開，復來顧予，兄弟俱翁矣。以歲遷之貌對花，徒增花笑。飲既醉，兒輩曇、儼、慕、恭、德在側，合兩家得五人焉，左右池上亦足樂也，成二絶句。

鵁鶄引子燕將雛，池館花開甕有酤。二杖居然能傲物，也教兒輩醉時扶。

手製新荷作酒杯，一年兄弟一亭臺。勸酬本是尋常事，却爲柴荆慎浪開。

同沈仲連過黄雷岸廬山谷口草堂六絶句録二

放盡山桃客未歸，主人日日揵柴扉。午風亭畔醉舒眼，不辨花飛蝴蝶飛。

幾處僧窗欲抱琴，東林携手過西林。何時爲補高賢傳，斫取雲溪十畝陰〔1〕。

【校注】

〔1〕雲溪：在湖南臨湘西南四十五里。

催妝詩有贈

自贖蛾眉只自描，高高髻樣認前朝。文姬歸里年猶少，重上妝樓恨始消。

秋雨中同伯澄行木陵北歸却寄〔1〕

山尋十日與秋霖，尚嗣黄花開後音。不信從來招隱窟〔2〕，草堂人有出山心。

【校注】

〔1〕木陵：木陵山，在湖北麻城縣北八十里。

〔2〕招隱窟：招隱山，一名獸窟山，在江蘇丹徒縣。此泛指。

風帆謡二首

孤舟細雨倚江干，水出螺川回作瀾〔1〕。忽見後帆千片到，驚呼風好上高灘。

【校注】

〔1〕螺川：即螺山，在江西吉安縣北十里，俗呼螺子山，又名螺川。

百丈收回沙嘴牽，打篷恨不高於天。西風真爲遊人發，且遣桂花香到船。

甘扶來沂流尋予，傳史趾祥至南州訂晤〔1〕

子胡爲我上清江〔2〕，不畏西風吹病龐。二十年前南浦客，芒鞵月下約雙雙。

【校注】

〔1〕沂流：即沂水，源出山東蒙陰縣北。

〔2〕清江：源出江西資溪縣。

曹應昌[1]

字石霞，麻城人。文仿徐庾，不事家産。崇禎己卯舉鄉試第一，癸未成進士。授知縣，不任吏事，棄歸。讀書立浪園，奔父喪於永昌，遂並挈同郡何閎中櫬以歸。至昆明，應昌卒。家人欲置何柩，應昌柩獨不發。其弟祝曰："將非爲何先生乎？當偕行耳。"乃發。應昌與何實昧生平，聞者益嘆其義。

【校注】

〔1〕《詩徵》作"曹胤昌"。清光緒十年《黄州府志・文苑》作"曹允昌"。民國《麻城縣志・文學》作"曹胤昌"。

聽松閣投贈聲玉處厚

看子入山時，徘徊山端委[1]。能以余胸懷，蕩子眼光裏。達人踏山意，木石亦山水。靈風不得休，飄子數萬里。嘆聲在何許，生死在一紙。愛敬已無言，矧言而有鄙。子遊非山川，一部靈均字。草以爲蘭蓀，泉以爲湘澧。松以爲威祥，石以爲塊壘。昨夜空山亭，明月削塵滓。始知身在塵，塵盡身餘幾。予身寒下山，予卧月不起。沱潛亦有月[2]，光影非如此。暗山引奇眺，森森戰神鬼。驅子松間濤，送子竹窗几。

【校注】

〔1〕端委：朝服之端正而寬長者曰端委。

〔2〕沱：江水的别流；潛：漢水的别流。

題郭些菴先生補山堂[1]

楚山翁崛婢吴水，沙灣戴幗皴波紙。天門迸破天柱傾，天兼山遯爲真人。化山立骨陋形影，真形五岳無些景。補山莫補石與霞，待我來克茅屋紗。些翁勸我金剛秘，金剛是山秘是密。密山焉用補來傳，君看昆崙天上天。

【校注】

〔1〕郭些菴：明郭都賢，字天門，號些菴。

解官十首録三

滔汩從危汎，岩阿豈避賢。叢蚕魑客路，泣玉鮫人天[1]。鳥鼠憂方大[2]，龍鱗血已鮮。還山驅牧犢，何以策長鞭。

【校注】

〔1〕叢蚕：即蚕叢，喻指蜀地。鮫人：神話傳説中居於海底的怪人，其眼能泣珠，參閲晋張華《博物志》。

〔2〕鳥鼠：蝙蝠的异名。

亦自欣毛羽，微官落塹深。潛蛟難寶母[1]，泣鳳侮鳩林。野鶴前清路，新仇夜責心。松楸宜信誓，無骨始浮沉[2]。

【校注】

〔1〕寶母：《原化記》："魏王得一美石，有胡人曰：'此寶母也，每月望設臺置石其上，可集諸寶。'"

〔2〕無骨：李白《贈新平少年》："屈體若無骨，壯心有所憑。"此喻官場浮沉。

七尺支玄廓[1]，三生透石床。宏文傳後死，落木慎歸藏。薙草看山面，燒魔見佛光。無心呼伯助，魚佩解雲將[2]。

【校注】

〔1〕七尺：即身軀。玄：同“懸”。此句言解官後山居。

〔2〕魚佩：唐五品以上官員隨身佩魚符，刻姓名，去官納還。此指解官。

别墅偶成

卜得南城不肯栖，河洲樹色見依依。蘆花兩岸雁初到，楓葉一林人未歸。蛙學雷鳴誰禁得，鬼同僧對不知非。最憐淮浦歌樓月，也照亭州舊破扉。

題雲水圖爲毛子霞[1]

鵝溪爲絹彩爲毫，玉麈生風拂素袍[2]。不似幼輿藏一壑，寧須叔則益三毛[3]。倦遊自覺青山好，朗咏無如夜月高。此處行踪何處所，翛翛清夢滿江皋。

【校注】

〔1〕《詩徵》題作“爲毛子霞題雲水圖”。毛子霞：毛會建，字子霞，僑居武昌。

〔2〕鵝溪：在四川鹽亭縣西北，産絹，唐時以爲貢品。生風，《詩徵》作“風生”。

〔3〕幼輿：晋謝鯤，字幼輿。其人優游寄遇，不屑政事。明帝問其何如庾亮，答曰：“一丘一壑，自謂過之。”叔則：晋裴楷，字叔則，顧愷之嘗爲其畫像，額上加三毛，觀者覺神明殊見，參閲《晋書·顧愷之傳》。

感　　時

夜雨名山禮少微，泉香石齒即來歸[1]。教兒學劍寧操耒，與客謀生但采薇[2]。百里虎訛天上事[3]，三江濤隔嶺頭飛。鹿門自笑非真隱，十口勞勞製薜衣。

【校注】

〔1〕少微：少微星，一名處士星。後常用來比喻處士。石齒：泉石排列如齒，故稱。

〔2〕操耒：指務農。采薇：用伯夷、叔齊不食周粟，隱於首陽山，采薇而食典。

〔3〕事，《詩徵》作“至”。虎訛：用三人成虎典。

登岳陽樓秋興

樓接西城瞰洞庭，東南勝概壓滄溟。劉巴冢上深春草[1]，屈子祠邊冷濕苓。萬里玻璃嵌世界，三江繒縠綉沙汀。蕭蕭極目秋全集，長嘯天風倒醁醽。

【校注】

〔1〕劉巴：蜀漢人，字子初。諸葛亮曾曰：“運籌帷幄之中，吾不如子初。”

程于郊餉茗

常以香人能比墨，乍能清我一如詩。九峰塔下寒泉水，也是松聲謖謖時。

潘應斗[1]

字章辰，武岡人。崇禎癸未進士。授廣東萬州知州。州人德之，立生祠。後升雲南道御史，未任，改吏部郎，以典選清慎加太常卿，旋告終養，歸農圃十餘年。所著有《允孚園文集》。

【校注】

〔1〕參見清光緒《武岡縣志·人物·遺老》。

横江晚渡[1]

岩深樹易昏，暝色生前浦。行迹辨平沙，空音落輕櫓。烟從鴉路歸，月傍漁燈吐。誰懷須友心[2]，獨行寧踽踽。

【校注】

〔1〕詩亦見於《沅湘耆舊集》。横江：在安徽和縣東南。

〔2〕須友：等待友人。《詩經·邶風·匏有苦葉》："人涉卬否，卬須我友。"

答踞奇弟山中見貽

亦曾習山静，習與山不違。今也静能否，山是習偶非[1]。以子適所如，曰予未可幾。猶記幽栖日，清光起四圍。層霄古木接，絶壑亂泉飛。遍探峰寂立，閑看雲來歸。奇人心眼同，領略良已微。莊以誦來詩，時見山光輝。

【校注】

〔1〕偶，《沅湘耆舊集》作"偏"。

同保仙院看石[1]

天宇夏初晶，人遊亦曠越。石林越衍疇，片片奇花發。聚處似聞經，疏昂堪具笏。鬼斧隙頑明，古苔嚙寒骨。選坐任參差，穿尋宜出没。如何數武間，雲構幻倏忽。酣待夕陽時，明霞生幾窟。

【校注】

〔1〕詩亦見於《沅湘耆舊集》。

竹壇風掃[1]

青葱一嶂逼天開，上有秦人舊日臺。臺邊積翠森如簇，云是當年掃壇竹。人去壇荒餘冷烟，依然風過低新緑。咸陽一舉六王平[2]，鋒鏑消殘天下兵。經儒坑燼長城起，自謂澄清今日始。廟堂無度四海摇，識者桃源學種桃。亦有商山茹芝者[3]，不將簪笏易蓬蒿。仕途方蹙林皋樂，何幸詔書求大藥。一自偕來入楚山，烟霞漸厚功名薄[4]。早知鹿馬走望彝，愁見烽烟生軹道[5]。莫遣紛紛到此間，空山植竹倩雲掃。

【校注】

〔1〕《沅湘耆舊集》題作“雲山絶頂有竹，毿毿拂地，上人名曰掃壇竹，云是盧侯遺迹，俗稱雲山十景之一也。感而有賦”。雲山，在湖南武岡縣南十五里。

〔2〕此句言秦滅六國而統一。

〔3〕商山茹芝者：指秦末漢初之東園公、綺里季、夏黄公、角里先生，四人隱於商山，稱商山四皓。

〔4〕厚，《沅湘耆舊集》作“癖”。

〔5〕走望彝，《沅湘耆舊集》作“倉皇擾”。鹿馬：用秦二世權臣趙高指鹿爲馬事。軹道：亭名，在陝西西安東北。秦王子嬰於此降漢，參見《史記·高祖本紀》。

登威溪山因而卜築四首〔1〕

買山無力得山難〔2〕，且與山靈乞剩殘。曲宕聲光穿一水，各呈頭面布諸巒。四朝留得馮唐鬢〔3〕，六載曾辭弘景冠。輸我此中成老逸，寤言奚問碩人寬。

【校注】

〔1〕威溪山：山名，在湖南武岡縣，詩人曾定家於此。

〔2〕此句《沅湘耆舊集》作“移山無力買山難”。

〔3〕馮唐鬢：用漢馮唐事。馮唐事四朝，敢直諫。武帝初，年九十餘，不能復爲官，乃以其子爲郎，參見《史記·張釋之馮唐列傳》。

無復飄風咏卷阿〔1〕，却耽地僻少經過。雲生洞口常吞徑，雀到門邊不忌羅。只爲蔬畦頻抱甕，每尋漁艇一披蓑。閑緣好惜天相假，今日青山自昔磨。

【校注】

〔1〕咏卷阿，《沅湘耆舊集》作“入曲阿”。

行野連年嘆蔽樗〔1〕，此身到處即吾廬。由來蕭艾無分畛，豈有烟嵐待券書〔2〕。曼倩詩成垂子誡，邵平瓜蔓帶經鋤〔3〕。神龍潛見因時耳，詹尹何能代卜居〔4〕。

【校注】

〔1〕樗：即臭椿樹，古人以爲惡木。

〔2〕烟嵐，《沅湘耆舊集》作“烟霞”。

〔3〕上句，詩，《沅湘耆舊集》作“文”。曼倩：漢東方朔，字曼倩。下句，蔓帶，《沅湘耆舊集》作“在戴”。邵平：秦廣陵人，封東陵侯，秦亡，種瓜長

安城東，參見《史記·蕭相國世家》。

〔4〕代，《沅湘耆舊集》作“待”。

此地誰云非我有〔1〕，幸於邱壑性同深。幻緣摩詰詩中畫，啞謎孫登嘯裏音〔2〕。夏木交交禽囀蔭，秋泉汩汩石成吟。兵戈滿路相知少，幾幸於兹澹寂心。

【校注】

〔1〕詩又見於《沅湘耆舊集》。

〔2〕摩詰：唐王維字摩詰，人稱其詩中有畫。孫登：三國魏人，隱汲郡山中，彈一弦琴，善嘯，參見《晋書·隱逸傳》。

劉世斗〔1〕

字大祈，一字耻人，興國人。崇禎癸未進士。

【校注】

〔1〕清雍正《興國州志·科貢》。本傳云："字宿占，官户部員外郎。"

銘劍正韵

神物終當合〔1〕，張華聊一論。嘆息吴湛盧，去楚無逡巡〔2〕。靈异既有托，不依無道君。豈患無風胡〔3〕，其國名不聞。拊掌笑楚昭，書社竟誰陳〔4〕。會挂徐君墓〔5〕，君子寸心存。

【校注】

〔1〕神物：用豐城二寶劍龍泉、太阿之典，事見《晋書·張華傳》。

〔2〕吴湛盧：相傳春秋吴王得越所獻寶劍三枚，一曰魚腸，二曰磐郢，三曰湛盧，參見《越絶書·外傳·記寶劍》。去楚：相傳吴得寶劍湛盧，公子光（即吴王闔閭）弑吴王僚，殺生殉死，湛盧去吴如楚，事見《吴越春秋》。

〔3〕風胡：即風胡子，春秋楚人，善識劍。

〔4〕楚昭：楚昭王。書社：古制二十五家立社，把社内人名登録簿册，謂之書社。《史記·孔子世家》："（楚）昭王將以書社地七百里封孔子。"

〔5〕"會挂"句：用春秋延陵季子繫劍徐君墓之典。

聞警出姑溪〔1〕

風雨凄歸路，干戈詰小舟〔2〕。同時群盜起，一夜大荒流。氣覺中原蹙，春當百草柔。江南乾净地，今日可無愁。

【校注】

〔1〕姑溪：即姑孰溪，在安徽當涂縣南。

〔2〕詰,《詩徵》作“滯”。

此地嚴溝壘，應知帝略深。邑猶王在鎬[1]，障有士如林。積弱難驅戰，生離易感心。仗誰祠采石[2]，一振鼓鼙音。

【校注】

〔1〕鎬：鎬京，周武王滅商，遷都於此。此句喻邑之形勢。

〔2〕祠,《詩徵》作“營”。

看　雪

高齋冰雪滿氍毹，几硯之間炙酒壚。煮水自應成沆瀣，臨風時縱擊珊瑚。晚烟深喜鄰能爨，春釀非關客乍沽。不厭其寒尋屐去，袁安誰畫閉門圖[1]。

【校注】

〔1〕袁安：後漢人，曾客洛陽。值大雪，洛陽令按行至安門，門閉無行迹。令使人除雪入户，見安僵卧，詢之，以爲大雪人皆餓，不宜干人，以此爲賢，舉爲孝廉，參閱《後漢書・袁安傳》。

和弟感雪

臘月雪到正月中，同雲四塞回條風[1]。松鱗不作竹聲折，蛟角豈從人耳聾。茅屋遠聯蔬圃白，瓶梅小映冰花紅。隔溪阿弟送新句，勝得昨年憶楚鴻。

【校注】

〔1〕同雲：即彤雲，陰雲。回條風：即迴風，旋風。杜甫《對雪》：“亂雲低薄暮，急雲舞迴風。”

湖中吟

菱芡霜深盡，鷗鳧澤漲稀。浪花衝樹起，瑟瑟濺秋衣。

王嗣乾[1]

字穉潜。邵陽文學。性豪爽負氣，遇事敢言。丙戌與其兄嗣翰并舉故藩孝廉。所著有《黄雪園集》。

【校注】

〔1〕參見清光緒二年《邵陽縣志·人物·政學》。

送潘章辰夢白歸武岡[1]

登高已自謝才名，詩卷相看氣漸平。乍笑鬚眉同洛社，且忘風雨在彭城[2]。河山謾送群公泪，絲竹誰陶晚歲情。世事未堪容久住，各携嘆息返柴荊。

【校注】

〔1〕《沅湘耆舊集》題作“九日送潘章辰夢白歸武岡”。潘章辰：潘應斗，字章辰，武岡人，癸未進士。夢白：潘應星，字夢白，應斗弟，武岡明經。

〔2〕洛社：洛社鎮。在江蘇無錫西北運河北岸。彭城：故址在江蘇徐州銅山区，項羽曾都於此。

徐揺舉[1]

字翥鯤，湘陰人。性寧澹，灑然塵表。曾舉於鄉，格於功令。爲時所棄，然彼亦欲自棄於時。遂别家族，隱於邑之紫木洞。其地曠且奧，結廬其中，風雨取蔽而已。於峰頂作一壙，坐卧其上，以寓日之地，即爲藏骨之區。又嘗題壁云："每在稀粥中，吹糠見米幾。"於苦茶内撥草尋根，其澹泊如此。初尚爲人説《易》，後朋徒罕窺其面。子四，皆驅之於農，有捧經請者，輒掩其口。其自著有《藏騷》一帙，以見志云。

【校注】

〔1〕參見清光緒六年《湘陰縣志·人物傳》。

游八景樓[1]

江樓如畫挂西規，遠浦寒汀照渌漪。美酒且浮新潑水，幽芳還搴舊江蘺。一成野夢分漁網，十度騷懷和屈詞。逸興謾從康樂盡[2]，無人解道楚山奇。

【校注】

〔1〕詩又見於《資江耆舊集》，題作"江樓"。八景樓：在湖南善化。

〔2〕康樂：南朝宋謝靈運襲封康樂公，好山水，肆意遨游，參閲《南史·謝靈運傳》。

南樓夜

南隄如帶挂湘潯，暮色浮樓散客心。鏡水有情留夜月，山陰奇籟起松琴。漁家火列高低點，舟賈聲分南北音。興到登臨渾不禁，倚闌孤佇謾成吟。

汨羅廟[1]

欲識先生大義垂，帝苗朕考溯同枝[2]。入焉秖抱宗祊邺，去也無禆顛隮危[3]。一部離騷香作骨，千年南史憤爲師。剛風冽冽今生在，遠水高山照古碑。

【校注】

〔1〕汨羅廟：在湖南湘陰縣，相傳爲屈原自沉之所。

〔2〕帝苗朕考：屈原《離騷》："帝高陽之苗裔兮，朕皇考曰伯庸。"

〔3〕祊：廟門内；於廟門内設祭亦稱"祊"。邺：憂念，憫昔。顛隮：意爲墜落。

步少陵秋興八首韵録四

銀河冉冉抱星斜，秋最分明照鬢華。若個霜先謀待菊，誰然根脱悔漂槎。舊儀懶肄三千典，新拍繁聞十八笳。野老何曾真絶世，請看堦下錦城花。

曾驅鶴轡度瀛山[1]，留住花樓彩閣間。自有乾坤開玉世，仍懸日月照瑶闗。天曹輪入諸郎直[2]，塵界飛降侍史顔。一卧紫岩驚老病[3]，從無佳夢押仙班。

【校注】

〔1〕鶴轡：相傳仙人或得道之士多騎鶴。此借以自指。瀛山：傳説中的仙山。

〔2〕天曹：道家所稱天上神官。直：有值班、值勤之意。

〔3〕紫岩：指湘陰之紫木洞。作者隱於此。

家住白雲天際頭，岩中猿鳥早防秋。塞將北户辭寒沍[1]，檢讀山書遣世愁。岳思頻能徵野鶴，海情終不起浮鷗。笑歌身是江湖散，夜聽吹簫帝子州[2]。

【校注】

〔1〕寒沍：嚴寒凍閉的景象。

〔2〕帝子州：泛指江湘一帶。

人間來徑苦逶迤[1]，千折堤盤水一陂。瀑布挂殘靈壁石，白雲栖老玉松枝。要知處士眠心夢，不向瑶臺行雨移[2]。秪怏學仙多楚籍，天龍頻繞鼎湖垂[3]。

【校注】

〔1〕詩又見於《資江耆舊集》，題作"寄郭天門先生新堤寓"。詩末自注："時郭天門先生道侣八人擬陽作號，結煉新堤，有《八陽子丹集》行世。"郭天門，郭都賢。

〔2〕瑶臺：神話中爲神仙居住之地。

〔3〕鼎湖：傳説黄帝鑄鼎於荆山下，鼎成，乘龍上天，後人稱其處爲鼎湖。

送趙友沂年兄赴京，爰輯《度田》一書、《邑苦》一書呈在四聰，乞要入告用叠舊韵[1]

兔册漫思中治安[2]，自分狂瞽叩閽難。重聽未革鐺邊耳[3]，天問偏臨雪夜寒。西館借鈔何日録[4]，長沙流涕計時乾。拾遺省上求鈞致，取次熙朝盛事看。

【校注】

〔1〕趙友沂：趙而汴，字友沂，明末湘陰人，與郭都賢齊名。四聰：即廣開四方視聽之意。

〔2〕兔册：即兔園策，唐李惲命僚佐杜嗣先編成，唐代作爲啓蒙課本。

〔3〕未革：即没有革除陳舊的東西。鐺：釜屬，即燒飯之鍋。古人稱除舊布新爲革故鼎新，參閲《易・序卦》。

〔4〕西館：即西臺館。中書省亦稱西臺。

叱驅埈坂上長安，任重忠臣不擇難。玉仗正開鈴閣暖，皂囊方軫海隅寒[1]。鳳廷察察言偏邇，虎圈戔戔口自乾[2]。萬里橋邊重仰面，聽卑天上報瓊看。

【校注】

〔1〕鈴閣：指將帥居地。皂囊：漢制，群臣上章表，如事涉秘密，則封以皂囊。軫：盛多。

〔2〕虎圈：養虎之所。《史記・張釋之傳》："上問上林尉諸禽獸簿……虎圈嗇夫從旁代尉對，上所問禽獸簿甚悉。"

楚風補卷之三十六

明

郭金臺[1]

本姓陳，字幼隗，湘潭人。著有《石村詩文集》，詳著郡志。

【校注】

〔1〕參見清光緒十五年本《湘潭縣志·列傳》。

承聖指代劉向

天子有怒不敢起，天子有羞不可齒。大兵擁護呼韓邪，郅支公然殺漢使[1]。走康居，陵烏孫，脅大宛[2]，單于事成中國否。壯哉西域副校尉[3]，不費斗糧煩漢士。屠城懸首蒿街頭，强漢揚旌威萬里。賢公卿，勿復訾。縣道郊迎天子喜，朝論毋封天子鄙。臣有言，矯制是[4]。獨何心，承聖指。

【校注】

〔1〕呼韓邪：匈奴單于名號。參見《漢書·匈奴傳》下。郅支：匈奴單于名號，呼韓邪之兄。曾遣使入朝漢，元帝初，因怨漢厚呼韓邪，叛漢，殺漢使，并西走攻占烏揭等地，擾漢之西陲。參閱《漢書·匈奴傳》。

〔2〕康居、烏孫、大宛：皆漢代西域城國名。

〔3〕西域副校尉：即陳湯，漢元帝時人，官西域副校尉，多策謀，喜奇功，曾矯制發兵斬郅支單于，論功賜爵關内侯。

〔4〕矯制：指陳湯矯制發兵。

南鄭獄代陳興〔1〕

孤兒啼我孤，獨不啼父黄泉阿母相提携。哀兒啼我哀，獨不啼母黄泉阿母同依栖。父母喪徂天遣之，逆母仁慈天遣之。母恩再續我再生，我死聊爲張母名。吁嗟呼，男兒有罪死可塞，世上母慈難再得。

【校注】

〔1〕陳興：宋真宗時人。少孤，起行伍，有武略。

尸還陰代陰采〔1〕

大家名世人，惠心同聽語。南陽陰氏妻，潁川荀氏女。荀氏世知名，女生宜令軌〔2〕。十七適陰門，十九哺女乳〔3〕。陰即早捐徂，妾身誓終侣。仁哉大人心，念兒憚寒暑。同郡郭家兒，妻徂妄許與。妾心終當明，懷刃歸白父。汝妻捨夫徂，妾夫棄婦去。夫婦各自傷，中懷告無所。傅婢太挾持，奪刀載車走。嚴衛慎慘傷，入門聊自抒。辟如鵲巢防，妾非鳩與處。燕燕思故巢，狐悲戀邱首〔4〕。不惜揮歡顔，左右私陳詛。四燈張群筵，環瑲盛衣履。儀容羞見君，端詞爲談吐〔5〕。感君吉士行，愧不承機杼。舒我羅裳襦，冉冉曙光貯。天明開妾心，辦浴掩群户〔6〕。迢遥謝故夫，寸心今付汝。前謝家大人，女行各攸序。妾死身何如，扉上粉書寫。

【校注】

〔1〕陰采：後漢人，荀爽女，名采，南陽陰瑜妻。

〔2〕軌後注："叶。"

〔3〕乳後注："叶。"

〔4〕邱首：《禮·檀弓》："古之人有言曰：狐死正邱首，仁也。"《楚辭·九章·哀郢》："鳥飛返故鄉兮，狐死必首邱。"

〔5〕吐後注："叶。"

〔6〕户後注："叶。"

長樂老代馮道〔1〕

作官好，卿相公師宜壽考，時人笑殺癡頑老。作官難，十君四姓歷多盤，無德無才名不完。我欲死君君屢更，誰爲皇帝救蒼生。時不逢兮蜩與螗，老夫不樂成何名。

【校注】

〔1〕馮道：後周人，曾歷事四姓十君，在相位二十餘年，論者鄙之。

香梨詩和王山長〔1〕

五色耀目，五味嗜口。捏華增恚，劣末所守。伊蘭旃檀〔2〕，苾芬永久。自非清慧，莫喻偕友。香適無著，色味則有。無著非無，虛空領取。

【校注】

〔1〕王山長：王岱，字山長。明崇禎末舉人。

〔2〕伊蘭旃檀：伊蘭是有臭氣的惡草，旃檀爲香木。佛經多以伊蘭喻煩惱，以旃檀之香喻菩提。

惟木之灾，犧尊青黄。厥石之咎，瓊琚瑶璜。才多眾攫，不才免斨。人亦有言，傅翼兩足。予齒去角，塞欲離華。用返素朴，苟終其遇，香亦沃樂。

臭味同源，分鼻與舌。霑馨則喜，啜甘乃悦。苦穢不除，與世磨涅。安有分段，納香觸咽。鼻根悟圓，舌亦妄設。

南北送行詩有序

余與馮子棍公讀書旦山[1]，時陳逸子以年家子交棍公[2]，記其蘭茅挺秀，翩翩王謝家物也[3]。越十餘年，訪余於石村槎屋，方袍圓頂，一肩兩足，茫然欲浮洞庭，上匡廬，遍閱東南人士，乃持一葉，的的問北道主人[4]。余固老守邱壑者，見逸子殊似百尺樓上語然[5]。余持三語詰曰："自汝出門，眼耳邊事能如朱門蓬户、海鷗石虎乎？抑亦慧因遠結，燒豬釀酒[6]，追尋子瞻、元亮之迹乎？又或者五岳方寸，假名趙□[7]，本願韓逢，仰天大笑而自脱去蓬蒿乎？吾聞長安比日多壯遊，眼底不著空華，衣珠不墮貧子，持我定心，銷彼苦集，安知尋覓德雲不在繞峰而在京華都會也。"壯其行，吐余懷與語而贈之詩。

北風湘上來，春雨細如織。殘寒守孤帆，萬感不自抑。故人鶯花稠，歲月忽已息[8]。君行騁萬里，莫自填胸臆[9]。長安佳氣繁，孔道香風飾。相見停輕車，努力加餐食。願拭摩尼珠[10]，持照古顔色。

【校注】

〔1〕馮子棍公：馮一第字棍公，善化人，天啓丁卯舉人。

〔2〕陳逸子：陳五簋字逸子，攸縣人，少補諸生，後祝髮，號南雲行脚。

〔3〕王謝：六朝時王謝世爲望族，此借言豪門望族。

〔4〕的的：明白、昭著。

〔5〕百尺樓上：用劉備答許汜語："如小人欲卧百尺樓上，卧君於地。"見《三國志·陳登傳》。

〔6〕慧因：明高僧，隱杭州安溪，成祖永樂間曾南游。

〔7〕□，底本漫漶不清。

〔8〕息，《沅湘耆舊集》作"夕"。

〔9〕此句《沅湘耆舊集》作"莫漫憾填臆"。

〔10〕摩尼珠：梵語，珠的總稱。《涅槃經》："如摩尼珠，投之濁水，水

即爲清。”

十載五潰離，骨月半凶坼[1]。人生幾少壯，摧陷頭忽白。歌哭隨風塵，把鏡時自擲。良驥逐鞭影，寧忍伏羈軛。引錐讀陰符[2]，苦遭俗眼射。揣摩不干遇，偃蹇俟黄石[3]。終成北窗倦[4]，静與羲皇適。浮雲時去來，青山了無迹。

【校注】

〔1〕骨月：即骨肉。凶坼：裂開。

〔2〕引錐：用戰國蘇秦發憤讀書、引錐刺股之典，見《戰國策·秦策》。

〔3〕偃蹇：疲乏、失意貌。黄石：即黄石公，相傳曾於下邳圯上授張良以《太公兵法》，見《史記·留侯世家》。

〔4〕北窗倦：此以陶淵明自比。陶淵明《與子儼等疏》："五六月中，北窗下卧，遇涼風暫至，自謂是羲皇上人。"

秋同石伯琬仲琳諸子遊坤月精舍[1]

山僧門掩數竿竹，魚磬無聲瓜果熟。我來欲就石頭眠，白日羲皇隱茅屋。興闌解却青山回，野鳥銜花入幽谷。

【校注】

〔1〕詩又見於《沅湘耆舊集》。

空　囊

男兒一身潤九族，歲計區區又傎突[1]。丈夫軒舉誇少年[2]，僮僕怪我老茅屋。我思古人解嘲笑[3]，賈島孟郊真同調。不然淪逸應奇窮，卜築耕傭與屠釣。世人眼底熱前賢，要余卓犖窺陳編。桓榮稽古有烜燿，蘇季書就贏金錢[4]。去年惛眼今鬒白，富貴青雲守阡陌[5]。家人問計備魚鹽[6]，囊無半黍心茫然。

【校注】

〔1〕此句《沅湘耆舊集》作"終歲勞勞生計蹙"。傎突：即蹉跌、挫折。

〔2〕此句《沅湘耆舊集》作"荒傖長卧幾寒年"。軒舉：高揚。

〔3〕解，《沅湘耆舊集》作"任"。

〔4〕桓榮：東漢人，累遷太子少傅，明帝時，以帝師之尊拜五更，封關内侯，其門徒多貴至公卿。烜燿：聲威盛大貌。蘇季：即蘇秦。

〔5〕二句《沅湘耆舊集》作"去年眼昏今鬓白，富貴浮雲那足惜"。

〔6〕此句《沅湘耆舊集》作"家人問索鹽米錢"。

秋　嘆〔1〕

頭髮半白齒欲落，風雨秋深山寂寞。雙眸電擊渾不眠，起拂千箱氣奔礴。古人睹我顔色親，我笑古人終窶貧〔2〕。詩書墻壁亦已矣，造物命我爲何人。探珠蹴踏驪龍頷，挽弩千鈞終没石〔3〕。池魚小瘠瓜豆枯，取酒加餐且朝夕。山窗謖謖松風起，繞屋吟哦動湘水。傳經劉向已違心〔4〕，縱酒陶潛還弄子。少年作計莫蹉跎，擊壺老態空狂歌。歌成人定野天碧，山月窺人人奈何〔5〕。

【校注】

〔1〕詩又見於《沅湘耆舊集》。

〔2〕窶貧：即貧窮。

〔3〕"探珠"句：即探驪得珠，語見《莊子·列禦寇》，後謂詩文能得命題之精蘊爲探驪得珠。没石：漢將李廣曾見草石以爲虎而射之，中石没羽，見《史記·李將軍列傳》。

〔4〕傳經：漢劉向曾校閲經傳諸子詩賦等書籍，寫成《别録》一書。

〔5〕人奈何，《沅湘耆舊集》作"可奈何"。

花市蚤發

花市主人賢且勞，行厨束帛輝林皋。羞珍饜飫海錯膠，車徒踏裂南山高。南山接待争咫尺，公去沿途展靈迹。烟霞倏計非渺茫，滿目青峰記疇昔。從遊二客許重過，王繇孔亟將如何[1]。罷耕被役且返棹，江上相思行復歌。

【校注】

〔1〕繇，《沅湘耆舊集》作“程”。王程：奉公命差遣的旅程。

小憩雪菴精舍

險定踏溪行，禪房天宇清。石門高竹繞，山徑野花平。寂坐觀無住，經過愧此生。艱難忻駐足，懶却少逢迎[1]。

【校注】

〔1〕二句《沅湘耆舊集》作“艱難聊駐足，避客怯逢迎”。

雨憩方上寺[1]

雲白涵諸嶺，隨風幔野溪。平橋通亂竹，古寺囀黃鸝[2]。高坐防人語，枯眠學鳥栖。山花猶積晦[3]，應見佛眉低。

【校注】

〔1〕方上寺：在湘潭縣。

〔2〕囀黃鸝，《沅湘耆舊集》作“入荒蹊”。

〔3〕猶，《沅湘耆舊集》作“憎”。

岳　　路[1]

豈有漁郎誤[2]，仙源盡日尋。桑麻封鳥道，樵爨護山陰。煮茗迎泉落，看雲出洞深。時聞松竹響，徑接梵王音[3]。

【校注】

〔1〕詩又見於《沅湘耆舊集》。

〔2〕漁郎誤：用武陵漁人誤入桃花源之事，見陶淵明《桃花源記》。

〔3〕梵王：即大梵天王，佛家以世界爲三界，大梵天於第二色界，梵王獨居其上，以别群下，參見唐釋道世《法苑珠林·三界篇》。

初　霽

南極通仙仗，雲連五色齊。接天生海市，近日涌玻瓈。鳥度玄霄入，人瞻玉闕低。當年勞漢武，空向建章栖[1]。

【校注】

〔1〕建章：建章宫，漢武帝太初元年建，故址在今陝西西安市長安區西。

中山寺[1]

兩壁西南柱，參天共一門。畫圖峰盡屋，蕭瑟樹無村。萬壑聲争墜，千山鳥不喧。向來幽興極，到此欲掀翻。

【校注】

〔1〕中山寺：在湖南湘潭縣叢林中。

蚤上九龍盆[1]

耳目忽不住，山行爲移情。隱泉奔石出，欹樹障岩平。徑轉香風度，橋過宿鳥驚。不知烟壑裏，亦有曙鐘生。

【校注】

〔1〕九龍盆：地名。安徽歙縣黄山東北部有九龍瀑，湖南溆浦縣有九龍池。

此不詳所指。

秋　澇

南國初逢歲，空煩太史書。築場青草蔓，灌畝白波除[1]。河伯真憑怒，神農竟失居。秋高難問帝，飄泊渺愁余。

【校注】

〔1〕除，《沅湘耆舊集》作“猪”。

海内傳豐屢，湘南汔可休。無才名應老，有歲飽難求。水患堯憂切，河功禹纂留。野人空獻賦，自有廟堂謀。

宿上封寺[1]

望盡南天不可捫，到來始識上封尊。衆山却立如空壘，絶頂平蕪一小村。人定莫教鐘破寂，峰高直有月侵門[2]。禪關無静聲聞净，帝座平看尺五痕[3]。

【校注】

〔1〕上封寺：在衡山祝融峰。

〔2〕直，《沅湘耆舊集》作“但”。

〔3〕二句《沅湘耆舊集》作“禪關無語聲聞净，尺五平看天市垣”。帝座：星名。

南極域中推兩大，上封高並祝融亭[1]。詩成明月堪搔首，酒到僊人可摘星。北注虎泉垂地紐，東揞日觀接天青[2]。凝思如踞君山頂[3]，倒瀉風濤落洞庭。

【校注】

〔1〕南極：指南岳衡山。上封寺、祝融亭：均在衡山祝融峰。

〔2〕虎泉：疑即江西廬山下虎溪。日觀：即泰山日觀峰，在泰山東南山頂。

〔3〕君山：又名湘山，在湖南洞庭湖中。

再過九龍盆[1]

南岳天龍八百護，騫騰勢壓九龍盆。瀉雲時下瀟湘雨，噴瀑如觀滄海門。日射雙流環古寺，月潛高閣隱孤村。十年負約看三藏[2]，頭白蹉跎少細論。

【校注】

〔1〕詩又見於《沅湘耆舊集》。九龍盆：見本卷《早上九龍盆》注。

〔2〕三藏：佛教經典的總稱。

哭趙友沂同年十首[1] 録二

不信長沙哭不除，靈均賈傅古今如。千年卑濕淹才子，十月冰霜厭素車[2]。未有孤兒扶趙氏[3]，可憐遺老滯皇居。修文縱使歸天上[4]，蕭瑟揚州白髮廬。

【校注】

〔1〕趙友沂：趙而汴，字友沂，明末湘陰人。

〔2〕素車：塗以白土的車；一説未經雕飾彩繪的車，用於凶喪之事。

〔3〕孤兒扶趙氏：春秋晋趙盾全家遭殺，門客救出孤兒趙武，武成人後報仇雪恨。

〔4〕修文：舊稱文人早死爲修文。

三十才名四海浮，燕臺吴市盡風流[1]。平原客聚聲歌苦，衛玠看多應接愁[2]。百斗詩成常叫夜，四時春滿不知秋。人生慧命多慳福，戒爾辭登白玉樓[3]。

【校注】

〔1〕燕臺：即黄金臺，燕昭王築以接待天下賢士。吴市：春秋時伍子胥曾鼓腹吹篪，乞食於吴市。

〔2〕平原：即戰國趙平原君，名趙勝，喜納賢士，相傳有食客三千人，參閲《史記·平原君列傳》。衛玠：晋人，風姿秀异，有玉人之稱，官至太子洗馬，後避亂移家建業，人聞其名，圍觀如堵，不久遂卒，時人謂“看殺衛玠”，參閲《晋書·衛瓘傳》附。

〔3〕白玉樓：傳説唐李賀將死，有緋衣人至，曰：“帝成白玉樓，立召君爲記。”少頃，賀氣絶。後世祭文稱文人之死爲“白玉樓成”。

洞庭秋和郭些庵[1]

蒼梧帝子障湘東[2]，南國盈盈一水通。九面望衡秋浦上，數聲吹笛月明中。長天遠影雲流鶴，碧海騫飛夜渡鴻[3]。何處青蓮同騁望，往來無用剪新桐[4]。

【校注】

〔1〕題下自注：“時名方外病僧頑石。”郭些庵：郭都賢，字天門，號頑石，又號些庵，益陽人，天啓壬戌進士。

〔2〕蒼梧帝子：指帝舜。相傳舜葬於蒼梧之野。

〔3〕騫，《沅湘耆舊集》作“高”。

〔4〕青蓮：青白色蓮花，佛家多以之喻眼目，亦借指僧、寺。剪新桐：周成王剪桐葉以封弟叔虞，事見《史記·晋世家》。

恍惚巴邱辨九江，不驚風雨亦奔瀧[1]。三湖日月黏天碧，五渚烟波漫地淬。柳毅雲堆全失險[2]，軒轅鼎墜杳難扛。百川灌注秋方大，漢武秦皇氣總降。

【校注】

〔1〕巴邱：山名，在湖南岳陽湘水右岸。瀧：即瀧水，又稱武溪、武水，源出湖南臨武縣。

〔2〕此句《沅湘耆舊集》作“向若濤傾全失險”。柳毅：唐傳奇《柳毅傳》中主人公，曾歷險救助洞庭龍女脱離苦難。

瀲灧晴光拂石磯，横江桂楫舞荷衣。同看月上青天去，又見雲封白雁歸。終古赭山秋裏老，九疑帝子望中非〔1〕。溫湖波浄思千里，苦憶含膏自解饑〔2〕。

【校注】

〔1〕赭山：即小九華山，在安徽蕪湖市。九疑帝子：指帝舜。

〔2〕溫湖：在湖南岳陽縣南。膏：指精美的食物。“含膏”亦爲湘茶名。

被兵家散，舟載妻兒入郡經道昭山〔1〕

群氛日日憂明主〔2〕，長路年年困此生。身繫一舟如泛梗，兒憐二歲已輕程。文章無力羞多士〔3〕，草木何時見大兵。百里人烟仍樂土〔4〕，晚洲漁照自縱横。

【校注】

〔1〕被兵，《沅湘耆舊集》作“被亂”。昭山：在湖南長沙縣南六十里。

〔2〕群氛：此指接連不斷的兵亂。

〔3〕多士：《詩經・大雅・文王》：“濟濟多士，文王以寧。”

〔4〕仍，《沅湘耆舊集》作“無”。

獨　酌

乾坤空賴腐儒籌，夜半孤燈問魯邱。青眼逢人猶避俗，新亭掩涕亦蒙羞[1]。難支夏屋栖勞燕[2]，莫解春陰慰逐鳩。湘岸自憐花正發，故鄉時繫客邊愁。

【校注】

〔1〕新亭掩涕：晋室南渡後，過江諸士至新亭飲宴，相視流涕，事見《世説新語·言語》。

〔2〕夏屋：謂大屋。勞燕：喻親友别離。《樂府詩集·東飛伯勞歌古辭》："東飛伯勞西飛燕，黄姑織女時相見。"

乞蘭詩寄故人李文岸[1]

陶家籬菊杜家松[2]，詩酒淵源總不工。讀得離騷蘭字遍，却思一握補秋楓。

【校注】

〔1〕李文岸：李先登，字文岸，善化明經。

〔2〕陶：指陶淵明。杜：即杜甫。

定息常薰知見香，狂花空果了無妨。只緣鼻悟纔循覺，宜與伊蘭種福堂。

唐魏子黄無雙上封坐月同作[1]

五十名山北壯遊，祝融峰頂度中秋。回觀下界真如夜，日月光華見十洲。

【校注】

〔1〕唐魏子、黄無雙：皆作者友人，事迹不詳。上封：即上封寺，在湖南衡山祝融峰上。

會仙橋[1]

未了生身即捨身，松風岩下石粼粼。遊人莫便輸雙足，橋上尋仙已萬春。

【校注】

〔1〕會仙橋：湖南湘潭有會仙庵，橋或在此。

同唐魏子枕橋聽溪

昨日山行過百溪，看山無定看溪時。野鷄潭下中山寺，漱石橋頭卧聽宜[1]。

【校注】

〔1〕野鷄潭、中山寺、漱石橋：皆在湖南湘潭。《縣志》："中山寺，在縣叢林中。"

樹　　王[1]

鶻突南山萬木蒼，蹉跎此老竟稱王。幸無漢武秦皇禪，不教移封問上方[2]。

【校注】

〔1〕《沅湘耆舊集》題作"戲咏樹王"。

〔2〕禪：即封禪，帝王祭天地的典禮。不教，《沅湘耆舊集》作"未要"。上方：道家所謂天上仙界。

送破門僧還岳[1]

萬山青翠卷烟波，湘上風帆幾度過。記取君家南嶂在，石龕應有白雲多。

【校注】

〔1〕破門僧：明釋法智，衡山人，號破門僧。

不分石浪即江亭，户牖長留萬壑青。若使虎頭臨數筆，飛來誰似輞川屏[1]。

【校注】

〔1〕虎頭：唐張彦遠《歷代名畫記》稱晋顧愷之小字爲虎頭。杜甫《題玄武禪師屋壁》有“何年顧虎頭，滿壁畫瀛洲”。輞川屏：唐王維晚年居輞川别墅，自畫其山水，號輞川圖。輞川屏即指王維畫屏。

費思居〔1〕

字瞿如，荆門孝廉。遭時不偶，流寓長沙之南雲，遂家焉。人稱爲長者。暮年一子殀，聞者哀之。其集古諸詩最工，著有《桃花岩集》。

【校注】

〔1〕清同治七年《荆門州志·人物·文學》本傳云："崇禎諸生，避亂攸縣，隱居桃花岩。"

留别唐公崛〔1〕

玉衡懸清秋，玉山照清朗〔2〕。我聞裴叔則〔3〕，胸懷瀉深廣。晚交君更親，古人真可放。道氣隱龐眉〔4〕，一卷時在掌。汲古天機深，安能測泱漭。看雲武安高〔5〕，醉月南樓敞。旅遊窮壯觀，奇絶共欣賞。紫芝誓同歌，白鳩可同仗〔6〕。歸去湘烟接，扁舟勤來往。

【校注】

〔1〕唐公崛：作者友人，事迹不詳。

〔2〕玉衡：北斗第五星。《古詩十九首》之七："玉衡指孟冬，衆星何歷歷。"玉山：喻品德儀容之美。《晋書·裴秀傳》附裴楷傳："又稱見裴叔則如見玉山，映照人也。"

〔3〕裴叔則：晋裴楷，字叔則，美容儀，時稱玉人。

〔4〕龐眉：眉毛花白，狀人老態。

〔5〕武安：即武安山，在江西武寧縣東南。

〔6〕紫芝：菌名，木耳的一種。《樂府詩集·采芝操》："曄曄紫芝，可以療飢。"白鳩：即白符鳩，古拂舞曲，出自江左。

萬柳洲[1]

玉峰載清冽，山環衆流注。良時花嶼繁，沙明柳陰護。浩劫變桑田，豈惟一溪故。春風無榮木，廿載悲寒沍。使君饒勝概，杖策開篳路。桃陰漸成溪，桑枝菀無蠹。念此山水鄉，渲染資嘉樹。種柳沿溪深，萬縷縈新露。城闉帶碧潯，能使春陰駐。燕蹴飛絮香，鶯選繁陰度。彭州補闕名，明湖蘇隄路。仲甫與端明，千載有餘慕。古來賢達人，藝植見才具。穠郁還舊觀，山川亦奇遇。長年春風生，及老攀枝聚。

【校注】

〔1〕題下自注："玉溪勝景舊殘於兵，唐使君種植更新。"玉溪，在湖南宜章縣南，西南流合武溪。

鸕鷀行

漁人汎汎湘江浦，鸕鷀群立依柔櫓。發縱江心攫衆鱗，出没波光猛如虎。須臾銜魚出清波，獻納漁航如事主。扼吭拊翅併吞難，小魚噴嗉大魚吐。利歸漁人醉且歌，倦禽戢翼伴網罟。雨宵霜旦仍調饑，勞勞饞貪徒自苦。噫吁戲，殺孽機深窮九淵，腥聞於天上帝怒。

卜　鄰

卜鄰當儉里，籬弱俯漁磯。漸祝松鱗長，移多藥甲肥。晨炊紅子粒，雨織緑蓑衣。來往漁竿客，頻邀坐翠微。

岩壑春陰遍，飛光移歲華。喚愁生怨草，饒笑潑看花。南舍鄰通阮，東門畦抱瓜[1]。謀生倘免失，不敢恨天涯。

【校注】

〔1〕阮：指晋阮咸。《世説新語·任誕》："阮仲容（咸）步兵居道南，諸

阮居道北。北阮皆富，南阮貧。”“東門”句：邵平爲秦東陵侯，秦亡爲民，種瓜於長安城東。

寒江三首録二

令節三冬晚，寒江千里遲。賈帆急返照，歸鳥赴深枝。物色争休沐，吾生又别離。關河滿霜雪，迢遞問前期。

永夜北風烈〔1〕，朝林集霰微。客情趨歲暮，天意重寒威。遠浦冰堅腹，孤村晝掩扉。稻粱湖上少，鴻雁苦多饑。

【校注】

〔1〕北風，《詩徵》作“朔風”。

新田雜詩二十首録二

數經喪亂後，又值弄兵時。卷掩西河泪〔1〕，菑餘南畝悲〔2〕。書來憐雁遠〔3〕，花老怨春遲。天意終難問，勞生聽所之。

【校注】

〔1〕西河泪：春秋魯季孫意如隨魯昭公參加諸侯盟會，爲晋國所拘。後當晋將放其回魯之前，又説要把他拘留於西河之館，參閲《左傳》昭公十三年。此喻自己羈留他鄉。

〔2〕菑：開荒。

〔3〕此句後自注：“時有鄉書至。”

五畝碧山近，窅然别有天，春憑花信到，秋聽樹聲傳。藝黍耕雲隙，烘茶趁雨前。境清忘地窄，不復更謀遷。

寄懷陶仲調先生〔1〕

山深桐老戢霜翎〔2〕，孤鳳威儀尚典型。三徑未荒尋舊壑，八州餘恨指新亭〔3〕。曲終湖上湘靈渺〔4〕，春到村南池草青。此日何從追几杖，江天夜看少微星〔5〕。

【校注】

〔1〕陶仲調：陶汝鼐，字仲調，號密庵，湖南寧鄉人，崇禎舉人。

〔2〕戢霜翎：本意爲鳥類斂翅止飛，借喻爲退隱。

〔3〕八州：指全國。《漢書·許皇后傳》："殊俗慕義，八州懷德。"新亭：晋室南渡後，過江諸士每相邀至新亭飲宴，常因憂於國事而相視流涕，參見《世説新語·言語》。

〔4〕湘靈：湘水之神。

〔5〕少微：星名，一名處士星，後以喻處士。

送郭以歌還湘〔1〕

横經杖策共天涯〔2〕，痛飲春燈歲又華。社燕營巢終是客，飛鴻踏雪即爲家〔3〕。曉榮書帶憐芳草〔4〕，夜續吟箋爲落花。獨倚高樓難作賦，溯洄湘渚望仙槎。

【校注】

〔1〕郭以歌：作者友人。

〔2〕横經：聽講時横陳經書，因以横經指治學。

〔3〕社燕：燕子春社時來，秋社時去，故名。飛鴻踏雪：喻人生流離不定。蘇軾《和子由澠池懷舊》："人生到處知何似，應似飛鴻踏雪泥。"

〔4〕書帶：即書帶草，又名沿階草，葉堅韌。相傳漢鄭玄門下取以束書，故名，參見《後漢書·郡國志·東萊郡》注。

雁字十首録三

栖遲顧影類雕蟲，鳳翥鸞翔染翰從[1]。來自燕然銘未勒[2]，光分楚澤篆偏工。冥飛爲絶弋人慕，刷羽曾將漢信通[3]。清響遏雲如有恨，千行拗折只書空。

【校注】

〔1〕鳳翥鸞翔：指奮舉高飛。屈原《遠游》："鸞鳥軒翥而翔飛。"染翰：以筆蘸墨。

〔2〕燕然：即燕然山，在蒙古境内。東漢竇憲破匈奴，登燕然山，刻石紀功，命班固作《燕然山銘》，事見《後漢書·竇憲傳》。

〔3〕漢信通：漢蘇武被拘留北海燕足傳書之典。參閲《漢書·蘇建傳（附蘇武）》。

鴻濛鬼哭事模糊，羽翰天機泄有無。北操南音誰作譯，銀鈎鐵索謾成圖。紛歌滿目唐才子，錦贊充廷古大夫[1]。一舉終堪横四海，莫將毛穎怨菰蘆。

【校注】

〔1〕"廷""古"二字，《詩徵》作"庭""漢"。

嶺號回峰怯徑過，平沙落處夕陽多。雲和差擬湘妃瑟[1]，天問應鐫屈子歌，穎犯烟霜知易秃，體分今古或愁譌。中書君老秦恩薄，不識穹蒼帝命何。

【校注】

〔1〕雲和：山名，以産琴、瑟著稱，因以爲弦絲樂器的通稱。

石鼓書院晤周令公袁平仲兩同年[1]

佛火青燈古殿幽，同心相見坐新秋。身經多難輕離別，道在深山重蹇修[2]。我輩放歌增白髮，古人遺恨總清流。合江亭畔張韓邈，蒸水滔滔去未休[3]。

【校注】

〔1〕周令公、袁平仲：皆作者友人，事迹不詳。

〔2〕蹇修：傳説爲伏羲之臣。屈原《離騷》"吾令蹇修以爲理"，意爲以古賢蹇修做媒理。後謂媒妁爲蹇修。

〔3〕合江亭：在湖南衡陽縣北，蒸湘二水合流處。張韓：史稱"張韓"者甚多，此或指宋張俊、韓世忠。蒸水：源出湖南寶慶縣，經衡陽東注湘水。

次韵答湘鄉龍簡卿年兄

漁竿捲罷理殘書，花隱前除水到渠。計晚秖宜滋九畹，扶衰猶復愛三餘[1]。頻看雨過春無賴，每惜秋陰月素舒。賦就停雲湘岸闊[2]，懷君終日苦離居。

【校注】

〔1〕三餘：三國董遇嘗言："冬者歲之餘，夜者日之餘，陰雨者時之餘。"後以三餘泛指空閑時間，事見《三國志·魏志·王肅傳》。

〔2〕停雲：陶淵明有《停雲》詩四首，自序"停雲，思親友也"。

怪　　石

大蘇携石歸，袖中有東海。愧我几上看，胸中齊磊磈。

山溪舟行

洞口漁人事已訛，碧溪深處野雲多[1]。春流無恙桃花水，一葉輕舟帶雨過。

【校注】

〔1〕野雲,《詩徵》作“野人”。

黄　　輝

字旦雲。工書，早入詞林。

自軍莊尋滴石岩下作

細雨不妨遊，輕雲散若流。馬蹄時帶水，蟲語似争秋。續騎方縈樹，前驅已入邱。虚疑山路遠，半爲古碑留。

竹林祠〔1〕

誰謂公不祀，祠堂南北存。岳蓮花眷屬，江竹笋兒孫。海瘴消歸路，溪毛引斷魂。恨無桃蒨泪〔2〕，重染吊湘痕。

【校注】

〔1〕竹林祠：在湖北公安縣。題下自注："萊公舊迹，在公安縣。"萊公，宋寇準，曾封萊國公。

〔2〕桃蒨：即蒨桃，人名，寇準的女侍，能詩。寇準貶官嶺南，隨行，道出杭州，病卒。

巫夔道中雜歌〔1〕

狂雲也自學朝朝〔2〕，老雪判春未肯消。鷹嘴啄成三角路，虎牙銜出半邊橋。

【校注】

〔1〕巫夔：巫郡、夔州，在今重慶巫山、奉節一帶。

〔2〕朝朝：宋玉《高唐賦》："妾在巫山之陽，高丘之阻。旦爲朝雲，暮爲行雨。朝朝暮暮，陽臺之下。"此用其意。

未曾五里已三溪，幾許寒崖挂斷霓。亂石累成春雪碓，斷橋横作上天梯。

星星冷炬拂雲堆，夜踏偏橋半欲摧。人隊似猿穿嶺去，犬聲如豹透林來。

懸梯東折復西還，雙磴斜開碧玉關。不雨不晴天睡著，冷雲橫出夢中山。

朱之宣〔1〕

字子昭，一號砍柴行者。湘陰孝廉。

【校注】

〔1〕清光緒六年《湘陰縣志·人物傳上》本傳云："隆武建號時舉人，有《砍柴行者遺集》。"

讀　史

大風歌消壯士魂，漢帝謀深念子孫。楚王氣盡虞姬別，愛馬惓惓還愛妾。英雄得失時如此，成敗都歸大江水。君不見漢帝悲時羽翼成，楚歌楚舞戚夫人〔1〕。

【校注】

〔1〕戚夫人：高祖劉邦妾，後爲吕后所殺。

中秋後三日招同謝繼吕看月〔1〕

樹枝畫月作弓弦，十五不圓十六圓。我欲把酒勸一觥，忍憶離歌繞懦弦〔2〕。草堂主人愛月夜，好名卜宅梅花邊〔3〕。開掩不離秋雨内，炎凉只看菊花前。十五不飲十八飲，意所欲至興自全。酣當喝月使倒轉，莫待衰減乞人憐。

【校注】

〔1〕謝繼吕：作者友人，事迹不詳。

〔2〕懦弦：琴弦奏出的低沉之音。

〔3〕"好名"句：梅經寒始開，爲高雅之士所好。蘇軾《重過安樂山》："猶餘好名意，滿樹寫天書。"

寄劉長人博士[1]

昔別是君宅[2]，屠蘇歲紀壬。春風十一度，噩夢幾回醒。芳草争遲色，焦桐惜故音[3]。楚吟不可學，湘水自來深。

【校注】

〔1〕劉長人：作者友人，事迹不詳。

〔2〕是，《沅湘》作“自”。

〔3〕焦桐：琴名，東漢蔡邕曾用燒焦之梧桐木造琴，故名。

沅江懷遠和尚[1]

遠公法王子，來葉濟悲臻[2]。念此人情性[3]，安予心賤貧。神山平石路，梵火照漁燈[4]。兩地何當隔[5]，清魂慕隱淪。

【校注】

〔1〕遠和尚：作者友人，事迹不詳。

〔2〕王子：指仙人王子喬，參見《列仙傳》。來葉：即來世。濟悲臻：謂以悲憫之心施恩於貧困之人。

〔3〕人，《沅湘耆舊集》作“君”。

〔4〕燈，《沅湘耆舊集》作“人”。

〔5〕當，《沅湘耆舊集》作“嘗”。

謁些公尊者[1]

木葉隨孤影，乘波下洞庭。問師移海上，剌棹誌沙汀。堂補山中卧[2]，人留澤畔醒。端深宜一拜，維岱俯亭亭[3]。

【校注】

〔1〕題下自注：“時寓新堤之沙灣。”些公：即郭都賢，字天門，號些庵，

益陽人，天啓壬戌進士。

〔2〕堂補：郭都賢築補山堂。

〔3〕岱：即泰山，此取以喻。

話到傷心處，爲開別墅筵。微生天地意，斗酒故鄉緣。硯墨勺寒露〔1〕，詩篇副野烟。寸心俱未盡，遺恨此山川。

【校注】

〔1〕勺，《沅湘耆舊集》作“勻”。

人日寄李翼三〔1〕

不見李生久，清尊遲我思。天心争閏月，別夢訂重期。孤樹栖山杪，千花蘊水湄。知君能念我，人日定題詩。

【校注】

〔1〕李翼三：作者友人，事迹不詳。

同友人抱琴謁德山五原和尚〔1〕

堅我名山歲歲心，同人偏許共登臨。移來鄉國生公石，碎却王門處士琴〔2〕。碑斷有文年復月，塔高無縫古之今〔3〕。如何五岳孤筇路，不向空王痛定尋〔4〕。

【校注】

〔1〕德山：在湖南常德縣，道家所謂七十二福地之一。五原和尚：不詳其人。

〔2〕生公石：生公乃南朝梁高僧，嘗於蘇州虎丘聚石爲徒，宣講至理，石皆點頭，故有“生公説法，頑石點頭”之説，參見梁慧皎《高僧傳》。王門處士琴：晋戴逵善鼓琴，太宰武陵王晞使人召之，逵乃破琴曰：“不爲王門伶人。”

參見《晋書·戴逵傳》。

〔3〕之,《沅湘耆舊集》作“猶”。

〔4〕空王：佛之尊稱。《觀佛三寶經》：“昔過去久遠，有佛出世，號曰空王。”

渡汨羅江雪中行六十里湖岸

洞庭南岸逼汀洲，渺矣予懷帝子邱〔1〕。清絶長沙鷗得地，蕭條澤國蹔容舟。蜃樓避雪光初斂，漁市停雲網不收〔2〕。記得孟年芳草路，於今羞澀悔重遊。

【校注】

〔1〕岸,《沅湘耆舊集》作“畔”。帝子邱：或指九嶷山，帝舜葬其地。

〔2〕不,《沅湘耆舊集》作“未”。

感　　遇〔1〕

往還端自笑頻頻，白眼從他世上人。長劍不磨三尺水〔2〕，敗蕉空寫一囊貧。且依遠岸凉風吹，仍對南山寸草春。賴有漁鷗相感激，孤帆到處未迷津。

【校注】

〔1〕《沅湘耆舊集》題作“感懷”。

〔2〕三尺水：劍的别稱。

唾壺擊缺意如何，喚得西風獨醒麽〔1〕。爛煮甜瓜咀五色，婆娑濁酒夢雙娥。南枝此日還招隱，北枳從今不渡河。記在枉山琴韵裡〔2〕，清篁歷歷許相過。

【校注】

〔1〕唾壺擊缺：晉大將軍王敦酒後每咏曹操“老驥伏櫪，志在千里”句，便以鐵如意擊唾壺爲節，唾壺盡缺，事見《世説新語·豪爽》。西風：用晉張翰因見西風起，乃思吴中，棄官歸家之典。

〔2〕枉山：即枉人山，在湖南常德東南；又，河南上陽山亦稱枉人山，因商紂王枉殺比干於此，故稱。

寄徐潛夫〔1〕

我又乘舲到此湖，客山春望夢相扶。自能將母回文雁，方喜添雛唼水鳧。花雨應披芳草色，和風疑入白雲圖。滄浪共此東流水，遲暮無慚子大夫。

【校注】

〔1〕徐潛夫：作者友人，事迹不詳。

人日欲作問寄潛夫〔1〕

春雲片片未成陰，憐雨歸鴻一夜音〔2〕。客路齊人猶挾劍，王門處士不彈琴〔3〕。草經九辯無非嘆，書寄三江有是心〔4〕。莫惜枕衾孤歷歷，且投眠去夢中尋。

【校注】

〔1〕欲作，《沅湘耆舊集》作“有作”。人日：農曆正月初七日。潛夫：即徐潛夫。

〔2〕雨，《沅湘耆舊集》作“汝”。

〔3〕“客路”句：用馮諼客孟嘗君典，事見《戰國策·齊策》。“王門”句：用戴逵不做王門伶人典，參閲《晉書·戴逵傳》。

〔4〕三江：古三江之説頗多，此疑指三湘，即湖南境内之資、湘、沅，泛指湖南。

釋繫奉别陶密菴年伯〔1〕

先生抗志砥回瀾，孺子頻勞望海觀。豈意春風三月坐，翻同冰窖一年寒〔2〕。商歌每讀同悲咽〔3〕，黨錮初開衆論安。歸去溈山袪白業，慈光照我一毫端。

【校注】

〔1〕年伯，《沅湘耆舊集》作“年丈”。清順治四年，湖南鄉民起應明室，號義兵，用永曆年號。十年，清廷再定湖南，追治前獄，湖湘名士株連者三百餘人。朱之宣與焉，繫獄數年始解，詩題“釋繫”即指此。陶密菴：陶汝鼐，字仲調，號密菴，崇禎舉人，明亡爲僧。

〔2〕同，《沅湘耆舊集》作“嗟”。年，《沅湘耆舊集》作“天”。

〔3〕悲，《沅湘耆舊集》作“聲”。

渡　江

平明横渡一舲孤，全寫江風浪馬圖。帆轉石尤酬足力，酒釃木客寄微軀〔1〕。孤松有徑猶堪倚，瘦竹無錢亦可扶。寄與山中小兒女，阿翁行作上農夫。

【校注】

〔1〕石尤：指逆風，頂頭風，傳説石氏女嫁尤郎，尤爲商遠行，長久不歸，石氏苦思致病，臨亡嘆曰：“凡有商旅遠行，吾當作大風爲天下婦人阻之。”參閲洪邁《容齋詩話》。酒釃木客：《詩經・小雅・伐木》：“伐木許許，釃酒有藇。”釃酒：猶言濾酒。木客：指伐木者。

横波十丈萬騎奔〔1〕，舟檝顛危性命尊。剖腹豈能同賈客〔2〕，懷沙定未吊湘魂。有途欲哭争逢籍，無地安心錯駡惇〔3〕。從此還山尋故隱，深深記取石尤恩。

【校注】

〔1〕萬騎,《沅湘耆舊集》作“萬山”。

〔2〕“剖腹”句：唐時，西域賈胡得美珠，輒剖身以藏，事見《資治通鑒》。後因稱人以身殉物爲剖腹藏珠。

〔3〕惇：疑指晋江惇，庾亮曾請爲儒林參軍，不就，參見《晋書·江惇傳》。

送曹猶雲〔1〕

南湖清絶野烟微，剩得西風晚唤歸。鄴下多才曾作賦，長沙有客未成衣。全留白髮三千丈，却譜黄金十二徽。詰旦青衫江上看，許君一葉載秋暉。

【校注】

〔1〕曹猶雲：作者友人，事迹不詳。

鴻爪從來亦偶過，停橈且竢晚秋波。豈無客欲同公渡，若有人兮帶女蘿。粒粒竹稗争慰鳳〔1〕，凄凄澤鼓漫驚鼉。江神最愛浮槎影，頓遣風帆激楚歌。

【校注】

〔1〕竹稗：即竹實，其狀如稗，故名。《韓詩外傳》：“鳳乃止帝東國，集帝梧桐，食帝竹實。”

讀武陵相公疏稿時奉采輯

三百餘年養士恩〔1〕，敬將君父慰忠魂。事繁諸葛秋風隕，戰苦睢陽陣色昏〔2〕。十指濺來心有血，九泉冥去骨無存。千秋信史誰傳筆，莫使孤臣夜叫冤。

【校注】

〔1〕三百餘年：指有明以來三百餘年。

〔2〕“戰苦”句：唐張巡在睢陽苦戰安禄山叛軍。

何大晋[1]

字退然，道州人。明末鄉舉。

【校注】

〔1〕參見《沅湘耆舊集》。

晤孤生於汝元池館

幽閣臨水涯，檻閑飛静鳥。林木秀非一，琴書音了了。我來攜清風，懸河君吻皦[1]。傾尊念主人，解帶忘憂悄。狂欲誅豺狼，微或思窈窕。炎暑遜豪邁，遠情借瞻眺。云歸景已西，過橋新月小。

【校注】

〔1〕《沅湘耆舊集》所録此詩無“我來攜清風，懸河君吻皦”二句。

丙田寺訪孤生[1]

早起争霽光，春山不俟約。新尊宜舊知，好懷方躍躍。石橋水面横，深淺先後度。溪隱數家閑，烟罩鶯花愕。此徑隔年經，山果誰攀落。應有静修人，密裏營心學。聲氣喜近余，獨憐春寂寞。竟日閉門眠，畏兹風雨惡。見我積鬱中，悲笑爲交錯。何地吐長言，攜手登高閣。

【校注】

〔1〕《沅湘耆舊集》録此詩共缺十二句，其全詩作：“早起争霽光，春山不俟約。新尊宜舊知，好懷方躍躍。此徑隔年經，獨憐春寂寞。竟日閉門眠，畏兹風雨惡。”

退一軒成

衰年嬾出門，却步僉曰可。遂芟東園荆，結室寬容我。山水緣已慳，栽花豈爲果。寒暄理性情，坐卧習怠惰。數子碌碌資，一稚方顛跛。大志何時酬，詩書老擔荷。好鳥帶音來，墻頭不關鎖。

止峰下采菊歌

種菊豈以采菊期，及兹爛熳意孜孜。惟此寒花不俟暖，冷然静好耐衰危。連宵霜露秋難盡，參差數幹高東籬。含章貞固金玉姿[1]，吐芳粹白冰雪爲。斟酌指上精神在，集束几案瓊瑶貽。珍重香光魂未散，翩翩扶枕古人思。

【校注】

〔1〕含章：含美於内。《易・坤》："含章可貞。"

宿歐陽氏茆齋

草堂無問主[1]，狼藉有殘書。静夜秋如到，空林月頗餘。園蔬因客盡，池水自蛙潴[2]。暫息同栖鳥，孤清亦類余。

【校注】

〔1〕無,《沅湘耆舊集》作"休"。

〔2〕盡,《沅湘耆舊集》作"翦"。自,《沅湘耆舊集》作"爲"。

七月送銘石去衡陽[1]

以子詩文若，相携且入深[2]。所言皆世外，詎欲各歸尋。兒女生人事，桑麻故土心。日行何默默，留恨指層岑。

【校注】

〔1〕詩題下自注：“時白子、畢子姻於衡，遂歸武昌。”

〔2〕若，《沅湘耆舊集》作“意”。且入深，《沅湘耆舊集》作“只一琴”。

堤　上

樹樹啼鶯好，幽懷向曲流。晚風涼有序，落照暑全收。客裏難過夏，歸兮未即秋。瀠洄波上葉，似欲共優游。

道出熊氏奉氏村居留二日

每來困麯糵，此後只需茶。未許單橋濟，隨安兩姓家。石奇宜置几，園好不因花。頗愛於中約，應忘主道奢。

九日登止峰隨過鳳山菴

霜净村村事，重陽何可閑。暫紅顔借酒，堪白首須山[1]。衆鳥先人集，孤僧遲我還。遂携餘興遠，隨步轉溪灣。

【校注】

〔1〕堪，《沅湘耆舊集》作“多”。首，《沅湘耆舊集》作“眼”。

路　松

磥砢經年久，春花不及松。孤增空野秀，青入薄陰濃。絶頂思盤鶴，垂枝欲化龍。風聲來易易，雨露似無庸。

松　濤

作止天然韵，徘徊片息休。陰深朝欲晦，幹老氣難柔。海國曾聞夜，江城已到秋。十年身不客，恍惚對潮頭。

子月始晴，同弟自下友人德馨散步覓沽〔1〕

恒雨曉能晴，佳遊不約成。草枯平野闊，楓落遠山明。積晦風收去，初陽日助生。敝裘無所事，權與共盧罌〔2〕。

【校注】

〔1〕子月：農曆十一月。

〔2〕盧罌：皆酒器，此言飲酒。

次日集簡亭月盡始散

此日不登山，姑從亭子閑。秋陽猶可畏，前轍那堪攀。蕉葉隨狂草，芙蓉伴醉顏。惟嫌數竿竹，蔽隱月規彎。

判君周相容要飲談曩事有感〔1〕

蜀楚烽烟累歲屯，得君聲氣引離魂。一生師友真知己，三月鶯花徒曉昏。過雨看山思舊謝，臨流擊楫羨先琨〔2〕。公閑肯道貧交好，芹水從今細與論。

【校注】

〔1〕題下自注：“相容同出楊桐若師門。”曩事：舊日之事。

〔2〕謝：或指謝靈運。擊楫：晋祖逖渡江北伐，中流擊楫而誓曰：“祖逖不能清中原而復濟者，有如大江。”琨：劉琨，祖逖的好友，“善交勝己，而頗浮誇”，聞逖被用，與親故書曰：“吾枕戈待旦，志梟逆虜，常恐祖生先吴著鞭。”見《晋書·劉琨傳》。

夏　夜

群聲斂一幽，吹燈步高閣。遥聞夜花香，更見新螢作。

惜　花[1]

亦曾蹲踞檢芳叢，齒貝頷珠擬未同。嚮使秦庭無狗盗[2]，斷腸因乏碧紗籠。

【校注】

〔1〕詩題下自注：“蘭開，苦雨甫霽，香生遂爲蜂采，因作《惜花》一章。”

〔2〕秦庭狗盗：戰國齊孟嘗君多門客，之秦，秦王留之不使歸，客有能爲狗盗者，盗千金之狐白裘以獻秦王寵姬，寵姬遂請王遣孟嘗君歸，見《史記·孟嘗君傳》。

朱良昆〔1〕

蒲圻孝廉。

【校注】

〔1〕清道光十六年《蒲圻縣志·選舉》本傳云："朱良昆，字彦伯，萬曆四十三年乙卯舉人，官至知縣。"

遊青山岩宿逸懷堂簡趙岩仙〔1〕

數年寤寐登兹堂，今日身閑願始償。嚴露不凋嘉樹葉，輕烟先抹好山妝。桑麻成巷皆幽事，鷄犬同人寡俗腸。閑擁圖書供坐嘯，知君白日到羲皇。

【校注】

〔1〕《詩徵》此詩僅録"嚴露不凋嘉樹葉，輕烟先抹好山妝"一聯。

周士儀[1]

字令公，衡陽孝廉。著有《史貫》十卷及《衡郡志》。

【校注】

〔1〕《沅湘耆舊集》作"鄠人"。參見清同治十二年《鄠縣志・文苑》。

登臨安慈勝寺樓

山色臨高閣，來遊偶卜居。松青依徑老，鳥白過檐虚[1]。鷄犬聊成市，城闉半是墟。錦溪詢故里，何處吊錢閭[2]。

【校注】

〔1〕青，《沅湘耆舊集》作"孤"。白，《沅湘耆舊集》作"疾"。

〔2〕錦溪：在浙江臨安縣南石鏡山下。錢閭：錢氏舊宅。錢鏐爲唐末臨安人，後封越王、吴王，爲五代吴越國主。

於潛道上書所見[1]

山帶横清曉，炊烟雜谷中。板橋人迹滑，春雨石泉通。徑折岡疑斷，溪環路未窮。所嗟鄉土异，垂老逐飄蓬。

【校注】

〔1〕於潛：今浙江錢塘一帶，漢爲於潛地，明清屬浙江杭州府。

一徑入羊腸，遭回度石梁。山花紛躑躅，春茗鬭旗槍。排霧天如洗，落紅水亦香。唐昌風近古，云是許由鄉[1]。

【校注】

〔1〕詩末自注："昌化千頃山，或云是許由故居。"昌化，漢於潛地，宋

改名昌化。唐昌：昌化唐代稱唐山，故名。許由：上古高士。

江　行

咿軋中流發，回飆水面生。衡山青未了，湘岸緑初平。出没鳬隨汎，參差雁帶行。帝妃清瑟杳，愁絶亂雲横。

野　泊

澤國纔依岸，鄰舟若戀群。鄉音驚乍變，暮雨碎難聞。鳥失前邨路，檣送隔浦雲[1]。青帘何處有[2]，高枕莫辭醺。

【校注】

〔1〕送，《沅湘耆舊集》作“迷”。

〔2〕青帘：酒帘，古時酒店挂的幌子。

觀雙清亭[1]

好是楓溪水一區，蒼山拳石片雲孤。波迎艇子千皴破，客到亭心萬慮無。淡借輕烟籠佛閣，濃拖新翠染平蕪。晴江滿目徵詩話，乞與南宫作嶂圖[2]。

【校注】

〔1〕雙清亭：在浙江於潛縣西天目山下，相傳梁昭明太子雙目失明，洗於此，目悉明，因建亭稱雙清。

〔2〕南宫：秦漢宫名，在洛陽。南宫亦作尚書省的别稱。

黄鶴樓和王岱韵[1]

晴川覽自别山西[2]，芳樹萋萋岸草齊。磯石當流黄鵠舉，江光倒射白雲低。雄風曾受蘭臺簡，明月難邀供奉題[3]。猶記登臨成往事，鬢霜今得一扶藜。

【校注】

〔1〕王岱：字山長，湘潭人，明崇禎末舉人。

〔2〕晴川：晴川閣，在今武漢市漢陽，與黄鶴樓隔江相望。

〔3〕供奉：指李白，白曾官翰林供奉，曾登黄鶴樓題詩。

秋　漢[1]

枉教縱横案户斜，雙星自昔隔津涯[2]。恨無烏鵲常填渚，怪道黄姑似失家[3]。光映玉床書白練，寒分長劍拂霜花。挽來洗甲知何日，買卜成都路更賒[4]。

【校注】

〔1〕秋漢：銀漢，即天河。

〔2〕雙星：指牽牛、織女二星。津涯：即指天河。

〔3〕黄姑：即河鼓星，在牽牛星之北；一説河鼓即牽牛星。

〔4〕洗甲：洗净甲兵，意謂停止戰争。杜甫《洗兵馬》："安得壯士挽天河，净洗甲兵長不用。"賣卜成都：謂隱居不仕。晋皇甫謐《高士傳》載："嚴遵，字君平，蜀人也。隱居不仕，常賣卜於成都市，日得百錢以自給。"

秋　柳

隋堤霜後影蕭蕭[1]，折贈他時萬里橋。濯濯有懷張緒韵，纖纖可似沈郎腰[2]。羌音數闋凄難聽，漢苑三眠事已遥[3]。猶記江陵攀折處，臨風和泪濕長條。

【校注】

〔1〕隋堤：隋煬帝開通濟渠，渠廣四十步，旁築御道，并植楊柳，後人稱爲隋堤。白居易有《隋堤柳》詩。

〔2〕張緒：南朝齊人，美風姿。武帝蕭賾植蜀柳於靈和殿前，嘗讚嘆曰："此楊柳風流可愛，似張緒當年時。"參《南齊書·張緒傳》。沈郎腰：南朝梁沈約多病而腰圍減損，後因以沈腰指腰肢纖細。

〔3〕漢苑三眠：指柳條在風中時起時伏。清張澍輯《三輔舊事》："漢苑中有柳狀如人形，號曰人柳，一日三眠三起。"

秋　燕

刷羽年年八月歸，香泥無意戀朱扉〔1〕。穿簾俄憶銜花入，賽社曾經掠雨飛〔2〕。足下疑牽新彩縷，堂前不改舊烏衣〔3〕。任郎肯負傳書約，海路風高與願違。

【校注】

〔1〕香泥：指燕巢。

〔2〕賽社：舊俗農事既畢，陳酒食以報田神，聚飲作樂，稱賽社。燕子春社來，秋社去，故亦稱社燕。

〔3〕烏衣：烏衣巷，在江蘇南京市。此句化用劉禹錫《烏衣巷》詩意。

聞杜宇

謝豹含羞每斷魂，東皇不爲洗煩冤〔1〕。正逢楚客傷心候，倚嘯臨安古寺門。

【校注】

〔1〕謝豹：鳥名，即杜鵑，又名杜宇、子規。東皇：司春之神。

魏　武[1]

銅臺詞賦一時新，才子烟銷鄴下塵[2]。空教歌姬頻作伎，西陵灑泪有何人[3]。

【校注】

〔1〕魏武：即魏武帝曹操。

〔2〕銅臺：即銅雀臺，故址在今河北臨漳縣西南，漢末建安十五年曹操所建。鄴：曹魏都城，故址在今河北臨漳縣西。

〔3〕“空教”句：曹操曾遺命諸子，死後葬鄴之西崗，諸妾與伎人每月朔望向帳前作伎。西陵：在河南臨漳縣西三十里，爲魏武帝曹操之陵墓。

纍纍荒冢滿空山，原上惟餘野燒斑。車過不須憂腹痛，幾人携酒沃陵還。

黄粱仙迹

白帽青衫大道邊，看他日暮尚催鞭。不知何處尋歸宿，乞與仙翁一枕眠。

瞿龍躍[1]

字天門，武陵人，號一杓、行脚道人。曾舉孝廉。遍歷萬里，所至有詩，自鎸石壁，納稿瓢中，意氣傲睨，凌轢士夫[2]。詩紡從事鍾譚[3]，險崛過之。天下名士咸以不識道人爲赧。

【校注】

〔1〕參見清同治刊本《武陵縣志·人物·藝林》。

〔2〕凌轢：欺壓，干犯，此處意爲蔑視。

〔3〕鍾譚：即鍾惺、譚元春。

滄　山

一段清光好自拏，移書仙子鶴呼衙。集鴉古木東西塢，流水孤村四五家。秋意欲傳桐葉老，天高已放谷風遐。經過不厭頻持杖，眼繞千山色色花。

雨花臺臨池[1]

灑墨分烟續雨花，鵝溪絹展色如霞[2]。長干里畔春歸處[3]，盡是香飄燕子家。

【校注】

〔1〕雨花臺：在今南京市南。相傳梁武帝時，有雲光法師講經於此，天花墜落如雨，故名。

〔2〕鵝溪絹：四川鹽亭縣西北之鵝溪産絹，唐以爲貢品，宋時書畫家尤重之。

〔3〕長干里：在今江蘇南京市南，雨花臺旁。

重遊桃源洞[1]二首

數問漁郎未見回，桃花滿樹爲誰開。采收百片和羹煮，飽向青山我看來。

【校注】

〔1〕桃源洞：湖南桃源縣桃源山有“秦人古洞”。

橘中樂不減商山[1]，何必呼花久注顔。一歲一回騎馬看，百年日月甚長閑。

【校注】

〔1〕橘中樂：即象棋游戲。唐牛僧孺《幽怪録》載：“巴邛人橘園，霜後兩橘大如三斗盎。剖開，有二老叟相對象戲，談笑自若。……一叟曰：‘橘中樂不減商山，但不得深根固蒂，爲愚人摘下耳。’”後因稱下象棋爲橘中樂。商山：在今陝西商洛市東，相傳秦末漢初四皓曾隱居於此。

楚風補卷之三十七

明

陳紹夔[1]

字贊虞，耒陽人。事繼母以孝聞。天啓丁卯見知於學使虞公[2]，文譽大噪。次年膺恩選。鼎革後，總漕屈公聞其名，將以府佐題授，固辭。著有詩文集。

【校注】

〔1〕參見清光緒十一年本《耒陽縣志·人物·儒俊》。

〔2〕天啓丁卯：即天啓七年，當公元 1627 年。

直鈎岩[1]

山容水態任淹留，遥望仙岩幾度秋[2]。亭傍石窩争礙日[3]，樹依風穴巧當樓。丹邱竈冷烟霞古，緱嶺梯高猿鶴愁[4]。不遇忘機江上客，黄冠何處覓沙鷗[5]。

【校注】

〔1〕詩題後自注："耒邑前未聞有此岩。天啓初，道士采藥見之，遂多遊屐。"直鈎岩：在湖南耒陽縣南六十里處。

〔2〕仙岩，清光緒十一年本《耒陽縣志·山水》載此詩作"仙槎"。

〔3〕争,《縣志》作“高”。

〔4〕高,《縣志》作“危”。緱嶺：山名，在河南偃師縣，道家傳説，仙人王子喬語桓良於七月七日在緱氏山嶺相見，即指此山。

〔5〕江上客：指采藥道士。黄冠：道士所戴之冠。

王同軌[1]

字行父，黄岡人。穉欽從孫。博學，以明經爲江寧令，才品超絶，撰前後《耳談》。

【校注】

〔1〕參見清乾隆五十四年《黄岡縣志·文苑》。《詩徵》："有《蘭香集》。"

行山中[1]

雨餘林氣静，山晚日光斜。野店依孤樹，村橋卧斷查[2]。馬嘶遥澗水，犬吠隔籬花[3]。白首鋤雲者[4]，春風自一家。

【校注】

〔1〕《詩徵》題作"行白雲山中"。

〔2〕查，《詩徵》作"槎"。

〔3〕籬，《詩徵》作"林"。

〔4〕鋤雲：即種藥。

宫　怨

永巷葳蕤鎖[1]，殘燈黯淡花。閑吹玉窗篠，送日過窗紗[2]。

【校注】

〔1〕鎖，《詩徵》作"瑣"。

〔2〕日，《詩徵》作"月"。

過山家

群峰何岌岌，繞屋風篁泣。雲來亞地飛，不雨林光濕。

楊一位[1]

字元韵，臨湘人。生數月而孤，事嫡母許氏至孝，母卒廬墓。性醇謹，以德化人，鄉里稱長者。工古文詞，一時金石碑版文字多出其手。歲薦任湘鄉學博，遷江夏諭，拂衣歸。以子柱朝，贈文林郎[2]。

【校注】

〔1〕參見清同治十一年本《臨鄉縣志·人物志·孝義》。

〔2〕文林郎：文散官名，隋置，明清爲正七品文散官階。

遊南岳[1]

遊趣深如李謫仙，浮家晚渡楚江烟。衡山七十二峰好，一箇峰頭住一年。

【校注】

〔1〕《沅湘耆舊集》稱“僅存絶句一首”，題“登岳口號”，下半與此類：“久欲辭家岳頂眠，此行敕斷俗塵緣。當頭七十二峰好，一個峰頭住一年。”

謝 璜〔1〕

字仲玉，湘潭明經。所著有《此園詩》《益楚初集》《燹餘集》。

【校注】

〔1〕傳附光緒十五年本《湘潭縣志·謝所舉傳》。

同諸弟登萬樓懷包儀甫陳奎瞻兩明府分得封字〔1〕

湘欲東之朝所宗〔2〕，樓以前導逆其踪。衆流不敢去匆匆，於焉稟命頫且恭。我閑諸弟亦雍容，繇舟而陸理晴空。天圖樓影碧茸茸，城居内外一蟻封。水音潺湲谷音跫，如岩坐瀑秋坐松。坡陀曲曲樓忽峰〔3〕，因追作者誰之功。後起斯文補葺重，古人今人思不窮。斜陽倒塔揖相逢，中流屹如兩巨公。

【校注】

〔1〕萬樓：在湘潭縣，配壺山爲縣形勢。包儀甫：包鴻逵，字儀甫，秀水人，萬樓即其所建。封字：指用"封"字韵。

〔2〕朝所宗：謂東流歸海，百川以海爲宗。《詩經·小雅·沔水》："沔彼流水，朝宗於海。"

〔3〕坡陀：謂不平坦。韓愈《記夢》："石壇坡陀可坐卧，我手承頦肘拄座。"

楊德遠[1]

字仲先，長沙人。恪愍公後。少負雋才，慷慨負意氣，常結社湖南，肆力古學。十闈不售，崇禎末以次貢。所著有《大中緯紀事續編》《史辨》諸書。

【校注】

〔1〕參見清同治六年本《長沙縣志·人物》。

飛來石

我聞岳麓峰，頂上飛來石。不知是何時，尚有行人迹。群動相往來，未覺形神隔。以此望南岳，只如盈咫尺。南岳豈不遠，與我相主客。雲烟了一隅，山青水能白。林木等蓊翳，透迤無鞭策。安知一片石，不自商疇昔[1]。遥遥望相似，但見天空碧。

【校注】

〔1〕商，《沅湘耆舊集》作“傷”。

譚元聲

字遠韵，景陵明經。友夏弟。早受知督學葛屺瞻、周鉉吉兩先生，文名爲寒河推重。

訪顧青霞園居[1]

高閑成長策，門巷務令窄。故人挨步入，不欲身爲客。周視曲廊間，疑是君筆墨。少頃展君畫[2]，又似幽人宅。園中結構佳，遠塔未曾隔。我欲圖之去，此圖無定格。

【校注】

〔1〕顧青霞：作者友人，事迹未詳。

〔2〕少頃,《詩徵》作“少刻”。

觀水簾前石經峪并紀山中所見聞者[1]

山奇多在石，山幽必以水。竹樹與緇衲，俱足助山美。此中盡岩岩，應接百不已。雜植亦有稀，石間鮮生理。所逢皆黄冠，閑僧安肯止。泉響惜無多，微茫時入耳。不知來何自，汩汩若簾墜。水流循石隙，石坦有餘地。何人愛水石，寫經如藏寺。石邱不愧天，周身皆布施。伸縮有妙裁，想見其指臂[2]。自是願力切[3]，非以佛爲戲。千古遊人足，到此敢不避。再觀摩崖銘，居然唐人記。崖亦石之壁，仿佛刻經意。人巧依天工，往往兩相值。所以山頂碑，反不留一字。

【校注】

〔1〕《詩徵》題作“觀水簾洞五古寿二偶”，僅存“山奇多在石”四句。寿，不行而進，謂止在舟上。

〔2〕指臂：喻助手之力。

〔3〕願力：佛教指誓願的力量，也叫本願力。《大智度論》：“莊嚴佛界事大，獨行功德不能成，故要需願力。”

黃學謙〔1〕

字又謙，一字益甫，善化人。少嗜《文選》，雅意欲自成一家言。里中知名士多出其門。以恩選任韶州諭，擢陝西興平知縣。政尚清簡。致政歸，詩文益工。晚年右手痿，左手習行草書甚佳。求詩文者屨滿户外。遭世不偶，蕭然貧困，壽七十餘卒。所著有《紫岩集》。

【校注】

〔1〕參見清光緒三年本《善化縣志·人物》。《明詩紀事》："有《照杯亭遺草》。"

别林工宰

日落大湖濱，扁舟一問津。山川舊遊地，風雨獨行人。枹鼓村墟急，徵求澤國貧。荒年兼薄俗，白髮貴謀身〔1〕。

【校注】

〔1〕貴，《沅湘耆舊集》作"尚"。

傷　女

去矣復何知，彭殤共息機。行人憐素旐，慈母泣斑衣。草徑添新鬼，花襦鎖舊扉。夜臺無白日〔1〕，空對雪花飛。

【校注】

〔1〕夜臺：墳墓。

沈茂陵張嗣鄉曲墨霞眉最小集

秋已過籬菊，人誰到薜蘿。乾坤名自老，烽火病愈多〔1〕。屐遠青山色，琴閑白雪歌。最憐邱壑意，相慰有羊何[2]。

【校注】

〔1〕愈多,《沅湘耆舊集》作“尤多”。

〔2〕羊何：指南朝宋羊璿之、何長瑜。謝靈運嘗與族弟惠連及荀雍、羊璿之、何長瑜諸人共游山水，爲文酒之會，後稱一道游山作文賦詩的知己爲羊何。

懷劉杜三舫蔭園[1]

青山半畝宅，聞子閉門初。花氣透深竹，蕉陰題异書。烟波槎不繫[2]，霄漢網何疏。禹穴家藏舊，言詩定起予[3]。

【校注】

〔1〕《沅湘耆舊集》題作“懷劉杜三舫蔭圖”。劉杜三：劉友光，字杜三，湖南攸縣人，官沙河知縣。

〔2〕烟波：唐張志和隱居江湖，自稱烟波釣徒，此借指。

〔3〕家藏,《沅湘耆舊集》作“藏書”。禹穴：禹藏書處，此借言。起予：《論語・八佾》：“子曰：起予者商也，始可與言詩已矣。”商：即子夏。後指得自他人的教益爲“起予”。

懷劉墨鳴於湘陰署中

懷人江上棹，風雨共淒其。花盡黃陵廟[1]，雲深玉女祠。幽情飛鷺遠，孤調抱琴遲[2]。莫遣臨邛鬢[3]，秋來比素絲。

【校注】

〔1〕黃陵廟：在湖南湘陰縣北黃陵山上。二妃從征，溺於湘江，民立祠於此。下句玉女祠當亦在此。

〔2〕孤,《沅湘耆舊集》作“古”。

〔3〕臨邛鬢：臨邛即今四川邛崍市。司馬相如曾與卓文君之臨邛置酒舍，參見《史記·司馬相如傳》。此借指懷才不用，空老山中。

寄　　内

别酒易爲醉，離歌漫扣舷。應逢初度日，記得在家年。征雁將愁引，回波與夢牽。途窮吾自諳，孤劍響霜天[1]。

【校注】

〔1〕孤劍：相傳春秋時干將鑄成二劍，雄號干將，雌號莫邪，進雄劍於吴王而藏雌劍，雌劍因憶雄劍而時時悲鳴。

同譚貞復入劉杜三輞菴坐竹

菴小藏千箇，蕭蕭幽事存。烟霜窄作徑[1]，花稻雜成村。遠樹雲長住，秋山晚不昏。老僧移茗坐，如共海鷗言[2]。

【校注】

〔1〕窄，《沅湘耆舊集》作“開”。

〔2〕坐，《沅湘耆舊集》作“話”。海鷗：古詩文常以海鷗喻忘機之人。李白：“天清江月白，心静海鷗知。”劉長卿：“久被浮名繫，能無愧海鷗。”

葉廬同劉甲洲文虎樸先孫方石王素公劉仲美夜話

咄咄龍蛇歲[1]，風波客裏身。語因關國事，坐宛對家人。燈火連宵意，叢蘭小苑春[2]。秋聲聽易苦，况復泣青磷[3]。

【校注】

〔1〕龍蛇歲：謂辰巳之年。《後漢書·鄭玄傳》：“今年歲在辰，來年歲在巳。”注：“辰爲龍，巳爲蛇，歲至龍蛇賢人嗟。”

〔2〕叢蘭，《沅湘耆舊集》作“壺觴”。

〔3〕秋聲，《沅湘耆舊集》作“柝聲”。青磷：磷火，即俗所稱鬼火。

山　莊

人從山徑斷，正喜草蕭蕭。烟水村三月，鐘聲寺六朝。書多非佛老〔1〕，夢足到漁樵。久矣無名姓，還誰許見招。

【校注】

〔1〕非，《沅湘耆舊集》作“貪”。

送某御史

豈爲秋風拂短弢，新朝元老下干旄〔1〕。湘江白露沾衣薄，蜀道青天曳履高。是處半閑逢竹話，偶然八月聽松濤。望南欲作《江南賦》〔2〕，獨座驚人首漫搔。

【校注】

〔1〕干旄：竿頂以旄牛尾爲飾的旗。《詩經·鄘風·干旄》：“孑孑干旄，在浚之郊。”

〔2〕江南賦：即《哀江南賦》，爲庾信滯留北朝時所作。

别楊扶曦明府晋武選

疏篁過雨夕蟬鳴，漢苑秋風折柳行。湘水難留雙舄遠，仙曹暫借五兵清〔1〕。尊前玉女芙蓉色，馬首材官組練明。此日中原徵騎士，龍泉試聽吼長庚〔2〕。

【校注】

〔1〕仙曹：唐代尚書省屬下各部曹，此借指。五兵：官名，三國魏置五兵尚書，後代爲兵部尚書，此亦借言楊扶曦晋武選。

〔2〕此句《沅湘耆舊集》作“龍泉光氣斗間横”。龍泉：劍名。長庚：即太

白星。

攸歸喜吉殿下惠丈菊[1]

淺白輕黄三五枝，幽香今日始相期。籬邊護雨人稀到，水畔穿霜蝶不知[2]。折向秋風堪寄遠，種因晚節故開遲。漢宫花下來江雁，西苑何人賦采芝[3]。

【校注】

〔1〕惠丈菊，《沅湘耆舊集》作“惠菊”。

〔2〕穿，《沅湘耆舊集》作“經”。

〔3〕西苑：隋煬帝宫苑。此借指。采芝：采芝操，據説爲四皓所作。

劉自焜[1]

字樸先，號岳灘，攸縣人。由明經官中書舍人。著有《正韵堂詩集》。

【校注】

〔1〕清道光十九年本《攸縣志·選舉》載："劉自焜，崇禎中書科中書。"

樹蘭詩爲伯兄文若賦[1]

主人秋情性，花亦不容春。流火蓄霜幹[2]，空香散四鄰。谷蘭結幽姿，骨力不嶙峋。美人存氣味，高士表精神。纍纍名園下，十友非其倫[3]。

【校注】

〔1〕文若：劉應浦，字文若，攸縣人，明季諸生。

〔2〕火：即大火星，夏曆七月黄昏，大火星由中天逐漸西降，以此知暑漸退而秋將至。《詩經·豳風·七月》："七月流火，九月授衣。"

〔3〕十友：荼蘼韵友，茉莉雅友，瑞香殊友，荷花静友，岩桂仙友，海棠名友，菊花佳友，芍藥艷友，梅花清友，梔子禪友。

送唐魏子還碧泉[1]

慕子思識子，子歸歸何處。聞説碧泉深，泉光如曉曙。文定讀書山，聲起後生譽。著史即著詩，烟雲發深慮。國步悲多艱，吾儕不可恝。

【校注】

〔1〕唐魏子：作者友人，湖南湘潭人。碧泉：在湖南湘潭。

問馮棖公春雪〔1〕

卷地風常夜，窗明夢未安。雪生初曉薄，春入隔年殘。亦念林花静，曾懷岳氣寒。閉門清絶事，未覺客途難。

【校注】

〔1〕馮棖公：馮一第，字棖公，善化人。

送杜三弟讀書柏菴時予自禾川初歸〔1〕

知厭聲聞薄，同春入故山。岩花封鳥路，書笈破僧關。家隔便爲别，日長容易閑。顧余身未定，梅雨一帆間。

【校注】

〔1〕杜三：即劉杜三。

途　晴

江帆猶挂雨，匹馬看初晴。澗朗還天影，花乾下客纓。秋山鳥道外，郵店柳烟平。滿目耕桑者，相逢不問名。

晚同杜三弟訪諸子不值

暑退閑生步，荷風歷澗香。多尋俱閉户，易落是殘陽。歸路雙留影，中懷各有傷，山城連夜雨，自愛一燈凉。

舟　曉

夢泊君兼我，江明未可留。山光初見水，月氣尚存舟。宿鷺隨烟起，晴帆惜岸流。一時去住意，各自怨綢繆。

同文垂雲過東華菴訪文定之因過淇園[1]

但是高深地，往還無意同。秋全宜水外，山半入菴中。兄弟如朋訪，雲烟以次窮。正憐淇上竹，晚步復從容。

【校注】

〔1〕文垂雲：文定之，皆作者友人，事迹不詳。淇園：河南淇縣西北三十五里有淇園，古代以產竹著名。《詩經·衛風·淇奥》："瞻彼淇奥，綠竹猗猗。"

晚過興公禪房

讀餘思還步，能不至君菴。竹覺凉陰在，荷知水氣酣。衣沾螢火入，語接茗烟譚。前夜詩相告，宗風何處參。

友人以嘉窑雙碗見惠答之以詩

出袖喜投雙素磁，青花拭處見幽儀。如僧新置留雲鉢，與婦同分候午炊。下匕之間存授受，歸笥以後慎携持。因思小物先皇制，午號猶傳肅帝時[1]。

【校注】

〔1〕午號：指製作的年號。

暮秋渌江訪錢明府喜與安成王次美相晤[1]

霜寒草色澹濛濛，尚有行人落雁同。愛我王郎譚玉麈，使君花縣醉清風[2]。千峰當户秋霖碧，兩水横橋晚荻紅。莫謂山寒無勝迹，楊家香粉葬林東[3]。

【校注】

〔1〕渌江：即渌水，流經湖南醴陵縣。安成：縣名，在今河南汝南縣東南。錢明府、王次美：事迹均不詳。

〔2〕花縣：晋潘岳爲河陽令，滿縣種桃李，有“河陽一縣花”之稱。後因以花縣爲縣治的美稱。

〔3〕句末原注：“醴有紅拂墓，故及之。”楊家香粉：即紅拂女。相傳隋末李靖以布衣謁越國公楊素，素侍婢羅列，中有一執紅拂者，貌美，深情矚目李。李歸逆旅，夜五更，紅拂女來投，兩人相與奔太原。事見《太平廣記》。

潘應星[1]

字夢白。武岡明經。官禮部儀制司主事，升員外郎致仕。性孝友，爲諸生時，以父疾篤，禱天刲股幾斃。事繼母曲爲聚順，合州呈舉當路屢獎。所著有《倚影堂集》。

【校注】

〔1〕潘應星：潘應斗弟。參閲《沅湘耆舊集》、清光緒《武岡縣志·人物》。

雙杏行[1]

澤宫頖上雙銀杏[2]，半畝陰森門墀静。雨露紛披歲月深，雲烟高拂干霄影。蒼茫古翠蔭群材，杳靄低光啓殿冏。冠蓋垠垂肅玉儀[3]，鬱葱佳氣通雲嶺。問是當年種者誰[4]，春秋幾歷今爲梗。惜陰陶令分晋符[5]，覲原度宇揆圭景。爲閟先胥覆甓時，不奪人境沁中泠[6]。閲歷唐宋厚滋培，槎枒翁蔚咸天幸[7]。劫火深殘不易遭，苦甘微細知恒省。置姓隨人多變更，澤沐衣裳還孤永。那知物理關汙隆[8]，亦與川陵圮沸同。洵是有知如夜旦，豈曰無用得年終。偃卧一朝頽渥澤，虬柯葉葉隨屯凶[9]。似從地軸翻灰影，因向春明亂信風。老鸛呼風窺赤螘，皴皮溜雨集桃蟲[10]。杌楃未堪更樕樕，尚如入翼蜚穹窿[11]。曾聞闕里有佳檜，死生墨墨各有會。混茫惟聽枯菀争，峥嶸直接風雲泰。中原致力老臣心，半池揚潤鴻儒帶。貞元不在世數間，好與人心分醒昧。不然菑翳等凡薪，樗散蕭疏沉蔚薈[12]。萇楚猗儺無重輕，孔林隱見關函蓋[13]。却讓靈椿歷歲長，再推仙李盤根大。西東忽轉靈岩松，摩頂能摽三界外。血氣心知若黯然，腐朽檿駒徒自艾[14]。鐘鼓依聲立兩階[15]，萬靈未説人爲最。

【校注】

〔1〕題下自注："晋陶侃令武岡所植也。"清光緒本《武岡縣志·藝文》

題作“雙杏歌”。

〔2〕澤宫：古代習射取士之所。頖：即泮宫，古代學宫名。

〔3〕此句《武岡縣志》作“冠蓋威儀肅漢官”。

〔4〕《縣志》此句作“爲問當時種者誰”。

〔5〕“惜陰”句：晋陶侃曾封長沙郡公，都督八州軍事，嘗語人曰：“大禹聖者，乃惜寸陰；至於衆人，當惜分陰。”

〔6〕二句《武岡縣志》作“遥想先生運甓時，結廬人境心偏冷”。先胥：指陶侃。

〔7〕咸，《武岡縣志》作“真”。

〔8〕汙隆：指時事風俗的盛衰。

〔9〕卧，《縣志》作“仰”。虬柯，《縣志》作“蚪柯”。虬柯：盤曲如龍的枝幹。屯凶：或即屯卦，其意爲陷、險。

〔10〕赤螘，《縣志》作“沸蟻”。桃蟲，《縣志》作“寒蟲”。

〔11〕上句《縣志》作“杈椏未堪更棟幹”。下句，入，《縣志》作“八”。

〔12〕菑翳：《詩經·大雅·皇矣》：“作之屏之，其菑其翳。”《毛傳》：“木立死曰菑，自斃爲翳。”蔚薈：雲氣彌漫貌。《詩經·曹風·候人》：“薈兮蔚兮，南山朝隮。”

〔13〕萇楚猗儺：《詩經·檜風·隰有萇楚》：“隰有萇楚，猗儺其枝。”萇楚，植物名，即羊桃。猗儺，即旖旎，柔美貌。孔林：孔子墓地，在山東曲阜縣城北，相傳孔子弟子各以其故鄉樹木種於孔墓旁，有异樹百餘種。

〔14〕駒，《縣志》作“鉤”。橛駒：即橛株駒，斷樹。《列子·黄帝》：“吾處也若橛株駒。”

〔15〕鐘鼓，《縣志》作“鐘磬”。

威溪寓意[1]

昔人卜築不懷都，澒洞何須宅一區[2]。匏繫從來嗟不食，首邱終是嘯痴狐[3]。箕山潁水莫再覯，圓嶠方壺誰相呼[4]。欲聚於徐惟戀土[5]，車窮慟哭豈爲途。邇來赤白明日月[6]，坐令荆棘填膏腴。饑饉逼流徙，烽燧起須臾。丈矛增竹帛，尺土斂賢愚。斯世自能翻岸谷，此身寧待振桑榆。春臺既已不復登，華胥徒向夢中歈[7]。爛柯叟，廣顙屠[8]，試問從前事有無。金水風輪幾許大[9]，衹與人間作轆轤。青坂悲胡苦，瀼西繩亦樞[10]。廬山誠截屹，汝陰匪流汙。會老堂中晤康靖[11]，真令軒冕視泥途。自恨難遠舉，甚愧相風烏[12]。威溪非我有，我來方捄捄。且將十載葫蘆樣，都付雲漢北風圖[13]。閑聞樵木聲踏踏，問取粟錢投朱朱。緑樹自陰影自静，浮雲過盡愛河枯。但得此中容我老，紫峰碧澗洵縈紆。

【校注】

〔1〕光緒本《武岡縣志·藝文》收此篇殘句，其末云："惜兵燹之餘，破爛無全幅。"威溪：在湖南武岡州南三十里處。

〔2〕澒洞：相連不斷，此指廣宇。

〔3〕匏：即匏瓜。《論語·陽貨》："吾豈匏瓜也哉，焉能繫而不食！"後以"匏繫"喻依人爲生。首邱：《禮記·檀弓》："狐死正邱首，仁也。"

〔4〕箕山：傳説許由避世隱居處，後遂泛指退隱。潁水：傳説巢父、許由隱居潁水之北，堯讓天下而不受。圓嶠、方壺：傳説中的二仙山。《列子·湯問》："渤海之東，不知幾億萬里，有大壑焉。……其中有五山焉：'一曰岱輿，二曰圓嶠，三曰方壺，四曰瀛洲，五曰蓬萊。'"

〔5〕徐：徐鄉，因秦方士徐福入海求三神山而名。

〔6〕赤白：赤口白舌，指由口舌惹來的是非。

〔7〕華胥：寓言中的理想國。《列子·黄帝》："晝寢而夢，游於華胥氏之國。"

〔8〕爛柯叟：晋王質入山伐木，遇仙人，歸時斧柯爛盡，參見梁任昉《述异記》。廣顙屠：佛教所謂廣額兇屠。《景德傳燈録·法安濟慧禪師》："要似他廣額兇屠，抛下屠刀，便證阿羅漢果。"

〔9〕金水風輪：佛教所謂大地四輪，即金輪、水輪、風輪、虚空輪。

〔10〕青坂：此句用杜甫詩"我軍青坂在東門，天寒飲馬太白窟"句意。瀼

西：杜甫有《暮春題瀼西新賃瀼草屋》五首，記其租屋居住之事。

〔11〕會老堂：堂名，或即在威溪。

〔12〕相風烏：古代候風器，上有相風銅烏，遇風而動。

〔13〕十載，《武岡縣志》作“十指”。雲漢北風圖：後漢劉褒曾畫雲漢圖，人見之覺熱；又畫北風圖，人見之覺涼，事見張華《博物志》。

白香湖四首〔1〕

岩影蒼蒼樹影青，白香何處訪湖情。偶來識取滄浪面〔2〕，不與高深岸谷更。

【校注】

〔1〕白香湖：不詳何處。（湖南武岡有香湖）

〔2〕滄浪：水青色；又爲水名，即漢水。

瀲灔空光蕩壑光，蒙茸千古見文章。玉蘭亦似梅花白，落到湖邊處處香。

一限滄宕小滄浪，不是秦人亦善藏。可倩静魂儔水影，貪他香色老湖光〔1〕。

【校注】

〔1〕貪，《沅湘耆舊集》作“看”。

蒿侵茅屋冷圖書，兄弟何曾是索居。讀罷共招山鳥語，明湖香草不盱睢〔1〕。

【校注】

〔1〕盱睢：《沅湘耆舊集》作“睢盱”。睢盱：質樸貌。

盧傅來[1]

字復郎，一字念聲，寧鄉人。幼穎慧傲誕，有輕世之意。長而折節，日所言動，夜必記之，以是進德。然疾惡如仇，見良師友、异書，則敬若蓍蔡也[2]。乙酉選貢，不仕，晦迹養母。所作詩歌及丹鉛古今書盈笥[3]。無嗣，且早卒。

【校注】

〔1〕參見《沅湘耆舊集》。

〔2〕蓍蔡：猶言蓍龜，謂卜筮。蔡即占卜用的大龜，因出蔡地，故名。

〔3〕丹鉛：丹砂和鉛粉，古人多以之校勘文字，故稱考訂工作爲丹鉛。

幽居吟

秋水自淺清，秋月自肅凓。中有幽居人，坐卧持一帙。沈沈若有思，忽忽翻如失。懷抱未肯言，静向古人悉。寒蟲引微吟，吟來時抱膝。一夜凉雨飛，横空助蕭瑟。

書感二首步龔孝升先生長鑱此放歌之韵[1] 録一

冥鴻驚弋慕，野雉畏虞羅。痛飲非無故，長鑱可奈何。百年嗟短髮，萬事托狂歌。安得浮家去，垂綸似志和[2]。

【校注】

〔1〕龔孝升：龔鼎孶，字孝升，號芝麓，合肥人，明崇禎進士，授兵科給事中，清初與吴偉業、錢謙益齊名，稱爲江左三大家。長鑱：農具名，此用爲動詞。

〔2〕垂綸：即垂釣。志和：唐張志和，隱居江湖，自稱烟波釣徒。

高歌二首

孤憤誰堪語，高歌自寫哀。世人幾欲殺，吾黨亦相猜。短髪秋霜點，寒衣薜荔裁。坐看三徑裏，晚菊敵霜開。

顛毛全欲落，短鬢不禁掀。山鬼伎應盡，慈闈泪自吞。砌寒蛩夜訴，壚沸藥初温[1]。黄葉將秋去，長封竹徑門。

【校注】

〔1〕壚，《沅湘耆舊集》作“爐”。

元　　日

初正何處領韶光，風雪泠泠戰竹床。蘭芷入春未有信[1]，梅花送臘尚含香。十年縱飲同陶令，此日悲歌憶顯皇[2]。一縷寒烟香茗内，蓁山苓隰咏蒼茫。

【校注】

〔1〕芷，《沅湘耆舊集》作“蕊”。

〔2〕陶令，《沅湘耆舊集》作“長夜”。憶顯皇，《沅湘耆舊集》作“叫大荒”。顯皇：祖先。

夏日咏懷

静觀身世等微塵，四壁蕭然未怨貧。裘馬不誇同學友，離騷偏愛獨清人[1]。芰荷初服無塵土，薇蕨長飧即夕晨[2]。五月凉風高枕後，陶令千載是前身[3]。

【校注】

〔1〕“裘馬”句：杜甫《秋興》：“同學少年多不賤，五陵裘馬自輕肥。”

獨清人：謂屈原。《楚辭·漁父》："舉世皆濁我獨清。"

〔2〕飧，《沅湘耆舊集》作"餐"。薇蕨：兩種野菜。《詩經·召南·草蟲》有"陟彼南山，言采其蕨""陟彼南山，言采其薇"。

〔3〕陶令，《沅湘耆舊集》作"陶公"。

喜　雨

快雨中宵暑氣徂，經旬肺病亦全蘇。松樓便擬清虚島，雲閣應添水墨圖。無數白鷗機共息，一聲野鶴興何孤。凉風好續蘭臺賦，散步高吟據碧梧〔1〕。

【校注】

〔1〕蘭臺賦：宋玉《風賦》："楚襄王游於蘭臺之宫，宋玉景差侍，有風颯然而至。"蘭臺：楚國臺名，據傳故址在湖北鍾祥。據碧梧：《莊子·齊物論》："昭文之鼓琴也，師曠之枝策也，惠子之據梧也，三子之知幾乎。"

九日山中候陶仲調未至獨酌述懷〔1〕

幽居寂寂廢登臨，節物蕭蕭感倍深。松徑盡荒存野菊，荷衣漸冷怯寒砧。四旬愁鬢逢秋老，萬事傷心向月吟。細看茱萸成獨酌，懷人渺渺白雲岑。

【校注】

〔1〕陶仲調：陶汝鼐，字仲調。

清江相國楊伯祥先生以單兵堅守贛州，城破死節，哭之以詩〔1〕

漳江之水萬派清〔2〕，相國之死千秋生。一自出山揮羽扇，幾番叩闕請長纓。中興百戰誰名將，南贛九守無降兵〔3〕。憶昔春風叨座末〔4〕，只今秋泪變猿聲。

【校注】

〔1〕清江：縣名，在江西省。楊伯祥：未詳其人。

〔2〕漳江：江名，源出福建。

〔3〕此句《沅湘耆舊集》作“南渡九州無降兵”。

〔4〕春風叨座末：朱熹《近思録》載，朱光庭見程顥，歸謂人曰：光庭在春風中坐了一月。

秋盡山居述懷

四十年來磊落身，半淹筆墨半風塵。自經天地滄桑後，矢作烟霞太古人〔1〕。秋後餐蔬煨芋粉，冬來圍火剥松鱗。清溪細雨添幽事，鷗鷺翩翩與結鄰。

【校注】

〔1〕矢，《沅湘耆舊集》作“長”。烟霞太古人：唐代田游岩歸隱太白山二十餘年，高宗問其佳否，答曰：“臣所謂泉石膏肓，烟霞痼疾者。”參閲《新唐書·隱逸傳》。

歸自山莊復理故園

長年廢宅委山阿，賦得歸來盼舊柯。椵櫬繞籬松獨拔，蠨蛸滿屋網交羅〔1〕。苔餘石髮秋陰密，書展風檐古道多〔2〕。摇落故園悲獨酌，凉姿清夜奈愁何。

【校注】

〔1〕椵櫬：此指雜草。蠨蛸：長脚蜘蛛。

〔2〕“書展”句：文天祥《正氣歌》：“風檐展書讀，古道照顔色。”

陳所聞[1]

字印水，茶陵明經，崇信令[2]。邑瘠，加意撫字，以最報擢固原州[3]。州爲督撫駐節地，兵民雜處，戢强綏弱，兵民胥理。後守九江，進侍御。

【校注】

〔1〕參見清同治九年本《茶陵縣志·人物·宦迹》。

〔2〕崇信：縣名，今屬甘肅省。

〔3〕報：斷獄。固原州：縣名，今屬甘肅省。

洞　隱[1]

荒途横古今，小洞足幽尋。我本樵蘇侶，披雲卧石林。榻空凝古雪，縷花帶栖禽。萬卷栖苔影[2]，泉澗漱鳴琴。老藤盤空出，小穴月半侵。悠悠忘歲曆，四時自晴陰。木徑未曾掃，桃花盡日沉。雅似臺孝威，古處葆寒心。靈岩亦舊勝，縹緲白雲岑。吾祖秋風客[3]，讀書遠振襟。至今石堦裏，松籟接秋砧。冷燠不相慕，山水許知音。石鐘傳蘇記，深源愛支吟[4]。風雨一尊酒，須知意共深。

【校注】

〔1〕清同治九年《茶陵縣志·藝文》收録此詩“荒途横古今”至“古處葆寒心”部分。

〔2〕栖，《茶陵縣志》作“封”。

〔3〕秋風客：意爲悲秋之人。漢武帝劉徹作《秋風辭》，有悲秋之意。

〔4〕石鐘：《石鐘山記》，蘇軾所作。支：晋釋支遁，善清言，有盛名，後以支公泛稱高僧。

皇雩歌爲彭延仲作〔1〕

友人彭延仲，吾州高士也。典禮日廢，古道不復，予每傷之，獨於延仲見其大致焉。廬墓三年，未嘗見齒，一也；异母諸弟，撫而教之，森列庠序，二也；獨居廿載，義不更弦，三也；海田既徙，高隱不出，四也。藻臣夫子〔2〕，氣節千古，延仲當無愧於家聲矣。近卜築皇雩山，將有終老之意，乃作皇雩歌以贈之。

岳色嶙峋出大荒，南迤皇雩氣鬱蒼。山靈聳秀毓蘭芳，有客居然追李張。自昔書卷意徜徉，雕龍製錦羞負囊。尺壁無意十城償〔3〕，咄嗟風雨卧石床。典禮蕭瑟移滄桑，獨築砧廬墓之傍。柏枝哀隕雉兔翔，郡人思廢蓼莪章〔4〕。謾言諸季分北堂〔5〕，老弱磽瘠戀孟嘗。南中莫但羡覽祥，廿年炊臼落夕陽〔6〕。近植雲松自引鷫，有琴不肯歌求凰。噫嘻，目送江河下巨浪，巴陵節概劍含霜〔7〕。至今浩氣滿湖湘，風流雅得延之狂〔8〕。東山烟樹遥相望，人隱皇雩姓著彭。

【校注】

〔1〕皇雩：皇雩山，在湖南茶陵。

〔2〕藻臣：人名，當爲彭延仲之父。

〔3〕壁：即璧，用秦昭王願以十五城易和氏璧之典。

〔4〕蓼莪章：指《詩經·小雅·蓼莪》,《詩序》謂此詩爲孝子追念父母而作，後因以蓼莪指稱對亡親的悼念。

〔5〕諸季：即异母諸弟。北堂：此謂异母所居。

〔6〕炊臼：借言喪妻。唐段成式《酉陽雜俎·夢》載，江淮有王生善解夢，賈客張瞻將歸，夢炊於臼中，問王生。生言：君歸不見妻矣，臼中炊，固無釜也。賈客至家，妻果卒已數月。

〔7〕此句末自注："藻臣先生曾爲巴陵文學。"節概：風度，節操。

〔8〕延之：顔延之，南朝宋人，文章冠絶當時，性激直，言無忌諱，每忤權要。

劉世標

字赤城，茶陵明經。高尚不仕，號白龍隱者。

侍賡虞楊明府遊雲陽山登最高頂命賦〔1〕

雲山岳岳楚天低，望望蒼茫泰岱齊。萬里波光横日白，千家烟火隔林迷。雲開故遣諸峰出，院静時驚一鳥啼。我亦愛山情謾切，深公莫作剡東題〔2〕。

【校注】

〔1〕雲陽山：在湖南茶陵西十里。

〔2〕剡東：紹興新昌漢名剡東，以其在剡溪之東。

朱企鏦〔1〕

字三極，武岡明經。初授檢校，改兵部司務，升武庫司主事。

【校注】

〔1〕清光緒《武岡縣志·選舉》："崇禎十七年選貢，官武庫司主事。"

古山瀑布

山巉石沉老，懸瀉瀑如何。剪落銀秋碧，甘飛雪液多。寒光垂疋練，清響怒層波。遠矚崩湍勢，將無潤九河。

朱企銧[1]

字達公，武岡明經。

【校注】

〔1〕參閲《沅湘耆舊集》。清光緒《武岡縣志·選舉》云："崇禎十七年選貢。"

曉望雲山[1]

乍于秦霧澈[2]，撑出青芙蓉。跨地幾千里[3]，朋天八九峰。豁眸如在卧，選勝不煩筇。鬱鬱菁蔥裏，癡龍壑可逢[4]。

【校注】

〔1〕雲山：在湖南武岡州南十里。

〔2〕于、澈，《縣志》分别作"看""徹"。秦霧：秦山之霧。

〔3〕千，《縣志》作"十"。

〔4〕菁，《縣志》作"青"。逢，《縣志》作"通"。癡龍：《幽明録》載：洛中有穴，人誤入其中，見大羊，髯有珠，出問張華，答曰："此癡龍也。"

謝　昪

武昌明經。

漢　醼

脱巾露頂笑逃禪，共對楸花媚遠天。邀月入簾明舞袖，挑燈得句競華箋。市交屢見成行雁，知己安能同釣船。古道欲興吾輩事，懽呼百斗唱群仙。

擊　磬[1]

山高雨小露瀼瀼，野月三更過雪堂[2]。静裏一聲隨月去，山山唤醒木犀香[3]。

【校注】

〔1〕題下自注："王陽明讀書十八則之一。"王陽明：王守仁，字伯安，明餘姚人。其學以良知良能爲主，當自求諸心，不當求諸事物。嘗築室陽明洞中，學者稱陽明先生。

〔2〕雪堂：蘇軾曾在黄州築雪堂，故址在今湖北黄岡東。

〔3〕木犀：即桂花。

登黄鶴樓絶句

猒見飛花動客愁，强將愁貯古來樓。肯隨鐵笛風吹去[1]，便問仙人借鶴游。

【校注】

〔1〕鐵笛：傳説有道士嘗於此圖鶴壁上，取笛吹奏，鶴即下壁。

歸與吾欲賦槃薖[1]，老去其如白髮何。終日晴川閣上望，游雲飛盡過颿多。

【校注】

〔1〕槃薖:《詩經·魏風·考槃》:“考槃在阿,碩人之薖。”槃,快樂。薖,美麗。

車萬程[1]

字遠公，長沙衛明經。

【校注】

〔1〕参見清同治六年《長沙縣志·選舉》。

和郭些菴先生雁字四首[1]録二

閑聽雲端嚦嚦來，帝遴寶篆鳥官材。文追羲禹難爲識，法擬鍾王亦費猜[2]。振羽高風揮漢藻，漸逵凉月謝泥苔。爲言獻賦天門者，怕有金丸向晚催。

【校注】

〔1〕郭些菴：即郭都賢。

〔2〕鍾王：三國魏鍾繇、王羲之，皆善書。

蕭瑟西風振槁枝，書空咄咄恰來時。情深湘渚頻留牘，夢杳衡陽不寄詩。難並弟兄行即草，勢隨遠近正而奇。漫愁此帙無臨處，早向平沙當墨池。

閏二月清明有感

寂寞清明二月中，歲增閏葉應芳桐。池塘舊築垂楊緑，釜爨新來乞火紅。到處客愁千里雨，一番花信五更風。可憐忍見山南北，泪染啼鵑血幾叢。

蕭士熙[1]

字止菴，衡山明經。

【校注】

〔1〕參見《沅湘耆舊集》，清光緒二年《衡山縣志·人物·文苑》。

南岳别岩[1]

金幢瓌榜諸門遠[2]，黄飛幾葉秋山晚。紅泉百道垂天半[3]，下看漆梓珊瑚幹。雁蕩鷄足無碑版，住山定有人姓阮[4]。出誦珠零薤露歌[5]，歸餐香冷松花飯。老向五臺脚未歇，應愛此中無日月。鬱羅日月非人間[6]，脂染春桃秋後發。崖空曾住王子喬[7]，青鳳騎飛雙舄遥。展具安禪成翠幕，必逢仙令下相招。八十趙州身如木[8]，洞閉廿年無剥啄。斜睨石榻起身遲，一足徐伸使我握[9]。乃言養鶴是前身，君看玄鶴夜來宿[10]。心知此君非避秦，眼嗔多似怪漁人。漁人已去雲深護，星臺翠壁怯生塵，未許南陽得問津。

【校注】

〔1〕題下自注："岩中有隱僧，云自五台來。"

〔2〕金幢瓌榜：謂功名。

〔3〕紅泉，《沅湘耆舊集》作"虹泉"。

〔4〕雁蕩：雁蕩山，在浙江。鷄足：鷄足山，在河南。姓阮：晋阮孚持一皂囊游會稽，人問囊中何物，曰：但有一錢守囊。此借言身無錢財。

〔5〕薤露歌：挽歌名，以人命如薤上之露易晞滅，故名。

〔6〕鬱羅：疑即"鬱多羅究留"，爲佛界之名。此指山中之日月。

〔7〕王子喬：仙人名，見《列仙傳》。

〔8〕趙州：即趙州和尚。唐代僧人，傳揚佛教，不遺餘力，參見《景德傳燈録》。

〔9〕此句《沅湘耆舊集》作“夜呼玄鶴來同宿”。

〔10〕二句《沅湘耆舊集》缺。

羅念菴松二首[1] 録一

已授三篇去不辭，赤松散髮短絲絲。留侯再見青城下，猶是圯橋墮履時[2]。

【校注】

〔1〕羅念菴：羅洪先，吉水人，字達夫，號念菴，嘉靖進士第一，嘉靖丙午至攸縣。

〔2〕青城：山名，又名赤城山，道家以此山爲第五洞天。圯橋墮履：用黄石公授書張良之典，參閲《史記·留侯世家》。

宫撫辰[1]

字凝之，黄岡人，居蘄水，給諫應震弟也[2]。明經。官知州，後爲僧。

【校注】

〔1〕參見《詩徵》、清光緒十年《黄州府志·隱逸》。宫撫辰，《詩徵》作“官撫辰”。

〔2〕《黄州府志》作“給諫應震子也”。

極樂寺

古泉無宿水，古柳無强枝。游望渺攸屬，金碧生其姿。門柳不更圃，徑泉不更池。色然堂國花，曰僧律所持。游人有詩去，魚鳥閑知之。

吴　愉[1]

字古度[2]，善化明經，樓山先生子[3]。有令譽，能文章。

【校注】

〔1〕參見《沅湘耆舊集》、清光緒三年《善化志·人物》。

〔2〕《沅湘耆舊集》作“字去怫”。《岳麓詩鈔》作“字去怫，號古度”。

〔3〕樓山，《沅湘耆舊集》作“嶁山”。嶁山先生：吴道行，字見可，一號嶁山。

朱張祠[1]

新聲發黄鳥，古道照危岑。結想河山邈，浮光草木深[2]。石巉空欲語，雲岫澹無心。定入如相遇，希微未可尋。

【校注】

〔1〕《沅湘耆舊集》題作“憩岳祠”。朱張祠：即衡山蓮花峰下方廣寺二賢祠，祀奉朱熹和張栻。

〔2〕浮，《沅湘耆舊集》作“潛”。

尊經閣

空中樓閣蔽松櫺，此日誰人問六經。盡在水聲山色裏，年年芳草逼人青。

闕士琳[1]

字虹叔，桃源明經。官會同諭，升浙江石門令，歷任至監軍道。長詩文。

【校注】

〔1〕清同治《桃源縣志·藝文》："詩文與其兄闕士琦齊名。"

讀岸先兄和新昌熊季垂李南公蔡石奴漆夢雒漆叔夜李雲聲賦得百蟲聲裡坐

秋石頹垣與澤陂，幾回搔首步遲遲。銀窗葉墜江楓晚，水閣霜凄竹户低。可有絮叨兒女怨，偏多嗚咽塞垣悲。六根莫漫譚空寂，底事吾將共汝規。

有口難言只自傷，誰能捫舌補亡羊[1]。化形只欲專秋夜，瀝膈争將籲大荒。在即何人同睡石，遺情若箇守中央。未須蹙額矜零落，廿載鄉關古戰場。

【校注】

〔1〕捫舌：握舌不使説話。《詩經·大雅·抑》："莫捫朕舌，言不可逝矣。"

草根籬落半栖遲，大地悲凉共鼓吹。有句難猜心惻惻，含情不達語期期。和砧泪漬征人杵，伴月魂銷少婦帷。争得先生遊罔象，紅塵世外笑嗟咨。

鼓頰年年此素秋，臨風無奈語難休。千頭怪石情非一，午夜香喉調更遒。剪韭雅同遲鶴唳，挑燈何必聽吾謳。水邊林下誰高寄，獨擁清商傲五侯。

荒荒露影暗秋原，賦就難招楚些魂[1]。舌不一根俱是血，聲雖百出總鳴冤。區分强欲欺微質，縷析何知非大言。憑闌細領鈞天奏，亮節彌空月滿村。

【校注】

〔1〕楚些：《楚辭·招魂》句尾皆用“些”字作語氣詞，故稱。

過江菉蘿先生小鏡湖遺址[1]

鏡湖湖畔草茸茸，涕灑當年典籍叢。風雅陸沉王謝步，典刑澌滅漢唐宗。荒烟漫野封幽砌，黄鳥歸飛亂碧蓬。記得夜來青雀舫，連宵閧唱采蓮紅。

【校注】

〔1〕江菉蘿：江盈科，字進之，號菉蘿，桃源人，明萬曆進士，授長沙令。詩題後有按語：“先生神宗時提學，名盈科，桃源人。”

高文海

湘陰明經。

陽陵農種[1]

車驛塵消世路清，陽陵無地不躬耕。黄鷄白酒田家味，江北村南自送迎。

【校注】

〔1〕陽陵：漢景帝陵，在陝西咸陽縣東。

龍灘牧笛[1]

世事升沉了不關，一灘烟草牧童閑。吹來應是柯亭竹[2]，落盡梅花雪滿山。

【校注】

〔1〕龍灘：地名。在四川長壽縣南。

〔2〕柯亭竹：竹名，可製笛的上等竹材，此謂柯亭竹笛。

方一鶚[1]

字百一，臨湘明經。

【校注】

〔1〕清同治十一年《臨湘志·選舉》云："官福建邵武訓導。"

登岳陽樓書壁

君岳影摇湖水動[1]，樓臺身屹曉風高。婆娑興到憑詩酒，三醉風流一樣豪[2]。

【校注】

〔1〕君岳：君山、岳陽樓。

〔2〕三醉：岳陽樓側有三醉閣。

楚風補卷之三十八

明

譚紹琬[1]

字琰卿，一字屈懷，茶陵明經。

【校注】

〔1〕參見清同治九年《茶陵縣志·人物·儒林》。

聞　雁

雁行列天半，雁音落草堂。行既清以整，音復悲以涼。喧同鸚鵡賦，噪倍杜鵑傷。東南卑濕地，連雨暗江光。沙平回浪險，木落逐波颺。杜芷摧殘後，何地可搴芳。搴芳嫌寂寂，尋聲苦茫茫。會聞鵩鳥叫[1]，哀共夜雨長。南北聲相角，主客愁相將。我爲北客計，歌哭宜審量。寧爲垂翅集，毋爲奮翮翔。寧爲卷舌默，毋爲張口狂。君看華亭鶴[2]，南天莫飛揚。

【校注】

〔1〕鵩鳥：鳥名，古以爲不祥之鳥。

〔2〕華亭鶴：陸機嘗游華亭墅中，後遭讒被誅，臨刑嘆曰："欲聞華亭鶴唳，可復得乎！"參見《世説新語·尤悔》。

君　　山[1]

湖霧暗山頭，湖光照山脚。山日湖西沉，山月湖東豁。龍虎渾吟嘯，魚鳥錯飛躍。妙於參差間，見聞雙活潑。憶予壯遊時，帆停群鳥聒。驚怖挫遊懷，幽奇何暇掇。後聞湘僧言，師廬結木末。物産饒笋茶，飲食隨手抹。柳井當菴前，泉源到盂鉢。汲之以煮茶，色香迥以越。聞君負茶癖，願言泛寥闊。惠陶將締盟，素甆可對酌。愧余苦俗羈，遊期動而括。念此湖山奇，退尋更摇撮。賦詩以卧遊，如赴湘僧約。

【校注】

〔1〕君山：在洞庭湖中。

重遊感應寺[1]

昔遊在早春，今遊春已暮。過寺作低徊，釋子半童孺。一僧策仗來，拭眼向予顧。久之方識面，既識猶疑誤。藉地擬班荆，呼茶恣道故。語及當時廬，回首半指路。語及當時人，垂涕半指墓。念予耽行吟，遊踪躅手數。遣興頻題壁，題罷輒依樹。衣牽叢棘岡，幘落亂流渡。渡已移作原，岡復踏成圃。樹古難留枝，壁頹難留句。嘆此滄桑變，忽忽如朝露。掖予過危橋，導予禮新塑。二老展劇談，諸衲河漢怖。夕陽猶挂林，毋虚此良晤。

【校注】

〔1〕感應寺：在湖南茶陵六都。

負　　米

前此苦追求，比肩負米出。今者苦飢軀[1]，比肩負米入。出入總一途，足繭肩未息[2]。去歲號有秋，計口饘粥給[3]。縣官嚴飛挽，芻粟兩告急[4]。陸運入山城，道遠曠時日。裹糧滿橐囊[5]，前後跋且躓。行營厭脱粟，簸揚不遺力。重之以杵臼，十耗其六七。家量豈不盈，公量尚見嗇。金粟相隨死，嗷嗷勤家食。爰揭青苗錢，用舒紅杇積[6]。瘡醫快眼前，剜心何足惜。回記前此行，泥濘留脚迹。爲時曾幾何，去來分今昔。米出如量沙，唱籌輕一擲。米入如藏珠，剖腹滴鮫泣[7]。丁寧語婦子，數米延晨夕。

【校注】

〔1〕軀，《沅湘耆舊集》作“驅”。

〔2〕息，《沅湘耆舊集》作“歇”。

〔3〕饘粥給，《沅湘耆舊集》作“藉存活”。

〔4〕急，《沅湘耆舊集》作“竭”。

〔5〕槖囊，《沅湘耆舊集》作“囊槖”。

〔6〕青苗錢：宋王安石新法：當青黄不接時，官貸錢於民，正月放而夏斂。杇，《沅湘耆舊集》作“朽”。

〔7〕藏珠：言其珍貴。剖腹藏珠，唐西域賈胡得美珠，剖身以藏之，參閲《資治通鑒・唐貞觀》。後用以稱以身殉物者。泣，《沅湘耆舊集》作“穴”。鮫泣：神話傳説，海底鮫人眼能泣珠，參閲《太平御覽》。

蛩

侘傺從何觸，凄凉只自知。長吟隨夜永，苦響共秋悲。匿影頻依砌，陳情不費詞。空山猿鶴噪，唱和似相期。

豈有離憂癖，隨時一放聲。迴風音孔激，泣露氣難平。莫解啼秋恨[1]，誰憐問夜情。乃心傳枕簟[2]。反側聽哀鳴。

【校注】

〔1〕啼，《沅湘耆舊集》作“唬”。

〔2〕乃，《沅湘耆舊集》作“此”。

晚　眺

南浦烟將合，西山日已斜。蛩凄回晚笛，鳥噪隱悲笳[1]。碧落江頭草[2]，黄垂屋角瓜。莫嫌秋色薄，著眼自清遐。

【校注】

〔1〕二句《沅湘耆舊集》作“蛩情凄晚笛，鳥語答悲笳”。

〔2〕落，《沅湘耆舊集》作“隱”。

觀　漲

雲團千澗黑，雨灑一江黄。浪涌何嫌濁，瀾回莫笑狂。津梁勤客問，網罟待魚張。隔岸觀紅濕，秋波漾夕陽。

新　晴

露重猶疑雨，烟輕始辨晴。偶逢晨夕异，遂覺晦明更。水鳥翻泥舞，村牛冒濕行。猶憐江上草，向日不能榮。

寒　露

亂墜千叢濕，紛霏萬瓦寒。濛濛隨夜永，冷冷逐秋殘。歷落仙人掌[1]，蕭疏玉女盤。籬東霜未隕，留共落英餐。

【校注】

〔1〕歷落：疏落，参差。仙人掌：漢武帝於神明臺上作承露盤，立銅仙人舒掌以承甘露。

八月晦夜

晦夜愁逢雨，星河共月沉。雲埋銀漢影，溜亂石泉音。暗揣江烟合，寒傳谷氣森。秋聲喧欲寂，高枕伴栖禽。

秋　晚

九月秋雖老，秋山看作童。烟殘楓樹杪，日落葦叢中。杜芷芳微辨，杉梧籟近同。前村聞釀熟，招飲待霜紅。

即　事

叱咤誇良吏，逡巡愧腐儒。靦顏陳疾苦，敝舌代追呼。粟死金難問，瘡醫肉未蘇。偷閑觀畫壁，疑是監門圖。

泥　行

投止憂無地，泥行躓欲蹲。馬啼殘雪影，虎迹撼雲根。渡水銀河溢，穿林玉樹翻。暮禽迷故宿，苦口向人喧。

拜外太祖劉坦齋先生墓〔1〕

神道傳開國，群峰擁一坏。春浮天馬動，雨霽石門開。地屢司空度，碑煩太史裁。外家恩未替，過墓應徘徊。

【校注】

〔1〕題下自注："即相國三吾。"

經廢觀

藻火垂空殿〔1〕，莓苔積聖顏。鶯喧回谷寂，鹿逐過籬閑。廢圃蔬遺緑，荒林竹待斑。行迷伸薄禱，撇霧望南還。

【校注】

〔1〕藻火：水藻及火焰之形，古人用作服飾。

杜　鵑

猶是啼春曲，横將苦調翻。誰憐哀吻血，灑作落花痕。響應堯夫卜[1]，悲回蜀帝魂。猷人頻側耳，卷舌到前邨。

【校注】

〔1〕堯夫：宋邵雍，字堯夫，好易理，以太極爲宇宙本體，有象數之學，《宋史》有傳。

落　花

搴芳惟取新，轉眼便成陳。墜尚依香草，飛猶傍麗人。風吹隋苑彩，雨浣石家塵[1]。政藉飄飖景[2]，掀翻二月春。

【校注】

〔1〕石家：指晋石崇，崇於河陽置金谷園，極奢豪。

〔2〕政藉：猶言恰憑藉。

三閭廟[1]

芳洲作廟草離離，古迹能牽過客思。唳鶴愁聞哀郢日[2]，啼猿苦對放湘時。芙蓉浥露秋裳挂，杜若迴風褋佩垂。剩有空庭堆落木，山僧認是洞庭枝。

【校注】

〔1〕三閭：指屈原，原曾爲楚三閭大夫。後世祀奉屈原之祠頗多，此不知指何處。

〔2〕哀郢：屈原有《哀郢》之作。

瀟相夜雨

湘洲落木正迴風，忽送江聲客夢中。雨岸秋蘭飄欲盡，暗香隨雨過橋東。

李先登[1]

字文岸，善化明經。喜讀書，語笑不苟。結曲江大社，獎進後學，登其門者，無少長，接之以禮。襟懷如光風霽月，人莫得而窺其涯際焉。

【校注】

〔1〕參見《沅湘耆舊集》、清光緒三年《善化縣志·人物》。

峋嶁碑磴歌[1]

攀峋嶁，起長噫，載陽春日是耶非[2]。碑前芳草爲誰稀[3]，美人美人寧式微。

【校注】

〔1〕峋嶁：山名，在湖南衡陽北，爲衡山七十二峰之一。

〔2〕載陽春日：《詩經·豳風·七月》："春日載陽，有鳴倉庚。"載，始。

〔3〕稀，《沅湘耆舊集》作"晞"。

峋嶁碑上莓苔戢[1]，峋嶁碑下杜蘅碧。美人美人何日歸，水遠山長猶是譩[2]。

【校注】

〔1〕戢，《沅湘耆舊集》作"積"。

〔2〕猶是譩，《沅湘耆舊集》作"總相憶"。譩，嘆息聲。

吴　　慠[1]

字去慵，善化明經。

【校注】

〔1〕參見《沅湘耆舊集》、清光緒三年《善化縣志·人物》。《縣志》云："有《擬古樂府》。"

夜雨思

夜如何其夜未沉[1]，欲寐不寐轉孤衾。轉孤衾，共誰語，推起蓬窗聽夜雨。

【校注】

〔1〕夜如何其：《詩經·小雅·庭燎》："夜如何其，夜未央。"

秋月詞

君不見蒼茫月落洞庭孤，又復秋風生滿湖。秋風滿，腸斷絶，誰念愁心有如月。

晚鐘操

白鶴怨兮野猿哀。月冷江空兮魚龍徘徊。一聲清越兮烟寺晚來。

岳麓寺[1]

光風澹宕岳嵐新，結勝來探古寺春。林静好音傳竹玉，樹深老衲坐雲茵。眼前古木參禪偈，象外功名入世因。更欲尋芳最高處，證明峰際未來身。

【校注】

〔1〕岳麓寺：在湖南岳麓山上，晋代建，亦名古麓苑、慧光寺、萬壽寺。

陳五聚[1]

字史占，攸縣明經。

【校注】

〔1〕參見清道光十九年本《攸縣志·人物·儒林》。

山居雜詩二十首次少陵秦州韵[1] 録四

三載重傷别，交情管鮑間[2]。秋風寒客路，落日望家山。小隱行堪惜，太平去不還。彈冠須及早[3]，容易鬢毛斑。

【校注】

〔1〕《沅湘耆舊集》題作“旅居雜詩”。少陵秦州韵：指杜甫《秦州雜詩》二十首。

〔2〕此句《沅湘耆舊集》作“蕭條歧路間”。管鮑：管仲、鮑叔牙，春秋人，相交篤深，見《左傳》莊公九年。

〔3〕彈冠，《沅湘耆舊集》作“歸日”。

一水漾明月，逢人惜夜光。花香飄野徑，竹影寫横墻。鐘出松風寺，客吟梁父章[1]。坡公不嗜飲，錦瑟興何長[2]。

【校注】

〔1〕梁父章：即“梁父吟”，楚調曲名，歌辭悲凉慷慨。

〔2〕坡公：此以蘇東坡借指。錦瑟：李商隱《無題》有“錦瑟無端五十弦”句，此亦借以抒懷。

覆局難尋劫[1]，離人不記年。蓑斜寒食雨，角扣晚山烟[2]。選石分雲坐，編松待月眠。桃源忘漢魏，此意竟翛然。

【校注】

〔1〕覆局：圍棋術語，意指復演雙方對弈過程。劫：亦圍棋術語，即雙方劫争。

〔2〕角：星宿名。《國語·周語》："夫辰角現而雨畢。"

誤識人間世，蹉跎天柱東〔1〕。乾坤懸戰壘，歲月老雕蟲。有作徒孤憤，何文可送窮。壯心銷欲盡，不是舊元龍〔2〕。

【校注】

〔1〕天柱：神話中頂天立地的大柱，或以爲即指昆崙山，參見《初學記》。

〔2〕元龍：三國陳登字元龍，深沉有大略，參見《三國志·魏志·陳登傳》。

春郊雜咏二十首〔1〕録九

從去奚庸太卜占，平生居易總安恬。忍言琴爲知音廢，頗覺心同落絮沾。篋有异書堪送老，身無柔骨竊矜嚴。金門未是商山隱，却怪東方戲謔兼〔2〕。

【校注】

〔1〕《沅湘耆舊集》題作"春郊雜咏"，僅録《其三》一首。

〔2〕金門：即金馬門，漢武帝得大宛馬，以銅鑄像，立馬於魯班門外，因稱金馬門，後以爲官署的代稱，參閲《史記·東方朔傳》。東方戲謔：東方朔，武帝時人，嘗言："陸沉於俗，避世金馬門。宫殿中可以避世全身，何必深山之中，蒿廬之下。"事見《史記·東方朔傳》。

莫訝隨光苦茹芝〔1〕，百年七尺欲何爲。鹿門自愛歸山咏，飛將偏迷出塞師〔2〕。野水漁竿春對酒，石泉樵徑月裁詩。榮枯命在天堪信，是處泉流且樂饑。

【校注】

〔1〕隨光：卞隨、務光，古代隱士，相傳湯要把天下讓給二人，二人不受，皆投水死，事見《莊子·讓王》。

〔2〕鹿門：鹿門山，在湖北襄陽。漢末龐德公携妻子登鹿門山采藥不返。唐詩人孟浩然亦隱居於此。飛將：漢將李廣號“飛將軍”，一生屢建戰功而未得封侯，後因貽誤軍機，將受軍法，乃耻對刀筆吏而自殺。

罷聽橋頭午寺鐘，小窗開處見晴峰。難尋樂土升苗黍[1]，且就疏籬種菊松。别去知交勞寤寐，老來日月望從容。十年減盡春宵價，一任鶯花眼底濃。

【校注】

〔1〕升，《沅湘耆舊集》作“澆”。

陸蟾青嶂接吾廬[1]，拙守安能巧卜居。知己此生真鸑鷟[2]，同群無處不陶漁。已知去雀鉼何用，漸歇狂心病續除。回首自憐翻一笑，笑人矜寄十行書。

【校注】

〔1〕陸蟾：或即月亮。

〔2〕鸑鷟：即鳳。《國語·周語》：“周之興也，鸑鷟鳴於岐山。”

爲謝塵勞闢草堂，詩瓢藥裹一囊藏[1]。投竿空羡任東海，招友難求孟武昌[2]。幸擁圖書消晝永，閑澆菜甲破花荒。眼中賸有憂時泪，年少何人似洛陽[3]。

【校注】

〔1〕詩瓢：唐高僧唐球寫詩納大瓢中，後臨病，投瓢江中曰："斯文苟不沉没，得者方知吾苦心爾。"參見《唐詩紀事》。

〔2〕任東海：即任公子，古代傳説中的善捕魚者，據説以大鈎粗帛爲釣具，以五十頭牛爲釣餌，投竿東海，參閲《莊子·外物》。孟武昌：晋孟嘉，江夏人，曾於重陽日隨桓温游龍山，風落其帽，神態從容，遂有"龍山落帽"美談，參見《世説新語·識鑒》。

〔3〕洛陽：似借指杜甫。杜甫田園在洛陽。

白旆朝天凱四聞[1]，歌功何處不元勛。恩增萬户封猶薄，法禁三原謗莫分[2]。英主自來殲逐塊[3]，世人偏喜學從軍。中宵獨羡蘭陽衲[4]，長卸兜鍪傍水雲。

【校注】

〔1〕旆：古代旗幟末狀如燕尾的垂旒，亦泛指旗幟。《詩經·小雅·六月》："織文鳥章，白旆央央。"

〔2〕法禁三原：法律上對王公家族犯法者可寬恕三次，參閲《周禮·秋官》。

〔3〕逐塊：《五燈會元》："直須師子咬人，莫學韓盧逐塊。"韓盧逐塊，謂韓國良犬善逐物。

〔4〕蘭陽：地名，當在今安徽境内。

高臺歌管画樓東，長日升沉頃刻中。紫綬何須才倚馬[1]，青雲不用業雕蟲。漢家玉珮經時遍，周室金章取次崇。莫謂登場原戲劇，浮雲世事總相同。

【校注】

〔1〕倚馬：晋桓温北征，袁宏倚馬草擬文告，頃刻寫成七紙，後稱人文思敏捷爲倚馬才，事見《世説新語·文學》。

高閣佳辰久未登，寂寥真似閉門僧。夢中濤瀉深春雨，簾外花摇古佛燈。冬暖兒號寒歲歲，年豐厨斷火蒸蒸。自知不是詩書誤，家世秦皇劫毁仍。

芙蓉屏嶂柳環烟，趺坐匡床也自仙。門閉幸能安吠犬，鷹饞苦是怯巢鳶，迴風庭巷遊紅雨，落日階除弄紫錢。九食三旬洵莫飽，阿誰參得老龐禪[1]。

【校注】

〔1〕老龐禪：杜甫《戲爲韋偃雙松圖歌》："松根胡僧憩寂寞，龐眉皓首無住著。"老龐，或即化用此詩，言龐眉皓首。

怡潭晚步[1]

擁褐行吟繞石田，看梅花放到溪邊[2]。嵐横遠岸迷僧寺[3]，風起寒汀罷釣船。古洞猿啼荒草月[4]，夕陽人度斷橋烟。自憐落魄空留劍，惆悵魂消欲暮天。

【校注】

〔1〕怡潭：在距湖南攸縣縣城八十里處。

〔2〕花放,《沅湘耆舊集》作"携杖"。

〔3〕嵐、岸,《沅湘耆舊集》分别作"雲""岫"。

〔4〕草月,《沅湘耆舊集》作"野樹"。

岳麓山

十年結伴不成遊，晴日閑登最上頭。春去落花垂柳陌，詩成清磬夕陽樓。聽殘石滴三更雨，望人湖光萬頃秋。筇杖欲停妨夜渡，華星明月步難留。

陳其棟[1]

字需南，黄陂明經。少而嗜學，博通經史。以先儒存誠主敬之論，爲養心進學之本。結廬甲山中。邑宰聞其賢，請賓鄉校者三。著有《近雲集》《姓氏補》行世。

【校注】

〔1〕參見清乾隆《漢陽府志·文苑》。

送友人歸赤壁[1]

風流俊逸自吾徒，詞燦朝霞聚寶珠。取醉東山牛斗月[2]，分光還到魯臺無。

【校注】

〔1〕赤壁：有數處，此指湖北黄州東坡赤壁。

〔2〕東山牛斗月：蘇軾《前赤壁賦》："月出於東山之上，徘徊於斗牛之間。"牛斗：二星宿名。

人生話别黯如秋[1]，哀樂中年苦未休。曉日晴雲猶悵恨，風風雨雨况孤舟。

【校注】

〔1〕人生，《詩徵》作"白頭"。

花之蘭

字綺石，巴陵明經。官縣尹。

秋晚偕新安宋不疑登岳陽樓眺飲

岳陽樓壓江城西，俯仰塵寰塵亦離。十二螺鬟留粉黛，八百洞庭開玻璃。夜闌箕斗插椽檐，湖天一色自尊奇。城下水嚙石頭鳴，恰似湘君泣九疑。又如仙笛鐵中聲，嗚嗚起奏三醉詩〔1〕。把酒臨空興復豪，吴賓楚主眺馮彝〔2〕。溟涬夜氣水氣合，惟有江鷗得細知。只此湖山在几筵，却辭珪組豈成癡。

【校注】

〔1〕三醉：岳陽樓主樓右有“三醉亭”，因吕洞賓三醉岳陽樓而得名。

〔2〕馮彝：即“馮夷”，河神名。《莊子・大宗師》：“馮夷得之，以游大川。”一説爲河伯之妻。

王士龍[1]

字水濂，黄岡明經。官武陵教諭。

【校注】

〔1〕參見清光緒十年《黃州府志·隱逸》，亦見於《詩徵》。

春日訪友不遇寄懷

七十年來夢裏情，談經同過楚王城[1]。誰知潦倒平生事，歷盡炎涼風雨聲。孤我竹林餘酒興，遲君渭水略熊名[2]。如何咫尺桃花地，十里青山隔送迎。

【校注】

〔1〕楚王城：即楚郢都，故址在今湖北江陵。

〔2〕熊名：未詳其意。楚之先熊姓，或與此有關。

賦得山中有春草

雲光綺陌岫華妍，蘿薜深深翠幕連[1]。一片露肥麋鹿徑，萬叢雨濕鷓鴣烟。行撩野思青抒眼，坐嘯春風緑到天。莫只萋萋芳怨切，王孫歸路已年年[2]。

【校注】

〔1〕蘿薜，《詩徵》作“薜蘿”。

〔2〕年年，《詩徵》作“季季”。王孫歸路：《楚辭·招隱士》：“王孫兮歸來，山中兮不可久留。”

過鞖山[1]

淼淼平湖簇石鱗，誰遺弓樣在波臣[2]。蹴開烟靄同鳧舄[3]，歷盡蓬萊不世塵。月秀半江沙草翠，風裁千縷鶴雲新。吹笙謾覬蓮花影，秀並匡山古岱春。

【校注】

〔1〕鞵山：即江西九江縣之大孤山。

〔2〕弓樣：指鞵，此喻鞵山。波臣：水神之泛稱，此即指湖水。

〔3〕鳧舄：東漢王喬，明帝時爲鄴令，每自縣詣臺而無車騎，帝异，偵知其臨至時，輒有雙鳧從東南飛來。因伏伺鳧來，舉羅張之，但得一雙舄。參閱《後漢書·王喬傳》、晋干寶《搜神記》。

程　本[1]

字彧委，號權齋，華容明經。

【校注】

〔1〕參見清光緒八年《華容縣志·文苑》。《沅湘耆舊集》云：“有《柿葉園集》。”

王監司子京入山見訪投贈八章[1]録二

十年江上行，委頓江干草。已向層岩卧，天地先我老。豈無流水彈，伯牙不自保。足音無所厭，孤芳畏枯槁。款叚入君門[2]，下士始聞道。

【校注】

〔1〕王監司子京：王遂，字子京，作者友人。

〔2〕叚，《沅湘耆舊集》作“段”。款段：馬行遲緩貌。

莫履士會足，莫彈貢禹冠[1]。升沉各有以，心知氣若蘭。投珮來澧浦，抗志仰雲端。虞卿不發憤[2]，窮愁那可寬。感君珮萱草，蜀道今匪難。

【校注】

〔1〕士會：春秋晋大夫，輔佐晋文公、襄公、成公、景公，任中軍元帥，執掌國政，修訂法制，參見《左傳》。貢禹：漢元帝時人，累官御史大夫，與王吉（字子陽）友善，世稱：“王陽在位，貢禹彈冠。”意爲二人取舍相同。

〔2〕虞卿：戰國游説之士，曾説趙孝成王，受相印，後困於梁，窮愁著書，參見《史記·虞卿列傳》。

夏口坐松月齋[1]

暑氣撼群動，物象紛不已。山居豈不深，四顧無静理。鳴蜩續遠樹，蟪蛄將十里。鸒鶡飛且逐，饑鶯隨復起。衆松相怒號，彌夜不能止。起視天宇空，皛皛月盈沚。夏畦已云病，孑遺安所恃。所甘在蕨薇，所慚惟婦子。斗酒今所娱，秫熟方知美。脉脉百種心，離憂從兹始。

【校注】

〔1〕夏口：即今湖北漢口。

山家冬日六首[1] 録二

石田秋未獲，町疃今始築。幾家併一場，相争遽相睦。所獲已後時，何能不悲蹙。旦出昏未歸，假寐倚轅輻。起視牛背白，始知霜氣肅。終年怨暑雨，冰雪漸相逐。誰是禦冬者，營營事旨蓄[2]。

【校注】

〔1〕《沅湘耆舊集》題作“山家冬日”。

〔2〕是，《沅湘耆舊集》作“實”。營營：往來貌。旨蓄：儲備過冬的食品。《詩經・邶風・谷風》：“我有旨蓄，亦以禦冬。”

不慮波臣苦，不妨魃鬼虐。山田何獨虞，風伯聊相薄。盈歉須臾間，舉家争錯愕。黽勉輸官倉，甘苦同蕭索。我食非我力，終年事錢鎛[1]。

【校注】

〔1〕錢鎛：兩種農具。

寄懷劉公言五首[1]録二

岩居養微痾，芝草自堪把。緑徑已生塵，晞髮白日下。有欲觀蠉蠕[2]，忘情對野馬。我饑君不聞，我憂何能寫。草玄已云畢，誰其好事者。

【校注】

〔1〕劉公言：字德白，益都人，明季諸生。

〔2〕蠉蠕：昆蟲之飛翔或爬行。《淮南子·原道》："蠉飛蠕動，待而後生。"

蒹葭帶長川，兩情相向深。可憐陵與谷，遂分古與今[1]。願君新亭泪[2]，化作梁父吟。泰山大如礪，贈言惜寸陰。

【校注】

〔1〕此句《沅湘耆舊集》作"倏忽分古今"。

〔2〕新亭泪：西晋末，過江諸人每至新亭飲宴，憂於國事而相視流涕，參閱《世説新語·言語》。

花下鑷白髮

有生寧不老，心知與子期[1]。四十曰强仕[2]，何爲早見貽。今朝花下鑒，得此秋霜姿。折花拂鏡面，鑷髮對花枝。兩兩自終古，悠悠安可思。

【校注】

〔1〕子，《沅湘耆舊集》作"爾"。

〔2〕强仕：男子年四十，智慮氣力皆强盛，可以出仕。《禮記·曲禮》："四十曰强而仕。"

悲髮白更長，惜花紅更垂。寸寸愁所結，片片風所吹[1]。不堪積憂喜，辭髮與花期。一笑鑷一莖，素絲兩紛披。百年如一日，今日暫相離。

【校注】

〔1〕所，《沅湘耆舊集》作“可”。

偶然作

粟生不貴玉，士滿不貴儒。榛枳滿郊原，萬里罷長驅。一日擔簦出，三步兩踟躕。自知費日月，白首安其迂[1]。侯門儻知音，寧瑟不爲竽。

【校注】

〔1〕其，《沅湘耆舊集》作“且”。

重九前一日坐船子菴[1]

野人兀兀坐船子，愛聽漁歌漾秋水。秋水澄清浸兩涯，漁歌響答秋聲裏。山僧自是漁家流，不漁不禪坐船頭。釣竿嫋嫋立清溟[2]，水静魚閑僧影浮。船中有酒醒復醉，扣榜驚魚看魚戲。明朝風雨是重陽[3]，醒把黄花船裏睡。

【校注】

〔1〕船子：唐有僧人號船子和尚，常乘小船往來松江，以輪釣度日，參閱《嘉慶一統志·江蘇松江府·仙釋》。此用其爲意。

〔2〕清溟，《沅湘耆舊集》作“天際”。

〔3〕是，《沅湘耆舊集》作“更”。

竹半閣老人招賞牡丹未赴寄贈

老人嘉遁山之麓，山崖有閣名半竹。竹隱路回閣自高，城市既今真絶輻。坐對行吟氣色新，名花間竹倍相親。笋可當窗枝入户，主人不俗客不貧。此閣一閉三十載，雲中鷄犬今未改。家爲姑射縣河陽，此君兼得殷仙在[1]。偶然剥啄如有求[2]，衆人棄我君能收。不必任華思李白[3]，却教子驥慕漁舟。我友山中君山下，愛君三徑同於野。總我不往心則降，尚復能來憂自寫。

【校注】

〔1〕殷仙：唐道人殷七七，傳説其曾於秋日使杜鵑花開。蘇軾《後十餘日復至（吉祥寺）》："安得道人殷七七，不論時節遣花開。"參閲《雲笈七籤·續仙傳》。

〔2〕剥啄：叩門聲。韓愈《剥啄行》："剥剥琢啄，有客至門。"

〔3〕任華：唐代詩人。

同彝叟赴耳菴茗集後期[1]

是處跡堪掃[2]，惟兹闥可排。一溪衝虎過，三徑與羊偕。落月顔如見，浮雲迹自乖。醒扶歸路好，空谷已怡懷。

【校注】

〔1〕彝叟：作者友人，事迹不詳。耳菴：黎慶永，號耳菴，崇禎甲戌進士。

〔2〕此句《沅湘耆舊集》作"是處足堪裹"。

早　雪

不料寒無次，如今歲欲殘。負冰松作介[1]，捲雪石移冠。有待衣誰授，非時褐不完。不知天地閉，只解卧袁安[2]。

【校注】

〔1〕介：甲胄。句謂松樹負雪猶如披挂鎧甲。

〔2〕袁安：東漢人，爲人嚴謹，州里敬重，後爲楚郡太守，時因楚王英謀反事株連千人，安到郡理獄，平反冤案，釋四百餘家，《後漢書》有傳。

獨　處

獨處蝸廬廓，幽居鳥道深。疏慵滯物理，跼蹐應天心。除徑憐春草，開窗散夕陰。醉來悲往事，饒得短長吟。

石門茅屋自題〔1〕

惜與巉岩別，還看石路迷。也知非樂土，詎意足幽栖。一水能名讓，全山似姓嵇〔2〕。散愁何處去，炙酒破哀梨〔3〕。杖策身無賴，銜蘆術豈工〔4〕。幾年曾廡下，今日復墻東〔5〕。紙筆從兒好，荆扉任客通。世緣看漸減，容易破牢籠。疏籬存虎落，小築似鷄栖。信美惟空谷，忘情可突梯〔6〕。賦稱山大小，宅賃瀼東西〔7〕。借問勞生事，新畬雨後犁〔8〕。

【校注】

〔1〕《沅湘耆舊集》此詩分作三章，章八句。

〔2〕讓：水名，一名遜水，在陝西褒城西南。姓嵇：以三國嵇康所居之山爲嵇山。嵇山一在河南修武縣西北，也叫狄山；一在安徽宿縣西南。

〔3〕哀梨：晋時秣陵哀仲家産好梨，大如升，入口消釋。桓玄見人不快，輒嗔曰："君得哀家梨，當復不烝食不？"參見《世説新語・輕詆》。

〔4〕此句《沅湘耆舊集》作"千茅术且工"。銜蘆：雁銜蘆草以自衛。

〔5〕廡下：堂廡之下。後漢梁鴻至吴，曾依大家皐伯通，居廡下，爲人賃舂，事見《後漢書・梁鴻傳》。墻東：東漢王君公遭亂自隱，時人謂"避世墻東王君公"，後因以"墻東"喻避世不仕。

〔6〕突梯：謂無隅角，圓滑之貌。《楚辭・卜居》："將突梯滑稽，如脂如

韋，以潔楹乎？”

〔7〕瀼：瀼溪，唐元結曾居此。

〔8〕梨，《沅湘耆舊集》作“犂”。

晴川樓〔1〕

嘆息此路去，悠悠故北征〔2〕。晴樓經雨暗，漢水隔江清。將老悲顔駟，佯狂哭禰衡〔3〕。馬疲真伏櫪，千里共含情。

【校注】

〔1〕晴川樓：晴川閣，在今武漢市漢陽。

〔2〕故，《沅湘耆舊集》作“曾”。

〔3〕顔駟：漢文帝時爲郎，歷文、景、武三朝，不遇於時，老於郎署，參閲《文選》張衡《思玄賦》注所引《漢武故事》。禰衡：東漢人，少有才辯，氣剛傲物，曾大駡曹操，不爲操容，終爲黄祖所殺，事見《後漢書·禰衡傳》。

訪文木生四首〔1〕録三

崇禎庚辰，兄文若授蜀太平令〔2〕；癸未，木生授蜀南部令，旋苦寇，相見於白帝城，而兄卒於建始署所。木生累官至太常，自南詔歸里〔3〕，黄冠野服訪余於石門，拜受兄令終狀及白帝唱和諸詩，相與飲泣，感而賦詩。

聞道緣天步〔4〕，生還得舊柯。龜山寧蔽魯，人壽足清河〔5〕。夕照林如曙，瀾回鷗自波。中庭餘旅穀〔6〕，烹待野人過。

【校注】

〔1〕文木生：文燠，字木生，華容人，崇禎庚午舉人。

〔2〕崇禎庚辰：公元1630年。文若：程槩，字文若，曾官重慶知府。

〔3〕南詔：在今雲南大理。

〔4〕天步：國運，時運。

〔5〕龜山：名龜山之地多，此爲山東泗水縣東北之龜山。傳説孔子曾登此作《龜山操》。清河：喻人壽高。《左傳》襄公八年："俟河之清，人壽幾何！"

〔6〕旅穀，《沅湘耆舊集》作"雨穀"。旅穀：客居之食。

極目驚桑海，飄零尚典型。服微堂自錦[1]，旄落髮還青[2]。書向名山續[3]，門因捷徑扃。誰瞻南極遠，咫尺老人星[4]。

【校注】

〔1〕此句《沅湘耆舊集》作"國亡家久破"。

〔2〕此句《沅湘耆舊集》作"衆醉爾還醒"。旄落：指年老。

〔3〕"書向"句：司馬遷《史記・自序》："藏之名山，副在京師，俟後世聖人君子。"後因稱著述爲名山事業。

〔4〕老人星：即南極星，或稱壽星。

劍門岩畔去，銅柱影邊回[1]。舊策傳三表，新詩記八哀[2]。天方憖故老[3]，國自棄多材。寄傲吾廬好，舟車聽往來。

【校注】

〔1〕劍門：劍門山，在四川北部。銅柱：《後漢書・馬援傳》注引《廣州記》："援到交趾，立銅柱，爲漢之極界也。"

〔2〕三表：漢賈誼曾施五餌三表以係單于，詳見《漢書・賈誼傳》。八哀：杜甫有《八哀》詩并序。

〔3〕憖：損傷。

雨後觀園

晚霽林園净，秋蔬雨足時。土柔根借力，香滿葉添姿。欲折憐方長，相培問所宜。東皋聊悵望[1]，會與野人期。

【校注】

〔1〕東皋：田野或高地之泛稱。唐王績《野望》："東皋薄暮望。"

松棚和李嘗之四首〔1〕録二

惆悵炎何極，新秋興轉違。病存蒲柳質，陰散薜蘿衣〔2〕。瑟瑟風難下，溥溥露欲晞〔3〕。鳥聲求自急，尚借一枝依。

【校注】

〔1〕李嘗之：字伯艱，平江人。

〔2〕薜蘿衣：隱士之服。《楚辭·九歌·山鬼》："若有人兮山之阿，披薜荔兮帶女蘿。"

〔3〕溥溥：露多貌。《詩經·鄭風·野有蔓草》："野有蔓草，零露溥兮。"

離立自何年，枝交或有緣。山中饒勁節，物外喜如椽。静裹秋聲賦，愁邊雲漢天。蓬深微有徑，羈旅豈私憐。

遊四照菴同孫曼凡〔1〕

積雨鮮苔徑，春遊值晚晴。石危泉有態，山静鳥無聲。百折方三里，千峰似一城。僧閑初蒔圃，客至倚柴荆。

【校注】

〔1〕孫曼凡：孫初聃，字曼凡，華容人，性豪爽俠烈。

雪

何處來寒色，稜稜此暮光。風威時伐木，水骨欲成梁。虎飲前溪坐，僧樵老樹僵。病身隨野鶴，飲啄少餘糧。

初　度

壯志今猶在，相遭物盡新。投荒憐瑣尾，苟活嘆枯鱗〔1〕。趙服皆公子，楚冠獨野臣〔2〕。韶光如可借〔3〕，莫遣陌頭春。

【校注】

〔1〕投荒：貶謫流放至荒遠之地。瑣尾：即瑣尾流離，喻處境由順利轉爲艱難，《詩經·邶風·旄丘》："瑣兮尾兮，流離之子。"枯鱗：即枯魚，形容所存之日不多。《韓詩外傳》："枯魚銜索，幾何不蠹。"

〔2〕楚冠：亦作"南冠"，春秋楚鍾儀被俘時所戴之冠，後遂以指代囚徒，參閱《左傳》成公九年。

〔3〕借，《沅湘耆舊集》作"接"。

入　山

投止復何地，春雲嶺色齊。雨來餘水咽，客至晚烟低。路滑頻扶石，鞵穿每襯泥。争枝憐倦鳥，辛苦向人栖。

遊石龍潭寄友人〔1〕

偶遊非擇地，兹壑實前聞。苔滑寧關雨，衣輕覺有雲。山焚方變色，獸挺各呼群。望望興難盡，聞蘭更憶君。

【校注】

〔1〕石龍潭：湖南臨武西二十里有石龍岩，潭或在此。

弟無功復還山下作此示之〔1〕

春色滿庭除，經過憶舊廬。谷愚誠可嘆，薇淺復難茹。勤解神農帙，飢參辟穀書〔2〕。故鄉幸未去，不敢怨離居。

【校注】

〔1〕無功：祝世禄，字延字，號無功，鄱陽人。

〔2〕神農帙：指農事之書。辟穀：一種修道成仙的方法。王維《春日上方即事》："好讀高僧傳，時看辟穀方。"

訪　友

信步與溪通，山寒萬仞空。笑來凍色裏〔1〕，聲振暮雲中。善病妨苛飲，工詩畏獨窮。幸同年少樂，意氣許龐翁〔2〕。

【校注】

〔1〕色,《沅湘耆舊集》作"雨"。

〔2〕龐翁：即龐德公，漢末襄陽人，有令名，爲諸葛亮、徐庶諸人所重，劉表屢屢延請不致，後登鹿門山采藥不返，見《襄陽記》。

還山示内

來去兼風雨，田園蕪已多。牛衣吾自惜，雌伏汝無歌〔1〕。偶爾忘溝壑〔2〕，平生厭揣摩。寸心終可問，争奈白雲何。

【校注】

〔1〕無歌,《沅湘耆舊集》作"將那"。雌伏：屈居人下。

〔2〕溝壑：此代言老死。

只作看山計，相逢亦問津。無名逃易遠，有骨屈能伸。抱玉悲無益，懷沙志自辛〔1〕。下機聊慰汝，舌在儘堪貧。

【校注】

〔1〕抱玉悲：卞和獻璞玉於楚王，王不識而怒斬其足，和乃抱玉悲哭於荆山之下，事見《新序》。懷沙：《楚辭》篇名，傳爲屈原絶命之作。

示甥近修

是歲寇逼境，姊夫張斯熂結壘東山，戰死。姊罵賊，死夫傍。甥士均弱冠，求報仇，幾致殺身。余傷其志，作詩哀之。

三年長不鳴，知子泪方盈。聶政翻慚姊，牢之賴有甥[1]。卧薪空自苦，囊血向誰傾。莫道無黄石[2]，受書且退耕。

【校注】

〔1〕聶政：戰國人，曾獨行殺韓相俠累，然後毀形自殺，其姊聶榮爲揚弟名，哭其屍於韓市，遂死於屍側，參見《戰國策·韓策》。牢之：陳伯固，陳文帝五子。宋唐庚詩："由也久從我，牢之真有甥。"

〔2〕黄石：即黄石公，秦隱士，曾於下邳圯上授張良以《太公兵法》。

欲就朱家去，誰將廣柳車[1]。蘆中時引劍[2]，角上獨携書。奇字能窮我，新詩適起余。魏舒才不淺[3]，却問宅何如。

【校注】

〔1〕朱家：秦末漢初人，以任俠聞名。項羽敗死，漢高祖追捕羽部將季布，家用計解布之厄。後季布貴盛，家終不與見。廣柳車：運載棺柩之大車。柳爲棺車之飾。

〔2〕蘆中：蘆中人，即伍子胥。子胥奔吴，至江，有漁父見其色饑，取食與之。子胥疑，藏於蘆中，漁父三呼"蘆中人"始出。事見《吴越春秋·王僚使公子光傳》。

〔3〕魏舒：晋人，仕武帝爲司徒，能斷大事，爲時人仰慕。舒少時養於外家寧氏，寧氏起宅，相者曰，後此必出賢甥。事見《晋書·魏舒傳》。

宿南河渡口[1]

岸餘舟次事蒼黄，記得同遊説靖康[2]。携手可堪歌當泣，稱戈不解醉如狂。百年沃沃嗟萇楚，一日夢夢視彼蒼[3]。王謝堂虛惟燕在，故園行且是他鄉。

【校注】

〔1〕南河：淮揚海道所管之黄河。或爲古築水，源出湖北房縣。

〔2〕蒼黄：青色與黄色，喻事情變化翻覆。《墨子·所染》："染於蒼則蒼，染於黄則黄；所入者變，其色亦變。"靖康：北宋欽宗年號，當公元1126年。該年徽、欽二帝爲金人所擄，北宋亡。

〔3〕沃沃：光盛豐美貌。萇楚：即羊桃。《詩經·魏風·隰有萇楚》："隰有萇楚，猗儺其枝。"一日，《沅湘耆舊集》作"終古"。

得家兄文若消息

白帝城西舊賊壕，亂離何忍見功高。驚傳消息脊令喜，痛語荒徼豺虎嗥[1]。七日秦庭空有泪，十年漢節已無旄[2]。忠臣傳裏淵明是，摇落園林待桔槔[3]。

【校注】

〔1〕脊令：即鶺鴒，鳥名，喻兄弟。《詩經·小雅·常棣》："脊令在原，兄弟急難。"徼，《沅湘耆舊集》作"凉"。

〔2〕"七日"句：用申包胥哭秦庭典，事見《左傳》定公四年。"十年"句：用蘇武使匈奴被留十九年典。事見《漢書·蘇武傳》。

〔3〕桔槔：井上汲水之工具。

同黄元之孫彝叟冒暑訪黎耳菴因同過權齋〔1〕

谷口鳴騶久見堙，幾人阡陌互爲賓。忘年未許君悲老，入道先從我學貧。揮汗自嘲袯襫子，披襟相許葛天民〔2〕。雨隨詩至山容靄，僻路何緣有角巾〔3〕。

【校注】

〔1〕黄元之、孫彝叟、黎耳菴：均作者友人。

〔2〕袯襫：本避暑笠。暑月謁人，謂之不曉事。後因稱暑日謁客爲袯襫。葛天：傳説中遠古帝號，古人以其時爲自然淳樸之世。

〔3〕角巾：方巾，古代隱士之冠飾，此借指隱士。

題友人新築松月齋〔1〕

退谷何緣共一枝〔2〕，得亭加好日相期。題存甲子歸來後，歌對漁夫獨醒時。夜永天心將月借，歲寒人事屬松知。晚交崔李能同調〔3〕，想見詩成豁所思。

【校注】

〔1〕題下原注：“李白詩：‘天借一明月。’”《沅湘耆舊集》載此詩亦有注，注在“夜永天心將月借”句下。

〔2〕退谷：孫承澤，字耳北，號北海，又號退谷，益都人，明崇禎進士。

〔3〕崔李：後漢崔戢、李封。杜甫詩：“晚定崔李交，會心真罕儔。”

贈形家王子〔1〕

三十無聞我自癡，羨君俠骨畏人知。鹿車畢竟歸何處，馬革從今出已遲〔2〕。可笑山川長不語，反令鳩鶴得爲師。此間自有王官谷，得子同遊莫載馳〔3〕。

【校注】

〔1〕《沅湘耆舊集》題作“贈王生”，題下自注：“生工形家言。”

〔2〕馬革：後漢馬援有“男兒要當死於邊野，以馬革裹尸還葬耳”之語。

〔3〕載馳：《詩經·鄘風·載馳》：“載馳載馳，歸唁衛侯。”

贈熊石疏

熊子貌類山癯，目光炯然，喜飲善病〔1〕，意霍如也。初苦兵，再苦寇，濱死皆以醉獲免。爲諸生久，忽遭斥。明日戲就童子試，竟得首録。舉場聞之，掩口而噱。熊子適醉，捧腹向余曰：“三十三登鬼録，兩日兩試諸生。問我醉中供案，提學閻羅賊兵。子盍爲我賦之。”

與君三十復三秋，頻死頻生興不休。綉佛座前饒米汁，癯仙枕上覓糟邱。崎嶇世路猶存骨，蹲踏人前自掉頭〔2〕。得失一時終論定，虚舟何必問沉浮。

【校注】

〔1〕喜飲，《沅湘耆舊集》作“喜飲酒”。

〔2〕蹲踏，《沅湘耆舊集》作“噂嗒”。噂嗒，即噂沓，議論紛雜。

春興八首〔1〕録三

閑移短槿護前關，處處垂條近可扳〔2〕。爲礙雲山減屋宇，却依邱嶼止綿蠻。饑來得酒腸應別，貧到無齏齒亦閑。二患不除先力學，誰知周處在南山〔3〕。

【校注】

〔1〕《沅湘耆舊集》此題無“八首”二字。

〔2〕扳，《沅湘耆舊集》作“攀”。

〔3〕此句下原注：“山有虎患。”周處：晋人，曾爲害鄉里，後改過，殺

虎斬蛟，事見《世説新語·自新》。

宜男種得一庭芳[1]，空谷春深日較長。怪石兩拳陳座側，蒼苔幾點綴烟傍。燒痕過去衣如畫，樵路歸來屐有香。三徑不逢頻自語，獨留舌本漸閑强[2]。

【校注】

〔1〕宜男：即萱草，古人以爲孕婦佩之則生男，故名。

〔2〕舌本：即舌根。

廿年嬾癖世無聞，鍛柳還從嬾處勤[1]。買犢會須真學稼，種瓜漸可得除葷。全家澤畔知能老，數卷秦餘幸未焚。漫撫孤龍時一擲[2]，劍花何遽不乘雲。

【校注】

〔1〕鍛柳：《晋書·嵇康傳》："（康）性絶巧而好鍛。宅中有一柳樹，甚茂。……每夏月居其下以鍛。"

〔2〕孤龍：指劍，古人以龍泉泛指寶劍，參見曹植《與楊德祖書》。

重構梅庵雪中同諸子落成

結言今始慰離魂[1]，贏得家居髮盡髡。速老此閑餘故物[2]，傷心幾許向空門。三春野塢花間市，一谷寒烟世外村。博得攢眉還一笑，虎溪過去即桃源[3]。

【校注】

〔1〕結言：口頭訂結盟約。《公羊傳》："古者不盟，結言而退。"

〔2〕閑，《沅湘耆舊集》作"中"。

〔3〕虎溪：在廬山東林寺前，晋高僧惠遠隱廬山，送客不過虎溪。

聞毛恭則還自西山感賦寄贈

勿問衡秦與帝秦，衹憐周歷盡陽人[1]。晝當苦短寧辭夜，心自能長不礙身。西蜀地形終失險，大元民物已知新[2]。黄冠脱就文山志[3]，炎午於今肯卜鄰。

【校注】

〔1〕衡秦：連衡抗秦。帝秦：尊秦爲帝，亦即合縱親秦。陽人：古地名。秦滅東周，徙周君於陽人。《史記·秦本紀》："以陽人地賜周君，奉其祭祀。"

〔2〕大元：指元朝。此代言。

〔3〕文山：即文天祥，號文山，宋末力圖恢復，兵敗被俘，不屈而死。

友人勸余蓄姬戲答

問年忽忽欲知非，賦得閑情心事違。總有齊眉工織縑，慚無半臂肯添衣[1]。上山蘼草堪誰采[2]，下里巴歈亦似希。敢是野人無勝事，會看鷗鳥趁鷄飛。

【校注】

〔1〕半臂：指短袖衣。唐張泌《妝樓記·家法》："房太尉家法，不着半臂。"

〔2〕上山蘼草：化用《古詩》"上山采蘼蕪，下山逢故夫"句意，謂不能拋棄舊妻。參閲《玉臺新咏·古詩》。

喜　雨

涓滴何應我獨深，衹因暑病愛天陰。稍秋細潤瓜蔬軟，長夜虚飄枕簟侵。溪鳥喜聞泥滑滑，山歌争唱雨淋淋。杖藜試問農桑客，高厚如今似有心。

贈九十翁何星海〔1〕

岸谷高深事苦多，碩人難老在山阿。瓦盆却共兒孫長，土室寧知甲子過。反照蒼蒼知氣紫，餘音嫋嫋聽雲和。與君逆數河清日，記得當年帝力歌〔2〕。

【校注】

〔1〕詩題下自注："辟寇時居停。"

〔2〕力，《沅湘耆舊集》作"逆"。河清：古稱黄河千年一清，因以河清喻人壽高。《左傳》襄公八年引逸詩："俟河之清，人壽幾何！"帝力歌：指古謡《擊壤歌》，其辭有"帝力何有於我哉"句。

擬　古

相慰總成悲，男兒輕別離。出門心已遠，不敢問歸期。

凉月花上明，影較花枝好。歡如依花立，儂向花影抱。

皎月自孤明，爲歡照幽獨。歡行不負儂，何事月相逐。

看花雜咏十二首〔1〕録六

白玉滿堦下，聞香知是花。爲花留主人，花時且在家。

【校注】

〔1〕《沅湘耆舊集》題作"看花雜咏"。

三日兩風雨，愛花幸未開。非願花發遲，看花客未來。

清晨花上露，花重不得飛。已如上馬客，既醉遲遲歸。

頫首拾花枝，花枝入衫領。舉首錯問人，疑是風吹冷。

二月雪始消，溪頭聲活活。變山作水觀，芙蓉在木末。

剥落古苔痕，花間幻作身。總疑人是石，都看石未真。

讀　史

晋事寧須知者非，感恩棧豆愧爲饑[1]。早知鶴唳華亭好，何不秋乘菰米歸[2]。

【校注】

〔1〕饑，《沅湘耆舊集》作“鞿”。棧豆：馬料，喻現成之利益。此句用三國魏桓範事。桓範曾輔曹爽，司馬懿起兵討爽，範勸爽兄弟以天子詣許昌，徵外兵自輔。爽兄弟不聽，而歸罪請死。範亦與爽同誅。初，桓範勸曹爽時，司馬懿謂蔣濟曰：“智囊往矣。”濟曰：“範則智矣，駑馬戀棧豆，爽必不能用也。”參閱《三國志・魏志・曹爽傳》。

〔2〕鶴唳華亭：陸機敗河橋，臨刑嘆曰：“欲聞華亭鶴唳，可復得乎！”參閱《世説新語・尤悔》。秋乘菰米歸：晋張翰見秋風起，因思吴中菰米、蒓菜、鱸膾而辭官歸家，參閱《世説新語・識鑒》。

士衡得死幸無才[1]，萬一功成更可哀。今日虚名猶在耳，賈充何若獨全骸[2]。

【校注】

〔1〕士衡：晋陸機，字士衡，曾事成都王穎，穎討長沙王司馬乂，任機爲後將軍兼河北大都督，機戰敗受譖，爲穎所殺，參見《晋書》本傳。

〔2〕賈充：晋人，事武帝官至尚書令，專以諂媚取容，參閱《晋書・賈充

傳》。

自望誤國事非輕，禍至排牆身並纓[1]。有北猶知憎此輩，虛名何地得偷生。

【校注】

〔1〕自，《沅湘耆舊集》作“白”。纓，《沅湘耆舊集》作“攖”。“禍至”句用晋王衍事。王衍有盛才，名傾當世，唯以清談爲事，口中雌黄。累官司徒。後舉軍爲石勒破，勒使人夜排墻填殺之。參閲《晋書·王衍傳》。

僧房雜作

學得枯禪嬾賦詩，一燈畏照足心知。秋聲帶葉床頭近，半在聞鐘欲醒時。

一榻依僧久不移，閑來栽菊傍東籬。酒酣時覺香盈座，宋玉何心秋獨悲。

燈夕敖玄石座上贈熊子必[1]

絶谷孤芳老數筠，燈前青眼爲君瞋。相遭若問髡顱子[2]，曾向朱家自賣身[3]。

【校注】

〔1〕敖玄石，《沅湘耆舊集》作“敖元石”，意不詳。詩題下自注：“潜山人辟仇來余邑，與江州黄元之同寓天井山。”

〔2〕髡顱子：此指漢初季布。布曾爲項羽部將，及羽敗死，漢高祖追捕之。濮陽周氏用計髡鉗季布，衣褐衣，置廣柳車中，賣與魯人朱家，終得救。事見《史記·季布傳》。

〔3〕曾，《沅湘耆舊集》作“會”。朱家：秦末漢初魯人，以任俠聞名，好

結交豪士，藏匿亡命，曾解季布之厄。

幾番獨醉難村酒，一見相傾拜散人。俠客自來憐隱逸，梁鴻終老要離村[1]。

【校注】

〔1〕梁鴻：東漢人，家貧好學，不求仕進，事見《後漢書·梁鴻傳》。

黄金散盡一身寒，寶劍摩娑只自看。得醉壺公隨處好[1]，誰知夜夜髮沖冠。

【校注】

〔1〕壺公：傳説中仙人，東漢費長房曾於市中見老翁賣藥，懸壺於座，市罷，跳入壺内，參閲《後漢書·費長房傳》。

哭孫子曼凡絶句十首[1] 録一

刻意求身事事宜，知非忒早古人期。吾鄉月旦從難定[2]，偏到斯人莫肯非。

【校注】

〔1〕《沅湘耆舊集》題下自注："按曼凡名初聃，孫子愊中丞穀之子。"孫曼凡：孫初聃，字曼凡，華容人。

〔2〕月旦：農曆每月初一爲月旦，此謂品評人物。東漢汝南人許劭與從兄靖俱有高名，好評論鄉黨人物，每月更其品題，故汝南俗有"月旦評"，參閲《後漢書·許劭傳》。

西岡避暑飲能醉軒新釀四首

置鋋觀星夜共占[1]，劇談不下水晶鹽。三升更乞公明酒[2]，枝葉横生應解炎。

【校注】

〔1〕鋋：箭鋋，箭足入槁中者。此或即占卜之用。

〔2〕公明：三國時魏人管輅，字公明，年八九歲便喜仰視星辰，及成人，於風角占相之道無不精通。

馴鴿遭狸害四首録一

門真羅雀豈相驚，只信機心獸且平。義府原來刀是笑，錯將石虎作鷗盟。

魯　男[1]

字一男，桃源選貢。少孤，爲文高古，尤工詩，以黨錮没於獄，著作散失。迨順治十七年九月既望，死已十三年矣。邑尖岡坡僧夜扃禪關，忽一士人，唐巾道袍，叩扉入，烹茶坐談，索紙筆作此詩，後注“魯男題”。書畢，僧轉盼，遂失所在。

【校注】

〔1〕清同治《桃源縣志·忠烈》：“著有《平寇草》。明末母被兵執，乞以身代，兵乃舍其母執男。至舟中，不屈，投河死。”

僧舍詩

黄葉落空際，蛩音遽然止。我來叩方丈，燈輝白如水。霜茗啜夜凉，秋魄寄素紙。嗚咽不成聲，肅肅若有情。久爲腐儒誤，兜鍪不能生。嗟哉佛榻懸高燭，日月飛光相吞浴。人天一座獨正襟，間弄烟雲意自深。願藉梵唄破幻相，燈前花影鏡中身。

湖北省公益学术著作出版专项资金
Hubei Special Funds for Academic and Public-interest Publications

荆楚全書·第一輯

楚風補（第六册）

（清）廖元度 輯
湖北省社會科學院文學研究所 校注

長江出版傳媒
湖北人民出版社

楚風補卷之三十九

明

鄧天錫[1]

字培生，號石浪，湘鄉人。由明經累官象州司馬、監紀督糧道。國變後不仕，縱情詩酒，所居有紫雲峰，自號紫雲樵者。著《雪濤園集》《逸游草》《石浪集》。

【校注】

〔1〕《資江耆舊集》《沅湘耆舊集》有傳。

春日初度

行藏春色冷，清署客蕭然。母難悲今日，人貧似去年。乾坤空眼外，心事夜燈前。血染桃花泪，何人問草玄[1]。

【校注】

〔1〕玄：指揚雄《太玄》，《漢書·揚雄傳》："哀帝時丁、傅、董賢用事，諸附離之者或起家至二千石。時雄方草《太玄》，有以自守，淡如也。"

山居秋感[1] 百首録十

四休與我正相宜[2]，竹戛松聲當鼓吹。半榻清風三五月，數行雁字古今詩。村頭誰是山林主，江上頻多蟜蚌持。消得壯懷聊復爾，杜陵秋興不淒其[3]。

【校注】

〔1〕“四休”“久矣”“莫笑”“林坰”“烽燧”五首據《沅湘耆舊集》《資江耆舊集》校。

〔2〕四休：宋孫昉，自號“四休居士”，并云“四休”即“粗茶淡飯飽即休，補破遮寒暖即休，三平二滿過即休，不貪不妒老即休”。

〔3〕杜陵：指杜甫。杜甫寫有《秋興》詩八首。

久矣家無擔石儲，衣裳雲卧渺愁予。手裁蘿薜凌霜晚，句綻芙蕖映月初[1]。舉世吹竽誰好瑟，有人彈鋏豈因魚。銜杯莫惜瓶將罄，中酒支頤試檢書。

【校注】

〔1〕句綻芙蕖：謂詩句天然艷麗，不假雕飾。鍾嶸《詩品》：“湯惠休曰：‘謝（靈運）詩如芙蓉出水，顔（延之）如錯采鏤金。’”

節序晴陰事不符，深山舊約與時殊。虚疑價重黄金賦，謾意心空白玉壺[1]。平子多愁非爲老，休文移帶總因癯[2]。聽來颯颯知秋暮，楓落湘江冷似吴[3]。

【校注】

〔1〕黄金賦：用司馬相如爲陳皇后撰《長門賦》，得黄金百斤的典故。白玉壺：語出鮑照《代白頭吟》：“直如朱絲繩，清如玉壺冰。”

〔2〕平子：指漢張衡。張衡著有《四愁詩》。休文：指南北朝時沈約。《梁書·沈約傳》載，沈寫信給徐勉，慨嘆自己年老多病，“百日數旬，革帶常應移孔。以手握臂，率計月小半分”。

〔3〕唐崔信明有“楓落吴江冷”詩句。

莫笑蒼顔似凍梨，攢眉雖縐豈輕低。東南地缺誰持軸，歲月愁長我灌畦。但得偷閑容此膝，何曾送客過前溪[1]。秋光收入奚囊内[2]，剪就蟲吟待品題。

【校注】

〔1〕“何曾”句：用慧遠送客典。《廬山記》：“流泉匝寺下入虎溪。昔遠師送客過此，虎輒號鳴，故名焉。時陶元亮居栗里，山南陸修静亦有道之士。遠師嘗送此二人，與語道合，不覺過之，因相與大笑。”

〔2〕奚囊：詩囊。李商隱《李賀小傳》：“每旦日出，與諸公游……恒從小奚奴，騎距驢，背一古破錦囊，遇有所得，即書投囊中。”

物外容予俯仰寬，横空秋氣洗悲酸。江摇白練拖藍影，山叠青螺擁翠盤。忍以壯心符鹿夢[1]，冷將清嘯護儒冠。煨來尚有前峰芋，服食猶能學懶殘[2]。

【校注】

〔1〕鹿夢：喻人世真假混雜、得失無常。典出《列子・周穆王》：“鄭人有薪於野者，遇駭鹿，御而擊之，斃之。恐人見之也，遽而藏諸隍中，覆之以蕉，不勝其喜，俄而遺其所藏之處，遂以爲夢焉。”

〔2〕懶殘：唐代僧人明瓚的别稱，見《高僧傳》。

林坰落落不栽花，且摘秋肥五色瓜。好月欲來烟拾去，片雲將近鳥銜斜。無端短髮窺鸞鏡，幾度深山説虎牙。淡薄寧甘差可拙，作麋無計學蒸沙[1]。

【校注】

〔1〕蒸沙：《楞嚴經》："是故阿難若不斷淫，修禪定者，如蒸沙石，欲其成飯，經百千劫，只名熱沙。"詩文中多用"蒸沙""蒸沙成飯"喻事情之不可能。

門織疏簾不用牆，輸來野色自青黄。有松呼作支離叟，何軸名爲碧落堂〔1〕。陶令甘貧閑栗里，管寧爲客老遼陽〔2〕。誰將補就雲龍手，製我山霞當錦裳。

【校注】

〔1〕支離叟：比喻古松形狀怪奇。《莊子・人間世》中所説形體不全的怪人曰"支離疏"。元鮮于樞於齋前植怪松一株，呼曰"支離叟"。碧落堂：宋時元絳嘗於龍安僧舍構一巨堂，榜曰"碧落"。

〔2〕栗里：在江西九江市西南，傳説爲陶潛故居。管寧：字幼安，漢末避亂至遼陽，因山爲廬，鑿壞爲室，聚徒講學，三十七年始歸。

烽燧連年半輟耕，每將茗火煮殘更。無田菰米隨波結，失户莎鷄傍草鳴。山遠江楓人未到，秋高沅芷夢難成。君平卜肆譚忠孝〔1〕，回視滄浪好濯纓。

【校注】

〔1〕君平：嚴遵字，漢時蜀人，賣卜於成都，得百錢足自養，則閉肆下簾，讀《老子》。

錦囊緑字伴青萍，翻以逃名得聚星〔1〕。昔日病能録藥譜，今年渴愧著茶經。蟬聲斷續驚殘夢，梧雨蕭疏漱晚汀。我自拂衣秋思滿，不將摇落負山靈。

【校注】

〔1〕錦囊緑字：謂詩稿，詳見《山居秋感》之四注。青萍：謂劍。聚星：謂相聚。《异苑》載後漢陳寔與子侄訪荀淑父子，時德星聚。太史奏：五百里内有賢人聚。

團欒茅屋就雲峰，斗粟賒來水碓舂。且要逃名舒嘯傲，方將放懶謝迎逢。事因悟後纔知錯，詩改前題漸覺工。霜逼黄花留晚節，山林勝概仰人龍〔1〕。

【校注】

〔1〕人龍：指出類拔萃的人物。《晋書·宋纖傳》載，纖隱居不仕，太守馬岌曾説："名可聞，而身不可見；德可仰，而形不可睹；吾而今而後知先生人中之龍也。"

春日龍亮工見過

無官久矣冷柴門，谷口今逢舊弟昆。緑映烟村轔馬足，晴飛芳草醉王孫。帶來蘭氣香生坐，敲得新詩酒尚温。童子停斟催舉燭，紫雲峰上欲黄昏。

星沙初度〔1〕

星沙二月逢初度，此日愁雲鎖不除。剖璞浪投仍是石，爲龍未就總名魚。半生事業羞長鋏，一世衣冠問腐儒。謾許前途堪策蹇，胡令中道更躊躇。

【校注】

〔1〕星沙：長沙的别名。

宿渠陽途中明日别朱子昭[1]

同人千里倦驅馳，滿眼皆秋宋玉悲。雲外有山藏太古，客中似鵲繞疏枝。雖然抱璞重遊楚，只恐明珠夜問隋。來日著鞭先我去，那堪孤影賦愁癡。

【校注】

〔1〕渠陽：縣名，治今湖南靖州苗族侗族自治縣。

薄暮舟中

雁渡夕陽沙有字，岸連天際草垂髫。虚舟行李盈詩思，一片歸心逐水消。

明妃夢返漢宫

塞外不知身是妾，戎裝忽著漢王宫。欲眠此夜羅幃月，杳杳愁雲鎖萬重。

題梅贈邵陽侯濮元明府

緑萼花開雪有香，清奇馥馥滿琴堂。臨風一笑春回早，不羨河陽羨邵陽[1]。

【校注】

〔1〕河陽：縣名，今河南孟州市。《白帖》："潘岳爲河陽令種桃李花，人號曰河陽一縣花。"

許上通[1]

漢陽明經。後以縣丞用，不赴。

【校注】

〔1〕《湖北詩徵傳略》有傳。

截選檄下感懷二首

乾坤七十閱三人，百歲猶餘廿七春。廉吏多時同重聽，灌濱舊地托芳鄰。自知老矣甘閑客，不道丞哉記此身。檄下胡盧揮使去[1]，可將白髮走緇塵。

【校注】

〔1〕胡盧：笑，笑聲。

廿年雲夢澤南人，孰道徵書下此春。當日孩童生典謁，秖今北路剩西鄰[1]。賢良漫説朝廷召，拜起誰安野老身。不是龍鍾難出户，他年就養逐風塵。

【校注】

〔1〕典謁：接待賓客，聯絡事物。《禮·曲禮》："問士之子，長，曰能典謁矣；幼，曰未能典謁也。""秖今"句下作者自注："謂劉夢堅。"

張仁熙[1]

字長人，廣濟明經。

【校注】

〔1〕乾隆刊本《廣濟縣志》、光緒刊本《黄州府志》、《廣濟耆舊詩集》有傳。

鷄　鳴[1]

夜深鷄鳴，日出扶桑。百爾懷思，攬衣及裳。一解日居月諸，曷惜其原[2]。無敢怠康[3]，以厲歲年。二解負影特立，人莫我知。我思古人，我從我違。三解道無常家，隨流靡汙。氣狹者塞，物通者華。四解幽幽林莽，浩浩川原。榮襟净滌，耿慮悠含。五解柳下韜迹，莊周寓言。蕩漾無方，以應真詮。六解

【校注】

〔1〕鷄鳴：樂府古題。《樂府詩集》列爲《相和歌辭》。

〔2〕日居：《楚風補》原作"日諸"，據張仁熙《藕灣集》改。日居月諸：乃襲用《詩・邶風・柏舟》成句。

〔3〕怠康：懶惰而沉溺於安樂。《詩・唐風・蟋蟀》："無已大康，職思其憂。"

東門行[1]

步出門，望四海。心勞勞，足何懈。一解南山有白石，自顧何岩岩。下視水北流，富貴安在哉。二解[2]上有蒼蒼之天，下有蠕蠕之地，中顧黄口小兒。三解[3]念彼莊周，彼賢接輿，絶聖棄知，醜此栖栖。四解[4]人亦有言，阮生可師。沉憂埋照，壯哉何愚。五解[5]憑高瞰遠，日暮馳驅。咄咄群雀，食鼠無餘。六解[6]

【校注】

〔1〕東門行：樂府古題。《樂府詩集》列爲《瑟調曲》。

〔2〕此解前兩句底本重出，應爲衍文，删。

〔3〕《藕灣集》此解列爲第四，原第三解《楚風補》未録。其詩曰："戚戚欲何之，無心無競，争托我侣。被服女蘿，食木之食。"

〔4〕此解《藕灣集》列爲第五解。

〔5〕此解《藕灣集》列爲第六解。阮生：指阮籍。

〔6〕《藕灣集》作第七解。

善哉行[1]

上山采薇，惟山崔巍。風何習習，雨何凄凄。虎豹嗥前，猿猱後啼。我心傷悲，我行不迷。中原有鹿，載伎載馳[2]。虞網之設，犄之犄之。瞻彼鹿斯，日月騑騑。酌我園酒，植我園蔬。冲焉保微，先民是求。

【校注】

〔1〕據《藕灣集》校。共二首。善哉行：樂府詩題，《樂府詩集》列爲《瑟調曲》。

〔2〕伎：通"跂"，奔走貌。《詩·小雅·小弁》："鹿斯之奔，惟是伎伎。"

有美一人，降於他方。峨冠切雲，長劍負驤。春蘭秋菊，穢棄都梁[1]。玉顔顧盼，巧笑無鄉[2]。群公媢之，以臭以芳。感心寓目，萬古難忘。蔚彼河洲，文禽獨宿。莫射禽影，中心鹿鹿。嗟我懷思，如何式穀。

【校注】

〔1〕都梁：蘭的别稱。又可作産蘭的地名解。

〔2〕鄉：通“響”。

枯魚過河泣〔1〕

枯魚過河泣，致書長太息。再拜謝枯魚，慎莫動我蛟龍窟。滄海之大，猶爲桑田。雲雷雖怒吼，倏忽爲便娟。何得坐使風雨上青天。大人憂世治〔2〕，利劍不可刓。志士心獨苦，達人慮多端。寧作低飛之燕雀，不爲别路之香蘭。

【校注】

〔1〕枯魚過河泣：樂府《雜曲歌辭》名。

〔2〕《藕灣集》“大人”句後尚有“我獨何自照於中路，今日歡相歡”二句。

宛轉歌〔1〕

蘭洲夜静香雲卷，琴心抱月芙蓉剪。别鶴離鸞怨不休，中有一人歌宛轉。歌宛轉，凄以清，金釵遥裔箜篌裏，綉被牙籠空復情。君不見鳳凰一曲風輕嫋〔2〕，漢宫萬户生秋草。

【校注】

〔1〕此詩據《藕灣集》校。宛轉歌：樂府《琴曲歌辭》名。《續齊諧記》載，晋時王敬伯善鼓琴，女鬼劉妙容携二婢登王敬伯舟，命小婢彈箜篌，作《宛轉歌》，脱頭上金釵，扣琴弦而和之，并遺錦卧具等於敬伯。敬伯回贈以牙火籠、玉琴軫。本詩前八句即敷叙其事。

〔2〕鳳凰一曲：指《鳳求凰》曲，琴曲名。漢司馬相如《琴歌》有“鳳兮鳳兮歸故鄉，遨游四海求其凰”之句，故名。

行路難十五首[1] 録三

上江乘急水，下江趁安流。風波各有適，安用人生仇與讎。丈夫重意氣，端士理箕裘。勞人事車馬，農家候春秋。豪雄割據無處所，大名寥落歸山邱。君不見蒿里歌薤露吟，北邙春草古人墳[2]。苦心分别何逡巡，已幸死者無嘆息，但聞生者徒紛紛。

【校注】

〔1〕《藕灣集》僅十四首。《楚風補》所録三首，係第一、第四、第十一首。行路難：樂府《雜曲歌辭》名。

〔2〕蒿里、薤露：樂府《相和歌曲》名，相傳爲齊國東部地區的挽歌。北邙：山名，在河南洛陽市東北，因漢魏以來王公貴族多葬此山，後因以“北邙”泛指墓地。

君不見東園桃李花，墜者切切開者華[1]。花言我開何嘗不如爾，先君後君摇落使我不敢長咨嗟。長安女兒麗顔色，長安車馬行且息。得意君門相背誇，清歌妙舞買回惑。誰家丈夫悲復悲，自言少壯乘青驪。女兒貴錢不貴識，不念方來惜往日。長才失路空自多，富不及時何嗟及。行路難，君應知，炎凉的歷天所期。妾非王公及君子，風塵物色寧我爲。

【校注】

〔1〕開，《楚風補》作“聞”，據《藕灣集》改。

荆山之璞何焜煌，卞生一見中悲狂。發璞視之果佳玉，意氣傾倒兩不忘。砍足不敢相嗟怨，一朝璞貴連天翔。既入趙王茱萸殿，復上秦皇翡翠床。秦皇得意相驚喟，珠縠美人稱萬歲。最後李相追琢深，千秋寶印胭脂醉。吁嗟卞生何崟崎，荒烟一别眼迷離。人生相知亦如此，向來膠漆今雲泥。燕臺市駿骨，伯樂雙泪垂。君不見荆山枳棘與天齊，道旁棄璞空纍纍。

漁父詞[1]

沉竿最無爲，惝怳忘得喪。雖然立志迂，獨出風波上。細雨似幽人，蓑笠亦惆悵。雲物須臾殊[2]，烟霞隨萬狀。四顧天宇間，山川漸晶曠。自然日夕佳，中情何所向。

【校注】

〔1〕此詩據《藕灣集》校。

〔2〕雲物：指雲朵的各種形態。杜甫《可嘆》："天上浮雲如白衣，斯須變幻如蒼狗。"

幼安渡[1]

一日不冠三晏起。我心戰戰波濤裏。不然莫渡海中水。

【校注】

〔1〕此詩據《藕灣集》校。

布衣婦[1]

女求夫，士求友，妾非君，妾安睹。七日易服妾心苦。君彈琴，妾操作，君耕田，妾舉臼。讀詩書，歌綺角。妾著布衣萬事足。不見夫朝秦而暮楚，以其身爲婦者乎。

【校注】

〔1〕據《藕灣集》校。

園居十三首[1] 録二

今朝新雨好，微凉入高樹。霑濡萬物均，稠叠千山暮。其聲到户牖，淡泊中斯寓。好鳥霧中啼，村火鄰邊住。山中有歸人，自識門前路。

【校注】

〔1〕據《藕灣集》校。所録二首，爲第二、第十三首。

人生貴志得，樂全無春冬。托身苟得所，沮溺乃老農[1]。舉世莫能賢，欲住不得從。咄咄老仲尼，自述寡從容。天道歸匹夫，道路匪奇踪。何事風中瓢[2]，挂兹天外峰。旨哉東陵瓜，曾無邱壑封[3]。

【校注】

〔1〕沮溺：指長沮、桀溺，春秋時隱士。《論語·微子》："長沮、桀溺耦而耕，孔子過之，使子路問津焉。"

〔2〕瓢，《楚風補》作"飄"，據《藕灣集》改。風中瓢：典出《太平御覽·琴操》："許由無杯器，常以手捧水。人以一瓢遺之。由操飲畢，以瓢挂樹。風吹樹，瓢動，歷歷有聲。由以爲煩擾，遂取捐之。"

〔3〕旨：甘美。東陵瓜，《史記·蕭相國世家》："召平者，故秦東陵侯。秦破，爲布衣，貧，種瓜於長安城東，瓜美，故世俗謂之'東陵瓜'。"

湖居五首[1] 録一

昔我有良朋，相邀洗墨池[2]。池邊何楚楚，雪照東坡詩。今我寓臨皋，斗酒忽如遺[3]。當年二客懷[4]，愴惻無人思。洞簫隔明月，武昌亦在兹[5]。仙人不可遇[6]，草石今參差。

【校注】

〔1〕《藕灣集》此首列爲第五。

〔2〕句下作者自注："予友何子安嘗邀游東坡祠，池在祠側。"洗墨池在湖北黄岡，爲東坡遺迹。

〔3〕臨皋，《藕灣集》作"林皋"，當以"臨皋"爲是。臨皋：亭名，在湖北黄岡縣南長江之濱，蘇軾謫黄州時嘗寓居於此。斗酒：蘇軾《後赤壁賦》有"歸而謀諸婦，婦曰：'我有斗酒，藏之久矣。'"句。

〔4〕二客：指蘇軾在《後赤壁賦》中提到的同游赤壁的兩位客人。

〔5〕洞簫：蘇軾《前赤壁賦》中有"客有吹洞簫者"，疑即用此典實。武昌：指今湖北鄂州市，與黄岡隔江相望。

〔6〕"仙人"句：蘇軾在《後赤壁賦》中曾提到夢中遇仙人事。

秋吟十首〔1〕録一

日夕雲霞生，照我桑與梓。縛稻始歸來，一樽聊自旨。雖無門巷居，寢食依邱里。深夜河漢澄，割娱歡妻子。蟋蟀鳴已疲，星月光如馳。挑燈讀我書，力耕良可紀。

【校注】

〔1〕《藕灣集》此首列爲第十首。

雨中訪顧赤方適僧送楊梅佐酒〔1〕

雜花何所屬，秋色滿堦墀。日暮不能别，相對風雨時。美人起長嘆，高咏乃忘饑。忽聞剥啄至，佳果驟見遺。是物來遠方，可以喻相思。食之莫可盡，明朝有别離。

【校注】

〔1〕共二首。此爲第二首。顧赤方（1621—1687）：即顧景星，字赤方，號黄公（一作字黄公），蘄州（今湖北蘄春）人，明貢生。與張仁熙友善。著述

甚富，有《白茅堂集》等傳世。

送劉九之河南[1]

劉生三十鮮遥步，好妙賞幽稱奇素。山川嶔結卧不舒，許將風雅蒙霜露。長安道上多今古，况復經年事戎武。春風草木尚河山，蟣虱健兒悲戰苦[2]。夕陽禾黍走狐兔，流鶯野店生新燠。太行高遠太華孤，影落黄河看日暮。朗陵風雨正垂垂[3]，主人琴鶴正相隨。放歌莫辭金屈卮，笑呼日月盤蛟螭。男兒閉户真堪耻，古人感慨必有以。誰將綸羽事中原，萬里之行自此始。

【校注】

〔1〕據《藕灣集》校。劉九：指劉秉鈐，字幼凝，湖北廣濟人。

〔2〕蟣虱健兒：指久不脱征衣的士卒。曹操《蒿里行》："鎧甲生蟣虱，萬姓以死亡。"

〔3〕朗陵：古縣名，故址在今河南省確山縣西南，境内有朗陵山。

秋雨嘆[1]

秋雨泠泠入夢寒，門無俗客秋夢安。平生知己半摧落，强餐不敢泪潺湲。自我閉户常嗟喟，中原南北眼前事。皇天后土秋雲中，蒼茫不解天地意。

【校注】

〔1〕此詩據《藕灣集》校。

樊山王孫煮茗歌[1]

雜樹沾天雲漠漠，飛泉素壁流清勺。山鬼白日號春蘿[2]，僧鬢如霜吹不落。老僧呼霧钁頭邊，櫟壤爛石空耕眠。茆楹古柏無塵土[3]，獨與王孫聽杜鵑。王孫昔日朱門裏，千欞萬户競豪侈。紫駝峰滿尺玉盤，琉璃夜泛新豐螘。袨服瑶臺莫記巡，太平不樂胡爲爾。地塌天崩哭不回，山罄野猿爰自止。昨來山中事茗戰，紫豹金鴉飛片片。風掃桃花萬壑清，蟹眼沸落清如霰。嗚呼王孫誰儔侣，塵情俗態真寒暑。豺狼逐逐虎豹深，紅玉枯腸聊爾汝[4]。佛燈細雨濕枯蒲，百草烟深啼鷓鴣，嗚呼王孫何爲徒區區。

【校注】

〔1〕此詩據《藕灣集》校。樊山王：明仁宗（朱高熾）曾孫見澋封樊山王。楚藩多强横，樊山一派，以文行稱。此詩所説樊山王孫，未能確指爲何人。

〔2〕山鬼：山神。屈原《九歌·山鬼》："若有人山之阿，被薜荔兮帶女蘿。"

〔3〕茆楹：茅屋。

〔4〕紅玉：蘇軾《試院煎茶詩》："又不見今時潞公煎茶學西蜀，定州花瓷琢紅玉。"

送夏象武之京[1]

好鶯啼不住，遊子忽天涯。古道酒堪貰，前村日未斜。匣中唯寶劍，馬首飛桃華。最是關情地，薰風帝子家。

【校注】

〔1〕此詩據《藕灣集》校。共二首，此爲第一首。

閻邑侯振華枉過藕灣信宿[1]

稼穡喧場圃，傳呼長吏過。到門看騎少，掃徑傍秋多。列坐兼童稚，移樽就薜蘿。園花如有待，相共惜岩阿。

【校注】

〔1〕此詩據《藕灣集》、乾隆乙酉年修《廣濟縣志》校。共二首。閻振華：

據《廣濟縣志》載，閻爲保定人，順治丁酉（1657）年任廣濟縣令，“愛民，以罷軟去。其去也，夫婦各乘一馬，邑人感之。刻縣志始自閻”。藕灣：張仁熙所居地名。

山色滿寒空，烟雲老樹紅。野人秋水外，仙令夕陽中。論世深茆屋，題詩剪夜松。古懷君自慰，吾道屬蒿蓬。

五峰同楊介子夜話〔1〕

徑僻非關隱，方床信爾清。十年來鳥道，一夜有鐘聲。江海生秋氣，風光盡物情。此中深更穩，雲白覺身輕。

【校注】

〔1〕此詩據《藕灣集》校。楊介子：楊勛，字介子，湖北廣濟人，縣學學生。明亡後，蓄髮茹素爲道者裝。喜作詩，尤善古體。著有《六新堂詩鈔》。

同東林僧虎溪看月〔1〕

知子山栖久，安禪不記年。到門忘齒屐，聞磬得秋眠。舊水過橋白，新蘿帶月鮮。不須煩虎嘯，坦步即潺湲。

【校注】

〔1〕此詩據《藕灣集》校。東林：東林寺，在廬山山麓，晋僧慧遠創建，謝靈運爲鑿池種蓮，號蓮社。虎溪：在東林寺前。

二層崖訪方融上人〔1〕

金碧芙蓉岫，蒼凉衲子家。松雲低户牖，井竈落天花。白髮鄰孤杖，疏鐘變暮霞。閑看彭蠡外，數點是浮槎。

【校注】

〔1〕此詩據《藕灣集》校。

夜坐望五老峰待暮雲上人不至[1]

數畝青松社，深雲覆緑苔。闔門殘磬住，清夜菊花開。面目奇峰老，陰晴客夢催。如何江上約，杖策久徘徊。

【校注】

〔1〕此詩據《藕灣集》校。五老峰：廬山南面山峰名。

秋郊漫興二十首[1] 録五

敝廬亦今古，春去復秋鄰。喬木猶存漢，家聲正避秦。浮雲消往憾，夕鳥悟歸人。錯向兒童説，山家歲月真。

【校注】

〔1〕所録五首，《藕灣集》列爲第二、三、七、十一、二十。

山中何所有，種竹會兼松。自作秋園色，閑門晝不封。雁飛雲窈窕，客去雨從容。向夕攤書坐，鐙明第幾峰。

夜色立叢竹，深雲静不開。微凉兼暮雨，映帶至山隈。舊業寒燈度，新書黄葉催。自然秋咏好，不爲九歌哀[1]。

【校注】

〔1〕九歌：王逸《楚辭章句》："《九歌》者，屈原之所作也。昔楚國南郢之邑，沅湘之間，其俗信鬼而好祠，其祠必作歌樂鼓舞以樂諸神。屈原放逐，竄伏其域，懷憂苦毒，愁思沸鬱。……因爲作《九歌》之曲。"

結廬雖此地，多事敢傷神。一日聞秋雨，終年肯負薪。鳥窺新落木，花對昔時人。近識浮雲意，相逢更結鄰。

落葉响空林，閑行聽暮砧。近家常潦草，問客有升沉。白日懸霜鬢，青天耐苦吟。無情身世事，折盡五更心。

丙子予生三十七矣遣兒勛就室吴氏〔1〕

此去爲成室，應知倍念親。少孤余欲老，多難爾成人。酌醴歡生死〔2〕，裝書屬賤貧。江邊烏鵲夢，傳喜到花晨。

【校注】

〔1〕此詩據《藕灣集》校。丙子：張仁熙生於明，卒於清，曾參與康熙年間兩次地方志的編撰。可以推知，此處所説“丙子”，應指明思宗崇禎九年（1636）。勛：張佳勛，作者長子。

〔2〕作者自注：“時勛母亡六年。”

丁丑蘄陽圍城〔1〕

數徙猶無室，辛勤傍客居。爲貧添隱忍，因亂减粗疏。浪迹江湖滿，圍城雨雪初。尚餘千古慮，分置一床書。

【校注】

〔1〕據《藕灣集》校。丁丑：崇禎十年（1637）。蘄陽：今湖北蘄春。圍城：指明末農民起義軍圍攻蘄春。

城上傳籌急，居民晚集墻。荷戈安爾汝，候火報存亡。短角寒呼月，悲風白捲霜。三更聲最苦，數聽斷余腸。

小　築〔1〕

幾年車馬客，小築大江東。四壁餘天地，孤燈聽風雨。編茆山色滿，選石谷雲通。故國蓬蒿遍，淒涼應未同。

【校注】

〔1〕此詩據《藕灣集》校。小築：環境幽静的小建築物。

賦得辛苦賊中來〔1〕

辟兵身欲老，此日更身親。雨雪羈魂暗，風雲戰氣屯〔2〕。死生朝夕事，患難兩三人。寂寞寒山路，疏星照暮燐。

【校注】

〔1〕據《藕灣集》校。

〔2〕氣,《楚風補》作“色”，據《藕灣集》改。

千尋上人來自雲栖，時京都緊急，夜話淒動，上人便欲携余南岳，暫擬築山麓，便往經視〔1〕

携來吴越杖，坦步入深阿。茗色荒村暮，溪聲夜雨過。孤忠方外血，多難篋中歌。何日江帆穩，趨雲到薜蘿。

他年南岳路，暫築此山阿。野壑宜聞磬，荒陂便種荷。坐鄰松竹老，不厭虎狼多。日夕春雲薄，沿溪信短歌。

【校注】

〔1〕據《藕灣集》校。雲栖：寺名，在浙江杭州五雲山西。

雨夜同一生兄話舊庵中〔1〕

故國梅花市，呼尊帶雨歌。爲儒雙鬢老，懷古百憂多。舊夢宜鐘鼓，新衣擬薜蘿。河橋春漲暖，燈火夜如何。

【校注】

〔1〕據《藕灣集》校。一生：張復熙，字一生。崇禎己卯（1639）科以禮經奪魁，不求仕進，專心於詩學。

靈谷沿溪暮歸〔1〕

一水帶霜清，深秋晝夜鳴。天高苔徑濕，松静晚峰晴。苦雨愁前日，殘霞照此行。烏啼與黄落，數里是孤城。

【校注】

〔1〕據《藕灣集》校。靈谷：寺名。在南京市中山陵東。

觀江上兵馬〔1〕

殘邑江無賴，王師只自營。荒烟從斷角，暮雨到危旌。大將身名重，遺黎骨肉輕。清源門外草，歲月向愁生。

【校注】

〔1〕據《藕灣集》校。

園〔1〕

半嶺秋含照，高峰晚自晴。霜園黄落後，荒徑幾人行。課僕搜枝蔓，呼兒聽鳥鳴。兵戈閑有日，欣慨欲爲生。

【校注】

〔1〕據《藕灣集》校。

齊昌悼舊雜詩十首〔1〕選三

已棄錢塘骨，難招楚國魂。一邱江上鬼，幾日水西門。兵府啼鴉暮，高堂夜雨昏。貞良或不愧，無泪灑鄉村。

【校注】

〔1〕據《藕灣集》校。所選三首分别爲第四、第九、第十首。齊昌：古郡名，故治在今湖北蘄春縣西北。

蘭若齊元魏，名園過洛陽〔1〕。野花迷廢壘，古石卧危墻。山鬼栖蘿緑，人烟墮柳黄。悲凉南郭寺，鐘磬立更長。

【校注】

〔1〕元魏：北魏的别稱。元魏都城洛陽佛寺尤盛，最多時達一千三百餘所。永熙之亂，大半被毁。北魏楊衒之嘗撰《洛陽伽藍記》，記寺院興廢。洛陽爲九朝古都，園林甚盛，北宋李格非撰有《洛陽名園記》，記述歷史、花木、景物并名園興廢。此處云齊昌寺院、園囿可與洛陽比肩，即隱含感慨興衰之意。

禹廟江聲外，荒楹四壁斜。日黄關塞色，沙白荻蘆花。故國書千卷，他鄉月萬家。十年王父母，揮泪向天涯。

千里過山中因邀集胡長者〔1〕

明月有儔侣，相逢興不闌。風塵餘此座，燈火到杯殘。道會門庭肅，山深草木寒。應知避世者，今古共盤桓。

【校注】

〔1〕據《藕灣集》校。千里：劉醇驥（1607—1675）字，湖北廣濟人，爲文宏麗，詩宗盛唐，著有《芝在堂集》《五經諸解》等。胡長者：胡篤生，字孟培。張仁熙《元夕訪胡長者聯句序》謂："吾邑胡孟培先生，博學力行。幼師姑蘇管東溟。東溟之門稱'楚中四君子'，先生其一也。"

黄梅道中〔1〕

荒荒龍象路〔2〕，此日更經過。歲月他年樹，風香到處荷。匡雲隨鳥近，江氣上山多〔3〕。漸覺離家好，斜陽我自歌。

【校注】

〔1〕據《藕灣集》校。黄梅：縣名，屬今湖北省。

〔2〕龍象：佛家以龍象喻諸阿羅漢中修行勇猛有最大力者，後因以稱高僧。黄梅城西破額山有四祖寺，爲唐初大醫禪師禪宗四祖的道場，城東馮茂山有五祖寺，由禪宗五祖大滿禪師弘忍創建。龍象路：指當年四祖、五祖曾行走過的道路。

〔3〕匡：指廬山。江：指長江。黄梅縣在長江北，和廬山隔江相望。

七夕立秋有感〔1〕

一葉湘江外，離亭暫夕陽。美人如不隔，遲暮正何傷。素月臨懷抱，明河共徜徉。尋常殊物候，寧復恨炎涼。

【校注】

〔1〕據《藕灣集》校。立秋：節令名。一般在農曆八月初八、九日。七夕而適逢立秋，當因是年有閏月。

月夕示勖兒[1]

華髮看今夕，蹉跎只自閑。崎嶇成我法，草率到人間。月白新秋樹，雲黄舊隱山。如何偕語笑，曾不破余顔。

【校注】

〔1〕勖,《楚風補》作“最”，據《藕灣集》改。勖：指張佳勖，作者長子。

世網陶潛憾，浮生杜甫吟[1]。乾坤杯茗夜，門户歲時心。濟物無雄劍，懷人只素琴。向來方外泪，慷慨爲知音。

【校注】

〔1〕世網：謂塵世如羅網。陶潛《歸園田居》：“誤落塵網中，一去三十年。”“浮生”句：杜甫詩中多處用“浮生”二字，如“浮生有定分，饑飽豈可逃”(《飛仙閣》),“絶域三冬暮，浮生一病身”(《奉送十七舅下邵桂》)。

劉千里自京歸見過[1]

長安君亦至，何事最艱辛。作客非裘馬，爲儒應賤貧。興亡秋草泪，去住白雲心。一醉重陽後，烟花是故人。

【校注】

〔1〕據《藕灣集》校。劉千里：見《千里過山中因邀集胡長者》注。

先君子于役四方所得數物興懷暇日志而咏之[1]

鸚　鵡

每憶高堂晏，歡娱定爾知。聰明人醉後，愁思落花時。未可懸孤閣，全宜挂竹枝。向來春夢唤，長作侍兒疑。

【校注】

〔1〕據《藕灣集》校。《藕灣集》計有《鸚鵡》《猿》《鹿》《山鷄》《棕竹》《笻杖》《玉蟾蜍》《古宮爐》，凡八首，《楚風補》選録其中三首。先君子：指作者亡父，號雪顛，仕履不詳。

鹿

得侍幽人室，千山尚此心。反躬疑鹵莽，向月久沉吟。閤下俗客少，雨中芳草深。呦呦近亦可，觸處有雲林。

山　鷄

客裝誰不惜，孤艇載誠勞。日暮湘江上，青天首自搔〔1〕。叢篁新物色，詞客久風騷。猶記先君勖，奇毛慎爾曹〔2〕。

【校注】

〔1〕作者自注："時先君歸自湘衡間。"

〔2〕勖：勉勵。"奇毛"句：《异苑》記載："山鷄愛其毛羽，映水則舞。魏武時，南方獻之，帝欲其鳴舞而無由，公子蒼舒令置大鏡其前，鷄鑒形而舞，不知止，遂乏死。"

月下梅花〔1〕

殘月留人徑未荒，深宵緩步破苔霜。冰魂弄影先春瘦，蒼骨摇寒入座凉。静裏看香原寂寞，夢中呼蝶却清狂。孤吟不寐愁更永，偏與更聲細細長。

【校注】

〔1〕據《藕灣集》校。

齊　安[1]

蒼茫烟雨過江村，破國何人獨愴魂。茆屋幾家栖白晝，斷城孤影落黄昏。雲間寶氣空如石[2]，雪裏虚堂自閉門。已識儒生無寄托，却來烽火聽潺湲。

【校注】

〔1〕齊安：古郡、縣名，故治在湖北黄岡縣西北。

〔2〕如，《藕灣集》作“餘”。

友人置新姬[1]

蘭轉光風到苑遲，書聲出檻繞娥眉。即勞絳帳傳周禮，便與朱顔注楚辭。冰簟自眠香雨夜，羽觴偏醉落花時。江南柳色枝枝泪，莫便相思慰别離。

【校注】

〔1〕據《藕灣集》校。

吴木倩先生過訪石頭是夕胡孟培先生亦至[1]

岩樹如雪桂緑蘿，削成石案亦堪過。樽前細雨新知少，檻外蒼天舊憾多。世態豈能容老鬢，山光容易到漁蓑。婆娑百尺孤筇穩，卧看横塘水不波[2]。

【校注】

〔1〕據《藕灣集》校。胡孟培：見《千里過山中因邀集胡長者》注。石頭：指石頭城，南京市的别稱。

〔2〕横塘：在南京市西南。

湖上過一生兄不遇[1]

蘭橈秋水最高天，别徑寒霞亦自妍。楊柳不荒高士宅，蒹葭偏隱孝廉船[2]。堦前草色漁歌亂，浦外鐘聲塔樹懸。便囑藥欄封緑蟻，菊花留醉鷺鷗邊。

【校注】

〔1〕據《藕灣集》校。一生：見《雨夜同一生兄話舊庵中》注。

〔2〕高士：指陶潛。陶曾著《五柳先生傳》以自況。孝廉：指晋張憑。憑舉孝廉，負其才氣，乘船訪丹陽尹劉惔，大爲劉器重。憑既還船，劉又遣人覓張孝廉船。（見《世説新語・文學》）高士、孝廉，此處用以指張復熙（一生）。

訪舒漸鴻[1]

驢背相思興自工，夕陽茆屋又秋風[2]。多年湖海頭堪白，隔歲興亡泪已紅。三徑凉如凄雨夜[3]，萬山低亦出雲中。毗耶丈室香餘座[4]，懶向孤燈數去鴻。

【校注】

〔1〕據《藕灣集》校。舒漸鴻：名峻極，廣濟諸生，工詩及書，旁通金石，著有《韋園集》。

〔2〕孫光憲《北夢瑣言》："相國鄭綮善詩。……或曰：'相國近有新詩否？'對曰：'詩思在灞橋風雪中驢子上，此處何以得之。'"

〔3〕三徑：漢蔣詡辭官歸里，杜門不出，院中辟三徑，唯與求仲、羊仲來往。後因以"三徑"指家園或稱隱士所居。

〔4〕毗耶：梵語，意譯平整莊嚴，古印度地名，傳説釋迦牟尼逝世於此。毗耶丈室，指頌佛習静之所。

懷劉千里燕遊[1]

燕關猶復舊皇都，寒角驚風草半枯[2]。一市馬蹄人自醉，千年鳳闕鳥相呼。天邊白雁知多少，臺上黄金近有無[3]。隴月羌梅無限憾，幾能書札報樵蘇[4]。

【校注】

〔1〕劉千里：見《千里過山中因邀集胡長者》注。

〔2〕寒，《藕灣集》《廣濟耆舊詩集》作“塞”。

〔3〕白雁：宋彭乘《續墨客揮犀》：“北方有白雁，似雁而小，色白，秋深則來，白雁至則霜降，河北人謂之霜信。杜甫詩云‘舊國霜前白雁來’，即此也。”臺上黄金：相傳燕昭王築臺并置黄金於臺上，以延請天下士。臺名黄金臺，又名金臺、燕臺，故址在今河北易縣東南。

〔4〕憾，《黄州府志·藝文志》作“感”。報，《廣濟耆舊詩集》作“到”。樵蘇：打柴割草，這裏用作自謙之詞，猶言草野之人。

匡廬諸上人過訪夜話

澮澮楓林上有江，天邊匡岳削雲幢。我嫌邱壑猶緘户，客擁烟霞自買艭。九壘路寒秋滿杖，萬山鐘動月臨窗。卧遊不減宗雷興[1]，連夕枯尊爲倒缸。

【校注】

〔1〕卧遊：《宋書·宗炳傳》：“有疾還江陵，嘆曰：‘老疾俱至，名山恐難遍睹，唯當澄懷觀道，卧以遊之。’凡所游履，皆圖之於室。”宗雷：指宗炳、雷次宗，二人皆隱居不仕，與釋慧遠等十八人結社於廬山東林寺，同修净土之法，號白蓮社。

鄂渚五首[1] 録二

金華西北對芳湖，鳳宇龍樓夾漢扶。昔日授圭開赤社，萬年當壁拱皇都[2]。殷勤玉燕春雲冷，寂寞銅駝夜雨孤。猶有昭王陵墓在[3]，斜陽松柏亂啼烏。

【校注】

〔1〕據《藕灣集》《廣濟耆舊詩集》校。《楚風補》所録二首，爲第二、第四首。鄂渚：地名。屈原《九章・涉江》："乘鄂渚而反顧兮。"相傳在今武漢市黄鵠山上游三百步長江中。鄂渚也用以代指鄂州（治今武昌）。

〔2〕萬年，《廣濟耆舊集》作"一朝"。授圭：此處指裂土封王。圭，帝王、諸侯舉行盛大儀式時所用玉製禮器。赤社：古時分封四方諸侯，各以其方之色土與之，使歸以立社。南方土色赤，故封於南方曰"開赤社"。周夷王時，楚王熊渠封其中子紅爲鄂王。

〔3〕昭王：指楚昭王熊珍。

孤城砧杵厭仳傂，極目蒼涼望正悲。豈謂龍驤淹歲月，更煩虎旅助軍麾。襄陽耆舊看人老[1]，巫峽風雲入陣遲。青史且憐文信國[2]，未遑重數太平卮。

【校注】

〔1〕襄陽耆舊：漢末襄陽龐德公高隱不仕，後携妻子登鹿門山采藥不返。杜甫《遣興五首》有句云"昔者龐德公，未曾入州府。襄陽耆舊間，處士節獨苦"，後人因稱德高望重者爲"襄陽耆舊"。

〔2〕文信國：指文天祥，曾封信國公。

寄劉九幼凝[1]

淪迹名家子，餐霞國士身。上卿簪紱舊，中秘校讎新[2]。神駿知龍躍，騫騰异兔踆。讀書花嶼遠，卷幔竹壚親。素榻頻邀月，濃箋屢坐茵。篇終誠泣鬼，論落解凝神。夙昔連交契，由來接讌姻。東園松桂夜，北郭雨風晨。蒿路傳張仲，糟床頌伯倫[3]。門清驚窈窕，關閉得深純。隱几來天地，橫琴失主賓。幾朝瞻馬彗，竟歲逐車轔。弧矢秋雲重，烽烟晝角頻。扁舟分雁浦，野爨各漁濱[4]。山雪深連袂，疏燈倍結鄰。短衣心悄悄，蕪徑話諄諄。破篋依狐兔，荒楹僦鳳麟[5]。草堂雙杜甫，孤轄幾陳遵[6]。共指他鄉别，偏憐細酒新。蒼江聊澮瀨，黄鳥竟艱辛[7]。雀鼠紛成讖，蛟龍怒自嗔。森毛嬰鬼窟，號卜走明禋。獻歲城初陷，同雲照曉春。翠鈿宫麗泣，絳幘老人顰。白骨栖兒女，朱輪割縉紳。弓刀余躑躅，屍肉汝逡巡[8]。瘦影豺狼怯，凶拳虎豹蹲。聲吞魂路澀，爪透泪蹤陳[9]。最幸山妻脱，還矜大節伸。幽岑競避烏，間道擬依磷[10]。從此歸邱壑，於今溷莽榛。頗哀天板板[11]，實惜草蓁蓁。冀北蒙塵日，湘南斗將辰[12]。蒼黄聞戴漢，痛哭已無秦。有血啼黄屋，無家問角巾[13]。山容堪伏枕，岩色最回輪。老鬢甘吹白，戎衣忍服袀[14]。管寧真渡海，張翰久思蒓[15]。伐木愁靈運，耕岩信子真[16]。霑濡盟栝柏，摇落誓松筠。種秫憂酬稅，行歌赧負薪。裹頭唫筆墨，側足飽風塵。掩泣論雙粤，摧肝問八閩[17]。空傳戈未息，不信犬猶狺。大角紓天路，旄頭落要津。鼓鐘原宿將，筐篚只農臣。魚沼潛正月，流泉哭小旻[18]。野莘徒聚鹿，隰楚不憐人[19]。何日尋支遁，今年學許詢。黄冠原蕙質，白業且蘭紉。娟竹摇書幌，香楓試釣綸。嶺雲藏迴樸，茆屋諳陶甄。日月要潮汐，浮沉共藻蘋。斷金今管鮑，如漆古雷陳。細席難虚日，烹魚不記旬。醁醽胸浩浩，蘿薜服彬彬。雅調鍾期老，商歌原憲貧。編柴宜鶡冠，茹厥厭腥唇。皓髪疑高士，文身怪逸民。江聲烟浩淼，草色石嶙峋。服癖常存懶，鑽堅莫忘勤。西山寧久躓，相慰起沉淪。

【校注】

〔1〕劉幼凝：見《送劉九之河南》注。

〔2〕上卿：周制，卿分三等，最尊貴者稱上卿。秦漢設九卿，歷代相沿。

此句指劉幼凝先祖身居高位。

〔3〕張仲：指張仲蔚，東漢扶風人，少與同郡魏景卿隱身不仕。學問弘博，好爲詩賦，所居蓬蒿没人。伯倫：劉伶，字伯倫。“竹林七賢”之一，性嗜酒，曾著《酒德頌》。

〔4〕作者自注：“乙亥偕辟寇武湖。”乙亥：崇禎八年（1635）。武湖：在湖北黄陂縣東南。

〔5〕作者自注：“丁丑同寓圻陽。”丁丑：崇禎十年（1637）。

〔6〕雙杜甫：指作者本人和劉幼凝。“孤轄”句：《漢書·陳遵傳》：“遵嗜酒，每大飲，賓客滿堂，輒關門，取客車轄投井中，雖有急，終不得去。”

〔7〕澹濔：蕩漾。“黄鳥”句：喻流落他鄉之人。《詩·小雅》有《黄鳥篇》，朱熹《集傳》謂“民適异國，不得其所，故作此詩”。

〔8〕作者自注：“癸未城破同陷賊中。”癸未：崇禎十六年（1643）。

〔9〕澀：阻塞。爪透：喻死有餘烈。東晋蘇峻發兵攻京師，尚書令卞壼扶病戰死，“其後盗發壼墓，尸僵，鬢髮蒼白，面如生，兩手悉拳，爪甲穿達手背”（《晋書·卞壼傳》）。

〔10〕作者自注：“間道還家，俱免逼辱。”

〔11〕板板：乖戾。《詩·大雅·板》：“上帝板板，下民卒癉。”

〔12〕冀北：這裏用以指北京。蒙塵：蒙被塵土。多用以指帝王失位。此句指農民起義軍攻入京城，崇禎帝自縊於景山。斗將辰：即斗指辰，意謂三月。《淮南子》：“斗三月而指辰。”崇禎帝死於崇禎十七年三月丁未（1644 年 3 月 19 日）。

〔13〕黄屋：本意指帝王車蓋，也用以指帝王。角巾：方巾，隱士的冠飾。

〔14〕袀：上下同色。《吕氏春秋·悔過》：“今（秦師）袀服回建。”注：“袀，同也。兵服上下無别，故曰袀服。”

〔15〕管寧：漢末北海朱虛人，因避戰亂，渡海至遼東，聚徒講學，三十七年始歸。張翰：晋吴郡人，因政事混亂，托辭思念家鄉蒓羹等，辭官歸里，事見《世説新語》及《晋書》本傳。

〔16〕“伐木”句：事見《宋書·謝靈運傳》：“尋山陟嶺，必造幽峻，岩嶂千重，莫不備盡。……嘗自始寧南山伐木開徑，直至臨海，從者數百人。臨海太守王琇驚駭，謂爲山賊，徐知是靈運，乃安。”子真：指鄭子真，名樸（據《三輔決録》），漢隱士。揚雄《法言》：“谷口鄭子真，不屈其志而耕乎岩石之下。”

〔17〕“掩泣”“摧肝”二句：當指即位於福州的隆武帝，即位於廣州的紹武帝，即位於肇慶的永曆帝先後爲清軍所敗。

〔18〕正月：《詩·小雅》篇名。其第十一章：“魚在於沼，亦匪克樂。潛雖伏矣，亦孔之炤。憂心慘慘，念國之爲虐。”小旻：《詩·小雅》篇名。中有“如彼泉流，無淪胥以敗”句。

〔19〕“野苹”句：謂國家敗亡，已無昔日歌舞升平的景象。《詩·小雅》有《鹿鳴篇》，《詩序》謂是“宴群臣嘉賓的樂歌”。“隰楚”句，慨嘆生活的痛苦。《詩·檜風》有《隰有萇楚篇》。萇楚，即獼猴桃。

擬古曲〔1〕

梧桐八九月，相見俱秋風。何處茱萸女，逢人野菊中。

【校注】

〔1〕據《藕灣集》校。

宫　　詞〔1〕

錦石斕斑翠作扉，水晶床簟玉簾幃。至尊二月親臨幸，半醉薰風燕子飛。

【校注】

〔1〕據《藕灣集》校。共十首，此爲第三首。《藕灣集》詩題下有序：“匡山僧戒宏，不知姓名，故先皇帝尚衣近侍，京陷，祝髮匡山，深夜風雨，聞述往事，因作宫詞十章。”

行路詞四首〔1〕録二

古道垂楊低復低，斜陽擁妾下深閨。月明歡去黄花道，妾夢終宵怨馬蹄。

【校注】

〔1〕據《藕灣集》校。《楚風補》所録爲第三、第四首。

二月江聲風雨垂，楊花隨雨到床帷。大堤歌舞能留客，不肯停杯聽子規〔1〕。

【校注】

〔1〕樂府詩題有《大堤曲》，由《襄陽樂》衍出。多爲情歌，如李賀《大堤曲》："大堤上，留北人。……莫指襄陽道，緑浦歸帆少。"

周蓼邮[1]

字貞萋，一作真栖，號苦蟲。大冶遺民[2]。與王于一、杜于皇遊[3]。其詩多見卓子立《遺民集》[4]。

【校注】

〔1〕《明末四百家遺民詩》有傳，較詳。

〔2〕冶，《楚風補》原作“治”，據《明詩紀事》改。《明末四百家遺民詩》謂周蓼邮爲“湖廣江夏”人。

〔3〕王于一：即王猷定。字于一，號軫石。南昌人。明拔貢生。性豪俠。工詩古文，書法亦名重一時。杜于皇：即杜濬。字于皇，號茶村。湖北黄岡人。明末副貢。明亡不仕，隱居南京。善詩文，尤工五言律。

〔4〕立，《楚風補》誤作“任”。卓子立：即卓爾堪。子立爲其字。康熙時嘗從征耿精忠，任右軍前鋒。工詩。編有《明末四百家遺民詩》。

秋懷詩

蓮枝迢遞咽銅壺，驅使殘年乏木奴[1]。廷尉在前能擊缶，王孫以後但吹竽。寥寥落葉催黔首，歲歲空華老絳趺。事去人間猶有泪，蕭條嬴殿死窮圖。

【校注】

〔1〕銅壺：古代計時之器。木奴：或稱橘奴。《三國志・吴書・三嗣主傳》注引《襄陽記》：“（李衡）密遣客十人於武陵龍陽氾洲上作宅，種甘橘千株。臨死，敕兒曰：‘汝母惡我治家，故窮如是。然吾州里有千頭木奴，不責汝衣食，歲上一匹絹，亦當足用爾。’”

酸辛鵲躍竭鳩窠，往事支離隙駛過。霜露一身珠欲碎，恩仇半世劍空磨。陰陵氣盡乖田父，海内威棱折尉陀[1]。流浪英雄無駐足，惟應蕩子漫隨何〔2〕。

【校注】

〔1〕陰陵：地名，在安徽定遠縣西北。《史記·項羽本紀》："項王至陰陵，迷失道，問一田父，田父紿曰：'左！'左，乃陷大澤中。"尉陀：即趙佗。秦時爲南海龍川令。南海尉任囂死，佗行南海尉事。秦滅，自立爲南越武王。漢高祖封佗爲南越王。高后時，曾發兵攻長沙邊邑。文帝即位，遣使責讓越佗，佗懼，上書謝罪，自稱"蠻夷大長老夫臣佗"。（詳見《史記·南越列傳》）

〔2〕蕩子：指漢高祖劉邦。劉邦微時，不事生産，爲家人所不禮，故言。漫：此處指輕慢。隨何：漢初人，以辯稱於時。楚漢相争時，隨何奉劉邦之命赴淮南，説淮南王英布歸漢，楚旋破滅。後置酒論功，劉邦"謂何爲腐儒，爲天下安用腐儒"。隨何侃侃而辯，劉邦纔封其爲護軍中尉。（見《史記·黥布列傳》）

還里同諸姻友登青龍閣有感

高閣秋冬際，平湖水盡收。半黄依薄日，萬緑少狂流。翻似山中住，追思鏡裏遊。漁舟寒數點，老樹立深愁。鴨放群沙岸，罾乾幾處洲。青鞵無濕土，素影問浮漚。霧散人家出，山晴几席投。青龍淵自躍，蒼鹿迹嘗留。蔬水清貧供，賓朋笑語酬。遍開窗四面，宜種橘千頭。坐綬烟迷岫，情空檻近鷗。廿年傷遠别，興盡一凭樓。

秦淮竹枝詞〔1〕

輕盈綉扇去來風，香氣霏微落照紅。莫道巫山多少路，美人只隔一簾中。

【校注】

〔1〕據《明詩紀事》校。

當軒放出紫金顔，幾次迎人去復還。多半夕陽殘醉後，朦朧雙眼望鍾山。

北弦南管不同鄉[1]，今日吹彈共一場。若問清溪波上影，梨園還是昔時裝。

【校注】

〔1〕北弦南管，《明詩紀事》作“南弦北管”。

楚風補卷之四十

明

周聖楷〔1〕

字伯孔，湘潭文學。年二十遊京師，與鍾伯敬善〔2〕。見有爲《竹枝詞》者，自酉達寅和百首，明日詩滿長安，自是名重天下。將四十，築湖岳堂於潭之東偏，讀書其中。所著有《楚寶》《生氣録》《湘水玄夷》《中庸贊》《湖岳堂前集》〔3〕。

【校注】

〔1〕《湖北先賢詩佩》、《沅湘耆舊集》、乾隆十二年刊《長沙府志》有傳。

〔2〕鍾伯敬：名惺，號退谷，湖廣竟陵（今湖北天門）人。萬曆進士，官至福建提學僉事。爲"竟陵派"創始人之一。

〔3〕前，《沅湘耆舊集》作"全"。

我立于野二章思古也〔1〕

古人往矣，我獨處此。彼其之子，我悲亦悲，我喜亦喜。彼其之子，不知有今。既知有今，何敢與我同心〔2〕。

【校注】

〔1〕據《湖北先賢詩佩》《明詩歸》校。

〔2〕何,《湖北先賢詩佩》作“寧”。

繇萬縣至梁山道中作〔1〕

夜艤夔門棹，晨復遵山路。豈不憚馳驅，庶幾明旦暮〔2〕。竹柏周道旁，翠蕻能自固。溪聲宛轉之，流止遞新故。陟峻撫舊踪，崎嶔成坦步。却笑蒼蒼天，正爾墮雲霧。

【校注】

〔1〕據《湖北先賢詩佩》《沅湘耆舊集》校。萬縣：在今四川省。梁山：又稱劍門山、高梁山，在四川省梁山縣東北，與萬縣接界。

〔2〕“庶幾”句,《湖北先賢詩佩》作“明旦凜朝暮”。

讀雪山九歌〔1〕

悲來各有泪，感慨豈在同。我誦九歌詩，如聞落葉風。古之英雄人，成算先愚蒙。世事無一可，險地收其功。當爾養時晦，寧遽哭路窮。血氣煉不盡，出語驚頑聾。空名忍再誤，霜雪慎所終。

【校注】

〔1〕據《沅湘耆舊集》校。雪山：疑指王鐸。鐸字覺斯，號雪山道人。明天啓進士，累擢禮部尚書，福王時爲東閣大學士。順治間降清，官至禮部尚書。博學好古，工詩文書畫。

硤　　石〔1〕

自昔聞硤石，已愁所歷難。絶壁千仞直，顧盼何多端。飛鳥不欲上，予情忍獨安。羸僕驅其後，喘息皆在山。旭日積陰外，戾氣爲之蟠。雲烟雖喜憩，疲勞异所觀。山水亦何心，處此道路間。

【校注】

〔1〕據《沅湘耆舊集》校。硤石：山名。有二處，一在安徽，一在浙江海寧縣東。此處當指後者。

抄蘇子瞻詩訖題其後

詞人感中晚，寧獨宋始衰。百年一風會，中晚豈無詩。當其自矜惜，如螢僅取輝。如花開爛熳，殿春争新奇。宋誤拾斷梗，氣格日就卑。厭厭至元豐，我公起峨嵋。冰雪出古人，名士後先之。紛紛衆情中，置此妙爐錘〔1〕。真氣光楮墨，衆遂莫敢疑。平心而降觀，亦如金在泥。吁嗟後世士，此意棄若遺。以詩轉一世，詩之力已微。精神苟在我，不朽者幾希。

【校注】

〔1〕沈德潜《説詩晬語》："蘇子瞻胸有洪爐，金銀鉛錫，皆歸鎔鑄；其筆之超曠，等於天馬脱羈，飛仙游戲，窮極變幻，而適如意中所欲出。"

虎　　邱〔1〕

山小位置奇，能令目光遠。想其創始時，巧力因之顯〔2〕。謝去雲與霞，樹老陰自展。石磴接層橋，俯視成宛轉。客來五月中，桐花香可踐，游人未及知，以此閑步遣。亦有踏月人，不爲游所掩。終夕待歌聲，用意良已淺。

【校注】

〔1〕據《湖北先賢詩佩》《沅湘耆舊集》校。虎邱：又名海涌山，在江蘇蘇州市閶門外。

〔2〕巧，《沅湘耆舊集》作"功"。

入桃花源[1]

朝雨緩開帆，晴氣微如纈。推蓬翠撲人，飛泉瀉寒潔。啼鳥無凡聲，木石静相接。峰影照高低，花香隨曲折。一往會心境，歸紀何年月[2]。

【校注】

〔1〕《桃花源志略》録有此詩。

〔2〕《宋書·陶潛傳》："(潛)自以曾祖晋世宰輔，耻復屈身後代。自高祖王業漸隆，不復肯仕，所著文章，皆題其年月，義熙以前則書晋氏年號，自永初以來，唯云甲子而已。"據本詩末句可以推知，周聖楷此詩當作於入清之後。

桃源行[1]

漁人捕魚如寒鷺，乘舟慣識烟霞路。偶見桃花一片飛，回頭失却溪邊樹。武陵太守沿舊溪，青山雖有白雲迷。車騎全非秦代物，鶣鵲猶似洞中鷄。人耶仙耶皆可敬，六百年來更幾姓[2]。五柳先生筆不凡，遂令桃源千載咏。况兹桃源天下鮮，何必苦與神仙辨。昌黎一生苦倔强，山水情緣信猶淺。不見當時留侯棄朱紫，長嘯願從赤松子[3]。行行且采洞邊花，莫令神仙笑人鄙。

【校注】

〔1〕《桃花源志略》録有此詩。

〔2〕此詩前十句，隱括陶潛《桃花源記》文意。六百年：指秦末至晋太元這段時間。

〔3〕留侯：張良。《史記·留侯世家》："留侯乃稱曰：'……今以三寸舌爲帝者師，封萬户，位列侯，此布衣之極，於良足矣。願棄人間事，欲從赤松子游耳。'"

漁　歌[1]

幽思無盡看江水，何處漁歌江上起。一叠凄清愁未終，幾聲斷續腸相似。南天孤雁亦悲鳴，不到瀟湘無此情。

【校注】

〔1〕據《沅湘耆舊集》校。

遠歸曲

秋花岸雨歸帆暮，浪急風高郎不渡。阿郎不渡妾不知，猶謂郎行千里路。一夜舟中風雨聲，是妾夢中相見情。

五月三日秦淮即事

嵐減峰文細，潮生水步鬆。薄陰停障面，新暑試輕容[1]。烟閣晴皆綺，山船晚似縫。火城波上下，犀渚影重重[2]。

【校注】

〔1〕《楚風補》原注："薄繪也。"

〔2〕犀：犀角，舊説燃犀能照明幽微。犀渚：典出《晋書·温嶠傳》："(嶠)旋於武昌，至牛渚磯，水深不可測，世云其下多怪物。嶠遂毁犀角而照之，須臾，見水族覆火，奇形异狀，或乘馬車著赤衣者。"

僦月軒后竹

僦月還兼竹，深知所取饒。月明無夜夜，竹好得朝朝。以爾爲朋友，何曾有寂囂。誰能風雨後，聲影共蕭蕭。

夏夜宿竹樓

凉意竹間有，江風吹始生。衆聲歸晚樹，新月戀初更。人静衣香密，花高露氣清。捲簾秋水至，孤棹想空明。

看雪中榴花

對此花開日，常思著雪宜。洗紅誰肯後，守白竟能遲。色艷空妝閣，魂香壓酒卮。無多春事早，一點在高枝。

同友人尋迷樓舊址[1]

偶問隋煬事，安知楚客傷。笑人真寂寞，不古亦悲涼。地廢空生路，月來疑照香。尋常遊女在，蔓草不成芳。

【校注】

〔1〕據《沅湘耆舊集》校。迷樓：隋煬帝所建，故址在江都（今江蘇揚州市）。《南部烟花記》："迷樓經歲而成，幽房曲室，玉欄珠檐，互相連屬。煬帝喜曰：'使真仙游其中，亦當自迷也。'"

歸　　愁

不及江帆便，安能遂遠遊。一身兼古寺，兩月只揚州[1]。劍自有時去，客非無故留。遥憐兒女穉，籬落弄新秋。

【校注】

〔1〕兩、只，《沅湘耆舊集》分别作"累""滯"。

茅止生邀集烏龍潭森閣[1]

無故生樓閣，潭居何所師。岸花移舫處，林月下山時。遠客悲蟬噪，佳人愛柳垂。幽懷隨分結，不獨與秋宜。

【校注】

〔1〕茅止生：名元儀，號石民，茅坤之孫。歷官副總兵。以兵嘩遣戍漳浦。

邊事急，請募死士赴邊，爲庸姦所忌，悲憤縱酒而卒。著有《嘉靖大政類編》《西峰談話》等。烏龍潭：在南京城内。

南岳山中夜話

古岳生深厚，孤懷不敢奇。相逢羈旅意，或與雲嵐知。松老烟無媚，山高虎亦慈。聽泉共夜半[1]，仙佛共威儀。

【校注】

〔1〕共,《沅湘耆舊集》作“過”。

曉發龍江關[1]

出關俱是客，遠道意難存。細雨一江夢，寒花千里魂。倦遊當此日，貧住向何村。歷到風波處，方知舟子尊。

【校注】

〔1〕龍江關：在浙江蕭山縣境内，明時設户部鈔關於此。

巴邱泛月

看月湖中好，憐人不在明。賞因稀愈快，遊以幻爲程。漁火隨星出，山光與樹平。棹邊天上下，何處岳陽城。

宿上封寺[1]

僧在高峰住，關門亦見聞。泉聲無近響，樹老即離群[2]。冷合諸岩氣，晴占半夜雲。莫教鐘不定，常恐動蒼旻。

【校注】

〔1〕上封寺：位於祝融峰頂。是南岳著名佛寺之一。

〔2〕即,《沅湘耆舊集》作“易”。

田間踏月歸〔1〕

新涼洗梧葉，野水照柴門。晚歲營歡笑，勸農知本源。不耕真有愧，爲學欲何言。月在來時路，秋光滿一園。

【校注】

〔1〕據《沅湘耆舊集》校。

訪　　雪〔1〕

欲往看群玉，衣單悔奈何。徑花封鳥下，溪影照人過。竹裏聲偏積，梅前香未多。始知高士意，庭户任張羅。

【校注】

〔1〕據《沅湘耆舊集》校。

梅花下雪

白滿園林樹，星星只此間。曉香非有待，位置若相關。影取花邊潔，神存淡處閑。看他嚴冷後，春共一枝還。

聽　　雪〔1〕

密霰風如織，凄清入夜時。一燈寒不定，萬木響頻移。細雨將毋似，秋聲亦可疑。聽多茅屋下，真覺竹樓宜〔2〕。

【校注】

〔1〕據《沅湘耆舊集》校。

〔2〕竹樓宜：語本王禹偁《黄州新建小竹樓記》：“冬宜密雪，有碎玉聲。”

自帆園移館十二兄湖上〔1〕

去辭江上月，暫憩壟中身。榻就湖光淡，窗開竹影新。是書皆可讀，何地不宜人。南北徒分阮，予懷范穉春〔2〕。

【校注】

〔1〕據《沅湘耆舊集》校。

〔2〕“南北”句：言同族而以貧富分。《世説新語·任誕》：“阮仲容（咸）、步兵居道南，諸阮居道北。北阮皆富，南阮貧，七月七日，北阮盛曬衣，皆紗羅錦綺。仲容以竿挂大布犢鼻幝於中庭。人或怪之，答曰：‘未能免俗，聊復爾耳！’”范穉春：范，當作“氾”。氾毓，字穉春。晋濟北盧人。《晋書·氾毓傳》稱其“奕世儒素，敦睦九族”，“少履高操，安貧有志業”。

答楊修齡問衡岳之勝〔1〕

半生栖此岳，未易肯言奇。峰氣雲高下，泉聲樹合離。遊兼微雨好，住不獨秋宜。公往從此决〔2〕，重來恐又遲。

【校注】

〔1〕楊修齡：名鶴，武陵（今湖南常德市）人。萬曆進士。崇禎初拜兵部右侍郎，總督陝西三邊軍務。後謫戍袁州卒。

〔2〕此，《沅湘耆舊集》作“兹”。

新　　月〔1〕

月爾何情緒，偏來照此時。客如光在葉，秋共影生池。晚翠能相近，寒波不自持。誰將弦後意，一慰旅人思。

【校注】

〔1〕據《沅湘耆舊集》校。

冒雨送酒黃翁舟中〔1〕

尊酒何關雨，偶因雨念翁。舟寒難近市，裘薄易當風。不減高年趣，其於旅路窮。水烟能供養，倦莫掩孤篷。

【校注】

〔1〕據《沅湘耆舊集》校。

憩武陵溪上煮茗〔1〕

煮茶思就石，掃葉更依林。響送千岩瀑，烟分半洞陰。鶴巢丹荔近，漁艇緑楊深。不汲崔婆井，應緣醉士吟〔2〕。

【校注】

〔1〕據《沅湘耆舊集》《桃花源志略》校。

〔2〕崔婆井：在武陵（今湖南常德）。《常德文徵》載闕士琦《崔婆》詩："天風環佩杳，何處度霓裳。石髓無須吸，崔家酒自香。"周一送《崔井》詩："洞口白雲虚夜月，山前頹碣卧烟蘿。由來名迹消沉久，偏向黃壚感慨多。"可資參考。

望桃川渡烟雨如畫促江伯通入洞〔1〕

微茫川上雨，山蔟淡芙蓉。北苑綃疑濕，南宫墨未濃〔2〕。輕鷗浮點點，遠樹隔重重。試鼓雙橈去，秦人箇裏逢。

【校注】

〔1〕據《桃花源志略》校。桃川渡：在桃源縣桃花溪渡口。《桃源縣志》："桃花溪，在邑南二十八里，在沅水之南，源出桃花洞山。"洞：指桃源洞，亦稱秦人洞。

〔2〕北苑：指五代南唐畫家董源。源，一作"元"，字叔達，鍾陵（今江

西進賢西北）人。南唐中主時任北苑副使，人稱“董北苑”。擅畫水墨或淡着色的山水，作品大半是烟雨朦朧、汀渚掩映的江南景色。南宫：指北宋書畫家米芾，曾官禮部員外郎，人稱“米南宫”。畫山水不求工細，多用水墨點染烟巒雲樹。

入桃花源〔1〕

鷄犬能乘霧，子孫長閉關。千花供佛地，六博賭蓬山。石髓年年服，蟠桃歲歲頒。偶隨顛曼倩，一劫墮人間〔2〕。

【校注】

〔1〕《沅湘耆舊集》《桃花源志略》録有此詩。後者題作《游桃花源》。

〔2〕顛曼倩：謂東方朔。揚雄《法言》稱其爲“滑稽之雄”。《漢武故事》載，東郡曾送一短人，漢武帝疑其爲山精。短人指東方朔謂武帝曰：“王母種桃，三千年一作子，此兒不良，已三過偷之矣。遂失王母意，故被謫來此。”

將嫁妾〔1〕

清宵幾點泪，當得此周旋。夢已先雲散，身猶在枕邊。影留諸姊姤，帶結後人緣。郎命從來薄，非關妾使然。

【校注】

〔1〕據《沅湘耆舊集》校。

過友人

幾處寒塘水，都吹落葉風。竹橋秋雨外，花徑暮烟中。所謂伊人在，豈無高想同。明時郊野静，相送亦從容。

南岳山中懷伯敬[1]

自來栖隱地，不獨爲登臨。猿鶴存先代，松杉養道心。每思君晤對，如歷岳高深。何負三年意，端居未出林。

【校注】

〔1〕據《沅湘耆舊集》校。伯敬：指鍾惺。

譚友夏自越歸晤别於錫山[1]

衣邊秋未去，霜氣自湖陰。凡子吟能及，皆予夢所尋。分風來往路，計日聚離心[2]。各指梁溪水[3]，寒烟共一深。

【校注】

〔1〕譚友夏：即譚元春，湖廣竟陵（今湖北天門）人，與鍾惺同爲“竟陵派”創始人。錫山：在江蘇無錫市西郊。

〔2〕聚，《沅湘耆舊集》作“合”。

〔3〕梁溪：在無錫市西，源出惠山。

舟　夜

鄉路近愈遠，歸舊心未肯停[1]。犯烟疑過樹，趁月漸移汀。水寺鐘生定，漁村網聚腥。寂然悲夜永，寒露濕空舲。

【校注】

〔1〕未肯停，《沅湘耆舊集》作“殊未停”。

欲取路碧泉入南岳[1]

及此春晴日，山深花更妍。路從泉影入，雲在水聲邊。古寺閑魚磬，芒鞋越陌阡。尋常聞見盡，重向五峰烟。

【校注】

〔1〕據《沅湘耆舊集》校。

秋陰詩和茂之遂言别[1]

數夕應宜月，其如未肯晴。滿堦梧影失，半榻竹凉生。天地此時肅，秋懷何處明。還愁江上見，不是對君情。

【校注】

〔1〕據《沅湘耆舊集》校。

寄　友

曾記君栖隱，桃源止隔牆。岸移秋水漲，樓對晚雲凉。坐到竹邊静[1]，尋來檻外光。不知相别久，猶夢藕花香。

【校注】

〔1〕竹,《沅湘耆舊集》作“林”。

六月初四自湘浮沅鼎遂欲觀欽山[1]

一舟新月下，偶從即成遊。鳧鷺常如客，溪山只向秋。遠峰煩接待，芳草受淹留。久矣湖天闊，予今始欲愁。

【校注】

〔1〕沅鼎：沅州、鼎州。治所分别在今湖南芷江、常德。

五月三日謝仲玉移尊帆園

湘岸雖幽素侣稀，君舟纔泊我開扉。兩人握手花邀坐，一笑登堂雲在衣。筆墨相推寧過厚，尊罍偶乏未爲非。堪酬佳節江邊住，翠竹娟娟月漸輝[1]。

【校注】

〔1〕漸，《沅湘耆舊集》作“吐”。

江上初夏柬秋若姪

一林梅雨濕殘鶯，岳雪消來與岸平。止隔柴籬人自遠，看多嵐翠晚偏晴[1]。粥魚齋罷銷常課，筆墨香初悟此生。脂韋咄嗟都妄想[2]，愛君端坐寸心明。

【校注】

〔1〕看，《沅湘耆舊集》作“無”。

〔2〕脂韋，《沅湘耆舊集》作“褦襶”。脂韋：油脂與軟皮，喻阿諛圓滑。《楚辭·卜居》：“寧廉潔正直以自清乎？將突梯滑稽，如脂如韋以潔楹乎？”

漁仙寺[1]

野水幽篁古寺門，蒼苔時有落花痕。誰人解説秦時事，此地堪招漁父魂。淒遠笛聲過別洞，微茫雨色在前村。山僧盡日無功課，學種胡麻鑿石根。

【校注】

〔1〕據《湖北先賢詩佩》《沅湘耆舊集》校。漁仙寺：遺址在桃源縣西六十里。

四月八日龍君御佛閣成[1]

佛居西土幾時生，佛閣能從此日成。禮罷白毫千萬丈[2]，坐餘精磬兩三聲。溪南北放晚花盡，簾上下同秋月明。但是慈悲都攝入，莫因微細不關情。

【校注】

〔1〕據《沅湘耆舊集》校。四月八日：浴佛日，佛教徒於此日（相傳爲釋迦牟尼生日）舉行浴禮，以水灌佛象，謂之浴佛，也稱灌佛。

〔2〕白毫：如來佛三十二相之一，佛家傳説佛祖眉間有白色毫毛，初生五尺，成道時一丈五尺，名白毫相。

峴山遊吴王洞[1]

未入山時智勇生，山中微雨却難行。始知岩壑俱經濟，豈爲登臨獨勝情。葉葉乍翻秋曝落，溪溪漸與野雲平。荼蘼花發泉源活，尋到源邊月亦明。

【校注】

〔1〕據《沅湘耆舊集》校。峴山：在湖北襄陽市南，一名峴首山。

坐鍾伯敬河房待晚凉出城訪王永啓[1]

河身陰半閣崚嶒，白帢微凉坐始增。偶話一時閑向夕，幽懷六月止如冰。蟬吟古岸生喧寂，月映空山鮮愛憎。每見君交皆落落，幾慚長嘯失孫登[2]。

【校注】

〔1〕據《沅湘耆舊集》校。

〔2〕孫登：三國時魏隱士。善嘯，性無恚怒。嘗對嵇康説：“子才多識寡，難乎免於今之世矣！”後康果爲司馬昭殺害，臨終作《幽憤詩》曰：“昔慚柳下，今愧孫登。”

邱兵憲書至得伯敬病愈消息

竟陵城下武昌船，我友歸期病作緣。不仗寄書蘭省内，安知强飯菊花前。道能兼善如公少，學未謀生亦枉然。最是係人知己感，喜來方愧意難宣。

常五書至，始哭鍾子伯敬於寢，生而友，死而以師事之，禮也，成二首

殘雪聞君病未痊，心祈平善落花前。江湘去路竟如此〔1〕，書信到門成慘然。良友勸予休墮泪，哲人云萎痛無緣。此生縱使難相負，忍聽交遊説昔年。

【校注】

〔1〕湘，《沅湘耆舊集》作“鄉”。

共爲天下惜文星，何獨相知失典型。力挽希聲開异代〔1〕，默留無盡答高旻。門牆人避秋冬氣〔2〕，墟墓全收山水靈。不讀楞嚴心已悟〔3〕，再來依舊一峰青。

【校注】

〔1〕希聲：微細之聲。此句指鍾惺反對前後七子的“摹古”和公安派的“輕率”，倡導幽深孤峭，在文壇上别樹一幟，創立“竟陵派”。

〔2〕秋冬氣：董仲舒《春秋繁露》：“春氣愛，秋氣嚴，夏氣樂，冬氣哀。”《明史・袁宏道傳附鍾惺傳》稱鍾“爲人嚴冷，不喜接俗客，由此得謝人事”。

〔3〕楞嚴：佛經名。《明史》謂鍾惺“晚逃於禪”。

春日與友人醉海棠花下

花肯無香花亦奇，繞闌莫負此花枝。高低嫩碧侵書幌，遠近新紅照酒巵。積雨不知人向暮，乍晴因見月趨時。繁華夢作炎凉事，歷盡春寒情始癡。

題　　梅[1]

今朝懷抱對梅開，十日奇寒念晚栽。老幹要枯方卓犖，高花未發敢疑猜。神情迴在無痕處，香韵非從不俗來。雨雪風中調護力，天於草木亦憐才。

【校注】

〔1〕據《沅湘耆舊集》校。

與内遊南岳[1]

一峰以上極高深，再過一橋生古今。寶露化爲秋水去，松光常與夜岩沉。仙凡止隔來時路，我汝相關洞裏琴。羅袖拂花香漠漠，蒼然雲盡翠蕭森。

【校注】

〔1〕據《沅湘耆舊集》校。

楊修齡先生園[1]

爲園負郭暫言歸[2]，天使梁山翠作圍。泉石不妨經世事，禽魚亦悟哲人機。溪風溪雨清懸榻，荷葉荷花香惹衣。數載愧公頻寄問，此時翻覺到門稀。

【校注】

〔1〕據《沅湘耆舊集》校。楊修齡：見《答楊修齡問衡岳之勝》注。

〔2〕負郭：靠近城郭。《史記·蘇秦傳》："且使我有洛陽負郭田二頃，吾豈能佩六國相印乎？"

寄　　意〔1〕

不言多恨但顰眉〔2〕，此意何堪令我思。衣畏香薰無可著，坐嫌人近每先移。歡場贈錦情恒淡，俗客催歌態轉遲。筆墨偶然邀一笑，看他憐妬總相宜。

【校注】

〔1〕《沅湘耆舊集》題作"多意"。

〔2〕恨，《沅湘耆舊集》作"憾"。

逆　　旅〔1〕

峴山青未點丹楓，路近衰楊興已窮。每任意行千里外，數驚身在一舟中。晝多積怨長如夜，劍爲懷仇故倚空。秋色沅湘歸自好，耻從逆旅説新豐。

【校注】

〔1〕據《沅湘耆舊集》校。

自郟返於南陽道中〔1〕

誰肯將身試屢艱，裹糧三月爲名山。參猶吾楚咽喉地，嵩在中原指顧間〔2〕。碑下夕陽遊子立，鶴邊秋水道人閑。那知魯國栖栖者〔3〕，尚有迷津見往還。

【校注】

〔1〕據《沅湘耆舊集》校。郟：縣名，在今河南省，離南陽約三百里。

〔2〕嵾：山名。一名嵾嶺，又名嵾上山，即湖北境内之武當山。嵩：指中岳嵩山，在河南登封縣境内。

〔3〕魯國栖栖者：謂孔子。此處泛指飄泊异鄉之人。

聞譚友夏消息〔1〕

寂寞江潭不自憐，舉家愁盡在君邊。先資縱貶猶驚俗，古道無存乃累賢。失士一時羞玉帛，讀書廿載負林泉。要知通塞關天運，共惜劉蕡亦枉然〔2〕。

【校注】

〔1〕據《沅湘耆舊集》校。

〔2〕通塞：指遭際的順利與滯塞。劉蕡：字去華，唐文宗時，應賢良對策，極言宦官擅權禍國，考官馮宿等嘆服而不敢録取。同考的李郃説："劉蕡下第，我輩登科，實厚顔矣！"此以劉蕡喻譚元春（友夏），據《明史》記載，譚元春天啓七年（1627）始舉鄉試第一，時已四十一歲。此詩當作於譚未第時。

吊遼陽陣亡己未五月作〔1〕

此日猶然棄老成，血風腥雨到遼城。一軍俱恨兵無氣〔2〕，萬里何人哭有聲。勸爾髑髏安衆論，自來鼙鼓怨昇平。刀光夜照愚民屋，遠慮非愁出塞行。

【校注】

〔1〕己未：指神宗（朱翊鈞）萬曆四十七年（1619）。遼陽：在今遼寧省。明時爲遼東都指揮使司所在地。《明史・神宗紀》："四十七年春二月乙丑，經略楊鎬誓師於遼陽，總兵官李如柏、杜松、劉綎、馬林分道出塞。三月甲申，杜松遇大清兵於吉林崖，戰死；乙酉，馬林兵敗於飛芬山，兵備僉事潘宗顔戰

死；庚寅，劉綎兵深入阿布達里岡，戰死。”

〔2〕恨,《沅湘耆舊集》作“憾”。

丁卯下第〔1〕

霜氣霜華江上樓，溪雲溪雨共寒流。三年苦行當今日，九月傷心值暮秋。鶴爲稻糧無遠唳，豹思烟霧豈終留〔2〕。故園若有躬耕地，草屩單衫何所求。

【校注】

〔1〕據《沅湘耆舊集》校。丁卯：明熹宗天啓七年（1627）。

〔2〕“豹思烟霧”：喻愛惜自身，有所不爲。《列女傳》：“妾聞南山有玄豹，霧雨七日而不下食者，何也？欲以澤其毛而成文章也。故藏而遠害。”

夜出章德門往牛首道中作〔1〕

尚餘殘照在林間，凉氣先於草際還。屢憩僕夫安緩步，略携詩卷爲消閑。水聲不涸中宵露，人影能高静處山。僧卧竹房知客至，也留明月夜留關。

【校注】

〔1〕據《沅湘耆舊集》校。

哭妾四首〔1〕

八年閨閣一身藏，光影依依几硯旁。别久乍疑予是客，開緘方痛汝真亡。亦知有恨如通德，未免多情似窈娘〔2〕。金鳳翠翹能幾日，新晴樓上斷人腸。

【校注】

〔1〕據《沅湘耆舊集》校。

〔2〕通德：後漢伶半千之妾。每與半千言及飛燕姐妹事，“以手擁髻，凄然泣下”。舒位《樊姬擁髻》雜劇即敷演此事。窈娘：唐喬知之之婢，爲武承嗣所奪。知之作《緑珠怨》以寄意，窈娘投井死。

群婢争言永訣時，玉顔彫落鏡光離。歡儂半枕虚名誤，生死重泉痛念遲。藥餌親嘗煩大婦，衣裳殉盡嘆無兒。可憐一掬秋墳草，癡想他年連理枝。

貧賤催人屢出門，緑窗春雨見啼痕。病深遠道緣何薄，帶結良宵語尚温。葬盡名花難贖死，吟枯彩筆爲招魂。更祈佛力超三界，生後生前舊主恩。

魚磬聲中悲怨含，誓將苦海一身擔。楚人尚欲求遺履，荆婦安能忍墜簪[1]。寸寸斷腸埋杜若，絲絲血泪點江潭。白楊風暖梨花雪，自此傷心三月三。

【校注】

〔1〕“楚人”句：典出賈誼《新書》：“楚軍敗，昭王走而屨決，背而行，失之。行三十步，旋復取屨。及至於隋，左右問曰：‘王何曾惜一踦屨乎？’昭王曰：‘楚國雖貧，豈愛一踦屨哉？惡與偕出不與偕反也。’”“荆婦”句：典出《韓詩外傳》：“孔子出游少源之野，有婦人中澤而哭，其音甚哀。孔子使弟子問焉……婦人曰：‘鄉者刈蓍薪亡吾蓍簪，吾是以哀也。’弟子曰：‘刈蓍薪而亡蓍簪，有何悲焉？’婦人曰：‘非傷亡簪也，蓋不忘故也。”後常用“亡簪遺履”喻懷舊。

秦人洞候憲使馮元成先生[1]

秦人洞口武陵溪，不待於今路已迷。一澗碧桃仙犬吠，滿林紅葉子規啼[2]。長松掃榻供游偃，絶壁飛流待品題。慚愧使君門下士，山中猶自隔雲泥。

【校注】

〔1〕據《桃花源志略》《沅湘耆舊集》校。秦人洞：即湖南桃源縣桃源洞，相傳即陶潛所記之桃花源。

〔2〕作者自注："山中紅葉春夏不凋。"

熊孝伯讀余花源詩見贈二律次韻録一

子長游後更無遊〔1〕，悵望三湘水自流。身賤愧非安石屐〔2〕，花開買得武陵舟。少年久客愁應老，暮雨登山意似秋。一曲漁歌聊足和，落英春盡泛輕鷗。

【校注】

〔1〕子長：指司馬遷。司馬遷早年遍游名山大川，考察風俗，采集傳説。

〔2〕安石：晋丞相謝安。《晋書·謝安傳》載謝安因淝水之戰獲勝，喜甚，過户限時不覺將屐齒折斷。詩文中多用以形容喜不自勝之態。此處疑用謝靈運"登山屐"的典故，用以指游山玩水。

白門留别伯敬〔1〕

昔我來何日，歸舟見此詩〔2〕。砌蟲臨曉默，嶺樹與秋辭。處宦原多術，甘貧誰是師。旅心生悔吝，神聽泯榮衰。葉落聲無定，霜初冷易知。去當蘆荻夜，還有憶君詩。

【校注】

〔1〕白門：金陵的代稱。

〔2〕詩，《沅湘耆舊集》作"時"。

洞庭曲

大舸高千尺，衝風一萬里。郎君過湖來，便到瀟湘尾。

懊别曲

郎正出門時，儂向燈火笑。郎莫疑儂心，爲是郎佳兆。

不肯怨歡薄，不忿改儂癡。儂有不平事，總是歡所爲。

郎今欲遠遊，事事經儂口。不及郎德行，知郎無損友。

到　家

豈有遠行人，到家心菀結〔1〕。本是戀鄉人〔2〕，怕作還鄉客。

【校注】

〔1〕心，《沅湘耆舊集》作“相”。

〔2〕人，《沅湘耆舊集》作“心”。

新安江暑行

溪雨欲來人氣清，溪風欲上帆葉輕〔1〕。灘頭蘸雪篙三尺，山脚抱凉蟬一聲。

【校注】

〔1〕帆葉，《沅湘耆舊集》作“葉帆”。

和友夏湘雨嘆

歷歷光陰客子邊，湘花争上孝廉船。那知酒盡花殘日，我獨因君想暮天。

爲七姊妹花作架

姊妹花前覓泪痕，安知不是七姬魂。幽窗艷色相煩女，一架春風幾許恩。

楊　　花

楊花的的掌中身，寒食風吹雪碾塵[1]。百結春衫無典處，閉門同作負春人。

【校注】

〔1〕的的：鮮明，昭著。雪：指楊花。韓愈《晚春》："楊花榆莢無才思，惟解漫天作雪飛。"雪碾塵：喻春光消逝。蘇軾《水龍吟，次韵章質夫楊花詞》："春色三分，二分塵土，一分流水。"

古庵示僧

春星照露翠光微，金粟無言又夕暉[1]。萬物盡歸鐘磬内，寒雲獨向嶺邊飛。

【校注】

〔1〕金粟：佛名。即金粟如來。亦稱維摩詰大士、净名大士。又，金粟作燈花解，亦通。

春遊詞

姊妹相邀始出幃，忽聞陌上玉驄歸。避人掩袂花間立，郎自識奴身上衣。

舟　　卧

帆順江晴紅樹邊，碧波倒映岸如烟。清酣爲有瀟湘路，卧看名山生遠天。

德　　山〔1〕

萬山金碧照如來，古殿松陰晝不開。偶爲磬聲過澗水，却驚花鹿起蒼苔。

【校注】

〔1〕據《沅湘耆舊集》校。德山：在湖南常德市東南，又名枉人山、枉山、善德山。

宿己公岩〔1〕

己公岩下水粼粼，石老雲黄記往因。一夜溪聲聽不得，遊山真愧住山人。

【校注】

〔1〕據《沅湘耆舊集》校。己公岩：湖北當陽縣西有己公嶺，五代詩僧齊己嘗結廬其下。

看鍾居易畫

筆墨嵐烟相接生，始知邱壑具閑情。衡雲九面沿湘水，恨不携君向此行。

竹枝詞〔1〕

家住秦淮淮水西，門前芳草緑萋萋。郎來莫打鶯哥叫，妾在高樓聽馬嘶。

【校注】

〔1〕《沅湘耆舊集》所收詩詩題與《楚風補》同。《湖北先賢詩佩》録“家住”“乍晴”二首，題作“秦淮竹枝詞百首”，注曰：“此先生一夜作也，惜乎全稿散佚，今僅存二首。”

乍晴門巷住香車，緑柳紅橋是妾家〔1〕。今日新妝何處去，太平門外看荷花。

【校注】

〔1〕《湖北先賢詩佩》此句作“深柳人家傍若耶”。

竹户朱門門半開，聞郎亦上雨花臺。秦淮春水年年漲，桃葉桃根莫渡來〔1〕。

【校注】

〔1〕桃葉：晋王獻之妾。桃根：桃葉之妹。相傳王獻之嘗作《桃葉歌》，中有“但渡無所苦，我自迎接汝”句。今秦淮河畔有桃葉渡。

馬文淵避暑石室〔1〕

鑿石依山掃陣雲，五溪猶説舊將軍。隔江便是桃花洞，金鼓秦人似不聞〔2〕。

【校注】

〔1〕據《沅湘耆舊集》校。馬文淵：即馬援。避暑石室：在湖南沅陵縣東北一百三十里處之壺頭山。漢光武帝時，馬援征五溪，“進營壺頭，賊乘高守隘，水疾，船不得上。會暑甚，士卒多疫死。援亦中病，遂困，乃穿岸爲室，以避炎氣”（見《後漢書·馬援傳》）。

〔2〕桃花洞：即桃源洞，在與壺頭山接界之桃源縣桃源山。

解纜詞并序

遊花源返棹，身若有所遇，而心若有所俟，矯首江干，悵然久之。江伯通闕亮遂疑余於江上之人有私眷焉，作《解纜詞》四首見示。噫，抑知施珠曳翠之中，原無佳偶，綠房紫府之上，別有良緣耶！聊次來韵，如歌《竹枝》，以解嘲。録二。

桃花芳杜水悠悠，那得仙鬟共一舟。自謫塵寰愁似海，羞將薄倖誤青樓。

莫題錦字便疑余，南國佳人總不如。昨日飛瓊親得見[1]，仙風摇曳紫霞裾。

【校注】

〔1〕飛瓊：許飛瓊，傳説中仙女。

劉春萊[1]

字芝侶，武岡文學。嗜學博古，不拘禮法，復不喜見貴介人，有當路私訪者，逼見於麟趾岩閣上[2]，舉身躍窗下，足跛。時人呼爲跛侶[3]。無嗣。詩文多散失。

【校注】

〔1〕同治年間《武岡州志》傳較詳。

〔2〕《武岡州志》《沅湘耆舊集》《資江耆舊集》均作“麟趾閣”。

〔3〕跛侶，《沅湘耆舊集》作“跛仙”。

雲外鐘聲[1]

修不從聞思，鐘亦遺人籟。聲仍在雲中，聽將落雲外。

【校注】

〔1〕《武岡州志》《資江耆舊集》《沅湘耆舊集》録有此詩。《沅湘耆舊集》題作“雪山雜咏”，共三首，此爲第一首。（按，雪山，當作“雲山”。雲山，在湖南武岡縣東南，有七十一峰，道書以爲第六十九福地。）

仙橋橫漢[1]

不見凌空仙，攀行牧樵子。跨向萬峰巔，渡雲不渡水。

【校注】

〔1〕《沅湘耆舊集》題作“雪（當作雲）山雜咏”，此爲第二首。

劉南吕[1]

字師尚，一字文慎，江夏文學。性疏放，持觴喝月，談笑風生。刻意七言，取法少陵。自癸未之變[2]，恤緯念亂，舊典淩夷，乃於未死前數月，自定其生平詩刻之，曰《友牧堂集》。嘗笑謂夏振叔："异時當於我葬所題云：嗚呼，此有明飲者劉子文慎之墓。"

【校注】

〔1〕光緒八年刻《孝感縣志》有傳。《湖北詩徵傳略》謂其"本孝感人，僑寓鄂城"。

〔2〕癸未：指崇禎十六年（1643）。據《明史·莊烈帝紀》記載，是年張獻忠先後攻陷漢陽、武昌，沉楚王朱華奎於長江。

題唐人所畫渡水羅漢圖有引

唐人畫行脚僧渡水圖，有已渡而休與泛濟而未及濟者，有涉深水者，有老憊用少者扶持幾欲不濟者，有臨水未涉者，有見險在前倚石坐卧者，頗極其情狀。自題王右丞畫渡水羅漢圖。黄山谷云：阿羅漢皆具神通，何至拖泥帶水？使右丞作羅漢畫如此，何處有右丞耶？劉子曰：畫羅漢拖泥帶水，此畫家無中作有法，寓其游戲耳，何必不右丞哉！爲紀以詩。

已渡未渡或半渡，解足跣足與裹足。見險忽倚石坐卧，看人臨深盡回顧。岸闊水深啞啞呼，老僧怯渡小僧扶。何必神仙不渡水，世人落筆自躊躇。

邵武道中[1]

方俗已多難解處，閩南米價未全差[2]。石危所見同獅虎，岸狹東流少故家。野女尋春談佛事，樵僧出郭折江花。山風作止全無信，吹散群舟若晚鴉。

【校注】

〔1〕《孝感詩徵》録有此詩。共二首，此爲第一首。邵武：明朝府名，治所在今福建邵武縣。

〔2〕此二句《孝感詩徵》作“野客不知方土語，因聲求意頗參差”。

野嘆三十八章〔1〕録七

眼前塵榻東家物〔2〕，日後松風逋客心。寧必宗臣狂有泪，詎當率土賤無音。山厨歲宿先朝火，古道人投舊嶺陰。留得高皇鼎算在，豈令太息至於今〔3〕。

【校注】

〔1〕《孝感詩徵》題爲“甲申野嘆”。所録七首，依次爲第十、十一、十九、二十二、三十一、三十四、三十六首。

〔2〕塵榻，《孝感詩徵》作“榻外”。

〔3〕高皇：開國的君王。此指明太祖朱元璋。朱元璋有鑒於宦官爲患，嚴禁内監識字，參與政事等，并將這些禁令刻在鐵碑上，寫進《洪武寶訓》中。但後來繼位的皇帝，并未完全遵從，造成宦官擅權，政治腐敗，加速了明朝的覆滅。

一夢勞勞强欲真，臨風佶曲愧清晨。揚波不肯從漁父，溯泣寧辭近婦人〔1〕。湖叟舊聞先世臘，鳴鐘猶考漢家春〔2〕。東陵子弟青門老〔3〕，顑頷如今學負薪。

【校注】

〔1〕“揚波”句：語本《楚辭·漁父》，意謂不肯和光同塵，苟全性命於亂世。

〔2〕“湖叟”二句：謂其家乃世代簪纓之族。

〔3〕東陵：指秦東陵侯召（邵）平，秦滅亡後爲民，種瓜於長安城青門外。東陵子弟：用以指世家子弟。

感遇今晨屬老農，平湖牧火到秋峰。厭看烽堠年年赤，愁對匡床事事慵。送客方剛從馬首，迨余未老看軍容。只嗟明德無常眷，風雨偏灾夏后松〔1〕。

【校注】

〔1〕明德：光明之德。《書·君陳》：“黍稷非馨，明德惟馨。”夏后松：夏代用松木作社主。《論語·八佾》：“哀公問社於宰我。宰我對曰：‘夏后氏以松，殷人以柏，周人以栗，曰：使民戰慄。’”這裏用“夏后松”代指明王朝。

曾寫權宜清内寇，代人疏草及河防。非仇禮樂漁簑貴，坐擁麟書日月昌〔1〕。山史無成荒節烈，公田不雨泣烝嘗〔2〕。從今一飯淹三嘆，仿築夔州舊草堂〔3〕。

【校注】

〔1〕非，坐，《孝感詩徵》分别作“天”“家”。麟書：亦稱麟史、麟經，指《春秋》，傳説孔子作此書，絶筆於獲麟，故稱。

〔2〕山史：野史，私人撰述的史書。公田：古代井田凡九區，中區曰公田。《詩·小雅·甫田》：“雨我公田，遂及我私。”烝嘗：指祭祀，冬祭曰烝，秋祭曰嘗。

〔3〕夔州：唐州名，州治在今重慶奉節。杜甫曾寓居於此。史稱杜甫“數嘗寇亂，挺節無所污，爲歌詩，傷時澆弱，情不忘君，人憐其忠”（見《新唐書》杜甫本傳）。此處作者以杜甫自況。

憂來君父同聲哭，直覺草廬日月昏。擲劍已消千里夢，著書難了一家恩。先人差不披緇殮，封樹猶驚華髮存〔1〕。西土好音無計就，六時蟬響在松門〔2〕。

【校注】

〔1〕披緇：出家爲僧尼。封樹：古代士以上的葬禮。封，聚土爲墳；樹，植樹爲標記。

〔2〕好音：好消息。《詩·檜風·匪風》："誰將西歸，懷之好音。"西土：猶言西天，佛教徒謂佛祖所居之地。六時：佛教分一晝夜爲六時：晨朝、日中、日没、初夜、中夜、後夜。

白馬盟寒氣已撓，儒生蹈海欲焉逃。閑心遇物悲新故，束縛逢人失笑號。可不作書先誓墓〔1〕，偶然讀歷似披騷。姬公著作委荒草，不及當年五岳高〔2〕。

【校注】

〔1〕可，《孝感詩徵》作"何"。誓墓：《晋書·王羲之傳》載：驃騎將軍王述少有令譽，與王羲之齊名，而羲之甚輕之，因此情好不協。後述蒙顯授，羲之耻爲之下，遂稱病去官，并於父母墓前自誓不復出仕。

〔2〕荒，《孝感詩徵》作"蔓"。姬公：即周公姬旦。相傳周代禮樂制度均爲周公制定。《史記·魯周公世家》："周之官政未次序，於是周公作《周官》，官别其宜；作《立政》，以便百姓。"《周官》，西漢末尊爲經而屬於禮，故稱《周禮》。此二句慨嘆禮樂制度的崩壞。

苦竹聲殘入夜多，不眠簾外走湘娥。昔年曾擬平淮頌，此日親聽敕勒歌〔1〕。似病似狂良有故，勿顛勿醉欲如何。昏鴉帶雨歸林急，那省南山有罻羅。

【校注】

〔1〕平淮頌：唐元和十二年平定淮西藩鎮，韓愈奉詔撰《平淮西碑》，稱頌宰相裴度的功德。本詩作者當撰寫過此類文章，因此以韓文自況。敕勒歌：北朝民歌，史載北齊高歡嘗使敕勒族人斛律金唱此歌。此處以“親聽敕勒歌”暗指滿人入主中原。

陳君玉

益陽文學。

滛溪帆落[1]

風波到處危，危處翻成景。吹碎一溪烟，收盡千帆影。

【校注】

〔1〕同治年間刊《益陽縣志·輿地》載，滛溪在“治西五十里……凡行一百三十里”。《名勝記》：“滛溪多灘，惟通小舟。由錫山至石笋，皆至險處。”

陳五篋[1]

字逸子，攸縣人。開之子。負性傲物，意所不可，雖貴必面折。少補弟子員，慟君親之難，遂祝髮，號南雲行脚。錢宗伯、吴宫詹諸公與之結方外交[2]。工詩，廣致書畫古玩，意亦不在是也。已受報恩囑，行笈一肩，瓶鉢外皆儒書。意氣慨慷，有古俠士風。其胸中磊磊落落，嬉笑怒罵皆别有，故人不能測也。年五十卒於西泠。湘潭王山長爲之傳[3]。無子，詩文散佚無傳。衡山譚傳子搜寄雜詩二十七首，采十六首。

【校注】

〔1〕《沅湘耆舊集》有傳。

〔2〕錢宗伯：指錢謙益（1582—1664）。字受之，號牧齋。崇禎初官禮部侍郎。禮部侍郎亦稱“少宗伯”。吴宫詹：指吴偉業（1609—1672），字駿公，號梅村。弘光朝曾任少詹事。唐代以來，詹事爲東宫官屬，故稱宫詹。清不設太子，詹事作爲翰林官遷轉之階。此乃沿用舊稱。

〔3〕王山長：名岱，字山長。明崇禎舉人，康熙中薦舉博學鴻詞。能詩，工書畫。

入岳三首録一

依杖入青冥，幽草沾襪泥。中懷無間隔，元化相委蛇。病餘筋力怯，同行笑衰疲。興高一往深，私心實在兹。未經官路雜，探玄豈云遺[1]。未測岳廣大，先此試崎嶇。雲物相冶化，澹澹生多姿。中天白日麗，不辨雲所爲。路旁趙宋字，闇闇發深悲。萬狀來廣漠，浩嘆終難持。盡力事攀援，内蘊無所施。

【校注】

〔1〕《沅湘耆舊集》無此二句。

留别漢陽李九春陵之作，遠交如此，可見予取友甚有當於傅子之心也[1]

幽居觀河漢，冀北在户牖。出門不如君，交君喪所守。心豫形體悦，身閑爪覆手。此皆君所致，十年不我有。别離古所難，况是盜賊久。君子出武昌，孤帆停夏口。臨岐再伸辭，稠衆若緘口。今日猶昨日，交前异交後。難必他時晤，能得如今否。鴻鵠各有志，秋風空凌吼。梅有歲寒心，撲鼻定不苟。

【校注】

〔1〕春陵：古縣名，故城在今湖南寧遠縣附近。傅子：當指作者小傳中所説譚傅子。

病　起

薄福憂難免，病來了歲闌。驅寒真賴火，倚衆敢求歡[1]。無語邀僧默[2]，將心與岳安。匡床遏捺久[3]，明月擁闌干。

【校注】

〔1〕此二句《沅湘耆舊集》作“相親唯藥裹，强坐只蒲團”。

〔2〕默，《沅湘耆舊集》作“定”。

〔3〕此句《沅湘耆舊集》作“更誰知此意”。

答友人見柬

荒村無意緒，君到恣深譚[1]。萬幻常疑寄，一歸懶用參[2]。湖寬舟是岸，蓬矮睡猶龕[3]。風景解人意，有何七不堪[4]。

【校注】

〔1〕恣，《沅湘耆舊集》作“即”。

〔2〕寄：暫居。《古詩十九首》："人生忽如寄，壽無金石固。" 参：指参禪。

〔3〕矮，《沅湘耆舊集》作"小"。

〔4〕七不堪：嵇康《與山巨源絶交書》列舉不願出仕的原因"有必不堪者七"。

留别友人

小人欣有母，大患是吾身。二月尋芳意，終年閉户親[1]。雲深終有路，風淡自無塵。寄托須高厚，從來有隱淪。

【校注】

〔1〕《沅湘耆舊集》此二句作"祝髪難離俗，無家尚戀親"。

草市觀音閣

野潤千章樹[1]，烟低二水明。望中收岳色，帆影辨歸程。旭日輪空早，和風駕鶴輕[2]。燕巢依佛座，或不昧三生。

【校注】

〔1〕潤，《沅湘耆舊集》作"闊"。

〔2〕《沅湘耆舊集》此二句作"凝日深林蔚，凌風過鳥輕"。

岳　雪

樹頭枝尾狀童童，白盡樓臺剩有空。賺斷梅花奚獨後，潛消酒力欲何窮。人間玉砌無容巧，天上銀河到底同。板屋茅檐山萬朵，依違終日坐簾櫳。

南岳除夕

野人忘歲不忘山，龕火僧心事事關。除盡亂年寒且肆，望窮化日雪難删。江河自適何堪老，麋鹿無馴大放頑。三十到來臘月了，置身魚磬也安閑。

出雷祖峰路上偶成

溪隨足到護幽凉，煞有奇情出上方[1]。飯罷磬聲聽谷口，定前鳥語出雲房。橋横絶島凌荒霧[2]，樹挂寒濤下夕陽。獨往獨來還獨望，妙高今日是天堂[3]。

【校注】

〔1〕出，《沅湘耆舊集》作“足”。

〔2〕凌荒霧，《沅湘耆舊集》作“度殘影”。

〔3〕妙高：峰名，在長沙市南。

譚傳子爲余下榻浣月亭成二詩録一

偶然下榻息殘頑，夜枕晨炊意頗關。夢醒泉喧家在谷，雲來庭静客真閑。魚腸易飽池餘藻，鳥道何迂雨滿灣。最是太冲嬌二女[1]，一回相視一開顔。

【校注】

〔1〕太冲：晋詩人左思字。左思二女曰惠芳、紈素。左曾寫詩描寫二女的天真嬌憨，題名“嬌女”。

暮秋將遠適，就别傳子，而五衰相現，忽卧病月餘，臨行賦此短句，情見乎辭

肯收亡賴作深知，慚愧藥籠需歲時。侍久兒童忘主客，坐殘膏火照

鬚眉。峰寒細雨雲依岫，橘受輕霜香到籬。休息白頭生計晚，天空飄渺駐遊絲。

長沙寄杜三〔1〕

無家且欲寄鄉書，自古長沙是僦居。痛哭誰人方太傅，行吟似我愧三閭〔2〕。鷗閑渚上難忘海，燕度江邊尚憶廬。閱盡新交不是薄，野情只合共徐徐〔3〕。

【校注】

〔1〕杜三：吴偉業有《送劉杜三歸楚》，郭都賢有《劉杜三南還過訪》詩，疑即此人。

〔2〕人，《沅湘耆舊集》作"猶"。似我，《沅湘耆舊集》作"我自"。

〔3〕《沅湘耆舊集》此二句作"太息生來是行脚，野情只合策疲驢"。

石城洞留别劉古又

離岩别汝復何營，無數晴嵐秋自明。愛立溪橋識客况，題殘紅葉聽蟲鳴。家山不遠風烟接，塗步殊勞日暮征。好是林邱休未得，此情還可語阿兄〔1〕。

【校注】

〔1〕作者自注："指小南也。"

友人雪中見過有投

曉起看雲失我山，遥驚玉意是何顔。歲寒縱有蒼蒼色，也在臨風慘淡間。

題　畫

秋水溶溶透小橋，遠山林木學蕭蕭。秋風另有凌霄翮，野屋無人空結茅。

方大展

字允成，武岡文學[1]。

【校注】

〔1〕武岡：明州名，今屬湖南省。

南　山

偶與山靈破寂寥，閑携鼓吹薄層霄。眄來王國何其小[1]，想到天門漸不遥。恍挾飛仙臨絶島，共呼羽士説前朝。言旋甚速非關雨，近此幽崖尚見招。

【校注】

〔1〕王國，同治年刊《武岡州志・藝文》作“塵界”。

胡允同〔1〕

字敬嗣，大冶諸生。有逸才，雜儔伍中，岳岳如鶴立。南本兵黄克纘扁舟拜訪〔2〕，時欲奏調興國大冶大姓從軍籍，公抵掌曰："國家弭亂，自有方略，獨奈何以卒予敵乎！"黄且爽然，謝曰："此非書生言，吾見弗及也。"事遂寢。卒年四十六，著有《延清園》諸詩集。

【校注】

〔1〕《湖北詩徵傳略》有傳，較詳。

〔2〕黄克纘：字紹夫。萬曆進士，曾任刑部、工部尚書。

避居普濟寺

病後幽栖到化城，秋容黯淡見離情〔1〕。冥鴉亂遠山無色，凉葉辭林樹少聲〔2〕。法界乍疑靈鷲近，塵心尚覺毒龍横〔3〕。往時避地投身處〔4〕，回首年華感慨生。

【校注】

〔1〕到、容，《湖北先賢詩佩》作"托""雲"。化城：佛教語。原指幻化的城郭，後泛稱佛寺。

〔2〕冥，《湖北先賢詩佩》作"寒"。遠，《湖北先賢詩佩》作"點"，《湖北詩徵傳略》作"經"。"凉葉"句，《湖北先賢詩佩》作"凉葉紛飛樹有聲"。

〔3〕法界：佛教語。謂整個宇宙現象界或其本質。靈鷲：山名，在古印度摩揭陀國王舍城之東北，相傳釋迦牟尼講經於此。毒龍：佛經《大智度論》載，佛前身曾爲毒龍，爲害衆生。受戒後，忍受種種苦難，後卒成佛。

〔4〕《湖北先賢詩佩》作"尋常載酒登臨地"。

洪業嘉[1]

字伯修，湘鄉人，與弟名嘉、謀嘉齊名，時湖南猶開闈試士，業嘉既久躓文場，乃匹馬循南岳歸里。後竟没於亂兵[2]。著有《懶吟隨》《山響》諸稿[3]。

【校注】

〔1〕乾隆十二年刊《長沙府志》《沅湘耆舊集》《資江耆舊集》有傳。

〔2〕王夫之《薑齋文集》卷二《孝烈傳》有記載。

〔3〕《長沙府志·藝文志》謂著有"《懶吟隨草》《山響》諸稿"。

山　中

畏俗常避喧，尋山如訪古。山色爲誰憂，頹然一鈍魯。野人愛其閑，强顔作媚嫵。嗟汝悠悠者，跼蹐不相許。岩深水深處，稍稍雜弓弩。黄雀愯然飛，視我不猶愈。前聞虎晝行，食我雙豚乳。今來畜嶢空，始欲高牆堵。世事倘無同，既往方思補。勤葺猶可爲，泄泄何足取。自昔貴山林，謂可脱罝罟。豈意越石鷄，不爲中宵舞。戎行坐匪人，詩書誤尼父。出門念我疇，凄然見牧竪。賴有烟與雲，終焉洗塵土。星月猶在天，一杯容老圃。

龍　岩[1]

維月始飛霜，秋情生慄冽。入山訪幽花，潭響瀑如雪。是中藏靈怪，風雨四時徹。過潭不見龍，探之得其穴。心目兩森寒，鴻蒙護嵽嵲。空洞容僧定，一燈照晰晰。細步伐空鼓，鬼神置影側。窅然生冥悟，歷歷泉響咽。蓄意乞山靈，所得乃清泬。

【校注】

〔1〕龍岩：又名冷熱岩，在廣東英德縣西南，移步换形，爲天然奇景。岩

有洞，曰龍岩仙洞。

候　雪[1]

雪氣虚堂領[2]，梅風別岫歸。問寒香約約，候夜影微微。自撥爐灰坐，因懷酒客違。新詩垂老物，用息丈人機。

【校注】

〔1〕《沅湘耆舊集》《資江耆舊集》録有此詩。

〔2〕虚堂：猶虚室。《莊子·人間世》："虚室生白，吉祥止止。"

即　事[1]

宜投邱壑卧天關，生事紛紜不肯閑[2]。白髮青鬈無税駕[3]，長槍大劍有生顏。故人百里復千里，廣厦一間逾萬間。看去烟霞殊不惡，愚公何事欲移山。

【校注】

〔1〕《沅湘耆舊集》《資江耆舊集》録有此詩。

〔2〕紛紜，《資江耆舊集》作"紛紛"。

〔3〕税駕：停車，猶言止息。

有感而作

自有古今皆作客，河山相看不相知。曹吴咄咄三分耳，孫阮仙仙一笑時[1]。

【校注】

〔1〕孫阮：孫登、阮籍。《晋書·阮籍傳》："籍嘗於蘇門山遇孫登，與商略終古及栖神導氣之術，登皆不應，籍因長嘯而退。至半嶺聞有聲若鸞鳳之音，響乎岩谷，乃登之嘯也。"

周　誠[1]

字黍谷，黄陂諸生。身短皙，早髯，凄聲楚調。卒年三十一。

【校注】

〔1〕《湖北詩徵傳略》有傳。

古別離[1]

城邊種柳幾尺地，頭頭成陰皆相類。屋後種桃不計行，年年生子頗能長。羅幃綉幕愁單御，玉瑟冰弦空自撼。舞榭歌樓日復斜，秦雲隴雨夢魂賒。年月幽閨坐裏消，蘭房容易信音寥。暗中涕泪心千緒，望去關山路幾條。自是郎爲漂浪草，忍教妾作捲心蕉。複道飛書五道頒，犁庭掃穴未應還。秋馳鐵騎長逾塞，夜掩銅鐎寂度關[2]。飀飀酸風悲瀚海，沉沉苦霧困狼山。琵琶外塞難消雪，木鉢邊城易損顔。金菊花開花滿枝，人生懽愛幾何時。疆埸力盡身空老，鴻雁書來血尚漓。青山不少郎行路，白髮終無妾會期。憶寄回文織不成，秋風吹月下三更。回回轉轉心腸結，欲語旁人羞自明。

【校注】

〔1〕古別離：樂府詩題。《樂府詩集》歸入《雜曲歌辭》類。

〔2〕銅鐎：古代行軍用具。宋王應麟謂即刁斗。晝炊飯食，夜擊持行。刁無足，鐎則有三足。

感仲弟有作哭而示詩

容容方畝易[1]，脉脉感何深。不意飢寒力，能愴毛裏心。萱傷長別葉，荆末未成陰。一石十年合，踟躕忽散砧。

【校注】

〔1〕容容：同“庸庸”。《史記·張丞相傳》附韋玄成：“其治容容，隨世俗浮沉。”方畝：此處猶言隴畝。宋時行方田法，以東西南北各千步爲一方。

山　懷

一徑松梢闢，雲分近虎家。白岩飛石雪，青蘚亂泉花。谷暗常留雨，鐺貧不宿茶。出門邀晚翠，自在點歸鴉。

初飲譚茶侯旅家

各入三年夢，纔開一夕觴。因知清話永，多是素懷狂。疏月春如綫，寒泉酒次香。尚思礚礴地，整屐踏雪荒。

同夏子魯菴秦子扶霞登白雲諸頂[1]

不安茅屋兩人間，僕僕尋春百二灣。樵道何曾非漢舊，夕陽猶未冷秦關。峰鄰黄草南朝寺，谷鎖白雲老住山。眼底分明沙路細，松烟如點石頭斑。

【校注】

〔1〕白雲：山名，在湖北省孝感縣境内。

避亂寄懷劉子師尚[1]

入郭尋君日數期，三年風雨竟同之。河山有難憂門户，烽火無端照孑遺。一别儒冠親鬼蜮，百翻書卷老鴟夷[2]。流離未敢荒初夢，念爾長歌梁甫吟。

【校注】

〔1〕《湖北詩徵傳略》録有此詩。

〔2〕鴟夷：指范蠡。范自號“鴟夷子皮”。此處用以代指能够救世治亂的人物。

自湖居入金鼓二百里病矣往白雲不得柬魯菴[1]

諸峰隱隱度石門，倚膝援枝尚嶺根。松火曲村愁日暮，桑麻古道哭君恩。臨風一病依薇蕨，疏雨三秋飽杜蓀。知爾白雲卧未穩，江南猶滯未招魂。

【校注】

〔1〕金鼓：山名，在湖北黄陂縣北一百里。魯菴：當指前詩所説與作者同游白雲之夏魯菴。

傷　亂

門巷蕭然一徑寬，家藏握粟未全寒[1]。百年岵屺延秦哭，上國威儀望漢官[2]。纔有名山埋野骨，已無隙地下漁竿。朔風吹盡黄沙老，燐火黏天世路難。

【校注】

〔1〕握粟：一把粟米。《詩・小雅・小宛》：“握粟出卜，自何能穀？”

〔2〕岵：有草木的山。屺：無草木的山。《詩・魏風・陟岵》：“陟彼岵兮，瞻望父兮。……陟彼屺兮，瞻望母兮。”秦哭：秦庭之哭。春秋時楚大夫申包胥赴秦乞師，立於庭中，日夜號哭，事詳見《左傳》。“上國威儀”句：語出《後漢書・光武帝紀》：“更始將北都洛陽，以光武（劉秀）行司隸校尉，使前整修宫府。於是置僚屬，作文移，從事司察，一如舊章。……老吏或垂涕曰：‘不圖今日復見漢官威儀。’”

春半雜言[1]

被裘鶴髮翁，垂釣坐孤嶼。水泛失長橋，隔岸向人語。

【校注】

〔1〕《湖北詩徵傳略》題作“雜咏”。

楚風補卷之四十一

明

周　祉

字錫我，一字介繁，衡陽人。父希堯，南京監生，以書畫詩馳聲白下。祉生，父先卒，時同母兄祜纔八歲。母戴撫兩兒易慈以嚴，課讀弗少懈，有斷杼畫荻之風[1]。祉髮未燥有文譽，思白董視學三楚[2]，拔冠軍。天性篤孝，事母婉容愉色，三十年如一日。平居儉約自守。築室授徒，從學者屨満户外。嘗自題額云"讀書積善"。屢試有司，不合。崇禎十五年領歲薦，任常寧教諭卒。

【校注】

〔1〕斷杼：用孟軻之母斷織訓子事。畫荻：用歐陽修母以荻畫地，教子學書事。

〔2〕思白：董其昌，字玄宰，號思白、香光居士，明代書畫家，官至禮部尚書。

西橋夜月

閑將一賦咏蒹葭，月色凌空漢影斜。滿地琉璃堪踏碎，問仙疑是泛虚槎。

胡維宗[1]

字之菴，沔陽文學。

【校注】

〔1〕《湖北先賢詩佩》有傳。

補山堂前鑿池盈畝，中閣一小舟，葺茅其上爲亭子，池中種荷。今年夏五花時，邀同諸子賞集，竟日而歸，雨乃大作[1]

筆補山堂池補天，疏雲新布緑田田。扁舟舊爲空亭得，折柬相邀半月前。一葉兩三人怡受，花開十九我周旋。閑居草木多神助，不獨渠清一邑傳。

【校注】

〔1〕《楚風補》詩題後有原按："堂乃前少司馬郭些庵先生寓墅。"《湖北詩徵傳略》按："益陽郭中丞都賢，國變爲僧，自號些庵。初居衡山，轉徙沔陽，築室玉沙湖，爲補山堂，沔人士夫樂與之游。些庵素著詩名，相與酬唱尤多。"二首，此爲第一首。

道州夫子領諸生[1]，難得溪雲不放晴。時見明珠走花葉，未妨微雨濕柴荆。淹留竟日香同飯，珍重甘泉手自烹。蠟屐出林風送往，獨輸餘響聽深更。

【校注】

〔1〕道州夫子：指周敦頤，字茂叔，宋道州營道人，爲宋代理學開山祖，二程皆其弟子，曾著《愛蓮説》。此以周敦頤喻郭都賢。

補山堂池蓮紅白二種，紅者爲臺閣蓮，白者常産也。邀賞之三日，白者忽放六枝，悉變爲臺閣，可紀也。先生以習静戒爲詩，拙句代言兼示青萍諸世兄焉〔1〕

夜來風雨曉和風，咫尺方塘覺化工〔2〕。僅見淤泥生陸地〔3〕，更看樓閣搆空中。莖承仙掌鴻濛露，香與天心爛熳紅。物理元齊無可擬，正當暇日注參同〔4〕。

【校注】

〔1〕青萍：郭都賢之子，仕履不詳。

〔2〕化工：自然的創造力。

〔3〕作者自注："先是蓮根行地上，開數花。"

〔4〕物理：事物的常理。參同：相合爲一。

句亦天成刻畫無，射山難稱玉肌膚〔1〕。樓居幾認蜂衙入〔2〕，粉本從教蛤房圖。猶記樂章歌相府，居然花徑走文殊〔3〕。流傳氣象兒孫看，小變林風是瑞符。

【校注】

〔1〕句亦天成：李白《經亂離後天恩流夜郎憶舊游書懷贈江夏韋太守良宰》有"清水出芙蓉，天然去雕飾"句，以蓮花的明媚天然，形容詩文的自然清新。射山：即藐姑射山，又名姑射。《莊子・逍遥游》："藐姑射之山，有神人居焉。肌膚若冰雪，綽約若處子。"

〔2〕《楚風補》原注："蜂居如樓。"

〔3〕"猶記"句，《楚風補》原注："樂府歌有《相府蓮》。""居然"句，《楚風補》原注："用文喜公案。"文喜：唐末僧人。《五燈會元》謂其往五臺山華嚴寺，遇一老翁牽牛而行，邀文喜入寺，翁呼"均堤"，有童子應聲而出。翁與文喜談論佛法。文喜辭退後問童子："此爲何處？"童子云其爲金剛窟般若

寺。文喜悟彼翁即文殊。童子說一偈語後，與寺俱隱。此處用文殊顯相事，說明蓮花開於地上，實爲千載難逢之事。

楊　勛[1]

字巽民，武陵諸生。獻賊犯常，傷其手，遂抑鬱不樂，數年而終。詩文俱散失。

【校注】

〔1〕《沅湘耆舊集》有傳，較詳。

冬將卜居餘仙舟次漳江投寄闞褐公先生[1]

歲叙日徂暮，舊學潛消退。勇智兩昏頑[2]，清思惱脾肺。餘仙豈云遠，草石吾所愛。窮荒是非絶[3]，久矣人事廢。十年夢見之，置床安井碓[4]。捲衣束殘書，老馬踏破塊[5]。頗愛魚梁聲，水激白石碎[6]。買舟溯清溪，柔纜回狂瀨。衆力如飄風，篙工執鼓擂[7]。延泉霜月寒，潯陽雨聲大[8]。平明渡江來，孤城正青靄。迴風千丈長，葇藿施微黛[9]。官長清且嚴，虀粉無狡獪。庶幾甃瓦寒，老我此頑憒[10]。况有先秦人，衣深簪瑇瑁。何當與之遊，從前聽分北[11]。

【校注】

〔1〕嘉慶年間刊《常德文徵》、光緒年間刊《桃源縣志》録有此詩。《常德文徵》題作“將卜居餘仙舟次漳江投寄闞褐公先生”。餘仙：不詳。漳江：指漳江閣，在桃源縣桃花溪旁。闞褐公：名士琦，字褐公。湖南桃源人。崇禎進士，知南安縣，數月即歸，杜門著書。有《蟛蜞館文》《餘仙草》等集。

〔2〕兩，《桃源縣志》作“俱”。

〔3〕窮荒，《桃源縣志》作“窮境”。是非絶，《桃源縣志》《常德文徵》作“絶事非”。

〔4〕置床，《桃源縣志》《常德文徵》作“足可”。

〔5〕《桃源縣志》《常德文徵》無此二句。書，《沅湘耆舊集》作“籍”。

〔6〕激，《桃源縣志》作“喧”。

〔7〕《桃源縣志》《常德文徵》無“衆力”二句。飄風，《沅湘耆舊集》作“風勁”。擂：急擊鼓。

〔8〕寒，《沅湘耆舊集》作“駛”。延泉：在桃源縣東。潯陽：指潯陽寺，與漳江閣隔水相望。

〔9〕《桃源縣志》《常德文徵》無“迴風”二句。施，《沅湘耆舊集》作“拖”。

〔10〕《桃源縣志》《常德文徵》無“庶幾”二句。

〔11〕前，《沅湘耆舊集》作“此”。分北：《書》：“庶績咸熙，分北三苗。”疏：“北，背也，善留惡去，使分背也。”

訪蜕骨鼉池菴〔1〕

高樹隱柴門，緑水横雨板。中有上古人，滿月衣偏袒。我欲與之言，呼門已喉旱。胡爲出門去〔2〕，孤雲栖無伴。桴菴迴不開，四壁飛奇欵。層磴窮追攀〔3〕，白日忽向晚。婉娩不能歸，炊香發枯甗〔4〕。我欲往餘仙，百里無飛挽。寂寞水石佳，願與同偃蹇。歸時兩足罷〔5〕，秋風自飄散。

【校注】

〔1〕蜕骨：明末隱者。《桃源縣志·人物志》有傳。鼉池菴：《桃源縣志·營建志》：“在縣東，明崇禎時僧蜕骨隱此。”

〔2〕《沅湘耆舊集》無“中有上古人”以下四句。

〔3〕追攀，《沅湘耆舊集》作“攀陟”。

〔4〕婉娩：天氣温和。甗：古炊器。

〔5〕罷：同“疲”。

貞節詩爲魯一男母賦〔1〕

老天夜摧枯，流星錯入井〔2〕。誤墜芙蓉釵，瘢泪染瓶綆〔3〕。古井無由波〔4〕，釵墜光暗静。獨有蒼蒼月，照出梧桐影〔5〕。

【校注】

〔1〕《桃源縣志》《常德文徵》録此詩。

〔2〕人，《桃源縣志》作“一”。

〔3〕白居易《井底引銀瓶》：“井底引銀瓶，銀瓶欲上絲繩絶。石上磨玉簪，玉簪欲成中央折。”

〔4〕孟郊《列女操》：“妾心古井水，波瀾誓不起。”

〔5〕出，《桃源縣志》《常德文徵》作“見”。

賀榮國襲封〔1〕代

天子神聖明堂開〔2〕，大臣肅恭寶節來。龍章淋漓日邊下〔3〕，鼉鼓震動聲如雷。風雨重高金剛塔，芙蓉正照青陽臺。衡山岑嶺久寂寞，有事封禪大國陪。

【校注】

〔1〕按，《明史·功臣世表》，張玉，字世美，祥符人。隨成祖起兵，戰死東昌。成祖即位，追封榮國公。其九世孫張之極崇禎十年襲封，崇禎十六年張世澤襲封，世次無考。

〔2〕明堂：帝王宣明政教的地方。

〔3〕日邊：指京城、帝王左右，典出《世説新語·夙惠》。

鄧之愈[1]

字識韓，一字恨人，一字翁歸，黄岡文學。父雲程，諸生，以勇力保城，賊帥一斗粟稱爲偉丈夫[2]。甲申聞變自沉横溪。之愈走千里至白下，丐同鄉處士杜濬爲之傳[3]。遂終身無改父道，里人欽之。

【校注】

〔1〕附見《黄州府志·鄧雲程傳》。

〔2〕張獻忠部下有“一斗穀”者（見《明史·張獻忠傳》），疑即此人。

〔3〕杜濬（1611—1687）：字于皇，號茶村。明副貢生。明亡，隱居金陵。詩文豪健，有《變雅堂集》。

題友人畫馬

華軒注目毛骨殊，何處牽來汗血駒。肉騣猶帶渥窪水，擭身直欲馳天衢[1]。圉人把繮不敢縶，洗刷連錢旴樹立[2]。吾友亦具神駿才，寫置座右懸龍媒[3]。乍看縞素似漠漠，寧知千里追風回。君不見漢家天子頒高價，樂奏曾傳天馬來[4]。

【校注】

〔1〕渥窪：水名，在甘肅省。《史記·樂書》：“又嘗得神馬渥窪水中。”詩文中常以渥窪作爲神馬的典故。擭：挺立。

〔2〕連錢：馬飾。

〔3〕龍媒：駿馬。

〔4〕《漢書·武帝紀》：“（太初）四年春貳師將軍（李）廣利斬大宛王首，獲汗血馬來，作西極天馬之歌。”

初　　月

入夏看初月，新暉動晚風。輪微猶匣鏡，光細未弢弓[1]。烏鵲長空外，蟾蜍冷暈中。會當三五滿，一照萬方同。

【校注】

〔1〕弢：弓袋。

寒食夜雨不絶

五旬雨未歇，今夜食猶寒。信有蛟龍鬭，曾無星月看。陰霾從渚涘，奔溜任波瀾。仰屋愁昏墊[1]，何時后土乾。

【校注】

〔1〕昏墊：此處指陰雨潮濕。《書·益稷》："洪水滔天，浩浩懷山襄陵，下民昏墊。"

雪後山行

雪霽瞻嵐色，諸山盡變更。此時驢躑躅，昨夜虎經行。陟嶺看松出，穿溪聽水鳴。却疑融濕處，又似有雲生。

山陰當此際，大抵只如斯。願得雲林筆，揮成摩詰詩[1]。負暄僧出屋，行汲竪臨池。自笑騎驢客，狂吟不耐思。

【校注】

〔1〕雲林：指元末畫家倪瓚，字元鎮，號雲林，江蘇無錫人。善畫山水，與黄公望、王蒙、吴鎮，稱爲"元末四大家"。摩詰：唐代詩人、畫家王維。蘇軾稱贊他"詩中有畫，畫中有詩"。

遵陽初度[1]

年來負疢感衰羸，黄綺驅人服紫芝[2]。顧影自憐蒲柳質，思親久廢蓼莪詩[3]。烏飛豈爲嗟爰止，鴻漸能無慎羽儀[4]。遥計南歸圖拜掃，故園菊已滿東籬。

【校注】

〔1〕《黄州府志·藝文志》録有此詩。

〔2〕疢：泛指疾病。黄綺：商山四皓中夏黄公、綺里季的合稱。

〔3〕蒲柳：喻人之早衰，語出《世説新語·言語》："蒲柳之姿，望秋而落；松柏之質，經霜彌茂。"蓼莪：《詩·小雅》篇名。三國時王儀死於非命，其子王裒每讀《蓼莪篇》至"哀哀父母，生我劬勞"，輒痛哭，其門人遂廢《蓼莪篇》而不講。

〔4〕爰止：止息。爰：助詞。《詩·小雅·正月》："瞻烏爰止，于誰之屋？"鴻漸：謂飛鴻漸進於高位。《易·漸》謂："鴻漸于逵，其羽可用爲儀也。"

黄　鸝

廣陌風和碧柳垂，巧當隔葉弄黄鸝。金衣乍作雙飛麗[1]，簧語初聞百囀奇。應繞建章栖鳳閣，莫驚閨夢蹙蛾眉[2]。閑來時伴狂吟客，爲與詩腸鼓吹宜[3]。

【校注】

〔1〕金衣：《開元天寶遺事》："明皇每於禁苑中見黄鶯，常呼之爲金衣公子。"

〔2〕建章：漢宫名。賈至《早朝大明宫》："千條弱柳垂青瑣，百囀流鶯繞建章。""莫驚"句：化用金昌緒《春怨》"打起黄鶯兒，莫教枝上啼。啼時驚妾夢，不得到遼西"詩意。

〔3〕詩腸鼓吹：典出唐馮贄《雲仙雜記》："戴顒春日携雙柑斗酒，人問何之，曰：'往聽黄鸝聲，此俗耳針砭，詩腸鼓吹，汝知之乎？'"

明月山在遵化縣，山有石穴，南北相通，望之若明月然。得詩三首録一

瓊宫隱隱鬱岧嶤，静晝冰輪洞碧霄。少采職司驚永夕，羲和平秩失中宵[1]。凋榮唯任堯階莢[2]，消漲徒虚海上潮。不盡廣寒天際想，更疑絶頂有星橋。

【校注】

〔1〕"少采"句：語本《國語》："天子大采朝日，與三公九卿祖識地德……少采夕月，與太史司載糾虔天刑。"羲和：主日月者。平秩：分别次序。

〔2〕莢：指蓂莢。古代傳説瑞草名，相傳堯時有草夾階而生，隨月生死。

水　簾

不綴珠璣繫素流，倒懸一副洞庭秋。今當移向成都肆，賺得君平緩緩收[1]。

【校注】

〔1〕君平：嚴遵，嘗卜筮於成都市，日得百錢，即閉肆下簾讀《老子》。

同友人返棹漁臺，遇風泊於白螺磯三首[1]録一

挂席山陰歸興豪[2]，鯨魚何苦蹙驚濤。烟波四顧渾無際，唯此中流一葉舠[3]。

【校注】

〔1〕白螺磯：在湖北監利縣東南一百四十里白螺山旁。

〔2〕“挂席山陰”句：暗用晋王徽之雪夜乘船訪戴逵事，見《世説新語·任誕》。挂席：張帆行舟。

〔3〕舠：刀形小船。

柳　　絮

靈和日暖剪春華，風送柴桑處士家[1]。月下倘同玉笛落，只疑白雪逐梅花[2]。

【校注】

〔1〕靈和：宫殿名。齊武帝蕭賾嘗將劉峻所獻蜀柳數株植於靈和殿前，并説：“此楊柳風流可愛，似張緒當年時。”柴桑處士：指陶潛。陶嘗撰《五柳先生傳》以自况。

〔2〕笛曲中有《落梅花》，李白《黄鶴樓聞笛》有“黄鶴樓中吹玉笛，江城五月落梅花”句。白雪：指柳絮。

曹國樸[1]

字櫄之，江陵諸生。光禄大咸第五子[2]。博學、嗜古、礪行，從其訓者，皆得濂、洛、關、閩之傳[3]。晚逢亂離，浮家三湘。著《守鈞吟》諸稿。

【校注】

〔1〕光緒年間刊《荆州府志》有傳。

〔2〕大咸：字元和，萬曆進士，官禮科給事中。

〔3〕濂、洛、關、閩：宋代理學四大學派，指濂溪周敦頤，洛陽程顥、程頤，關中張載，閩中朱熹。

禹碑歌[1]

麓山椒，鑿古壁。鬼工幻出蝌蚪文，簡金書玉儼可覓。我來再拜莊誦之，崩雲倒薤杳難知[2]。欲起蒼頡與問字，又恐古人徒我欺。九鼎沉淪在何所，比擬款識莫能舉[3]。冥思搔首天蒼蒼，如共玄夷相對語[4]。憶乘四載方勤渠，吾民吾民憂其魚[5]。豈若勒銘紀功輩，幕下文人掃石書[6]。又豈慮彼千載後，深谷爲陵名俱壽[7]。峴首片石化冷風[8]，潭底魚龍泣篆籀。卓哉夏王，奠我洪荒。於彼岣嶁，追琢其章。將謂光有夏，而非好名者。將謂矜厥績，而其心則下。胡爲乎鐫貞珉[9]，赤文緑字留千春。如鸞翔兮鳳以翥，又如釵頭鼎足兼及夫龜文與龍麟[10]。前人意本深而典，諸家詮釋反失淺。試看禹貢何簡古[11]，以韵讀之真謭謭。三湘七澤既安流，無心立碣最上頭。後來摹勒何多事，昌黎辛苦亦窮搜[12]。嗚呼後人愛仿古，藉口神禹碑之祖。有如功成不愛名讀書不求解，吾將奉爲此山主。

【校注】

〔1〕禹碑：即禹王碑。在岳麓山巔。相傳南宋嘉定五年（1212），何致游

南岳，見岣嶁峰石壁上有數十字，疑爲禹王碑，乃摹其文刻於岳麓巨石上。字體離奇，難以辨識。明楊慎等人有譯述，認爲内容是大禹記述其治水功績。

〔2〕崩雲：形容筆勢鬱勃厚重。鮑照《飛白書勢銘》："輕如游霧，重似崩雲。"倒薤：篆書書體名。

〔3〕九鼎：《史記·武帝紀》："禹收九牧之金，鑄九鼎，象九州。"《左傳》云鼎上刻山精水怪，以使人能辨認其形而不致被迷惑。相傳鼎於周顯王時沉没於水中。

〔4〕盛弘之《荆州記》："南岳周回數百里，昔禹登而祭之，因夢玄夷使者，遂獲金簡玉字之書。"

〔5〕乘：乘輿，用作皇帝的代稱。此處指大禹。憂其魚：語本《左傳》："微禹，吾其魚乎！"

〔6〕掃石書：在石上寫字，即上句所説"勒銘紀功"。

〔7〕壽：長久。

〔8〕峴首片石：指墮泪碑。晋羊祜駐襄陽時，嘗登峴首山（一名峴山），置酒言咏。死後，其部屬在山上建亭立碑，以示紀念。

〔9〕貞珉：指石刻碑銘。

〔10〕鸞翔、鳳翥、釵頭、鼎足、龜文、龍鱗：均爲形容禹碑書勢之辭。

〔11〕禹貢：《尚書·夏書》篇名。

〔12〕王象之《輿地紀勝》："禹碑在岣嶁峰，又傳在衡山縣雲密峰。昔樵人曾見之，自後無有見者。宋嘉定中，蜀士因樵夫引至其所，以紙打其碑七十二（當爲七十七）字，刻於夔門觀中。"韓愈曾游岣嶁山，未見其碑。其《岣嶁山》詩云："千搜萬索何處有，森森緑樹猿猱悲。"

章臺古梅〔1〕

堪嘆孤榮失，何能慰寂寥。風來春不受，香去夢無聊。傷逝歌三闕，澆愁酒一瓢。最危逢世亂，莫咏馬蕭蕭。

【校注】

〔1〕據《湖北詩徵傳略》校。章臺：即章華臺，楚靈王六年（公元前535年）所建，故址在今沙市章華寺内。寺内有老梅一株，相傳爲楚靈王時遺物。

遊塔橋效竹枝詞體

市兒無分踏香郊，閑立難將春事抛。鎮日看船橋下過，一聲爆響百人嘲。

石　莊

武陵文學。

桃源洞[1]

仙人久飛去，髻珮帶烟霞[2]。洞口桃千樹[3]，還開二月花。

【校注】

〔1〕《桃花源志略》《常德文徵》題作“桃花源”。

〔2〕髻,《常德文徵》作“環”。烟,《桃花源志略》《常德文徵》作“朝”。

〔3〕口,《常德文徵》作“裏”。

謝如珂[1]

字鳴玉，耒陽人。少補弟子員。長淹博，尤工《春秋》，手輯五傳[2]。性簡澹循禮，邑中婚、喪、祭諸大典，必俯導。居喪三年不見齒。常館一素封家，夜分盜至，挑燈危坐讀書，盜嘆息而退。癸未獻寇披猖[3]，衡郴胥陷。珂集鄉勇以待，擒僞弁易上達、胡懋樹等。會虔兵來，欲攘其功，遇害。士民悼之，請於督學堵公應錫[4]，崇祀鄉賢，見《明史》。

【校注】

〔1〕《明詩紀事》有傳。

〔2〕五傳：指傳述《春秋》的左氏、公羊、穀梁、鄒氏、夾氏五家。

〔3〕癸未：指崇禎十六年（1643）。

〔4〕堵應（當作“胤”）錫：字錫君，改字仲緘，號牧游。常州宜興人。崇禎進士，以户部郎中知長沙府。南明隆武帝任爲湖北巡撫，永明王時晋東閣大學士，封光化伯。曾與農民起義軍李錦等部共同抗清。後兵敗病死於潯州。

夢題杜陵[1]

摇落荒林樹色秋，瀟湘江上思悠悠。知公時有憑軒涕，凄斷天涯萬古愁[2]。

【校注】

〔1〕《明詩紀事》題作“夢題杜陵集”。

〔2〕涕，《明詩紀事》作“泪”。萬古，《明詩紀事》作“故國”。杜甫《登岳陽樓》：“親朋無一字，老病有孤舟。戎馬關山北，憑軒涕泗流。”

鍾遇期

字子知，武陵文學。

枉渚漁罾[1] 入景 録二

渚畔茅檐貼水窩，家家兒女弄烟波。霜寒月落天將曉，好聽溪頭漁父歌。

【校注】

〔1〕《常德文徵》録有此詩。枉渚：枉水入沅水處的一個河灣。枉水，一名蒼溪，源出湖南常德金霞山，經枉山入沅。

竹灣雪艇

蕭蕭疏竹冷溪邊，凍壓千竿鎖暮烟。一笏小舟偏載雪，看來疑是子猷船[1]。

【校注】

〔1〕子猷：指晋王徽之。王徽之嘗雪夜起興，駕舟訪戴逵。

李見瑗[1]

字悦泉，一字劍峰。先世蘄水人，徙居黄岡。父諱成蹊，字不言，邑諸生。見瑗其長子也，生而神骨峻拔，少鬚髭，目短視。父卒，尚童稚，遺命爲真君子，泣而銘諸心。年十三，入郡學，聲藉甚[2]。歷己卯、壬午不售[3]，脱巾衫，甲申削籍。乃下潯陽、抵白門、上采石，登臨吊古。尋念遊不可無術，聞昆山有劉默生精醫，乃詣之。劉大喜，悉授所學，越三年辭歸。十年，黄安令延至説《易》，乃著《三極圖説》。又五年，居孝感白雲山，著《高齋展謔》一書，皆詩家指趣。少習玄，知而弗行，老精禪，常與白虎自公揚扢風旨[4]。自數生平三恨事：短視、不能飲、不能琴也。卒年六十五。著有《夙知録》《讀易緒言》。書法絶倫。

【校注】

〔1〕疑即光緒八年刊《黄州府志》所載之李之泌。之泌字鄰仙，諸生，精《易》，宗法程朱。絶意仕進，以醫術終其身。著有《夙知録》《悦泉詩集》。

〔2〕藉甚：同“籍甚”，盛大，盛多。

〔3〕己卯、壬午：指崇禎十二年（1639）、十五年（1642）。

〔4〕白虎：寺院名。自公：不詳。揚扢：發揚。

續咏蘭花詩二首有引

山居，夏偶聞蘭香，因憶先文學雲築府君有咏蘭花詩，僅得十字云：“我韵在君懷，君言在我鼻。”其前後俱燬，概莫能識，愴然於心，遂續咏蘭花詩二。

天地若爲情，深山芳不閟。人力助春風，幽姿到堦砌。安爾竹爲鄰，庭柏青蒼對。晨露與夕月，掩映交宜契。我韵在君懷，君言在我鼻。久之視聽幽，語默同一致。竹柏澹無聲，微薰逗密意。茅宇亦空崖，融然得高致。

猗猗雲谷來，根傍幽人寄。寸草亦有心，山花發奇慧。我韵在君懷，君言在我鼻。臭味自天然，窈窕理同契。相悦不以色，相與歸静氣。朝露溥其莖，餘馨清夢寐。九畹之所滋，容裔庭除際[1]。如是爲佳爾，顧我神獨醉。

【校注】

〔1〕九畹：屈原《離騷》："余既滋蘭之九畹兮，又樹蕙之百畝。"容裔：起伏貌。

白雲曲病起作用杜韵二首[1]

白雲在山亦在天，時引白鷗江水邊。漁子持魚餉鶴田，鶴豈有心乞俗食，無機之鷗同壽年。

【校注】

〔1〕用杜韵：指用杜甫《曲江三章章五句》中第三章之韵脚。兹録杜詩於下："自斷此生休問天，杜曲幸有桑麻田。故將移住南山邊，短衣匹馬隨李廣，看射猛虎終殘年。"

削玉高峰本插天，破帽常挂白雲邊。白雲山下有葑田[1]，冬來半飽凭高枕[2]，且養邱中草木年[3]。

【校注】

〔1〕葑田：水已乾涸、雜草叢生的湖沼。

〔2〕作者自注："少陵詩有云：冬菁飯之半。"按，此句出杜甫《暇日小園散病將種秋菜督勒耕牛兼書觸目》。

〔3〕作者自注："末句借王季友。"王季友：唐代詩人。

憶岡樓舊居

居在仙源坊鐵甲巷，先文學雲築府君榜有“餉客雲千斛，論心鳥數聲”之句，因續之。

負城危閣迴，雲築舊經營。地勢黄岡盡，峰頭白雉明[1]。樊山當檻立[2]，漢水過江横。向日門闌古，凌空臺石平。三橋争蝘蜿，半塔露峥嶸。遠樹含烟度，鄰鐘隔水清。據梧忘得失，隱几閲虚盈[3]。懶似嵇中散，狂非阮步兵[4]。有懷常坐嘯，無事亦呼觥。餉客雲千斛，論心鳥數聲。放歌賡白雪，訪道剩青精[5]。長此終焉計，安知没世名。川流夢不息，岳祲晝頻驚[6]。日月欷歔過，古今信宿更。誠明千劫炯，意氣百年傾。邱壟有時變，桑田誰與耕。江山無復識，華表不勝情。縹緲存遺韵，典型具老成。析薪悲往事[7]，荷甲想前征。鐵甲西川路，齎咨指後生。

【校注】

〔1〕黄岡：山名，在黄岡縣東。即蘇軾《赤壁賦》中所云“黄泥之坂”。白雉：山名，在大冶縣東。兩縣相鄰，天朗氣清，或可望見之。

〔2〕樊山：即西山，在鄂城西，與黄岡隔江相望。

〔3〕據梧：依梧休息。《莊子·齊物論》：“昭文之鼓琴也，師曠之枝策也，惠子之據梧也，三子之知幾乎？”隱几：憑几。几：指几案。《莊子·徐無鬼》：“南伯子綦隱几而坐，仰天而噓。”

〔4〕嵇中散：指嵇康，嘗任中散大夫。其《與山巨源絶交書》云：“性復疏懶，筋駑肉緩，頭面常一月十五日不洗，不大悶癢，不能沐也。”阮步兵：指阮籍，曾任步兵校衛，藐視禮法，性情狂放。

〔5〕白雪：古曲名，詩文中多用作對他人詩歌的贊美之辭。青精：青精飯，亦名青糁飯，以南燭汁浸米，蒸作飯，道家謂服食可延年益壽。

〔6〕岳祲：山上的雲霾。祲：古人謂陰陽二氣相侵所形成的徵兆不祥的雲氣。

〔7〕析薪：指承繼父業。

張世祜[1]

字公望，黄陂人。弱冠遊庠。父國勛以廣文死難應城，祜年十三，尋父尸不獲，痛哭斬左手一指，血書，詣闕上疏。旨下，謚國勛忠烈，崇祀名宦鄉賢，蔭一子。

【校注】

〔1〕同治十年刊《孝感縣志·人物志·孝子》有傳。

木蘭山[1]

天柱撑雲北帝遊，斷崖蒼嶺古松楸。碧霄霧捲龍髯出，紫殿烟含豹尾收。瀑布朝飛千壑小，嵐光夕照萬山幽。丈人石應登封禪，幾度看花到上頭。

【校注】

〔1〕木蘭山：在湖北黄陂縣北六十里。《寰宇記》云此山“山勢嵯峨，群峰攢簇。上有白雲洞，下有黄石洞，流泉怪石，爲縣之勝”。

洪子彦

公安文學。

先主營

漢家中葉幾凋枯，帝子稱戈起義圖。司馬史編空予魏，杜陵詩句失吞吴[1]。烟生斷岸平蕪合，日落荒村舊壘孤。極目江干嗟往事，蕭蕭苦竹間黄蘆。

【校注】

〔1〕司馬史編：指司馬光所著《資治通鑒》。空予魏：指《資治通鑒》三國時期以曹魏的年號紀年。杜陵詩句：指杜甫《八陣圖》："江流石不轉，遺恨失吞吴。"

陳　壽

字龍伯，黄陂人。生九歲，通《綱鑒》《性理》諸書，嗜詩，不屑帖括。年十五冠童子試，二十六受知葛屺瞻先生，與劉同人、何絅卿等齊名[1]。居父喪，跬趾不去柩前。流賊大至，將刃棺，跪泣曰："寧刃予。"賊義之，獲免。經略盧公聞之，强致幕中。時爲出奇計俘賊，盧公大喜。後告歸，與邑令籌兵餉、製火藥戰具。凡四年，戢秦總兵翼明之叛兵[2]，剿楊遊擊之奸擄，條奏陂民之疲困於楚藩，設法守城，安輯流亡，里人德之。甲申恩貢，遂不仕。留意内外丹法，年七十終。崇祀鄉賢。

【校注】

〔1〕劉同人：名侗，號格庵，湖北麻城人。初爲諸生，見賞於督學葛屺瞻。崇禎年間中進士，授吴縣知縣，死於赴任途中。著有《龍井崖詩》《雉草》《帝京景物略》。何絅卿：不詳。

〔2〕秦翼明：四川忠州人，秦良玉之侄，官至副總兵。

木蘭聳翠[1]

岧嶢雙柱睇層巔，萬仞千盤絡石泉。雲幕自天還自地，晴空如黛復如烟。樓開木末和星落，鑒繞湖光入鏡懸。最是展簾看不足，齊州九點一泓邊[2]。

【校注】

〔1〕木蘭：山名，在湖北黄陂縣。

〔2〕齊州：九州。李賀《夢天》："遥望齊州九點烟，一泓海水杯中瀉。"

武湖烟漲[1]

平湖氣靄鬱層霄，七澤波分入海潮。望裹有天塵漠漠，雲中看樹影寥寥。濤喧萬馬金戈震，壘捲三江玉帳遥。賺得將軍渾好武〔2〕，千年鸚鵡恨難消。

【校注】

〔1〕武湖：在黄陂縣東南，亦名黄漢湖。《一統志》："武湖，黄祖閱武習戰之所。"

〔2〕將軍：指漢末江夏太守黄祖。才士禰衡在黄祖長子黄射的宴會上，寫就一篇膾炙人口的《鸚鵡賦》。後禰衡爲黄祖殺害。

周　　辛

字九農，長沙文學。

示餘黎兒

擲家走百里，竄身入荆棘。念子根器殊，猶然弄筆墨。少小好吟哦，强解亦具識。頗知自愛身，聞驚先趨匿。依依肘膝旁，偶語開愁色。孽生慮患深[1]，薪析冀荷克。願葆爾靈光，星星恒弗熄。

【校注】

〔1〕孽生：非嫡妻所生。

進朱家橋

積雨灌田塍，步水三十里。雖落在泥塗，亦足自適爾。亂離無貴賤，徒行誰見鄙。深莽多曉人，荷鋤蘊經史[1]。魚雀集淵叢，何由以致此[2]。暴熱憩草亭，捧泉堪漱齒。

【校注】

〔1〕曉人：通達事理之人。“荷鋤”句：《漢書》：“兒寬帶經而鋤。”

〔2〕“魚雀”二句：言賢人隱於草野，乃因時艱世亂所致。《孟子·離婁》：“故爲淵敺魚者，獺也；爲叢敺雀者，鸇也；爲湯武敺民者，桀與紂也。”

洞庭秋月[1]

夜印湖常色，澄明豈獨秋。大都天好潔，故與水相侔。影洗山螺白，光盈井橘浮[2]。我來持鐵笛，吹徹上樓頭。

【校注】

〔1〕洞庭秋月：瀟湘八景之一。

〔2〕山：指君山。劉禹錫《望洞庭》："遥望洞庭山水翠，白銀盤裏一青螺。"井：指柳毅井，井邊有一橘樹，故又名橘井。民間傳説是柳毅傳書洞庭龍宫時入下水的地方。

雁落平沙[1]

字陣能開麓，文郵便滯湘。來賓風送餞，覓伴月留翔。類好聯同志，栖偏作故鄉。蒹葭情自癖，不羡稻粱香。

【校注】

〔1〕雁落平沙：瀟湘八景之一。

中元過花藥寺見焚白骨感賦[1]

撿集遺骸似雪皚，劫當超度仗如來。難分勇怯消三昧，莫辨賢愚聚一堆。無定河邊沙濺泪，不周山畔草披哀[2]。净瓶微灑青燐散，花藥秋風一夜灰。

【校注】

〔1〕中元：中元節。僧寺於是日作盂蘭盆齋，以解脱衆餓鬼倒懸之苦。

〔2〕無定河：發源於内蒙古伊克昭盟，流經陝西境内，入黄河。這裏用以泛指古戰場。陳陶《隴西行》："可憐無定河邊骨，猶是春閨夢裏人。"不周山：《淮南子・天文訓》："昔者共工與顓頊争爲帝，怒而觸不周之山。"這裏亦以指争戰之地。

清明有感

春光六十積霾中，寒氣凝華未放桐。數點雨聲催嫩碧，幾行烟色鎖妖紅。煮鐺已去槐檀火[1]，酌斝旋歌楊柳風。凄斷春歸無計約，空留鶯語怨芳叢。

【校注】

〔1〕槐檀火：《周禮・夏官・司爟》："四時變國火，以救時疾。" 漢鄭玄注："鄭司農（衆）説以《鄹子》曰：'……冬取槐檀之火。'"

同領侯增持觀水月庵七姊妹花戲贈老僧三絶録一

七姑裝染各風流，老衲情鍾曲檻周。薄命出家僧作伴，拈花微笑入紅樓。

胡問仁[1]

字顏目。原名珠，字山佃。黄岡諸生。崇禎癸未鄂城破，御史黄仲霖來監五省剿賊軍，因上書萬言，謁之。黄疏請辟爲參軍，不就，率妻子耕釣梁湖濱[2]。後更入鄂，授書賣文糊口，垂十五年餘。楚中督學郜凌玉招隱，不赴，益潛心理學，肆力於詩古文辭。晚携家湖南，補宅汨羅[3]。滇吴之變[4]，復竄隱深山。事定，旋居鄂黄。時方纂修《通志》[5]，聘撰安陸、鄖陽二府人物。赴召，書成即歸。所著有《無悶園樂府詩》《古文史類鏡》《十五國風詩論》各若干卷。

【校注】

〔1〕《湖北詩徵傳略》《黄岡府志》有傳。

〔2〕梁湖：即梁子湖，在鄂州市附近。

〔3〕補，疑當爲“卜”。

〔4〕滇吴之變：指康熙十二年（1673）議撤藩，平西王吴三桂自雲南起兵反清事。

〔5〕此乃康熙二十三年（1684）事。

天馬下[1]

天馬下兮太乙頒[2]。水爲母兮出瀨湍[3]。刑徒獲兮獻縣官[4]。若鱗云兮走血汗。沫迸流兮色若丹。足生雲兮扶摇摶。背如輿兮不用鞍。帝控御兮宛乘鸞。千里逝兮力不殫。刷九州兮黄鵠翰[5]。臨中夏兮城郭看。經昆崙兮陵峰巒。觴瑶池兮王母歡[6]。遇東公兮更盤桓[7]。浴咸池兮興不闌。歸容與兮日未殘。氣俶奇兮絶塵嘽。世伯樂兮視瞞瞞。食玉禾兮盛金盤。夜伏櫪兮天龍蟠。

【校注】

〔1〕詩題下有自注："漢武帝元狩三年，南陽新野有暴利長者，見有神馬來飲水於渥窪淵中，久之習熟，因羈得之以獻，欲神异之，云從水中出，帝命辭臣作歌。"渥窪淵：水名，見鄧之愈《題友人畫馬》注。《樂府詩集·郊廟歌辭》有《天馬》二首，首句分别爲"太一况，天馬下""天馬徠，從西極"。《天馬下》及下面《天馬來》二詩當由此衍出。

〔2〕太乙：即"太一"，天神名。

〔3〕瀨湍：指渥窪水。

〔4〕刑徒：指暴利長，他曾於漢武帝時受刑，屯田於敦煌。縣官：指皇帝。

〔5〕《文選》顏延年《赭白馬賦》："旦刷幽燕，晝秣荆越。"李善注："《説文》曰：刷，刮也。"

〔6〕觴瑶池：《列子·周穆王篇》："穆王……肆意遨游，命駕八駿之乘……遂賓於西王母，觴於瑶池之上。"

〔7〕東公：也稱東王公，東華帝君。神話中仙人，與西王母并稱。

天馬來〔1〕

天馬來兮貳師城〔2〕。涉流沙兮萬里行。德邁種兮帝知名。勤遠征兮爲用兵。去下國兮陟上京。龍爲父兮麟之甥。虎脊隆兮魚目横。尾蒲梢兮髪植莖〔3〕。成井玄兮出蘭筋〔4〕。西極驥兮謝後瞠〔5〕。周穆駿兮遜前英。光協月兮兩權呈〔6〕。方舌丹兮朝昕明〔7〕。宛彝主兮等華氓。爲所乘兮苦賤輕。歸天子兮身崢嶸。威萬國兮服無争。九域遥兮一日程。上閶闔兮天衢亨。覽玉臺兮流電驚。

【校注】

〔1〕詩題後有自注："漢武帝太初四年春，遣貳師將軍李廣利誅宛王，獲宛馬數十。帝因命詞臣司馬相如輩作天馬歌，帝又自作歌云。"

〔2〕貳師城：漢時大宛地名。

〔3〕蒲梢：駿馬名。《史記·樂書》："後伐大宛，得千里馬，馬名蒲

梢。”

〔4〕“成井玄”句：《文選·陳琳〈爲曹洪與魏文帝書〉》李善注引《相馬經》：“一筋從玄中出，謂之蘭筋。玄中者，目上陷如井字。蘭筋竪者千里。”

〔5〕西極驥：《史記·大宛列傳》：“初天子發書《易》，云神馬當從西北來。得烏孫馬好，名曰天馬。及得大宛汗血馬，益壯，更名烏孫馬曰西極，名大宛馬曰天馬云。”

〔6〕“光協月”句：顔延年《赭白馬賦》：“兩權協月。”李善注：“《相馬經》曰：頰欲圓如懸璧，因謂之雙璧，其盈滿如月，异相之表也。”

〔7〕“方舌丹”句：《齊民要術》：“相馬……口中色欲得紅白如火光爲善材。”

芳　樹〔1〕

芳樹依日月，誰使受亂於飄風。風攬芳樹心，君王栖别宫。千里之鵠臨叢臺，斂翼而下投我懷。我懷不可投，安知黄鵠之所從來。黄鵠宛轉與我言，燕雀無藏身之智，搶榆止棘理自乖〔2〕。朝起昆崙刷泰山，暮飲滄海洗塵埃。拘牽始受王母欺，又逢東公將籠開。覽君德，故徘徊。澤有揭車〔3〕，數之爲蘭；山有赭石，視之若丹。吾非鳳鳥，知避擊彈。苟復蒙愛惜，羽翮得無刊，將銜不死藥，報之以一丸。食之度千齡，虚空下王棺。我然黄鵠語，飽以玉屑餐。鵠既借栖止，芳樹共盤桓。我視鵠如鳳，君王視我不如鸞。

【校注】

〔1〕芳樹：樂府《鼓吹曲》名。

〔2〕搶：通“槍”。觸，撞。《莊子·逍遥游》：“我决起而飛，搶榆枋。”

〔3〕揭車：香草名。

江　南〔1〕

江南女，采蓮人，十五爲群火伴親。其中俱是木蘭身，呼喚笑謔未相嗔。何處游子來爲賓，素知津渡故相詢。蓼花依岸立，石杠踪可尋，顧盼枉殘晷，何事久逡巡。數女蕩舟入蓮左，數女蕩舟入蓮右，數女蕩舟入蓮中，數女蕩舟迤蓮前，數女蕩舟迤蓮後，雙櫂齊鳴蓮歌發，東西南北回望同。日晡風起勢匆匆，髮亂襟飄波照容。振羽刷翮仰飛鴻，夕陽送歸面面紅。

【校注】

〔1〕《楚風補》原注："即采蓮曲樂録草木二十四之一。"江南：樂府《相和歌》曲名。《樂府解題》云："江南古辭，蓋美芳晨麗景，嬉游得時。……梁武帝作《江南弄》，以代西曲，有《采蓮》《采菱》，蓋出於此。"

短歌行〔1〕

引觴以忘嘆，嘆去無所之。無之復還來，清風爲我吹。此嘆殊難遣，潛形入酒巵。人生如過客，爲樂當及時。及時樂無幾，況乃惜費癡。賢者不飲酒，愚者肆謗嗤。身無磐石固，何得戚戚悲。大人先天坐，不入後世危。但將肥牛炙，且復清酒釃。燔鼈胹熊蹯，厨敕易牙爲〔2〕。速我諸父兄，爰及友朋宜。父兄皆朝貴，賜沐方歸私。友朋多侍中，次亦有專司。慷慨一時來，龜魚綬纍纍。鞍馬耀衢里，行人詫謂誰。爾之上西階，列位如朝規。趙女挾箏彈，秦姬理瑟隨。弦調清商發，入梁驚燕泥。白鳩拂舞起，軀輕袖不卑。曳掌若虹霓，盼睞容可儀。白日欲西匿，羲和望崦嵫。請君解六龍，暫使浴咸池。飲者尚半在，其半車馬馳。興闌憂填心，人舞人奚知。憂居亦何域，與樂相代施。憂樂每勞戰，勢亦成交綏。罷坐瞻河漢，星辰仰可窺。盛年日已往，世亂誰其治。

【校注】

〔1〕短歌行：樂府《相和歌》曲名。《樂府解題》："《短歌行》，魏武帝'對酒當歌，人生幾何'，晉陸機'置酒高堂，悲歌臨觴'，皆言當及時爲樂

也。”

〔2〕易牙：春秋時齊桓公倖臣，善烹調。

遊仙詩擬郭璞七首〔1〕録二

黄帝忽晝寢，夢遊華胥國〔2〕。倏然幾萬里，舟車罔所識。歸而鑄丹鼎，瓊蕊熟可食。蚩尤亂既夷〔3〕，稌風司其職。有龍下垂髯，六官同攀陟。烏號徐墮地，群臣氣悲塞〔4〕。問今果何在，浮雲滿八極。上窺青天高，下視黄泉逼。至人善揮斥，蒼生羅九罭〔5〕。崆峒問廣成，膝行侍其側〔6〕。至道語無他，視聽寄昏默。一寸紫烟生，作止靡可測。恍惚中有物，無爲恍惚惑。一人勞所問，千古逸爲則。治民及事天，用情莫如嗇。修身千二百，常有童子色〔7〕。丹砂遠勾漏，芝草靈岩匿〔8〕。服食希神仙，勞等藾黍稷〔9〕。枕中秘鴻寶〔10〕，斯事安可即。側身望丹霄，幾時生羽翼。

【校注】

〔1〕郭璞：字景純。晋河東聞喜（今山西聞喜縣）人。他學博才高，長於陰陽曆算卜筮之術。曾作《游仙詩》十四首，《詩品》云其“乃是坎壈咏懷，非列仙之趣也”。

〔2〕華胥國：寓言中之理想國。此二句典出《列子》。

〔3〕蚩尤：傳説中古九黎部落酋長。《史記·五帝本紀》：“蚩尤作亂，不用帝命，於是黄帝乃徵師諸侯，與蚩尤戰於涿鹿之野，遂擒殺蚩尤。”

〔4〕“有龍”四句：典出《史記·封禪書》：“黄帝采首山銅，鑄鼎於荆山下。鼎既成，有龍垂鬍髯下迎黄帝。黄帝上騎，群臣後宫從上者七十餘人，龍乃上去，餘小臣不得上，乃悉持龍髯，龍髯拔，墮，墮黄帝之弓。百姓仰望黄帝既上天，乃抱其弓與鬍髯號，故後世因名其處曰鼎湖，其弓曰烏號。”

〔5〕“至人”句：語本《莊子·田子方》：“夫至人者，上窺青天，下潛黄泉，揮斥八極，神氣不變。”九罭：附有囊袋的小魚網。

〔6〕崆峒：山名，在河南臨汝縣西南，《莊子·在宥》所謂黄帝問道於廣成

子之所。廣成：廣成子，未詳何人，一説即老子。膝行：指黄帝第二次向廣成子問道，“順下風膝行而進”。

〔7〕以上數句：檃括《莊子·在宥》中廣成子語意，大意是説清净無爲，纔能求長生，治天下。

〔8〕勾漏：也作“岣嵝”，山名，在今廣西北流市，道書謂葛洪曾在此修煉。

〔9〕蓺：種植。

〔10〕鴻寶：道術篇名《枕中鴻寶》的簡稱。《漢書·楚元王傳》：“淮南（指淮南王劉安）有《枕中鴻寶》《苑秘書》，書言神仙使鬼物爲金之術。”

王喬周太子，參差作鳳鳴。伊洛發奇踪，不受世網攖。道人浮邱公，勸令辭其榮。接之上嵩高，千里特逢迎。欽爾夙生緣，至人私主盟。世壽能幾何，三十年邁征。與道爲友重，治民作主輕。堯舜衣裳垂，相視真裸裎。家人來相訊，柏良呼其名。七月復七日，緱山聽吾笙。白鶴翛然至，骨肉望來旌。既近還復遠，難覿等蓬瀛。舉手謝時輩，殷勤疇昔情。數日控鶴去，鳳鳴亦無聲[1]。立祠兹山下，千古睇仙京。曰余本小子，何處遇先生。瑶草翳五岳，充腸可代耕。精衛銜木石，東海幾時平。盧生何渺茫，三山徒峥嶸[2]。神人儻可見，豈必候緱城[3]。

【校注】

〔1〕以上寫王喬得道成仙事。王喬：傳説中仙人，一名王子喬，又名王子晋，事見《列仙傳》：“王子喬者，周靈王太子晋也。好吹笙作鳳凰鳴，游伊、洛間，遇道士浮丘公，接以上嵩高山，三十餘年後，於山上見桓良曰：‘告我家，七月七日待我於緱氏山顛。’至時果乘白鶴駐山頭，望之不得到，舉手謝時人，數日而去。”

〔2〕盧生：《史記·秦始皇本紀》：“因使韓終、侯公、石生求仙人不死之藥。……燕人盧生使入海還，以鬼神事，因奏録圖書，曰‘亡秦者胡也’。”三山：即蓬萊、方丈、瀛洲。

〔3〕緱城：古縣名，治所在今河南偃師市東南，以境内有緱氏山而得名。

擬王康琚反招隱詩[1]

方朔稱歲星，避世金馬門[2]。上書自衒鬻，遂得被殊恩[3]。達識悲窮轍[4]，通懷笑逾垣。斐文不華國，至道恥賁園[5]。猿思列朝序，鶴亦欲乘軒[6]。如何畏刖足，搶璞無片言。敗絮充敝緼，犢鼻著短褌。慚色對婦子，羞顔謝弟昆[7]。不充諸侯貢，席珍何云存。春日于沚沼，祭者采其蘩[8]。

【校注】

〔1〕王康琚：《文選》李善注："《古今詩英華》題云：'晋王康琚。然爵里未詳也。'"今存詩二首：《招隱詩》《反招隱詩》。

〔2〕《漢武故事》："（東方朔）是木帝精，爲歲星，下游人中，以觀天下。"《史記·滑稽列傳》："（朔）酒酣，據地歌曰：'陸沉於俗，避世金馬門。宫殿中可以避世全身，何必深山之中、蒿廬之下。'金馬門者，宦（者）署門也，門旁有銅馬，故謂之曰'金馬門'。"

〔3〕《史記·滑稽列傳》："朔初入長安，至公車上書，凡用三千奏牘。……詔拜以爲郎，常在側侍中，數召至前談語，人主未嘗不説也。"

〔4〕"達識"句：用阮籍事。《世説新語》注引《魏氏春秋》："阮籍常率意獨駕，不由徑路，車迹所窮，輒痛哭而返。"

〔5〕華國：光耀國家。賁園：盛美的園林。

〔6〕"猿思"句：語本《漢書·伍被傳》："知略不世出，非常人也，以爲漢廷公卿列侯皆如沐猴而冠耳。"鶴亦欲乘軒：典出《左傳》："狄人伐衛。衛懿公好鶴，鶴有乘軒者。"

〔7〕"敗絮"以下數句，用蘇秦、司馬相如未遇時事。

〔8〕蘩：白蒿。《左傳》云："蘋蘩藴藻之菜……可薦於鬼神，可羞於王公。"《詩·召南·采蘩》："于以采蘩，于沼于沚。于以用之，公侯之事。"

老聃累劫仙[1]，柱下情殷然。出關始浩蕩，一身披紫烟[2]。金壺潑墨汁，玄牝著妙篇[3]。巨鯤類微鰤，大鵬等細鳶。不復拘一轍，始得云大賢。京國恒達坦，林岩夙屯邅。果碩不爲食，有隕成棄損。仕不代耕農，學翻笑漁佃。弓車翹百乘，君子裳每褰[4]。蒼生望一起[5]，庶其尚勉旃。

【校注】

〔1〕老聃：即老子。《史記·老子韓非列傳》云其爲"周守藏室之史"，司馬貞《索隱》："藏室史，周藏書室之史也。又《張蒼傳》'老子爲柱下史'，蓋即藏室之柱下，因以爲官名。"

〔2〕《列仙傳》："老子西游，關令尹喜望見有紫氣浮關，而老子果乘青牛而過也。"

〔3〕"金壺"句：典出《拾遺記》："浮提之國，獻神通善書二人，乍老乍少，隱形則出影，聞聲則藏形。出肘間金壺四寸，上有五龍之拴，封以青泥。壺中有墨汁如淳漆，灑地及石，皆成篆隸科斗之字。"玄牝：道家指衍生萬物之本源。妙篇：指《道德經》。

〔4〕"弓車"句：指以弓爲信物聘士。《左傳》引逸《詩》："翹翹車乘，招我以弓。"褰：提起。《詩·鄭風·褰裳》："子惠思我，褰裳涉溱。"

〔5〕"蒼生"句：用謝安事。《晋書·謝安傳》："中丞高崧戲之曰：'卿累違朝旨，高卧東山，諸人每相與言：安石不肯出，將如蒼生何！'"

補挽黄晋公[1]

磊落山林客，俄而值代移。歲時長荏苒，鬚鬢自威儀。樸厚心兼貌，離奇興與詩。人多悲叔度[2]，豈獨爲吾私。

【校注】

〔1〕作者自注："公大冶諸生，性樸厚，識大義，國變後，精數理，爲人卜事，奇中。後别余歸，不二年歿。余既哀之，憶公卜世事，言悉無驗，豈數

可以知小不可以知大歟？何不以學數之功學道也！”共二首，此爲第一首。

〔2〕叔度：黄憲，東漢汝南慎陽人。《後漢書·黄憲傳》載，黄憲爲時人盛稱，陳蕃、周舉常相謂“時月之間不見黄生，則鄙吝之萌復存乎心”。此以黄憲代指黄晋公。

名山煩夢想，到則僅須臾。世網攖人厚，丹經笑衆愚。一生皆錯料，何日足無虞。君已嗒焉喪，憐余事未殊。

上巳雜興四首[1] 録一

無知桃熳爛，有禮竹包含。看入暮春暮，賞當三月三。蘭亭新少長，禊事舊輿籃[2]。今古成斯世，誰爲不朽男。

【校注】

〔1〕上巳：農曆每月上旬的巳日。古代風俗，每逢三月上巳（魏以後一般習用三月初三日），於水濱結聚宴飲，以祓除不祥。

〔2〕晋王羲之與謝安等四十一人，嘗於穆帝永和九年三月三日在蘭亭修祓禊之禮。

穀雨遣興五首録一

頻驚節序换，草草識天忙。日過飢人喜，囊羞韵事妨。柳花吹絮軟，杏實吐蘭香。豐暇兼無病，拈書意自長。

雨中雜興四首録二

暮春餘幾日，蕭瑟過初寒。蝶夢幽將化，燕泥濕未乾。言無口欲吃，字飽腹須攤。好事吾廬事[1]，悠然興莫殘。

【校注】

〔1〕吾廬事：疑指在家中泛覽書籍。陶淵明《讀山海經》：“衆鳥欣有托，

吾亦愛吾廬。既耕亦已種，時還讀我書。”

陰久晴難轉，人居雲氣中。翰來爲索句，愁至待書空。臂掉偏枯半，眼垂青白同〔1〕。相須猶小技〔2〕，何日詣崆峒。

【校注】

〔1〕臂掉：即掉臂。摇動手臂。偏枯：病名，即半身不遂。眼垂：指目盲。青白：指青白眼，典出《晋書·阮籍傳》。

〔2〕相須：相依。《詩·小雅·谷風》："習習谷風，維風及雨。"毛亨《傳》："興也。風雨相感，朋友相須。"

答萬常銘雨中見寄韵二首〔1〕録一

藝圃羞依市，斯飢自作驅。已知居苦索，莫計谷名愚〔2〕。王粲樓非里，靈均宅有區〔3〕。嗟吾從此逝，將室就彫胡〔4〕。

【校注】

〔1〕萬常銘：生平不詳。

〔2〕愚：指愚公谷。劉向《説苑·政理》："齊桓公出獵逐鹿而走入山谷之中，見一老公而問之曰：'是爲何谷？'對曰：'爲愚公之谷。'"後來詩文中常用以指隱居之地。

〔3〕王粲《登樓賦》中的"樓"，據説即湖北當陽城樓。王粲爲山陽高平（今山東鄒縣）人，故云"王粲樓非里"。靈均宅：指屈原故宅，相傳在湖北秭歸縣香爐坪。

〔4〕彫胡：菰米，生於河邊、陂澤。

風轉二章録一

宜有岳陽宿，今宵補此舟。面湖皆可榭，得月即爲秋。木葉飄然下，烟波忽爾愁。安能僦一室[1]，坐卧悉如游。

【校注】

〔1〕僦：租賃。

抵石坑莊宅二首録一

鄂客曾予字，皤然湘水東。人居三代裏，天在一山中。竹上竿竿翠，椶圓幹幹紅。詰朝須里史，名列此村翁。

喜晤李幼仙

今日纔相見，艱難共此生。新詩傳七載，白髮照三更。壯惜歡娱少，老聞耕鑿精。連床夜話裏，撥去幾浮名。

地遠吾能至，琴緘早識音。行非今世轍，貌帶古人心。已可移家就，還期入岳深。共吟詩送老，不受歲時侵。

喜鄰向虞襄晤日即同遊新市二首[1]録一

傾蓋白頭裏，山隨步處看。景霱冬日暖，望入岳雲寒。尋市休嫌小，拈杯强索乾。臨流河欲斷，未可憶漁竿。

【校注】

〔1〕新市：地名，在湖南汨羅縣東。作者小傳云其“晚携家湖南，卜宅汨羅”。

曬書五首録一

數卷猶狼籍，神明漸寂寥。再難癖左傳，只可醉離騷。餘靄滌殘日，青燈照綺寮。相期過此往，結伴宿森標[1]。

【校注】

〔1〕森標：叢林的梢頂。陶淵明《舊鳥》："游不曠林，宿則森標。"

憶鄂黄十三首録一

前代文章盡，定交君獨先。亂離真率爾，唱和輒欣然。年爲著書老，名因避世全。山阿今獨立，悵望洞庭烟。

柴門三首〔1〕録二

楚客頻蕭瑟，騷魂那可招。百年渾醉日，萬古一詩瓢〔1〕。舊是青山叟，新垂白髮嬌。乾坤烽燧隔，燈影夜寥寥。

【校注】

〔1〕《湖北詩徵傳略》録此二首。

〔2〕詩瓢：《唐詩紀事》："（唐）球居蜀之味江山，方外之士也。爲詩捻藁爲圓，納之大瓢中。後臨病，投瓢於江曰：'斯文苟不沉没，得者方知吾苦心耳。'至新渠，有識者曰：唐山人瓢也。"

野老識余久，心情近頗宜。常來當暇日，别去是耕期。灌溉同泉水，贈貽均好辭。他鄉借問訊，土俗免相岐。

立秋日八首録一

曙色驚人覺，秋從枕簟生。霧空晴正濕，岩日曉難明。稠樹蟬多聒，獨村鷄一聲。柴門風自啓，來往覺誰行。

客洲風起

驚濤亂捲擁汀沙，日暮如聞塞北笳。澤國有人居可卜，高邱無女我何家[1]。雲懷白日投江水，蘆起秋風拜菊花。客病何緣顔色好，危檣愁絶聽神鴉[2]。

【校注】

〔1〕《楚辭》有《卜居篇》。又《離騷》有“忽反顧以流涕兮，哀高丘之無女”句。

〔2〕神鴉：烏鴉，因其栖息於神祠，故稱神鴉。

蘇山草堂

古史閑評誤此身，高堂肅肅静冬春。亂離過眼兩三世，出處分明漁佃人。故國幾曾悲歲暮，新詩似不厭家貧。柴門悵望浮雲薄，稍待晴天理釣緡。

薄暮吟

莫將己力與時違，東晋事如一甕微。天下中庸誰利險，老人長樂不知非[1]。青田未便隨龍戰[2]，妙智何因逐燕飛。閣起興亡前代史，竚看落日卜朝暉。

【校注】

〔1〕天下中庸：用胡廣事。胡廣，東漢華容人，字伯始，歷官至太傅。時外戚宦官擅政，廣將順自保而已。京師諺曰：“萬事不理問伯始，天下中庸有胡公。”（見《後漢書》）老人：指馮道。道歷事後唐、後晋、後漢、後周四朝，事十君，三入中書，在相位二十餘年，視喪君亡國，不以爲意。自號長樂老，著《長樂老自叙》，歷陳其更事四姓及自契丹所得官爵勛階以爲榮，後人鄙之。（新、舊《五代史》有傳）

〔2〕龍戰：群雄混戰。《易・坤》：“龍戰於野，其血玄黄。”

楚王城[1]

荒城曾是楚王居，百代繁華一日除。楓染秋紅宫女頰，草鋪春緑小臣裾。殘碑遠溷夕陽外，新圃多添明月餘。惟有招提原不改，庭前柏子故如如[2]。

【校注】

〔1〕楚王城：即楚紀南故城，遺址在今湖北江陵縣城北。

〔2〕如如：《金剛經》："不取於相，如如不動。"原指真如常住，圓融而不凝滯的境界。後詩文中多用以指長在。

送别李鄴仙二首[1] 録一

别已三年見一朝，清風何似舊蕭蕭。乾坤此日猶寬大，世界從來久寂寥。笑傲憑君虞夏足，依栖容我市城囂。買山一任吾徒計，地可同時不禁招[2]。

【校注】

〔1〕李鄴仙：即李之泌，見李見瑗小傳注。

〔2〕買山：指隱居。《世説新語·排調》：支道林因人就深公買印山，深公答曰："未聞巢由買山而隱。"李鄴仙晚年隱居孝感白雲山。招：招隱士。作者小傳云"時（康熙二十三年）方纂修《通志》，聘撰安陸、鄖陽二府人物，赴召"。

無悶園早秋

北山雖未見移文[1]，松菊多慚負舊耘。世上於今尊吏隱[2]，人間何地覓徵君。傭稱賣菜羞依市，樂可驅飢力樹勛[3]。前嶺白雲猶片片，怡余贈客任殷勤[4]。

【校注】

〔1〕北山：指鍾山。南朝齊孔稚圭曾撰《北山移文》，假托山神之意，諷刺應詔出仕的“隱士”。

〔2〕吏隱：隱於下僚小吏之中。

〔3〕樂可驅飢：樂而忘飢。語本《詩·陳風·衡門》：“泌之洋洋，可以樂飢。”

〔4〕“前嶺白雲”二句：語本陶弘景《詔問山中何所有賦詩以答》，而意略有不同。

山居次韵三十首録六

歸去來兮胡不歸，乾坤獨樂一山微。春前狼藉松花食，秋後飄零荷葉衣。抱樹蟬聲朝遠聒，依軒蟲語夜重圍。門前縱有橋西路，賣菜傭還自款扉。

緑叢深處衍朱椒，風雨離離興自饒。掬實看當秋菊近，陳盤會向臘梅調。水流曲澗家浮面，山聳高峰寺綴腰。無限清光凝户牖，四時不上柳花橋。

秋山我自耐孤行，履地須如落葉輕。雁字投潭甘滅没，橘金耀户慎縱横。問心直可剛鍼刺，把臂偏饒冷水驚。不是空林多檢點，風和正欲到無聲。

清濁誰分賢聖形〔1〕，那從麯蘖計醒酲。人當永夜情難曉，天歷霜晨色易青。梅福殆將一日去，管寧直欲百年經〔2〕。山中差可舒顏色，不識仙芝學種苓。

【校注】

〔1〕賢聖：指濁酒、清酒。漢末曹操主政，禁酒甚嚴。時人諱説酒字，用

聖人、賢人分别指清酒、濁酒。

〔2〕“梅福”句：用梅福棄官隱遁事，詳見《漢書》本傳。管寧：字幼安。漢末避亂居遼東，聚徒講學，晚年始歸。魏文帝、魏明帝先後徵聘，皆辭不就。事見《三國志》。

遠遊終未倩輿籃，飲酒逃禪寄此菴。癖好詩書惟一老，耽求棗栗苦多男〔1〕。有天終不答吾問，無我何須待世參。山色溪聲長漠漠，孤燈永夜照高龕。

【校注】

〔1〕陶淵明《責子詩》：“雖有五男兒，總不好紙筆。……通子垂九齡，但覓梨與栗。”

山中白日未徒淹，一日尤能兩日添。籬菊經霜無苟且，庭梅抱雪自清嚴。休因有句成詩癖，未免移樽向酒帘。天地形骸亦憊甚，人生那得不如痁。

和李子雲史春初寄題山莊二首〔1〕録一

萬古生成一老岩，岩前忽見立青衫。閉門未辟韓人穀，放迹如逢楚國讒〔2〕。黄鶴來時占岳路，白雲深處歇江帆。賣文難索碑錢活，春晝還爲花鳥監。

【校注】

〔1〕《湖北先賢詩佩》録此詩。

〔2〕韓人：指張良，其家五世相韓。辟穀：古稱行導引之術，不食五穀，可以長生。《史記·留侯世家》：“（張良）乃學辟穀，道引輕身。”楚國饞：用屈原遭靳尚等讒毁被放逐事。

李鄴侯[1]

布衣早結國儲知，大亂天生祚欲移[2]。靈武情殷非勸進，范陽策建是奇師[3]。處人父子多調護[4]，愛我山林惜别離。收復兩京看李郭，身歸衡岳白雲陲[5]。

【校注】

〔1〕李鄴侯：即李泌，字長源，歷仕玄宗、肅宗、代宗、德宗四朝，位至宰相，封鄴侯。

〔2〕“布衣”句：謂李泌在玄宗時爲皇太子供奉官，皇太子（李亨）遇之甚厚。“大亂”句：謂安史之亂，玄宗及太子等出奔。

〔3〕“靈武”句：謂李泌不是爲了利禄。太子李亨在靈武即位，是爲肅宗。李泌謁見，陳天下所以成敗事。肅宗欲授以官。李泌曰：“願以客從入議國事。”“范陽”句：據《新唐書》載，肅宗嘗問破賊期，李泌謂“不出二年無寇矣”。并建議李光弼守太原出井陘，郭子儀取馮翊入河東，牽制盤據於范陽等地的叛軍。

〔4〕謂李泌嘗調護玄宗父子、肅宗父子、德宗父子間的關係。

〔5〕李郭：謂李光弼、郭子儀。“身歸”句：謂歸成身退。據《新唐書》載，權奸李輔國疾李泌，泌畏禍，歸隱衡山。

書復拄翁

三隱匡廬共一山，孤邨獨處各如鰥。倩君來作蛾眉伴，容我時將青眼攀。不向中原誇二子，請遊方外訂雙頑。黄昏半道期誰改，被妬兵戈五載間。

人日見雪六首録一

山不是山水不水，老夫見處幾曾猜。縱横一任化工力，倒放白雲山下來。

楚風補卷之四十二

明

穀城王常瀊[1]

長沙郡王[2]。

【校注】

〔1〕《岳麓詩鈔》載："案《明史・諸王世表》，吉簡王之曾孫吉端王載均第四子翊鉉，嘉靖年間封穀城王。薨，子常瀊嗣。"《明史・諸王世表》謂常瀊"萬曆八年封長子，二十四年襲封"。

〔2〕據《明史・諸王世表》載："吉簡王見浚，英宗庶七子，天順元年封，成化十三年就藩長沙府。"

岳麓峰[1]

雙停小隊駐江干，還擁輕輿過杏壇[2]。曲水回斜杯九折，危峰陡絶磴千盤。禪林樹匝龍宫寂，禹碣苔封鳥篆殘[3]。何物烟霞能傲客，山靈纔許一回看。

【校注】

〔1〕《岳麓詩鈔》録有此詩。

〔2〕杏壇：傳説孔子講學處。後泛指聚徒講學之所。此處當講創建於宋代

的岳麓書院。書院在岳麓山下。

〔3〕禪林：當指建於晋代的麓山寺。龍宫之説始於佛經《法華經》："爾時文殊師利坐千葉蓮花……從於大海娑竭羅龍宫，自然涌出。"禹碣：指禹王碑，在岳麓山巔。宋嘉定中，何致游南岳，聞樵人説"岣嶁峰石壁上有數十字，疑爲禹王碑，摹其文刊於岳麓山巨石上。凡七十七字，似繆篆，又似符篆，極難辨識"。

水陸寺〔1〕

一洲浮泛砥湘川，水國居人舊日傳。自昔建宫三百載，春潮只在寺門前。

【校注】

〔1〕《長沙府志》《岳麓詩鈔》録有此詩。水陸寺：在橘子洲上，今已無存。

朱華園[1]

字仲叔，號淮仙[2]，江夏人。楚昭六世輔國中尉公照之仲子[3]。性敦敏好學，年二十留心理學，所著有《匯書》《宋元詩選》《梅湖》《桃溪》諸集，晚爲書曰《聖學寶鑒》。崇禎癸未三月[4]夢游异境，見石壁有詩云："飛泉如白鶴，隱見渡平林。暗壁流花瓣，漁郎何處尋。"隨告親友曰："時危矣，去之可也。"遂携老僕去桃溪置田學耕，與漁樵爲伍，易名陶范公，字蠡仲，別號五湖長。未兩月，張賊陷城[5]，其妻周夫人偕女及媳自盡。越二年，李賊潰兵肆掠，公整容顧兩子曰："今日之事不可忽，吾兒慎諸。"言畢，長嘯而逝。後二子祝髮爲僧。

【校注】

〔1〕《湖北詩徵傳略》有傳，較詳。

〔2〕《湖北先賢詩佩》謂"字淮仙"。

〔3〕楚昭：指明太祖第六子昭王朱楨。洪武十四年就藩武昌府。

〔4〕崇禎癸未：即崇禎十六年（1643）。

〔5〕"張賊"：作者對農民起義軍首領張獻忠的污辱性稱呼。下文"李賊"，指闖王李自成。

猛虎行[1]

猛虎猛虎，咆哮閭伍。終日攫人腸、吸人髓，謂言威猛當如此。一朝投足陷阱中，縮爪乞憐疇見弛。人亦食其肉、寢其皮，此則足下自所爲。

【校注】

〔1〕據《湖北詩徵傳略》校。猛虎行：樂府詩題。《樂府詩集》歸入相和歌辭。

莫惱翁[1]

門有青山樽有酌，左圖右書致足樂。皋夔聿滿放勛廷[2]，何必巢由在臺閣。兒曹勸仕意豈惡，其奈阿翁未優學。莫惱翁，翁心久矣白雲中[3]。

【校注】

〔1〕據《湖北詩徵傳略》校。

〔2〕皋：指皋陶，舜之臣，掌刑獄。夔：舜之樂官。聿：助詞。放勛：堯名。

〔3〕白雲中：暗喻隱遁。南朝齊隱士陶弘景《詔問山中何所有賦詩以答》："山中何所有，嶺上多白雲。"

贈山中老僧

山僧眉雪尺，問歲指岩椿。一室千峰隙，貪幽如飲醇。却嫌清漢月，屑屑照紅塵。

送陳法瞻之留都[1]

將軍奇俠天下聞，杯餘指顧生風雲。以劍爲書自神絶，波掣勁敵千人軍。曩歲援黔獲苗醜，拂衣里閈羞言勛。小鈴蹇衛倏千里，然諾真堪托生死。故人急難遠相聞，沐暑南行爲經紀。壯君意氣爲君歌，翁伯于君何足多[2]。

【校注】

〔1〕陳法瞻：仕履不詳。留都：指南京。

〔2〕翁伯：漢富商。《漢書・貨殖傳》："故秦楊以田農而甲一州，翁伯以販脂而傾縣邑。"

題張氏隱居

張生恒不仕，所樂在邱園。屐砌留花影，支筇咏鳥言。黍炊將敬樸，尾曳喜泥渾[1]。好告君臣義，重來知閉門。

【校注】

〔1〕“尾曳”句：喻隱居不仕，典出《莊子・秋水》：“吾聞楚有神龜，死已三千歲矣，王巾笥而藏之廟堂之上。此龜者，寧其死爲留骨而貴乎？寧其生而曳尾於涂中乎？”

鄭鄰友遣妾入道得十五咸

鄰翁生死切，開閤放春衫。肯以扶摇翼，終爲弱縷緘。伴眠邀姹女，飽藥付長鑱。紙帳從兹月，巫雲夢亦芟。

重遊楊氏山莊

駐屐何方好，仍過執戟亭。草香滑蜨性，雨色渲山青。家醖隨行設，松風倚醉聽。詩腸需鼓吹，鶯舌莫叫停[1]。

【校注】

〔1〕“詩腸”句：典出馮贄《雲仙雜記》。

聞　蟬

緑樹堦前月，高蟬嘒不休。體虚聲故達，稟潔意無求。吸露有時默，藏陰亦自謀。依稀清夢裹，似枕峽泉秋。

宿青山村中

野性便村榻，千秋矢弗諼[1]。車聲轔遠道，蟲杼織荒園。涼月不貲白，清風所在繁。未須賢五柳，舉世已羲軒[2]。

【校注】

〔1〕《詩·衛風》有一首贊美隱居山林的賢士的詩，名曰《考槃》，其中有“獨寐寤言，永矢弗諼”二句。矢：通“誓”；諼：欺詐。

〔2〕五柳：指陶淵明。羲軒：伏羲和軒轅，此處用以指太古之人。陶淵明《與子儼等書》：“常言五六月中，北窗下卧，遇凉風暫至，自謂是羲皇上人。”

贈周瑤光文學〔1〕

周生辯口懸若河，立取卿相其餘波。遁迹獨處遠山竇，扣角夜疾商聲歌〔2〕。窮愁著書識特妙，慷慨對酒情何多。所恨不值范叔世〔3〕，坐令老喙空長哦。

【校注】

〔1〕《湖北詩徵傳略》録此詩。

〔2〕“扣角”句：用甯戚飯牛夜歌的典故，詳見《吕氏春秋》《晏子春秋》。此處喻周瑤光懷才未遇。

〔3〕范叔：即范雎。范叔在歷盡坎坷後，受到秦昭王的信任，拜相封侯，詳見《史記》本傳。

伏牛山〔1〕

何歲卧晴莎，句芒鞭不起〔2〕。莫貴上流人，不是潁川水〔3〕。

【校注】

〔1〕伏牛山：一名天息山，在河南省西南部。

〔2〕句芒：木神。

〔3〕潁川：即潁水、潁河。源出河南登封縣。此二句用許由洗耳潁川的典故，詳見皇甫謐《高士傳》。

山　　中

巉嶂隔人寰，長林遂清計。覽化步南岡，幽雲逐凉袂。

玲窾忽夕號，雜樹賡天籟。坐見失群雲，斷續來山外。

與客坐竹下即事

凉月飛窗客未醺，無錢對竹空云云。故人輟贈塵尊濕[1]，阿堵今當號此君。

【校注】

〔1〕塵尊：布滿灰塵的酒樽，形容家貧無錢沽酒。尊：同樽。

張允修[1]

字建初，江陵人。文忠第六子[2]。官尚寶司丞。甲申正月[3]，獻賊掠荆，不食死。留詩於北門館人之壁。

【校注】

〔1〕張允修傳附見《明史·張居正傳》。

〔2〕文忠：張居正，字叔大，號太岳。萬曆初爲首輔，前後主事十年，勇於任事。卒謚文忠。《明史》謂允修爲居正第五子。

〔3〕甲申，崇禎十七年（1644）。

自　訣

八十空嘆髮已皤[1]，豈知衰骨碎干戈。純忠事業存先遠[2]，捧日肝腸啓後多。今夕敢言能報國，他年漫惜未掄科[3]。願將心化錚錚鐵，萬死叢中氣不磨。

【校注】

〔1〕嘆，《荆州府志》《湖北先賢詩佩》《湖北詩徵傳略》均作“嗟”。

〔2〕存，《荆州府志》作“承”。

〔3〕掄科：中狀元。允修次兄爲萬曆丁丑科榜眼；三兄懋修爲萬曆庚辰科狀元，長兄亦於是科及第。萬曆十年，允修回南應鄉試，居正死，丁憂，不能入闈，留爲終身遺憾。

張　遺[1]

字瑶星，號濁民，孝感人。官錦衣衛。國變，入山爲道士。奉思宗御書“松風”二字，建松風閣，常率諸頑民泣拜其中。一時顯晦名流以不見面爲耻。

【校注】

〔1〕《孝感詩徵》《湖北詩徵傳略》《明末四百家遺民詩》有傳。後者謂：“張怡，一名遺，字瑶星，號薇庵，人稱白雲先生。上元（治所在今南京市）人。”

九　歌[1]

四座且莫喧，聽我一歌行路難。昔我東遊齊魯間，將涉蓬萊登泰山。東方鼠盜破城邑，弓劍攢簇摧心肝。拉脅折齒難具述，侍生奉死圖刀環。敝舟托命聊自救，簸蕩滄海無安瀾。如彼坳堂積杯水[2]，一蟻誤落芥子端。東西奔走苦無措，忽然到岸中心歡。群蟻握手相慰勞，反覆驕語此水真奇觀。嗚呼一歌歌未闌，出門不知天地寬。

【校注】

〔1〕《孝感詩徵》録此詩。共九首。《湖北詩徵傳略》云：“遺痛定思痛，長歌代哭，仿少陵作《九歌》，盛傳於時。”

〔2〕坳堂杯水：語源《莊子·逍遥游》：“覆杯水於坳堂之上，則芥爲之舟。”

兒時讀書記姓名，壯而馳馬試劍喜談兵。夜聞甘泉達烽火[1]，平原鐵騎連千營。少年好戰如好色，不避矢石鞭梢横。三百健兒視馬足，出塞入塞無留行。下有深閨夢裏之白骨，上有千雲蔽日之欃槍[2]。陰氣慘澹白日落，腐胔狼藉蛟唇腥。老將縮腼抱頭泣，我方醉呼俠少彈鳴箏。

談笑功成不受賞，依然挾策爲諸生。嗚呼再歌歌已成，半生俠氣何時平。

【校注】

〔1〕甘泉：山名，在陝西淳化縣西北。

〔2〕陳陶《隴西行》："可憐無定河邊骨，猶是深閨夢裏人。" 欃槍：彗星。也作攙搶。即天欃，天搶。司馬相如《大人賦》："攬攙搶以爲旌兮，靡屈虹而爲綢。"

昔我遊長安，時勢尚可爲。所志在豪俠，不惜金與貲。天子召見借顔色，公卿握手争交知。出入殿陛間，冠珮光陸離。馬上時時逢俠客，壚頭每每醉妖姬。妖姬俠客華堂下，滿地狼烟塵没踝。四海誰傳血漢名，一軍皆是藏頭者。宫中吐燄戀紅輝，城上傳烽逐飄瓦[1]。公卿争解賣盧龍[2]，一木何能支大厦。男兒陷身虎口中，死爲國殤鬼亦雄。脯肝吮血尚不死，乃知我命由此翁。人生行路路若此，阮籍有途何嘗窮。

【校注】

〔1〕飄瓦，《楚風補》作"飄尾"，據《孝感詩徵》改。

〔2〕盧龍：古塞名，在今河北喜峰口一帶。

金陵蟠踞龍與虎，哀哉此日厠狐鼠[1]。天子能歌清夜遊，公侯善作高麗舞[2]。宫鶯銜恨出宫牆[3]，燕雀湖邊足風雨。風雨飄摇真可憐，吴臺晋闕成雲烟。但解江南足酣樂[4]，誰爲砥柱障狂泉。慘我流離出城郭，跕跕墮水同饑鳶。行路若此真不易[5]，片刻清净天亦慳。不知當年僧紹得何策，獨能高卧栖霞山[6]。

【校注】

〔1〕"哀哉"句，《孝感詩徵》作"哀哉一夕化狐鼠"。

〔2〕清夜遊：魏文帝曹丕《於樵作詩》："清夜宴貴客，明燭發高光。"高麗舞：《舊唐書·楊再思傳》："再思爲御史大夫，時張易之兄司禮少卿同休嘗奏請公卿大臣宴於司禮寺，預其會者皆盡醉極歡。同休戲曰：'楊内史面似高麗。'再思欣然，請剪紙，自帖於巾，却披紫袍，爲高麗舞，縈頭舒手，舉動合節，滿座嗤笑。"

〔3〕《孝感詩徵》在"宫鶯"句前尚有"一封降表出江南，六代禪文草新譜"二句。

〔4〕"但解"句,《孝感詩徵》作"但解嗅靴歌萬歲"。

〔5〕《孝感詩徵》此句前有"草澤寧復有勝廣，揭竿但不服聰淵"二句。

〔6〕僧紹,《楚風補》作"孫紹"，據《孝感詩徵》改。僧紹：指南齊明僧紹，晚年嘗隱居栖霞山。

吁嗟乎，行路之難豈必人鮓甕頭鬼愁灘〔1〕，嗟予之難乃在咫尺庭户間。風波何止日十二，蹭蹬豈獨雲千盤。鴟鴞毁室取予子〔2〕，狐蜮射影索我瘢。君不見洛陽道上季子還，衣無敝裘晨無餐〔3〕。又不見會稽山中生事艱，弦絲肅殺不可彈〔4〕。親戚大笑韋郎死，知交誰念范叔寒〔5〕。文章大似上水帆，性命已作枝頭乾。報仇誰啓腦後丸，回生空憶鼎中丹。人生孤孽犯衆怒，彎弓注矢交相攢。我尚頑鈍不改步，如彼兀者常蹣跚。

【校注】

〔1〕人鮓甕：長江險灘之一，在瞿塘峽下游。

〔2〕鴟鴞：鳥名。《詩·豳風·鴟鴞》："鴟鴞鴟鴞，既取我子，無毁我室。"

〔3〕季子：指蘇秦。

〔4〕"又不見"句：用漢朱買臣事。買臣字翁子，會稽吴人。家貧，賣薪自給，其妻羞之，與朱離异。

〔5〕范叔：即范睢。范先事魏中大夫須賈，爲賈誹謗，笞辱幾死。後范仕

秦爲相，故着敝衣往見使秦的須賈。賈憐其寒，贈其綈袍。

汝水何湯湯[1]，上接揚子源流長。我聞箕山去此不甚遠[2]，欲往從之河無梁。拂笠策杖出門去，妄意有地可以容相羊[3]。當日伯夷一邱遂餓死，愧我尚爾謀舂糧。望門投止意氣盡，托鉢受食中心傷[4]。步出郭門縱遠目，但見荒草漠漠雲茫茫。西湖水乾地脉絶，焦陂人死吾徒亡。吕晏空腹誇經濟，歐蘇曾不留文章[5]。文叔有言此地蹄涔耳[6]，我輩怪物何能藏。便當决去如俊鶻，懼我鉗我如楚傖[7]。天風吹人歌行路，胡不歸去無何鄉[8]。

【校注】

〔1〕汝水：源出河南魯山縣大盂山，注入淮河。

〔2〕箕山：此當指崿嶺許由山，在河南登封縣東南，相傳巢父、許由隱於此。

〔3〕相羊：即徜徉，徘徊、漫游之意。

〔4〕望門投止：一遇人家，便去投宿。《後漢書·張儉傳》："儉得亡命，困迫遁走，望門投止，莫不重其名行，破家相容。"托鉢：原指僧人手托鉢盂赴齋堂吃飯或向施主化緣。後也泛指貧困求人。

〔5〕吕晏：疑指吕蒙正、晏殊，二人都官至相位，但少年時均貧寒。歐蘇：指歐陽修、蘇軾。

〔6〕蹄涔：牛馬足迹中的積水。《淮南子》："夫牛蹄之涔，不能生鱣鮪。"

〔7〕我，《孝感詩徵》作"或"，當從。

〔8〕無何鄉：空想的境界，語本《莊子·列禦寇》："彼至人者，歸精神乎無始，而甘冥乎無何有之鄉。"

是誰言汝潁多奇士，燕趙多佳人[1]。老我車塵三十載，乃知此語殊非真。當昔遊燕趙，三十未足二十餘。南曲北里時一至，雕鞍綉轂多風期。豈無琵琶歌少婦，空將花月比紅兒[2]。微言令人惜嚬笑，設色大約須胭脂。少年誤讀玉臺序，至今絶口香奩詩[3]。今我遊汝潁，世事等敝帚。豈無我友提前挈後，詩亦百篇，飲即數斗。我欲於兹授百畝，更買一椽容八口。闢地種松兼種韭，沿堤植桃復植柳。聊蓄素書同二酉[4]，常爲老農以白首。此福亦是人所有，惜哉不如意事常八九[5]。正爾好好而莠莠，或者然然而否否。栖栖將作不鳴梟，皇皇仍是喪家狗[6]。不惜黄金不多交不深，但惜龍泉太阿不在手。行路如此不得力，且當常醉中山酒[7]。

【校注】

〔1〕《孝感詩徵》無“是”字。

〔2〕紅兒：唐歌伎。爲羅虬所殺。後虬悔，作《比紅兒》絶句百首，言古來美人，難與紅兒匹比。

〔3〕玉臺序：謂《玉臺新咏》序文，南朝陳徐陵撰。香奩詩：艷情詩，以韓偓《香奩集》而得名。

〔4〕二酉：大酉山、小酉山，在今湖南沅陵縣西北。《太平御覽·荆州記》：“小酉山上石穴中有書千卷，相傳秦人於此而學，因留之。”後世遂謂藏書多曰“二酉”。

〔5〕惜，《楚風補》作“怡”，據《孝感詩徵》改。不如意事常八九：語本《晉書·羊祜傳》：“會秦凉屢敗，祜復表曰：‘吴平則胡自定，但當速濟大功耳。’而議者多不同，祜嘆曰：‘天下不如意，恒十居七八。’”後詩文中沿用其意，而語句略有變動。

〔6〕不鳴梟：隱用“一鳴驚人”的典故。《史記·滑稽列傳》：“淳于髡説之以隱曰：‘國中有大鳥，止王之庭，三年不飛又不鳴，王知此鳥何也？’王曰：‘此鳥不飛則已，一飛衝天；不鳴則已，一鳴驚人。’”喪家狗：《史記·孔子世家》：“孔子適鄭，與弟子相失，孔子獨立郭東門。鄭人或謂子貢曰：‘東門有人……纍纍若喪家之狗。’”

〔7〕中山酒：又名千日酒。《搜神記》：“狄希，中山人也，能造千日酒，

飲之千日醉。”

少時見事如數策[1]，豈謂丈夫有志酬不得。揮毫擲地金石聲[2]，展卷古道照顔色。拔劍上指象緯動[3]，舉杯四顧湖海窄。一旦亂離復貧賤，白眼相看無舊客。銅駝高卧荆棘中[4]，英雄幾葬北邙北。眼前乍見狐兔走，雲中誰受腐鼠嚇[5]。我非嘆老而嗟卑，但念此生世上真可惜。衹今莫歌行路難，行遍天涯復何益。

【校注】

〔1〕策：竹製籌碼。《老子》：“善數，不用籌策。”

〔2〕“揮毫”句：典出《世説新語・文學》：“孫興公作《天台賦》成，以示范榮期云：‘卿試擲地，要作金石聲。’”

〔3〕象緯：謂日月五星。

〔4〕“銅駝”句：典出《晋書・索靖傳》：“靖有先識遠量，知天下將亂，指洛陽宫門銅駝，嘆曰：‘會見汝在荆棘中耳！’”

〔5〕腐鼠：喻輕賤之物。《莊子・秋水》：“於是鴟得腐鼠，鵷鶵過之，仰而視之曰：‘嚇！’”

我聞在上古，老死絶往來[1]。一自聖人出，遂爲大盜魁[2]。乃令舟車通，以滋争奪階。衣食啓其竇，婚宦助之醢。禮設德逾薄，治成亂已胎。芒芒横目者[3]，食蕉而寢槐。至人曰噫嘻，腐鼠寧可偕。每思還淳風，萬牛挽不回。一經桑海變，白日成陰霾。上帝先夢矣，群夢焉得開。饑犬争狺骨，厲鬼群咸腑。遂令梅子真，匿影如寒灰[4]。昔時同志士，片言生疑猜。匪獨笑瓠落[5]，遂欲肆椎埋。矧彼兒女子，所見寧不乖。我亦知世上，聚散如優俳。豈有飲狂泉[6]，而以爲達哉。鬱鬱松柏枝，老死异蓬藞。行路復行路，徒聞住此佳[7]。

【校注】

〔1〕《老子》:“鄰國相望,鷄犬之聲相聞,民至老死,不相往來。”

〔2〕二句語本《莊子·胠篋》:“聖人生而大盜起。掊擊聖人,縱舍盜賊,而天下始治矣。”“聖人不死,大盜不止。”

〔3〕横目:代指人類。《莊子·天地》:“夫子無意於横目之民乎?”

〔4〕梅子真:梅福,字子真。漢九江壽春人。嘗任南昌尉,後去官歸里。王莽專政,梅棄家隱遁。

〔5〕瓠落:空廓。《莊子·逍遥游》:“魏王貽我大瓠之種,我樹之成而實五石。……剖之以爲瓢,則瓠落無所容。”

〔6〕狂泉:寓言中泉名,飲此泉水者無不發狂,詳見《宋書·袁粲傳》中《妙德先生傳》。

〔7〕《楚風補》原注:“蘛同稭。”

登　岱

絶地横天十八盤[1],笋輿跪跪步難安。五丁削石形千變[2],萬壑圍松緑一團。纔見荆關真筆墨[3],如逢漢魏古衣冠。快心徑欲凌峰頂,猶復踟躕四顧看。

【校注】

〔1〕十八盤:泰山南天門下登山磴道。

〔2〕五丁:傳説爲蜀國五力士,事見常璩《華陽國志》。

〔3〕荆關:指荆浩、關仝(一作同,又作穜、童),五代後梁畫家。荆浩擅畫山水,常携筆摹與山中古松。關仝師荆浩亦善畫山水,二人并稱“荆關”。

汶河如帶繞山根,一索爲男氣自尊。每以兒孫視梟繹[1],遥傳伯仲有昆崙。澄懷但覺天無際,放眼時窺海一痕。漢帝乾封秦帝雨[2],高臺突兀自黄昏。

【校注】

〔1〕凫繹：指凫山、繹山，在山東鄒縣境内。

〔2〕乾封：指在泰山上築土爲壇祭天。秦帝雨：據《史記》記載，秦始皇封禪泰山至中天門，遇雨，避之於松樹之下，後封此樹爲“五大夫”。

張同敞[1]

字別山，江陵人。崇禎恩蔭中書舍人[2]，加升錦衣衛[3]，晋兵部侍郎兼翰林院學士，總督七路軍馬[4]，與留守大學士臨桂伯瞿式耜同駐粤西[5]。庚寅[6]，大兵破桂林，被執一月，不屈，殺之。詳附《明史・張文忠傳》[7]。

【校注】

〔1〕《明史》、《湖北先賢詩佩》、《湖北詩徵傳略》、光緒年刊《荆州府志》等有傳。

〔2〕此乃崇禎十三年（1640）事。

〔3〕此乃唐王（朱聿鍵）隆武年間事。

〔4〕此乃桂王（朱由榔）永曆年間事。

〔5〕瞿式耜：字起田，號稼軒，江蘇常熟人。隆武二年（1646）擁立桂王，累進文淵閣大學士。永曆四年（1650）桂林陷落，被俘遇害。

〔6〕庚寅：此指永曆四年（1650）。

〔7〕張同敞乃張居正長子敬修之孫。

哭新鄭令劉默菴[1]

中州一片土，紛紛碎戰場[2]。寇來公獨死[3]，行者爲悲傷。賜劍者何人，授戰者何王。功成期上賞，死不與城亡。去年我渡大江頭，烽烟不盡白骨愁。天陰鬼號風來滅[4]，怨魂殘魄積山邱。驚傳公守新鄭城，兒童走卒知公名。朝廷養士三百載，到此方聞罵賊聲。耄耋有父方健在，妻子身家亦可愛。决然誓死較人癡，豈乏貪財怕死輩。我皇邺節勵臣忠，不減封疆論戰功。張許當年百鍊死，後來名與李郭同[5]。吾家累世名大節，臣忠子孝貞婦血。乾坤埋没六十載，祇今聖主恩波熱[6]。况乎公死疆場上，氣作山河天地壯。精魂未磨在人間，若聞時事莫惆悵。於戲，楚蜀千里荆州郡，談笑失之誰怒憤，公兮公兮寧可問[7]。

【校注】

〔1〕新鄭：縣名，在今河南省。

〔2〕碎，張同敞《别山詩鈔》作“破”。

〔3〕來，《楚風補》作“萊”，據《别山詩鈔》改。公，《别山詩鈔》作“君”。

〔4〕風來滅，《别山詩鈔》作“風滅燭”。

〔5〕張許：指唐真源令張巡、睢陽太守許遠，他們曾共同抵抗安禄山叛軍，兵敗被害。李郭：指唐時名將李光弼、郭子儀。

〔6〕明神宗萬曆十一年（1583），由於内監張誠等所譖，追奪張居正官階，并籍没家産。此事距崇禎年間爲張居正平反冤案，約六十年。

〔7〕寧，《别山詩鈔》作“不”。

秦人古道〔1〕

到山一里聞風雨，非雨非風是泉舞。聽將石竅逐聲尋，復有隱泉噴石乳。道泉五里經山半〔2〕，上望下望山烟换。攀烟援霧踏雲根，雲根不斷山岩亂。

【校注】

〔1〕《荆州府志》題作“雲山訪秦人古道”。

〔2〕道，《荆州府志》作“過”。

寄武攸山僧〔1〕

遇本無真幻，身原有後先。死生皆屬性〔2〕，忠孝已成禪。慧業澄殘夢，文名種夙愆。網羅天地外，燒盡舊詩篇。

【校注】

〔1〕同治年刊《武岡州志》作“寄武岡僧”。

〔2〕皆,《別山詩鈔》作“非”。

丹霞寺步韵[1]

舉足平登似有神，可知山不負遊人。欲從雲霧穿千嶺，纔脱風塵未半旬。綫綫碧流泉到户，層層丹嶂樹疑春。飛吟岳頂須臾事，幻我東西南北身。

【校注】

〔1〕丹霞寺：當在南岳祝融峰一帶。

和瞿老師韵八首[1] 録四

生當吾世遇非常[2]，坐卧形容盡可傷。戎馬夜嘶過百粤[3]，老臣痛哭守殘疆。千秋正氣憑誰鑒，一死中原詎忍忘。不入耳言今古泪，幽懷欲訴孝陵旁[4]。

【校注】

〔1〕《別山詩鈔》題作“和留守師原韵”。瞿老師：指瞿式耜，見作者小傳注。據《明史・張文忠》附張同敞傳記載：“侵朝被執，諭之降，不從；令爲僧，亦不從，乃幽之民舍。雖异室，聲息相聞，兩人（指瞿、張）日賦詩唱和，閲四十餘日，整衣冠就刃，顔色不變。”

〔2〕遇,《別山詩鈔》作“偶”。

〔3〕戎,《別山詩鈔》作“驕”。

〔4〕孝陵：明太祖朱元璋陵寢，在南京玩珠峰下。

凛然大義自平生，囊底無錢魄亦清[1]。二烈雙忠原有教，九朝七世豈忘情[2]。亡家骨肉皆冤鬼，多難師生共哭聲。想見刀頭空一切，長宵盼不到天明。

【校注】

〔1〕魄,《別山詩鈔》作“魂”。

〔2〕“二烈”句,作者自注:“先曾祖居正謚文忠,先祖敬修謚孝烈,先叔祖克(當作允)修謚忠烈。”九朝:張居正於嘉靖二十六年舉進士。當國十年,父母也備享尊榮,至明末,七代人共經歷了九朝:世宗、穆宗、神宗、光宗、熹宗、思宗及南明三個小王朝:福王、唐王、桂王。

日日刀錐攢我心,豈知天意有升沉[1]。命延一刻慚難負,論到千年慮益深。此地骨原堪朽腐,他時魂不待招尋。昨宵猶夢亡親在,醒後惟留夜雨森。

【校注】

〔1〕豈,《張忠烈公遺集》作“真”。

忘生翻覺死難求,甲士相環任我愁。祭酒一身同臘盡,睢陽二子共名留。已拚魂作他鄉鬼,博得人稱亡國囚。三百年來恩怨血,先皇應許得從遊。

留守師贈詩賦答[1]

仗節誰云有异同,此時此難正遭逢。書生耻效荀文若,夫子堪師信國公[2]。共看挺身當亂裏,可憐渡水入城中。願隨君死非無意,烈烈天朝賴世忠。

【校注】

〔1〕據《張忠烈公遺集》校。詩題後有按語:“留守有《紀事詩》云:‘張子已成千古事,知余結局定何如。’張和云:‘早晚刀山游息好,古人慷慨愧難如。’留守復贈,張復答之云云。”留守:指瞿式耜。

〔2〕荀文若:指荀彧。文若爲其字。出身士族。依附曹操,先後任司馬、

尚書令。曾建議迎漢獻帝於許昌，使曹操得以“挾天子以令諸侯”。信國公：指文天祥。

當年竊幸識韓荆[1]，已許今朝共死生。商粟勉餐貧可授[2]，南冠未改座中盟。臣心既盡憑誅磔，主者空勞問姓名[3]。一綫幾希師若友，有仁須殺此身成。

【校注】

〔1〕識韓荆：初識所敬仰之人。李白《與韓荆州書》：“白聞天下談士相聚而言曰：‘生不用封萬户侯，但願一識韓荆州。’”韓荆州，即韓朝宗，時爲荆州長史。

〔2〕作者自注：“余日食俱師授。”

〔3〕者、問，《張忠烈公遺集》作“語”“説”。

夢傅大司馬忠烈公[1]

抗節如公有幾人[2]，磔殘今尚夢全身。應知同學談忠孝[3]，决不偷生負鬼神。視死如歸懷老友[4]，有恩未報痛孤臣。耻將丹血分青史，與爾幽冥共結鄰[5]。

【校注】

〔1〕《楚風補》原注：“諱作霖，字竹君，武陵舉人，死難武岡，桂藩謚忠烈。世祖惜之，謚曰忠毅，詳著《明史》。”（按，世祖指清順治帝愛新覺羅福臨。）《武岡州志》題作“夢傅忠烈公”。《張忠烈公遺集》題作“夢傅司馬忠烈公”，注云：“諱作霖，湖南死難。”永明王朱由榔授傅作霖爲兵部尚書，故稱“大司馬”。《武岡州志》謂作霖字潤生。

〔2〕如公，《武岡州志》作“於今”。

〔3〕學，《武岡州志》作“聲”。

〔4〕歸，《武岡州志》作“生”。

〔5〕分、冥,《武岡州志》作“芬”“魂”。

自　　訣

一月悲歌待此時[1]，成仁取義有天知。衣冠不改生前制，名姓空留死後詩[2]。破碎山河休葬骨，顛連君父未舒眉。魂兮莫指歸鄉路[3]，直往諸陵拜舊碑。

【校注】

〔1〕一,《別山詩鈔》作“彌”。

〔2〕名姓,《別山詩鈔》《張忠烈公遺集》作“姓字”。詩,《別山詩鈔》作“思”。

〔3〕莫,《張忠烈公遺集》作“懶”。

浯溪二首[1]録一

山静青相宜，溪回幽不支。肅然一片石，是古中興碑[2]。

【校注】

〔1〕浯溪：在湖南祁陽縣西南。唐元結卸道州刺史，歸經此地，愛其山水勝异，遂寓溪畔，命溪曰浯溪。

〔2〕中興碑：元結撰《大唐中興頌》，請顔真卿寫成楷書大字，鎸刻於溪畔崖石上，後人稱之爲“中興碑”。

洞門餘影[1]

欲問栖亭人，如何不在洞。石邊與雲邊，錯作醒時夢。

【校注】

〔1〕《武岡州志》題作“雲山八景”，存二首，即《楚風補》所録。

石畔遺踪

蒼蒼古道長，一履將何及。始信烟霞人，巋然有獨立[1]。

【校注】

〔1〕有，《武岡州志》作“此”。

憩丹霞寺[1]

七十峰頭强半間，丹霞片榻借僧閑。笋輿踏破雲根入，欲上祝融俯衆山。

【校注】

〔1〕據《别山詩鈔》校。

過貴州宿龍山寺題壁[1]

何處山僧説亂離，含愁猶憶太平時。門前白骨堆如石，殘月孤鐘帶角吹。

【校注】

〔1〕共二首。據《别山詩鈔》校。

寧堪荒突萬山行，耕鑿男兒盡入營。剩得羈人衫有袖，老僧應不駭儒生。

奉命安楚過便江遇同鄉裴云文[1]

三年百死四方臣，楚尾歸來見楚人。荆北竈烟遺幾處，羈心夜老萬山身。

【校注】

〔1〕據《别山詩鈔》校。

宿濟渡菴[1]

潭栖寺壁烟逢客，門泊山脣月渡舟[2]。兩載空號昨日泪，禪床難寢大恩仇。

【校注】

〔1〕據《别山詩鈔》校。

〔2〕月，《别山詩鈔》作“目”。

周師文

字期期，大冶人。負才氣，工古詩歌。堵牧游相國深倚之[1]，題授監軍道，隨命經略河南。時國步已蹙，將縱兵驕，師文督諸軍出師，竟死于陣。

【校注】

〔1〕堵牧游：即堵胤錫。見謝如珂小傳注。

古詩三章呈陽羡堵相國[1]

江湖垂五載，風波知幾年。一片懷恩心，空露佛燈前。試作愁悒歌，聲短詞不宣。兄弟三人行，指顧靖烽烟。小人亦有母，泪盡桐華篇。

【校注】

〔1〕陽羡：古縣名，治所在今江蘇宜興南。堵相國：謂堵胤錫。

故人劉駕部，義我向江西。昕也掩壺漿，子行問九溪。是日道潯陽，師友聲汨齊。山畔經年月，客子夜中鷄。洞庭非我秋，阻之莫能梯。

今日湘江船，是師五年意。慧業與忘機，有時亦爲累。素絲誰家姝，嫁去尚餘膩。至人終古心，至今争數字。夫子道則然，吾徒未可棄。

始得行在旨議予經略河南

詔下傳收復，君王正履端。同天部日出，度地一泥丸。驛使看梅喜，孤臣拜手寒。全家湘水外，書捷倚平安。

將赴行在劉四安世來别因感武攸舊事

校書書罷謫君歸，我亦江南逐釣磯。采隱同依元子宅〔1〕，浮家仍賦北山薇。舊時藜火吹還在，近日桃花種尚稀。玉輦扶來沙路後，柘黄秋識聖人衣〔2〕。

【校注】

〔1〕元子：指唐元結。元結卸道州刺史，歸經浯溪，愛其山水勝异，遂結宅溪畔。元子宅故址在今湖南祁陽縣西南。

〔2〕聖人衣：帝王之衣。唐以來帝王之服爲赤黄色，用柘木汁染成。

郴江道中絶似蘭溪有感〔1〕

兒家多在碧溪邊，夾岸垂垂柳覆船。夢到門前船應泊，阿誰竹底出茶烟〔2〕。

【校注】

〔1〕郴江：一名郴水、黄水，源出湖南郴縣黄岑山，北流入耒水。蘭溪：在湖北浠水縣東，源出箬竹山，其側多蘭。蘭溪泉，陸羽《茶經》以爲“天下第三泉”。

〔2〕作者自注：“家在第三泉内人，解予苦飲。”

楊山松[1]

字長蒼，一字髯龍[2]，别號忍古頭陀，武陵人。文弱相國長子[3]。以祖蔭錦衣衛指揮、行軍監紀同知[4]。幼在軍中，目流如電，有楊家小飛將之號。綜覈軍實露章千奏，皆公手也。壬辰，王師平常[5]，促之北上。至荆門，辭疾遁，浮家[6]。著《孤兒籲天録》，代父訟冤也。終於三吴。

【校注】

〔1〕同治年間刊《武陵志》《沅湘耆舊集》有傳。

〔2〕《沅湘耆舊集》作"龍髯"。

〔3〕文弱：楊嗣昌字。楊於崇禎十年（1637）任兵部尚書，提出"四正六隅"等法，加緊鎮壓農民起義軍。翌年入閣，仍掌兵部。清軍南侵，他一意主和，貽誤軍機，致統帥盧象昇陣亡。崇禎十二年親率主力鎮壓起義軍。後義軍攻克洛陽、襄陽，殺福王、襄王，乃懼罪絶食而死。

〔4〕《武陵志》謂其"以祖蔭錦衣衛指揮，改授監紀同知"。楊山松之祖楊鶴以功進兵部尚書、太子少保，世蔭錦衣千户。

〔5〕壬辰：清順治九年（1652）。常：常德。

〔6〕浮家：以船爲家，到處漂泊。

緑蘿山[1]

一生看不足，疑此弱烟凝。静覺蛾輕斂，虚惟影自憑。飛濤譌雁字，寒葉點魚罾。坐撥孤琴冷，清音寫未能。

【校注】

〔1〕《常德文徵》謂此詩爲楊山松之父楊嗣昌所作。緑蘿山：在湖南桃源縣境内。

雨阻高沙市[1]

遥知今日雨，容易未能晴。墻竇奔遷蟻，溪痕漲刻桯[2]。風彌添夜勁，雲不解山酲。緩急由天意[3]，無憑是客程。

【校注】

〔1〕據嘉慶刊本《常德文徵》，同治刊本《武岡州志》《沅湘耆舊集》校。高沙市：在湖南武岡縣北。

〔2〕“墻竇”二句，《常德文徵》作“樹色全如幄，溪光半到楹”。

〔3〕“緩急”句，《常德文徵》作“去住皆天意”。

次陸辛齋魏水邨見贈原韵[1]

事干君父不單行，自命人間孤孽名。妻子已能忘漆炭[2]，友朋何事識音聲。莫猜側翅投門急，肯信飛鴻踏雪輕[3]。青眼感君來物色，賣漿屠狗亦移情[4]。

【校注】

〔1〕據《沅湘耆舊集》校。共三首。陸辛齋：名嘉淑，字冰修，諸生，有《辛齋遺稿》。魏水邨：名坤，字禹平，號水村，康熙舉人，有《倚晴閣詩鈔》《水村琴趣》等。

〔2〕漆炭：漆身吞炭。戰國時晋豫讓爲主報仇，“漆身爲厲，滅鬚去眉，自刑以變其容，爲乞人而往乞，其妻不識，曰：‘狀貌不似吾夫，其音何類吾夫之甚也。’又吞炭爲啞，變其音”（見《戰國策・趙策一》）。

〔3〕投門急：逃亡時遑急情狀。《後漢書・張儉傳》：“儉得亡命，困迫遁走，望門投止，莫不重其名行，破家相容。”飛鴻踏雪：語本蘇軾《和子由澠池懷舊》：“人生到處知何似，應似飛鴻踏雪泥。泥上偶然留指爪，鴻飛那復計東西。”

〔4〕賣漿屠狗：寒賤之人，多用於指隱於市井的義士，典出《史記・魏公

子列傳》。

我有存亡兩世書，天涯搜購廿年餘。孤桐野火愁焦尾[1]，細字青燈辨魯魚。忠武出師原利鈍，魏收穢史孰騷除[2]。東南夜氣煩公等，圭臬今看南指車[3]。

【校注】

〔1〕"孤桐"句：用焦尾琴典。《後漢書·蔡邕傳》："吴人有燒桐以爨者，邕聞火烈之聲，知其良木，因請而裁爲琴，果有美音，而其尾猶焦，故時人名曰焦尾琴焉。"

〔2〕魏收：北齊史學家。撰有《魏書》，時人以爲魏收在書中對與己有隙者，揭其短而没其善，因稱其爲"穢史"。楊山松之祖楊鶴曾總督陝西三邊軍務，以"剿賊"不力，坐戍袁州卒。山松之父楊嗣昌也因在與農民軍對抗中，失陷城池，懼罪自殺。父祖二人先後受到朝臣論劾，嗣昌尤爲時論不值。"忠武"二句或隱指此一段公案。

〔3〕圭、臬：測日影與測廣狹的兩種儀器。多用以喻準則、典範。南指車：即指南車，相傳黄帝、蚩尤戰，蚩尤作大霧，黄帝造指南車以指方向。

試叩陽秋杞宋間[1]，明妃誰爲惜雲鬟。肯留頰上毫三在[2]，不妬娥眉黛一彎。史局自當憑月旦[3]，國門原不敵名山。向隅垂老孤兒泪，今日逢君一破顔。

【校注】

〔1〕杞、宋：古國名，都城分别在今河南杞縣、商丘。

〔2〕頰上毫：《世説新語·巧藝》："顧長康畫裴叔則（楷），頰上益三毛。人問其故，顧曰：'裴楷俊朗有識具，正此是其識具。看畫者尋之，定覺益三毛如有神明，殊勝未安時。'"

〔3〕月旦：評品人物，典出《後漢書·許邵傳》。

己卯黄石齋先生遣戍過常貽贈二章[1]

乃者吾翁真拜賜，异時夫子直非沽[2]。奭猶有意疑公旦，奚却由來舉解狐[3]。門户何曾分蜀洛，聖朝不僅責都俞[4]。恭承一笑留溪上，排闥吾當罪捋鬚[5]。

【校注】

〔1〕據《常德文徵》《沅湘耆舊集》校。己卯：崇禎十二年（1639）。黄石齋：黄道周，字幼平（或作玄）。明福建漳浦人。曾在石室中讀書，因號石齋。崇禎時任右中允，因上書劾楊嗣昌等，謫廣西。隆武帝時爲武英殿大學士，率師至婺源，與清兵相遇，兵敗不屈死。《沅湘耆舊集》按："弱翁得罪東林無如石齋先生之甚。……《楊氏家譜》載：'閣部夫人尹氏賢而有識，己卯，黄公石齋以劾太傅謫沅州，道經武陵，有爲危言以恐之者，遂幅巾小艇間渡杜山，夫人聞之，呼諸子曰：汝輩當往迎訝。第排闥直入，傾倒與語，即家事米鹽瑣屑不須護伏。黄公以是摩諸郎頂，大笑而别。'據此條，詩意更明了。"

〔2〕真拜賜：指楊嗣昌爲閣爲輔臣。夫子：指黄石齋。沽：沽名。

〔3〕"奭猶"二句，《常德文徵》作："亦知君奭疑公旦，猶見祁奚舉解狐。"奭：姬奭，因封地在召，故稱召公，成王時，與周公旦分陜而治。成王即位時年幼，周公攝政，召公疑之，作《君奭》，後乃釋疑。（見《史記・燕召公世家》）奚：春秋時晋大夫祁奚。告老時先後舉讎人解狐、兒子午以代，人稱"外舉不避仇，内舉不避親"。

〔4〕何曾，《常德文徵》作"那須"。聖朝，《常德文徵》作"聖明"。蜀、洛：宋哲宗年間保守派朝臣分爲三派：朔黨、蜀黨、洛黨。其中以蘇軾（四川人）爲首的蜀黨，與以程頤（洛陽人）爲首的洛黨，相互攻訐最烈。都俞：感嘆詞，語出《書・益稷》："禹曰：'都，帝，慎乃在位。'帝曰：'俞。'"後多用以指君臣相得。

〔5〕捋鬚：《三國志・朱桓傳》注引《吴録》："（孫）權憑几前席，桓進前捋鬚曰：'臣今日真可謂捋虎鬚也。'"後常以"捋虎鬚"喻冒險觸犯强有力

者。作者此處用“捋鬚”一詞，當是指自己“排闥直入，傾倒與語”，對長者容或有冒犯之處。

幅巾小艇意何如，有客遥聞載後車。阿堵著人公未免，重門不閉我真疏。今朝應信弓無影，借箸空愁馬駭輿[1]。不禁天真紛爛熳，頓教疑案掃無餘。

【校注】

〔1〕馬駭輿：《荀子·王制》：“馬駭輿，則君子不安輿；庶人駭政，則君子不安位。”

楊山梓〔1〕

字仲丹，武陵人。文弱相國次子。以父蔭兵部司務，入粵爲給諫。著有《辨謗録》及詩文諸集。

【校注】

〔1〕同治年刊行《武陵志》有傳。

桃源洞

扁舟已入桃花源〔1〕，往事何妨一討論。豈有此山堪遯世，胡然刻石强爲門〔2〕。辰韓孤旅國終立，博浪一椎身竟存〔3〕。二子避秦差有意，久留此案待余翻。

【校注】

〔1〕此句《沅湘耆舊集》作“扁舟短棹入桃源”。

〔2〕“胡然”句：《沅湘耆舊集》作“偏令重至入無門”。

〔3〕辰韓：三韓之一。《後漢書·東夷列傳》：“辰韓，耆老自言秦之亡人，避苦役，適韓國，馬韓割東界地與之。其名國爲邦……有似秦語，故或名之爲秦韓。”又《史記·朝鮮列傳》：“朝鮮王（衛）滿者，故燕人也。自始全燕時，嘗略屬真番、朝鮮，爲置吏，築鄣塞。……燕王盧綰反，入匈奴。滿亡命，聚黨千餘人……都王險（今平壤）。”博浪：指博浪沙，地名，在今河南省。《史記·留侯世家》：“（張良）得力士，爲鐵椎重百二十斤。秦皇帝東游，良與客狙擊秦皇帝博浪沙中，誤中副車。……良乃更名姓，亡匿下邳。”

彝望山〔1〕

孤流中竦獨稱尊，只有金焦可共論〔2〕。惜以遐方成割據，自非好事莫攀援。吾家題賞經三世，前代風流記二袁〔3〕。此外徑從馳道返，我於夢得有遺言〔4〕。

【校注】

〔1〕據《沅湘耆舊集》《桃花源志略》校。彝望山：或作怡望山，一名水心岩，在湖南桃源縣南。《桃源縣志》云其“聳峙沅干，水盛則宛在中流”。

〔2〕金焦：二山名。金山，在江蘇鎮江市區西北，原屹立長江中，因水流變遷，清道光年間已與南岸相接。焦山，在鎮江市東北長江中。金焦二山自古以來即爲游覽勝地。

〔3〕三世：當謂其祖楊鶴、父嗣昌及作者兄弟。《常德文徵》載有楊嗣昌同題五言律詩。“前代”句，作者自注：“中郎、小修先後特來遊此，盡興而返。”

〔4〕“此外”句，作者自注：“桃川宫有馳道。”“我於”句，作者自注：“劉禹錫爲郡司馬，頻游桃川宫，不聞到此，亦一恨事。”

張治化

江陵人。官桃源教諭[1]。

【校注】

〔1〕據《桃源縣志·職官志》載，張治化任桃源教諭在萬曆年間。

遊桃源洞次孟襄陽韵

荆國驅車日[1]，花源縱目初。雨經溪路險，雲薄洞門虛。平陸逢耕耦，西潭隱捕魚。翻疑此風景[2]，猶是太康餘。

【校注】

〔1〕荆國，《桃源縣志》作"荆楚"。

〔2〕翻疑，《桃源縣志》作"翻然"。

劉　　皋[1]

安陸人。官南中曹郎。

【校注】

〔1〕《湖北詩徵傳略》有傳。

秦人洞[1]

何物漁郎解問津，仙踪俄敞半千春。可憐海上求靈藥，不及當年避世人。

【校注】

〔1〕據《湖北詩徵傳略》校。秦人洞：即桃源洞。

梅鉞[1]

字澹克，原名鈿，麻城人。太師梅之熉惠連子[2]，太保國楨冢孫也[3]。前官金吾，後自稱槁木[4]，集多散佚不傳。

【校注】

〔1〕梅鉞《桐下詩餘》李中素序，叙其生平較詳。

〔2〕梅之熉：字惠連。《黄州府志·隱逸》云其“别號槁木，隱囊山爲僧”。

〔3〕梅國楨：字克生，萬曆進士。累遷兵部右侍郎，總督山西宣大軍務。《明史·魏學曾傳》有附傳。

〔4〕此處疑有誤，不應父子皆自稱槁木。

落日[1]

落日挂帆處，荆門水正寬。歸人指遠寺，問路識前灘。秋覺客中好，山皆船上看。更携殘卷去，檣後守漁竿。

【校注】

〔1〕據《湖北詩徵傳略》校。

曉渡[1]

石路千山裏，危橋練老藤。蹇驢寒不渡，蹴亂一溪水。

【校注】

〔1〕據《湖北詩徵傳略》校。

宿白臯寺樓[1]

樓上風來吹客衣，亂峰秋落野烟微。鐘聲到處月皆照，松影一山僧獨歸。

【校注】

〔1〕光緒年間刊行《麻城縣志》題作“宿白臯山寺樓”,《湖北詩徵傳略》題作“宿白杲寺樓”。

朱之楫〔1〕

字巨川，通山人。官温州司馬。嗣子萬仰，尤以詩著。

【校注】

〔1〕《湖北詩徵傳略》有傳。

出都門偶吟

攬轡前歸路，雲山似舊知。不憐南路遠，堪耐北風吹。有雪纏襟帶，無錢問酒卮。悠悠行伴者，誰與話心期。

楚風補卷之四十三

明

袁素亮[1]

字公寥，蘄州人。

【校注】

〔1〕袁素亮：蘄州（舊治在今湖北蘄春縣西南蘄州鎮）歲貢，有文名，早年與譚元春、錢謙益等唱和，晚歲與陳際泰、艾南英等交游，入復社。值明季亂世，隱居不出。事迹載於舊志（參見清光緒《湖北通志》卷一百五十一）。

黄石岩舊隱有空生閣，峙翳薈中。余乙卯紀綱其地，蓋面勢龍泓，近負諸嶺，而壽藤灌木，獨堂四榮，居然古文之外方也。數年休沐，邸舍乏鏖，樸大防爲羶行，桑門肇剥殆遍。子瞻有云："栽種成蔭十年事，倉皇求買萬金無。"三復斯言，不勝嘆恨，爲成是詩[1]

登山忽如此，長喟秋濛濛。赭力使翠竭，驕穩逢斯翁。憶昔草堂貴，夫子聊爲傭。心枯畏日月，蔽此杉松宫。足使峰性交，不至空勢窮。驚雹不得炤，幽蟠如古龍。石髮一朝髡[2]，寒泉泣濛濛。魂揺北漏户，卧警西流風。雉籊庶可待，霧冷天無功。萬物蟄兀誰，不藏黄石公[3]。

【校注】

〔1〕乙卯：明萬曆乙卯（1615 年）。紀綱：管理。古文：指《尚書》。外方：《尚書·禹貢》："熊耳外方桐柏。"《漢書·地理志》："古文以嵩高爲外方山也。"此處借指黄石岩。樸：叢生的樹木。防：止。羶行：《莊子·徐無鬼》："羊肉不慕蟻，蟻慕羊肉，羊肉羶也。舜有羶行，百姓悦之，故三徙成都，至鄧之虚而十有萬家。"此處指招致外客來訪的吸引力。子瞻：即蘇軾，字子瞻。

〔2〕石髮：生於石上的苔藻。髡：剃去頭髮，此處指枯死。

〔3〕黄石公：傳爲秦時隱士，授張良以《太公兵法》，參見《史記·留侯世家》。

贈江伶任元六歌有序

予不聞昆之聲四年矣〔1〕，愁心不開，前識不昧。江西任元六能爲海鹽聲〔2〕，雜糅其氣於章貢、交廣之間〔3〕，伶而彝者也。年富貌深健能，以趣昑自喜，《懷沙》所謂"願志之有像"者，予將因是以程昆焉。丈夫口與冤苦相驅扇，恒恐用酒色之不盡。降而用聲，又降而用其聲之大不似者。夫痤疽之痛也，非刺骨髓，不能以半寸砥石彈之〔4〕。因飲六子酒而爲之歌。

南北國手婁江水〔5〕，其聲明滅燈光裏。數科法曲雪香亭，妙極機神空折齒〔6〕。瑶天笙鶴李良辰，腰鼓百面破蒼蠅〔7〕。詞林杰作本天縱，不害其中聲裏能。戾家小令失本調，百病俱生壞樞要。彝而海塩川噪聲，傳奇一破堂前笑。近來商角獨凄然，不節以鼓節以弦。金陵樓閣湖上船，浩歌不已花含烟。一入故山愁絶處，萬種魂銷不知據。獨有聲情相向生，養德蠲煩識來去。試爲打掐小宫詞，就爾聲中一見之。爾雖不似我能似，隱忍用爾毋卑疵。

【校注】

〔1〕昆：昆曲。原爲元代昆山（今屬江蘇）一帶流行的民間戲曲腔調，明代經戲曲音樂家魏良輔等吸收海鹽腔、弋陽腔等予以豐富後，逐漸流傳各地，影響深遠。

〔2〕海鹽聲：海鹽（今屬浙江）地區流行的民間戲曲腔調。

〔3〕章貢：章水與貢水，皆在江西省境，兩水在贛州市匯合後稱贛江。此處泛指江西地區。交廣：交趾與廣州，此處泛指五嶺以南地區。

〔4〕句出《韓非子・外儲説右上》。痤疽：癰瘡。砥石：古代醫療工具。

〔5〕婁江：即今江蘇瀏河，流經昆山。

〔6〕科：古戲曲術語，指劇中的動作和表情。法曲：古代一種以漢族清商樂爲主，吸收了西域音樂并攙雜了道曲的樂曲。雪香亭：當爲劇目名。折齒：晉代謝鯤挑逗鄰家美女，女投梭折其兩齒，時人譏之，謝鯤聞後傲然長嘯曰："猶不廢我嘯歌！"

〔7〕瑶天：青天。笙鶴：傳説仙人王子喬好乘鶴遨游，吹笙作鳳鳴。李：或通"理"，理曲。蒼蠅：《詩經・小雅》有《青蠅篇》，爲斥責讒人害人禍國之作，詩中以青蠅喻讒人，此或用其意。

贈受之〔1〕

招我皮冠意已疏〔2〕，須君床坐廣何如。自存天素非忘物，聊爲中原苦讀書。世界蓮花供履屐，工夫楮葉著樵漁〔3〕。智雖不用何能腐，留待浮雲竟有餘。

【校注】

〔1〕受之：即錢謙益，字受之，號牧齋，江蘇常熟人，明萬曆進士，入清官至禮部侍郎，以詩文聞名於時。

〔2〕皮冠：此處同"皮弁"，古時官帽，代指做官。

〔3〕世界蓮花：即蓮界，佛國。此處亦代指佛寺所處的山水勝地。履屐：指游玩。《南史・謝靈運傳》載，謝靈運游山時，常著木屐，上山則去其前齒，

下山則去其後齒。此用其事。楮葉：據《列子·説符》載，戰國時有宋人能用玉製成楮樹葉以亂真。此處借指精細雕琢，又指代紙。著樵漁：謂寫隱者之歌。

峽　聽

暮雨藏山石氣焚，紫烟破峽蕰蘭薰。歲當一候暄萋合，響即孤傳抗墜分。萬古機輪天上水，百梯消息嶺頭雲。遺光不用洗閑貌，留照凉堂冰雪文。

貽曹元甫[1]有序

余素少耽，尚恐遂死，不聞令音。挾口從儼碩數公[2]，波瀾氣類於其間，亦至并兼美擅矣。乃獨徙倚於曹，送其平生，顧念相存，又非有嘔揞折下[3]，只此茶酒接對遥昔，忽忽數點嬋娟，使浪然千載，不得以能事名家。憶其憑負驅動，有在材業通和外。元次山謂[4]，歌兒舞女，系之風雅。余安能處此勝概不惑？聊復爲纖兒語，形諸聲韵，將天下一日雷動，知鄙人於曹公。無所蠧勵，但摧謝而已。

蓋壤風華坐睨之，龍鍾塗乞謝專司[5]。利開奥府歸君子，氣挾雄壇覆等夷。毫髪波瀾規矩妙，尋常芰伐混茫遲[6]。諸家趁藻貪容悦，揚馬艱辛愧改移[7]。

文章本欲存傾覆，伯仲誰家古到今。一自宫庭開賞罰，千秋魚鳥得高深。排擠半出群雄手，愷弟終懷元化心。有路尚寬肥澤地，吾將避此豁胸襟。

【校注】

〔1〕曹元甫：即曹履吉，字元甫，當塗（今屬安徽）人，明萬曆丙辰（1616）進士，官至河南提學僉事。

〔2〕儼碩：儼雅碩大。《詩經·陳風·澤陂》：“有美一人，碩大且儼。”

〔3〕嘔拊：同“嘔呴”“傴拊”，憐愛。《莊子·人間世》：“且昔者桀殺關龍逢，紂殺王子比干，是皆修其身以下傴拊人之民，以下拂其上者也。”此用其意。

〔4〕元次山：即元結，字次山，唐代詩人。

〔5〕龍鍾：老態龍鍾，作者自謂。塗乞：當爲“塗乙”之誤。塗乙：删改。此處指修改詩文。專司：專主其事，此處指曹元甫，謂其爲詩文高手。

〔6〕杜甫《敬贈鄭諫議十韵》：“毫髮無遺恨，波瀾獨老成。”此用其意，稱譽曹元甫的詩文。芟伐：指删改。混茫遲：指詩文的境界廣闊深遠。杜甫《寄彭州高三十五使君適虢州岑二十七長史參三十韵》：“意愜關飛動，篇終接混茫。”

〔7〕揚馬：揚雄與司馬相如。

江右有石巃起，吴公劈埶爲閣

補天媧后王於石，却月曹公無此樓[1]。縈鬼懸床輕似繭[2]，龍銜掌鼓謝諸囚。一杯欲渡方何仄[3]，萬國如幢我自浮。瞠目無人識湘水，恰留此片在中洲。

【校注】

〔1〕却月：古城名，舊址在湖北沔陽。《水經注》：“沔左有却月城，亦曰偃月壘。”曹公：即曹操。曹操於建安十三年南征劉表，進軍荆州，戍却月城。

〔2〕縈：通“熒”。熒鬼：謂發出熒光的精靈。

〔3〕據《法苑珠林》載，西晋僧杯渡，於所宿之家見一金像，乃持去，主人追至河邊，僧則乘一木杯渡孟津而去。此用其事。方：方舟，此處指渡水工具。仄：狹窄。

題人壁柬友夏〔1〕

騎馬擁歡眠，遂有專儂意。粗知好浮名，向儂求姓字。姓字却不言，但與譚郎好。遣人問譚郎，悟儂非草草。

【校注】

〔1〕《湖北詩徵傳略》卷十八作“題壁柬友夏”。友夏：即譚元春，字友夏。

譚　　學[1]

字訥菴，天門人。

【校注】

〔1〕譚學：明代隱士，與譚元春相友善，工古詩，人呼爲“譚居士”，事迹載於舊志。（參見清乾隆《天門縣志》卷十七）

友夏夜泛蓮湖[1]

老人無樂事，遇可亦隨偶。幸兹扁舟去，且得從而後。篙師問所適[2]，一意投蓮藪。南湖夜氣肅，雲静月光厚。行行過短橋，漸次穿疏柳。時聞潑刺聲，或有魚在笱。荷葉最深處，停橈再問酒。花亦不必摘，子亦不須剖。只此一段香，其臭如蘭友[3]。

【校注】

〔1〕友夏：譚元春字。

〔2〕篙，《湖北詩徵傳略》卷二十八作“舟”。

〔3〕臭：氣味。《易·繫辭上》：“同心之言，其臭如蘭。”

蟋　　蟀[1]

爾其蟋蟀也，秋至則長吟。從朝直至暮，聲響出幽陰。是或別一道，偶會於元音。唧唧復唧唧[2]，觸撥客子心。予方深妬爾，呼童四壁尋。

【校注】

〔1〕《湖北詩徵傳略》收録的同題詩文，與此幾乎全异。

〔2〕用《木蘭詩》中成句。

老夫病起

老夫病起未梳頭，木棉雖厚風颼颼。寒爐榾柮冷無焰[1]，茅檐凍雀聲啾啾。知己客來通姓名，短筇扶我步難行。猶然勉強誇強壯，同年輩輩皆久喪。

【校注】

〔1〕榾柮：樹根疙瘩，小塊木柴。

別鄢韵於寒河[1]

恨相見已晚，胡又遽然離。正值苦寒月，深悲垂老時。浪花皆作霰，霜葉盡辭枝。餘齒雖無幾，諄諄後會期。

【校注】

〔1〕鄢韵：字谷音，號怍庵，又自號紫渡樵客，天門隱士，詳見卷二十七小傳。寒河：在天門舊城西南，作者即隱居於此。

初　　秋

獨坐高齋裏，終朝門未關。蟬聲亂樹杪，竹色照苔斑。老去愁何謂，身衰意自閑。新凉偏愛我，先到旅亭間。

冬日湖上

旅館蕭條湖上村，湖光萬頃日當門。風生遠岸烟光渺，雁下寒蕪晚色昏。我或有時行澤畔，船常終日繫籬根。莫言此地全卑濕，漁叟溪翁老子孫。

費尚伊[1]

字國聘，沔陽人。

【校注】

〔1〕費尚伊：明神宗丁丑（1577）進士，歷任漢南兵備副史、給事中等職，後歸隱林泉五十餘年。有《市隱園集》。

雁字詩十二首[1] 録五 有引

雁字詩題起於吴下諸人[2]。吾楚袁中郎、李本寧、龍君贊伯仲近皆有作[3]。余擬和如數詩成，而中郎輩極賞之。余竊有形穢之慚耳。

西風南浦數聲過，日費丹鉛定幾何。墨沉半消彭蠡水，筆鋒横掃洞庭波。謌無亥豕焉能辨[4]，蠹少蟲魚豈易磨。欲倩題名留紫府，只愁雲路隔金河。

莫訝詞人翰墨香[5]，由來禽鳥亦登場。帛沾窮海羈臣淚，錦織高樓思婦腸。風外顛狂張長史，天邊容與蔡中郎[6]。獨憐月夜黄昏候[7]，餘力猶揮急就章。

問奇那用詣玄亭，史頡臣斯見典型[8]。桂兔乍寒毫共白，竹龍初炙汗俱青。纔過瀚海驚傳檄，却到恒河伴寫經[9]。舊識傭書班定遠，玉關同去到玉廷[10]。

爲愛奇文慣遠遊，平生湖海赫蹏留[11]。星當疏處仍加點，月到纖時不假鈎。赤牘罷裁愁結夏，素紈初寫耐悲秋。何人欲搨來禽帖[12]，只在沙頭與水頭。

紛紛結構起層波，剪霧裁烟拂曙過。藻掞星辰依帝苑〔13〕，章窺雲漢接天河。野無烈焰焚書少，池有頹翎退筆多。挾彈拈弓君莫近，還疑刺血寫維摩〔14〕。

【校注】

〔1〕雁字：雁群成列而飛，其形若字，故云。

〔2〕吴下：指江南蘇州一帶。

〔3〕袁中郎：即明代文學家袁宏道。李本寧：即明代文學家李維楨。龍君贊：即龍京，字君贊，武陵人，與兄龍膺、龍襄皆有文名。

〔4〕焉，《市隱園集》卷十三作"那"。

〔5〕訝，《市隱園集》卷十三作"問"。

〔6〕張長史：指唐代書法家張旭，曾官金吾長史，擅長草書，有"顛張"之名。蔡中郎：指東漢文學家、書法家蔡邕，曾官左中郎將，工篆書、隸書，點畫俯仰，體法多變。

〔7〕候，《市隱園集》卷十三作"後"。

〔8〕"問奇"句：漢代揚雄博通群籍，多識古文奇字，劉棻曾向他問字求教。此用其事。玄亭：幽暗静謐的處所，指揚雄讀書、校書的亭閣。頡：倉頡，傳爲黄帝的史官，漢字的創造者。斯：李斯，秦朝宰相，他以"小篆"爲標準，整理文字，對我國的文字統一作有貢獻。

〔9〕瀚海：漢代又名北海，在蒙古高原東北。恒河：南亞大河，恒河流域爲佛教發源地。

〔10〕傭書：受雇爲人抄書。《後漢書·班超傳》："（超）家貧，常爲官傭書以供養。"班定遠：即班超，曾出使西域三十餘年，後封爲定遠侯。到，《市隱園集》卷十三作"歷"。玉廷，同上書作"王庭"。

〔11〕平，《市隱園集》卷十三作"半"。

〔12〕來禽帖：王羲之有《來禽帖》，此處有雙關之意。

〔13〕藻：辭藻。掞：鋪寫。左思《蜀都賦》："摛藻掞天庭。"此套用其句。

〔14〕還，《市隱園集》卷十三作“虛”。維摩：《維摩經》，佛教經典名。

三澨波光〔1〕

北漢南江一艦通，當年疏鑿聖人功〔2〕。只今江漢爲池日，定有滎光瀲灩中。

【校注】

〔1〕三澨：古水名，源出湖北京山，流經天門入漢水。

〔2〕聖人：指傳説中治水導流的大禹。

費啓緒[1]

字雪艖，沔陽人。

【校注】

〔1〕費啓緒：費尚伊之弟，生平不詳。《湖北詩徵傳略》卷十四録其詩。

和雁字詩十二首録三

陣陣飛揚印淺沙，毫端體勢備諸家。筆横烟雨疏還密，墨漾晴嵐整復斜。接羽雙雙來瀚海，刷翎片片走龍蛇。更看遠浦黄昏候，幾度文濤浣月華。

嘹亮聲聲自遠聞，凌空逐隊不離群。衝開碧漢傳真體，踏破蒼烟鏤篆文。並翮揮毫同軾轍，聯翩搦管擬機雲[1]。迴翔四野知何極，掃盡湘江六幅裙[2]。

鸞翔鳳翥拂秋波，野曠蕭蕭幾度過。月白蘆花停彩筆，霜紅楓葉寫銀河。衡陽峰外遺文少[3]，南浦沙頭古搨多。莫道倦飛書興盡，稜稜鋒骨任空摩。

【校注】

〔1〕軾轍：蘇軾和蘇轍。機雲：陸機和陸雲。

〔2〕唐代李群玉《同鄭相并歌姬小飲戲贈》："裙拖六幅湘江水，鬟聳巫山一段雲。"此套用其句。

〔3〕衡陽峰：湖南衡陽市南有回雁峰，相傳雁南飛至此而止，遇春而回。

吴　童[1]

字求叔，蒲圻人。

【校注】

〔1〕吴童：蒲圻隱士。據《湖北詩徵傳略》卷四載，其居霞落溪，與丁雉、吴明卿等友善。

邵陵客中除夕[1]

南楚雄邊百粤親[2]，山川無异土風淳。踏歌樵婦黄茅髻，負戴征人白葛巾。

資邵城頭似帶縈[3]，碧潭千尺白沙明。南來久客思魚味，怪殺南中水太清[4]。

【校注】

〔1〕邵陵：舊縣名，治所在今湖南邵陽。

〔2〕百粤：即“百越”，泛指居於南方的衆多民族。

〔3〕資邵：指邵陽，因邵陽是資水與邵水的匯合處，故稱之。

〔4〕南中：泛指國土南部，此處即指邵陽。水太清：《大戴禮記·子張問入官》：“水至清則無魚。”此用其意。

熊維翰[1]

字大宗，嘉魚人。

【校注】

〔1〕熊維翰：熊開元（詳見卷二十九小傳）之子，以父蔭中書舍人。事迹參見清光緒《湖北通志》卷一百三十二。

落　花

株株疏漸晚忙忙，颯沓樓臺過短牆。何可教謙金縷粉，苟無末減玉缸香[1]。因緣晋水流秦事，遮莫朱檐改漢妝[2]。記得新枝深緑裏，年年此日不相忘。

參差解舞復逍遥，極盡春思屬管調。萬寶初胎頻下里，千金一刻識今朝。圖書後此方傳洛，甲子先蓂已告堯[3]。色相匆匆香杳處，王維未許得輕描。

【校注】

〔1〕金縷粉：指美女。司空圖《楊柳枝·壽杯詞》："恰值小娥初學舞，擬偷金縷押春衫。"玉缸香：指美酒香。岑參《韋員外家花樹歌》："朝回花底常會客，花撲玉缸春酒香。"

〔2〕晋水流秦事：指秦晋之好。春秋時，秦、晋兩國世爲婚姻，後稱兩姓聯姻爲"秦晋之好"。此處借以喻落花有好的歸宿。朱檐：疑作"朱顔"。此句似借用王昭君故事喻落花。

〔3〕圖書：指河圖。相傳伏羲見龍馬負圖出河，便據其文字而畫八卦，謂之河圖。洛：指洛書。相傳夏禹治水，洛水出神龜，背負文書，禹則之而成九疇，謂之洛書。甲子：古時紀日的方法。蓂：蓂莢，古代傳説中的一種瑞草，傳説堯時有蓂莢隨月生死，從初一至十五，日生一莢；十六日後，日落一莢，由是可據莢數多少而知時日，故又名"曆莢"。

元友讓[1]

永州人。

【校注】

〔1〕元友讓：唐代詩人元結之子，河南（今河南洛陽）人，一說爲汝州（治所在今河南臨汝）人。編者此處失考。

復浯溪舊居[1]

昔到纔三歲，今來鬢已蒼。剝苔看篆字，薙草覓書堂。引客登臺上，呼童掃樹旁。石渠疏壅水，門徑斸叢篁。田地潛更主，林園盡廢荒。悲凉聞耄耋[2]，疆界指垂楊。

【校注】

〔1〕《全唐詩》卷二百五十八收録此詩，題爲"復游浯溪"。浯溪：在湖南祁陽縣城西南。元結卸道州刺史後，歸經此地，因愛其山水勝异，遂寓溪畔，并起此名，又建峿臺、庴廎，各撰銘文，刻於山石上。據清光緒《湖南通志》卷二百一十引韋詞《浯溪記》，作者於元和十三年（818）假道州長史時，復來浯溪，見四十餘年前的故宅已荒廢，凄然而作此詩。

〔2〕耄，《全唐詩》作"耆"。

周　　侯[1]

字宜一，號乳菴，湘潭人。

【校注】

〔1〕周侯：曾以薦授攸縣教諭，遷推官。《沅湘耆舊集》卷三十九録其詩并載其事迹。

懊儂曲[1]

琴有弦，棋有路，莫待來時訴。

畏露兼畏明，畏人兼畏暗。花葉亂行，止心一半。

【校注】

〔1〕懊儂曲：樂府古曲名，歌辭抒寫男女愛情上的苦惱。

友人遺予一鹿，馴之

置爾雪堂前，增予林莽意。林深方適汝，此豈宜汝地。非我設藩籠，世事皆此類。飼爾峰頭草，山山損青翠。飼爾囷上糧，飯牛此其次[1]。展轉飽餒間，何者得爲義。上堂白老母，無寧使之出。還彼青青林，母曰待春至[2]。林枯山獸窮，豐焉始可避。暫憩我亭間，明年牝牡二。

【校注】

〔1〕這兩句《沅湘耆舊集》卷三十九作“豈無野田刍，飯牛所有事”。

〔2〕《沅湘耆舊集》卷三十九作“曠然釋物累”，并且没有後四句。

選定謝仲玉此園詩[1]

柳與春相逼，君詩當异書。肺腸仍是汝，筆墨不欺余。時取花同坐，閑將夢與居。每拈多自得，想見避人初。

【校注】

〔1〕謝仲玉：即謝璜，詳見卷三十七小傳。

送伯孔兄蜀遊時予將有牂牁之行[1]

皆爲貧而出，後先青草行。舟車分土性，風雨共花盟。坐見園情老，愁聞春氣明。外人惟貴耳，去去愧生平。

【校注】

〔1〕伯孔：周聖楷字，詳見卷四十小傳。牂牁：舊郡名，治所在今貴陽附近。

過寧鄉，訪陶仲調褐玉堂，即送之北上[1]

長君已一歲，事事讓君先。勝友窺今昔，清盟想醉眠。卑無嫌自牧[2]，用乃曰皆賢。况是登堂日，如農問薄田。

【校注】

〔1〕陶仲調：即陶汝鼐，詳見卷三十一小傳。

〔2〕《易·謙》："謙謙君子，卑以自牧也。"自牧：自養其德。

赤壁鍾叙疇見過，信宿乃别[1]

落落從來古道尊，念余非客即關門。君當初晤生情性，來似重過理晝昏。岳氣不邀雲自往，菴燈未報佛無言。遲遲信宿存冬致，河上輿邊有弟舅。

【校注】

〔1〕赤壁：在今湖北赤壁市西北，傳爲東漢末赤壁之戰的遺址。又湖北黄岡縣城西門外有“東坡赤壁”，此處未詳是指蒲圻還是黄岡。鍾叙疇：生平未詳。

陳明教[1]

字敷寬，號鳳麓子，攸縣文學。所著詩、古文甚富，尤工集古，散佚無傳。

【校注】

〔1〕陳明教：事迹亦見舊志載，參見清乾隆《長沙府志》卷二十八。

過盤石先人舊址集唐[1]

先人留素業，岩路不容車。顧步三春晚，行尋一徑斜。過橋分野色，看竹到貧家。溪水堪垂釣，茅檐覆地花。

【校注】

〔1〕盤石：地名，今未詳。集唐：集唐人詩句以爲詩。

閨怨六十首集唐録三

點注桃花舒小紅，年年長是惹春風。花紅易衰似郎意，一片西飛一片東。

胸前空帶宜男草[1]，緑鬟紅顔爲君老。十二樓中月自明[2]，不知明月爲誰好。

養蠶作繭成錦疋，寒衣處處催刀尺。雙鬟初合便分離，惆悵無人試寬窄。

【校注】

〔1〕宜男草：萱草的别名，傳説孕婦佩帶其花即生男。

〔2〕十二樓：傳説爲仙人居處。

嚴首昇[1]

字平子，華容人。

【校注】

〔1〕嚴首昇：一名頤，字解人。明季諸生。入清後，僧服髡頂，號無不可，遁迹不出。有《瀨園詩文集》。

古　　意

人生如豆顆，種在河中洲。天地亦有限，奈何苦相求。夜來傾一瓢，獨自歌且謳。天亦不足問，人亦不足尤。世人百計樂，我自百計憂。造物亦無術，爲予方寸謀。有淚成靈均，無笑失蒙周[1]。命也有性焉，二愚不可瘳[2]。在昔秦以前，不聞民或流。或凡七十征，或集八百侯[3]。最下蠶六國[4]，積漸久乃仇。咄嗟夥頤涉[5]，萬古賊爲頭。匹夫有天下，妄想生奇猷。南陽豐沛宅，價重魯與鄒[6]。京師掌大地，看作渡口舟。自活在殺人，征戰何日休。須臾天下清，群埋壑與溝。嗚呼一人鹿[7]，何堪百人逐。乾坤大變動，始自有人欲。君子慎旃哉[8]，清濁問心曲。富貴非可輕，如何我不欲？所欲殆有甚，所求益難足。遂令曠士懷，日夜轉齷齪[9]。

【校注】

〔1〕靈均：即屈原。蒙周：指莊子。莊子名周，蒙（今河南商丘市東北，亦説乃今安徽蒙城）人。

〔2〕二愚：指屈原與莊子。瘳：病愈。此處指改變本性。

〔3〕“或凡”句：相傳商湯七十餘征，而德施於諸侯。“或集”句：相傳周武王集八百諸侯大會於孟津。

〔4〕蠶六國：指秦始皇吞并六國。

〔5〕咄嗟：猶呼吸之間，頃刻。夥頤：驚嘆詞，表示驚訝或驚羨。涉：陳

涉。《史記・陳涉世家》："客曰：'夥頤！涉之爲王沈沈者。'"

〔6〕南陽：指泰山南部地區。豐沛宅：指漢高祖劉邦的故居，劉邦爲沛縣豐邑（今江蘇沛縣）人，後亦以之代指帝王故鄉。魯與鄒：指孔子與孟子的故鄉。

〔7〕鹿：喻皇權帝位。《漢書・蒯通傳》："秦失其鹿，天下共逐之。"

〔8〕《詩經・魏風・陟岵》："上慎旃哉。"旃：猶"之"。

〔9〕鮑照《代放歌行》："小人自齷齪，安知曠士懷。"

有所思〔1〕

我往值汝來，旭日行人少。曲路抱古城，巾碍松上蔦〔2〕。不知果何故，相視同一笑。蒹葭失姓名，隰桑拙言辭〔3〕。悔我未問汝，此意終何施。所難在有心，豈患地與時。

【校注】

〔1〕有所思：樂府古題。

〔2〕蔦：一種寄生植物名。

〔3〕蒹葭：《詩經・秦風》篇名。隰桑：《詩經・小雅》篇名。

贈鄰舍百歲翁

五福一曰壽，君壽實誰錫〔1〕。六極中言貧，君貧復無敵〔2〕。世人一日貧可憐，憐君貧滿一百年。千金難買不死方，君滿百年無一錢。

【校注】

〔1〕《尚書・洪範》："五福：一曰壽，二曰富，三曰康寧，四曰攸好德，五曰考終命。"錫：同"賜"。

〔2〕《尚書・洪範》："六極：一曰凶短折，二曰疾，三曰憂，四曰貧，五曰惡，六曰弱。""君貧"句，《瀨園詩文集》初集卷一作"君復貧無敵"。

墨山道中[1]

官道嗟明月[2]，行人夜不稀。囊空難借宿，家近重思歸。汗馬霜無力，枯山風有威。道旁列酒肆，喜爾醉忘饑。

容易出門遠，臨歸耐徹宵。白疑路是水，青覺麥方苗。霜滿如增月，泉聞畏有橋。民勞何太甚，中夜有人樵。

【校注】

〔1〕墨山：在湖南華容縣東四十五里。

〔2〕嗟明月，《沅湘耆舊集》卷三十八作“明寒月”。

黄鶴樓遇程子源[1]

不料君逢此，蒼黄答問多。隔年書到否，近日事如何。登閣聲通市，憑闌影動河。斂情相視寂，如在聽漁歌。

【校注】

〔1〕黄鶴樓：故址在武昌蛇山之黄鵠磯頭。程子源：名本，字子源，一字或委，詳見卷三十八小傳。

夏日同耳菴泛舟讀書，泊石山磯[1]

夾岸山連影，居中人在流。信帆無至止，得石即維舟。卓午西先爽，中河夜欲秋。殘書各在手，全不似閑遊。

【校注】

〔1〕耳菴：見卷三十八程本《同彝叟赴耳庵茗集後期》注。

重陽後一日，有送酒耳菴者，見招一宿

漸覺凋黄菊，何人尚白衣。琴書俱可枕，風雨自無歸。閑揣鄰家夢，坐看燭蕊肥。樓高連木末，一笑鳥群飛。

春日，姊夫文木生招飲，同家兄孰先士千至先中子侍家大人舟往〔1〕

爲有幽人約，全家半在舟。峰平山學冢，坡險路如樓〔2〕。早至妨花落，遲歸喜石尤〔3〕。病餘艱步履，上馬踏船頭〔4〕。

【校注】

〔1〕文木生：即文燠，字木生，號君山，華容人，明崇禎庚午（1630 年）舉人，曾授川南地區知縣。

〔2〕此二句，《沅湘耆舊集》卷三十八作“亂山多返水，老樹最宜秋”。險，《瀨園詩文集》初集卷二作“坎”。

〔3〕《沅湘耆舊集》作“遲歸被竹留”。

〔4〕同上書作“騎馬到船頭”。

贈琴僧練江

人外交無幾，城中屐自盈。聽琴初見面，聞病久知名。臨白髭還長，垂青眼欲瞪。如何僧且老，苦作不平鳴。

寄懷眉生石龍潭兼索新篇〔1〕

憐君寒谷裏，寂寂動予思〔2〕。才子窮非偶，高僧老最宜。澗泉聲不絶〔3〕，風雨夜常危。脱有山中贈，白云何足持。

【校注】

〔1〕眉生：即沈壽民，字眉生，宣城（今屬安徽）人，明末諸生，因疏

劾楊嗣昌、熊文燦而名動天下，隨之得罪權臣而隱匿山中。入清後隱居講學以終。

〔2〕此二句，《沅湘耆舊集》卷三十八作“孤栖湫畔客，渺渺動予思”。

〔3〕澗泉，同上書作“葦蘆”。

下第訪白仲清

荒徑曾無至，河干歸路過。相看都默塞，良久曰如何。話到悲時細，情因苦楚多[1]。且收和氏泪，愛此菊方莎[2]。

曾共山中卧，十年已在今。頗遊天下士，信汝獨知音。世事難方悟，貧交晚最深。人生惟失意，容易得同心。

【校注】

〔1〕楚，《瀨園詩文集》初集卷二作“處”。

〔2〕用卞和與陶淵明典。

生日同家兄諸姪侍母氏小酌

四郊多壘日[1]，廿載苟全身。不遠兄兼母，仗兹賤且貧。才經錯後老，性以病餘醇。姪輩餘弓冶，相憐問字頻[2]。

【校注】

〔1〕《禮記·曲禮上》：“四郊多壘。”此處謂天下多戰亂之時。

〔2〕弓冶：謂世傳之業。《禮記·學記》：“良冶之子，必學爲裘。良弓之子，必學爲箕。”此處指繼承父輩事業的子侄。問字：指求教。漢代揚雄多識古文奇字，劉棻嘗從其學作奇字，後以之用爲向人請教學問之詞。

飲王嘉生霜葭閣〔1〕

襆被馱驢背，斜陽赴子尋。貧高處士價，老積救時心。諫草年年改，園林漸漸深。夜闌相對默，如撫未弦琴。

【校注】

〔1〕王嘉生：即王泰徵，字嘉生，江陵人，明崇禎丁丑（1637年）進士，累官禮部主事。入清後隱遁不出。

獨　　酌

獨坐松檐下，停醪候月臨。詩成難守口，思遠不由心。雨洗蕉添緑，風生林減深。揮杯疑靖節〔1〕，孤影自蕭森。

【校注】

〔1〕靖節：即陶淵明，私謚爲靖節徵士。

舟　　中

昔秋蜀坂去，今夏漢皋還。帆影添村樹，湖光斷遠山。久陰愁在客，多病幸猶閑。寇退兵方至，誰憐行路艱。

雪夜住士先園，時移家紅市〔1〕

身家分地客，雨雪共時寒。漸老憐心小，久陰覺歲殘。林塘疑邵子，枕簟足袁安〔2〕。捲幔乾坤合，憑闌醉後看。

【校注】

〔1〕士先：即孫慤，字士先，華容人，有文名，著有《唐紀》。紅市：地名，今未詳。

〔2〕邵子：即邵雍，字堯夫，北宋哲學家。初隱居并講學於河南輝縣西北

的蘇門山百源之上，人稱“百源先生”或“邵夫子”。後移居洛陽，耕稼自食，名其居爲“安樂窩”，自號“安樂先生”。一生屢被授官，皆不赴。袁安：字邵公，東漢人，歷任高官。相傳其初家貧，遇歲冬大雪，積地丈餘，民家皆除雪而出，有乞食者，獨袁安僵卧家中不出。洛陽令因問其故，袁安答曰：“大雪人皆餓，不宜干人。”

訪劉獻子

名士停驂處，人人載酒過。到將客作主，莫問夜如何。語細僧眠熟，樓高鐘到多。人生不得意，受用是蹉跎。

山　行

獨步窮幽際，盤旋細可尋。枝垂花有力，巢近鳥無心。雨勢臨山急，春容卓午深。情移身在海[1]，何處肯知音。

【校注】

〔1〕用伯牙從成連學琴，至東海而情移業精的故事，見卷一《水仙操》及注。

蟬

可聞不可見，度汝善全生。疾響情何亟，長吟句不成。托身纔一葉，礙俗是虚聲。讀罷褚君賦，重嗟風裏鳴[1]。

仰面動予思，閑談爲爾遲。不平如咄咄，難了是期期。高柳長鳴處，斜陽展翮時[2]。憐君非得已，清豈欲人知[3]。

【校注】

〔1〕《瀨園詩文集》後集所收此詩於句末有作者自注：“褚玠作《風裹蟬賦》。”

〔2〕展翮，《沅湘耆舊集》卷三十八作“獨曳”。

〔3〕清：清素高潔。蕭衍《蟬贊》：“兹蟲清潔，惟露是餐。”

齒落戲作和田伯珩[1]

幾何曾舞象[2]，老景忽攢軀。長嘯難開口，方頤實仗鬚。舌應防築薛，唇豈聽亡虞[3]。掩袖非吾事，高談興未殊。

【校注】

〔1〕田伯珩：公安人，生平未詳。

〔2〕舞象：古代武舞名，成童（十五歲以上）時學。後用爲成童之代稱。

〔3〕築薛：《孟子·梁惠王下》載有滕文公因齊人在薛地築城逼之而恐懼之事。此處借喻閉口不開。亡虞：指落齒，用“唇亡齒寒”典。

時值中秋，與毛子霞九老會於黄鶴樓[1]

香山自昔咐頭陀，聊假偏衫赴栅莎[2]。序齒嫌予居第一，揮毫怯敵句無多。雲開列岫來黄鶴，月涌遥天漾白波。却笑仙人曾墮泪，仙人何地不摩挲。

【校注】

〔1〕毛子霞：即毛會建，字子霞，武進（今屬江蘇）人，僑居武昌，工書能文。

〔2〕香山：即白居易，號香山居士。白居易與香山僧如滿友善，曾與如滿及李元爽、胡杲等在洛陽香山舉行九老尚齒之會，并賦詩紀事。又黄鵠山（即蛇山）上古有頭陀寺，作者或即景抒情。偏衫：僧人所穿的一種服裝。栅莎：即莎栅，古地名，在洛陽附近。

武昌客舍，陳小有見訪，留宿

芒鞵素韠不知身，一路看山過五旬。何可無君爲地主，庶幾容我不同人。皆爲志士難長夜，各有慈孀逐暫貧。半榻且留共雨雪，客厨帶得故鄉蒓[1]。

【校注】

〔1〕蒓：蒓菜。晋代張翰因見秋風起，乃思故鄉之蒓菜羹、鱸魚膾等，於是棄官命駕而歸。後因以“蒓鱸”代指思鄉之情。

過周心赤墓[1]

無勞此地惜名賢，薄命文人自古然。一紙書堪退冒頓，百篇冢不似祁連[2]。徒將苦思亡長吉，有幾今人愛太玄[3]。天自生才還自殺，何當更責世人憐。

【校注】

〔1〕周心赤：即周良，字心赤，華容人，有文才，邑名士多出其門下。

〔2〕冒頓：匈奴單于名。西漢初年，常率軍南下侵擾，給漢王朝以巨大威脅。祁連：山名。漢時匈奴常出此山以南下，霍去病曾於此大敗匈奴。

〔3〕長吉：即李賀，字長吉，他爲作詩而嘔盡心血。太玄：即《太玄經》，漢代揚雄模仿《周易》所撰。劉歆觀後，謂其曰：“空自苦！今學者有禄利，然尚不能明《易》，又如《玄》何？吾恐後人用覆醬瓿也。”

岳陽旅次

同客故人逐日去[1]，獨予信信欲如何。入簾霜色平明滿，隔嶺江聲徹夜過。湘水百篇人易得，巴陵近日酒無多[2]。歸舟更問荆州路，聞道荆州尚枕戈。

【校注】

〔1〕逐，《沅湘耆舊集》卷三十八作“連”。

〔2〕巴陵：舊郡名，即岳陽。

訪友人

每因予至一開扉，旭日來看落月歸。使我重思高士傳[1]，見君多與世人違。了無得處才方盡，不自由時悟可依。爲問令君香幾日[2]，佳言過後倍如霏。

【校注】

〔1〕晋人皇甫謐作有《高士傳》。

〔2〕令君：指東漢荀彧，曾爲尚書令，相傳其衣帶有香氣，所到之處，香味經日不散。此處乃以作者友人喻之。

柳園小橋初成，夜集得城字

乍有小橋接古城，感君此徑爲予成。花開不定林塘路，雨後應分流水聲。幽士未秋先有怨，高人薄夜亦生情。相依肅肅無多語，良久同驚蟋蟀鳴。

晚登岳陽樓

崩溪沿岸望中聞，不斷行人似結群。暮雨偶沾到岸客，遠帆時續過江雲。水天看盡從來合，憂喜登樓遇物分。廿載關山皆涕泗，一城歌舞獨紛紛。

同友人集田郢石園，約遊郊外

芳樹圍廬看作岑，幽人家在市成林。花開未許門猶閉，客去纔知夜已深。寇滿關山供一笑，年同老大不驚心。相期郊外連晨夕，雨後春光幾處尋。

早　　秋

松高雲度合成陰，帶澗風來秋乍深。老更多姿池岸樹，縷如不絶故人心。無名山果兒曹識，闕字方書老去尋[1]。莫解古人何故怨，昨宵予亦忽沾襟。

【校注】

〔1〕方書：醫書。

和祖香堂雅集韵四首録三 有序

祖香堂，箬溪周彝仲一家記遊詩也[1]。三代一堂，倡予和汝[2]。時維佳節，人在舟中，山水風月之樂無不有之，張天如、孫孟樸皆有作[3]。吾社諸子群會，昇亦不應异同其間。因思江左强半姓王[4]，可笑也。崇禎十三年八月二十七日雨夜成此。

葭荻青青載野航，伊人結伴水中央[5]。一官同愛歸來柳，三月堪憐未落桑[6]。倦眼舟移岸欲動，輕裾花濕露能香。全家不俗人三代，和汝倡予到醉鄉。

十畝之間山夾水[7]，清明以後月如鈎。誰移御史花堪惜[8]，自授司農麥欲秋。小酌且酣更待釣，畫舠偶泊一登樓。平泉莊是吾家事[9]，力爲高曾愛野謀。

何煩於野更爲同，一姓幽人徑且通[10]。世外身將萬卷老，祖偕孫在衆香中。園廬且盡歸來事，稼穡常存處士風。屈指古人獲我思，柴桑已後得無功[11]。

【校注】

〔1〕箬溪：在浙江長興縣南。周彝仲：即周仲璉，字彝仲，浙江進士，復社成員，明末受權相迫害，貶謫湖南，官澧州知州。

〔2〕用《詩經・鄭風・萚兮》中成句。

〔3〕張天如：即張溥，字天如，江蘇太倉人，明末進士，復社領袖。孫孟樸：即孫淳鋭，字孟樸，湖州（治所在今江蘇吴興）人，復社成員。

〔4〕强半：多半。姓王：謂才識過人。

〔5〕伊人：意中所指之人。《詩經・秦風・蒹葭》："蒹葭蒼蒼，白露爲霜。所謂伊人，在水一方。"此處指周彝仲一家人。

〔6〕"一官"句：陶淵明辭官歸隱田園後，以宅旁有柳樹五株，因作《五柳先生傳》以自況。此用其事。未落桑：《詩經・衛風・氓》："桑之未落，其葉沃若。"

〔7〕《詩經・魏風・十畝之間》："十畝之間兮，桑者閑閑兮。"此套用其句。

〔8〕據《雲仙雜記》引《玉塵集》載，唐穆宗每於宫中花開之時，則以重頂帳蒙蔽欄檻，置惜春御史掌之，號曰"括香"。此用其事。

〔9〕平泉莊：唐代相國李德裕的别墅，在洛陽，卉木臺榭，奇石清泉，造若仙府。白居易有《醉游平泉》詩。

〔10〕且，《瀨園詩文集》後集作"自"，是。

〔11〕"屈指"句：《詩經・邶風・緑衣》："我思古人，實獲我心。"柴桑：柴桑里，乃陶淵明故里，在今江西九江市西南。此處即代指陶淵明。無功：不求功利。

女陌邱次彝仲韵〔1〕有序

陌邱過澧既歸〔2〕，予適至澧，人爲予言："陌邱飾邊幅如偶人〔3〕。"一日，飲王孫孟安，女郎淑娟落落坐間，天帝自疑。予笑曰："此人間女陌邱也。"彝仲周子因有"客星幸有奇男子，點破人間女陌邱"之句，依韵和之。

江漢何應不可求[4]，滿堂輕薄對雙眸。無弦終覺琴堪愛，不夜何知月在秋。莫解臨邛有貴客，空憐韓子是名流[5]。懸知定有周郎顧，獨我難看女陌邱。

【校注】

〔1〕彝仲：即周仲璉，見前詩注。

〔2〕澧：澧州，今湖南澧縣。

〔3〕偶人：土木製成的人像。《史記·殷本紀》："帝武乙無道，爲偶人，謂之天神。"此處即指天仙。

〔4〕《詩經·周南·漢廣》："漢有游女，不可求思。"此用其意。

〔5〕臨邛：古縣名，治所在今四川邛崍市。漢時，臨邛富豪卓王孫與程鄭以司馬相如爲貴客而盛邀之，相如來臨邛，閑雅甚都。韓子：韓非子。秦始皇當初不知韓非子是同時代的韓國貴族子弟，見其所作之書，深憾不得與其相見并交游。

和彝仲贈別韵[1]

徑似家書發又開，買舟頻换不能回。愛君官帶山中氣，愧我貧非天下才。鄉校人皆歌火烈，趙齊士並到金臺[2]。堪憐郊外同今夕，莫遣城頭更漏催。

【校注】

〔1〕彝仲：周彝仲，見前詩注。

〔2〕鄉校：鄉學。《左傳》襄公三十一年載，鄭人常游於鄉校，以論執政之善否。火烈：喻猛政。《左傳》昭公二十年載，鄭相子産死前對其子論政曰："唯有德者能以寬服民，其次莫如猛。夫火烈，民望而畏之，故鮮死焉；水懦弱，民狎而玩之，則多死焉。"金臺：黄金臺，故址在今河北易縣東南。戰國時，燕昭王爲招攬賢才以振興國家，乃築此臺，并於臺上置以千金，趙、齊、魏等天下賢士皆聞風而來。

送别向六神監司還里，和留别韵[1]

蒼蒼葭葦自盤蝸，垂老勞臣傳釣艖。行李輕時如赴任，歸途填處似排衙[2]。從知了事非今日，但得無官即到家。慚我狄門身半載，種桃意不在看花[3]。

【校注】

〔1〕向六神：生平未詳。監司：監察州縣的地方長官之簡稱。

〔2〕填處：指站滿送别者的地方。排衙：舊時長官升座，陳設儀仗，僚屬依次參見後分立兩旁，稱爲排衙。

〔3〕狄門：即“獲門”，指隱者所居的草屋。“種桃”句：謂意在生活於世外桃源之中。王安石《桃源行》：“避世不獨商山翁，亦有桃源種桃者。”

題松月齋

愛看松月屋西東，更結茅廬一望通。下手處皆從石上，素心人盡在山中。田荆容得幽時賦，劉柳相憐晚歲同[1]。闌外饒堪秔且秫，莫教座滿却尊空[2]。

【校注】

〔1〕田荆：田光與荆軻，戰國時人。兩人初皆隱於民間，同有濟世之志，後燕太子丹與他們深相結納，共謀刺殺秦王。田光以自殺激勵荆軻入秦行刺，荆軻行刺秦王未遂被殺。二人因此名聞天下。劉柳：劉禹錫與柳宗元，唐代詩人。兩人一同參加了王叔文領導的政治革新活動，失敗後又都長期被貶在南方邊遠地區，晚年在困窘中一直相互勉勵。

〔2〕孔融詩：“坐上客恒滿，樽中飲不空。”此用其意。

庚辰春過玉沙訪劉廣乘，今年夏再至，晤監司彭曠菴、邑宰藺覲玉，時大浸稽天。感賦[1]

一江衣帶路非遐，十載重看雨玉沙。宅第灰餘人伐荻，園田漲滿客浮槎。日中罟釣全無事，薄暮鷗鳧似有家。吏自欲仙郊是島，溯游身已在蒼葭。

蒿萊莫問故人廬，解是年來百戰餘。宛在水中城似藻，居然夢裏衆維魚[2]。應知鄭俠添圖畫，豈有嚴陵舊里閭[3]。帳底容予窺秘笈，句佳全是救荒書[4]。

【校注】

〔1〕庚辰：明崇禎庚辰（1640年）。玉沙：舊縣名，即今湖北監利。劉廣乘：即劉在朝，字廣乘，監利人，見卷二十九小傳。彭曠菴：生平未詳。藺覲玉：即藺完瑝，字覲玉，蒲城（今屬陝西）人，明末進士，清順治己丑（1649年）授監利知縣。大浸：大水。稽：至。《莊子·逍遥游》："大浸稽天而不溺。"

〔2〕《詩經·小雅·無羊》："牧人乃夢，衆維魚矣。"此套用其句。

〔3〕鄭俠：北宋人。時遇大旱，他以所見百姓流離困苦之狀，令畫工作流民圖上奏。嚴陵：即嚴光，字子陵，東漢隱士，會稽人。其少與光武帝劉秀同學，後不受劉秀所拜之官，退隱於富春山。人稱其居游處爲嚴陵瀨、嚴陵釣臺。

〔4〕詩末作者自注："先世自江北徙江南。"

孟倫婿爲予築室山上，每至則招故人小集，予思移家其中

終慚轍迹與人通，谷口頻來意始同。無幾親知投世外，有緣兒女嫁山中。衲衣久久皆諧俗，竹杖徐徐欲御風。似此行窩便徙宅，不煩迎送累兒僮。

丙子秋，筮得遯之九五。後十二年，仍筮得本卦，詩以書懷[1]

瞥過燒痕青未青，雪殘澗細乍來聽。空山九度逢人日，大漢千秋有客星[2]。再筮行藏皆得遯，漸成廬宅總如萍。首陽獨有薇堪采，何事紛紛賦采苓[3]。

【校注】

〔1〕丙子：明崇禎丙子（1636 年）。筮：用蓍草占卦，由其所衍之數卜知吉凶。遯之九五：《易經・遯》："九五，嘉遯貞吉。象曰：'嘉遯貞吉，以正志也。'"

〔2〕人日：夏曆正月初七。大漢：漢代對朝廷的尊稱，此處指中國。客星：指隱士。東漢初，隱士嚴光被徵召到京，與光武帝共偃卧，以足置帝腹上，次日太史乃奏，有客星犯御座甚急。

〔3〕首陽：山名，在山西永濟縣南。相傳商末孤竹君二子伯夷、叔齊恥食周粟，遁隱於此，采薇而食。采苓：《詩經・唐風》篇名，舊説爲刺統治者的詩。

夏中晤王山長於天岳，及秋北上，詩來告别，步韵答之[1]

同心强半是同憂，曾共君山雨夜舟[2]。充隱慚予猶問渡[3]，微官念子最悲秋。江聲不就還家夢，酒力難扶久客裘。别後書來軺正遠[4]，黄昏臺下意垂鈎。

【校注】

〔1〕王山長：即王岱，字山長，詳見末編小傳。天岳：山名，即巴丘山，在湖南岳陽市西南。

〔2〕君山：在湖南岳陽西南洞庭湖中。

〔3〕問渡：問津，謂請求指示仕宦之途。

〔4〕遠,《沅湘耆舊集》卷三十八作“發”。

夏杪，伍相菴書至，見貽絨裘及丹丸藥物[1]

息機難破伴牢愁[2]，天際伊人仗溯游。牧豕如將終海上，伏龍何事到床頭[3]。還金適得延年意，流火先貽改歲裘[4]。六十名家書一卷，平生惟子冠群遊。

【校注】

〔1〕夏杪：夏末。伍相菴：即伍起宗，字止薛，號相菴，湖北松滋人，曾官廣西藤縣令。

〔2〕息機：指遯隱無爲。伴牢愁：同“畔牢愁”。揚雄作有《畔牢愁》，題意謂與君相離之憂愁。

〔3〕“牧豕”句：漢代公孫弘少時家貧，牧豕海上，年六十，方被漢武帝以賢良徵爲博士，後任丞相，封平津侯。此用其事。伏龍：指三國蜀相諸葛亮。其隱居襄陽隆中時，人稱“伏龍”。

〔4〕還金：即還丹，道教所煉之金丹，謂服之可延年益壽、升天成仙。此處指伍相庵所貽丹丸藥物。流火：星宿大火向下移行。《詩經・豳風・七月》：“七月流火。”此處即指夏曆七月。

夢出塞過陰山有感[1]

帝京久未奏凉伊[2]，零涕陰山入夢岐。垂老揚雲不曉事，遠遊楚客豈違時[3]。南看北斗持誰節[4]，夜問東方白有期。詎意蝶飛便萬里，忘情松影自迷離。

【校注】

〔1〕陰山：在今内蒙古自治區中部，漢武帝曾於此屯兵，爲防禦匈奴的要塞。

〔2〕帝京：京都。凉伊：《凉州曲》與《伊州曲》，原爲傳入中原的邊地樂

曲，唐天寶以後，乃以地方名之。

〔3〕揚雲：揚子雲的省稱，即揚雄，字子雲，漢成帝時爲給事黄門郎，晚年爲王莽新朝的大夫，曾作《劇秦美新》以諛莽，爲後人譏。楚客：指屈原。屈原作有《遠游》，述已因"悲時俗之迫厄"而願高翔以避世之志。

〔4〕節：符節。漢武帝時，蘇武出使匈奴，堅貞不屈，持漢節牧羊於北海畔十九年，節旄盡落，鬚髮皆白。

應試别内

依然逐隊駕鳧車〔1〕，先裹乾糇半月餘。笈底裁堪一二卷，相如賦共買臣書〔2〕。

【校注】

〔1〕鳧車：傳説東漢王喬有道術，進京上朝不用車騎，而是乘坐履化之鳧。此處借喻進京之車。

〔2〕相如：司馬相如，因所作《子虚賦》而受到漢武帝的賞識，得到召見；又作《上林賦》獻上，被武帝用爲郎。買臣：朱買臣，因爲漢武帝説《春秋》、言《楚辭》，得到武帝喜愛，拜爲中大夫。

中秋前一夕，聞天如訃音，挽詩六首。詩成，適孫孟樸書至，天如遺孤死，更賦一絶，時重陽後一日〔1〕

却怪有緣夢李白，更憐無後是揚雄〔2〕。兩番佳節爲君慟，風雨蕭蕭客舍中。

【校注】

〔1〕天如、孫孟樸：見前《和〈祖香堂雅集〉韵四首》注〔3〕。

〔2〕"却怪"句：杜甫作有《夢李白二首》，此處作者借以喻自己對張天如的懷念之深。"更憐"句：漢代文學家揚雄家五世單傳，揚雄無子，歿即斷後。此處以張天如喻之。

題扇頭美人二絶

脚踏青蘋手在肩，纖腰半折自周旋。江澄月滿身無賴，疑有伊人在水邊。

却爲鬟稠難惜墨，愛將衣澹帶餘紅。閑看一色冰壺裏，皓月梨花淺水中。

贈花叟同李共人、尤厚汝、余虎臣〔1〕

衆人皆濁讓君清〔2〕，百和花中過一生。造次高車座欲滿，聽君談劍與吹笙。

【校注】

〔1〕李共人：即李世恪，字共人，江陵人，清順治丙戌（1646年）舉人，授鳳陽府推官，後挂冠告歸，與遺民宿老唱酬。尤厚汝、余虎臣：生平皆未詳。

〔2〕《楚辭·漁父》："舉世皆濁我獨清。"

初至君山

廿年帶甲洞庭空，一點君山萬古同。三十六亭無處問，朗吟應得賦冥鴻〔1〕。

天若非高洞庭大，川之方至君山小。城裏鐘聲過江來，水光落日如初曉。

【校注】

〔1〕作者自注："山三十六亭，僅存朗吟一亭。"

熊之臣

字耳山。

洞庭秋三十韵[1] 録九

湖水東流斗柄西，瀟湘一鴂應時啼。烟霞古廟寒鐘發，夕照江村漁網栖。逐客驚時悲白髮，山僧代月點青藜[2]。英雄失路多如此，七澤荒荒草色萋[3]。

洞庭水滿朔風開，波撼岳陽城若埋[4]。飛鳳山留雲漠漠，歸鴻樓宿鳥喈喈。天澄已見蜃空市，氣肅還看獸祭豺。白帝司權金政早[5]，爲愁風雨日光霾。

水落壺山玉露催，殘紅剩緑集江隈。萋萋芳草鯨潛室，泛泛白沙龍隱堆。雲壑不容蘇子販，蘆花常泛老人來[6]。忘情莫效悲秋客，黄石葦華任往回。

【校注】

〔1〕洞庭：即洞庭湖。以下分三首立注。

〔2〕時，清光緒《巴陵縣志》卷六十四作“心”。代，同上書作“待”。

〔3〕七澤：古時謂楚地有雲、夢等七澤。

〔4〕孟浩然《望洞庭湖贈張丞相》：“氣蒸雲夢澤，波撼岳陽城。”

〔5〕白帝：神話傳説中的西方天帝，司秋。金：金天，即秋天。

〔6〕蘇子：指蘇軾。販：賣，此處指歌咏描繪。老人：指黄庭堅，其自號山谷老人，曾游洞庭湖，登岳陽樓，并作有詩。

家住湘南黄葉村，藤蘿竟日掩青門。霜催芳草虞陵暮，風送白雲喬家存[1]。筆放漫題鸚鵡賦[2]，秋深惟聽草蟲言。商山猶出安劉策，莫説沉湘吊屈原[3]。

湖水清光入草茅，楓紅橘緑點林梢。雲浮七澤連天起，泪戛三湘帶竹敲[4]。凉月猶懸京燕墓，朔風忽落鳳凰巢。長江寂寞芙蓉冷，應有寒波可泣鮫[5]。

滄浪寄迹久蹉跎[6]，旭日垂綸著釣蓑。霧隱方山眠虎豹，風清藥浦浴黿鼉[7]。香吹荷蓋蓮房少，露冷茭林菰米多[8]。雲土莫能先作藝，九江原自别潛沱[9]。

【校注】

〔1〕虞陵：此處指虞帝二妃的陵墓，又名湘妃墓，在君山上。喬冢：即二喬墓，在岳陽樓東北隅。相傳三國時，孫策攻皖，得喬公二女，自納大喬，而以小喬歸周瑜，後二喬卒葬於此，見清光緒《巴陵縣志》卷十二。又據《中國名勝辭典》，此地僅有小喬墓。

〔2〕鸚鵡賦：東漢末禰衡在江夏即席而作《鸚鵡賦》。

〔3〕商山：在陝西商縣東南。秦末漢初，有東園公等四老者隱居於此，人稱“商山四皓”。後漢高祖欲改立太子，吕后用張良計，令太子卑詞安車，招此四人與游，高祖見之而認爲太子羽翼已成，遂打消改立之意。吊屈原：漢初賈誼被貶爲長沙王太傅，他在渡湘水時，作《吊屈原》賦，痛悼屈原沉湘而死。

〔4〕晋張華《博物志》：“舜死，二妃泪下，染竹即斑。妃死爲湘水神，故曰湘妃竹。”此用其事。

〔5〕鮫：鮫人，傳説中的人魚，可泣而成珠。

〔6〕滄浪：古有《滄浪歌》，咏隱者情懷。此處借指幽隱之地。

〔7〕“霧隱”句：用《列女傳》中“霧豹”典，謂隱居。“風清”句：《後漢書·宋均傳》：“(均)遷九江太守……到下記屬縣曰：‘夫虎豹在山，黿鼉在水，各有所托。’”

〔8〕茭：即菰，水生植物，基部可結茭白，顆果名菰米，又稱雕胡米。

〔9〕《尚書·禹貢》："九江孔殷，沱潛既道，雲土夢作乂。"這兩句乃由此化出。雲土：即雲土夢，古雲夢澤。作藝：同"作乂"，作而耕治。九江：此處指洞庭湖。蔡沈《書集傳》："九江，即今之洞庭也。……今沅水、漸水、元水、辰水、漵水、酉水、澧水、資水、湘水皆合於洞庭。"潛沱：潛水與沱水，古水名，爲長江支流。

湖上淒其三兩家，淩虚惟見蘆荻花。鷗翻落日汀汀白，雁舞西風陣陣斜。霜降漸衰元亮柳，寒生久熟邵平瓜[1]。岳陽日暮添蕭瑟，結伴携尊待月華。

輕將蘭槳擊空明，萬頃烟波一夕平。柳毅井邊桐葉墜，燕公樓上菊花横[2]。江萍得實猶歌楚，雁羽南飛不過衡[3]。十載已無王旦署[4]，何知山鬼夜呼名。

遠看天際結蜃樓[5]，鶩逐霞飛水自流。千里岷江歸下雋，一城紅樹擁巴邱[6]。鏡臺羅月光清旦，墨嶺含烟染素秋。遷客已難舒望眼，鷓鴣聲裏更添愁[7]。

【校注】

〔1〕元亮：陶淵明字。邵平：秦時封東陵侯，秦亡後，因家貧而種瓜於長安城東。瓜美，傳説成五色，人稱之。

〔2〕柳毅井：在君山上，傳説柳毅即從此井入洞庭龍宫。故事源於唐代李朝威的《柳毅傳》。燕公樓：舊址在岳陽樓北。唐代張説封爲燕公，後謫岳州，人以名樓。

〔3〕"江萍"句：用"楚昭王渡江得萍實"典，見卷一《昭王時童謡》及注。"雁羽"句：用衡陽回雁峰典。

〔4〕十載：泛指年代久遠。王旦：字子明，宋大名莘縣（今屬山東）人，真宗時拜相，爲官清廉，有威名。據史籍載，其初知平江縣（今屬湖南）時，

縣廨舊傳有物怪，居多不寧。旦將至前夕，守吏聞群鬼嘯呼云：“相君至矣，當避去。”自此遂絶。

〔5〕結蜃樓：清光緒《巴陵縣志》卷六十四作“蜃成樓”。

〔6〕岷江：長江上游支流，在四川省中部。下雋：未詳所指。長江中游有支流名雋水，在湖北省南部，接陸水流入江，距洞庭湖不遠。巴邱：山名，在湖南岳陽。

〔7〕鷓鴣：鳥名，古人謂其叫聲猶似“行不得也哥哥”。

張文峙[1]

字紫淀，孝感人。

【校注】

〔1〕張文峙：初名可仕，字文峙；後更名文峙，字紫淀，家居江寧（今南京鍾山之南），撰有《南樞志》一百七十卷，編纂《明布衣詩》一百卷。其事迹載於舊志（參見清乾隆《江南通志》卷一五六十五、清光緒《江寧府志》卷四十二）。

余家因兵棄，後三遷始得賃春於宋其武之鷗天館，今又風雨飄摇不可掩也，爰賦無枝可栖篇[1]

吾巢方屢奪，賦命不如鳩[2]。天下無芳草，黄河有濁流[3]。出疆難載贄，敵國實同舟[4]。安得劉南坦，飛神贈一樓[5]。

莫認籧廬是，號咷火一區。黄金即天命[6]，赤地總危途。肆泛如桃梗[7]，中幹類瓠壺。佌佌彼有屋，余意獨瞻烏[8]。

正得兼旬食，仍煩數米炊[9]。愛錢方命俠，擇木苦無枝。直釣驚河伯，無弦答子期[10]。榛苓閑咏去，何日不西悲[11]。

倮蟲三百六[12]，宛轉共其間。豺虎蹲南郭，鴟鴞叫北山。離騷如可注，爾雅不須删。物理真難測，神人冀可攀[13]。

縱傍要離冢[14]，鴻春未卜鄰。英雄無座次，紅粉亦微塵。笠澤方垂釣[15]，雲霄待竦身。神仙舟掣去，之子未知津。

【校注】

〔1〕兵棄：指戰火焚毁。賃舂：受雇爲人舂米。《後漢書・梁鴻傳》："遂至吴，依大家臯伯通，居廡下，爲人賃舂。"宋其武：即宋之繩，字其武，號紫雪，溧陽（屬江蘇）人，明崇禎癸未（1643 年）殿試第二。入清，官翰林院編修。

〔2〕《詩經・召南・鵲巢》："維鵲有巢，維鳩居之。"這兩句即化用其意以自況。

〔3〕古有黄河千年一清的説法。此句借黄河以喻社會混亂而莫得澄清。

〔4〕《孟子・滕文公下》："傳曰：孔子三月無君，則皇皇如也，出疆必載贄。"注："贄，臣所執以見君者也。"出疆：指離國出走，前往他國求仕。贄：初次求見時所送上的禮物。敵國：讎敵。舟：喻國家。《史記・吴起列傳》："若君不修德，舟中之人盡爲敵國也。"

〔5〕劉南坦：即劉麟，字元瑞，明弘治九年（1496）進士，累官工部尚書，清修直節。晚年居京城郊外南坦，雅好樓居，力不能構，乃懸籃輿於梁，曲卧其中，名曰"神樓"，文徵明繪圖以贈。

〔6〕黄金：此處指地見黄金的太平之世。古人認爲"其政平，則黄金見深山"。

〔7〕肆泛：任其漂流。桃梗：以桃木雕成的偶人。《戰國策・齊策》載有一則"土偶人與桃梗相與語"的寓言，其中土偶人謂桃梗云："今子東國之桃梗也，刻削子以爲人，降雨下，淄水至，流子而去，則子漂漂者將何如耳。"此用其意。

〔8〕"佌佌"句：套用《詩經・小雅・正月》中的成句。佌佌：小貌。句意謂小人都有屋住。"余意"句：《詩經・小雅・正月》："瞻烏爰止，于誰之屋。"

〔9〕數米炊：量米而炊，語出《莊子・庚桑楚》。

〔10〕直釣：直鈎之釣。傳説姜太公曾隱於渭水之濱垂釣，釣竿直鈎而不設餌，垂釣十年後終遇周文王。河伯：河神。子期：鍾子期，春秋時楚人，精通音律。相傳俞伯牙鼓琴，子期聽而知之，伯牙引爲知音，後子期死，伯牙乃破

琴絶弦，終身不復鼓琴。

〔11〕《詩經・邶風・簡兮》："山有榛，隰有苓。云誰之思，西方美人。""榛苓"句用其意，謂思家懷人。《詩經・豳風・東山》："我東曰歸，我心西悲。""何日"句用其意，謂思念家鄉。

〔12〕《大戴禮・易本命》："倮之蟲三百六十，而聖人爲之長。"倮蟲：身無羽毛鱗甲的動物。

〔13〕神人：指超塵脱俗、不求有功於世之人。《莊子・逍遥游》："神人無功。"成玄英疏："陰陽不測，故謂之神。"此用其意。

〔14〕要離：春秋時刺客，爲吴公子光刺殺王子慶忌後自刎身亡，相傳其被葬於今江蘇吴縣西。

〔15〕笠澤：古水名，一説即今太湖。

陶汝鼐[1]

字幼調，寧鄉人。

【校注】

〔1〕陶汝鼐：寧鄉諸生，陶汝鼐（詳見卷三十一小傳）之弟，少有才名，不幸死於兵亂。（參見清光緒《湖南通志》卷三十七）

將泊草市[1]

一天星露下，十月水霜中。沙白波難辨，江青烟易通。晚風飄馬静，夜艇釣魚同。欲泊鐘聲寺，山燈何處紅。

【校注】

〔1〕清乾隆《江陵縣志》卷五十一作“泊草市”。草市：鎮名，舊址在今湖北江陵縣城東。

送省中文台仙先生出補雲南觀察[1]

滄海挽無力，行藏信有倪。猶龍能屈蟄，似鶴不群鷄。亮節留垣掖，新猷壯鼓鼙[2]。莫言投萬里，帝簡豈終稽。

【校注】

〔1〕文台仙：即文士昂，字台仙，湖南攸縣人，明天啓壬戌（1622年）進士，累官太常卿。

〔2〕垣掖：即掖垣，宫殿的圍墻，此處代指朝廷。新猷：新奇的謀劃。鼓鼙：大鼓與小鼓，古代軍中常用的樂器。此處代指軍威。

家仲兄月夜命酒，約同周伯孔登蘚花崖[1]

看月臨江好，移尊就此山。崖危藤影繫，溪斷水光環。清愛霜深夜，寒忘露立閑。幾番念遊事，得意不空還。

生向此中住，胡爲遊屐稀。結鄰山水好，長嘆友朋違。十月雪堂路，三家漁父磯。大蘇謀得酒，不負踏歌歸〔2〕。

【校注】

〔1〕仲兄：指作者之兄陶汝鼐，字仲調，見卷三十一小傳。周伯孔：即周聖楷，見卷四十小傳。薛花崖：在寧鄉縣東北，俗名蛤蟆石。

〔2〕後四句用蘇軾《後赤壁賦》文意，謂效法蘇軾與二客縱情游樂，參見蘇軾《後赤壁賦》。大蘇：指蘇軾。

聞陳敬輿訃

忽傳良友訃，寧忍爲君猜。七尺身錘浪〔1〕，千秋事業灰。天荒蘭社草，鬼瞰玉樓才〔2〕。莫聽廣陵散〔3〕，秋聲倍可哀。

【校注】

〔1〕錘，原注："一作名。"浪：流逝。

〔2〕玉樓才：相傳唐代詩人李賀將死時，晝見一仙人謂其曰："帝成白玉樓，立召君爲記……"

〔3〕廣陵散：古琴曲名。三國魏嵇康臨刑時曾索琴彈奏此曲，後因作爲人事凋零之悲曲。

郭天門先生以秋興詩三首見示，次韵〔1〕録二

一葉桐飄起夕波，男兒秋思較閨多。砧聲響落關山月，柳色衰連塞北河。秦馬驕嘶芳草絶，楚鴻飛度羽書過。中原底事勞人意，欲倚長天奈劍何〔2〕。

洞庭水闊網魚肥，一日沽錢十日稀。稼穡力田愁不飽，桑麻空杼嘆

無衣。在巢燕雀誰成羽，當道豺狼盡避威。最是廟堂多獻策，局中空擬捷於淝[3]。

【校注】

〔1〕郭天門：即郭都賢，見卷二十八小傳。

〔2〕阮籍《咏懷》："彎弓挂扶桑，長劍倚天外。"此化用其句。

〔3〕捷於淝：指淝水之戰，東晋謝玄率軍於淝水大破前秦入侵之敵。

計部郭無傷招同周伯孔、劉猶伯飲黄鶴樓[1]

江寫秋容澹一亭，高人偶聚衹如星。雲浮忽度晴川雨，日落猶生芳草青[2]。選句已成山水勝[3]，褒騷誰占楚湘靈。空天鶴路忘歸去[4]，何處吹簫月滿庭。

【校注】

〔1〕計部：户部的别稱。郭無傷：即郭昭封，字無傷，江夏人。《湖北詩徵傳略》卷一載其生平。周伯孔：即周聖楷，見卷四十小傳。劉猶伯：生平未詳。

〔2〕崔灝《黄鶴樓》："晴川歷歷漢陽樹，芳草萋萋鸚鵡洲。"此二句化用其意。

〔3〕原注："指壁間崔灝詩。"

〔4〕空天鶴路：傳説三國蜀費文偉仙去時乘鶴憩於黄鶴樓；又傳説仙人王子安駕鶴經過黄鶴樓。

周伯孔月夜訪予涵園，出篋中詩草印正，酒酣散步江干[1]

落木蕭疏愛一廬，今宵花徑爲君除。偶乘興到成佳夕，但使心降勝讀書[2]。月下人間兼有竹，橋邊霜迹更無車。門臨湘水高人屋，莫道風光且不如。

【校注】

〔1〕周伯孔：即周聖楷，見卷四十小傳。

〔2〕心降：内心歡悦。《詩經·召南·草蟲》："亦既見止，亦既覯止，我心則降。"此用其意。

七夕，同李雲田家十二姪訪湯任卿，留飲齋中遲，陳小有不至〔1〕

尋君喜不負相過，階列星辰問夜何。草閣無人題鳳字〔2〕，雲間有女擲龍梭。精神各自成秋水，興會誰同作古歌。乘醉欲忘歸去路，仙人樓上篴聲多。

【校注】

〔1〕李雲田：即李以篤，字雲田，别號老蕩子，漢陽人，高才博學，淪落吴越，終日以飲酒賦詩爲樂，龔鼎孳曾爲之作《老蕩子失意行》。湯任卿、陳小有：生平皆不詳。

〔2〕題鳳字：《世説新語·簡傲》載，嵇康與吕安善，每一相思，千里命駕，後吕安來訪，嵇康不在，其兄嵇喜出門延請，吕安不入，題門上作鳳字而去，以"凡鳥"之意諷嵇喜爲庸才。

病中贈别秋水較書

瀟湘帆影去還逢，談笑尊前一夜風。楊柳那堪持贈别，江楓知不爲霜紅。

石　礪[1]

字用之，黄梅人。

【校注】

〔1〕石礪：黄梅廩生，少負奇姿，亡於崇禎八年（1635），終年四十四歲。（參見清光緒《黄梅縣志》卷二十三）

落花吟三十韵録三

爛熳春歸減翠叢，紛紛紅紫各西東。繁英遍挾千林雨，艷質高乘一夜風。故國夢回驚晚節，深閨愁轉怨飄蓬。憐芳自是騷人事，開落何繇問化工。

休道尋芳願已違，賞春何似惜春歸。朝華頃刻疑仙發，夕秀摧殘訝客稀。艷比緑珠含泪墮，輕如紅綫向空飛[1]。殷勤盡向尊前舞，遮莫枝頭鎖落暉。

春光無奈捲簾看，老去青皇興已殘。憔悴漸依歌扇薄，飄零頓使酒杯寒。只因化蜜成香易，不似沾泥辨色難。解識東風何處是，教人空倚玉闌干。

【校注】

〔1〕緑珠：西晋石崇的愛妾，美而艷，孫秀向石崇求之，未許，乃矯詔收捕石崇，緑珠投樓自盡。紅綫：古代文學作品中的女子，能文善武，技藝高强，可飛檐走壁，夜入人室，見袁郊《甘澤謡·紅綫》。

楚風補卷之四十四

明

李天根

字峻公，漢陽人。

贈别徐復之

相逢秋水看芙蓉，江上旌旗繞画龍。劍隱豐城悲夜月，珠輝合浦泣朝風〔1〕。幾經揮汗觀戎馬，每憶彈冠獲楚弓〔2〕。正爾焦勞懸帝夢，那堪揖别羡雲鴻。

【校注】

〔1〕“劍隱”句：月，《湖北詩徵傳略》卷六作“雨”。劍隱豐城：相傳古有寶劍深埋入豫章豐城，其寶劍之精，上徹於天，使斗牛之間常有紫氣。後張華密令雷焕在豐城掘出雙劍，見《晋書·張華傳》。“珠輝”句：同上校本作“玉埋長樂泣秋風”。珠輝合浦：相傳東漢時，合浦郡（治所在今廣東雷州市）沿海盛産珍珠。

〔2〕彈冠：整潔衣冠，喻即將出仕爲官。獲楚弓：相傳春秋時，楚共王出獵而失寶弓，左右請求之，共王謂楚人遺弓，楚人得之，又何求焉？乃止。此處喻作者自己雖未得官，但友人徐復之得官，亦誠爲可喜。

客中送友

客中送客不勝悲，况復多愁與病隨。把酒那堪追往事，貪枰猶恐動離思[1]。看雲策馬臨空谷，折柳催鶯過別枝。歸去休言官況冷，好山奇水在新詩。

【校注】

〔1〕枰：棋盘。

别史聖符

草動三江色未清，勞勞送客怕登亭[1]。故人去後如相憶，折得梅花倚翠屏[2]。

【校注】

〔1〕三江：《周禮·夏官·職方氏》："東南曰揚州……其川三江。"此處泛指東南部的江河。"勞勞"句：今江蘇南京市南舊有勞勞亭。李白《勞勞亭》："天下傷心處，勞勞送客亭。"

〔2〕暗用陸凱《贈范曄詩》意。

劉憲邦

字儀公，寧鄉人。通内典，不事生産。與人交，不輕以一字相通。

捨山田給禪喜菴，戲爲偈[1]

雪山隨處是，少室任堪尋[2]。但冀僧能拙，悠悠養道心。

【校注】

〔1〕禪喜菴：舊址在寧鄉縣南六十里，據清同治《寧鄉縣志》載，乃爲作者所建。

〔2〕雪山：佛經稱喜馬拉雅山爲雪山。少室：山名，在河南省登封縣西北。少林寺即在此山北麓五乳峰下，傳爲佛教禪宗的發源地。

蘇弘德

字庸夫，蒲圻人。

山居采芝篇〔1〕

采芝復采芝，采采青山曲。漢時遺紫英〔2〕，片片開紅玉。層雲起泰陲，文霞抱華足〔3〕。爛熳蔚根枝，奇思出情局。滅之還復生，萬樹連初旭。細竹自低垂，群峰如拱矚。鼻脉來蟠林，名品殺丹箓〔4〕。神仙以上人，漫笑神仙俗。服餌御毗嵐〔5〕，彈指虚空促。不如信手拔，散置林間緑。明艷綴書幃，亦足輝曇燭。

【校注】

〔1〕芝：紫芝，一種菌類植物，生於山地枯樹根上，可食用及入藥，古人視爲瑞草。

〔2〕相傳秦末漢初，東園公等四老者隱居深山，采紫芝以療飢，并且却漢高祖之聘而作《采芝操》。

〔3〕泰：泰山。華：華山。

〔4〕鼻脉：指紫芝。紫芝層層相連而生於枯樹根上，有若鼻勢，故謂之。蟠林：指成片屈曲盤伏的枯樹根。丹箓：丹藥和符箓。道教徒食丹藥以求成仙，用符箓來驅鬼或治病。

〔5〕服餌：服食丹藥，爲道教修養法。此處指食用紫芝。毗嵐：毗嵐風，梵語，即疾風。

火崖山

士有真淵澄，始見山面目。山情如向人，靈光新草木。兹山繞寺門，涵媚超群族。始信名士懷，悠然過邑屋。秋雨正蕭條，青松彌馥郁。鐸鈴一時語，空山轉幽獨。

讀吴爾聲聽松園詩[1]

高素如君韵每深，幾回獨抱在松心。著來不羨驚人句，彈去從教風滿林。盡眼春花誰是主，千頭愁草我方吟。閑看兩卷晴窗語，相對無言是賞音。

【校注】

〔1〕題下有作者自注："吴理弦曲，有'白雪飛來風滿林'之句。"

代書答馬幼孜

頗負幽情與俗違，力微每自愛高飛。心光所發皆能久，一壑相安道不非[1]。好友同時關運數，濤松盡日響天機。遠期焉可無咨儆，弗遇其人合掩扉。

【校注】

〔1〕心光：佛家語，謂自佛之慈悲心所照之光明。壑：指野外隱居之處。《太平御覽》七十九引《苻子》："黄帝……謂容成子曰：'吾將釣於一壑，栖於一丘。'"

嚴以方[1]

字壺山，荆州人。

【校注】

〔1〕嚴以方：據《湖北詩徵傳略》卷三十二及《湖北詩佩》卷八載，其字小莊，江陵人，曾官訓導。

燕蝗謡[1]

十日蝗，百日穀，百日穀飯蝗蝗不足。匉訇翃飛截天黑，大者爲鶉小者蝠。初聞羽聲出恒山[2]，儵向平陽啖大菽。往年無蝗亦無秋，今年冀州八月熟。肥蝗得食飽欲死，哀我婦子泣赤陸。縣官鞭撻何力力，育之無策殺之速。幸逢及身無槍彗[3]，死官勝死將軍轅。暮向南山煮白石，朝向將軍販黄犢。氍毹翠帔絲管開，玉盤狼籍坐梁肉。獨使天怒先稼穡，嬴蛤爲生生已蹙。蝗兮蝗兮，吾將與女之東南，淄洛霪雨河流决[4]，千家萬家轉滑没。

【校注】

〔1〕燕：地名，指今河北一帶。

〔2〕恒山：古山名，在今河北曲陽西北與山西接壤處，爲古北岳。此處借以指山地。

〔3〕槍彗：星名，即彗星，古人視爲主灾禍的妖星。

〔4〕淄：淄河，在今山東省内。洛：洛河，在河南省西部。

擬　古

歡心黄河頭，千里纔一曲[1]。又如初弦月，五更照不足。誰家秋水鏡，嘗得歡容克。妾鏡自無光，十日九蒙蒙。

【校注】

〔1〕《世説新語·任誕》載，有人譏周顗亂男女之大節，周曰："吾若萬里長江，何能不千里一曲。"

譚　渾[1]

字敦夫，京山人。

【校注】

〔1〕譚渾：字處晦，號敦夫，明崇禎時生員，明末避難鷹山，又還月塘，人稱“鷹山先生”，入清隱居岩穴，不入市鎮。事迹參見清光緒《湖北通志》卷二十六、光緒《京山縣志》卷十三。

課　耕

貧家荒蕪多，草滿溪田緑。昨夜高柳上，已聞啼布穀。富兒賣春種，持貴如珠玉。無力營衆荒，數畝山泉沃。但恨工力疏，步步隨農僕。閑眺兼平原，青黄迷其族。性命薇所餘，艱難望一熟。

武陵太守遣人入溪尋桃源[1]

中間杳靄可移住，褰衣欲隨漁人去。試從舊徑窮出入，追其所言逐幽趣。既有世人有世情，豈肯蒼蒼作雲霧。到日勿爲山水留，好插桃花記歸路。

【校注】

〔1〕此詩咏陶淵明《桃花源記》所叙之事。

李　衡

字玉樹，天門人。

山僧浣花

齋心護曉蒼，一碧逗秋房。坦步拾閑果，隨心摘紫菖。澆根誠有净，掃葉貴無傷。小憩花神至，伽衣生妙香。

望

霞斂晴空白，鷺飛烟外黄。斷橋立野水，行子話斜陽。

鄭先慶[1]

字肯崖，黄岡布衣。精理學，古文、詩歌尤爲海内傳誦。所著有《書帶草堂鈔》。

【校注】

〔1〕鄭先慶：字亦懷，號肯崖，明末諸生，博學多才。入清放情塵表，以布衣終。事迹參見清光緒《黄州府志》卷十九。

雜咏六首録二

論交多鮑子，相與唾張陳[1]。豈知千載下，此道久沉淪。床頭一壺酒，把勸疇能頻。裹飯救飢苦，冒雨孰問津。退之有劉乂[2]，嶔崎磊落人。諛墓攘爲壽，不顧吏部嗔[3]。

士有所當爲，戚戚日向暮。努力事前驅，猶恐易却步。勉矣惜分陰，肯作墮甑顧[4]。大道天地我，洪鈞靡殊賦[5]。不愧此爲人，彌綸斯已具[6]。黯黯日届冬，凛慓增寒沍。固此冰雪心，歲寒非無故。君看梅花香，嚴霜正著樹。

【校注】

〔1〕多：推重，贊美。鮑子：鮑叔牙，春秋時齊人，與管仲相知，管仲嘗曰："生我者父母，知我者鮑子也。"張陳：指張耳和陳餘，秦末人。兩人初相與爲刎頸交，同投陳勝起義軍，後互相反目，陳餘襲張耳。張耳降漢後借兵擊陳餘，斬陳餘於泜水上。

〔2〕退之：韓愈字。劉乂：又作"劉叉"，少任俠，後折節讀書，能爲詩歌，聞韓愈接待天下士，乃往歸之，後以争語不能下諸公，因持韓愈數金而去，曰："此諛墓中人得耳，不若與劉君爲壽。"遂行，不知所終。

〔3〕諛墓：指替人作墓志而揄揚過實。此處指韓愈爲人作墓志碑銘所得厚

酬。攘：奪取。吏部：指韓愈，韓愈曾官至吏部侍郎。

〔4〕墮甑：據《後漢書·郭太傳》載，孟敏客居太原，荷甑墮地，不顧而去。郭太見而問其意，孟敏對曰："甑已破矣，視之何益？"後因以"墮甑"喻事已過去，不必置意。

〔5〕洪鈞：指天。

〔6〕彌綸：包容，統括。《易·繫辭上》："易與天地準，故能彌綸天地之道。"

槎上吟三十韵録六 有引

歲執徐〔1〕，五月廿日雨冥江漲，水勢浮空，舉家暫栖木上，稍支旦晚。積憂累飢，拘維不得不爾。偶里中老友杜荼邨寄《送蔣前民別輿》三十首五言近體〔2〕，因用其韵，藉言情事。至風格秀厚超上，氣象窅幽，何能擬杜也。

誓墓寡情累〔3〕，悠悠難具陳。飢慳魚子飯，閑讓鹿門人〔4〕。未信玄珠得，空看鴻雁賓。飄摇復此日，大地與誰親。

大地此流水〔5〕，誰與奏絲桐。日落滄波遠〔6〕，鴉翻林樹空。市沉百賈寂，途盡故人窮。欲刺舟何往，天涯總亂蓬。

或言須所詣，何處趣吾裝。乞火慚因熱〔7〕，經秋强自凉。琴心安鳳軫，劍氣束魚腸。竟日危橋上，長虹抱夕陽。

白髮空千尺，黄龍孰啓予〔8〕。醉沉阮氏酒，顛倒子雲書〔9〕。冉冉征途暮，皇皇歲月除。波臣今見訪，誚我未能漁。

當代多吟士，荃蘅學楚騷。何如元刺史〔10〕，諷邮足詩豪。下里人俱没，汙田户半逃。幾時神禹績，一挽水滔滔。

漠漠行年老，一身不自謀。絶糧甘瘞鶴，避俗疾驅牛。漆室三冬夢〔11〕，崩天萬古愁。白頭諸幻盡，騎水上山頭。

【校注】

〔1〕歲執徐：即辰年。十二支中的辰别名執徐。

〔2〕杜茶邨：即杜浚，見卷三十二小傳。蔣前民：即蔣易，字前民，一字子久，江蘇揚州人，諸生，與杜浚、吴嘉紀等交善。

〔3〕誓墓：王羲之曾於父母墓前自誓不復出仕，後因以之代指辭官歸隱。

〔4〕鹿門人：指隱者。鹿門：山名，在湖北襄陽境，漢末龐德公、唐代孟浩然和皮日休皆隱居於此。

〔5〕大，《湖北詩徵傳略》卷十五作“天”。

〔6〕波，《湖北詩徵傳略》卷十五作“浪”。

〔7〕乞火：《漢書·蒯通傳》載蒯通欲向曹相國薦舉齊處士東郭先生和梁石君時，引述了一里母乞火爲人説情的故事，後因以之爲説項、推薦的典故。此處意指讓人薦舉自己。

〔8〕黄龍：相傳黄龍爲四龍之長，帝王有德，天下太平，黄龍乃見。啓：告訴。予：我。

〔9〕阮氏：指阮籍，本有濟世之志，因不滿現實黑暗，抵制司馬氏集團的擅權行爲，乃借醉酒以全身。子雲：指揚雄，其字子雲，因作《劇秦美新》一文稱美王莽新朝，後人譏其顛倒黑白，喪德失節。

〔10〕元刺史：指唐詩人元結，因其曾官道州刺史，故稱之。他寫有一些諷諭時政、反映戰亂時期人民的痛苦生活的詩篇，爲人所推崇。

〔11〕漆室：春秋時魯國邑名。據劉向《列女傳》載，魯穆公時，君老太子少，國事甚危。漆室有少女深以爲憂，因倚柱而悲歌，感動他人。後以之爲關心國事的典故。

孤竹山堂三首〔1〕録一

讓國已千古，西山且餓夫。只知臣節大，不計野薇無。携手乾坤小，同心骨肉孤。故邱寧靳粟，慨獨在黄虞[2]。

【校注】

〔1〕此詩咏伯夷、叔齊事以見志。兩人本爲商末孤竹君之子，因讓國而先後奔周，周滅商後，兩人耻食周粟，遁隱西山（首陽山）采薇度日，終至餓死。古人譽之爲高尚守節的典範。

〔2〕黄虞：黄帝和虞舜。傳爲伯夷所作的《采薇歌》云："神農虞夏，忽焉没兮，我適安歸矣。"

登金山塔六首[1] 録一

出世惟天水，超然日月生。諦觀空有眼，低聽下無聲。鳥雀啾何似，魚龍恨故平。獨登諸籟寂，何況落塵情。

【校注】

〔1〕題下原注："和杜于皇、王于一韵。"金山塔：即慈壽塔，在江蘇鎮江市的金山之巔。杜于皇：即杜濬，字于皇，見卷三十二小傳。王于一：即王猷定，字于一，南昌人，明末拔貢生，入清寓居浙江杭州。

焦山六首[1] 録二

滉蕩波光涌，孤根鬱鬱深。扶天寧有意，避世若無心。帶雨迷麟冢，含風渡鶴林。振衣聊一嘯，濯足信長吟[2]。

龍宫深寂寞，鳳吹絶參差。惟有千年火，相傳無盡時。幢幡逃浩劫，棟宇邈新施。笙磬蕭疏意，烟中白鳥知。

【校注】

〔1〕題下原注："和杜茶邨韵。"焦山：在江蘇鎮江市東北長江中。杜茶村：即杜濬，號茶村，見卷三十二小傳。

〔2〕古有吟隱者之志的《滄浪歌》，此用其意。

移　竹

蘆荻沙中事，茅齋賴此君。蔽門防虎過，别圃散鷄群。小小荷鋤力，沾沾戒豎勤。移來依柳立，閑看卧浮雲。

小　雨

烟靄籠蒼翠，霏霏雨欲來。含情希倒岳，抱膝畏聞雷。終作浮雲散，真成萬壑哀。客心懸日月，天意總難猜。

自出唐山長途口拈，悵白頭之蹇産，托青草以留連，漫紀三十一首〔1〕録五

龜山何處是〔2〕，雨氣渡蒙陰。只有新櫜箭，曾無舊鼓琴。食徵田麥熟，絲企野蠶深。夫子東周夢〔3〕，迢遥遂至今。

黄河天下水，星宿發昆崙〔4〕。直浸中原土，長銷萬里魂。秋風驅瓠子〔5〕，春浪倒桃源。禹甸茫茫是，平成何可言。

千金酬一飯，不愧釣魚人〔6〕。只惜成三杰，終無救一身〔7〕。滄波原霸越，黄石老椎秦〔8〕。今古謀臣泪，淮陰暮雨春。

鍾阜江雲近，波恬燕子磯〔9〕。牽船人鶴髮，看竹巷烏衣〔10〕。蘆笋春來脆，桃花雨後肥。樓中闗盼盼〔11〕，尚記舊烟扉。

作客我徒爾，避人君始高。嶔崎方爾雅，痛哭是離騷。鬧裏偏逾細，群公秪浪豪。續來山槩咏，的的與同袍〔12〕。

【校注】

〔1〕唐山：舊縣名，治所在今河北隆堯縣西堯城。

〔2〕龜山：在今湖北武漢市。此處代指故鄉。

〔3〕夫子：指孔夫子，孔丘。東周夢：指孔子力圖挽救東周頽世，復興周文王、武王之道的理想。《論語·陽貨》："公山弗擾以費畔，召，子欲往。子路不悦。……子曰：'夫召我者，而豈徒哉？如有用我者，吾其爲東周乎？'"

〔4〕星宿：川名，在青海，爲黄河上源。

〔5〕瓠子：瓠子河，古水名，自今河南濮陽分黄河水東出。漢時，黄河决入此河，致使東南大片地方連歲受災。漢武帝親臨督卒築塞，并作《瓠子歌》。宋以後堙。

〔6〕此兩句咏韓信。韓信少時釣於淮陰城下，有漂母見其饑，乃與飯食。後韓信爲楚王，召漂母以千金酬之。

〔7〕三杰：指張良、蕭何、韓信。"終無"句：謂韓信終以謀反罪被吕后所殺。

〔8〕滄波：指伍子胥。伍子胥曾佐吴王大敗越國，使越王俯首稱臣。後吴王怒其忠諫，賜劍令其自盡，并將其尸體扔於江中，因而被人祀爲波神。黄石：指黄石公，秦時隱士。張良結交力士椎擊秦始皇未中，逃匿下邳，於圯上遇老人黄石公，得授《太公兵法》，後借以佐漢高祖敗秦滅楚，建立漢朝。

〔9〕鍾阜：鍾山，在今南京市中山門外。燕子磯：在今南京市北郊觀音門外。

〔10〕巷烏衣：即烏衣巷，舊址在今南京市東南。東晋時，王、謝諸望族居此。

〔11〕關盼盼：唐代名妓，曾獨居彭城燕子樓。

〔12〕山檿：即山桑，木質堅硬，是製弓的良才。《國語·鄭語》："宣王之時有童謡曰：'檿弧箕服，實亡周國。'"此用其意，嘆明朝滅亡。"的的"句：語本《詩經·秦風·無衣》："豈曰無衣，與子同袍。"

與友人胡石江[1]

白頭仍道路，難向故人言。每擬收孤策，終無毀折轅[2]。河山偕去鳥[3]，歲月一奔猿。抱甕葫蘆裏，空云學灌園[4]。

【校注】

〔1〕胡石江：即胡爾愷，字石江，長沙人，明崇禎丁丑（1637年）進士，入清官至禮部左侍郎。

〔2〕毀折轅，《湖北詩徵傳略》卷十五作“折毀轅”。意即毀掉損壞的車轅。據《後漢書·周燮傳》載，馮良耻在厮役，因毀車殺馬而遁。後乃以“毀車”表示隱退不仕。

〔3〕鳥，《湖北詩徵傳略》卷十五作“雁”。

〔4〕抱甕：《莊子·天地》叙有一丈人抱瓮而灌圃畦的故事，後因以之喻躬耕自養的淳樸生活。葫蘆裏：指沉醉於酒。灌園：相傳戰國人於陵子仲辭三公爲人灌園，後乃以之指退隱躬耕，不問世事。

送吕戒平移家鄂渚[1]

分手晴江五月寒，廿年冰雪共江灘。輞川不約連裴迪，塵甑何慚隱范丹[2]。門在清流眉可鏡，人間朱夏竹爲冠[3]。懸壺忽有浮家興，一曲驪歌聽倍難[4]。

一杯墮泪野雲深，將毋還爲抱膝吟[5]。莫厭青山兼大藥，由來白雪重知音。韓康向入長安市，梅福終留静者心[6]。此去辛樓高舊德[7]，漫云流水只孤琴。

【校注】

〔1〕鄂渚：即鄂州，今武漢市武昌。

〔2〕輞川：即輞谷水，在陝西藍田縣南。唐代詩人王維曾置别業於此。裴

迪，唐代詩人，與王維友善，常至輞川同王維浮舟往來水中，攬勝唱詩。范丹：一作范冉，字史雲，東漢經學家。桓帝時，任他爲萊蕪長，不就。生活極貧，有時絶糧，里中歌云："甑中生塵范史雲，釜中生魚范萊蕪。"

〔3〕朱夏：夏季。《爾雅·釋天》："夏爲朱明。"

〔4〕懸壺：指行醫。典出《後漢書·費長房傳》："市中有老翁賣藥，懸一壺於肆頭。"驪歌：告别之歌。古有詩歌《驪駒》，爲客人告别時所唱，而因稱告别之歌爲"驪歌"。

〔5〕抱膝吟：據史籍載，諸葛亮隱居鄉里與友人相處時，"每晨夜從容，常抱膝長嘯"。

〔6〕韓康：東漢人，常於山中采藥，到長安（今西安）市上出賣，後桓帝徵他做官，他遂逃入霸陵山中隱居。梅福：東漢人，曾官南昌尉，後去官歸里，及王莽專政，遂隱匿不見。

〔7〕辛樓：辛棄疾曾在武昌爲官，留有樓亭。

皖江波浪中，念昨年是月，昱兒亦自金陵西歸〔1〕

雪捲銀堆江亂流，去年思汝亦歸舟。世情看水能無險，吾道尤人自可羞。冷粥淡齏元分内，白衣蒼狗見雲浮〔2〕。從今齒髮增衰暮，得老漁磯百不憂。

【校注】

〔1〕皖江：指長江流經安徽的一段。

〔2〕杜甫《可嘆》："天上浮雲如白衣，斯須改變如蒼狗。"此用其意，謂世事變幻無常。

舟　　中

許身冰雪欲何之，山水空聞説子期。啾唧蟲聲無氣息，低昂人面愧鬚眉。寒流汩汩舟兼我，野日荒荒愁向誰。千里柴門霜荻老，滄洲何處不漣漪。

賦得“行色秋將晚，交情老更親”，别汪千頃學士〔1〕

征期冉冉後重陽，爲惜花前月似霜。好我同心分坐密，背君三徑就園荒〔2〕。窗連蟋蟀十年迥，尊泛葡萄六月凉。分手於今同皓首，杜陵佳句雅難忘〔3〕。

【校注】

〔1〕“行色”詩句：乃杜甫《奉簡高三十五使君》中佳句。汪千頃：生平未詳。

〔2〕陶淵明《歸去來兮辭》：“三徑就荒，松菊猶存。”此套用其句。

〔3〕杜陵：指杜甫。杜甫自稱“杜陵布衣”。

長安寄胡樊川孝廉平鄉邑署〔1〕

故鄉南望共黄河，北盡燕山感倍多〔2〕。秋雨君應看木葉，西風我更聽商歌〔3〕。宏才自合高金馬，野性真惟愛碧蘿〔4〕。相隔圻同千里内〔5〕，夜深其奈月明何。

【校注】

〔1〕胡樊川：即胡思樊，字樊川，黄岡人，清康熙丙午（1666年）舉人，曾官鄖陽教授等職。平鄉：縣名，今屬河北省。

〔2〕燕山：在華北平原北部。

〔3〕商歌：悲凉哀怨之歌。古人以宫商角徵羽五音同五行、五方、四季相配，其商音配金、西方、秋季，聲調凄厲悲凉。

〔4〕金馬：金馬門，漢宫門名。高金馬：高入金馬門，指入朝做官。蘿：女蘿。古時以薜荔與女蘿指隱士服裝。

〔5〕圻同：地廣千里爲圻，百里爲同。

和黄處安移居[1]

何須苕霅説浮家[2]，買宅秋看門徑斜。隙地萁菘堪作圃，傍檐蘭蕙可移花。烏衣今屬何人巷，皂帽還留長者車[3]。久客望衡頻對宇[4]，漢陰西去暮雲遮。

【校注】

〔1〕黄處安：即黄晋良，字朗伯，號處安，閩縣人，明諸生，唐王時官工部主事，入清嘗參軍幕，既而隱居著述。

〔2〕《新唐書·張志和傳》："顔真卿爲湖州刺史，志和來謁，真卿以舟敝漏，請更之。志和曰：'願爲浮家泛宅，往來苕、霅間。'"此用其事。苕：苕溪，有東、西兩源，在浙江北部。霅：霅溪，東苕溪、西苕溪等水流至浙江吴興縣（舊爲湖州治所）城内匯合而稱爲霅溪。

〔3〕"烏衣"句：用劉禹錫《烏衣巷》詩意。皂帽：黑色布帽。三國時管寧常著皂帽，後以爲隱士所戴之帽。長者車：顯貴者所乘之車。《史記·陳丞相世家》："（陳平）家乃負郭窮巷，以弊席爲門，然門外多有長者車轍。"

〔4〕《荆州記》："龐德公居漢之陰，司馬德操宅州之陽，望衡對宇，歡情自接；泛舟褰裳，率爾休暢。"此用其事。衡宇：指簡陋的房屋。

遥祝余中丞佺廬[1]

春風回憶帝王州[2]，玉鏡冰壺快客遊。吐握每緣天下士[3]，招呼亦狎海中鷗。别來南斗瞻吴會，夢裹真人上虎邱[4]。朔雪梅花申一拜，栖情久矣秣陵秋[5]。

【校注】

〔1〕余佺廬：即余國柱，字兩石，號佺廬，湖北大冶人，清順治進士，官至户部尚書、武英殿大學士。

〔2〕帝王州：指金陵，即今南京市，曾爲六朝舊都。謝朓《鼓吹曲》：

"江南佳麗地，金陵帝王州。"

〔3〕史籍載周公一沐三握髮，一飯三吐哺，猶恐失天下之士。此用其事。

〔4〕此處指吴地。《漢書·地理志》："吴地，斗分野也。"吴會：即今蘇州。真人：仙人。虎邱：蘇州名勝。

〔5〕秣陵：即今南京。

和滄洲漁父三十絶[1] 録八

一竿一櫂已無餘，靠著蘆花便卜居。怪底鸕鷀偏有恨，也飛竿下不停漁。

東湖朝發暮湖西，投餌元無定曲溪。莫以誤尋桃岸入，姓名輕惹入詩題。

入群鷗鷺不相猜，雙槳投綸未忍開。若箇忘機能伴我，爲馴鳥性築漁臺。

船頭獨坐理魚緡，繫籍江湖小作民。自築長城千萬里，癡人苦苦説逃秦[2]。

釣竿不别富春灘，但要溪光七里寒[3]。陋矣孟嘗門裏客，老饕長使鋏來彈[4]。

不漁亦自意徜徉，豈上漁船即楚狂[5]。一望洞庭天共白，小書契券佃滄浪[6]。

斗牛應不吐青萍[7]，魚蟹邀余作客星。極浦渾如天上坐，但同人世見流螢。

釣魚不得老江潯，一曲無弦指上琴〔8〕。鍾子期今在何許，空教流水自知音。

【校注】

〔1〕滄洲：濱水之地，古指隱者居處。題下原稱“録九”，實僅八首，因改之。

〔2〕逃秦：陶淵明《桃花源記》載，有漁人逢桃花林，欲窮之，入一山洞，見逃避秦時亂者的後裔聚居其間，生活安適，怡然自樂，與世隔絶，不知有漢，無論魏晋。

〔3〕富春灘：又名嚴灘、嚴陵瀨，在浙江桐廬縣南，東漢嚴光（子陵）隱居此處垂釣。七里寒：浙江桐廬富春山（一名嚴陵山）西有七里灘，長七里，兩山夾峙，水流湍急。

〔4〕裏，《湖北詩徵傳略》卷十五作“下”。據史籍載，戰國時，馮諼爲齊國孟嘗君門下食客，初不爲孟嘗君所重，乃彈鋏而歌：“長鋏歸來乎，食無魚！”此兩句咏其事。

〔5〕楚狂：春秋時有隱士接輿佯狂以避世，時人謂之楚狂。此處代指隱士。

〔6〕滄浪：古水名，爲漢水支流。古有《滄浪歌》，咏隱者之志。此處即指隱居之處。

〔7〕斗牛：斗宿與牛宿。青萍：寶劍名。此用“豐城劍氣”典，見前李天根《贈别徐復之》注。

〔8〕江潯：指潯陽江，長江在九江市北的一段。“一曲”句：陶淵明辭官歸隱，人稱潯陽隱士。相傳其蓄無弦琴一張，每酒適，輒撫弄以寄其意。

劉　　臯[1]

安陸人。

【校注】

〔1〕劉臯：據《湖北詩徵傳略》卷二十一載，一作劉皋，曾官郎中。見卷四十二“劉皋”。

秦人洞[1]

何物漁郎解問津，仙踪俄敞半千春。可憐海上求靈藥，不及當年避世人[2]。

【校注】

〔1〕此詩前已收録，見卷四十二。

〔2〕句末有原按：“此詩一載劉皋，未知孰是。”

李中黄[1]

字子石，麻城人，冢宰酉卿先生嗣子[2]。

【校注】

〔1〕李中黄：麻城貢生，博極群書，工於詩文，事迹參見清光緒《湖北通志》卷八十七。

〔2〕冢宰：吏部尚書的别稱。酉卿先生：即李長庚，字酉卿，明萬曆乙未（1595年）進士，崇禎時爲吏部尚書，後以諫被削籍爲民，入清後卒。

秋　　感

手持蕙蘭花，濯於清溪水。願水流花去，東入大江沚。美人食江魚，剖腹取其子。或見蕙蘭花，在魚之腹裏。

楊　紘[1]

字祖綰，宜昌人。

【校注】

〔1〕楊紘：一作楊宏，早年失怙，事母益謹，以孝行揚名鄉里。事迹參見清同治《宜昌府志》卷十三。

惜歡曲

攀樹折桃兒，懷底襟頭各所私，分争總不持。姐挽小妹耳，小妹亂姐笄。

秦維楨

字兆穀，華容人。

十憶詩録五

憶飲時。柔腸不勝酒。袖手凭郎肩，問郎再飲否。

憶立時。斜倚竹邊石。戲談夜來事，不覺面發赤。

憶起時。雙彎背郎束。不知藏者何，深深掀綉褥。

憶行時。曲徑花陰裏。一手凭郎肩，一手兜紅履。

憶惱時。問郎何處飲。誘郎呼侍兒，閉户旋獨寢。

漢　口

江口柳青青，長年勿久停〔1〕。午舟客畏盗，夜寺女聽經。市酒黄河濁，江風烏鬼腥〔2〕。龜山雖秀麗，不見有園亭。

【校注】

〔1〕長年：船工的别稱。

〔2〕烏鬼：鸕鷀的别稱。

喜鄒寅之到

别後遊何處，胡爲尚布衣〔1〕。室家俱健否，曰亦苦於饑〔2〕。天老多風雨，地窮無蕨薇〔3〕。悔將往日足〔4〕，未入五侯扉。

【校注】

〔1〕遊，《沅湘耆舊集》卷二十六作“栖”。胡爲，同上書作“依人”。

〔2〕此兩句，同上書作“有生原是寄，無術免於饑”。

〔3〕地窮無，同上書作“年荒少”。

〔4〕往，同上書作“前”。

送宋山甫之鞏昌〔1〕

琴劍堪爲侣，秋程不憚孤。夕陽滿驢背，馳入輞川圖〔2〕。乞序遥尋謐，求論特訪符〔3〕。莫將酥酪美，忘却舊伊蒲〔4〕。

【校注】

〔1〕鞏昌：府名，治所在今甘肅隴西縣。

〔2〕輞川圖：王維置别業於陝西藍田縣南之輞川，晚年居此，自圖其山水，號“輞川圖”。此處代指美麗如畫的山水勝境。

〔3〕謐：辛謐，字叔重，晋代隴西狄道（治所在今甘肅臨洮）人，博學善屬文，工草、隸書，蔑視榮利，累徵不起。《晋書》有傳。符：王符，字節信，東漢安定臨涇（治所在今甘肅鎮原南）人，少好學，終生隱居，著書譏評時政，題爲《潛夫論》。

〔4〕伊蒲：伊蒲饌，佛教徒所食之物。

幽　　居

文有堪嗢者，留窮與送窮〔1〕。持螯餐畢子，把菊嗅陶公〔2〕。耕鑿兒方壯，嫁婚歲幸豐。幽居詩數首，一似記隆中〔3〕。

醉不分南北，悠悠隨所之。峰腰烟斷處，浦口日斜時。水闊鴉來遠，風微鐘到遲。偶然值衲子，問我近來詩。

【校注】

〔1〕啞：同“嗤”。“留窮”句：韓愈作有《送窮文》，段成式作有《留窮詞》。

〔2〕畢子：指畢卓，字茂世，晋人，性嗜酒，嘗曰右手持酒杯，左手持蟹螯，置身酒船中，便足了一生。陶公：指陶淵明。其《飲酒》詩云：“采菊東籬下，悠然見南山。”

〔3〕隆中：地名，在湖北襄陽西，諸葛亮曾隱耕於此。《三國志·蜀志》載其“隱隆中，好爲梁父吟”。

雨中宿野鶴道人院

風風雨雨閉柴關，趺坐蕉團問大還〔1〕。君擬玄之又玄際，予慚材與不材間。紫芝滿圃貧誰覺，黄籙堆床老不閑。他日丹成休負約，願隨笙鶴住三山〔2〕。

【校注】

〔1〕趺坐：雙足交叠而坐。大還：大還丹，道教謂服之可成仙。

〔2〕笙鶴：傳説古仙人駕鶴吹笙以遨游。三山：指傳説中位於東海裏的方丈、蓬萊、瀛洲三座神山。

青樓曲〔1〕

背郎换溽衣，含羞俯如揖。佯謂侍兒來，倩郎當户立。

【校注】

〔1〕青樓曲：樂府詩題。青樓：指閨閣。

題　畫

垂楊夾岸垂〔1〕，冥冥一川緑。船首支頤人〔2〕，去看誰家竹。

江闊曉烟消，沙平春水退。漁舟不見人，流入白雲内。

【校注】

〔1〕垂,《楚天樵話》卷上作“疏”，是。

〔2〕首，同上書作“上”。

田山雲[1]

字雨伯，别號頤齋，零陵人。擅琴書，小楷、行草、八分、小篆皆入品。卒年四十三，著有《自適草》《緑綺心傳》《松風覽餘》。

【校注】

〔1〕田山雲：據《沅湘耆舊集》卷三十六及清道光《永州府志》卷十五載，爲祁陽人，工詩書琴畫，爲人超軼，隱居故里，以布衣終。

夜坐梅溪草亭[1]

野色連荒徑，烟雲入洞冥[2]。檐隨千嶺碧，苔接一庭青[3]。石漏琴生韵，茶酣酒氣醒[4]。蕭蕭風雨夜，萬籟雜松聽。

【校注】

〔1〕梅溪：在作者故里，作者之父置别業於此。

〔2〕荒徑，《沅湘耆舊集》卷三十六作“天迴”。烟雲，同上書作“溪光”。

〔3〕兩句，同上書作“雲流千嶺白，山漏一亭青”。

〔4〕同上書作“鶴去琴初歇，茶酣酒欲醒”。

梅溪春漲

一溪烟雨野香浮，石徑無人磵水流[1]。爲愛寒波能澣漱[2]，莫傳花訊到漁舟。

【校注】

〔1〕野香浮，《沅湘耆舊集》卷三十六作“自沉浮”。“石徑”句，同上書作“石徑春泉沓颯流”。

〔2〕爲、澣，同上書作“剛”“枕”。

徐　昆

字旦伯，辰州人[1]。

【校注】

〔1〕辰州：府名，治所在今湖南沅陵縣。

畫馬歌

山人畫馬以意擬，開毫宛轉伸素紙[1]。手腕强突膽副之，須臾豪氣如泉起。上彌天房下八荒，兹白乘黄一尺咫[2]。毛骨斑駁項尾异，瘦小精悍疾如駛[3]。我皇厩馬十二閑，圉人牧豎未敢齒[4]。日盡官芻粟一鍾，渴飲御河千頃水。有時立仗天子旁，錦衣文綉渾身被。仰鳴俛噴長跪謝，當年伯樂曾知己[5]。一自鹽車上太行，尾殘肘潰遭鞭箠[6]。至今灑汁白汗交，旋恐逡巡過馬市[7]。蒙恩聖主獲生全，常懷報稱無所以[8]。一朝疆埸羽書馳，傳來關塞多封豕。都尉亡胡驃騎老，黄河汲斷焉支壘[9]。天子有詔開天閑[10]，專命將軍乘騄弭。養成駿骨經多年，得試縱横當自喜。日慘天地草木腥，沙場飛磧高壠坻[11]。奔騰汗血黑山紅，一聲嘶落邊兒矢。敵人授首功歸彼，感君恩重爲君死。

【校注】

〔1〕以意擬，《沅湘耆舊集》卷二十六作“能神似”。開，同上書作“含”。

〔2〕一尺咫，同上書作“疾如駛”。兹白：傳説中的奇獸名，象白馬。乘黄：傳説中的神馬名。

〔3〕此兩句，同上書無。

〔4〕閑：厩。《周禮·夏官·校人》：“天子十有二閑，馬六種。”未，同上書作“無”。

〔5〕此兩句，同上書無。

〔6〕一，同上書作“意”。《戰國策·楚四》：“夫驥之齒至矣，服鹽車而

上太行，蹄申膝折，尾湛胕潰，漉汁灑地，白汗交流，中阪遷延，負轅不能上。”“尾殘”句，同上書作“仰鳴俯噴遭鞭棰”。

〔7〕旋，同上書作“嘗”。

〔8〕“蒙恩”句，同上書作“遭逢伯樂貢天厩”。常，同上書作“時”。

〔9〕汲斷：指斷絶汲道。焉支：山名，在甘肅永昌縣西。

〔10〕此句後，同上書作“長驅蹴踏輕萬里。日慘天地草木腥，朝發咸陽夕隴坻。奔騰汗血黑山紅，一聲嘶斷邊兒矢。功成突兀圖凌烟，誰記驊騮共生死。看君尺幅爲寫生，生氣勃勃出十指。吁嗟國家養士恩，幾人不蹈僨車耻。邊庭苦戰正需材，毋使將軍慚騄弭”。

〔11〕壠坻：即“隴坻”，隴山，在陝西隴縣西北，爲陝、甘要隘。

荆山遊寒壁三首〔1〕録一

參差石磴遠同攀，野曠林空鳥自閑〔2〕。千頃湖光秋涌面，一天霞影夕尋山〔3〕。草茵隨處堪跏坐，烟月逢人可袖還。寒壁何年題字在，與君相看半苔斑〔4〕。

【校注】

〔1〕荆山：在湖北西部。

〔2〕參差，《沅湘耆舊集》卷二十六作“巉岩”。“野曠”句，同上書作“野曠天低意自閑”。

〔3〕涌面，同上書作“在水”。“一天”句，同上書作“一林鴉影夕尋山”。

〔4〕同上書作“與君重到剔苔斑”。

李　　蓁[1]

字蔚子，襄陽人。

【校注】

〔1〕李蓁：據清光緒《襄陽府志》卷二十四載，其爲棗陽縣人，明崇禎己卯（1639年）舉人，清順治初以隱逸薦授鳳陽（今屬安徽）府同知。

古　　詩

二十里中姑，下縑生裁襦。領綉五花紋，裙挑百壽圖。嫁得老婿憐，便矜顔色孤。笑問三吴女[1]，新妝似儂無。阿婿語阿姑，伊誰知三吴。四十遊里閈，三過城南隅[2]。誰家無饁婦，桑者亦在途[3]。風流推市門，况復見當壚[4]。何用知三吴，三吴當不殊。

美人弄機杼，織成文綺段。新章除凡卉，細將梅譜按。數尺織梅條，數尺織梅幹。離離根與花，錯綜連復斷。寄克君子裳，可配不可亂。同枝暫不屬，絲理遥相貫。

【校注】

〔1〕三吴：指今蘇、杭一帶。

〔2〕《詩經·邶風·静女》："静女其姝，俟我於城隅。愛而不見，搔首踟蹰。"此用其意。

〔3〕饁婦：給在田裏耕作的丈夫送飯的女子。桑者：采桑的女子。《詩經·魏風·十畝之間》："十畝之間兮，桑者閑閑兮，行與子還兮。"

〔4〕當壚：坐在壚邊賣酒。漢代司馬相如與卓文君相愛，文君夜奔相如。兩人無以爲生，便至臨邛市中買一酒舍酤酒，相如爲侍者，而令文君當壚。

楚風補卷之四十五

明

袁　準

字平仲，郴州人。

喜　晴

深山雲在穴，縷縷升太虚。齊集西嶺頭，勢厚難卷舒。東旭光倒照，一掃不用鋤。溪流浪聲白，前峰對我廬。呼僮速晨炊，荒土可就畲。荆棘滿面前，焉能姑徐徐。况我來山中，始見天日初。

自壽詩八首録三

渾沌何以死，若木光不落〔1〕。天道順栽培，匠心苦穿鑿。傾人皆意氣，顧人何善惡。剩得如霜鬢，猶同鷄被縛。

訪道須名山，結交宜好友。紛紜廿年内，孟浪四方走。觸眼過烟雲，貯胸惟詩酒。今朝欲避世，那得一鄰叟。

日月無根蒂，豈能長少年。貴人惟怕老，美妓止争妍。秋色衰楊外，浮雲古磧邊。秦皇與西子，想已作神仙。

【校注】

〔1〕渾沌：《莊子·應帝王》叙，中央之帝爲渾沌，無孔竅，後南海之帝與北海之帝爲報答其德，爲其鑿七竅，日鑿一竅，七日而渾沌死。若木：神話中的樹名，傳説生於昆崙山極西處，太陽由此落入。

答友人羡隱詩，即用來韵

還是人間世，非同海上山。身心别有托，耕作寄其間。水急難窺影，霜紅偏妬顔。陰晴隔夜卜，高下聽潺湲。

雪　　净

雪净波聲闊，斜陽在半林。沙邊能步鹿，樹杪試聽禽。静看山無恨，翻疑梅有心。幾宵如夢裏，獨往自成吟。

贈雪裏櫻桃花

能共梅花發，高崖萬樹紅。自甘吟白雪，不肯嫁東風。綽約晶屏裏，依稀玉鏡中。冰霜含艷質，桃李敢相同。

苦　　雨

霧黑還疑海，雲光想是天。較冬惟稍暖，度日果如年。野菜筐空返，河魚筍每懸。山鄰憐寂寞，來説野狐禪。

獨　　步

坐石窺魚影，沙光反上浮。凉風來缺岫，落葉住洄流。竟不勞詩想，還堪遣晝收。山溪皆一色，新月吐峰頭。

瀑　　布

欲斷巉屼勢，源從天上來。光能邀日月，氣可助風雷。旱潦無增損，陰晴有闔開。深山含太古，吾與爾徘徊。

山居梅花八首録二

花香花未知，惟看影參差。淡極方爲艷，晴多不見奇。市人休載酒，俗客慎題詩。非蹈孤山僻[1]，相憐各有時。

用盡三冬力，枝頭蕊正開。袁安雪裏卧，梅福谷中來[2]。流水橋邊句，東風掌上杯。偶然成獨賞，高興肯空回。

【校注】

〔1〕孤山：在杭州西湖畔，山多梅花，一名梅嶼，北宋詩人林逋隱居於此，以種梅養鶴自娱，人稱其“梅妻鶴子”。

〔2〕見前嚴首昇《雪夜住士先園，時移家紅市》注。梅福：漢代人，成帝時爲郡文學，補南昌尉，後棄官歸里。及王莽專政，乃棄妻子去九江，後人傳以爲神仙。

前　　題[1]

雪霜終日滿蓬居，細嗅花香尚自如。寒去也催王氏臘，春來欲寄子真書[2]。江山有待偏先汝，兒女多情尚累余。忙殺望中桃李樹，連宵催發恐徐徐。

無事梅邊自嘯歌，幾枝清影尚嫌多。肯衣薜荔栖山鬼，自剪冰綃擁素娥。共守飢寒骨應瘦[3]，爲憐今古鬢先皤。静中試想乾坤意，惟有炎凉不奈何。

峰頭日月倚重霄，一樹梅花慰寂寥。嚙雪尚存蘇武節，餐風遐想子房標[4]。誰知鐵骨偏丰韵，更問冰心可動揺。莫向江南栽處處，曾將冷眼笑前朝。

【校注】

〔1〕《沅湘耆舊集》卷三十九題作“山居咏梅”。

〔2〕王氏：指王鳳，字孝卿，漢成帝時爲大司馬、大將軍，專勢擅朝，誅殺忠良。“春來”句，《沅湘耆舊集》卷三十九作“春來莫寄隴頭書”。子真：即梅福，字子真。王鳳專權，群下莫敢正言，梅福乃上書成帝，直陳權臣易世之危，譏刺王鳳。

〔3〕共守，同上書作“長共”。

〔4〕下句，同上書作“挂風還厭許由瓢”。

即事十首録三

寒氣消融草木芽，白雲深處有人家〔1〕。采將犢角峰頭笋，摘就丁香雨後茶。盡日橋横無過客，偶然石罅長孤花。聲聲清磬斜陽影，不掩柴門樹自遮。

輕犁新雨倩僮扶，山後山前唤鵓鴣。荒土都生甘露子，沿溪盡是石菖蒲。蓮花社裏邀明月，祇樹園中聽野狐〔2〕。錦字燒殘絶妄想〔3〕，不僧不俗一癡儒。

朦朧春色訴倉庚，霧裏看花眼尚明。沙礫盡隨洪水去，諸峰半爲白雲平。層層木葉因風唤，箇箇瓜秧趁雨生。大地栽培人未識，空山落得此心清。

【校注】

〔1〕套用杜牧《山行》的成句。

〔2〕蓮花社：東晋僧慧遠居廬山東林寺，與劉遺民等十八人同修净土，中有白蓮池，號蓮社。此處借指蓮花池。祇樹園：釋迦牟尼的居處，後泛指寺院。野狐：野狐禪，指外道异端之説。

〔3〕錦字：前秦時，竇滔被徙流沙，其妻蘇氏思之，乃織錦爲回文《璇璣圖》詩以寄滔。後泛指妻寄夫之書信。

落花三十韵[1] 録六

無言終日蔭芳蹊，不禁春風拂又低。形影從來親水月，升沉頃刻判雲泥。米顛坐上石爲友，林逋山中鶴是妻[2]。珍重故人相憶處，沅湘澤畔夕陽西。

窺園偶爾步徘徊，忽訝春深花未開。衫袖隨風邀薜荔，雲霞依杖點蒼苔。笙歌别院新調譜，粉黛鄰家正祀禖。自笑無功身便退，榮衰歲序去還來。

一溪仿佛入桃津，回首三春即漢秦。風雨驟來新政令，江山避去舊孤臣[3]。沾泥鴻迹香猶濕，逃網蛛絲影未真。若説輪回天地性，明年顔色倍還人。

【校注】

〔1〕以下分三首立注。

〔2〕米顛：即米芾，宋代書法家，行多違世异俗，人故稱之。喜蓄金石古器，尤嗜奇石，世有米芾拜石之語。林逋，《沅湘耆舊集》卷三十九作“逋老”。宋人，隱居杭州西湖孤山，以種梅養鶴爲樂事。

〔3〕同上書作“江山冷落舊居鄰”。

幾間茅屋透飢烟，止許疏慵白晝眠。處士閑情思作賦[1]，貧家春色不須錢。千年能服方爲藥，三朵長簪即是仙[2]。辭葉尋根原有意，楊花何故更輕圓。

春色自濃花自凋，如將舊事説前朝。甘同隱逸漁樵瘦，謝絶風流兒女嬌。命薄也曾窺上苑[3]，深根尚可倚重霄。自知泉石新成癖，偷眼蜻蛉去未遥。

屈指東風度已三，自憐短髮不勝簪。憑闌閑誦招魂賦[4]，隱几思同出繭蠶。荀令到來香冉冉，陶潛歸去柳毵毵[5]。顛狂輕薄俱消盡，結子由人笑我貪。

【校注】

〔1〕陶淵明歸隱後作有《閑情賦》。

〔2〕三朵長簪：在頭上長久簪戴三朵花。蘇軾《三朵花詩序》："房州有异人，常戴三朵花。"

〔3〕上苑：上林苑，漢時供皇帝游樂打獵的大苑。

〔4〕招魂賦：指屈原《招魂》。

〔5〕荀令：荀彧。東漢人，曾爲尚書令，相傳他的衣帶有香氣，所到之處，香經日不散。陶潛：即陶淵明。他辭官歸隱後，以宅旁有五株柳樹，因作《五柳先生傳》以自況。

洞庭秋三十韵[1] 録四

素秋月上映湘東，光與銀河一派通。淅瀝金風生遠浦，分明漁火照孤鴻。新波冷帶峨嵋雪，小艇虚聞焦尾桐[2]。雲夢無心吞八九[3]，移情今日是湖中。

秋來湖面最寬夷，領略清光訴向誰。茅土難酬神禹德[4]，江山止咏宋唐詩。幾聲畫角雲生處，萬頃琉璃月出時。閑倚孤篷思往事，秦皇漢武未爲癡。

八百湖光正在西，驚回夢客唱天鷄[5]。漁翁蓑笠方沉網，水族衣冠忍照犀[6]。夜月静宜吹短笛，秋風動即帶征鼙。老龍不作堯年怒，試聽珠宮奏羽霓。

欲將塊壘和天澆，白髮秋來苦易消。帝子不飄巫峽雨，屈原豈作淛江潮〔7〕。銜蘆海雁休回首，拜浪江豚自折腰。多少山川留勝概，登臨心事向誰描。

【校注】

〔1〕題下原注："和些翁作。"些翁：即郭都賢，見卷二十八小傳。

〔2〕焦尾桐：指良琴。《後漢書·蔡邕傳》載，蔡邕見吴人燒桐以炊，知其爲良木，因求得製爲琴，音色果美，而其尾猶焦，故人稱焦尾琴。

〔3〕司馬相如《子虛賦》："吞若雲夢者八九，其於胸中，曾不蔕芥。"

〔4〕茅土：古代皇帝分封諸侯時，用茅草包社祭之壇上的一色土授給受封之人，作爲分得土地的象徵。神禹：夏禹。

〔5〕八百湖光：洞庭湖號稱八百里。天鷄：神話中的天上之鷄，傳説日出照木，天鷄即鳴，天下鷄隨之皆鳴。

〔6〕照犀：傳説犀角點燃後可使水中通明，真相畢現。

〔7〕帝子：指湘水女神湘夫人。屈原《九歌·湘夫人》："帝子降兮北渚，目眇眇兮愁予。"巫峽：長江三峽之一。古代有巫山神女的傳説，見宋玉《高唐賦》和《神女賦》。淛江：即錢塘江。傳説春秋時伍子胥因忠諫被吴王夫差迫以自殺，其尸體被拋入錢塘江，化爲"濤神"，錢塘江因此漲潮。

蔣之棻[1]

字天植，號湘門，湘陰人。年十九，死於寇。長沙趙友沂與之姻[2]，且爲傳。詳郡志。

【校注】

〔1〕蔣之棻：據《沅湘耆舊集》卷四十及舊志（參見清乾隆《長沙府志》卷三十、清光緒《湖南通志》卷一百七十七）載，其爲歲貢生，少有才名，以澄清天下爲志，年三十三，以勞卒於粤。此處小傳有誤。

〔2〕趙友沂：即趙而忭，詳見末編小傳。

善哉行寄趙洞門年伯[1]

去日莫論，來日大難。憂心可藏，髮白難删。一解河大多水，山大多雲。周王多道，列戟射君[2]。二解柳季掩户[3]，釁出中堂。福來千里，禍起蕭牆。三解斗有美酒，盎有肥羊。君子豫悦，小人猖狂。四解黄鵠知春，鴻雁知秋。時過不返，水去難收。五解時過不返，水去難收。斟酌大道，縱意遨遊。六解蜀犬吠日，吴牛喘月[4]。少見多怪，嵇公眼白[5]。七解食梅苦酸，食葛苦寒。不可告人，徒傷肺肝。八解

【校注】

〔1〕善哉行：樂府舊題。趙洞門：即趙開心，字靈伯，號洞門，明崇禎進士。入清官至户部侍郎，加工部尚書銜，卒於官。

〔2〕列戟：指在門前列戟以爲儀仗。射君：求士。

〔3〕柳季：柳下季，又稱柳下惠，春秋時人，被時人視爲清廉而有才德之士。據《莊子·盗跖》載，其弟名盗跖，貪得忘親，率從卒横行天下，爲害萬民，孔子因以言語羞之。掩户：掩户自擿。

〔4〕蜀犬吠日：典出柳宗元《答韋中立論師道書》。吴牛喘月：典出《太平御覽》引《風俗通》。

〔5〕嵇公：指嵇喜，嵇康之兄。史籍載阮籍能爲青白眼，見凡俗之士，乃以白眼對之。及嵇喜來，阮籍作白眼，使其不懌而退。

懷王山長〔1〕

記得尊前約，重門深數過。每逢落葉處，無奈斷腸何。山意隨松秀〔2〕，秋聲入雨多。衡陽雁迹杳，回首趁滄波。

【校注】

〔1〕王山長：即王岱，字山長，見末編小傳。

〔2〕秀，《沅湘耆舊集》卷四十作“古”。

趙石君公祖招飲〔1〕

寄傲孤霜下，寒姿互月低。剪冰難著色，搔玉不勝迷。支影凌長夜，分香墮素泥。盈盈誰共語，赢得墨花題。

【校注】

〔1〕題下作者自注：“是夜同謝孺玉、郭幼隗、姚緯子分韵賦水仙花。”趙石君：未詳。公祖：明清時士紳對知府以上地方官的尊稱。謝孺玉：即謝璠，字孺玉，湘潭人，謝璜（見卷三十七小傳）之弟，明崇禎時舉人。郭幼隗：即郭金臺，字幼隗，見卷三十六小傳。姚緯子：未詳。

蚊〔1〕

與子原無舊，年年過草堂。夜同人就枕，秋與雁還鄉。引類妨孤影，微吟訴別腸。自然饒蘊藉，不是趁炎凉。

【校注】

〔1〕題下原注：“贈駡問規四首録一。”

中湘早發，同吴孳受先生、趙友沂、郭幼隗、梵公上人暮抵星沙〔1〕

短鬢荒郊吊采薇，征帆有伴願多違。偶談國事千秋泪，同染湘烟六月歸。戰氣古城忙客屐，江聲破舫濕僧衣。名山大業催年老，已矣吾甘坐釣磯〔2〕。

【校注】

〔1〕中湘：湘江之中。吴孳受：即吴晋錫，字孳受，江蘇吴江人，明崇禎庚辰（1640 年）進士，除湖南永州推官，明亡後隱居，教授子弟。趙友沂：即趙而忭，字友沂，見末編小傳。郭幼隗：即郭金臺，字幼隗，見卷三十六小傳。梵公上人：生平未詳。星沙：長沙的别名。

〔2〕坐釣磯：謂像東漢隱士嚴光那樣隱遁不出，垂釣自樂。

客中秋夜

一夜秋凉侵客肌，寒山木落蹴添衣。百年易過人先老，箇事無成時愈違。路錯悔因多智誤，曲高慚被寡和譏。閑中却計謀生術，莫道屠沽事業非。

登飄峰山〔1〕

杖底峰如玉女開，青鬟纍纍對前來。嵐生古洞千山雨，瀑觸深溪萬壑雷。定後遠神栖島岳，醉中清夢到天台〔2〕。痴情自負多奇癖，聘得青山佐酒杯。

【校注】

〔1〕飄峰山：在湖南湘陰縣東北。

〔2〕天台：山名，在浙江天台縣城北，風景優美，傳説漢代劉晨普入此山采藥。

飲郭幼隗山莊〔1〕

春水盈盈起緑蘋，一尊移話共南鄰。人間欲殺狂爲祟，方外相知貧是因〔2〕。野業密譚分菽粟，素心閑伴數昏晨。銜杯張目看天地，拚與連觴浹十旬〔3〕。

【校注】

〔1〕郭幼隗：即郭金臺，詳見卷三十六小傳。

〔2〕祟，《沅湘耆舊集》卷四十作“累”。方，同上書作“世”。

〔3〕拚，同上書作“判”。

三十六灣夜值黄仲霖先生初度

湘浦漁燈列晚洲，隔村明滅照仙舟。接天岳氣支高影，宗海江聲泝遠流。眼底近看新歲月〔1〕，名山自有大春秋。凌烟自古多耆耉〔2〕，今日輸公正黑頭。

【校注】

〔1〕歲，《沅湘耆舊集》卷四十作“日”。

〔2〕自，同上書作“伊”。凌烟：凌烟閣，唐初建於長安，乃圖畫開國功臣二十四人於其中。耆耉：老人。

答吴孳受先生〔1〕

凉雨微吹衆動生，冢中退筆十年情〔2〕。抱經休夏依僧屋，望遠懷鄉聽野筝。稚子略能呼棗栗，窮軀今漸解樵耕。桑門石榻渾無厭，洗净燕吴舊容名〔3〕。

【校注】

〔1〕吴孳受：見前《中湘早發》注〔1〕。

〔2〕冢中退筆：據《尚書故實》載，智永禪師積年學書，秃筆頭十瓮，每瓮皆數石，後取之埋而成冢，號爲“退筆冢”。

〔3〕燕吴：指繁華之地。徐陵《在北齊與宗室書》：“宗均魯衛地，非燕吴車騎相望、舟艫朝夕。”容名：容儀名聲。

和老父贈對陽韵，時對陽沅歸[1]

山居夢不到官衙，千里沅湘路亦賒。豈謂須臾殘漢臘[2]，猶然坐看故園花。癡頑陶令經年醉，老大張郎八月槎[3]。同伴阿誰悲往事，英雄回首漫咨嗟。

【校注】

〔1〕《沅湘耆舊集》卷四十題作“送别對陽歸沅江”。沅江：縣名，今屬湖南。對陽：生平未詳。

〔2〕漢臘：漢代祭祀名，漢代於農曆十二月祭祀祖先。此處代指漢人社稷。殘漢臘：指明朝滅亡。

〔3〕陶令：指陶淵明。“老大”句：作者自注：“時陳子新婚。”張華《博物志》卷三：“舊説云：天河與海通，近世有人居海渚者，年年八月，有浮槎去來不失期。”

紀　夢

記得當初夜誐時，燈花樓上襯雲衣。漫要秋色閑來往，蝴蝶經年去不歸。

生别吞聲近十年[1]，騷魂幽赴正悲咽。誰教陌上黄鸝噪，唤醒離人一夜天[2]。

【校注】

〔1〕杜甫《夢李白》：“死别已吞聲，生别常惻惻。”此化用其句。

〔2〕此二句用金昌緒《春怨》詩意。

江南行

江南年少酒家過，下馬傾尊索酒多。寶劍脱來隨意贈，揮鞭長嘯指天河。

江南女兒貌如花，手匀輕黛新月斜。千乘萬騎盡回首，不知心事托誰家。

何淳之[1]

【校注】

〔1〕何淳之：字仲雅，號太吴，江寧（今南京）人，明萬曆丙戌（1586年）進士，官至御史，工山水畫，喜繪蘭竹。事迹載於《畫史會要》《江寧府志》。

清明許昌道中[1]

客裏清明節，遊人倍黯然。落花添野水，歸雁帶長天。道路常千里，風塵又一年。朝來喜春雨，麥隴緑如烟。

【校注】

〔1〕許昌：舊縣名，今爲市，屬河南。

硤石道中[1]

亂石馬蹄前，群山斷復連。飛泉侵鳥道，平楚絶人烟。石隙斜窺日，峰梢半入天。雄圖憑阨塞，秦晋總堪憐。

【校注】

〔1〕硤石：即古之崤陵關，在河南陝縣東南，春秋時，晋軍敗秦師於此。

春　思

繁臺一眺自揶揄[1]，此日繁華似昔無。紅寺鐘聲遲夕照，黄河帆影隔平蕪。相公幕下新詞客，公子門前舊酒徒。莫對春風傷往事，參差雉堞亂饑烏。

【校注】

〔1〕繁臺：一名平臺，在河南開封，相傳爲春秋時師曠的吹臺，漢梁孝王

增築。後有繁氏居其側，因稱之。

偶　　成

庭花階草自黄昏，簫鼓君王何處恩。誰道情深翻妬極，從來金屋是長門[1]。

【校注】

〔1〕金屋：極其華美的居室。漢武帝爲太子時，長公主欲以女阿嬌配帝，帝答公主問曰："若得阿嬌作婦，當作金屋貯之。"長門：漢宫名。漢武帝即位後，立阿嬌爲皇后。她得幸時，頗妒，後失寵廢居長門宫，終日愁悶悲思。

舟中戲題

夜半輕潮上淺沙，青天明月宿蒹葭。蓮心已作鴛鴦藕，八月猶開并蒂花。

疏柳殘烟帶短汀，三星隔水亂流螢。幾年覺盡揚州夢，夢到江南總不醒。

鮫綃一片照人寒，冷眼燈前帶笑看。薄倖秋光今夜促，城頭北斗下闌干。

何湛之[1]

【校注】

〔1〕何湛之：字公露，號矩所，江寧（今南京）人，何淳之兄，明萬曆己丑（1589 年）進士，官四川參議，工書法。事迹載於《金陵通傳》《江寧府志》。

登招寶山望海，時耿中丞視師普陀[1]

巨浸排空勢欲呼，中流一柱拂雲孤。蒼茫但覺潮消長，混沌不知天有無。組練六軍驅海若，舳艫千里吼天吴[2]。時平喜見妖氛净，竟日登臨擁畫圖。

【校注】

〔1〕招寶山：在浙江鎮海縣東海中。耿中丞：未詳。普陀：即今浙江普陀山。

〔2〕海若：海神名。舳艫千里：語出《漢書·武帝紀》，極言船多，相銜不絶。天吴：水神名。

過戲馬臺[1]

斷草寒烟百尺臺，當年戲馬氣雄哉。如何轉戰陰陵道[2]，祇見騅兮一騎來。

【校注】

〔1〕戲馬臺：在江蘇徐州市南，舊爲項羽的掠馬臺。

〔2〕陰陵：漢代縣名，故城在今安徽定遠縣西北，原爲楚邑，即項羽兵敗迷道處。

萬昌言

字元方，號雲國，黄岡人。

伐木篇

越江夾岸亘山麓，青冥千里富喬木。土人粟飯飽朝飡，束帶持斧走白谷。三五競穿夔魅群，長空鋤劚驚雲族。陰崖窟宅竄龍蛇，層塢風雷奔麃鹿。林表丁丁響若崩，山腰滚滚下如轆。素節蒼皮委近坰，長江估客連千舳。壕吏催科嚴如虎，地僻天寒空杼軸[1]。大眚何用償積逋[2]，追呼不得聚骨肉。稻粱雖歉樹鬱葱，剪伐輸官免鞭朴。十年飄泊任風霜，山邑渠渠多夏屋[3]。棟梁自合待朝廷，準擬環堵成小築。安得故人草堂貲，緑壑丹崖閑泛菊。

【校注】

〔1〕杼軸：織布機上的兩個主要部件。空杼軸：謂布機上尚未織成的布亦被搜括一空。

〔2〕大眚：大灾難。積逋：累積的欠租。

〔3〕渠渠：屋深廣貌。夏屋：大屋。《詩經·秦風·權輿》："夏屋渠渠。"

追哭艾千子，時二嗣斯駼、斯騏扶櫬歸里[1]

膚髮臣無恙，朝廷事已非。斯文將墜地，先死亦知幾[2]。遺業驚殊域，孤魂戀舊畿。酸風吹劍水，丹旐暮雲飛[3]。

【校注】

〔1〕《明詩綜》卷七十八收録万曰吉詩五首，包括此詩，題爲"哭艾千子"。《湖北詩徵傳略》卷十五收録此詩，載爲萬日吉（見卷三十四小傳）作。艾千子：即艾南英，字千子，江西東鄉人，明天啓中舉於鄉。文名甚重，負氣

傲物。明末兩京覆亡，乃入閩見唐王，授兵部主事，改御史，未幾卒於延平（府名，治所在今福建南平市）。

〔2〕斯文：指禮樂制度、漢族文化。《論語·子罕》："天之將喪斯文也，後死者不得與於斯文也！"幾，《明詩綜》卷七十八、《湖北詩徵傳略》卷十五作"機"。

〔3〕丹旐：喪禮中用的銘旌。該詩後有原按："此詩一載萬日吉，未知何者爲是，今去彼録此，俟參正。"

初　度

水静長江日暮時，蘆中屢變客星絲[1]。連年豺虎彭衙道，一夜風雷薦福碑[2]。大澤裘披霜雪老，深山霧隱羽毛遲[3]。盡將餘瀝酬僮僕，碧海蒼梧獨有思[4]。

【校注】

〔1〕蘆中：指隱遁。

〔2〕彭衙：春秋時秦邑名，故址在今陝西白水縣東北。杜甫有《彭衙行》，寫其在天寶十五載潼關失守後携家從白水縣避難北行，經彭衙至同家窪一路的經歷。薦福碑：鄱陽薦福寺有歐陽詢所書之碑，相傳范仲淹守鄱陽，時尚歐陽詢字，薦福碑墨本值千錢，范仲淹欲拓千本以售於京師，未料紙墨已具，一夕雷擊碎其碑。後以此爲命途多舛、所至失意的典故。蘇軾有詩云："一夕雷轟薦福碑。"此套用其句。

〔3〕裘披：即披裘。相傳春秋時吴季子出游，時當夏五月，見有披裘打柴者不肯拾路上遺金。後即以"披裘公"指隱逸的高人。深山霧隱：《列女傳》叙，南山有玄豹，隱於霧中七日不食，欲以澤其衣毛，成其文章。後以玄豹霧隱喻隱遁潛居。

〔4〕蒼梧：山名，即九嶷山，在湖南寧遠南。

賦得城春草木深〔1〕

春靄依然郡郭浮，風烟何似舊神州。鼎湖細雨悲龍去〔2〕，茂苑繁花看鹿游。三户僅存荒蔓合〔3〕，六朝如夢大江流。伯鸞宫闕長經眼，不及文山一小樓〔4〕。

【校注】

〔1〕杜甫《春望》："國破山河在，城春草木深。"此用其句爲題。

〔2〕傳説黄帝鑄鼎於荆山下，鼎成而有龍垂鬍髯迎黄帝上天，後世名其處爲鼎湖，并用之爲黄帝死亡的典故。

〔3〕三户：指楚國的屈、景、昭三家大貴族。《史紀·項羽本紀》："楚雖三户，亡秦必楚也。"

〔4〕伯鸞：即梁鴻，字伯鸞，東漢人。他目睹京都宫闕豪華，感嘆民之劬勞而作有《五噫歌》。文山：即文天祥，自號文山。文天祥曾兩度罷官歸里，隱居文山（在廬陵〔今江西吉安〕南百里），却不忘國家興亡之大事，念念於"桑弧未了男子事，何能局促甘囚山"（《生日和謝愛山長句》）。

入　閩

策蹇徘徊未忍行，離離禾黍故宫情〔1〕。三山雨雪殘雙闕，五嶺荆榛蔽兩京。估客暮雲排鳥道，纍臣落日聽猿聲。共知險隘難方軌，猶向天南望故旌。

【校注】

〔1〕此用《詩經·王風·黍離》及《毛詩序》意，抒懷念故國之情。

仙霞嶺〔1〕

雄關千仞入雲端，鐵馬危如劍閣看〔2〕。自撤六軍焚羽翼，長教百粤葬衣冠〔3〕。功標銅柱蒼梧遠，貢道冰綃碧海寒〔4〕。早識諸君無勝算，只應封爾一泥丸[5]。

【校注】

〔1〕仙霞嶺：在浙江江山縣南，古時爲入閩要道，并於此設關。以仙霞關爲首，東西另有五關，合爲六關。清兵入閩擒唐王，即破此關而入。

〔2〕劍閣：棧道名，在今四川劍閣縣東北，相傳爲諸葛亮所建，是川陝間的要道、軍事戍守要地，其連山絶險、飛閣通衢。

〔3〕百粵：先秦時對南方諸族的泛稱，此處代指南方百姓。

〔4〕銅柱：銅製之柱，古時立之以爲疆界標志。《後漢書·馬援傳》注引《廣州記》："援到交趾，立銅柱，爲漢之極界也。"蒼梧：蒼梧山（又名九疑山）。貢道：進貢之道。冰綃：雪白精美的薄紗。

〔5〕一泥丸：喻極易扼守的險關，典出《東觀漢記》卷二十三《載記·隗囂》。

劉文鼎

字調生，益陽人。

奇子素負烟霞之癖，作此發之[1]

山鳥尚愛閑，庭鶴豈無知。日月其不淹[2]，負此璠璵姿。憤志入桃源，何論魏晋移。抱釜楚陸通，樂琴榮啓期[3]。高尚同如此，世路安復之。

【校注】

〔1〕此詩未詳因何人而作。烟霞之癖，謂遁世隱居、寄情山水之癖好。

〔2〕屈原《離騷》："日月忽其不淹兮，春與秋其代序。"

〔3〕陸通：即接輿，春秋時楚國隱者，相傳他爲避楚王徵聘，乃負釜甑，與妻遠徙，莫知所之。榮啓期：春秋時隱士，相傳他游於齊之野，鹿裘帶索，鼓琴而歌。

裴叔度

字復晋，江陵人。

紀　夢[1]

峰上花香山不空，有人遊在片雲中[2]。相逢話却長生秘，不羡靈丹鼎内紅。

【校注】

〔1〕詩題後有原注："偶爾遊山，夜夢一朱衣翠冠，折花鞭鹿，歌而過前云。"

〔2〕此二句，《湖北詩徵傳略》卷三十一作"玉闕瑶宫有路通，簪花鞭石白雲中"。

李以禔

字亦康，漢陽人。

行路難[1]

浮雲寄青天，萬里漫孤征。客子豈無感，分爲行路人。置酒在高堂，引領氣不揚。欲作慷慨歌，躑躅徒神傷。出門見飛蓬，隨風各西東。丈夫負奇略，焉能常固窮。拔劍辭誼親，耻爲兒女容。已矣自兹去，智策聽窮通。蓼蟲不安栖，移身黄蘗枝[2]。嘆息復嘆息，辛苦命所齊。

【校注】

〔1〕行路難：樂府舊題。

〔2〕蓼蟲：寄生於蓼草中的昆蟲，常用以喻安於困苦而不知遷徙。黄蘗：木名，樹高數丈，其葉經冬不凋。

述　　懷

女貞未字時[1]，貴賤命所適。男兒不遇身，飄若風中翼。既無國士知，何勞豫讓漆[2]。草木本無能，應爲君子疾。欲竊處士名，雷同羞顔色。

【校注】

〔1〕《易·屯》："女子貞不字。"貞：堅貞自守。字：許嫁。

〔2〕豫讓：春秋末、戰國初的刺客，事晋國智伯。趙、韓、魏三家滅智伯後，豫讓乃漆身爲癩子，變容改音以謀刺趙襄子，爲智伯報仇，聲稱智伯以國士遇我，我故以國士報之。

李日生[1]

字恒齊，漢陽人。

【校注】

〔1〕李日生：據《湖北詩徵傳略》卷六載，其字恒齋，生平未詳。

莫愁樂[1]

石城水如油，女子名莫愁。莫愁自解歌，石城水不流。催得莫愁來，艇子細如月。清歌水上發，湖光照顔色。

【校注】

〔1〕莫愁樂：樂府舊題。莫愁：古樂府中所傳女子，石城（舊址在今湖北鍾祥）人，善歌謡。

龔　臺〔1〕

字南閣，漢陽人。

【校注】

〔1〕龔臺：據清光緒《漢陽縣志》卷三載，其字南白，砥礪爲古文詞，卓然名貴，惜遺稿散佚。

微雨獨坐

每觀畫裹人，輕烟秘一宅。門外車馬稀，溟濛渾欲夕。清風自徐徐，白雲猶役役。草緑弄乳珠，花茵温鳥席。深情不能閑，往還問今昔。如此悠然意，畫工恐未析。

張日暹

字方侯，孝感人。

郊　遊

一葉具秋聲[1]，颯颯空庭下。山行鳥就人，低飛啄檐瓦。荒白三五村，古道無車馬。

【校注】

〔1〕李子卿《聽秋蟲賦》："時不與兮歲不留，一葉落兮天地秋。"此套用其句。

汪　洓

字長倩，漢陽人。

重九後一日，登大别山，同坊來扶漢諸子尋伯建望處[1]

恍是詩中徑，尋來便儼然。圖窮真態出[2]，譜盡道心蠲。筆信龍蛇起，山開風雨傳。後遊從此望，想慕是登仙。

【校注】

〔1〕大别山：即今武漢市漢陽龜山。伯建：即程封，字伯建，詳見末編小傳。

〔2〕戰國時，荆軻入秦刺秦王，藏匕首於所獻燕之督亢地圖中，秦王展圖，圖窮而匕首現，荆軻持以刺之未遂。

周之禄

字梅尤，武昌人。

梅　花

漢庭無葉可蟲書，覆示爐灰已盡除。塞上有聲飛不到，春明無夢更愁予〔1〕。洗情半影間堦净，鍊性疏枝入室虚。却怪文通頌草木〔2〕，連珠彩筆不將餘。

【校注】

〔1〕春明：唐代都城長安之城門名，後以之爲京都的通稱。

〔2〕文通：即江淹，字文通，作有《草木頌》十五首。

季世盛

字堯夫，江夏人。

郎官湖[1]

爲面先生山上來[2]，尋湖不見酒船開。夜郎歸路波濤闊，又向潯陽走一回[3]。

【校注】

〔1〕郎官湖：故址在今武漢市，明代以後乾涸。李白被流放夜郎（唐代郡名，治所在今貴州遵義附近）時，途經沔州（治所在今武漢市漢陽）而游此湖，并作詩云："郎官愛此水，因號郎官湖。"（《泛沔州城南郎官湖》）

〔2〕先生：指李白。

〔3〕潯陽：唐代郡名，治所在今江西九江市。

楚風補卷之四十六

明

謝良琦[1]

字仲韓，湘潭人。

【校注】

〔1〕謝良琦：字仲韓，一字石臞，全州（今屬廣西）人。少舉於鄉，清康熙初以明經通判常州，後以老罷歸。有《醉白堂文集》。参見《香祖笔記》卷四。編者此傳失考。

囑客致家書

故國梅花發，經年驛使疏[1]。心驚千里别，泪盡一行書。落日寄情遠，高樓極目初。烟塵知又合，珍重此雙魚[2]。

【校注】

〔1〕這兩句用陸凱《贈范曄詩》意。

〔2〕雙魚：指書信。古人將所寄書信放入魚形木函中，函由上下兩塊木板合成，故稱之。

錢塘春泛[1]

辛苦錢塘水，扁舟今又過。捲簾殘雪在，返照夕陽多。歸夢勞烟雨，春愁倚嘯歌。不知湘渚上，芳草意如何。

【校注】

〔1〕錢塘：江名，在浙江。

江村三首録二 有引

今年四月，自武林命歸棹[1]，道阻修河。遂自平望入太湖[2]，越吴江而東[3]。江村花鳥，想見少陵落筆時也[4]。謾賦。

孤棹蒼茫裏，東風落日斜。香吹新草木，緑遍舊桑麻。山碓春流水，江潮帶落花。不知城市近，猶有此烟霞。

四月江村客，春鶯語未休。野花開竹徑，茅屋枕溪流。客至初迎犬，湖平暫狎鷗。雲霞千里色，一半在汀洲。

【校注】

〔1〕武林：山名，即今杭州市西靈隱山，古人多用以指杭州。

〔2〕平望：鎮名，在江蘇吴江縣南。

〔3〕吴江：縣名，屬江蘇。

〔4〕少陵：即杜甫，其自號少陵野老，有《江村》詩。

感遇四首録三

江南春未半，已有子規啼。獨樹花先落，高樓月易低。吟成青玉案，遊倦白銅鞮[1]。故國正戎馬，蒼茫望欲迷。

對景漫愁思，當杯且浩歌。魂驚豺虎亂，走愧馬牛多。細雨破橙橘，春風卧薜蘿。莫將塵土事，話向白雲窩。

怨極頭堪白，愁多酒易醒。英雄困羅網，魑魅逐青萍〔2〕。春雨過函谷〔3〕，秋風滿洞庭。匣中長劍在，彈爲使君聽〔4〕。

【校注】

〔1〕青玉案：詞調名，本張衡《四愁詩》："美人贈我錦綉段，何以報之青玉案。"白銅鞮：古歌謡名。李白《襄陽曲》："襄陽行樂處，歌舞白銅鞮。"此處借喻行樂。

〔2〕青萍：寶劍名。陳琳《與臨淄王箋》："君侯體高俗之材，秉青萍干將之器。"

〔3〕函谷：關名，舊址在今河南靈寶市東北。

〔4〕戰國時馮諼彈鋏作歌以訴窮困不遇之怨，此用其事。使君：對州郡長官的尊稱。

道中二首録一

別酒飲昨日，至今如未醒。髮從立馬白，眼爲看山青。殘月新茅宇，斜陽古驛亭。莫將羌笛怨〔1〕，吹向客中聽。

【校注】

〔1〕羌笛怨：王之涣《凉州詞》："羌笛何須怨楊柳，春風不度玉門關。"此用其意。

得季琳兄故鄉所寄書

自與吾兄別，風塵四載餘。關河時見雁，歲月幾開書。白髮傷春暮，青山問夢疏。湘南芳草地，日落正愁予。

陽羨署中[1]

竟日無多事，斜陽静掩門。感時方有泪，看劍已無言。身老乾坤在，詩傳姓字尊。東山余夙夕[2]，邱壑至今存。

【校注】

〔1〕陽羨：舊縣名，後改爲宜興，屬江蘇。

〔2〕東山：東晋謝安曾隱居東山，後代指隱居。

張　澹

字楚士，益陽人。

自壽昌渡齊安，寄龍君平〔1〕

洞庭八百灣，渡水復渡山。與君爲心知，杳杳烟波間。烟波空水積，鯉魚日成隊。長跽向鯉魚，附我相思字〔2〕。鯉魚顧我泣〔3〕，徘徊不敢寄。暮行愁網羅，朝行畏淘河〔4〕。書歸猶云爾，人歸將奈何。

【校注】

〔1〕壽昌：舊縣名，治所在今浙江建德市西南壽昌鎮。齊安：舊縣名，治所在今江蘇揚州市東北。

〔2〕古人將所寄書信放入鯉魚形的木函中，故有此謂。

〔3〕顧，清同治《益陽縣志》卷十七作“向”。

〔4〕淘河：鵜鶘別名。

李玉葉

字百琳，京山人。

秋日上團山〔1〕

聞鐘來坦步，數里氣何清。庵似先峰出，石能避路生。秋林霜未到，寒畝水將耕。趺坐身心肅，長吟拾野情。

【校注】

〔1〕團山：在湖北京山市東南。

避亂月泊

一葦平踪事暫安〔1〕，霜深湖月上林端。藉茵原野烽初定，改爨河干火未寒。舟載夜光人語集，友同漏永客衣單〔2〕。年年此日頻經亂，照盡黍離不忍看〔3〕。

【校注】

〔1〕《湖北詩徵傳略》卷二十六作“一葦萍踪迹暫安”。

〔2〕此二句，同上書作“老弱同舟人語集，倉皇出走客衣單”。

〔3〕此二句，同上書作“故山蒿目驚禾黍，照影離離不忍看”。用《詩經·王風·黍離》典。

殘臘同社諸子訪謝晦生移家竹中〔1〕

羨君浮宅去〔2〕，一葦脱崎嶇。計欲盟鷗鷺〔3〕，鄰難買荻蘆。別時殘雪在，晤後早梅舒。好鳥傳昏曉，寒光照井厨。最慚羈筆墨，相對誤歡娱。與結銷愁術，春心覓醉扶。

【校注】

〔1〕殘臘：臘月將盡。

〔2〕浮宅：指移家。

〔3〕盟鷗鷺：與鷗鷺爲友，謂隱居自樂。

胡其愹[1]

一作其溶，字聞度，京山人。

【校注】

〔1〕胡其愹：字文度，號仙醽，工於詩，書法冠一時，隱居不仕。事迹參見清光緒《京山縣志》卷十五。

探梅有懷孤山處士[1]

念我故山中，梅著花幾許。應憐風雪聲，含春未全吐。破凍三兩枝，香花搖滿户。爰感歲時遷，開落難記數。吁嗟乎高人，名留山之塢。飄然無所營，繞屋花數處。何年入西湖，放鶴烟水滸。

【校注】

〔1〕孤山處士：指林逋，見卷四十五袁準《山居梅花》注〔1〕。

黄士吉[1]

武昌人。

【校注】

〔1〕黄士吉：據清光緒《湖北通志》卷一百二十七載，其爲興國（今屬江西）人，在湖北官主事。生平未詳。

江　閣

摇落清風萬里臺，憑闌眺矚思悠哉。携來城外葡萄酒，乞得鄰家鸚䳇杯[1]。黯澹雲光高麓盡，縱横帆影大江回。東風送我登樓便，愧乏王生作賦才[2]。

【校注】

〔1〕鸚䳇杯：即海螺盞。

〔2〕王生：指王粲，字仲宣，漢末避亂至荆州，依附劉表，曾登當陽城樓，作有《登樓賦》。

王宗孔

德安人[1]。

【校注】

〔1〕德安：府名，治所在今湖北安陸。

滕王閣用壁間韵[1]

水漲桃花三月寒，春風春雨過江干。泝流頗念投書渚，濟俗曾聞點石丹[2]。對語不辭尋斷砌，題詩遮莫倚雕闌。秋屏自攬西山美[3]，可奈湘雲入望看。

【校注】

〔1〕滕王閣：在江西南昌市，始建於唐代。

〔2〕投書渚：舊址在南昌，爲晋代殷羡投書處。殷羡爲豫章太守時，都中人因其致書者百餘函，殷羡行至城西石頭渡，悉投之入水，謂其不能爲人作致書郵。點石丹：據《列仙傳》載，南昌人許遜，晋初爲旌陽令，點石化金，以補足百姓所欠税賦。

〔3〕西山：在南昌市西北，又名南昌山。

曾之忠

字亮公[1]，龍陽人[2]。少聰穎俊逸，儼如玉立。宗伯羅喻義、中丞郭都賢擬爲衛玠[3]。所著有《宮詞百咏》《浮湘吟》。

【校注】

〔1〕據清嘉慶《常德府志》卷四十一載，其字亮工。

〔2〕龍陽：舊縣名，治所在今湖南漢壽縣。

〔3〕羅喻義：字湘中，益陽人，明萬曆進士，崇禎時充日講官，後以忤權臣而被革職閑住。郭都賢：詳見卷二十八小傳。衛玠：字叔寶，晋代人，風姿秀异，有玉人之稱。

滄　港[1]

源自滄峰落[2]，水從浪岫迂。屈平汨昔漲[3]，漁父枻今無。沅已十三合，湖連八九區[4]。我來看日暮，清漪倒浮圖[5]。

【校注】

〔1〕滄港：在湖南漢壽縣西，爲滄浪水入沅江之口。

〔2〕滄峰：滄山，在湖南常德市南。滄水由此源出，東北流至漢壽縣西與浪水合流，稱滄浪水，傳説此即《楚辭・漁父》中所寫的漁父濯纓之處。

〔3〕屈平：屈原。《楚辭・漁父》寫漁父聽了屈原的自白後，乃“莞爾而笑，鼓枻而去”。

〔4〕湖：指洞庭湖。

〔5〕浮圖：佛塔。

程正隆

字石野，孝感人。尚書注子[1]，侍郎正揆兄也[2]。侍郎爲國朝名臣，蓋各行其志云[3]。

【校注】

〔1〕注：程注，字爾雅，明萬曆進士，歷官禮户吏三科給事中，乃程正隆之祖父，編者此處失考。

〔2〕正揆：程正揆，詳見末編小傳。

〔3〕程正隆隱居不仕，放浪詩酒，故有此謂。

感遇六首録一

悠悠觀元始，來往如推轂。幸我生無才，但坐看逐鹿。而豈復有心，崎嶇走粱肉。茆屋卧雲間，抱影憐幽獨。竹梧不結實，天教鳳飢腹[1]。願培北海風，寧同鷄鶩宿[2]。

【校注】

〔1〕傳説鳳凰非梧之枝條不栖，非竹之果實不食。

〔2〕北海：指孔融，漢末文學家，曾任北海相，時稱孔北海，爲人孤高自傲、恃才負氣，後因觸怒曹操被殺。鷄鶩：喻小人俗士。《楚辭·卜居》："寧與黄鵠比翼乎？將與鷄鶩争食乎？"

苦　雨

浹月慳佳霽，真如漆室憂[1]。濕烟排嶺怒，濛雨錮花愁。檐瀑寒相吊，鐘聲澀不流。搴芳猶有約，春色可能留。

【校注】

〔1〕漆室憂：春秋時，魯邑漆室有女憂國事艱危，倚柱悲歌，深感旁人。

瞑　　望

黄雲愁四野，草木拙逢迎。山凍泉音寂，枝殘樹力輕。驚風絶雁字，細雨倦鴉聲。望望心魂肅，長歌憶屈平。

暑夕同楊年伯大復、世兄嗣威泛舠月下，共得風、舟二字二首録一

舴艋微凉夜，祇園漲水中[1]。波流無止月，鐘韵細行風。佐酒移菱浦，催歌入柳叢。十年囏此夕，挾字問揚雄[2]。

【校注】

〔1〕祇園：傳爲釋迦牟尼的停居處，後泛稱寺院。

〔2〕囏：同“艱”，難。揚雄：漢代文學家，多識古文奇字，劉棻曾向他學奇字。

巽閣春懷十首録一

岑寂斯園意，居然羈士安。養花饒四序，種竹累千竿。南面尊圖史，西山憶鶴鸞。中宵酒力健，斜月下闌干。

返　　照

千峰青若一，返照爲分之。雁度霞過處，人歸葉下時。村烟老檜柏，山色映鬟眉。日入收群有，悠然動遠思。

冬日山行作示權伯弟

無數峰巒望裏遥，於今整屐步岧嶢。寺鐘樵語頻來訪，黄葉白雲屢見招。道複尋烟纔得徑，渠深倚石便成橋。勞勞本不爲遊事，山鬼應憐我寂寥。

初　　晴

久雨天初醒，乘高破寂寥。雲痕過水滯，波影上堤遥。朽樹頻生耳，層峰尚没腰。草肥牛力健，花放蝶腸饒。

山色凉如月，溪聲響似潮。古窗纔去暗，饑爨亟須樵。坐愛新枝緑，閑聽鶯語嬌。長松如我友，低舞欲相招。

王可象

蘄州人。

西塞讀書四首[1] 録二

山事閑中取任賖，從來相妬在繁華。有時聽溜皆成韵[2]，到處聞香不見花。漁父忘機雙鷺下，道人開户一峰斜。頹斑細緑誰能寫，裝點還須屬米家[3]。

壚香椀茗罷殘編[4]，獨曳藤鞵任往還。龍窟寺前新漲急[5]，玉虚殿後碧峰圓。氣連古木千梢冷，市接東陵一帶烟。山裹志和今在否[6]，斜風渡口亂歸船。

【校注】

〔1〕西塞：山名，在湖北黄石市東郊，爲古樊楚三名山之一。

〔2〕溜：山溜，指山泉澗流。

〔3〕米家：指米芾，宋代書畫家，擅摹山水，自成一派。

〔4〕壚：一種小口大腹的盛酒器。

〔5〕龍窟寺：舊址在西塞山下，唐時建。

〔6〕志和：張志和，唐代詩人，作有《漁歌子》詞，寫今浙江吴興縣西的西塞山景色，後人傳訛，并附會今湖北西塞山有張志和的隱居處及釣臺。

王命選[1]

字萬青，咸寧人。

【校注】

〔1〕王命選：諸生，生平未詳。

代讀曲[1]

思何急。支繭挂春蠶。懸絲未成疋。

【校注】

〔1〕樂府有《讀曲歌》。

鼎革之歲，髯英當國，欺�致亡，天下咎旃，擬董逃行，刺金陵舊事[1]

沉以浮，欃槍起[2]。易復易，九芒徙[3]。白衣會[4]，聚金陵。下傳車，悲不勝。燠握火，寒抱冰。脱如忘，龍飛騰。上封事，溥樂康。白雲閶[5]，黄金堂。充者誰，艷者姝[6]。勸者誰，虬者鬚。蟲沙軍，良家子。戰淮陽[7]，鼓聲死。宵遁逃，夜郎兒[8]。載金寶，關内兒[9]。關内兒，水上啼。夜郎兒，死浙西[10]。

【校注】

〔1〕題下原按："髯英者，馬士英也。"鼎革：指改朝换代。馬士英：明末爲兵部右侍郎，明亡後，擁立福王於南京，與阮大鋮相勾結，排异專權，清兵破南京，出走被殺。旃：猶"之"。董逃行：樂府清調曲名。

〔2〕欃槍：彗星别名。古人視其爲妖星，出現即有兵亂。

〔3〕九芒：指光芒甚强的星宿。《史記·天官書》："填星，其色黄，九芒。"

〔4〕白衣會：指帝室有凶喪，公卿素服會聚而朝。

〔5〕閶：閶闔，傳説中的天門，亦指皇宫正門。

〔6〕句意諷福王好色，馬士英乃進優童艷女以媚上。

〔7〕淮陽：縣名，在河南東部。此處當作“淮揚”，即淮安與揚州，清順治二年（1645），南明王朝在江北淮、揚地區布防以守南京，而清軍正由此途長驅直下。

〔8〕夜郎兒：指黔軍。夜郎爲古國名，轄境主要包括今貴州西北部。

〔9〕關内兒：泛指北軍。

〔10〕據史籍載，清軍破揚州逼近南京時，馬士英奉福王母妃，以黔軍四百人爲護衛，敗退浙江。

湖　老

家住湖上久，老習湖上歌。一艇朝暮行，切莫惱孟婆[1]。罷釣柳陰下，得魚復不多。閑當飲酒眠，周身覆長蓑。醉來不舉網，波浪如我何。

【校注】

〔1〕孟婆：風之俗稱。

哭友人四首録一

江海有不仁，一萍蕩千波。艷質有不重，荆布埋修娥。文字有不伸，屈才而網羅。耿耿逐風葉，將秋欲辭柯。豈不假須臾，時至當如何。

黄渠六首録二

霜後全無漲，灘沙只縱横。溪毛供鴨豢，釣餌任兒争。山曉黄姑去，林荒青女驚[1]。夢甜秋事晚，鷗鳥欲無盟[2]。

山隙洩雲氣，河流濺石根。笋長將過母，樹老已生孫。曉雨青渚岫，炊烟白一村。故人南阮輩[3]，頗與較鷄豚。

【校注】

〔1〕黄姑：星名，一名河鼓。青女：神話中的霜雪之神。亦用爲霜之代稱。

〔2〕古人常以與鷗鳥結爲盟友以喻隱者生活。

〔3〕南阮：西晋賢士阮咸居道南，諸阮居道北，北阮皆富，南阮則貧。後以之指安貧守志的高士。

自去歲冬一病抵今年夏杪，得句率多未次，自芟去後，存詩六首[1] 録二

苦恨頭多痛，兼旬伏枕衾。小兒行乞藥，君子瘧何心。幾日虻堪授采[2]，三年艾可尋。至今無氣力，廢我短長吟。

黄葉走前除，青林密漸疏。三春頻歲晏，一病趁貧餘。舊業偕兒理，傭田課力鋤。綸竿全不任，敢道食無魚。

【校注】

〔1〕夏杪：夏季之末。次：編排。芟：删除。

〔2〕虻：藥草名，即貝母。

春王正月，旅次湖畔，自開歲迄中澣，得詩九首[1] 録四

應酬重一歲，剥啄屢開關。松雪兼青白，雲嵐競往還。香知抽蕙草，詩漸寫春山。格磔冰聲破，溪流不易閑。

詩酒時人假，疏狂殆我真。忽忘家在夢，未擬累隨身。坐雨催開

帙，攤書屢拂塵。醉心劉大耳〔2〕，失意有精神。

百年三萬日，一去萬三千。若復愁中度，争教世外傳。茶香陪坐起，花曆記時年〔3〕。顛撲從吾好，何勞健執鞭〔4〕。

世豈從吾傲，無聊試倔强。阮郎雙眼白，陸氏幾莊荒〔5〕。酒味循杯減，鄉思平斗量。幽衷敵冰雪，旗鼓正相當。

【校注】

〔1〕春王正月：語出《春秋》，表示孔子尊崇周王室的思想。此處暗含尊明爲正統之義。中澣：月之中旬。

〔2〕劉大耳：指劉備。相傳其耳大，可自見之，人呼爲“大耳兒”。劉備少時家貧，與母販履織席爲業，但久存興復漢朝之志，起兵之始，亦因勢孤力單而四處流落，後終得諸葛亮輔佐，建立蜀漢。

〔3〕花曆：依各種花的開落以定歲時。

〔4〕執鞭：持鞭駕車。《論語·述而》：“子曰：‘富而可求也，雖執鞭之士，吾亦爲之。’”

〔5〕阮郎：指阮籍。陸氏：指陸機。陸機祖、父輩世爲東吴將相，本人也曾領父兵爲東吴牙門將。晋滅東吴，陸機退居舊里，閉門讀書，詩文中流露出亡國之哀。後與弟陸雲北上入洛爲晋臣，終因受譖，與弟及其二子同時被殺。

下雋奉酬北垣叔父二首〔1〕録一

市隱雖囂意自偏，巢由安用買山錢〔2〕。黄圖朱鳥猶三户，白馬青袍説九烟〔3〕。龍去甲申愁筮短，橋題丁卯借詩傳〔4〕。東山不索商山價〔5〕，誰把儲皇惱晏眠。

【校注】

〔1〕下雋：古縣名，治所在今湖北通城縣西北，後并入蒲圻縣。

〔2〕巢由：巢父與許由，相傳爲唐堯時隱士。

〔3〕黄圖：帝都。朱鳥：漢代宫殿與宫闕名。黄圖朱鳥：指京城。白馬青袍：指侯景。侯景乘白馬，着青袍。他初爲北朝魏將，後歸附南朝梁，不久舉兵叛變，攻破建康，困死梁武帝，自立爲漢帝，縱兵四處燒殺搶掠，使長江下游地區遭受極大破壞。九烟：指中國，用李賀《夢天》“遥望齊州九點烟”詩意。

〔4〕龍：指明朝帝王。甲申：明崇禎甲申（1644年）。筮短：謂占筮不靈驗。《左傳》僖公四年：“筮短龜長，不如從長。”橋題丁卯：唐代詩人許渾辭官後，居潤州城南丁卯橋旁的村舍，所作詩篇多寫感嘆唐王朝衰敗將終之哀及退隱遁世之思。

〔5〕東山：在浙江上虞縣西南。謝安早年曾隱居於此，後出仕一心輔晋，統兵抗擊苻秦入侵，官至司徒。商山：在陝西商縣東。秦末漢初，東園公等“四皓”隱居於此。漢高祖召，不應。後吕后用張良計，迎之以輔太子，使高祖廢太子之意頓消。

恒菴病中諄示詩戒，此答

脣邊能得幾根髭，撚盡沉思韵苦時。莫讓竪名成廣武，當教餘子失焉支[1]。良辰每入奇懷撰，好語翻愁屬對疑。誰道長吟妨素業，自來窮達不關詩。

【校注】

〔1〕廣武：地名，在今河南滎陽市東北，劉邦、項羽曾於此對陣而語。阮籍曾臨此，觀楚、漢交戰處，嘆曰：“時無英雄，使竪子成名！”餘子：其餘的人，此處指异族。焉支：山名，在甘肅山丹縣東南。西漢名將霍去病引軍擊匈奴，過焉支山，匈奴人乃歌曰：“失我焉支山，使我嫁婦無顔色。”

買居城南酬所知訊

擲將棧豆棄如焚[1]，每借推敲細處分。便可形骸真土木，無妨胸次盡烟雲。編成半是尋山事，句險多營背水軍。縱使昌黎猶讓我[2]，我能不作送窮文。

【校注】

〔1〕棧豆：馬房豆料，喻眼前小利。

〔2〕昌黎：即韓愈，作有《送窮文》。

步韵贈大復

龍去金臺孰解憐[1]，何郎應飯十千錢。荆山抵鵲玉皆碎，吴市藏身瓦尚全[2]。蕙帶荷衣今日事，香車寶馬昔時年。微霜一著長髯裏，幾許榮枯大夢邊。

【校注】

〔1〕龍：此處喻明朝帝王。金臺：傳説海中有金臺，出水百丈，結構巧麗，窮極神工。此處喻帝王宫殿。

〔2〕荆山：在湖北南漳縣西。相傳此地出美玉，楚人卞和即在此得璞玉以獻楚王。抵鵲：投擲以擊鵲。庾信《哀江南賦》："荆山鵲飛而玉碎。"此套用其句。吴市藏身：相傳漢代梅福在王莽專政之後，棄妻子隱去，有人遇見他在會稽，已變姓名爲吴市門卒。此用其事。

水南雨宿

柳夾長河細有聲，更添暮雨餞春行。頻來越燕巢多改[1]，一唱鄰鷄夢數驚。淮水持竿空自穢，灞亭深夜且相輕[2]。何當箋與天公道，説盡風塵最不平。

【校注】

〔1〕越燕：又名紫燕，燕之一種。

〔2〕淮水持竿：韓信始爲布衣時，貧而無行，無以自養，持杆釣於淮陰城北的淮水之濱，有一漂母見其饑而賜以飯食。灞亭：灞陵亭，故址在今陝西西安市東。漢代李廣謫爲庶人後，家居常入山中射獵，一日夜獵還至此，灞陵尉醉，呵止其宿亭下，謂今將軍尚不得夜行，何乃故李將軍也。

穀日僑外二首〔1〕録一

雙丸不肯借人屯，三十春王瞥眼奔〔2〕。尚少千金酬德色，自然一飯是深恩〔3〕。著書猶比虞卿早，知我今誰鮑子存〔4〕。莫倚長吟堪破涕，還須白雪倒清尊。

【校注】

〔1〕穀日：穀雨之日。

〔2〕雙丸：指日月。三十春王：即三十年。

〔3〕韓信曾賜千金以報答在他少年貧困時給他飯食充飢的漂母，後以“一飯千金”喻酬德報恩之厚。

〔4〕虞卿：戰國時游説之士，因進説趙孝成王而爲趙上卿，後因救魏相魏齊，棄相印與之逃亡，困於梁，窮愁而著書，以刺譏國家得失。鮑子：即鮑叔牙，春秋時齊人，與管仲交，知其賢，向齊桓公力薦之。管仲嘗言：“生我者父母，知我者鮑子也。”

秋　　浦

三匝空環烏鵲枝〔1〕，秋風哭墓草離離。乾坤許大不容足，牛馬呼來未可辭。欲譜阿干翻曲變〔2〕，自同甘草畏人知。全家載向烟波去，蘆荻蕭蕭宿水湄。

【校注】

〔1〕曹操《短歌行》："月明星稀，烏鵲南飛。繞樹三匝，何枝可依？"此用其意，喻無處依托。

〔2〕阿干：古歌名。《魏書·吐谷渾傳》："若洛魔追思吐谷渾，作《阿干歌》。"翻曲：依照舊曲譜製作新詞。

泊涢口後，舟上漢東，皆泝流滯甚，賦所歷[1]

蘆葦烟分月欲芽，鯉魚灘口夜排沙。經行岸泊多相似，雜聽鄉音話每差。草店迎船撑酒旆，野樵歸伴挺漁叉。閑收百丈添高枕[2]，魂夢欹傾過浦花。

【校注】

〔1〕涢口：涢水入漢江之口，在湖北漢川縣東北。漢東：舊縣名，治所在今湖北鍾祥縣北。泝，《楚風補》原本作"沂"，當爲"泝"字的刻板之誤。

〔2〕百丈：用以牽船的篾纜。

與涂子兼别後七年，忽荷緘詩見寄，即韵附二首録一

刻鵠頻年久未成[1]，墨莊猶未當躬耕。來拋南阮風烟侣[2]，病减西施艷冶情。故里烏衣空繞燕[3]，春林紅樹獨啼鶯。仲宣雖解登樓賦[4]，不似當年舊客荆。

【校注】

〔1〕刻鵠：謂仿效。馬援《誡兄子嚴敦書》："學龍伯高不就，猶爲謹飭之士，所謂刻鵠不成，尚類鶩者。"

〔2〕南阮：《世説新語·任誕》："阮仲容（咸）步兵居道南，諸阮居道北，北阮皆富，南阮貧。"

〔3〕烏衣：烏衣巷，舊爲金陵（今南京）城中的一條街。劉禹錫《烏衣巷》："舊時王謝堂前燕，飛入尋常百姓家。"此處借指舊日繁華的里巷。

〔4〕仲宣：即王粲。曾登當陽城樓，作《登樓賦》。

遠寓寄弟㘝

我家羯末勝封胡，橫野河汾事大都〔1〕。秋翮養成當厲隼，春風相憶伴啼烏。話從分手俱忘却，詩倩平頭寄到無〔2〕。只恐卯君看不得，阿干泪點正模糊〔3〕。

【校注】

〔1〕羯末：弟之美稱，此處指作者之弟。封胡：兄之美稱，此處爲作者自指。《世説新語・賢媛》載謝道韞語："群從兄弟，則有封胡、羯末。"河汾：黄河與汾水，指山西西南部地區。大都：京都。

〔2〕倩：借。平頭：舊體詩的八病之一。此處指拙劣的詩作，乃爲作者稱自己詩作的謙詞。

〔3〕卯君：指弟。蘇軾稱其弟蘇轍爲卯君，因蘇轍乃卯年所生，故云。阿干：鮮卑語中對兄的稱呼，此處爲作者自謂。

開歲之初，懷故山兼旅感，存詩二首録一

紅牋四度寫王春〔1〕，屈指辭家百九旬。玩世未能還忤世，避人無計却依人。葉堆山徑疏行迹，雪響溪流憶舊津。碧圃青篁曾手植，衹今蕭冷負松筠。

【校注】

〔1〕王春：春王正月，指開歲之新春。

重過金陵，憶五月十三日事二首〔1〕録一

啼鵑幾日過天津，欲作龜玆恐未倫〔2〕。紫蓋黄旗翻典午，丹書鐵券總參辰〔3〕。調安公子弦終變〔4〕，座設南方事不真。尚有西臺堪慟哭〔5〕，舊人碧血早成燐。

【校注】

〔1〕清順治二年（1645）五月十三日，清兵攻陷南京，覆滅南明王朝。此咏其事。

〔2〕啼鵑：傳説周末蜀王杜宇失國死去，其魂化爲杜鵑，日夜悲啼，泪盡繼之以血。天津：隋煬帝遷都洛陽，以洛水貫都，有天漢津梁的氣象，因建橋名曰天津。此處借指南京。龜兹：樂曲名，傳自西域，隋煬帝定爲九部樂之一。

〔3〕紫蓋黄旗：古人謂象徵帝王的雲氣。王勃《常州刺史平原郡開國公行狀》："紫蓋黄旗，王迹著金陵之野。"典午："司馬"的隱語，因用爲晋朝的代稱。朱瑒《致徐陵書》："故典午將滅，徐廣爲晋家遺老。"此處借指南明王朝。丹書鐵券：帝王頒賜功臣使其世代享受免罪特權的契券。《後漢書・祭遵傳》范昇疏："丹書鐵券，傳於無窮。"参辰：二星名，分别在東、西兩方，出没各不相見。此處喻難以如願相合。

〔4〕公子：諸侯王之子。此處指朱由崧，爲福王朱常洵之子，崇禎末襲封福王，清兵陷北京後，由馬士英等迎入南京稱帝，南京破，逃至蕪湖，被清兵俘虜，執至北方死。

〔5〕南宋末，謝翱聞文天祥就義，悲不能禁，乃只身游浙水，過嚴陵，登西臺，號泣祭奠文天祥，因作《西臺慟哭記》。

落　　花

玉勒華清過欲稀〔1〕，遺釵墮珥蹋莎肥。載還西子今安在，爛醉東風不肯歸。空屑紫泥塗燕壘，亂飄紅雨度鴛幃。莫教春夢婆相識〔2〕，又掩村醪笑客非。

【校注】

〔1〕玉勒：指馬。馬銜常以玉製，故稱之。華清：唐宫名，故址在今陝西臨潼驪山上，唐玄宗每年携楊貴妃在此過冬。

〔2〕春夢婆：相傳蘇軾貶官昌化，一日行歌田野，有老婦謂曰："內翰昔日富貴，一場春夢！"鄉里因呼此婦爲春夢婆。

秋　柳

無復柔情惹繫驄，爛堆黄葉盡消融。聽鶯已謝春初月，送客俄驚去後風。隋岸早霜千樹盡，章臺暮雨萬條空[1]。人今絶似桓司馬[2]，吟斷江潭瘦影中。

折盡凋殘兩破顔，懊儂多在别離間。誰來軍府思王大，老去香山嫁小蠻[3]。霜月漏成弦索影，春風久放剪刀閑[4]。名題北陸空楊葉，雨冷烟寒黯度關[5]。

【校注】

〔1〕隋岸：庾信《哀江南賦》："隋岸蛇生而珠死。"此處泛指楚地。章臺：章華臺，春秋時楚王所建之高臺，故址在今湖北監利縣西北。

〔2〕桓司馬：即桓温，官東晋大司馬。《世説新語·言語》："桓公北征，經金城，見前爲琅邪時種柳，皆已十圍，慨然曰：'木猶如此，人何以堪！'攀枝執條，泫然流泪。"

〔3〕王大：即王忱，字元達，小字佛大，東晋人，歷官驃騎長史。據《世説新語》載，其面醜而才慧，石崇寵妾緑珠的弟子宋褘，有國色，善吹笛，"曾爲王大將軍妾"，後屬他人。香山：即白居易，號香山居士。小蠻：白居易的家妓，善舞。白居易年邁後作詩有"楊柳小蠻腰"之句。

〔4〕賀知章《咏柳》："二月春風似剪刀。"

〔5〕庾信《枯樹賦》："北陸以楊葉爲關。"此用其意。

畫葡萄爲淼粒索題

博望移來大宛西[1]，重開生面看懸題。欹藤絡子疑真熟[2]，對月横窗似影低。香色意中初夢酒，珠璣筆底灑如泥。枝條亦有閑優孟[3]，何況人間假笑啼。

【校注】

〔1〕博望：博望侯，即張騫，西漢人，因功封侯，曾出使西域，開闢絲綢之路，使西域的音樂、葡萄等傳入中原。大宛：古西域國名。

〔2〕欹藤：斜爬之藤。絡子：絲絨結成的小網袋，此處喻葡萄。

〔3〕優孟：春秋時楚國優人，擅長滑稽諷諫，見卷一《優孟歌》及注。

訪　梅

布衫草屨酒初温，一路扶筇刺雪痕。只似襄陽尋孟六〔1〕，亂香堆底著詩魂。

【校注】

〔1〕孟六：即孟浩然，曾隱居襄陽鹿門山。

鄂城春燈引〔1〕

歌館城南化野春，香風翠雨一傷神。嘉隆舊曲誰能理，若聽琵琶倍苦辛〔2〕。

【校注】

〔1〕鄂城：今爲鄂州市，屬湖北。

〔2〕嘉隆：嘉靖（1522—1566年）和隆慶（1567—1572年），這個時期被認爲是明朝盛世。“若聽”句：白居易曾聞琵琶之聲而作《琵琶行》，寫琵琶女之不幸，抒己之憂憤心情。

黄　渠

石枕沿溪秃樹多，亂流聲裏聽嵯峨。晚村烟重不知雨，却望行人曳短蓑。

築室黄渠，一年而火

獨樹横摧一夜霜，啼烏三匝自飛忙。明年燕子相將入，應怪東君换草堂[1]。

黄花朵朵寒經骨，剩壁層層冷透風。已作新詩頻自解，賀書不用柳河東[2]。

【校注】

〔1〕東君：春神。

〔2〕柳河東：即柳宗元。因其爲河東（今山西永濟市一帶）人，故稱之。柳宗元作有《賀進士王參元失火書》。

晏日章

字天河，巴陵人[1]。

【校注】

〔1〕巴陵：即今岳陽。

過津市[1]

闃然一市者，南北聲莫擇。各持一紙書，攔路問歸客。

【校注】

〔1〕津市：鎮名，今屬湖南澧縣。

蕭　棨

字符長，荊州人。

咏荔枝

酣酣紅玉甃珠泉[1]，一碧清泓淺又圓。萬斛從來隨地涌，樹頭汲得悟桑田。

曼倩經傳百尺冰[2]，朔方寧有火雲升。天南嘉果應禪定，劫焰燒空水自澄[3]。

【校注】

〔1〕甃：井壁。

〔2〕曼倩：即東方朔，字曼倩，漢代文學家，後人傳其异聞甚多，方士附會其爲神仙。南北朝人所撰《神异經》《海内十洲記》，亦托其名下。

〔3〕劫焰：佛家語，謂毁滅世界的大火。此處借喻荔枝之色。

喻　修

字元美，麻城人。

望龜峰〔1〕

咫徑龜峰未克捫，萬山孫立可言尊。壁龕髣髴神仙蜕，石鬣青冥日月痕。林獸吹寒成暮靄，居人經午驗朝暾。虬松怪石留雲處，委曲風泉自吐吞。

【校注】

〔1〕龜峰：山名，在湖北麻城市東，風景秀美。

王之梅[1]

字泰汝，黄陂人。性穎悟，博極群書，尤精醫。詩古質，直逼唐人。年過八十，見少年文士，必愛而敬之。

【校注】

〔1〕王之梅：事迹參見清同治《黄陂縣志》卷九。

中秋感賦[1]

山齋喜見月生華，有酒無錢不肯賒。試掩柴門推月出，請君去照五侯家。

【校注】

〔1〕《湖北詩徵傳略》卷十一題作“中秋無酒詩”。

劉命赤

字子嘗，德安人[1]。

【校注】

〔1〕德安：舊府名，治所在今湖北安陸。

古意二首

擊碎白玉釵，怒殺紫騮馬。成敗與生死，在君安置下。

擲我青銅鏡，還君合歡帶。兩心不可恃，此物焉足賴。

寄山中人

樂國詩書重[1]，貧家孝友真。四方今有難，十室豈無人[2]。日去山光寂，雨歸潭影清。君當從此起，莫負百年身。

【校注】

〔1〕樂國：安樂之邦。

〔2〕《論語·公冶長》："十室之邑，必有忠信如丘者焉。"

劉國任

字五草，江陵人。

歲暮寄贈孔伯靡七首[1] 録二

東林有故侯[2]，種瓜成五色。逃隱豈鳴高，貧賤有盛德。狐狸笑荒臺，銅駝埋荆棘[3]。洞口春色鮮，桃花杳難即[4]。惆悵武陵守，問渡胡可得。

松柏冬爲資，蘭蕙各爲類。沮溺非逃名[5]，性情原自异。白日走沙塵，買山知何地[6]。茹芝雖云高，商山有名利[7]。梅花香滿枝，夜夜伴君醉。續史兼補騷，珍重千秋事。

【校注】

〔1〕題下原按："伯靡，即自來。"自來：孔自來，見卷四十七小傳。

〔2〕東林侯：應作"東陵侯"，指召平。

〔3〕西晋索靖至洛陽，見朝政不綱，知天下將亂，因指宫門銅駝曰："會見汝在荆棘中耳！"後乃以銅駝荆棘指變亂後的殘敗景象。

〔4〕此二句用陶淵明《桃花源記》典。

〔5〕沮溺：長沮、桀溺，春秋時隱士。

〔6〕買山：指歸隱。

〔7〕相傳秦末漢初，東園公等四老者隱居商山（在陝西商縣東南），采芝以療飢，且却漢高祖之聘而作《采芝操》。此二句用其事。

秋原同尤厚汝、張希周次舊韵

細雨初過後，微風起暮寒。可憐新壟草，無復舊雕欄。水落江聲瘦，霜飛木葉乾。萸香將半紫，好共醉中看。

九日訪菊，偶見梅花數朵，喜而賦之[1]

秋色未經眼，寒香早可親。愁人重九雨，慰我一枝春。驛使誰將寄，陶家自結鄰[2]。莫教蜂蝶近，留取伴孤辰。

【校注】

〔1〕題下作者自注：“時同張秋岩、段龍友、張芳聲。”九日：即重陽節。

〔2〕兩句分別用陸凱《贈范曄詩》和陶淵明《飲酒》詩意。

山行三首録一

四望山色古，千里暮光親。馬首如無路，行深始見人。經秋林菓熟，向晚鳥啼頻。莫道前程好，愁思正苦辛。

湖興，孔伯靡、曹叔方、宗伊在分韵，得疏字[1]

百里湖光净，陰雲細卷舒。我心清若此，潭水欲焉如。秋老林聲健，天空雁字疏。素琴消静夜，寂寞冷樵漁。

【校注】

〔1〕孔伯靡：即孔自來，見卷四十七小傳。曹叔方：即曹國棨，字叔方，江陵隱士。宗伊在：即宗湄，字伊在，江陵人，清康熙時貢生。

喜槎道人復至

相逢長嘯亦孫登[1]，五岳雲封屐齒能。看盡溪邊花是主，携來天外劍爲朋。浮山椒荔青何似，香水魚龍化未曾[2]。共道於今良晤好，燒藜澆酒堨溪藤[3]。

【校注】

〔1〕孫登：三國時魏人，隱居汲郡山中，彈一弦琴，喜長嘯抒懷。

〔2〕浮山：羅浮山，在廣東博羅縣境，爲道教勝地。香水：溪名，在江蘇吴縣西南，傳爲西施浴處。

〔3〕燒藜澆酒，《湖北詩徵傳略》卷三十二作“燒梨煮酒”。

荆門同符楚珍學博、黎廣源諸子游蒙惠泉[1]

半壁空青襯落暉，層巒如畫倩雲圍。風聲拂面驚秋早，水氣沾衣掠翠微。人卧草橋同石懶，鶴窺茶竈避烟飛。清流瀰瀰今猶昔，莫道林泉有是非。

【校注】

〔1〕符楚珍：未詳。學博：州縣學官之别稱。黎廣源：未詳。蒙：指今湖北荆門市西蒙山。惠泉：在西蒙山之麓。

寒齋偶成

凉雨凄風破短茆，紫門不閉結蠨蛸[1]。箇中歲月哀蒲柳，老去乾坤耐島郊[2]。酒債未能酬地主，詩瓢且自挂林梢。荒齋竟日無人過，愁見饑烏欲墮巢。

【校注】

〔1〕蠨蛸：一種長足小蜘蛛。

〔2〕蒲柳：蒲與柳，均早落葉，故以喻人之早衰。島郊：賈島與孟郊，均爲唐代詩人，皆以苦吟著名，詩中多凄苦之語，人有“郊寒島瘦”之説。

竹枝詞[1]

素帕青衫淺覆笄，絲繮斜挽踏春泥。阿郎密語須珍重，指道前灣是小溪。

【校注】

〔1〕竹枝詞：樂府舊題。

楚風補卷之四十七

明

易三接[1]

字康侯，號暇齋，零陵人。性剛介自許，當道求一面不可得。著《零陵山水志》，有《暇齋咏古詩》《永州野史略》《忠鬼録》諸集。

【校注】

〔1〕易三接：事迹參見清康熙《湖廣通志》卷五十七、清光緒《湖南通志》卷一百六十八。

携柳記尋石澗、石渠，因得記中石城邨[1]

我尋澗與渠，已在十年前。但得仿佛之，敢曰已確然。今來携記尋，記中語堪研。或言澗在後，或言渠在前。一石亘數丈，恣意古道眠。次第石界之，水道故相沿。但可尋丈許，漫漫即平田。澗渠未遽定，前路入蒼然。豈能姑舍是，而不陟厥顛。其上亂雲霞，仄險多糾纏。或如位置之，爰似珠玉編。蒼蒼太古色，不散於錐鐫[2]。所云石城村，將無即此偏。且云村東南，澗渠皆在焉。遡流尋竹影，景外漾澄娟。翻視古石下，中冪具清泉。俯躬一鑒之，天光前際穿。循行舊遊路，厥流復涓涓。岸石除未盡，石斷土爲連。誰澗與誰渠，疑情莫過懸。謹以告來者，不離汝邨邊。

【校注】

〔1〕柳記：指柳宗元《石渠記》《石澗記》，爲柳宗元貶在永州時作。

〔2〕錐，《沅湘耆舊集》卷三十九作“雕”。鐫：古器物名。

浮　洲[1]

一洲新夏緑，我意俱無窮。水碧瀟湘路，林幽竹樹叢。醉能忘阮籍，饑可驅陶公[2]。且共乘歸興，蒼烟晚棹中。

【校注】

〔1〕浮洲：在今湖南永州市西北的瀟水與湘水匯合處。

〔2〕忘，《沅湘耆舊集》卷三十九作“哭”。陶公：陶淵明。

尋龍伯高先生墓而吊之[1]

北郭蕭蕭君在兹，敬將名德托新詩。伏波不妄生前譽，作郡猶懸异代思。古樹寒塘石碣在，山城烟火墓田夷。千年舊治留餘裔，今日方開漢守祠。

【校注】

〔1〕龍伯高：即龍述，字伯高，東漢人，伏波將軍馬援在《戒兄子書》中盛譽其德，漢光武帝見書，擢其爲零陵太守。

初春謁柳子厚祠[1]

春風今日與溪晴，溪淺寒流水未生。怪石蒼横噴雪浪，空潭緑净起松聲。羈愁曾醉邨中酒，遊興還同我輩情。惆悵八愚詩在否[2]，西山山色爲君明。

【校注】

〔1〕柳子厚祠：在今湖南永州市瀟水西岸。

〔2〕八愚詩：柳宗元游愚溪（在柳祠之下）時，作“八愚詩”記於溪石上。

丹崖[1]

赤石能教作一圍，唐翁門外釣車稀。我浮魚艇摩碑字，載得秋烟一棹歸。

【校注】

〔1〕丹崖：在今湖南永州市南，一名赤石洄。唐代文學家元結游此，作有《丹崖翁宅銘》，其序云：“零陵瀧下三十里，得丹崖翁宅。有唐節督者，曾爲瀧水令，去官家於崖下，自稱丹崖翁。丹崖，湘中水石之异者；翁，湘中得道之逸者。愛其水石，爲之作銘。”

鷄冠山[1]

亦是媧皇既煉餘[2]，溪名愚矣石何如。更憐有助成幽絶，山響溪聲雜木魚[3]。

【校注】

〔1〕鷄冠山：在今湖南永州市西南，入愚溪三、四里許。

〔2〕媧皇：女媧，神話中古帝名，傳説其煉五色石以補天。

〔3〕木魚：佛教法器名，敲擊而出聲。

陳可禹[1]

字少朗，武陵人。子載先生子[2]。生而穎异。揮麈談玄[3]，有王夷甫之風[4]。所著詩歌古文詞，人競傳誦。竟以放達終。

【校注】

〔1〕陳可禹：事迹參見清嘉慶《常德府志》卷四十一。

〔2〕子載：即陳仲録，字子載，明嘉靖進士，官至山東按察副史。

〔3〕麈：麈尾。玄：玄理。

〔4〕王夷甫：即王衍，字夷甫，晋人，官至尚書令，有盛才，善玄言，以談老、莊爲事。

秋日遊桃川[1]

山徑斜臨水，溪流曲抱沙。偶移青雀舫，來訪白雲家。坐石掃苔蘚，憑高望落霞。秋林亦自媚，何必問桃花。

【校注】

〔1〕桃川：即桃花溪，在湖南桃源縣西南，相傳因陶淵明所寫《桃花源記》及詩而得名。

秦人洞[1]

盡日看山興不休，歸來山月半銜樓。醉邀明月松根外，不信神仙在十洲[2]。

【校注】

〔1〕秦人洞：指陶淵明《桃花源記》中所載的桃源洞。

〔2〕十洲：傳説爲神仙居處，分别在八方大海之中。

高霞居士[1]

【校注】

〔1〕高霞居士：即車以遵，字孝則，徙字孝思，號劬園，湖南邵陽人，明萬曆進士車大任之子。少有奇才，一生交游頗廣，負名甚重，明崇禎時不應徵辟，入清後浩歌遠行，隱居湘南高霞山中，以布衣終。所作《高霞堂集》，陶汝鼐、王岱、唐懋載等曾爲之序跋。生平事迹參見清光緒《湖南通志》卷一百六十九。名後有原按："原本逸其姓名而稱其人著述甚富，早年與鍾、譚齊名，有《高霞堂集》三十卷，屢經辟舉不就，亦玩世逸民也。或以爲邵陽甯六擎，今不敢直以其人當之，姑本其《高霞堂集》命曰高霞居士云。"鍾：鍾惺。譚：譚元春。甯六擎：即甯朝柱，字六擎，邵陽人，通五經，補諸生，清初隱居山中，王夫之曾避亂居其家。

禽　言[1]

古婦死於姑，化鳥名姑惡。我姑豈不慈，姑惡婦所作。姑惡不可揚，揚之即婦過。不聞姑惡聲，年年呼如昨。

【校注】

〔1〕禽言：即以鳥名象聲取義、用以寓意抒情的一種詩體。詩題後有注："姑惡。"姑惡：鳥名，以其叫聲似"姑惡"得名。傳爲婦因姑虐致死，故其聲云。

又[1]

鳥鳴寒號蟲，曰得過且過。春來羽毛生，鳳凰不如我。逢時人盡然，怨命亦不可。已自有身章，九苞亦瑣瑣[2]。羊質而虎皮，皮异質則那[3]。我實愛其羊，任真百無假。

【校注】

〔1〕題後有注："寒號蟲。"寒號蟲：即大蝙蝠。《輟耕録·寒號蟲》："五臺山有鳥，名寒號蟲……當盛暑時，文采絢爛，乃自鳴曰：'鳳凰不如我。'比至深冬嚴寒之際，毛羽脱落，索然如轂雛，遂自鳴曰：'得過且過。'"

〔2〕九苞：野鷄别名。

〔3〕揚雄《法言·吾子》："羊質虎皮，見草而説，見豺而戰，忘其皮之虎矣。"此用其意。那：同"挪"，改變。

琴歌二疊

君衣狐白裘。妾釵玳瑁簪。狐裘不寒簪不短。誰爲慢聲琴去遠[1]。與君並坐兮彈莫緩。

昔在昭陽殿。今居長門宫[2]。長門未秋芳草歇。妾心明明若白雪。我思雲和兮正愁絶[3]。

【校注】

〔1〕慢：古雜曲曲調名，以曲詞舒緩而得名。

〔2〕昭陽殿：漢宫殿名，成帝時，趙飛燕居之，後乃以之指皇后所居宫殿。長門宫：漢宫殿名，武帝時，陳皇后失寵，退居於此。

〔3〕雲和：指琴。

山夜憂[1]

山夜憂，憂何名。不可知，心無平。水鳥嗷，山君行[2]。鬼啾啾，來試聽。衣惻惻，霜華聲。誰爲之，古今情[3]。憶君昔，傷我今。昔爲花，今爲萍。萍浮浮，因復流。春既歇，秋以遒。晝疑夜，誰爲謀。

【校注】

〔1〕題後有注："謝莊集題。"謝莊：南朝宋文學家，曾任吏部尚書、金

紫光禄大夫，要求收復北方，舉賢任能。其作品抒寫了其懷念中原、欲歸不得的悲愁，寄寓了對元嘉北伐失敗的哀痛。

〔2〕山君：老虎。

〔3〕情,《沅湘耆舊集》卷三十二作“心”。

懊儂曲五章〔1〕

髮鬖懶自梳〔2〕，欲待阿儂到。何知阿儂來，背立鏡中笑〔3〕。

飲茶儂夜醒，飲酒儂夜醉。親手製月團〔4〕，佯嗔碎酒器。

道儂來。三百六十日。夜裹半分開。

何用説。歡是女兒身。曉事有時節。

莫乞相〔5〕。也曾東塗西抹來。新歡用底舊歡様。

【校注】

〔1〕題下作者自注：“和唐袖石。”懊儂曲：樂府吴聲歌曲名，產生於江南民間，抒寫男女愛情受到挫折的苦惱。後文人常借此題以寄情寓意。唐袖石：即唐懋載，字袖石，邵陽人，清順治初貢生，有文名，車以遵、陶汝鼐諸老樂與之游。

〔2〕髮鬖：髮髻。

〔3〕中,《沅湘耆舊集》卷三十二作“旁”。

〔4〕月團：茶名。

〔5〕乞相：乞丐之相。唐代薛逢晚年失意，曾騎瘦馬赴朝，值新進士列隊而出，前導呵其讓路，薛逢遣人答曰：“報導莫乞相，阿婆三五少年時，也曾東塗西抹來。”

遊　仙

大道天地生，負陰而抱陽[1]。上和復下降[2]，冲玄合中央。火龍匹朱鳥[3]，逐逐虛空翔。碧海立金闕，天台瑶卉長[4]。淮南見王母[5]，稱孤寡不忘。人王胎性濁，梨棗空芬芳[6]。誰知赤松子，即是張子房[7]。

【校注】

〔1〕《老子》："萬物負陰而抱陽，冲氣以爲和。"

〔2〕《禮記·樂記》："地氣上齊，天氣下降，陰陽相摩，天地相蕩。"

〔3〕火龍、朱鳥：古代神話傳説中的動物名。

〔4〕碧海：指青空。金闕：道家謂天上有黄金闕，爲仙人所居。天台：神話中的山名。卉，《沅湘耆舊集》卷三十二作"草"。

〔5〕據《神仙傳》載，漢淮南王劉安升天之後，因少習尊貴，稀爲卑下之禮，見諸天仙，坐起不恭，語聲高亮，或誤稱寡人。王母：西王母，神話中的女神。

〔6〕王，同上校本作"生"。梨棗：交梨火棗，道教謂神仙所食的兩種果品。

〔7〕赤松子：傳説中的仙人。張子房：即張良，字子房。《史記·留侯世家》載其功成欲退，稱曰："願棄人間事，欲從赤松子游耳。"

日復一日行

一日復一日，牽絲不盈疋。三萬六千場[1]，眼見有時畢。滄海爲桑田，此度已非一。老子念子孫，子孫復見憶。古之大聖賢，各自有苗裔。及乎千百年，莫知所自出。朝兮如是朝，夕兮如是夕。晴雨雖間之，此日亦可惜。胡爲勞心魂，卷舒有如席[2]。

一日復一日，今人非昔人。芳草夏節枯，何由説冥靈[3]。蟪蛄未及暮[4]，吊者已在門。仙人本長年，見名不見人。寂寥以爲樂，無生而得生。

【校注】

〔1〕句謂百年世事。

〔2〕以上四句，《沅湘耆舊集》卷三十二作“此日未足多，此日已可惜。勞勞百年心，宛轉爲誰役”。《詩經·邶風·柏舟》：“我心匪席，不可卷也。”

〔3〕冥靈：傳説中樹名。《莊子·逍遥游》：“楚之南有冥靈者，以五百歲爲春，五百歲爲秋。”

〔4〕蟪姑：寒蟬，生命不及一年。《莊子·逍遥游》：“蟪蛄不知春秋，此小年也。”

馬上薄命詞

鴻溝割天判風雨，銜火燭龍照何處[1]。蝸角無端起戰争，蟻封自不籌疆土[2]。虎不成兮鼠不取，蝦臣魚媵空知主。長弓大箭不得力，將軍卧看虞兮舞。座上何人賦鸚鵡，妝臺照見鷓鴣語[3]。妾身本非蕩子妻，妾意猶羞噲等伍[4]。轉身作夢夢不來，此心此夜君莫猜。官前盡節樓難墮，没後陳屍冢或開。君不見息夫人[5]，玉顔自假嚬笑真。又不見昭君怨[6]，青草能生紅粉面。猶勝昭陽殿裏人，赤鳳皇來擁飛燕[7]。

【校注】

〔1〕鴻溝：古運河名，故道自今河南滎陽北引黄河水入淮陽。劉邦、項羽曾約以中分天下，乃以此爲漢界楚河，後以此代指界限分明。燭龍：神話中的人面蛇身之神，目光如火，睁眼即白晝，閉眼即黑夜。

〔2〕蝸角：蝸牛之角，喻極小的地方。《莊子·則陽》：“有國於蝸之左角者，曰觸氏；有國於蝸之右角者，曰蠻氏。時相與争地而戰，伏尸數萬。”蟻封：蟻穴外隆起的小土堆。

〔3〕賦鸚鵡：漢末處士禰衡赴江夏太守黄祖長子舉行的宴會，席間有人獻

鸚鵡，黄祖長子舉酒請爲之賦，禰衡攬筆而作，一氣呵成。鷓鴣：鳥名，其叫聲猶似"行不得也哥哥"。

〔4〕噲等伍：指平庸之輩。漢將軍樊噲曾跪拜送迎韓信，言稱臣，韓信出門後笑曰："生乃與噲等爲伍！"謂不屑與之爲伍。

〔5〕息夫人：息嬀，春秋時息侯的夫人。楚文王滅息，虜其歸爲婦，生堵敖及成王。傳説其以國亡夫死之痛，與文王不通言語。

〔6〕昭君：王昭君，傳説她被遠嫁匈奴後，因怨恨漢元帝而作有琴曲《昭君怨》。

〔7〕昭陽殿：漢宫殿名。飛燕：趙飛燕，漢成帝時宫女，因得寵而被立爲皇后，居昭陽殿中，平帝時廢爲庶人後自殺。傳説其與妹妹合德并通宫奴鳳來，會十月十五日，歌《赤鳳來》曲，乃問其妹："赤鳳爲誰來？"妹答云："赤鳳自爲姊來。"

雨居賦詩八首録三 有序

余問天不對，度日以詩。既不蘄夫人知〔1〕，聊可謂之自遣。蓋懽愉難好，窮乏易工〔2〕。春者無拂乎相〔3〕，貧也亦是其病。昔魯參吟而山鳥下〔4〕，物且依人；若成連鼓而海水翔〔5〕，情其移我。切聞良友之誡，可無故不到城闉〔6〕；但事大夫之賢〔7〕，或有恃得安田里。乃佞佛而佛加庇，癖僧而僧已來。安道室就於郄超〔8〕，皆從雅尚；許詢席虚於支遁〔9〕，益唱宗風。爰慰鋤犁，兼攻鉛槧〔10〕。捷可驚風雨，情當格鬼神。我愁往矣，民庶采之。况頃經彈射，孽尚怯乎虚弦〔11〕；老出網羅，鹿不係於厨釜。載賡載咏，斯舞斯陶。殊不擇言，庶幾應節。詩爲家物，矩但用之高曾〔12〕；窮乃人爲，律奄嚴於風雅〔13〕。雖藏山有作，一邱一壑而有餘〔14〕；懸市無時〔15〕，長言屢言之未足。如蒙采采，以降忡忡。當思楓落吴江〔16〕，不惟一語；毋謂偏師秦系〔17〕，獨擅五言。時著雍閹茂之歲蕤賓月晦日也〔18〕。

誰笑夏披裘，衣單始欲愁。塞翁前失馬，大壑夜亡舟〔19〕。耕是人生事，晴將佛力求。心知無所禱，最苦旱時秋。

垂老多耕讀[20]，及門人亦來。少蔬因勸飯，試茗罷銜杯。月令爲農説[21]，年荒與衆猜。莫教官長怒，常得賣文回。

吾友常相憶，爲言竭力舂。桑麻如接引，醴酒合逡巡。老斷無知己，詩難得替人。况多黄鳥怨[22]，古道不婚姻。

【校注】

〔1〕蘄，《沅湘耆舊集》卷三十二作"期"。

〔2〕韓愈《荆潭唱和詩序》："歡愉之辭難工，而窮苦之言易好也。"

〔3〕舂者：指家貧而爲人賃舂的寒士。東漢梁鴻曾居廡下，爲人賃舂。無拂：不違反。

〔4〕魯參：即曾子，春秋時魯國人，名參，字子輿，孔子弟子。相傳其依山而吟，山鳥下翔。

〔5〕成連：傳説爲春秋時著名琴師。見卷一俞瑞《水仙操》及注。

〔6〕城闉：城曲重門。

〔7〕《論語·衛靈公》："居是邦也，事其大夫之賢者，友其士之仁者。"此用其意，謂敬奉大官中的賢人。

〔8〕安道：即戴逵，字安道，晋人，善鼓琴及鑄佛像、雕刻，有幽隱之操。郄超：字景興，晋人，累官司徒左長史，性好敬人栖遁，聞有高尚退隱者，乃費百金爲人起屋宇、辦器服，曾在剡（今浙江嵊州市西南）爲戴逵起宅。

〔9〕許詢：字玄度，晋人，好游山水，樂於幽栖，有高情遠致，與晋高僧支遁甚相知賞，過從頗密，常在一起論經談文，吟咏自娱。

〔10〕鉛槧：指著作。

〔11〕孽：孽子。《孟子·盡心上》："獨孤臣孽子，其操心也危，其慮患也深。"

〔12〕班固《西都賦》："商修族世之所鬻，工用高曾之規矩。"此用其意，謂依照前人定下的格律和規範作詩。

〔13〕麄：同“粗”，大略。

〔14〕一邱一壑：古謂隱居之地。

〔15〕懸市：戰國時，吕不韋使客人著成《吕氏春秋》，乃布於咸陽市門，懸千金其上，謂有能增損一字者即賞千金。

〔16〕楓落吴江：唐人崔信明初以詩自負，鄭世翼遇其於江中，謂其曰：“聞公有‘楓落吴江冷’句，願見其餘。”信明欣然多出衆篇。世翼讀未畢便云：“所見不逮所聞！”乃投詩水中，引舟而去。見《新唐書·崔信明傳》。

〔17〕秦系：唐代詩人，與劉長卿友善。權德輿嘗謂：“長卿自以爲五言長城，系用偏師攻之，雖老益壯。”見《全唐詩》卷二百六十。

〔18〕著雍：十干中戊的别稱。閹茂：十二支中戌的别稱。著雍閹茂：即戊戌年，清順治十五（1658）年。蕤賓：農曆五月的别稱。晦日：農曆每月的最後一日。

〔19〕上句：即“塞翁失馬”典，出《淮南子·人間》。下句：《莊子·大宗師》：“夫藏舟於壑，藏山於澤，謂之固矣！然而夜半有力者負之而走，昧者不知也。”此用其意。

〔20〕多，《沅湘耆舊集》卷三十二作“依”。

〔21〕月令：《禮記》篇名，記述每年夏曆十二個月的時令及其相關事物。

〔22〕黄鳥怨：《詩經·小雅》中有《黄鳥篇》，借怨及黄鳥以抒發懷念舊邦族之情。

喜社中諸子偶集

懷人三伏後，投我一天凉。同用孤舟力，來聞秋水香。隱惟譚誦讀，事不盡行藏。頗羨竹林醉[1]，情多爲老妨。

【校注】

〔1〕竹林醉：魏晋間有阮籍、嵇康等七個文人名士常會聚於竹林之中，飲酒賦詩，人稱“竹林七賢”。

祠　　宿

此夜覺冬寒，來希即次安。不隨鐘後飯，猶宿十方單[1]。古佛一燈慧，徵君晚節難。江干幾回眺，病鶴慮波瀾。

【校注】

〔1〕單：僧單，僧堂的坐床。

夜　　醒

錯料百年事，空令夜半醒。蚤知身有患，老學道無成。霜結蒹葭實，風乾木末聲。遠鐘聽自可，嘆息爲鷄鳴。

看人禮佛

知君禮佛意，始願得無迂[1]。何法爲人説，多生不若愚。小窗延夕氣，高塔蔭沉湖。去向江流問，市中聞蟪蛄。

【校注】

〔1〕無，《沅湘耆舊集》卷三十二作“毋”。

望石門諸山[1]

山閣良堪倚，江流無自心。鴉常先一渡，城偶報疏砧。接待僧扶杖，風烟鳥擇林。石門終日在，嵐翠暮森森。

【校注】

〔1〕石門山：在湖南邵陽縣北，兩山相夾如門，又名大禹山，上有禹廟。

庵　　雪

兩年庵内宿，常爲雪中留。共送南歸雁，皆因不繫舟。蘋風吹柳陌，冰柱結危樓。天地無心老，如人自白頭。

題劉杜三詩集[1]

芙蓉出水見君詩[2]，尚及交君年少時。獨老形容堪復幾，無多鬚髮祝相宜[3]。御風遠道神爲馬，揭斗虛名舌亦箕[4]。湘岸鄂城予自有，爲憐江左似光儀[5]。

【校注】

〔1〕劉杜三：即劉有光，字杜三，詳見末編小傳。

〔2〕芙蓉出水：鍾嶸《詩品》："湯惠休曰：'謝詩如芙蓉出水。'"

〔3〕鬚髮，《沅湘耆舊集》卷三十二作"鬢鬓"。

〔4〕《詩經·小雅·大東》："維南有箕，不可以簸揚。維北有斗，不可以挹酒漿。維南有箕，載翕其舌。維北有斗，西柄之揭。"此用其意。

〔5〕似，同上校本作"翠"。

贈西域僧

師別毗迦十萬千[1]，却來東土説西天。但無色相皆稱佛，不斷思維亦是禪[2]。葱嶺迷空惟踏雪，鐵橋到岸只看烟[3]。應知玄奘摩松事[4]，去國曾經二十年。

【校注】

〔1〕十，《沅湘耆舊集》卷三十二作"路"。毗迦：指釋迦牟尼，即如來佛。

〔2〕色相：佛教名詞，指人與物的外形。佛教主張萬物皆空，以無相爲歸。禪：梵語"禪那"的省稱，意譯爲"思維修"，静思之意。此處指静坐思維的佛學。

〔3〕葱嶺：古代對今帕米爾高原和昆崙山、天山兩段的統稱。鐵橋：在今雲南香格里拉境，唐代置鐵橋，跨金沙江，以通吐蕃。

〔4〕玄奘：唐代高僧，曾西行求法，從貞觀元年離開長安，至貞觀十九年方歸返。摩松：疑作“摩踵”，摩頂放踵。

賦　感

寒花細數亦曾多[1]，矍鑠其如老去何。游俠不逢田島客，注經偏遇德山婆[2]。癡人尚説床頭易[3]，烈士頻捶壺口歌。震澤大湖門徑在，靈文能禁鬼神呵。

【校注】

〔1〕曾，《沅湘耆舊集》卷三十二作“層”。

〔2〕郭璞《游仙詩》：“京華游俠客，山林隱遁栖。”田島客：指躬耕漁獵的隱者。德山：唐代禪宗宣鑒禪師的别名。婆：指婆羅門。德山婆：指主張明心見性、不立文字的禪僧。

〔3〕易，《易經》。

雪賦八首録五

照眼蕭蕭白屋尋，卜居山北即山陰。似臨易水衣冠素[1]，誰到瑶池轍迹深。杳杳片鴻何惜爪，仙仙孤鶴適來心。頹檐却噪争餘粒[2]，何似依人意可欽。

地僻柴門雪較多，徵君此日意如何。能爲姑射消疵癘[3]，得似仙人戲刹那。不覺梅花開屋角，猶聞樵牧響前坡。幾年粗糲添儒腐，百首新詩只自歌。

昨日雲迷今日晴，諸峰静好復晶明。露盤辭漢仙人泣，蕚緑妻逋處士清[4]。過枕天鷄啼不夜，撲窗乾蝶粉如生。溪南溪北踪難定，猶有人將邵子迎[5]。

【校注】

〔1〕易水：在今河北易縣境，戰國時荊軻入秦刺秦王而臨此作歌。

〔2〕却,《沅湘耆舊集》卷三十二作“雀”，是。

〔3〕姑射：神仙的代稱。《莊子·逍遥游》：“藐姑射之山，有神人居焉，肌膚若冰雪，淖約若處子。”疵癘：灾害疫病。

〔4〕“露盤”句：據史籍載，漢武帝所建神明臺，上有承露盤，有金銅仙人舒掌捧銅盤、玉杯，以承雲表之露。後魏明帝遣宫官入漢故都長安拆取捧露盤仙人，欲立置洛陽前殿。宫官既拆盤，仙人臨載，乃潸然泪下。李賀作有《金銅仙人辭漢歌》，借此故事以抒興亡之感。萼緑：萼緑梅，此處泛指梅花。逋：林逋。

〔5〕邵子：即邵雍，見卷四十三嚴首昇《雪夜住士先園》注〔2〕。

雪車冰柱肯誰招，群玉山頭望不遥。雲霧窟僧呼不出，羝羊邊伴嚙難消。虚無鶴氅行空迹，杳靄霓裳謁帝朝。解凍可高三丈日，江山地滿數漁樵。

侯家狐貉不安居，小有詩床鄴架書〔1〕。天到歲寒應寶啬，雪留夜照也多餘。博山爐火薰衣後，黨室諸姬淺酌初〔2〕。試取淩冰烹岳茗，似將緩步當安車。

【校注】

〔1〕鄴架書：唐代鄴侯李泌家藏書甚富。韓愈《送諸葛覺往隨州讀書》：“鄴侯家多書，插架三萬軸。”後以之稱豐富的藏書。

〔2〕博山爐：表面鏤刻有重叠山形裝飾的香爐。“黨室”句：宋代陶穀嘗得黨進姬，命掬雪水烹茶，曰：“黨家有此風味乎？”姬答曰：“彼粗人，但知銷金帳下，淺斟低唱，飲羊羔酒耳。”

舊　游

行吟無復向江潭，便遠朱明赤玉壇[1]。頻見夜漁燒楚竹，半陰湘水墮山嵐。百壺憶有三舟約，石塔重開金粟庵[2]。一自悲流填陸海[3]，逢人多喚老南蠻。

【校注】

〔1〕潭，《沅湘耆舊集》卷三十二作“干”。朱明：道教所謂十大洞天之一。

〔2〕“百壺”句：唐代陶峴治三舟，一舟自載，一舟置賓客，一舟存酒食，每日約集孟雲卿等人幽探山水，必窮其勝。此用其事。金粟：佛名。

〔3〕陸海：《漢書·東方朔傳》：“漢興……都涇、渭之南，此所謂天下陸海之地。”此處借指京華地區。

江上歌聲

江上歌聲逐水流，枕邊留得小梁州[1]。即今不哭何當笑，縱復纔聞我欲愁。昨夜尚喧巫峽雨，何年張樂洞庭秋。數峰可見人難見[2]，莫是青鳧與白鷗。

【校注】

〔1〕小梁州：詞曲調名。梁州古時屬邊界地區，唐人以邊地生活爲題材，寫成絶句，配樂歌唱，以之名調。

〔2〕錢起《湘靈鼓瑟》：“曲終人不見，江上數峰青。”

蕭賡九擢守高州，賦别並呈以畫[1]

三年幾度到公前，似爲陳蕃榻所牽[2]。遂有九芝趣露冕[3]，更無片石載歸船。桓桓驂擁高梁路，曲曲珠收合浦邊[4]。向後却誰同感激，私將别思寫山川。

【校注】

〔1〕高州：府名，治所在今廣東高州市。

〔2〕陳蕃：東漢人，官至太尉、太傅，封高陽侯。爲人剛正不阿，崇尚氣節。其爲樂安太守時，郡中高士周璆，不應前後太守招命，唯應其所招。陳蕃并爲他特設一榻，去則懸之。

〔3〕九芝：九莖芝草。此處喻蕭賡九。趣：通“趨”。露冕：雨露所濕之冠冕，喻勞苦的行旅。東漢郭賀爲荆州刺史時有殊政，明帝巡狩南陽，賜以三公之服，敕行部去幨露冕，使百姓見之，以彰有德。此用其事譽蕭賡九。

〔4〕桓桓：威武貌。高梁：地名，本春秋時晋地，齊桓公率諸侯之師伐晋，經此而還。句意謂蕭賡九出行猶如齊桓公那樣威風。曲曲：彎曲貌。珠收合浦：相傳漢代合浦郡不産穀實，而海出珠寶，先時郡守多貪穢，極力收刮，致使珍珠移往别處。後孟嘗爲合浦太守，清政除弊，珍珠復還。句意謂蕭賡九治理高州將像孟嘗那樣功績卓然。

月下聽鄰女澆花[1]

不迎花露汲初凉，欲出還驚睡蝶翔。膏沐可分新雨緑，園林微度夜風香[2]。自知影好臨池立，也怯人聽避月光。阿母總多迂闊計，年年催作嫁衣裳。

【校注】

〔1〕詩題後有注：“劉杜三集題。”劉杜三：即劉有光，字杜三，詳見末編小傳。

〔2〕微，《沅湘耆舊集》卷三十二作“幾”。

觀郭幼隗所爲蔡江門、馮棍公傳[1]

師友當前若返魂，能令後死拜江門。只緣士賤君恩薄，始信人歸史道尊。北海碑殘芳草合，杜陵舟卧落花温[2]。汨羅最與湘流近[3]，欲往從之吊屈原。

【校注】

〔1〕郭幼隗：即郭金臺，字幼隗。詳見卷三十六小傳。蔡江門：即蔡道憲，字元白，晋江（屬福建）人，明末以進士爲長沙推官，張獻忠軍克長沙，被執後自刎身亡。馮椳公：即馮一第，字椳公，詳見卷二十九小傳。

〔2〕北海：即孔融，曾爲北海相，人稱孔北海。杜陵：即杜甫，曾居杜陵東南之少陵，自稱少陵野老或杜陵布衣，晚年漂泊於兩湖，死在岳陽附近水道中的一條小舟上。

〔3〕汨羅：汨羅江，湘江支流。屈原憂憤國事，投此江而亡。

湘草在愚齋寄之

光影亭亭過一溪，求爲好友照孤栖。半窗似接藤羅色，破壁還窺瞑雀啼。屈子問天終不對，莊生於物實難齊。書聲不在蟲聲外，纔著秋霜思轉迷。

正月初八宿愚齋八首録一

去住無心憶，今年與去年。渡江須用楫，閑殺渡頭船。

趙飛燕

芙蓉並蒂復雙開，禍水應知是禍胎。三尺寒泉浸碧玉，宫中猶有鳳凰來。

十月桃花

浪説天台樹樹霞，也應不及武陵家。春來怕賺漁人入，霜雪枝頭有數花。

孔自來[1]

字伯靡，江陵人。逸其本姓。將生之夕，父夢人謂之曰："汝所生男也，宜姓孔，有文名。"旋生自來。蚤慧，嗜學，里人呼神童。後避亂，遂姓孔。浮家泛宅[2]，口誦手編無虚日，著有《志餘》《紀略》等書。

【校注】

〔1〕孔自來：原名朱儼鐮，字啓宇，明王室後裔。明亡後，變姓名爲孔自來，字伯靡，又自號句曲山人，放浪江湖，以吟詩著書爲事。

〔2〕浮家泛宅：典出《新唐書·張志和傳》，此謂漂泊無定。

賦贈子霞先生兼以招隱[1]

昌黎不復作[2]，文章無好手。歌咏豈徒然，屈指顧某某。大兒舉止疏，目未窺户牖。小兒嗥嗄音，語不了于口。銅盤盛餖飣，齷齪幾欲嘔。我聞增辛酸，掩袂倉黄走。北踏太行顛，南詢匡廬阜[3]。古賢倘尚存，所遇多芻狗。歸來常困眠，不覺柳生肘[4]。俄聽叩門聲，有客邀余酒。壘邊獲新詩，烺烺百餘首。脱腕吼風雷，披襟羅杓斗。鄂隱蕩子篇，奇崛空前後。拊掌問阿誰，兹代復何有。主人笑莫譍，爲指座間叟。頎形而蒼髯，意氣淵以厚。吴楚號多才，造化良不偶。安得波頽中，獨此爲墨守。如人拜華岳，群山視培塿。區區大小兒，何物堪覆瓿[5]。余家楊水濱[6]，敝廬裁一畮。有田足秫秔，是畦兼薑韭。殘書可喔咿，蓬跣忘妍醜。肯偕人外遊，期君結老友。

【校注】

〔1〕子霞：即毛會建，字子霞，武進（屬江蘇）人，少寓浙江，後僑居武昌，晚年隱居大别山南麓。

〔2〕昌黎：即韓愈。

〔3〕太行：太行山。匡廬：廬山。

〔4〕柳生肘：《莊子・至樂》："支離叔與滑介叔觀於冥伯之丘、昆崙之虛，黃帝之所休。俄而柳生其左肘，其意蹶蹶然惡之。"柳：通"瘤"。

〔5〕覆瓿：蓋醬罐。漢代劉歆曾對揚雄説，恐怕後人不能讀懂其書而用之覆瓿，後借以喻自己的著作無甚價值，只堪蓋醬罐。

〔6〕楊水：《水經注》載楊水自江陵流入，北過天門入沔陽。

寄懷陳士業〔1〕

江城風雨論文日，回首章門又五年〔2〕。爽氣西山應自歛，暗香東閣爲誰研〔3〕。枕邊心史書皆鐵，篋底巵言字亦玄〔4〕。天際美人勞寤寐，由來邢尹解相憐〔5〕。

【校注】

〔1〕陳士業：即陳宏緒，字士業，一字石莊，新建（屬江西）人，明末官晉州知州，入清屢薦不起，以著述寄志。有《江城名迹》等。

〔2〕江城：指南昌。章門：即章江門，舊南昌府城西門，在章江之濱。

〔3〕西山：即獻原山，一名南昌山，在江西南昌市新建區西。東閣：指滕王閣。研：通"妍"。

〔4〕《心史》：鄭思肖撰，多記宋亡時雜事。巵言：《莊子・天下》："以巵言爲曼衍，以重言爲真，以寓言爲廣。"此處代指老、莊之書。

〔5〕邢尹：邢夫人與尹夫人，漢武帝之寵姬。兩人同時并幸，有詔不得相見。邢夫人向武帝請求見尹夫人，武帝乃令其他夫人隆飾簇擁前來，邢夫人見之謂非。及至武帝詔許尹夫人淡妝獨身前來，邢夫人見之謂真，且自傷自憐。

羅　楨

字克生，衡山人。隱居南岳，精修玄理，且善劍術騎射，嶺南名士何不偕、陳元孝嘗主其家[1]。

【校注】

〔1〕何不偕：即何絳，字不偕。陳元孝：即陳恭尹，字元孝，號獨漉。

怡雲菴看雲

聞説怡雲勝，看雲倚碧林。過花疑霧薄，入樹愛烟深。雁度渾無字，風飄若有音。往來憑逸興，不必問晴陰。

寄九龍盆鐵菴頭陀[1]

欲覓無生路，偶來共岳遊[2]。借山埋俠骨，倚壑寄虚舟[3]。世事逐雲散，壯心先老休。秋風如可待，剪燭話層樓。

【校注】

〔1〕頭陀：僧人。

〔2〕偶來共，《沅湘耆舊集》卷三十九作“曾同訪”。岳：指衡山。

〔3〕虚舟：喻曠達的胸懷。

張國瑞

字靈聚，長沙處士。

避　暑

正是炎蒸候，深林避暑宜。鳴蟬憐激切，白鷺喜參差。澗曲泉流冷，峰高日到遲。域中空有汨，舍此復何之。

山　居

避暑深林結草廬，襟懷懶與世情疏。丹山碧水從吾好，野鶴浮雲儘自如。村僻恰同僧博飯，窗閑長喜雀窺書。惜陰何必尋陶甓，半畝瓜田日午鋤。

中秋前四夜

舉杯邀月晚涼生，叢桂香飄入座清。天上一輪看漸滿，人間千里羨同明。空林露下松添色，遠岫雲開雁度聲。莫負秋光先痛飲，澆愁不覺到深更。

夏汝弼[1]

字叔直，衡陽人。時湘衡亂，汝弼遂佯狂遠蹈，或歌或哭。有語及時事，即閉目不答，後入九嶷絶食以死[2]。

【校注】

〔1〕夏汝弼：衡陽諸生，與王夫之兄弟善，王夫之曾依其避難。明亡，遂棄巾服，自號蓮花道人。事迹參見清光緒《湖南通志》卷一百六十七。

〔2〕九嶷：山名，一名蒼梧，在湖南寧遠縣南。

車架山同夕堂作[1]

陽春沉白日，飛雹雜驚電。洞庭生紫波，席捲失鄉縣。同心誓死友，歧路開生面。行行背岳蓮[2]，蒼翠曲折見。遂爾集漣湄[3]，決計無返眄。人情乖俯仰，謦欬生機變。賃傭客誰依，破壁言空衒[4]。念此骨血非[5]，豈徒詩書賤。顧影亦霏微，矢心詎流轉。空山禪刹孤，萬竹鬱葱蒨。春雨鳴中宵，崖水飄飛練。未敢言欣賞，聊焉保孤狷。斜照微映溪，毒霧方繞箐。荒荒青天高，白日覷一綫。南雁無良書，矰繳彌空罥。回思心亦怵，定目光不眩。夙知投生術，審已非所羨。義命在溝壑，頂踵托烹煉。幽徑自縈蚓，巢幕匪寓燕。鏤心嘉遯肥[6]，當頂震雷洊。有時遊山椒，回首睨芳甸。墟烟青一縷，落英飛萬片。亘碧四天合，同雲平野遍。心理訖古今，寧我得獨擅。瑣瑣相坐嘲，悠悠誰生唁。抱影終微生，道枯隨邱竃。

【校注】

〔1〕車架山：在今湖南湘鄉市南，作者避世居此。夕堂：即王夫之，字而農，號薑齋，又號夕堂，學者稱船山先生。

〔2〕岳蓮：南岳衡山之蓮花峰。

〔3〕漣湄：漣水岸邊。

〔4〕破壁：相傳張僧繇畫龍，點睛後，雷電破壁，龍乃飛去，後以之喻人驟然飛黄騰達。衒：炫耀。

〔5〕血，《沅湘耆舊集》卷三十五作“肉”。

〔6〕遯肥：即肥遯，隱居避世。

千仞岡[1]

黄梅僧也。考即尼徒子。王姓。少爲諸生，後隱廬山絶頂，因名。詳見蘄水顧景星《白茅山人集》[2]。

【校注】

〔1〕千仞岡：鄞縣（屬浙江）人，其父王臺入楚爲房縣令，乃以諸生隨父任，父亡後，自顧惘然，剃髮爲僧，受縣黄梅。事迹參見清光緒《黄梅縣志》卷三十九。

〔2〕顧景星：字赤方，號黄公，明貢生，清康熙時薦舉鴻博，以病辭，著述頗富。

滕王閣[1]

咫尺江山憶舊題，多年帝子下鷄栖[2]。劈空選料憑雲雨，駕海成梁振鼓鼙。畫裏龍雷疑破壁[3]，門前桃李蚤成蹊。從今不必重興感，高閣鴻文一色齊[4]。

【校注】

〔1〕滕王閣：在江西南昌市贛江邊，原爲唐太宗之弟滕王李元嬰任洪州（治所在今南昌）都督時營建。

〔2〕帝子：指滕王。下鷄栖：鷄伏地而栖，乃指入土作古。

〔3〕破壁：典出《宣和畫譜》，見前夏汝弼《車架山同夕堂作》注〔4〕。

〔4〕鴻文：指王勃《滕王閣序》。

譚　雅

字岑止，茶陵山人。早歲從瞿稼軒先生軍[1]，亦殷頑也[2]，尋赦歸卒。

【校注】

〔1〕瞿稼軒：指瞿式耜，號稼軒，明末朝臣、詩人。佐南明桂王抗清失敗，被俘就義。

〔2〕殷頑：殷商頑民。《尚書·多士》："成周既成，遷殷頑民。"此處借喻不肯降清的明朝遺民。

海上人日[1]

憂天朝喜霽，飲鹵日思泉。海國當人日，山家記客年。隔籬田父喚，藉草瓦盆傳。月與斜陽並，予歸鳥怡旋[2]。

【校注】

〔1〕人日：農曆正月初七。

〔2〕怡，《沅湘耆舊集》卷四十二作"恰"。

雙燕掠花溪

玳瑁梁空寂，于飛繞翠汀。穿叢驚蛺蝶，點水學蜻蜓。花落泥香喙，溪流波照翎。悠悠平野外，不入漢宮庭[1]。

【校注】

〔1〕漢代趙飛燕姐妹雙雙入宮，此諷其事。

海上立秋

蜃聞有市日凝眸，却厭梧桐争報秋[1]。擁衆田橫猶伏島[2]，依人王粲且登樓。夢中父母邦何在，病裏君臣藥未休[3]。盡説窮愁詩易好[4]，慚無好句答窮愁。

【校注】

〔1〕此二句,《沅湘耆舊集》卷四十二作“崖山往事易驚秋，忍對西風賦壯游”。

〔2〕田横：秦末人，戰國齊田氏之後，與從兄田儋等立齊國。韓信破齊，田横自立爲齊王，率屬下五百人逃往海島。

〔3〕此二句，同上書作“飄零家國生何益，莽浪乾坤死便休”。

〔4〕歐陽修《梅聖俞詩集序》：“(詩)蓋愈窮則愈工，然則非詩之能窮人，殆窮者而後工也。”

贈　友

羡君高翥入冥冥，我尚風塵影贈形[1]。無劍割開湘水緑，有囊收拾岳峰青[2]。逢迎緣在三生石[3]，去住家浮一葉舲。意欲爲僧難佛法，晨昏課誦但騷經。

【校注】

〔1〕贈,《沅湘耆舊集》卷四十二作“答”。

〔2〕岳峰：南岳衡山。

〔3〕三生石：傳説唐代李源與僧人圓觀友好，圓觀與其約定，待他死後十二年在杭州天竺寺相見。李源後依期赴約，見一牧童在寺前對他唱歌，謂己是“三生石上舊精魂”，這牧童正是圓觀的托身。

鄒元芝[1]

字殿生，天門隱逸。

【校注】

〔1〕鄒元芝：平生酷好讀書，博古通今，隱居著述，自號“三澨漁叟”，學者稱爲“三澨先生”。事迹參見清乾隆《天門縣志》卷十一。

三澨精舍詩四十韵，適當初度，自貽並寄同志[1]

漢水東至江，三澨其堂皇。岷嶓作委輸，吐納有荆揚[2]。下際乎大别，上距夫滄浪[3]。淮山爲郛郭，巴邱樊其陽[4]。瀠洄數百里，雲夢皆坳塘。魚鳥與蒹葭，互司水雲鄉。其間有老漁，坐卧水一方。蓬蒿嘗没徑，梅鞠不翳牆。樹楮不樹桂，舍蘭蓺蕢簹。惟兹管城子，不必澄心堂[5]。著書成漁史，矢音得漁章。高歌滿天地，曳屨而宫商。與世澹無營，鯈鷗不駭翔。春風人共坐，生意草盈窗。漢陰逢丈人，無機事無厖。江潭遇漁父，鼓枻歌相羊。行揖閭大夫，忠矣道有商[6]。醉笑老狂奴，高兮拙亦藏。矯情漢名節，絶俗晋膏肓[7]。學道五十年，非狷亦非狂。經術原無誤，通儒不毁方[8]。魯臺築而高，安樂擇而昌。武夷與雲谷[9]，選勝務擅場。雲烟不版圖[10]，隨遇可徜徉。巾車還挂角[11]，扁舟仍錦囊。有穴可藏書[12]，有魚可代粻。草玄亦有亭[13]，問字亦有觴。負苓非知易[14]，見兔不如牂。茂叔泥中蓮，堯夫樹上薑[15]。蠅蠅各有嗜，滅頂則或殃。鹿鹿各有馳，觸藩羸乃傷。緊余生天地，後甲更十霜[16]。鬚髮雖非故，神理方日將。行道不由户[17]，敢云世津梁。一畝宫不治，誰言闔八荒[18]。自見天心後，幸事不排當[19]。原人識胞與，素位有平康[20]。宋明七百年，千聖得梯航。招招期我友，人涉勿須卬[21]。歸去來精舍，三澨水中央。

【校注】

〔1〕三澨精舍：作者居所自號，在今三參水濱。三澨爲古水名，今三參水源出湖北京山，流過天門入漢水，舊説即《禹貢》之“三澨”水。初度：生日。

〔2〕岷：岷山，在四川北部，長江上游支流，岷江發源於此。嶓：嶓冢，在陝西寧强縣北，爲漢水源出之山。委輸：運送。荆揚：荆江及揚子江，指長江中下游。

〔3〕大别：大别山，舊説即今武漢市龜山，漢水入江處。滄浪：古水名，一説在荆州，爲漢水支流。

〔4〕淮山：未詳，或指淮南諸山。郛郭：猶言屏障。巴邱：巴邱山，在湖南岳陽。

〔5〕管城子：筆的别稱。澄心堂：南唐後主李煜所造的紙，稱澄心堂紙，細薄光潤，爲人所貴。

〔6〕屈原《離騷》：“雖不周於今之人兮，願依彭咸之遺則。”彭咸：傳説爲商代忠臣，因君主不聽其勸諫而投水死亡。

〔7〕兩句謂像漢代蘇武那樣看重名譽節操，不同凡響；像魏晋的阮籍、嵇康那樣絶俗好雅，不可救治。

〔8〕通儒：博古通今、學識淵博的儒者。毁方：毁屈身之方正。《禮記·儒行》：“儒有博學而不窮……舉賢而容衆，毁方而瓦合，其寬裕有如此者。”此反用其意。

〔9〕武夷：山名，在福建崇安縣西北，爲閩中第一名山，朱熹曾居此講學，今有紫陽書院舊址。雲谷：山名，即蘆峰山，在福建崇安縣西南，朱熹曾築晦庵草堂讀書於此，并更山名爲“雲谷”。

〔10〕不版圖：謂不能落籍。

〔11〕陶淵明《歸去來兮辭》：“或命巾車，或棹孤舟。既窈窕以尋壑，亦崎嶇而經丘。”此用其意。巾車：有布蓬之車。挂角：傳説羚羊夜宿，角挂於樹，脚不沾地而令獵者無迹可尋。此處借喻深隱而令人無迹可求。

〔12〕作者自注：“龍穴山。”龍穴山：在天門市東北，一名龍尾山。

〔13〕草玄：謂像揚雄寫作《太玄》一樣襟懷淡泊，著述寄情。宋濂《題隱居圖詩》："何日過橋分半景，傍雲同築草玄亭。"

〔14〕王績《負苓者傳》載，文中子講道畢，一弟子退省於松下，語及《周易》，嘆其辭之多而不及伏羲之卦，以爲文王病。一負苓者過，棄擔而嘆曰："文王焉病，伏羲氏病甚者也……安得贏嘆而嗟文王乎。"語罷，負苓而去。

〔15〕茂叔：即周敦頤，字茂叔，宋代學者，世稱"濂溪先生"，曾知南康軍，以洗冤澤物爲己任，後居廬山，著《太極圖説》等。堯夫：即邵雍，字堯夫，宋代學者，自稱"安樂先生"，見前卷四十三嚴首昇《雪夜住士先園，時移家紅市》注〔2〕。

〔16〕謂年已七十。後甲：第二個甲子年。

〔17〕《論語·雍也》："誰能出不由户？何莫由斯道也？"

〔18〕《禮記·儒行》："儒有一畝之宮，環堵之室。篳門圭窬，蓬户甕牖。"宫：室，房屋之通稱。闔：夾室，居室左右之小屋。此處泛指宅第。八荒：八方荒遠之地。

〔19〕排當：宫中飲宴名。此處指富貴生活。

〔20〕素位：安享所居之位。《禮記·中庸》："君子素其位而行，不願乎其外。"孔穎達疏："素，鄉（通"享"）也。鄉其所居之位而行其所行之事，不願行在位外之事。"平康：平安。

〔21〕《詩經·邶風·匏有苦葉》："人涉卬否，卬須我友。"此用其意。須：等待。卬：我。

楚風補卷之四十八

明

林廷妻陳氏[1]

黄岡明經陳少松之女。幼嫻詩禮，年十七適廷。未逾年，廷病劇，製木主授氏而卒[2]。氏自縊，家人破户救之，仆地，遂血貫雙眸。年五十，病且死，爲棺自題曰“復主廬”，遺命與主俱瘞。其篋中有《横江詞》云。

【校注】

〔1〕見清康熙《湖廣通志》卷六十八。

〔2〕木主：爲死者所立的木製牌位。

横江詞

日落孤帆盡，江流片石微。千秋明白水[1]，不逐海風吹。

【校注】

〔1〕明，《湖北詩徵傳略》卷十五作“盟”。

賈　氏

沅陵文學賈瀾之女。讀書知大義，適同邑諸生潘燿卿。隨夫省父棠於南都[1]，至湖口[2]，夫病卒，氏欲赴水，女奴累護持之。抵建康，見舅姑痛哭堂下，即入卧内自縊，馳救得免，乃絶食累日，潛刎死。遺詩一絶，府尹聞其事於朝，獲旌。

【校注】

〔1〕見清康熙《湖廣通志》卷七十二。

〔2〕棠：潘棠，字希召，弘治乙丑（1505年）進士，曾任南京吏科給事中，歷官雲南僉事。南都：指今南京。

〔3〕湖口：縣名，在鄱陽湖通長江之口，屬江西。

決絶詞

拋棄殘生思不禁[1]，可憐死别倍傷心。雙魂杳杳今何處[2]，化作啼鵑返故林。

【校注】

〔1〕殘，清光緒《湖南通志》卷二百一十三引《一統志》作“餘”。

〔2〕同上書作“雙魂渺渺歸何處”。

鄒　氏

竟陵人，文學法孔女[1]，嫁徐生同寅。寅偶病篤，氏割股救甦。邑侯任贊化旌之[2]。後寅再病，割再進不愈，禱神願代，復不愈，卒。氏矢志守節。壬午冬[3]，左營兵下[4]，聞變，不食而死。

【校注】

〔1〕竟陵：即今湖北天門。法孔：鄒法孔，字景南，與兄學孔講學里門。

〔2〕任贊化：字參之，聞喜（屬山西）人，天啓中知竟陵，後累官御史。

〔3〕壬午：1642 年。

〔4〕左營：左良玉軍。

秋日薦夫[1]

伏雨暗新秋，岑居添悶惱。禾苗爲水没[2]，終日傷懷抱。兒女累人心，嗟君離别早。但見流螢飛，紛紛出腐草。蟋蟀吟床頭，雙雙任自保。惟我真薄命，離菀而集槁[3]。反眼天朦朧，和泪連涕道。杜鵑血未乾，疏紙忙焚稿。

【校注】

〔1〕《湖北詩佩》卷九與《竟陵詩選》卷十四皆題作“薦亡夫”。且後者所載詩句與此大异，其詩云：“伏雨接秋風，岑居傷幽抱。田禾捲白波，橋魚入行潦。兒女憂固多，夫君去何早。蟋蟀吟殘扉，流螢依腐草。感此泉下人，濕我衣上縞。魂隨落葉飛，心墜空砧搗。况值盜如毛，未冬物先槁。杜鵑日夕來，血泪紅不掃。”薦：供物而祭。

〔2〕禾苗，《湖北詩佩》卷九作“苗禾”。

〔3〕同上書作“陰陽信怎討”。

無名氏

失　題

清宵竹冷瀟湘紫，瑤瑟如聞悲帝子[1]。但看春草向春生，幾見情人爲情死。書生薄命同遷次，夜雨離騷詩一紙。多情誰用管無情，只爲多情腸斷耳。

【校注】

〔1〕帝子：指傳説中古帝唐堯之二女、虞舜之二妃的娥皇和女英。

釋髡殘[1]

字介邱，武陵人。

【校注】

〔1〕髡殘：武陵劉氏子，一字白禿，號殘道者，少時自剃其髮，閑游金陵，住牛首山，工山水畫，題識多寓興亡之感。《清史稿》有傳。

補山堂題畫[1]

讀翁補山歌未已，截壁巑岏覿面起[2]。五岳陰森一草堂[3]，眉毛厮結三千里。巨靈有手必有心[4]，結構經營淺處深。蓮華芥子古莽國[5]，世界微塵荊棘林。草堂草堂，爾知大地亦墨汁變化，不异粉本之咫尺[6]。沙蟲猿鶴聲啾嗽，烏知天地有金石。

【校注】

〔1〕補山堂：郭都賢（見卷二十八小傳）宅。郭都賢流寓湖北沔陽，築補山堂。

〔2〕巑岏：峻峭的山峰。

〔3〕森，《沅湘耆舊集》卷四十三作“生”。

〔4〕巨靈：傳説中以手掰開華山的河神。

〔5〕蓮華：蓮花世界，喻至大。芥子：芥子微塵，喻極小。佛教有“芥子納須彌”“置世界於微塵”之説，謂諸相皆非真，巨細可以相容。

〔6〕粉本：畫稿。

落花[1] 録四

不禁紛紛孰感之，百情難挽駐游絲。幾多顰蹙增眉黛，一部離騷逐眼颸。臨水脱然隨去就，沾衣可畏遠嫌疑。夢回蝴蝶深深覓，焉得有懷同汝癡。

續愁難刈趁飄兮，交臂唯新爾故奚。差可悦心飛梵雨，纔同輕絮別蓮泥。離情未盡陽關曲，邂逅仍依野馬栖[2]。三徑就荒遊屐澀[3]，晚香殘旭夕霞低。

去留無吝若休心，把臂相將共入林。志樂何須嗔陋巷，移情偏是没弦琴。竹間諸老酣忘世，秦洞流人拙問今。玄度輒思風月下[4]，敝廬空憶白雲岑。

功殆將成此退宜，山中散髮卧雲時。錦衾杜老亦何與，濯魄冰壺胡可期[5]。片片剖心連赤血，遑遑斷臂儼吾師[6]。臨風欲寫還遲顧，香色全無始盡疑。

【校注】

〔1〕題下作者自注："和郭些庵先生六首。"郭些庵：即郭都賢，詳見卷二十八小傳。

〔2〕野馬：指浮游的雲氣。

〔3〕三徑就荒：陶淵明《歸去來兮辭》中的成句。

〔4〕玄度：即許詢，字玄度，東晋人，以善清談著名。《世説新語·語言》："劉尹（惔）云：'清風朗月，輒思玄度。'"

〔5〕錦衾杜老：杜甫《送梓州李使君之任》："老思筇竹杖，冬要錦衾眠。"濯魄冰壺：《澄懷録》："眉州象耳山上，有李白留題云：'夜來月下卧醒，花影零亂，滿人襟袖，疑如濯魄冰壺也。'"

〔6〕遑遑：匆忙貌。斷臂：據《釋氏通鑒》載，僧神光聞達摩在少林，遂往彼，朝夕參承，不得聞其教誨，乃斷臂置於達摩師面前。

釋遊逸[1]

【校注】

〔1〕遊逸：生平未詳。此録其詩參見清乾隆《長沙府志》卷三十五。

觀音閣題壁[1]

手把青苗插野田，低頭便見水中天。六根清净方成稻[2]，退步分明是向前。

麄布縫衣禦雪冬，一針一綫要從容。如今世路多荆棘，休得裲襠大樣縫。

【校注】

〔1〕題下原注："在安化石城橋。"安化：縣名，屬湖南。清雍正《陝西通志》卷四十五載録第一首，説明是小滿前後載秧謡諺。首句和第四句文字略有不同，分别作"手執秧苗插野田""退步原來是向前"。

〔2〕六根清净：意雙關。佛教謂眼、耳、鼻、舌、身、意六根與色、聲、香、味、觸、法六塵相接，便會産生種種罪孽，故强調六根必須清净潔白。稻：諧"道"。

釋溥良〔1〕

字去六，一字合岩，攸縣人。幼工書，能屬文。及長，以詩見知於祁陽王〔2〕。王奇其才，欲以湯休、賈島故事擢之〔3〕，不可。後謁顓大師於五臺菴〔4〕。辭歸，年八十五卒。所著有《合岩詩集》。

【校注】

〔1〕溥良：據清乾隆《長沙府志》卷三十五、清光緒《湖南通志》卷二百四十二載，其字去六，號合岩。

〔2〕祁陽王：即朱幹蛙，明萬曆二年（1574）封，後其子孫襲封。

〔3〕湯休：即惠休，本姓湯，南朝宋僧，善屬文，辭采華麗，武帝（劉駿）命之還俗，位至揚州從事使。賈島：唐代詩人，初爲僧，名無本，曾從韓愈學爲文，後還俗，屢舉進士不第，官任長江主簿等。

〔4〕顓大師：顓愚，名觀衡，明萬曆間來邵陽，居縣東五臺菴，法嗣甚廣。

别畫友之武昌

養拙全老懶〔1〕，終年與人違。惟君多幽曠，向道絶甘肥。十日畫一山，時來扣我扉。我扉何用扣，君來亦似歸。頃有四方志，將窮五岳微。岳麓自兹始，晴川正依依〔2〕。莫笑黄鶴去，休譏鸚鵡非〔3〕。祇安原憲性〔4〕，便自長清機。

【校注】

〔1〕養拙：指隱退不仕。

〔2〕晴川：指晴日下的漢江。崔顥《黄鶴樓》："晴川歷歷漢陽樹。"

〔3〕鸚鵡：鸚鵡洲，在漢陽東南二里的長江中，後被江水冲没。

〔4〕原憲：字子思，孔子弟子，相傳他蓬户褐衣蔬食而不減其樂。

過洞庭

洞庭烟曉霽，雲夢氣初晴。水際疑天盡，舟前看日生。城危驚墮影，鳥駭過無聲。恨有君山在[1]，湖光稍未平。

【校注】

〔1〕恨，《沅湘耆舊集》卷四十三作“憾”。君山：在洞庭湖中。

秋　螢

一粟光盈翼，飛飛密復稀。穿林驚鳥睡，入座點人衣。泛月疑星落，凌霜怯火微[1]。曉鐘催不去，猶自繞村扉。

【校注】

〔1〕泛月，《沅湘耆舊集》卷四十三作“月下”。凌霜，同上書作“霜前”。

秋　山

朝來乘爽氣，拽杖步崎嶇。山骨稜稜瘦，烟容面面癯。徑荒紅葉滿，洞古石門虛。莫話眉無黛，由來谷姓愚[1]。

【校注】

〔1〕谷姓愚：劉向《説苑·政理》載，齊桓公獵鹿而逐入山谷之中，見一老公而問之，老公對曰：“爲愚公之谷。”後以“愚公谷”代指隱居之地。

喜陳耳臣山歸入社得禪字[1]

獨是君來後，情兼筆硯先。持將一壑意，吟入六花天[2]。静以生餘慧，朴焉似半禪[3]。數回群動處，相對各森然。

【校注】

〔1〕陳耳臣：即陳五鼎，字耳臣，見卷三十三小傳。

〔2〕一壑意：指隱居之情。《太平御覽》七九《苻子》："黄帝……謂容成子曰：'吾將釣於一壑，栖於一丘。'"六花天：指落雪天。古稱雪花爲六花。

〔3〕以，《沅湘耆舊集》卷四十三作"乃"。焉似，同上書作"尤參"。

和吴牧之江干晚步

沙行新雨後，水浴見鳧雙。日落留殘浦，烟生鎖暮江。暝催栖鳥翮，喧急打漁艭。境自隨人轉，同吟聽澗淙。

讀乳菴詩〔1〕

意香何處入，梅影一庵深。以子天人想，通予山水心。避群操獨鑒〔2〕，向遠發孤音。豈曰非經濟，相將視古今。

【校注】

〔1〕乳菴：即周侯，號乳菴，見卷四十三小傳。

〔2〕獨鑒：獨特的見地。孫楚《爲石苞與孫皓書》："獨見之鑒，與衆絶慮。"

初　度

閑階忽落葉，葉響動霜林。時讀悲秋賦，因成無事吟。雁過難辨字，蛩語不成音。此景當今夕，益傷遲暮心。

宿來龍蘭若〔1〕

江菴况復遠江村，頗愛全無些子繁〔2〕。遂覺身藏深谷底，渾忘耳是衆喧門。松風吹帙硯方潤，竹雨濛烟窗易昏。幽致儘堪供卒歲，惜無玄度與同論〔3〕。

【校注】

〔1〕來龍蘭若：寺院名，今不詳其址。

〔2〕繁，《沅湘耆舊集》卷四十三作“煩”。

〔3〕玄度：即許詢，見前釋髡殘《落花》詩注〔4〕。

密公以出山訪友不值，今歸海澗芭蕉菴，作此别之，兼訂後盟〔1〕

萬騎嘶屯劍血腥，一瓢豈可入危城〔2〕。還山既自堪身隱，聚石猶能作友生〔3〕。鉅海迎眸雖似澗，芭蕉入耳是何聲。此中若可容商證，遲我松窗看雪明。

【校注】

〔1〕密公：即陶汝鼐，字仲調，號密庵，見前卷三十一小傳。

〔2〕一瓢：孔子曾稱贊其弟子顔回一簞食、一瓢飲，居陋巷而不改其樂。此處借指息機守拙、安貧樂道的隱者，即指陶汝鼐。

〔3〕相傳异僧生公講經，因無信者，乃聚石爲徒，與談至理，石皆點頭。見《十道四蕃志》。友生：朋友。

哭陳桂林，用胡進士挽韵〔1〕

墳迷青草滿荒原，孰識中藏烈士魂。桂籍十年殉鬼籙，錦堂一夕化烟村〔2〕。凄涼北郭愁屯壘，惆悵西州慟過門〔3〕。横帶黄金多衛霍〔4〕，誰拋一死報君恩。

【校注】

〔1〕陳桂林：即陳來學，字桂林，詳見卷二十九小傳。胡進士：指胡爾愷，字石江，長沙人，崇禎丁丑（1637年）進士，授太平府推官，入清官至禮部左侍郎。

〔2〕作者自注："公所居珠錦堂，時皆煨燼。"

〔3〕晋謝安卒前曾扶病還都經西州城（故址在今南京）門，謝安死後，其甥羊曇傷悼而不走西州路，嘗大醉，不覺至此門，慟哭而去。此用其事。

〔4〕横帶黄金：指富貴。《戰國策·齊策》載，田單攻狄不下，往見魯仲子，魯仲子曰："當今將軍東有夜邑之奉，西有菑上之虞，黄金横帶，而馳乎淄澠之間，有生之樂，無死之心，所以不勝者也。"衛霍：衛青和霍去病，漢朝名將，皆封侯。

寄不韵堂頭

慚非白足履西山〔1〕，空使神遊幾往還。筋斗誤翻前地穽，脚跟遂隔上頭關〔2〕。遥聞指柏親承旨，密示拈花獨破顔〔3〕。高托無弦藏古調〔4〕，許誰妙指一輕彈。

【校注】

〔1〕白足：相傳晋代高僧曇始跣涉泥水而不沾濕，時稱白足和尚。後以之代稱僧人。西山：商末伯夷、叔齊隱居西山。此處代指隱居之地。

〔2〕二句謂生爲明朝之民，無意仕於清朝。

〔3〕指柏：高啓居所堂前栽有柏樹，其《指柏軒》詩云："人來問不應，笑指庭前柏。"此處代指權貴。拈花獨破顔：相傳釋迦牟尼在靈山會上，拈花示衆，是時衆皆默然，唯迦葉心領其法，破顔微笑。

〔4〕無弦：無弦琴。相傳陶淵明不解音律，而蓄無弦琴一張，每酒適，輒取撫弄以寄其意。

午日觀漲

濤兼風雨雜江聲，江勢因之渺渺生。千里魚龍驚窟壯，數拳鷗鷺失洲横。豈真屈子忠難泯，猶遣湘波怨未平。漁父茫然無可問，獨於澤畔一含情。

別　　秋

霜氣釀初寒，風聲滿竹樹。可堪葉落時，又是秋歸去。

讀書柏菴卷別劉杜三[1]

花時不共破春寒，疋馬山中問懶殘。行李莫教梅雨濕，柏陰深處晒書難。

山分窗翠佛分燈，慧業漸深雲一層。却笑入山還入世，三年遲我恐難憑。

【校注】

〔1〕柏菴：今不詳其址。劉杜三：即劉有光，字杜三，見末編小傳。

釋大成[1]

字竺菴，醴陵人。少披剃於南岳[2]，後行脚四方，居天目最久[3]。及老倦遊，移歸南岳毗廬洞廣濟禪寺。著有《會聖堂集》。

【校注】

〔1〕大成：事迹參見清光緒《湖南通志》卷二百四十二。

〔2〕南岳：衡山，在湖南中部。

〔3〕天目：山名，在浙江西北部。

古意雜詩十首録二

人生本無定，胡爲論行止。出門三步寬，良驥徒千里。得意成金石，失意成泥滓。君看古英雄，畢竟爲誰死。興廢雖有時，無言問桃李。鄙哉黄口兒，毀譽從人起。

南山高萬仞，牛羊不可上。如何有牧童，泣岐生惆悵。北山高萬仞，雲霞時飄蕩。不見采芝人，天路空相向。

天目山居十首録三

世遠山亦古，人來鳥多驚。乃知動與静，皆是性習成。閑持一卷經，坐誦流水聲。鬱鬱青嶂裏，隱隱白雲生。此中會意處，不覺自忘情。

好山四時幽，不在青與蒼。萬木葉落盡，寒岩花正香。松火煮雪團，瓦鐺生玉光。童子坐木几，野夫卧石床。閑言亦成韵，讀之發清凉。

長松覆我屋，松老屋亦老。惟有岩前花，年年春色好。榮枯本無情，消長良有道。多少住山人，空將落葉掃。豈知繩床邊[1]，時生靈芝草。

【校注】

〔1〕繩床：又名胡床，一種由西域傳來的坐具，後變爲交椅。

戰城南[1]

去年住河内，今年住河東。豈知河東苦，原是河内凶。健兒有數千，箇箇争先鋒。五日不飲食，飢色滿顔容。安得真英雄，騎馬如騎龍。安得真壯士，力兵如力農。可憐白骨堆，青草生秋蟲。

秋風千萬里，秋聲不可聞。舊時歌舞地，今日草紛紛。不見貴公子，但見猛將軍。黄金既銷鑠，白玉亦空焚。如何閨中婦，搗衣尚殷勤。

【校注】

〔1〕戰城南：樂府古題。

雁足吟十九首步古詩韵録三 有引

予辭桑梓二十二年，以鈍根問道海内，非敢後也，力不能先。方有所聞，滄桑忽變。幾擬歸南岳，一掃先祖靈塔，得以假道還鄉，拜父母墳墓，叙手足久别之心。乃因事羈身，不克攸往，望北鴻於南返，聽西水於東流，動風木兵燹之思[1]，傷日月駒隙之感[2]。嗚呼老矣，誰悔前修？勉作此詩，用以代面。

蕭蕭林外風，弄我庭前草。駕言春欲歸[3]，懷人思遠道。遠道在長江，風波日浩浩。春光不待人，吁哉吾已老。

每愛松與竹，青青卧岩阿。所以半生夢，僅僅在緑蘿。懷子已有時，負志各有宜。欲知杖化龍，會當問葛陂[4]。歲月日如流，豈云修未遲。形骸何所恃，耳目何光輝。身隨浮雲散，名逐落花萎。朝聞夕可死，此義當勇爲。

幽蘭種密室，所貴善培滋。豈無同心人，結根共相思。相思不可見，此意誰致之。寄言諸故交，好慎風雨時。

【校注】

〔1〕風木：喻父母亡故，不及侍養。語出《韓詩外傳》："樹欲静而風不止，子欲養而親不待也。"

〔2〕日月駒隙：喻時光易逝。《莊子·知北游》："人生天地之間，若白駒之過隙，忽然而已。"

〔3〕駕言：乘車。言：語助詞。

〔4〕葛陂：地名，在今河南新蔡縣北。傳説費長房投杖於此而化爲龍，見《後漢書·費長房傳》。

和寒山百韵[1] 録三

太虚無隱晦，日月自往來。達人各知命，不爲歲時催。山静鳥復喧，水流花又開。如何征戰客，一去竟無回。

長江千萬里，流水去無息。扁舟風波中，日釣魚爲食。得魚心歡喜，剖魚心慘惻。直釣與曲釣[2]，魚兮識不識。

有客不封侯，愛作赤松子[3]。却笑侯門人，積年種桃李。桃李滿門牆，甲第連翩起[4]。客從遠方歸，桃李變荆枳。

【校注】

〔1〕寒山：唐代詩僧，其詩多雜於佛經因果，後世擬者、和者甚多。

〔2〕曲釣,《會聖堂集》卷二作“曲鈎”。

〔3〕赤松子:傳説中的仙人。

〔4〕甲第:科舉考試第一等。

冬夜宿東林有感,和壁間王陽明先生韵〔1〕

日暮江州行草草〔2〕,來到東林月正好。千峰萬峰寒色暝,雲鶴不知山寺老。寺老僧殘大可哀,白蓮試問何時開〔3〕。遠公精神猶未死〔4〕,應有高人乘願來。虎溪橋畔誰回首,漫笑陶潜只戀酒〔5〕。茫茫宇宙幾人醒,白玉黄金成腐朽。夜半松風落滿庭,浮鷗何處宿沙汀。披衣坐看銀河皎,無數空山枕上青。

【校注】

〔1〕東林:寺名,在今江西廬山,乃東晋江州刺史桓伊爲釋慧遠所建。王陽明:即王守仁,字伯安,學者稱陽明先生,明代哲學家。

〔2〕江州:即今九江市。

〔3〕慧遠與雷次宗等十八人在東林寺同修净土,因中有白蓮池,故結社號白蓮社。

〔4〕遠公:指慧遠。

〔5〕虎溪橋:在東林寺前。相傳慧遠專心修行,影不出户,送客不過虎溪橋。陶潜:即陶淵明。他時常來東林寺中,與慧遠論道。

天目山居十首録二

古木依雲岸,穿泉逗石根。一瓢堪寄傲,萬事可忘言。菓熟風霜力,花繁雨露恩。幾回逢异客,不覺笑聲喧。

好境山中得,無人肯自來。每尋黄獨穴〔1〕,時坐白猿臺。風冷鳥輕度,日寒梅細開。平生有幽興,岩谷亦相推。

【校注】

〔1〕黄獨：植物名，别名土芋，可入藥。

雙徑望江臺次韵

欲溯滄溟興，山看晚更幽。日平低遠樹，江闊小行舟。新竹陰浮薄，殘花艷落稠。天涯心未遠，且許澹雲留。

題雪蘭圖

不見空山谷，香風何處尋。誰將今日眼，看冷古人心。白白寒光澹，青青春意深。早知花是夢，那肯下雲林。

臨高臺三首録一

凉風吹落葉，遊子自何歸。白日來竿影，青山生釣磯。故人千里外，往事百年非。相望還相思，行行見鳥飛。

送陳伯璣歸盱江〔1〕

片帆風力飽，久客易言歸。江上山如故，天邊雁正飛。到家心自樂，别路語應微。他日相期處，聽敲月下扉〔2〕。

【校注】

〔1〕陳伯璣：即陳允衡，字伯璣，江西建昌（舊府名，治所在今南城縣）人。明季避難，隱居盱江（在江西東部，又名撫河），杜門窮巷，以詩自娱。

〔2〕此套用賈島詩句："鳥宿池邊樹，僧敲月下門。"又陸游詩云："莫道幽栖交舊絶，月中亦有打門僧。"此用其意。

梅花吟三十韵并引録三

梅花一題，古今多吟。寒燈夜雨，美人惆悵青春；淡月幽林，高士徘徊素影。讀殘名筆，誰不犯花？檢編瑶篇，孰能潛姓？予浪遊方外，抱拙雲中。每對空山，細問是香是雪；偶逢枯木，深知非色非空[1]。雖徹虛懷，敢言絶賞？茅齋竹几，多番伴冷蒲團；紙帳繩床，幾度耐寒岩谷。無心學句，有意求聲。漫研松烟，聊申管見。倘作楊枝一滴[2]，何殊火宅三車[3]？然不遇隴頭人，消息却憑誰寄[4]？

幽林雲影薄，冷况對君佳。可使名清隱，難教看活埋。霜痕游子屐，雪泪玉人釵。幾度相逢處，寥寥話素懷。

何緣嘗谷隱，不忍負初聞。徹骨千年雪，藏幽萬壑雲。意隨寒水淡，夢與故園分。翻意孤山月[5]，多情冷照君。

漸覺山光媚，林梢尚未青。送人歸故國，留客坐閑亭。高節知無恙，佳名信有馨。柴門常不掩，但許白雲扃。

【校注】

〔1〕佛教謂“色即是空”，有形之萬物爲色，而萬物爲因緣所生，本非實有。

〔2〕楊枝：楊枝水，佛教所謂能使萬物蘇生的甘露。

〔3〕火宅：佛教以喻煩惱的俗界。《法華經》：“長者以牛車、羊車、鹿車立門外，引諸子出離火宅。”

〔4〕此二句用陸凱《贈范曄詩》意。

〔5〕意，《沅湘耆舊集》卷四十三作“憾”。

大寒日雪

睡起窗生白，開門不見山。虛空如粉碎，草木似雲閑。潑墨欲圖壁，焚香且閉關。拈花誰悟旨，一笑落人間。

落花吟十首次文徵仲先生韵[1] 録一

春去芳思奈若何，幽情冉冉動林柯。瘦容不改新知少，膩粉難消舊怨多。蝼蚁路傍徒細舞，兒童陌上故高歌。香魂已别枝頭夢，暗鎖蜂房釀蜜窠[2]。

【校注】

〔1〕文徵仲：即文徵明，字徵仲，號衡山居士，明代著名書畫家。

〔2〕房，《沅湘耆舊集》卷四十三作“巢”。

梅花十六首和陳旻昭侍御韵[1] 録一

世路崎嶇到者難，離離芳色漸凋殘。雲中野客新山主，林下花神舊史官。夢斷羅浮一室冷[2]，笑登瑶島兩眉寒。打翻柯爛閑棋局[3]，黑子都成白子看。

【校注】

〔1〕陳旻昭：即陳丹衷，字旻昭，上元（今南京）人，崇禎癸未（1643年）進士。

〔2〕據舊題柳宗元《龍城録》載，隋人趙師雄游羅浮山，夜夢與一素妝女子共飲，及醒發現自己躺在一株大梅樹下。此用其事。

〔3〕傳説晋人王質入爛柯山（在今浙江衢縣南）伐木，見童子數人弈棋而歌，因置斧聽之。不久，童子催歸，王質起視斧柯已盡爛，歸家後知離去已數十年，親故殆盡。此用其事。

和周元亮都憲咏葦簾黄芽菜二首[1]

誰折蒼蒼白露霜，揭來秋水挂瑶房。風波滿眼宜看屋，星月盈門孰卧床。信有練光牵海岳，了無珠泪落瀟湘。等閑謾爲青山捲，恐惹黄鸝亂叫梁。

群卉凋殘不見香，冒寒生得意偏長。帶來溪寺三更月，點出丹爐六月霜。佳味止園清可掬，幽姿絶世墨難裝。應知一飽忘飢客，半在山鄉半水鄉。

【校注】

〔1〕周元亮：即周亮工，字元亮，號櫟園，明崇禎進士，官御史。入清官至户部右侍郎。

清明雨中

斷編滿天下[1]，雄名塞世間。男兒兩行泪，幾到北邙山[2]。

【校注】

〔1〕斷編：殘簡，指殘缺不全的文字。

〔2〕北邙山：在今河南洛陽市東北，漢魏以後，王公貴族多葬於此。後以之泛稱墓地。

山居百首録七

山中白日長，獨坐看雲好。落葉本無心，輕輕蓋碧草。

空谷杳無聲，有時發异響。群峰忽入門，始覺月初上。

碧澗水潭潭，空山時照影。誰知動静中，面目終年冷。

山月夜依人，不向空中住。直上萬峰頭，冷照青松樹。

我有珊瑚鞭，不輕閑撥草。清風入室時，密與烟雲抱。

昨日采山南，今朝采山北。滿筐明月光，總是青山色。

緑天萬樹松，雪濤聲滿屋。寥寥清夢餘，毛孔皆絲竹。

天目山居

生涯一钁力還能，破草新開舊葛藤。倦後石頭都是枕，臣看山骨瘦稜層。

四壁疏陰長緑苔，蕉窗時向遠峰開。數行墨迹看方好，却有幽禽問字來。

雪中過華亭船子渡〔1〕

兩岸烟波鎖凍舟，釣鱗人去月收鈎〔2〕。問渠三十年中事，潮水無聲暗點頭。

【校注】

〔1〕華亭：舊縣名，治所在今上海松江區。

〔2〕收，《沅湘耆舊集》卷四十三作“沉”。

賦得山中何所有二首録一

十二樓臺一枕長〔1〕，松風北面紙窗凉。泉聲盡日花陰裏，不煮黄精夢亦香〔2〕。

【校注】

〔1〕十二樓臺：即五城十二樓，傳説爲神仙居處。

〔2〕黄精：又名黄芝，野生薑等，可入藥，道家謂其得坤土之精粹，久服則輕身延年。

山　居

幽深落落繞柴門，古木悠然護短垣。分得小橋閑鳥語，且同流水叙寒温。

釋宗蓮

字達音，鍾祥人。

留别龔芝麓奉常[1]

何事此風雨，翻爲遠别離。一身同落葉，半世愧遊絲。寂寞坐江水，蕭疏聽竹枝。廬陽明日路，魏武舊旌旗[2]。

【校注】

〔1〕龔芝麓：即龔鼎孳，字孝昇，號芝麓，合肥人，明崇禎進士，官兵科給事中。入清官至刑部尚書。詩文并工，爲清初江左三大家之一。奉常：即太常，官名。龔芝麓入清曾官太常寺少卿。

〔2〕廬陽：廬江北岸，指龔芝麓的故鄉。廬江爲古水名，在今安徽省，漢初因其名設廬江郡，明清改爲廬州府，治所在今合肥市。魏武：魏武帝曹操。三國時，合肥乃爲曹操據有，其將張遼曾於此大破吴軍。

釋真詮

字微密，孝感人。

同調生、若持諸子遊惠泉[1]

十載過無錫，今朝識惠泉。葉青燒夏月，露白煮秋天。水舊不停日，香陳肯隔年。試須頻坐石，雨霽更新妍。

【校注】

〔1〕調生：即行發，見本卷小傳。若持：生平未詳。惠泉：在江蘇無錫市惠山山麓。

秋日，喜冲然于吴興道場山得法回楚，賦送[1]

曹溪末後句相應，見過黄梅七百僧[2]。大悟峰頭曾選佛，道場山上别傳燈[3]。白蘋秋渚吟高月，紅葉江天度遠嶒。到日魚音須寄我[4]，莫辭呵硯寫寒冰。

【校注】

〔1〕冲然：俗姓李，黄陂人，十五歲出家，隱迹黄安（今湖北紅安縣）天台寺及上方寺。吴興：縣名，屬浙江。道場山：在吴興縣西南。

〔2〕曹溪：禪宗别號，以六祖慧能在曹溪寶林寺演法而名。柳宗元《曹溪第六祖賜謚大鑒禪師碑》："凡言禪，皆本曹溪。"句：下答上爲句。黄梅：縣名，屬湖北，其地有五祖寺，慧能即在此出家學禪。

〔3〕大悟峰：即大悟山，在湖北孝感市東北。傳燈：傳法。佛教謂佛的教旨可以破除迷暗，就像燈光照明一樣，因稱之。

〔4〕魚音：指書信。

秋日送時中、闍黎歸楚之孝昌[1]

一千六百日相依，歲到庚寅買棹歸[2]。砧杵敲風連野動，秋林脱葉正寒飛。吴山住久衆難别，溳水初回人識稀[3]。恙盡子身欣復舊，江行早晚慎飱衣。

【校注】

〔1〕時中、闍黎：生平皆未詳。孝昌：即今湖北孝感。

〔2〕庚寅：清順治庚寅年，即1650年。

〔3〕吴山：在浙江杭州市西湖東南。又浙江長興縣南亦有吴山，或爲此處所指。溳水：即溳河，源出河南信陽市南，流至湖北孝感境内注入漢水。

釋行發

字調生，益陽人。

新逢元日，盧復郎以詩柬余，有“飲罷高聲讀楚辭”之句，依韵答之[1]

東林無酒飲君巵[2]，至性淵明不再辭。寒盡已忘更甲子，緘開便憶隔年時。琴書早愛風烟固，柏竹同盟骨節奇。流水自弦還自聽，何傷正則扈江離[3]。

【校注】

〔1〕盧復郎：即盧傳來，字復郎，見卷三十七小傳。

〔2〕東林：寺名，見前大成《冬夜宿東林有感》注。

〔3〕正則：屈原自謂其父爲其所取的嘉名。扈江離：出《離騷》“扈江離與辟芷兮，紉秋蘭以爲佩”句。

釋真常〔1〕

字道恒，麻城人。

【校注】

〔1〕真常：生平未詳。顧景星有《二上人遺詩序》，稱“生平所交沙門善詩者，莫如道恒真常”，并於詩中注明其曾住廬山東林寺，見《白茅堂詩文全集》。

金山謡〔1〕

石突出水水不平，白雲迷水礙舟行。山僧通聲晝夜鳴，風聲江聲與潮聲。

【校注】

〔1〕金山：在江蘇鎮江市西北。

徐九玉移畫壁詩

名手全神乃畫壁，虬松童童生九尺。一日再日不高卑，柯葉隨人動静之。間若有濤不繇風，反令人疑非畫松。别欲徙壁去十步，少有未完毁此樹。引斧旁開縈委繩，主裁工劼妙回互。置之殊不知其役，無乃松已化爲石。

九日同毛經夫、函三友、蒼且閑諸子集詹日至山園〔1〕

佳賞止何處，出門共一時。足懸橋底樹，人坐鳥前枝。紅遠山逾冷，黄嬌菊有姿。主人不盡醉，但恐月來遲。

【校注】

〔1〕九日：農曆九月九日重陽節。毛經夫、函三友、蒼且閑、詹日至：生

平皆未詳。

山夜尋張期伯

樹倚溪燈外，崎嶇更幾灣。雲根知夜履，寺影静秋山。犬越頹垣易，花分細路閑。入門忻遠至，湯沐慰枯顔。

秋　　山

斜掩孤茆出，溪行負藥囊。峰寒欲失色，花冷不傳香。隻過雁亡字，一層衣滿霜。所思亦回首，破月點山陽。

曠山絶頂

山脚媒斯徑，山禽導我登。無田不下嶺，有米飯高僧。老石皆松變，飛流是雪崩。蒼烟迷寺影，微度一層燈。

種　　蘭

山蘭思即有，倩酒報樵夫〔1〕。滌器先鬆土，培根後剪蕪。春寒忘蝶使，花耗囑狸奴〔2〕。几案香尋滿，幽情不可無。

【校注】

〔1〕倩酒：請人酤酒。

〔2〕作者自注："往年此花盡爲鼠嚙。"

遊玉屏，下山至沈粱叔蟄居宿〔1〕

初冬風物狎山晴，紅葉蘆花相向明。下我夕陽峰欲背，入門小徑地方平。賤來米價場登穀，分出園香夜剖橙。野老耕歸馴客笑，燈前逐一問人名。

【校注】

〔1〕題下作者自注：“同祖修，武思。”玉屏：山峰名，在浙江樂清縣境雁蕩山中。

尋謝玄暉故宅〔1〕

忽立白雲中，忽履白雲上。谷口問樵人，寒衣絆榛莽。

樵人不讀書，安知謝公宅。偶逢下山僧，拱手亦默默。

【校注】

〔1〕謝玄暉：即謝朓，字玄暉，南朝文學家。謝朓在今南京鍾山置有別墅，或爲此處所指“故宅”。

釋一了

字依秀。姓曾，名若渭，字幼文，麻城諸生也。少負才，放浪不羈，罹非常之禍不死，遂爲僧。

夜　坐

空庭黄葉落盈堦，今古關情積滿懷。秦燄不能燔魯史，宋儒苦未讀齊諧[1]。城中自信堪持鉢[2]，簾外何妨有墮釵。纏縛到頭蠶亦老，羅衣伴送北邙埋[3]。

【校注】

〔1〕秦燄：指秦始皇焚書之火。魯史：指孔子所修《春秋》。齊諧：《莊子·逍遥游》："齊諧者，志怪者也。"後世志怪之書乃多用其爲書名。

〔2〕據《金剛經》載，釋迦牟尼曾於食時著衣持鉢入舍衛城中乞食，食畢乃收衣鉢，跣足趺坐。此用其事，謂效法佛祖，禪心自固。

〔3〕北邙：山名，在河南洛陽北，東漢北魏的王侯公卿多葬於此，後泛指墓地。

張謫宿失偶，詩以挽之

冰弦斷去短琴孤，燈暗銘旌夜色徂。貧賤半生砧上月，荒唐隔世帕中珠。眉從何處尋濃淡，舌向誰人問有無。舊日酒漿全是泪，高朋滿座景全殊。

過邯鄲[1]

半生奴隸半生王，夢裏功名也自香。我到邯鄲渾不夢，當初不信有黄粱[2]。

盧生夢醒始求仙，無夢如何了俗緣。我若再逢當日夢，須知夢裏即飄然。

【校注】

〔1〕邯鄲：今屬河北。

〔2〕唐人小説記有“邯鄲夢”故事，敘盧生在邯鄲旅店中遇仙人吕洞賓，得授一枕，入睡後夢見身享數十年榮華富貴，及醒，主人炊黄粱尚未熟。此用其事。

釋湛淳

字若弱，蘄州人。

落花詩

謾道花神絶點埃，不勝歷亂映蒿萊。魂消楚國恩難别，影墮吴宫去復來。慷慨東君歸别院，依稀明月滿空懷。采蓮船泊斜陽外，未許明年開未開。

釋明照

字玄鑒，一字別山，黄陂阮氏子。早值亂離，剃髮爲僧。性高潔，工詩文。初住西園，於茅坪、湘潭諸處登講座。後卓錫長沙龍泉寺[1]。與襄陽袁奂稱莫逆交[2]。著有“衡岳唱和”諸詩及《櫟堂詩集》。

【校注】

〔1〕卓錫：僧人居留某地之稱。

〔2〕袁奂：字參嵐，清順治貢生，得學使彭禹峰知遇，疏舉於朝。

喜　秋

莫作悲秋賦，秋清意正投。明全歸月魄，香盡散樨頭[1]。志愜滕王閣，情深庾亮樓[2]。更闌無限思，仰面看星流。

【校注】

〔1〕樨頭：木樨枝頭，桂花别稱木樨。

〔2〕滕王閣：在江西南昌市。王勃《滕王閣序》：“落霞與孤鶩齊飛，秋水共長天一色。”庾：原書作“庾”，乃刻版之誤，此改。庾亮樓：舊址在今江西九江市。《晋書·庾亮傳》載其鎮江州時，曾與僚吏登南樓賞月，談咏竟夕。但其時江州治所在今湖北武昌，後治所移今九江，好事者遂於此建樓附會之。

酬三尹大師[1]

賤軀頻苦病，似著絶交書。候雁音猶阻，登堂問亦疏。囊空齊己句，詩羡石門居[2]。静識朝昏氣，全無一笋蔬。

【校注】

〔1〕三尹大師：湖南平江縣人，俗姓李，明末曾從軍，辭歸後出家。

〔2〕齊己：唐代詩僧。石門：地名，在今安徽當塗縣東六十里橫望山中，李白曾與吴筠隱居於此，晚年作有《下途歸石門舊居》，追憶了對過去居此的超然避世、怡然自樂的生活。

夜不寐

永夜不成寐，縈懷字字凄。亂離身易老，雲水杖空携[1]。林葉聽霜墜，窗禽待漏啼。漆園余有意[2]，所恨物難齊。

【校注】

〔1〕雲水：謂如行雲流水，游蕩四方。

〔2〕漆園：指莊子，莊子曾爲漆園吏。其所著《莊子》中有《齊物論》篇。

除　夕

此夕聞除舊，惟余似未從。插梅仍唤臘，煮笋尚呼冬。髮豈繁霜改，身因老病慵。不須論往事，且扣隔年鐘。

山居雜咏二十四首録五

亂離無剩土，更不怨湘江。漂泊緣洲葦，蕭條及釣艭。黄陵妃子廟，汨水大夫邦[1]。峰火烟難盡，猶然到北窗。

敢曰耽幽趣，聊成隱者栖。避喧開僻徑，謀食理荒畦。難得龍爲杖，何須虎是溪[2]。年來詩興減，隨意聽黄鸝。

白眼天涯外，風威雪益嚴。撒鹽窮木末，嵌玉到山尖。袖破難藏手，鈎長任挂檐。安心雖糞火[3]，一芋倩誰添。

投老學山居，幽栖禮法疏。花闌隨鳥坐，竹徑任人書。有道門空掃，希夷夢竟虚。幾回搔首問，天意費躊躇。

抱病遭時异，何當夜苦長。漏深蛩語切，燈暗鼠牙張。斂重農頻困，霖愆圃告荒。老僧無五畝[4]，亦自墮凄凉。

【校注】

〔1〕“黄陵”句：湖南湘陰縣北舊有黄陵廟，祠祭虞舜之妃娥皇與女英，亦名二妃廟。汨水：即汨羅江，在今湖南境内。汨羅江由汨水和羅水匯合而得名。大夫：三閭大夫，即屈原。

〔2〕龍爲杖：傳説仙人壺公曾讓費長房騎竹杖歸家，至家後，竹杖化龍而去，此用其事。虎是溪：廬山東林寺前有溪名虎溪，相傳晋僧慧遠每送客過此，輒有虎號鳴。

〔3〕雖，《沅湘耆舊集》卷四十三作“唯”。

〔4〕五畝，《孟子·梁惠王上》：“五畝之宅，樹之以桑，五十者可以衣帛矣。”

坐新塘寺苦雨遣悶十三首録一

誅茅封四壁，坐我苦吟身。烟重嗔柴濕，巢寒嘆鳥貧。支床雙叠足，裹飯獨懷人。此外空諸有，惟余懶是真。

秋中有約，同袁參嵐、張子垣登祝融諸峰，作衡岳秋[1]凡三十韵 録一

青插重霄放眼窺，崔巍壽柱障南離[2]。星垣翼軫高三楚，波國瀟湘帶九疑[3]。李泌空思煨芋火，向平終未解塵羈[4]。水天同碧晴空洗，奚必樓頭問退之[5]。

【校注】

〔1〕袁參嵐：即袁奂，見本詩作者小傳注。張子垣：生平未詳。祝融：衡

山最高的山峰名。

〔2〕南離：《易》卦離位在南，因以爲南方的代稱。

〔3〕“星垣”句：謂翼宿與軫宿在楚地之分野。王勃《滕王閣序》：“星分翼軫，地接衡廬。”瀟湘：瀟水與湘水。九疑：山名，在湖南寧遠縣南。

〔4〕李泌：唐代宰相，封鄴侯，歷仕玄、肅、代、德四朝，數爲權貴忌嫉，常以智免，屢屢退隱名山，復被召出。他曾築室南岳隱居讀書，今衡山有鄴侯書院。向平：即向子平，東漢人。他在兒女婚嫁已畢，方纔不問家事，出游名山大川，不知所終。

〔5〕奚必：何必。退之：即韓愈，字退之。韓愈曾游衡山，作有《謁衡岳廟遂宿岳寺題門樓》等詩。

卜子枉顧以詩箑見惠，依韵奉酬，兼懷紫仙明府六首録一

豈意尋登太乙壇〔1〕，相將携手夕陽殘。從誰巨擘開靈岳，若箇狂生障倒瀾。宿霧一天人影醉，清湘五月草堂寒。與君緩步林皋望，在在楓丹未忍看〔2〕。

【校注】

〔1〕太乙壇：天神太乙的祭壇。

〔2〕楓丹，《沅湘耆舊集》卷四十三作“丹楓”。

新正連日大雪〔1〕

彤雲竟日撥難開，幻却河山一味皚。春意或教平險峻，天心乍許净塵埃。冰垂檐溜消還長，花散空明去復來。極目繁華今白屋，笑余不覺步瑶臺。

【校注】

〔1〕新正：新年之正月。

六十自壽

時來活計不須論，檢點形骸尚幾存。記事資從昨歲鈍，著書眼在半年昏。山林稍得清魂夢，紙墨無非濺泪痕。獨有寸懷良抱愧，偷生畢竟負深恩。

亂後還家柬友五首〔1〕録一

隱几凝眸幾度思，難堪玉粒甑塵時〔2〕。北驚湖水千尋浪，南駭周宣六月師〔3〕。不謂羽書煩傳遽，更教風雨暗湘灕〔4〕。白衣宰相紛雲嶠〔5〕，老驥寧忘伏櫪悲。

【校注】

〔1〕題下原注："時苦飢荒，加以洞庭之警、粤西告急。"

〔2〕隱几：倚着几案。玉粒甑塵：謂缺米而斷炊。

〔3〕《詩經·小雅》有《六月》詩，寫周宣王遣師伐玁狁事。

〔4〕湘灕：湘水與灕江，指湖南與廣西地區。

〔5〕白衣宰相：謂無官職而有宰相權勢者，此處即指權貴。雲嶠：雲涌嶠南（嶺南）。

落葉二十九首録四

秋風盡掃上林陰，坐閱俄驚感慨心。謾琢亂飛凄切句，堪憐將墜寂寥音。鳥當苦噪嫌巢冷，蛩獨長吟喜砌深。記得千金曾一刻〔1〕，那能消受到于今。

全無活計可人憐，興減生平與世遷。樹樹摧殘顔頓改，峰峰摇落眼空懸。鄭虔斷送狂三絶，張旭消磨老一顛〔2〕。畢竟高懷多韵致，白雲堆裏唱新篇。

蕭條心事與誰云，霄壤憂危自此分。久許風塵堪避世，即沾雨露亦空聞。深封老衲岩前芋，厚瘞寒婆嶺畔墳。白首每逢哀玉碎，泪從梧葉落紛紛。

衹謂金風已墜梧，詎知林葉頓全屠。留連大有逋臣恨[3]，狼藉驚同出塞孤。不謂梁鴻歌廡下，争看阮籍哭窮途[4]。烟霞若箇飄零態，絶勝悲秋古畫圖。

【校注】

〔1〕蘇軾《春夜》："春宵一刻值千金，花有清香月有陰。"

〔2〕鄭虔：唐代書畫家，與李白、杜甫以詩酒交，時有"鄭虔三（詩、書、畫）絶"之譽。張旭：唐代書法家，以狂草著名。相傳他常在大醉後呼喊狂走，然後落筆，故人稱"張顛"。

〔3〕恨，《沅湘耆舊集》卷四十三作"憾"。

〔4〕梁鴻：東漢人，與妻同隱居霸陵山中，後避禍去吴，居廡下，爲人舂米，既歸來，妻爲之備食，舉案齊眉，不改其樂。阮籍：魏晋文學家，史籍載其常率意獨駕，不由徑路，車迹所窮，輒痛哭而返。

燈花十首[1] 録一

絳蕊離離燦短檠，不從雨露亦芳榮。但憐一點丹心苦，那問樓頭數報更。

【校注】

〔1〕題下原注："次周麓山韵。"

焚　香

爐煨活火爇雲烟，一縷縱横几榻前。記得芝蘭室裏過，細聞香不在人天。

憶　夢

雲滿千峰雨滿天，柴扉深掩正酣眠。夢中遍歷瀟湘路，芳草王孫記不全[1]。

【校注】

〔1〕《楚辭·招隱士》："王孫游兮不歸，春草生兮萋萋。"

附

故宫女

素香亭下歌[1]

明月滿空階，梧桐落如雨。凉飕襲人衣，不知秋幾許[2]。

【校注】

〔1〕題下原注："遼王故宫沙橋門外，有宫人斜，宫嬪埋香處也。每陰寒晦黑，過者聞紅愁緑慘之聲。有少年子，乘醉踏月入空宫，經素香亭下，睹一美人，霓裳練裙，倚闌而歌。"遼王故宫：即明代遼王朱植的故宫，舊址在今湖北荆州市區。其宫内院有素香亭，後國亡亭廢。宫人斜：宫人墓地。又據清乾隆《江陵縣志》卷二十五載，素香亭旁又有一亭名六合，嘗見女鬼出没，一夕憑闌而歌此。

〔2〕凉飕：凉風。秋，《湖北詩徵傳略》卷三十二作"香"。

浠水歌[1]

浠之水，何鱗鱗[2]。

【校注】

〔1〕浠水：在湖北東部。題下原注："甲申之役，齊安有成子知於太守而擯焉，成子徘徊浠水之上，作歌自投於河而死。"甲申：明崇禎十七年，即1644年。是年李自成率軍攻入北京後，又因明降將引清兵入關而敗退至陝西、河南、湖北等地。齊安：舊郡縣名，隋代并入黄岡。故治在今湖北黄岡西北。

〔2〕詩後原注："明日有呼而過市者云：'屍爾文，飲長鯨，以德於九京。'"

楚風補末編

明

拾　遺

〔校注者按〕此編所録諸詩的作者，皆明末清初人，其生平小傳皆附於本書後集《楚詩紀》中，原編者在書末的按語中作有説明。但是，由於《楚詩紀》暫時不能與本書同時整理出版，我們爲了保存本書的原貌以及保證本書校注體例的統一，乃將《楚詩紀》中有關此編的作者小傳分别録於此編作者的名下，并作必要的簡注，以便於讀者閲讀。

程正揆[1]

字端伯，號青溪，孝感人。前辛未進士，官庶常。國朝起爲光禄少卿，典試山右，累官工部侍郎。歸老以書畫名。

【校注】

〔1〕程正揆：著有《青溪遺稿》，事迹參見清康熙《湖廣通志》卷四十七、光緒《湖北通志》卷一百五十二。

江南四首之一

揚子江心水，逶迤幾千里。風烟接素秋，浩波發清芷。近年商賈稀，畫船滿弓矢。豈無擊楫人，夜舞蛟龍起。厮隸被衮衣，精鑿揚糠秕[1]。何如一杯酒，采石空江裏。

【校注】

〔1〕厮隸：奴僕。衮衣：古代皇帝及上公的禮服。此處指華貴的衣服。精鑿：舂爲精米。

和方甦翁自壽[1]

盛事傳歌咏[2]，高年憶友朋。文章三變局，天地一殘燈。繞膝人何限，齊眉事可稱。不須遊秉燭[3]，只合斷浮藤。

遊倦身將隱，浮家地亦仙。鬚眉三代意，帷蓋九重緣[4]。菊酒方逢節[5]，瓊花不記年。華筵今獨坐，笑口尚皇天[6]。

老眼迴今昔，餘身置死枯[7]。雁鴻排藪澤，鷹犬上氍毹。劍冷星雙鬢，秋高酒一酤。臨風懷宋玉，楚尚有傖夫[8]。

四海無迴避，居濱有伯夷〔9〕。老臣猶至性，我后自垂慈。營室周公事，量才管子師〔10〕。渭綸年正少〔11〕，壯志豈言隳。

【校注】

〔1〕《青溪遺稿》卷七題作“方蘇翁先生七十自壽詩十二首，和之”。方甦翁：即方拱乾，字坦庵，號甦翁，桐城人，明崇禎元年（1628）進士，官左諭德。入清官少詹事，後南歸居南京。

〔2〕傅，同上書作“傳”。

〔3〕《古詩十九首》：“何不秉燭游，爲樂當及時。”

〔4〕帷蓋：車的帷幔和頂篷。《禮記·檀弓下》：“敝帷不棄，爲埋馬也；敝蓋不棄，爲埋狗也。”此用其意，謂方蘇翁長壽。

〔5〕菊酒：菊花酒。《荆楚歲時記》：“九月九日……佩茱萸，食餌，飲菊花酒。”

〔6〕尚，同上書作“向”。

〔7〕死，同上書作“菀”。

〔8〕傖夫：野夫。魏晋時，吴人以上國自居，鄙視楚人荒陋，稱楚人爲傖楚。

〔9〕伯夷：商末孤竹君之子，後耻食周粟，隱居首陽山。此處代指隱者。

〔10〕周公：即姬旦，周文王之子，輔助武王滅紂，建周王朝。後成王年幼，周公攝政，平管、蔡之亂，并建成周雒邑。相傳周代禮樂制度皆爲周公所制訂。管子：即管仲，春秋時人，有經世治國之才，佐齊桓公九合諸侯，一匡天下。

〔11〕渭綸：用姜太公渭水垂釣，終遇周文王典。

即事八首録一

閑情但有一溪青，鵷鷺那堪對穢形。擊楫不勞聲戛戛，敲棋惟聽子丁丁。漢闕空憶秦時月，太史誰占處士星〔1〕。荆棘銅駝無限恨，只宜痴絶不宜惺〔2〕。

【校注】

〔1〕王昌齡《出塞》:“秦時明月漢時關。”“漢關”句化用其句。太史:官名,掌管記載史事、天文曆法等。處士星:即少微星,占者常以隱者賢士當之。

〔2〕荆棘銅駝:西晋索靖至洛陽,見朝政不綱,知天下將亂,因指宫門銅駝曰:“會見汝在荆棘中耳!”後乃以之指變亂後的殘破景象。惺:同“醒”,醒悟。

劉肇國〔1〕

字阮山，潛江人，宫保雲密公猶子，前癸未進士，官編修。國朝起爲祭酒，晋内閣學士，教習庶吉士，充纂修《實録》總裁。持大體，爲館閣雅望。尋乞假，卒於江南。著有《菱湄詩集》。

【校注】

〔1〕劉肇國：據清光緒《潛江縣志》卷十六載，其字敏功，號阮仙，明崇禎癸未（1643年）進士。

旱雲行〔1〕

旱雲羽檄各紛紜，十家九家突無熏〔2〕。市井白徒身無主〔3〕，衢巷啼號詎可聞。白首翁媪恨未死，紅顔憔悴命如紙。欲買無錢借無門，摩挲領釦含啼起。摘换青錢六十六，易米一升纔脱粟。洗鐺爲糜雜野芹，執爨垂涎不待熟。前日一頓已斷火，至今闔門懸釜坐。日暮乘城催鼓角，枵腹踉蹌不敢惰。城守誰家主客分，酌酒高呼甚繽紛。傳箭摐金微徹夜〔4〕，蒼頭負斂氣穿雲。咤叱鄉兵神莫倦，口乾難應雙眸眩。貧者自饑富者醉，爲誰忍死待攻戰。已焉哉，吁嗟噫嘻聲嗚咽，富者何貴貧何賤。

【校注】

〔1〕題下原注："春荒寇警，驅民守城，有感而作。"

〔2〕突：烟囱。

〔3〕白徒：未受過軍事訓練的人。

〔4〕摐金：敲擊金鼓。

嗸嗸行〔1〕

瞻雲望雨意嗷嗷，溝澗全枯費桔槔〔2〕。田荒身死何足惜，贏得豪門穀價高。徵貴徵賤豪門貫，五倍六倍利無算。白晝誓言倉已空，善價開倉當夜半。縣官請賑自登門，舌敝唇乾吐復吞。汲黯無術可矯詔，黔婁終有未招魂[3]。昨夜里胥甚張皇，火催練米上襄陽。旱荒賦斂猶如此，立者顛仆卧者僵。已焉哉，立者顛仆卧者僵。

【校注】

〔1〕謷：古同“嗷”。

〔2〕桔槔：井上汲水的工具。

〔3〕汲黯：西漢人，武帝時位列九卿。曾被遣外視察，過河南，見窮人苦於水旱，乃持節矯詔發河南倉粟以賑民。黔婁：戰國時齊國隱士，家貧，死時衾不蔽體，後以喻貧士。

子謙爲我間道往閩浦[1]

程生多義氣，慷慨渡江東。已避焚巢火，寧辭落葉風。凝眸秋露白，回首夕陽紅。知我飄零意，在君道路中。

【校注】

〔1〕子謙：程子謙，生平未詳。間道往閩浦，謂從小道去往福建浦城。

甲申初度和沈大悟韵[1]

幾年烈火沸江蘋，偷得餘生及此辰。萬里白雲心上事，九霄明月夢中人。已無菊徑堪歸隱，何處桃源可問津。四十二年成底夢，龕前莫説再來身。

【校注】

〔1〕甲申：明崇禎十七（1644）年。

長安寒食遣意[1]

面頰塵封背刺芒，詩思如結不能狂。豈無谷口堪耕秫，畏向江頭復釣魴。是處野藤隨地緑，連朝濃霧壓天黄。西山十四陵前樹[2]，寒食風聲到客床。

【校注】

〔1〕長安：即今西安。寒食：節令名，在農曆清明節前一或二日，是日只吃冷食。

〔2〕西山十四陵：或指分布在西安市西面的漢唐陵墓。

無題限韵

木魚聲裏雜漁歌，我却癡癡坐爲何。思入九天知路近，目營四海恨山多。鶴雖斂翼猶能舞，劍偶藏鋒豈待磨。正恐優游銷歲月，肯將心事付江河。

題宋射陵蔬枰[1]

戀惜蒓羹樂澗泉，閑閑十畝意如仙[2]。棋多翻局空存譜，海屢揚塵莫記年。蘭渚白雲生岸側，草堂黄鶴守籬邊。冰心豈學悲秋客，且賦梅花續大篇。

【校注】

〔1〕題下原注：“蔬枰，爲射陵樂隱處。”編者原按：“射陵，名曹，江南鹽城進士。”宋射陵：名曹，字彬臣，一字邠臣，號射陵，鹽城（今屬江蘇）人，明崇禎時官中書，入清後隱居不仕。

〔2〕蒓羹：蒓菜羹。晋代張翰因見秋風起而思吴中蒓羹，於是棄官還鄉。閑閑十畝：《詩經・魏風・十畝之間》：“十畝之間兮，桑者閑閑兮。”此套用其句。

沈會霖[1]

字時沛，號茶庵，孝感人。前壬午孝廉。

【校注】

〔1〕沈會霖：明崇禎壬午（1642年）孝廉，任推官。事迹參見清光緒《孝感縣志》卷十五。

過土木[1]

土木蕭蕭忍再過，孟婆風訊定如何[2]。素心好友佳懷少，白首先民往説多。三月車塵收紫塞[3]，五更鄉夢暗黄河。文姬空有思歸怨[4]，何處南州可浩歌。

【校注】

〔1〕土木：即土木堡，在河北懷來縣西。明英宗曾率師擊瓦剌兵敗，被虜於此。

〔2〕孟婆：風的俗稱。

〔3〕紫塞：指北方邊塞，舊謂其築塞之土色皆紫，故名之。

〔4〕文姬：蔡文姬。她在漢末董卓之亂中被亂軍所虜，後流落到南匈奴，居十二年後，方被曹操贖回。作有《悲憤詩》。

唐世徵[1]

字魏子，一字琴疊，湘潭人。前壬午副榜，受知吴孼受先生。國朝順治辛丑成進士。授司李，改玉山令。多惠政，重新懷玉書院。甲寅道梗，卒於廣陵。所著有《數峰略》，刻《燕游草》《爲郎小草》行世。

【校注】

〔1〕唐世徵：事迹參見清乾隆《長沙府志》卷三十、清光緒《湖南通志》卷一百七十九。

山長溪上贈别攸水陳逸子[1]

暝色空山問雪橋，草堂幽興舊朋要。聽多溪響眠難著，坐到爐寒怨易消。遞有清言驕白業，孤留氣節重南朝[2]。浮湘十日渾無住，初試雲天萬里瓢。

湘雨初寒若雪消，不堪衰柳折行橋。悲歌燕市當年筑，諧謔金門獻歲朝[3]。髡到駱丞容易老，詩逢韓愈自相要[4]。看君已斷浮家想，尚説終南好挂瓢[5]。

【校注】

〔1〕山長：即王岱，字山長，見本編小傳。陳逸子：即陳五簋，字逸子，攸縣人，見卷四十小傳。

〔2〕清言：高雅的言談。白業：佛家語，謂善業。南朝：指明朝。陳逸子在明朝亡後，遂剃髪爲僧，故作者贊譽之。

〔3〕“悲歌”句：戰國時，荆軻至燕市，日與高漸離等痛飲，酒酣以往，高漸離擊筑，荆軻和之而慷慨悲歌，已而相泣，旁若無人。燕市：戰國時燕國的國都。筑：古樂器。“諧謔”句：漢時，東方朔爲武帝侍臣，以詼諧滑稽、狂

放不羈著名，一日酒酣，乃據地歌曰：“陸沉於俗，避世金馬門。宮殿中可以避世全身，何必深山之中、蒿廬之下。”金門：即金馬門，漢宮中門名，因門傍立有銅鑄之馬而得名，東方朔曾侍詔金馬門。

〔4〕髡：古代一種剃去頭髮的刑罰。駱丞：即駱賓王，因其曾被貶爲臨海丞，故世稱之。他曾因得罪武則天而入獄，作《在獄咏蟬》詩，謂己鬓髮衰而心高潔。韓愈：唐代詩人。賈島嘗於京師騎驢苦吟，不覺衝撞京兆尹韓愈輿，韓愈問明實情後，乃邀其并轡論詩。

〔5〕終南：山名，在陝西西安市南。唐代盧藏用舉進士，居此山中，後以高士名得官，累居要職，人稱其爲“隨駕隱士”，稱其途爲“終南捷徑”。挂瓢：相傳遠古高士許由無杯器，常以手捧水而飲，人贈一瓢，許由持瓢飲畢後挂於樹上，風吹樹而瓢作響，許由以爲煩擾，遂取而棄之。後因以“挂瓢”爲隱居清高之典。

尹惟日〔1〕

字冬如，號麟塢，茶陵人。七歲應童子試，堵牧游、蔡江門、高匪旃諸先生俱奇之，取冠多士。國朝順治壬辰成進士，年始十八。官和平令，單騎降賊，卒於官。

【校注】

〔1〕尹惟日：事迹參見清康熙《湖廣通志》卷五十五、乾隆《長沙府志》卷二十九、光緒《湖南通志》卷一百八十二。

秋日感憤詩十二首録二

霜意寒地天，輕雲將野度〔1〕。秋氣與秋風〔2〕，悲涼昨夜雨。人生值此難，忍向白帝訴。江南木葉下，江北長安路。落落離人群，焉敢褰裳赴。喟我初姱修〔3〕，振襟獨高步。今兹頻低徊〔4〕，乃悔昔者誤。時在我之辰，天空堪回顧〔5〕。

讀書不萬卷〔6〕，彈劍不盈尺。身名付逝水，男子而巾幗。中材涉末流，拙守以自適。瞻彼英杰士，偏爲風塵厄。支天骨已瘦，解嘲心欲赤〔7〕。結客少年場，相逢哭一擲〔8〕。埋輪彼周道〔9〕，那復堪驅策。平生有至性，獨羞雷同迹。霜月照人苦，嗟乎天翁碧〔10〕。

【校注】

〔1〕此二句，《沅湘耆舊集》卷五十作“秋氣滿天地，寒雲中野度”。

〔2〕同上書作“疾風自西來”。

〔3〕同上書作“嘆我姱修始”。

〔4〕同上書作“今兹逢艱危”。

〔5〕同上書作“何須更回顧”。

〔6〕杜甫《奉贈韋左丞丈二十二韵》：“讀書破萬卷，下筆如有神。”

〔7〕此二句，同上書作“支天骨格竦，瀝血心膽赤”。

〔8〕同上書作“頭顱輕一擲”。

〔9〕彼，同上書作“在”。周道：官道，大路。

〔10〕同上書作“茫茫天宇碧”。

胡統虞[1]

字孝緒，號此庵，武陵人。前癸未進士，授檢討。國初起，補國史院檢討，升祭酒，終秘書院大學士，纂修《實録》，教習庶吉士。及卒，宦橐蕭然。

【校注】

〔1〕胡統虞：明崇禎癸未（1643年）進士。事迹參見清康熙《湖廣通志》卷五十、光緒《湖南通志》卷一百九十二。

别陶仲調、馮棍公、劉杜三、黄眉最、尹尊子、謝魯玉、吴次梅、謝孺玉、郭幼隗[1]

尋秋入岳麓[2]，中道窘陰雨。歲莫復尋來[3]，山深雪如堵。喜我在山外[4]，卑山等撮土。邈邈陟高峰，盲盲宗與祖[5]。人生履平地，懸念猶石乳。想結成凝陰，趨變立今古。中有素心人，能爲風會主。睠焉顧文禽，而自修毛羽。毛羽不自戢，飲啄那得取。此身若漏卮，世事類焦釜。相傾至今日，煉石胡堪補？維我同肝腸，千里車相輔。古道恒若斯，抱膝吟梁父[6]。

【校注】

〔1〕陶仲調：即陶汝鼐，字仲調，見卷三十一小傳。馮棍公：即馮一第，字棍公，見卷二十九小傳。劉杜三：即劉有光，字杜三，見本編小傳。黄眉最、尹尊子、吴次梅：生平皆未詳。謝魯玉：即謝璵，字魯玉；謝孺玉：即謝璠，字孺玉，兩人皆謝璜（見卷三十七小傳）之弟，湘潭人，明崇禎時舉人。郭幼隗：即郭金臺，字幼隗，見卷二十七小傳。

〔2〕岳麓：山名，在今湖南長沙市。

〔3〕此句，《沅湘耆舊集》卷四十四作“歲暮游人稀”。

〔4〕喜我，同上書作“我行”。

〔5〕此句，同上書作“盲盲俯平楚”。

〔6〕梁父：《梁父吟》，樂府楚調曲，爲古挽歌。

秋日星沙别劉杜三，次來韵〔1〕

岳麓重相聚，問君湖上遊。燭難消永夜，雨欲老深秋。時看匣中劍，曾焚舊日舟〔2〕。何堪賦離别，回首數峰幽。

【校注】

〔1〕星沙：長沙的别稱。劉杜三：即劉有光，見本編小傳。

〔2〕曾，《沅湘耆舊集》卷四十四作“思”。

趙而忭[1]

字友沂。洞門長子。負奇才，善雅談，髫時見知於毗陵高匯旃、陽羨堵牧游兩巨公。丙戌，湖廣補鄉試，登賢書。游京師，錢牧齋、吴駿公、龔孝昇諸先生咸推之，以任子授中書舍人，特詔入明史館纂修，擬大用，未四十卒。著有《孝廉船》《虎鼠集》行世。

【校注】

〔1〕趙而忭：長沙人，趙開心之子，事迹參見清乾隆《長沙府志》卷三十、《清史稿》卷二百四十四。

送侯子之關中[1]

日月無多魄，離思秋更親[2]。天横何夜笛，花惜去時人。謾自悲銅馬，從誰逐玉麟[3]。蕭蕭孤劍去，北斗是三秦。

【校注】

〔1〕關中：指函谷關以西的秦都咸陽、漢都長安等地區。

〔2〕“日月”句，《沅湘耆舊集》卷四十八作“日月忽雲邁”。思，同上書作“懷”。

〔3〕銅馬：漢武帝得大宛馬，乃命人以銅鑄像，立馬於魯班門外，更名金馬門。逐玉麟：漢武帝獲麒麟，建麒麟閣，後畫霍光、蘇武等十一位功臣圖像於閣中。此或用其事，謂建功立業而揚名天下。

詹大衢〔1〕

字陟園，黄岡明經。著有《舫游嚴臺》《沈樓閑咏》及《寄游黄山》諸刻。

【校注】

〔1〕詹大衢：據清光緒《黄州府志》卷十九載，其字麗明，清康熙壬子（1672年）副貢。

挽王子雲先生〔1〕

蝴蝶夢中飛，萬化忽已變。誰人類楚狂，從衆顛不倦。東陵何必貴〔2〕，青門何必賤。咄哉種瓜者，毅然確有見。曉事邁揚雄〔3〕，長揚差自衒。匡廬歸去來〔4〕，十年寶一硯。

【校注】

〔1〕題下原按："子雲，乃尚書廷瞻孫，後爲酒傭。"王子雲：即王一翥，字子雲，見卷三十小傳。

〔2〕東陵：東陵侯。召平爲秦時東陵侯，秦亡後家貧，種瓜於長安城青門外。

〔3〕邁：老。揚雄：漢代文學家。晚年作《劇秦美新》，諛美王莽新朝，爲人所譏。

〔4〕王一翥於明亡後隱居廬山智林寺，以詩、書自適，晚年方歸黄岡而卒。

韋成賢〔1〕

字念莪，黄岡人。順治丙戌進士，授翰林。丁亥分校，得人最盛，遷侍讀。賫詔過里門，恂恂若寒素還。出爲江南参政，理糧儲，滌陋規，民不擾而賦足。内升大通政，以外難哀毁卒。著有《問鄉亭詩集》。

【校注】

〔1〕韋成賢：事迹参見清康熙《湖廣通志》卷五十二、光緒《湖北通志》卷一百三十九。

午日贈雲篆并爲解嘲〔1〕

水色空涼山色明，西郫農圃學調筝。春秋烈筆傳司馬，郢鄂風流見屈平。既許夢投滄海迹，何慳浪博采江聲。須知憂國便娟泪，莫禁蒲花雨後鐺。

【校注】

〔1〕午日：端午日，農曆五月初五。

譚　篆[1]

字灌湘，天門人。順治戊戌進士。歷官侍講。

【校注】

〔1〕譚篆：字玉章，號灌湘。事迹參見清乾隆《天門縣志》卷十六、光緒《湖北通志》卷一百五十二。

楚故宫

寒日下紅牆，西風掃大荒。城烏啼故樹，野雀守空倉。相國懷沙痛[1]，王孫抱柱傷。無情嗚咽水，江漢日湯湯。

【校注】

〔1〕懷沙：楚國左徒屈原悲楚國衰敗而作《懷沙》，舊謂其爲屈原決心以身殉國的絶命辭。

舟中遇沈友聖[1]

徵士江東秀，詩名壓大荒。能賡天寶曲，不炷濟南香[2]。擊筑辭燕月，停雲憶楚湘[3]。逢君猶夢裹，春水蕩沙棠[4]。

【校注】

〔1〕沈友聖：即沈麟，字友聖，華亭（今江蘇松江縣）人，隱居不仕，與吴偉業、顧如華等交厚。

〔2〕賡：繼作。天寶：唐玄宗年號。天寶曲：指盛唐詩歌。濟南香：漢時，濟南學者名士甚多。杜甫《陪李北海宴歷下亭》："海右此亭古，濟南名士多。"

〔3〕燕月，《湖北詩徵傳略》卷二十九作"年歲"。筑：古樂器名。停雲：指思念親友。陶淵明作《停雲》詩四首，自序稱"停雲，思親友也"。

〔4〕沙棠：木名，可造舟。此處即代指舟船。

憶南苑[1]

畿南風景近如何，七月郊原鏁綠蘿。獵馬放歸金甲暗[2]，彈丸收去野麋多。梵宫冷落無烟火，樵路蒼茫有斧柯。平沼樓船空繫水，白蘋紅蓼老清波。

【校注】

〔1〕南苑：舊址在北京永定門外，元代爲下馬飛放泊，明代永樂中擴爲園囿，供皇帝游獵享樂。

〔2〕歸，《湖北詩徵傳略》卷二十九作“開”。

徐　芳[1]

字蔚子。本長沙徐氏，從簡姓，入湘鄉籍。明經。常德司訓。

【校注】

〔1〕徐芳。事迹參見清光緒《湖南通志》卷一百二十九。

望　岳

岳色溢揺數十里，客路蒼蒼依袂趾。月挂峰青雲半銜，南國佳人卧不起。星緯側壓秋雲羅，紫霞醉染山微酡。將往從之入烟蘿，上梯丹崖拍銀河。

積　雪

積雪經旬浹，床書擁辟寒[1]。飢烏將比潔，野鶴欲同看。爨濕烟癡重，罌空酒澀酸。白雲蔬圃覆，菘韭釀春盤。

【校注】

〔1〕旬浹：即浹旬，十天。辟：通“避”。

鷺

雨塘春獨立，烟樹日群飛。幻向白雲去，了知青嶂歸。數行賓雁序，一飽婢魚肥[1]。幾看疑殘雪，相過帶落暉。

【校注】

〔1〕婢魚：今名鰟魮鯽。

冬村即事

白日荒遊子，青山媚舊知。寒花仍覆徑，稚柳已成絲。入坐悲生死，相逢訴别離。凄清何所見，悵望夕陽時。

稍緩須臾念[1]，訛聞即開然。可憐星在霤[2]，不定鳥驚弦。刀俎群生命，鞭箠萬物天。愴心殊莫遣，落雁滿霜田。

【校注】

〔1〕臾：原詩作“叟”，當爲刻版之誤，此改。

〔2〕《詩經・小雅・苕之華》：“三星在罶。”此用其意，謂罶中無魚而水静，但見星光。霤：通“罶”，魚簍。

癸未春日書壁[1]

真是難堪眼耳來，何能豆葉使情灰[2]。書田久解揮鋤意，礪石難工繞指才[3]。蓍得天山臣在野，學參圓覺鏡無臺[4]。草堂别業多珍重，麥秀他年補七哀[5]。

【校注】

〔1〕癸未：明崇禎十六（1643）年。

〔2〕漢人楊惲官至光禄勛，因事罷官居家，在致友人書中以“種豆”喻己心灰意懶。此用其事。

〔3〕劉琨《重贈盧諶》：“何意百煉剛，化爲繞指柔。”此用其意。

〔4〕蓍：蓍草，古人用於卜筮。此處即指占卦。《易・遯》：“天下有山，遯君子以遠小人。”圓覺：圓覺經，謂以世間種種幻化，生於覺心，幻盡覺圓，心通法遍。鏡無臺：據《傳燈録》載，禪宗六祖慧能述偈云：“菩提本非樹，明鏡亦非臺。”此用其意。

〔5〕麥秀：箕子過故殷墟，感宫室毁壞、禾黍生長，心傷而作《麥秀歌》。後以之代指亡國之痛。七哀：樂府舊題，王粲始作，反映社會動亂，抒寫個人悲情。

驚　秋

蠟言梔貌半生無[1]，緑釀瑶琴病葉軀。一室古人心盡在，千年亡國恨何須。寒蜩細咽風梢柳，絡緯新唫月底梧。墨楯好磨書待捷，時平纔醉浣花圖[2]。

【校注】

〔1〕蠟言梔貌：指僞飾欺世。柳宗元《鞭賈》："今之梔其貌，蠟其言，以求賈技於朝者……亦良多矣！"

〔2〕墨楯：行軍時爲作檄文而在楯上磨墨。浣花圖：浣花日之圖景。蜀人習俗，每年四月十九日宴游於成都西的浣花溪旁，是時傾城皆出，錦綉夾道。

元日漫題

負却春光昨歲辰，麗風佳月倍還人。泰階應掃欃槍氣[1]，閭閻潛消扈蹕塵。同在中流誰擊楫，勸諸上座莫沾巾[2]。草堂休戀東西瀼[3]，難把綸竿到水濱。

【校注】

〔1〕泰階：星名，共六星，雙雙并排而斜上，如階梯。舊謂："三階平則陰陽和，風雨時，歲大登，民人息，天下平，是謂太平。"欃槍：即彗星，古人視爲妖星，出現即有兵亂。

〔2〕擊楫：東晋名將祖逖曾率部北伐，渡江於中流擊楫，立誓收復中原。西晋末年，中原淪喪，渡江諸士嘗聚新亭，相對而泣。此用其事。

〔3〕夔州（今重慶奉節縣）有東、西瀼水，杜甫曾在此租草屋以居。

偶　成

射獵春秋冬夏書，孤雄始計亦魚魚。縱談劍術皆人敵，了悟陰符不土苴[1]。措手愈難天下事，拈花已悔我生初[2]。庭翻擘柳風纔轉，何敢揮杯逸日居。

【校注】

〔1〕陰符：《陰符經》，舊題黄帝撰，謂爲經世用兵之書。土苴：泥土與枯草，喻微賤之物。《莊子・讓王》："道之真以治身，其緒餘以爲國家，其土苴以治天下。"

〔2〕措手：着手處理。拈花：喻心會神通。

懷同社諸子

故人零落已疏星，泥燕無梁雁窅冥，開帙屢如三月葛[1]，寄雲望斷數峰青。各驚短髮香山老，同賦懷沙屈子醒[2]。聞道鶴書還隴去[3]，栖遲何地有滄溟。

【校注】

〔1〕三月葛：《詩經・王風・采葛》："一日不見，如三月兮。"

〔2〕香山：即白居易，自號香山居士。其詩文中多有感傷髮短鬢衰、人老體弱之句。屈子：屈原，作有《九章・懷沙》。《楚辭・漁父》："屈原曰：舉世皆濁我獨清，衆人皆醉我獨醒。"

〔3〕原注："當事徵楊仲宣入幕，不就。"鶴書：書體名，古時徵辟賢士的詔書用此體，故亦稱詔書爲"鶴書"。孔稚圭《北山移文》："及其鳴騶入谷，鶴書赴隴，形馳魂散，志變神動。"

孫錫蕃[1]

字棐臣。黄岡明經。官公安司訓。士風丕變，升霑化令，卒。

【校注】

〔1〕孫錫蕃：有《復庵删詩舊集》。事迹参見清光緒《黄岡縣志》卷十。

縫甲泣

奇書不讀懸三峽[1]，用之一心爲要法。心經百苦漸成丹，灑血天河净洗甲。五岳此身重君恩，朝食未滅不夕餐。萬馬逐鹿先三户，枕戈鎧虱出凶門[2]。夜半青藜秋風咽，化作百煉錚錚鐵。有骨如鐵鐵着身，片片冰霜聲凛冽。嚙鏃折矛學劍舞，博浪沙中聞嘯虎[3]。披甲方寸起山河，解甲上帝洞肺腑。

【校注】

〔1〕長江三峽的西陵峽中，有兵書寶劍峽，相傳諸葛亮有兵書收藏在此，其岩上石縫中有物叠置，狀若書函。

〔2〕逐鹿：喻争奪天下。三户，《史記·項羽本紀》："楚雖三户，亡秦必楚。"舊謂三户指楚國屈、景、昭三大家族。凶門：古時將軍出征，鑿一向北之門而出，以示必死之决心。此門即稱凶門。

〔3〕博浪沙：在今河南原陽縣。縣東南舊有博浪城，張良曾遣力士於此椎擊秦始皇。

九日舟中寄汪漪公、鄭亦懷、萬烈峰[1]

秋水天邊江流疾，床頭風雨聲蕭瑟。蘆荻菊花不冬青，年年茱萸插九日[2]。憶昔白雲歌陰霾，化作蟲沙入我室。爲猿爲鶴山谷間，珍重毛羽不肯出[3]。七松處士老隱岩[4]，三代布衣種柑橘。太元歷歷近春秋，霜花夜照凌寒筆[5]。

【校注】

〔1〕九日：農曆九月九日，重陽節。汪漪公：即汪國榮，字漪園，黄岡人，明季諸生，有詩名，晚年隱居皁山麓，號皁山樵人。鄭亦懷：即鄭先慶，見卷四十四小傳。萬烈峰：生平未詳。

〔2〕茱萸：植物名，香味濃烈，可入藥。古代風俗，乃在重陽節佩茱萸囊以去邪辟惡。

〔3〕蟲沙、猿鶴：四句用周穆王南征，一軍皆化，君子爲猿爲鶴，小人爲蟲爲沙典。

〔4〕唐代鄭薰晚年稱其所居爲隱岩，并植松於庭，號七松處士。

〔5〕此二句,《復庵删詩舊集》卷二作“太元不知晋春秋，霜天甲子董狐筆”。

初春訪鄧懼菴二首

幽栖横古道，春色到柴門。烽火連千戍，湖烟繞一村。危冠驚脱葉，長劍舞殘尊。百二秦關隔〔1〕，西風感舊恩。

遠道經豺虎，輕裝過石門〔2〕。鳥還孤月夜，人老百花村。匕首思公子，漁竿夢至尊。東遊客博浪，家世總深恩。

【校注】

〔1〕百二：指險固之地。《周書·賀蘭祥傳》：“固則神皋西岳，險則百二猶在。”

〔2〕石門：在河南鄭州市西北。

鄂渚發舟，至青山阻風，懷劬菴師三首〔1〕録二

春思滿湘靈，春江漲洞庭。一身空碧漢，萬頃泛滄溟。歲月深知己，烟波老客星。狂瀾無回岸，忽見一山青。

尚有錢塘約[2]，雲霄萬古看。天涯分手易，方外品題難。水闊魚龍冷，風高燕雀寒。報恩三尺劍，珍重走邯鄲[3]。

【校注】

〔1〕鄂渚：即今武漢市武昌。青山：即今武漢市青山。劬菴：未詳。

〔2〕錢塘：舊縣名，治所在今浙江杭州市。

〔3〕謂不要像盧生走邯鄲那様做“邯鄲夢”（“黄粱夢”），意即不要貪圖榮華富貴。

春遊有感

茅亭三五隱湖東，避世寥寥北海同[1]。萬馬中原凋壯鬖，孤峰天外卧山翁。江聲夜夜流明月，柳色青青冷漢宮。雨長石苔春漸老，傷心人在落花中。

【校注】

〔1〕北海：湖名，即今貝加爾湖。《漢書·蘇武傳》：“乃徙武北海無人處。”

東古寺次楊伯祥兵部韵寄金子駿先生[1]

天未孤臣走間關[2]，芭蕉一葉已輕閑。身存湖泛鴟夷子，親老人傳謝叠山[3]。讀史英雄成敗論，立孤難易死生間。肩頭霜雪平生事，夜半悲風逐鬢斑。

黄冠無夢不鄉關[4]，坐卧風沙竟日閑。自古文章誰信史，何年姓字勒燕山[5]。陳情血灑江東檄，采藥人居勾曲間[6]。安得鹿車終養志，晝堂年老舞萊斑[7]。

【校注】

〔1〕《復庵删詩舊集》收録此題詩三首。東古寺：其址未詳。楊伯祥：即楊廷麟，字伯祥，明崇禎進士，官至兵部主事，後福王升其爲兵部尚書兼東閣大學士，守贛州，清兵圍攻半年，城陷而赴水死。金子駿：即金聲，字子駿，詳見卷三十小傳。

〔2〕未，《復庵删詩舊集》卷五作"末"，是。

〔3〕鴟夷子：指范蠡。范蠡佐越王勾踐滅吴後，乃浮海出齊，變姓名自謂鴟夷子皮。又傳説他功成後偕西施泛舟太湖上。謝叠山：即謝枋得，字君直，號叠山，南宋末年曾爲考官，元兵東下，乃變姓名入建寧山中，元初隱居閩中，後福建行省强送至京，絶食而亡。

〔4〕黄冠：農夫之冠。杜甫《遣興》："上疏乞骸骨，黄冠歸故鄉。"

〔5〕年，同上書作"生"。姓字：姓名。燕山：即燕然山，今名杭愛山，在今蒙古國境内。東漢竇憲破匈奴，登此山刻石勒功，令班固作《燕山銘》。

〔6〕勾曲：即"句曲"，又稱茅山，在江蘇句容縣，相傳爲漢代茅盈兄弟修道處，此處代指深山。

〔7〕鹿車：用人力推挽的小車。東漢鮑宣曾與妻共挽鹿車，離京還歸鄉里。畫堂：有畫飾的廳堂。舞萊：相傳春秋時，楚國老萊子隱耕於蒙山之南，不受楚王之聘，行年七十，事雙親至孝，舞以娱雙親。此用其事。

江州感贈〔1〕

紅顔憔悴老江濱，幸有潯陽七尺身。去國空懷籬畔菊，望星猶重斗南人〔2〕。桓彝建業移家苦，應曜淮陽避世真〔3〕。好聽龍池來五老，華山石上話青旻〔4〕。

【校注】

〔1〕江州：治所在今江西九江市，唐代曾爲潯陽郡。

〔2〕望星，《復庵删詩舊集》卷五作"逢今"。斗南：《新唐書·狄仁杰傳》載，藺仁基每曰："狄公之賢，北斗以南一人而已。"此用其意。

〔3〕桓彝：晋人。據史籍載，其少孤，識鑒明朗，避亂渡江，移居建業（今南京），後在東晋王朝中累官尚書吏部郎。應曜：秦末隱士，隱居淮陽（今屬河南）山中，漢初與“商山四皓”同時被徵，但他獨未應徵。時人故曰：“商山四皓，不如淮陽一老。”

〔4〕龍池：龍池寺，晋僧慧遠創建，原址在今江西九江市中心的甘棠湖北岸。五老：五老峰，廬山名峰，五峰聳立，看去似五個老人并坐。華山：指廬山蓮花峰。青旻：青天。

贈廬僧能照

鹿池池畔小茅亭，歸佛英雄一卷經。莫爲時艱空老大，還憐多病哭冬青。玄門坐隱傳支遁，僧史編修出贊寧[1]。分拜九華曾讀易，廬峰應夢伍喬星[2]。

【校注】

〔1〕玄門：指佛教。坐隱：下圍棋的别稱。支遁：晋高僧，通《莊子》及《維摩經》等，善弈。《世説新語·巧藝》：“王中郎（坦之）以圍棋是坐隱，支公（遁）以圍棋爲手談。”贊寧：宋高僧，詔修《大宋高僧傳》，成三十卷。

〔2〕九華：山名，在安徽青陽縣西南，爲我國佛教四大名山之一。易：《易經》。伍喬：南唐人，性嗜學，入廬山，勤學苦節自守，後舉進士第一，官考功郎。相傳其在廬山時，有僧人夢見一大星，人謂即伍喬星。

壽昌懷子雲不至[1]

枯竹新梅自古今，斜陽感物獨登臨。郡南夢老雙門調，天竺人傳三藏心[2]。貧病喪明真命薄，顛狂埋照識交深。佳人絶代瑶璫冷，焦尾誰堪續舊琴[3]。

【校注】

〔1〕壽昌：舊縣名，治所在今浙江建德市西南。子雲：即王一翥，字子雲，

見卷三十小傳。

〔2〕“郡南”句：漢末，管寧避難居遼東郡南，築廬於山谷，魏初始歸故鄉。文帝徵爲太中大夫，明帝拜爲光禄勛，皆固辭不就。藏，《復庵刪詩舊集》卷五作“石”，是。三石：三生石，詩文中常把三生石作爲因緣前定的典故。

〔3〕原注：“子雲妻子皆殉賊難。”焦尾：良琴名。

訪黄慈雲徵士

悲歌經歲老漁樵，獨對書床影寂寥。遊子風塵三尺劍，仙人湖海一詩瓢〔1〕。鉉翁舊服青鞵老，元亮離琴爨尾焦〔2〕。最喜玉臺丹井在，猶存松菊洗寒霄。

【校注】

〔1〕仙人，《復庵刪詩舊集》卷五作“山人”。

〔2〕鉉翁：家鉉翁，宋末累官户部侍郎、樞密院丞旨。入元，拒受高官及所賜金錢，義不二君，以《春秋》教授弟子，爲諸生談宋興亡之故，以布衣終老故里。元亮：即陶淵明，字元亮。離琴：大琴。爨尾焦：指良琴。

遊寒溪寺同嚴平子徵士有感〔1〕

西山松徑逐江開，烟雨臨皋隔岸猜。白帝城餘烏鵲影〔2〕，東風聲送杜鵑來。精魂天竺罍三石，簡點陳橋酒一杯〔3〕。遠道聲傳衡浦雁，故人珍重答詩裁〔4〕。

【校注】

〔1〕寒溪寺：在今湖北鄂州市西的西山（古名樊山）之下。嚴平子：即嚴首昇，字平子，見卷四十三小傳。

〔2〕白帝城：在重慶奉節縣城東。

〔3〕三石：用“三生石”典故。“簡點”句：宋太祖趙匡胤曾爲後周殿前都點檢，在率軍至陳橋驛（今河南開封市東北）抵禦北漢與契丹聯軍時，突然發

動兵變，還師廢周帝，建立宋王朝，後又以“杯酒釋兵權”之計，鞏固了集權統治。

〔4〕珍，《復庵删詩舊集》卷五作“斟”。

同劉阮仙學士次子雲過廢宅韵〔1〕

擊幘狂呼一酒徒，風流江左變萑苻〔2〕。最憐宋玉江陵宅，誤作燕丹督亢圖〔3〕。畫像黄冠雲水迹，藏文蕝地鬼神扶〔4〕。令求勾漏原心隱〔5〕，聊借丹砂試舊壚。

三載潯陽落將星，琵琶亭上帶愁聽〔6〕。空教伍子頭俱白，都作盧生夢未醒〔7〕。潛水千潭澄皓月，華山一拜答蒼冥〔8〕。閑看世事楓彫盡，好伴寒松雪後青。

江花二月渭天春，起聽碪聲動四鄰。畫棟幾存三代字〔9〕，青山猶剩六朝人。雲流月駛移昏旦，鹿指狐鳴接漢秦〔10〕。杜宇啼紅兩岸樹〔11〕，獨留霜雪報艱辛。

卧病山人寄五湖，詩筒錦字勝鉛觚〔12〕。龍傳夢蟄猿聲破，蟲繞沙飛鶴響孤。自古貧交今絶少，於今此道古人無。從遊吏隱褊褷客，應説前身是大蘇〔13〕。

【校注】

〔1〕劉阮仙：即劉肇國，字阮仙，見本編小傳。子雲：即王一翥，字子雲，見卷三十小傳。

〔2〕萑苻：春秋時鄭國澤名，因其葭葦茂密，多盗匪，後多稱之爲盗賊出没的荒澤之地。

〔3〕宋玉：戰國時楚國辭賦家，相傳在楚郢都（舊址在今湖北江陵）有其故宅。公元前278年，秦軍伐楚拔郢。燕丹：燕太子丹。他曾派荆軻獻督亢

（古地區名，即今河北涿縣以東至固安、新城等縣界）地圖，藏匕首於圖中謀刺秦始皇。

〔4〕黄冠：農夫之冠，此處指隱耕之人。蕝地：或指楚地。《國語·晋語》："楚爲荆蠻，置茅蕝。"

〔5〕勾漏：山名，在今廣西北流市。相傳晋代葛洪曾爲勾漏令，隱居於此修煉。

〔6〕潯陽：即今江西九江市。琵琶亭：舊址在今江西九江市西的長江濱，爲白居易作《琵琶行》之處。

〔7〕子，《復庵删詩舊集》卷五作"胥"。伍子：伍子胥。相傳他亡楚奔吴，至昭關而不得過，一夜之間愁白了頭髮。盧生：沈濟《枕中記》中的人物。據其所載，盧生在邯鄲客店中遇吕洞賓，得授枕而入夢，夢中歷盡富貴榮華，及醒，主人炊黄粱尚未熟。

〔8〕潛水：古水名，舊説古荆州。華山：或指廬山蓮花峰。

〔9〕三代：指夏、商、周三個朝代。

〔10〕秦相趙高曾"指鹿爲馬"以試其權勢；陳勝、吴廣起義時，吴廣曾爲狐鳴之呼，以造輿論；此用其事。

〔11〕杜宇：即杜鵑，傳説爲古蜀國之君杜宇之魂所化。

〔12〕錦字：指妻子寄給丈夫的書信。見卷四十五袁準《即事》注〔6〕。鉛觚：鉛粉筆與木簡，代指著作。

〔13〕吏隱：謂隱於下位。褊襬：衣服飄揚貌。大蘇：即蘇軾。其弟蘇轍，時稱小蘇。

贈藁木和尚〔1〕

秦淮憶昔踏清波，風雨鍾陵長薜蘿。皋羽登臺傷五嶺，參寥泛海念東坡〔2〕。身輕力絶衡山芋〔3〕，雲影風踪彭蠡簑。今日畫師工畫骨。眼前空是一頭陀。

【校注】

〔1〕題下原注："即梅之煩，名惠連，舊蔭金吾。" 梅之煩：字惠連，麻城（屬湖北）人，明末蔭主事，博涉群書，傳世有作，明亡後披緇爲僧，號藁木。

〔2〕皋羽：謝翱字。謝翱悲文天祥在五坡嶺（今廣東海豐北）被俘後不屈而亡，乃登嚴子陵釣臺祭文，并作《西臺慟哭記》。參寥：參寥子，宋僧道潜號。道潜住杭州智果寺，與蘇軾相交至深。

〔3〕力，《復庵删詩舊集》卷五作"粒"。

天竺煉僧〔1〕

露葵朝槿静山門，白石黄沙當晚飧。皇覺寺中尊鼻祖，戲西關上擁心孫〔2〕。風吹節尾千峰動，雲卧床頭一劍存。四大部洲全國土〔3〕，聊將百二報人恩。

【校注】

〔1〕天竺煉僧：未詳。顧景星《送竺煉師還南岳》詩序云，其歷游江南諸地，行踪莫定，晚年長住南岳衡山。

〔2〕皇覺寺：舊址在安徽鳳陽縣東南，明太祖朱元璋曾在此爲僧。戲西關：未詳。心孫：即孫心，恭順謙遜之心。

〔3〕四大部洲：佛經稱天下有四大部洲，即東勝神洲、南瞻部洲、西牛賀洲、北俱盧洲。

左　史

字晦齋，醴陵明經。

鷄鳴關[1]

設險憑陵亦峻巍，因思地利未全非。守關壯士心難繫，食土藩王事已違。鐵騎不須愁夜度，金戈何用返斜暉。可憐昔日山河色，依舊青青送客歸。

【校注】

〔1〕鷄鳴關：在今貴州鎮遠縣青溪鎮西。

李中素[1]

字鵠山，麻城人。子石處士之弟。以明經官湘鄉教諭，擢閩令，調臺灣鳳山，卒於任。

【校注】

〔1〕李中素：據清康熙《湖廣通志》卷五二、光緒《湖北通志》卷一百五十二載，其字子鵠，少以神童稱，譚元春、艾南英等名士皆折節交之。其兄李中黄，字子石，見卷四十四小傳。

遥贈閻古古先輩十律[1]録三

十載前於外家，得見閻古古先輩挽詩三章，雄詞悲調，酸感旁人。每與外兄梅子澹克酒酣縱歌[2]，輒以不悉其出處爲憾。今客單父[3]，從友人案頭獲讀諸詩，得其意之所在。知解鞍匣劍，依沛上布衣。乃爲詩十章，用寫夙緒，志氣感激，不以無因自嫌，古古亦許其狂態否？

江南無地豈堪求，樹記冬青尚一邱[4]。俎豆已知王氏臘，文章私哭茂陵秋[5]。當前踪跡人争訝，此後行藏史自搜。參得佛圖澄妙解，虚舟容易狎浮鷗[6]。

三旬生計漸蹉跎，挑盡殘燈却放歌。文士性情鷄肋重，故家聲氣鹿門多[7]。梁園賓客今誰主，宣室功名近若何[8]。世少茂先吴鐵繡[9]，爲君新作十年磨。

蝸觸蠻衝幾合圍，揮戈何處挽斜暉[10]。茫茫籬外無多菊，落落山邊有限薇。從白猿携雙鋏往，牽黄犢避盗泉歸[11]。刹那圓滿屠沽業，閑賦停雲補納衣[12]。

【校注】

〔1〕閻古古：即閻爾梅，字用卿，號古古，又號白耷山人，沛縣（屬江蘇）人，崇禎舉人，博學工詩，明亡後，破産謀起事，不幸罹獄，終得脱走，歷游天下，見大事已去，方歸故鄉。

〔2〕梅澹克：即梅鉞，見卷四十二小傳。

〔3〕單父：舊邑，縣名，治所在今山東單縣南。

〔4〕一邱：指隱居。

〔5〕俎豆：古代禮器，皆用於祭祀。王氏：見卷四十五袁準《前題》注〔2〕，此處疑作“王室”，指明王朝。臘：歲末。王室臘：謂明王朝運數已盡。茂陵：漢武帝陵墓。

〔6〕佛圖澄：晋代僧人，由天竺東來傳法，使佛教大興。《晋書》載其智術非常，能預知吉凶，曾謂石虎爲“海歐鳥”。虚舟：喻胸懷曠遠。

〔7〕故家：世家。鹿門：山名，在今湖北襄陽市境内，漢末龐德公、唐代孟浩然曾隱居於此。此處借指隱居之地。

〔8〕梁園：即梁苑，舊址在今河南開封市東南，漢代梁壽王所建，爲游賞和延賓之所，司馬相如、枚乘、鄒陽等名士皆曾爲座上客。宣室：漢代宫殿名，漢文帝曾於此見賈誼問鬼神事。

〔9〕茂先：即張華，字茂先，晋人，因伐吴有功，歷任要職。相傳吴國未滅之時，斗牛之間常有紫氣，他令雷焕望斗，得知寶劍之精，上徹於天，乃使雷焕在豫章豐城掘地而得龍泉、太阿雙劍。綉：通“銹”。

〔10〕蝸觸蠻衝：喻渺小的争鬥。《莊子·則陽》：“有國於蝸之左角者，曰觸氏；有國於蝸之右角者，曰蠻氏。時相與争地而戰，伏尸數萬，逐北旬有五日而後反。”“揮戈”句：《淮南子·覽冥》載，魯陽公與韓作戰正酣時，日至黄昏，乃援戈一揮，太陽因之退返三舍。此用其事。

〔11〕“從白”句：據《吴越春秋》載，越有處女道遇白猿，得授劍術而捷巧。此用其事。盗泉：古泉名。相傳孔子過盗泉，因惡其名，渴而不飲。

〔12〕停雲：指思念親友之作，見前譚篆《舟中逢沈友聖》注〔3〕。

十月十六日，行次大梁東門。史遷云："夷門者，城之東門也。"即侯生送公子無忌處。因沽酒，策馬立門外久之，兼憶劉孫謀表兄爲是日初度。計余到家不遠，却賦似孫謀，以一笑爲壽耳[1]

吴刀燕馬朔風昏，沙捲黄河日月翻。肯向諸公虚左席，獨懷上客入東門。滄桑敢問前朝事，禾黍能銷故國魂[2]。樓觀新增漫遊賞，守陵僧是舊王孫。

【校注】

〔1〕大梁：戰國時魏國都城，舊址在今河南開封市西北。侯生：侯嬴，魏國隱士，爲夷門守門小吏，後被信陵君從車騎、虚左位迎爲上客。秦圍趙，信陵君以侯嬴計而奪得兵權，却秦救趙。侯嬴則在送信陵君出夷門後數日，自刎以報之。公子無忌：魏安釐王异母弟，封爲信陵君。劉孫謀：未詳。初度：生日。

〔2〕《詩經·王風》有《黍離篇》，舊謂乃周大夫憑吊故國之作。

攝山白雲山房訪張隱士瑶星[1]

萬叠危峰拂水灣，偶因僧徑扣柴關。欲收刹海無邊浪[2]，只剪栖霞一片山。甲子只今存外史，滄桑從古變人間。黄昏下界客歸去，惟有孤雲任往還。

【校注】

〔1〕攝山：即栖霞山，在江蘇南京市東北。六朝時因山上盛産藥草，吃後可以攝生，故又名攝山，山上有著名的栖霞寺。張瑶星：即張遺，字瑶星，明亡後隱居栖霞山白雲庵，人稱白雲先生，見卷四十二小傳。

〔2〕刹海：佛海。

程正萃[1]

字除只，孝感人。

【校注】

〔1〕程正萃：號邁園，負文譽，清順治八年（1651）貢生，終生不第，事迹參見清康熙《湖廣通志》卷五十七、光緒《湖北通志》卷八十七。

與王璞庵、劉石帆夜話兼示别懷[1]

三載風塵笑曳裾[2]，秋燈濁酒夜窗虚。金臺擊筑人垂老，碣石談天興已疏[3]。争誦鬱輪摩詰曲，還留藜火更生書[4]。不堪久作春明夢，仍是青山舊接輿[5]。

【校注】

〔1〕王璞庵：即王吉人，字孚伯，號璞庵，湖北京山人，清順治戊戌（1658年）進士，累官翰林院編修。劉石帆：生平未詳。

〔2〕曳裾：曳裾王門，喻在顯貴者門下作食客。

〔3〕金臺：黄金臺。故址在今河北易縣東南，相傳燕昭王築此臺，并置千金以延請天下賢士。筑，古樂器名，古人嘗和擊筑之聲而歌。碣石：山名，在今河北昌黎縣北。秦始皇、漢武帝皆曾東巡至此，刻石觀海。曹操過此，作有《碣石篇》。

〔4〕"争誦"句：唐人小説載，王維（字摩詰）方將應舉，岐王引至安樂公主宅第，進新曲"鬱輪袍"，公主大奇之，爲之説項，王維遂得登第。"還留"句：相傳劉向（原名更生）校書於天禄閣，專精覃思，夜有老人植青藜杖入，見其暗中獨坐誦書，乃吹杖端烟燃，并授其以五行洪範之文。

〔5〕春明夢：指入仕京都之夢。唐都長安的東西有三門，其中門名春明，後以之爲京都的通稱。接輿：春秋時楚國隱士。

王　　岱[1]

字山長，號了庵，一號石史，又號戈山人。湘潭人，前己卯孝廉。足迹遍天下，至則覽名勝，交异人。國朝壬辰奉詔起隱滯，乃勉上公車，授安鄉諭，遷隨州學正，内升順天教授，歷任澄海令，卒於任，祀名宦。所著有《灾异三昧》《五芝應世》《芝城棱棱》《我法詩餘》《燕游西泠》種種，而客簦山書兩種行世。

【校注】

〔1〕王岱：著有《了庵詩文集》，事迹參見清康熙《湖廣通志》卷五十五、光緒《湖南通志》卷一百七十九。

次吴既閑别韵[1]

簪去峨冠舊皂紗，蒼蒼斑鬢染霜華。折腰未解裾當曳，蒙袂羞聞食有嗟[2]。幾處鳳麟傷縛束，前途荆棘避槎牙。家臨澤畔行吟慣，爲賡離騷賦屈沙。

【校注】

〔1〕《了庵詩集》卷十四題作“次吴既閑賦别韵”。吴既閑：即吴驥，字既閑，湖北天門人，明崇禎舉人，終生隱居不仕。

〔2〕折腰：指屈身事人。陶淵明曾嘆：“吾不能爲五斗米折腰，向鄉里小人。”裾當曳：即曳裾王門，指寄食於權貴門下。蒙袂：用衣袖遮臉。食有嗟：即嗟來之食，指帶有侮辱性的施舍。《禮記·檀弓》載，齊人黔敖爲食於路以施於饑者，有饑者蒙袂輯屨而來。黔敖奉食執飲曰：“嗟，來食！”饑者揚其目而視之曰：“予唯不食嗟來之食，以至於斯也！”從而謝焉，終不食而死。

田既霖

字夏雲，容美司人[1]。官本司宣慰使。

【校注】

〔1〕容美司：治所在今湖北鶴峰縣。

除夕和家大人韵[1]

坐嘆山河舊，蕭蕭舉目塵。杞人憂已久，梅市諫無因[2]。祖享今宵臘，王正改歲春[3]。來朝望北闕，還是歷朝身。

【校注】

〔1〕《湖北詩徵傳略》卷三十九題作"和大人除夕感懷"。

〔2〕梅市：相傳浙江紹興城西有梅市，爲東漢梅福在王莽專政後的隱居處，乃以之命名。梅福隱居歸里後，曾數上諫書。

〔3〕今宵，同上書作"誰家"。王正：春王正月，指新春正月。

劉有光[1]

原名自曄，字杜三，一字魚計，號鸞傭，攸縣人。前丙子孝廉。南北兩都，聲名藉甚。桂藩授翰林，不就。國朝辛亥，授沙河令，有聲。丙辰，内升行人。未赴，卒。其古文詩歌、真草書隸，別自機杼。與人交，不拘禮數，尤好獎進後學。著有《西游草》《南北行吟》《把茅外紀》《終風胥抄》《南園雜述》《批注李文正公樂府》諸集行世。

【校注】

〔1〕劉有光：有《香山草堂集》，事迹參見清乾隆《長沙府志》卷三十、光緒《湖南通志》卷一百八十二。

淮安懷萬年少[1]

淮陰男子少[2]，匹婦遂知名。重涕過城下，中流望友生[3]。徒來書鳳字，獨去聽鷄聲。敝帚留年表，曹滕賴主盟[4]。

【校注】

〔1〕題下原按："年少，名壽祺，舉丙子孝廉，居隰西草堂。"萬壽棋：字年少，淮安（屬江蘇）人，一説徐州人，明崇禎舉人，入清後僧衣僧帽，往來吴楚間，稱明志道人。

〔2〕淮陰：舊郡名，明、清爲淮安府。

〔3〕友生：朋友。

〔4〕敝帚：喻微賤之物。《東觀漢記》："家有敝帚，享之千金。"年表：歷史年表，指史籍。曹、滕，春秋時的兩個諸侯小國名，分别在今山東定陶、曹縣與滕縣一帶。舊謂曹滕地區文化昌盛，人物薈萃。

呈何象岡閣老[1]

麻鞵憔悴獨天涯，處處盆香望翠華。共説臨河思寇凖，誰憐流涕自長沙[2]。西枝廢不藏吟甕[3]，南渡生全托酒家。二十四橋烟月在[4]，含情不獨爲梅花。

【校注】

〔1〕原按："即香山何吾騶。"何吾騶：明萬曆進士，崇禎時官至禮部尚書、内閣大學士。

〔2〕臨河：舊縣名，以南臨黄河得名，原屬澶州，後爲黄河淹廢。寇凖：北宋宰相。遼軍大舉南侵時，他力主抗戰，敦促宋真宗往澶州督戰，終於與遼訂立澶淵之盟。長沙：指賈誼，他曾貶爲長沙王太傅，在渡湘水時，作了《弔屈原賦》

〔3〕西枝：村名，原址在陝西咸陽附近，杜甫曾在此置草堂以居。吟甕：古樂器名。

〔4〕二十四橋：古代名勝，在江蘇江都西門外。

寄漢上李雲田，時雲田選刻楚詩[1]

相思定亦到狂生，芳草隔江易有情。亡命無緣投李篤，閉門隨意哭荆卿[2]。衰同列國憂難續，删到王風怨可平[3]。莫問杜陵天寶後[4]，句中垂老泪縱横。

【校注】

〔1〕李雲田：即李以篤，字雲田，號老蕩子，漢陽人，性情坦蕩，學識淵博，縱游吴越，以詩酒爲樂，與龔鼎孳交厚。

〔2〕李篤：東漢人。張儉亡命投其家，縣令毛欽領兵至，李篤護之，説退毛欽，後又送之出塞，使之得免。荆卿：即荆軻，戰國時衛人，曾爲燕太子丹謀刺秦始皇未遂。

〔3〕列國：指東周列國。删：指删《詩》。史籍載《詩經》乃孔子删定。王風：《詩經》十五“國風”之一，爲王都地區所產生的詩歌，因平王東遷雒邑，周室衰微，位等列國，故稱“王風”。

〔4〕杜陵：即杜甫。他在天寶十四載安史之亂起後，過着流亡顛沛的生活，詩中充滿了憂憤國事的强烈感情。

向　古

字書友，黄陂人。

荆南張希周招飲，示槎菴作先大人傳志，感賦二首[1]

小隱荆南市[2]，茅齋傍水濆。清尊澆塊壘，白眼看浮雲。放浪閑花柳，摩挲舊典墳[3]。風塵知己少，過此畏離群。

聞説槎庵叟，栖栖故不平。報韓曾有志，復楚默留名[4]。欲覓千山醉，長爲萬里行。地天荒老後，難死此先生。

【校注】

〔1〕荆南：即荆州。唐時於湖北江陵置荆南軍，治荆州。後荆南又成爲五代十國之一。張希周、槎菴：生平皆未詳。

〔2〕小隱：指隱居山林。王康琚《反招隱詩》："小隱隱陵藪，大隱隱朝市。"

〔3〕摩挲：撫摸。此處指捧在手上閲讀。典墳：相傳古書有"三墳五典"，此處借指古代典籍。

〔4〕報韓：張良家五世相韓，爲報秦滅韓之仇，乃結納刺客，椎擊秦始皇於博浪沙，後又佐漢滅秦。復楚：春秋時，吴用伍子胥計攻破楚國，申包胥誓必復之，乃入秦求救，哭於秦宫七晝夜，終使秦發兵退吴。楚昭王還國都後論功行賞，申包胥不肯受賞而逃。

李何煒[1]

字緩山，沔陽人。順治壬辰進士。官黄岩令，以直道見忤，謫廣西按察司經歷。生平和易近人，所與游皆一時名士，詩多入諸家選本。

【校注】

〔1〕李何煒：據清光緒《沔陽州志》卷九載，其字韋夏，號緩山。《湖北詩徵傳略》卷十四、《湖北詩佩》卷五皆載其事并收其詩。

答胡之菴[1]

嶺表湘皋路未岐，劫灰再冷鶴歸遲[2]。可憐顧悦秋零日，正是蘇耽夜哭時[3]。讀盡水經多曲折，飛殘雁影失參差。相思不改同人面，欲葺荷衣待柳絲。

【校注】

〔1〕胡之菴：即胡維宗，字之菴，見卷四十一小傳。

〔2〕鶴歸：指還歸故鄉。傳説漢代丁令威在山中學道成仙後，化鶴歸鄉。

〔3〕顧悦：晋人，與簡文帝同年而髮早白，帝問其故，他答曰："蒲柳之姿，望秋而落；松柏之質，經霜彌茂。"見《世説新語·言語》。蘇耽：傳説中的仙人，少時事母至孝，後涕泗辭母仙去，見卷二小傳。

程　封〔1〕

字伯建，號石門。幼自新安徙居江夏附籍。以鄉舉爲令，一云進士。尋罷黜，耽於詩酒，三吴名士皆樂與交。

【校注】

〔1〕程封：清順治間拔貢生，官雲南按察司經歷，未久告歸，遍游江南名山大川，與王士禛、吴偉業、杜濬諸人友善，事迹參見清同治《江夏縣志》卷六。

蘆溝橋〔1〕

太行行不斷，歸路馬啼空。流水前朝碧，荒原落照紅。傷心惟古道，回首見離宫。多少長楊樹，蕭蕭起大風。

【校注】

〔1〕題下原注："古桑乾。"蘆溝橋：在北京市西南郊，跨永定河上。桑乾：水名，源出山西北部管涔山，東流入永定河。

南京燈市竹枝詞〔1〕

踏遍燈光夜色奢，遊人匝地待香車。閉門寂寞無烟火，疑是前朝内戚家。

明燭天光兩未降，咿啞喝道繞銀缸。兒童結隊撾街鼓，纔唱南腔又北腔。

【校注】

〔1〕題下作者自注："同吴燮臣。"吴燮臣：生平未詳。

駱化麟[1]

字苑游，善化明經。少有才譽，卓犖不群，著作多散佚。

【校注】

〔1〕駱化麟：清乾隆《長沙府志》卷四十八、嘉慶《長沙縣志》卷十九載其爲長沙人，自號江湖浪士，清康熙初貢生。

長沙故宮[1]

燕子何須問畫梁，故宮瓦盡散鴛鴦。萬春池上花俱没[2]，三洞山頭石自僵。永巷無人吹玉笛，斷牆有鬼泣香囊。幾多歌舞承恩寵，輸與人間作戲場[3]。

【校注】

〔1〕長沙故宮：今不詳其址。

〔2〕萬，清乾隆《長沙府志》卷四十八作“一”。

〔3〕人間，同上書作“妖魔”。

釋續燈

字彌嵩，孝感人。住岳麓。

同取叔過大錯和尚墓

紫雲峰下讀神碑，日落空山叫子規。井底蕉書成故事[1]，菴前梅樹見風儀。銅駝有恨泉臺遠，鐵甕無家岳杖遲。墓草一時芟不盡，歸來還續大招詩[2]。

【校注】

〔1〕作者自注："公著有《蕉書》及《選唐詩》若干卷。"

〔2〕大招：《楚辭》篇名，舊説爲屈原大招其魂之作。詩後有原按："大錯，京口人。姓錢，名邦芑，字開少，桂藩都御史，寄籍武陵。有《吊忠大招詩》一卷。墓在南岳後。"

釋琛大〔1〕

字芥庵，湘潭人。著《半山詩略》。

【校注】

〔1〕琛大：湘潭李氏子，明季爲諸生，後棄家披緇，住南京鍾山。事迹參見清光緒《湖南通志》卷二百四十二。

金陵秋感録三

西風落木獨悲秋，笳鼓殷殷滿戍樓。山到石城吴楚會，潮生鐵甕海天浮〔1〕。祇聞都尉皆羊胃，不見將軍似虎頭〔2〕。我欲寄愁天上去，人間無地可埋憂。

路近鍾陵古寺留，虚無玉殿想松楸〔3〕。繁霜畫角征人泪，細柳青蒲野老愁。處士籬開東晋菊，清溪水飲上流牛〔4〕。扶筇獨往千峰頂，自笑浮生拙似鳩。

陸海龍蛇鼓沸濤，江南塞北總勞勞。穹廬月下葡萄冷，細柳營前苜蓿高〔5〕。冠冕保釐周禮樂，詩書輻凑漢宫曹。秋風謖謖荷衣老，欲把黄金鑄寶刀。

【校注】

〔1〕石城：石頭城，舊址在今南京市西北的清涼山後，古時爲攻守金陵的必争之地。鐵甕：鐵甕城。孫權曾建鎮江子城，内外皆甃以甓，以其堅固如金城，因號之。

〔2〕羊胃：喻市賈庖人之流。《後漢書·劉玄傳》：“其所授官爵者，皆群小賈竪，或有膳夫庖人……長安爲之語曰：‘竈下養，中郎將。爛羊胃，騎都尉。爛羊頭，關内侯。’”虎頭：東漢名將班超被相者謂曰：“生燕頷虎頭，飛

而食肉，此萬里侯相也。”

〔3〕鍾陵：鍾山，在南京市中山門外。松楸：松樹與楸樹，因多種在墓地，故常用爲墓地的代稱。

〔4〕傳説上古之時，高士許由隱於箕山，堯讓以天下，不受，又召爲九州長，亦不欲聞之，遂洗耳於河。高士巢父見之曰：“吾欲飲牛，污吾牛口。”於是牽牛往上流飲之。上流：河川的上游。

〔5〕細柳營：指禦敵的軍營。漢文帝時，周亞夫屯軍細柳（在今陝西咸陽市西南），以備匈奴。

按：諸公兩朝之際，在先朝久傷賊亂，多椎心飲血之言；入本朝合贊新猷，共光天化日之治。今將甲申以前諸詩及一切憑吊故都、贈慰遺民之作摘附於此。至作者出處本末，則詳著後集云。